西江英雄傳

XIJIANG YINGXIONG ZHUAN

第一卷【琼花禁律】

徐炜 著

南方日报出版社
NANFANG DAILY PRESS
中国·广州

图书在版编目(CIP)数据

西江英雄传 / 徐炜著. — 广州 : 南方日报出版社, 2016.9
ISBN 978-7-5491-1317-0

Ⅰ.①西… Ⅱ.①徐… Ⅲ.①侠义小说－中国－当代 Ⅳ.①I247.5

中国版本图书馆CIP数据核字(2015)第237100号

XIJIANG YINGXIONG ZHUAN

西江英雄传

著　者：徐炜

出版发行：南方日报出版社
地　　址：广州市广州大道中289号
经　　销：全国新华书店
印　　刷：东莞市金通印刷有限公司
开　　本：787mm×1092mm　1/16
印　　张：89.25
字　　数：2097千字
版　　次：2016年9月第1版
印　　次：2016年9月第1次印刷
定　　价：495.00元

投稿热线：(020)87373998-0503　读者热线：(020)87373998-0502
网址：http://www.nanfangdaily.com.cn/press　http://www.southcn.com/ebook

谨以此书献给我的父亲,他曾与癌症病魔进行过不屈的斗争。

前　言

数者，道之蔽，天地之常，人心之向也。

昔日甲申巨变，天崩地裂，三十年后，志士红花亭聚义，是为洪门肇始，确定三甲子后发动反清复明起义，与清廷决一死战。1854 年洪门起义的如期举行，体现了中华儿女不屈不挠的坚定信念，草莽英雄碧血丹青，永垂千古。

两次鸦片战争，东方古国遭遇了西方列强的入侵，自此以后，国人肩头又增添了一个反帝反殖民的历史使命，增添了一个恢复民族自信的文化使命。若自 1854 年计，三甲子后为 2034 年，反清、反帝、复兴三大伟业次第完成，再度恢复昔日之象。

时与日去，天极迁徙，今日之象异于昨日之象。在技术革命日新月异的时代，人类即将变革其身，迈入崭新的太空新纪元，小小的地球村已经容不下多元文化的离散。又三甲子后天下大同，秋日高原盛开着一抹灿烂的红枫，是否有国人熟悉的胎记？在于吾辈能否继承先人筚路蓝缕的意志，从当下做起。

仁德圣贤远非虚妄上帝可比，人类四大文明中，华夏文明实为最亲近生命、最具包容观、最富和平智慧的伟大文明。若能充分发挥传统文化人文内核之潜力，一甲子政治，一甲子科技，一甲子文化，则四海共铸一心，岂象所拘也？

目　录

第一卷

第二卷

第三卷

第四卷

第五卷

第一回　珠出断望

七月是一张变幻莫测的脸谱。

一阵猝不及防的骤雨瞬间越过狮子洋，犹如一桶油漆溶解了五羊城上空的云彩，裹着白脸的闪电，倾泻进广州城外河南岛万松园的大湖。

道光十四年(1834 年)六月十九，是广州十三行怡和行伍秉鉴的夫人梁氏五十五岁大寿。按照伍家的日程安排，正日子这天迎接官商两界的场面人物，次日招待亲朋好友。连续两天，万松园里显贵盈门，高朋满座。灯火璀璨下，漱珠岗东侧的亭台楼阁人声鼎沸，以英吉利厅为首的几座西洋建筑，笙歌彻夜不休。

万松园里的漱珠岗在整个河南岛地势最高，象征着怡和行在十三行一枝独秀的地位。以漱珠岗为界，偌大的万松园被划分成两个截然不同的世界——东边的建筑时尚华丽，具有浓郁的西洋风情，热闹异常；西边则是地道的岭南风格，白墙灰瓦，曲桥朱栏，加上烟雨茫茫、松柳掩映的大湖，显得格外清静宜人。

“你老人家真是好福气，和观世音娘娘同一天的生日。外头的雨势清清绿绿，跟翡翠镯子似的，这是天兆吉祥，西天老佛爷特地送给你的礼物。人的命就是这样，富贵如意砸人头壳的时候，想闪都别不过腰去。”

在大湖畔的一间画舫式建筑里，伍梁氏斜倚在紫檀木躺椅上，微合双目，正在听娘家侄媳妇阿芬的奉承话。后者三十多岁的年纪，小巧身材，包一身红色打底的碎花旗袍，看起来玲珑精致，不显得花哨。

阿芬娘家姓宋，是花县炭步镇的一个买卖人家。她打小心思机敏，又读过几天私塾，舌吐莲花的娘胎本事，在梁家上下无人可及。

“日子倒是一天。”伍梁氏淡淡地应了句，“可惜，月份差着一大截子。”

观音娘娘有三个生日：二月十九是出生日，六月十九为成道日，九月十九乃出家日。阿芬伸手从窗扉下蘸了蘸雨水，慢悠悠地抹在前额的发髻上，掩着嘴打了半个哈欠：“神仙娘娘不比凡胎，成道的日子才算正日子。阿姑，要是放在咱们佛山堡，连夜的红班头台戏，方圆几十里的乡亲来凑热闹，焰火冲天，省城断断比不了。”

“这话倒是。”伍梁氏右手摸着扇骨，“家里头的都还安生?”

“除了吴家，别人谁敢对咱们不敬?”阿芬嗤了一句。

清代的佛山堡是一个人才会聚的天下巨镇，至嘉道年间，古老的八图土著被“侨寓”各族的势力压倒。在“侨寓”吴、梁、李三大豪门中，“大树堂”的吴家出了一位在任的封疆大吏吴荣光，影响力位居各家豪门之首；来自顺德的梁氏家财万贯，人才辈出，位居其次；最早发达的“七十二窗楼”李家近年有点走下坡路，屈居末席。

阿芬的丈夫梁博太是伍梁氏的远房堂侄，读书的本事不济，连个秀才也没有考取，眼下在佛山堡的米行做买卖。想起这桩事，阿芬勾起了一肚皮的委屈，忍不住抱怨起来：“一大丛林子随处飞的是凤凰，偏我捡了只麻雀，连个秀才娘的名分也捞不上。脸上脂粉再厚，里面也是白底子，这就是命啊。”

阿芬心气足，一辈子争强好胜，处处想高人一头，偏偏最在意的东西总是得不到。伍梁氏听她絮叨多年，耳朵根都磨出茧子来了，提声反驳：“阿太的米行红红火火，哪天短了你们娘儿几个食穿？你不要下雨天扇扇子，专拣风凉话说。”

听到伍梁氏的数落，阿芬嬉皮笑脸：“他手里那几个铜板还算钱？你如今是皇封三品诰命，姑父大人手指头漏个缝，便能捐个按察使、盐运使。”

“不就是这点心气吗？”伍梁氏叹了口气，“实话告诉你，今年朝廷短银子花，督抚衙门刚刚透过风来，说是连年剿匪、赈灾，官库亏空得厉害，打算放几个缺募捐银两。我和你姑父商量过了，给阿太捐个知州、通判什么的，好歹是五六品的顶子。人家读书人十年寒窗苦读，鲤鱼跳龙门才不过七品。”

一听说朝廷卖官的“政策”放宽了，阿芬立刻眉开眼笑：“阿姑，人活一世，不就图个脸面光猛？不瞒你说，这些年光是诰命夫人的戏装，我就从汾流大街置了十来套，红班旦角的行头我全备齐了，做梦都在戏台上打转呢。”

“家家有本难念的经，拿洋行来说，脸面上看着威风，其实这碗饭最难食！”伍梁氏触动了心绪，“隔壁老启官在世的时候，花了十万雪花银，死心要辞这份提心吊胆的营生，结果衙门硬把他给驳了回来，想不干都不行。”

“镬底都镶金的潘家？”阿芬敛起笑容，“外面说潘家这几年闹亏空，昨日晚头我临高瞭了瞭。嗬，人家园子里照样行鹿飞鹳，看来传言当不得真。”

老太太合上双目，没有再理会古灵精怪的阿芬。屋外雨帘坠地的声响越来越重，烟幕和湖色融为一体，积聚了两天的水汽，吊着腰子慢慢向里面侵袭，把暑气消解干净。丫鬟阿珍悄无声息地滑进来，把两件金丝绣的披风搭在木几上，贴在阿芬的耳朵上低声说：“茂官夫人过来请安，你看？”

阿芬没有回答，只是拿眼光朝老太太瞟去。

过了半晌，伍梁氏手指轻弹，腕上的西瓜绿翡翠手镯不经意间碰到了檀木扶手，隐约一丝低沉的金石之声，叫人惶惶不安。

茂官（广利行）卢文锦的夫人是伍秉鉴的侄女伍谊兰，三十才出头的女人，一双淡扫蛾眉的细长眼，似乎总有满肚子的委屈要向人倾诉。伍梁氏一见这个年轻的寡妇，心底立刻涌上无限悲悯，在躺椅上微微欠身：“你最近咋没了影子？”

“就在乡下。”伍谊兰说起话来细声细气，“去年一头涝、一头旱，田里几乎颗粒无收，佃户不愿意交租子。我要是不盯着点，恐怕一个铜板也收不上来。”

卢文锦充任第二代茂官时，在老家新会县棠下乡石头村悄悄购置了大笔田产，这些财产均挂在他个人的名下，卢家兄弟们对此耿耿于怀。由于这一层缘故，卢文锦死后，便没有人肯出面帮助他的遗孀料理生计。

“卢家没有欺负你?”伍梁氏关心地问。

“他们自己的家务事都闹不完。”伍谊兰回答,“哪有心思理我一个寡妇?”

卢家兄弟几个中,老大卢文举工于心计,操控家族的实权。卢文锦排行第二,他当年接掌广利行后,为了与大哥抗衡,决心完成一桩在别人眼里不可能完成的大事,借以抬高自己在众兄弟中的威望——把父亲的牌位塞进老家新会县的“乡贤祠”。

明清二朝,凡有品学、德行之人,死后由地方大吏提出申请,祀于其乡。“乡贤祠”设于本地学宫内,每年春秋两祭,由地方官主持祭祀大礼。在以宗法制度为基础的乡土中国,能够入祀“乡贤祠”乃是一种莫大的人生荣誉。

卢文锦的父亲卢观恒发迹很晚,四十岁前在老家是个口碑极差的无赖,根本不符合入祀“乡贤祠”的条件。俗话说,有钱能使鬼推磨,只要银子使到了位,还有什么事情办不成?卢文锦花费了如川的银两,用了三年时间终于得偿所愿。

嘉庆二十年(1815年)五月初十,卢观恒的牌位奉旨正式入祀新会“乡贤祠”。那一天,卢文锦穿着捐来的三品官衣,邀集卢家亲友及地方上有头脸的士绅,在明伦堂大宴宾客。同时从广州和佛山堡请了四台戏班,摆下了新会县历史上前所未有的豪奢之宴,大肆庆功。

这番金钱和权力结盟的赤裸炫耀,惹恼了一群瘪肚皮的读书人。以广州越华书院的生员黄培芳、邓淳和陈昙发动,寻了一个最不怕事的举人刘华东领衔,疾书上告官府。经过几轮惊心动魄的拉锯战后,朝廷最终降下圣旨,将卢观恒“滥祀”的“木主”撤出,摘去卢文锦所捐顶戴,为之结保的各级官员分别予以降级、罚俸。

卢文锦从此一蹶不振,没过几年便抑郁而终,四弟卢文翰(商名为卢继光)接替他充任第三代茂官,继续和卢文举钩心斗角。辉煌一时的广利行王小二过年,一年不如一年。公子哥们蜷曲于死水残园,脂粉肉林,全靠伍家的帮衬维持场面。

伍梁氏之所以怜惜伍谊兰,是因为自家有一个比她还年轻的寡妇——四儿媳伍陈氏时年仅二十九岁,为第四代浩官伍元华(商名伍受昌)的遗孀。

步入十九世纪，人类文明首先从偏僻的西方世界揭开了新的一页。工业革命的滚滚潮流使不列颠岛国鸟枪换炮，代表全球征服的自由贸易主义浪潮甚嚣尘上，像一把带刺的铁鞭，抽打在英属东印度公司庞大而衰老的躯体上。在远东，走私鸦片的英国商人率先挑战东印度公司的垄断权力，并且取得了令人瞩目的成果——1834年上半年，英国政府和议会批准了解除东印度公司对华贸易垄断地位的法令。

第一次鸦片战争前，有两根连体支柱支撑着中西方贸易的大厦：在西方是英国的东印度公司，在中国是广州的十三行。现在东印度公司这根支柱已经訇然倒塌，那么，中国的十三行自然也是遍体鳞伤，开始走上厄运之路。从1823年到1829年的六年间，十三行险些全军覆没，丽泉行、西成行、同泰行、福隆行、东生行等相继倒闭破产，留下的债务窟窿少则几十万，多的高达上百万两白银，所欠债务无不是天文数字。到了1829年，存活下来的十三行洋商仅剩五家：除了伍家的怡和行（浩官）、潘家的同孚行（启官）和卢家的广利行（茂官）外，其他两家天宝行和万源行苟延残喘——天宝行拖欠外债一百九十万元，折合白银约一百三十七万两，小经官梁纶枢（商名梁承禧）刚一接班，便背上了需要偿还十年之久的债务；而万源行勉强支撑到1834年，终因不堪追债而宣告破产。

伍元华是个清秀不俗的才子，本来打算效仿伯父伍秉镛，走诗画宦游的逍遥人生。在十三行遭遇生死存亡的危急关头，他于1826年从父亲手里接过重担，驾驭着怡和行这条航船闯过了惊涛骇浪的1829年。到1833年，洋商总数又上升到了十一家。

七载的掌舵生涯耗尽了年轻人所有的心血，1833年，仅三十三岁的伍元华英年辞世，撒手人寰。接替伍元华充任第五代浩官的是他二十三岁的弟弟伍崇曜，又名元薇，号紫垣，商名伍绍荣，人们继续称他为小浩官。

卷帘一打，从外面进来一位艳丽少妇。白玉脂的脖颈下是一款剪彩得体的旗袍，外罩一件纯黑色的短氅，她是伍紫垣的妻子伍霍氏。

向婆婆道了个万福，伍霍氏请示道："临全埠李家送来一枚珠子，崇曜打发人问，想听听您老人家的意思，看要不要收下？"

广西临全埠李念德商号是称雄粤西数十年的首富之家，在桂林号称"李半城”。到了李秉睿这一代，李家财力不支，十年前被朝廷勒逼捐输，老浩官慷慨出手相助，帮助李念德商号渡过难关。李家对伍家那次恩德念念不忘，一直想找机会报答，这次听说伍梁氏大办寿宴，便派人送来了一枚“断望珠”。

天下之珠出合浦，合浦七池“出断望者为上”，其次才轮到竹林、杨梅、平江、乌泥、青婴和海渚沙六个池子所产的珍珠。然而经过历代不竭的采伐，到了清代，合浦七池已经很难采到像样的珠子，更别提像李家的这枚“断望珠”。

老太太听儿媳说完，欢喜地直起腰来。伍家富可敌国，家中所藏珍宝何止千万？内中堪称镇府之宝的是一架“玉玲珑”——这件宝贝乃上古之物，半尺方圆，上紫下白，丝丝缕缕，闻风而鸣，形状酷似鼎湖山所产的灯笼花。“玉玲珑”相传为赤龙心窍所制，不仅可占吉凶，而且能避祸去灾，最神奇的是它还有测心、断梦、交通阴阳之效。

“玉玲珑”从前为宫廷珍藏，后来南宋小朝廷被元军追杀至新会崖山的银洲湖，陆秀夫抱着小皇帝蹈海而亡，这件宝物就此流落民间。伍家买到手里的时候，“玉玲珑”所含的那颗玉珠已然丢失，变成了一件残宝。多年来，伍家人一直在苦苦寻找最上等的合浦珠，希望能够借此恢复“玉玲珑”原有的神效。

伍梁氏忐忑不安地问阿芬：“这么好的东西，咱们不会是夺人所爱吧？”

“凡宝物皆有灵性，李家眼下大不如前，他们心甘情愿把珠子送来，还不是怕自家的气运镇不住？”阿芬回答，“鼠仔掉在天平上，不是我王婆卖瓜，自卖自夸。普天之下，除了咱们伍家谁还敢接这枚珠子？‘玉玲珑’上古神物，‘断望珠’天下第一，牛郎配织女，正好一对，你尽管放宽心笑纳。”

巧嘴阿芬一席话，抚平了伍梁氏额头上的所有皱纹，她笑着对儿媳妇说：“既如此，恭敬不如从命，权且将这枚珠子收下。人家大老远来一趟不容易，你叫‘胜春班’开戏，莫要晾着贵客。另外再给管家言语一声，卢大人的官船一到，即刻回禀。”

时任两广总督的卢坤与伍秉鉴关系匪浅，原本说好了昨天来伍家贺寿，谁知临时突然赶赴广东水师衙门办差。他特意托广东巡抚祁贡捎来口信，除了表达歉意外，一口应承今儿个准来当面向伍梁氏道喜。

"可惜呀,"阿芬咽了口唾沫,"'胜春班'的那几个小妖精,好久没见了。"

"胜春班"是广州徽班的翘楚,在西皮二黄压倒昆曲的时代,稳坐广州城"外江班"中的头把交椅。其实,十三行也有自己的戏班,戏班班主叫江荣泰,由于洋商们平日里招待的多是官府老爷,所以这个戏班也算"外江班"。

当时的岭南戏剧舞台群芳争艳,异彩纷呈,以广州城为界,大致分为"外江班"和"本地班"两大体系。按照今天惯用的套路区分,用外地话表演的"外江班"属于阳春白雪,满嘴粤腔的"本地班"则算下里巴人。

"外江班"承袭昆腔、徽腔、秦腔等成熟剧种,优美阴柔,妙选声色。剧中的女性角色由男老倌(演员)扮演,演员们经常陪当官的饮酒作乐,甚得省城官府缙绅的欢心,在广州城里独占鳌头。但只要一出广州城,"外江班"便风光不再,乡下乃"本地班"的天下。这就是语言的力量,在岭南,说粤语的人毕竟占绝大多数。

"本地班"的前身是广腔(也叫土腔),男女老倌齐全,个个擅长技击,所演绎的多为草莽英雄的忠孝节义故事,完全对应下层阶级的胃口。在西江、北江和东江流域的乡间,无论酬神赛会还是婚丧嫁娶,"本地班"均为不可或缺的主角。

因为所乘船只的船身涂成红色,"本地班"又称红班或者红船,是那个时代岭南草根文化的经典缩影。一条船儿千里水路奔波,百般艰辛备尝,加上与三合会斩不断、理还乱的瓜葛,一直被广东官府"久申厉禁"。这门血泪浸染的本土艺术,深深扎根于岭南大地,野火烧不尽,春风吹又生。官府的严厉打击非但没有使之消亡,反让它更加牢固地占有了广大的水野乡村。近年来,随着舞台艺术的日臻成熟,观众从贩夫走卒向上延伸到缙绅之家,一门全民性的艺术形式正处于破茧而出的蜕变前夜。

在广州城里,喜爱"本地班"的观众同样大有人在,伍梁氏就是一个典型的例子。老太太常年深锁于万松园的湖光松涛中,厌倦了"外江班"的阴柔曲美,对粤语乡音的"本地班"情有独钟。画舫一侧有座小戏台,专为她观看"本地班"而修建。打开万松园的水关码头,红船可以通过龙溪涌,穿越水栅,直接泊在小戏台下。

"温少奶奶到。"随着屋外的招呼,温梅氏扭着杨柳腰,一阵风似的旋进了画舫。温少奶奶二十来岁，是小戏台的常客，早几日就约好来看戏。

“老诰命，红船来了?”温梅氏坐定后，启开一张甜丝丝的小嘴。

“就你会掐算时辰，什么时候也落不下。”老太太数落着。

温少奶奶啜了口茶：“你们娘仨唠着呢?”

“无非是些陈年草药，发烂渣的老话头。”伍梁氏最喜欢听温梅氏和阿芬斗嘴，随手递给她一发“炮弹”，“有人嫌红船女老倌有伤风化，就喜欢靓仔。”

卤水点豆腐，一物降一物。

温少奶奶不仅口齿比阿芬厉害，而且荤素不吝，无所顾忌，这一点让阿芬心里犯怵，惧她三分。果然，温梅氏跷起二郎腿，鄙夷地说：“有伤风化?许‘外江班’那伙二腆子给当官的舔腚、溜沟子，就不许人家女老倌唱戏?”

一句粗话把阿芬打灭了火，伍梁氏和伍谊兰二人在旁边乐不可支，画舫里四个女人凑成的一台戏，变成了温少奶奶的无敌独白。

温家在广州城里为数一数二的大盐商，温少奶奶的丈夫温百城年少轻狂，是一只又咸又湿的豉油樽盖，迷恋女色。去年他一口气纳了三房妾，把温梅氏气得七窍生烟，一刻也不愿意待在家里，整天往伍家的万松园里跑，听戏解闷。

“‘外江班’能有几个好东西?”温梅氏恨恨道，“唱戏的当二腆子，教曲的师傅帮二世祖调教女人，造孽啊。我要是雷公爷爷，准把他们一个一个活劈死。”

话说到根子上，温少奶奶恨的是广州城里最有名的二世祖(败家子)刘七。此人祖上是官宦人家，自从他父亲把家败落后，刘七索性干起了调教、贩卖妇女的偏门营生，在广州府的勾栏界独树一帜，赫赫有名，江湖上送他一个绰号——“大比甲”。温百城新纳的三房妾，全是从他手里买过来的。

“咱们两粤这地方，自古以来女人多，屋里做饭拿针线，屋外种田插秧苗，把男人们惯得不成样子。”伍梁氏嘘了一口气，“旁的不说，大清国一十七省，只有咱们这地方雇佣女人抬轿子，京城来的达官贵人，都把它当一道风景看哩。”

伍谊兰补充：“这些年坏了光景，从粤西来逃荒要饭的满街满市，听人家说现在市面上花三五十两银子，就能买一个黄花大闺女。”

阿芬看不惯大伙为温少奶奶助拳，逮住机会刺了她一句：“你自家爷们儿管不了，还好意思怪人家唱曲的老倌？”

温梅氏仰起脖子往嗓子眼里撩了口凉茶，拿眼光剜了阿芬一刀：“听话里的意思，你家男人不好这一口？你床脚的本事不小哦。”

小户人家出来的女人最要面子，温梅氏伶牙俐齿难以抵挡，阿芬起身告辞：“阿姑，我到水关码头那边看看，‘凤凰仪’班兴许该落船了。”

阿芬离开后，伍梁氏扬了扬手，对温少奶奶说：“你把老经官夫人带过来。”

“我就知道你老人家万不肯隔岸观火。”温少奶奶又惊又喜，“老诰命，这两天府上来来往往尽为贵客，你要是不搭她一把，难免叫人说闲话。”

伍梁氏叹息：“不是老身不念情分，实在是她家的窟窿太大。”

不大一会，经官老夫人梁白氏跌跌撞撞进了画舫，字还没有吐出一个，两行眼泪先夺眶而出。老姐妹俩抱头痛哭，一阵唏嘘过后，伍梁氏安慰：“妹子，凡事要朝开处想，生意场上此一时彼一时，咸鱼还有翻身的时候呢。我看纶枢侄子有魄力，为人四海通达，伢仔手头钱紧的时候，叫他来万松园找我。”

梁白氏喜极而泣：“只怕他麻布做龙袍，不是做生意的料。”

“做买卖哪是做买卖？说白了就是做人。”伍梁氏劝解，“洋商是一家人，你家的买卖若是关了张，那些欠下的税债我们家一个大子也少掏不了。”

十三行是个极其特殊的商业组织，洋商制度决定了他们是一个休戚相关的整体——依据朝廷定制，如果某一家洋商因为经营不善而倒闭，那么它所欠下洋人的债务应当由其他洋商共同摊派和分期偿还，朝廷断断不能失了这个体面。

梁白氏抹着眼泪走后，温少奶奶由衷地称赞：“老诰命，难怪人家说你是大慈大悲的观音娘娘，今天一出手，至少也是二三十万两白银吧？”

“聋哑佬送殡，我懒得听你这个死人笛。”伍梁氏白了她一眼，“你再会拍马屁，也赶不上人家‘凤凰仪’班的曲子。”

温梅氏俏皮地竖起耳朵：“在哪儿？我咋没听见？”

“胜春班”唱戏的大戏台毗邻英吉利厅，不远处即是伍紫垣的临时书房，屋外曼妙的音调袅绕在耳，屋内却是伍家父子枯坐无语。

老浩官伍秉鉴时年六十有五，身材偏瘦，面容清癯，正对着书房中堂悬挂的一幅笔墨默默出神。这是一首名为《雨中送春》的七言诗：

倚遍阑干酒一浇，间情都付与春潮。
桃花落尽惟潭水，柳絮黏时又板桥。
回首蹉跎虚永昼，怀人容易过良宵。
何堪雾重烟昏候，翦翦余寒到绮寮。

这首七言诗的作者是伍秉鉴的二哥伍秉镛。伍秉镛字序之，号东坪，贡生出身，嘉庆年间曾官至岳、常、澧观察使。此人相貌英俊，风流倜傥；宦海淡泊，心在江湖；痴醉山水，纵情才艺，伍家的诗画气质自他而始，万松园亦由他一手营造。

伍氏家族从福建落籍南海县，第一代浩官伍国莹早年在潘家的同文行里当账房，1783 年才独立充当洋商，怡和行实际上是在他大儿子伍秉钧手里发展起来的。伍秉钧 1788 年接任第二代浩官，把怡和行办得风生水起。1801 年伍秉钧因操劳过度而死，三弟伍秉鉴任第三代浩官。伍秉鉴用了十二年的时间，取代潘氏成为十三行行商之首。

在众兄弟中，老二伍秉镛奉父命进军科场，为伍家开辟出生意场之外的另一条道路。此人留有《渊云墨妙山房诗钞》等诗作传世，最能体现他性格的是《梅关步武图咏》，说起来这是一段岭南文化史上的佳话。

“庾岭寒梅”号称天下一绝，自古以来，文人骚客最喜欢到此踏雪访梅，折枝赠别。伍秉镛当年携眷策骑北上赴任，路经梅关时，见明月悬天，白雪匝地，梅花似桃，齿白唇红，艳裂长空，娇杀万物。观此美景，伍秉镛欣然下马泼墨作《梅关步武图》一幅，后来又邀集岭南名士凡数十人，如吴荣光、姚文田、胡长龄等共同为此画集诗。共收诗词八十余篇，结为《梅关步武图咏》，篇幅之巨堪称历代咏梅第一。

过了良久，伍秉鉴开口：“谁在外边总事？”

“是大哥。”伍紫垣应声。他穿着一身捐来的四品官服，身量比乃父稍微壮实一点，脸色苍白，相貌端正，标准的读书人模样。

伍秉鉴接着问："你二哥呢？"

"二哥在大戏台张罗。"伍紫垣小心翼翼地回答。

"上次请来的大夫，"老浩官在屋子里踱了两步，"怎么说？"

儿子伍元兰过继给长房伍秉钧入嗣，年过四十，膝下却还没有一儿半女。伍秉鉴心里火急火燎——照这样下去，大哥伍秉钧这一房岂不是又要中断血脉？

伍紫垣搪塞："跟过去一样。"

"早知如此，当初还不如把你大哥过继给长房。"伍秉鉴坐回椅子，端起茶壶细细地品了一口，"茶叶的味道还不错。"

茶叶、丝绸、陶瓷历来是十三行买卖的大宗货物，伍氏来自福建，怡和行在武夷山购置有大片茶山，使得武夷山的茶叶名扬海外。

"阿爸，今年比往年的雨水足。"伍紫垣解释。

"雨水足有什么用？再好的茶叶不照样滞销？"伍秉鉴把茶碗顿在桌子上。他是一辈子有了名的好脾气，最近却总是抑制不住地冲儿子发火。

东印度公司贸易垄断权的丧失，对十三行贸易的冲击是显而易见的，英国散商都是一些胆大包天的亡命之徒。商人以逐利为追求目标，贩卖鸦片膏既然能够获得暴利，谁还有兴趣把茶叶、丝绸、陶瓷等利润低的传统货物，不远万里地运回欧洲？

花费同样的时间，在孟买和广州之间跑四个来回且绰绰有余！

与怡和行常年合作的是"铁头老鼠"查顿、马地臣和"白头番"化林治等一伙人，他们是英国散商的领袖人物，这几个人公司的名称也叫怡和行（在本书中，为了区别起见，我们称呼后者为怡和洋行）——怡和洋行从怡和行手里进货，贩卖到西方世界，打响的都是"怡和"这一块金字招牌。

进入道光年间，怡和洋行从怡和行手里采购传统货物的额度呈逐年下降的趋势。原因十分简单，一来多跑两趟孟买贩卖鸦片膏，比把茶叶运到伦敦多赚出好几倍；二来既然打开了伶仃洋走私贸易的通道，那么茶叶、丝绸、陶瓷等货物和鸦片膏一样能够走私，谁吃饱了撑的愿意向官府多缴那份关税？

笼罩在十三行头上的阴云丝毫没有消散，1829 年以后凭借官府关系加入进来的六家洋商实力不济，基本上是靠向洋人借高利贷混日子，这样便不可避免地变成洋人的帮凶。每逢到年节的时候，红毛鬼子就会朝这些洋商脖子上狠狠地勒一家伙，手忙脚乱的洋商们唯一能够应付窘境的办法不过是拆东墙补西墙、割肉放血大甩卖，然后继续向洋人借高利贷谋生——恶性循环周而复始，让红毛鬼子谋取到了最大的利益。

新晋洋商搅局的结果，意味着怡和行等老牌洋商市场份额的逐年减少，以及替他们承担赔偿的风险进一步加大。同呼吸、共命运的行规被践踏殆尽，摆在十三行洋商面前的是万劫不复的深渊。1829 年后十三行的短暂复兴，说白了不过是一种回光返照。

新晋六家行商中，严启祥兄弟的兴泰行是领头羊。在开张的第一年，严家就向东印度公司的大班盼师借钱。盼师很爽快地借给了严家一笔银子，然后提出了一个小小的要求——有一条篷船来省城，请严氏兄弟帮忙结个保。

铁锤捣臭虫，这还算个事？严启祥想也没想便点头同意了。

盼师家的小篷船靠上夷馆的码头，抬腿从船上下来了一位金发碧眼的红毛女人。依据大清朝的律令，“番妇”只能停留在澳门城，绝对不允许“进省”。盼师太太来到中国后一直憋在澳门城那个弹丸之地，早就想到广州城附近来观一观风景。这回她一踏上河南岛对面的商馆广场码头，好像脱笼的小鸟，花枝招展，招摇过市，毫不掩饰自己的行踪，在英国商馆唱歌跳舞，笙歌达旦，不亦乐乎。她这一夜尽情欢娱的代价是严启祥蹲了两个月的班房，足足花了十万两白银，才消灾弭祸。可以说，自从严家把自己的命运拴在红毛鬼子裤腰带上的那一天开始，兴泰行的霉运便从来没有中断过。

到 1833 年，伍家的财富积累达到旷世巅峰，财产高达两千六百万两白银之巨。就单个家族而论，其财富名列当朝第一，甚至有人认为伍家是当时的世界首富。这一切，当然离不开舵手老浩官的卓越见识和超人才华。十九世纪初叶的伍秉鉴，不单单是一个洋商，而且是一个地地道道的“国际化”巨商。他的全球视野表现在，怡和行大笔投资欧洲和美国，从不动产、矿业到保险业、金融业，领域极其广泛。

东印度公司贸易垄断权力被取缔，在东西方关系史上是一件划时代的大事，当时唯一深刻领悟这一巨变的中国人正是伍秉鉴。面对惊涛骇浪的时代风云，老浩官把两个儿子伍元华和伍紫垣相继推到前台，他自己退隐幕后，悄悄为伍家布置退路。

美商旗昌洋行是老浩官预先布置的一枚棋子，他通过培养代理人的方式，对这家公司进行实际控制。早在前些年，有关东印度公司的消息沸沸扬扬之际，老浩官就中断了和"铁头老鼠"等人的合作，把怡和行的对外贸易悉数委托给旗昌洋行打理。

伍紫垣忧心忡忡："阿爸，严家总这么向洋人借贷，准有的苦头吃。"

"他阿爹开了一辈子金铺，留下来的家底拢共不到五万两白银。买栈房，置家具，打点完制台、抚台、海关监督，一个大子儿也别想剩，哪来的本钱订货周转？"伍秉鉴面无表情地说，"向洋人借钱，正中了人家的圈套，这是与虎谋皮。"

严家一旦被洋人勒逼清偿债务，必然又是一个填不满的窟窿。伍紫垣感到奇怪，父亲怎么一副毫不着急的模样？莫非还有更让他焦心的事情？

果然，伍秉鉴问："律劳卑到了？"

"是。"伍紫垣心里一动。

伍秉鉴皱了皱眉头："他进省的船是谁结的保？"

"还能有谁？"伍紫垣回答，"严家兄弟呗。"

"不知死活的东西。"老浩官双手颤颤巍巍，端起了茶碗。

上半年英国人取消了东印度公司的贸易垄断权，紧接着就派了一位名叫律劳卑的使节乘兵舰越洋东来。此人到达澳门后，直接给两广总督卢坤写了封信，特别提醒总督大人自己所拥有的"官员"身份，要求双方洽谈今后的贸易问题。

按照朝廷的规矩，堂堂中华威服四海、自给自足，懒得和远方化外之夷有什么交往。如果这些夷人吃不饱饭，朝廷可以特别施加天恩，允准其到广州进行贸易，以昭皇德。洋人到广州只允许贸易，不得妄谈国事，一切生意均须通过十三行洋商代为办理。

从这个角度讲，在中华帝国的地面上根本不允许西洋官员身份的出现。律劳卑的身份只能是做生意的大班，如果一味坚持"官员"身份，那对不起，哪儿凉快哪儿待着去。

律劳卑所犯的另一个忌讳，是他不肯使用禀帖。

禀帖是洋人由下而上对朝廷的书面请求，表示化外夷人对中央帝国低一等的意思。十三行的洋商对这种不知天高地厚的夷目见多了，不假思索地把律劳卑的书信翻译成禀帖，将他的身份自动降为大班，然后呈递书信到总督衙门。

卢坤担任两广总督以前曾在广东当过巡抚，是一个地道的洋务通，洋商们这套息事宁人的鬼把戏根本瞒不过他的法眼。总督大人把伍秉鉴请到总督衙门，详细盘问事实的真相，然后委派老浩官到澳门城去劝阻律劳卑，叫他不得轻举妄动。可惜，伍秉鉴到了澳门城，却结结实实地吃了对方一个闭门羹。

工业革命以后，英伦三岛草鸡变凤凰，实力陡增，英国政府踌躇满志，正准备挽起袖管有所作为一番。东印度公司的正式退场意味着"商"对"商"时代的结束，"国"对"国"时代的来临。作为国王陛下的首任对华商务监督，律劳卑勋爵负有政府赋予的特殊使命，如何肯把自己屈就为一名做买卖的大班？

律劳卑勋爵到达澳门城后，耳朵里灌满了走私商人的建议，最集中的一个建议就是让他千万不要相信洋商们的翻译。于是，他请传教士马礼逊亲手把书信翻译成中文，派人乘船来到广州城下，把这封"原汁原味"的公函投至两广总督衙门。

自古人臣无外交，律劳卑向总督衙门强行递交书信的做法，犯下了官场大忌。

伍紫垣心有余悸地说："阿爸，律劳卑派人公开投送信函，似乎不达目的决不罢休，这怕不是什么好兆头。"

伍秉鉴的手倏然抖动了一下，差点扫到桌子上的茶碗。屋外的雨声越来越大，父子俩被淹没在无尽的惶惑中。

第二回　大湖波涛

河南岛虽然地处广州城外，终究属于达官贵人常来常往的咫尺之地，仍然是“本地班”的禁地。为了不给伍家添麻烦，“凤凰仪”班特地打造了一艘没有染红的画艇，拔掉船头的琼花旗和凤凰旗，悄然驶入万松园。

“凤凰仪”班在琼花会馆旗下二十多个戏班中最负盛名，不仅班里的大老倌（名角）名扬上六府和下四府，而且有几部压箱底的整本戏，是其他戏班排不出来的拿手绝活。伍梁氏是几十年的老戏精，眼光无人出其右。自打和“凤凰仪”班结缘，几年下来，伍梁氏和班主公婆之间建立了深厚的情谊。

“凤凰仪”班每年至少来两趟伍府，对万松园非常熟悉。船只停泊后，大老倌之外的龙套演员和行政勤杂人员，像什么打武家、衣箱伯父、棚面（乐队）师傅等等一起动手，忙着往小戏台上搬运兵器和戏箱。班主“太极剑”李敬南和妻子冼红玉则亲自提了礼物，到画舫面见老太太，给这位诰命夫人拜寿。

伍梁氏坐在黑酸枝雕花木椅子上，手里擎着一尊“童子拜寿”的陶塑反复端详，赞不绝口：“咱们石湾的陶艺技法委实精妙，你看老仙翁这胡须、衣褶、条纹、缝隙，枝枝脉脉无不清亮，没有一处是含糊的。”

佛山堡西南方向不到十里地的石湾镇，为蜚声岭南的制陶中心，一向有“石湾瓦，甲天下”的美誉，世人誉为“小金山”。石湾镇一带的岗沙质地优良，含铝量适中，非常适合制作陶瓷器皿。在南海县境内，石湾镇的繁华程度仅次于佛山堡，七千户本地居民中至少有一半从事制陶业，所生产的产品制作精美，结实耐用。

伍梁氏把陶塑递给温少奶奶，意犹未尽："阿南，这是老苏家，还是老文家的手艺？"

班主李敬南这年四十出头，鹤山桃源镇禄洞乡人氏，身高八尺有余，生得威武雄壮，气宇轩昂。他在当班主前是琼花会馆赫赫有名的武生——红船最重视功夫戏，因此武生在戏班各个行当中稳坐头把交椅，被誉为“骑龙头”。

“不是苏家和文家，是黄家。”李敬南回答，“黄家新出了个后生，手艺百里挑一。我这回专门请他烧制，不知道能否入你老人家的眼？”

“是吗？”伍梁氏吃了一惊，啧啧称赞，“黄家竟然出了这么一把好手？不得了，看来以后老苏家、老文家在石湾镇的日子不好过喽。”

李班主松了一口气："只要你老人家可心。"

“你们能来我就高兴。”伍梁氏感慨，“班里的船往西发，你们公婆俩却要东来，给我这个土埋半截的糟老婆子贺寿，老身心里真个过意不去。”

根据惯例，每年六月十九“观音诞”，红班在祖庙华丰台唱完头台戏后，便会按照提前排定的台期到各地水乡去演出。红班在一年中只有一个月的休息时间，其中，春节前有差不多十天的休假，名叫“小散班”；五月底到六月十九叫“大散班”——在这段时间里，班主需要和各位大老倌、龙套演员等签署新的协议，然后把协议报呈琼花会馆。只有经过琼花会馆的审核批准，新班重组才算获得承认，方有资格到各地巡回演出。

班主太太冼红玉身材娇小，年轻的时候从花旦、刀马旦一路演来，现在饰演正旦。或许由于武戏饰演多的缘故，眉目中总是难掩一丝刚强的底色。她上前道了个万福："老诰命，你高看我们公婆一头，赏给‘凤凰仪’班饭吃，我们谢还来不及呢。"

“不碍事，班里有柜台打理，周到得很。”李班主在一旁补充，“再说船上的大老倌都是兄弟姊妹，用不着我俩多操心。”

柜台是红船班主雇用的行政管理班子。

丫鬟婆子伺候伍梁氏换了身轻便的服装，老太太唏嘘道："日子过得可真快，一晃七年过去，阿南头上见白发，阿玉这事头婆(老板娘)倒和从前一样水灵。"

"老诰命真会夸人，我今年过了四十。"冼红玉有些不好意思。

伍梁氏捏着冼红玉的手关切地问："阿玉，去年你们来的时候，听说你家的老大正在准备考取功名，不知道可否取中?"

听了这番话，李敬南满脸通红，悻悻地说："犬子无才，整日舞刀弄棒，我锁了他的兵器库也不管用。"

"不是说县试考得还不赖吗?"伍梁氏很是奇怪。

李敬南叹了口气："说来也怪，犬子每逢县试、府试倒还有名次，唯独一到院试，必定名落孙山，真丢人家何先生的脸面。"

南海县烟桥乡的何锦是广州府的名塾师，人称"何铁桥"，前年来佛山堡开设书馆。经由伍梁氏介绍，李敬南把大儿子送进他的书馆，接受指点。

李敬南和冼红玉膝下有一对男仔，长子李文茂十六岁，次子李文辉十四岁。清代下九流三代以内不得考取功名，为了躲避这个限制，在李文茂九岁的时候，李敬南将他过继给鹤山老家的堂兄李敬严，充作肇庆府鹤山县的童生。这种打擦边球的做法时有遭人检举揭发之虞，李敬南和冼红玉夫妇虑及这一点，等老二李文辉出生，直接把他送到冼红玉的娘家抚养，并给孩子改了个名叫冼文辉。

"功名路上白发童子，你们家老大才几岁?"伍梁氏宽慰公婆俩，"我那个侄子才高八斗，满腹经纶，什么经史词章、金石书画，那是无一不通，无一不晓，省城里的名家大吏谁个不夸赞? 三十大几的年岁死活考不过乡试，不容易啊。"

李敬南问："老诰命说的可是藤花先生?"

"嗯。"伍梁氏点点头。

"藤花亭主人"是伍梁氏一个远房侄子梁廷枏的别号，此人才华横溢，博学多述，除了钻研经史子集之外还涉猎戏曲，他的代表作有著名的"藤花四梦"——《江梅梦》《昙花梦》《园香梦》和《断缘梦》。时人把这四本杂剧和汤显祖的“玉茗堂四梦”(《牡丹亭》《邯郸记》《紫钗记》和《南柯记》)相提并论,足见其声名之隆。梁廷枏口味清雅,素来推崇昆曲,在“本地班”中只对“凤凰仪”班高看一眼。

李敬南拱手:“藤花先生是红船仰慕的圣人,去年他把《断缘梦》的本子赏给我们,班里的兄弟姊妹脸上无不光彩。这出戏我们预备了,待会儿请你老人家上眼。”

“真的?”伍谊兰、温梅氏喊出了声。

伍梁氏穿戴整齐,得意地对伍谊兰、温梅氏说:“想听纯正的红班戏,还得看人家‘凤凰仪’班的。说吧,你们想听什么?这回让你们过过瘾。”

温少奶奶笑道:“我自然点《薛刚反朝》,老徐策抖鞭子的硬功夫,‘外江班’那些细胳膊嫩腿的绝对玩不利索。”

“我来一段《三娘教子》。”伍谊兰说。

温梅氏使劲啐了她一口:“呸。”

伍梁氏笑得前仰后合:“点齐,点齐。”

小戏台的锣鼓刚敲响不久,两广总督卢坤的官船就开进了龙溪涌。伍秉鉴匆匆忙忙换了身官服,带着伍紫垣、大管家伍长福等人出门相迎,把总督衙门的大队仪仗迎入万松园。卢坤到英吉利厅坐定后,呷了口茶,解释:“老兄台,嫂夫人大喜的日子,本当昨日来贺。不想夷情变故,临时在虎门大寨耽搁了一夜,请多多担待。”

卢坤这年六十有二,出身著名的范阳卢氏,为东汉名臣卢植的嫡传后裔。他虽然是两榜进士出身,一辈子绝大多数时间却在替朝廷剿匪戍边。其平生最大的勋绩,便是协助扬威将军长龄平定张格尔叛乱,“久著劳绩,名德浩滂”。道光十二年,卢坤在湖广总督任上镇压湖南江华县瑶民起义,随即调职两广,接替被革职的前两广总督李鸿宾。

李鸿宾主粤六载,遗祸千秋。他以堂堂两广总督之尊,公然收受洋人贿赂,纵容广东水师私放鸦片船入口——“巡船每月受规银三万六千两”,水师“查弊之人,即作弊之人,率皆贪得陋规,私行纵放”。在他的影响下,广东官场暗无天日,上下腐败成风,官府盘剥百姓之害甚于鸦片百倍,内呈崩裂之态,洋人遂起觊觎之心。

天道有常，李鸿宾最终尝到了自己种下的苦果：粤北连山瑶民起义，前去镇压的军队迭遭挫折，其原因就是"粤兵多食鸦片，不耐山险"——雨天的时候鸦片烟管点不着，绿营士兵腰酸腿痛，萎靡不振，哈欠连连，士气低迷，这样的军队如何能打胜仗？

卢坤接任两广总督后，谋定后动，雷厉风行，展现出宿将风采——首战剿灭了房大第六领导的连山八排瑶少数民族起义，紧接着大破三合会旗下"洪兴堂"主力，把后者驱逐到粤湘赣三省交界的万山丛中，稳住了广东的局面。

数十年的戎马征战生涯，为卢坤赢得声誉的同时，也给他带来了遍体的创伤。年轻的时候无所谓，过了花甲之年，身体的所有旧创、毛病一股脑袭来，根本承受不了没日没夜的劳顿和水气风寒。此刻，见制台大人坐在太师椅上疲惫不堪，困倦的神情流露无遗，伍秉鉴连忙吩咐下人端来热茶和热汤，待卢坤浅浅地抿了一口，这才回答："不敢当，大人日理万机，为国事操劳，敝府蓬荜生辉，不胜惶恐。"

卢坤摆手示意："老兄台，你我二人说话就不要客气了。"

伍秉鉴问："大人，听说律劳卑给您上了封书信？"

"远夷莽浪，不谙教化。"卢坤脸上露出些许愤怒的神情，"该夷目自称什么大英国正贵大臣、水师船督、世袭侯爵，妄自尊大。他竟敢不用洋商居间转交的禀帖，大白天遣人用平行公函直递部堂衙署，真是其心可诛。"

卢坤之所以对伍秉鉴另眼看待，除了欣赏对方的才干外，还有一个原因便是在整顿广东水师的过程中，老浩官对他多有教益。

进入道光年间后，困扰了康熙、雍正、乾隆、嘉庆四朝的西北边事终于取得了一个圆满的结局，反叛势力被彻底平靖。与此同时，素称难治的岭南和福建等沿海省份吸引了朝廷越来越多的目光，尤其是岭南地区让道光皇帝念兹在兹，这里面有两个因素。

第一个原因是以广州为核心的中西贸易规模日甚，粤海关收上来的银子却不成比例——大量的走私贸易肥了粤省官吏的腰包，把抠着手指缝过日子的道光皇帝气得整宿睡不着觉，严令卢坤大力整饬广东海防。广东水师将士过万，是朝廷部署在岭南最强大的一支机动力量，除了拱卫海疆和平定叛乱外，尚负有缉拿鸦片走私的重要职责。道光年间，下到街头要饭的叫花子，上至九重宫阙的皇帝佬，都明白走私猖獗的根子，出在执法犯法的广东水师身上。

第二个原因是奉行反清复明宗旨的天地会，即俗称的洪门，自从1786年台湾的林爽文起义失败后，余部移师两粤，更名为三合会。洪门在粤东遍地开花，星火燎原，迭次发动武装起义，让皇帝佬心惊胆战。

众所周知，满汉之别是朝廷最脆弱的心防。可以说，二百年来清廷的统治，基本上是围绕着如何湮灭和阉割汉人血性这个主题来进行设计的——以广东水师为例，船造多长、炮铸多重等具体事项，必须严格依照部颁定制，不许稍逾分寸。广东沿海有些炮台的大炮长达百余年未曾燃放一发炮弹，有的战舰龙骨腐烂而得不到维修，种种稀奇古怪的事例无不绽露出朝廷防范汉人的良苦用心。在这种思想指导下的广东水师，充其量只能算是内河水师，与洋人的远洋战舰相比，不啻天壤之别。

在道光皇帝的心中，洪门举事的危害比西北用兵更可怕十倍——后者充其量是蒙、回等少数民族的“边患”，而前者则是重新唤起汉人血性的黄钟大吕。几百万满人奴役数亿人口的汉人，好比扁舟驶于怒海。一旦海风汹涌吹起，不言而喻，以爱新觉罗氏为代表的统治阶级必将面临覆亡的可怕结局。

稽查鸦片走私贸易和镇压洪门起义这两件大事，均离不开对广东水师的治理。卢坤深知广东水师各派势力盘根错节，树大根深，所以他鸭子凫水，细密布局，直到道光十四年的上半年才开始下手整顿——水师提督李增阶是第一个倒霉鬼，被卢坤重重地参了一本后，蹲在家里写自辩状，官帽肯定是保不住了；卢坤第二刀要砍向的人是广东水师掌管巡缉大权的副将韩肇庆，其人狡诈多谋，在官场上有个绰号叫“韩狐狸”。此人不仅是卢坤整饬广东水师的重点打击对象，而且是伍氏家族最大的“仇家”。

如果从第一道禁烟令（雍正七年，即1729年）开始算起，至道光十四年，从朝廷中枢到督抚衙门发出的各类禁烟令总共超过了五十条。“狼来了”喊三遍就没有用，更何况吵吵嚷嚷了五十回？历任督抚没有人把禁烟当回事，反而把它当作中饱私囊的利器。

为了独揽鸦片走私的暴利，前任两广总督李鸿宾在任内命令广东水师设立巡缉船，把这个特大号肥缺交给了自己的亲信“韩狐狸”。水师巡缉船最盛时，旗下单单是主力战舰就达到二十六艘，其他各类辅助船只数不胜数，装备之精良在广东水师雄踞榜首。

水师巡缉船名为巡缉鸦片走私，实为李鸿宾和韩肇庆等贪官污吏的聚宝盆。“韩狐狸”生财有道，除了每月固定收取的“规银”外，水师巡缉船还向鸦片贩子提供代运鸦片过关等增值服务。名目林林总总，五花八门，总而言之一句话，就是一只麻雀从伶仃洋上飞过，也得拔根毛下来孝敬他们几个。

靠着巧取豪夺，这些蠹虫积累了令人咋舌的巨大财富。

卢坤下马上任伊始，听取了伍秉鉴的建议，打蛇打七寸，第一步先取缔了水师巡缉船的垄断权力，责令水师广州协、顺德协、香山协、大鹏营等等各管一方，分别缉拿走私，一举敲掉了韩肇庆等人的“金饭碗”。

那么，伍秉鉴和韩肇庆有什么深仇大恨，非要向卢坤献此釜底抽薪之策呢？

伍家和韩肇庆之间的矛盾由来已久，从根子上说，还要回到十三行制度上。在十三行垄断制度下，洋商不仅互相之间承担连体风险，而且对与他们做生意的洋人也必须“结保”——换句话说，洋商同时是一个保商。这意味着与他们做买卖的洋人出了任何违规的事情，朝廷不必去管洋人，最简单的办法是先拿你这个“结保”的洋商是问。

如此一来伍秉鉴在劫难逃，他不但是怡和行的掌门人，而且是十三行洋商的总商。也就是说，不论哪一家洋商或者是洋人的哪一条商船走私鸦片，第一个“挨刀子”的准是老浩官伍秉鉴没跑。道光元年(1821年)，伍秉鉴头上的三品顶戴便被朝廷摘过一回，原因无他：发现了洋人走私鸦片。

要说冤枉你伍家，也不能完全算错，因为伍家从前的生意伙伴“铁头老鼠”查顿、马地臣和“白头番”化林治这几个家伙正是伶仃洋上最大的一伙鸦片走私商。黄泥巴掉进裤裆，不是屎也是屎，官府禁烟的刀把子不捅你伍家，又该捅谁？

韩肇庆独揽巡缉大权的时候养成了一个习惯，只要随便逮着一条鸦片走私船，不管走私贩子姓甚名谁，先跑到万松园敲一笔再说。日久天长，他和伍府变成了天敌。

“该夷目携带一条大兵船，悄悄屯泊在沙沥洋一带的洋面，上有番哨一百九十名，火炮五十门。”卢坤气愤地对老浩官说，“如此重要的敌情，姓韩的却蓄意隐瞒，要不是抚标前山营派哨探来报，本帅还被他蒙在鼓里。”

总督大人虽然面色疲惫，但他的眼神中却透着一丝神秘莫测。听了卢坤这几句漫不经心的牢骚话，老浩官恍然大悟——难怪卢坤星夜亲赴虎门大寨，原来明着是去处理夷务，暗地是打算找韩肇庆的茬。伍秉鉴心里频频点头，“韩狐狸”为人阴险狠辣，行事诡秘周全，尤其是在京城里拥有极为深厚的人脉，比水师提督李增阶要难对付得多。卢坤如果想扳倒他，从军法上入手，倒不失为良策，伍秉鉴思忖片刻：“大人，凡夷目越洋东来，所乘多为大兵船。他把兵船停留在沙沥洋，似乎也不算什么异常。”

“老兄台有所不知，”卢坤沉重地摇了摇头，“该夷目远非昔日大班可比，根据抚标前山营的探报，除了沙沥洋的这条兵船，他在九州洋面另藏有一条大兵船。”

“果真如此？”伍秉鉴吃了一惊。

“姓韩的怕我找他的不自在，隐瞒第一条兵船的军情不报，尚情有可原。”卢坤的嗓门略微地提高了一点，“可是关于洋人的第二条大兵船，提标水师从上到下一问三不知。圣上每年花那么一大笔银子，养这群饭桶有什么用？”

窗外阴沉的绵绵雨势，结成了一张铺天盖地的巨网，兜头袭向伍秉鉴。老浩官在心头暗自盘算，依照卢坤现在掌握的证据，“韩狐狸”贻误军情这条罪名，差不多可以落实个十之八九。天网恢恢，疏而不漏，想到这贼子终于有了遭报应的一天，伍秉鉴感慨之余，不免心里有一种如释重负的感觉。与伍秉鉴有所不同，卢坤心里是喜一半、忧一半，喜的是终于找到机会可以向韩肇庆这伙败类发难，忧的是眼前的夷务非常棘手。

在数十年的戎马生涯中，卢坤从来没有遇到过像英夷这般犀利的强敌，其炮火之强、兵船之巨，均大大超出了清军的战斗力。律劳卑带来的这两条兵船只有区区几百号人，却像两座大山一样压在他的心头，让他几乎透不过气。

过了好大一会，卢坤勉强收住思绪，询问老浩官：“老兄台，按理说内洋水浅,这两条英夷兵船火炮虽巨,却进不了我省河。本督到虎门大寨实地勘察,实在摸不清夷目律劳卑的葫芦里,到底卖的是什么药。”

伍秉鉴信奉的是“小心驶得万年船”的古训,谨守自己作为生意人的本分。虽然他和总督大人私谊甚密,不过卢坤官帽上那两根沉甸甸的花翎时时刻刻提醒他——大清朝不比西洋的红毛番邦,官就是官,民就是民。商人纵然家财万贯,可以用钱捐个顶戴,然而在朝廷的眼里终究是一介没有尊严的蝼蚁草民,这之间的分野绝不能轻易逾越。

“军国大事,小民岂敢妄谈?”老浩官小心翼翼地措辞,“制台大人,水师衙门那边是怎么说的?”

卢坤的脸色又阴沉下来,低声骂道:“这群败类吃着朝廷的粮饷,拿着百姓的供养,只知中饱私囊,浑然不顾国家安危,实属可恶之极。本督已经发下军令,限他们明日午时前报来夷情底细,否则军法从事,一体拘拿,决不轻饶。”

话音刚落,总督大人忽然身子一歪,差点从椅子上摔了下来。贴身护卫的亲兵洪大顺眼疾手快,伸手把卢坤搀住。事发突然,伍秉鉴连声惊呼:“卢大人,卢大人。”

卢坤依偎在太师椅上,缓了口气:“不碍事,不碍事,俱是积年行伍落下的病根。岭南水浓露重,老朽残躯不胜其寒,歇息片刻便好。”

伍秉鉴关切地问:“大人,要不要再来一碗热汤?”

“不必麻烦。”卢坤想起了今天来伍府的正题,拱了拱手,“哦,对了,老兄台,嫂夫人在哪里?本督要当面给她拜寿。”

小戏台那边“凤凰仪”班的戏已经开锣,伍秉鉴心里有些犹豫:“不敢扰动大人金躯,我通知贱内前来见驾就是。”

“那可不行。”卢坤执意道,“本督迟来一日贺寿,已然愧疚于心,焉能再行托大?唐突女眷之处,尚乞老兄台恕罪。”

总督大人当面贺寿,这是一个赏下来的天大面子,老浩官不敢不接。他当即吩咐伍长福前去通知,自己和儿子陪着卢坤冒雨朝湖西的小戏台行来。这时,夜幕初上,漱珠岗巨大的身影从雨帘中探出头,倒映在万箭穿心的湖水里;浮碧亭、磨玉亭两座亭子突兀而立,犹如九州洋和沙沥洋上那两条英夷兵船的黑影,拂之不去地印在卢坤的脑海深处。

小戏台的包厢乱作一团麻,由于来不及回住所换衣服,丫鬟老妈子只好把披风大氅等衣物尽数拿出来。几位捐了功名的夫人刚刚装束停当,卢坤一行人便来到小戏台的正堂,伍梁氏等女眷行礼完毕,撤回包厢继续观戏。

伍秉鉴忐忑不安地望了卢坤一眼,吩咐伍长福:"你叫他们停了戏台上的锣鼓,免得扰了制台大人的清修。"

"本督将息片刻就走,别打搅了老诰命的雅兴。"卢坤连忙摆手,"老兄台,正好趁眼下这个空当,咱们俩好好叙一叙。"

老哥俩窃窃私语,参汤凉了热,热了凉,两个人皆无心下咽。这份亲热劲没有持续半个时辰,水师参将崔凤岐一头闯进来:"大帅,韩大人和高参将求见。"

卢坤脸上顿时露出不快的神情:"他们来干什么?"

"韩大人说,"崔凤岐禀告,"他探听到了英夷的底细。"

卢坤怒上心头,自己前脚刚离开虎门大寨,才一袋烟的工夫,韩、高二将就"探听"到了英夷的底细,这不是上坟烧白纸——糊弄鬼吗?倘若广东水师真有这么高的效率,自己又何必冒着大雨亲赴虎门大寨,劳神费力地督办军务?他拿眼角的余光扫了老浩官一眼,只见伍秉鉴低头不语——伍家与"韩狐狸"势同水火,当然不愿意让这两个丧门星踏进万松园半步。卢坤皱了皱眉头:"天色已晚,让他们明日进署禀报。"

"喳。"崔凤岐应了一声,身子却留在原地,一动也不动。

伍秉鉴饱经人情世故,他懂得崔凤岐的意思——卢坤身为一军统帅,韩、高二将口称有十万火急的军情,不管是真是假,大敌当前总要给人家一个当面陈述的机会,断没有置之不顾的道理。他只得开口:"大人不可。"

卢坤面无表情地哼了一个字:"唔?"

"夷情攸关国家安危,"伍秉鉴硬着头皮,"请大人明察。"

卢坤等的便是这句话,立刻就坡下驴,点点头:"老兄台,说句心里话,我是不想让这两个莽夫污了你这一园子的佳山佳水。"

"有大人在,"伍秉鉴故作轻松,"老朽怕他作甚?"

卢坤做了个手势,崔凤岐转身而去。

从门外气喘吁吁进来两个满身戎装的水师将领，当先一个眉似浓墨，下面那双眼睛挤成一条缝，每一条皱纹的沟底都放射着浓浓笑意，他正是广东官场中有名的笑面虎韩肇庆；紧随身后的是其心腹高宜勇，此人一脸乱蓬蓬的络腮胡子，鼻孔朝天，目光凶残，太阳穴微微隆起个肉包，显然有一身不俗的横练功夫。

高宜勇管辖虎门炮台，专门负责洋船进省检查的差事。在李鸿宾时代，从洋面巡缉到通关检查等各个关节尽数被纳入韩、高二将一伙的囊中。哥俩和鸦片贩子打成一片，把从虎门大寨到商馆广场之间的洋面、河面，打造成鸦片走私的“绿色通道”。

没多久，这两个一向骄横跋扈的家伙像是霜打了的茄子，蔫头耷脑。进入屋子，二将恭恭敬敬地向卢坤屈身：“给大帅见礼。”

卢坤欠了欠身：“二位将军，听说夷情业已查明？”

“喳。”高宜勇抢先讨好，“回禀大帅，末将派人探明，泊在沙沥洋的英夷兵船名叫‘安德洛马奇号’，泊在九州洋面的叫‘伊莫金号’。‘伊莫金号’归东印度公司管辖，并非夷目律劳卑直接统带，估摸不会听他的招呼。”

卢坤听到这里，脸上露出不豫之色：“高将军，这就是你刺探的夷情？难道堂堂的广东水师，平时都是靠‘估摸’这两个字判断敌情吗？”

一张热脸贴到冷屁股上，高宜勇被申饬得灰头土脸，结结巴巴说不出一句整话。韩肇庆上前替他遮掩：“大帅，高将军不是这个意思。”

卢坤盯着他：“韩将军有何高见？”

韩肇庆理了理思路：“大帅，我们和英夷打了多年的交道，这些红毛番鬼最喜欢虚张声势。我军不必草木皆兵，但是也不可不防。”

韩肇庆这番陈对是正经的官话，听起来四平八稳，其实全是没用的废话。高宜勇没有韩肇庆的城府深，想起什么就说什么，改不了的臭毛病：“大帅，嘉庆十三年，红毛鬼子也来过三条这样的大兵船，比现在还多一条。一路放枪打炮，过省河一直闯到黄埔。结果咋样？还不是啥便宜也没捞到，灰溜溜地滚他老母的蛋了？”

卢坤对高宜勇的粗鄙非常厌恶，出言讥讽：“听高将军的意思，是要本帅不战而降，拱手放英夷兵船过你的虎门炮台？”

这话声音不大，听在高宜勇的耳朵里，却好似当头一个霹雳，后脖颈子冒凉气,腿一软跪倒在地:“大帅,末将冤枉。”

论心智和口才,十个高宜勇也不是卢坤的对手,韩肇庆不得不张嘴:“大帅息怒,高将军是个粗人,说话有口无心。其实我们两个在路上已经商量好了,倘若英夷胆敢犯我天朝,我兄弟愿请一支军令,出洋剁下律劳卑的红头壳,向大帅献功。”

“是吗?”卢坤的脸上浮起了一丝笑意。

望着卢坤那双灰茫茫的眼睛,韩肇庆感到十分紧张。常言说“官大一级压死人”,又道是“人为刀俎,我为鱼肉”。眼下战云隐现,卢坤手握阵前临机决断的生杀大权,自己和高宜勇的命运掌握在他的手里,这时候千万不能触霉头!

李鸿宾倒台后,韩肇庆明白李增阶必定保不住乌纱帽,一旦这堵挡风墙倒塌,自己的厄运就该开始了。“韩狐狸”未雨绸缪,不敢有一丝一毫的懈怠,秘密派遣王振高、徐广两员心腹干将,携带这些年搜刮来的银两常年住在京城,打点军机处的各位大爷,以求保住水师巡缉这个天字第一号的大肥缺。俗话说,“人为财死,鸟为食亡”,不到最后一刻,韩肇庆绝不愿让出这个肥缺。想到这里,他清了清嗓子:“大帅,末将所陈句句属实,没有半个虚字。假使战那夷人兵舰不胜,情愿赔上项上人头。”

“本帅只令尔等探听敌情,要人头何用?”卢坤不想再听这些便宜话,厉声叱喝,“韩将军,我来问你,该夷目引领两条大兵船虎视眈眈,一明一暗,一远一近,究竟所为何来?到底是战,还是不战?”

战与不战,这是一个可能攸关生死的问题。如果在军机大事上胡言乱语,万一将来发生的情况与自己所言不符,岂不是把贻误军情的铁证送到了卢坤的手里?韩肇庆和高宜勇被卢坤逼到了墙角,没法再绕圈子蒙混过关。他们明白卢坤处心积虑想收拾自己,干脆把头低下,来个徐庶进曹营,一言不发。

套一句老百姓说的俗话,官场虚于应事的风气是百年大树,根深蒂固。广东水师号称“大清国第一水师”,靠韩肇庆和高宜勇这号只知中饱私囊的败类统领,能有什么好果子吃?卢坤心生无限感慨:“两位将军不是探明夷情了?如何变成了哑巴?”

韩肇庆眉头一皱，计上心来，飞速朝高宜勇使了个眼色。后者会意，挺起大脑壳，鼻息重重地说："依末将愚见，大帅，夷目律劳卑纯系初来乍到，根本不懂天朝的规矩。他带的两条大兵船无非是炫耀武力，想吓唬吓唬咱爷们，逼迫我方给他让利。其实他们根本就没有做好开战的准备，所以这一仗，末将认为绝对打不起来。"

卢坤一怔："高将军，你可知军中无戏言？"

"倘若有误，"高宜勇喘着粗气，"末将甘愿受罚。"

卢坤笑了笑，转头问韩肇庆："韩将军是否与高将军有同感？"

哪知"韩狐狸"朗声道："大帅，末将的想法正好相反。"

这个回答大大出乎卢坤的意料，他失声问："你说什么？"

"回大帅的话，"韩肇庆不急不缓，"末将观律劳卑尖嘴猴腮，绝非善类。他暗藏兵舰在九州洋，包藏祸心，此番必来启衅。"

两个人一同刺探的情报，却做出了截然相反的敌情判断。卢坤明白了，这是"韩狐狸"施展的壮士断腕之计。他气得浑身发抖，老毛病又开始发作，腰肾冰凉，隐隐作痛，一阵头晕目眩。稍微稳定一下精神后，卢坤声音颤抖地逼问："韩将军，本帅想问一问，假如英夷果如你所料悍然启衅，你有何应敌之策？"

受老迈病躯之累，英雄一世的卢坤终于露出了破绽，进屋以来一直处于被动挨打局面的韩肇庆奇怪地抬起头来。当看到总督大人极力想要掩饰的痛苦表情，他不由笑了：眼前这头老虎虽然爪齿俱全，却不过是一头老迈气衰的迟暮之虎。

小戏台正堂两面窗户敞开着，戏台上锣鼓喧天，团花锦簇。韩肇庆是本地人，耳朵里听了个真真切切，戏台上演的竟然是红班戏。

"韩狐狸"双目骤然放亮——众里寻他千百度，那人却在灯火阑珊处，现成可以顺手利用的刀把子，自己进来的时候怎么就没看清？怎么就没听清？差一点漏出了手指缝。韩肇庆认真地听了一会戏，直到确认无误，才把肚子里的算盘重新扒拉了一遍，转守为攻："英夷鬼蜮之国船坚炮利，远非西北的流寇马贼可比。常言道，兵来将挡，水来土掩，大帅，战死沙场是末将等的职责。然大帅为圣上镇守万里海疆，身系国家安危，应敌之策须计出万全，绝不可意气用事。末将的意思是，打得过就打，打不过就议和嘛。”

韩肇庆这番话表面上像是在替卢坤考虑，其实最恶毒不过——堂堂天朝威服四海，哪一个封疆大吏胆敢擅自与英夷“议和”？卢坤纵然再有涵养，也被韩肇庆激得火冒三丈，他拍案而起断喝一声：“大胆狂徒，你……你……”

一个“你”字没有说完，总督大人的身体颤抖着向后倾倒。左右护卫早有准备，急忙把他扶到椅子上，灌药的灌药，喂汤的喂汤，屋子里瞬间乱成一团。

韩肇庆冒险一逞，侥幸从逆境中摆脱出来。他瞄了伍秉鉴一眼，笑容逐渐浮现在他那张肉嘟嘟的大脸盘上。凄风冷雨中，他的笑显得那么狰狞！

第三回　无妄之灾

李鸿宾当初设置水师巡缉船，意在独享鸦片走私的红利。为了掩人耳目，特地在缉查鸦片走私的前面加上了一个堂而皇之的职责，这便是捉拿三合会乱党——在珠江流域，三合会与红班之间的关系可谓由来已久，妇孺皆知。

岭南孤悬边陲，宋、明两朝末期，不甘左衽的节义之士一路南奔，把这里当作复兴汉室的最后一盏明灯。两粤大地上，处处可见抗击元、清残暴统治的历史遗迹，遍地洒下烈士的鲜血和复仇的种子。发源自闽粤交界处的洪门转进粤东后，立刻重获生机，从这片肥沃的土壤中汲取到了前所未有的伟大力量。

入关以后，清廷为了消弭汉人的血性，采取了各种无所不用其极的政策：一方面正本清源，在编纂《四库全书》的时候，特意将《武经总要》和《武备志》之类有关兵器的书籍列为禁书，加以焚毁；另一方面，严禁开设武馆，杜绝民间习武。对那些山高皇帝远的庙宇和道观，官府通过度牒制度实施严格管理，把有反抗传统的庙宇一律改为十方丛林，取消这些僧尼、道士招收徒弟的资格，委派官府爪牙担任住持进行监管。

茫茫南粤大地，官府插不进手的聚众习武场所，最后孤零零只剩下一处，这便是琼花会馆管理下的红船戏班。红班的行当像武生、小武、刀马旦、大花面、二花面等，均需精湛的武术素养，招人练习武艺，自属理所应当。

普通的穷汉子，要想学几手武艺，一般都跑到红船上去当个什么六分、五军虎、四大甲等跑龙套的武打角色，或者干脆直接上红船干杂务、打下手——要么撑船当"笃水鬼"（又称船尾叔，即水手），要么到厨房里面去当打杂的"四不正"、洗碗的"洗碗仔"和切菜的"刀头叔"等等，一切无非是为了在行船时，方便偷窥红船师傅教授徒弟的武技。

佛山堡武风鼎盛，名闻遐迩，之所以能够在武林中得享胜誉，与岭南四大武林名山——丹霞山、罗浮山、西樵山、鼎湖山并驾齐驱，最根本的原因就在于，红船大本营琼花会馆坐落于汾江河畔的大基尾。

红船四季漂泊江湖，吃的是风，喝的是雨；唱的是忠义，舞的是刀枪。虽然戏子的社会地位非常低贱，但红船人常年在一起生活，学艺代代相传，互相间有着深厚的师徒、兄弟姊妹情谊，绝不容许受人欺凌。此外，红船自成体系，规矩严整，蔑视强梁，疾恶如仇，是天生的反叛者。在各级衙门的眼里，红船属于典型的"悍匪藏污纳垢"之所。

多少年来，红船为三合会输送了一批又一批的英雄好汉。这些人不但武艺高强，而且受红船戏棚历史故事的熏陶，个个行侠仗义，讲求忠义报国的气节，正是以反清复明为宗旨的三合会最需要的人才。

小戏台上，一出《薛刚反朝》正在上演。

"粤人好鬼"，戏剧起源于迎神赛会，红船这些曲子最初便是唱给那些鬼神听的。由于这个原因，红班戏有两大特点：一是锣鼓声喧天震地，二是服饰华丽夸张。

台上，薛刚离了青龙山，正在奔往韩山的道路上。扮演薛刚的是李敬南的小师弟冯西涌，他是个二十多岁的帅哥，七尺多高的个头，动作利索，扮相英俊，为"凤凰仪"班饰演红面小武的头号老倌。

锣鼓敲毕后，冯西涌的嗓音如空中响箭，脆生生带着威武：

心沉沉，不明路好崎岖，

紧紧加鞭，哪顾路高低？
抖缰绳，催动黑斑乌骓马，
崇山峻岭已过，为何不见有人家？
原野暗，暮烟横，夕阳斜下，
大好河山，莫非遭那奸佞摧残。
…………

唱完了这几句，亮了一个漂亮的姿势，冯西涌站定，高声念白："呔，俺薛刚是也。可恨朝中奸佞当权，那奸相纳人贿赂，借了当年大闹花灯之事，杀俺全家大小三百余口。某家逃生在外，在青龙会招合各路英雄，预备反唐复仇。"

小帅哥的念白在韩肇庆听来，字字句句像是伍秉鉴投向自己的匕首。"韩狐狸"虽然笑意仍浓，但是脸上的杀气却无处遮掩。此时此刻，韩肇庆对前任主子充满了感激，幸亏李鸿宾当初给水师巡缉船增加了这么一项职能，否则自己现在拿什么绝地反击？卢坤位高权重，难以抗衡，可伍秉鉴仅为一介商贾，凭什么不能寻这老家伙的晦气？

伍梁氏在寿诞之日请红班到家里唱戏，误打误撞送给了韩肇庆一把杀人刀。"韩狐狸"越想越舒坦，越想越解气：狗急了还会跳墙呢。姓卢的，你想断韩某人的财路，不让老子管鸦片走私巡缉？那好，韩某人今天就在伍府的万松园大开杀戒，来一个一箭双雕，一石二鸟——拿这些下九流的红班戏子开刀，血溅小戏台，左手灭了伍家的威风，右手扇你一个大嘴巴，让你也领教领教韩爷我的手段。

伍紫垣离韩肇庆和高宜勇最近，他的耳朵似乎能听到韩肇庆牙齿咬的嘎嘎声，蓦然感觉气氛不对。只见"韩狐狸"越发笑得灿烂，竟然主动朝自己点了点头。伍紫垣心头"嘣嘣"地跳个不停，赶紧把目光投向自己的父亲。

瘦骨伶仃的伍秉鉴面相温和，坐在椅子上如同一个优雅高贵的女子，仿佛全然没有把眼前的一切放在心上。伍紫垣的心顿时像跌进了冰窖，知父莫如子，他对父亲十分了解，老浩官越是面如春风，说明他心里越是绝望和无奈。

那副菩萨脸，是他一辈子风吹雨打历练出来的结果。

台上台下都是戏,“凤凰仪”班浑然不觉滔天大祸即将临头,台上正演到纪鸾英升帐点兵的那一幕。冼红玉扮演的纪鸾英光彩夺目,英姿飒爽,她亮开嗓门唱道:

可恨奸贼太不仁,害我薛家一满门;
韩山聚起人和马,要与薛家报冤恨。

随后是大段念白:“俺纪鸾英,只因薛刚大闹花灯,逃至我庄,爹娘将我许配薛刚。可恨张泰,抄杀我庄,夫妻失散。我逃至韩山招兵买马,但等兵精粮足杀进京城,报仇雪恨。今日升帐,左右,伺候了。”

戏台上,韩龙、韩虎、四女兵、四兵士排开阵势……

薛刚、纪鸾英和薛葵一家三口终于他乡相逢,悲喜交加后,薛刚开口问纪鸾英:“韩山现有多少兵?”

纪鸾英甩了一下头顶的雉鸡翎:“韩山现有三千七百人和马。”

薛刚:“青龙会还有八百兵。”

纪鸾英:“两处人马合一处。”

薛刚:“杀上天子午朝门。”

话音刚落,冯西涌的喉管挑了个尖,一阵激烈昂扬的锣鼓,二弦、扬琴、椰胡、横箫等乐器同时奏响,台上呼啸连连,杀声一片。

屋外雨势稍住,冰冷的雨息中人人缄默不言,空气里透着诡异和紧张。卢坤在太师椅上打了个哆嗦,勉强睁开眼睛,韩肇庆不容他有任何思考的余地,立即抢过话头:“大帅,末将有破敌良策献陈。”

看到韩肇庆不慌不忙的样子,卢坤明白,这家伙一定是趁着自己刚才昏厥的机会,找到了转守为攻的办法。他在官场打熬了数十年,明知此刻先机已失,但碍于面子,不愿意在“韩狐狸”跟前失了威风,只得沉着脸:“讲。”

“大帅,虎门以里内洋水浅,省河水道崎岖,礁石、暗沙林立遍布,英夷的大兵船难以行驶通过。假使没有熟悉地形的汉奸带路,他红毛鬼子能有几个胆子,区区两条兵船、几百号人就敢犯我天威?”韩肇庆谋定而动,娓娓道来,“依末将愚见,只要把那些吃里爬外的汉奸尽行擒获,英夷人生地不熟,一战可破！”

“汉奸”这两个字，无意中刺痛了卢坤敏感的神经，他右颊的肌肉微微抽搐。在座官员包括卢坤、韩肇庆、高宜勇在内，没有一个不是汉人，他们拿着朝廷的俸禄，从严格意义上讲，正是不折不扣的“汉奸”。

“汉奸”两个字是埋在清朝汉人官员内心深处不可触摸、不见天日的痛楚。卢坤不想碰这个字眼，遂改口问：“你说的奸细何在？”

“奸细？”韩肇庆一愣，一时没弄明白总督大人把“汉奸”改称“奸细”的用意。

卢坤怒道：“韩将军，你不是说有奸细吗？”

韩肇庆当下顾不得多想，用手一指戏台：“大帅，这些下贱的东西就是汉奸。他们在你面前公然口称造反，此等胆大包天的狂徒，不是汉奸又是什么？”

卢坤脸色一沉，不住地冷笑：“韩将军，休要胡言乱语。你仔细看清楚了，他们不过是唱曲的戏子，与伶仃洋上英夷的兵船何干？”

伍秉鉴明白韩肇庆这次不在万松园折腾出点事来，绝对不肯轻易罢休，他实在抑制不住满腔的火气：“欲加之罪，何患无辞？韩将军，大帅问你的是英夷军情，你放着军务不干，鸡蛋里挑骨头，非要在老朽家里生是非，居心何在？”

韩肇庆心里暗骂，老子今天就是鸡蛋里面挑骨头，王八伸头咬死虎，不把你伍府闹一个鸡飞狗跳，天翻地覆，卢坤这老小子能轻易放过我？他摆出一副死猪不怕开水烫的样子：“伍大人此话欠妥，捉拿乱党乃本将职责所在。就算他们没有和英夷勾结，但是洪门乱党匪性歹毒，比英夷更加可恨。”

的确，在朝廷眼里，三合会是比英夷可怕十倍的大患。卢坤自然明白韩肇庆死咬住这一点的用心。他叱喝道：“韩将军，红船是红船，乱党是乱党，休要混为一谈。国朝不尚重典，务求宽民，说他们是乱党，拿出证据来。”

看来卢坤甘冒大不韪，铁了心要和自己作对。韩肇庆心头七上八下，脱口喊道：“你不要忘了，大帅，红船和乱党穿一条裤子。去年洪门造反的匪首中，有一个叫大悲和尚的就是红船匪徒，而且名列‘琼花四老’呢。”

大悲和尚！这四个字像炸雷一样在卢坤的耳际轰鸣作响。

去年三月，为了分担“洪兴堂”面临的压力，三合会旗下另一大堂口“洪义堂”在粤东海疆揭竿而起，最后终因敌我力量悬殊，被广东官府残酷镇压。起事的两大首领中，林采佛战死沙场，大悲和尚力竭遭擒。

七日后，大悲和尚被押赴广州东较场，凌迟处死。临刑那天城东万人空巷，老百姓不约而同赶来看热闹。大悲和尚受刑长达三日，合计被剐了三千六百刀，最后血干涸、肉割尽，白骨流黄水，气息犹然未绝。其威武之气、惨烈之状，震撼省城。

当时卢坤亲自监斩，对大悲和尚的印象自然不能再深。他在湖广总督和两广总督的位置上忠心耿耿地执行朝廷的严酷政策，迭次镇压会党起义，乌纱帽沾满了洪家兄弟的鲜血。韩肇庆这声喊触动了他内心深处的那根神经，让卢坤暂时忘掉了对“韩狐狸”的憎恶，他端起茶碗喝了口茶，抬头听起了戏。

伍秉鉴是个老戏迷，“凤凰仪”班接下来要唱什么内容，他闭着眼睛都能倒背如流。老浩官暗自叫苦不迭，台下的局势瞬息万变，祸福吉凶全在卢坤一念之间。“韩狐狸”本来已经彻底绝望，谁知卢坤却似乎被他说动了心思，如果照眼前的形势继续发展下去，最后倒霉的恐怕不是人家韩肇庆，而极有可能是他伍秉鉴。

扮演徐策的田忠绰号“高佬忠”，是李敬南的师弟，为“凤凰仪”班头牌大花面。只听台上的薛刚抹眼拭泪，对徐策唱道：

“翻身下马把话论，尊声伯父你是听：大闹花灯孩儿错，为何杀我一满门？三月孩童有何罪？腰斩三截为何情？伯父思一思来想一想，叫儿心疼不心疼。”

徐策（白）：“你们为江山？”

薛刚（白）：“不为江山。”

徐策（白）：“为社稷？”

薛刚（白）：“不为社稷。”

徐策（白）：“那是为何？”

薛刚（白）：“与薛家报仇。”

徐策（白）：“也罢，待老夫上殿，启奏天子，倘若万岁准了本章，拿住奸党，与你薛家报仇；倘若万岁不准本章，你们再反不迟。”

这时，薛蛟上场。扮演薛蛟的是“凤凰仪”班的小武庞兴仔，这年刚满十九岁，他是田忠的徒弟，皮肤黑黝黝的倒像一个活薛蛟。

薛蛟（白）：“爹爹，倘若万岁不准本章，那时节可能反哪？”

徐策（白）：“呃呃，那可以反。”

薛蛟（白）：“啊，那可以反，哈哈，我们要造反哪！”

韩肇庆和高宜勇两人心花怒放，高宜勇抱拳向卢坤施了一个大礼：“大帅，你仔细听清楚了吗？我们哥俩可没冤枉他们。”

韩肇庆跪倒在地，死咬住不放：“大帅，朝廷三番五次下旨，凡属三合会逆党，一律严行缉拿、决不姑息。如今事证俱在，还请你老人家定夺。”

看韩肇庆和高宜勇这两个家伙兴高采烈的样子，再瞅瞅伍家父子的黯然神色，卢坤恨不得抽自己两个大嘴巴。一念之差被对手捡了个大便宜，事情到了这一步，那根套在伍秉鉴脖子上的绳索越拽越紧，自己失去了主动，倒不好贸然上前解救。

外面小戏台上的“凤凰仪”班，对屋子里面的剑拔弩张毫无察觉，正生龙活虎地演到了《徐策跑城》的这一段。

徐策唱道：

> 看看不觉天色晚，急急忙忙步进城；
> 老夫上殿去奏本，一本一本往上升。
> 万岁准了我的本，君是君来臣是臣；
> 万岁不准我的本，紫禁城杀一个乱纷纷。

最后一句话像一片孤独的雪花，坠落在无法挽回的命运之柱上。卢坤狠狠地盯了韩肇庆和高宜勇一眼，向老浩官递过一个歉意的眼神，然后食指轻轻地弹了弹桌面。崔凤岐会意，高喊一声：“大帅风寒未愈，起驾回署。”

在众将、亲兵的簇拥下，卢坤头也不回地离开了小戏台。伍秉鉴起身相送，把伍紫垣留下来对付韩肇庆和高宜勇这两个杀人不眨眼的魔王。这时，外面的雨已经停歇，几盏灯火倒映在大湖深处的湖面，像一面镜子照耀着越来越高的天空，又像是见不到底的深渊，任由“凤凰仪”班横箫悠扬，高胡明快。蝴蝶琴手陈四妹宛如流水般的滑指妙音，从小戏台屋顶那一排华丽的陶塑脊饰，一阵风般，扑入万松园呼啸的松涛。

总督衙门的大队人马刚刚离去，水师兵丁立刻蜂拥而上，将小戏台严严实实地围了起来。随着高宜勇一声令下，二十多名如狼似虎的兵丁冲上戏台，把冯西涌和庞兴仔两个五花大绑捆了个结实，拽着头发从戏台上倒拖下来。

李敬南听到前面一阵混乱和斥骂声，急忙快步穿过"虎度门"，飞身跳下戏台，奔到正堂，在韩、高二将面前跪倒："大人，蚁民等所犯何事？还望示下。"

"韩狐狸"大模大样地在太师椅子上坐下，手捻须髯，一颗心兀自跳个不停。高宜勇抄起茶碗，使劲吸了一口，张嘴就骂："你小子真有种，竟敢在制军大人面前嚷嚷造反？要杀朝廷一个什么乱纷纷，吃了熊心豹子胆啦？"

"误会，误会。"李敬南赔着笑脸。

"红口白牙，你还想抵赖？"高宜勇用手指了指伍紫垣，有意侮辱他，"不信，你问问这个小白脸，他可以替本将作证。"

伍紫垣与乃父的性情有所不同，伍秉鉴一生恬淡随和，忍字当头，阅尽了世事沧桑，性情再豁达不过；而伍紫垣生长在豪富之家，含着金钥匙长大，从小清高傲慢，打心眼里不喜欢干这种钱进钱出的商业行当。他与四哥伍元华一样，平生最大的理想就是效仿二伯伍秉镛，过那种逍遥的写意人生。

在未来的岁月里，这对父子的性格差别将会越来越明显。五年以后，伍秉鉴由于无法忍受枷号游街的屈辱，曾经一度动起了去国万里的念头。中国人最怕的是不能魂归故里，从老浩官这一选择中，我们可以看出，在本质上，他是一个不信邪的江湖人。

作为年轻一代的浩官，伍紫垣当然比父亲更了解西洋国体。第一次鸦片战争后，在家业凋敝、走向衰落之际，这个年轻人并没有远赴异国，而是仍然选择留在珠江这块生于斯、长于斯的沃土。其间虽然经历了狂风暴雨，他的信念却从来没有动摇，这说明深入小浩官脊髓的是一种读书人的执着。他脚下的这片土地，在物质财富之外，还给予了他太多的生命价值。这些价值无论善恶与美丑，均为这片土壤发酵的产物，它们缠绕着他的生命，充斥在他的每一根毛细血管中，让他无处遁逃，让他无法割舍。

此刻听到高宜勇出言不逊，伍紫垣毫不示弱地瞪了他一眼。

看不出这个蜜罐水泡大的公子哥，倒还有几分硬骨头？高宜勇从腰间拔出佩刀，腕子用力使劲往后一甩，刀头向外，斜刺里疾飞而出，不偏不倚擦过小浩官的衣襟，正好戳中敞开的檀香木门，"噗"的一声，半个刀头生生地透出门外。

这一下子惊动了在门外护驾的伍府家丁，呼啦啦一窝蜂冲进来五六十条大汉。为首的两个头目一位叫伍香韬，江湖人称"飞虹锏"，是伍府家丁的总教头；另一位叫梁坤，绰号"铁桥三"，是广州城里响当当的洪拳高手。伍香韬和梁坤二人左右分列，把小浩官紧紧地围护在当中，其余家丁排成一排，各持刀抢，对着水师兵丁怒目而视。

"韩狐狸"坐在椅子上，两只眼皮一耷拉，好像什么也没有看见。其实，他心里巴不得这场乱子越闹越大，双方火并起来才好——反正自己是当官的人，代表的是朝廷和律法，乱子闹得越大，伍府只能越倒霉。在场的人中，唯有李敬南明白轻重缓急，识得形势险恶，他运了运气喝道："各位军爷，李某是班主，有话只管对我说。"

这一嗓子，声若洪钟，立时把乱嚷嚷的局面给压了下去。见乱子没有挑起来，高宜勇气急败坏地骂了起来："你算他老母的哪根葱？老子还没有找你算账，你倒在大人面前胡乱狗吠。单凭这一点，军爷就能治你的罪。"

"是是，蚁民知罪。"李敬南深施一礼，"大人息怒，'造反'两个字可不是说着玩的，你纵使借给蚁民一万个胆，也没有人敢做这等抄家灭门的勾当。我们班里唱的都是几辈子传下来的戏词，千万当不得真，当不得真。"

"戏词？"高宜勇脸上横肉跳动，"别以为爷爷不知道你们是些什么货色？一群不服王化的奸佞之徒，白天在船上舞刀弄枪，晚上和乱贼勾搭连环。老子缉拿逆党这么多年，哪一天少了和你们红船人打交道？"

"大人言重了。"李敬南打哈哈。

"给你看一样东西，别说军爷冤枉你。"高宜勇越说越有气，卷起右臂的袖筒，露出粗大的一道伤痕，"老子这条臂膀去年险些叫大悲和尚剁了下来，你小子别装蒜。我就不信，你会不认识这个贼秃驴？"

大悲和尚不仅在琼花会馆名列“琼花四老”，而且是长子李文茂的授业恩师，李敬南怎么可能不认识？见高宜勇什么都清楚，李敬南无话可说，只好一头磕到地，兀自辩解：“我等皆为谨遵王法的良民，大人明鉴。”

“少废话，没把你们抓起来掏干净，老子已然是网开一面，法外开恩。”高宜勇不耐烦地挥动刀鞘，结结实实砸在李敬南肩膀上，打了李班主一个趔趄，然后回头问韩肇庆，“咱们就在这里开铡吗，大哥？”

韩肇庆幸灾乐祸地说：“老诰命大寿的喜日子，不兴闻血腥的味道，要是因为这个见了阎王爷，那是咱哥们儿的罪过。依本将看来，无论如何得给人家父子一个面子，这样吧，将这两个会匪绑到虎门大寨，砍下头壳挂起来示众。”

自始至终，李敬南心里始终抱有侥幸，以为眼前发生的一幕可能只是场误会，最多是官场中常见的勒索钱财的把戏。但听到韩肇庆最后这句话，他终于明白，这厮鸡蛋里挑骨头，卖布不带尺，存心不良，有意置冯西涌、庞兴仔二人于死地。

“太极剑”如同五雷轰顶，血气从腹腔往上翻涌。他昂起头来，一双炯炯有神的眼睛直视韩肇庆：“大人且慢，蚁民等贱命再不值钱，总要死一个明白。依着朝廷的王法，是不是要经过衙门三堂会审？”

“大胆刁民，敢犯大人虎威？”高宜勇再次抡起刀鞘，横着扫向李敬南的脸庞，顿时血光四溅。李敬南一动不动，挺着脖子不肯低头。

韩肇庆是练家子，见多识广，看出了对方的不同寻常。他从太师椅子上直起身，慢慢踱到李敬南面前，放软了口气：“你是班主？”

李敬南的声音不高不低：“正是小人。”

“可知本将是谁？”韩肇庆问。

李敬南摇了摇头：“小人无知。”

“不知者不怪，本将在水师衙门任职，挂从二品的副将衔，蒙朝廷恩旨专司巡缉。前些年主要查的是鸦片，后来人家不让管了，没办法，只好管管人。本将就这么一点职责，倘若再不抓几个会匪乱党，朝廷就该摘了我的顶子。”韩肇庆紧盯着李敬南的眼睛，点拨他，“不是本将有意与你为难，我看你挺精明的一个人，为什么放着佛山堡好好的日子不过，非要跑到这鸟地方受没来由的窝囊气？”

李敬南瞬间听出了“韩狐狸”的弦外之音，敢情“凤凰仪”班莫名其妙地成了韩肇庆和伍府恩怨的牺牲品？他沉默不语。韩肇庆眼里寒光闪闪：“三堂会审？这话没错。不过，你忘了一点，本将专司巡缉之职，别的不论，凡是捉拿的洪门乱党，依照朝廷律令，在本将手里随拿随杀。这是韩某人的职权所在，尚请足下见谅。”

“大人，别的李某不懂。”李敬南据理力争，“我只知道蚁等性命虽贱，但总不至于为了唱几句祖师爷留下来的戏词，就活该掉头壳？”

“本将对江湖道的朋友还是让着三分的，搁在往日闲时，韩某准卖你一个面子，不过今天可不成。”韩肇庆有意放低嗓门，耐着性子说，“九州洋和沙沥洋的洋面来了两条英夷的大兵船，看样子是想闯进来肆虐百姓。李班主，你寻思寻思，要是没有汉奸引路，它红毛鬼子敢来觊觎老子的省河防线？”

李敬南不解：“这和蚁民有何关系？”

“嗨，我看你是牛皮灯笼，死活点不着？”高宜勇怪叫，“这还听不出来吗？你们这群会匪就是汉奸。来呀，把这两个逆党带下去，剁了头壳，向制军大人交差。”

“太极剑”实在是忍无可忍，霍地站起身，双臂微微一用力，眨眼间推倒了眼前的四五名兵丁，大踏步来到门口，挡住了去路。

高宜勇吼道：“好小子，难道你要造反不成？”

李敬南双目射出森人的寒光，双拳紧握，骨节咯吱吱作响，斑斑血迹顺着脸颊不断向下滴淌：“两位军爷，莫要欺人太甚。”

高宜勇感觉到对方身上的杀气，意识到对方武功高强，连忙向后退几步。手下兵丁把他的腰刀从檀木门上拔了出来，递到他的手中。

“为了区区两条人命扯旗造反？不至于吧？”韩肇庆嘿嘿一笑，“我说李班主，你又不是光棍一条，难道不怕满门抄斩、株连九族？”

这句话无情地击中了对方的软肋，李敬南被迫松开攥着的拳头：“两位大人，假如今天能放兄弟一马，李某倾家荡产，必报两位的大恩大德。”

那个时候珠江三角洲贸易繁盛，红班生意非常兴隆，一个普通的大老倌身价每年都在几千两白银，顶得上一个大商号的收益。“凤凰仪”班名满粤东，雄居琼花会馆旗下戏班之首，李敬南作为班主，其家底至少在十万两白银以上。

听了他开出的这个条件，高宜勇起了贪念，侧过脸征求韩肇庆的意见。“韩狐狸”皮笑肉不笑地对李敬南说：“李班主，你看本将是缺钱的人吗？”

“大师兄，别求这些混账王八蛋，咱‘凤凰仪’的爷们在上下十府响当当的名头，从来没有出过一个孬种。”冯西涌扯开嗓子，“头壳掉了碗大个疤，怕他作甚。”

“他是存心要咱的命。”庞兴仔涨红了脸，“师伯，别理他。”

可怜李敬南空有一身武艺，如同被缚猛虎，趴在地上“咚咚”地磕着响头，每一下都是那样沉重，每一声都是那样绝望，震颤着戏台上下所有人的心。

“大师兄，你千万不要糊涂，卖了‘凤凰仪’班，老少爷们一百多口子，难道都去喝西北风吗？”冯西涌嘶声大吼。

高宜勇走过去，飞起一脚踹在他的胸口。

“两位军爷，”李敬南从地上爬起来，撩起袍袖，擦了把脸上的血迹，抬头问，“看来今天这人头是非借不可？”

“我说李班主，如今海防不靖，洋夷叨扰，朝廷严加苛责，我水师担负着国泰民安的血海干系，不杀两个逆党会匪，你让我如何给总督大人交代？”韩肇庆煞有介事，那副一本正经的神态叫人不寒而栗。

李敬南哈哈大笑：“好说，好说。”

“蚂蚁搂砧板，都是在刀口下觅食的，官场如江湖，兄弟的头壳别在裤腰带上。”高宜勇也学着韩肇庆说了句体面话，“李班主，在外面混，谁也不容易。”

李敬南没有回答，运动真气，浑身的衣物鼓起一大块。韩肇庆察觉有异，生怕他豁出去和自己拼命，主动退让了一步：“也罢，看在你李班主的面子上，韩某将就借一粒头壳使使，应付应付顶头上司。咋样，够意思了吧？”

“多谢军爷开恩。”李敬南又是一阵纵声大笑。

苍凉的笑声听在“凤凰仪”班人的耳朵里，是那般裂人心魄。夜已深，雨已住，似乎是从小戏台屋顶花脊的鳌鱼长须上落下来的几颗水珠，断断续续滴答在屋檐下的水池。李敬南掸一掸身上的衣袖，站起身来。在昏黄幽暗的灯光之夜，在猝不及防的凄寒中，“太极剑”颀长的身躯，如同飞燕般射出去，一头撞在小戏台的红色石柱上。霎时脑浆迸裂，血染红石，分不清哪一处是血，哪一块是石。

事情发生得太突然，韩肇庆、高宜勇、伍紫垣、伍香韬、梁坤等人无不大惊失色，任他们谁也没有想到，李班主的性子竟然如此刚烈！

戏台上，传来一记撕心裂肺的哭声。

冼红玉头上的雉鸡翎尚未拔掉，一身戏装还没来得及除去，泪水涌满了女人的眼眶，像叮咚的山泉流淌在油彩面妆上环绕不去。她飞下戏台，温柔地抱起丈夫撞裂的头颅，一出戏没有演毕，恩恩爱爱的两公婆，转眼间变成了隔世行路客。灯光下，冼红玉紧紧地抱着丈夫余温尚存的身躯，生怕他的温暖，从此消散在无尽寒冷的雨夜。

高宜勇淫笑着嘲讽伍紫垣："常言道：'唱了花鼓十八夜，嫁走寡妇十七人。'小哥，没想到贵府的戏台上还真有女老倌？哈哈，有伤风化，有伤风化。"

伍紫垣铁青着脸，恨不得上前给这厮一个满脸花，无奈气到极处，浑身如缚，一点力气也使不出来。这场祸事自天而降，莫非是那枚"断望珠"带来的晦气？想到这里，敏感的小浩官不由自主地打了个冷战。高宜勇哪顾得上猜他的心思，冲着韩肇庆挤眉弄眼："大哥，嘻嘻，你我借的这粒头壳，看来于法有据。"

李敬南血溅当场，死于非命，韩肇庆生平首次感到一种无法用言语来表达的恐惧，他强作镇定地说："本将刀下斩的是英雄好汉，不沾这些男女腌臜之气。来呀，把这个不知廉耻的女人绑了，明日送到番禺县衙游街示众。"

冼红玉探右手，从怀里取出一面绣着戏水鸳鸯的白丝帕，轻轻地把丈夫的头颅移放在丝帕之上，端详良久，心死泪枯。她拢一拢额前散发，右手紧握住肋下所佩短兵。这柄鲨鱼皮鞘角把铜装的兵器名唤"琴瑟合"，实际上是一把刀中藏剑的奇兵，为当年李敬南送给冼红玉的定情之物——刀名"龙渊"，剑曰"栖凤"。

这一汪伴随她弯弯红船水路的精灵，承载着女人的爱情和人生。

刀尖上，仿佛有一滴水光。

冼红玉用手摸了摸元帅大氅，已然卸下龙纹令旗的背虎壳，上面披散着一绺长发。她的目光落到了后面的戏台,以“高佬忠”为首的“凤凰仪”班的姊妹兄弟们,正满怀悲愤地朝她这边望过来。她似乎想对他们交代什么,张了张嘴,却又什么也没有说。

冼红玉缓缓地从鲨鱼皮鞘里掣出“龙渊刀”,冰凉的刀身贴过面颊,温度逐渐散去。女人从刀身中拉出“栖凤剑”,剑光泛出暗夜的灰色,映亮她油彩混织的面庞。只是一瞬间的犹豫,锋利的剑刃划过了脖颈。

戏台上的纪鸾英,倒在戏台下的血泊中。

戏台上压抑不住的号啕顿起,“高佬忠”五内俱焚,悲痛万分,飞下戏台,扑到奄奄一息的冼红玉身旁。伍紫垣、伍香韬和梁坤等人莫不对冼红玉充满了敬意,而韩肇庆和高宜勇则腿肚子发软,不自觉地退到了门口。

“嫂子!”“高佬忠”泪如雨下。

冼红玉气息微弱,吃力地叮咛:“告诉伢仔,不许……不许他报仇。”

“为什么?”“高佬忠”泣不成声。

别说伍紫垣、伍香韬、梁坤等人在一旁迷惑不已,就连韩肇庆和高宜勇那两个魔头也是一头雾水。公婆二人顷刻死于非命,为什么这个女人在临死前偏偏留下遗言,不许她的儿子报仇雪恨?

女人的目光中没有怨恨,只隐隐露出一道忧虑之色,“高佬忠”哽咽无语,眼看着一缕香魂追随“太极剑”袅袅而去。

两具尸体横陈当场,伍紫垣经历了这场血腥洗礼,恐惧感消失得一干二净,胸膛里迸发出一股少有的勇气。他上前一步,向“韩狐狸”拱了拱手:“韩大人,烦劳你和高将军把这两粒头壳,挂到虎门大寨的旗杆上示众。”

韩肇庆心乱如麻,道了声“得罪”,带着高宜勇和水师兵丁狼狈地离开万松园。

第四回　失途之燕

清代的广州城照例由番禺和南海县东西分治，内城之正东、小北、正南、文明、定海，及外城的永安、小南、永清等八门归番禺县管辖，内城之正北、正西、归德，及外城的太平、竹栏、油栏、靖海、五仙等八门归南海县管辖。广州城外，西边是南海县的县境，北、东、南三面皆属番禺县治理。

广州府富甲岭南，番禺县为仅次于南海县、顺德县的头等大县，位于正东门德政街的县衙富丽堂皇，规制宏大。然而，六月二十二这一天，地处闹市的县衙一派肃杀，从申明亭到旌善亭之间空空荡荡，鸣冤鼓沉沉作响，空气凝滞。衙门前广场东侧的茶楼下布满了捕快，总数约有四五百名，省城各大衙门的捕快几乎全体出动；右侧食街则挤满了看热闹的民众，正在津津有味地听着鼓响。

现实生活中，"外江班"和"本地班"的界限并不是那么严格，在广州城外任职的外地官员不在少数，他们能听明白的是"外江班"的戏；而广州城的人口毕竟以本地人居多，草根阶层最喜欢的自非"本地班"莫属。

这通鸣冤鼓敲得与众不同，击鼓的是一位虎背熊腰的少年。他脸上稚气十足，看年纪约摸十四五岁，浑身的腱子肉在阳光下泛着油光。他手持一对令人咋舌的短柄铜锤，每一把铜锤约有三十余斤重量。随着铜锤每次落下，大伙都忍不住哎呀一声，生怕这面鸣冤鼓吃不住力，被戳出一个大窟窿。

“咚咚，咚咚，咚咚咚，咚咚咚，咚咚咚咚……”，在听惯红班戏的老百姓耳中，这少年敲的鼓点非常熟悉，赫然是红船的“发报鼓”（又名“三五七”，指红班日场戏前，通知演员准备上台和观众按时入座的鼓声）。击鼓少年的身后是一群披麻戴孝的汉子，满脸悲愤，佩刀持枪，头顶“扑啦啦”飘着两杆旗帜：一面旗帜绣着琼花，上书“琼花会馆”四个大字；一面旗帜绣着凤凰，上书“凤凰仪”三个大字。

茶楼的二层是个制高点，从这里可以将番禺县衙前的一举一动尽收眼底。在二楼靠北拐角的一间包厢里，省城三大捕头会聚一堂——自左向右，第一个是巡抚衙门的总捕头“短腰三”霍达臣，第二个是广州府衙门的捕快头子“黑耳梁”梁信常，第三个是臬宪号房探听总局事“仁义罗汉”符守傥。三大捕头武艺传承不同，分别出自广州三大名刹：“短腰三”霍达臣出自华林寺门下，平常使一条十八节青钢达摩鞭，鞭法在广州城的衙门口称尊；“黑耳梁”梁信常师承光孝寺，打得一手金钱镖的好准星，暗器本领无人可及；“仁义罗汉”符守傥则是海幢寺的功夫传人，腿脚第一，以轻功著称两粤江湖。

符守傥替霍达臣和梁信常斟满茶碗，介绍说：“这壶茶叶是老浩官送给我的，他们家的茶叶今年卖不动，都长了白毛，两位贤侄别嫌难喝。”

三大捕头中，“仁义罗汉”为人四海，老成持重，论资历和江湖中的声望，远非霍达臣与梁信常二人可比。老爷子这年五十来岁，南海县大沥堡人，此地位于佛山堡和广州之间，水陆交通便捷，物产丰饶，商户充斥，极为富庶，是远近闻名的豪强争霸之地。大沥堡与附近的梯云、扶南、太平三堡合称大沥四堡，在江湖上的威名仅次于佛山堡，这里七八岁的孩子都会扔飞砣、打暗器，民风非常剽悍。

梁信常赞不绝口：“好茶，好茶。”

“师伯，有话你尽管吩咐，千万不要客气。”霍达臣抱拳表态，“黄太爷掌管着方圆百里的膏腴之地，大半个省城在他治下，平时没少了帮我们哥俩的忙，安排几个穷亲戚。别的县太爷轿子一落地，七大姑八大姨打着捆、叠着被地来，那点肉末子还不够这群火腿绳子分的，有几个办事像黄太爷这么亮堂的？单冲这一点，我们哥俩没二话，豁出去死伤十几号兄弟，一定为他老人家分忧解愁。”

“好人没福运，行善摔断腿。”梁信常非常感慨，“韩肇庆和高宜勇惹出了娄子，如今要黄太爷背黑锅，真是没有天理。”

“两位贤侄，这份好意我替黄老爷领了。”符守悦招呼，“茶的味道如何？”

“短腰三”与“黑耳梁”互相看了一眼，梁信常狐疑地问：“师伯，黄太爷的衙门口叫人家堵了两天，我看你怎么一点都不着急？”

“哈哈。”符守悦仍然是一副笑呵呵的模样，“着急有用吗？”

别看茶楼前捕快云集，但没有一个敢上前驱散鸣冤的人群。霍达臣、梁信常心不在焉地一边喝茶，一边透过茶楼的窗户，注视着县衙前的一举一动。

击鼓的少年名叫吴凤池，绰号“雷公仔”，籍贯是粤西宜山，在“凤凰仪”班充当五军虎之类的龙套角色。红船各个行当对武功要求最高的是二花面，其次是武生、刀马旦、夫旦、六分、打拉扯、五军虎、四大甲。

“雷公仔”后面大约一丈开外，跪着两个人，各自举着一个斗大的“冤”字，他们正是李敬南拼着性命保全下来的冯西涌和庞兴仔。其后是两位佩刀少年，一位手持招魂幡，一位肩扛孝棒——前者是“崩牙可”李亚可，后者是“太子甫”李长甫。这两个年轻人均出自鹤山县桃源禄洞村的李氏宗族，从小被李敬南带到“凤凰仪”班，学艺谋生。

再往后是 位鼻若悬胆的重孝少年，看他年纪不过十六岁上下，身高足有八尺开外、将近九尺的模样。但见他蜂腰乍臂，身材匀称，头缠白巾，腰束孝带，容貌活脱就是李敬南的翻版，正是“凤凰仪”班的少班主李文茂。

李文茂身后一字排开，站着六位年纪与他相仿的少年，头扎白巾，腰缠麻结，手持刀枪剑戟斧钺钩叉，宛如一群下山猛虎、出水蛟龙，威风凛凛，杀气腾腾。从东到西依次为：“胜华年”班的“鬼马耀”刘耀、“丹玉墀”班的“豆皮二”梁佩然、“日月星”班的“崩牙旦”顾岩、“祝太平”班的“高佬新”苏新、“海国安”班的“伯爷华”傅亚华、“千秋月”班的红面小武柳三郎。六个人中，年纪最大的“高佬新”苏新二十岁，最小的“豆皮二”梁佩然刚刚才过十五岁。这几位生龙活虎的年轻人中最引人注目的是“鬼马耀”刘耀，他举着一根竹竿，竿头横向钉着一条木棍，齐刷刷地悬着七根在微风中不时飘动的雉鸡翎——这根悬挂着雉鸡翎的木棍非同寻常，乃是大名鼎鼎“红船八斗官”的标志。

斗官在红船用语里是孩童的意思。十年前，在“琼花四老”伦廷、杨裔昌、至善禅师、大悲和尚的主持下，琼花会馆从红船子弟中挑选出八位潜质超群的少年，集中在会馆的习武厅进行精心培养。现在，这些少年多数长大成人，尤其是李文茂天赋奇绝，“琼花四老”爱如掌上明珠，不吝将本门绝技倾囊相授。这番机遇在红船历史上前无古人，后无来者，让李文茂成长为红船一颗最耀眼的新星。

在人群的最后方，琼花旗下站着十来位健壮大汉。领头的是个四十来岁的中年人，他是琼花会馆习武厅的当值教习伦青山，奉会馆三位当家人的命令，前来监督李文茂和红船的这群初生牛犊，防备他们在广州城闯下大祸。

南风习习，擂鼓阵阵，突然间，从正东门方向传来一阵马蹄踏踏的急促声响。随着众衙役的声声惊呼，闪电般驰来一骑。马上端坐一位白面少年，头上飘拂雉鸡翎，俊秀非常。这匹马转眼间冲进了捕快队列，少年从马鞍上骤然飞起，越过众衙役的头顶，在空中翻了三翻，飘然落向“鬼马耀”刘耀。

少年人在空中，顺手摘下头顶的雉鸡翎把它别在竿头，落下时已然掣刀在手，占据了苏新和柳三郎之间的一个位置。飞身、摘翎、挂翎、掣刀、站位五个动作一气呵成，看起来是那么地从容不迫，引来了訇然喝彩。这名模样俊俏的少年不是别人，正是“红船八斗官”中的最后一位——“富春喜”班的“太子朝”林汉朝。

“北斗七星阵！”梁信常惊讶地叫了一声，直等到“太子朝”现身就位，他才看出“红船八斗官”排列的是北斗七星阵。“黑耳梁”暗道惭愧，偷偷地朝“短腰三”和“仁义罗汉”瞟了一眼，见他们没有注意自己，这才长吁了口气。

“短腰三”紧锁双眉，起身观察了半天，自言自语：“不对，不对，他们摆的不是北斗七星阵。再说红船是少林功夫，怎么会有北斗七星阵？”

“红船人来自四面八方，什么路数没有？”梁信常提醒，“你别忘了，‘摊手五’创立红船制度以前，佛山堡可是武当派的天下。”

“黑耳梁”说的是一段武林掌故。

明代，武当派在岭南地区曾经盛极一时，当时有两大传播中心：一个是佛山堡，一个是三水县的芦苞镇——那里的胥江祖庙在武林中号称“南武当”。令人扼腕的是，这两座武当派的大本营如今全都风光不再。

红船的祖师爷“张师傅”本名张五，绰号“摊手五”。其武功出自嵩山少林寺，在江湖上号称“一只摊手，独步武林”，乃是一代武林宗师。由于在北方从事反清事业，“摊手五”遭到清廷爪牙的追杀，便化装南逃，寄居佛山堡大基铺的大基尾。当时正好赶上两广总督衙门打算从肇庆迁至广州，“本地班”因不合达官贵人的胃口而被逐出广州。张五因缘际会，传艺授武，正式开创红船新制。受其影响，琼花会馆奉少林为正朔，加上佛山堡丰宁寺、塔坡寺、仁寿寺、铁佛寺等寺庙纷纷助力，少林功夫一举压倒武当派，成为佛山武林的主流。

“南武当”作为武当派的大本营，一直是洪门三大堂口之一“洪兴堂”的根据地，该堂口的主要将领皆出自武当派门下。十年前，三合会在粤东大举起事，由于敌我力量悬殊而导致起义失败。总堂“洪顺堂”被迫转移到粤西大明山，暂避锋芒，休养生息；“洪兴堂”则仓皇兵退粤北，胥江祖庙沦陷敌手，被武林至尊金蟾道长的“逍遥门”占据，现在的住持是金蟾道长的三弟子水龙道士。

“梁兄，你仔细看。”霍达臣对梁信常说，“八斗官一共八个人，其余七个人排的是北斗七星阵不假，但李家伢仔在什么位置？”

“师伯，”梁信常扭头问，“到底是怎么回事？”

符守傥不厌其烦地用滚水烫洗着茶具，饶有兴趣地煮茶、洗茶、品茶，过了一会，才慢条斯理地回答：“霍贤侄眼力不错，这位少班主是练武的奇才，颖悟绝伦，神力无穷，乡亲们常把他和戏台上的李元霸、李存孝相提并论，替他取个绰号叫‘小元霸’。像这样的狠角色，两位贤侄，你们说他应该是一个什么位置？”

“黑耳梁”面露窘迫：“请师伯赏愚侄一个明白。”

“仁义罗汉”在桌子上用七盏茶碗摆了一个北斗七星阵，又拿起一盏茶碗放在茶碗阵的西北方向，津津有味地端详了一会：“说句不客气的话，整个广州城除了老朽一人，再也没有第二个人知道。两位贤侄，此乃一套失传已久的上古战阵，名叫‘天盖璇玑阵’，内含一套天极阵和一套北斗七星阵，其中，天极阵为主，北斗七星阵为辅，后者围绕前者运转，视前者的位置而定自己的位置，根据前者的号令改变自己的阵形。”

“这套阵法可以合战，可以分战，能否发挥最大的战力？关键在这个天极阵。占据天极阵的人必须头脑清醒，足智多谋，指挥北斗七星阵作战；同时也要有孤军作战的能力，在百万军中镇定自若。”符守傥侃侃而谈，“这个阵法的特点在于天极阵永远自强自固，不需要北斗七星阵的支援，如此一来，敌人纵使切断联结点，两套阵法依然运动自如。”

“短腰三”和“黑耳梁”虽然不懂得行军之法，但是久历江湖，明白武林杀敌和行军之法大同小异。只要照葫芦画瓢，把“天盖璇玑阵”运用到武技格斗中，便会发现说起来容易，做起来难——能够承担天极阵重任的人不但要具备指挥才能，胸怀全局，而且必须武艺高强，以一敌万，这样的人才，满世界能找到几个？

霍达臣大感钦佩：“师伯，你从哪儿听说的？”

“不瞒两位贤侄，你们早问我几个月，老朽也是睁眼瞎。”符守傥倒不隐瞒，“顺德县陈村西门外的周老爷子，你们应该有所耳闻吧？”

“这套阵法不是琼花会馆的吗？”霍达臣奇怪地问，“和周老爷子有什么关系？”

“我就是从周老爷子那里听说的。”符守傥笑道，“琼花会馆的‘铁背苍龙’伦廷在安南国新阮时封过大将，这套阵法承自一位避居南洋的世外高人，两军阵前十荡十决，所向披靡。新阮失国后，旧阮复辟，改安南国为越南国，照旧用粤人经略通商。周老爷子被聘去当了十几年的总兵，茶余饭后，听不少的旧阮同僚提及这套阵法，说起来无不赞叹。”

梁信常恍然大悟：“我说他们当初怎么选了八个斗官？原来是为了这套阵法。”

“天盖璇玑阵”不是普通功法，而是驰骋于千军万马的无敌战阵，伦廷向“红船八斗官”传授这种阵法显然图谋不轨。“短腰三”摇了摇头，忐忑不安地问“仁义罗汉”：“师伯，这伢仔的功夫真像传说中那样厉害？”

“红船人有几个好惹的？”符守傥颔首，“习武这一行最怕的是懈怠，老话说得好，一日练一日功，一日不练十日松。还有一句话，三年好把式，打不过一个滥戏子。人家红船子弟靠这个吃饭，常练不懈，吃得苦中苦，受得罪中罪。拿击鼓的伢仔来说，你听他的鼓点，没有三年在棚面敲鼓的硬功夫，那是绝对练不出来的。李家伢仔打小长在琼花会馆，有没有天赋暂且放在一边，就人家下的那功夫，啧啧……”

符守傥刚说到这里，从县衙方向飘来一阵激越的笛声。“仁义罗汉”好像屁股底下点了一把火，猛然从桌位上站起来，惊叫一声：“不好！”

从窗户看下去，只见李文茂跪在地上，悠然吹响了铜笛。笛声凄凉，似断似绝，听在人们的耳朵里犹如刀剑相击，发出铿锵有力的铮鸣。日头偏西，霞光似锦，其余几位红船斗官静静地矗立，仿佛在等待进军的号令。

万里云河，多么像一座水乡里搭起来的华美戏棚。风从遥远的伶仃洋和狮子洋吹来，穿过蜿蜒曲折的省河水道，扑打在两面旗帜之间，扑打在“小元霸”的孝服上，扑打在铜笛沉痛的余音里，涤荡着县衙上空的天际。

梁信常心口怦怦直跳：“这伢仔像是要发威？”

“他为什么还不动手？”霍达臣问，“师伯，难道他想让咱们先动刀子？”

“老朽得马上进一趟县衙，替黄太爷稳住心神。”听到铜笛流溢出的杀气，符守傥失去了先前的镇定，叮咛霍达臣和梁信常，“两位贤侄，你们这边务必沉住气。弟兄们拖家带口过日子不容易，犯不着为了姓韩的把命搭上。”

“师伯，要不要给广州协打个招呼？”梁信常有些担忧，“一旦李家伢仔发作，必然是一场滔天大祸，咱们这些兄弟可顶不住。”

“问题出在那个地方。”符守傥指了指位于卖麻街的总督衙门方向，“李班主公婆死在伍家的万松园，这桩事从根子上刨，是韩军门向制台大人挑衅。没有卢大帅发话，别说广州协的绿营，就是驻防八旗也不会管这档子闲事。”

“丢他老母。”梁信常骂了一句，“姓韩的屙屎橛子，让咱爷们儿擦屁股。”

县衙大门以里是土地祠、礼宾馆，番禺县捕快头子饶同躲在仪门后面，不时地向外面探头探脑。见师傅阔步走来，喜出望外：“师傅，你咋不带援兵来？”

符守傥瞪了“小旋风”一眼。饶同的性子十分乖巧，察觉自己说走了嘴，轻轻在脸上抽了半个嘴巴，满脸堆笑：“瞧我这张臭嘴，师傅，你老人家快里面请。这两天，黄大老爷茶不思饭不想，都快愁死了，就等你老人家来宽心。”

师徒两个穿过甬道，迎面是戒石亭，里面供奉着一块刻有诫饬官吏令箴的石碑。碑上的内容自宋太宗以后历代相沿，南面刻有“公生明”三个字，北面刻着“尔俸尔禄，民脂民膏；下民易虐，上天难欺”十六字格言。正衙在仪门内，东侧是县丞厅和典史厅，西边为主簿厅。两廊排列着六房，之后便是二堂、公署、后堂以及众多配房。正衙大堂前的黑漆廊柱上绘有抱柱金联一副，上联曰“欺人如欺天毋自欺也”，下联云“负民即负国何忍负之”。

符守侻发现正堂大门紧掩，不由生起一丝疑虑，扒着窗户瞅了瞅，顿时吓出一身冷汗——“小旋风”两岁的宝贝儿子在公案上爬来爬去，一个人正玩得起兴。符守侻急忙对徒弟叫道：“快把臊虾抱下来，摔坏了可了不得。”

臊虾是婴儿的意思。饶同见状，自己也唬得腿肚子转筋，一瘸一拐地冲进正堂，熟练地抓起儿子丢进竹筐，气急败坏地喊：“亚淬，亚淬，你死哪儿去了？”

捕快古亚淬从后面冒了出来，慌失失地说：“班头，刚才太子爷连哭带闹，我估摸他准是饿肚子，到后面取了一个饭团子。”

“仁义罗汉”的妻子是肇庆府高明县罗俊都人，与番禺知县黄谷禄有同乡之谊，借着这一层关系，两家人走动非常频繁。黄谷禄通过举人大挑当了知县，平常做事手段圆滑，善于释放甜头给别人，遂得了个绰号“黄轱辘”。“小旋风”能在番禺县当捕快头子，靠的就是“仁义罗汉”和“黄轱辘”的交情。

官场人事的普遍规律是老鼠生仔，一窝不如一窝，捕快行当亦是如此。别看“小旋风”爱占小便宜，这份德性在“仁义罗汉”的徒弟中已经算佼佼者了。古亚淬背走婴儿后，符守侻忍不住教训起了徒弟：“阿同，你也是当爹的人了，以后行事能不能稳重点？虽然说黄太爷和咱们有交情，但人家终究是文曲星下凡，身份和咱们不一样。正堂是朝廷的脸面，你办差事带着臊虾，不成心叫人家抓把柄吗？太爷就是不说，他身边的大爷、二爷、三爷能不给你暗中记着一笔？贪小便宜是要吃大亏的。”

“小旋风”听说师傅最近收了一个差役当弟子，那人叫胡山逯，在南海县衙门当差。胡山逯愣头愣脑的颇有乃师之风，符守侻十分喜欢，省城六扇门的人为了凑趣，送给胡山逯一个好听的称号“小仁义”。饶同暗生警惕，拍着胸脯表态："师傅，你放心，我老婆这几天回顺德娘家去了，临时让亚淬照顾臊虾两天，以后绝不再犯。"

符守傥有点信不过大徒弟的话。不过，既然饶同已经当了班头，最好给他留点面子，便点了点头："好，带我去见太爷。"

河南岛万松园属于番禺县辖境，这几日"凤凰仪"班的人堵住县衙大门，"黄轱辘"索性装病停办公务，躲避风头。听说"仁义罗汉"登门拜访，黄谷禄亲自将他迎入内堂，泡了一壶老家茶山出产的银针，感慨地说："说一千道一万，还是自家的哥子亲。这个倒霉时候除了你老哥能来，别人都在看着哈哈笑呢。"

"仁义罗汉"抱拳在胸："恭喜大老爷，贺喜大老爷。"

"黄轱辘"被他的举动给弄蒙了，嗔怪："老哥，你莫跟我开玩笑，我的知县大堂让人家堵着大门，何喜之有？"

"大老爷，我看是你揣着明白装糊涂。"符守傥笑容依旧，"你遇到了贵人，逢凶化吉，我怎么能不向你道喜？"

"哪来的贵人？"黄谷禄狐疑地问。

"仁义罗汉"一本正经地说："韩军门本来打算给浩官父子难堪，死活非要在万松园捉拿几个会党。要不是李班主公婆俩性子烈，以死明志，这件案子就算落地了。到那时，大老爷你还能安安稳稳坐在这把椅子上吗？"

进入嘉道年间，爱新觉罗氏的统治腐朽不堪，上面偏听偏信，下头报喜不报忧。官场中容不得一句真话，已经到了权力统治最危险的边缘。按照惯例，辖境内一旦发现乱党，当地官员首当其冲必遭重责。久而久之，各级官吏奉行大事化小、小事化了的态度，即便是抓住洪门会党分子，一般也当作凡常盗贼轻拿轻放，生怕风声透露出去，摘了乌纱帽不算，闹不好城门失火，殃及池鱼，连累全家老小跟着遭殃。

这两天忙于对付上门鸣冤的红船人，"黄轱辘"焦头烂额，没有时间细细掂量这桩案子的前后事由。经"仁义罗汉"这么一提醒，他不由得倒抽一口凉气，可不正是如此？多亏李班主公婆性子刚烈，否则换一对贪生怕死之辈，自己这一家老少男女说不定此刻正在被押往发配伊犁的路上呢。黄谷禄咬牙切齿："姓韩的这个王八蛋，我与他远日无怨、近日无仇，他却差一点害老子家破人亡，这笔账，留着以后跟他慢慢算。”

“和他算账的人有的是。”符守侻摇头，“不劳太爷费心。”

“老哥，你帮我仔细拿个主意先。”黄谷禄发愁地说，“俗话说前生作恶，知县附郭；恶贯满盈，附郭省城。我这个衙门口附郭又附省，满城的顶戴子就数我最小，见谁都得磕头，谁也惹不起。你说本衙连着两天不理政务，老百姓骂娘不打紧，万一被人参上一本，那黄某可吃不了兜着走，没法向上面交差呀。”

“太爷莫非真的想和红船人动粗？”“仁义罗汉”问。

黄谷禄摊开手：“照眼前这个形势，不来硬的恐怕不行。”

“那符某还是来对了。”符守侻一拳砸在掌心，“太爷，我就怕你性子急，一时把不住舵。你不是武林中人，不知道红船人的厉害——别说阿同手底下那群不中用的废柴，就是把省城所有衙门的捕快加起来，也不是人家的对手。”

“有那么厉害？”“黄钻辘”慌了神。

“李家伢仔是百年一见的武林奇才，有万夫不当之勇，打杀几个捕快算什么？”符守侻随即话锋一转，安慰知县大人，“不过，你别看外面杀气腾腾，其实根本不用担心。”

黄谷禄颇为惊诧：“此话从何说起？”

“红船人性情虽然刚烈，但是纪律严明，一切奉琼花会馆大令为行止。要不然，这伢仔怎么能忍到今天还不动手？越是到这个时候，咱们越是要沉住气，打不还手，骂不还口，决不能给他们借机发难的口实。”符守侻掰着手指头，语气笃定，“我已经替太爷算过了，眼下正值盛夏，赤日炎炎，酷暑难当，尸首最多能搁住五天。算上今天他们跪了三天的衙门，假如后天下葬，明天还要留一个答谢亲朋的日子。这么算起来，最晚到黄昏，琼花会馆一定会派人接他们回佛山堡。”

“老哥，你真是如来再世，菩萨显灵，请受黄某一拜。”黄谷禄听后心花怒放，起身郑重地向“仁义罗汉”行了一个大礼。

“使不得，使不得。”符守侻伸手相搀。

漫天乌云一朝消散，“黄钻辘”命小妾亲自下厨，治了两个小菜，与符守傥气定神闲地对饮起来。“仁义罗汉”端起酒盅：“太爷，去年阿发那档子事，符某一直没有致谢。你嫂子在家没少念叨你的好，来，我敬你一个。”

“嗨，那不算个事。”黄谷禄摆摆手。

符守傥的妻子有一房远亲，名字叫梁阿发，在老家养牛种田填不饱肚皮，前些年到广州城来投亲，“仁义罗汉”把他介绍到十三行街一家雕版印刷作坊当工匠。这个梁阿发不知道哪根神经中了邪，与夷馆的红毛鬼子马礼逊勾搭在一起，后来突然失了踪迹。几年后，梁阿发重返家乡，结婚生子，符守傥这才知道，原来他跟着红毛鬼子到了南洋的马六甲，在那里受了洗礼，入了红毛教。

回来后的梁阿发大变活人，不再是过去那个老实巴交的庄稼汉，整日疯疯癫癫，印了些红毛教的册子，专门在县府两级学宫、贡院等学子集中的地方散发。这可不是耍的，嘉庆十六年(1811 年)圣旨说得清楚：“如有洋人秘密印刷书籍，或设立传教机关，意图惑众，及有满汉人等受洋人委派传扬其教，及受洗礼者，扰乱治安者，应严为防范，为首者立斩……”

碍于“仁义罗汉”的情面，各衙门口的捕快对梁阿发睁一只眼、闭一只眼，没有将他拿进衙门吃板子。去年，这家伙印了一本叫《劝世良言》的小册子，在省城大肆散发，被番禺县衙门的差役在街上兜头摁住。“黄轱辘”看在符守傥的面子上，偷偷把他放走了事。

“抚台大人做了一辈子的学政，乃朝中有名的文士纯臣，平生最讨厌红毛教。”符守傥感激地说，“这桩事太爷担着老大的干系，符某心里明白。”

“话既然说到这个份上，我还真得多唠叨几句。”黄谷禄顺手放下酒盅，“老哥，下个月就是乡试，抚台衙门已然发下话，严拿宣扬红毛教的刁民。你得抽空劝导劝导这个乡亲，要真是想发册子，那也得找对门路，找对地方。本县吃不上饭的流民满地走，文庙前熬他一锅粥，喝一碗粥，发一本册子，你看入彀的人多不多？”

“太爷不愧是文曲星下凡，见识就是高。”“仁义罗汉”尴尬地应了一句。

黄谷禄抬起头：“咦，外面的笛声咋没了？”

海燕翱翔于蓝天，掠过蔚蓝的天空飞向海洋，燕阵犹如母亲在舞台上的水袖，在李文茂面前时时隐现。少年左手持笛，右手摸向腰间的“琴瑟合”，泪水潸然而下。也就是一转眼的工夫，父母便与自己天人永隔。三天时间很短，三天时间也足够长！

三天来，他不记得怎么到的广州城，不知道如何从麻木中复苏，不明白那些熟悉的脚步声为什么成为绝响。双亲的音容笑貌一如昨日，言犹在耳，留下来的却只有一柄血迹斑斑的“琴瑟合”、一支余温尚在的铜笛，还有一段与天齐、与地厚的仇恨。

云层为什么没有颜色？

灿烂柔情的云河，难道不再是他所熟悉的戏棚？瑰丽多姿的云渠，难道不再是一张张美丽的脸谱？河面上轻拂的云影，难道不再是一道道曼妙的舞姿？河床那掬之不尽的油彩，难道不再是一滴滴成仁取义的英雄之血？

天空为什么没有声音？

李文茂延伸着自己的听力，从长天里搜索着母亲婉转的歌喉、父亲回家的脚步，然而什么也没有听到，甚至保存在回忆里的桨声水响、风动潮息，一发沉入河底熄灭了踪迹。少年人缓缓吹动铜笛，不愿放弃对声音的追寻。他不相信，棚面十三手乐器，像大笛、铮、号角、大钹、锣鼓、大板、掌板、横箫、洞箫、二弦、椰胡、京胡、扬琴、月琴、柳琴、喉管，难道会在一夜之间悉数失声？

“小元霸”的耳朵天生独特，听觉远逾常人，这项奇异的天赋让他在琼花会馆集万千宠爱于一身，得到许多意外的收获和尊敬——红船祖师爷“摊手五”晚年失明，后来所创诸多演技和武功，均须依赖良好的听力。

终于，天空传来声声微弱的鸣叫。辽阔的天幕上，两粒黑点越来越大，原来是两只失群的海燕。哀鸣声声清脆，刺人心扉。一刹那，满腔的怒火化作滔天洪水，李文茂痴痴地放下手里的铜笛，审视这两只在头顶盘旋的海燕。由于没有找到亲人，海燕落寞地向东飞去。目睹此情此景，少年虎目崩裂——正东门外是东较场。去年他的师傅大悲和尚在那里英勇就义，死得惨烈无比，气壮山河。

远去的海燕难以唤回，云河里空荡寂寥；晚霞向人间的丛林投下一支支长矛，点燃复仇的火焰。李文茂再也无法克制自己的情绪，不顾出发前长辈的谆谆嘱咐，霍地直起身，将“八宝驼龙棍”横过肩头——这条铁棍重达九十六斤，长八尺六寸，为佛山堡彩阳堂铺“义兴炉”名师所铸，是他最惯用的兵刃。

李文茂的镔铁大棍笔直地刺向长空，红船斗官看到这个无声的号令，立刻拔刀出鞘。与此同时，冯西涌、庞兴仔、李亚可、李长甫和吴凤池等人一发掣出兵器。夕阳的余晖，洒在这群年轻人稚气未退的脸上，观之令人动容。

伦青山连连跺脚，绝望至极，知道自己根本无力阻止“红船八斗官”的行动。正在千钧一发之际，两枚钢钉呼啸着破空而来，击中“八宝驼龙棍”的棍头，发出“嚓琅琅”震耳欲聋的撞击声。从外面闯进一行人，茶楼西侧的人群一阵纷乱，自动朝两厢闪开。走在最前面的是两个中年人，头一个汉子阔面剑眉，高大雄壮；第二个身形瘦削，气度沉郁。李文茂无奈地放下手中大棍，失声痛哭：“保叔，三爷，难道就这样放过那两个狗贼不成？”

使钢钉的阔面汉子是李敬南的二师弟“弹指神通”郭锡保，瘦削汉子名叫林崇泰，江湖人送绰号“饭斗泰”，在琼花会馆的三位当家人中排名第二。郭锡保和林崇泰二人的武功俱出自江西青原山净居寺，郭锡保的师傅法号云顶禅师，看家本领是“弹指功”，一把钢钉来无影去无踪，在暗器这一行当里独领风骚；林崇泰的师傅法号云智禅师，所授轻功身法“五步昭阳术”纯正绝妙，名扬四海。

郭锡保为人豪爽持重，平时替李敬南当了“凤凰仪”班的半个家。李敬南公婆的噩耗传来时，“凤凰仪”班正在三水县搭棚唱戏。郭锡保与另外几位大老倌紧急磋商，觉得当务之急是让李敬南夫妇入土为安。几个人做了个简单的分工，易兰花、龙探梅两位大老倌留下来坐镇戏班，率领“凤凰仪”班大队人马继续唱戏——根据琼花会馆的规矩，信誉为天，排定了的台期，就是头上下刀子也不能耽误；郭锡保和布文水两位大老倌则昼夜兼程，赶回佛山堡与“高佬忠”等人会合，共同操持李敬南夫妇的葬礼。

一连忙活了两天，该布置的事情布置完，该通知的亲属通知到，诸事安排妥当后，郭锡保赴琼花会馆请示行止。对琼花会馆的三位当家人来说，他们最担心的就是李文茂，能够拴住这匹野马的人没有几个，而郭锡保正是其中之一。林三爷与郭锡保火速赶往省城，两个人来得恰是时候，避免了一场迫在眉睫的浩劫。

郭锡保泪光闪闪，把一身重孝的李文茂搀扶起来：“茂仔，君子报仇，十年不晚，跟我回家去，办正事要紧。”

林三爷和郭锡保共同出面，“小元霸”不得不暂且敛起杀机，另做计议。他从庞兴仔手里接过那个斗大的“冤”字，三下两下撕成碎片，一把丢向番禺县衙门。昏暗的天光下，“雷公仔”提锤在前，庞兴仔挎刀断后，“崩牙可”举幡在左，“太子甫”担棒居右，李文茂倒拖“八宝驼龙棍”，登篷船，越西濠，恨别五羊城。

第五回　镇魂超幽

自广州乘船西行四十里，便是和汉口镇、朱仙镇、景德镇一起被称为“天下四大镇”的佛山堡——它同时又与北京、汉口、苏州并称为“天下四大聚”，与广州、顺德陈村、东莞石龙镇并称为“广东四大镇”。

唐贞观二年（628 年），有人夜里在佛山塔坡岗发现了耀眼的金色光芒，于是用铁镐和锄头挖开地面，发现里面有一块石碑和三尊铜佛。石碑上刻有“塔坡寺佛”四个大字，下面写着对联一副，上联云：“胜地骤开，一千年前，青山我是佛”；下联曰：“莲花极顶，五百载后，说法起何人？”

佛山堡由是而得名，这座名城位于内河船只进出广州的咽喉要道。自乾隆二十二年（1757 年）广州垄断中西方贸易后，佛山堡便愈发兴盛起来。吴震方在《岭南杂记》里记载：“佛山镇，离广州四十里，天下商贾皆家焉。烟火万家，百货骈集，会城百不及一也。”《佛山忠义乡志》称：“佛山据省上游，为广南一大都会，其地运之兴衰，东南半壁均所攸关。”徐珂在《清稗类钞》里记载：“佛岗（山）之汾水旧槟榔街，为最繁盛之区，商贾丛集……冲天招牌，较京师犹大。万家灯火，百货充盈，省垣不及也。”

广州和佛山，一个以对外贸易为主，一个以对内贸易为主，双星辉耀，珠联璧合，共同构成南中国的经济中心。从广州城到佛山堡的四十里水程，像一条熠熠发光的金丝带，系在这两座岭南名城之间，书写着百年风流。有一首《竹枝词》称赞这条黄金水道，曰：

海关关复广州关，只隔盈盈一水间；
风月自来无例税，满船装去又装还。

今天夜里，这四十里幻波绮流的水路对于李文茂来说，却脆弱得如同一片锡纸，随时可能破碎。农历七月是“鬼月”，地府的鬼门关从初一打开，直到月底方才关闭，这期间阴魂可以回到人间享受亲友的祭品，各种祭奠活动在七月十五中元节这一天达到最高峰。包括岭南在内的南方广大地区，中元节是七月十四，比中原地区提早了一天。这个习俗传说变更于宋朝末年，那时蒙古人大举入侵，汉人中的衣冠大族纷纷迁徙南下，因为走得匆忙，怕时间来不及，便提前一天祭祀先人。在佛山堡，中元节有一个习俗名为“水流衣”——人们除了备好三牲、酒肴、果品之类的常见祭品外，还要用纸扎一些精美的衣物，在中元节前后将其投入江河，向逝去的亲人问寒问暖，寄托哀思。

李敬南、冼红玉夫妇含恨离别人世的时候，尚未到鬼门关打开的日期，因此无法进入鬼门关安歇，只能在阴阳两界间的道路上徘徊无依。这是人生最悲惨的境遇，死后倘若不能及时进入地府，则有化为孤魂野鬼之虞，届时将不能与祖先团聚，难享后代的血食供奉。如果在路上耽搁久了的话，势必堕入十八层阿鼻地狱，永世不得翻身。从另外一个角度，李敬南夫妇惨烈而亡，其亡魂必然狂暴，此为厉鬼——怀有大仇恨、大冤屈、大悲愤的厉鬼，心中一腔怨毒无法释怀。有时候即使到了“鬼月”，他们宁愿化作孤魂野鬼在四处飘荡，在流浪中遭受千百倍的折磨和痛苦，也不愿意回到阴曹地府，向命运就范！

为了把李敬南夫妇的阴魂带回家，林崇泰和郭锡保带船先行，在大沥堡大镇乡的三官庙举办了一场招魂仪式，他们来广州时特地聘请了佛山堡“喃呒会馆”的道士；李文茂引着一群年轻人押后，抛撒纸衣。根据“喃呒会馆”

道士的说法，父母心里最惦记的是儿女。有李文茂打着招魂幡，他们公婆俩心里的怨气再大，也会乖乖跟着儿子回白龙里。

进入清代，全真教和正一教再度泾渭分明——前者向上提升，垄断了玄而又玄的智力密集型行当，比如炼丹成仙、天文星术、占卜相面等；后者向下沉沦，与世俗生活打成一片，从事的都是一些与吃喝拉撒睡有关的实用职业，比如男女和合、打醮超幽等等。像佛山堡这样贸易发达的城镇，打醮超幽的市场十分庞大，正一教的道士为此特地组成了一个行会组织"喃呒会馆"，由它来统一管理和经营业务。

听说是为"凤凰仪"班的班主伉俪办招魂仪式，会馆当班值事陈灵真特地派出一群有经验的道士出场。领头的道士名为沈别传，善唱会跳，是"喃呒会馆"第一流的法师。陈灵真对这场招魂仪式之所以如此重视，一方面固然是因为"喃呒会馆"与琼花会馆交情匪浅，另一方面是为了"喃呒会馆"的面子。

在"喃呒会馆"，一名合格的道士说白了不过文武两艺：文的亮开嗓子驱魔，武的手提师刀捉鬼。说句不中听的话，这两套本事搁在人家琼花会馆，恐怕连跑龙套的也比不了——红船老倌唱功了得，整本的《目连救母》能一口气唱上三天三夜，哪个道士有这本事？武功那就更甭提，道士们练的是架子货，红船武功可是十几年苦练下来的真功夫。

由于这个缘故，沈别传在三官庙的招魂仪式上非常卖力，把吃奶的劲都使了出来，不想叫红船人小瞧。然而年龄不饶人，一场前后不过半个时辰的法事，对于像沈别传这样年过半百的人来说，是一件体力透支的工作。招魂仪式结束后，林崇泰和郭锡保匆匆赶回佛山堡，沈别传吩咐道士把家伙什抬到船上，自己靠着门柱迷迷糊糊地打了个盹。等睁开眼睛，沈别传发现师刀、角笛、钵儿、铙儿、鼓儿等法器胡乱地堆放在地面，根本没动。老头子心里升起了一股无名火，破口大骂："人都死绝了？"

一个道士走过来，怯生生地解释："小陆要使，说是阿隆吩咐的。"

陈灵真原籍是番禺县茭塘司大石堡，他有个外甥名叫林洸隆，生得高大魁梧，自幼喜欢舞刀弄棒，在乡里惹是生非。为了调教这个混世魔王，陈灵真把外甥送进琼花会馆学艺，几年后武功大进，而且背了一肚子忠义戏文。浪子回头金不换，陈灵真非常高兴，有意栽培他将来接自己的班。林洸隆进

“喃呒会馆”后，很快拉了一群小道士做自己的班底，其中有名的号称“喃呒三少”——头一个叫陆亚琦，绰号“十三迷香”；第二个叫郑天龙，绰号“押船大王”；第三个叫慕容棠，绰号“六招提”。

“喃呒会馆”的小道士在林洸隆的影响下，开始苦练武艺，加上年轻气盛，常常不把老道士们放在眼里。沈别传对飞扬跋扈的“喃呒三少”深恶痛绝，一听手下人说捣乱的是“十三迷香”，登时勃然大怒：“他给谁使？给他老娘？”

从石码头上走过来一个古灵精怪的小道士，看年纪不过十五六岁，胳肢窝底下夹着一柄油纸伞，穿着一身很不合体的肥大道袍。小道士走到沈别传跟前，转动着滴溜溜的眼珠，向沈别传抱拳作揖：“前辈，话不要说这么难听，确实是阿隆哥要使。他和丰宁寺的‘和尚能’别苗头，争相给李少班主办一场超幽法事，以表兄弟之情。”

林洸隆和石湾镇丰宁寺的僧人“和尚能”邝能并称佛山堡两大魔头，他们两个除了李文茂以外谁也不服，相互之间经常打擂台、抢风头。沈别传苦笑：“小陆，镇魂超幽的法事一天只能做一场，你们再讲哥们义气，也不能胡闹啊。”

“十三迷香”耸耸肩：“阿隆哥要干，我有啥办法？”

“你不是假传圣旨吧？”沈别传问。

陆亚琦赌咒发誓：“我要是扯谎，全家死翘翘。”

“十三迷香”是个孤儿，爹妈是谁都不知道，哪来的全家？他发下重誓，反而让沈别传更加坚信他在胡说八道，立刻动了气：“我看你小子是老火焖鸭，就剩下一张嘴是硬的。给老子滚远点，明天我们还要去雅瑶乡办法事呢。”

“老鳖。”陆亚琦哪里是肯吃亏的性子，马上针锋相对，猛烈回击，“你是不是觉得小爷二打六，不够斤两？待会阿隆哥来，我看你怎么向他交代？”

“你当然不够斤两。”沈别传脸色铁青，“拉东西可以，让姓林的自个来。”

河面上突然传来一声欢呼，吆喝的小道士比“十三迷香”高出一头，正是“喃呒三少”中的“押船大王”郑天龙：“嗨，阿隆哥来了。”

沈别传和陆亚琦扭头西望，发现河面上如箭飞来两条快船。一条船上全是道士，站在船头的是位四方脸青年，身背五色法旗，腰缠九节雌雄鞭——这条软鞭通体缀有十八颗铜铃，雌雄各半，交战时可以发出噪声干扰对手的心魂；另一条船尽为和尚，领头的是一名身材高大的青年僧人，手提一柄月牙伏魔铲，头扎佛珠，腰挎佩刀，显得威风凛凛。

腰缠九节雌雄鞭的是林洸隆，跟着他后面的是以“六招提”慕容棠为首的一群道士；手提月牙伏魔铲的是“和尚能”邝能，身后的僧人来自佛山各大寺庙，像什么丰宁寺的涤莲和尚、塔坡寺的旷怀和尚、仁寿寺的丛开和尚、铁佛寺的清海和尚等等，都是平时和“喃呒会馆”道士斗气比武的小沙弥。

“和尚能”跳上石码头，把月牙伏魔铲递给后面的清海和尚，双掌合十：“无量寿佛，今天给阿茂爹娘办法会，把兵刃都收起来吧。”

邝能为大沥堡大镇乡本地人氏，自幼疾恶如仇，因为手刃恶霸背负人命，被迫遁入佛山堡塔坡寺隐身；后经人介绍转投石湾镇丰宁寺，拜住持宗俨长老为师，潜心修炼少林武技，学习到纯正的“易筋经”和“洗髓经”，内功极其深厚。

别看“和尚能”一介赳赳武夫，其先祖可是赫赫有名的大才子——名列“岭南前三家”之一的邝露邝海雪。

论起明末清初岭南的风流名士，邝露当之无愧雄踞榜首，此人诗、书、画无一不精，兼修兵法、骑射、击剑等术，性情旷达，放浪不羁，蔑视传统礼法。邝海雪年轻时浪迹天涯，诗名远播吴、楚、燕、赵，在扬州提笔写下十二首《赤鹦鹉》，被当时儒林争相传诵，有“邝鹦鹉”之美誉。他闯荡粤西山林时，曾经爱上了一位美丽的姑娘——瑶家女土司云亸娘，心甘情愿侧身帷幕，充当云亸娘的记室，赞画军机，指点江山。两个人郎才女貌，比翼齐飞，羡杀后世有情人。

邝露回到粤东后，把在粤西观察到的山川景物、风土人情合编为一本《赤雅》，到今天仍然是研究西南少数民族的代表性著作之一。金庸先生在小说中所描写的令人闻之色变的蛊毒，便源自《赤雅》的详细记载。明朝末年，邝露不甘衣冠左衽，率领族人奋起抗清。顺治七年（1650年），曾随军在广州城坚守长达十个月之久。城破之日，他把平生收集的奇物如怀素书法真迹、名琴宝剑等等环列左右，身披幅巾，鼓琴赴难。

佛山堡的人喜欢去鹰嘴沙临海庙比武，而大沥四堡的人则热衷于在三官庙打擂台。这两处地方各有特点——前者通常是点到为止，只分高下，不伤性命；后者却是江湖上好勇斗狠之徒的乐园，刀刀见血，招招致命，杀了人官府也极少追究。

这是为什么？

三官庙也叫三元庙，供奉的是天官、地官和水官三位大帝（或称帝君）——天官的生日在正月十五日，即上元节；地官的生日在七月十五日，即中元节；水官的生日在十月十五日，即下元节。

在道教信仰中，三官大帝是资历极深的前辈，后来随着道家的买卖越做越大，老哥仨的地位逐次下降，分配给他们的“权力”越来越小。在这三位退休返聘的老同志中，地官清虚大帝的分工是为人赦罪，故被人称为“赦罪地官”。

江湖上的人选择在三官庙搏命，是因为相中了地官爷爷的法力——在这里厮杀，你把对方宰了，不必担心亡魂缠身；你被别人打死，也不用怕小鬼欺负。反正里外里都有地官清虚大帝罩着，亡魂皆可得到赦罪，抄近路直入地府，免遭风霜之苦。

周遭各色商船匆匆来去，桨橹如林，荡起层层波浪。想到父母冤魂可能受到的遭遇，李文茂心痛如割，难以平静。纸扎衣从他手中件件滑落，每一个即起即灭的漩涡，仿佛是一朵朵电光里的白花，栖息着双亲惊恐未定的亡魂——他们的面貌栩栩如生，少年情不自禁伸手去抚摸，去挽留，紧紧揪住父母的衣裳不想撒手。

六月的江水寒彻心髓，漩涡倏忽，在一刹那，所有的影子尽化为乌有！

由于担心父母的亡魂在中途走散，李文茂的船行驶缓慢，直到丑时将尽，才磨磨蹭蹭抵达大镇乡。远远望去，三官庙灯火交错，到近处才发现是林洸隆和邝能这两个魔头。

林洸隆在岸上大声问：“阿茂，啥时候去宰姓韩的？”

江风吹拂，林洸隆腰里九节雌雄鞭的铜铃铛“哗琅琅”响个不停，邝能提醒他：“快进庙里，当心惊着招魂幡。”

“好好。”林洸隆道，“咱们办法事先，以后再找姓韩的索命。”

还要办法事？李文茂不解：“保叔他们不是办了吗？”

林洸隆煞有介事地说:“老鳖那场不灵光,这事要咱们兄弟亲自来。”

“有这个说法?”李文茂惊讶地问。

邝能加重语气:“道家有法事,我们释家也有法会,一个都不能缺。”

“来吧,别耽搁工夫。”林洸隆紧着招呼,“快给地官爷爷磕头。”

李文茂没有办法,只好整理一番衣冠,从“崩牙可”手里接过招魂幡,进三官庙在地官大帝的神像前跪倒,重重地磕了九个响头:“地官爷爷,我阿爸阿妈含冤而亡,无枝可依,倘有怨言,请你老人家多多担待。”

一场令人啼笑皆非的仪式开始了,林洸隆率先抢到头阵,叽里咕噜背了一段南宋道士金允中所著《上清灵宝大法》的《施食普度品》:

以今焚香,奉请千古英雄、历代将帅。登坛授钺,拜命策勋。或三箭而定天山,或七擒而伏南虏。或削平于僭乱,或拯复于寰区。嘉绩济时,精忠贯日。或尽节而没于王事,或退老而终于天年。或守正而罹害于一时,或深入而丧躯于万里。义之无失,理则何伤……祸荫不测,变起于形。或放逐而终,或诛锄而逝。或家门之废坠,或嗣息之凋零。杳霭阵云,昔日之壮图已谢。晨昏夜府,今朝之滞识尤迷。愿应召以来临,蛰庶随机而感悟。不廛宿障,咸濯生津……

这段文言遣词深奥,听起来文绉绉之乎者也,还算是那么回事。接下来“喃呒三少”一出场风格立变,将道家法事的峥嵘面目暴露无遗。

陆亚琦脚踩天罡,来了一首“唐葛周咒文”:

三元唐葛周三将,带领三百夜叉王,大迷香、小迷香,足踏半天午酉殇;大迷离、小迷离,足踏半天午酉鬼。若有妖邪不服者,宝剑收来化微尘,请急引魂到道场,火急如律令……

郑天龙左手握笏,右手持扇,唱的是“押船”咒文:

押船大使者,船头大王,船尾小王,左不达儿郎,牵弓放箭、摇旗打橹、艄公水手，屈原相公，吼叫呼风大神，游行使者，船上打花一切神祇，本境社君主君土地神，护救伽蓝，值年太岁尊神，传教宗师同，今年今月今日今时行病鬼王，上至溪源下至河海，东叫西应，南邻北舍，过往过空，一切神众……

“六招提”慕容棠最后出场。小伙子头扎红布，口吹角笛，手把师刀，挥动五色彩旗召集五方阴将阴兵，来了一段“大幽”祭文：

一心招请，英雄战士，汉将良兵，红旗展日月无光，白刃挥乾坤变色，长枪刺腹，三魂直往阴司；短剑分尸，七魄丧于泉路。呜呼，漠漠黄泉多鬼哭，茫茫白骨少人收……

一心招请，经商旅客，南北交流，辘轳万里经营，珍宝千般无价。经探虎穴，须臾命送羊肠，拔掉龙门，顷刻身归鱼腹。呜呼，旅魂南山云暗暗，客魄东逝水悠悠……

这篇祭文直白无掩，李文茂听后血贯瞳仁，咬碎钢牙；冯西涌、庞兴仔、李长甫、李亚可和吴凤池等人均泣不成声。邝能责怪林洸隆：“你这不是在拱火吗？闪避一旁，瞧我的。”

林洸隆退下，邝能率众僧登场，合声祈祷：

闻西方设教，开众生方便之法门；东土遵规，依大乘广济之轨范。幽明咸布，遐迩宗风。窃思三界之中，九有之内，四生轮回，六道漂流，有作有受，无土无归，长年魂魄，惟依草木呻吟，尽岁蒸尝，空对烟云，惆怅痛念，众生迷妄，皆因自作罪愆，万劫沉沦，安得解脱，冤魂飘山依野，寒魄悲月啼风，东廊北邙孰为家……

正值地官大赦之期，乃奉尊者度亲之日，鸠集善信，捐资助米，广结良缘，顶礼诸佛万德鸿名，披宣慈悲三昧灵文，宣演大乘金刚妙典，虔拜无碍大悲宝忏，跪说冥府十王宝忏，虔读地藏本愿尊经，称赞法华普门妙品，奉诵弥陀接引尊经，奉礼北斗延寿尊经，午呈金山献供仪式，设放瑜伽焰口真宗，法语普利有情，齐登正觉，仰叩佛天，祈求普度，今则道场初启，法事宏开，窃恐天魔外道，魑魅魍魉，未知事由，侵犯边界，为此合榜晓谕，当界土地，里域正神，五道将军，监坛主吏，值日功曹，掌奏使者，肃清尘垢，扫荡妖氛，严护坛界，只迎三宝临轩，颙望诸真降驾，证明普度，纳受供养，伏愿孤魂承此良因，得生极乐世界，更冀众等家家吉庆，户户祯祥，老少平安，法事周隆……

佛家法会不同于道家法事，充分考虑到生者与死者的感情，没有把鬼魂当作不可救治和必须加以严惩的敌人。其祷榜所用的文字委婉温和，循循善诱，宽猛并济，阴柔调和，易于为死者亲属所接受，这是它的机变之处。

李文茂被林洸隆和邝能两伙人搞得七荤八素，苦不堪言。好不容易两台法事做完，急忙乘船出发，才算摆脱了林、邝二人的纠缠。

六月余温未熄的热浪，自河床袅袅升起，飘散至宽阔的西江水面。好像是冥冥中的天意，水宁风肃，这段黄金水道呈现出一派难得的清静。

李文茂长出了一口气，将近鹰嘴沙的时候，前头水面浮现出一丝柔软的光影，渐渐地越来越明亮，变成一条用星辰联结起来的红宝石长龙。夜色下，这尾长龙逶迤袭至，如同一串悬挂在夜神脖颈上的项链，攫取了大地所有的光芒。

这是一串从上游飘下来的河灯，灯光里传出来优美的歌声，声音高亢处穿云裂石，低沉时落叶寒秋。歌曰：

凤凰来上凤凰台，
凤凰台上凤凰来；
天籁地籁闻人籁，
八音谐，绿云裁，翠烟开；
月明吹彻海山白。
碧冷冷，玉铿铿，七政匏为定；
攒紫霞，嵌晓星，
笙簧点点皆相应。

善吹的是子晋董双成。
自嶰谷起遗风，定雌雄；
十二筒，律应黄钟。
梅落江清吹三弄，
声动关山感归梦；
伴渔翁，引牧童。
韵清微，高山流水野猿嘶；
楚雨湘云塞云飞，
清风明月孤鹤泪；
春融合，莺乱啼。
…………

“少爷，”“雷公仔”停下手中的船桨，“是阿婵姑娘。”

那歌声并未停歇，沿着河面向李文茂兜头击来：

艳晶晶舞裙歌扇，
韵悠悠脆竹清弦，
花阴风袅游丝颤。
一声声如莺啭，
一字字逐云旋，
一串串溜的珠圆。
…………

在佛山堡大基尾琼花会馆那座五彩缤纷的院落里，有一对金童玉女备受众人的宠爱，一个是李文茂，另一个是陈罗婵。他们两家的交情十分深厚，从源头上捋，还要从琼花会馆门前的避雨亭开始说起。

琼花会馆门前的避雨亭一共有四块镇亭石，每座重约五六百斤，四周花团锦绣，雕工精细。相传是红船祖师爷“摊手五”亲手放置的镇邪石，用来保佑红船事业代代兴盛，老少爷们都有一碗饭吃，日子过得安生。但是，在佛山堡的老百姓心中，这四块镇亭石另有一个名称叫作“再生石”。这个名称从何而来呢？

佛山堡数十万民众，或者穷困不堪，或者男女孽缘，或者宦海风波，或者买卖潦倒，总之出于各种各样难言的缘由，人们常在夜半三更，偷偷地将初生的婴儿丢在四块镇亭石上——这些可怜的孩子，运气好一点的，包袱皮上兴许还留有姓名和籍贯；运气差一些的，上面只绣着生辰八字。被丢弃在镇亭石上的婴儿绝大多数是女婴，而且模样相当标致，说明在她们父母的潜意识里，孩子入红船学艺，不失为一条光明的人生道路。

琼花会馆把这些失去父母的孩子收留下来，将他们抚养成人，并且根据各自的天赋因材施教。或者唱戏，或者进棚面当乐手，或者习武，或者分发在红船上充任杂役，总之最后都有一门手艺。对于许多红船人来说，这四块镇亭石是赋予他们第二次生命的神圣之物，是名副其实的“再生石”。在佛山堡大基尾的琼花水涉，你经常会看到一幅奇怪的场景，许多大老倌来到避雨亭，不但没在镇亭石上一屁股坐下，反而从衣襟中掏出贵重的丝帕，跪在地上，恭敬地将镇亭石擦拭得干干净净。

佛山堡的地痞流氓和恶霸，不管势力再大，武功再高，从没有一个敢进避雨亭撒野。他们互相之间挑衅斗狠最常用的一句话就是：“你敢坐镇亭石吗？”

李文茂的母亲冼红玉和陈罗婵的母亲陈映雪皆属于“再生石”一族，她们还有一个年龄相仿的姐妹名字叫作易兰花。三姐妹从小生活在一起，拜师学艺在一起，生活中互相关怀，互相体贴。那一段同呼吸、共命运的峥嵘岁月，让她们不是亲人，胜似亲人。

按照年龄排起来，冼红玉年龄最长，易兰花排在第二，陈映雪最小，算是小妹妹。这三个女孩性格各有不同，冼红玉最为刚强，像个小大人一样，完全承担起大姐的责任，尽心尽力地照顾易兰花和陈映雪。在她十岁的时候，佛山堡东头冼家终于上门认亲，给冼红玉送来不少吃穿用度。她把好吃的、好穿的都让给两位妹妹，颇有做姐姐的风范，琼花会馆的老少爷们无不伸出大拇指，夸赞这孩子仁义。易兰花和陈映雪始终没有人认领，两姐妹后来出落得越来越娇艳，深受老一辈艺人的喜爱。其中，易兰花的性情与冼红玉有些相似，宁折不弯；而陈映雪则像是一朵温室的花朵，娇嫩伶俐，吃不得苦。

红船学艺的生涯异常艰辛，唱念做打四门功夫和文武二艺，每一样均须千锤百炼，可谓吃尽人间苦中苦。等闲之人往往半途而废，不少柔弱漂亮的女孩子学会吹拉弹唱后，受不住习武之苦，受不住外面花花世界的诱惑，信心动摇后离开琼花会馆：或者嫁人，或者跑到邻近的妓院和花舫上去谋一碗轻松的饭吃。

在当时，伶人和娼妓属于下九流的社会底层，同被人们看不起。从戏班到勾栏是一条常见的人生之路，没有什么大惊小怪，陈映雪后来便选择了这样一条路。曾经相濡以沫、同生共死的三姐妹，由于性格、认识和追求的不同，踏上了迥异的人生道路。

冼红玉的人生路先苦后甜，自从嫁给李敬南以后，公婆俩齐心协力，由大老倌一跃翻身成为班主，把“凤凰仪”班办得红红火火。

风华绝代的易兰花苦苦修炼文武二艺，老天不负有心人，最后终成大器——年方十八成为琼花会馆有名的大老倌，二十六岁那年众望所归，赢得了代表红船名伶至高荣誉的金丝面具和金马鞭，成为红船百年历史中获此殊荣的第三人。

天妒红颜。易兰花功成名就之后，在众多的追求者里相中了一个青年才俊，怀着美好的憧憬跟随心爱的男人去了粤西桂林府临桂县，去了美丽的相思江。谁知对方出身世代簪缨的书香门第，根本不可能接纳一位戏子做儿媳妇。易兰花既不想委身做妾，又不愿让人亵渎她心中崇高的红船艺术，爱情美梦戛然破碎。

当时的易兰花已经身怀六甲，她黯然神伤，独自出走，在旅途中生下女儿易如真。易兰花从此看破红尘，重返佛山堡进“凤凰仪”班唱戏，把一腔热血献给水乡漂泊的红船戏棚。十年下来，她的艺术功力随着岁月流逝而迅猛精进，臻于化境，成为红船艺术殿堂里一座几乎难以逾越的丰碑。由于演技长时间内无人超越，金丝面具和金马鞭一直保存在她的手里，在红船事业极为鼎盛的道光年间，这不能不说是一个奇迹。

陈映雪进入勾栏没有多长时间，便成为远近闻名的红牌阿姑（名妓），艳名遍播上六府和下四府。不几年，赚够钱的陈映雪摇身一变当起了老鸨，花费巨资定制了一艘大号花舫，取了个名字叫“沉香斋”。这条花舫雕梁画栋，风格优雅，规制庞大，楼高三层，比广东水师的主力战舰还要高出一头，气派煞是惊人。

“沉香斋”开业后，生意兴隆，盛况空前，招待的都是文人雅士、官吏富豪，堪称日进斗金的聚宝盆，成为佛山堡最昂贵的风月场。

陈映雪赚到了金山银海后，便不再把钱搁在眼里，平生最大的心愿就是培养自己这个宝贝女儿，为此，她遍邀岭南名师对陈罗婵进行栽培。这孩子非常争气，继承了母亲的艳丽姿容和过人聪慧，琴棋书画一点就通。在诸般才艺之中，小罗婵最独特的天赋是有一副金嗓子，自幼显示出非凡的歌舞才能，尤其对红船戏棚情有独钟。这一点让陈映雪哭笑不得——自己欠下琼花会馆的债，最后应在了女儿的身上。

陈罗婵与乃母性情大相径庭，属于那种不撞南墙不回头的类型，陈映雪拗不过女儿，只得把她送进“凤凰仪”班，交给自己的两个姐妹代管。

对于冼红玉、易兰花来说，陈罗婵和自己的孩子有什么区别？当下非常爽快地接受了陈映雪的拜托，冼红玉负责在生活上照顾，易兰花则把自己的一身本事毫无保留地倾囊相授。陈罗婵就这样成为易兰花的艺术传人。在她的悉心指导和严格训练下，小姑娘唱戏的天赋得到了最大程度的挖掘，青出于蓝而胜于蓝，才十四岁的年纪已经独挑大梁，俨然是红船戏棚一颗冉冉升起的明日之星。

除了易三娘平时的谆谆教诲，陈罗婵还博采百家之长，向红船其他大老倌虚心求教，一年中有小半年的时间泡在琼花会馆的院子里。陈罗婵与李文茂两小无猜，耳鬓厮磨，正是一对青梅竹马的佳儿女。在红船老少爷们的眼里，他们俩是天造地设的一对，月老早在前世便为他们备好了姻缘的红线，只待今生来捆绑。

随着河灯的漂近，光影里出现了一只舢板。

舢板上一位美丽的少女侧着头，浑身缟素，洁白的身影倒影江面，如同一株含苞待放的春日花蕾，照亮了黑沉沉的夜。少女手挽船桨，若有所思地挥动着玉臂，给人的感觉她仿佛不是在投放河灯，而是在放牧一群金色的天鹅。

少女抬起头，鹅蛋形的脸庞杏目含忧，一刹那，西江水冷，河灯色收。只见这位倾国倾城的美人素绢花搭在肩头，孝服下隐隐可见一条白色绣花边的褶子，足蹬一双白纱厚底鞋，说明她还没有来得及完全褪去戏装。

这位绝色美人显然很有个性，最引人注目的是她梳了一个船形的“宝鼎髻”——其特征是在脑后拖了一个长达一尺有余的燕尾。这个发型来自南洋的马六甲，据说是从粤西郁林直隶州北流县传来的——不是美貌而窈窕的少女，没有人敢于梳这种奇特的发型。

郁林直隶州所辖的北流县古称勾漏，位于合浦水（南流江）与北流江（上游叫圭江，下游叫绣江）的结合部，向为安南、暹罗、占城、真腊、马六甲诸国通向中原的交通要道。进入清代以后，曾经令人谈虎色变的“鬼门关”摇身一变，成为南洋诸国朝贡贸易和海盐运输的黄金水路，民风开化，贸易繁盛，被人们誉为“小佛山”。

少女远远看到迎面船头低垂的招魂幡，瞬间泪水如秋风里飘落的枫叶，扑簌簌地流珠垂下。她停止向江面投放河灯与“水流衣”，丢下船桨，从光影里起身，颤抖地叫了一声：“阿茂哥。”

第六回　琼花禁律

黎明前，李敬南公婆的亡魂终于回到了琼花水涉。

此刻的佛山堡，安宁静谧，被青葱的烟雨包围笼罩着，鳞次栉比的楼阁店铺，残了昨夜的灯红酒绿，沉睡在一片烟雨朦胧中。位于大基尾的琼花会馆，在佛山堡三十七处会馆中称得上是最为瑰丽的建筑，它的规模比大名鼎鼎的祖庙还要超出一头。会馆大门口灯光明亮，四周挂满了青旗和白帐。避雨亭里摆设供案，香烟缭绕，其中一块镇亭石上缠绕着白巾，这块“再生石”正是当年冼红玉被抛弃之所。

船只缓缓驶入琼花水涉，李文茂迈步上岸，发现会馆门口戒备森严。把门的“跛脚安”带着二十来个人挎刀肃立，这些人除了习武厅的教头外，还有会所的护卫。李文茂猛地心里一紧，难道师傅他老人家来了？

果然，“弹指神通”郭锡保匆匆走出大门：“茂仔，大阿爷在里面候了你整整一宿，快进去见他。记住，千万别惹老爷子生气。”

大阿爷是红船人对“铁背苍龙”伦廷的尊称。“琼花四老”中，“桓侯神枪”杨裔昌去世比较早，至善禅师与大悲和尚一西一东，隐身红船奔走反清复明大业，实际坐镇琼花会馆的只有伦廷一个人。伦老爷子性情暴烈，为人一丝不苟，在他管理的这些年，琼花会馆最重规矩和忠义，纪律严明，无人敢越雷池一步。

陈罗婵知道伦廷的脾气，担心李文茂受委屈，嚷道："我也要去。"

郭锡保无心与她纠缠："你只要能进去就行。"

爷仨快步跨进会馆。寒风逡巡，灯火摇曳，浓浓的水息从青云巷的角落爬出来，铺满了脚下的青苔。李文茂不觉有些精神恍惚，这一方度过了他年少岁月的幸福田园，今天竟然变得如此陌生，有些许漂浮，还有一丝疼痛。

过了钟鼓楼，从大戏台方向传来了一支动人的曲声：

离离青草尽，走不完莽莽黄沙；
雕鞍危坐，轻拨琵琶；
汉宫姐妹多少分别话，
忆故园野菊竹篱架，
…………
群山错落青山外，
伤心孤城隐约白云间；
漫道西出玉门无亲故，
云山深处便是我的家，
…………
红日无言悄悄下，落得个魂消紫塞梦断京华；
一把辛酸泪怎向胡边洒？
只觉得马蹄声碎，心乱如麻；
大漠连衰草，长空点暮鸦；
穹庐帐底人，可亲抑可怕。
…………

在戏台上练嗓子的人是琼花会馆旦行总教习"俏丽辛"，见李文茂和陈罗婵这对小儿女从旁走过，她轻舒衣袖，算是向他们打了一个招呼。然后兀自挥鞭起舞，按剑跳架，继续专心致志地演绎这折子《昭君出塞》。

大戏台后面是巍峨的琼花大殿，里面供奉着戏神三眼华光大帝和红班祖师爷“摊手五”的神牌;之后是值事堂,为三位值事处理会馆日常事务的办公场所;再往后走,穿过丹青阁、兵器库、习武厅、绣织房、木雕房和戏箱仓库,才是位于后院的会所。

会所是琼花会馆最神秘的地方,月牙门前有护卫把守——这些人武功高强,负责会所和“琼花四老”的安全,并不属习武厅管辖。

郭锡保和李文茂解下兵刃,交给门前的护卫代管。陈罗婵被挡在了月牙门外,气得跺了跺脚,转身去大戏台找“俏丽辛”——她的滑音唱腔在红班里称得上是一绝,小罗婵专门向她学习过,是以有师徒之分。

会所偏西有一座木楼,琼花会馆的三位值事都在这里,见李文茂跟随郭锡保进来,立刻自动地分立两厢。三个人中,当班的值事姓叶,单字名侯,五十出头的年岁,以一手大力鹰爪功著称武林。由于他资历深,行事正,又拉得一手好椰胡,人们就把他的名字倒过来念,尊他一声侯爷,或者二爷;第二位值事是“饭斗泰”林崇泰,负责红船演艺管理事务;第三位值事名叫于锦,绰号“大花面锦”,在三位值事中武功最强,他是至善禅师的大徒弟,在琼花会馆里主持武技训练,掌管习武厅。

正堂北侧的墙壁供奉着一列神牌,神牌之下赫然是四条油亮的盘龙棍,这四条棍子专门用来惩罚那些不守规矩的红船弟子。

神牌下放着一张宽几案,旁边端坐一位须发皆白的老人,身高八尺开外,脸膛红润,体格健壮,双目炯炯放光,胡须根根透肉。虽然年逾七旬,犹然威风凛凛,此人非别,正是“琼花四老”中排名第一位的“铁背苍龙”伦廷。

李文茂跪倒叩头,叫了句:“师傅。”

“铁背苍龙”见爱徒形容憔悴,浑身上下孝服沾满了泥土,和前些日子判若两人。老头子心疼不已,肚子里有一万句话想表达自己的安慰之情,但碍于三位会馆值事在场,不得不板起脸来,先问郭锡保:“阿保,青山他们呢?”

郭锡保恭敬作答:“正在拜阿南哥的灵位,随时准备出发。”

“阿南两口子的灵牌安顿好了?”伦廷问。

郭锡保看了李文茂一眼:“回大阿爷的话,刚刚安顿妥。”

岭南有句民谚:“山高黎瑶莽,海阔疍家强。”

伦廷出身疍户,原是海盗之王郑一郑文显旗下头号猛将,当年疍家群雄势力最膨胀和风光的时候，陈添保、莫官扶、郑氏兄弟、伦廷等人泛舟西向，在安南国东荡西杀，扶助三阮（新阮）建立“西山政权”，封侯拜将，好不威风。

安南国“西山政权”覆亡后，嘉庆十年（1805 年），郑一郑文显东山再起，倡导疍家英雄按照天、地、玄、黄、宇、宙、洪“立合约”，形成了强大的“六色旗”联盟，奉行“海外天子，不怕清朝”的宗旨。当其时，单是郑一的“红旗帮”就有战船数百，将士三万，火炮两千门。如此海上雄师横行万里，广东水师莫敢撄其锋。

可惜的是，郑一亡故后，其遗孀郑一嫂石香姑与养子张保仔竟然搭伙过起了日子。儿女情长，英雄气短，在石香姑的撺掇下，张保仔率领“红旗帮”归顺清廷，反过来围剿昔日同生共死的“六色旗”帮兄弟，“铁背苍龙”愤而归乡，投身琼花会馆。

张保仔投降清廷甘为朝廷鹰犬，落得一世骂名，日子过得很不顺心，三十六岁在福建闽安协副将任上抑郁而终。石香姑带着不到十岁的幼子返回家乡，寄居在大沥堡的大镇乡。伦廷鄙视她的为人，比邻而居十余年，老死不相往来。

伦廷的武功与众不同，从渊源上说，承自一位避居南洋的世外高人；从特点上讲，无论其成名绝技“驼龙棍”法，还是秘传的“天盖璇玑阵”法，皆侧重于实战，在千军万马之中威力无穷。琼花会馆虽然海纳百川，南北武技汇聚，但最缺乏这种两军阵前的功夫，杨裔昌、至善禅师与大悲和尚三人自愧弗如，将“琼花四老”的头一把交椅拱手相让，恭恭敬敬把“铁背苍龙”迎进红船。伦老爷子孤身一人，无儿无女，一辈子只收过“小元霸”一个徒弟，爷俩名为师徒，实则亲如父子。

李敬南夫妇命丧万松园，红船老少爷们无不愤慨，都想找韩肇庆拼命。“铁背苍龙”不是不想为李敬南夫妇报仇，一来琼花会馆有自己的禁律，二来眼下有更为棘手的事情处理。他来不及安慰徒弟，点手叫过旁边的“大花面锦”：“你师傅、师伯已经下了黑石顶，正在赶往浔州、梧州一线，你马上带人出发，跟青山他们一道走。”

“师伯，前线战事有这么吃紧吗？”林崇泰问，“官军这些年攻打云雾山，哪一次不是无功而返？”

“今年不一样。”“铁背苍龙”紧锁双眉，“往年黑石顶和云雾山夹江而峙，摆下铁钳阵首尾呼应，击首则尾应，击尾则首应，使广东水师心存顾忌，难有作为。可是自打这个姓卢的来了以后，官军学了个乖，花大价钱策动云雾山七寨闹窝里反。眼下形势危急，要不然，黑石顶的德堂大爷也不会捎信求援。”

十年前那次大起义失败后，洪门老字号的三大堂中，“洪义堂”游走海疆，“洪兴堂”偏居粤北，实力最强的“洪德堂”则退守两粤交界处，一肩挑起拱卫大明山“洪顺堂”总堂安危的重任。由于清廷在粤西的军力相对比较孱弱，因此对“洪顺堂”最大的威胁只有来自西江一线的粤东官军，尤其是火力强大的广东水师。一旦广东水师突破“洪德堂”的浔江防线，即可长驱直入跨过郁江，将炮口直接瞄准大明山。

“洪德堂”的掌印阿妈（又称大龙头）不是别人，正是至善禅师的二师兄至慧禅师。为了将广东水师的战船阻遏于梧州以东，他在建设水师的同时，不惜身入险地，把“洪德堂”老营扎在西江北侧封开县的黑石顶，吸引广东官军的注意力。此外，至慧禅师联络西江南岸的“云雾七雄”，摆下南北夹击的铁钳阵，锁住西江航运的咽喉，迫使实力强大的广东水师不敢大举西进。

“洪德堂”兄弟用鲜血和生命，力保“洪顺堂”总堂在粤西过了十年消停日子。但是这个表面上唬人的铁钳阵，应付李鸿宾那号官场油条绰绰有余，对付像卢坤这样的沙场老将就有点吃力。卢坤到任后不动声色，暗地用重金和官位进行招抚，重点目标是云雾山石牛肚的“糯米狗”和花楼顶的“吊妈十”，欲图分化“云雾七雄”，一举击溃云雾山联军，拔掉西江南岸的这颗钉子。卢坤这招不战而屈人之兵的计策既毒辣又奏效，云雾山的“糯米狗”和“吊妈十”禁不住利诱，已经出现了变节投诚的迹象。

至慧禅师嗅闻到这些不寻常的气息，大惊失色，一面亲赴浔江前线御敌，一面请至善禅师火速召集红船兄弟进行支援。洪门老字号三大堂口各有武林渊薮——“洪义堂”的骨干出自“西樵三寺”；“洪兴堂”是武当派的大本营；“洪德堂”则属于少林一脉，与琼花会馆同枝同源，关系非比寻常，其中不少人是师兄弟的关系。

打发走“大花面锦”和郭锡保，侯爷来到西侧墙壁的画轴前，伸手扭动机关。只听“嘎吱吱”几声闷响，墙壁向两侧退闪，露出黑洞洞的暗道。一股陈年的发霉气味扑鼻而来，李文茂吸了吸鼻子，嗅出些许血腥的味道。

侯爷和林崇泰在前，“铁背苍龙”居中，李文茂尾随在后，老少四人鱼贯进入暗道。行不多时，前面豁然有光亮明灭，出现了一间十分宽敞的密室。四周墙壁亮着油灯，两侧兵器架陈列着刀枪剑戟、斧钺钩叉，正面是一张供案，上面摆放着一个楠木匣子，里面不知道装着什么东西。

供案后面的墙壁上悬挂着一幅巨大的中堂，在飘忽阴沉的灯影里，只见这幅中堂写着四个字：“反清复明”。这四个字笔迹苍劲，落笔有力，奇怪的是颜色诡异，结痂斑驳，像是笔墨中浸了血迹，望之令人触目惊心。

琼花会馆会所密室里这幅中堂来历不凡，它是洪门的三大圣物之一，在洪家兄弟心中有着非比寻常的意义。相传这幅中堂为洪门五祖之一的李色地开山铭志之作，自从他开创“洪顺堂”以来，总堂以及旗下各大堂口的每一任新掌门即位，皆须割指沥血，用鲜血重绘一遍“反清复明”四个大字，以铭记复国大志。久而久之，拜谒这幅中堂就演化为三合会总堂和旗下各大堂口新掌门即位时必须履行的一项仪式。

十年前，洪门大起义失败后，老字号的三大堂死伤惨重，许多兄弟宁愿杀身殉国，也不愿移师粤西，苟且偷生。万般无奈之下，“洪顺堂”掌印阿妈大慈和尚把这幅“反清复明”的中堂留在了琼花会馆。同时令自己的二师弟大悲和尚加入红船，专职守护这件圣物，借此表示总堂转移到大明山只不过是权宜之计，一旦时机成熟、羽翼丰满，势必还要杀回粤东，北出五岭讨伐中原，与清廷一争雌雄。

除了中堂之外，洪门还有两件圣物：一个是象征着大龙头至高无上权威的龙头令旗，凭它可以号令洪门旗下各大堂口的兄弟；另一个是“玉叶会簿”：共计三十六枚和田红玉，上面用蝇头小楷，密密麻麻地镌刻着洪门的清规戒律，像什么“三十六誓”“二十一则”“十禁”“十刑”等等尽纳其中，无一遗漏。

三大圣物中，“玉叶会簿”象征着三合会的灵魂，是洪门传会唯一的合法工具。迄今为止“玉叶会簿”只传出了五本“金叶会簿”，除了“洪义堂”“洪兴堂”“洪德堂”三个老堂口和后设立的“洪胜堂”外，另外一本“金叶会簿”就放在“琼花宫”——这是一个直接隶属总堂的秘密组织，由加入洪门的红船兄弟组成，职能是为洪门交通信息、筹集粮饷以及输送武学人才，同时亦是一支极具战斗力的生力军。

“铁背苍龙”走到供案前，打开匣子，从里面取出本金光灿灿的册子。那册子的封面上写着醒目的三个大字：“琼花宫”。

伦廷点燃一把三合香，毕恭毕敬地插入香炉，屈身向那幅中堂和“金叶会簿”行了三拜九叩的大礼，这才神色肃穆地对李文茂说：“茂仔，你阿爸阿妈走了，你算是成了人，有些事情该叫你知道。不错，你阿爸确实是在宫的洪家兄弟，现在该明白你阿妈在临终前，为何要留下那样的遗言？”

对于像李文茂这样在琼花会馆长大的孩子们来说，“琼花宫”这三个字就是英雄好汉的同义词。众多前辈的传说深深地印在他们的脑海，无不以这三个字为骄傲，期盼着自己将来长大成人后，也能够成为“琼花宫”的一员。然而，自从得知父母双亲惨死的消息那一刻起，李文茂最怕听到的，恰恰也正是这三个字。

红船子弟人数众多，拖家带口，为了保障老少爷们的谋生，从“摊手五”开创红船那时起便制订了严格的禁律——凡是加入“琼花宫”的红船子弟，如果和官府中人结下了仇怨，必须等到三年以后方可寻仇，以免给会馆的老少爷们招惹祸端。

冼红玉之所以在离世前留下那么一条让人百思不得其解的遗言，正是基于这个考虑。她知道儿子的脾气，更了解儿子的本事，一旦“小元霸”性子发作，凭他的武功足可以把广州城杀一个天翻地覆，势必给红船惹下滔天大祸。

李文茂紧紧咬住嘴唇，把头低下去。

“你听明白了？”伦廷的语音拉了一个长调。

侯爷轻推了一下李文茂的肩膀：“茂仔，大阿爷问你话呢。”

“小元霸”一言不发，他知道师傅找自己是什么目的了。

老伦廷当然理解徒弟的想法，但他是一个铁面无私的性子，不想让这条实施百年的红船铁律在自己手里被打破，尤其是不愿让侯爷和林崇泰觉得自己偏心眼，于是冷冷地说："听青山回来讲，你把那几个小仔纠集起来，拿着家伙，在番禺县衙差一点动手？要不是崇泰和锡保去得及时，天大的窟窿都让你捅破了。"

"师傅，我真的不明白。"李文茂委屈地哭出了声。

"你说什么？"伦廷一掌击在案头。

林崇泰忙道："茂仔，当着大阿爷的面，可不敢胡说。"

"师傅，我阿爸虽然在堂，但徒儿并没有在堂。"李文茂重重地叩头到地，鲜血殷殷从额头流到面颊，"难道徒儿也要守这条规矩吗？"

"本宫禁律如山，凡我红船子弟莫不遵守，概无例外。凭什么就你是姜太公，只封得别人不封得自个？"伦廷受李文茂顶撞，火冒三丈地叱喝，"你阿爸阿妈为义而亡，这样的忠肝义胆世上能有几人？你不守本宫禁律就是不忠，不听他们的话就是不孝。"

"可是师傅，俗话说，杀父之仇，不共戴天。"李文茂目中含泪，"身为人子，倘若不能替父母报仇雪恨，岂不是更大的不忠、不孝、不仁、不义？这般猪狗不如，徒儿有何面目苟存于人世？有何面目去见红船的老少爷们？"

老伦廷暴跳如雷，颤抖地用手指着李文茂："你……你……你这个小东西，我看你是翅膀长硬了，连祖师爷的话都敢不听？"

"茂仔，"侯爷斟酌着字眼，"仇不是不报，只是要等三年以后。"

李文茂愤愤然："谁知道三年以后又会如何？"

侯爷脸上有些挂不住，怏怏道："难道我还哄你不成？"

"别跟他废话。""铁背苍龙"对侯、林二人大声咆哮，"你们派人把他给我看紧了，我倒要瞧瞧，他是想上天还是入地？"

"俏丽辛"本名黄辛，这一年三十有二。她原籍东莞，出身富商之家，家道败落后被父母送至琼花会馆学艺存身。在当时的琼花会馆，她是成就仅次于易兰花的名旦。担任琼花会馆教习前，"俏丽辛"是"乐荣华"班的台柱子。两年前，因为与班主陈平海不合，一怒之下离开了"乐荣华"班。外人对她的选择很不理解——如果不唱台期，以"俏丽辛"的身价，一年下来的损失至少在万两白银。

只有少数人才明白她心中的痛到底在哪里。

对于像“俏丽辛”这样的名伶来说，钱财等身外之物已经不放在眼里，唯一吸引她的只有那副金丝面具和金马鞭，这是她奋斗一生为之追求的理想。可惜既生瑜何生亮，她不幸与易兰花生活在同一个时代，易三娘青春不老，光芒万丈，让“俏丽辛”与她的理想之间，永远存在着那么一段无法企及的距离。

陈罗婵从绣织房的珍婆处取了一壶新茶，又捧了一条热毛巾，来到大戏台：“师傅，你这折子戏唱得真美。”

“俏丽辛”轻盈地接过毛巾：“好在哪儿？”

“听起来叫人肝肠寸断。”小罗婵回答。

“俏丽辛”苦笑了一下：“阿婵，我听这话不舒服。”

“我知道。”陈罗婵托着腮帮子认真地说，“可我喜欢昭君是这样的，塞上枯草黄，比江南烟雨更断人肠。”

“俏丽辛”的表演偏重纤细悱恻，极尽阴柔之美，为了突破自己的风格，她宁愿别人夸赞她多添了几分豪气。她拭了拭额头上的汗珠，委婉地提醒：“阿婵，你年纪还小，不要把自己轻易束缚住，戏路越宽越好，过几年再往回收也不迟。”

陈罗婵点了点头，旋即眉飞色舞起来：“师傅，你知道吗？前两天，何、罗两家联手从省城请来‘胜春班’。我跟他们比了一场，你猜结果如何？”

佛山堡的各大豪族中，何、罗、黄、卢四家酷爱戏曲，不论老幼都是狂热的票友。“俏丽辛”看着陈罗婵得意的样子，知道她又出了风头：“阿婵，‘胜春班’的那些孩子再靓，毕竟是男仔，演女人戏怎是你的对手？”

“姑苏‘祥麟班’的曲子不是一绝吗？”陈罗婵得意洋洋，“我照样压他们一头。”

“俏丽辛”品了口茶：“你的嗓子得天独厚，又有何解元点拨，曲子好算什么稀奇？”

陈罗婵除了在红船向易兰花学习唱腔外，另有一位高人指点她音律，即陈映雪的平生知己岭南名士何惠群。此人为顺德县羊额堡人氏，少年时代以神童之名享誉乡里，天生有过目不忘之才。何惠群十五岁乡试第一，录为解元；二十岁进士及第，干了两年县官，因不忍催逼百姓纳粮而辞职回家，从此杜绝官场交际，纵横才艺天地，自得其乐。

说起何解元的才艺，那真是盖世无双——琴、棋、书、画四门技艺名闻当世，琴技和音律堪称一绝，后来与招子庸、叶连城并称南音粤讴三大名家。在何惠群的精心雕琢下，小罗婵自幼精通音律，提笔能作曲，这一点让她在红船中卓尔不群。

“师傅，你说我差在哪儿？”小罗婵噘着嘴。

“照我看，你还是要多下点功夫习武，练练把子。”“俏丽辛”微微叹了一口气，这一点也是她和易三娘的最大差距，“阿婵，你的嗓门和扮相没得挑，只是功夫比你三娘差得不是一星半点。功夫假如不到家的话，台步、桥段、折扇、绢子、云帚等样样吃瘪，既不生动，也不飘展，更谈不上心所指、意所现。戏功到极高境界，根本不需要张嘴，单用身步舞姿便可以表现入微，绝非花拳绣腿所能做到。”

陈罗婵被“俏丽辛”说得满脸通红，武功底子差确实是她最大的软肋：“师傅，谁说人家是花拳绣腿？”

小姑娘娇羞起来，好似一株盛开的鲜花，分明已到少女怀春的韶光。“俏丽辛”想起她刚才是和李文茂一起来的会馆，不放心地叮嘱了一句：“阿婵，别只顾着玩耍，要像你易阿妈那样下苦练功，时间过得快着呢。”

“晓得。”陈罗婵应了声，一蹦一跳地向丹青阁跑去。丹青阁是画工们忙碌的场所，那里最吸引陈罗婵的是一排排脸谱面具——红班神功戏特有的道具。

进入嘉道年间，红班从弋阳腔、秦腔、汉调等戏曲中积极吸收养分，结合本地的南音、木鱼戏、咸水歌的因素，发展到一个日臻成熟的阶段，远远脱出了神功戏的原始形态。在这种形势下，脸谱面具从道具变身为老倌们的个人符号，凡是稍微有点名气的大老倌，都喜欢为自己设计一个精美的脸谱面具。脸谱面具在红船世界具有非同寻常的意义，那副用于褒奖绝代名伶的金丝面具，就代表着对红船精神的永恒追求。

大老倌自己设计的脸谱面具五彩缤纷，各有不同的样式。以易兰花为例，她的脸谱面具设计如下：“三块瓦”的脸谱打底，天庭上凌空绘一支三叶锥，锥中镶嵌九瓣飞肩兰花额，白额里悬一枚鲜红色的破煞珠——九瓣飞肩兰是她个人的象征，三叶锥是她惯用的暗器，破煞珠则是镇妖避邪所用。

小罗婵走遍丹青阁，始终没有寻到画工桂老脸，只好转身来到绣织房，想找珍婆打听桂老脸的行踪。

绣织房是琼花会馆设计戏装的工作间，偌大的屋子里堆满了衣架，上面挂着一排排炫目的戏装，像什么蟒袍、大靠、帔风、补子、海青及各类衣衫应有尽有；富丽堂皇的圈金绒绣、色彩鲜艳的平金绣、清雅的彩绒绣等各种绣织技法争奇斗艳，琳琅满目，令人目不暇接。与衣箱仓库里的戏装不同，绣织房的戏装多为最新设计的款式，其巧夺天工的构思、金碧辉煌的陈列，把这里装扮成人间仙境。

粤剧服装服饰之华丽，在全国各个地方戏剧中首屈一指，说起来要归功于两点：其一是兴盛的东西方贸易带来了戏装制作业的大繁荣，琼花会馆周围遍布经营戏装的商户，规模之巨令人咋舌。其二是南海刺绣（即广绣）历史久远。苏鄂在《杜阳杂记》里曾记载了一位名叫卢眉娘的唐代南海少女，年仅十四岁，一双巧手无人可及，能在一尺绢上绣七卷法华经，字体大小不逾粟粒而点画分明，细如毫发，被唐顺宗誉为“神姑”。在广府民间传说中，卢眉娘又被称为“紫姑”或“紫霞仙姑”。时至今日，西樵山九龙岩崖子坑还有两口“紫姑井”，据说是卢眉娘炼丹养生之所。

道光十四年，闻名佛山堡的有两大绣织高手，一个是琼花会馆绣织房的顾义香，另外一个是汾流大街“水秀堂”的劳陆氏。

“找那个老东西画脸谱？哎呀，你断不能指望，年岁大了，糊里糊涂净捅娄子。”珍婆善意地提醒，“前些日子，你长腿伯新轧了一个鬼马老二，听说那女仔模样靓，为了讨人家的欢心，他求老不死的给人家画一个紫姑像，你猜猜他画的是啥？”

“千秋月”班的大花面龚石林身材修长，绰号“长腿龚”，是至善禅师的三徒弟，常年跟随他左右。“长腿龚”武艺出众，就是有一样毛病，唱戏之余喜欢拈花惹草，广州府各县都有他的鬼马老二（姘头）。

“画的什么？”小罗婵好奇地问。

“紫姑倒是紫姑，可惜是管茅坑的三姑。”珍婆说到这里，自己也禁不住乐了，“这可真应了那句老话，抬棺材甩裤，失礼死人。鬼马老二一气之下和他断了交情，你长腿伯每次路过我这儿，都要唠叨一回。”

小罗婵笑得直不起腰来：“阿婆，你快说，老脸叔他到底在哪儿？”

“还能在哪儿？”珍婆回答，“木雕房。”

“跟那个乡巴佬在一起？”陈罗婵花容失色，“坏了，坏了，老糊涂碰到小糊涂，我的脸谱这回肯定是卖鱼佬洗身，没指望了。”

琼花会馆的木雕一般交给富文铺承龙街的“谢记”打理。老板谢亚裕是新会县人，干了三十多年的木雕行当。从去年开始，他派出徒弟黄广华常驻琼花会馆，以应会馆之急需。这孩子从新会老家出来没多少时间，性情木讷，寡言少语，见到人就害羞。

正月上元节刚过，谢掌柜派给了他一个活——刻一尊十三太保李存孝的木雕，这个活是陈罗婵委托的。小罗婵是冬至奏“黄钟之律”那一天的生日，而李文茂则是夏至生人，根据南善观音庙的黄半仙说，这两个日期一阴一阳，恰是绝配。小姑娘听了后满心欢喜，琢磨着应该送给李文茂一个特别的礼物。

黄广华一个刚从乡下来的土包子，哪知道十三太保是什么模样？没有办法，只好去戏台上找个模特。这一天吃过饭，小家伙往会馆戏台下一坐，登时被台上灿烂的美景所震撼，两眼一抹黑，益发看不清横竖。

那是一个迥异于人间的云端世界，那是这个乡下穷孩子做梦也想象不出的天国，那是小木匠愿意用一生去刻画的完美殿堂。他所看到的世界美轮美奂，连丑角扮演的歹人，看起来都是那么的可爱。黄广华的魂被牵走了，他坐在戏台下目不转睛一连看了三天三夜的戏，恨不得用手里的雕刀把眼前的一切刻画下来，储存在永恒的记忆中。过了一个月，他完成了木雕，陈罗婵赶回来一看，鼻子差点没被气歪——小木匠雕了一个黄天霸。

陈罗婵冲到木雕房，踢开门一看，果然不假，桂老脸靠在罗圈椅上打着瞌睡，一个土里土气的半大小子正在埋头作画。见她怒气冲冲地进来，黄广华下意识地用胳膊挡住画面。陈罗婵不由分说，用力掰开他的指头，仔细一瞧，松了口气，他画的不是脸谱。

“我的脸谱呢？”陈罗婵狠狠地揪住桂老脸的耳朵。

“哎呀，轻一点，我的小姑奶奶。”桂老脸龇牙咧嘴地叫了起来陈罗婵瞥了黄广华一眼："老脸叔，你要是敢让他画，我可饶不了你。"

"不能够，不能够。"桂老脸连声讨饶。

小木匠手握雕刀，怔怔地骑坐在凳子上，没有回避，也没有反应。他长这么大，从来没有见过像陈罗婵这样的绝色美人，活色生香，近在咫尺，如同一道清泉洗涤了他的心灵，赋予了他前所未有的创作灵感。

"你这个大笨蛋，看我干什么？难道想把我画成黄天霸？"陈罗婵那根纤细的手指，差一点戳中黄广华的鼻子尖。

这是一根皮肤近乎透明的手指，比其他女人似乎要长出一截，手指与整个手掌的比例堪称完美。黄广华没有躲闪，反而贪婪地盯住它，舍不得放开一秒一霎。在小木匠的眼里，这根有血有肉的手指，恰是上苍遗落人间的灵物。

"哎呀，我的小姑奶奶，你可别欺负人家。"桂老脸半开玩笑地说，"乡下来的没有见过世面，当心挤兑他急了，把你的手指头咬下来。"

"他敢？"陈罗婵倏然缩回手指。

美丽的玉指离开了视野，可这双柔荑留在自己手掌上的温度还没有消退，黄广华慌忙避开小姑娘的目光，持刀的右手拿捏不稳，"呲"的一声，雕刀划过左手拇指，拉开一条血口子。桂老脸不再开玩笑："脸谱早画好了，我这就给你拿。"

桂老脸站起来在木雕房里转了一圈，来到一扇屏风前，弯腰从屏风下掏出一卷纸，拣出一张画递给小姑娘："瞧瞧，这不是？"

陈罗婵接过这张脸谱面具一看，不由得呆了。这是一幅线条舒展的精美图画，画面中央是一对比翼齐飞的玉蝉，周围描了两株娇艳欲滴的桃花；玉蝉的下方是一把宝剑，鲨鱼皮的剑柄上镶嵌了两串绿宝石，构成一对惟妙惟肖的蝉翼图案，宛如一双蝉儿在翩翩起舞。上下两对蝉儿交相辉映，亦真亦幻，画中有画，匠心独运。

小姑娘把脸谱面具的图案贴在胸口："老脸叔，咱们扯平了。"

"谢天谢地，只要你可心就好。"桂老脸如释重负，表情夸张，"我的小姑奶奶，为了你这副脸谱，差点没把我老头子累死，这几个月根本没有睡过安生觉。"

小姑娘再次把脸谱面具伸开在眼前，越看越欢喜，啧啧称奇："老脸叔，我现在就缺一把好剑，你画的这两串绿宝石绝了，正好是一副剑鞘。"

"我的本事你还不知道？"桂老脸沾沾自喜。

"这么靓的画，我绝不能辜负了它。"陈罗婵仿佛是在自言自语，"我数一数这两串有多少粒石头？一、二、三、四、五……哦，一共十八粒。没问题，升平街、文明里的珠宝铺子必定能配齐，实在不行我就去省城。"

"你说啥？"桂老脸惊出了一头冷汗。

"老脸叔，我是说你这么辛辛苦苦画出来的脸谱，多不容易啊。"小姑娘认真地解释，"你老人家放心吧，我一定买最好成色的石头，保证和你这个颜色一模一样。"

桂老脸这下子彻底傻眼了，十八粒上等的绿宝石价值昂贵。为了一幅画让人家孩子破费大把银两，要是会馆的老少爷们知道了，自己今后还怎么做人？

"阿婵，这不是我……"桂老脸吭哧地说。

"什么？"小罗婵惊异地问，"不是你画的？"

"不是，是……是我画的。"桂老脸抹了一把汗，掩饰地说，"我是说画着玩的，犯不着这么认真，翡翠那东西可不便宜。"

"为什么不认真？"陈罗婵奇怪地看着他，"这串翡翠要是不稀罕，我还懒得买呢，是不是这样，小木匠？"

黄广华露出了一脸傻笑，似乎表示同意。

小罗婵欢天喜地飞走了，桂老脸气不打一处来，狠狠甩了黄广华一记巴掌："画你老母的什么不好，非要画翡翠？少画一粒你能死啊？"

第七回　铸剑扶鸾

在佛山堡，采购一口上好的宝剑不算什么难事。这里是南中国的冶铁中心，全盛时期铸铁和炒铁等十几个行业的铁匠不下三万余人，小到老百姓日常生活所用的铁钉和土针，大至上万斤重的铁炮，应有尽有，无所不包。

单说铸剑这个行当，当时岭南四大铸剑名师中，就有三位在佛山堡开设炉户，分别是山紫铺水月宫“力泰炉”的马士襄、栅下铺“隆盛炉”的斜眼老三和锦澜铺铁犁横街“粤胜炉”的杨日昇。这三位大师各自来历不凡——马士襄继承的是回鹘平面花纹刃的绝学；斜眼老三自南洋学艺归来，其师为马来糙面花纹刃的宗师；杨日昇也不白给，曾经东渡扶桑十载，在那里吃了十年的白萝卜，掌握了倭刀的制作技巧。

位列四大名师之首的是罗浮山两仪洞的住持白云道士，十年前，他在罗浮山采集到一株稀世之宝——长了七片叶子的碧血仙茅。老道用碧血仙茅铸成一柄锋利的宝剑，来到佛山堡单挑其余三位大师。在那场著名的比试中，白云道士接连劈断对手的三口兵刃，可惜，最后他自己手里的宝剑也折断为二。

从旁观者的角度，白云道士以一敌三，自是赢得了胜利，但他本人却不这么认为。这道士志存高远，希望打造一口胜过当世两大名刃的盖世奇兵。在普通铸剑师看来，这几乎是一个注定无法实现的美梦，两大名刃均为可遇而不可求的神物，岂是人力可为？单看这两柄盖世名刃的来历，就知道它们是多么的不平凡——第一柄“八魔刃”为金蟾道士的佩剑，这位武林至尊喜好周游天下，搜罗世间奇珍异宝。有一年，金蟾道士冒着九死一生的危险，在南海海底的蛇洞中抢得一块黑色陨石，惊喜之余，花费重金聘请马来国王的三位御剑师，历时三载合力打制成这柄“八魔刃”，号称马来剑的王中之王。第二柄名字叫“新月剑”，乃是一柄传承千年的西域名剑，据说是历史上最后一位波斯皇帝的佩剑，后来被白山派首领张格尔千方百计购得。道光八年（1828 年），清军名将杨芳在喀尔铁盖山生擒张格尔，遂将此剑收为已有。

与一般的武林中人不同，对于爱美的陈罗婵来说，她关心的是那个玉蝉的图案，并不在意宝剑的刃口是否锋利。小姑娘的要求极为苛刻：十八粒绿宝石不仅都用上等的祖母绿，而且要成色完全一致，不差分毫。这可难倒了升平街、文明里的珠宝商们。

天下最好的祖母绿出自南洋，佛山堡和广州城正是南洋祖母绿最大的销售市场，如果在这两个地方找不到合适的祖母绿，其他地方就更别指望。陈映雪家财万贯，陈罗婵挥金如土，这么好的买卖，猴年马月才能捡到一回？佛山堡的珠宝商纷纷使出浑身解数，要么拿出压箱底的珍藏，要么直接从省城的联号调货，忙了个不亦乐乎。

这一天，“粤押通”当铺的掌柜温秉仁快步走进位于沙塘坊的何宅。一入内宅，堂屋里弦歌不断，东家何宗弼身穿圆领的团龙蟒袍，正在扮演《一捧雪》里的权臣严嵩。

何家是本镇大地主，家大业大，唯一的遗憾是子嗣不旺，千顷地一棵苗。到了何宗弼这一代更加不妙，他这年四十九，前前后后纳了七房妾，养了六个女儿，一个带把的也没有。好在佛山堡的八图土著差不多都犯这个毛病，何宗弼本人又酷爱戏曲，把七个姨太太和六个闺女全培养成了老戏骨，关起门来凑成一台大戏，倒也其乐融融，忘忧解愁。

何宗弼威风凛凛地走了一个过场，年岁较大的四个姨太太扮演四青袍，跟在他屁股后面闷声不语；六姨太抱着胡琴，七姨太划着二弦，大闺女吹着横箫，三闺女弹奏琵琶，凑了小半台的棚面在一旁伴奏；最年轻的八姨太嗓门靓，对唱曲子有兴致，她反串剧中的主角汤勤，娇滴滴眉目传情，启齿念白："大人。"

"何事？"何宗弼应了声。

八姨太接着喊了一声："相国。"

何宗弼一愣，原剧本里并没有这句台词，他旋即明白了，这是八姨太为了奉承他即兴加的一句台词。何宗弼心里非常高兴，他是个秀才底子，一辈子做梦都想弄个一官半职，可惜学历太低，只能在戏中过一把官瘾。

"娘子有何见教？"何宗弼赏了八姨太一个美称。

八姨太号准了他这根脉，索性撒开了性子，满嘴飞起了唾沫星："老太师，啊不，老爵爷，啊不，老王爷。"

"喔，喔，喔，喔……"何宗弼仿佛老母鸡啄米，高兴地一声称呼也舍不得落下，"爱卿有何本奏？快快呈上，本王一概照准。"

一窝子男女正玩得起兴，七姨太忽然瞅见温秉仁探头探脑地向这边张望，立刻停手绷住了琴弦。这时候何宗弼也发现了温掌柜，扫兴地甩了甩袖口，拿剑指着他断喝一声："呔，哪一国的番寇？胆敢犯我天朝？"

温掌柜知道东家好这一口，立刻单腿点地，随机应变："启禀王家千岁，大事不好，西番国三路犯边，狼烟四起。"

"腥奴无端逞兵，待本王御驾亲征，灭了他老母的。"何宗弼执剑亮了个彩，众姨太和闺女如逢大赦，撇下一地的锣鼓，叽叽喳喳作鸟兽散。

被何宗弼招进府里的，除了温秉仁外，尚有"何记"玉石铺的掌柜何凤鸣。何宗弼疲倦地坐在椅子上，一边用毛巾擦拭眼角的油妆，一边抿着龙井茶，问道："凤鸣，你把情况从头说一遍，让老温再听听。"

何凤鸣压低声音："咱们佛山堡的大珠宝行，不管是梁、卢两家，还是山陕、江西、楚南三帮商号，存货都不如那女仔的意，现在大多知难而退。只有卢家还不死心，正在和她商议，预备拿着她的样式去缅甸、吕宋等国采买。"

"五大珠宝行皆不入眼？"何宗弼皱了皱眉头，"她的眼眉也太高了吧。"

何凤鸣无奈地说："不知道哪个缺德鬼给她描了个样式，上面颜色画得极鲜亮。那丫头非那种颜色不要，弄得各家灰头土脸，眼瞅着一块肥肉硬是吃不到嘴里。”

“物以稀为贵，弄不到手才值钱。”何宗弼轻松地说，“老温，你瞅仔细了？咱家存货的颜色没有问题吧？”

“东家，”温秉仁奉承，“陈家丫头手里的颜色，简直就是照着咱家珠子描的。”

何宗弼问何凤鸣：“你估摸她能出什么价？”

“至少这个数。”何凤鸣伸出右手，岔开大拇指和食指，做了一个“八”字形状。

“八千两？”何宗弼转头问温秉仁，“老温，你觉得咋样？”

“老爷你不是说过吗，物以稀为贵。”温秉仁揣摩着何宗弼的心思，“眼下五大行拿不出来同样颜色的珠子，那活该老爷发财，就卖她八千两。”

“堂堂‘沉香斋’的大老板，难道身家才八千两？”何宗弼眼里蓦地射出一道寒光，“你们别忘了，这串翡翠可背着三条人命。那件事虽然过去了五年，事主也被‘庞千刀’神不知鬼不觉地做了，但世上没有不透风的墙，它一旦见了天日，咱们三人的性命就押在上面，随时可能被人取走。前前后后加起来一共六条人命，老子卖她三万两银子，不算贵吧？”

何家“粤押通”当铺里藏着二十七粒上等的缅甸祖母绿，正合陈罗婵的要求，只是它来路不正，乃是一袋子地地道道的赃物。它的主人原是一位暹罗国的商人，五年前其商船在川山群岛遇到台风，连货带船沉没于海。为了偿付债务和凑够回国的盘缠，暹罗商人情急之下把这袋祖母绿抵押给了“粤押通”，双方言明当期为一年。何宗弼见这盒祖母绿价值不菲，立地起了歹心，雇佣西海“广信帮”的“庞千刀”，半路把暹罗商人主仆三个送进了鬼门关。

见何凤鸣与温秉仁大气不敢出一声，何宗弼知道刚才的恫吓起到了效果，于是和颜悦色地进行安抚：“话又说回来，三万两白银不算多，陈大老板绝对出得起。不是我心黑，你们想想这么大一笔买卖，肯定要经过官府中间认保。五斗口司衙门那伙吃人不吐骨头的家伙，不得给他们打点？再说你们两位来回跑动辛苦，还不弄两双鞋穿？”

何宗弼下手狠辣，出手也阔绰。听了他的话，何凤鸣与温秉仁眼中放光，把方才的忧惧忘了个一干二净，齐声道："谢老爷的赏。"

概而言之，佛山人有两大精神支柱，一个是琼花会馆，它雕塑了佛山堡人斑斓多彩的世俗生活；一个是祖庙，它缔造了佛山堡人唯我独尊的信仰体系。

明正统十四年(1449年)，黄萧养自立"东阳王"，起雄兵十万围攻佛山堡。当时的八图土著不分男女老幼，拿着自家火炉子生产出来的刀剑和枪炮，结栅为寨，众志成城，在祖庙所奉北帝(真武大帝)的庇护下，竟然出人意料地坚守了整整六个月，最终击败黄萧养，获得了朝廷颁赐的美誉"忠义乡"，祖庙也因此被褒封为灵应祠。

众所周知，北帝之所以跨越五岭，取代古老的洪圣大王成为新海神，有赖于明成祖朱棣夺位成功并在全国范围内进行推广。也正是由于这个原因，清廷竭力抬高妈祖的地位，削弱北帝信仰。到了道光年间，在整个珠江三角洲，只剩下佛山堡这座祖庙依然顽强坚挺，影响丝毫不减当年。

在佛山堡，北帝崇拜登峰造极，俨然是佛、道、俗三家神魔鬼怪的共主，全镇一百多座庙宇中，所供神仙像观音菩萨、洪圣大王、龙母、关老爷等皆奉北帝为首。在每年举行的"北帝巡游"和"北帝坐祠堂"典礼中，人们抬着北帝神像检阅全境二十七铺，有资格被接见的仅仅是各铺的主庙，其他的小庙则连坐下来喝杯茶的机会也不给。

仰仗北帝信仰，自治精神在佛山堡得到了充分的体现，设在祖庙旁边崇正社学的"大魁堂"是地方乡绅自治组织。它负责料理全镇事务、议决乡事、"敬老推贤，以肃风化"、出纳祖庙尝款、兴办公益事业(义仓、义冢、清涌等公共事务)，掌握着镇子的实际权力，对此，佛山各个衙门口如鲠在喉，愤愤不平。

官府衙门惹不起"大魁堂"的原因，在于佛山堡不仅仅是一介商贾辐辏之地，而且是气标两广的人文之邦，人称"广郡科第之胜甲于粤中，南海科第之胜甲于广郡，佛山科第之胜又甲于南海"。科举兴盛必然导致本籍官员人数众多，树大根深，远的如明朝嘉靖年间的方献夫和霍韬，合伙在"大礼仪"之争中支持嘉靖皇帝，权倾一时，威重当朝；近的像前后两任"大魁堂"当班值事李可琼和吴璧光，分别来自"侨寓"三大豪门的李家和吴家——前者在山东盐运使任上以母丧致仕，和兄弟李可端、李可蕃先后点过翰林，在岭南地区享有“同胞三翰林”的美誉；后者是现任湖南巡抚兼署理湖广总督吴荣光的堂弟。这么大的势力，各个衙门口拍马屁还来不及，哪敢上门找不自在？

去年就有这样一个活生生的例子，即震动广东官场的“调米价”事件——广东布政使衙门的官员亲自出面，会同佛山同知、南海县、五斗口司等几个衙门，共同要求佛山“七市米户”（米行的行会组织）压低米价，好弥补一下藩库里库平银与番银的低水差额。哪知道人家“大魁堂”根本不给藩司衙门的面子，不仅断然拒绝，而且明发一纸长红公告，贴得满大街都是，公开指责藩库咎由自取。

在佛山堡，有一句俗话，“丰宁和尚灵应道，鸡公老娘马三婆”，概括了本镇所有神人的特征：石湾丰宁寺的和尚善于制造机巧法器；灵应祠全真教的道士道术比较灵验；“鸡公”的道法最为神秘莫测；如果想保佑婴儿免遭鬼神伤害，“老娘”自是首选；至于避免“小人”作祟之类的事情，毫无疑问，你应该找本地最有名的打小人婆——马三婆。

“鸡公”本姓鸡，出自佛山堡最古老的鸡、田、老、布四大姓氏之一，向以扶鸾秘术名扬天下。鸡宅鸾坛声名之隆直追罗浮山四大观，为佛山古镇赢得了巨大的声誉。可惜的是，自从四年前他以百岁高龄谢世后，以大弟子“广灵子”为首的门下弟子皆为庸碌之辈，扶鸾秘术遂凋零失传，令人扼腕叹息。

灵应祠全真教的道士亦是一茬不如一茬，道法跟“喃呒会馆”正一教的道士差不多。这伙废柴是“鸡公”离世最大的获利者——过去他们被后者骑在脖子上抬不起头，为佛山堡的士绅百姓所诟病；现在“鸡公”一死，他们便可以安安稳稳地睡大觉，祖庙名下地产众多，每年出租收回的租金极为丰厚，到哪儿去找这么好的地方“修行”？

灵应祠的住持江湖人称“神算子”，是一个欺世盗名的碌碌之徒。这家伙和“鸡公”的首徒“广灵子”有一个相同的癖好：打铜鼓，即玩弄幼童。灵应祠招收的道童都很水灵，一个个生得齿白唇红、粉嫩光滑，跟小姑娘似的。这群道童的眼力和记忆力一个赛一个好使，分得清贫富，记得准贵贱，嘴皮子练得比蜜还要甜。一见陈罗婵从华丰台后面冒了出来，他们纷纷迎了上去："这不是陈大老倌吗？今儿个有你的台期？"

"休说浑话。"陈罗婵说，"牌上写得明白，是'海国安'的台期。"

"他们夸'俏丽梅'。"小乙奉承，"依小道看，她跟你比起来差远了。"

"海国安"班的花旦"俏丽梅"本名苏忆梅，比陈罗婵只大三岁。陈罗婵一向自负，不把苏忆梅等老倌放在眼里，但她自己明白有一样不及人家，这就是武功。

"托我的大脚？"陈罗婵眨了眨眼睛。托大脚是拍马屁的意思。

"陈大老倌，你是来占卜吗？""小蒲扇"讨好地问。

"我是来算卦的，不过，不是给我自己算卦，而是给它。"陈罗婵从火红缎子里抽出一把宝剑，抚摸着剑鞘吓唬他，"倘若你师傅会给它相面，赏金自然是少不了你的。但丑话说在前头，本姑娘若是听得不中意，当心我对你不客气。"

"小蒲扇"一缩脖子，讪讪地说："陈老倌，占卜这东西信则有，不信则无，干吗认真？我长这么大，还没听说过给剑相面呢。"

"剑怎么了？"陈罗婵不屑一顾，"剑一样有心有魂。"

没有人明白这柄剑在陈罗婵心中的分量，这是她为自己打制的生命之剑，既昭示出小姑娘的无比自信，也包含着她对未来生活的美好向往。陈罗婵为这柄二尺七寸的短剑，起了一个十分好听的名字——"蝉翼剑"。

"小蒲扇"走后，小乙问陈罗婵："陈老倌，你真想给这把剑算卦？"

"是啊。"陈罗婵昂着头，"就怕你们没有这个金刚钻。"

"有一个人兴许能行。"小乙用手指了指大殿后面的庆真楼，悄悄说，"他叫白无相，白云山黄婆洞来的游方道士，摇签解命极有本事，只是一张臭嘴不会打弯。自从他师兄铁口道人把他留在这儿，半个月一枚铜板也没有挣到，还得罪了不少人。住持非常生气，打算过两天就撵他走。只要你受得了他那张破嘴，算卦嘛，准保你满意。"

庆真楼是一座两层高的楼房，陈罗婵跟随小道童上了二楼，迎面走下来一位衣着邋遢、满脸苦相的老道士，小乙问："老郑，那姑嫂俩还没有完事？"

这老道原是灵应祠大殿拾掇神像的，不受"神算子"的待见，就把他和他的结巴儿子打发到院子里扫地，任一个年轻道士都可以分派他活干。

靠东的屋子里席地坐着一位相貌丑陋的道士，正在给两名哭哭啼啼的贵妇算卦。这两个妇女住在黄伞铺居仁里，年岁大的那个是财主区彦魁的妻子区黄氏，另外一个是她的弟媳妇黄温氏。区黄氏伸手从签筒里抽出一支签，白道士摇头晃脑地念道：

劝君切莫向他求，似鹤飞来暗箭投；
若去采薪蛇伏草，恐遭毒手也堪忧。

“神仙，签上说的是什么？”区黄氏惊恐地问，“我家老爷这两个月咯血不止，大夫们没有什么好法子，你能不能给指一条出路？”

“你们家老爷这个病根本治不好，只有上山采仙药这一条路。”白道士语气生硬，“采药兴许能救老爷的命，却会给贵府招来更大的灾祸，我劝你死了这条心。”

区黄氏一听急火攻心，昏死在地。黄温氏年纪较轻，性子泼辣，不满意地说：“我说你这个人，好好的话，怎么到你嘴里就变了味？”

“是它说的。”白道士指着签，“不是我。”

黄温氏强忍住气，待白无相“呼啦呼啦”摇完，从签筒里随便抽了一支，没好气地丢给了丑道士。白无相拿着那支签在鼻子底下转来转去，然后念道：

急水滩头放艇时，狂风作浪欲何为？
待他浪静风停时，稳载船归过不危。

黄温氏道：“我求的是我们家的买卖。”

“你比她还背。”白道士口无遮拦，“这一签是下下签，三年内忌讳破土开工。赶快回去把你们家买卖停了，遣散所有伙计，关门歇户；否则厄运当头，大祸连绵。”

黄温氏实在无法容忍，跳起脚来骂：“我家的铁炉烧了一百多年，哪一天断过火？我说这儿怎么冷冷清清，连只喘气的老鼠也没有？闹了半天，你是阎王爷嫁女仔，一个人都不愿意来。靠吓唬我们这些妇道人家混饭吃，你不觉得丢人吗？还吹牛说什么从白云山黄婆洞来的，依我看，肯定是被烧炮撵出来的不肖弟子。”

烧炮是开除的意思——这娘们猜了个八九不离十，白道士因为性格迂腐，在白云山黄婆洞极不得志。听到这里，白无相气得浑身发抖：“好男不跟女斗，你自己抽的签，你骂它就是骂老天爷。五体不全的东西，悖逆天意，回家等着遭雷劈吧。”

两个女人一个哭、一个骂，相互搀扶着下楼而去。白道士磨了大半天嘴唇，惹了一肚皮的气还没挣到钱。见后面来了一位小美人，他摸着两天滴水不沾的肚子，破天荒放下身段，客客气气地问：“女施主，请坐。”

陈罗婵开门见山：“你若是胡说八道，我可不给钱。”

白无相苦笑着摇完签筒，拿着对方抽出的签念道：

宝剑光芒出匣时，匣中应不被尘欺；
贵人亲手提携起，尽可防身更无疑。

陈罗婵怔住了，这支签一语中的，竟仿佛是为“蝉翼剑”量身定做。

白道士问：“你求什么？”

小姑娘红了脸颊，忘掉了来时的初衷，憋了半天，小声说：“求姻缘。”

“吉利好成，绝配姻缘，这是再好不过的上上签，女施主。”白道士满嘴称誉，最后还是忍不住地加了一句，“此签中只有这个‘尘’字难解，倘若这桩绝佳姻缘有所变故的话，一定应在这个‘尘’字上。可能是身外之尘，也可能是心内之尘。”

“神仙，”陈罗婵对白道士心服口服，“心内之尘如何讲？”

“女施主，”白无相生怕丢了最后的饭碗，小心翼翼地解释，“应在姻缘上，身外之尘是别的女人，心内之尘就是你自己。”

陈罗婵喜出望外：“我还能为难自己？”

白道士学了一个乖，不住地恭维：“对对，哪有自己坏自己好事的？反正从卦象上看，确是一桩极好的姻缘，绝配，绝配。”

老年人如同鲢鱼，十句里有一句不祥，他便咬住不撒嘴；而年轻人则像丁拐猴子，十句里有一句好听的，他就顺竿向上爬。陈罗婵丢给白道士十两银子，又赏了小乙五两，然后抱着“蝉翼剑”高高兴兴出了灵应祠。

陈罗婵回到祖庙门前，一乘小轿变成了三乘，何小鸾、黄纨卿和卢浣霞撩起轿帘，围在墙角窃窃私语，相互说着体己话。这三位少女均在何铁桥的书馆学习，平日里结伴上学，情同姐妹。其中，何小鸾和黄纨卿是“俏丽辛”的弟子——前者是沙塘坊何宗弼的五闺女，后者出自黄伞铺居仁里的黄家，是黄温氏的小姑子。

卢浣霞这一年十八岁，在这群少女里面年龄最大，脸颊丰腴，身材修长，温婉寡言，善解人意，属于典型的大家闺秀。陈罗婵从何小鸾嘴里无意中听说，“长竹竿”卢浣霞似乎对她的阿茂哥格外关心，这让她心里充满妒忌。

“怎么才出来？你倒沉得住气。”何小鸾埋怨。

“快把剑拿过来，满镇子传得沸沸扬扬。”黄纨卿急切地接过“蝉翼剑”，刚看了一眼便赞不绝口，“这对玉蝉太美了，比真的更靓。”

“还用你说?”何小鸾嘀咕，“花了那么多的银子呢。”

黄纨卿摇着头，“三万两买这么一把短剑，太不值了。”

“长的那是棍子。”陈罗婵捎了卢浣霞一句。

卢浣霞见陈罗婵把火烧到了自己的身上，莞尔一笑，没有作声，坐着轿子率先离去。黄纨卿埋怨：“你没有买阿霞家的珠子，她本来就不高兴，现在又拿话捎带人家。”

“她自家的货不好，怪谁?”陈罗婵撇了撇嘴。

“我得走了。”黄纨卿与卢浣霞同住一条巷子，平时关系最热络，很为她鸣不平，于是告辞说，“这两天何先生讲粤三家的诗，背不过，肯定要挨板子。”

“咱们一起走。”何小鸾喊了一声，不放心地叮嘱陈罗婵，“阿婵，你这把剑金贵，千万照料好了，别让乞儿偷走。”

“谁敢？我踢折他的腿。”陈罗婵道。

“那可不好说。”何小鸾朝四周扫了一眼。

似乎是为了应她的话，祖庙传来阵阵叱喝。门口一阵纷乱，里面窜出三个乞丐，七八名道士紧随其后撵了出来，小罗婵情不自禁地把“蝉翼剑”抱在怀里。

祖庙是佛山堡的中心，极少有人在这个官绅云集的地方捣乱生事。这三名乞丐跑出灵应祠各奔东西，旋即被人迎头堵上。向左逃命的两个乞丐撞到了五斗口巡检司的弓役，摁在地上噼里啪啦挨了一顿皮鞭；向右狂奔的是一个年纪大约十六七岁的小乞丐，细长脖子上顶着一颗大脑瓜，两条腿跑起来如同飞轮，很快就把道士们丢在脑后。倒霉的是，正当他跑过崇正社学的时候，社学大门"吱呀呀"洞开，从里面跑出来一队"大会馆"的铺丁，人人穿着崭新的灰布装，手持鸟铳，腰挎佩刀，显得非常威武。

"大会馆"是"大魁堂"下属的武装机构，管辖佛山堡二十七铺的铺丁。这些铺丁装备好、待遇高，人数合计九百之众，比驻防都司署、千总署的人马加起来还要多。

俗话说，一朝天子一朝臣，"大会馆"的人事随着"大魁堂"的调整而变动——从前李可琼当政，"大会馆"的当班值事为马永炽；现在"银刀秀才"吴璧光执掌"大魁堂"，他的亲信苏文锦代替了马永炽，成为新一任"大会馆"的当班值事；而"大会馆"第三位值事孔继尧在三个人中本领最强，因为没有关系和靠山，一直不得烟抽。

小乞丐差一点撞进马永炽的怀里，一股酸臭味熏得后者打了个喷嚏，他抬起脚把小乞丐踹翻在地，"你老母的，没长眼珠子？"

小乞丐抬头一见是马永炽，像是遇到了亲生爹娘，翻身扑倒在地，从贴身的衣褂里取出一张纸，捂住汩汩流血的头壳，哽咽着大声喊冤："马老爷，冤枉，冤枉啊，你可要给我们主持公道呀，他们欺负人。"

马永炽低头仔细一瞅，原来是个熟人。这个乞丐名叫叶二和，在佛山堡的丐帮有个绰号叫作"逃军和"。叶二和是客家人，祖籍粤东梅州，他祖父那一辈迁居顺德县龙山乡，与马永炽有同乡之谊。其父叶亚智做生意亏空后，叶家彻底败落，兄妹五人吃了上顿没下顿，叶母自卖自身，把自己卖给了佛山堡的豪门罗家当奴仆。

叶二和为了减轻家里的负担，主动跑到佛山堡乞讨为生。他这个乞丐和别人不一样，每天晚上都要把白天讨来的残羹剩饭归拢在一起，带回五六十里地外的龙山，帮年幼的弟弟妹妹们填饱肚皮。就这样，"逃军和"每日在佛山堡和龙山乡间来回往返百里之遥，练出了一双无人能及的飞毛腿。

马永炽问："你有何冤枉？"

"马老爷，多少年镇里的规矩，允准我们叫花子进灵应祠乞讨。可'牛鬼窟'非说现在改了规矩，二话不说，把我们打得满头是血。"小乞丐哭诉。

"别听他胡说。"一个膀大腰圆、满脸横肉的道士提着刀走过来，向马永炽恭恭敬敬地行了个礼，"马爷，这个要饭的在藏经阁偷东西，我们盯他不是一天两天了。"

恶道士名叫牛玉虎，原籍粤西庆远府，那里山高水长，偏僻贫瘠，四年前投奔在佛山都司署任都司的姐夫。由于他有一身横练的功夫，从前在粤西干过跳大神的营生，他姐夫托人把他推荐进灵应祠当了一名道士。这家伙为人凶残，武艺高强，来到佛山堡后不久，便成了三大流氓头子之一，人称"牛鬼窟"。

"他一个大字不识的叫花子，去藏经阁干什么？"马永炽反驳，"再者说，自打灵应祠交给你们代管，你看看藏经阁如今还剩几本书？听人说，你们把成套的古书撕成碎片，不是烧符水就是擦伢仔的屁股，有没有这回事？"

马永炽所言非虚，"牛鬼窟"当然不敢顶嘴。这时候，五斗口巡检司巡检蒋佑晨迈着八字步走过来："马老弟，李大人要出来？"

马永炽点了点头，一连气三顶大轿自崇正社学里面鱼贯而出。李可琼掀开轿帘，伸出头来问蒋佑晨："贤侄，今天亲自巡庙？"

蒋佑晨回答："李大人，骆老大在灵应祠进香，卑职过来伺候一下。"

骆老大祖籍花县炭步镇骆村，其父名叫骆翊元，在佛山堡开了一家"骆记"扎纸铺，因为精打细算，大伙送他一个绰号"骆一元"。扎纸铺是个小买卖，为了能够出人头地，骆翊元让老大和老二早早辍学，跟随自己在铺子里苦苦打熬，全力供养老三骆俊念书。佛山堡是读书人聚集的地方，但骆俊硬成了佛山堡好学的一面旗帜，不是因为他聪明，而是由于他孜孜不倦的坚持：这孩子从六岁头上开始念书，一口气念了三十三年，终于在两年前鲤鱼跃龙门，钦点翰林院庶吉士，你说人家有没有韧劲？

"这就对了。"李可琼微微颔首，"骆家老大这辈子不容易，一文钱摔成两瓣花，全部用在敬学和重学上。你们好好伺候，别让骆老三在朝中分心。阿炽，你留下，等骆老大出来，请他到梁家'无懈怠斋'喝茶。"

“是，大人。”马永炽应声。

骆家能有今天的风光，最大的功臣正是李可琼自己。说起来，这是佛山堡市井间广为流传的一段佳话。

十年前的九九重阳，在家闭关多年的“鸡公”重开鸾坛。听到这个消息，周围各府、县的信士云集佛山堡，希望得到老神仙的指点。“大魁堂”出面用抽签的方式，从人山人海里抽出了三十个幸运儿。说是抽签，其实哪有那么多公平？当时正值李可琼从广西思恩府任上回佛山堡省亲，觉得骆家父子太不容易了，谁的情面都可以不给，骆翊元的面子必须给，就悄悄走了一个后门，替骆俊申请到一个名额。

“鸡公”出关三日，每日打算点化十人，前后半晌各点五人，骆俊排在第二十七号。到了第三天的后半晌，风云突变——老神仙体能不支，法力用竭，派徒弟传出话来，原来打算点化的五个名额，仅保留一个，只允许第二十六号登坛求法。

眼瞅着幸福的黄布衫就在眼皮子底下晃荡，偏偏打了个饱嗝不翼而飞，“骆一元”受不了这样的刺激，眼皮翻出鱼肚白，立时昏倒在地。等他被人掐醒过来，只看见老三骆俊连哭带叫地比画着：“阿爸，阿爸！有了，有了！来了，来了！”

闹了半天，排在第二十六号的是一位来自番禺县陈田乡的童生，名字叫何壮昭。这后生的耳朵先天有些背，上了鸾坛后，老神仙的问话他一句也听不囫囵，惹恼了周围的护法，乱棍将何壮昭打下鸾坛，由第二十七号替补。

这真是倒霉鬼碰见倒霉催，幸福的火柴棍终于烫到了骆家人的头皮。骆俊摇摇晃晃地上了鸾坛——大殿虚空垂下来一支笔，骆老三说完心愿，那支笔在纸片上唰唰地描了几下。护法过去把纸片卷起来，捏成纸团，塞进了骆俊的脖领。

骆家父子相互搀扶着回到家里，战战兢兢打开那张纸片，但见上面龙飞凤舞写着“骆秉章”三个大字——什么意思？难道要老三改名？名字是骆俊他祖母起的，没有老太太当年改嫁到佛山堡，哪有骆家人的今天？这个恐怕不太合适，“骆一元”暗自摇了摇头。

神仙的话不可不听，“骆一元”次年病故，骆俊继续名落孙山。经过这次惨痛的教训，他总算醒悟过来，向礼部申请改了个名字，从此叫作骆秉章。

改名以后那是食猪红屙黑屎，马上见功。没过多少日子便开了恩科，骆秉章考中殿试二甲第二十七名进士。好消息坐着鸟翅膀飞回佛山堡，骆秉章的大哥和二哥热泪盈眶——神仙就是神仙，老三虽然借了何壮昭的光，但你该取多少名次就是多少名次，差一点也不行。

差一点是什么？聋子！

“大魁堂”自诩为民做主，经常和官府别苗头，用以彰显他们存在的价值。今天当着蒋佑晨的面，马永炽有意替“逃军和”开脱，故意提高嗓门：“蒋老爷，常言道，捉奸拿双，捉贼拿赃，没有凭据不能胡乱拿人，更不能随便打人。你瞧把人打得满头是血，依我看，应该把这几个牛鼻子抓起来，办他们一个私用王法的罪过。”

五斗口巡检司平日和地痞流氓合伙为非作歹，蒋佑晨怎么可能捉拿“牛鬼窟”？眼看旁边围拢的人越来越多，他装模作样地问：“谁打的人？”

“他自己撞的。”“牛鬼窟”心领神会。

“往后留点神。”蒋佑晨使劲踢了“逃军和”一脚，然后对马永炽说，“马老弟，看在你的面子上，今天我不把这三个叫花子带回去过堂。不过，搜身还是要搜，查出赃物我拿人，查不出来饶他们一遭，你看怎么样？”

一般情况下，衙门都是先把人拿回去过堂，冤枉不冤枉的少不了拿钱消灾。蒋佑晨这么做实际上已经给了马永炽的面子，他不好再说什么，遂点头应允：“嗯。”

衙役们如狼似虎，一把将叶二和推倒在地，众目睽睽之下剥去他的衣裤。“逃军和”当众受辱，豆大的泪珠噼里啪啦地向下掉。周围看热闹的老百姓惊呼出声，看不出像扁担一样瘦弱的叫花子，倒长了一号比驴屌还要大的阳具！

“老爷，啥也没有。”一名弓役捏着鼻子，使劲地抖搂着小乞丐的衣物。

“得罪。”蒋佑晨带着衙役扬长而去。“牛鬼窟”讪讪地向马永炽打了个躬，和手下的道士一溜烟跑回灵应祠。

“逃军和”套上裤褂，哭着向马永炽喊冤：“马老爷，冤枉啊。”

崇正社学里又响起一阵急促的脚步声，快步跑出来一名铺丁，向马永炽禀告：“吴老爷马上起驾，苏爷唤咱们进去伺候。”

望着崇正社学高挑的屋檐和森森的林荫，马永炽叹了一口气，用刀尖低低地压在叶二和的头皮上，慢慢挑起那张被血迹浸透的黄皮纸："叶老二，别他老母揣着明白装糊涂，你这套鬼把戏能蒙得了谁？要不是念在乡里乡亲的分上，老子早把你送了官。"

第八回　蛟龙出海

到了日头最毒的午时，汾江河这条“市肆云连，舳舻相接”的母亲河，宛似脱去了华丽衣裳的贵妇，雍容气度不再，变得暴躁不安起来。湿热的水汽浮散、弥漫在空中，组装成一座巨大的蒸炉，把沿江的大基、富文、汾水三铺严严实实地笼罩其中。如果说祖庙所在的祖庙铺是佛山堡的政治中心，那么大基、富文、汾水三铺便是佛山堡的商业中心。这里集中了佛山堡最重要的商户、办货庄口和码头，标志性建筑“汾水第一楼”正埠酒楼矗立江边，向有“阅十八省之人物，接一万里之牂牁”的美誉。

位于大基尾的白龙里是一条细长的胡同，两侧是红船老倌的住所，归在李家名下的宅院有三座：一座李家人自用，一座是办理班务之所，一座提供给“凤凰仪”班的杂役、龙套演员及老弱病残居住。其中，李家自用的这个宅子由两组三间两廊式建筑组成，一条青云巷把两个院落连接起来，巷子两侧栽种的是木棉树。李宅大门上贴着一张黄色纸符，上面盖有殷红的木头印章，印戳一共七个字：“佛山花子招天虎”。

招天虎绰号“拢口虾”，是佛山丐帮“黄豆堂”的大骨头（大头目）。根据惯例，佛山堡不管大户还是百姓，举凡红白喜事，均须向“黄豆堂”送上一笔钱，换取这张盖有大骨头红印的黄符。所有的乞丐只要见到这张黄符，便不会上门乞讨。

这两年天象反常，大旱之后往往西江水涨，紧接着又是水灾连绵不断，沿江两岸的百姓苦不堪言，拖家带口，来到佛山堡和广州等地乞讨求生。“黄豆堂”旗下叫花子人数达到令人咋舌的三万余众，从实力上来说，已经超过了广州丐帮“黄米堂”。

李敬南夫妇的葬礼结束后，李家办了三七二十一天的法事。管家李庸熙在厢房忙着给别人结账，“弹指神通”的徒弟黎阿钿端着一碗雪白喷香的米饭，一溜小跑来到门口，热情地打着招呼：“阿春哥，阿贞哥，快进来吃饭。”

黎阿钿今年十五岁，擅使一对分水钢叉，水性了得，性情勇悍。他是家住新安县香港岛赤柱村的疍户，跟随其父黎阿二在“凤凰仪”班当“船尾叔”。

台阶上坐着两位青年，都是十八九岁的年纪。一个膀大腰圆，稚气未消，背后放着两个大竹筐，里面盛满了一指多长的铁钉；另一个四方脸，神态刚毅，肩头背着条褡裢，旁边放着用铁丝串起来的几双铁屐。

大块头青年名叫巢元贞，是李庸熙的外甥，鹤山县药迳司古劳都坡山乡人，拜在新会县圭峰山玉台寺显通长老门下；四方脸的青年名字叫周春，番禺县茭塘司南村人，父亡后随母亲改嫁到慕德里司沙亭岗。周春曾在琼花会馆“祝太平”班学习唱戏，由于经常饰演丑角，得了个绰号“豆皮春”。他的双腿极为粗壮，几年前在香山县赴台期的时候，被著名的洪拳大师“烂头何”看中，便离开红船留在香山。洪拳为岭南五大名拳之首，下面分出各个支派。“烂头何”这支以“洪家虎尾脚”闻名江湖，下盘功夫坚实稳当，非常重视脚力，练武的时候要求脚穿石锁、足踏铁屐，后来黄飞鸿的脚上功夫便传自这一系。

李宅正厅门外悬挂着一副纸扎的黑色狮子头，眉额用金粉描了一个“王”字，这是李文茂与周春合作在舞狮中连拔三次头筹的奖品。周春对阿钿摇了摇头，腼腆地说：“里面坐着读书识字的老爷，咱们别去给人家添堵了。”

“横竖是见不着人。”巢元贞骂骂咧咧，向阿钿发牢骚，“就你师傅那张包黑子脸，拿阿茂当囚犯一样拘着，老子看不过眼。”

他的话音刚落，李庸熙夹着一个包袱出了门，厉声训斥：“少在这儿给我惹事，趁着日头早，吃完饭赶快滚蛋，把这包东西给你阿妈带回去。”

有清一代，佛山堡教育之盛堪比省城广州，从三五私淑弟子的家塾、书馆到莘莘学子的书院，形成一个庞大的教育体系。客房里的这几位书生均与李文茂有过同窗之谊，其中，黄子深、叶兆隆、王山公是他私塾的同学；吕子桂、杨壮达、何壮昭是他在浣江书院念书时的同窗好友；而邹汝昌刚从南海县黄岐来佛山堡游学，眼下在何铁桥的书馆读书，经常去佛山书院和田心书院旁听。

“三十年河东，三十年河西，姓韩的不可能永远得势，总有跌跟头的一天，到时候再收拾他不迟。”吕子桂慢条斯理地说，“人嘛，不能执拗，跟命争。”

这群同学中，三十岁出头的吕子桂算是老大哥，鹤山县药迳司古劳都维墩乡人。鹤山县吕氏宗族来自古老的河东，据说是纯阳真人吕洞宾的直系后裔。然而，吕子桂身上却没有一点飘逸和仙气，驴脸塌腰，有的只是一股老成油滑的世故和俗气。

叶兆隆是本地人，年轻气盛，对他这副腔调非常不满意，讥讽：“老吕，我看你的运气该来了，下一场保准得势，兴许能弄身蓝袍子穿。”

吕子桂脸上红一阵白一阵：“我哪有黄兄运气好？”

黄子深原籍新会，定居佛山堡，去年考取秀才，平时自命学富五车、才高八斗，当然不愿意被吕子桂说成是靠运气取中的功名。他甩了甩马蹄袖，用手扶了扶头上的银雀顶，使了一招乾坤挪移，非常艺术地教训起了吕子桂：“兄台此言差矣，黄某是靠运气蒙上的不假；可泰来兄人中龙凤，直接进入学海堂深造，如此大才，怎么能是靠运气？”

李文茂的同学中，赵泰来科举成绩最佳，去年考取秀才，今年被拔擢进省城的最高学府学海堂。道光初年，一代大儒阮元督镇岭南，见识到泰西奇器，嗅闻出末世风雨，遂在越秀山创建学海堂。明言不树八股，专奉经史考据诗赋，开岭南经世派学风之先河，学海堂由此成为以培养精英为职能的官办学堂，位居粤秀、越华、羊城三大书院之上。

“他们在说啥？”何壮昭问身边的杨壮达。

“说啥你也听不见，少操点心吧。”杨壮达回答。杨家是籍贯顺德陈村的财主，他平时说话之乎者也，练过两天武术，属于那种矜持型的人物。

何壮昭拽了拽邹汝昌的衣角："他们到底在说啥？"

邹汝昌麻利地用纸卷成一个喇叭形状，塞进他的耳朵里："你自己听。"

何壮昭隐隐约约听到了一些声音，高兴地说："阿昌，真有你的。"

要论真才实学，邹汝昌才是这群书生中的佼佼者。

邹汝昌是南海县泌涌人，年仅十五，是一个十足的怪才。同样是学习诸经义疏，人家老老实实念八股文章，他却对天文术数等"课外书"非常着迷，像什么《考工记》《九章算术》《墨经》《周稗算经》《梦溪笔谈》等等，一门比一门灵。此外，弹琴、下象棋、拉胡曲、哼小调等五门八艺，没有他不感兴趣的。

"你啊，就是不务正业。"王山公调侃邹汝昌，"我要是有你的好脑筋，科场战绩绝不会比泰来兄差，何至于整天受老婆奚落？"

王山公为人仗义，好打抱不平，在拳脚上花费的时间比念书多，本事比叶兆隆、杨壮达和吕子桂均高出一头。叶兆隆对此耿耿于怀，酸道："你是不是又让嫂子给扁了？"

"不才准备从鼎湖山的习武人家收个女仔，纳个小妾，专门教训长舌妇。"王山公学着吕子桂的样子，故意慢吞吞地说，"阿隆，你要不要帮忙？"

叶兆隆羞红了脸，众人哈哈大笑，说成一团热闹。黄子深不爱说荤话，也不会武艺，只好和邹汝昌打起了哈哈。他故作惋惜地说："汝昌，我听说学海堂最近添置了不少红毛鬼子的新巧玩意，你不去那儿念书，未免可惜了。"

邹汝昌忙问："黄兄，学海堂有没有'风雨针'和'量天尺'？"

"风雨针"和"量天尺"是邹汝昌正在试验制作的天文学仪器。

何壮昭因为耳朵聋，始终参与不了谈话，心里好像塞了几只兔子，这次总算完整地听了一个句子，跳起来嚷："啥？土行孙拉稀屎？"

大伙又是一阵哄堂大笑，叶兆隆捂着肚子，一把从何壮昭的耳朵里扯走卷纸："我的何大老爷，你能不能别在这儿打岔？阿茂眼下被圈在后院，一时三刻有人盯守，赶快让阿昌变个法术出来，好歹让咱们见他一面。"

"不必这么麻烦。"何壮昭道，"阿茂耳力好，你喊一嗓子他准能听到。"

"阿茂是能听到，可盯他的人呢？"叶兆隆白了他一眼，"'弹指神通'就在隔壁，他难道是聋子？你这不是存心让他撵咱们走嘛。"

杨壮达开口："还是让阿昌想个辙。"

“我又不是土行孙，”邹汝昌十分挠头，“能有啥法术？”

众书生束手无策，抬起头，从西院传来一阵曲声。

唱曲的是盲女阿幺，这一年十三岁，是“凤凰仪”班乐师王云甫的女儿。有一年，“凤凰仪”班在香山磨刀门水域遭遇到水匪袭击，双方发生激烈交火。在那次战斗中，王云甫被对方的铁炮炸断了左臂，从此带着女儿住进了李宅的西院，负责管理班里的老弱病残。王云甫武功不弱，闲来没事的时候教女儿抚琴弹琵琶，唱曲练飞刀。

王乐师喜欢的英雄是五代后梁大将铁枪王彦章，尤其喜欢王彦章和十三太保李存孝之间风云际会的传说，像《沙陀国借兵》《五龙困彦》之类的曲目常常挂在嘴边。李文茂从小就听这些曲子，耳朵里磨出了老茧，慢慢地耳濡目染，第一崇敬王铁枪的忠义，第二服膺李存孝的勇武，第三喜欢上了武生和二花面的角色。

阿幺唱的曲子是《木兰巡营》：

切齿恨胡人，凶狼艰险甚；
披猖突厥扰中原，大好河山纷纷乱。
百姓无辜，那堪沉沦苦境；
抢劫焚烧无天日，兽蹄到处任纵横。
哀鸿遍野，的是举目堪惊。
…………
指日能将匈奴靖，以身许国请长缨；
头颅可掷不惜捐性命，为民除害，虽死犹荣。

女儿一曲唱完，王云甫意犹未尽，接着唱了一段《石鬼仔出世》：

朝朝暮暮在山岗；
遭不幸吾的母命早丧，
撇下了安敬思来牧羊。
自那日闲游独龙岗，

偶遇道人叙衷肠；
他道我容貌非凡相，
定是那皇家治国安邦的栋梁。
闲话虽然如此讲，
命中注定何须忙？
将羊赶在南山上，
怕风怕雨，不怕虎和狼。
…………

伴随着王云甫悲怆的歌喉，苍凉的风从墙头卷过来，无声地翻动着窗台上的书页——那是一本冼红玉在世时使用的台词集子。书页的声音不再悦耳，不再充满油灯下的温情，而变得冷漠枯裂，像是来自遥远北方的冬天。

李文茂仰面躺在石阶上。父母生前居住的房间门窗大开，除了这本破旧的台词集子，窗户上还分别悬挂着铜笛和“琴瑟合”。这是佛山堡本地的风俗：把死者生前的心爱之物悬挂在明显的地方，阴魂远远地看上一眼，便会安心地离去。

李文茂自己房间的窗台上摆着一尊精美的陶塑，这是父亲为他请的护身符。在李文茂快要出生的时候，初为人父的李敬南非常兴奋，专程去了一趟石湾镇，请苏家的老师傅精心烧制了这尊“食菜事魔教”女护法的雕塑。据说这位女神仙道法高深，魔力无边，可以保佑孩童平平安安，度过人生的最初劫难。

一根狗尾巴草从花圃里伸出来，往上是高大的老榕树，冠盖如堂，遮天蔽日。兵器库房门紧锁，里面摆放着十八般兵刃，李文茂经常用的有七件：第一件是一条“八宝驼龙棍”，第二件是一对“擂鼓瓮金锤”，第三件是一杆浑铁槊，第四件是一支“虎头皂金枪”，第五件是一把水磨铁鞭，第六件是一扇“九环降龙刀”，第七件是一根上粗下细的单头棍。

风越来越大，像潮水一样袭过房顶，把挂在门框上的面具吹散开。这摞丝织的脸谱面具总计有十六张，上面绣着精美的九瓣飞肩兰花和三叶锥的图案——每逢李文茂的生日，易兰花都会送他一张脸谱面具当生日礼物。

回到佛山堡后，李文茂一直被困在自家的后院，没有愤怒，没有伤心。

他知道师傅的良苦用心，更了解师傅的脾气秉性，相信这样的日子持续不了几天。少年所料不差，自由的日子即将到来，然而造成这一契机的并非“铁背苍龙”心回意转，而是另有其故。

“饭斗泰”大步进了李宅，“弹指神通”郭锡保把他迎入正厅。林三爷关心地问：“这段日子有没有人闹事？”

“就那几个手无缚鸡之力的书生，纯是瞎捣乱。”郭锡保摆了摆手。一个多月来，“红船八斗官”中的其他斗官被押回各自的戏班，所有来看望李文茂的小伙伴，凡是会几下把式的练家子均被拒之门外，撵得远远的，以免招惹是非。

林崇泰和郭锡保心里明白，这些举措仅仅是聊以自慰罢了，李文茂那么大的活人能一直这样拘押下去吗？只要“小元霸”离开这座院子，离开佛山堡，离开“琼花宫”的视野，那便是猛虎如山、龙归大海，谁也别想阻止他报仇雪恨。

“你再仔细想一想，”林三爷提醒，“还有什么遗漏的麻烦没有？赶快抓紧办了，大阿爷面子上也算过得去。”

郭锡保听出了些名堂：“是不是要放茂仔走？”

林三爷点了点头。

“太好了，班里还有一大堆事等着我办。”郭锡保顿感如释重负，“再说，老把茂仔这么拘着不好，万一憋出个好歹来，我怎么给老少爷们交代？”

林三爷手里攥着茶碗，半晌后，语气沉重地说：“云雾山失守了！”

郭锡保大吃一惊：“这么快？”

“‘糯米狗’和‘吊妈十’临阵反水，抄了其余五寨联军的后路，那还不快？”林三爷无比心痛地说，“大天顶、三叉顶、龙须顶、银岩顶、笔架山五大寨主，一夜之间被官军剿灭了三个，其余两个逃得不知踪影，生死未卜。”

云雾山失守，等于掰掉了铁钳阵的一只钳子。广东水师扫除了后顾之忧，可以将装备重炮的大兵船直接开出梧州，摧毁“洪德堂”的浔江防线，进而觊觎位于大明山的洪门老巢。郭锡保一颗心沉到了底：“三阿爷有没有消息？”

“三阿爷已经到了浔江。”林三爷目露迷茫，“这次替茂仔解围的是至忍师伯，他老人家决定上前线杀敌，临走前不知为何，非要见茂仔一面。”

至忍禅师是至善禅师的大师兄，老爷子年逾八旬，精神矍铄，嗜武如命，在三个师兄弟中功夫最强。二十年前，至忍禅师离开了“洪德堂”，跑到肇庆城西的斋堂做住持，从那以后闭门不闻窗外事，形同隐居，与两位忙碌的师弟形成鲜明对比。

连年迈的老禅师都要上阵杀敌，可见形势之严峻，郭锡保心情愈发沉重。恰在这时，院子里飞来一串银铃似的声音：“阿熙叔，你看我这把剑靓不靓？”

林三爷和郭锡保对视一眼，嗨，差一点把这个惹事精给漏掉了。

郭锡保带走陈罗婵后，李文茂在家里寻了个金丝囊，简单地收拾了几件衣物，将“食菜事魔教”女护法陶塑、台词集子兜进囊中，然后将铜笛插入腰间，别好“琴瑟合”，伸手从门框上摘了一张脸谱面具扣在脸上，大步流星离开了白龙里。

华灯初上，佛山堡绽露出无与伦比的巨大活力——北部商业区的店铺如山如海，流金淌银的汾江河与烈焰熏腾的南部佛山涌互相辉映，组成一道独一无二的焕然胜景。每时每刻，这个璀璨夺目的大舞台都在上演着光怪流离的故事。

佛山之夜不愧为戏棚之夜！

整个岭南地区，如果说有那么一处地方，每天夜里同时有几个戏班演出，这个地方就是佛山堡；如果有那么一处地方，敢于无视官府的禁令，这个地方就是佛山堡；如果有那么一处地方，戏剧能成为百姓精神的图腾，这个地方就是佛山堡。

黎阿钿被郭锡保留了下来，等李文茂从琼花水涉跳下，他解开缆绳，双臂摇动船桨，逆流向西，行驶在宽阔的江面上。

“小元霸”默默地打量着汾江河的美丽夜色，知道这一去或将是永别。他就要告别生于斯长于斯的这片热土，告别他所熟悉的乡亲四邻，告别人世间最辉煌的舞台。从此以后，无论春季烧大爆，还是夏季赛龙舟，无论秋季出秋色，还是冬季舞龙狮，都将不会再出现他矫健的身影。他的十八般兵器，所有的行头，包括太子盔、雉鸡翎、英雄氅、步云履，一切的一切都将永远留在这块他所深爱的土地上。

篷船行不多远，向南折入洛水，来到浣江书院门前的码头，在阴影里泊岸。过了两个多时辰，约摸夜半三更天的时候，李文茂打船篷里钻出来，沿着浣江书院后面的胡同一直走到尽头，叩响了何铁桥书馆的门环。

开门的是邹汝昌，他惊叫："呀，阿茂？"

李文茂问："先生在吗？"

"我去叫他。"邹汝昌飞也似的返回院内。过不多时，院子里传来何锦的咳嗽声，他抱着一个布包出现在李文茂的面前。

李文茂磕了三个响头："先生，弟子特来辞行。"

"茂仔，你要游走江湖吗？"何锦面色沉重。

"弟子愚钝，不识圣人教诲，"李文茂回答，"让先生失望了。"

何锦平生怀才不遇，性情极为磊落，他把布包塞进李文茂的怀里："茂仔，你既然有这样的志向，为师不便强求，这是我最近誊写的一本陈元孝诗集，算你我师徒一场的纪念。圣人之教其实很简单，不过是一个'仁'字和一个'义'字，依此施行足矣。"

"岭南三家"之一的陈恭尹字元孝，顺德县龙山乡人，晚年自号独漉子。陈恭尹生长于英烈之家，其父陈邦彦为"岭南三忠"之一。顺治四年(1647年)，陈邦彦约同南海陈子壮、东莞张家玉起兵抗清，一月十余捷，震动两粤。清军后来突袭龙山，虏其家人，逼迫陈邦彦投降。陈邦彦在回信中写下了彪炳千秋的名言："妾辱之，子杀之，身死朝廷，义不私妻子也。"

陈邦彦兵败后在广州四牌楼被腰斩，四个儿子中只有陈恭尹侥幸逃得性命，那一年他刚刚十六岁。此后，陈恭尹从事反清复明大业二十余年，奔走大江南北，结交仁人志士，写下了许多气壮山河的诗篇，最后都收集在《独漉堂集》中。

何锦的一番话触动了李文茂的心思，他问道："杀父之仇，不共戴天。先生，为父母报仇雪恨，算不算仁？算不算义？"

"孔曰成仁，孟曰取义，天地君亲师，父母与我辈有生育教化之恩德。为他们报仇，自然当得上一个'仁'字、一个'义'字。"何锦回答。

"假如对头是官家呢？"李文茂抬头问。

"仁义乃天道，"何锦的语气斩钉截铁，"天道坚如石，官家亦可杀。"

李文茂一头下去，血染石阶："弟子明白了。"

位于南海、三水、高要、高明等县交界的西海地段，山岗突兀昂立，河汊盘旋纵横；野苇遮天蔽日，鸟兽出没其间。这个地段位于西江大拐弯处，迎面把汹涌的江水斩为数段，或南流入海，或继续向东，实为西江下游的咽喉之地。

西江水滔滔席卷而来，将好端端一片沙洲变成水患灾区，田野荒芜，煞气弥漫，遂成强贼啸聚之所。历史上，西海地段曾经是大股海匪突入内陆的最后堡垒，现有六七股行踪飘忽的杀手专门与官府、富商勾结，替他们铲除异己，杀人越货，从中分赃渔利，与沙塘坊何家勾结的"广信帮"即为其中的一股。

天明时分，李文茂和黎阿铟到达西海地段，只见往来商船和客船悉数停航，把江面让给西进的广东水师兵船。篷船靠岸后，李文茂爬上土岗，举目瞭望，沿岸江堤破败如锯，观之令人触目惊心——这是去年两场特大洪水留下来的遗迹，西江两岸无数良田毁于一旦，灾民流离失所，卖儿卖女，尚不得果腹充饥。

"鬼月"未尽，从上游漂下来的"水流衣"不在少数，汇成道道白色的巨流，迎头撞向广东水师的兵船。战舰与飞跃在浪花顶端的纸船交织在一起，形成一幕怪异的玄幻场景，让人精神恍惚，分不清今生和来世。

随着红日中天，极目远眺，西樵山、鼎湖山相继映入眼帘——南岸的西樵山清秀宜人，空灵剔透；北岸的鼎湖山云雾缭绕，雄险奇峻。有这么一句脍炙人口的谚语，道尽了岭南四大武林名山的特点："丹霞苍茫西樵幽，罗浮至尊鼎湖浑。"

明末清初，一大批不甘臣服的节义之士携带家眷跨越梅岭，最先落脚于丹霞山。他们结庐而居，并以此山为基地，奔走呼号于天下，积极从事复国大业。有鉴于此，清廷在广东站稳脚跟后，视丹霞山为眼中钉肉中刺，必欲除之而后快。经过百余年不遗余力的打击，丹霞山武脉尽废，名存实亡。

南明永历朝廷在肇庆初建时，西樵山作为前沿屏障，名将侠士济济一堂，共赴国难，武风当时仅次于丹霞山。进入清中叶，由于地处富饶的南海县，西樵山没有完全衰败，著名的"西樵三寺"（云岩寺、宝莲寺、接乘寺）功法清奇，在武林中仍有一席之地。

与丹霞山、西樵山短暂的兴盛不同，罗浮山、鼎湖山武学源流千载，迄今不衰——罗浮山冲虚观为当今武林至尊金蟾道士的修道之所，其门下四大弟子个个身怀绝技，罗浮山因此成为岭南武林无可争议的第一名山。鼎湖山寺庙林立，庵堂遍设，各路功夫七七八八，约有三十六路之多，在武林中素有"鼎湖三十六招提"的美誉，其中以庆云寺、慈云寺、白云寺、跃龙庵等四派武功享有盛名。由于肇庆府雄踞西江腹腰，水陆交通极为便利，云贵川藏等西南边陲的尚武之徒络绎而至，竞相到此拜师求艺。

光鲜靓丽的外衣下，这两座名山也各有其令人诟病之处——金蟾道士的"逍遥门"为了与"浑天门"争霸武林，竟然助纣为虐，投靠官府。在十年前那场洪门大起义中，金蟾道士和他的"逍遥门"帮助官府围剿洪门，双手沾满了洪家兄弟的鲜血；鼎湖山门派林立，习武之徒鱼龙混杂，逞凶斗狠，把好好的一座武林名山弄得乌烟瘴气。严格而论，鼎湖山已经蜕化为一间"武林大卖场"。

在西海地段耽搁半日后，七月二十五后半晌，李文茂到达肇庆府城。

肇庆府古称端州，历史悠久，文化灿烂，向为岭南重镇。自明嘉靖四十三年(1564 年)到清乾隆十一年(1746 年)近二百年间，这里一直是两广总督的驻节之地，为仅次于广州的岭南政治中心。肇庆府城山河壮丽，气象大观，集天地灵秀于一身，亿万年西江滚滚而来，在府城两岸孕育出日月精华——天下无双的温润端石。

端石经过精心雕琢，便是举世闻名的端砚！

血色残阳投进西江，船只长篙击破水面的声响，隐隐含着碎冰裂石的动静。肇庆府城四处戒备森严，杀气腾腾，披云楼前的旗杆上挑着三粒血肉模糊的人头。城墙所张贴告示上面写得明白——这是最近刚刚被剿灭的云雾山三大寨主的头颅。

篷船径直划到城西梅花岗下，这是一处十来米高的小小土岗，斋堂和梅庵各居其半。梅庵是一座千年古刹，曾经是禅宗六祖慧能大师归乡探亲时歇脚的住所，因此，梅庵法会与新兴国恩寺、广州光孝寺、曹溪南华寺三家的法会声名相当，共同跻身岭南禅林纪念六祖慧能的四大法会之列。每年七月二十三到二十五三天,梅庵的僧人都会邀请本城宝月台、水月宫以及附近"西樵三寺"、四会六祖寺、"鼎湖三十六招提"等寺庙的僧人共襄盛举。

阿钿在岸边系好船缆,跟随李文茂从角门进入斋堂。偌大的院子冷冷清清,几乎看不到一个人影。年仅十一岁的甘先坐在土坡上,竖起耳朵在听隔壁院子的法诵。这孩子是番禺县慕德里司鸦湖乡人,自幼喜欢飞石打鸟。三年前,至忍禅师偶然经过鸦湖,收他为徒,指点其箭术和武功,同时聊解膝下孤凉。

斋堂的杂役伍亚寿见到李文茂和阿钿,欢欢喜喜地把他们带进禅房,出来喊甘先:"别晒日头了,阿先,快去叫你师傅,就说你阿茂哥来了。"

"等一会,"甘先不高兴地说,"我正听禅呢。"

从梅庵那头传来法诵,这是一首石头和尚的《草庵歌》,曰:

住庵人,镇常在,不属中间与内外;
世人住处我不住,世人爱处我不爱。
庵虽小,藏法界,方丈老人相体解;
上乘菩萨信无疑,中下闻之必生怪。
问此庵,坏不坏,坏与不坏主元在;
不居南北与东西,基址坚牢以为最。
青松下,明窗内,玉殿朱楼未为对;
衲被蒙头万事休,此时山僧都不会。
住此庵,休作解,谁夸铺席图人买?
回光返照便归来,廓达灵根非向背。
遇祖师,亲训诲,结草为庵莫生退;
百年抛却任纵横,摆手便行且无罪。
千种言,万般解,只要教君长不昧;
欲识庵中不死人,岂离而今这皮袋。

石头和尚俗姓陈,名字叫陈希迁,籍贯是肇庆府城所在的高要县,与六祖慧能的老家新兴县咫尺相邻。这位法师在衡山南台寺修法布道时,曾经把草庐结在一块巨石之上,因此被后人尊称为石头和尚。

石头和尚先在青原行思门下参禅，后到南岳怀让门下悟道，与后者的高徒马祖道一被当时的人们誉为“并世二大士”。两位高僧一个开创了“石头禅”，一个开创了“洪州禅”。前者分化出了曹洞、云门、法眼三支，在南国称雄；后者分化出了临济、沩仰两支，在中原一带甚为流行，后来成为禅门主流。

禅宗一花开五叶，三支出自石头和尚门下，因此有人尊称他为禅宗八祖。当然，这个称号只是人们对石头和尚表达的崇尚之情，并非真实的禅门传承。

“六祖之后再无祖”，熟悉禅宗历史的人都知道，六祖慧能临终前曾经做出一个石破天惊而又令后人百思不得其解的决断：“只传心印，不传法衣”——那袭象征着释家掌门身份的袈裟法衣从此不知踪迹，自佛祖释迦牟尼以来三十三传的正统衣钵，到了六祖慧能的手上被彻底斩断。这是中国佛教史上的最大谜团！

酉时过半，梅庵那头的声音渐渐沉了下去。过了一会，梅庵门口熙熙攘攘，一群大袍宽袖的僧尼鱼贯而出。须发皆白的至忍禅师健步如飞回到斋堂，李文茂惊愕地发现，他后面还跟着二十来个红船弟兄。

琼花会馆在肇庆府城的塔脚后街设有一间戏馆，专门接待过往红船，同时兼办肇庆府的台期预约。戏馆值事名叫林大章，绰号“大花面章”。

“大师伯。”李文茂上前见礼。

“茂仔，你阿爸阿妈的后事，办得还顺利吗？”老禅师问。

“是。”李文茂回答。

“回头再和你说。”至忍禅师挥了挥手，嘱咐林大章，“我已对亚寿交代清楚，你马上带人搬东西，能拉走的都拉走。”

“大师伯，”李文茂问，“你真的要去浔江？”

老禅师正色道：“那当然，你二师伯他们要是守不住浔江，广东水师的炮船就会一路开到大明山，总堂说不准会兵退安南、暹罗国。真是那样的话，不仅让威武窑子笑话，而且还会冷了天下洪家兄弟的心。”

老禅师话里话外透着一丝对“洪顺堂”总堂的不满，他这番言论代表了相当一部分洪家兄弟的看法。不过话又说回来，洪门纪律严明、军法如山，大龙头具有至高无上的权威，除了像至忍禅师这样游离世外的江湖前辈，恐怕没有几个人敢这么评价。

伍亚寿提醒老禅师："时辰到了。"

至忍禅师道："给五祖爷爷填饱肚子先。"

李文茂跟着老禅师进了内室，老爷子扯过红幔，墙壁上露出一幅巨大的画轴，上书斗大的一个"佛"字。画轴前摆放着三层梯形香案，上面一层是"华严三圣"（释迦牟尼佛、文殊菩萨和普贤菩萨）的神位，中间一层设置了"三宝佛"（释迦牟尼佛、阿弥陀佛和药师佛）的塑像，下层供奉"西方三圣"（阿弥陀佛、观世音菩萨和大势至菩萨）的神牌。梯形香案越往下越宽敞，香炉烟火缭绕，周围摆满了法轮、法螺、法伞、白盖、莲花、宝瓶、双鱼、盘长等佛门八宝。除此之外，尚有净水杯和供果盘等常见的物品。

伍亚寿自香案下拖出一只硕大无比的米斗，从里面掏出来七星剑、白扇、桃枝、量尺、天秤、算盘、铜镜、串珠、木鱼、剪刀等一大堆法器，手脚麻利地把法器摆好，然后掣出一面小三角旗，上面绘着"三军司命"四个字。

甘先拉过一幅关老爷夜读春秋的中堂，撤下香案上的诸佛菩萨像。上层换了羊角哀、左伯桃二人神位，中间换了"及时雨"宋江的神位，下层则换上洪门五祖的神牌。香案神位两侧各贴一张纸，左边书写"反清复明"，右边书写"顺天行道"。

在洪门会众的心目中有两个时间图腾，其一是甲寅年，其二是七月二十五。这两个时间合起来，即为天地会诞生的神圣时刻。

康熙十三年（1674年，是为甲寅年）七月二十五日丑时，洪门五祖和众兄弟在红花亭盟誓结义，创立天地会，誓志反清复明。从此，这个日子就成为洪家兄弟共同的生日。每逢这一天，洪家兄弟息干戈、礼佛事，遥祭洪门五祖，重申金科玉律。铭刻在每一个洪家兄弟心头的金科玉律，是这么一首简短的七言诗：

甲寅创世甲寅兴，三甲轮回天道通；
五军神丁会齐日，杀尽鞑子救苍生。

"甲寅创世"指洪门在康熙十三年创立；"甲寅兴"意味着洪家兄弟将在

未来的某一个甲寅年最终取得起义的成功，实现反清复明的政治理想；"三甲轮回"则非常明确地揭示出未来大起义的具体时间——自洪门创立之年开始，经历了三个甲子（一百八十年）之后的那个甲寅年——1854 年。

第九回 岗上梅花

入夜后，梅庵住持澄远法师带着徒弟陈显良，各挑一担包裹严实的食盒，过斋堂来为至忍禅师送行。澄远法师道："师伯，今日一别，不知何日还能相见？"

澄远法师这年五十挂零，靠一套梅庵秘传的"诛魔掌"享誉武林。陈显良是澄远法师最得意的弟子，籍贯番禺县茭塘司石楼镇，这一年十七岁，江湖人称"豆皮大"——陈显良得到这个称呼与红船无关，原因是他脸上有两块从娘胎里带出来的疤痕。

"有什么好见的？"至忍禅师笑呵呵地说，"狗见了都嫌的老骨头棒子，早该下阴曹地府见阎王爷，喘气不过是白白糟蹋粮食。"

澄远法师恭恭敬敬地端起一碗酒："师伯，你老人家这二十年护寺有功，晚辈权代本寺敬一碗酒，聊表寸心。"

至忍禅师一饮而尽："贤侄，老衲将要离去，无法再尽到保护贵庵之责，你马上把这间斋堂收回去，勿致荒废才是。"

"这可使不得。"澄远法师慌忙摆手，"师伯，二十年前，你和澄明师兄有约在先，这间斋堂无偿赠送，晚辈怎敢食言？"

至忍禅师唏嘘道："他的话还作数吗？"

当年，慧能大师每次回老家路过梅花岗时，都会在岗头上植一株梅花，"六祖井"即为慧能大师以锡杖掘井取水之所在。由于西江冲刷之力，肇庆府城地下结构极为复杂，这口"六祖井"名义上是井，其实乃一座井中套井、洞中有洞的地下迷宫。

澄明法师是前任梅庵住持，因为违背梅庵禁规，被澄远法师、澄觉法师两位师弟联手合力擒拿，关押在"六祖井"下已有五年。澄远法师面露愧色："师伯，澄明师兄身为掌门，不顾历代祖师留下的戒条，执意修炼那门违禁功法，当然要受到寺规的制裁。但他以前邀请你老人家护寺，那是出于公心，并无过错。再说本寺仰仗你老人家威名，有幸保得二十年太平，如今焉敢不遵信义，将斋堂收回？"

"贤侄，说句实话，老衲此去浔江，恐怕有去无回。"至忍禅师叹了口气，"我就阿先一个徒弟，要这么大的斋堂有什么用？"

"师伯，我和澄觉师弟把掌门师兄押在井下，虽然问心无愧，可外面江湖同道并不晓得其中内情，还以为我二人是为了掌门权柄，才做下此等欺师灭祖、不忠不义的勾当。"澄远法师神情黯然地说，"天玉贤侄想不开，三番五次地约人闯寺。如今晚辈再收了斋堂，那不成了货真价实的恶人？"

三年前，澄明法师的徒弟苗天玉约请了大名鼎鼎的"粤西四友"来梅庵闯寺救师。经过一番激战，澄远法师被"粤西四友"之首的"神楼灯"一剑劈中脖颈，差点死于非命。幸亏至忍禅师来得及时，力斩"绵里针"，挫败"神楼灯"，方才解了梅庵之围。

澄远法师态度坚定，执意不肯收回斋堂，带着"豆皮大"匆匆辞别，自回梅庵。李文茂见他临走时精神恍惚，一副魂不守舍的样子，好奇地问至忍禅师："大师伯，澄远法师好像心事重重，到底是怎么回事？"

"你的耳朵不是好使吗？"至忍禅师示意，"听听便知。"

李文茂凝神听去，果不其然，夜幕之下，梅庵和斋堂四周传出极其细微的响动。他心头一震："大师伯，外面埋伏的是什么人？"

"都是些想闯'六祖井'的家伙。"至忍禅师冷笑，"只要老衲的船一开出斋堂，他们立马就会明火执仗，从此梅庵怕是永无宁日。"

李文茂有些奇怪："这里是肇庆府城，官府难道是吃素的？"

"哼，自古兵匪一家，威武窑子里面能有几只好鸟？"至忍禅师不以为然，"你知道云雾山石牛肚的张海川吗？"

"那个'糯米狗'？"李文茂道。

"就是这个杀千刀的。"至忍禅师点了点头，"三年前，苗天玉请'粤西四友'助拳，一起来的高手里面就有他，当时还被澄远法师打了一记禅杖。现在这厮与'吊妈十'合起手来，接受了朝廷的招安，把云雾山五大寨主卖了个干干净净，换了一个绿营的都司。眼下，他的人马便驻在肇庆府城，你说他能咽下那口气吗？"

"哦。"李文茂明白了。

过了半晌，至忍禅师问："茂仔，你在想什么？"

李文茂情绪低落："大师伯，我想和你一起上阵杀敌。"

老禅师笑了起来："孩子，老衲不过是个行将就木之人，这辈子有赚不赔。你年纪尚小，父母大仇未报，怎能轻言生死？"

李文茂非常诧异："大师伯，你不反对我替阿爸阿妈报仇？"

"父母大仇不报，有何面目苟活人世？你们红船那条禁律不通人情，早该废止，老衲一直瞧它不顺眼。"至忍禅师直言不讳。这和尚平生率性而为，虽然身入洪门，却一心修武，不愿意担当任何职务，与同门两位师弟比起来，他在江湖的名头要差很多。

这段日子以来，李文茂一直处于琼花会馆的严格管束下，内心十分纠结：一方面他能够理解会馆的戒律，一方面又对这条阻碍自己复仇的禁律怀有怨恨。支持他复仇的多为像"和尚能"与林洸隆这样的同龄人，而那些平素敬重的红船前辈均希望他能遵守禁律，这一点让他背上了沉重的精神负担。此时此刻，李文茂第一次从至忍禅师的嘴里得到鼓励和支持，少年委屈地流下泪来："大师伯，我不是不想守会馆的规矩。"

至忍禅师拍了拍他的肩膀："等老衲到了浔江，见到你师傅和二师伯，自会对他们说清楚道理。另外，老伦头就是条犟驴，你别和他一般见识。"

"谢谢大师伯。"李文茂破涕而笑。

至忍禅师忽然收起笑容，脸色变得凝重起来："茂仔，老衲把你从佛山堡叫来，不是想断你和老伦头之间的是非，而是有一件大事向你交代。我盯了这事足足有二十年，如今将要离开斋堂，思来想去，只有这么一个心结放不下。”

至忍禅师生性豁达，视名利为浮云，李文茂从来没有见过他这样的神情，立刻意识到他要交代的事情非同小可，于是说：“大师伯，有话你吩咐就是。”

江风漫过梅花岗，在敞开的窗户上打了个旋，呼啸着吹向灯影朦胧的梅庵。至忍禅师凝视了许久，太息一声，终于开口：“茂仔，你听说过‘六祖心经’吗？”

江湖传闻，六祖慧能圆寂前曾经留下过一本武林秘笈，内载一套鬼神皆惊的神秘功法。据说这套功法分为三重境界：达到第一重，便能跻身武林高手之列；达到第二重，即可开宗立说成为一代宗师，一苇渡江，拔地飞腾；领悟第三重接通天地的至高境界，则肉身不腐，真如长存，出神入化，修成武林大道。

由于这套功法所描绘的境界至为玄妙，千载以来，“六祖心经”这四个字始终没有淡出武林中人的视野。隔一段时间，大伙便会津津乐道，却又说不出个所以然，显而易见并没有人见识过它的本来面目。随着时间的推移，“六祖心经”演化为武林史上的一桩悬案。今夜在六祖慧能曾经歇脚的梅花岗，李文茂乍闻这四个字，耳里像打了一个霹雳，惊叫失声：“莫非真有这么一本秘笈？”

至忍禅师点点头，用手指了指窗外的梅庵：“没错，远在天边，近在眼前，这个天大的秘密就在那口‘六祖井’下。不然的话，当年澄明法师怎么会请老衲坐镇斋堂？而这些年梅庵的门口又为何血肉横飞，老也不消停？”

李文茂万万没想到，至忍禅师镇守斋堂二十年，竟然和这本神秘的武林秘笈有关！他本是嗜武如命之人，遇到这么好的机会岂肯放过？好奇心像潮水一样涌上心头，他问：“澄明法师和澄远法师他们师兄弟反目，是不是和‘六祖心经’有关？”

“那是自然。”老禅师徐徐道来，“这本秘笈的吸引力实在太大，连澄明法师那么稳重的人也不免受了它的诱惑，以至于违背梅庵历代祖师留下的戒律，偷练武功，被他的两个师兄弟擒拿拘押。苗天玉为了救他师傅，更不惜把本门秘密透露给外人，这些人结伙来梅庵捣乱，名为助拳，实为夺经，没有一个人安的是好心肠。”

年轻的心非常敏感，听到违背戒律这几个字，李文茂瞬时脸色通红，以为至忍禅师是在点醒自己，低下头不再说话。

至忍禅师忙道：“茂仔，我不是说你。”

李文茂知道自己多心了，讪讪地问：“大师伯，难道这本秘笈真像传说中那样，比达摩祖师的‘易筋’和‘洗髓’二经还要厉害？”

“武学之道无非圣贤之道。”至忍禅师面露庄容，“世人只知六祖为圣贤，却不知他的武学修为尚在达摩祖师之上。”

李文茂心头一动：“大师伯，你能给我说说这本秘笈的来历吗？”

至忍禅师慈爱地摸了摸他的头：“茂仔，这套功法相传为西天佛祖如来所授，藏于法衣袈裟之中，为历代释教掌门人传承。它上应天道，下循地理，随时而移，极妙极微，非具有超凡入圣的大智慧难以领悟。佛祖千年以后，天道冥冥有变，后继的释教掌门人因循守旧，沦为平庸碌碌之辈，无法参透其中的奥妙，遂致西域伦常崩坏，佛法不复有重光之望。后来智慧之大者如达摩祖师，毅然发舟渡海东来，冀图借助我中华大地的灵气，参详这套藏在法衣袈裟中的无上神功，以便恢复佛法昔日的荣光。

“达摩祖师越海东渡，在广州城华林寺登岸，他老人家当时只参悟了第二重境界，练成了一苇渡江的功力。后来，达摩祖师离开广州，越五岭，渡江河，北上少室山整整面壁九年，苦思冥想，始终没有更上层楼，勘破第三重功法的奥妙，未能达到接通大地的最高境界，真是令人扼腕叹息。之后，从二祖慧可到五祖弘忍，均未参透法衣袈裟所藏神功，直到六祖出现，方才石破天惊，勘破神功秘诀，直与佛祖相比肩。”

圣人出，黄河清，看来只有像慧能大师这样千年一出的圣贤，才能勘破法衣袈裟中的神秘功法。想到此处，李文茂心中对这位乡贤充满了敬意——六祖仙逝后肉身不腐，至今供奉在曹溪南华寺里，看来果真是一位内功通神的绝世高手。他崇敬地问：“大师伯，六祖是如何参悟这套无上功法的？”

“圣人之心，我等岂敢妄自猜度？”至忍禅师客气了一句，又忍不住得意地说，“老衲虽然愚钝，却从六祖南来北往的踪迹中嗅出了些许味道。依老衲来看，六祖他老人家这一辈子中最值得琢磨的，不是在东山侍奉五祖的日子，而是在肇庆府深山老林里藏匿的岁月——他与豺狼虎豹结伴为伍，吃不得热食，衣不得蔽体，在天地绝境中隐姓埋名，辗转求生。纵使那般艰难困苦，他老人家依然恪守心中的信念，纵白虎，放飞鸟，宁愿自己饿死，绝不杀生。整整十五年的蹉跎岁月，茂仔，换你，能做得到吗？”

李文茂惭愧地低下了头，老禅师这番话又像是从另外一个角度教训自己，批评他容易冲动和没有耐性：“大师伯，孩儿怎能和圣人相比？”

“对圣贤而言，人生无一日空度。”至忍禅师带着一副膜拜的神情，“正是这十五年的绝望之境给了六祖全新的体验，十五载绝情岁月的淬火，磨炼出一口刺破乾坤的利刃。他老人家靠这个打穿天与地、生与死之间的铜墙铁壁，勘破法衣袈裟里隐藏的无上秘法，将释门光辉重新迎回大地。只不过，和如来祖师创制功法时不同，这次天道没有应在西域，而是应在我中华。你说六祖的本事，是不是比达摩祖师强？”

李文茂心悦诚服，提出另一个疑问：“大师伯，既然六祖经历了那么多磨难，最后才悟出法衣袈裟的奥妙，那他为什么没有把功法传下来？”

至忍禅师摇头：“可能是他觉得这套功法杀戮气息太重，所以才在临终的时候断了法衣传承，从那以后，法衣袈裟便不知所终。”

李文茂不相信地问：“如此厉害的功法，他真舍得把它毁掉？”

“我刚才不是说了吗？”至忍禅师卖了个关子，“秘密在梅庵里。”

“莫非他把这本秘笈传给了石头祖师？”李文茂忽然想起来，石头和尚死后，其真身安放在衡山南台寺，据说也是肉身不腐。

“呵呵，茂仔，只要品一品六祖他老人家圆寂前那一年的动静，你就不难发现他们爷孙俩之间的秘密。”至忍禅师提示。

确如老禅师所言，慧能大师在其生命最后的两年里，实有着种种反常的举动。当时，他不顾门下众弟子的反对，一意孤行，坚持离开成就其一生事业的曹溪，非要把自己的尸骨埋在老家新州。对于他这个决定，众弟子大为不解，因为就在六年前，六祖慧能婉拒了武则天邀他进京弘法的请求，当时他对使者的原话是：“远公之足，不过虎溪”——东晋慧远大师居庐山东林寺三十年，影不出山，送客从不越过寺前的虎溪。六祖这句话的意思是贫僧年迈体衰，只想终老于曹溪的林泉之下，颐养天年，决不离开曹溪半步。

六年前的话言犹在耳，新州国恩寺已然斧凿叮当，开始修起了报恩塔，众弟子心里头蛮不是滋味。慧能大师刚刚做出不指定继承人的决定，又要回老家圆寂，种种怪异反常的举动当然会激起漫天的谣言，以为他和弟子之间起了生分，无法容身于曹溪。

岁月如梭，转眼到了先天二年(713 年)七月份，慧能大师率众放舟西行。路过端州(今肇庆)的时候，他把随行的弟子安排在城里休息，只带着一个十二岁的孩子在梅花岗逗留了三天——这三天就是七月二十三到二十五，那位被六祖慧能带上梅花岗的孩子便是石头和尚陈希迁。八月初三，慧能大师在新州圆寂，一代圣贤奄然物化。八十年后，石头和尚在衡山南台寺坐化，遗容栩栩如生，肉身不腐。从那一天开始，南台寺便时常遭到武林中人的骚扰，南台寺周围几十里被挖了个空，却没有一个人找到"六祖心经"。

李文茂心有灵犀一点通，从衡山南台寺联想到梅花岗，终于茅塞顿开——闹了半天，大名鼎鼎的"六祖心经"既不在新州国恩寺，也不在曹溪南华寺和衡山南台寺，而是藏在六祖曾经亲手栽种梅花的梅花岗。换句话说，从六祖慧能向石头和尚陈希迁传法的那一刻起，这套神秘的功法，根本就没有挪过窝。

为了守住这个惊天秘密，梅庵历代住持制定戒律，严禁弟子进入"六祖井"；同时由于这套功法博大精深，等闲资质的人不得要领，无法修炼有成。两方面的因素加起来，让这个武林的绝大秘密始终不曾暴露，几与天地终老。

时光荏苒，到了乾隆年间，梅庵终于出了一位高人无念法师，勘破了"六祖心经"的第一重境界。无念法师偷习"六祖心经"被师兄弟们发现，不愿离开"六祖井"，便拿绳索自个捆了自个，遵从梅庵寺规，在井下自囚六十年。屈指算来，这个习武如命的老怪物已经一百多岁，论辈分要算澄明、澄远法师等人的太师祖了。

梅庵出了无念法师这个事之后，关于"六祖心经"的秘密再难以保守。二十年前，澄明法师接任梅庵住持，由于担心自己功力不足，无法应付前来骚扰的敌手，便把梅花岗割出一半设立斋堂，邀请至忍禅师坐镇护法。不料，外面来的敌人虽然被至忍禅师震慑住，澄明法师自己却陷入了贪欲，因为偷偷修炼"六祖心经"被两位师弟擒拿，照例拘押在"六祖井"下，这真是应了世事无常的道理。

至忍禅师护寺二十年，现在成为最了解“六祖心经”内情的人。他本来不打算把梅庵这个秘密透露出去，但考虑到一旦离开后，梅庵众僧恐怕不是来犯之敌的对手，“六祖井”下的秘密必将暴露在光天化日下，沦于歹人之手。思前想后，老禅师做出决定，派人将李文茂从佛山堡叫来，把自己最后的心愿托付给他。

“像‘六祖心经’这样的禅门绝学，断不能落入鸡鸣狗盗之徒的手里。”至忍禅师语重心长地说，“老衲曾经下过‘六祖井’，见过无念那个老怪物。据他说这门绝学委实怪异，所炼真气亦阴亦阳，非阴非阳，与当今世上少林、武当两大门派的内功迥然相异。凡习武之人，尤其是那些已经练出真气的武林高手，要想练习‘六祖心经’，必须化去从前练出来的真气，你说古怪不古怪？”

李文茂脱口而出：“那不成了自废武功吗？”

“没错。”老禅师点头，“无念法师在井下一甲子，足足花了四十年的时间才彻底化净原先的真气，真正进入领悟‘六祖心经’的境界。这个老怪物为此大发牢骚，觉得从前所练武功皆为孽债，害得他枉费世间宝物，蹉跎大好岁月。”

李文茂瞠目结舌，依照无念法师这番奇谈怪论，世间习武之人岂不是均误入歧途？难道自己这些年的百家武艺，全都白练了？

“茂仔，这就是我找你来的原因。”至忍禅师露出欣慰的笑容，“你天赋异禀，能够同时修炼阴阳两道真气在身，乃武林中百年未必一见的奇才，用不着自废武功。老朽走了以后，‘六祖井’必有歹人窥伺，不能让无念法师落在他们手里，你来看。”

至忍禅师牵着李文茂走出正堂，来到斋堂院子当中。这时，寒月如钩，独坐天府，一把清辉洒下来，院子北侧的高坡树影憧憧，一块巨石赫然入目。老禅师用手指着巨石：“你来试一试，看能不能把它举起来？”

李文茂仔细打量这块巨石，只见它上粗下细呈倒锥形，下部深插于地面，周围与草木泥石浑然一体，约摸有一千多斤的分量。

“小元霸”明白老禅师这是有意考较自己的臂力，不服输的劲头一下子涌上心间。他咬了咬牙，默默地俯下身去，双手扣定巨石的凹处，猛然间丹田发力，铁腿抓牢百越地，猿臂托起日月天，喝一声："起。"

这一举堪称力拔千钧、地动山摇，奇迹出现了：一千多斤重的巨石竟然被"小元霸"硬生生举过头顶，一口黑黢黢的水洞从草间露了出来。

至忍禅师满意地点点头，二话不说，回身下了高坡，边走边吟。李文茂听出这是一首石头和尚的《参同契》：

门门一切境，回互不回互；
回而更相涉，不尔依位住。
色本殊质象，声元异乐苦；
暗合上中言，明明清浊句。
四大性自复，如子得其母；
火热风动摇，水湿地坚固。
…………
当明中有暗，勿以暗相遇；
当暗中有明，勿以明相睹。
明暗各相对，比如前后步；
万物自有功，当言用及处。

李文茂把每个字都牢牢地记在心里，虽然他一时间还弄不明白老禅师的深意，不清楚《参同契》这段话到底是练习"六祖心经"的秘诀，还是指示"六祖井"下的路径。他将巨石放回原位，皎洁的月光下，但见梅花岗上那一丛丛谢了芳华的枯干虬枝，从梅庵那头隔着矮墙伸了过来，似乎有一肚皮的故事欲向他诉说。

伍亚寿从角门外闪出，躬身请示："老爷子，时辰已到。"

"东西安置妥了？"至忍禅师问。

伍亚寿回答："阿章他们已经搬完了。"

"澄远法师死活不肯收回斋堂，你看怎么办？"至忍禅师无奈地说，"阿先一个伢仔在这里看院子，太孤单了吧？"

“晚辈已经捎信回去，百吉他们哥俩过几天就会来做伴。”伍亚寿道。他家在西江对面的高要县莲塘，两个侄子伍百吉和伍百福一个十三岁、一个十一岁，与甘先年龄大致相当，来梅花岗斋堂和甘先做伴正好合适。

至忍禅师默默地到斋房里转了一圈，到底是居住了二十年的地方，一朝别离，未免有些恋恋不舍。李文茂跟随他进入正堂，老禅师指着卧室里悬挂的一块铁匾，感伤地说：“这块铁匾是我师傅传下来的，茂仔，今天老衲送给你，算作咱们爷俩一场的念想。我要是死了，你别忘了在坟头上给老和尚点一把香。”

“大师伯。”李文茂跪倒在地，泪如泉涌。

“男子汉大丈夫，莫要哭哭啼啼。”至忍禅师把他拽起来，继续叮咛，“‘六祖井’不亚于一座阴阳相生的迷宫，梅庵那边是入口，斋堂这头是出口，没有几个人知道这个秘密。要是事情紧急，你务必移开巨石，放无念法师出洞，切记。”

李文茂道：“孩儿记住了。”

至忍禅师横刀远行，不一会儿，小船便消失在滚滚西江。甘先和阿钿回禅房入睡，李文茂怅然若失，翻来覆去始终无法合眼，索性披衣出门爬上梅花岗。站在高处一望，只见墙外波涛汹涌，斋堂犹如汪洋中的一条舢板，不知漂向何方。

“小元霸”毫无睡意，跳上巨石，从怀中掏出何铁桥送给他的那本诗集。月光与灯影交相辉映之下，何铁桥的篆字遒劲有力，犹如铁划银钩，他誊写的这本《独漉堂集》没有按照原书的顺序，而是信马由缰，完全由着自己的兴趣来。李文茂随手一翻，开篇第一首是《清明日同霍禹州、家大斌舟入高峡，泊阅江楼下，即事作》，诗云：

东风乘兴好西行，三月牂牁水尚清。
峡上篙痕穿石细，楼前山色极天横。
花当令节千枝放，酒酹长江百感生。
五十年前龙见处，白头重说与诸卿。

明隆武二年(1646年),陈恭尹曾在肇庆府城觐见过永历皇帝,五十年后泛舟西江,他写下这首诗追忆当年君臣相见的情景。表面上看这首诗写得轻松欢快,其实沉痛之极——五十年来反清复明的大业化作硝烟散尽,多少仁人志士血沃大江,九泉之下白骨依然隐隐生恨,痛惜华夏衣冠沦丧左衽。

第二首是陈恭尹赠给方以智的《寄青原药地禅师》:

骆驼峰外宝钟撞,十八滩声涌法幢。
旷代才名流下界,半天人卧在高窗。
新疏瀑水虹千尺,迥立寒阶鹤一双。
犹有为霖旧时望,雨花空自满西江。

开篇劈头两首均以西江为主题,难道冥冥中自有天意,何铁桥料到自己会来西江?李文茂感到十分奇怪。

"岭南三大家"中,屈大均雄健豪迈,陈恭尹沉郁苍凉,梁佩兰清逸超脱。其中,沉郁苍凉比雄健豪迈的直白风格更具有震撼力。陈恭尹的诗饱蘸人生血泪和时代风雷,其苍劲慷慨的气概,时时刻刻欲脱卷而飞,正合李文茂此刻的心情。他翻动诗卷,爱不释手,完全沉浸在国仇家恨中。奇怪的是,这种天风海雨般的精神汇入丹田,却让两道平时争斗不已的真气安静下来,犹如一桶来自高原的甘霖,让四肢百穴滋润熨帖,好不舒畅!

过不多时,李文茂便在石上进入梦乡。

约摸戌时三刻的光景,破空传来接连几阵竹哨声,一阵比一阵尖厉。"小元霸"倏然从梦中惊醒,一个鹞子翻身从巨石上爬起来,翘首张望。只见梅庵门前火光匝地,明晃晃仿若白昼一般,人喊马嘶,杀气冲天。澄远法师、澄觉法师听到警讯,当即率众僧出庵迎敌,发现来犯之敌约有二百余众,领头的正是老对头"粤西四友"。

粤西绿林道有四个大魔头,以左道旁门的法术纵横江湖。老大名叫娄正伦,江湖人称"神楼灯",思恩府人氏,同时是在粤西武林排名前十位的高手。老二名叫覃老板,庆远府南丹土州人氏,外号"绵里针",擅长掐诀念咒,制造机关暗器。老三是一个女人,嫁给平乐府贺县白沙镇大地主廖四维为妻，丈夫死后流落江湖，人送绰号“白无常”。这婆娘修炼的是采阳补阴之术，她有一件宝物名为“招魂鱼鼓”，被她相中和猎取的男子难逃精尽人亡的悲惨命运。老四姓韩名通，梧州府容县人氏，绰号“阴阳生”。此人男生女相，所使用的“五福葫芦”里藏着金蚕、蔑片、疳、石头、生蛇等五类毒蛊，杀人毙命于无形。除了五种司空见惯的毒蛊外，“阴阳生”另有一项独门绝技，这就是无形情蛊——世间无论男女老幼，只要中了无形情蛊，便再难逃脱其控制，任由施蛊者鞭笞驱使。

这四个活阎王虽然一个比一个凶残，但都喜欢附庸风雅，平生以梅兰竹菊自比，故此自己给自己起了一个雅号：“粤西四友”。

澄远法师双掌合十，念了句佛号：“无量寿佛，各位施主，佛门净地，因何三番五次前来聒噪？难道你们忘了覃施主的下场吗？”

“好个贼秃驴，平时一口一个佛菩萨，看起来面善，杀起人来一点也不手软。我二哥死在你们手里，今天到了算这笔账的时候，休走，看招。”说到这里，“阴阳生”用手猛地一拍“五福葫芦”的底部。众僧眼前一花，几个人当场七窍流血，死于非命。

“当心蛊毒。”澄远法师急喊一声，挥动手中锡杖掩护众僧闪入庵内，庵门外只留下他和澄觉法师、“豆皮大”三人。

“老四，不要急着动手，等大哥他们来了再说。”这时候，从敌方阵中软步走出一位年轻的道姑，脸上蒙着一条白色的纱巾，腰系花裙，身段玲珑，面罩后一双勾魂眼风情万种，止不住地向外流光溢彩。这道姑不是别人，正是“粤西四友”中的“白无常”，因为修炼采阳补阴术有成，皮肤娇嫩，和十八岁的少女没什么两样。

“阴阳生”装腔作势：“便宜了你们这伙无毛蟹。”

“你这个不男不女的二胰子，吃你家小爷一刀。”陈显良年少气盛，拔出金贝刀，奋力砍向“阴阳生”。韩通觉得自己这一方稳操胜券，不愿阵前示弱，仗剑相迎。两个人你来我往战在一处，打得难解难分。

又过了一会儿，从阅江楼方向杀来一彪人马，马蹄踏踏，阵前闪出三骑：当中一个道士身材高大，面容顾长，幅巾卦袍，腰系拂尘，手提一把金光闪闪的“魑魅剑”。左边那匹马上倚坐一位青年，嘿，人长得这个漂亮就甭提了——但见他头戴束发嵌宝紫金冠，齐眉勒双龙抢珠抹金额，披一件蝴蝶穿花红箭袖，缠一条五彩团花长穗丝绦，蹬一双青缎粉底小朝靴。面似中秋之月，色如春晓之花；鬓若刀裁，眉如墨画；脸赛桃瓣，目似秋波。他手持画屏扇，腰插银月笔，身过七尺，长身玉立，飘然如子建临凡，恍惚似潘安再世。右边马上则是一名粗壮矮胖的汉子，扫帚眉毛，地包天的海碗嘴，两侧各有一条刀疤，看似凶神恶煞。

"别来无恙。"道士朝澄远法师行礼。

"娄大当家，"澄远法师讽刺，"这回请了哪一家的帮手？"

高个子道士正是"粤西四友"中的"神楼灯"，他跳下战马，来到澄远法师面前："法师休逞口舌之快，至忍那个老家伙已经离开斋堂，贫道亲眼见他的船走。你而今失去了靠山，难道还要和贫道比试不成？"

澄远法师毫无惧色："正要请教。"

娄正伦挥剑上阵："那贫道只好成全你。"

"既然吃了娄大当家的请，在下也来凑个热闹。"漂亮青年跃身下马，铁骨画屏扇按动机关，扇骨伸出二十八枚尖锐的刀刃，骤然刺向一旁的澄觉法师。

六人像走马灯一样捉对厮杀，在梅庵门前展开了一场大战。澄远法师与"神楼灯"斗了三十个回合，手里锡杖的力道渐渐弱了下来；澄觉法师和那个漂亮青年打了个平手；只有"豆皮大"越战越勇，金贝刀舞起来密不透风，杀得"阴阳生"只有招架之功，没有还手之力，算是为梅庵挽回了一点面子。

"白无常"在旁观看，原来以为一边倒的战局，现在竟然有胜有负，有来有往，整体说来倒是一个平局，让女淫魔心里非常不舒服，嘴角不觉翘了起来。脸上有刀疤、翻鼻孔的粗壮汉子讨好地对她说："仙姑，你看我啥时候出手？"

"阴阳生"韩通与"白无常"平素关系暧昧，此刻，这女人见韩通斗不过陈显良，立刻娇声嗔道："还不出手，更待何时？"

粗壮汉子名叫柯振海，江湖人称"剔骨龙"，在粤西姑婆山瓦窑冲做大当家。提起柯振海的师傅，在粤西无人不知、无人不晓，乃是粤西绿林道总瓢把子盖九霄。柯振海自幼追随盖九霄学艺，掌握了其成名绝技"狮子吼"，在粤西江湖那是响当当的人物。

粤西、粤北、湘南三处绿林中，粤西绿林道人才济济，在三合会大举进军粤西之前，粤西武林排前十名的高手中，绿林道便占据了七席。按照顺序，这十名武林高手分别是圣堂山大寨主“玉面如来”蓝太武、南宁府“靖远镖局”总镖头杨开山、河池州天马山粤西绿林道总瓢把子盖九霄、圣堂山二寨主“赛潘安”金秋池、桂林府临桂县武进士古存恕、东兰州霸陵山大寨主“西天腊飒”钟德、十万大山狮头峰大当家梁老祖、平乐府飞云庄庄主黄泰冲、龙围寨大寨主“油锤把”郝耀常、都阳山蝎子岭大寨主“神楼灯”娄正伦。其中，盖九霄、蓝太武和金秋池均出自西域雪山派。

“神楼灯”这次请来的帮手，属于西域雪山派年轻一辈的佼佼者，除了“剐骨龙”柯振海外，那位手持铁骨画屏扇的青年名叫贝尘鹤，是“赛潘安”金秋池的二徒弟。

却说“剐骨龙”受“白无常”之托，举长枪加入战团，替换下“阴阳生”。与陈显良大战二十个回合后，柯振海突然运起西域雪山派“狮子吼”的独门内功，大喝一声，震得现场之人无不耳痛欲裂。“豆皮大”猝不及防，双臂发麻，刀无声地滑出手心。

“剐骨龙”狞笑一声，攥枪把，挺枪头，刺向陈显良的咽喉。

第十回　六祖心经

眼看"豆皮大"即将命丧"剔骨龙"的长枪下，澄远法师与澄觉法师欲图营救，却被娄正伦和贝尘鹤死死地缠住，脱身不得。就在这千钧一发之际，隔壁斋堂的院子里凌空响起一记铜笛，笛声清澈如山泉，流水潺潺，与柯振海的"狮子吼"内功截然不同。

袅袅笛声传来，听在"剔骨龙"的耳朵里却不亚于晴空打了一个霹雳，柯振海手中长枪在半空中不由自主地一顿。武林高手对决，胜负往往只在眨眼之间，陈显良趁着柯振海力道停顿的工夫，拧身错步，堪堪擦过铮亮的枪尖，硬是从阎王爷手里捡了一条命回来。"剔骨龙"怔在原地，瞪着一双牛眼珠子，不肯相信眼前发生的事实。

"神楼灯"心里冰凉一片，原以为至忍禅师离开后再无人可阻挡自己，谁知道这个老家伙竟然使诈，在斋堂里暗藏了一位高手。娄正伦武技不俗，跻身粤西武林十大高手之列，绝非浪得虚名。他听出这阵铜笛虽然声音不高，却充满一股惊心动魄的力量，无论从境界，还是从内力纯正来说，均高出"狮子吼"功法一头。

"狮子吼"是西域雪山派的独门内功，刚出手便被人家压制住，柯振海颜面扫地。这家伙又气又急，执枪拦住“豆皮大”的去路，喝了一声：“休走。”

陈显良悟性极高，猝不及防吃了“剔骨龙”的亏，心中很不服气。他听出李文茂在斋堂吹笛助阵，信心大增，挥刀相迎：“来来来，哪个临阵脱逃，哪个便是契弟。”

这边两个年轻人斗在一处，那边笛声未止。李文茂以气驭音，这次他没有用陈恭尹的沉郁之诗，而是选了一首屈大均的《送曾止山还光福歌》。

梅花将军越王孙，汤沐正在梅花国。
飞扬往日破强秦，沛公项羽资其军。
台岭因之号梅岭，梅花万户酬功勋。
…………

在诗人的想象中，最锐利的破敌兵器并非刀枪剑戟，而是丹心冰骨的梅花。试想在万物肃杀的冬季，在白雪皑皑的北国，是谁第一个无视严寒的淫威，自万马齐喑的灰幕中降临大地，将妩媚的希望投向人间？冬天的梅花不是温室的花朵，那娇嫩的躯体下，埋藏着心灵世界清澈的寒芒。与它刺破苍穹的威力比较起来，世间兵刃何足道哉！

李文茂自幼生长在琼花会馆，流光溢彩的戏棚不但赋予了他无穷的想象力，而且将他的武学天赋推向极致。同样是修炼内功，李文茂能够理解诗人的锦心绣口，驱动真气，将梅花变成掷向敌人心脏的匕首；而“剔骨龙”一介莽夫，见识短浅，丝毫没有认识到诗歌里所包含的伟大力量，打算以内力抗内力，与对手比个高下，遂挺起长枪，再战“豆皮大”。

杀机悄然降临，浮现在一朵梅花的花瓣之上。这朵梅花自吟诵的诗歌飘出，难怪连柯振海这样的内功高手也无法辨识。

“剔骨龙”与陈显良战不到十个回合，二人腾挪错身的当口。这家伙眼瞅着陈显良的耳朵根就在眼前，急不可耐，嗽的一嗓子，倾尽全身气力发出一声可怕的“狮子吼”。“豆皮大”虽然已经有了心理准备，但身法仍然不自觉地缓了一缓。

柯振海发出“狮子吼”前，已然成竹在胸，长枪在半空中划了个弧度，压低腰板，疾速回刺。发枪的速度、角度等各种因素均提前计算好，不偏不倚，扎向陈显良的胸膛。

一个“勋”字未落，李文茂体内两道真气訇然大作，犹如梅花腾空而起，恰好抵住“剔骨龙”的枪尖。如同一堵铜墙铁壁，“剔骨龙”手中的长枪再也无法向前送出半寸。眼看陈显良再度逃出生天，柯振海呆呆发愣，他真的想不明白，到底是对方以气驭音的内功控制住了自己的心魂，还是真气拦住了枪头？

一旁观战的“神楼灯”比“剔骨龙”更加吃惊，头一阵笛声虽然神奇，听起来只有一道真气；但第二阵笛声却分明是两道真气竞相奔腾而出——难道这个世界上，果然有可以同时修炼出两道真气的高人？

他眼珠不错地盯着斋堂方向，忘了提醒“剔骨龙”退出战阵。后者似乎失去了理智，仍旧举枪与陈显良缠斗在一起。两军阵前除了澄远法师、澄觉法师，其他人均大感惊奇，无不觉得今天夜里怪事连连，恐怕不是什么好兆头。

我们前面说过，李文茂天生对声音十分敏感，一方面表现在他超凡脱俗的耳力，另一方面表现在他喜欢用音律表达自己的感受。他创制出这套以气驭音的功法，最初的本意是用来减轻体内两道真气相互冲撞带来的痛苦。

常言道：有心栽花花不发，无意植柳柳成荫。李文茂修炼了一段时间后发现，这套以气驭音的功法非常适合自己，不但可以减弱自己身体的痛苦，而且能收到扰敌心神的效果。自古以来大道唯一，武学之道同样建立在天地人三才的基础上，正如石头和尚在《参同契》里说的那样，世间万物和道法无不存在一种“回互之境”。人类认识世界的能力，从视觉到听觉等各项认知能力，最后统合于思想之中；反之，人的思想也能够主宰这些认知能力，并在这些能力中得到展现。

李文茂这套功法围绕着被人们忽略的听觉而制，以气驭音不过是以意驭气的延续。在这套功法里，意为帅，气为将，音为刃，三者合一。今天夜里，潜伏在“岭南三大家”文字下的国仇家恨，渗透进李文茂体内的每一根毛细血管中。丹田之内的两道真气勃然发动，随着笛声浩荡肆虐。诗歌、真气、音律三者交织成一道奔流，大收激越磅礴之功。

吟到畅快淋漓处，李文茂再占一首梁佩兰的《咸阳》：

中条西尽九边分，一面关雄百万军。
宝剑并人磨黑水，角弓终日射黄云。
山空鸟鼠飞无次，川乱鱼龙出每群。
信是帝王州壮丽，秦皇坟对汉皇坟。

第三阵曲声堂皇雄壮，如日月高悬，虽无当空雷霆之威，却有五窍心魂之慑。受到鼓舞的陈显良越战越勇，一柄金贝刀上下翻飞，织成华锦一片，将柯振海笼在其中。“神楼灯”发现形势不妙，忙朝斋堂方向喊：“敢问岗上是哪位前辈？请赐个名号。”

李文茂把铜笛插入腰间，跳下巨石来到梅庵门前。娄正伦一看大出意料，闹了半天，所谓的高人原来只是个半大小子。

正主现身，“剔骨龙”和“豆皮大”收兵罢战，各归本阵。澄远法师、澄觉法师上前迎住李文茂，喜不自胜，没想到“小元霸”小小年纪，功力竟然如此深厚。李文茂瞥了一眼娄正伦和柯振海，抱了抱拳：“梅花岗乃圣贤旧迹，岂容尔等撒野？在下红船李文茂，奉大师伯之命前来护寺，不愿伤人性命。哪儿来的哪儿去，行得迟了，休要后悔。”

“粤西四友”千里迢迢来梅庵探宝，岂肯轻易收兵？娄正伦干巴巴地笑着：“我等应天玉兄弟之邀前来搭救他的师尊，李少侠千万别误会。”

“放屁。”陈显良骂道，“本门的家事与你何干？”

“粤西四友”原来最忌惮的是至忍禅师，发现老和尚乘船西渡后，众人信心倍增，觉得这次梅庵之行应该手拿把攥，稳操胜券。哪知道秧地出老虎，突然斜刺里冒出一个武功深不可测的李文茂，娄正伦、韩通、贝尘鹤、柯振海等人尽皆沮丧。正当他们犹豫不定时，“白无常”从背上取下秋水雁翎刀，娇嗔一声：“难道我二哥白死了不成？”

话音未落，女人“嗖”的一声蹿了出去，奇怪的是，她手中的刀没有劈向陈显良，却朝李文茂当头砍去。娄正伦、贝尘鹤、柯振海几个人大惊失色，韩通绝望地闭上了眼，这娘们平时滴溜溜赛鬼精，今天咋吃错了药？

其实，自打“小元霸”登场，“白无常”的心便怦怦跳个不停。她一生浸淫于修炼采阳补阴的秘术，对男人身体的了解可谓最是透彻，李文茂离她起码还有三丈远，她的鼻子就灵敏地嗅闻到一股奇异的气息。这娘们双目大放异彩，死死地盯住李文茂不放——眼前这个英武少年，莫非正是自己苦苦追寻的至阳之体？

采阳补阴术和采阴补阳术二者术异道同，修炼前者的人追寻至阳之体，倘若得其精，对修成“驭阳功”大有助益；同理，后者需要寻觅至阴之体，倘若得其阴，则对修成“驭阴功”有事半功倍之神效。

“驭阳功”和“驭阴功”并非无稽之谈，而是流传于粤、桂、黔、滇、川、藏等地西南少数民族的神秘功法，源头出自蚩尤氏、共工氏等中原争霸落败的古老部落。今天来梅庵的这些高手中，“白无常”修炼“驭阳功”，而贝尘鹤的师傅金秋池正是“驭阴功”的嫡派传人——由于金秋池在粤西武林名头太响，大家只了解他练的是西域雪山派武功，很少有人知道，这位粤西武林的大宗师，竟然是天字第一号的淫魔。

世间至阴之体和至阳之体极为稀有，与罗浮山的九叶碧血仙茅和南洋的“柔佛人荟”同样罕见。正因为如此，武林中还没听说有人练成过“驭阳功”和“驭阴功”。“白无常”既然嗅到平生孜孜以求的气味，便决心冒死求证，挥刀直取李文茂。

“小元霸”出道以来未曾杀过女人，见“白无常”气势汹汹地一刀砍来，心里觉得十分好笑。闪身晃过她的刀头，左手凌空虚点，正候到“白无常”握刀的手腕。李文茂轻轻用了三成气力，喝一声：“撒手。”

“白无常”早做好了准备，借着李文茂抓住自己右腕的惯性，整个身体像陀螺一样软绵绵地扑向李文茂的怀里。“小元霸”从来没有见过这种打法，以为“白无常”一定在施展什么阴谋诡计，企图暗算自己。当下把两道真气灌在胸口，以力打力。两个人胸脯碰胸脯，“白无常”只感到胸口一阵剧痛，身如飘叶，被一股大力撞了出去。

电光石火之间，李文茂右掌随风而至，敏捷地捞住女人的一只脚，将“白无常”的身体横过头顶，叱喝：“贼子，你是要死，还是要活？”

两个人四只眼睛，距离如此之近，中间只隔着一层飘来拂去的纱巾。“白无常”心猿意马，脱口而出：“我不要死，也不要活。”

杀人如麻的女魔头竟然露出天真少女般的娇羞，说话颠三倒四，观战众人莫不瞠目结舌。李文茂想起刚才撞击的酥胸,立刻红了半边脸颊,有心狠狠将她摔在地上,又怕误伤了她的性命,只好将“白无常”投向远处。女魔头被丢出去大约五六丈远,飘然翻身落地,娇喘微微,一绺长发噙于红唇,三魂六魄不愿归窍。旁边的“阴阳生”颇为纳闷,今天一不刮风,二不下雨,这雌货发的哪门子姣?

通过刚才身体接触和脸对脸的观察,“白无常”确认眼前的伢仔果然是至阳之体,不由得狂喜万分,开始在心里打起了如意算盘。为“绵里针”复仇和探寻梅庵“六祖井”秘密这两桩大事,早被她丢到了九霄云外。

澄远法师高喊:“各位施主,难道你们还不肯认输吗?”

“天玉贤侄马上就到,你和他理论吧。”娄正伦右手取出两发信炮,击亮火石,信炮点燃后飞向半空。

不多时,阅江楼方向再度火光冲天,一群人马快速朝这边移动过来。这回来的马队全是清军绿营装扮,约有百十来骑,风驰电掣来到梅庵门前。一名都司打扮的营官甩镫离鞍下了坐骑,拎着马鞭问:“娄大哥,咋还没把梅庵拿下?”

澄远法师一瞅,正是前些日子跨马游街的“糯米狗”张海川,愤然道:“张大人,别忘了你的身份,你现在是官不是贼。”

“正因为老子吃了皇粮,所以要为民做主,你看看他是谁?”张海川哈哈大笑。从他后面走出一条汉子,摘掉斗笠,向澄远法师怒目而视。

这汉子脸上横竖有十来条刀疤,肌肉只要抽动,刀疤立即跟着打战,极其阴森可怖,此人正是澄明法师的徒弟苗天玉。他冷冷地说:“两位师叔,别来无恙。”

澄觉法师紧张起来:“天玉,莫要助纣为虐。”

“两位法师,今天当着李少侠的面,本座办个中道。”娄正伦假惺惺地说,“以往的恩仇一笔勾销,只要你们把澄明法师放出来就行。”

“老秃驴,要不是看在我大哥的面子上,老子今天非烧了你的破庙不可。”张海川没看到刚才交手的场景,不知深浅大喇喇地叫骂。

看到“糯米狗”,李文茂气不打一处来,胸膛火苗子往上直蹿。“洪德堂”之所以陷于今日的战略被动,至忍禅师大把的年纪还要上前线拼命,均拜眼前这个叛徒所赐。现在他换了身官府的狗皮,又跑到梅庵门前耀武扬威,真是恶贯满盈。

"小元霸"憋了一个多月的气,总算找到了出气口,他更不答话,探左手向张海川的天灵盖抓来。"糯米狗"本能地挥鞭迎击,马鞭才扬出去一半,就被对方伸手抓牢。李文茂把真气灌注在这条马鞭上,用力一甩,张海川旋即被抛入半空。少年这次下了杀手,抡起马鞭照准张海川的脑壳狠狠地抽去。"糯米狗"是刀口里滚出来的战将,经验十分丰富,空中一个闪转腾挪,掩入自己的坐骑之后。耳轮中就听"啪"的一声,"糯米狗"所骑的战马结结实实地挨了一家伙。李文茂这一下的力道太大,一记鞭子抽下去,战马的脑袋塌陷下去半个拇指深的一道血沟,连哼一声也没来得及,马儿四条腿瘫软在地,死于非命。

"粤西四友"的人被这幕惨烈的景象吓得目瞪口呆,李文茂心头怒火尚未泄尽,指着张海川骂阵:"姓张的,你不是要做主吗?别跑!"

"糯米狗"死里逃生,再也不敢抛头露面,躲进马队里扯着嗓门喊:"老秃驴,你敢和朝廷作对,当心老子一把火点了你的破庙。"

这句话打中了澄远法师的软肋——现在的"糯米狗"已经不是以前的山大王,而是堂堂的正四品都司,和他作对当然就是与官府作对。如果双方厮杀起来,众僧死生事小,梅庵却有可能被官府毁于一旦。

澄远法师万般无奈,老泪纵横,朝李文茂深施一礼:"茂仔,你的心意老衲领了。自古民不与官斗,胳膊拧不过大腿,随他们去吧。坏了祖师爷的规矩,老衲可以一死谢罪;但要是毁了祖师爷留下来的千年法相,老衲百死莫赎。"

澄觉法师垂头丧气:"茂仔,算了吧,天玉要闹就让他闹吧。"

李文茂抬手一鞭抽在梅庵门前的落马石上,怒冲冲回到斋堂。甘先背着黑漆破胡弓,黎阿钿夹着分水钢叉,两个人骑在院墙上观敌瞭阵。见李文茂沉着脸回来,甘先很奇怪:"你怎么不宰了那个狗娘养的,阿茂哥?"

"我没你本事大。"李文茂气呼呼地说。

阿钿问:"少爷,咱们什么时候走?"

"天亮就走。"李文茂丢下一句,进客房倒头就睡。

见他动了真气，两个小家伙交头接耳，叽叽喳喳，回自己的房间聊天去了。李文茂躺在床上辗转反侧，隐隐约约听到“神楼灯”等人正在梅庵闹腾。他掩起耳朵，昏沉沉勉强过了半个时辰，始终无法入眠。

月影从门缝和窗户铺泻而进，风儿不肯停歇，李文茂渐渐冷静下来，少了几分对澄远法师的责备，多了几分对梅庵众僧的同情。他想起大师伯临行前的嘱托，迅速起身套上布衫，推开房门，跳入院中。

梅庵“六祖井”附近灯火摇曳，几乎没有了喧闹声，想必“神楼灯”和“糯米狗”等人已经下到井底。充耳所闻的只有西江那永不停歇的浑厚脉搏，这个伟大的艺术家埋头于鬼斧神工的雕刻，却从不愿向人间透露些许秘密。

李文茂跳上巨石，打坐了约摸有片刻工夫，一阵喧哗从梅庵方向传来。“六祖井”附近人影陆离，有人低低哭泣。李文茂听出是苗天玉，他似乎在央求：“师傅，这口井石软水急，已经折了十来位朋友，你老人家再找下去，只怕大家伙儿都要遭殃。”

“怕死你走先。”回答的是一个全然陌生的声音，听起来苍老而沙哑，“这几年要不是你太师祖，为师早死了十回八回啦。”

“六祖井”下石质脆软，水洞林立，透水现象无所不在，实不亚于一座人间修罗场。刚才不到一个时辰的工夫，前后有十几名喽啰丧命于崩塌的石洞，旋即被湍急的水流卷走，连根骨头也没有留下来。大伙吓得魂飞魄散，争先恐后，纷纷逃回地面。

“糯米狗”惊魂未定，不相信地问澄明法师：“法师，贵庵真有这么一位师祖？推算起来他的年纪可有一百多岁了？”

澄明法师瞪起了眼珠子：“你是说老衲在胡诌八扯？”

“别误会，别误会。”娄正伦赔着笑，“法师，贵庵这口井也忒古怪，令师祖能在井底下过活几十年，真不容易啊。”

“他老人家的本事比我大多了。”澄明法师不屑一顾地说，“要不是觉得井底下清净，在我师傅当住持那阵子，他老人家就该出来了。”

“哦？”娄正伦心头一动，澄明法师言之有理，“六祖心经”乃千年武林秘笈，没有几十年的工夫只怕修炼不成正果。何况澄明法师在井下被囚禁了这几年，吃了不少苦头，应该不会无缘无故冒死重返“六祖井”。

澄明法师这几年九死一生，不过是为了向无念法师学习这套“六祖心经”，现在让他轻易放弃这个梦想，自然是万万做不到。可惜的是，“六祖井”深不可测，凭他一个人的力量难以在短时间内找到无念法师的藏身之处，尚须借助“神楼灯”等人的帮忙，他才不会考虑有多少人可能葬身鱼腹呢。

澄明法师用闪着幽光的眼神扫了一圈眼前的这伙乌合之众，来了个激将法：“就凭你们这点胆量，还敢闯梅庵？”

娄正伦决定冒险一试，他朝韩通、贝尘鹤、柯振海等人使了个眼色，哈哈大笑：“谁说我们没有胆量？请法师前头带路，咱爷们再闯一回龙潭虎穴。不把你太师祖他老人家找到，在下便拿这口井当棺材板，就地埋在这儿。”

“此话当真？”澄明法师问。

娄正伦与他击掌：“君子一言，驷马难追。”

来之前，通过苗天玉只鳞片甲的描述，娄正伦对“六祖井”的复杂地形有所认识，相应地做好了充分的准备，这便是他力邀贝尘鹤加盟的原因。贝尘鹤手里握有其师“赛潘安”传下的秘宝“测阴珠”，这件珍宝原来用于鉴别一个女人的身体是否为至阴之体，亦可以用于测试山川水汽的清浊程度——拿它来做探测“六祖井”下水洞安然与否的“探路针”，这种馊主意大概也只有“神楼灯”能想得出。

“神楼灯”老奸巨猾，关于“测阴珠”的秘密一直瞒着“糯米狗”和苗天玉。直到折了十来名随从，澄明法师寻死觅活地非要重返“六祖井”，他这才确认“六祖井”下果然有这么一位无念法师的存在。想到马上就可能找到“六祖心经”，娄正伦欣喜若狂，亲自挑选了五十名精壮喽啰，备妥灯球火把、亮子油松，带领“阴阳生”、贝尘鹤、“白无常”、柯振海、“糯米狗”等人，跟随澄明法师和苗天玉师徒二探“六祖井”。

身处斋堂的李文茂把这一切尽数看在眼里，听在耳中，心想这回无念法师在井下恐怕万难藏身了。果不其然，也就是一炷香的工夫，从巨石底下骤然射出一道真气，突入“小元霸”的海底穴，把毫无防备的少年打下巨石。

李文茂翻身跳起来，看着那块巨石，心中震骇非常。海底穴又叫会阴穴，为人体阴阳分割处，乃是人体奇经八脉之根。李文茂兼通少林、武当两派内功，身负两道真气护体，唯独此处是全身的薄弱之处。而巨石下的真气不偏不倚，正瞄准海底穴，当然让他吃惊不小。

最可怕的还不在这个！

这道真气进入海底穴后并没有停止，而是迅速扑入李文茂的下丹田，与他体内的阴阳两道真气发生了剧烈的冲撞。“小元霸”腹痛难忍，脑子里一片空白——袭击他的这道真气竟然非阴非阳，乃是武林中闻所未闻的第三道真气。

不等他反应过来，巨石下传来一声怒喝：“伢仔，把石头挪开。”

看来无念法师在井下修炼有成，这道真气必然是“六祖心经”所载的奇异内功。李文茂稍微歇了一口气，丹田运力，双臂猛地一用力，挪开了巨石。

月光下，从洞里蹿出一道瘦若骷髅的练影。影子长了一副上宽下窄的倒梯形头颅，湿淋淋的身形跃至半空，一掌势如闪电，朝李文茂的头顶拍来。

李文茂万万没有想到无念法师会偷袭自己，闪过了头顶，肩膀再也躲避不过，结结实实地挨了一记，他立刻眼冒金星，“噔噔”向后退了十来步，怒不可遏：“好没有廉耻，这么大的岁数，竟然恩将仇报？”

“哈哈哈。”无念法师仰天长啸，贪婪地呼吸了几口新鲜空气，脱口称赞，“你这个吃奶的伢仔，倒是一块练武的好材料。”

借着月光和飘忽的灯影，李文茂这才看清刚才那个倒梯形根本不是人脸，而是一张锈迹斑斑的铁面具。这副面具的造型十分诡异，从外形上看赫然是一副巨口獠牙的猪头，嘴和四颗牙齿出奇地大，占据了整个图形的一半；圆乎乎的鼻头升起在额头部分，把两只大眼珠挤到了两侧；双耳被夸张地拉出了脸部，延伸成为两只硕大的翅形提手。

面具的大致轮廓依然清晰可辨——上部顶端突起，似乎是一个锥形头盔，盔底雕刻成一圈头箍形状，里面的装饰图案已经看不大清楚，但是并排一圈圆洞错落有致；中间部分雕刻着五官的形状；下部呈椭圆形，琢出一圈八九个大小不等的圆洞，状如勒紧下颌的战带。或许是年代久远的缘故，或许是由于在地下经受多年水汽的侵蚀，面具上布满了坑坑洼洼的气泡，有的部分腐朽生锈，宛如一个大肿块，令人恶心欲呕。

目睹这般诡异的情形，李文茂霎时呆住了。

无念法师问：“至忍贤侄何在？”

“你说什么？”李文茂一时没有反应过来。

无念法师在“六祖井”下度过了漫长的一甲子岁月，早已习惯了井下水洞的黑暗。如今重返地面，举头观赏月夜长天，抬手触及凋谢的梅花虬枝。尘世间的爱与恨，每一样都是那么的鲜活生动，像一块巨大的吸铁石，瞬间摧毁了他往日虚构的精神壁垒。

老头子揭下脸上的铁面具扔在地上，被浸泡发白的皮肤令人望而生畏："他在斋堂为老朽护法二十年，为的不就是这个吗？"

李文茂惊奇地问："'六祖心经'？"

"你也知道？"无念法师"哼"了一声。

"以小人之心度君子之腹，我大师伯才不稀罕。"李文茂一脚将铁面具踢了回去，"就你这个破东西，我从六岁起便修炼过。"

无念法师气得暴跳如雷："伢仔，你好大的口气。"

"小元霸"第一眼看到无念法师头戴的铁面具，便有一种似曾相识的感觉——这副巨口獠牙的猪首图形活脱就是一套古老的天盖璇玑图。他自幼接受"铁背苍龙"的教诲，与其余的"红船八斗官"一同合练"天盖璇玑阵"，对这套华夏古图可以说是再熟悉不过。他问道："前辈可知它是什么阵形？"

无念法师怔住了："不是北斗七星阵吗？"

"天盖璇玑阵"在中原失传千载，一般的人都会把它误解为北斗七星阵，无念法师看来也犯下了同样的错误。李文茂笑了起来："你依照北斗七星阵练的'六祖心经'？"

"有什么不对？"无念法师气呼呼地问。

李文茂上前一步，把那副铁面具捧回手里，认真地端详了一遍："前辈，你这副面具其实暗含着三套北斗七星阵法，第一套是头盔和头箍这部分，第二套是下颌战带这部分，第三套是中间眼、耳、口、鼻、舌五官这部分。三套阵法分别对应上、中、下三路丹田，我想冒昧地问你一句，你这些年练的是哪一套北斗七星阵？"

李文茂一席话把无念法师说得心服口服，没想到长江后浪推前浪，一代新人换旧人。眼前这个十来岁的小家伙，竟然能一眼窥破铁面具暗藏的阵法，让他自叹弗如。话虽如此，无念法师心里仍然有些不服气，兀自辩解："伢仔，你说得好生没有道理，老朽当然由下而上，三路丹田逐一修炼，岂有跨越之理？"

“你练到了哪一层?”李文茂问。

无念法师指着有些变形的脑袋,十分得意:“练到了这儿。”

人体三路丹田乃性命之根本,分别是精、气、神之府邸,武学中的炼精化气、炼气化神之道,向来遵守由下丹田、中丹田、上丹田循序渐进的规律。无念法师在“六祖井”下修炼了六十年,年事已高,垂垂老矣,抱着时不我待的思想,不愿在下丹田和和中丹田浪费时间耽误工夫,便拔苗助长,强行运气突入上丹田。尤其是到了后来这二十年,老和尚把一腔心血下在上丹田的修炼上,以至于沿着错误的方向越走越偏,越走越远。禅宗流传着一句话叫作“石头路滑”,意思是石头和尚的一贯风格是善于掩饰,绵里藏针。无念法师一味急于求成,其实正掉入石头和尚在这副铁面具上设下的迷障。

“前辈,看来你已然练到了泥丸宫。”李文茂问,“那是不是说,你马上就要突破‘六祖心经’的第三重境界?”

无念法师惭愧地低下了头,“六祖心经”的修炼法门藏在第一重境界和第二重境界的交关之处,找不到这个玄妙的法门,他只能在第一重境界徘徊逡巡,无法进入第二重境界,距离第三重境界更有万里之遥!良久之后,老和尚长长地叹了口气:“伢仔,我要是修炼到最后境界,还用你把洞口的石头挪开?不瞒你说,老衲这些年虽然内功修炼有成,但上丹田的真气隔三岔五便控制不住,在头壳里横冲直撞,显见老衲修炼的路径可能有误,不知道哪一个环节出了岔子?”

“前辈,说句实在话。”李文茂直截了当地说,“不是在修炼过程中出的纰漏,而是落手打三更,从一开始,你老人家便误入歧途。”

无念法师惊愕万分:“此话从何说起?”

李文茂丝毫没有隐瞒,把“天盖璇玑阵”和北斗七星阵的区别向无念法师讲述了一遍。老和尚听了以后,缄默不语,脸色由浮肿的白色变成乌黑色。猛然间直起腰来,“哇”地一口鲜血喷出去几尺远,晕倒在地,不省人事。李文茂慌忙掐住他的人中,连推带搡,花了好半天时间,才把无念法师弄醒。

这时,天色微微亮,寒风掠过虬枝,发出“嘶嘶”的响声。梅庵那边“六祖井”前依旧灯影朦胧,不闻喧哗。无念法师心如刀割,想起六十载光阴虚度,回头看竟然步步错。“六祖井”下白骨累累,多少代祖师误入石头和尚布设下的迷障，直到临死那一刻尚不知醒悟。眼下澄明法师又带着一群人在井下搜寻自己，这和飞蛾扑火有什么两样？

无念法师幡然悔悟，盘腿而坐："阿弥陀佛，石头祖师一片苦心，如此大费周章掩饰'六祖心经'的真相，必定是为了实现六祖他老人家的临终遗愿。仁心佛智天日可鉴，老衲这一辈子无怨无悔，没什么好说的。这副面具托付给有缘人，算是找到了它应该的去处。伢仔，你给老衲寻一身囫囵衣物，这就云游四海去。"

李文茂回到禅房，取了套干净的直裰给老和尚换上。无念法师抬腿刚准备走，心里毕竟扯着粘着千条丝缕，难以一刀了断，开口问："伢仔，换作你是我，该如何修炼？"

"三个臭皮匠，顶一个诸葛亮。只有集思广益，行千里路读万卷书，博纳众人的智慧才能解决。"李文茂说，"反正不能像你这样，龟缩在地洞里独自修行。"

李文茂的率性之语，大大出乎无念法师的意料——像"六祖心经"这样的千载绝学，武林中人个个想据为己有，怎么可能与他人分享？要是搁在往日和换作旁人，无念法师一定会嗤之以鼻，教训李文茂不懂江湖险恶。但今天不同，老和尚从六十年的黑暗中钻出地面，初霁的天光当头照耀，打开了关闭已久的心扉。武学之道如同滚滚东下的江水，仰赖中途绵绵不绝的千万溪流，方能磅礴归海。天下武功莫不如此，"六祖心经"焉能有异？

无念法师这么多年修炼无果，都误在了一个"私"字上。老和尚大彻大悟，朝西江南侧新兴县的方向双掌合十，口中念念有词："伢仔，你的话有几分道理，老衲即刻到四会山里追寻六祖的踪迹，从头练起。"

朝阳下，无念法师的姿态翩翩欲飞，只是那副倒梯形的三角头壳十分怪异。他在地洞里练功练了六十年，彻悟之后还要去修行，真是江山易改，本性难移。李文茂叹了口气："四会山风景不差，老前辈，你何不趁机去观一观景？"

"观景即是观武，观武即是观景。伢仔，你提醒得对。"无念法师开怀大笑，纵身跃过斋堂的墙头，像一只始祖鸟，转眼间消逝在斑驳的光影里。

第十一回　天盖璇玑

佛山堡是中国成药业的发祥地之一，道光年间，单是行会组织就有参药行、药材行和西土药材行三个，像“黄恒庵”“梁仲弘”“刘诒斋”“冯了性”“陈李济”“梁财信”等，无一不是享誉岭南的金字招牌。在跌打金疮这一行当，“梁财信”的膏药和“冯了性”的药酒最受欢迎，为武林中人必备的随身用品。

“阿钿哥，我们家还有一贴‘破腹散’，与这剂膏药合起来用最灵验。”坐在浣江书院门前的石台阶上，梁芳长神秘地对阿钿说。他是南海县澜石乡人，这一年刚刚十三岁，在家中行四，是广州府名医梁财信的侄子。澜石乡到佛山堡只有七八里，由于距离太近，梁财信的“保和堂”没有在佛山堡设馆，只是在豆豉巷开了一间丸药铺。

“那不赶快拿来？”阿钿的眉毛立了起来。

梁芳长解释：“我阿叔秘制的方子，从不外卖。”

“少废话。”阿钿吓唬他，“你还想不想学功夫？”

梁芳长喜欢习武，最入迷的便是阿钿的“弹指功”——如果能学到这手绝技，在街头巷尾的番摊上便可以所向披靡，战无不胜。

梁芳长高兴地跳起来：“我保准给你弄出来，要多少有多少。”

“我又不开药铺，要那么多干吗？”阿钿道，“弄几贴就行。”

自从离开肇庆府城斋堂后，李文茂和黎阿钿在西海分手，他自己回到老家桃源禄洞，立即着手谋划复仇大计。阿钿奉命潜回佛山堡，到黄伞街和贵县街购买红粉（火药），然后去丰宁寺找邝能、涤莲和尚等人，在石湾镇就地采办陶罐，装配红粉，制成罐装炸弹，准备袭击韩肇庆和高宜勇的船队。

从岸上跳进篷船，梁芳长一个劲地催促：“快走吧，阿钿哥。”

阿钿把斗笠往脸上一扣，不慌不忙：“急啥？再等个人。”

梁芳长好奇地问：“谁啊？”

“邹老爷呗。”阿钿回答。

“看，来啦。”梁芳长指着浣江书院的门口。

蒙蒙水雾中，晃晃悠悠出现了一个人影。到了近前，梁芳长发现不是邹汝昌，而是一个脏兮兮的小乞丐。隔着老远，乞丐身上的酸臭味就冲了过来。

“叶长腿，”梁芳长捂紧鼻子，“怎么是你？”

阿钿跷着腿问：“邹老爷呢？”

“邹老爷有事，让我替他走一遭。真的，我不骗你。”叶二和结结巴巴地说着，手里举起一件物什，“你看，这就是少班主要的东西。”

阿钿接过来一看，那是一截长长的竹筒，里面塞着好像图纸之类的东西。他鼻子嗅到一股怪味，皱起了眉头：“我说叶老二，你不能把自个涮干净点？”

“我洗来着。”叶二和满脸堆笑，“阿钿兄弟，不瞒你说，为了这个我昨天都没有敢回家，就怕一身臭汗惹人笑话。”

“逃军和”此话不假，为了邹汝昌派的这趟差事，他在鲤鱼沙的岸上蜷了一夜。佛山堡丐帮“黄豆堂”内部分三六九等，凡是有武功和技艺的，大多与“拢口虾”的亲信们住在堂口名下的宅子里，老弱病残和新来的乞丐只能露天而营，分散于佛山堡的各个角落。以汾江河沿岸为例，鹰嘴沙的位置最抢手，其次是文昌沙和鲤鱼沙，最差的是太平沙——那里最偏远，很难讨到一口热乎的饭菜吃。

同样是露天而眠，位置也大有讲究：身强力壮的，有关系门路的，可以抢到一块比较平顺完整的石板当“床铺”；老弱病残的乞丐只能和衣卧在泥土里，将就着熬过漫漫长夜——这年月，能喘一口气就算烧高香了，谁还有心思穷讲究？

“逃军和”在汾江河两岸露天而眠的乞丐中资历算是比较深的，因此至少有一块石板归在他的名下。昨天夜里，他跳进江水把自己洗了好几遍，一觉醒来，衣服湿潮，浑身的酸臭味再度泛了上来，只是他自己闻不到而已。

“不行，你给老子再好好涮一遍。”阿钿拿起手里的竹筒轻轻一戳，正打着“逃军和”的膝盖上，小乞丐扑通一声跌入水中。

来回倒腾了好几次，乞丐身上特有的气味总是无法剔尽。阿钿无奈地说：“算啦，你不是腿脚便利吗？干脆自己跑着去吧，我还要到澜石乡一趟。记住，申时一刻，咱们在九江圩‘探花桥’碰面，千万别耽误。”

“没问题。”叶二和从水里湿漉漉地爬出来，上岸拧了拧贴在肋骨上的破衫子，“这么长时间，我来回跑两趟都绰绰有余。”

梁芳长没好气：“你就放葫芦吧。”

“逃军和”还真不是吹的，小乞丐抡起两条长腿，眨眼间跑过了洛水和佛山涌。对于叶老二来说，生命的全部意义就在于运动不止——他需要不停地奔跑，以养成逃避追打和狗咬的生存技能；他需要不停地奔跑，因为家中尚有嗷嗷待哺的兄弟姊妹；他需要不停地奔跑，在他的内心深处，这块富饶而不愿接受他的土地，永远让他感到心酸。

不知疲倦的叶二和闭着眼睛在风中奔跑，忽然间，大地陆沉，江河爬升，眼前大江分解成无数条毛细血管状的水网。这一片秀水环绕、花树相拥的美丽世界，便是富庶程度仅次于南海县的顺德县——“逃军和”的故乡。

明正统十四年(1449 年)，黄萧养起义失败后，朝廷为了加强控制，从南海县析出顺德县。罗天尺在《五山志林》中说，“顺德割南海三都膏腴，人民富庶，水乡为多，聚族以处，烟火稠集”。根据万历九年(1580 年)的清丈数据，珠江三角洲南海、番禺、顺德、新会、三水、高明、东莞、香山诸县所开垦的纳税“基塘”合计约四十万亩，其中，顺德和南海两县就有二十万亩，整整占据了半壁江山。桑基鱼塘奠定了顺德雄厚的工商业基础，不仅诞生了像陈村、大良、龙山、容奇、杏坛等商业重镇，也使顺德商人遍及岭南。乾隆时期的翰林、清晖园主龙廷槐曾经指出：“若论民物繁富首推南海。南海繁富不尽在民，而在省会、佛山、石湾三镇。三镇客商，顺德之人居其三，新会之人居其二，番禺及各县、各府、外省之人居其二，南海之人居其二……”

肥沃的土地加上发达的工商业，使顺德县豪绅大族集聚了惊人的财富，相应地，其蓄养奴仆的规模连省宪大员都叹为观止，骄奢淫逸冠于岭南。清代初期，延续二十余年不绝的“奴变”（史称“社贼之祸”）即发源于此。

“逃军和”回到老家龙山坦东村，把昨天在街上乞讨来的一袋子残羹剩饭，拣出一半丢给弟弟妹妹，向父亲叶老和请了一个安，便匆匆离家而去。

龙山、龙江两地濒临西江，与相邻南海县的九江圩、对岸鹤山县的古劳围连成一片，是岭南著名的桑基鱼塘重镇。境内十数条溪流簇拥着蜿蜒龙山，山水相依，林荫覆盖，形成一派南国水乡的醉人风光。叶二和沿着排溪水穿过“贞女桥”，来到一处山岗放慢脚步。一阵琵琶声从茂密的林木中荡出，死水角落冒出一条破旧不堪的篷船，上面插着两杆旗：一杆是顺德丐帮“黄菜堂”的旗帜；一杆上面没有绣字，画着两条相互缠绕的麻袋片，乃是令人避之不及的“麻风丐”特有的标记。

琵琶声顿住，从船舱里传出一个幽幽的声音：“是二和兄弟吗？”

叶二和答道：“阿梅姐，是我。”

“陈涌村的温大老爷家祭祖请客，特地赏给我们一篮子吃食。这几天，你就不要辛辛苦苦地来回跑了，我饿不死。”那女人疼惜地说。

“逃军和”悄悄把剩余的半袋子食物放到船帮上：“阿梅姐，我是来拿衣服的。”

“要见哪位贵人？”女人问。

叶二和痴痴地看着船舱，依稀能看见一道从上到下被麻片包裹得严严实实的身影，这个拥有美丽声音的女人，对小乞丐来说神秘无比。他不知道她的身世，不知道她的年龄，没有见过她的真实面目，唯一知道的是她叫阿梅。然而，她是他的梦想——她的琵琶，她的声音，她的牵挂，是他乞讨生涯中最重要的精神寄托，是他两条风扇腿永不停息的动力，是他被蔑视和被驱逐的世界里唯一一朵盛开的鲜花。

“阿梅姐，”叶二和搓着手，“我要发财了。”

“真的？”阿梅高兴地问。

叶二和充满自豪地对梦中女神说：“‘凤凰仪’班的少班主一向出手阔

绰，我这趟替他和邹老爷跑腿，准有几两银子的打赏。”

“‘凤凰仪’班？”阿梅温柔地说，“是易大老倌在的班？”

“你听过易大老倌的戏？”叶二和反问。

阿梅点点头：“年初的时候她们在‘贞女桥’西边搭戏棚，世埠头的张家和梅基村的梅家合股出的戏金。二和兄弟，莫非你忘了吗？”

“我要是得了赏银，给你买一把新琵琶先。”叶二和许诺。阿梅手里的琵琶是他从佛山堡捡来的，四根弦子已经断了两根。

“那敢情好。”阿梅道，“不过，这一把我使惯了，舍不得丢。”

叶二和问：“阿梅姐，他们没有再撵你走？”

“这年月，谁愿意容留麻风病人？”阿梅叹着气，“要不是张家搭了句话，我们早被巡检司衙门撵走了。”

“不行的话，你们就去佛山堡。”叶二和提议，“那里遍地金银，容易填饱肚皮，我们堂里的大骨头前些日子刚从省城接来一批。”

“世上还有这样的好心人？”阿梅又惊又喜。

“我不哄你。”叶二和郑重地说。

“逃军和”此言非虚。由于“黄豆堂”近年来势力急剧扩张，网罗了不少武艺在身、手脚利落的打手，“拢口虾”便萌生了一个想法，他在“黄豆堂”下另立了一个名为“白麻堂”的堂口，任命自己的大徒弟莫其昌为大骨头，专门从广州城接来了一群麻风病人，组成了一支很有战斗力的“特种部队”——佛山堡文武四衙的差役们生怕染上麻风病，一见到这些麻风丐闪得比谁都快，从没人敢轻易招惹。“拢口虾”和莫其昌摸准了官府这个心理，专门利用麻风丐干一些作奸犯科的勾当，收到了非常好的效果。

“去佛山堡也好，我每天都可以给你洗衣服，省得你来回跑这么远了。”过了半晌，阿梅幽幽地问，“二和兄弟，你不怕我把这病传染给你？”

“我不怕，真的。”叶二和赌咒发誓。

小乞丐曾经看到过阿梅的手，那是一双如玉般光洁的纤细柔荑。每每想到这双手，以及阿梅那醉人心魂的甜美声音，叶二和总是想入非非，完全忘记了他所爱慕的这个女人，是一具令人恐怖的麻风之体。

“有你这句话我就知足了。”阿梅十分欣慰，“二和兄弟，麻风病和麻风病不一样，阿姐这个病不会传染，只有一个地方除外。”

“啥地方？”叶二和问。

“反正不是手。”阿梅的脸一红，解开包袱，里面是一件洗干净的灰布长褂，那是叶二和仅有的一身体面衣物。她取出一根竹竿，把灰布长褂挑起来送到岸边，反复叮咛，“把身上的衣服脱下来，阿姐给你好好地洗一洗。记住，出去见贵人一定要穿戴周正，不要慌失失地短了礼数。咱们虽然穷乏，但不能叫人家看衰。”

“阿梅姐，我明白。”叶二和脱光衣物，跳进河里把自己里里外外清洗了好几遍，这才穿上灰布长褂，依依不舍地告别阿梅，向九江圩慢慢地溜达而去。

磅礴肆虐的西江在西海地段由北而南，穿捷径浩浩荡荡奔腾入海。在整个珠江水系入海的八门之中，这个方向便派生出磨刀门、鸡啼门、虎跳门、崖门四个出口，占据半壁江山。与广州—虎门—澳门的外海大圈相比，这条内河水道的条件非常优越。商船由这里入海，路程不但缩短了许多，而且风平浪静，不受海浪颠簸之苦。有清一代，自高、雷、廉、琼等下四府运往广州、佛山堡的货物，大多数都走这条内河水道，从而造就了像南海县九江圩、新会县江门等著名的贸易中心。

西江水流到九江圩，形成了八九里宽的浩大江面，蔚为壮观。此处是南海、顺德、鹤山和高明四县的结合部，亦是广州府与肇庆府的犬牙交错之地，上承三水、四会与北江接通，下辟新会、香山两县奔腾出海，首揽西江之利。

“探花桥”纪念的是一位名垂青史的大人物，此人即名列“岭南三忠”的陈子壮。陈子壮字集生，号秋涛，南海县沙贝乡人，出生于九江圩，是一个七岁能文的神童。他于万历四十七年（1619 年）殿试高中一甲探花，隆武二年（1646 年）广州城失陷，陈子壮和弟弟陈子升毁家纾难，捐资募兵，在九江圩举旗誓师，奋起抗清。南明永历帝授予他东阁大学士，同时加封兵、礼二部尚书的官职，领尚方宝剑，总督广东、福建、江西、湖广军务。

后来，陈子壮抗清失败被俘，面对清廷的威逼利诱，他宁死不屈，骂声不绝，在广州东较场惨遭“锯刑”：将人从头顶向下锯成两片。因为“锯刑”施刑极为残酷，久废不用，心惊胆战的刽子手一时间不得要领。陈子壮被锯得浑身是血，忍不住骂道：“蠢材，界（锯）人须用木板也！”——也就是说，要先把人捆在木板上固定住，才能施“锯刑”成功。刽子手恍然大悟，向陈探花深施一礼，然后将他从头到脚锯为两半。

“逃军和”的腿脚果然不慢，他靠在“探花桥”的石柱上打了两个盹，阿钿才划着船来到桥下，惊奇地问：“叶老二，换了身新行头？”

“要见少班主嘛。”叶二和腼腆地回答。

“你倒是一点也不宝器。”阿钿夸了他一句。

过江向西便进入烟雾茫茫的古劳水乡，此地属于鹤山县药迳司古劳都管辖范围，古劳、沙坪、雅瑶等地皆蒙古劳大围的恩惠，成为人人艳羡的鱼米之乡。七月的雨淅淅沥沥，间或天光破云，将一道道绮丽的色彩缠绕于山林之巅。远处大雁山郁郁葱葱，派生出许多坐落在山脚的村庄，犹如串串珍珠掩映于湖光山色。毛鸡、麻鹤、天光雀和白鹭密密麻麻地在空中展翅翱翔，湖面尽是本地出产的古劳艇（又名坡山艇、维墩船）。这种船驾驶灵便，船身极为坚硬，驰名湘粤赣三省，正配得上古劳水手的剽悍大名。

接近桃叶渡的时候，从后面飞速驶来一条快船。船头上坐着一位风流倜傥的年轻人，雀顶蓝衫，一身秀才打扮，抚琴而歌，曰：

皇古几人在，酌酒暂徘徊；
昔年朋辈零落，谈及已心灰。
休说王侯卿相，瞥眼繁华阅后，痴梦作尘埃；
狂饮劝孤影，尽此两三杯。
散吾发，拂吾袖，向林隈；
挈壶野外，无事长醉白沙台。
多少英雄豪杰，孰是千年华屋，小驻返蓬莱；
五利无灵爽，汉武欠仙才。

阿钿为海中蛟龙，一身水里的本事无人可及，但后面这条快船行驶的速度，仍然吸引了他的注意力。只见那划船的是一位雄壮大汉，个头有八尺开外，豹头环眼，虎背熊腰，年龄大约三十出头；再仔细看那个潇洒抚琴的秀才老爷，阿钿认得他是李文茂的同学赵泰来，于是客气地打着招呼：“赵老爷，你的琴越发好听了。”

“你们家少爷呢?”赵泰来高兴地问。

“赵老爷,你遇着我算是问对了,能少走许多冤枉路呢。”阿钿笑着解释,“这两天他不在禄洞村,也不在佛山堡。”

“那在什么地方?”划船的大汉迫不及待。

大汉名叫陈松年,新会县江门潮连乡人,师从本县技击名家陈远护,打得一手正宗的“佛家拳”,在新会、开平、新宁、恩平一带名头极为响亮。

阿钿用手一指:“嘻嘻,在前面的白鹭洲。”

“我说怎么找不到他,”赵泰来恍然大悟,“原来躲在这个鬼地方!”

赵泰来的籍贯在新会县滘头乡,从那个地方朝南走二十里,即为大名鼎鼎的银洲湖——宋元最后一次大决战就发生在这里。

那场惨烈的战役结束后,幸存下来的宋人和士兵四散逃亡,不少人选择就近扎根,繁衍后代。在滘头乡立村的是南宋皇族赵宗道,赵泰来是他的嫡系子孙,身上流着地地道道赵氏皇族的血液。由于有这么一层历史渊源,赵泰来自幼身怀异志,熟读兵书,周游天下,文韬武略之外遍访名山,拜师习武,以结交四方英雄豪杰为乐。

两条船在桃叶渡分手,阿钿与“逃军和”上岸休息解乏,赵泰来和陈松年则继续向白鹭洲划来。行不到五里,迎面钻出一只舢舨,水面飘来一阵沙哑的船歌:

砍竹弯弯作战弓,黄毛雁子走无踪;
桃源河洗桃叶渡,古劳围住摆鱼翁。

船上立着两个赤膊青年,一高一矮,一瘦一胖,一红一黑,年纪约在十八九岁。船头扔着一把鬼头刀和一根浑铁打制的长篙,一看就是练家子。高个头的青年名字叫冯坤,古劳都沙坪人氏;矮个子叫封满,本县双桥都人氏。两个人同在鼎湖山白云寺学艺,焦不离孟,孟不离焦,在古劳围素有“急冯坤,鲁封满”之称。

“原来是陈大哥?”冯坤热情地向陈松年打了个招呼。

“陈大哥，姓关的咋说？”封满急切地问。

“还能怎么说？自然是爽快应战。”陈松年笑了，“你们两家的疙瘩也该解一解了，不然的话成天打打杀杀，整条江面都不得安宁。”

九江圩地处西江商道的中心，向来是豪杰争霸的用武之地。沿岸各县中，以九江船户和古劳围水手最称勇猛，过去时时发生争端。近年来，由于青年一代高手风起云涌，这两伙人大起纷争，誓要决一雌雄。

九江船户是一个极其庞大的群体，目下由何、关、黄三大姓把持，何博奋、何博祥、何高汉、何高达、何能干、黄定远、黄河湖、黄冠裳、关天宅、关天第、关士彪、关正驹、关亚福等人俱为习武有成的高手。古劳围水手这边也不含糊，领头的有八位武艺出众的小霸王，分别为梁培友、李洪英、梁锡佳、李文海、冯坤、封满、巢元贞和吕雄杰。古劳镇维墩乡的梁培友是这群小霸王的带头大哥，师承鼎湖山庆云寺度济禅师；李洪英和李文海是李文茂的本家兄弟，分别在西樵山宝莲寺和四会县六祖寺学艺；梁锡佳和吕雄杰也是维墩乡人，前者跟随堂兄“铁桥三”学习洪拳，后者在新会县的慧龙寺学艺。

去年，九江船户公推何高汉与梁培友比武，何高汉的功夫不敌梁培友，第一回合九江船户落败。今年初，何、黄、关三姓船户从西山村请出一位高手“大只钜”——此人本名关钜，身高八尺，一手家传的关刀勇猛无敌。关钜在“探花桥”和梁培友大战五十回合，一招“拖刀计”将后者扫落桥下，为九江船户扳回了颜面。

古劳围的小霸王正在一筹莫展之际，恰逢李文茂忽然返归故里，众弟兄喜出望外，撺掇他出战“大只钜”，意欲一雪前耻。

白鹭洲是一棵树。

这里原来是一块浮出湖面的小小泥墩，一棵榕树在上面慢慢地吐丝发育，经年累月地自我繁衍生长，浑然不顾天荒地老，以滴水穿石之功，最终修成正果，化泥墩成绿岛，变沧海为桑田。在珠江三角洲地区，这种奇观并不少见，放眼朝西江两岸望去，这些袖珍小岛宛如片片碧叶，粒粒珍珠，镶嵌在浩渺的水面上，秀丽无比。

小岛上无处不是榕树伸展的枝脉，最高的穹顶悬挂着一副铁面具，给这间天地造化的自然之屋增添了几分神秘的色彩。斑驳陆离的光线，透过树杈如箭射来，不时被外面灰鹭颤动的翅膀所打断——在这里，盘旋的鸟群组成了另一层屋顶。

白鹭洲头，一群年轻人席地而坐，以梁培友为首，李洪英、梁锡佳、李文海、冯坤、封满、巢元贞、吕雄杰等古劳围的小霸王一个也不少。此外，还有特地赶来的“豆皮春”和邝能，以及李文茂的堂弟李占升。

“泰来兄，是‘小孟尝’的意思吗？”李文茂问赵泰来。

“小孟尝”本名老介福，乃是九江圩首屈一指的大财主。此人今年刚满二十，生的是面如傅粉，貌似冠玉。一副好皮囊之外，最难得的是文武双全，仗义疏财，喜欢结纳江湖上的各路豪杰，在西江两岸的南海、顺德、鹤山、新会、香山和高明等县享有声望，黑白两道的人物都给他留三分面子，被推举为六县武林盟主。

“‘小孟尝’的意思是，既然九江船户请了个帮手，那么古劳围这边请你出马，当然也无可厚非。反正这是最后的比武，一战定胜负。”赵泰来当起了和事佬，“两家都要愿赌服输，以后和和气气共食一江水，不能让别人钻了空子。”

“姓关的没意见？”梁培友不相信地问。

“‘大只钜’刚下西樵山，志得意满，哪会有异议？”陈松年微笑，“不过，我看他是一条重然诺的汉子，人家也想领教领教阿茂的本事。”

“那他是雨打黄梅头，活该倒霉。”梁培友“哼”了一声。

赵泰来问：“几位，这事就算敲定了？”

“明日午时三刻，”李文茂点头同意，“‘探花桥’见。”

“‘大只钜’那边请的中人是‘小孟尝’，你们这边打算请谁？”陈松年又问，“给我一个准信，在下好回去知会人家一声。”

梁培友手一挥：“黄先生就在九江圩，省得他来回跑。”

古劳围水手上次请的中人名叫黄扬，号湘南，二十岁出头的年纪，古劳围太平坊人。此人好读兵书战册，娴习奇门遁甲，性格孤傲，从来没有取过功名。黄扬黄湘南一向在九江圩的私塾教书，是这一带有名的怪才。

“我们行一步先。”赵泰来和陈松年起身告辞。

阿钿和“逃军和”酒足饭饱，乘船向白鹭洲进发。行出十里地，只见湖中央歪斜着一条两丈来长的渔船，船帮上趴了十来只白鹈鹕。看到他们出现，一只白鹈鹕“聒聒”鸣叫，扑打着翅膀飞过来。盘旋几圈后，猛然一个急俯冲下，照准叶二和的头皮就是一口。

小乞丐吓得魂飞魄散，就地十八滚逃过袭击。待他爬起来，发现对面船上跳起来一个睡眼惺忪的少年。这人只穿一条短裤，浑身上下涂着五颜六色，活像一条穿着衣裳的怪鱼。他站稳后举起右手，头顶飞过来一只巨大的白鹈鹕。大鸟嘴巴一张，“吧嗒”一声，从里面掉出一柄锋利的短刀，不偏不倚，正掉在少年的手中。

“呔，此山是我开，此树是我栽，要打此路过，留下买路财。”少年横刀断喝。

“睁开你的狗眼瞧瞧。”阿钿吼叫。

这名十二岁的少年名叫陈开，古劳镇维墩乡人。其母早亡，父亲“鹈鹕陈”是附近赫赫有名的驯养白鹈鹕的高手，五年前不幸病逝。那只嘴里藏刀的白鹈鹕是这群鹈鹕的首领，有个绰号叫“长烈钻”。

陈开自尊心极强，父母死后不愿意给亲属增添负担，便带着白鹈鹕独立生活。白鹈鹕是捕鱼的能手，捕一天鱼换来的钱，足够陈开花销一旬。这孩子生性慷慨，经常划着满舱的渔船到处送人鱼吃，结交了不少江湖上的朋友。闲暇时陈开跟着梁培友等人练习武艺，东一榔头、西一棒槌，学了点粗浅的把式。练拳脚是桩枯燥的差事，陈开一个人没事的时候，喜欢在船帮和身体上画两笔，用以排遣无聊。

陈开看清是阿钿，有些不好意思：“哦，是阿钿哥？”

“你一天吃了睡，睡了吃，过得倒挺自在。”阿钿嘟囔。

“谁说的？”陈开得意地反驳，“我在梦里头悟道呢。”

“悟道？”阿钿被他气乐了，“哪个盲佬教你的？”

“是少班主。”陈开回答。

“少胡说八道。”阿钿叱喝，“悟字是没错，可做梦练武我倒是头一回听说。你敢赖到我们家少爷身上？当心老子敲你两孤拐。”

“我听朱先生说的。”陈开只好承认。

“朱瘸子？”阿钿不屑一顾，“他就会骗小孩。”

“人家是先生，还能说得没道理？”陈开不服气。

“他考了四十年也没考上秀才，算什么先生？”阿钿不耐烦地对他说，“你把这个叫花子送到白鹭洲，告诉我们家少爷一声，就说我回了禄洞。”

李文茂凝神屏气，在他面前铺着新旧两张图纸：新图纸附有邹汝昌娟秀的笔墨注释，旧图纸斑斑残破，上面洇染了一块偌大的血迹。这张旧图不是别的，正是叶二和从灵应祠藏经阁里偷出来的那张图纸。

离开肇庆府城后，李文茂生怕自己对铁面具认识有误，特地嘱咐阿钿见一趟邹汝昌，以求证实。邹汝昌不仅手绘了一张最新的天极图，而且把叶二和偷的那张旧图一并奉送。李文茂抬头打量着头顶悬挂的那张铁面具，心头阔朗，向众人解释：“各位兄弟，这两张天盖璇玑图描绘的都是天极和北斗七星，它们最大的区别是天极所在的位置不同，是故北斗七星的位置势必相异。古人云，‘极星与天俱游而天极不移’，这句话其实不完全对。天极的位置随着岁月的流逝而变化，千年流转往往只在毫厘之间。俗世中人茫然不察，以为它果真不移，只有像汝昌兄这样的大才方能窥破天机。”

“‘六祖心经’在西域蒙尘，不被番鬼所解，也是因为这个道理？”邝能端详着高高在上的铁面具，似乎无限神往。

“幸亏我华夏代有英雄。”周春由衷地称赞，“六祖真不得了。”

梁培友说：“阿茂，你对天盖璇玑图了如指掌，而今又得了铁面具和这两张图，破解‘六祖心经’应该易如反掌，快给大伙说说。”

“有这几样东西相互参照，我们比无念前辈要幸运得多，起码能少走许多弯路。”李文茂把自己的想法和盘托出，“不过，据我的推测，即使是从下丹田开始修炼，这里有关元、气海、石门和阴交四个穴道，我一个人不可能同时修四个穴道。俗话说，罗汉请观音，人多好担当，若想在有生之年破解‘六祖心经’的奥秘，至少需要三位兄弟与我同时练，各自承当一个穴道。否则必然陷入无念法师的窠臼，收不到事半功倍的奇效。”

他这个议题一丢出去，白鹭洲的气温便从沸点直接降落到冰点，树顶上的鸟群似乎一下子从天地间蒸发，没有了一声鸣叫。

过了一会，梁培友瓮声瓮气地打破沉默：“阿茂，按理说‘六祖心经’是天下奇书，习武之人谁不想修炼？可照你的说法，练这本经书先要自废武功，这未免太吓人了吧？弟兄们辛辛苦苦拜师学艺，练到今天容易吗？哪能说废就废？”

“是啊。”邝能在旁边附和，“阿茂，我们大伙不像你，同时修炼两道真气在身，当然不需要自废武功。”

“‘六祖心经’还不知道究竟是个什么鬼样子，先把自己的武功废了？这号赔本的买卖我绝对不干。”封满连连摇头，“阿茂，除非你找个窝囊废来。”

大家七嘴八舌，说得李文茂满脸通红。他这才意识到自己思虑欠周，只想着如何与弟兄们合作破解“六祖心经”，却没有顾及到修炼它的必要条件。

日暮西垂，残阳入水；白鹭归巢，灰鹭飞离。众兄弟乘船陆续离开白鹭洲，准备明天过江比武。李文茂赏给“逃军和”三百两白银，算作购买那张旧图纸的资费，并派李文海把他送到桃叶渡，搭船返回龙山。

李文茂本来打算在复仇前把所有的事情安排妥当，没想到众兄弟竟然对修炼“六祖心经”退避三舍，大大出乎他的意料。无奈之下，他只好在白鹭洲上掘了个坑，把铁面具和那块刻有“诛心”二字的铁匾埋了进去。

陈开指着铁匾，好奇地问：“阿茂哥，这是什么？”

李文茂无精打采：“习武的法门。”

陈开问：“阿茂哥，听说上乘武功只诛心，不杀人？”

李文茂漫不经心：“你听谁说的？”

陈开得意地说：“朱先生说的。”

“朱先生？”李文茂皱着眉头。

“就是桃叶渡的朱瘸子。”李占升提示。

“话倒是不错。”李文茂敷衍了一句，对陈开说，“阿开，你守好白鹭洲，万一哪位弟兄想通了，打算练‘六祖心经’的话，你再把它刨出来。”

“放心吧，阿茂哥。”陈开拍胸脯。

次日午时三刻，“探花桥”两侧挤满了观战的人群，这些人都是沿江两岸各县的豪绅与武林高手。除了赵泰来和陈松年，尚有香山县的林福祥、林福盛，顺德县的何敬堂、何大璋，高明县的李天彪、李天参，开平县的谭金堂、谭亚受等等。

桥的这边是何博奋、何博祥、何高汉、何高达、黄定远、黄冠裳、关天宅、关天第、关士彪、关正驹、关亚福等人。中间簇拥着一条大汉，卧蚕眉，丹凤眼，一绺长髯飘拂于胸，手提青龙偃月刀，俨然关夫子再世，此人正是这次比武的主角“大只钜”关钜。

西山村的关氏是从山西解州迁移过来的，那个地方是关二爷的老家。同时，关钜与“探花桥”还有一层渊源——他的姑父名叫朱成发，朱成发的八世祖是陈子壮的表弟朱实莲，曾经募兵抗清，率众据守高明城。城破之后不愿苟且偷生，率领族人驰入敌阵，力竭而亡，亦是一位令人景仰的民族英雄。

那边是古劳围的小霸王，梁培友、李洪英、梁锡佳、李文海、冯坤、封满、巢元贞、吕雄杰、陈开等人排成一个圆圈。李文茂挺立于前，左右是“豆皮春”与“和尚能”。与两位中人老介福、黄湘南寒暄完毕，他摆了个“一指定中原”——这是洪拳入门功夫“降龙伏虎拳”中的招式，朝关钜道了声：“请。”

“探花桥”小桥流水，西樵山层峦叠嶂。闲话少叙，转眼二十个回合斗罢，关钜猛然间拔身飞出，左脚凌空虚点李文茂的面门，右腿顺势横扫。这一招“连环鸳鸯踢”虚中带实，实中有虚，身法之快，出手之辣，令人咋舌。

围观众人一个个伸直了脖子观敌瞭阵，只见李文茂双腿如磐石站立，右掌弯曲，让过“大只钜”的左脚，左掌竖立如铁铲，正面横斩关钜扫过来的右腿。“大只钜”身形略滞，夺命双掌随后飞至——这才是真正的杀招。

在众人的惊呼声中，说时迟，那时快，李文茂陡然错出半个身体，一不躲，二不闪，不容“大只钜”的双掌切下，右手变金钩，喝了一声“起”，运起千钧神力，将“大只钜”庞大的身躯擎在半空。李文茂这番回击分别使用了少林千斤闸、“八宝驼龙棍”和大力鹰爪功三种上乘武技，一气呵成，毫不拖泥带水。

两边看客大呼过瘾，“小元霸”斗得兴起，有心在大伙儿面前卖弄本事。只听他运动真气再喝一声，双臂陡然发力，“大只钜”的身躯在空中划了道漂亮的弧线，“扑通”一声，被李文茂掷下“探花桥”。

第十二回　硝烟初起

道光十四年(1834年)七月,伶仃洋乌云密布,浊浪滔天,弥漫着前所未有的战争气息。在这场东西文明的前哨战中,双方的主帅卢坤和律劳卑,对彼此肩负的使命与个人意志显然均缺乏足够的了解。一方面,律劳卑家族在英国政坛很有势力,十年来,作为一名坚定的辉格党议员,律劳卑勋爵为辉格党贡献良多。然而从1832年开始,托利党人在苏格兰贵族中占了上风,勋爵大人的上院议员之路戛然而止,因此辉格党人执政的政府必须还勋爵一个人情——年薪六千英镑的对华商务监督一职,就这样落入了律劳卑的口袋里。鉴于勋爵大人行事唐突的性格,托利党人的《晨邮报》对他有如下刻薄的嘲讽:"(勋爵)对广州港和将在那里执行的异常棘手的使命的了解,同一头猩猩一样多。"

不过,在取消了东印度公司贸易垄断地位后,内阁对华大政方针已然底定。律劳卑勋爵捧着外交大臣巴麦尊给使团的指令,踌躇满志越洋东来,目的无非是最大限度地开拓大英帝国在东方的利益,以强有力的"手段"打开对华贸易的大门。在这种形势下,卢坤希望勋爵向自己低头,简直是开天大的玩笑。

另一方面，律劳卑勋爵对僵化的天朝体制完全体会不深。清朝统治者虽然腐朽无比，昧于时代潮流而不自知，但却谙熟内伐之道。他们对外故步自封，一叶障目；对内设置重阑，严防臣下私交外夷。看起来位高权重的两广总督，说白了，只不过是爱新觉罗家族脚板底下的一介家奴，并没有多少自作主张的权力。

与律劳卑身负大英帝国的使命一样，卢坤的肩膀上也扛着朝廷的如山规制，私自退让半分意味着杀身之祸。另外，律劳卑勋爵大概没有了解卢坤的人生经历——这位外表彬彬有礼的谦和君子，乃是一名东荡西杀几十年的老军人，枪炮的威吓对他只能起反作用。

就这样，在东西方文明即将正面冲撞的时代背景下，两位性格强悍的军人率先登场，针尖对麦芒，叮叮当当拉开了枪栓。道光十四年七月十二(1834 年 8 月 16 日)，面对律劳卑的无理要求，两广总督卢坤下令“封舱”：断绝英吉利商馆的一切对外交通和食物供应。律劳卑勋爵也不甘示弱，立刻写信给伦敦，要求内阁武装干涉。

七月二十一，为了保持英商行动的一致性，律劳卑勋爵以对华商务监督的身份，亲自出面成立广州英国商会，由马地臣、颠地、波义德、特纳和打打皮先生组成一个五人委员会。同时向广州官府发出布告，指责卢坤“冥顽不化”，并自吹自擂什么“大英国主，权能嵬嵬，版图洋洋，四方皆有所服……吾大君主有恭顺何人之意耶?”

七月二十九，总督衙门颁布了停止对英贸易的告示。这份告示以牙还牙，怒斥律劳卑“妄自尊大”“难以理喻”“自绝天朝”。

广州城外剑拔弩张，形势极为严峻，往日热闹非凡的商馆广场，眼下门可罗雀，一派萧条的惨淡景象。

广场的洋商馆属于行商财产，平时租借给外国人使用。这块巴掌般大小的地面上，自西向东矗立着黄旗行(丹麦馆)、大吕宋行(西班牙馆)、高公行(法国馆)、东生行(章官行)、广源行(美国馆)、宝顺洋行(宝顺馆)、孖鹰行(帝国馆)、瑞行(瑞典馆)、隆顺行(旧英国馆)、丰泰行(炒炒馆)、宝和行(新英国馆)、集义行(荷兰馆)、怡和洋行(小溪馆)等建筑，其中，只有英、美、法、荷四个商馆经常升国旗。

截至道光十四年，广州贸易的主体只有英美两国商人，荷兰、法国、西班牙的贸易量微不足道，丹麦、瑞典和神圣罗马帝国（其代表是奥地利）的直接对华贸易早已中断。此外，葡萄牙人的老式帆船向来只开到澳门，并不进入省河。

以上这些商馆的背后，便是著名的十三行街，它与同文街的交会处是一栋远比各国商馆富丽堂皇的建筑，这就是十三行的公所，又名“洋行会馆”。公所是十三行商人办公的场所，附有一处宽敞的庭院，是洋人最喜欢的逗留之处。

同文街的南面是广源行，把角地方设有一个哨所，平时用来维持广场的治安；对着宝顺洋行与怡和洋行的江边是粤海关下辖的一间税馆，名义上的职责是严防走私，但实际上它和韩肇庆的水师巡缉船一样，均为走私贩私的大蠹虫。这些家伙执法犯法，收取比官定税率低许多的“例规”，纵放不法商人从事走私行当。

怡和洋行（小溪馆）是“铁头老鼠”查顿的办公场所，宝顺洋行（宝顺馆）则是颠地先生开办的企业。查顿、颠地是当时鸦片走私贸易臭名昭著的两大头目，谁也瞧不起谁，整日钩心斗角，积怨很深。这里面除了利益相争外，还有一个因素：查顿与怡和洋行的另外一个大股东马地臣并不是正宗的英格兰子民，而属于苏格兰人种。这一点从怡和洋行的旗帜就能看出来——他们采用的是蓝底白色斜十字的圣安德鲁十字旗帜，与标准的英格兰白底红十字的圣乔治十字旗，并不相同。

颠地先生来自威斯特摩兰的英格兰边地，这里的居民向来对苏格兰人没有好感。怡和洋行的贸易规模比宝顺洋行至少高出两倍，从东到西出尽了风头，颠地被这两个穿裙子的家伙骑在脖子上拉屎，窝了一肚皮的火。他带着手下的兄弟处处和“铁头老鼠”一伙唱反调，踢腿使绊子，无所不用其极。

倒霉的是，这回内阁派来的首任对华商务监督律劳卑，又是一个红头发的苏格兰货。颠地心里十分不痛快，对律劳卑的各项指示阳奉阴违，消极对抗。直到八月初一，从十三行行商那边传来消息，总督大人决定采取更加严厉的措施，颠地才不情愿地离开了自己的宝顺洋行，准备参加律劳卑勋爵召开的英国商人会议，商讨一下对策。

宝顺洋行的通事叫黄鹏辉，他把颠地送出门，站在空荡荡的广场一个人兀自发愣。自打律劳卑勋爵来了以后，洋人开会从来不带通事参加——很明显，这帮红毛鬼子对黄皮肤的中国人有了戒心，不愿意让他们知道更多的秘密。

律劳卑这回闯了大祸，比“封舱”和停止贸易更严厉的措施是什么？那就是开战。黄鹏辉不敢继续往下想，反正人家老浩官说了，最迟到明天，律劳卑勋爵再不肯低头就范，广东水师的兵丁必定会包围英国商馆。到了那个时候，商馆内的通事、买办、仆役，谁敢冒着掉脑袋的风险为红毛鬼子当差？

看来这份差事做到头了，黄鹏辉忍不住叹了口气——通事这个职业虽然不光彩，但是油水丰厚，养儿育女不成问题，人到中年的他有些恋恋不舍。

“阿叔，那些订好的伙食，还要不要给洋鬼子？”这时，一个油头粉面的年轻人从他背后闪出来，问道。

来人是他的侄子黄仲畲。前些日子，宝顺洋行的买办何聚财见势不妙，慌忙辞掉差事溜之大吉。黄鹏辉从新会老家把黄仲畲叫来帮忙，这孩子十分伶俐，念过私塾，以前在澳门城混过事，会半生不熟的两国鬼话，对付衙门差役手腕圆滑，正好派上用场。

“封舱”后，广东水师的兵丁以及海关、番禺县衙门的捕快进驻商馆广场，原先在广场叫卖的那些小贩被悉数撵走，河面上的疍艇也被驱散大半。然而，即便在这种形势下，仍有食物源源不断地送进红毛鬼子的商馆，这是为什么？道理再简单不过，广东水师和粤海关本来就是徇私枉法的两大衙门，下面的兵丁和差役皆为混江湖的老油条，给他们一份权力，敢收十份的贿赂，指望他们严格执行“封舱”的命令，那真是滑天下之大稽。

“咱们拿着人家的银子，当然要替颠地先生办好差事，多给他们储备点吃的喝的，最好是能放久一点的干货和果品。”黄鹏辉认真地叮咛，“照眼前这个形势，红毛鬼子打算和制台大人干到底，明天这里就会大兵压境。洋人没有十天半个月别想弄到东西吃，颠地先生要是饿死了，别人会说咱爷们没品行，不仁义。”

“阿叔，你真是宅心仁厚。”黄仲畲“嗤”地笑出声来，“要像你说的那样，颠地先生早就死在官兵的刀下，囤积的吃喝再多，他也无福享用。”

“阿畲，你毕竟年轻。”黄鹏辉摇头，“三十年河东，三十年河西，江湖上的人彼此都不赶尽杀绝，咱们为什么不给自己留一条后路?”

黄仲畲嘴上唯唯诺诺，心里头却大不以为然。与黄鹏辉这一代老辈人不同，他出生在商业繁华、腐败横行的价值崩溃年代，毫无道德底线可守。黄鹏辉似乎看出了他的心思，无可奈何地叹了口气：“过了这次风波，我到衙门里求一道腰牌，让你来接我的班。不过，阿畲，还是那句老话，小心驶得万年船，别忘了。”

第一次鸦片战争前，会说外国话的中国人并不多见，因此，通事的地位远非办理后勤的买办可比。第一次鸦片战争特别是上海开埠以后，随着越来越多的中国人掌握了外语，通事的地位一落千丈，而买办则后来居上，成为洋人最重要的助手。

黄仲畲早就盼着有这么一天，听黄鹏辉说完，脸上立刻挂满喜色：“阿叔，我也是为了咱们家过好日子。从前盐商的脸面风光，后来风头被十三行的洋商盖过去，眼下最火的买卖是开窑口卖芙蓉膏，一本万利，比充洋商和盐商强得多。对咱们小户人家来说，这么好的机会千载难逢，连那些当官的都眼热，纷纷指使自个家的亲戚出面开办窑口。你说咱们傍着颠地先生这棵摇钱树，要是浪费了该多可惜。”

“是不是阿汉指使你的?”黄鹏辉不高兴地问。他还有一个堂侄叫黄文汉，现在顺德县一间窑口里当杂，早想借着黄鹏辉在宝顺洋行的关系，另起炉灶单干。

“我是说这个道理，阿叔。”黄仲畲既没有承认，也没有否认。

“阿畲，我再说几句。”黄鹏辉絮絮叨叨，“红毛鬼子虽然是鬼子，不过人家办事讲规矩、重言诺，不像官府那伙没有良心的，今天屁股明天脸。办窑口万一被他们拿住，到时候吃不了兜着走，连累的可是全家老小。”

“是是，阿叔的话没错。你看，采办伙食的疍艇来了，我得出去支应一下。”黄仲畲寻了个借口，抬腿向江边的粤海关税馆跑去。

从宝顺洋行走到粤海关税馆，满打满算不到一百步的路程，黄仲畲刚刚跑到中途，耳朵边“咣”的一下，响起了炸雷般的锣声，他吓得腿一软，险些瘫倒在地。

"阿畲，跑丧呢？"来人嘻嘻哈哈。

黄仲畲回头一看，一个装扮极其怪异的家伙出现在面前。只见这个人身穿一身邋遢的道士服装，头陀箍插着一支翎毛，光着一双大脚板，肩扛一条铁棒，棒子前面挂着锣，后面忽闪着一张布面书帖，上头写着：

> 兹有伢仔名张亚丞者，年方十有一岁，于七月二十八日晚由同文街"金记"瓷器铺外出未归。该仔着浅色布衫、深色夏布裤子，手中提着鞋子，鞋为布面皮底，没有穿袜子。自二十八日初更外出后，店中并无物件遗失，四方君子有知其下落者，如蒙赐告消息，酬给花红钱大洋二圆；如有高人能拦阻扣留者，酬给大洋三圆，绝不食言。

"阿福哥，你吓死我了。"黄仲畲摸着胸口抱怨。

来人名叫叶帝福，是个客家人，在红船里练过几年把式，后来随父到粤西做小买卖。不幸的是没过两年，叶父便染了瘟疫死去，叶帝福只好回到广州，在十三行街一带卖滑稽剧本混口饭吃。十三行街鱼龙混杂，能在这里开设铺面的，不是与官府有勾结，就是地痞恶霸。游贩们受尽了他们的欺凌，实在气不过，常常会找叶帝福替他们出头。

"阿畲，我问你，"叶帝福一副狐疑的眼神，"都说红毛鬼子喜欢抓伢仔，剜他们的心吃，你知道亚丞在哪儿？是不是被红毛鬼子抓走了？"

"阿福哥，你别信'琉璃球'胡咧咧。"黄仲畲气愤地说，"他整天在家里装神弄鬼，炼药膏骗人。依我看，八成贼喊捉贼，是他把亚丞给害了。"

同文街"金记"瓷器铺的掌柜名叫金亚忠，绰号"琉璃球"，为人奸诈圆滑，平时爱鼓捣一些譬如练仙丹、长生药之类的玩意。

叶帝福被黄仲畲说动了心："你是说他在糊弄我？"

"那还用说？"黄仲畲压低声音，"阿福哥，往后少搭理这号人。凭你的本事，只要跟着我混，兄弟保准你吃香的、喝辣的。"

"不行，老子学的是红船功夫，要是跟着红毛鬼子混饭吃，老少爷们还不一人一口唾沫把我淹死？"叶帝福坚决地摇了摇头，接着使劲地敲了记锣，绕着商馆广场转了两圈，大摇大摆地回十三行街去了。

“呸。”黄仲畬骂了一句，“豉油捞饭，在老子面前整色整水。”

哨所里摆了一张矮几，三名服色各异的官差正在聚精会神地掷番摊。税馆书办宋琼手拿摊盅摇来晃去，见黄仲畬进来，喊道：“阿畬，快来给饶爷见礼。”

黄仲畬没想到番禺县衙门这么快便派下了差役，赶忙上前行了个礼：“哟，饶爷，你老人家什么时候到的？”

饶同两只眼睛紧盯着摊盅：“刚到。”

以往是粤海关和水师衙门两家分肥，现在又添了番禺县衙门一家，怎么分配呢？黄仲畬掏出准备行贿的银包，故作为难：“宋爷，你看……”

“没看饶爷不高兴？”从黄仲畬手里一把拽过银包，宋琼建议，“魏爷，饶爷，今儿个所有的孝敬银两，咱哥们三一三十一。好好赌他一场，你们看怎么样？”

魏千总喝了声彩：“得令。”

黄仲畬拿着粤海关衙门填好的执照高高兴兴出了税馆，这时，偌大的商馆广场，只有一队隶属于“黄米堂”的麻风丐手牵手沿街乞讨。他们看不到弥漫的肃杀景象，仍旧一如既往地齐声吆喝：“红鬼子，毛鬼子，积德行善行行好……”

等麻风丐走后，黄仲畬来到江边，黄文汉早就在那里等得不耐烦了，立刻指挥三条疍艇靠岸卸货，然后叫来一个黑炭般的船夫：“老铁，这是我六哥。”

黄仲畬弯腰从鞋筒里抽出那两张执照：“趁这回给红毛鬼子办伙食的机会，我多弄了一张行船执照，眼下时局动荡，你们抓紧点时间出货。”

“谢谢黄老爷。”王老铁点头哈腰。

“阿叔说，过了这一阵子，他不打算干了。”黄仲畬低声向黄文汉透露。

黄文汉高兴极了：“真的？”

“我要是接了通事，弄芙蓉膏不算难，难的是销路。”黄仲畬道，“粤东这一带的窑口被有权有势的人把着，咱们起步晚，本钱少，亲戚里又没有做官的，吃不上力。要想发财，只有把芙蓉膏销过五岭才行。”

道光年间，作为鸦片贸易的滩头堡，广东早已大小窑口遍布林立，竞争十分激烈。如果想牟取暴利，唯有把鸦片向五岭以北输出，一句话，运得越远，利润越丰厚。然而，从广东向北便是万山环绕的湘南和赣南地界，那里是官府鞭长莫及之处，绿林好汉啸聚山林，运输的风险太大，一个不小心，就会人财两空。

“湘南那边的地头，”黄文汉面露愁容，“咱们不熟。”

“找三哥呀。”黄仲畲胸有成竹地说，“你不知道，他和湘南绿林大有渊源，假如能把他请出来，银子就算赚定了。”

黄氏兄弟的这位“三哥”便是替陈罗婵看过八字的黄半仙，此人年轻时在郴州苏仙岭的景星观学习道法，后来推算出自己中年有灾，当即返回岭南，在佛山堡观音堂铺的南善观音庙前摆残局度日消灾，不理世事。

黄文汉垂头丧气：“能把他请出山，算你有本事。”

“有没有本事，”黄仲畲掷地有声，“咱都得请，除非你愿意受一辈子穷。”

嘉道年间，以广州为目的地的中西贸易主要有两条线路：一条来自印度的孟买，一条来自遥远的美洲。孟买这条线路是贸易的主体，常被称为港脚贸易，由两部分人组成：一部分是来自英国的走私商，一部分是加入了英国籍的孟买商人。大家不要误会，这里所谓的孟买商人并不是印度人，而是历史上迁居到孟买的波斯人，又称巴斯商人，即著名的“白头番”。巴斯商人耳朵上戴着硕大的耳环，擅长放高利贷，名扬后世的“大耳窿”即其后裔。

自从古老的波斯帝国被伊斯兰教征服，信奉琐罗亚斯德教和摩尼教的教徒便失去家园，四海漂流，其中有一支经苏拉特辗转来到孟买。英国人征服印度后，这些拜火教徒率先归化，不仅学会了英语，加入了英国国籍，而且充分发挥做生意的天赋，从孟买到广州，棉花卖不动就卖鸦片，硬是用劣质的“白皮土”打败了东印度公司优质的“公班土”。直到最后，港脚商人齐心协力，终结了东印度公司的垄断。道光十四年，在广州注册的港脚商人八十七位，其中英国商人三十五人，剩余的五十二人俱为“白头番”。

颠地慢吞吞地踮着脚进了英国商馆，威尔金森、怀特曼、布赖特曼等一伙小兄弟立刻拥他入座；对面是“铁头老鼠”查顿、马地臣、丹尼尔、英尼斯一伙人，两下里壁垒分明。中间坐着一大群戴金耳环的“白头番”，他们的首领名字叫意之皮，这年六十多岁，高个子，精神矍铄，深陷的眼窝透射出丝丝寒意。在十三行街的商贾里，他和伍秉鉴被公认为两个面相高贵的大人物——伍秉鉴温和慈祥，从不在人前发怒，为典型的东方式高贵品格；而意之皮相貌如精心雕琢的塑像，不怒自威，是西方人推崇的高贵容貌。

“铁头老鼠”正情绪激昂地发表着演讲：“先生们，请肃静，变革的时代已然来临，我们的耐心走到了尽头。这些年我们受尽了勒索，吃够了苦头，在这群肮脏、腐朽不堪的中国官吏眼中，我们是永远只知道赚钱的野蛮人和下等人。好像每个人的身上都有传染病，恨不得船一装上货，立刻就把我们远远地轰走。只要秋季贸易季节一结束，我们这些终年在海上吃风喝雨的可怜虫，便会像野狗一样被撵回澳门城，去看葡萄牙人那帮乡巴佬的脸色。而我们最最尊敬的女士，为我们生儿育女的天使，上帝赋予我们神圣的家庭权利，在这里，在中华帝国受到了最不人道的对待——省河，从来不许我们的女士踏足半步。

“这便是那些自诩为文明人的嘴脸，他们的法律朝令夕改，从来没有个准谱，全凭当官的个人好恶，目的只有一个，就是要我们增加给他们的回扣。假如蹂躏我们的是一个强大力量倒也罢了，可眼前的天朝不过是一个外强中干的国家。不是本人吹牛，只要给我一艘三百人的二等战列舰，我将直捣紫禁城，打开中华帝国鸦片贸易的全部市场！”

东印度公司打烊后，怡和洋行一跃成为在华外商的旗舰，“铁头老鼠”则成为最狂妄的战争叫嚣者。此刻，他的这一通豪言壮语赢得了喝彩，意之皮耷拉着眼皮似乎在睡觉，只有颠地狠狠朝地上啐了一口。查顿假装没有看见这两个刺头的举动，使劲鼓掌：“该是给这群猪尾巴立规矩的时候了，现在，请尊敬的爵爷讲话。”

在第二商务监督德庇时的陪同下，律劳卑走下楼梯，威严地说：“尊敬的国王陛下的臣民们，今天我们召开的是全体英国臣民会议。我以商务监督的身份要求大家，无论我们未来如何决策，有一条我必须提醒大家，那就是大英帝国的全体臣民必须一致团结对外，绝对不允许在内部扯后腿，甚至向敌方泄露军机。”

意之皮无动于衷，颠地忍了忍，把一口准备吐出去的唾沫又咽下喉咙。

与此同时，两广总督部院行台戒备森严，大堂内黑压压一片，挤满了都司、游击以上的清军将领。卢坤身穿一品文官仙鹤补子，与广州将军哈丰阿并排而坐，他头顶的双眼花翎在洋油灯下发射幽光，沉甸甸地垂在将领们的心头。卢坤声音虽然不大，却非常有威慑力，他斟酌着字眼："圣上嘉惠海隅，准与外夷通市，岂以区区商税为重？中外贸易已越百年，诸事均有旧章。孰料该夷目三番五次地不遵法度，显见有心抗衡犯上。本部堂好心体恤劝诫，反致愈加顽梗执缪，若不量加惩抑，何以肃国体而慑诸夷？"

别看制台大人表现得轻松，其实心里苦不堪言。眼下广东水师与"洪德堂"在浔江流域激战正酣，谁知律劳卑恰恰选在这个时候寻衅闹事，令卢坤陷入两线用兵的尴尬境地——倘若撤兵回防，必然坐失消灭洪门水军的良机；如果咬紧牙关继续与"洪德堂"对峙，一旦律劳卑的兵船打破虎门口，这个有辱国体的责任他万万承担不起。

哈丰阿歪在椅子上打了个哈欠："卢老兄，你也忒把这几个番鬼当盘菜了！什么遍设堆卡，什么水路分头布置，用得着这么大惊小怪吗？就算洋人的大兵船再厉害，可是他们人不到四百，船不过两条。我东省雄兵七万，收拾这群红毛鬼子还不像捏死个臭虫？瞧你这个动静闹得大，赶明个我派两营旗兵，踩几条舢舨，把这群不开眼的番鬼全给开了瓢，省得他们惹你老人家生气。"

卢坤本来打算把撤兵回防的事情拿出来议一议，经过哈丰阿无意间这么一打岔，便彻底收起了从粤西撤兵的想法。他从座位上挺起身来，右手按剑，双目如寒星一般射向诸将："本部堂心意已决，虎门口地形险要，我水师沙角、镇远、横档、大虎诸炮台，上列百位大炮，足以卫护镇守。夷人的大兵船非候海潮起而不能驶入，纵然犯险驶入也无处可遁，在几十里的狭长水道中，徒然做我军大炮的口中之餐。英夷老老实实还则罢了，倘若胆敢和天朝为敌，则我水师凭借天险，务必将之一战而歼。"

说完话，他的目光落到了"韩狐狸"的身上："韩将军，养兵千日，用在一时，我等镇守南疆，断不可为圣上添忧。夷人一旦启衅，我水师必须一战成功，方能彻底消除夷人窥伺之心。上天有好生之德，此战意在吓阻番夷，而非扩大战端，这里面的拿捏尺度，非大将所不能为。我记得你曾经断言红毛鬼子必定启衅，今日看来果然应验，阁下不愧为良将之才，本部堂今令你统带水师迎战，不知意下如何？”

“韩狐狸”乖乖应承：“末将遵令。”

“你是老行伍，如何用兵，不须本部堂教你。”卢坤面无表情，“不过，英夷胆敢犯我天朝，必有奸细从中作祟。你要多多留心于此，别说本部堂没有提醒你。”

韩肇庆吓得腿一软，差点跌倒在地，这番话本是自己当时信口开河，卢坤拿这几句话来回敬自己，无非是警告他万松园那笔账总督大人并没忘记。眼下不比寻常时候，鼓声隆隆，开战在即，卢坤身为一军统帅，有的是霹雳手段，随便找一个碴口就能要了自己的小命。韩肇庆想到这里，完全失去了往日的跋扈，站在原地瑟瑟发抖。

卢坤装作什么也没有看见，再派一支大令给高宜勇：“高参将，你坐镇虎门炮台，身当第一役。事关国家的颜面，绝不可像往日那样畏葸不前，怠忽职守，尤其是那些消极避战的不当言论，从今以后不得扰我军心，否则军法从事，绝不容情。”

当着众将的面，卢坤这一席话如同扒掉了高宜勇的裤子。他满脸羞愧，恨不得找个地缝把自己塞进去，紧张地竟然忘了回话。

“高将军，本帅的话你可听到？”卢坤追问。

高宜勇仗着胆子回道：“大帅，番鬼敢犯炮台，职等定把他们打进伶仃洋里喂王八。”

“军中无戏言。”卢坤冷冷地说。

“要是夷船过洋，卑职愿提头来见。”高宜勇扯开嗓门大吼。

“好，两军对垒，本部堂以国事为重，断不会用那些下三滥的手段报复私怨。”卢坤的声调陡然提高了七八度，口吻变得异常肃杀，冷气森森，“各位将军奋进用命，本部堂自会上秉天听。倘若哪位将军两军阵前贪生怕死，玩忽职守，不把军务当盘菜，误了军国大事，本部堂手中这把剑，必要和你论个是非黑白。”

诸将闻言，无不打了个寒战。

总督衙门的军事会议结束后，韩肇庆和高宜勇像霜打了的茄子提不起精神，乘着快艇刚刚通过靖海门，岸上一匹快马遥遥飞来，来人气喘吁吁：“韩大人留步。”

韩肇庆闻声回头一看，原来是哈丰阿手下一个名叫隆福的佐领，他立刻换了一副笑意盎然的样子：“隆老爷，有何指教？”

隆福脸色黝黑发乌，一看便是一个瘾君子：“哈大人请两位到将军署一叙。”

在两粤地面上，广州将军哈丰阿是唯一品铁超过卢坤的官员，眼下是韩肇庆用来对付卢坤的一张王牌，岂敢怠慢？韩肇庆弯腰从鞋筒里抽出一张面额为一百两的银票，塞进隆福的怀里：“老哥，‘五福班’那几个粉头的味道咋样？”

清代的官场极为肮脏龌龊，当官的好男风甚于女色，隆福最近瞄上了姑苏“五福班”的几个小戏子，正大把大把地往外扔银子。他把银票收好，谢了句：“大人，赶明儿我把他们弄到海印庵，让刘七配几个小尼姑，咱们开他一个无遮大会。”

韩肇庆拍着胸脯：“没问题，全记我的账。”

“大哥，不回虎门寨了？”高宜勇心有余悸地问，“姓卢的刚发过狠话。”

“有哈大人在，咱们怕个屁？”韩肇庆拉了个驴脸出来。

高宜勇无奈，吩咐自己手下的一个心腹千总娄亚摆：“摆子，你带几条船先回去，把我和韩大人的旗帜扬起来，别让总督部院行台那帮龟孙子看出破绽。你给我记着，让弟兄们提起点精神头，都在炮台上老老实实蹲着，不许抽大烟，不许赌番摊，不许后半夜溜出去到镇子里弄娘们。倘若出了纰漏，老子拧下你的头壳当夜壶。”

“喳。”娄亚摆洪亮地回答。

韩肇庆和高宜勇离开后，娄亚摆乘坐高宜勇的巡船，带着三大三小一共六条兵船，趁着日头西斜，向虎门大寨驶去。先锋船上带队的把总叫贺老六，这家伙敞开布衫在船尾纳凉，笑嘻嘻地问娄亚摆：“听说你弄了个新家伙，娄老兄，费了几多钱？”

“哪个豁嘴子漏的风？”娄亚摆炫耀，“老六，棺材顶烧炮仗，说出来吓死你，一支洋枪三百两银子。这还不是贵的，最让人心疼的是枪子，十粒枪子一两雪花银。他老母的，这哪是放枪？分明往水里撒钱嘛。”

当时清军普遍使用的火枪仍为鸟铳，精确度比较差，雨天里火绳最容易发潮，费了吃奶的劲都点不着。就算天气好能点燃，倒药、装药、压火、填弹、装门药，放一枪至少得花费半天工夫，效率远远落后于洋枪。

不过，韩肇庆的水师巡缉船是个完全不同的特例。拿这几条船来说，不到八十个人，共配备了二十六条伯克式前装滑膛燧发枪——这种枪为当时英军的标准配置，射程二百米，比清军的鸟铳射程远出一倍，枪身却短出一半，只有一米出点头；伯克式枪支的射速是每分钟两发到三发，为鸟铳的两到三倍；此外，其弹丸重三十五克，比鸟铳的杀伤力大出许多。

娄亚摆花大价钱买的这杆枪是件时髦玩意，它是一支布伦士威克式前装滑膛击发枪，为当时大英帝国最新型的步枪，射程三百米，每分钟可以打出三到四发子弹，还没有普遍配发给英军使用。贺老六非常眼馋：“快拿出来叫弟兄们开开眼。”

亲兵从船舱里小心地搬出一个漂亮的楠木盒子，娄亚摆慷慨地说：“老六，皮袋里还剩几个枪子，赏给你了。”

“还是爷爽手。”贺老六接过枪，右手掏出一枚弹丸，在胡子拉碴的右颊上蹭了几蹭，双眼盯住低空盘旋的野鸭群。看看差不多的时候，手指扣动了扳机。

黑麻麻的夜空里，这声布伦士威克式击发枪清脆的声音，传得非常远，惊动了停泊在乌涌水道上的一条舢板。李占升老远地看到了高宜勇座船上的水师旗帜，疑惑地问：“不对吧？去的时候至少有八九条，怎么才回来六条船？”

“没错，上面挂着姓韩和姓高的旗子，赶紧去知会少爷。”阿钿操起木桨，和李占升两人并肩使力，小船像箭一般朝下游的大虎山岛方向飞去。

“探花桥”比武后，李文茂挑了周春、邝能、梁培友三人，加上李洪英、李文海、李占升、阿钿和自己，一共八人分乘四条篷船，携带配置好的罐装炸弹潜入狮子洋，寻机偷袭韩肇庆和高宜勇的船队。

大虎山岛黢黑的影子已经映入眼帘，娄亚摆判断平安无事，遂伸了个懒腰:“老六,你到山上布置布置,我自个回虎门寨。”

“爷,你得多留点神,红毛鬼子的大炮可不是放葫芦的。”贺老六巴结奉承,接着给娄亚摆出了个馊主意,“到时候只要鬼子大炮一响,你把头壳藏在炮台里,只要不东张西望,我保你老人家一根汗毛都短不了。”

“老六,就你鬼点子多。”娄亚摆咯咯地笑了起来。

二人正在嘻嘻哈哈地说笑,先锋船上的一个兵丁大声呵斥起来:“哪来的野仔?敢冲撞军爷的虎威,不想活了?快滚到一边去。”

迎面驶来的正是李文茂的四条篷船,听到呵斥声,四条船迅速分开。贺老六借着灯光扫视篷船,不过是几个胎毛都没长全的伢仔,没有发现什么异常。他正要回身向娄亚摆道别,恰在这时,耳边骤然响起了兵丁们的尖叫声:“啥东西?”

篷船上飞起了七八个黑乎乎的大家伙,由于距离太近,船身紧贴着船身,这几个黑火药罐准确地砸中了清军水师的战船。

在震天响的爆炸声中,第二轮火药罐又凌空飞了过来。这场贴身偷袭来得极其突然,令人猝不及防,贺老六在第一轮爆炸声中訇然倒毙,娄亚摆的右腿在第二轮爆炸中被炸飞。六条船上近八十名水师兵丁,有一大半连哼也没来得及哼,顷刻间就见了阎王。侥幸活下来的兵丁无不挂彩受伤,见势不妙,纷纷丢掉枪械,投水逃命。与之相反,熊熊烈焰中,八条人影闪电般扑上船来,这种舍生忘死的搏命战法,把逃生过程中的水师兵丁吓得魂飞魄散。

李文茂在巡船上来回搜索了几遍,没有找到韩肇庆和高宜勇,回身来到船头,将冰凉的刀刃抵住娄亚摆的喉咙,喝问:“韩、高二贼在哪里?”

“韩大人和高将军没有随船回来。朋友,怎么称呼?”娄亚摆撑着那杆布伦士威克式击发枪,勉强支起身躯,浑身血迹斑斑。

“大丈夫行不更名,坐不改姓,小爷叫李文茂。”李文茂脸上沾满硝烟,双眼喷火,“我阿爸阿妈被这两个狗贼逼死在万松园,我是来找他们算账的。”

“原来是‘凤凰仪’的少班主。”娄亚摆恍然大悟,“娄某反正残了,剩下的这半条命就替高爷当个抵偿,动手吧。”

阿钿肩头背了一捆捡来的洋枪,过来一脚踢翻娄亚摆,举刀便要砍下去,李文茂一把将他拉住:“冤有头,债有主,且饶过他。”

“带句话给韩、高二贼，说爷爷来日一定取他们的狗命。”阿钿操起那条布伦士威克式击发枪，跟随李文茂翻身跃入篷船。

夜幕残红，映彻了大虎山附近的洋面，一缕硝烟久久未绝。

第十三回　伶仃风云

道光十四年八月初五(1834 年 9 月 7 日)上午,英国皇家海军"安德洛马奇号"巡洋舰和东印度公司战舰"伊莫金号"静静地伫立在伶仃洋上。这两条巡洋舰配有二十八门大炮,依据英国皇家海军对军舰战斗力的分级标准,它们可以算得上是第六等的战舰。在这两条战舰的前后各有一条船——后面那条是麦克维克先生的私人武装纵帆船"蜂鸟号",突出在阵前的是八十吨的单桅快艇"路易莎号"。

"路易莎号"是东印度公司关门前的吐血甩卖品,现在摇身一变成了皇家资产。甲板遮阳伞下跷着二郎腿昏昏欲睡的家伙,将是此后数年搅得珠江风云变色的历史人物——他的名字叫查理·义律,英国皇家海军上校,律劳卑勋爵手下的船务总管。

这一年,三十三岁的义律上校正在走背字。

义律出身贵族,其家族在英伦政坛的影响力,比律劳卑家族有过之而无不及。六年之后的第一次鸦片战争中,英国皇家远征军司令懿律是查理·义律的堂兄,印度总督奥克兰勋爵是查理·义律的表兄。从某种意义上说,用舰炮叩开中华帝国大门的正是义律家族。

二十七岁就混到上校军衔的义律，在国内欠下了一屁股债。1834年，皇家又没有其他挣钱多的差事犒劳他老兄，只好将就着捡起船务总管这个跌份的工作。说它跌份，是因为这个职位的薪金水平不高，仅仅相当于律劳卑使团的助理医官。

义律的老婆克拉拉在1834年3月25日给她姐姐的信中诉苦："我不应当抱怨，你会问我为何如此气愤，那还不是因为某个庶民？"

克拉拉嘴里说的庶民，指的不是别人，正是律劳卑。连勋爵这样的大人物，在义律夫妇眼里都被视为庶民，你可以想象这个家族的气焰是多么"贵"！

义律躺在"路易莎号"甲板的斜椅上，威廉·哈金斯正专心致志地为他画像。年过半百的哈金斯先生是东印度公司的水手兼画家，刚刚被威廉国王任命为皇室海景画师，这是他最后一次在"路易莎号"上服务。

"伟大的艺术家，你将要离开这个神秘的国度，对我这个初来乍到的新人，有没有什么中肯的建议？"义律开口问。

"对于献身艺术的人来讲，这里是大地上自由的乐园。"哈金斯回答，"不过，对像你这样闻惯了硝烟的人来说，恐怕……"

"哈金斯先生，你知道，我出身古老的贵族家庭，并非一个嗜血成性的人。"义律为自己澄清，"为了肮脏的鸦片贸易而发动一场战争，并不符合我本人的道德观念。"

"又是政治，肮脏的政治。"哈金斯打断他，"我们可以不谈这个话题吗？"

"我是一名军人，不是政客，亲爱的哈金斯先生。"义律微笑着反击，"政客并不是这个星球上唯一习惯撒谎的人，你们这些艺术家难道不说谎话？钱纳利先生口口声声说，他是为了逃避那位可怕的妻子才躲到澳门来的。其实，我们大家都知道，他在加尔各答欠下了人家大笔的债务，这才是他来到中国的主要原因。"

"债务？"哈金斯慢慢停下笔来，目光在义律和画像之间来回端详，"债务真是一个可怕的魔鬼，上帝为什么容许它在人间横行？"

义律后悔不迭，人一高兴就容易说漏嘴，自己不也是被债务逼到了这个陌生的国度？他尴尬地岔开话题："钱纳利太太真的像钱纳利先生说的那样丑陋？"

“不，我才不会自讨没趣。”哈金斯是个老光棍，这是他引以为自豪的地方，“女人像一面镜子，镜子本身无所谓美丑。她的可怕之处在于，通过这面镜子，我们会发现自己的面貌是多么丑陋。”

“你就是如此看待我们可爱的天使的？”义律故意逗这个老光棍。

“想想那些与天使们同床共寝的可怜人吧。”哈金斯耸了耸肩，“老钱纳利一听到他妻子要来的消息，立刻拎起包跑到广州避难。啊，这里是上帝唯一留给我们接近他的地方，就是因为没有天使在一旁捣乱——中华帝国不允许我们的天使登陆，这是我见过最明智的法令，你们要是用炮火摧毁这座上帝之城，当心老钱纳利找你们拼命。”

“女人难道不是上帝创造的？”义律问。

“当上帝从亚当身上取下一根肋骨，创造了女人的时候，他怎么能想到，这会是魔鬼的一个阴谋？”哈金斯不紧不慢地说着，“上帝创造人类，是为了引导他步入天堂；而魔鬼却诱惑人类，将大地变成炼狱，这就是女人在人间的使命。”

“在上帝的眼中，艺术家是魔鬼，你们一忽儿把女人夸成了一朵花，一忽儿把女人贬成烂泥巴，天上地下，总是喜欢语出惊人……”义律说到半截，突然，一个打着响的旋风把他的遮阳帽卷了起来，晃晃悠悠刮到了半空。

哈金斯不由得笑了，手中的笔不觉加快。义律道：“不急，亲爱的哈金斯先生，我一定让你有时间来完成杰作，相信你的天才绝对不会输给那个测绘兵。”

后面的“安德洛马奇号”战舰上也有一位威廉，名字叫威廉·斯金纳，英国皇家海军测绘兵出身，是一名自学成才的画家。

“我不会和晚辈争饭吃。”哈金斯一边低头认真绘画，一边笑着说，“中国人才是天生的艺术家，自打钱纳利培养了杰出的林官以后，现在十三行街上到处是画油画的中国人，比如说廷官、新官、煜官、同官、富官、发官、周官，个个画技娴熟。像什么油画、玻璃画、通草纸画、水彩画和水粉画等等无所不能，你说，斯金纳先生今后的日子能好过吗？”

潮息愈发浓郁，南风呼啸而至，义律用鼻孔使劲吸了两口空气，对于他这个闯荡大洋的皇家海军上校来说，苦涩的海风比美酒更加香甜。肖像画还有最后一笔就能完成，哈金斯关切地问义律：“查德斯舰长好像对你有成见，总管先生。”

“安德洛马奇号”的舰长查德斯先生比义律年纪大，但是晋升海军上校的时间则比义律晚很多。无论在皇家海军中的资历，还是阶级出身这两个方面，义律都认为没有必要迁就这个满脸络腮胡子的穷鬼。他抬头凝视着头顶的蓝色旗帜，若无其事地说：“他觉得我这只小小的巡逻艇，不应该突前在战斗位置。”

“你认为这次冒险能成功吗？”哈金斯紧锁眉头，“以区区两艘六等军舰，去挑战坚固的陆上炮台，此乃兵家大忌。”

“伟大的艺术家，你认为那些落后工艺铸造出来的生铁炮，能对皇家海军的无敌战舰构成威胁吗？”义律拿起望远镜摆弄着，“这不是战争，而是巡游。”

中午12点25分，南风大作，英舰拔锚张帆，开始向虎门要塞进发，广东水师部署在水面的战船鸣空炮以示警戒。12点56分，英军舰队逼近，从沙角炮台射出两发炮弹，对面的大角炮台也勉强打出一发炮弹，可惜三发炮弹无一命中，陆续在半途掉到了海里。与此形成鲜明对比的是，英军巡洋舰上的火炮只用了两发炮弹，就异常精确地击中了这两个炮台。这时呼啸的海风向正北方向刮去，“安德洛马奇号”和“伊莫金号”两艘巡洋舰因为舰体较大，抢风调整方向，速度放慢了下来。

趁着这个空当，义律指挥“路易莎号”一马当先，直扑虎门要塞的核心阵地——由南山炮台、镇远炮台、横档炮台组成的“品”字形阵地而来。这一狂妄至极的举动，引起了守卫炮台官兵的愤怒，集中火力瞄准“路易莎号”进行射击。霎时间，漫天弹雨铺泻而至，炮声隆隆震撼大地，只可惜干打雷不下雨，仍无一发炮弹命中。

英舰随后兵分两路，“安德洛马奇号”驶向镇远炮台和南山炮台，“伊莫金号”单独对付横档炮台。经过历时两个小时的炮战，虎门要塞的炮台几乎全部被摧毁，而进入射程范围内的两艘英舰却安然无恙，毫发未伤。

历史的第一阵硝烟散去，呈现在人们面前的是如此令人愕然、违反常理的“事实”：天朝依托有利地形构筑的炮台群千疮百孔，血肉模糊，而身处“兵法绝境”的两艘英国巡洋舰，却像猎人吹熄了枪管的烟火一样轻松悠闲，从容地欣赏着自己的战果。在渐渐变弱的风中，英军舰队进泊大虎山岛下，休息了起来。

两天后的下午2点11分，洋面上风力再起，英军舰队继续向前进发，和迎面的大虎山炮台互相对射。巡洋舰发出的许多三十二磅炮弹精确地命中了炮台的炮眼，炮台胸墙被击碎，里面的一座小庙也被轰成了瓦砾。

前后两次战斗中，英军两人阵亡，七人受伤，损失直可忽略不计；而大清国号称天下第一的海上堡垒——虎门要塞则变成了一堆废墟瓦砾，广东水师的官兵死伤无算。广州城里的官民士绅从上到下，被虎门一战的耻辱性惨败惊呆了。

八月是苦涩的日子，总督署后面庭院里的空气有点干燥，南国的雨息，被阳光蒸发得了无踪影。拈花惹草的蝶儿乘着细长的光线之舟，越过遍体鳞伤的紫荆树，从四周的窗户大摇大摆地游荡进来。卢坤手里拿着笔发愣，几案上放着写了一半的六百里加急奏折；一品朝服叠得整整齐齐，上面压着顶戴和双眼花翎。虎门一战打到这个份上，天朝颜面丧失殆尽，惨败必将震动朝野，引发皇帝龙颜大怒。作为两广疆臣，他卢坤负有不可推卸的第一责任。

此时此刻，任何辩解的理由都显得那么苍白，他的心被呼呼作响的西南风鞭笞，不知道该向何处徜徉？数十年边塞用兵的生涯，卢坤从来没有碰到过胜负如此悬殊的战役。令他痛苦的是，这次战役失败的一方竟然是自己。比丧失尊严更可怕的是绝望，红毛鬼子仅仅派出两艘兵舰便取得如此辉煌的战果，倘若其主力舰队越洋而来，中华大地难道又要经受一次被蛮夷铁蹄践踏的命运吗？

他低下头，继续写奏折。

这时，广州协参将刘镇邦踉踉跄跄地闯了进来："大帅，英夷兵舰驶入省河，沿路所经之处的炮台尽数被打坏，直扑黄埔而来。"

"知道了。"卢坤未置可否，依然在奋笔疾书。

洪大顺诧异地问："刘将军，不是说省河水浅，鬼子的大兵船开不进来吗？它们怎么会长驱直入？"

"不清楚。"刘镇邦为难地摇摇头。

“难道是‘水上飘’?”洪大顺自言自语。

“水上飘”又名“自行船”和“火轮船”,也就是后来的轮船。当时的轮船上面尚且悬挂有风帆,使用蒸汽和风帆两种动力,速度极快,来去如飞。此外,轮船采用铁壳设计,与木制帆船相比,坚固程度不可同日而语。“水上飘”可载十来位轻便火炮,吨位轻,吃水浅,在省河游弋如履平地,实为广东水师心头真正的噩梦。

“这次倒没有发现‘水上飘’。”刘镇邦一面说,一面偷偷地观察卢坤的神色。

一圈旋风落在了紫荆树上,无声无息地打起盹来;院子里那面扑拉作响的大纛旗,随着风势的减弱,慢慢低垂在半空。卢坤抬起头,出神地打量了院子一眼,然后俯下身子迅速将奏折写完,用湿巾擦了擦手,端起一碗茶,来到院中。

刘镇邦明白,总督大人一定是发现了什么玄机!

阳光笔直地投进天井,卢坤转过脸来,双目如火烧云一般,炯炯放光。刚才那个垂垂老矣的病夫突然消失得无影无踪,重新变成了一头吃人的猛虎:“红毛鬼子欺人太甚,老夫要是不给他点颜色看,他大概不知道马王爷有三只眼。”

看来制军大人已经想出了克敌制胜的良策,刘镇邦喜上眉梢:“大帅示下。”

“镇邦,你来看。”卢坤用手一指那面大纛旗,“这几天每日都刮西南风,英夷兵船借助风势大逞淫威,破我虎门炮台不说,竟敢直扑省河,太过凶悍。老天爷总算有眼,如今偏偏停了风息,本帅岂能任它猖狂?你即刻拿我的号牌,召集督标营、抚标各营水师,把所有的大船集中起来,每条船装上十万斤的巨石,统统给我沉到省河里;河面布上铁辘大缆结筏阻道,堵塞其入城水路;另外,你再拿我的手谕去广州将军衙门,征调旗营所辖船只,再将广州城里所有的民船一体征用,悉数装满草束,备齐火种;同时在省河两岸增设营栅壁垒,多多征集淋湿的棉絮被褥,准备防御火器。”

“大帅,你是要用悬帘战法?”刘镇邦恍然大悟。

“英夷骄横猖狂,视我堂堂天朝为无物,本帅戎马半生,焉有俯首就擒之理?”卢坤淡然一笑,“你还有何良策?”

“大帅,自古沙场稳操胜算者,不过天时、地利、人和。”刘镇邦犹豫了片刻,壮着胆子提出建议,“西南风息,鬼子兵船缺少风力相助,威力大减,是为天时;省河蜿蜒,越靠近省城吃水越浅,鬼子兵船越难行驶,是为地利;省河地界蜿蜒狭长,必须要有足够的兵力才能实施悬帘战法,是为人和。依卑职之见,省城现有兵力捉襟见肘,请大帅速召西进浔江之师火速回援,以御当前之敌。”

“你说什么?”卢坤不高兴地说,“我西进之师节节凯歌,不日即将全歼浔江水匪,怎么能在这个节骨眼上撤兵?”

“大帅,我们和会党又不是第一次交手? 这头按下了葫芦,那边准起了瓢。这些犯上作乱的悍匪杀不尽、斩不绝,何必急在一时?”刘镇邦苦笑了一声,“可是,红毛鬼子一旦打破省城防御,朝野惊悚,圣上为了朝廷的颜面,必然拿大帅是问。还是那句话,留得青山在,不怕没柴烧,这两头情势孰轻孰重? 请大帅定夺。”

尽管刘镇邦的话留了三分,卢坤听来却心惊肉跳。对于朝廷来说,三合会与英夷同为心腹大患,没什么两样。但对卢坤来说就不一样了,两粤官场上,正不知道有多少人等着看他卢坤栽跟头。英夷兵舰一旦兵临城下,自己的乌纱帽必丢无疑。

刘镇邦见卢坤沉默不语,明白他心里已然允准,只是碍于面子不便明说,连忙把洪大顺招呼进来:“传大帅将令,命浔江前线的战舰火速回援。”

“喳。”洪大顺高高兴兴地出去传令。

初八、初九、初十连续三天,省河风平浪静。赢得宝贵时间的卢坤,在黄埔岛前后的内河水道沉下了大量河障,“安德洛马奇号”和“伊莫金号”两条巡洋舰龙困浅滩,无力再前进一步。几天后,撤出浔江战场的广东水师扬帆东下,快速返回省城,成为压倒骆驼的最后一根稻草。英军战舰陷入重围,进退不得,败局已定。

律劳卑勋爵做梦也没有想到会是这么一个结局,万般无奈,大英帝国的首任商务监督不得不低下他那高贵的头颅,委派“铁头老鼠”和马地臣等人觍着脸皮进入十三行街的“洋行会馆”,拜托伍秉鉴去向总督大人求情。

卢坤力挽狂澜，赢得万分惊险。为了避免双方再动干戈，扩大事态，允准洋商所请。八月十七，英商库力基代表律劳卑勋爵在“洋行会馆”签订协议。当日，卢坤下令撤去堵塞在水道下的河障，将两条英国巡洋舰押解出虎门。历史碰撞终得化解，一场已经踩在眼睫毛上的战争延后了六年。在这宝贵的命运六年中，统治者会交出一份什么样的答卷？

道光十四年八月十九，律劳卑被迫离开广州城外的商馆。

昏沉天幕下，勋爵大人一只脚踏上西瓜艇，回望前来送行的英国商人们。自尊心极强的爵爷忍不住洒泪于胸，在落后腐朽的王朝面前遭受奇耻大辱，这是他自伦敦出发时万万不曾料到的结局。他的目光扫过眼前的这群同胞，查顿、马地臣、颠地、化林治……他们中有的人从一开始就反对自己的冒险决策，有的人则对自己的遭遇抱有极大的同情，后一种人更让勋爵大人的心像被刀剜一样。

“尊敬的先生们，这是我个人的耻辱，也是大英帝国和国王陛下的耻辱。”苦涩的海风掠过他的齿缝，律劳卑哽咽，“作为地球上最强大国家的使节，我很遗憾没有恪尽职守，为各位争取到应有的权利，并使政府的颜面扫地。我将马上致信内阁，请求派遣一支强大的海上力量前来保障你们的利益，捍卫不列颠的荣誉，洗刷今天的耻辱。以上帝的名义，我发誓，本人必定说到做到。”

八月二十四，律劳卑退回澳门，立刻迫不及待地写信给英国外交大臣巴麦尊：“两广总督凌辱英国国威，必须加以惩罚，此即强压中国使其承认本官职，即所以尊重英王使命，亦使中国开放各港口之前提”云云。

可怜的“红头发”爵爷心硬命软，他的这封公函不远万里到达伦敦的时候，英国政坛已经变了天——英王威廉四世以微不足道的理由接受了梅尔本内阁的辞呈，他没有依照宪政惯例任命另一名辉格党的人，而是命令托利党的罗伯特·皮尔组阁。因此，收到律劳卑使团噩耗的外交大臣是威灵顿公爵，而非巴麦尊勋爵。

号称“铁公爵”的威灵顿先生曾经是战胜过拿破仑的英雄，此刻他变成了一位极端保守的政客。对于这一奇耻大辱，他谴责辉格党人外交失误，却不愿立即采取强硬的政策。面对君主的愤愤不平，这位老战士只是淡淡地说了一句："煮熟的鸭子飞不了。"

1834年10月11日，恰逢中国的九九重阳节，壮志未酬的律劳卑勋爵因病客死异乡。一个月后，"格兰特号"邮船从澳门起航返回伦敦，这条邮船专门护送律劳卑勋爵的妻子和两个女儿回国，船上携带一份英国商人给威廉四世的请愿书，以"铁头老鼠"为首的鸦片贩子们在上面签了名，其中一条这样写道：

> 具呈人恭请陛下派遣一位有适当的官阶、办事审慎和富有外交经验的人为全权公使，并建议命令他先乘军舰直驶中国东海岸，尽可能逼近首都北京。要有一支足够的海军力量作保卫。在全权公使登陆前，就用陛下名义提出要求充分赔偿损失。

虎门战役的第一份战报六百里加急送进紫禁城，道光帝看完后勃然大怒——大把银子修建起来的庞大要塞形同废纸，爱新觉罗家族辛辛苦苦二百年，养了一群成天糊弄自己的败家子？雷霆震怒之下，御旨立颁：卢坤就地撤职留任，革去太子少保衔，拔去双眼花翎；广东水师提督李增阶撤职查办；高宜勇及守台将弁被罚在各炮台披枷示众一月。

第二份战报六百里加急送到紫禁城的时候，已经是深夜时分，值班军机大臣穆彰阿不顾太监的阻拦，把道光皇帝从寝殿里叫醒："圣上，捷报，捷报！"

捷报？

皇帝佬三步并作两步，把宠妃丢在被窝里，自己披了件短衫子跑了出来。他两手颤巍巍接过奏折，反反复复浏览了好几遍，像嘴里嗑的甜瓜子，硬了嚼，烂了硬，口齿留香，舍不得咽下去，笑眯眯地问自己的宠臣："你说这事该咋办？"

"恭请圣裁。"穆彰阿哪敢自作主张，他又不是傻蛋，这么好的开心果，敢自己吃第一口？

"卢坤嘛，办理此案，尚合机宜。"皇帝斟酌着词句，一个字、一个字地往外蹦，"前面的处分就免了吧，至于那根翎子嘛……"

"臣下明白，"穆彰阿道，"让他继续顶着。"

有关洋人兵舰的厉害，道光皇帝不是一点都没有耳闻。卢坤这次先败后赢，以雷霆手段击败英夷，不仅平息边衅，而且大扬国威，如果不赏赐一点东西，好像有点说不过去。皇帝佬摸了摸右手的扳指，那上面还沾着女人胳肢窝的体温，他恋恋不舍地把扳指撸下来："这个玩意儿嘛，赏给卢坤，叫他好好镇守南粤，别再给朕捅娄子。"

"谢主隆恩。"穆彰阿跪倒叩头。

珠江口外一场轩然大波，平息在紫禁城的漫天星斗中。

这一夜，紫禁城外东西坊间，普天同眠，人们沉浸在甜蜜的百年酣睡中。生活在奴役岁月太久，人心迷醉如盲。贩夫走卒饥肠辘辘，岂问国事？朝野精英谋剥民髓，肉食可鄙！卢坤争取来的这六年，终究不过是镜花水月，一场春梦了无痕。

农历九月，对于珠江口外的渔民来说，飓风季节过去，冬天的北风还没有开始刮起，海波舒缓，正是打鱼的好时光。

王老铁和他的合伙人廖其凯是香港岛人，他们俩趁着英国人和官府闹僵的当口，从澳门葡萄牙人手里进了两次鸦片膏，小赚了一笔。到九月底，哥俩打算回家修补渔网，准备下海捕鱼的同时，再从乡亲们手里收一点低价鸦片。

位于九龙半岛对面的香港岛，在明代的时候曾经非常繁荣，"女儿香"（莞香）、海盐和珍珠是当地三大宗贸易货品，其中，"女儿香"贸易最为著名。商人们从东莞及附近各县运来"女儿香"，经香港岛东侧的大鹏湾扬帆出海，远销安南、暹罗国以至南洋诸岛，香港岛的命名即由此而来。顺治年间，清廷实施"禁海""迁界"等灭绝人性的残酷政策，彻底地毁灭了这里的繁荣。"复界"之后，"女儿香"、海盐和珍珠三业衰退，不复昔日之繁华。荒凉的山峦中，从粤东迁移来的客家人在此垦山种田，占据这个岛上大约三分之一的人口，剩下的多数人口仍然是打鱼人家——疍户。

疍户是被人看不起的贱民阶层，香港岛疍户的生活分为渔村和水居两种方式：富足的人家喜欢学习农家人，用掺了贝壳、蚝壳的泥土盖起土坯房，居住在渔村里；逐水而居的人家则保持着渔民最原始的生活形态，一条渔船挡风寒，下海是船，上岸是屋，随便找一棵树或者一块石头倚靠。这里面，稍微讲究一点的搭建水栅，下边打上木桩，中间垒砌木板，上面盖上稻草做顶，一间可以勉强住人的房屋就这样完成了。

最近十年来，香港岛再现繁荣契机，这次来的不是洋溢着“女儿香”味道的货船，而是满载芙蓉膏的鸦片剪子船。由于岛上连绵的山脉可以阻挡台风袭击，汲水门和鲤鱼门之间的水域属于得天独厚的深水良港，没几年的工夫，洋人、通事、买办、分销鸦片的大小“窑主”纷至沓来，剪子船、快蟹、篷船、舢板等大小船只穿梭来往，好不热闹。位于南部的赤柱是岛上最大的村子，大约有两千人，几乎占了整个香港岛总人口的三分之一。

对于世代贫困的疍户来说，这是老天爷开恩赏的饭碗。男女老幼齐上阵，男的做小买卖为鸦片贩子提供给养，女的卖身赚皮肉钱，即著名的“咸水妹”。由于这一机缘，香港岛上的疍户便成为中国历史上第一批“咸水英语”的掌握者。

王老铁和廖其凯由于常年在外倒腾买卖，在渔村算是富裕人家。他们俩刚一走进村子，榕树下摆糖水摊的翁亚九就热情地招呼：“老铁哥，阿凯哥，回来了？”

“老爷子还好吗？”廖其凯拽过竹筐，从里面掏出几包东西，“这坛汾酒是我从十三行街买来的，蚝干是海珠从南山带过来的……”

翁亚九的父亲翁老大是廖其凯的师傅，当年与廖父同在“红旗帮”里当海盗，两个人情同手足，结为生死之交。后来廖其凯的父亲战死，翁老大便承担起了廖其凯、廖海珠兄妹的抚养义务，传授拳脚，名为师徒，情如父子。

“阿珠姐回来了？”翁亚九惊讶地问，“我咋没有看见？”

廖海珠虽然是一介女子，却极有臂力，武艺比她哥哥廖其凯还要强。她长大成人后，由翁老大做主，许配给了老万山群岛大头洲的梁友义，后者也是阵亡海盗的遗孤。

“在船上忙着补渔网呢。”廖其凯说。

“阿凯哥，鸦片膏我替你收上来了，在家里放着。阿爸看得紧着呢，我去叫他。”翁亚九一溜小跑回家去了。

前两天刮西风，赤柱村的渔民先后走了两拨，赴碣石湾一带的渔场打鱼，村口显得稀稀落落没有几个人影。不过，这并没有影响廖其凯的生意，村里每家都有从鸦片贩子手里换来的鸦片膏，由于他平时出价公道，大家很愿意把鸦片膏卖给他。

“看见我们家老二了吗，褡裢嫂？”王老铁问杂货铺的老板娘。他有两个儿子，老大王铁头十五岁，一向跟着自己在外做买卖；老二王铁爪十三岁，是个惹祸的魔头。

“到山口那边，跟三狗一起去的。阿叔，你刚才不是看见了？他还和你打招呼呢。这仔谁说不懂事？我看着就顺眼。”褡裢嫂叽叽喳喳地回答。由于经常到省城和佛山堡进货，她是村里为数不多的几个见过世面的女人之一。

被称为阿叔的老头姓谷，是开平大财主谭家在本地雇佣的帮工，拄着个破拐杖，非但眼神不济，而且记性差。他先是点了两下头，紧接着又不停地摇晃起来：“哦，是三狗，哎，不对不对，还有二狗；还有黎阿二家的阿钿；还有张家的老二十五，不，是老十五，我也记不太清楚了。反正我们家少爷也去了，一群伢仔吵吵嚷嚷，手里还拿着家伙呢。”

王老铁被他说得晕头转向，心里正在琢磨，翁老大在儿子翁亚九搀扶下，一瘸一拐地从村里走了出来。翁老大问：“阿珠刚从大雾山下来？”

大雾山是九龙半岛最高的山峰，比香港岛的秃山高出一大截子。站在村口就能望见山顶郁郁葱葱的名贵树林，与之相比，香港岛的小山包童山濯濯，十分荒凉。

“她哪是当媳妇？”廖其凯发起了牢骚，“简直就是给他们当妈。”

梁家哥仨比廖家兄妹的境遇更悲惨——为了糊口，老二梁友德入赘新安县南山，老三梁友礼被卖给了大地主锦田围邓氏当奴仆。廖海珠嫁给梁友义后，下海捕鱼之外，每到春秋两季的农忙季节，还要带着全家人赶到南山，帮助二弟梁友德一家开蚝、撒蚝、盘蚝、搬蚝。三弟梁友礼两年前上大雾山给邓家财主看林子，她这个做大嫂的只要路过香港岛，必定上山给他送一些吃穿用度。

“会说话吗？”翁老大举起拐杖，在廖其凯的头上敲了一记，“她这大嫂行事仁义，不像你小肚鸡肠，也就是块混个肚皮的料。”

“谁那么大的年纪，还要嫂子照顾？”廖其凯嘟囔。

按说梁友礼日子还算顺当，在他三十来岁的时候，邓家为他配了个丫环当媳妇，又在锦田吉庆围外给他划了两亩田地。没过几年，媳妇给他生了一个结结实实的大胖小子，表面上看这日子过得也是个日子。其实，里面隐藏着难以言说的痛苦——在过去那个年月，一旦卖身做了奴仆，便是世世代代为奴。老婆孩子热炕头，换来的是子孙后代皆为贱民。地位轻贱自不用提，生下儿子继续给人家当奴仆，生下女儿免不了遭主子欺凌和侮辱，根本没有人之为人的尊严，和财主家养的猫狗差不多。

入清以后，岭南地区贫富分化非常严重，一头是穷苦人家卖儿卖女，一头是士绅豪强花天酒地，蓄养奴仆无数，从而导致了极为严重的社会对立。雍正、乾隆两朝曾多次下诏严令民间解放“贱民”，可惜全是些中看不中用的虚招式，收效甚微。到了嘉道年间，岭南地区的地主豪绅改用换汤不换药的障眼法，他们把买奴仆称为“收义子”，也叫义男、二男仔、娣仔、二娣等等，照样过着骄奢淫逸的生活。

梁友礼的儿子生下来，长到十二三岁能干活的年纪，照例被邓家收作“义子”，起了个大名叫梁二娣。这孩子的脾气和他老子正好相反，暴烈异常，天生的一把子牛力气，不肯做一个任人侮辱的奴才。前年夏天，梁二娣瞅了个空子逃出锦田围，跟随阿铟的父亲黎阿二投身红船，在“凤凰仪”班当了一名“笃水鬼”。

儿子跑了以后，梁友礼觉得有些亏欠东家，就把老婆打发到邓家做老妈子，自己卷起铺盖上了九龙半岛的大雾山，替邓家看起了林子。这项差事虽然轻省，但生活极其不便，不送一点日用品的话，日子基本上没法过。

过了一会，翁老大开口：“依我看，二娣这孩子有骨气，比你强。阿凯，你看你这几年混的瘪样，连村东头的张家父子都不如。同样是弄鸦片膏，你偷鸡摸狗，人家明火执仗打劫红毛鬼子的快船，那才算是条汉子。”

香港岛当年是“红旗帮”的重要据点之一，岛上许多疍户都是当年“红旗帮”和“白旗帮”的后裔。赤柱村的张家人丁兴旺，父子叔侄十几人最近蠢蠢欲动，联合一批疍家汉子频频在海上劫掠鸦片船，大有死灰复燃之势。

“阿叔，如今不比当初，朝廷的势力大，又出了一群红毛鬼子。咱们疍家要钱没钱，要枪没枪，能成啥气候?”廖其凯唉声叹气。

“人家洪门都不怕，你怕个屁?”翁老大鼻子里“哼”了一声。

这时候，从山脚远远地跑过来一个大约八九岁的孩童，赤脚举着一架风筝，一边跑一边大声喊："来东风喽，出海了！来东风喽，出海了！"

随着这孩子的喊声，山脚下各个路口跑出了不少孩童，一起凑着热闹吆喝："来东风喽，出海了！来东风喽，出海了！"

"出海喽，请洪圣大王喽！"那孩子继续奔跑着，一架张牙舞爪的风筝向西飘去。后面是一群儿童稚嫩的应和，"出海喽，请洪圣大王喽！"

湿润的空气在村口打了个旋，自辽远的南海深处隐隐敲起了沉闷的风雷。转瞬之间，海潮汹涌，山风呼啸，气势汹汹由东扑来。翁老大若有所指："你看看，你看看，说变天就变天，这年月哪有准谱的事？"

"那不是四狗吗？"褡裢嫂指着举风筝的孩童。

"哦，我想起来了。"老谷头对王老铁说，"他们去了渡槽那边。"

"到渡槽干啥？"王老铁纳闷。

"听说是，是……"老谷头想了半天，也没有想起来。

"去比武。"褡裢嫂麻利地接过话茬，"你们家老二出的主意，说是在那儿比武过瘾，谁弄坏了渡槽算谁输。"

香港岛荒山连绵，稻田散落在谷底，全靠搭设在山谷之间的渡槽进行水利灌溉。这些渡槽是客家农民赖以为生的救命稻草，一律就地取材，用简陋的竹管制作而成。踩在枯脆的竹管上比武，一旦把竹管踏裂，便会捅下大娄子。

王老铁额头冒汗，越想越怕，顾不得迎面吹来的劲风，拔腿就向渡槽方向跑去。刚刚赶到山脚，"咣"的一声响，把他吓得差点摔倒在地。

第十四回　渔火摇曳

香港岛的疍家在乘船出海前，通常先要在“洪圣庙”祭拜海神洪圣大王，然后摔扇贝求问天意，只有得到一面阴、一面阳的吉兆后，才能出海捕鱼。

随着漫山遍野的呼喊声，阿铟兴冲冲地从山上跑下来。他的左边是张十五仔、张二十五仔兄弟，右边是黎二狗、黎三狗兄弟，大家众星捧月般将他簇拥在中间。

张十五仔是这场比武的发起者，他今年二十出头，头脑灵活，拳脚麻利，是香港岛上这群少年的领头羊。阿铟击败谭家少爷，大长疍家人的威风，张十五仔不住地称赞：“还是阿铟厉害，你不在，我们几个都降不住他。”

“他是鼎湖山跃龙庵的把式。”阿铟得意洋洋，“我在红船什么样的功夫没有见过？还怕他一个小白脸？”

“坏了渡槽。”张二十五仔幸灾乐祸地说，“够这屌人喝一壶的。”

“人家一个财主，还怕赔不起？”黎二狗不以为然。

黎家兄弟中，数黎三狗的脾气暴躁，他瞪了哥哥一眼：“等咱们再干他几票，到时候也弄个财主当当。”

狮子洋截杀高宜勇的巡船后，为了隐匿踪迹，李文茂告别众兄弟，跟随阿铟来到香港岛藏身。他们来到赤柱圩，给正准备扯起“红旗帮”大旗、重振海上劫掠事业的张氏家族带来了意外之喜——黎家人丁兴旺，阿铟武艺高强，又带回来十几条完好无损的洋枪，这是一支不能不借重的力量。张家派张十五仔出马游说，劝阿铟加盟。阿铟是个不怕捅破天的性子，和张十五仔一拍即合，他瞒着李文茂把洋枪拿出来，张家出钱从洋人那里采购弹药，一支有战斗力的小规模武装就这样初步成形。

张二十五仔仰头问：“阿铟哥，你说咋办？”

阿铟跟着红船走南闯北，见多识广，此刻胸有成竹地说：“咱们当然应该干他几票，但钱要花在刀刃上。当务之急是购船置炮，招兵买马，立起‘红旗帮’的大旗。到时候别说九龙汛这几十个狗腿子，即便广东水师的主力来了，咱们照样打他老母的。”

“从佛山堡购船置炮？”黎二狗发愁地说，“那要花多少钱？”

张十五仔嘻嘻笑道：“海面上净是运鸦片膏的船，这不就是银子吗？”

黎三狗跳了起来：“咱们先抢姓谭的，我认识他家的船。”

“对啊。”张二十五仔立刻表示赞同，“他家的船好对付。”

见阿铟和张十五仔都不搭茬，黎二狗问：“你们俩不愿意？”

“二哥，咱们不能给‘红旗帮’丢人。”阿铟有力地挥了挥手，“头一炮必须打响，要抢就抢一个有势力的，以壮行色。”

哥几个正聊得火热，发现王老铁远远地从山下走来，慌忙抄小路避开。王老铁没有碰到张氏兄弟和黎家的几条狗，却和谭家少爷撞了个满怀。

谭家是开平县数一数二的豪强，生意遍布珠江三角洲各地，与香港岛近邻的大鹏湾便有谭家的运输船队。谭家船队过去运载香料等大宗货物，现在则积极参与鸦片收购，供谭家设在高要县广利圩的窑口之用。

“谭少爷，”王老铁恭敬地问，“看见我们家铁爪了没？”

谭家少爷的名字叫谭亚才，是一个十四五岁的美少年，齿白唇红，面如冠玉。他没有理睬王老铁，一个随从肩上扛着他的细脖子金瓜锤，怒气冲冲：“我们又不是他爹，谁有工夫伺候他？”

王老铁一听就明白准是儿子闯了祸，顾不上和谭家人争长论短，急忙拔脚飞奔。爬到山顶上一看，最害怕的一幕终于出现了——高架在半空中的竹管渡槽碎裂成两截，水流遍地，王铁爪一边点着炮竹跳脚，一边兴高采烈地嚷："嗷，姓谭的输了！姓谭的输了！"

王老铁心里这个气，飞快地跑过去，上前狠狠地扇了儿子一巴掌："你这个兔崽子，就知道给老子惹祸。"

"姓谭的砸坏了渡槽。"王铁爪躺在地上撒泼打滚，"你打我干鸟？"

"人家偷牛的都走了，你在这儿干啥？等着拔橛子啊？"王老铁拎起儿子的耳朵，不由分说又是两巴掌。

王铁爪哇哇乱叫，恨不得一拳把他爹打翻在地。

美丽富饶的南海，一任海鸥自由地飞翔，渔舟唱晚，繁星点点，黎明时分，络绎的渔船开进了老万山渔场。阳光破开朦胧朝雾，把第一缕光线打在甲板上，像一条琴弦上的金线，不时有鱼儿撞击，仿佛奏响一曲美丽的海天之歌。不知疲倦的黎四狗，出没在海波之间，不断把凤鲚、大黄鱼、马鲛、白鲳、狮头鱼、海鲶、黄鲫、鳓鱼等摔进船舱。冰凉的海水打在李文茂的斗笠上，一滴一滴地湿润了他的眼睑。船队向大头洲驶去，清晨空气甘冽，海面上传来动听的渔家歌谣，那是疍家儿女在快乐地对歌。一个小伙子唱道：

亚哥爱高就踣低，亚妹爱快走回头；
哥妹生成水流种，一生同栖无砖楼。

黎四狗的姐姐黎珍珠骑在桅杆上，担任船队的瞭望哨，负责观察海面上鱼群的动向。她这年十一岁，是香港岛有名的歌手，立即对道：

亚妹生成水流茬，江河无家处处家；
绿叶丢尽流沙搁，总算有命难发芽。

那个小伙子叫阿彪，一听对歌的是黎珍珠，更加来了兴致：

日挂桅杆哥孤单，青船亚妹未下帆；
上江下雨滩潦发，共妹拍船到石湾。

黎珍珠岂能被他比下去？嗓门提高了一度：

门前江水泛清波，妹摆渡船靠斜坡；
人懒千金妹不渡，哥勤无银妹掌舵。

邻船的渔民奚老四喝了声彩："阿珠，好好唱，将来让你阿爸送你上红船，咱也当一个红遍十里八乡的大老倌。"

"十里八乡算啥？"黎珍珠不高兴地噘起了嘴。

"好好，咱红遍上六府和下四府。"奚老四冲着黎阿大伸出大拇指，"阿大，你这闺女心大着呢，将来准定有出息。"

"一个纺针拿线的女仔，能有多大出息？"黎阿大摇头。

"女仔咋啦？照样操持门户，养家糊口。"奚老四怂恿他，"你看看人家琼花会馆那些大老倌，一年四季不得闲，挣的是金山银海。给少班主说说，让阿珍去唱戏吧。"

"红船老倌模样靓，功夫俊，那都是百里挑一的人尖子。"黎阿大憨厚地笑着，"我自个的女仔自个知道，阿珍差得远着哩，去也是跑一辈子的龙套。"

只听前面的阿彪继续领唱：

亚哥一程妹一程，山又高来水又长；
亚哥下网妹收网，敛得鱼儿共一程。

黎珍珠撩了一下额前的刘海：

与娘同行江边路，却滴江水上娘身；
滴水一身娘未怪，要凭江水做媒人。
…………

李文茂仰面躺在船尾，盛装的金轮君临万方，准备向他展示一天的画卷。长空如洗，蓝幕高悬，洁白的云朵好像偶尔溅起的浪花，又像少数得窥天地玄机的飞鸟，穿越由长长睫毛组成的栅栏，将他引入白日的梦乡。

卢坤击退律劳卑后，高宜勇在虎门炮台披枷示众一个月，颜面尽失，被广东水师衙门褫退除名；韩肇庆虽然侥幸逃过一劫，但却心惊胆战，度日如年，一怕卢坤寻机报复，二怕李文茂随时前来索命。在巨大的危险面前，韩、高二将干脆来了一个三十六计走为上，携带大笔银票赴京避难去了。这样一来，李文茂找不到复仇的目标，老虎吃天，无法下嘴，只好隐身在疍艇上，等待机会的同时，心无旁骛地修炼起了“六祖心经”。

日光斜倚，渔舟游荡，李文茂恍惚入梦。他梦见自己单枪匹马杀入京城，找出韩肇庆的藏身之所，后者慌不择路，逃到一面悬崖峭壁前。自己举枪刺去，双脚踩空，与韩肇庆同时坠入万丈深渊。在痛苦的坠落过程中，他发现下面的“韩狐狸”失去了踪影，取而代之的是一串巨大的红心圆圈，四周烈焰熏腾，焦灼难忍。他无暇思考，单手一挺“虎头皂金枪”，头冲下、脚朝上刺入火圈。这串永无休止的火圈宛似天顶的骄阳，光华刺目；又像陈罗婵在汾江河放牧的河灯，美轮美奂。这一切难挡不绝如缕的仇恨，大枪刺穿了一轮又一轮的红日，李文茂举目四望，望眼欲穿，硬是寻不到韩肇庆的身影。

就在火焰即将把全身烤焦之际，透过烟熏火燎的重重迷雾，忽然，李文茂领悟到了“六祖心经”的奥秘。他有心停止身体的坠落，谁知下坠的速度反而变得越来越快，身体如同一支离弦之箭，飞速地射往大地的尽头。

“快停下。”他绝望地呐喊。事与愿违，恐怖的景象出现了。四周连同山峦和大地，随同他的身体一起宣泄而下。前面不是大地的尽头，而是世界的末日。

“鱼群来了，鱼群来了。”一阵清脆的欢呼声把李文茂从梦中唤醒，黎珍珠站在桅杆上兴奋地喊叫，同时摘下头上的狗牙毡布来回晃动。小姑娘的长辫子垂落下来挂在腰间，全身被海水打湿，小腿肚子上的水珠，在阳光下闪烁着光芒。

渔船前方的海面，出现了一条乌蒙蒙的轨迹，喜爱招摇的王鱼不时地上蹿下跳，领着一群鱼蜂拥而来。螺号急促鸣响，来自赤柱村的渔船迅速组成编队，四条船组成一个阵形。两船在前，两船拖后——前面两条渔船是“母船”，驶近鱼群时首尾相连，摆出一个夹角，然后迅即下网；后面两条渔船是“公船”，负责追赶鱼群，将鱼儿驱向“母船”。

不一会，包围圈合拢，四条船首尾连接，“公船”“母船”一起下网捕捞，鱼儿在阳光下活蹦乱跳，水花飞溅。两个多时辰后，渔民们大获丰收，船上的鱼儿堆得像座小山一样，几乎没有人的立足之地。

李文茂的船也装满了鱼，他问黎阿大："大叔，什么时候回去？"

"少爷，不回去了。"黎阿大回答，"今天到大头洲过夜。"

"阿钿他们去哪儿了？"李文茂问。

"啊？"黎阿大这一辈子没有撒过谎，张口结舌。

前两天从赤柱村出发的时候，附近几个村子的渔民合起来足有五六十条渔船，组成一支浩浩荡荡的船队。谁知刚刚经过一夜，这支船队的渔船数量骤减了一半，据奚老四的解释是为了避免拥挤，另一半渔船转向红海湾去捕鱼。这纯粹是阎王爷的通告，鬼话连篇，老万山是著名的大渔场，容纳几万条渔船尚且绰绰有余，还容不下你香港岛这几十条小船？李文茂猜出个八九不离十——来老万山渔场的尽是些老弱病残，张十五仔、阿钿、黎大狗、黎二狗、黎三狗在内的青壮年渔民全失去了踪影，他们能干什么好事？

李文茂历来所赴的均为堂皇战阵，光明正大，并不喜欢这种打家劫舍的生涯，但现在寄人篱下，刚刚又偷袭过广东水师的巡缉船，哪好意思教训别人？百无聊赖之际，他回到船板躺下，把"龙渊刀"紧紧贴在脸上。从闭合的眼缝向外看，刀身竖起来，世界被劈为两半。眼睫毛上晶莹的水珠渐次破灭，到最后剩下两瓣晶圆的轮廓，携着手向无尽的苍穹后退。李文茂缓缓地转动着刀身，突然，一条尺把长的黄鱼横着飞了过来，被刀刃齐齐地斩作两截。一道凄厉的血影刹那间喷薄而出，扑了他一脸。眼前这串血珠暗合了白日梦中的火轮，在这一刹那，他想起了师傅大悲和尚传给自己的"浑天剑"。

十年前，在三合会大举起义的同时，金蟾道士与大慈和尚两位绝世高手，分别代表"逍遥门"和"浑天门"在罗浮山朱明洞展开了一场武林巅峰对决。在那次对决中，大慈和尚以一招之差饮恨败在了金蟾道士的剑下。自那以后，"逍遥门"称霸武林，金蟾道士荣膺"天下第一剑客"的美誉，成为一代武林至尊。

所谓仁者见仁，智者见智。关于十年前那场巅峰对决，武林中盛传着两种说法。第一种说法以"逍遥门"为主，认为"逍遥剑"比"浑天剑"技高一筹，达到了神龙见首不见尾的无敌境界；另一种说法则是三合会的共识，洪家兄弟一致认为大慈和尚之所以落在下风，是因为他的兵刃“盘龙剑”难敌金蟾道士的“八魔刃”之利。

不管别人怎么说，大慈和尚对自己剑法的缺陷还是心知肚明的。这位威震天下的洪门大龙头忍辱负重，在大明山龙头峰闭关十载，不顾年迈体衰，努力完善“浑天剑”，希冀有朝一日能够击败金蟾道士，洗刷前耻。

“浑天门”规矩严苛，规定只有掌门师兄才有资格招收徒弟，传授其“浑天剑”——这就意味着大慈、大悲、大度师兄弟三人中，大悲和尚、大度和尚无权招收门徒。

大度和尚当年才三十来岁，是洪门最杰出的年轻高手，深得掌门师兄欣赏和倚重。此人足智多谋，目高及顶，等闲之人不入他的法眼，加上“浑天门”迟早要落在他的手里，便不肯破坏门规，私自授徒。相反，大悲和尚却不把希望寄托在师弟身上，自从在红船发现了李文茂这样的武学奇才后，违背门规，擅自将“浑天剑”传授给李文茂，期待他有朝一日能击败武林至尊金蟾道士，为天下洪家兄弟和“浑天门”出一口恶气。

“浑天剑”共计十二式，与“逍遥剑”相比，“浑天剑”刚猛有余，阴柔不足，还没有达到恬淡冲和的剑术至高境界。创制这套剑法的前辈可能已经意识到了这一点，前十式从“三门遁甲”“合洪就寅”，到“天开九重”“地覆千军”等招式的特点都十分明显，一招比一招凶狠威猛，一招比一招凌厉肃杀。可是到了“日贯长虹”和“月淡云疏”最后这两个招式，却忽然阳气尽收，若虚若幻，杀气飘渺，究竟是为什么？

大悲和尚告诉李文茂，“浑天剑”实际上是一套还没有完成的剑法，奥妙就在最后“日贯长虹”和“月淡云疏”这两式。只有吃透了这两招，将之合二为一，创造出“日月合杀”的惊天威力，才算真正完善了“浑天剑”。

从“龙渊刀”里面拉出“栖凤剑”，李文茂睁开疲倦的眼睛，望着蓝天发愣。一边是“六祖心经”茫无头绪，一边是“浑天剑”难以完善，这两条通向武学巅峰的道路，究竟该怎么走？

大头洲是一个不到百人的小渔村，香港岛的渔民一到，岛上立刻变得热闹起来，到处是欢声笑语，热气腾腾。一溜十几口大小不一的铁锅摆起来，众人点燃木炭火堆，用海鲜火锅盛情迎接远来的客人。为了款待李文茂，廖海珠邀来大头洲最端庄的应五娘作陪。这妇人出身于官宦之家，因其父犯事，为躲避官府的连坐刑罚而远嫁大头洲。

夜风逡巡，置身于淳朴好客的渔家人中，李文茂心尘如洗。大头洲悬于珠江口外，四面是汪洋大海，岛上洁白的沙滩一尘不染。椰子树十分高大，像大家闺秀一样窃窃私语，发出让人陶醉的沙沙声。大头洲不拘男女老幼均有惊人的海量，李文茂纵然酒量再厉害，几十碗酒喝下肚子，也是头重脚轻不胜酒力。廖海珠让小儿子梁兰桂扶着李文茂，去应五娘家里休息——整个小岛上，数这女人家里干净。

看着应五娘扭动着身子轻盈地离开，倪快嘴羡慕地说："真是日了怪，这娘们天天打鱼晒网的，咋就不见一点黑？"

褡裢嫂常来大头洲，和倪快嘴是一对活宝，她一把揭起倪快嘴的衣衫，讥笑起来："难怪你这婆娘捻酸，原来这身乌卒卒的黑肉，比我强不到哪儿去。"

"穷打鱼的要什么脸面？"倪快嘴俯在褡裢嫂的耳朵上，"前几日她叉鱼使过劲，裂了裤子露了上磨，央我拿衫子给她遮羞，你猜我扔给了她什么？"

上磨在方言里指的是屁股，褡裢嫂津津有味地问："啥？"

"渔网呗。"倪快嘴一脸坏笑，"还能把我的裤子脱下来给她？"

"那玩意别说上磨，连个屁也遮不住。"褡裢嫂笑得前仰后合。

廖海珠知道这两个老娘们凑在一起，没有什么好话，准是在糟践应五娘，便提了满满一桶鱼虾过去："你们嚼谁的舌头？"

倪快嘴惹不起她："我在和她嫂子说红毛女人的西洋景。"

大头洲距澳门城和前山寨也就是百十里的水程，岛上渔民所需的生活日用品，多从前山寨采办；打来的鱼虾，也就近到前山寨叫卖。褡裢嫂摆出一副见多识广的样子："红毛女人那一对大奶子，就是和咱们不一样，奶葡萄是红的，香港岛上也有。"

"呸，当着伢仔的面，你们少说这些没正经的。"廖海珠骂了一句，吓唬她们，"趁早离红毛鬼子远一点，小心人家夜里来喝你们的血。"

一股清凉的海风掠过倪快嘴的额头，她的酒劲渐渐醒了几分，丢开褡裢嫂，回头大声喊儿子的名字："石头，石头，你在哪儿？"

不远处的火锅旁，传来她丈夫亚畦的声音："嚎什么丧？在这儿呢。"

倪快嘴掩住胸口，擦了一把冷汗，使劲扇了自己一个嘴巴，然后对褡裢嫂说："瞧我这张烂嘴，她嫂子，乌灯黑火的，咱们还是歇一会吧。"

褡裢嫂无趣，臊眉搭眼问狗仔娘："你们家那口铁锅还皮实吗？"

"皮实，皮实。"狗仔娘忙不迭地回答，"我正纳闷呢，同样是佛山堡的铁锅，别人用不了四五年就漏。我这口锅过了十个年头，比石头还结实，这是咋回事？"

"那是因为你遇到了好人。"褡裢嫂无精打采地说，"我家铺子里的东西都是直接从佛山堡进的货，不瞒你说，那么大的佛山堡，哪家铁锅砸得厚重，哪家铁钉打得结实，哪家铁叉磨得尖利，哪家针孔掏得圆匀，没有我不清楚的。他们家的锅经不住用，你得问问他们是从哪个旮旯角买的？一准是从前山寨买的便宜货。"

狗仔娘恍然大悟："哦，我明白了，红毛鬼子贪便宜，所以卖给他们便宜货。"

因为会说几句"咸水英语"，褡裢嫂不爱听别人说洋鬼子的坏话，教训狗仔娘："你以为红毛鬼子像你一样没裤子穿？人家衣服上的扣子可是银的，线可是金的。"

红毛鬼子真要有这么富足，何必万里迢迢来到珠江口混饭吃？狗仔娘并不糊涂："你别糊弄我老婆子，扣子是银的，线是金的，钱多得没地方扔了？"

褡裢嫂面红耳赤："不信你跟我去看。"

"不好。"狗仔娘一口回绝，"去了你还得请我吃饭，我不成了贪便宜的番鬼？"

碰到狗仔娘这号软硬不吃的茬口，褡裢嫂无计可施，只得坐回了廖海珠的身边。旁边桌子是梁友义、黎阿大和奚老四一伙人。梁友义给黎阿大倒了碗酒："前阵子，听说鬼子和官府打了一架，到底是咋回事？"

"我算是开了眼，鬼子兵舰上的大狗真厉害，隔着十万八千里，生生地把虎门炮台打了个稀巴烂。"黎阿大饮了半碗酒。在洪门和"红旗帮"的隐语里,大狗指大炮的意思。

梁兰槐问:"我大狗哥啥时候给红毛鬼子当差了?"

"别乱插嘴。"梁友义笑呵呵地说,"听你大伯说话。"

梁友义的两个儿子中,老大梁兰槐随他的性子,人老实不说还一根筋;老二梁兰桂的机灵劲则随廖海珠,性情文静,手脚勤快,特别招人喜欢。前两年,梁兰桂曾经跟着母亲去佛山堡探望堂兄梁二娣,让梁二娣领着看了场红船大戏。这一看不要紧,小家伙立刻被五光十色的戏棚迷住了,回来之后天天磨着父母想上红船。梁友义夫妇犯了难,红船那么红火,像儿子这样的材质,最多也就是和梁二娣一样在红船上打杂,没有特别亲近的关系,谁家班主愿意养个闲人在眼前晃荡?

这回李文茂来到大头洲,给梁兰桂实现梦想提供了一个千载难逢的机会,当爹的不好意思张口,当妈的可不管那些。三大碗酒喝过,廖海珠把自个的想法一说,李文茂满口应承,喜得梁友义到现在还合不拢嘴。

黎阿大没有梁友义这份心情,面对无边大海,想起当年"红旗帮"的威风,他把酒碗朝桌子上一顿,重重地叹了口气:"不过,制台大人后来终究是反败为胜。"

梁兰槐拿起酒壶给黎阿大斟满了酒:"阿伯,制台是多大的官?"

"制台比皇上小,比九龙汛的千总大。"黎阿大用手比画着解释。

"管他多大的官?反正都是皇上和红毛鬼子他们两家狗咬狗的事,和咱们小老百姓有啥关系?"梁友义端起酒碗,"来来,喝酒。"

廖海珠又提了满满一桶鱼虾走过来,奚老四紧着劝:"妹子,歇口气。"

廖海珠用衣角擦了擦手,给自己倒了碗酒,端起来一饮而尽:"大哥,四哥,粗茶淡饭招待不周,我来敬你们俩一碗。"

奚老四竖起大拇指,感慨地说:"还得说我这海珠妹子,没有赶上好时候,搁在老年间那就是大破天门阵的穆桂英。"

"大哥,"廖海珠问,"咱侄子咋一个也没有来?"

廖海珠是女中豪杰,不像梁友义胆小怕事,黎阿大对她没有丝毫隐瞒:"呵呵,老张家说有一笔好买卖,他们就……"

廖海珠明白是怎么回事了,担起心来:"可别扎着手。"

"没事。"奚老四回答,"阿钿弄回来十几条洋枪,好使着呢。"

梁友义小声嘀咕："最好别摊上官司。"

廖海珠没好气地对丈夫说："兵来将挡，水来土掩，疍家人吃的是海，喝的是海，天王老子他也管不着。"

梁友义赔着笑脸："我这不是怕伢仔们出事嘛。"

刚点上香，菩萨就打喷嚏。老实人话音未落，从海滩方向猛然传来一声凄厉的尖叫。廖海珠听出是黎珍珠的声音，心头一惊，一脚踢翻竹凳，操起一把锋利的三尖渔叉。只是在空中两三个翻转腾挪，便越过了石堤，到了海滩。

眼前的场景令人触目惊心，岸边歪斜着一只快船，从船上下来了四个人，每个人都光着脊梁骨，浑身上下血迹斑斑。这四个人是张十五仔、张二十五仔、黎大狗和黎三狗，其中张十五仔走路蹒跚，左腿明显受了伤。

这时，黎阿大、奚老四、梁友义等人纷纷赶了过来。四个人跪倒在地，泣不成声，一句囫囵话也说不出来。黎阿大感觉不妙，问张十五仔："快说，到底发生了什么事？"

"大叔，我们碰到了硬茬子，死伤了十几位弟兄。"张十五仔放声大哭，"我阿爸和大哥被炮子打中，已经拉回赤柱圩，叫人准备后事啦。"

"你说啥？"黎阿大只觉得天旋地转，颤抖地问，"阿钿和二狗他们呢？"

"阿爸，阿钿和二狗他们领着四条船断后，叫'西门庆'的人包了饺子，眼下关在野狐岛的'义胜堂'大营。"黎大狗哭哭啼啼。

四条船至少三十个人，加上死伤的十来位兄弟，弄得不好这次将会损失近五十条青壮汉子。对于赤柱村的渔民来说，这个数字几乎可以说是灭顶之灾。黎阿大满肚子的火气无处发泄，一脚狠狠地踹翻了黎大狗："没用的废柴，你兄弟叫人家逮去喂刀，你倒活得结实。"

"阿爸，我把口信带到，这就去野狐岛和'义胜堂'拼命。"黎大狗趴在地上，向黎阿大拜了三拜，站起来就要返回快船。

廖海珠急忙上前拦住他的去路，对黎阿大说："大哥，'义胜堂'实力甚强，这件事情须从长计议，咋能让伢仔们白白送死？"

奚老四也劝："鸡蛋不能往石头上撞，硬拼万万使不得。"

"义胜堂"不是一般打家劫舍的水匪，而是伶仃洋内外实力强大的一伙私人武装。堂主卢亚贵江湖人称“西门庆”，原是三合会“洪义堂”的执事二爷，因为和大龙头林采佛产生了矛盾，一怒之下，带着一伙心腹脱离了洪门。

“西门庆”另立门户正当其时，他瞅准了鸦片贸易方兴未艾的势头，专门给鸦片贩子们押运货物当保镖。几年下来，通过向洋人购置洋枪洋炮，“义胜堂”发展到两千余人，各色战船八十余条，称得上是枪械锐利、兵强马壮。

黎阿大冷静下来，责问张十五仔：“你们咋探听的消息？连这趟货物是不是‘义胜堂’押运的都没有搞清楚，就往枪口上撞？”

“大叔，这船货不归‘义胜堂’押运，千真万确。”张十五仔赌咒发誓，“咱们刚刚扯旗的这点本钱，怎么会找他的不自在？”

黎阿大问：“你是说他存心欺负咱们？”

“那还用说。”张十五仔咬牙切齿，“这笔账我给他记着。”

廖海珠质疑：“既然不是他押运的货，你们咋会着了他的道？”

这句话算是点到了正题，张十五仔把前后经过仔细回忆了一遍：“谁知道？反正从大鹏湾到平海湾几十里的海面，‘义胜堂’的哨船到处都是。”

“义胜堂”几乎把全部家底拉出来，当然不会是为了给区区一条鸦片船保镖。廖海珠也被张十五仔说糊涂了，猜测道：“这么说来，也许不是‘义胜堂’有意设的圈套，而是你们自己没吃羊肉一身臊，正好倒霉撞上了人家的枪口？”

“阿爸，跟‘西门庆’那狗日的拼了。”黎三狗嚷嚷。

黎阿大扇了他一记耳光，骂道：“放屁，咱们就是把吃奶的臊虾全算上，也不是人家‘义胜堂’的对手，听你海珠婶的。”

“要不，”廖海珠提议，“和李少爷商量商量？”

黎阿大和奚老四互相看了一眼，可不是，眼下这种棘手的局面，除了找李文茂帮忙，还能有什么更好的办法？其实这也是张十五仔和黎大狗他们此行的真正目的。由于事关几十个人的性命，众人很快统一了意见，急急地返回渔村，来到应五娘的院子里。见这女人和她女儿还没有睡觉，廖海珠问：“少班主呢？”

“在椰林里练功呢。”应五娘矜持地回答。

波浪缓缓地摇晃着沙滩，众人拐到村尾，远远地看到椰子树上倒挂着一人，颀长的身影一动不动，笔直地插向乳白色的沙滩。月光清冷，乌影陆离，村尾椰林的宁静和那边的喧闹大相径庭，恍如隔世。

自从开始修炼“六祖心经”后，李文茂总感觉丹田里有一股无名内力四处乱撞，浑身上下疼痛难忍，说不清是新练出来的真气，还是过去两道阴阳真气交互冲撞的结果。他试了许多办法，发现只有在倒立状态下丹田的疼痛才会得到减轻，于是便发明出了这种倒挂金钟的野路子功法，一边练功，一边为自己疗伤。

廖海珠唤了两句，见李文茂纹丝不动，只好近前两步。她看见李文茂紧闭双唇，除了腰间缠着一条短裤外，全身近乎赤裸，身上的肌肉匀称柔软，并不像世间绝大多数力士那样饱满突起。女豪杰啧啧称奇，这伢仔的神力到底是从哪里来的呢？

李文茂处于物我两忘的练功状态，按理说外界任何声音均难以入耳。无奈这些日子他对哭泣声十分敏感，隐约听到低低的抽泣声。“小元霸”睁开双目，一眼看到前面黑压压的人群，立刻意识到出了大事，忙跳下椰子树：“婶子，大伯，怎么啦？”

没等廖海珠和黎阿大说话，张十五仔抢先一步跪倒在地，痛哭失声：“少班主，你发发慈悲吧，救救阿钿他们，我们中了人家的埋伏。”

“谁的埋伏？”李文茂吃惊地问。

黎三狗道：“‘西门庆’那个王八蛋。”

李文茂不觉皱起了眉头，他倒不是怕“西门庆”人多势众，而是考虑到“义胜堂”终究是从洪门中分裂出来的。自己为报父母的血海深仇，已经把“琼花宫”的规矩踩在了脚下，现在又要和这些昔日的洪家兄弟刀兵相见，岂不是叫人左右为难？

黎阿大明白他的心思，老泪纵横地说：“少爷，阿钿和二狗都陷在野狐岛。你要是不出手搭救，他们几个的小命肯定没了。”

李文茂安慰他：“大伯，你放心，这件事我一定管。”

张十五仔面露喜色：“少爷，我已经把剩余的兄弟留在平海湾。只要你肯出马，咱们就跟‘西门庆’再斗一回。”

“救人不是火并，去多了没用。”李文茂把“琴瑟合”插入腰间，“江湖险恶，当大哥的有本事把人带出去，就要有本事把人带回来。”

张十五仔闻言，羞愧地把头低了下去。

李文茂带着张十五仔、黎三狗两个驾舟疾行，海上不巧刮起了逆风，小船在大海中迷失了方向，足足折腾了一天多的时间，才算绕回了平海湾。

平海湾位于红海湾之西，这一带的海面常年雾霭重重，礁石林立，浩渺的海面上，十数个岛屿星罗棋布，全属于“义胜堂”的势力范围。其中，野狐岛隐匿其中，扼守粤东海疆通往珠江口的要道。

李文茂的快船一进入平海湾，立刻嗅到一丝不寻常的气息。海面上火光点点，不时有巡逻的船只经过，借着灯光观瞧，赫然悬挂着“义胜堂”的旗帜。

“天都黑了，这群烂蟹咋还不睡觉？”黎三狗感到极其纳闷，“莫非‘西门庆’这厮知道咱们要来劫营？”

张十五仔制止他：“别胡说。”

“你们看，从这里到港湾，明里暗里至少布置有三道防线。这么大的阵势，应该不是冲着咱们来的。”李文茂断定。

张十五仔低声问：“那他们冲谁？”

“不管他们冲谁，咱们只管救人。歇一会先，养养精神头，三更天动手。”李文茂疲倦地放下双桨，一天多的船划下来，任你是钢筋铁骨也受不了。

他站起身来想伸一个懒腰，猛然间，只觉得丹田之内空空如也，关元穴处如同针扎的那样生疼。“小元霸”情知有异，却提不起一丁点的力气，张嘴“哗”地一口鲜血吐出，高大的身躯在海风中摇了三摇，晃了三晃，然后软绵绵地倒在船舱。

面对这个突如其来的变故，张十五仔和黎三狗吓得魂飞魄散，肝胆俱裂，一起扑过去声嘶力竭地喊：“少班主，你咋啦？”

此时，远方海天合一处，一颗巨大的流星划过阴沉的夜幕，朝东南方向飞逝而去。这颗流星色彩炽烈，尾大如斗，在天幕中非常醒目。流星消逝不久，夜幕后传来隐隐雷声，前无闪电示警，后无雨水降落，令人震怖。

第十五回　野狐逞威

当李文茂苏醒过来时，发现了两张惶恐的脸庞。张十五仔长出了一口气："少班主，你可算醒过来了。"

"我好像听见了雷声？"李文茂问。

"没错，少爷，先有一颗大火星，后来就是干打雷，不下雨，忒也古怪。"黎三狗显得心有余悸，"人火星像一片叶子，这是啥征兆？"

李文茂试着活动了一下右臂，发现活动无碍，再暗自运动真气，感觉那两道阴阳真气重新回到了丹田内，顿时放下了大半的心。划了一天多的船，片刻不得休息，真气消耗殆尽导致刚才的晕阙，自是情理之中的事情。不过，关元穴处的疼痛并没有彻底消逝，看来这不是一种意念的疼痛，而的的确确是一种身体的疼痛。无疑，体内经脉已经对自己练出来的第三道真气产生了抗拒，难道从关元穴开始修炼的道路走错了？

这个念头只是一闪之间，李文茂随即否定了自己的想法，不管怎么说，自己练"六祖心经"才个把月的时间，关元穴这条路走得是对还是错，远远没有到揭开谜底的那一步，这种疼痛也许是修炼过程中的偶然现象。

"六祖心经"不是等闲的功法，修炼起来必然会面临千难万险，不可能一帆风顺。自己既然选择了这条道路，只能义无反顾地走下去，想到这里，李文茂挥了挥手：“且不管大火星是吉是凶，救人要紧。”

越往里面走，张十五仔和黎三狗越是心惊胆战。“义胜堂”全体出动，如临大敌，平海湾以外的海面布设了三道防线；港湾至野狐岛的路上更是密布罗网，毫无松懈。他们这条快船借助夜幕的掩护和“小元霸”的超凡听力，避过了一道又一道的明哨、潜桩，直插野狐岛“义胜堂”的老巢而去。

野狐岛上大雾弥漫，三步一岗，五步一哨。忠义堂前灯球火把、亮子油松，照耀如同白昼一般。“义胜堂”如此大费周章、戒备森严，诚如李文茂所料，根本不是防备赤柱村的渔民来劫营，而是为了迎接和招待两位贵客。

忠义堂的正北悬挂着一幅巨大的中堂，内容是关老爷夜读春秋。中堂上方是“义胜堂”三个大字的匾额；中堂前方摆着一把虎皮大椅，上面端坐一人，大约四十二三岁的年龄，七尺身高，面皮白净，目光阴沉，正是大当家“西门庆”卢亚贵。

卢亚贵的左侧是一位道士打扮的人，谈笑风生，春风满面，眼神飘忽不定，显得十分自信和神秘；右侧坐着位身材高大的青年汉子，脸上的胡子密密扎扎，根根穿肉，两条胳膊的肌肉坚硬突起，一看便是有扎实的功夫在身。

在两位贵客下席陪坐的是“义胜堂”的两位当家人，其中二当家郭三登这年三十岁，五短身形，肥头大耳，是追随卢亚贵多年的兄弟；三当家区润年龄刚过二十，因为武艺出类拔萃，战斗勇猛，最近被“西门庆”破格提拔。

“义胜堂”三位当家的悉数登场，足见今天来宾的身份非同小可。

书中暗表，那位道士不是别人，正是三合会“洪兴堂”的白扇三爷侯贯虹。侯三爷是清远县太平镇人氏，其人足智多谋，精通道法，江湖人称“鹤顶红”。卢亚贵与侯贯虹早年在洪门就有交情，自从端起替鸦片贩子当保镖这碗饭后，更没少了与他打交道——“洪兴堂”扼守粤赣交界，所有贩往赣南的鸦片膏，首先要通过它的地盘。

那个青年汉子的来头也不小，此人名叫胡有禄，绰号“铁狻猊”，是湘南绿林道排名第二的大人物。其统辖的九嶷山石楼峰，在湘南绿林三十六处大寨中，实力仅次于总瓢把子朱世雄盘踞的阳明山好汉岭。

鸦片贸易通过粤北向岭外伸展，无非是两条道路，一条走江西，一条走湖南。走江西这条路需要向“洪兴堂”交保护费，走湖南这条路则必须打通湘南绿林道的门路。卢亚贵和胡有禄之间亦有渊源——胡有禄的兄长胡有福当年是“洪义堂”的小头目，最近刚刚晋升为“洪义堂”的执事二爷。

我们在前面说过，“洪义堂”的主要骨干出自“西樵三寺”。三个寺庙中，云岩寺的刀法雄冠西樵山，“洪义堂”的历代堂主均出自云岩寺，从林采佛到新任的罗亚旺，无不如此。卢亚贵、郭三登、区润这哥几个的武艺来自接乘寺，属于“洪义堂”的在野派。卢亚贵觉得在“洪义堂”里没有出头之日，这便是他出来另立山头的原因。

罗亚旺不是别人，正是后来太平天国第一号战将罗大纲。林采佛就义后，“洪义堂”精锐尽失，濒于崩溃。才二十岁出头的罗大纲挺身而出，率领三百条精壮汉子，沿着伶仃洋、狮子洋逆流而上，挥师杀入番禺茭塘一带。那地方属于广东官府统治的心脏地带，罗大纲和这群小伙子神出鬼没，威震敌胆。凭借这股子孤胆英雄的气概，“洪义堂”重新恢复了士气，各路人马遂共举他为“洪义堂”的掌印阿妈。

罗大纲接掌大龙头职位以后，鉴于过去门户之争的缺陷，有意识地拔擢其他门派出身的青年将领，衡山南台寺门下的胡有福，正是在这个背景下脱颖而出的。

“卢大哥，你这地方天高皇帝远，独得山海之利，吃喝不愁，还能开洋荤，真是逍遥赛过活神仙。”胡有禄客气了一句。

“胡兄弟见笑了，自从离开‘洪义堂’后，卢某心灰意懒，现在不过是一具混吃等死的行尸走肉而已，有什么好羡慕的？”卢亚贵在虎皮椅上微微欠了欠身，随后指着桌子上三只精美的盒子说，“这三口倭刀是硫磺岛村上太郎送给我的礼物，去年他从南洋运了几船土货，半路上被人劫了。老二看他可怜，便帮他抢了回来，村上太郎好说歹说非要留下这三口刀，权且送给两位当家的做见面礼，不成敬意。”

“卢大哥，你咋摊上这么一门好亲戚？”胡有禄奇怪地问卢亚贵，“小弟在衡山南台寺学艺的时候，听说倭国除了萝卜就是大葱，是个兔子都不拉屎的鬼地方。”

“江湖上讨一口饭吃，谁也不容易。”卢亚贵淡然一笑，“卢某和番鬼都能打交道，更何况村上太郎。看在同文同宗的分上，帮他一个小忙，举手之劳而已。”

“这厮能有今天的容身之地，全仗我大哥的照应。”郭三登吹嘘，“不过，这三口刀确属他的家传宝刀，外面不容易买到。”

硫磺岛所处的小笠原群岛地处汪洋中，早在明代，这里就是浙江、福建等沿海地区海盗的啸聚之所，和日本国并无隶属关系。七年前，东印度公司派遣一艘军舰登岛，把那里变成英国人的补给基地。盘踞在小笠原群岛的中国海盗战英军不过，便遣使南下珠江口，请托“西门庆”说动英国人给他们留一席存身之地，村上太郎借着这个机会，侥幸搭了个便车，保住了硫磺岛的地盘。

倭刀是仅次于大马士革刀和马来刀的名刀，在当时的广州城和佛山堡，一口上乘的倭刀能卖到上千两白银。喽啰们打开盒子，揭开覆盖的丝绸，胡有禄掂起一柄倭刀擎在手里。借着灯光仔细观瞧，刀刃的根部发出流水花纹之光，一道寒气刺得他汗毛孔发冷。“铁狻猊”脱口称赞：“果然是一把好家伙，我在总瓢把子那里见识过。”

“胡兄弟，好眼力，你家总瓢把子手里的那口倭刀，也是我大哥孝敬的。”郭三登是根直肠子，一高兴便说漏了嘴。

“西门庆”使劲咳嗽了一声：“三爷，还剩一口倭刀，麻烦你把它带回九峰山，送给贵堂大爷，代问一声他老人家安好。”

他说的大爷，便是“洪兴堂”的大龙头“六甲神龙”萧柯萧明远。

在老一辈的洪门英雄中，“洪兴堂”出过两位赫赫有名的大剑客，其一是前任大龙头“玄真道士”丁复国，其二是现任大龙头“六甲神龙”萧柯萧明远。这两大剑客素以武当派的“两仪四象剑”享誉武林，十年前那场起义失败后，丁复国荣升“洪顺堂”总堂执事大爷，在洪门中的地位仅次于洪门之主大慈和尚。

除了武功高强外，“六甲神龙”还是洪门中有名的智多星。“洪兴堂”退入粤北后，他把目光锁定在相邻的湘南绿林道。这些年，他前后七度出访阳明山好汉岭，以民族大义相激，力邀朱世雄等人加入洪门，成就一番英雄伟业。

这是一项非常振奋人心的大战略，假如朱世雄率领麾下的三十六处大寨、五万喽啰加入三合会，不仅可令洪门气势大振，而且还能获得湘南这个重要的战略咽喉，完全掌握战略上的主动权。试想，如果湘南、赣南、粤北这三块突兀在两粤和中原之间的山地统合为一，就等于在清廷的铁幕上砸下一枚巨大的铁钉，三合会退可以经略两粤，招兵买马，积草囤粮；进可以挥戈北上，逐鹿中原，兴汉驱满，那该是何等的气魄！

通过长期细致的工作，"六甲神龙"笼络了一批像"铁狻猊"这样的寨主，从内外两方面劝说朱世雄，大见成效。

侯贯虹弯腰致谢："不才代本堂大爷谢过了。"

"他老人家胸襟辽远，为常人所不及。"卢亚贵轻轻叹息。

一般人不见得能听懂"西门庆"这句话的含义，可侯贯虹身为"洪兴堂"的军师，什么味道听不出来？他明白卢亚贵这是借称赞"六甲神龙"的话头，委婉地表达对林采佛的不满。

洪门作为一个绝地求生的民间秘密组织，大龙头拥有至高无上的权威，不允许有丝毫来自下面的抗衡，这是行之有效的实用准则。况且，林采佛已然战死疆场，成为洪家兄弟心中人人敬仰的烈士，更不容许任何亵渎。侯贯虹打了个哈哈："老哥，'义胜堂'现如今要钱有钱，要枪有枪，弟兄们有好日子过，还是你有办法啊。"

卢亚贵脸上露出一丝尴尬："惭愧，惭愧。"

区润不太熟悉过去那些个陈芝麻烂谷子的事，但他毕竟是从洪门出来的，明白洪门里的大小规矩。见侯贯虹面露怏怏之色，连忙另起话头，为卢亚贵解围："三爷，胡二哥去红海湾探望兄长，你老人家上罗浮山所为何事？"

侯贯虹优雅地捋了捋胡须："呵呵，这个嘛。"

区润明白了他的意思，挥手命令身边的众护卫离开大厅，去外面加强警戒。侯贯虹指着窗外："刚才那道流星，三位当家的想必看到了？"

野狐岛濒临南海，各类异常的天象并不少见，然而像刚才那么巨大的流星，"义胜堂"这三位当家人还是头一次见到。卢亚贵道："正要向三爷请教。"

"不瞒老哥。"侯贯虹徐徐道来，"自本堂避敌锋芒退入粤北，迄今已近十载。不料近日群山中频现奇异天象，和我们那里比起来，刚才那道流星根本不算回事。最惊人的是前些日子，五星会于东井，倍于南斗，你说奇也不奇?”

卢亚贵拱手:“三爷,你说明白一点。”

侯贯虹脸上诡异地一笑:“星经上说,河戍六星夹东井,当南北两河各三星,南曰南戍,主越门;北曰北戍,主胡门。观南越之星者观南戍,观南戍者观南斗。从前在秦二世二年的时候,也发生过五星会东井、倍于南斗的奇异天象,东井秦分,未分也;南斗越分,丑分也。丑与未相背,秦失王气,则越得霸气。”

区润极为振奋:“这么说,天要变了?”

“果真如此就好了。”侯贯虹叹了口气。

“是这样,”胡有禄接着解释,“三位当家的,五星会东井这桩事我们弄不明白。但是上一个月,有一颗大星通体纯白,状若飞龙,自好汉岭上空匆匆掠过。总瓢把子请来名僧高道占卜吉凶,怎奈各执一词,好生叫人困惑。”

朱世雄以迷信道法名闻江湖,这些年他被“六甲神龙”打动,有心易帜投向洪门,但是恐怕麾下众寨主心思不一,便迟迟未敢轻举妄动。这次,五星会东井之后,紧接着就是白星飞越好汉岭,诸般种种奇异天象让他心存疑虑,难测吉凶,这才派遣“铁狻猊”随同侯贯虹一起上罗浮山,求高道指点迷津。

郭三登听入了迷,追问:“胡兄弟,那颗大白星后来落到了哪里?”

“这正是让我家总瓢把子睡不着觉的地方。”“铁狻猊”双眉紧锁,“它总在我们湘南上空飘忽不定,搅得寨子里的弟兄纷扰不安。”

“他老母的,还赖在你们山窝里不走了?”郭三登拍了下大腿,“胡兄弟,别着急,赶明儿我给你弄一尊‘千里眼’,把它抠出来。”

“红毛鬼子的法术?”胡有禄瞅着他,“看来郭二爷和洋人关系不错。”

“有一个红毛鬼子跟我二哥还是同宗哩。”区润笑道。

“有这回事?”侯贯虹和胡有禄吃惊地问。

“结拜的,结拜的。”郭三登晃着大肥脑壳,“八百年前是一家。”

郭三登的这个结拜大哥名叫郭士立,现任英国驻华商务监督的中文秘书。这个普鲁士人是个中国通,在洋人中声名狼藉,阿瑟·维利称其为“牧师和强盗、江湖郎中和天才、慈善家和骗子的综合体”。

郭博士是基督教的传教士,其实他什么都不信,只信仰一门宗教——

“拜金教”。这家伙搂钱的法子无所不包，概括下来不外乎这么几条：其一是直接投资鸦片贸易，其二是倒卖西洋武器，其三是当间谍挣薪金。他以传教为名，在中国沿海地区进行的有计划的侦察活动达十余次，搜集情报提供给英国政府，以便制订未来的对华作战计划。其四是办杂志赚钱。郭士立把他所掌握的情报分门别类，办了份杂志《东西洋考每月统记传》，每份售价一美元。其五是信息咨询服务。郭士立写了一本《中国沿海三次航行记》，在西方世界名气很大，从英国政府到鸦片贩子都来找他咨询。他对英国政府的收费标准无据可查，对鸦片贩子的收费标准则是公开的：每天三百三十美金。

众人笑得前仰后合。胡有禄认真地纠正：“红毛鬼子和咱们哪是一个祖宗？中间隔着十万八千里呢。二当家的，你仔细瞅瞅，人家是红毛，你是黑毛。”

郭三登为自己争辩：“管他红毛还是黑毛，只要家伙好使就行。”

“没错，鬼子的家伙是好使，洋枪比鸟铳强得不是一星半点。”侯贯虹伸出大拇指支应了郭三登一句，然后提醒道，“三位当家的，我和胡兄弟此行责任重大。还是那句话，小心驶得万年船，切勿走漏风声才好。”

卢亚贵不以为然，自吹自擂：“三爷，你大可放心，野狐岛是卢某人的地盘，我不敢说针插不进、水泼不透，至少也是固若金汤、稳如磐石。连官府都得给本堂三分薄面，哪个吃了熊心豹胆的敢来此地撒野？”

有的时候，话还真不能说得太满。卢亚贵话音刚落，平地里一声炸雷，从忠义堂外传来沙哑的叫骂声，骂人的正是黎三狗：“‘西门庆’，丢你老母，到底把我哥哥关在哪儿？快给三爷我乖乖地送出来，牙蹦半个不字，三爷我就杀你一个冷巷担渔竿，直出直入。”

夜半三更这声吆喝，在海岛上那叫个清亮，卢亚贵脑门青筋迸裂，坐在虎皮椅上气得哆嗦个不停。“义胜堂”自开堂以来从未碰到过这么丢人的事情，尤其是还发生在侯贯虹和胡有禄这两位贵客来访的当口。郭三登和区润两个当家人实在挂不住脸面，哇哇怪叫，“嚓琅琅”拔出佩刀，一前一后跃出忠义堂。

李文茂、张十五仔和黎三狗在野狐岛上转了几圈，四处迷雾重重，始终没有找到关押阿钿和黎二狗等人的地方。三人索性放弃搜寻，直接杀到忠义堂前叫阵。

“义胜堂”训练有素，他们这声叫骂立刻惊动了全岛，众喽啰排开阵势，将三个人围了个水泄不通。侯贯虹和胡有禄提着兵刃，跟在卢亚贵的后面出了忠义堂，发现对手是三个渔民打扮的青年，郭三登、区润已经抢先动手，厮杀起来。

在香港岛的年轻疍户中，张十五仔的武功仅次于阿钿，因此和郭三登打了个平手；而黎三狗显然不是区润的对手，十来个回合后，黎三狗一刀走衰，被区润翻转刀背，一家伙砍在屁股蛋上，踉踉跄跄栽倒在地。区润这一手能杀不杀，着实漂亮，“义胜堂”观阵的喽啰齐声喝彩，侯贯虹和胡有禄情不自禁暗挑大拇指，觉得这位三当家不事滥杀，将来的作为未可限量。

区润为“义胜堂”挽回了面子，心头稍安，上前喝问李文茂：“朋友，能上我野狐岛的绝非泛泛之辈，请赐个名号。”

现场的观战者中，卢亚贵、侯贯虹和胡有禄均为久经沙场的老将，早把注意力集中在李文茂的身上。只见这名身材高大的少年虽然穿短衣打赤膊，浑身肌肉却一点也不黑，根本不像是打鱼人家。他腰间系了一只金丝囊，佩戴一柄不到三尺的短兵刃，令人惊奇的是，他站在圈子中间纹丝不动，似乎周围的刀兵相交与他毫无瓜葛。单凭这份从容与镇定，卢亚贵、侯贯虹和胡有禄三人明白，这才是真正的硬茬子。

“多谢手下留情。”李文茂开口，“在下无名小卒，不想和贵堂结怨，尊驾只要把我们的人放了，在下马上就走。”

区润正是血气方刚的年龄，见对方不肯说出名号，觉得受到了侮辱，把脸一沉：“你们不就是三个人吗？还有谁？”

黎三狗说：“前两天被你们拿获的，三十多口子呢。”

原来是赤柱村的渔民，区润心生无限蔑视，把刀一横：“这事好办，你我刀口上好好比一场，你要是胜了，我保你们毫发无损地离开野狐岛。但要让区某人赢个一招半式，你们三个便算是送上门来的鲶鱼，杀剐存留，任凭我们大当家的处置，如何？”

“尊驾出刀吧。”李文茂提起拳头，似乎根本不打算用兵器。

“好狂的伢仔，吃区某一刀。”区润怒火中烧，举刀当面劈下，李文茂轻轻避过，纵身闪在一旁。观阵的“鹤顶红”和“铁狻猊”顿时吃惊非小，这少年竟然有如此高明的身法，到底是什么来头？

闲话少说，李文茂赤手空拳让过区润十招，这才抽出“龙渊刀”，双方半真半假、来来往往斗了二十来个回合，没有分出输赢。区润心明眼亮，知道对手给自己留着面子。三十个回合勉强斗罢，他主动跳出圈外，红着脸道：“承让。”

李文茂收刀入鞘：“该把我们的人放出来了吧？”

区润为难地看了卢亚贵一眼，“西门庆”手按刀鞘，派头十足地问李文茂：“我瞧你不像是赤柱村的人，为何要蹚这趟浑水？”

李文茂冷冷道：“跟你没有关系。”

号称固若金汤的野狐岛被人家如履平地，卢亚贵憋了一肚子的火，再让他把赤柱村的渔民放回去，这面子就算栽到了家。“西门庆”恶狠狠地说：“伢仔，你说得倒轻松，也不到江湖上去打听打听野狐岛是什么地方？岂容尔等来此撒野？”

张十五仔大喊：“我就知道，你们说话跟放屁一样。”

区润站在旁边脸上红一阵、白一阵，郭三登打不下去，抽刀跳出圈外：“我三弟的意思是放你们三个走，跟那伙打劫的强盗没有关系。”

侯贯虹苦笑着看了胡有禄一眼，郭三登这句“强盗”无形中把他们两个也捎了进去。不管怎么说，侯、胡二人觉得“义胜堂”三位当家的在江湖上颇有名号，如今在三个无名小辈面前翻脸不认账，实在是有失颜面。尤其是卢亚贵，当众食言，不给三当家区润面子，这种驭下之法令人难以恭维。

“西门庆”大概意识到自己的失态，拔出腰间的倭刀：“江湖有江湖的规矩，本堂断不会言而无信。倘若你们胜了卢某手中的刀，连人带货，本堂一并奉还。”

一船鸦片膏绝非小数目，黎三狗嚷道：“你说话作数吗？”

“瞎眼贼。”郭三登亮开大嗓门，“他是我大哥，说话能不算数？”

想起惨死的父兄，张十五仔痛心疾首，怒目而视：“丢你老母，为了这船鸦片膏，我们白白送了六七条人命。识相的，赶快把人交出来。”

“西门庆”脸色铁青，决心亲自上阵为“义胜堂”讨回面子，大吼一声，抡刀直劈李文茂的面门：“看刀。”

“西门庆”手里这口倭刀乃是东洋刀的上品，称得上是当世名刃，一般人和他对阵无不畏惧三分，吃亏不小。卢亚贵这几年养尊处优，观察力和判断力远不如前，侯贯虹和胡有禄都看出李文茂是故意让着区润，这家伙却以为李文茂的本事最多和区润打一个平手。等李文茂的“龙渊刀”施展开来，卢亚贵才知道误入虎口，心里叫苦不迭。

到这时候后悔还有什么用？双方只打了十来个照面，李文茂一式“金龙三缠头”，刀尖分刺卢亚贵的上、中、下三路，拉出了一条凛冽而模糊的弧线，刀光如潮水般蔓延而至，让对手分不清哪里才是致命的一击。“西门庆”万般无奈，顾不得一堂之主的脸面，撒手扔掉手中的倭刀，就地十八滚，狼狈不堪地逃出战阵。

黎三狗手疾眼快，冲上去捡起倭刀，插进自己的腰带。

包括郭三登和区润两位当家的在内，“义胜堂”所有的弟兄都惊呆了，他们从来没有见过大当家的输得这么惨。两位贵宾则各有所思，关注点不尽相同——侯贯虹善于揣摩人心，在他看来，卢亚贵出言不逊，这位少年是故意出狠手，令其难堪；胡有禄是一个赳赳武夫，在他的眼里兵刃是比生命还要重要的神圣之物，岂可随意丢弃？

虽然胡有禄心里十万个瞧不起卢亚贵，但人家毕竟是前辈，自己做客野狐岛，怎么能袖手旁观？而且眼前这伢仔功夫精奇，正可以向他讨教讨教。“铁狻猊”一时技痒，掣出一对短把狼牙棒，上阵邀战：“少侠真好本事，可否容胡某领教一二？”

“你们想用车轮战法？”黎三狗跳了起来。

胡有禄手中那对短把狼牙棒，每条约重三十斤左右。李文茂看出对方有把子气力，用刀指着胡有禄：“来吧。”

搁着一般的高手，以刀剑对狼牙棒，自然是四两拨千斤，走以巧取胜的路子。然则李文茂本为神力之人，岂肯向“铁狻猊”的狼牙棒示弱！两个人战不到二十回合，只见“小元霸”刀刃向上，刀背冲下，把丹田内的真气尽皆凝聚于“龙渊刀”背。耳轮中就听“咣当”一声，“龙渊刀”背准确地砸中狼牙棒，竟似有雷霆万钧之重，震得胡有禄虎口迸裂，“噔噔噔”向后接连退出去十来步，差一点甩手把狼牙棒扔掉。

那么薄的刀背，竟然能砸开沉重的狼牙棒？“铁狻猊”怔怔地发愣，不敢相信眼前发生的一切。铁汉子一咬牙，举起狼牙棒再度冲过去，和李文茂厮杀在一起。这一仗打下来可就闹了笑话——李文茂化刀为棍，一力降十会；胡有禄气力敌不过对手，无法硬对硬，只有依靠狼牙棒法在外围游斗，伺机发动进攻。

以己之短，击彼之长，这仗还有个打？侯贯虹在一旁直摇头，高声喝喊：“胡爷，点到为止，差不多就行了。”

粤西、粤北、湘南三省绿林道中，湘南绿林道向以好斗著称。胡有禄身上便沾染了湘南绿林道的这种习气，宁愿阵前死，不愿阵后生。“铁狻猊”勇猛顽强，无奈技不如人，双方武功相差得不是一星半点。一开始他好歹还能辨清对手的招式，打到后来，人家随心所欲，这把“龙渊刀”舞起来龙吟虎啸，刀法、剑法、棍法、枪法、鞭法、锏法、锤法合起来招呼，把胡有禄杀得东倒西歪，毫无招架之力。

李文茂又斗了二十个回合，不愿再浪费时间，一招“无刀问刀”刺向对方咽喉——这一刀的招式内藏玄机：明的是刀，暗的是掌。胡有禄身法已经不甚灵便，避过刀锋，却没有躲开李文茂顺势递过来的摊手，胸口结结实实挨了一记。铁汉子疼痛难忍，一头栽倒在地，双手用狼牙棒勉强支撑起身体，抬头问：“你……你这是什么招数？”

不待李文茂回答，从他身后蓦然响起了一记洪亮的声音：“二当家的，这是红班拳，你久在湘南，当然不识得。”

这声音像炸雷一样，众人齐齐地朝后望去，发现灯光之下来了一群人。当先的虬髯大汉穿着一袭青布长衫，头扎红巾，足踏云履，腰悬长刀，虎背熊腰，身高八尺过半，差不多快赶上李文茂的个头了。

虬髯大汉身后飘扬着一面蓝色的旗帜，与“义胜堂”三角形蓝旗不同的是，这面旗帜是长条形。随着雾气逐渐散开，李文茂看清这面蓝旗上横竖各绣有一行字——横的是龙飞凤舞的两个大字：“洪义”；竖的是工工整整四个字：“顺天行道”。

当年“摊手五”开创红船，根据红船子弟奔波生计、只在行船之际才能抽空习武的具体情况，在少林功夫的基础上，创制出一系列崭新的拳法，红班拳即为其中之一。红班拳是红船子弟的必修课，原来是为女老倌准备的，因为南方人普遍个头小，逐渐演变为一套男女皆宜的实用格斗术，涵盖拳、掌、刀、剑、棍等路数，讲究实战而不摆花架子，提倡“四两拨千斤”和近身缠斗，注重下盘功夫和双脚的抓地力。李文茂因为自己的个头太高，早已不再练习此类拳法。但是他这个人喜欢举一反三，常常把各种拳术揉在一起创新，刚才这一招“无刀问刀”便经过了他的改良。

来的这名虬髯大汉不是别人，正是威名赫赫的“洪义堂”掌印阿妈罗大纲。侯贯虹虽然比罗大纲年纪大，但是洪门礼法甚严，尊卑有别，罗大纲贵为一堂之主，侯贯虹不敢怠慢，连忙上前恭敬行礼：“大龙头，侯某见礼了。”

“本堂在红海湾左等不来，右等不见，就知道你们贪图卢大哥这里舒坦，乐不思蜀，是不是这样？”罗大纲风趣地说。

胡有禄拍了拍屁股上的土，抱了抱拳：“大龙头见笑了。”

“卢大哥，”罗大纲笑着对卢亚贵说，“这位小兄弟相貌不凡，他既然打的是红班拳，那么一定是红船人。洪门、红船本为一家，你们怎么倒打了起来？这是唱的哪一出戏？”

“西门庆”尴尬不已，支支吾吾。罗大纲明白其中必有隐情，又问李文茂：“小兄弟是哪个班的？可否赐个名号？”

李文茂被他识破行藏，无法再隐瞒身份：“在下‘凤凰仪’班李文茂。”

“敢情是李少班主，我说是谁啊，能使出这么厉害的摊手？”罗大纲上下左右、认认真真地打量了李文茂好半天，突然发出一阵大笑，“各位兄弟，你们输给李少班主不丢人，人家名列‘红船八斗官’之首，火烧高宜勇的巡船就是他干的。”

水师巡缉船为广东水师王牌精锐，“义胜堂”轻易不愿招惹的主，眼前这少年却敢捋老虎的胡须，一战击沉高宜勇全副武装的四条战船，炸飞清军水师六七十名兵丁。在场的“义胜堂”兄弟听了罗大纲的介绍，立刻对“小元霸”刮目相看。区润和郭三登一起过来，向李文茂客气地行礼：“这位小兄弟，好本事。”

李文茂抱拳在胸：“各位，请即刻放人，我们还要赶回去料理丧事。”

“怎么回事？”罗大纲奇怪地问。

“没事，没事。”卢亚贵遮掩着，命令手下，“快快放人。”

黎三狗想起刚才挨的那一刀背，屁股仍在隐隐作痛，于是扯开嗓门吼道：“是站着撒尿的就要说话算数，把那船货给老子装好了。”

李文茂、张十五仔和黎三狗完胜而归，连人带船开回赤柱圩。这船鸦片膏价值万金，为愁云惨雾的渔村带来了一丝慰藉。安葬了死去的乡亲，以张、黎两家人为首，用卖掉鸦片膏的钱购炮置船，正式扯起“红旗帮”的大旗。

“小元霸”离开香港岛，搬到大雾山腰与梁友礼结庐为伴，伐木成桩，裂石为锁，埋头苦修“六祖心经”和“浑天剑”。这一日，大雨倾盆，烟雾混沌，李文茂披了一件蓑衣，打着赤足来到密林中的一处别墅。这个宅院是锦田围大地主邓氏的别墅，青瓦白墙，蜿蜒徘徊；紫藤缠绕，木棉环拥，环境非常清幽。

连续下了十来天的雨，大雾山腰寒气颇深，而近乎赤裸的李文茂却丝毫不觉得寒冷。丹田之内气脉汹汹，真气相激，浑身上下直冒热气。任凭豆瓣大的雨点砸在皮肤上，没有一点其他的感觉，只是关元穴处的疼痛越来越加剧。李文茂走到墙根下，体内血脉贲张，大有五内俱焚之势。他不由自主地蹲了下来，强行用手按在关元穴上，以减轻疼痛。

眼皮底下是邓家别墅的水道，残花败叶时常落下来堵塞水道，梁友礼的一项工作就是保持水道的畅通。李文茂半蹲在地上，膝盖没入水面，冰冷的水汽渗入体内。他把手伸进水里一束一缕地清理着落叶，遇到粗一点的树枝，便用“栖凤剑”将之劈为两三截，再从中拖出。雨水滑过光洁小巧的剑身，无意片刻停留，亦不曾留下任何凝滞的痕迹。清理完水道，李文茂发觉体内真气不再强烈冲撞，便用右手慢慢地举起“栖凤剑”，把它放到自己的鼻子下面。

一瞬间，他似乎嗅到了血腥气息，这是母亲留下来的血！

李文茂的手略略有些颤抖，倏忽间，他将剑头朝外横举。漫天雨帘自苍穹而下，起自天地六合的杀气，以一种奔腾万钧之势向他袭来。熊熊烈火在少年的胸腔燃烧，“小元霸”猛然跃起身躯，左腕挥动“龙渊刀”，劈向浩渺雨阵。

一股神奇的力道，溅起无边的青芒，偌大的雨势似乎短暂地为之一结，出现了一道浓郁的伤口。人在半空的李文茂，右手“栖凤剑”刻不容缓，朝那道雨痕飞斩而去。

雨仍在下，这一剑，能劈中吗？

第十六回　长宁渡口

岭南四大名山中，罗浮山以仙山著称，被道教冠以“第七洞天”的美誉。这座浪漫的山峦由罗山和浮山组成，四百三十二座山峰中二者各居其半，其中以南海之畔的罗山为主，自东海浮来的浮山为宾。浮山就是传说中的蓬莱三别岛之一，屈大均在《广东新语》里说：“然体合而性分，其卉木鸟兽，至今有山海之异。”

这座奇秀玄幻的山峦吸引了历史上众多名士的目光，像什么安期生、朱灵芝、苏元明、葛玄、葛洪、吕洞宾、白玉蟾等人都在罗浮山采集到了奇花异草，炼成丹药，羽化成仙。对后世影响最大的当属抱朴子葛洪，他在罗浮山前后住了三十六年，功夫不负有心人，终于采集到了六十年一开花的长生草，偕同妻子鲍姑双双成仙飞升。

那一年是公元364年，那一天是冬至。

冬至在民间是一个十分重要的节日，与春节、端午和中秋并列为一年中的四大节日。《晋书》云：“魏晋冬至日受万国及百僚称贺……其仪亚于正旦。”由此可见，这个节日在中国古代文化中的显赫地位。按照岭南的习俗，这一天，农闲的人们杀猪宰羊，在家里或者寻一处仙山祭祀祖先。

惠州府博罗县的长宁镇是水路到达罗浮山的渡口之一，临近晌午的时候，渡口附近大小船只络绎不绝，红男绿女盈盈于途。这些人主要分为三类，一类是过节祭祖的民众，一类是找个僻静地方寒窗苦读的书生，一类是进山采药的郎中。

罗浮山不仅是道家的炼丹之所，而且是释门打坐修禅的好地方，山上寺观林立，总计有九观、十八寺、二十二庵之多。出了名的有五观与五寺，五观是冲虚观、白鹤观、黄龙观、酥醪观、九天观，前四个是葛洪当年所结的草庐，后一个原名明福观，邝露曾在观中读书，自称"明福洞主"；五寺为华首台、延祥寺、宝积寺、花手寺、拨云寺，明末清初，南明遗民多在华首台出家为僧，传习武艺，从事反清复明大业。

与华首台不同，宝积寺的僧人雅好画艺，德堃、德毓师兄弟皆为远近闻名的画师。德堃和尚去广州城执掌大佛寺后，德毓和尚接任住持，广招四方弟子，扩大画场的影响。"逃军和"拿出六十两银子，送弟弟叶四和进去当徒弟。

与叶四和同时入寺学艺的，还有"谢记"的黄广华。红船戏棚流光溢彩，琼花会馆对木雕活的要求很高，没有坚实的绘画基础很难胜任。老板谢亚裕掏出六十两银子，把小木匠送到罗浮山学艺，足见他对这个木讷徒弟的看重。

"咱俩合伙买一条船，"林科举对叶二和说，"去佛山堡挣钱。"

林科举是家住龙山乡的疍户，这年十五岁，是叶二和屈指可数的好朋友之一。林科举有一位兄长，继承了家里唯一的一条疍艇，眼看自己的年纪越来越大，家里穷困潦倒，拿不出足够的钱添置新船，林科举只好打起了"逃军和"的主意。

"我得琢磨琢磨。"叶二和敷衍。他长这么大，只有两样本事，一样是伸手要饭，一样是拼命逃窜——放弃一双比轮子还快的飞毛腿，去船上摇橹，值吗？

两个穷孩子蹲在"太昊记"酒肆的石阶上，望着河对面恍惚出神。那边属于罗浮山境，山清水秀，白云高悬，完全不同于这边俗世中的喧哗。

"快看，"林科举尖叫，"是梅家那娘们，穿着戏服呢。"

渡口停靠着一只画艇，在众奴仆的前呼后拥下，一位衣着华丽的娇娘登上岸。看年纪约在二十七八岁，左顾右盼，丝毫没有害羞的模样。这女人是顺德县梅基村的梅少奶奶，梅家是和温家并立的龙山两大家族，家财万贯，广有良田。三年前梅少爷病故后，梅少奶奶独揽家中大权，渐露骄奢淫逸的本性，雇佣了五十多个奴仆不算，还蓄养了四个“干儿子”——在龙山乡那群尖嘴婆娘的嘴里，梅少奶奶简直就是淫妇的代名词。

“听说了吗？‘白斩鸡’如今升了管家，能和梅少奶奶一张桌子上吃饭呢。”林科举眼里露出羡慕的神色，“我咋就没有人家的运势？”

“白斩鸡”本名叫白亚吉，也是龙山乡的疍户，从小被父亲卖给了梅家。林科举这句话有两层意思，一层是说白亚吉生性乖巧，运气好，有幸成为梅少奶奶的入幕之宾；另一层意思是说白亚吉下面的本钱大，要不怎么能在梅家奴仆中脱颖而出？

林科举的第二层意思其实是针对“逃军和”说的，叶二和假装没听出来，自嘲道：“咱们这穷命，哪能和人家比？”

见他不肯入彀，林科举索性直接破题：“二和，你的本钱大，梅少奶奶肯定欢喜。你把她伺候舒服了，赏你一座金山银山，买条红单船都没问题，还用和我斤斤计较？”

小乞丐怀抱着竹筐没有回答。人生是两头漏风的木筒，中间只存一缕缥缈之气，有人逆境中急速沉沦，有人却靠它顶住厄运的肺。在长年累月的乞讨生涯中，叶二和尝尽了没有尊严的苦涩，他穿着那身被阿梅清洗发白的长褂，决心不再做一名被人瞧不起的叫花子。他仿佛是自言自语：“要不，买一条篷船先？”

“不许反悔。”林科举跳了起来。

“我还没拿定主意呢。”叶二和立刻把话吞了回去。

林科举气得双眼冒火，要是眼光能变成一把火钳子，他准会毫不犹豫地将它探进叶二和的嘴里，把刚才这句话拽回来。

“哪位是叶二爷？”从“太昊记”里跑出来一名伙计。

叶二和连忙站起来：“我，是我，我是叶老二。”

“小的姓张，”伙计招呼，“我家掌柜的到了，你们把东西抬进来吧。”

酒肆柜台里站着一位楚楚动人的苗家少女，看年纪也就在十三四岁，头上戴着一顶华丽的银冠，大奔头下面是一汪深深的秋水，从相貌上看完全称得上是一位眼眉儿俏、眼眉儿撩的小美人。她打开竹筐，高兴地喊了起来："冯先生，你快来看。"

一个二十岁出头的青年离开门口附近的桌子，弯腰从竹筐里轻轻捏起一杆笔，仔细端详了一阵子，点头赞道："不错，是茅龙笔。"

茅龙笔是新会县的特产，它使用圭峰山的白茅草做原料，相传为明代大儒"白沙先生"陈献章所创制。陈白沙的学说以自然为宗，其开创的江门学派上承宋代程、朱理学，下接王阳明的心学，实为中国儒学史承上启下的关键人物。在岭南地区，陈白沙是所有读书人的偶像，无论写诗作画，大家都喜欢使用茅龙笔，以示风雅。

"太昊记"的东家是个苗族人，两年前身染沉疴，回到原籍粤西桂林府养病，把这间酒肆留给了一对儿女。当哥哥的名叫龙子才，年方十八，习得一身好武艺；妹妹名叫龙舌兰，就是柜台里戴银冠的少女。那位二十岁出头的青年名叫冯乙龙，家住花县禾落地村，拜在罗浮山九天观的六愚真人门下学习道法和相面。冯乙龙是个勤奋之人，对武术十分爱好，闲暇时帮龙氏兄妹料理生意，顺便跟着龙子才学几套拳法。

龙子才的师傅是新会县崖门京梅村的陈享，后者是"佛家拳"名师陈远护的堂侄。从陈远护这边论，陈松年是陈享的大师兄。陈享喜爱习武，曾拜李友山为师学习过李家拳；七年前他上了罗浮山，拜华首台的青草和尚蔡福为师，苦练少林十八艺。经过多年的砥砺，陈享推陈出新，最近自创一套"连环闪电削铁掌"。欣喜之余，陈享特意把陈松年请到罗浮山，共同切磋以便完善这套掌法。陈松年走时匆忙，把准备好的几捆茅龙笔忘在了家中，途经龙山遇到叶二和与林科举，便委托他们回江门潮连乡走一趟，把茅龙笔捎上罗浮山。

龙舌兰说："大爷还没从山上下来。"

"不急，不急，等一会吧。"叶二和诚惶诚恐地回答。他心里焦虑不安，宝积寺画场的名气很大，进寺学艺前必须参加一次考试，不知道弟弟能否通过。

"那好吧，你们进店里坐。"龙舌兰脆生生地叮咛那个伙计，"永绣，给这两位兄弟找一张桌子，好酒好菜地招呼着。”

“不用，不用，我们就在外面吃。”叶二和一辈子没在饭馆吃过饭，紧张地推辞，话没说完先溜出了酒肆，回到墙根底下蹲着去了。

“太昊记”酒肆对面是一家气势宏伟的大饭庄，匾额上写着“彭祖记”三个大字。这间店面正好把住渡口，一多半的窗户临河，视野极佳。无论位置、风景还是规模，均力压“太昊记”一头，是长宁镇首屈一指的豪华饭庄。

“彭祖记”门前有一个相面的小摊子，一杆残破的三角旗半掩半卷，上面绣着“铁口”两个字，中间是一个“白”字，下面的字迹看不大清楚。好在过了一会，山风吹拂，旗面上的褶子打散，露出被掩起来的两个字：“金牙”。

摆摊的道士愁眉苦脸，两只手蜷在衣袖里面，原来是被撵出灵应祠的白无相。叶二和刚想过去搭讪，旁边的林科举没捞到便宜，不高兴地唠叨：“老二，人家请你去吃酒，又不是砍你的蟹头壳，你推辞个鸟？狗仔坐轿，不识抬举。”

“这儿多爽快。”叶二和指着头顶上敞开的木窗，“你看，穿堂风嗖嗖的，清凉不说，还能听见鸟叫唤，屋子里太憋屈，我不喜欢。”

林科举抬头一看，果然，头顶的木窗窗棂上悬挂着一副鸟笼，外面用金丝绒布围裹得严严实实，看不清里面是什么鸟。不过从这架制作精美的鸟笼来看，临窗桌子上的客人一定是有钱的大户人家，或者是当官的老爷。

“这是啥鸟？”林科举不依不饶，“我看有点像你。”

鸟笼里的鸟偶然发出低沉的咕咕声，并无尖厉的鸟鸣。叶二和回了他一句：“有钱人家的鸟饱得滞，哪像你老是扯着脖子嚷嚷饿？不就是一桌酒菜吗？”

“喃呒佬跌屎坑，真拿你没办法。”林科举为自己辩解，“叶老二，人家掌柜的好心好意地招待，咱们不能失了体面。”

叫花子还要什么体面？叶二和不愿与他争吵：“好好，我去要一盘菜。”

“这就对了嘛，在江湖上混，别光顾自己。”林科举笑逐颜开。

“逃军和”刚直起腰，从渡口下来一堆人，差不多全是佛山堡的。他赶快蹲下身子拿竹笠盖住脸，两只眼睛透过竹笠的缝隙朝外面瞅。

走在前面的是几个趾高气扬、走路扇风的读书人，一个是桂香书院的王山公，一个是浣江书院的何壮昭，一个是颖川书院的刘端湛，一个是心性书院的余章标。这四位皆为科场铩羽的晦气鬼，立下雄心壮志，来罗浮山结庐读书。

跟在书生后面的是一伙背着竹篓的郎中，叶二和认识两个，一个是豆豉巷“保和堂”药铺的梁芳长，一个是筷子街“荣生堂”的掌柜梁志——后者老家在鹤山县古劳围的东便村，由于买卖做得好，几年前落籍佛山堡。梁掌柜为人和善，兼长跌打医术，驳筋接骨都有一套，小乞丐平时没少受人家的恩惠。

郎中后面是一群灵应祠的道士，领头的是凶神恶煞般的“牛鬼窟”。一看到他，叶二和脸色煞白，浑身哆嗦，忙侧过身，生怕被他认出来。

“牛鬼窟”没发现叶二和，径直来到白无相的卦摊前：“老白，这儿混饭容易吗？”

白道士一看是这个恶鬼，把脸一扭，没搭理他。

“牛爷，在哪家打尖？”小乙问。

“废话，咱爷们啥身份？能吃软脚面？”“牛鬼窟”扫了“太昊记”一眼，目光掠过那架鸟笼，大踏步进了“彭祖记”。

何壮昭跟着众人进了“太昊记”，大呼小叫：“乙龙兄，怎么还没走？”

冯乙龙从桌子上抬头一看，除了余章标外，其余三人全是去年在省城提督学政署门口观榜的旧相识。同为院试落榜的失意者，自有一份特殊的感情，他高兴地站起身：“列位兄台大驾光临罗浮山，所为何事？”

王山公摆了个姿势：“效仿先贤，头悬梁、锥刺骨。”

“靓志。”冯乙龙竖起了大拇指。

刘端湛好奇地翻着桌子上的东西：“账本，日历，你在画历法呀？”

“得闲玩玩。”冯乙龙赶紧把桌子上的东西收起来。

刘端湛家境小康，却不幸住在富人扎堆的兴桂里，整日闷闷不乐。他敲了敲桌子：“这里面有黄金屋，还是颜如玉？”

“老冯，你打什么鬼算盘？”王山公问。他和冯乙龙均有练拳习武的爱好，虽然本事不怎么样，但自我感觉都不错，自认是个高手。

“我在编一套历法。”冯乙龙红着脸解释，“现在的夏历岁年错乱，气朔交争，用起来很不方便，乡亲们都觉得麻烦，不容易记。我琢磨着干脆用四季划分一年，以立春为首，十二节为月首，十二气在月中；单月三十一日，双月三十日；以干支纪年，春夏秋冬四季分明，整齐划一，纵然目不识丁也能一目了然，岂不痛快？”

余章标是鹤山双桥都人，胆子小，平素为人谨慎。他翻了翻冯乙龙自创的那套历法，小心翼翼地说：“历法上通天意，非圣人和王者所不能制。乙龙，你弄这个是什么意思？不怕有人捅到衙门里吃官司？”

“官府算个屁？”王山公板着脸，“此地是仙山，衙门能管得着神仙？”

和余章标正好相反，王山公是一个天不怕、地不怕的性子。冯乙龙吩咐张永绣：“快给这几位老爷上酒，弄一盘酸鱼外带酸辣椒，把他们的嘴给我堵上。”

叶二和伸出头打窗外向里面瞧，发现靠着墙角那张大桌子也是几个熟人，而且彼此之间沾亲带故。桌子上座是位身穿丝绸长衫的中年人，名字叫温秉义，顺德县龙山乡坦东村人，和小乞丐是同村乡亲。温秉义是居仁里大财主区彦魁的外甥，在佛山堡岳庙铺的乐安里开设有一间织布机房，雇佣了十五六个织机工人（俗称“机房仔”）。温秉义旁边坐着一位衣着华贵的年轻人，头戴镶珠嵌玉的顶帽，他是区彦魁的侄子区植棠。

另外三个人也是区彦魁的外甥——方脑壳的那位叫游新潭，花县炭步镇人，在佛山堡山紫铺的“万泰炉”当学徒；胖乎乎的青年叫汪亚景，粤西临桂县人，在桂林府当捕快；又瘦又矮的叫陈见成，粤西浔州府人，在筷子街摆地摊卖狗皮膏药。

这家人凑得齐整，他们来罗浮山干什么？

“逃军和”正在胡思乱想，林科举又叫了起来：“好威风。”

小乞丐回头一看，从停靠在渡口的一条大船上下来一群太太小姐，二十来名荷枪实弹的护院家丁排列左右，煞是惹眼。大船上迎风飘扬着一面“张”字旗，叶二和吐了吐舌头，东莞张氏与新安邓氏是有了名的豪门，难怪有这么大的阵仗！

在行人艳羡的目光下，张家男女络绎不绝地进了“彭祖记”酒楼，其中一位身形瘦弱的小少爷在卦摊前顿住了脚步，稚气地问白无相：“我怎么没见过你?”

白道士一愣:“在下是游方道士。”

“铁口金牙,口气不小呀。”张家少爷提高声音,“你给本少爷算一算前程,说得在理,大锭银子有赏;要是信口开河放葫芦,当心拔了你的鸟旗。”

看来又是一个惹不起的主,白无相暗地在心里念了一个辟邪咒,方才打量了一眼这位张少爷。只见对方瘦骨伶仃,浑身上下没有几块多余的肉,额头宽、下巴尖削,长了一副娘们似的瓜子脸;口气却江湖味十足,似乎在世面上闯荡过。白道士犹豫了一下,吹捧起来:“不是贫道存心吹捧,少爷,你这个额头又高又阔,能跑马行船,此之谓天庭饱满。天庭为火星,主少年运程,经云:‘天庭高耸,少年富贵可期’。”

张家少爷的眼光像刀子一样:“照直了说,别废话。”

白道士干笑了两声,小心翼翼地措辞:“少爷天庭饱满,地阁确实不能说是方圆,有点尖下巴。地阁是水星,水星弱,少爷命中犯水,有夭寿之相,千万要离着水远一点。”

“牛鼻子,你活腻味了。”一个随从吆喝,“敢咒我们少爷?”

张家少爷并没有生气,反而向白道士示意:“莫理睬他,好好解相。”

这位少爷名叫张敬修,出生的时候由于先天不良,身体孱弱,父母把他送到花手寺景玉禅师的门下,习武练功,强身健体。别看他年纪不大,占卜、相面总有上百次,之所以对白无相的话信服,是由于他那位大名鼎鼎的先祖命里也犯了这一条。

张敬修的先祖即名列“岭南三忠”之一的张家玉,这位美如冠玉的大帅哥“好击剑、任侠,多与草泽豪士游”,是名副其实的武林高手。崇祯十六年(1643 年),二十九岁的张家玉考中了进士,进翰林院当了庶吉士。南明隆武帝爱其文武兼备,授予他一个兵科给事中的官职。永历元年(1647 年),张家玉在东莞老家招募义军,与陈子壮、陈邦彦二人携手抗清,最后兵败增城,身中九箭,投水而亡,死的时候才三十三岁。

见张敬修没有责怪,白道士壮起了胆子:“少爷,水星弱不是说你有溺亡之患,而是指水战不利。事有阴阳,命在起伏,你这一辈子成也萧何,败也萧何,均应在这个‘水’字上。少年得志当然不是走科场折桂这条路,而是应在军功上面出头,两粤为江海交汇之地,以军功出头只能依靠水战见长。少爷,你一生中三起三落,以水战兴,以水战败。其实你的下颌尖假如再长那么一点点,不但能够避开夭寿,而且是封侯拜相的命。”

张敬修的尖下巴像锥子似的,从来没听说过还可以再尖一点。白无相侃侃而论,把张敬修说得心服口服,命人呈上一锭银子:“真人,水战既不可避,三起三落,当是遇到命比我还要硬的对头。他到底是谁?能否为在下指点一二?”

“请恕贫道无能,你一生享尽人间荣华富贵,比你命硬的人定是真龙。我师傅教的是吃饭糊口的手艺,相猪相狗的不在话下。相龙的手艺嘛,嘿嘿,说实话,贫道没有学过。”白无相把银子塞进褡裢里,用手一指“太昊记”,“罗浮山只有九天观的六愚大师研修此道,你不妨问问他的徒弟,看他怎么说。”

“姓冯的那头驴?算了吧。”张敬修泄气了。他和冯乙龙在同一座山上学艺,彼此了解对方的脾气秉性,才不愿意自讨没趣。

张敬修等人刚进“彭祖记”,叶老四就一路小跑冲到了“太昊记”的门前。见兄弟小脸通红,叶二和磕磕巴巴地问:“德毓大师收你了?”

叶老四使劲点了点头,叶二和高兴地猛拍了一下巴掌:“等着,我给你弄一碗肉吃。”

冯乙龙从里面探出头,奇怪地问:“叶兄弟,有什么高兴的事?”

“冯先生,你不得了。”林科举竖起大拇指,“张大少爷一听你的名字,立刻像霜打了的茄子一样,连找你算命都不敢。”

“冯某学的是相龙之术,”冯乙龙鄙夷道,“他算哪根葱?”

“相龙?”林科举呆了呆,“真有这门手艺?”

“龙行百年方出世,学这门手艺糊不了口,只有饿死的份,最好还是别学。”冯乙龙叹了口气,把他们往里让,“你们是大爷的客人,进来吃饭吧。”

“里面满屋子老爷少爷的,我们就算啦。”叶二和嘿嘿地笑。

林科举抢着说:“只要有肉,在哪儿吃都行。”

冯乙龙不再勉强,让张永绣端来几碗米粉,又捧来一大盆油乎乎的酸肉,然后进屋和王山公、何壮昭、刘端湛、余章标几个喝酒去了。

由于都是熟人，大伙离开自己所在的桌子互相敬酒，不一会便喝得酒酣耳热。见梁志八岁的小儿子梁德荣也背着一个竹篓，陈见成就问他："你认识草吗？"

"休要门缝里看人，我采过的药不比你少。"梁德荣掰开手指头数了起来，"接骨草，琉璃草，风草，石菖蒲，仙人冻……"

梁德荣是梁志的次子，生下来虽然体弱多病，但是从骨子里透着那么一股伶俐劲。梁志很喜欢这个小儿子，为此特地把自家的药铺"杏济堂"更名为"荣生堂"。

刘端湛阴阳怪气地问："有没有长生草？"

传说中罗浮山的长生草有两种，一名九节绿玉，一名三花紫茸，吃了用它们炼成的丹药即可成仙得道，白日飞升。梁芳长见刘端湛欺负梁德荣，回了他一句："你猜猜。"

刘端湛有个嘴碎的毛病，惯用的口头禅就是这个"你猜猜"。见梁芳长以其人之道还治其人之身，大伙哄堂大笑，梁志笑着说："酥醪观卖的那些药里有。"

酥醪观有一眼酿泉，为罗浮山三大名泉之一，住持铁棒道士医术高深，把采来的草药和泉水煎合，制成药剂向外发卖，大发横财。诸药之中，尤以和合之药名闻岭南，补阴壮阳，远非普通春药可比。刘端湛受到抢白，挫了锐气，转头吃酒。何壮昭把话题接了过来："哥几个进山多费点心，好歹给我弄株灵通草回来。何某吃了一年的石菖蒲，屁用不顶。"

灵通草为罗浮山特产，专门治疗耳疾，已经有好多年不见踪迹。石菖蒲虽然也有耳聪目明的疗效，但与灵通草比起来，相差何止千倍？梁志感叹不已："堂堂的罗浮仙山，竟然连灵通草也绝了踪迹，真是说不过去。"

在罗浮山九观、十八寺、二十二庵中，冲虚观名列榜首，究其原因有两个：其一，冲虚观后面的朱明洞为罗浮山的根本，披云涵星，深不可测；其二，冲虚观内有一口葛洪炼丹用的长生井，为罗浮山镇山之宝，名列三大名泉之首，是道家炼丹不可或缺的神仙水。换句话，你就算采到了长生草、九叶碧血仙茅之类的神草，如果没有长生井水，照样炼不出仙丹。

罗浮诸仙草中，名气仅次于长生草的是碧血仙茅，又称罗浮人参。其中，九叶一花者堪比长生草，为武林中人梦寐以求的宝物，习武之人吃了以后功力倍增，三十年结一次果；七叶一花者根如人形，望之栩栩如生，为打制盖世名刃所必备，二十年结一次果；五叶一花者根如美玉，其色光彩，可治愈世间绝大多数疑难病症，十年结一次果。

三十年前，黄龙观的观主空空道长采到了一株九叶碧血仙茅，与金蟾道士言明，炼成丹药后一人一半，结果金蟾道士言而无信，生生把丹药全部独吞，遂成绝世之功；十年前，两仪洞的掌门白云道士采了一株七叶碧血仙茅，按说这玩意只能用来铸剑，可是“逍遥门”照样毫不客气，拿过来“咔嚓”一刀切走一半，换给白云道士一桶长生井水。

由于“逍遥门”心狠手辣，各道观的道人无不吸取教训，再无人攀危岩、蹈绝境，冒着生命危险去寻觅仙草，罗浮山的仙气遂缥缥眇缈，不落尘世。

邻桌的区植棠忽然开口：“阿长，有什么药草能医好我阿伯的病？”

区彦魁前后娶了十三房妻妾，都没给他生下一个儿子。未出五服的堂侄共有四个，分别是区植棠、区植柏、区植槐和区植松，数区植棠血缘最近，最有希望继承偌大的家业。这一点让区彦魁的四个嫡亲姐妹愤愤不平，争相派自己的儿子进山采药——治好区彦魁的病，就该分得一份财产，这个理，到哪儿都能说得过去。

区彦魁年老体衰，病入膏肓，看了多少家郎中也不管用，还能有什么药可以医治？梁芳长想了半天，喃喃道：“那只有碧血仙茅了。”

“是嘛。”区植棠优雅地打开手里的描金扇，搧了两下凉风，又慢慢地合上。

屋外墙根底下，三个穷孩子狼吞虎咽，叶老四把米粉吃完，舒舒服服抹了把嘴，发现哥哥没动筷子，凑上前问：“二哥，你咋不吃？”

叶二和把自己的碗递过去：“你趁着热乎吃先，待会我再朝掌柜的要一碗。”

叶四和风卷残云吃光后，舔着嘴唇说：“真香，和阿妈做的一样。”

提起母亲，“逃军和”止不住地心酸落泪。为了养活一家人，让大哥能娶上媳妇，母亲自甘卖身为奴，受尽了人世侮辱和践踏。他费尽心机地安排兄弟生计，也是指望他们早日成才，哥几个好一起努力打拼，早日把母亲从罗家救出来。

“记住，对师傅要像爹娘一样孝顺，这样才能学到真本事。”叶二和谆谆教导，“千万别怕吃苦，吃苦是福，咱们穷人就剩这个本事啦。”

叶老四似懂非懂地点点头：“临走的时候听师兄说，今天要进山砍柴。他们俩一个是石湾陶艺世家，一个是木雕匠人，我还能跟他们学制陶和木雕呢。”

“太好了，交一份学费学三样本事，世上哪有这样便宜的事？”叶二和大感欣慰，“你赶快把肉吃了，凉了会闹肚子的。”

大凡穷人家的孩子总有一个习惯，喜欢把好吃的留在最后。这盆香喷喷的酸肉，对于叶氏兄弟与林科举来说，诚属难得一见的美味佳肴。酸肉摆放在中间，三个人你推我搡，谁也舍不得先动一筷子。叶二和对林科举说：“老举，你不是饿了吗？”

“让四和吃先。”林科举有自己的原则，第一筷子不抢，第二筷子不让。

“吃吧。”叶二和对弟弟示意，“庙里的日子清苦着呢。”

叶四和迟疑地拿起筷子，自从母亲离家以后，在他的记忆中，再也没有闻到过这么香的味道。小家伙压抑住激动的心情，颤抖地把筷子伸进碗里，好不容易兜住了一块肉，正打算往外捞。“吧嗒”，一摊黏糊糊的东西从天而落，正好趴在那块肉上。

“丢你老母，”林科举屁股底下像按了弹簧，立时蹦了起来，“啥玩意？”

微风吹来，一股粪便的臭味钻进了“逃军和”的鼻孔里。小乞丐抬头一看，头顶上的鸟笼正在微微晃动，于是站起来怒气冲冲地骂：“谁个王八蛋的鸟？”

靠窗户的桌子上一共坐着六位客人，当中两个人相貌悬如天地，一个美如玉盘，一个丑赛夜叉，后者脸上还横着一块刀疤，看起来叫人浑身起鸡皮疙瘩。

听到有人叫骂，那个脸带刀疤的丑八怪立起了扫帚眉毛，牙齿在地包天的海碗嘴里“嘎吱吱”咬出了动静，横眉立目道：“你再说一遍？”

如果换在平日，“逃军和”早就吓得抱头鼠窜了。可是今天，眼看着弟弟无法享用人生的第一道美餐，小乞丐怒火中烧，完全豁了出去，破口大骂：“杀千刀的烂蟹，骂你咋了？难道你的鸟比人还金贵？”

这两个杀人不眨眼的魔王不是别人，一个是贝尘鹤，一个是柯振海。柯振海拔出腰刀劈在桌子上："爷爷的鸟就是比你的命金贵，不服怎的？"

听到这边动起了刀枪，一个叫龙五的伙计忙过来打躬作揖："客官，客官，消消气。有事好商量，别动手动脚，免得叫人笑话。"

"剔骨龙"在粤西横行霸道惯了，杀人如同踩死个蚂蚁，哪里会把一个跑堂的小伙计放在眼里？他厉声呵斥："没你的事，滚一边去，老子的刀可不长眼睛。"

"客官，"龙五把脸一沉，"你要是不讲理，我只好请你马上走人。"

"大爷我就是不走。"柯振海没料到一个伙计也敢跟自己叫板，气得嗷嗷直叫。

"瞎眼的恶贼，"龙五不屑一顾，"也不看看这是什么地方？"

柯振海暴跳如雷，刚准备动粗，贝尘鹤一把抓住他的手腕，朝他悄悄使了个眼色，然后对龙五道："酒保，叫你们掌柜的来结账。"

龙舌兰风摆杨柳似的飘过来，贝尘鹤掏出一枚珠子塞进她的手里。龙舌兰打开手掌，只见这枚珠子足有拇指般大小，通体光滑丰润，一看就是个值钱的物什。突然，小姑娘惊讶地叫了起来，在明媚的阳光下，这枚珠子的底部泛出几道青丝，犹如白云之间的树状裂缝。她把珠子往桌上一丢："什么鬼东西？拿来糊弄姑奶奶？"

贝尘鹤出手如电，用两根手指迅疾夹住这枚明珠，与"剔骨龙"对视片刻，两个人同时发出一阵极其粗鄙的狂笑："哈哈，我看你才是有眼不识泰山。实话告诉你，这枚珠子乃本门秘器，天下无双的宝贝'测阴珠'。小娘子，别看你模样水灵，充其量不过是一具俗壳，本公子对你可没有多大胃口。"

龙舌兰再单纯，也能听明白这些下流的污言秽语。姑娘骤然从头上拔下一支金钗，闪电一般刺向对方。这一刺猝不及防，贝尘鹤倒是避过去了，旁边一名大汉来不及躲闪，这只金钗正中其肩膀，顿时血流如注，瘫倒在地。

"好个野丫头。"贝尘鹤与柯振海各亮兵刃，把龙舌兰困在中央。

"淫贼，敢在罗浮山撒野，我看你们是活得不耐烦了。"龙舌兰毫无惧色，从衣襟下取出一面手帕，揩净金钗上的血迹，重新把它插回银冠。

见龙舌兰如此镇静，柯振海有些迟疑，回头张望。果不其然，从“太昊记”外面跨进来两条汉子，前面青年大约二十岁上下的年纪，头部外围的一圈头发剃了个净光，只在中间绑了一个髻；后面那条大汉手提一扇两个拇指厚的板门刀，豹头环眼，不怒自威。

“哥哥。”龙舌兰一头扑进青年的怀里。

这两个人是龙子才和陈松年。龙子才安慰了妹妹几句，对贝尘鹤与柯振海骂道：“有娘生没爹养的东西，小爷教一教你们规矩。”

“剔骨龙”一看陈松年手里刀背的厚度，暗暗吃惊，觉得还是拣个软柿子捏。他操起长枪，跳到屋外向龙子才叫阵：“来来，有种的，咱们大战八十回合。”

“对付你这号货，还用得着家伙？”龙子才轻蔑地瞥了他一眼，转身问陈松年，“你看我用什么拳，师伯？”

“就用你师傅这套新拳法。”陈松年扯了条板凳，悠然自得地坐了下来。

“遵命。”龙子才施展出“连环闪电削铁掌”，赤手空拳与“剔骨龙”战在一处。这套掌法柯振海见所未见，闻所未闻，也就是十来个照面过去，龙子才一招“骑龙扛掌”，攥住“剔骨龙”的长枪，使劲往空中一甩，柯振海整个身子飞在空中。那边陈松年伸出虎爪，正掐住他的后颈，猛击一掌，将柯振海拍入河里。

贝尘鹤自知不敌，率领手下喽啰撒腿而飞。

龙五摘下那只鸟笼，打开包裹着的绒布：“少爷，这是什么鸟？”

大伙围拢过来一看，笼子里有一只鹌鹑大小的鸟，白嘴黑额，身上的羽毛杂色纷呈，共有五种颜色之多，模样十分怪异。

叶二和上前向陈松年请安：“陈大侠，东西我给你带到了。”

“二和兄弟，你在这儿好生吃喝，陈某眼下没工夫陪你。”陈松年解释，“赵先生他们进山赛琴，我得给他们引路去。”

何壮昭出来看了看那只鸟，惊讶地问：“莫非这就是五色神雀？”

五色神雀即《异物志》里提到过的木客鸟，认识长生草的藏身之地。龙子才摇头：“五色神雀是君子之鸟，咋会落在两个贼子手里？”

龙五听了后有所领悟，冲上去一把掐住鸟脖子，右手一扽，撕下好几片羽毛来，举起来失望地吆喝：“入娘贼，染的。”

第十七回　云璈八曲

罗浮山有上、下铁桥之别，上铁桥在分霞岭，东西霞采，朝暮迭见；下铁桥即铁桥峰，濒临分水坳，位当飞云顶和上界三峰之间——前者是罗山之巅，后者是浮山最高的山峰。换一句话说，上、下铁桥为罗山和浮山的界线。

贝尘鹤、"剔骨龙"和"牛鬼窟"等人垂头丧气地爬上铁桥峰。烟雾缭绕的峰顶，一位身穿水田衣的道士坐在半截树墩上，手里拿着个枫树根正在仔细端详。道士腰里插着一块红牙玉板，背负一口奇形怪状的葫芦，头顶的树枝里藏着一架鸟笼。这架檀香木鸟笼四周用金丝绒裹得密不透风，与贝尘鹤那架鸟笼一模一样。

这个道士正是"粤西四友"之一的"阴阳生"韩通，枫树根和红牙玉板是"绵里针"遗留下来的法器。见贝尘鹤几个姗姗来迟，韩通非常不满，从怀里掏出一只西洋表埋怨："你们瞧瞧，都什么时辰了？"

"韩爷，"柯振海调侃，"你老人家够时兴的嘛。"

"鸟笼呢？"韩通质问。

"别提了，人要是倒霉，喝口凉水都塞牙。"贝尘鹤把发生在"太昊记"的事情，前前后后说了一遍，"老柯挨了人家一掌，差点就来不了啦。"

“你们这些后生仔，总是分不清轻重缓急。”韩通长叹一声，“阿鹤，临行前你师傅交代的话，你不会忘了吧？”

贝尘鹤打了个激灵，赔着笑说：“不会，不会，我们全听你的安排。”

“下不为例。”韩通指着头顶上的鸟笼说，“多亏我留了一手。”

“韩爷，还是你老人家行事稳当。”贝尘鹤奉承。

罗浮山中，仙草生长在浮山二百一十六峰。这不是说罗山水土不济、难演神迹，而是因为罗山属于南海一系的山水，有代表性的神物异草多生长在南海极渊处。“阴阳生”怕冬至这一天进浮山采药的人太多，便想出了一个计谋——从罗山逮了两只鸟，给鸟翅膀涂上颜色，假扮能指引长生草的五色神雀，以便把采药之人诳到罗山。

看时间差不多，“阴阳生”打开鸟笼，那只“神雀”扎向深渊。过了片刻拉起翅膀，在山谷里惊魂未定地徘徊了几圈，这才向东边的罗山飞去。

和风吹拂，阳光照耀下，这只整过容的鸟蓦然现身于清凌凌的天幕，每根羽毛的色彩都能看得清清楚楚。上、下铁桥的香客们爆发出一浪接一浪的呼叫，漫山遍野声若雷动，随处可闻“五色神雀出世了”的欢呼声。紧紧追随鸟儿翱翔的方向，巨大的人潮掉头向东，犹如夸父逐日，竞相追逐着天边那道虚幻的彩虹。

贝尘鹤、“阴阳生”、“剔骨龙”、“牛鬼窟”等人目瞪口呆，继而发出一阵嗤笑：“看起来一个个人模狗样的，原来全他老母的是蠢驴。”

“神雀”一现身，温秉义欣喜若狂，拔起腿打算跟随人潮向罗山方向跑。陈见成毕竟卖过膏药，提出质疑：“罗山怎么会出仙草？”

“风水轮流转，今年到我家。”温秉义振振有词，“浮山这些年一点动静也没有，当然轮到了人家罗山。”

游新潭不相信：“仙草这东西，还有风水轮流转的？”

区植棠望着如潮的人群，支持温秉义：“三十年河东，三十年河西，何况现在五色神雀出现了，还能有错？”

见四位表兄弟争执不下，汪亚景非常不耐烦：“我看你们在粤东算是白混了，连方向都搞不掂，还能成什么事？干脆大路朝天，各走一边。”

大伙同时问汪亚景：“你说去哪边？”

“正面向东，背面向西，走哪一边，凭天意。”汪亚景摸出一枚铜钱，把铜钱向空中高高一丢，待落下时拍入手中，“看好了，向西去。”

温秉义和区植棠看不惯他的江湖气，“那就各碰运气吧。”

表兄弟们分成两伙，实际上因贫富而起。温秉义是个小业主，家里不愁吃穿，当然与区植棠有共同语言；而游新潭、汪亚景和陈见成三人是驼背卖虾米，大家都不行，伙在一起尚且能维持自尊心。且说这哥仨跨过分水坳，走在凄凉的人生路上，越往前走人影越稀落，越往前走越没有底气。个把时辰后，陈见成一屁股坐在地上，大口地喘着气：“不行，我得好好歇一会，累死我了。”

路人不断折回头向罗山去，汪亚景也动摇了：“要不，咱们回去吧？”

在马士襄的“万泰炉”学习铸剑，有时候，一把好刃口须打磨半年以上，游新潭练的就是一个执着和耐心。他不愿意走回头路：“凭啥？”

“你没看路上就剩咱们仨？”汪亚景回答。

“到了这步田地，只有地葫芦不搭架子，硬撑着，绝不能叫那两家看衰。”游新潭瞥了陈见成一眼，“你说是不是，阿成？”

三位穷表兄弟中，陈家的光景最为潦倒，这次进山为舅父区彦魁采药医病，对陈见成来说是一个难得的翻身机会。他从地上爬起来：“人活一口气，佛争一炉香，我就不信咱们该是一辈子的穷命？去浮山。”

浮山仙境与罗山迥然不同，二百一十六座山峰藏于山岚之中，烟雨霏霏，霞光缥缈，乍合乍离，阴阳不定。人在山中走，犹如海上行，两个时辰后，进入浮山的人群像撒入汪洋中的一捧细沙，彼此隔绝了行踪。

天色渐渐暗淡下来，他们爬上一个山头后迷失了方向。游新潭朝周围一打量，发现四面尽为茫茫云海，云层下面是一列列纵横交错的山峦。山风吹来，寒气逼人，陈见成缩着个脖子嚷嚷：“老游，你拿个主意，到底该朝哪个方向走？”

浮山二百余座山峰绵延数百里，飞瀑、流泉、密林、危崖遍布林立，置身其中，东南西北根本无法辨析。游新潭也发了怵，急忙问汪亚景：“那伙道士呢？”

刚才在他们前方出现了七八个道士，个个手执长竿，肩挎背篓，腰捆绳索，一副地道采药老客的装扮。游新潭认得，领头的是一个绰号“打铁罗”的道士。

十年前，白云道长负气出走，两仪洞的铸剑场全靠他的两个徒弟“火见愁”和“打铁罗”勉强支撑。别看这两个徒弟不哼不哈，却是有蔫主意的倔脾气，重然诺，轻生死，大得古之剑师遗风。他俩三年前购得一块天降陨石，在炉子里千锤百炼，准备与佛山三大铸剑名师再决雌雄。这场比剑盛事极为轰动，游新潭在家里听说，这次代表佛山堡三大炉户出战的是杨日昇的“粤胜炉”。四天后是比剑之日，两仪洞铸造的新剑出炉前夕，“打铁罗”带着师兄弟进浮山能干什么？准是奔着七叶碧血仙茅去的。

铸一口神兵利刃，需要满足三大条件：其一，巧夺天工的铸剑技艺；其二，难得一见的珍贵材料，比如说“火见愁”和“打铁罗”所购的这块陨石；其三，能够赋予剑体灵魂的神草和神木，这一点最重要——铸造一柄名剑所需的神草神木，以东海出产的七叶碧血仙茅和南海出产的“柔佛人荟”最为出名，这两种草木皆具人形。中国古代有许多铸剑传说，其中最有名的便是干将、莫邪夫妇的神话，说的是铸剑大师干将之妻以身投炉，终于练成盖世奇兵。在这则美丽动人的故事背后，反映的正是人形仙草不可或缺的奥秘。

身为捕快，汪亚景以眼光毒辣和腿脚麻利自负，一路上负责追踪“打铁罗”，哪知道天还没有黑就把人跟丢了。听到游新潭发问，他脸上火辣辣，替自个辩解：“这地方真邪门，刚才还走得好好的，中间咋就突然涌出一条深涧来？”

“那你放个鸟葫芦？”陈见成气急败坏，把一腔的不快尽数发泄在汪亚景的身上，“罗浮山是啥地方？修道的高人有多少你知道吗？乡巴佬。我告诉你，整整三千号人，咱们粤西全省的和尚、老道加起来，也没有人家一座山多。”

汪亚景失了威风，垂头丧气地问：“老游，你说咋办？”

“我是诸葛亮唱空城计，”游新潭气馁，“屁法子没有。”

正当哥仨迷茫困惑的时候，附近山头闪出一丝光亮，照耀出大片红似火的枫林。汪亚景高兴地喊：“那边有人，好像是朝枫树林去了。”

“这才几个影子？”陈见成摇头，“肯定不是‘打铁罗’他们。”

“他们去枫树林干啥？”游新潭感到奇怪。

汪亚景打了个哆嗦：“别是去采‘枫子鬼’吧？”

枫树的躯干上偶尔会长出一种枫瘿，此谓“枫人”，又名“枫子鬼”。屈大均在《广东新语》里曾经说：“一枝可长数尺，形如人，口眼悉具，越巫取之用术，往往有神。”罗浮山的枫树天下驰名，有一片传说中的枫树林极为神奇，其枫瘿可以通灵，是历代粤西巫师心目中无与伦比的神物。如果调教得当，施法者可以将自己的心灵投射到“枫子鬼”身上，让它具有人一样的思维。汪、陈二人从小耳朵里灌满了“枫子鬼”的传说，一听到这三个字便头皮发麻，迈不动腿脚。望着越来越深的夜色，游新潭觉得不能在这儿干耗着，于是提出建议：“‘枫子鬼’是通灵之物，有它就可能有碧血仙茅，走，去枫树林。”

汪亚景和陈见成虽然害怕“枫子鬼”，但更害怕贫穷。二人仗着胆子，举着火把跟随游新潭向前疾奔。也不知道跑了有多少时候，对面的山头突然出现了一丝隐约的光芒。两座山头相隔不过七八丈远，中间是一道深不见底的崖。那光芒亦来自一支火把，何壮昭手握宝剑打草丛里冒了出来，用公鸭嗓子抑扬顿挫地吟诗，曰：

仲春已清和，逍遥可行药；
炎洲多灵草，勾萌先咀嚼。
采兰者谁子？邂逅当林薄；
无营似白华，无欲同朱萼。
绿叶与紫茎，平生所磨错；
微雨土膏滋，本根远相索。
其旁石菖蒲，尺寸琼瑶削；
紫茸何葳蕤，九节含风弱。
安期所服饵，玉颜以灼灼；
秦帝于我求，蓬莱奋云跷。
千岁与君期，神仙多戏谑。
…………

“何聋子?”陈见成极其失望。

游新潭喊:“何老爷,咋就你一个人? 你那些伴当呢?”

“人家是学富五车的聪明人,耳不聋眼不花,自然是干大事去了。”何壮昭抬头发现是游新潭,脸上露出嘲讽之色,“五色神雀非遇贤人不出,那几位老爷撵着鸟屁股后面跑,一步都怕落下,拿自己当一盘菜哩。”

隔着一道悬崖,何壮昭竟然能听清楚自己的话? 游新潭禁不住大吃一惊:“何老爷,你能听到我说话了?”

“你说啥?”何壮昭不由顿住宝剑,傻了。

游新潭替他高兴:“我说你耳朵不聋了。”

“真的吗?”何壮昭眼里不觉淌出了泪花。

陈见成见缝插针:“何老爷,你可曾见到两仪洞的道士?”

何壮昭一言不发,提着宝剑像一尊雕塑。

“丢他老母,”陈见成骂骂咧咧,“又聋了。”

游新潭看着山下,惊叫:“快看。”

山下浮现出一点微弱的火光,移动很快,说明与这座山的距离并不遥远。哥仨发力狂奔,一口气越过四五座山峰,那点光亮始终在他们的前方忽隐忽现。到了夜里丑时,光亮终于停止移动。三位表兄弟来到一处突出的危崖前,惊愕地发现,崖畔石上摆着两盏油灯,空空荡荡并无一人。

“人呢?”陈见成连声问。

游新潭来到摆着油灯的巨石旁边,小心翼翼地向前伸出半个身子,朝悬崖下面探视。但觉凉风习习,草木森森;只闻风声,不见其形。他嘟囔了一句:“这鬼地方能有碧血仙茅? 他们不会到悬崖底下去了吧?”

突然从后面飞出两个人影,身法之快犹如鬼魅,出掌分别袭向游新潭和陈见成。其中一人哈哈大笑:“没错,他们在崖底采药,本寨主送你们一程。”

下黑手的正是贝尘鹤与柯振海,游新潭和陈见成二人面朝悬崖,来不及做任何反应,便被一掌击中,前后脚跌落悬崖。汪亚景唬得肝胆俱裂,连滚带爬咕噜下山坡,才算侥幸逃得一条性命。柯振海认出他们是在“太昊记”吃饭的表兄弟,拍了拍手,产生了疑惑:“这几头烂虾来凑啥热闹?”

“别管他们,咱们提防的是罗浮山的高人。”贝尘鹤笃定地说,“黄龙观的空空道长是草药这一行的泰山北斗，要说有人会抢到咱们前头，那一定是他。”

昔日，“赛潘安”金秋池曾经陪同“绵里针”“阴阳生”七次探访罗浮山，足迹踏遍浮山二百一十六峰，对罗浮仙草并不陌生。这次他原打算亲赴罗浮山，不料三合会旗下“洪胜堂”兴师攻打河池州天马山，绿林总瓢把子盖九霄遣使到圣堂山求援，“玉面如来”蓝太武正闭关练功，便把统兵救援的担子交给“赛潘安”。

罗浮山仙草虽然难觅，但并非无迹可循。金秋池通过多年孜孜以求的研究，终于发现了一个秘密——罗浮仙草出世的地方，实与“天灯”有关。

五行之中，南方主火为朱雀，岭南为大火地，而罗浮山号称“朱明耀真之洞天”，为天下火府，日月星辰出其焉。“曰朱明者，言纯阳无阴也”——这就是说日出东海之前，必先在罗浮山现其魂魄，这一“日中之日”，即为“天灯”。

自古相传，罗浮山有“浴日台”，俯临三千余仞，飘忽云海间，承接“天灯”之辉。台中有“天鸡”——“天鸡者，日中之鸡也”。梵书云：“日宫一树而有鸡王栖其上，彼鸣则天下鸡皆鸣”。苏东坡诗云：“人间有此白玉京，罗浮见日鸡一鸣。”

“天灯”一出，“浴日台”降临凡尘，罗浮仙草便生长在这块飘浮不定的云峰之上，非有缘者不能攀登其间。

在大约二十里地外的另一座山峰上，“阴阳生”韩通也在等待着“天灯”的出现。他提着灯笼搜遍了十来座山头，始终没有发现一片有用的枫树林，这让他万分沮丧。韩通此行有两个目的，其一是登“浴日台”，采撷罗浮仙草；其二是找到传说中的枫树林，摘取一枚能够通灵的“枫子鬼”。

粤西巫师与铸剑师不一样，铸剑师是把神草抛入铸剑炉，取其汁液精魂融入剑体；而粤西巫师则把自己的血液和精气浇灌进“枫子鬼”的躯体，让后者做自己的分身，跨越千里，飞头杀人。如此一来，“枫子鬼”的生命便与施法的巫师合为一体，同呼吸、共命运。拿“绵里针”来说，他被至忍禅师一剑劈死后，当年摘取的“枫子鬼”便萎缩为一根毫无生气的枫树根，只能当作“阴阳生”怀念他的遗物。

罗浮山到处可见枫树林，但是只有那片传说中的枫树林才出产能够通灵的“枫子鬼”。“绵里针”的“枫子鬼”采自粤西，根本就是一个中看不中用的样子货。如果它真能通灵，他又何至于成天跟着“神楼灯”混日子，最后死无葬身之地？

寻找到能够通灵的“枫子鬼”，是历代粤西巫师最大的心愿。在“阴阳生”看来，这桩事比采撷罗浮仙草更加重要。他将那根枯裂的枫树根摩挲良久，草草吃了两口干粮，捧一口冰涧水撩了撩嗓子，然后飞步跃向另一座山峰。

搜索了十几座山头，“天灯”迟迟没有出现，枫树林不见踪迹。“阴阳生”正在发躁，忽然一阵急促的脚步声传来，他熄灭灯笼，伏在草丛里避闪。

来的是两个人，年轻一点的提着油灯，边走边问：“师伯，赵先生他们赛琴，往年不是在玉女峰吗？今年干吗要跑这么老远？”

问话的人是龙子才，陈松年笑呵呵地回答：“你不知道，今年何解元起了雅兴，来罗浮山观日，赵先生和黄先生当然不肯放过这个好机会。”

与赵泰来比赛琴技的人叫黄立峰，出自新会瑶琴世家，其祖、父、叔均为著名琴师，家藏一本南宋古琴谱《古冈遗谱》。后来，其叔父黄景星将《古冈遗谱》和另外五十首琴曲汇编成《悟雪山房琴谱》，这本书被视为岭南琴派形成的标志。

赵泰来和黄立峰一个自负才高八斗，一个倚仗家学渊源，琴技在伯仲之间。今年冬至这一天来罗浮山比赛琴技，听说何惠群大驾光临，二人喜不自胜，各自背了一张得意的古琴，前来向这位当今音律圣手请教。

“他们选的地方不对吧？”龙子才甚为不解，“那片枫树林平时无风自鸣，赵先生和黄先生在那里赛琴，难道就不怕打扰？”

“地方是解元公选的，谁敢有异议？”陈松年道。

这真是踏破铁鞋无觅处，得来全不费功夫。无风自鸣，正是传说中通灵枫木的特征，“阴阳生”听到陈松年和龙子才的对话，一颗心兴奋地差点从嗓子眼里蹦出来。当下敛起身形，悄悄跟随在陈松年和龙子才的后面，无声疾驰。

走过了一座又一座林峰，穿过了一条又一条山涧，遥遥望见前方光影浮动。陈松年和龙子才登上一座险峻的山峰，摇曳的灯火下，几个男女在半山腰席地而围，一位身穿蓝袍的书生正在鼓琴而歌，曰：

山意冲寒小雨，正雪梅初吐，
月暗黄昏，仙风横野渡。
曾在罗浮久驻，看几万，玉蝶盈村坞。
瘐干轮囷，花浓香味古。
…………

书生对面坐着一位形容清癯的中年人，穿着朴素的青色长袍，头戴幅巾，神色从容，举手投足间仙风道骨，令人顿生自惭形秽之感。中年人身后是一位艳妇，披了一身雪白大氅，偏偏头上梳了个正髻，插着晶亮的水钻，脖颈系了绢花。这种戏台上的装扮，似乎在有意无意间向人们提示她的出身。

中年人是何惠群，艳妇是他的红颜知己陈映雪，鼓琴的书生是赵泰来。赵泰来唱的曲子由他自己填词，鼓完琴，向何惠群行礼："请先生多多指教。"

赵泰来旁边坐着黄立峰，此前黄立峰已经奏了一曲《古冈遗谱》里的《鸥鹭忘机》。何惠群凝视着沉静的夜色，开始点评："指教不担当，贤侄这首词悠闲恬淡，有墨有彩。古人云琴有九德，曰奇，曰古，曰透，曰润，曰静，曰圆，曰匀，曰清，曰芳。足下这首曲子大约占了透、润、圆、芳四个字，黄兄的《鸥鹭忘机》比你多了古、匀、清、静四字。他的曲子来自南宋遗谱，这个'古'字你断然比不了，但依你现在的功力，匀、清、静三字还是可以达到的，只是没有让人听出来，你知道问题在哪里？"

赵泰来恭敬道："小子愚笨。"

何惠群提示："足下胸中蓄有不平，其气浊而不清，其志动而不静，其力聚而不匀，其心执今废古，错将瑶琴比刀剑，杀气流溢于形，自然偏失琴德。"

何解元一语中的，切中赵泰来心思，说得他沉默不语。黄立峰亦是敬佩万分："既然琴中'奇'字最难得，听说解元公最近复原了紫清先生的云璈八曲，何不让晚辈瞻仰一下'以音会音'的绝技？"

紫清先生是世人对南宋白玉蟾的尊称，这位真人昔日在罗浮山冲虚观创制云璈八曲，曲通天地，驱风逐月，据说演奏起来"玄鹤唳空，山鸟相应"。

何惠群根据罗浮山枫树飘摇和蜩蝉鸣叫的音节,复原了云璈八曲,传授给了得意弟子陈罗婵。

“世人谬赞,”何惠群推辞,“岂可当真?”

赵泰来和黄立峰把目光投至陈映雪身上,陈映雪轻启贝齿,莞尔一笑:“先生,今日临云观日,以琴会友,人生之快事,理当一吐胸臆,方不负此良辰美景。”

何惠群这次上罗浮山,主要是为了给陈罗婵过一个别致的生日。既然陈映雪提议,解元公便道:“好吧,就让阿婵来试奏一曲。”

“不知道她是否练习纯熟?别糟蹋了曲子。”陈映雪自言自语了一句,然后回头冲着山坡轻声喊,“阿婵,快来抚琴。”

山坡外是一处群峰环绕的封闭洞天,那片传奇的枫树林就生长在其中。枫树林间有一块空地,周围摆了二十来盏气死风灯,把这块场地照耀得如同白昼。陈罗婵头戴如意冠,脖子上挂着金项圈,披着一袭黄色斗篷,手里握着那把“蝉翼剑”。

为陈罗婵作画的是一位二十岁上下的瘦弱青年,目光总是流露出一丝忧郁之色。他的名字叫苏仁山,字静甫,号长春,顺德县杏坛马齐乡人。苏仁山是广州府有名的神童,自幼以绘画天才名闻乡里,早早养成了恃才傲物的性格。

在苏仁山背后观画的有三个人,左边是黄广华,右边是叶老四,中间那位是德毓和尚的俗家弟子黄炳。这个面相憨厚的小伙子便是给李敬南烧制“童子拜寿”陶塑的黄家后生,这年十九岁。黄炳与石湾前辈陶塑艺人最大的区别在于他有着深厚的绘画功底,这次带着黄广华与叶四和进山,名义上是砍柴,实为向苏仁山学艺。

邹汝昌坐在苏仁山的旁边,正在专心致志地摆弄他的“风雨针”。诸艺之中,邹汝昌最喜欢的是音律,当年为了能拜在何惠群门下,特地先学了三年象棋,待棋艺大进后,方至广州城登门求见。这一招果然见效,双方对弈了三局,邹汝昌虽然连败三阵,却也让何惠群对他的天赋有了深刻的认识,欣然收他为弟子,成了陈罗婵的师兄。

李文茂截杀高宜勇的消息传回“凤凰仪”班,老少爷们无不欢欣鼓舞,几位大老倌则十分担心他的安危——目前，李文茂随时面临着韩肇庆、高宜勇的报复，糟糕的是由于触犯了红船禁律，他却不能得到来自琼花会馆的帮助。

陈罗婵心里更惦记着情郎，她来罗浮山前去了一趟香港岛，既没有见到李文茂，也没有见到阿铀，黎四狗一口咬定李文茂出海打鱼去了。十冬腊月谁还去打鱼？陈罗婵明明知道黎四狗满嘴胡咧咧，却从他嘴里掏不出一句实话。

她不甘心地问"逃军和"："你没有再见到阿铀？"

"没有。"叶二和结结巴巴地回答，"听说他在'红旗帮'。"

如果李文茂隐身在"红旗帮"，那就意味着会与广东水师刀枪相见。陈罗婵心里提着十二万分的担忧，不便在别人面前表现出来，催促苏仁山："苏先生，画完了吗？"

作为一代杰出的艺术天才，苏仁山的画技可谓出神入化，然而，面对陈罗婵这一幕人间最美丽的风景，他却始终无法用画笔把这种美丽表达出来。苏神童感到十分困惑，到底是因为自己的功力不够，还是这幕风景的征服力太大，以至于自己的心控制不住自己的笔？

见苏仁山沉吟不语，陈罗婵只好问邹汝昌："师兄，今天还能不能看到'天灯'？"

"能，一定能。"邹汝昌坚定地说。

这时，陈罗婵听到母亲的呼唤，如释重负："苏先生，歇一会吧。"

"好好。"苏仁山把笔一扔，"咱们去听陈姑娘抚琴。"

黄炳颇为不解："苏先生，你的画这么靓，如何还不满意？"

苏仁山略显沮丧："世间艺境有三，其一为皮相，其二为骨相，其三为魂相。苏某眼下刚刚对骨相有所领悟，功力不够，尚不能道尽陈姑娘之美，真是惭愧。"

黄炳、黄广华、叶四和面面相觑，苏仁山这么高的水平才刚领悟骨相，那个魂相又该是一种何等神奇的境界？

黄炳继续发问："苏先生，骨相还容易明白，魂相是什么？"

"魂魄为心。"苏仁山抬头望着天空，"'天灯'就是太阳的魂魄。"

"天灯"隐没在夜幕重云后，凡常人几个能有幸目睹？黄广华沮丧地摇摇头:“这么高的境界,凡人能领悟吗?”

苏仁山没有理会他,笑着问邹汝昌:“汝昌兄,‘天灯’飘忽不定,秘不可测,古之贤人尚且难寻其踪迹,你是如何探测的?”

邹汝昌不愧为当时国内第一流的科学天才和巨匠,在天文学、数学、几何光学等领域均有卓越建树:天文学方面,他曾绘有《赤道南北恒星图》和《黄道星图》各一卷,在海王星发现的第二年,他就在自己制作的“七政仪”上,精确描绘了包括海王星在内的太阳系八大行星绕日环行轨迹。数学方面,他所著《乘方捷术》三卷代表着当时中国数学的最高水准。几何光学方面,他著有《格术补》和《摄影之器记》——前者远接《墨经》,近继《梦溪笔谈》,重续失传了八百余年的古老“格术”(几何光学);后者完成于十年后的道光二十四年(1844 年),阐述了“摄影之器”的原理、构造和用法,比盖达尔发明照相机仅仅晚了五年。

摆在枫树林空地的“风雨针”“量天尺”“日夜晷”等仪器,无一不是邹汝昌匠心独运制作出来的妙物,他指着这堆宝贝对苏仁山说:“长春兄,‘天灯’乃日之粹魄,至阳之体,纯阳无阴,必等候纯风而来。纯风者,风之劲者而无形,自扶桑万里而来,不过须臾之间,踩浪十丈,驭云千仞,唯精唯微,非‘风雨针’不可测。”

苏仁山奇道:“你把风声、水息当作‘天灯’的征兆?”

“正是。”邹汝昌笑了笑。

苏仁山扭过脸,感慨地对黄广华说:“看看,‘天灯’这么难测的神物,都让汝昌兄用智破解出来,可见世间无难事,贵在‘用心’二字。”

“我这不算什么。”邹汝昌摆了摆手,“我师傅能用音律来测知‘天灯’的踪迹,那才是巧夺天工。”

“音律?”苏仁山极为诧异,“怎么可能?”

邹汝昌脸色凝重:“太史公云,‘王者制事立法,物度轨则,壹禀于六律,六律为万事根本也。’音律上可追究天道,下可招魂问心,推测‘天灯’有何不可?”

“阴阳生”跟随陈松年和龙子才偷偷地摸上山,梦寐以求的枫树林就在眼前,韩通激动地难以自持——如果能在这片枫树林里找到通灵的枫瘿,把自己的心传给它，把它训练成一个真正的“枫子鬼”，那么，几代本门先辈的梦想将在自己手里完成。

“阴阳生”藏在枫树林里，苏仁山和邹汝昌的对话一字不落全进了他的耳朵。他越听头壳越大，甚至有些愤愤然——“风雨针”已然匪夷所思，而用音律来探测“天灯”的踪迹则几近骇人听闻。假如这两个书呆子所言不虚，那么，天下的巫师还有饭吃吗？

何惠群担忧陈罗婵功力不够，驾驭不了这八首龙吟虎啸的曲子，主动让女弟子使用自己的琴弹奏。这张名为“绿绮台”的古琴制于唐代武德二年(619年)，后来成为明朝正德皇帝的御琴，明末落入邝露之手。顺治七年(1650年)十一月，邝露邝海雪正是用这张“绿绮台”弹奏完最后一个曲子，从容殉国。邝露死后，“绿绮台”被清兵售于市，为归善叶氏以百金购得。叶氏之后这张琴又被马平杨氏收藏，杨氏客居广州，把这张琴看得比命都贵重，若非何惠群这样的琴中圣手借用，“绿绮台”根本跨不出杨家半步。

陈罗婵以泉水净手，翩翩然坐在“绿绮台”前，手抚琴弦，先是一曲“泛霞”，接着“洗觯”“酿泉”“梦梅”“煮石”“云根”“浮海”“何处别问津”等一首接一首演奏下来，不知不觉，小姑娘沉入云璈八曲所描绘的奇妙世界。

罗浮山中，黄龙洞的两条飞瀑最为著名，瀑布在阳光的折射下架起道道金虹，犹如泛起的灿烂彩霞；“洗觯”描绘的是一个美丽的传说——生性娴静的麻姑不喜欢喧哗，常常下凡来到罗浮山，面对黄龙瀑布歌舞浅饮。翩翩舞姿中，仙女沉醉于罗浮山色，手中的酒杯无意间落入溪水。后人有诗赞曰：

罗浮仙子饮流霞，醉倒孤山处士家；
几度春风吹不醒，至今面色似桃花。

“酿泉”说的是秦朝安期生与神女自酿美酒、在酥醪洞幽会云雨的故事；“梦梅”说的是晋代赵师雄醉卧梅花树下，与梅姑、青鸟相会的动人传说；“煮石”则描述了葛洪和妻子鲍姑采五色石炼丹，成仙后衣裳碎裂，化作万千蝴蝶的奇妙景象……

云璈八曲实际上是何惠群为爱徒量身定做——枫林红染原为陈罗婵最

爱之色；五德蜩蝉本是陈罗婵生命之根。这八首曲子的名称皆取自罗浮山的爱情故事和动人传说，既表现了罗浮山的千姿百态，又代表着天地间隐藏的缥缈精神。

以罗浮山的大蝴蝶为例，传说它们出入雌雄为伴，虽然相隔千里，必定生死相寻。陈罗婵双手抚琴，眼神却被"蝉翼剑"剑鞘上那对玉蝉牢牢地吸引。恍恍惚惚间，它们变成了罗浮山的大蝴蝶，在狂风中被无情地吹散。思绪飞处，小姑娘纤细的手指骤然开始发力，琴弦铮铮犹如利箭破空，刺得周围赵泰来、黄立峰、陈松年、龙子才等人心惊肉跳，仿佛被一道无形的力量连根拔起，抛入飘浮的云海。

到了最后一曲"何处别问津"，陈罗婵感念情郎音讯凋零，不知在何处藏匿踪迹，一股凄怆悄然涌上小姑娘的心头。"绿绮台"发出轰然龙吟，山坳里的枫树林隐隐雷动，无数蜩蝉齐声合鸣，奇迹出现了！

夜幕洞开，万道霞光譬若修长的木桨，自千仞天国搠入人间。一块大如车轮的晶莹之火破云而出，驾驭着一座燃烧的山体滚滚下降。

"天灯！"众人一发惊呼。

"阴阳生"在枫树林里找了无数个来回，也未能寻到"枫子鬼"的一根汗毛，正在心灰意冷之际，忽然听到众人的惊叫。他急忙抬头观看，不看则已，一看登时吓得魂不附体——"天灯"之中赫然有青光四道，一竖三横，交错成一棵树的形状。

这棵微微摇曳的树，不是枫树又是什么？"天灯"里这棵"树"的影子投在大地上，像一把利刃刺破枫树林。韩通两只眼睛随影搜寻，只在一错目的工夫，禁不住泪流满面：一株血色枫树的根部，赫然露出了一个"枫子鬼"！

"天灯"焕然现身，陷入爱情的陈罗婵并没有抬头，小姑娘指随心动，再奏一曲邝露邝湛若的《吴楚感秋》。这是一首情人们最喜欢吟诵的回文诗。全诗分为上下两阕，陈罗婵弹奏的是上半阕，诗曰：

莺啼一度一开花，梦远伤秋入鬓华。
明月楚天遥过雁，白门吴树暝栖鸦。

城高隔水霜砧捣，木落空楼戍鼓挝。
轻浪放舟渔浦晚，盈盈碧汉接星槎。

诗人本是天国喜爱放生的渔夫，只不过他们放生的不是鱼，而是滑落人间的精灵。邝露这首回文诗美轮美奂，无处不流淌着淡淡的忧伤，正契合陈罗婵此时此刻的心情，堪称回文诗的经典之作。把诗倒过来，同样是美如流水，一唱三叹。

槎星接汉碧盈盈，晚浦渔舟放浪轻。
挝鼓戍楼空落木，捣砧霜水隔高城。
鸦栖暝树吴门白，雁过遥天楚月明。
华鬓入秋伤远梦，花开一度一啼莺。

第十八回　碧血仙茅

“天灯”出现在柯振海和贝尘鹤的头顶，“浴日台”犹如一艘万吨巨轮，劈波斩浪，喷薄而出的滚滚白烟，顷刻间覆盖了他们对面的山头，并迅速填满了两座山峰间的峡谷。朝思暮想的仙山近在咫尺，两个人却呆若木鸡，畏葸不前——云烟之间碧树成荫，只是不知道是否靠得住。假如纵身一跃抓了个两手空空，定然粉身碎骨。就在二人犹豫的当口，从身后传来一声冷笑：“既然来了，为什么不跳上去？”

柯振海、贝尘鹤回过头，山顶疾速奔来了七八条汉子，当先是一位道士和一条大汉，正是“鹤顶红”和“铁狻猊”。柯振海反唇相讥：“有本事，你们跳一个试试？”

“鸡鸣狗盗之辈，给爷们闪在一旁。”侯贯虹轻蔑地喝道。一名兄弟凌空跃起，瞄准“浴日台”边缘的一棵树扑去。双手眼看抓到树枝，众人还没来得及喝彩，却见他双手抓空，身如坠箭，跌落悬崖，死于非命。

“鹤顶红”脸上毫无表情，又是一挥手，眨巴眼的工夫，“洪兴堂”前仆后继连折了三位兄弟，没有一个登台成功。“鹤顶红”此行带来的随从，只剩下了一个十四岁的少年——他的侄子侯陈带。这孩子勒了勒腰中的盘丝带，上前请战："叔父，让侄儿来试一试。"

"鹤顶红"心如刀绞，这次跟随他来粤东的兄弟，俱为从"洪兴堂"老营百里挑一选出来的好汉子。他们个个身经百战、赤胆忠心，没有战死沙场，却无声无息地葬身万丈深渊，白白地丢了一条性命，回去后该怎么向萧明远交代？

他打量了一眼自己的侄子。侯陈带从小便跟着自己习武，这次领他出来，本来是为了见见世面，开阔一下眼界，谁承想却把他带上了一条死路。"鹤顶红"心中虽然万万不舍，此刻却半步退缩不得，语气凄厉而决绝，"不要叫我叔父，进了洪家门只有兄弟。阿带，你还记得临行前，本堂大爷是怎么吩咐的？"

侯陈带点点头："侄儿记得。"

一行察觉不出来的泪水，溢出了"鹤顶红"的眼窝，他哽咽地挥手，"去吧，别给咱们姓侯的丢人，更别给大龙头丢人。"

"洪兴堂"兄弟慷慨赴死，让"铁狻猊"及其手下肃然起敬，他上前一步拦住侯陈带的去路，劝"鹤顶红"："三爷，仙山虚虚实实，奇幻无比，咱们要细细思量，莫要枉送了令侄的性命。"

"鹤顶红"惨然一笑："二当家的，'天灯'本为神物，法根不驻，倏忽一现，哪有时间容你我细细思量？"

侯陈带咬紧牙关，飞身扑向滚滚云海。

侯陈带的功夫比前面那三个人强，他选中的是一棵形似铁力木的大树。身形将至，年轻人猛地甩出手中的三丈飞链，打算套住大树伸在空中的树枝。飞链结结实实地丢出去，却依然扑了个空——那棵铁力木仍是一道幻影！

侯陈带的身子急速向下坠，"鹤顶红"痛苦万分，紧紧闭上双眼，不忍心目睹这悲惨的一幕。突然，众人齐声惊呼，声音比之前的还要高出一倍。他睁开双目，发现一枚身影冉冉飘升，伸手从空中捞起了侯陈带。

这人右手持着一根翠绿色的长竹竿。"铁狻猊"看得清清楚楚，人家那根竹竿只在峭壁上轻轻一搭，立刻就能腾起两三丈高。这种迅捷如猿的身法，以及借力还气的内功，无一不是罕见的上乘功法。尤其令人瞠目结舌的是，那人跃升的方向正是“浴日台”。他手中的长竹竿搭住了一株小草，左手一甩把侯陈带挑进“浴日台”，随后自己稳稳地跳上一块巨石，回过头来责备“鹤顶红”：“驱人入渊，道兄未免有夺生之嫌吧？”

“鹤顶红”定睛瞧看，见巨石上站着一位道长，鹤发童颜，看不出有多大的年纪。一头黑漆漆的头发高挽牛心髻，上面扣着一顶黄杨木的道冠，五绺长髯飘洒于胸，腰系一条绛色水火丝绦，白袜青衣，蓝带大袍，好一派仙风道骨。

“鹤顶红”作了个揖：“救命之恩，无以为报，敢问仙长道号？”

“贫道空空是也。”道长回答。

众人这才得知，眼前这位高人原来是罗浮山的神仙空空道长，难怪人家对“浴日台”那么熟悉。大伙同时伏拜在地，“鹤顶红”央求：“晚辈修道多年，恨不能一睹仙山之貌，请仙长度引一二，指点迷津。”

空空道长将近九旬的年纪，在罗浮山修行的年份至少一个甲子，三十年前一次偶然的机会登上了“浴日台”。除他之外，整个罗浮山只有白云道长曾有过这个福分。老爷子哈哈一笑拿手指点：“仙道不绝人途，渡桥恒在，可惜你们看不到而已。”

这时，“天灯”光影变得凛冽起来，众人随着老神仙的手看去，果然发现了一条极其细微的草丝，隐隐约约地横亘在半空。

这还能算是桥？大家暗自摇头。

“鹤顶红”叩拜：“目下粤北、湘南万山丛中，频现奇异天象，不知是何征兆？恳请仙驾光临，为我等后愚解说天命，必有重谢。”

“不管采摘药草，还是破解天机，终须与仙山有缘才是。”老神仙回答，“只要你们过得了渡桥，什么都好说。”

“鹤顶红”击掌：“一言为定。”

“那当然，你们只管过桥，贫道随后自然跟上。”老神仙往下面一指，“有两个可怜的人卡在石头缝里，奄奄一息，贫道须将他们救上来医治。”

一听这话，柯振海和贝尘鹤把肠子都悔青了，早知道这样，宁愿自己跳悬崖，也不该便宜了那两个傻蛋。

老神仙走后，“鹤顶红”向“铁狻猊”施了一礼：“倘若侯某发生不虞，烦劳二当家的到本堂走一遭，请本堂大爷另简贤能，不要耽误了他老人家的雄图大业。”

“铁狻猊”主动请缨：“三爷，你这话就见外了，这趟差事是咱们两家的，焉能让贵堂兄弟一家受累？我来试试这座桥。”

“二当家的，断断不可。”“鹤顶红”坚决拒绝，“贫道折了三位兄弟，无颜面对本堂大爷和洪家兄弟，唯有一死效命。”

“三爷，你我奉命而来，莫轻言生死。”“铁狻猊”态度恳切，“胡某方才看了个仔细，经老神仙指点，我心中有数，你等着瞧好吧。”

“铁狻猊”出生在粤西黔江下游的大藤峡，那里地处武宣县和桂平县的交界，是粤西境内最长的大峡谷。相传古代的时候有藤大如斗，横跨江面，昼浮夜沉，供行人渡江而得名。此地两岸山峦高耸，危岩奇突，河道湍急，滩礁密布，乃黔江流域最险要的一段水程，自古为兵家必争之地。当地百姓依靠大藤峡谋生，俱有一身爬山攀崖的过人本领，历史上有名的“藤兵”即产于此。胡有禄从小跟着家人为生计奔波，经常背负数倍于身体重量的货物，在悬崖峭壁上攀藤过峡，练就了一双踏青山如履平地的本领。

“鹤顶红”知道“铁狻猊”的本事，没有再与他争辩。胡有禄自背囊中掏出一捆软藤攥在手中。这种软藤是大藤峡一带的特产，细如筷，坚似铁。“铁狻猊”一个箭步，纵身跃上那座“丝桥”，第一脚踩了个实实在在，稳稳地立住了身躯。见他安然无恙，“鹤顶红”把一颗心搁到嗓子眼处，念了声“无量天尊”。

这座“丝桥”隐于云海之中，“桥身”或明或暗，时断时续，很难判断哪一段为实，哪一段为虚。这时，“浴日台”已经朝相反的方向开始移动，“桥身”变得越来越长，胡有禄心中焦虑，加快脚步，没有走出多远，突然一脚踏空。

好一个“铁狻猊”，身子落在空中不慌不忙，右手瞬间抛出所持软藤，准确地缠住刚才落脚的“桥身”，随后一个飞旋，重新跳回“丝桥”。“鹤顶红”与手下齐声叫好，柯振海、贝尘鹤两个暗自心惊，这汉子好俊的身法！

就这样，“铁狻猊”步步为营，有惊无险地跨越“丝桥”，终于登上了“浴日台”。“鹤顶红”激动万分，高声喊道：“诸事拜托，有劳二当家的。”

“三爷且放宽心。”“铁狻猊”抱拳在胸。

柯振海和贝尘鹤一直在密切观察“铁狻猊”渡桥的整个过程，对“桥身”何处为实、何处为虚，基本上做到了八九不离十。“浴日台”行将远去，再不出手可就没有了机会，两个人互相打量一眼，前后跳上了“丝桥”。

且不论人的观察能力百密一疏，那座“丝桥”变化莫测，岂是“剔骨龙”与贝尘鹤的智力可以把握？刚刚走过“桥身”一半，前头的柯振海身子一歪，双脚踏空，后面的贝尘鹤再想收住脚就来不及了，二人相继落下“丝桥”。

万丈悬崖，掉下去焉有生机？柯振海右手发力，托住了贝尘鹤的双足，发出悲声：“回去告诉我师傅一声，就说咱粤西绿林道的人也不是孬种。”

借着这道气力的反弹，贝尘鹤止住颓势，施展西域雪山派独门轻功，拼命向上一蹿，好不容易跳上“丝桥”。他探头向下看，只见柯振海的影子越来越小，忙喊：“师兄，你有啥要交代的？”

茫茫云海，四处回荡着柯振海运用“狮子吼”内功发出的声音。出人意料的是，这莽汉最后发出的不是悲鸣，而是一段《打洞结拜》的唱词：

玄郎浪迹江湖上，
杀得人来救得人
…………

“天灯”西移，“浴日台”滚滚随行。老神仙把陈见成、游新潭拽上来，见贝尘鹤一副神不守舍的落魄样子，知道他受了绝大的刺激，便没有理会他，摘了两片草叶子，捻碎之后和着泉水，塞进游、陈二人的嘴里。

“铁狻猊”过来打了个躬：“老神仙，胡某有事请教。”

“咱们到那边去说话，”老神仙起身，“别扰了他们两个疗伤。”

过了不大一会，游新潭和陈见成睁开眼睛，发现一位玉树临风的青年站在面前，一双充满悲伤的大眼珠子正直勾勾地瞄着他们。不远处，一位鹤发童颜的老道坐在石头上，周围一条虬髯大汉和一个少年执礼甚恭。眼前的场景犹如仙界，游新潭、陈见成爬起来，向贝尘鹤“咚咚咚”叩了三个响头：“多谢神仙救命之恩。”

“我救了你们？”贝尘鹤惊魂未定，“那是谁救了我？”

游新潭擦了擦眼睛，原来是调戏“太昊记”女掌柜的浪荡子，他困惑地问陈见成："我们在哪儿？不会是王母娘娘的瑶池吧？"

"肯定是天上。"陈见成很有同感，"我听说地上和天上正好相反，人间享福，到了天上准受穷。你看这小子挺精明的一个靓仔，现在不是变傻了吗？"

"铁狻猊"听到二人的对话，大声招呼："两位休要说笑，此地为'浴日台'，是黄龙观的空空道爷救的你们，还不过来谢恩？"

游新潭和陈见成被人偷袭打下悬崖，本来已经领到了去鬼门关的门票，谁知道突然间交了狗屎运，起死回生不说，还被老神仙救上了"浴日台"，这不是老天爷可怜又是什么？两兄弟喜极而泣，爬起来跪在老神仙面前，三拜九叩，答谢救命之恩。

贝尘鹤过来问："仙长，莫非是你救了我一命？"

老神仙抬手在他的脑门上拍了一下："救你的不是老朽，是你那位伴当。"

贝尘鹤终于挣脱心魔，恢复了正常的理智，捶胸顿足，放声大哭："师兄，差一点点就能过桥，采摘到仙草，你怎的偏偏没有这个福分？"

"无量天尊。"老神仙念了句道号，"道法玄微，命理纯一，仙缘和福分说白了，不过是三生勤修的结果。平日心中无道，凭半腔子无头无尾的贪念，如何采到仙草？就算你过了桥，见到仙草，取到仙草，最后也会落个两手空空。"

一旦恢复理智，贝尘鹤心里便立刻充满了贪嗔，他故意使出激将法："仙长，是不是'浴日台'上没有仙草，你才这么说？"

"没有仙草，还称得上是什么仙山？"老神仙哼了一声，"尔等沿着老朽方才取水的那条溪流寻找，百步以内必有所获。"

众人听后大喜，贝尘鹤急不可耐，第一个冲了过去，游新潭和陈见成随后跟随，紧接着是侯陈带。"铁狻猊"毕竟老成，顿住脚步："老神仙，你怎么不去采一株？"

作为熟识"浴日台"路径的老药仙，采摘碧血仙茅对于老神仙来说已非难事，他现在已经到了超然物外的大化境界，不予不求，孑然超脱。这次登临"浴日台"，不为别的，仅仅是为了观赏"天灯"自他方携来的奇物。老神仙淡淡地对胡有禄说："贫道一介化外之人，要那些劳什子干什么？何况，与

‘囚龙草’比起来，碧血仙茅算不得什么稀奇。”

“‘囚龙草’？”胡有禄奇怪地问。

“此草为精灵之草，可应人心韵律舞动，勾魂判缘，乃三界内风雅无匹之物，不像碧血仙茅延寿、疗疾、锻剑，干的净是些俗事。”老神仙侃侃而谈，“‘囚龙草’若与人血相触，则吸收其魂灵，自动编织成索，成为这个人的护身法器，受其志驱使。欲刚则刚，欲柔则柔；欲直则直，欲曲则曲；欲长则长，欲短则短；欲离则离，欲合则合；刀斧无毁，火烧不损，乃上古缚龙之物，与你手里的软藤相比，自是天地之别。”

“‘囚龙草’，‘囚龙索’……”胡有禄喃喃地自言自语，突然，像发现了一个绝大秘密似的惊喜地喊，“老神仙，我明白了，囚龙、囚龙，没有龙，它囚谁去？看来我粤北、湘南的奇异天象，果然大有来头。”

老神仙没想到这条壮汉是个粗中有细的性情，打了个稽首：“这位尊者，你若是能采到仙草，才算与仙山有缘，快去吧。”

老神仙所言不虚，沿着溪流向上探寻，行不到百步，便见一处自成方圆的草圃。三方巨石环绕，一面水流淙淙，云烟缭绕下，隐隐约约生长着几株碧血仙茅，有九片叶子的，有七片叶子的，也有五片叶子的。碧血仙茅叶儿洁白如玉，根茎翠绿葱碧，上面红色的脉络与人的血管一样清晰可辨，看起来惹人爱怜。

贝尘鹤本来冲在前面，谁知乐极生悲，脚下滑溜摔了个狗啃泥。游新潭后来居上，伸手将九叶碧血仙茅连根拔起，陈见成抢到了一株七叶碧血仙茅。等贝尘鹤扑到跟前，就剩下一株七叶碧血仙茅，还有一堆五片叶子的碧血仙茅。

贝尘鹤收起那株七叶碧血仙茅，用铁骨画屏扇指着游新潭，恶狠狠地威胁：“把手里的仙草放下，免受皮肉之苦。”

游新潭和陈见成，一个打铁铸剑，一个在街边打把式卖膏药，哪一个是吃素的？见贝尘鹤语出恫吓，各自掏出兵器，游新潭“哼”了一声：“这位兄台，你好好说话，或许咱们还可以商量。拿我们兄弟当软柿子捏？你算找错了人。”

胡有禄和侯陈带从后面赶上来，每人抄起一株五叶碧血仙茅，从旁劝解:“大家好不容易闯过鬼门关,既然采到了仙草,管它是几片叶子的?有总比没有强。”

“说得好听。”贝尘鹤冷笑,“那东西本来就应该是我的。”

陈见成梗着脖子:“你自己摔了一个狗吃屎,怪得了谁?”

“你敢出言不逊?”贝尘鹤气急败坏,挥铁骨画屏扇直取陈见成。游新潭舞动兵器,与陈见成合战贝尘鹤。

侯陈带看不惯贝尘鹤的霸道,手按刀柄,愤然说:“哪有这么不讲理的?”

胡有禄拿到碧血仙茅,心里却在琢磨“囚龙草”,他一心要找老神仙指点迷津,没有心情去管贝尘鹤与游、陈二人的闲事,拉了侯陈带一把:“别管他们。”

两个人刚打算往回走,只听“天灯”和“浴日台”交界处风声大作。云开处,骤然飞出一群怪鸟,铺天盖地向众人扑来。怪鸟的羽毛呈红绿二色,嘴硬似铁,边飞边发出“叮当”的鸣叫声,犹如两件兵刃正面撞击,煞是刺人心扉。

书中暗表,这种鸟名叫红翠,俗称药师鸟,是与五色神雀齐名的罗浮神鸟。它们既是寻找长生草和碧血仙茅的领路人,同时也是这两种仙草的保护神——罗浮仙草乃人间奇物,只合得道君子享有,不当落于宵小之手。

贝尘鹤、游新潭、陈见成三个不开眼的东西,竟然在“浴日台”抡起了家伙,这还不惊动了红翠鸟?“铁狻猊”和侯陈带受其连累,同样无法脱身。

百十来只红翠鸟上下盘旋,交替发起攻击,它们的铁嘴不亚于一柄锋利的匕首,追得几个人四散逃窜。“浴日台”徜徉在浮山的上空,饶是“铁狻猊”那么好的功夫,犹然难敌红翠鸟的犀利进攻,他手里的那株碧血仙茅,五片叶子被啄了个精光,一片没剩变成了萝卜。其他几个人更是惨不忍睹——游新潭和陈见成满脸是血,手里的碧血仙茅被红翠鸟叼走;武功稍强的侯陈带和贝尘鹤勉强支撑了一会,为了保住性命,相继放弃了手中的碧血仙茅。

红翠鸟集中力量,呼啸着朝“铁狻猊”冲了过来,他这时才明白老神仙话里的玄机,看来天命果真不可违。胡有禄长叹一声,把手里的仙茅朝空中丢去。红翠鸟大获全胜,叼起仙草飞上天空,和着“天灯”发出的晶莹光彩,在几个人的头顶上来回盘旋。

五个人乘兴而去,败兴而归,两手空空如也,带着一身伤痕狼狈地跑回来。老神仙仿佛早料到这一出，笑着说："如此说来诸位皆非君子，看在上了'浴日台'的分上，我领你们去见识一种神草。"

"神草？"陈见成高兴地问，"能治病吗？"

"能治心病。"老神仙瞪了他一眼，转身离开巨石，沿着溪水向下游走去。

众人随老神仙转过山脚，灌木丛中隐蔽着一个洞口。在洞中踩水而行大约百余丈的距离，眼前豁然开朗，出现了一方开阔之地。"天灯"璀璨的光芒里，有无数细长柔美的草儿在半空中起伏飞舞。这种草通体透明，碧绿如玉，仿若飘萍一般。

说来也怪，一看到这种奇异的玉草，大伙浑身的疲倦和疼痛立时消失无踪，感到像浸泡在温泉里那样通体舒泰。可惜好花不常开，好景不常在，这等好时光没有持续一刻钟，脚下的云层中突然传来缥缈的乐声。"囚龙草"如闻军令，排成一字长蛇阵离开"浴日台"，向下面的云层扎去。正当众人跌足惋惜之际，红翠鸟发声阵阵急促的鸣叫，"天灯"变得逐渐暗淡下来，老神仙大喊一声："不好，'天灯'即逝，赶快下山。"

老神仙说罢，纵身一跃，胡有禄、侯陈带、游新潭、陈见成和贝尘鹤等人不敢怠慢，照葫芦画瓢，沿着他落地的方位纷纷跳下"浴日台"。

贝尘鹤最后一个跳下来，落地处草木茂密，除了屁股上被扎了个眼，幸无大碍。他从树上出溜下来，脚后跟踩到了一个硬邦邦的东西，那东西往回一缩，贝尘鹤差点崴了脚。没等他发牢骚，下面先传来一声怒骂："哪个契弟？敢拿老子的头壳当球踩？"

声音十分熟悉，贝尘鹤问："是韩爷吗？"

蹲在枫树下的正是"阴阳生"，他抬头一看是贝尘鹤，吃了一惊，"阿鹤，你从哪儿冒出来的？阿海呢？"

贝尘鹤黯然神伤："见鬼去了。"

陈罗婵以云璈八曲召唤"天灯"出世，技惊四座。赵泰来和黄立峰佩服得五体投地，陈映雪很为女儿骄傲，款款地说："先生，你再点拨一下阿婵吧。"

赵泰来和黄立峰向陈映雪投去感激的目光，她这句话十分委婉，明的是请何惠群指教陈罗婵，实际上是要何惠群亲奏一曲，让他们二人聆听受教。

“献丑了。”何惠群向赵泰来和黄立峰颔首。

何惠群平生最敬重邝露，每次弹奏“绿绮台”，莫不倾心而为，这次亦不例外。且说解元公手执先贤遗物，将云璈八曲逐次一一演来，那真是风雷隐隐，星光微微，慷慨低沉，婉转从容，情到浓处萧瑟回，灵犀点破心尘飞。何惠群演奏的味道又与陈罗婵不同，无论技艺还是格调皆称完美，堪称当世天籁之音。

听琴的人越来越多，苏仁山、黄炳、黄广华、叶家兄弟等人转过山坡，和邹汝昌、陈松年、龙子才挤在一起就近聆听。此外，进山采药的“打铁罗”一行也被琴声吸引，从周围的山上跑过来，欣赏何惠群师徒的风采。

一霎时，时间仿佛静止了。琴声之中，“浴日台”上的那一片碧绿如玉的草飘下，围绕着何惠群和他身边的陈罗婵盘旋飞舞。紧接着，一群怪鸟飞到他们的头顶，“叮当叮当”，发出快乐的鸣叫声，似乎与瑶琴合奏。“打铁罗”、龙子才等人久居罗浮山，认出这是大名鼎鼎的红翠鸟，同时叫道：“快看，药师鸟！”

红翠鸟在空中盘旋多时，恋恋不舍地扇着翅膀，嘴巴一张，仙草冲着何惠群和陈罗婵的头顶落下。陈罗婵抬头一看，只见几个黑乎乎的东西砸了下来，她挥手抵御。一株碧血仙茅尖锐的根部，擦破了小姑娘娇嫩的掌背，淌出了鲜血。

血液的味道散发在空气中，是那么微弱而稀薄，又是那样的甘美，带着醉人的芳香。碧玉之草仿佛瞬间找到了方向，一枚接一枚地飞过来，鱼贯穿入陈罗婵掌背的伤口，旋即自其掌心透了出来，连接为一条足有十余丈的细索；继而又飞回陈罗婵白皙的脖颈，化身为一只精美的碧玉项圈，与“蝉翼剑”鞘上的那双玉蝉交相辉映。

观此奇景，众人无不目瞪口呆。陈罗婵伸开手掌，见掌背上的伤口已然愈合，而掌心却出现了一个红斑。她左思右想，没有弄明白是怎么回事，只好捡起地下的五株碧血仙茅，递到何惠群的面前：“师傅，这是什么？”

何惠群奏完云璈八曲，“天灯”远去，“浴日台”消隐，浮山重归寂静。万道朝霞已经出现在东方的山峦。未等解元公回答，从树顶上传来一记苍劲有力的声音：“女娃娃好生没有眼力，连碧血仙茅也不识得吗？”

"碧血仙茅?"听琴的众人大惊失色。

何惠群抬头一看,从容施礼:"原来是老神仙。"

老神仙跃下树梢,嘻嘻哈哈地说:"我说嘛,当世之中除了解元公,还有谁的琴技如此出神入化,能让红翠鸟舍得丢下碧血仙茅?"

陈映雪起身向老神仙道了个万福,然后指着女儿脖颈间的项圈:"仙长,碧血仙茅贱妾倒是听过,这个玉圈子是何来历?"

老神仙大笑:"'浴日台'岂有凡物? 此为'囚龙草'。"

陈罗婵抚摸着项圈:"它有什么用处?"

老神仙解释:"女娃娃,它能看到你的心。"

"看到我的心?"陈罗婵有些不相信,"我想让它变成臂环,它能变吗?"

陈罗婵的话音刚落,脖子上的项圈立刻分解回"囚龙草",转眼间变成了一个美轮美奂的臂环。小姑娘看傻了眼,手捧碧血仙茅一句话也说不出来。

这时,胡有禄、侯陈带、游新潭和陈见成几个人循声而来。陈见成一眼便看到陈罗婵手里的碧血仙茅,立刻嚷了起来:"我的,快还给我。"

"你是谁?"陈罗婵奇怪地问。

陈松年把脸一沉,叱喝:"阿成兄弟,休要胡说,这几株碧血仙茅分明是从红翠鸟的嘴里掉下来的,咋成了你的东西?"

"他的话也不全错,这几株碧血仙茅确实是他们先采到,只因没有君子之器,这才得而复失。"老神仙笑着说。

何惠群语气淡然:"阿婵,把东西还给人家。"

贝尘鹤、"阴阳生"趴在山坡上,一直在窥测这边的动静。听到何惠群这句话,一蹦三尺高地蹿了出来:"还有我的一份。"

龙子才看到淫贼,立刻气不打一处来,拔出刀,怒喝一声:"天堂有路尔不走,地狱无门偏来投,不知死活的东西,快快过来受死。"

陈松年拽住他:"子才,当着解元公的面,莫要动刀使枪。"

贝尘鹤讪讪地说:"龙掌柜,我兄弟多有唐突,已然遭了天报,师兄跌落悬崖,死无葬身之地,咱们的过节就算了吧?"

"死了活该。"龙子才插刀入鞘,愤愤不平。

陈罗婵把碧血仙茅递给老神仙,老神仙抖动拂尘:"君子自君子,小人自小人，各行其道，并行不悖。你们几个想收回碧血仙茅的，说说理由先。”

在众人的注视下，游新潭和陈见成“吭哧吭哧”地挪了过去，游新潭红着脸：“老神仙，你是知道的，我们俩上山采药是为了给阿舅医病。”

“孝心可嘉。”老神仙点点头，“可以拿回去一株。”

游新潭和陈见成低头一看，全傻了眼，五株碧血仙茅的叶子被红翠鸟啄了个精光，根本分不清哪一株是九叶的，哪一株是七叶的。

“老神仙，哪两株是我们采的？”陈见成哭丧着脸。

说到普通的疾病，随便一株五叶碧血仙茅都绰绰有余，游、陈二人这般斤斤计较，分明是贪心不足。老神仙不以为然，抄起一株碧血仙茅：“你们不是要治家人的病吗？这株碧血仙茅应该没问题，治不好回来找我。”

游新潭和陈见成不敢再啰唆，抱着仙草千恩万谢，下山而去。

“轮到你们了。”老神仙对“铁狻猊”说。

胡有禄上前抱拳：“老神仙说笑了，我兄弟要这株仙草有什么用？恳请你老人家屈尊到湘南走一遭，破解奇异天象，帮我们拿个主意。”

“这位英雄器宇不凡，老朽也不跟你兜圈子。”老神仙仰天长啸，“要说罗浮山精通天象奇术的高人，首屈一指的应该算六愚老儿。他这方面的本事比老朽高出不知凡几，你去九天观请他出山，就说你是老朽的朋友。”

“铁狻猊”大喜：“谢老神仙指点。”

听到“大象奇术”四个字，赵泰来、陈松年、叶二和几个人齐把目光投向邹汝昌——后者正认真地打量那几株碧血仙茅，似乎什么也没有听见。

“你们冒死登台，死了好几位壮士，老朽无暇相救，深感惭愧，拿走这株仙草也算是聊表心意。”老神仙掂起一株碧血仙茅。

“既蒙仙长厚爱，阿带，你就接过来吧。”胡有禄嘱咐。

侯陈带接过碧血仙茅，谢了老神仙，与胡有禄下山而去。

老神仙拿起那株砸伤陈罗婵的碧血仙茅，笑着对她说：“女仔，你是与仙草有缘之人，这株碧血仙茅非你莫属。”

“我只要‘囚龙草’。”陈罗婵回答。

“师妹，九叶碧血仙茅是武林中人难求的宝物，吃了以后可以成倍地增加功力。”邹汝昌悄悄地提醒她，“你要是不用，可以送给阿茂。”

“我阿茂哥本事天下第一，”陈罗婵骄傲地昂起头，“才不要吃这些乱七八糟的东西。”

老神仙笑得合不拢嘴：“这女仔倒是少见，难怪‘囚龙草’会落到你的身上。这株仙草上有你的血迹，别人拿了怕是不祥，你还是取走吧。”

陈罗婵歪着脑袋想了想，把这株碧血仙茅接过来，交给了苏仁山：“苏先生，你不是嫌自己的功力不够吗？这个送给你，只是不知道它有几片叶子。”

苏仁山性情高傲，从不肯得人相助，唯独陈罗婵是个例外。对他来说，这株碧血仙茅上的血迹比仙草自身更有价值。他小心翼翼地收起碧血仙茅：“当然是九片叶子，回头我把叶子给描上，请姑娘过目。”

贝尘鹤上前打了个躬，对空空道长恳求：“老神仙，我师兄搭进去一条命，你看，是不是也应该给他留一株？”

“别人的你拿不走，该你的人家也不要。”老神仙随手扔给贝尘鹤一株碧血仙茅。

贝尘鹤心明如镜，老神仙的眼力不差，不可能把好东西留给自己。他根本就不指望九叶碧血仙茅，只要弄到一株五叶碧血仙茅，回去能向师傅交差就行。抱着这个目的，他接过碧血仙茅看也不看，往怀里一塞，与“阴阳生”扬长而去。

“还有最后一株仙草。”老神仙扫了众人一眼，“谁想要尽管开口。”

老神仙接连问了三遍，众人都没好意思张嘴，老爷子叹口气：“俗话说，近朱者赤，近墨者黑，解元公此番以琴会友，果然给罗浮山增添了三分清雅。”

“仙长过奖了。”何惠群谦虚道。

“既如此，老朽便斗胆替解元公做一次主。”老神仙扫了一眼众人，最后把目光落在了“打铁罗”身上，“令师尊最近可有音讯？”

“打铁罗”痛苦地摇了摇头：“没有，六年前听人说他在南洋柔佛海，此后我和师兄就再也没有听到过他的消息。”

白云道长现身南洋柔佛海，当是为了“柔佛人荟”。那种仙草不分什么九叶、七叶，只要长成材，治病、练功、铸剑皆有神效。可惜的是“柔佛人荟”生长在柔佛海深处，传说有海底巨蛇守护，采撷的难度和碧血仙茅相差无几。

“你们这次铸剑，”老神仙问，“还打算用长生井的水？”

“打铁罗”无奈地摊开手：“金蟾师伯云游未归，眼下在观里主事的是桑木道兄，他非要我们花三百两黄金去买，少一个大子也不行。”

“仙祖留下来的法根，竟变成无耻之徒勒索财物的由头，真叫人痛心疾首。”老神仙气愤地骂道，“难怪这些年仙踪难觅，罗浮山的气数硬是让这些败家子糟蹋尽了。”

骂归骂，气归气，谁又能奈何人家“逍遥门”半分？以金蟾道士在武林中的地位，再加上十余年来协助官府镇压三合会的功绩，眼下的“逍遥门”威震江湖，实力惊人。在珠江三角洲的东岸，金蟾道士的首徒桑木道士代替他坐镇罗浮山冲虚观；小徒弟土宫道士前出东莞石龙镇的留仙观，以保持罗浮山与广州城的战略通道。在珠江三角洲的西岸，武功最强的三徒弟水龙道士身当重任，率精兵强将扼守三水县芦苞镇的“南武当”，一肩扛住来自“洪兴堂”、粤北绿林道、湘南绿林道三大势力的侵扰；二徒弟火烈道士的武功仅次于水龙道士，他的任务是控制顺德县——这里既是仅次于南海县的富庶之地，又与南海、番禺、香山、新会诸县接壤，具有十分重要的战略意义。

火烈道士兼通谋略，不负乃师期望，将顺德县的地盘经营得红红火火。他把大本营设在顺德县桂州堡的五龙观，命令三大弟子开会立旗、各霸一方——大弟子石元诚在容奇堡设立“卧龙会”，会众高达一万六千余人；二弟子韦思贤在勒流镇立“止义会”，旗下有八千人马；三弟子曾天猷在羊牯镇立“天讨会”，喽啰超过七千。这三股力量合起来兵马超过三万，连官府尚且要让他三分，更别提江湖同道。

“打铁罗”唉声叹气：“为了这场比剑，师兄求爷爷告奶奶，落了一屁股的饥荒。万一比输了，我们只有出去要饭，当叫花子了。”

老神仙把碧血仙茅递给“打铁罗”：“贤侄，老朽没有什么好帮你们的，拿这株仙草铸剑，听天由命吧。”

“打铁罗”跪倒叩头，哽咽着说不出话来。

第十九回　有情无情

“打铁罗”拿到的这株碧血仙茅还真是七片叶子的，两仪洞得其相助，终于打造出一柄上乘利刃。出炉淬火的那一刻，刃口上龙纹灿然，譬若星辰。十年卧薪尝胆终见天日，“火见愁”和“打铁罗”兄弟俩相拥而泣，将这口宝剑命名为“白云剑”。

三日后，两仪洞熙熙攘攘，宾客盈门。按照规矩，大会的第一道程序是献剑，杨日昇和“火见愁”捧着兵器盒子来到香案前，恭敬燃香，行三拜九叩之大礼。香案上供奉着这一行祖师爷的神牌，中间是欧冶子，两旁是干将和莫邪夫妇。

第二道程序是观剑，两仪洞道士推举的观剑师为白鹤观的西松真人，“粤胜炉”那头推举的观剑师是“万泰炉”的马士襄。两个人净手默诵以后，各自交换兵刃。西松真人接过“粤胜炉”打制的这口倭刀，赞不绝口：“听说倭国王子自呱呱坠地之时，即制镔铁倭刀，岁凡数炼，十余年后方成正果，其花纹若龙虎、雪花、螺旋者，俨然龙渊、泰阿剑之虹蔚波映、龟文龙藻，削铁如泥，吹毛立断。倭人向来穷酸局促，刀中精品不许越出国门半步，当个宝一样藏着掖着，生怕别人偷学。大家看看，杨大师这口刀比他们只强不差，照这样下去，用不了几年工夫，倭人又该当裤子喽。”

马士襄接过“白云剑”，但觉一道寒气自少冲、少府二穴，一直穿到极泉穴。这位铸剑大师用手抚摸剑纹良久，喟然长叹：“巍巍翼翼，如流水之波，贤侄，令师尊十年前的那口剑不过如此，这场比剑你们赢定了。”

这句话一出，举座皆惊，青草和尚蔡福不解地问：“大师何出此言？”

“十年前，白云道长以一敌三，并没有落于下风，只因为他志向高远，故而才负气离开罗浮山，寻找神木迄今未归。”马士襄苦笑着说，“其实我们几个也有同样的苦衷，打造一把名剑殊非易事，良材与神草、神木缺一不可。这些年来我们三家一无所获，过去那样的好刃口断然是造不出来了。‘粤胜炉’这口倭刀已然是最高水准，但与‘白云剑’比起来，差得不是一星半点。依老朽的猜测，两位贤侄定是采到了神草？”

桑木道士坐在赏剑的贵宾席上，听到马士襄的话，脸色顿时阴沉下来，盯着“火见愁”的眼珠问：“你们采到了碧血仙茅？”

这些年来，“火见愁”和“打铁罗”师兄弟对“逍遥门”存了一肚皮的怨气。当年要不是金蟾道士贪得无厌，硬生生切走了半个碧血仙茅，白云道长早就练成盖世神兵，何至于到今天有家难归？听桑木道士语带威胁，“火见愁”很不高兴，毫不示弱地还给他一颗硬邦邦的钉子：“对。”

桑木道士急眼了：“为什么不早说？你懂不懂规矩？”

“买井水的黄金，我们一毫没有少给吧？”“火见愁”反唇相讥。

“你……”桑木道士气得说不出话来。

景玉老禅师颤巍巍地站起来，教训桑木道士：“贤侄，今天四方君子云集，你给罗浮山留一点面子吧。”

桑木道士不便发作，只好悻悻地坐了下来。

比剑的第三道程序是试剑，顾名思义，到了翻真章、见分晓的最后时刻。两仪洞派出的试剑师是“打铁罗”，佛山堡三大炉户派出的试剑师是游新潭。唱喏主持的是铁棒道人的三徒弟阳春道士，他运足丹田之力，扯着嗓子喊道：“一剑敬神祖，二剑卫家邦，三剑扫蛮夷。诸剑响过，地动山摇，云开雾散。”

果如马士襄所料，刀锋对剑刃，“当当当”三剑过后，“白云剑”依然完好如初，而游新潭手中的倭刀却被劈出了三个大口子。众来宾一一看过，齐向两仪洞的道士致贺。西松真人安慰杨日昇："胜败乃兵家常事，杨师不必沮丧。"

杨日昇倒是不太介意："两仪洞取胜老朽同样喜欢，道长，不瞒你说，如今的佛山堡早已不是我们铸剑人的天下。大伙纷纷转行去铸什么鸟铳、爪哇铳，还有的羡慕铸炮炉户赚钱，拼着命地朝里面挤。说来归去，还是罗浮山地方清净。"

马士襄不爱听他发牢骚："管他铸剑还是铸炮，关键是不能将祖宗的绝技弄丢了，白白地便宜了倭人，那些家伙可是白眼狼。"

阳春道士过来笑眯眯地邀请，"诸位大师、前辈，我师傅已在观里备下酒席，代两仪洞的同道招待你们，请移驾光临。"

罗浮山三大名泉，分别是长生井、酿泉、卓锡泉。论炼丹通灵，长生井为天下至宝，无可匹敌；论酿酒，酥醪观旁的酿泉是最好的泉水；宝积寺后的卓锡泉最受文人雅士的偏爱，据说喝了这眼泉水如神笔在握，文采飞扬。昔日苏东坡曾写下《书卓锡泉》一文，赞颂此泉为"岭外诸泉之冠"。

杨日昇听说可以喝到酥醪观的自酿美酒，萎靡之色一扫而光："咱们这些烟熏火燎鬼喝卓锡泉水，那算是暴殄天物，白白地浪费好东西。不过，铁棒道兄的桂花酒和酥醪菜是人间佳肴，我早就盼着美美地吃他一顿。"

德毓和尚嗔道："听你话里的意思，是嫌我们招待不周？"

斜眼老三打起了哈哈："你别听老杨的，他在倭国那些年，成天扎在倭国女人堆里，学了个倒挂腊鸭，油嘴滑舌不正经。"

众人说说笑笑，眼看大会就要和和气气地收场，谁知道恰在这时，桑木道士鼓着他那双斗鸡眼，突然发声："且慢。"

"贤侄，你还有什么没说的？"西松真人奇怪地问。

"从头到尾，"桑木道士气呼呼地回答，"谁让我说一句话来着？"

"你说，你说。"西松真人直哆嗦。

"各位前辈，"桑木道士作了一个揖，"贫道有一事不明。"

"什么事？"西松真人问。

"今天是十年一次的比剑盛会，总要比个明明白白不是？"桑木道士，"像现在这样不清不楚地一拍两散，岂能让天下剑客心服口服？"

青草和尚十分诧异："桑木贤侄，此话从何说起？这场比剑两仪洞三剑完胜，杨大师自己心服口服，怎么能说是不清不楚？"

"照师叔这么说，'白云剑'可称当世名刃了？"桑木道士问。

"有目共睹，确凿无疑。"青草和尚断然道。

"愚侄还是不明白。"桑木道士拉长了调门。

"有话直说。"青草和尚不耐烦。

"师叔，你也是武林中享有盛誉的老剑客，晚辈斗胆来问你一句。"桑木道士的语气突然变得阴森森，"这把'白云剑'是无情剑，还是有情剑？"

"这个……"青草和尚恍然大悟，识破了桑木道士的险恶用心。

俗话说，文无第一，武无第二。铸剑这个行当与武林一样，高手中有高手，名剑里面也分上下高低，其中最锋利者曰无情剑，次一等的是有情剑。准确地说，天下永远只可能有一把无情剑，而有情剑则不拘其数，因缘际会，皆可跻身名剑之列。问题随之而来，这些名刃无不是采集神草和奇石锻制而成，价值连城，轻易不会拿出来供人观赏。即便出世决斗，能够弄清楚的只有两把剑的高低，谁知道胜者一定就是天下无敌的无情剑？除了一刀接一剑比试的笨办法之外，还有没有其他捷径，可以检验一口名刃是无情剑呢？

答案自然是有，只因极其残酷而被武林弃之不用——根据铸剑行当古老的传说，凡无情剑皆具魂魄，必然通灵。持有它的主人只要挥剑刺穿自己的致命大穴，以血沥之，剑刃的花纹泛出苍白之色者为有情剑，泛出暗黄之色者为无情剑。

"你……你好歹毒。"景玉老禅师浑身发颤。

西松真人忍不住出言讥讽："桑木贤侄，你要是想见识无情剑，也不难办，回去请令师尊拿他的'八魔刃'试一试先。"

"师叔此言差矣，"桑木道士的脸皮比城墙都厚，"我师傅他老人家是使剑的剑客，又不是铸剑的匠人，他可没有这号闲情逸致。"

桑木道士纯属颠倒黑白，照他的说法，使剑的高手不用自刺，铸剑的工匠反倒活该成为试剑的材料，这不是生不出孩子怪媒人吗？几位铸剑大师气得七窍生烟，斜眼老三吼道："放着酥醪观的桂花酒不喝，在这儿吃什么臭屁？快走，快走。"

大家纷纷起身离座，不愿再和桑木道士纠缠。这道士眼珠一转，计上心来，冲着“火见愁”抱了抱拳：“你不想弄清楚？”

“火见愁”回了句：“老子就是弄清楚了，也不会告诉你。”

“假使贫道把三百两黄金退给你，”桑木道士亮出了杀手锏，“该当何论？”

“火见愁”本来已经走到门口，闻听此言，肩膀微微一震，脚步不由慢了下来。

桑木道士一看有门，心中大喜，立即趁热打铁：“你身为掌门大师兄，要是守不住两仪洞的基业，你师傅回来怎么向他交代？”

“打铁罗”比谁都了解“火见愁”的性格，心生一丝恐惧，冲上去怒斥桑木道士：“我师兄已经替两仪洞讨回了面子，师傅回来只有夸赞和高兴的份，你这般不依不饶，非要将两仪洞的人赶尽杀绝，到底是何居心？”

“你这叫什么话？”桑木道士装出一副很委屈的样子，“贫道不是在替你们着想？假如还不上债，丢的不是你师傅的脸？三百两黄金多大一笔数目！老实说，买三十条命绰绰有余，你不要狗咬吕洞宾，不识好人心。”

三百两黄金确实是一笔天文数字，靠两仪洞这伙道士累死累活地打铁铸剑，一辈子也还不清所欠的债务。“火见愁”心荡神驰，“打铁罗”害怕了，抓着师兄的右臂：“师兄，不要相信他的鬼话，留得青山在，不怕没柴烧，你千万不能朝歪处想。”

“我听说在你们剑家的眼里剑比人贵重，闹了半天，原来不是真的！”桑木道士鄙夷地甩动袍袖，“抬头好好看看你们祖师爷的神牌，莫邪一介弱女子尚且不怕死，你们两个大男人哭哭啼啼、拉拉扯扯，羞不羞先人？”

桑木道士的嘴真够缺德，这一通骂的不只是“打铁罗”和“火见愁”师兄弟，连带着把马士襄、斜眼老三和杨日昇等宗师均捎带其中。“火见愁”剑眉倒竖，拢了拢满脸来不及修剪的络腮胡子，问桑木道士：“你说话作数？”

“君子一言，驷马难追。”桑木道士拍着胸脯。

“火见愁”冷笑一声：“老子罗浮山里生，罗浮山里长，一辈子没离开过罗浮山，我即便对不起师傅和两仪洞，也不会让罗浮仙山蒙羞。不像有些人见了当官的奴颜婢膝，看到老百姓就鼻子不是鼻子，脸不是脸。你去把黄金取来，咱们当面交割。爷爷让你开开眼，见识一下什么是不怕死的好汉子？什么是真正的无情剑？”

西松真人、青草和尚、景玉禅师、马士襄、斜眼老三、杨日昇等人一看“火见愁”决心要来真格的，大惊失色，一起苦苦规劝：“贤侄，此事万万不可，钱不够咱们可以想办法，我们这么多家还帮你凑不齐？别跟他一般见识。”

“火见愁”惨然一笑，十年来，他几乎是一力承担重振两仪洞的大业。为了给师傅白云道士正名，为了保留住两仪洞的基业，这位视荣誉胜过生命的硬汉忍辱负重，四处借债举办这场比剑大会。东家是借，西家是欠，归根到底受损的是两仪洞的声名，他已经受够了这种屈辱的人生。这些年来，支撑着“火见愁”活下来的不是对生命的贪恋，而是发誓要铸成当世名刃的坚强信念。作为一名把生命奉献给熊熊炉火的铸剑师，在他倨傲的内心深处，未始不想弄清楚这柄“白云剑”，到底是不是天下第一的无情剑。

面对生与死的选择，“火见愁”思如潮涌，众人的劝导没有听进去半句。等桑木道士把三百两黄金摆到了桌子上，他才突然间感到一身轻松，一种解脱。“火见愁”把“打铁罗”拉到一旁：“师弟，你的话没错，留得青山在，不怕没柴烧。师傅总有一天会回来，两仪洞这个家我们务必给他老人家留着，留得干干净净，清清白白。”

“打铁罗”急得直跳脚：“师兄，我不是这个意思。”

“火见愁”转身向西松真人、青草和尚、景玉禅师等人施礼：“各位前辈，两仪洞不能靠挖肉补疮挨时度日，借了东家还西家，永远没有尽头。人活一张脸，树活一张皮，家师的名声不能毁在我们手里。”

“贤侄，”西松真人连连说，“咱们同山修道，何必见外？”

“火见愁”把目光投向马士襄、斜眼老三和杨日昇，凄然道：“三位大师，桑木道兄言之不差，在咱们这一行里，的确没有比剑更值钱的东西。晚辈既然造了这口‘白云剑’，当然不会给祖师爷丢人。烦劳你们做个见证，看它到底是有情，还是无情？”

言罢，“火见愁”陡然倒转剑头，奋力一剑刺向自己的膻中穴。光芒闪耀，剑身立时洞穿其胸，血溅三尺，剑刃的花纹挥出一绺苍白。

硬汉觑了个真切，失望地连道三声：“好，好，好。”

长宁镇笼罩在一派寒烟中，腊月里清清冷冷，“太昊记”的生意进入了淡季。再过两天就是小年，偌大的屋子里只有两桌客人，冯乙龙坐在门口打量着屋外稀薄的阳光。刘端湛靠在里面的那张桌子上，酒气冲天地喊：“老冯，再给烧个菜。”

冯乙龙目光呆滞地抬起头，酒柜里的龙舌兰正用柔和的眼神瞄着他。见他抬头，飞快地扭过脸，扔下一句：“叫龙五去添。”

桌子上放着签筒，这是冯乙龙从白无相手里借过来把玩的。他躲开龙舌兰的目光，把头深深地埋进算盘珠子里。此时此刻，冯乙龙觉得自己的目光宛如一枚滚筒里的骰子，落在地上就判定了命运；这枚骰子同时又是一把叉子，戳下去满手是血，疼得叫人撕心裂肺——后院，兄弟冯亚戊正在收拾行李和包裹，家里人给冯乙龙说了门亲事，要他回去看一看；柜台里，龙舌兰那对眼神飘忽不定，没有道挽留，亦未说再见。

五年前，这个丫头还是个黑瘦的柴火妞，高高的奔头顶在前额，走起路来像一把立起来的长勺子，整天缠着冯乙龙问这问那，让他感到颇为不耐；五年后，小姑娘乌鸡变凤凰，细皮嫩肉，白白净净，奔头不但不是缺陷，反而映衬得两个眼窝深邃起来，平添了一种立体感的迷人魅力。等衣服换成新的，银冠戴在头上，风水轮流转，轮到人家开始挑剔冯乙龙了。

桌子上这两样东西几乎贯穿了冯乙龙和龙舌兰爱情故事的始终——当怀春少女点燃了第一把爱慕之火的时候，男人本该用签筒决断爱情，结果却拿着算盘来回地拨拉：今天她有这三样好处，明天她有那四项缺点，犹疑不定，瞳孔里始终不能放出光彩；现在人家姑娘美如出水芙蓉，如果想挽回这段曾经被他轻视的姻缘，那么唯有放下身段这一条道路，算算怎样才能讨她的欢心？然而男人不肯低下自己的头颅，把希望寄托在无用的签筒上。

冯乙龙来到人生的第一个十字路口——要么立即放下尊严向龙舌兰忏悔表白，赢得美人的原谅和芳心；要么把铺盖扔上驴车回花县老家，和那个素未谋面的女人结婚生子。这时候不需要算盘，不需要签筒，只需要低一低头！

“老冯，怎么搞的？让你再给烧个菜，没听见啊？”刘端湛酒喝多了，放着旁边的张永绣和龙五不使唤，非要喊远在门口的冯乙龙，“老何的耳朵刚好，你又聋了？”

“丢你老母，嘴巴放干净点。”何壮昭伸手在他后脑勺上抽了一记。他表面上对刘端湛骂骂咧咧，其实喜不自胜，十分得意。

“天灯”焕然出世的那个夜晚，何聋子行路饥渴，来到一条溪流边。正当他弯下腰准备撩水止渴，忽然水面像铺上了五彩锦缎，一片白色叶瓣晃晃悠悠，掉进了掌心里捧的水。他以为那瓣叶子是跌落的鸟毛，嘴里嘟囔了一句，用牙齿把它叼出来，扔到地上踩了两脚，然后饮水入喉，起身离去。也就是走了十来步远，他的脑袋里“嗡”地一下——耳根里清晰无比地响起了几记“叮当”声。

何壮昭抬头仰望，发现天上有一群长着红色和绿色羽毛的鸟儿，正朝自己鸣叫。在那群鸟的身后，“天灯”之光正在收缩。何聋子如梦初醒，激动的泪水不觉打湿了眼窝——老天爷终于发了善心，不再专拣自己一个人欺负。他返回身从泥里扒出那片叶瓣，放进溪水里洗得干干净净，当珍宝一样藏进肚兜。碧血仙茅的叶子虽然无法与灵通草相比，但每次至少可以恢复几天的听力，这对久聋不聪的人来说已经足够。

残疾人何壮昭碰到狗屎运，捡到碧血仙茅的叶子治愈耳聋；王山公、刘端湛和余章标三个聪明人却一无所获。王山公和刘端湛非常不服气，在九天观后的明福洞没待上两天，便抱怨那里没有仙气，丢下何壮昭，拉着余章标等人去朱明洞读书。

罗浮山有两个朱明洞，一个是狭义的朱明洞，洞深千尺，蜿蜒幽微，为金蟾道士炼丹修武之所，非冲虚观的道士不得出入；一个是广义的朱明洞天，指的是冲虚观后面群峰环绕的大片谷地，景色秀美，自成一个封闭体系。甘泉先生湛若水曾在朱明洞天结甘泉精舍，传授其师陈白沙的心学理论，与同时代的王阳明并称“王湛之学”。岭南后世的学子素来敬仰陈白沙和湛若水，慕名来朱明洞天的人络绎不绝。“逍遥门”一向把朱明洞天当自家后院，不肯轻易放过这块肥肉，经常从这些读书人身上榨取油水。

王山公和刘端湛以前没有领教过“逍遥门”的手段，没几天的工夫便不胜其扰，借着回家过小年的由头，打算离开罗浮山。何壮昭低声对余章标说：“佛山堡的人全这样，有骆驼不吹牛，你一个老实人别跟他们瞎混。过了年来明福洞，和我就个伴。”

余章标家境贫寒，这趟游学的花费着实吃不消，他期期艾艾地回答："岳丈大人三番五次地催我回去完婚，给我在佛山堡找了份差事，明年恐怕来不了啦。"

"人家老冯办婚事，"何壮昭气急败坏，"你凑个屌热闹？"

二人的对话冯乙龙听得清清楚楚，这场爱情游戏到了该收场的时候，何去何从不能再耽搁了。他端起签筒足足摇了小半个时辰，最后终于狠了狠心，咬牙从筒中抽出一支签，拿到眼前一看，只见那上面写着：

何劳鼓瑟更吹笙，寸步如登万里程；
彼此怀疑不相信，休将私意忆浓情。

冯乙龙不知不觉掉下了伤心的泪水，"彼此怀疑不相信"——这正是他和龙舌兰阴差阳错的缘故。虽然两个人各不相让，但这个美丽的精灵已经牢牢盘踞在他的心底。一段琴瑟良缘就此割舍，说到底，伤害最深的还是自己。

行将告别青春岁月的失恋男人，绞尽脑汁地想回到过去，无奈双脚踏在云雾中，既看不清自己往昔的面目，也猜不透恋人曾经的心思。年轻人陷入自设的心理迷障，那颗敏感的心无法容忍恋人审视的目光——英雄可以低头，英雄志绝不低头。

"太昊记"酒肆里另有一桌客人，他们是"鹤顶红"叔侄。

经过老神仙的说和，九天观的六愚真人接受了侯贯虹和胡有禄的邀请，答应跟他们去湘南和粤北。"鹤顶红"把护送六愚真人的任务交给胡有禄，自己打算绕行佛山堡，看望一下多年不见的师兄黄半仙。这些日子，侯贯虹、胡有禄与陈松年英雄相惜，成为莫逆之交。陈松年叮咛冯乙龙居中调度，等送走侯氏叔侄后再回花县。

"冯先生，有什么不舒服？"侯贯虹发觉有异，端着酒过来问。

"没事。"冯乙龙客气地让座。

"冯先生，听说你家在花县，何不与令师同行？"侯贯虹热情地劝，"沿着粤北、湘南和赣南走一圈，游山玩水，散散心嘛。"

"没办法。"冯乙龙推辞，"父母在，不远游。"

读书人是这个社会的精英，满脑子货卖帝王家的幻想，谁看得起草莽绿林？谁愿意沾上洪门会党？侯贯虹以为冯乙龙怕招惹是非，爽快地说："冯先生，咱们既然有一面之缘，这就是交情。往后有什么难处，谁要是跟你过不去，尽管来找贫道，一句话。"

哪知道冯乙龙毫不领情，一口回绝："三爷，冯某一介书生，一不入江湖借势，二不做买卖求财。身无长物，光棍一条，谁会跟我过不去？"

侯贯虹被噎得一句话也说不出来，尴尬地笑了笑，自斟自饮起来。

屋子里的气氛有些冷清，"逃军和"从窗户外面探出头来，怯生生地问："冯先生，客人来齐了吗？啥时候走？"

为了安全起见，冯乙龙把送侯氏叔侄去佛山堡的这单生意交给了林科举与叶二和，此外加了四个搭船的顺风客：王山公、刘端湛、余章标和游新潭。

游新潭和陈见成带回去的那株碧血仙茅端的是灵异无比，区彦魁服食仙草后，不过三天便药到症除，病容顿扫。区彦魁感怀在心，当下承诺帮助两个外甥各立家业，计划给游新潭买一座炉口，替陈见成置一间药铺。在离开"万泰炉"以前，游新潭替师傅马士襄办了最后一件差事——帮助"打铁罗"料理"火见愁"的丧事。本来说好今天回佛山堡，可过了正午，他还迟迟没有现身。

从河面上擦起冬季的烟雾，像一条稀疏的纱帘虚掩了罗浮山的脸，却没有遮盖住罗浮山的落寞神情。浮山不辞路途迢迢，从万里之外的东海前来与罗山汇合，而咫尺相对的恋人却因为心的距离无法拥抱在一起。余章标提醒"逃军和"："别催了，冯先生心里有数。"

刘端湛打了个饱嗝："老冯舍不得我们走，打算请我们吃酒哩。"

"为什么？"王山公放下手里的酒杯。

"你成天把玩什么心学和良知的，连这都没看出来？"刘端湛醉眼迷离，瞄了一眼柜台里的龙舌兰，右掌把胸脯拍得山响，"心，心，心，明白吗？"

龙舌兰脸色绯红，闪进院子躲了起来。冯乙龙怕这群醉鬼再说出什么难听的，端着酒杯来到王山公旁边坐下："你们不是说要头悬梁、锥刺股吗？咋这么快就下山？"

“流年不利，我最近犯小人，牛鬼蛇神全不能怠慢。”王山公沮丧地说，“灶王爷本来就是一个穷鬼，你不给他弄点酒和好吃的，他一准到天上胡说八道。”

冯乙龙哑然失笑：“你是圣人门徒，怎么信这个？”

“贪官污吏，”王山公反驳，“几个不是圣人门徒？”

“我看你是吃不着葡萄说葡萄酸。”刘端湛嘿嘿地笑，“骂贪官污吏最狠的，就是咱们这些科场落第的倒霉鬼，一旦鲤鱼跳龙门当了官，保证贪得比谁都多。我这个人实在，不像你是大姑娘做媒，只说别人不说自个儿。圣人门徒替皇上放牧天下蝼蚁之民，殚精竭虑的容易吗？搂点银子花和封妻荫子应当应分。”

“对啊，要不十年寒窗，”余章标低声叨咕，“图个啥？”

何壮昭问冯乙龙：“你下一科真的不考了？”

冯乙龙的父亲冯英联是花县开县后客家人中的第一个举人，曾在学政衙门做过事，因为不肯纳贿而辞官回乡，所以他对科场有一种天然的厌倦。冯乙龙摇了摇头：“算啦，我肚子里半瓶子醋，弄不通那些花架子。”

何壮昭捅了捅他：“仁坤兄还考不考？”

冯乙龙有个表兄叫洪仁坤，小名洪火秀，亦是去年观榜的失意人。提起他，冯乙龙登时精神一振：“当然会考，他县试和府试的运气一向好，就是院试总差那么一点点。”

王山公的情况和洪仁坤相差无几，前面两场一帆风顺，唯独在院试栽了个大跟头。去年院试的内容是辨析王湛之学的高下，王山公觉得自己中了圈套，破口大骂：“提督学政这狗官太不是东西，你瞧瞧他出的那道题，明摆着就是个陷阱嘛。咱们是岭南学人，稍微有点骨气的当然崇湛贬王。谁知道他竟然是个推崇致良知的王学弟子。而今这世道哪还有良知？当官的口口声声为民做主，实际上捞得比谁都狠，你们说说，良知到底是什么？”

冯乙龙心头一震，自己这些年在罗浮山辛辛苦苦地学艺，不就是为了致良知吗？但这个良知到底是什么，是坚忍不拔的意志，还是行将被意志泯灭的这份感情？他叹了口气，仿佛自言自语，又像是在回答王山公的问话：“陈湛之学讲究随处体认天理，从小猫小狗的身上认识天理，那得有多高的天分啊？”

"弄不通天理，如何领悟武学之道？"王山公脸红脖子粗，"任一行均有一定之规，这些规矩就是天理。"

"难怪你练武不成，人家是冬练三九、夏练三伏，你整天躺在床上瞎琢磨。"刘端湛专喜欢与王山公唱对台戏，"拳脚上如有天理，还要我们这些读书人干啥？"

王山公决心好好教育一下这个不知天高地厚的家伙，倏地出手揪住刘端湛的耳朵，拽着他在屋子里转了三圈："这叫能动能静，拳道之圣，明白吗？"

刘端湛疼得哇哇叫唤："快撒手。"

余章标从旁解劝："别使劲拽，小心给弄聋了。"

"聋了没关系，"王山公没有撒手，"聋子那儿有药。"

何壮昭瞪了他一眼："你们俩一丘之貉，没一个好东西。"

刘端湛嚷道："丢你老母，你属螃蟹的？咋揪住不撒手？"

"这叫动而不静，拳道之病，明白吗？"王山公松开手。

看着王山公和刘端湛二人你一拳我一脚，撒酒疯撒起了兴，余章标叹了口气，悄悄地问冯乙龙："兄台，天理哪能这么直白？"

在冯乙龙看来，天理应该直白无隐，让苦心人卸下恐惧的包袱。然而，把情之天理故意弄复杂和模糊的不是别人，正是他冯乙龙自个——他明明知道心爱的女人在院子里，可就是迈不动步，无力摘取已经熟透了的果实。当无情挑衅有情，有情却中了莫名的蛊。王山公说的一点不错，天理昭昭，出问题的唯有良知！

办完师兄的葬礼，"打铁罗"下定决心离开罗浮山，摆脱"逍遥门"的控制，再铸一口盖世名刃，为师傅、师兄出一口恶气。

"打铁罗"的老家在清远县飞来峡，那里群山逶迤，其中有一座名叫金芝岩的山峰，传说产有神草。据屈大均《广东新语》："唐时望气者言，南海有灵山产神草，遣使求之，果于此得金芝数十茎，铿然作金钱声，因名金芝岩"。除了神草外，金芝岩尚出产剑石，为铸剑之良材；其山腹中藏有一口丹砂井，相传，银洲湖底那口海眼在崖山之战堵塞以后，这口丹砂井就变成了海眼。

游新潭和"打铁罗"脾气相投，他劝道："罗兄，金芝、剑石均为神奇之物，一时半会恐怕很难找到。你不如跟我回佛山堡，咱们俩盘一座炉户铸剑？”

“谢谢你的好意。”“打铁罗”感激地说，“桑木老道那厮心狠手辣，出手歹毒，我不能连累你。他们气走我师傅，逼死我师兄，想把我们两仪洞踩到脚底下。丢他老母的，老子偏不叫他们如意，等我寻到金芝和剑石，再找他们算账。”

二人下山到了“太昊记”酒肆，“逃军和”高兴地冲屋里喊：“各位老爷，人齐了。”

侯贯虹一见到“打铁罗”，肃然起敬：“罗师，你也去佛山堡？”

“不，”“打铁罗”回答，“我回老家清远。”

冯乙龙抬头望了一眼柜台，那人儿无影无踪，有情与无情的选择瞬间成局。他丢下算盘揣起签筒，快步走到屋外：“三爷，王老爷陪你去佛山堡，令师兄他熟悉。”

“岂但人熟？”王山公得意洋洋，“里面的菩萨我更熟。”

这次刘端湛没有唱反调，“对，我们哥几个正打算去上一炷香。”

在佛山堡一百多座庙里，观音的香火极旺，达到令人咋舌的十一座之多。单单观音堂铺就有两座：一座是南善观音庙，一座叫南涧观音庙，前者是观音堂铺的主庙。

南善观音庙的香火灵验，吸引了许多外地的善男信女，最近发生了一件让广府读书人艳羡不已的奇事：顺德清晖园龙家的龙元僖和大良罗氏的罗淳衍同赴秋闱，去广州考试前在南善观音庙给观音娘娘买了一筐大桃，结果双双高中。根据黄半仙的推算，这两位豪门贵公子还可能“连捷”——来年春闱再战再捷，成为天子门生。

王山公和刘端湛听到这个消息，垂涎三尺，急急忙忙中断罗浮山的游学，计划到南善观音庙好好给观音娘娘上一炷香，买几个桃。

“鹤顶红”一行在正埠码头下船，乘轿子来到南善观音庙。时近黄昏，到庙里进香的人不再熙熙攘攘。黄半仙的残局摊子原来摆在庙门口，现在失了踪影，王山公下轿一打听，才知道由于最近声名大振，黄半仙被请进了偏殿。

侯贯虹迈步进了观音庙，发现黄半仙蹲在榕树下，山羊胡子一翘一翘地抖动着，正愁眉苦脸地与人对弈。旁边蹲着一名乞丐，脸上的牛皮癣不住地弹跳，和黄半仙的山羊胡子踏着同一个节拍，似乎比黄半仙还要着急。与之相反，对弈的年轻人手执折扇，一副气定神闲的从容模样，仿佛摆残局的不是黄半仙，而是他自己。

年轻人很面熟，侯贯虹想起来，他是何惠群的徒弟邹汝昌；那个他不认识的小乞丐名叫陈火贵，绰号“癞头鳖”，要饭之余为黄半仙的残局摊子当托，赚两个铜板花销。在佛山堡的丐帮里，陈火贵与一个绰号为“厚皮棍”的是叶二和的好哥们，那天“逃军和”在灵应祠藏经阁里偷东西，便是他们两个打的掩护。

黄半仙棋艺高超，竟然被邹汝昌杀白了脸色，侯贯虹立刻对这个年轻人刮目相看。他走过去低低喊了一句：“师兄。”

黄半仙极不情愿地把头抬起来，一看是“鹤顶红”，顿时吓得目瞪口呆。邹汝昌知道侯贯虹的身份，当即回避，向黄半仙告辞：“阿叔，我回家了。”

“好好，我弄明白了，改天向你请教。”黄半仙愣怔地应声。

侯贯虹奚落：“师兄，你咋连一个伢仔都下不过？”

黄半仙慌忙把“鹤顶红”拉至偏殿，关上门连声埋怨：“你不好好在山里待着，来佛山堡干什么？不怕官府赏你一刀？”

“我算着厄期已满，特来请师兄出山。”侯贯虹半开玩笑地说。

“别油嘴滑舌。”黄半仙问，“你到底来干啥？”

“鹤顶红”这才把上罗浮山请六愚真人的经过，一五一十地对黄半仙说了一遍。黄半仙叹了口气：“天象为道法至精至微者，六愚真人一代宗师，应当不差。不过，你要是早对我言语半句，我叫阿昌点拨点拨，你们就可以省下一笔巨款。”

“那个下棋的伢仔？”侯贯虹啼笑皆非，“师兄，此事关系大局转圜，牵涉到本堂和绿林道数万兄弟的性命，绝不是闹着玩的。”

“放屁。”黄半仙的山羊胡子又翘了起来，“你看我是开玩笑的人吗？”

第二十回　客途秋恨

一元复始，大地春归，大雾山青葱更胜往年。地下的落叶尚未枯黄，枝头已经遍裹红花绿叶。远远望去，犹如一群纯洁的少女，在风中露出白皙的脖颈。

几个月来，李文茂修武不辍，进步神速，时时困扰他的关元穴处的疼痛已不复存在，第三道真气在丹田内逐渐培植，与阴阳两道真气发生冲突的烈度趋弱，并能初步沿着任督二脉向外扩散，这说明它起码可以适应自己的身体。

“小元霸”认为自己突破了“六祖心经”的第一层樊篱，心里大感快慰。这一日吃过晚饭，来到邓家别墅小南门外的林子，密林下掩着一片梅花桩。李文茂跃上桩头，打开金丝囊，取出台词集子，平放在自己的腿上。这本台词集子里有整本的《桃花扇》，它是“凤凰仪”班的看家剧目之一，李文茂随口念了一阕《哀江南》：

山松野草带花挑，
猛抬头秣陵重到。

残军留废垒，瘦马卧空壕。
村郭萧条，城对着夕阳道。
…………

这阕饱蘸南明遗民血泪的词令，凝聚了国破家亡的兴叹，其间隐含的绝望更甚于刀剑的杀伐之气。李文茂诵完后不由得愣住了，这些字句他并不是第一次读到，但却从来没有像今天这样感到震撼。难不成这小小的词令，竟比陈元孝的七言诗还要催人泪下？

李文茂继续读下去，词人的哀伤在他面前展开了一幅幅图画，时光仿佛瞬时倒流——后金铁骑横行践踏，中原衣冠奇耻大辱，刀光剑影，血肉横飞。刹那间，破碎的山河在“小元霸”的体内重新聚集，一路袅袅气息自丹田缓缓升起。

李文茂从鲨鱼皮鞘里抽出“龙渊刀”，飞身跳下梅花桩，抬手踏步，一招一式，气势雄伟，深沉隽永——《驻马听》《沉醉东风》《折桂令》一阕接着一阕，字里行间的词人吟唱，化作长天裁愁剪恨的三尺白龙。

野火频烧，护墓长楸多半焦；
山羊群跑，守陵阿监几时逃。
鸽翎蝠粪满堂抛；
枯枝败叶当阶罩。
谁祭扫，牧儿打碎龙碑帽。
…………

李文茂追逐着一片飞叶，叶儿在风中飘荡，越过青瓦白墙，扫过缠绕紫藤，从白木棉树上旋下来，落向淙淙溪流。他在空中翻了几个跟斗，以气驭音，声裂长空。

横白玉八根柱倒，堕红泥半堵墙高；
碎琉璃瓦片多，烂翡翠窗棂少。
舞丹墀燕雀常朝，

直入宫门一路蒿，住几个乞儿饿殍。

…………

落叶将及水面，李文茂的刀尖也随后赶到。便在刀刃挑起落叶的那一瞬间，“小元霸”无意中看到清澈的水面映出了他的身姿，背后是镜子般的湛蓝天空——刀刃、身体、天空三者共同组成了一幅画卷，在水面上衍生出另一个世界！

李文茂心思灵动，一刀接一刀，嘴里的词令丝毫没有停止：

问秦淮旧日窗寮，破纸迎风；
坏槛当潮，目断魂消。
当年粉黛，何处笙箫？
罢灯船端阳不闹，
收酒旗重九无聊。
白鸟飘飘，绿水滔滔，
嫩黄花有些蝶飞，新红叶无个人瞧。
…………

眼前的场景，再生的世界，与去年在伶仃洋渔舟上所做的梦何其相似！“小元霸”一个念头走神，身体直线下坠。等他反应过来的时候，鼻尖已经触及冰凉的水面，整个身子重重跌入溪流，全身衣衫浸了个湿透。他狼狈地爬起来，站在水边呆呆地发愣，溪水的波纹一圈接着一圈由外向内逐渐复原，身上的水珠滴滴答答地落到地面。刚才这种刀刃、身体、天空的三重合体身法，经过水面的映射无穷无尽地复制下去，重重叠叠，绵绵延延。到底是谁发射了光芒？又是谁接受了光芒，裂解了光芒？

李文茂天生一副练武的神经，感受力无可比拟，这幅“三衡归一”的画面始终在他的脑海里萦绕不离，神思如骏马驰骋在辽阔的草原，又像排闸之流滚滚而下。这时候天光已消，夜墨圆润，如同穹庐，没有星光。李文茂全身三道真气通畅如流，去年他把这种感悟应用于“六祖心经”的摸索，今日欲再探“浑天剑”法中“日月合杀”的奥秘。

老话说得好，欲速则不达。李文茂自以为突破了“六祖心经”的第一层樊篱，贪心不足蛇吞象，继续梦想勘破“日月合杀”的奥妙，一举突破当世两大奇功。毕其功于一役，世界上哪有这么便宜的事情！

却说“小元霸”被自己身体的反应所迷惑，不知不觉间重蹈急于求成的覆辙，踏上了走火入魔之路。竭智求武，强行用功，全然没有意识到体内潜藏多日的危机即将大举爆发。到了夜半子时，可怕的情形终于出现了：李文茂丹田内的第三道真气骤然迸发，汇聚成一团难以驯服的大火球，一会儿卷入丹鼎穴，顺任脉下行至会阴穴；一会儿又沿着两腿内侧下行，流入足底的涌泉穴，寻路再返回丹鼎穴。

这是暴风雨前夜的乌云，第三道真气失去了控制，横冲直撞，意味着阴阳两道真气的剧烈反弹即将开始。三道真气相互之间的大厮杀，最终的结果只能有一个：身残气灭。尽管全身皮肤已经滚烫如火，但是骄傲的少年并无知觉——第三道真气已经覆盖了他的神经系统，行将淹没他所有的意识。在人迹罕至的大雾山，在冰冷死寂的重重夜幕，李文茂雄壮深沉的吟诵渐渐变得嘶厉而脆弱，若续若断，如锯如齿。

这是孤独冰冷的命运关口，也是被人遗忘的莽莽沙漠，更是心灵世界屡见不鲜的毁灭路径——挑战于大象者，必湮灭于无形。

道光十五年（1835年）的这个夜里，谁也没有想到，闲置了大半年的邓家别墅里，突然响起了一记清脆的筝声。声音似秋水涓涓而来，好比山泉汩汩冒出，原来是一曲《客途秋恨》：

闻击柝，鼓三更，只见江枫渔火照住愁人。
几度徘徊思往事，劝娇不该好痴心。
风尘不少怜香客，罗绮还多惜玉人。
你话烟花谁不贪豪富，
做什么你偏把多情向往小生，
况且我穷途作客囊如洗，
就是掷锦缠头我都愧未能。
记得填词偶尔写个段胭脂井，

含情相伴你对着盏银灯。
你细问我曲中何故事，
我把陈后主个段风流讲过你闻。
讲到兵困景阳家国破，歌残玉树后庭春。
…………

这首脍炙人口的名曲为缪艮缪莲仙所制，后来被南音大家叶连城重编。叶连城五年前抱病离别人世，此曲即成绝响。这首曲子音调优美，遣词造句通俗入俚，最能拨动人心。换作另外一个人，绝没有逃脱魔道的希望，但是“小元霸”天赋绝伦，在这个危急关头，他那与众不同的耳力再度发挥奇效。

凌空而出的这记声响拨云见日，把行将焚裂的李文茂拽回清凉世界。他浑身打战，摸着自己滚烫的额头，体内紊乱的真气逐渐归穴。李文茂暗道一声好险，循声而去，发现这记救命的筝响，竟然来自邓家别墅的后院。

幽怨低吟的乐声，好似水汽薄雾焕发的光影，一道道从青瓦白墙里荡漾出来，灌进李文茂的灵台。长久以来的孤独，内心深处的寂寥，此时此刻，俱被这首具有神秘魔力的《客途秋恨》诱发出来。“小元霸”跃上树顶，见后院有一处房子透着灯光，筝声正是从那所木屋中传递出来的。幕帘掩映，纱帐飘飘，弹筝之人自始至终未发一语。

李文茂蓦然察觉不妥，满脸羞愧地跳下树枝——弹筝之人分明是一介妙龄女子，自己这号墙头偷窥的行径，与登徒子何异？他跳下树枝，心有不甘，于是抽出铜笛，将《桃花扇》的曲子又吹了一遍。

次日凌晨，梁友礼提了一个大篮子，里面盛满鱼和肉，从山脚下赶回茅草屋。他把篮子轻轻地放到木凳上，推醒正在闷头大睡的李文茂，脸上浮起憨厚的笑容：“少爷，少爷，快起来开开荤，你看这么多好吃的，东家打赏的。”

“阿伯，你不是在邓家干活吗？”李文茂问。

“东家的千金‘出花园’，摆了三天三夜的流水席。”梁友礼解释，“昨天，东家全家人上山消遣，丫鬟婆子一大堆的，老爷怕水道堵，让我上山来清理清理。”

“出花园”是岭南风俗，小孩子长到十五岁的时候，要隆重举办“出花园”

的仪式，它标志着儿童正式成人。这一天要采摘十二种不同的鲜花，浸泡在水里给孩子洗个花水浴，象征着洗净孩童的稚嫩气，从此不再是花园娇嫩的花朵。同时，母亲要为孩子亲手缝制崭新的腰兜，腰兜里面压着十二颗桂圆和两枚铜钱；外婆则要送一双红皮木屐，好让孩子跨出花园后一帆风顺；最后还必须拜床上的神公神婆，在床中央放上一只大号笸箩，盛米插香，摆上甜薯粉圆、乌豆酒、红桃、发果等物品。

“原来如此！”李文茂神情落寞，难怪邓家别墅的后院里会突然冒出筝声。

梁友礼以为他睹物伤情，思念死去的父母，叹了口气：“少爷，你这是何必，放着有钱人的舒坦日子不过，练哪门子粗拳笨脚？”

李文茂知道梁友礼一辈子胆小怕事，不愿意再和他聊下去，三下五除二吃完饭，把筷子往旁边一撂：“阿伯，清理水道的活，我来干吧。”

“这几天雨水猛，水道里堵的树枝太多，清理的时候须仔细一点。”梁友礼收拾着碗筷回头说，“我腾出工夫进院里，给你再踅摸点好吃的。”

“小元霸”拎起一把扫帚出了茅草屋，清理完白墙下的水道，又沿着邓家别墅的周围扫净落叶，尔后再上梅花桩练武。白天匆匆即逝，夜幕降临，他鼓起雄心，不为昨日的走火入魔所吓阻，再度探索“日月合杀”的奥秘。

李文茂天性不知道什么是恐惧，性格中有一种百折不挠的执着——面临的困难越大，他的反弹力就越强。简短截说，连续整整九天，李文茂向“日月合杀”发起九次冲击，九次被那首《客途秋恨》救回性命。铁打的躯体也架不住这般折腾，终于卧病不起。

经过梁友礼的精心照顾，李文茂才勉强退了高烧。他心疼地责备起来：“少爷，你要是再这样下去，我只能把你送回赤柱圩。”

“阿伯，不碍事。”李文茂说，“我的身子骨壮着呢。”

“我说也是，你这次怎么发的烧？吃坏了肚子？”梁友礼觉得十分奇怪，李文茂平时结实得像个小老虎，如何会突然一病不起？

“不会了，阿伯。”李文茂极力掩饰。

“那好，太太小姐们下山回家，院子里要重新拾掇。”梁友礼叮咛，“你老老实实躺在床上静养，活就别干了。”

梁友礼走后，李文茂拖着病躯又来到林子里。这九次挫折，明着是探索“日月合杀”招数的失败，实际上印证了在关元穴修炼“六祖心经”的失败。一切重新回到了原点，关元穴这条路既然走不通，那么，只有从气海、石门、阴交三个穴道中选择其一。

该选择哪一个？

一股清香从邓家别墅后院向外流溢，那是院内奇楠木发出的香甜。少年猛然一震，《客途秋恨》的旋律刹那自心底油然而升，充盈在天地之间。弹筝之人于他有九生之德，自己却不知道她长得是什么模样。

少女琴技娴熟，格调清雅，看来绝不是一般的丫鬟佣人，极有可能便是“出花园”的邓家千金。想到这里，李文茂既懊恼又好奇，自己与这位邓府千金素昧平生，并无渊源，她为什么不厌其烦地九度出手相助？

“小元霸”来到白墙下，将堵塞水道的败枝一根根拣出。山泉如冰，寒彻肺腑，少年却觉得暖意融融。忽然，一面白色的手帕从泉道里流了出来，李文茂一把捞起在手中，楠香沁人心脾处，只见白帕上用红线工整地绣着几行诗：

渔樵同话旧繁华，短梦寥寥记不差。
曾恨红笺衔燕子，偏怜素扇染桃花。
笙歌西第留何客，烟雨南朝换几家？
传得伤心临去语，每年寒食哭天涯。

这几行文字是《桃花扇》的结尾诗，李文茂恍然大悟，邓府这位千金显然听到了他前几日的吟诵。如此说来，她演奏《客途秋恨》即为一种唱和，而这面绣着诗的白帕，则无疑是一束付诸流水的情愫——未曾谋面的人以音相托，这是一种何等奇妙的机缘！

天光渐渐地暗淡下来，黑黢黢的阴影聚拢在眼眶周围，把一种神秘而瑰丽的色彩涂抹在李文茂的眸子上。青瓦紫藤，白墙碧水；木棉低沉，奇楠倦挂。父母血海深仇未报，大丈夫岂能沉迷儿女私情？清明即至，“小元霸”慧剑斩情丝，扫却心猿意马，决心下大雾山，回佛山堡的红船墓园祭奠亡灵！

红船墓园坐落在佛山涌南侧，其西南方向是包括烟本岗、辛村岗、赤练岗等在内的一大片土岗子。唐宋以降，此处遍布坟茔，多为无主之墓。明清两代，由于佛山冶铁业和石湾制陶业蒸蒸日上，这两个生产中心均需要大量的泥土；再加上佛山堡大兴土木，发达的建筑业需要大量的砖瓦，于是便有本地的恶霸打上了这片土岗的主意。他们雇佣无业游民昼夜挖土，以供制砖使用，最疯狂的时候，土岗上到处是尸骸曝露，惨不忍睹。这种无法无天的行为最后引起了人神共愤，应佛山士绅之请，自嘉庆末年开始，官府严禁在这片土岗"挖沙印砖"。五斗口司派遣弓役严厉缉捕，费了九牛二虎之力，才勉强把这股歪风邪气刹住。

清明这一天的夜里，阴雨霏霏，寂静的烟本岗上偶尔鹧鸪低鸣，从一棵大树后面传来了窃窃私语："师傅，咱们这么守株待兔，能捉到那个淫贼吗？"

问话的是"小仁义"胡山逯，"仁义罗汉"仿佛根本没有听到他的话，紧握刀柄，一双眼睛警惕地扫视着前方。

进入四月，佛山堡发生了一件惊天动地的大事——"大魁堂"当班值事吴璧光没过门的媳妇唐玉娥被人奸杀在石湾镇的家中。"银刀秀才"盛怒之下，把南海县和五斗口巡检司告到了巡抚衙门，指责他们玩忽职守，白吃朝廷的俸禄。

广东巡抚祁贡好生安抚吴璧光，责成广州府、南海县和五斗口巡检司全力缉拿，同时命令"短腰三"霍达臣赴佛山堡协助破案。短短的两天内，省、府、县三大系统的捕快全体出动，和"大会馆"铺丁以及佛山都司署、千总署的汛兵把佛山堡围了个水泄不通。具体的分工是："大会馆"负责镇内搜索；南海县的衙役封锁东边的水路；佛山都司署和千总署的兵丁在西海设卡拦截；"短腰三"在南边的石湾镇逐户搜寻；"黑耳梁"则在北边鹰嘴沙、文昌沙一带严阵以待；"仁义罗汉"所率臬宪号房探听总局的差役机动排查。

"仁义罗汉"经验老到，他挑了十几个得力的手下，悄悄来到烟本岗一带设伏。对于师傅的这个举动，胡山逯心里并不踏实，其余几路人马弄得风生水起，就算捉不到淫贼，也能给吴家一个交代。他犹犹豫豫："师傅，万一……"

"仁义罗汉"耐心地对他解释："阿逯，在江湖上混，要认得清势力，分得清事体，这两条你要给我牢牢记住。当官的可能掉乌纱帽，做生意的可能蚀本，然而名流大儒一辈子都倒不了势，这才是真正的势力，吴家就是这样惹不起的势力。事有轻重缓急，吴家没过门的媳妇被奸杀，这种事关涉吴家的门面，关涉'银刀秀才'能不能在'大魁堂'掌舵，这么大的事体岂能视为儿戏？光棍眼里不揉沙子，霍爷和梁爷这么糊弄差事，人家吴璧光是鸡食放光虫，心知肚明，将来够他们喝一壶的。"

"师傅，我明白你的意思。"胡山逯点了点头，"咱们只管埋头认真办差，有多大能耐使多大能耐，一不得罪吴璧光，二不污了本门的名声。"

符守傥满意道："归根到底，先要自个稳住心神，守节守正，方可保全。别像阿同那样急功近利，八面玲珑，看着像个陀螺轴子，其实最容易闪着腰。"

师徒俩正在交头接耳，臬宪号房的差役陈文彪几个闪跳来到符守傥的藏身处，擦了擦头上的汗，禀报："老爷子，那两头交代妥了，事急时信炮联络。"

陈文彪是鹤山县古劳围维墩乡人，是"鹈鹕陈"的堂弟，陈开的堂叔。此人平日做事精明干练，不喜张扬，极得"仁义罗汉"的赏识。听陈文彪汇报情况后，符守傥稍微舒了一口气——除了烟本岗外，他另派两班衙役在辛村岗和赤练岗设伏：在辛村岗设伏的捕快头子名叫杨树林，在赤练岗设伏的捕快头子名叫徐钧和。

大约过了半个时辰，雨势渐驻，漫天是一眨一眨的星光，北面佛山涌数百座炉口发出的火焰耀亮了天空。符守傥问陈文彪："霍爷还说了什么？"

"霍爷虽然话里没有挑明，但那个意思倒是透出来了，吴璧光脾气大不好伺候，他也懒得多费劲。"陈文彪回答，"他说吴家这事最毁气运。"

"银刀秀才"是有了名的飞扬跋扈，省、府、县、司各级衙门无不畏他三分。霍达臣、梁信常认为唐玉娥被奸杀一事，意味着如日中天的"大树堂"吴家开始走向衰败，当然不肯拿出十二分的力气来卖命。

"只怕未必。"符守傥摇了摇头。

陈文彪压低嗓门："老爷子，唐家人松口了。"

"真的？"符守傥大喜。

陈文彪点出其中关节："一开始死活不松口，后来吴璧光变卦，不答应唐玉娥进吴家的祖坟。唐家和吴家闹翻了，这才答应咱们验的尸。”

符守侥紧张地问：“吴家人不知道验尸的事吧？”

陈文彪有些不解：“他们都不要人家了，还管这些闲事？”

“你不懂。”符守侥连连摆手，“阿彪，豪门大族不比寻常百姓，面子大的赛过汾江河，宁可他负人一万，不可人负他半分。你快说有什么蛛丝马迹。”

陈文彪瞅了一眼“小仁义”胡山逯：“尸身被唐家人拾掇干净，衣裳穿戴整齐，许多证据都被毁了，不过……”

“别吞吞吐吐。”符守侥不耐烦地说。

“那女人私处的阴毛被揪掉了一片，另外，最怪的是，她的左屁股蛋上文了一朵花，好像是菊花，对，是菊花。老爷子，你说这淫贼的胆子可够大的，作了案不赶紧跑路，倒有闲心弄这个，真是。”陈文彪道出一个信息。

“仁义罗汉”脱口而出：“你看清楚了是菊花？”

“是啊。”陈文彪吓了一跳，“没错，我家院子里种的就是菊花。”

“哎呀，大事不好，赶快收兵。”符守侥一跃而起，操起手中的佩刀，带领“小仁义”胡山逯和陈文彪急急向辛村岗赶去。

已经来不及了！

等他们赶到辛村岗，赤练岗方向点燃了一记信炮。符守侥担忧手下衙役的安危，恨不得生出一双翅膀立刻飞到徐钧和的身旁。他和陈文彪、杨树林、胡山逯四个人急冲在前，把其余的衙役远远地抛到了后头。

由于正值清明节气，辛村岗、赤练岗一带到处是被丢在坟头的油灯。阴风袭来，恰似鬼火点点，令人毛骨悚然。几个人冲上赤练岗，只见岗头上东倒西歪躺着四五个衙役，每个衙役都似乎被一种神秘的兵器点中咽喉。

徐钧和的咽喉被刺出了一个血窟窿，有出的气，没有进的气。看符守侥赶到，他挣扎着抬起手：“符爷，鬼，鬼！”

“仁义罗汉”老泪纵横，扶起徐钧和的头部：“阿和，你细细说来。”

“符爷，刚才我们截住了一个人，是个俊俏的后生，弟兄们正待将他拿下。”徐钧和两眼失神，仿佛还沉浸在刚才的噩梦中，“不知道从哪处坟头里爬出来一个索命鬼，走路没有一点声息，眨眼的工夫就把我们撂倒了。”

“阿和，不是鬼。”符守侥含泪道，“是高手。”

徐钧和睁大眼睛，似乎不信符守傥的话，继而攒足最后的一点气力，嘶哑地喊："你要给我们做主啊，老爷子。"

言罢，徐钧和气绝人亡，陈文彪、杨树林、胡山逯三人皆痛哭失声。陈文彪放下徐钧和的尸首，悲愤地说："老爷子，这淫贼到底是谁？"

"仁义罗汉"略一迟疑："老朽只是猜测。"

胡山逯问："师傅，莫非这个对头十分扎手？"

符守傥双眉紧锁："西域雪山派你们听说过吗？"

陈、杨、胡三人一齐点头。

"西域雪山派是称霸雪域高原的密宗功法，在西南诸省一带极为流行，粤西绿林道唯其马首是瞻。粤西武林排前五位的高手中，西域雪山派便占据三席。"符守傥惶惑地介绍，"粤西大峒寨寨主'老山羊'英白勋练的就是西域雪山派武功，这厮是粤西头号淫贼，臭名昭著。他勾通姑婆山瓦窑冲的'剔骨龙'和濛江水寨的'白嘴鱼'，从湘、黔、川三省掳掠妇女，然后贩卖那些女人来粤东赚钱。这个淫贼自命风雅，擅使一支峨嵋刺，采花之后，喜欢在被害人的屁股上文一朵花，扯下阴毛制成阴毛笔。"

"师傅，你是说杀了徐大哥的是英白勋？"胡山逯问。

"不。"符守傥沉重地摇了摇头。

"那还能有谁？"三人齐感诧异。

符守傥一字一顿："他师傅'赛潘安'金秋池。"

"赛潘安"金秋池乃是粤西武林排名第四的大高手，陈文彪、杨树林和胡山逯乍一听到他的名头，禁不住倒吸一口凉气。

由于金秋池威名太响，神龙见首不见尾，平日难觅踪迹，因此他干的许多坏事，人们都以为是他两个徒弟"老山羊"和"白嘴鱼"所为。只有"仁义罗汉"眼光独到，从徐钧和喉咙的伤口上判断，出手之人应有三十年以上的内功造诣。此外，"老山羊"的习惯是在受害人的右股而不是左股上文花，文的是牡丹而非菊花，由此断定此人必为金秋池无疑。正因为推测出凶手的身份，符守傥自知武功相差悬殊，动起手来只有白白送死的份，这才慌忙下令撤兵。可惜，他醒悟得终究晚了一步，徐钧和及其手下的衙役与金秋池狭路相逢，悉数命丧黄泉。

初生牛犊不怕虎，"小仁义"胡山逯年轻气盛，拔刀请战："师傅，姓金的杀了咱们那么多弟兄，这次决不能让他跑了。”

“跟他拼了。”陈文彪和杨树林同时怒吼。

符守侻提刀在手：“好，大家多加小心，千万不要落了单。一旦发现姓金的行踪，立刻发信炮通知周围的弟兄，合力擒拿。”

四个人摆成方阵，彼此之间的距离控制在五十步以内，小心翼翼向前搜索。不一会跑出赤练岗，越过三个山包进入红船墓区。突然，走在最前方的胡山逯“嗷”地一嗓子，像诈尸一样蹿起来，又栽倒在地。

陈文彪离得近，发现“小仁义”被一个黑乎乎的东西迎面撞倒。他一个箭步冲过去，朝那东西狠命地踢了一脚，对方发出一声尖叫。

“你是谁？”陈文彪抓住那人的衣领，把冷森森的腰刀架在他的脖子上，“见没见到有人过去？快说，说差了赏你一碗过水面。”

杨树林随后赶了上来，借着月光一看，惊讶地问：“你不是马三婆家的阿发吗？深更半夜跑到墓地里干什么？”

朱阿发一身肥膘，大名朱发，年方十六，因为说话办事脑子不太利落，大家给他起了一个绰号叫“葫芦发”。他惊恐万分地喊：“鬼，鬼，鬼！”

陈文彪和杨树林的汗毛登时就立了起来：“哪儿？”

“就在那儿。”“葫芦发”用手指着红船墓园里的一片林子，“我替人家烧香，路过这里遇到了鬼，早知道这样，我才不挣这两个大子呢。”

见这浑人说话呜里呜嘟，行事颠三倒四，陈文彪和杨树林没有心思搭理他，提刀奔向那丛林子，仔仔细细地搜寻起来。符守侻与胡山逯在后面警戒，不时地提醒他们俩：“不要进林子深处，小心有埋伏。”

黑沉沉的夜空雷声轰隆，“唰”地闪电劈过，剥去了大地上的一切伪装，柔滑、高贵的夜幕纤毫毕露。陈文彪和杨树林猛地一抬头，几乎脸贴着脸，看到了一张极其怪异的面孔——这是一副悬在半空的脸，目赛米斗，斜插入鬓；鼻如磐石，坐镇地阁；乌的是眼，白的是鼻，颌下黑扎扎一绺虬髯；天庭上三叶锥杀气狰狞，九瓣飞肩兰花的额头神秘莫测，中间有一枚鲜红的破煞珠，仿佛正在滴滴答答地向下淌血。

陈文彪和杨树林吓得魂飞魄散，撒开两条腿就往回跑，“仁义罗汉”以为中了埋伏，掣刀和胡山逯断后。一行人刚刚跑出百步来远，但听一声冷笑，拐弯处跳出一位蒙面道士，手执峨嵋刺，拦住了他们的去路："哪里走？"

"仁义罗汉"盯着道士手里的峨嵋刺，知道眼前这位才是真正夺命的阎罗。他心里泛起了一阵迷惘——刚才，陈文彪和杨树林遭遇的人又是谁？

"原来是你这淫贼杀了我兄弟，吃杨爷一刀。"杨树林举刀便砍。

那道士闪身避过，手中峨嵋刺疾如电，从后面刺穿了杨树林的脖颈，然后在衣襟上拭了拭血迹，阴沉地一笑："贫道不是贼，是索命的鬼。"

陈文彪举刀接战，没过三个照面，被峨嵋刺点中咽喉，一命归西。"小仁义"早被吓尿了裤子，两腿僵硬地向前挪步，肩膀却止不住微微发抖。徐钧和、陈文彪、杨树林三位多年的部属不到一炷香的工夫，先后葬身荒野。符守傥万念俱灰，一个箭步，飞到胡山逯前面，悲愤地断喝："姓金的，老朽纵然搭上这条命，也要和你斗上一斗。"

"哈哈哈。"那道士霍然长啸，"尊驾好眼力，金某纵横江湖数十载，还从来没有被人识破行藏。既然如此，休怪贫道手下无情。"

两人战在一处，十个回合刚过，趁着"仁义罗汉"一刀用老，"赛潘安"手里的峨嵋刺如电飞至。符守傥再想躲闪可就来不及了，但见峨嵋刺闪烁着迷离的蓝芒，犹如夜空中倦怠行旅的流星，要来品尝一口人间的血光。

"仁义罗汉"两眼一闭，暗道一声，歇了！

雷声过去了，闪电也走了，天空为什么没有下雨？

夜色好美，沉静得如同乾坤初开的那一秒钟，风儿落在草尖的脚步声都能听见。一道气流从符守傥的脖颈侧畔无声无息地出现，像一条飞出草丛的灵蛇，不偏不倚，正好击在迎面而来的峨嵋刺上。耳轮中但听"叮当"一声响，撕裂了"仁义罗汉"的耳膜。

符守傥慢慢睁开眼睛一看，面前多了一条颀长的身影。看此人身高足有八尺开外，从两肩到腰部呈倒三角形，却不是常见的那种虎背熊腰。这汉子头戴面具，手里提着一口不到三尺的短兵刃，与他高大雄伟的身材极不相称。

"赛潘安"即将得手，忽然被人斜刺里一刀击退。俗话说，行家一伸手，便知有没有。金秋池是威震粤西武林的大高手，一招试出深浅，大惊失色，看来眼前对手的功力绝不在自己之下。他眼珠不错地打量着对方,想认识一下这张面具下的本尊,使用激将法:“原来阁下与金某一样,都不愿以真面目示人?”

李文茂在红船墓园祭奠父母,舍不得即刻离去,便倒吊在树头凝神炼气,开始从气海穴处再练“六祖心经”。当他运功的时候,三清皆空,六虚不闻,脸上套了张面具遮挡视线——就是把朱阿发、陈文彪和杨树林三人吓跑的那幅图案。

听金秋池一提,李文茂才想起来脸上的面具。他一把将面具扯下来,轻蔑地说:“你是哪路贼人?好大的口气。”

金秋池尴尬地笑了笑:“请教少侠高姓大名?”

李文茂朗声道:“琼花会馆‘小元霸’是也。”

“仁义罗汉”喜出望外:“贤侄,休放走了这淫贼。”

“你认识我?”李文茂纳闷。

“老朽以前在同知衙门当差,与令尊惯熟得很。”符守傥解释。

李文茂对穿官衣的人一向不大感冒,可是符守傥既然如此说,只好回答:“今天是我阿爸阿妈的血食之日,在下不想杀生。”

“仁义罗汉”未敢强求,过来向李文茂行了一个大礼:“贤侄,今日救命之恩,符某定当粉身以报。”

“不必。”李文茂回头对金秋池叱喝,“还不快滚?”

“赛潘安”一辈子作恶多端,横行无忌,何曾受过这般羞辱?脸色瞬间变了几变,有意与这英武少年拼个你死我活,但心里实在没有必胜的把握,遂咬牙跺脚:“伢仔,青山不倒,绿水长流,咱们后会有期。”

第二十一回　大雾山巅

从四月底开始，瓢泼大雨一口气下了足足有半个月。大雾山水汽蒸腾，烟雾缭绕，白天与黑夜几乎没有了分别。清理完水道的残枝败叶，回到茅草屋，梁友礼已经累得直不起腰。他把蓑衣挂在门框上，揭开笼屉，发现里面的饭菜纹丝未动："少爷，你咋没吃饭？"

这些天，李文茂转至气海穴修炼"六祖心经"，从前那些疼痛的老毛病又出现了。梁友礼的日子本来不容易，眼看米缸即将见底，李文茂搪塞："我不饿，阿伯。"

"你哄谁呀？"梁友礼捏着酸痛的膀子，对他说，"就是盲佬也能看得出，这些日子你瘦了一大块，下巴上的肉都快没了。"

"阿伯，要不你吃先？"李文茂坚持。

"少爷，我知道你心里在想啥。"梁友礼唠唠叨叨，"别发愁，过两天四狗和珍珠应该上山来送吃的。你是金贵身子，哪能和我这个土埋半截的糟老头子比？你黎大伯好不容易交代一件差事，我可不能给人家办砸了。"

张十五仔和黎阿钿扯出"红旗帮"的大旗后，香港岛的青壮年几乎大半从军，留在村子里的都是一些老弱病残。为了严密封锁李文茂的消息，黎阿大让黎四狗、黎珍珠每个月上大雾山一趟,给他们送食物和日常用品。

李文茂勉强吃了半份食物,翻过身子又眯了一觉,待到天色完全变黑,气海穴处火辣辣地生疼起来。他拎起"琴瑟合",从金丝囊中抽出铜笛,正打算出屋,梁友礼睁开眼睛,在他身后发问:"少爷,你又要去练功?"

"阿伯,我睡不着。"李文茂回答。

梁友礼叹了口气:"你把我的蓑衣披上,挡一挡雨。"

李文茂推辞:"阿伯,你用吧。"

"你再壮实也是个伢仔,总泡在水里,非得落下病根不成。"梁友礼怀着歉意,"改天我下山再给你张罗一件。记住,早点回来睡觉。"

李文茂应承:"嗯。"

夜半时分,雨电交加,伸手不见五指。在人迹罕至的大雾山顶,树丛中忽然悄悄传来低声的耳语:"几点钟了?"

问话的人身穿青袍马褂,外罩雨衣,黑缎子小帽的顶门镶嵌一方玉,在电光中耀出一丝瘆人的白光,此人正是自京城悄悄潜回的高宜勇。

去年进京避难,韩肇庆和高宜勇携带大把银票,由先前派出的王振高和徐广二人陪同,加大了打点门路的力度。俗话说,有钱能使鬼推磨,韩肇庆掏出血本,终于攀上了穆彰阿这棵根深叶茂的大树。

韩肇庆身子在北京的八大胡同游玩,一双眼睛却时刻盯住千里之外的广州城。从岭南传来的消息亦煞是喜人——死对头卢坤的病情日甚一日,接连几道折子要求致仕归乡,虽然被道光皇帝夺情驳回,但病体难支,总督职权现由广东巡抚祁贡代执。韩肇庆心里这个美,卢坤只要病故,就算去了他最大的一块心病。穆彰阿已经答应,届时必委派一名属于自己圈子里的大臣出镇两广,帮助他重新掌管水师巡缉大权。

另一块心病是李文茂。大半年来,韩、高二将派遣的密探暗哨,片刻不停地在广州府搜寻"小元霸"的落脚之地。与此同时,高宜勇在北方拜访了不少武林高手,像什么关东灵狐派的萨尔根、山西心意拳的戴尚文、嵩山少林寺的智海和尚等等,无不倾心结纳,准备借重他们的武艺对付李文茂。功夫不负有心人,李文茂清明期间不慎在红船墓园露出踪迹。这个消息传到京城,韩肇庆和高宜勇大喜过望,两个人决定花费重金聘请萨尔根和戴尚文，由高宜勇亲自陪同南下，精选水师巡缉营的旧部，一举铲除李文茂这个心腹大患。

区井涛是韩肇庆手下的心腹把总，他这次选了八名惯使洋枪的巡缉营兵丁，前来听候高宜勇的调遣。他胸前的银链子上拴着块西洋珐琅嵌金丝怀表，爱不释手，听高宜勇一问，挠着头回答："大人，黑乎乎的啥也看不见，要不，打个火石瞅一瞅？"

高宜勇恶狠狠地瞪了他一眼："你想给那小子通风报信？"

"哪有的事？大人，你真会开玩笑。"区井涛连忙赔笑，生怕高宜勇变卦，又把这块西洋珐琅嵌金丝的怀表给收回去。

不大一会，一道闪电当空劈出，高宜勇借着光亮看清时间，自言自语："丑时已过，姓戴的和萨尔根咋还没来？"

"大人，你应该送给人家一块表。"区井涛笑嘻嘻地说。

"给他们表，"高宜勇烦躁地骂道，"这两个土鳖看得懂吗？"

萨尔根、戴尚文不是脚力不够，而是走过了头。

关东灵狐派在关外一枝独秀，萨尔根的大师兄哈图泰是大内一等侍卫，乃是满人中武功最强的头条好汉。他的二师兄长庚是大清贵胄纳尔经额的心腹。纳尔经额出任湖广总督后，长庚跟随他南下剿匪，眼下正是吃得开的时候。

与关东灵狐派相比，心意拳更不得了。山西戴氏心意拳是北武林最为神秘的拳法，从来只授家人，不传外姓。这套武功的渊源众说纷纭，有人说出自明末反清志士姬际可，有人说出自武林奇才戴隆邦。那么，这个心意拳到底有多大的威力呢？民间有一句俗语，可以帮助我们从侧面加以了解，叫作"太极十年不出门，心意一年打死人"。

戴氏心意拳在北武林的辈分非常高，后来的道光十九年(1839 年)，形意拳开山鼻祖李飞羽专程跑到山西，在祁县戴家对门住了近三十年。以滴水穿石的精神感动了戴家人，学到了部分戴家心意拳的手法，最后创立形意拳，成为与杨露禅、董海川齐名的武林宗师。

形意拳有多厉害呢？后世武林又有一句话叫"三年形意打死人"——说明没有得到心意拳心法的形意拳，终究差着那么一段距离。

一架槽子拴不住两头叫驴，戴尚文和萨尔根两大高手碰到了一起，谁也不服谁，虽然没好意思直接抡刀，但比试比试脚力还是在所难免。这一拔起腿来便不容易收住脚，两个人从新安县下船后开始角力，一口气翻过大雾山顶，差点冲出了九龙半岛。到了海边发现不对劲，又折返向北，来回折腾了几遍，始终没有分出输赢。二人意兴阑珊地爬上大雾山顶，气得高宜勇火冒三丈，足足发了十来分钟的牢骚。

戴尚文讪讪地说："高将军，你放心，我们一直绕着那间茅草屋走。"

"绝对没有惊着里面的人。"萨尔根赌咒发誓。

"两位大侠，不是我长别人的威风，这小崽子实在扎手。尤其是那对耳朵，恨不得王母娘娘在天上放个屁，他都能听到有几响，你们这不是没事找事吗？"高宜勇非常不满，心里忐忑不安，生怕被李文茂察觉。

"高爷，你大可放宽心，眼下又是风又是雨的，就是在山脚下用铁炮轰，那小子也未必能听得见。"萨尔根觉得高宜勇有点夸大其词。

说到风雨，高宜勇心头涌起一丝安慰。然而，上次娄亚摆与贺老六吃亏太大，让他不敢存一丝一毫的大意。过了一会，区井涛气喘吁吁地汇报："大人，没有动静，和前些日子我看到的一样，那小子估计正见周公哩。"

谢天谢地，高宜勇深吸了一口气，从腰间拔出佩刀："听我的号令，踹开门后给老子放两排枪先，打他老母的十几个血窟窿。那个兔崽子要是还有口气，后面的事交给两位大侠。"

"得令。"一行杀手分成两队，直扑茅草屋而去。

那间茅草屋好像汹涌波浪中的小舟，随时可能被咆哮的山风刮走。凄厉的雨点溅在刀刃上，来不及哀伤，便被另一层雨布抹去。区井涛一脚踹开屋门，八支伯克式滑膛燧发枪接连两阵射击，随后戴尚文和萨尔根一阵乱砍。可怜的梁友礼连一声也没有吭，便在睡梦中惨死于刀剑之下。萨尔根得意洋洋地对高宜勇炫耀："齐活。"

水师兵丁打火点燃油灯，高宜勇拎起来仔细一瞅，冷汗唰的一下流到了脚后跟，回手给了区井涛一记结实的大耳光："你这个乌龟王八蛋，咋盯的梢？"

"活见鬼。"区井涛喊冤，"咱们的人这几天一直盯着，那小子根本没离开呀。”

寒气蜂拥而进，高宜勇不禁打了个寒战，愤懑至极。花了这么多心血准备的计划，堪称天衣无缝，谁知到头来仍旧是竹篮打水一场空。

这次请戴尚文、萨尔根两位高手出山，韩肇庆和高宜勇花了大价钱。戴尚文觉得有些过意不去，开口道：“高将军，咱们行事机密，这小子不可能知道今天夜里会受到偷袭。他是武林中人，说不定就在周围练功，只是没有回来睡觉而已。”

听戴尚文一提醒，高宜勇冷静下来：“他平时在哪里练功？”

区井涛回答：“南门外的林子里。”

“走。”高宜勇提刀冲了出去。

李文茂的确是在邓家别墅的小南门附近，但不在林子里的梅花桩上，而是在那眼流出白色丝绸手帕的泉道边。茅草屋那边枪声响起的时候，正值“小元霸”身体阴气混元、转生阳气的交泰之际，万法归宗，百物匿迹，死门闭合，生门洞开。这时候别说急促的枪声，就是一枚针尖落地，他也能听得清清楚楚。

听到枪声，李文茂叫声不好，飞身越过丛林，来到茅草屋前。但见草门大开，梁友礼的尸体横卧在油灯下，血肉模糊，凄惨无比。少年的眼泪止不住地夺眶而出，毫无疑问，下这么重毒手的人肯定是来找自己的，梁友礼只不过是受了他的牵连。

在大雾山藏身的这段日子，梁友礼对李文茂如同慈母一样百般呵护。吃饭怕凉了，睡觉怕冻着，到头来却落了这么一个结局，叫李文茂何颜以对？他用手抹了一把眼泪，泪水和雨水交织在一起，扑簌簌地流个不停。此时此刻，“小元霸”心痛如割，父母双亲的仇恨未报，却又无端牵连了一条无辜的性命。

少年第一次感到了复仇的残酷，侧耳倾听，梅花桩那边传来了杂乱的脚步声。他从鲨鱼皮鞘里拔出“龙渊刀”，如同一只大鸟射进浓厚的雨帘。

在林子里的梅花桩扑空后，高宜勇仍旧不死心，兵分三路：戴尚文、萨尔根各一路，自己带着区井涛等水师兵丁一路，沿着东、北、西三个方向撒开寻找李文茂的踪迹。这个愚蠢的决策，把他自己彻底送入了不归路。

“小元霸”首先碰到的就是高宜勇，厚重的雨幕里对面伸手不见五指，李文茂的耳力使他占据了绝对上风，如同多长了一双眼睛，敌方的动静尽在掌握之中。只见“龙渊刀”快似奔雷，转眼间劈开了后面四个水师兵丁的天灵盖。区井涛感到阴风袭来，急忙把头壳一缩，当胸被李文茂一脚踹中，肋骨登时被踢断了三根。就在他晕厥的一刹那，旁边两个正忙于扣扳机试图反抗的兵丁，踉跄着被砍翻在地。

高宜勇是久经沙场的战将，借着闪电的余光，他看清眼前站着一个稚气尚未完全消褪的高大少年，那脸庞几乎和李敬南一模一样。再看地下歪七扭八的尸首，自己带来的八名水师兵丁一个没剩，全部报销。这一幕可怕的场景不由高宜勇不心惊胆寒，自他出道以来，从未遇到过如此凌厉的杀气。他壮着胆子问：“你，你姓李？”

“你是谁？”对面传过来的声音极为阴冷。

“高爷就是你要找的对头。”高宜勇放声狂笑。

日思夜想的仇人近在咫尺，“小元霸”激动万分，猛地甩了一把脸上的雨水，长长地舒了口气，心情渐渐平复下来。

“小子，你咋不说话？”见对方一言不发，高宜勇胆怯起来。

“我想等到天亮，”李文茂平静地说，“看看你这恶贼，到底长了一副什么样的蛇蝎面目。”

“伢仔，休要猖狂，本将也是死人堆里爬出来的，岂容你作践？”高宜勇困兽犹斗，一招力劈华山，恶狠狠向李文茂砍来。

凭高宜勇的本事，和“小元霸”比起来不啻天地之别。李文茂挥刀击飞他的兵刃，踏住他的胸膛，喊了一声：“阿爸，阿妈，阿伯，我给你们报仇了。”

然后手起刀落，砍下了高宜勇的头颅。

雨势渐渐停了下来，凌晨时分，海面上光芒璀璨。戴尚文和萨尔根绕着大雾山仔细地搜寻了一遍，重新汇聚在茅草屋。他们惊奇地发现屋前坐着一位少年，浑身衣衫湿透，腰里缠着金丝囊，脚下是一颗血肉模糊的人头。

“啊，高将军。”萨尔根大吃一惊。

“没错，正是你们的主子。”那少年开口。

戴尚文猜到了几分，问道："这么说，你就是我们要找的人？"

少年点点头。

"你把他们都杀了？"萨尔根又问。

那少年又点点头。

萨尔根和戴尚文交换了一个眼神，看来，韩肇庆和高宜勇说得没错，这个小家伙虽然年纪不大，出手甚是狠辣，远非寻常对手可比。

萨尔根是江湖中的顶尖杀手，这样的人讲究一刀致命，绝不会浪费半点多余的气力。他上前打了个哈哈："朋友，咱们前世无冤，近日无仇。既然高将军已经死了，我们哥俩也不打算再寻你的晦气，你看如何？"

"你们拿了人家的钱，就这么办事？"没想到，那少年冷冷地回了一句。

"嗨，小兔崽子。"萨尔根气急败坏，"爷爷是看你没了父母，有心饶你一条狗命，别狗咬吕洞宾，不识好人心。"

戴尚文以为对方只是个江湖阅历有限的孩子，从旁好意解劝："娃娃，大概你还不知道萨爷和戴某的名头。我二人行走江湖，刀下从没有留过活口。要不是看在高将军已经见了阎王爷的分上，绝不能饶你性命。"

李文茂从地上慢慢地站起身，用手指着茅草屋里梁友礼的尸体："好一个前世无冤，近日无仇。小爷不管你们是西来的罗汉，还是东来的太尊，要想让小爷放过你们，且问问我阿礼伯答应不答应？"

萨尔根气得脸色煞白，亮出独门兵器"一字鎏金杵"："小兔崽子，你真不怕死？"

李文茂早就听出这两个人的来历，其中任何一个人的武功都不在自己之下，然而，梁友礼的惨死深深刺激了少年，他宁愿与强敌同归于尽，也不肯退让半步，放过这两个冷血杀手。他用刀头点指："来吧。"

太阳跃出云层，赤色的阳光懒洋洋地卧在天际线，湛碧的长空任鸟飞翔。萨尔根的"一字鎏金杵"迎面砸向李文茂的头顶。"小元霸"不敢用刀硬接，心中略微有些后悔，如果自己将"八宝驼龙棍"带在身边，岂容萨尔根以力逞威？

萨尔根的"一字鎏金杵"不仅力大难挡，而且招法稳重，滴水不漏。双方大战了六十多个回合，杀得难解难分，不分胜负。萨尔根心情十分焦躁，这个名不见经传的小崽子，果然有两把刷子。自己身为关东灵狐派的嫡派传人，又是威震北武林的高手，如果连这个无名小辈也打不过，以后如何在江湖上混？

戴尚文看出了萨尔根的心浮气躁，怕他有所闪失，立刻掣出“追魂剑”，大喊一声：“萨爷暂歇片刻，且让戴某领教领教。”

萨尔根心有不甘地跳出圈外，戴尚文挥剑而上，接替他大战“小元霸”。李文茂这一下子大开眼界，只见人家这套剑法攻如闪电，守若金汤，每个招式中又藏着一招暗式，一个不留神便会中招。他在琼花会馆幼习百艺，对各门派的武功均有涉猎，唯独对山西戴家心意拳是一无所知。今天好不容易碰到如此精妙的剑法，怎肯轻易放过？当下，李文茂抖擞精神，举刀与戴尚文战在一起。

转眼又是六十个回合战过，两个人打了个棋逢对手，戴尚文对眼前的少年刮目相看。最令他心悸的是，刚开始李文茂频频吃亏，浑身上下挂了不少彩，可是到了后来，这小家伙身法越来越自如，竟然做到了游刃有余——天下还有这么快的领悟力？

戴尚文冷汗顺着脖子往下流，一旁的萨尔根更是吃惊非小，肏他奶奶的，要是让这头小狮子长大了，以后哪还有关东灵狐派吃饭的地方？到了这步田地，不能再顾什么江湖规矩一对一地单挑，反正荒山野岭的也没有人看见。想到这里，他朝戴尚文喊了一句：“老戴，今儿个不是他死，就是我亡，干他娘的。”

说完话，萨尔根挥动“一字鎏金杵”加入战团，两大高手合战李文茂。“小元霸”这次是真的顶不住了，转瞬间被两大高手杵击剑挑，接连吃了几个大亏，满身血肉横飞。好一个勇武少年，濒临绝境却不慌不乱，果断使出“浑天剑”，力图出奇制胜。

北武林中真正见识过“浑天剑”的没有几个高手，待李文茂将“三门遁甲”“合洪就寅”“虎啸连藏”“龙飞于野”“天开九重”“地覆千军”等招数一一施展出来，戴尚文和萨尔根果然穷于应付，攻势立减，李文茂侥幸获得了喘息之机。

戴尚文和萨尔根毕竟是一等一的高手，什么世面没有见过？稍微缓过神来，二人立即察觉出李文茂对这套剑法并没有演练纯熟，随即信心大涨，再度将李文茂困在中央。这次进攻与第一次完全不同，两大高手心领神会，由萨尔根担当正面主攻，戴尚文在外围游斗，伺机突施冷箭，誓将“小元霸”一举拿下。

李文茂看穿了敌人的用心，聚精会神，一方面与萨尔根苦苦周旋，一方面时刻提防戴尚文的偷袭。然而，不论功力还是临敌经验，少年皆略逊这两大高手一筹。战到第三十个回合，萨尔根的“一字鎏金杵”故意放松，李文茂手里的“龙渊刀”不由自主地顺势推出，被萨尔根忽然反手回击，逼得他纵身跃出。

这时候，戴尚文手里早就扣好了三枚飞镖，见机会终于来了，说时迟，那时快，三枚飞镖破空而出。“小元霸”身子翻在半空，正处于势衰之际，根本来不及躲闪，唯一能做的只有扭转身躯。头部和心口甩了过去，下腹部却未能幸免，三枚飞镖有两枚中的：一枚刺中了石门穴，一枚刺中了阴交穴。李文茂疼痛难忍，自半空跌落在地，一条腿瘫软无力，另一条腿仍然强行支撑着身体，不愿意屈服。

萨尔根放声狂笑：“奶奶的，天堂有路尔不走，地狱无门自来投。小兔崽子，既然活得不耐烦，老子就送你上西天。”

萨尔根举起“一字鎏金杵”猛击李文茂的头顶，少年咬紧牙关，大喝一声，伸手从下腹部拔出飞镖，就地十八滚躲开“一字鎏金杵”，翻身跃起，举刀架住了戴尚文的“追魂剑”。戴尚文暗中叹息，这小家伙简直就是天神下凡，打不垮，压不扁，和猫一样有九条命。

戴尚文目光如炬，明白对手的下丹田已然遭受重创，支撑不了多久。果不其然，李文茂的身法越来越缓，手中的“龙渊刀”也不像从前那样凌厉。戴尚文一手挥剑，另一只手悄悄抽出了铁筷子——这玩意又称“乾坤针”，是戴家独有的一种短兵器。

有句行话：一寸短一寸险。

倏忽间，十招拆过，戴尚文一剑劈向李文茂的面门——这只是一个虚招，目的是为了吸引李文茂的注意力，真正的杀招是他手里的铁筷子。二人近身，李文茂猝不及防，被戴尚文一击得手，铁筷子正刺中他的关元穴。不等李文茂痛叫出声，戴尚文迅速往外一拔，一条血带扑向碧蓝的天空，李文茂疼得一个踉跄，单膝点地，支住身体。

戴尚文用剑指着李文茂：“服不服？”

李文茂用手捂住下腹部，抬起头回了两个字：“不服。”

“那就休怪戴某剑下无情。”戴尚文冷笑一声，使出一招戴家剑法的“六合无遮”，白晃晃的剑刃飞向李文茂的咽喉。

这一招“六合无遮”，一剑可以挽出两朵剑花，每个方向上暗含着两个备用的杀招，共计六个方向，故曰“六合”。六个方向扰敌耳目，让敌人防不胜防，看似漫天剑光，却不知道哪一个才是主攻的方向，故曰“无遮”。

这个招式是戴家心意拳的看家绝招，不到最后时刻绝不轻易施展。戴尚文这家伙不愧是一代高手，算计得再精明不过，这一招的主攻方向仍选在李文茂的下丹田，直指气海穴。他心里明白，前面两枚飞镖击中了石门穴和阴交穴，铁筷子刺穿了关元穴。如果再拿下气海穴，对手下丹田四大穴道无一幸免，纵然是铁打的罗汉金铸的佛，也得蹬腿归西。

处于强弩之末的“小元霸”，终于未能躲过最后致命的一剑。戴尚文大喝一声，将全身气力运于手中的“追魂剑”，一剑刺中了李文茂腰间的金丝囊，把那尊“食菜事魔教”女护法的陶塑击得粉碎，势头微微受阻，刺入了李文茂的气海穴。

然而人算不如天算，戴尚文算无遗策，只忘记了一样东西——那就是他面前的对手不是常人，而是当今武林绝无仅有的奇才“小元霸”。

气海穴是李文茂最近开始重练“六祖心经”之所在，戴尚文一剑刺中了这道大穴，穴内互不相容的三道真气夺穴而出，刹那遍布全身，一直冲到头顶的泥丸宫。“小元霸”但觉金星闪闪，混沌一片，朦朦胧胧看见两强一弱三条血河，绘织成三个大小不一的圆圈——这一幕场景，与那幅“三衡归一”的画面何其相似！

英雄，往往是那些能够绝地反击的人。

在命悬一线的最后关头，油尽灯枯的李文茂利用身体最后残存的三道真气，左手自“龙渊刀”中拔出“栖凤剑”。不容戴尚文拔出插在自己气海穴里的“追魂剑”，一剑如风飘落，将戴尚文持剑的臂膀齐齐地剁了下来。

戴尚文万万没有料到，自己精心设计的致命杀手却招来了灭顶之灾——那只右手刚才还在用力向外拔“追魂剑”，却突然间脱离了自己的身体。直等血光溅起，戴尚文方才如梦初醒，掉头发足狂奔，眨眼间跑得没了踪影。

“小元霸”绝地中反败为胜，萨尔根完全看傻了眼，本能的第一个反应就是举起“一字鎏金杵”，希望乘虚而入，将这个打不死的对手结果了性命。李文茂在空中高高纵起，“栖凤剑”剑头朝下，人剑合一，闪电般向萨尔根击来。

此时的李文茂遍体创伤，血流如注，两只眼睛根本看不清东西。只感觉伶仃洋渔船上的梦境重现，自己正坠入无底的火海，刺穿了一串又一串的火圈；头脑的意识恍若失去，全凭梦中的幻觉指引躯体。萨尔根见他飞剑刺来，举起“一字鎏金杵”想撞飞他手中的“栖凤剑”，等两件兵刃撞击在一起，他才发现大势不妙。“栖凤剑”软绵绵地搭在了“一字鎏金杵”上，萨尔根猛地“嗨”了一声，似乎要努力甩脱“栖凤剑”。在这当口，李文茂右手的刀横着推过来，一刀从萨尔根的肩头劈过，这厮连脖子带头壳都被削了下来。

强敌尽铲，李文茂体内的阴阳真气消逝不见，唯有刚刚结胎的第三道真气眷恋不去，像嫩芽一样守护着他生命中最后的气息。“小元霸”费力地挪回茅草屋，从床下的陶罐里翻出一个木盒。打开盒盖，从里面取出几贴膏药，贴在下腹部的创口上。这几贴“破腹散”是梁芳长从家里偷出来的，黎三狗春节时刚送上山。贴完膏药，他头一歪，扑倒在地。

等他再度睁开眼时，整整两个白天过去了。夜幕重重，繁星满天，大雾山潮气如冰，冻得李文茂牙齿上下打战，周围空无一人，连个老鼠磨牙的声音也听不到。

山风掠过林子，松涛呜咽，吸到李文茂鼻子里的净是血腥味。前日那场惊心动魄的大战一幕幕地从他的眼前闪过，他想起了梁友礼，眼泪又流了下来。顾不得自己是垂死之躯，费力地爬过去，终于摸到了梁友礼的手，手掌冰凉如铁！

“小元霸”渐渐恢复了一部分微弱的意识，黎四狗、黎珍珠大概快要上山来送吃的，有了吃的就有了活着的希望。如果来得及，还可以从佛山堡请来名医，挽救自己的生命。他现在不能死，韩肇庆尚活在人世，血海深仇还没有报。

然而，李文茂不想欺骗自己，如今下丹田四大穴道悉数遭到重创，多年来培积的真气一朝用竭，怎么可能有活着的希望？就算自己靠第三道真气勉强活下来，最多也不过是一具残废之躯，凭什么向韩肇庆寻仇？对他来说，后者更是一种生不如死的折磨！

梁友礼的死深深地刺痛了“小元霸”，他暗自下定决心，再也不能让亲人受到牵连。他必须离开这里，离开这个可能给别人带来厄运的不祥之地，离开所有的亲人，以防韩肇庆将魔爪伸向他们。

李文茂收起刀剑，揩净身上的血迹，把高宜勇和萨尔根的头壳挂在门框上，踉踉跄跄地下山而去。走出去没有半天的光景，第三道真气的可怕终于显露出来，他的身体完全失控——头一天寒冷似冰，第二天焚烧如火，第三日复又寒冷似冰。如此轮番交替，周而复始，把李文茂一举打入人间炼狱。在这种闻所未闻的非人折磨中，李文茂丧失了正常的意识和感觉。少年人步履蹒跚，拖着遍体鳞伤的身躯，在迷迷糊糊中走向未来。这条道路是死亡还是生存，是通衢大道还是悬崖峭壁，他一概不知晓。此时此刻，在他的心底仅仅残存着一个坚不可摧的信念：不管走到哪里，绝不向命运低头。

跨越了条条江河，又翻过座座山峦。这一日，李文茂爬上了一座山峰，见峰顶有两池湛蓝的潭水，热的“咕嘟咕嘟”冒蒸汽，冷的伸手即冻彻肺腑。“小元霸”见状大喜，不意天地间尚有如此奇物，好像特地为他而备。少年解下衣物，扑通一声跳进了那眼热潭，用以驱逐体内的冰寒。第二天体内火焰燃烧的时候，又跃入冰潭。

就这样，李文茂来来回回在两眼潭水中折腾，不知道过了多少日子，下丹田四大穴道的伤创竟然奇迹般地愈合。曾经消失的两道真气，在受创较浅的石门穴和阴交穴处重新汇聚，身体也不再忽冷忽热，逐渐恢复了常态。他从潭水中跳出来，惊奇地发觉丹田内的第三道真气多了几分柔韧、温润的味道，变得越来越丰沛。这一切无不说明，李文茂在这两池神奇潭水的滋润下，再造新生。

“小元霸”按剑长啸，见那潭水里各有一株天然石笋，娟秀独立，卓尔不群。不远处的树丛中掩映着一间破败的小庙，梁木朽坏，残垣断壁，只剩下一尊石像裸露在天地间。大概是由于饱经风雨侵蚀的缘故，石像创痕斑斑，留了个大致的轮廓。此外，小庙的右侧是一处数十丈高的绝壁，高耸入云，嵯峨雄伟，甚是奇异。

李文茂来到石像前，跪下来"咚咚咚"磕了三个响头，虔诚祷告："神仙爷爷在上，可怜小子大仇未报，承蒙宝山神潭再造之恩，他日遂志之时，定当重塑金身。"

那时节，山风汹涌，卷起了少年的赳赳衣带。忽然间，一阵细微的窸窣声音钻入了他的耳朵，李文茂诧异地走回去，发现声响正来自那尊石像。他上前端详着石像的面孔，仿佛有似曾相识的感觉，却记不起它是何方神圣。

这尊神像破败不堪，相貌已经不大清晰，不过，他的头部倒有一个显著的标志——开了一只天眼。中国神话中三只眼的神祇，那可海了去。打近处说，红班守护神华光爷爷的眼睛就是三只眼；从远的论，驯狗的二郎神、吃喝嫖赌的日曜菩萨也都长着三只眼。

到底是谁呢？李文茂苦苦思索。

他慢慢地向后倒退了几步，闭上眼睛再睁开，从远处打量这尊石像的轮廓，猛然间，一道耀眼的电光掠过他的脑海。"小元霸"急忙打开金丝囊，把那尊被"追魂剑"击成碎片的陶塑拿出来，小心翼翼地拼在一起。果然，这尊"食菜事魔教"女护法竟然和石像的轮廓有几分相似，李文茂不由得倒抽一口凉气——如果这尊石像和女护法是同一尊神，那么，自己从呱呱坠地之日起直到今天的死而复生，难道都在受这尊"食菜事魔教"女护法的神力保佑？

李文茂用手摩挲着残破的神像躯体，那阵奇怪的声响便从此处发出，他终于明白了其中的道理：这尊石像在打造之初，通体便有三十二个大小不等、深浅不同的石眼，外面用一层泥胎将之完全封合。现在小庙凋零破败，石像历经风吹雨打，外面那层泥胎早已剥落，石眼随即裸露在外。山风吹过这些石眼，发出完全不同的声音，组成一曲古怪的旋律。只是这些声响非常细微，夹杂在山风中，一般人的耳朵根本分辨不出来。

李文茂一眼看出那些石眼所在的位置，与石像的三十二个穴位完全契合。他恍然大悟，这尊被遗弃在畚箕窝上的石像，竟然包含着一套奇特的功法——之所以称之为奇特，是因为它与中原两大内功截然不同。

思之良久，突然，李文茂反手从"龙渊刀"里抽出"栖凤剑"，照准自己的石门穴就是一下，刹那间穴道被剑刺穿。便在疼痛难忍的工夫，少年拔出宝剑，大吼一声，再度刺穿阴交穴。

李文茂痛苦地跪倒在地，插在身体上的剑刃在风中颤抖，热气腾腾的鲜血流过了手掌。他刺穿石门穴和阴交穴，斩断了第三道真气在下丹田四大穴道初结的胚胎。自大雾山遇袭以来的九死一生没有让“小元霸”屈服，反而让他更加趋向偏执，决心采用这种置之死地而后生的决绝手段，试探第三道真气能否在其他穴道生根。

这同时是一种反向思维——既然一时难以判定修炼“六祖心经”的正确法门，那就刀刀斩断第三道真气的徘徊之路，破除身体的迷障，一步一步逼着它现出原形。

李文茂挥刀刺穴，一举切断第三道真气在体内的根基，从一张白纸起开始修炼“六祖心经”和石像三十二穴功法。这种修炼方法虽然新颖，但委实太过残酷，时刻有生命之虞，凡常人哪敢做此想。只有濒临绝境、怀有大悲愤的人才会选择此种险途。

仰望苍天，四海茫茫，李文茂咬紧牙关，把“栖凤剑”从阴交穴里拔出来。真气四溢，少年随即歪倒在地，生死不觉。

第二十二回　佛山寻梦

一条鱼刚沉下水，另一条鱼又浮出了水面。“长烈钻”早已等候多时，凌空击下，嘴巴像命运之神的长矛叼住鱼头。随后轻轻地一甩，那条倒霉的大头鱼被重重地丢在甲板上，脑门流血，通体抽搐。

叶二和双手合十念叨了一句：可怜的人！

“你一个死人笛，人家不发工钱，还他老母的这么卖命？”林科举被“长烈钻”的犀利惊呆了，征询“逃军和”的意见，“鱼咋办？”

“阿举哥，清炖啊，我会弄。”叶三和嚷嚷起来。

“炖你个头。”林科举瞪了他一眼，抓耳挠腮地问“逃军和”，“阿开把船卖了，白鹈鹕可没有卖，这鱼算他的，还是咱们的？”

为了抚慰徐钧和、陈文彪、杨树林等人的在天之灵，符守侻为徐、陈、杨三家各自争取了一个接班当差的资格——徐钧和的儿子徐宾发南海县衙门，陈文彪的侄子陈开发臬宪号房，杨树林的外甥杨庆永发广州府衙门。那年头官场腐败，差役是求之不得的“金领”职业，许多财主争着抢着把子弟塞进衙门，好依仗官势鱼肉百姓，作威作福。然而陈开无意当“金领”，便把这个差事作价五百两卖给李占升。又将渔船折合一百两银子卖给“逃军和”与林科举,他自己则打算去佛山堡闯荡一番。

“这么多鱼,吃两条咋啦?”叶三和不以为然。

林科举其实最想把鱼吃到嘴里,他装模作样地推让了一阵,假扮无奈的样子:“三和既然好这一口,回头我给阿开说,该咋算就咋算。”

买渔船的钱“逃军和”与林科举各出一半,这样的话,叶二和便有足够的银子去安排叶三和的未来。佛山堡“赣通押”当铺掌柜邹良圭是邹汝昌的同宗,看在后者的面子上,答应收下叶三和当学徒。学费执行的是典当行的最低价格——每年五十两白银,三年下来总共一百五十两,一文铜钱不能再少。

“你自己看着办,我最多一刻钟就回来。”叶二和无心理睬这些琐碎事,一个箭步向后跳上岸,撒腿向“贞女桥”方向跑去。

叶二和跑没多远,熟悉的琵琶声从水面上飘了出来,阿梅弹着弦子在唱歌,歌声像月光洒进酒杯,曰:

芳辰来易过,新愁去转多;
遍郊亭柳眠花卧,则教我掩空闺被冷香波。
自寻思情怎那!
不争为惜花起早,可只是对景情多;
桃能红,李能白,花开有意妆娇面;
燕儿忙,莺儿懈,春老无心唱好歌。
此恨如何?

叶二和听得痴醉入骨,阿梅听出了他的脚步声,缓缓地停住琵琶:“二和兄弟,这首曲子你喜欢吗?”

“阿梅姐,这曲子有名字吗?”叶二和问。

“它叫《桃花人面》,是董伯教给我的,那次易大老倌来龙山也唱过。”阿梅说。董千里是一名乞丐,年轻时曾是乐师,染上麻风病后才进的“黄菜堂”。

“真好听。”叶二和夸赞。

“二和兄弟,你没有听出什么不一样?”阿梅轻声问。

“不一样?”叶二和挠头,“有啥不一样?”

“弦子又断了一根。”阿梅羞涩地说。

“断了一根?是那把新的吗?”叶二和的心猛地一揪,那把新琵琶是从汾水铺长兴街买的名牌,足足花了他十六两银子。

阿梅听出他变调的声音,“扑哧”乐了:“是那把旧的。”

叶二和埋怨:“阿梅姐,干吗不用新的?”

“旧的用惯了,扔掉太可惜。”阿梅回答,“再说,它还能出音呢。”

以前阿梅用的琵琶仅有两根琴弦,断了一根,岂不是只剩下最后一根凄凉的弦儿?叶二和吃惊地问:“阿梅姐,你用一根弦,也能拨出这么好听的曲子?”

“一根弦子哪能好听?”阿梅叹气,“二和兄弟,你莫哄我。”

“我要是说半句假话,”叶二和发誓赌咒,“就是烂头鱼。”

“我信你的,二和兄弟。”阿梅幽幽道。

叶二和捧着下巴,出神地望了一会船板上的阿梅——那副头巾有两个圆洞,露出两口明亮的泉眼。他真想冲上去掀开头巾,看看这位心中的女神到底长什么模样。然而他鼓了半天的勇气,硬是没敢动弹,遂气馁道:“你要使新的弹,一定会更好听。”

阿梅低下头,过了半晌才说:“新的嘛,我打算拿到佛山堡使,到时候天天能听大老倌们唱曲子,那日子该多美啊。”

“你说啥?你要去佛山堡?”叶二和惊喜地跳了起来,“阿梅姐,你说的是真的?你们大骨头允了?”

阿梅点了点头,“黄菜堂”已经应佛山堡丐帮大骨头“拢口虾”之邀,把堂里二十多名麻风病人全部移交给“黄豆堂”旗下的“白麻堂”,不日即将启程。

“太好啦,”叶二和激动不已,“阿梅姐,今后咱们可以天天在一起了。”

“二和兄弟,将来我多学几首曲子,只给你一个人弹。”阿梅说。

“听这个就行,它叫啥来着?我又忘了。”叶二和拍了一下头壳。

“《桃花人面》。”阿梅害羞了。

桃叶渡的“朱记”茶档是一间小铺子,面积仅能容纳四张小木桌,老板娘是朱瘸子的老婆朱闵氏。这个性情坚强的女人出身杏林世家,其父为顺德桂州堡的岐黄高手，她幼年时跟着父亲学会了几手针灸，因此，这间“朱记”茶档又兼行医。

六岁的小朱瘸子朱成功正在逗弄家里的大黄狗，这条母狗刚生下了两个宝宝，趴在角落里无精打采。朱成功玩了一会觉得乏味，便跑到陈开身旁看他作画。说是作画，实际上是在试颜料的成色，陈开去佛山堡干的行当就是这个。

陈开的姨夫张耀祖在佛山堡与人合股开设了一家颜料铺，前些年，一直张罗着要他到佛山堡当学徒，好掌握一门手艺糊口谋生。最近，张耀祖发现鸦片窑口的生意红极一时，动起了转行的念头。陈开把卖掉差事的钱交给姨夫，摇身一变，成了汾水铺南擎后街“双合裕”颜料铺的两个东家之一。

小陈开对色彩出奇地迷恋，这些年他只干了两件事，爬起来打把式，躺下去看云彩。每当夕阳落下，鱼儿沉底，古劳围水面起风的时候，晚霞总像慈母一样洒给他温暖。那些光怪陆离的油彩后面存在着一支神秘之笔，它把孤儿的梦一笔一画地描绘进银河——放眼望去，河里流淌的尽是少年无掩的心怀。

“阿开哥，你画的是什么呀？”小朱瘸子看不懂。

“想知道？”陈开命令，“把屁股抬起来。”

朱成功乖乖地把小屁股撅起来。陈开用五倍子和青矾匀了匀，等颜色变黑后，在他的两股之间画了一条盘起来的蛇，然后问：“看到了吗？”

小朱瘸子使劲摇头：“看不见。”

“去，找你阿妈去。”陈开踢了他一脚。

朱成功一瘸一拐地跑进后面的厨房，紧接着就听到朱闵氏惊讶地叫道：“哎呀，这孩子咋拉的是黑屎？”

岭南有很多奇特的民俗，其中一个便是女子未婚时习惯义结金兰，一般是七个姐妹在一起甜甜蜜蜜，应七夕和七仙女之数。陈开的母亲与朱闵氏同为顺德桂州堡人，当年曾经结拜过金兰姐妹。由于这个原因，陈母去逝后，朱闵氏对这个可怜的孩子多有眷顾，主动承担起教育他的责任，一面教他读书识字，一面教他处世为人。

顺德女子是出了名的勤劳能干，朱闵氏本人多才多艺，除了家传医术外，各种女红手艺没有她拿不下的，刺绣、描窗、画红无一不精。陈开打小耳濡目染，从朱闵氏这里得到了许多艺术的熏陶，很小的年纪便能帮助朱闵氏压住桌子上的布脚，看她在上面画虎描狮，最后在四角配上“五毒”——这是保佑婴儿平安成长的图案。

朱闵氏端着一个热气腾腾的铜盆走了出来，里面是古劳水乡有名的“铜盆大头鱼”。她把铜盆放到陈开眼前：“吃吧。”

“先生怎么还不回来？”陈开问。

“叶家是大户，他给人家当账房，能短了一口吃食？”朱闵氏说。

古劳都罗江乡叶氏是大户人家，在鹤山本地经营茶山和林场。说到林场，陈开猛地心头一动，鹤山西部双桥都一带山高林密，盛产漆树。那玩意一刀割下去，奶白如棉，就像眼前这碗熬浓的鱼汤，清香扑鼻，勾人魂魄。

“阿开，你怎么不吃？”朱闵氏感到奇怪。

“婶子，”陈开征询，“你说，我该不该去佛山堡？”

朱闵氏眼圈发红，摸着陈开的头慈爱地说：“鸟长大了总是要飞，男子汉嘛，该闯的时候就去闯，练练胆量。不过，佛山堡是大地方，人多心杂，当官的多，老爷们多，做生意的买卖人多，背后下黑刀子的江湖客多。你到了那地方人生地不熟，恐怕少吃不了苦头。做生意抢的无非是一口吃食，明刀暗枪，陌生人要提防，熟人更要提防。什么时候都是富人少穷人多，人穷志短，马瘦毛长，免不了当一回黄皮树鹩哥，专拣熟人坑害。婶子只送你一句话，留得青山在，不怕没柴烧。你要是被熟人坑了，千万别和自己过不去，迈过那道坎便是海阔天空。走投无路就回来，古劳围有你一口饭吃。”

陈开说：“婶子，我明白了，等闲人看到陌生人警惕，遇到熟人容易放松戒备。”

朱闵氏点点头：“年轻人脸皮薄，总要摔打一次。”

“可是，人在江湖上混，哪能没有三兄四弟？”陈开把话头一转，“他坑我一次，我虽然失了银钱，却长了教训，最终还是我合算。”

乖乖，这孩子真不得了，朱闵氏心里赞叹，脸色却严肃起来：“谁教你的？”

“先生。”陈开迟疑。

朱瘸子的原话比这难听，当时他翻着两只布满红丝的眼珠，恶狠狠地对陈开说：“硬汉从不屙稀屎，人这玩意就是要和自己过不去。栽的跟头越大，越说明老天爷疼你，越是不能在家里挺尸。跳下悬崖就是一马平川，别学老子白活一世，上面总是骑着个娘们。”

大黄狗“汪汪”地叫了两声，小朱瘸子叫嚷：“快看，红狮子，红狮子。”

映入陈开眼帘的是一个巨大的纸扎红面狮子头，两只眼珠像大号的铜铃铛，舞狮之人一动不动，如同一尊雕塑站在船头，原来是红脸冯坤。

在佛山堡，狮子分为太狮、黑狮、红狮和彩狮四种。太狮又称金狮，一般用于隆重的典礼活动，动作不多，难度不高。真正为老百姓所喜闻乐见的是后面三种狮子，其中又以黑狮最称勇猛，动作难度最大，什么出洞、下山、过桥、饮水、采青……无一不是地道的武功身法。从前李文茂和周春合作，一个武功高强，一个下盘功夫第一，将黑狮的动作难度推向了极致，威震佛山堡，迄今无人可及。

古劳围兄弟中，冯坤对舞狮情有独钟，每年正月北帝出游和八月十五出秋色的时候，他必到佛山堡观摩。由于冯坤脸色红，他便以红狮为图腾，与封满合作专攻红狮，在古劳围一带也是小有名气。船到岸边，冯坤摘下狮子头，跳上岸满怀歉意地说：“阿开，阿友哥他们在香山赛船，脱不开身，叫我们哥俩来送你。”

关于赛龙舟，在古劳围水乡有句民谚：“初一起，初二忌；初三初四扒出屎，初五初六扛过基，初七初八入泥底。”意思是说，五月初三、初四是赛龙舟最热闹的时候，最晚到初七和初八活动停止，龙舟封于泥底，等来年四月份再把它重新起出来。现在已经到了六月初，哪还有人比赛龙船？冯坤这个谎撒得太蹩脚了。

早在二十天前，陈开托人向梁培友打招呼，想约古劳围的众弟兄喝酒道别。梁培友刚率众在鹤山、南海、顺德、香山、新会、高明六个县的龙舟大赛上夺冠，接到陈开的口信，哥几个脸上的鲜花立刻变成了青黄瓜——李文茂留下来的铁面具一直由陈开秘密保管，现在他去佛山堡做买卖，势必要把它当面交还。当初，李文茂拿出“六祖心经”的秘密与大伙分享，结果一张热脸贴到了冷屁股上，众兄弟事后都觉得辜负了人家一番情谊。眼下李文茂杳无音讯，更加重了大家的负罪感。然而情面归情面，自废武功的前提却像一座山峦，把古劳围的小霸王们隔离在“六祖心经”之外。梁培友思来想去，决定派冯坤和封满去对付陈开——冯坤脸红，封满脸黑，不容易叫人看出难为情。

大家是多年的好兄弟，陈开一见冯坤和封满这两个哼哈二将，什么都明白了，酝酿了一下情绪："两位哥哥，有句话小弟不得不说。"

冯坤头皮发麻："尽管说，尽管说。"

"当初阿茂哥走的时候，再三叮咛，说是假如哪位哥哥回心转意，让我立即把'六祖心经'交出来。他的意思是把铁面具留给你们，如今小弟要离开古劳围，去佛山堡做买卖，那是不是应该把它还给你们？"陈开斟酌着字眼。

冯坤干咳了一声："阿友哥说了，铁面具不是一般的东西，经手的人最好别太多。多了准漏风，还是放在你手里稳妥，大伙信得过你。真的，不信你问阿满。"

"是这话，没错。"封满赶忙点头，"阿友哥是这么说的。"

陈开无奈："阿友哥真的不愿意接？"

冯坤没有回答，封满却忍不住埋怨起来："你少推三阻四，当大哥的容易吗？"

陈开哭笑不得，只好说："既然如此，东西我暂时保管。不过丑话说在头里，将来阿茂哥回来了，你们俩要替小弟作证，丢了也不能怪我。"

两个人一听，立刻笑逐颜开。封满从怀里掏出一个袋子，"丢不了，丢不了。阿开，我就知道你通情达理，这二百两银子你拿着，佛山堡花销大。"

陈开推辞："我不缺钱。"

两个人死说活说，最后把舢板留了下来。封满一身轻松，哼着小曲走出很远，才停下脚步对冯坤说："你说阿开这鸟人，屁功夫不会，就是两条膀子有点气力。咱兄弟中属他练'六祖心经'最合适，偏偏这厮不开窍，非要把弟兄们折腾个一溜够。"

九江圩的江面波涛汹涌，百舸争流，内中有一条船格外引人注目。只见它通体深红，在阳光照耀下鲜艳无比，旗上"琼山玉"三字迎风飘展。船头"龙牙"处的两锚之间，架着一门油亮簇新的黑铁炮，硬篷上面搭有炮楼。甲板上几条矫捷的身影你来我往，正在生龙活虎地比试武艺，切磋功夫。这是"琼山玉"班的地艇——每个红班至少由天艇、地艇两条船组成，规模大的红班可以额外采购一条画艇。根据祖师爷传下来的规矩，天艇上住生、旦、净、末等以饰演文戏为主的演员以及棚面乐器师傅、柜台人员；地艇上设有练功用的木人桩，专供武生、小武、大花面、二花面等武打演员习武与居住。

余章标问："阿宝，这个戏班我怎么没听说过？"

"今年才开张的新班。"黄华宝腼腆地回答。他这一年十四岁，在"乐荣华"班学了五年功夫戏，刚从打真军的五军虎改成红面小武。

"我说嘛，这船怎么看起来簇新！"余章标恍然大悟。

林科举与叶二和的船上搭载的均为古劳围的乡亲，像什么"机房仔"李阿发、箍桶匠冯天善、扎纸铺伙计"独眼龙"曾三、摆食档的"胡葱花"、卖鸡的"私鸡钱"吴同顺等，稍微有点身份的是余章标和他的新婚妻子黄鱼春——这个女人是古劳镇维墩乡人，与黄华宝是未出五服的本家，说近不近，说远不远。

余章标这次的婚没有白结，顺带给自己找了份差事——黄鱼春的姥姥有个干儿子，名字叫朱轩稼，在佛山堡担任"宣讲生"。这个职业是向老百姓灌输雍正皇帝的《圣谕广训》，此外宣传一些诸如礼义廉耻等挂羊头卖狗肉的玩意。老朱头年过五十，体力不支，嘴皮子和嗓门都不够用，于是打算在亲戚里找一个助手来"顶差"。

到了道光年间，曾经煊赫一时的"宣讲生"制度早已经流于形式。不过，相应的待遇依旧保持，佛山堡比其他地方高出不少。余章标掐着指头算了算，觉得十分合意——每年五十四两银子的酬劳，与朱轩稼每人分一半还能落下二十七两，相等于一个正五品守备一年账面上的薪酬。当然，最让余章标动心的是，"宣讲生"这个职业尚有"送部引见"的奖励，这对将来的仕途发展大有助益。

陈开上岸给黄湘南送鱼，"长烈钻"领着一群白鹈鹕落在了那条舢板上。"逃军和"怕划船的人手不够，又从九江圩喊来了一个叫何亚占的龙山乡亲帮忙。叶三和闲下来没事，围着黄华宝问这问那："阿宝哥，你在红船学了啥本事？"

"唱红船戏，"黄华宝回答，"打红班拳。"

"阿宝哥，你要是教我两招，晚头到佛山堡我请你吃干煸鱼头。"叶家兄弟几个中叶三和脾气最暴躁，不想学唱戏，只想学拳，完全像是个山大王投胎。

“红班拳没什么现成的套路，不花三年以上的时间掌握不了诀窍，你一点根基没有，我怎么教你?”黄华宝婉拒。

林科举在叶三和的后脑勺上敲了一记：“人家红班拳从不外传。”

“阿宝哥，我做的干煸鱼头可好吃了。”叶三和不死心。

“鱼头干煸不是味道，还是清蒸好吃。”“胡葱花”用手比画着，“拿刀把鱼头砍下来，抠掉眼珠，撕开嘴唇，往里面塞进去一些胡椒面。用调料泡透了，再放到炭火上烤它一个七荤八素，嘿，那叫个爽口。”

“嘘。”箍桶匠冯天善道了声，几个人回头一看，黄鱼春脸色铁青，挂上了相。

“余大哥，”陈开提着一个菜篮子出现在岸边，“来了?”

余章标的舅舅在维墩乡，和陈开家住对门，两个人十分熟悉。他向老婆递了个眼色，然后笑呵呵地问：“阿开，听说你要当掌柜的了？恭喜恭喜。”

“啥掌柜的?”陈开跳上大船，“不过是个颜料匠。”

黄鱼春笑容可掬地接过陈开的篮子：“秤砣虽小压千斤，你看人家阿开兄弟，小小年纪便在佛山堡开铺子，而且靠自个的本事，啧啧，真不得了，在咱们古劳围那是头一份。菜篮子里装的是什么呀？生菜，风铃，我说阿开兄弟，你买这个干吗?”

“给观音娘娘上香火。”李阿发开口。由于常年在织机的花楼上蜷缩着工作，李阿发的上肢非常发达，下肢肌肉萎缩，看起来与残疾人有些相似。李阿发的自卑心理十分严重，平时沉默寡言，说话能短则短。

在佛山堡南部的桥亭铺，有一座横跨佛山涌的“通济桥”，为佛山豪门石头霍氏于明代嘉靖年间修建，是佛山堡通往南海县石头、石湾、张槎、弼唐、魁岗各乡的关道要津。佛山堡有个民俗叫“行通济，无闭翳”，就是指每年正月十六，先到桥头的南济观音庙上香，然后举着风铃拾级而上快速走过“通济桥”，边走边抛生菜，最后到桥尾的“通运坛”燃放爆竹，上大基步行回家，可保一年中无“闭翳”(晦气)。

生菜自然取“生财”之意，陈开腼腆地说：“我买了一堆呢。”

“啊呀，你看人家阿开。”黄鱼春教训丈夫，“太公分猪肉，人人都有份，敢情心里念着大伙呢。阿标，你今后要学着点，人嘛，首先要讲义气。”

余章标质疑："阿开，现在不是正月，日子不对吧？"

"独眼龙"曾三念过几年私塾，肚子里有点墨水："余先生，观音娘娘慈悲为怀，最喜欢照顾外乡人。你和阿开头次来佛山堡做事，行通济求佛保佑，进堡当天算正日子。"

"曾兄弟说得在理。"黄鱼春拂动手帕，"罗汉请观音，人多好担当。咱们乡里乡亲的出门在外就应该相互帮衬，蕉树开花一条心，对不对？将来谁要是发达了，不兴做照远不照近的幡杆灯笼，省得叫佛山堡人笑话，骂咱们古劳围人不仗义。"

箍桶匠冯天善虽然不喜欢黄鱼春的咋呼，但对她这几句话毫无异议，在一旁拍手叫好："对，咱们到佛山堡以后，应该纠集乡亲们聚一聚，团团人气。"

陈开随即响应："天善哥，你纠集，我做东。"

"胡葱花"插嘴："到时候让老吴收份子，他脸黑手紧。"

"私鸡钱"吴同顺嬉皮笑脸："谁的钱也不是大风刮来的，总不能让外人混吃混喝？"

"那就这么办。"冯天善问余章标，"余先生，你来吗？"

余章标是个关起门来自个过日子的性子，一门心思读书下科场，一不愿意凑热闹，二不想和这些贩夫走卒混交情。他正打算开口拒绝，黄鱼春悄悄踢了他一脚："当然去，众人拾柴火焰高，阿标以后还指着你们帮忙哩。"

大伙心里很高兴，尽管余章标未取功名，但披上长衫好歹是个斯文的先生，有他撑门面这场聚会便提高了层次。古劳围的人不论男女皆有水性，众人帮助叶二和、林科举和"占毛鸡"何亚占摇橹打桨，一大一小两条船，飞一般地朝佛山堡驶去。

白鹈鹕乖巧地扒在船帮上，陈开将要告别悠闲的捕鱼岁月，他用手抚摸着"长烈钻"那肉嘟嘟的橙红色大皮囊，心里有些割舍不下。菜篮子底下压着一个小布包，里面裹着一本《三国演义》，这是黄杨黄湘南送给他的礼物。

船过魁岗乡，一幕壮观的景物出现在地平线——凡是乡村民居，到处悬挂着五颜六色的染布，犹如一面面在风中鼓荡的旗帜，又像波涛中上下起伏的风帆。太阳快要落山了，远处螺号阵阵，头顶百鸟啼鸣，陈开情不自禁地抛开手中的《三国演义》，把目光投向这道灿烂的人间丽致。这是一方自天而降的土壤，充满了优雅的动感，女人们如同翩翩的蝴蝶，偶尔闪动在她们的杰作上，带给少年人无限的遐想。

两条船滑行在天地秀色之间，入夜时分抵达"通济桥"。在南济观音庙里上了香，抛掉生菜放完炮，众人继续登船前行，进入佛山堡。

浪漫的风笛换成了燃烧的火苗，佛山涌一带数百口高炉喷吐着熊熊烈焰，把夜空装扮得如同火山爆发的灯光海洋。叶三和平生第一次见到这种壮丽场景，惊讶地从船上立起身来，大呼小叫："好家伙，这炉子的腰，真他老母的粗。"

林科举捏了一下他的腰："你这小身板，塞进去一百个也没有问题。"

"哇，把人塞进洞里，那还不一下子化成了雾气？"叶三和啧啧称奇，瞬间对冶铁炉产生了极大的敬意——这些黑乎乎的圆洞创造了世界，既能制作吃饭的铁锅、缝衣的铁针、种粮食的农具，也能生产杀人的刀剑。

李阿发逗他："你没听人家铸剑师傅说，肉身虽然化了，可是魂还留着。三和兄弟，要是把你放进去，你的魂是想当铁锅，还是想当刀仔？"

刀仔即短刀之意。

"当铁锅好，天天都能吃到鱼头……""私鸡钱"接了一嘴。话说到一半，他突然想起了黄鱼春的忌讳，立刻缩回舌头，不作声了。

"快看，""占毛鸡"何亚占尖叫，"那边更热闹。"

大家向西北方向的山紫铺望去，只见一朵朵美丽的烟花腾空而起，接着是佛山大爆震耳欲聋的响声。大爆就是巨大的爆竹，直径大的接近三尺，药引有数丈之长。烧大爆是每年三月份祭奠北帝的一项重要活动，届时，佛山堡数十万人倾城而动，争抢"爆首"——据说这玩意象征着北帝赐福，抢到它的人当年必能发大财。

众人急急划船，到了山紫铺，河道已经完全堵塞，岸上人满为患，显见"大魁堂"组织的这场喜庆巡游规模不小。"逃军和"往年见识过北帝巡游和烧大爆，因此主动提出守船。大家把他一个人留在船上，纷纷登岸去看热闹。

黄华宝上了岸，才发现今天这场喜庆活动大是不寻常。"大会馆"的铺丁耀武扬威，执矛悬戟，三步一岗，五步一哨，阵容极为盛大。除此之外，佛山文武四衙的汛兵和差役几乎全体出动，帮助“大会馆”维持秩序。能让“大魁堂”和佛山文武四衙这般隆重接待的至少是封疆大吏外加当朝名流。此人非别，正是湖南巡抚吴荣光。

唐玉娥被奸杀一事，对“大树堂”吴家的打击非同小可——民间谣言四起，都说吴家的气运已经到了顶峰，开始要走下坡路。佛山堡是个人才扎堆的地界，梁家和李家的势力不比“大树堂”弱多少，吴璧光顾不得气恨交加，和吴弥光、吴灿光、吴绶光、吴垂光等几十个堂兄弟一商量，得了，还是把吴荣光请回来镇鬼驱邪。

吴荣光绝非等闲之辈，当不当官的先搁在一边，此人乃望重士林的一代名宿，是著名的金石学家、鉴藏家和书法家。其所著《辛丑销夏记》被后世引为鉴定书画的范本，后来康有为对他的书法极为推崇，尊之为岭南第一人。

这样一位大人物回到佛山，远非一介寻常官僚可以相比，广州府的儒林巨硕、文人雅士齐来捧场。“大魁堂”盛礼相迎，以示隆崇，把压箱底的货色，像什么正月的烧大爆、八月十五的各种“秋色”等等全搬了出来。六月上旬恰好正赶上红船“大散班”，二十多个戏班回到琼花会馆，只要你舍得大把撒银子，大老倌的戏尽管敞开了点。一时间，佛山堡灯红酒绿，悬金挂玉，比王母娘娘的蟠桃会只强不差。

大伙儿这下子算是开了眼界，他们在人群里见缝就钻，好不容易挤到里头，只见一道花车巨流缓缓而来。每座花车由四人挽行，纱帘上绣着璀璨夺目的鲜花，车上一名明眸皓齿的少女盘膝而坐——此为“色心”，又称“车心”。

陈开心魂荡漾，黄鱼春打趣他：“阿开，你稀罕哪一个女仔？”

“你什么眼神？”黄华宝抿着嘴笑了起来，“人家不是女仔，是靓仔。”

黄鱼春出了丑，陈开却是愈发晕晕乎乎，天地交错的光影，男扮女装的“色心”，尘世浮华瞬间击溃了乡下孩子的头脑，原本清晰的思维变得模糊陆离。似水流年的花车过后驶来一匹匹骏马，上面仍然坐着美丽的少女；之后是纸扎的龙船、画舫和采莲舟；之后是一盏盏如梦如幻的花灯；之后是一排高跷队伍，踩高跷者每人肩扛一根木板，木板绑着铁条，举着一名男扮女装的孩童；之后是舞龙和舞狮，一台台戏剧凭空而出，令人目不暇接，什么台面、担头、锣鼓柜、十番、号灯、飞报马、旗帜等等一应俱全。

一个世界接着一个世界地出现，一个天空接着一个天空地开启，来自古劳围的打鱼少年完全匍匐在光与影之下。车色、马色、地色、水色、飘色、灯色、景色逐一展示，仿佛是为了实现他的梦想，一把将云河拉回大地。

七“色”过后，游行队伍里面出现了一尊又一尊的木像，分别是真武大帝和佛山堡二十七铺主庙的主神，之后是百十来位本地的名流和士绅代表。这些佛山堡事实上的统治者，一个个面容肃穆，仪态雍容，众人被他们的气势完全压倒，大气不敢出一声。

幸福的巨浪逐渐退潮，陈开暗地里松了一口气，幸亏夺人心魂的乐声没有出场，否则自己必定失魂落魄，像黄鱼春那般丢人现眼。他津津有味地打量着那些巨大的木像，在颜料铺的少掌柜眼里，这些神像和冯坤的红面狮子头、作坊里飘拂的染布、佛山涌附近数百口的高炉一样，俱为天边的云河、无声的戏棚。“双合裕”颜料铺的颜料有的是，他未来的生命无非提起笔绘色涂影，这些木像都是他盘子里的菜。

游行队伍走到祖庙铺拐弯的时候，忽然被打断。从马路上横着走来一位老者，大约五十多岁的年纪，手里提着牛皮灯笼，身穿灰暗长袍，腰里挂着一柄麻绳缠绕的破剑。这人的胳肢窝下夹着一捆纸，肩膀上搭着一面道士用的七星旗。陈开定睛观瞧，牛皮灯笼上映着四个字“奉革举人”；七星旗上绣着三个草体字：“刘三柳”。

维持秩序的“大会馆”铺丁看到这位老者，竟然出乎意料地停下脚步，未敢动粗。老头慢悠悠地蹚过马路，待他走后，游行队伍才继续前行。

“占毛鸡”瞪大眼珠，结结巴巴地问：“谁啊，这么大的谱?”

“三柳先生，”黄华宝回答，“我们红班的圣人。”

这位“三柳先生”不是旁人，正是告倒第二代茂官卢文锦的刘华东。由于在那次事件中得罪了省城官僚，他的举人顶戴被找了一个茬革掉。从那以后刘华东放浪形骸，以“扭计”之术为民诉讼，锄强扶弱，专与官府作对，被后世尊为“广东四大名状”之一。刘华东除了把一腔愤懑付诸诗文外，还积极涉猎戏剧创作，成为琼花会馆的座上宾，传说红班压轴大剧《六国大封相》即为其创作。当时的读书人顾及面子，给红班编剧本也是偷偷摸摸，像刘华东这样无所忌讳的人实属凤毛麟角，因此红船的老少爷们对他十分尊敬。

刘华东旁若无人的那一幕，给冯天善、李阿发、曾三、“胡葱花”、叶三和、林科举和“占毛鸡”这些穷苦人留下了难以磨灭的印象。叶三和像是发现了海市蜃楼，连连咂嘴表示惊叹：“‘大魁堂’也有不敢惹的人？真是想不到。”

“占毛鸡”追问：“他到底有啥本事？”

“等你受了冤屈就知道。”黄华宝笑嘻嘻地说。

“你这人说话不够爽气。”曾三责备，“卖什么关子？”

林科举像发现了一个新大陆：“快瞧，快瞧。”

游行队伍中突然出现了一支庞大的乐师队列，这些乐师有男有女，手捧笙瑟，一路演奏着低沉的乐曲。令人吃惊的是这些乐师竟然全是瞎子，在他们的身旁，有一列“大会馆”的铺丁指引道路。

在中国，自古以来就有瞽人掌乐的古老传统，瞽蒙即为古代乐官的代称。殷商时代设有专门传授礼乐的教育机构——瞽宗，里面的老师和学生皆为盲人。《尚书》曰：“瞽，乐官。乐官进鼓则伐之”；《诗经》云：“有瞽有瞽，在周之庭”。据《周礼》记载，大司乐掌管下的礼乐队伍中，盲人乐师以及搀扶他们的服务人员，加起来占据了半壁江山。

大伙全神贯注地听曲，唯独“占毛鸡”嘎嘎地乐起来，朝着曾三挤眉弄眼：“我说你咋来佛山堡混营生？闹了半天，这地方连两眼瞎都吃得开。”

第二十三回　情理六鞭

如果不下海经商，他一定是个神仙。

张耀祖是年四十六，生得一表人才，从他脸上依稀能看到往日的风采。在老家顺德县桂州堡，张耀祖当年那也是有一号的人物——十九岁时取中秀才，街坊四邻几乎没有不夸赞他脑子好使的，可惜考了三次乡试接连败北。张耀祖实在熬不下去，掷了笔杆子下海经商，开了一间专门销售南洋药材的药铺。

少年得志，有时候不是什么好事。如果再加上一副漂亮容貌，这个男人就会变得十分娇气和脆弱。自命清高的张耀祖瞧不起江湖草莽的路数，又吃不得海浪颠簸的艰辛，走了两趟南洋便歇手不干。南洋药材卖完后，他把库存的本地药材低价抛售，撤了药铺的牌匾，跑到佛山堡与人合股开了一家颜料铺。

颜料铺的生意也不怎么样，年初，佛山堡的八图土著罗家，在高要县的广利圩开设了第三家窑口。张耀祖与罗家的族长罗珂颇有些旧交，遂决意改行，做人生的最后一搏。

“这是什么？”他问陈开。

陈开毕恭毕敬地回答："圭峰山的特产茅龙笔。"

"张老爷，伢仔嘛，不能管得太严，阿开不是挺懂事的吗？"温秉礼夸赞，"你瞧这大个子比我不差，哪能看出才十三岁？"

温秉礼是"双合裕"颜料铺的另一个股东，他和张耀祖各出一半股份，每人掏了二百四十八两银子作股本金。不过，这间铺面房为张耀祖所购，节省了一笔房租费用，他只好把掌柜的交椅让给了张耀祖。

"个头高未必见识广，以后你照应着他点。"张耀祖淡淡地应了一句，掸了掸衣襟，朝里面喊道，"老尚，给小掌柜的看茶。"

"双合裕"颜料铺规模不大，只有四个伙计。一个在外面采购，两个在里屋配料，柜台上照应的伙计名叫尚喜坤。尚喜坤三十五六岁的年纪，皱纹爬满了脸，似乎比屋里的三个人加起来还要老成。他端着茶盘进来，闷声不响，给陈开倒完茶便默默地回到里屋。

"昨晚就到了？"张耀祖问，"怎么没来找我？"

昨天夜里看完游行，陈开兴奋地睡不着觉，与"逃军和"、林科举等人聊了一夜。听到姨夫的问话，他有些不好意思地："在船上眯了一觉。"

"主意正吧？"张耀祖摊开手对温秉礼说，"只要他姨不在，他才懒得来看我。"

在张耀祖的心里，陈开基本上等于不听话的代名词。陈开的父亲去世后，他和妻子三番五次劝陈开来佛山堡练练手艺，每次均被陈开婉言谢绝。张耀祖心思细腻如发，明白自己和陈开性格不同，越是亲戚越是不便相处。

"张老爷，他是怕麻烦你呀。"温秉礼笑道。

"麻烦？"张耀祖哼了一声，"他是想当掌柜的。"

与张耀祖渐行渐远的心理相反，小陈开虽然像一头乱冲乱撞的野马驹，然而在他心底张耀祖不但是亲人，而且是一个光彩夺目的人生典范。他愿意到佛山堡开辟新的人生，说白了便是受到张耀祖潜移默化的影响。可惜的是他前脚刚到佛山堡，张耀祖后脚就要离开。陈开有些不甘心："姨夫，窑口的买卖真有那么好？"

"这是你该管的事吗？"张耀祖的嗓门不觉提高了八度。

鸦片生意虽然风行南粤，开办窑口的莫不大赚特赚，但这个行当毕竟是朝廷严令禁止的非法生意。读书人最在乎的是体面，张耀祖眼馋鸦片生意的丰厚利润，可是碍于自己曾经所取得的功名，十分忌讳别人提“窑口”这两个字。

“阿开，你刚从乡下来，不知道目前的行市。在咱们佛山堡，早先是铸铁炉户吃香，后来被盐商盖过风头；省城一口通商以后，十三行的洋商大发其财，盐商无形中吃瘪了；最近十三行洋商也不行了，要说一本万利的时髦营生，眼下非鸦片窑口莫属。”温秉礼问，“不过开窑口风险大，必须在衙门里寻一座靠山。怎么？你也有兴趣？”

“我才不干那玩意。”陈开装作满不在乎的样子，“颜料铺挺好。”

“做生意靠的是脚踏实地，切忌此山望着那山高，和做人的道理一样。”张耀祖的语气和缓下来，“阿开，有件事情要和你商量，咱们这间颜料铺算不上什么大买卖，所以颜料行和朱砂年红染纸行两头都能靠。你既然接了这个摊子，我们想听听你的意见，看咱们是不是应该脱离颜料行，加入朱砂年红染纸行？”

表面上是颜料行和朱砂年红染纸行二者之间的抉择，实际上牵涉到“双合裕”颜料铺将来何去何从的问题。这些年“双合裕”的买卖冷冷清清，张耀祖始终坚持卖颜料的旧章法，温秉礼却看准了佛山堡演艺事业日趋兴盛的势头，觉得应该改走朱砂年红染纸的行当。两个股东意见相左，常常争执不下，你想颜料铺的生意能好得起来？

陈开哪知道他们之间的狗扯羊皮？还以为张耀祖和温秉礼是在考验他做生意的眼力，略作沉吟后，抬头道：“假如非要改行，我想入髹漆行。”

张耀祖吃了一惊：“髹漆行？你懂吗？”

陈开的眼前立时又出现了那些娇嫩而柔美的白漆，像一串串可爱的珍珠，焕发着神秘的生命气息。他满怀憧憬地说：“昨天来的时候，我看街上游行的净是神像、面具和狮子头，哪一样不用髹漆？佛山堡这么多的有钱人，住的房子，用的家具，哪一样不需要髹漆？反正我觉得咱们只卖颜料不行，最好能再干点把式活。”

“照这么说，你还想入蓝靛行去染布？”张耀祖心中不满，嘴上绕着圈地讥讽，这是他一贯的为人处事之道。

陈开听出了张耀祖的口气，但倔强的性格让他的舌头从不打弯：“是啊，来的路上我就是这么想的，染布也没啥不好。”

“你瞧瞧，你瞧瞧，”张耀祖咳嗽起来，“这哪还有对长辈的礼数？”

“阿开刚从乡下来，”温秉礼劝解，“年纪小，不懂事，你莫要太计较。”

“我得马上走，广利圩那边忙着呢，以后有事和你温三叔多商量着点。在江湖上混，要记住一句话：有理不如有礼。有情有理，合起来才够得上一个‘礼’字，你这个说话不顾礼数的毛病得改改，否则会栽大跟头的。”张耀祖教训，“以前我让你来，那是做亲戚的情分，也是我做姨夫的本分。如今你当了掌柜的，就算成了人，一切必须自己承当。遇到难事别光指望寻肩膀找依靠。实话告诉你，这是我最后一次费唾沫给你讲道理。”

陈开不耐烦地回答：“知道啦。”

“还有个事。”张耀祖瞥了一眼温秉礼，语气瞬间降了八度，“亚丞这孩子不争气，在金掌柜的那里不好好当学徒，非跟着红毛鬼子瞎混，眼下丢了差事。广利圩那边我刚去，不便马上安排他，暂且让他在铺子里打下手，工钱不用给，管三顿饭就行。”

陈开道：“只要温三叔没想法，我无所谓。”

张亚丞是张耀祖的侄子，就是“琉璃球”张贴布告寻人的那位。这孩子眉清目秀，两粒眼珠转得比骰子都快，温秉礼不喜欢这样的聪明人。再说“双合裕”颜料铺人手足够，把张亚丞弄进去只会搅得人心惶惶。温秉礼想拒绝又张不开嘴，赌气地说：“我没想法。”

“很快会把他弄走，你们放心。”张耀祖问温秉礼，“阿开住哪儿？”

张耀祖原先租赁的小院位于黄伞铺居仁里的东南巷，这座三间两廊式的院子属于巷子里的温家，租金是每年二十五两银子，属于打了折扣的友情价。前些日子，游新潭来到居仁里踅摸房子，答应把租金涨到二十八两，温秉礼便私自做主将院子许给了他。

游新潭、陈见成自立门户后，都想把家安在居仁里的东南巷，原因很简单，区彦魁就住在对面的西南巷。居仁里的这两条巷子大不相同，西南巷的巷首建有闸门楼，闸门楼前立着一座气势雄伟的贞节牌坊，尾巴甩向一道幽静的河汊，在佛山堡是数得着的好风水；东南巷头里没有建闸门，尾巴被砖瓦巷一刀斩断，按照灵应祠道士的说法，这叫截头去尾。

两条巷子的住家也不一样，西南巷住着黄、卢、区三家大族，不近市廛，自命清高;东南巷里面成分混杂,有做买卖的外来户,也有卖苦力的穷棒子。在西南巷的人看来,东南巷的人不大识礼数,和砖瓦巷一样,最多只能算是“半条巷子”。

游新潭租赁了一个整院,陈见成则舍不得花钱,希望与人暂时合租。恰好温秉礼的大哥温秉仁搬到了沙塘坊,腾出一个院子。陈见成占一半,剩下的一半温秉礼打算留给陈开。

一座院子变成半座院子,租赁价格按照市场价,真是人一走茶就凉。温秉礼觉得心里有些愧疚,含混地说:“当然住我们家,你别管了,我自会安排妥帖。”

听说新邻居是个十三岁的孩子,陈见成想给陈开来一个下马威,以便为今后共处的日子立一个规矩。从昨天开始,他把自己以前打把式卖艺的那套家伙全翻出来,在院子中央竖了一个兵器架,又叫人抬了一块三四百斤重的石头,摆在天井。一切准备工作就绪,陈见成端了个茶壶,蹲在石头上有滋有味地喝了起来。

温秉礼推门进来:“阿成,我给你介绍一下,这就是阿开。”

陈见成一瞅,心里“咯噔”一下,这个七尺多高的大骨头架子,哪像十三岁的孩子?腿肚子一打弯,从石头上出溜下来。

“怎么把这东西摆出来了?”温秉礼用手指着兵器架,“你还想撂地摊不成?”

陈开跟随古劳围的小霸王们混了这么些年,别的营生未必熟悉,但江湖上的把戏那是绝对不陌生。他探出两只手抓住石头的棱角,双臂运力,断喝一声,把那块石头举过肩,然后用平静的口气问:“阿成哥,这地方是不是应该种花?”

陈见成惊出了一身汗,点头哈腰:“种种,回头就种。”

陈开这才放下石头:“我住哪间?”

“你住西房,那间是上房。”陈见成拿手比画着,“少掌柜,中间的厅堂咱们合用。厨房你别管了,我做饭的手艺一绝,想吃什么尽管吩咐。一笔写不出两个‘陈’字,往后咱们就是一家人,比亲兄弟还亲,千万别客气,别客气。”

温秉礼心里偷着乐,陈见成这家伙平时使奸耍滑,无利不起早,这回算他倒霉，摊上了一个不好惹的主。他对陈见成说："阿成，你领着阿开休息先，过两天我倒出空来，咱们一起请阿开吃酒，给他接接风。"

"没问题。"陈见成拍着胸脯，"今天我请先。"

温秉礼回到家里，剥下长衫，换了一件短布头，上下擦抹已毕。从厨房端了一份酿扎蹄和花油鸡，又取了一坛玉冰烧，自斟自饮闷头喝了大半晌。往雕花木床上横着一躺，直睡到天光沉沉，日头无力。院子里传来一阵儿童的嬉闹声，他竖起耳朵听了听，除了五岁的儿子羊仔外，还有二哥温秉义的儿子牛仔和女儿鹅春。牛仔这年九岁，鹅春刚六岁，三个小孩玩了一会便起了争执，开始互相骂街。

牛仔嗓门高："你老豆，大水牛。"

羊仔是个不让父母省心的犟把头，毫不示弱地回击："你老母，大风炉。"

牛仔喊："你老母，吸灰土。"

羊仔嚷："你老豆，噎死肉。"

这两个兔崽子，温秉礼听不下去，爬起来披上绸衫，冲出屋子："滚到外面玩去，再听你们骂人，回头叫'老娘'把你们全收了。"

三个孩子一听，呼啦一下子跑了个精光。

前面我们说过，"老娘"是与"鸡公"齐名的大人物。她能够享有盛誉，不是说她有多大的能耐，而是因为她从事的职业十分特殊。

在佛山堡，清理厕所的粪便是一项垄断业务。承包这项业务的是个东莞商人，原来的名字叫何兆财，后来嫌"财"字难听，遂改了个名字为何兆才。何兆才手下的"屎坑公"(清粪工人)均是从东莞来的乡亲，内中单有这么一位独一无二的清粪妇，名字已经不可考。大家只知道她姓老，由于年近六旬，乡亲们尊称她一声"老娘"。

在民间信仰中，女人地位低下，其排泄物被认为是这个世界上最污秽的东西，据说其中隐藏着鬼神皆惊的无边法力。妇女排泄物所盛放的器具，尤其是粪塔，因此便有了一个十分威风的称号——"混元金斗"。"老娘"的工作是清理女人的粪便，专职管理"混元金斗"，你想她的本事还了得？

那些好不容易养了个男仔的富贵之家，没有一个不上竿子巴结人家"老娘”的，竞相与她攀亲戚，请她做孩子的干娘，除魔降妖，保佑孩子身体健康。如此一来，一辈子没有生养的“老娘”膝下竟认了三十二个家财万贯的干儿子。夫以妻贵，她老公苗驼子也抖了起来，自己起了一个混元法师的名号，成天挎着桃木剑，戴着七星冠，到处招摇撞骗。

“老娘”原先和一群“屎坑公”住在砖瓦巷，发财以后就搬到了鹤园铺洛水畔，与“大树堂”的吴家比邻而居。在成年人看来，被“老娘”收去是个吉祥如意的好字眼，但孩子们却不这样认为，都觉得“老娘”身上臭气熏天，能躲多远便躲多远。

老院子的织布机“吱吱”地响个不停。佛山堡为粤东丝织业和棉织业重镇，下厨做饭和纺纱织布是妇女两项必备技能。无论大家闺秀还是小家碧玉，“布不易市，工不假人”，从六岁起开始学习织布，全家老幼的衣物皆靠一双勤劳的手生产出来。

温秉礼的老婆温李氏回家拿东西，见丈夫一脸灰茫茫的，小心翼翼地问：“怎么啦？今儿个铺子交接不顺畅？”

“没法干了。”温秉礼叹了口气，“以前张老爷是驴脾气，死守着颜料那一摊不愿意转行。现在他外甥当掌柜，这伢仔年纪虽小，却好像闯荡过江湖，不容易对付。我都快三十的人了，再这么没羞没臊地混下去，一辈子就完了。”

“我一个妇道人家不懂男人的规矩，”温李氏深表同情，“要不你去问问二嫂？她是有名的女诸葛，请她给支一个主意？”

居仁里的温家从龙山乡坦东村迁到佛山堡已有三代，温秉礼父亲去世早，母亲温区氏含辛茹苦将五子三女抚养成人，日子过得比上不足、比下有余。几个儿媳妇中，老二温秉义的妻子温宁氏是本巷宁老秀才的长女，知书达礼，精明强干，里里外外一把手，甚得婆婆温区氏的倚重，家里的大事小情均交给她做主。

“最近官场上响动比较大，吴家大张旗鼓把吴老七请回来，南海县和五斗口司的位置兴许都要换人做。现在把肉包子扔进狗嘴里，不是一去不回头吗？”温秉礼显得无精打采，“等等再说吧，找也须找一个稳当的靠山，否则干窑口就是一个死。”

吴荣光的父亲吴济运在“大树堂”排第七房，因此吴荣光虽然名满天下，佛山人照旧称呼他一个“吴老七”。

“你知道吗？”温李氏低声说。

温秉礼问：“啥？”

“二嫂其实不赞成你去参股窑口。”温李氏的声音几乎听不见，“她那天有意无意地念叨来着，说什么官场上翻脸无情的事太多，今天拿了你的好处，让你骂他爹都行。赶过天风向一转，他第一个拿你开刀，我揣摩着她是这个意思。”

“这事，”温秉礼紧张地问，“她没对阿妈讲吧？”

“老太太病成了那样，她怎么会？”温李氏紧着摇头。

正月刚刚过，霹雳一声响，西南巷的黄家突然遭遇了飞来横祸：铸炮炉口发生爆炸，死了六个，伤者二十余，前去给丈夫送饭的黄温氏不幸被炸身亡。谣言随即满世界地飞，说什么的都有：有的人说黄温氏不应该走近铸炮炉——铸炮炉跟铸剑炉一样，阳气最盛，受不得一点点女人的阴气；有的人说肯定是操作失误；有的人说可能是所购铁料上出了问题；当然，还有人记起了去年白道士摇的那支签。

第一种说法显然是无稽之谈，南粤大地全靠女人支撑，多少不该女人干的活，最后还不是都让女人干了！第二种和第三种说法比较靠谱，黄家人对此深信不疑，正在对所雇工匠进行全面排查。然而对于迷信的佛山人来说，真正深入人心的是第四种说法。

不管黄家和外人如何折腾，受伤最重的当然是黄温氏的娘家妈。老太太一病不起，把当家的钥匙交给了温宁氏，大有交班的意思。温秉礼焦虑起来：“阿妈今天怎么样了？”

“好多了。”温李氏搪塞了一句，然后担心地问，“当家的，老五这次去粤西，能带回来一些好药吗？”

温家老五温秉信在筷子街的“西宁堂”当伙计，那家药铺专门经营粤西大苗山、大瑶山出产的药材。他这次去桂林城的药师巷进货，希望能买到珍稀药材为其母医病。

“良药难寻，听天由命吧。”温秉礼泄气地说，“上回为了给阿舅弄一副药，阿潭和阿成差一点把命搭了进去，你没忘吧？”

公婆俩正在悄悄说私房话，巷子里传来了一阵牛角号的声音，羊仔跑了进来："二娘让你过去一趟，阿妈，姑父家来人了，说是有事商量。"

夫妻二人出了自家的院子，隔着高高的围墙，听见巷子里吵吵嚷嚷，随即传来了一声妇人撕心裂肺的哭叫："各位高邻，各位贤邻，你们给评评理。天下哪有这样的不孝之子？他娘饿了三天不管，还有天理吗？"

"钟家的，莫要吵闹，大家伙全都在这儿，有什么委屈你尽管慢慢道来，阿鼎怎么不孝顺你了？若是查有实据，一根杆子吊死他也可，沉水井也可。居仁里管不了他的话，不是还有衙门嘛，你怕什么？"一个苍老的声音劝。

温秉礼听出来了，哭闹喊叫的是铁匠钟水鼎的母亲钟秦氏，劝说的老者是二嫂温宁氏的父亲宁僖臣。只听钟秦氏不住地抽泣："宁老爷，不孝就是不孝，要什么真凭实据？老婆子三天没有一粒米食，肚子瘪成了漏勺，这不是实据呀？"

"我不是这个意思。"宁僖臣被狠狠地噎了一下。他是个老八股的秀才出身，说话慢条斯理惯了，一说快了便容易打嗝。

钟秦氏使劲号了一阵子，哭哭啼啼地说："那死鬼走得早，留下我一个人吃罪受罚，钟家先人造了哪辈子的孽，养出这么一个不孝之子。宁老爷，用不着大老远地送官府，就近闸门楼上的辘轳放下，把这个孽子吊死算了。"

"说得轻巧。"宁僖臣驳斥，"阿鼎这伢仔，我看着仁义。他现在不挣一文，哪有钱供养你？不就是没吃的吗？到我家来拿。"

"哎呀，我一个妇道人家的抛头露面，够丢先人的脸了。我又不是没儿没女，吃了别人家的食，跳到黄河里也说不清啊。"钟秦氏又哭了起来。

"钟家的，你这还叫人话吗？"宁僖臣好心换了副驴肝肺，气得浑身直打哆嗦，拄着拐杖愤愤不平地走了。

温李氏听出了玄机，对丈夫说："怪不得黄家姑爷来人哩。"

钟水鼎打工的炉户即为黄家"丽升炉"，那天炉口爆炸时他正好在现场。倒霉的是，其他工匠非死即伤，唯独他老人家连皮也没有擦破一点。黄家对他疑心最重，准备把钟水鼎弄到南海县衙门的牢房，上报一个"瘐毙"了事。

"她是在救儿子的命。"温秉礼叹息。

"阿鼎平时规规矩矩，怎么会下黑手？"温李氏嘀咕。

"敢情不是你妹子?"温秉礼责备道。他虽然觉得姐夫黄开大心狠手辣，但是一想到妹妹的惨死，这个老实人硬起了心肠。

两口子蹑手蹑脚进了老太太居住的老院，这时，织布机的声响早已停歇。温李氏趴在窗户上朝里面偷窥，禁不住吸溜了一口凉气——我的娘呀，这两个冤家怎么凑到了一起？看来真够二嫂这个女诸葛喝一壶的。

屋子里的两位来客，没有一盏省油的灯。

坐在上首的是黄岑氏——佛山堡黄氏是古老的八图大族，其中居仁里黄氏和刚正里黄氏同出一枝，据说都是从顺德龙山迁徙而来。黄开大这一房在黄家是二房，其兄黄开广去世后才接手"丽升炉"的管理，有事的时候断不了向寡嫂黄岑氏讨教。黄岑氏出身八图大族岑氏，由于家里男丁稀少，从小便帮着父兄料理生意，外场极为惯熟，十足地一个女中丈夫。

坐在温宁氏一侧的是邻居花二奶，她今年三十岁出头，原籍九江圩，守寡多年，现跻身佛山堡著名媒婆之列，大家习惯上把她列为"奶"字辈。

媒婆这个职业，在"八婆"之中素质最高，堪称全能型的选手——其一，不仅要有洞悉人性的高度智慧，而且需要具备眼观六路、耳听八方的随机应变能力，这两个能力超过装神弄鬼的打小人婆；其二，必须精通场面上的各种礼仪，高官显贵家里如履平地，毫不含糊，在这一点上比当伴娘的大妗姐高一个层次；其三，要具备优秀的表演能力，说笑就笑，说哭就哭，表演水平比只会哭丧的喊口婆全面；其四，办事滴水不漏，能屈能伸，远非只会伺候人的妈姐可比；其五，心思要比补衫婆精巧，女人善于揣摩的小心意绝对不能丢；其六，耐心要比梳头婆足；其七，手脚要比洗身婆麻利。

黄岑氏的口吻像井水一样冰凉，不带一丝一毫的感情："这些日子，炉口修好了，死的发送了，伤的抚恤了，'丽升炉'和从前一样，外甥打灯笼——照旧。黄家是大户人家，银子赔得起，人丢不起。弟妹虽然是续弦，未曾替黄家生儿育女，但她是替黄家死的，黄家不能对不起她，不能不讲情义。现如今钟家那个老的在巷子里哭天抹泪，骂小的不孝顺，这是醉翁之意不在酒，掘尾龙拜山，搅风搅雨，故意演戏给街坊四邻看。只差没把手指头戳到咱们两家的鼻子尖，活剥黄、温两家的脸皮。开大想问问老太太的意思，倘若没有二话，我们递一张帖子到衙门，把那个小的拿进去算了。"

温宁氏指了指里屋，笑着说："老太太这不正犯迷糊吗？"

花二奶来温家是替钟秦氏说项的，一进门发现黄岑氏捷足先登，顿时把所有的话囫囵个咽回肚皮，来了个徐庶进曹营，一言不发。温李氏躲进了织机房，温秉礼来到正厅，三个女人齐齐地站起来，黄岑氏挤出了一丝笑意："阿礼来了好，这些事本该是男人办的。"

"嫂子，此事非比寻常，办不办的只能由老太太做主。我进里屋看一看，要是阿妈她老人家醒了，我陪你去说。"温秉礼客气道。

"这就对了。"黄岑氏瞪了温宁氏一眼，似乎嫌她从中作梗。

过不多时，温秉礼出来把黄岑氏请了进去，屋子里只剩下了花二奶和温宁氏。

"打开天窗说亮话，"花二奶直截了当，"我和钟家一不沾亲，二不带故，纯粹是街坊四邻推举，来你家论一个情理。在咱们居仁里，你们家老太太那是最明白事理的人，街坊邻居谁个不佩服？不过，医家从来不自救，亲生女仔横遭灾祸，谁的心里也把不住秤砣，不能强求她老人家。我掰着指头数了数，温家这哥几个虽然不含糊，不过和你比起来，终究差了那么一星半点，这事非得你出马不可。"

温宁氏莞尔一笑："二姐，你不用夸我。"

"事情明摆着嘛，黄家自个炸了炮炉，硬要把屎盆子扣在阿鼎头上，这是欺负老钟家无财无势，哪个长眼泡的看不出来？"花二奶说话掷地有声，"咱们居仁里是有礼数的地方，闸门楼有吊杆有水井，法度严明，纹丝不乱，哪家的事不是街坊们共同出面议决、主持公道？想借官府的势力拿捏人，门都没有。"

西南巷本来就爱看不起人，三家里面又属黄家的气焰最为嚣张，东南巷的街坊们对此怨气颇深。温宁氏对这一点了解得十分透彻，她提醒："二姐，恕我直言，闸门楼的吊杆不是谁想用就能用的。钟家住在砖瓦巷，按道理说不算咱居仁里。"

花二奶挥了挥手帕，不屑一顾："砖瓦巷和东南巷首尾连通，中间没有更楼遮挡，凭啥不算居仁里？你那是前朝的规矩，现在皇上都换了，不作数。"

一个区区街巷之争，花二奶竟然搬出了改朝换代的大帽子，看来她已经把巷子里的几家高门大户都吓唬住了。温宁氏苦笑一声，没有反驳。

“做事要泥水佬开门口，过得自己过得人，莫要投石落屎坑，激起公愤，须牢记抬头三尺有神明！”花二奶降低了声调，故作神秘，“说句不中听的话，你们家大姑子死得蹊跷，完全和去年白道士那一签有关系。据说那支签让黄家三年之内停了买卖，黄家听不进去劝，如此拂逆天意，弄不好还有更倒霉的事呢。你少跟着他们瞎折腾，到时候天怒人怨，毁了一大家子的气运，几辈子扶转不过来。”

眼瞅着局面已经无法翻转，再和花二奶争执下去，等于拂了街坊邻居的面子。温宁氏识时务者为俊杰，对花二奶承诺：“二姐，你跟钟家婶子知会一句，我们温家是敬礼在先的人，居仁里的事就在居仁里办，用不着官家插手。”

“这就是了。”花二奶开心地赞许，“我也给你透个底，钟家老的说了，只要在咱们居仁里议裁，打伤不怨，死了活该。等这事过后，立马打发阿鼎回他粤西姥姥家，一辈子不许踏入佛山堡半步，够意思了吧？”

温宁氏频频颔首：“这样也好，于情于礼哪方面都有个交代，不然的话，我今天还真没办法向老太太和黄家张嘴。”

这时，温秉礼和黄岑氏一起走了出来。温秉礼对温宁氏说：“二嫂，老太太交代了，今天的事由你来拿主意。”

听了这句话，花二奶拿眼角剜了一下黄岑氏，面露不屑之色。

游新潭住的地方与陈见成的院子只隔了一堵墙，他进了院子，看到陈开就是一愣，陈见成连忙介绍：“老游，这是陈少掌柜的。”

“叫我阿开吧。”陈开很不习惯少掌柜的这个称号。

“唔。”游新潭不置可否地应了句，“阿成，晚头吊阿鼎的杆子，你身子灵巧，上去把辘索给我摇下来，打个下手。”

“真要打？”陈见成缩了缩脖子。

“三十皮鞭换一条命，值。”游新潭不耐烦地催促，“快点吧，崔伯和‘纽纹良’在外面都等着呢。”

“好好。”陈见成说，“我正要买几盆花。”

崔亚余是花匠崔金麟的父亲，这年六十多岁，行事刚正，常被东南巷的街坊邻居推举出面主事;“纽纹良”本名陈曙良,在佛山千总署当汛兵,平时在大基铺琼芝社的鱼栏贩鱼,点卯和出操的时候去支应一下,实在忙不开,就花几文钱雇人替差。

三个人出了院子,发现住在砖瓦巷的陶匠石蕴和剃头佬邵凡也被叫来帮忙。快走到金家门口时,随着几声狗叫,院子里传出来一阵女人唱的小曲:

一对鲤鱼活鲜鲜,小妹来到大河边;
想吃小鱼随郎捡,想吃大鱼要添钱。

金家门里冲出来两条东洋狗,外表凶悍的公狗叫大狗,温顺乖巧的母狗叫小狗,是二世祖金良玉从广州城买来的玩物。金良玉的爷爷就是个二世祖,再经过他爹的折腾,到他手上的时候家业早已破败一空,只剩下一所宅子。金良玉没有什么正经职业,这些日子在广州十三行街给商户们当掮客,专门引诱洋水手上岸购物。

唱小曲的人称莫二娘,年纪将近四十,她与丈夫莫权光来自粤西柳州府,两口子借住在金家以耍提线木偶为生。按理说像珠江三角洲这样的繁华地面,木偶戏之类简单的艺术很难生存。可佛山堡和广州城偏有一群二世祖喜欢淫邪小调,这便给莫氏夫妇提供了空间。

莫二娘原本有几分姿色,怎奈岁月的流痕无情地爬上了她的脸盘,江湖奔走的生涯使她老态显现,额头上起了几道深深的皱纹,被她用红丝带细心地盖住。居仁里的乡亲习惯性地称呼莫二娘为“红裤子”——这女人无论冬夏,总喜欢穿一条鲜艳的大红裤子。

院子里还有两个人,一个是“琉璃球”金亚忠,他是金良玉的堂兄;另一个是宁家的二少爷宁洪崖。这个刚满二十岁的青年眉清目秀,白白净净,与他那个吃喝嫖赌抽的哥哥宁洪原不同,小伙子酷爱戏剧艺术,不仅到琼花会馆拜师学艺,而且常常去省城,向那里的“外江班”学习男扮女装的旦角。

崔亚余眼里不揉沙子,从门缝瞥见这几个男女在鬼混,故意大声冲着宁洪崖喊:“我说二少,宁老爷真的不去了?”

“不去了。”宁洪崖回答,“听家姐说,这事要等五斗口司衙门回信哩。”

把钟家这个案子交给五斗口司衙门，是温宁氏偷梁换柱的一步险棋，这么一来，既满足了黄家将钟水鼎送衙门惩办的要求，又为把这件案子留在居仁里处置埋好了伏笔。女诸葛算计精确——断案本来就是巡检司的分外差事，断明白了是南海县的功劳，断出纰漏巡检司自个倒霉，蒋佑晨怎么可能管这个烂事？

黄昏将长长的影子捆在了贞节牌坊上，闸门楼前的辘索无声低垂，叫人不寒而栗。“纽纹良”晃着膀子正在试鞭，这条皮鞭上拴着六朵丝绸红花，分别象征着仁、义、孝、悌、忠、礼六种道德，有个名号叫“情理鞭”。

西南巷黄家二楼的窗户开了一小半，时而有女人隐在帘后向外观瞧。门楼下挤满了东南巷和砖瓦巷的乡邻，游新潭两眼直勾勾地朝上瞅，花二奶奚落他：“癞蛤蟆想吃大鹅肉，人家能看上你这身尘皮？还是等我去乡下，给你找一个水灵灵的姑娘。”

“二奶，老游这人挑三拣四，甭搭理他。给我说门亲事吧。”陈见成巴结，“只要是顺德媳妇就行，我阿爸阿妈等着吃喜酒、抱孙子呢。”

“你这个小身板扛得住吗？”花二奶眉开眼笑，在陈开肩膀上捏了一把，“看看人家阿开的身板，哪个娘们不眼馋？嫩才值钱呢。”

东南巷里空空荡荡，传来莫二娘的哼唱，这是一首古老的民谣《叹五更》：

一更叹嚟一更愁，更更愁思把心抽；
若得五更停打点，离人心上更添秋。

五斗口司的弓役狗子“呼哧呼哧”跑了过来，他家也住在东南巷，远远地嚷：“巡检老爷发话，为彰孝德，钟秦氏告子一事，交由居仁里自行处置。”

温宁氏朝崔亚余使了个眼色，后者高喊：“有请区老爷监鞭。”

众意难违，西南巷的人不得不出场敷衍。区彦昌拄着拐杖从门楼里走出来，他是区植棠的父亲、区彦魁的堂弟，后面跟着卢老先生和他的儿子卢醒尘，最后是黄岑氏和黄开大。黄开大吊着一张死鬼脸，恨恨地说：“各位乡邻，我们黄家是佛山堡九大铸炮炉户之一，家里的炉口烧了上百年，不是谁想灭就能灭的。我奉劝那些下黑手的人，黄家的炉口不但不会熄火，而且要比从前烧得更旺更亮，不信咱们走着瞧。”

黄开大气哼哼地拂袖而去，崔亚余扬了扬手：“祭鞭。”

游新潭、石蕴等人上去七手八脚把钟水鼎捆起来，倒吊在辘索上，绑了个结实。“纽纹良”利落地抖了抖皮鞭，猛地一鞭抽中钟水鼎的脊梁，打得他皮开肉绽，鲜血迸飞。钟水鼎费力地抬起头来，脸上的表情十分古怪，看不出是喜是悲，是乐是苦。他的目光死死地盯住皮鞭上的六朵红花，有气无力地喊了一句：“‘情理鞭’，好名头。”

第二十四回　红牙玉板

从龙探梅的手里接过绣花丝巾，易兰花一遍又一遍地拂拭镇亭石，低头不语。这位琼花会馆的花旦魁首艳压群芳，当年以一出《桃花扇》歌遍三江两岸，唱断了多少离人的心魂。岁月似乎从未在她的面容上停留，她是如此地美丽，与二十岁出头的龙九娘相比，两个人从外表看起来，简直像是一对姐妹花。

琼花水涉下，泊满了红船的天、地二艇，船头上飘扬着各个戏班的专用旗帜。除了“凤凰仪”外，像“千秋月”“胜华年”“富春喜”“丹玉墀”“日月星”“祝太平”“海国安”“六福和”“普丰年”“乐荣华”“福寿部”等戏班整齐排列，看起来煞是华丽，其中数“琼山玉”班的旗帜颜色最为鲜亮。

琼花会馆鞭炮阵阵，一行人敲锣打鼓出了会馆大门。“公爷侑”抱着一面“琼山玉”的金字招牌走在前，后边是数十名“琼山玉”班的兄弟，五军虎马滕怀抱着一只花红鸡，之后是班主梁冠杰，一路逢人作揖致谢，显得兴奋异常。

梁冠杰出自佛山堡郡马梁，此人对红船戏的痴迷程度，丝毫不亚于何、黄、卢、罗几个大家族，同时他垂涎于红班的生意兴隆，削尖脑瓜想投资红船。然而,投资红船不是一件简单的事情,口袋里仅有银子是不够的,至少还需要三项条件:其一,必须对红班懂行;其二,要有笼络一批大老倌的本事;其三,要耐心地等待机会——琼花会馆每年培养的人才有限,是否批准新的红船加入,须视演员培养的速度而定。

梁冠杰这次之所以能够顺利打进琼花会馆,很快组建起了角色齐备的整套人马,实托了陈平海的福。自打“俏丽辛”离开“乐荣华”班后,有一批大老倌和配角演员拒绝与陈平海续签合约,相继脱离了“乐荣华”班。梁冠杰说动“俏丽辛”与自己合创“琼山玉”班,把这些老倌重新召集起来,打算轰轰烈烈地干一场。

梁冠杰陪着“俏丽辛”经过避雨亭,见到亭子里的易兰花,惊奇地问:“易大老倌,你怎么没进会馆?侯爷满世界找你呢。”

易兰花道了个福:“恭喜梁班主。”

“哪里,都是黄大老倌肯给面子,愿意施舍梁某人一碗饭吃,呵呵。”梁冠杰掩饰不住心底的喜悦,“易大老倌,往后都是一家人,多多提携。”

“那是自然。”易兰花客气地说。

“俏丽辛”的心情明显比往日开朗了许多,她怀着几分敬畏的心情看着易兰花。这个注定就要压自己一头的冤家,永远是那样无可挑剔,最厉害的便是这副与生俱来的从容,自己恐怕一辈子也学不会。她问:“易姐姐,还在为阿茂的事和侯爷赌气?”

易兰花避开这个话题:“阿辛,恭喜你当家作主。”

“我要是有敬南哥那样的好依靠,”“俏丽辛”叹道,“才懒得操这份心。”

“阿辛,我打算歇一阵子,华丰台的首场戏,有劳你去推车。”易兰花说。

六月十九,琼花会馆在祖庙华丰台大汇演的首场戏是《六国大封相》,会演中出场的都是红船各个行当里数一数二的大老倌。十余年来,《六国大封相》中负责推车的正印花旦非易兰花莫属,在琼花会馆,这似乎成了雷打不动的惯例。

莫非那个传闻果然成真?“俏丽辛”忐忑地问:“易姐姐,你真的推掉了台期?”

易兰花没有答话,“俏丽辛”这才注意到易如真和龙探梅手里各挎着一个丝绸包裹,里面装的不知是什么东西。琼花水涉下面锣鼓响彻不绝,梁冠杰焦急地喊："黄大老倌，大伙等你挂牌上香哩。"

阳光自东方劲射，一行泪水悄悄从"俏丽辛"的眼角浸出来。十年了，终于盼到了出头的这一天。她没有去擦幸福的泪水，到了琼花水涉，凌空一个鹞子翻身，稳稳地落在了"琼山玉"班的船头，下面顿时响起如雷般的掌声。

"阿妈，二娣哥来了。"易如真怯生生地说。

易如真这年十一岁，与母亲如同一个模子刻出来似的。这孩子天生体有异香，"凤凰仪"班的老少爷们亲昵地称她为"香美人"。梁二娣腰间围着一条服丧的白麻布，来到避雨亭向易兰花施礼："易大老倌，大阿爷来了，和三阿爷在会所里等你。"

会所西楼正厅的神牌下，左右各坐着一人。"铁背苍龙"坐在上首，老爷子虽然身板依旧笔挺，但是明眼人可以看出，他比去年苍老了许多。伦廷的下首坐着一位精瘦老者，眼神柔和可亲，印堂明亮，显见此人内功深不可测。

侯爷与"大花面锦"分列两旁伺立，后者与梁二娣同样丧服未除，右腿一瘸一拐看起来不大灵便，这是浔江大战落下的残疾——去年，广东水师主力杀出梧州，大战三天三夜，最终以优势炮火撕裂了"洪德堂"的水上防线。为了确保大明山三合会总堂的安全，"洪德堂"和红船援军拼尽全力坚守浔江，死伤极为惨重。"洪德堂"众将伤亡大半，至忍禅师、伍亚寿等人战死沙场，至慧禅师、至善禅师二人持刀接敌，率部抵死不退。打到第四天，卢坤派出的信使抵达浔江前线，广东水师鸣金收兵，乘船东归。至慧禅师和至善禅师后来才知道，使"洪德堂"避免被全歼的，竟然是一个八竿子打不着的叫律劳卑的红毛鬼子。

坐在"铁背苍龙"下首的老者便是大名鼎鼎的至善禅师，老爷子常年隐身在"千秋月"班当"煲头叔"(煲汤的厨师)，红船众多名武师均出自他的门下。至善禅师对伦廷说："你好好颐养天年，大哥，会馆就安心地交给小一辈处理。"

"我倒是想在家里睡大觉，可茂仔这个浑小子，他硬是不想让你安生。"老伦廷说到这里心一酸，泪水在眼窝里打起了转。

李文茂离开大雾山的第二天，黎阿大带着儿子和闺女到山上送吃的，一看到现场那个惨烈的情形，黎家老少三人吓得魂飞天外。好在黎阿大是一个见过世面的人，立刻下山，赶到佛山堡向琼花会馆报信。侯爷和林崇泰闻报大惊，急赴大雾山勘察现场。等勘察完结果，侯爷、林三爷的冷汗可就下来了。清兵的尸首不算什么，要命的是他们发现了萨尔根的人头、一支血迹斑斑的铁筷子以及那只紧紧攥着"追魂剑"的右臂。两位红船当家人心惊肉跳——铁筷子是山西心意拳的独门兵器，如此说来，李文茂同时遭到了至少两大高手的袭击。

见伦廷动了悲情，至善禅师连忙安慰："大哥，茂仔不是一般的壮实。依我看，他是不想连累大伙，怕你着急上火，所以找了个地方躲起来疗伤。"

"那也好歹给咱们递个音讯呀。"伦廷哽咽着数落，"这个不懂礼数的王八羔子，他是在记恨我呢，嫌我老头子管得严。"

侯爷心里非常不是滋味："师伯，你放宽心，我已经派人向'洪义堂'和'洪兴堂'的兄弟求助，请他们帮忙打探茂仔的行踪，很快会有消息传回来。"

伦廷"哼"了一声："他要是藏起来，你还能找得到？"

老爷子平时铁面无私，意志刚强，但这次李文茂遭遇袭击一事对他的影响非常大——毕竟是七十多岁的人了，无亲无故，就这么一根独苗的徒弟，万一真有个三长两短，那不是小鬼敲门，要人命吗？想起此前阻挠李文茂为父报仇的那一幕，老爷子百爪挠心，寝食不安。

过了片刻，至善禅师说："大哥，我现在发愁的不是茂仔。"

"你是说兰花？"伦廷敏感地问。

"大哥，兰花的主意最正。"至善禅师目露忧色，"阿南两口子出事的时候，兰花没抽出空回来奔丧，如今茂仔再一丢，你想她还能安心唱戏吗？"

在红船，易兰花与李敬南、冼红玉夫妇的感情尽人皆知，从李文茂出生那一天起，易兰花就把他当自己的儿子看待。如今李敬南、冼红玉夫妇惨遭不幸，李文茂又生死未卜，易三娘能做出什么反应？"铁背苍龙"闭着眼睛都能猜出来："兰花的事情我不管，你是她师伯，待会她来了你自己应付吧。"

除了至忍和至慧禅师两位师兄外，至善禅师还有一个师妹叫龙华师太，现在粤西大桂山七星冲隐居，易兰花便是她的嫡传弟子。

易兰花进入西楼正厅，众人莫不眼前一亮，这位琼花会馆的当家花旦名不虚传，气韵一尘不染，难以用言语形容。这些年来，她的演艺水准已经达到了一个前所未有的高度，仿佛戏台上的她不是在演绎别人，而只是在演绎她自己；戏台下成千上万的观众，痴迷的不再是剧中的人物，而只是易兰花本人。

至善禅师首先开口："兰花，听说你想歇一阵子？"

"是。"易兰花向伦廷和至善禅师分别行礼。

至善禅师问："班里的人手够吗？"

"师伯，阿梅早就能担起正印花旦，该让她单飞了。"易兰花回答。

侯爷在旁解释："师伯，'凤凰仪'的花旦实力最厚，随便拿出一个'桃花女'，放到新开的班里都可以独当一面，担纲正印花旦。"

红班大戏《玉皇登殿》里的"桃花女"一般由第三花旦扮演，所以第三花旦又称"桃花女"或者"神女"。至善禅师点头："让阿梅带一带阿婵和阿真，这两个伢仔有出息。"

侯爷沉默了一会，为难地说："师伯，阿婵和阿真也歇了。"

"为什么？"至善禅师十分惊讶。

易兰花接过话头："师伯，我想把阿真送到大桂山去，好好跟着师傅练武。阿婵哭着闹着也想去，她阿妈拗不过，已经答应了。"

"去大桂山习武？"至善禅师没有料到易兰花有此一招，"按照她们两个的资质，功夫要想略有小成，至少得花两年到三年的时间。兰花，你到底想干什么？"

易兰花低着头，语气坚定："师伯，我要去找茂仔。"

这句话同时刺痛了"铁背苍龙"和至善禅师，老伦廷脱口而出："兰花，你知道这个小兔崽子在什么地方吗？就这么冒冒失失地去找？"

"就是因为不知道，我才要赶紧去找。"易兰花拭去眼角的泪水，"阿南哥和红玉姐走得匆忙，我不能让茂仔一个人在外面流浪。像这样活不见人、死不见尸，一点头绪也没有，我怎么向阿南哥和红玉姐交代？"

至善禅师委婉地说："兰花，大阿爷这是在担心你，怕你一个人在外面吃亏。"

"两位师伯，兰花虽为一介女流之辈，'嵌金剑'溅过血，宝胎弓杀过人，江湖上的风波险恶我只看它等闲。"易兰花口气强硬地回答。"嵌金剑"、宝胎银弓是易三娘惯用的兵器，前者是一柄二尺七寸的短剑，后者不发利箭而专射三叶锥。

至善禅师把脸一沉，责备道："兰花，你真是越来越不懂事了，眼下'洪德堂'你二师伯那里急需恢复，我成天忙得不可开交，你怎么也不让我省心？"

易兰花抬起头："师伯，我有一样东西要拿给你们。"

"什么东西？"老伦廷随口道，"拿来看看。"

至善禅师对易兰花的脾气那是太了解了，从她的神色中感到一丝异样，心头登时掠过不祥的预感，沉声道："你要拿什么？"

易兰花吩咐身旁的梁二娣："把九娘和阿真领进来。"

龙探梅和易如真穿过戒备森严的月牙门，来到西楼正厅，向伦廷、至善禅师、侯爷和"大花面锦"一一见礼，把两个丝绸包袱放到几案上。伦廷问："什么东西？"

易兰花屈身跪倒，向华光大帝和"摊手五"的神牌恭恭敬敬地拜了三拜，起身上前打开丝绸包袱。包袱里露出两个精美的紫檀木雕盒子，盒子上刻着苍劲的两个字："琼花"。老伦廷的脸一下子发暗，没好气地责备："兰花，这也是随便拿来拿去的吗？"

难怪老爷子生气，盒子里盛放的不是一般物品，正是红船艺人推崇备至的圣物——金丝面具和金马鞭。易兰花平静地说："师伯，这两件东西放在我手里的时间太长，早该还给会馆。我已经下定决心，找不到茂仔，绝不回来，唐突之处，愿请盘龙棍责罚。"

易兰花退回金丝面具和金马鞭，用以向琼花会馆表明她寻找李文茂的决心，事情已经到了绝无转圜之地。"铁背苍龙"长叹一声："兰花，你当伦某是铁石心肠的人吗？大丈夫立于天地间，肩负着兄弟姊妹、老少爷们几千口子的身家性命，岂能顾一己之私？当然了，你和老朽不一样，无须受这些拘束，找到茂仔，何尝不是我们两个老家伙的心愿！你辞掉台期，退回这两样东西，桩桩件件皆为忠肝义胆，老朽岂能用家法对你！"

"大阿爷。"易兰花泪如泉涌。

伦廷劝她："你一介女流势单力薄，老朽终究不放心，还是让青山他们跟你去吧。"

"大阿爷，"易兰花坚决推辞，"这是'凤凰仪'班的家事，不劳弟兄们辛苦。”

大家知道易兰花说一不二的性情，不好再强拗下去。至善禅师关心地问：“兰花，你准备从什么地方入手？给我们两个老家伙说说。”

“师伯，父母大仇未报，茂仔绝对不会走远。”易兰花推测，“海面上有张家和阿钿的‘红旗帮’，都是熟人，不方便隐匿踪迹，他不会走海路。我猜他一定在粤、湘、黔三省交界的崇山峻岭中，那些地方人迹罕至，适合藏身。”

易兰花这个分析有一定的道理，但是粤黔、粤湘交界峻岭如沙，逐个山头地寻找下去，没有八九年工夫根本没戏。如此看来，易三娘吃了秤砣铁了心，宁愿把后半生搭进去，也一定要找到李文茂的踪迹。梁二娣很感动：“易大老倌，我跟你一起去。”

“休要添乱。”至善禅师没好气地教训，“回去收拾收拾，跟我到‘千秋月’班来。学不好本事，拿什么给你阿爹报仇？”

劳亚绰挑着担子从砖瓦巷拐进东南巷，发现父亲劳宏绪坐在那儿晒太阳。一起闲聊的除了讲古佬温秉智外，还有三个老头：一个是剃头匠邵凡的爸爸邵世荣，一个是编藤条帽子的郑绍祖他爹郑翰章，最后一个是屠夫冼长贵的父亲冼银懋。

见劳亚绰垂头丧气的样子，劳宏绪知道儿子今天又没兜到什么活，于是站起来把劳亚绰拉到旁边，向他透露了一个信息：“阿绰，听说没？明天晚头阿开，就是‘双合裕’那个新来的少掌柜，要请咱们居仁里的人吃饭。”

“有这好事？”补碗匠有点不相信。

“‘纽纹良’挨家挨户通知来着，叫大伙穿得周正一点。”劳宏绪说。

听他爹这么一说，劳亚绰脸上的喜色褪去了一大半——劳家住在砖瓦巷，光景过得脚后跟打屁股蛋，一年到头哪里穿过一件体面的衣裳？补碗本是个手法细腻的技术活，放在其他地方绝对是一门好营生，可惜，石湾镇是南中国的制陶中心之一，出产的碗如山如海，大街上随便捡一个碗，差不多全是囫囵个的，谁还会花钱去补？

“你回去觅一件像样的衫子，有个把破洞不要紧，找蛛婆缝一缝，补一补，街坊邻居的她还能收你钱？你要是脸皮薄，我去说。”劳宏绪自告奋勇。

蛛婆人称鸡朱氏，丈夫早逝，为了养活膝下的儿女，平时在巷头街尾混口饭，以一手补衫的绝活闻名黄伞铺。

“算啦，我自己去吧。”劳亚绰耷拉着脑袋。

补碗匠回到家里，把担子放妥。其母早亡，爷俩日子过得十分狼狈，好不容易从箱子里找出一件干净衣服，一看上面竟然有好几个破洞。这能补好吗？劳亚绰感到心里没底，夹着衣服慢慢蹭出家门，一抬头，发现剃头的邵凡腋下夹着一件灰袍，晃晃荡荡地朝蛛婆的补衣摊子走去，一边走，一边有节奏地弹着手里的镊子。

劳亚绰向他打了个招呼：“老邵，你也去补衣服？”

剃头匠乐呵呵地：“有人请吃饭，干吗不去？”

“你说，他请咱们这些人有个鬼用？”劳亚绰纳闷。

邵凡停下手中的镊子：“你别看陈少掌柜的年纪小，可人家仗义，有台面。”

“你能给他剃头，”劳亚绰讪讪地说，“我能做啥？”

邵凡逗他：“他们家铁锅要是漏了，你可以帮忙给他补嘛。”

“我是补碗的，不是补铁锅的。”劳亚绰回答。

邵凡故作惊奇：“咋啦，你爹没有教你这门手艺？”

一霎时，劳亚绰明白了，肯定是劳宏绪又在外面吹牛了，他脸色通红：“你爹还说他在南洋杀过红毛鬼子，谁信呢？”

剃头匠连忙求和：“打住，谁也别笑话谁，反正都是老一辈，愿意放葫芦就让他放，咱俩赶快补好衣服去吃酒。”

蛛婆把两件长衫翻来拣去看了好几遍，摇了摇头：“难补。”

这两个字在劳亚绰的字典里就是还能补，他央求：“阿婆，你再给看看，不一定要补得簇簇新，只要大面上看不出来就行。”

蛛婆又端详了一会，拎起剃头匠那件衫子：“要是这么说，阿凡这件长衫子勉强将就着能补一补，你那件补出来也是豆皮脸。”

劳亚绰虽然家境贫困，终究还没有沦落到乞讨那一步。在这个穷汉子的心里，赴宴的目的不是为了吃饱肚皮开开荤，而是要在街坊邻居面前挣一个体面。在这种盘算下，穿着打了好几个补丁的破旧长衫去，实在有违赴宴的初衷。补碗匠决心忍痛舍弃这顿美味佳肴，把长衫搭在肩头，无精打采地走向巷尾。劳宏绪、邵世荣、郑翰章、冼银懋几个人正说得起兴，“琉璃球”趿拉着木屐，手里摇着香扇，和温秉智两个过来听他们吹牛。

这四个老头吹牛各有特点：劳宏绪是一肚皮神仙鬼怪；邵世荣见过的世面最大，当年曾经跟随“铁背苍龙”在安南国打过仗，大伙最爱听他讲南洋打鬼的故事；郑翰章经常冷不丁给你来一段幽默；冼银懋脸皮厚，讲荤话的时候能把自己当“宣讲生”。

郑翰章见围拢过来的人越来越多，心里很高兴，故意对邵世荣说：“阿荣，那次你杀红毛鬼子的事，我没听全乎，你再给说说。”

“哪一国的红毛鬼？”邵世荣问。

郑翰章故意大惊小怪地喊：“你还杀过好几国的红毛鬼子？”

“嗨，这就你不懂了。”邵世荣比比画画，“红毛鬼和红毛鬼不一样，有荷兰国的、英吉利国的、法兰西国的、花旗国的……”

“你杀的到底是哪一国的番鬼？”冼银懋敲锣边鼓。

邵世荣想了想：“那时候和我们开仗的，是法兰西国的红毛鬼子。”

一旁的“琉璃球”忍不住地插嘴：“荣伯，红毛鬼子的兵船和火炮极其厉害，这个我最清楚，你们如何会是人家的对手？”

“你懂个屌毛！”邵世荣对他的疑问极为不满，“老子不是他的对手，咋把他们打得屁滚尿流，在安南国称王称霸来着？”

这话倒不假，疍家群雄扶助阮氏兄弟在安南国建号称尊的事情世人皆知，“琉璃球”转了几转眼珠：“荣伯，你们和红毛鬼子开仗，是不是有什么法术？”

“算你小子醒目。”邵世荣得意洋洋。

“琉璃球”非常热衷法术这类的邪门歪道，不住地央求：“荣伯，把窍门告诉我，改天我请你到‘汾水第一楼’吃酒，绝不食言。”

“天机不可泄露。”邵世荣卖起了关子。

“琉璃球”自有对付老头子的办法，指着身边的邵凡：“荣伯，改天我带阿凡去十三行街剃头，那里的鬼子出手阔绰，比在佛山堡能多赚好几倍。”

邵世荣被他说动了心：“好吧，我给你说个窍门，但是绝对不许外传。尤其是你们几个嘴上不把门的老家伙，不要到处乱嚷嚷，免得让秦老爷子听见。”

老秦头名叫秦文光，这年八十多岁，住在砖瓦巷。秦老爷子是泥水匠出身，年轻时日子又穷又苦，饥寒交迫，曾投入大海盗郑氏兄弟的旗下，最后做到了营务副总管的位置。郑一嫂和张保仔投降清廷后，他和邵世荣等人跟随伦廷来佛山堡定居谋生，对邵世荣知根知底，所以后者吹牛的时候，最怕他在跟前。

冼银懋嗤之以鼻：“我们和红毛鬼子远日无怨、今日无仇的，谁爱听你这个玩意？”

“琉璃球”和温秉智恭维：“荣伯，我们爱听。”

“这个窍门，是当年老杇朝东海王学的。”邵世荣眯起眼睛回忆道，“有一次，我跟着他老人家扫荡旧阮，大获全胜。正准备乘胜追击的时候，没想到水面上突然出现了一队红毛鬼子的战船，炮声隆隆，火光冲天，一眨眼的工夫，我们的船被打出了好几个洞。你们可不知道红毛鬼子的炮火有多厉害？像天上下雹子似的。弟兄们被打得晕头转向，哭爹喊娘，这时就见东海王他老人家扔掉兵器，一脑袋扎进船洞里，大家见了后纷纷效仿。你说古怪不古怪？从那时起，我们的伤亡就非常少。事后我问他老人家，这才知道，红毛鬼的炮子绝不重复落在同一个地方，据说那是鬼子国一个姓赫的阎王爷定下的规矩。”

东海王是疍家好汉莫官扶接受安南国“西山政权”的封号。

“真有这么灵？”“琉璃球”被侃晕了。

“不信，你可以去试一试嘛。”邵世荣自鸣得意，“我后来终于想通了这个道理，你想老在同一处地方收人，牛头马面自己也烦啊。”

大伙点头称是，冼银懋关心的是那顿饭，不放心地追问：“阿忠，说话可要作数。”

“一餐饭，我金某人还请得起。”“琉璃球”拍了拍胸脯。

邵凡想起了一个问题：“阿忠哥，阿开这餐饭在哪儿请？”

“‘汾水第一楼’。”“琉璃球”不假思索地回答。

“正埠码头？”剃头匠吓了一跳，顿生退缩之意，“‘接官亭’一年四季官船不断，当官的惹得起，底下那群狗腿子咱惹不起。算啦，我不去了。”

劳亚绰见缝插针：“你要不想去，就把衣服借给我。”

“琉璃球”竖起大拇指：“还是阿绰脸毛扎，出得了场面。待会把长衫套上，跟我和阿智走一趟灵应祠，咱们给北帝爷爷烧香去。”

劳亚绰带上了全副家伙什，和温秉智充当“琉璃球”的跟班，三人搭伴进了祖庙。“琉璃球”和“神算子”经常在一起鬼混，与灵应祠的道士们惯熟，问了几句便上了庆真楼。“神算子”盘腿坐在蒲团上，正煞有介事地练习法术。

“琉璃球”阴阳怪气地对“神算子”说：“老哥，我刚才看了看，前后殿冷冷清清。买卖要是这么干下去，‘大魁堂’还不下逐客令？”

“让你给说着了。”“神算子”愁眉苦脸，“‘喃呒会馆’姓陈的那舅甥俩早就瞄着灵应祠，巴不得我早一天倒霉呢。你哥子也不够意思，红毛鬼子那么多的洋把戏，一样管用的也没给我弄来，叫兄弟我怎么熬日子？”

“洋法术只有在洋教堂里才管用，灵应祠的香火让北帝爷爷一个人独吞了，人家红毛神仙谁愿意来白吆喝？”“琉璃球”顺手把温秉智推到前面，“不够意思的是你，到今天还没给阿智弄个差事干，太不给金某人面子了吧？”

讲古佬这个行当需要大智慧，嘴皮子利落只是基本功，关键是要胸中有百万兵，才能把英雄故事讲得绘声绘色、波澜壮阔。温秉智小脑筋凑合，读书不多，时间一长，不知不觉落了个嘴碎的毛病。讲古这碗饭眼看着就要断顿，他便央求“琉璃球”向“神算子”说项，想进入灵应祠，当一名道士混饭吃。

“不是贫道不办事。”“神算子”唉声叹气，“‘大魁堂’嫌我这里闲人太多，前后教训了我好几回，贫道哪敢再添人口？”

“你们不是把那个二胰子请来开鸾坛了吗？”“琉璃球”问。

“神算子”苦笑：“谁知道他灵不灵？”

“反正这事今天你必须得办。”“琉璃球”摆出一副讲义气的架势。

“行啦行啦，社亭铺药王庙腾出个空当。叫阿智去那儿摆个摊，度牒就不用了，反正这年头假道士多的是。”“神算子”提醒，“不过，我得把丑话说在头里，那可是个是非之地，‘蛇鬼窟’老在那儿捣乱。阿智，你敢不敢去？”

药王庙是社亭铺的主庙，不是一般的香火旺。庙前有一对十几米高的蟠龙石柱，每每到快下雨的前一天，石柱垫就湿乎乎的有预兆，十分灵验。如果在那里占个天气什么的，铜钱绝对少挣不了，温秉智听了以后怦然心动。

正如“神算子”所言，药王庙的确是一个是非之地，庙前的空地是佛山堡纺织行业的用工市场，常年蹲着上千号的“机房仔”等待聘用。这些“机房仔”个个有把式，好勇斗狠，极为难缠。另外，“蛇鬼窟”佘雨霖是与“狼鬼窟”“牛鬼窟”齐名的流氓头子，他家住在社亭铺附近，向来视药王庙为自己的地盘，不容他人染指。

温秉智不是不知道这些掌故，但眼下吃饭要紧，其他的问题就顾不得那么许多。他鼓起勇气：“‘蛇鬼窟’难道不是爹生母养的？我凭什么怕他。再说，这不是有道爷给我做主吗？他本事再大，能敌过你老人家的半根手指？”

“打住，该说正经事了。”“神算子”截住他的话头，对“琉璃球”说，“待会有人把东西送过来，金爷见多识广，烦劳你给品鉴一下到底是个啥玩意？我请金花行和炒铁行的高人看了几遍，没有一个人能说清楚，真是瘸子的屁眼，邪了门。”

“琉璃球”问：“你们偷了他的法器，难道不怕人家察觉？”

“神算子”语带钦佩：“这个二胰子每天练法整三个时辰，练起来昏天黑地，兴许真有两把刷子，就是不知道来了以后，是福是祸。”

“琉璃球”不解：“干吗不把白道士请回来？总比这尊恶神好伺候吧。”

“咋没请？”“神算子”唉声叹气，“人家不来，骂我们狗眼看人低。”

“小蒲扇”陪着“广灵子”上了庆真楼的二楼，前者手里提着一个锦盒。“神算子”从蒲团上站起来，嘱咐“小蒲扇”：“你出去给我盯着点，别让‘牛鬼窟’闯进来。我看这老小子最近有些不地道，丢他老母，吃里爬外的龟孙。”

“小蒲扇”下楼后，“广灵子”小心翼翼地打开锦盒的盖子，从里面露出一件东西——不是别的，正是“绵里针”的宝贝红牙玉板。

去年冬至罗浮山一行，“阴阳生”喜从天降，鬼使神差地踏进那片传说中的枫树林，收获到一株粤西巫师梦寐以求的“枫子鬼”。为了专心致志地修炼通灵之术，他接受“牛鬼窟”的建议，没有回粤西老巢，而是来到佛山堡藏身修法。

到佛山堡这些年，“牛鬼窟”将灵应祠和“鸡公”门下的底细摸了个底掉，发现这两大法门徒有虚名，正可以加以利用和控制。他首先说服“广灵子”，让后者同意“阴阳生”韩通进驻鸡宅，等“枫子鬼”通灵后，重振“鸡公”一门名扬天下的扶鸾秘术；接下来说服了“神算子”，让他允许“阴阳生”到灵应祠的藏经阁布设鸾坛，挣了钱大家一起分。

“神算子”和“广灵子”这两个对头本事不济，平日只知道淫乐，眼下被佛山堡的汹汹舆情逼得团结起来，凑在一起商量如何摆脱困境。“牛鬼窟”的建议一提出来，立刻得到两位道长的响应，双方各取所需，一拍即合，合作进行得异常顺利。正当“枫子鬼”法术将要大功告成的时候，“神算子”和“广灵子”突然醒悟过来：“枫子鬼”是什么？那是粤西顶级的法术“飞头杀人”——口渴可以喝水，但不能喝毒药呀！

与鬼为邻由不得你，请神容易送神难，“神算子”和“广灵子”骑虎难下，只有在脚底下使绊子这一条路可走。“阴阳生”曾经对他们吹嘘过，说恢复扶鸾秘技需要两件器物，一个是通灵的“枫子鬼”，一个是红牙玉板。两位道爷对“枫子鬼”有所耳闻，对红牙玉板却毫无所知，不知道这是一件什么宝贝。今天趁“阴阳生”修炼的时候，“神算子”让“广灵子”把红牙玉板偷过来，想让“琉璃球”帮忙给鉴别一下。

“神算子”打开红牙玉板，从里面拿出一卷针尖般粗细的金丝，对“琉璃球”说：“就是这么个玩意，金爷，你仔细上眼。”

“琉璃球”一时看花了眼，摸着那卷金丝胡乱猜测起来：“好像是金丝做的？不对；银丝做的？也不太像。对了，是金银丝做的。”

“广灵子”很不满意：“老金，胡说八道会害死人的。”

“琉璃球”尴尬地笑了笑，回头问劳亚绰：“阿绰，你是干细活的，看看这是什么？会不会是粘起来的？”

劳亚绰胆战心惊地拿起金丝。金丝一共两根，每一根有三丈余长，通体赤光，与阳光下的光线合为一体，除了颜色外，丝线本身几乎注意不到。他一节一节地仔细观察，最后使劲摇了摇头：“绝对不是粘的，一点疤痕也没有。”

“你能看出是什么做的吗？”“琉璃球”问。

劳亚绰把这卷金丝放回红牙玉板，满怀歉意：“金爷，恕我眼拙，这东西真看不出来是用啥做的。咱们佛山堡能工巧匠有的是，凿金花、拉银针、抽铜丝、拔铁线各行都有，打制磨细没有问题。但像这么精致的手艺，谁也做不到。”

“神算子”语带讽刺：“照你的意思，这玩意是神仙弄的？”

“你真的没有听说过吗？”“琉璃球”失望地问。

劳亚绰回答：“倒是以前听我阿爹讲过，他说南海深处有一种赤龙，纵横四海不过是眨巴眼的工夫，能体察天地变化。赤龙最大的毛病是特别敏感，每到深秋海风变冷的时候，它就会流出像珍珠一样的眼泪。这条龙的心窍美如玲珑，心筋像发丝一样细小，制成乐器后可识别天籁之音，不知道是不是这个东西？”

“无稽之谈。”“神算子”哼了一声。

“广灵子”心眼没有“神算子”活泛，在旁边很少发言，听到这里突然开口：“我倒觉得他的话有几分道理，道兄，那个姓韩的不是说过吗？‘枫子鬼’与这件法器要合起来用才能开设鸾坛。假如他说的是真的，这件东西应该是活物才对。”

“神算子”急切地问劳亚绰：“令尊在何处高就？”

“琉璃球”乐了：“他爹是在巷尾放葫芦的。”

第二十五回　汾水正埠

六月天，热啊。劳亚绰穿着从剃头匠那儿借来的宽大长衫，汗流浃背，尾随着金良玉向正埠码头走去。沿途许多穷哥们热情地打着招呼："阿绰，去相亲吗？"

"吃酒席。"补碗匠把嗓门有意抬高了几度。

"去哪儿吃？"孔亚莘羡慕地问。

孔亚莘绰号"篾片刀"，也住在砖瓦巷。他在制皮革的"牛皮寮"里做工，专门从事开牛皮的工作。这是牛皮制作业技术含量最高的一个环节，同一张水牛皮，一般开出四到五层就算合格，像孔亚莘这样的开皮高手，可以开出八到九层。

"正埠酒楼。"劳亚绰答道。

"乖乖。"孔亚莘对旁边的搭棚佬吴思源说，"瞧人家，比你吃的还好呢。"

岭南湿热，佛山堡又是工商业发达的水陆要津，作为临时建筑的搭棚业十分繁盛，像什么戏棚、醮棚、凉棚、风兜、晒棚、灯棚、彩牌楼等等，主要用竹木结构搭设而成。搭棚是高空作业，工作环境十分艰苦，如果吃食不好，极容易头晕眼花，发生事故，所以这个行当一天要吃七顿饭，一向有"相公口，乞儿身”之称。

吴思源胖乎乎的，有个外号叫“肥仔源”，学了六年的手艺还没有出师。他眯着眼睛问补碗匠：“带碗了吗？给我们哥俩顺一碗回来。”

劳亚绰明白他是在讽刺自己，假装没有听出来：“你们想吃啥？”

“篾片刀”和“肥仔源”同时大笑：“煨牛皮。”

“狗嘴里吐不出象牙。”补碗匠悻悻地骂道。

夕阳洒进汾水正埠，这里是佛山堡最大的码头和渡口，八大风景之一的“汾流古渡”描述的即为此处。码头迎面矗立着高大的“忠义乡”牌坊，向右是“接官亭”，向左是号称“汾水第一楼”的正埠酒楼。月影镶嵌天边，仿佛在催促落日的谢幕，码头船帆林立，几乎遮断了半条江面。这些船只的主人多是从各地来的官吏、名士和豪绅，一面为吴荣光饯行，一面赶在“观音诞”这一天，欣赏红船在祖庙华丰台的大汇演。

从“接官亭”到正埠酒楼，官差和家丁扎堆拥挤，比汾江河里的鱼仔只多不少。补碗匠腿肚子一个劲地抽搐，金良玉是见过世面的人，照样心里打鼓。两个人硬着头皮，挤到正埠酒楼的门前，见“孔鸡蛋”挎着腰刀，一脸乌气地在门口徘徊。金良玉毕恭毕敬地向孔继尧作了个揖：“孔老爷，你在等人？”

吴璧光的未婚妻唐玉娥被奸杀后，最高兴的就是孔继尧。如果吴家因此倒了气势，吴璧光萌生退意，接掌“大魁堂”的必属梁家无疑，他这些年烧的冷灶终于有了收获的一天。正当孔继尧跟着梁蔼如跑得欢的时候，吴家把吴荣光这尊神迎回佛山堡，出面宴请了李可琼、梁蔼如两位大佬，酒席之间委婉地表达了“大树堂”吴家的意思——吴璧光毕竟年轻，“大魁堂”当班值事这个位置，最好再让他干几年。

豪门之间的秘密交易“孔鸡蛋”无从得知，但他知道自己的美梦暂时破灭了，心里比吃了黄连还要苦。此刻，他拿眼角斜刺着金良玉，一言不发，把后者吓得打了一个激灵——孔继尧一表人才，身材足有八尺高，拳头像铁锤那么大，自己被掏虚的小身板肯定禁不住“孔鸡蛋”一家伙。仗着孔继尧和他手下铺丁的势力，店小二曲文礼比往日更加倨傲，他懒洋洋地冲着金良玉说：“本店客满，你换个地方吧。”

“我们是来赴宴的，”金良玉回答，“‘双合裕’颜料铺陈少掌柜下的帖子。”

“颜料铺还算个买卖？”曲文礼冷笑一声，“别说开小门脸的，纵然‘山陕会馆’腰缠万贯的大富翁，对不起，照样打道回府。不瞒足下说，本店今天只招待三家，没有你说的这个陈少掌柜。”

“哪三家？”金良玉梗着脖子。

“你竖起耳朵仔细听好了。”曲文礼皮笑肉不笑地说，“第一家是‘大魁堂’，第二家是同知衙门，第三家是敝东，你看够不够分量？”

“汾水第一楼”的东家是“小孟尝”老介福，他是个铁杆的戏迷，每年六月红船散班的时候，他一定会赶到佛山堡来欣赏红班演出。今年另有一个特殊情况——老介福相中了何小莺的才貌，已经正式向沙塘坊的何家下了聘礼。听曲文礼一说，金良玉身子矮了三分，气呼呼地回头向劳亚绰埋怨：“‘纽纹良’这个王八蛋，不会是晃点咱们吧？”

“不可能。”补碗匠向曲文礼拱拱手，“小二哥，你费心再给问一问，到底有没有陈少掌柜订的酒席？就是古劳围来的陈少掌柜。”

“没有。”曲文礼生硬地回答，“问啥问？”

这时候，从他屁股后面走出来一个人，大约十八九岁的年纪，眉清目秀，头戴一顶戏台上的员外帽，身上穿着一件崭新的丝绸金线长袍。此人名叫霍威，是佛山堡石头霍家的一支旁亲疏宗。家境潦倒不堪，因为有点功夫在身，曾伙同金良玉干了不少男盗女娼的勾当。金良玉立刻喊住他：“威仔，最近在哪儿发财？”

霍威遇到故人，满脸堆笑：“简老爷让小弟帮他调教娘们。”

佛山堡八图大族的简家没落后，到了简联恩简大少这一支，立下志向复兴祖业。他跑到广州拜“大比甲”刘七为师，又暗地里与“老山羊”英白勋、贝尘鹤、“白嘴鱼”一伙匪徒勾搭连环，回佛山堡干起了贩卖女人的勾当。简联恩的“货源”有三条途径，一条是从市面上采购那些插草标卖身的女人，一条是被官府发卖的大户人家的太太小姐，最多的自然还是与圣堂山的合作。金秋池的徒弟各有分工——掠来的妇女先放在“老山羊”的大峒寨；挑出一些有姿色的送至“白嘴鱼”的濛江水寨；最后由贝尘鹤押往佛山堡，交给简联恩销售。

女人与货物一样都需要加工，调教得磨了性子，学习到伺候男人的技术，再转手卖掉才能获得最大的价值。简大少从“大比甲”那儿学的就是这门技艺，生意兴隆后，一个人根本忙不过来，聘了不少像霍威这样的花样泼皮。

金良玉和霍威哈哈淫笑了一番，问他：“你来干啥？”

“听说陈少掌柜的请吃酒，”霍威说，“小弟来助个场面。”

金良玉奇怪地问：“你咋认识他？”

“我姥姥家在古劳围，算是半个老乡。”霍威解释。

“到哪儿也短不了你一口饭吃。”金良玉呼啦甩了一下蒲扇，“不过，威仔，今天这顿你怕是吃不上了，咱们被他晃点了。”

霍威摇摇头：“不会，他刚从乡下来，还没有学坏呢。”

“你问他。”金良玉指着曲文礼。

霍威上前拽住曲文礼的袖子：“阿礼，你去把小三叫来。”

正埠酒楼跑堂的张三是东莞莞城人，这年才十二岁，近来总跟着霍威去简家忙活，也说不清泡女人还是被女人泡，反正和霍威是床头床脚的患难兄弟。不大一会，张三一路小跑出了酒楼的大门，满头冒汗地问：“阿威哥，有事？”

“‘双合裕’的陈少掌柜，”霍威问，“是不是今天请客？”

张三嘿嘿地笑了：“没错，陈少掌柜是今天请客，不过，不在我们酒楼，而是在后面的‘穿云记’。那家店面刚开张，招牌又藏在里面，没有几个人识路。刚才我从窗户里看已经来了不少人，陈少掌柜的面子真不小，连黄半仙那个老妖怪都来了，引了两个叫花子。金老爷的哥子也来了，跟在黄半仙的后头。”

“金爷又不是没吃过饭，早知道是摊档，老子才不来呢。”金良玉骂了一句，觉得至少找回了七成的面子，方才摇摇摆摆地拂袖而去。

“有地方吃就行。”补碗匠高兴地说。

“汾水第一楼”后侧有一块紧邻江面的狭长空地，土地主人是八图大族的霍氏，他们买通佛山官府，在水下打了排木桩，硬生生向汾江河面借了一块“面积”。这处违章建筑上面支着竹棚，下面垫有木板，三面开阔透风，脚底水汽熏腾，三伏天最是清凉。霍家把它一劈为二租给了两家饭店，一个名“穿云记”，一个叫“凫水记”。

“穿云记”的老板不是别人，正是黄鱼春三舅爷的把兄弟陈启祥。黄鱼春热心地向陈开推荐这个地方，不外乎是方便从陈启祥手里索要好处费，肥水不落外人田嘛。

来给陈开捧场的客人基本上是两拨，一拨是鹤山乡亲，一拨是居仁里的街坊邻居，此外便是这两拨人引见的新朋友。由于陈开刚到佛山堡做生意，这顿饭隐含着开张庆贺的味道，来的人或多或少带着手信。在门口帮助陈开张罗的人不少，居仁里这头是陈见成和宁洪崖，鹤山乡亲那边是曾三和“私鸡钱”吴同顺。两方面的人有的认识，有的不认识，由于双方没有什么深交情，因此明里暗里地较劲拆台。

余章标知道老婆的用意，心里觉得过意不去，便请了一大堆读书人来捧场，像何壮昭、王山公、刘端湛、杨壮达、黄群超等，如果把“逃军和”请的黄半仙也算在内，鹤山古劳围乡亲这边大出风头。陈见成和宁二少心里憋气，打算一有机会，立刻把面子补回来。

补碗匠忐忑不安地来到陈开跟前，从袖子里拽出一只补好的碗，上面两排细钉，在落日的余晖中闪着金光：“少掌柜的，恭喜发财。”

陈见成嘴咧得像苦瓜一样，觉得很丢面子，又没法当面数落，只好补了句：“阿绰叮的意思是祝少掌柜的生意兴隆，没有一丝缺憾。”

“对对对。”“私鸡钱”吴同顺讥笑，“早听说阿绰的手艺高，拿这玩意喝凉水，保准是剃刀门楣，两头刮油。”

这句话原是用来讽刺当官的搜刮民财，用到补碗匠这个穷鬼身上，倒是别有味道。古劳围乡亲哄堂大笑，霍威的嗓门最高，陈开不认识他，问道：“这位是？”

“是霍少爷。”曾三向陈开介绍，“他姥姥家是我们村的。”

“恭喜，恭喜。”霍威吃酒席从来空着手，他大言不惭地说，“陈掌柜的，稍等片刻我兄弟就把食盒抬来，早备着哩。”

宁洪崖好不容易逮着个机会，怎么肯白白放过？他趴在“私鸡钱”的耳根上问：“霍少爷这份礼，该记个什么名目？”

“记食盒。”吴同顺脸红脖子粗。

宁二少阴阳怪气地问：“食盒也要有名目呀，是一对，还是两对？是八碟八碗，还是十全十美？是金玉满堂，还是寿比南山？……”

读书人一旦发起飙来，“私鸡钱”万万招架不住，恰在这时，梁德荣提着一对精致的食盒走进“穿云记”。吴同顺像遇到了救星，大声冲着“独眼龙”曾三喊：“‘荣生堂’少东家食盒一对，荤素搭配，买卖如意，记了。”

劳亚绰踅摸了一个空位坐下来，拿袖子抹了抹眼睫毛上的汗珠，偷眼向四座观瞧，腰板慢慢地直了起来。鹤山乡亲虽然请来了一群读书的“候补老爷”，但也有一大批像李阿发、冯天善、“胡葱花”、“飞天爪”、“大漏勺”等打赤膊的穷鬼；而居仁里的街坊衣冠楚楚，连泥水匠秦亚艚也穿了一件没有打补丁的长衫——他是秦文光的孙子。

“老谭，老岳，你们来了？”补碗匠向旁边的“飞天爪”和“大漏勺”打了个招呼。

“嗨嗨嗨，嗨嗨嗨。”“飞天爪”讪讪地干笑。

“飞天爪”名叫谭猷飞，鹤山双桥都人，过去在老家的山林里跟着家人打猎，习得一手好枪法。后来随亲戚到佛山堡当伙计，本事没怎么学到手，却练就一嘴讲买卖的好口才；“大漏勺”原名岳经纶，鹤山古劳都人，打得一手好算盘，因为总在关键时候算错数，今年正月初二吃了一顿“无情鸡”。

在佛山堡，腊月祭灶后，大部分店铺便插门过年，直到来年正月初八才恢复营业。正月初二早上，各个店铺的头家（东家）照例要请伙计们吃顿饭，以决定是否继续聘用。如果头家打算解聘某某，便用筷子指着酒席上的鸡，对他说几句套话，诸如什么“本店小本经营，买卖不利，请尊驾另外高就”之类的。

“飞天爪”和“大漏勺”的境遇可谓五十步笑一百步，都想在“双合裕”颜料铺里混一碗饭吃。与他们哥俩抱有同样想法的，还有余章标的侄子“死牛肺”余太让，以及绰号“留条缝”的木匠刘眺峰，后者也是古劳都人。

这四个一心想求职混饭吃的人忐忑不安，没心思闲聊，闷着头不作声。劳亚绰只好问“癞头鳖”和“厚皮棍”：“阿吉近日有音信吗？”

黄半仙以前有一个徒弟名叫陈吉，绰号“大春吉”，聪明伶俐，为人场面，道法之外还会几手拳脚，甚得其师欢心。不过，“大春吉”有一个好色的毛病，三年前偷偷搭上了罗珂的一个小妾，事情败露后无法在佛山堡容身，逃到外乡去混日子。

“癞头鳖”当然知道陈吉的去向，可这家伙天生木讷，严格遵照黄半仙的吩咐，一个字不肯对外透露。“厚皮棍”则不然，他大大咧咧地说：“怕个屌！阿吉哥去了粤北和湘南，罗家势力再大，爪子也伸不到那儿去。”

“呃。”补碗匠明白了。

“阿吉哥的头壳灵光，听说在那边闯出了不小的名头，人送外号‘小神仙’。天天有鱼有肉，穿金戴银，还有几个使唤丫头用。”“厚皮棍”羡慕地说，“不像我们哥俩，驼背卖虾米，大家都不行，真他老母的窝囊。”

“那不是‘虎头仔’吗？”补碗匠奇怪地问。

“逃军和”领着兄弟叶三和、叶四和出现在“穿云记”的门口，后面还跟着一个虎头虎脑的愣小子，看年纪不过十四五岁，身穿佛山都司署汛兵的号服，肩头扛着一杆沉甸甸的抬枪。这个小家伙名叫胡天诚，是“胡葱花”的本家侄子，由于生来胃口奇大，没有一个东家能管他吃饱饭。后来实在没有办法，“胡葱花”索性让他去替别人出操，成了佛山堡绿营里有名的“顶差专业户”，什么出操、放枪、值勤等没有不干的。有时候一口气顶六七份差，如果几位雇主属于同一个汛卡，便会闹出他一人当班的笑话。

见到叶四和，陈开劈头发问：“听说你在宝积寺学画画？”

“还有半年就该回来了。”叶四和回答。

“太好了，回来教教我。”陈开又问“逃军和”，“阿典哥呢？”

叶二和用手指了指河面：“那不是吗？”

陈开回头一看，见一条满载着白鹅鹕的舢板，正快速朝“穿云记”驶来。船上除了林科举外，还有一个矮胖汉子，那人名叫何典，顺德谭村人，是个髹漆匠。陈开更高兴了：“你哥子就是我哥子，快招呼阿典哥坐下吃酒。”

曾三掰开手指头一算，再不开席，像这种混吃混喝的家伙，还不知道要冒出多少？赶快对陈开说：“人来得差不多了，少掌柜的你入席先。”

大家把陈开、温秉礼安置在那群读书人的中间，将何典、林科举和“虎头仔”塞进补碗匠坐的那张桌子。噼里啪啦放了几声爆竹，陈启祥抱着一坛“玉冰烧”在前，几个伙计端着酒菜在后，热热闹闹地走过来。酒过三巡，菜过五味，陈开起身挨着桌子逐个敬酒。吃了大约一个时辰后，渐渐不胜酒力。这时繁星点点，汾江河十里光芒，焕然如人间仙境。祖庙方向飘过来一阵密集的锣鼓声，晚上的重头戏快要开始了。酒楼前起了一溜十几乘轿子，家丁们前呼后拥地向祖庙铺奔去。宁二少放下筷子，跟着蹿了出去。

又吃了一会，只听头顶上“吧嗒”一声，正埠酒楼的二楼推开一扇窗户。有人从里面伸出头大声吆喝：“我说找不到你们，哈哈，原来躲在这里偷偷吃酒。”

王山公抬头一看是赵泰来，笑道：“我们是让聋子强拉硬拽来的。”

“你再骂人，”何壮昭抬腿踢了他一脚，“当心遭报应。”

“老何，你的耳朵真治好了？”赵泰来盛情邀请，“哥几个赶快上来，咱们比试比试谁的酒量大？老刘、老余，快点。”

“上去就上去，谁怕谁？”王山公应声。

“大只钜”关钜从赵泰来的身后闪了出来，看见那群白鹈鹕，惊奇地问：“呀，这不是阿开吗？你什么时候来的佛山堡？”

“关大哥，”陈开回答，“我来佛山堡做买卖。”

“做个鸟买卖！”赵泰来哼了一句，“上来吃酒。”

陈开不敢怠慢，端起手中的酒一饮而尽，然后随着王山公、刘端湛、何壮昭、黄群超、余章标一行往外走。经过“死牛肺”身旁的时候，余章标停下脚步，拉着陈开的手：“亲不亲，一江水，阿开兄弟，太让我交给你了，随便给他找个差事，别饿死就行。”

“余大哥，你怎么净说这些见外话？放心吧，有我陈某吃的，就有他吃的。”陈开慷慨地拍着胸脯，其实他的年龄比“死牛肺”还要小几个月。

“死牛肺”以前在王家的铺子里做过小工，王山公对这叔侄俩的品性极为了解。他回头扫了一眼“穿云记”的那群酒鬼，打了一个酒嗝，拍着陈开的肩膀：“阿开兄弟，我看你是个爽快人，有句实话想不想听？”

陈开道：“王先生，我不糊涂，你尽管赐教。”

“你这顿饭，”王山公叹了口气，“算是白请了。”

游新潭、陈见成、“纽纹良”、霍威、李阿发、冯天善、“胡葱花”那几张桌子尽是能吃能喝的主，劳亚绰被灌得迷迷糊糊，好不容易挣脱出来，回来时找不到自己的座位。见“飞天爪”“大漏勺”“留条缝”三个人跑到另一张桌子上，去听黄半仙和“琉璃球”两个人高谈阔论，只剩“癞头鳖”和“厚皮棍”在窃窃私语。他找了一个宽敞点的地方坐下来，嘴里念念有词：“鱼呢？肉呢？汤……”

“汤”字刚说出口，劳亚绰感觉屁股底下一空，连人带椅子“扑通”一声往下坠。旁边的“癞头鳖”和“厚皮棍”眼疾手快，伸手拽住了他的袖子。好一个补碗匠，在这个千钧一发的时候，犹然掂得清轻重缓急。他的第一反应就是立刻把手臂蜷缩起来，瘦骨伶仃的身板连手臂带头壳，从长衫里滑脱出去，落入水中。

好在木板与水面的距离不算长，补碗匠在水里扑腾了两下，“癞头鳖”和“厚皮棍”探手把他从水里拉了上来。劳亚绰爬上来后，浑身湿透，酒已经全醒了。他抓过长衫反反复复端详了几遍，松了一口气——万幸的是，衫子没有被撕破。

镇定了片刻，补碗匠发现那几块木板上的钉子被人拔掉了。他重新套上长衫，狐疑地看着“癞头鳖”和“厚皮棍”：“是不是你们两个捣的鬼？”

“阿绰哥，别冤枉好人。”“厚皮棍”嬉皮笑脸，拿眼珠朝“飞天爪”“大漏勺”“留条缝”三人瞥了一眼，“我们只是看场子的。”

补碗匠没好气地问：“到底咋回事？”

“飞天爪”从另外那张桌子走过来，凑在他耳朵边悄悄地说：“阿绰哥，这家店面酒菜不咋样，价钱死贵死贵的，这不是坑人吗？我们几个合计了合计，待会弄点动静出来，让他们赔点钱给少掌柜，你看这主意咋样？”

余章标向陈开推荐“死牛肺”，彻底激怒了“飞天爪”“大漏勺”“留条缝”三个满腹心事的人，一致认为这家伙太贪婪——陈启祥的回扣要吃，侄子的差事也不能跑，连汤带水一滴也不愿漏进旁人嘴里。三个人一商量，偷偷地撬开木板，打算讹诈“穿云记”一笔，捎带断了余章标的财路。

“你们这么干就不坑人？”补碗匠气嘟嘟地说着，回到游新潭的身边重新就座，躲开了这个是非之地。

“飞天爪”走了以后，这张桌子上只剩下了“癞头鳖”和“厚皮棍”。两个人见时机差不多了，互相递了个眼色，“癞头鳖”挪开木板，把头伸下去喊道：“出来吧。”

话音刚落，从水面下冒出来三个湿漉漉的小脑袋，每个脑袋上顶着一个破罐子，齐声向“癞头鳖”发问：“阿贵哥，没叫人家瞅见吧？”

这三个乞丐全是瘦巴巴的小丫头，一个是“癞头鳖”的妹妹陈亚蕉，因为长了一身五颜六色的牛皮癣，所以大家叫她“花肉”；一个名字叫辛亚楣，胸口有一块红色胎记，在丐帮中有个外号“红心”；最后一个名字叫白荻，皮肤白皙耐看，在三姐妹中模样最靓，老少乞丐唤她“白皮”。

陈火贵把三个破罐子提了上来：“嘘，小声点。”

“厚皮棍”左右瞅了瞅，见没有人注意到这头，立刻一阵风卷残云，把桌子上的饭菜尽数划拉进了三个罐子。“癞头鳖”把盛满的罐子小心翼翼地顺了下去，嘱咐妹妹：“今天是阿姑的生日，一定要让她老人家吃饱。”

“癞头鳖”是肇庆府德庆州人，父母双双死于西江水患，兄妹二人被姑姑带着来到佛山堡乞讨为生。陈火贵的姑姑是个红船戏迷，宁愿饿死也要听大戏，这个习惯经“花肉”传给了她的两个好姐妹，三个小家伙听多了，每人都能哼上两句台词。

陈亚蕉天生嗓门奇大，说起话来震人耳朵：“她在灵应祠墙外头听戏哩。”

“听完戏，准定饿得发虚。”陈火贵叮咛，“快带给她食。”

黄半仙在另一张桌子上正和“琉璃球”聊得高兴，见“癞头鳖”撅着屁股趴在地上，以为他喝多了：“阿贵，跟谁说话呢？”

“癞头鳖”慌忙摆好木板，遮住洞口：“没事，没事。”

黄半仙潇洒地扬了扬拂尘，煞有介事地说：“喝多了不打紧，别给虾兵蟹将灌多了，人家还要给龙王爷当差呢。”

看戏的人走了后，正埠酒楼腾出了地方，开始对外接待客人。不一会，楼上楼下从雅间到散桌，又被塞得满满登登。杨壮达上了二楼，迎面撞上了一位熟人，拉住他的手臂：“好久没见，杨老爷，怎么着？明年打算再考一场？”

来人是大沥堡的仇士珍，与杨家素有生意上的往来，也是个科场不得意的主。杨壮达脸红到了半截脖子，无奈地说：“不考的话，老婆就在家里拉驴脸。”

仇士珍酷爱习武，与杨壮达在这方面的口味倒是相近。听了后者的话，他嗤了一句："这年头有没有功名都是那么回事，秀才老爷照样当伙计使唤。走，去喝一杯，惹急眼了，老子到时候考一个武举去。"

"考中武举就能当饭吃？"杨壮达不以为然地反驳了一句，跟着王山公、何壮昭、刘端湛和余章标几个，撩开帘子进了赵泰来所在的雅间。

"大只钜"在正埠酒楼门口候着陈开，陈开看出他有话要问自己，干脆抢先："你是问阿茂哥的消息吧？我真不知道，他们嫌我年纪小，什么事都瞒着我。"

老介福最近在粤西桂林府投资了一个木材行，那里地处粤、黔、湘三省交界，山高林密有的是好木材。麻烦是当地恶霸横行，绿林出没，没有压住阵脚的真本事，根本别想踏足。老介福给"大只钜"顶了两股，邀请他一起去粤西做买卖。

"他能跑到哪儿去？"关钜自言自语。

陈开问："关大哥，你觉得阿茂哥会死吗？"

"他要是蹬腿死了，岂不白白便宜了那伙烂头蟹？"关钜冷冷地说，"老虎不在家，猴子称大王，你看，这群牛鬼蛇神不都跑出来了？"

陈开顺着他的眼光往里一看，见"狼鬼窟""蛇鬼窟"和"牛鬼窟"三个恶棍正陪着一个黑脸汉子在酒桌上推杯换盏，喝得欢实。那汉子非是别个，正是大沥四堡的头一条好汉"百齿鲨"何玉山，以"摧心掌"驰名武林。

孔继尧脸上挤出了一丝笑模样："阿钜兄弟，怎么不上去热闹？"

关钜心头一动，对陈开说："阿开，你上去喝酒先，我和孔老爷说点事情。"

等陈开走后，孔继尧问："什么事？神神秘秘的。"

"孔老爷，"关钜反问，"我送你一件功劳，敢不敢收？"

孔继尧精神一振："扎手吗？"

"佛山堡是'大会馆'的地盘，还有你拿不下来的？"关钜笑了。

孔继尧的脸色黯淡下来，无精打采地说："阿钜兄弟，这年头你本事再大，也得喝人家的洗脚水。人家要是不高兴，想喝还轮不到你呢。"

"大魁堂"设宴招待的宾客，像什么黄培芳、陈澧、谭莹、苏仁山等，莫不是鼎鼎大名的名流才子，此外，还有像河南岛十三行伍氏、东莞张氏、顺德龙氏、香山林氏、新安邓氏这些豪富。由于李可琼热伤风在家休息，梁霭如便带着梁九章、梁九图、梁应棠、梁应琨等子侄热情款待，吃完酒又陪着他们去看戏。客人们中也有不喜欢看戏的，梁霭如走之前，特意让梁应琨招呼他们，孔继尧被他留下来听候梁应琨的调遣。“孔鸡蛋”本来就很郁闷，这下子更加感觉憋气，见谁都不肯给一张好脸。

关钜听老介福念叨过佛山堡三大豪门之间的故事，他提醒孔继尧：“孔老爷，梁老爷是进士及第、辞官不做的大人物，小小的‘大魁堂’当班值事，他能放在眼里？梁家想培养的是下一代，长房那几位少爷个个俊秀清雅，志在山林，不愿意蹚‘大魁堂’这趟浑水；二房少爷早早夭折；如今就属三房这位三少爷为人通达权变，取过功名，文的武的都有两下子，将来用事出头非他莫属，你可别小瞧。”

梁应琨是梁霭如三弟梁可成的老三，“孔鸡蛋”从利欲熏心中悚然惊醒，拱手致谢：“多谢兄弟指点迷津，你说说，那个扎手的在哪里？”

“‘庞千刀’听说过吗？”关钜道，“远在天边，近在眼前。”

“孔鸡蛋”倒吸一口凉气：“这厮好大的胆子。”

“人家来了何止十回八回？”关钜鄙夷地说，“再说，他和官府勾在一起做买卖，有什么好怕的？真是少见多怪。”

“大只钜”指的雅间里坐着一群二世祖、官差和篾片，众星捧月般簇拥着两个人，一个是贝尘鹤，另外一个就是西海地面“广信帮”的“庞千刀”。

贝尘鹤上次拿了一枚五叶碧血仙茅向师傅交差，被“赛潘安”骂了个狗血喷头。姜毕竟是老的辣，金秋池告诉他，游新潭、陈见成、“打铁罗”拿走的那两枝，目前看来不是九叶碧血仙茅。现在只剩下两种可能性：不是被苏仁山拿走，便在侯陈带的手里。

金秋池祸害了唐玉娥后，带着“老山羊”返回粤西，把贝尘鹤留在佛山堡，负责打探苏仁山的行踪。打听到后者马上要去粤西游历读书，贝尘鹤不由得心花怒放，这下省事，到了自家地盘上，收拾这个书呆子还不跟捏死一只蚂蚁一样？

“庞千刀”刚刚替番禺县衙门做了一档子杀人的脏活，这次来佛山堡看热闹由饶同等人全程陪同。那伙二世祖和篾片平时围着简联恩打转，拿贝尘鹤当神仙一样供奉着,在酒桌上纷纷向他敬酒,请教一些不堪入耳的问题。

罗琦是八图大族罗家的旁支,年纪不大却满脸发青,他担心地问贝尘鹤:"鹤爷,最近下面的家伙总是软塌塌的,这是怎么回事?"

"酥醪观的春药吃多了吧。"饶同在旁边调侃。

"不对不对,我看着家伙好像一天比一天变小,别是中了蛊吧?或者是那个,那个脱阳之术什么的?"罗琦害怕地问,旁边的宁大少脸色发白——这哥俩前几天合伙玩了一个水灵灵的苗族少女。

"对付你们这几头蒜,还用得着下蛊?"贝尘鹤拿起铁骨画屏扇,潇洒地摇了摇,"依我看也不是脱阳之术,那种法术极为玄妙,等闲女子掌握不了。你们几个棉花身子豆腐胯,最好少在外面玩女人。女人是什么?杀人不见血的刀。不是有那么句话?有洞不入,百岁长生;熟门熟洞,可保无恙;山门奇洞,落条残命。"

宁大少巴结:"鹤爷,你教我们两手?"

"本门功夫不好练,"贝尘鹤矜持地摇头,"你们吃不了那种苦。"

"玩女人本来是一件人间乐事,何必自找苦吃?"罗琦问,"鹤爷,有没有简单实用的方子?既不吃苦,还能保命的。"

贝尘鹤微微一笑:"我不是说过了?有洞不入,闭精不射,方可益寿延年。"

罗琦失望地说:"这算什么方子?"

"弄娘们无非是图一个爽气。""庞千刀"哈哈大笑,"常言道,宁吃鲜桃一口,不食烂梨一筐。牡丹花下死,做鬼也风流。老鹤,你这不是办法。"

"要说办法也不是没有,"贝尘鹤拿铁骨画屏扇敲了敲桌面,一本正经地说,"你们可以合用一个老娘们,既省精力,还得乐子。"

"为什么?"罗琦和宁大少疑惑地问,"开过苞的娘们值几个铜板?鹤爷,你从前可不是这么说的,别是故意欺哄我们吧?"

"没有金刚钻,别揽瓷器活,我和你们不一样。"贝尘鹤淫笑,"开苞见血,难免血光之灾。老子好心替你们挡灾,你们不要好心当驴肝肺。"

几个人正在污言秽语、谈笑风生,雅间的门忽然被一脚踹开,孔继尧拎着一柄砍刀,照着"庞千刀"的脑瓜顶当头劈下。后者拔刀相迎,转瞬斗了十来个回合，从地面战到窗台，一个站不稳，两人齐齐地栽了下去。

宁洪原和罗琦凑到窗前，看个真切："庞千刀"跌坐在"癞头鳖"和"厚皮棍"之间的椅子上，"扑哧"一下，连椅子带人消失不见；紧接着"孔鸡蛋"摔下去穿洞而没。没等宁、罗二人惊叫出声，从隔壁窗户里又掉下一个醉鬼，原来是陈开。

陈开笔直地跟着"孔鸡蛋"后面，头朝下掉进了那个洞口。三人在水中打成一团，"庞千刀"一拳砸来，"孔鸡蛋"闪身避过，不偏不倚正捶中陈开的胸膛，疼得这条水中龙使劲往上一蹿，旁边舢板上的"长烈钻"如电飞至，嘴巴张开，一道白光落入陈开的掌心。

正埠酒楼、"穿云记"以及岸上那么多观战的人，全被木板挡住了大半个视线，没有人看清楚陈开接刀的过程。就见小陈开纵身跃起在水面，右手那么一划拉，"庞千刀"的头颈便被硬生生地割了下来。"孔鸡蛋"以最快的速度冲过去，一把捞起"庞千刀"的头颅，高高地举起来厉声断喝："恶贼伏诛，头壳在此。"

"琉璃球"坐在黄半仙的身旁，望着眼前串糖葫芦似的这一幕，吃惊地张着嘴巴，忘记了放下手中的酒杯。罗琦和宁大少同时把头缩回来，脑门的汗"噼里啪啦"朝下掉——真他老母的邪性，头一个进洞的，果有血光之灾！

第二十六回　情关千重

一出《六国大封相》唱完，曲终人散，新的台期开始了。各班的大老倌从祖庙华丰台下来归班，号炮响处，几十条红船旌旗招展，解锚起碇，逶迤离开琼花水涉，穿越美丽温柔的汾江河夜色，向熟悉的江湖进发。

吴荣光的座船预订凌晨时分启程，在祖庙看完戏，众名士又被接到吴家"大树堂"饮茶赋诗。梁九图早在洛水岸边安排了一只篷船，悄悄地把伍紫垣、谭莹和苏仁山三个载上，直奔大基尾而去。

佛山堡的勾栏有水陆两途之异，水面上的花舫集中于汾江河两侧，主要分三个群体：第一个是扎在富文铺的"扬帮"，花舫上的妓女多操淮扬口音，除了扬州籍的妓女外，还有来自两湖、江西的粉头；第二个是扎在汾水铺的"潮帮"，由来自潮汕地区的妓女组成；最后一个是盘踞在大基尾的"西帮"，妓女主要来自珠江三角洲的西岸。

扬州粉头名扬天下，吴侬软语，姿色出众，"扬帮"生意好在意料之中；潮州妓女的特点是浓妆艳抹，打扮入时，极贴合嫖客的心意；按理说，"西帮"的生意根本无法与"扬帮"和"潮帮"相比，不过，自从陈映雪办起"沉香斋"后，"西帮"一举跨越前面二者，成为佛山堡最兴旺的风月场所。

紧挨着“沉香斋”的花舫是“偃月楼”，老鸨子白寡妇头顶四寸银丝架，鬓插白花，腰别绿巾，拖着一双蝴蝶履倚着栏杆左顾右盼。见船头的灯笼分开，梁九图从篷船里钻出来，慌不迭地迎上去：“哎呀，真是太阳打西边出来，九爷这么一个金玉之体，什么时候肯打赏奴家的生意？他们说你要来，我还死活不信呢。”

梁九图平生第一次上“偃月楼”，未免心里有些不自在，但脸上却十分老成：“茶备好了吗？白妈妈，我要的可是三楼。”

“没问题，没问题，九爷的话就是圣旨，你要是不高兴，我也学学‘沉香斋’把场子清理干净，省得那些俗人污了你的雅兴。”白寡妇笑逐颜开。梁家是佛山堡头号大财主，伺候好了还怕没有钱赚？梁九图的父亲梁玉成是梁霭如、梁可成和伍梁氏的长兄，梁九图在三房的堂兄弟中排行第九，名字里又带着一个大富大贵的“九”字，正是名副其实的“九爷”。

“西帮”花舫的三楼仅对贵宾开放，里面装饰十分豪奢，“偃月楼”的四大红牌阿姑一个不缺，打扮得花枝招展，早在房间里等候多时。苏仁山笑着对伍紫垣说：“这里的气味就是一个‘贵’字，好比你家的万松园。”

“不，不。”谭莹摇头，“万松园还有一个‘大’字，那么大的湖面和树林，广佛两地找不出第二家。福草，你要是弄园子，恐怕要另辟蹊径。”

四个人中，谭莹三十多岁，年纪最长，伍紫垣和苏仁山其次，梁九图居末。非常有意思的是，除了小浩官外，其余三人均为神童级的人物——苏仁山前面已经介绍过；谭莹十二岁时在越秀山题诗，得到时任两广总督阮元的赏识，从此声名大振；梁九图十岁能诗，广东巡抚祁贡最喜欢他。这三位神童之所以臭味相投，与他们科场的衰运有关系：谭莹二十年间乡试屡战屡败，梁九图刚取中生员，而苏仁山则连秀才也没有拿下。

这么一说，还是有钱能使鬼推磨——道光十一年（1831年），因为伍家出资捐修广州府的河堤，朝廷赏给小浩官一个举人资格，获得了参加会试的资格。

“玉生兄言之有理，佛山堡寸土寸金的地方，不可能辟出万松园那么大的湖面。”梁九图望着窗外，若有所思。

梁家从梁霭如开始，到梁九章、梁九华和梁九图，叔侄几人均有造园林的癖好。园林这东西极为讲究，最重要的是人的品位，梁家叔侄皆具才名，能诗善画，对造园子大有心得。梁蔼如建了一处“无懈怠斋”，梁九章建了一处“寒香馆”，梁九华建了一处“群星草堂”，无不是岭南名士喜欢光顾的地方。

造园子是最挥金如土的行当，若非豪富之家，压根就别动这个念头。白寡妇嗔怪：“我说各位公子，别急着谈园子，把姑娘们分了先。”

“她们会侍弄乐器吗？”梁九图问。

“九爷，你别门缝里看人，把我们家瞧扁了。”白寡妇得意洋洋，“咱们花舫不比陆上的人家，自从陈大老板立了规矩，沿江这几条花舫，谁家的红牌阿姑不会两手？单单靠皮肉色相挣钱，能赚几个子？”

谭莹夸赞：“看不出勾栏之中，竟有山风水息！”

“说句实在话，我等特意来听解元公放曲的，只是借你的宝地喝喝茶而已。”梁九图对白寡妇说，“这几位姑娘，你替我们分了吧。”

“我的老天爷呀，”白寡妇大惊小怪地咋呼，“九爷果然耳目灵通，解元公悄无声息地坐船来，你是怎么知道的？”

梁九图微笑：“我不只知道解元公来，还知道他一准放曲。”

“哎呀，难道你是他肚子里的蛔虫？”白寡妇小声嘟囔了一句，随即一一安排，叫“小如意”程五可陪梁九图，其他三位红牌阿姑“长公主”林采芸、“胭脂醉”陆七和“玉娇儿”尤凤莲分别陪同谭莹、伍紫垣、苏仁山。

程五可放下手中的古琴：“几位公子想听什么曲子？”

四个人客气了一番，苏仁山问她：“你会古曲吗？”

“学过几首。”程五可回答。

“哦。”苏仁山感到有些意外。他想起了去年冬至在罗浮山黄立峰弹的一首曲子，有意考较她：“有一支《玉树临风》的古曲，你会不会？”

程五可害羞地点点头。

“奇哉，奇哉，白妈妈，你这个‘偃月楼’确实令人刮目相看。”谭莹吃了一惊。

白寡妇一脸得意：“乖女儿，就给公子们弹这支。”

程五可轻启玉指，此女琴技果然娴熟，谭莹连呼过瘾，好像自己就是当年吟唱七步诗的曹子建，端起一杯酒，撩进了嗓子眼。

“福草，你打算起一座什么园子？”伍紫垣问梁九图。

梁家的几位表兄弟中，伍紫垣对梁九图最为了解，知道这个表弟胸中有丘壑，素来存山林野志，眼光绝不在他的兄长们之下。

“梦溪丈人曾经说过，园林之寓，无非琴、棋、禅、墨、丹、茶、饮、谈、酒。”梁九图客气地说，“万松园‘九客’齐备，我哪敢班门弄斧？”

谭莹听出他话里有话，饶有兴趣地问：“福草，难道尚有‘九客’之外的东西？”

“我觉得还差一个‘石’字，”梁九图说出自己的看法，“才算得上十全十美。”

苏仁山伏案击掌：“好一个石破天惊，占尽了‘奇’字的妙处。福草，你若是能造一座奇石之园，令天下山石无颜色，那才叫艺之至境。万松园算个鸟？太俗了。”

小浩官脸上闪过一丝尴尬，没办法，天才嘛，就是这副德性。

“天下山石无颜色？”谭莹颇为感慨，“不容易，太不容易了。”

欲寻天下奇石，首先要踏遍千山万水，梁九图生下来有点足疾，靠一双有毛病的腿脚跋山涉水，行万里路，那得吃多大的苦？

“不容易不等于办不到。”苏仁山倨傲地说，“苏某此次去粤西，明着是读书应考，实际上是效仿邝海雪游历探险，脱他一层皮。做大事就要吃大苦，倘若不能勘破艺之至境，岂非白白浪费了老天爷给的这尊肉鼎？”

在探索艺术至境的问题上，梁九图与苏仁山惺惺相惜，他最佩服后者的绘画天才。在苏仁山的点拨下，梁九图的绘画水平提高很快。前两天，一代绘兰名家——桂林“李半城”家的李秉绶来佛山堡，看到梁九图画的兰花，挑起大拇指足足夸了半天。

“长春兄，”梁九图担心地问，“李家的事，你真有把握？”

苏仁山摆了摆手：“小菜一碟。”

临全埠李家自李宜民创下偌大家业后，痛下决心改变门风，花费重金延揽名师上门教育子弟。几个儿子果然人人能诗善画，称得上一门风雅，冠绝粤西——老二李秉礼著有《韦庐诗集》传世，被袁枚誉之为“诗才清绝”；老四李秉钺拿手的是篆书、隶书和山水画；老五李秉铨以画黑白墨素闻名四海；老六李秉绶是名扬天下的丹青高手。

富甲桂林的临川李氏后来之所以走下坡路，无外乎三个原因，一个是朝廷勒索捐输，一个是大造园林，一个是收藏海内孤本字画，这三样皆离不开巨额资金。临川李家的收藏在粤西首屈一指——“拓园”的“湖东楼”收藏书法作品，其中，隋代丁道护所书《启法寺碑》、唐代虞世南所书《孔子庙堂碑》、唐代褚遂良所书《孟法师碑》和唐代魏栖梧所书《善才寺碑》等四种孤本号称“临川四宝”；“环碧园”的“环碧楼”收藏名画，各种珍本中，压箱底的宝贝是一幅“疯僧”石涛的《危崖菊花图》。

石涛在中国绘画史上的地位自有公论，在粤西画坛的地位更是震古烁今，无人可及。为什么呢？因为这个据说天天吃苦瓜的和尚本名朱若极，乃是桂林城靖江王府第十三代王爷朱亨嘉的儿子，论起来，他应该算是粤西的“本土画家”。

却说头两个月的时候，李家来了一位怪才——桂林府全州名士蒋励常。这个八十多岁的老头出身世家，主持过全州的清湘书院，文章道德外有三大本事：一个是精通医理，一个是武艺高强，一个是爱菊如痴。老爷子登上李家的“环碧楼”，对着那幅石涛的《危崖菊花图》足足看了三天三夜，最后抬头说了一句话：“这个线条嘛，有点滑溜。”

就这么一句话，把李家人说得面无血色。石涛出身朱明皇室，身怀家国倾覆之恨，辗转江湖苟且偷生，无限胸臆洒落于笔端，往往把轻的描成重的，把流畅的绘成生涩的，怎么会有滑溜溜的用笔？难道这幅压箱底的宝贝竟然是件赝品？

换作别人，李家众高手可能会嗤之以鼻，但是蒋励常的名头实在太大，饱经风霜，多才多艺不说，又是海内赏菊第一人，他的意见断不容轻视。为了豪门世家的名誉，李秉绶这次到粤东办事，特地拜托伍紫垣、梁氏兄弟，无论如何要找一位画坛宗师级的人物，去桂林为他们李家正名。伍、梁两家共同推荐了一个人——苏仁山。

伍紫垣受不了苏仁山的傲慢，笑着打断他的话：“长春兄，这么晚了，我看‘沉香斋’上一点动静也没有，解元公到底还放不放曲子？”

苏仁山不耐烦：“我说放就放。”

伍紫垣无可奈何，朝谭莹和梁九图扮了一个鬼脸。

从古至今，由南到北，勾栏乃最销魂处，胭脂流翠，红粉涂云，莺歌燕舞，飞觞映月。可是美人依偎，不能驱散胸中的忧愁；烟雨楼台，不能清除纠结的烦恼。苏仁山不仅知道何解元今天要来放曲，而且知道他来的目的——天一亮，陈罗婵即将跟随易兰花母女启程去粤西大桂山学艺，何惠群是来给她送行的。

作为目高及顶的艺术天才，苏仁山睥睨天下，胸怀高远，视大地山河为无物，常常感叹找不到真正的美。然而，当他看到陈罗婵的时候，苏神童的精神世界来了一个大倾覆，只感觉自己手里那支独孤求败的画笔忽然失去了灵性，纵使殚精竭虑，使出浑身解数，也难以在笔端完整地呈现这一份美丽，你说他怎么能不气馁？

令人绝望的是，这位倾国倾城的绝世佳人，心里装着另外一个身影。那个身影似乎具有无穷的魔力，让她满怀骄傲，从不把别的男人夹进眼角。

夜色晶莹剔透，手指头戳进去，仿佛能挑起一串冰凉的珍珠。突然，从沉默已久的"沉香斋"上传来一记金石破空的琴声。正抱着琵琶浅吟低唱的"胭脂醉"猛地顿住手指，闪动着长长的睫毛，望着窗外。"沉香斋"周围花舫上的弦歌齐刷刷凝滞，四周一片肃然和宁静，唯有流水声息波荡不泯。

"是陈老板的指法，"白寡妇惊叫，"解元公要放曲了。"

琴声圆润，毫无半点刺耳越出，弹琴人的指法中规中矩，把所有的感情掩饰起来，苏仁山全神贯注地听着，渐渐地，心扉被呜咽的风声遮盖。

> 怀人对月倚南楼，触起离情泪怎收。
> 自记与郎分别后，好似银河相隔女牵牛；
> 日盼郎归情万缕，相思苦处几时休；
> 好花自古香不久，只怕青春难为使君留；
> 他乡莫恋残花柳，但逢郎便买转归舟；
> 相如往事问郎你知否？好极文君尚叹白头。
> …………
> 初更才报月生西，怕听林间个只杜鹃啼；

声声泣血榴花底，胡不归兮胡不归；
怎得魂归郎府第，等你换转郎心早日到；
免令两家音信滞，好似伯劳飞燕各东西；
纵有柳丝难把心猿系，可惜落花无主葬在春泥。
…………

二更明月上窗纱，虚度韶光两鬓华；
相思泪湿红罗帕，伊人相思秋水冷蒹葭；
风流杜牧堪人挂，共你合欢同盏醉流霞；
许多往事真如画，笑指红楼是妾家；
青衫湿透怜司马，有甚闲心弄琵琶。
…………

不知过了多少时候，这曲夺尽汾江夜色的古琴才袅袅而止。余音缭绕在耳，月冷星稀，水流无趣，江边的花舫停泊在自己的影子里，沉默无语，仿佛在顾影自盼。

"玉生兄，"小浩官听得如痴如醉，"这是什么曲子？"

谭莹喟然道："虽然说的是五更叹，从曲到词焕然一新，美轮美奂，气象深沉，只是不知道它的名字，是否还用《叹五更》？"

"沉香斋"灯光朦胧，曲声传自三楼的"赤雅阁"。这是一间敞亮通透的书房，墙壁倚着檀香木制成的书架，架子上摆满了发黄的珍藏书籍。屋子里只有何惠群与陈映雪两个人，待陈映雪一曲奏完，何惠群问："曲子如何？"

陈映雪欠身回答："先生，这首曲子音律奇绝，怕只有叶连城的《客途秋恨》和明珊居士的《吊秋喜》可以与之媲美，必将名垂后世，流芳千古。"

明珊居士即招子庸，此人生性狂傲风流，早年浪荡广州城的紫洞花艇，和一位名叫秋喜的红牌阿姑坠入爱河。秋喜投江而死后，招子庸作了一曲名为《吊秋喜》的粤讴，纪念他曾经爱过的女人。招子庸不像何惠群那般科场一帆风顺，好不容易以举人大挑的资格在山东弄了个县官当，正要伸展所谓经世济民之志，怎肯轻易放弃？

"功名场中骨格难存，"何惠群叹息，"招明珊非要去当那个七品芝麻官，实属不智。"

陈映雪低头道："先生，既入红尘，少不得着落皮相，岂能人人如你这般神仙？明珊居士虽然风流，确是一条情义汉子，秋喜为他死得不冤。"

何惠群苦笑："我若忘情尘寰，又怎能写下这首《叹五更》？"

在外人看来，何惠群与陈映雪是无双的知音与挚爱，这话只说对了一半。要论知音，两个人十年来曲高和寡，除了对方之外再无他人可以交心；说到挚爱，陈映雪却凭空担待了一个绝大的虚名，她比任何人都清楚，在何惠群的心底，牢牢地盘踞着另外一个影子！

那影子不是别人，正是易兰花。

昔日，易三娘红遍珠江两岸，何惠群被她的风姿所征服，曾经日夜守在琼花水涉下，期待一识其庐山真面目。结果一睹之下，解元公愕然地发现，卸妆以后的易兰花比舞台上的扮相更加美丽三分，顿时惊为天人。

可惜的是，当时的易兰花已经名花有主。等何惠群与她再见面时，易三娘对男女之情完全看淡与放空，从此专注于红船舞台，杜绝了男女私情。就这样，两个人的缘分如同空中的蒲公英，尚来不及展开，便被秋风吹得干干净净。无缘相守，使易兰花在何惠群的眼里更加完美。她的一举一动，一颦一笑，无不让解元公神魂颠倒、痴迷不已，俨然成为不可亵渎的降世仙子，只可远睹，不容近视。

陈映雪心里明白，何惠群与自己的交往，未始不有一道易兰花若隐若现的影子。两个人的感情世界里播撒了第三个人的种子，对于自负才貌的陈映雪来说，还有什么能比这个更让人感到痛苦与绝望？

痛苦与绝望，乃人生驿站中驱之不散的常客，正是这两位面目可憎的红衣"天使"把何惠群送入了自己的怀抱。十年来，陈映雪对易兰花的感情极其复杂，爱中含恨，恨中有爱。如今易三娘行将离开她的世界，也许不再归来。只在这个时候，陈映雪才悚然觉醒，从心灵纠结的泥潭里爬出来，重新捡回了那份血泪交织的姐妹情。

"阿姐这么一把年纪，却要去烟瘴之地，真是……"陈映雪泪垂两腮。

那个名字为何惠群无力承受之重，触不得，碰不得，看不得，听不得。何解元强忍心里的失落，扭过头问："阿婵这孩子怎么还不来？"

这两个可怜的人，易兰花自己走了不算，还要带走他们的另一半心——陈罗婵。难道老天爷真的想让他们两个相依为命？陈映雪实在受不了这种念头，冲着帘子外嗔道："阿蓝，趁先生在，何不让他指点你的琴技？"

"绿如蓝"是"沉香斋"头号红牌阿姑，自打去年何惠群身体欠安，陈映雪有意把"沉香斋"交给她来打理，自己好一心一意去广州侍奉解元公。

"绿如蓝"进得屋来，携琴而坐，抬头问何惠群："先生，仍是秦淮风月吗？"

"嗯。"何惠群点头。

"绿如蓝"柔指轻拨，低唱一曲，曰：

东风吹绿白门潮，六代莺花春正饶。
胜地喜逢佳日集，名流争赴美人招。
乌栏围月波心舫，红板横烟柳外桥。
新起歌楼高百尺，珠帘不卷听吹箫。
…………

曲声中，一只舢板自汾江河的漩涡里轻轻地流过来。将要靠近"偃月楼"和"沉香斋"之间的时候，撑船的少女停下船，似乎在听"沉香斋"里溢出的琴声。舢板上没有篷子，温暖的灯光如水如雾，覆在少女的脸上。坐在窗边的伍紫垣无意间一瞥，不由得"啊"了一声。

谭莹感到奇怪："你看到了什么风景？"

白寡妇扭动着屁股靠过去，向下一瞅："是陈大老板的女仔，难怪伍公子大惊小怪，人家是仙女下凡，比她阿妈还要多三分姿色哩。"

伍紫垣脸上通红一片，紧紧掐着"胭脂醉"的小手，心里却忍不住还想再多看陈罗婵一眼。陆七疼痛难忍，又不敢吭声，眼角滴出了泪珠。

"伍公子，她可是一朵带刺的玫瑰。"白寡妇摸了摸头上的发髻，"你瞧见她腰里挂的那把剑了？啧啧，硬是花了三万两白银呢。"

"啊？"伍紫垣又吃了一惊。

伍家富可敌国，小浩官自己不把钱当回事，也看不起那些为钱财折腰的人。如今耳闻陈罗婵一掷千金的豪举，彻底对她刮目相看。

苏仁山在一旁瞅了个仔细，知道又一个可怜的飞蛾，即将展开扑向烈火的不归路。他有意提醒："伍兄，你知道她在哪个班唱戏吗？"

“哪个班？”伍紫垣问。

白寡妇抢着说：“她是易大老倌的弟子，自然在‘凤凰仪’班喽。”

“凤凰仪”三个字像雷鸣电闪，瞬间撕开了小浩官的记忆之幕。李敬南夫妇惨死的场景宛如昨日一般鲜活，一幕幕重现在伍紫垣的眼前。他猛地把头探出去，想仔细看看这个美人的模样，舢板系在“沉香斋”旁，人早没了踪影。

苏仁山继续不紧不慢地说：“你知道她的意中人是谁吗？”

“谁？”伍紫垣的心开始“怦怦”跳了起来。

苏仁山放缓了腔调：“‘凤凰仪’班的少班主‘小元霸’。”

小浩官立刻眼前一片水茫茫。

狮子洋截击水师巡船，大雾山斩杀高宜勇和萨尔根，半年来，李文茂名播江湖，其行踪无时无刻不受到万松园的关注。这把锋利的复仇之剑，在威慑韩肇庆等人的同时，也给伍家带来了无尽的快意。冥冥中，小浩官觉得自己与“凤凰仪”班同呼吸、共命运，只要与这三个字沾边的，他都会感到莫名的亲切。但当听说眼前这个倾国倾城的美人竟然和李文茂有瓜葛，他胸膛里升起了无边的妒意。

爱恨交织在一起，李文茂在小浩官心里的形象模糊起来，变得越来越远马上就要看不见的当口，这只在“沉香斋”旁漂荡的扁舟又将他一把拉回。伍紫垣心头苦辣酸甜，说不清是一种什么滋味，脱口而出：“长春兄，‘小元霸’不会有事吧？”

苏仁山反问：“你是希望他有事，还是没事？”

“长春兄，”伍紫垣十分窘迫，“这个玩笑开不得。”

苏仁山这么问伍紫垣，其实他心里也很难说清楚自己希望什么，那个男人除了夺走陈罗婵的心之外，与自己又有何相干？

见两个人言语尴尬，急头白脸，谭莹劝解：“少说这些有盐没醋的，咱们应该好好学一学解元公，争取早日科场报捷才是。”

一句话，三位争强好胜的年轻人，脸上刹那失了光彩。

年初的时候音讯传来，龙元僖和罗淳衍果然“联捷”，双双进士及第，点了翰林。受这个消息的刺激，梁九图也到南善观音庙进了一炷香，准备下科场再战。梁家人见他从天上落到了地面，愿意暂时放弃造园林的执着想法，皆大欢喜，趁机托了几路媒婆说亲，希望把人生大事连带着一起给他办了。

女儿在“凤凰仪”班学戏，跟随红船下乡赴台期，多数时间无非在广州、肇庆和惠州等上六府之间漂流，隔三岔五便可以回家。可一旦到了大桂山习武，吃苦受罪先放在一边，说不定好几年才能见上一面。陈映雪终究只有这么一个宝贝心肝，怎么舍得她离开？眼泪不知不觉又流到了腮边：“阿婵，给你易阿妈说一说，要不咱别去了？会馆武艺高强的教头有的是，唱花旦的会两下子把式就行了，何必非要去大桂山？”

“阿妈，我要做像易阿妈那样名扬四海的大老倌，样样本事都不能马虎，只会花拳绣腿怎么行？”陈罗婵认真地说。

小姑娘这次下定决心去大桂山习武，绝非一时心血来潮，而是经过一番深思熟虑。陈罗婵醉心红船，志向远大，目标直指那副金丝面具和金马鞭。欲继承易兰花的衣钵，成为红船历史上划时代的绝世名伶，需要具备各方面的卓越能力，不可偏废。对陈罗婵来说，嗓子和乐感得天独厚，自不必提，最弱的便在武功这个环节上。“俏丽辛”去年提醒的话言犹在耳，没有过硬的功夫，想在人才济济的红船里出人头地，绝非易事。

陈映雪表示担心：“听你易阿妈讲，龙华师太武功是高，但她对门下弟子要求极严，冬练三九，夏练三伏，没有一天能歇着，我怕你吃不了那个苦。”

“你放心吧，阿妈。”陈罗婵安慰她的母亲说，“阿真那个小不点都不怕吃苦，我要是输给她，那该多没面子？”

何惠群见状，婉言相劝：“阿雪，我觉得阿婵说的对，玉不琢不成器，孩子有志向是求之不得的好事，咱们怎么能拖她的后腿？”

陈映雪明白根本劝不住，遂止住悲声：“阿婵，你到了大桂山以后，习武就是习武，切莫乱跑乱撞。粤西不比咱们佛山堡，那里山高水长，江湖险恶，土匪、强盗到处都是，杀人如麻无法无天，你千万要当心。”

知女莫若母，陈映雪晓得女儿心里还有一个小九九——她想借着这个机会，去粤西探寻李文茂的踪迹。陈罗婵被母亲说破心事，一朵红云飞上双颊，坐在琴边，说道：“阿妈，我明天就要走了，再给你弹一支曲子吧！”

陈映雪理了理额头上的一丝乱发，敛起满腔满腹的不舍之情，强颜欢笑，与何惠群一起正襟危坐，听女儿抚琴道别，以慰离怀。

陈罗婵弹的是那首回文诗《吴楚感秋》的下半阕，诗曰：

西陵秣马走南天，梦草春县别路前。
堤柳拂云青袅袅，岸花摇月白娟娟。
鸡鸣远寺萧山雪，雁度寒城郢树烟。
低岫一帘湘水绿，栖栖倦客思华年。

来如涓涓山涧流，去似滔滔江河水，回过来羚羊挂角，生动一如往昔。

年华思客倦栖栖，绿水湘帘一岫低。
烟树郢城寒度雁，雪山萧寺远鸣鸡。
娟娟白月摇花岸，袅袅青云拂柳堤。
前路别县春草梦，天南走马秣陵西。

何惠群与陈映雪母女一夜未眠，到了次日凌晨，陈映雪亲手为女儿装扮一番，大包小包拾掇了几包袱，与解元公乘船来到琼花水涉。

卯时未到，汾江河面已经有了不少的船只，因为超负荷使用的江水，裸露出疲惫而浑浊的胸膛。在连年洪水的侵蚀下，一向号称坚固的佛山江堤受到了严重的破坏，"大魁堂"从去年开始募集银两，整治河道的工程即将在下半年展开。

易兰花洗尽铅华，只穿一件蓝色布褂子，头上别了一朵白色的兰花，算作全身唯一醒目的装饰。与她同行的是新会县象山紫云洞的释心师太，后者痴迷于炼丹采药，这次带着关门弟子冯玉娘，准备到桂林府永宁州百寿岩的丹砂井走一遭。

自从"抱朴子"葛洪开掘之后，百寿岩这口丹砂井就成为后世名士追捧的对象。李白曾写过一首诗，提到了对这口井的向往，诗曰：

伊昔升绝顶，下窥天目松；
仙人炼玉处，羽化留馀踪。
亦闻温伯雪，独往今相逢；

采秀辞五岳，攀岩历万重。
归休白鹅岭，渴饮丹砂井
…………

这首《送温处士归黄山白鹅峰旧居》写于天宝十二载(753年)，当时李白五十三岁，韶华逝去，梦想距离现实越来越遥远。恰在这时，由于长期炼丹不得法，他的身体状况越来越差，这让他倍加向往"抱朴子"的丹砂井。

冯玉娘为高州府人，母亲早亡，父亲是打把式卖艺的江湖拳师，因其武学天赋超群，释心师太收她为徒，传授其紫云洞独家功法。别看她只比易如真大一岁，但是功夫却比陈罗婵和易如真两个高出一大截子。冯玉娘性情淳朴厚重，是个非常守规矩的好孩子，永远不知道什么是张扬。她和易如真年纪相当，两个粉团子似的女娃最对脾气，坐在船上窃窃私语，仿佛有说不完的高兴事。看到陈罗婵，易如真向易兰花挥手："阿妈，陈阿妈和阿婵姐来了。"

易兰花已经把亭子里的镇亭石擦拭得一尘不染，听了女儿的话后随即站起身，对身后的王云甫叮咛："院子里的花草，隔三天照管一回即可。"

阿幺带着哭腔："三娘，你什么时候回来？我的飞钗还没学会呢。"

"傻孩子，没事的。"易兰花爱怜地抚摸着她的脸颊，"好好地练飞钗，等三娘回来后看你有没有长进。"

王云甫道："兰花，家里的事不要操心，把茂仔带回来就是。这伢仔命大，老天爷想把他收回去，我看没那么容易。"

陈罗婵一见易如真、冯玉娘两个伙伴，满腹的伤感一扫而光，飞身跳上他们的篷船，得意地问冯玉娘："你看我的身法怎么样？"

小家伙闪着两只浓墨一样的眼珠："好靓。"

"说清楚点，"陈罗婵追问，"是我的人靓，还是身法靓？"

冯玉娘低下头："都靓。"

陈罗婵非常满意："这还像句人话。"

陈映雪落寞地走上水涉，易兰花开了句玩笑："我以为你舍不得让阿婵走。"

"儿大不由娘……"陈映雪刚说了一句，忍不住眼眶又湿了。

“好啦，阿婵天生就是唱戏的材料，你不让她习武，将来能有什么出息？”易兰花连忙安慰她，“放心吧，有阿真在，阿婵不会寂寞的。”

释心师太走下水涉，易兰花弯腰正准备解开绳缆，陈映雪喊住了她：“阿姐。”

易兰花问：“你还有什么不放心的？”

陈映雪的目光落到石阶，在琼花水涉下面没有发现何惠群的篷船。不知道什么时候，那条船已经漂到了江心——自始至终，解元公没有露面。

易兰花顺着陈映雪的目光望向江心，只见乌篷朵朵，白帆片片，无数面孔如同落叶，浮光掠影般地晃过眼帘，什么也看不清楚。她以为陈映雪舍不得放女儿走，临时改变了主意，便指着陈罗婵说：“你若是后悔，现在还来得及。”

陈映雪用袖子遮住双眼，沿着堤岸飞快地离开了琼花水涉。释心师太奇怪地问：“阿雪怎么啦？好像哭了？”

“谁知道？”易兰花也感到莫名其妙。等陈映雪的影子消逝后，她解开缆绳，飞身飘落小船，挥臂摇动双桨，篷船逆水向西缓缓地驶去。

目睹这一切，坐在船篷里的何惠群早已泪流满面。

他所敬仰与爱慕的这个女人，穿着打扮与乡野村姑没有任何区别，但那与天地同朽的柔弱身躯，此时此刻，却凝聚着令日月失去光彩的美丽。在解元公的心中，这个女人在十几年前就不再是一具肉躯，而是旷野中的一朵兰花，是空中飘来的一绺颜色，是雷电劈开大地的一道夺目剑光。如今，这枚象征的符号重新变得丰满起来，变成了一个活生生的人，以至简、至纯的姿态出现在眼前；其至美的力量，伟大的天才竟然不能仰视。汾江河水无情流逝，破碎的心背道而驰，何惠群攥着竹笛呆呆发愣，难道这是人生最后一次相见吗？

第二十七回　梦在天涯

船过羚羊峡、大鼎峡和三榕峡，西江水面复归舒缓、辽阔，不再湍急如箭。李宗瀛付了拉纤的费用，走进船舱，发现苏仁山把笔搁在几案上，托着腮帮子不知道想什么。

李宗瀛是李秉礼的第六个儿子，字季容，又字小韦，这年二十六岁，与他的父亲一样工于诗词，著有《小韦庐诗集》传于后世。他的诗虽然不错，丹青功夫却远不及父兄辈，因此一路上对苏仁山尊敬有加。这时探头一看，不由赞道："好一张美人图。"

易兰花武功底子不弱，释心师太更是一代高手，是以她们那条船根本不用雇佣纤夫，逆流而上，很快穿越西江三峡，将李家的大船远远地抛在了身后。苏仁山眼看着那些美丽的身影一骑绝尘，心中非常懊恼，拼命作画，试图把这些影子留在笔端。听到李宗瀛连声喝彩，苏仁山喟然叹息："佳人天成，可惜在下画不出她的神韵。"

这张在苏仁山看起来没有神韵的美女图，对于李宗瀛来说却是不折不扣的圣手制作。见苏仁山下笔如刀，没有一根线条浪费笔墨，没有一处笔画散气走神，李宗瀛大开眼界，觉得六叔这次总算是请对了人。

两个人正在对画凝思，突然，从船楼上飞来一记圆润晶莹的拨筝声。苏仁山吃惊地抬起头来："季容，谁在上面弹筝？"

李宗瀛回答："舍妹。"

继三哥李秉睿之后，李秉绶正式接管临全埠李念德商号，这次来广州办理盐务外，还接回一个寄养在别人家的侄女。

闲言少叙，却说苏长春郁郁寡欢，独对江风，不分昼夜伏案而作。画了无数美人图，直到船抵梧州，仍然没有一幅令他满意。梧州即著名的苍梧，位于两粤交界的水陆枢纽之地，桂江（上段即漓江、下段又名府江）、浔江、西江在这里交汇，一向为岭南军事重镇，地理位置无可比拟。粤东商人沿着西江源源不断涌入梧州，再从这里向八桂大地呈星状扩散，给粤西以至西南边陲诸省带来财富、利器和三合会。

飘着李念德商号旗帜的大船沿着江边绕过骑楼，向北进入府江和西江的交汇处——前者清澈悠缓，后者奔腾雄浑。残月之下，两条不同肤色的江流相拥无语、水乳交融，犹如久别重逢的情人，这便是赫赫有名的景致"鸳鸯江"。

苏仁山离开船舱，在船尾活动了一下身躯，正打算到船头去溜达。忽然间，一只悬挂着兰花旗的篷船晃晃悠悠从后面冒了出来，他失声道："啊呀。"

浔江一役，"洪德堂"和"琼花宫"损失巨大，当前迫在眉睫的大事是休养生息。为了重建"琼花宫"从肇庆到梧州的组织体系，琼花会馆增发牌照，加大了培训人才的力度。至善禅师往来于西江两岸，亲自主持恢复大计。

易兰花打算面见至善禅师辞行，却苦于一直找不到他的踪迹——在肇庆府城听说他到了德庆州，赶至德庆州又听说他到了封川江口，连追带撵，直到梧州府大云山才总算见到了至善禅师。这样来来回回一耽搁，便落到了苏仁山的后面。

船上绽放粉、蓝、红三朵鲜花，粉衣少女正是陈罗婵。苏仁山远远地听到她那穿云裂石的独特声音，她唱的是一支粤西山歌：

> 行船要用左右桨哎，哎哎哎吆，
> 打桨如飞劈波浪；
> 行船要似斑竹箭哎，哎哎哎吆，

一箭穿透万重山。
…………

第二个声音娇嫩柔美，那是年纪最小的易如真。

行船要用独木篙哎，哎哎哎吆，
慢搠江水留春晓；
行船要似南归雁哎，哎哎哎吆，
双翅徘徊旧梦田。
…………

第三个出场的红衣少女是冯玉娘，她的声音当然不如陈罗婵和易如真，但是怯生生的别有一番韵味，显得乡土气息十分淳厚。

行船要用鸳鸯橹哎，哎哎哎吆，
走在江心最里头；
行船要似三足乌哎，哎哎哎吆，
三只脚来稳得住。
…………

冯玉娘质朴的山歌引得苏仁山哑然失笑，篷船上传来嘻嘻哈哈的笑声，似乎是陈罗婵和易如真在取笑冯玉娘。这三个姑娘一个赛一个美丽，把苏仁山看得眼花缭乱，晕头转向，慌忙打了个招呼："阿婵姑娘。"

陈罗婵问："苏大哥，你要去哪里？"

苏仁山故作潇洒："到粤西随便转转。"

"太好了。"陈罗婵高兴地说，"我去大桂山习武，你要是有空的话来玩，我保证没有人敢欺负你。"

这叫什么话？堂堂七尺男儿，竟然要一个小丫头片子来保护？苏神童的自尊心又一次受到了伤害，这说明陈罗婵心里根本没有他的位置。苏仁山摇摇头："恐怕没有工夫，我还得抓紧时间读书，明年就要下科场考试。"

“那算了。”陈罗婵十分扫兴。

篷船的背影远去，把一江的风光和欢乐悉数载走，苏仁山眼底渺渺苍苍，心里空落落的不是个滋味，对刚才自己的回答懊悔至极。他只能在心里自我安慰——即使答应陈罗婵去大桂山又能如何？还不是徒添痛苦与烦恼？

该舍弃的与不该舍弃的，在逆流的行船中挽留不得；想掩饰的与不想掩饰的，在昏黄的天幕下遮盖不住。短暂的美好时光即将结束，分别的歧路横亘于眼前。往后退一步难，向前跨一步更不容易，苏仁山心事重重地回到船舱，和衣而卧，很快遁入梦境。

梦是夏日一床厚厚的棉被，把所有的痛苦和忧愁尽行覆盖；这里是自我疗伤的国度，但却像一口炎热难耐的枯井；汗水和泪水交织成不歇的雨，从高山之巅淅淅沥沥落进江水；没有寒冷的阻隔，就无法化成飘逸的水雾，梦中也难获自由。

自由，是天才的梦想，是天才之笔与众不同的象征。

苏仁山在梦中焦虑地呼喊、奔走，祈祷上苍赋予他一支充满自由灵魂的神笔。他要用它涤荡世间所有拙劣画技的皮肉，用它刻画今夜桂江水的骨头，用它勾勒一幅道尽美人神韵的完美图画——揭破魂相，乃是丹青家永恒的梦想。

他远远地望见江山掩映处光亮点点，到近处一看，是一把没有剑鞘的利刃。突然，它化为一支茅龙笔，从上游向他浮来。苏仁山惊喜地趴在船帮上，两手插进刺骨的江水，一门心思地等待着把它捞起，这是老天爷赐给他的神器啊！

那支茅龙笔躺在温暖迷离的漩涡里，一上一下飘摇浮动着，叫人等得好不心焦。不知道过了多久，苏仁山睁开迷迷糊糊的眼睛，蓦然发现它就在眼前。正待伸手将它抓过来，忽然茅龙笔腾空而起，变回利刃刺向苍穹。

雷电大作，苏仁山翻身坐起来，这回是真的醒了。

舱外，夜幕低垂，下雨了。

他探头向外望，伸手不见五指的雨幕中，有一丝熟悉而神奇的光亮。

苏仁山做梦的时候，陈罗婵也坠入了梦乡。

小姑娘的梦永远那么明媚，即便是泪水也带着香甜。她梦到李文茂在大桂山隐匿，那里的水清澈见底，山石一尘不染，草木清香宜人。她的阿茂哥穿着一身黑色的霸王袍，手执“虎头皂金枪”屹立在山巅，明亮的眼眸一眨一眨，一闪一闪，笑意从那张充满阳刚气息的脸庞飞出来，似乎是来迎接自己。她梦到自个骑着一匹白色的骏马，越过草原，跨过山林，驰骋在鲜花盛开的湖面上。她奔向阿茂哥的怀抱，然而他们之间总有那么一段距离，她跑得越快，他就退得越疾，是什么东西从中作梗？

陈罗婵从噩梦中哭醒，惊动了船尾的易兰花和释心师太。易三娘进入船舱，轻轻地抚摸着她的头，“阿婵，又做梦了？”

小姑娘抽泣着，肩膀耸动着，仍然沉浸在梦的影子里。冯玉娘和易如真都醒了过来，冯玉娘惊叫道：“快看，那是什么？”

篷船里出现了一片细长的光芒，陈罗婵右臂佩戴的臂环不知道从什么时候起，悄悄地分解成为“囚龙草”，在船舱上下起伏飞舞。“囚龙草”的光芒看似柔和温顺，却充满着无所不透的神奇力量，自船篷一直蔓延到浩大的江面，充盈于天地六合之间。即使远在另外一条船上的苏仁山，也能看得清清楚楚。

“阿妈，听阿婵姐说，‘囚龙草’与她形为一体，融为一心，彼此有心灵感应。”易如真惊恐地说，“阿婵姐的心是不是也碎了？”

冯玉娘第一次听说有这样的奇物，黑眼珠变得更浓了。

“小孩子家，休要信口开河。”易兰花教训了女儿一句，从舱壁上摘下宝胎银弓，取了一枚三叶锥在手，钻出舱外。

江面上大雾弥漫，由于暴雨来临，绝大多数船只靠岸抛锚，偌大的江面只有两三条船在艰难地爬行。篷船的后面有一大一小两条船——前者是苏仁山所在的李家盐船，后者的桅杆上垂着一面三角旗，下面悬着一盏气死风灯。

释心师太早就开始留意后面的两条船，对易兰花说：“兰花，大船是临全埠李家的，应该没什么问题，倒是那只小船若即若离，有些古怪。”

易兰花冷笑一声，如果有贼人打她们母女的主意，那真是活腻味了。既然“囚龙草”发出了警告，少不得要给他们一点颜色看看。想到这里，易三娘搭好三叶锥，拉弓如满月，瞄准小船的气死风灯用力射去。

三叶锥比普通的箭尺寸短，分量轻，在雨幕中显得轻飘飘的。所谓艺高人胆大，易兰花露出了真本事，这支三叶锥穿雨刺雾，不偏不倚，正射中了那盏气死风灯。

苏仁山从船舱里跑出来，站在船头惊问："易大老倌，发生了什么事？"

"没什么，"易兰花收起宝胎银弓，"几只缩头乌龟而已。"

次日下午，船至昭平，陈罗婵的篷船向东进入思勤江，直奔大桂山而去。苏仁山彻底断了念想，随着李家的盐船下平乐、过阳朔，一路漓江美景尽在苏神童的法眼之外，带着无法排遣的终极郁闷，这一日到了桂林城。

粤西首府桂林是一座千年名城，宋代的时候属静江府，元代隶静江路，明初朱元璋封朱守谦为靖江王，在独秀峰下造靖江王府，从此以后，靖江王府便成为桂林城的中心和象征。顺治七年(1650 年)，清藩镇孔有德攻破桂林城，将靖江王府改为定南王府。顺治九年，汉家英雄李定国大败清军，孔有德兵败自尽。临死前，这孙子放了一把大火，将拥有二百八十年历史的靖江王城烧了个干净。从此以后，独秀峰下，月牙池畔，岁岁青色，难掩余烬。

到了桂林城那就是李家的天下，后来徐珂在《清稗类钞》里记载：李家园林"占城中十分之三，盛时船艇游泳，极似江南；亭沼花木，备极清华。四方文学之士过从宴乐，不减淮浙盐商诸家"。最大的园子当属叠彩山仙鹤峰下的"环碧园"，其次是榕湖旁边的"拓园"，排在第三的是杉湖旁的"湖西庄"。这三大园林独占桂林一城风光，曾接待过袁枚、李宪桥、邓显鹤、朱依真等一代诗画大家，现在轮到了苏仁山。

过去，榕湖和杉湖是桂林城的护城河。自从桂林城向南扩充后，城墙推至桃花江北，这两片湖面便成了城中内湖，中间由一座阳桥分界——西侧古榕参天的是榕湖，东边柳杉婆娑的为杉湖，仰赖李家园林的影响，这里变成了粤西名流的会饮之地。

为苏仁山接风的地方，最后选中了杉湖北岸的"补杉楼"。除了李秉绶和李宗瀛外，李秉钺的儿子李宗涵、李秉铨的儿子李宗淮以及李秉绶的儿子李宗桂等等尽数出席。李宗涵擅长花竹翎毛，李宗淮和李宗桂擅长画竹石，均为粤西画坛响当当的人物。

李家选在"补杉楼"宴请苏仁山，首先一个是表示隆重，另一个意思暗含着考核苏仁山的味道。虽然李秉绶是李氏家族第二代硕果仅存的代表人物，但李家几房中皆有才人出，他请来的这个人是骡子是马，总要拉出来遛遛，亲眼见证才肯放心。毕竟这幅《危崖菊花图》涉关李氏家族的颜面，半点马虎不得。

苏仁山那颗心玲珑剔透，把这里面的关节看了个明明白白。酒过三巡，菜过五味，他朝李秉绶拱了拱手："水部大人，办正事要紧。"

李秉绶曾在工部都水司当过郎中，故而人们也称他为"李水部"。郎中是个五品官，在正式场合按理说只能称大老爷，但大家都喜欢往上靠两级称呼，以示尊敬。

"长春兄舟车劳顿，何必心急？此事还是过两天再说吧。"李秉绶非常客气地回答，同时扫了一眼在座的几个侄子。

苏仁山直截了当地说："在下是一个闲不住的野性子，这次来粤西游学，希望效仿先贤采集民风，游历探险。桂林城苏某不打算逗留，咱们快事快办，早点把贵府的事情了结，我也好早日入山，寻一个清净的地方念书。"

李宗涵、李宗淮、李宗桂三人互相瞄了一眼，心头不爽，这个姓苏的口气也忒张狂。大家都是两个肩膀扛一个头壳，难道他一出生就从娘胎里带了一杆神笔？李宗涵开口："这么说也好，我兄弟早就期盼一睹阁下的风采。吃完这席酒菜，请长春兄移驾'环碧楼'，看多长时间都行，只要能还我们李家一个清白。"

"用不着，看一幅画用得了几时？"苏仁山摇头，"烦请各位把画儿拿过来，就在这里断个真伪。"

"什么？"哥仨以及李宗瀛齐声惊呼，越发觉得苏仁山张狂到了没谱的地步——人家蒋励常老爷子看画还用了三天三夜呢，你一个乳臭未干的年轻人，竟然要在推杯换盏之间甄别《危崖菊花图》，这不是开天大的玩笑吗？

兄弟几个齐把目光投向李秉绶，后者咬了咬牙："取画。"

李秉绶的本事绝不是白给的，他与当世名家朱鹤年、汤贻芬等人齐名，跻身"乾嘉十六画人"之列，最拿手的就是兰竹梅石，桂林叠彩山、伏波山、虞山、四仙岩等摩崖石刻上现留有他四组八幅兰竹画。最重要的，作为当时粤西画坛的盟主，李秉绶的"环碧园"中常年供养着像宋光宝（藕塘）、孟覲乙

（丽堂）这样的高手，直接下启居巢、居廉兄弟，可谓是岭南画派真正的助产婆。

《危崖菊花图》送至“补杉楼”，李秉绶并未急于打开，一脸庄重地对苏仁山说：“老朽有一句话，不知当讲不当讲？”

苏仁山回道：“水部大人不要客气。”

“长春兄，我们李家人个个堪称画痴，喜爱丹青甚于书法。说老实话，我‘环碧楼’里值钱的东西不少，白石、白阳、青藤的画各有几幅，为何独独偏好‘疯僧’？又独独偏好他这幅《危崖菊花图》呢？”李秉绶发问。

苏仁山一笑：“请水部大人明示。”

“明人面前不说暗话。”李秉绶的脸上露出一丝不常见的神采，“‘环碧园’建在人家靖江王府的别业之上，与‘疯僧’自有割不断的前缘。另外，这幅《危崖菊花图》中的菊花有根无土，骨头最硬，老朽这才不惜重金，把它买回来做镇园之宝。”

李秉绶前一层意思貌似合情合理，其实只是一个托词，他真正想对苏仁山表达的是后一层意思，尤其是“有根无土”四个字。

宋亡以后，“有根无土”的梅兰竹菊图风行神州画坛，至明末清初再度大行其道。这一传统据说来自南宋遗民郑思肖，他曾经创作过一幅“有根无土”的兰花，以此来告诫世人故国沦丧，不应泯灭大义，当怀复兴之志。

听了这番话，苏仁山对李秉绶肃然起敬，不意富家子弟竟有如此骨气，遂拱手道：“晚辈一定竭诚甄别，不负水部大人厚望。”

李秉绶扫了李宗涵、李宗淮、李宗桂三个晚辈一眼，意味深长地说：“‘疯僧’不是一般的人，他幼年失怙，流离失所，一度求进于当朝而不得。晚年痛悔失节，日日鞭笞自己，下笔益厉，恨不得刀刀剔除心头的耻辱，境界非我等俗人可比。单从画技论，藕塘设色写生，明丽妍秀；丽堂以意挥洒，笔力遒劲，未必输给‘疯僧’三分。然则说到画中之骨，他们终究没法和人家相提并论，长春兄，看你的了。”

待《危崖菊花图》徐徐打开，苏仁山凑上前打眼这么一看，漫卷杀气立刻扑面而来。他定了定心神，放眼望去，但见奇突危崖之上，一朵菊花向天涯，根脉上的茎节丝丝可辨。下无尘土培植，上有重云压顶，身旁连最常见的竹子也没有半截，可谓孤独之至。

这幅画当为“疯僧”暮年之作，其绘画艺术已至炉火纯青的境界。他以罗纹纸作画，湿笔淡墨打底，浓墨钩皴，整个画面看似由墨与色渲染而成，实际上清腴中暗托瘦骨、润泽中隐掩心结。恣肆洒脱里掬不尽的熊熊烈火，力透纸背，似乎正在一点点地将岁月烧成余烬。那个曾经说过“纵使笔不笔，墨不墨，画不画，自有我在”的天才，仿佛跃然纸上。

观赏良久，苏仁山长长地叹了口气：“水部大人，蒋老前辈眼力不差，没错，此画确实为一幅赝品。”

李家叔侄虽然早有心理准备，但经苏仁山这么一说，大家脸上还是难掩失望之色，李宗涵心有不甘：“莫怪我多嘴，苏先生，自打这幅画进了‘环碧楼’以来，许多当今画坛的高人都鉴赏过，从来没有人说它是赝品。包括蒋老先生仍然是猜测，并无令人心服口服的论据。藕塘先生和丽堂先生常年住在‘环碧园’，几乎天天观摩，难道他们两位也会走眼？”

宋光宝和孟觐乙是李家兄弟的师傅，李宗涵、李宗淮、李宗桂等人自然要竭力维护。苏仁山苦笑一声，画艺这东西境界不同，三言两语很难说得清。事到如今，只有找一个干净利落的办法，一剑封喉，才能避免和李家兄弟啰唆。

想到这里，他有了主意。

“敢问水部大人，你这幅画什么时候买的？”苏仁山问。

李秉绶一怔，不知道苏仁山怎么突然想起问这个问题，只好答道：“哦，这个园子盖起来后的第二年，到现在整整十个年头了。”

“购自何人之手？”苏仁山接着问。

“一位来自罗浮山的道人，年纪大约六十岁出头，药师巷的砂丹道长介绍来的。”李秉绶回忆道，“对了，当时砂丹道长称呼他为罗浮道人。”

“罗浮道人？”苏仁山陷入了沉思。

罗浮山藏龙卧虎，号称罗浮道人的何止百十计！在苏仁山的记忆里，雅擅丹青的就有两大高手：第一个是位游方道士，常年在九天观后的“明福洞”隐居修法，近来不知去向；第二个比较年轻，四十出头的年纪，是宝积寺德堃和尚的高徒。此人与苏仁山同为顺德乡亲，名叫苏六朋，出身贫寒，起初在顺德县城摆摊卖画，三年前到广州开了间画铺，曾经用过罗浮道人和罗浮樵子等字号。这两位罗浮道人均有制作石涛赝品的实力，从李秉绶的描述看，卖假画的应该是前者，而不是苏六朋。

李秉绶疑惑地问："长春兄，莫非你认识那位道人？"

苏仁山摇了摇头："非常抱歉，晚辈只是听过那位道爷的名头，无缘相识。水部大人，你买这幅画花了多少钱？"

李秉绶伸开手掌："五万两白银。"

"呵呵。"苏仁山神秘地笑了笑，"晚辈手里也有一幅'疯僧'的画作，水部大人和诸位假如不嫌弃，请出个价。"

李家叔侄难以置信："你也有藏品？"

"自然，而且我这幅是'疯僧'货真价实的习作，既没有题跋，也没有裱糊。"苏仁山笑嘻嘻地看了李宗瀛一眼。

李宗涵赌气地说："拿来看看便知。"

李宗瀛正欲待阻拦，苏仁山向他使了个眼色，他只好悻悻作罢。不一会，李家的仆人抱进来一方画盒，苏仁山打开盒盖，从里面取出一张尚没有裱糊完毕的画作，平铺在《危崖菊花图》一侧："水部大人，各位年兄，请上眼。"

李秉绶和李宗涵、李宗淮、李宗桂四个人俯身一看，不觉大吃一惊，这幅画的用笔和技法与《危崖菊花图》简直一模一样，完全像是出自同一人的手笔。大家趴在几案上，逐根线条地细细甄别，到最后还是没有看出一丝破绽。突然，李宗涵大声嚷嚷："不对，不对，这不是'疯僧'的画作，是赝品，你看这纸是新的。"

李秉绶和李宗淮、李宗桂返回去再仔细一看，可不是怎的，这纸不但是新的，而且还像是李家自己专用的画纸。

"哈哈。"苏仁山纵声大笑，一言不发。

李秉绶问李宗瀛："到底是怎么回事？"

"六叔，这幅画是苏先生来的时候，在咱们家船上画的。"李宗瀛低着头。

李家叔侄的脸唰地一下子从脑门红到了脖子根，苏仁山这幅夜来航船上的随手习作，功力直追"疯僧"巅峰时期的高妙手笔。如果故意改用旧纸，裱糊以后再描上题跋，又有谁能看出这是一幅赝品？

苏仁山亮出拿手绝技，终于令李家叔侄心悦诚服。李秉绶感慨不已："老朽一生打磨在丹青国里，没想到今天才算见识到真正的国手。"

"水部大人谬赞。"苏仁山正色道，"晚辈何德何能敢受此二字？"

李宗涵羞愧地请求："苏先生，我以为你事事轻狂，原来并非如此。这样吧，我们家里有不少藏画，请先生一并鉴赏个真伪。"

"不敢。"苏仁山推辞，"不才志在江湖，请诸位成全。"

李秉绶知道他去意已定，甚是惋惜："也罢，人各有志，不宜勉强。长春兄，粤西这么大的地方，你打算去哪里游历？"

"晚辈打算沿着邝海雪的足迹走一遭，到五姓土司境内采风。"苏仁山说出心中的愿望。

"五姓土司？"李秉绶皱着眉头，"那可不好办，大瑶山是绿林豪强出没的地方，你一介书生岂可蹈险？"

苏仁山不以为意："邝海雪去得，苏某人便去得。"

"话不能这么说，邝海雪是有武艺在身的人。"李宗淮插了一嘴。

李宗瀛摸透了苏仁山的心思，在一旁嘿嘿笑道："我看苏先生是醉翁之意不在酒，闯大瑶山是假，欲结识一位云亸娘那样的红颜知己是真。"

苏仁山被说中了心事，他又不善于掩饰自己的情绪，承认不是，否认也不是，弄了一个大红脸，刚才盛气凌人的劲头一扫而光，逗得李家叔侄哈哈大笑。

"苏先生效法邝海雪，正是才子性情，我等佩服之至。"李宗桂建议，"然而大瑶山就不必去了，那里是粤西绿林的老巢，太危险。依我看，你不如到姑婆山和萌渚岭走走，那一带的瑶人不比大瑶山的少，而且地处三省交界，离我们李家的地盘也近，江湖和绿林道的朋友好歹还能卖我们一点薄面。"

"你们家在那里也有买卖？"苏仁山被他说动了心，姑婆山南麓即为大桂山，两座山余脉相连，到了姑婆山，离陈罗婵还远吗？

李秉绶颇为得意："那是自然，你别忘了我们家的商号。"

临全埠在两粤盐商中是头等大埠，包含临桂、兴安、灵川、阳朔、永宁、永福、义宁、全州、灌阳、平乐、恭城等十一个盐埠在内。此外，贺县和富川县的盐埠亦划归李家旗下，姑婆山便坐落在贺县境内。

时光荏苒，岁月如梭，转眼间苏仁山来到贺县已经月余。李念德商号贺县分埠的掌柜李玉山三天两头跑过来伺候，就是闭口不谈送苏仁山进瑶山的事。苏仁山憋不住劲，有一天对李玉山说："李掌柜的，我打算明天走。"

李玉山故作吃惊地问："苏先生，你真想走？"

"难道我在你这儿吃一辈子不成？"苏仁山没好气。

"苏先生，咱们这里是三省交界，哪个方向都不太平。"李玉山介绍，"姑婆山方圆百里内有三处大寨，分属于不同的绿林道——瓦窑冲归粤西绿林道管辖，大寨主柯振海是咱们铺子的老相识，去年到粤东后一直没有回来，最近我才听说，他不明不白地死在了罗浮山；东边的三王山归粤北绿林，大寨主'莫剥皮'十分凶残，常常把没有钱赎票的苦主大卸八块，剥皮熬油，和咱们没有交情；北边的笔帽山属于湘南绿林道，寨主'黑无常'据说是个女人，来无影去无踪，没人见过她的庐山真面目，只听说……"

"听说什么？"苏仁山问。

李玉山期期艾艾："听说她专门祸害男人。"

"祸害男人？"苏仁山一怔，继而放声大笑，"李掌柜，你不想让我进山就直说，何必编这么一个不靠谱的故事吓唬我？苏某只听说过祸害女人的，从来没有听说过祸害男人的。我且问你，男人有什么好祸害的？"

李玉山涨红了脸："我哪知道？"

"哈哈，"苏仁山精神一振，"李掌柜，我来告诉你是怎么回事。邝海雪书上写得明明白白，瑶女多情，'群雌无雄，遇男子辄负去'。倘若你所言非虚，这个'黑无常'定是一个瑶家女子，苏某一介大丈夫，难道还怕她不成？"

李玉山提高了声调："苏先生，我说的是真的。"

"哼，便是龙潭虎穴，"苏仁山昂然道，"苏某也要闯一闯。"

第二天吃过午饭，苏仁山把行囊和书包绑好，挎了一把宝剑，翻身跳上大黑骡子，蹄儿嘚嘚向北进发。姑婆山雾气弥漫，水分极为充足，苏神童浑身湿漉漉的都是灵感，压得大黑骡子走起路来直喘粗气。就这样颠簸着对付跑了两个时辰，苏仁山感到饥肠辘辘，想找个地方打尖歇脚，四周却全是树，不见半个人影。

正当迷茫的时候，从身后传来马匹疾驰的声响，一匹火炭红的骏马映在他的眼帘，马上坐着一个面如冠玉的漂亮青年。苏仁山觉得似乎有些眼熟，一时又想不起在哪儿见过，只好拱手问："劳驾，请问附近有什么地方可以打尖？"

青年人友好地指着前方："前面大约十里地，有一户人家。"

"请问这是什么地界？"苏仁山又问。

青年走在苏仁山的前头，停住马："姑婆山，阁下要去哪里？"

"瑶山千家峒。"苏仁山回答。

千家峒的传说起源于古代的盘瓠神话，根据《盘王歌》的描述，瑶族先民横渡长江，来到洞庭湖以南的"千家峒"居住。这是一个与世隔绝的人间仙境，四周群山环绕，只有一个石洞与外界保持联通。峒内森林茂密，瀑布林立，土地肥沃，四季如春，一条大河横贯其中，十二姓瑶人在这里快乐地生活着。千家峒是瑶族人民独有的传说，代表着他们美丽的梦想和对历史的追忆，因此，也成为瑶族人民生活居住之地的一个代称。

那青年愣了片刻，旋即毛遂自荐："在下就是瑶人，尊驾倘若想找千家峒，我可以给你带路，不过天色已晚，咱们明天再走，如何？"

苏仁山大喜："只要你能找到路就行。"

两个人前后相随，果然在路边找到一户人家，吃饱喝足歇了一夜。次日凌晨，跳上坐骑踩着露水出发，一路向北疾驰而去。傍晚时分进入一片巍峨山峦，两旁的山道越来越窄，山崖一侧的沟壑深不见底。苏仁山不由生出一丝胆怯，问那个帅小伙："这位小哥，抱歉得很，路上只顾闲聊，忘了问你的高姓大名？"

青年盯住他看了一会："我姓贝，名叫尘鹤。"

"贝尘鹤？嗯，这个名字不俗。"苏仁山赞了一句，然后小心翼翼地问，"贝年兄，我看你有些面熟，咱们是不是在哪儿见过？"

贝尘鹤心头好笑，有意捉弄他："不可能，我这辈子从来没有出过山。"

从佛山堡开始，贝尘鹤便紧紧盯住了苏仁山，除在府江上吃了易兰花一锥外，一路上出奇地顺利。最让他感到好笑的是，苏仁山本来已经乘坐李家盐船到了桂林，不知道哪一根筋突然搭错了，抽风一样赶到姑婆山游历，这不是找阎王爷抓药，自寻死路吗？

“那我认错了。”苏仁山讪讪地说，“小哥，你看天色黑咕隆咚的，咱们是不是该找个人家歇一歇？”

贝尘鹤用马鞭一指：“前面十里地有一户人家。”

“真的吗？”苏仁山狐疑地向前打量，荒山野岭的怎么可能有住户？

“不信你跟我来。”贝尘鹤打马扬鞭飞驰而去。

苏仁山紧催大黑骡子，连声喊：“小哥，劳驾走慢一点。”

大黑骡子冲向无边的崇山峻岭，天色越走越暗，苏仁山不得不打亮火石。足足走了大半个时辰，见前面火影晃动，贝尘鹤坐在一块大石上正在休息，身旁插着一支火炬。

“小哥真会开玩笑。”苏仁山向他打了个招呼，苦笑，“这儿哪有人家？”

贝尘鹤懒洋洋地说：“你不是要找千家峒吗？”

苏仁山高兴地问：“在哪里？”

“就在这里。”贝尘鹤指着右侧深不见底的悬崖，突然发出一阵狰狞的冷笑，“难道你没听说？千家峒，千家峒，千家都住一个洞。哈哈，阎王爷他姥姥的洞。”

苏仁山终于回忆起来，吃惊地倒退了好几步：“你……你是那个淫贼？”

贝尘鹤叱喝：“天堂有路尔不走，地狱无门自来投，快把碧血仙茅交出来。”

苏仁山总算弄懂了贝尘鹤的目的，他骄傲的本性发作起来：“有本事你来搜。”

看来苏仁山没有把碧血仙茅带在身上，贝尘鹤觉得有些麻烦了，口气放和缓：“你要那玩意有啥用？苏先生，交出来，免得困死在这荒山野岭。”

“那株碧血仙茅嘛，”苏仁山拖长声调，“我送给了龙掌柜的。”

贝尘鹤皱了皱眉头：“拿姓龙的吓唬我？别来这一套，快说实话。”

苏仁山讥笑：“一个名字就把你吓成这样，我看你们这些淫贼除了偷鸡摸狗，欺负五体不全的妇人，并没有什么真本事。”

“爷爷是没有真本事，不过，却能要了你的小命。”贝尘鹤不由得怒从心头起，骤然飞起一脚，将苏神童踢下悬崖。

第二十八回　提线木偶

坐在柜台上，陈开能听到里屋不时地传来吆喝，那是配料的汤老三在借机发作。自从张亚丞和“死牛肺”进店以后，汤老三天天唱这一出。

“小掌柜的，我没见过这么笨的人，半个月，连一样颜色也调不出来。”汤老三端着一只木碗，出来向陈开叫苦，“你看看，这算啥颜料？”

陈开看也不看：“你不是让他调红的吗？”

“红颜色多了去，大红、莲红、桃红、银红、水红、木红十几种，连这个都分不清，不是砸招牌吗？”汤老三知道陈开是一个二五眼，丝毫不加掩饰，“掌柜的，再说他调的这是红色吗？让他少加一点绿矾死活不听，你看看，你看看。”

陈开低头一看，动了气：“把他叫过来。”

“死牛肺”诚惶诚恐地跑出来：“掌柜的，有事？”

“你能不能给我长点脸？”陈开吼道，“我坐在这儿都听明白了，让你少加绿矾，前几天还是褐的，今天怎么反倒变成黑的了？”

“死牛肺”脸上红一阵白一阵，好在他天生一张染色脸，不容易让人看出难为情。“死牛肺”半个月没有调出一种颜料，除了脑子不好使，还与汤老三存心刁难有关。本来嘛，好好两个人的差事，陈开非要塞进来一个“死牛肺”，谁心里不打鼓？

王山公家是开染坊的，自从在正埠酒楼目睹陈开手刃“庞千刀”后，非常羡慕陈开那一招的潇洒，三番五次请他吃酒，还让伙计李吉和从“双合裕”采购颜料。对颜料铺来说，卖给染坊的颜料是技术活，猫腻都藏在这里——调配得当，颜料能帮助染坊把布变长。汤老三为了排挤“死牛肺”，故意不教他调配颜料的窍门，弄得李吉和很不高兴，来“双合裕”买颜料的次数明显见少。

“死牛肺”蔫头耷脑：“掌柜的，你另赏我一个差事吧。”

“双合裕”现在人浮于事，张亚丞和“死牛肺”进店后，原先的四位伙计以为陈开要进行一番人事大清洗，惶惶不可终日。脑子活泛的已经开始另觅他途，在外采购原料的伙计曹子材好几天没当班了，去家里找也不见人影。陈开把配料的蔡习儒派出去寻他，结果是肉包子打狗，做了无尾飞砣，不知去向。

刚刚当了掌柜，便面临如此尴尬的局面，陈开是一个头壳两个大，火冒三丈：“你连颜料都调不明白，还能干啥？”

张亚丞主动请缨：“阿开哥，我去配料。”

“你行吗？”陈开问。

张亚丞压低嗓门：“红毛鬼子我都能对付，还对付不了一个汤老三？”

张亚丞脑瓜机灵，嘴皮子利索，见人说人话，见鬼说鬼话，对付汤老三绰绰有余。陈开笑逐颜开：“好兄弟，交给你了。”

这段日子，别说伙计们闹情绪，连温秉礼也很少到铺子里来。陈开听说他正在谋划去广利圩投资窑口，便打发尚喜坤去温家，探听他到底是什么意思。

尚喜坤回来后坐在陈开对面，像根木头竿子似的戳在那里，一言不发。“死牛肺”手忙脚乱地泡茶，陈开盯着尚喜坤那张沟壑纵横的脸盘子，从中读出了一些味道——看来尚喜坤也不打算在“双合裕”干了。一朝天子一朝臣，历来莫不如此。陈开拂去心中不快，把“死牛肺”支出门，客气地问尚喜坤：“温老爷不在家？”

“不在。”尚喜坤答了两个字。

“听说他要去广利圩？”陈开继续问，“莫非打算散伙？”

尚喜坤慢吞吞地说：“少掌柜的，生意场上东家换来换去的是常事。温老爷不干了，自然有别人接手，只要‘双合裕’的牌子不倒就行。”

“人往高处走，水往低处流。”陈开单刀直入，“既然办窑口能挣大钱，谁还愿意窝在小小的颜料铺？再说温老爷好面子，他甘心听我这个伢仔吆喝来使唤去？我不怪他，我只问你一句实话，老尚，你是不是打算跟他走？”

尚喜坤低头不语。

陈开不耐烦地问：“给句痛快话。”

通过这一个多月来的观察，尚喜坤发现陈开并非少不更事的嫩雏儿，身上有一股让人看不透的东西。他斟酌地说：“我跟随温老爷多年，当然要听他招呼，这是做人的本分。少掌柜的，你年纪小，脸皮嫩，不懂得江湖险恶，看不清人短人长。起初，你在正埠酒楼一刀宰了‘庞千刀’，英雄出少年，我老尚佩服得紧，给你挑大拇指。可到后来你连‘死牛肺’那号人都用，又让我觉得你没眼光，成不了气候。”

自从误打误撞在正埠码头宰了“庞千刀”，陈开在佛山堡声名大噪，从一个默默无闻的无名小卒，摇身一变，成为街头巷尾议论的热点人物。由于众人皆有心与他结交，“双合裕”颜料铺的生意莫名其妙地好了起来。陈开觉得开局顺利，满肚子的宏图伟略，根本听不进尚喜坤的进言，他嘿嘿地笑了起来：“老尚，这就是你的不对了，容你对温老爷讲义气，难道不容我对‘死牛肺’讲义气？我们是乡亲，当然要接济他一碗饭吃。”

“人以群分，物以类聚，什么样的人交什么样的朋友，路是自己走的。”尚喜坤絮絮叨叨说了一大堆，“少掌柜的，这个道理你将来会明白，我把话撂这儿。”

一个坐柜台的伙计竟然教训自己如何做人和带兵？陈开心里觉得颇为好笑，他压住心头的不耐烦，拱了拱手：“我是盲公食汤圆，心里有数。老尚，温老爷眼下正缺跑腿的，你辛苦一下帮他张罗，柜台别来了，工钱照旧由铺子里支。”

尚喜坤没想到陈开如此仗义，迟疑地说：“这，不大合适吧？”

陈开把尚喜坤的事处理得漂漂亮亮，心情格外舒畅，因为“死牛肺”愚笨而带来的不快一扫而光。中午吃过饭，他离开南擎后街准备回家睡觉，路过筷子街“荣生堂”的时候，看见梁德荣坐在路边，正捧着半碗米粉一根一根地朝嘴里吸溜。小家伙抬头发现了陈开，立刻把饭碗往地上一顿，高兴地喊了他一句：“阿开哥。”

“什么事？”陈开故意抬高了声调。

梁德荣没有夸赞他手刃“庞千刀”的英雄事迹，却倒起了自己的委屈：“阿三哥答应给我扎一个狮子头，他说话不算数，你帮我评评理。”

“小事一桩。”陈开问，“陈掌柜的怎么不在铺子里？”

陈见成的“百济堂”位于“荣生堂”东侧，大门敞开着，无人光顾，只有伙计劳大德坐在柜台里，却不见陈见成的身影。看到“百济堂”冷冷清清的光景，陈开心里暖洋洋的，自己是比上不足，比下有余啊。

“嘻嘻，陈掌柜的一大早就坐船，同花二奶去了顺德。”梁德荣挤眉弄眼，“昨天后半晌花婆子来过，说给陈掌柜的选了一门上好的亲事。”

陈开笑了：“他想女人了？”

梁德荣凑到他跟前，神秘兮兮地说：“可不是！我瞅见他摸花二奶的屁股呢。”

别看陈开当了颜料铺的掌柜，说到底不过是一个十三岁的孩子，讲起陈见成的事，脸上立刻大放光彩。两个小家伙捧腹大笑，你一言我一语，嘲笑完陈见成，陈开问：“你不是想臊阿三哥吗？我有办法。”

“太好了。”梁德荣跳了起来。

二人一溜小跑出了潘涌铺，来到福德铺福禄里的“骆记”扎纸铺，依照陈开的叮嘱，梁德荣亮开细嗓子喊：“阿三哥，快点还钱，不许赖账。”

曾三慌慌张张地跑出来：“我的小祖宗，小声点，别砸了我的饭碗。”

“谁让你说话不算数？”梁德荣昂起头。

陈开坐在石阶上乐得前仰后合，曾三明白是他出的鬼主意，忙应承梁德荣：“阿荣，不出三天，我保准给你扎一个吹胡子瞪眼的黑狮子，行了吧？”

“这还差不多。”梁德荣降低了调门。

骆老二从铺子里走出来：“阿三，又欠人家的钱啦？”

“没有的事。”曾三尴尬地分辨，“阿荣和我开玩笑哩。”

自从骆俊进士及第后，骆家人腰板挺得像一根铁棍，骆老二这个木讷的手艺人也学会了作威作福。不过看到陈开，骆老二还是换了一副尊容——谁都知道"庞千刀"的厉害，结果却被这个小家伙一刀毙命，真是人不可貌相，海水不可斗量。

"少掌柜的，"他笑眯眯地对陈开说，"过两日，叫伙计再送几包颜料来。"

陈开从石阶上站起来："多谢骆老爷。"

骆老二朝四周张望了一眼，压低声音问："少掌柜的，敢问你师承哪一家？"

宰了"庞千刀"后，大伙问得最多的便是这个问题。陈开不能说自己没本事，又说不出师承的门派，只好敷衍："嗨，我就是跟着阿茂哥学了两手。"

"茂仔？"骆老二吃了一惊，"难怪，难怪。"

梁德荣问："阿开哥，你那一招叫什么？"

陈开继续胡诌："嘘，阿茂哥不让说。"

"对对，红班拳从不外传，你们聊着，你们聊着。"骆老二做出恍然大悟的样子，掸了掸衣角，然后晃晃悠悠地走了。

进入清代，随着市面的繁荣，佛山堡地价飞涨，导致街面整个瘦了一圈。居仁里原本笔直的一条东西巷子，兜头被砖瓦巷拦腰斩断，进入街衢必须走砖瓦巷。这样一来，关于砖瓦巷是否属于居仁里，就成了一个问题。上次钟水鼎吃了"情理鞭"，经过街坊们的首肯，算是把这个答案再一次加以明确肯定。受此鼓励，劳宏绪、邵世荣、郑翰章和冼银懋几个老头把吹牛的战场挪到了闸门楼，似乎是为了巩固胜利成果。

从砖瓦巷到东南巷，再从东南巷到西南巷，代表着穷人们的理想。这几个老头蹲在闸门楼底下吹牛，另有一个原因——卢、黄、区三大家族经常聘请戏班教习上门授戏，在闸门楼吹牛还有乐曲伴奏，既舒服又爽气，何乐而不为？

陈开从砖瓦巷钻进来，发现前面有一个高大的身影，走上去一看，原来是秦文光。老爷子八十多岁的年纪，身体出奇的结实，陈开非常羡慕，赶紧叫了声："阿爷。"

老爷子摸了摸他的头："小东西，下刀子够利索的。"

秦文光的性格像极了"铁背苍龙"，平时不苟言笑，令人敬而远之。陈开知道老爷子过去经历非凡，得到夸奖立刻受宠若惊，腼腆地说："那是屙尿射竹筒，撞大运。"

秦文光愣了："小小年纪没有虚浮之气，好样的。"

"阿爷，你去干什么？"陈开高兴地问。

秦文光用手指着闸门楼："今天是黄家请的戏班教习，他家女仔曲子唱得好听，快赶上红船的大老倌了。我去听听戏，和老哥几个吹吹牛，放放葫芦。"

陈开在家门口停住："阿爷，我回家了。"

"你不喜欢听戏？"秦文光诧异地问。

"我……"陈开扭捏了半天才说，"我喜欢二花面的戏。"

看他那副欲盖弥彰的样子，秦文光哈哈大笑："我忘了，你还是个小鸡仔哩。"

你道翠生生出落得裙衫儿茜，
艳晶晶花簪八宝填，
可知我一生儿爱好是天然，
恰三春好处无人见，
不提防沉鱼落雁鸟惊喧，
则怕得羞花闭月花愁颤。
…………

黄纨卿一曲唱完，锣鼓咚咚作响，又换了另外的戏码。区植棠打闸门楼出来，后面跟着区府的管家区常清和宁洪原。宁大少见这群老头听入了迷，有意考较他们："老爷子，我考一考你们赏戏的水平，这段过场锣擂几响？鼓敲几记？钹鸣几通？板打几下？"

宁洪原这个问题颇为刁钻，劳宏绪、邵世荣、郑翰章和冼银懋几个大眼瞪小眼，没有一个能答得出来。宁大少笑得合不拢嘴，拿扇柄敲了敲掌心，得意地说："唱戏如同比武，内行看门道，外行看热闹。听仔细了，这段过场锣敲四十九，鼓鸣八十三，钹儿响了十八通，大板打了三十六。区管家，算算总共多少下?”

区常清麻利地从腋下抽出算盘,“噼里啪啦”打了一通:“一百九十六记。”

“听见没?就伢仔吮奶的光景,四门乐器一百九十六记,鄙人的耳朵一记不落,你们谁有这个本事?”宁大少自吹自擂,“我这副耳力,也就是‘小元霸’差强可比。”

李文茂耳力卓绝,那是佛山堡百姓公认的,宁洪原狗尾续貂,他算个什么东西?邵世荣啐了一口唾沫,讽刺:“大少,你耳力好,咋没听到提督学政署给你发榜?”

宁大少厚着脸皮:“老爷子,我说的是听戏,你别扯远了。”

“对,大少赏戏的本事不比他兄弟差。”区常清奉承。

半天没有说话的秦文光,这时悠悠地开口:“区管家,你算错了吧?”

区常清不服气地问:“谁算错了?”

“是一百八十六。”秦文光道,“不信你再算一遍。”

区常清操起算盘又打了一遍,脸色顿时绿了——的确是一百八十六。

区植棠微微皱了皱眉,迈开大步疾速离开闸门楼,区常清失魂落魄地追了上去。宁洪原当众跌了面子,无精打采地踱到金良玉家,从门缝里瞅见莫二娘正举着提线木偶耍弄。院子里坐了半院子的人,除了自己的兄弟,还有罗琦和狗子一干狐朋狗党。金家的丫鬟小翠来回跑动倒茶伺候。“红裤子”唱的很像是一首黄色小调,歌曰:

妹家门前有条沟,金盆打水喂鱼鳅;
鱼鳅不吃金盆水,郎打单身不害羞。
…………

罗琦色迷迷地对宁二少说:“‘外江班’的戏太腻,红船的戏煞气太重,还是二娘的调子接地气,调门短,花样新,你说是不是?”

宁洪崖在这群人里,是唯一能够欣赏莫二娘表演技巧的行家,他摇头晃脑:“二娘这些年本事见高了,淫而不邪,出污泥而不染,有功夫。”

“没错,是有功夫。”狗子发出一阵淫笑,“二娘下面那两片肉最近越来越可人意，比十来岁的女仔强多了。”

“红裤子”红着脸问：“几位大爷，还想听哪首曲子？”

罗琦掏出两角银子，往茶盘里“叮当”一扔：“既然老少爷们喜欢听你的调调，二娘，你随便哼上两曲，今天罗爷捧你的场。”

莫二娘清了清嗓门，开始唱起来，那是她家乡美丽的山歌。

钓鱼钓到正午后，鱼未食饵心勿操；
日头钓鱼鱼见影，有心钓鱼夜昏头。
…………

狗子叫起来：“太素太素，再露那么一点点，一点点就行。”

一丝不轻易察觉的无奈，从莫二娘的眼角漾出，旋即深深掩进擦着脂粉的鱼尾纹里。女人不敢有丝毫的怠慢，细声细气地唱道：

吃鱼要吃大头鱼，不吃细鱼满嘴流；
连娘要连十八岁，不连小小背名偷。
…………

罗琦满意地点点头：“这还差不多，一爿屁股蛋子是露，两爿屁股蛋子也是现，只要能把爷们唱起兴了，赏钱自然不会短你的。”

“红裤子”取手帕润了润脸面，给手中的木偶罩了一身粉红色的新衣服，然后双手灵活地操纵起悬丝。数十根细长的线条，仿佛走不尽的人生道路，交错纵横，悲喜叠加，哪一根才能让人心头豁亮？女人的唱腔不知不觉掺进去一丝苍凉：

一蓬慈姑开白花，哪时得你坐一家？
哪时得你同床睡，犹如鲤鱼看龙虾。
…………

众人叫好声中，宁洪原垂头丧气地走了进来，宁洪崖问：“哥，咋啦？”

宁大少坐下来喝了杯茶，愤愤不平地说："你说区常清这么一个糊涂蛋，区府为啥不把他开了缺？区老爷糊涂，区少爷还糊涂吗？"

罗琦挥了挥手里的扇子："好我的大少，区植棠是佛山堡有名的白面贼，咱们几个捆一块也比不过他一个人的脑子。他相中的就是区常清这份糊涂劲，有区常清糊弄他阿伯，在区府他还不是一手遮天？"

宁洪原恍然大悟："敢情我是最糊涂的蛋？"

狗子问："大少，你撞到哪堵墙上了？"

"老秦头呗。"宁洪原唉声叹气，"世道变了，穷鬼都敢对老爷横眉冷眼。那群放葫芦的老骨头移到了闸门楼，瞅那架势，好像闸门楼是他们家修的。"

罗琦挺直腰，郑重地提醒宁洪原："大少，姓秦的那老东西你最好别招惹他，我给你漏个风，'大魁堂'筹了好几万银子准备修整河道，从同知衙门到南海县，推荐了不少人争这项肥差。梁大老爷一口气全给驳回了，单单就相中了他。"

"丢他老母。"宁洪原惊呆了，"他还成了精啦？"

吴璧光保住"大魁堂"当班值事的宝座后，打算好好安抚一下梁家，苦思冥想，终于琢磨出一箭双雕的妙计：邀请梁霭如出面担任汾江河的清涌值事。这样做的目的有二：一来利用梁霭如的威望震慑官府，防止各级衙门口插手，办好清涌这项涉关合镇居民利益的大事；二来交给梁家一项肥差——自古以来，在所有的土木行当中，水利工程是最容易捣鬼的肥差。它不像起大梁盖房子，材料用度基本上可以看到个八九不离十；水下面的活全是隐蔽工程，挖出来多少泥，填进去多少土，埋下去多少石，谁的眼珠都看不到，自然也就难以抓到把柄。正是由于这个原因，各个衙门口馋得直流哈喇子，削尖头壳想往里钻。

梁家有的是钱，梁霭如身为大名士，当然不会在整修河道工程上捞一笔，他想的是如何在父老乡亲面前留一个好名声。为了搞好汾江河的清涌工程，他拉上年迈的李可琼当值事，两个人合计来合计去，觉得必须选一个操持大工程的高手。可着广州府打灯笼去找，能揽这项瓷器活的只有一个金刚钻：秦文光。

汾江河清涌工程在即，陈开担心与之相关的各项材料涨价，委托"逃军和”在石湾镇采购了一口大瓮。又让林科举买纸买笔买刷子，乱七八糟堆了半屋子，准备在家里学习髹漆。林科举发愁：“屋里这么挤，阿典能来吗？”

陈开满不在乎：“不碍事，我到隔壁陈掌柜的屋里住。”

“人家马上要定亲，哪有你的地方住？”叶二和肩头上扛着“长烈钻”。

陈开笑嘻嘻地说：“别忘了，陈掌柜娶的是你们顺德媳妇，能干归能干，可惜头两年不落夫家，要回娘家住。”

顺德女人精明强干，一定程度上与当地风俗相关。她们年少时义结金兰，长大后许多人宁愿不出嫁，住进姑婆屋当自梳女；即使那些出嫁的女子也常常不落夫家——生儿育女前大多数时间住在娘家，为娘家尽力而不是帮夫家做活。

种种习俗，似乎带有古代群体婚的遗风。叶二和在顺德呆久了，从不羡慕这个，赌咒发誓：“我要是娶媳妇，绝不娶顺德娘们。”

夜里下起了大雨，第二天仍然淅淅沥沥，陈开昏沉沉睡了个饱。听到院子里有声音，他以为陈见成从顺德相亲归来，问了声：“谁呀？”

来人没有说话，蹑手蹑脚地推门进了屋子。陈开睁开眼睛一看，竟然是黄鱼春，他羞得满脸通红，扯过一件褂子罩在身上：“嫂子，有事吗？”

黄鱼春提着一个篮子，里面半罐子鱼汤：“阿开，吃早茶，热着呢。”

“嫂子，”陈开局促道，“你何必客气。”

“乡里乡亲的，我不管你谁管你？”黄鱼春叹了口气，麻利地把汤推到陈开面前，“说到根子上，你毕竟只是一个伢仔，背井离乡在外面不容易。可惜你余大哥是个没本事的主，不然的话，说什么也不能让兄弟受委屈，叫人家给你甩脸子。”

陈开听明白了，黄鱼春是为“死牛肺”的事情而来，他赶紧说：“嫂子，我既然答应了你和余大哥，就一定会照顾他，不会说话不算数。”

“听说为了阿让的事，”黄鱼春试探地问，“温东家要撤股？”

这个没脑子的“死牛肺”，怎么口无遮拦，什么都往外说？陈开心里大为不满，嘴上还得耐心地应付：“人家另攀高枝，谁拦得住？”

“反正不能因为阿让的这点小事，耽误你的买卖。”黄鱼春斩钉截铁地说，“这是我和你余大哥的意思，你心里要有个定盘针，该辞就辞，莫要顾忌。”

黄鱼春表现出一副女汉子的气概，让陈开非常感动，他只能表现得更加义气：“这事我心里有谱，嫂子，你和余大哥就别操心了。”

“你余大哥嘴慢脑子笨，也不会来和你交交心，真是的。”黄鱼春莞尔一笑，“不过他这种朋友值得交，起码不会花言巧语地蒙人。”

两个人的话让黄鱼春一个人说完了，陈开唯唯诺诺，耐心听讲。正在这时，陈见成兴冲冲地跑进院子，大声吆喝：“阿开，阿开。”

陈开总算找到了摆脱黄鱼春纠缠的由头，一个箭步跳出屋门：“什么事？”

“你屋里好像有女人？”陈见成问，“是花二奶给你介绍的？”

陈开的脸腾地红了：“少胡说。”

陈见成不死心，探头一看，讪讪道：“原来是余家嫂子？”

黄鱼春瞪了他一眼，坐在凳子上，丝毫没有走的意思：“我给我兄弟送鱼汤。”

“好好。”陈见成一把将陈开拉到院子里，兴奋地说，“阿开，你知道我这趟相亲，在龙山乡碰到了谁？”

“谁？”陈开问。

“叶老二的妹妹叶小妹。”陈见成大声说。

陈开的声音比他还大：“你相中的是她？”

“她是老幺。”陈见成面露羞惭，“她们一共金兰七姐妹，我相中的是老五。”

花二奶神通广大，陈见成把自己的条件一摆，她脑子里只过了遍筛子，就立刻为他挑出一个合适的人选——顺德龙山乡坦西村的温玉珠。第一，这个女仔是顺德人，凡顺德女人没有一个不是精明能干的；第二，温玉珠家境一般，与陈见成的经济实力相差悬殊，这样的话，陈见成便有了天然的心理优势，不怕降不住她；第三，温玉珠兄弟姐妹众多，不差她一个人给家里出力干活，婚后即使不落夫家，娘家的压力也没有那么大，用不了多长时间，定会乖乖地返回佛山堡伺候老公；第四，温玉珠性格善良，嫁过来后陈见成不会吃瘪；第五，温玉珠模样长得很不错，漂亮女人谁见了不动心？

说到模样靓，叶二和的妹妹叶小妹也很水灵，年纪才十三出头，比温玉珠小了足足三岁，嫩得跟鲜豆腐一般。可惜陈见成嫌她家穷，叶二和在佛山堡当叫花子不说，其母至今仍未被家人赎回，门风不好，名声难听。

这桩媒牵得出奇顺利，花二奶心情不错，打着一柄油纸伞，花枝招展地跟着进来："要不要到灵应祠求个签，阿成？"

"不用，不用，就是她了。"陈见成连连摇手，"'文定'我早准备好了，现在行'担酒'也没问题，我明天去办。"

依照佛山堡的风俗，男方在准备提亲前，要送给女方一个非正式的小小聘礼，名字叫作"文定"（又称为"抽手提"，相等于六礼中的"纳吉"）；快到迎娶女方的时候，男方家里再举行一次正式的聘礼，这时要把自家酿造的糯米、黄酒等礼物送到女方的家中，这个隆重的仪式名之为"担酒"（相等于六礼中的"纳征"）。在"担酒"礼上女方家如果接受了礼物，就表示最后同意这门亲事，不再变卦，回礼帖上要写"愧领"二字；如果不同意亲事，则不接受男方送来的礼物，回礼帖上要注明"心领"两个字。

花二奶"咯咯"地笑："哪有你这么猴急的？八字还没有一撇呢。"

"我的姑奶奶，我现在心里火急火燎，七上八下，你可不兴吓唬我。"陈见成把一小袋碎银子塞进了花二奶的腰包。

"讨打的小鬼头。"花二奶推开他的手，"温家那老两口对你的家境很满意，明后日抽时间落了'文定'先。记着，把令尊令堂接来，早日定了婚期。"

陈见成笑呵呵地回答："那还用说，我阿爸早就盼着抱孙子哩。"

"少掌柜的，"花二奶盯着陈开，"我这儿有一桩便宜，你要不要？"

"不要。"陈开臊红了脸。

花二奶从肩膀头子摸到小腿肚子，最后用一对粉拳捶在陈开胸膛上："少掌柜的，你眼下在佛山堡名声大噪，人人知道'双合裕'掌柜的是位少年英雄。婶子是干这一行的，保准给你寻一桩美满姻缘。"

陈见成好奇地问："姑奶奶，你打算给阿开说一门啥亲事？"

"那你可比不上。"花二奶头头是道，"冲少掌柜的这个头，这副好身板，至少也要找一个大户人家的千金，大把的金银供你花销，坐享其成；假如为了后代头壳灵光，那就找一个书香门第的女仔，和和美美地过一辈子。"

如果放在平时，陈开只当花二奶是在开玩笑，绝不会跟她去灵应祠。但今天看黄鱼春一时半会没有走的意思，他心里有些发怵，脚步不自觉地移到院子当中，大声说："嫂子，你回去给余大哥说清楚，太让哥的事叫他别操心。"

黄鱼春提着篮子走出来："兄弟，咱们一家人，老把这事挂在嘴上干吗?"

陈开把黄鱼春送出大门，恰好"逃军和"肩头扛着一把木桨迎面走来，"长烈钻"扑拉着翅膀冲向黄鱼春，伸出嘴巴叼走了瓦罐。黄鱼春猝不及防，吓得一屁股瘫坐在地。陈开慌忙把她搀起来，到砖瓦巷叫了顶轿子，送她回家。

花二奶在后面紧着问："她是谁?"

陈开抹了抹额头上的汗："余家嫂子，我们古劳围的乡亲。"

"这娘们绝非善茬。"花二奶提醒。

陈开苦笑着问："二奶，你怎么看出来的?"

"颧骨高，"花二奶在他脸上拧了一把，"杀人不用刀。"

陈开、花二奶、"逃军和"以及"长烈钻"三人一鸟来到灵应祠，发现里面熙熙攘攘，上香的人明显比往日多了几倍。一打听才知道，鸾坛今日重新开张，地点设在藏经阁，佛山堡的老百姓都跑来看热闹。

正殿里香气扑鼻，主要的味道不是来自上供的缭绕香烟，而是满屋子女人身上散发出的花粉胭脂。虽然失去了"鸡公"那样伟大的导师，但是佛山堡数十万居民的生活需要光明，真武大帝沉默百年的身影，便是光明不竭的源泉。

求北帝爷爷指点迷津的主要是妇女，媒婆经常借这个机会让未婚男女偷偷打个照面，见见本尊是什么模样。陈开挤在一堆女人中，免不了碰到这个的胸脯，那个的臀部，脸赤得像关老爷一样；他个头又高，谁都能看到他的灯笼脸。花二奶忍俊不禁，扯了扯他的胳膊，踮起脚尖低声叮咛："你到殿西那个角落候着，待会我让人家姑娘过去。你仔细掂量，假如有中意的就给回个话，我在锦香池边上等你。"

这时雨已经完全停歇，陈开依照花二奶的吩咐，在正殿西侧的拐弯处等待，眼前不时掠过少女的影子，把他看得眼花缭乱，弄不清自己到底喜欢哪一类。半个时辰过后，一位苗条少女翩翩走来，看到陈开后一怔，左右打量了他一番，突然问："你住在东南巷?"

这位少女十四五岁的年龄，从口吻到步态显然是一位大家闺秀，容貌秀丽异常，装扮十分美艳。一见到她，陈开顿时明白自己最想要的女人是什么模样了，晕晕乎乎地问："你怎么知道的？谁告诉你的？"

少女嫣然一笑："打阿鼎鞭子的那天，我见过你。"

陈开诧异极了："你认识他？"

"他是我们家的工匠。"少女微微叹气，然后婀娜地走了。

花二奶倚在锦香池边正看鲤鱼，见陈开摇摇晃晃地走过来，忙问："咋样？"

陈开害羞地点了点头。

"你看中了？"花二奶喜滋滋的。

陈开犹豫起来："就怕人家看不上我。"

"不可能，不可能。"花二奶连连摇头，"她比你大三岁，模样还算说得过去。不过人家是开当铺的，家里有的是钱。男人们嘛，有了钱就有一切，只要你身子骨结实，再养他六七房姨太太，买八九个丫鬟老妈子，环肥燕瘦，啥样的没有？"

陈开明白搞混了，他不甘心地问："二奶，不是黄家的闺女吗？"

"放屁，"花二奶气急败坏，"纵使她给我金山银山，我也不帮这个忙。"

黄家多年来一直瞧不起东南巷的人，自家的事从不找花二奶居间作媒，特别是黄开大当家以后，与另外一个媒婆"女张仪"潘杨氏常来常往。"女张仪"是花二奶的死对头，花二奶对此恨得咬牙切齿，誓与黄家较量到底。

"逃军和"扛着"长烈钻"向藏经阁走去，走到近前才发现路被小道士们封住。"小蒲扇"嬉皮笑脸："这不是叶二哥吗？"

"逃军和"没好气地骂："好狗不挡路。"

"叶二哥，你来晚了，现在这里一张纸片都没了。只有一支笔，还用金线吊着，拿刀劈也劈不断。""小蒲扇"一点没生气，转身对道士们说，"让开路，恭迎二爷回家。"

"逃军和"对灵应祠的道路再熟悉不过，三摇两晃，绕到藏经阁的后面，纵身跳到一块石头上，选了一扇低矮的窗户朝里面看。不看还则罢了，一睹之下，叶二和立刻被里面诡异的气场所震慑。只见"阴阳生"身穿水田衣，怀抱七星剑和三角旗坐在蒲团上作法。他背后是一排二十八盏幽魂灯，顶棚画着一幅硕大的河图，地面刻着八方九宫图。最引人注目的是从顶棚垂下来一条金丝，线的末端吊着一支笔，下面一张纸平整地铺在几案上。

“逃军和”听说过“鸡公”的绝技，但是从来没有亲眼目睹。今天一看这个阵势，心里咚咚直跳，仿佛过去盗窃图纸的旧事都会被“阴阳生”一一翻出来治罪。他吓得肩膀一缩，把脸埋进“长烈钻”光滑的羽毛中。

第二十九回　弄巧成拙

“阴阳生”这次重开鸾坛，收费比昔日的“鸡公”贵出十倍。能出得起这个价格的均为佛山堡的豪族和富商，排在第一个的是丛桂里的梁氏——梁家想为梁九图占卜前程，看他此番下场再战是否顺利。

梁九图对占卜相面之类的把戏没有多大兴趣，但是，像扶鸾这样高妙的法术，若是没有两下子真功夫，等闲的道士不敢揽这号瓷器活。凭着这种判断，梁九图进入祖庙藏经阁，见“阴阳生”相貌不俗，心里先有了几分认可。

对排在前三位的顾客，“神算子”“广灵子”和“阴阳生”十分重视，事前做了充分的功课准备。“阴阳生”运了一会法力，直到心神完全与藏在阁楼的“枫子鬼”合为一体，畅行无碍以后，这才开口问：“梁老爷，你想占什么事？”

梁九图是何等清高的性格？卜问前程，对他来说是一件恶俗之事，面上并不光彩。他憋了半天，最后才丢出一句：“秋闱。”

那是一支突兀而立的笔，仿佛无根无源，无牵无挂，却能分阴阳，逾三生，勘破人世间的迷障，决定芸芸众生的命运，这到底是个什么玩意呢？梁九图困惑地想。那根神秘的金线被阳光包裹着，偶尔露出血殷殷的峥嵘面目——如果它真的灵通，四书五经岂不是废纸一堆？自己又何必寒窗苦读，塞一肚皮的垃圾？

正当他胡思乱想的时候，红光烁目，鸾笔动了一动，笔尖稳稳地触到了纸面。梁九图的心猛然提了起来，全神贯注地观察着眼前这神奇的一幕，潜意识里充满了期待——年轻人的骨子里流淌着浓浓的功名血，所谓的高雅，纯粹是下酒的凉菜。

“神算子”和“广灵子”正襟危坐，在旁助阵。“阴阳生”第一炮打响了的话，前者可以稳坐灵应祠，后者也能够免去佛山堡百姓的物议，可谓皆大欢喜。两个人暂时克制对“阴阳生”的戒备心理，祈祷本次施法顺利进行。

“阴阳生”在鸡宅练成“枫子鬼”的通灵法术后，为了慎重起见，又足足花了半个月的时间进行磨合。直到对“枫子鬼”有了十成的把握，他才同意出山，在灵应祠开辟鸾坛，希望重现往日“鸡公”的盛景。

鸾笔在纸上平稳地写下了第一道笔画，“神算子”和“广灵子”互相满意地看一眼，正打算松口气，意想不到的事发生了——蒲团上的“阴阳生”浑身抽搐，鸾笔激烈地抖动，在白纸上画了一长串的波纹状，跟现在心电图的曲线差不多。

屋子里的空气刹那间冻结，没有人知道究竟发生了什么事。

“逃军和”把脸埋在“长烈钻”洁白的羽毛里，惹得白鹈鹕十分不高兴，伸出爪子把他的头壳往下一按。叶二和吃疼不住，“骨碌骨碌”地翻滚下石头，嘴里骂声不迭。人鸟没有理会他，扇了扇翅膀，低头飞进藏经阁的阁楼。

阁楼是“阴阳生”设置机关的地方，“枫子鬼”隐身于此，负责操纵那根穿越顶棚的赤色金线。这个半尺来长的“枫子鬼”手足俱备，体型也与“阴阳生”比较相似。通过这些日子的修炼，它吸收了“阴阳生”的精气神，变成了一个十足的通灵活物——“阴阳生”想什么它想什么；“阴阳生”发出的号令，它均能不折不扣地执行。

“枫子鬼”最厉害的地方在于体质轻盈，可御风飞行，杀人于千里之外，“飞头杀人”正是其法力的可怕写照。然而，粤西巫术之所以修成者寥寥无几，无法有效地传承下去，除了通灵的“枫子鬼”难以寻觅外，还在于它本身存在着无法克服的缺陷：巫师固然可以把精气神移到“枫子鬼”的身上，但是“枫子鬼”反过来也能影响巫师的身体。主仆二者是一根线上的蚂蚱，一荣俱荣,一损俱损。

人类的心灵本来就有缺陷,它只是天地之光的承载物,而非宇宙精神的有源体。这种承载物分身至“枫子鬼”,不但指挥它的行为,而且要满足它的自我精神探索。两颗有缺陷的心互相作用,其结果往往不是越来越圆满,而是越来越破损。

且说“长烈钻”发现“枫子鬼”能像人一样动作,不免纳罕,立刻猛扑过去,张开铁嘴一口咬住“枫子鬼”的头壳。白鹈鹕的嘴劲那得多大?“嘎吱嘎吱”刺耳裂肉,硬是在“枫子鬼”的木头脑袋上勒出一道深深的沟渠。

“阴阳生”物我两忘,正在下面专心致志地作法,谁承想大祸从天而降?骤然间他觉得头疼欲裂,像是有一把大铁钳子夹住了脑门,一口鲜血当即顶到嗓子眼。所幸“长烈钻”发现自己咬的是块木头橛子,扫兴地松开了嘴,不然,“阴阳生”势必心神错乱,命丧当场。

鸾笔戛然而止,梁九图拿起那张纸:“道爷,此为何兆?”

按道理说,求占之人不得在鸾坛上随意发问,神的意思全写在那张纸上,拿回家好好研读体悟就是。一来鸾坛出现了突发情况,二来梁家势力太大,实在得罪不起。“神算子”见韩通还没有缓过魂来,只好欠起身来,代为作答:“九爷,你是文曲星下凡,阴神阴火太旺,鸾笔也有些驾驭不住,所以才会……”

梁九图不等他说完,急切地问:“看来梁某秋闱不利?”

“嗨嗨,兴许吧。”“神算子”干咳了一声。

梁九图失望地看着那张纸,自言自语:“这上面画的山脉形状,难道天意竟是让梁某奔走山林,与石为伍?”

“广灵子”嫌“神算子”回答有些唐突,抢先说:“九爷,天机不可泄露,你回家细细地思量,贫道不便多言。”

梁九图半信半疑地走出藏经阁,对面山墙上忽然冒出一个半大小子,长着一双斜眼,龇着牙嘟囔:“错了,错了。”

半大小子是灵应祠老郑头的结巴儿子,名叫郑流利,这年十二岁,脑子有点残疾,嘴里只会说“错了”两个字。

梁九图见他长得不像话,快步离开藏经阁,不愿理会他的聒噪。

花二奶是个要脸面的人,首次给陈开提亲出了岔子,激发起了她的好胜心。第二天清晨早早地敲开了陈开的屋门，往床头一坐："阿开，我知道你心气高，不想矮人一截，好，大户人家咱不再提。婶子给你说一个小家碧玉，这女仔你其实也见过，就是宁老爷的小闺女。要模样有模样，要教养有教养，比你小两岁，合适吧？"

女诸葛的小妹名叫宁绣锦，容貌端庄，举止文静，陈开对她的印象确实不错。可是宁绣锦今年算上虚岁才十二，陈开叫了起来："婶子，她才多大？"

"今年十二，明年十三，十三岁过门的有的是，我看她挺配你。"花二奶不知不觉说出了心里话，"反正黄家闺女不合适，人家门第高，你攀不上，最好死了那条心。"

对花二奶的分析，陈开心中并无异议。的确，黄纨卿长得再美那也是天上的月亮，可望而不可即。相对而言，宁绣锦是出身书香门第的小家碧玉，能娶到家已经算祖宗积德。陈开不满意的不是宁绣锦，而是花二奶这种拿说亲当儿戏的方式，他摇了摇头。

花二奶拽起他一只胳膊："走，去灵应祠，咱敞开了拣。"

王山公和宁二少跨进院子里，发现两个人正在拉拉扯扯，宁二少大为不满："二奶，阿开身上的毛还没长齐，你就给他拿笼上套？"

"有一门好亲事，他倒是愿意，怕人家女方不答应。"花二奶咯咯地笑了起来。

"是吗？"宁洪崖问，"哪家的女仔？"

陈开不敢任由花二奶信口开河，套了件长衫："婶子，我跟你走。"

王山公和宁洪崖互相看了一眼，王山公叮咛陈开："少掌柜的，你去相亲先，我和二少在正埠酒楼等你，一起吃夜宵。"

陈开愁眉苦脸地跟着花二奶走在街头，"长烈钻"在脑瓜顶上来回盘旋，"逃军和"扛着木桨出现在眼前，说话很不识趣："咋还去相亲？"

花二奶白了他一眼，目光向下，落在"逃军和"鼓鼓囊囊的裤裆上，忽然想起一个沸沸扬扬的传闻——这个长腿乞丐据说腰里别着一根堪比驴鞭的大号阳具，许多人去年在崇正社学门口亲眼见识过。想到这里，媒婆轻轻抽了自己一个小嘴巴，差点把财神放走了。她换了一副娇滴滴的口吻："老二啊，想不想多挣点钱？"

"那谁不想？"叶二和把木桨戳在地上。

花二奶飞了一个媚眼:“一起走,灵应祠。”

三人一鸟回到祖庙,陈开照例先跟着花二奶去相亲,“逃军和”扛着“长烈钻”去藏经阁看热闹。他发现在外面负责警戒的人换成了道士小乙,就问:“小乙,韩道爷昨天不是生病了吗?今天咋还开鸾坛?”

小乙不屑一顾:“神仙哪有生病的?”

“也是。”叶二和觉得小乙说得在理,“我去瞅瞅。”

“枫子鬼”昨天遭到“长烈钻”突如其来的袭击,“阴阳生”感同身受,头部有一根神经生生被夹坏了。韩通头疼难忍,动不动就浑身打哆嗦,缓了一天也没有缓过来。有心把鸾坛暂时停了吧,却遭到“神算子”和“广灵子”的一致反对。

两个人狐疑地看着他:“韩爷,我们看你身上没毛病啊?”

“阴阳生”有苦说不出,自己受的是内伤,总不能把头壳劈开给他们看吧?

“鸾坛绝对不能停,眼下佛山堡几十万人伸着脖子在看。”“神算子”坚决反对,“一旦咱们歇了坛子,‘大魁堂’肯定会把灵应祠交给‘喃呒会馆’,咱哥仨这碗饭就算吃到头,卷起铺盖走人,哪儿来,回哪儿去。”

“广灵子”摊开手:“韩爷,居仁里黄家和区家是花了大价钱的,昨天推到今天,要是再往后推,人家肯定会以为咱们是一伙骗人的张到。”

“阴阳生”无法推托下去,“神算子”和“广灵子”肯让自己参与分赃,无非是因为自己有本事。如果连这一点都让他们怀疑,合作关系还能维持得住吗?万般无奈,“阴阳生”只好再度走上鸾坛,心里祈祷北帝爷爷快来保佑。

他坐在蒲团上暗运功力,发现鸾笔挥洒自如,不由得松了一口气,看来“枫子鬼”的伤势没有什么大的影响。他问对面的黄开大:“这位爷所占何事?”

冶铁业是佛山堡手工业的起家绝活,尤其是铸炮工艺冠盖南中国,取得了“官准专利”的垄断权力,不论官府还是民间,只能从佛山堡采购铁炮。在垄断条件下,铸炮行业的利润极为丰厚,佛山堡九大炉户之间的竞争十分激烈。黄家的“丽升炉”爆炸后,各种不利于黄家的流言蜚语喧嚣尘上,作为一家之主,黄开大所承受的压力不言而喻。他意识到如果不完成一件轰轰烈烈的壮举,显然难以驱散笼罩在黄家头上的阴霾。基于以上考虑,他把目光瞄准了当时铸炮行当最大的一笔订单上——在两广总督卢坤的鼎力支持下,新任广东水师提督关天培决心重建虎门要塞,在这个雄心勃勃的三重门户设计中,单是新添的大铁炮就有上百位,总造价超过二十万两白银,首期六万两白银的款项已经由朝廷下旨拨出。

这桩肥差,最后会落到谁的布袋中呢?

当时粤东官场的情况是:两广总督卢坤病重不能视事;广东巡抚祁贡学臣出身,办事谨小慎微,轻易不会插手;广东水师的新掌门关天培初来乍到,正是立功心切的时候,不可能干这种让人戳脊梁骨的事。因此,这笔二十万两白银的肥肉便落进佛山同知署衙门的嘴里。佛山同知署全称"广州府佛山海防捕务同知署",本职工作即管理军火生产。黄开大得知消息后,花费重金买通了佛山同知魏清水,对这项铸炮合同志在必得。

听到问话,黄开大匀了匀胸中的气:"我家的生意。"

对黄家的情况,"阴阳生"等人并不陌生,他们的情报主要来自五斗口司巡检蒋佑晨。

吴荣光回来摆平了梁霭如后,吴家乘胜追击,杀马立威,南海县知县齐如晦调到了肇庆府的高要县当百里侯。番禺县的"黄轱辘"捡了个大便宜,没有花一文钱,捧上了南海县这个广府首县的金饭碗。蒋佑晨坐卧不安,知道下一个倒霉的准是自己,之所以还没有立刻叫人家撵走挪窝,是因为佛山同知魏清水未曾点头——"大魁堂"把整治汾江河道的鲜美肥肉送给了梁霭如,魏同知一怒之下开始拖延政务,刁难地方。

因为辖境内有佛山堡这样富足的天下巨镇,五斗口司向有"粤东第一司"的美称,油水远非其他地方可比。尽管齐如晦承诺把他带到高要县,蒋佑晨还是舍不得离开,天天在酒桌上向"阴阳生""牛鬼窟"等人发牢骚,无所不谈。

广东水师的军火订单迟迟未能下发,问题出在祁贡的身上,这老头做事讲究人情事理纹丝不乱。虎门炮台重建是卢坤念兹在兹的头等要务,朝廷拨发银两以外的花销皆由总督衙门出面摊销,或者勒索十三行洋商。而卢坤现在病入膏肓,眼看活不了几天,祁贡不愿意给人一种急于抢班夺权的印象,索性把这件事暂时搁置起来。

上至关天培，下到魏清水和黄开大，无不心里火烧火燎，只有祁贡稳坐钓鱼台。旁观者看得很清楚：只要卢坤一天不死，这个扣子便难以解开。

赤金丝线摇动，鸾笔开始书写，"阴阳生"全身高度戒备，两只眼睛盯紧笔端，生怕昨日的悲剧重现。真是怕什么就来什么，鸾笔的笔尖刚刚触及纸面，"阴阳生"忽然感到有一座巨大的山脉劈头压来，脊椎骨的骨节"叭叭"作响，仿佛马上要全部折断。他头疼欲裂，万念俱灰，凄厉地骂了一句："我丢你老母。"

"长烈钻"飞进阁楼，发现昨天那个小木人还在比画，毫不客气地扑过去。这次它没有用嘴啃，而是伸出一只大爪子，使劲抓住"枫子鬼"的头部。

"逃军和"目睹"阴阳生"突然表现出痛苦的神情，又瞅了瞅阁楼里面，终于发现了问题的症结所在。他急忙打了个口哨，"长烈钻"放开钳在"枫子鬼"头部的大爪子，扑打着有力的翅膀，从阁楼里钻了出来。

鸾笔沉重地按住纸面一动不动，随着"阴阳生"身上的压力减轻，笔尖反弹起来在纸面上晃荡了两步，终于无力地休止了。

黄开大从惊愕中清醒过来，打量着鸾笔书写的蝌蚪文字，它不像是正经字体，倒有点像红毛鬼子记账的符号。黄开大从长袍的衣兜里取出一只精美的怀表，反复印证了半天，最后终于确定是一个"3"字——他和红毛鬼子打过交道，认识这个数字。

黄开大迟疑地问："道爷，这是什么意思？"

"广灵子"瞥了"神算子"一眼，完了，鸾坛的规矩彻底被搞坏了。

"黄老爷是明白人，"看在钱的面子上，"神算子"为黄开大披露"玄机"，"好事多磨，这笔生意逃不出你的手心，不过，你一家恐怕不能独吞。"

黄开大喜出望外："道爷，这个道理我懂，咱们佛山铸炮炉户几百年来，从没有吃独食的先例，我们哥仨早商议妥了。"

佛山堡九大铸炮炉户之间有一个不成文的规矩，凡是大宗的官府军械采购，一般由三家炉户组团承接，目的是为了分散风险。九大铸炮炉户习惯性地分成了三伙——李、霍、陈三家是一伙，黄、冼、冯三家是一伙，关、麦、梁三家是一伙。

"还有一桩事算我多嘴。""神算子"提醒他，"黄老爷，按照鸾笔指示，你命里该有三位夫人,要想生意顺利,应该冲冲喜。”

“神算子”这句话说到了黄开大的心坎里,佛山堡人对黄家的流言蜚语无非集中在黄家和他自己的气运上。广东水师这次订单一旦到手,为了平息官府和合伙人的疑虑,首先必须解决这个气运的问题——娶一个黄花闺女,迸血冲喜。

黄开大对占卜的结果非常满意,他低头盘算着走出藏经阁。等他的背影消失不见,郑流利才从墙头上冒出来,喃喃地说:“错了,错了。”

佛山堡最坚固的房子大概要属当铺的质库,又名当楼,是典当业存放值钱物品和银两的仓库,偌大的建筑不留一扇窗户,只在顶楼留有一排黑洞洞的枪眼。搁在以往,“逃军和”每每走过质库的时候,总会情不自禁产生一种畏惧和自卑的心理,但今天不一样,他脸上的得意之色掩盖不住,像蒲公英一样到处飘洒。

叶三和从“赣通押”当铺里走出来,问:“二哥,啥事啊这么急?”

“逃军和”把兄弟拉到一个僻静之所:“老三,想不想把阿妈从罗家赎出来?”

“不是没有钱吗?”叶三和沮丧地说。

罗家当年用八十两银子的价格典下叶母,看中的是这女人屁股大、奶水足,希望她给自家的子女喂奶。契书规定典身期限为十年,叶家如果想在期限内赎回她,必须付出十倍的代价,换而言之,赎身银涨到了八百两。

“逃军和”看着兄弟:“我有一个办法能筹到钱,就看你敢不敢干?”

天下没有不希望母亲回家的伢仔,何况当年叶母离家的时候叶氏兄妹年纪还小,失去母亲眷爱的生活有多么痛苦?叶氏兄妹当然是寒天饮冰雪,点滴在心头。如今既然有了一线机会,便断不容母亲留在罗府受罪,叶三和斩钉截铁地说:“干。”

兄弟两个一溜小跑来到“阴阳生”居住的鸡宅,只见门口进进出出的,都是佛山堡各大医馆、药铺的郎中和伙计。梁芳长这头刚走出来,陈见成那边又被迎了进去。“逃军和”在半路上截住梁芳长,问道:“你来干啥?”

“真是见了鬼,这年月连神仙也闹病。”梁芳长皱着眉头,“不过,神仙就是神仙,咱们这些凡人的药浑不管用。”

“逃军和”心里是咸鸭蛋滚汤，越发有了着落。兄弟二人等到夜幕高悬，所有的郎中离开鸡宅以后，这才决定行动。叶二和嘱咐兄弟：“老三，你找个角落藏起来，过半个时辰我要是还不出来，你马上去报官。”

“二哥，千万要小心。”叶三和提醒。

“逃军和”壮了壮胆子，毅然向鸡宅走去。他现在已经顾不得那么多了。卖身为奴实为人间惨痛之境，主人使唤不算，就连罗府里的管家和仆人都可以随便凌辱。这些年他耳朵里灌满了种种不堪的传闻，必须尽快把母亲营救出来。

“阴阳生”再次遭受巨创，身体实在坚持不住，回到鸡宅，便在床上来回打挺，疼得死去活来，鬼哭狼嚎。“广灵子”和“神算子”一看也慌了神，忙派人请来各路郎中，大家来了以后全傻了眼：“阴阳生”毫无病症，其痛何来？

正当“广灵子”和“神算子”一筹莫展之际，忽然有弟子来报“逃军和”登门请缨。如果放在平时，“广灵子”早命人将他乱棍打出，但眼下走投无路，病急乱投医，便吩咐弟子把“逃军和”带进正厅，半信半疑地问：“叶老二，听说你有办法？”

“道爷，灵应祠那地方我熟，尤其是藏经阁，你想必听说过？”叶二和胸有成竹。

这话倒是不假，“广灵子”点点头。

“咱们佛山堡，数灵应祠顶难侍弄。”叶二和故作神秘地说，“神气、鬼气、正气、邪气全搅到了一起，没办法，神鬼太多，谁让北帝爷爷在这儿设帅帐来着？”

“广灵子”越听越有理：“说说你的方子。”

“这位神仙想必是外乡人，初来乍到，一定是撞上了煞气。”叶二和不慌不忙地从衣兜里掏出一个小纸包，“道爷，你只要把这包丹砂涂在韩爷的眉心和肚脐眼上，我包韩爷明日一觉醒来安然无恙，啥事也不耽误。”

“逃军和”真能满嘴放葫芦，他从“双合裕”颜料铺抄走的这包朱砂，本来准备拿回去给阿梅抹脸蛋用的，如今摇身一变，成了治病的“丹砂”。

“广灵子”问：“什么价？”

“八百两，不贵吧？”叶二和伸出四个手指，上下翻了一遍。

“广灵子”冷冰冰地说：“贵倒是不贵，但是，谁知道它管不管用？”

“拿去用先，要是好使，三天后我来取银子。”叶二和把朱砂往桌子上一拍，心里话不怕你不讲信用，反正老子有“长烈钻”。

第二天早上，“阴阳生”大病初愈，架不住“神算子”和“广灵子”死说活劝，又提心吊胆地来到藏经阁，第三位贵客是区彦魁。

老头子自从吃了碧血仙茅，不但捞回来一条命，而且精神头越来越足，身体犹如回到了青春年少时。恰在这当口，老伴区黄氏病故，区彦魁顿时萌生了前所未有的雄心壮志，他打算纳一房能生会养的妾，生个带把的来继承自己的家业。

“阴阳生”声音颤抖地问：“老爷子要占个啥？”

“子嗣。”区彦魁望着他眉心中点的朱砂，崇敬地说。

区老爷子这次来灵应祠求卦问卜，实际上瞒着所有的侄子和外甥，这些小字辈看中的是他的财产，有几个人真心伺候他？只要生养了带把的，既解决了遗产继承问题，又解决了小字辈的钩心斗角，两全其美，何乐而不为？

赤金丝一动，“阴阳生”立刻觉得喘不过气来，浑身哆嗦，头疼欲裂，每一分每一秒都是那么难熬。眼看着鸾笔提起来，在白纸上画了一个圆圈，又画了一个圆圈，预料中的灾难奇迹般地没有发生，“阴阳生”喜极而泣，瘫倒在蒲团上。

区彦魁接过那张纸，欲言又止。

“广灵子”心里一块沉重的石头终于落了地，心想这个叫花子的方子果然灵，他大大方方地说：“区老爷，有话你尽管问。”

“这个，这个？”区彦魁喃喃道。

“区老爷，这你还看不懂？”“广灵子”毫不含糊，“一个圈就是一个蛋，两个圈就是两个蛋，你命中注定能生两个儿子。”

区彦魁热泪盈眶：“那敢情好，那敢情好。”

“不过，话又说回来，”“广灵子”语调一转，“只有一个公鸡当然不够用，还要有能抱住窝的母鸡。区老爷，你得找一个管用的女人。”

“一定，一定。”区彦魁点头如同鸡啄米。

小乙领着区彦魁走出藏经阁，抬头发现郑流利趴在墙头正盯着自己瞅，骂道：“算你小子学了个乖，再胡叫唤，老子非砸碎你的狗头不可。”

郑流利十分纳闷，那只大白鸟，今天咋没来呢？

如是过了三天，藏经阁平安无事。鸾坛恢复了正常的运营，有时候一天可以接待四五位客人，可谓日进斗金，财源滚滚。“神算子”和“广灵子”完全解脱出来，不用在一旁“泄露天机”，三位合作伙伴的好日子终于来了。

叶氏兄弟如愿以偿拿到了一张八百两的银票，出具这张银票的是“晋丰银铺”。别看这家银铺规模不大，在佛山堡的银铺业却具有无人可及的威望，原因很简单，这家银铺的股东是李可琼和梁霭如。

叶三和坐在船舱里，反复抚摸着银票，舍不得把它揣进怀里，好像银票就是母亲那温暖的肌肤。阳光洒在疲惫的汾江河上，波光粼粼，越看越像是母亲额头上的皱纹。母亲为这个家牺牲得太多了，叶三和把银票贴在脸上，憧憬着母子重逢的那一刻。

“逃军和”腋下夹着两个布包出现在岸边，等他气喘吁吁地跳上舢板，林科举从舱底爬起来问道：“没找到阿开？”

“听余家嫂子说，回鹤山买漆去了。”叶二和回答，“跟‘死牛肺’一起走的。”

“绸子够滑溜的，质地不错嘛，是不是她陪你买的？”林科举打开一个包裹抚摸着里面的衣物，里面铜镜、雅扇、凉帽、梳子、锻鞋、红绒头绳一应俱全，这是“逃军和”兄弟为其母准备的见面礼。

“人家主动帮忙，你不要把好心当驴肝肺。”“逃军和”驳了他一句，不放心地问兄弟，“你看还差啥？阿妈还喜欢啥？”

“啥也不差了，”叶三和鼻子一酸，“哥。”

“得得得，母子相逢是大喜事，哭个鸟？”林科举撇了撇嘴，“你们赶快把伯母从罗家接出来，咱们到‘穿云记’美美地吃他一顿，然后到升平街山陕会馆听戏。听说今天那里演《四郎探母》，‘富春喜’班的台期，‘太子朝’的角。”

进入八月，佛山堡各铺都在紧锣密鼓地准备“出秋色”。琼花会馆自然也不例外，今年派出担任车色“色心”的是“太子朝”林汉朝——在每年的“出秋色”活动中，老百姓喜欢评比谁家的“色心”最美，久负盛名的红船向来志在必得。

“这笔钱是‘长烈钻’挣的，理当分给阿开一半。”叶二和对林科举说，“你作证，我借走他的钱用先，等我们兄弟将来赚到钱，再加息还给他。”

林科举不耐烦地说：“哎呀，你这是干正事，又不是吃喝嫖赌，阿开一准高兴。去把伯母接回来吧，我在正埠码头等你们。”

叶家兄弟用江水洗了洗脸，一人夹着一个包袱，高高兴兴向罗家走去。

罗家门口一派热闹，停着七八抬大轿子，除了轿夫、仆役等等之外，还有五斗口司衙门的弓役。“逃军和”正在纳闷，就见蒋佑晨垂头丧气地从罗家走出来，陪在他后面的是罗府管家罗二虎以及家丁头目劳德择。

“蒋老爷，广利圩也有嚼头，不信你老人家去看看。”罗二虎恭维。

蒋佑晨破口大骂：“有个鸡巴嚼头，不就是几座吃大烟的窑口吗？连骨头带肉，一年下来能刮几两油水？给上面打点打点，落到老子手里能剩几个铜板？”

“广利圩当然不能和佛山堡比。”罗二虎说，“但在肇庆府那也是头一号的美差，你老人家要是看不上，恐怕别人就捷足先登了。”

“这不是逼良为娼吗？”蒋佑晨喋喋不休地骂，“老子是有毛病，换了别人难道就比老子干得好？扯淡，有他们后悔的时候。”

别看蒋佑晨骂得欢，他心里并不糊涂，齐如晦给他留个高要县横槎巡检司的缺，如果再不识时务，极有可能落得鸡飞蛋打一场空。

广利圩属于肇庆府高要县横槎巡检司的辖境，罗家在那里是有名的大鸦片贩了，为此极力怂恿他去高要县就职。罗二虎谄媚地说：“蒋老爷，你人人有大量，别跟他们生闲气。广利圩是肉少，可吃的人还少呢。只有咱爷们吃，那多好。”

“就这么着，老子不伺候了。”蒋佑晨骂骂咧咧地乘轿走了。

“逃军和”走过去向罗二虎行了个礼：“罗爷。”

“啥事？”罗二虎斜眼看着叶家兄弟。

“逃军和”鼓起勇气：“我想把我阿妈赎回去。”

“你说啥？”罗二虎惊讶地叫了起来，“再说一遍。”

“逃军和”动了恼，大声说：“我是来赎人的。”

罗二虎黑着脸：“叶老二，你不要开玩笑，咱们两家的契书经过官。上面白纸黑字写得清楚，十年期限以内赎人是十倍的价，八百两银子，你有吗？”

叶三和从衣袖中抽出那张银票："拿去。"

罗二虎接过那张银票，仿佛看到太阳突然从西边升起。然而"晋丰银铺"四个字明明白白地提醒他，这张银票是真的，他愣住了。

"咱们两清了。"叶二和催促，"把人交出来。"

罗二虎突然发出一阵怪笑，把银票朝地上一扔："一个老瘪娘们竟然成了抢手货？你们来晚了，我们已经把人卖给了区家，作价一千两，昨天画押，今天见官。蒋老爷你们不是看到了吗？他就是办这事来的。"

突如其来的变故把叶氏兄弟打得晕头转向，"逃军和"满怀的憧憬落了空，怒不可遏："丢你老母，你们凭啥卖人？"

"小兔崽子，"罗二虎淫笑，"嘴巴放干净点，老子当你爹都有资格。"

叶母的肚皮十分管用，来到罗府五年的时间，先后生了一男两女。罗珂妻妾成群，把叶母买来的时候就没有把她当人看，生下的孩子交给其他妻妾抱养，随即把她丢到柴房当丫鬟婆子使用，平日里尽干些粗活。罗家的奴仆和下人，凡是稍微管点事的都玩弄过她，罗二虎自然更不例外。

"二哥，咱们跟他拼了。"叶三和悲愤地喊了一嗓子，像小老虎一样冲上前去，照准罗二虎的手掌就是一口。

罗二虎疼痛难忍："给老子往死里打。"

家丁们蜂拥而上，把叶家兄弟打了个鼻青脸肿。劳德择是劳大德的兄长，武功出自西樵山宝莲寺，为人敦厚，忙出手阻止："行了，行了，打两下得了，别弄出人命。"

"老子打儿子，天经地义。"罗二虎气哼哼地说。众家丁哄堂大笑，随着他进府，把悲痛欲绝的叶家兄弟丢在了门外。

"你们俩回去吧。"劳德择长叹一声，"要怪只能怪你们运气不好，区老爷在灵应祠里卜了一卦，卦辞上说他有生男仔的命。他不知道从哪儿听说你阿妈能生育，非要花大价钱把她买过府去，昨天刚成交的。就差一天，唉。"

叶二和愣了片刻，随即撕心裂肺地号啕大哭："阿妈，儿子不孝，是我把你害了。早知道是这样，还不如让'长烈钻'把那个二胰子咬死算了。"

第三十回　铁甲秋风

中秋过后，笼罩在伶仃洋的湿热逐渐散去，天高云淡，海风旖旎。远处白帆如鸟，一列列随风起舞，叫人神清气爽。王铁爪坐在船尾，手里抡着飞索，时不时地朝水面使劲甩一家伙。飞索末端是一只比他脑瓜还大的铁爪，击在水面上，声音听起来十分清脆。他爹王老铁叱喝："别玩了，过来干活，帮你哥把渔网补　补。"

"那是女人干的活。"王铁爪顶撞。

过了年，张十五仔和黎阿铀的"红旗帮"接连干了几个大票，力量急剧膨胀。兄弟几个觉得香港岛以东海面是"洪义堂"的传统势力范围，现在又多了个"义胜堂"，俱是惹不起的横主，不适宜"红旗帮"的起步发展。找来寻去，大家把目光锁定在新宁县的川山群岛——那里扼守东西贸易航道的腹心，向东袭击珠江口，向西直下马六甲，地理位置得天独厚，进退自如，当年曾经是张保仔的大本营。

在香港岛，像王铁爪这样的半大小子，差不多都跟着"红旗帮"去了川山群岛。王老铁的小买卖做得有滋有味，顺风顺水，生怕王铁爪惹是生非，就把儿子带出来，圈在自己眼皮底下亲自管教。此刻，听了王铁爪的牢骚话，他停下船桨，挖苦起来："女人的活？你小子别没有良心，你长这么大，全靠这张渔网喂食。"

"喂我食，也是女人的活计。"王铁爪不耐烦。

"女人咋啦？"王铁头放下手中的渔网，一句话把兄弟浇灭了火，"海珠婶子的武功搁在咱们岛上无人能比，她不是女人？"

王铁爪嘟嘟囔囔："反正我不想学做买卖。"

"那你给老子滚回去。"王老铁骂道。

王铁爪说："我在家好好的，谁稀罕跟你来？"

出来跑船的这几回，王铁爪正经事一件没干，不是扔铁爪玩耍，就是嘴里叽叽咕咕地和他爹顶嘴。王老铁实在无法容忍，扬了扬手："好好，算你小子有本事。老子惹不起你，马上给老子滚，别在老子眼前晃荡。"

"往哪儿滚？"王铁爪拍着肚皮，"我还没吃饭呢。"

"吃老子一桨吧。"王老铁站起来，提起木桨，照准儿子腰眼给了一家伙。

王铁爪"哎哟"一声被扫落下船，旋即从水里冒出头，扯着嗓门大吼："下这么重的手？有你这么当爹的吗？丢你老母。"

"逆子，逆子，老子不把你扭送见官，就算对你客气。"王老铁抚摸着胸口，过了好半天才算喘匀气，"老大，快划船，我不想再见到他。"

王铁头接过船桨，双臂用力，舀艇飞快地向前驶去。过了足足有一袋烟的工夫，王老铁突然隐约听到一阵打呼噜的声响。

他往后面一瞅，只见蓝汪汪的海面上，波浪翻滚之间不时浮出一张黑黝黝的小肚皮。再仔细一看，王老铁气得眼冒金星，原来王铁爪用手中的铁爪扣住木船的底部，自己拽着飞索在浪窝里睡起了觉。

王老铁操起一把鱼叉，"咣"的一下将铁爪扫飞，迷迷糊糊的王铁爪一把抓空，鼻子里灌了几滴海水，爬出海面向他爹叫阵："阿爸，我回家吃饭了？"

王老铁嘲讽："你要有本事，游到上川岛去。"

"等我长大了，"王铁爪得意洋洋，"别说上川岛，就是柔佛海，我照样游过去。"

王老铁气急败坏："游吧，游吧，最好游到龙王爷家里。"

目送父兄消失在海浪的那一头，王铁爪心里犯了愁，要说凭自己的水性，慢慢漂回香港岛不算什么难事，可是那得耗费多少体力？他仰面躺在海波上，琢磨着还是应当利用飞索钩住一条船，把自己拉回香港岛比较划算。

伶仃洋商船云集，钩住一条船不算难事，小家伙眯着眼睛在水面上歇了一会，耳轮中听到一阵嘈杂声，晓得来船了。他懒洋洋地抬起头，不看则已，一看把他惊得目瞪口呆。来的是船不假，却是一条铁甲轮船。

王铁爪看到的这艘轮船是“铁头老鼠”新添置的，这条轮船长八十五英尺、宽十七英尺；舰上配置的火炮中，有两门是先进的二十八磅旋转炮，火力快且精准异常，对付广东水师的笨重铁炮不在话下；此外，由于它的排水量不大，灵活机动，虎门内浅滩丛生的省河水道，对它来说如履平地，乃是名副其实的“水上飘”。

律劳卑死后，接替他担任首席商务监督的是“中国通”德庇时。德庇时家族与东印度公司董事会的关系非同一般，他本人更与巴麦尊勋爵情同父子，据说巴麦尊勋爵是看着德庇时从小长大的。如此显赫的家世背景和政商人脉，让德庇时根本看不起靠走私鸦片起家的英国散商；而“铁头老鼠”和颠地也将他视为眼中钉、肉中刺，两个老对头破天荒地联起手来，合伙轰走了上任才两个月的德庇时。

接任德庇时的罗宾臣是一位从男爵，其父是东印度公司的董事，祖父是一位伯爵。罗宾臣的为人与德庇时刚好相反，毫无主见，胆小怯懦。他固然不愿意得罪“铁头老鼠”和颠地这两伙人，但更不愿影响自己的乌纱帽，为了避免激起任何细小的变故，罗宾臣干脆把自己的办公室搬到了“路易莎号”上，将后者驶到伶仃洋的趸船附近。大英帝国的首席商务监督居然打起了游击，这一邪招把希望点燃战火的鸦片商人们给气了个半死。

不能再把这个“窝囊废”撵走了，因为第二商务监督义律也不是一块好饼，这家伙朝中有靠山和粗腿，正虎视眈眈地想取代罗宾臣。“铁头老鼠”和颠地再傻，也懂得不能为人火中取栗的道理，打走狐狸来条狼，疯了？

还有一件让“铁头老鼠”窝心的事情，他撵走德庇时的时候，大英帝国仍然是托利党人在朝中执政。无奈政治这张脸有时候比婊子变得还快，半年后，辉格党人重新夺回政权，巴麦尊勋爵再次主持帝国的外交事务。

半年时间是个什么概念？相当于帆船从伦敦到广州城打一个来回的时间。简单点说，就是两封书信之间的“距离”。早知道尿炕谁不愿睡筛子？

查顿、颠地两人叫苦不迭，心里这个窝囊就别提了。果然，德庇时九年后杀回香港，集大英帝国第二任香港总督、驻华公使、商务监督三大职务于一身，还弄了个从男爵的爵位，让曾经撵走他的商人们惶惶不可终日，整天提心吊胆地过日子。

政府既然指望不上了，查顿只有自己单干，他从国内订制了一条轮船，直接以自己的名字命名为“查顿号”。“铁头老鼠”购买这条轮船有两层用意，一来最近海路纷扰，不仅“红旗帮”东山再起，而且有不少洋水手参与抢劫鸦片船，来势凶猛，急需像轮船这样的“海上杀手”维持治安；二来轮船在珠江内河从未经历过实战，战争贩子们急于想弄清它的实际效用，以便为下一步的侵略计划提供参考和准备。

这个发出“突突”响声的怪物，吓得王铁爪够呛，轮船驶近他的身旁，螺旋桨荡起的漩涡差点把他搅了进去。王铁爪奋力挣脱船体巨大的吸引力，游到一处平稳的水面，天生骨子里的不服气涌上心头。小家伙抡起飞索，攒足了力气把铁爪甩出去，“咣当”一声，铁爪打在轮船的铁甲上，顷刻间被弹了回来，险些被飞落的铁爪击中头部。目睹巨大的船体即将离去，王铁爪咬紧牙关，抡起铁爪再次砸向“查顿号”。

血气方刚的少年手执古老的飞索，一次又一次地袭击彼岸的怪物，这是一场实力悬殊的无望较量，一场注定不可能成功的悲剧。但王铁爪偏偏不肯罢手，跟在“查顿号”轮船后面紧追不舍，持续不倦地发动进攻。“铁头老鼠”坐在船头闭目养神，听到下面不绝于耳的“叮当”声音，感到十分奇怪。走到船舷向下一瞅，鼻子差一点没有被气歪——这世界上什么他妈的怪事都有，听说过蚂蚁绊大象的，没听说过铁爪挠轮船的，今天真算是开了眼界。他从腰里掏出短柄毛瑟枪，后退一步，等待王铁爪自投罗网。

你还别说，王铁爪的手艺那是一次比一次熟练，一次比一次更接近目标，飞索终于搭上了船舷。小家伙心中得意，稍微歇息片刻后，匀了匀气，纵身一跃，拽着飞索麻利地蹿上“查顿号”的甲板。猛然间，一支黑洞洞的毛瑟枪口顶住胸膛，王铁爪在香港岛见过这种玩意，吓得手忙脚乱，情急之下脱口而出：“No，No。”

这下轮到查顿傻了，眼前这个胆大包天的小崽子竟然会说英语？他恶狠狠地问：“你到底是谁？怎么懂得我们的语言？”

“咸水英语”是 Pidgin 英语的最早形态，这种英语不仅中国人在学，就连刚到中国的老外也需要学习。其一百多年的兴衰史，正是文化交流的典型形态，也从一个侧面反映了国运盛衰下的价值变迁。

鸦片战争前，官员和士绅是不屑于学习英语的，在他们的眼里，懂得英语形同于汉奸，只有吃不饱饭的下层民众才会掌握“咸水英语”。鸦片战争后，满朝显贵以谄媚洋人为能事，后来竞相把他们的子孙送到大洋彼岸去留学，反过来向下层民众炫耀。这种前倨后恭的行径，得到的自然是民众的唾骂和蔑视。

Pidgin 英语在中国近代化的历程中所起的作用无与伦比，远非某些一叶障目的语言学家所能理解，正是这种草根民众创造出来的“卑贱语言”，搀扶着古老文明重新获得新生。因此睁眼看世界的第一群中国人，其实是像王铁爪这样光屁股划船的“下九流”，尚且轮不到像林则徐那样高高在上的精英人士。

早年间东印度公司的时候，鸦片仓库设在澳门，那里处于粤海关税口管理下，不方便偷税漏税。后来，查顿和颠地等人想出了一个歪主意，他们用剪子船拖来庞大的趸船，直接在伶仃洋中建立“海上仓库”。

这些大号的趸船长四五十米至一百多米不等，高出海平面十几米，船上有几吨到十几吨重的大铁锚，用锚链垂直固定在江心。趸船之间用缆绳联结，船内设备一应俱全，每条趸船分三到四层，可以装载一千到一千五百箱鸦片。趸船停泊在虎门口外，鸦片贩子们利用珠江口便捷的地理位置，大肆向三角洲两岸走私鸦片，猖獗之至。

趸船既是仓储中心，也是走私贸易的平台。由于常年有人居住生活，短不了需要生活日用品的接济。王老铁的疍艇里装满了鸡鸭鱼肉等食物，父子俩把疍艇划到趸船附近，远远看见黄仲畬正陪着颠地在舷梯上闲聊。

“黄老爷。”王老铁恭敬地打着招呼。

黄仲畬漫不经心地说：“你把东西卸下来，让阿杜点一点。”

去年那层风波平息后，黄鹏辉到衙门里求了一道腰牌，让黄仲畬接替了自己的角色。黄仲畬上任以后，立刻把颠地哄得团团转，许多差事都交给他来打理。黄仲畬认为货源这头没有什么问题，能从颠地手里拿到优惠价格，便通知黄文汉加紧说服黄半仙的工作，他自己则从香山老家招募帮手，刘杜川就是其中之一。

刘杜川是个小机灵鬼，他是香山县奚角村人，这年刚满十二岁，念过私塾。由于在前山寨贩过鸡，会几句英语和葡萄牙语，因此被黄仲畬看中，准备培养他当宝顺洋行的买办。刘杜川吩咐伙计把疍艇上的食品抬进趸船，用秤一一称量，然后拿算盘打了一遍："老铁叔，一共是三十六两二钱九分八厘。"

王老铁紧张地望了一眼楼上的舷梯，伏在他耳边说："阿杜，算错了吧？"

"没错。"刘杜川笑嘻嘻地说，"算盘是跟我哥学的。"

刘杜川的堂哥名叫刘丽川，绰号阿混，一身功夫外算盘打得极精，现在十三行同顺行爽官吴健彰手下当账房先生，后者是香山县恭常都人。

王老铁期期艾艾："算多了，多了。"

"不多。"刘杜川照旧是一派自如的样子，"老铁叔，阿畬哥给我一个权限，我是按照上限给你结的账。"

王老铁心里十分感动，这孩子瞧着年纪不大，为人却慷慨四海，真叫人佩服。"我啥也不说了，阿杜，改天来香港岛，老铁叔陪你喝酒。"

刘杜川问："铁爪哥呢？他咋没来？"

王老铁气不打一处来："别提这个逆子，提他我就来气。"

"查顿号"冒着黑烟向趸船驶来，一见到它，颠地的脸顿时阴沉下来。黄仲畬知道他这是妒忌，故意逗他："颠地先生，听说英尼斯先生的船被人劫了。"

詹姆斯·英尼斯是"铁头老鼠"的小兄弟，也是鸦片商人中人缘最差的家伙，他最常用的一个口头禅是："我打算个人向中华帝国宣战"。

律劳卑风波平息后，卢坤首先拿擅自结保的严启祥开刀，在狱中足足关押了他半年。英尼斯和"铁头老鼠"为了表示义气，花费大笔银子才算把严启祥搭救出狱，并向摇摇欲坠的严家兴泰行进行输血。人家怡和洋行财大气粗，拔根汗毛比腰粗，可他英尼斯没那个本钱，愁得整宿睡不着觉：兴泰行一旦倒闭，势必向两广总督衙门请求帮忙索赔，英尼斯和查顿一直与卢坤作对，人家能帮死对头讨债？

人到了急眼的时候往往不顾风险，为了多赚点钱，英尼斯与葡萄牙商人展开合作。葡萄牙商船大多数老旧不堪，速度缓慢，装备落后，正是“红旗帮”最喜欢捕猎的目标。

“活该。”颠地冷笑，“和葡萄牙那帮乡巴佬合作，还能有好？”

黄仲畲指着“查顿号”：“颠地先生，我猜查顿先生买这条船的目的，可能是替英尼斯先生打抱不平。”

“川山群岛不比虎门口，那里到处是汪洋大海，人家劫货以后，立马分装，朝不同的方向隐蔽销赃，一条破轮船有个屁用？”颠地不屑一顾，“要买也行，起码得买十条。”

黄仲畲问：“这么说，查顿先生的船白买了？”

“嘿嘿。”颠地阴险地笑了笑，“他买这条轮船的目的不是为了对付海盗，用你们中国人的话说，醉翁之意不在酒。”

黄仲畲若有所思地点点头：“我听宋书办说，查顿先生已经买通了粤海关，过两天便能领到执照，准许它开进黄埔。”

“那你们的国家就该倒霉了。”颠地捏着雪茄放声大笑。

“铁头老鼠”看到颠地踩着宝顺洋行趸船的舷梯，似乎在朝自己这边瞭望。经过上一阶段的合作，他们两个之间不再剑拔弩张，见面的时候尚能保持绅士风度，查顿客客气气地打了个招呼：“颠地先生，我正要找你。”

“老兄有何见教？”颠地问。

“来兜兜风吧。”查顿炫耀地说，“绝对比你的‘水妖号’稳当。”

这伙鸦片走私商人中，有两条剪子船最为著名，一条是怡和洋行的“红色海盗号”，一条是宝顺洋行的“水妖号”。

“罗宾臣先生在那条破船上颠簸，我看你应该先请他兜风，顺便把他弄到岸上来办公才是正经事。”颠地回答。

“狗肉端不上席面，我才懒得费那个心思。”查顿叹了口气，“眼下四处都是海盗，海路不安全，怎么样？你是不是也买一条明轮船？”

颠地故意点他：“买那玩意干啥？又进不了黄埔。”

“谁说进不去？”查顿瞪起了眼珠子，“海关监督大人当着我的面拍胸脯，过两天就颁发执照。不信，你到时候瞧。”

颠地诡秘地一笑：“但愿如此。”

查顿和颠地是多年的老对头，两个人彼此十分了解，他知道颠地虽然粗鲁，不过有时候往往掖着一番鬼心思，能想到常人想不到的地方。他疑惑地问："颠地先生，巡抚衙门和广州府衙门两边我都托了人情，送了红包。广东水师新来的关大人好像不爱管这种事，你该不会说卢坤那老小子会横插一杠子吧？"

"不好说。"颠地摇摇头，"当然，也不一定就是他。"

"铁头老鼠"一时弄不清颠地话里的确切含义，但是颠地这番话倒提醒了他，老早就传出卢坤行将不治的消息，可这老家伙竟然一直挺到现在还没有咽气，命可真够硬实的。有必要回商馆探听探听消息，想到这里，他对颠地说："阁下，我打算进一趟省河。"

"坐这条轮船？"颠地大感惊讶，"执照不是还没有办下来吗？"

"铁头老鼠"笑了："就是要在执照办下来前闯他的虎门口，卢坤那老家伙不是最忌惮明轮船吗？咱们便送他一碗断魂汤，让他走不安生。"

颠地挑起大拇指："够种。"

王铁爪挨了一顿皮鞭，绑在"查顿号"的后甲板上被晒得七荤八素，此刻苏醒过来，破口大骂："打我的那个王八蛋，你叫啥名号？说出来给小爷听听。"

查顿皱了下眉头："颠地先生，我送你一份人情，这个小兔崽子偷袭我的轮船，要打要放随你的便，反正我已经教训过了。"

王老铁听到儿子在外面大喊大叫，飞快地奔出来，见王铁爪浑身鲜血淋漓，心疼得差一点昏了过去："伢仔，你咋到这儿来了？"

王铁爪哭哭啼啼："阿爸，我要跟你回家。"

虎门炮台重建的银两迟迟不能下拨，让广东水师提督关天培心急如焚。结束雷琼镇标的观操后，他在海口营守备麦廷章的陪同下匆匆返回省城，一来听说卢坤的情况不妙，二来想借这个机会督促一下虎门炮台重建的事情。

关天培字仲因，号滋圃，是年五十有四，淮安府山阳县人，据说祖籍河东解州，乃是武圣人关云长的后裔。关天培对此颇引以为自豪，平时除了精于大刀外，还喜欢夜读春秋，舞文弄墨，所有上奏的公文，一定要亲自改几遍才过瘾。

关天培引起当朝重视是在道光六年(1826 年),当时运河淤塞,河道不畅,漕运受阻,震骇京师,万般无奈,朝廷只能下决心漕运改走海路。当时除了广东水师和福建水师之外,整个中国没有第三支像样的海上力量,海上风高浪急,海盗纵横啸聚,谁能担此大任?

在两江总督琦善和江苏巡抚陶澍的鼎力保举下,关天培以吴淞营参将的职务一跃而升为总督运粮官,率领粮船一千两百多艘,满载漕米一百二十万石,历经海上的艰难险阻,平安抵达天津大沽口。从此以后,关天培的名字就深深地印在了道光皇帝的心中,他的职务也从参将、副将、总兵、提督一路提升,直到出掌大清国第一水师——广东水师。

心里虽然急火上房,关天培脸上却没有表现出来,他捋了捋修剪整齐的长髯,对麦廷章说:“令尊当年的刀法,老夫至今记忆犹新,真是出神入化。”

麦廷章是鹤山县泗合村人,其父麦鹰扬当年以一柄关刀横行武林,可惜的是乾隆丁未科意外失手,只取了一个武探花。麦廷章是麦鹰扬的第三个儿子,九岁的时候父亲去世,他这个守备的职务没有沾着父亲的光,全靠自家本事打下来的。

麦廷章客气地回答:“说起关刀刀法,还是提台大人家学渊源,纯正无比。家父自江湖中仅得皮毛,不足挂齿。”

关天培来广东前,关于他的各种故事早就在广东水师被传得沸沸扬扬,最让大伙津津乐道的自然是他督运漕粮那一段。据说关天培弄了一身戏台上关老爷的戏装,把自己从头到尾打扮一番,手握关刀端坐船头,中军大纛旗上绣着一个巨大的“关”字。海盗和山大王一样在自家聚义厅里供奉关圣人和水泊梁山宋光明的神像,见关天培这副打扮,谁还好意思为难关老爷的后人?海路漕运的任务因此圆满完成。

“哈哈,”关天培爽朗地大笑,“你莫要拍马屁,关某有几斤几两自己还不知道?令尊的刀法胜我多矣。你这般推托,难道是不肯赐教?”

麦廷章有些不好意思,抱拳道:“大人,非是末将藏拙,实因为江湖上英雄辈出,末将的刀法拿不出手。”

“哦,有这等事?”关天培惊奇地问。

麦廷章回答:“末将不敢说半句虚言,单说广州府就有两个使关刀的高手,一个是番禺县鹿步司冼村人,名叫卢昌,臂力无穷,刀法精奇,人称卢八万仓，又号‘草上飞’；另一个是大人你的本家，名叫关钜，南海县九江圩西山村人，刀法比卢昌还要厉害，因为个头高，江湖上送他一个绰号‘大只钜’。这两位高手的刀法都比末将强，而且卢昌今年二十一，关钜只有十九岁，俱为少年英雄，说起来令人汗颜。”

关天培正要开口说话，海面上忽然传来一声脆亮的炮响，两个人霍地站起身。关天培沉声喝问：“哪里来的炮声？”

一名亲兵急忙进来禀报：“军门大人，‘铁头老鼠’的‘水上飘’闯过虎门口，说是粤海关彭年大人允准通关，已然驶向黄埔去了。”

关天培愤怒地拍了一下桌子：“岂有此理，通关就通关，打什么炮？”

卢坤这次是真的不行了，他躺在病榻上听说关天培求见，向祁贡摆了摆手，喘了半天才说出一句完整的话：“银子，银子。”

祁贡忙应声：“厚山兄，我回去就办。”

卢坤无力地点点头，厚山是他的号。

“厚山兄，你我在粤多年，洋人的东西确实有不少好用的。实在不行，就让那个叫伯驾的郎中来？兴许人家会有办法。”祁贡劝道。

去年，从花旗国来了一位名叫伯驾的洋医生，很得老浩官的赏识。两人打算合股在十三行的新豆栏街开设一家西洋医院，老浩官向卢坤三番五次地推荐伯驾的医术，均被总督大人婉言谢绝。伍秉鉴明白卢坤的心思，最后便不再坚持。

卢坤临终之际，念兹在兹的是修建虎门炮台，忧心忡忡的是洋人摧枯拉朽的武力。作为镇守前沿的封疆大吏，他心里比谁都明白大清国的厄运即将到来，绵延五千年的古老文明将再度蒙尘。面对令人恐惧的未来，纵然贵为统兵十万的两广总督，力量仍然是那么的渺小，显得不堪一击。对于行将就木的老人来说，修建虎门炮台是他用来掩饰绝望的一片叶子，这片叶子能遮住他的双眼，让他看不到死后的洪水滔天。

卢坤摇了摇头，用洋大夫换取苟延残喘，还不如直接要他的命。

“厚山兄，两粤非久留之地，我也不想干了，干脆到朝中寻觅一个清闲的差事，省得招来这么多明枪暗炮。”祁贡轻轻地叹了一口气，“朝中大员人人喊打，力倡‘严禁’，你我何必非要搞什么‘弛禁’？许青士从正三品的堂堂一方大员，被降为闲散衙门的四品副职。帝心所简，难道还不一目了然？”

“鸦片不足惧，洋夷可虑”是卢坤和祁贡等广东官员的共识。道光十三年(1833年)，在他们两个的默许下，顺德名士何太青、粤秀书院监院吴兰修和时任广东按察使的许乃济三人，联合上了一道名为《粤士私议》的折子，向朝廷提出了“弛禁”之策：“纹银易烟出者不可数计，必先罢例禁，听民间得自种罂粟。内产既盛，食者转利值廉，销流自广。夷至者无所得利，招亦不来，来则竟弛关禁，而厚征其税，责商必与易货，严银买罪名。不出二十年，将不禁自绝，实中国利病枢机。”

在粤省范围，“弛禁”论占据上风；然而五岭之外，上至京师朝堂，下到各地督抚，一面倒地倡导“严禁”论，将“弛禁”论者斥为汉奸。在清朝统治者独断乾纲的统治下，大臣不过是跑腿听吆喝的小伙计，说的话尽可以当放屁，真正管用的还是皇帝佬的小九九。道光皇帝看完折子一句话没有说，过了几天颁布一纸上谕，将许乃济从广东调到太常寺当少卿，圣意遂大白于天下，再没人敢喊“弛禁”了。

卢坤颤巍巍地说：“汤，汤。”

祁贡的眼睛湿润了，卢坤孱弱的身躯犹如风中之烛，这一碗烈性的参汤喝下去，虽能保持几分钟的回光返照，但是片刻之后定会撒手人寰。

关天培抢步进入屋内，看到卢坤行将就木的样子，心如刀绞。他对卢坤有一种发自内心的尊敬和感激：尊敬的是卢坤两榜进士的正途出身，几十年来东挡西杀，战功卓著，远非常人所及；感激的是自己初到广东，对夷务和海战有许多陌生之处，卢坤推心置腹地予以教诲，没有丝毫的保留，堪称良师益友。

想到这里，关天培施礼：“制台大人在上，末将请安了。”

卢坤喝完参汤，脸上出现了一丝血色，精神头陡然足了起来：“滋圃，虎门炮台的银子已经筹足，除了朝廷下拨的六万两，我从部院行台的规费里给你挪出八万两，此外，让洋商、盐商再捐纳六万两，银子差不多够了吧？”

部院行台的规费，说白了就是总督衙门的私房钱，卢坤手下一帮兄弟还靠它花销呢。关天培十分感动：“大人，属下保证把虎门要塞给你修得结结实实。”

卢坤吃力地用手向西一指：“老朽拿出这些钱来购置枪炮，不只是对付红毛鬼子,还要对付那边。别看这些乱党如今苟延残喘,可是一旦红毛鬼子启衅得逞,他们必然对朝廷生出轻视之心。倘使亿兆蚁民俱做此想,则国朝危在旦夕。东边是红毛鬼子,西边是作乱逆党,一个为患当前,一个延祸于后,皆为朝廷大患,切不可等闲视之。"

关天培明白,卢坤这是在向自己托付身后事,便郑重地说:"大人,你放心,卑职一定恪尽职守,寻机除掉会党的水军,免留后患。"

卢坤点了点头,最后交代:"滋圃,对付红毛鬼子少不了十三行洋商的帮助,老浩官足智多谋,与人多金石之言,听听他的话没有坏处。"

初到岭南的封疆大吏,潜意识中都把十三行商人当汉奸来看待,关天培也不例外。卢坤试图把自己在粤多年的经验传授给关天培,希望他能通过伍秉鉴这个窗口,真正了解他将要面对的敌手,做到知彼知己,百战不殆。

关天培搪塞:"厚山兄,我会向他求教的,你还有什么其他要交代的?"

卢坤没有说话,也没有动作,眼看着气息越来越微弱。有一件事关天培拿不定主意,如鲠在喉,不问卢坤只怕以后再没有机会,他硬着头皮问:"大人,方才来的路上,'铁头老鼠'的那艘'水上飘'闯进了虎门。据下面的将弁禀报,红毛鬼子包藏祸心,不可不防,你看,我水师衙门要不要伸手去管一管?"

"水上飘"这三个字如同一声炸雷,打在卢坤即将散光的天灵盖上,好似一把无情而锐利的刀剑,残忍地撕开了飘荡在他眼前的帷幕。虎门要塞的重建,完全建立在英军大型战舰不能驶入省河的前提下——如果英夷派出轮船参战,那么所谓三重天险的设计,不过是一层薄如轻纱的窗户纸而已。

卢坤大张着双眼,不甘心地咽下了最后一口气。

这位同样来自范阳卢氏的子弟,未能像六祖慧能一样修成正果,功德圆满。他在临死的那一刻,听到了最不愿意听到的词语。那个词语代表一种毁灭性的力量,行将滚滚而来,淹没他所熟悉的世界,让他看不到任何光芒和希望。

死后三天,卢坤的眼睛仍然没有合上。

风呼呼地刮着,越来越大,越来越冷,伍秉鉴坐在大湖侧的画舫里。自从李敬南、冼红玉夫妇死后,小戏台空了足足一年多,再也没有响起丝竹声。

雨丝如箭，将夜幕打得遍体鳞伤，到处是黑色的伤口。老浩官感觉自己真的老了，所有想遮盖的东西都遮盖不住，岁月层层地掀开面纱，露出命运那可怕的兽头——先是东印度公司关张，然后是律劳卑捣乱，这回是卢坤离世。

屋角冒出来的水汽，似乎在提醒人们，眼下仍然是太平盛世。老浩官品了口茶，武夷山的茶清香扑鼻，也许能给昔日的繁华贴一枚标签，保存一份记忆。官场上像卢坤这样的知己再也不可能有了，没有人会把他的意见再当回事。伍秉鉴感到阵阵苍凉和萧索，只有他知道，卢坤为什么会死不瞑目！

伍紫垣湿漉漉地从雨雾里冒出来："阿爸。"

"办妥了？"伍秉鉴问。

伍紫垣点了点头，"都办妥了，我请谭玉生出头，把黄香石、陈兰甫、朱子襄一伙人全发动起来，到巡抚衙门去请愿。"

谭莹字玉生，黄培芳字香石，陈澧字兰甫，朱次琦字子襄，这几个均为广府名士。伍家把他们请出来，目的是向官府施加压力，逼迫粤海关取消对"查顿号"的通关执照。

"你扶我到公所，我要和查顿、马地臣、化林治当面锣、对面鼓地说清楚，假如他们非要把'查顿号'开进来，杀尽水中鳞虫，毁掉祖宗留给我们的风水，十三行宁愿集体歇业，也不跟他们做买卖。"伍秉鉴眼里露出少有的霸气。

伍家父子中，老浩官反比小浩官开明，对风水之说远不如儿子那么痴迷。伍紫垣心里非常感动，老爹这番举动完全是在替自己出头，他劝道："阿爸，要不我去和他们谈？"

"不。"伍秉鉴长叹一声，"伢仔，我不单单是为了你，我这么做，是为了能让制台大人合上眼睛，安安稳稳地驾鹤西归。"

伍秉鉴横插一杠子，打了"铁头老鼠"一个措手不及，怡和洋行的三驾马车从没见过老浩官的态度这么强硬。马地臣是三个股东中的智多星，他赔着笑脸："浩官大人，你是前辈和老师，我们几个来贵国做生意还是你老人家手把手教的，怎么能让你为难？没问题，轮船可以停泊在伶仃洋，不一定非要进虎门。"

洋人在广州做生意，得罪了当官的可以拿钱修补关系，而得罪了为人宽厚的老浩官，那你在生意场上便失了信誉和人缘，没办法再混下去。三驾马车谁都懂得这个道理，化林治附和道："老爷子，你派人捎个话来就行，何必亲自跑一趟？"

"铁头老鼠"见马地臣和化林治两个同伴先服了软，自己孤掌难鸣，只好悻悻地答应撤回申请。粤海关监督彭年自然乐得顺水推舟，以顺应民意为借口，正式宣布拒绝"查顿号"进入虎门口，一场闹剧就此收场。

消息传来，卢坤的双眼终于合上。以祁贡为首的文武官员松了一口气。水陆法会的乐声中人来人往，黑白交加。卢坤的葬礼过后，广州城依然是歌舞升平，灯红酒绿，帆来似燕，江流如曲。世界上多一个人不多，少一个人不少，任你是王侯将相，贩夫走卒。在官场上，无非是有人以前吃肉，现在靠边喝汤；有的官运鲜花绽放，有的秋木凋谢。不管怎么说，只要保住了祖宗的风水，一台人生大戏便能接着唱下去。

本来是做做样子强说愁的秋风，这一年突然变了副模样，令人心悸，冰冷刺骨。如果总是这样，冬天可怎么熬啊？

第三十一回　尘世儿女

卢坤死去的第二天，十四万两铸炮银下拨到佛山同知衙门，积压在黄开大心中半年来的郁闷终于一扫而光。为了向佛山堡乡亲炫耀，他雇佣吴思源等一伙搭棚佬，在居仁里的闸门楼临时搭设了一座戏棚，准备请广州城的姑苏“祥麟班”连唱三天。

由于黄开大出的工钱高，吴思源等帅兄弟卖了十分的力气，只花了一天一夜的时间，就在贞节牌坊前搭设了一座精美绝伦的戏棚。姑苏“祥麟班”开到，轻歌曼舞如期上演，第一出戏便是《西厢记》。佛山堡汇聚四方商贾，欣赏“外江班”的同样大有人在。观众主要是外地官员、商人以及本地大户人家的女眷，居仁里乡亲能听懂的不多，因此黄开大这一招也含有向东南巷人示威的味道。姑苏“祥麟班”开戏这一天，东南巷来看戏的街坊寥寥无几，只有莫氏夫妇、宁氏兄弟和金良玉。宁二少从前在“外江班”学过艺，这次自告奋勇，穿着黑彩裤、白竹袜上台演了一回丑角。

广东水师衙门催促甚急，这次铸炮时间紧、责任重，黄开大特意把冼、冯两家请进府商议铸炮的具体事项。招待两家女眷的事情交给了嫂子黄岑氏和妹妹黄纨卿，黄岑氏陪着众人去闸门楼看戏，留下黄纨卿和冯紫玉在内宅闲聊。

冯紫玉年方十九，与黄纨卿年龄相差不多，两个人聊得自然尽兴。黄纨卿给她泡了一壶碧螺春，奇怪地问："你不喜欢'外江班'的戏吗？"

"我最近改看红船大戏了。"冯紫玉懒洋洋地说。她上半年刚为人妇，婆家姓张，是广州城里的一家茶商。

黄纨卿见她兴致不高，猜测一定是婚姻出了毛病："怎么啦？当新娘子了还不高兴？是不是婆家对你不好？"

"他们敢？"冯紫玉是个我行我素的性子，撇了撇嘴，"我才不去伺候那个病秧子，长得跟佛手瓜似的，上细下粗，难看死了。"

黄纨卿的性格和冯紫玉恰恰相反，她自幼好学，三从四德的书念了不计其数，像什么《闺范图说》《教女遗规》《列女传》《女诫》《内训》《女四书》《女学》等等，莫不滚瓜烂熟。听冯紫玉说完，劝道："嫁鸡随鸡，嫁狗随狗，女人自古以来莫不如此。你都是张家的人了，还能与命争？"

"不是和命争，我是压根就不信命，洞房那天是槐花替我上的床。"冯紫玉从怀里掏出面小铜镜，捏在手里转了几圈，"她是黄花大闺女，清清白白的身子，又会哄男人开心。将来拔擢她做个二奶奶，也算我对得起她和张家。"

槐花是冯紫玉带过去的通房丫头，黄纨卿紧张地问："你什么意思？"

"我也学顺德女，来他一个不落夫家。"冯紫玉仰着脸，"男人，男人，女人的根，一辈子在床上打滚，总要找一个能看过眼的壮实男人。我们冯家又不缺那仨瓜俩枣，大不了到时候花点钱买张休书，反正我不能委屈自己。"

黄纨卿听得目瞪口呆，脱口而出："那不成了再醮？"

冯紫玉满不在乎地说："有啥关系，不就是名声难听点吗？只要咱们兜里有钱，养个靓后生快快活活地过日子，总比守活寡强。"

难怪她喜欢上了"本地班"，原来存着这门心事？黄纨卿被冯紫玉说动了心思，暗暗祈祷，自己的命运千万别像冯紫玉这样一波三折。

自打从桂里的梁家放出风后，前来为梁九图提亲的媒婆能把梁家的门槛踢断。广州府人文荟萃，金银遍地，容貌出众、性情温婉的大家闺秀不知凡几，然而梁九图仅仅提出了一个条件，便把众多追求者拒之门外。

什么条件？必须会唱红班戏。

范围猛地一下子缩小了，可着佛山堡这么大，唱功好、模样靓的大家闺秀不过四人：罗家的大女儿早已出嫁；何家的老五何小鸾与“小孟尝”老介福订婚不久；名花无主的漂亮姑娘只剩下居仁里的黄纨卿和卢浣霞，竞争就在这两家之间展开。

不是冤家不聚头，黄家请的媒婆是“女张仪”潘杨氏，卢家请的是花二奶。两大媒婆各展神通，把梁家当成了比试武艺的战场。今天是最后见分晓的时候，能够一锤定音的当家人梁蔼如在“无懈怠斋”聆听媒婆的陈述。“女张仪”风风光光进去，兴高采烈出来，与花二奶打错身的当口，故意扭了扭腰肢，后臀尖差点撞了花二奶一个跟头。

黄、卢二女的生辰八字都与梁九图相合，但论及个人条件，黄纨卿似乎处处压了卢浣霞那么一头——戏唱得好了那么一点；人长得靓了那么一丝；个头适中恰恰好，不像卢浣霞长了一个细高挑，比梁九图还要高出半头。

花二奶踩着沉重的步伐走进院子，“无懈怠斋”四个龙飞凤舞的大字映入眼帘。这个精明的女人不由得精神一振，暗自思忖，量小非君子，无毒不丈夫，这次说媒事关自己在佛山堡的声誉，只许成功，不许失败。如果想出奇制胜，只有抛开己方的不利因素，寻找对方的弱点穷追猛打，一招制敌，让对方根本无法还击。

“无懈怠斋”小桥流水，花木掩映，花二奶汲取到灵感，边走边敲定了策略，进屋后向梁蔼如弯腰道了个万福：“梁大人，乡亲们都说你这个人细详，日日写诗，时时读书。不管是园子里的，还是书本里的，但凡露出一丝破绽和短处，必定难逃你老人家的法眼。我今天看了看贵府的园子，倒发现了一样别致的地方。”

“哦。”梁蔼如一怔。他这个院子进进出出的俱是省佛一带的文人雅士，今天是头一次从媒婆嘴里听到评价，忍不住问，“别致在何处？”

花二奶把手掩在胸前，拿手帕扇了扇凉，端着身子：“梁大人，我一进这园子，就觉得一股气韵扑面而来。闹了半天，这些花花草草，水水岸岸，石桥水榭，回廊别院，原来是你老人家精心布置的大局呀。”

梁蔼如笑了笑：“过奖，过奖。”

花二奶的话锋随即一转，回到正题上来：“梁大人，我承认，不管家里的财势、个人的容貌，还是唱戏的功夫、读过的诗文，黄家女仔样样压人一头。

可我们卢家的闺女那也是湿水的棉花，没得挑剔，两个女仔只在伯仲之间，都符合你们家明、净、秀、雅这四个字。至于说你嘴巴偏一点，她眉毛长一些，这些零碎不打眼的事情就不说了。我知道，像你们这样的门户娶媳妇，在乎的根本不是这个。”

梁霭如饶有兴趣地问：“我们家在乎的是什么？”

“就像这园子一样，”花二奶重重地丢出了两个字，“在乎的是气运。”

梁霭如被打动了：“气运？”

花二奶的话字字从容，又句句带着刀光剑影：“按理说我不该揭人家的短，可秃子头上的虱子那是明摆着的。梁大人，你知道黄家那口子去年在灵应祠算过一卦，当时黄婆洞来的白道士已经泄露天机，告知他们家将要气运走厄，大祸连绵。那女人没听，黄家也没有听，结果怎么样？还不是炸了炮膛，一命归西？”

饶是梁霭如那么高的学识，也被花二奶吓唬得心惊肉跳，他皱着眉头：“是黄家那口子的命不好，还是黄家的气运有问题？”

“你说呢？”花二奶故作神秘。

梁霭如沉默不语。

“不信你放一放，瞧一瞧。”花二奶继续恐吓，“白道士说他们家三年内厄运连连，我估摸这才是个开头，贵府最好别和他们扯上瓜葛。”

梁、黄两家联姻的可能性就此终结，花二奶大胜而归，喜滋滋地回到居仁里东南巷。在巷口遇到游新潭，两人一见面，游新潭立刻止不住地埋怨：“二奶，你太不够意思了，我比阿成年纪大，你咋倒给他说门亲事先？”

“别冤枉人，我给你提的亲事不下十来桩，你总是挑三拣四，高不成低不就。”花二奶笑嘻嘻地逗他，“要不，我把温玉珠说给你？”

游新潭不高兴地说：“就算我乐意，人家阿成还不乐意呢。”

“都怪我，都怪我。”花二奶亲亲热热地问，“最近实在是太忙了，没顾上你的事。你给我透个底，到底想说一门啥样的亲事？”

游新潭红着脸：“就像……就像温玉珠那样的。”

“嘿嘿，我说啥来着？你小子肯定去龙山乡偷看过人家。”花二奶嘎嘎地坏笑，“要不你能对老姐姐这么大的怨气？”

游新潭的脸更红了，同为来闯荡佛山堡的表兄弟，游新潭和陈见成之间有着一种必然的攀比关系。两个人置了业，下一步的任务当然是成家，把父母接到佛山堡，好在区植棠和温秉义面前扬眉吐气。所以，听说陈见成捷足先登，订了一门好亲事，他专程跟着"逃军和"去了一趟坦西村。见到温玉珠后，游新潭心里一半是醋，一半是妒，恼恨花二奶偏心眼，把这么水灵灵的一朵鲜花，硬是插在陈见成那堆牛粪上。

除过女人这头失意，还有一件大事引起了游新潭的高度警惕，那就是区彦魁花钱把叶母买进区府。这个老娘们的肚皮是一块肥土沃田，丢进蝌蚪立马能长出青蛙，难道舅舅这么一大把的年纪，还想枯木逢春，铁树开花？

这绝不是什么好兆头，游新潭和陈见成使出了吃奶的力气才打入居仁里，目的无非是与区植棠争个高低，分个上下，以便在舅舅死后的遗产争夺战中力拔头筹。如今，区彦魁忽然想自己生儿子，这不是牛头马面敲门，要人命吗？

难道真会鸡飞蛋打一场空？游新潭越想越失落，无精打采地向自家的铺子走去。走到石路铺的花王庙，见冯天善坐在街边汗流浃背地干活，旁边蹲着"飞天爪""大漏勺"和"留条缝"三个闲人，抱着膝盖看冯天善箍桶。

"留条缝"头一个看到游新潭，热情地打着招呼："游掌柜的。"

"什么事？"游新潭停下脚步，木然地问。

"飞天爪"和"大漏勺"两个有眼力见，连忙站起来。"飞天爪"巴结地问："听说你前些日子招聘人手来着？游掌柜的，有没有这回事？"

游新潭叹了口气："你们谁会打铁？谁能下力气吃苦？谁做事稳当？麻布做龙袍，我看你们也不是那块料啊。"

"瞧你说的，好像我们几个就会吃白米饭，没别的本事！""大漏勺"悻悻道，"你那么大的铺面，难道不需要一个账房？"

"账房先生是个要命的差事，"游新潭白了他一眼，"算错账，会倾家荡产的。"

"飞天爪"和"大漏勺"连吃两瘪，"留条缝"蹲在地上偷偷地乐，问道："陈少掌柜的好久不见，是不是在家髹漆？游掌柜的，你见着他没？"

"漆个屁！"游新潭气哼哼地说，"他整日异想天开，不务正业，惹恼了温老三。人家铁了心到广利圩做买卖，昨天就把股给退了。"

“飞天爪”一听，立刻撒开脚丫子飞奔而去；“大漏勺”随后反应过来，拔腿紧紧追赶。“留条缝”两条胳膊支着脑袋，疑惑地问冯天善：“这俩小子咋啦？”

“我看你是头壳缺根筋。”冯天善停下手中的活，没好气地说，“温老三撤了股，肯定要带走自己的人，他俩抢着补缺去了。”

“我丢他老母。”刘眺峰如梦初醒，“噌”地一下蹦了起来。顾不上骂“飞天爪”和“大漏勺”不够意思，朝“双合裕”颜料铺的方向发足狂奔。

温秉礼去了一趟广利圩，红红火火的鸦片窑口生意令他大为震撼。于是下定决心，不顾二嫂温宁氏的反对，决心去广利圩投资窑口。

陈开心里很不是滋味，这倒不是说他无力收购温秉礼的股份。叶母被区家买走后，叶二和敲诈“阴阳生”的钱没用上，分给陈开的四百两银子就搁在抽屉里。陈开忧心的是舆论，温秉礼是“双合裕”颜料铺的老股东，现在坚决要撤股。在不明真相的外人看来，自然是他陈开不懂事，硬把人家给挤走了。

“三叔，你去广利圩做买卖，花销肯定少不了，这些钱你拿着用。”陈开取出那张“晋丰银铺”的银票，推给了温秉礼。

“四百两？”温秉礼头像卜楞鼓一样摇着，“阿开，你别挤对人，是我提出的撤股，不是你的错。我应该赔偿你的损失才对，给我二百两就行。另外，我去广利圩开窑口是赚钱，又不是去要饭，用不着你救济。”

“三叔，你这话见外了。说实话，我这笔钱来得不体面，用起来心里不安生。”陈开认真地说，“再说我现在用不了这么多钱，权当是我借给你的。假如那边的鸦片窑口生意好，本钱回来快，你赚了后还给我，加点利息不就行了？”

两个人平时疙疙瘩瘩，分手之际却一个比一个光棍，银票推来搡去地不肯罢手。尚喜坤开心地笑了：“东家，我看少掌柜诚心诚意，你收下吧，兴许过年咱就能还上呢。”

温秉礼其实还真缺银子使，见陈开这么豪爽，心里更觉得有愧：“阿开，我原打算把他们留下来的，可他们三个就是不听话，非要跟我走。”

“双合裕”四个伙计中，尚喜坤、曹子材和蔡习儒跟温秉礼走，只留下一个汤老三。如果不把“死牛肺”算作数的话，张亚丞占一个缺，其他两个空缺需要补。陈开装出一副胸有成竹的样子：“三叔，这么大的佛山堡，人手还不好找？”

“那我就放心了。”温秉礼道。

温秉礼走后，尚喜坤把账本交代完毕，背上铺盖走出店门，又扭回身：“少掌柜的，我有一句心里话，你愿不愿意听？”

陈开明白他想说什么，忙把话岔开：“老尚，你回头挣了钱，别忘了请我吃酒。”

尚喜坤没再说什么，悻悻地离开了“双合裕”颜料铺。他刚走，“飞天爪”像一团旋风冲进了铺子，满头大汗地问陈开：“掌柜的，有我一碗饭吃吗？”

陈开望着空荡荡的铺子，问：“你能干什么？”

“我这空手套白狼的本事，你还不知道？”“飞天爪”摊开双手。

陈开道：“我这里是缺一个卖颜料的，你能干吗？”

“能能，”“飞天爪”忙不迭地点头，“就我这脑子，卖东西一门灵。”

“飞天爪”的事刚搞定，“大漏勺”便气喘吁吁地闯了进来，大声嚷嚷：“掌柜的，你答应过的，一旦出缺就给我留着，说话一定要作数。”

陈开笑着说：“你来得倒不慢。”

“谢天谢地，谢天谢地。”“大漏勺”喜出望外。

陈开警告：“丑话说在前头，要是算错账，我可不留你。”

“那不能，那不能。”“大漏勺”连连作揖。

等“留条缝”赶到时，“飞天爪”和“大漏勺”二人一个在里，一个在外，已经开始上岗忙活了。他不甘心地问：“少掌柜的，没我的份了？”

陈开抱歉：“就两个缺，你来晚了。”

“留条缝”万念俱灰，也没心思责怪“飞天爪”和“大漏勺”，一个人出了“双合裕”颜料铺，靠在墙角抽泣起来。

“飞天爪”和“大漏勺”闻声而出，你看看他，他看看你，有些内疚地把头低下去。陈开见状有些不忍心：“怎么啦？”

“飞天爪”难为情地说：“掌柜的，不瞒你说，他找了几份差事都不行，积蓄花净，没有吃的，饿了好几天啦。”

陈开走到“留条缝”的跟前：“起来，起来，挺大个爷们哭什么哭？过一段日子，我打算加个营生，你跟我学髹漆吧。”

“留条缝”止住悲声：“真的?”

“掌柜的说了，那还有假?”“飞天爪”和“大漏勺”齐声道。

如果搁在平时，黄开大一定会对“女张仪”的失职大加申斥，但是铸炮生意马上就要全面展开，尚有一桩事情需要借重这个女人。黄开大忍了忍，开口交办了一件事：“一家有女百家求，我妹妹这么靓还愁嫁不出去？她的事暂且放一放，你现在替我寻一门亲先，条件有三个，第一务必是黄花大闺女，第二是龙山乡人，第三生辰八字要合。记住，一旦找到合适人家，‘落文定’、‘担酒’、请期、亲迎一勺烩，越快越好。黄爷我要靠这桩婚姻办一件大事，头天夜里见红，次日吉时开炉，不许再给我弄砸了。”

潘杨氏这次输得太惨了，梁家和黄家都是佛山堡的豪富大族，如果两家联姻成功，挣好处费倒在其次，关键是可以增加光辉业绩，在媒婆这个行当里大出风头。然而，天下事往往事与愿违，稳操胜券的买卖一夜翻船，恰恰输给了死对头花二奶，这口气说什么也咽不下去。她羞愧地说：“黄老爷，你在家里等好吧。这回我要是再干砸了，不用你尿到我脸上，我自个一头栽进汾江河，喂他老母的瘸腿王八。”

黄开大怕她沉不住气，郑重叮咛：“眼下不是火滚的时候，办正事要紧，缺钱的话到账房里支先，我要的是一个‘快’字。”

“银子不用，我自个有。”潘杨氏坚决推辞。

这娘们有股子狠劲，从居仁里西南巷出来，家都不回，到银铺取了一千两的银票，往肚兜贴肉处一塞，雇了条篷船，直奔顺德龙山乡坦西村而去。

在佛山堡要干好媒婆这个行当，除了基本素质外，尚须具备超强的信息收集能力，特别是要密切关注竞争对头的一举一动。“女张仪”被花二奶拦腰一击，满地找牙，必然寻找时机报复。她掰着手指头数了数，最近花二奶在龙山说定的亲事还真有一桩，这就是和陈见成订了婚的温玉珠——“女张仪”的攻击方向毅然决然地选中了温家。

坦西村和坦东村之间隔着一条小河，双方均建有寨墙和敌楼，显见两个村子以往都出过大人物。温姓是一个豪族，散播在龙山各地，上一代曾经出过给嘉庆皇帝当老师的温汝适。然而温玉珠的父亲是个地道的农户，家中子女众多，经济拮据，没有见过世面。“女张仪”把那张一千两的银票往桌子上一拍，老两口立刻头晕眼花，失去了主张。

温玉珠的母亲讪讪地说：“她婶子，我家玉珠已经许配人了。”

“你们家谁做主？”潘杨氏不耐烦地问。

温父指着老伴：“她，她做主。”

“哦。”潘杨氏脸上稍微挤出了一丝笑模样，“‘担酒’了吗？”

温母喃喃道：“还没有。”

“那不就结了？”潘杨氏翘起无名指，不以为然地说，“按咱们祖祖辈辈的规矩，只要没行‘担酒’礼，全不作数。”

温母脸上阴晴不定：“应了人家的事情，咋好反悔？”

“女张仪”瞅了她一眼：“姓陈的算个屁，他那间铺面也就混个半饱肚皮，怎么能和财大气粗的黄老爷比？你们自己定，不行我把银子拿回去了。”

“哎，哎，她婶子咋还是个急脾气？”温母换了一副笑容，“我也没说不行，这年头谁跟钱过不去呀？”

“女张仪”使劲拍了下大腿，肥滚滚的白肉乱颤，晃得温家老两口眼神迷离：“这还像是句人话，你们家女仔跟了黄老爷，就等于捧上了金饭碗。今后吃香的喝辣的，一人得道，鸡犬升天，有你们老两口的好日子过。”

“她婶子，落了‘文定’就送‘担酒’，这日子是不是紧了点？”温父有些质疑。

“女张仪”捏起那张银票：“黄老爷揽了虎门炮台二十万两银子的大买卖，人家要靠这门亲事见血冲喜，能不着急吗？二十万两啊，乖乖。”

别说二十万两，就是一千两银子，对于老实巴交的温家老两口来说，也是一笔能吓出两个跟头的巨款。听完“女张仪”的忽悠，老两口坚定了信心，收起银票，与媒婆开始商量温玉珠出嫁的具体事项。

可怜的陈见成，这时候还蒙在鼓里呢！

双方最后敲定，这一千两银票算是落了“文定”，次日黄家行“担酒”，第三天黄家来船迎娶新人过门。“女张仪”要的就是一个干净利落，留给温家退还陈见成的“文定”以及置办嫁妆、通知亲戚朋友的时间，只有短短两天。

潘杨氏以其人之道还治其人之身，根本不给花二奶反扑的机会。

过了两天，黄家发了大小九条船，连人带嫁妆全给接回佛山堡。在正埠码头上岸后，陪奁在前，花轿在后，敲敲打打，风风光光，把新娘子迎进居仁里。

牌坊前是红船大戏，闸门楼是盛大的流水席。新人进入洞房，一箱箱陪奁当院打开，向街坊四邻炫耀，什么金银首饰、名贵家具、绫罗绸缎、糖梅书版，应有尽有。当然了，这些嫁妆置办所需的花费，暗地里均由黄开大支付，他要的是这个面子。

九月秋凉，血色晚霞美得令人炫目，好像一幅织锦横卧天河，向大地展示闺中绮丽。汾江河西风如鼓，“嘶嘶”打着横旋，冲开人们的心扉。地上地下所有残留的云雾水汽，缭绕着穿过墙缝，越过窗骨，把洞房里的新娘子冻了个哆嗦。

一身酒气的黄开大在两个丫鬟的搀扶下，歪歪扭扭迈进新房，从一名丫鬟的手里接过一柄玉如意，挑开了新娘的盖头。铜盘里西洋蜡烛的光焰下，温玉珠白净净的脸庞美如满月，挂着泪水，映入他的眼帘。

黄开大吃了一惊，自己打算用来冲喜的新妇，竟如此美丽、清新、一尘不染，全然是一株娇嫩的花瓣。他压抑不住心头的快慰，手里的玉如意往下滑到了温玉珠的胸脯，丫鬟解开新娘子的衣衫，撩开肚兜，一对新剥鸡头肉豁然入目。

黄开大放声大笑，丫鬟连忙为他更衣，退出房门。屋子里只留下另一名丫鬟，手执孔雀翎扇子，远远地给新人扇凉降温。温玉珠像一只赤裸的小羊羔蜷缩在床，黄开大捧起自己新娘子的脸贪婪地上下嗅闻，清新的体香灌入鼻孔——味道美极了。

那一刻，洁白的皮肤，化作南天熊熊燃烧的炉火。黄开大对此十分熟悉：火焰与人体刚好相反，跳跃的身体是红色的，火心永远是那样的洁白——这是一种隐秘的力量，这是一种神奇的力量，这也是一种无坚不摧的力量。

洞房花烛夜的黄大财主，瞬间恢复了青春年少的刚猛。面对赤裸娇嫩的新娘，他仿佛站在迸裂火星的铸铁炉前，顾不得肌肤的烫伤，把铸铁伸进滚滚烈火中。一段巫山新云雨，百年老故事，热乎乎地发生，凉飕飕地消散。

绣花床上一片寂静！

魂兮归来的黄开大翻身爬起，暗淡的灯光下，一把抄起温玉珠赤裸的下体。定睛瞧看，脑子里“嗡”的一声，天旋地转：竟然没有见红！

刹那间，黄开大变成了一头野兽。他跳起来夺过丫鬟手里的孔雀翎扇子，一手按住新娘子的下腹部，一手将扇柄残忍地刺向新妇的阴阜。温玉珠猝不及防，“啊”的一声疼死过去。一行血沿着她的腹股沟慢慢地浸出来，滴在那方素色的广缎上。

次日卯时，位于佛山堡山紫铺的“丽升炉”锣鸣九响，鼓擂三通，火焰熊熊，亮出了惨白的舌苔，铸炮的浩大工程正式启动。下午，温家从坦西村送来了肥鸡和米酒，一片热闹的喧腾声中，黄开大当众欣然接受。

第三日，到了新姑爷“三朝回门”（也叫“姑爷上厅”）。黄家开出三条大船，船头香案奉着九只烧猪，乘着和熏的东风，浩浩荡荡开向龙山乡坦西村。黄开大、温玉珠夫妇领着二十多名仆役刚下船，发现坦西村的父老乡亲都挤在敌楼下面看热闹。十多年了，坦西村还没有过这么大的阵仗，跟唱戏似的，好生叫人羡慕。

又是一阵吃吃喝喝，温玉珠的金兰七姐妹，包括叶小妹在内纷纷赶来祝贺。温家父母打量着那两只头插金花的大号烧猪，高兴得合不拢嘴。这两只烧猪各有名号，一只叫“上厅”，一只叫“回门”。在广府一带的风俗里，婆家送回来的这两只烧猪是否完整，意义重大，因为它标志着新娘子是否贞洁！

温家热闹风光了一整天，亲朋四邻精疲力竭地散去，院子里只剩下自家人。黄开大向岳父岳母拱手施礼：“炉户正忙，我得赶回去料理。”

温母望着年龄比自己还要大的新女婿，心里甜丝丝地像喝了蜜：“阿大，你放心，到了岁时节日，我一定把玉珠给你送回去。”

“黄老爷，你还没有吃饭吧？”温玉珠的父亲提醒，“吃了再走。”

黄开大装作才想起来的样子：“是吗？我都忘了。”

温母关切地说：“啊呀，那可不行，你是场面上的人，那么多事不吃饭哪里顶得住？想吃点啥？我下厨给你做。”

“岳母大人，万万不可劳动大驾，小婿随便吃一口吧。”黄开大眼眉一挑，几案上另外七只烧猪已经被切掉了大半。他从腰里摸出牛耳尖刀，径直走到“上厅”和“回门”旁边，拔下颤巍巍的金花，咔咔两刀，各自剁下一条大腿。从怀里掏出一块早已准备好了的洋布，裹起猪腿拎起来，大摇大摆出门而去。

温家老两口的脸“腾”的一下，没有了一丝血色。幸亏屋子里没有旁人，否则他们能一脑袋撞死在门板之下。

到手的好姻缘被人横刀夺爱，偏偏温玉珠还嫁到了对面的西南巷。陈见成急火攻心，病倒在床，吃什么药也不见好转。

隔着一口墨绿色大瓮，昏暗的灯光下，何典在左边教“留条缝”髹漆，陈开在右边专心调他的颜料，三个人其实都竖着一双耳朵听东屋陈见成的动静。“留条缝”一边刷漆，一边嘀嘀咕咕：“为个娘们至于嘛，他要是能饿三天，我就服他。”

这些天，何典所在的“七刀坊”承接了黄家的生意，白天进西南巷油漆家具，因此就近住在陈开家里。他叹了口气：“那可不好说，人最容易在这事上犯糊涂。我看陈掌柜的这次伤得不轻，兴许能饿个十天半月的。”

陈开手里捏着一尊木雕的人头像，这是他通过叶老四央求黄广华雕刻的，拿木雕练习髹漆手艺。漆完底子逐层上漆；上完漆晾干后拿颜料画；画完后用刀雕，什么刺、剔、片、铲、勾等，忙了个不亦乐乎，简直把木雕当作祖宗来伺候。

他手里拿着两把刷子，一把是软的，用来上色；一把是铁丝做的厚板刷，用来去色。少年人把木雕当作将要征服的天地，希望呈现在自己面前的是明亮的色彩，一眼可以看到胚胎的光泽——在他的心里，无法容忍杂色的出现。

陈开用铁丝刷打磨木雕的杂质，东屋里传出陈见成“哎哟”的哼唧声。“留条缝”得意地笑了：“我说他撑不住了嘛。”

何典趴在窗户上朝里面瞅，朦朦胧胧发现陈见成倚坐起来，忙征询意见：“阿开，快过来。陈掌柜的起来了，要不要给他喂点药？”

“喂啥药？”“留条缝”做了个鬼脸，“灌点肉汤还差不多。”

陈开觉得“留条缝”说的不错，陈见成两天两夜滴水未进，肯定是饿了。他扔掉手中的刷子和毛笔，顺着梯子爬到墙头：“阿潭哥，阿潭哥，阿成哥醒了。”

温玉珠出人意料地嫁给了黄开大，叫游新潭心里平衡了一些，只是陈见成这两日寻死觅活地折腾，让他感觉自己可能有些小肚鸡肠，不该偷偷地看表弟的笑话。他亲自下厨熬了一锅鱼头豆腐汤，准备给陈见成补一补。

“端汤。”游新潭吆喝。

陈开扔下一个篮筐，游新潭把煲汤放进篮中，看着篮筐晃晃悠悠地吊了上去。忽然那边的院门被“咚咚”擂个山响，陈开惊得手一抖，差点将煲汤弄洒。等他稳住心神，只听金良玉急切地吼：“阿开，快开门，你二舅哥不行了。”

花二奶大胜“女张仪”后，越发变得气势凌厉，见陈开没有相亲的诚意，索性直接跑到宁家把窗户纸捅破。宁绣锦害羞不语，女诸葛和宁二少都相中了陈开，宁老爷子也不反对，答应等女儿满十五岁再办婚事。消息传出，东南巷和砖瓦巷的街坊津津乐道，全把陈开当作宁家的准女婿看待。

陈开抱着汤壶飞快地跳下梯子，打开院门。金良玉一头撞了进来，气喘吁吁地问：“陈掌柜的呢？快叫他抓药。”

“怎么回事？”陈开诧异地问。

“别提了，你二舅哥叫人给打了。”金良玉哭丧着脸，“要不是杨老爷在大沥堡，托人出头说情，我们俩都得搁那儿。”

游新潭从墙头翻过来，见金良玉火急，不敢怠慢。大伙将陈见成从床头拉起来，套上药箱，连推带搡，把他拽到了金良玉家。

众人过去一看，宁二少躺在床上，面色苍白，气若游丝，浑身是血，遍体鳞伤，惨状不忍卒睹——脸上勾的小花脸脏了，头上戴的学士巾裂了，下巴挂的吊搭髯开了，身上穿的绣花褶子撕了，腿上穿的彩裤破了。陈开愤怒地问：“谁干的？”

“还能有谁？”金良玉唉声叹气，“何家呗。”

莫二娘和小翠各自端着一盆温水给宁二少净身，待褪去裤子，吓得两个女人“啊呀”叫了起来。陈见成和游新潭脸色大变：“金老爷，咋回事？”

金良玉羞愧地说：“我们这次跟着姑苏‘祥麟班’去何家唱戏，谁知道何家大少爷有龙阳之癖，姑苏‘祥麟班’那几个粉头他玩腻了，非要弄宁二少一回。二少不愿意，你看就把人打成这样，最后还是被糟蹋了不是！”

游新潭骂道：“你们整天干的龌龊事，瞧瞧，遭报应了吧？”

“二少也是，”金良玉叹了口气，“好汉不吃眼前亏嘛。”

陈开年纪毕竟小，对男女之事刚刚弄明白一点，至于官场和有钱人家玩弄男人的这些变态勾当，他是闻所未闻，听起来就感到恶心。一刹那，他觉得整个世界游离远去，身边的这几个男人似乎变成了可怕的怪物，小家伙转身离开了金宅。

东南巷依旧是那样弯弯曲曲，陈开低头一摸别在腰里的刷子，手指被扎得生疼，原来带出来的是一把铁刷子。他将铁刷子使劲在墙壁上划拉了几遍，看来要想给这个世界涂上金装，必须刮掉那些残存的旧胎。

第三十二回　祸起萧墙

前所未有的严冬来了，因为温度太低，社亭铺药王庙前的石柱垫破天荒结了冰。温秉智蹲在石柱前，打量着那层冷酷的坚冰，心里这个苦啊，好日子过了不到半年，老天爷就要跟自己过不去，这他妈的什么世道？

温家哥五个中，过去温秉智的光景排在倒数第一，连当伙计的温秉信都不如，全凭在药王庙前摆摊占卜天气，才让他恢复了作为老四的尊严，如今怎么能让那段耻辱的日子复辟？温秉智这些天绞尽脑汁，早出晚归，整日围绕着那对石柱打转，发誓一定要揭开那层坚冰包裹着的秘密，弄清楚它到底代表什么天气。

腊月初二这一天，温老四被人从梦里叫醒，揉了揉眼珠，披上夹袄到院子一看，原来是二嫂温宁氏。他睡眼惺忪地问："嫂子，啥事？"

"是这样，"温宁氏嘱咐，"你二哥的铺子不是缺个人手吗？那个叫李阿发的昨天托阿开来说情，街坊邻居的这个面子还能不给？我和你二哥商量了一下，你今天去药王庙的时候告诉李阿发，让他到铺子来上工。"

温家是女诸葛当家，所谓的商量还不就是个交代？温老四嘟嘟囔囔："二嫂，不怪我二哥心里不痛快，那个姓陈的把三哥挤对走，咱们凭啥给他面子？你看看‘双合裕’现在用的都是些啥鸟人？听说你还想把绣锦许配给他？哎呀，我这心里七上八下的。”

温秉智借题发挥，表面上贬低陈开，其实指桑骂槐，嫌温宁氏把得太紧，根本不管他这个四弟的死活。温宁氏明白，淡然一笑：“老四，你这话不对实情，是老三寻死觅活地非要去广利圩，和阿开有什么关系？再说，老三眼下不挺顺风顺水的吗？”

温秉礼从“双合裕”撤股后，靠着张耀祖的介绍，加入了罗家控股的窑口，前两天托人捎书信回来，字里行间掩饰不住的得意之情，看来买卖不是一般的兴旺。女诸葛心里苦辣酸甜不是滋味，她反对温家人干窑口这类勾当，但如今事实似乎证明温老三这条路走对了，她这个当嫂子的还能说什么呢？

说心里话，温家这个家实在不好当，温家那哥四个没有一个是好对付的——大哥温秉仁是个不粘锅，不想承担家庭重任，只想着自己的老婆孩子吃香喝辣；老三温秉礼头脑活泛，一会儿一个主意，谁也招架不住；老四温秉智是个碎嘴，到处惹是生非，唯恐天下不乱；老五温秉信倒为人忠厚，却是一个尥蹶子的驴脾气。

温家老爷子在世的时候尚且驾驭不住这四兄弟，更别提温宁氏一介女流之辈。但女诸葛意志坚强，既然老太太把当家的钥匙交给了自己，那就务必掌好舵，绝不能让温家这条船倾覆。

“老天爷不管我饭吃，我就去广利圩找三哥。”见女诸葛的口风丝毫没有松动，温秉智大失所望，丢下一句，蹒跚着离开家，走向药王庙。

路上寒风像小刀子一样刮在脸上，飕飕地生疼。温老四到了药王庙前一看，空地上蹲着的“机房仔”密密麻麻，比平时只多不少，约摸有两三千号人，蜷缩在一起相互取暖，远远望去像一群扎堆的黑猫。

温秉智找到一个名叫黄敬仁的“机房仔”：“见到阿发没？”

黄敬仁是南海县黄竹岐村人，起初在城北的机房做工，后来到了大镇乡，最后落脚在佛山堡。这里纺织业密集，找工作相对方便。他抬头一看是靠占卜天气吃饭的温老四，觉得从他身上刮不到油水，便用手一指：“在那边。”

李阿发听到温秉智的呼唤，站起来："四哥印堂发亮，有啥喜事？"

"少废话，去乐安里上工。"温秉智气呼呼地说，"记住，念我二哥的好。"

李阿发得了差事，欢天喜地："四哥，等我支了工钱，正埠酒楼请你吃酒。"

"破摊档谁稀罕吃？"温秉智骂道。

黄敬仁赶紧上前问："四哥，有我的差事吗？"

"多的是，"温秉智甩了他一句，"都在我二嫂手里，你去管她要。"

黄敬仁无奈，只好冲李阿发拱拱手："阿发兄弟，帮哥留点心，有缺知会一声。"

"包在兄弟身上。"李阿发一溜烟地跑了。

天上地下灰茫茫一片，若非那层冰碴子捣乱，温秉智早该开张了。他耷拉着头壳朝药王庙里走，忽然发现石柱前站了两个乞丐，正挥舞羊角铲在卖力地铲冰。温老四头皮发紧，一个箭步冲过去，气急败坏地怒喝："住手。"

这两个乞丐，领头的是招天虎的徒孙招亚东，打下手的是"厚皮棍"。招亚东回头看是温秉智，停下手中的羊角铲："有事吗？"

温秉智质问："姓招的，谁让你在这儿放肆？"

"温老四，有本事你找佘爷去。"招亚东反唇相讥。

一提"蛇鬼窟"，温秉智矮了半截，嘴里兀自不服气："我不管啥蛇爷兔爷的，这里是老子的地盘，明白吗？"

招亚东冷笑一声，回头喊："佘爷，有人骂你呢。"

药王庙里闻讯杀出四五条大汉，腰里别的、手里提的俱是明晃晃的兵刃，走在头里的正是"蛇鬼窟"，怒气冲冲地问："谁敢骂老子？不想活了？"

温秉四尴尬地赔笑："佘爷，原来你老人家在啊？"

"蛇鬼窟"后面跟着两个人，一个是兄弟佘雨田，一个是社亭铺先锋庙的通妙道人。佘雨田狠狠一脚踹在温秉智的腰眼上："姓温的，你在药王庙摆摊，那是我兄弟懒得理你。从明天开始不许在药王庙露面，不然的话，见一次打一次，滚。"

灵应祠的全真教道士之所以变成废柴，无非是因为日子过得太滋润。"神算子"这厮荒淫无度，他招收的弟子名义上是道士，实际上多一半为他的变童。温老四一瘸一拐地跑到灵应祠去告状，正赶上“神算子”抱着“小蒲扇”亲嘴。等他哭哭啼啼诉完苦，“神算子”气得两眼冒火：“他们真在石柱旁边为难你？”

药王庙是社亭铺十八街的公产，前些年翻建灵应祠时，本铺士绅掏了不少钱，所以“神算子”和“蛇鬼窟”在药王庙的地盘上一直争执不下。不过，药王庙前的那对蟠龙石柱是灵应祠单独出钱捐助的，百分之百属于“神算子”的地盘，“蛇鬼窟”以前也没有提出过异议。

“千真万确，”温秉智赌咒发誓，“他雇了两个叫花子用铲子凿石柱呢。”

“我去找姓韩的理论。”“神算子”咬牙切齿。

自打被“逃军和”讹诈了银子后，“阴阳生”的扶鸾事业一帆风顺，名扬佛山堡。他的法术越练越纯熟，通灵后的“枫子鬼”不再是一截生涩的枫树根，完全变成了一个可以千里杀人的魔鬼。“小蒲扇”慌忙拉住他：“师傅，韩道爷是‘牛鬼窟’的靠山，三大‘鬼窟’好得穿一条裤子。姓佘的出尔反尔，你知道是他的意思，还是韩道爷的意思？”

“神算子”心头一跳：“你是说姓韩的卸磨杀驴？”

“这事只能猜，不能说；只能受，不能火；只能磨，不能破。”“小蒲扇”拿出一套曲意逢迎的心得，对“神算子”说，“眼下人为刀俎，我为鱼肉，谁让咱们没本事哩。”

“丢他老母，你说的有几分道理。”“神算子”呆了呆，转身对温秉智说，“老四，大冷天的算个屌卦？回被窝里眯着吧。”

温秉智惊讶地问：“道爷，咱们就忍了？”

“不忍咋着？”“神算子”扳起“小蒲扇”的脸盘子，在上面美美地香了一口。

温秉智弓着腰慢慢向家走去，呼啸的寒风不时从身边吹过，冻得他连打了三个喷嚏。“神算子”抱着变童耍得开心，他温老四光棍一条，如今连吃饭的家伙都没了，难不成真的回去听二嫂的摆布？碎嘴子心有不甘。

过了社亭铺是岳庙铺，过了岳庙铺是石路和纪纲铺，远远地看到纪纲铺的保正霍景德站在三官庙门外，温秉智过去问：“霍老爷，你不进庙里避风，在这儿干啥？”

霍景德跺着脚："避瘟神哩。"

纪纲铺这座三官庙的规模小，名气比不上大镇乡那座三官庙，因此常常挪作公用。庙里传出一副公鸭嗓子，余章标正在宣讲《圣谕广训》：

> 夫孝者，天之经，地之义，民之行也。人不知孝父母，独不思父母爱子之心乎？方其未离怀抱，饥不能自哺，寒不能自衣，为父母者，审音声，察形色，笑则为之喜，啼则为之忧，行动则跬步不离，疾痛则饮食俱废。以养以教，至于成人，复为授家室，谋生理，百计经营，心力俱瘁。父母之德，实同昊天罔极！人子欲报亲恩于万一，自当内尽其心，外尽其力，谨身节用，以勤服劳，以隆孝养，毋博弈饮酒，毋好勇斗狠，毋好货财，私妻子。纵使仪文未备，而诚悫有余。推而广之，如曾子所谓"居处不庄，非孝；事君不忠，非孝；莅官不敬，非孝；朋友不信，非孝；战阵无勇，非孝"，皆孝子份内之事也。
>
> …………

不时有三三两两的人从三官庙出来，温秉智探头一看，庙里面稀稀拉拉的，听余章标宣讲的没剩几个人。过了片刻，宁僖臣拄着拐杖溜达出来，霍景德问："年伯，你老人家怎么也出来了？不爱听圣贤教训？"

"受不了，实在受不了。"宁僖臣摇晃着脑袋，"老朱头就够烦人的，这个姓余的本事更属不济。我真纳了闷，好端端的道理如何给糟蹋成这样？这不是给圣贤脸上抹黑吗？长此以往百姓不知礼仪，纲纪紊乱，人不成了鬼啦？"

"没法子，朝廷定下的规矩。"霍景德把手一摊，然后表情夸张地说，"不单你们黄伞铺和我们纪纲铺，其他铺子也烦这个姓余的。还是汾水、富文、大基三铺厉害，人家宣讲圣谕的法子五花八门——汾水铺找了个道士唱道情，富文铺请盲佬弹琵琶，大基铺干脆弄了个木偶戏班唱曲子。我也想改一改，请年伯给拿个主意。"

"别的都行，木偶戏班和盲佬绝对不行，那些卖皮卖肉的女人如何能宣讲圣教？"宁僖臣脱口而出，"凑合着唱道情吧。"

这真是天无绝人之路，温秉智顾不得擦掉眼眶里激动的泪水，兴奋地一跃而起:“唱道情我最拿手,宁老爷,霍老爷,你们说吧,想听哪一段?”

霍景德向他承诺:“老四,你给年伯来一段《劝孝歌》。唱好了的话,老朽不但付银子,还叫其他铺把姓余的撵走,省得他聒噪。”

唱一段歌、说半截书就能凭空赚二两银子,天底下还有这么便宜的事情?温秉智终于找到了能够发挥自己特长的职业,他卯足气力唱了起来:

五伦中,孝最先。两个爹娘,又是残年。
便百依百顺,也容易周旋,为甚不好好的随他的愿?
譬如汝诈人的财物,到来生也要变猪犬。
汝想身从何来?即使捐生报答,
也只当欠债还钱,哪有动不动将他变面?
汝道他做事糊涂,说话欹偏。
要晓得老年人性情,倒像个婴年。
定然是颠颠倒倒、倒倒颠颠。
想当初,汝也曾将哭作笑,将笑作哭。
作爷娘的,为甚不把汝轻抛轻贱?
也只为爱极生怜。
到今期,挨汝个千埋百怨。
想到其间,便铁石肝肠,怕汝不心回意转。

温秉智一曲声情并茂的《劝孝歌》,唱得宁老爷子“吧嗒吧嗒”掉眼泪,大获成功。由打纪纲铺开始,石路、黄伞、岳庙、社亭、仙涌、东头、医灵、明心、真明、耆老各铺均拒绝支付给余章标宣讲费,并且辞了他的差事,改由温秉智唱道情。朱轩稼的饭碗被砸,气得破口大骂,天天逼着余章标到各铺收账。

钱早进了温秉智的兜里,哪个铺子肯支付额外的费用?余章标跑了几天腿,一个大子也没有收回来,走在繁盛依旧的大街上,心冷如风。眼看着马上就到腊月初八,街上的铺面陆续插上了门板,辛苦一年的人们采购年货,准备舒舒坦坦地过春节。自己来到佛山堡半年,一个铜板没有挣到,还砸了朱轩稼的吃饭家伙,真是倒霉到了极点。

他忐忑不安地回到位于山紫铺的家里，坐在木桌前发愣。黄鱼春从房东家出来，“嘎吱嘎吱”的木屐声，像重锤一样砸在她男人的心头。

房东蔡宝昌是古劳围维墩乡人，在山紫铺开设有一间名叫“日恒盛”的大染坊，因为同乡之谊，房屋的租金起初给黄鱼春两口子打了个八折。平时，黄鱼春嘴甜似蜜，阿昌哥长、阿昌哥短，又陪着蔡宝昌的老婆蔡任氏摸牌耍小钱，最后租金落到了六折。

“没收到钱？”黄鱼春问。

余章标唉声叹气：“这碗饭好是好，可惜咱们没命吃。”

“老娘才不信命。”黄鱼春不慌不忙，盘着腿上了床，开始蹂躏自己的丈夫，“你还算是个男人？要硬不硬，要软不软，连老婆的肚皮都填不满。换作是我，自个沉到河里喂老鳖。”

余章标泄气地说：“家里有屋有田的，何必来这里遭罪？”

“你们家穷山恶岭，要我伺候你爹娘？”黄鱼春鄙夷地说，“墙头开窗户，没门。”

两个月前，黄鱼春的父亲去世。葬礼办完，她上面的四个哥哥张罗分家，本来压根没有黄鱼春的事。可这悍妇回到家里大吵大闹，与兄嫂们打了个昏天黑地，蚊子腿上拉肉，硬从他们嘴里抠出十八元番银。跟着这么一个悍妇，迟早会把家里的亲戚得罪光，余章标隐隐约约感到一丝恐惧，但自己家境贫寒，混到今天不容易，老婆不能再弄丢了。想到这里，余章标垂头丧气地问：“那你说怎么办？”

“撵狗入穷巷，老天爷欺人太甚。”黄鱼春平静地说，“他不仁，我不义，咱们也没有必要布帘子盖屁股，一味遮羞充良人。你那宝贝侄子在‘双合裕’采购原料，让他弄点假货，配成颜料卖给蔡宝昌，两边一刮，过年的银子不就有了？”

女人这个丧尽天良的主意一出，立时把丈夫惊得目瞪口呆，连连摇头：“不行，我和阿开是兄弟，‘死牛肺’的差事就是人家力保的。他对咱们这么好，恨不得把心掏出来，我要是恩将仇报，往后在外面如何做人？”

“你一个快饿死的贫鬼，要啥脸？”黄鱼春啐了丈夫一口，“人为财死，鸟为食亡，一奶同胞打得头破血流，别说是个外人？这事不能怪咱们，要怪只怪姓陈的耳朵根子软，不识好赖人，这是他应得的教训。”

“阿开不是好惹的。”余章标喃喃道,“你别忘了,‘庞千刀’就死在他手里。”

“怕个屌?”黄鱼春把茶咽下去,打了个嗝,一脸轻松地说,“我是你老婆,他们要算账只能找你,找我一个妇道人家算咋回事?”

余章标吓得魂飞魄散:“阿春,你这哪是坑别人?分明是谋杀亲夫啊。”

“瞧你那点胆子。”黄鱼春轻蔑地看了丈夫一眼,“老娘早踅摸好了一个靠山,姓陈的和蔡宝昌要是不老实,自然有人拾掇他们。”

看来这悍妇琢磨“双合裕”的事不是一天两天了,余章标颤抖地问:“谁?”

“开鸾坛的韩道爷。”黄鱼春露出得意之色,“叶老二唆使白鹈鹕夹人家头壳,差一点把道爷弄死,还诈了人家八百两银子,你说缺德不缺德?不过,老天有眼,恶人自有恶报,叶老二没有赎回他老母,兄弟俩在街上抱头哭哩。”

余章标百般劝阻,阻挡不了老婆一意孤行。当天夜里,悍妇敲响了鸡宅的大门,韩通奇怪地看着这个满脸粗毛孔的女人:“你一个五体不全的娘们,有甚密事?”

自从“枫子鬼”法术大进,“阴阳生”不知不觉也受到一点“枫子鬼”的影响,眼神飘忽不定,像一团摇曳的鬼火。黄鱼春那些阴损的招式,最多也就在亲戚朋友中间耍一耍,碰到外人全不管用。这悍妇在家里蛮横,其实没有经历过什么世面,一见到“阴阳生”这种真正的江湖豪客早吓得屁滚尿流,浑身上下打哆嗦:“神仙爷爷,神仙爷爷,小女子有头等机密的大事告知,‘逃军和’讹的八百两银子,难道你不想要了?”

头两次开鸾坛,遇到的种种磨难,在“阴阳生”的心头蒙上了一道巨大的阴影,令他时时不寒而栗。事后他检查过“枫子鬼”的头部,发现了那道深深的印痕,百思不得其解,隐隐觉得似乎与那个索要银两的“逃军和”有些关联。今天,黄鱼春提到“逃军和”这三个字,印证了他的怀疑,他和颜悦色道:“把你知道的说出来,道爷不会亏待你。”

黄鱼春便把“逃军和”利用白鹈鹕进行讹诈的事情,添油加醋地说了一遍:“道爷,那只鸟的名字叫‘长烈钻’,在我们古劳围捕鱼多年,一双大爪子可厉害了。比爪子更厉害的是它的长嘴,里面能搁这么长一把剑。姓陈的伢仔除了力气大，其实没有啥本事，他这一辈子全靠鸟活着。上次在正埠酒楼杀‘庞千刀’，纯属误打误撞，依仗的就是这只鸟。这回他又和那个叫花子合伙算计你，一共讹诈了八百两银子，他们俩一人分了一半，把钱拿到广利圩投资窑口卖大烟膏，真不是个东西。”

第二天是腊月初八，佛山堡大街上充斥着此起彼伏的鼓声，各铺都派人参加由“大魁堂”牵头组织的腊八祭——这是镇子里最古老的驱鬼仪式，表演者具备相当的戏曲素质，头戴精美的木制面具，和着低沉庄严的乐曲起舞。听说“阴阳生”的轿子进了祖庙，“神算子”以为他不懂规矩，急忙出门迎接：“韩爷，你辛苦了半年，应该好好休息，有事过了年再说。”

“阴阳生”下了轿子，满面春风，打了个稽首：“无量天尊，韩某有今天，全仗道兄鼎力支持。没别的事，就是想和道兄吃两盅酒，交交心。”

“神算子”摸不清他葫芦里装的是什么药，只好命人备下酒菜。两个人推杯换盏喝到酒酣耳热，“神算子”问：“韩爷，咱们不是外人，有话直说。”

“道兄，我这个人不太会说话，这些日子为了修炼‘枫子鬼’，对你多有慢待之处，请道兄多多担待。”“阴阳生”推心置腹，“虽然我的法术杀气越来越重，可韩某人做事是讲规矩的。咱们哥仨合作，有好处的话平分，在下绝不多贪一分银子，这是做人的本分。以后你们哥俩不用费心劳力，拿着银子吃喝玩乐，岂不逍遥赛过活神仙？”

韩通这番话说得很直白，意思是佛山堡这地方不错，我韩某人准备在这里扎根。你们哥俩从此以后奉我为大哥，乖乖跟着我混，钱一分不少你的。

“神算子”胸无大志，贪图安逸，未尝不希望找一个有本事的大哥罩着，帮他守住灵应祠这方宝地。然而他毕竟以前吆三喝四惯了，如今头壳上凭空压了两片屁股，心里终究有些怏怏不快。“阴阳生”似乎看出了他的心思：“道兄，既然诚心合作，韩某人一定尽力维护你们的面子。谁敢与你们哥俩为难？一句话，在下绝不客气。”

“神算子”摇了摇头：“韩爷，我不给你添麻烦。”

“道兄不好意思说，韩某来讲。”“阴阳生”忽然目露杀机，“听说‘蛇鬼窟’夺了药王庙的地盘，这厮既然敢得罪你，在下就让他见阎王。”

“啊？”“神算子”倒吸一口冷气，没想到“阴阳生”如此冷酷无情，“韩爷，只要佘爷交出地盘,何必伤他性命?"

"我意已决。""阴阳生"端起酒杯,"吃酒。"

韩通下定决心在佛山堡发展,必然要一步一步剪除其他竞争势力,三大"鬼窟"就是他第一个下刀子的目标。"阴阳生"之所以选准"蛇鬼窟"来杀一儆百,诚然是出于削弱三大"鬼窟"实力的考虑,还有另外一层说不出口的原因——根据他自己的线报,"蛇鬼窟"与广州三界庙的住持金钟道人狼狈为奸,修炼出一门利用白蚂蚁盗窃金银的法术。韩通猜测这两个人捞了不少钱,决定出手宰了"蛇鬼窟",砍断金钟道人在佛山堡的爪牙;同时威逼金钟道人与自己合作,窃取佛山堡各大银铺、当铺的金银。

腊八这一天,温玉珠坐着篷船来到佛山堡。每一个别人欢度的佳节,对她来说都是可怕的地狱时刻。果不其然,到了晚上,黄开大又操起孔雀翎扇,用扇柄刺入她的阴部,极尽侮辱虐待之能事。风在窗外呼呼地刮着,年轻的女人血染下体,心如死灰,大眼睛痴呆地盯着木床顶端的雕花,那是一幅《龙凤呈祥》的组图。

次日清晨,温玉珠忍着疼痛,踉踉跄跄爬上轿子,在一片阴云笼罩中离开佛山堡。丈夫的无情和残忍,以及对未来生活的深深恐惧和绝望,让她无法鼓起勇气再生活下去。回到坦西村没有几天,温玉珠毅然决然地离家出走了。

人世间已经没有她的容身之地,她对所生存的时代和脚下的土地是如此地憎恨,以至于希望死在一个古老的过去和遥远的彼岸。温玉珠搭上一条驶往广州城的客船,她知道那里有一座波罗庙,是千百年前商贾坐船驶往番国的老码头。她准备在那里结束自己的生命,让魂魄随着寒冷的东北风,一直飘向陌生的鬼子国。

客船来到河南岛对面的太平沙,换船之际,温玉珠才发现自己带的钱不够,无法支付去黄埔的船费,她只好在岸边晃悠。太平沙风光秀丽,广府名流喜欢在这里兴建别业,亭台楼阁掩映在柳丝烟雨中,别有一番出尘气息,时人有诗赞曰:

雨过池塘水气凉,红莲花让白莲香。

四围莲叶三分水，一个沙鸥破夕阳。
疏疏篱落野人家，绿树当门路几叉。
石磴月明人独坐，晚风吹折紫藤花。
…………

温玉珠搭乘渡船到达北岸，一路懵懂行去。风间或吹起哨雨，水湿透了她的全身，前面出现了一座尼姑庵，门上写着三个字："海印庵"。

庵前木棉树下，一个年过三旬的尼姑头戴斗笠、身披蓑衣，正在清理水道中的落叶。见温玉珠走过来，她停下手里的活："姑娘，有事吗？"

"师傅，"温玉珠问，"我想问个路，去波罗庙怎么走？"

波罗庙即南海神庙，南海神就是火神祝融，在岭南一带被人们尊称为洪圣大王。每年二月十三神诞日，波罗庙都会举行盛大庙会，善男信女蜂拥而来，祈求风调雨顺，海不扬波，出海打鱼、做买卖及征战的亲人能平安归来。由于鸡和吉同音，庙会中最受欢迎的工艺品是花花绿绿的"波罗鸡"，据说它能给人们带来好运气。

尼姑回答："波罗庙在黄埔，远着呢。"

"多谢师傅。"温玉珠扭头欲走。

尼姑一把拉住她："姑娘，夜半三更的，你一个人走路不害怕吗？"

"不怕。"温玉珠说完，泪水和着雨水一起流了下来。

"别哭别哭。"尼姑安慰她，随即恍然大悟的样子，"我明白了，姑娘，你一定是在婆家受了委屈，到波罗庙求子嗣的，对吗？"

顺德县有一位蚕女心灵手巧，后来羽化为仙嫁给了南海神，被封为"明顺夫人"，专司送子之责。这位"明顺夫人"心地善良，法力无边；有求必应，香火旺盛。神庙前有三块拜石极为灵验，据说在上面睡一个晚上，肯定能生儿子。这个传说不是吹的盖的，有史实为证——明代嘉靖皇帝荒淫无度，即位多年生不出儿子，急得抓耳挠腮，在钦安殿建"祈嗣醮"，命令礼部尚书夏言为醮坛监礼使、侍郎顾鼎臣等人充任迎嗣导引官，各部大臣轮流值班进香，祈祷老天爷开恩送给皇帝佬一个儿子。

当所有的办法宣告无效后，有人建议去求南海神和"明顺夫人"两口子。嘉靖皇帝亲笔写了一篇祭文，派人去广州隆重献祭，这是嘉靖十一年（1532

年)的事;四年后,皇帝佬果然育了个种,心花怒放,又派官员带着厚礼去广州酬谢南海神夫妇。这两篇祭文均勒石为铭,至今依旧完好地保存在黄埔庙头村的南海神庙里。

这时候,从庵里走出来一个打扮妖艳的年轻尼姑,嗲声嗲气地说:“啊呀,你是啥眼神?这么漂亮的姐们能给那些蠢材生伢仔?那不是白白地浪费了爹娘给的本钱?快到庵里精舍喝口热茶,别淋坏了身子骨。”

温玉珠明白这座海印庵不是好地方,默默地转身离去。

“到哪儿不是卖?”年轻尼姑在后面嘀咕,“不识抬举。”

温玉珠沿着来路往回走,雨势渐渐变大,四周水雾迢迢,分不清东南西北。雨幕中又显出一座庙,门前挂着盏随时可能熄灭的灯笼,冷冷清清,看来不是海印庵那样的淫窟。浑身湿透的温玉珠无暇多想,三步并作两步跑进屋檐下避雨。孤独的女人抱着膝盖瑟瑟发抖,望着茫茫雨势,心头那个千百次的问,重新浮现在脑海——自己清清白白的身子,缘何在洞房花烛夜没有见红?难道普天下都是幸运的人,唯独自己是个倒霉鬼?

女人想不出任何理由,不觉昏昏欲睡,梦中感觉有一双爪子摸上了自个的酥胸。温玉珠睁开眼睛,跃入眼帘的是一副极其猥琐的狰狞面目。昏黄的灯光下,女人隐隐约约看清庙门的匾额上写着三个大字:“三界庙”。

三界庙供奉的是三界神,据说这位神仙出自岭南大姓冯氏家族,名字叫冯克利,原籍粤西浔州府贵县。冯克利年少时进本县的北山采香,遇到八个仙人在山上下棋,捡到一件没有缝隙的仙衣,遂得神仙之术。冯克利后来屡得封赏,明朝封他为“三界敷佑伯”,清朝敕封他“昭显灵感敷佑伯”,岭南大地,处处可见这位神仙的庙宇。

明末抗清英雄袁崇焕是东莞石碣镇水南村人,他们村的村口也有一座三界庙。小时候袁崇焕背上长了个大疮,久治不愈,其母便去三界庙拜神。袁母是个极善的品性,她发现庙顶瓦面漏雨,淋坏了泥菩萨的脊背,觉得不妥,于是请人把三界庙的顶棚补好。说来也怪,小袁崇焕的毒疮没多长时间,竟然痊愈了。

明天启七年(1627年),辽东宁远大捷后,因为受到宦官的排挤,袁崇焕愤然辞职回到家乡,准备去罗浮山结庐隐居。这时乡亲们打算修三界庙,他把钱捐出来，写了一篇《重修三界庙疏文》。在这篇文章里，袁崇焕大发感慨，把“三界”解释为“三界者何？盖天、地、人为三界”，借以抒发自己的宏图大志。袁氏被崇祯皇帝冤杀后，乡人悲恸为之鸣不平，在三界庙里凭吊其魂，从那以后，袁崇焕摇身一变也成了三界神。

不管三界神是冯克利还是袁崇焕，反正他神通广大，信众甚多。广州三界庙的住持金钟道人精通一门法术——养殖一种牙口锐利的白蚂蚁，把它放进当铺的银库啃咬金银；等白蚂蚁爬出来后，再将白蚂蚁放进特殊的药水里浸泡；其腹中的金银溶入药水，下面支起砂锅用文火煎熬三日三夜，金块和银块自然结晶而出，你说奇也不奇？

“蛇鬼窟”是金钟道人的合作伙伴，负责盗窃佛山堡当铺和银铺的银两，来到三界庙已有两日。这天夜里，“蛇鬼窟”打算出去寻找乐子，推开庙门，蓦然发现屋檐下躺着一位浑身湿透的美娇娘，胸脯和臀部凹凸毕现，看上去煞是惹火。转身向四周一扫，大雨瓢泼，伸手不见五指，街上并无一个行人。

恶棍嘿嘿地笑个不停，下腹部腾地升起一股烈焰——老天爷真够意思，大雨天送来一个漂亮宝贝，如果不开个无遮大会，倒对不起裤裆里的小兄弟。他蹲下来，伸出两只魔爪紧紧攥住女人的一对乳房。温玉珠自梦中醒来，死命挣扎，“蛇鬼窟”看着在地下扭动的女人，感到非常刺激，故意挑逗：“使劲叫唤，让老子痛快痛快。”

头顶炸雷隆隆，雨幕之厚闪电亦不能切入，豆大的雨点如同千军万马奔驰在人地。温玉珠的呼声完全被雨幕湮没，传不到咫尺之外。可怜的女人，犹如虎爪下的白兔，失去了任何逃脱厄运的希望，只有任人宰割。

“蛇鬼窟”一把撕开温玉珠的衣裳和肚兜，再利落地剥下她的裤子，女人白皙的身体再无寸缕。她是那样的洁白，在晦暗的雨林中闪出耀眼的光芒。“蛇鬼窟”贪婪地抚摸着那光滑的肌肤，然后把她的双臂折在项下，欣赏个不停。温玉珠没有闭上双目——她在这个世界上受到的侮辱太多，眼里已经没有羞涩，有的只是绝望。

燃烧在女人双瞳中的火焰，犹如北国冬日的寒星。“蛇鬼窟”陶醉了，他从来没有遇到过今天的景象，从来没有感到男女交欢会如此刺激。恶棍用另一只手褪下自己的衣物，打算好好享受一番难得的野味。

滂沱雨势中，“蛇鬼窟”赤条条骑在温玉珠身上，把膨胀的阳物挤进她的双腿。他发现女人眼里的火焰瞬间消失了，取而代之的是一种惊奇。恶棍放声大笑："哈哈，小娘子，这就对了嘛。佘爷是练过功夫的，家伙包你满意。"

更准确地说，温玉珠眼里流露的不是惊奇，而是一种恐惧。"蛇鬼窟"安慰她："佘爷我怜香惜玉，不会弄疼你的，别怕。"

温玉珠的眼睛越睁越大，眼神掠过骑在她身上的男人，似乎是投向远处。"蛇鬼窟"感到有些纳闷，顺着温玉珠的视线扭头一看，顿时吓得魂飞魄散。

只见三界庙的屋檐上，立着一个大约半尺高的木头面具，上窄下宽，像一尊酒坛子戳在檐口。这个面具的眼珠翻在眼帘外，瞳孔好比两个硕大的烂窟窿，大鼻子占据了面具三分之一的面积；下边是一张鲨鱼阔嘴，两颗獠牙暴露出来。

见"蛇鬼窟"转过脸，那副面具突然被掀翻在旁，原来里面是一个小木人，手里攥着一柄寒光闪闪的短刀。这怪物有手有腿有头壳，无眼无耳无鼻头，根本看不清楚它的表情——没有表情这一点，让它比那副狰狞的面具更加阴森十倍。

"蛇鬼窟"意识到危险来临，本能地打算跃起迎战，可惜的是，他的阳具还插在温玉珠的下体——方才狂欢之标的，转眼变成夺命的枷锁。只是这么稍微一耽搁的工夫，小木人挥刀凌空而下，锋利的刃口准确地划过"蛇鬼窟"的脖子，"吧嗒"一下，热气腾腾的头壳砸中温玉珠的酥胸。女人眼睛一闭，昏厥过去。

这一夜寒冷而无情，前半夜是雨，后半夜是雪。道光十五年腊月二十一凌晨，广州遭遇到两百年一遇的冬雪袭击，史载："飞雪积地四寸。"

第三十三回　人生磨难

乙未年腊月的这场大雪足足下了三日，到了第四天，正南门外天字码头冠盖云集。由于广州将军苏勒普阿卧病在床，以广东巡抚祁贡、广东水师提督关天培、粤海关监督彭年为首的一班满汉官员齐聚“接官亭”，迎候新任两广总督邓廷桢的官船。

年届六十的邓廷桢刚迈出船舱，立刻吸了口冷气，祁贡迎上去打趣：“瑞雪兆丰年，天兆吉祥，大吉大利。维周兄，还是你的命好啊。”

邓廷桢字维周，江宁人氏，嘉庆六年(1801年)进士，善歌赋，精音韵，与曾经做过学政的祁贡交情深厚，彼此很能谈得来。望着近尺厚的积雪，邓廷桢心中极不自在，直截了当地问：“岭南飘雪闻所未闻，竹轩兄，在下倒要请教一二。”

竹轩是祁贡的字，他明白邓廷桢的忧惧——好不容易走通了当朝权臣的门路，从安徽巡抚的穷板凳挪到了富足的两粤，偏偏刚上任就遇到莫名其妙的鹅毛大雪，谁心里不打鼓？祁贡哈哈一笑：“维周兄，岭南虽然地热，但不意味着不下雪。许浑《冬日登越王台怀旧》有句‘河畔雪飞杨子宅，海边花发粤王台’，你听听，是不是有雪？”

“果有出处，果有出处。”邓廷桢哈哈笑着，祁贡的话并不能让他完全释怀，他朝四周扫视了一眼，低声问，“竹轩兄，最近一场雪何时下的？”

祁贡以更低的声音回答：“甲申年。”

在清廷汉族官员心中，有几个字眼是绝对要避免和不能触及的，甲申这两个字即为其中之一。祁贡嘴里所说的甲申年不是一般的年份，特指崇祯皇帝在煤山上吊的那个甲申年(1644 年)。听完他的话，邓廷桢从头凉到脚后跟，这场分外妖娆的白雪，在新任两广总督的心头蒙上了一道不祥的阴影。

广州落雪极为罕见，面对这场突如其来的大雪，不独初来乍到的邓廷桢，就连前来迎接他的文武官员，每个人脸上也都带着一丝拂之不去的惶惑。邓廷桢镇定了一下情绪，稍微抬高了嗓门：“这么大的雪，百姓受灾如何？”

“不瞒维周兄说，谁也没想到半夜降雪，省城里冻死的大概有这个数。”祁贡右拳中间三指向内卷曲，伸出了大拇指和小指。

“六十多？”邓廷桢吓了一跳。

“没有办法，冻死的多为露宿街头的流浪汉和乞丐。”祁贡用手一指，“太平沙这一带冻死的人最多，南海和番禺县衙门正忙着清理积雪，收殓死者。人手不够，我特地请关大人派广东水师的将士来帮忙。”

关天培与邓廷桢有同乡之谊，过去是经常走动的老朋友。他和彭年停止交谈，上来向邓廷桢见礼：“老兄台，久违了。”

“滋圃，你可想死老哥了。”邓廷桢乐呵呵地捶了他一拳，表示亲昵。

彭年试探地问：“制台大人，圣上有什么新的旨意？”

“新旨没有。”邓廷桢敛起笑容，神色庄重地对他们三人说，“不过，依邓某看来，圣上对鸦片一事倒颇有些留意。”

三个人你看他一眼，他看你一眼，彭年又问：“制台大人，你有何高见？”

邓廷桢踌躇了片刻，临行前，穆彰阿提醒过他，两粤官场与朝堂大不相同——这边对鸦片膏喊杀不绝于耳，人家那边却还抱着“弛禁”的态度。现在自己任了两广总督，屁股坐的位置不一样，想法不能不顾忌两粤民情，他斟酌道：“邓某倒是没有定见。”

关天培忧心忡忡：“制军大人，红毛鬼子非等闲之辈，你来了慢慢就会知道，口诛笔伐没什么用，尚须谋一个万全之策。”

“那就要靠你这位水上长城喽。”邓廷桢笑道，仿佛突然想起了什么似的，“哎呀，你瞧我这记性，三位兄台，本帅给你们介绍一个老朋友。他久历战阵，对红毛鬼子非常熟悉，正可以助滋圃一臂之力。”

祁贡、关天培和彭年都很纳闷，难道两粤之外，大清国还有这等通晓夷务的人才？三人齐齐地朝后面官船看去，从甲板上下来一位浓眉似墨的二品大员，满面春风，笑意盈盈，正是离开广州多日的“韩狐狸”。

卢坤一死，韩肇庆总算熬到了出头的日子。回来的路上邓廷桢已经向他承诺，在最短的时间内把鸦片巡缉职能从广州协、顺德协、香山协和大鹏营各处收回来，恢复昔日水师巡缉船的垄断权力，还给他一个“聚宝盆”。

经历过人生浮沉的韩肇庆更加善于克制，为了掩饰自己东山再起的得意之情，和关天培等人寒暄了几句，他没有跟随欢迎邓廷桢的大队仪仗去总督衙门，而是借故落在后面，等候同船归来的王振高和徐广一起回府。

站在天字码头向外张望，除了奔腾不息的江水，四周尽是没有完全融化的积雪，这一幕陌生的场景让韩肇庆顿起萧索之感。王振高说：“大哥，东西装好车了。”

“要是阿勇还在，”韩肇庆眼圈发红，“那该多好。”

王振高和“赤沙广”徐广皆有一些伤感，后者建议：“大哥，咱们把东西搬回家，明天就给阿勇哥上坟，你看怎么样？”

韩肇庆喃喃道：“阿勇喜欢喝竹叶青，天气冷了，多带一点。”

“放心吧，大哥。”徐广说，“咱们拉一车，管够。”

高宜勇之死虽然令人唏嘘，但是李文茂力挫戴尚文和萨尔根两大高手的神勇，却极大地震撼了“韩狐狸”，让他时时刻刻感受到死亡的恐惧。摆在韩肇庆面前的有两条道路，第一条是继续与“小元霸”作对，那就必须找到比萨尔根和戴尚文武艺更强的高手，这样的人普天下能有几个？第二条道路便是主动妥协，通过江湖道的朋友说服李文茂放弃仇恨，这是王振高和徐广二人一致的主意。

跑马射蚊须，这两条道路看起来都十分渺茫。

李文茂才十七八岁，合萨尔根、戴尚文两大高手之力尚且战他不下，再过几年等他武功大进，恐怕连武林至尊金蟾道士且要避他三分，到那时候韩肇庆只有等死的份。正因为考虑到这条道路不可行，王振高和徐广才竭力劝说韩肇庆向琼花会馆示好。不过，要让李文茂忘掉杀父之仇，那更是千难万难，同样不见日月。

眼下现实可行的办法，大概只有通过琼花会馆来制约“小元霸”，该取个什么法子呢？

从京城回来百事顺遂，唯独这块心病让韩肇庆寝食难安。他长长地叹了口气，正准备抬腿钻入轿子，突然，从不远处传来一阵喧哗，其中夹杂着戏谑的笑声。韩肇庆瞅见人群中有不少水师兵丁打扮的人，皱了皱眉头：“怎么回事？”

“我去瞧瞧。”王振高应了声。

广州协左营把总朱剑飞带着手下人正在岸边铲雪，一见王振高走过来，哪敢怠慢，立刻迎上去：“这不是王大人吗？好久没见了，听说你老人家跟着韩军门去京城里享清福，啥时候回来的？晚头一起吃酒，在下做东。”

王振高虽然仅仅是个官居五品的守备，但由于是韩肇庆的心腹干将，因此在广东水师赫赫有名。大家非常羡慕王振高跟对了人，家里银子根本花不完，无不对他客气三分。王振高文绉绉地问：“朱爷，因何喧哗？”

朱剑飞捂着嘴笑：“王大人，我们刚从雪地里刨出一具女尸，赤条条的，上身啥也没有穿，就下身套了件衬裙，肉还没有冻透，皮嫩嫩的。弟兄们捏了两下，你猜怎么着？竟然她老母的还有一口气，你说吓人不吓人？”

“休要胡说，能喘气还叫女尸？”王振高提醒，“既然活过来了，问清楚是哪家的，让她家里来人抬走，别摆在这儿晦气。”

“她家亲戚刚好路过，”朱剑飞回答，“正在签字画押。”

“有这么巧？”王振高怀疑地问。

“琉璃球”金亚忠从人堆里挤出来，像是碰到老熟人一样：“王大人，久违了，自从上次一别，两年多没见，真想死兄弟了。”

王振高黑白通吃，交游广泛，靠着“韩狐狸”这棵大树，往往是别人认识他，他记不起来别人。见“琉璃球”满脸堆笑，不好再深究下去，警告他：“朋友，是不是亲戚不打紧，起码得是熟人，免得将来闹出官司，大家脸上不好看。”

“金某是救人，”金亚忠信誓旦旦，“不是害人。”

金亚忠、金良玉兄弟在天字码头巧遇冻僵的温玉珠，如获至宝，立刻给她套上衫子，雇了一条篷船，直接把温玉珠送进新豆栏街的医局。从这个角度看，金氏兄弟是不是用心叵测先放在一边，而把温玉珠送到洋大夫手里，在当时的条件下，确实是能够挽救这个可怜女人生命的唯一选择。

伍家和伯驾合开的“新豆栏医局”是中国历史上第一所正儿八经的西医诊所，自重阳节开张以来，三个多月的时间里，平均每天能看十五六个病人。中国人对西医的认可程度，大大出乎伯驾的意料，让他对这个古老帝国的认识加深了一层。

这一切应该归功于十三行的洋商。

早在二十多年前，英国医生琴纳发明牛痘十多年后，葡萄牙商人就把这一先进技术带到了中国。第一个做贡献的是十三行会隆行的郑崇谦，此人出资把英国东印度公司医生皮尔逊口授的种痘方法译成中文，然后刊行于世，书名叫《英吉利国新出种痘奇书》。1810 年会隆行濒临倒闭，资金不足，于是，伍秉鉴、潘有度、卢观恒等洋商接过了这副担子，共同捐助银两在十三行会馆设立种痘局，由皮尔逊传授梁辉、张尧、谭国、邱熹等徒弟种痘技艺，其中，邱熹的医术掌握最纯熟。

在古代社会，对人类威胁最大的病毒当属天花，抱朴子葛洪在《肘后方》中曾经描述过天花的症状。有句民谚“生娃只一半，出花才算全”，说的就是这么回事。到了宋代，中国出现了用“人痘”治疗天花的记载，掌握这门技术的是葛洪的传人——道士。

种痘局为了击败掌握“人痘”技术的道士，破除人们对西医的恐惧心理，下的本钱可真是不小，他们对种痘的穷人不仅不收费，而且另外付给酬劳，先进的牛痘技术“活婴无数”。事实胜过广告，一下子把牛痘技术推广开来，广州迅速成为中国的种痘中心。此等功德赢得了岭南士大夫的交口称赞，伍秉镛在《渊六墨妙诗钞》中曾赋诗一首，赞曰：

人事补天天无功，天心牖人人乐从。
牛痘自种始夷城，传来粤海今成风。

等此批却道大窍，化尽险厄调鸣蒙。
爹娘未省吃惶恐，保尔赤子硕且丰。
邱君挑剔最纯熟，两臂按穴霏轻红。
以气感气血感血，岂必炫耀矜神工？
吁嗟乎！
时医临时补苴耳，尚欲奏效相争雄，
曲突徙薪计最早，汝独不有群儿童。

“灵应祠北帝神出祠巡游，备仪仗、盛鼓吹，导乘舆以出游。人簇观，愚者谓以手引舆杠则获吉利，竞挤而前，至充塞不得行……”

这段话说的是一年一度的北帝坐祠堂活动，这项盛大的庆典自正月初六开始，在三月三“北帝诞”达到最高潮，一直持续到三月底才告结束。“乡人赴灵应祠肃拜。各坊结彩演剧，曰重三会。鼓吹数十部，喧腾十余里。神昼夜游历，无晷刻宁，虽隘巷卑室亦攀銮以入……”

在八十余日的北帝坐祠堂活动中，人们抬着北帝的神像，逐日将其安放在八图土著各大宗族的祠堂。这一古老的习俗，反映的是昔日八图八十甲土著的特权。在土著势力日渐衰败的道光十六年（1836 年），这些旧宗族更加热衷于参与北帝坐祠堂活动，希望借助祖先辉煌的荣耀，振奋不肖子孙的精神。

按照计划，北帝神像将于正月二十四落座于黄家大祠堂。“琉璃球”和金良玉提前一天带着温玉珠回到佛山堡，打算敲诈黄开大一笔银两。两兄弟尚未进入东南巷，就听巷子里面人声鼎沸，吵吵嚷嚷。狗子带着几个五斗口司的弓役匆匆走过，“琉璃球”示意轿夫停轿，见劳亚绰迎面走来，忙问：“什么事？怎么还见了官？”

“陈少掌柜的捅了娄子，”补碗匠唉声叹气，“他卖给蔡老爷假颜料，把好端端的纱布染成了豆皮脸，人家赔了几百两银子，当然要报官。”

“琉璃球”吃惊地张大嘴巴：“不会吧？”

“咋不会？”金良玉下了轿子，幸灾乐祸，“他一来就把温老三逼走，颜料铺不好好卖颜料，整天跟个木匠学髹漆，不出事才怪。”

温玉珠是黄开大明媒正娶的太太，大白天如果让街坊们看到她坐在轿子里，只怕“琉璃球”长十张嘴也说不清楚。他拉了一把金良玉的袖子，低声对他说：“巷子里人多嘴杂，赶快把这女人藏起来，别让姓黄的闻到腥味。”

陈开住的院子门口挤满了人，蔡宝昌正在破口大骂：“没良心的狗东西，爷平时对他天高地厚，没少照顾他的买卖，他竟然过桥抽板，忘恩负义，下这么重的黑手。你们把他给我交出来，爷非要当面问问，他的良心是不是叫狗啃了？”

大正月的出了这么一桩丢人的事情，居仁里的人均感颜面无光，尤其是温家人。温秉义讪讪地说：“蔡掌柜的，我给你说了多少遍啦？人不在里面。你们尽管可以进去搜，但不许乱砸乱抢，他只是房客，里面东西是我们家的。”

“不可能，你们就是包庇。”蔡宝昌不依不饶，“刚才还有人看见他在院子里，怎么一转眼没了人影？想糊弄老子？没门。”

温秉信年轻气盛，有一身硬功夫，他蹲在门槛上拦住蔡宝昌的去路，昂起头：“别跟他废话，二哥，有我在，看他敢摔个碗试试？”

蛛婆的儿子鸡英逵飞也似的跑了过来，向崔亚余告状：“阿爷，狗子带了衙役过来，足足有二十来号人呢。”

“蔡掌柜的，这就是你的不对啦。”崔亚余骤然变了脸色，“既然请我们出面主持公道，为何去报官？”

“纽纹良”赌气：“报了官那就让衙门办，跟咱们没关系了。”

崔亚余和“纽纹良”甩袖子走人，居仁里的街坊们你一言我一语，没人责怪陈开，倒把蔡宝昌说得脸红脖子粗。蔡宝昌老婆一屁股坐在地上，哭天抹泪地嚷起来：“我们家让姓陈的给害惨了，生生赔了几百两银子，名声臭得像过街老鼠。‘安乐堂’罚了银子不说，还打算摘‘日恒盛’的牌匾，让我们一家老小以后咋活啊？”

“安乐堂”是佛山堡绸绫染色行东家行的堂号。

狗子领着一群弓役来到温家门口，没有理会蔡氏夫妇，而是对着一位长随打扮的中年人恭敬地介绍：“二爷，就是这家。”

“好得很。”那位长随操着一嘴浓重的汉阳口音，“原告在哪里？”

蔡宝昌连忙跑过去：“小的在。”

狗子劈头盖脸地教训："混账，这位是巡检司的司阍二爷。蔡掌柜的，你长这么大，难道不知道开口前要向老爷请安？"

蒋佑晨卸任的这几个月，由于竞争太激烈，五斗口巡检司的职位一直悬而未决。邓廷桢到任以后，大权归于一统，这个问题迅速得到解决。原先志在必得的各方铩羽而归，新任五斗口司巡检涂常发，是一个谁也不认识的外乡人。

涂常发只带了一个心腹从湖北汉阳走马上任，后者名叫凌德金，就是眼前这位俗称司阍二爷的门子。凌德金问："好得很，为甚不进去拿人？"

"人让他们藏起来了。"蔡宝昌告状。

温秉智一听就急了："门敞着，你自己进去找啊。"

"事情看来不简单。"凌德金露出了笑脸，"好得很，好得很。"

大伙心里觉得好奇，不知道"好得很"是这位司阍二爷的口头禅，还是有其他什么特别的用意？凌德金问蔡宝昌："蔡老爷，你打算让本官干甚？"

一句尊称，让蔡宝昌心里热乎乎的："二爷，姓陈的把我害得这么苦，我断断不能轻饶了他。请你老人家派员缉拿，不能叫他溜了。"

"不就是多多派人索捕吗？好得很，好得很。"凌德金转过头问温家人，"人家告你们窝藏人犯，你们如何讲？"

"我们家是清白的。"温秉义辩解。

"还你们清白？"凌德金仍然笑眯眯地说，"好得很，好得很。"

俗话说，阎王好见，小鬼难搪。在腐败的清王朝，门礼、红包是合法的收入，许多貌似清廉的官员把收贿的重点放在这上面。过不了司阍二爷这一关，你连本主都见不到，更谈不上办什么事。说句形象的话，司阍二爷就是老爷的代理人。

狗子当差这么多年，头壳够好使的了，但仍然揣摩不透这位新来的"顶头上司"。他歪着脑袋想了想，憋不住问："二爷，你老人家发个旨吧？"

凌德金架子端得差不多了，扫了一圈围观的街坊四邻，清了清嗓子："乡亲们，不知道因为什么缘故，陈少掌柜的以次充好，卖给蔡老爷假颜料；而蔡老爷呢，一怒之下砸了'双合裕'颜料铺的招牌，又将他告进了衙门。事情既然闹到这个份上，显而易见，不是你们居仁里街坊能解决的，只能交给衙门处理。目前的问题是陈少掌柜的不见了踪影，兴许是羞于见人，兴许是怕挨衙门的板子，怕衙门胡乱断案。凌某人在这里向你们保证，即便衙门断错案子，那也是从前的老爷所为，以后不会了，也不可能了。为什么呢？因为涂老爷是个爱民如子的好官，你们谁要是见到陈少掌柜的，把我的原话带给他，让他有啥委屈到衙门里说，我和涂老爷保准一碗水端平，万无偏袒之理。再者，陈少掌柜的住在居仁里，大家理应帮助衙门找到他，避免包庇袒护的嫌疑，你们说对不对？好了，请大伙荐举一位德高望重的乡邻，到院子里去看看陈少掌柜的在不在。这事我信得过你们，好得很，好得很。"

蔡宝昌傻了眼："二爷，他们是合穿一条裤子的，要搜也该我派人搜。"

老百姓可能听不懂凌德金的话，众差役却把其中的味道咂摸了个透。狗子不由得暗自挑起大拇指，对这位新来的司阍二爷刮目相看：嘿，瞧人家这话说的，没有一句不是套，没有一句不是刀，连肉带汤全吃下，正所谓剃刀门楣两头刮。他瞪起眼珠教训蔡宝昌："闭嘴，二爷的话你也敢驳？是不是想吃鞭子？"

凌德金不以为忤，脸上的笑容堆得更厚更密，向蔡宝昌打了个躬："蔡老爷，有什么话到衙门里细细诉说，别在大街上嚷嚷，免得失了你的威仪。你把心搁进肚子里，这几天我把衙门的人手全撒出去，水陆巡查，他一个大活人能跑到哪儿去？"

蔡宝昌老婆是个没有见识的妇道人家，哪知道衙门的黑幕，坐在地上又开始干号："青天大老爷啊，你可要给我们做主，别放过那个小王八蛋。"

蔡宝昌把老婆拽起来，向凌德金回了个礼："二爷放心，弟兄们的茶钱我短不了。"

"好得很，好得很。"凌德金摆了摆手，正色道，"蔡老爷，衙门有衙门的规矩，该你开销的开销，不该你开销的别花冤枉钱，谁的钱也不是大风刮来的，谁也不容易，对吧？茶钱一项算了，不吃茶也能办案子，你掏点小钱，像什么酒钱、饭钱、消息钱、洗衫钱、磨刀钱、鞋袜磨损钱、雇驴雇马费、车船使用费就行了。"

蔡宝昌带着人冲进东南巷的那一刻，陈开正给他那尊宝贝木雕上色染漆。他这次上的是清色，刷了一遍又一遍，怎么也不厌倦。外面急促的脚步声传来，他愣怔地抬起头，陈见成一个箭步蹿进来，一把将他推入水井。

世界瞬间变了颜色。

一切来得太突然，过完年，他从家里回到佛山不到三天，“双合裕”颜料铺还没有完全步入平时的节奏。“死牛肺”选在这个时机下手精准至极——被坑的不止蔡宝昌一家，包括王山公等常来常往的客户也都有不同程度的损失，只是蔡宝昌贪图“死牛肺”的价格便宜，进了一大批颜料，这才落入余氏叔侄的圈套。

坐在水井的吊桶里晃来晃去，陈开脑子一片空白。井盖半掩着，外面的一举一动听得清清楚楚。蔡宝昌的每句控诉、街坊四邻的每句应答，像刀子一样割着他的心——对于一个血气方刚的少年来说，名誉是比生命更加重要的东西。但是此时此刻，从背后捅来的这一刀又狠又准，直接剥的就是他的脸皮。

从前他是一个施恩于别人的人，从来没有请求过别人的帮助和施舍，即使来到异乡投入生意场亦是如此。他的生命像白鹈鹕的羽毛一样洁白，从无玷污，只有令誉。转眼之间，晴天一声霹雳，“双合裕”颜料铺被人家砸了，讨债的打上门，他变成了一个声名狼藉的骗子，无处容身，只能躲在水井下瑟瑟发抖。

少年心中的天平上，一头是无边无底的愧疚，一头是永远无解的困惑——余章标是多年的老大哥，黄鱼春是古劳围的乡亲，大伙一起背井离乡来佛山堡闯荡，陈开几乎把整颗心捧给了他们公婆。为了给“死牛肺”弄一个饭碗，他得罪了多少人？又让多少人看他不起？可背地里捅刀子的，恰恰就是最不应该的这三个人。

羞愤难当的陈开找不出答案，头朝下翻出吊桶，他情愿把生命埋进冰冷的井水中，也不想回到屈辱的阳光世界。可惜的是井水并没有多深，娴熟的水性让他无法轻易结束生命。痛苦的烈焰因此悠然地燃烧着，煎熬着，不让他逃脱半分。

时光慢慢地流淌，曾经豪气万丈的少年如今脆弱得像一片树叶，地上哪怕一丝风吹，都让他胆战心惊。在这个暗无天日的狭窄空间，陪伴他的只有两把刷子一支笔，想起离开桃叶渡时朱闵氏的叮咛，他不由得淌下了眼泪。

过了半个多月，蔡宝昌撤走了在东南巷盯梢的人，陈见成移开井盖，架起竖梯，把陈开接到温秉义家。女诸葛早让人备了一桌酒菜，除温秉义和宁二少外，还请了王山公、杨壮达和游新潭等人作陪，给陈开压惊。

患难见真情，陈开一时不知道该说什么好，端起一杯酒："二爷，婶子，青山不倒，绿水长流，他日若有陈某出头的一天，定当涌泉相报。"

要不是女诸葛一力承当，温秉义才不愿意管这号闲事，他愁眉苦脸地说："阿开，你现在麻烦大了，不只巡检司衙门张榜拿人，'牛鬼窟'也派人四处寻你。你到底犯了啥事？咋得罪了这个魔头？"

杨壮达也很好奇："是啊，过节肯定不小。"

"你知道是谁给'牛鬼窟'带路吗？"王山公恨恨道，"就是余章标公婆！"

事到如今，陈开不愿再提余章标这三个字。不过，黄鱼春与"牛鬼窟"混在一起，显然是叶二和敲诈"阴阳生"的事情走漏了风声。他不想把"逃军和"抖搂出来，只好支应："我以前整过'阴阳生'，害他差一点开不成鸾坛，我猜'牛鬼窟'是他派来的。"

"我说嘛，"王山公开怀大笑，"阿开，你小子又藏了一手，真不够意思。"

女诸葛不满意丈夫的态度，亲手给陈开斟了杯酒："阿开，新来的涂巡检这些天敲诈了蔡宝昌不少钱，吓得他没心思盯你的梢。他眼下不打紧，要命的是'牛鬼窟'，这恶贼在佛山堡势力大，下手狠。三十六计走为上，我们几家商量了一下，觉得你最好避避风头，躲过眼前这场劫难，留得青山在，不愁没柴烧。"

陈开抬起头："婶子，好汉做事好汉当，我不能躲。"

"有志气，我就喜欢你的脾气。"女诸葛喝了声彩，委婉地劝解，"阿开，婶子不是让你脚底板抹油，一去不回头，只是让你暂时躲避灾祸。人生总有不顺风的时候，万万不可顶着风伤了身子。二叔公割禾，咱们指望的是以后，是下半场。将来重打鼓另唱戏，照样回佛山堡开颜料铺，咱们把买卖做大。别忘了，绣锦还等着你呢。"

杨壮达出了个主意："过几日，我有一条红单船到安南和暹罗国运货，你不如跟我去南洋避避风头，见见世面。"

陈开摇了摇头："杨老爷，我想回古劳围。"

"对了嘛。"女诸葛高兴地说，"今天是谕祭日，文武四衙的官员都到祠拜神，五斗口的弓役出动弹压地方，顾不上咱们这头，正好是一个机会。婶子给你喊了一顶轿子，待会让洪崖陪着你，有人问的话，就说是从省城请的戏班教头。”

宁二少在家里休养了几个月，身体刚刚痊愈，见陈开垂头丧气，安慰他：“阿开，防君子不防小人，这种事不能怪你，熟人要是在背后下刀子，谁能防得住？”

颠簸的轿子淹没在滚滚人流中，外面炮声隆隆，烟花将流光溢彩抛入轿帘，去年刚进佛山堡的一幕一幕，从陈开眼前苦涩地掠过——美丽的风帆，燃烧的高炉，庄严的神像，多彩的面具以及威武的狮子头，这些曾经让他为之心醉的美梦在今夜重新浮现，不是为了欢迎，而是为了道别。轿子一过“通济桥”，周围立刻变得安静下来，汛卡里有人醉醺醺地问：“这么晚了还出镇子？轿子里什么人？”

宁二少向前走了几步：“兵爷，是‘外江班’的大老倌，去石头村教戏的。人家赶场子时间紧，明天早上还要搭船回省城。”

“少废话。”那个汛兵吆喝，“‘虎头仔’，你去看看。”

“凭啥？”小屋里传出“虎头仔”的声音，“老孙，我顶的是人家老赵的差事，轮不到你发号施令，小爷不去。”

宁二少踮起脚尖喊：“阿诚，是我。”

见宁二少连连招手，“虎头仔”察觉有异，过来撩开轿帘，发现陈开满脸通红地蜷缩在轿子里。他低声道：“少掌柜，刚才我看见姓宫的带着十几个人，在佛山涌来回巡河，好像是冲着你来的，千万要当心。”

“牛鬼窟”手下有几个得力干将，宫鹏飞即其中之一。这家伙拳脚上有功夫，号称“鹤园一霸”，是鹤园铺有名的流氓头子。宁二少倒吸一口凉气，紧张地对陈开说：“二和兄弟说好了在佛山涌接你，假如碰到宫鹏飞就麻烦了。”

“那几头烂蟹？”“虎头仔”拍着胸脯，“你们只管放心去，佛山涌就在前面不远。姓宫的不来则罢，他要是敢来，我保准打得他满地找牙。”

“惭愧，惭愧。”陈开拱了拱手。人世间泾渭分明，有情无情判若鸿沟，陈开和余氏夫妇多年交情，被黄鱼春几两银子卖了个干干净净；而“虎头仔”只不过吃了他一顿稀饭，便如此义薄云天，真令人不胜感慨。

走出汛卡不到半里地，佛山涌的灌木丛中荡出一只舢板，撑船的正是“逃军和”。他鼻涕一把泪一把地哭开了：“少掌柜的，都是我害的你，要不是我急着去救我阿妈，说什么也不会得罪‘阴阳生’，‘牛鬼窟’也不能这么欺负你。”

“二和哥，话不能这么说，百事孝为先，救伯母是应该的。”陈开宽慰他，“再说，惹祸的是‘长烈钻’，又不是你。”

宁二少带着轿子返回镇里，兄弟二人互相安慰了一顿，正打算乘船离开。忽然间听到一声急促的哨子响，从上游疾驰来一条快船，船上有人断喝：“哪里走？”

快船上坐了十来条全副武装的汉子，宫鹏飞旁边的人正是余章标。陈开一见到他，不由得破口大骂：“姓余的，亏你是读书人，我对你如何？你自己摸着心口问一问。”

余章标无地自容：“阿开，不是我存心害你，都是黄鱼春逼的。”

“黄鱼春？”宫鹏飞奇怪地打量了他一眼，“黄鱼春不是你老婆吗？余老爷，你这话说出去不嫌丢人？”

“呜呜。”余章标作势要向河里跳，“我活不了啦，我活不了啦。”

见余章标捶胸顿足的窝囊样子，陈开心里总算是好受了一点，他把船桨朝胸前一横：“姓宫的，既然来了，那就亮招吧。”

见陈开毫无畏惧，宫鹏飞心里有些打鼓，一挥手，两条大汉持棍杀向陈开。陈开不会什么招数，仗着两膀子气力提起船桨左支右挡，战在一处。行家伸伸手，便知有没有，宫鹏飞一看陈开迎战的架势，登时笑出了眼泪：“我以为你有多大本事？都给老子退下，宫爷要亲自教训教训这个不知天高地厚的小崽子。”

在古劳围的小霸王里，陈开属于龙套角色，以前总是跟着梁培友他们打便宜拳，从来没有真正上阵单挑过。这次和宫鹏飞及其手下较量，应该说是他平生第一次实打实的对战。也就是四五个照面，宫鹏飞一拳击中陈开的鼻梁，打得他口鼻出血，踉踉跄跄地摔倒在地。宫鹏飞洋洋得意地喊：“来啊，起来再打。”

陈开像暴怒的狮子咬着牙爬起来再斗，宫鹏飞纯粹拿他开涮，一次又一次地挑逗他，然后一次又一次地击倒他。打手们拄着棍棒刀枪在旁边起哄，佛山涌这边的吆喝声惊动了那边的汛卡，“虎头仔”提刀冲了出来，一见陈开那个惨状和狼狈样，虎目圆睁，举刀对着宫鹏飞的脑袋就砍。愣头青的刀法实在厉害，宫鹏飞斗他不过，四处乱窜，跳着脚骂：“你他老母的端谁的饭碗？姓胡的，宫爷到都司署告你去。”

“小爷是替人顶差的，你能告个屁？”“虎头仔”不屑一顾，“都司署不让顶差，老子去同知署，佛山堡不让顶差，老子去广州城，哪儿没有小爷一碗饭吃？”

第三十四回　枪炮声咽

在伶仃洋和铜鼓洋面打劫的洋海盗，其头目叫芬顿，曾经在鸦片商船上当过水手。红毛鬼子家里也有揭不开锅的穷鬼，看着查顿、颠地等人贩卖鸦片大发横财，芬顿实在是眼馋和气愤不过，索性带了一伙穷兄弟干起了海上打劫的营生，美其名曰“国际罗宾汉”——不管是英吉利的，还是葡萄牙的，只要能打得过，立马就下手抢。

自从“铁头老鼠”买了“查顿号”轮船后，芬顿不敢再深入伶仃洋，活动仅限于铜鼓洋以西。如此一来，必定与“红旗帮”的势力发生重叠，面对火力强大的鸦片贩子，中外两伙海盗不得不进行合作：芬顿提供从马六甲和新加坡方向采集来的鸦片船情报，“红旗帮”利用本土优势联系下家销赃，联合作战，互利共赢。

鸦片船只良莠不齐，既有装备精良的新型剪子船，也有慢吞吞的老式帆船，后者正是“国际联合舰队”的口中美餐。这不，阿钿、芬顿刚刚伏击了一支葡萄牙船队，大获全胜，成垛的鸦片箱子堆满了七条沙船。根据此次作战投入兵力的比例，“红旗帮”分得四条船，剩下三条船归芬顿所有。以每条沙船六十箱计，三条船就是一百八十箱，价值三十多万元番银。芬顿乐得合不拢嘴，他给阿铀打了个对折，要他找一个销赃的大买主。阿铀盘算来盘算去，觉得有实力一口吞下这么多箱鸦片膏的，也只有开平的谭家。

阿铀投身“红旗帮”后，意外地和谭亚才打起了交道——谭氏家族在广利圩是著名的大窑主，“红旗帮”手里有的是抢劫来的鸦片膏，他们俩要不合作那才见鬼呢！这两个人都有一身功夫，年龄相当，不打不相识，干脆撮土焚香，拜了把兄弟。

且说谭亚才接到阿铀的线报，说有一批便宜货即将送上门来，立刻起了四条架炮船，星夜赶往香山县大涌镇安堂村，找到自己的结义兄长林福祥，拜托他多多照应。大涌镇安堂村位于磨刀门水道的中心位置，林氏是香山县的望族，家里有一支训练有素的私人武装，专门用于控制磨刀门水域。

西江出海的内河水路主要有两条，其一为崖门水道，上通江门、九江圩和佛山堡，自古为重要商途，清廷在水道出口设有崖门炮台，督标、抚标、提标所辖新会营沿途弹压，戒备森严；其二就是这条磨刀门水道，水流湍急，暗礁丛生，广东水师驻防兵力单薄，是海盗和鸦片贩子最喜欢渗透的路径。

谭林两家几代世交，谭亚才又和自己八拜之交，林福祥当然要卖他这个面子。听了谭亚才的请求，他立刻命堂弟林福盛纠集精壮家丁，分乘七条快船，与谭亚才兵合一处，浩浩荡荡开出磨刀门，前去迎接阿铀的船队。

三家合计二十余条战船，战斗力之强足以保障鸦片膏的安全。本来挺顺利的事情，让林福祥见面一句话，立时平地生波澜。

“丢他老母，”他惊奇道，“还有红毛鬼子当海盗的?”

芬顿在中国混了这么些年，粤语起码也能听明白几十个字句，像什么“丢他老母”“红毛鬼子”“海盗”等等骂人的话没有他听不懂的。听到林福祥口无遮拦地骂大街，一副大少爷和公子哥的派头，芬顿恨恨地回了一句：“Fuck!”

真是一个巴掌拍不响，两个巴掌响叮当。作为香山本地豪强，林家在澳门城和前山寨均有买卖，林福祥对英、葡两国鬼子的骂人话那也不陌生。他本来就瞧不起红毛鬼子，见芬顿胆敢还嘴，勃然大怒，冲着谭亚才怒吼：“下次要还是这个王八蛋，我绝不帮忙。”

听到“王八蛋”这三个字，芬顿的鼻子都快气歪了，抄起一把布伦士威克式击发枪，哗啦一声子弹压上膛。谭亚才吓得脸色煞白，他听不懂芬顿说的话，只好把目光转向阿钿："你快劝劝，别让他在这儿惹事。"

"干吗?"阿钿朝芬顿丢了一句，"钱不挣了?"

芬顿一肚子火没地方宣泄，毛手一挥，命令手下加快行驶。自己持枪昂立船头，率领座船一马当先，飞快地驶离大队。那意思是说死了张屠夫，不吃带毛猪，不用你林福祥帮忙，老子照样把鸦片送过磨刀门。

芬顿先走一步也好，省得他和林福祥两只乌眼鸡相互斗架。就这样，夜色朦胧下一支船队分成四段——芬顿的鸦片船冲在最前方，然后是阿钿，接下来是谭亚才，最后是林福祥和林福盛兄弟。由二十来条船组成的船队在磨刀门拉成一条断断续续的直线，黑暗中忽隐忽现，远远看去，倒像是孤零零的独行商船。

夜幕下的泥湾水岔，一个声音突然悄悄地冒了出来："阿友哥，这么黑的天气，鸦片贩子胆子再大，他也不敢出来呀?"

说话的是吕雄杰，竹筏上歪七扭八地横躺着梁培友、李洪英、梁锡佳、李文海、冯坤、封满、巢元贞，除了陈开外，古劳围的小霸王全凑齐了。

陈开意外地回到桃叶渡疗伤，给梁培友等人出了一个难题，瞧他遍体鳞伤的架势，恐怕一时半会离不开古劳围。修炼"六祖心经"的事情再度被提上议事日程，大伙打心眼里不愿意自废武功，但这回大概躲不过去了，怎么办?

梁培友把兄弟们领到一处荒废的关帝庙，焚香祭拜后，郑重其事地说："我知道你们不敢练'六祖心经'，打心眼里讲，我也不敢练。不过，你们瞅瞅阿开那副倒霉样子，再想想阿茂眼下死活不知，要是一味推托，怎么当得起'义气'二字?我出个主意，今天晚上咱们到磨刀门设伏，劫他一条鸦片船——假如劫船成功，说明老天爷有意要咱们练'六祖心经'，到时候谁也别推辞，都给老子来抓阄；倘若失了手，就说明老天爷不想让咱们练这个玩意，大伙各跑各路，听天由命，不算欠他俩的。"

众人也想不出什么更好的办法，只好按照梁培友的主意行事，各自备好刀枪，搭了一只竹筏顺流而下，两个多时辰后来到泥湾隐蔽下来守候，从日暮西垂等到冷月高悬，竟然连一条鸦片船的影子也没有发现。

封满问："阿友哥，鸦片船不来算啥?"

没有鸦片船应该算抢劫成功，还是失败？梁培友自己也说不清楚，他烦躁地骂道："谁说不来？好好给老子盯着，就你黑皮话多。"

封满吃了一嘴灰，回头问李文海："阿海，假如打劫不成，你打算去哪儿？"

"我？"李文海不假思索地回答，"我回六祖寺，继续跟着我师傅习武。阿满哥，你打算投奔哪里？"

封满指着冯坤："我们俩去石湾。"

"真的吗？"李文海问冯坤。

冯坤点点头："我姨夫在那里做陶工，凭手艺能养活一大家子人呢。"

"你去哪儿？"封满又问吕雄杰。

"前些日子，我碰到了何家兄弟。听说'大只矩'现在风光得很，从桂林到梧州一连开了好几个铺子。不行的话，我只能投奔他了。"吕雄杰道。

"你呢，阿佳哥？"封满问。

"能去哪儿？"梁锡佳唉声叹气，"跟着我哥给十三行当保镖呗。"

竹筏上阴云笼罩，封满没心思再问李洪英和巢元贞。一想到可能背井离乡，大家才发现古劳围的生活是那样的逍遥自在。

"有船来了，都给老子精神着点。"梁培友忽然低低地断喝，"拿下前面这条船，就算练功练残了，也包你们后半辈子有吃有喝。"

淡淡的月光下，一条圆滚滚的大沙船钻出薄雾，出现在磨刀门水道。古劳围小霸王们屏住呼吸，伏在竹筏上观察着这个猎物，心里升起一股异样的感觉，说不清成与败对自己到底是福是祸。等大沙船靠近了，竹筏贴着水面箭一般冲过去，快到跟前的时候，梁培友第一个扑了上去，紧随其后的是李洪英、梁锡佳和李文海这三个功夫最强的高手，冯坤、封满、巢元贞和吕雄杰居后策应，准备发动第二波攻击。

古劳围小霸王个个是水中蛟龙，在这条西江河道称雄已久，故而梁培友丝毫没有把这条大肚皮的沙船当回事。他跃起在半空，正准备挥刀向下劈杀，突然发现船头半蹲着一排金发碧眼的红毛鬼子，每人手里都端着一杆明晃晃的洋枪，枪口像半个鸡子那么粗，黑洞洞地张开血盆大口，似乎早就在恭候他们的到来。

上次劫杀高宜勇的巡船，梁培友已经见识过布伦士威克式击发枪，晓得它的厉害。见到此情此景魂飞魄散，大喊一声："扯呼。"

说时迟，那时快，伴随着一排震耳欲聋的枪声，梁培友、李洪英、梁锡佳和李文海四人翻身落水，血溅磨刀门。芬顿及其手下填充弹药，瞄准竹筏又是一通射击，冯坤、封满、巢元贞和吕雄杰纷纷跳下筏子，各自凫水逃生。

等后面的阿铡到达时，只见昏黄的灯光下，江水滔滔呜咽，竹筏、刀剑、血迹一派凄惨的景象。阿铡忙问："咋回事？"

"小 case，几个吃奶的小崽子想黑吃黑，幸亏老子早有防备，一排枪把他们打到洋里喂了王八。"芬顿扬了扬手中的布伦士威克式击发枪，得意地吹嘘。

谭亚才随后赶了上来，擦了一把额头的汗："幸好货没出事，此地凶险，不宜久留，咱们赶快走吧，免得夜长梦多。"

这时，林家兄弟的大队船只开到，横生的波澜让芬顿和林福祥放下心里的芥蒂，四队船只不敢再分开，会合在一起逆着西江水，小心翼翼地向北驶去。

听到梁培友的警告时，梁锡佳的身体跃起到最高处。前面的李洪英武功比他高，身法比他灵活，空中一个鹞子翻身避开了飞来的子弹。梁锡佳猝不及防，身体一扭，慢了半拍，一粒子弹正打进他的右股。

梁锡佳倒栽葱跌落水中，右边大腿使不上力气。他强忍疼痛，顺水漂流，挨到天明爬上大襟岛，发现屁股肿得跟驴相仿，右脚一沾地便撕心裂肺地疼。

到了这个时候求生要紧，梁锡佳顾不得去寻找失散的兄弟，砍了根树干作拐杖。在小河汊里拦住一条渔船，解下裤腰带当酬金，请托船夫把自己送到河南岛的海幢寺。古劳围水手和阳江、新宁、新会一带的渔民一样，裤腰带用银链子编织而成，中间镶嵌着一枚圆玉，有个名号叫"银链裤头纲"——水手在狂风怒涛中求生存，经常会面临船覆人亡的危险，为了避免白骨难收，这条裤腰带是特地为那些肯掩埋尸骨的好心人准备的。

梁锡佳支撑到了海幢寺，一问才知梁坤去了隔壁的万松园，因为路上失血过多，他一头栽倒在海幢寺的门口。等醒来的时候，梁锡佳发现自己躺在一张病床上，一个与芬顿模样相似的红毛鬼子，正拿着一支刀仔，在眼前比画来比画去。

“干啥?”他声嘶力竭地喊。

伯驾笑嘻嘻地对“铁桥三”说:“你弟弟醒了。”

梁坤高兴地俯下身子:“阿佳,是我。”

“红毛鬼子。”梁锡佳惊恐地看着伯驾手里的手术刀。

“什么红毛鬼子?要不是人家,你的小命早就没了。”梁坤瞪了他一眼,然后向伯驾赔着笑,“我弟弟刚从乡下来,不懂事,你千万不要介意。”

“没关系。”伯驾对这种态度司空见惯,耸了耸肩膀,“子弹已经取出来了,剩下无非切除腐肉、消毒、包扎,这些阿韬都能处理,你放心吧。”

伯驾走后,他的中国徒弟关韬走过来,先给梁锡佳打了一剂麻药,然后一刀一刀地开始切除腐肉。虽说成天在刀尖子上过日子,但亲眼目睹关韬拿刀子在梁锡佳的屁股上剜肉,梁坤仍然看得心惊肉跳,宽慰梁锡佳:“没事,一会就完。”

“哥,我咋不觉得疼?”梁锡佳哼哼唧唧地问。

梁坤给他打气:“因为你是条汉子嘛。”

梁锡佳问:“关老爷刮骨疗毒,是不是也就这么回事?”

关韬听了后,差点没把鼻子气歪:“别往自个脸上贴金了,这是西洋麻沸散。”

梁锡佳挨的这一枪好歹没有伤着筋骨,加上他年轻力壮,在海幢寺歇了一个月,一瘸一拐地就能下地走路了。这一天,梁坤给他找了个差事:“阿佳,你伤无大碍,卢家少奶奶要到蓝阁画像,你去走一趟。”

听说伺候女人,梁锡佳有些不愿意:“她没有丫鬟?”

“人家一个堂堂的茂官夫人,能没有丫鬟?”梁坤觉得好笑,“干保镖护院这一行就是伺候人的,由不得你挑三拣四。”

梁锡佳嘟囔:“蓝阁在哪儿?我怕找不到。”

“十三行夷馆屁大点的地方还用找?你的本事都白学了?”梁坤盯着他,“算啦,你要实在找不到,就去‘新豆栏医局’找关韬,蓝阁是他叔叔开的。”

蓝阁位于同文街,是一座三层高的楼房,门前的玻璃橱窗里有一幅广告,上面用中英两种文字写道:“如果你们希望在下次彗星访问地球之前的有限时间内永生，毫无疑问，最好是为母亲、姐妹、情人、知己、妻子，留下比在她们心目中更英俊漂亮的肖像。”

广告下面标着一行字：“蓝阁画，每幅十五块钱。”

蓝阁是林官的画室，他是关韬的叔叔关乔昌，这一年三十五岁，是那个时代中国最卓越的西洋画师——1835 年，其《老人头像》入选英国皇家美术学院展；1841 年，其《茶商毛异肖像》在美国纽约阿波罗俱乐部展览；1851 年，其油画《伍浩官肖像》《耆英像》《林则徐像》展览于波士顿文艺协会，被誉为“中国的托马斯·劳伦斯”。

一幅肖像画关乔昌如果认真地画下来，至少要花费四五天的时间，每天大约两个时辰。伍谊兰登上蓝阁的二楼，两个丫鬟在旁边小心伺候。梁锡佳百无聊赖，坐在一楼的玻璃橱窗前对着往来的人流发呆。

梁锡佳冲外看，还有一个人则是朝里看——橱窗摆放着各种西洋画，尤其是肖像画里的那些红毛女人，袒胸露背，煞是惹火。

朝里看的是个女人，身材适中，皮肤白皙，扶在橱窗上的两枚手指洁如削葱，秀气的脸庞嵌着一双忧郁的黑眸。梁锡佳被她深深地吸引住了，正打算出去和对方搭讪，金亚忠摇摇摆摆从十三行街转了出来，不高兴地说：“玉珠，你乱跑啥？”

温玉珠跟随金氏兄弟从广州城回到佛山堡，黄开大心里更坚定地认为她是一个水性杨花的荡妇。由于虎门炮台铸炮的工程还没有结束，他不愿意把这件事情闹大，仅仅付给了金氏兄弟一点零钱。“琉璃球”意识到他这是缓兵之计，唯恐黄开大仗势抢人，立刻将温玉珠转移回十三行街，继续安排金良玉讹诈黄家。

温玉珠两世为人，对世道人情完全看开了：黄开大和黄家不可能再要她，而自己也没脸回坦西村，金氏兄弟把自己从鬼门关里救了出来，跟着他们好歹还有一碗饭吃。

女人低声道：“我没有乱跑。”

“嗯，这画倒是挺好看的。”“琉璃球”看了看橱窗，又打量了一眼温玉珠，突然间一个念头闪了出来——要是弄一身西洋女装给温玉珠套上，那该多么销魂？想到这里，他高兴地一拍巴掌，“快走，快走。”

温玉珠问：“干什么？”

“给你置办新衣裳，”“琉璃球”双目放光，“洋戏装。”

梁锡佳奔出蓝阁的大门，温玉珠已经跟着“琉璃球”走远，他悻悻地骂了一句：“一朵鲜花插在牛粪上，呸。”

“你小子骂谁呢？”冷不丁地，一只大巴掌拍在他的屁股上，梁锡佳疼得一个趔趄，差点向前倾翻在地。他转身刚要开口骂人，却见“大只钜”威风凛凛地站在自己的眼前，梁锡佳兴奋地喊道，“我的天，你咋在这儿？”

“我还要问你呢，你小子不在古劳围摸鱼，怎么跑到鬼子国来看西洋景？”关钜粗声大气地说着，很明显近来春风得意。

“谁稀罕看西洋景？”梁锡佳矢口否认。

关钜笑着问：“刚才那个女人是谁？”

梁锡佳十分窘迫：“阿钜哥，你到十三行夷馆来干啥？”

“表哥捎点东西，托我带到桂林府。”关钜笑嘻嘻地说，“粤西的木材生意好做，老公子想多开几间铺子，让关某回来招募一些人手，怎么样？有没有兴趣跟我闯荡闯荡？像你们哥几个的本事，人人能顶一大股，绝对比你们在古劳围赚得多。不瞒你说，新会县的松年哥已经答应了我，准备把浔州府的铺子接下来呢。”

梁锡佳非常羡慕：“真有那么好的买卖？”

“老公子这人你还不知道？讲义气得很。他有银子，咱有本事，各赚各的钱。”关钜关切地问，“对了，你们那几根棒打不散的烂韭菜呢？”

这一问不要紧，梁锡佳眼底泛潮，差一点眼泪夺眶而出。关钜立即瞧出了不对劲，神情紧张起来：“出事啦？”

梁锡佳没有隐瞒，把在磨刀门劫鸦片船的事说了一遍，只是中间略去了躲避修炼“六祖心经”这一段。关钜叹了口气：“红毛鬼子的快枪不好对付，瞧瞧你们几个，阿茂一走便没了主心骨，办事太莽撞了。”

“你见到阿茂了？”梁锡佳问。

“没有。”关钜一脸惆怅，“我倒是在苏桥驿碰到了易大老倌，她刚从都阳山到青龙山转了个来回，现在奔苗山去了。”

黔桂边界苗山万重，一眼望不到边。易兰花凭借一己之力搜寻李文茂，到猴年马月才能有个结果？梁锡佳大张着嘴，半天没有说话。两个人心事重重，正有一句没一句地闲聊，朱次琦从蓝阁里面忐忑不安地走了出来，低声问关钜：“阿钜，我选了一张西洋玻璃画，你看看能不能拿出手？”

“太便宜了吧？”关钜问完价格，摇了摇头。

“恩师家里世代簪缨，什么宝物没有见过？关键是要新奇。”朱次琦自我解嘲，“反正他老人家也知道，我一个穷秀才，贵重礼物哪里买得起？”

朱次琦这年二十九岁，和谭莹、苏仁山、梁九图一样，均属于“神童”级人物。虽然科场考试时运不济，但才学出众，赏识他的无不是赫赫有名的海内儒宗——十三岁的时候，他被名士曾钊引荐给两广总督阮元，备受称赞；后来进越华书院念书，遇到了一位比阮元更加赏识他的大儒，后者便是有名的“陈三元”陈继昌。

陈继昌籍贯粤西桂林府临桂县，出身名门，曾祖父是雍正、乾隆朝一代名臣陈宏谋。他本人则青出于蓝而胜于蓝，在嘉庆二十五年(1820 年)庚辰那一科状元及第，加上此前获取的“解元”和“会元”等头衔，终于荣登至高无上的“三元及第”巅峰，是为一千三百年来中国科举史上第十三位，也是最后一位旷世高手。

陈继昌时任江西按察使，回家的路上应邀到越华书院讲课，与朱次琦一见如故。“陈三元”对朱秀才喜欢到了什么程度呢？这里单举一个例子——他在临别之际，把曾祖父陈宏谋留下来的家传玉佩赠给了朱次琦作留念，你说说这爷俩的感情有多深？下个月是陈继昌夫人的寿诞之日，朱次琦专程来到同文街，想买一张玻璃画当礼物，托关钜带到桂林府去贺寿。

梁培友的左臂挨了一粒枪子，他一个猛子扎下水底，等再钻出水面时，四周黑缎子般的波浪宛如群山矗立，小弟兄们全没了踪影。

从咸湿的空气中，犹然能嗅到淡淡的血腥味道，失了群的带头大哥像孩子一样“哇”地恸哭出声，痛悔自己的草率和鲁莽。受伤的梁培友如折翅之雁，心有余而力不足，只能任由滚滚江水裹挟向下。到了横琴岛，方才挣扎着爬上岸。

一觉醒来已然是次日中午，艳阳高悬，梁培友摸进一家农户，到人家的灶台上把牛耳尖刀烧了烧，一刀下去，硬是把那粒子弹从肉里剜了出来。他眼珠连一下也没眨，把在旁边观看的农夫吓得叩头作揖，直喊关二爷再世。

梁培友包裹完左臂，沿着江岸向北搜寻，整整转了三天毫无结果。带头大哥终于死心，离开磨刀门，辗转赶赴太平墟的虎门大寨，前来投靠他的姨丈。

梁培友的姨丈名叫任义功，高州府吴川人氏，这年五十一岁，在水师提标后营当守备。任义功是个老实人，相中了广东水师的丰厚“待遇”。为了养活一家老小，所有外迁的差事他一概拒绝，因此耽搁了不少高升的机会。

姨母见自己的外甥上门，又惊又喜，现成的饭菜端出来。梁培友饥肠辘辘，在姨母面前也不客气，一口气吃了四大碗米饭。姨母心疼地问：“你的胳膊怎么啦？”

“没事，让刀仔刮了一下。”梁培友满不在乎地说。为了让老太太放心，他举起右拳朝伤口处砸了一记，硬撑着没有叫出声来。

姨母疑惑地问：“友仔，你不是来串门的吧？”

梁培友老实了，犹豫道：“姨丈前一阵子说的那个缺，还在吗？”

“你阿爹那个死脑筋，提起这事我就生气。”姨母埋怨地打开了话匣子，“咱们水师的缺多香啊，不信你到外面打听打听，没有上百两银子打点，压根别想摸到门槛。搁在以前，花银子都进不来，水师的缺金贵着呢。也就是新来的关军门，对上面说要防备红毛鬼子，从朝廷那里哄来不少钱，给咱水师衙门添了几个缺，看在你姨丈一把胡子的分上，才赏他一个名额。可你阿爹非但不领情，还说什么好男不当兵、好铁不打钉的风凉话，真真气死我了。”

梁培友心凉了半截：“缺已经补了？”

“放凉了那还叫缺？他侄子补上了。”姨母十分惋惜，“不过，友仔，你别发愁，我瞅关军门这副热闹架势，保不齐还会有藏着掖着的空额。过会去问问你姨丈，要是有人愿意花钱雇人替操，你接着先。多少有口饭食，安顿下来再找机会。”

“姨丈啥时候回家？”梁培友问。

“今儿晌午肯定是回不来了，你听这炮子隆隆的，关军门正在巡阅水操呢。”姨母把碗筷收拾收拾，“后晌炮台试新炮，你要是没事的话，帮我把饭菜给他们爷仨送去，顺便叮咛那个老不死的，让他给你踅摸个差事。”

梁培友挑着扁担，一头筐里盛着饭菜，一头筐里放着煲汤，跟随姨母出了大寨，来到晏臣湾水道。岸边蹲着坐着的均为水师兵丁的家属，因为家里的男丁在营里吃粮饷，送饭的大多数是女人和孩子。

这天上午主要巡阅广东水师最新编练的阵法，从广州将军、两广总督、广东巡抚到粤海关监督、布政使、按察使等等，几乎所有的在省大员悉数出席；下午虎门炮台试放新炮，大员们乘船离去，中间有一段休息时间，是留给水师官兵吃饭用的。

梁培友在一伙妇孺中鹤立鸡群，极为显眼。他的表弟任文炳一眼看到了他，坐在划子上老远就打招呼："阿友哥，你咋来了？"

任义功心虚地说："友仔，你没来，我让阿彪补了缺。"

任文彪二十出头的年纪，补缺前是个地地道道的渔民，胸脯上满是油黑的疙瘩肉，笨嘴笨舌的不会说话，只会在一旁嘿嘿傻笑。

"友仔寻差事来了，你仔细打听着点，替人顶操也行。"姨母叮咛。

任义功满口应承："顶操没问题，关军门治军严厉，这一年几乎日日放操，好多人正发愁找不到合适的人呢。"

旁边一个叫张虎的千总扒拉着饭团，问："任守备，来亲戚了？"

任义功回答："亲外甥，亲外甥。"

年轻人很快就打得火热，张虎的儿子张贵和刚刚十九岁，经常听任氏兄弟夸赞梁培友武功不凡，热情地说："阿友哥，晚头给你接风，我做东涮蚝。"

烈日炎炎下，关天培身着一品麒麟朝服，手执帅令，威风凛凛地坐在亚娘鞋岛临时搭设的帅台上。赖恩爵、洪名香、麦廷章等一班水师猛将，顶盔掼甲，挎刀仗剑，如狼似虎，分列在甬道两旁。大清朝最强大的海防要塞就在眼皮底下，经过一年来的精心翻修，三重门户的虎门炮台群终于完工。关天培手捻须髯，想起逝去的卢坤，心中惆怅不已。

佛山堡新造的五十九位生铁炮主要安放在三重门户中的第二重，即组成"品"字形控制东水道的威远炮台（南山炮台改建）、镇远炮台和横档炮台三大炮台，以及控制西水道的永安炮台和巩固炮台上——西水道下面暗沙多，洋人风帆巨舰不易航行，所以东水道就成为虎门要塞的重中之重，七八千斤的重铁炮基本上都安放在这里。

帅台上没有设置顶棚，四旁战旗猎猎。关天培仰望长空，斗大的帅旗迎风飘展，宛如覆盖在新造大铁炮身上的红衣。这些粗重笨拙的大家伙，在关天培的眼里,比那些白皙娇嫩的女人可贵重多了。

麦廷章上前禀报:“大人,委员到齐,专候军令。”

关天培皱了皱眉头,去年底虎门炮台的主体工程已告竣工,但是从佛山堡运来的生铁炮却问题不断,让他如坐针毡。关天培稳了稳情绪:“从哪座炮台开始?”

麦廷章回答:“回禀军门,从威远炮台开始。”

这是一个精心的选择——所谓“新人穿新衣”:在东水道的三大炮台中,威远炮台属于翻修重建,镇远和横档炮台只是加固。为了讨个利市,避免之前试炮时的险象环生,这次试放新炮选在了威远炮台。

关天培当然明白这一点,掷下令旗,面无表情地说:“开始吧。”

“试炮。”麦廷章发出怒吼,军令从辕门一级接一级地传递下去,声音雄壮嘹亮,刺破长天。然而细细听来,里面似乎夹着一丝忐忑不安。

真是怕什么来什么,突然,威远炮台那边传来“轰隆隆”一声巨响,随后火光迸发,烟雾弥漫。帅台上的诸将久历战阵,听到声音无不骇然——这一记惊天动地的声音,不像炮弹出膛的调子,而像铁炮炸膛的动静。

关天培怒不可遏,脸上的肌肉整个拧了过来,右手紧紧地按着腰中长剑。一名戈什哈气喘吁吁从山下奔来:“报军门大人。”

关天培喝道:“讲。”

“威远炮台六千斤大炮炸膛,一死三伤。”戈什哈回答。

“什么?”关天培一下子跌坐在帅椅上,心里冷得跟冰窖一样——这次佛山堡炉户新铸的大炮中,以六千斤的生铁炮居多。

赖恩爵建议:“军门大人,要不要暂停试放?”

关天培的脸颊像被火苗子烫了一样,腾地一下子从帅椅上弹起来:“关某顾全大局,一再退让,孰料彼等奸商变本加厉,罔顾朝廷海防大计,是可忍孰不可忍?今天就是把水师弟兄全都炸到天上,也要把这些大炮通通试放完毕,看看他们的心肠到底有多黑。来啊,给本军门撤去朝服,老子要亲手燃放试炮。”

主帅震怒,众将哪还有颜面?大伙呼啦一下子跪倒在地。这边拼命拦住关天培,那边急急传令下去继续试放大炮。话说简短,这一批五十九位生铁炮试放完毕,总计炸膛了十位,损坏了五位,合格率不到八成。

从魏清水、黄开大开始，佛山堡负责铸炮的十几位委员被刀斧手五花大绑，捆起来丢在辕门下等候发落。关天培暴跳如雷，手指头差一点戳到了魏清水的额头："姓魏的，你吃着朝廷的俸禄，读着圣贤的经书，这就是你督造的大炮？这就是大名鼎鼎的佛山铁炮？掺了碎铁渣偷工减料咱先不说，你倒是把炮膛弄滑溜点啊。日你奶奶的，炮膛里凹凸不平，最大的坑窝能贮四碗汤，你把老子的大炮当饭桶啊？"

魏同知偷偷拿眼睛扫了旁边的黄开大一眼，只见黄开大垂头丧气，一副等人来砍头壳的倒霉样子。他在佛山堡任职的时间不算短，对九大炉户的水平毕竟有相当的认识。虽然拿了黄开大的贿赂，但一开始对黄、冼、冯三家说得明白，务必要保证生铁炮的质量。铸炮期间他经常到三家的炉户监督视察，没有发现什么出格的毛病呀！

黄开大把脸埋进了裤裆，只有他才知道这次铸炮为什么会发生炸膛！这是一个绝对不能外传的秘密——不说出去至多是质量问题，大不了"丽升炉"关张而已；一旦说出实情，魏清水和冼、冯两家决不能饶过自己，结果必定是家破人亡。

魏同知终究是在官场里打熬的人，不像黄开大之流的商人胆子小，坐以待毙。他镇定地理了理思绪，从容回禀："军门大人，生铁炮损毁，卑职等沉痛万分，然而，要说卑职等干犯天条，营私舞弊，职等断不敢行此不忠不义之事。"

关天培怒吼："尔尚敢狡辩？"

"军门大人，佛山堡铸炮技法独步天下，然而炸膛其事常有难免，不是什么新鲜事。原因就出在官价太低，每位炮的成本在那儿摆着，炉户们总不能赔本为朝廷铸炮吧？"魏同知振振有词，"按照这个官价，倘若大人能够找到从无炸膛的炉户，即可请他来铸炮。职等到时甘愿伏法，纵然家眷发配伊犁为奴，绝无怨言。"

关天培立时被噎住了。

早在去年底第一次试炮出现问题的时候，关天培就秘密地派人征询佛山堡其他六大炉户的意见，结果大大出乎他的意料——那六家炉户竟然没有一家愿意半路接手广东水师铸造铁炮的买卖。这倒不是说他们和黄、冼、冯三家有多么深厚的交情，而是真的没有一家炉户敢拍着胸脯打保票，说自己铸造的大炮一位也不炸膛。这就是当时中国生铁炮制作工艺的现状，水平就是这么高，不偷工减料，难道就一定不炸膛？

赖恩爵上前低声劝解："军门大人，你消消气，铸炮官价是朝廷百余年来的定制，连军机处都动不了它。要是交给佛山堡以外的炉户铸造，质量更难以保障，别说盛四碗汤，说不定一锅汤也能盛得下。"

关天培被他这句话气乐了："那不真成了饭桶啦？"

赖恩爵叹了一口气："大人，不瞒你说，以前造的大铁炮，咱们水师买过来后基本上就是个摆设，谁去试放？沿海炮台皆是如此，从广东水师到福建水师概无例外，有的铁炮六十年也没有听过一次响，当然也就不会炸膛。"

两个人互相看了一眼，彼此心情不是一般的沉重。好在关天培当了几十年的官，这种事见多不怪，他逐渐冷静下来："你说咋办？"

"为了以儆效尤，请大人下令重罚三家铸炮炉户。"赖恩爵委婉地建议，"当然，我们不会给他们擦屁股，最好的办法是把魏老爷放回去，责成那三家重新铸造。不管他们回去是不是砸锅卖铁当裤子，反正咱们要的是合格大炮，差一点也不行。"

关天培气愤难平："就这么饶了他们？"

"要是有能接上手的，我也不想轻饶了这帮家伙。"赖恩爵苦笑，"军门大人，当务之急是赶快铸炮，以防红毛鬼子突袭。再者说，砍头要经过三堂会审，逐级上报刑部核准。一旦惊动了圣驾，大人恐难逃监督不力之责。"

赖恩爵这话实在，关天培倒吸一口凉气，感激地看了他一眼，又瞅了瞅魏清水、黄开大等人，无奈地扬了扬手："滚滚滚。"

第三十五回　龙困浅滩

二月二“龙抬头”以后，风雨骤厉。对于以舟楫为家的渔民来说，少不得祭神祈福，整整一个三月都不得消停——三月初一是“买力日”，女人们站在船头向岸上的行人高声喊：“一二帮快，帮快，姑娘婆婆的力都来嚜。”希望能把别人的气力借过来给自己用；三月二十三是“天妃诞”，即妈祖的生日，在广府一带另有一个名字叫“送大舅节”——根据民间的传说，“天妃诞”前一天刮南风，这是“大舅”来给妈祖祝寿；“天妃诞”的后一天必然北风呼啸，这是妈祖送“大舅”回程。

桃叶渡笼罩在凄风苦雨中，“朱记”茶档宛如大海中一条随时可能被掀翻的扁舟，朱闵氏在灶台忙着做饭，门口躺着三条狗，屋里坐着三个瘸子。

小朱瘸子手里攥着一杆茅龙笔，用笔尖蘸着油漆专心致志地在木凳上描画。朱瘸子用拐棍挑开门帘子，向儿子传授心得：“漆这东西有意思，越往里面掺水它越干巴，好像专为逆着天道而来，难为它长得这么白净喜人。”

“阿爸，”小朱瘸子问，“新漆啥时候下来？”

“五月嫌早，六月正好。”朱瘸子说，“你也想到双桥都去割漆？”

朱闵氏端着锅鱼汤走出来，没好气地数落丈夫：“哪壶不开提哪壶！阿开都让人家害成这样了,你还有心刺激他?"

陈开逃出佛山堡的这两个月,一直在桃叶渡"朱记"茶档疗伤。他的左腿差一点被宫鹏飞打折,经过朱闵氏的精心调理,近来逐渐好转,总算没有落下残疾,但是走起路来仍然一瘸一拐的,尚未最后痊愈。

这些日子以来,王山公与宁洪崖在"安乐堂"和"五云堂"(佛山堡颜料行东家行)之间穿梭斡旋,努力调停陈开和蔡宝昌的纠纷。按照女诸葛最初的估算,"双合裕"颜料铺连房子带存货,全部作价应该能够抵补蔡宝昌的损失。谁知屋漏偏逢连阴雨,"双合裕"颜料铺被蔡宝昌带人砸了以后,存货不翼而飞,不知道是谁下的黑手!

一锅汤喝下去,雨势渐渐变弱。门口的大黄狗汪汪地叫了起来,小朱瘸子跑出门外,尖声叫道:"阿开哥,有人来了,找你的。"

朱瘸子朝窗外瞅了一眼,发现叶二和划着舢板,船上坐着的照旧是宁洪崖和王山公。他感叹地说:"阿开,你虽然让余章标公婆俩害了一回,却得到这么多患难之交。我觉得你这趟去佛山堡大有斩获。"

朱闵氏劝道:"阿开,杨老爷是好人,你该去看他一趟。"

杨壮达从安南、暹罗等国贩运香料回来,心里惦记着陈开的伤势,特意派人送了不少南洋出产的跌打药材。王山公和宁洪崖上次来想把陈开接走,哥几个在陈村好好地吃顿酒,没想到陈开脸皮薄,婉言谢绝了他们的好意。

王山公和宁洪崖进了"朱记"茶档,朱闵氏接过他们的蓑衣,怀着歉意说:"难为两位老爷大老远地从佛山堡来,外面又是风又是雨,真过意不去。"

王山公坐下来,饮了一口热茶:"婶子,我是来向朱先生讨教诛心之学的。"

朱瘸子高兴地抖动着胡子:"嘿嘿,王老爷就是识货,诛心之学乃风雨之学,风雨天探讨学问,不亦乐乎!"

王山公偷偷瞄了陈开一眼,一语双关地说:"朱先生,依照晚辈愚见,诛心之学无非是绝境之学,天地自回处转,英雄从绝境起,是不是这样?"

"没错,没错。"朱瘸子酒逢知己,端起酒连饮三杯,拿衣襟擦了擦胡子,"自古以来先有非常之人,方成非常之事;先立非常之志,方有非常之人。同样是跌跟头，倒下去一蹶不振的是俗人，爬起来飞得更高的是英雄。平时诛心是练功，这时候诛心就是得道。”

陈开心如明镜，朱瘸子和王山公高谈阔论，字字句句是在勉励自己。他抬起头对王山公和宁洪崖说：“王老爷，二少，有事尽管说，我受得起。”

宁洪崖进屋以后一直沉默，这时忍不住开口：“你那几个伙计，嗨，怎么说呢！蔡宝昌砸铺子的时候他们都在，后来‘飞天爪’出来找你，汤老三吓跑了，最后留守铺面的是张亚丞和岳经纶。我问他们存货是怎么丢的，结果一问三不知。”

四个伙计中，汤老三年纪大、胆子小，最不可能作案；“飞天爪”出来寻找陈开，也没有机会；张亚丞住在店里，岳经纶是账房，两个人都有钥匙，嫌疑最大。王山公补充：“你的铺面折合三百两银子，存货假如在的话，两方面加起来足够赔蔡宝昌的损失。我和二少想掏钱把存货这一块抵平，可是蔡掌柜的被凌德金讹了一笔银子，对你耿耿于怀，死活非要把这事捅到‘大魁堂’。吴璧光拍板定案，不许你以后在佛山堡做买卖，还说，还说……”

“说什么？”朱闵氏焦急地问。

“逃军和”站在门口，愤愤地说：“他说除非当叫花子，否则不让阿开回佛山堡。”

吴璧光代表“大魁堂”做这个决定，意在维护佛山堡的商业秩序，但对陈开个人来说带有极大的侮辱性。朱闵氏“哼”了一声：“不回就不回，天下这么大，难道离开佛山堡还活不了人啦？广州、陈村、石湾、石龙哪儿不能做生意？”

朱瘸子把酒杯一顿：“你一个妇道人家，少说话。”

在养伤的这两个月，陈开度过了最艰难的心理低谷，激烈的情绪渐渐平复。余章标叔侄已经被他抛在脑后，他们和有可能侵吞存货的张亚丞、“大漏勺”均为普通人，都可能因为贫困而起贪婪之心。这些人不会挑战少年的雄心壮志。让他备感受挫的仍然是他自己。

陈开一向自诩有功夫在身，结果却被宫鹏飞打了个惨不忍睹，他终于明白，古劳围小霸王们过去为什么不肯带自己玩了。他心里感到十分好笑——梁培友等人是真有本事，惧怕自废武功而不愿修炼“六祖心经”；而自己狗屁不是，还跑到佛山堡“躲避”修炼，那不是猪鼻子上插一根葱，装大象吗？

余章标夫妇把他坑得血本无归，没有改变陈开的心志；而宫鹏飞的拳打脚踢，却彻底改变了他的想法——既然自己并没有什么真功夫，那不是正好可以修炼“六祖心经”吗？这条命运早就给自己准备好的踏板，已经不容他不踏上一脚！

根据李文茂的说法，修炼“六祖心经”的捷径是四人合练。陈开打量着王山公、宁洪崖和“逃军和”，难道命中注定的练功伙伴就是他们？这三个人里面，除了宁洪崖外，其余两个人均与“六祖心经”有着某种冥冥中的关系——叶二和是“六祖心经”的知情人，那份天盖璇玑图就是他从藏经阁里偷出来的；而王山公则一直笃信陈开身负精妙武功，只是不愿意把功夫拿出来与他共享而已。

“吴璧光算个屁。”王山公为陈开打抱不平，“少掌柜的，别搭理那个狗东西。就算咱们以后不干买卖，那也没必要当叫花子！”

“逃军和”撺掇：“对，阿开，你干脆跟着二少学唱戏吧？”

宁洪崖原是个儒雅风流之人，不承想在大沥堡遭到何家的侮辱，身心两方面遭受了巨大的创伤。仇恨往往能轻易地改变一个人，宁二少眼下心里想的全是习武复仇，听了“逃军和”的话，他连连摇头：“唱戏可以，但‘外江班’的戏中看不中用，学了白学。红船的戏文武双全，可惜李少班主不在，谁肯好好教咱们本事？”

王山公试探地问：“少掌柜的，你到底怎么想？”

陈开咬着牙：“从哪儿跌倒，从哪儿爬起来。”

宁洪崖愁眉苦脸：“说得轻巧，‘大魁堂’和五斗口巡检司这边不提先，‘牛鬼窟’和宫鹏飞武功高强，咱们哪里是人家的对手？”

“有一门功夫，”陈开终于揭开了底牌，“只要咱们学会了，谁也不是对手。”

四月倏忽即逝，转眼到了赛龙舟的日子，梁培友等小霸王如同人间蒸发了一般。家里人急得像热锅上的蚂蚁，到处扫听他们的下落。陈开在桃叶渡听到这些消息，终于确信梁培友等人不会再回来了。

五月初八后，由于赛完的龙舟已经被封进泥里养护，古劳围的水面上暂时歇了喧闹，止住忙碌。陈开提着一大捆香，让“逃军和”把王山公、宁洪崖接到桃叶渡，四个人一条舢板登上白鹭洲，来到当年的藏宝之地。

陈开取一炷香插在上面，郑重地叩了三个头：“阿茂哥，我不知道你在哪儿，但我猜你一定还活着。阿友哥他们怕练‘六祖心经’，躲得远远的，连家里都不敢回。原来我以为自己挺有本事，也不愿意练‘六祖心经’，错把沉香当劈柴，辜负了你一片心意。今天我打算和三位兄弟一起练，请你保佑我们，让我们少走一点弯路。”

王山公高兴极了，事实证明他的眼力完全正确，陈开果然身怀绝大的秘密。宁洪崖没有练过武，对“六祖心经”在武林的名头浑然不知，他插嘴问：“阿开，‘六祖心经’到底是一门什么功夫？厉害不厉害？”

“它是当今世上无敌的绝技。”陈开睁大眼睛，“不过这门功夫练起来磨难重重，非常容易走火入魔。我最后问你们一遍，到底有没有决心练？”

王山公表态：“天下无敌的功夫当然风险也最大，要练就练这种功法。”

陈开的目光落到了“逃军和”的身上：“二和哥，你呢？”

“逃军和”心里早已拿定了主意：“阿开，反正花钱是把我阿妈赎不回来了，那我还不如练好功夫，把她从区家抢出来。”

宁二少自然更无异议，陈开击掌道：“好，既然这样，咱们闲话少说，现在就抓阄各选一个穴道开始修炼，生死由命，成败在天。我来先。”

抓阄的结果是陈开抓到了关元穴，王山公抓到了气海穴，宁洪崖抓的是石门穴，叶二和抓的是阴交穴。四个人刨开地面，从里面取出铁面具，王山公一看到下面那块铁匾，立刻忍不住大声嚷了起来：“天哪，诛心？”

陈开擦去铁匾上的泥土：“这是至忍老禅师的遗物，正宗的少林心法。”

“这个我懂，”王山公笑嘻嘻地说，“诛心就是致良知，就是随处体认天理。”

“这是习武，不是下科场。”宁洪崖驳斥他，“去，听阿开的。”

“阿茂哥说武学之道即为圣贤之道，王老爷讲得没错。”陈开坚定地说，“六祖当年在四会贞山避难，估计是饿着肚皮练成的功夫。咱们不是圣贤，头壳不灵光，要想练好武功，只有比圣贤吃更多的苦。我想通了，就按吴璧光说的办，回佛山堡当叫花子。”

陈开倒霉的这段时间，却是游新潭、陈见成两兄弟光明见顶的好光景。从关天培的刀下侥幸逃生后，为了保障虎门炮台的铸炮工程，同时补交官府天文数字的罚款，黄开大不得不变卖家产，借钱度日。游新潭、陈见成一脚跨过闸门楼，将黄家出售的两个院子购入囊中，挤进了梦寐以求的西南巷。

也就是一年多的时间，游新潭和陈见成从一个异乡来的穷汉子，奇迹般地拥有了自己的买卖和宅院，而且融入了佛山堡八图大族的生活圈子。他们与舅父区彦魁比邻而居，区家的一举一动尽在眼底，二人争夺区彦魁遗产的劣势彻底得到了弥补。

事业成功，陈见成第一个想到的照例是娶媳妇，而游新潭则打算把父母先接到居仁里西南巷来住，让双亲大人过一把当财主的瘾。这天清早，游新潭穿着簇新的长袍马褂，从砖瓦巷叫了一顶大轿子，晃晃悠悠坐到汾水正埠，打算乘船经广州回花县老家。

汾水正埠是佛山堡的门脸，码头上挤满了船只。游新潭在“忠义乡”牌坊下纳凉，过了好一阵子，还不见向东走的客船有丝毫动静，遂起身东张西望，发现“接官亭”下全是五斗口巡检司的弓役。他有些不耐烦，过去问狗子：“你们等谁？”

“太太，”狗子回答，“她去汾流大街买东西。”

游新潭发起了牢骚：“一个破巡检，摆这么大的排场？”

五斗口巡检司正式在册的衙役很少，大多数是白役，即由“大魁堂”发放薪酬。由于当时衙役是个鱼肉百姓的好差事，许多人包括富裕人家在内，都想方设法地往里钻。涂常发瞅准了这个机会，以维护治安为借口，将衙役的数目整整扩编了一倍，大发横财。“银刀秀才”一怒之下，停止支付这些新增衙役的薪酬，而涂常发并不在乎，佛山堡乃天下巨镇，随便刮刮地皮就是钱，何必受士绅豪门的气？

依照朝廷定制，衙役必须三年一换，不得再行聘用。上有政策，下有对策，衙役们怎么舍得丢掉花费重金钻营来的金饭碗？他们最常用的办法是换个名字继续干，这个办法对狗子来说更简单，因为他已经忘了自己的大名叫什么。

“破巡检？”狗子惊讶极了，“游老爷，看来你终究是个乡下人，不懂城里的规矩。跟当官的比起来，你兜里那几个糟子就是一堆黄屎。‘既济堂’的丁掌柜你认识吧？刚刚花了大笔银子谋了一个马快，人家不图工钱，图的就是一个威风，明白吗？”

“既济堂”是铸造行的堂号，丁掌柜籍贯潮州府丰顺县，和游新潭一样是外来户。为了不受人欺负和能欺负人，他花钱从涂常发手里弄了个衙役的身份。

游新潭顿时气馁：“你们去哪儿？”

“省城来了一个汉调皮黄班，”狗子坏笑，“太太思乡心切，听不懂红船大戏，只好到省城听听乡音，捎带买个东西，置个业。”

道光十六年(1836年)，“外江班”在广州城的地位大大下降，徽班基本上快要绝迹，大多跑到京城去发展；姑苏班从最热闹时的十四个戏班，变成“祥麟班”和“集秀班”苦撑门面；临近省份的江西班和湖南班还说得过去，各有四五个戏班存活下来，像“贵华班”“胜春班”“福寿班”“福华班”“洪福班”等等，总计不到二十个戏班。与全盛时期的五十余戏班相比，“外江班”衰败的趋势非常明显。

游新潭数了数，正埠码头上的衙役足有二十来号，他皱着眉头问：“狗子，这么多人都是陪太太看戏的？”

“这算个屌？”狗子不屑一顾地说，“上次太太去十三行街买鼻烟壶，我们去了四五十号人马呢。太太娘家叶氏在汉阳街是有名的大户，老爷这份差事还是人家谋来的，你说他敢不给太太挣个面子？”

游新潭叹了口气，有点灰头土脸的感觉。自己弄到了钱，却没借到势，在佛山堡这一亩三分地终究矮人一头。他正打算换码头，突然街上敲锣打鼓，来了几顶轿子。从中间大轿子里钻出一位花枝招展的夫人，明目流盼，神态自若，原来是个熟人。

在老浩官的疏通下，阿芬终于替丈夫梁博太捐了一个从五品的知州，她自己如愿以偿地穿上了诰命夫人的服装。这件事不仅在佛山堡传为美谈，连花县炭步镇也传得沸沸扬扬。梁家在佛山堡是首富，在朝中有人当官，和十三行总商伍家联姻，是一棵根深叶茂的大树。游新潭满脸堆笑迎了上去：“阿芬姐，你回炭步镇？”

“不，”阿芬脸色微微一红，“我去省城转一转。”

穷人有穷人的痛苦，富人有富人的烦恼。阿芬婚后一直没有生育，做了诰命夫人后便开始四处求神拜佛，祈祷子嗣。最初她拜的是观音娘娘，后来拜的是“明顺夫人”，现在又迷上了金花娘娘。金花娘娘字金华，生前善于“调媚鬼神”，是一个具有通灵法术的女巫，能保佑妇女生子，在岭南声誉直追观音菩萨和“明顺夫人”。粤人常把男婴称为“白花”，将女婴称为“红花”，有那么一句民谣：“祈子金华，多得白花。三年两朵，离离成果。”

金花娘娘庙又叫花王庙，或金华夫人祠，佛山堡共有八座金花娘娘庙，但是均不及广州仙湖街的金花娘娘庙名气大。道理很简单，仙湖街便是当年金花娘娘成仙之所在。

游新潭故意说：“恐怕还得等一等，码头叫人家占着呢。”

扫了一眼“接官亭”下的那群衙役，阿芬冷笑：“佛山堡藏龙卧虎，他一个小小的巡检司凭什么霸着码头？我偏要打‘接官亭’上船，看谁敢拦着！”

游新潭奉承：“那当然，你是诰命夫人嘛。”

在一群丫鬟家丁的簇拥下，阿芬走进“接官亭”。五斗口巡检司的差役当然认识她，没有一个人敢上前阻拦。阿芬回头扔了一句：“阿潭，坐我的船走。”

“得令。”游新潭兴奋地应了一声。

阿芬缓缓地扫视着正埠码头，似乎有意炫耀自己诰命夫人的威风。忽然，她的目光落到了码头的角落，那里有一老一少两个人正在候船。老者大约五十多岁，身穿整洁的长衫，神情庄重严肃；少年十五六岁的模样，手里拿着两把伞，背着一个丝绸包裹。

这位少年身材十分高大，坐在那里整整比旁边的人高出一头。阿芬看到那张略显稚气的脸庞，目光像被烫了一下似的生疼——那是一张令她毕生难忘的脸庞。

少年不是旁人，正是李敬南和冼红玉的次子冼文辉，那位老者是东头冼氏的冼万正。冼万正秀才出身，是个老塾师，论辈分算冼红玉的堂兄。冼氏乃岭南古老望族，单是佛山堡的冼氏就开了五房，分别是东头冼氏、石巷冼氏、白勘冼氏、鹤园冼氏、汾水冼氏。此外，从各地迁徙至佛山堡的冼氏也不少。单以人口而论，冼氏才是佛山堡第一大族。由于枝繁叶茂，人才鼎盛，佛山堡三大豪门和官府皆对冼氏客气三分。

两年前万松园小戏台上惨烈的那一幕，镌刻在阿芬的记忆深处，让她至今仍然感到愧疚和寝食不安。她走过去问冼万正：“冼叔，你带阿辉是去省城？”

冼万正回答：“嗯，带他去观榜。”

过去有句老话叫“励志当如观榜日，作文须念入场时”。今天是“出案”（院试揭榜）的好日子，九曜坊提督学政署门前人潮汹涌，在省城向来是一大奇观——考取秀才的，立刻有亲人或者熟人取出鞭炮一路燃放报喜；名落孙山的看了这幅场景，必然大受刺激，回去头悬梁、锥刺骨准备下科再战。

阿芬拉着冼文辉的手亲亲热热：“阿辉，要是这一科你取中了，嫂子在华光庙给你订一个台期，咱们唱上他四天五夜，好好庆贺一番。”

这话说到了冼万正心坎上，老头子脸上露出笑意：“哪有头一场就高中的？”

“这可不好说，阿辉天庭饱满，地阁方圆，吉人自有天相。”阿芬主动邀请，“冼叔，你们搭我的船走吧，我正好去仙湖街，顺路。”

冼文辉害羞地抽回被捏住的右手，阿芬暗自嗟叹，李文茂勇武如神，可是这个弟弟却被冼家管教得像个大姑娘，真是白瞎了一副好身板。

“这些官差是老鼠产仔，一窝不如一窝。”冼万正发起了牢骚，“正埠码头是镇子里集资修建的，他巡检司衙门横行霸道，不讲道理嘛。”

阿芬笑吟吟地说：“冼叔，你老这么大的年纪，不值得和他们生气。等到了大沥堡，我来替大伙出这口恶气。”

大沥四堡是伍家对外贸易的生产基地，当地大地主何氏、麦氏、欧阳氏、仇氏、刘氏、潘氏均为伍家的合作伙伴，与梁家的关系也不一般。且说到了大沥堡中途打尖，阿芬打发家丁捎给何家一个口信。不多时，何大少何士良派了一百多名全副武装的家丁，把持住渡口，截住一应顺水而下的船只，把涂太太给气了个半死。

不是冤家不聚头，这两个争强好胜的女人要去的地方都是省城的仙湖街——那里位于繁华闹市，提督学政署、南海县典史署、金花娘娘庙、濂溪书院、太丘书院、朱文公祠、陈白沙祠等一字排开；汉调皮黄班唱戏的地方在九曜坊提督学政署门前，与金花娘娘庙咫尺相隔。涂太太一路吃瘪，气得戏也不看，扭头进南海县典史署喝茶去了。

金花娘娘庙不远处是花王庙，两座庙之间饭铺酒肆遍布林立，多得数不过来。游方的和尚道士眼馋这里的风水，纷纷来此练摊，放眼望去，全是炼金丹的、卖春药的、占吉凶的、劈五雷的“高人”。冼万正和冼文辉爷俩奔提督学政署观榜，游新潭在金花娘娘庙前停住脚，巴结地问：“阿芬姐，我回花县，你有什么口信要捎吗？

阿芬道：“给我阿爸说一声，月底红船散班，我接他们来看戏。”

“好嘞。”游新潭愉快地转过身，迎面撞进了一个人的怀里。

那人是一位十七八岁的青年，个头不到七尺高，一直在后面不言不语。等游新潭和阿芬说完话，这才打了游新潭一拳，“阿潭，听说你小子发财了？”

“小赖子！”游新潭惊叫，“你咋在这儿？”

与此同时，阿芬也认出了这位青年，他的名字叫赖汉英，炭步镇赖屋村人。赖汉英自幼练得一身好拳脚，粗通医理，常常在南海和番禺一带打把式卖药。赖汉英的姐姐叫赖莲英，从前在阿芬家的小铺子帮忙，去年，嫁给了官禄布村一户姓洪的人家。

赖汉英上前向阿芬行了个礼：“小姐。”

“你姐姐嫁到了官禄布，”阿芬问，“那家人对她好吗？”

赖汉英咧着嘴笑：“我姐夫是个读书人，只是脾气暴躁了点。”

“读书人好。”阿芬点了点头，“男人嘛，还能没点脾气？”

“他就在这一科下场。”赖汉英指着花王庙方向，“你看，那不是？”

阿芬扭头一看，只见一高一矮两个书生从花王庙里溜达出来，头前的高个子红脸膛，暴眼环额，浓眉乌须；后面的白面孔相貌温和，显得非常文静。

“天哪，”阿芬瞄了一下，“眼珠子都快挤出眉框了，这哪是一点点的脾气？”

赖汉英惊奇地问：“小姐，你还会相面？”

“这个不用算。”阿芬叹了口气，进了金花娘娘庙。

红脸膛的高个子即赖汉英的姐夫洪火秀，后面的白面孔是冯乙龙。碰到熟人，游新潭当然高兴：“乙龙兄，好久不见了。”

冯乙龙拱了拱手：“游兄，听说你买卖不错？”

“谁说的?”游新潭问。

冯乙龙笑道:“实不相瞒,‘打铁罗’在清远飞来寺隐遁炼剑,整天在飞来峡附近的群山里爬上爬下,我是听他说的。”

“打铁罗”去了清远后,游新潭抽空去看过他几次,也曾经跟随他沿着飞来峡寻找过那座传说中的金芝岩,所以彼此之间的情况都不陌生。

游新潭关切地问:“罗师兄还在瞎转悠?”

“什么叫瞎转悠?”洪火秀把脸一沉。他这人一向好高骛远,看低天下人,唯独对“打铁罗”锲而不舍的劲头表示佩服,且不容别人看扁。

游新潭有些窘迫,不知道洪火秀为什么突然朝自己发脾气。冯乙龙连忙向他介绍:“这是我表兄洪火秀,大名洪仁坤。”

“我知道,”游新潭回答,“小赖子的姐夫嘛。”

冯乙龙拍了一下脑门:“你看我这猪脑子,忘了你和阿汉是熟人了。”

游新潭贴着他的耳朵根低声问:“乙龙兄,听说你娶了媳妇?怎么把人家‘太昊记’的女掌柜甩了?那女仔长得跟仙女似的,丢了手,啧啧,多可惜。”

游新潭是哪壶不开提哪壶,这句话像刀子一样戳进冯乙龙的心窝,疼得他脚底发虚。冯乙龙咬了咬牙:“你这是要去哪儿?”

游新潭道:“我回炭步镇。”

赖汉英提议:“等我姐夫观完榜,一起走。”

“我请客,”游新潭搂住他的肩膀,“咱们到燕子楼吃他一顿酒。”

赖汉英高兴地对洪火秀说:“姐夫,阿潭在佛山堡发了财,别饶过他。”

谁知洪火秀瓮声瓮气地加以拒绝:“我不饿。”

这哥俩经济上都不宽裕,只有冯乙龙家里还算殷实。后者明白洪火秀极好面子,不肯在人前人后堕了威风,遂推辞道:“算啦,我们哥俩还要去观榜。”

游新潭讨好地说:“既然是观榜,那这顿酒更得吃。万一你们兄弟榜上有名,这顿酒就算庆功宴,我也沾点喜气。”

洪火秀翻着眼皮:“谢了,洪某有事。”

冯乙龙以为他对游新潭看不顺眼,赔着笑脸劝:“火秀哥,游兄不是外人,说错话你不要介意。不是万一,是一万,这回你必定高中。”

“我真有事。”洪火秀烦躁地说。

冯乙龙自诩腹有奇谋，平生最大的本领是巨眼识英雄，这个本事不必用在其他地方，因为其表兄洪火秀，在他眼里就具备天下独一无二的奇异骨相。冯乙龙对表兄向来唯命是从，推崇备至，从来不拂逆他的意思，今天见洪火秀如此认真，只好将信将疑道：“好吧，我们在提督学政衙门等你。”

游新潭走出去老远，才回头瞄了洪火秀一眼，心有余悸地对冯乙龙说：“乙龙，你这个表兄够毛扎的，一点面子也不给你？”

赖汉英苦笑：“他就这德性。”

洪火秀坚持留在金花娘娘庙，并不是看不惯游新潭，而是存了一份忐忑之心，想到庙前占一卦再去观榜。这是洪火秀第三次来九曜坊提督学政署观榜，屡试不中，让他的神经脆弱到了即将崩断的边缘。如果不占一卦，他恐怕连抬腿去观榜的勇气都没有。

金花娘娘庙前占卜的摊子一个接一个，洪火秀挑了半天，终于在一位老道面前停步。那老道大约六旬开外，七尺高的身量，面皮保养得十分红润；小胡子修剪得整整齐齐，看起来风度潇洒，飘飘欲仙。一杆崭新的三角旗上绣着“铁口金牙”四个大字，他不是别人，正是白无相的师叔常有定。这老道是黄婆洞有名的绣花枕头，他和白无相恰恰相反——白无相是肚里有货，就是耿直不会说话；而常有定的毛病是嘴甜如蜜，腹中空空。

洪火秀来到卦摊前，常有定正为一名衣着华丽的妇人摇签。他麻利地摇动签筒，捡起来一支签，抑扬顿挫地念了起来：

红花夺目连城艳，白雨西风尽落花；
未必世间人尽死，终须守分也为佳。

那妇人愁眉苦脸地问：“神仙，这签说的什么意思？”

来金花娘娘庙的妇人还能求啥？只有一个目的：求子。常有定这家伙好吃懒做，从白无相嘴里就学了四句话。听妇人说完，他语气轻佻地回答：“什么意思？这意思不是明明白白吗？红花落干净了，轮到白花出世，你赶快给金花娘娘上一炷香，只要别惹她生气，儿子你是生定无疑，生不出来找我。”

妇人千恩万谢地交银子走人，洪火秀弯下腰：“道爷，给我算一算。”

常有定疑惑地问：“这位爷，你也是来求子的？”

洪火秀摇摇头：“不，我想算算能不能上榜。”

常有定恍然大悟，原来是个观榜的童生。只要肯从兜里往外掏钱，管他姥姥的是谁？想到这里，他摇头晃脑如法炮制，对着下一支签念道：

红花夺目连城艳，白雨西风尽落花；
未必世间人尽死，终须守分也为佳。

签词跟那位求子的妇女一模一样，洪火秀很不满意：“道爷，你的签没毛病吧？”

“有啥毛病？”常有定拉长了声调，“你摇出来的就是这个。”

洪火秀忍了忍，问常有定：“那你老人家给解一解？”

“你这支签是上上签。”常有定斩钉截铁地说，“签上说你一枝独秀，同来的伴当全都名落孙山，只有你一个人打不死的运气好。老天爷念你平时老老实实当个好人，特地开恩赏你一个功名，好让你攀宫折桂，光宗耀祖。”

洪火秀求的是一个心安，听了常有定满嘴的夸赞和奉承，当下深信不疑，兴高采烈地扔下半吊钱，跑去观榜。院试放榜和府试不同，前者放的是“方榜”，后者是“圆榜”。正午艳阳高照，提督学政署门口被人围得水泄不通，鞭炮声声响彻不停，这里面看热闹的人比应试的童生多，失意的人比得意的人多。冼万正在榜上来回搜了三遍，没有看到冼文辉的名字，心里不免有些气馁。叶兆隆喜气洋洋地走过来，猛地拍了一下冼文辉的肩膀：“阿辉，你有什么不高兴的？你看我已经考了十年啦。”

冼万正夸赞：“阿隆，果然好本事。”

叶兆隆压低声音：“阿叔，我弄到题了。”

“你说啥？”冼万正瞪大了眼珠。

叶兆隆指着那边正在喋喋不休的王山公：“你听。”

提督学政署的大门口围了一大堆童生，像什么邹汝昌、何壮昭、杨壮达、刘端湛、冯乙龙等人，众星捧月般把王山公围拢在核心，听他唾沫星子横飞："老杨从安南国回来，非要拉着我和阿隆吃酒。席间我问他们俩什么是无情剑，嘿，这两块榆木疙瘩，死活也听不明白。后来我告诉他们，随处体认天理即诛心，诛心即无情剑。哈哈，怎么样？没想到这次考题正好是存天理、灭人欲。你们说王某要是考不上，那还有天理吗？"

这群童生中，王山公、杨壮达和叶兆隆取中了秀才，其他人皆名落孙山。杨壮达从南洋贩运货物回来，不但赚了钱，还意外地捡了一个功名，高兴地连连作揖："惭愧，惭愧，燕子楼在下请客，不醉不归。"

刘端湛失望极了，不住地埋怨："山公，你真不够意思，咱们是一起到罗浮山修行的，你应该言语一声啊，这段掌故我比他们知道得早啊。再说，诛心怎么会是随处体认天理？一个是克己复礼，一个是肆意妄为，卖猪的遇见买狗的，两不搭界呀！"

"看看，就这呆子，"王山公嘲笑，"他还能看懂圣贤书？"

何壮昭扯住刘端湛大声问："他说啥？"

"你猜猜？"刘端湛不耐烦地将他一把推开。

一群人喜的喜，酸的酸，冒烟的冒烟。正在这时，洪火秀如一阵旋风般赶到，他急切地从榜首开始读起，一直找到榜尾也没有发现自己的名字。暴眼书生想起刚才被常有定诓走的那半吊钱，怒火燎起千万丈，从墙角掂起一块砖头，"咣当"的一下砸在"方榜"上，气急败坏地破口大骂："我丢你老母！"

第三十六回　天地三世

院试放榜的这一天，提督学政署门前热闹非凡，差役们见怪不怪。放喜炮的少不了往他们手里塞些喜庆礼物；落榜的童生最多骂两声解解气，下一场还得准备再战。这两种情形司空见惯，而至于举起板砖砸榜的，洪火秀是开天辟地头一回。

差役们愣了片刻，立刻醒悟过来，发声喊成群结队冲出衙门，按住洪火秀劈头盖脸就是一顿胖揍。赖汉英、冯乙龙都有两手功夫，无奈双拳难敌四手，好汉架不住群狼。正当狼狈不堪时，斜刺里杀出两条汉子，三拳两脚把众差役打得哭爹喊娘，四奔逃窜。冯乙龙抬头一看，又羞又愧，纳头便拜："师傅，大爷。"

来人是陈松年和龙子才，他们俩应关钜的盛情邀请，接了老介福名下两个木材铺子。其中陈松年接的铺子在浔州府，龙子才接的铺子在柘木渡——那里是他的家乡，距离桂林府城不过二三十里的水程，是个水陆两便的交通孔道。陈、龙二人的木材买卖顺风顺水，一趟生意跑下来算算分红，比"太昊记"强得不是一星半点。

龙子才问："先生，你的身手益发不如从前，莫非回家这些日子撂荒了？"

此话一语双关，冯乙龙脸一红："我哪是练武的材料？"

陈松年惋惜道："冯先生，你是满腹经纶的大才，按理说不需要动粗把式。不过，你看如今这个世道，要是不练几手功夫，少不得被这些狗腿子欺凌。"

倔强到极点的人必然敏感到极点，洪火秀被打得满头是血，人家陈松年好意帮忙，他不但不存感激，反而梗着脖子顶撞："欺负就欺负，用不着你说闲话。"

这个不识好歹的玩意，龙子才登时火冒三丈，提起拳头便要教训洪火秀。冯乙龙吓出了一身冷汗，连忙解释："大爷，师傅，他是我表哥。"

龙子才无奈地松开了拳头，讥讽："你表哥念过书吗？"

"师傅，你回粤西做生意，那店里的生意怎么办？"冯乙龙脸上赔着笑，他这句话明面上问"太昊记"，实际上是问龙舌兰。

龙子才一门心思扑在习武上，到现在仍然光棍一条。男女之间的感情纠葛对他而言犹如天书一样读不懂——妹妹和冯乙龙明明是一对鸳鸯，却非要彼此折磨，最终踏上歧途；成为陌路人后偏偏心里仍然惦记着对方，这算什么冤家？

"我经常押运木材回来，耽误不了饭店的生意。再说师傅他老人家就在罗浮山，谁敢去店里闹事？"龙子才摇了摇头，"先生，你这心操的不是地方。"

冯乙龙没办法，只好讪讪地问："阿兰最近好吗？"

龙子才叹了口气："冯先生，你们读书人心肠十八弯，不像我们苗家人性情直爽。实话告诉你吧，你走以后阿兰伤心透了，我猜她一定后悔不轻，说不准哪天就会离开罗浮山，回粤西老家过日子。你想见她须趁早，晚了怕来不及。"

冯乙龙呆呆地站在那儿，一粒沙子，不偏不倚钻进了他的眼眶。

陈松年走到冼万正面前，打了个躬："冼叔，阿辉这场考试如何？"

"阿昌尚且没有取中，"冼万正无精打采，"哪有他的戏？"

陈松年笑呵呵地说："取不中就取不中，阿辉这身板，绝对是块练武的好料子，何必非要抱着书本遭罪呢？"

"哎哎，那可不行。"冼万正屁股像被野蜂蜇了一样，"圣人之道才是人间大道,舞刀弄枪的岂有善终?他阿爹和哥子就是个例子,快别说什么习武不习武的,老朽不爱听。"

李文茂失踪后,众兄弟都十分关心冼文辉的成长。陈松年这次来省城办事,特地打提督学政署路过,想看看他考的结果如何。见冼万正执意不肯让冼文辉习武,陈松年只好笑了笑:"冼叔,我随便说说,你别当真。"

提督学政署的差役躲在门里,扒着门缝朝外窥视,看样子刚才吃亏不小,对陈松年和龙子才非常惧怕,连丁点报复的念头也没有。冼万正脊梁骨上冒出一丝寒气,觉得有必要尽快离开这尊煞神,他拉起冼文辉的手:"走了,你们聊着。"

邹汝昌是第二次考试落榜,由于对八股文不感兴趣,因此他的心理调整得比较快,率先从失利的阴影中走出来。他问陈松年:"陈爷,你们来省城有何贵干?"

"哦,我是想看看阿辉取没取中!"陈松年回答,"阿钜给他表哥带了些东西,我们顺道捎回来。朱先生后半晌在净慧寺开坛讲学,从这里去净慧寺正好顺路。"

净慧寺和光孝寺、华林寺、海幢寺并称广州佛教四大丛林,历史地位与光孝寺齐名,一向有"光孝以树传,净慧以塔显"之称。在净慧寺开坛讲学,乃当时粤东学界一项至高无上的荣誉,讲学的莫不是当世大儒,而朱次琦以一介区区秀才的资格跻身于此,足见岭南儒林对其卓越才学的肯定和认可。

冼万正一听,顿住了脚步:"朱秀才在净慧寺讲学?"

"没错。"陈松年热情地说,"冼叔,要不要让阿辉听一听?"

冼万正点头应允:"朱秀才年轻有为,该让伢仔好好学学人家。"

杨壮达猛地拍了一下巴掌:"太好了,大家难得相聚,不如在燕子楼吃酒,然后去净慧寺听朱先生讲学,作揖抓脚背,一举两得。"

"我做东,我做东。"游新潭抢先表态。

"什么意思?"杨壮达笑着问,"你也考上了秀才?"

游新潭不好意思:"挣了点小钱,小钱。"

两个人你推我搡,争着要请客。这时,一个留着山羊胡子的道士从人群中走出来,冲大伙打了个稽首:"无量天尊,今天燕子楼的酒席贫道包了,都不要争。"

大伙回头一看，原来是南善观音庙的黄半仙。冼万正十分诧异："吃酒破费这种事你抢它干什么？半仙，莫非你家里有喜事？"

"比那重要多了。"黄半仙诙谐地说了一句，郑重地对邹汝昌说，"阿昌，你看今天来了这么多乡亲，好歹给阿叔一个面子，行不行？"

大伙这才听明白，闹了半天，黄半仙是专程来请邹汝昌吃酒的。当着众人的面，邹汝昌觉得不便一味推托，腼腆道："阿叔，咱们丑话说在前面。自古以来天象最难破解，我的本事最多能解个九成，万一解错了，岂不耽误人家的正事？"

"我的小祖宗，你但要开金口就行。"黄半仙喜不自胜，"阿叔知道你的本事，别说你有九成的把握，纵然只有一成，也比其他人强。"

大伙儿说说笑笑，跟着黄半仙上了燕子楼的二层。偌大的二楼空空荡荡，十分安静，除了他们再无其他客人。众人心里正在嘀咕，只见包厢里走出两条汉子。这两条汉子身上都穿着宽大的道袍，一个身高八尺，腰挂长剑，斜挎一对短把狼牙棒；另一个右臂缠条九节鞭，背负夜行囊，身材矮小却目光炯炯，一看便非等闲之辈。

陈松年惊讶地问："胡兄弟，几时来的？"

那大汉不是别个，正是湘南绿林道的二当家"铁狻猊"。见陈松年阔步走来，胡有禄纳头便拜："陈大哥，想死小弟了。"

"这位是？"陈松年问。

胡有禄将矮个汉子拽过来，向陈松年介绍："大哥，这位兄弟是天头岭的杨大当家，江湖人称杨三猴子的便是。"

陈松年抱拳在胸，哈哈大笑："久仰久仰。"

冼万正心头蓦地一沉：坏了，这不是掉进贼窝里了吗？

黄半仙谈笑风生，站在包厢门口朝里面喊了一句："总瓢把子，人我给你请来了，酒菜你可得管够，不兴慢待了贵宾。"

门帘一掀，从包厢里阔步走出三人，当先一条汉子大约四十岁出头的年岁，身高足有八尺开外，大耳垂轮，鼻直口阔，膀大腰圆，虎虎生风，披件黑色英雄大氅，显得不怒自威，气势逼人；左边是位不到三十岁的道人，头顶正天冠，腰系百宝绦，背插七星驱魔剑，手持一把飘飘然的牦牛拂尘，气定神闲；

右侧是位二十岁左右的青年道士，面白似粉，玉树临风，两只眼珠滴溜溜乱转，仿佛一点就透。

这三个人威武的威武，神秘的神秘，漂亮的漂亮，众人心头暗自夸赞不已。胡有禄和杨三猴子恭敬地把道让开，中间那汉子沉声问："哪位是邹先生？"

黄半仙把邹汝昌推到前面："总瓢把子，你要找的高人在这里。"

"朱某一介山林匹夫，今日得睹高颜，正是三生有幸，愿先生教我。"大汉前后左右打量了邹汝昌一番，突然单腿点地，施以大礼。"铁狻猊"、杨三猴子以及那两位道士一起跪下行礼，邹汝昌大惊失色，慌忙搀扶。

这位礼贤下士的英雄不是别人，正是湘南绿林总瓢把子朱世雄。

一年多前，"鹤顶红"与"铁狻猊"说动罗浮山九天观的六愚真人，把他请到粤北和湘南解释奇异天象。说也奇怪，自打六愚真人踏入湘粤边界的那一刻，各种奇异天象如同人间蒸发一样无影无踪，万山丛中碧空如洗，好像什么事也没有发生过。

六愚真人并未被突然消逝的天象难倒，老神仙兢兢业业，从九峰山到好汉岭认认真真勘察了一遭，路经九嶷山舜源峰时伫立良久，最后对朱世雄和萧明远说："这是一条白龙。"

朱世雄惊讶地问："老神仙，如此说来，前一段时间的奇异天象事出有因？"

六愚真人点了点头："总瓢把子，萧大龙头，那些天象是白龙飞腾的爪痕，它在粤北和湘南徘徊逡巡，看来是打算在这一带下凡。之所以最近又消停下来，说明它已经选中了下凡降世的地方，这个地方就是九嶷山。"

白龙降世必有一番风雷激荡，天翻地覆。萧明远内心深处激动万分，百余年来，洪家兄弟血沃河山，以卵击石，被清廷诛杀的何止千万？如今天道轮回，真龙降临，终于有了汉家男儿扬眉吐气的一天。

朱世雄非常高兴，他是个心存大义的血性汉子，早有心率湘南绿林易帜洪门。现在天象既然显现，那就更有把握说服手下那些逍遥惯了的寨主。他毕恭毕敬地问六愚真人："非是朱某强求，老神仙，实在牵涉数万兄弟的性命前程，朱某不得不慎重行事。烦请前辈再多多指点一二，算一算白龙出世的日子。"

"总瓢把子,你和萧大龙头皆为仁义汉子,在你们面前贫道焉敢存私?我是真不知道这条白龙出世的日子。"六愚真人说,"不过,凡真龙出世必有征兆,小的像天狗食日,大的像太白经天。尤其是太白经天,只要它一出现,就说明这条白龙必定下凡。"

萧明远失望地问:"前辈,难道你算不出太白经天的日期?"

六愚真人语气虽然随和,但却透着那么一丝自负和傲慢:"萧大龙头,说实话,当今世上会这门本事的人,恐怕还在他娘肚子里呢。"

朱世雄有感于民族大义和萧明远多年来的赤诚,下定了投靠洪门的决心,不愿再畏首畏尾。送走六愚真人后,朱世雄下令"铁狻猊"等心腹将领采购军械,操练人马,单等奇异天象一出现,即刻传谕湘南绿林三十六处大寨统一易帜,全军开香堂、入洪门。此外他又给九峰山"洪兴堂"老营修书一封,要萧明远立即请示大明山"洪顺堂"总堂,火速派人到阳明山好汉岭接洽,先期展开入堂培训。

这个消息震撼了位于大明山龙头峰的"洪顺堂"总堂,湘南绿林五万之众,一旦集体易帜转投三合会,将会大大振奋天下洪家兄弟的士气,一改十年来洪门被动挨打的颓势。掌堂大爷大慈和尚、执事大爷丁复国和白扇大爷陈松精挑细选,派出一个由三十人组成的代表团,星夜兼程开赴阳明山好汉岭。

"洪顺堂"三位当家人选拔的这三十个人,无一不是智勇双全的精英,领头的是"摘光道士"周位抡。之所以派他担此重任,是因为湖广一带为青莲教的大本营,而"摘光道士"正是青莲教首屈一指的青年俊才,理论素养在教内无出其右。

周位抡身为青莲教内最杰出的理论家,同时又投身洪门,这一角色转变具有极为重要的指标意义——它标志着中国草根秘密宗教已经无力回天,必须转型为具有明确政治纲领和严密组织体系的会党,并引进更富有活力的时代思想,改造自身陈旧的理论体系,才可能走出失败的漫漫长夜,走向一个草根阶层真正当家作主的新时代。

却说道光十五年(1835 年)底,一颗流星擦过舜皇山顶,点燃了山顶的原始森林。熊熊烈火燃烧了十天十夜，把附近东安县和新宁县的老百姓吓得魂不附体，日日在天宁寺焚香祈祷，祈求老天爷不要发怒，保佑苍生平安。朱世雄在阳明山好汉岭得到消息，立即鸣金升帐，大会群雄，准备即日易帜起事。

文武班中闪出一人，朗声道："且慢。"

朱世雄一看是"摘光道士"，十分奇怪："周先生，怎么是你？"

周位抡身为"洪顺堂"派遣代表团的负责人，出面阻止湘南绿林道易帜起事，当然让朱世雄大为不解。其实，周位抡阻止的不是湘南绿林道的易帜，而是防止朱世雄贸然起事，徒然折损自身实力。作为青莲教的教徒，他心里根深蒂固信仰的仍是"三阳劫变"说（又称"龙华三会"或者"天盘三副"），这个学说认为"青阳"（燃灯古佛掌管的前世）早逝，"红阳"（如来佛祖掌管的今世）将尽，"白阳"（弥勒佛掌管的来世）即起。只有经历了"红阳劫运"，天下受苦人才能安享太平。换句话说，周位抡认为洪门大举起事的年份应该在十年后的丙午、丁未年之交，也就是在道光二十六年底和二十七年初。

"总瓢把子，天降白龙固然为祥瑞，但不代表眼下就是举事的时机。"周位抡滔滔不绝地陈述自己的主张，"鞑子入主中原二百年，早成了气候，多少汉家男儿血性泯灭，甘愿为奴，要想恢复不是一朝一夕的事情。在下以为白龙入世只是一个信号，一个契机，让我辈积草囤粮，精心准备，向百姓灌输忠义，传导良知。等到'红阳劫运'年登高一呼，天下英雄云集响应，羸粮影从，天时、地利、人和三才俱备，方能成就大事。"

朱世雄捋着胡须频频点头："先生言之有理，但白龙既然降临我湘南，朱某必要有所响应才是。不然的话，岂不怠慢了天意？"

"总瓢把子麾下雄兵数万，非同小可，断然不可轻易折损。"周位抡出了一个主意，"为万全计，在下愿意策动本教徒众择日举事，以测天意——假如举事顺利，总瓢把子统率大军充任先锋，北伐中原驱逐鞑虏；倘若举事失利，清廷气运未尽，总瓢把子可避敌锋芒，专心经营湘省，联合'洪兴堂'扩充实力，以备来日大举。"

众头领听了"摘光道士"的建议，齐声夸赞："道爷所见甚妙。"

朱世雄只好抱拳："依周先生的筹划。"

舜皇山位于永州府的东安县和宝庆府的新宁县之间，与阳明山遥遥相对，共同组成两道铜墙铁壁，扼守由桂入湘的咽喉要道，潇湘二水从中蜿蜒流过，实为兵家必争的战略要冲。朱世雄多年以来一直希望把势力扩充到舜皇山以西，开辟云贵川的战略纵深，加上东安县又是他的老家，到了那里可以说是如鱼得水，一呼百应。但扯旗造反完全不同于绿林道的抢地盘，弄不好就会尸横遍野、血流成河。周位抡既然勇担重任，朱世雄不便再说什么，在阳明山盘弓立马，随时准备接应青莲教的起义。

且说“摘光道士”匹马单枪下山来到新宁县，通过张和尚纠集青莲教徒，拥戴一位名叫蓝正樽的瑶族监生做首领，于道光十六年二月在九龙庵堂祭旗起事。蓝正樽自称“卫王”，立年号为“刚健”，封张和尚为军师，罗才清、邹元佐、蒋玉元为大元帅，陈仲潮、陈久拔、陈仲德为敬贤师，张学修、张昌虎、杨再光为敬良师，李柏为将军，蓝正大管运粮草。颁布《王政十三条》，兵分三路，起兵攻打武冈州城。

青莲教的人虽然不怕死，奈何这些人毕竟是普通的老百姓，哪里懂得排兵布阵？两千多人在武冈城下遭遇官军伏击，城头上枪炮齐发，当时毙命一半、俘虏三百，张和尚等头目被官军擒获处死，蓝正樽父子杀出重围，不知去向。

粤湘火药桶无休无止，青莲教的这次起义再度刺伤了朝廷那根隐隐作痛的神经。道光皇帝严饬湖广总督纳尔经额派兵捉拿蓝正樽父子，各地调来的清兵陆续开进宝庆府、永州府和桂阳州，一时间湘南大地风声鹤唳，草木皆兵。

青莲教起义失败给阳明山好汉岭蒙上了一层低迷的气氛，看来流星火烧舜皇山并非白龙降世的征兆。包括周位抡在内的所有能人异士，无人能算出下一次太白经天等奇异天象的准确日期，这让雄心万丈的朱世雄十分沮丧。正当他左右为难之时，侯贯虹赶到好汉岭对他说：“总瓢把子，侯某保举一人，可解你心头之忧。”

“谁?”朱世雄的精神陡然一振，眼神里旋即又多少流露出怀疑的味道——六愚真人那样的一代宗师尚且束手无策，难道说还有人比他厉害?

“总瓢把子，起初在下也没有把人家当回事。”侯贯虹不无羞惭，“前两日，我专程去了一趟佛山堡，听我师兄详细道明，这才知道那伢仔曾亲手绘有《赤道南北恒星图》和《黄道星图》各一卷，自制过‘风雨针’和‘量天尺’等神妙之器。可谓巧夺天工，震古烁今，乃当今独一无二的奇才。跟他比起来，钦天监和太常寺那些博士全是饭桶。”

朱世雄问：“果有此人？”

“总瓢把子，”侯贯虹道，“侯某不才，亲眼见识过。”

朱世雄从虎皮椅上站起身，催促：“三爷，那还等什么？赶快把他请到阳明山，给咱们算一算太白经天的日期。”

“总瓢把子，侯某来就是为了这件事。”“鹤顶红”躬身施礼，“本堂大爷应广东水师韩肇庆之邀，遣人到佛山堡替他与琼花会馆说合，正好顺路把这事办了。”

朱世雄奇怪地问：“萧大龙头因何要管姓韩的闲事？”

“回总瓢把子的话，韩肇庆说他在朝中有条粗腿，两广总督邓廷桢无奈他何，很快就会恢复水师巡缉船，把巡缉鸦片的大权重新夺回来。”侯贯虹回答，“姓韩的传话过来，假如本堂大爷肯帮他这个忙，将来从虎门口到粤北这条鸦片运输线路本堂可畅行无阻，不仅能拿到价格便宜的鸦片膏，而且可以从番鬼那里采购枪炮。”

朱世雄怦然心动：“有这等好事？”

“总瓢把子面前，在下不敢说半个虚字。”侯贯虹回答。

“姓韩的肯出这么大的价码，红船那一关恐怕不好过吧？”朱世雄问，“三爷，等闲人办不了这等差事，萧大龙头派遣的使者就是你吧？”

“鹤顶红”笑着说：“总瓢把子，侯某只是明面上的一个摆设，糊弄一下姓韩的。分量远远不够，本堂大爷打算亲自走一趟。”

作为朝廷重赏严拿的头等要犯，萧明远以身涉险，不顾自家安危勇闯虎穴，这股胆气令朱世雄敬佩不已。他慨然道：“自古访才须三顾茅庐，朱某岂可托大？既然如此，在下也走一遭广州城，替萧大龙头打个前站。”

朱世雄艺高人胆大，只带了周位抡、“铁狻猊”、杨三猴子以及黄半仙的徒弟陈吉，就是那位漂亮小青年，星夜兼程，直下广州城。

陈松年、龙子才、王山公、杨壮达、何壮昭、刘端湛、洪火秀、冯乙龙、赖汉英、游新潭和冼文辉等人得知眼前这位英雄就是名震寰宇的湘南绿林总瓢把子，无不为之震撼。冼万正坐立不安，恨不得胡乱塞几口饭，赶快把冼文辉领出燕子楼。

朱世雄把邹汝昌请到主位落座，将六愚真人勘察九嶷山的过程详详细细地说了一遍，最后疑惑地问："邹先生，六愚老神仙说白龙在九嶷山逡巡，怎么天火烧到了舜皇山？这中间差着好几百里呢。"

邹汝昌笑着回答："龙飞于天，其首在南海极渊，其尾可抵北溟瀚漠，此之为大也；龙藏于野，其首在昆仑上泉，其尾尚不及下泉，此之为小也。当其纵横飞腾，虽天地之广难以伸展，言其心广也；当其落入人间，虽半武之地犹嫌粗犷，言其志专也。天火烧到舜皇山，说明这条白龙尚未完全落地，一旦它真的借九嶷山转胎，那便会精确到一峰、一泉、一石，九嶷山那么大的地方，只怕总瓢把子你未必能找得到。"

这番高论一出，周位抡极为叹服："邹先生，这正是我辈想请教的。"

"邹某对天象也就是略知一二，堪舆学不是我的长项。六愚老神仙既然说在舜源峰，一准差不到哪儿去。"邹汝昌委婉道。

朱世雄哈哈大笑："邹先生，只要你能算准太白经天的日期，至于白龙落在九嶷山的哪一座山头，就不劳先生费心了，反正都在朱某的地盘里。"

邹汝昌有些为难："总瓢把子，真不凑巧。我这次来省城观榜，'量天尺'之类的器具没有随身带着，恐怕当席量不出来。"

"当席量？"朱世雄大为惊奇，"有这么快吗？"

"要是带着器物，阿昌用不了半个时辰。"黄半仙得意地说。

朱世雄心悦诚服，站起来又对邹汝昌行了个礼："先生如此大才，鞑子朝廷这帮乌龟王八蛋却有眼无珠，连个秀才都不肯打赏，真是不开眼。"

邹汝昌是个专心求学、不问世事的学者，虽然在内心深处本能地排斥江湖打杀，但朱世雄的豪气和心胸却让他非常折服："总瓢把子，若是有暇，可与邹某同回佛山堡。在下定将计算的结果拱手奉上，保证误差不超过一日之间。"

朱世雄高兴坏了："邹先生如肯赐教，朱某必当重谢。"

"区区小事，何足挂齿？"邹汝昌郑重地提醒，"总瓢把子，真龙降世有隐有显，非一日而止。在九嶷山出头，未必在九嶷山逗留。"

“朱某只要得睹白龙真颜，哪怕是一眼也好，别无他求。”朱世雄心里痛快极了，邹汝昌视金钱如粪土，这才是真正的世外高人，极对他的脾气，“今日与各位高才萍水相逢，真是三生有幸。来来来，朱某敬你们每个一碗。”

朱世雄端起酒碗挨着个地敬酒，轮到洪火秀的时候，暴眼书生刚喝了一口，就呛得差点喷了出来。他甩手把碗扔在地上，嚷道：“啥破酒？比尿都难喝。”

大家齐齐把心提到了嗓子眼，生怕洪火秀冒犯了朱世雄的虎威。冯乙龙紧紧拉住洪火秀的衣袖，小声埋怨：“火秀哥，在座的都是好朋友，你不能少说两句？”

谁知朱世雄毫不介怀，拍着洪火秀的肩膀笑道：“这位兄弟好旺的火气，要是人人都像洪兄弟这么个脾气，贼鞑子还不早滚出关了？”

“痛快，”陈松年端起酒碗，“总瓢把子胸襟博大，陈某敬你一碗。”

众人推杯换盏，喝得尽兴，洪火秀有点臊眉耷眼。他虽然自命清高，但心里最渴望大碗喝酒、大块吃肉的江湖生涯，尤其羡慕朱世雄身为绿林领袖的派头和威仪。可惜自己是屎坑里的关刀，文不得，武又不得，只剩满脑子的奇思怪想和一肚皮的牢骚，在家里连老婆都敢瞪着眼珠子数落自己，这日子过得简直窝囊透顶。

今天算是烂眼泡招苍蝇，霉到了家。名落孙山不说，还被老道骗走了半吊钱，又让提督学政署的狗腿子打了个乌眼青。洪火秀望着一大桌子的鸡鸭鱼肉，提不起半点胃口——旁边一个是可测九天真龙的当世怪才，一个是威震江湖的湘南绿林道总瓢把子，文的武的悉数占尽，分明是有意来糟践自己，打击自己的自尊心。洪火秀越想越生气，越生气越落寞，见旁边的何壮昭大快朵颐，不由羡慕起来：“老何，还是你好，啥也听不见。”

何壮昭哧溜一口酒，吧嗒一口菜，全不理会别人，逍遥自在。他端起酒杯向洪火秀夸耀：“火秀兄弟，我这副耳朵是个宝，想听的时候它就灵，不想听的时候它就聋，你说稀奇不稀奇？”

“呸。”洪火秀朝地上吐了一口，无趣地扭头打量窗外，远远看到一群搭棚佬正在提督学政署门前忙活。戏棚差不多搭设完毕，只待入夜开台唱戏，旁边食档、番摊和烟摊密密麻麻，准备大赚一笔。金花娘娘庙前依旧熙熙攘攘，洪火秀瞪大眼珠搜寻常有定的影子，牙齿咬得“嘎吱吱”地响，一门心思想把那半吊钱再给找补回来。

没等暴眼书生的白日梦做完，从华佗庙急速奔来一群拿着刀枪的衙役，前面领路的正是提督学政署的毕班头。这厮刚才挨了陈松年一记掌，被打掉了半边牙齿，瞧这样子像是从外头叫来了援兵。洪火秀猛地一缩头，把自己先藏了起来。

毕班头在燕子楼下指指点点，梁信常手提腰刀，大声喝喊：“哪里来的大胆狂徒？竟敢殴打官差，快快出来受死。”

陈松年一听，火冒三丈，刚要下去应战。朱世雄一把拉住他：“兄台，哪有工夫理会这群狗奴才，咱们不是还要去净慧寺听学吗？”

“总瓢把子，你们去净慧寺听学，这几个屑小交给小弟。”胡有禄提起兵器，和杨三猴子奔下二楼。陈松年使了一个眼色，龙子才也随后跟下。

“黑耳梁”一瞅“铁狻猊”手中的这对短把狼牙棒，立刻明白遇到了难啃的骨头，壮着胆子咋呼：“朋友是哪条道上的？请亮个字号。”

“赢了这对狼牙棒，爷爷自然会告诉你。”“铁狻猊”懒得和梁信常啰嗦，双手举起狼牙棒泰山压顶，奋力砸向对方的脑门。

短把狼牙棒势大力沉，一般用于两军对垒冲锋陷阵，看来对方不是绿林道，就是三合会党。毕班头怕“黑耳梁”的人马难以抵挡，连忙撒开脚丫子，一路飞奔，跑到距离最近的抚标右营游击署求援。抚标右营游击仇登科和镶蓝旗佐领隆福正在后院有滋有味地喝茶，听毕班头一五一十说完，板着脸问了一句：“你看准了？”

毕班头指天画地，赌咒发誓：“没错，那根狼牙棒有伢仔大腿这么粗，江湖道上的人哪有用这玩意的？”

“看来振高兄说得没错。”仇登科向隆福点点头。

隆福怏怏不快：“振高也是与虎谋皮，跟这群杀人不眨眼的叛匪打啥连连？”

自从得悉“洪兴堂”萧明远即将派人到广州府，王振高等人为了确保密使的安全，悄悄知会广州城和佛山堡驻防各军，要求他们近日不得应各衙捕快的请求出兵缉匪。毕班头哪里清楚这其中的猫腻，一个劲地催促：“两位大人，机不可失，时不再来，那家伙身法厉害，绝对是个大贼头，去晚的话就跑了。”

仇登科笑嘻嘻地说：“老毕，我们和你们不一样，出兵必须向上面讨个军令。要不，你替我们去一趟总督衙门？”

一盆凉水浇到底，毕班头傻了眼。向总督大人讨一支军令？他认识总督大人，总督大人认识他是老几？

净慧寺原名宝庄严寺，广州四大丛林中素以文名著称。唐上元二年(675年)冬月，王勃路过广州，执笔写下《广州宝庄严寺舍利塔碑》一文；宋元符三年(1100年)，苏轼看到寺内有六棵大榕树，遂题“六榕”二字，这便是净慧寺又名六榕寺的来历。

朱次琦正襟危坐，望着眼前人头攒动的听众，不禁百感交集。下面多是不第的童生、秀才和举人——千军万马过独木桥，殊不知这座桥早已千疮百孔。

窗外明晃晃的建筑即著名的“花塔”，据说每到甲寅年便于凌晨放光一次，或者是五色之光，或者是纯白之光，王勃在文章里曾经赞道：“……玉林照烁，金山具足，倏来忽往，类奔电之舍云；吐焰流精，若繁星之转汉。”

开坛第一场讲什么呢？反正不能再讲消磨天下英雄气的八股经制。朱次琦左思右想，丢他老母，干脆来一个“公羊三世说”。

以“公羊学派”为代表的今文经学，在汉武帝时期，曾经为“罢黜百家，独尊儒术”立下了不世之勋，胡毋生和董仲舒均属于这一学派。可是自东汉末年以后，言必称三代的古文经学在中国儒林统治了一千多年，直到各种矛盾激烈爆发的十九世纪初，今文经学才打着“经世致用”的口号借尸还魂。简单一句话，古文经学和今文经学在政治立场上的区别是：前者坚持今不如昔，事事需要法先王，新的永远不如旧的；后者认为今胜于昔，强调理论研究的实用性和发展性。

“公羊三世说”把历史划分为三个阶段：“据乱世”“升平世”和“太平世”，分别对应“所传闻世”“所闻世”和“所见世”。认为中国历史潮流是一代比一代强，而不是正好相反。“经世致用”是阮元兴办学海堂的宗旨——岭南地处中西交流的前沿阵地，从草根阶层到士大夫对即将到来的时代风雨俱有所预感，朱次琦亦不例外。

这套振聋发聩的学问对于有志科举的儒生来说毫无用处，这些人听得是个个摇头。朱秀才的讲座还没有开到一半，下面的听众退席了八九成，刘端湛失望地提前告退。坐在前面竖起耳朵认真听讲的，只剩下朱世雄、周位抡、洪火秀、冯乙龙、赖汉英、陈松年、王山公、杨壮达、叶兆隆、何壮昭、冼万正、冼文辉等人。

朱次琦认得陈松年，知道他是替关钜给自己送东西的。朱秀才在心里盘算了一下，如果刨掉陈松年带来的这几头蒜，真正听课的恐怕不超过十个人。

冼文辉想到父母的惨死，困惑地问叶兆隆："阿隆哥，不对吧？照朱先生这个说法，现在是太平世？那为什么还这么乱？"

"伢仔，这你就不懂了。"朱世雄插嘴，"朱先生的意思是现在应该是太平世，可惜妖魔鬼怪肆虐横行，让老百姓过不上好日子。"

冼文辉说："总瓢把子，那要靠你了。"

朱世雄谦虚起来："我能弄个升平世，就算烧高香了。"

洪火秀半天没有吭声，冯乙龙觉得奇怪："哥，你咋不吭气？"

"老子懒得听他们放屁。"洪火秀晃了晃头壳，"什么当世大儒？什么绿林总瓢把子？头壳都他老母的一盆酱。世上要么是据乱世，要么是太平世，哪有什么升平世？"

第三十七回　再战江湖

在佛山堡各大行业中，肩舆行是唯一没有堂号的行会组织，主要是由于佛山堡百分之八十的轿夫隶属于丐帮“黄豆堂”旗下的“四海堂”。“四海堂”的大骨头名叫麦全有，江湖人称“黑骨有”，是招天虎的二徒弟。轿夫选自身强力壮的乞丐，这些人说乞丐不是乞丐，说轿夫不是轿夫，令“大魁堂”非常头疼，因此，不予批准肩舆行的堂号。

砖瓦巷和黄伞大街交会处的两座院子属于“四海堂”名下的产业，前面是门脸，后面是轿夫的住所。这两座院子住了四五十号轿夫，承接居仁里、东华里、刚正里和找钱巷一带的肩舆业务。因为距离近，居仁里的人用起来十分方便。

游新潭搬进西南巷后，摆起了财主老爷的派头，出入均有“四海堂”的轿夫伺候。他吸取陈见成的教训，不再挑挑拣拣，通过花二奶向坦东村的叶家落了“文定”，准备择吉日迎娶叶二和的妹妹叶小妹过门。由于“逃军和”出身丐帮，“黑骨有”特意打发“癞头鳖”通知游新潭——娶亲那天，轿资一律减免，以示庆贺。

“你们麦大骨头够意思。”游新潭在轿子里打盹。

盛夏炎热难耐，轿帘卷起，“癞头鳖”一边跟着轿子跑，一边用蒲扇给游新潭扇凉。他抹了把头上的汗，吆喝道：“柯大哥，游老爷问你话哩。”

柯定邦是籍贯嘉应州的客家人，父亲以前在红单船上做工，病死在南洋。柯氏三兄弟从小靠打零工度日，或者在巷子里打更，或者被“四海堂”雇去抬轿子。后者最让居仁里的街坊们瞧不起：给乞丐打工，真是丢人现眼到家。

对柯氏三兄弟来说，别人的白眼是白眼，填饱肚皮才要紧。柯定邦专注地看着前面，兄弟柯振邦替他回答：“大骨头够义气，我们抬轿子的都能吃饱饭。”

轿子从砖瓦巷拐进东南巷，柯定邦喊了起来：“那不是陈老爷吗？”

游新潭好几天没看见陈见成，听到柯定邦的提醒，急忙直起腰。酷烈的阳光下，陈见成敞胸露怀，小身板油旺旺地泛着亮光，在闸门楼底下纳凉。这小子狗肉上不了台面，即便住进了西南巷，骨子里还是一腔穷鬼气，游新潭心里暗骂。

轿子在闸门楼下停住，游新潭问陈见成：“你跑哪儿去了？”

打铁的游新潭摆起了阔佬的谱儿，而跑江湖的陈见成却无心装蒜，两个人正好倒了个个。陈见成站起来，迟疑地回答：“去罗浮山进药材。”

铸炮买卖的意外失手，连罚带赔，让西南巷的黄家损失了七八十万两白银，彻底走向败落。黄开大无心再与金氏兄弟纠缠，写一纸休书，解除了和温玉珠的关系。温玉珠有家难归，成为金氏兄弟手里一件赚钱的工具。陈见成贼心不死，不是在金家门口转悠，就是借口进货跟着“琉璃球”去十三行街，让游新潭看扁了他。

“去看玉珠了？”游新潭问。

陈见成嘟囔了一句：“看她干啥？”

“你别犯魔障，”游新潭劝，“再好的女人，落到金家也不干净。她现在是千人骑万人跨的娼妇。你敢把她赎出来，阿舅绝不饶你。”

陈见成虽然喜欢温玉珠，但还没到头脑发昏的地步。他从一个穷鬼混到今天不容易，如果让区彦魁知道了，肯定会剥夺他继承遗产的资格，太不划算了。他从脑海里驱走温玉珠曼妙的身材，无精打采地问：“听花二奶说，你相中了叶小妹？”

“我想通了，娶媳妇不是一件简单的事，这里面大有讲究。”游新潭从袖子里掏出一把镶着金边的折扇，“咱俩是有钱人了，不能像穷鬼那样随便弄个母的就行，讨老婆必须三思而后行。照花二奶的说法，婚姻事关身家性命的气运，应该讨一个旺夫的女人，绝不能讨黄鱼春那样的丧门星。”

这哥俩在婚姻方面都吃了三心二意的亏，起初陈见成占了游新潭的先，如今游新潭又抢在陈见成的前面下手，陈见成当然不服气：“叶小妹有那么好？”

“阿成呀，你平时看着挺机灵，一到关键时候总吊裤腰。”游新潭得意洋洋，“这笔账我合计过好多遍了——阿舅花大价钱把我丈母娘买走，图什么？还不是图她会生养男仔？有其母必有其女，叶小妹的肚皮也不差。另外，这女仔能干不说，性情尤其温良，百依百顺。她们家里没什么负担，结婚以后肯定不会老往娘家跑，这是个便宜。”

游新潭把叶小妹夸得像一株光艳的花朵，激起了陈见成的斗志。他怏怏道：“俗话说锦衣不夜行，阿潭哥，说攀高枝可以，说穷人乍富也罢，我这次不再找模样靓的。我打算找一个高门大户，让佛山堡的人睁开眼瞧瞧，姓陈的不是孬种。”

“癞头鳖”在一旁拍马屁：“陈掌柜的，像你这么大的买卖，应该找一个阔太太，最好是白白胖胖发福的那种。”

在饥肠辘辘的叫花子眼里，世界上最美丽的女人莫过于那些白白胖胖的阔太太，年龄越大越有身份。“癞头鳖”此言一出，游新潭、柯定邦、柯振邦等人忍俊不禁，齐声发笑。陈见成臊红了脸，抬起腿使劲踢了“癞头鳖”一脚：“丢你老母，该说的时候不说，不该说的时候胡说八道。我来问你，阿开到底躲在啥地方？”

关于陈开回到佛山堡乞讨的消息，游新潭的耳朵陆续听到了些传闻，据说陈开要饭有一个原则，那就是熟人给的东西一律拒绝。游新潭十分不解，拒绝熟人的施舍和躲避熟人，无非是顾忌脸面；可是既然怕丢人，那为什么非要回佛山堡当个叫花子？为此，游新潭专门问过王山公、宁洪崖以及未来的大舅哥“逃军和”，三个人支支吾吾说不出个囫囵话。游新潭暗地里起了疑心，忙问：“你见到阿开了？”

“前两天我从肇庆回来，天擦黑的时候，见他在太平沙晃荡。”陈见成回答。

游新潭嘀咕:“他去那儿干啥?”

陈见成生气地说:“这小子没良心,拿咱们当外人,饿死他活该。”

加入丐帮两个月后,陈开修炼“六祖心经”有了起色:关元穴开始疼痛。

陈开不知道这是心理作用,还是果真练出了内力? 对于失意者来说,只要关元穴有动静和有反应就行。这个动静和反应不论是痛是痒,是真是假,都是他活下去的精神支柱——离开了这根支柱,他便无法在众人鄙视的目光下,煎熬过屈辱的漫漫长夜。

蹒跚在汾江河北岸,对面镇子那些激动人心的宏伟建筑,来来往往的如沙人群,以及绚烂沉默的云彩,像冰冷的利箭,一支支刺向陈开的心头。他的眼神游移,他的脚步踉跄,他的拐杖不由自主。夏天是不易讨到食物的季节,一方面是水涝频发,从肇庆府以至粤西前来乞食的难民塞满了佛山堡;一方面是天气热,残羹冷炙经常不到半天便会发馊,根本存不住。陈开跟着“花肉”“红心”“白皮”三个小乞丐,从鲤鱼沙、文昌沙、鹰嘴沙到太平沙,转了一大圈下来,瓷碗里仍然空空如也,什么也没有讨到。

“不行,”“花肉”绝望地说,“明天咱们还得回镇子里。”

姐妹三个中,只有“红心”勉强讨到了一点吃食,那是半碗剩菜,与残汤搅和在一起发出难闻的酸臭气味。她舍不得吃,把碗递给陈开:“阿开哥,你吃。”

“花肉”讨好地对陈开说:“阿开哥,咱们去吃六婆吧?”

大基铺琼芝社开食档的六婆,也是东南巷人,从前白鹈鹕在汾江河里叼来的鱼,陈开必让林科举送一份给六婆。现在陈开落了难,六婆每回碰到“花肉”准念叨陈开,委托小叫花子捎信给陈开,请他到她的摊档来吃饭。

“吃摊档还叫要饭?”陈开摇头。

“花肉”不高兴了:“穷要饭的讲究什么? 你别耽误我们姐妹填饱肚子。”

陈开隐身丐帮练功,瞒得过别人,瞒不过朝夕相处、同吃同睡的小乞丐。“红心”非常崇拜陈开,挺身而出为他辩解:“有本事你去,别跟着阿开哥。”

“花肉”吞下去一口哈喇子:“六婆饭做得可香了。”

陈开浑身疲惫,在河堤上寻了一块较为平整的石板躺下,敷衍“花肉”

道："你哥子说晚头有一顿美餐，到时候，我给你们带一份回来。"

"花肉"较劲："你叫我们白天一直饿着？"

"咱们又不是没饿过，""红心"骂，"装什么大瓣蒜？"

睡眠可以节省体力，"红心"拽着"白皮"和衣而卧；"花肉"孤掌难鸣，絮絮叨叨地躺下蜷起身子，不一会，轻轻地打起了呼噜。

陈开前后是三个没人样的叫花子，"白皮"是其中最漂亮的女人，凑合着能看。这丫头通体骨瘦如柴，像一只爬出锅刚刚个把时辰的煮虾，一对露出衣襟的奶头因为缺少营养，长得没有半个苹果大。也只有这么个微微鼓起来的地方，还能显示出她是个女人。

女人？

太阳把陈开的皮肤烤得火辣辣地生疼，江风吹来，女人的影子如同清凉的甘露，滴进他干枯的心田。他终于明白自己为什么不敢在白天乞讨，不敢跨过汾江河去镇子里乞讨，那是因为他尚未撕下最后一块遮羞布！

瞬间，宁绣锦那副娇小玲珑的躯体出现在他眼前，那双像泉水一样的眸子纯净无邪，温情脉脉地凝视着他，让他羞愧万分。胸怀大志的陈开也许能诛尽所有的欲望，唯独难以割舍女人身上那股诱惑力。在少年人看来，这种诱惑不是香艳的肉体，不是温暖的拥抱，不是如影随形的人生呢喃；而是一柄降妖伏魔的利刃，一条涂抹新世界的颜色，一道澄清玉宇的阳光。

这个诛杀不灭的奢望，使他迟迟不敢过江。

"白皮"叹了口气："后半晌，山陕会馆有大戏哩。"

"我知道。""花肉"应了声，"阿姑早去了。"

"白皮"猛地撑起身子："那你咋不去？"

"花肉"垂头丧气："我哥子不让我去。"

陈开知道"花肉"去不了山陕会馆看戏的原因——今天晚上三更天，"癞头鳖""厚皮棍"和他约好了见面的地方，就在山陕会馆。

"红心"讽刺她："你就那么听话？"

"嘻嘻，你不知道，""花肉"说，"我哥许了我一个大礼，他说我要乖乖听话，过几天到瓦巷直街给我买一件戏服。"

"戏服？""白皮"和"红心"惊叫出声，"那要五六十吊钱呢。"

“花肉”“红心”“白皮”三人一辈子最大的梦想，便是穿一次戏台上正印花旦的华丽戏装。为了实现这个心愿，三姐妹中最漂亮的“白皮”投身皮肉生意，在大基铺帅府庙一带做游荡的野鸡，每揽到客人卖一次身能挣三个铜板——不要小看这三个铜板，它是三姐妹实现人生理想唯一的希望。

“听我哥子的口气，不像欺哄我。”“花肉”心里七上八下。

“破石头，硌死我了。”“白皮”跳起来，“咱们现在就去山陕会馆看看？”

有了穿戏装的希望，“红心”立刻抛弃了陈开，爬起来说：“阿开哥，‘狗头饼’手下的人总惦记你的铺位，你回去瞧瞧，当心他们使坏。”

“白皮”也附和：“亚娟嫂子拖着两个仔，肯定不是‘狗头饼’的对手。”

“狗头饼”是原籍封开江口的乞丐，最近拜招天虎的三徒弟“大肉黄”为师，在鲤鱼沙的乞丐中耀武扬威，不可一世。“狗头饼”升了小头目，新官上任三把火，计划将鲤鱼沙的丐帮“资源”做一番重新分配，其中包括乞丐居住的“铺位”。

陈开的“铺位”便是叶二和留给他的那块青石板，这在鲤鱼沙的叫花子中是非常让人羡慕的待遇——那块青石板格外平整，躺下去睡觉硌不着骨头；撩一把江水浇上去，身子底下清清爽爽，不脏衣服，比躺在烂泥滩里强出百倍。

亚娟是和他们在一起生活的乞丐，来自粤西梧州府藤县。去年发水灾，她们全家沿着西江顺流乞食。亚娟的丈夫姓景，死在逃难的路上，只剩下她和两个孩子流落到佛山堡。两个儿子大的八岁，名富仔；小的五岁，叫贵仔。

“白皮”和“红心”提议看戏，“花肉”更恨不得插上翅膀飞到山陕会馆。她把自己的破碗往陈开眼前一放：“阿开哥，我这儿还有些剩菜，你吃吧。”

陈开实在饿极了，等三个叫花子一走，他急忙端起“花肉”留下来的食物，闭上眼睛几口就划拉了个干干净净。吃完以后，从鼻孔到毛孔都黏糊糊的，自里向外散发着臭气。陈开蹲下身子“哇哇”地吐了一气，肚皮更瘪了。

奇怪的是，随着呕吐，关元穴的疼痛倒是减少了几分。陈开灌了一肚子江水，起身朝北城侯庙走去。北城侯庙前人影稀稀拉拉，大伙躲在屋檐下乘荫纳凉，五十多岁的老乞丐区建瓴一手举着破碗，一手挥舞打狗棍，用他那副破锣嗓子在庙前吼：

英雄出马淤泥河，
十路番贼何其多？
打杀一个又一个，
铁锤打成扁铁锅。
…………

烈日炎炎下，别人打着赤膊，区建瓴却浑身上下捂得严严实实，头上顶了一只篮筐充作霸王盔；身穿一袭被汗水浸透的脏棉服，腰里扎着麻绳，黑乎乎的脚板套着一双木屐。这个老乞丐钢筋铁骨，格外能受得住打，是丐帮有名的“替打专业户”——佛山堡的财主犯了法往往会买通衙门，花两个钱雇人顶替他们挨打、蹲监。

陈开被区建瓴那身肮脏不堪的“戏袍”深深吸引，如果穿上这身衣服，脑袋上再扣一顶斗笠的话，就完全能够遮住自己的身体。从另外一层意义上讲，这身“戏袍”不仅可以将陈开暂时带离令人沮丧的现实世界，而且能把佛山堡变为一个巨大的戏棚，让他沉溺在修炼“六祖心经”的梦幻天地中。

区建瓴唱完“戏”，陈开夸赞：“老爷子，真好。”

“算你小子有眼光。”区建瓴得意地说，“这身衣服是老子亲手缝的，冬天不怕冷，夏天不怕狗，要多威风有多威风，比得上皇帝佬儿的龙袍。”

陈开道：“卖给我吧，你出个价。”

“它是老子的心肝宝贝，”老乞丐哼了一声，“不卖。”

陈开直接出了个高价：“两吊钱。”

“啥？”区建瓴惊叫。

那群白鹈鹕现在由“逃军和”、林科举照应，每天至少能打一船鱼，陈开的“铺位”下面藏着二两银子，是白鹈鹕为他赚的工钱。他转身就走：“不卖拉倒。”

“卖卖，干吗不卖？”区建瓴急忙脱衣服，“我又不宝器。”

陈开领着区建瓴回到鲤鱼沙，发现自己的“铺位”臊臭难闻——很明显，有人在青石板上撒了尿。他愤怒地吼：“谁干的？”

“狗头饼”领着几个乞丐走过来，装模作样地围着尿迹转了两圈，煞有介事地说：“兴许是你的仇家找上门来报复。”

陈开盯着“狗头饼”的眼睛，明白肯定是这家伙背地里干的好事。他恨不得操起打狗棍痛打“狗头饼”一顿，咬了咬牙终于忍住了。自从下决心投身丐帮后，他的“事业”就变成了“诛心”——和自己为难，而不是与别人作对。

争夺“铺位”是乞丐之间经常发生的事，区建瓴在丐帮多年，心里跟明镜似的。他举起打狗棍怒气冲冲地说：“要是让老子查出来，绝没有他的好果子吃。”

区建瓴这身功夫在“黄豆堂”里有一号，以招天虎为首的大骨头们都对他很客气。“狗头饼”不愿和他撕破脸皮：“区爷，这件事我一定追查到底，不过……”

“有屁就放。”区建瓴瞪大眼睛。

“现在‘大魁堂’花钱疏通河道，整修河堤，鲤鱼沙这块据说要建一座工场，咱们的人统统得挪地方。”“狗头饼”一本正经地解释，“既然迟早要搬家，早搬比晚搬强，起码能选一块好石板，是不是这个道理？”

区建瓴问：“你让他往哪儿搬？”

“当然是好地方。”“狗头饼”笑呵呵地说，“听说陈掌柜的喜欢在太平沙溜达，干脆就搬到那儿得啦，省得来回跑。”

如果按照繁华程度划分，汾江河北岸的地界由东至西，顺序是鲤鱼沙、文昌沙、鹰嘴沙和太平沙。从最繁华的鲤鱼沙搬到最荒凉的太平沙，明摆着是欺负人，但在“狗头饼”嘴里却变成了对陈开的照顾。区建瓴正要和“狗头饼”理论，陈开冲他摆了摆手：“行，搬到太平沙就太平沙，正好落个清静。”

“陈掌柜的不愧做过大买卖，心明眼亮，料事在先。”“狗头饼”竖起大拇指，“疏通河道是大工程，没有三五年光景根本完不了。我即便把你们安排到文昌沙和鹰嘴沙，将来少不得还得往外搬。不如一次到位，省得折腾。”

陈开掀起青石板，从底下取出二两银子交给区建瓴，然后敛起一小捆破烂，用打狗棍挑在肩头，快步离开鲤鱼沙。经过鹰嘴沙，亚娟停住脚步：“少掌柜，富仔和贵仔饿了一天，咱们到叶二爷的船上吃一顿？”

鹰嘴沙向北不远有一条小河汊，狭窄的水面上漂浮着十来条破旧的篷船，那是丐帮“白麻堂”的地盘。提起“逃军和”，陈开不得不佩服，这家伙比自己更加邪门，竟然在令人谈虎色变的“白麻堂”修炼“六祖心经”，胆子得有多大？细细想来，“逃军和”的处境比自己实则凶险十倍，他守着那么一个看不见脸、摸不到身的麻风病女人，处之泰然，甘之如饴，这份气度虽古之贤人、侠客而未遑多让。与叶老二相比，陈开大觉惭愧，对亚娟说：“婶子，你带富仔和贵仔去，我到镇子里讨些吃的。”

“你愿意过江了？”亚娟又惊又喜，“少掌柜，千万别委屈自己。”

陈开纠正道：“婶子，我现在是叫花子，不是什么少掌柜。”

站在岸边放眼望去，佛山堡犹如一条卧龙，多么像刚来时看到的那些长长的染布、高高的烟囱和厚重的神像。过去的一年碌碌无为，幸亏被一场没来由的噩梦打断。从今天起，他要踏上驯服命运的征程，出发前，有必要了断一些牵挂。

陈开泅过汾江河，穿着刚买来的“盔甲”走在大街上，汾水铺、富文铺和大基铺的街道摩肩接踵，并无一人向他“问候”。少年既感到轻松，也感到失落，闹了半天，他那点事在佛山堡轻如鸿毛，微若尘芥，没有几个人肯把他当一根葱炝锅。

一切完全是心理所致，陈开恍然有所领悟。他从汾水铺一直溜达到福德铺，终于从身后传来一声叫唤：“少掌柜，少掌柜，你回来了？”

原来是“留条缝”，他点点头：“嗯，回来了。”

“留条缝”首先为自己澄清：“少掌柜，咱们铺子那些货不是我拿的。”

“别提这事。”陈开皱了皱眉头。

“你对我有恩，你不提可以，我必须讲。”“留条缝”喘着粗气，“少掌柜，我觉得嫌疑最大的就是你那个表弟。他眼下在富里社租了个门脸，卖燕窝蜡丸，生意非常红火，你想想他本钱是从哪儿来的？我听说你回来后，劝他过河来看你，可这小子一味推托，这不是做贼心虚吗？”

其实从一开始，陈开就明白颜料铺那些存货是张亚丞动的手脚。这孩子脑瓜机灵，做事口蜜腹剑，不肯甘居人下。张耀祖三番五次地催他去广利圩，他总是找各种借口推辞，一门心思扎在佛山堡发展。陈开什么都想到了，唯一没想到的是，张亚丞竟然和余章标一样，最后把刀子抡起来砍向了自己人。

人生初逢于江湖，杀熟是第一课。

陈开鄙夷这样的人生，亦鄙视这样的江湖，他很庆幸遇到李文茂这样的引路人，能够与千载武林绝学结缘，踏上一条充满艰辛而不平凡的人生之路。散发着铜臭气的生意对他来说已成为过眼烟云，他不想听，也不愿执着于其中的恩怨，于是对“留条缝”说：“人各有志，不能强求，他做什么买卖，买卖有多大，跟我有什么关系？”

“老岳和老谭也不够意思。”“留条缝”继续声讨，“老岳在鹰嘴沙谋了份差事，老谭在张槎乡的窑口当打手，都推辞说没空看你。”

陈开心头闪过一丝失望，“飞天爪”和“大漏勺”两个当时找活干的时候最积极，现在对自己却唯恐躲之不及，果然不经波折难见真情。他苦笑了一声：“你看我现在这副德性，谁见了谁晦气，最好别见面。”

“得了吧。”“留条缝”道，“少掌柜，你在丐帮里混，这叫卧薪尝胆。”

凭“留条缝”肚子里的墨水，绝对说不出这样的词，陈开问：“你听谁说的？”

“温二奶奶说的。”“留条缝”不好意思地笑了起来，“她一直夸你好人才，咱们铺子歇业后，她可怜我没事做，让我去她家的织机房干活。”

原来是女诸葛。这女人对自己另眼看待，可谓恩重如山。陈开心里涌起一股热浪，和“留条缝”边走边谈，渐渐打开了话匣子，诚恳地说：“老刘，我看你的手艺不能丢。”

“那还用说？”“留条缝”兴冲冲地回答，“少掌柜，别看我脑瓜不怎么灵光，可我是盲公食汤圆，心里有数。这段时间我在阿典那里借住，晚头帮‘七刀坊’打下手，髹漆的手艺一直没有丢。少掌柜，等你东山再起，咱们开他一家髹漆铺面。”

曾经的髹漆之梦，连陈开自己都忘了个一干二净，谁知道它却依然生长在“留条缝”的信念世界里。陈开感动不轻，拍了拍他的肩膀：“好。”

两个人从街上绕进砖瓦巷，“瞌睡虫”柯兴邦蹲在门楼底下正和鸡英逵闲聊。见陈开扛着一根打狗棍，忙站起来：“阿开，你是来抬轿子的？”

“丢你老母，”“留条缝”斥骂，“睁开你的狗眼好好瞧瞧，这是少掌柜的。”

鸡英逵最近在闸门楼打更，他放下手里的扁皮鼓，赔着笑脸：“刘爷，少掌柜，兴邦整天迷迷糊糊的，你们别跟他一般见识。”

陈开诙谐地说：“抬轿子是好活，可惜轮不到我干。”

“你这个不开眼的糊涂蛋，”“留条缝”使劲戳着柯兴邦的脑门，“以后你就是想给少掌柜抬轿子，老子都不答应。”

“瞌睡虫”不敢反驳，陈开在前，“留条缝”在后，两个人大摇大摆进了东南巷。大老远听到闸门楼弦乐响起。与往日相比，歌声冷艳峭立，多了一丝秋日的寒气：

夜雨霖铃惊噩梦，梧桐秋雨，
点滴似卿对孤哭到泪迷蒙；
孤衾寂寞寒云重，追忆旧事存心悲痛，
凄苦恨无穷，致令红怨绿愁余香梦。
往事似云烟，一枝夸浓艳，
粉黛三千如粪土，娥眉宠后宫；
从此暮暮朝朝，君王不再事早朝，懒听景阳钟鸣，
一心恋风流，估道杨花成绝代。
羊车留舆驾，御案已尘封，
岂料一朝起烽烟，渔阳鼙鼓动地来；
惊破霓裳春梦，
可叹万乘千军西南逡，离离禾黍尽哀鸿。
荆棘铜驼挥泪送，
最惨是斜阳草树，六军不发路难通；
将军未遑逞那沙场勇，
偏向娥眉泄恨逼兵戎。
…………

才半年不到的时间，黄家阁楼的曲子风格大变，往日娇羞含嗔的无忧之歌，陡然变得沉甸甸、水茫茫。陈开不由得打住脚步——莫非阁楼上那位明眸皓齿的美丽少女，遭遇了比自己更加沉痛的人生变故？

“少掌柜，”“留条缝”仿佛看穿了他的心思，“黄家这次跟头跌大了，这位

千金小姐看起来文静，其实是个烈性子，据说她发誓终生不嫁哩。”

昔日高高在上的大家闺秀，不幸落到一个与自己相仿的命运，陈开为黄纨卿深感惋惜的同时，不免生出些许惺惺相惜之感。他问“留条缝”：“我住的那个院子还没租出去吧？”

“没有，没有。”“留条缝”答道，“温家是二奶奶当家，操持大权，那哥几个无论怎么折腾都是太监娶婆娘，白费劲。二奶奶说你已经预付了一年的房租，院子得给你留着。再说里面还有咱不少东西，一直没人拾掇，就等你回来呢。”

预付房租是女诸葛的托词，陈开明白她这是希望自己回心转意。他叹了口气：“里面没什么值钱的东西，你把那两只刷子拿出来就行。”

“少掌柜，等着。”“留条缝”快速闪进温家。

陈开向前踱了几步，发现金家的大门半掩着，透过门缝发现金良玉靠在躺椅上，旁边是色迷迷的狗子。他们面前擎着杖头木偶的不是莫二娘，而是奇装异服的温玉珠。只见温玉珠头戴遮阳帽，白色的百褶裙凸胸凹腰，曲线毕露，香艳袭人，煞是难挡。

狗子使劲朝肚子里咽了口唾液，建议：“金爷，依我看，山歌小调之类唱不得，土了吧唧的，应该给玉珠配个咬文嚼字的曲子。”

金良玉瞥了他一眼，“你懂这个？”

狗子奉承：“还不是跟金爷你学的？”

温玉珠的年轻和姿色，远非人老珠黄的莫二娘可比，金氏兄弟把她视若奇器，绞尽脑汁地装扮她，指望温玉珠给金家赚大钱。金良玉掏出一个鼻烟壶，捻出烟油抹在鼻子里，转动着手指上的金圈子，得意洋洋地说：“男人嘛，不向上三路飘，便朝下三路流。贝爷在这方面识见卓远，他在正埠酒楼那席话掏心掏肺，可惜罗琦和宁大少两盏牛皮灯笼，死活听不明白。咱爷们弄女人那叫蜻蜓点水，不但会玩，而且要给她扮上，教她唱戏。懂吗？唱戏最出女人味，你看梁九爷挑媳妇的标准，就知道人家才是真正的高人。”

“对对。”狗子朝“红裤子”招了招手，“再来一曲。”

莫二娘拨动琵琶，温玉珠轻启朱唇，唱了一曲《西厢记》：

柳眼窥花花轻动，窃玉偷香香更浓；

一雄雄踞芙蓉帐，两雌雌伏戏鸯盟。
拂衣弱态微微拒，侧耳柔情暗暗通；
风动花动人悄悄，云浓雨浓情蒙蒙。

投资窑口的利润非常丰厚，温秉礼在广利圩吃到了甜头，决心大干一番。他回到家里说动了温秉智和温秉信，三兄弟合伙逼着温宁氏交出财权，想把温家的老底子全部拿出来投资鸦片窑口生意。在日趋白热化的家庭斗争中，女诸葛越来越孤立，丈夫温秉义三番五次劝媳妇把财权交出来，省得吃力不讨好。

女诸葛属于那种咬定青山不放松的人，不管温秉礼说得如何天花乱坠，就是坚决不同意投资鸦片窑口。温家的气氛犹如黑云压城，时刻会有爆炸的危险。"留条缝"忐忑不安地进了温秉义家的院子，没见到女诸葛，却碰上了温秉智刚娶的新媳妇温伦氏。

这女人出身行伍之家，性情直横，比温秉礼的老婆温李氏难缠百倍。温伦氏的大哥伦世光在佛山千总署当千总，二哥伦朝光在广东水师提标大鹏营当守备，伦家在汾江河的北岸开设了一间窑口，因此对温秉礼的想法大表赞同。

温伦氏盯着"留条缝"瞅了半天，盘问起来："找我二嫂干啥？"

"留条缝"哭笑不得，自己在温秉义的织布机房做工，来见内当家是天经地义，有什么值得大惊小怪？但他知道眼前这女人练过两天把式，轻易招惹不得，只好客气道："少掌柜拾掇东西，我来问二奶奶取钥匙。"

"那个姓陈的？"温伦氏松了一口气，继而粗声大气地说，"让他赶紧卷铺盖走人，一个叫花子住这么大院子，不是白白糟蹋东西？我们温家可丢不起这人。"

女诸葛闻声从里屋出来，把脸一沉："老四媳妇，你刚刚进门，不懂别乱说话。陈掌柜的掏了租金，你凭什么让人家搬走？"

论心眼和口才，一百个温伦氏加起来，也比不过女诸葛，她拧着身子走到大门口，突然提高了嗓门："掏没掏房租鬼才知道，还不是你一个人说了算？"

"你给我站住。"温宁氏气得脸色煞白，紧赶几步，追上去想讨一个说法。

温伦氏的腿脚比男人还快，一溜烟跑了个没影。

陈开上前行了个礼："婶子，二少爷不在家？"

"你找洪崖？"女诸葛上下打量了一番陈开，"扑哧"一声乐了，"少掌柜的，你这一身打扮好威武啊。"

陈开满脸通红："婶子，别取笑我了。"

"你们的事洪崖都跟我说了。"女诸葛收起笑容，用低低的声音说，"王老爷天天在梁家的园子里附庸风雅，饮酒赋诗；洪崖不是跟着红船跑龙套，就是到省城'外江班'学戏。你猜他对我说什么？他说王老爷赋诗和他唱戏一样，都是诛心，都是什么随处体认天理，都是在练一门什么功夫？少掌柜的当叫花子，跟他们俩差不多吧？"

换作旁人，陈开定会矢口否认。但女诸葛于他有知遇之恩，心有灵犀一点通，他不想对她有任何隐瞒，便默默地点了点头。

"你练什么本事我不管，不过要对绣锦说清楚，我这个妹子是知书达理的人。"女诸葛加重语气叮咛，"我这里有洪崖家的钥匙，明天早上我让她拾掇拾掇，你们俩好好谈谈，心里别有疙瘩。注意，来的时候换身干净衣服，别弄得真跟叫花子似的。"

第三十八回　苦风涩雨

戌时过后水汽复浓，雾锁大江，烟罩重阁，倾盆大雨足足下了一个多时辰方才疲软。排雨打在江面，如同白花盛开，“噼里啪啦”花瓣爆裂的动静颇像一首催眠曲。“跛脚安”舒舒服服地躺在长条凳上，他喜欢听这种开花的声音，这是天地畅快的交响乐，沉默的汾江河只有在这时才肯启开心扉。

“嗖”的一声，似乎有东西扫过屋顶的瓦片！

“跛脚安”一愣，两只耳朵顿时竖了起来。琼花会馆的武功有许多独到之处，其中一个就是特别注重耳力，一个原因是由于红船这个行当本身对声音有要求，另外一个原因是从祖师爷开始形成的传统——“摊手五”晚年失明，后期所传武功均离不开敏锐的听觉。

“嗖嗖”，又是接连两声，来人看来还不止一个！“跛脚安”勃然大怒，翻身跃起，操了一把短刀在手。以琼花会馆威震武林的声誉，什么人吃了熊心豹子胆敢夜闯龙潭？他一个箭步蹿出门房，恍惚发觉一行人影越过头顶，冉冉飘向钟鼓楼。好个“跛脚安”，一不带兵器，二不呼救兵，三纵三跃，闪电般飞至钟鼓楼。照准最后一个人影的脊背，劈手就是一记洪拳。与此同时，嘴里还没有忘记发一声喊：“喝”。

“跛脚安”这记喊很有讲究——洪家兄弟游走江湖，结交天下反清志士，久而久之，形成了一套丰富、完备的联络符号体系。从手势、暗语到茶碗阵几乎无所不包，出拳时的吆喝声也是其中之一，用以分辨敌友。根据洪门的规矩，打出洪拳时，“洪义堂”的代号是“嘻”，“洪兴堂”的代号是“嗱”，“洪德堂”的代号是“哗”，“洪胜堂”的代号是“咿”，“琼花宫”的代号是“喝”。

“跛脚安”发出信号，岂料对方毫无应答，抬掌击向他的面门。这一掌快似灵蛇，到了跟前寒气突然发作。“跛脚安”大吃一惊，知道今天遇到了高人，扭身飞出。右腿躲闪不及，被对方一掌扫中，疼得他大叫一声，摘下腰间的骨笛，鸣声报警。

笛声尖厉刺耳，纵然在连天怒涛中亦能飞扬而出，虽金鼓所不及，为红船兄弟特有的联络工具。当下，侯爷、“饭斗泰”和“大花面锦”俱被惊动，三位当家人命令伦青山守住后面的会所，自率大队人马扑向钟鼓楼。

瓢泼大雨，借着灯笼溢出的余光，侯爷发现钟鼓楼上站着三位道士。中间那个头戴鱼尾錾金冠，身穿玄色水田衣，腰束丝绦，足踏云履，长脸鹰眼，虎背熊腰，端的是相貌堂堂。侯爷抱拳在胸：“来者何人？”

那道士没有正面回答，只是眉毛一挑，打了个稽首：“久闻琼花会馆藏龙卧虎，贫道初来乍到，望不吝赐教。”

“大花面锦”心里十分不痛快，这几个道士行止倨傲，藏头藏尾，分明是来找碴的。如果不给一点厉害的教训，恐怕他们不知道马王爷有三只眼，于是他高声喝道：“不必客气，拳脚刀枪，十八般兵器，阁下随便挑。”

“哈哈，”道士仰天长啸，“贫道偏不与你们比试这个。”

侯爷沉着地问：“道爷想比试什么？”

“暗器和身法。”道士掷地有声。

“好。”侯爷点点头，“道爷拿个章程。”

道士一愣，没想到侯爷竟然痛快地答应，看来琼花会馆的确人才济济，没有一样示弱的武技。他击掌道：“咱们各出一人，同时出手，生死由命，你看如何？”

“好。”林崇泰迈步上前，喝了一声彩，暗地在手里扣好一把飞针。在琼花会馆，林三爷以暗器著称，功夫仅次于“弹指神通”。

武林中人都明白至简而至刚的道理，同样，一招定胜负往往也是最凶险的比试。侯爷、“大花面锦”等人自觉地向后倒退了三丈，钟鼓楼上挑战的道士亦避在一旁，身后闪出一个面如蓝靛、发似朱砂的丑陋道人。

三更天，最后一声梆子敲完，丑道士和“饭斗泰”同时出手。寒光隐现处，丑道士翻身栽倒在地，林三爷毫发未损，反手捏住一粒对手射出的夺命透骨钉。侯爷把透骨钉拿过来反复看了两遍，正待惊呼出口，只听夜雨中响箭潇潇，有人高声吟诵：

魁星阁头明月拱，木羊城下斩清风；
洪家弟子舍头身，兴明灭清复汉唐。

琼花大殿巍峨的屋脊，不知什么时候上去了两条头扎红巾的威武大汉，其中一个高举黑色三角旗，另一个手持明晃晃的火把。举旗之人高喊：“‘洪兴堂’掌印阿妈前来拜宫，在下左营先锋蔡殿武，请‘琼花宫’兄弟接旗。”

说罢，蔡殿武右手发力，三角旗平平稳稳，像风筝一样穿越雨帘落下。

“饭斗泰”不敢怠慢，恭恭敬敬地将三角旗接在手里，转呈给侯爷。侯爷仔细看罢，向前跨出一步，林崇泰和“大花面锦”两人雁翅形坠后，三位值事摆成一个三角品字形，每人各竖右掌三指，齐声吟道：

日月车马三千里，琼花开遍木羊城；
三八二十一点血，杀尽三清到大明。

前面的侯爷唱了个喏：“恭迎萧阿妈大驾，请入宫饮‘三河茶’。”

雨幕中，琼花会馆的大门“吱呀呀”打开，左右两行各九盏气死风灯鱼贯而入。持灯之人健步如飞，中间簇拥着一位年近五旬的道士。见此人七尺身材，朗眉凤目，头缠东坡巾，腰悬“神龙剑”，说不尽的豪杰风采，道不完的英雄气概。这道士非是旁人，正是威震四海的“洪兴堂”大龙头“六甲神龙”萧明远。

萧明远身后为三爷侯贯虹、四爷秦渠安、六爷袁公明。钟鼓楼上三位探路的道士是“洪兴堂”旗下“兴胜堂”的当家人——长脸鹰眼的道士是堂主皇甫蹇，丑道士是二爷卢炜，与“跛脚安”对战的是白扇三爷朱子仪。

“六甲神龙”朗声大笑，对皇甫蹇说：“皇甫兄弟，我早对你说过‘琼花宫’兄弟个个武艺非凡，怎么样？这回长见识了吧？”

林崇泰十分尴尬：“萧阿妈，在下的飞针没有喂毒。那位兄弟只是被点中穴道，过个把时辰自会安然无恙。”

“三爷客气。”萧明远拱手，“不知哪位阿爷在宫？”

侯爷回头看了看“饭斗泰”和“大花面锦”，发现他们和自己一样目露惊愕，“洪兴堂”今天来了包括掌印阿妈在内的四位龙头，而且点名要见老一辈的“琼花四老”，瞧这架势显然有非同寻常的要事相商，绝非一般的礼节性拜访。侯爷满腹狐疑，又不好意思多问，只得躬身作答：“萧阿妈，大阿爷在宫。”

萧明远面色庄重：“本堂这些年虽然兵退粤北，但兄弟们个个心怀故国，忠义可鉴。眼下即将大举恢复，萧某特地带几位龙头前来拜谒中堂，望伦老前辈成全。”

依照三合会的规矩，只有三位总堂大爷和旗下四大堂的掌印阿妈才有资格拜谒那幅“反清复明”的中堂；其他人如果想参拜即属破例，超出了琼花会馆三位值事的职权范围，必须经过前辈大佬的许可；而眼下“琼花四老”只剩老伦廷和至善禅师两位，萧明远故有此言。不管怎么说，萧明远身为一堂之主，身份极其尊贵。侯爷不敢怠慢，命“大花面锦”领众兄弟到值事堂安歇，自己和林崇泰在前引导，把萧明远等龙头让进会所。

自从李文茂失踪以后，“铁背苍龙”的身体每况愈下，最近一直住在会所里调养。听说“六甲神龙”率“洪兴堂”众头领突然雨夜造访，而且点名要见自己一面，老爷子忙爬起来，匆匆套了身直裰，来至会客厅迎接贵宾。

这么多年，除了接任“洪兴堂”掌印阿妈那一回，萧明远这是第二次踏进琼花会馆。两个人见面分外激动，“六甲神龙”向伦廷行了一个礼：“前辈，一别经年，山高水长，心中渴慕而不得见，晚辈这厢有礼了。”

“不敢当，不敢当。”伦廷急忙还礼，“萧大龙头纵横湘粤三省，威震江湖，为我洪门当世豪杰，伦某非常钦佩。”

双方分宾主落座，萧明远偷偷打量了“铁背苍龙”一眼。发现灯光照耀下，老伦廷面色苍白，气喘吁吁，不复当年的神采。他心中不胜唏嘘，感叹岁月如梭，催人将老，抿了一口茶问："大阿爷，三阿爷今在何处？"

"他前一阵子在德庆州，现在估计去了梧州府。"伦廷回答，"老三闲不住，上个月散班都没有回来，只打发人给老朽送了一罐鸡汤。"

萧明远肃然道："前辈，要说我洪门的擎天白玉柱、架海紫金梁，非德堂大爷和三阿爷莫属。若非德堂兄弟像铁闸一样扼守两粤咽喉，只怕总堂和掌堂大爷早被威武窑子撵到了南洋。当然，这里面也短不了红船兄弟的功劳。"

"提这个干吗？"伦廷微微皱了皱眉头，不习惯别人当众夸奖自个，"大龙头说贵堂即将大举恢复，莫非有什么喜事？"

萧明远掩饰不住心中的喜悦，娓娓道来："前辈，湘南绿林朱总瓢把子决意顺承天命，定于明年五月初八'龙母诞'，率领旗下三十六寨五万兄弟誓师易帜，正式投入我洪家旗下。晚辈打算前往大明山总堂，请掌堂大爷金口颁发堂号，故此才绕道佛山堡，来贵宫拜谒中堂。好叫祖师爷九泉之下，心里也欢喜一番。"

邹汝昌回到佛山堡，不到一袋烟的工夫，便用"量天尺"等仪器计算出了太白经天的准确日期——道光十七年五月初八。朱世雄大愿得偿，深信不疑，回到阳明山好汉岭，立刻修书一封，通知萧明远自己决定借助"龙母诞"那一天的天象，率领湘南绿林道投奔洪门。至于何时大举起事，完全听从大明山总堂的号令和安排。

"太好了。""铁背苍龙"激动地拍案而起，"大龙头果然奇谋盖世，功高过日月。老朽这就带几位去拜谒中堂，向祖师爷请安，告慰祖师爷的在天之灵。"

侯贯虹、秦渠安、袁公明等人是第一次拜谒"反清复明"的中堂，三人一进密室，刹那之间被洪门圣物征服——这四个字的血迹来自历代总堂和旗下三大堂的堂主，英雄鲜血凝结成为岁月块垒，散发着比刀剑更加锐利百倍的力量。

伦廷立在中堂下，亲自主持拜谒礼。侯爷用手蘸酒祭拜天地和洪门五祖，然后从供案上端起一杯八分酒，竖起三根手指，厉声喝问："国破家亡，尔等可曾忘记?”

萧明远率领“洪兴堂”三位龙头撩衣袍匍匐在地,三拜九叩,泪洒于胸,颤声道:“国仇家恨,小的没齿难忘。”

侯爷问:“剃发左衽,尔等可曾忘记?”

四人同声道:“衣冠沉沦,小的没齿难忘。”

侯爷问:“毁祖灭宗,尔等可曾忘记?”

四人同声道:“杀亲辱女,小的没齿难忘。”

…………

拜谒仪式举行完毕,“洪兴堂”四位龙头泣不成声。“铁背苍龙”黯然神伤,挥了挥手嘱咐侯爷:“请萧阿妈到上面喝‘三河茶’。”

没想到四人跪在地上纹丝不动,萧明远高声道:“前辈,晚辈另有一桩不情之请,得罪之处千祈海涵。”

“大龙头,你这是干什么?”老伦廷连忙俯身搀扶,“一家人不说两家话,只要是为了重振洪门大业,本宫兄弟万死不辞。”

萧明远不放心地追问:“大阿爷,你这是允准了?”

“君子一言,驷马难追。”伦廷慨然应允,“萧阿妈,你是我洪门当世张良,说话办事无不高人一头,老朽敢不遵命?”

侯爷听到这里,心头不禁一动,萧明远执意把“铁背苍龙”请出来,又是汇报好消息又是拜谒中堂,他这葫芦里卖的到底是什么药?

其实,“六甲神龙”又何尝愿意如此大动干戈?他本是性情磊落的江湖豪客,如今为了洪门大业不得不和“韩狐狸”虚与周旋。他们两家讨价还价,拿来做交换的砝码却是人家琼花会馆和“凤凰仪”班,萧明远当然觉得心中有愧,忐忑不安。他硬着头皮道出实情:“前辈,不瞒你说,晚辈是来替韩肇庆做说客的。”

“你说什么?”老伦廷的脸瞬间变得扭曲。

侯爷和“饭斗泰”听了以后,心头莫不一震,脸上显露出难以置信的表情,目光冷若冰霜,好像从来就不认识眼前这四个人。

密室里的气氛陡然紧张起来。

“大阿爷，晚辈知道姓韩的和李班主之间的血海深仇，本来不应该插手此事。”萧明远心一横，豁了出去，“叵耐那厮走通了当朝权相穆彰阿的门路，连新任两广总督邓廷桢都须给他三分薄面，不日将恢复广东水师巡缉船，仍命他统领。‘韩狐狸’说，只要本堂替他与贵宫居中说合，不但让本堂拿到低价的鸦片膏，而且允诺为本堂购置洋枪。老前辈，洋枪这东西实在厉害，打出去比鸟铳又快又准，武功再强的汉子也抵不过一枚枪子。这些年我洪家屡屡举事失败，不是兄弟们功夫不高、贪生怕死，实是因为咱们手里的家伙敌不过威武窑子。你是久经战阵的大将，晚辈说的这些话，必能体察见谅。”

老伦廷当年在安南与法国人交战的时候，切切实实领教过洋枪洋炮的厉害。故此他心里纵然有一百个不情愿，但不得不承认萧明远言之有理。倘若购置一批洋人的枪炮，两军阵前能少死多少忠义兄弟？然而，“琼花宫”三年禁律的期限已过大半，“韩狐狸”突然选这个时候央人来求和，算盘珠子打得未免太精了吧？他如果答应萧明远，将来有何面目去见李文茂和“凤凰仪”班的老少爷们？

想起李文茂，老爷子心口一阵发紧。这伢仔生死不知，易兰花寻他已经整整一年，迄今音讯全无。李家破败凋零如此，狡猾的“韩狐狸”却拿鸦片与枪炮前来求和，红船兄弟的命难道就这么不值钱？老伦廷紧闭双唇，一言不发。旁边的侯爷亦沉默无语，让他心惊肉跳的是当年李文茂无意中说出的那句话：“谁知道三年以后又会怎样？”——现在一言成谶，自己莫非成了“哄骗”李文茂的罪人？

见老伦廷和侯爷不表态，林三爷气鼓鼓开口：“萧阿妈，不是本宫兄弟不识大体。姓韩的为人奸诈，心狠手辣。去年他人在京城，暗地里却聘请山西戴家和关东灵狐派的高手，不远万里偷袭敬南兄弟的遗孤，他的鬼话能信吗？”

“鹤顶红”替萧明远解围：“三爷，咱不怕他说话不算数，反正离三年禁限还差一年。在这一年中，假如姓韩的执掌不了巡缉大权，咱们得不到洋枪和鸦片膏，到时候不用你们出手，本堂自会派人砍下他的头壳，祭奠敬南兄弟的英魂。”

侯爷双眼盯住“洪兴堂”的四位大佬，良久才说：“要是姓韩的重掌巡缉大权，果真送来了洋枪和鸦片膏，那么，敬南兄弟的仇岂非永不得报？”

侯爷做事向来胸怀大局、滴水不漏，这句貌似牢骚的话从他嘴里吐出来，足见他心中承受的压力之大。萧明远对此了然于心，他率领侯贯虹、秦渠安、袁公明三位龙头，面向中堂深深一拜，齐声道："此事如何办理？请'琼花宫'兄弟定夺。"

侯爷和"饭斗泰"低首不语，伦廷明白，于公于私，只有自己才能拍这个板。"铁背苍龙"落寞地端详着那幅中堂，十余年的血雨腥风，从来没有像今天这样令人苦闷，也从来没有像今天这样把它看得透彻——"反清复明"这四个结痂斑驳的大字，所凝结、所蕴含、所散发的岂止是英雄血？更有着忠义汉子深深的无奈。

老爷子叹了口气，一句话也没有说。

佛山堡是一个贸易大都市，国内各路商帮均在此建有自己的会馆，像什么山陕会馆、浙江会馆、江西会馆、楚北会馆、楚南会馆、三省会馆等。各大会馆中，以位于升平街的山陕会馆规模最大，里面的戏台极为有名，夜夜笙歌不休。一年到头红火热闹，与祖庙的华丰台、琼花会馆的大戏台并称佛山堡三大戏台。

俗话说"日正本，夜出头"，按照红船的老规矩，日场戏未时开始，戌时结束。夜场戏又叫"三出头"，亥时开始，演到天亮结束。夜场戏的第一出是生旦戏，第二出是武打戏，第三出是丑生戏，大老倌演完重头戏即卸妆休息，剩下的由配角完成。

在岭南，夜场戏的观众主要是妇女。第一出演完后，为数不多的男人纷纷离开，到会馆外的食档随便塞几口夜宵，便开始在番摊旁吆五喝六，赌博耍钱。每当这时，放眼望去，戏台下面红红绿绿，全是撑着伞的热情女观众。

"看见少掌柜的了吗？""癞头鳖"问"厚皮棍"。

"厚皮棍"蹲在戏台下，两只眼睛直勾勾地盯着女人们不放。头三排坐着的是大户人家的女眷，这些女人长得漂亮不说，还见过些世面，根本不理会小乞丐那双冒火的眼珠子，兀自有说有笑，仿佛没有他这个人存在。"厚皮棍"感到自尊心受到极大的伤害，骂骂咧咧："瞎了眼的癞皮母狗，老子难道就不是人？"

"癞头鳖"一把卡住他的脖子："你小子骂谁？"

“没骂你。”“厚皮棍”烦躁地挣脱开，“阿开在大门口。”

“他在那儿干吗？”“癞头鳖”问。

“扯臊。”“厚皮棍”讥笑，“都当了要饭的，还害个鸟羞。”

见“厚皮棍”眼睛和嘴巴不老实，“癞头鳖”提醒他：“你给我留点神，今天咱们把阿吉哥的差事办好，回头赏下银子，够你伺候小云宝一晚上的。”

小云宝是鹰嘴沙一家妓寨的土娼，姿色平平，由于肯赏给“厚皮棍”几个笑脸，便被他当作心中的月亮。“厚皮棍”两眼放光：“是她伺候老子，不是老子伺候她。”

陈开坐在山陕会馆的大门口，他不是因为害羞，而是碰到了一个熟人。“癞头鳖”跑出会馆大门，发现“私鸡钱”吴同顺推着一辆独轮车，在番摊之间来回叫卖他的盐焗鸡，唯独一双眼睛从不瞄向陈开。“癞头鳖”明白了，安慰陈开：“少掌柜的，世态炎凉，人情淡薄，这是常有的事，用不着生气。”

“我没有生气。”陈开淡淡地说，“你没看见？是他脸上吃羞，不是我脸上吃羞。”

“癞头鳖”像发现了新大陆一样，惊奇地看着陈开：“少掌柜的，你变了。”

“对。”陈开道，“你也得改改称呼，以后别再叫少掌柜的。”

关二爷籍贯在晋南，而晋南是元杂剧的起源地，所以每一座山陕会馆均建有关帝祠和大戏台。陈开和“癞头鳖”爬上关帝祠的阁楼，“厚皮棍”早在里面等候，他指着戏台下面前排一个三十多岁的漂亮女人：“看见没，那个卖弄风骚的娘们？”

“她就是阿吉哥的相好？”“癞头鳖”啧啧道，“真白。”

罗家是佛山堡的八图大族，罗珂投资广利圩的窑口发了大财，挥金如土，骄奢淫逸。罗大财主连买带娶一共收了十八房的妻妾，尚且不包括像叶母那样买来供玩弄的女仆，府里的女人根本管不过来。戏台下搔首弄姿的妇人是他的小妾罗金氏，这妇人耐不住寂寞，喜欢勾搭俊俏的年轻后生，红杏出墙了好几回。由于她兄弟金绍烈在西海一带当杀手，罗珂不敢把罗金氏丢进河里沉猪笼，每次只是打一顿藤条了事。

陈开感到很奇怪：“老娘们还有人稀罕？”

“老娘们好，”“癞头鳖”垂涎三尺，“富态。”

"厚皮棍"问:"火贵,你是咋安排的?"

"罗府的家丁在门外要钱,不会碍手碍脚,这差事好办。""癞头鳖"吩咐,"等第二出戏演完,你把那个丫鬟引开,阿开负责支走小姐,我领太太去见阿吉哥。"

"厚皮棍"见那丫鬟黝黑瘦小,嘟囔道:"她还不如小云宝哩。"

"你想摸罗家小姐的屁股?""癞头鳖"嘻嘻哈哈,"摸丫鬟的屁股,叫人逮住了顶多挨一顿打;占小姐的便宜,送到官府那可就难说了。"

"厚皮棍"被"癞头鳖"几句话吓唬住,不敢再动歪心思,悻悻地说:"什么千金小姐?金鱼眼,桂圆鼻子,你以为老子稀罕?"

雨下得稀稀拉拉,有气无力,"厚皮棍"走后,陈开狐疑地问:"火贵哥,'大春吉'真有这么阔绰?为了见相好的一面,肯出三吊钱犒赏咱们?"

"咦,你可不知道,""癞头鳖"眼睛里露出羡慕的光泽,"阿吉哥这次发大了,连后槽牙都是镶金的,几吊钱对他来说算个屁?他在佛山堡就我一个朋友,我这回帮了他,下一次他就带我去干大买卖。"

陈开问:"什么大买卖?"

"比罗家的买卖还大。""癞头鳖"压低声音,"阿吉哥是在堂的人,兵强马壮,比买卖铺户威风多了。他那里刚开张,只缺信得过的人手,你想不想跟我混?"

陈开明白"癞头鳖"所说的"买卖"是什么,婉言谢绝:"不,我还得练功。"

"逃军和"跟随阿梅扎根鹰嘴沙后,花二奶时不时给他物色几个有钱的寡妇,靠腰里的本钱攒了些银子。他这些见不得人的鬼事不瞒"癞头鳖",所以"癞头鳖"以为陈开练的也是这一路功夫,好心地劝道:"少掌柜的,这年头贩卖鸦片膏最赚钱,练那屌功夫要是能发财,叶老二早把他老娘给赎出来了。"

第二出戏唱完后,雨势基本上住了,趁着中间休歇的空当,丫鬟带着罗家小姐罗玉环出门买零食。"厚皮棍"和陈开下了阁楼,闪到大门内侧等候猎物上钩。过不多时,丫鬟领着罗玉环蹦蹦跳跳地回来,"厚皮棍"凑上前,伸出爪子在丫鬟的屁股上猛地掐了一把。那丫鬟显然不是好惹的主,尖叫一声,追打着撵了上去。

罗玉环捧着一串糖葫芦，孤零零地向前走，眼里毫无机警之色，难道富家子女的心窍都让油蒙了？陈开迎上去，取出“瘌头鳖”交给他的那只香包，摊开在掌心：“小妹妹，要不要买一个香包回去戴？”

罗玉环生气地说：“谁是你妹子？我根本就没有哥子。”

陈开心头涌上一阵厌恶之情，他生命中所认识的女性，上至朱闵氏和女诸葛，下到宁绣锦和黄纨卿，人人聪慧能干，哪有罗玉环这样愚钝的？简直不像是罗金氏下的种。陈开心里有些慌乱，他从罗玉环的眼神里看到一丝黄鱼春的品性，如果道理讲不通，她当众嘶叫起来，这桩差事只怕砸在自己手里。

“不用买了，”他抬高手腕，“送给你。”

“送给我还差不多。”罗玉环伸手抓起那个香包，放到鼻子下嗅了嗅，欢喜道，“这么好闻的香包，我咋没见识过？”

香包里装的是从“十三迷香”手上买来的迷香，罗玉环当然没有见识过。碰到这号爱占便宜的宝器，陈开哭笑不得，幸亏自己不是人贩子，不然的话，就罗玉环这副德性，早被人家拐卖了十回八回。他答道：“我在关帝祠捡的。”

“你这个人不坏，可惜是个叫花子。”罗玉环打量了一眼陈开，“我阿爸说了，要谁的东西也不能要叫花子的东西，丢人。”

“瘌头鳖”交给陈开的任务是缠住罗玉环，以便为他领走罗金氏创造时间。陈开只好寸步不离地与罗玉环搭讪：“那你说怎么办？”

罗玉环从肚兜里掏出一个旧香包：“这是我娘缝的，咱们扯平了。”

陈开接过香包，心不在焉地问：“上面是什么字？”

“你一个叫花子，当然不识得。”罗玉环念道，“百年好合，喜结连理。”

罗金氏跟着“瘌头鳖”来到会馆东南角的无人处，陈吉从榕树下飘忽闪出。看到昔日的小情郎摇身一变，成为玉树临风的刀客，罗金氏水眼垂泪，不顾“瘌头鳖”在场，一头扎进陈吉的怀里：“冤家，你还知道回来？”

陈吉豪气干云：“你家相公死不了。”

罗金氏依偎在陈吉的怀抱，泪如雨注，眨眼间就打湿了两个人的前襟：“冤家，当初事情败露，我以为你一定逃不出那死鬼的手心，我真恨自己拖累了你。”

陈吉闻听此言万分感动，抱住罗金氏的粉脸啃了两口：“乖乖，听说姓罗的狠狠地扁了你一顿，疼不疼？你是怎么熬过来的？”

罗金氏扯开衣带，露出香肩，把半裸的背部秀给陈吉看，那上面有一条长长的疤痕。“癞头鳖”实在受不了眼前的刺激，对陈吉说：“阿吉哥，我到前面把风去。”

虽然人们挤在戏台下看戏，东南角鲜有人光顾，但山陕会馆毕竟不是荒山野岭，随时可能有人经过。陈吉哈哈大笑：“兄弟，劳烦你替我们挡个周全。”

“癞头鳖”没有办法，只得倚着榕树做了堵人墙。两个男女在树后卿卿我我，述说离别的衷肠，陈吉咬牙切齿地发狠：“乖乖，别担心，用不了多少时间，老子定会杀回来。到时候要人有人，要枪有枪，弄不死他姓罗的，我就不姓陈。”

“一日夫妻百日恩。”罗金氏娇嗔，“他打了我十鞭子，你还他十鞭子便是。”

陈吉问：“你舍不得？”

“有什么舍不得？”罗金氏眉目含春，“罗府遍地女人，我说起来是个妾，其实连个使唤丫头都不如。那老东西偏好嫩口，不像你念旧，有良心。”

“是吗？”陈吉两只手插进罗金氏的衣服，在里面捻来摸去，弄得罗金氏春意盎然。这女人虽然年过三十，但细皮嫩肉腻滑如脂，最令人销魂的是有一身在床榻里练出来的媚功，能把男人伺候得舒服熨帖。

这对男女柔情温存了一会，夜风扫来，树枝上的水滴清凉入怀。二人重温旧梦，俱觉酣畅淋漓，难舍难分。罗金氏问：“冤家，你说要回来，到底是真的假的？”

陈吉指着头顶：“我要说瞎话，天打五雷轰。”

“到底啥时候？”罗金氏撒娇。

“这个不太好说，”陈吉略作沉吟，“短则三个月，长则一半年，我们也是头一次和韩肇庆合作。至少要跑几趟货，试探试探，才敢放手大干。”

“这么久？”罗金氏送了他一个甜甜的香吻。

陈吉左臂抱着美人，右手从兜里摸出一锭银子，塞进“癞头鳖”的胳肢窝："兄弟，再辛苦一会，我和你嫂子马上就完。"

"大春吉"给的这锭银子有五六两重，"癞头鳖"和"厚皮棍"怕分不均匀，坚持等到天亮去银铺换成铜钱。陈开打算租一套整洁的大衫，而汾流大街、瓦巷直街、真君庙前街那几条街的新衣铺和银铺一样，都要等太阳升起老高才开门营业，三个人约好了在"晋丰银铺"门口见面，遂分头找地方过夜。

陈开念着宁绣锦，信马由缰，不知不觉回到了居仁里。已经过了四更天，然而西南巷黄家阁楼却依然灯光明灭，纱帘下那道纤弱的影子比白天要清晰十倍。瑟瑟寒夜，大地沉睡，万千栋宇犹如苍白绝壁，听任那孤独的曲子自生自灭。

荒冢无情埋白骨，一曲流水高山，
已是知音人杳。
百唤千呼魂莫召，愁牵恨绕，涛涌悲潮；
去岁月华天上照，樽前共良夜，乐逍遥。
记当宵，繁星耀，相谈笑，素琴调；
何期再至人竟杳？眼前孤墓惹魂消。
…………
为问天胡此醉，忍令兰蕙早凋？
枉我妙手停云，今尚有谁解窍？
怎料知音欣邂逅，
反种下抱恨根苗。
从此逸响蕉桐成绝调，相逢难再泪交飘；
欲访瑶池云路邈，无奈浊醪和泪酹一瓢。
不觉暮霭沉沉，隐约远山猿啸；
夜台寂寞，只余冷月窥瞧，对此满目怆凉。
…………
罢罢罢，从今何用此瑶琴？
不若举向墓前碎了；
除非子期能再会，

终生不复把琴挑!

琴声凝滞如咽,黄纨卿的声音多了几分沉痛。陈开听来失魂落魄,暗中寻思,这到底是什么曲子,竟然如此好听?

夜雨淅淅沥沥,时断时续,拜黄纨卿琴声所赐,陈开感到前所未有的平和与宁静。一年多来的世事变迁,桩桩件件涌上心头,回味的潮水过滤了愤懑,平添了惆怅,让他忘记了自己经历的坎坷,不觉替楼上的玉人叫起屈来。

月亮的影子今夜变成了雪,摸一下冰凉刺骨;又融化为井水,喝到肚子里撕心裂肺。恍恍惚惚间,陈开觉得那拨琴之人变成了自己,这是一个梦吗?

凌晨时分,陈开离开居仁里,在河水里洗了个澡,把全身的酸臭味道去掉。太阳高高升起的时候,他从"癞头鳖"和"厚皮棍"手里拿到一吊钱,到汾流大街租了条崭新的长衫,然后急匆匆地返回居仁里。

轻轻推开宁二少家的院门,门虚掩着。陈开心中一阵激动,把捆起来的那套"盔甲"藏在门后,蹑手蹑脚地来到窗前。探头一看,里面好安静。

屋子里散发着淡淡的香味,这是宁绣锦爱好的那种香味,柜子、箱子和床铺收拾得干干净净,看来她早就来过,也许等得心焦?

陈开推开房门,里外踅摸了一遍,没有寻到心上人的影子。正当他心生懊恼的时候,忽然发现屋角的衣箱上放着一个蓝色的包袱,旁边摆了一个竹筐,这种不伦不类的搭配吸引了他的目光,他走过去把包袱和竹筐取下来。

包袱里裹着一件长衫,陈开抖搂了又抖搂,和自己的身材比量了一下,正合适,看来是宁绣锦给自己缝制的。他心里涌上一股暖流,又轻轻打开竹筐,里面是自己爱吃的绿豆糕,难为宁绣锦如此用心,他立即拿起一块塞进嘴里。

竹筐下面好像压着什么东西?陈开用手摸了摸,是一个小包裹。他取出来一看,原来是宁绣锦常用的团花手帕,里面会是什么呢?他掀开手帕,立时惊呆了:手帕里面放着两块散碎的银两,另有几十枚铜钱。

一刹那,陈开什么都明白了,这是宁绣锦送给他的分手礼物——情缘已断,他日夜企盼的那个美梦,终究没有变成现实。

少年跌跌撞撞冲出屋子，阳光照亮的不是雨水。

厢房里堆着“双合裕”颜料铺残余的存货，以及两捆茅龙笔。陈开从中抽出一支，调了几碗颜料，然后打开那捆丢弃在门后的“盔甲”。一笔一画地在上面画了海水，又画江崖；画完八宝，继续画五色云纹。最后将笔一丢，脱下租来的长衫，换上自己绘制的“蟒袍”，大摇大摆地离开了居仁里。

闸门楼，断了昨夜的吟唱，石牌坊茫茫荡荡，辘索高高地卷在天空——它一旦落地，带来的不是翠谷幽香，而是味同嚼蜡的尘世喧嚣。

第三十九回　斩蛇寻子

白露如醇，易兰花一觉醒来，有些舍不得离开苗山了。

半年过去，从九万大山到月亮山，她始终没有走出神奇的苗山。秋天来了，纯净的枫叶在山野中燃烧，它是那样的安详，如同婴儿的脸庞沐浴着阳光。这是一年里最后的温暖吗？金色的世界总是倏忽而至，匆匆别离，最后又返回璀璨的银河。

在这片亘古寂寥的土地上，山和水紧紧拥抱，形影不离——山有多高，水有多高；水有多长，山有多长。峡谷若是男人敞开的心房，那么溪水便是女人潺潺的思念；瀑布若是母亲抬手的眺望，那么，鸟鸣应该就是儿女遥远的回应吧？

易兰花惆怅地扶住树枝，像一只蓝色的蝴蝶点缀着火红的枫林。苗山不像罗浮山，这里到处是古枫和蝴蝶。传说枫树是蝴蝶的母亲，而蝴蝶又是苗人的祖先——这一支来自黄河故道的民族，五千年迁徙的漂泊身影，多么像蝶儿翩翩的翅膀！

秋天大概要去了，易兰花自树梢一跃而下，站在山头向远处观望：首先映入眼帘的是色彩斑斓的水晶梯田，金黄色稻谷毛茸茸的像一头白虎，懒洋洋地卧在梦里；梯田下面是黛绿色的狭长湖面，湖畔吊脚楼林立，是一个大苗寨。

这寨子名叫黑水寨，那湖水叫作黑水湖，属于古州大土司彭庆逵的地盘。上个月易兰花曾经打此地经过，当时她向西搜寻，今天是折返东来。

苗人来到月亮山的历史十分悠久，黑水寨向东十里，乃是黔东南最为恐怖的草鬼山：连绵不绝的原始森林烟瘴遍地，虎豹丛生；怪石嶙峋，古木参天。在苗人的传说中，草鬼山即大地的边界，人鬼之分途，平时鲜少有人胆敢进入。

越是令人谈虎色变的地方，李文茂越有可能藏身。易兰花出神地打量着对面，但见云海重重，烟雾弥漫。强劲的山风呼啸吹过，烟雾时常撕开一个缺口，里面出现桫椤、红花木莲和冷杉等珍稀植物。特别惹眼的是冷杉，这个远古冰川纪的弃儿冷若冰霜，挺拔兀立，正符合李文茂在易兰花心中的神态。

黑水湖底据说有一眼温泉，因此水面"咕嘟咕嘟"冒着气泡。水汽腾空，在寒冷的深秋变成薄雾，阳光下变幻出五彩。湖水里鱼儿成群，湖心有一处草木茂密的小洲，上面溜达着几只仙鹤和一只受伤的野鹤，它们是土司女儿放养的宠物。

土司的女儿叫彭秀兰，年方二八，相貌标致，喜好刀枪棍棒。易兰花上次经过黑水寨曾经朝她借用过一个向导，代价是指点她两招武艺。

向导即彭庆逵派给女儿的保镖，名字叫余老科。他提前一天骑马回到黑水寨，为易兰花准备再次上路的干粮。易三娘打算冒险闯过草鬼山，然后向东出贵州、入湖南，直插湘粤边界的蜿蜒瑶山，不找到李文茂誓不罢休。

彭秀兰在马上翘首期盼，十分心焦。她的左首是保镖余老科，右首为黑水寨的头领彭大六，后面跟着十来个侍女和苗丁。见易三娘下到山底，彭秀兰利落地跳下战马，几乎是用一种哀求的口吻说："师傅，你不能去草鬼山。"

易兰花问："为什么？"

"草鬼山是鬼神之都，那里的每一根草、每一棵树，甚至每一滴露水都藏着蛊毒，从来没有人活着回来过。"彭秀兰面露惶恐。

黑水寨的巫师兼郎中潘士钦走上前来，深鞠一躬："易大老倌，我家小姐说得不差。草鬼山最可怕的尚非蛊毒，而是蛇神。传说它的身躯比龙还粗，所到之处寸草不生，连天上的星星都不敢睁眼看它。”

“真有这么厉害?”易兰花开玩笑似的答了一句，她根本不相信这些无稽之谈，对彭秀兰说，“草鬼山绵延数百里，我要是绕开它，来回起码耽误两三个月的时间。再说，万一茂仔藏在山上，难道让我母子擦肩而过?”

苗家儿女本来性子刚强，更何况是统领兵马的女土司?彭秀兰见易兰花意志坚定，自己绝无拦住她的可能，遂从箭袋里抽出一支翎毛响箭，双手高举过头顶:“师傅，你既然铁了心闯草鬼山，徒儿也不拦你。请你把这支响箭带在身上，一旦遇到变故，立刻发出响箭。徒儿纵使粉身碎骨，也要把你从蛇神手里救出来。”

易兰花将响箭插入背囊:“好孩子，就此别过。”

彭秀兰吩咐侍女把战马牵来，对易兰花说:“师傅，这匹马叫‘叶儿白’，在崇山峻岭中奔走如飞，是苗寨万里挑一的名驹。”

易兰花拒绝:“孩子，这是你的坐骑，我怎能夺人所爱?”

彭秀兰跪倒在地，放声痛哭:“师傅，你这一去凶多吉少。即便闯过草鬼山，前面还不知道有多少艰难险阻，你我师徒这一别，只怕再没有见面的机会。”

易兰花忍住心里的伤感，翻身跳上“叶儿白”，打马驰往草鬼山。红船名伶脸上珠泪如春花绽放，一路洒给了永恒无言的黑水湖。

过了头道沟，一片青色葱茏的高地突兀而立;过了二道沟，满眼所及皆为水汽蒸腾的沼泽和湿地;傍晚时分，她越过了第三条沟壑。当夕阳射出的最后一道金光爬上山巅，易三娘禁不住笑了:一望无际的森林中，出现了大丛大丛的红豆杉，难道这些千年不败的相思树，会生长在传说中的鬼蜮之国?

寒夜来临，易兰花从马背上取下一个包袱，里面装着一整套衣物，包括她亲手为李文茂制成的霸王袍——这是易三娘一路行来的信念，她把玩片刻，将包袱收起来掩在怀里。美丽的红豆丛中，不知疲倦的旅人终于难敌困顿，进入梦乡。

草鬼山不是天堂!

也不知道过了多少时候，忽然腥风大作，"叶儿白"恐惧嘶鸣。易兰花打了个冷战，从梦中醒来，待她睁开眼时，吓得魂飞魄散。只见两条六丈多长、碗口粗细的蚺蛇，竖起来足有一丈多高，正在不远处紧盯着自己。巨蛇头方口阔，在昏暗的密林中，两只眼睛幽光闪闪好比两只绿皮灯笼，极为阴森。

易三娘按住剑柄，出了一头冷汗，莫非这就是所谓的蛇神？

耳听得又是一阵细微的沙沙作响，远处火光点点，那不是天际的星辰，而是几条巨蛇正快速地向这边移动，易兰花心里不禁叫苦，明白在此地耽搁越久，越是凶多吉少。如果不能在最短的时间内将这两条蚺蛇杀死，她很快就会陷入蚺蛇群的重围。到那个时候，不管你是铁打的金刚还是铜铸的罗汉，必定难逃一死。

好一个临危不乱的易三娘，致命关头迅速拿定主意。她出手如电，瞬间跃起在半空，右手拔出"嵌金剑"，左手拽出两支三叶锥——形势刻不容缓，三叶锥只好当暗器来用。

蚺蛇为苗山之宝，飞起来和闪电不差分毫，它们随风而动，同时向易兰花袭来。易三娘不敢正面迎战，施展曼妙身法，迅疾从两条蛇之间的缝隙穿出。啪啪两声，蚺蛇横扫之处，竹木断裂，腥风四溢。

蚺蛇最可怕的不是它的速度和力道，而是鼻息间喷出的致命毒液。易兰花左手三叶锥照准第一条蚺蛇的眼睛射去，然后右手"嵌金剑"直攻另一侧的蚺蛇。剑锋砍中蚺蛇的方头，震得她双臂发麻，宝剑险些脱手而飞。

就在右侧蚺蛇被砍下头颅之际，左侧蚺蛇飞袭而至，长长的舌信涎液四溅，血殷殷地几乎触及她的脸庞。易三娘被熏得头晕眼花，娇嗔一声，挥剑将蚺蛇的头颅切下。

来不及稍事喘息，易兰花一剑劈断"叶儿白"的缰绳，放它逃生下山。然后拉开宝胎银弓射出那支响箭，响箭还没有爬到最高空，又有三条蚺蛇飞至。易三娘万般无奈，只得重新抖擞精神，挥剑与这些巨蛇战在一处。

第二天，当彭秀兰率部众赶到时，眼前的一幕让人们触目惊心：易兰花躺倒在地，手里紧紧握着"嵌金剑"和三叶锥，她身旁死去的蚺蛇堆积如山，总计高达三十六条之多。树林四周草叶焦灼，绿木消残，只有红豆杉傲立当空。

蚺蛇不但在苗族的宗教信仰中占有一席之地，而且它全身上下无一不是有用之物，为历代朝廷向岭南地方必索的珍品——蛇胆弥足珍贵；蛇肉可以祛风疾、愈疮疡；蚺蛇骨是世间罕有的房术上品之药；蚺蛇血则是治疗百毒的良方。

普通的蚺蛇尚且如此珍贵，更别提蚺蛇之王。黑水寨的苗丁们从来没有见过这般巨大的蚺蛇，纷纷扔掉刀枪，跪拜在地，祈祷不止，对斩杀巨蛇的易兰花膜拜如神。彭秀兰指挥众人连夜将易兰花抬回黑水寨，又从附近寨子里调集数百壮汉，花了三天三夜，才把三十六条巨型蚺蛇搬运出草鬼山。

蚺蛇之王是一笔巨大的财富，然而，其毒之烈亦天下无双。在这场生死大战中，易兰花不幸吸入蚺蛇之毒，气若游丝，生命垂危。苗家自有医治蛇毒的独特秘方，加上红豆杉本身是天然的祛毒之宝，经过郎中精心的医治，总算抑制住蛇毒向心房的扩散。但是蛇毒已然侵入易兰花的脏腑，终成不治之症。

易兰花在黑水寨度过了冬日，外面银装素裹，山风呼啸；冬去春来，花落花开。待到自己的身体稍微恢复有成，易三娘觉得能够活动活动筋骨，便翻身跃下病榻，一旁伺候的彭秀兰惊呼道："师傅，你不要命了？"

易兰花的脸上几乎不见血色，宛似覆盖在黑水湖上的白雪。她抄起"嵌金剑"，对彭秀兰莞尔一笑："孩子，为师已经时日无多，不能在这里耽搁下去。"

阳光照耀着易兰花的面庞，彭秀兰觉得眼前有些恍惚，这个世界上最美丽的女人，看起来似乎血肉分离——洁白的面庞宛如一张虚弱的面具，随着雪花盘旋飞扬；而那执着的血液却像天火一样奔腾，挣扎着想要奔向远方。

"师傅，"彭秀兰下定决心，"徒儿跟你一起走。"

易兰花吃了一惊："你去干什么？"

彭秀兰强调："师傅，我阿爸答应了，让我护送你过苗山。"

易兰花叹了口气："你阿爸是好心，可是这一路上山峦叠嶂，危险随处可见。你一个女孩子家的，何必跟着我吃苦？"

彭秀兰很不服气："师傅，你莫要小瞧人。苗寨儿女弓马娴熟，山林就是我们驰骋的草原，别说我还是土司的女儿。"

彭秀兰带了两名侍女，又从周围各寨挑选了十八名苗丁，由余老科和潘士钦统领，带足马匹、武器和粮草，一行人护送易兰花向草鬼山再度进发。

草鬼山的蚺蛇也许已被易兰花杀尽，这次行程异常顺利，无意中踩出一条穿越苗山的东西捷径。翻过草鬼山，虽然依旧是高山深谷，道路崎岖，但大伙心情格外舒畅，一路上欢歌笑语不断，似乎在庆祝征服草鬼山的壮举。

又过了近一个月，前面山势陡变，豁然开朗。在大自然的鬼斧神工下，群山自北朝南并肩排列，不再杂乱无章。余老科飞马来到彭秀兰面前，喘着气禀告："小姐，前面山重水复，你看我们怎么走？"

彭秀兰勒住马头，观察了一会，拿马鞭一指："这座山叫什么名字？"

"回小姐的话，"余老科回答，"叫乌狼坡。"

彭秀兰问："从这里不能到怀远吗？"

余老科吐了一下舌头，苦笑着说："小姐，乌狼坡通往青鹅岭，这条沟近倒是近，不过里面野蜂满谷，千百年来行旅阻塞，没听说有谁走过。"

彭秀兰好奇地问："野蜂？"

"是啊，"余老科介绍，"这条沟地脉和别的地方不一样，花木怪异，野蜂最喜欢在这条沟里聚集。远看遮天蔽日，声音大得像打雷一样。别说人，就是牛马虎豹，眨眼的工夫都会被蜇成筛子，所以这条沟又有个名字叫蜂巢谷。"

近处是蜂巢谷，远处是草鬼山，看来这段绵延不绝的群山确实是大地的边界。好在再难再苦总算闯过来了，彭秀兰长长地出了一口气，掉转"叶儿白"的马头——易兰花把彭秀兰的坐骑又还给了她。她问易兰花："师傅，你看我们走哪条路？"

易兰花的马头上插着一枝红豆，那是她翻越草鬼山时从红豆杉上摘下来的。一路上红豆鲜艳如新，晶莹剔透，不曾衰了半分颜色。红船大老倌没有直接回答彭秀兰的问话，而是膝盖一点铁过梁，驱马来到悬崖前。

对于易三娘来说，蜂巢谷其实一点也不陌生。

十三年前，易兰花爱情梦碎，策马自相思江向北狂奔。她当时心中只有一个念头，那就是奔向茫茫群山，让自己的生命自生自灭。不知道走了多少路，不知道过了多少天，从人间走向荒谷，从荒谷走向绝地，这个绝地正是蜂巢谷。

马儿累死在道边，易兰花跌跌撞撞一头闯入蜂巢谷，希望将生命的火焰熄灭于野蜂的千疮百孔之下。为了爱情，她割舍了一生的理想，抛弃了赋予她生命的“再生石”，远离了这个世界上最重情重义的一群人，结果却如此悲凉，她还有什么脸面回到红船？

那是一个可怕的世界，铺天盖地的野蜂如风席卷，看不到白云，看不到蓝天，看不到温曛的阳光。蜂鸣如潮如雷，瞬间剥夺了人类所有的听觉和心智。偌大的天地蜷曲成一个宇宙发始的暗巢，易兰花闭上了眼睛，等待炼狱的到来。

一切似乎都静止了，一切似乎都应该静止了。

但就在这个时候，腹腔内的胎儿猛地一动，她一直压抑的疼痛突然消失。由于一路上鞍马劳顿，再加上易兰花有意折磨自己，胎儿早产了。

宇宙第一条河流的颜色必定是红色的。

胎儿从母亲的身体里无声滑出，带着一股沁人的清香落入蛮荒的草丛。随着婴儿的第一声哭啼，奇迹出现了——天空豁然开朗，雷声渐趋消亡，野蜂变成了蝴蝶，围绕着易兰花母女翩翩起舞，有的为她们遮挡烈日，有的为她们采来蜜汁……

易如真的生命是野蜂赐予的，易兰花知道女儿命不该绝。满月之后，她带着襁褓中的女儿离开蜂巢谷，取道西江，回到了她魂牵梦萦的红船。

被世人视为天地绝途的蜂巢谷，在易兰花的心里不啻如天堂，这个珍藏心底的秘密，因为牵涉到一段撕心裂肺的疼痛，她从来不曾对外人言说。今日故地重游，易兰花的心河再次扬起了波澜。她在马上凝视良久，举起手中的马鞭对彭秀兰说：“我们向西入湖南，经八十里大南山、舜皇山，渡过潇湘二水，沿途搜寻。假使这些地方也没有他的踪迹，那只剩下瑶山了。”

如果在瑶山还找不到李文茂，那该怎么办？

这是一个可怕的念头，彭秀兰不敢多想，也不敢多问。她知道师傅的心中，永远只有一个信念，那就是李文茂还活着！

整个春天，易兰花和彭秀兰一行马不停蹄，下高原、入牧场，翻雪山、渡潇湘。道光十七年(1837 年)五月初，她们逆潇水而上，到达永州零陵以南的泷泊铺。

虽然夏天迷人的裙摆已经飘到了眼前，但是清冽无比的潇水，仍然给泷泊铺带来了别样的气息。宛如一把清秀的碧玉簪，潇水把桨声灯影的夜晚装扮成一个冷美人。泷泊铺位于苗山和瑶山之间，大街小巷随处可见穿着各异的苗、瑶、侗等族女子，服色鲜艳，千奇百怪，令人顿生置身仙界之感。

一进泷泊铺，余老科便嗅到镇子里的气氛有些不寻常，敞篷的酒铺里坐着许多怒目而视的江湖人士，一看就是练家子；街面上不时飞过三三两两的哨马，骑在马上的绿营军士耀武扬威地叱喝行人，挥鞭开道；此外还有成群结队头戴巨大木制面具的青壮汉子，那些木制面具龇牙咧嘴，狰狞可怖，足有半个人身那么宽大。

余老科回马打算请示行止，却见易兰花坐在马上晃了晃，一口鲜血吐了出来。彭秀兰和侍女忙上前搀扶她下马，用白帕细细揩去她嘴角的血迹。也就是眨巴眼的工夫，紫黑的血迹凝成块，显见蛇毒渗透之深。

彭秀兰抹了一把眼泪："师傅，咱们在这里打个尖？"

"好。"易兰花虚弱地应了声。

众人牵着马匹，进了一家名叫"田潇客栈"的旅馆。老板娘田婶见来了这么多客人，喜出望外，忙叮咛伙计把客人引到后院，并专门为易兰花、彭秀兰等人腾出了一个吊脚楼。这个吊脚楼濒临潇水，推开二楼的窗户，江风兜头拂来，十分惬意。

余老科把苗丁安排妥当，和潘士钦上了吊脚楼的二楼。易兰花躺在一张竹圈椅里，身上覆了一件丝绒毯，正对着窗户闭目养神。潘士钦捧过热水调制的红豆药剂，彭秀兰侍奉易兰花饮下，不大一会儿，易三娘脸上现出了血色。

彭秀兰悬在嗓子眼的一颗心总算落了下来，几个人坐在旁边陪易兰花闲聊散心。余老科把田婶叫过来："老板娘，你这里咋还有傩公、傩婆？"

田婶是个汉人，一时没有听懂余老科的意思，愣在那里。易兰花缓缓地匀了一口气，低声说道："就是傩神。"

汉人不像少数民族那样敬畏傩神，更多的时候，仅仅把神当作一个功利的工具，甚至与花鼓戏搅在一起凑热闹。田婶嘻嘻地笑着："你们是问那些大脑袋的木头像？嗨，镇子上的冉老爷打算举家迁到佛山堡，这是他们家最后一次出钱搞傩神会，以后再想鼓捣这么大的动静可就难喽。方圆百里内，谁能比得过冉家有钱？”

余老科问：“好好地在家里待着，干吗要搬到佛山堡？”

“啧啧，佛山堡那是什么地方？咱们这穷地方万万不能比。”田婶羡慕不已，“听说佛山堡遍地是金子银子，万国财货要什么有什么，和王母娘娘的瑶池会差不了多少。财主老爷们到那里花天酒地，享受荣华富贵，钱生钱，儿子生孙子，代代吃不穷，喝不穷，多美啊。佛山堡靠着广州城，有那些当大官的撑腰，不受小鬼欺负。”

余老科纳闷：“听你这意思，竟然有人敢欺负冉老爷？”

“那可不是？”田婶指着外面，“打去年斋教蓝正樽在新宁县造反，从宝庆府到永州府就没短了闹兵灾，时不常有官军来镇子里催捐，日子根本没法过。”

斋教是青莲教在民间的称呼。

潘士钦不解地问：“冉家既然是大财主，还在乎捐输那几个枣钱？”

“说来话长，”田婶答道，“冉家老太太是个大善人，平日除了办粥场施舍，便是在家里吃斋念佛。这不，床底劈柴撞了板，闯了祸！”

潘士钦吃惊地瞪圆了眼珠：“吃斋念佛还犯王法？”

田婶心有余悸地说：“斋教那伙人不也是吃斋？衙门的差役和官兵便拿这个当由头，三天两头去冉家讹诈，不给钱就说你是斋匪。”

“狗娘养的，”余老科愤怒地骂道，“让人活不活了？”

田婶叹了口气：“咱们这些穷老百姓哪分得清什么斋匪？要是连吃个斋、念个佛也犯王法的话，日子怎么过？难道让大伙上山去当强盗？”

“蓝正樽不是被抓到了吗？”易兰花开口问。

“抓他娘的鬼。”田婶不屑一顾，“官军只知道搜刮老百姓，哪有心思抓斋教？前后抓了一年多，上上下下银子搂足了，随便砍两颗脑壳送到京城，硬说是蓝正樽爷俩。这年头别人不好糊弄，皇帝佬还不好糊弄？”

田婶最后这句话逗得众人哈哈大笑，彭秀兰又问：“婶子，我看街上除了官兵，还有不少江湖和武林人士，他们是干什么的？”

“咱们湘南地方这两年闹鬼神。”田婶语气突然诡异起来，“真的，我不骗你们，一到夜里白光四溢，从这个山头蹦到那个山头，有时候带雷带响的。大家都说真龙下凡，天下马上就要大乱了，不然蓝正樽哪敢冒冒失失地扯旗造反？冉老爷举家迁往佛山堡，明面上是为了躲官兵和衙役，其实是为了避祸。人家不回来了，你爱怎么闹就怎么闹。”

“闹鬼神？”易兰花诧异地问。

彭秀兰怕话说多了，易兰花的身体顶不住，吩咐田婶：“婶子，你快去准备夜宵，我们赶了一路，肚子咕咕叫呢。”

田婶麻利地站起身：“好嘞，等会我让他们把饭菜端上来。吃完饭不必挪地方，扮傩神的人就从咱们楼下过，保准你们瞅个真亮。”

阳明山是湖南著名的龙脉王气之地，号称“荒蟠百里，秀齐九嶷”，远在东汉年间此地即建有白云古刹。千余年来，阳明山灵迹不断，最著名的当属唐代十八真人炼丹烧汞、白日飞升的故事。冉家举办的这场傩神会在泷泊铺停留一日，然后直奔阳明山的万寿寺，在那里举行盛大仪式，祈福禳灾。

天刚刚擦黑，从冉家老宅那边传来隆隆炮声。爆竹的烟雾散去后，一列浩浩荡荡的傩神队伍沿着江边向“田潇客栈”移动过来。走在最前面的是三个短衫短裤、浓妆艳抹的人，分别做小旦、小生和小丑打扮。易兰花双目如炬，一眼就认出这是湖南花鼓戏的打扮和架势。再往后是一队十二位妙龄少女组成的采茶戏队伍，带头的两位少女手托彩灯，后面的少女则举着盛放鲜花的花篮。

接下来是傩神面具的汪洋大海，由于泷泊铺一带各族杂居，傩神面具明显地带有地方和民族特色，式样比中原地区要花哨出许多倍，基本上可以算是一个神仙的“全家福”——什么四大天王、四大元帅、四大天君，哪吒三兄弟、云霄三姐妹、龟灵三圣母，哼哈二将、牛头马面，土地爷、灶王爷，赵公明、关云长等等五花八门、无奇不有，只差把孙悟空、猪八戒和沙和尚也弄进去。易兰花看了一会，精神不济，闭上眼睛打起了盹。

余老科和潘士钦等人下到江边去瞧热闹，彭秀兰身子倚着窗棂，有些目不暇接。她用手揉了揉眼睛，回头见易兰花面如白纸，在五月的天气里竟然冻得瑟瑟发抖。彭秀兰关上窗户，给易三娘盖上毯子，最后在桌子上点燃了一支香火，暗自祈祷傩神保佑师傅能挺过这一劫，找到李文茂，了结她的心愿。

傩神队伍十分庞大,稀稀拉拉似乎永远没有尽头。彭秀兰隔着一层近乎透明的纱窗,在跳跃的火苗里欣赏着外面奇异的风光。渐渐地,傩神不再可怕,潇水不再冰冷,一切化为闪烁的灯影,白色的面具,短暂的梦境。约摸过了大半个时辰,傩神的行列总算走完。彭秀兰正打算催促易兰花上床休息,突然,傩神队伍的后面又出现了一群人,大约有十几条汉子,扛着一副巨大的面具,出现在她的视野。

刹那间,彭秀兰简直不敢相信自己的眼睛——这副面具不是常见的傩神头像,而是一幅实实在在的面具图案。明晃晃火把照耀下,但见这幅图案目赛米斗,斜插入鬓;鼻如磐石,坐镇地阁;乌的是眼,白的是鼻,颔下黑扎扎一把虬髯;天庭之上凌空绘一支三叶锥,锥中镶嵌九瓣飞肩兰花额,白额悬着一枚鲜红无比的破煞珠。

一行滚烫的热泪,从彭秀兰的眼眶中无声地流淌下来,真是踏破铁鞋无觅处,得来全不费功夫。这幅独一无二的图案她再熟悉不过,易兰花的"嵌金剑"鞘、三叶锥囊、衣物、包袱皮甚至手帕上,绣的不都是这个标识吗?

她转身飞扑到易兰花的身上:"师傅,师傅。"

易三娘睁开眼:"怎么啦?"

彭秀兰抱起易兰花,冲到窗前,一手击开窗扇:"你瞧。"

易兰花怔怔地望着眼前这一幕,直到那十几条汉子抬着面具走过窗前,又缓缓地离开了吊脚楼,她才吃力地喊了声:"是茂仔。"

彭秀兰断喝:"快拦住他们。"

苗丁们飞快地下楼追赶,不一会,余老科和潘士钦推推搡搡押上两个人来。田婶不知道发生了什么事,慌慌张张地跟在后面上了楼。被押之人隆鼻深目,眼窝塌陷,身上虽然穿着粗布土装,但明显不是汉人,倒有点像澳门城里的"白头番"。

易兰花示意彭秀兰给二人让座,和颜悦色地问:"两位高姓大名,哪里人氏?"

两个人见易兰花貌若天仙、风采过人,这才减少了几分惊恐,稳了稳心神。年龄大的那个约摸四十岁出头,拱手回答:"夫人,小的姓安名永赫,他是我的邻居，叫史贵梁，我二人皆为永州府宁远县人士。”

“本地人？”易兰花莞尔一笑，“安大哥，你不觉得你们的相貌与众不同吗？”

安永赫脸色一变，矢口否认：“夫人真会开玩笑，我们两家祖祖辈辈住在宁远，至今已历二十余代，不是本地人是哪里人？”

冲安永赫极力掩饰的神态，这里面必有隐情！然而易兰花对他们的底细没有兴趣，她最想弄清楚的是李文茂的下落。易三娘指着楼下那张巨大的面具，抑制住心里的激动：“你们抬的这是什么？是不是也要送到阳明山万寿寺？”

安永赫恭敬地答道：“回禀夫人，这是光明使者的神像。我们刚从阳明山上下来，准备把它送到畚箕窝去。”

“妹子，光明使者是何方神圣我不清楚，”田婶热心地插嘴，“不过，这个畚箕窝倒是很近，出镇子向西三里地就是。”

那个叫史贵梁的鼻子里“哼”了一声：“光明使者能住你们这个破土岗子？我大哥说的畚箕窝在我们老家，能摸着天哩。”

把神唤作使者，明显是番邦习气。易兰花问：“安大哥，你们这个使者祭了多久？”

安永赫吃了一惊，能问出这个问题的人便不寻常，难道眼前这位相貌不俗的女人看穿了自己的底细？见他吞吞吐吐，彭秀兰大为不悦，“嚓啷啷”抽出龙凤宝刀：“今天你要是说不痛快，休怪本姑娘与你为难。”

易兰花摆了摆手：“安大哥不是坏人，秀兰，莫要吓唬他。”

“夫人，小姐，我们两家住在宁远畚箕窝下。”安永赫沉吟片刻，“畚箕窝顶有本村的一间神庙，供奉的是光明使者神像，保佑了村子几百年的平安。十年前，这座神庙被一伙不知名的山匪占踞，香火中断，神庙破败。幸而两年前光明使者自天而降，每天晚上在峰顶的绝壁上飞来飞去，刀光剑影，吓跑了这伙山匪，神庙才恢复香火。乡亲们感恩戴德，到阳明山请了工匠，照着光明使者的相貌塑了神像，让我们抬回畚箕窝。”

彭秀兰抢先发问：“这真是光明使者的相貌？”

“那还有假？”史贵梁不以为然，“我们村里的人祖祖辈辈以打猎为生，招子毒着呢。光明使者他老人家风雨无阻，天天夜里在绝壁上挥刀练武，谁还看不见?”

易兰花喃喃地说:“果然是他。”

史贵梁嘟囔:“当然是他!”

书中暗表,九嶷山畚箕窝正是李文茂最后到达的那座山峰,峰顶上那座破败的神庙是光明使者神庙,山下村子里住的是“食菜事魔教”(摩尼教)的信众。

自亚历山大东征以后,庞大的波斯帝国日趋衰微,祆教这个人类宗教文明的长子开始了向东传播之路。后来伊斯兰文化征服波斯古国,祆教和它的分支摩尼教失去家园,像犹太人一样面临着断种绝续的可悲命运。其中一支摩尼教渡海东来,在福建泉州下碇后,向西插入九嶷山深处的畚箕窝藏身传教,延续香火,安永赫、史贵梁便是他们的嫡传后裔。安、史等村民的容貌与“白头番”相似,那是因为他们本来就属于同一个种族。

两年来的苦苦追寻终于有了结果,易兰花感慨万千——自己如果不是因为身中蛇毒,来日无多,也不能勘破李文茂的行藏。她取出剑鞘,把自己的标识亮给安永赫和史贵梁看,两个人这才恍然大悟,闹了半天,在绝壁上挥刀练武的是人不是神。真相大白后安永赫仍然心有不甘:“易女侠,李少侠飞驰于绝壁之上,来去自如,武功非凡人可比,兴许前生正是天上的神仙转世呢。”

易兰花笑着说:“这你得问他自己。”

彭秀兰心驰神往:“师傅,既然阿茂哥在畚箕窝,那咱们赶快去找他。”

易兰花颔首:“九嶷山往南过姑婆山,便是你师祖修行的大桂山。秀兰,你派个人去七星冲递信,告诉你师祖,说我和茂仔马上回来。”

“妹子,”田婶提醒她们,“这些日子九嶷山闹鬼神闹得厉害,绿林道的好汉四处设卡,连官军和差役都不让过,你们千万要小心。”

安永赫胸有成竹:“不碍事,来的时候我们探过路。绿林道把守的是舜源峰一带,畚箕窝山高路险,离舜源峰还有三十里地呢。”

史贵梁在一旁补充:“易女侠,咱们从畚箕窝的后山爬上去。那条路只有我们村里的人认识,保准不会有人捣乱。”

“既然如此,明天早上就启程。”易兰花说着话从椅子上站起来,把彭秀兰、潘士钦和余老科等人齐齐吓了一跳。

闲话少说，一行人自泷泊铺沿着潇水南下，花了五天多时间到达畚箕窝，在安永赫和史贵梁家里歇了一夜。次日清晨，易兰花抖擞精神，佩剑挎弓，不用彭秀兰搀扶，坚持靠自己的双腿攀登畚箕窝，终于在申时三刻登上峰顶。还来不及喘口气，就听安永赫像失了魂一样地嘶声吼叫："天啊，那是什么？"

众人抬头观望，但见湛蓝的天空中一颗大星夺云而出，犹如一柄秋水长刀，瞬间划破了整个天幕——那不是太阳！

第四十回　龙口取珠

九嶷山上白云飞，帝子乘风下翠微；
斑竹一支千滴泪，红霞万朵百重衣。
洞庭波涌连天雪，长岛人歌动地诗；
我欲因之梦寥廓，芙蓉国里尽朝晖。

一代伟人毛泽东写的这首浪漫七律，描述的是狭义上的九嶷山，即舜源、娥皇、女英、桂林、杞林、石域、石楼、朱明和潇韶九座山峰；广义上的九嶷山指数百里之内的大小余脉，其中像三分石、香炉峰、畚箕窝都是高耸入云的惊险之地，斑竹海中虬松笔挺，山势奇突，秀色下藏着一颗雄浑的心。

舜源峰位于九嶷山的核心地带，山下的舜庙是舜帝姚重华的驾崩之所，据说他老先生当年在苍梧死于野人的毒箭。如果这个故事属实，我们可以合理推测，所谓上古“三代德治”不过是满纸谎言——老皇帝远离政治核心，跑出国境数千里外“考察民情”，身边仅带着三两个随扈和大臣，身死崎岖蛮荒，难道这就是禅让？

不管大舜是否死于大禹的驱逐和追杀，舜源峰却是实实在在的灵验之所。传说舜帝在这里归天后，娥皇和女英一路寻夫不果，眼泪掉下落到斑竹上，竹子成了湘妃竹；眼泪飞起来与丈夫的亡灵团聚，舜庙前就有了一汪池水，名叫舜王池。

且说湘南绿林道总瓢把子朱世雄统率三十六处大寨寨主云集石楼峰聚义厅，五月初八这一日亲眼目睹太白经天，不由得长叹一声："邹先生果然神人也。"

胡有禄道："总瓢把子，估摸丁二爷已和萧大龙头上了阳明山，待会看过白龙入世，咱们赶快回好汉岭为他们接风。"

经萧明远的请托，"洪顺堂"总堂决定颁给湘南绿林道一个"公义堂"的堂号，与现辖"洪义堂""洪兴堂""洪德堂""洪胜堂"四大堂口并列。为了表达对朱世雄的重视，洪门之主大慈和尚命令丁复国携带新打制的"金叶会簿"，亲赴湘南主持"公义堂"的开堂仪式。丁复国四月下旬自大明山龙头峰出发，先到位于九峰山的"洪兴堂"老营巡视，然后与萧明远携手同行，定于五月初八前到达阳明山。

韭菜岭大寨主王宗献弯腰向朱世雄请示："总瓢把子，属下等虽然沿路截击，仍有不少人闯入舜王池，你看要不要把他们撵走？"

"进了洪门，朱某便是你们的大哥，以后皆为洪家兄弟，再没有什么总瓢把子之说。"朱世雄纠正，"聚义大厅这个名字也得改，应该叫忠义堂。"

王宗献不好意思地摸了摸后脑勺："大哥，咱们兄弟改不改的无所谓。不过以后喽啰兵不叫孩儿们，改称兄弟，真他娘的有点不太适应。"

"慢慢来，慢慢来。"朱世雄笑呵呵地说，"真龙入世是大吉大利的好事，应该让天下英雄知道。只要不出乱子，愿意看就让他们看。"

蓝正樽起义失败后，周位抡打算重新聚合青莲教的势力，再图大举。他这次特意来九嶷山观看白龙降世，听了朱世雄的话，高声喝彩："大哥好阔的胸怀，真龙降世意在千秋，知道的人越多越好。某些江湖屑小混杂其中，无非为财货红白。我等取其大义，彼等取其小利，云游水流，各行其道，不必与他们计较。"

朱世雄心情酣畅淋漓："周先生，你打算去哪里？"

周位抡回答："大哥，听邹先生说，真龙入世至少有三番变化，才肯消停。

小弟想细细追踪它的变化，以便详察天意。”

这段时间以来，朱世雄与周位抡相处得非常融洽，知道他胸怀奇志，无法挽留，只好怅惘地说：“既然如此，哥哥就不勉强你了。”

周位抡起身笑了一笑：“小弟无非奔走于楚粤间，不会行远。日后断不了经常上阳明山讨一碗热茶喝，大哥莫要伤感。”

五月的深山，寒气未消，山风呼啸着扑向沉默的密林。天河温暖的色调，在那个黄昏显得格外清淡。没有云彩，没有渲染，只有干涸枯竭的灰色河床。辞别湘南绿林道群雄，“摘光道士”周位抡独自离开石楼峰，在山脚无人处换了身崭新的行头：头戴正天散仙冠，身披八卦青鸾袍，腰束伏龙万寿带，脚踏天罡步云履，左插五方镇魂旗，右悬七星驱魔剑，背后是一条盛满法器的百宝囊。收拾停当，周位抡阔步走近舜王池。只见湖边坐着的尽是些持刀佩剑的江湖人士，黑压压一片至少有二三百号。这些人穿戴五花八门，什么和尚道士、官军差役、水旱绿林等等应有尽有。

周位抡的目光被一位中年人所吸引，此人四十岁上下的年纪，器宇不凡，双目炯炯，从穿戴上看是一位取过功名的老爷。令人诧异的是他腰里挂着一把青霜剑，剑柄上的鎏金磨灭了光彩，明眼人一瞅，就知道他必有一身过人的剑术。

周位抡久历江湖，很少见到这般气度的人才，当下起了惺惺相惜之心，客气地打了个稽首：“无量天尊，请问这位先生，你也是来夺宝的？”

中年人一愣：“夺宝？”

周位抡笑着说：“老话说得好，有龙即有珠，这回可是货真价实的龙珠。”

中年人身后跟着一胖一瘦两个随从，都是十七八岁的年纪。其中瘦削的那个少年听周位抡一说，惊喜地问：“道爷，今天能看见真龙入世？”

“是啊，”周位抡奇怪地反问，“不然的话，你们怎么会来这里？”

见周位抡衣着道袍，谈吐不凡，中年人心里起了一份亲近感，他拱了拱手：“汪某在黔阳游历了些日子，本来打算直接回桂林。没想到在白马渡歇船的时候，听江湖上的朋友说有这么档子事，遂临时起意过来瞅瞅热闹。”

中年人名叫汪运，字任之，号剑峰，乃是临桂县赫赫有名的世家子弟，道光二年（1822年）壬午科取中进士。其人性格豪放磊落，桀骜不驯，雅好神仙道术，看不上官场那一套污浊的玩意，早早致仕归乡，逍遥江湖。汪剑峰在炼丹求药之外尚有两大爱好，一个是师从全州湘山寺的应明法师习武练剑，一个是和彭昱尧、龙启瑞、李宗瀛、赵德湘、杨继荣、黄锡祖、王拯等人以诗会友，诗会的地点不在“补杉楼”，就在李家的“湖西庄”和“环碧楼”。

前一段日子，龙启瑞的父亲龙光甸调到沅州黔阳县当官，汪剑峰特地带着小哥几个一起到黔阳县搞了场诗会助兴，以示乔迁之喜。黔阳古称龙标，为湘西重镇，唐代“七绝圣手”王昌龄曾经被贬到那里做过龙标尉，在当地修了一座芙蓉楼，据说“洛阳亲友如相问，一片冰心在玉壶”的千古佳句即在此地写就。诗友们痛痛快快玩了几天觉得还不过瘾，又雇了条船一路南下游山玩水。行至白马渡，汪剑峰听到真龙入世的传闻，不顾龙启瑞等人的冷嘲热讽，带着同门师侄黄金亮向东直插九嶷山。

黄金亮原籍全州，后来举家搬迁到了富川县宝剑寨，拜在全州湘山寺门下习武。由于家里生活贫困，在湘山寺的本事没有学完，便跟着别人在湘粤边界贩私盐。汪剑峰觉得这孩子天赋不错，有意成全他，经常带他四处周游，开阔眼界。

舜王池畔聚集的江湖人士多为湘粤三省有名的武林高手，池西是一群僧人，里面最引人注目的是“衡山三老”——方广寺的居觉和尚、福严寺的证玄大师和上封寺的悟机长老。衡山武功最强的当属南台寺的祛尘法师，由于老和尚生性儒雅，极怕招惹是非，因此在江湖上的名头反而不如这三位。东侧驻扎的多为粤西绿林道的人马，领头的是“赛潘安”金秋池、平乐府龙围寨大寨主“油锤把”郝耀常。

舜庙前则是一堆官军和差役，簇拥着四个人：一个是长沙府的捕快头子范金彪，一个是桂林府六扇门领袖“铜蒺藜”麻翠亭，中间的将领是前任湖广总督纳尔经额的心腹、关东灵狐派的第二大高手长庚，陪着长庚说话的是云麓宫住持芦蓬道人。

“铜蒺藜”麻翠亭眼睛尖，一眼瞧见了汪剑峰，便带着汪亚景来到南坡，向汪剑峰行了一个大礼，巴结地说：“汪老爷，你也有雅兴来看热闹？”

“唔。”汪剑峰不置可否地应了声。

汪亚景打了一个招呼：“六叔。”

汪剑峰和汪亚景皆属临桂县的汪氏家族，虽然血缘关系早出了五服，但终归一笔写不出两个“汪”字。身为长辈，汪剑峰不得不敷衍两句：“亚景，你阿爸阿妈最近安好？”

“托六叔的福，他们好着呢。”汪亚景回答。

“那就好。”汪剑峰道，“下个月我在桂林，没工夫回临桂。你到府里来一趟，给你阿爸阿妈捎点问候。”

汪剑峰意思表达得再明白不过，这是找个由头给汪亚景打赏银两。粤西贫乏，堂堂的省城桂林尚比不过肇庆府城经济发达，更别提佛山堡和广州城。汪亚景当捕快捞不到几个子，得此春风高兴得像喝了半罐子蜜，屁颠屁颠跟着“铜蒺藜”回到舜庙。黄金亮仍然沉浸在对龙珠的想象中，他憧憬道：“要是能弄到龙珠，一准发大财。”

“‘报我之章何璀璨，累累四贯骊龙珠。’”汪剑峰吟了句诗，叹了口气，“亮仔，龙珠乃风雅无匹之物，你休要把铜臭气挂在嘴边。别说有没有龙珠，即使真有，那样的稀世珍宝怎么可能会落到咱们手里？今天来的这些高手，谁的功夫不比你我厉害？”

黄金亮被他的话噎住了，过了一会，才讪讪地说：“师叔，我看这位道爷仙风道骨。凭你们俩的法术，难道还赢不了他们？”

周位抡是修道之人，当然有法术在身。不过他修炼的绝非鸡鸣狗盗之术，而是参天悟地的大智慧——这套名为“摘光大法”的法术载于青莲教的典籍，非有天赋者难以领悟。在整个青莲教，唯独周位抡能揽这个瓷器活。

周位抡笑着回答：“与真龙入世比起来，一颗龙珠算什么？”

“周道爷不愧是有大胸怀、大气度的人。”汪剑峰击掌喝彩，“真龙入世必将撼动山河，能亲眼目睹这种百年难得一见的奇观，亮仔，你还有什么不满足？”

子时过半，黑沉沉的夜幕突然被撕开了一个大口子，宛如倒挂铺泻的银湖，正扣在九嶷山上空。舜王池畔惊雷大作，一道强烈的白光自湖水中訇然而出，附近的舜源峰摇了三摇，晃了三晃，险些坍塌倒地。天地倒悬，群星失色，蒸腾的白雾弥漫空中，隐隐约约显出龙首，继而是鳞爪，然后是一条巨大的龙尾。随着一声震耳欲聋的龙吟，白龙冲向西北倏忽不见，消逝在天边。

一切只在转瞬间，又似乎十分漫长。舜王池畔的武林高手们呆若木鸡，仿佛被白龙带走了灵魂，没有来得及做出任何反应。白雾消散，夜幕涂上一层神秘的光影，就像烛光敷在女人脸上的脂粉，明晃晃若即若离。可怜的人们看到了光芒，却分辨不出方向。水珠飞溅犹如一盏盏精巧的河灯，它指引的不是道路，而是自我埋葬的心灵。

就在舜王池畔众人陷于迷魂的当口，石楼峰上炮响三通，鼓声震天。湘南绿林道的好汉兵分六阵逶迤下山，共计三千铁骑浩浩荡荡返回阳明山好汉岭——第一阵由韭菜岭大寨主王宗献担当先锋，第二阵由香花岭大寨主“鸳鸯刀”何文秀担当左翼，第三阵由天头岭大寨主杨三猴子担当右翼，第四阵由朱世雄率各寨寨主统带中军，第五阵由桐木坳大寨主“断颈豹”鲍起满看护军械粮草，第六阵由石楼峰大寨主“铁狻猊”胡有禄押后。

石楼峰的炮声惊醒了舜源峰下的武林高手，听到阵阵战鼓远去，大伙儿如梦初醒，像无头苍蝇一样盲目乱窜，追寻白龙离去的方向，舜王池畔转眼间就变得空空荡荡。黄金亮不解地问周位抡：“周道爷，你怎么不去追？”

“尘世尚且讲究一个‘缘’字，更何况天降真龙？”周位抡高深莫测地回答，“天地间珍奇之物，有缘者得之；倘若没有缘分，你纵然拼上性命也不管用。”

黄金亮正待细细追问，只见石楼峰疾驰而来一哨人马。到了近前，一个小头目气喘吁吁从马上跳下来，捧出一个长条形的锦盒，双手高举递给“摘光道士”：“道长，这是总瓢把子送你的礼物，特地吩咐，等他走了以后再交给你。”

周位抡打开锦盒，里面盛放一把黄金打制的刀鞘，刀鞘上刻着醒目的一个“朱”字。“摘光道士”拔刀出鞘，冷风扑面，赫然是一口吹毛断发的倭刀。

小头目双膝跪倒在地：“道长，这口刀是总瓢把子的随身之物，军中视为令刀，湘南各寨兄弟都认得它，见刀如见令。”

“摘光道士”一时大为感动，这口金鞘倭刀贵重如山，凭借它可以调用湘南绿林道各寨的兵马钱粮，朱世雄等于把自己的半条命托付给了自己。周位抡将倭刀包裹妥当，反手插入后背的百宝囊，对小头目抱拳：“兄弟，请你回去转复朱大哥，青山不倒，绿水长流，周某定当为洪家兄弟扫清两湖，鞠躬尽瘁，肝脑涂地。”

黄金亮在旁边大开眼界，羡慕地说："周道爷，没想到你竟然是绿林道的大人物？"

汪剑峰文韬武略，门第高贵，虽然自诩豪气干云，却打心眼里瞧不起绿林道。得知周位抡兼有这重身份，他狠狠地瞪了黄金亮一眼，然后对"摘光道士"说："道爷，汪某亲眼目睹白龙入世，平生大愿足矣，还有几位朋友在白马渡等候，就此别过。"

"摘光道士"太了解像汪剑峰这一类贵族子弟的性格，他们要风得风，要雨得雨，当然不肯把啸聚山林的绿林好汉搁在眼中。想到这里，他有意压制汪剑峰的气焰："汪老爷，真龙入世固然是一大奇观，但有一样东西阁下未必见识过。"

汪剑峰诧异地问："哪样东西？"

周位抡反问："自古以来，人们纷纷赞誉骊龙珠为天下奇物，写下数不清的妙词佳句。那么贫道请问汪先生，你可知道白龙珠是什么样子？"

"这个……"汪剑峰张口结舌。

产自南海极渊的骊龙珠，自庄周以来得到历代文人的交口称赞，不管见识没见识过，反正溢美之词写了一大箩筐。然而，骊龙说到底是一条黑龙，史料上有关白龙珠的描写却是一片大大的空白。它究竟是个什么东东，汪剑峰哪里能说得出来？

"大年三十才喂猪。"黄金亮泄气地说，"周先生，你说这话有什么用？别人都追出去老半天啦。咱们就算现在去追，只怕连影子也找不着。"

"是吗？"周位抡拉长了声调。

汪剑峰的胃口被"摘光道士"吊了起来，他这个人尽管目空一切，但遇到真有本事的人还是能放得下架子、丢得起面子。他爽快地抱拳发问："惭愧得很，汪某确实不知道白龙珠是什么样子，请道爷成全。"

"摘光道士"也不为难汪剑峰，双腿盘坐于地，拽出牦牛拂尘晃了两晃。自下丹田提一口气上来，在大小周天里运行一遍，打通任督二脉后，立刻止住转动的河车。刹那间，一道玄光冲开头顶的泥丸宫，眼前出现一片黑油油、亮晶晶的草原。万物复本，夜幕重归夜幕，各色泛滥之"光"俱被摘除，斑斑油腻虚幻的"脂粉"消失不见——孤独的光芒显现，那是一道白龙留下的影子！

花开两朵，各表一枝。却说舜王池畔的江湖豪杰各展神通，漫山遍野地搜寻白龙，金秋池率领“油锤把”等人紧追不舍，靠着“测阴珠”的指引顺利登上畚箕窝。“赛潘安”满以为自己手里有宝贝，能比别人少走许多弯路，谁知来到山顶，才发现早有人捷足先登。

畚箕窝顶十分宽敞，左侧是一片旷阔地带，中间有两眼余光缭绕的深潭，右侧为数十丈高的绝壁。绝壁下面是茂密的树林，怀抱着一座破败的小庙，残垣废墟中屹立一尊石像。石像前跪着十来位白衣白帽的汉子，这些人的容貌、装扮明显不同于中华人物，手举火把嘴里念念有词，正在虔诚作法。

“此地怎么会有‘白头番’？”金秋池脱口而出。

这群白衣白帽的汉子旁边站着一位青年道士，生得是面如傅粉，仪表堂堂，英俊程度比金秋池有过之而无不及。听到“赛潘安”的声音，他回头一瞥，金秋池立刻警觉起来——青年道士印堂亮如明玉，分明是一位深藏不露的高手。

双方各自戒备，作法之人似乎没有发觉危险即将来临，仍然在祷告：

清风，你这伟大的光明使者，宇宙十天八地之父。你创造天地星辰交付人类居住，岂不知同时把人间变成地狱？肉体的衣物遮盖了五明子的智慧光芒，却令五类魔欣然自得。以为黑暗战胜了光明，贪鄙枷锁住自由，中际炽烈的火焰从此无处安顿！

被忽视，被轻蔑，饱受践踏的一代代义人的灵魂啊！多少个日子，在荒芜的山颠期盼日月宝船的回归，期待它们从死海中运渡苏醒的善人。我们这些厌倦肉体享乐的人，虽然从缝隙中听到召唤，却无力逃遁肉体的枷锁，徒然悲叹感伤。

伟大的第三次召唤，化身作十二童女，诱惑五类雄魔现形；又化身十二童男，癫发五类雌魔狂舞。在善恶难分的第二世，造物主尚且难抵魔王，可怜的世人啊！更无法勘破、逃脱这大地匍匐的命运。

那来自苍穹深处的光明使者，宇宙借以诞生的圣火，即将光临饱经磨难的大地，从肉体中移走我们擦洗干净的灵魂。将燃烧二千五百年的审判之火，就要击破云层，从高山之巅带给我们喜悦、安慰和宁静。

…………

祷告尚未终结，“衡山三老”、长庚、芦蓬道人、麻翠亭、范金彪、周位抡、汪剑峰和黄金亮等人先后赶到峰顶。这时，热潭渐渐恢复了响动，缭绕在周围的光芒变得浓厚起来，众人心知有异，都提高注意力进行观察。一下子来了这么多武林高手，范金彪心里痒痒，有意在人前显威风。他蹿到那群白衣白帽的人前，劈头盖脸甩了一记鞭子，骂骂咧咧：“你们这帮家伙人不像人，鬼不像鬼，我看就是他娘的教匪。”

一年多来，湖南的官兵和衙门的狗腿子滥杀无辜，范金彪等人靠着诬良为匪搜刮了大量民脂民膏，张口闭口就是教匪，吃足了甜头。不过，他这次却是歪打正着，这伙白衣白帽的人不但是教匪，而且是教匪的祖宗。

古代西方传入中国的有三大宗教，分别是摩尼教（为祆教分支）、佛教和景教（天主教的聂斯托里派）。这三大宗教中，摩尼教最富有革命性，这一因子后来保存在白莲教中，直接衍生出以罗教为代表的民间秘密信仰，成为草根阶层对抗统治者的有力武器。

这群白衣白帽的人正是安永赫、史贵梁为首的“食菜事魔教”信徒，他们陪着易兰花和彭秀兰等人登上畚箕窝顶，恰好目睹白龙入潭的千载奇观。安、史等人热泪盈眶，以为造物主派遣光明使者来到人间，搭救他们这些孤悬异乡的苦命信徒，纷纷整衣祈祷，伏地叩拜。史贵梁脸上被范金彪的长鞭抽出了一条血印，安永赫悲愤地呐喊：“伟大的使者啊，你为什么迟迟不愿现身？难道我们的罪孽没有洗净，仍然要受五类魔的摧残？”

“我通你老娘！”范金彪恼羞成怒，照着安永赫的脸又抽了一记鞭子，“死到临头，嘴里还不干不净？谁他娘的是五类魔？”

“铜蒺藜”过来劝：“老范，他们不大像是斋教的教匪。”

“你瞧他们这副番鬼德性，能不是教匪？”范金彪高高地举着鞭子，“奉长庚大人的军令，教匪为害圣教，格杀勿论。”

大伙赶到畚箕窝是为了抢夺白龙珠，范金彪却横生枝节捉拿起了教匪，这不是嗑瓜子嗑出了个臭虫来？“铜蒺藜”觉得十分好笑，提醒他：“老范，你看长庚大人在干吗？”

范金彪回头一看，只见长庚目不转睛地盯着那口热潭，全身紧绷如同一张弓，好像随时准备扑上去抢夺龙珠。从“衡山三老”到金秋池，从“摘光道士”到汪剑峰，没有一个人的眼眶夹他一眼，范金彪觉得很没面子，悻悻地收起长鞭，不再吱声。

“铜蒺藜”的无心之语，救了范金彪一条命。

破庙后的树丛中，有个被枝杈荆棘掩盖的石洞，易兰花、彭秀兰、余老科、潘士钦等人便在此处藏身。范金彪鞭打安永赫和史贵梁，早已激怒了易三娘，她取过宝胎银弓，搭了一支三叶锥——如果范金彪再敢为非作歹，她就打算取其狗命。

一轮弯月爬上天顶，将脆生生的寒芒洒向畚箕窝的森林。五更时分，这只凌厉之目中出现了一块黑斑：天目的瞳仁。

滚烫的潭水四散飞溅，光芒闪烁，一条白龙訇然飞出。与舜王池畔不同的是，这条白龙缩小了许多倍，长度不到三丈，口里叼着一枚火红的龙珠。

热潭旁的高手几乎同时出手，纵身跃起的刹那，分出了武功高下——金秋池、长庚、居觉和尚飞跃在半空，从三个方向不约而同地扑向火龙珠。白龙轻轻昂起龙首，瞬间突破了三大高手的包围，正准备向高处盘旋，就见一道模糊的身影闪电飞至，飘飘然道袍扬起，那位青年道士探手伸向龙嘴里的火龙珠。金秋池、长庚、居觉和尚三人齐觉颜面无光，自己修炼了几十年的功夫，到头来还比不过这个二十岁出头的毛头小伙。

青年道士后发制人，右手马上就要抓到火龙珠，突然“啊呀”一声，手掌被火龙珠炽热的温度烧伤，身形稍微受挫。白龙趁着这个当口，衔起火龙珠冲天而起，到达夜幕之顶后发出一阵龙吟，然后头朝下、尾巴朝上，一头又扎入那眼冰潭。

金秋池、长庚、居觉和尚等人不觉长出了一口气，只要白龙尚未飞走，那就还有机会再次争夺火龙珠。居觉和尚健步走到青年道士跟前，双手合掌：

“道友好俊的身法，老僧甘拜下风，可否赐教高姓大名？”

青年道士稽首：“老禅师过奖，晚辈‘逍遥门’下明月是也。”

此言一出，众人莫不讶然：怪不得人家有这么精妙的身法，闹了半天，这位不显山不露水的青年竟是江湖上大名鼎鼎的明月道士。明月道士天赋纵横，乃“逍遥门”第三代中最为杰出的门徒。其师祖金蟾道士对他爱如掌上明珠，经常带着明月道士游历天下，亲自向他传授本门绝技，这番际遇甚至超过了他的师傅火烈道士。在某种意义上，明月道士可以说是学到了最纯正的“逍遥剑”。

“失敬，失敬，原来是明月贤侄。”金秋池问，“金蟾前辈最近可好？”

明月道士回答：“师祖云游四海，我好久没有见他老人家了。”

“不可能吧？”金秋池假装疑惑地问，“谁不知道金蟾前辈最疼爱你，你怎么可能不在他老人家膝下尽孝？”

明月道士脸上出现了一丝不自然的表情：“确实如此。”

金秋池遗憾地说：“那太可惜了，要是金蟾前辈能云游到此，指点我等一招半式，岂不比得到龙珠更令人心仪？”

“赛潘安”之所以打探武林至尊金蟾道士的行踪，自然有他的考虑。在粤西，无论武功还是道术，金秋池都排在一流高手的前列，尤其是身负西域雪山派的卓越轻功，称得上是走夜道行鬼事的祖宗。但最近十年来，金秋池在探宝过程中屡屡失手，而且经常输得莫名其妙，找不到任何理由。这让他惊悚地感觉到，可能有一位神秘人物从中作祟。放眼望去，整个武林中达到这般境界的能有几人？联想到金蟾道士常年行踪诡秘，金秋池可以百分之百地断定，这个暗中抢自己饭碗的高手，便是当今武林至尊。

冰潭寒气凛冽，冻得长庚向后倒退了几步。他朝两边一看，只见“衡山三老”各自卸掉所持禅杖的杖首，瞬间接起一支长竿，明月道士手里不知道什么时候多了一束天罗锦，而金秋池则捏着一粒“测阴珠”，看来都做好了二次夺珠的准备。

长庚有些后悔自己来得匆匆，没有事先预备好趁手的家伙，气恼地一把扯过范金彪手中的长鞭。正在此时，潭水激荡，光芒乍起，白龙昂首摆尾再度跃出。长庚第一个出手，长鞭套住白龙的龙爪，庞大的身躯顿时悬在半空。

长庚抢先下手抓住龙爪，这个鲁莽之举给别人做了嫁衣裳。说时迟，那时快，居觉和尚一点也不浪费机会，右脚飞出，恰好点在长庚的肩头，手中长杆戳向龙嘴，硬是把火龙珠生生给捅了出来；金秋池当然不是吃素的，他将“测阴珠”朝空中用力一丢，火龙珠受“测阴珠”的吸引，落向他的头顶。俗话说，螳螂捕蝉，黄雀在后，明月道士的身子本来是向前冲，已然超过了“赛潘安”半个身子，见火龙珠陡然在空中拐了一个弯，擦过自己的肩膀向下滑落。好一个明月道士，玄虚空中逞英豪，施展九步莲花的上乘身法，软绵绵来了一个拧身，右手同时用力一抖，天罗锦无声无息地向火龙珠罩去。

“赛潘安”眼巴巴看着就要得手，无奈明月道士的天罗锦是“逍遥门”的宝物，虽然看似轻飘，却来如闪电，比火龙珠下降的速度要快上一倍。金秋池黔驴技穷，无计可施，木呆呆地仰望长空，心里问候了明月道士老娘一百遍。

就在天罗锦即将网住火龙珠的那一刻，电光石火之间，龙争虎斗的畚箕窝上空，平白多出了一个人影。被火龙珠耀如白昼的夜幕里，众人竟没有看清这个人影是怎么出现的。只见来人像雄鹰一样扑到火龙珠的上方，伸手将火龙珠捞起，然后，脚尖在天罗锦上轻轻一触，冉冉飘回绝壁之巅。

明月道士、金秋池、长庚、居觉和尚等人刚一落地，还没来得及弄清是怎么回事，失去龙珠的白龙发出震耳欲聋的怒嚎，从九天之上飞纵而下，一头撞向峰顶。刹那间大崩地裂，畚箕窝顶劈为两半，中间被撞开一条宽度达二十余丈的裂痕。

白龙没入崖中消逝不见，伴随着悲哀的龙吟，明月道士、金秋池、长庚、居觉和尚等人站立之处不断崩裂坍塌，岌岌可危。众人惊慌失措，范金彪大声朝对面的安永赫吆喝：“你们有没有绳索？快甩过来，官爷有赏。”

安永赫激动地泪流满面：“伟大的光明使者，你终于肯降临大地。你看，五类魔已经受到了惩罚，它们的末日到了，再也不能污染义人的灵魂。”

周位抡、汪剑峰、黄金亮等人自始至终在一旁观察，虽然没有参与夺珠之争，但同样被隔在深崖一侧。周位抡禁不住摇头叹息，嘲讽范金彪等人：“你们定了教匪的罪名，人家又不是傻瓜，怎么可能救你们？”

“油锤把”郝耀常瞪了范金彪一眼，冲着对面的绝壁深施一礼：“大侠，你要是能拉兄弟一把，郝某甘愿把龙围寨的交椅双手奉上。”

绝壁上的人没有开口，过了片刻，山风送来一阵低低的铜笛声，乐曲初始音色明亮，振翅欲飞；继而浑厚肆虐，信马由缰；俄顷间转为萧瑟寒秋，乌水沉沉，恍若两军激战之后废弃的疆场，满眼荒丘，尸横遍野；后来的曲调渐渐呜咽生涩，好像山中枯竭的断流，又像展翅徘徊的乌鸦，在残阳下咀嚼人类的尸体。

笛声不高，但是音质纯正无瑕，没有一个模糊的音节。众人被笛声吸引，完全进入了一个声音的世界——如同林间小溪，任由山路崎岖；又似无助之燕，听凭风雨裹挟。直到那人缓缓住了铜笛，大伙才猛地苏醒，收住抵抗的心力，脱出了笛声的控制。

证玄大师心中暗叫惭愧，高声念了句佛号：“阿弥陀佛，救人一命胜造七级浮屠，倘若把我等救过悬崖，贫僧一定尽其所有，报答施主再造之恩。”

芦蓬道人也喊：“阁下已经得了龙珠，何不放我们一条生路？”

那人在绝壁上扭过脸来，借着火龙珠的光亮，众人这才看清他的面貌。见此人脸上戴着一副面具，身材高大，体态雄伟；长发披肩，虬髯茂密；体毛裸露，仅在耻部围了一束布，全身肌肉突起，十足的一副野人模样。

良久之后，那人才开口说话，声音如刀刃一般冰冷：“悬崖，难道不是路？”

听到来自绝壁之上的声音，隐身在石洞里的易三娘再也控制不住自己的情绪，珠泪如川滚滚而下。彭秀兰战兢地问：“师傅，真的是阿茂哥？”

易兰花拭去眼角的泪水：“扶为师起来。”

彭秀兰搀着易三娘，余老科用剑拨开洞口的树枝，一行人来到庙前。安永赫、史贵梁二人激动地说：“易女侠，快看，是光明使者，不，是李少侠。”

绝壁之人没有发现易兰花，他将火龙珠拿起来，慢慢蜷入掌中，似乎是在思考什么。过了好大一会儿，他才开口发问：“某看尔等僧道俱全，还有读书人，想必学问不小。某有些许疑问，倘若答得上来，便救尔等的性命，否则万事皆休。”

居觉和尚忙不迭地点头：“施主请讲。”

“天道为阳，地道为阴，人道为何？”那人仿佛是自言自语，“常言天人合一，置地于何方？若论天外复有阴阳，吾辈何由知之？”

听了他的问题，周位抡、汪剑峰、居觉和尚、芦蓬道人都没敢立刻回应，这三个问题实为儒、释、道三家的罩门所在，纵然圣人出世也未必答得妥帖。明月道士见大家哑口无言，觉得正是露脸的好时机，便大模大样地回答：“此有何难？听吾答之。天道为阳，地道为阴，人道亦阴亦阳；天人合一，说的是人先合于地，次合于天。天有九重，人天隔绝，其间自有真龙入世交通。欲问吾辈何由知之，只要问问足下手里的火龙珠。”

“这话倒是不差。”那人低头端详着火龙珠，点了点头，“人天隔绝，阴阳殊途，难灭人心一线牵。苍天有眼，留下这枚珠子叫俺好思量。”

明月道士朗声道：“贫道答上了问题，请足下兑现诺言。”

那人举起火龙珠，这件宝物如同黑夜里的太阳，照亮了玉石流泻的天空。火红的影子长长地自上披下，像一条鲜血铸成的绳索，沉甸甸地搭在深崖两岸。那人蓦然长啸一声：“既然苍天眷顾，赏给吾辈这道探测阴阳奥秘的影子，尔等就顺着它爬过来吧。”

明月道士一听，气得差点没背过气去。

山风扑面，寒气袭人。易兰花来到崖畔仰望夜空，但见绝壁色彩斑驳，犹如一座搭在天边的红船戏棚。她百感交集地喊道：“茂仔，你还不现身，更待何时？”

（第一卷完）

西江英雄傳

XIJIANG
YINGXIONG
ZHUAN

第二卷【情天恨海】

徐炜 著

南方日報出版社
NANFANG DAILY PRESS
中国·广州

第四十一回　母子重逢

野人在绝壁之上，蓦然听到这声虚弱的呼唤，身子微微地晃了一晃，似乎不敢相信自己的耳朵，旋即纵身飞下。但见一个黑点沧海漂浮，凌空摇荡，影子越来越大，转眼间落到易兰花的面前，双膝跪倒，喊了一声"三娘"。

那不是李文茂，他又是谁？

易兰花用手颤抖地抚摸着李文茂的脸颊，根根胡须扎得手掌生疼。往日的青涩少年变成了一介衣不蔽体的野人，这孩子一定吃尽了人间的苦。想起离世的李敬南和冼红玉夫妇，易兰花把李文茂的头揽在怀中，悲从心头起："茂仔，你好狠的心。"

李文茂痛哭失声："孩儿不孝，请三娘责罚。"

易兰花柔声安慰："茂仔，从今以后，咱母子再不分开。哪怕是天大的规矩，哪怕是粉身碎骨，为娘也要助你报仇雪恨。"

"三娘。"李文茂紧紧地抱住易兰花，一刹也舍不得放开。此时此刻，这副娇小的身躯在他眼中不啻如浩浩南海、巍巍昆仑。自从他矢志为父母报仇雪恨以来，"琼花宫"的禁律像锁链一样紧紧地束缚住他的手脚，叫他难以挣脱。如今，易兰花不避生死找到他，给他带来最渴望的母爱和亲情，能不让这个弃儿激动万分？

易兰花用玉指慈爱地梳拢着李文茂的须发，摩挲着他胸前结实的肌肉，当摸到下腹部的伤疤时，心头猛地一缩："这是在大雾山受的伤？"

"早好了。"李文茂腼腆地说，"我自己刺的。"

易兰花心疼地问："为什么要刺伤自己？"

李文茂指着破庙那尊神像："三娘，这尊石像里藏着一套极其古怪的护体神功，最能养气凝神，与阴阳之道不尽相同，孩儿自刺穴道是为了有所领悟。"

望着李文茂自信的眼神，易兰花感到由衷地欣慰。从李文茂龙口夺珠到他在绝壁之上飞纵自如，看得出这孩子的武功进展神速，与从前相比有了天壤之别。看来，这尊"食菜事魔教"的石像果然非同寻常。

她只知其一，不知其二。为了不给易三娘添麻烦，李文茂故意说一半、吞一半，仅言自己参悟石像所藏武功，而没有把修炼"六祖心经"的秘密透露给她。"食菜事魔教"石像所藏三十二穴功法与"六祖心经"隐然有契合之妙，大有共通之处。两种功夫合练，相互印证，相互辉映，事半功倍，帮助他突破"六祖心经"的第一重境界，武学进境一日千里。

李文茂功力大增，对付"韩狐狸"当然更有把握。易兰花放下心来，从怀里摸出一柄紫玉梳："茂仔，待为娘给你收拾收拾。"

见娘儿俩亲亲热热，没完没了，居觉和尚忍不住喊道："阿弥陀佛，两位大侠，你们母子久别重逢，何不把贫僧救过去，让我们也沾点喜气？"

易兰花回到潭水边，笑了笑："各位，茂仔衣不蔽体，不梳洗就见人，岂不显得我红船没有礼数？待我帮他拾掇一下，再接你们过来不迟。"

脚下坍塌隆隆不停，众人恨不得立刻飞过深崖，早点脱离这个生死险地。无奈命运掌握在人家手里，哪敢支吾半个不字？只好暗自祈祷易兰花赶快把李文茂拾掇干净。

李文茂先跳进热潭里洗了个热水澡，然后又进入冰潭来了一个冷水澡，金秋池、长庚、居觉和尚以及明月道士等高手目睹此情此景，无不目瞪口呆——这小子在畚箕窝上飞来飞去的不算，竟然冷热不畏，难道他练出了钢筋铁骨？

夜幕悄悄地撤去，温薰的熹微出现在辽远的天际，易兰花静静矗立在潭边。待李文茂披着白袍跳出冰潭后，她拿起紫玉梳将他的头发仔细梳了一遍，用绒线和头绳扎好，然后抽出“嵌金剑”把李文茂的虬髯刮了个干干净净。刚才毛发披面的草莽野人，转眼间变成了一位英武挺拔的壮士，彭秀兰的心怦怦直跳，脸上不自觉飞出了一朵红晕。

慈母手中线，游子身上衣。

易兰花从彭秀兰手里接过包袱，里面裹着她出发时就准备好的衣物：有她一针一线缝制成的霸王袍，有从东胜街购买的太子盔，有在瓦巷直街精挑细选的雉鸡翎，有委托汾流大街“水秀堂”劳陆氏绣的英雄丝绦，有琼花会馆顾文香织的箭衣、大带，还有从真君庙前街专门定制的万里征云靴。这套别出心裁的新装，融楚霸王、李元霸和李存孝三个角色于一身，裁了楚霸王的迟暮，剪了李元霸的粗鲁，去了李存孝的戾气，恰是一位顶天立地的大英雄。安永赫和史贵梁等人目眩神迷，益发认定他是下凡的光明使者，伏地而拜。

这时，万道金光破云而出，将畚箕窝装扮成金碧辉煌的戏棚。这座天地大舞台正在上演一幕世间最动人的戏剧，角色只有两个，一个是最美丽的女人，一个是最无畏的英雄。众人凝神屏气，观看易兰花一件一件地给李文茂穿戴，红船名伶那副从容而专注的表情，似乎比她倾国倾城的容颜更能折服人心。汪剑峰见金秋池、长庚、居觉和尚、明月道士等人眼里俱露出不同程度的艳羡之情，不由得心悦诚服——红船卓立红尘，出天地而入江湖，所营造的世界美轮美奂，世人不拘贫富和贵贱，少不得对其顶礼膜拜。

易兰花为李文茂穿戴齐整，上下左右端详了一阵子，满意地点点头。她又取出一个小巧精致的绣囊：“茂仔，火龙珠是有灵性的物件，这个绣囊没有用过，拿它来盛吧。”

李文茂伸手打开绣囊，从里面取出三张丝绣的脸谱面具，眼角禁不住湿润起来。虽然三年没见，易三娘却从来没有忘记每年给自己绣一件生日礼物。

“孩子，你已经长大成人，以后不许在人前落泪。”易三娘轻轻拭去他的泪水，疲倦地直起腰，“把那些人带过来。”

安永赫、史贵梁、潘士钦和余老科等人均携有绳索，李文茂向安永赫讨了一根，将内力灌注于绳索，变绳为棍，搭在崖畔将众人救了过来。

"衡山三老"脱出险境，长长地吁了一口气。居觉和尚双手合十："阿弥陀佛，请少侠赐个名号，老衲等愿为少侠日日祈福。"

"出家之人四大皆空，跳出三界外，不在五行中。"李文茂摇了摇头，"法师，别让俗人的名号，污了你们的清修。"

言者无心，听者有意。李文茂随口一句客气话，听在"衡山三老"、芦蓬道人和明月道士的耳朵里，却像是故意讽刺。事实也确实如此，如果这几位出家人果真潜心修道，怎么可能来九嶷山抢夺火龙珠？"衡山三老"满面通红，向易兰花打了个稽首："易女侠，今日搭救之恩容后再报，贫僧等先行一步。"

"些许小事，何足挂齿？"易兰花莞尔一笑。

"衡山三老"、芦蓬道人和明月道士悻悻离去，长庚、"铜蒺藜"、范金彪等人正要跟着他们下山，李文茂迎面拦住去路，问长庚："你这就走吗？"

长庚不由自主握紧了自己的兵器"独脚铜人槊"，这件兵器中原武林极少使用，是以被李文茂一眼认出。他心虚地问："阁下有何指教？"

李文茂觉得很奇怪："你师弟死在我的刀下，你难道不想报仇？"

关东灵狐派传人甚少，这一辈拢共只有哈图泰、长庚和萨尔根三位师兄弟，要说长庚不想为萨尔根报仇那是假的。韩肇庆回到广东水师后，长庚曾向他探寻过李文茂的踪迹，想为师弟报仇雪恨，同时为关东灵狐派正名。俗话说此一时彼一时，李文茂在畚箕窝力挫群雄，硬生生从白龙嘴里夺走火龙珠。这身出神入化的惊人武功，远远超出了长庚的想象，吓破了这位满人中第二条好汉的胆。此刻，在长庚的眼中，李文茂不亚于夺命阎罗，唯恐躲避不及，哪里还顾得上替萨尔根报仇？

"铜蒺藜"行了一个礼："少侠刚刚救了我等性命，长庚大人怎会恩将仇报？"

名列关东灵狐派第二位的大高手，原来是个贪生怕死之辈。李文茂非常瞧不起这号徒有虚名的懦夫，叱喝："滚。"

史贵梁愤愤地喊了一声："莫饶了姓范的。"

李文茂用刀鞘抵在范金彪的肩头，稍稍用力，范金彪立刻感到像泰山压顶，一个趔趄收脚不住，差点喷出一口鲜血。范金彪跪倒在地："少侠饶命，小的没犯死罪。”

李文茂收起刀鞘：“今日我母子相见，不想见血，算你这贼子命大。”

“谢少侠不杀之恩。”范金彪磕头如捣蒜。

“赛潘安”密切注视着李文茂的一举一动，他看得非常清楚——与两年前相比，李文茂的武功突飞猛进，可谓脱胎换骨，比自己高得那不是一星半点。见“衡山三老”和长庚等人先后离去，“油锤把”拽了他一下，示意他趁乱下山。

“赛潘安”没有动，一来他毕竟是粤西绿林和武林的头面人物，后面跟着大批扈从，出入须讲究个面子；二来他知道李文茂耳力卓绝，早从声音里分辨出了他的身份；三来他和李文茂并无过节，不必像长庚那样抱头鼠窜。

“这位道爷，”李文茂问，“咱们好像在哪儿见过？”

两个人头次见面在红船墓园，那一天是李文茂父母的血食之日；今天在畚箕窝又恰好遇到他和易兰花母子相见，李文茂绝不会擅动刀枪。金秋池敛起恐惧之心，大大方方地走上前唱了个喏：“无量天尊，少侠，别来无恙。”

李文茂挖苦地说：“道爷，你又挑了一个好日子。”

“择日不如撞日，金某和少侠命中投缘，往后自有相逢的机会，告辞。”“赛潘安”厚着脸皮拱了拱手，率领“油锤把”一行人大摇大摆离开峰顶。

之后是“摘光道士”周位抡、汪剑峰，李文茂见二人神采奕奕，气质儒雅，不像金秋池一路的绿林卓莽，便抱拳问：“两位是？”

周位抡在大明山听过许多红船的故事，不仅知道李文茂天赋过人，更对易兰花这位红船名伶仰慕已久。此刻，见李文茂发问，他微微一笑，做了一个手势——首先，蜷起右手的拇指和食指，剩余三指按了下胸口；然后拇指、食指、中指伸直，其他两指蜷曲按了下胸口；最后拇指与小指伸直，其余三指蜷曲按住胸口。这三个一气呵成的动作号称“龙头凤尾”，为洪门中人接头的密语：第一个动作指天，第二个动作指地，第三个动作指人。

畚箕窝上竟然有洪家兄弟？易兰花秀眉一动：“这位兄弟如何称呼？”

“不才姓周，名位抡，江湖人称‘摘光道士’的便是。”说着话，周位抡从怀中掏出一卷黄澄澄的三角令旗，递到易兰花手里。易三娘展开一看，原来是总堂的厚土勾陈旗，上边绣着龙飞凤舞的五个大字“敕令万云龙”。

易兰花肃然起敬，“洪顺堂”总堂极少颁发这种令旗，持有者莫不是执行总堂特殊使命的重要人物。当着外人的面，她不便过多盘问，以免泄露底细，于是把三角令旗卷起来郑重地还给“摘光道士”，对李文茂说：“茂仔，见过周道爷。”

李文茂行礼：“道爷，方才多有得罪。”

“少侠天纵英豪，”周位抡赞道，“今日龙口夺珠，果然名不虚传。”

火龙珠在李文茂怀中不住地跳动，像一只火红的松鼠爬上爬下，煞是有趣。黄金亮在一旁看得两眼发直：“道爷，白龙珠怎么会是红的？”

“哈哈，”周位抡笑了，“这个得问令师叔。”

汪剑峰惭愧地说：“龙珠非凡物，骊龙珠传说千载，又有谁能说清它的颜色？今天若非李少侠，我们还不知道白龙珠原来是火龙珠哩。”

“要是能摸一摸就好了。”黄金亮垂涎欲滴。

见黄金亮直勾勾地盯着自己的胸口不放，李文茂从怀里掏出火龙珠，慷慨道：“这位兄弟既然如此喜爱，何妨拿去把玩几日？”

“真的吗？”黄金亮接了过去。

火龙珠乃是天上之物，刚刚下凡便被李文茂一把掳走，难免躁动不安。黄金亮一介凡夫俗子根本降不住它，只听它发出一声长吟，金光大作，像一团熊熊燃烧的大火，瞬间灼伤了黄金亮的双手，逼得众人纷纷退避。易兰花在这些人中身体最虚弱，她不辞辛劳攀登畚箕窝，母子相逢后兴奋过度，忙碌这半天耗尽了仅有的体力。火龙珠当面冲过来，烈焰熏腾，易三娘眼前一黑，一头栽倒在地。李文茂吓得魂飞魄散，抱起易兰花仔细观瞧，发现她眉宇间泛出丝丝靛青色，由微至浓黑成一片，他撕心裂肺地喊道：“三娘，你怎么啦？”

彭秀兰哭着说：“师傅为了寻你，在草鬼山中了蚺蛇之毒。”

李文茂仰天长啸，指着头顶盘旋的火龙珠痛骂：“老天爷，我以为你降下火龙珠，好意让我们母子重逢。闹了半天，原来它是一尊索命的瘟神。”

火龙珠好像能听懂他的话，羞惭地敛起火光，无声地钻回他怀中的绣囊。李文茂愤怒地掏出来掷向深崖，火龙珠依依不舍，再次钻回绣囊。如斯往复三次，周位抡瞧出了端倪，拦住李文茂对他说：“少侠，火龙珠与你有缘，切不可轻弃，必有用场。”

李文茂恨恨地说:“周先生,要它有何用?”

“摘光道士”为了安慰他,随口编了一个理由:“少侠,易大老倌中了蛇毒,这枚珠子天降神物,兴许有治疗蛇毒的奇效呢。”

李文茂将信将疑,把盛有火龙珠的绣囊放进易兰花怀中;潘士钦取出红豆药剂,用竹管为易兰花服下。过了片刻,易三娘慢慢苏醒过来,抓住李文茂的手:“茂仔,我师傅采了一辈子的药,是和桂林城药师巷砂丹道长齐名的药仙。她老人家常说有毒就有药,咱们到七星冲找她医治即可,莫要慌张,失了体面。”

“三娘,”李文茂心如刀绞,“你若有个三长两短,孩儿哪还有脸活在世上?”

“摘光道士”劝解:“少侠不必自责,听易大老倌的。”

安永赫建议:“少侠,此去大桂山尚有几天路程,不如先到我们村里好好歇几天。等易女侠缓过劲来,你们再去七星冲不迟。”

一行人各怀心腹事,下了畚箕窝在山脚分手道别——李文茂、易兰花等人跟随安永赫去村子里歇息疗伤;“摘光道士”南下继续追踪白龙的第三次变身;汪剑峰到白马渡与龙启瑞等诗友会合;黄金亮则斜穿九嶷山回宝剑寨探望双亲。

单表黄金亮风餐露宿,昼夜不舍,三天后,过道州进入永明县境,绵延无边的山峦间终于出现了河谷与平原。此地乃南下粤西的孔道,路上满眼尽为肩扛手提盐袋的行人,前面松柏岗上的枇杷寨,即为盐枭们经常歇脚的巢穴。

在清代嘉庆、道光年间,整个湖南,除了郴州和桂阳州属于粤盐引区外,其他地方均属于淮盐引区。这一点让地处湘粤边界的永州府和宝庆府老百姓大为不满——粤省近在咫尺,所出产的食盐雪白精细、价廉物美,与又粗又黑又贵的淮盐比起来,简直像窈窕淑女站在一群黄脸婆子里,鹤立鸡群,根本没法比。

由于粤盐与淮盐在价格、质量上的双重差异,私盐贩售存在着巨大的利润空间,盐贩子像潮水一样涌入永州、宝庆、衡州、长沙等府,足迹甚至远涉湖北、四川等省。参与贩卖私盐活动的不仅有黑白两道通吃的盐枭,还有成千上万的普通百姓，其中包括大量的妇女。湘粤边界群山连绵，道路崎岖难行，肩扛数十斤甚至上百斤的盐袋，其艰辛程度可想而知，因此在湖南民间素有“最难莫过挑南盐”的谚语。

枇杷寨向南五十里是宝剑寨，黄金亮到了这里等于回到了家。他刚一进寨子，迎面碰到陈士养和蒙银辉，陈士养好像发现了什么稀罕物似的叫唤：“哎呀，金亮哥，你不是跟汪老爷享清福去了吗？几时回来的？”

“老子回不回来，关你屁事？”黄金亮亲热地搂住陈士养的脖子，“你二哥在吗？喊他到阿辉家吃酒。”

陈氏三兄弟在这条线的私盐贩子中为后起的狠角色，老大叫陈主养，老二唤陈戊养，陈士养是老三。三兄弟中陈戊养的武功最强，与黄金亮的刀法只在伯仲之间。以前黄金亮和陈氏三兄弟同属一伙盐贩子，头目名字叫陈永秀，绰号“满庭科”，背后的势力是“全州第一山”观音山大寨主王益元。

全州这个地方虽然属于粤西，但不幸在于它是四战之地——前面是湘南绿林道，屁股后面紧挨着省城桂林。粤西绿林道总瓢把子盖九霄远在河池州天马山，一旦打起仗来连根鸡毛也送不过来。由于这个原因，王益元每年向朱世雄和胡有禄进贡，不拿自个当外人，湘南绿林道也对他网开一面，允准他旗下的陈永秀跨界到永明和道州贩运私盐。

陈士养高兴地说：“寨子里建醮驱鬼，满爷让他扮雷霆驱魔大将军，挎刀压场子。今儿个是第七天，马上就该弄完了，我去叫他。”

枇杷寨建于明代千户守御所原址，地下全是战死的孤魂野鬼，由于担心煞气太重，因此寨子里每年都要举办一次建醮驱鬼仪式。为建醮出资的当然是几个大盐枭，陈戊养刀法出众，人又长得排场，常被邀请担任镇煞的角色。雷霆驱魔大将军即守睢阳城的唐代大将雷万春，由于死得惨烈，老百姓认为其魂魄具有震慑鬼魂的绝大威力。

蒙银辉家开有一间“九源客栈”，蒙母酿造的瓜箪酒在枇杷寨附近是头一份，喝起来清爽解渴，最对黄金亮的胃口。那天下午枇杷寨建醮驱鬼，“九源客栈”也鸡犬不宁，黄金亮老远听见盐贩子“绿渣鬼”跳着脚骂街：“光天化日之下就敢下蛊，这不分明是害老子断子绝孙吗？”

黄金亮和蒙银辉过去一看，“绿渣鬼”那个才五岁的儿子倚在美人靠上，嘴唇起了一个大血泡，哼哼唧唧说不出一句完整的话。在苗、瑶、壮等民族的日常生活中，像小孩子嘴上起个泡之类的小毛病，常常被误认有人下蛊。下蛊在官府的法律中是十恶不赦的罪行，为当地习俗所不容。一旦某个妇女被大伙认定为下蛊的“草鬼婆”，一辈子名誉将难以恢复。

蒙母看到孩子嘴上的血泡，顿时慌了手脚：“谁放的蛊，还不快点收回去？”

“去，”“绿渣鬼”怒吼一声，“把人全给爷爷轰出来。”

“绿渣鬼”一伙约十来个人常年包住在“九源客栈”，是蒙家的大客户和衣食父母，蒙母哪里敢得罪？只好“咚咚”挨个敲门——由于男人不会下蛊，因此怀疑的对象并不多，只有一老二少三个女人。三个嫌犯中，盘老太太五十来岁，和儿子盘新虎去黄甲岭探亲；三十出头的妇女叫牛寅姑，家住塘下源，准备到江华县的盘王庙上香；刘三妹是个白皙的美貌少女，戴着垂挂红丝绒的头巾，身穿无领对开襟的短衣，胸前佩戴一块长方形的胸饰，雪花银扣下面绣着美丽的花纹，看起来有点像被风吹皱的针叶子。

少女脖子挂着银项圈，腰里系着银项链，项链下面是围裙，围裙下面露出一截刀鞘，显得别有一股风味。众人都被刘三妹的相貌迷住了，只有黄金亮突然打了一个寒战，经过这几天和周位抡的朝夕相处，他观察人的角度受到了潜移默化的影响——刘三妹文静的脸庞上，有着一双与她年龄并不相称的深邃目光，隐隐飘出一丝冰冷的影子。

“老实说，”蒙母问，“你们三个谁下的蛊？”

盘老太太和牛寅姑又羞又怕，一个劲地嘟囔：“不是我，不是我。”

“绿渣鬼”叫嚷：“甭废话，挨个给我搜。”

蒙母把三个女人带进屋子里，搜了小半个时辰，什么也没有找出来。她哭丧着脸出来告诉“绿渣鬼”：“爷，没有。”

“你一个死老婆子懂个屌？晚头老子亲自搜身，非把这个害人精找出来不可。”“绿渣鬼”瞥了刘三妹一眼，虚张声势地喊，“谁不答应，谁就是‘草鬼婆’。”

客栈门口围拢了许多看热闹的人，大家看出“绿渣鬼”根本没安好心，打算借着搜查“草鬼婆”的由头揩油。黄金亮从人群里挤出来，皱着眉头对“绿渣鬼”说：“老鬼，你动手搜身恐怕不方便吧，人家是一个黄花大闺女。”

“亮仔，你什么时候回来的？”“绿渣鬼”嬉皮笑脸地说，“对对，你是个雏，应该由你来搜身。不过，她万一要不是黄花闺女，那你可就亏大了。”

瑶家不像汉人那样看重男女大防，“绿渣鬼”的荤话把黄金亮说了个脸红脖子粗。刘三妹却无动于衷，她拿眼睛斜了“绿渣鬼”一眼，出人意料地应允：“依你。”

太阳刚刚落山，陈氏兄弟进了“九源客栈”。陈戊养冲上吊脚楼，大声喊着：“快看看谁来了？阿亮哥，你肯定想不到。”

从陈氏兄弟背后闪出一条结实的汉子，年纪约有二十五六岁，身材瘦削，肌肉却像铁铸的一样。他的嗓门比陈戊养更高：“亮仔，你这个浑小子，还活着呢？”

黄金亮往下一看，喜出望外：“阿宝哥，想煞小弟了。”

哥几个久别重逢，兴奋地拥作一团。那汉子叫陈宝，绰号“混江龙”，柳州府人氏，是陈永秀贩卖私盐的合伙人——“混江龙”负责把私盐从海滨经水路运送到全州，“满庭科”负责把私盐从全州贩往湖南。粤西大江纵横，水寨林立，像“混江龙”这样的后起之秀想谋一碗饭吃的话，只有凭借真本事。陈宝水性极佳，武艺精湛，每次厮杀必身先士卒，因此聚拢了百十号为他效命的好兄弟，在柳江江面上是响当当的人物。

酒过三巡，菜过五味，陈宝问：“亮仔，你将来有什么打算？”

“还能有什么打算？”黄金亮回答，“汪老爷让我多识几个字，将来去考武举，混个军功报效朝廷，走走正途。”

“那算个鸟正途？”陈戊养顶了他一嘴，“湘江和漓江起水寨的，十个里面有八个是顶着功名帽子的老爷。他们白天是绅，晚头是贼，下手狠辣，绝不比绿林道差。”

黄金亮嘿嘿笑了笑：“阿宝哥，你怎么有时间来枇杷寨？”

“阿宝哥给咱们指点明路来了。”陈戊养故作神秘地说。

黄金亮问：“哪条明路？”

“谈不上指点，也就是探探路。”陈宝笑了笑，“这些日子，广东水师在浔江和‘洪德堂’又打了起来。粤西官军的兵船从柳江包抄后路，瞧那副气势汹汹的架势，不把‘洪德堂’水寨干掉誓不罢休。柳江各家老大眼下都暂时停了买卖，避其锋芒。我闲得没事干，突然想起粤东最近时兴的鸦片买卖，听说运一趟的红利比贩盐高几十倍，我打算去粤东实地看看。假如传言果真不虚，那咱爷们还贩个屁私盐？同样是千里奔波、刀头舐血，为什么放着利润丰厚的行当不做，难道咱们是不开眼的乡巴佬？"

"贼佬试砂煲，行不行咱们试一下先。"陈戊养击掌问，"阿亮哥，干不干？"

黄金亮早听说鸦片生意红火，在粤西别说梧州府、桂林府那样的繁盛都市，就连全州这样的小地方也冒出了一家烟馆。他"啪"地把碗倒扣在桌子上："阿宝哥，我跟你们去粤东走一遭，回来再看父母。"

"我最欣赏两位兄弟的本事，将来咱们合伙一起干。"陈宝笑逐颜开，"亮仔，粤东那地方富足得很，而且能开洋荤。戊养兄弟想采办几件番货，你想干点啥？"

黄金亮脱口而出："我想去佛山堡看大戏。"

第二天早上起来，"混江龙"带着几名随从和黄金亮、陈戊养打马上路，行走的路线是从西北朝东南方向斜插过去，跨越姑婆山经贺县和怀集，再沿贺江进入肇庆府。五月的天光不冷不热，山风扑打着脸庞，格外清爽。三位脾气相投的兄弟好不惬意，一边信马由缰，一边畅谈这些年各自遇到过的奇人异事。等黄金亮把畚箕窝的见闻叙述完毕，"混江龙"陈宝立刻瞪大了眼珠："亮仔，你小子好命，竟然见到了真龙？"

"火龙珠扑到怀里都不要，"陈戊养十分向往，"那位李少侠真了不起。"

"红船卧虎藏龙，人才鼎盛，你们去了粤东便知道。""混江龙"道，"不过，江湖上之所以推重红船，主要是因为人家讲义气。易大老倌是名扬四海的红船当家花旦，可为了寻找李少侠，不惜冒着生命危险深入苗山，这份情义谁比得过？"

众人赞叹不已，中午时分到达一个叫梓木坪的小村子。村头搭设一片凉棚，下面有三四张歪斜的桌子供旅人吃饭打尖。陈宝翻身下马："小二，弄些酒肉来。"

店小二答应着，把马匹拉到后面的槽子里喂料。陈戊养端起酒碗刚喝了一口，耳边传来银铃般的声音："苏郎，前面路上不太平吗？"

“对啊，”一个男人回答，“我就是在前面被那个姓贝的踢下悬崖的。”

陈戊养扭头一看，隔着张桌子有一对鸳鸯正在吃酒。说话的少女大约十五六岁，长得那个好看就别提了，大眼睛忽闪忽闪纯真无邪，装扮和刘三妹大同小异。唯一不同的是，她戴的饰物俱为纯金打制，看样子必是个瑶寨头领的女儿。

“苏郎，要是碰到那个害你的贼子，我便赏他一刀。”少女说。

“雪姑，若非滚落悬崖，我也碰不到你。”男子宽厚地说，“既然那个姓贝的成全了咱们俩的好事，你就别再为难他。”

陈戊养猜测得一点没错——少女是千家峒峒主的独生女儿阳雪姑；男子不是别人，正是被贝尘鹤踢下悬崖的苏仁山。千家峒既为瑶族人民传说中的梦境，又是现实生活中的真实存在。那个悬崖下面是千家峒备用的秘密出口，苏仁山因祸得福，踏入了与世隔绝的人间仙境。由于苏神童才华出众，极受瑶人的尊敬，很快便赢得了峒主千金阳雪姑的芳心。金童玉女喜结连理，深埋在苏仁山心底的邝露之梦，就这样阴差阳错地实现了。

店小二端上油茶请众人品尝，山道上马蹄声声，来了一拨客人。黄金亮一看竟然是“绿渣鬼”一伙，更让人惊愕的是，刘三妹居然跟在他身后。

“哥几个，又见面了。”“绿渣鬼”满面春风地打着招呼。

黄金亮问：“老鬼，你怎么也走这条道？”

“刘姑娘家住姑婆山，我特地送她一程，不信你可以问她。”“绿渣鬼”得意地说。

刘三妹下马后，瞬时被阳雪姑的装扮吸引住了目光；阳雪姑惊奇地发现，刘三妹和自己拥有同样的胸饰。这种美丽的花纹其实是一组十分神秘的文字，名为“女书”，向来只在瑶寨的女人间传授，男人难解其秘。

刘三妹弯腰施礼：“在下刘三妹，小姐莫非是峒主的千金？”

阳雪姑点头：“嗯，我叫阳雪姑。”

刘三妹问：“小姐去哪里？”

阳雪姑略带羞涩地说：“苏郎家在粤东顺德，我跟他回家。”

“粤东？”刘三妹劝道，“听说官军和洪门在梧州府一带打得难解难分，走怀集、贺江那条路又不怎么太平。小姐，你何不迟走些日子？”

“混江龙”陈宝吃了一惊，刘三妹对两粤交界处的形势了如指掌，娓娓道来，看来绝非一介寻常的瑶家女子。

“哼，本姑娘偏要走漓江、府江一线。”阳雪姑傲然道。好一个无所畏惧的峒主千金，说完话跃上胭脂驹，和苏仁山策马离开了梓木坪。

黄金亮吓唬“绿渣鬼”：“老鬼，你胆子不小。我听说笔帽山的女匪心狠手辣，专拣男人下刀子。俊男人抓回去炼阴丹，丑男人剁碎了喂野狗……”

“绿渣鬼”脸色变了几变，对刘三妹说：“刘姑娘，要不咱们绕道走？”

刘三妹娇嗔：“翻过山就是我家，还往哪儿绕？”

“好好，照你的意思办。”“绿渣鬼”慌忙应承，“我也认认你家的门。”

吃罢饭，两伙人合为一伙继续向前进发。“绿渣鬼”知道陈宝、黄金亮和陈戊养三人武艺高强，心里有了依靠，路上不时地絮絮叨叨，说一些荤话骚扰刘三妹。刘三妹也不生恼，只是一马当先冲在队伍的最前头，把他的话当耳旁风。

马队速度极快，傍晚时分已经飞抵笔帽山下。这里群山连绵，属于姑婆山的余脉，四周不见一户人家。黄金亮对大伙说：“天色已晚，各位，明日再闯笔帽山吧。”

“绿渣鬼”颠簸了一路，人困马乏，跳下马连声附和：“老子真是折腾不动了，大家就听亮仔的，吃酒睡觉，明天早上再走。”

笔帽山是女匪首“黑无常”盘踞的山头，夜里过山的话风险太大。大伙皆无异议，寻了块林边空地坐了下来，摆上食物开始狼吞虎咽。夏夜如春，薄雾缱绻，几碗烈酒下肚，“绿渣鬼”腹中火烧火燎，淫心顿起。他揪住一名手下的耳朵：“刘姑娘在哪儿？”

那人努了努嘴：“林子里。”

大家朝林子看去，月影朦胧，什么也看不清，只能听到泉水叮当作响。刘三妹好像在水边洗浴，一阵歌声不经意间打破宁静，朦朦胧胧地拂了过来：

蝴蝶偏偏石头飞，不晓何处栖我身？
八角楼台官坐满，小鸟林中好恓惶。
哪里门边官不坐，烦请秀才引路明；

此处塘深鱼儿住，得罪众官莫笑吟。

…………

这是一首瑶寨迎亲问答的歌谣，“绿渣鬼”听到半截喜得合不拢嘴，抄起一筒簸箕肉和一壶瓜箪酒，故意提高嗓门：“爷给刘姑娘送饭去。”

他走了以后，黄金亮闷头饮酒。起初尚能听到林子里“绿渣鬼”淫荡的笑声，没过一会那边寂静下来。夜幕沉沉，“混江龙”、黄金亮和陈戊养等一伙人喝得酩酊大醉，躺在草地上呼呼大睡。风像一只温柔的小手，拨弄着旅人的睡眠曲，杜鹃花开满了黄金亮的梦乡。从远方飘来的气流吹折了娇嫩的花托，将流淌在半空的旖旎一扫而光，没有留下一片叶子，甚至没有留下一缕影子，什么东西绞住了自己的嘴唇？

那东西温如柔荑，散发着醉人的熏烟。黄金亮苏醒，一张美丽的面庞出现在眼前——这副神情和白天没有任何区别，没有杀气，也没有淫邪。

“你醒了？”刘三妹盯住他问。

黄金亮打算站起来，两只胳膊却提不起一点力气。他脑子里“嗡”的一下，冷汗立刻从额头冒出来：坏了，着了这婆娘的道。

“你这人心眼还算不坏。”刘三妹举起右手，手里面赫然提着“绿渣鬼”的头壳，鲜血“滴滴答答”在地面迸溅，震得黄金亮头皮发麻。

他攒足了力气问：“你到底是谁？”

“这座山的大当家。”刘三妹抿着嘴回答。

黄金亮惊叫失声：“‘黑无常’？”

“你们两个嫩雏伺候老娘，其他蠢物送到三王山，大卸八块，点灯熬油。”刘三妹左手揪住黄金亮的脖领子，右手提起陈戊养腰间的大带，健步如飞回转笔帽山。

第四十二回　至阴至阳

三王山下嘈杂声声，纷乱不已，大寨主"莫剥皮"急遣喽啰下山探视。不大一会，有人上山来报："大王，笔帽山女大王送来十几头焖倒的肉猪。没想到里面有一个扎手的，在山脚醒过来，砍了几个笔帽山的押运，失惶惶地夺路蹿了。"

"这事不大合适，""莫剥皮"连连摇头，"人家好意送给咱们肉猪，却无端撂了几个伙计，真叫人过意不去。"

二寨主"姚抽筋"提议："叫小的们抬两箱银元宝回个礼。"

"只好如此。""莫剥皮"问，"给金爷的礼物备妥了？"

三王山的三位寨主出身湘西赶尸匠，在江湖上赫赫有名。哥仨对活人兴趣不大，偏偏对尸首情有独钟，并具有很深的造诣。"赛潘安"常来姑婆山修行，曾指点过他们炼人丹，三位寨主把他当神仙一样供奉。这次听说金秋池来到瓦窑冲，特地命令喽啰下山设伏，打算抓一群过路的娘们，拿迷香熏了，塞进牛车，送给他作见面礼。

"姚抽筋"提议："备妥是备妥了，不过，我看大哥最好别去。"

"为甚？""莫剥皮"纳闷。

“姚抽筋”回答：“昨天我碰到了老鹤，听说金爷去九嶷山没占到便宜，这些日子动不动拿他撒气。大哥，金爷虽然指点过咱们法术，但你老人家毕竟是一山之主，又不归他粤西绿林道管辖，没必要迁就他。”

“剔骨龙”柯振海命丧罗浮山，其师粤西绿林总瓢把子盖九霄在河池州鞭长莫及，干脆做了个顺水人情，把瓦窑冲交给圣堂山来管理。蓝太武手里没有合适的人选，为了惩戒屡屡失手的贝尘鹤，金秋池发配他到瓦窑冲当寨主。

“是这个理。”“莫剥皮”被说动了心，“老二，那辛苦你走一遭，把肉猪送到瓦窑冲的山脚就回来，免得看到金爷，让他问这问那的。”

“这堆母猪里有一个头面俊俏，”“姚抽筋”问，“笔帽山大当家特意选的，你不打算享用？”

“她有这么细致？别是又捉弄老子的吧？”“莫剥皮”顿了顿，然后摇头，“眼下寨子里的存货太多，舍不得杀你就要管肚皮，咱们哪有这么多的粮草？娘们嘛，脱了衣服、剥了皮都一样，磨枪可以，炼人丹断断不行。”

“姚抽筋”对大哥言听计从，当即领兵下山，去给瓦窑冲送礼。贝尘鹤接到探报，来到山门向他打了个躬：“二当家的，山上请。”

“我们逮的这堆货色尽是一些凸脸山鸡，难入金爷的法眼，我就不上山献丑了。”“姚抽筋”寒暄了几句，然后神秘地压低了嗓子，“老鹤，这里头有一个溜光水滑的小娘们，是二哥特意给你留的鲜口。刚刚抄上山，连根手指头也没动。”

贝尘鹤信马由缰，过去拿剑鞘随便扒拉了两下，果然发现有一张俊俏的脸。这张脸的脸部稍宽，别有一种健美的风情，大概迷香药还没完全失效，眼皮耷拉，看不清她的眼神。从肤色判断，这个雏的年纪大约在十四五岁。他客气地抱了抱拳：“贝某改日送二当家的一架十三行的大座钟，里面有个光腚的番鬼婆，会叫床呢。”

“姚抽筋”嫉妒地问：“老鹤，你还开过洋荤？”

瓦窑冲是个山清水秀的好地方，尤其后山鲜花烂漫，随处可见清澈如镜的潭水。金秋池和贝尘鹤手下这伙淫贼贩卖妇女多年，早已形成了一套行之有效的工作程序——喽啰们把女人拉到后山，第一个程序是剥洗干净，粗略地过一遍筛子，然后等待贝尘鹤的精细分类，确定其销售价格，贴上标签送到粤东脱手。

后山的喽啰正在屋里赌番摊，人人兴高采烈，见牛车拉来了十多个女人，谁也舍不得下桌子。小头目对“肉脚板”说：“你手气差，别玩了，去干活。”

“肉脚板”负责区分女人的脚掌，他这个活最轻省——因为湘粤一带小门小户的女人多为天足，缠足的小脚女人不是有钱人家，便为外省籍贯，所占的比例并不大。他嘟囔：“我才不去呢，万一碰到个有脚气的，三天手气都别想缓过来，让‘奶头二’去。”

“奶头二”细胳膊细腿，有着一双极其灵巧的手掌，揉搓女人乳房固然是他的职业，赌番摊、出老千更是一把好手。他不愿意错过玩耍捞钱的机会，连头也没有抬：“老三，你成天抠女人裤裆，占便宜揩油总是头一个，这回还不该出点力气？”

老三姓包，长得圆滚滚、肥头大耳，所以得了个绰号叫“屁股包”，一口回绝：“你们只看见贼吃肉，没见过贼挨打。女人裤裆最他老母的晦气，平时谁帮我扒来着？包爷看了一辈子臭气熏天的屁股，该和‘斯文脸’换一换。”

“对，”众人一致赞同，“‘斯文脸’，你去抠屁股。”

“斯文脸”姓斯，念过两天书，修过几日道法。其父原为游方郎中，因为写错药方害死了地头蛇，全家被逮下狱治罪，只有他一个逃到瓦窑冲落脚。由于他身材单薄，自命不凡，因此成了“肉脚板”“奶头二”“屁股包”等人经常欺负的对象。

“斯文脸”知道这趟活推不掉，哼唧了一句：“你们别后悔，万一要是有嫩口，老子先吃个痛快，你们就等着涮锅吧。”

众人哄堂大笑：“噎不死你。”

“斯文脸”没奈何出了屋子，见牛车上横七竖八摞着十来个女人，年龄有大有小，莫不是蓬头垢面、衣衫不整。他厌倦地闭上眼睛，伸出手在女人的脸蛋上摸索了起来。由于见到的女人太多，加上眼神不济，“斯文脸”练就了一手“摸脸品相”的绝技，单用几根手指头，便能精确判断出女人的美丑。摸着摸着，“斯文脸”的手摸到了那个花季少女的脸，他惊讶地睁开双眼，用力把压在上面的女人扒拉到一边。见那少女花容月貌，立时心花怒放，急忙撩起一捧潭水洗净了少女的脸庞，越看越欢喜，“喂，醒醒，醒醒。”

大约是迷药过了药劲，少女缓缓张开双目，露出清澈的眼睛，乌黑的瞳仁闪烁着雪山之光，能把人冻一个大跟斗。“斯文脸”以前在山上剥洗过的女人，眼神无一不是惶恐绝望、暗淡无光，鼻涕眼泪和灰尘沾满了脸，从来没有领略到这样的光彩。他快活地接连打了几个嗝，丢他老母，还是个冷美人呢。

“斯文脸”心中淫火燃烧，顾不得众娘们在侧，立即把少女从牛车上拖到潭边，先剥去了上衣，给少女擦抹玉背；然后把裙子褪到膝盖处，捧着少女的翘臀使劲地亲了一顿；这才沾湿大巾，架起少女的双腿开始清洗屁股。被掳掠来的女人此刻基本上恢复了意识，见“斯文脸”当众猥亵少女，恬不知耻地要表演活春宫，愈发害羞地闭上了眼。

“一群下贱的没屌货，不许闭眼。惹恼你家斯爷，立时把你们送回三王山大卸八块，点灯熬油。”“斯文脸”一边恐吓，一边淫笑着把少女翻了过来。

“哇。”女人们的声音更大了。

“斯文脸”察觉有异，慌忙低头一看，惊得目瞪口呆——这位赤身露体的妙龄少女两股之间鼓鼓囊囊裹着一堆东西，原来是一个雄的！

没等“斯文脸”反应过来，对方一个鲤鱼打挺跳了起来，右拳极其准确地砸在他瘦削的下巴上。这位状若少女的汉子力气着实不小，但听“咔吧”一声，“斯文脸”的下颌骨挨了一记重拳，连哼都没有来得及哼，扑通栽倒在地。

“杀人啦，杀人啦。”女人们杀猪一样尖叫起来。

正在屋子里赌博的几名喽啰操起刀枪杀了出来，汉子扯了件裙子系在裆部遮羞，三跳两跳蹿向树丛。喽啰们随后追赶，漫山遍野地呼喊：“别让那娘们跑了。”

趁着四月底、五月初西江水逐渐丰沛的季节，广东水师把载有四千斤重炮的战舰悄悄拉出封川江口，以强大的火力猛攻“洪德堂”水寨。在洋人开衅前首先解决洪门水上力量，既是卢坤临终前念兹在兹的方略，也是关天培精心筹谋了近两年的军事计划。为此，他亲自坐镇梧州城指挥广东水师，意欲一举荡平浔江这个水上咽喉要道，打通粤西三江六水。广东水师攻打“洪德堂”的水上防线，迫使“洪胜堂”主力全线回防大明山，从盖九霄到蓝太武、金秋池无不松了一口气。对粤西绿林道而言，最希望看到的结局自然是官府和洪门两败俱伤，从而为自己赢得一个相对宽松的生存空间。

当然，凡事利弊相生，“赛潘安”可以悠闲自在地坐山观虎斗，但浔江战火纷飞，也影响到了圣堂山贩卖妇女的生意。“白嘴鱼”的濛江水寨位于浔江、濛江交汇处，他那边发不出到粤东的船只，直接导致大峒寨、瓦窑冲等中转站积压的“货物”越来越多，总这么下去必定坐吃山空，该想个法子了。

听贝尘鹤汇报二寨主只把“礼”送到山门，金秋池唉声叹气地对“油锤把”说：“人家知道咱爷们眼下不走运，连上山吃口茶也没心思。”

“油锤把”明白金秋池仍在为畚箕窝的事耿耿于怀，出言安慰：“金爷，宝贝嘛，有一样就够使，你手里有‘测阴珠’，龙珠能否弄到手不打紧。再说，连明月道士、长庚、‘衡山三老’尚且不是李家伢仔的对手，咱们有什么好丢人的？”

“‘测阴珠’岂能与龙珠相比？”金秋池苦笑，“‘测阴珠’只会识物辨体，而那龙珠则是通神的奇宝。老郝，我总不能一辈子鼓捣女人这点事吧？”

“金爷雄图大志，郝某万万不及。”“油锤把”恭维，“不过，你老人家要是能找到至阴之体，练成‘驭阴功’，不也是奇功一件？”

金秋池取出“测阴珠”，唏嘘不已：“这么好的东西，放在我手里真是瞎了。几十年光景白白荒废，从不见至阴之体，金某有辱师门多矣。”

“至阴之体要是那么容易找到，还算什么稀罕物？”“油锤把”不以为然，“金爷，这事你要跟‘白无常’那娘们学，你看人家多执着？”

沿着瓦窑冲向北走三十里，在姑婆山深处有一个地方名叫六步潭，其后为一座突兀崛起的山峰——盖天顶，乃是粤西地界谈虎色变的禁区。这座山的大部分山体常年被浓雾遮盖，人在三尺外看不清对方的身影。山中悬崖、深潭、沟壑、瀑布一个挨一个，不小心踏错步，立马死于非命，别说人迹罕至，就是毒蛇猛兽也几乎不见踪影。

然而，这里亦是姑婆山最为瑰丽的神奇之地，盖天顶的峰顶有一座整齐的天台，傲然耸立于群山之上。白云镶嵌在平台周边，间或雾霭徐徐，间或光彩万丈——雾霭像重重幕帘，青烟缭绕，余味悠长；绮丽如斑斓彩衣，光芒万丈，奇幻不定。令人诧异的是，凡是下雨天，从山脚的六步潭向上望去，那天台好似近在咫尺，一草一木清晰可辨。

“赛潘安”行走江湖多年，踏遍万里河山，只有两个地方令他望洋兴叹，一个是南海极渊处，另一个即为盖天顶。对于修法探宝的人来说，举凡那些人力所不能到达的地方，往往藏着世间罕有的奇物，“赛潘安”因此时时挂念，耿耿于怀。

六步潭原是个有二三十户人家的小山村，由于地处深山，盖天顶又被视为不祥之地，村民逐渐外迁，村落废弃多年。两年前，这里重新点起了炊烟，经贝尘鹤介绍，“神楼灯”和“白无常”把澄明法师弄到这儿修炼“六祖心经”。澄明法师对“六祖心经”的了解仅仅是只鳞片爪的皮毛，两年下来，别说“神楼灯”、贝尘鹤、“白无常”和“糯米狗”等人绝望，他自己也练成了失心疯，整天疯疯癫癫说不成一句人话。无奈之下，苗天玉把师傅接走，“神楼灯”和“糯米狗”随后相继离开，只有“白无常”照旧守在这个偏僻的山村，操练起老本行“驭阳功”。

“白无常”和“黑无常”源出同门，但“白无常”的师傅是掌门师姐，给“白无常”传下了法物“招魂鱼鼓”，因此“白无常”的功力比“黑无常”要高出不少。以她这样高的法力藏身小小六步潭，在贝尘鹤眼里是典型的守株待兔——至阳之体和至阴之体同样难寻，你不云游四海、寻芳猎艳，却一头扎在这个穷山恶岭，不是头壳积水了吗？

当然，姜毕竟是老的辣，金秋池的眼力比贝尘鹤明显高出一筹。他对“白无常”的性格非常熟悉，这娘们和一根筋的“黑无常”全然不同，心窍精得不差鬼，不可能干那些没有道理的荒唐事。在“赛潘安”看来，她留在六步潭，必定与盖天顶有着某种关联。

凭她的本事还惦记上盖天顶？简直是癞蛤蟆想吃天鹅肉。金秋池暗暗摇头，“油锤把”以为他懊恼自责，好言相劝：“金爷，再过半个月，黄泰冲家里办水陆诗会。依小弟看，咱们干脆去他那儿热闹一番，去去郁闷。”

平乐府飞云庄的庄主黄泰冲是桂江流域著名的“米饭主”，所谓“米饭主”是一个黑白通吃的称谓——白道上黄泰冲是家财万贯的大地主，官员、士绅无不倾心结纳；黑道上他是粤西武林排第八名的好汉，江湖中人谁敢不给他三分薄面？除此之外，黄泰冲经常在飞云庄举办水陆诗会，明着是邀请周围各府县的名士赏月赋诗，暗地里招待江湖各路豪杰。他的飞云庄，说穿了就是一个江湖买卖的交易平台。

“赛潘安”自命风雅，飞云庄的水陆诗会倒是一个消遣的好地方。他叹了口气，将“测阴珠”交给贝尘鹤：“把它收起来，省得老子看着不痛快。”

贝尘鹤诚惶诚恐地问：“师傅，你不用了？”

“要它有个屌用？”金秋池恨恨不已地骂，“这么多年，哪一次见过它白亮？你们这群废柴更是不顶劲，老郝，咱们下山。”

师傅震怒，贝尘鹤哪敢顶嘴，带人把金秋池和“油锤把”送出山门，犹豫道：“要不还是弟子到广州府走一趟？师傅，那边四方汇聚，生齿繁多，保不齐…”

“我看你是嫌这里荒凉吧？”金秋池讥讽，“阿鹤，你想舒坦为师不反对，但须把一对招子擦亮先，得知道什么是正经事。别总把自个当简大少，成天混在一群脂粉堆里，白搭工夫糟蹋身子骨，能练出什么本事？”

贝尘鹤喃喃地说：“师傅，我不是那样的人。”

“油锤把”笑道：“小鹤，你的衫子着火了。”

贝尘鹤低头一看，自己右侧衬衣的口袋火亮一片，吓得他连忙把放在里面的“测阴珠”掏出来——那不是火，而是“测阴珠”发出的红光。

贝尘鹤忙不迭地嚷：“师傅，你快看，这是什么？”

“测阴珠”虽然比不上火龙珠，但亦是一件难得的宝物，当它感应到至阴之体时会发出纯白无瑕的光芒。金秋池接手“测阴珠”以来，还从没见这宝物发出过红光，他奇怪地将目光移向远方，天边传来轻捷的马蹄声，丛林中闪出三匹欢快的马儿。

冲在最前面的是赤兔马，它像一株骄傲的火焰，盛开在辽阔的草原和森林；之后是一匹白龙驹，它像一朵纯朴的白云，游弋在无垠的苍穹与天河；最后一匹马出现了，天哪，竟然是一匹蓝色的马？金秋池揉了揉眼珠，没错，是蓝色的！

得知易兰花找到李文茂的消息，陈罗婵再也无心留在七星冲。她瞒着龙华师太，偷偷地从马厩里牵出赤兔马，刚刚跑出十来里地，易如真和冯玉娘就骑着马追了上来。陈罗婵勒住马没好气地问：“你们俩来干吗？”

易如真这年刚满十三，天真烂漫得像一张白纸，根本不懂得掩饰，她噘着嘴说：“你能去见阿妈和阿茂哥，我们凭什么不能？”

“你不怕师祖她老人家责怪?”陈罗婵又问冯玉娘。

释心师太每次去永宁百寿岩炼丹,都会把冯玉娘丢到大桂山。龙华师太对这丫头的武学慧根赞不绝口,向来倾囊相授,并不把她当外人看。结果,两年多时间练下来,冯玉娘的功夫登堂入室,把陈罗婵、易如真甩得更远了。冯玉娘怕陈罗婵、易如真在外面吃亏,这才急急忙忙追上来。她知道陈罗婵心高气傲,绝对不肯轻易接受她的保护,于是编了个由头:“你们俩都跑了,回头师太还不拿我撒气?”

“去可以,”陈罗婵摆出了大姐的派头,“不过你们得像个样子。”

两个小姑娘一起问:“什么样子?”

“为了让阿妈和阿茂哥看得过眼,也为了咱们今后在江湖上的名头,必须办两桩事。首先一个,穿的衣服应该和骑的马颜色相配。”陈罗婵煞有介事地对易如真说,“你这匹马的毛色太难看,像人脸上长的痘皮,换一个颜色吧。”

易如真匆匆和冯玉娘追上来,在马厩里顺手牵了匹花斑豹,她自己也看着不舒服。听陈罗婵一说,她好奇地问:“怎么换?”

“连这都不懂?”陈罗婵不高兴地跳下马,从包袱里取出一封蓝靛颜料,兑了潭水开始给花斑豹染色。不大一会,便把花斑豹染成了一匹蓝马。

易如真用手一摸,妈呀,手掌心蓝汪汪的,见不到一块肉色,活像一个大鬼脸。她跺着脚大声嚷了起来:“阿婵姐,你这个办法好归好,可是马掉色,根本没法骑。”

“明天早上太阳出来,”陈罗婵回答,“好好地晒它一天就干了。”

冯玉娘知道她存心甩掉易如真,接着问陈罗婵:“那第二呢?”

“第二嘛,咱们三个得制作一面令旗当招牌。”陈罗婵洋洋得意,“我是现成的,和我剑鞘、面具上一模一样,你们俩呢?”

冯玉娘、易如真定睛一看,果然,赤兔马的马头上插着一面三角令旗,上面绘着一对栩栩如生的玉蝉,旁边描着一株娇艳欲滴的桃花。

两个小家伙不想被她刁难住,把随身携带的包袱摘下来。捣鼓了半天,冯玉娘找到一面绣着梅花的手帕,易如真抽出母亲留下的一副兰花面具。她们用剑砍下两株树枝,缠好了插在马头上,虽然粗制劣造,但好歹算是一面令旗。

颜色也染了，令旗也制了，看来冯玉娘和易如真是铁了心要跟着自己走。陈罗婵嘟嘟囔囔地跳上马，三个少女不知疲倦一路打马驰入姑婆山。在炽烈的阳光下，奔跑的马儿浑身湿淋淋地淌汗，等跑到金秋池等人对面，蓝马又变回了花斑豹。

陈罗婵、冯玉娘、易如真三骑冲到近前，陈罗婵拿剑指着贝尘鹤惊讶地问："你不是那个淫贼吗？怎么改行劫道了？"

"陈姑娘好眼力。"贝尘鹤心中狂喜，对金秋池说，"师傅，她就是得了'囚龙草'的那个女仔。姓苏的那株碧血仙茅，就是她给的。"

"赛潘安"两眼紧紧盯着眼前这三个美如天仙的少女，终于悟出了一个连师傅都没告诉他的秘密——当"测阴珠"遇到一个至阴之体时，会发出白光；而遇到一群至阴之体时，它便会发出红光。金秋池的师傅一辈子也没有遇到过一个至阴之体，而自己今天竟然同时遇到了三个至阴之体，淫贼激动得双腿一催战马，喝声："哪里走？"

陈罗婵并不知道眼前的对手乃是粤西武林的顶尖大高手，初生牛犊不怕虎，她掣出"蝉翼剑"迎了上去，娇嗔："不肖贼子，吃姑奶奶一剑。"

金秋池哪肯把她放在眼里？不到五个照面，右手峨嵋刺挡住"蝉翼剑"，左手竖起中指，疾点陈罗婵的膻中穴，意欲将她生擒活拿。陈罗婵虽然跟着龙华师太学了不少本事，但和金秋池比起来无异于天地之别。见"赛潘安"突然一指戳来，陈罗婵想撤回"蝉翼剑"已来不及，"啊呀"一声，束手无策，坐以待毙。

便在这个千钧一发的危急关头，金秋池就感觉眼前一花，陈罗婵右臂的臂环突然分解成无数根"囚龙草"，好似一丛箭，扑面向自己射来。"赛潘安"撤左手全力抵挡，陈罗婵侥幸摆脱一难，骑着赤兔马向北败阵落跑。

冯玉娘一见"赛潘安"的功夫，心中暗自叫苦，看来今天遇到了武林大高手，只怕是凶多吉少。她抬手从马肚子上摘下梅花亮银枪，在奋力刺向金秋池的同时，大声招呼着陈罗婵和易如真："阿婵，阿真，快跑啊。"

"赛潘安"用峨嵋刺力格梅花亮银枪，"咣当"一声右臂被震得发麻，差一点把峨嵋刺抛在半空。金秋池吃惊非小，眼前这位梳着双髻的红衣少女臂力甚强，枪法神出鬼没，没有五六十个回合看来占不到便宜。他不愿意浪费时间，向“油锤把”和贝尘鹤使了个眼色，拨转马头去追赶陈罗婵，“油锤把”扑向易如真，贝尘鹤则死死地缠住冯玉娘。

眨眼之间，陈罗婵和易如真跑得无影无踪，战阵中只剩下冯玉娘和贝尘鹤。两个人马打盘旋战了十来个回合，美少女右手枪横扫，左手从背上抽出柳叶刀，唰的一下砍向贝尘鹤。贝尘鹤躲过梅花亮银枪，腰板刚抬起来一半，耳轮中听到风声响起，情知不妙，拧身避闪，这一刀没有砍到脖子，落下来扫中了大腿。

贝尘鹤在马上抖了一抖，差一点没有掉下来。大腿鲜血如崩，疼痛难忍，他用脚镫猛地磕了一下坐骑的腹部，落荒逃归本寨。

冯玉娘怎么肯舍，从山下杀到山上，将瓦窑冲杀了个天翻地覆。正当她心急如焚，四处寻找陈罗婵和易如真的时候，忽然听到后山传来阵阵喊杀声。冯玉娘催马来到后山，发现几十个喽啰正在追逐一个衣不蔽体的“女人”。她纵马驱散了瓦窑冲的山匪，问道：“你有没有看到两个骑马的女仔？”

“骑马的女仔？”那个“女人”摇摇头，“没看见。”

这人虽然穿着裙子，但从他赤裸的上身和隆起的喉结来看，显然是位年轻后生。冯玉娘诧异地问：“你叫什么？哪里人氏？”

“多谢姑娘救命之恩。”那后生回答，“小的叫张嘉祥，肇庆府高要沙浦镇人。”

冯玉娘问：“你既然是高要人，为何到此地来？”

张嘉祥脸上露出羞惭之色。这也难怪，他和冯玉娘年纪相近，人家一个如花似玉的小姑娘把土匪打得落花流水，自己却被人撵得抱头鼠窜，狼狈不堪，体面荡然无存。过了片刻，他抬头说：“小的跟叔父在贺县打佣工，财主是个瑶人，每年在江华县盘王庙举办师公法会，除了傩神外还出份子赞助马色。大伙儿说我长得像女人，年纪又小，便花钱雇我当色心。往年这条道来回走都没事，谁知今年刚到半路，就被笔帽山的土匪下了迷香。”

冯玉娘道：“那你赶快回去吧，免得家里人担心。”

“不瞒姑娘你说，小的在鼎湖山学过几年把式，等闲之人不是我的对手。”张嘉祥一点也没有急着回家的意思，而是向冯玉娘深施一礼，“姑娘，你这么靓的本事在哪里学的？说了半天我还不知道你的高姓大名？”

冯玉娘迟疑地说："我姓冯，在新会象山紫云洞学艺。"

"紫云洞的功夫？难怪这么厉害。"张嘉祥夸赞了一句，摆出一副讲义气的样子，"新会县和高要县距离不远，姑娘，他乡遇故知，看来咱们有缘分。你救了在下的命，在下自然应该报答。你不是要找骑马的女仔吗？这一带的路我熟，让我带你去找吧。"

"你行吗？"冯玉娘疑惑地问。

张嘉祥的自尊心被刺痛了，他径直来到一块重约五六百斤重的巨石前，双臂运力，两脚踏在实处，猛然把巨石举过头顶，匀气说："你看行吗？"

冯玉娘窘迫地说："你换一件干净的衫子，咱们去救人。"

张嘉祥换了件大衫，从地上捡了一把顺刀，翻身上马。二人沿着大道纵马北上，一座山头接着一座山头地搜寻过去。接近黄昏时分，终于听到前面有刀剑格斗的刺耳动静。冯玉娘一马当先冲过去，见两伙人正打斗激烈：一伙是行脚旅客，四五个老爷和十来个仆役；另外一伙是五个蒙面的妇女，个个身法矫健，刀法娴熟，显然是江湖中人。

行脚旅客里面，真正能打的只有一个中年人，手里使一把青霜剑，拼尽全力迎战一位妙龄女子。那妙龄女子显然是女杀手的头领，手提秋水雁翎刀，闲庭信步，不紧不慢，似乎根本没有把对手放在眼里。冯玉娘寻觅陈罗婵和易如真心切，无心观战看热闹，正打算离开，忽然听到声声惊叫。只见一名头戴金雀顶的白面书生趔趄跌倒，周围保护他的仆役刚想去搀扶，斜刺里劈出一刀，仆役躲避不及被砍倒在地，一命归西。

眼看那个白面书生即将丧命当场，冯玉娘驱马飞至，梅花亮银枪以凌厉之势刺向敌人的心口。对方不得已，闪身躲避，趁这工夫冯玉娘一把提起书生的脖领将他丢在马背上，白龙驹刹不住冲劲，对着女匪首直扑过去。好一个冯玉娘，马到枪到，枪头如九转灵蛇，吐着"嘶嘶"的蛇信刺向女匪首。后者不敢硬接，拧身跳出圈外。

冯玉娘逞威沙场，女杀手们望而生畏，撤至其首领身后，对阵厮杀暂且停歇。冯玉娘收起梅花亮银枪，打算把白面书生放到地上，没想到这个举人老爷大概是被吓晕了，双手死死搂住冯玉娘的腰肢不撒手。小姑娘使劲甩了一下，反而把他的双手甩到了上面，不偏不倚，恰好按在了姑娘的双乳上。

冯玉娘哪经过这个阵势，顿时又羞又急，两腮飞起红云，横枪立马于战阵中央，不知道怎么办才好。

这伙招摇过市的老爷不是别人，正是汪剑峰、龙启瑞、赵德湘、彭昱尧等人。他们一行离开白马渡后，自潇水源头舍舟登陆，骑马的骑马，乘驴的乘驴，不走通往全州的大道，偏要进姑婆山赏玩山水，结果一头撞见了索命的冤魂。

见龙启瑞昏昏沉沉，两只手死死地搂住冯玉娘的酥胸不肯撒手，汪剑峰吓了一跳，大声喊喝："翰臣，醒醒，不得无礼。"

龙启瑞从惊慌中缓过神来，愕然发现了自己的无状，慌忙松开两只手，扑通一声从白龙驹上摔了下来。张嘉祥目睹此情此景，心头生出一丝妒意，挺起顺刀，催马上前："呔，哪里来的贼人？报出名号，速来受死。"

蒙面女匪首上下打量了他一遍，扑哧一声笑了："你一个毛都没有长齐的雏，也敢来讨老娘的名号？不过，你男生女相，倒是一块老娘中意的鲜肉。"

说罢她手一挥，手下立刻鸣起了牛角号，号音未落，北面接连响起了三声信炮。张嘉祥听出信炮来自笔帽山方向，看来这群女杀手和"黑无常"必有关联。如果真是那样的话，过不了多久，对方的大批援兵就会杀到，到那时自己和冯玉娘只有吃亏的份。他拨转马头来到冯玉娘面前："姑娘，咱们救人要紧，莫在此处耽搁。"

冯玉娘沉默不语，心底莫名其妙生出了一层波澜。释心师太为人严苛，灌输给冯玉娘的全是男女授受不亲之类的玩意，龙启瑞方才无意间触到她的胸脯，让小姑娘误认为这就是男女肌肤相亲。同时，冯玉娘念书少，对读书人有一种天然的敬意，像龙启瑞这样年纪轻轻就戴上金雀顶的白面书生，在她心里更有着非同寻常的形象。

汪剑峰和彭昱尧均瞧出了端倪，汪剑峰埋怨："翰臣，人家好心救了你，你倒摸了姑娘的酥胸，以后叫人家怎么嫁人？"

龙启瑞一向自命恪守礼教，脸色煞白："我不是有意的。"

"有意的才好呢。"彭昱尧脸上露出不怀好意的坏笑，"这女仔武艺高强，是咱们的救命稻草。你要是把她放走，咱哥几个都活不过今天。"

“人家貌若天仙，能看上我？”龙启瑞脸臊得通红，“再说，我是有妻室的人了。”

彭昱尧在这伙人里头号称“鬼才”，一双眼睛十分毒辣，他拍了拍胸脯：“你真是一个书呆子，娶不了媳妇还不会纳个妾？这女仔眼光无邪，分明是一个淳朴的厚实性子，被你那么一摸给摸糊涂了，不趁此时下手更待何时？瞧我的。”

冯玉娘见汪剑峰、彭昱尧、赵德湘、龙启瑞等人交头接耳、窃窃私语，她有些害羞地问张嘉祥：“他们在嘀咕什么？”

张嘉祥回答：“肯定没憋啥好屁。”

彭昱尧一脸肃穆地过来：“这位姑娘，借一步说话。”

冯玉娘没有拒绝，张嘉祥赌气地打马离开，从远处不时偷偷向这边打量。彭昱尧心里更加觉得踏实了：“姑娘，翰臣是临桂世家，书香门第，幼承圣教，非礼勿视。刚才搏杀之间不小心唐突了姑娘，我们都看见了，定让他给你一个交代。”

“交代？”冯玉娘的心越发乱了。

“你是江湖中人，彭某做事也喜欢痛快。咱们明人不说暗话，姑娘，你这次倘若能帮翰臣出脱危难，他定会迎娶你过门。”彭昱尧大包大揽。

善良不代表愚笨，淳朴不表示糊涂，“鬼才”彭昱尧自以为摸准了冯玉娘的脉，谁知他这几句话反而扫平了小姑娘心头短暂的涟漪。冯玉娘反问：“先生，照你话里的意思，小女子要是不出手救你们，这位老爷他就不认识我？”

“这个嘛……”彭昱尧张口结舌。

汪剑峰和赵德湘暗地里挑大拇指，这女仔冰雪聪明，说话办事无不出人意料，真是人世难觅的好人才，龙启瑞则恨不得找个地缝钻进去。

“小女子虽是江湖中人，却最讨厌江湖的把戏。”冯玉娘语气平静地说，“我出手相救是可怜你们，不想让你们一身学问白白扔在荒山野岭，先生休要会错了意。”

张嘉祥乐不可支：“姑娘，咱们走。”

彭昱尧后悔莫及，那根牵系在龙启瑞和冯玉娘之间若有若无的丝线，被自己的大嘴巴斩了个利利落落。他急忙澄清:“姑娘,彭某不是这个意思。”

“不是这个意思是哪个意思?”张嘉祥纵马飞过来,挡在冯玉娘的前面,瞥了一眼垂头丧气的龙启瑞,生气地骂道,“癞蛤蟆想吃天鹅肉。”

蒙面女杀手和彭昱尧等人同样焦躁不安,笔帽山那边响了三声信炮后再无回应,任凭这头不断鸣号催促。到底发生了什么事情?正在双方剑拔弩张的当口,从远处风驰电掣般飞来两匹骏马,令人瞠目结舌的是,两匹马之间还有一群铺天盖地的野蜂。

野蜂的翅膀在空中扇起巨大的气流,俨然是训练有素的战阵,前面的马拼命逃窜,后面那匹马说蓝不蓝、说花不花,样子十分难看。马上的小姑娘兴高采烈地挥舞着三角令旗,指挥着野蜂交替进攻。到了近前冯玉娘才看清,拼命逃窜的人原来是“油锤把”,而在后面紧追不舍的竟然是“香美人”。冯玉娘又惊又喜:“阿真,阿婵呢?”

易如真勒住花斑豹,指着六步潭说:“好像在那边?”

冯玉娘责备:“死丫头,你怎么不去救她?”

“阿婵姐还用救?”易如真噘着小嘴,“她的本事可比我大多了。”

易如真过去一直是陈罗婵羽翼下庇护的小鸟,在她心目中陈罗婵无所不能,因此这句话倒不是一点道理没有。冯玉娘又气又乐,夕阳渐渐离场,晚霞准备垂下金色的帐钩,笔帽山的信炮仍旧没有响,取而代之的是一阵悠扬的铜笛。

听到笛声,冯玉娘、易如真、汪剑峰,以及那位女匪首,莫不心头一震!

第四十三回　雌雄大战

易兰花归心似箭，在“食菜事魔教”的村子里歇了几天后，一行人急急起程，跋山涉水，这一日来到笔帽山，恰逢“黑无常”带人下山赴援，两支人马碰了个头对头，李文茂轻轻一掌拍中“黑无常”的后心，打得女匪首口吐鲜血，落荒逃回老巢。

打马行在起伏的山路，彭秀兰的眉宇间含着一丝忧郁。虽然路上有李文茂相伴，日子过得心旷神怡，但她明白，这样惬意的时光即将一去不返。与清澈的月亮山相比，浓雾弥漫的姑婆山总是那样叫人心头沉重，失魂落魄。前方湛蓝的空中盘旋着两队翩翩起舞的野蜂，彭秀兰惊讶地喊：“师傅，那是什么？”

易兰花微笑着说：“你如真妹子接咱们来了。”

彭秀兰咋舌：“野蜂怎么会听她的？”

“你如真妹子生在蜂巢谷，和野蜂生来有缘。”易兰花不想回忆那些伤心往事，扭头问李文茂，“茂仔，你田叔最拿手的是哪一出？”

想了好半天，李文茂才说：“好像是《大回朝》？”

易兰花慈爱地点点头：“对，就是《大回朝》。你只听过你田叔的《大回朝》,不知道为娘也能反串大花面！今天全家团聚,为娘给你们抖搂一下压箱底的本事。秀兰,把为师的包袱拿来,待我装扮一番。”

易兰花取出粉扑在脸上细细地补妆,显然是不愿叫女儿看出她身中蛇毒。李文茂忍住澎湃心潮,告诫自己要听易兰花的话,绝不再轻易流一滴泪水。

大花面腔调粗犷豪迈,花旦唱腔阴柔至美,二者相差千里之遥,易兰花似乎看出了李文茂的疑虑,笑道:“茂仔,休要小看为娘的功夫,咱们红班拳的内功也不是耍的,运气调音自是一绝。再说唱腔高低、粗细仅仅是一个架子,关键是要唱出英雄的气概和韵味,看为娘怎么给你来一个大喉?”

李文茂劝:“三娘,你身子弱,最好别用力。”

“不碍事。”易兰花从李文茂头上摘下雉鸡翎,系好月色绣花帔,轻轻一拨坐骑,来到队伍的前头,执剑柄,抖脆腔,唱道:

将人马扎皇城休要啰唣,
奉王命征北海得胜还朝;
在午门下麒麟忙登御道,
见龙楼与凤阁杀气冲霄。
文班中怎不见比干元老,
武班中又不见黄家英豪;
观此情心头上疑云笼罩,
品级台前动问当朝。
…………

这段《大回朝》如风萧萧,如云灿灿;高时直入云霄,低时行云流水,不像寻常大喉那般冲决肆荡的粗犷张扬,而是发自心灵深处的别一种豪迈,展现出辽远无垠的劲节,听起来宛如天籁之音,世间独此一家,再无分店。不只是冯玉娘、易如真,就连汪剑峰、龙启瑞、赵德湘、彭昱尧、张嘉祥等人也听得如痴如醉。冯玉娘飞驰到易兰花和李文茂的面前,甩镫离鞍,跳下坐骑,高兴地喊:“三娘,你把阿茂哥找回来了?”

易兰花点了点头,在马上问:“阿婵呢?”

易如真"哇"的一声大哭起来，一边哭一边抹眼泪，哽咽地说："阿妈，你怎么知道阿婵姐不见了？"

李文茂惊讶至极："她不见了？"

"有个武功厉害的恶贼，"易如真指着六步潭方向，"把她撵到那边去了。"

"什么时候的事？"易兰花板起脸来。

易如真抽泣着："就在刚才，我们还没有来得及去救她。"

李文茂生怕易兰花再教训易如真，抢先说："三娘，无须担心。阿婵行得不远，你在这儿歇一会，孩儿把她找回来就是。"

张嘉祥在一旁好意地提醒："少侠，六步潭后面的盖天顶到处是大雾和深潭，白天脸对脸都看不清人影，更不要说现在天快黑了。"

"没错，李少班主，"汪剑峰赞同他的意见，"盖天顶是粤西有名的绝地，从来没听说有人上去过。摸黑上山太危险，实在不行，等天亮再去吧。"

"李某自有分寸。"李文茂道，"此地山高林密，汪老爷，你们最好不要乱跑。等我把阿婵妹子救回来，一道送你们出去。"

见李文茂马不停蹄，执意上山搭救陈罗婵，彭秀兰心头的穗子被无声地割断，抛向遥远的夜空——冯玉娘和易如真的美貌大大出乎她的意料，而这个陈罗婵似乎又比她们两个更胜出一筹，李文茂有这样的青梅竹马，自己这辈子还有什么希望？随着夜幕徐徐降临，女土司悲伤地关上了心扉。此刻她唯一想做的是马上离开，回到月亮山，回到黑水寨和黑水湖，像那只受伤的野鹤一样，舔着伤口为自己疗伤。

蒙面女杀手的头领是"白无常"，诚如金秋池所料，女魔头没有跟着"神楼灯"等人离开六步潭，确实是因为发现盖天顶有些蹊跷：每当她在深夜修炼"驭阳功"时，朦朦胧胧总会感觉到有影子从头上飞过——这道影子不是鬼，不是神，否则不会让她发觉；这道影子也不可能是人，因为它的速度太快，即使是武林顶尖高手也未必能做得到。

那会是什么呢？

"白无常"越是疑惑不解，越是想弄清楚。她对六步潭进行了布置，把村西头的几座吊脚楼拾掇成一个客栈，在门口挂了个"六步客栈"的旗子，交给武功较弱的弟子打理,借以掩人耳目;她带着武功较强的四个弟子住在村东头,练功之余,时时摸上盖天顶打探究竟,也常常扮作蒙面杀手出去赚一票。

今天蓦然听到李文茂的铜笛,“白无常”几乎不敢相信自己的耳朵,觉得上苍在鬼使神差地做安排——她留在六步潭的本意是为了摸清盖天顶的秘密,如今,盖天顶的事情八字还没有一撇,“小元霸”却从地底下意外地冒了出来。有心栽花花不开,无意插柳柳成荫,“白无常”拨马返回六步潭,在马上禁不住流出了热泪。老天爷一定是可怜自己在山里过苦日子,把她梦寐以求的至阳之体送到了眼前,她焉能不好好享用?女魔头纵马冲进“六步客栈”,问徒弟郭尹氏:“金爷是不是来过?”

郭尹氏道法尚浅,功力有限,相貌看起来比“白无常”年长许多,她点点头:“你们刚走他就来了,好像在追一个骑红马的小姑娘。”

“白无常”问:“他们上山了?”

郭尹氏回答:“那个小姑娘不知死活,没有在村里停,径直冲上了山。金爷也不清楚中了什么邪,不管不顾,紧跟其后撵了上去。”

盖天顶的山脚风光秀丽,多为参天大树,往上走一截不到半山腰即为浓雾遮盖。在六步潭这两年多,“白无常”对半山腰以下的地形摸得非常熟悉,她冷笑一声:“金爷的秉性你该了解,不是稀世珍宝,这个老狐狸能玩命?”

“师傅,”郭尹氏遽然醒悟,“你说那个小姑娘是……”

“赛潘安”和“白无常”同为修法之人,在粤西江湖狼狈为奸,合伙干的坏事不是一桩两桩。然而二人终究尿不到一个壶里,彼此戒心甚重,道理非常简单——他们俩修炼的功夫说轻一点是南辕北辙,说重一点是互相克制。

欲练成“驭阴功”,必须找到至阴之体,取其阴精;同理,欲练成“驭阳功”,必须找到至阳之体,取其阳精。“赛潘安”和“白无常”虽然均是半瓶子醋,但在心里却不约而同地憋着坏,意欲破坏对方的修法过程,不希望对方给自己带来威胁。这是一场比拼智力和耐力的游戏——“赛潘安”和“白无常”相互试探,千方百计想摸清对方的底牌,唯有在确认了己方的优势后,才会提出挑战和接受对方的挑战;这同时又是一种极为诡异的平衡——只有当双方都觉得有信心的时候,这场阴阳大决战才可能不致流产。

“看他们的造化了。”“白无常”叹了口气。

女魔头的心情很复杂,一方面她希望“赛潘安”葬身盖天顶,免得他练成

“驭阴功”后给自己惹麻烦；另一方面她又舍不得金秋池马上咽气——这老家伙毕生寻宝修法，吃了一肚皮的好东西，虽然不是什么至阳之体，但练出来的阳精绝对是好东西，采伐过来对自己的功力定大有助益，白白浪费岂不可惜？

易兰花身中蛇毒，令李文茂万分沮丧，他暗暗发誓绝不再让身边的亲人遭受磨难。故此别说什么浓雾弥漫的盖天顶，纵然是阎王爷的十八层地狱，他也会毫不犹豫地杀进去，把自己的意中人救出险境。“小元霸”策马疾驰，很快便抵达六步潭，看到了“六步客栈”门外朦胧的灯影。来至吊脚楼下，他猛地勒住马的缰绳：“谁？快出来。”

“白无常”换了一身朴素的瑶女服装，把“招魂鱼鼓”别在银腰带上，正朝发髻插银簪和串珠。忽然听到李文茂在外沉声大喝，身子不觉抖了抖。郭尹氏低声问：“师傅，发生了什么祸事？莫非来了个恶对头？”

“恶你老母的脚。”“白无常”往脸蛋上涂了一层胭脂，随即“咯咯”地笑起来，“狗屁对头，是天大的喜事，你师公来了。”

“师公？”郭尹氏丈二和尚摸不着头脑，呆了呆。

“混江龙”陈宝为人十分仗义，他在三王山下劈杀喽啰逃生后，并没有转身离去，而是一直在笔帽山附近转悠，试图搭救黄金亮和陈戊养。“黑无常”被李文茂打回老巢后，陈宝觉得失去了机会，只得在“六步客栈”外藏身休息，打算次日另做计较。李文茂耳力出奇，察觉到吊脚楼的墙根底下有人，故此才发出一声沉喝。“混江龙”被揭破行藏，不好意思再躲起来不露面，来到李文茂的马前打了个躬：“在下姓陈名宝，江湖人称‘混江龙’的便是。少侠真是好功夫，在下藏得这么密实，还是没能逃过你的耳目。”

李文茂问：“陈爷，你可曾见过一个骑红马的小姑娘？”

“她往盖天顶去了。”陈宝建议，“少侠，此山甚为险恶。你要是想上山，须问问客栈里的伙计，他们是本地人，兴许认识路。”

李文茂点了点头，觉得“混江龙”言之有理，便跳下马和陈宝进了客栈。郭尹氏笑吟吟地扭着腰肢迎出门：“师公，啊不，客官，里面请。”

“师公？”“混江龙”奇怪地问，“谁是你师公？”

“白无常”坐在靠窗户的桌子旁，狠狠地瞪了郭尹氏一眼。

郭尹氏叫人烫了壶酒，剁了两斤牛肉和羊尾端到桌子上。李文茂耐心地等“混江龙”吃了一口后，才问：“掌柜的，你们见没见过一个小姑娘？”

郭尹氏这回不敢再口无遮拦了，她降低语速，斟酌地说：“是有这么一个小姑娘，骑着一匹大红马，后面跟着一位道爷穷追不舍。他们没在村里停，直接进山了。”

“你们谁认识进山的路？”李文茂从口袋里掏出一锭银子，放到桌子上，“哪位肯带李某进山，这些银子便是酬劳。”

按照“白无常”事前的吩咐，郭尹氏娇滴滴地说：“哎呀，客官，你算问对了。方圆百里除了我们村的人，其他人谁敢上盖天顶？廖姑娘，你的买卖来了。”

“白无常”一身瑶女打扮，顶板下面垂着银链子和串珠，将脸部几乎全部遮盖，李文茂根本不可能认出她的模样。女魔头咳嗽了两下，捏着嗓子故意推辞：“我们白天采药，晚上山路不好走，天亮了再说吧。”

“小元霸”一心想尽快营救陈罗婵，耳力不知不觉受到心魔的干扰，未能辨识出“白无常”的声音。他恭敬地向“白无常”行了个礼：“姑娘，酬金的事好商量。你开个价，只要能救出阿婵妹子，要多少我给你多少。”

“白无常”幽幽地问：“那个姑娘叫阿婵？”

“是啊。”李文茂一愣，心想瑶家女子豪爽归豪爽，就是有点好管闲事。

见差点引起李文茂的疑心，“白无常”按住自己的心口，直想抽自己一个大嘴巴。眼前这位少年耳力超群，多说一句废话便有可能被他识破。她装出一副被感动的样子：“看在客官有情有义的分上，奴家就帮一次忙。”

李文茂大喜：“多谢姑娘成全。”

“白无常”挎起背篓，掏出“招魂鱼鼓”叮嘱：“客官，盖天顶雾气大，白天面对面尚且见不到人影，更何况晚头？我想咱们应该有个互通声气的法子，万一在路上走散了，奴家就敲这面鼓，你循着鼓声追上来便是。”

“廖姑娘，”李文茂不知是诈，“你想得真周到。”

盖天顶名不虚传，还没有走到半山腰，前面火把的光影就消逝在浓雾中。李文茂正在犹豫不定，雾里传出一阵悦耳的鼓声，那是“白无常”发出的召唤。

可怜少年英雄，竟没有识破女人设下的陷阱。“招魂鱼鼓”的节奏渐渐加快，年轻人三步并作两步向前飞，周身上下无一处不热血沸腾。从心海里爬升起来的万丈红尘，如同海啸一般覆盖天地。美神创造的琉璃世界徐徐展开，处处密布奇幻的影子丛林，渴望的人儿想把自己当作一枚甘露，奉献给那个叫爱神的无影者。

瞬间的爆炸过后，烈焰依依不舍地离开了茧囊。冰冷的宇宙就此形成，亿万年后，谁将不灭的记忆藏于人类的躯壳？

鼓声消逝，山风像长矛刺醒了李文茂。他打了个激灵翻身跃起，四顾茫然，觉得自己这个盹来得好生奇怪……野芦花的清香弥漫在周围，他伸手摸到了背篓，里面盛着一束芦花，这不是那个“廖姑娘”的吗？她的背篓怎么会落到自己身边？

李文茂忐忑不安地吹起铜笛，希望能得到她的回应。

“招魂鱼鼓”没有响，反倒从浓雾里钻出一条转瞬即逝的光芒。李文茂心中一动，纵身朝闪光处扑去，行了大约四五里地，前面隐约传来细微的对话声。“小元霸”耳力卓绝，听清楚正是陈罗婵和“赛潘安”的声音。金秋池显然在恫吓：“小东西，这是盖天顶，你要是再乱跑乱撞，当心死无葬身之地。”

“有本事你就过来，”陈罗婵讥讽，“看看咱们谁怕死？”

陈罗婵依靠“囚龙草”屡屡逃脱生天，但她和金秋池的功力比起来相差悬殊，最后慌不择路被逼上了盖天顶。“赛潘安”不肯放弃到手的猎物，横下心硬着头皮钻进浓雾，两个人深一脚浅一脚过山涧、跃深潭，每一步莫不是险象丛生。

金秋池惊愕地发现，陈罗婵之所以能在盖天顶有惊无险，全凭这个神奇的“囚龙草”指引道路。淫魔心中暗暗称奇，这女仔浑身是宝，断不能轻易放过。等“囚龙草”变回臂环，他开始使用攻心战术：“丫头片子，不是贫道吓唬你。这个地方没人敢上来，你来盖天顶等于穷狗入窄巷，进了死胡同。叫天天不应，唤地地不灵，纵然一时落不到贫道手里，最后的结果也是饿死和冻死。你年纪轻轻的，何必呢？”

“饿死、冻死你也抓不到本姑娘。”陈罗婵“哼”了一声，“瞎了眼的笨贼，我是去接我阿茂哥的。他要逮到你，非扒了你的皮不可。”

金秋池狂笑不止："哈哈，你的阿茂哥？鬼知道他在哪儿！他要是能来救你的命，金爷我甘愿束手就擒，让他剥我的皮。"

"赛潘安"话音未落，从身后传来一记声音："道爷，说话可作数？"

这个声音太熟悉了，金秋池不用回头便知道来者是谁。淫贼吓得魂飞魄散，只感觉一路劲风劈向自己的后脑勺，杀气弥漫，对方显然下了狠手。他扭身躲过李文茂打来的一掌，也顾不上周围有没有悬崖沟壑，发足狂奔，瞬间淹没在浓雾里。

"阿茂哥，"陈罗婵喜极而泣，"我在这里。"

神奇的"囚龙草"不仅有护体奇效，而且能感应到主人的心扉，再度飞旋而出，像一串晶莹的灯笼，照亮了陈罗婵幸福的泪水。李文茂飞身跃过宽阔的山涧，一把将陈罗婵高高地举起来，端详片刻后，把心爱的人紧紧拥入怀中。

三年不见，小姑娘变为倾国倾城的绝色佳人，少年郎成了移山扛鼎的盖世英雄，不变的只有两颗一如往昔的心。李文茂抬起头，见"囚龙草"在眼前似梦似幻、若隐若现地飞行，好奇地问："阿婵，这是什么？"

"这是'囚龙草'，多亏它我才没有吃亏。"陈罗婵伸出右臂，"囚龙草"仿佛听到她的号令，乖乖地变回臂环，重新套在她的手臂上。

李文茂心头涌起阵阵后怕，若非及时赶到，差点酿成难以弥补的大错。他恨恨地说："我饶了此贼两回，事不过三，今天一定除了这个祸害。"

"这里伸手不见五指，"陈罗婵担心地问，"阿茂哥，你能找到他吗？"

李文茂指着自己的耳朵："有它在，此贼插翅难逃。"

陈罗婵调皮地拽着他的耳朵："对啊，我怎么忘了这对馄饨？"

"坐好了。"李文茂将陈罗婵叉在肩头，随后发力朝"赛潘安"逃走的方向追去。金秋池磕磕绊绊跑出一段距离，忽听身后传来了欢声笑语，扭头一看叫苦不迭。只见那串该死的"囚龙草"在前引路，陈罗婵骑在李文茂的脖子上，一边开怀大笑，一边脆生生地喊叫："姓金的大坏蛋，我看见你了，你跑不了啦，等我阿茂哥扒你的皮吧。"

"赛潘安"被李文茂撵得上天无路，入地无门，使出浑身解数拼命地飞奔。盖天顶可怕的一面终于显露出来，金秋池慌不择路，双脚踏空，跌入深不见底的断崖。

李文茂追到断崖旁边，耳朵里充满了瀑布冲撞崖壁的怒吼声。“囚龙草”盘旋照耀，看不清断崖到底有多深。陈罗婵把他的头抱在怀里，心满意足地说：“给这恶贼留个全尸，算是他的便宜。咱们回去吧，阿茂哥。”

“赛潘安”不愧是粤西武林排前五位的顶尖高手，身子刚刚坠入悬崖，立刻施展借力打力的内功，像一片树叶附在瀑布上成功落地。他生怕李文茂听到什么动静，在崖底寻了一棵粗壮的大树，跳上树枝隐藏起来，困顿入眠，直到第二天午时才睁开眼睛。

头顶落下层层白光，将浓雾清洗了一遍，四周的景物更加迷茫难以辨认。金秋池估摸李文茂已经走远，便放心大胆地离开崖底，穿涧越壑，一步一个脚印踅摸了个把时辰。前面的山口豁然开朗，出现了大片竹林，林子中花丛掩映，溪水环绕，依稀可以听到几声蟾鸣。

“赛潘安”愕然停下脚步，简直难以相信自己的眼睛——蓝色溪水浓若琼浆，漂浮在水上的荷叶大如圆盘，将散光浮影吸收殆尽；叶丛里的荷花则皎洁似月，将整个竹林照耀得碧绿清晰，一尘不染。金秋池走遍五湖四海，见识过无数奇景异致，但做梦也想不到在盖天顶这样的绝地里，竟然藏着一个世外桃源！

蓝溪上面横跨一座白玉石板桥，通向一幢茅草铺顶的木屋。屋外爬满葫芦藤，门楣上挂着两只花篮。金秋池仗着胆子仔细观察了一会，直到确认里面没人，这才轻轻推开屋门。屋子里陈设至简，每一件均依照九宫八卦图布置：屋子中央的地面铺着一个蒲团；靠北的几案上搁着鱼鼓；东侧的矮柜里盛放着一些雅致的生活用品，最惹眼的是条青玉扇插，上面排插着十来把名贵扇子；西侧的墙壁上挂着蓑衣、拂尘、骨笛；蒲团的右首位置斜倚着一座兵器架——说是兵器架，倒不如说是剑架更贴切，一字排开共有七口宝剑，剑鞘镶金嵌玉，价值不菲，足见这七口宝剑都是上好的兵刃。

荷花、玉板、葫芦、花篮、鱼鼓、扇子、笛子、宝剑并称为“道家八宝”，从竹林到木屋布置得天衣无缝，每一样均采用稀有材料制成。看到这一切，金秋池想也不用想，立刻猜出了木屋主人的身份——盖天顶步步暗藏杀机，连自己都望而生畏，当今世上，除了武林至尊金蟾道士外，还有谁敢在这里设场修法？

“赛潘安”早就怀疑金蟾道士在粤西有个藏宝的巢穴，闹了半天原来在盖天顶，这真是踏破铁鞋无觅处，得来全不费工夫。干脆给他来个堤内损失堤外补，金秋池越想越得意，昨天失手带来的懊丧和挫折感，瞬间被丢在脑后。

金秋池是干这一行的老师傅，等闲的珍宝不会被他夹在眼睫毛里，寻常的机关也瞒不过他的眼睛。“赛潘安”从屋里搜到屋外，最后来到白玉石板桥边，目光紧紧地盯住了蓝溪水和粉扑扑的荷花。他紧握峨嵋刺，飞在半空倒拨丛丛荷叶，那姿势好似风卷杨柳，雨打蕉盘。过不多时，金蟾道士精心设计的机关终于被金秋池发现——荷叶丛的蓝溪水里，露出一株即将成形的人形芦荟，这便是举世闻名的“柔佛人荟”。

六步潭其实不寻常，明媚的阳光铺泻而来，山脚与盖天顶的浓雾交织在一起，把小山村装扮得如同仙境。坐在吊脚楼的美人靠上，郭尹氏绣完最后一针，用银牙咬断金线，把五彩百褶短裙提在手里，反复端详许久，问客栈的跑堂阿筱：“靓不靓？”

郭尹氏在这件五彩百褶短裙上费了许多心思，绣绣停停，前后花了一年多的工夫，所有的针线和材料均托人采自遥远的佛山堡，算得上是一丝不苟。阿筱羡慕地问：“掌柜的，这么靓的裙子，得选一个热闹的场合穿。”

郭尹氏道：“那是自然，就在今儿个晚头。”

“晚头？”阿筱愣住了，“掌柜的，咱们店里冷冷清清，连鬼影子也没有一个，莫非今天是你的什么好日子？”

郭尹氏指着客房：“那不是有个病秧子吗？”

“你说是金爷？”阿筱抿着嘴笑了。

金秋池历尽千辛万苦才从盖天顶死里逃生，下山来到“六步客栈”的时候狼狈至极，浑身打晃，额头烫得能烙葱花饼。郭尹氏未敢饶舌，吩咐阿筱等人给“赛潘安”安排住所，煎药连着服侍了他三天，才勉强把烧退了下来。

郭尹氏不高兴地说：“金爷怎么啦？难道他不是带把的？”

“掌柜的，我不是怕你吃亏嘛。”阿筱还是笑。

“你给老娘记住了，他功力再强也是个公的。”郭尹氏撑着说了句带骨头的话，自己觉得没有底气，无奈地叹了口气，“当然了，要搞掂金爷，还得咱们当家的出马。”

阿筱拍掌叫好:“当家的出马,必定稳操胜券。”

“你以为当家的是看金爷烧了两天,才打算占这个便宜?”郭尹氏“嗤”了一下,“实话告诉你,当家的这回采了至阳之精,对付金爷不过是小菜一碟。”

对于修炼“驭阳功”的魔女来说,采到至阳之精是天大的喜事。“白无常”自己的功力不但迅猛突进,而且还可以点拨功力孱弱的门徒,阿筱听了以后眉飞色舞:“掌柜的,这是啥时候的事?我咋没听说过?”

“啥事都缺不了你?”郭尹氏用眉毛扫了一下阿筱,“你去告诉金爷,晚头当家的为他备了桌酒席,请他务必赏光。”

晚霞如心,往往把最美的色彩藏在抽斗里。当燕儿别了群山、夜幕拂荡时,“白无常”来到“六步客栈”试穿新衣。这套新衣按照当地的习俗裁成,鲜艳夺目中透着朴实清纯,女魔头摇身一变,成为一个出水芙蓉的瑶家少女。

“白无常”采集到李文茂的处子之精,在六步潭练功三日,功力大进,容貌比以往又年轻了几岁,皮肤从里到外透着那么娇嫩。当她得知金秋池正在“六步客栈”养病的时候,便决定乘胜追击,捎带把金秋池的阳精一并收去了事。

两位棋逢对手的冤家眉目含情地坐在一起,一个美如明月,一个英俊倜傥。风儿从敞开的窗棂袭进来,吹皱了酒杯里的秋波。“白无常”伸出纤纤葱指,掂起酒杯:“金爷,日子过得真快,转眼咱们认识二十多年了吧?”

“妹子驻颜有术,”金秋池感慨地说,“在下望尘莫及。”

“白无常”娇羞地嗔道:“金爷过奖,你从盖天顶全身而退,才是闻所未闻的壮举,小女子敬你老人家一杯。”

郭尹氏给两人斟满酒:“金爷,那女仔逮到没有?”

“逮个屁,”金秋池故意扯了个谎,做出一副遗憾的样子,“老夫一个搭救不及,女娃子失足跌落悬崖,叫人好生叹息。”

“金爷,你的身子骨好些了吗?”“白无常”问。

“赛潘安”持续发烧,原因是吃了那株“柔佛人荟”——此物为世间罕有的珍宝,吃到肚子里功力倍增,再强的肉躯一时半会也消受不了。金秋池是当世头号淫魔,对女人一眼能从眼窝读到心尖上,“白无常”的鬼心思被他看得一清二楚。“赛潘安”暗自冷笑，你奶奶个熊，想采老子的阳精？老子还想采你的阴精呢！想到这里，他使出欲擒故纵之计：“妹子，你是不知道盖天顶有多凶险？我这次步步惊心，九死一生，半条命都残了，能好到哪儿去？”

“白无常”脸上堆满笑容，微微欠身：“金爷莫要犯愁，六步潭就是你的家，好好在这里养伤。当此良辰美景，小女子愿起舞助兴。”

“赛潘安”抚掌大笑：“多谢妹子体贴。”

“白无常”手一点，郭尹氏等四位浓妆艳抹的徒弟披着轻纱闪在她身后。好个窈窕曼妙的女魔头，腰挎“招魂鱼鼓”，边舞边唱：

春色太癫狂，哪儿管得残妆？
红莲双瓣沥沥草，牡丹含露涓涓；
销魂花房映波光，摇曳花心不倦。
柳腰玉股尽展现，风流郎轻担腿上肩；
马蹄翻飞不已，蝶翅翩翩，往来许多酣战；
俏人儿求饶：郎，奴身酥骨散。

“招魂鱼鼓”本来魔力难当，更何况美人玉喉，霓裳飞纱？“白无常”一曲歌尽，金秋池醉眼失魂，任由阿筱等人宽衣解带。这边郭尹氏命人架来牙床锦被，“白无常”褪去肚兜，赤条条游入牙床。众弟子凝神屏气，燃香助威，心里明白这场活色生香的春宫图，实乃一场世间罕有的阴阳大决战，有诗为证：

浩浩渺渺太夜行，残天一雁觅回程。
万载尘埃新铜标，十曲战阵旧罗网。
一阵长枪破铁门，强渡滩头石桥拱。
二阵双锤战赤壁，硝烟离散两惶惶。
三阵鱼叉穿江洋，孤飞路上邀相从。
四阵箭雨灌沧海，始晓身合心难容。
五阵关刀映寒星，谁信天地有余伤？
六阵扁舟出银河，依稀盟誓印河灯。

七阵飞钩连歧路，浮影遮盖黄金城。
八阵铜犁排星云，寒冰萧瑟不觉冷。
九阵银索缆雪岛，百转千回嫩肚肠。
十阵金斧劈晨卯，山河重整放光芒。

“赛潘安”和“白无常”双方均以为自己稳操胜券，殊不知对方同样握宝在手。这场充满阴谋的肉搏战，杀得是惊心动魄、难解难分，直至次日黎明才分出输赢。金秋池挥长枪直捣花心，摘取了“白无常”的阴精后狂笑不止，扬长而去。

“黑无常”闻报大惊，押着黄金亮和陈戊养赶到“六步客栈”，安慰“白无常”：“胜败乃兵家常事，姐姐不必沮丧，我带了两个雏来给你享用，咱们从头再练。”

“白无常”痛苦地摇摇头：“妹子有所不知，我这次是输到了家。像姐姐这样采到至阳之精反被绝杀的，以后恐怕无法再修炼‘驭阳功’了。”

“你采到了至阳之精？”“黑无常”失声问。

“往事不堪回首，妹子，眼下避祸要紧。”“白无常”取过包裹递给“黑无常”，含泪叮咛，“这是本门功法秘笈，你拿着它速离此地，找个人烟稀少的地方藏身。有朝一日练成了‘驭阳功’，别忘了替姐姐我报仇。”

“黑无常”跪倒在地，哽咽地说：“妹子铭记在心。”

“你把它带上。”“白无常”从腰间解下“招魂鱼鼓”。

“姐姐，此为本门法物，妹子岂敢僭越？”“黑无常”推辞。

“白无常”用手抚摸着“招魂鱼鼓”，这件宝物跟随她数十年未曾离身，不料想今日人鼓分离，真是情何以堪？女魔头以指代杵，呜呜咽咽奏了一曲。众弟子面露戚容，黄金亮和陈戊养却被勾走了魂，齐把“白无常”当成世界上最美丽的女人。

“白无常”一曲奏完，郑重地将“招魂鱼鼓”交给“黑无常”：“妹子，从今以后，修炼本门‘驭阳功’的担子就托付给你了。姐姐即刻移居笔帽山，江湖上的恩恩怨怨，我替你一肩承担，赶快走吧。”

“姐姐！”“黑无常”抱住“白无常”痛哭失声。

“白无常”拭泪:“好事不出门,恶事行千里。江湖上的人很快就会来找麻烦,你我生死事小,保住本门的秘笈和法物才是大事。”

“黑无常”收好功法秘笈和“招魂鱼鼓”,转身离去。“白无常”让人解开黄金亮和陈戊养的绳索,详细盘查一番,最后扬了扬手:“下山去吧。”

二人缄默不语,没有一个抬腿要走的意思。“白无常”明白眼前这两个嫩雏儿被撩拨得神魂颠倒,把自己当成一朵春日初放的娇艳花蕾,她长长地叹了一口气:“奴家自今而后弃恶从善,不再拿男人修炼功夫。你们两个回家好好地思量,哪一个不嫌弃我的年纪大,就上山来当我的男人。记住,今后江湖上只有廖四嫂,再没有‘白无常’。”

第四十四回　比翼双飞

李文茂和陈罗婵下了盖天顶，一家人团圆相聚，其乐融融。然而快乐是那样地短暂，一到大桂山七星冲，龙华师太就被易兰花的伤势惊呆了。老师太勉强镇住蛇毒之后，立刻催促易兰花去永宁州的百寿岩，请释心师太用丹药救治。

永宁州地连大苗山，去百寿岩正好可以顺路送彭秀兰回家，女土司不得不继续和大家结伴同行，心里爱恨交加，一半情愿一半不快。少女的心思哪里深藏得住？陈罗婵很快便察觉出彭秀兰的异常，一路上的尴尬和心理戒备自然免不了。船到平乐府码头，易如真忽然喊："那不是画画的苏公子吗？阿婵姐，你快看。"

平乐府是一个四方交汇的大码头，白帆如织，熙熙攘攘。李文茂在人群里发现了一个熟悉的影子，那影子一闪即逝，似乎是笔帽山的"黑无常"。这魔头怎么到了平乐府？李文茂想起自己打她的那一掌，难道她也是来医病的？

陈罗婵向岸上挥了挥手："苏大哥，苏大哥。"

苏仁山呆呆地看着陈罗婵，脸上的表情十分古怪，一份是喜，一份是苦，一份是悲，一份是恨——他和阳雪姑半路上不幸遇到了“赛潘安”金秋池，阳雪姑武功不敌，被那淫贼击倒后挟持而去。手无缚鸡之力的书生欲哭无泪，变得有些疯疯癫癫。不过，一见到陈罗婵，他的心魔立刻去了大半，恢复了理智：“你……你是阿婵姑娘？”

陈罗婵惊奇道：“苏大哥，有人欺负你？”

“没有的事。”苏仁山不肯在陈罗婵面前示弱。

陈罗婵担心地问：“苏大哥，你还没有回家吗？”

“回家？对，回家，像我这么没用的人能去哪里？活着不如死了算。”苏仁山喃喃地自言自语。他现在对自己痛恨不已，所谓百无一用是书生，倘若拿读书的时间用来习武，至少可以和金秋池搏斗一番，岂能眼睁睁看着心爱的人被淫贼掳走？

见苏仁山这般悲怆，陈罗婵知道他遇到了痛切之事：“苏大哥，到底发生了什么事？有我阿茂哥在，再厉害的对头你都不要怕。”

苏仁山打量了一眼雄赳赳、气昂昂的“小元霸”，心里头更加难受。他把袖子一甩，嘟囔了一句：“用不着。”

船只离开平乐府城向北驶去，过了阳朔继续前行，自柘木渡向西折入相思江。

唐代长寿元年(692年)修筑的相思埭，与灵渠并称广西两大水利工程：灵渠沟通湘江和漓江，俗称“北陡”或“兴安陡河”；而相思埭沟通柳江和漓江，称为“南陡”或“临桂陡河”。相思埭在会仙镇设置分水塘，将一条同源大水分成两半，人们取其从此东西隔绝永不复合之意，称之为“相思水”。这条让人动情的河流向东经良丰江汇入漓江，向西经洛清江汇入柳江，是系在桂林城项下的一束美丽丝带。

易兰花等人在苏桥圩舍舟登岸，两日后抵达百寿岩，桂林城药师巷的砂丹道长在这里凿有一口丹砂井，与释心师太二人合伙炼丹。他们根据易兰花的病情，为她特制了一剂丹药，和着井水给易兰花喂服下去。

百寿岩的丹药真个不得了，易三娘吃下去后立刻感到头痛欲裂，眼前出现了各种光怪陆离的幻象，一会是山崩地裂，一会是遍地禽兽，被自己打死的那群蚺蛇好像活了过来，摇身一变化为翩翩飞龙。过了一会，来了许多人吹吹打打，扛着顶豪华大轿子，像塞新娘子一样把自己塞了进去。轿子颠簸，锣鼓迷离，过山行船，来到一处豁然开朗的光明之地，隐隐约约好像是九嶷山畚箕窝。山顶上挤满了男女老少，穿着“食菜事魔教”的服装，只见破庙里那尊光明使者神像白光一闪，分身为一男一女——女性化身把她领到深潭洁净一遍，穿好衣服后，男性化身把她引入一间大殿。

殿堂之上均为熟悉的人影，什么老子、孔子、关公、玉皇大帝、如来佛、观世音，还有各出戏剧中的仁义英雄。他们持刀环立身旁，一人一刀取出她体内的五脏六腑，把蛇毒感染的血液放干净，重新换了一套内脏器官，并且注入了鲜红的血液。伤口自动弥合，一点疤痕也没有留下，煞是神奇。这时，端坐在宝座上的光明使者复归本尊化身，欣喜落泪：“蚺蛇之毒无药可解，唯有朕之光明可以洗汝筋髓，赐汝重生。天下人为朕所生、所养、所育，吃朕的，喝朕的，穿朕的，用朕的，却不知道有朕这一号人物的存在，反而拿着朕赐给他们的物品去孝敬别教邪神，简直不可救药，你不会也学他们吧？”

易兰花还没有来得及开口，身旁有一尊天神急着喊：“不会的，兰花，快快回答，否则他不肯医好你的病。”

光明使者勃然大怒：“住口，尔敢泄天庭之密，左右，与朕拿下。”

话音未落，左右护法各扛着一根金瓜斧钺，把那位天神打得脑浆迸裂，红光四射。易兰花啊呀大叫一声，从噩梦中惊醒过来，她隐隐约约记得那尊天神的模样有点像至善禅师，又有点像“弹指神通”郭锡保。

第二天，易兰花稍微恢复了点精神头，把李文茂叫到跟前：“茂仔，这里有师太和砂丹道长照料，不用你操心，赶紧回去吧。”

李文茂吃了一惊：“为什么？”

易兰花把自己的噩梦叙述一遍，然后忧心忡忡地说：“为娘离开会馆两年，也不知道班里眼下怎么样了。再说，官军集中兵力攻打‘洪德堂’有一段日子，为娘怕师伯凶多吉少。你路过梧州的时候，顺便到大云山锦鸡岩去看一看。”

“是。”李文茂应道。他能够体会易兰花此时的心情，自己离开琼花会馆和“凤凰仪”班将近三年，对亲人们的想念并不亚于易三娘。

易兰花让女儿抱过来一个绣花包袱，叮咛：“现在外面天气热了，这里面有两身轻便的衣物，路上换着穿。记住，少管点江湖上的闲事，回家要紧。”

李文茂接过来："三娘，我懂。"

"你不会懂。"易兰花抚摸着李文茂的脸庞，语重心长，"往后不管你走到哪里，不管你干什么，要记住'凤凰仪'班才是你的家，红船才是你的家。"

李文茂怔怔地问："'凤凰仪'班本来就是我的家啊。"

"好。"易兰花笑着说，"茂仔，你一个伢仔毛手毛脚的，我让阿婵跟着伺候你，她也该回去看看她阿妈。"

李文茂问："三娘，你什么时候回去？"

易兰花道："不会耽误几天，我早惦记你阿保叔他们了。"

易兰花打发李文茂先行一步回佛山堡，委实是被昨夜的噩梦吓到了。马上就到李敬南夫妇的三周年忌日了，一旦琼花禁律三年期满，"凤凰仪"班的那些烈性汉子挣脱枷锁，必然会拿起刀枪和"韩狐狸"拼个你死我活。想到这里易兰花寝食难安，这便是她要李文茂赶回琼花会馆的真正目的——她不愿意让亲人们再有什么闪失。

相思江是一幅天地相连的山水画卷，山中有水，水中有岛，岛中有塘，塘中有树，树梢上有天鹅、白鹭、喜鹊、斑鸠、野鸭、翠鸟。沿江六十四峰形态各异，倒映于水面像是一群得道高僧坐禅的姿势，堪称鬼斧神工。这里的天空比别处高远，白云流播，如山如崖，与南北群山相对，共同为相思江铺展一轴延绵的美丽布景。

陈罗婵为相思江的景物所陶醉，弯腰掬起一捧江水浇面，风拂过，好温的冷战。滩涂极目处尽见繁草，她问："船家，这是什么草？"

船家是一个十六七岁的壮实少年，姓廖，名鸣盛，为苏桥圩头等大姓廖氏族人，一看就是个练家子。他瓮声瓮气地回答："杀人草。"

"靓名头。"陈罗婵夸赞，"好端端一条相思水，硬生生把人家分成两段，从此天南地北不相见，不是杀人是什么？阿茂哥，帮我采一束来。"

李文茂脚尖轻轻在船帮上一点，人如大雁在空中打了个徘徊，落到船舱时，手里已经多了一束长草。廖鸣盛唬了一跳，咋舌："客官真好本事。"

李文茂问："船家，我见西来的船多，东去的船少，是何道理？"

"前些日子官军和洪门在浔江开战，大伙怕官军胡乱抓丁，所以苏桥圩的船不愿意开往柘木渡，柘木渡的船不愿意南下去平乐、梧州。现在好了，听说官军大获全胜，洪门浔江水寨俱被打破，咱老百姓可以过安生日子了。”说到这里，廖鸣盛得意地自夸，“客官，在苏桥圩，谁家的船官府都敢抓，唯独不敢碰咱廖家的船。”

“你们家厉害啊?”陈罗婵问。

廖鸣盛正要夸海口，却见李文茂双眉紧锁，一副闷闷不乐的神情，他干笑一声，把到嘴边的话强咽回去。李文茂在来永宁州的路上不断听到前线战事失利的传闻，现在听廖鸣盛这么一说，看来这次“洪德堂”的损失比三年前更加惨重。“小元霸”心事重重，一种可怕的预感令他不寒而栗——三年前，至忍禅师战死沙场，这一次莫非……

船过会仙镇，迎面缓缓驶来一条两层的楼船，雕梁画栋，富丽堂皇，楼船旗帜上悬着一个斗大的“李”字。楼船底层是护卫的家丁，顶层时而有丫鬟轻盈穿梭，隔着纱帘，从里面飘出来一阵悠扬的琴声。

李文茂胸口陡然一震，陈罗婵觑了个真切，奇怪地问：“阿茂哥，怎么啦?”

火龙珠具有抑制蛇毒扩散之效，这次服用了释心师太和砂丹道长的丹药后，易兰花就把香囊塞回李文茂的怀里。李文茂也弄不明白火龙珠为何发出震动，他打开香囊端详了一会，狐疑地问：“阿婵，别是三娘的病加重了?”

陈罗婵跟随何惠群学艺，见识比别人高出许多。她手里握着火龙珠，眼珠却盯住错身而过的李家楼船不放，过了半晌才问：“阿茂哥，这条船我识得，临全埠李念德商号的大船都是这个样式。执琴的怕是‘李半城’家的千金，你认识她?”

李文茂吭哧道：“我哪认识李家的千金?”

陈罗婵知道李文茂这辈子从来不会撒谎，然而龙珠自鸣，分明是响应心窍。李文茂不认识李家的人，龙珠怎么会无端地随琴声震动? 她心头疑惑难释，问廖鸣盛：“船家，李家的楼船是去苏桥圩，还是会仙镇?”

“当然是会仙镇，”廖鸣盛殷勤地介绍，“桂林府的人都知道，李家的小姐最喜欢会仙镇的风水。别说镇子上临街的店铺，就是后面南山里成片的大林子，差不多全是李家的，莫非客官也想到会仙镇打尖?”

黄昏的火烧云已然高悬头顶，相思江在陈罗婵的眼里顿失光彩，她没好气地说:“破会仙镇谁稀罕住? 前面的柘木渡不比它热闹?”

一对小儿女在柘木渡登岸,陈罗婵选了一家名为“秋蛰”的客栈住下,然后两个人溜达着来到“老鱼头”酒家,上二楼要了个包间。陈罗婵支开窗户,随即被江风扑了个满怀,迷人的漓江仿佛伸手可掬,真称得上是人间仙境。

“阿茂哥,快来看,多美啊。”陈罗婵恢复了精神头,把刚才相思江上的不快转眼间丢到了脑后。她高兴地回过头,刚喊了一句,就见李文茂脸色绯红,神情有些不大自然。她奇怪地问:“怎么? 你又碰到了熟人?”

李文茂偏着头不吭气,陈罗婵这才注意到,包间外面微微晃动着一个人影。江风吹拂起轻柔的纱帘,她看清是一位衣着朴素的瑶家女子。

“她是谁?”陈罗婵问。

李文茂认出来人是“黑无常”,他心里十分纳闷,这女贼送上门来到底什么意思? 难道想报自己的一掌之仇? 此刻,听陈罗婵一问,他竟然好像自己做错了什么事情似的,结结巴巴地回答:“认……认识,她是笔帽山的大当家。”

陈罗婵哑然失笑,李文茂如此小心翼翼,显然是怕自己往别处胡乱猜想,这说明他对自己特别在意。她按下心头的快乐,拔出“蝉翼剑”,娇嗔一声:“呔,大胆的山贼,在姑婆山为非作歹不算,还敢到柘木渡来欺负人?”

“黑无常”没有亮出兵器,只是双手合掌,诵了个道号:“无量天尊,两位施主,贫道已然遁入空门,前尘往事莫要提起。今天在柘木渡再次和两位施主相遇,看来是前缘注定,逃无可逃,这桩福德就应在你们身上了。”

“福德?”陈罗婵感到十分奇怪,向“黑无常”发问,“我且来问你,今天是咱们二人第一次见面,如何叫再次相遇?”

“黑无常”冲陈罗婵微微一笑:“陈姑娘,贫道在平乐府码头见过你一次。当时你正和一位苏官人说话,可曾记得?”

陈罗婵瞅了李文茂一眼,没有再说什么,问道:“哦,是有那么回事,你来说说是哪一桩福德? 对了,你怎么知道那位官人姓苏?”

“黑无常”道:“我不但知道他姓苏,还知道他为什么变得疯疯癫癫!”

陈罗婵惊异地问:“到底怎么回事?”

“黑无常”叹了口气:“我送给两位的福德,便应在他的身上。”

且说“黑无常”在平乐府码头发现苏仁山身旁丢了阳雪姑，他本人又变得疯癫乖张，显然是受了极大的刺激。“黑无常”久走江湖，与瓦窑冲做了十几年的邻居，对这条线上的黑道了如指掌，闭着眼睛都知道发生了什么事……换成旁人，“黑无常”才懒得多费心思，然而阳雪姑贵为千家峒峒主的千金，是她心底奉若神明的女土司，焉能袖手旁观？她改变方向，直奔西南而去——黄泰冲的飞云庄是方圆百里之内的赃物集散地，阳雪姑一定藏在那里！

飞云庄在平乐府城西南十里处，这个庄园的规模极其庞大，三面环山，一面临水，码头周围修建有城垛箭楼，庄内买卖铺户应有尽有；黄泰冲一家住在内城，角楼上枪炮齐全，与外城遥相呼应，组成一个易守难攻、固若金汤的防御体系。

虽然尚未到水陆诗会的日期，但飞云庄张灯结彩，热闹异常，文人雅士、江湖豪客络绎不绝。该吟诗作画的吟诗作画，该黑市交易的黑市交易，两不相悖，各行其道，真是一幅奇妙的末世众生图。“黑无常”是这里的常客，家丁们对她十分熟悉，任其自由出入。她在这里发现了“赛潘安”、贝尘鹤和“油锤把”，就是迟迟没有见到黄泰冲本人，于是便问飞云庄的管家黄金彪：“黄爷不在庄里？”

黄金彪诡秘地对她一笑：“刘当家的，庄主这两天在闭关修法，你是知道的。这个当口除了金爷，他老人家谁也不见。”

“黑无常”明白黄泰冲所谓的“闭关修法”是怎么回事！再加上有“赛潘安”参与，阳雪姑必定被这两个恶贼糟蹋不浅。她耐心地在飞云庄住了下来。五天以后，飞云庄的水陆诗会正式开始，地点设在外城，这里共分为东西两个区域——东部是阳春白雪：第一天比书法，第二天比绘画，第三天比技艺，第四天比诗赋，第五天唱戏；西部是下里巴人：第一天销赃，第二天卖人，第三天官商雇主发布信息，第四天各大绿林山寨和武林门派挑肥拣瘦，第五天由附近流民组成的小绺子，前来争夺剩下的残羹冷炙。

与绿林道相比，“米饭主”更为狡诈、可怕：其一，他们披着地方士绅的外衣，与官府关系密切，狼狈为奸，实力极为强大。其二，这些人充当雇主或者雇主代理人的角色，具体打打杀杀的粗活一般不愿意沾手。其三，他们自诩为土皇帝和地头蛇，无法无天，鱼肉乡里，雁过拔毛，劫杀行旅，心地比绿林道黑上十倍。

“你如何断定峒主千金一定在飞云庄?”陈罗婵问。

“黑无常”用手一指自己的胸前:“陈姑娘,你能看出这是什么?”

陈罗婵瞪大了两只眼,在那块非常漂亮的胸饰上端详了半天,什么也没有瞧出来,于是摇了摇头:“看不出来。”

“陈姑娘,这是我们千家峒女人祖传的特殊文字,外人自然看不懂,还以为只是一介普普通通的修饰。”“黑无常”伤感地说,“我家峒主这位千金智勇双全,她受了金秋池和黄泰冲的侮辱,晓得一时难以脱身,便假作委曲求全,替黄泰冲绣了件披风。那恶贼不明究里,穿着它招摇过市,哪知道这是小姐求救的信号?”

陈罗婵叹道:“太神奇了。”

“黑无常”稽首:“贫道不是黄泰冲那厮的对手,本来已经心灰意冷,不想在柘木渡巧遇两位施主,看来我家小姐命不该绝。”

阳雪姑能想出这么奇妙的法子对外发出求救信号,陈罗婵闻所未闻,心里大感钦佩,她拍案而起:“我和苏先生是故交,这桩事非管不可。”

“黑无常”大感欣慰:“无量天尊,两位既然肯出手,定能救我家小姐脱离水火。贫道心愿已了,先行告辞。”

陈罗婵好奇地问:“你要去哪儿?”

“贫道虔心修法,何处不是家?”“黑无常”敷衍了一句,闪身离去。

陈罗婵明白她是不想透露行踪,自言自语地说:“才几天的工夫,杀人不眨眼的女魔头突然立地成佛,你说奇怪不奇怪?”

李文茂问:“阿婵,你真打算救那个姑娘?”

“我答应了人家,能不去救吗?”陈罗婵打量着李文茂的神情,突然“扑哧”一声开心地笑了起来,“阿茂哥,我又没有怪你,你怕什么?”

李文茂讪讪地说:“要救人的话,咱们是不是早点走?”

“对啊,飞云庄是个魔窟,她多待一刻,便要多受一刻的侮辱。”陈罗婵站起来,“咱们连夜行路,阿茂哥,别吃了。”

两个人离了“老鱼头”酒家,在渡口搭船顺流而下,第二天中午到达平乐府城，然后雇了条小船转道飞云庄。依着李文茂的意思，直接到庄门叫阵，喝令黄泰冲交人，但是陈罗婵不喜欢这么干。她靠在李文茂怀里眯了一觉，睁开眼睛时已至夜半。弯月似钩，江水如练，好一派如画如梦的大好山河，正是她认为神出鬼没的行侠时刻。

陈罗婵拉着李文茂逾城垛，越台阁，如履平地，须臾来到内城的一处宅院。见里面有座舍身塔模样的建筑，她用剑一指："就是这里吧？"

院子的周围十分寂静，舍身塔无人看守，两个人飞身飘落塔前。陈罗婵轻轻一推，门从里面反锁，这说明看守藏在塔内。李文茂不假思索，飞起一脚把门踹开，人刚冲进去，忽然冷森森一道剑气凌空劈至。他生怕后面的陈罗婵遭遇不测，身形微微向前斜纵，手里的"龙渊刀"顺着来剑的剑身反手抹过去，一刀正好斩在敌人的腋下。还没有等敌人痛叫出声，"小元霸"手起刀落，砍下了对方的头颅。

陈罗婵打亮火折子，点燃油灯，发现屋子的墙壁上悬挂着各色刑具，令人奇怪的是没有嗅到血腥腐臭的味道，四处反而弥漫着水汽和花香。李文茂循着水汽揭开挡板，愕然发现下面是一处水牢，里面黑乎乎的蹲着一个人。

李文茂抛下绳索把那人救上来一看，陈罗婵大失所望，哪里是什么阳雪姑？分明是一个十六七岁的少年。她问道："你是谁？"

那人遍体鳞伤，手脚俱被铁链束缚，伏在地下叩头如捣蒜："多谢大侠救命之恩，小的叫潘其泰，南宁府宣化县三官堡人。"

"你是南宁府的人，"陈罗婵问，"到这里干什么？"

潘其泰哭哭啼啼地诉说："女侠有所不知，小的自幼跟着叔父在外吃'米饭'，替财主老爷开路消灾。没想到前些日子遇到了一个狠茬子，半路失了风，叔父被人家打死。黄庄主怪我们毁了他的信用，就把小的押在水牢遭罪。"

李文茂终于听明白，敢情潘其泰是一个混小绺子的独行大盗。别看他年纪不大，身板却结实得很，能在水牢里熬这么多日子，必然是有功夫打底。陈罗婵教训道："你年纪轻轻的干什么不好，非要跟着姓黄的走邪路？"

潘其泰哭丧着脸："吃这一回亏，打死小的以后都不干了。"

"这还差不多。"陈罗婵说，"阿茂哥，把他的铁链子打开吧。"

李文茂把潘其泰身上的铁链子折断为几截，问道："阳姑娘在何处？"

潘其泰被他这手功夫惊得目瞪口呆，好半天才缓过神来，心有余悸地说："那位姑娘在上面塔顶，姓黄的每回糟蹋她之前，总要让人抽我一顿鞭子。打得小的皮开肉绽，他却在上面寻欢作乐，丢他老母，真不是个玩意。"

李文茂和陈罗婵这才注意到屋顶原来还藏着一间密室，打开机关，一缕稀薄的灯光从高处披散下来。两个人飞身跃上，一位美丽的瑶家少女正在屋里埋头绣织，忧伤的神情中带着一丝不易察觉的倔强，目光冷得吓人。对于突然出现在面前的李文茂和陈罗婵，这个少女似乎没有感到惊奇，而是用手理了理头上的饰物，直视着他们，没有说话。

见少女雍容典雅，不慌不忙，陈罗婵啧啧称奇："你就是阳雪姑？"

对方平静地点点头。

"我是苏先生的故交，有人看到你传出去的信号，请我们来救你。"陈罗婵忽然看到阳雪姑的脖颈上有道道爪痕，显然是被金秋池、黄泰冲等人虐待所致，她愤愤地问，"雪姑，害你的那几个贼子在哪里？"

"那两个贼子武功高强，"阳雪姑担忧地说，"你们快走，别枉送了性命。"

陈罗婵笑道："你不要担心，姓金的是我阿茂哥的手下败将。"

阳雪姑闻听此言，愣怔片刻，泪水终于从眼眶里流了出来。她猛地站起身，像换了一个人似的杏目圆睁，双眼喷火，咬牙切齿："昨天从桂林城来了几个老爷，姓黄的在前面醉月楼设宴款待，休让他们跑了。"

下了塔顶，阳雪姑弯腰把地上的剑抓在手里，潘其泰拎起血淋淋的头颅，四个人急急奔出内城。到了江边，只见醉月楼一带灯火辉煌，人声鼎沸，李文茂带着陈罗婵、阳雪姑、潘其泰越屋过脊，来到醉月楼的楼顶。

汪剑峰、龙启瑞、彭昱尧和赵德湘四个从昭平思勤江北返，李宗瀛、杨继荣、商书浚和黄锡祖四个自桂林南下，一群诗友在平乐府城相聚，游山玩水，吃酒赋诗。这八位加上在外做官的朱琦和曾克敬，后来被人们尊称为"杉湖十子"，是粤西有名的文人。其时飞云庄的水陆诗会已经结束，黄泰冲听说这几位省城名士光临平乐地面，岂肯轻易放过？他央求平乐府通判杨季祯居间讨情，硬是把这几位大爷请到了飞云庄。

在儒家文化中，文章传千古，立言高于立功和立德。名士比当官的气派，名士当了官就更威风。拿龙启瑞来说，他的同门师兄朱琦同时名列“粤西五家”和“杉湖十子”，考取进士后在朝中当御史，连大学士和军机大臣都敢弹劾，地方官又算个屁？为此，黄泰冲和杨季祯尽心巴结攀附，在醉月楼专门为这哥几个办了一场诗会。

陈罗婵向下仔细看，满屋子衣冠楚楚多一半是熟人，唯独不见“赛潘安”的身影。她攥紧“蝉翼剑”的剑柄，觉得十分晦气。

醉月楼里，汪剑峰正在拿李宗瀛打趣：“我说季容，黔阳芙蓉楼诗会你推托，黄老爷的飞云庄诗会你故意延宕，到底是什么意思？”

黄泰冲脸上堆满笑：“呵呵，李先生只要肯大驾光临，寒舍已然蓬荜生辉。有什么延宕不延宕的？汪先生真会说笑。”

李宗瀛连声喊冤：“得了吧，任之，你又不是不知道，我心里比你还痒呢，谁不想到黔阳好好转一转？人在江湖，身不由己啊。”

两粤官军合击“洪德堂”，粤西官府第一个想起的便是临全埠的李念德商号，三天两头派衙役上门逼迫捐纳，张嘴十万两白银起价。李宗瀛跟着李秉绶和官府讨价还价，忙得脚后跟打后脑勺，哪有时间游山玩水？

杨季祯羡慕地说：“桂林府有李先生这样的巨贾，差使好办。哪像我们平乐府？净是些苍蝇腿的小买卖，抠不出二钱肉来。”

“幸亏广东水师一鼓作气把浔江的会党铲除了，”龙启瑞讥讽，“不然的话，就粤西这点山山水水，尚且不够你们刮地皮的。”

杨季祯脸皮厚得赛城墙：“龙先生说得是，粤东富甲天下，广州府那几个县，随便拿出一个都比桂林城有油水，该让广东水师忙活一顿。”

“来来，来吟诗。”赵德湘实在听不下去，“轮到谁了？”

“别不自觉啊。”彭昱尧吆喝。

“好好，我认罚，我认罚。上次翰臣走的时候我没来得及送，以后他在桂林的时候恐怕越来越少。我先把前一次的补上，大家给评一评，看看这首《惜别曲》怎么样？”李宗瀛端起酒杯一饮而尽，然后摇头晃脑地吟了起来：

织乌西飞月如水，楼阁参差雁声里；
湘帘窣地悄无言，中有离人三叹起。
昭华玉琯土花紫，吹出多情《河满子》；

一声泪落红琼魂，翠羽心酸抱香死。
菖蒲花谢菻叶烂，河鼓晖晖隔星汉；
梦魂一缕阳关西，夜夜天风吹欲断。
…………

诗刚刚吟罢，黄泰冲带头喝彩："好。"

阳雪姑看到仇人装腔作势、附庸风雅，怒不可遏，仗剑飞下；陈罗婵怕她吃亏，挥舞"蝉翼剑"刺向黄泰冲；潘其泰没有兵刃，索性把手里的头颅使劲扔了出去，"咣当"一声，在座众人吓得跳了起来。李宗瀛看到陈罗婵，惊叫："这不是陈姑娘吗？"

汪剑峰等人也认出了陈罗婵，他们知道这姑娘和李文茂出双入对，纷纷四处张望。龙启瑞仰起脖子朝屋顶望去，别人找的是李文茂，他却想看到冯玉娘——自从离开笔帽山以后，冯玉娘那双比水晶还要明亮的黑眸子总是出现在他的眼前，叫他心猿意马。

黄泰冲见阳雪姑突然带着帮手凌空杀出，心里暗暗叫苦，自己的飞云庄固若金汤，是谁把消息露出去的？不管怎么说，他身为粤西武林第八大高手，武功修为甚是了得，比陈罗婵和阳雪姑二人的本事高出不知凡几。战不到十个回合，陈罗婵和阳雪姑双双难敌，左支右绌，险象环生。汪剑峰大喊："黄庄主刀下留情。"

"汪先生怜香惜玉，"黄泰冲得意洋洋，"黄某就送你一个雌儿。"

这个不知死活的东西，想必是尚未领教过"小元霸"的厉害。汪剑峰冷冷地回了他一句："黄庄主，汪某这是在救你的命。"

"救我？"黄泰冲哈哈狂笑道，"汪先生，你眼花了吧？"

"他说得没错。"陈罗婵叱喝一声，奋不顾身，挥剑刺向黄泰冲的心窝。

黄泰冲内力极为深厚，一把"乾坤锋"舞动起来风雨不透，心口是防守最严密的所在。陈罗婵这招完全是鸡蛋碰石头，自取其辱。黄泰冲皱了皱眉头，腕上凝聚了十分的气力，但听"咣"的一声，"蝉翼剑"被迸飞在半空。说时迟，那时快，黄泰冲的第二刀在空中划了个圈，迅疾地向陈罗婵拦腰斩来。阳雪姑花容失色，由于相隔太远，待要施救已然来不及。便在此时，好比空中打了一个炸雷，李文茂从天而降："竖子无礼。"

黄泰冲但觉一缕掌风向头顶击来，重如泰山，其力难敌。自己如果不撤刀，势必被拍中天灵盖，他纵身跳出圈外，惊魂未定地喊："哪路英雄？请报个名号。"

"狗贼，你也配知道俺的名号?"李文茂骂道，一掌接一掌招招致命，毫不放松，逼得黄泰冲手忙脚乱，穷于应付。二十来个回合后，黄泰冲被李文茂的掌风扫中，整个身子斜着飞了出去。这厮明白今天碰到了夺命的阎罗，借力使力飞身落在屋外，顾不得丢人现眼，几个纵跳便抱头鼠窜，逃之夭夭。

众名士听了李文茂的斥骂，人人感到颜面无光。阳雪姑跪拜在地："李少侠，雪姑一生名节被两个狗贼毁掉，苟且偷生，唯有报仇一念，请少侠教授雪姑武艺。"

李文茂连忙搀扶："不可如此。"

陈罗婵大包大揽："阳姑娘，你干脆跟我回琼花会馆。除了阿茂哥，我们红船里还有的是高手，我包你将来大仇得报。"

阳雪姑感激涕零，重重地叩了几个头："陈姑娘，雪姑下一辈子纵然当牛作马，也报答不了你和李少侠的大恩大德。"

李文茂走到汪剑峰等人身旁："各位老爷，我想问一问。像阳姑娘这样的好人，难道因为淫贼污了身子，就再没有名节了吗?"

汪剑峰踌躇片刻，觉得这个问题不太好回答，龙启瑞断然道："李少侠，身为心属，志为心主。阳姑娘如此慷慨，自非俗人可比，怎么能说没有名节?"

"龙先生高见。"李文茂回头安慰阳雪姑，"阳姑娘，这几位俱是学富五车的名士，他们都这么说，你可不兴作践自己。"

阳雪姑眼里含着泪水："李少侠，我一定好好习武。"

"你还可以到我们班里学唱戏。"陈罗婵说。

李文茂等了一会，没见黄泰冲带人来报复，遂起身告辞。见他旁若无人的英雄气概，众人莫不感慨，彭昱尧苦笑一声："淡仙，任之，轮到你们俩了。"

淡仙是赵德湘的号，在"杉湖十子"中，数他和黄锡祖家境贫寒，未取过功名。越是贫寒的士子越敬慕侠客，他抬头望了望江月萧索，四周茫然一片，于是有感而发："各位，我就给大家来一首刚写的《侠客行》吧!"

雪花如掌风萧骚，寒光射马拳马毛；
黄昏别我出门去，拔剑长啸天为高。
须臾豪宅闻鬼哭，手提豪头血漉漉；
主人谢客千金宴，挥之不顾去如电。
缕红微湿芙蓉剑，四座传观色皆变；
零落雪花尚飞霰。
…………

一曲未尽，李宗瀛大声喝彩："这首诗的豪气堪比李太白，任之恐怕无处下手了。"

"不尽然，不尽然。"汪剑峰纵声大笑，"李太白是五言古风，写的是古之大侠；汪某给大家来一段更古的三言诗，如何？"

大伙平时玩的不是七律便是七绝，极少写五言诗，更别提什么三言诗。今天听到汪剑峰夸下海口，莫不想听一个新鲜，但见汪剑峰拔剑而舞，诗曰：

风檐前，堕片瓦；
非片瓦，乃客也。
仇头一，主前掷；
仰天笑，吾事毕。
主伏地，谢客恩；
客已去，杳无痕。
风骚骚，雪扰扰；
漏沉沉，人悄悄。
…………

第四十五回　大明山河

六月天光热浪逼人，浔江战事虽已结束，但梧州城依旧弥漫着未散的硝烟。李文茂忐忑不安地和陈罗婵来到城外的大云山。“琼花宫”与“洪德堂”在大云山均设有据点，“琼花宫”的办事机构在锦鸡岩，“洪德堂”的秘密联络站在山顶的斋堂，两年前，陈罗婵来粤西的时候曾经到锦鸡岩歇脚。在锦鸡岩总事的是“大花面章”，听说陈罗婵到了大云山，以为是易兰花回来了。出门一见是李文茂，顿时像见到了鬼魅一般，使劲揉了揉眼睛，脱口而出：“真的是你吗？茂仔，你还活着？”

李文茂急切地问：“阿章叔，我师傅和师伯他们在吗？”

“三阿爷没事，”林大章眼圈泛红，“你师伯他……”

李文茂从易兰花那里听说了至忍禅师殒命沙场的悲壮故事，想起当年老禅师对自己的关怀，那真是桩桩件件恩德无量。如果不是至忍禅师把“六祖心经”的秘密透露出来，哪有自己今天脱胎换骨的武学修为？他强忍住心里的悲痛，安慰“大花面章”：“阿章叔，大师伯的事我已经知道了。”

林大章凄然道：“我说的是你二师伯。”

“二师伯也出了事？”李文茂大吃一惊。至慧禅师身为“洪德堂”的掌印阿妈,他如果有个三长两短,那“洪德堂”可该怎么办?

陈罗婵细心地问:“阿章叔,三阿爷真的没事吗?”

“挂了点彩,不碍事。”林大章赞许地看了陈罗婵一眼,这丫头不但出落得更俊俏,而且懂得操心了,“你三娘呢?”

“三娘在永宁州疗伤,”陈罗婵回答,“过几日回来。”

李文茂吞吞吐吐,把易兰花身中蛇毒的情况说了个大概,“大花面章”叹了口气,“现如今是多事之秋,这一仗打下来‘洪德堂’损失惨重。茂仔,你已经长成了一条汉子,不能再给会馆添乱子,明白吗?”

李文茂大感羞愧,讪讪地问:“阿章叔,我二师伯到底怎么了?”

“这两位是?”林大章看着潘其泰和阳雪姑问。

潘其泰抢着回答:“李少侠是我师傅。”

“休要胡说。”李文茂狠狠地瞪了他一眼。

在南下的船中,潘其泰软磨硬泡,请求李文茂指点他的武艺。李文茂见他脑瓜灵光,学东西一点就透,便闲来无事点拨了他几招,事先讲明,彼此之间不得以师徒相称。潘其泰笑嘻嘻地更正道:“说错了,少班主是我的救命恩人。”

“大花面章”上下打量了潘其泰一番,觉得很奇怪,李文茂是个刚正厚重的性子,怎么收了这么一位油嘴滑舌的徒弟?

“洪德堂”规矩森严,外人不得轻易出入。林大章把潘其泰和阳雪姑留在锦鸡岩,命人热情款待,黄昏时分,他带着李文茂和陈罗婵奔向山顶的斋堂。

李文茂用石像三十二穴功法和“六祖心经”互相勘合,内力修炼已经顺利突破了“六祖心经”的第一重境界,第三道真气和阴阳两道真气融洽相处,不再受那种真气厮杀之苦。第三道真气在下丹田站稳脚跟后,步步为营,提前渗透进中丹田和上丹田,在全身三十二处大穴生根发芽。他此时的武功远非昔日可比,六脉冰灌,灵台清净,有此精纯奇妙的内功做根基,耳力更上重楼。跟随林大章走在大云山,“小元霸”能听到山间许多潜伏者的鼻息,其所在位置错落有致,俨然组成三道完整的防线,笼罩着重重杀机。

把守斋堂大门的头领是“洪德堂”左护法夏天淳,看到“大花面章”领着一男一女两个陌生人上山，尤其是高大魁梧的李文茂，心里不高兴，责备道："阿章，这个节骨眼上，你怎么忘了本堂的规矩？"

"夏护法，"林大章介绍说，"这就是茂仔。"

琼花会馆和"洪德堂"在武学上枝发同脉，均出自少林一派。"洪德堂"的兄弟都知道红船有一位少年武学奇才，甚得本堂掌印阿妈的宠爱。夏天淳上下打量了一番李文茂，半信半疑地问："茂仔？他不是失踪了吗？"

"你这个人真啰嗦。"听夏天淳和林大章言语之间根本没把自己搁在眼里，陈罗婵心里很不痛快，连声催促，"快领我们去见三阿爷。"

好厉害的丫头片子！夏天淳虽然不认识陈罗婵，但被她的气势所震慑，不敢怠慢，乖乖领着林大章、李文茂、陈罗婵三人进入内堂。

内堂的场面可谓触目惊心，遍体重创的至慧禅师躺在床上，脸色苍白，气脉纷乱；至善禅师右臂裹着绑带，渗透出来的血迹斑斑结痂；屋子里劫后余生的"洪德堂"诸头领，自白扇三爷毕矜聪、五龙头董士霆、七龙头李万春以下，无不伤痕累累。"洪德堂"经此一战几乎精锐尽失，比三年前更加惨烈——九大龙头战死过半；浔江、北流江六大水寨全军覆没，六个寨主五死一生，只有白沙江水寨的寨主高凌霄逃得性命。

最要命的是掌印阿妈至慧禅师身负重伤，行将不治。在提着脑袋造反的严酷岁月，大龙头贵为一堂之主，乃堂口灵魂所系，事关万千忠义兄弟的斗志和信心。因此，与三年前的那一战相比，这次至慧禅师遭受的致命伤，才是"洪德堂"难以承受之重。

见李文茂和陈罗婵从天而降，至善禅师欣喜万分。老和尚无心与爱徒寒暄叙旧，立刻对至慧禅师说："师兄，你看谁来了？"

老爷子命在旦夕，英雄本色却是丝毫未改。至慧禅师挣扎着坐起来，诙谐地说："你小子还活着？ 奅他姥姥的，这回倒让做小辈的看了笑话。"

"师伯，留得青山在，不怕没柴烧。"李文茂握紧至慧禅师的手，心如刀绞，"等你老人家养好了身子骨，不劳动手，晚辈替你去杀鞑子。"

至慧禅师高兴地说："这话老朽爱听，算你小子有良心。对了，给二师伯说说，这些年你跑哪儿野去了？是不是又练出了啥新功法？"

当着"洪德堂"诸头领的面，李文茂也没有隐瞒，把自己在畚箕窝顶的遭遇一五一十地讲述了一遍。至慧禅师哈哈大笑，得意地对至善禅师和各位头领说:“我说嘛,这次咱们没有拼过广东水师,老二他们几个被铁炮轰成了碎渣,连一根骨头也没留下来。我还以为贼鞑子气数未尽,老天爷待我不公。现在看来五祖神魂不灭,老天有眼,给咱爷们存着念想。茂仔要是练成了绝世武功,本堂岂不是复兴有望?”

至善禅师鼓励:“没错,师兄,你要挺住。”

“挺个屁!”至慧禅师抬起手来招呼,“长江后浪推前浪,江山代有才人出。只要茂仔有出息,老子就死得舒坦。老三,取家法。”

三爷毕矜聪、五爷董士霆分别将龙头令旗和“金叶会簿”奉上,至慧禅师先把令旗交给至善禅师,然后抓起李文茂的手,将之按在“金叶会簿”上,语重心长地叮咛:“茂仔,你学了一身的靓功夫,不要只是想着为你阿爸阿妈报仇。贼鞑子霸占中原,两百年来杀了我多少汉家兄弟?扬州十日,嘉定三屠,此恨千载难消。你要记住,家仇事小,国恨为大。”

龙头令旗和“金叶会簿”是“洪德堂”两大法物,至慧禅师这样做,一面是把堂主的位置交给至善禅师,一面是希望李文茂将来能为洪门效力。李文茂明白老和尚的意思,噙着眼泪跪在床前:“二师伯,你的话我记住了。”

“好孩子,师伯信得过你,相信你定会成为一个顶天立地的男子汉、大丈夫。”至慧禅师欣慰之极,将“金叶会簿”递给至善禅师。稍微歇了一口气,然后猛地抬身大呼,“天不灭洪家!天不灭洪家!”

呼罢,创口爆裂,气竭人亡。

至慧禅师一代人杰,率领“洪德堂”兄弟扼守两粤交界十余载,为三合会在粤西站稳脚跟立下了汗马功劳。谁知天有不测风云,在最近接连两次大战中,“洪德堂”几乎把老底赔了个干干净净,百战精锐死伤殆尽,叫至慧禅师死不瞑目。老英雄留下遗言,把自己的尸骨埋在大云山,日夜守望着浔江捐躯的洪家英灵。

安葬了至慧禅师以后,至善禅师率众返回位于黑石顶的“洪德堂”老营,在忠义堂召集众头领议事。依照规矩,洪门各大堂口易主均须征得“洪顺堂”总堂允准,并在总堂特使的主持下举办新堂主掌印大典。由于老字号的三大堂自成体系,总堂对三大堂堂主继承人的问题实际上一般都是走个形式,从无不准的先例。“洪德堂”众头领认为眼下士气低迷,至善禅师应该留在黑石顶，要求总堂立刻派遣特使来黑石顶，主持新堂主掌印大典。

唯一有异议的不是别人，正是至善禅师本人——他认为值此堂口生死存亡之际，更应该重申“洪顺堂”总堂的无上权威，他打算把“金叶会簿”和龙头令旗亲自送到大明山，将新堂主继承大典的事项交由总堂裁决。

白扇三爷毕矜聪欠身道：“大龙头放心去大明山，堂口里的事交给属下暂时料理，等总堂特使到达后，本堂即行举办掌印大典。”

“属下觉得不妥。”董士霆挠了挠头，“浔江如今已经不再是咱们的地盘，去大明山的路上官军云集，动向不明。大龙头刀伤尚未痊愈，何必以身犯险？”

董士霆的话代表了大多数人的意见——浔江大战刚刚结束，配合广东水师作战的粤西官军丝毫没有撤离的征兆，至善禅师这时候拖着伤病之躯远赴大明山，实在是危险重重。李万春劝道：“属下等明白大龙头的苦心，不过，咱们‘洪德堂’兄弟拱卫总堂十三年，从来没有让广东水师跨过浔江半步。老兄弟们十个里面死了八九个，忠义之心日月可鉴，四海之内人人知晓，即便不送令旗和‘金叶会簿’，总堂也不至于说三道四吧？”

至善禅师暗自苦笑，他担心的恰恰正是这一点。在洪门老字号的三大堂中，因为有枝出同脉的“琼花宫”相扶相助，素来以“洪德堂”实力最强，人才最盛，历代总堂的掌门人莫不礼敬推崇。十三年来，“洪德堂”立下了拱卫大功，总堂更是客气三分。主谦臣骄，长此以往必生祸乱，至善禅师明察秋毫，决心在自己手里刹住这股风气，杜绝一切可能的隐患。他面色凝重地对众头领说：“我洪门崛起草泽，迄今不衰，无非天下兄弟同心同德，严守掌堂大爷的号令而已。焚香开堂和接印即位是总堂的职权，吾辈怎敢僭越？老朽心意已决，不劳众家兄弟辛苦护卫，有茂仔陪着我就行。”

李文茂站起来：“各位叔父，有晚辈一口气在，保管我师父掉不了一根汗毛。”

毕矜聪、董士霆、李万春等一起起身：“少侠护驾，自然再好不过。”

至善禅师把陈罗婵和阳雪姑打发回佛山堡，自己轻车简从，带着李文茂、夏天淳、潘其泰等十余人泛舟西向，穿浔江、过郁江，在南宁府宣化县合江镇歇了一夜。潘其泰地面熟，上岸雇了十来匹马，引领众人直插思恩府武缘县，不一日抵达将军山。

将军山位于大明山南麓，是三合会设在大明山东南方向的门户阵地，起接待、联络和警讯之用；其后是由狮子岭、白虎岭和敢公山组成的品字形阵地。这两处过去由总堂“虎”字营右路都督张华洸部驻扎，浔江战役开始后，总堂执事大爷“玄真道士”丁复国担心龙头峰守卫兵力不足，便把大明山所有的外围防线移交给了“洪胜堂”。

听闻江湖上大名鼎鼎的至善禅师驾到，将军山的头目哪敢怠慢，飞骑至狮子岭报信。过不多时，狮子岭方向号炮连连，金鼓齐鸣，“洪胜堂”四龙头崇俭武带兵下山，会合驻扎在白虎岭和敢公山的沙虫花、杜建达等头领前来迎驾。

洪门老字号三大堂每况愈下的十三年，却是“洪胜堂”异军突起的十三年。

“洪顺堂”总堂退居大明山以后，掌堂大爷大慈和尚将兵力一分为二，除了保留“龙”字营、“虎”字营和“凤”字营三支铁军外，剩余的人马全部交给了师弟大度和尚，让他另起炉灶成立“洪胜堂”，在粤西专事征伐，开疆拓土。大度和尚年轻有为，足智多谋，果然不负大慈和尚的重托，经过多年的苦心经营和耕耘，终于将“洪胜堂”发展成为拥有内十堂、外十堂的庞大堂口，旗下雄兵十万。势力范围向西贯通云贵，向南跨越边界直入南洋，连越南国王阮福皎对付暹罗、占城联军，都要花钱请大度和尚帮忙，你说威水不威水？

“洪胜堂”内外合计二十堂中，内十堂是绝对的主力，它又分为西五堂和南五堂——西五堂为“广胜堂”“长胜堂”“恒胜堂”“聚胜堂”和“友胜堂”，南五堂为“雄胜堂”“万胜堂”“同胜堂”“福胜堂”和“大胜堂”。沙虫花、杜建达是“恒胜堂”的大龙头和二龙头，老巢在宣化县的八尺寨，刚被调来镇守大明山的东南防线。

夏天淳远远瞅见“洪胜堂”人似虎、马如龙，盔明甲亮，威风凛凛，想起“洪德堂”眼下的狼狈和惨状，心里头真不是个滋味。他经常出使粤西，对“洪胜堂”下面各个堂口的人头颇为熟悉，低声向至善禅师介绍：“大龙头，崇四爷左首的叫沙虫花，右首的叫杜建达，他们两个是八尺寨‘恒胜堂’的当家人。”

至善禅师在武林中是泰山北斗级的人物，辈分和威望自然没得说，洪家兄弟基本上都是习武之人，因此对他莫不敬重有加。崇俭武、沙虫花、杜建达三人翻鞍下马，跪倒在地，执后辈大礼："三阿爷在上，我等有礼了。"

"贤侄请起。"至善禅师客气地问，"贵堂大爷安好？"

"我家大爷远征六诏山，正在回来的路上。"崇俭武恭敬作答。

"洪德堂"和广东水师在浔江决战的消息早就传到了大明山，总堂与"洪胜堂"诸将密切关注着战况的进展，对"洪德堂"兄弟宁为玉碎、不为瓦全的牺牲精神无不钦佩万分，同时对至慧禅师等头领的安危提心吊胆。如今至善禅师突访大明山，很明显，至慧禅师十有八九已然遭遇不测。崇俭武是个知晓分寸的聪明人，他明白堂主易位乃洪门首屈一指的大事，在这种敏感时刻最好一句废话也别说。可沙虫花是个粗人，平生也没有经历过这样的事情，他连脑子都没有过，就扯开嗓门喊道："三阿爷，你老人家不轻易来粤西，这回务必到晚辈的八尺寨逛一逛，点拨点拨我兄弟的武艺。对了，忘了问一句，你这次来打算住多长时间？办的是琼花会馆的事，还是'洪德堂'的事？"

崇俭武吓了一跳，急忙呵斥："住嘴，三阿爷的事也轮得到你问？"

"没关系，都是自家兄弟，老朽没有什么好隐瞒的。"至善禅师淡淡地应了声，"我二师兄为国捐躯，老朽特来向掌堂大爷请示行止。"

"啊。"沙虫花一时不知该说什么好，恨不得抽自己一记大嘴巴。

虽然心里头早猜测到了这个结果，但是打至善禅师的嘴里说出来，崇俭武仍然感到十分震惊。"洪德堂"兵败浔江，等于砍掉了总堂最有力的一条臂膀，长期以来可以倚靠的水上长城訇然倒坍，总堂和"洪胜堂"睡安稳觉的好时光，一去不复返了。

崇俭武拱手对至善禅师说："三阿爷，请到大帐稍事歇息，晚辈即刻遣人禀报总堂，说你老人家已到大明山，请他们派人出迎。"

至善禅师一行入狮子岭大帐休息，暂且不提，崇俭武唯恐手下的人说不明白，亲自赶到石高山下的天心关，向总堂"虎"字营右路都督张华洸禀明来意。张华洸哪里敢做主？二将打马疾驰上了龙头峰，在忠义堂面见执事大爷丁复国和白扇大爷陈松，将至善禅师的情况一五一十做了详尽的汇报。"玄真道士"听说至慧禅师伤重殉国，禁不住捶胸顿足，痛哭流涕。陈松含着泪道："二爷且慢伤神，掌堂大爷闭关修武，明天才可能出关。咱们商量一下，该如何把三阿爷迎上龙头峰？"

丁复国慨叹："'洪德堂'大爷身死国难，三阿爷跋山涉险千里而来，此行必然携带有龙头令旗和'金叶会簿'，以示对总堂凛遵无私之义。这等忠肝义胆的好兄弟，我们还有什么可说的？三爷，你为殉难兄弟布置灵堂，丁某亲自下山迎接。"

陈松思虑得更加周全，他提出建议："二爷，你把三阿爷接到天心关就寝，明日再迎他上龙头峰。一来掌堂大爷明日出关，由他老人家相迎才是正礼；二来容我一天布置的空当；三来从天心关到龙头峰，也合着一个步步相迎的味道。"

"就这么办。"丁复国拍手叫好。

雄奇深幽的大明山是一座壮丽的人间天国，六月的瀑布明媚如镜，依稀还能看到春岚秋云的秀美影子，宛如一位远离喧闹的绝代佳人，独掩盖世风华于寂寥。至善禅师被迎上龙头峰已经三天了，据夏天淳回来说，洪门之主大慈和尚此次闭关深有领悟，将至善禅师留在身边朝夕切磋武艺，舍不得分开片刻。李文茂在天心关闲极无聊，和潘其泰沿着石高山向北出行，打算观赏一下周围的山水。

这一天阳光灿烂，中午时分突然大雾弥漫，两个人在象头峰附近走散了。李文茂索性甩开脚步随兴飞驰，走出去也不知道有多少里地，只觉得山势越来越陡，雾气越来越浓。"小元霸"停住脚步，惊异地发现大明山的雾晶莹剔透，不像盖天顶的浓雾中夹杂着水汽。按理说，在晶莹剔透的雾中应该更容易辨清道路，然而这种雾气散发着虚幻丛生的光芒，极易扰乱和迷惑人的眼睛，反而让人寸步难行。

李文茂正在犹豫，不知道该往哪个方向走的时候，忽然从胸口冒出一道细微的红光。他低头一看，原来是藏在绣囊里的火龙珠发出的光亮。李文茂大喜，人家是秉烛夜行，他则是秉珠雾行——阳光、山风、草木、涧壑被浓雾遮挡，呈现出与平时不同的形态，凡常人领略不到这种变形的"影子"；而李文茂天赋纵横，耳力大异常人，此刻又有火龙珠相助，辨别这些"影子"可谓易如反掌。

同样是雾，大明山与盖天顶还有一个区别，这里的雾步态轻盈，来得疾，去得快，不像盖天顶的雾常年弥漫。李文茂刚刚熟悉了在雾中行走，眼前轻雾飘散，山河重现。阳光还是原来的阳光，山风还是原来的山风，草木还是原来的草木，涧壑还是原来的涧壑，只有人不再是原来的人——"小元霸"触景生情，若有所思，对武学又有了新的领悟。

他正在恍恍惚惚地向前走，忽然间，从头顶的斜坡上传来了一声吆喝，竟然带着浓浓的佛山口音："这不是李少班主吗？"

李文茂抬头一看，从斜坡的林子里闪出一条胡子拉碴的汉子，脸上的皱纹比手掌上还要密密麻麻，一副未老先衰的局促模样。"呀，阿鼎哥，你怎么在大明山？"

"嗨，那些倒霉事就别提了。"钟水鼎唉声叹气地说，"我姥姥家在贵县白沙圩，镇子上有一座铁炉子，幸亏我以前铸铁、炒铁都干过，来粤西后就给那家财主打铁。这不，前些日子碰到了罗浮山两仪洞的白云老道，非让我跟着他炼什么无情剑。"

"白云道士？"李文茂好奇地问，"他还在炼剑？"

"人活一张脸，树活一张皮，他在咱们佛山堡四大炉户面前失了威，不炼行吗？"钟水鼎把嘴一撇，"要不是他给的工钱高，我才懒得来这个穷山沟吃风喝雨。"

一丝不苟是佛山堡工匠的基本素质，讲究的是毫厘不爽的上乘手艺，因此白云道士在白沙圩碰到钟水鼎后如获至宝，死拉活拽把他请上大明山。这汉子是个踏踏实实的性子，与白云道士的炼剑路数极不合拍，逮着李文茂可算遇到了熟人，喋喋不休发起了牢骚："少班主，我没见过这么炼剑的
整整三个月，连炉子在什么地方盘都没有选好，算怎么回事？这些天他和两个牛鼻子老道在一起咕咕唧唧不干正事，净他老母的山吹海侃。再这样下去，我必定辞了差回白沙圩，给多少钱也不伺候他。"

李文茂久闻罗浮山两仪洞白云道士的大名，但是从来没有见过一面，有心见识一下这位著名剑师的风采，于是问："白云前辈在哪儿？"

"这座山叫水陈峰，"钟水鼎用手指点，"他在半山腰晒太阳呢。"

十三年前，白云道士抱恨离开罗浮山，发誓要找到天下奇珍异宝，打造一柄无坚不摧的无情剑。为了实现这个伟大的梦想，白云道士走遍千山万水，吃尽人间疾苦，前后总计花费了七载光阴，最终却两手空空一无所获。

白云道士从南洋落魄归来，两脚一踏上故土便觉得羞愧难当，正当他打算找一棵歪脖树把自个挂上去的时候，巧遇“洪胜堂”掌印阿妈大度和尚。其时，后者刚刚征讨十万大山狮头峰的梁老祖归来，下马交谈，两个人越谈越投机，遂成莫逆之交。大度和尚把白云道士请进大明山，又将自己珍藏的一块五彩陨铁拿出来，派遣高手东渡扶桑、西游昆仑、北越大漠、南抵汪洋，把铸剑用的什么“龙鼎”“金精”“日珠”等宝物悉数划拉到手，单差一株产于南海深渊的“柔佛人荟”便可以开炉铸剑。

像“柔佛人荟”这样的宝物，不可能说到手就到手，白云道士的光荣事业因此一天天地延宕下来，毫无进展。大度和尚配给他的助手都是些不懂铸剑的外行，好不容易找到钟水鼎这样的有须羊牯（内行），却是一头带刺的犟驴，光拿钱不干活还有意见。

在水陈峰山腰和白云道士闲侃的道士叫李阳璞，远远地看见钟水鼎领了个人上来，高兴地打了个招呼：“阿鼎，烧火丫头到了？”

大明山周围的女人不多，钟水鼎上山前，白云道士特意委托他帮忙寻找一个知根知底的烧火丫头，来水陈峰帮他和李阳璞洗衣做饭，捎带打打下手。前几天，钟水鼎的姥姥家捎信说人选已经落实，烧火丫头名叫王二妹，是家住贵县赐谷村的一个拐弯亲戚。妙龄十六，虽然长相寒碜，面有残疾，但手脚绝对麻利，老实巴交，让干啥就干啥。

李阳璞是堪舆学一代名家，他之所以愿意当大度和尚的座上宾，是因为大明山实乃可以出真天子、天下罕有的“龙山”。

在堪舆学家的眼里，大明山不但是一条真龙，而且是一条独一无二的贵龙。历代堪舆名家竞相在大明山“留题”，无不对大明山的“龙相”赞美有加，心仪倾慕。第一个就是开创堪舆学显支江西门派的“杨救贫”杨筠松，这位唐僖宗的国师称赞大明山为“九龙朝宗之大贵之地”，其留题曰：

镆铘山上好风光，龙头龙爪世无双。
六千粉黛迎送远，八百烟花遮半天。
五星归垣明堂现，龙楼凤阁到面前。
大地日日有神守，龙真穴的待英贤。
福人有缘点得对，代代当出王与侯。

第二位是宋代开创天地人三合学派的“赖布衣”赖文俊，其留题曰：

山中年年结雾烟，阵势巍峨插碧天；
山高日夜生明远，大平南宁降横州；
金云生定半天吹，归结祖宗万笔荣；
五山无极山，鼓响胜天边；
乾山乾向水流乾，合山合水胸中立；
三百六十龙神足，三十六公朝天子；
千水万水归一水，水曲迢迢又湾湾；
广东大海作明堂，洪福滔天作圣君；
固是天子地，万世着帝袭。

李文茂跟着钟水鼎来到两位道士近前，白云道士和李阳璞不禁讶然，他们二人一个锻了几十年的剑，一个看了一辈子的风水，看人的眼力犀利独到——这位青年好慑人的气场！白云道士迟疑地问钟水鼎：“阿鼎，他是谁？”

钟水鼎正欲回答，从山顶飘然而下一名盛装道士，抚掌大笑：“白云前辈好不念旧，连佛山堡‘凤凰仪’班的少班主都不认识了吗？”

白云道士平生耿耿于怀的便是佛山堡这三个字，再说他当年离开粤东的时候，李文茂才是个刚断奶的孩子，他们之间能有什么瓜葛？老道冷冷地回答：“道兄休要信口开河，我只知道‘凤凰仪’班的班主是‘太极剑’，不知道什么少班主。”

这位盛装大笑的道爷正是“摘光道士”周位抡，他一路紧追不舍，眼见白龙的身影没入大明山，不由得喜忧参半：喜的是大明山是洪门老巢，自己对这里的地形十分熟悉；忧的是大明山作为龙兴之地，龙形远自昆仑祖山而来，不仅吉砂秀美，而且内外明堂遍布水脉——外明堂有西江和郁江两条随龙大水浩荡入海；内明堂有香山河、罗波潭、灵犀水三条随龙精水滋润山体；其他的像什么虾须水、合襟水、三阳水、天心水、极晕水、真应水等等应有尽有，充盈于大明山的泉瀑涧溪。白龙藏进大明山，可谓真龙归真海，凭自己的“摘光之术”，要想找到第三次变身的小白龙，亦非容易之事。

周位抡坐在水陈峰头，每天打坐施法，始终无法在众多龙水中分辨出小白龙的影子。正当他头大如斗时，李文茂赶巧送上门来，这真是踏破铁鞋无觅处，得来全不费工夫。他兴冲冲地跑下山顶，打趣地对白云道士说：“道兄，这位少班主是‘太极剑’的长公子，火龙珠就在他的手里，你看他胸前的红光便知。”

白云道士和李阳璞定睛一看，可不是？李文茂的胸前隐隐绽露一丝红光。李文茂自己也觉得奇怪，没了雾，火龙珠为何依旧发亮？他暂时收起疑惑，向周位抡施礼：“周道爷，咱们又见面了，你怎么在这儿？”

“肯定是因为白龙呗。”周位抡笑嘻嘻地说，“少班主，快把你的火龙珠借来一用，贫道打算找出白龙的藏身之地。”

“少班主，难道真的有龙不成？”钟水鼎极为诧异。他平时觉得白云道士已经够能放葫芦吹牛皮的了，谁知道李阳璞和周位抡两个更是不靠谱，一个说大明山是龙的巢穴，一个干脆说他是撵着龙屁股一路追下来的。现在看见李文茂果然从衣襟里掏出一枚火红的珠子，打铁匠张口结舌，面红耳赤，不知道该说什么好。

李阳璞拍了拍他的肩膀：“阿鼎，看仔细了，以后别再闲言碎语。”

“摘光道士”小心翼翼把火龙珠捧到手里，对白云道士和李阳璞说：“两位道兄，有了这个宝贝，我一准能把白龙找出来。走，咱们下山去试一试。”

三位道士欢天喜地拽着李文茂向山下疾驰而去，钟水鼎站在原地愣怔了半天，好大一会才缓过神来。打铁汉子朝地上使劲跺了一脚，恨恨地骂道：“放葫芦谁不会？你们说有龙，我还说有龙他老母呢。”

周位抡、白云道士、李阳璞、李文茂几个从水陈峰开始搜寻，一路向北翻山越岭到了望兵峰的后山。但闻声声龙吟遥响天际，悬挂在望兵峰的瀑布状若游龙，忽然荡起千重浪，激烈的水花把几个人溅了个湿透，白云道士大喊：“是这里吗？”

从来的名刃都是往来于人间天上的三尺精灵——具有不灭灵魂的真龙。在那个家喻户晓的传说中，“镆铘剑”不正是变成白龙，在延平津的湖面上惊鸿一瞥吗？像“镆铘剑”这样的天下奇刃，差不多每六百年才会到世上走一遭。据民间记载，除了延平津外，"镆铘剑"曾经降临的第二个地方即大明山龙头峰，因此大明山又称镆铘山，龙头峰又称镆铘峰。龙头峰南侧有一条古老的驿道，一夫当关，万夫莫开，从宋代起官府在黎口隘设置镆铘关，历史上与大明山余脉的昆仑关齐名。明代武缘县的诗人李璧曾写过一首七绝《镆铘山》：

仙人佩得镆铘还，误落飞泉第一湾。
三尺精灵化龙去，空留万丈镆铘山。

周位抡盯着瀑布方向，摆手说："马上就要出来了。"

"快看火龙珠的颜色。"李阳璞尖声道。

周位抡低头一看，火龙珠的颜色发生了剧烈变化，忽而亮如骄阳，忽而浓稠似火，忽而黯淡浑浊，忽而苍白如雪。李文茂心口怦怦直跳，竟似与火龙珠颜色的变化唱和，三道真气齐聚膻中穴，形成一道强劲的气流，胸口的衣襟鼓起了一个大包。

"少班主，你知道这是咋回事？"周位抡问。

李文茂摸不着头脑："惭愧得很，请道爷指教。"

"摘光道士"长叹一声："少班主，你一定修炼了不寻常的真气。火龙珠在你胸口待的这段日子，受膻中穴的真气影响，已经沾染凡尘，成为你身体中的一部分。所以它在面对故主白龙的时候，才会左右为难，去留逡巡——你和它有缘呀。"

"啊？"听了周位抡这番解释，李文茂目瞪口呆，这枚火龙珠来到自己手里，不过才个把月的时间，竟然如此重情？

便在这时，望兵峰顶旌旗招展，金鼓齐鸣。藏在瀑布里的白龙受不住种种刺激，腾爪劈流而出。与前两次变身相比，此时的白龙又缩小了一大块，看去不过一丈左右长的身躯。忽然峰顶万箭齐发，射向在空中盘旋的白龙，天地间顿时血淋淋鲜红一片。经过第三次变身的白龙仿佛弱不禁风，连人间的箭矢都抵挡不住。自打与火龙珠心心相印后，这条白龙在李文茂心中的地位悄悄发生了变化，竟生出一股浓浓的情愫。此刻见白龙身遭重创，李文茂怒从心头起，拔出"龙渊刀"，纵身扑向望兵峰顶。

白云道士和李阳璞同时惊出了一身冷汗，望兵峰为“洪胜堂”的忠义堂所在。从刚才这阵金鼓声和飘扬的旗帜上来判断，“洪胜堂”掌印阿妈大度和尚已然率兵回到老营。李文茂此去峰顶寻衅，岂不要闯出一番滔天巨祸？

三个人中唯独周位抡心里有底，白龙终究是白龙，人间兵器再锋利也难以加害——弥漫在山谷中的红色不是血，而是一种落寞的忧伤。

第四十六回　道出残缺

“洪胜堂”掌印阿妈大度和尚正在六诏山挥军鏖战，忽然接到“洪德堂”在浔江一线失利的探报，大惊失色，匆匆撤出战场。谁知屋漏偏逢连阴雨，半路又遇到粤西绿林道的埋伏。

自“洪顺堂”占据大明山以来，粤西绿林道一直被洪门压得抬不起头。这次应粤西官府之邀，总瓢把子盖九霄矢志复仇，亲统人军五万，以“西天腊飒”钟德和“神楼灯”娄正伦为左右路都总管，在驮娘江畔邀击“洪胜堂”东返之师。

大度和尚征战多年，一眼看出了其中的端倪：盖九霄这个昔日的手下败将摆出一副拼命的架势，必定受了官府的撺掇和利诱——两粤官军这次是蓄谋已久的联合行动，一头以广东水师的优势炮火打垮“洪德堂”，一头唆使盖九霄半路阻击自己回援，其用心险恶，分明打的是大明山总堂的主意。

判断出官府的阴谋后，大度和尚当机立断，命二龙头步青磊代掌大军对付盖九霄，同时留下白扇三爷冀海树、五龙头皇甫衮、六龙头陈亚胜加以辅佐。自己和八龙头宋良义、九龙头石信率领八千精兵脱离当面战场，星夜兼程赶回大明山护卫总堂。

守卫“洪胜堂”老营的是七龙头贾奉璋，他把大度和尚一行迎上望兵峰。众位头领铠甲未解，征尘未洗，饭还没来得及吃一口热的，忽然间，白龙张牙舞爪地腾空扑来。九龙头石信绰号“赛吕布”，在“洪胜堂”是出了名的悍将，当即手挽强弓射向白龙，手下亲兵随后万箭齐发，一阵箭雨，将白龙驱离了望兵峰。

单说李文茂施展在畚箕窝练就的绝壁飞行术，瞬时扑到望兵峰顶，抬掌劈向洋洋自得的石信。他来得又快又急，“赛吕布”来不及换兵刃，只得抬起手中的铁弓相格，被李文茂白手夺刃，一把将铁弓夺了过去。石信气得哇哇暴叫，摘下“七宝日月刀”驱马迎战，李文茂挥起铁弓砸在“七宝日月刀”的侧面。耳轮中就听到“咣”的一声震天响，“七宝日月刀”被铁弓硬生生击为两截，“赛吕布”手握残刀，一时惊得忘了出手。

“洪胜堂”在粤西攻城拔寨，所向披靡，什么时候受过这样的窝囊气？宋良义、贾奉璋各举刀枪打算合战李文茂，被大度和尚挥手喝退。只见这位名震江湖的“洪胜堂”大龙头跳下坐骑“紫电喷云兽”，卸下“锁子连环甲”，从左右手里接过“扫魔霹雳剑”，并不询问对方的姓名和来路，挥剑直取李文茂。“洪胜堂”将士忙擂鼓助威，鸣号喝彩。

作为“浑天门”的一代杰出高手，大度和尚这些年在江湖和武林罕逢敌手。方才李文茂一招震断“赛吕布”的“七宝日月刀”，令大度和尚又惊又恼：惊的是这个青年内力深厚，功法煞是奇异，假以时日，将对自己构成极大的威胁；恼的是对方竟敢在家门口逞威风，如果不给他一点颜色瞧瞧，以后“洪胜堂”的面子往哪儿搁？

洪门之主大慈和尚之所以另设“洪胜堂”，并拔擢自己的师弟统驭，主要是因为大度和尚不但武艺高强，而且足智多谋。大度和尚城府极深，不问李文茂的来路便出手，自有他的盘算——这个年轻人出现在大明山腹地，十之八九与洪门老字号的三大堂有着种种瓜葛，话挑明了反而不好下手。为了铲除这个未来的同门劲敌，这和尚暗地里动了杀机，出手便是看家本领“浑天剑”，招招奔着李文茂的死穴而来。

见对方使的竟是“浑天剑”，李文茂立刻猜出了大度和尚的身份，不由得既恼且喜：恼的是大度和尚不闻不问，一见面即痛下杀手；喜的是他三年来苦苦修炼“浑天剑”，始终勘悟不透“日月合杀”的招式，如今亲眼目睹另外一位高手的成果，怎能不欣喜万分？

武学之道就是这样，面对同一套剑法，功力不同的高手会有不同的理解，大度和尚与李文茂年龄、师承、性格、功力、境遇大相径庭，使出来的“浑天剑”自然不同。李文茂这番临敌颇费了不少心思，既要偷师大度和尚剑法的精华，还不能使用“浑天剑”对阵，以确保恩师大悲和尚的名誉不受影响。“小元霸”思前想后，干脆将在大雾山参悟“三衡归一”境界时摆弄的剑式拿出来，糅合了他对“六祖心经”和“食菜事魔教”石像三十二穴功法的理解，临时草创了一套“龙渊刀”法，上阵迎敌。

李文茂体内三道真气同时运转，“龙渊刀”使起来犹如蛟龙出海，观战的“洪胜堂”将士们眼前雪白一片，什么也看不清。洪门两代英杰初次相遇便杀了个棋逢对手，须臾间双方斗了二十个回合，李文茂毫发未损。大度和尚忽然跳出圈外，贾奉璋、宋良义、石信三将一惊：大龙头这是准备用最后两招“月淡云疏”和“日贯长虹”对敌！

现场杀气四溢，一片死寂。

白云道士、李阳璞、周位抡三个人气喘吁吁冲上山顶，一看这阵势可坏了菜。白云道士急忙喊道：“大龙头，自己人。”

大度和尚见是这几位神仙，顾忌到自己一堂之主的身份，不好意思再斗下去，还剑入鞘问周位抡：“周先生，何时回来的？”

“摘光道士”探头向山涧一看，那条白龙早已不知去向，只余下瀑布悠悠流淌。他不由得大为失望：“大龙头，贵堂兄弟做事太莽撞了，贫道跟踪这条白龙从九嶷山到大明山。要不是它三度变身，有好生之德，恐怕贵堂早吃了大亏。”

“摘光道士”道法高深，大度和尚一直对他恭敬有加，从不肯假以辞色。李阳璞见大度和尚吃了瘪，上前提醒：“大龙头，白龙在九嶷山舜源峰降世，最终落脚在咱们望兵峰，难道你不觉得此间大有玄机？”

一句话点中了大度和尚心底最敏感的那根神经，他懊悔不该放任手下将士箭射白龙，连忙问周位抡：“道爷，那条白龙，它不会飞走了吧？”

周位抡对着火龙珠观察了半天，才道：“你们这次总算没有闯大祸。”

白云道士松了一口气：“道兄，它现在何处？”

“在它当年落地的地方，望兵峰之所以叫望兵峰，就是因为从这里观察视线最清楚，角度最佳。”周位抡指着对面龙头峰飞泻的瀑布，对白云道士说，“道兄，望兵峰圆耸出群，日照充足至极，直承天火，是铸剑的绝佳位置。既然白龙降世，你可以择吉日开炉铸剑，但愿道兄法缘俱备，将‘镆铘剑’重新迎回人间。”

白云道士激动得涕泗横流，躬身对大度和尚说：“恭喜大龙头，贺喜大龙头，剑灵落于龙头峰，这把无情剑有希望了。”

大度和尚心潮涌动，思绪万千，把李文茂对自己的冒犯丢到九霄云外。白龙入世，意味着天地人寰从此将发生沧桑巨迁，而它不远万里来到大明山，变身为三尺“镆铘剑”，难道这份天命正应在自己的头上？想到这里，大度和尚兴奋得无以言表，脸上挂着笑容，指着李文茂问白云道士：“老神仙，这是谁家的仔？”

白云道士回答：“他是佛山堡‘凤凰仪’班的少班主李文茂。”

听说李文茂来自红船，大度和尚骤然警惕起来，刚才的比武过程中，他隐隐约约从李文茂的剑法里嗅出了几分“浑天剑”的味道，据说二师兄大悲和尚在琼花会馆偷偷收了一个小徒弟，莫非就是眼前这个青年？

李阳璞对大度和尚太熟悉了，见他似笑非笑的模样，怕他再和李文茂起冲突：“大龙头远征归来，是不是该向三位总堂大爷请个安先？”

大度和尚遽然醒悟，感激地看了李阳璞一眼，朝白云道士和周位抡躬身施礼：“待本堂向总堂大爷问过安，再来向两位神仙请教。”

“洪顺堂”老营设在高耸入云的龙头峰，此地的警戒由总堂“龙”字营担负。这三营兵力个个能征惯战，皆是追随大慈和尚多年的老兄弟，其中右路都督魏振环扼守前山关，左路都督贡鸣奇防卫后山寨，中军都督鲁巨川坐镇山腰的迎客驿、演武厅和山顶的忠义堂。“龙”字营凭险据守，加上南路天心关、渌公岭、镆铘关的“虎”字三营和北路象头山、六毛峰、圹利山的“凤”字三营，九营精锐合计四千五百人，为洪门头等强悍之师。

至善禅师到达大明山的第二天，“洪顺堂”全军缟素，大慈和尚率领二爷丁复国、三爷陈松、左护法杨其楠、右护法黄桂林、魏振环、贡鸣奇、鲁巨川等头领在忠义堂隆重为“洪德堂”阵亡将士设祭，然后大慈和尚带着“洪顺堂”

掌印阿妈的全副仪仗下龙头峰，亲自将至善禅师从天心关接上龙头峰。

大慈和尚以洪门之主至高无上的万金之躯，屈尊数十里外迎接一位下属，这在三合会的历史上为闻所未闻的特例。大慈和尚这样做确实是发自内心的感动，其一，“洪德堂”扼守两粤交界处，以一堂之力抗衡广东水师十三载，为三合会东山再起立下了赫赫功勋，洪门上下有目共睹；其二，十三年来，“洪德堂”从实力最强的第一大堂沦落到几近全军覆没，多少英雄好汉抛头颅、洒热血战死疆场？不用掰着指头数都能想象得出来；其三，在如此艰难困苦的处境下，至善禅师将“金叶会簿”和龙头令旗送至大明山，重申对总堂大令的服从，这股忠义之气彪炳千秋，谁不敬他三分？

大慈和尚对至善禅师的优待并不止此，在忠义堂设宴款待后，他屏退左右，手挽手把至善禅师拉进藏龙洞。

藏龙洞和罗浮山的朱明洞相似，为大明山一山之本，暗藏天地。中有三条秘道，一条通往山腰的演武厅，一条通往北路的圹利山，一条通向山后的大平台——此处林木掩映，下临陡峭绝壁，为大慈和尚闭关修武之所。

藏龙洞是龙头峰的禁区，除了大慈和尚自己与左右护法，平时连丁复国和陈松两位大爷也很少入内，因此总堂上下皆对至善禅师羡慕不已，并没有人知道大慈和尚把至善禅师请进藏龙洞，其实是打算向这位少林大宗师讨教武学。

按理说“浑天剑”与“逍遥剑”并称当世两大剑法，以威猛无俦著称天下。大慈和尚的武学境界和功力几近化境，至善禅师的武学不及他专[illegible]，是以功力未必胜得过他。那么，这位洪门之主为何要向至善禅师请益？

此事尚须从他最近悟出的“日月合杀”招式说起。

十三年前，三合会兵败粤东，由于洪门兄弟多为武林中人，因此，罗浮山朱明洞那场武林巅峰决战，对三合会士气的打击丝毫不亚于战场上的失利。大慈和尚退到大明山后给自己的继承人立下了条件——“谁取金蟾道士的项上人头，谁便是洪门之主”，并将此龙头大令传谕洪门各堂。同时，大慈和尚把总堂交给“玄真道士”丁复国和“失魂松”陈松打理，另组一支劲旅“洪胜堂”由大度和尚统率，负责在粤西开疆拓土；他自己一头扎进藏龙洞闭关苦参，矢志勘破“日月合杀”一式的罩门，完成真正的“浑天剑”。

功夫不负有心人，经过十三年来不懈的追求，大慈和尚终于将“月淡云疏”和“日贯长虹”两式合二为一。眼看多年的愿望即将达致，然而，洪门大龙头不但没有丝毫喜悦，反而愈加惴惴不安，对自己体悟出来的剑法好像失去了信心。

少林和武当毕竟是武林中的泰山北斗，论及对武学之道的体察和理解，这两家功法自有其高妙独到之处，大慈和尚将至善禅师请进藏龙洞即是为了讨教一二。他说：“三阿爷，常言道天下武功出少林，还望你指点迷津。”

至善禅师感到十分诧异，大慈和尚乃武林一代巨头，天资纵横，若不是因为戎马倥偬和料理军务，耽误了不少时间和精力，哪里轮得着金蟾道士在武林称霸？如今他竟然屈尊向自己讨教武学，究竟是遇到了难以解决的罩门，还是心理上出现了问题？

总之，不管事实的真相如何，作为统率千军万马的洪门之主，出现这种不自信是一种可怕的征兆。至善禅师觉得有必要进行制止，于是他试探地问：“掌堂大爷，此话从何说起？莫非你又参悟了什么新的功法？”

“三阿爷眼力果然不俗，”大慈和尚笑了笑，“不瞒你说，本座这些年苦参剑法，近日总算体悟出了‘日月合杀’招式，不过此招似乎背离了本门的阳刚根基，赫然为一道无坚破有坚的阴柔之气，令本座困惑的紧。”

“丁二爷是武当功法传人，修炼的真气炉火纯青，与‘逍遥门’功法最为相似，”至善禅师客气道，“掌堂大爷何不与他切磋，共同探究克敌之道？”

“先哲常言阴阳互生，老朽过去也是抱着这样的想法。这些年和老二朝夕相处，两下里相互砥砺，所悟甚多。”大慈和尚怅惘地说，“然则，随着‘日月合杀’这一式的完成，本座最后才明白阴就是阴，阳就是阳。不独阴柔真气的法理如隔重山，便是本座自个的真气恍然亦有不足，叫人好生气馁。”

至善禅师倒吸一口凉气，大慈和尚这是陷入了心理迷障，不仅对领悟的“日月合杀”招式产生了质疑，而且对自己修炼的内功也严重信心不足。至善禅师明白这一切的根源都来自当年那场武林巅峰决战，失利的阴影在洪门之主的心里笼罩太久，已经把这位顶天立地的大英雄压得变了形。为了把大慈和尚拉出自我迷障的泥潭，至善禅师斟酌着说：“掌堂大爷，阴阳之道虽然繁复，究其源无非天地之别。天有九重，地载六穴，纯阳肇始于天，纯阴发源于地。武林先哲说阴阳互生，老朽倒要说它们不过是互掩、互呈，根子就在于它们各有所短，存在着极大的腾挪空间，不得不互为饵食。此时为阴，彼时为阳，阴中有阳，阳中有阴，归根到底，这些变化的种种形态无非一些掩盖其虚弱本性的影子而已。一旦武学修为直通其根，它们再无腾挪转圜空间的时候，阴就是阴，阳就是阳。武学的极限是阴阳皆消，非阴非阳，重开天地，所谓亦阴亦阳不过是一道幻影而已。"

"看来吾辈终究难登武学极顶了？"大慈和尚失望地说。

至善禅师好言安慰："掌堂大爷，你感到自己修炼的真气不够充沛，这是习武之人经常遇到的迷障。说到底，天地人三才无不残缺，即便你是百年一遇的特异体质，可阴阳之道本来就以虚残为本。这个世界上，又有谁能练出无缺的真气呢？"

大慈和尚不相信地问："本座只听说太阳、太阴之气满盈而返是为虚也，难道我们修炼的真气根子也是虚残的吗？"

"老朽说阴阳之道以虚残为本，非是妄言。"至善禅师娓娓道来，"纯阳之体自茫茫九天长途奔袭而来，其气残缺，外强中干；纯阴之体奔出大地，如不竭之水，自夸以柔克刚，虽狡智百端，终究如卵中之黄，沉浮于太虚中无始无终，任由纯阳之体随意摆布。其命尚且托付于他人，犹然夜郎自大，岂不让人觉得可怜？"

"依三阿爷的说法，阴阳两道真气中，阳或胜于阴了？"大慈和尚喃喃地问。

"阳道自强不息，阴道生生不息，皆有擅场。"至善禅师慷慨陈词，"君子之道，莫过于绝地求生，自无为处兴有为业。我洪门崛起草泽，与鞑子朝廷百年作仇，迄今斩杀不绝，复有燎原之势，就是靠着这股子千秋忠义的君子之道。掌堂大爷身为洪门之主，一世豪雄，千刀万剐尚且不惧，怕他'逍遥门'作甚？"

"三阿爷言之有理，本座固然为凡夫俗胎，难道他金蟾道人就是神仙下凡，能修炼出无缺真气吗？"大慈和尚醍醐灌顶，激发起万丈雄心，从腰里抽出"盘龙剑"，"本座这就给你演示'浑天剑'，三阿爷，多多点拨。"

大慈和尚去掉心魔，抖擞精神在藏龙洞演练"浑天剑"，十招以后，到了最精华的"日月合杀"一式。至善禅师被重重剑气刺得接连退后了好几丈，紧接着就听到轰隆一声巨响，地动山摇，连大慈和尚本人都吃了一惊。他急忙停住剑式向四周打量，见藏龙洞里半块石头也没有掉下来，便自嘲地对至善禅师说："三阿爷，'浑天剑'要是有这么大的威力就好喽，外面大概出了鬼名堂，咱们去看看。"

两个人沿着秘道来到山后的平台上，举目四望，结结实实吃了一惊。但见天地玄黄，残阳铺满大地，山川之间红色光芒一片。唯有瀑布苍白似雪，像宝剑以迅雷不及掩耳之势劈过龙头峰的脖颈，渗出丝丝白血。

大慈和尚望着眼前这般诡异的景致，想起至善禅师刚才说的阴阳残缺之道，忽然有一种全新的感悟。残阳中满溢着难以用言语表达的影子，与炽烈艳阳的外强中干全然不同，里面存在着一种时刻准备飞离的神秘力量——这种力量来自苍穹深处。过去是宇宙的本源，现在是浑天的缩影，将太虚中的地黄瞬间撕裂为修长的瀑布。

从瀑布被白龙刺穿的扭曲身体里，大慈和尚仿佛窥测到阴阳互变、互容的玄机。他挥剑再舞一趟"浑天剑"，一旁观看的至善禅师惊奇地发现，这式"日月合杀"的威力比刚才那式提高了一大截——"浑天剑"法奇迹般地完善了。

正当两位武林宗师喜出望外的时候，左护法杨其楠从藏龙洞里走出来，跪倒叩拜："禀报掌堂大爷，胜堂大爷自六诏山远征归来，现在迎客驿候见。"

大慈和尚掩饰不住地兴奋："他有疗伤的灵丹妙药，赶紧取来孝敬三阿爷。"

"区区臂伤何足挂齿？万不敢当。"至善禅师婉言谢绝，"本堂百废待兴，属下不便在此盘桓逗留，请掌堂大爷早日派遣特使，赴黑石顶以安军心。"

大慈和尚把"盘龙剑"交给杨其楠，神色凝重起来："三阿爷谋国之心令人感佩，本座虽为洪门之主，却不敢以私谊凌驾大义。明日本座在忠义堂和老二、老三商定此事，请三阿爷放宽心即是。"

大慈和尚送走至善禅师，来到忠义堂的龙头宝座就座，不大一会儿，右护法黄桂林带着大度和尚进了忠义堂——黄桂林是大慈和尚的徒弟，现在"洪顺堂"执掌刑罚。

大度和尚向掌门师兄行了叩拜大礼，然后简略地汇报了远征六诏山的前后经过，大慈和尚不满地教训："往年盖九霄在天马山凭险据守，咱们奈何不了他。此次助纣为虐，正是灭了这贼子的好机会，你慌慌张张跑回来干什么？"

大度和尚心急如焚回来护驾，却被大慈和尚劈头一顿教训，好心当了驴肝肺。不过哥俩是自己人，骂两句显得亲热，大度和尚惭愧道："属下知罪。"

偌大的忠义堂除了护卫的亲兵，孤零零就剩下"浑天门"这爷仨。大慈和尚仰面靠在龙头宝座上，看也不看下面的大度和尚与黄桂林，细细咀嚼着方才至善禅师话里的意思，不知不觉眉头紧锁起来。

由于大慈和尚年事已高，摆在洪门面前的头等大事便是掌印阿妈继承人的问题。放眼洪门之中，呼声最高的只有两个人：大度和尚与丁复国。这两位当年洪门的新生代英雄经历了岁月蹉跎的磨砺，如今羽翼丰满，旗鼓相当——论资历，全做过四大堂的堂主；论功勋，莫不是战功赫赫；论武艺，均为武林中的顶尖高手；论年纪，都是五十岁上下，正当壮年。在这种难分高低的情况下，看来只能依照大慈和尚当年立下的条件来决定大位继承。

今天大慈和尚完成了"浑天剑"法，这套本领让"玄真道士"学也学不精，最终受惠的唯有大度和尚而已。至善禅师刚才拒见大度和尚，意在点醒大慈和尚应该一碗水端平，不要薄待了丁复国，免得让下面的兄弟说三道四。

大慈和尚统御洪门多年，之所以令天下洪家兄弟信服，无非因为他向来秉公办事。洪门老字号的三大堂各有渊源，自成系统，一点小事处理不当都可能影响军心，更别提像洪门之主继承这样攸关兴衰的大事。大慈和尚思前想后，觉得今天自己参透的这套"浑天剑"，还是不对三师弟说明的好。

大度和尚哪知道掌门师兄心里像开了锅一样，正咕嘟咕嘟地煮饺子，他整理衣冠，重重地叩了几个头，高声道："恭喜掌堂大爷。"

"何喜之有？"大慈和尚问。

大度和尚抬起头："掌堂大爷，今日有一条白龙落于龙头峰。老天爷降下吉兆瑞征，看来鞑子气数已消，我洪门顺天应命的好日子来了。"

"龙战于野，其色玄黄"——原来刚才山后瀑布心口那个洞是白龙凿的！难怪天地山川色泽怪异，自己能从中悟出"日月合杀"的厉害招式。大慈和尚的眉头逐渐舒展开来，和颜悦色地对师弟说："既然是天降吉兆，明天把二爷、三爷他们叫来好好商议商议。你一路鞍马劳顿辛苦了，早点回去休息吧。”

大度和尚道：“掌堂大爷，我军这次兵伐六诏山，越南、暹罗等国举国震惊。怕我军可能对他们不利，各国竞相进献宝物，结我欢心。现收得千年灵芝一枚、占城神莲一株，食之可以延年益寿，增加功力，属下给你老人家带来了。”

“我一把年纪，吃这些宝贝不过是暴殄天物，留着自己用吧。”大慈和尚叹了口气，吩咐黄桂林，“把藏龙洞里的东西拾掇拾掇，拣能吃的都给你师叔拿走。”

大度和尚愣住了，藏龙洞里收藏的俱是各堂献给大慈和尚的稀世珍品。自己带来的礼物没有孝敬出去，反而卷了一大包拿走，掌门师兄今天这是怎么啦？

第二天上午，大慈和尚在龙头峰忠义堂召开会议，与会的除了二爷丁复国、三爷陈松、至善禅师、大度和尚几位大佬外，还有“洪胜堂”其他四位在山的龙头以及总堂“龙”字营、“虎”字营、“凤”字营的九位都督。

李文茂进入大明山以来，自始至终没有踏上龙头峰一步。一方面是因为他尚未正式加入洪门，按照规矩，如果没有洪门大龙头发话，最远只能到达山腰的迎客驿停留；另一方面是他怀有小算盘，怕被大慈和尚看穿自己会“浑天剑”，有辱师傅大悲和尚的声誉。

得知今天就可能启程返回粤东，李文茂觉得苦日子总算熬出了头，趁至善禅师和夏天淳上龙头峰，他带着潘其泰出来遛马。三爷陈松见他们来时骑的马羸弱，便委托“凤”字营中军都督叶亚来精心挑选了十来匹好马，供至善禅师一行回程驱驰。

“失魂松”陈松不仅足智多谋，而且是洪门中有名的洪拳大师。洪拳属于少林一脉，三爷陈松年轻时在琼花会馆学过艺，算起来是至善禅师的晚辈。这种关系放在李文茂的身上产生了紊乱——陈松的大徒弟叶亚来在红船避难时，曾指点过李文茂洪拳技艺。所谓一日为师，终身为父，从叶亚来这头论，李文茂要称呼陈松一句师祖。

潘其泰这几天在大明山结识了不少江湖上赫赫有名的英雄人物，大开眼界，腔子里格外地亮堂。唯一被搞糊涂的便是李文茂的师承关系，他挠着头问："少班主，要是总堂把白扇大爷派去做特使，那就麻烦了。"

李文茂问："为什么？"

"你想，从叶都督这头论，你得喊白扇大爷一句师祖；可是若从三阿爷那里论，白扇大爷最多也就是你师兄，一家伙差出去两辈，面对面坐在一起多不好意思，嘻嘻。"潘其泰摇晃着脑袋，"少班主，你这些师傅也够乱的。"

李文茂勒住马缰绳，回头骂了他一句："不会说话就别说，没人把你当哑巴。是李某学艺学得杂，关我师傅什么事？"

"你看我就没有这个烦恼。"潘其泰道。

李文茂明白他的鬼心思，不过自己年纪轻，"六祖心经"、"浑天剑"、石像三十二穴功法皆为难以对人言说的秘密功法，而且没有一样练成，哪有资格当别人的师傅？他策马奔驰，默默思考着潘其泰的话——如果三爷陈松真的充任了"洪顺堂"的特使，那么回去的路上，岂不是又多了一个管教自己的长辈？

两个人挥动鞭子，满头大汗地把马群往回赶，发现张华洸正在天心关下等候。见他一脸兴奋，潘其泰问："张都督，捡到宝贝了？"

"嗨，你小子这张嘴啊，"张华洸故作轻松地说，"也没啥，掌堂大爷龙体欠安，今天正式把'玉叶会簿'交给二爷掌管。"

"玉叶会簿"是洪门的灵魂，在天下洪家兄弟的心中，比龙头令旗更加神圣。大慈和尚这一苦心孤诣的决策，极大地提高了丁复国在洪门中的威望，对于丁复国一手带出来的"虎"字营兄弟来说，当然是特大喜讯。

李文茂问："谁去黑石顶当特使？"

"那还用说？"张华洸回答，"二爷离不开，自然是三爷了。"

大慈和尚派遣三爷陈松作为赴黑石顶的特使，意在表达对至善禅师、"洪德堂"兄弟的推重和褒扬。至善禅师对此心如明镜，他和陈松率众离开大明山，在南宁府宣化县合江镇将潘其泰放下。一行人登舟东归，不一日过了梧州，到达德庆州城。德庆州城向北就进入了"洪德堂"的实控地盘，安全自是无虞，不需要李文茂的护卫。"小元霸"归心似箭，辞别至善禅师、陈松和大队人马，搭了条客船匆匆赶回佛山堡。

此番回程的心情与当年离开时大不相同，经过两年多生与死的洗礼，李文茂在武功方面脱胎换骨，在心理方面完全成熟，不再是一个动辄怒发冲冠的少年。然而月有圆缺，事有阴阳，或许正是因为有了爱和担当，李文茂产生了一丝脆弱，心情随着两岸山体起伏不定，产生了一种近乡情怯的惶惑和惆怅。

船经肇庆府城，寂寥的梅花岗横卧水滨，斋堂近在咫尺，伸手就能触到斑驳的围墙。李文茂呆呆地望着眼前熟悉的一切，仿佛听到"六祖井"神秘的涛声，想起阵亡的至忍禅师，连忙扭过头，不敢再看斋堂一眼。

心底的波澜被搅起来便不容易恢复平静，三年过去了，父母的血海深仇还没有报，韩肇庆仍然在世上逍遥。李文茂掐指一算，红船禁令的期限已经过去，自己现在武功大进，这次回去一定要亲手剁下"韩狐狸"的人头，了此人生恩怨。

过了西海地面，由于汾江河的清淤工程接近尾声，江水清澈好似一面镜子，将李文茂胸中的沉郁洗了个干净。白墙灰瓦，翘角飞檐，尽数倒映在水中，荡起微波，美不胜收。李文茂心情逐渐畅快起来，这个屋宇参差、鳞次栉比的壮丽之城不就是魂牵梦萦的家乡吗？他重重地吸了一口江水的气息，从温暖中嚼出一丝甜美。

中午时分，客船在正埠码头靠岸，李文茂步出船舱，阳光跳过高大的"忠义乡"牌坊直射下来，刺得眼睛几乎睁不开。牌坊后面立着一座搭了一半的灯棚，几个搭棚佬汗流浃背地紧着忙乎，李文茂刚刚迈上台阶，就听见有人操着鹤山乡音叫道："少班主！"

李文茂扭头，喊话的是古劳围的吕安国。这个搭棚佬是吕子桂出了五服的堂弟，正蹲在石阶上喝凉茶，李文茂问："安国哥，哪家的差事？"

吕安国站起来："少班主，这是永州府泷泊铺冉大财主搭的棚子。他在汾流大街一口气盘了六间买卖，花钱雇人唱曲子，特地给乡亲们送个眼福，算份见面礼。你不知道，最近从湖南和粤西来的财主老爷可多了，个个都是这套路数，说是相中了咱们佛山堡的风水，打算子子孙孙一竿子扎根到底。"

"茂仔，你这两年到哪儿游去了？"卖凉茶的是阿赖他娘。老太太近七十岁的年纪，虽然脸上皱纹一层一层多得赛树皮，但身子骨硬邦邦，耳不聋、眼不花。她笑着说，"你不在黑狮子也不行了，今年正月十五拔头份的是对红狮子，没意思。”

阿赖家住在居仁里东南巷，阿赖是个遗腹子，全靠他娘一把屎、一把尿养育成人。这孩子也争气，八九岁就在八图大族霍家的铺子里当伙计，东家膝下只有一个闺女，见阿赖聪明伶俐是个可造之材，便把他招赘入门当了半个儿子。

阿赖娘从前在琼花会馆收过泔水，和李文茂很熟悉。李文茂蹲下来问：“阿婆，你这把年纪还出来弄营生？阿赖不管你？”

“管啥呀？”阿赖娘咳声叹气，“他如今是霍家的人，有孝心顶个屁用？媳妇手里攥着钱匣子，能管我老婆子吃喝就算谢天谢地。行人事还得靠自个，多年走动的亲戚，总不能在我老婆子手里撂下？祖宗在天上看着呢。”

李文茂摸着头皮：“那倒是。”

吕安国笑嘻嘻地说：“阿赖哥是最孝顺的，我听说他在外面弄了个相好，是不是打算给你们家续香火？”

阿赖娘拿起蒲扇，打了吕安国一记，紧张地朝四周张望：“傻仔，这话可不能乱说。”

老太太不是撒谎的人，越是神情紧张，说明这事越有可能。李文茂劝道：“阿婆，既然阿赖哥手里有钱，你还摆什么凉茶？回去享享清福多好。”

“我算不错了。”阿赖娘给李文茂捧了杯凉茶，“穷人家能有什么好光景？我们巷子里守寡的老姐们还不如我哩。狗子倒是搜刮了两个黑心钱，娶了个媳妇不孝顺，婆媳俩一天见面不打三回不吃饭；蛛婆用闺女给大儿子换了门亲，媳妇又懒又馋不说还好面子，娘家只要一来人就把蛛婆塞进狗洞里。幸亏她个头小，像我这身子骨，非把腿劈折了不可……”

一天到晚，阿赖娘嘴里都是居仁里的家长里短，吕安国耳朵听出了茧子，他扭过头，一脸神秘地对李文茂说：“少班主，你猜正月十五拿第一的红狮子是谁？”

“谁？”李文茂。

吕安国兴奋地打了个手势：“阿坤和阿满。”

“他们来了佛山堡？”李文茂惊奇地问，“还有谁？”

吕安国脸上的兴奋劲一扫而光，蔫头耷脑地回答：“还有一个阿开，做买卖让余章标公婆俩给坑了，进丐帮当了叫花子，把咱们鹤山人的脸丢了个净光。”

冯坤、封满和陈开都到了佛山堡？

李文茂颇感意外，这里面一定发生了什么变故？他根本不在乎陈开当不当叫花子，想到弟兄们今后能在佛山堡朝夕相处，心里立刻变得暖洋洋的。他辞别阿赖娘和吕安国，匆匆离开汾水正埠，加快脚步向白龙里赶去。

这么多天，易三娘该从百寿岩回来了吧？

白龙里静悄悄无人走过，刚褪下红袍的木棉树笔直地挺立两旁，依然那样不知疲倦。墙角换了一茬幽绿的无名草，向他提示岁月的新颜。

远远地看到自家宅子高耸的大门，李文茂不由得放慢脚步，满腹的心事在泥土清香中渐渐消逝，这是属于自己的白龙里。

他的目光仔细地搜寻着巷子的每一个角落，期待听到王云甫和阿幺父女的歌喉，期待着那曲《木兰巡营》和《石鬼仔出世》。

一切仿佛没有改变，包括巷子尽头那个白色的“奠”字。

第四十七回　游子归来

六月十九在祖庙华丰台唱完头台戏后，“凤凰仪”班启动了一年一度的新台期，包括天地二艇、画艇在内的三条红船离开琼花水涉，第一站驶向南海县的金瓯堡。陈罗婵把李文茂活在人世的消息带回佛山堡后，“凤凰仪”班像冯西涌、庞兴仔、李亚可、李长甫、吴凤池等一干血气方刚的年轻人，无不跃跃欲试，摩拳擦掌，打算趁三年琼花禁律期满的当口，剁下韩肇庆的人头为李敬南伉俪报仇雪恨。

姜还是老的辣，有人抢在了他们前头。

三年来，“弹指神通”和“高佬忠”承受了巨大的压力，尤其李文茂失踪以后，郭锡保更是沉默寡言，度日如年。作为“凤凰仪”班的当家人，他必须安抚老少爷们的情绪，确保“凤凰仪”班在他手里不捅出大的娄子。这既是对李敬南夫妇在天之灵的交代，也是易兰花临走时候的殷殷嘱托。现在三年琼花禁律期满，他和“高佬忠”两个人商议妥当，决心不理会“洪兴堂”、琼花会馆和韩肇庆之间达成的秘密协议，务必赶在李文茂回来前宰了韩肇庆，替老少爷们挣回一个脸面。

两个人用掷铜钱的方法决定谁来承担这次刺杀任务，最终郭锡保以拿手绝技“弹指功”赢了田忠。送走“凤凰仪”班后，“弹指神通”踩着六月的浪花离开佛山堡，乘扁舟渡四十里珠江水，鼓打三更时分，闯入位于省城永清门外麦栏街的韩府。此番，郭锡保抱着有死无生的决心而来，出手冷血之至，挑窗入户，手起刀落，一口气连斩韩府二十四粒人头，最后陷入韩宅护院武师和兵丁的重围，葬身乱枪之下。

那天夜里，韩肇庆和王振高、徐广、隆福等人在海印庵寻欢作乐，侥幸逃得性命。蓦闻惨祸发生，这厮连忙率众赶回家中，但见内宅一片狼藉，血肉模糊。除了牙牙学语的幼子逃脱生天后，其他子女和妻妾多被砍得尸首两分。韩肇庆痛彻肺腑，捶胸顿足地骂：“韩某打了一辈子的雁，临了却让雁啄了眼珠子。天爷啊，老子灌了什么迷魂汤，竟然相信会匪逆党的信口雌黄？”

听到韩肇庆声嘶力竭的骂声，王振高和徐广脸上红一阵白一阵火辣辣地生疼，垂头丧气一句话也说不出来。韩肇庆骂累了，回到屋里躺下，叫丫鬟取来热毛巾敷在肿眼泡上，憋着嗓子对王振高和徐广说：“两位贤弟，我不是骂你们，主意是我自个拿的，活该倒霉。你们有什么话但说无妨，大哥我心里盛得下。”

“赤沙广”小心翼翼地问：“大哥，你真的不怪我们哥俩？”

“事到如今，怪你们有啥用？”韩肇庆长长地叹了口气，“老婆没了可以再娶，儿子死了可以再生，像你们这样的好兄弟，韩某到哪儿去寻？”

王振高和徐广感动得眼泪差点没有掉下来，过了一会，王振高擦了擦眼角：“大哥，这个行凶的小弟认识，他的名字叫郭锡保，李敬南死后‘凤凰仪’班由他主事。此人出自江西青原山净居寺门下，江湖人称‘弹指神通’的便是。”

聪明人说话只要点到为止，不必说破。青原山净居寺素以轻功和暗器名闻江湖，乃是夜战偷袭的祖师爷。郭锡保既然出自净居寺门下，凭他飞来飞去的本事，绝不可能陷在韩府护院武师和兵丁的手里。韩肇庆问：“你是说，他就没打算活着回去？”

“这说明他知道回去的话，根本没有什么好果子吃。”徐广解释，“大哥，琼花会馆卧虎藏龙，高手如云，几千号人哪个门派功夫没有？假使那三个当家人想要你的命，怎么会只派一个人孤零零地来送死？连西海地面的杀手都知道出手前必须踩点埋线，红船人久历江湖，岂能不分青红皂白，破门而入乱杀乱砍?”

空旷的堂屋里此刻阴森可怖,浓重的血腥味在空气中弥漫飘荡,韩肇庆吩咐丫鬟继续捧来一叠热毛巾,连着取了三条蒙在脸上——他不敢看也不敢闻,毕竟是打断骨头连着筋的亲人,如果不能替他们报仇雪恨,还算是人吗?

但“韩狐狸”不是鲁莽的高宜勇,今天的韩肇庆不是年轻时一无所有的韩肇庆。城府和智谋冲溃了人性大堤,富贵和贪婪泯灭了血气之勇。只要前方还有一盏希望的灯光,韩肇庆宁愿在算盘珠子里打圈圈,也不会与敌人拼个鱼死网破。

过了许久,韩肇庆终于拿掉了湿毛巾,脸上浮现出一种矛盾的表情:“阿广,照你的意思,洪门这伙子狗杂种还讲点信用?”

徐广讪讪地说:“大哥,洪门把头壳别在裤腰带上造反,不讲信义怎么能熬到今天?咱们通过‘洪兴堂’与琼花会馆说合,不让‘凤凰仪’班的人复仇,他们当然心里不愿意。这个姓郭的大开杀戒,自寻死路,恰好说明琼花会馆法纪森严。”

韩肇庆把目光盯在王振高的脸上:“振高,你说说。”

“从今年开始洋人运来的鸦片猛增,我粗略地算了算,比去年至少多了一倍,去年又比前年增加了一倍。尽管‘红旗帮’在川山岛周围拦路打劫,可洋人的剪子船照旧拼命地朝伶仃洋运输鸦片,这是前所未有的好兆头。咱们提高规银,又加了几项收费名目,一年挣的钱相当于过去的十年。”王振高抬起头,慢条斯理地说,“大哥,咱们花了大价钱找了个靠山,眼下邓大人又不掣肘,多好的机会?过了这个村恐怕就没有这个店了。”

韩肇庆听得怦然心动,自从恢复了水师巡缉船后,伶仃洋的鸦片贸易正处于十年来最为繁盛的顶峰。天时、地利、人和全捏在自己手里,正是千载难逢的捞钱良机,这时候跑去和红船那群不要命的戏子火并,不是头壳让母驴踢了?

“赤沙广”犹豫了一下:“大哥,听说那个小崽子回来了。”

“你说什么?”韩肇庆吓得打了个激灵。

“千真万确。”徐广道,“前些日子江湖上闹得纷纷扰扰,说白龙在九嶷山降世，湘粤三省的武林高手前去抢夺龙珠。‘衡山三老’、长庚、‘赛潘安’和明月道士都上了畚箕窝，结果珠子被姓李的那个小崽子抢走了。”

韩肇庆跌倒在椅子上，不相信地问：“明月道士也不是他的对手？”

“确实如此。”徐广苦笑。

王振高和“赤沙广”为韩肇庆设计的策略中，上策是与琼花会馆讲和，劝说李文茂放弃为父母报仇雪恨；中策是花费重金，聘请顶尖高手刺杀李文茂；下策是卷起包袱，带着搜刮来的民脂民膏离开广东，隐姓埋名地过日子。三策之中，上策不可行，琼花会馆可能屈服于“洪兴堂”的压力，而李文茂不可能放弃仇恨；中策不易行，李文茂武艺高强，除非请到像武林至尊那样的高手才可能击败他；下策不愿行，“韩狐狸”辛辛苦苦积累了大笔财富，让他离开繁华都市去一个没人烟的地方了此残生，姥姥！

无论王振高、徐广，还是韩肇庆本人，都明白所谓的讲和不过是权宜之计，迟早要与李文茂刀兵相见。武林中有可能胜过李文茂的高手均来自“逍遥门”，屈指算来不过四人而已：金蟾道士、水龙道士、火烈道士和明月道士。

明月道士在畚箕窝败给李文茂，那么李文茂的劲敌只剩下金蟾道士和他的两位高徒，这三个人被雇佣的可能性微乎其微——金蟾道士神龙见首不见尾，常年四海遨游，连个鬼影子也抓不着；水龙道士性情孤傲，根本不把钱财和权势放在眼里；火烈道士手下雄兵三万，盘踞在顺德这么一个头等富饶的大县，从来就不缺钱花。

怎么办？

韩肇庆头皮发麻，后悔莫及：“唉，只怪卢坤那个老家伙当年逼人太甚，否则韩某也不会蠢到和红船结下梁子。”

“往事莫提。”王振高说，“大哥，好在咱们和‘洪兴堂’有协议，起码能腾出几年赚钱的好时光，图穷匕见的年月早着呢。”

“赤沙广”赞道：“对，咱们先把钱搂足了，几年时间还想不出一个办法？”

韩肇庆心情平静下来：“两位贤弟，你们拿个章程？”

“洪门和红船最要面子，这回他们输理在先，今后一定会严厉制止红船人寻仇。”王振高提出了一个建议，“大哥，依小弟愚见，索性光棍当到底，把姓郭的尸体清洗干净，盛装入殓送回琼花会馆，来他一个以德报怨。”

“姓郭的灭了我一家几十口，老子倒要赔他一口好棺材？”韩肇庆咬牙切齿，翻着眼皮气哼哼地对徐广说，“你到十三行街的长生店，拣最贵的置办。”

“洪兴堂”掌印阿妈萧明远接到王振高送来的消息，亲自提笔写了封书信，把事情的经过详详细细写了一遍，派人送到“洪德堂”老营黑石顶。至善禅师看完书信大吃一惊，在“琼花宫”的历史上，还从来没有发生过如此严重的违禁事件。

至善禅师在黑石顶正式接任“洪德堂”掌印阿妈，只差最后一道程序——回琼花会馆拜那幅“反清复明”的中堂。现在人没动身，烫手山芋先塞到了手里，没奈何，老禅师只好陪着三爷陈松提前下山，一行人于七夕夜抵达佛山堡。

道光十七年(1837 年)的七月初八正好是立秋，作为“洪兴堂”的代表，侯贯虹第二次进入琼花会馆会所的密室，参加至善禅师血沥中堂的即位仪式。仪式举行完毕，众人回到会所落座，首位让给三爷陈松。至善禅师死活不愿在次席就座，他对会馆的三位值事郑重道：“从现在起，老朽不再是什么‘琼花四老’，而是‘洪德堂’的掌印阿妈，来到会馆即为客人，这个位置最好请大阿爷来坐。”

伦廷抱病卧榻多时，三位值事本不忍惊扰他，然而眼下至善禅师刚接任“洪德堂”掌印阿妈之职，不愿让“洪德堂”卷入琼花会馆和“洪兴堂”的纠纷，因此处理郭锡保这件事，仍须有劳他老人家出面。“铁背苍龙”被人抬进了会所，自陈松以下众位兄弟莫不感到内疚，“鹤顶红”则是百感交集。去年来的时候，老伦廷腰板笔直，不料一年时间没见，老爷子就变得气若游丝，真是令人唏嘘。

伦廷睁开眼睛，拉着陈松的手说：“三爷，你代掌堂大爷行总堂法令，切莫顾忌。只要是你发的令，‘琼花宫’例无不遵。”

“那晚辈就僭越了。”陈松向伦廷、至善禅师行了个礼，坐下来问“鹤顶红”，“这件事贵堂是正主，不知萧阿妈有何话说？”

侯贯虹答道：“回三爷的话，临行前萧阿妈再三叮咛，本堂与韩肇庆的合作协议建立在红船兄弟的忍让之上。这次郭兄弟虽然干犯堂规，但他出于兄弟深情，守的是一个‘义’字。只要红船兄弟能为大局着想，不再与韩肇庆那厮为难，郭兄弟这事就算了，请三爷酌情处理，全红船兄弟一个体面。”

"失魂松"满意地点点头,转向老伦廷:"大阿爷,既然与韩肇庆的合作没有耽误,萧阿妈又求了情,我看此事照侯兄弟的意思办较为妥帖。"

老伦廷吃力地说:"谢谢三爷眷顾,不过,洪门五祖威德、三河铁律,三十六誓、十罚十则,言出必行,明悬于天,断不能坏在'琼花宫'手里。只要能免去阿保一罚,老朽就谢天谢地,其他的事情你别管,本宫自会给总堂一个交代。"

伦廷的话说完,侯爷默默地跨前两步,伸手从腰里取出一把匕首,张开右掌,只见一道寒光闪出,侯爷右掌的三根指头从根部被齐齐地切掉。去年,侯爷代表"琼花宫"在中堂前立下誓言,如今食言,切指谢罪是最起码的惩罚。侯爷自断三指,赖以成名的大力鹰爪功算是废了一半,"铁背苍龙"心如刀绞——当初自己如果拒绝了"洪兴堂"的提议,侯爷又何至于凭空挨这一刀?老爷子又气又急,"哇"地一口鲜血喷出,人事不省。

送走"鹤顶红"后,大家一起来到伦廷的床榻旁,从豆豉巷和筷子街请来的郎中号完脉纷纷摇头叹息,连药箱子也不打开抬腿就走。至善禅师明白"铁背苍龙"到了弥留之际,急忙派伦青山赶往白龙里,唤李文茂来见伦廷最后一面。

"铁背苍龙"睁开眼睛,眼前朦朦胧胧,始终凑不齐李文茂完整的脸庞。老爷子想抬手抚摸弟子,却哆哆嗦嗦没有了一点力气:"是茂仔吗?"

在李文茂的心中,"铁背苍龙"永远是钢铁意志的象征,可如今师傅脆弱得尚不如一枚风中残叶,这情景让他肝肠寸断,抽泣道:"师傅,是我。"

"茂仔,你还活着?"伦廷的声音很轻,像是随时要断线的风筝,"那为什么不来看看我这个孤老头子?是不是在记恨我?"

"师傅,"李文茂的泪水在眼圈里不住地打转,忍着不让它掉下来,"这些天孩儿为阿保叔守孝,三娘怕给你老人家添了阴气,不让孩儿来。"

伦廷声音颤抖着说:"茂仔,你给侯爷行个礼,他替阿保担了责罚。你阿保叔可以埋进咱红船的墓地,不用埋在外面了。"

李文茂转过脸,见侯爷右手裹着血迹斑斑的白布,知道他受了斩指之刑,趴在地上恭恭敬敬磕了三个响头:"二爷,多谢你的恩德。"

侯爷一肩挑起"琼花宫"失信之责,并非仅仅是受刑这么简单,连带着失去了琼花会馆当家值事的位置。他凄然一笑:“茂仔,一家人何必说两家话?阿保膝下无儿无女,一生寄托在红船,把他罚出墓园做孤魂野鬼,谁能忍心?”

三爷陈松把李文茂从地上拉起来,语重心长地说:“茂仔,你看看,咱红船兄弟哪一个不是铁铮铮的好汉子?没有人说不让你报仇,而是凡事从权从长计议,为洪门大局着想。你现在给句痛快话,好让大阿爷走得安心。”

经历了这三年的血雨腥风、生生死死,李文茂不再是以前那个容易冲动的伢仔,伦廷、至忍禅师、至慧禅师、侯爷、郭锡保、易兰花,虽然表现不尽相同,但骨子里都是一脉相承的红船性情,为了心中的道义,完全可以将生死荣辱置之度外。

他把伦廷的手紧紧攥住,望着师傅黯淡的眼神,仿佛听到死神的脚步。那是一种来自遥远世界的奇异声响,对他的耳朵来说并不陌生,在大雾山,在畚箕窝,在大云山,他曾经数度与它遭遇,数度擦肩而过。李文茂抹去泪水,附在伦廷的耳边说:“师傅,你放心吧,孩儿不会再给咱们红船添麻烦。”

“乖仔。”老伦廷双目陡然放光,然后慢慢地合上了。

至善禅师本打算劝说李文茂加入洪门,帮助自己重振“洪德堂”,但自从发生了郭锡保的事情后,老禅师觉得不便张嘴。这头伦廷撒手人寰,那边易兰花还需要照料,就算李文茂心无芥蒂,这两档子事也够他忙一阵子的。

至善禅师和三爷陈松走后不久,侯爷从“琼花宫”挑选一批兄弟上了黑石顶。李文茂留在佛山堡为伦廷和郭锡保扫墓,闲暇时间在易兰花膝下承欢。“小元霸”回佛山以后听到的并非全是坏消息,最令他感到欣慰的是释心师太的丹药比较管用,易兰花体内的蛇毒基本被控制住,身体和精神恢复了大半。转眼间三个月过去,李宅每天宾客盈门,来探访李文茂的人络绎不绝,以梁培友为首的小霸王们闻讯而至,把这里当成了古劳围的白鹭洲。

这一天,关钜刚从李宅出来,迎面碰到周春带着几个兄弟兴高采烈地进了白龙里,便截住了他的去路:“阿春,你哪天办喜事?我给新嫂子打一个金飞砣。”

“亏你想得出来,哪有给人家送飞砣的?”周春的脸一下子红到了脖子根,把后面的伢仔拉出来,“这是我师侄蔡康业,阿业,快给关爷见礼。”

周春的二师兄韦东暄是个性情顽劣的富家子弟，经常脚踩铁屐与人比武，击败过像铁禅和尚那样的武林高手，在香山县是有名的一霸。此人下盘功夫外最擅长棍法，四年前在佛山堡的临海庙摆擂台，被李文茂一棍打得口吐鲜血，回家足足躺了半年才缓过劲。

韦东暄之所以喜爱打擂比武，是因为他从打擂中尝到过甜头——他的小老婆蒋燕燕使得一手好飞锤，就是他通过打擂台弄到手的。无独有偶，周春前一阵子回老家看望母亲，在太和镇碰到一个绰号“飞砣凤”的女子设擂招亲。周春一时兴起，跳上擂台击败“飞砣凤”，抱得美人归。这两个人有样学样，真不愧是同门师兄弟。

蔡康业是韦东暄的徒弟，关钜盯着他问：“你师傅娶个老婆是练飞锤的，你师叔娶个老婆是练飞砣的，你打算娶个练什么的老婆？”

蔡康业彬彬有礼：“晚辈不敢让关爷破费，将来娶个练飞针的老婆。”

“哈哈。”关钜拍着蔡康业的肩膀，“这孩子会体贴人，将来有出息。”

从后面敲锣打鼓来了一溜轿子，把白龙里塞了个水泄不通。十来个“大会馆”的铺丁恭敬地伺候，苏文锦掀开轿帘，吴璧光从里面走出来，笑着问：“阿钜，你说谁有出息？”

吴璧光这一支在“大树堂”属于第十房，他本人行六，本该称呼六爷，可是刘华东偏偏来了一个十减六，非叫他四爷。吴璧光是个落拓不羁的性子，不以为忤，反而引以为自豪，江湖上的人渐渐都以四爷相称。关钜打了个招呼：“四爷，你是来找阿茂的？”

“不来不行啊。”吴璧光口无遮拦，露出丘八秀才的本色，“茂仔夺了龙珠，在江湖上威名正盛，我要是不来拜码头，‘大魁堂’这把交椅还坐得稳吗？”

关钜笑了笑：“我以为你是来给阿春送贺礼的。”

“贺礼早就备妥了，我吴老四耳朵不聋。”吴璧光从袖子里掏出一封银票，连扯带拽塞进周春的怀里，“两位老弟，说实话，我是来求茂仔帮忙的。”

人无千日好，花无百日红。

转眼两年过去，“大树堂”吴家的气运发生了意想不到的转折——吴荣光坐罪被贬，连降三级，直到今年才捡了个福建布政使的实缺干。垂暮之年跌了这么一个跟头，让自视甚高的吴荣光心灰意懒，捎信回来说打算致仕退休。

吴荣光一不给力，吴璧光的日子就特别难过，特别是对手梁家这两年干得欢实，给他带来了巨大的压力。梁家第三代入朝当官的有好几位，这些事情先搁在一边，单说梁霭如请的这个秦文光实在是太能干了。别人管理治河工程的路数是资金一再追加、工期一再后延，老秦头正好相反，汾江河清淤工程不但有望提前半年完工，而且工程款还结余了五千两银子，几达总造价的百分之二十。仅此一项业绩，便为梁家赢得了空前的声誉。

至道光十七年，伶仃洋的鸦片贸易进入了一个黄金时代，连街上的叫花子都明白窑口才是一本万利的买卖。在这种情况下，"大魁堂"面临着前所未有的巨大压力，一方面是本镇的士绅既当婊子还想立牌坊，希望"大魁堂"出面说服官府放宽对窑口的控制和监管；一方面是以"逍遥门"为首的江湖势力垂涎于鸦片买卖的暴利，一改往日的克制态度，迫切想在富甲天下的佛山堡开展和扩大窑口生意。

"银刀秀才"坐在了火炉子上，出一点差错即可能位置不保。对付那些两面派的乡绅他倒不怕，义正词严他比谁都会，反正不让官府抓住吴家的把柄就行；但是对付像"逍遥门"这样的江湖势力，吴璧光便有些力所不及。俗话说明枪易躲、暗箭难防，到了要命的关节，比的还是真本事，唐玉娥被奸杀一案就是活生生的例子。那件事不仅使他颜面尽失，而且连累整个吴家背上了衰运，至今想来仍然心有余悸。

李文茂听说吴璧光登门造访，颇感意外，将兄弟冼文辉留下来陪客，自己出门把吴璧光迎入后院，抱歉地说："四叔，找我到底有什么事？"

吴璧光端起茶碗喝了一口，叹气道："茂仔，当年那桩事我还没有谢你呢。"

"哪桩事？"李文茂丈二和尚摸不着头脑。

"就是姓金的那个老贼。"吴璧光面有愧色，"听说他在九嶷山吃了瘪？"

想起陈罗婵被"赛潘安"撵得上天无路，入地无门，李文茂恨恨地回答："姓金的这贼子甚为可恶，下一次碰到他决不轻饶。"

"四叔惹不起姓金的，靠你帮忙出这口恶气。"吴璧光笑逐颜开，"茂仔，四叔今天来找你有正事谈。现如今鸦片买卖风生水起，从官府到江湖都想来割一块肉，本镇乡绅和官府我有办法对付，江湖上的势力还得仰仗你出马。”

一提起“鸦片”两个字，李文茂就一肚子的不痛快，要不是“洪兴堂”三番五次地坚持与韩肇庆合作，琼花会馆根本用不着受现在这份鸟气。他皱着眉头问：“四叔，官府不是严禁鸦片买卖吗？怎么眼下处处是窑口，他们到底管不管？”

吴璧光感慨地说：“茂仔，你这话算是问到点子上了。官府那德行你还不知道？他们的条路历来只许州官放火，不许百姓点灯。这么赚钱的买卖他们能不伸手？可是有一样，他们自家亲戚弄窑口行，别人不允许，一经发现必定严拿严办，抄你一个家破人亡。当然了，佛山堡眼下还是‘大魁堂’说了算，上至省、道、府、县，下到五斗口司芝麻粒大的衙门，不经过咱们的许可，谁也别想在佛山堡弄窑口。按理说你四叔手里权力不小，大可以昧着良心和他们同流合污，收贿赂、送人情，多批几家窑口，何乐而不为？但佛山堡是朝廷封的忠义乡，数十万烟户之家，人人心明眼亮，个个不是好相与，要枪有枪，要炮有炮。若想让地方平靖，乡亲们心服口服，只能靠圣人礼教、仁义道德，权势、钱财和刀枪屁用不顶。”

“大魁堂”旗下“大会馆”兵强马壮，等闲的江湖势力不会放在眼里，“银刀秀才”担心的无非是“逍遥门”。李文茂宽慰他：“四叔，这个不用你说，‘逍遥门’胆敢到佛山堡来撒野，我第一个不容他。”

“茂仔，要的就是你这句话。”吴璧光高兴地拍了一下桌子，“红船是本镇之宝，有你们坐镇大基尾，四叔我便可以睡大觉了。”

等闲的江湖势力，包括官军和绿林道在内，都不具有自我生存的经济能力，因此在保护地方的同时，必然要搜刮地方，靠地方来供养。唯独琼花会馆与众不同，红船人武艺高强，信守忠义，在上六府、下四府享有盛誉，业务繁忙，收入不菲，不但不会搜刮地方，反而给佛山堡带来了莫大美名和无限商机，这样的保护神到哪儿去找？

送走“银刀秀才”，李文茂和弟兄们商议操办周春婚礼的事项。分派已毕，赵泰来、叶兆隆、陈松年、邝能、林洸隆、陈显良、甘先等人走后，古劳围的小霸王们仍舍不得离开，聚在一起诉说离情，兴奋得睡不着觉。

这一年多，古劳围小霸王各奔他乡：梁培友在虎门大寨顶了一段时间的操，姨丈任义功花钱在广东水师督标四会营给他谋了份正式差事，由于功夫不错，很快就升了把总；李洪英和李文海分别返回西樵山宝莲寺、四会县六祖寺回炉学艺；梁锡佳跟随堂兄“铁桥三”给万松园伍家当保镖；冯坤和封满来到石湾镇做陶工；巢元贞和吕雄杰则跑到新会县崖门银洲湖，纠集一伙古劳围水手，干起了护船的买卖。

兄弟聚会，遍插茱萸少一人。李文茂问：“阿友哥，阿开到底怎么回事？”

“我哪知道？”梁培友转过头，责备冯坤和封满，“你们俩是干啥吃的？找他老母的快一个月了，人咋还没找到？”

冯坤与封满来到石湾镇后很快打出了威风，正月在佛山堡狮艺比赛中力挫群雄，一时间声名鹊起。他们两个嫌陈开当叫花子丢人，一直不愿意和他联系，现在挨了一顿训斥，冯坤苦着脸辩解：“天地良心，是他躲我和阿满，不是我们俩不找他。”

李文茂奇怪地问：“他为什么要躲你们？”

陈开为什么和古劳围的小霸王们分手？梁培友当然心知肚明，但他说不出口，只好嬉皮笑脸地推搪：“阿开你还不知道？他只听得懂鸟语，听不懂人话。”

陈开船上有一群白鹈鹕，根本没有必要为生计奔波，他寄身丐帮必有隐情，说不定可能与“六祖心经”有关。李文茂不愿给众弟兄难堪，笑了笑说：“阿春大喜的日子，弟兄们的面子要周全。人可以不在，但是礼不能不送，阿开的礼我来拿。”

冲着“小元霸”的名气，周春的婚礼办得极为隆重，简直像一场武林大聚会，到场的各路人马中，有李文茂、刘耀、林汉朝、梁佩然、顾岩、苏新、傅亚华、柳三郎等红船兄弟，梁培友、李洪英、李文海、梁锡佳、冯坤、封满、巢元贞、吕雄杰等古劳围的小霸王，关钜、何博奋、何高汉、黄定远、关天宅、关天第、关正驹等九江船户，阿钿、黎二狗、黎三狗、梁兰槐、张二十五仔等“红旗帮”头目，邝能、涤莲和尚、旷怀和尚、丛开和尚、清海和尚、林洸隆、陆亚琦、郑天龙、慕容棠等佛山堡来的和尚老道，赵泰来、陈松年、吕萃俊、黄协成、黎与汉、何伦义、卢兆林、区亚参等新会县的好汉，陈显良、甘先、伍百吉、伍百福等肇庆府城的好友。此外，广、肇二府江湖上的朋友也来了不少，像什么开平县的谭金堂、谭亚受、谭亚地、谭亚才等人，高明县的李天彪、李天参、黄金台、陈锦东、严秀南、伦常理等人，顺德县的何敬堂、何万选、陈齐星、曹亚太、李志余等人，香山县的林福祥、林福盛、黄长庚、吴庆余、何以庄等人，不一而足。

办完周春的婚礼，李文茂从番禺回到佛山堡，在巷子就听见易宅里面叽叽喳喳。他进了院子一看，原来陈罗婵、何小鸾、卢浣霞、冯玉娘、易如真几个正看阿幺练飞钗。见他大踏步走进来，陈罗婵连忙嘘了一声："三娘在里面看大夫。"

易兰花返回佛山堡后，红船的老少爷们都很关心她的病情，从佛山堡请来不少郎中为她把脉医治。陈罗婵往日一起唱戏的姐妹也热心地帮忙，何小鸾从省城请来名医会诊，卢浣霞则带来了几个祛除蛇毒的秘方——她老公公梁玉成生前不但是个成功的盐商，而且是一位卓有声誉的杏林名家，编纂过一本医学著作叫《良方类钞》。

满院子千娇百媚，姹紫嫣红，只有李文茂孤零零一个男人，站也不是，坐也不是。尤其何小鸾与卢浣霞嫁作人妇，更令他尴尬不已。何小鸾调皮地说："阿茂，你一回来阿霞都不敢说话了，她是怕阿婵吃醋。"

"我现在本事这么大，还会吃醋？"陈罗婵笑嘻嘻地说。卢浣霞出嫁以后，对她不再构成威胁，而今她们成了无话不谈的好朋友。

李文茂见冯玉娘郁郁寡欢，就问易如真："她怎么啦？"

易如真很惊奇："玉娘姐要嫁人了，你不知道？"

"少胡说。"冯玉娘红着脸，瞪了易如真一眼。

冯玉娘从永宁州百寿岩回来，顺路到高州老家看望了一下父亲，没想到这一去倒给自己弄了门亲事。原来当年其父闯荡江湖的时候，在廉州府灵山县遇到了一位苏姓知己，从此二人来往频繁，结成了生死之交，后来更发展到指腹为婚、通家之好。一晃十几年过去，苏家的公子长大成人，写信询问定亲的日子。冯玉娘是个孝顺孩子，不便违拗父亲的意思，但由于对苏家公子的品行和模样一无所知，心里未免终日惶惑。

女儿家的事，李文茂向来敬而远之，正当他坐立不宁时，释心师太送郎中从内宅出来，朝李文茂招了招手："茂仔，你三娘找你说话。"

易家内宅布置风格淡雅清新，易兰花的身体复原了大半，面色润白，洋溢着活力。见李文茂进来，她慈爱地说："茂仔，我的毛病好了。"

"真的？"李文茂高兴地不知说什么好。

易兰花点点头："你拾掇拾掇，跟我回班里去。"

"回班里干啥？"李文茂毫无心理准备，立刻发蒙了。

易兰花脸色微微一沉："'凤凰仪'班是你阿爸阿妈辛辛苦苦打拼下来的家业，你不操心谁操心？难道让我们这些老骨头替你料理一辈子？"

李文茂从小到大，从来没有想过自己有朝一日会管理"凤凰仪"班，他苦着脸说："我连一场戏都唱不全，哪会掌管戏班？"

"不会可以学，谁不是从头开始的？"易兰花道。

李文茂找不出任何反驳的理由，"凤凰仪"班终究是李家的产业，自己流落天涯、生死茫茫的时候，正是由于郭锡保、田忠、布文水、龙探梅等老少爷们的不离不弃，"凤凰仪"班才办得蒸蒸日上。抛开这些不论，易三娘置生死于不顾，踏遍莽莽千里群山，身染蛇毒，归根到底还不是为了自己和"凤凰仪"班？

"几时走？"李文茂泄气地问。

把李文茂带上红船是易兰花长久以来的想法，这匹野马在外面撒欢惯了，受不得一丁点的束缚，早该让他收收性子拿拿笼。易三娘端详了一会李文茂，莞尔一笑："明日拂晓，天放亮开船，你有事快办。"

从白龙里出来，李文茂三步并作两步跑到琼花水涉，解了一条舢板径直驶向太平沙。天色已近黄昏，汾江河水清凉剔透，太平沙两岸修葺一新。堤岸上人影憧憧，突然一个人影出现在李文茂的面前，怯生生地问："少班主，你找阿开？"

见来人是"逃军和"，李文茂大喜："他在哪儿？"

"少班主，听说你回来他跑没影了，躲你呢。"叶二和不敢把偷练"六祖心经"的事情告诉李文茂，只是用脚尖指着说，"他平时睡在这儿。"

李文茂低头一看，脚下是块崭新平整的鸭屎石，大约半人多长，用水洗得一尘不染。他不相信地问："这地方如何住人？"

"咋不能住人？"亚娟坐在地上，搂着贵仔不高兴地说，"这是上好的住所，平平整整的新石板，没有秦老爷子还轮不到我们呢。”

太平沙虽然偏僻，照样乞丐遍地，要不是秦文光看在陈开的面子照顾，亚娟母子、陈火贵姑姑和“花肉”“红心”“白皮”这几个老弱病残大概只有睡污泥地的份。见陈开住在这么一个窘迫到极致的地方，李文茂备感心酸的同时，更加坚定了对陈开的信心，隐隐约约猜出了他的所作所为——古劳围的小霸王中，只有陈开当年没有拒绝修炼“六祖心经”。所谓天降大任于斯人，必先劳其筋骨，饿其体肤，苦其心志。陈开加入丐帮，知难而上，兴许已经开始了修炼“六祖心经”！

李文茂眉头舒展，感到由衷地欣慰。大道不孤，在探索千古武学之谜的道路上，终于出现了一个伴当。便在他转身要离开的时候，河面上传来一阵哼哼唧唧、五音不全的曲调。他探头向下一看，河水里泡着三个叫花子，从裸露的胸脯上看明显是三个发育不良的女仔，蓬头垢面的模样看不大清楚，一股馊味飘荡在河面，久久不去。

三个小叫花子津津有味地唱着，李文茂从来没有听过如此难听的粤讴，内容竟然是他再熟悉不过的《桃花扇》，歌曰：

桃花扇，写首断肠词；
写到情深，扇都会惨凄。
命无薄得过桃花，情无薄得过纸；
纸上桃花，薄更可知！
君呀，你既写花容，先要晓花的意思；
青春难得，莫误花时！
我想绝世风流都没什么好恃；
秋风团扇，怨在深闺。
写出万叶千花，都为情一个字；
不信你看侯公子、李香君，不是情重，点得遇合佳期！

第四十八回　鸭屎石柱

道光十七年的七月雨量格外充足，三天里有两天瓢泼大雨，电闪雷鸣。这情景搁在深宅大院里，或许能给财主老爷们带来难得的消遣，但如果放在佛山堡和石湾之间的乱坟岗上，那绝不是耍的，你想想现在可是“鬼月”！

“葫芦发”哆哆嗦嗦地穿行在赤练岗的山包里，狂风怒卷，把浓稠的雨雾刮得像丝竹帘子一样，紧紧缠绕在他的肉脖子上，勒得他喘不过气来。“咔嚓”一道闪电点燃了雨野，燃亮了遍地的鬼火，吓得他瘫倒在地，拼命地叫唤：“阿开，阿开。”

陈开站在不远处的歪脖树下，其实他早就看到了“葫芦发”，但他始终一言不发，默默地注视着朱发在瓢泼大雨中、在惨白的雷电中惊恐万状——雨一直在下，电一直在闪，朱发一直在叫唤，这个世界，与他陈开有什么关系吗？

“肥仔源”吴思源在吕安国手下干活，见到李文茂的当天就将消息通知了陈开。陈开把身上的“盔甲”脱下来交给区建瓴保管，连太平沙也没有回，从此消逝无踪，所以，叶二和、王山公、宁二少以至于亚娟等人都不知道他的下落。

修炼“六祖心经”一年多来，除了感觉到浑身发烫不怕冷外，陈开的功力毫无进展，这令他沮丧万分，觉得没脸去见李文茂。为了躲避古劳围兄弟的搜寻，他选择的藏身之地是令人望而生畏的乱坟岗，那里残存着许多被盗采的无主坟茔，平日里少有人去，在鬼月，更是人迹罕至。

雨天有一样好处，可以把衣服上的污垢清洗掉。不过，陈开不需要衣服，他来的时候穿着一件从垃圾堆捡来的粗布短衫，在坟茔里爬上爬下早已磨得破烂不堪。如今身处乱坟岗的鬼蜮世界，穿衣服给谁看呢？衣物的遮寒功能对他没有任何意义，他现在全身上下热气腾腾，浓密的雨雾正好用来降温，这是“六祖心经”给他带来的唯一好处。

书中暗表，迄今为止，陈开仍然是一个内功修为的初学者和门外汉，根本无法理解“六祖心经”的玄妙。与李文茂相比，他既没有鹤立鸡群的武学天赋，也没有精深的内功造诣，从而没有足够的智慧，随时校正修炼的方向和途径。然而，正因为他的武学修为近乎一张白纸，恰恰符合了“六祖心经”的要求，因此，他从一开始便踏在正确的道路上，修炼出来的真气虽然气若游丝、绵薄无力，却是最纯正不过。

“咔嚓”又一道闪电赤条条掠过眼前，从泥泞的土壤里取出铁锹头，陈开顶在脑门上喊了一嗓子：“阿发哥，我在这儿。”

“葫芦发”是个胆小如鼠、猪头猪脑的浑人，他怎么会有那么大的胆子夜闯乱坟岗？小孩没娘，说来话长，这还要从他伺候的东家说起。这位东家不是一般人，她就是在佛山堡与“鸡公”和“老娘”齐名的神人马三婆。

马三婆四十郎当岁，别看她现在高颧骨、黑眼圈，年轻时可是一个美人。其父原为南海县河泊所大使，后来弄了个广州府司狱，也算是小半个官宦人家出身，嫁的夫婿是佛山堡八图大族兴桂里的霍氏，应该说日子过得衣食无忧。不料结婚没两年老公即驾鹤西归，婆家骂她是个克夫相，将之扫地出门。恰在这时，其父因为作恶太多被人摘了官帽，一家老小发配新疆伊犁为奴，如果不是婆家的休书发迟一天，她也难逃一劫。

马三婆成了女光棍后没有被命运吓倒，发誓要在佛山堡打出一片属于自己的天地，她拜了著名的打小人婆冯氏为师，掌握了一门独到的手艺“打小人”——过去小孩子隔三岔五地闹个病灾，请大夫郎中看病会诊前，人们一般先请打小人婆来“打小人”;成年人事业和家庭不顺利的话,也通常归咎为“小人”作祟,仍然要请打小人婆来“打小人”。反正一句话,在佛山堡,“打小人”是门不错的营生。

马三婆之所以青出于蓝而胜于蓝,成为佛山堡最有名的打小人婆,在于她能够提供许多增殖服务。以每年惊蛰的“白虎开口日”为例,一般的打小人婆,最多也就是脱下自己的鞋底使劲抽“小人”的嘴巴,混一篮子猪肉、花生、酒水、鸡蛋、糖果之类的报酬。可人家马三婆不一样,她充分发挥了在私塾念过两年书的功底,掏出毛笔在纸人上描眉画眼,写上名字和生辰八字,最后扎上针或者铁钉,嘴里念念有词让你心惊肉跳。

到了这个地步,“打小人”便升级为可怕的厌胜之术,挣这份钱第一需要本事,第二需要胆子,被官府发现绝不是闹着玩的。然而马三婆胆豪气壮,像厌胜术此类的事情她根本不会放在眼里,她想做的是更可怕的事情:刨坟掘墓。

在医学不发达的时代,郎中喜欢把自己治不好的病说成是鬼缠身,每逢这时有钱人家会花大价钱请人驱鬼。在佛山堡,除了马三婆外,其他的打小人婆从来不敢接这份差事,这是因为驱鬼所用的一味材料十分特殊——棺材板,而且越是陈年的棺材板,法力就越灵验,最好是那种上面长白毛、下面铺绿毛的棺材板。

佛山堡是人口稠密的大都市,一般人家的墓地看守极严,很难得手,弄棺材板只能打乱坟岗的主意。但是自从官府严禁“挖沙印砖”后,烟本岗、辛村岗、赤练岗这几座山岗日夜都有衙役汛兵巡查,谁敢冒着杀头的危险到岗上刨坟掘墓?

物以稀为贵,官府越是严禁,别人越是拿不到,马三婆的心就越痒痒。“葫芦发”被她逼得天天在岗上转悠,一开始不敢掘坟头,后来弄到棺材板又不敢往岗下带,气得马三婆差点没把这个浑人的屁股掐烂。不过,天无绝人之路,铁树能开花,石女可出嫁,“葫芦发”的运气意外地来了——他在赤练岗,遇到了赤裸裸的陈开。

佛山堡冶铁业最大宗的畅销产品并非铁炮和兵器,而是铁锅、铁线、铁剪、农具、铁钉和铁针等日用品。在当时,佛山堡冶铁业形成了成熟的产业链，以铁钉为例，附近各乡的百姓均有精湛的手艺，即所谓的“替钉者”——每天中午以后，各乡的“替钉者”把打制好的铁钉挑到佛山堡，再挑着炭铁回乡继续打制。

赤练岗是通往佛山堡的西南通道，路上别的东西捡不着，铁钉这玩意管够。陈开弯腰从歪脖树的树根上拔下两枚准备好的铁钉，领着朱发深一脚、浅一脚地摸到一处断壁。暴雨冲刷之下根本不用费力去刨，一具棺材板已经显露在外。陈开折了根小树当铁锹杆，掂了块砖头揳进铁钉，把制作完成的铁锹递给朱发：“去，把棺材板拍碎。”

“葫芦发”浑身直打哆嗦：“你咋不干？”

“我干也行，”陈开道，“你把它们背回去？”

朱发泄气地说：“那还是我来吧。”

两个人连着刨了四五处坟头，大功告成。朱发脱下湿透的衫子把碎棺材板包裹结实，关切地问：“阿开，你认识三婆家吗？”

马三婆成名以后，为了报复将她扫地出门的婆家，花钱在兴桂里买了一处宅子。那条巷子陈开十分熟悉，这一年来没少在那儿要饭，他答道：“没问题，阿发哥，你走先，我保准把东西送到三婆手里。”

朱发不放心地叮咛：“回去的路上当心点，别碰到官府的狗腿子。”

陈开默不作声，“葫芦发”心眼好，但脑子不清楚。像今天这样连绵的瓢泼大雨，打着灯笼面对面都看不见人影，官府的差役肯出来遭这份罪？

过了大约一个多时辰，约摸三更天时分，陈开背起那捆生了毛的碎棺材板，健步如飞穿下赤练岗。这时候雨势越来越大，风雨呼啸，大地如沸，与其说在路上穿行，倒不如说是在怒海里驾舟。河水与陆地失去了界限，一不小心就会掉进沟里，每走一步都非常危险。周围别说人影，恐怕连鬼影也找不到。

陈开在狂风暴雨中进了马三婆家，“葫芦发”回头插好门闩，把陈开径直领到了马三婆的卧室。老女人从床头爬起来，两只蒙眬的眼珠一看陈开便挪不动了——眼前这个浓眉大眼的少年八尺身材，魁梧高大，青春焕发，赤条条一丝不挂。雨水顺着胸脯流到两腿间，稀疏的阴毛丛中露出一头青涩的鸟。

陈开没有意识到马三婆喷薄的欲望，他把碎棺材板丢在地上："三婆，你验验货，要是合意的话换钱给我。"

真是一个少不更事的嫩雏，瞧这身板比"葫芦发"强出百倍。马三婆贪婪地往下咽了一口吐沫，仿佛面对的是一头水淋淋的白色公牛。她舔了舔嘴唇，摇头："阿开，现在的天气验不了，得等日头出来把棺材板晾干了，才能分出货物的高低成色。我这么大的年纪不能占你的便宜，该多少钱就是多少钱，不能让你吃亏，是不是？"

"我回头来拿。"陈开转身要走。

此时此刻，在马三婆垂涎欲滴的眼里，陈开比碎棺材板要值钱多了。她连忙劝阻："哎呀阿开，你们年轻人还是思虑不周全，说句实在话，我这个院子既宽敞又僻静，除了阿发我们娘俩外，绝对没有人进来打搅。你藏在这儿，不比赤练岗强？那个地方人来人往，盗贼强梁出没，时间久了难保不露出踪迹，对不对？"

陈开被马三婆这番道理说动了心，犹豫了片刻："三婆，住你这里不是不行。只是我可能住的时间长一些，怕打扰你。"

"不怕长，"马三婆脸上乐出了一朵花，"住一辈子都行。"

陈开在马三婆家一住就是两个月，直到确认李文茂离开佛山堡，他才让朱发把马三婆从外面叫回来，告诉她自己准备回太平沙的丐帮。

妖冶的马三婆瞪着她那双细纹缠绕的扁眼球，像瞅怪物一样瞅着陈开，涌上来的第一个念头是绝对舍不得，第二个念头是万万想不通。

陈开在兴桂里藏身的这两个月，被马三婆诱上了她的香榻，初尝女人滋味的小伙子一发不可收，日夜鏖战，把男女性事的搏斗意义发挥到了极致。一个是镶嵌了金边的铜甲，一个是灌注了真气的长枪，棋逢对手，将遇良才，每天都要大战六七个回合方才收兵，马三婆被滋润得年轻了好几岁。此外，贪心不足的老女人借着绵绵雨季，让陈开走了几趟赤练岗，又弄回来一大堆白毛、绿毛间杂的棺材板。

马三婆发了大财，陈开可以分到的抽头也攒了不少，女人和钱都有了，为什么放着好日子不过，非要回去当叫花子？老女人思来想去，恐怕陈开厌倦了她这身松弛的皮囊，想娶一个水灵灵的黄花闺女生儿子。她收住心底的哀怨，轻轻地叹了口气："阿开，你我露水一场总算是个缘分，既然想走，我把钱拿给你。”

女人是男人认识自我的一扇天窗，也是航船远洋必将离开的码头。陈开从马三婆烂熟的身体上获益良多，在这段时间的阴阳大战中，每天他都把自己弄到虚脱为止。这种练功方式果然收到了奇效，他身体居高不下的温度开始逐日下降，下腹部关元穴不但疼痛尽消，而且凝聚了一道柔和的真气，向四肢和五脏六腑开始输送源源不竭的力量。

陈开的眼角湿润了，一年多来摸着石头过河的修炼，终于初结硕果，这是他征服旅程中占领的第一座堡垒，亦是他人生攀登山峰的第一面旗帜。小家伙抹了把眼泪：“三婆，我的钱就放在你这儿，用的时候再来拿。”

马三婆以为他对自己产生了感情，也涌出一串泪水打湿了粉面，抽泣地说：“阿开，往后三婆这里就是你的家，当不成你的女人，我就当你的娘。”

陈开坐船渡过汾江河，在北城侯庙附近踅摸了半天，最终也没找到区建瓴，却迎面碰上了老冤家“狗头饼”。他热情地向陈开打招呼：“阿开，你去了哪一座宝山？王老爷和宁二少天天找你，跟丢了魂似的。”

随着汾江河清淤工程的进展，两岸的堤坝做了重新翻修。“狗头饼”发现无论自己怎么欺负陈开，这小子总有本事弄到新的石板睡，到后来他才明白这是出于秦文光的关照。“狗头饼”倒吸一口凉气，看不出一个臭叫花子，竟然有这么大的道行？

陈开皱着眉头问：“见到老区头了吗？”

“他呀，来了肥活啦。”“狗头饼”一脸猥亵且兴奋地说，“罗少爷和金少爷他们几个玩过了火，拿绒线铺柴九老婆当暗门子耍。一家伙扑上去六个人，那娘们吃不住羞，第二天吊死在房梁上。这不？老区头替他们吃官司去了。”

佛山堡的二世祖骄奢淫逸，数罗琦、金良玉、宁洪原这伙人花样繁多，他们瞅着三角市卖绒线的柴九媳妇长得俊俏，便下套子让柴九在番摊上赌输钱，逼他同意把老婆献出一夜供其淫虐。计谋实施得倒也顺利，六个泼皮搞了柴九媳妇整整一夜，那女人脸皮薄，一时想不开吊上了三尺白绫。娘家人不依不饶，从五斗口巡检司告到了南海县衙。罗琦和金良玉对付这种事极有经验，花钱雇区建瓴冒名顶罪，只要头三回过堂死不了，过几天便会从狱里弄出来，不就是几个钱的事吗？

替人家顶死罪估计一时半会出不来，看来那副“盔甲”暂时拿不到手了。陈开觉得浑身不自在，也不搭理“狗头饼”，独自一人回到太平沙。“逃军和”正躺在鸭屎石板上和陈火贵姑姑闲聊，见陈开突然冒了出来，立刻起身埋怨：“阿开，不是我说你，你躲在马三婆家，好歹给我们说一声啊。你不给我说可以，总得给亚娟婶子说吧？不给亚娟婶子说可以，总得给火贵姑姑说吧？不给火贵姑姑说可以，总得给火贵说吧……”

陈开奇怪地看了他一眼，几天没见，叶老二怎么变得这么啰嗦？他提高了嗓门：“火贵不是跟着‘大春吉’发财去了吗？我在三婆家的消息，是谁告诉你的？”

“还有谁？”叶二和嘟囔，“阿发呗。”

“兴桂里的三婆？那可是有钱人。难怪阿开养得白白胖胖，身上衣衫都换了新的，真是上一辈子修来的福分。”陈火贵姑姑羡慕地说，“哼，那个鬼老区，把他那身破套筒当宝贝似的送过来，谁稀罕要？”

“快拿来，快拿来。”听说区建瓴把“盔甲”还了回来，陈开不禁喜上眉梢，脱下崭新的裤褂扔给陈火贵姑姑。须臾间换装完毕，来回踱了几步，俨然一个威武的大将军，又像是一个登基坐殿的草头王。心满意足后，他才问叶二和，“他们找我干吗？”

“逃军和”愁眉苦脸地说：“阿开，哥几个最近练功练出了毛病，大家想找你商量商量看咋办。实在不行，去找少班主问问？”

自从在马三婆烂熟的身上卸掉了热气后，陈开明白这些所谓的毛病不过是修炼“六祖心经”过程中出现的必然现象，远远未到去向李文茂请教的时候。他饶有兴趣地问“逃军和”：“你有啥毛病？”

叶二和羞惭地说：“阿开，自从练了‘六祖心经’，我啥本事也没长，独独下面这玩意长了一大截。裤子都快撑破了，你说这叫啥事？”

陈开低下头仔细一看，可不是？“逃军和”那话儿本来就惊人，裤裆处明显比以前鼓囊了一倍。如果不是阿梅给他缝的长裤结实，恐怕早露了出来。

陈开忍不住哈哈大笑起来。幸亏自己当初抓阄抓的不是阴交穴，否则，就凭这身到处漏风的“盔甲”，还不把人丢到姥姥家里？屌长的人嘴碎，这倒是一个新发现。

“逃军和”不高兴地说：“你笑啥？”

“走走，”陈开止住笑，“咱们去看王老爷和二少。”

汪亚景家有二十来亩薄田，这份家当在粤西其他地方可算中等之家，但在专出人才和官宦的临桂县便难入法眼，放到商贾云集的佛山堡简直叫赤贫。汪老夫子坐在大舅哥家里的黄花梨椅子上一动不动，生怕蹭坏了上面的木雕。什么叫有钱人？这才是有钱人，区家大院里的每一个细节都很有讲究，什么廊庑门窗、厅堂屋脊、栏杆骑墙、梁架神龛，满眼皆是木雕砖雕、陶塑灰塑，尤其是琳琅满目的铁铸工艺，那是佛山堡的独门绝技，在临桂县豪门大族的庭院极少见到。

“三妹，”区彦魁挽留，“你大老远来趟不容易，多住些日子？”

他的话永远是那样不愠不火，永远不吝给你一个线头，但总是留着余地不让你拉断。汪区氏暗自叹了口气，她在区家四姐妹中原来是最有才情的，谁知丈夫时运不济，考取秀才后即停步不前，几十年光阴硬是没有考上举人。如此一来，一家人的生活日益拮据，到如今连二姐和小妹的光景也比不过。

提起游区氏和陈区氏，汪区氏打心底升起了一股难忍的怨气——哥哥给游新潭和陈见成大笔银两，帮助他们成家立业，什么时候资助过汪亚景？不过，这股怨气没法说出口，谁让自己的儿子与碧血仙茅擦肩而过呢？她淡淡地说：“我当然想和姐妹们多热络一段日子，只是亚景他们公事催得紧，恐怕难以如愿。”

区彦魁耐心地劝：“三妹，大姐身子骨不好，只怕下一次来就见不着了。你和妹夫多住一段日子，回头我叫船送你们便是。”

汪老夫子温文儒雅，对作陪的温秉义抱歉地说：“阿义，你回家知会一声，说我们公婆俩今天喘口气，天一亮就去看望阿姐。”

温秉义欠身道：“不急不急，姨丈，歇足了再说。”

正在这时，区植棠从门外进来，向几个长辈施礼过后，疑惑地对温秉义说：“二哥，阿礼他们仨在门外不进来，说找你有事商量，到底什么事？”

温秉义脑袋“嗡”的一下，这三个难缠鬼怎么跑到舅舅家门口来现眼？也不嫌丢人？他连忙站起来：“舅父，姨丈，你们聊，我回去准备准备。”

汪区氏说:“自家人有什么好准备的？要是破费我可不答应。”

“不会,不会。”温秉义跟丢了魂似的匆匆离去。

等他走后,区彦魁问区植棠:“他们找阿义什么事?”

“阿礼不是跟着罗家在广利圩做买卖吗?”区植棠斟酌地回答,“这两年挣了点钱,吃到了甜头,打算兄弟几个合伙开窑口。阿礼三番五次从广利圩回来问他二嫂要钱,谁知道阿义媳妇死活不肯吐口,我估摸这次弄不好得打起来。”

汪老夫子摇头:“干点儿什么不好,非搞这种有损阴德的买卖?”

“损什么阴德？有买就有卖,天经地义。”汪区氏驳斥丈夫,“像这号紧俏买卖,不和官家沾亲带故,寻常人家你还没资格干呢。”

区彦魁慢条斯理地说:“佛山堡地广人稠,五方杂处,咱们家虽然不是书香门第,但从祖辈开始敬诗书、崇礼让,倾慕不近市廛的古风。鸦片买卖来钱比正经买卖快,本身就说明这里面有问题,坑人的买卖最好别掺和。”

“阿伯所言极是。”区植棠小心翼翼,“我对阿礼说,既然二嫂是当家人,只好按照她的意思办。可阿礼、阿智和阿信几个就是不听,还把阿仁哥喊回了家。”

自打游新潭和陈见成弄回那根碧血仙茅,将区彦魁从死神手里拽回来,区植棠满怀的火焰被浇灭了一半;然后是区彦魁从罗家买来叶母,两年的工夫,叶母手里抱着一个、肚皮里怀着一个,这份能生养的本事扑灭了区植棠另一半的希望。幸亏叶母头胎生的是个女仔,不然区植棠能立马一头撞死。区彦魁这两年身体越来越壮实,把财权从区植棠手里收走,凡是有点风险的买卖均推辞不做,一心一意在家里和叶母鼓捣生儿子。一方面继承财产无望,另一方面又失去了蒙钱的机会,区植棠两头不到岸,对他的伯父萌生了恨意。

“阿仁又不当家,”区彦魁道,“回来有什么用?”

区植棠迟疑了一下:“总归是老大嘛,当然有他说话的地方。”

汪区氏插嘴:“阿姐也是,五个手指头连着心,干吗只听阿义媳妇一张嘴?”

“她可能老糊涂了。”区彦魁仿佛是嘲讽地说了一句,然后加重了语气,“三妹,我本打算过一段时间办喜事。既然你们来了,那就好好吃一顿酒席,我想纳叶家的女人为妾。倘若她将来生的是个男仔，再办一次续弦。”

一见温秉义从区家的大门里走出来，温秉礼双目喷火，怒气冲冲地吼叫：“二哥，你到底管不管？根本没有二嫂这么做事的，大哥的话不听还则罢了，连阿妈的话都当耳旁风。她不要忘了，是谁给她的当家权力？”

随着广利圩窑口生意的进展，温秉礼的雄心也越来越大，想自己开一间窑口。无奈这一年多和女诸葛斗来斗去，始终未能把家里的财权拿到手。现在他终于说动自己的母亲，再加上温秉仁、温秉智和温秉信一致支持，他决心和温宁氏摊牌。

难道老婆当家的权力被收走了？

温秉义吃了一惊，脸上有些挂不住：“老三，又不是我当家，你冲我吼什么？再说你二嫂还不是为了这个家？”

“那我又是为了谁？”温秉礼更加生气，调门足足拉高了八度，“二哥，凭我和蒋巡检的交情，揣着银票想合伙的人排长队，我吃饱了撑地非要低声下气地求她？我还不是想让老四和老五多挣点银子，想让这个家早一日发达起来？”

温秉智为他打抱不平：“二哥，你可不能冤枉三哥的一片好心，这年头开窑口挣钱，比钱生仔要麻利得多，人家上竿子巴结还轮不到呢。就说我吧，一年到头磨破了嘴皮子，最后满打满算五十两的收入。老五也是一样，他给人家当伙计，要不是收药的时候吃点孝敬，估计连他自己的肚皮都填不满。你说，像这种发财的好机会，咱能错过吗？”

温秉义张口结舌，只好问：“大哥的意思呢？”

“连阿妈都答应了，大哥能有什么意思？”温秉礼气呼呼地说，“二哥，你们两口子的日子过得是不赖，但不能眼红别人过好日子。反正阿妈答应我了，把家底拿出来当本钱，将来挣了钱，太公分猪肉，人人有份。”

温秉义在心底为自己的老婆感到委屈，辛辛苦苦操持这份家业图什么呢？占不了多大的便宜，反惹得兄弟们闹生分。想到这里，他对三个兄弟说：“既然阿妈应允了，你嫂子还当什么家？我回去告诉她，让她把银匣子交出来。”

“二哥，为这事我从广利圩回来了三趟。”温秉礼似乎显得余怒未消，“今天无论如何要拿到钱,不然黄花菜都凉了,还开他老母的什么窑口?”

温秉义被温秉礼爆出的粗口激怒了,把脸拉得死沉死沉:“老三,我把话说在前头,开弓没有回头箭。你二嫂这回交出银匣子,从此以后再不受这份累,将来你们三个,谁要哭着喊着让她当家,老子这儿不答应先。”

“爹死娘嫁人,个人顾个人,”温秉智说,“把家分了算啦。”

温秉义气得上去追打:“放屁,你说的是人话吗?”

温秉礼连忙拦住温秉义:“二哥,老四就是一张破嘴,别理他,办正事要紧。”

“好好,交银匣子。”温秉义发起了狠,“谁不交,谁是契弟养的。”

女诸葛正在家里纳鞋底子,忽然,花二奶像一阵风似的卷进客厅:“我的姑奶奶,刚才我瞅见老三和老四脸不是脸、鼻子不是鼻子,分头回家叫他们媳妇,说是让你交权呢。”

“糟了。”温宁氏脸色煞白,一个箭步冲进里屋,哆哆嗦嗦取出钥匙,打开银匣子,抓了把银票,飞也似的跑出了大门。

由于宁二少还没有回家,陈开与“逃军和”两个人蹲在墙根底下等他,温宁氏叫他进屋他也不愿意。女诸葛一溜小跑来到陈开跟前,把手中的银票一股脑塞进他的怀里。陈开吃惊地往外推:“婶子,我不缺钱。”

女诸葛额头上急出了汗,使劲又推了回去:“快藏起来,替婶子收好。”

陈开立刻明白了她的意思,麻利地把银票装进衣兜。这时候,巷子那头传出了一阵急促的脚步声,紧接着便听到温秉智媳妇的声音:“在那儿,我看见了,二嫂在那儿。”

温秉礼、温秉智和温秉信三个人飞也似的赶过来,一瞅陈开穿着“盔甲”和叶老二蹲在墙根底下,不由得一愣:“阿开,你咋来了?”

“三叔,”陈开举起手里的点心团子,“我讨口食。”

岭南地区十月份依旧炽热难当,陈开那身“盔甲”的气味实在刺鼻,温家哥仨无不恶心,往后跳了好几步。温秉礼皱了皱眉头:“阿开,你这不是自个糟践自个吗?我和张老爷打算合开一间窑口,正缺人手,跟我走吧。”

“没有金刚钻,不揽瓷器活。”陈开笑道,“三叔,我不是做生意的料,也不想吃我姨丈的唠叨,当叫花子有啥不好?万事不操心。”

“回头我找张老爷说去。”温秉礼现在正是钱紧的时候，无法归还拖欠陈开的银子，心里觉得有愧，匆匆辞别陈开，兄弟三人押着女诸葛回到了老院子。

不大一会，从温家老院里传出“嗷”的一嗓子。陈开感觉不妙，与“逃军和”凑到了温家门口，就见温家四兄弟抬着一张门板慌慌张张地跑了出来，女诸葛仰面躺在门板上，额头血流如注，显然伤口不浅。温秉义脸色阴沉地跟在后面，看到陈开叮咛了一句：“阿开，这事甭给二少说，宁老爷子身体不好，别再急出个好歹。”

“到底咋回事？”陈开焦急地问。

温秉义还没有回答，温秉智老婆“咕咚”一声瘫坐在地，哭天抹泪地嘶喊：“二嫂，你这是何苦呢？有话好好说嘛，撞哪门子石柱呢。”

“老四家的，”温秉义一巴掌拍在门上，“人又没死，你号什么丧？”

温伦氏噎了一下，又号啕起来：“二嫂，没你这样的，杀人不用刀啊。”

从女诸葛把银票塞进自己怀里，到她头撞鸭屎石柱，前后不到一袋烟的工夫。陈开被这突如其来的变故惊呆了，好在一年多的乞讨生涯将他磨炼得心如止水，处变不惊。他扯了一把叶二和：“咱们换个地方等吧。”

两个人离开宁二少家的墙根，向闸门楼方向走去。陈开边走边问：“二和哥，二少和王老爷练出了什么毛病？”

“逃军和”回答：“二少两眼发花，看啥东西都是重影，分不清颜色；王老爷的毛病比较怪，一琢磨事情心口就疼，不能动脑筋，不能放葫芦吹牛，不能……”

陈开一边听“逃军和”絮絮叨叨，一边竖起耳朵倾听。他感到很奇怪，黄家阁楼上今天怎么没有传出曲子？只听说黄纨卿发誓终生不嫁，没听说她发誓不唱曲子啊。“逃军和”仿佛看出了他的心思：“咋，你还惦记着黄家女仔？”

“想有个鬼用？”陈开怏怏道，“你没听说，她这辈子不打算嫁人了？”

“逃军和”嘿嘿笑着：“生仔姑娘醉酒佬，说话没谱，信她？”

“你以为我跟你一样？”陈开心里一动，一本正经地说，“你练的是阴交穴，我练的可是关元穴。现在身上没有一丝热气，冷冰冰的，根本不想女人。”

“逃军和”不相信，把手伸进陈开遍体破洞的“盔甲”，摸了摸陈开的皮肤，惊讶地叫起来：“哎呀，你是咋练的？快教教我。”

“咱们四个练的穴道不一样，”陈开奚落，“你就该长那玩意。”

两个人走到闸门楼底下，发现闸门楼和贞节牌坊间的荫凉处，摆了一个蒲团，黄开大身穿道袍坐在上面，双掌合十，双眼紧闭。“逃军和”丢下陈开，上前恭敬地问：“黄老爷，你练的是什么功夫？是道家的，还是佛家的？”

铸炮失败对黄家的打击远远不只是几个银子的事情，在佛山堡，人人笃信白无相当年那一卦代表了天意，不但没人和黄家做买卖，就连黄纨卿的婚事也耽搁下来。为了消解笼罩在黄家头上的霉运，黄开大从“喃呒会馆”买了个身份，取了个“灵虚子”的道号，每日早中晚三次打坐，不论刮风下雨，无一日中断。

黄开大没有理会他，陈开却听到阁楼里传出女人的声音。过了片刻，黄岑氏陪着“女张仪”潘杨氏走出黄宅，黄岑氏对黄开大说：“阿大，来送客。”

黄开大连屁股都没抬，念了句道号：“无量天尊。”

“女张仪”走到黄开大身边，拿手帕拭了拭眼窝：“黄老爷，就算是有孽要消，那也犯不上让一个如花似玉的大姑娘顶缸，我真替纨卿妹子叫屈。”

“这一辈人不担孽，”黄开大面无表情，“难道要下一辈人担吗？”

“女张仪”哭哭啼啼扭着腰肢离开了闸门楼，黄岑氏送走她后，回来对黄开大说：“你去劝劝妹子，真要是终生不嫁，将来如何向父母大人交代？”

“我劝得动吗？”黄开大反问。

为了不把霉运带给黄家的下一代，黄家决定迁回刚正里居住。黄纨卿矢志不嫁，黄开大自己也决心不再续弦，全家人把翻身的希望寄托在下一代——黄岑氏的幼子黄金笼身上。居仁里西南巷一向以好风水闻名佛山堡，来自泷泊铺的冉大财主看中了黄家的后花园，出了个高价打算买过去。黄岑氏长叹一声：“妹子喜欢那片园子，不能卖。冉老爷实在想要的话，咱们搬进后院住，把前院卖给他。就这么定了吧，别太委屈咱妹子。”

黄岑氏离开后，黄开大摘下头上的道冠：“二和兄弟，我好久没有回老家了，龙山乡哪座姑子庙的香火灵验？”

“梅基村的姑子庙，梅少奶奶捐资修建，香火旺极了，坦东村和坦西村的人都拿它当观音庙使。”叶二和道，“黄老爷，你问这个干啥？”

“给我妹子买个出身。”黄开大冲陈开招了招手，“少掌柜的，坐啊，别站着。”

虽然经历了人生的大起伏，披上了道袍，黄开大仍然那样盛气凌人，眼睛里偶尔闪过一丝怨毒的神情。陈开在他旁边坐下来，自嘲了一句：“我算什么掌柜的？”

“买卖不拘大小，倒霉的时候都一样。”黄开大似乎遇到了知音，滔滔不绝，“要说不一样的话，我们黄家败给了天意，败在自己手里，想翻身得等到下一辈子。而你是刚刚起步的小买卖，老天爷眼里根本没有夹你，还有大把翻身的机会。”

陈开苦笑：“买卖我放弃，翻不了身啦。”

“少掌柜的，黄某是见过世面的人，你瞒不住我。”黄开大说，“别人买卖倒了灶，树倒猢狲散，从前吃你喝你的亲戚、朋友、帮闲一个都不见，怕受连累和牵脱。可是你不一样，街坊们夸你的人多，骂你的人少，这就是你积下的德善。”

陈开抱了抱拳：“承黄老爷高看。”

“历朝历代，永远是穷人多、穷亲戚多、穷朋友多，穷得吃不饱饭，看见蝇头小利比看见爹娘都亲。创业之初，这一劫谁也免不了，被人坑害不算稀奇。”黄开大说，“稀奇的是有人高看你，而且都是能人。近的像这条巷子的秦老爷子和温家二嫂，远的像‘凤凰仪’班的李少班主，哪个是等闲之辈？”

陈开吃了一惊，脱口而出：“阿茂哥来找过我？”

“对啊，”黄开大回答，“少班主前两日来的。”

陈开慌张地站起来：“糟了，二和哥，咱们得躲起来。”

“少掌柜的，你真有福气。”黄开大半是羡慕、半是愤恨地说，“我温家二嫂要是有这样的靠山，何至于头撞鸭屎石柱？黄某要是有这样的朋友，能让姓金的这么糟蹋我？”

第四十九回　琼花直街

作为数百年来中西贸易桂冠上的明珠，澳门城如迟暮美女，韶华渐逝，人老珠黄。西江水把滚滚尘埃填入海底，澳门附近的海水深度不超过两米，大型的鸦片剪子船无法入港，在伶仃洋的趸船卸完货后，只能到香港岛附近的水域下碇避风。

自从韩肇庆杀回广州城后，伍秉鉴三天两头地跑到澳门去住，名义上探访老友，实际是为了躲避韩肇庆气焰熏天的势头。以前卢坤在的时候“韩狐狸”尚有所收敛，眼下邓廷桢与他合穿一条裤子都嫌肥，这家伙还不把脚尖翘到旗杆上？

伍府上下提心吊胆地过了一年多的日子，出乎意料的是韩肇庆并没有打上门来。后来老浩官才弄清楚，韩肇庆左手吃定邓廷桢，右手与红船达成和解，诸事顺遂，正指挥水师巡缉船夜以继日大把地搂银子，哪有空闲敲诈他这仨瓜俩枣？

澳门城附近的海水极为浑浊，一半为红色，一半为黑色，所以人称“红黑海”。伍秉鉴坐在码头的茶馆里向外瞭望，他一辈子从来没有看透过眼前的这片海水。不过，有一点他心里是清凌凌的：自己和澳门城一样，马上就要老了。

“铁头老鼠”、马地臣和化林治三人下了马车，衣冠楚楚地进了茶馆，来到伍秉鉴的座位旁坐下。“铁头老鼠”问：“前辈，你这么着急赶回去有事吗？”

昨天夜里，伍梁氏派“飞虹锏”来澳门城，送给老浩官一个盼望已久的喜讯——“凤凰仪”班的台期终于敲定，而且由琼花会馆当家大老倌易兰花亲自压阵，班底仍是三年前李敬南夫妇带进万松园的人马，正本戏仍是那出《薛刚反朝》。伍秉鉴听到这个消息激动万分，三年前小戏台的那一幕恍若昨日，每一个细节依旧活在记忆的深处，如今“凤凰仪”班以原班人马开进万松园，等于向韩肇庆公开宣示，红船人不会忘记旧日的仇恨。

“没什么事，家里订了一个红船大戏的台期。”老浩官轻描淡写地说，“贤侄，听说你打算回国从政，啥时候走？”

和颠地比起来，“铁头老鼠”的胸襟和眼力终究高出一筹。透过律劳卑事件，他确信欲彻底解决中西贸易争端，唯一的选择便是战争这个最后的手段。在查顿的眼里，这两年鸦片贸易繁荣不过是大战前短暂的平静，因此，当颠地等人积极扩大生意规模、乐不可支的时候，查顿却把怡和行的业务交给侄子小查顿打理。他自己打算下一个春天来临时离开澳门城，回到伦敦竞选议员，同时赤膊上阵，鼓吹对华用兵。

查顿回答：“交接完生意就走，大概明年开春吧。”

“看来以后见不着喽。”伍秉鉴饮了一口茶。

毕竟是几十年的生意伙伴，当初来广州做买卖时经常得到伍秉鉴的提携，一朝离别，查顿心头涌起阵阵感伤：“前辈，三十年风水轮流转，现在茶叶、陶瓷和丝绸都不行，你老人家不如趁早歇了算。贵国不像我们大英帝国，商人有地位，有权势，只有欺负别人的份，没有被别人欺负的份。万一再启战端，你夹在中间，两头难做人。”

“我早歇了，眼下行里的买卖由犬子打理。人在江湖，身不由己，你们是知道的，干不干洋商，老朽说了不算。”伍秉鉴顿了顿，“贤侄，你即将离开中国回到家乡，我心里有一个疑问，不知当不当讲？”

“铁头老鼠”忙道：“前辈但说无妨。”

伍秉鉴提出了一个问题：“老朽知道你嫌以前的买卖挣钱少，贩鸦片吧，朝廷又管得紧，这一仗迟早要开。不过，各位贤侄想没想过这个问题：一旦仗打完后，倘若真像你们说的那样实现了贸易自由，到那时，你们的怡和行还能有今天的地位吗？”

“竞争就竞争，谁怕谁？”“铁头老鼠”一愣，讪讪地说，“我们目前的地位也是通过竞争获取的，没有竞争，东印度公司那班老爷还骑在我们脖子上拉屎呢。”

“呵呵。”伍秉鉴笑了笑，“列位贤侄，你们这些年生意越来越红火，从一介区区游商发展到今天称雄欧洲的第一大企业。说句不太好听的话，靠的不是你们的本事，也不是老朽的菲薄之力，恰恰是你们今天要打倒的洋商制度。有这个连坐的制度在，你们就包赚不赔，买卖出了娄子只管敲打官府，自然有人替你们出头讨债。万事有一利必有一弊，怎么可能一根甘蔗两头甜？洋商制度一旦取缔，我想你们的稳当日子，恐怕就一去不复返了。”

“前辈，只要我国有强大的陆海军实力，贵国商人谁敢拖欠我们的货款？”马地臣笑嘻嘻地说，“大英帝国以商业立国，政府必须保障我们的利益。”

所谓商业立国，即国家出头当流氓，为本国商人讨债，这和大清朝逼迫本国商人偿还外债正好相反。伍秉鉴虽然不满衙门腐败，但也不赞成国家力量介入商业纷争——动辄戴上国家利益的高帽，距离战争这个恶魔祸乱人间的日子就不远了。

“几位贤侄来中国这么多年，应该知道做生意讲究的是和为贵。”伍秉鉴说，“一个国家能不能靠做生意强大？不在于政府助拳，也不在于人人皆商，而是要看他的生意经——靠枪炮护驾的生意经不是正路子，富不过三代，必垮无疑。”

马地臣知道他生性温和，厌恶暴力，打起了哈哈：“前辈，他打他的，你歇你的。打垮洋商制度，你不也可以解脱了吗？”

“伍某是咸吃萝卜淡操心，年纪大了，爱唠叨，切勿见怪。”伍秉鉴对“铁头老鼠”拱了拱手，“走前若有闲暇，务必到寒舍一聚，老朽和犬子为贤侄饯行。”

“那是一定，那是一定。”查顿行了一个中国礼节，“在下不但愿意聆听教诲，还想到万松园看红船大戏哩。”

马地臣说:“前辈,要不我们派条船送你?”

“多谢。”伍秉鉴摆了摆手,“福布斯先生刚买了一条纵帆船,速度不慢,天擦黑就能赶回河南岛。郭博士在船上,正好有人聊天,不闷。”

旗昌洋行的这条纵帆船购自大洋彼岸的花旗国,老浩官心情难以平静,走出船舱来到甲板上欣赏着伶仃洋的景致。从“铁头老鼠”回国一事上,伍秉鉴嗅到了硝烟的味道,心中涌起了无限的惆怅。大约六百年前,文天祥被元军押至崖山前线去劝降,就是在眼前这片洋面上写下了气壮山河的《过零丁洋》。作为一介垂垂老矣的商贾,伍秉鉴既无力挽狂澜于既倒,也无心做一个舍生取义的烈士,但这并不妨碍他在心底对英魂的敬重。老浩官从“飞虹锏”手里接过酒盅,对空拜了三拜,毕恭毕敬地把酒洒向洋中。

郭士立奇怪地问:“大人,你们的上帝难道喜欢喝酒?”

“博士,我们只有祖宗,没有上帝。”伍秉鉴审视着这个跟英国人混饭吃的德国佬,突然饶有兴趣地问,“阁下学富五车,去国万里,颠簸于波涛之上。在老朽看来,本当是一番顶天立地奇男子的作为,可我怎么觉得,你好像对钱特别感兴趣?”

郭士立目高及顶,极为博学,他这辈子只佩服过两个人,一个是死了的耶稣基督,一个就是世界首富伍秉鉴。听到老浩官的问话,德国博士侃侃而谈:“尊敬的浩官大人,在我们清教徒看来,上帝借给人类智慧的目的是让他创造财富,并在财富中感受到上帝的存在。财富积累得越多,说明人距离上帝越近,所以,在下不认为追求财富是什么可耻的事情。”

老浩官风趣地说:“照阁下的意思,老朽离你们的上帝不远喽?”

“凭你老人家的家底,谁敢不服?”郭士立奉承了一句,觉得不妥,立刻改口,“浩官大人的智慧无人能及,必然是得到了上帝的垂爱。”

“伍某没有那个福分。”伍秉鉴笑道,“老朽性情柔弱,不与人斤斤计较,暗合了一个生意经上的‘和’字,所以才机缘凑巧,侥幸创下这份家业。”

郭士立拼命摇头:“不不不,两码事。柔顺是奴性,谈不上智慧,贵国百姓正是因为生性怯懦,所以才被暴政欺压,过着暗无天日的生活。”

“博士,这片土地上曾经生存过无数尚武的民族,两千年前发生过的战争,比你们欧洲今天的战争规模要大出十倍。”伍秉鉴纠正他,“中国人之所以变得温文尔雅，这是圣人教诲的结果，仁义礼智信实乃无与伦比的大智慧。”

“那当然，”郭士立换了副面孔，“贵国也有义士，我跟他们很熟。”

纵帆船在莲花山靠岸，郭士立下到自己的西瓜艇里，随从们解开缆绳，迅疾消失在弯弯曲曲的河汊中。老浩官问福布斯：“博士去干什么？”

福布斯耸了耸肩，回答：“干爹，他那只西瓜艇里什么货色都有，听说博士弄了一批布伦士威克式击发枪，由‘义胜堂’的区老三做中人，打算卖给‘洪义堂’。”

莲花山上有一座八旗军驻防的莲花城，远控虎门，近摄狮子洋，号称“府城捍山”。这三百多装备有火器的八旗军直隶广州将军管辖，主要任务并非平靖地方，而是替清廷监控广东水师的虎门大寨。

伍秉鉴咋舌：“博士的胆子不小，连会党的钱都挣？”

“他什么钱不敢挣？”福布斯趁热打铁讲了一个郭士立的故事，“前些日子，博士领着一伙人到舟山群岛测绘地形，斯金纳先生一时技痒，趁空画了几幅山水。测绘过程中被定海县衙门的差役发现了，紧追慢赶，没把人拿住，只是截住了一堆东西，里面就包括斯金纳先生的那几幅画。后来博士托人把那堆东西赎了回来，你猜他干了什么事？”

“什么好事？”伍秉鉴听得津津有味。

“他把那几幅山水画卖给了蓝阁。”福布斯嘲讽地说，“斯金纳先生当然气不过，前去找他理论。没想到博士理直气壮地宣称，他付了斯金纳先生的薪水，因此斯金纳先生此行的一切作品都应该归他所有。呵呵，你说这家伙是不是掉到钱眼里了？”

老浩官佩服洋人不远万里来吃苦，但打心眼里瞧不起爱财如命的人，经福布斯一说，郭士立在他眼里的形象大打折扣。他“哼”了一声，拍着船头的铜炮，问福布斯：“你这条船要是改成兵船，全部下来能花多少钱？”

“两万英镑撑死了，合不到八万两白银。”福布斯回答。

“飞虹铜”不解地问：“老爷，你问这个干什么？”

伍秉鉴反问：“咱们就不兴改装一条？”

卢坤死后，万松园增加了对大沥四堡的投资。伍家在那里的产业以机织业为主，雇佣了成千上万的工匠。一旦危难降临，这些尚武好斗的“机房仔”武装起来，便是一支具有强大战力的军队。韩肇庆重掌水师巡缉船的大权后，伍家父子加快了未雨绸缪的步伐，一来为了防备韩肇庆，二来是因应即将到来的战争阴云。

在广东水师重建的过程中，伍家捐纳了不少银子，可惜这些钱花得都不是地方。伍秉鉴决定改造一条火力强大的纵帆船，既是为了尽捐纳之责，也是想给官府提一个醒，让他们能对即将来临的战争有所准备。至于老对头“韩狐狸”，伍秉鉴心里已经不把他当盘菜——郭锡保血洗韩府，李文茂重返佛山堡，韩肇庆被迫向“凤凰仪”班低头求和，足见这贼子早已失去了先前的凶悍，变成一个卖虾米的驼背佬，不足为患。

“崇曜在哪儿?”伍秉鉴问“飞虹锏”。

伍香韬回答:“少爷带船去了新会的石头村。”

伍紫垣去新会自然是为了接伍谊兰来万松园看戏，自己的老伴这么安排，足见她对三年前的那场祸事耿耿于怀。伍秉鉴叹了口气:“自作孽，不可活，姓韩的逼死李班主伉俪，惹下了滔天大祸，红船人恨不得扒了他的皮，等着瞧吧。”

“飞虹锏”气愤地说:“老爷，姓韩的还欠咱们一笔账呢。”

“李家伢仔长大了，”伍秉鉴道，“他不会让咱家插手的。”

过了十月底的农闲季节，所谓秋获已毕，田里的庄稼全部入仓。从这时到腊月，附近各乡百姓渐次涌进佛山堡，听戏看热闹，流连忘返。在外漂流的红船各班陆续掉转船头，准备回家过大年。“凤凰仪”班订制的画艇终于完工，这条艇的个头不亚于天、地二艇，船头的甲板特意加厚，安装了一门从澳门城买来的铜炮——“凤凰仪”班的规模超过了二百人，原先的三条大船显得有点拥挤，为了给大伙改善居住条件，同时庆贺李文茂以班主的身份上船，易兰花拍板添置了这条新船。

经过龙华师太的训练，陈罗婵武功大进，戏棚舞姿堪称行云流水，美轮美奂，多难的身法和步法都不在话下。补上了武功这块短板后，陈罗婵的戏棚演技臻于完美，新一代红船巨星冉冉升起，焕发出夺目的光彩，即将喷薄而出。

易兰花精心栽培陈罗婵，有她自己的小算盘。自从易三娘回到佛山堡，琼花会馆的值事三番五次地登门，让她把金丝面具和金马鞭收回去，均遭到了她的拒绝。一来，易三娘明白自己遭遇的是蚺蛇之王，其毒天下无双，绝无根治的可能，眼下的恢复只是表象；二来，金丝面具和金马鞭握在她手里的时间太长，应该把它让给新人了。

作为红船艺术最高象征的金丝面具和金马鞭，表彰的是艺术达致化境的绝代名伶，并非每一代当红大老倌都有资格竞争获取。易兰花把陈罗婵从小带到大，将她从一块璞玉雕琢为璀璨的明珠，当然明白以陈罗婵的天赋，超越自己是迟早的事。

陈罗婵现在万事俱备，需要的只是一个亮相，一个出场，一个舞台。

易兰花经过深思熟虑，决定把推出陈罗婵的时机选在她生日的那一天，地点当然最好是伍家的万松园。她先派"凤凰仪"班的"行江"(业务员)冼玉章通知伍府，然后率众乘坐新购置的画艇，打着琼花旗和凤凰旗，浩浩荡荡开进万松园。

伍梁氏当年亲眼目睹李敬南夫妇无辜丧命，受到了极大的刺激和惊吓，从那以后她再也没有来过小戏台。小戏台庭院深锁，杂草丛生，只有在每年李氏夫妇的忌日，老太太才派人打扫香案，祭拜亡灵。整整三年，只要提起"红船"二字，伍梁氏的脑海便会瞬间闪出当年小戏台那不堪回首的一幕。现在"凤凰仪"班答应重返万松园，实际上意味着要替她搬走压在心头的那块沉甸甸的大石头。老太太且喜且悲，一面叫儿子去接伍谊兰、阿芬等人，一面让二管家伍长禄安排人焚香拜神，净水泼地，迎接"凤凰仪"班的到来。

伍秉鉴回到河南岛，换好衣服来到小戏台。台上的"棚面"已然就绪，"凤凰仪"班的戏马上要开场了。温少奶奶、阿芬和伍谊兰几个人团团围坐在伍梁氏身边，不时地掏出手绢偷偷拭泪。老浩官打量一番，心里暗自嗟叹，真是天道好还。重温这幕熟悉的场景，就连伍香韬和梁坤那样的硬汉都禁不住眼角湿润，更别说女人。

小戏台虽然打扫得十分干净，但尘封已久的气味仍然是那样浓烈，随着大湖的水息不断涌入鼻孔。陈四妹用右手的琴竹拨了一下琴弦，目光习惯性地朝"虎度门"一瞥，心跳骤然加快了十倍：老班主李敬南似乎又回来了。

站在"虎度门"后的是李文茂，一道薄薄的布帘将他和戏台隔开。虽然没有就近目睹那个令人心碎的空间，但是，它对他来说却一点也不陌生——三年来，他无时无刻不在想象这个空间，无时无刻不在倾听这个空间，无时无刻不在携带这个空间。

火龙珠在胸前剧烈地震颤，“栖凤剑”在“龙渊刀”里发出剑啸。李文茂右手按住刀鞘，目送陈罗婵穿过“虎度门”登台亮相。根据红船多年惯例，每场戏开场前要加演一出《跳加官》，只演不唱，目的是热身和表示祝福。

一般来说，出演《跳加官》根本用不着大老倌，但易兰花考虑到《跳加官》主要展示的是身法，因此反其道而行之，让陈罗婵第一个下场，而且不戴面具。棚面的笛子吹响后，接着是小锣的铿锵声响，陈罗婵淡扫蛾眉，凤冠霞帔，手执朝笏惊艳登场。好一个倾国倾城的绝世美人，百年一遇的戏棚精灵，五官天造地设，多一分不匀，少一分不妍；身段似水流云，疾半寸不婉，滞半寸不曳。

一段优美庄重的“登殿献美”过后，陈罗婵“洗面”转身，垂首直立亮相，首先表演出来一个“一”字；接着向左前方踏七星拉山转身，双腿“女”字架半蹲，双手与脚相接，启朱唇亮相，表演出来一个“品”字；再接着向右前方踏七星拉山转身，将朝笏横咬在口中，双腿叉开同时双手横伸平肩亮相，表演出来一个“夫”字；最后向正前方踏七星拉山转身，头部和身体向左侧倾斜，双手与所持朝笏拉直，朝右侧斜出排成一条斜线，眼观右前方亮相，表演出来一个“人”字。这套动作合起来，正是“一品夫人”四个字。

依照表演程式，陈罗婵每次踏七星拉山转身后，都会拿出事先准备好的条幅，不外乎像什么“福如东海”“寿比南山”“福禄富贵”“吉祥如意”等，俱是讨吉利的字眼。陈罗婵本来就喜欢自编舞蹈，现在有了武功根底，改编起来更是得心应手，把一套最呆板的《跳加官》演绎得翩翩欲飞。

伍梁氏看了大半辈子“本地班”的戏，从来没有见过这么漂亮的《跳加官》。旁边众人齐声喝彩，老浩官也觉得讨了一个大彩头。老两口你加一个，我加一个，一连气点了十六个《跳加官》，包了十六份每封一百两银子的大利市。

伍梁氏把陈罗婵从台上叫下来，用手摸了摸她的脸蛋，惊叫：“啊呀，天底下真有这样稀罕的美人？我以为是上了妆、涂了胭脂呢。”

温少奶奶说："老诰命，仙女下凡来加福，看来一品夫人你准跑不掉了。"

"一品夫人？"伍梁氏抿着嘴笑道，"除非我儿子蟾宫折桂，考个状元回来。"

旁边的小浩官心潮起伏，惶惑不已。如果说上次是远距离地眺望，那么这次就是面对面地相逢。空间距离的缩短，非但没有减少陈罗婵一丝一毫的美，反而带来一股绝尘的气息，把伍紫垣淹没在窒息的波涛中。

温少奶奶赞叹："依我看，阿婵姑娘将来说不定会超过易大老倌。"

"超过好，不超过也好，反正咱们大伙是有眼福的人。"伍梁氏捏着陈罗婵的手，无限感慨地说，"伢仔，自古以来道艺为尊，只要练出一身好本事，走到哪儿都能吃饭。不用看官府的脸色，也不用江湖搏命、提心吊胆地活着，多好啊。"

伍谊兰奇怪地问："阿婵姑娘，连跳十六个《跳加官》，换别人早累死了，你怎么连气都喘得这么匀？啧啧，好本事。"

"是啊，你看我光顾自个高兴，就没为人家伢仔想一想。"伍梁氏这才回过味，"真是老糊涂了，伢仔，你可别怪我。"

阿芬劝道："阿姑，快放阿婵姑娘回去，正戏还没开始呢。"

伍梁氏拿手帕抹了抹眼角："我知道，我知道。"

陈罗婵打了个躬，转身向戏台走去。"棚面"乐声徐徐奏起，望着她那婀娜的身影，伍家人的心情霎时变得沉重起来。那是一个大晴天，但小戏台屋顶花脊的鳌鱼长须上，照旧掉下来几粒水珠，屋檐下的水氹滴滴答答，令人心惊肉跳。

梁兰桂和阳雪姑在"凤凰仪"班学戏不久，扮演的多是一些跑龙套的角色。梁兰桂充任四大甲，拜的师傅是"高佬忠"；阳雪姑充任刀马旦，拜的师傅是布文水。二人穿戴整齐，刚准备走向"虎度门"，突然发现冯西涌脸上的泪痕把黑花三块瓦的脸谱冲出一道白壕。梁兰桂急忙提醒："小师叔，掉粉了。"

冯西涌粗声粗气地说："掉就掉了，废什么话！"

易兰花头戴雉鸡翎，身披元帅大氅，内衬虎头甲衣，背虎壳上插了六面龙纹令旗，腰里悬着"嵌金剑"，收拾利落，正在"虎度门"内调派人马，闻声回头一看，发现了冯西涌脸上的泪痕，担心地问："阿涌，撑得住吗？"

戏台上，锣鼓骤然发出激昂的金石之声，冯西涌策马扬鞭迈上舞台，唱腔沉着悠长，音色充沛动情，饱含着说不尽的沧桑。

心沉沉，不明路好崎岖，
紧紧加鞭，哪顾路高低？
抖缰绳，催动黑斑乌锥马，
崇山峻岭已过，为何不见有人家？
原野暗，暮烟横，夕阳斜下，
大好河山，
莫非遭那奸佞摧残。
…………

为了纪念含冤死去的李敬南夫妇，"凤凰仪"班在伍家的小戏台唱完了那场当年没有唱完的戏。易兰花婉言谢绝了伍家的盛情挽留，率众离开了万松园。画艇驶出龙溪涌的时候，云开雾散，水光陆离，沁人心脾的寒风自纯阳观吹来，已然是凌晨时分。船过海珠炮台，从回澜桥方向驶来一条舢板，吴连在船头拼命摆手："易大老倌，易大老倌。"

吴连这年四十多岁，在琼花会馆负责管理台期，办事极为妥帖周全。林崇泰升任当班值事以后，把他调来当自己的助手。琼花会馆的演艺管理事务现由"大花面锦"负责，武技训练这一块交给了新任值事龚石林。

易兰花来到船头："什么事？"

吴连仰头回答："三爷和四爷都来了，在联兴街的万芳酒楼候着。"

"知道了。"易兰花点了点头。

易三娘离开佛山堡这两年，红船事业悄然迎来了一个崭新的历史机遇——在"本地班"艺术日臻成熟的同时，广州城的"外江班"却是王小二过年，一年不如一年，呈现出江河日下的衰落态势。这里面的原因很简单，一方面，随着东西方贸易的快速发展，草根阶层兜里也有了几个铜子，他们是"本地班"最坚强的拥趸；另一方面，达官贵人中的粤籍人士，听"外江班"听得耳朵磨出了茧子，转而想听一听自家的乡音。

令人没有想到的是,红船中第一个吃螃蟹的竟然是陈平海。

梁冠杰和"俏丽辛"另组"琼山玉"班后,"乐荣华"班的老倌又相继出走了一群,日子眼看着就没法过下去。恰在这个时候,广州太丘书院来了一份邀请,说是本省七十二县的陈氏宗亲在书院聚会,大伙想听红船戏,请他务必成全。

天上掉馅饼,愣是砸到叫花子头上,陈平海像捡到了一根救命稻草,带着"乐荣华"班全体出动。在仙湖街的太丘书院一连唱了四天五夜,然后逐条巷子唱去,什么大佛寺、九曜坊、承宣街、育贤坊等等,无不是盛况空前。他醍醐灌顶,如梦初醒,像"乐荣华"班这种在琼花会馆吊车尾的残阵,竟然能在高雅艺术盛行的广州城大展雄风,说明了什么?

说明省城百姓的口味变了!

陈平海闷头在广州发财,瞒得过别人,却瞒不过他的老冤家梁冠杰和"俏丽辛"。道光十七年底,"琼山玉"班第二个掉头杀进广州城,两位班主想法各异——梁冠杰想的是赚钱和扩大广州市场的份额;"俏丽辛"想的则是在艺术上与"外江班"争个高下,一举摘掉"本地班"下里巴人的陈旧标签。

"乐荣华"和"琼山玉"班在广州的相继成功,为"本地班"赢得了巨大的声望,预约的台期如同雪片子似的纷至沓来,戏迷的热情让琼花会馆的当家人大为震撼。侯爷离任后,新班子的林崇泰、"大花面锦"和"长腿龚"三人一致同意抓住这个千载难逢的好机会,一举打入广州城,收复"本地班"在岭南地区唯一的失地。

站在联兴街万芳酒楼的木楼上,可以看到一条笔直的街道沿着江面无声地向外伸展,它就是红船人魂牵梦萦的琼花直街——在祖师爷"摊手五"创建红船制度前,这里曾经是"本地班"艺人在广州的大本营。这条街上的琼花庙破败不堪,在红船人的心目中,它代表着一段被驱逐、被蔑视、被践踏的惨痛记忆。

林崇泰颇为感慨:"没想到,陈班主竟然在广州城起死回生。"

"三爷,这就叫狗屎运。""俏丽辛"笑了笑,"不过,狗有狗道,猫有猫道,我这个老东家虽然胸襟狭小,但是自有他的精明之处。你看'乐荣华'班在广州唱戏,唱来唱去总在那几个地方转悠,为什么?承宣街是陈白沙先生的故居,育贤坊是陈元孝先生的故居,仙湖街是陈氏太丘书院的所在地,全省所有姓陈的人到广州城做买卖、打官司,吃、住、玩全在这三条街面上,你想想他还能缺捧场的吗?大佛寺和九曜坊更不用说,那两个地方是广州城最繁华的街市,哪一天不是人流如织?"

"谁叫人家姓陈?""大花面锦"诙谐地说,"广州十个人里便有一个姓陈的,靠同姓宗亲足够他吃喝一阵的。"

"俏丽辛"暗自摇头,唱戏凭的是真本事,靠人缘捧场能支撑几天?"乐荣华"班如果不思进取,用不了多长时间,必定又会面临断炊之虞。

"现在看来各方面条件已经成熟,到了杀回来的时候。我们三个商量了一下,打算尽快在广州设立分馆,以便对各班进行统一部署、就地管理。"林崇泰问,"阿辛,听说你嫌琼花庙破败,有意把分馆设在十一甫和德兴桥附近?"

"俏丽辛"脸一红,为自己辩解:"那是梁班主的意思,他觉得德兴桥靠近南海神庙和天后娘娘庙,比琼花直街这边热闹得多。另外,这座琼花庙的地契落在官府手里,官府一直禁止咱们唱戏,怎么可能同意交出地契?"

林崇泰明白"俏丽辛"说的是托词,笑着说:"官府的法令就是擦屁股的草纸,他不让咱们唱戏,咱们不是也唱了一百多年?这座琼花庙是'本地班'的根,我们必须想方设法把它拿回来,把祖师爷的牌位立在广州。"

"俏丽辛"低声道:"十一甫不是也有一座琼花庙吗?"

"那还算是琼花庙?""大花面锦"不以为然,"当年为了能留下来糊口,前辈们违心地另起了这座新庙,将老郎神迎进庙里,结果怎么样?不是仍被撵出了城?"

中国戏曲行业有两位被人们普遍接受的祖师爷,一个是老郎神,又名西秦王爷,有人说是唐明皇,有人说是后唐庄宗,还有人说是二郎神;一个是相公爷,又称田都元帅,便是唐代忠烈乐官雷海青,因为怒骂安禄山而死,后被封为"天下梨园大总管"。老郎神的影响大大超过相公爷,以广州城内的"外江班"为例,无论姑苏班、徽班,还是江西班、湖南班,无不信奉老郎神,设在魁巷的外江梨园会馆"外江总寓",俗称便是老郎庙。

在全国各个地方戏剧中,只有一个地方既不信奉老郎神,也不信奉相公爷,这就是广东的"本地班"——他们信奉的是火神华光大帝。

易兰花一行来到万芳酒楼，发现“副爷法”领着一个六十多岁的老道士站在门口。见吴连回来，连忙禀报：“易大老倌，吴叔父，黄婆洞的道爷找来了。”

吴连端详了一眼老道：“我让你找白道士，你咋把他爹给弄来了？”

“吴叔父，白道士云游去了，不在大佛寺。”“副爷法”解释，“这位常道爷是白道士的师叔，法术高明，不信你问他？”

常有定把三角旗朝怀里一卷，大大咧咧地说：“我是他师叔，当然比他有本事。”

陈罗婵不相信地问：“你真是他师叔？”

“如假包换。”常有定气哼哼地将三角旗一晃，露出了“铁口金牙”四个字。

陈罗婵想起了白无相的那一卦，羞怯地拉了李文茂一把：“这是个神仙。”

“久仰，久仰。”李文茂客气地拱了拱手。

易兰花把李文茂等人留在万芳酒楼下，自己带着常有定上了二楼。“俏丽辛”见到她后关切地问：“易姐姐，到万松园一切顺利吧？”

易兰花知道她主要关心的是陈罗婵的表现，开起了玩笑：“你可要当心，别教会徒弟饿死师傅，金丝面具和金马鞭你要不要了？”

“俏丽辛”面露窘色：“她只要有那份本事，我高兴还来不及。”

“茂仔和阿婵呢？”林崇泰问。

易兰花答道：“他们不愿意上来。”

林崇泰叹了口气：“我们几个正等你，看看把分馆设在哪儿合适。”

“这不是请了黄婆洞的神仙吗？”易兰花明白他们几个尚未谈拢，于是笑着说，“不让人家摇个签，咱们的钱不是白花了？”

林崇泰会意，把选地址的事情大致说了一遍，又特意加上了“乐荣华”班正在唱戏的仙湖街一带。一共三个地点，请常有定判定吉凶：“常神仙，有劳了。”

常有定大模大样拿出签筒“哗啦啦”摇了一通，吴连小心翼翼地抽了一支签出来，大伙凑过去，只听常有定拉长嗓门念道：

红花夺目连城艳，白雨西风尽落花；
未必世间人尽死，终须守分也为佳。

吴连问：“老神仙，什么意思？”

“这不明摆着吗？”常有定翻着白眼，“头两句先去掉一条街面，红花是火啊，连城艳就是说满城起大火，所以不能建在城里的仙湖街，那一带煞气太重，下白雨、刮西风，你们唱大戏的务必要注意；后两句索性直接点题，‘终须守分’，明白吗？老老实实地在琼花直街给我待着，不然的话必生祸端。”

常有定这支独头签果然厉害，怎么说怎么有，大伙儿听得迷迷糊糊。易兰花笑道：“神仙就是神仙，你怎么能算出琼花直街是块福地？”

这话是暗示常有定就坡下驴，他精神振作，吹得更加来劲了：“各位大老倌，十五年前西关那场火你们还记得吗？凄惨状就别提了，连阎王小鬼都抹眼泪，不忍心收啊。大火整整烧了三天三夜，东起回澜桥，西至西宁堡，北到第八甫，南抵佛山渡口鬼驿尾，烧毁房屋高达一万七千六百间，死了上百人。可就是这条街边的华光庙，人家屁事没有，门口那两盏灯笼皮保留原色，一尘不染。你们说说，琼花直街算不算福地？”

林崇泰和“大花面锦”听完也笑了，“俏丽辛”被唬了个够呛，忧心地说：“那就还在老地方吧，神仙说仙湖街煞气重，是不是提醒‘乐荣华’班一声？我倒不是念老陈的情，而是怕班里的兄弟姐妹沾上晦气。”

常有定用一支签解决了分馆设址的问题，拿着钱高高兴兴走了。琼花会馆的三位当家人心情更加愉悦，林崇泰对易兰花说：“咱们大举进入广州城，第一炮必须要打响，我们想请你和阿辛牵头，带领各班全力以赴主打广州这块地盘，免得被‘外江班’的气势压倒。这里面万松园的伍家父子非常重要，老浩官是十三行的首富，小浩官又结交了一大堆文人雅士，只要能把这些老爷聚拢过来，还愁咱们红船的戏没人捧？”

“大花面锦”补充：“‘凤凰仪’班如今人才济济，兵强马壮，尤其是花旦这一行，你和七娘、探梅、阿婵、阿真挤在一块，太浪费了。我看可以分成两个班，一个班照旧，一个班负责主打广州，怎么样？”

易兰花思忖了一下：“倒是没有多大的问题，大不了再添置两条红船。

广州这边我想让阿婵领衔，她现在出徒了，完全可以独当一面。这次进万松园，浩官父子和老诰命都对阿婵的戏赞赏有加，觉得她的戏比‘外江班’好。”

林崇泰笑道：“你们娘俩搭班子，谁领衔还不一样？反正只要你答应出马，我们心里就放下一大半。”

易兰花提出了一个建议：“红船杀回广州是一件大事，祖师爷九泉之下有知，一定会非常高兴。我看应该趁这个机会传讯各班，以一年两个台期为准，届时由各班班主和大老倌投票公选，选出一个唱功好、立功大的，把金丝面具和金马鞭授予她。”

“俏丽辛”听后，心中荡起了层层涟漪——除了易兰花外，自己的本事在同辈花旦中无人可及，后起之秀只有陈罗婵堪称对手。红船是一门日积月累的艺术，陈罗婵再有天赋，仅仅一年的时间，怎么能够超越自己？

想到这里，琼花直街在“俏丽辛”的眼里变得婀娜多姿起来。

第五十回　寒梅迎春

红船杀进广州城，对宁二少来说是件大喜事，他对“外江班”和“本地班”都熟，对两门艺术如何融合有一套自己的见解。为了庆祝这桩喜事，他从箱底翻出珍藏的两套戏服，各取一半罩在身上，刚迈出大门，便被老爹迎头打了一拐：“你闹鬼呢？”

宁二少解释：“阿爸，我最近眼神不济。”

宁僖臣对他这两个儿子真是失望透顶，一个吃喝嫖赌，无所不为，一个痴迷唱戏，科场屡试不第，典型的两个败家子。他厉声问：“老大一晚上没回来，去哪儿了？”

宁大少还能去哪儿？肯定跟着罗琦那伙败家子鬼混，宁二少不便拆穿，支支吾吾：“这事你该问我嫂子。”

“就是她早上在我窗户底下哭鼻子。”宁僖臣敲着拐杖，“你说你们两个混账东西，一个不在家生仔，一个不赶紧娶媳妇，你们是成心让宁家断子绝孙呀。”

宁二少赶忙安慰老爷子：“阿爸，你知道的，咱们佛山堡的女仔爱看戏，我学戏正是为了找一门好亲事。”

“蒙谁啊?”宁僖臣不吃这一套,“你爹我不糊涂,说媳妇找花二奶就行,学什么戏?这不是吃咸鱼蘸酱油,脱裤子放屁,多此一举?”

宁二少争辩:“阿爸,你不知道,红船现如今杀进省城,红透了半边天。别说寻常女仔穿一身戏装招摇过市,就连吴、梁、李那样的豪门娶媳妇都要会唱戏的。”

在佛山堡,上至豪门大族,下到寻常人家,子弟们穿戏装并非只是图个时髦,还有一段光荣的历史传统。想当年,“二十二老”率领八图大族抗击“东阳王”黄萧养,靠的便是真武大帝的神灵庇佑。那个时候,佛山乡亲每次上阵开战前,必到祖庙焚香拜神,然后穿着花红柳绿的戏服执戈杀敌——不靠穿着戏袍装神弄鬼,凭借连一个城门垛子也没有的佛山堡,能挡得住黄萧养的十万雄兵?

宁老爷子当然知道这些典故,不好再朝儿子发作,只好敛起怒火:“你岁数不小,自个的事自个当心,我没心思管你。”

“放心吧,”宁二少拍了拍腰里的宝剑,“阿爸,我准给你娶一个满意的媳妇回来。”

宁僖臣脸色慢慢缓和下来,交给儿子一桩差事:“绣锦年岁也不小了,花二奶前两天给说了门亲事,就是找钱巷的那个平家。他们家祖上是刻书的,如今改行入了‘阐义堂’。你到汾流大街去打听打听,要是他们家的买卖还过得去,干脆把这门亲事应了。”

“阐义堂”是佛山堡绸缎行的行会组织。

宁绣锦的性格有点像父亲宁僖臣,拿定了主意便不更改,女诸葛和宁洪崖死说活劝,仍旧未能挽回她和陈开的情缘。宁二少无奈地叹了口气:“好,我去问问。”

腊月初八一过,佛山堡街头充满了喜气洋洋的节日气氛。

由于琼花会馆正式吹响了进军广州的号角,红船各班精神大振,这一派跃跃欲试的架势带火了与之相关的所有行业。从汾流大街到观音庙后街,从瓦巷直街到东胜街,从开皮做胸甲的到绣织戏服的,从卖戏盔、红缨、云额、皂靴的到卖班鼓、琴瑟、箫笙、神仪的,大家都给红船留足了面子,破例没有打烊歇业。

汾流大街的铺面依旧宾客盈门、应接不暇，宁洪崖到“阐义堂”没问出个子午卯酉，倒给自己置办了一套新戏装。这两天，姑苏“祥麟班”的花旦景曼卿正在“乐荣华”班授艺，时不时地请他去凑个角色。景曼卿是扬州人，舞台上风摆杨柳和女人毫无二致，模样柔媚，但心里却有一股子不甘凌辱的傲气。宁二少和他是多年的老朋友，上一次在大沥堡受辱也是吃了他的挂落——这玩意算什么关系呢？应该算患难之交吧！

宁二少正摸着怀里的顾绣戏装爱不释手，眼前突然白晃晃的一片，把他吓了个跟头。定睛瞧看，却见“长烈钻”收起了翅膀，稳稳地落在了“逃军和”的脑瓜顶上。叶家哥仨肩扛手提一字排开，堵住了他的去路。

“吓死我了，幸亏我不是王老爷，不然非撂这儿不可。”宁二少捂着胸口，模仿着王山公的样子做了个鬼脸，“你们准备回家过年？”

叶二和头上扣了顶四角瓦楞帽，兴高采烈地说：“晚头就走。”

“你见到阿开了吗？”宁二少问“逃军和”。

“逃军和”低声道：“他怕少班主找，连我都甩了。”

叶老四在宝积寺学成画艺后，跟着黄广华进了“谢记”木铺当木匠。他忽然开口：“我昨天在富里社看见阿开哥了。”

“他去那儿干什么？”宁洪崖好奇地问。

“逃军和”撇着嘴笑了笑：“张亚丞在富里社卖燕窝，人家越不愿意看见他，他就越故意在人家眼前晃。”

“不对不对，”宁洪崖摇着头，“害他的是余章标叔侄，张亚丞悄悄顺手捞了一笔。阿开心里要是有气，应该到灵应祠的藏经阁，余章标公婆俩在那儿看门；或者到豆豉巷码头，‘死牛肺’在那儿摆食档。”

叶三和叫道：“那不是王老爷吗？”

众人抬头一看，只见王山公摇摇摆摆从远处走来，后面是他家的伙计李吉和，怀里抱着一大捆衣料。宁洪崖哈哈笑着迎上前去：“太阳打西边出来了，堂堂的王老爷怎么屈尊干起了家务？是给嫂子买的衣料吗？”

“没错，”王山公很得意，“不过，是你新嫂子。”

宁二少大吃一惊：“你把她休了？”

“费那劲？”王山公“嗤”了一声，“老子现在功夫大进，需要清静练功，可是家里的大嘴巴硬是不消停，气得我心口直疼。这不？增城有一家女仔是个哑巴，年方十四，手脚麻利什么活都会干。我让花二奶落了‘文定’，开过春就抬进来。”

娶个哑巴当小老婆，这事也只有王山公能想得出来。宁洪崖自愧弗如：“王老爷，你的功夫见长，宁某佩服。”

“逃军和”也竖起了大拇指：“阿开不行，他跟张亚丞憋着劲呢。”

“不不不，”王山公连连摆手，“你们没弄清楚，阿开在张亚丞跟前晃，说明他仍念着亲戚的情分，有心给张亚丞机会。他懒得理会余章标叔侄俩，是因为他完全心死，心里连一个念头都不愿意闪过，不理会比恨更绝情。”

“这么说，阿开也长了功夫？”“逃军和”惊讶地问。

“废话，”王山公反问，“我不信你没长？”

“逃军和”尴尬地说：“丢他老母，不但长了，还粗了呢。”

叶四和问：“二哥，练功夫咋还会练粗了？”

“去去，”叶三和没好气地骂，“大人说话，你一个伢仔插什么嘴？”

宁洪崖和王山公会意地一笑，然后发愁地说：“咱们哥四个年前怎么得见一面啊，可惜就是不知道阿开躲在哪儿。”

“你呀，眼神不济，头壳也不灵光。”王山公指着“逃军和”头上的“长烈钻”，“白鹈鹕是阿开的心头肉，它最了解阿开，咱们跟着它走。”

宁洪崖如梦初醒：“对呀，让它在前面带路。”

“长烈钻”似乎听懂了王山公和宁洪崖的意思，“扑啦啦”一跃而起冲向了天空，从上到下盘旋了几圈后，“嘎嘎”地叫了两声，然后向鹰嘴沙飞去。

“凤凰仪”班计划分成两拨人马，给了李文茂一个可以摆脱易兰花控制的机会。年底的这些日子，他表现得特别乖巧，破天荒地陪着陈罗婵、易如真、阳雪姑、阿幺几个女仔在街上买起了年货。天空三三两两游弋着一群准备回家过年的鸟，鸣叫声混杂在一起，弄不清是喜鹊还是乌鸦。但白鹈鹕的声音十分独特，李文茂抬头望去，发现一只大鸟翩翩翱翔，宽大的翅膀犹如白帆，在冬日的阳光里闪出凛冽的雪色。

“那是什么？”阳雪姑失声问。

陈罗婵道：“白鹈鹕啊。”

佛山堡贸易繁盛，商船往来如织，汾江河上并没有人饲养白鹈鹕，这只白鹈鹕必是陈开驯养的。为了确认陈开修炼“六祖心经”的事实，李文茂特地回了一趟古劳围的白鹭洲，掘开坑一看，不仅没发现铁面具，连那块刻有“诛心”二字的铁匾也不翼而飞。

白鹈鹕既然现身，陈开应该就在不远的地方。李文茂领着四个女仔追到江边，抬手叫了一只四柱游艇，不多时，驶入鹰嘴沙附近的一条河汊。

说是河汊，其实是一片僻静的死水，水面上孤零零漂着几条船。这些船分成两拨，中间拉开了一段距离——靠近主河道有两条船，白鹈鹕蹲在其中一条舢板上；远离主河道是几条捂得严严实实的篷船，上面戳了一杆令人闻风丧胆的旗帜。

陈罗婵和易如真吓得缩住了脚，同时叫道：“‘白麻堂’？”

“长烈钻”立在舢板的船帮上，警惕地扫视着四周，王山公、宁洪崖和叶家兄弟正在一旁嘻嘻哈哈地说笑。李文茂不待船只靠近，飞身跃了过去，“长烈钻”似乎认出了他，既不躲避也不叫唤，仍然像雕塑一样检阅着它的人马。

叶老二见李文茂从天而降，吓得站了起来，结结巴巴地问：“少班主，你怎么来了？”

李文茂没理他，盯着王山公：“山公，你和阿开很熟？”

王山公知道抵赖不过去，自己和陈开走动得这么勤，黄子深、叶兆隆和杨壮达几个恐怕早就告诉了李文茂。他摊开手：“你的兄弟落了难，我还不得照顾照顾？”

李文茂问：“他在哪儿？”

“这我可不知道。”王山公摸着“长烈钻”的羽毛，“自从他来佛山堡做生意，这群鸟便归了二和兄弟，我和二少常来这里吃鱼。”

“逃军和”忙从舱底取出一盆热气腾腾的大头鱼：“少班主，吃两口？”

河面上无风无浪，“铜盆大头鱼”的香味似乎是从“白麻堂”篷船里溢出来的。李文茂疑惑地瞥了一眼那面描绘着麻袋片的旗帜，从叶老二手里接过铜盆。手指接触的一刹那，他敏锐地发现，“逃军和”身上竟然有一道极其微弱的第三道真气！

望着王山公、宁洪崖和叶老二惶惑的眼神，李文茂恍然大悟，心里涌起阵阵暖流。陈开这次修炼“六祖心经”确实依照自己的嘱咐，全身心地投入——不但拿走了“诛心”铁匾，而且凑齐了三位修炼的伙伴，可见其决心之坚定。

“味道不错。”李文茂尝了一口鱼汤。

四柱游艇驶到近前，陈罗婵发现“长烈钻”很温顺，便学王山公的样子仗着胆子去抚摸它的羽毛。接下来，易如真、阳雪姑和阿幺依次摸了一遍，白鹈鹕喉咙里“咕嘟”了两声，并没有做出什么反感的举动。

陈罗婵惋惜地说：“这么靓的白鹈鹕，如何跟麻风丐挤在一堆？”

“是啊，”易如真跟着问，“它们为什么要躲在这里？”

叶三和瓮声瓮气地回答：“白鹈鹕嘛，当然要跟‘白麻堂’在一起。”

“逃军和”吓了一跳：“老三，别胡说八道。”

陈开既然开始修炼“六祖心经”，那么他一旦遇到困难，必然会来找自己。此刻的李文茂心中完全释然，他问“逃军和”：“二和哥，你认识对面的麻风丐？”

“不不。”叶老二拼命摇头。

阿梅就在对面的一条篷船上，她平时最喜欢听戏和弹琵琶，此时此刻，她一定在麻片帘子下面向这边张望。今天来了这么多的红船老倌，她是多么希望能一睹人家的风采，或者听听人家的歌喉，向人家求教琴技啊！

可是这又怎么可能呢？一个是貌若天仙的红船大老倌，一个是见不得人的麻风丐，其间存在着天地之别。“逃军和”痴痴地想着，不觉面露羞惭，王山公怕他失态，主动提议：“阿茂，听说阿开常在太平沙一带出没，你去那儿找找吧？”

“算啦，”李文茂摇了摇头，“我还有事要到石湾一趟。”

王山公吓了一跳，以为李文茂打听到了什么消息，试探地问：“你去石湾干什么？莫非阿开藏在那儿？”

见他紧张的样子，李文茂觉得十分好笑，跳上四柱游艇，扬长而去。三个做贼心虚的人目送四柱游艇驶远，这才松了一口气，刚打算窃窃私语，叶四和忽然尖叫起来：“坏了，他们回头往这儿看呢。”

王山公、宁洪崖、“逃军和”惊魂未定，齐刷刷地朝四柱游艇方向望去。游艇上回头张望的不是李文茂，而是阳雪姑。

瑶家女峒主恋恋不舍地离开了鹰嘴沙，离开了小河汊，离开了白鹈鹕。她心头涌起了无尽的酸楚，这些白色的鸟儿，多么像故乡的白鹇啊！

在邹汝昌的帮助下，邝能与涤莲和尚设计出一种用于烧大爆的新式高车——车顶架设了一种伸缩自如的机关，安装向外喷射火焰的喷筒，不仅可以点燃十几丈外的大爆香车，而且能直接发射各类小椰爆，俨然一架火焰喷射器，威力煞是惊人。

“有了这玩意，”邝能气哼哼地说，“‘正义会’人再多，老子一样揍他。”

由于垂涎佛山堡的巨大市场，“逍遥门”火烈道士旗下的五龙观人马，打破十多年来的力量格局，分三路逼近佛山堡——曾天猷的“天讨会”占据张槎乡，韦思贤的“正义会”侵入石湾镇，石元诚的“卧龙会”盘踞石头乡，呈扇形包围了佛山堡。

石湾镇向来是丰宁寺的地盘，韦思贤的“正义会”在石湾镇开设窑口后，“和尚能”领着一群秃瓢去砸人家的场子，没想到头一脚就踢到了铁板上。那天火烈道士恰好在场，两个人话不投机半句多，战至第五十个回合，火烈道士一掌拍中“和尚能”的后背，把“和尚能”打出去有十来丈远。幸亏“和尚能”素以“易筋经”内功见长，练就了一身钢筋铁骨，否则非让人家打成残废不可。

作为洪门在武林中的第一大仇敌，李文茂留意“逍遥门”的武学已非一日。他在畚箕窝曾经见识过明月道士的身法，自忖赢过后者当无疑问，因此对和火烈道士交手充满了期待。他对邝能说：“石湾不是‘逍遥门’的地盘，杀得血流成河，最终倒霉的是石湾的百姓。你派人盯着点，一旦发现火烈道人来了，尽快通知我一声。”

邝能心有余悸地说：“那牛鼻子掌法变化多端，既找不到破绽，还摸不着来路。你要是和他对阵，千万小心他的奇招。”

丰宁寺的内功功法来自少林，堪称武学正宗，以邝能这般精湛的内功尚且落败，“逍遥门”的武学可想而知。在武学上，“找不到破绽”说明武技臻于成熟，“摸不着来路”说明武技更上层楼，对阵双方不在一个层次上——能够击败少林拳法的武技，在武林中诚属凤毛麟角，寥寥可数，“逍遥门”的功夫应当是首屈一指。

李文茂虽然尚未悟透“浑天剑”，但他身负“六祖心经”和“食菜事魔教”石像三十二穴功法两大绝世武学，武功进境日新月异，当然不惧怕“逍遥门”。他轻蔑地回答：“论及功法精湛，出奇制胜，在‘逍遥门’恐怕轮不到他火烈道人。”

“难道非要金蟾老儿出面，”涤莲和尚不高兴地说，“你才肯应战？”

石湾镇不愧为南国陶瓷之都，迎春的方式与众不同：在广州城和佛山堡，满眼所及皆为花的海洋，但石湾镇更多了一道布景——印在陶瓷上的鲜花。

李文茂走在石湾镇街头，被一道道花木掩映下的瓷墙震撼，这些印刻在陶瓷上的鲜花栩栩如生，绽露出别样的魅力。这里面有高格独标的寒梅，自南海之滨一路燃放到梅岭，将春的气息撒向遥远的北国；亦有来自西江腹腰的灯笼花，像一群白衣红裙的美丽少女，从鼎湖山唱着山歌来到石湾镇。

李文茂情不自禁伸手抚摸着这些不败之花，他从怀里掏出金丝囊，小心翼翼地摊开在掌心。那尊“食菜事魔教”女护法陶塑的碎片，一览无余地呈现在了眼前——这尊女护法神像从李文茂来到人世间那一刻起，就开始对他精心呵护；在大雾山以身相挺，曾经挡住了戴尚文的“追魂剑”，救了他一条性命。

这些破碎的陶片渗入了李文茂的灵魂，他反复地观瞧，想把她拼合在一起，恢复她本来的面目，这是他来到石湾镇的主要原因。女护法陶塑的容颜缥缈于记忆中，在九嶷山畚箕窝的那些日日夜夜，在修炼“六祖心经”的同时，李文茂一直揣测庙里的石像和女护法陶塑是否为同一尊神。假如这个逻辑存在，那么世界上必定存在她的化身——这个化身应当首先从石湾镇开始寻找，从烧制陶塑的老艺人手里开始寻找。

可惜，由于年代久远，当年烧制这尊“食菜事魔教”女护法陶塑的铺子已经倒闭，老艺人也已不在人间。李文茂一边委托黄炳为自己复原烧制，一边叫冯坤和封满等人四处打探，寻找其他的“食菜事魔教”女护法陶塑，并叮咛他们一旦找到的话，立刻将陶塑送到“云记”，好让黄炳有个参考。

李文茂如此大费周章地复原“食菜事魔教”女护法陶塑，除了这尊陶塑是父亲留给自己的礼物以外，尚有另外一个原因——他通过最近一段时间的修炼和领悟，发现石像三十二穴功法玄妙无穷，看来绝不只是一套护体功法，应当藏有更深的玄机。畚箕窝石像肢体残缺，如果想解开其中的奥妙，只能从其他陶塑加以印证。

“小元霸”经常用手抚摸自己的下腹部，位于关元、气海、石门、阴交四大穴道处的伤疤已经痊愈。在石像三十二穴功法的帮助下，第三道真气遍布全身，充沛强劲，内功修为达致超一流高手的境界。不到二十岁便取得如此成绩，放眼当今武林，不作第二人想。

然而，李文茂体内三道真气虽然并存无碍，终究未能做到融为一体。单以武学而论，完成“六祖心经”的第一重境界算不得稀奇，别说少林和武当，就是修炼西域雪山派和关东灵狐派的武功亦可领略此间风光。“六祖心经”的玄机和法门藏在第一重境界和第二重境界的交关处，只有找到它才能开启通向第二重境界的大门，开辟一条迥异于传统功法的革新之路，为最后攀登武学巅峰奠定扎实的基础。

然而，那个不二法门，到底在什么地方？

破解这个问题犹如老虎吃天，不知道从哪儿下嘴，不过，对李文茂来说，有一个现成的药引子摆在眼前——“食菜事魔教”石像三十二穴功法亦能培植第三道真气，这说明它和“六祖心经”必有相通之处。倘若能剪除两者间相异的枝枝蔓蔓，从它们相互激荡的缝隙中，不正可以寻觅武学之道深藏的影子？

快到年根底下，石湾镇的大多数铺子已经关门打烊，位于镇子东头的“云记”还没有插上门板。这间铺子的店面并不大，分成里外两间——外面那间光线充足，陈列着各种精美的陶塑造型，人物之外属动物的造型居多，像什么鸡、鸭、鹅、猫、鹰、猴、鹌鹑等应有尽有；里面是宽大的工作间，四周黑乎乎一片，只在屋子中央的桌子上摆了一盏油灯。黄炳称绝石湾陶塑行的“目功”，就是在这个封闭的空间里练就的。

李文茂是“云记”的熟客，他向伙计打了个招呼，踮着脚尖进了里间。只见黄炳盘腿坐在木凳上，双眼眯成一条细缝，正盯着油灯出神。油灯的灯座上嵌着三粒猫眼，将灯芒的戾气收掉一大半，从而变得柔和与晶莹。

黄炳之所以能在石湾镇能工巧匠中脱颖而出，甚至力压陶塑行巨擘苏家和文家一头，全在这小伙子勤学苦练，不耻下问，什么东西都学。学绘画、练武功外，他还时不时抽空到书馆里背诵韵律，学习写诗。有了这些深厚的功底，黄炳不但眼界高人一头，而且形成了追求天然的艺术风格。举个例子来说，其作品多用胎骨烧制而成，不施釉彩，朴实传神；羽毛纤露，精细入微，这种独特的"胎毛"技法一直流传至今。

油灯旁摆着三尊"食菜事魔教"女护法塑像，李文茂坐下来，钦佩地问："阿炳哥，你这是从哪儿找到的？"

黄炳把腿从凳子上放下来，活动了一下，疲倦地说："这都是十几年前烧的东西，找起来费了大劲，我是从几位老前辈那里收罗来的。"

李文茂把油灯举在手中，仔细打量了一番那几尊"食菜事魔教"女护法的塑像，心里不禁有些失望。它们与陪伴自己长大的那尊陶塑虽然面目表情有异，但是从身材、形态、衣服到饰物各方面观察，基本上没有什么区别。看样子是同一批入炉烧制的产品，对自己探究石像三十二穴功法没有多大帮助。

黄炳惊异地问："这么快就看完了？"

"是啊。"李文茂答道。

仁者见仁，智者见智，同样是这几尊"食菜事魔教"女护法的塑像，在黄炳的眼里可是难得一求的宝贝。同一批出炉的陶塑，表情和神态细微各异，充分反映了陶瓷行前辈们一丝不苟的敬业态度，令他大为敬服。两个人目的有所不同，李文茂想找到陶塑暗藏的武功秘诀，而黄炳则打算复原那尊"食菜事魔教"女护法的神像。

黄炳叹息："要是能见到活人就好了。"

"澳门城里的白头番不是波斯国的遗种吗？"李文茂灵机一动，拍案而起，"阿春在香山恭常都，从那里迈过腿就是澳门城，让他领你去。"

冬天在北国是凝滞的湖泊，在岭南却是流动的音乐，像一条红色的丝带，把窒息的热浪缚于四季之神的皮囊中。大地和天空涂抹着一层清洌的气息，如同美人眸子里的秀色，从枝头的花瓣一直流入汾江河。

"茂仔，茂仔。"有人在"浣江书院"门前的石码头上喊。

李文茂抬头一看，刘华东扛着他那面"奉革举人"的七星旗蹲在石阶上，把麻绳、破剑和牛皮灯笼丢在一旁，端着一碗肠粉，“吸溜”地吃得欢实。

“哦，”李文茂停船靠岸，“刘先生？”

刘华东撂下筷子：“你干啥去？”

李文茂指着“浣江书院”后面的巷子说：“给何先生送年货。”

“你这个没眼立见儿的犟驴，老子就在眼前蹲着，你都不肯说句吉祥话？”刘华东把眼珠子瞪得溜圆，“何锦算个毛？见了刘某，他得尊声叔父。”

碰到这号天底下最难缠的主，李文茂哭笑不得：“刘先生，你想要什么？我送你。”

“你肯定有对不起我的地方，我仔细想想。”刘华东从地上捡起筷子，扒拉了两嘴后想了起来，“对了，上次我给‘凤凰仪’班写的本子，到现在你们也没演，听说是你小子从中作梗？胆子不小啊，仗着会几手把式，敢驳我刘某人的面子？”

刘华东的本子在红船是抢手货，前一段时间，他派人给“凤凰仪”班送了一本《金镖黄天霸》的折子戏。李庸熙的弟弟李常熙在“凤凰仪”班担任“坐舱”(柜台的负责人)，他把本子呈给李文茂过目，李文茂瞅了一眼书名，随手把本子扔进纸篓——他平生最讨厌黄天霸这号投身官府、为虎作伥的狗腿子。

刘华东如果不提，李文茂还真忘了这码事：“刘先生，冲你这身敢撞官府的腰杆子，怎么会写黄天霸？我不信那本子是你写的，阿谀奉承，丢人。”

“说得好听，你难道不吃饭、不拉屎？”刘华东提高嗓门为自己辩解，“老子没事玩玩扭计之术，既替老百姓出气，教训教训有财有势的，也混饱了自个的肚皮，有什么不好？难道让刘某学你抡拳头、耍刀剑？”

李文茂说不过他，只好赔着笑脸：“先生，你说得对，这些粗把式难登大雅之堂。”

“不过，话又说回来，你小子琢磨的也不是一点道理没有。”刘华东嘻嘻笑着，“那个本子是小何写的，他当时手头吃紧，缺钱花，瞎编的。”

澜石乡的何文雄字淡如，这一年十七岁，此人素有急智，擅长写“无情对”，整天跟在刘华东屁股后面混，是一个砸锅拆房梁的惹事精。

书馆大门紧闭，看来何锦回烟桥乡过年去了。李文茂提着东西走出巷子，发现刘华东还没有离开，坐在石阶上观察江里的行船——这支船队足有十来条之多，前面几条是花船，上面载满了名贵的兰花；后面的船吃水很深，篷盖子下面是精心包裹的石头。

“怎么样？没有送出去？”刘华东惬意地掏出一杆烟枪，点上火吃了一口，“老子张过嘴的东西，谁也拿不走，老天爷也不行。”

李文茂狐疑地问：“你知道何先生回家了？”

“那当然，”刘华东一脸坏笑，“我亲眼看见他坐船走的。”

李文茂哭笑不得：“刘先生，你胡子一大把，好意思害人白跑一趟？”

“活该，谁让你眼中无人？”刘华东翘着脚，“茂仔，我是为了你好，你这包东西要是送不出去，来年保不齐就会触大霉头。我收你的东西是可怜你，照顾你，明白吗？满世界你打听打听，我刘某人给过谁这么大的面子？”

这个牛皮不是吹的，刘华东号称“三柳先生”，所谓“品学柳下惠、文学柳宗元、字学柳公权”，书法和绘画名扬两粤。他还专门去京城打过擂台，诗人崔弼曾写诗称赞：“颔下明珠出渺茫，京华谁不识刘郎？”

“红船八斗官”中，刘华东最喜欢捉弄李文茂，他把礼包塞到腿底下：“茂仔，别看你本事大，有你不知道的玩意。我问你，下面这几条船是谁的？”

李文茂答道：“梁家的。”

“这不是废话吗？瞎子都看得见那是梁家的旗。”刘华东鄙夷地说，“我是问你，是梁家长房哪位少爷弄的？”

这个问题不太好回答，梁玉成六个儿子均为舞文弄墨的品性，特别是梁九章、梁九华和梁九图三兄弟不仅才高八斗，而且都有同样一个口味——造园子。李文茂摸了摸脑门，十分为难：“反正跑不出去那哥仨。”

“你啊，练武把头壳练坏了。”刘华东伸出烟杆，在李文茂的脑门上敲了一下，“实话告诉你吧，是那个瘸子。”

李文茂问：“你怎么知道？”

“别小看玩石头，里面学问大着呢。”刘华东道。

岭南士大夫建造园林玩赏石头，主要分两派：一派是主流，与其他地方的文人雅士、豪绅大户一样，玩太湖石和英德石；另一派为非主流，玩的是黄蜡石。梁九章、梁九华以及万松园的小浩官属于主流一派，他们在各自所造的园林中，清一色布置的是“瘦、皱、漏、透”的太湖石和英德石，这些千姿百态、玲珑剔透的石头摆在湖心，远远看去确实像大自然的鬼斧神工之作，让人赏心悦目。

然而，梁九图的口味与众不同，在他的心里，石头不是一种摆设，更不是一种玩物，鬼斧神工的产物不是苍白的躯壳，而是一见惊心的魂魄。说白了一句话，浑身窟窿的太湖石和英德石本身价值不大，真正有价值的是那些窟窿眼。

黄蜡石的窟窿异常精美，最对梁九图的胃口。秋闱失意后的梁九图大肆收藏，在自建的"紫藤花馆"里摆满了这种号称龙王玉的玩意。黄蜡石为湘粤特产，以北江和东江出产的石色最为纯正，其纹理细腻润滑——据梁九图自己说，里面藏着天地造化的大奥秘。

石头里面有大奥秘？李文茂被刘华东说动了心，伸长脖子向洛水中看去。梁家的运石船跟在花船后头，慢悠悠地打他们眼皮底下通过，船篷和石衣把石头盖得严严实实，哪里能看清什么纹理？刘华东拽了一下他的衣袖："离这么远你能看见个鸟？赏石要凑近了看，最好从十三行街买个放大镜。阿昌鼓捣这玩意一门灵，让他给你磨一副。"

腋下夹着一副放大镜跑到"紫藤花馆"去看石头，那不是有毛病吗？卢浣霞现在是梁家的少奶奶，李文茂离她八丈远，还生怕洗不脱嫌疑，上竿子敲梁家的门去看黄蜡石，梁九图准以为他卖布不带尺子——存心不良（量）。

"几块石头，"李文茂纳闷，"有什么好看的？"

"你小子心里有鬼。"刘华东嘿嘿笑着，从背后的包袱里取出一轴画卷，"行了，我不难为你，快来瞅瞅，看我最近创制的这套剑法如何。"

画轴徐徐打开，上面画着一个大袖飘飘的剑客正在舞剑，题头是笔力虬劲的五个大字"拔剑起舞图"。李文茂问："只有一招？"

"对啊，你不是说最好的剑法，就是一招制敌吗？"刘华东比画了一个姿势，"我这套剑法叫'宣夜剑'，这招叫'迟疾任情'。"

"'宣夜剑'？"李文茂迷惑地问，"'迟疾任情'？"

刘华东得意地说："'宣夜'的意思是不怕黑，越是到看不见的地方威力越大，不靠眼睛靠耳朵，你练这套剑法一准比我合适；'迟疾任情'就是想快就快，想慢就慢，快慢随意，总之想杀谁，谁就别想逃脱，杀快杀慢，还得由着老子的性子来。"

“这么厉害的剑法?”李文茂觉得很好笑。

刘华东把画轴卷起来:“等老子高兴了,回头教你。”

从洛水转到汾江河,洁白的世界洋溢着红色的喜悦:还没到大年初一,小椰爆已经在汾江河两岸响起,那是孩子们欢庆幸福的时光;“大魁堂”按旧例开放义仓,载满食品的篷船沿江施舍,让那些可怜的乞丐过春节能吃上一顿饱饭;文武四衙停止接受诉状,不管是不是冤假错案,一律过了年再论。

这是赋予他生命的故乡,这是他热爱的佛山堡,这是他曾经以为要永别的汾江河。这条河去了淤泥换新颜,明年开春,又将是一番百舸争流的繁荣景象。

李文茂将船系在琼花水涉下,围墙里传出了铿锵有力的锣鼓声,节奏与往日不同,应该是注入了“外江班”的味道;会馆门口欢声笑语,每个人脸上都露出自信的笑容;避雨亭披红挂彩,陈列着佛山堡各大行业组织送来的贺匾与条幅。一切无不预示着,即将到来的一年对于琼花会馆来说,将是一个不寻常的年份。

汾江河“哗啦啦”地欢唱,犹如寻回青春岁月的妇人,调子竟与会馆大戏台传出的曲声若合符节。岸边古榕如盖,绿柳依依,白胸翡翠嫌长尾缝叶莺聒噪,一路撵过太平沙,吓得花鳗鲡一头扎进河床,再也不敢出来偷听曲子。

白龙里溢满花香。受到易三娘的影响,多年来,李宅种植的是清一色的兰花,但是今年有所不同,陈罗婵不知道从哪儿移植来大片梅花。李文茂踏进家门,立刻陷入鲜花的海洋——白梅冰雪之中,燃烧着红梅的火焰。

这种撼人心魄的美丽,叫李文茂意乱神迷,本来就模糊不堪的世界变得更加混沌。

到底红梅是仁义之道,抑或白梅是忠恕之道?

到底红梅是“六祖心经”,抑或白梅是石像三十二穴功法?

到底红梅是一剑割喉的武林,抑或白梅是秋风绝情的江湖?

第五十一回　温润端石

出了火热的道光十八年(1838年)正月,转眼就是二月二龙抬头的日子。过了西海向北,很快进入三水县,县城南关的江面上,歪七扭八地横着几条悬挂广东水师旗帜的橹船,正在逐个检查过往船只。"凤凰仪"班的船速减了下来,慢慢地靠往码头。

时近黄昏,一注夕阳洒向云端,染红了天上地下所有的汤汤水水,包括"煲头叔"刚刚煲好的这碗海参汤。设在船尾的厨房一派热火朝天,"刀头叔""叮咚"地剁菜,那动静与在米柜头打木人桩的声音没什么区别;负责蒸饭的"大盘脚"脸色被熏得通红,如果和满脸乌黑油迹的"镬铲叔"登台唱戏,一个孟良,一个焦赞,根本不用化妆。

"阿常叔,我来端吧。"黄三全从李常熙的身后冒出了头。

黄三全以前当过"洗碗仔"——在红船上,"洗碗仔"除了本职外,还有一个任务是通知大伙吃饭。黄三全腿脚极快,有时候冼玉章忙不过来,李常熙总爱派他搭把手。现在冼玉章跟随易兰花、陈罗婵、冯西涌那一拨去了广州城,向西的这拨人缺个"行江",李常熙便让黄三全补了这个缺。

李常熙把脸一沉:"你怎么又跑回来?"

黄三全如数家珍地汇报起了差事："常叔，接下来几处主会的人家敲定了：三水城和沙浦镇的住船，广利圩和金利镇的上馆…"

上馆的意思是不在船上住，由点戏的主办方提供住处。

李常熙暗中赞许黄三全上手快，脸色放缓："既然得闲，那你再到新会探一探底细，尤其是潮连乡——'油豆腐'一口气订了两个台期，我怀疑这里面有蹊跷，说不准是这家伙借机摊派戏金，搜刮百姓。咱们忙得腿肚子转筋，哪有工夫帮他敛财？该退就退。"

这又是一档子轻松活——潮连乡是陈松年的老家，别说打探底细，即便是有地痞流氓把着台期，凭借陈松年的威名，他们也得乖乖退出来。黄三全乐颠颠地下船而去。

李常熙端着热汤过了龙牙的铁炮，来到金钱角（船头）。王云甫正在给李文茂说戏，唱的是《五龙困彦》里《撑渡》一折。

水贼走来，听本御吩咐。

有某一天，埋没你一天；

有某一年，埋没你一年。

断不容你在淤泥河，逞强霸道。

…………

王云甫执马鞭摆了个姿势，扭头一看，却见李文茂耷拉着脑袋，似乎根本没听进去。他生气地敲了敲船舷："茂仔，你干什么？"

"我听着呢。"李文茂回答。

王云甫沉着脸："把这段给我来一遍。"

李文茂处心积虑地想脱离红船，那点心思船上的每个人都看得出来。易兰花除了叮嘱"高佬忠"严加管束外，又将王云甫派到船上当"杂箱叔"（管理行头和道具的人员），手把手地教李文茂《沙陀国借兵》和《五龙困彦》——李文茂最熟悉王铁枪和石鬼仔的戏，由王云甫专门监督，他想说学不会都不成。

李文茂摇头："我不来，哪有这么窝囊的王铁枪？"

"船尾叔"方亚孔这年十八岁，个头和"雷公仔"差不多，绰号"大胆孔"，胆子大在琼花会馆是有了名的。他凑过来道:“少爷,依我看你索性演石鬼仔得啦,他力气大、武功高,除了个子矮一点,别处没得挑。”

“行,王铁枪、石鬼仔你任挑一个。”王云甫不耐烦地挥了挥手,“不管怎么说,你必须弄一个出彩的首本戏,要不然当什么班主?”

李常熙帮腔:“少爷,行里的规矩,没办法。”

“我才不愿当班主,”李文茂嘟囔,“不是还有阿辉吗?”

“二少爷将来的前程在科场,这是你阿爸阿妈生前留下的心愿。”李常熙苦口婆心地劝,“听你王叔的话,挑一个吧,少爷。”

李存孝虽然天下无敌,但王彦章的忠义气节更胜一筹,比较而言,李文茂还是喜欢唱后者的戏。他无奈地抬起头:“王铁枪吧。”

“对了嘛。”王云甫满意地说,“王铁枪的词你打小就熟,唱他的戏能费几多力气?再说哪有你这么魁梧的石鬼仔?”

一出《撑渡》唱完,大家在甲板上开始吃饭。“凤凰仪”班的“地方鬼”(负责寻找和催促大老倌上场的后勤人员)李龙麟在下面喊:“少爷,你看谁来了?”

李文茂探头一看,梁培友与张贵和两个挎着腰刀站在岸边。他心中大喜,转头对李常熙和王云甫说:“他们找我有事,我下去看看。”

李常熙警惕地望了一眼,大声问:“阿友,橹船是你们的?”

张贵和现在是广东水师抚标三水营的把总,那几条橹船在江面检查过往商船,看船上有没有私运鸦片。梁培友没有公干,他是专程来帮李文茂解围的。

道光十七年底,任文炳花了大把的银子运动,被分发到提标新会左营升任千总,任文彪在提标顺德协右营弄了个把总当。过年的时候,哥四个坐在一起兴高采烈,觉得捞大钱的机会终于来了:俗话说县官不如现管,他们四人管辖巡查的范围,正好覆盖新会、顺德、南海、三水、四会这条黄金贸易水道,不发财都对不起财神爷。

梁培友不愧当过古劳围小霸王的大哥,他的胃口很大,看不上收取保护费那点油水,又嫌开窑口劳神费力,遂派人将阿钿约到银洲湖的石鱼岛。经过斟酌后,二人决定效法“洪兴堂”和“公义堂”,把鸦片膏运出广东,卖到湖南和江西赚大钱。

谈到与“洪兴堂”和“公义堂”的合作，梁培友和阿钿不约而同地想到了李文茂——通过与韩肇庆的秘密交易，“洪兴堂”和“公义堂”的鸦片贸易进展得非常顺利，两大堂口赚了个盆满钵满，补充了大量的枪械粮草。这项合作以李文茂搁置复仇为代价，故而“洪兴堂”和“公义堂”均欠了他一个不菲的人情。

不过，让李文茂答应这件事太难了，他历来把武林和江湖区分很清，以武会友和行侠仗义当然没得说，但让他为了钱而大开杀戒，估计没有多大戏。更要命的是，李文茂是迫于无奈才答应搁置向韩肇庆复仇的，在内心深处一直把这项交易当作人生的耻辱，他怎么可能反过来要求“洪兴堂”和“公义堂”回报？

梁培友和阿钿无计可施，坐困愁城，情急之下，把往日的古劳围兄弟像什么李洪英、梁锡佳、李文海、冯坤、封满、巢元贞、吕雄杰等人，包括李占升在内，全部召集到了石鱼岛，让他们帮忙给出个主意，看看怎么说服李文茂。

三个臭皮匠，赛过诸葛亮，这些人凑在一起七嘴八舌，还真找到了一个打破李文茂心里坚冰的突破口——“洪德堂”。

至善禅师继任“洪德堂”大龙头后，面对的是一个缺钱少粮、百废待兴的烂摊子。从琼花会馆带去的人马中，侯爷补了四龙头，“大牛志”补了六龙头，老禅师给李文茂留了一个二龙头的位置，希望他能帮自己重振“洪德堂”，却被李文茂一口回绝——他以前吃够了“琼花宫”禁律的苦头，现在不愿加入洪门，免得在自己复仇的道路上再添一堵墙。

梁培友看到了希望的曙光，如果把“洪德堂”拉进来算上一份，那么，对至善禅师心怀愧疚的李文茂，必定难以拒绝。

“是三水营的。”梁培友踮起脚尖答道，“阿常叔，我给弟兄们打过招呼了，只要看见咱们班的旗子一律放行，谁敢捣乱我就劈了他。”

“辛苦了。”李常熙道了声谢，口风却一点不肯漏，“阿友，你找大少爷什么事？”

梁培友不慌不忙：“阿章叔托我传个口信，斋堂那件事很急，等阿茂去解决。他不露面的话，梅庵的澄远法师死活不松口。”

黑石顶以西地区山多贫瘠，“洪德堂”所需要的人力、物力和资金主要从富饶的珠江三角洲筹措，因此，肇庆府城的战略地位就显得十分重要。至善禅师考虑到这一点，把林大章派回肇庆，在府城对面的烂柯山设立了一个名叫“德济堂”的堂口，确保肇庆府城这一粮饷通道的安全。相应地，为了保障对“洪德堂”的供给，继广州分馆之后，琼花会馆在肇庆府城设立了第二家分馆，馆址仍然设在原来塔脚后街的戏馆，林三爷任命“伯爷宏”为当班值事，全力配合林大章的工作。

“德济堂”的布局存在一个很大的问题，那就是在肇庆府城缺乏一个据点，以便随时和塔脚后街的琼花会馆呼应。这个据点最重要的功能是转运人员和物资，水陆交通方便不说，面积必须足够大。在肇庆府城买地置业，花费不是小数目，林大章囊中羞涩，恨不得一个镚子摔成八瓣花，哪有钱置办这么一处地方？思来想去，他瞄准了梅花岗的斋堂——这间斋堂名义上仍属于梅庵的私产，三年多来，一直由甘先和伍百吉、伍百福兄弟看守。

林大章去了两趟，从梅庵的澄远法师到斋堂的甘先，都说要李文茂点头才可以出让。他随即差人到“凤凰仪”班，要李文茂尽快来一趟肇庆府城。

李常熙向“高佬忠”汇报，后者“哎呀”了一声：“不好，这事咱们给人家耽误了，快放茂仔走。”

李常熙担心地说：“少爷这一去，肯定不回来了。”

“不回来就不回来，你能拦得住他？”田忠叹了口气。

李常熙万般无奈，只好从柜台的匣子里取出一沓银票，塞进了李文茂的怀里。这沓银票有零有整，零的给李文茂个人花销，整的预备捐给“洪德堂”。

重回故地，物是人非。时隔三载，李文茂重新登上梅花岗。江水汹涌地拍打着墙脚，巨石孤独地矗立，那丛枯干的虬枝依旧顽强地伸过斋堂。树影森森，庭院寂寥，一切似乎没有什么变化。但如果仔细观察，就会发现巨石旁生了绿草，虬枝间缀了新梅，西江水添了妩媚，院子的主人从耄耋老者换成了几个毛头小伙子。

甘先领着李文茂逐间房子转了一圈，当年淘气的伢仔，已经长成浓眉大眼的少年。这三年多时间里，家人不断地催他回乡侍奉父母，可甘先始终坚守着斋堂，相信有一天李文茂会活着回来，这一天果真让他等到了。

“不只是我，”甘先对李文茂说，“隔壁的阿良哥也要回家。”

陈姓在广东，尤其在番禺更是首屈一指的大姓。茭塘司石楼镇的“善世堂”陈氏人丁兴旺，最盛的时候据说有三万多亩地的尝产，势力越出石楼镇的地界。明代陈大有在福建仙游当过县令，曾经和戚继光并肩作战斩杀倭寇，现在石楼陈家大祠堂“善世堂”那三个字，据说就是戚继光留下的墨宝。

这么庞大的家族俨然是一个独立社会，对于普通百姓来说，真正与个人利益息息相关的是家族，官府只是搜刮民脂民膏的对立面。由于陈氏家族卷入鸦片贸易，急需像“豆皮大”这样具有精湛武功的人才，因此，族人捎信要他回乡效力。考虑到陈显良在梅庵学艺多年，一味强留不近情理，澄远法师最后同意了“善世堂”的要求。

“你们都走了，”李文茂问甘先，“谁帮阿章叔和梅庵打交道？”

甘先胸有成竹：“这个你不用担心，我们早合计好了。百吉家住在江对面，百福又在白石村学习手艺，他们俩愿意留下来。”

屋檐下面有一张桌子，上面大大小小摆放了三十来种刀具，十四岁的伍百福正抱着一块巴掌大的石头，全神贯注地雕刻着图案，时不时拿刷子刷两下石尘；伍百吉则眯缝着一只眼投掷飞刀，每投中一次，便用木槌使劲地敲一下桌子。

伍家兄弟二人来斋堂前，在肇庆城东的白石村拜师学习石雕手艺。白石村的石匠一向奉伍丁为祖师，雕刻的不是一般石头，而是温润柔软的端石。伍百吉力气大，性子烈，喜欢打拳习武，心思不在制砚上；而伍百福正好相反，小家伙性格内向，捧起端石，跟个姑娘似的整天不撒手，天生就是当砚工的好材料。

李文茂赞许地看了甘先一眼，这伢仔真是长大了，知道操心了。他点点头：“他们兄弟俩看守斋堂最好，听说澄远法师染了风寒，你跟我去看看。”

七天后，参与鸦片贸易的各方于斋堂聚齐。“洪德堂”派来的是白扇三爷毕矜聪，林大章作陪；琼花会馆肇庆分馆是“伯爷宏”；“红旗帮”是阿钿和张二十五仔；广东水师是梁培友和任文炳；古劳围兄弟是李洪英、巢元贞；开平谭家是谭亚才。

阿钿邀请谭亚才入伙的本意，是打算让谭家垫付鸦片货款。没想到，张二十五仔上来就结结巴巴地说："阿钿哥，我哥说了，这次合作有少班主的面子，货款可以后结。鸦片膏要多少有多少，不够的话我们就去抢。"

张十五仔怕阿钿一口拒绝，因此出发时没有对阿钿挑明，而是委托兄弟当面表达。阿钿对李文茂说："少爷，张帮主这是念着当年野狐岛的那份情，你赏他一个面子吧。"

"既然是无本买卖，"梁培友道，"就不必麻烦谭少爷了。"

谭亚才明白，以梁培友为首的古劳围小霸王一直对劫船失败那件事耿耿于怀，他连忙赔着笑脸说："阿友哥，开枪的是芬顿，那个不长眼的红毛鬼子，真的不是我。要知道当初劫船的是你们弟兄，小弟早把那船货送给你们了，误会，误会。"

"误会？"梁培友看不惯谭亚才这个小白脸，恨恨地说，"老子倒没啥，阿佳挨了鬼子一枪不说，后来又挨了鬼子一刀。这辈子霉运罩顶，算是去不掉了。"

阿钿笑嘻嘻地问巢元贞："阿佳这么倒霉吗？"

"他倒霉个屁，"巢元贞说，"红毛郎中给他刮骨疗毒，他还当了一回关二爷呢。"

众人哈哈大笑，林大章问阿钿："要多少定金？"

阿钿忙推辞："有少爷在，我们哪敢收定金？"

"买卖是买卖，人情归人情，定金总是要收的。"毕矜聪传达至善禅师的意思，"毕某临行前，三阿爷特地嘱咐，他希望咱们把鸦片膏直接卖给'洪兴堂'和'公义堂'，一来照顾了他们两个堂口的面子，二来节省了大量人力物力，无须在赣南和湘南另辟路径。"

梁培友和阿钿均无异议，谭亚才拍掌叫好："三阿爷高见，这么做大家都踏实，有节省出来的工夫，咱们多跑一趟，不又赚回来了？"

张二十五仔瞥了他一眼，恭敬地问李文茂："少班主，我们听你的。"

至善禅师是站在整个洪门的高度考虑问题，这样一来，"红旗帮"控制海面，梁培友等人控制江面，"洪兴堂"和"公义堂"控制赣南和湘南，正好是首尾衔接的一盘棋。李文茂见大伙把目光集中在自己的身上，只得开口："合作买卖互惠互利，稳妥可靠，就按照我师傅说的办。不过，从清远到英德这一段不好掌握，飞来峡和盲仔峡山高水险，地面不靖，杀人越货的事情几乎天天有。小股的盗匪没什么，叫人担忧的是粤北绿林道。”

从飞来峡和盲仔峡（浈阳峡）间的连江口镇出发，沿着连江向西直达湘粤两省交界的南风坳，乃是有名的“贡使通道”。这条线路属于粤北绿林道的地盘，也是李文茂当年跌跌撞撞摸到畚箕窝的生死之路。

毕矜聪摇了摇羽毛扇：“本堂与粤北绿林道唇齿相依，一向井水不犯河水。咱们的船从连江口一直北上，并不走‘贡使通道’，他们应该不会撕破脸皮，就这么定吧。”

甘先离开后，李文茂怕伍百吉经验不足，便留在肇庆府城居中指挥。二十天后，第一批鸦片船正式起运，顺利成行。“德济堂”那边派过来八个兄弟，领头的叫麦天六，李文茂让伍百吉带着他们熟悉地形。为了储藏物资，又在城北蟾蜍岩兴建了一个秘密仓库。

梅花岗的梅花谢了，鼎湖山的灯笼花又将凋零。听着梅庵悠扬的法诵，看着伍百福痴迷地雕砚，习惯了漂泊的李文茂在院子里一坐就是两个多月，连他自己都感到十分奇怪，为什么竟然没有兴起离开的念头？他总感觉到心头有一股拂之不去的阴影，但又说不清是什么，他提高嗓门问：“百福，给神牌上香了吗？”

这些日子，内室的香案撤下了诸佛菩萨，一直供奉着洪门五祖的神牌。伍百福连脑门都没有抬：“果盘里满着呢，没人偷吃。”

李文茂气乐了：“和老祖宗争食，你不怕噎着？”

“他们吃饱了，”伍百福争辩，“我才吃的。”

李文茂见桌子上摆了几碗颜料，好奇地问：“制砚怎么还用颜料？”

“你不懂。”伍百福说。

过了一会，小家伙高高地举起手中的砚台，对着阳光反复地欣赏。瞧那个神态，仿佛对自己的作品十分满意，伍百福得意地对李文茂说：“少爷，你看看我雕的这方太史砚，刀功厉害不说，就连这石品都是打着灯笼找不到的稀罕物——天青、浮云冻外带胭脂火捺，你瞧这鸲鹆眼圆溜溜的，九重碧晕，不比女仔靓多了？”

李文茂接过来看了看：“这方砚台值多少钱？”

“没价。”伍百福昂起头。

位居四大名砚之首的端砚是中国文人心头的挚爱，唐宋以降，老坑、麻子坑、坑仔岩等名坑陆续封坑，开采端石的权力完全控制在官府的手里。道光十三年（1833年），西江遭遇洪水，肇庆府城两岸决堤二十一条，三十万亩农田受灾。为了筹集赈灾银两，卢坤批准开坑取石，花了小半年的时间才制成三百方砚台，足见这些名坑石材之枯竭。

物以稀为贵，天青、浮云冻、火捺、鸲鹆眼等得其一即为珍品，更别说集大自然的万千恩宠于一身。如果这方砚台真像伍百福说的那样稀罕，他何必撅着屁股在这儿磨石头，天天琢磨着偷吃洪门五祖的供果？

李文茂捧着砚台陷入了沉思。这只石眼竟然有九重碧晕，比“三衡归一”的画面还多出六重，人要是能解开天地的奥秘，那该多好啊！

伍百福见他半晌不说话，忐忑地问：“少爷，你说我这砚台怎么样？”

“石头是好石头，”李文茂回过神来，“可惜这只眼睛里没有眼珠。”

伍百福懊恼地跺了跺脚，刚才光急着涂色，怎么忘了这码事？

端石超凡脱尘，因此赏砚便成为一门妙趣无穷的高雅艺术，讲究多得不得了。石眼没有眼珠如同靓女有壳无神，在行里叫“瞎眼”，不值几个钱。

伍百福拿起一支笔，在砚台上点了点：“这不是眼珠吗？”

李文茂把砚台放进水盆，不一会，天青慢慢黄了，浮云冻变成肉皮冻，胭脂火捺褪了鲜艳的色彩，鸲鹆眼倒还在，九重碧晕一个不见，瞎眼变成了秃眉。他打趣地问：“百福，你这块石头是从老坑弄来的？”

伍百福被拆穿了底，泄气地说：“老坑？老母坑还差不多。”

老坑又称水岩，由于濒临西江，所产端石最为名贵。经过历代开采，水下三丈以内的上好石材挖掘殆尽，再往下开采难度极大，基本上就等于白白送命。

同样一块石头，仁者见仁，智者见智。在李文茂的眼里，不管是天青、浮云冻，还是胭脂火捺、鸲鹆眼，皆为远古洪荒留下来的神秘影子——伍百福从中撷取端石之精；梁九图从中领悟园林之美；而他，则想从中寻觅武学之道。

“不是老坑？”李文茂故意调侃，“那一定是从端溪捡的。”

“端溪好歹在烂柯山的西边，”伍百福越说越气馁，“我这块破石头是从山东边沙浦镇的苏坑采的，现在市面上净是这玩意。”

凡名贵之物，那是一个萝卜一个坑，分毫不爽。以端石为例，同属一条端溪水，东岸的石头名扬天下，西岸的默默无闻；同在一座烂柯山，西边的石头价值万金，东边的卖不出多少银子。说了归齐，决定端石价值的是质地问题——一个有魂，一个没魂。

沙浦镇苏坑出产的端石色泽黯淡凌乱，按照行话来说叫作“浮身”，那个长了一副女人脸的张嘉祥不就是苏坑村的人吗？李文茂安慰伍百福：“水为少阴，地为纯阴，西江下面洞连洞深不见底，那儿的石头准比水岩成色足，到时候我给你割一块出来。”

李文茂武功高强，伍百福相信他有潜入江底采石的本事，高兴地说：“少爷，那我教你断脉采石吧！”

断脉采石为制砚的前提——千辛万苦抽去了洞中之水，嘴里叼一盏油灯爬到石壁前，如果有眼不识泰山，摸不准石脉，一刀一刀地凿下去，很可能南辕北辙，到头来一无所获。在烂柯山两岸采石不同于他处，端石温润柔软，极不抗震，随时有垮塌之虞，稍微力道使得不对头或者凿错了石脉，立马就会洞毁人亡。

“不用，”李文茂摆摆手，“你哥教过我了。”

“我哥那两把刷子全是粗活，你看看这个。”伍百福年纪小，脸皮薄，逞强好胜当然是免不了的，他把砚台翻过来，“少爷，这几个字，你认识吗？”

砚台底部刻着三个繁复的篆体字，李文茂看着十分眼熟，但是一时想不起来。伍百福“咯咯咯”地笑了起来：“少爷，你也有头壳不灵光的时候？告诉你吧，这是我的杀手锏，没几个人能想到。这三个字是‘清复明’，反过来刻的。”

反清复明？

李文茂恍然大悟，高兴地拍了一下伍百福的头顶：“百福，有你的，冲你这肯动脑筋的伶俐劲，将来必定是个好匠人。放心吧，石头我准给你弄到。”

“少爷，”伍百福认真地说：“你要是真能弄来比老坑里面还好的石头，我就给你雕一个世上最好看的砚台。”

李文茂举手和他击掌：“一言为定。”

"少爷,我说话啥时候不算数?"伍百福涨红了脸。

两个人你一言我一语,正说到兴头上,突然,斋堂的大门"啪啪"拍响。伍百福过去打开门一看,澄觉法师两眼红通通地站在外面。

李文茂惊愕地站起身来:"什么事?"

"太师祖他老人家,"澄觉法师号啕起来,"没了。"

李文茂脑子里轰隆一声巨响,浑身血液刹那间凝滞。闹了半天,自己心头那道拂之不去的阴影,原来应在了杳无音讯的无念法师身上。

在庄严的《地藏经》法诵中,李文茂跟随澄觉法师走进了梅庵的禅房。澄远法师坐在蒲团上双掌合十,右手边坐着一位三十来岁的僧人,他是从六祖寺来报信的法秀和尚。

澄远法师停止默诵,向法秀和尚介绍:"这就是你要找的李施主。"

法秀和尚是四会六祖寺住持普延长老的二弟子,也是李文海的师兄。他仔细打量了李文茂一眼,见他小小年纪却劲气内敛,显然身负精妙内功,不觉有些惊讶。李文茂没有看出他的心思,悲伤地问:"敢问无念大师何时圆寂的?"

"再有半个月,"法秀和尚回答,"就整整三年了。"

过半个月正好是端午节,澄觉法师忍不住责问:"那你为何才来报信?"

"阿弥陀佛,无念前辈三年前应我师祖之邀,从南华寺来到四会修行,他不让贵寺知道他在贞山的消息。"法秀和尚低低地念了句法号,"无念前辈坐化前,要我等带给两位师叔一句六字法偈,以了尘缘。"

澄远法师、澄觉法师肃然起立:"哪六个字?"

"既无生,何来死?"法秀和尚一字一顿地说。

听了无念法师临终前这句充满哲理的偈子,澄远法师、澄觉法师感慨丛生。这位前辈行事处处与众不同,来无影、去无踪,在暗无天日的井下一囚就是六十年,单凭这份定力世上便无人可及。澄远法师问:"太师祖还留下过什么法旨?"

"他希望葬在'六祖井'。"法秀和尚答道,"无念前辈亲口叮嘱,烦请李施主在井底为他寻一块无人打搅的地方,以便安放'金坛'。"

南粤部分民族有复葬(二次葬)的习俗,即人死三年后打开坟墓中的棺椁，将其遗骸清洗干净，盛放在一口被称作“金坛”的陶缸里，另选吉地进行埋葬。这一习俗凝结着古代先民对天地人世的认识——在他们看来，血肉不过是人世的躯壳，不灭的灵魂居住在骸骨中。只有经过复葬，灵魂才能摆脱尘世的牵挂，得到清洁，转入永生。

在历史和文化的演进中，复葬的形式被人们顽强地保留下来，更多地寄托着浓重的尘世情感。以客家人为例，当年蒙元大军入主中原，汉人携家带眷南迁的同时，纷纷打开坟地里的棺椁，装入“金坛”一并带走，不愿让祖宗遗骸遭受铁蹄践踏。

无念法师是客家人，遵循复葬习俗无可厚非，不过，让李文茂一头雾水的是，自己从来没有踏足过“六祖井”半步，无念法师为何偏偏要选择自己来安放“金坛”？再说“六祖井”深不可测，哪有什么井底可言？

澄远法师感到这里面有些蹊跷，思忖地问：“还有半个月才到正日子，贤侄这么早来通知老衲，是不是太师祖的消息漏了出去？”

“世上哪有不透风的墙？前些日子有人夜闯本寺后山，捣毁几处灵塔。师傅怕无念前辈的灵柩受到惊扰，故遣愚侄前来报信，请贵寺尽快迎回‘金坛’。”法秀和尚叹息，“从破坏灵塔的手法上来看，此人当是一位武林顶尖高手，不知道这几天他还会不会来。”

拖累了人家六祖寺，澄远法师心里过意不去，双掌合十：“阿弥陀佛，这些贼子连灵塔尚且不肯放过。唐突了先人，真是罪过，罪过。”

澄觉法师气愤地说：“师兄，我即刻领茂仔下到井里，给太师祖找个妥帖的住处，彻底断了这些恶贼的念想。”

自从上次“神楼灯”和“糯米狗”等人在“六祖井”铩羽而归，武林中人咸知这口井吃人不吐骨头，再也没有高手来梅庵寻衅滋事。

澄远法师点点头：“事不宜迟，你们马上去办。”

澄觉法师托着一盏油灯在前面带路，李文茂越走越暗暗称奇，大开眼界。“六祖井”下面一口井套着一口井，一个洞包着一个洞，没有人做向导非迷路不可。井下石质松软，满眼所及尽为塌陷的死洞。在“六祖井”里迷路相当于寻死，连棺材都省了置办，直接会被井下的水流冲进西江，回归大自然。

前面的路越来越窄，有的地方需要蹲下来才能通过，过了足足有一个时辰，澄觉法师停下脚步，奇怪地自言自语："不对啊，太师祖以前修行的地方应该就在下面洞里，我经常给他吊篮子送饭的，怎么现在都变成了水？"

李文茂竖起耳朵聚精会神地听，但闻四周水声如雷，轰隆隆如同一列雄壮的战阵，浩浩荡荡碾压过来。周围的石壁滴答滴答冒着水泡，偶尔有石块经不住来自江心的巨大压力，咔嚓一声爆裂坠地，仿佛人骨挤断的动静，听来恐怖至极。

澄觉法师口中念念有词，李文茂问："师叔，你在念什么经？"

水流的响动太大，两个人之间的通话很费力气，澄觉法师大声说："不是经书，是石头祖师的《参同契》，这里面藏着井里的方位。"

《参同契》里果然含有"六祖井"的方位！李文茂想起至忍禅师临走前的那一幕，心头涌起阵阵酸痛。他拉过澄觉法师，贴在他耳朵上说："师叔，井下经常塌陷，看来洞口被石头堵住了，我下井去看一看。"

"那可不行，"澄觉法师吓了一跳，连连摆手，"茂仔，你不知道石井的厉害，万一把人埋在里面，你就是有十条命也白搭。"

李文茂问："师叔，这个地方算不算深？"

"我也没有下去过。"澄觉法师挠了挠头，善意地劝解，"茂仔，太师祖的话，也就是那么一个意思，莫非你当真要摸到井底？"

李文茂的水性并不输给梁培友和阿钿，自是浮海潜江的水中蛟龙。如今他体内奔腾着生生不息的三道真气，跃跃欲试，准备一探"六祖井"这座人间修罗场。当下他褪去衣衫，把随身携带之物连同"龙渊刀"一起，递给澄觉法师，嘴里衔了把环首短刀，准备下井掏石。

澄觉法师拦他不住，担心地问："下面黑咕隆咚的，你能找到路吗？"

"师叔，你看这个。"李文茂说着话，掏出火龙珠往水井里一丢，刹那间一线光芒从井底飞出，照亮了沉睡亿万年的石壁。

澄觉法师欢喜道："茂仔，这就是那颗龙珠吗？"

李文茂扎入水中，水井并没有带给他多少化身为鱼的快乐。稀薄的空气和水流的压力形成一个遍布杀机的乾坤，如同冰冷的火焰等待飞蛾扑来。李文茂明白不能在此耽搁时间，他双手摸索着，终于找到了塌陷石块的缝隙。

“小元霸”脚尖踩住一块突出的巨石，丹田吐纳，将全身真气贯注到双臂上，猛地一用力，数百斤重的石块被他硬生生地给拔了出来。随着周边的碎石哗啦啦地沉入水底，水面骤然下降了大约好几丈，露出了无念法师从前修行的那眼洞口。

石块被拔起来的同时，李文茂脚下的巨石经不住力道，轰隆一声倾斜下去。他失去了身体平衡，头朝下掉向井底，澄觉法师吓得魂飞魄散：“茂仔，茂仔。”

被倒着拔出去的石块，此刻成为夺命的阎罗，随后砸向正在疾速下落的李文茂。情急之下“小元霸”本能地从三十二处大穴催动真气，希望能抓住一块突出的石头，止住落势。哪知道这口井下面四壁光滑，再无一处石头伸展突出，李文茂身处半空，真气找不到落脚之处，如箭离弦溢出了身体。

这是一段比叶膜更加轻薄的时间。

这是一处仅能容纳须臾念头的空间。

这是一条允许人类偷窥天地奥秘的缝隙。

借着火龙珠红色的光芒，李文茂最后瞥到的是无念法师居住的石洞——那是一束缱绻褪色的长索，一座被露水打沉的草庵，一口半辈子也没有爬出来的牢笼！

第五十二回　洗骨还身

从空气到水面的距离，乃阴阳之间的尺度。

大石块以千钧之力砸下，只要下面产生一个相应的反作用力，李文茂立刻会被两股合力拍为齑粉，然而，奇迹恰恰就在这个时候发生了！

当李文茂的身体接触到水面的那一刻，水流并没有产生反作用力，而是像被抽去了骨头一般闪开道路——原来早在落水前，离体的三道真气宛如三支利剑刺向水面，率先消解了来自水流的反击力道，无意中为李文茂撑起一把保护伞。

瞬间的力道非常犀利，三道真气笔直穿过水流，揳入水底的石坡。李文茂身不由己，紧跟着撞向井底。几乎与此同时，真气遭遇石坡的反震，转而以一股排山倒海之势，杀回李文茂的身体，又把他推向从天而落的石块。

这真是造化弄人，转瞬间真气脱而复归，李文茂刚出险境又落虎口，从一个厄运迈向了另一个厄运。武学奇才终究是武学奇才，有这么一个瞬间的喘息已然足够，李文茂没有浪费丝毫的机会，电光石火之中倏地伸出双掌，撑住了落下来的石块。

井水被真气激荡得哗然大作，李文茂双臂用力，将又重又沉的石块掀翻在一边。由于石块落下的力道太猛，李文茂被顺势砸入井底，后半个身子嵌进石坡。石坡既柔软又暖和，光滑温润像一只美丽的柔荑，“小元霸”的身体没有受到任何损伤。他略微吸一口气，挣脱石坡向上浮出水面。

澄觉法师见状大喊：“茂仔，没事吧？吓死我了。”

“没事。”李文茂感觉浑身畅快淋漓，“师叔，这眼井的井水是活的，下面很可能有更深的水洞，我去看看它到底通向哪里！”

澄觉法师还没来得及阻止，李文茂旋即潜入水底。

在刚才与死神搏斗的瞬间，李文茂惊讶地发现，井底的石坡与众不同，他从未见过如此温暖而柔润的端石，莫非这眼井里的石壁皆是如此？

火龙珠钻入水中，像火炬一样照亮了水下的世界。李文茂抚摸过去，他所触摸到的每一处都是那样的光滑平整，柔软温暖而富有弹性。在火龙珠的照耀下，这些黝黑的石壁泛出墨玉般的色彩，宛如夜神那袭美丽的长袍。

李文茂合上双目，伸展四肢漂浮在水中，沉醉在这个神秘的水石空间里。西江水在另外一个空间滚滚流动，仿佛近在咫尺，只要穿过水底的黑色丛林便能到达。这两个互生互融的翕辟世界，究竟隐藏着多少大自然的秘密？

享受片刻后，他恋恋不舍地睁开眼睛，缓缓地向井水击出一掌。打出去的力道沿着水的波纹撞到石壁，又被悉数激发回来，反击到他身体的三十二处大穴。

“小元霸”笑了，笑得是那样灿烂！

水井确为一方有情天地，石壁俨然一具有血有肉的躯体，不但能够给人以温暖，而且似乎充满了灵性。李文茂在这里找到了另外一个“我”，一个对“六祖心经”同样有着精深造诣的高手。从现在开始，他拥有了一个旗鼓相当的对手，一个不知疲倦的伙伴，一个可以抚平他寂寞心灵的挚友。

方才真气与身体的刹那离合，说明“六祖心经”和石像三十二穴功法互相勘悟的成效尚有待提高，需要更为专注的修炼来推动这一进程。如今，“六祖井”不独为李文茂提供了一个远离尘嚣的习武空间，而且井下温润的端石还能化为一具分身，随时帮助他将武学心得转为实战经验，一切冥冥中简直像是天作之合！

见他再度浮了起来，澄觉法师喊道："茂仔，摸到井底了吗？"

李文茂没有回答，凝神静思了一会，然后翻身跃入水中。这次他没有在井底停留，而是沿着水流的方向逶迤前行，很快游进另一眼石洞。此处的石壁与水井完全相仿，齐整如削，仿若刀裁，发出晶莹的墨光，好像一丛丛墨玉的森林。

这次李文茂在水底下游得十分尽兴，他运用闭息功法锁住呼吸，像鱼一样自由自在地向前游动。也不知道过了多长时间，在前面导引的火龙珠冉冉爬升，水流的速度骤地加剧，将他冲向巨流之中。洞口豁然开朗，竟然到了西江的河床。

浮出江面后，李文茂探头张望，发现九层高的崇禧塔赫然映入眼帘。他暗自咋舌，这一口气游的距离可真不算短，硬是从梅花岗游到了肇庆府城里的跃龙岗。由于赤条条并无一件衣物遮身，李文茂不能从此上岸，只得转身游回斋堂。

听到他在墙外高声叫嚷，伍百福慌忙卷了一包衣服，飞跑到院子里打开角门："你不是在梅庵吗？少爷，怎么跑出来了？"

李文茂爬上岸穿好衣服："还不是为了给你弄石头？"

"这么快？"伍百福不相信地问，"啥石品？"

李文茂迈步进了院子："石品我没细看，不过颜色是黑的。"

"少爷，你就会骗人。"伍百福生气地停住了脚步。

老坑所产砚台总的来说有两大特色，一是石质温润嫩滑，二是石品鲜艳沉实。其中，石质为根本，石品为枝叶。天青、浮云冻、火捺、鸲鹆眼等等这些石品的价值，完全建立在优秀的石质上，否则即为无本之末，值不了几个钱。

我们经常看到的老坑砚石色彩为青灰色外带一点蓝紫色，打磨后为蓝中带紫。然而老坑历史上最好的端石是黑青花，这种极品早在明代以前就被挖光了。

鉴于无念法师的辈分，普延长老、澄远法师共同议定，开塔洗骨还身的同时，在六祖寺为老和尚举办一场隆重的水陆法会，其中，内坛由六祖寺的几位大德高僧主持，外坛六个场子的大坛由梅庵负责，诸经坛归"西樵三寺”，法华坛归庆云寺，净土坛归慈云寺，华严坛归白云寺，瑜伽坛归宝月台。此外，澄远法师又派人准备各项法物，到石湾镇请“金坛”，去四会买烧纸，赴东莞购檀香等，忙得不可开交。

端午节那天，来自梅庵等寺庙的僧人在绥江岸边的贞山下船，抬着“金坛”声势浩大地进入扶卢山下的六祖寺。营脚村所在的这个山头据说就是当年慧能大师隐身修行之所，为了纪念那段不平凡的岁月，后人便为其取名为扶卢山。

梅庵迎骨队伍到达的前一夜，六祖寺的灵塔又惨遭破坏。站在一片狼藉的扶卢山上，澄远法师等人心里很不是滋味。普延长老神色凝重地说：“用雄劲掌力劈开石塔，且能避过守夜人的耳目，此人的内功深不可测。”

普延长老的话只说了一半，在场的人都明白他下半句的意思——干出这种大损阴德之事的歹徒应是一位成名已久的江湖人物，否则他又何必鬼鬼祟祟、做贼心虚？

“丢他老母，要是让我逮到，一定把这个恶贼挫骨扬灰，扔到红毛鬼子的船上，叫他永世不得翻身。”澄觉法师破口大骂，“茂仔，你过来看看，这是哪一家的手法？”

灵塔被劈为几截，石身有明显的掌印，此贼掌法之烈足以令人震惊。李文茂仔细观察断裂的石缝，见石缝周围参差不齐，被震断的豁口比比皆是。他想了想，抬头说：“这道内力凶暴之中带着酷烈，显然不是关东灵狐派的功法，看来应该是西域雪山派。”

众人大吃一惊，从掌法的强劲力道上看，来人内力雄厚至极，不是西域雪山派的第一大高手“玉面如来”蓝太武，便是粤西绿林总瓢把子盖九霄。如果真的是这两大高手，只怕扶卢山上免不了一场腥风血雨。

澄远法师思忖了片刻，对普延长老说：“阿弥陀佛，不想连累贵寺如此之深，老衲真是百死莫赎。对头没有得逞，想必还会来贵寺骚扰，依老衲看，太师祖的水陆法会就免了，我们即刻洗骨敛坛，将他老人家迎回去。”

“不妥吧？”普延长老犹豫起来。

澄觉法师心有不甘，回头问：“茂仔，你怕吗？”

在李文茂的心里，无念法师不但有传授“六祖心经”的师恩，而且那种勇于自我牺牲的执着精神深深地打动了他。这次来四会之前，“小元霸”专门回了一趟佛山堡，打开家里的兵器库，把趁手的七件家伙装进了篷船，憋着一股劲准备大打出手。

“师叔，”他回答，“我怕的是他们不来。”

“阿弥陀佛，”普延长老说，“开了塔再说吧。”

六祖寺后山的灵塔共有七十来座，被毁掉的约有一小半，幸而安放无念法师遗体的灵塔逃过劫难，没有受到任何破坏。在众僧的超度声中，灵塔慢慢打开，掀起覆盖在无念法师遗体上的法幔，普延长老、澄远法师、澄觉法师等人“啊呀”一声跌坐在地，慌忙爬起来，急忙口诵佛号不止，正在吟诵经文的僧人都吓得噤声不语。

李文茂抬头一看，不由得惊呆了——端坐在灵塔里的无念法师面目栩栩如生，头壳仍是那个倒梯形，肌肉大致完好没有腐烂。老和尚穿的衣服正是李文茂当初拿给他的那套直裰，引人注目的是，在他肚脐的位置钉着一枚硕大的铁钉子。

澄远法师指着那枚钉子，颤抖地问普延长老：“师兄，这是什么？”

“也许这正是肉身不腐的奥妙？”普延长老满脸疑惑不解，回忆道，“三年前，无念前辈从南华寺归来不久，就在神阙穴处钉了这枚铁钉子，说是修习功法。一个月后坐化成道，看来他预感到大限已至，早早做了准备。”

这枚铁钉子如同一柄利剑，刺穿了李文茂长久以来心头的迷障；又像一道闪电，照亮了他跋涉武学之道的征途。李文茂终于明白无念法师为什么会留下那样的遗言，老和尚明着要他埋葬“金坛”，实际上想把对“六祖心经”的领悟传授给自己——看来，这个神阙穴才是通向“六祖心经”第二重境界的真正法门。

神阙穴虽然名列人体三十二道大穴之一，但因其脆弱不堪，武林各大门派的内功从来没有以此穴为修炼法门的。六祖之所以超凡入圣，正是因为他别具慧眼；而李文茂之所以迟迟不得要领，也是因为他囿于俗见，从来没想过从肚脐眼入手。

此时此刻，李文茂犹如醍醐灌顶，慧心大开，明堂耀亮如雪。神阙穴与下丹田四大穴道比邻而居，自己一向执着于武学的创新，最终还是因循守旧，对神阙穴熟视无睹，这与慧能大师的境界相差何止千里？

“咦，太师祖的脸怎么变黑了？”澄觉法师叫了起来。

众人皆是一愣，齐齐地把目光集中在无念法师的脸上，果然，遗体那张渗透着水印的惨白面色黑了一层。普延长老抬头看了看头顶炽热的阳光，又瞧了瞧在风中飘动的招魂幡，扯着嗓门嚷：“快合上灵塔，莫要见风。”

澄远、澄觉法师恍然大悟，无念法师固然内功出奇地深厚，但是终究没有修炼到肉身不腐的境界，打开灵塔后遗体见光，受到风化，肌肉自然开始腐败。他们立刻动手，与普延长老等人以最快的速度，把灵塔合了起来。

所谓不二法门，既为参悟武学之道的密钥，又是误导人们踏入歧途的诱饵。拿修炼“六祖心经”来说，一旦掌握了它，便可以顺利打开第二重境界的大门，进而得窥这门千载武学的堂奥；不识此庐山真面目，那么将会被引入一条大相径庭的歧途，在错误的道路上越走越远。

李文茂跪倒在地，叩头不止，眼里不觉噙泪。无念法师集一甲子以上的雄厚功力，在临死前终于领悟到了“六祖心经”的不二法门，却由于年迈体衰而不能继续修炼，心中该是何等的懊丧与绝望！老和尚以铁钉贯穿神阙穴，无非是想把临终所得传授给自己，这一壮烈决绝的苦心，寄托着多么深厚的期望！

澄觉法师六神无主，喃喃地问：“怎么办？怎么办？”

无念法师的遗体被封闭在灵塔，依赖临终前尚未散尽的真气，肉身当然不会腐烂。然而今天贸然打开灵塔，见光受风，腐烂的命运在所难免。普延长老双掌合十：“阿弥陀佛，看来这就是天意，水陆法会断不能免。什么时候肉身化了，再洗骨装坛。”

澄远法师抹了一把鼻涕眼泪：“依师兄所见，老衲须尽快下山设坛建醮，为太师祖他老人家的金身护法，这儿就交给茂仔吧。”

“让文海上山来陪茂仔，他们兄弟一起做个伴。”法秀和尚在一旁建议，“再说，文海对庙里的地头熟，来回送点吃食也方便。”

普延长老点头赞许：“茂仔，多加小心。”

“师伯放心，”李文茂拱手道，“有晚辈在，没人敢来此地唐突。”

目送众僧络绎下山，李文茂缓缓提起“虎头皂金枪”，先使了一路“杨家枪法”，然后是一趟“桓侯八枪”。两套古朴的枪法由繁至简使了一趟，最后指向长空一动不动。大约半个时辰以后，神阙穴附近热浪滚滚，第三道真气如清洌的甘泉，自神阙穴流布上中下丹田。全身血脉松软异常，头顶的光线逐渐变得柔和起来，蜂拥在扶卢山的风，像一只晶莹的手，轻轻抚摸着他的皮肤，感觉和嵌在端石中颇有几分相仿。

蓝天如帐，一行离开倦怠旅途的海燕，从伶仃洋的方向无声地飘了过来。这些心灵之乡永恒的追求者，在空中高翔低回，轻歌曼舞，用柔弱的翅膀唱着执着的歌谣。踟蹰片刻后，默默地飞向北方，寻找被人遗忘的高山。

粤北在岭南历史上是最早开发的地区，梅岭南侧沿着北江一线，自古以来即为通向中原的水陆要道。英德城南十公里的盲仔峡，最窄处仅有八十来米，两岸壁立千仞，虎啸猿啼，峡中洪水滔滔，巨浪覆舟，乃是北江水道中最为险要的一段航程。

南出盲仔峡就到了连江口镇，此地位于北江和连江的结合部，贸易繁盛，市面喧嚣。洪火秀站在山包上，将镇子和两条江水的风光尽收眼底。

海燕脆鸣，轻捷地从他的头顶飞过。洪火秀用折扇挡住酷烈的日头，目送这自由的精灵振翅远去，心头落寞异常，气结于胸——明年又到了院试的年份，这将是他第四次应考。皓首穷经十二年，如果再度铩羽而归，脸不但没有地方搁，连日子都快熬不下去了。想到这里，他的肚皮“咕噜咕噜”地叫出声来。

洪火秀盘起双腿在石头上慢慢坐下，一边等后面的冯乙龙和赖汉英，一边将目光从天空落到地面，满腹牢骚地观察着下面的连江口镇。北江和连江两条大水在此处殊途同归，这种你侬我爱的动人情景，在洪火秀的眼里竟然倒了过来，变成亲密的人儿分道扬镳，大难来时夫妻劳燕分飞，各奔前程！

连江口镇的码头停满了商船，不时从船上下来一些衣着光鲜的财主老爷，前呼后拥的都是武装家丁。从码头往镇子里走，阳光照耀下，到处是兵器反射的明晃晃光线，你如果一直盯着看，准能刺一个大跟头。镇子外面另有一道白亮的光线，它不是天空中飞过的白鸽，也不是你推我搡的浪花，而是光着屁股拉船的纤夫。

洪火秀属于典型的双重人格！

一方面他脾气暴躁，每经受一次人生的打击，便把志向上调一个级别，这种愈挫愈勇的品质难能可贵。作为一名研究心灵的读书人，他从来看不起荷包里存几个糟钱的土财主，也看不起刀头舐血、拿头壳搏命的绿林豪客。他最希望像本县骆村的骆老三那样鲤鱼登龙门，投奔皇帝佬做靠山，一辈子吃喝不尽，起园子养娘子，人前显圣，光宗耀祖。闲暇时刻指点江山吟诗作赋，在尘世间博一个清雅的名声，这样的人生实惠有仙气，享受此世，擘画彼世，聪明人不都是这样过日子的吗？

另一方面他的心理十分脆弱，每经受一次人生的打击，他便把裤袋勒紧一回。心这玩意如同面条，你拉得越长，它便越薄，越弱不禁风，世上志向高远者均有患得患失的通病。洪火秀把自己的人生画得越美满，两条腿就越迈不动步子，感觉人生处处布满陷阱，一脚踩下去随时可能折断腿，永远爬不起来。

功名如同一方泥塘，里面挤满了鱼虾和王八，长期在里面待着能把人憋疯。洪火秀仰面躺在石头上，很有些佩服骆俊，这家伙一连气考了三十年，真有韧性。洪火秀是有志之人，让他效仿骆老三皓首穷经过一辈子，他才不愿意呢。

可不愿意你又能怎的！天地虽大，眼下只有一块石头供他打盹。洪火秀睡不着，竖起耳朵仔细倾听，那位百年难遇的好兄弟，咋还没跟上来呀？

割断与龙舌兰的情缘后，冯乙龙经媒婆介绍，从英德县石古塘娶了个姓练的女人。练氏手脚麻利，孝顺父母，丰乳肥臀，能生会养，是个标准干练的客家大脚婆。前年第一胎生了个女仔，可惜没有保住，练氏毫不气馁，今年开春又给冯乙龙添了个大胖小子，起个名叫冯祭芳。孩子百日那天，冯家邀了远亲近友，大摆筵宴，美美地庆贺了一番。

庆贺完了需要还礼，别家好办，麻烦一点的是英德县的岳丈家。花县和英德中间隔着一个清远县。道路有水陆两途可供选择——坐船沿北江逆流而上省事，但必须雇佣纤夫，花销太大不值当的；走山路的话大约百里之遥，差不多得走个三五天。另外，练氏的父亲是个喜欢咬文嚼字的老头，不能去个粗鲁汉子，失了冯家的脸面。

冯乙龙备了一大堆礼物，把赖汉英叫来挑担子，又请洪火秀出马给自己充门面。安排妥帖后，哥仨翻山越岭从花县向英德进发，中途路过飞来峡，在飞来寺盘桓了两天。洪火秀临走的时候见“打铁罗”面黄肌瘦，蓬头垢面，可怜巴巴的叫人心酸，就让冯乙龙把兜里的钱全部掏出来，买了他一块没用的石头。

如此一来，可把冯乙龙和赖汉英害惨了，挑着石头翻山越岭，没见过这么修理人的。洪火秀自己摇着扇子在前面溜达，冯乙龙和赖汉英挑着那块不成材的石头，还没到石古塘就腿肚子转筋。回来的路上，三人达成一致意见：走水路搭船回家。

“呀，这么多带刀的人？”赖汉英撂下挑子，望着连江口镇惊叫起来。

冯乙龙擦了擦额头上的汗：“这个地方总是这样，从来没有消停过。”

“那还去不去？”赖汉英犹豫了，他把眼光投在呼呼打鼾的洪火秀身上。临来的时候姐姐反复叮咛，要他保护好姐夫。

“不去到哪儿坐船？”冯乙龙踢了一脚担子，“就这块没人要的破石头，打不成剑，当不得饭，谁愿意要让他们拿走，咱们正好落得轻省。”

赖汉英问：“连吃饭带坐船，要花不少，你有钱吗？”

“只能靠这个了。”冯乙龙拍了拍包袱里的签筒。

赖汉英是一个好学之人，跟着冯乙龙学了不少打卦算命的本事，对他极为钦服。心里放踏实后，上前推了推洪火秀：“姐夫，醒醒。”

“哦，到了。”洪火秀打了个哈欠直起腰，“你们一路上辛苦，咱们到镇子里挑家饭馆好好吃一顿，歇一宿，明天再走。”

说罢，他摇着扇子率先下山，把冯乙龙和赖汉英撇在了后面。像花钱这类小事体，洪火秀从来不屑于去想。

黄昏时分，梁家的船在码头下碇。梁九图从船舱里钻出来，不禁皱了皱眉头：“怎么压了这么多船？这要排到什么时候？”

孔继尧跳到岸上，伸手搀了他一把：“九爷，你真是仁心宅厚，反正咱们顺水往家里走，用不着雇拉纤的，你就少操点心吧。”

梁九图这一趟去衡山游历，采买了好几船的石头，没有一块让他称心如意的。孔继尧带着家丁随行护驾，见这位瘸九爷整天在山沟里扑腾，如水的金银扔出去还买不到一张笑脸，心里暗自奇怪，这他娘不是花钱买罪受吗？

一行人到了镇子的东头，在一家名为“夫子居”的客栈门前站下。这家客栈是连江口镇的标志性建筑，飞檐斗拱，富丽堂皇，端的是气派无比。大门口悬着一副笔力遒劲的对联，上联为“庙堂冠盖假道学”，下联写“江湖肚皮真滋味”。

梁九图此前采石北上的时候经常住这家客栈，手下的仆役熟门熟路，盘好房间立即去打扫布置。孔继尧陪着梁九图上了二楼的雅间，掌柜的进来道乏，然后笑眯眯地问：“这次去衡湘淘到了什么宝贝，九爷？”

梁九图这两年没少采买石头，但是始终没有采到让他两眼放亮的奇石，这一趟出游自然也不例外。听掌柜的这么一问，寒暄了两句，扭头向窗外看去，不再理会。

“夫子居”临街的这一面对着江边，人来人往十分热闹。门口围了一圈小贩，叫卖声声不断，其中有人设摊打卦。梁九图往下一瞅，打卦的是三个人，一个人叫喊张罗，一个人手里摇着签筒，另外一个则坐在一块石头上，晃着二郎腿似乎在打盹。

掌柜的见梁九图心绪不佳，正打算要告退，孔继尧问：“我说掌柜的，进门那桌旁边围了一堆人，干啥的？”

“北上的船太多，大伙走不了，能不生点热闹？”掌柜的由衷地夸赞，“那张桌子的客人非比寻常，拼酒拼了两个时辰，硬是一个也没趴下。”

“两个小白脸，有什么了不起？”孔继尧不屑一顾，“等孔爷填饱了肚子，下去跟他们比试比试，看看谁的酒量大。”

“不一样，”掌柜的神秘地说，“孔老爷，你再仔细瞅瞅。”

孔继尧迈步出了雅间，定睛瞧看，不由得大吃一惊。大厅当中的桌子旁，坐着两位正在拼酒的青年，二人面如白玉，潇洒俊朗，翩翩如神仙下凡。最奇特的还不是这个，而是他们拼酒的方式：人家不是用嘴喝，是用鼻子吸。

“夫子居”一楼的大厅里挤满了人，大家都在围观这一幕罕见的场景，既为两名青年的风采倾倒，也被他们的高深功力所折服。虽然粤西有“鼻饮”的习俗，但是像他们这样不用竹管直接吸饮的方式，众人还是平生第一次看到。

每喝完一坛酒，两个人必要寒暄一番，只听那位年纪稍长的青年说：“明月贤侄，你在亚婆髻弄到的东西，够吃一阵子的吧？”

周围的看客听了个迷迷糊糊，这两人年纪相当，怎么竟以叔侄相称？

另外一个回答：“金先生，南华寺的经书你参透了吗？”

这两位以惊人内力运功斗酒的美貌青年不是别人，一个是“赛潘安”金秋池，另一个是明月道士。

金秋池偷吃金蟾道士的“柔佛人荟”，又捎带摘取了“白无常”的阴精，容颜焕发，功力倍增，如今已然超越“玉面如来”蓝太武，成为粤西武林的第一高手。那株“柔佛人荟”是武林至尊金蟾道士用种子辛辛苦苦栽培的宝贝，尚未成形便被“赛潘安”一口吞进肚子，真是暴殄天物。幸好这株宝物还没有成形，否则金秋池的功力几乎可以与金蟾道士打平手，明月道士焉能是他的对手？

“赛潘安”获此际遇后，心里又高兴又有点遗憾。为了继续提高功力，他找到澄明法师和苗天玉师徒，打探清楚“六祖心经”的有关情况，然后重返粤东，沿着新兴国恩寺、肇庆府城梅庵、广州光孝寺、四会六祖寺以及曹溪南华寺走了一圈，终于在四会六祖寺发现了无念法师的踪迹。无独有偶，明月道士嗅觉灵敏，也寻到了四会，一对冤家在灵塔动起手来，金秋池功力略胜一筹，将明月道士撵出六祖寺。

明月道士实在想不通，自己正当年少，身受武林至尊的拳拳教诲不说，金蟾道士搜罗来的天下奇珍异宝随便享用，如何对付不了一个邪魔外道的老家伙？他心里憋着一口气，尾随在金秋池的后面，只要瞅准机会便和“赛潘安”较量一番。

金秋池装聋作哑：“什么经书？”

“不痛快，不痛快。”明月道士故做轻松，“既然金先生想喝新茶，愚侄明日便陪你老人家上亚婆髻，左右不到两个时辰的路程。”

在岭南地区，叫亚婆髻的山峰至少能数出十来座，单是英德县即有四座，最近的一座在盲仔峡里。“赛潘安”说的当然不是这几座，而是位于连山的亚婆髻，那里地处广东和湖南的交界处，是粤北绿林道邱二虎的山寨。此人武艺高强，勇悍善战，乃粤北绿林道总瓢把子葛耀明的心腹将领，在葛耀明帐下“八虎”中名列次席。邱二虎的亚婆髻易守难攻，形势完固；机关重重，杀机四伏，粤北绿林道的藏宝库就设在那里。明月道士自负武功高强，独自一人夜闯亚婆髻，两手空空不说，差一点陷在里面。

金秋池和明月道士在“夫子居”斗法，当然不能像街头混混那样抱脖子、踢下阴。两个人冷嘲热讽，互揭老底，但都不把最后一层窗户纸捅破。“赛潘安”从怀里掏出一卷黄纸，对明月道士说：“贤侄想看的话，这本经书，贫道就送给你。”

说着话，“赛潘安”暗自运动功力，把经书丢了出去。与其说是丢，不如说是送。只见这本发黄的经书像被定了魂一样，以极慢的速度缓缓地在空中飘向明月道士。“夫子居”里看热闹的人不是武林豪杰，就是江湖刀客，每个人都有两下真把式，见金秋池把功力运用得如此匪夷所思，禁不住心中大骇，一时忘了叫好。

明月道士出手敏捷，翻腕将经书接在手中。站在后面的人只听“咔吧”一声，他坐的椅子腿立地折了三根，足见金秋池掷过来的力道之劲。明月道士见金秋池拱手奉送经书，心头不觉大喜，这说明对手在南华寺并没有捞到什么值钱的玩意，哥俩半斤对八两。他把经书摊开在桌面上，潇洒地向周围的人群作了一个揖：“各位朋友，金先生既然慷慨相赠，在下也不好意思独吞，情愿与诸位共享这本武林秘笈。”

“好，”众人齐声喝彩，“真他老母的够朋友。”

明月道士打开卷首，抑扬顿挫地念起来：“西方第一大圣人之父天主创世功法秘笈，孖鹰国大法师利玛窦撰述……”

“西方圣人？西方圣人不是如来佛吗？怎么又冒出来一个爹？”明月道士身后一位腰缠铜鞭的粗壮汉子叫了起来，“他爹是不是玉皇大帝？”

对面的一个瘦子立刻反驳：“休要胡说，玉皇大帝住在东胜神洲，啥时候搬到西牛贺洲去了？这个天主一定是燃灯古佛。”

屋里一群粗人越吵越乱，明月道士实在没心思看这种破玩意，抬手把经书扔出屋子，不偏不倚，恰好砸中洪火秀的后脑勺。洪火秀坐在石头上打盹，后脑勺猛然挨了这么一记，疼得他吱哇乱叫，蹦起来开骂：“哪个瞎了眼的乌龟王八蛋？”

暴眼书生蹿起来的一瞬间，正在楼上喝闷酒观风景的梁九图，双眼骤然放光，被洪火秀屁股底下的那块石头深深吸引。

所谓江湖手段，不外弱肉强食和浑水摸鱼，有金秋池和明月道士那样的豪客，便有区德全这样的帮闲。见洪火秀一个手无缚鸡之力的穷书生竟敢骂街，为了讨明月道士的欢喜，这厮一个箭步蹿了出来，揪住洪火秀的脖领子，抬手就扇了两记大耳光。

洪火秀挨了打，冯乙龙和赖汉英当然不干，二人放下手中的签筒，合战区德全。“夫子居”里随即跳出几个打便宜拳的，吆喝着加入战团，转眼间把哥仨打翻在地。这时，从码头方向黑压压涌来了一群汉子，赖汉英偏头一看，认出走在前面的是本县小朱村的朱豪。他扯开嗓门喊：“阿豪，快过来帮忙，我是小赖子。”

来的足有八九十号人马，气势颇壮，发声喊跟着朱豪席卷过去，三拳两脚将这伙帮闲打得哭爹喊娘。区德全连滚带爬跑回“夫子居”，跪在明月道士前痛哭流涕：“道爷，打狗还要看主人，这帮强盗一点也不给你面子，你要给小的做主呀。”

“赛潘安”伸出三个手指敲了敲桌面，皮笑肉不笑地说：“贤侄，来的这伙人是咱们的老对头。你要是愿意出手，贫道当助你一臂之力。”

明月道士闻言一凛，如果外面这群人是洪门，那么杀起来必定血流成河，不管自己能不能应付，至少一时半会休想脱身。再说“赛潘安”是什么东西，与他合作还不是与虎谋皮？弄不好混战之中，第一个偷袭自己的就是他。想到这里，他决心离开这个是非之地，站起来一脚踢飞了区德全：“道爷没有你这么窝囊的狗。”

“赛潘安”金秋池猜得不错，“夫子居”门口刚来的这伙人确实是洪门兄弟。领头的不是朱豪，而是黄半仙的徒弟“大春吉”陈吉。

郭锡保行刺事件后，“洪兴堂”和“公义堂”的鸦片贸易非但没受影响，反而如火如荼地大规模展开。陈吉这个人心思缜密，八面玲珑，获得了萧明远和朱世雄的信任，一肩挑起两大堂口的鸦片贸易重任。为此，萧明远特地颁给陈吉一个“兴义堂”的堂号，允准他在珠江三角洲自立门户；同时命令皇甫蹇的“兴胜堂”进驻三水和四会交界的大潭山，协助“大春吉”确保鸦片运输的安全。

朱豪是“兴胜堂”白扇三爷朱子仪的侄子，和赖汉英是打小习武的好朋友。见无人敢出来应战，心里的气才算稍微平息，他把洪火秀、冯乙龙、赖汉英等人领到陈吉跟前，恭敬地行了一个礼："大龙头，这几位是我的乡亲。"

"认识认识，"陈吉嬉皮笑脸，"老朋友嘛。"

洪火秀和冯乙龙一看是陈吉，臊得差一点没把头埋进裤裆里。两年没见，"大春吉"当了大龙头，前呼后拥，威风凛凛；反过来看看自己，到现在饿着肚皮不说，还让几个帮闲打了个满脸是血，丢人现眼，和人家相比简直天壤之别。正当两兄弟羞臊的时候，梁九图带着人从里面走出来，朝洪火秀拱手："先生，这块石头是你的？"

"咋啦？"洪火秀火往上撞，"你要收地皮钱？"

梁九图笑道："先生真会说笑，你这块石头是从哪儿弄来的？想不想出手？"

竟然有人打这块石头的主意，洪火秀没好气地说："卖，怎么不卖？"

梁九图喜出望外，连忙吩咐孔继尧："快取盆水来，我要给它清清身子。"

孔继尧心里这个气，不就是一块破石头吗？弄得比伺候女人还殷勤！他进屋子里提了满满一桶水，"哗"地浇在石头上，连那本经书一起全泡在了水里。梁九图感到过意不去，从地上捡起经书递给洪火秀："先生，弄坏了你的东西，梁某一定作价赔偿。"

今天的气运真是瘸子的屁股，邪了门，非但不成材的石头有人要，就连别人甩出去的废纸也能换钱。洪火秀忙把经书揣进怀里，梁九图蹲在地上，神态专注地观察着那块石头，眼神比看到美女更加兴奋，嘴里念念有词："这块是山，这块是水，这块是云彩……"

陈吉在佛山堡多年，自然认识这位大名鼎鼎的"石痴"。他好笑地劝："九爷，你要是真想好好看，咱们把石头抬到店里，点上十八盏油灯，那多豁亮。"

陈吉这么一说，梁九图眼前立刻一片漆黑，黄昏最后的光芒从眼角消逝，山川浮影尚在瞳孔里飘动。"石痴"舍不得马上离开，回味了好大一会工夫，方才跺了跺脚："好好，咱们进去吃饭，梁某做东。这位先生，你想吃点什么？"

"炒大肠，焖扣肉，再添一道走油鳝鱼、一坛盲仔烧酒，剩下的问他们俩。"洪火秀实在饿极了，三步两步跳进"夫子居"。

"癞头鳖"跟在"大春吉"后面，提醒："先生，你的口袋破了，书掉了。"

洪火秀回头一看，可不是，那本被水浇湿的经书掉在门槛上，如同剥洗干净的青蛙，白肚皮露在外面，黑屁股奁拉在里面。

第五十三回　贞山雨霁

那块没用的石头换了梁九图三十两黄金，这笔钱对穷困潦倒的洪火秀来说，无疑是一笔天文数字的巨款，他兴奋得翻来覆去睡不着觉。有了这笔钱，明年取不取中秀才已无所谓，大不了当个吃喝拉撒睡的财主，日子过得照样安逸，没有雄图大志就没有雄图大志吧！洪火秀暂时放弃了自己的幻想阵地，灌了一肚子的小酒，做了一个梦，梦里娶了五个小老婆，天天在一起狗扯羊皮地掐架，美得他半夜从梦中笑醒过来好几回。

洪火秀点了油灯，从枕头底下抽出那本捂干了的经书，心里充满了感激之情。要不是这个天外来物砸中自己的后脑勺，哪来的三十两黄金？

他用手指蘸着唾沫一页一页地翻下去，看了两页便起了厌倦：普天下不拘美丑人兽，都是天主一个人不分青红皂白弄的，一听就是胡说八道——造好东西还能让人理解，造那些坏物件不是吃饱了撑的吗？

这本所谓的天主创世经书实际上是一个粘贴本，前三页是稀奇古怪的神话，后面是《金刚经》的内容。洪火秀把书翻到最后一页，上面是一首诗：

二子西来迹已奇，黄金作使更何疑？

自言天竺原无佛，说与莲花教主知。

下面落款："广州府顺德县紫坭岛三十六户信徒奉刻雕印，附录清远道人诗志。"

洪火秀打了一个激灵——这个清远道人是何方神圣？他怎么知道我得了黄金？如果他住在紫坭岛，将来得空倒要向他讨教一二。

洪火秀正在思量，突然大地震颤，闷雷如涛，屋子宛似狂澜中的扁舟，随时都有翻船的危险。紧接着听到外面人仰马嘶，传来无数声嘶力竭的喊声："不好了，九十九峪的铁腿马下山了，快跑啊，再不跑就没命了。"

九十九峪位于清远县西境，山高路险，无人居住，自然环境极其恶劣。碰到雨天，肆虐的泥石流会封住唯一的道路，与外界联系完全切断，形成一个天然的堡垒。粤北绿林道总瓢把子葛耀明相中了这个地形，将九十九峪变成骑兵训练基地，命令二当家戴则兴亲自统领。粤北绿林道的骑兵自有其独到之处，这些战马与人一样身披铁甲，号称"铁腿马"，习惯山路，能耐饥渴，乃是山地作战中一支无坚不摧的力量。

冯乙龙和赖汉英慌慌张张破门而入，洪火秀颤抖地问："如何是好？"

"跟他们拼了。"赖汉英横刀叫嚷。

"没用。"冯乙龙苦笑着摇摇头，"你们听听，就这个动静，外面的铁骑没有三千，也有两千多。连江口镇才多大的地方，早被人家四面围死了。"

洪火秀绝望了："难道我们坐以待毙？"

"表哥，"冯乙龙问，"金子在哪里？"

洪火秀这才想起来："对啊，把金子藏起来先。"

"万万不可。"冯乙龙拦住他，"咱们能不能躲过这一劫，全靠这些金子了。九十九峪来连江口镇无非为了财物，要是人家弄不到钱，你我兄弟焉有命在？"

洪火秀再舍不得，也知道三十两黄金难买三条命的道理。没有办法，只好把黄金从被窝里掏出来，放在屋子当中的桌子上，旁边再加摆一盏油灯，把灯芯子剪齐整。然后，哥仨猫腰躲在床板底下，哆哆嗦嗦地听天由命。

不多时，外面的厮杀声逐渐平息，冲进来四五个喽啰，其中一个惊异地叫道："呀，好大一坨家伙。"

另外一名喽啰踏步走到床前，双脚的战靴尽是血污，丝丝缕缕涌向床下，洪火秀、冯乙龙和赖汉英紧张得几乎要窒息。只听那人拿刀背“咚咚”在床板上敲了两记，发出一阵刺耳的怪笑声：“丢你老母，算你们壳子亮堂。”

次日清晨，被血洗的连江口镇一片狼藉，街道和码头尸横遍地。粤北绿林道除了出动九十九崆的铁腿马外，尚且结筏为阵，自上游的盲仔峡顺流直下，将“兴义堂”和“兴胜堂”的货船冲得七零八落，船上的鸦片一箱也没有保住。

“大春吉”在众头目的保护下拼死杀出一条血路，逃到镇子东侧的山包——就是洪火秀打盹的那个山头。第二天回到镇里收拾残部，发现所带五百人马死伤大半，最要命的是“兴胜堂”堂主皇甫蹇战死沙场，被铁腿马踏为齑粉。

陈吉的小白脸更白了——上了战场才见真章，眼下伤亡主要是人家“兴胜堂”的，护船的头目自皇甫蹇以下多数战死，唯独朱豪逃脱性命；反过来，“兴义堂”的头目无一毙命，像周升、宋琼、潘宏、陈辉、“癞头鳖”等人一个比一个窜得快，胳膊腿一样不缺，这可怎么向“六甲神龙”交代？陈吉站在码头上，一时没了主张。

人生创业委实不易，“大春吉”开张“兴义堂”，竖起旗帜招兵买马，投奔他的当然首先是往日好友。俗话说人以群分、物以类聚，与他臭味相投的不是游手好闲的破落户，就是插科打诨的篾片客，真正肯上阵玩命的一个没有。

这时，“孔鸡蛋”拎着门扇大砍刀疯疯癫癫地从镇子里走出来，边走边喊：“谁见到我们家九爷了？谁见到我们家九爷了？”

宋琼好心劝他：“孔爷，瞅这个架势，九爷肯定让九十九崆卷走当肉票了。你赶快回家准备银子赎人，去晚了当心撕票。”

孔继尧抱紧梁家这条粗腿，满心指望这次能立一个大功，谁知祸从天降，梁九图在自己手里被粤北绿林道活活掳去，回到佛山堡还不被梁家人剐了？他越想越后悔，坐在地上号啕大哭：“我丢他先人，这不是专门拣老实人欺负吗？”

冯乙龙挑着空担子看风景，良久之后，叹道：“表哥，别看咱们没有发财的命，但是跟他们相比，这回就算赚大发了！”

三十两黄金得而复失，洪火秀心疼得咬破了嘴唇。他用折扇敲了敲别在腰里的那本利玛窦的经书，垂头丧气地说：“倒了血霉，明年还得考。”

粤北绿林道血洗连江口镇，震撼了广肇二府，消息像插了翅膀一样，没几天的工夫就传遍了佛山堡的大街小巷。“孔鸡蛋”成了过街老鼠，谁见了他都在后面指指点点，把他羞得直想找个地缝钻进去。

最不想见到的人，偏偏总在你眼前晃悠。这一天，孔继尧刚刚走出丛桂里的梁宅，迎头碰到苏文锦。苏文锦跳下高头大马，用关切的语气问：“老孔，他们商议得怎么样？要咱们会馆帮忙的话，尽管开口，千万别客气。”

苏文锦姿态越高，孔继尧心里越难受，苦笑着说：“这不是已经派人去了粤北，看看人家要多少钱。三房的意思是做两手准备，一旦谈不拢就杀上大稠顶，把九爷抢出来。”

大稠顶是粤北绿林道总瓢把子葛耀明的大寨，三房指的是梁应琨，苏文锦对这个文武双全的梁家少爷向来最警惕。听了孔继尧的话，他一脸不屑：“打？开什么玩笑？大稠顶左有篱笸道九大连营护卫，右有九十九崆做屏障。葛耀明骁勇无敌，拥众三万，官府尚且束手无策，梁家那几百号家丁管个屁用？”

苏文锦这话倒是不假，梁家的当家人梁蔼如便把希望寄托在花钱赎人这条途径上。梁应琨的意见未被采纳，干脆跑到九江圩，请托“小孟尝”老介福延聘各路江湖好手，准备远途奔袭大稠顶，发誓要把梁九图救出来。

要命的是，赎人和硬拼这两条途径俱有人在忙活，独独把“孔鸡蛋”晾在了一旁。孔继尧没着没落，讪讪地问：“苏爷，咱们会馆这几天没事吧？”

“能没事吗，我的哥哥？”苏文锦好不容易逮住话题，打开了话匣子，“五龙观的人马如今蠢蠢欲动，从张槎、石湾到石头乡，全有人家开设的窑口。要是不把这股祸水挡住，佛山堡以后将永无宁日，到时候还能有咱们‘大会馆’的饭吃？我和老马分身无术，整天忙得顾头顾不了腚。你快回来帮忙，别在外面瞎转悠了。”

“孔鸡蛋”被苏文锦夹枪带棒一通收拾，像霜打了的茄子，无精打采地在街上彷徨。溜达到纪纲街的时候，突然看见一个熟悉的人影在前面晃荡，他三步并作两步冲上去，扳过那人的肩膀："阿开，你小子这些日子跑哪儿去了？"

区建瓴给他行了一个礼："孔老爷，是我。"

老乞丐身上馊味难当，"孔鸡蛋"恶心地用手掩住鼻子，诧异地问："你这身袍子不是卖给了阿开吗？怎么又回到了你身上？他到底躲在哪儿？"

"他要是回来，"区建瓴手一摊，"这宝贝还轮得着我穿？"

孔继尧朝地上啐了一口："就你这身破烂玩意，老鼠能在里面打洞产仔。真不知道阿开是怎么想的，成天穿着它招摇过市。"

区建瓴嬉皮笑脸地说："孔老爷，你们整天鸡鸭鱼肉吃不尽，哪知道我们这些穷叫花子的难处？能活着喘口气，便是老天爷的恩德。"

"你当老子是盲佬？"孔继尧瞪了他一眼，"整个佛山堡，没人比孔爷更清楚，打手刃'庞千刀'那一回，我就知道他不是一盏省油的灯。"

区建瓴拍了一下脑袋："你瞧我这记性，忘了你们俩有这个缘分。"

"别提他，这小子不识好歹。"孔继尧好奇地问，"老区，有件事我一直没有弄明白，你给我说说，阿开混进丐帮，是不是为了避祸？"

孔继尧的疑惑也是区建瓴的疑惑——余章标夫妇坑害陈开以后，进了灵应祠藏经阁混饭谋营生，明眼人一看就知道他们和"阴阳生"穿一条裤子。然而如果为了避祸，陈开完全可以选择逃离佛山堡，为什么非在"阴阳生"的鼻子底下晃荡？

老乞丐神色紧张："孔爷，是不是韩道爷要对阿开下手？"

孔继尧重重地叹了口气："阿开现在这副丢人现丑的德性，人家巴不得天天看呢，谁舍得把他弄死？"

"那就对了。"区建瓴放下心，"要饭的不如臭虫，捏死我们算啥本事？"

"我跟你说不清楚。"孔继尧白了他一眼，"李少班主回来了，他还怕个屁？你告诉他我的原话，叫他别躲了，孔爷我找他有正事办。"

区建瓴打躬作揖："好好，你们是兄弟嘛，你不照顾他谁照顾？"

"狗屁兄弟，"孔继尧烦躁地骂了句，"是兄弟他能躲着我？等老子找到他，先扒了他的破衣裳，叫他给我装蒜。"

老乞丐点头哈腰，见"孔鸡蛋"离开了纪纲街，这才拎起打狗棒，嘴里哼哼着小曲，一边低声嘟囔："别说兄弟，就是他老子，也想不到他藏的地方。"

陈开藏身于纪纲街的福山书院，这个书院从乾隆年间开始成为五斗口司衙门所在地，后面有一个院子拘押嫌犯。这个院子并非南海县衙大狱那样正式的监牢，但是唯其如此，里面干坏事才无法无天，雇人顶罪、谎报瘐毙是作奸犯科常用的法子。区建瓴练了替人挨打的本事，没想到青出于蓝而胜于蓝，这项买卖有了一个优秀的传人——陈开自从在马三婆身上开了窍，浑身真气充沛，每天不挨两记板子就痒痒。为了找个没人打搅的地方练功，他替老乞丐干起了顶罪的营生，躲在五斗口司不见天日的黑牢里，"孔鸡蛋"如何能想得到？

转眼半年过去，琼花会馆在广州城取得了意想不到的战果。"外江班"日趋衰微，红船艺术臻于完善，以及空前繁荣的贸易经济，种种因素导致红船大获成功。本地名流也许厌倦了那些南腔北调的阳春白雪，与贩夫走卒一起爱上了红船戏，被热捧的大老倌如星如云，其中最耀眼的是一对双子星座："俏丽辛"和陈罗婵。

这两位大老倌各擅胜场，从艺术的成熟性来说，"俏丽辛"胜过陈罗婵一筹；从舞台扮相和艺术天分来说，陈罗婵又盖过"俏丽辛"一头。二人的表演特色非常鲜明："俏丽辛"积二十余年戏棚的深厚造诣，如燕幽老将，程式一丝不苟，优雅大方；陈罗婵则一任自己艺术天性驱使，在舞台上恣意发挥，纵然是同一折子戏，不同台期也会有令人惊艳的创新，常常把棚面的音乐师傅惊出了一身冷汗。她们两个的观众亦有所区别，热捧"俏丽辛"的是省城的财主老爷，钟爱陈罗婵艺术的则是一班文人雅士。

双星对峙，像两大绝世高手争夺武林至尊的宝座一样最能激发观众的热情，琼花会馆自然乐见其成。这里面心态最悠然的是易兰花，她看得清清楚楚，处于巅峰状态的"俏丽辛"现在使尽了十二分的气力，艺术生命不可能再发新枝，到此即为终点；而陈罗婵恰似一汪奔出雪山的清溪，距离磅礴入海的季节千里之遥，假以时日，必定开拓出红船艺术新的高峰，自己尚且无法比拟，更何况"俏丽辛"？

易兰花心怀高远，不在乎金丝面具和金马鞭的归属，但陈罗婵不一样，年轻人的天性就是争强好胜，怎肯放过这次机会？五月底红船各班结束了台期，陈罗婵没有跟随“凤凰仪”班回佛山堡，而是带着阳雪姑到盐仓街观摩姑苏“祥麟班”的戏。

盐仓街距离九曜坊、大佛寺、仙湖街都不远，是个热闹所在，俗称臬台衙门的广东提刑按察使司署便设在这里。臬台衙门后院有一棵大榕树，躯干雄伟堪称广州城榕树之最，十几个人手牵手都抱不过来。明末一位忠臣曾经在这棵树上自缢殉节，其魂魄逡巡不去，栖息在这棵榕树上，人莫敢犯。历任广东按察使到职后的第一件事，必定是给这位神灵祭献少牢，不然不得安宁，轻则丢官罢职，重则家破人亡。

这位榕树神有一项特别的癖好，就是喜欢看戏。盐仓街因而形成了一个惯例，每逢朔望之日必请戏班唱戏，孝敬他老人家。据说榕树神欣赏戏剧的水平非常高，遇到绝代名伶唱戏的时候便会情不自禁露一小脸。嘉庆三年(1798 年)担任按察使的吴俊曾见过一次，说榕树神朱衣银铠，俨如武士，从那以后，广州人又把这棵榕树叫“将军树”。

普通百姓敬仰榕树神的民族气节，梨园界则把榕树神显灵当一把尺子，用来衡量一个大老倌是否达到了绝代名伶的艺术高度。

听说陈罗婵要去臬台衙门看戏，伍紫垣早早雇了搭棚匠，抢占最好的位置搭设看台。又命梁锡佳带人护卫，自己则跑到谭莹家，把谭玉生从书堆里捞了出来。

谭莹揉了揉眼睛，奇怪地问：“陈大老倌，你的本事比那几个粉头强多了，怎么倒过来看姑苏‘祥麟班’的戏？”

陈罗婵坐在看台上，漫不经心地应了一句：“我可没有那么好。”

伍紫垣手里提着一根戏台上用的马鞭，在椅子腿上磕了一下。谭莹恍然大悟：“你看我成天在家里编书都编糊涂了。陈大老倌，依我说，只要你不变来变去，别由着性子折腾，每折子戏定下程式，稍微下点力气修饰，准比黄大老倌强。”

陈罗婵任性地说：“我喜欢怎么唱，就怎么唱。”

小浩官不高兴地在底下踢了谭莹一脚，谭莹打开折扇，哈哈笑道：“陈大老倌，唱戏我是外行，别听我聒噪就是。”

“那是谁？”陈罗婵突然伸手一指戏台。

戏台正在上演的是一出《平贵别窑》，只听那薛平贵唱道：

三姐休要泪交流，丈夫眼泪听从头；
十担干柴米八斗，你在寒窑度春秋。
守得住来将我守，三姐呀，守不住来你就将我丢。

王宝钏凄凄切切地唱：

薛郎说话没来由，为妻言来听从头；
干柴十担米八斗，我在寒窑度春秋。
守不住来也要守，饿死寒窑我不回头。
…………

阳雪姑不解地问："你说谁啊？"

"唱王宝钏的那个，"陈罗婵说，"不是宁家二少爷吗？"

宁二少扮演的王宝钏十分逼真，女峒主吐了吐舌头："还真是他。"

"外江班"的衰微有着极其复杂的原因，所谓成也萧何，败也萧何，"外江班"曲意逢迎达官贵人，得其宠幸，亦遭其害。有清一代，有权有势的人玩弄男宠成风，省城"外江班"的名角中不少人与官宦结下断袖之缘。时间长了以后，不仅台风淫靡酥软，而且因为宠幸者之间争风吃醋，大打出手，许多名角非伤即逃，人才凋零疲敝，不复往日之盛况。

一曲唱完，陈罗婵没学到什么东西，失望地自言自语："榕树神到底什么样子？"

"陈大老倌，你要是来这儿搭台唱戏，说不准榕树神便能显身。"谭莹说，"贵班在省城唱了半年，怎么一次也没来过盐仓街？"

陈罗婵叹了口气："这里是'乐荣华'班吃饭的地方，易阿妈不让我们来。"

谭莹赞道："易大老倌仁义。"

这半年来，伍紫垣为陈罗婵的成功立下了汗马功劳，他几乎动员了省城所有的文人雅士为"凤凰仪"班捧场，陈罗婵的戏他更是一场不缺。虽然明知佳人另有心属，小浩官还是难以抑制对陈罗婵的痴迷，他的魂，彻底被勾走了。

伍紫垣问："陈大老倌，你真的想见到榕树神？"

"啊，"陈罗婵被问得一愣，"为什么不？"

伍紫垣又问："你不害怕？"

"我怕什么？"陈罗婵拍了拍腰里的"蝉翼剑"。

"其实你不用登台也有法子见到，我家藏着一架'玉玲珑'，有心灵感应的神效，纵使鬼神亦莫能外。"伍紫垣建议，"你不是有'囚龙草'吗？咱们找一个黄道吉日，把这两样宝物合在一起，夜半而歌，不怕榕树神不出来。"

"有道理。"陈罗婵高兴极了，拍手叫好，"你回去把'玉玲珑'拿出来，找个吉时试一试，我看看自己的本事到底有多大。"

曲终人未散，夜半时分，盐仓街的买卖才到了红火的时候。最热闹的是番摊，什么"射三红"，什么"走头尾"，摊盅落定，几家欢喜几家忧，有的卖儿卖女，有的养小纳妾，一切只在翻转飘摇之间。这种刺激的街景不属于诗书耕读的田园时代，一场前所未有的社会剧变在两粤大地即将掀起狂风暴雨。

自打女儿从大桂山学艺归来，陈映雪心无牵挂，把"沉香斋"卖给"绿如蓝"，从佛山堡搬到省城流水井，一心一意地伺候起了何惠群。陈罗婵忙活了半年，好不容易等到散班，自然想和母亲、师傅多聚一聚，享受天伦之乐。不过，少女怀春，其情荡漾，每当她在戏台上纵情蹁跹，总有一个高大的身影在她眼前不停晃动；每当她深夜听到波涛呜咽，"囚龙草"总是以最快速度逸出身体，飞向遥远天际下的莽莽西江。

可那该死的，从来就不知道回个信！

"哎呀，快看，梁少奶奶。"阳雪姑惊叫一声。

众人扭头一看，只见卢浣霞跌跌撞撞地挤出人群，朝这边急急走来，后面是卢府的家丁头目卢鲨和卢彪。卢浣霞嫁给梁九图后，除了偶尔与三五好友唱戏消遣外，大门不出，二门不迈，过着不近市廛的阔太太生活。瞧她失魂落魄的神态，伍紫垣明白发生了大事，站起身迎了上去："莫非，福草出了事？"

卢浣霞擦拭眼角，竭力保持一副平静的口吻："他在连江口被九十九崆的人绑了，三哥吞不下这口气，执意到大稠顶去抢人。九江圩的老少爷出面约齐了十路江湖人马，拜西山村的‘大只钜’为帅，明天就要出征了。”

陈罗婵脱口而出：“你想让我找阿茂哥帮忙？”

卢浣霞话未出口，两行珠泪滚滚而下。

雨从广州一直下到四会，夏日的清晨，陈罗婵坐在船篷里打起了冷战，她从包袱中取出一件斗篷披在身上。这件斗篷是她忙里偷闲绣织的，上面的图案照旧为一对玉蝉、一株鲜艳欲滴的桃花。五月，不是桃花盛开的日子吗？

陈罗婵在城东的马市选了一匹桃花马，加上身穿的粉色绣衣，满船尽如桃花绽放。人在桃花中，更比桃花艳。少女到了十八岁的年纪，不但是花开的好季节，而且盛了心事的眸子里常常含着一丝忧郁，夺人心魄，叫人迷醉。

爱情是两颗心搭为一体的铜锁，也是把两个人捆在一起的绳索，两颗心交织相印，幸福也是一种甜蜜的痛苦。陈罗婵从自己对李文茂的思念中，深深体会到卢浣霞悲恸的心情，为了减轻这个昔日情敌的痛楚，她自告奋勇，来到贞山寻找情郎。

说来也奇，船至贞山，仿佛迎接她似的，淅沥的小雨突然停了鼓点。青山如洗，浓浓的碧绿扑怀而来，像一汪潭水涤荡着陈罗婵的胸襟。四周重叠山峦犹如一位白衣少女，忽闪着水灵灵的大眼珠，疑惑不解地打量着万丈红尘。雨后观景致，莫如到贞山——“贞山雨霁”名列四会八景之首，自非浪得虚名。

陈罗婵霎时神清气爽，挥别了半年来的疲惫和辛苦。她牵着马儿下了扁舟，脚尖踩着沾满露水的落叶，仿佛踩进大地柔软的胸膛。白鹭与麻鹤飞过凤凰木和木棉树，成群结队的蝴蝶围绕着龙船花、美人蕉、白玉兰、狗牙花翩翩起舞。这一切多么像美好的童年时光，又像老天爷为自己编织的罗锦，陈罗婵挽着缰绳信步前行，把心儿交付给贞山的雨。走不多时，前面出现一个背着捆柴火的樵夫，口里哼着曲：

贞山一片石头白，一片贞山白石头；
人为多情头发白，贞山白头为谁愁？

陈罗婵心头一颤，这首诗的遣词通俗易懂，却饱含着隽永深厚的余味，字字句句敲打在她的心头。姑娘快步上前："樵哥，这首诗是你做的吗？"

樵夫回头一看，着实吃了一惊，这姑娘貌若天仙，简直像贞仙娘娘下凡。他惶惑不安地回答："姑娘，我哪有本事写诗？这首歌伢仔都会唱，贞仙娘娘庙门口写着呢。"

陈罗婵喃喃道："贞仙娘娘庙？"

"是啊，"樵夫用手一指，"就在前面不远的山口。"

贞山原名正广山，位于扶卢山对面，纪念的是文氏贞女。此女前身是一朵荷花，未婚夫上山打柴丧命虎口。一日，她在山间路遇几个纨绔子弟，为免羞辱纵身跃下悬崖，后被众仙救起升天成仙，方才樵夫唱的那首诗据说就是众仙的即兴之作。文氏贞女的传说源远流长，唐贞元十七年(801年)，官府建造贞烈祠以示表彰，算来已有一千多年的历史。在岭南地区，贞仙娘娘深受人民的爱戴，是与龙母齐名的女仙，常常降下甘霖，为人间消灾。

贞仙娘娘当年跳崖的地方名字叫贞崖。陈罗婵牵着马儿还没到崖口，便听到有人用嘶哑的嗓子浅浅低吟：

无情无尽恰情多，情到无多得尽么？
解到多情情尽处，月中无树影无波。

这首诗是清远道人汤显祖的《江中见月怀达公》，那位毕生摹情、颂情的词中圣手，终也有情尽之叹。陈罗婵听得入迷，不知在贞崖附近伤情吟诵的是谁，她快步走到近处一看，不由得惊叫出声："啊呀，苏大哥，当心。"

只见苏仁山形容憔悴，端坐在贞崖突出于外的巨石上，一脸乱蓬蓬的胡子垂在胸前，手里攥着一支笔，口中念念有词，若有所思。忽而朝空中散花乱点，忽而噙在嘴里凝神不语，忽而在纸上疾走龙蛇。他穿着一身好久没有洗过的旧袍，比去年在平乐府相遇时更加瘦削，似乎一阵微风吹来，即能将他掀翻贞崖。

苏仁山回头一看："阿婵姑娘，怎么是你？"

自打心爱的人被淫贼掳掠而去，苏仁山痛不欲生，精神受到了极大的刺激。家里人为他张罗了一门亲事，他也避而不见，过起了四处游荡的生活。

阳雪姑寄身红船，为的是习练武艺，将来有朝一日报仇雪恨。她觉得自己的身子已然不再清白，便央求陈罗婵不要把自己的消息透露给苏仁山。陈罗婵此刻见苏仁山这般凄惨，心里非常不是滋味，劝道："苏大哥，快下来说话。"

"阿婵姑娘，"苏仁山掂起一张纸，"你看我这幅画作如何？"

陈罗婵接过来一看，他画的是一幅美人图，画面简练，笔笔白描，力透纸背，不但把人物勾勒得栩栩如生，飘飘欲仙，而且衣服的每一道褶子都非常细腻。倘若定睛瞧看，每一根线条如同一道剑光，滴滴淌着失意人的心头血。

陈罗婵被满纸剑气刺得倒退了一步，脸上红晕突现——这幅图里的美人，并不纯粹是阳雪姑的模样，里面恍惚竟还有自己的几分姿态。

苏仁山失望地问："画得不美吗？"

在这一刹那，陈罗婵彻底明白了，这幅画里的主人是阳雪姑，也不是阳雪姑，她是美丽女人的集合。此时此刻，在苏仁山脆弱的心里，阳雪姑不再是阳雪姑，而成为天下最美丽女人的代名词，成为苏仁山表现自己艺术生命的最高符号。

"美，美极了。"陈罗婵道，"谁说不美？"

画家的眼睛掺不得一丝假，苏仁山敏感地抽回画作，仔细看了一会终于发现，埋藏在自己心底最深处的那种对陈罗婵的倾慕，迄今仍然活灵活现地流溢在笔端，几无掩饰。他从崖畔危石上站起来，面对青葱山谷大感迷茫——自己对阳雪姑的爱可以说是生死与共，为什么还不能从心底将陈罗婵抹去？难道人心竟然像眼前的这座山谷，表面上看去一无所有，其实却埋藏着天地乾坤大化运行的枢机？

山谷无色无臭，看不清饱瘪，莫非这就是自己苦苦追求了一生的魂相？苏仁山从迷惘的情魔里摆脱出来，不知不觉向前探了一步。陈罗婵吓得花容失色，以为苏仁山要效仿贞仙娘娘跳崖为阳雪姑殉情，脱口喊出："苏大哥，阳姑娘还活着。"

"你说什么？"苏仁山猛地顿住了脚步。

陈罗婵急道："她就在琼花会馆。"

苏仁山跳下危石，头也不回地狂奔而去。目睹苏仁山的影子离开了自己的视野，陈罗婵心有余悸地牵着马下山。虽然违背了对阳雪姑的承诺，但看到苏仁山兴奋不已的样子，她觉得自己做的没错。有情人嘛，不在一起聚合，岂不违背天意生理？

陈罗婵与李文茂青梅竹马，两情相悦，乃是天造地设的一对金童玉女，自然不会想到世间有那么多悲欢离合。可苏仁山和阳雪姑两个人的悲剧就发生在自己眼前，人世无常第一次揳进她的无忧心，让陈罗婵触动不小。

贞山为道祠，扶卢山是佛寺，中间隔着一条弯弯曲曲的两界河。陈罗婵在马辔上别好三角令旗，跳上桃花马，踏过两界河。

突然，沿着河岸斜刺里冲过来十余匹战马，马蹄踏踏，河水飞溅，前面战马上坐在一名羽扇纶巾的秀才，慷慨高歌：

猛雨晓风凄凄，黄莺话别频啼。
愿将千点泪，拒卿罗袖里，
背人偷，伫立画桥西。
行脚歇，中肠热，青山愁敛翠眉低。
斜照入，孤帆急，归日遥长亭，细柳魂销。
绣辇凭华轼络，马回珠勒扦。
双鲤话无聊，同心曲，搔头玉，咿哑柔橹上春潮。

陈罗婵拽住桃花马，那秀才兀自唱得尽兴。他后面闪出一位豹头环眼的雄武大汉，笑呵呵地对陈罗婵说："阿婵姑娘，你这匹马真靓。"

"是吗？"陈罗婵受到夸奖，心里十分受用，假装不好意思地说，"那也比不上赵先生锦心绣口，这首词写得多好呀。"

赵泰来兴致勃勃地问："陈姑娘，你快说说，这首词好在哪儿？"

"连我们女人都听不明白。"陈罗婵抿嘴笑。

赵泰来这才醒悟受到了陈罗婵的讥讽，他回头对陈松年说："你看看，阿婵姑娘的嘴茬子越来越厉害了。"

粤北绿林道血洗连江口镇，“洪兴堂”损失惨重。萧明远听说“兴胜堂”堂主皇甫蹇战死沙场，大为震怒，抽调旗下各堂兵力计一万八千人马，分三路合击粤北绿林道。同时，萧明远修书一封，请求朱世雄兵发萌渚岭，自右翼包抄粤北绿林道。霎时间，从韶州到连州绵延三百里的战线上，金戈铁马，烽烟四起。

粤北绿林道和“洪兴堂”是一对老冤家，“洪兴堂”现在的地盘有一半是从前者手里夺过来的，“洪兴堂”老营九峰山过去是粤北绿林三当家倪大耳朵的巢穴。葛耀明既然敢出手袭击连江口镇，自然做好了与“洪兴堂”厮杀的准备——他把第一道防线摆在石坑崆、天井山和上元山一线，命九十九崆的戴则兴率三千铁骑居中策应，目的是将“洪兴堂”主力拦截与消耗在第一道防线。与此同时，葛耀明自己率帐下“八虎”悄悄离开大稠顶，在篱笸道九大连营厉兵秣马，打算凭借有利的山形，一举击溃“洪兴堂”的冒进之师。

眼下粤北硝烟弥漫，两军交战正酣，葛耀明根本顾不上处理掳掠来的肉票，因此梁家派去的中人碰了个大钉子，一无所获，悻悻而归，把梁家人急得寝食难安。“小孟尝”老介福受梁应琨之请，在九江圩邀集广府各路江湖高手，拜“大只钜”为帅，决心趁“洪兴堂”和粤北绿林道火并之际，奇袭大稠顶，营救梁九图。

粤北战火纷飞，扶卢山亦不得安宁。陈松年担忧“大只钜”可能失利，便与赵泰来星夜兼程赶到四会，紧急拜访李文茂；而“洪兴堂”的白扇三爷侯贯虹则在林大章的陪同下，前来协调“洪兴堂”与“洪德堂”的鸦片合作事宜。

陈罗婵、赵泰来、陈松年等人策马来到六祖寺，只见庙门口人来人往，熙熙攘攘，李文海和知客僧正热情地把客人往里面让。陈松年跳下马一问，才知道李文茂在山顶灵塔为无念大师守灵，发下话来，这两日概不会客。李文海一眼瞥见了骑在桃花马上的陈罗婵，连忙跑过来打招呼。陈罗婵跳下马问：“谁在山上，文海哥？”

“没别人，”李文海回答，“就是我师叔祖和阿茂。”

陈罗婵、赵泰来、陈松年几个把马留在六祖寺，踏着青葱的山色步行上山。快到山顶灵塔的时候，听到一阵苍老的声音，诗曰：

三十年来寻剑客，几回落叶又抽枝；
自从一见桃花后，直至如今更不疑。

吟诵这首偈子的不是旁人，正是六祖寺辈分最高、道法最深的引航大和尚。他是普延长老的师叔，也是将无念法师遗体入殓灵塔的护法师。

第五十四回　十六不谐

陈开住的是“高间”。

五斗口巡检司临时拘押人犯的监牢没有窗户，臭味难当，只有这处“高间”上面开了一个天窗。空气得以流通，隔壁牢房里的惨叫声也跟着爬了进来，惨叫不是受刑的声音，而是比受刑更加屈辱和绝望的女人哀鸣。

住在“高间”的并非人犯，而是有来头的常客——谷雨道士是金钟道人的徒弟，被师傅派来协助“阴阳生”作奸犯科；陈五和毕六师徒俩为汉阳人，跟着凌德金来佛山堡行窃，兼做凌德金的爪牙；替人挨打主要由巡检司暗地操作，因此，陈开也有资格享受这个待遇。

一道亮光穿过天窗垂射下来，正好罩在陈开裸露的肚皮上。毕六蹲在旁边，用一副极为敬慕的口吻说：“哥子，你本事真不小，一百二十板子挨过去，竟然连皮也没有擦破，你练的是什么功夫？”

经常在南海县和五斗口司巡检司的牢房里隐身，陈开见惯了人间的黑暗，眼睛和耳朵变得非常麻木。不过，隔壁女人凄厉的鸣叫一直萦绕不去，间杂着男人的拳打脚踢声，让他片刻不得安宁。他烦躁地问：“哪家的女人？”

“大户人家的呗。”毕六脸上露出一丝淫笑，“楚南会馆的孙掌柜家丢了个玉镯子，没几日却出现在油豆行钱财主小妾的手腕上。凌爷立马叫人锁拿了那娘们，姓钱的爱财如命，不肯花钱赎人，她只好在这儿受罪。”

相较于三餐不继的穷鬼，在如狼似虎的官吏眼中，没有权势撑腰的财主才是大肥羊。他们常用的手段是指使囚犯攀咬无辜，行话叫“贼开花”。在五斗口司衙门这座黑院子里，最令人发指的罪行是糟蹋女犯，差役们自己侮辱尚且不算，还在牢里经营皮肉生意。

那年月，女人进了衙门即意味着清白不再，钱财主不愿花钱也有他的盘算。陈开盯着毕六看了半天，最后才问：“是你干的好事？”

“我能干这缺德事？”毕六赌咒发誓，“我们这一行只取钱财，不害性命。”

做贼的自称不缺德，陈开感到好笑：“我看你这几天没少了往隔壁跑，准是你看中了那娘们的相貌，暗中使坏。”

“天地良心，”毕六喊冤，“我花钱取乐子，不短她一文。再说，她虽然以前是有钱人家的姨太太，可现在是没人要的烂货，我能看上她？”

“他的话没错。”谷雨道士突然开口。

同牢房的犯人中，谷雨道士显得最为神秘，平时很少见他说话。陈开问：“哦，道爷怎么知道不是他干的？”

谷雨道士沉默片刻：“因为他是个‘下手把子’。”

偷盗行窃是一门技术行当，各地有各地的路子，也有各自不同的叫法。陈五和毕六师徒是汉阳人，按照汉阳窃贼的黑话，陈五是“上手把子”，翻墙攀脊根本不用工具，全凭一身过硬的轻功；毕六是“下手把子”，他的功夫不够，尚须借助竹竿、绳索等工具翻墙入户。功夫不一样分工也不同：陈五瞄准的是藏有贵重物品的“稀窑”（卧房），一般选在凌晨时分下手，行话叫“取露水”；而毕六只能“扑灯花”（晚间行窃），瞄准的是没什么值钱物什的地方，比如说“欢喜灯”（灶房）。

在“高间”里隐身的人各有来历，虽然大伙时常碰面，但是都遵守规矩，从来不相互打听对方的底细和来路。谷雨道士一语道破毕六的行藏，陈五不禁肃然起敬，双手抱拳：“道爷好眼力，敝姓陈，单名一个五，这是我徒弟毕六。”

“贫道在此做客，”谷雨道士回了个礼，“以后还请五爷抬爱。”

听对方话里的意思，早知道自己和凌德金的关系，看来没什么秘密可以瞒过对方。和女人脱光了衣服一样，做贼的最不适应这种心理，陈五迟疑了一下：“只要在佛山堡地面，道爷有事尽管吩咐，在下定当效劳。”

这句话答一半、问一半，有意刺探谷雨道士的行踪和动向。在江湖上混，讲究的是泥水佬开门口，过得自己过得人。对方的底细既然被自己掌握了个底掉，为了让对方心安，就不得不主动交代一点自己的“盘子”，这是江湖行路的规矩。谷雨道士哈哈笑道：“五爷，佛山堡是一方福地，贫道免不了常来打扰。”

毕六问：“道爷，你也是干我们这一行的？”

“对，”谷雨道士回答，“但不是一个祖师爷。”

毕六被他这句话弄糊涂了：“道爷，你到底是啥意思？”

陈五训斥了一句徒弟：“板马日的，这还不明白？道爷是高人。”

“贫道要是高人，能到这里避难？”谷雨道士苦笑一声，用嘴朝陈开努了一下，“这位爷不吭不哈，不显山不露水，才是真正的高人。”

陈五知道从谷雨道士嘴里再掏不到什么实话，扭头朝陈开拱了拱手：“阿开兄弟，咱们五百年前是一家，都是有缘人。说句实话，你的本事比老区头大多了，一百二十板子打下去连一根毛都没损伤，真是让老朽佩服。”

别说陈五师徒，就连陈开自己也感到奇怪，“六祖心经”的功夫竟然会这么好使？他坐直身体叹了口气：“衙门这些烂蟹手头黑，外面看不出来，里面可疼着呢。”

“阿开兄弟，”陈五掏出烟枪，使劲吸了一口，“老朽和巡检司衙门的人熟，从巡检老爷到凌二爷，说话还管点用，下次给你换成软板子。”

硬板子指差役们铆足了劲打，软板子指动作大、下手轻的虚拍。

陈开摇了摇头：“承五爷高谊，不瞒你说，硬板子打着舒坦。国有国法，行有行规，替打也有替打的规矩，软板子是软板子的钱，硬板子是硬板子的钱，价格不一样。”

毕六竖起大拇指：“陈爷，你是个人物。”

“你看看，”谷雨道士笑着说，“贫道说的没错吧？”

隔壁女人的哭喊渐渐变成嘤嘤地抽泣，监牢的木门“吱呀”一声被推开了，继而传出交头接耳的声音。其中一个声音十分熟悉，似乎是东南巷的狗子。陈开站起来拍拍屁股，懒洋洋地回了谷雨道士一句：“道爷狡兔三窟，陈某领教了。”

谷雨道士脸色骤然一变：“陈爷，此话从何说起？”

道光十八年(1838年)初，广州城发生了一件震撼两粤官场的大案，把守最为严密的藩库居然发生了金银被盗的事件。两广总督邓廷桢和广东新任巡抚怡良勃然震怒，责成臬宪号房探听总局事符守傥限期破案，怎料这桩案子十分诡异和蹊跷。三个月过去，“仁义罗汉”愣是一点蛛丝马迹也没有找到，被迫去职，弄得六扇门的弟兄整天胆战心惊，惶惶不可终日。

无独有偶，从今年年初开始，佛山堡各大银铺和质库也陆续出现了金银被盗现象。为了躲避李文茂的追寻，陈开这段日子踪迹不定，变成了名副其实的夜游神，大街小巷、胡同旮旯都是他的藏身之地。他曾不止一次地发现谷雨道士经常在银铺和质库周围出没，而且发现他经常去灵应祠和鸡宅，与“阴阳生”过往甚密。从种种迹象判断，“阴阳生”、谷雨道士正是佛山堡各大银铺和质库金银失窃案的主谋。不过，谷雨道士行事非常机警，自备藏身之地，从不在灵应祠和鸡宅过夜，也不和“牛鬼窟”等人发生横向联系。

余章标夫妇住在灵应祠，“阴阳生”曾经派宫鹏飞追杀自己，陈开心里对这几个人恨意未消，连带着对谷雨道士心存芥蒂。他没有理会谷雨道士，走到门口向外张望，通过虚掩着的门缝，发现狗子正和一个膀大腰圆的壮汉交谈。

陈开认识这位壮汉，此人名叫覃善行，顺德龙山人，和叶氏兄弟是一个村的。龙山覃家世世代代在衙门里当刽子手，覃善行从小练出了一手砍人头壳的好本事，一刀下去被砍断的脑袋耷拉下来，但还能粘着一层皮——仍然可以算是给死囚留了个“全尸”。凭这手绝技，覃善行赢得了一个绰号“一刀皮”，并从死囚家属手里捞了不少外快。

“大户人家的女人就是过瘾。”覃善行满意地打了个嗝，从裤腰摸出一袋子铜钱，“不过你们心太黑了，弄个破鞋竟然要三百文？”

狗子最近跟随凌德金鞍前马后地伺候，得了一个收黑账的美差，从中能贪墨不少。他把嘴一撇：“老覃，你这个人就是不知好歹，你们家祖上缺德，身上阴气重，要不是看在老哥们的交情上，至少再收你一百文晦气钱。另外，那娘们洗身子的一桶水，别人收五文钱，我只收了你三个铜板，还不算便宜?”

覃善行哼哼唧唧:“便宜是便宜，可惜都便宜屌了。”

狗子打发走覃善行，接着推开“高间”的门，拖着长音催促陈开:“陈大老爷，老区头今天来算账，你跟他走吧，我们可没钱白白供养你。”

陈开估摸李文茂已经离开佛山堡，便无心在“高间”里逗留，跟着狗子一直走出巡检司的大门，也没看到区建瓴的影子。他停住脚步:“人呢?”

“你在这儿等着，我回去跟他算账。”狗子回答。

通过在五斗口司和南海县衙门里替人挨打，陈开对狗子有了进一步的了解，这小子是个拿刀在蚊子身上剌肉的主，非常没出息。他鼻子“哼”了一下:“麻利点。”

狗子心里发虚:“我手脚快着呢，就怕老区头啰嗦。”

替人挨打实际上是搏命赚钱，狗子从这里面还要贪墨，区建瓴当然不干。果然，老乞丐接过狗子递过来的银袋子，用随身带的秤过了一遍，立即瞪起了眼珠子:“不对。”

“咋不对?”狗子色厉内荏地说，“照老规矩，挨十板子给你一两银子，一百二十板子十二两银子，难道老子算错了?”

“当然算错了。”区建瓴心口火苗子直往上扑，一点不客气，“你既然说规矩，我就给你提个醒，超过五十板子，每十板子不是一两而是二两，这一处你少给了七两银子;这回事先说好的是软板子，可最后在公堂上你们打的是硬板子，照老规矩价格翻一倍，这一处你又少给了十九两。总共三十八两的差事，你少给了二十六两。”

银子落了狗子的腰包，像肉包子吞进狗嘴，拿出来千难万难。他强词夺理:“你们挨一通打挣四十两银子，够小户人家过一年的。”

“你说的是人话吗?”区建瓴气得浑身发抖，“别说一百二十板子，六十硬板子直接送人上西天，这是爷们舍命的钱!”

狗子开始耍赖:“就这些银子，你爱要不要。”

“算我老叫花子瞎了眼，这趟权当替狗挨了一顿打。”区建瓴掉头就走，

“十二两银子你全拿走,以后咱们谁也不认识谁。”

在佛山堡的丐帮里,像陈开这样能挨打的只此一家,别无分店。狗子比谁都清楚,一百二十硬板子招呼上去,把人打死两个来回绰绰有余。在乡下,替人顶死罪的穷鬼并非找不到,但是价格足足比区建瓴和陈开收的高出三倍。想到这里,他一个箭步蹿上去拽住区建瓴:“这次算我吃亏,老区头,给你三十两,咋样?”

区建瓴停住脚:“狗子,在江湖上混要讲信义,这钱是阿开拿命换的。南海县和番禺县衙门替打的活有的是,老子干吗非要在你这一棵树上吊死?”

“好好,我惹不起你。”狗子只好把剩余的银子补齐,兀自为自己辩解,“老区,不是我有意克扣,打硬板子价格高是因为里面含着药费。阿开屌事没有,不信你到外面看看,活蹦乱跳跟生鸡仔似的。”

“鬼才信。”区建瓴收好银子,骂了一句。

“枫子鬼”法术大成以后,“阴阳生”成了佛山堡最可怕的人物之一,他的可怕在于不显山不露水,只有少数几个人知道他的厉害。两年多前,“蛇鬼窟”莫名其妙尸首两分,横死在广州街头,江湖上议论纷纷,莫衷一是。“牛鬼窟”大为震撼,他猜测一定是“阴阳生”暗地里下的毒手,借“蛇鬼窟”的头颅杀一儆百。从那以后,“牛鬼窟”变得小心翼翼,严厉约束徒弟和手下,生怕韩通差遣“枫子鬼”来索自己的性命。

宫鹏飞并不清楚师傅内心的忧惧所在,还以为“牛鬼窟”是惧怕红船的势力,不敢对陈开赶尽杀绝。这天,他碰巧来五斗口巡检司衙门办事,发现陈开光膀子站在门口,便走过啐了一口唾沫:“咦,姓陈的,你小子还没死?”

看到宫鹏飞,旧日仇恨瞬间涌上心头,陈开恨不得一拳把这小子打翻在地。但他咬了咬牙最后硬是忍住了,“诛心”二字像一座大山横亘在眼前,通过修炼“六祖心经”,陈开尝到了甜头,领略了诀窍——越是能忍得住,功力成长越快。

为了根绝后患,黄鱼春经常教唆宫鹏飞对陈开下黑手,陪着他足足睡了两年。宫鹏飞觉得有义务兑现对黄鱼春的承诺,抬起手扇过来:“宫爷问你话呢。”

等宫鹏飞的右掌落下,陈开略微一拧身,瞄准宫鹏飞的肩头撞了过去。

宫鹏飞哪知道陈开已非吴下阿蒙，只觉一股大力撞来，整个身子像风筝一样飞了出去。陈开头也不回地扬长而去，狗子走出大门，连忙过去搀扶："宫爷，没伤着吧？"

宫鹏飞颜面尽失，从地上一骨碌爬起来，忍着疼痛，冲着陈开远去的背影叫骂："有种的你别走，丢你老母的，咱们没完。"

狗子低声对区建瓴挤眉弄眼："你看看，你看看，反了天啦。"

老叫花子着实吃了一惊，以往他只知道陈开皮糙肉厚经得住打，但绝对没想到他还有这么大的气力，能把"鹤园一霸"撞一个大跟头。他无心与狗子纠缠，匆匆忙忙赶上去，把银袋子塞进陈开的怀里。陈开分给区建瓴一半，老叫花子坚决推辞："不行，阿开，这是你拿命换来的血汗钱，我不能要。"

"见面分一半，老规矩。"陈开接过打狗棒，哼着小曲向居仁里走去。

今天是邵凡大喜的日子，砖瓦巷热闹非常。一支艳曲《十六不谐》从东南巷金家的院子里飘了出来，仿佛在为剃头匠的婚宴免费伴奏：

> 一不谐，一不谐，七月七夜里妙人儿来；
> 呀，正凑巧，心肝爱。
> 二不谐，二不谐，役使头前肃静牌；
> 呀，莫做声，心肝爱。
> 三不谐，三不谐，瞎猫眼儿拐鸡来；
> 呀，抓得紧，心肝爱。
> 四不谐，四不谐，姐在房中吃螃蟹；
> 呀，缩缩脚，心肝爱。
> 五不谐，五不谐，三岁孩儿搔背来；
> 呀，再上些，心肝爱。
> 六不谐，六不谐，珊瑚树儿玉瓶里栽；
> 呀，轻轻放，心肝爱。
> …………

邵家院子里欢声笑语，门口聚着一群人大呼小叫、争吵不休。那些人里面，一拨是居仁里的穷兄弟，像石蕴、劳亚绰、郑绍祖、冼长贵、崔金麟等人；一拨是“黄豆堂”的乞丐，领头的是新升了小头目的招亚东，后面跟着“厚皮棍”。

石蕴眼尖，看到陈开如同看到了救星，远远地大声吆喝：“哎呀，阿开，你可来了。快过来评评理，没这么欺负人的。”

“怎么啦？”陈开过去问。

陈开当年诛杀“庞千刀”，在佛山堡是有一号的人物。得知他加入丐帮，“黄豆堂”的大骨头招天虎对他另眼看待，在丐帮地位特殊。招亚东不能不卖他的面子：“阿开，咱们堂里新立的规矩，由于米价飞涨，一应例钱通通翻倍，包括红白喜事在内。规矩对谁都一样，并不是只对居仁里，这个你清楚。”

“对啊，”冼长贵争辩，“米价飞涨，我们穷百姓过得更苦，咋还加例钱？有本事你朝财主老爷收去，他们身上拔一根汗毛，比我们穷人腰杆都粗。”

招亚东刚当了丐帮的小头目，正值脸黑心热的光景，哪里肯松半丝口风？把脑袋摇得跟扇子一样：“鸡是鸡，鸭是鸭，各行各的路。”

讨价还价归讨价还价，“黄豆堂”这张黄符是必须要请的，不然，大喜的日子被乞丐捣乱将来准不吉利。石蕴央求：“你再给打个折。”

陈开从裤腰上解下银袋子，从里面夹出一小块碎银子，随手丢给招亚东，然后把银袋子递给劳亚绰：“这是我给阿凡哥上的礼。”

石蕴打开银袋子一看，立刻傻了眼：“哇，这么多！”

“发财了！”陈见成穿一身簇新的长袍从院子里走出来，热情地挽住陈开的手臂，“这么送礼，财神爷家都得吃穷。下个月阿蕴和长贵娶媳妇，再下个月阿麟和绍祖娶媳妇，再下一个月是阿绰和‘篾片刀’娶媳妇，你有多少钱拿？”

陈开听得头晕眼花：“娶媳妇还扎堆？”

“是‘琉璃球’推算的，他说戊戌年是转运年。”陈见成不好意思地说，“我也定了一门亲事，到时候拿不拿礼，你都得来啊。”

道光十七年是鸦片贸易兴旺发达的一年，也是十三行异常黯淡的一年。这一年，严启祥兄弟被洋主子抛弃，兴泰行正式关门倒闭，欠款高达二百四十万元之巨。严家哪有力量偿还巨额债务？包袱甩给官府，官府又甩给了十三行。和兴泰行同时倒闭的还有东昌行的罗家，惹了祸当然没有好下场，两家不得不砸锅卖铁，卖儿卖女。这样一来，流落到简大少手里的“货源”非常充足，既有严家兄弟的妻妾，也有罗家的子女。

陈见成在简家整整候了两年，终于等不下去，花钱挑了一个大户人家的女人。他相中的娘们是严启祥哥哥严启昌的小老婆严桂氏，模样艳丽，丰乳肥臀，指甲尖长得能戳死人。只有一样陈见成不满意，这女人稍微有点胖，不幸被“癞头鳖”言中。

院门里面坐着吹唢呐的吹鼓手，“飞天爪”和“大漏勺”坐在旁边的桌子上，刚才陈开出手阔绰的一幕没有逃过他们的眼帘。两个人互相看了一眼，觉得非常尴尬，“大漏勺”沉默了片刻，讪讪地说：“少掌柜还是有两下子！”

“他要饭，”“飞天爪”问，“是不是到过你家门前？”

“大漏勺”摇了摇头：“那倒是没有，至少我不记得。”

“不记得就好办，”“飞天爪”搓着手心，“只要脸皮没撕破，事情便有转机。是‘死牛肺’和张亚丞坏了他，又不是咱们，何必做贼心虚？”

“你说得轻巧。”“大漏勺”无精打采，“少掌柜倒霉的这两年，咱俩一次面没有跟人家见过，一句热乎话没有对人家说过，难道不是忘恩负义？”

“忘恩负义有药可救，害人可没得治。”“飞天爪”抬起头，发现一只巨大的白鹈鹕从空中掠过，不由得心有所动，“在江湖上混，关键是要跟对大佬。听说李少班主四处寻他，足见少掌柜和李少班主交情不浅。琼花会馆比灵应祠和‘牛鬼窟’的势力大多了，少掌柜有这条粗腿，随时可能东山再起。”

“大漏勺”在鹰嘴沙的沙场当了两年差，听说过秦文光对陈开另眼看待，他舔了舔嘴唇点了点头：“‘留条缝’上个月在鹤园铺燕乔里开了一间髹漆铺子，本钱哪儿来的？说不定是少掌柜给的。没错，板上钉钉是这么回事。”

“‘死牛肺’在豆豉巷码头的摊档改了店面。”“飞天爪”嘟囔，“丢他老母，这年月下黑手的能发财，老实巴交的也能发财，只有咱们这种半傻不呆的人注定受穷。老鼠钻进风箱里两头受气，两头不到岸，说精不精，说傻不傻，就是个傻精。”

“大漏勺”愁眉苦脸：“我怕热脸贴上冷屁股。”

“你要改改性子。”“飞天爪”叹息，“你的头壳比老刘快，可屁股总擦不干净；人家老刘头壳比你慢，但踏踏实实，思虑周全，扮猪吃老虎，有时候还留一手。这个别说你，就连我也得甘拜下风。”

“大漏勺”为难地问：“找谁去说和？”

“叶老二这人心软，咱们托他给少掌柜带个话，就说我们以前不是人。”“飞天爪”指着门外悄悄说，“你没见那个银袋子吗？里面起码有十几两银子。只要少掌柜肯继续拿咱们当兄弟，你娶媳妇，他也送这样一份厚礼。”

“那倒是。”“大漏勺”眉开眼笑。

“飞天爪”站起来：“走，找叶老二去。”

“大漏勺”掏了礼金，舍不得走：“吃完饭再去吧。”

“咱们俩就是因为贪小便宜，才落得没出息。”“飞天爪”白了他一眼，“快走，一会叶老二该没影了。”

“逃军和”本来是去邵凡家吃席的，半路经过东南巷，被花二奶拽进自家的院子。自从促成梁、卢两家联姻后，花二奶声誉大大提高，买卖一天比一天红火。这其中，保媒挣的是名望和人缘，拉纤赚的是实实在在的红白之物。

花二奶发了财，家里专门雇了两个仆役侍弄花草，家具全部换了新的，连沏茶的丫鬟叶二和都不认识。他问：“这女仔是你新买的？”

“原来的那个笨手笨脚，手脚不干净，让我给卖到乡下去了。”花二奶拿了把小月扇在叶二和旁边坐下，亲亲热热地说，“老二，婶子能有今天，一半的功劳在你身上。你想说一门什么样的亲事，尽管开金口，婶子头拱地给你办。”

“逃军和”脸一红：“我阿妈在别人家里，我哪有心思说亲？”

花二奶叹气：“区老爷家里有的是钱，这事花钱还真办不了。”

“婶子，你找我有啥事？”“逃军和”问。

“还能有啥事？”花二奶抿着嘴抛了一个媚眼，“这回是个熟人，你们龙山乡梅基村的梅少奶奶，托人过来想和你吃顿合欢酒，出的价码可不低。”

这两年，花二奶没少给“逃军和”介绍买卖，对方不是红杏出墙的姨太太，就是有钱没处花的寡妇。“逃军和”一直进展顺利，但是年初差点遭了难——伺候的那主是广州城一个官家的姨太太，尝到叶老二的甜头后，频频来佛山堡寻欢作乐。要想人不知，除非己莫为，最后惊动了婆家，派家丁前来捉奸，叶二和跑到鹰嘴沙躲了小半年，才算逃过一劫。

男人做多了这种事都会厌倦，“逃军和”最近有些意兴阑珊，一来是惧怕风险；二来是觉得对不起阿梅；三来是拿了人家的钱，就得给人家提供服务。老是埋头于女人胯下，他觉得有失男子汉的颜面——武林绝学用于此处，那不是上好沉香当劈柴？

花二奶了解他的心思，劝道：“老二，说来归去，银子才是最有用的。不管将来从区家赎你阿妈，还是拉扯两个兄弟，都需要钱啊。梅少奶奶是你们龙山首富，她死了丈夫，没有人会找你的麻烦，不用担心。”

“逃军和”耳朵里灌满了各种关于梅少奶奶的传说，这个风流寡妇不仅养干儿子，而且模仿自梳女结拜了一大群金兰姐妹，没事两个女人在一起磨肚皮。听“白斩鸡”说，梅少奶奶近来越发荒淫无耻，经常在家里开无遮大会。倘若几个男人伺候一个女人还好，最可气的是梅少奶奶和她的金兰姐妹合伙对付一个男人，这不是小鬼敲门，要人命吗？

“白斩鸡”失宠后被梅少奶奶打发回家，天天在林科举的船上编排梅少奶奶。叶二和自言自语地说：“二奶，这娘们不好伺候。”

花二奶伸手摸了一下他的胯间：“莫非你怕了？”

这招激将法果然管用，“逃军和”拍了一下桌子：“老子胯下马这条丈八蛇矛，比不过鸡宝山的王铁枪，还赢不了长坂坡的赵子龙？”

五龙观门下三路人马中，曾天猷的性子最急，动作也最快，他率领“天讨会”率先跨过张槎乡，在佛山堡开设了第一家鸦片窑口。像“逍遥门”这样庞大的势力一旦介入，佛山堡将永无宁日，“大魁堂”的地位也随之岌岌可危。“银刀秀才”不敢怠慢，带人砸了“天讨会”的鸦片窑口，命苏文锦和马永炽点齐“大会馆”的铺丁，配备了二百杆锃明瓦亮的抬枪，部署在张槎乡的对面严阵以待，准备和“天讨会”火并。

为了应付即将到来的战火，双方都在进行紧张的战前动员，纷纷招兵买马。“天讨会”这边有“正义会”和“卧龙会”的支持；“大魁堂”那边也不示弱，二十七铺的士绅豪强临时招募新丁，购买军械，为“大会馆”提供强大的人力物力支持。

从鲤鱼沙到文昌沙，从鹰嘴沙到太平沙，汾江河两岸的空气异常紧张，到处可见荷枪实弹的运兵船。与此同时，驻防都司署和千总署的官兵却纹丝不动，隔岸观火——佛山文武四衙的官吏早就对“大魁堂”心怀不满，嫌这群满嘴仁义道德的士绅挡住财路，巴不得“大会馆”被“逍遥门”一举击溃，正好浑水摸鱼，彻底掌控佛山堡。

纷乱的尘世中，唯有鹰嘴沙的小河汊水波不惊，河面上飘荡着晶莹的乐曲，那是陈罗婵在弹奏琵琶。“长烈钻”似乎能听懂她的曲子，每当一曲结束，它就会飞起来，在“白麻堂”的旗子上呱呱鸣叫。奇妙的是，每一次“长烈钻”鸣叫后，从麻风丐包裹严实的篷船里便会传出同样的琵琶声，虽然技法远不如陈罗婵高明，听起来倒也算顺耳。

自从陈罗婵把阳雪姑上了红船的消息透露给苏仁山，苏神童便坐在琼花会馆门前的避雨亭守候心上人。他的爱表现得越浓烈，女峒主不想见他的意志便越坚定。偌大的佛山堡没有她的藏身之地，只有这条小河汊才能抚慰她痛苦的心。

陈罗婵两为其难，不说出真相苏仁山寻死，说出真相阳雪姑难过。心中有了情，心即为情奴役。她弹完曲子，问阳雪姑：“你教她唱了几出戏？”

阳雪姑不好意思地说：“我才会几折子？”

“她叫什么名字？”陈罗婵好奇地问。

阳雪姑身遭奇耻大辱，与情郎咫尺相隔不得见，使她不知不觉地引阿梅为知音。在女峒主的潜意识中，这一份心底的苦楚，恐怕只有蒙面的麻风女才能够理解一二。

阳雪姑望了一眼“白麻堂”的旗子，答道：“叫阿梅。”

陈罗婵问：“她学得不慢，肯定有人给她打过底子。”

“是董伯，”阳雪姑用手指着另一条篷船，“就在那条船上。”

麻风丐比瞎子的命运悲惨得多——阿幺虽然看不见，至少还可以抛头露面；而这个阿梅空怀聪颖之资，却只能藏在河汊里不见天日，当一个可怕的睁眼瞎。想到这里，陈罗婵对她充满了同情，问道：“你让她唱来听听。”

“你愿意教她？”阳雪姑惊喜地跳了起来，朝着篷船大声喊，“阿梅，陈大老倌要点拨你唱戏，快唱个拿手的吧。”

篷船上琵琶声戛然而止，过了许久，从“白麻堂”的旗杆里袅袅升起一首曲子，唱腔典雅，哀而不怨，忧而不伤：

相逢似有期，相别非无意；
来时啊，隔邻啼鸟呼人至；
去时啊，水面红尘咫尺迷。
这相思诉谁知？则除诉与天知。
问你个多情崔护，去何疾，来何迟？
怕墙内桃花也笑你空归。
非关是看花心醉，非关是中酒情迷。
想着他人倚花前笑语微，教俺梦魂儿怎去此？
…………

一曲《桃花人面》柔静凄婉，如同流淌在高原上的潺潺溪水，瞬时打开了同情的心扉。“囚龙草”脱离了陈罗婵的臂膀，疾飞过众人的目光，穿透重重围墙，在麻风丐的面前铺上了一层碧玉世界。修长的草儿像精灵一样，在白昼开了一扇夜的天窗。河面上秀影如云，每一朵俱绣着墨玉花边。柔和的光芒毫不刺眼，向外散发着不绝如缕的神秘气息，宛如琴弦上流淌的无声韵律，叫人如痴如醉。突然，“囚龙草”的舞蹈变得强劲起来，像一支支利箭飞回，重新变成了臂环。陈罗婵失声叫道：“不好，阿茂哥要走了。”

远远地，“香美人”的身影出现了，她上气不接下气地说：“阿婵姐，阿华他们的船向西边开去了，咱们快追吧。”

应丛桂里梁家的请求，李文茂决意出征粤北绿林道。“红船八斗官”闻讯纷纷向肇庆府城的梅花岗会聚，陈罗婵回到佛山堡是为了给他准备行头。李文茂钟意的行头当然是易兰花缝制的那一套，但陈罗婵心里有自己的盘算，她的人生计划非常明确：第一步是从易兰花手里接过金丝面具和金马鞭；第二步是为李文茂换一身自己设计的行头；第三步是等李文茂替父母报仇后，与他喜结连理，正式从易兰花手里把李文茂接收过来。

易兰花给李文茂的行头已经相当完美，要想锦上添花非常不容易，陈罗婵找到的突破口是头盔——霸王袍配黑夫子盔，不是天造地设吗？她掐指算好日期，吩咐易如真盯着其他红船斗官的动静，在鹰嘴沙的小河汊一边绣夫子盔，一边教阿梅弹琵琶。

听到易如真的报信，陈罗婵跳上桃花马，对阳雪姑说："等我回来再教她唱戏。"

易如真扳住马的辔头，讨好地说："阿婵姐，带我一起去吧？"

"乖乖，"陈罗婵拨转马头，"两军阵前刀枪无眼，可不是耍的。"

眼看桃花马绝尘而去，"香美人"不甘心地向前追了两步，扑簌簌地落下了眼泪，跺着脚："阿婵姐，你说话不算数，我以后再不信你了。"

第五十五回　蔡李佛拳

得到李文茂离开肇庆府城的消息，各路豪杰纷纷精选人马，不约而同地向北进发。由于军务在身，梁培友抽不出空，古劳围的小霸王便由李洪英率领，计有李占升、巢元贞、吕雄杰等兄弟随行；冯坤和封满在石湾镇成了气候，带着庞振、冯祥、冯棠、“藤包麻”、梁春禄等人自成一路。其他大股人马计有：周春、韦东暄、蔡康业、卢锺琦、周泮、周亚禧等人一路；“和尚能”、涤莲和尚、旷怀和尚、丛开和尚、清海和尚等人一路；林洸隆、陆亚琦、郑天龙、慕容棠、李大计、“火烧山”等人一路；陈显良、陈锦芳、黎亚盛、廖邦贞、陈显义、陈显彪等人一路；卢昌、苏润九、卢仕仔、卢炳泰、卢吉勋、“鱼头邦”等人一路；甘先、刘巅显、周世恒、刘建勋、甘欣溃、卢仕仔、张彬、杨岳、“泥水光”等人一路；此外，响应的小股队伍如南海县的“大刀池”陈亚池、顺德县的梁亚珠、三水县的翁芹芳、花县的汤泽、香山县的黄幅、四会县的戴焜元、高要县的陈潮等等，不一而足。

却说陈松年在扶卢山和李文茂会晤后，将黎与汉、何伦义、卢兆林等好汉尽数交给赵泰来统带，前往粤北和“小孟尝”先期会合。他自己回到潮连乡，派人通知吕萃俊和黄协成，要求他们各自遴选二十名精通武艺的汉子，跟随自己出征粤北。

陈松年安排完所有的事宜后，把龙子才叫到身边，问道："子才，这两天有没有形迹可疑的人上岛？"

潮连乡地当西江之冲，东西长约六里，南北宽约五里，乃是一个四面环水的岛屿。潮连乡的地理位置非常重要，滚滚江水从此两分，一股向南经过磨刀门出海，一股折向西南，沿着蓬江与潭江交汇，经银洲湖的崖门出海。毗邻潮连乡的江门是与九江圩齐名的贸易重镇，外海来广州、佛山堡的商船一般都在此处交割货物。

由于形势天然完固，除了每年的迎神赛会外，外面的人上岛很容易被发现。龙子才跟着陈松年从粤西回来，这几天帮助师伯操持生意和事务，忙得脚打后脑勺，连去京梅村看望师傅陈享的时间也没有。他端起茶碗，猛地灌了两大口茶水："没听说，师伯，在潮连乡，甭说是人，就是一只鸟飞过去，也别想瞒得过咱爷们的耳目。"

"子才，"陈松年思忖着说，"我昨天好像看见了一个熟人。"

龙子才吃惊地问："谁？"

陈松年道："姓贝的那个淫贼。"

"他在哪儿？"龙子才猛地站了起来。

这些日子，陈松年总感到有一双阴森森的眼睛盯着自己，对于像他这样武功修为深厚的人来说，第一次有可能是错觉，第二次便绝对是真真的——毫无疑问，在暗中监视他的是一个武林高手，其身法之诡异，连陈松年自己尚且自叹弗如。

这个"鬼"会是谁呢？自从陈松年无意中瞥到了贝尘鹤的背影，他便敏锐地猜出了对方的身份，来人应该是贝尘鹤的师傅"赛潘安"——如果真是金秋池这个大魔头，那么他来潮连乡的目标，当然是那株碧血仙茅。

"我也是眼前一晃，觉得有点像那厮。"陈松年怕给龙子才增加心理负担，想了想还是暂时隐瞒真相为好，便叮咛说，"子才，我走以后，你马上把仙草起出来，带到京梅村让你师傅看管。那是苏先生寄存的东西，咱们不能给人家弄丢了。"

"师伯，姓贝的是手下败将，怕他作甚？"龙子才没有当回事，"再说，那株仙草藏在洪圣庙前的河堤下面，那里人来人往，谁也想不到。”

“绝对不行。”陈松年语气非常坚决，“子才，来的恐怕不止姓贝的一个人，这些贼子出手狠辣，使起法术来恐怕你要吃亏，还是把仙草交给你师傅稳妥。明天早上你就动身，赶在白天把它送到京梅村，莫要等到天黑。”

龙子才本来还想争辩两句，见陈松年口气强硬，丝毫没有商量和转圜的余地，这才感到事态严重，只得点头应允：“好吧，师伯，明天早上，你的船一走我就办这事。大楫和大威兄弟俩在岛上，路上正好有个伴。”

陈松年疲倦地说：“我没工夫去看你师傅，把咱们从粤西带回来的东西拾掇拾掇，拣些值钱的给他带过去。他天天闷在家里习武，收了一大堆徒弟，又不好意思问人家要钱，照这么下去迟早会坐吃山空。”

陈享是一个武痴，自道光十六年(1836 年)下了罗浮山后，回到老家京梅村闭关习武。他把自己这些年学到的本事细细梳理了一遍，博采众长，去芜存菁，创造了一门刚柔相济、攻防兼备的新拳法，命名为蔡李佛拳。拳法初创伊始，在武林和江湖还没有名气，随他学武的多是周围各乡的陈姓子弟，像陈大楫、陈大威、陈大成、陈典桓、陈典尢、陈典垣、陈典承、陈典邦、陈典惠、陈典珍、陈承昱、陈承显、陈燕贻、陈苏栋、陈谋庄、陈谋荣等，这些人不是同乡，就是亲戚，跟你学两下把式，好意思向人家伸手要钱？

第二天清晨，陈松年、吕萃俊和黄协成各带两条船，满载战马、兵器和粮草，离开渡头扯帆远航。龙子才、陈大楫、陈大威几个站在码头上，一直看着帆影消逝在西江的尽头，这才下了码头，沿着河堤来到洪圣庙。

洪圣庙是一座两进三楹式建筑，负山带河，颇为壮观，门前石柱上刻有一副对联，上联是“大富为地之灵，拱卫荷塘芦溪，雄尊气象”，下联为“极贵者神所宅，左右纛山烟岭，孚佑庞鸿”。庙前依王者体制建设三台，台下的空场用来搭棚演戏、建醮祈福、舞龙舞狮等，场外有池，池外为墙，墙外就是浩瀚雄浑的西江。

洪圣庙北头是潮连巡检司，“油豆腐”从巡检司的大门里转出来，一眼瞅见龙子才，急忙在后面大喊：“龙爷，龙爷，等等我。”

龙子才停下脚步：“啥事？”

“油豆腐”大名窦金龙，是本乡的流氓头子，他买通潮连巡检司，把持了每年一度二月份的洪圣王巡游活动，垄断了聘请戏班的演剧事务——这里面的油水很多，一方面聘请戏班的费用全乡分摊，可以虚报成本，暗地里猛捞一笔；另一方面，每次唱大戏都是潮连乡最热闹的时候，包括番摊在内的各项买卖云集在洪圣庙周围，“油豆腐”凭借手中的权力，谁行贿多就给谁分派一个好位置，从而大发其财。

“油豆腐”手下有百十来号打手，平日横行乡里，无所忌惮。他怕的只有一个人，这便是陈松年。他热情地问龙子才：“龙爷，你咋没跟陈爷去？”

“啥意思？”龙子才愣住了，继而恍然大悟，“我明白了，下个月是盂兰盆会，你是不是打算瞒着我们独吞？”

“瞧你说的，哪能啊？”“油豆腐”尴尬地笑了笑，“今年是小醮，挣不了几个钱。不过龙爷你放心，该孝敬陈爷的我一分不少。”

潮连乡在洪圣庙举办的超幽活动，按照时间长短，分为每年一次的“小醮”和十年一次的“大醮”。由于举办超幽活动的利润丰厚，再加上当地交通发达、经济繁荣，因此，潮连乡的超幽活动越办规模越大，逐渐变了味道，由单纯的佛教仪式改成了佛道两家包容共存，早已超出了传统盂兰盆会的尺度。

龙子才嘲笑：“窦老爷，谁的脑子也没你快。”

“那是，那是。”“油豆腐”恭维地说，“全仗陈爷和龙爷的庇护，我这个小买卖哪能和你们比？以后还要多多照应。”

龙子才思忖了一会：“今年小醮的钱就算了，你这些天多派人手沿河巡查，别让外乡的歹人摸进来。出了事，小心我师伯回来收拾你。”

“没问题，我马上就加派船只。”“油豆腐”高兴地连连点头，拍着胸脯说，“龙爷，你放心吧，潮连乡是咱们的地盘，断不容外人进来抢食。”

船入蓬江的时候还是阳光明媚，一拐进银洲湖，前后左右立刻大雾弥漫，沾着湿气的风儿阴沉沉地打不起旋来。龙子才叫了声：“糟糕。”

“怎么啦，”陈大楫停住船，“大师兄？”

“这么大的雾，谁能看清后面有没有盯梢的？”龙子才自言自语。

陈大威年轻气盛：“敢到银洲湖来盯咱们的梢？看我不拆了他的贼骨头。”

“闭嘴，没大没小的。”陈大楫从背后踹了他兄弟一脚，又扇了他一巴掌，骂道，“有大师兄在，哪有你说话的份？”

主航道上船来船往，听不出什么动静。船过霞路村，向西是京梅乡，向东便是宋代陆秀夫抱着幼主蹈海之处。小船向西行驶了一段，龙子才吩咐陈氏兄弟停船，把耳朵贴在水面上仔细听了一会，低声道：“入娘贼，真来了一条船。”

“太岁头上动土。”陈大威从船舱里抄起一把顺刀。

哥几个手执兵器，凝神屏气地等候来敌。不大一会，从烟雾中钻出一条篷船，船的四周架设了一圈鱼灯。这些鱼灯样式精美，远远望去，宛如浑身发光的金鱼爬上船只，既靓丽动人又俏皮可爱。船头站着一位赤膊青年，手里捏着一条长长的铁篙，发现龙子才等人的船只，举起牛角号“呜呜”地吹了三声。

陈大威泄气地把刀丢进舱里：“嗨，原来是阿新哥。”

银洲湖南部靠近崖门方向，是一片烟波浩渺的苍凉水域，上面星罗棋布分散着十几座无人居住的小岛，石鱼岛是面积最大的一座。为了策应从外海接收“红旗帮”运来的鸦片，梁培友打通了崖门炮台守军的关节，又请陈松年派人驻守在附近的石鱼岛，暗中监视炮台驻守清军的动向，双管齐下，确保这条鸦片运输通道万无一失。

驻扎在石鱼岛的是陈松年的徒弟卢新，手下有百十来号兄弟，二十多条轻捷快船。因为同门师兄弟的关系，他经常来京梅村做客，和陈氏兄弟惯熟得很。

船驶近了，卢新打了个招呼：“子才，我师傅呢？”

“师伯跟着李少班主去了粤北。”龙子才回了两句，紧接着问，“阿新哥，你来的路上有没有发现可疑船只？”

卢新见龙子才神色凝重，一副如临大敌的模样，便一个猛子扎进水里。过了片刻，他浮出水面摇头说：“没有，水面上没有声音。”

龙子才自言自语：“难道我听错了？”

“肯定是你疑神疑鬼，银洲湖到处是咱们的人，有什么可担忧的？”卢新得意地炫耀，“看看我从大良买回来的这些鱼灯，靓不靓？”

俗话说，十里不同风，百里不同俗，同样是“出秋色”活动中人们手里提的灯，广府地方各有千秋——佛山堡以水果灯著称，顺德大良以鱼灯知名，香山县以针口灯见长，新会县则以蕉叶罗伞灯声闻西江两岸。

“靓归靓，不过跟我们这盏蕉叶罗伞灯比起来，那就差远啦。”陈大威曲着身子从船舱里取出一盏灯，得意地举过头顶。

新会的蕉叶罗伞灯以潮连乡出产的最为精妙，这种灯用刚从树枝上掉下来的新鲜叶子制作而成，绝对不能过夜。过夜的话树叶就会枯萎，没有了那种活色生香的鲜嫩感。具体的做法是在凌晨摘取浅绿色的软蕉叶，把它裁成花鸟人物的形状，里面放上透光透亮的千层纸；灯放在最里面，在灯光的映衬下，鲜嫩逼真，艳丽不可方物。

蕉叶罗伞灯虽美，但是像晨露一样，只有短短一个昼夜的生命。卢新晃了晃头，“你这个玩意中看不中用，从这里赶到佛山堡和广州就打蔫了，还跟人家赛什么灯？”

陈大楫问他：“阿新哥，你是来找我师傅的？”

“嗯。”卢新回答，“师叔创制了一件新兵器，我找人打好了，给他送过去。”

龙子才好奇地问：“什么兵器？”

“就是这个。”卢新弯下腰，从船舱里取出一件约有丈把长的古怪兵器，横在手里“哗啷啷”直响。龙子才和陈氏兄弟都看傻了眼，只见这件酷似禅杖的兵器十分奇特，约摸有五十余斤重，圆乎乎的顶端赫然打制有九只铁钩。

陈大威问：“叫啥名头？”

“九龙叉。”卢新道，“师叔设计出来的，专门用来对付铜飞砣。”

陈大威恍然大悟：“我知道了，它是来收拾那个老尼姑的。”

自从陈享回到京梅村后，新会县各个门派的武林高手纷纷来找他切磋技艺，结果无一例外地败在他的拳下，最后连玉台寺和慧龙寺的高僧也俯首称臣。前些日子，紫云洞释心师太的师姐释相师太从粤西来新会，听说此地有一路新拳法，便慕名到京梅村与陈享比试武艺。这位释相师太不是别人，正是周春媳妇“飞砣凤”的授业恩师，掌中一只铜飞砣使得出神入化，来无影，去无踪，曾使江湖上无数成了名的英雄折腰。

闲话少说，却说释相师太和陈享在京梅村大战八十回合，最后释相师太一飞砣砸在陈亨的腰上，叫后者羞愧难当，抱拳认输。

陈亨在武学上的特点可以用一个“博”字来概括，近三十年的习武生涯，让他感觉到每门武学皆有它的可取之处，也让他形成了善于学习和勤于钻研的习惯，养成了胜不骄、败不馁的宽阔胸襟。败给释相师太后，陈亨苦思冥想，日夜琢磨，终于发明了一个克制铜飞砣的奇特兵器“九龙叉”。欣慰之余，陈亨让卢新专程去一趟佛山堡，请名师按图打造。与此同时，他又派人到紫云洞，约释相师太二度比武。

龙子才叹道：“师傅的脑子真是管用，每年都能想出新点子。”

“那就赶快走吧。”陈大楫催促，“回家吃煲汤去。”

哥几个怀着兴奋之情催舟进发，欢声笑语冲淡了银洲湖上沉重的雾霭。鱼灯和蕉叶罗伞灯明灭闪烁，给冰冷的湖面铺上了一层御寒的锦衣，遮盖了从湖底爬出来的千年哀叹，也让人们忽略了即将来临的危险气息。

毛鸡咕咕地叫着，嘴里叼着一枚茅龙草，歪歪斜斜地丢进了烟雾间的缝隙。

龙子才的直觉没有错，在他们身后一箭之地外，有一条神秘的竹筏时隐时现，与他们始终保持着一定的距离。

这条竹筏贴着水面不紧不慢，船上坐着一个身穿金色八卦袍的美男子。只见他用剑鞘轻轻点击水面，竹筏便像箭一样向前蹿出一大截，而且没有发出任何哪怕是轻微的声音。明眼人一看，就知道这个道士内功之深厚，已经达到令人咋舌的地步。

这个美道士正是“赛潘安”金秋池。

金秋池在曲江南华寺掘地三尺，翻箱倒柜，最终一无所获。这魔头离开连江口镇，第三次返回扶卢山，恰好碰到六祖寺众僧为无念法师举办敛骨装坛的仪式。望着李文茂双手捧在胸口的“金坛”，金秋池失望至极——无念法师的遗体被火烧得干干净净，单单剩下这么几根烂骨头茬子，能保留下什么秘密？

金秋池辛辛苦苦折腾了大半年，“六祖心经”这条线算是彻底绝望了，剩下还值得追求的当然是碧血仙茅。与戒备森严的“洪兴堂”比起来，潮连乡相对好对付一些，他打探到陈松年准备带人开赴粤北，心里十分高兴，想打瞌睡就有人送枕头，这不是天意吗？

银洲湖与南海一门之隔，浪头冲击的力度很大，隐含着雄浑有力的节奏。从湖底蒸腾出来的咸湿空气在风中发出铿锵之声，犹如另外一层汹涌的波涛。船只在这样的涡流中想保持平衡和匀速极为不易，更别提还要消除桨橹击水的声响。为了确保不被发现，金秋池干脆弃用寻常的船只，撑一条竹筏，以剑鞘代替船桨，只身独闯银洲湖。

“柔佛人荟”果然没有白吃，金秋池眼下的内力远非昔日可比，把一套千钧坠底功的威力发挥到妙至毫巅。竹筏在银洲湖中劈波斩浪，毫无声息，像鬼魅一般穿行在重重雾霭里。金秋池清楚水战是自己的弱项，打定主意，除非看到碧血仙茅现身，否则绝不打草惊蛇。

京梅村不大，但是村口的那棵榕树却大得夸张。四周蒲葵亭亭如盖，麻鹤等鸟儿盘旋在榕树上方，不时地发出清脆的鸣叫。浓雾像一卷帘子把榕树掩盖起来，一阵旋风吹过来，“帘子”打开处，树根上坐着几个愣头愣脑的半大小子。

看到湖面上鱼灯闪亮，有船靠岸，小家伙们直起了腰。陈典邦屁股后头别了把顺刀，撒开脚丫子跑上前：“啊呀，大师兄回来了。”

“什么？是大师兄？”陈典垣、陈承昱、陈燕贻、陈荪栋、陈谋庄、陈谋荣几个人喜出望外，纷纷撇了一地的刀枪，争先恐后地冲过去，围住龙子才问长问短，“给我们带了啥好东西？快拿出来看看。”

龙子才到了京梅村，就像回到了家一样，心情格外舒畅，脑子里一直绷着的神经完全松弛下来，乐呵呵地答道：“有，有，都有，快帮着阿新哥他们抬。”

陈享家的东面是一片绿油油的葵林，西侧种植着几亩甜橙。他在门口的白茅丛中专门辟出块空地，扎了三十六根梅花桩，教授徒弟练习桩法。进了陈宅的大门，最惹眼的是一排密密麻麻的兵器架，上面摆放着十八般兵刃，看来叫人眼花缭乱。

陈享创设的这套蔡李佛拳以博见长，他生前留下的著作多达一百九十三本，内含技击手法三十种，桥法二十九种，拳法三十五种，身法十四种，腿法十六种，步法十八种。有趣的是其中还有一本总结了九套狮艺，可见其涉猎之广。

蔡李佛拳涵盖器械类功法六十四套，单是棍法便有十四种之多。刀法如春秋大刀、左右八卦单刀、七星梅花双刀、关刀、铲马刀等；枪法如左右十三枪、钩镰枪等；剑法如达摩剑、青龙梅花剑、雌雄双剑等；鞭法如九节鞭、梅花双鞭、单刀鞭等；戟法如方天戟、金钱戟等；斧法有单板斧、双斧头等；耙法有九齿耙、小金刚耙、大金刚耙等；牌法有单刀藤牌碟、双藤牌碟、双虎头牌等；扇法有飞龙扇、碎手扇等；此外，像什么护手双钩、长桥凳、双铜锤、双铜锏、铁锄等等应有尽有，令人叹为观止。

听说大师兄从粤西回来，从陈宅里呼啦啦冲出一堆小兄弟，兴高采烈地肩扛手提，簇拥着龙子才进了院子。早有人把藤条椅搬出来，陈享收功擦汗，笔直地在椅子上坐下，那副和蔼的样子不像武林人士，倒像是一位文文静静的教书先生。龙子才三步并作两步抢上去行礼，语带哽咽："师傅，你老人家近来可好？"

作为陈享收的第一个徒弟，龙子才跟随师傅学艺的年头已久，师徒俩的感情不是一般的深厚。陈享当着一群小徒弟的面，不便流露出太多心绪，先问卢新："阿新，你师傅是不是跟着'小孟尝'去救梁九爷？"

"回师叔的话，师傅去救梁九爷不假。不过，'小孟尝'和'大只钜'早走了，师傅是跟着李少班主去的。"卢新恭敬地回答。

"李少班主也去了？"陈享一怔，随后欣慰道，"要是这样的话，我就放心了。有李少班主亲征，你师傅他们此去粤北，谅无大碍。"

谁都明白粤北绿林道无异于龙潭虎穴，卢新正替师傅捏着一把汗，听陈享一说，心里一块石头总算落了地，接着说："师叔，'九龙叉'我给你带回来了，释相师太不相信你这么快就能破她的铜飞砣，答应再和你比试一场。"

"她说了些什么？"陈享饶有兴趣地问。

卢新还没有说话，龙子才插了一句："师傅，师伯临走前，说有一样要紧的东西交给你保管，你看应该放在哪儿？"

"子才，天色不早，你一路辛苦，怕是累了，早点歇息，有什么事明天再说。"陈享停下手中的大蒲扇，止住他的话头，吩咐众徒弟，"你们大师兄刚从粤西回来，到后院去陪他聊聊天，省得他一个人寂寞。"

卢新和龙子才面面相觑，觉得十分错愕。大家好端端正说到兴头上，为何陈享忽然变了脸色？两个人不敢违拗，只好带着众人去了后院。

刚才热闹喧哗的院子，转眼间变得冷冷清清，浓雾之下，不知天光几何。陈享端起茶壶给自己斟了大半碗茶，有滋有味地喝了一口，然后抬头冲着门外高声喊了一句："朋友，既然来了，就请现身吧。"

湖上的大雾做了最好的掩护，金秋池站在门外的梅花桩上正聚精会神地听，不意被陈享窥破行藏，暗暗吃惊。他跳下梅花桩，顺手打草丛里扯了一束白茅，理了理腰间的飘带，迈步进门打了个稽首："无量天尊，贫道这厢有礼了。"

陈享不由自主地站了起来，他没想到门外飘过来的隐隐杀气，竟然来自一个比女人漂亮三分的青年道士，看年纪才十八九岁的样子，如何能有这般深厚的功力？他满腹疑虑地说："远来是客，道爷，请用茶。"

金秋池也不客气，落座之后，潇洒地举起茶碗，闻了闻："好清，好香，与罗浮山酥醪观的梅花茶相比，分寸不差。"

陈享脱口道："道爷，你对罗浮山很熟？"

"修道之人，谁不向往浮山二百峰？"金秋池怅惘地说，"贫道从前曾经七探浮山，可惜命薄福浅，终难晤仙草芳踪，诚为平生大憾。"

听对方的口气，阅历之丰尚在自己之上，陈享半是明白半是糊涂——明白的是，眼前这个风度翩翩的道士，实为修炼了返老还童、驻颜有术的高明功法，才变得如此年轻，糊涂的是此人虽然皮肤嫩得能掐出水，眼神却缺乏一种凛然正气，显而易见，其功法出自左道旁门，到底是哪一家的功法呢？

不是关东灵狐派，即为西域雪山派。陈享心里琢磨着，拱了拱手："道爷好眼力，陈某在罗浮山华首台习武十年，最喜欢的便是酥醪观的梅花茶，清香淡雅，没有一点脂粉气，乃茶中君子，你尝尝，是不是这个味道？"

脂粉之气？金秋池目露愠色，觉得陈享这几句话似乎在嘲讽自己。不过，华首台的武学在罗浮山仅次于冲虚观，倒是不可小觑。他鼻子里"哼"了声，稍一用力，只见碗中的茶水像一条箭，被他瞬间吸进鼻腔。这魔头有心折陈享的威风，喝完后，拿手帕擦了擦掌心，提高嗓门称赞："好味道，好味道，还是从前的好味道。"

鼻饮？陈享倒吸了一口凉气，"阁下莫非是西域雪山派？"

“贫道姓金，名秋池，江湖人称‘赛潘安’的便是。”金秋池傲慢地回答。

原来是这个大魔头，陈亨的脸顿时沉了下来：“金先生，你到寒舍来所为何事？”

“贵府门前这丛白茅，嫩生生煞是可人，金某想用它来制一杆笔，不知尊驾愿否？”金秋池左手运十分内力，抬手把那束白茅掷向陈亨。

武行里有一句话，先看一步走，再看一伸手。陈亨现在臻于武林宗师的境界，还有什么能瞒得过他的眼睛？只见这束软绵绵的白茅不疾不徐，不飘不荡，像只白色大鸟一样朝着自己的天灵盖袭来。在金秋池抬手的那一瞬间，陈亨立刻看出对方的内力修为只在自己之上，不在自己之下。他委实惊骇不已，百思不得其解，西域雪山派何来如此深厚的功法？

陈亨是一个极为要强的性子，不愿意当着敌人的面纵身躲闪，失了锐气。无奈之下，他只得伸出右手的两根指头，硬接破空而来的白茅，嘴里也没客气：“白茅虽为寸草，却是本乡君子之遗风，怕不能如先生所愿。”

话音未落，白茅如雷霆万钧袭来，陈亨内力稍逊一筹，被白茅震退一步，屁股底下的藤条椅碎裂为几段。金秋池哈哈大笑，从腰间拔出峨嵋刺：“一根草儿都舍不得，真可谓一毛不拔，贫道今天要好好教训你这个守财奴。”

陈亨这时已经猜出了金秋池的来意，必定与师兄陈松年交代保管的东西有关，他随手从兵器架上抄起两把单刀：“金先生，你今天要是有本事赢了在下，别说院子里的东西，就是在下的头壳，一并奉送。”

方才那一招试探出了陈亨的内力，金秋池心头大是得意，提起峨嵋刺分心便刺，同时出言讥笑：“取尔两根细草即可，要尔的头壳何用？”

陈亨不敢怠慢，左手单刀抵住“赛潘安”的峨嵋刺，右手单刀劈向金秋池的颈部。金秋池“咦”了一声，左掌多了把铁骨画屏扇：“尊驾还真有两下子，贫道这把扇子好久不用，今天就赏尔几招。”

说时迟，那时快，两大高手须臾之间过了三十来招，杀了个天昏地暗，难解难分。金秋池心中焦躁，本以为陈松年是个刺头，没想到他这个名不见经传的师弟更加难缠。这魔头求功心切，在右手的峨嵋刺上加了几分力道，断喝一声：“开。”

但听“咣当”一声，陈亨手里的单刀经不住对方的力道，被震飞在空中划了半道弧。金秋池冷笑着说："姓陈的，金某又不要你的性命，何苦拼死支撑？"

换成别人恐怕早已低头认输，但陈享不愧是一代武林宗师，从刚才这一败招中觅到了不败之策——他清楚自己内力不如金秋池，唯一的胜算便是以守代攻，以拖待变，利用金秋池急于求胜的心态，等这魔头耗尽了气力，再与他一分高下。

心里打定了主意，陈享不慌不忙，从兵器架上抽出一根蟠龙双头棍，摆了一个双龙夹气棍的招式，高声道："金先生，在下一介农夫，僻居乡里，没有见过什么世面。好不容易碰到你这位高手，怎能不向你多学几招？来来来，看看在下的棍法如何？"

敢情这个乡巴佬拿自己当义务教师了？金秋池火冒三丈，右手使峨嵋刺，左手抡起铁骨画屏扇，一招快过一招，招招用尽全力，恨不得立刻将陈享碎尸万段。再战五十回合，眼看陈享又现颓势，哪知道他主动跳出圈外，丢掉蟠龙双头棍，换了一把钩镰枪，仍旧是一副笑嘻嘻的模样："金先生，你再瞧瞧在下的枪法。"

话说简短，陈享充分发挥自己博学多技的优势，以逸待劳与金秋池游斗。钩镰枪使过换春秋大刀，春秋大刀使过换雌雄双剑，雌雄双剑使过换九节鞭，九节鞭使过换方天戟，方天戟使过换单板斧，单板斧使过换小金刚耙，小金刚耙使过换护手双钩，护手双钩使过换双铜锏，双铜锏使过换双虎头牌……

京梅村这一仗山颓河滞，风云变色，足足战了四个多时辰，胜负的天平逐渐发生了倾斜。陈享越战越抖擞，而金秋池却越打越气馁，气力渐渐不济。战至最后，陈享索性舍弃兵器不用，左腿踏稳如铜钟，右脚点地似浮云；双拳起似奔雷，收如泰山，什么佛掌拳、五形八卦拳、十八罗汉易筋掌、龙虎拳、无极拳一一施展，打得金秋池眼花缭乱，目不暇接。一不留神被陈享铁掌拍中后心，打翻在地，峨嵋刺丢出老远。

这时节，众弟子早就从后院出来观战，手持明灯火把为陈享助威。见师傅反败为胜，大家伙齐声喝彩。陈大威眼疾手快，上前一步，把峨嵋刺抢到手中。金秋池正要扑向陈大威，陈享断喝一声："道爷，你是武林前辈，请自重身份。"

“赛潘安”悻悻地收住了手中的铁骨画屏扇，自己连陈亨一个都拿不下，更何况对方还有这么多帮手。他整了整衣冠，掸净身上的尘土，咬牙切齿：“姓陈的，金某这回认栽，青山不改，绿水长流，后会有期。”

陈亨笑着说：“道爷，你要的那件东西就在寒舍，在下替你妥善保管。你且回去好好地习练武功，什么时候觉得长进了，尽管来银洲湖找我。”

半夜三更的银洲湖，水汽寒冷得刺骨。金秋池冻得打了个寒战，四周水雾蒙蒙，自个势单力孤，必须尽快离开这个是非之地。但这一仗败得太窝囊，明明是稳操胜券的局面，却中了对方的骄兵之计，遂致一败涂地，让人心有不甘。望着院墙周围如林的鱼灯和蕉叶罗伞灯，金秋池咬牙切齿：“下一次别想再有这么便宜的事。”

“姓金的，”龙子才破口大骂，“下一次是没有这么便宜的事。”

“赛潘安”走后，陈亨叹气：“此人相貌堂堂，武艺高强，怎么偏偏不走正道?”

龙子才心里涌起后怕：“师傅，就是这厮一路上跟着我们。幸亏你把他打跑了，不然的话，苏先生的碧血仙茅非让他抢走不可。”

陈大威嗤道：“有师傅在，怕个鸟?”

“你不懂，今天为师胜在侥幸。”陈亨摇了摇头，对龙子才说，“西域雪山派的内功远不如少林武当，可姓金的居然有这么高的功力，显然是吃了类似碧血仙茅之类的神草。这魔头必是吃到了甜头，故此才死盯着你不放，想把这株碧血仙茅弄到手。”

“他咋知道碧血仙茅在我们手里?”龙子才疑惑不解。

陈亨猜测：“或许是苏先生那边漏的口风?”

“嗨，你看我这个记性。”龙子才懊恼地拍了一下脑袋，“从前在‘浴日台’下，姓贝的那个淫贼见过我们，或许是他拨弄的是非。”

陈亨笑着说：“这就对了，苏先生手无缚鸡之力，碧血仙茅不可能放在自己身边，这个道理谁都明白。”

“师傅，”陈典邦惶惑地问，“你的内功真不如他?”

陈大威很不满意他这一问，举起手里的峨嵋刺，反驳道：“胡说八道，师傅要是打不过姓金的，这把兵器能到我的手里?”

陈享无心理会他们的斗嘴，把卢新叫了过来："阿新，这株碧血仙茅交给你，务必替你师傅保管妥当。大丈夫在世间立的就是一个'信'字，切莫失信于人。"

卢新回答："师叔，你放心，我有一个地方，保证姓金的找不到。"

银洲湖与大海一门之隔，那口传说中的海眼堵塞后，一直出产清洌的井水，比新会县其他的地方要甘美十分。卢新带人在石鱼岛上凿了十几口水井，专为阿钿的海船补充淡水，没想到如今却成了藏匿碧血仙茅的最佳所在。

第五十六回　风起青蘋

年初开张的“合记”窑口，在广利圩是一间中等窑口。

为了抓住千载难逢的时机，温氏兄弟破釜沉舟，使出了吃奶的力气，不但把各自的宅院抵押出去，而且瞒着老太太回到顺德龙山坦东村，卖掉祖宗留下来的尝产，最后又借了一大笔高利贷，总算凑足了开办窑口所需的股份。

事实证明，温氏兄弟的选择没有错，半年下来，投资就收回了一半。人就是这样，事业做得越顺溜，视野便越开阔，胃口也随之变得越大。恰在这时，财神爷又向他们招手了，与“合记”咫尺相邻的一家窑口挂牌出售。

广利圩在广府号称“小澳门”，地价很贵，在鸦片买卖如日中天的道光十八年(1838年)，每一间店面都热得发烫，根本抢不到手。这间窑口属于广利圩最有势力的大地主苏氏家族，苏家少爷苏廷魁在道光十五年取了进士，与龙元僖、罗淳衍同科点的翰林。翰林是宰辅的起点，为了不影响苏廷魁的远大前程，苏氏家族逐渐退出了鸦片生意。最后转让的窑口有三间，“合记”旁边这间窑口最小，竞争不算激烈，相对容易弄到手。

温氏兄弟和张耀祖走了知县齐如晦的路子，顺利把这间铺面盘了下来，接着投入大量资金装修门面、采买囤积鸦片膏等，进行扩大经营。窑口大了人手当然不够，温秉礼打发人给老五捎了个口信，让他招聘几个伙计来铺子帮忙。

“飞天爪”因为打得一手好鸟枪，又在张槎乡的窑口干过，算是半个内行，被温秉信雇佣来当伙计。他坐在船上问：“五爷，广利圩太不太平？”

温秉信讥笑：“你怕了？”

“不怕不行啊。”“飞天爪”心有余悸，“曾大舵爷那是多大的势力？后台是五龙观的火烈道爷，手下有七八千人马，‘大会馆’说砸就砸，真吓人。”

“大会馆”和“天讨会”在张槎乡摆开阵势火并，“飞天爪”哪见过这种阵势？卷起铺盖落荒而逃。温秉信故意敲打他：“老谭，我听说阿开以前对你不薄，可你和‘大漏勺’这两年忘恩负义，一次也没看过人家，有没有这回事？”

“这事我已经认错了。”“飞天爪”苦笑。

温秉信第一次带小弟，觉得有必要多唠叨两句：“你们从外乡来佛山堡混不容易，为什么有的光鲜发达，有的却穷困潦倒？”

“飞天爪”心里想，那还不是老子行事不够心狠手辣？他明白温秉信想说的是什么，不敢当面顶撞，只好拱手道：“请五爷指教。”

“发达的人都讲仁义。”温秉信仿佛看穿了他的心思，“老谭，你不要羡慕‘死牛肺’和张亚丞，那两头蒜长久不了，迟早有人收拾他们。”

温秉信和“飞天爪”所乘的船只前面是一条官船，挂着广东水师的旗帜；后面是一条圆滚滚的西瓜艇，“厚皮棍”穿着一身崭新的布褂，站在船头骂骂咧咧。

“厚皮棍”这些日子盼星星盼月亮，一心等“癞头鳖”回来帮自己脱出苦海。没想到突然噩耗传来，说“癞头鳖”跟随陈吉在连江口失了手，眼下正向“洪兴堂”负荆请罪，吉凶祸福未知。“厚皮棍”失望之余，央求黄半仙给自己找了份差事。

黄半仙把他介绍给黄文汉，黄文汉又将他支到了兄弟黄文灿的船上。黄文灿试了试“厚皮棍”的腿脚，觉得很满意，便说：“兄弟，跟着我干就算走了正道。吃饱穿暖不在话下，不过你这个号太难听，有没有名字？”

“有。”“厚皮棍”回答。

黄文灿问：“叫什么？”

“七爷，”“厚皮棍”扭捏起来，“咱们是本家。”

黄文灿高兴地说：“那太好了，到底叫啥？”

说句实在话，“厚皮棍”长这么大，从来没有听人叫过他的名字，连他自己都忘了个一干二净。想了足足有半个时辰，总算回忆起来：“我叫……叫黄茂公。”

“茂公，这个名字吉利。”黄文灿模仿黄半仙的样子，掐着指头说，“兄弟，瓦岗寨的徐三爷就叫这个名字，人家前算三百年，后算三百年，比诸葛孔明一点也不差。好了，以后我改叫你的大名，别再忘了，我喊你一声先，茂公，茂公。”

“厚皮棍”迟疑了一下，羞涩地答道：“哎。”

黄文灿顿时觉得自己成了瓦岗寨的混世魔王程咬金，而“厚皮棍”则成了辅佐自己的足智多谋的徐茂公：“大声点，你自己的名字怕个鸟？茂公，茂公。”

“哎。”“厚皮棍”壮着胆子喊了声。

“呵呵。”黄文灿往船帮上一靠，想试一试“厚皮棍”的胆量，“茂公啊，前面那条破船走走停停，净耽误咱爷们的正事，你去骂他们一顿。”

“厚皮棍”有心在黄文灿面前显示能耐，挎着腰刀，冲着前面的船高喊：“呔，哪个不长眼的瘸腿山鸡？把路给你家黄爷让开。”

“飞天爪”正吃温秉信的教训，见“厚皮棍”人五人六地站在后面船头骂大街，登时火冒三丈：“要饭的，号丧呢？”

“姓谭的，老子早不在丐帮干了。”“厚皮棍”回敬了一句，“你嘴巴放干净点。”

“丢你老母。”“飞天爪”操起鸟枪，瞄准“厚皮棍”的头顶放了一枪。这家伙的枪法真是没说的，“厚皮棍”刚买的凉帽被一枪击飞。

官船上坐着王振高，蓦然听到枪声，他吃惊地问：“哪儿响枪？”

“启禀大人，后面篷船放的鸟枪，打的是西瓜艇。”一名扈从进来禀报，“要不要把放枪的刁民抓起来？”

“自从会党作乱，蚁民百姓蠢蠢欲动，都不好惹。”王振高挥了挥手，“算啦，多一事不如少一事，办正事要紧。”

道光十六年四月，被降职的许乃济不知道抽了哪根筋，在一片肃杀中，上了一道《鸦片例禁愈严流弊愈大，亟请变通办理折》的奏折，重申过去“弛禁论”的主张，引发了一班清议之士如内阁学士朱嶟、给事中许球、御史袁玉麟、鸿胪寺卿黄爵滋的严厉鞭挞。皇帝佬儿虽然没有明着说什么，但在道光十七年初升任林则徐为湖广总督，接替剿匪不力的纳尔经额。熟悉道光皇帝的近臣们立刻摸清了天威所在——两湖毗邻粤省，为仅次于两粤的鸦片重灾区。皇帝起用林则徐，这是磨刀霍霍、准备大力铲除鸦片贸易的前兆。

机关算尽太聪明，反误了卿卿性命，历史的诡谲之处就在这里：清廷二百年来挖空心思地愚弄汉人的心智，腐蚀汉人的血性，到头来连同满人自己一起做了愚弄和腐蚀——偌大的朝堂之上，尽是一些趋炎附势的唱和之徒和无耻之辈，独夫统治者驾驶着国家命运的航船，迎头撞向冰山而不自知，何其悲也！

内廷的消息传到粤省疆臣的耳朵里，邓廷桢和祁贡大吃一惊，他们两个掂得清这一任命的真实含义。事关国之安危，二人冒着被摘乌纱帽的危险，上折子表示赞同许乃济的主张，并拟定了九条实施细则，随折上陈。

粤省官吏向来是“弛禁论”的拥趸，但是也有那么几个大力倡导“严禁”的，其中调子最高的竟然是“韩狐狸”。作为鸦片走私最大的牟利者，韩肇庆的真实目的自然不是禁烟，而是想趁机扩大手中巡缉鸦片的权力，打击异己。为此，他三番五次地劝说邓廷桢明哲保身，顺着皇帝佬儿的意思厉行“严禁”。韩肇庆用的还是老法子，说白了就是做做样子糊弄鬼。禁烟嚷嚷了一百多年，越嚷嚷鸦片输入量越大，那干吗不扯着嗓门使劲喊？皇帝那头得了面子，自己这边得了里子，一好变两好，傻瓜才不搞。

邓廷桢被他说动了心，立刻改变主张，另具折子向朝廷申明“严禁”鸦片的决心，同时赋予韩肇庆更多巡缉执法的权力。韩肇庆如愿以偿回到家，和王振高、“赤沙广”等心腹商量来商量去，决定首先拿“小澳门”开刀。“韩狐狸”之所以对广利圩耿耿于怀，是因为这里的大鸦片贩子各具神通，从外海或者洋人手里直接进货，不走虎门大寨，而是沿着磨刀门和崖门的内河运往广利圩销售，给水师巡缉船孝敬的银两少。

韩肇庆、王振高、徐广这些人都是老江湖，深知广利圩鱼龙混杂，不可一概而论，收网前必须探听虚实，不能得罪的势力须提前给人家打个招呼，免得将来撕破了脸皮。让韩肇庆忌讳的人无非两类，一类是像谭亚才这类与洪门有瓜葛的大鸦片贩子，一类是像苏氏这样朝中有粗腿的豪门——苏家急于将三间窑口脱手，正是由于接到了秘密通知之故。

苏家在广利圩的霸主气派主要体现在两座建筑上，其一为本镇最大的石码头，其二是独此一家的砖瓦戏台。后者比前者更具象征意义，从前唱大戏最怕的就是火灾，永久性的砖瓦戏台比临时搭设的木棚当然安全得多。

戏台位于广利圩的黄金地段，前面是一个十分宽阔的广场，两旁全是苏家的店铺，把头的便是准备出售的两间大窑口。苏家为了掩盖此次出售的真实目的，特意将“千秋月”班请来唱戏和大造声势，四处放风说苏廷魁不日将出任监察院御史，欲正人者先自清，特地写信回来要家里人退出鸦片买卖云云。

王振高对苏家严守秘密的做法非常满意，他登上戏台东侧的酒楼，摇着扇子，问苏府的二管家苏文良：“老弟，出售窑口一事可还顺利？”

“多亏你和韩将军的照顾，”苏文良殷勤地给他斟了杯酒，“那间小的卖出去了，剩下两间大窑口正在谈价过手，位置没得说，平时抢不到手的香饽饽，加多少钱都有人要。老太爷怕耽误你和韩将军的大事，叮嘱我们这两天务必清盘。”

王振高客气道：“老太爷真个体察下情，咱们两家的交情就不用说了，苏大少如今是直达天听的贵人，我们巴结还来不及呢。”

苏文良屏退左右，从锦盒里取出一个薄薄的丝绸包袱，递了过去：“王大哥，这是本府自个产的刺绣，送给嫂子做个见面礼吧。”

苏家做事总是力求自然而避免唐突，纵然送礼也是如此。王振高赞叹不已。他知道包袱里绝不仅仅是刺绣面料，推辞一番后问：“你们打算把窑口卖给谁？”

苏文良诡异地笑了笑：“‘铁板会’后面的靠山是知县大人，罗家和巡检司的蒋老爷穿一条裤子，这两家的面子不得不给。”

控制广利圩鸦片买卖的有四大势力，分别是本地的苏家、开平县的谭家、“铁板会”以及来自佛山堡的罗家。“铁板会”是高要县最大的流氓团伙，齐如晦身为一县之主，不便明着开办窑口卖鸦片，便借助“铁板会”头目蔡老二之手分一杯羹。

苏家退出窑口生意，王振高卸掉了一半心病，另一半心病应在谭亚才身上。他冲着苏文良拱手，感慨地说：“老太爷心思缜密，滴水不漏，事事想在人前，提携晚辈，给他老人家办差又痛快又省心。不瞒兄弟你说，谭家这份面子哥哥我还真得给，你们不卖给谭家等于替我和韩大人省了劲，只是不知道那个当家的小白脸，能不能悟透其中的玄机。”

“悟不悟透是他的事，反正咱爷们做到了仁至义尽。”苏文良起身道，“王大哥，大戏马上开场了，要不要换个地方看戏？”

“这儿就好，这儿就好，兄弟，你忙你的。”王振高送走苏文良，还是放心不下，觉得有必要再派人点醒谭亚才一句。

夜场戏一开始，戏台前的广场人满为患，挤得水泄不通。台上弦歌无尽，光彩照人；台下繁华似锦，百业兴旺。烟馆、酒肆、茶楼熙熙攘攘，番摊、食档、游艇喧哗嘈杂，共同组成一幅岭南尘世图，与仿若仙境的戏台判若两个世界。各种娱乐中，数敛财的番摊最为刺激，生意也最红火。摊主童守鼎吩咐伙计韦亚荣：“今天生意不错，快把娘子叫来帮忙。”

韦亚荣感到纳闷，指着戏台上说：“老爷，你不会弄错吧？姓柳的在台上呢。”

“关你屌事？”童守鼎踢了韦亚荣一脚，“快去。”

童守鼎是个破落户，生得眉清目秀，嘴甜似蜜，番摊之外还从事一份第二职业，这就是给富家女人当鬼马老撇（男姘头）。俗话说，不是一家人，不进一家门，他老婆梅菱懿也是一个风流的性子。这女人年方二八，杨柳细腰，颇有几分姿色，她出身老千世家，一手上乘的老千功夫出神入化，是童守鼎的摇钱树。

梅菱懿是柳三郎的鬼马老二（情妇），每逢“千秋月”班来广利圩唱戏，童守鼎就把老婆锁在家里不让她抛头露面。然而今天来看戏的财主老爷委实不少，童守鼎舍不得放过这个捞钱的机会，只好硬着头皮把梅菱懿叫出来掌摊。

梅菱懿打扮得花枝招展，一步三摇地来到番摊前，拧着腰对童守鼎说："这可是你叫我出来的，别一会又吃三郎的醋。"

"哎呀，哪来那么多废话？"童守鼎不耐烦地说。

韦亚荣捧出一套别致高雅的摊具，纯银打制的摊盅闪闪发亮；摊皮用广宁县有名的青皮竹削成，打磨光溜溜的像美人玉指，在银质摊盅里发出悦耳的细微声响，据说是为了防止高手凭听力出老千。

梅菱懿风情万种，往那儿一站便是迷人的招牌，远近的赌客都被她吸引了过来。梅菱懿手里"哗啦啦"地摇着摊盅，一对俏皮的勾魂眼，柔了三柔，摇了三摇，甜丝丝地开口："青蚨飞入，大杀三方。南来的英雄，北往的好汉，下了注，不兴反悔。"

众赌客纷纷下注，抢着说："我来先，我来先。"

梅菱懿左手按定摊盅，在赌客神魂颠倒间，右手摊皮神不知鬼不觉飞进摊盅，这场游戏的胜败早已注定。女人目光掠过垂涎三尺的赌客嘴脸，像一片秋叶飘向戏台。久违了的情人戴罗帽，插绒球，自云端翩然下凡。

台上是一处《西河会妻》，柳三郎扮演赵英强，登台一段道白：

返家乡清风送爽，
朝辞北海暮南岗；
昼夜兼程赶路忙，
险死还生图振奋；
深仇大恨永难忘。
…………

台下齐声喝彩，柳三郎甩袖而歌：

记当初杀贼酋。
挥军救圣上乘胜追击，
勇不可当；
由来险诈难御防，
恨奸贼夺功立心凶悍。

袖镖伤好汉，
垂危困山谷遍体皆伤；
荒山老丈医伤最擅长，
全凭他拯救赵英强。
难得世外高人传武艺，
他日深仇大恨尽清偿；
学成此日下山门，
翘首家园今在望。
…………

看到情郎那英俊潇洒的扮相，女人心里万朵梨花一树开，眼里眉间全是爱。梅菱懿如痴如醉，众赌客却急得直嚷："开盅，开盅，小娘子，咋还不开？"

童守鼎戳了一下老婆的腰眼："嗨，干正事。"

"奴家这就走，走，走。"梅菱懿挥动飘舞的长袖揭开摊盅，打心底里希望自己是投河自尽的王月娥，此刻好依偎在柳三郎的怀中。她模仿王月娥唱道，"但觉三魂飘荡，哦，一腔怨气难申诉，声声痛骂，你，个，郭，崇，安。"

摊盅揭开，赌客们一起欢呼："赢了，赢了。"

梅菱懿感觉不对劲，低头一看，粉脸顿时变得煞白——刚才只顾着看台上的情郎，没想到顺手多掂了一枚摊皮，弄巧成拙，反而成全了对头。这个该死的败家娘们！童守鼎暗地咬牙切齿，脸上仍旧扮出一副笑盈盈的样子："恭喜，恭喜，各位爷今天好彩头。"

黄文灿赢了钱，摆出阔佬的架势吩咐"厚皮棍"："收起。"

第一轮赌客大胜，激发起了大伙的兴趣，第二轮下注的人翻了一倍。童守鼎狠狠地瞪了老婆一眼，提醒她："娘子，好生伺候。"

梅菱懿用纤细的手指撩了撩发髻，幽幽地叹了口气，拿起摊盅，摇了三摇："哦，原来是勾魂使者在身旁，有劳你带我阴曹往。"

赌客们被她的风情倾倒，狂呼乱叫："小娘子，靓唱。"

区井涛当年被李文茂踹断三根肋骨，死里逃生回到老家开平养伤，伤愈投在谭亚受门下混差事。韩肇庆重返广东水师后几次派人邀他归队，均被他婉言谢绝，只好命王振高和徐广私底下照顾他，尽兄弟一场的情义。

王振高到达广利圩，立刻派人通知区井涛前来见面。区井涛到了酒楼雅间门口，一个红光满面的道士打帘子从里面走出来，行步匆匆，差一点将区井涛撞了个跟头。王振高从里面走出来抢步扶住他，关切地问："贤弟，没事吧？"

"大哥，"区井涛慌忙挣脱，"折杀小弟了。"

王振高牵着区井涛的手，把他按坐在自己的下首，亲自给他斟了一杯酒："贤弟，这些日子谭家的买卖红火吗？"

谭氏家族经营鸦片生意很多年，和洋人关系密切，可以直接从趸船以优惠价进货，这条线路由谭亚受负责。区井涛端起酒碗，诚恳地说："大哥，多亏你给水师兄弟打招呼，不然兄弟在谭家哪有这么大的面子？"

"咱们兄弟不必见外，说这个干吗？"王振高饮了一杯酒，"人家现在翅膀硬了，跟'红旗帮'勾搭连环，拿到的价格怕比趸船低不少吧？"

王振高的话甚是微妙，这个"人家"明着是指谭家，实际上却是指谭亚才。谭亚受虽然资历深、功劳大，但是出身旁支，并非谭家的嫡系血脉。如今谭亚才依靠阿钿在"红旗帮"的势力，直接可以拿到低价货，在业绩上明显压过谭亚受一头。长此以往，谭亚才的地位会越来越巩固，谭亚受执掌家族大权的希望越来越渺茫，跟着他混，还有什么前途？

区井涛抬起头："大哥，我知道你们是为我好，不过，谭爷在落难的时候伸手拉过兄弟一把。做人要讲点良心，哪能说走就走？"

"话虽如此，目下风云变幻，挣钱的好日子没有几天了。要是不抓紧机会搂点，以后恐怕就要饿肚皮。"王振高劝，"我琢磨着，你还是回来的好。"

区井涛心里并非没有动过这样的念头，但每每想起大雾山的那一幕，他就不寒而栗，胸前隐隐作痛。大家久在江湖行走，谁都明白李文茂和韩肇庆这段仇恨总有解决的那一天，区井涛不想再做一次牺牲品——银子虽然诱人，终须有命去花。他问王振高："大哥，刚才出去的可是'逍遥门'的弟子？"

"兄弟好眼力，"王振高答道，"他是冲虚观桑木道长的首徒松安道士。"

区井涛说："大哥，你别怪我这张乌鸦嘴，'逍遥门'咱哥们其实指望不上。金蟾道爷四海云游，平时根本摸不到他的影子，听说人家搜罗了不少天下奇珍异宝，随便拿出一件就是价值连城，你说他能听咱们使唤？他门下真正厉害的是水龙道爷和火烈道爷两位，水龙道爷为人自命清高，约束徒弟甚是严厉，和谁也不打连连；火烈道爷手下兵强马壮，盘踞着顺德县那样头等富裕的地界，胃口比咱们还大，多少钱能填满？桑木道爷和土宫道爷门下武功太逊，绝非李少班主的对手，来了也是聋子的耳朵——摆设。”

区井涛所言正中了王振高的心事，他叹了口气，“兄弟，你说的这些韩爷心里明白，他老人家早已经想通了，做好了两手准备，对‘逍遥门’没有抱多大的希望。实在不行，三十六计走为上，只要荷包里有钱，到哪儿不是花？眼前的头等大事是要稳住红船和洪门。韩爷过些日子打算雷霆扫荡广利圩，你给谭家打个招呼，在店里多备些船只。一旦日子定下来，我会派人提前一天通知你，合围前把货拉出去就行。”

这又是一件有益于谭家的大功劳，区井涛感激涕零：“大哥，谢啦。”

接到谭亚才的口信，谭亚受让谭亚地代表自己主持苏家窑口的竞标事宜，匆匆返回谭家设在广利圩的客栈，一进门就问掌柜的谭第发：“什么事？”

“大少爷，”谭第发声音很低，“何六爷来了，急着找你。”

“洪义堂”中军左营先锋何禄是髹漆匠何典的哥哥，江湖上又称何六，和谭亚受、劳德择都是在西樵山宝莲寺学艺的师兄弟。谭亚受进了后院的客房，何禄焦急地问：“听说李少班主去了大稠顶，有没有这回事？”

“没错，这件事是‘小孟尝’和‘大只钜’两个起的头。”谭亚受点了点头，“自从李少班主决意出马，广肇二府的各路好汉纷纷派人助拳。我们谭家也准备好了，办完窑口的事晚头就乘船走，有什么问题吗？”

何禄脸色煞白，跌足道：“坏了，坏了，这下可坏了。”

“到底怎么啦？”谭亚受和谭亚才都吃了一惊。

何禄猛地灌了碗茶：“唉，一言难尽。”

“洪兴堂”与葛耀明在粤北大动干戈，惊动了两位英雄，一个是“洪义堂”的掌印阿妈罗大纲，一个是“公义堂”的掌印阿妈朱世雄。这两位大龙头不约而同地派出特使到粤北前线劝说萧明远，要他火速罢兵，谨防官府从背后偷袭。

“六甲神龙”足智多谋，岂不知鹬蚌相争，渔翁得利的古训？当初挥师向西，是愤于皇甫蹇等兄弟之死；如今在石坑崆、天井山和上元山一线久战不下，早已萌生退意。他将罗大纲和朱世雄的书信遍示“洪兴堂”诸将，征得各位头领的同意后，统率大军偃旗息鼓，主动撤离了粤北战场，回师九峰山。

“洪兴堂”撤军，粤北绿林道便可以集中精力对付侧翼偷袭之敌，老介福、关钜和李文茂等人面临的压力陡然增加了十倍。谭亚才面如死灰：“各路兄弟加在一起不到三千人，如何是粤北绿林道的对手？大哥，你看咱们去还是不去？”

谭亚受盯着他的眼睛：“你说呢？”

“小弟阅历甚浅，不敢多嘴。”谭亚才支吾道。

“为什么不去？”谭亚受口气异常坚决，“人家都去了，咱们谭家要是不去，将来怎么在江湖上存身？你胆子小就留在家里，和第发一起守摊子。”

谭第发担心地说：“大少爷，话虽如此，葛总瓢把子终究人多势众，九大连营的精兵和铁腿马加在一起，够李少班主他们喝一壶的。”

谭亚才这辈子没有真正经历过两军阵前的厮杀，虽然心里打鼓，但是却有一个不能不去的理由：他和阿钿八拜结交，誓同生死，最了解阿钿和李文茂之间的感情。阿钿远在川山群岛没有得到消息，如果自己不替他从征，将来一旦让阿钿知道了，这兄弟恐怕没法做！他思量来思量去，最后拿定主意：“我去，让阿地哥留下来。”

“混江湖无非混个名声，咱们谭家不能输给其他路人马。否则别说在广利圩，就是开平县和肇庆府，恐怕都没有咱们吃饭的地方。”谭亚受满意地点了点头，当着何禄的面，把区井涛代替王振高传来的口信对谭亚才重复了一遍。

何禄惊奇地问：“姓韩的还真守信用？”

谭亚受喝了一口茶：“这只老狐狸能屈能伸，算盘珠子打得比谁都精。他眼下是大把捞钱的好时候，轻易不会得罪人，我们谭家是沾了李少班主和洪家兄弟的光。”

“要不要知会阿地哥一声？”谭亚才问。

“说当然要说，不过现在不行。”谭亚受摆了摆手，“姓韩的既然知会了咱们，咱们起码应该装装样子，免得让那两家起疑心。”

“敌众我寡，”何禄叮咛，“你们这次去一定要当心，万万大意不得。”

“放心吧，六爷，就冲姓韩的这番美意，我们也得全身而退。”谭亚受故作轻松，转头吩咐谭第发，“你去拿些银子，好好打赏打赏老区，他这一功立得不小。”

梅菱懿但凡把心从戏台上收回来，番摊上的赌客便只有输钱的份。黄文灿不知厉害，上去押了七八圈，把兜里的钱输了个精光，忙叫唤：“茂公，茂公。”

“厚皮棍”手里紧紧攥着黄文灿的包袱，两只眼直勾勾盯在戏台上，浑然没有听到黄文灿的呼喊。围拢在番摊旁边的赌客一起拿黄文灿开涮：“谁是茂公？茂公在哪儿？你不要占着茅坑不拉屎，没钱就赶快滚蛋。”

黄文灿喊了半天，无人应声，急了：“‘厚皮棍’！”

“哎，”“厚皮棍”闻声冲了过来，“掌柜的，赢了还是输了？”

“拿包袱来！”黄文灿撸起袖子，准备大干一番。

凭他的本事还想扳本？黄文灿连押了三次能赢三倍的“番”，莫不铩羽而归，一转眼输了四十多两银子，心疼得他眼皮“咚咚”直蹦。正在这时，松安道士阔步来到番摊前，将黄文灿推开来，掏出一大锭银子“啪”地拍在桌子上。这块银锭足有八九十两，把周围的赌客都吓了一大跳。

老道气定神闲地问：“小娘子，敢不敢玩大的？”

童守鼎一看松安道士的派头就知道来者不善，有心说不玩吧，两只眼睛又被那锭银子牢牢地吸引住。梅菱懿可不在乎，娇滴滴地说：“只要客官高兴，别说押金押银，纵然把奴家的身子押上去，奴家也心甘情愿。”

“哈哈，小娘子真是识趣。”松安道士笑逐颜开。

梅菱懿向他抛了一个媚眼：“道爷想咋玩？”

“番摊嘛，越大越简单，”松安道士把拂尘搭在肩膀上，“我押个单。”

梅菱懿熟练地抓起一大把摊皮，优雅地丢进摊盅。见众赌客色迷迷地盯着自己的胸脯和手臂不放，暗自好笑，“哗啦啦”摇了起来：“祝道爷旗开得胜。”

女人纤纤玉指晃动摊盅，摊皮在摊盅里的响声几如乐章。松安道士耳目一新，目光随着曼舞的花边袖子上下移荡。戏台上，柳三郎铿锵有力的声音又传了过来：

难道竟向仇人来忍让?
难道任由恶贼日益披猖?
念到老父与弟郎非命丧,
堪怜尸骨未曾寒。
我誓杀强仇偿血账,
贤妻不用暗悲伤;
忘身舍命雪冤仇,
你莫为私情,耽误英雄汉。

梅菱懿是家传的“飞子”千术,功夫全在一个‘快’字。便在右手摊盅落地的刹那,这女人利用飞舞长袖的掩护,左手轻弹,把预备好的摊皮,神不知鬼不觉掷进摊皮堆里。当然了,使用这种千术必须练就一双好耳力,必须能听出摊盅里面一共有多少枚摊皮,这样的话,才能要单得单,要双得双,稳操胜券,大杀四方。

童守鼎两只眼睛紧紧盯着松安道士,在小小的番摊上下这么大注的赌客,几乎没有不耍千术的。在梅菱懿摊盅落地的那一刻,只见松安道士右腕的道袍略微抖了一抖,童守鼎眼睁睁看见一枚摊皮倒飞出去,正好撞向梅菱懿的花边袖子。童守鼎瞠目结舌——这根本不是什么千术,而是一门极其上乘的内功!

完了,肯定完了!

童守鼎绝望地想,眼前这道士不仅能听出摊盅里摊皮的数目,而且发现了梅菱懿使诈的鬼把戏。人家借力打力,使用上乘内功震飞一枚摊皮,巧妙地挫败梅菱懿的千术,你就是看出了门道也不敢声张。那枚摊皮不偏不倚扫及梅菱懿的袖子,顺势钻进摊皮堆,黄泥巴落进裤裆,让庄家有苦说不出,这一招玩得真是踏雪无痕。

与此同时,梅菱懿也发现了对手的深不可测,她额头上冒出了冷汗,手执摊竹,机械地拨着摊皮。周围的赌客伸长了脖子,他们在番摊上还没有见过这么豪赌的客人,大家的眼睛随着摊竹不断地移动,一双,两双,三双……

摊皮拨完,“厚皮棍”喊出声来:“哇,老板娘赢了。”

众人热烈欢呼,唯独松安道士和梅菱懿两个使诈的人目瞪口呆,如坠云里雾里。童守鼎第一个反应过来，心里暗骂：丢他老母，这骚娘们只顾听戏，又放错了摊皮。

梅菱懿误打误撞，侥幸赢了松安道士，暗道好险。可松安道士却脑门憋得生疼，死活弄不明白其中的缘由。这里面只能有两个解释——要么是对方的功力比自己高，要么是对方故意将错就错，诱敌上钩！

松安道士仔细端详着梅菱懿，不相信这个风骚女人能有比自己还高的功夫；但要说她采用以险取胜、置之死地而后生的谋略，则更让松安道士心里不服气。老道从鞋筒里又抽出一张散发着难闻气味的银票，黑着脸："再来，再来。"

梅菱懿信心大增，笑如春花，端起摊盅："道爷，你是押单呢，还是押双？"

松安道士的手有些哆嗦起来，他在番摊上打熬不是一年两年了，凭借"逍遥门"高深莫测的内功，从来是攻无不克、所向披靡，没有破解不了的千术。但是像今天这种不按常理出牌的对手，他还是第一次碰到，该押什么呢？

"单，双。"众赌客嚷嚷什么的都有，"双，单。"

押单押双全不打紧，关键是要猜测对方这回是不是使诈。松安道士从梅菱懿那双勾魂眼里什么也看不到，看到的只有自己的心慌意乱，他咬着牙说："单。"

梅菱懿"哗啦哗啦"又摇了起来，她这次干脆一心一意地听戏。如果连她都不知道自己在想什么，对方又有何神通，能看清自己的心思？

这下害苦了松安道士，他以为梅菱懿没使诈的时候，梅菱懿偏偏用了千术；他猜准梅菱懿使诈的时候，这娘们又放错了摊皮。一来二去，没用半个时辰，松安道士把王振高给他的一千两银子输了个精光，抱头鼠窜。

童守鼎大赚了一笔，乐得合不拢嘴，破例给老婆放了一会假。梅菱懿乘着月色来到"千秋月"班的红船下，终于在船头的"龙牙"处等到了情人的影子。

柳三郎吃惊地问："你怎么在这里？"

白雪一般纯洁的月色下，情郎红妆未卸，英雄大带缠在腰间，背后斜插单刀，手里提着一杆亮银枪，肩上搭着一顶太子盔，盔子下拖着一条雉鸡翎。

梅菱懿的眼泪扑簌簌，如同落叶般掉了下来，委屈地说："这么长时间不见，你到广利圩也不来找我，好狠的心。"

"我马上就来。"柳三郎把盔子和兵器丢给后面的梁二娣，"到码头等我。"

梁二娣扛着一条单头棍和一双船桨，不放心地叮嘱他："你最好麻利点，咱们和谭家大概是最后一拨，去晚了叫人笑话。"

梁二娣走后，梅菱懿揮去眼角的泪花："冤家，你还要走？"

"哎呀，娘子，为夫我要出征粤北。"柳三郎挽起英雄大带，潇洒地摆了个姿势，道了一句台词，"你莫为私情，耽误英雄汉。"

第五十七回　龙潭虎穴

四会北面的广宁县山高林密，属于粤北绿林道的前沿阵地，自东向西，零零星星散布着七处山寨，均归盘踞在大罗山的黄毛虎统领。黄毛虎在葛耀明帐下“八虎”里位列榜首，掌中一条霹雳棍素称骁勇，为粤北绿林道镇守南大门。

广宁县与德庆州交界的清桂、木格一带盛产“广绿石”，这种玉石又称“广绿玉”或者“广宁冻”，自明代起便是闻名遐迩的朝贡精品。佛山堡五大珠宝行均在清桂、木格建有工场，梁家还在绥江畔的古水镇经营客栈和玉器行。梁九图被粤北绿林道掳走后，梁家和卢家在古水镇设立联络据点和供应基地，广府各路英雄从这里弃舟登岸，换乘战马穿越竹海，绕过形势险峻的大罗山，直插粤北绿林的老巢大稠顶。

卢浣霞早在古水镇等候，一见到陈罗婵，泪珠在眼眶里打了十来个圈，哭着说：“与其夜夜提心吊胆，苦守煎熬，倒不如死在阵前，和他一起走了的安心。”

古水镇除了梁应琨临走时留下的梁家家丁，还有卢家派来增援的鸟铳手。卢浣霞把戏台上女将的那套行头穿在身上，头上戴着七星额子，插着雉鸡翎，后面拖了一挂狐狸尾；身上穿了件红色大靠，内衬虎头甲衣，背虎壳别着龙纹令旗；此外，粉裤绣鞋，腰悬短剑，手里捏着一根马鞭子，赫然一副准备冲锋陷阵的样子。

陈罗婵紧了紧马鞍子的战带，认真地将辔头上的玉蝉桃花旗系好，发现一切完美无缺后才安慰卢浣霞："阿霞，这是闯龙潭虎穴，不是在戏台上唱戏，弄不好都得死在大稠顶，你乖乖地在这儿等消息吧。"

她这句话一出，卢浣霞反而紧紧抓住她的手不放："阿婵，你就不要去了，万一真像你说的那样，我这不是造孽吗？"

陈罗婵扒开她的手，认镫扳鞍，跃上桃花马："有阿茂哥在，谁也死不了。"

这时，从客栈外风驰电掣冲进来一彪人马，当头大汉正是陈松年，他爽朗地笑道："陈大老倌说得在理，哪有这么容易去见阎王的？"

陈罗婵抖了抖手里的马鞭，鞭子在半空中打了一个清脆的哨响。晨光洒在她的面庞，如同洒在清洌的溪水上，她娇嗔一声："要走快走，别耽搁。"

陈罗婵、"伯爷华"、陈松年、吕萃俊、黄协成等人打马如飞离开客栈，卢浣霞催促身边的家丁头目："你们去保护陈大老倌，千万别让她有个闪失。"

卢鲨和卢彪急忙跳上战马，领着一队鸟铳手追了上去。

薄雾笼罩下的空灵竹林暗藏着可怕的杀机，寥廓的广宁竹海方圆三百余里，行进其间非常容易失去方向。到了入夜时分，卢鲨和卢彪带来的向导迷了路，"伯爷华"勒住马头，举着一个用细树枝盘绕起来做成的标志说："不要紧，大家散开，看看地上有没有这种青枝，假如有的话，照它指示的方向走。"

这种盘成椭圆形状的青枝是红船人特有的联络标记，众人举着火把，分头找了一会，果然寻到了青枝的踪迹。陈罗婵兴奋地说："一定是阿茂哥他们留下来的。"

陈松年久闯江湖，对大队行动很有经验，他策马来到陈罗婵的面前，郑重地建议："陈大老倌，竹海太阔，容易迷路，说不准还有大罗山的伏兵。依我看，咱们这三伙人加在一起百十来号人马，力量小得不能再分散。为了加强行军过程中的联系，每十人备一把牛角号，一旦走失或者遇到敌情，立刻鸣号联络，以便互相策应。”

“好。”陈罗婵拨马冲向了前方。

夜色中虽然看不到满目苍翠，碧浪重重，但在摇曳火光的照耀下，竹节如镜，依然能反射出点点清风的影子。风儿吹过林梢，发出“沙啦啦”的乐声，竹香自潮湿的泥土溢出，扑满了陈罗婵的绣花马面裙。天边不倦的星辰落到竹林里，变成无数旋起旋灭的蓝光，这些镶嵌在梦神额头上的钻石，有人说是“鬼火”。

陈罗婵依仗“囚龙草”的指引，很快脱离了大队，无影无踪。陈松年心里着急，然而他承担着引领全队人马前进的重任，不能自乱阵脚。他吩咐“伯爷华”：“阿华，你和卢鲨各带十人，鸣号逐次前进。注意和我们保持联络，找到陈大老倌后请她立即停马休歇。晚头行军人困马乏，容易发生危险，等天亮了一起进发不迟。”

“遵命。”“伯爷华”其实比陈松年更心焦。这个节骨眼上陈罗婵万万不能再出事，他和卢鲨拉开距离，催马朝陈罗婵消逝的方向追去。

大约多半个时辰后，前面突然传来一阵哭声。“伯爷华”心里不自觉地一抽，打马如飞到了近前，发现哭泣之人正是陈罗婵。

“发生了什么事？”“伯爷华”惊问。

陈罗婵泣不成声：“它迷路了。”

“伯爷华”定睛瞧看，却见“囚龙草”收了真身，重新变回一条臂环，静静地挂在陈罗婵的玉臂上。“伯爷华”听说过关于“囚龙草”的传说，但对其中的变化却不甚了了，他劝慰：“阿婵，它兴许是累了，你也该歇一歇。”

“你不懂，”陈罗婵抽泣，“阿茂哥不想我了，他不愿意让我找到他。”

“囚龙草”有这么神奇的功效？“伯爷华”觉得简直是天方夜谭，笑着说：“阿茂肯定不想让你卷进来，两军阵前刀头舐血，他怎么忍心让你冒险？”

陈罗婵连连摇头：“不是这么回事，是我的心找不到他。”

“离这么老远，”“伯爷华”不以为意，“你当然找不到他。”

陈罗婵赌气地扭过脸，疲倦地靠着竹丛：“你不懂，我不跟你说了。”

“伯爷华”退至一旁，按剑而立。这时，卢鲨等人从后面追上来，发现陈罗婵无恙，心中大喜，立刻吹响牛角号，通知陈松年等人前来会合。

月儿不知道什么时候爬了起来，如果仔细听，你能听到竹笋破土的美妙动静。陈罗婵跑了一天疲乏至极，不大一会便进入梦乡。“伯爷华”惊愕地发现，陈罗婵脖子上的项链突然分解，变成一群绿色精灵，围绕着她盘旋飞舞。

那种美丽的光芒，比木格镇开采的“广宁冻”还要剔透十分。只是这光芒带着一丝忧郁的色彩，黑黢黢的若有若无，时隐时现，仿佛是人不定的心魂。

次日清晨，从旸谷里捞出来的太阳，湿漉漉地挂在竹海上空。陈罗婵梦中苏醒，鼻尖嗅到了一股甘洌的清香。她睁眼一看，香气来自竹叶上的透明露珠——来自天地交合的露珠吸纳了竹香，闻起来沁人心脾，将梦中的惊扰一扫而光。

陈松年起了个大早，安排人把桃花马牵到一旁喂草料。见陈罗婵醒来，故意逗她："陈大老倌，昨晚有什么不如意的事，哭得那么伤心?"

"谁哭了?"陈罗婵反驳。

"还不承认?"陈松年指着她身旁的竹丛说，"你看看。"

陈罗婵低头一看，两腮立刻绯红起来。昨晚她倚着打盹的竹子竟然是一丛湘妃竹，竹身上一圈又一圈的紫色花纹，宛如泪珠在梦里渗透的印记。

"伯爷华"过来高兴地说："阿婵，陈大哥让人在前探路，找到了青枝指引的路线。梁夫人派来的向导也恢复了记忆，照这么下去，最多三天，咱们就能顺利绕过大罗山，不用怕走冤枉路了。"

陈罗婵似乎没有听到他的话，抚摸着湘妃竹足有半晌，仿佛自言自语："这里怎么会有湘妃竹？它不是在九嶷山吗?"

"这还不简单?""伯爷华"笑嘻嘻地拿她打趣，"你梦里头肯定埋怨阿茂来着，他从九嶷山给你送湘妃竹来了。"

"鬼才信你的话!"陈罗婵破涕为笑。

广宁盛产青皮竹，但竹海之中什么样的竹子没有？人面竹、观音竹、罗汉竹、佛肚竹、凤尾竹、鸡爪竹、金丝竹、芦竹、箭竹等等应有尽有。此外，竹林中山花烂漫，群芳争艳，道路的尽头就有一丛灯笼花，吸引着陈罗婵的目光。

陈松年命人砍了一根笔直的竹竿，转头对陈罗婵说："陈大老倌，出了竹海便是粤北绿林道的地盘，随时有可能遭遇敌情。咱们这三路人马必须拧成一股绳，统一作战，我们几个人合计了一番，打算在出竹海前演练演练阵法。眼下还缺一杆号令三军的帅旗，为了让李少班主他们容易识别，这杆旗就用你的。”

“别的我没有，旗子多的是。”陈罗婵说着话，从马背上取出个包袱。打开一看，里面层层叠叠，足有六七面大小不一的玉蝉桃花旗。

陈松年在竹竿上绑好玉蝉桃花旗，把它交给自己的随从，然后提着钩镰枪飞上战马，神色肃穆地说：“弟兄们，现在的情况是敌众我寡。除了奋勇杀敌外，军纪严明、令行禁止是行军作战的第一要务，大家看我的旗，听我的号角。”

说罢，他双膝一磕飞虎颤，腿肚微碰铁鐊梁，第一个冲了出去。

出了竹海后，陈松年、陈罗婵、“伯爷华”一行采取遇众则避、遇寡则击的策略，日夜兼程，这一天来到了犀牛头山下。前面忽闻喊杀阵阵。在陈松年的调教下，众人一路上早已训练有素，卢鲨、卢彪带着卢家的鸟铳手上了土坡，抢先占据有利的位置；“伯爷华”和陈罗婵持旗居中，陈松年、吕萃俊、黄协成等人雁翅形排开，准备接敌——他们精挑细选的这几十条好汉，个个精通武艺，如狼似虎，战斗力极强。

陈罗婵打马上坡瞭望，发现在山脚下厮杀的是两拨人：一拨大约三百来人，战马之外尚有几辆大车，不知道运送的是什么东西，看打扮就知道是粤北绿林道的兵马；另一拨只有六七十人，丢盔卸甲，狼狈不堪，从旗帜上看是梁家的家丁。

山坡上的玉蝉桃花旗一竖，梁家的家丁绝处逢生，一窝蜂似的朝这边溃败下来。陈松年仔细观瞧，猜测粤北绿林道的这支人马很可能是后勤运输人员，没有多大的战斗力。他心里有底后，将钩镰枪笔直地朝空中一指。伴随着牛角号声，四五十条好汉刀枪出鞘，好似平地而起的一阵旋风，呼啸着杀向敌阵。

粤北绿林道的这支人马确实是后勤人员，他们路经犀牛头打尖时偶遇梁家的家丁，本以为捡了个漏，哪想到半路上忽然杀出一支生力军！在陈松年等人出其不意的打击下，粤北绿林道的人马被打了个稀里哗啦，完全失去了指挥。喽啰们根本弄不清对方有多少兵力，发声喊四散逃命，扔下遍地的盔甲兵器不算，还把那几辆大车丢在山下。

统领梁家家丁的头目名叫王福康，此人是佛山堡的一个商户，平时自诩文武双全，考取了秀才后又到鼎湖山拜师习武。王福康年纪不大，脾气秉性却很对梁应琨的胃口，是臭味相投的小兄弟，这次自告奋勇跟随梁应琨来救梁九图。他来到陈罗婵的马前："陈大老倌，多亏你们来得及时，不然我们这些人非让土匪包了饺子不可。"

陈罗婵在马上欠身："王少爷，我阿茂哥是不是在大稠顶？"

"不，不，不在大稠顶。"王福康连连摇头，"我们来了以后四处打探，后来听说梁九爷被押在亚婆髻。那个地方易守难攻，三爷和'小孟尝'他们攻打了几次都没有得手。李少班主来了以后，我就把他支到了那儿。"

陈罗婵听了以后又急又气，责问："那你在这儿干什么？"

"少班主让我留在这边给大伙传信。"王福康脸一红，辩解，"这些日子，陆续过了十几路咱们的人马，都往亚婆髻那边去了。"

陈罗婵明白了，李文茂一定是嫌梁家家丁孱弱，不愿意让他们白白丢掉性命，是以才把王福康等人留下居中联络。她正要开口继续问话，就听那边传来"伯爷华"诧异的叫声："我的天呀，阿婵，快来看看这是什么？"

陈罗婵催动桃花马下了山坡，吕萃俊、黄协成正督导手下打扫战场，"伯爷华"和陈松年站在那几辆大车前指指点点，脸上皆露出疑惑不解的神情。陈罗婵过去一看，也差点惊讶得说不出话来：闹了半天，这几辆车上装的既非军械器物，也不是金银财宝，而是锣鼓琴箫、戏盔红缨。换句话说，全是红船上的一应用度。

陈罗婵百思不得其解："难道粤北绿林道的人也会唱戏？"

"这个事情好办，叫两个喽啰过来问问，不就弄清楚了？"陈松年说完，冲着吕萃俊招了招手，喊道，"把人押过来。"

这一仗俘虏的喽啰总共有二十多个，吕萃俊挑了几个年纪大的，推推搡搡把他们押到陈罗婵的马前。这几个喽啰连头也不敢抬，扑通一声跪倒在地，苦苦哀求："大王爷爷饶命，小的们是附近的山民，为了混口饭吃才干这个营生。"

陈罗婵道："抬起头来。"

几个喽啰战战兢兢抬起头，一看陈罗婵的打扮吃了一惊，继而眼里闪出一丝希望，齐齐地跪倒叩头："女大王饶命啊，饶命啊。"

"你们这些东西是从哪儿弄来的？"陈罗婵放缓语气。

几个喽啰听了以后吓得魂不附体，磕头的声音更响了："大慈大悲的观音菩萨，小的们可没有下山去抢，这些东西是总瓢把子花钱从佛山堡买的。"

"伯爷华"被喽啰们的话气乐了，骂道："放屁，葛耀明一个杀人如麻的大魔头，他买这些东西干吗？难不成他自己用？"

喽啰们磕头如捣蒜，浑身哆嗦地答道："回大王爷爷的话，小的们不敢撒谎。我家总瓢把子真的会唱戏，他最喜欢唱的是大花面，像什么董卓啊，曹操啊，严世蕃啊。为了这个，他老人家还给自己起了个名号，叫什么'高佬藤'！"

陈松年在一旁不由得点头："没错，葛耀明在江湖上又称葛老藤，大家起初都不知道是什么意思，闹了半天，原来是'高佬藤'的谐音。"

既然李文茂去了亚婆髻，大伙儿只好放弃原来的想法，押着俘虏和大车向西北赶。走了一天一夜后，前方尘土飞扬，旗幡招展。等摆开阵势，来人已经飞抵阵前，好在不是粤北绿林道的大队人马，而是甘先和汤泽两路援兵。

"回去吧，回去吧。"甘先摆手。

陈罗婵奇怪地问："怎么回事？"

"梁九爷不在亚婆髻，"甘先垂头丧气地说，"害我们白跑了一趟。"

原来李文茂率众到达亚婆髻后，摒弃了"小孟尝"等人先前的强攻战术，只身一人夜闯山寨，在聚义大厅生擒了邱二虎。经过询问才得知，"小孟尝"和梁应琨的情报有误，梁九图早就被邱二虎派人送到了大稠顶。

营救人质不同于两军会战，一百个耗子咬不着猫，人多了的话只能让自己分心，扯自己的后腿。为了早日救出梁九图，李文茂决定兵分两路：他自己只带了"雷公仔"、方亚孔、黄三全、颜亚层等来自"凤凰仪"班的弟兄，快马轻骑，神不知鬼不觉直插大稠顶，以收闪电奇袭之效；"小孟尝"、梁应琨、"大只钜"和后续的众家广府英雄，合计十九路人马押着邱二虎随后进发，同时吸引粤北绿林道的注意力。

广府英雄搭救梁九图，本来是瞅准了粤北绿林道和“洪兴堂”火并的空子，他们做梦也没有想到，战场上的形势瞬息万变。正当李文茂在亚婆髻生擒邱二虎的时候，“洪兴堂”忽然从石坑崆、天井山和上元山一线全面撤军，腾出手的粤北绿林道兵分四路，像潮水一样压向广府英雄。“小孟尝”率领各路豪杰且战且退，毕竟只有两千来号人马，被敌方大军几个冲锋就打了个七零八落，最后被迫各自为战，节节败退。

陈松年心里万分沉重，眉头紧紧地皱了起来。“洪兴堂”一旦从前线撤军，广府英雄面对的便不仅仅是横冲直撞的铁腿马。葛耀明在西线的篱笋道九大连营秘密部署着一支预备队，这支强大的生力军到现在根本没有使用。此刻，两支生力军东西合进，形成了一个巨大的钳形包围圈，大稠顶已然变成了可怕的修罗场，冲进去有去无回，必然凶多吉少。

他问甘先：“你们后面有谁？”

“没了。”甘先说，“粤北绿林道这帮衰仔不是吃素的，往西边来的他不管，朝东边去的他往死里打，准是想把咱爷们一勺烩了。”

陈松年心里彻底了然，看来退路早已被敌人堵死。为今之计，只有与李文茂等各路兄弟兵合一处、将打一家，兴许还能杀出一条生路。他飞马驰回本阵，大声命令：“每骑随身携带十天粮草，多余的粮草集中放在一挂车上，其余的车辆通通扔掉。”

黄协成有点舍不得：“这么多的好东西全扔了？”

“总比丢命强吧？”陈松年叱喝。

陈罗婵也舍不得把这些漂亮的行头扔掉，她从里面挑选了一架蕉叶琴，用绸缎包起来捆在后背，然后骑着桃花马追了上去。

越靠近大稠顶，弥漫的杀气越浓厚。登上高地，时常可见粤北绿林道的兵马快速向大稠顶方向移动。陈松年、吕萃俊、黄协成、“伯爷华”、甘先、汤泽等人沉默不语，只是催动战马向前飞奔，马蹄踩在坚硬的卵石上，发出令人心惊的声响。卢鲨和卢彪从来没有经历过这种肃杀的阵势，脸上的冷汗和征尘交织在一起，看起来像是条条裂痕。

风驰电掣的马队中，只有陈罗婵一脸轻松，她的心随着迷人的山岚飘向远方。穿行在莽莽林海，感受着一阵烟雨、一阵丽日的山光，姑娘仿佛看到了自己飘忽不定的心迹，禁不住害羞起来。两旁是高大的杉树与红色的枫林，这些躯干雄伟的山客似乎在沉睡，似乎在等待秋风长号歌起，奋然一跃，去点燃太阳车擦过山头的余晖。那幅绚烂的景象，难道不是自己和阿茂哥爱情的象征吗？

陈罗婵颠簸在桃花马上，未感到一丝一毫的疲倦。日夜周流，山川轮转，金戈铁马，雾遮云逸，一切都从她的瞳孔里脱出。唯一留下来的，是"囚龙草"那流脂的光亮。

这支冲向龙潭虎穴的队伍不断地扩大，半路上又汇入了周春、黄幅两路失散的人马。当马蹄踏上柔软的黄毛草的时候，他们到达了雷公顶，此处距离大稠顶不到十里远。这时，前面金鼓齐鸣，喊杀声地动山摇，好似怒涛冲决昆仑，又像霹雳倒覆乾坤。然而，就在震耳欲聋的嘈杂声中，从山顶飘下来一阵嘹亮的笛声。声音中气充沛，清晰悦耳，又带着几分悠扬，似乎全然没有把山下的千军万马放在眼里。

陈罗婵失声道："哎呀，在这里，就在这里。"

雷公顶下粤北绿林道的人马密密麻麻，看样子至少有上万之众，外围的游骑探马更是多得不计其数。见陈松年这群人杀到，敌方中军大营里猛然炮响三声，涌出一支约有千号人的骑兵和步卒，气势汹汹地扑了过来。

陈松年身边的随从吹起沉闷的牛角号，仿佛有默契一样，甘先和周春不约而同地带队冲到了前哨，黄幅和汤泽担任左右两翼，卢鲨和卢彪率卢家家丁充当后卫，陈松年则把自己的人马布置在中军靠前的位置，准备随时策应甘先和周春。

"伯爷华"低声对陈罗婵说："阿婵，你要守好帅旗。"

大敌当前，这四五百号人有一个算一个，全得上阵提刀厮杀，保护帅旗的重任便责无旁贷地落到了陈罗婵的肩上。姑娘双手举起玉蝉桃花旗，在空中展了三展，坚定地说："我一定让阿茂哥看到这面旗子，你放心吧。"

圆乎乎的雷公顶颇像"雷公仔"的大脑壳，他把战鼓放在一块红石上，抡起铜槌，"咚咚咚咚"敲得山响。在他旁边替班的是颜亚层，这伢仔比"雷公仔"小三岁，他叔叔颜进霆在"凤凰仪"班当"刀头叔"。"高佬忠"见颜亚层身手敏捷，遂让他在班里充任打拉扯角色，开始传授他武艺。三年过后，颜亚层刀法练熟，成了班里有名的快刀手。

李文茂在大稠顶一击得手，从后寨救出梁九图。消息传到篱笸道九大连营，总瓢把子葛耀明气得火冒三丈，暴跳如雷。自己没有败给“洪兴堂”大军，却在一群不知道从哪儿冒出来的散兵游勇手里连吃败仗，岂有此理？大稠顶和亚婆髻那么坚固的堡垒，任由对手如履平地，救走人质不算，还将邱二虎生擒活捉。如果不把这群胆大包天的强人拿下，将来在江湖上，粤北绿林道的面子还往哪儿搁？

葛耀明这回下了大本钱，他一面令二当家戴则兴率铁腿马和前线主力向西压来，一面把九大连营的预备队全部撒出去，东西夹击。同时，这位总瓢把子传下号令，命怀集、广宁和连山一带各寨寨主尽遣精锐，向大稠顶一带实施合围。部署停当，葛耀明从篱笸道拔寨起兵，统率由八排瑶组成的中军亲兵，紧急北返。

到目前为止，除了周春、甘先、汤泽和黄幅，其余各路人马陆陆续续都上了雷公顶与李文茂会合，伤亡了三百来号兄弟，损失相当大。面对山下潮水一样的围兵，李文茂下令就地安营扎寨，筑石为垒，医治伤兵，任凭对方百般挑战，始终不下雷公顶半步。

梁应琨巡视了一遍山上的防御，忐忑不安地来见李文茂：“少班主，咱们仓皇之间避上雷公顶，携带的粮草不多。照这么死守下去，恐怕支撑不了十天。”

各家豪门带来的家丁被李文茂统编为一路，他们人数虽众，但是战斗力比较孱弱，尚不及翁芹芳、李天彪、汤泽、黄幅、戴焜元、梁亚珠、陈亚池等江湖豪杰。相对应地，各路兄弟带来的人马皆为以一当十的好汉，战斗力极为强悍。“和尚能”打心眼里瞧不起梁应琨这样的富家子弟，没好气地抢白：“粮草没了下山抢，怕个鸟？”

李文茂问：“九爷怎么样？”

“好点了，只是在土匪窝里吃不饱，身子骨虚弱。”梁应琨悻悻地回答。

梁九图本来腿就有点瘸，这次遭了难更加身体虚弱，带着他和几十号伤兵，无论如何难以杀出重围。“小孟尝”叹了口气：“阿茂说得对，现在只能死守雷公顶。”

“小孟尝”作为此次出征的召集人，不可谓不尽心竭力，可惜他纠集的这群江湖豪杰和各大豪门的人马战斗力参差不齐，不是粤北绿林道的对手。李文茂现在接管了指挥权，不想和这些人多费口舌，向“小孟尝”拱了拱手：“老少爷，弟兄们这两天厮杀得辛苦，你让大伙好好歇一歇，养足了精神再战。”

“小孟尝”带着梁应琨、林福盛、李天彪、何万选等人离开后，赵泰来悄悄地问：“你等什么？是不是在等八斗官凑齐？”

“天盖璇玑阵”是李文茂对敌粤北绿林道的杀手锏，只要凑齐了“红船八斗官”，敌人纵然有千军万马也大可不必放在心头。但是赵泰来只猜对了一半，李文茂把铜笛插进腰间，平静地说：“急什么？葛耀明的帅旗还没有出现呢。”

赵泰来这次跟随李文茂出征，目的是想在两军阵前历练，同时带出一支人马。他满怀敬佩地问：“你想单独会会他？”

“俗话说，擒贼先擒王，打鸟须打头。”林洸隆说，“葛老藤掌中一杆凤翅鎏金镗，力大无穷，武艺绝伦，他一定不知道阿茂的厉害。趁机会来个单挑，捉拿这老小子了事，省得咱们费这么大力气，打打杀杀。”

“百万军中取上将首级，”赵泰来高兴地拍了一下巴掌，继而又发愁地问，“这个招数好固然好，但葛耀明要是不来的话，那怎么办？”

陈显良胸有成竹地说：“不可能，亚婆髻是他藏宝之地，大稠顶是他的老巢。葛老藤吃了这么大一个亏，恨不得把咱们剁成肉酱，能轻易放过咱们？你瞧山下这乱糟糟的场面，不断有新的旗子和人马加入，就知道老鼠拖木锨，大头在后头哩。”

此次出征粤北，伍百吉、黄三全、方亚孔把李文茂的兵器全带了过来，驮兵器的马匹足足用了四匹，把这些马匹压得直不起腰。另外，李文茂个子太高，一直找不到合心意的战马供他驱驰。黄三全提出建议：“少爷，江湖上谁都知道葛老藤喜欢养马，什么八骏八驹，咱们何不趁这个机会弄他几匹宝马？”

方亚孔手舞足蹈：“对，别的不要，就要他的坐骑‘双角麒麟兽’。”

众家兄弟端坐山头，正在谈笑风生，李文茂突然感到心口被重重地击了一下。他低头朝下一瞧，只见火龙珠剧烈地抖动，发出炽烈鲜艳的红光，从远处看宛如着火一样。李文茂心头灼热难当，起身吩咐黄三全："抬枪来。"

大伙不由自主向山下望去，只见西南方向喊声大作，一彪人马横冲直撞杀了进来，旋即淹没在粤北绿林道的重围中。山风掠过如林的剑戟，惊涛骇浪中一杆大旗始终飘扬，那上面绣着一对蝉儿，还有一株娇艳欲滴的桃花！

目睹陈罗婵忽然出现在山下敌营，李文茂惊愕不已，立即命令颜亚层在琼花旗旁再挂一面凤凰旗——这是"小元霸"单独出阵的标志。众兄弟知他决心已定，伍百吉牵来战马，黄三全扛过"虎头皂金枪"，方亚孔把从大稠顶缴获的一套八角荷叶赤铜甲给他披上。李文茂也不管这袭盔甲合不合体，胡乱挂在身上，疾步跳上战马，飞下雷公顶。

"雷公仔"扔掉身上的褂子，打个赤膊将战鼓敲得震天响。山上众位英雄呐喊不止，摇旗助威。但见李文茂威风凛凛，宛如天神下凡，片刻间杀入粤北绿林道的大军。他手中这条"虎头皂金枪"重达七十二斤，单是枪头就有一尺半长，刺出去当枪，横过来是棍。李文茂天生神力无穷，双臂一晃有千钧之力，这杆大枪抡起来挂定风声，风雨不浸，水泄不通。周围三丈以内金光闪闪，敌人的兵刃碰着摧，沾着飞，无不哭爹喊娘，望风披靡。

敌阵之中有从大稠顶刚刚下来的喽啰，见李文茂披着葛耀明的盔甲单骑闯阵，吓得抹头就往回跑，一边跑一边喊："不好啦，十三太保显灵喽。"

这边甘先、周春和"伯爷华"奋勇当先，正拼杀吃力，听前面忽然山崩海啸，粤北绿林道的人马纷纷溃败闪避。紧接着目睹李文茂虎驱群羊，在千军万马中荡开一条血路。众人精神为之一振，合力杀散前面的敌军，顺利与李文茂会师。

李文茂一把勒住战马，收起"虎头皂金枪"，闪目观瞧，见陈罗婵扛着玉蝉桃花旗，墨瞳含惊，粉裙蒙尘，背虎壳上的六面龙纹令旗，不知什么时候掉了三面。他心疼地责备："你来干什么？三娘她们知道吗？"

朝思暮想的人儿就在眼前，此时此刻，陈罗婵忘记了一切，包括昨日的思念和今日的欢畅、他的责备和自己的忧伤，骑在桃花马上沉默不语。陈松年提着枪从后面赶上来，连声催促："这是啥地方？有话到山上再说。"

李文茂拨转马头在前开路，敌军吃够了苦头，谁也不愿白白送命，回程异常顺利。陈罗婵从迷思中苏醒过来，护着玉蝉桃花旗随众杀向雷公顶。刚到山顶，忽然听到山下喊杀声再度响起。李文茂回马瞭望，见西南方向又驰来一彪人马，虽然看不清什么旗帜，但当先两个人的身影十分熟悉，不是柳三郎和梁二娣又是谁？

加上“伯爷华”和柳三郎，“红船八斗官”一个不少，齐聚雷公顶。有了“天盖璇玑阵”，纵然葛耀明倾巢出动又复何惧？李文茂想到这里，心里酣畅淋漓至极，不由得暗中运动真气，长啸连连。那啸声音色饱满，高亢圆润，如箭破空，夺人耳目，刹那间压制住山下战阵中的人喊马嘶和金鼓声，敌军闻声无不丧胆。

李文茂把“虎头皂金枪”向空中一举，喝道：“举旗。”

众家英雄明白李文茂杀得兴起，马不停蹄，又要下山接引柳三郎和梁二娣，都过来劝他稍微歇息片刻。二人分开这一段时间，陈罗婵每每度日如年，望穿秋水。如今“小元霸”生龙活虎地就在自己眼眉底下，姑娘越看心里越甜美，唯一看着别扭的是他那身不合体的盔甲，于是弯着眉毛问：“谁给你的？”

李文茂不好意思地笑了：“亚孔从大稠顶捡来的。”

“一点也不好看，咱们佛山堡有的是能工巧匠，回头我找人给你打制一副，颜色火红，比秋天的枫叶要靓几多。”陈罗婵唠叨了几句，从包袱里取出霸王袍和夫子盔，“这是易阿妈给你缝的袍子，盔子是我缝的。”

葛耀明的这套八角荷叶赤铜甲，身量比李文茂小那么一号，披在身上紧巴巴的不舒服。李文茂将八角荷叶赤铜甲脱下来，头顶夫子盔，身罩霸王袍，重新执枪上马。看到情郎威风凛凛的雄伟气概，陈罗婵心旌神摇，一刹那仿佛时光倒转，又回到了当年沿着相思江比翼齐飞的那段岁月。她将玉蝉桃花旗交给颜亚层，拔出“蝉翼剑”：“我和你一起下山杀敌。”

“使不得，”李文茂吓了一跳，“军令如山，只要挂起凤凰旗，就代表我单骑闯阵，你看大伙儿都没动。”

陈罗婵哪舍得离开情郎一时半刻，幽幽地看了他一眼：“那我还有什么用？”

心爱的人风尘仆仆，冒死来到两军阵前探营，让李文茂十分感动。他略一思忖，顿时有了主意：“阿婵，把你的旗插在琼花旗旁，当作本军决战的号令。我在山下随时都能看到玉蝉桃花旗,这和我在你身边不是一样吗?”

陈罗婵心满意足,不再争执。李文茂精神抖擞,待“雷公仔”重新擂起战鼓,琼花旗、凤凰旗和玉蝉桃花旗三面旗帜当空飘拂。无畏英雄纵马提枪,踏过夕阳陆离的河面,乘着温暖如春的山风,像一朵云彩飘下雷公顶。山下狂潮倒卷,喽啰们呼声再起:“哎呀,不好啦,十三太保又改楚霸王喽。”

第五十八回　日不移影

次日清晨，二当家戴则兴和军师“袖里乾坤”邓豫赶至雷公顶，结束了粤北绿林道群龙无首的局面。两人听罢战况，倒吸一口凉气，没想到对头如此神勇。戴则兴长叹一声：“总瓢把子从篱笼道启程北返已有三日，随时有可能来雷公顶。要是让他老人家知道仗打成了这个窝囊样，还不得气死。事不宜迟，戴某立刻摆下连环阵，将来袭之敌一举擒获，替粤北绿林道挽回一点颜面，免得总瓢把子责罚。”

一时之间，“袖里乾坤”邓豫也想不出什么克敌制胜的好办法，只好点头同意。当下中军大营炮响三声，鼓擂六通，戴则兴率石坑崆大寨主武鸿乾、上元山大寨主祝金和天井山大寨主池水得杀至雷公顶下，讨敌骂阵。

李文茂接回柳三郎、梁二娣、谭家兄弟后，众家英雄喜出望外，摆酒设宴，吃饱喝足后美美地睡了一夜，把精神头养得足足的，单等第二天上阵厮杀。听到敌军叫阵，众人草草地往嘴里塞了两口，顶盔掼甲，罩袍束带，准备迎敌。李文茂命令梁应琨、林福盛、何万选、李天彪、谭亚受、谭亚才、卢鲨、卢彪等人领着各家家丁把守山顶，看护粮草和俘虏，严防敌军从山后进行偷袭；然后引着红船兄弟和老介福、关钜、赵泰来、陈松年、甘先、周春、邝能、林洸隆、陈显良、卢昌、李洪英、冯坤、梁亚珠、陈亚池、翁芹芳、汤泽、黄幅、戴焜元、陈潮等路豪杰下山赴阵。

戴则兴拿马鞭一指："哪位是昨日闯阵的英雄？请赐个名号。"

"正是在下。"李文茂放松辔头，缓缓地走出阵中，打量了一眼戴则兴，"李某行不更名，坐不改姓，佛山堡琼花会馆'凤凰仪'班李文茂是也。"

看李文茂头戴夫子盔，身罩霸王袍，戴则兴不禁一愣："尊驾是红船人？"

"不错。"李文茂反问，"你是何人？"

上阵前，戴则兴心里始终抱着一个很大的谜团，什么人能够单骑独闯千军万马？喽啰们一会说是十三太保李存孝，一会说是西楚霸王项羽，他都嗤之以鼻，权当作无稽之谈。不料今日对面相逢，这才发现此人身高将近九尺，细腰乍臂，体态雄伟，目光闪闪，圆润中带着一道超凡脱俗的清洌之光，分明怀有深不可测的内功修为；再看他手中提的"八宝驼龙棍"足有杯口粗细，要是真家伙，那可太吓人了。

戴则兴久经沙场，刀法凌厉，本来有意与李文茂一较高下，见到此情此景，不觉心头暗生怯意，转而出语相激："在下姓戴，名则兴，在粤北绿林道愧坐第二把交椅。听说李英雄神勇无敌，只是不知道，敢不敢来会戴某的铁腿马？"

李文茂正准备答话，忽然从雷公顶上传来丝丝琴声。山风呼啸，琴声到了山脚便被撕扯得七零八落，变得极其微弱，一般人根本听不清。但李文茂天生一副好耳力，不管风把琴声吹得再遥远，撕扯得再凌乱，他都能将那声音重新接回。一来是心心相印的人执琴，二来陈罗婵弹奏的是当世绝响云璈八曲。这八首曲子每一个音符表现的都是爱情故事，都流淌着陈罗婵的生命之血——"泛霞""洗觯""酿泉""梦梅""煮石""云根""浮海""何处别问津"一曲接一曲地奏过，李文茂从来没有听陈罗婵演奏过如此美妙的曲子，他从中窥到了姑娘的忧心和惶恐，不由发呆，半晌无语。

戴则兴哈哈大笑："原来尊驾也有胆怯的时候！"

众英雄怒发冲冠，跃跃欲试纷纷请战，李文茂右手举起"八宝驼龙棍"，喝住众人。等他听完陈罗婵的云璈八曲，把镔铁大棍横担在马头上，微微一笑："二当家的，慢说你的三千铁腿马，便是百万大军，李某亦视如草芥。"

武鸿乾、祝金、池水得等三大寨主心中暗喜，敌人终于上钩了。九十九峪的铁腿马不但披甲难敌，而且在戴则兴的训练下自成连环阵法，变化多端，暗含着重重杀机。戴则兴不露声色地说："那好，请各位英雄前来闯阵。"

若论变化繁复，奥妙无穷，各种阵法中首推北斗七星阵。而北斗七星阵脱胎于"天盖璇玑阵"，因此，李文茂根本没有把粤北绿林道的铁腿马放在心上。他将"八宝驼龙棍"举起来在空中晃了一晃，柳三郎、"伯爷华""太子朝""高佬新""鬼马耀""豆皮二""崩牙旦"七个人纵马向前，排列左右。

"就你们八个？"戴则兴大吃一惊，"尊驾可要想仔细了。"

"破你的铁腿马还用得了几多人？有我兄弟八个足够。"李文茂胯下用力，催动战马冲向戴则兴，高喊一声，"休走，看棍。"

雷公顶下战鼓如雷，"红船八斗官"像一把利剑劈向严阵以待的铁腿马，李文茂一马当先撕开了连环阵的口子。这时，"天盖璇玑阵"自动分为天极阵和北斗七星阵两个阵形，李文茂使开这条九十六斤重的"八宝驼龙棍"，上下翻飞，左右挥舞，寒光凛冽，杀气蒸腾；战马所到之处开山裂石，锐不可当。粤北绿林道的人这两天耳朵里灌满了他的传闻，莫不心生怯意，避其锋芒结阵自保。李文茂并不嗜杀，他闯入连环阵后的目标非常明确，便是直取戴则兴，打掉铁腿马的指挥中枢，让连环阵法威力自消。

这一招果然犀利奏效，在中军令旗被李文茂一棍劈断后，戴则兴带着亲信狼狈逃窜。铁腿马的连环阵变成无魂之阵，被撕扯得四分五裂。"红船八斗官"凭借"天盖璇玑阵"在雷公顶下十荡十决，杀了一个畅快淋漓，荡气回肠。

战至午时一刻，粤北绿林道的后方尘土飞扬，排山倒海疾驰而来一支大军，满眼所及尽为乌压压、灰茫茫的旗海，什么火狗旗、蝮蛇旗、锦鸡旗、野麝旗，什么黄虎旗、青虎旗、白虎旗、黑虎旗。那真是旗遮旗，旗挤旗，旗挨旗，旗垒旗，旗幡招展，号带飘扬，人喊马嘶，震天动地。这支大军行列的中心布满角旗，角旗中簇拥着一杆大纛旗，杆长丈八，旗宽九尺；黄澄澄的锦缎子衬底，白绫子镶边，掐金边，走金线；木葫芦罩顶，铁云枪头，缨头珠络，雉尾低垂；紧跟着是一杆血红色的令旗，上书四个字"三军司命"，火焰月光里是斗大的一个"葛"字。

戴则兴、“袖里乾坤”邓豫、武鸿乾、池水得、祝金等头领见总瓢把子统军杀到，个个面露羞惭之色，收兵布阵，分列两厢恭候。却说这支生力军来到战场，大纛旗下闪出一人。此人年纪在四十来岁，身高八尺，虎背熊腰；面如古月，苍眉虎目，颏下毛扎扎虬髯垂洒，气概吞吐，不怒自威；头戴天庭耀日盘王盔，身披南斗含星黄金甲，胯下“双角麒麟兽”，手里倒拖一杆凤翅鎏金镗，正是粤北绿林道的大当家葛耀明。

在葛耀明左右的是其他几位当家人，分别是三当家倪大耳朵、四当家梁柱；此外是粤北绿林道的大寨主，像什么“定唐刀”唐火生大眼一贵、“大活锦”梁锦义、谢落花、乌龙邦、“邓二尺七”、曾佳等等，总共来了一十六位；为葛耀明护驾的是大名鼎鼎的“八虎”，分别是黄毛虎、盘金虎、练四虎、沈白虎、房大青虎、邓黑虎、李飞虎，唯独短了一个亚婆髻的大寨主邱二虎——这个倒霉蛋正关在雷公顶上喝凉水呢。

李文茂望见葛耀明的大纛旗，即领“红船八斗官”拨归本阵。等粤北绿林道的人马重新部署停当，葛耀明终于现了真身之后，李文茂惊愕地发现，眼前到处晃动着雉鸡翎，犹如北方秋日的高粱地，比红船戏棚密密麻麻上百倍——葛耀明九大连营的生力军多数来自粤北瑶山，剽悍的瑶家男子最喜欢戴雉鸡翎子。

那边葛耀明也感到稀奇，对面这位把粤北绿林杀了个人仰马翻的英雄，年纪轻轻却弄了身楚霸王的打扮，难道是为了特意显得老气横秋？不管怎么说，葛耀明看到红船扮相，心里头先有了一份亲近之意。他催马出阵，客气地打了个招呼：“请问这位少侠，是不是琼花会馆‘凤凰仪’班的少班主？”

“不错。”李文茂在马上欠了欠身。

“哈哈，我说嘛，哪位英雄如此豪强，在葛某的地盘上横冲直撞！闹了半天，原来是在畚箕窝龙口取珠的李少班主。”葛耀明抱拳在胸，“在下葛耀明，蒙各寨兄弟抬爱，权掌粤北绿林道总瓢把子一职。少班主光明磊落，在下谢过了。”

西出粤北绿林所在的连山地界，过南风坳四十里就是畚箕窝，葛耀明对去年龙口取珠的事有所耳闻，自是一点也不稀奇。

李文茂放弃在“六祖井”的修武，统率各家兄弟出征粤北，其真实的意图远远不止搭救梁九图、挽回“洪兴堂”在连江口镇遭受的损失这么简单。

粤北绿林控制北江孔道，地理位置十分重要，其辖地横跨两粤，势力范围除了连山和连南的八排瑶山之外，涵盖粤西的怀集县、粤东广州府的清远县、肇庆府的广宁县，地盘与“洪德堂”“公义堂”“洪兴堂”三大洪门力量全部交叉，不偏不倚，正好是楔进洪门肚脐眼的一枚硕大的钉子——拿下粤北绿林道则全盘皆活，不但洪门三大主力实现贯通，而且南下可直插粤东腹地，进逼清廷在岭南的统治中心广州城，北上可席卷湘楚大地，逐鹿中原；拿不下粤北绿林道，则一盘完整的棋局四分五裂，“洪德堂”“公义堂”“洪兴堂”三大主力无法有效联结，赖以筹措军饷的鸦片贸易也时时有被切断之虞。如果再考虑到盘踞在三水芦苞镇的“逍遥门”因素，则洪门力量仍被驱逐于偏僻的群山，远离肥沃的珠江三角洲，对清廷在岭南的统治构不成真正的威胁。

李文茂从前辈艺人那里隐隐约约听说过，葛耀明似乎有喜爱唱戏这一癖好，但是粤北绿林道与“洪兴堂”过节太深——“洪兴堂”曾经夺取了对方许多地盘，粤北绿林道的前任总瓢把子唐石公便死在“玄真道士”丁复国的剑下。有了这些解不开的死疙瘩，红船和洪家兄弟从来没有动过念头，想去说服葛耀明为己所用。

李文茂虽然尚未加入洪门，然而他的心从来就没有离开过美丽的珠江三角洲，这里是他的故乡，是他生于斯长于斯的天国。在青年宏伟远大的志向中，洪门如果想有所作为，必须摆脱困守群山的窘境，重新杀回繁花似锦的粤东腹地。

为了实现这一梦想，粤北绿林道是他必须面对的首要课题。李文茂站在扶卢山上，目光早已被山那边的风景吸引，他暗自下定决心，纵使不能将粤北绿林道一鼓作气收服，也要设法缓和葛老藤与洪门的紧张关系，将横亘在“洪德堂”“公义堂”和“洪兴堂”之间的这堵石壁天堑变为联结三大堂的大道通衢。

李文茂与葛耀明第一次见面，不明白对方为何突然言谢，疑惑地问：“总瓢把子，在下不请自来，叨扰了你的亚婆髻和大稠顶，你应该怀恨在心，何谢之有？”

“本座谢的正是这个。”葛耀明笑道，“明人不说暗话，亚婆髻是本座的藏宝库，一辈子的积蓄都搁在那里；大稠顶是本座的老窝子，里面值钱的财货也不在少数。少班主两次登门秋毫无犯，你说本座能不还一个‘谢’字？”

“大丈夫行世敬义，焉能让‘财货’二字玷污？”李文茂还了一个礼，“不过，在下当不起总瓢把子夸奖，在大稠顶借了一副盔甲，穿戴不合适，这就原物奉还。”

言罢，李文茂叫过黄三全如此这般地吩咐一番，飞毛腿转身火速上山。不多时，陈罗婵和谭亚才等人押着邱二虎来到两军阵前——闹了半天，李文茂不但要归还八角荷叶赤铜甲，而且打算释放邱二虎。

葛耀明十分吃惊：“少班主，你放了人质，难道不怕本座踏平雷公顶？”

“总瓢把子，”李文茂丝毫不以为意，“在下等八人在连环阵畅通无碍，像这样不避生死的兄弟尚有千数。大丈夫闯荡江湖靠的是真本事，生则生，死则死，有何惧哉？用那些鸡鸣狗盗之术，徒然令天下英雄耻笑耳。”

邱二虎踉跄着返回本阵，众头目连忙为他牵过战马，穿戴整齐后隐身在大纛旗下。帐下“八虎”完聚，葛耀明心中宽慰，回头扫了一眼，叹息：“少班主，本座戎马生涯三十载，掌中这杆凤翅鎏金镗喝过无数英雄血，但像尊驾这般仁义神勇之士，实为平生仅见，想来怕只有红船中才会出这样的人物吧？”

“总瓢把子此话从何说起？”李文茂问。

“葛某在江湖上有个绰号‘高佬藤’，不知道少班主可否听闻？”葛耀明神情庄重，“本座平生一敬天，二敬地，三敬父母，四敬红船。一来红船颂仁义，歌忠良，让文丞相、史阁部这样的大丈夫美名天下扬，蚁民百姓人人敬，个个重，功德无量；二来红船兄弟大多武艺高强，英雄辈出，舍生取义，当仁不让。葛某这些年从佛山堡买了不少行头，请了许多师傅指点，教众家儿郎演唱英雄折子戏，说来荡气回肠，何其快哉！”

葛耀明不经意间点出了文天祥和史可法这两个名字，李文茂立刻觑破了这位绿林总瓢把子的内心世界，明白他不仅是独霸一方的豪杰，更是一位顶天立地的男子汉。李文茂按捺住激动的心情，问道：“敢问总瓢把子，是哪位叔父教的戏？”

“为尊者讳，请恕葛某不提他老人家的名号。自从‘洪兴堂’与本座对敌，红船兄弟都把葛某当一介山匪，谁肯到这荒山野岭来？”葛耀明诙谐地说完，抬起凤翅鎏金镗，“交情和缘分叙完，该动真格的了。少班主，粤北人都是直肚肠的憨性子，不会那些弯弯绕。他们见识过你单骑闯阵的神勇，还没有面对面领教过你的武艺。倘若你有真本事，能让葛某手下这些儿郎心服口服，本座情愿将总瓢把子的交椅拱手相让。”

“总瓢把子言重了。”李文茂拱手，“请。”

葛耀明催动胯下“双角麒麟兽”，举起凤翅鎏金镗正要与李文茂分个高下。这时，从他身后如电飞出一匹“艾叶青云兽”，马上之人挥舞一对梅花亮银锤，高声喊喝：“呔，炖猪蹄不用大柴锅，杀鸡子焉用宰牛刀？总瓢把子，让末将来取这厮的项上首级。”

来的这员战将是“八虎”之一的练四虎，此人在粤北绿林道素以神力著称。练四虎这年才二十五岁，擅使一对梅花亮银锤，每一柄重达四十斤，是“八虎”里排第一号的猛将。这边的各家广府英雄听他口出狂言，无不义愤填膺，关钜、陈松年、邝能、周春、甘先、陈显良、李洪英、卢昌等好汉齐欲上阵，被李文茂摆手制止。李文茂仔细咂摸葛耀明刚才的话，越咂摸越觉得意味深长，他暗自下定决心，要凭自己一人之力独斗群雄，只有这样才能让粤北绿林道的人马心悦诚服。想到这里，李文茂命令颜亚层升起凤凰旗，从方亚孔手里接过久已不用的“擂鼓瓮金锤”。这对大锤各重七十五斤，比练四虎的梅花亮银锤足足大出一号，粤北绿林道观战众头领看了以后，无不咋舌。

且说李文茂手提双锤，问练四虎：“来将通名报号。”

“你家小爷总瓢把子驾下称臣，姓练名四虎的便是。”练四虎打马疾驰，心里那是一百二十个的不服气，对面这人比自己还年轻，他能有多大的修为？“八虎”威震粤北绿林，不料邱二虎仅仅一战便做了俘虏，真是叫人丧气之至。为了挽回“八虎”的声誉，在葛耀明、众头领以及上万大军面前逞威露脸，练四虎飞马抢了头一阵，气势汹汹，要和李文茂比一比谁的力量更大，谁的武艺更强。

见对方疾驰而来，李文茂并没有加快战马，仍旧不紧不慢地向前溜达。这边众兄弟着急上火：战马的冲力非常大，敌快我慢，力道上吃亏大发了去。

练四虎目睹此景，心中未免狂喜，觉得自己抢占了先机。说时迟，那时快，转眼间“艾叶青云兽”蹿到了李文茂的马前。练四虎借着巨大的冲力，举起手中的梅花亮银锤砸向李文茂的头顶。这一锤势如泰山压顶，黄河溃堤，端的是威力无比。练四虎嘴里喊了一声：“吃家伙吧。”

“小元霸”的双臂早已运足了气力，丹田内三道真气源源不竭汇向双腕。见练四虎的梅花亮银锤当头砸下，他不慌不忙，不躲不闪，抡起“擂鼓瓮金锤”向上格去。李文茂这一招是实打实地以硬碰硬，绝无半点水分，不像练四虎借助战马冲击的力道。粤北绿林道众头领和喽啰们看得清楚，莫不暗伸大拇指称赞，又替李文茂捏着一把汗。

四锤相击，耳轮中但闻“咣”的一声。两边战将伸长脖子看，就见一对明晃晃、亮汪汪的家伙被震飞出去，在半空中歪斜着栽倒在地，将地面砸了一个大坑。再定睛一瞅，练四虎从地上爬起来，面如白纸，虎口崩裂，一言不发，败归本阵。

“雷公仔”看得热血沸腾，双槌抡起来鼓声如雷，广府英雄齐声喝彩。那边惹恼了三当家倪大耳朵，催动胯下“追风呼雷豹”，提一杆禹王开山槊换下练四虎，哇呀呀怪叫：“不知天高地厚的娃娃，来尝尝你家爷爷开山槊的厉害。”

李文茂放下双锤，擎浑铁槊回马迎战。传说中的十三太保李存孝经常使槊，李文茂对此下了大功夫，不仅拜名师学艺，而且把枪法、锤法、棍法糅了进去，形成了一套攻势凌厉的崭新槊法。两人以槊对槊，这一仗打得既精彩又明白，对阵双方很快能察觉对方的底细，观战的人也一目了然，分得清谁高谁低。只是粤北绿林道的喽啰们听惯了戏文，又为李文茂昨天的神勇所折服，喝彩声不知不觉变了味道：“快来看啊，十三太保耍槊喽。”

双方你来我往大战三十回合，倪大耳朵槊法渐乱。葛耀明在大纛旗下看得分明，命人鸣金敲锣，招倪大耳朵速回本阵。倪大耳朵气呼呼地骑着马回返，一边策马跑，一边大骂手下的喽啰兵：“丢你老母的，胳膊肘往外拐，敢给老子喝倒彩？”

倪大耳朵之后，敌方阵营又飞出一骑。马上之人穿戴甚为奇特，头上包着红头巾，缠成了一个大磨盘，发髻上绑了红、绿、黄三色绒线，耳朵上戴着耳环，脑后拖着雉鸡翎。陈罗婵数了一数，竟然是三根，她不禁哑然失笑，这算什么打扮？

来人非别，正是马头山大寨主“定唐刀”唐火生大眼一贵，他是八排瑶人，因此才有这副打扮和这个怪名字。倪大耳朵是马头山的前任寨主，唐火生大眼一贵是他选定的接班人，心头难以容忍旧主之辱，出马为倪大耳朵讨个公道。

李文茂换了“九环降龙刀”上阵再战，两人斗了二十来个回合，唐火生大眼一贵拨马朝西落荒逃走。他走的这个方向不是回归本阵，而是与本阵平行，显然不像认输的样子。李文茂略微迟疑，催马追了下去，约摸跑出三十丈远。唐火生大眼一贵从背后摘下黄阳弩，猛地回身扣动扳机，冷不丁地射出三支利箭，呼啸着刺向李文茂的心窝。

这三支箭发得极为突然，李文茂虽然明白对方欲有所作为，但没想到唐火生大眼一贵出手如此毒辣。葛耀明和观战的众头领吃了一惊，心里暗暗有些惭愧——倪大耳朵刚才明显技不如人，李文茂如果存心取他的性命，焉能容他安稳撤回本阵？唐火生大眼一贵这么干，叫别人看起来是以怨报德，太不够意思。

黄阳弩力道甚大，来箭倏忽如电，李文茂猝不及防，“九环降龙刀”只格去两支箭，第三支箭不偏不倚正朝他的心口射来。两边观战之人齐声惊呼，都觉得李文茂难逃此劫；陈罗婵花容失色，后悔没有给李文茂戴上护心镜。突然，李文茂胸前红芒大作，那支箭像撞到了铁壁一样弹了回去。唐火生大眼一贵被眼前的情景惊呆了，两只本来就溜圆的眼珠子，此刻瞪得比铜铃铛还要鼓，瞳孔空洞洞的，“呼呼”朝里面灌凉气。

李文茂勒住马的辔头，夸了声：“好箭法。”

空气近乎窒息的两阵喝彩声訇然雷动，葛耀明似乎瞧出了端倪，大声问：“少班主，你胸口装的是不是那颗龙珠？”

“惭愧。”李文茂答道。

石坑崆大寨主武鸿乾是粤北绿林道仅次于葛耀明的高手，胯下“雪蹄乌骓马”，手中一对四棱达摩熟铜锏。他并没有急着出马交战，而是站在门旗下静静地观摩，见练四虎、倪大耳朵和唐火生大眼一贵三员大将纷纷落败，武鸿乾心里“咯噔”了一下——眼前这位红船少班主不独神力无敌，而且精通百家武艺，十八般兵刃拿得起、放得下，三轮战罢之后，依然面不改色心不跳，真气之充沛令人叹为观止。最让武鸿乾心生敬仰的是火龙珠大放光彩的那一幕，此人身负神物，看来天命有托，非凡人可比。

自己这一边连败三阵，武鸿乾觉得到了出手的时候。他策马冲到阵前，从皮囊中掣出四棱达摩熟铜锏，高声问："老朽是石坑崆的武鸿乾，请问少班主可识得锏法？"

李文茂驰回本阵，放下"九环降龙刀"，从黄三全手里接过水磨铁鞭。而今江湖上很少有人用双锏临敌，这种兵刃介乎刀锤之间，既有刀法的精妙，又有锤法的力量，最适合于两军阵前的拼杀，而且等闲的高手不敢使用这种兵器。李文茂察觉出了这位野战老将的分量，纵马上前："略识一二，请老英雄赐教。"

"不敢当，能领教少班主的鞭法，那是老朽的荣幸。"武鸿乾骑着马转了个圈，催动战马冲向李文茂。他嘴里虽然客气，手上却加了十二万分的小心，他明白靠力量自己绝非李文茂的对手，只有凭借精妙的锏法和临敌经验，才有取胜的希望。

这一场单鞭对双锏的大战与前三场迥然不同，武鸿乾希望以锏法取胜，李文茂同样期待用鞭法折服人心。两个人不再斗力，你来我往比起了招式。大伙眼花缭乱，不知不觉四十个回合战过，二人打了个棋逢对手将遇良才，未分输赢。

李文茂抬头望日光西斜，不愿意再纠缠下去，粤北绿林道众头领如果这么接力下去，恐怕要挑灯夜战。想到这里，"小元霸"待武鸿乾一招用老，化鞭为剑，把自己最新领悟的"浑天剑"使了出来。从"三门遁甲"和"合洪就寅"开始，一式一式地施展开来，等使到"天开九重"一招时，武鸿乾左支右绌，门户大开。李文茂挥动水磨铁鞭趁虚而入，扫向石坑崆大寨主的咽喉。武鸿乾手中的四棱达摩熟铜锏回挡不及，骑在马上眼睛一闭，双锏垂落，心里想这次算是他奶奶的交代了。

水磨铁鞭堪堪扫到武鸿乾的咽喉处，李文茂倏地撤回铁鞭："人有失手，马有失蹄，老虎也有打盹的时候。老英雄，来来，再来比过。"

武鸿乾逃过劫难，在马上睁开眼睛，愣了半天神才叹道："人外有人，天外有天，少班主英雄盖世，老朽这次输得心服口服，领教了。”

石坑崆的喽啰们上来捡起双锏，跟随武鸿乾返回本阵。山风呼啸而下，像刀子一样将阳光剪裁得稀薄。李文茂目送武鸿乾沮丧的背影，手握冰冷的水磨铁鞭，心里很不是滋味。这次独挑粤北绿林道，不知道还有多少英雄的声名，将要葬送在自己的手里。

闲言少叙，“小元霸”奋神威大战雷公顶，一连打翻对方二十七名头领，粤北绿林道成了名的英雄最后只剩下总瓢把子葛耀明一人。这时，夕阳沐浴在无色的天河，被它自身的光彩颠簸得一片迷离。粤北绿林道的大军屏住呼吸，鸦雀无声；广府英雄这边却群情振奋，尤其是陈罗婵、“红船八斗官”和“凤凰仪”班的兄弟们——当年王铁枪王彦章日不移影，连打唐将三十六员，李文茂此战效法先贤，追之不远。

大纛旗下葛耀明肃然不动，不多时，“袖里乾坤”邓豫打马出了中军角旗，来到阵前欠身问道：“少班主气象非凡，令人敬仰。我家大爷愿移金躯出马讨教，玉成阁下盖世威名，不知道少班主是否还有气力再战？”

李文茂一口气斗过二十七阵，一口水没喝，半粒米未吃，又饿又累，筋疲力尽，体能消耗达到了极限，恨不得扒拉两口饭，倒头美美地睡一大觉。但他心里明白，与葛耀明的较量是这次粤北之行的压轴大戏，也是他一路上反复盘算欲达成的目标，现在粤北绿林道既然主动提出来，这个千载良机焉能放过？

眼看着梦寐以求的理想就要实现，李文茂提刀立马，心潮澎湃，刹那间浑身的倦怠和疲劳消失得无影无踪。俗话说不入虎穴，焉得虎子，要不是冒险深入粤北绿林道的腹地，怎么能探知葛耀明原来是一位心怀大义的豪杰？这些年洪家兄弟血沃大地，终于感动上苍，把粤北绿林道这份厚礼送到自己的手中，看来老天爷并非全然无情。

这场巨大转机的枢纽只应在葛耀明一个人的身上，为了洪门振兴大业，为了这位值得尊敬的总瓢把子，为了彻底收服粤北绿林道三万将士的心，最后这一阵不但要应战，而且必须战出气势，战出情义，战出与日月同辉的光彩。

见李文茂沉默不语，“袖里乾坤”邓豫以为他体力不支，体贴道：“少班主累了的话，早点回去休息，明日再战无妨。”

李文茂运了运丹田内的真气，发现阴阳两道真气皆显残缺与不足，唯有第三道真气仍然丰沛如初，丝毫没有损减的苗头。他心中暗自称奇不已，对六祖慧能察天洞地的大智慧佩服得五体投地，拱手作答：“多谢尊驾美意，在下久慕总瓢把子的威名，能与总瓢把子同场较技真是三生有幸。在下愿挑灯夜战，让弟兄们见个分晓。”

话音未落，粤北绿林道的大军喊声雷动，喝彩不断。从各寨头领到喽啰们，无不为李文茂豪气干云的胆魄深深折服。“袖里乾坤”邓豫点了点头：“既然如此，请少班主回去稍待，我家总瓢把子换了衣服就出阵。”

广府英雄无不感到纳闷，这位粤北绿林道总瓢把子的派头果然不小，出阵就出阵，为什么还要换一身新衣服？夜幕降临，众人点起灯球火把，给遍地的黄毛草敷上一层红粉，白日剑拔弩张的紧张气氛没了踪迹，取而代之的是一种轻松和温暖。李文茂拨马回阵，众英雄呼啦一下围了上去，几乎把他从马上抬了下来。黄三全和方亚孔一个端着水，一个提了袋干粮，挤进人群让李文茂先对付了两口。

众家英雄兴高采烈，每个人都对李文茂充满了期待。瞧现在这个架势，双方不但不需要你死我活地拼命，而且极可能化干戈为玉帛，把酒言欢。受到山下热烈气氛的鼓舞，梁应琨、林福盛、李天彪、何万选、谭亚受、谭亚才、卢鲨、卢彪等人撤了山顶的防守，连梁九图也一瘸一拐地跟着他们下了山。他问李文茂：“阿茂，能回家了？”

“小孟尝”纳闷：“九爷，听你话的意思，好像还舍不得离开？”

“不瞒各位说，我是真舍不得离开。”梁九图恋恋不舍朝山顶上瞥了一眼，“粤北瑶山是一块宝地，大稠顶和雷公顶山上奇石嶙峋，尽是其他地方难寻的好东西。”

梁应琨一听气坏了，为了搭救梁九图，他四处求爷爷告奶奶，欠了这辈子也可能还不清的人情债，几乎把广肇二府江湖上的头面人物都惊动了，死伤了几百号的人马，结果却换来了梁九图这么一句话。他脸色铁青，气呼呼地说：“老九，你这话是啥意思？你要是愿意待在这个穷山恶岭，我不拦你。”

谭亚受过来替梁九图解围，笑嘻嘻地对梁应琨说：“三爷，你别这么说，假使葛总瓢把子留大伙吃酒，我不信你舍得走？”

“谁说我要走？”梁应琨泄了气。粤北绿林道手里掌握着北江贸易孔道，广府各大豪门以前想送礼巴结都摸不着门路，而今葛耀明摆酒设宴，只有傻子才会不去。

梁九图心中只有永恒的石头，在他看来，不管在朝为官的还是做买卖的，走江湖的还是绿林道的，无非都是逐利之徒。旁边这些人中，他瞧得起的只有两个人，一个是陈罗婵，一个是李文茂，前者求的是戏棚之艺，后者寻的是武学大道——在梁九图的价值世界里，戏棚、武学和石头没什么两样，无非是一门寻找灵魂的艺术。

梁九图离开喧哗的人群，旁若无人地走在空旷的两军阵前，边走边哼起了小曲。这首曲子名为《游山乐》，和温秉智敲掉余章标饭碗的那首《劝孝歌》，共同出自乾隆朝一代名医徐灵胎所著的《洄溪道情》，歌曰：

到山中，便是仙；
万树松风，百道飞泉。
更得那野鸟呼人，引我出僧房竹院。
异草幽花香入骨，奇峰怪石峭连天。
一步一回头，景象时时变。
越走得路崎岖，越骗得精神健；
到了那峰回路转，又是个别有洞天。
春风吹我尘心断，不知今夕是何年？
偶遇着，牧竖樵父，洗足清泉；
与他言：竟不知唐宋明元。
…………

静夜之中，对面忽然响起了绵绵鼓声。李文茂和红船兄弟情不自禁抬起了头，这鼓声不是雄壮的战鼓，竟然是他们再熟悉不过的“发报鼓”。大纛旗下角旗分开如鱼龙，亮灿灿的梦幻光影里，葛耀明骑着“双角麒麟兽”出现在人们的眼前。广府英雄无不大吃一惊，只见葛耀明没有穿那套象征着总瓢把子身份的盘王盔和黄金甲，而是扎大靠，衣红蟒，头盔上插着珍珠翡翠结子，后面拖两根雉鸡翎——完全是一副标准的红船戏棚打扮。

李文茂精神为之一振，换了匹战马后，提起“虎头皂金枪”飞出战阵。两边观战之人齐声呐喊，凤翅鎏金镗和“虎头皂金枪”在空中猛烈地冲撞，二人马打盘旋走了一个回合，葛耀明勒住缰绳，脱口夸赞：“少班主，果然余勇可贾。”

“总瓢把子当心了。”李文茂长啸一声，攥枪把，推枪头，使出师傅杨裔昌传授的拿手绝技杨家枪法，手中“虎头皂金枪”灵龙飞至，刺向葛耀明的心口。

两边鼓声渐渐平息，众人聚精会神地凝视着最后一场决战。周围静悄悄没有响动，漫天的星斗在头顶撒网，捕捞试图逃向大地的月光。四方油幕如庐，八极皱褶似山，风儿从雷公顶悄悄地卷下来，不时地拨弄着旷野里的火苗。在陈罗婵的眼里，两军阵前这片光与彩的浩瀚汪洋，均源自李文茂胸前的火龙珠。那不灭的珠光，将枪头锻造为跳跃的灵魂，在半空里像萤火一样，赤裸裸、红彤彤地进行格斗。

姑娘缓缓地扫了一眼周围，嘴角露出不经意的微笑，眼前的此情此景，不过是应验了她人生抱定的信念——大地为戏棚，苍穹做布景，人间与戏棚，有何区别？

倾覆在夜幕的火光，多么像罗浮山秋日的红枫；兵刃相格的尖锐声响，多么像蜩蝉寂寥的啼鸣。陈罗婵低头凝视臂上的“囚龙草”，草儿发出碧绿的幽光，闪烁飘逸，随着她的心意分解飞翔，笼罩在情郎的马头盘旋不去。

两军将士观此情景，无不惊骇称奇。葛耀明和李文茂大战一百二十回合，气力不济，遂弃手中兵刃，下马行礼：“少班主神武盖世，葛某心服口服。从今往后，粤北绿林道唯尊驾马首是瞻，赴汤蹈火，在所不辞！”

第五十九回　渡尽劫波

在佛山堡，豆豉巷码头的繁华程度仅次于汾水正埠，岸边一溜烟摆着叫卖的小食档。食档后有一排整洁的木棚，被“大魁堂”出租给商户使用。“吴记”饭铺的掌柜非别，正是从古劳围来的吴同顺，他端着一碗猪红汤捧到张亚丞的面前：“老弟，尝尝我的手艺。”

张亚丞身穿一身丝绸长袍，派头十足，跟有钱人家的太子爷没什么两样。他用折扇扇了扇猪红汤的热气：“吴掌柜的，你隔壁这家生意不行啊。”

“吴记”饭铺的隔壁是“余记”饭铺，“死牛肺”正扯着嗓子在门口大声吆喝：“油嫩嫩的猪红汤，绿油油的青葱花哩；一个铜子一大碗，再添一个食猪杂……”

吴同顺嗤笑一声：“他赚的是昧心钱，谁敢沾他的晦气？”

张亚丞尴尬地笑了笑，好在他天生一张乌青脸，很容易掩饰表情。别看他才十五岁，却非常有主见，他打算奉承一下“私鸡钱”这个一毛不拔的吝啬鬼：“吴掌柜的，你吃的盐比我吃的饭都多，我开铺子就是向你学的。佛山堡寸土寸金，咱们这些外乡人无权无势，只能靠自己的一双拳脚，以后多指点指点晚辈。”

“哪里哪里。”吴同顺高兴地在他旁边坐下，“俗话说，钱难挣，屎难吃，做生意必得六亲不认，不能穷摆谱。你老弟小小年纪便在佛山堡开铺面，气势比过去的阿开还大，吴某打心眼里佩服。年轻人，就是头壳灵光，转得快。”

“我可没有阿开哥厉害。”张亚丞客气了一句，探头朝窗外打量。

“胡葱花”的摊档开在豆豉巷码头，摊档周围坐着几个古劳围乡亲。吴同顺一瞅，全是当年坐一条船来佛山堡的熟人，李阿发、冯天善、“独眼龙”曾三、“虎头仔”四个人挤在一起推杯换盏，不时发出欢快的笑声。

在“私鸡钱”看来，自己和张亚丞是一路人，区别在于自己一毛不拔，而这个年轻人还愿意拔一根毛。张亚丞最近常来“吴记”饭铺闲坐，每次只要一碗滚烫的猪红汤，都是给“瞌睡虫”柯兴邦点的。他奇怪地问：“老弟，阿开穷得要饭了，你打听他干吗？”

在张亚丞看来，“私鸡钱”无异于一头光溜溜的蠢猪，他莫测高深地笑了笑：“我们俩终究沾亲带故，我不心疼他，心疼谁？”

“来，给张掌柜的送一小碗猪红。”“私鸡钱”冲伙计招了招手，继续问，“老弟，有一件事我不太明白。如今办窑口是第一等的好买卖，张老爷在广利圩有这个便利，你和阿开为什么不去跟着他发财？”

张亚丞打起了哈哈：“这是我从别人那儿学来的诀窍。”

“私鸡钱”生气地瞪了张亚丞一眼，这伢仔模样不赖，心地却不怎么样。他只好让伙计又送了一碗猪红汤：“老弟，啥诀窍？”

“说实话，这个世界上我最佩服的人不是你，而是居仁里的区少爷。”张亚丞故作神秘，“他告诉我做生意的三个诀窍，按道理，我至少应该收你三碗猪红汤，不过，‘瞌睡虫’没有那么大的胃口，算你便宜。第一个诀窍是莫做热门的买卖，这种买卖热得快也凉得快，有权有势的把热食吃了，剩下凉的会吃坏肚子；第二个诀窍是莫做关门的买卖，须养几个跑腿的帮闲，交几个有用的朋友；第三个诀窍是莫做偏门的买卖，坑蒙拐骗，必遭天谴。”

“高见。”“私鸡钱”拍了下桌子，“老弟，你那碗猪红汤的钱免了。”

话音刚落，“瞌睡虫”气喘吁吁地从门外跑进来，张亚丞笑嘻嘻地说：“老三，今天吴掌柜的破费，猪红汤管够。”

“私鸡钱”把“瞌睡虫”拉到自己身边坐下，亲亲热热地问：“兴邦，今天你替张掌柜的打探到了什么消息？是不是关于阿开的?”

“我没见到陈少掌柜,”“瞌睡虫”晃了晃脑袋,“我只见到了宁二少。”

“私鸡钱”疑惑地看着张亚丞:“二少和你有啥关系?”

张亚丞手里玩着折扇:“我最近正学唱戏哩。”

“私鸡钱”越听越是一头雾水,拿抹布擦了擦手上的油腻,不解地问:“老弟,学唱戏要花不少银子,咱们挣两个子不容易,你到底图啥?”

张亚丞努着嘴:“听他说。”

“瞌睡虫”似乎真是饿极了,风卷残云,一口气吞下了三碗猪红汤,把嘴一抹,脸上露出兴奋的神情:“张掌柜的,我给你打听清楚了。王老爷和宁二少明天去梁家,梁九爷请他们去他的新园子赏石头,乖乖,真是不得了。”

梁九图从粤北平安脱险后,梁家人欣喜万分。为了庆贺,特地将位于正埠码头附近的一块黄金宝地辟作园林,供梁九图存放奇石之用。这块地皮濒临汾江河,面积甚广,如果用作商业一年不知道要赚多少银子。梁家一掷万金,如此大手笔震撼了佛山堡的各大豪门,莫不对梁家的雄厚财势感到自愧弗如,望尘莫及。

“是吗?”张亚丞出神地问,“他们是新园子的第一拨客人吧?”

“瞌睡虫”打了个饱嗝,继续说:“‘大魁堂’为了向梁九爷表示心意,在华丰台摆了一场大戏,宁二少今天在台上跑龙套,明天去梁家的新园子赏石头。灵应祠和崇正社学各开三十桌酒席,去的都是镇上腰缠万贯的大财主,永州来的那个冉老爷也在里面。”

张亚丞霍地站起来:“走,去看看。”

从永州府泷泊铺来的冉大财主膝下无子,只有一个年方妙龄的掌上明珠,因此打算招赘一位东床快婿继承偌大的家业。这位千金酷爱红船大戏,据说冉家招婿的条件里第一条就是会唱两折子戏,张亚丞正是为了这个才和宁二少套近乎。

望着张亚丞匆匆离去的背影,“私鸡钱”方才发觉自己上了当,气得破口大骂:“这不是热门买卖？这不是关门买卖？这不是偏门买卖？丢你老母,拿老子当猴耍?”

李文茂独挑粤北绿林道的壮举震撼湘粤三省,消息传回佛山堡,大街小巷的老百姓无处不在兴奋地议论。本地的草根阶层有两大精神支柱，一个是五光十色的红船戏棚，一个是刀枪剑戟的武林世界。前者是一扇通向天空的窗户，代表他们摆脱贫穷和屈辱的梦想；后者是一口掘向大地的水井，代表他们维持尊严和体面的力量。李文茂集红船和武林两种身份于一体，成为这些人心目中扶困济危的英雄符号。

此番出征粤北的广府英雄中，主帅李文茂是桃源人，李洪英、李占升、冯坤、封满、巢元贞、吕雄杰等小霸王随行出战，使得在佛山堡谋生的古劳围乡亲脸面格外有光。李阿发、冯天善和“虎头仔”皆为习武之人，两碗酒下肚话匣子立刻止不住，唾沫横飞夹带手脚比画，吸引了一大堆在旁边吃摊档的食客。

冯天善惋惜地说：“虽说是乡亲，可惜无缘相识。”

“虎头仔”提醒：“少掌柜的认识李班主，他以前跟着梁培友混营生。”

“对啊。”李阿发大声嚷嚷，“谁见过少掌柜的？人人说他在大街上要饭，我咋一次都没遇见过？咱们找他去。”

“胡葱花”轰走摊档前的听众，拦住他们的兴头，郑重其事地说：“歇会吧，阿三下个月娶媳妇，咱们商量商量，该咋办？”

一起来佛山堡闯世界的哥几个里，“独眼龙”曾三的条件最差，没想到却第一个将新人迎娶到家，大家无不惊诧。“虎头仔”这一年在莲花山的八旗营顶操，很少回来，听到这个喜讯非常高兴，一连问了几个问题：“哪家的女仔？是鹤山乡亲吗？在哪儿办？”

曾三在“骆记”扎纸铺当伙计，凭他挣的那两个铜板，能把自己的肚皮填饱就不错，哪里娶得起媳妇？这门亲事大有隐情——女方为花县炭步镇骆村的一个风流寡妇，是骆老二从前的相好。双方有言在先，曾三默许骆老二和寡妇的奸情，骆老二替他出彩礼，承担喜宴在内的一切花销，并在铺子附近租赁了一处小院供他们两口子居住。

任何一个明眼人都能窥破其中的玄机，曾三对这哥几个也不隐瞒，自嘲地说：“骆老二在骆村遮不住了，不得不把那娘们接到佛山堡。她一个寡妇，我又替人家涮锅子，三更天摆两桌子酒席就算啦，还能办出个亮堂？我和骆老二说好了，没生仔前，对他们俩的勾当睁一眼闭一眼，反正我也是个瞎子；假如生了仔，长得像我，立马让他滚蛋。”

“胡葱花”安慰他：“常言道，不孝有三，无后为大，只要那女人能生养，给你生个一儿半女的，这买卖就划得来。”

“绿帽子压不死人，骆老二不是喜欢干花花事吗？正好让他替你养儿子。”李阿发撺掇，“将来你发了财，再娶一个黄花大闺女。”

“我发财？”曾三叹了口气，“下辈子吧。”

陈开最近感到皮肤越来越凉，炎热夏季冻得直打哆嗦。身体虽然备受煎熬，少年的心却欢快异常，认定这是功力突飞猛进的结果。佛山堡凉快的地方不多，熏烤的地方却遍地是——南部几百口吐着烈焰的高炉，正是人类取暖的天堂。

夜里依偎着滚烫的高炉，陈开觉得自己变成了一块红彤彤的铸铁，一只穿透重重浮光掠影的飞蛾，心如磐石，眼神锐利。站在高炉上，他心胸开阔无比，往日那些所谓的爱恨情仇一起消散在熊熊烈焰中，消散在沉沉黑幕里。

藏身于铸铁炉群，别人当然找不到。这段日子，陈开每个月只离开铸铁炉两次——回兴桂里取钱，去居仁里交份子。这天夜里，陈开又敲响了马三婆家的门，“葫芦发”睡眼惺忪地从里面出来，不高兴地说：“三婆睡了。”

陈开说：“我不找她，我来拿钱。”

“葫芦发”结结巴巴地说：“简大少家进来一批好货，说是大户人家的女人，三婆想给咱们俩买个媳妇。你把钱都花了，难道我陪你打一辈子光棍？”

陈开上下打量了一眼朱发：“你想娶个黄花闺女？”

“对啊。”“葫芦发”嘟囔，“三婆年纪大了，生不出仔。”

陈开忍俊不禁，笑得前仰后合：“阿发哥，你一点也不傻。”

朱发憨厚地说：“兄弟，我得跟你学。”

“好好，你把钱拿给我先。”陈开宽慰“葫芦发”，“五斗口司有一桩黑堂买卖，开的价特别高，老区头对狗子有气，一直没有承当他。这样吧，明天早上我直接去巡检司衙门，把这事办了，起码二百两银子，够你买个黄花大闺女。”

次日清晨，小雨淅淅沥沥地下了起来，陈开浑身发冷，摇摇晃晃到了巡检司衙门。狗子正在门口陪着凌德金说话，一见陈开就埋怨："你跑哪儿去了？怎么死活找不到？"

"听说有一桩买卖？"陈开问。

狗子瞥了凌德金一眼，点点头说："对，要不是过黑堂，人家能掏那么多钱？"

所谓黑堂，就是将囚犯找个名目打一顿，嘁里喀喳结果性命，报一个瘐毙了事。这样做既能应付上差，又能平息事主的怨气，且利于从中做手脚。陈开在衙门里待久了，对这里面的黑幕了如指掌，他催促道："快点办，我还有事。"

陈开跟着狗子进了刑房，脱掉上身的破衫子，往地上一躺，叮嘱狗子："打多少下你们自己数着，我眯一觉先，困了。"

狗子语气异常柔和："少掌柜的，那你就好好歇着。"

带着雨息的风，从院子的葡萄架下吹过来。陈开躺在阴凉地上呼呼打起了呼噜，红润光洁的肚皮袒露在空气中。行刑的弓役约摸四十来岁，是巡检司衙门里打板子的老手，他蹲下去一摸陈开的肚皮，吓了一跳："咋冒寒气？"

狗子也觉得纳闷，挥了挥手："人死如灯灭，寒气就对了。"

这笔报酬丰厚的"买卖"是一个圈套——自从宫鹏飞被陈开撞了一个跟头后，这厮立刻回去报告给"阴阳生"和"牛鬼窟"。几个人商议后，决定花钱买通巡检司，利用陈开从事替打的这门营生，趁机下黑手把他结果。

那名弓役的业务非常熟练，分寸拿捏得毫厘不爽，他手里不是普通的板子，上面暗地揳了手指头那么长的一枚钉子。他先是举起板子舞了几下，对准陈开的肚皮瞄了瞄，然后一板子狠命地招呼下去，钉子不偏不倚，正好刺进了陈开的肚脐眼。就见一道血光瞬时飞起，正在做梦娶媳妇的陈开没来得及喊出一声，登时疼死过去。

一转眼，吴家把持"大魁堂"事务又过了三年，吴家的靠山吴荣光已经日薄西山，而吴璧光尚无拱手交权的迹象。与吴家的衰落呈鲜明对比，梁家老少两辈人大放异彩：前有梁蔼如主持汾江河清涌工程，大获成功，在老百姓心中赢得了良好的口碑；后有梁应琨召集广府各路英雄征战粤北，顺利地救出梁九图——后者的影响比前者更令人震撼，无论民间还是江湖，莫不对梁家刮目相看。

在这个背景下，梁九图造新园子的举动便具有了微妙的象征意义，它其实是在向佛山堡民众郑重宣告：从今天起，佛山堡的老大姓梁，而不姓吴。

在梁家众多造园林的高手中，梁九图的口味是公认的清新脱俗，佛山堡士绅怀着极大的好奇心，想看看这位梁九爷能玩出什么花活。梁九图出手不凡，命人将“紫藤花馆”储藏的石头全部运往新园子，一不栽树，二不掘湖，就那么白白地荒芜闲置。

谭莹听说梁九图从粤北回来，又辟了一处新园子，便代表伍紫垣前来看望。梁九图知道他不喜欢热闹，因此只请了王山公、宁洪崖二人来陪他吃酒。梁九图近来与这两个活宝走动得非常勤，和王山公是因为李文茂的缘故，和宁洪崖是因为陈罗婵的缘故。当然，这两个人本身各有长处——王山公修炼“六祖心经”颇有心得，时常发惊人之语，道他人所不能，在佛山堡的名流中声名鹊起；宁洪崖精通“外江班”和“本地班”的戏，是难得的戏剧人才，梁太太卢浣霞和老太太何小鸾经常找他唱戏消遣。

“五哥不像话，”梁九图埋怨，“我从粤北回来这么长时间，他也不来看看我。”

“他怎么不想来？”谭莹笑道，“外面把你们在粤北的事传得神乎其神，他早想当面听你放葫芦，还想亲眼观赏你从粤北拉回来的石头。”

“那是人家阿茂的功劳，没我的事。”梁九图得意地说，“不过，葛耀明真够意思，让我拉了那么多的好石头，一个铜板没要。”

谭莹哈哈大笑：“福草，我看你是越活越抽抽了，整个一个土财主。人家那么大的总瓢把子，粤北群山都是人家的，还在乎你这几块石头？”

梁九图正色道：“石头和石头不一样，我拉回来的可值钱。”

酒桌旁的文案上摆着一块小型黄蜡石，上面布满了玲珑的石洞。谭莹问：“福草，这就是你拉回来的心肝宝贝？”

“呵呵，”梁九图指着窗外，“请上眼。”

谭莹顺着他手指的方向一看，顿时吓了一跳，只见靠近汾江河的围墙旁边赫然堆积了一座小石山，不是英德石便是黄蜡石。他正要发感慨，忽然发现石山上坐着一个人，面朝墙外像雕像般纹丝不动，俨然一位入定的老僧，不禁叫出了声:“那不是苏长春吗?”

“不错。”梁九图充满自豪地说,“这回我要造一座别开生面的园子,请长春兄做一幅大画开篇谋局,他怎么画,我就怎么造!”

“用画造园子?”谭莹脱口称赞:“奇哉,妙哉。”

几个人喝了一轮酒,梁九图问:“五哥到底在忙什么?”

“他能忙什么?”谭莹道,“忙着给陈大老倌捧场呗。”

这次李文茂答应挂帅出征,陈罗婵厥功至伟,且冒险闯入粤北绿林道腹地,对梁九图实有再生之恩。梁九图心存感念:“陈大老倌那么大的名气,还要五哥捧场?”

王山公讥讽:“癞蛤蟆想吃天鹅肉。”

王山公话糙理不糙,谭莹没法否认,只能辩解:“哎呀,这你可冤枉崇曜了,他对陈大老倌那叫仰慕,心里没有任何杂念。易大老倌执意让贤,琼花会馆以一年为期,决定把金丝面具和金马鞭授予新人,陈大老倌和黄大老倌正在省城打擂台呢。”

王山公脸色稍微缓和:“但愿他知道进退。”

说者无心,听者有意。王山公本来是说伍紫垣,没想到宁洪崖的脸却腾地红起来。他的目光扫了一眼枯坐石山的苏仁山,手里攥着酒杯呆呆地发愣——自从那日初见阳雪姑,女峒主幽怨的眼神就勾走了宁二少的魂魄。他隐约听说过女峒主的悲惨遭遇,听说过她和苏仁山的爱情故事,心里明明知道阳雪姑不会瞄上自己一眼,但燃烧的心却像一只水中的葫芦,这头刚刚按下去,那头瞬间又浮了起来。

谭莹饮了一口酒:“李班主现在何处?”

“你算问对了人,”王山公洋洋得意,“他在肇庆府城练功呢。”

梁九图插了一嘴:“除了给陈大老倌捧场,五哥是不是还有别的事?”

“对,十三行的麻烦也不少。”谭莹变得忧心忡忡起来,“圣上连下几道圣旨,口气一道比一道严厉,甚至说食鸦片都要砍头。制台大人改口严禁,厉行禁烟,梁监院给他出了个‘五邻结保’的主意,嗨。”

梁廷枏时任越华书院监院,坚决主张严禁鸦片,和他姐夫何太青正好唱对台戏。邓廷桢禁烟的谕令一下,广东各级官吏兴高采烈,拿着鸡毛当令箭,趁机勒索百姓,栽赃无辜。真正的鸦片贩子缴纳了保护费后反而平安无事，照旧开窑口赚钱，一时间民怨沸腾，激起了老百姓对官府更大的仇恨。

梁九图问："什么是'五邻结保'？"

"你真是个不问世事的书呆子。"王山公显得不屑一顾，"所谓'五邻结保'就是让老百姓互相揭发，你告他，他告你，狗咬狗一嘴毛，最后肥了衙门那群畜生。"

梁九图感到浑身不自在："会是这样？"

谭莹点点头，不得不承认王山公说的是实话："官场眼下是烂透了，动辄得咎，不管你出多好的主意，落到老百姓头上肯定是祸。"

梁九图失望地问："那可怎么办？"

"咋办？"王山公拍了一下桌子，"没法办。"

正在这时，"孔鸡蛋"飞一般地冲进院门，大老远就在院子里喊："王老爷，宁二少，你们快去瞅瞅吧，阿开在巡检司叫人给打死了。"

五斗口巡检司的门口围拢了一堆看热闹的老百姓，陈开的尸体扔在地上，连张破席子都没有盖，下面是一大摊殷红的血迹。陈火贵姑姑、亚娟母子、"红心"、"白皮"、"花肉"几个趴在尸体旁边号啕痛哭，而区建瓴正和狗子大声争执。

狗子翻脸比谁都快："老叫花子，闭上你的臭嘴，什么替打不替打的？哪有这回事？再敢胡说八道，立刻治你一个诬官犯上之罪。"

"你这条天杀的癞皮狗，"区建瓴瘫倒在地，"老天爷咋不把你劈死？"

凌德金坐在门房里扬了扬手，上来两个差役把区建瓴叉到墙角，其中一名叫顺子的差役从鞋筒里抽出一张银票，塞进区建瓴怀里，低声责备："老区，这就是你的不对。当着那么多外人的面，哪能什么都往外倒？在咱们这一行里，替人挨打丢了性命，不是常有的事吗？要怪只能怪阿开运气不好。喏，八十两银子一两不少，拿回去，给他买口上等寿材。"

陈开应的这桩替打买卖区建瓴毫不知情，更不知道价码，他鼻涕一把泪一把："打板子是打板子，可肚脐眼那道伤口是咋回事？顺子，你给评评理，有这样下黑手的吗？"

作为巡检司的司阍二爷，凌德金有时候比巡检老爷更加威武，在衙门里颐指气使，没有他不敢接的买卖。弄死陈开这桩事情一目了然，拿总的是凌德金，抽头的是狗子和那名打板子的老手。每年枉死在五斗口司衙门的人不计其数，顺子见怪不怪，他知道凌德金的厉害，哪敢对外透露半点风声，便息事宁人地劝区建瓴："老区，人家为什么肯掏八十两银子？不就是含着这枚钉子钱吗？"

"你咋不早说？"老叫花子气急败坏，"早知道这样，王八蛋才揽这买卖。"

顺子苦笑："你咋知道人家没说？兴许阿开自个清楚哩。"

这边哭哭啼啼，那边响起一阵急促的脚步声，叶二和领着梁志父子匆匆奔来。梁志伸手在陈开鼻子下面试了试，叹了口气："没气了，发送吧。"

陈火贵姑姑和亚娟号啕起来，一个比一个声音尖："可怜的仔，你前世作了什么孽，咋生了一个韭菜命？还没有狗尾巴长，就叫老天爷一刀割走了呀。"

王山公、宁二少大步流星来到巡检司衙门口，王山公蹲下去仔细查看，见陈开的肚脐眼揳进去一枚硕大的铁钉子，干涸的血迹将钉子黏结在肚皮上，看上去令人触目惊心。他又摸了摸陈开的肌肉，坚硬似铁，那枚钉子怎么拔也拔不出来。他抬起头问梁志："掌柜的，阿开虽然鼻子里没有气息，但身上的肉为什么如此硬？"

梁志挠头说："我也弄不懂。"

狗子过来拱了拱手："王老爷，二少，两位来得正好，赶快把这个要饭的抬走，别老搁在衙门口，晦气。"

王山公指着铁钉子："这是怎么回事？"

"我哪知道？"狗子躲闪着他的眼神。

宁洪崖平时文绉绉地从不与人生气，这时真忍不住了，抓住狗子的衣领，双臂稍微一使劲，将又高又壮的狗子陡然擎在半空，狠狠地向巡检司衙门的大门砸去。围观众人谁也没想到宁二少竟然有这么大的气力，"咣当"一声，狗子被砸晕过去。

李文茂力伏粤北绿林道，对洪门的贡献堪比"六甲神龙"萧明远说服朱世雄，从此，"洪德堂""公义堂"和"洪兴堂"三大堂连接为一体，洪门势力从湘、赣直达两粤，形成了有利的战略态势，鸦片运输畅通无阻，所获利益将是难以估量的。

“小元霸”辞别各路广府英雄，回到梅花岗的斋堂，提笔修书两封：一封委托林大章带给至善禅师，详细汇报了这次出征粤北的经过，告诉师傅葛耀明是条心存忠义的好汉，粤北绿林道的人马可以做“洪德堂”的坚强后盾；另一封派人递交九峰山的萧明远，说葛耀明愿意与“洪兴堂”放弃前嫌，请他速派得力人选，到大稠顶接回被劫走的那两船鸦片膏。

诸事安排妥帖，李文茂选了一个黄道吉日，独自下“六祖井”，把“金坛”从无念法师原来修行的洞里抱出来，一直潜到西江水底的那眼石洞。石洞如同水下的琼楼玉宇，上下左右墨光丛丛，隐然闪耀着另外一个生灵世界的气息。李文茂抽出“龙渊刀”，小心翼翼地切下一大块黑色端石，将之切割为整整齐齐的两截。把“金坛”埋进去后，李文茂取过一截黑端石，严丝合缝地盖在上面。

将遗骸埋葬在西江水底，这是无念法师生前的愿望。李文茂把身体紧紧地贴在温暖的端石上，眼泪不知不觉溶解在水中，无声无息，渗入石壁。人生就是如此奇妙，自己和无念法师仅仅只打过一个照面，却仿佛有三生之缘。老和尚用生命换来的领悟，义无反顾地留给了自己，希望“小元霸”练成一门盖世神功，这份情谊可动天地！

李文茂从石壁上浮起来，把全身的真气集中在右掌，猛地拍向石壁。“哗”的一声，水流被击开，脱溢出去的真气冲向石壁，瞬间被柔软的端石吸收。李文茂俯身贴上去想感受端石的变化，骤然，一道无形的气流从石壁里反弹出来，无一遗漏地扑入他的身体。

“小元霸”的身体被水流高高地托起，体内三十二处大穴阵阵紊乱，他差点被呛得灌了一口水。慌忙之下，他挟起那截黑端石，沿着原路浮出水面。伍百福猫在无念法师过去修行的那个洞口：“少爷，要不要撒点纸钱？”

在拼命挣扎的工夫，体内穴道的紊乱完全消失，真气悄悄发生了微妙的变化。李文茂恍然大悟，刚才从石壁上反扑出来的气流，并非只有从自己身体溢出的真气。黑色端石堪称用之不竭的宝藏，不但具有练功分身的功能，而且蕴藏着亿万年大地精粹的灵气。后一种纯阴之气袭入李文茂的身体，与人体独养真气交互融合，大大弥补了人体真气的不足——这种人地合一的修炼，真是武林中闻所未闻的奇缘！

李文茂把那截端石抛给伍百福，一个猛子扎回水里。伍百福拼命接住端石，捧到油灯下仔细一看，猛然尖叫起来："天哪，真是黑青花！"

时光像水面一样，不紧不慢地向前流动，暗藏的河底已然发生了巨大的变化。粤北绿林道化敌为友，除了直接的援助外，对于"洪德堂"的鸦片贸易来说形同三喜临门：其一，疏通了北江航道和"贡使通道"；其二，打通了两粤交界的贺江航道；其三，开通了自黑石顶直抵大稠顶的陆路通道。这三条线路中，第一条路线为三大堂口共享，后两条线路位于"洪德堂"和粤北绿林道的辖境，因此只有"洪德堂"一家独擅其利。

昔日不被看好的四战边陲，忽然摇身一变成为八方交通的枢纽，"洪德堂"一举摆脱了拮据的窘境，走向了一条快速复兴之路。位于烂柯山的"德济堂"日子逐渐宽裕起来，林大章开始招兵买马，把势力扩展至新兴一带，压根没时间再过江来。

梅花岗恢复了多年未有的平静，自从无念法师的"金坛"入葬"六祖井"，澄远法师和澄觉法师将消息传播出去，武林中人再也不到梅庵骚扰。斋堂跟着梅庵一起消停，李文茂每天带着伍百吉下"六祖井"练功，伍百福则守在院子里埋头雕石。这个小家伙的武艺虽然比不过他哥哥，但雕刻石头的灵性却少有人比，他一门心思地苦练手艺，希望有朝一日开刀割石，把那截黑青花雕刻成天下无双的绝品砚台。

这天晚上，头顶明月高悬，墙角江水呢喃，窸窣的微风翻过梅花岗，在虬枝间弹奏着柔柔絮絮的夜曲。忽然，"咚咚咚"一阵敲门声打破了夜的寂静，伍百吉从梦中惊醒，见伍百福仍在灯下精雕细琢，心疼地说："行啦，早点去歇。"

"还差几刀就快完了。"伍百福疲倦地抻了一个懒腰，"等我练好手艺，将来给少爷刻一方好砚台，免得他小瞧我。"

兄弟有远大志向，当哥哥的自然心里欢喜。伍百吉披了件褂子，打开院门，"逃军和"一头撞进来，他气恼地喝问："你找谁？"

"逃军和"大汗淋漓："找少班主，他兄弟叫人给打死了。"

"你说什么？"伍百吉着实吃了一惊，"二少爷是个读书人，他惹着谁了？"

"逃军和"比比画画："是古劳围的兄弟，阿开。"

王山公和宁洪崖抬着门板闯了进来，王山公心急如焚，高喊："阿茂，阿茂，阿开没气了，你快来救救他。”

伍百吉见过王山公，知道“逃军和”所言非虚，果真发生了祸事，慌道：“王老爷，你不要着急，我马上到隔壁去叫少爷。”

王山公问：“他到隔壁干什么？”

伍百吉迟疑地说：“他白天没回来，还在井底下。”

明亮的灯光将正堂耀亮如同白昼，李文茂拿毛巾蘸着水，揩净陈开身上的血迹。整整四年未见，当初的伢仔长成了浓眉大眼的少年。他做梦也没有想到，与陈开再次相逢，会是这么一幕叫人心酸的场景。

血淋淋的一幕，同时又是充满光明的一幕。

那枚硕大的铁钉子不偏不倚正好插入陈开的肚脐眼，仿佛老天爷冥冥之中昭示，这个放飞白鹈鹕的少年与“六祖心经”前生有缘。李文茂武学天赋无与伦比，当年自刺下丹田四大穴道都没有悟出神阙穴这一修炼“六祖心经”的不二法门，而陈开用他的生命向世人宣示，他应该配得上修炼这一千载绝学。

这不是天意又是什么？

修炼过“六祖心经”的人气息吐纳与众不同，自从一进屋子，李文茂就判断王山公、宁洪崖和“逃军和”都练了这门功法。李文茂心中感慨不已，当初自己打算把“六祖心经”托付给古劳围兄弟，可惜他们功夫有成，没有人愿意自废武功冒此风险。最后完成自己这个心愿的竟然是毫无内功根基的陈开。陈开不但加入丐帮，蒙受人间耻辱修炼“六祖心经”，而且拉来这么三位手无缚鸡之力之人共同探索，真是叫人刮目相看。

眼前的陈开衣着褴褛，遍体鳞伤，脸上胡子拉碴，身上散发着馊味，足见这两年受了不少的罪。李文茂把他身体擦拭干净，用手按了按他的穴道，嘴角露出了一丝会心的笑。陈开坚硬的肌肉下面流淌着微弱的第三道真气，元气仍在！

宁洪崖哽咽地问：“少班主，阿开有救吗？”

“没有大碍，只是失血过多。”李文茂安慰他们，“阿开是从关元穴修炼的真气，这里虽非修炼法门，但此穴有凝胎护元之效，我深有感触。待会把铁钉子拔出穴道，从修炼法门入手重炼真气，再造血脉，用不了两个月即可复原。”

“阿茂，我们四个人听你的话分开来练，就是因为不知道修炼法门在哪儿。”王山公惊喜地问，“听你话里的意思，莫非你已经知道了？”

李文茂颔首：“我也是刚知道的。”

“在哪儿？”王山公、宁洪崖、叶二和同时发问。

李文茂指着那枚铁钉子：“就在这里。”

三个人同时惊呼：“啊？”

李文茂哈哈大笑，举起右掌倏然拍向陈开的下腹，在落掌的那一瞬间，他的食指和中指分开疾点：食指封住了关元穴下的血脉，中指把一道精纯的真气催入陈开的关元穴。随着真气猛烈的反弹，铁钉子被带出身体，“咣当”一声击中屋顶。

铁钉子落下来划过一道弧线，王、宁、叶三人望着那道弧线心情十分复杂——铁钉子能要人命，也能送给人绝世武功，如果它能揳进自己的肚皮，那该多好啊！

第六十回　片言退敌

从空中看，流经三水县芦苞镇的北江如同一棵树的巨大躯干，大名鼎鼎的“南武当”胥江祖庙，便坐落在树干的林荫下。

芦苞镇最美的风光莫过于雨季，那时节，淅淅沥沥的轻盈雨丝绣出一幅含怨的薄幕，从芦苞涌（胥江）一直罩向北江，再被风扯到对面的大潭山。嵯峨山势，被薄幕的温情融化，低头栽入江心，化成无穷无尽的幻梦之弧。每当摞渔佬的船只驶过，船舱里闪烁的银白鱼头，就像天边陨落的星星，伸出头来，嘲笑这被船桨搠破的山水交合。

自南海出发的漫天海潮，沿着西江浩荡北侵，进入北江流域其势衰微，最后在大潭山下偃旗息鼓。芦苞镇自古被誉为形胜之地，南海名士谢兰生曾经赞曰：“海潮弥漫，至胥江而不复能上，江海于此交流；水之汇也，气之关也，乃全省之命脉也。”

一过八月，大雨瓢泼，总是下个没完，蒸腾雾汽从后面的龙坡山滚滚而下，将整个芦苞镇笼罩其中。秋分这一天，从浓烈的雨雾中钻出三骑。来人在胥江祖庙前勒住战马，甩镫离鞍，叩响了大门的门环。

像门前那座石牌坊一样，胥江祖庙的大门永远敞开，看似毫无戒备，其实固若金汤。一名道士手执拂尘应声而出，惊讶道："曾师兄？"

来人非别，正是"天讨会"掌会大舵爷曾天猷，跟在他后面的为左右两大护法，一个是左护法"厚骨蚊"苏文正，一个是右护法"铁肚佛"赵亚焘。曾天猷恭敬地打了个稽首："敢问木印道兄，三师叔可否安寝？"

木印道士回了一个礼，为难地说："曾师兄，师傅他老人家在龙坡山闭关静修，观里主事的是掌门师兄，你要是有急事的话……"

没等木印道士把话说完，曾天猷立刻打断他的话头："本舵当然有急事，而且是十万火急的大事，你马上带我去见清林师兄。"

见曾天猷满脸煞气，木印道士不敢多问，立刻安排苏文正和赵亚焘在观音庙歇息，然后领着曾天猷穿过一扇月牙门，来到祖庙后的一座木庵——这座木庵原为水龙道士居住，现在是他的大徒弟清林道士处理事务之所。

整整一个七月，佛山堡与张槎乡交界处乌云密布，"大会馆"和"天讨会"时常发生一些小摩擦，双方都在摸对方的底牌，准备大打出手。便在这个战云笼罩的当口，"天讨会"突然接到了一封署名为李文茂的战书——请"逍遥门"选派高手，约定时间一战定输赢，以免"大会馆"和"天讨会"群殴起来涂炭生灵。

其时，距离李文茂收服粤北绿林道刚过去一个月，他在江湖上的威望如日中天。曾天猷自忖不是对手，连夜赶回桂州堡五龙观，向师傅火烈道士请示行止。

人如其名，火烈道士的脾气真跟火焰差不多。这老道自负出自名门，剑法天下纵横，岂肯向一个乳臭未干的后辈低头？他当即允诺出马，同时令曾天猷面见水龙道士，要求后者承担芦苞镇一线的守御，严防粤北绿林道和"洪兴堂"南下施援。

"逍遥门"与洪门仇深似海，平静了这么些年，双方门下皆知早晚必有一场大战。清林道士看完书信，不觉打了一个哆嗦——看火烈道士信里陈述的动静，哪里像是一场普通的比武，简直就是要拉开"逍遥门"与洪门决战的序幕！

他用怀疑的眼光看了曾天猷一眼："这是二师伯的意思？"

"道兄，你这话我不爱听。"曾天猷不高兴了，"白纸黑字，信上写得清清楚楚。听你话里的意思，好像是我逼着师傅写的？"

清林道士也不反驳："二师伯考虑事情当然比我周全，另外问一句，这封信是只给了我们一家呢，还是冲虚观和留仙观两家都给了？"

曾天猷道："道兄，就是一场比武，用得着那么麻烦？"

清林道士盯着曾天猷的眼睛，目光虽然柔和，但后者仍然感到刺骨的阴冷："这个唱戏的新近收了葛耀明，武功难测，这场比武恐怕不像你说的这么简单吧？"

曾天猷支支吾吾："没别的，仅仅是一场比武。"

清林道士把来信装到贴身的衣兜，起身道："这么大的事情，贫道断不敢做主。咱们上山请示我师傅，让他老人家定夺。"

胥江祖庙三面环水，唯有背后靠着四季葱郁的龙坡山。龙坡山虽不高，隐然有万派朝宗的巍峨气象，水龙道士在山顶凿有一洞，平时用作闭关修炼、吞吐海潮之用。他闲暇时眺望两江玉带胜景，吟诗作赋，俨然是位归隐林泉的书生。

清林道士和曾天猷登上龙坡山，石洞口点着一盏油灯。雨幕中剑光烁烁，看不见水龙道士的身形，却听到阵阵吟声，曰：

楚天千里清秋，水随天去秋无际；
遥岑远目，献愁供恨，玉簪螺髻。
落日楼头，断鸿声里，江南游子；
把吴钩看了，栏杆拍遍，无人会，登临意。

休说鲈鱼堪脍，尽西风，季鹰归未？
求田问舍，怕应羞见，刘郎才气。
可惜流年，忧愁风雨，树犹如此；
倩何人唤取，红巾翠袖，揾英雄泪！

过了一会，歌声消沉，从雨幕中飞出一条人影，姿态优美地落在洞口的蒲团上。清林道士作了一个长揖："师傅，天猷道兄看你来了。"

坐在蒲团上的道士身高七尺，面容清白，身材单薄，没有穿寻常的八卦衣，却在身上罩了一件藏青色的绣袍。单从外貌来判断，谁也不会相信他就是名震江湖的水龙道士！水龙道士放下手里的剑，笑呵呵地打趣："曾舵爷大驾光临，不容易啊，快请。"

在武林和江湖中，水龙道士是极富传奇性的人物，比其师金蟾道士不遑多让，优点几乎数不过来——有的人夸他天资纵横，有的人赞他学识渊博，有的人喜欢他为人和善，有的人佩服他诙谐幽默。每次碰到水龙道士，曾天猷总会被捉弄得手足无措，因此局促道："师叔，别再逗弄愚侄，师傅他老人家有信给你。"

"二师兄的圣旨，贫道要好好瞻仰。"水龙道士从清林道士手里接过书信，一目十行地扫了一遍，又把书信掷回曾天猷手里，"回去吧。"

在"逍遥门"，水龙道士一向神龙见首不见尾，别人很难猜测和把握他的心思。见三师叔如此举动，曾天猷丈二和尚摸不着头脑："师叔，你什么都没说呢。"

"你想让贫道说什么？"水龙道士笑着取过一条白巾，细心地擦拭起宝剑来。这口剑名叫"秋水冷焰锋"，在"逍遥门"里名声仅次于"八魔刃"。

曾天猷嘴一歪，心想这趟差事要办砸！

水龙道士擦拭完宝剑，骤然之间变成了另外一个人，声音抬高了足足有八度："本门剑道贵在深藏涵养，克己之后方能克敌。然尔等不是弄娼寮，就是抢窑口，不务正业，凭尔等招纳的那些地痞流氓，敢向红船挑衅？"

突如其来的雷霆把曾天猷打得晕头转向，他喃喃地争辩："师叔，我们根本没有招惹那个姓李的，都是他狗拿耗子多管闲事，半路横插一杠子。那小子早憋着和本门为难，这次要不把他的威风打掉，别人以后还不戳咱们脊梁骨？"

水龙道士收剑归鞘，冷笑一声："戳脊梁骨有什么可怕的？贫道怕的是六不战。自从十余年前败北后，洪门卧薪尝胆，多蓄死士，不忘恢复之志。相反，本门这些年养尊处优，旗下多纳贪生怕死的无用之徒，敌众我寡，形势反转，此其一。李文茂刚刚收服粤北绿林道，正值气焰熏天之际，善战者不可撄其锋，此其二。现今'洪德堂'、'公义堂'、'洪兴堂'、粤北绿林道四大股势力连为一体，与佛山堡的琼花会馆隔江相望，可谓腹心相接，声气相求，牵一发而动全身。本门自从你师祖周游天下以来，四大观各自为政，群龙无首，并无统一对敌方略，以无备对有备，兵家所不取也，此其三。尔等为了抢夺窑口而战，师出无名，徒损本门令誉，此其四。尔等同时与‘大会馆’、李文茂对阵，树敌过多是为不智，此其五。李文茂虽然声名鹊起，在武林中终属籍籍后辈，洪门之内比他辈分高的好汉不知凡几，二师兄若与他对阵，实属以上驷对下驷，不顾身份尊卑，徒然招惹天下英雄耻笑，此其六。这些年官府对本门表面上客客气气，其实暗地里像防贼一样，这就是你师祖避走四海的原因。你把贫道这六不战带给二师兄，请他切莫为了逞一时之快，置本门于风口浪尖的险地。”

曾天猷不服气地说：“师叔，难道咱们就这样认栽？”

“与洪门较量，切记八个字，后发制人，出其不意。”水龙道士掂起一把扇子，慢条斯理地说，“本门与洪门终有一战，不打是不打，打起来就是你死我活。决战的方略你师祖自然心里有数，号令亦由他发布，我和你师傅均无权过问。决战之前最好不要惹是生非，尔等若要一意孤行，贻误大局，后果自负。”

为了争当金蟾道士的衣钵传人，水龙道士和火烈道士多年来明争暗斗，无论文采还是武略都压着火烈道士半头，焉肯为他人作嫁衣裳？听到水龙道士一通教训，曾天猷好比一盆井水兜头泼下，从头顶凉到了脚心，灰头土脸地离开了“南武当”。

火烈道士听徒弟叙述完毕，连口茶也没有喝，怒气冲冲转身打道回府。曾天猷无奈，叫手下的文房写了一封书信，派人送到斋堂，信是这么写的：

> 盖闻名刃清贵，自珍于匣恐扰海内。今佛山堡“大魁堂”劣绅狂悖不良，寻衅滋事，打毁窑口，殴毙无辜，在在令人发指。本总舵主痛缠心膂，念切苍黎，兴义师以期尽扫鲸鲵，替民除害，并非与阁下为难。十余年来彼此相安无事，何期反目为仇，罹殃于邻？本总舵主决意全军班师顺德，限明日卯时三刻，顿拜
>
> …………

李文茂收到这封信函，心里不免有些遗憾。这些天他在石洞中苦练“六

祖心经”，将自身真气与黑端石蕴含之气进行交流互换，武学境界再上层楼，功力大增。有心乘着征服粤北绿林道的余威，杀“逍遥门”一个天翻地覆，借机摸一摸“逍遥剑”到底有几斤几两。可惜敌人没有上当，把刚伸出来的龟头又缩了回去。

王山公钦佩地竖起大拇指，夸赞：“阿茂，你这叫一纸退敌。火烈道人那么大的名头都被你吓跑了，看来‘逍遥门’徒有虚名。”

来到梅花岗一个多月的时间里，陈开、王山公、宁洪崖和“逃军和”四个人开启了崭新的人生。李文茂不仅把神阙穴的秘密告诉了他们，而且用内力帮助他们打通三十二穴，使他们脱胎换骨，跃身为一名真正的武林高手。

四位难兄难弟此刻心潮澎湃，大有一种小鸟展翅恨天低的振奋心情。他们明白掌握“六祖心经”修炼法门只是一个起点，将来能有多大的修为，全看自己以后如何下功夫了。哥四个均希望像李文茂一样，能够拥有“六祖井”这样令人羡慕的清修之地。这件事对于宁洪崖和叶老二来说很简单：戏棚即宁洪崖的“六祖井”，只须戴上面具、化完妆立刻就能进入另外一个世界；鹰嘴沙的小河汊和“白麻堂”是叶老二的“六祖井”，听着阿梅的琵琶练功，天下还有更惬意的美差吗？

犯愁的是王山公和陈开，尤其是后者，此番死里逃生必将在佛山堡引起更大的轰动，再想隐身丐帮躲清静，只怕千难万难。

次日即中秋佳节，“逍遥门”拒绝应战，闲下来的李文茂起了思乡之情，想去广州城看望易兰花和班里的老少爷们。他把这个想法一说，大伙儿纷纷表示赞同，尤其是“逃军和”与宁洪崖两个人：前者怕阿梅在鹰嘴沙等急了，后者听说陈罗婵和“俏丽辛”在省城打擂台，盛况空前，恨不得肋插双翅，飞到戏台上看热闹。

太阳高悬天空，白云如同江帆，清秀中带着妩媚，在长天里逍遥逡巡。众人浑身仿佛有使不完的力气，奋力打桨，舢板比箭还快，半个时辰不到就出羚羊峡，过了砚洲。快到广利圩的时候，前面江心横着一支船队，有人高喊：“少班主请留步。”

李文茂抬起头一看，见这支船队挂的是“谭”字旗，喊话之人正是谭亚才。他客气地问了一句：“谭少爷，有何见教？”

两条船靠近，谭亚才下了自家的炮船，跳上舢板恭敬施礼："少班主，今天夜里水师巡缉船打算突袭广利圩，一举扫荡所有窑口，没收里面的鸦片膏。姓韩的早上打发人，送来十万火急的口信，我已经把库存的货物都装上船了，铺子里没剩多少东西。不知道少班主在圩里有没有开窑口的朋友？有的话，赶快知会他们一声。"

提起韩肇庆这三个字，李文茂心中隐隐作痛，问道："姓韩的是大鸦片贩子，他怎么想起禁烟来了？难道官府催逼甚紧？"

"那倒不是。"谭亚才笑着说，"咱们广利圩的鸦片不走外海的虎门大圈，肇庆府从知府到知县都不太卖姓韩的面子，他一直怀恨在心。这次邓大人奉了军机处的密令禁烟，差事派到了巡缉船，他自然不肯放过这个机会。"

"别说李某没有这样的朋友，"李文茂怒道，"就是有，也用不着他姓韩的帮忙。"

陈开突然心里一动，温氏兄弟和姨丈张耀祖不是在广利圩办窑口吗？他们借了一屁股的债扩大经营，要是被广东水师一锅端没收了货物，那还不得倾家荡产？他"吭哧"了一会："我姨丈在圩里是开窑口的，阿茂哥，我想去知会他们一声。"

谭亚才殷勤地劝："那赶紧去吧，还等什么？这位兄弟，你坐我的快船进去，别耽误了少班主接下来的行程。"

王山公叮嘱："阿开，你的伤势刚恢复，别在镇子里停留。"

"没关系，"谭亚才大包大揽，"我派船送他进去。"

两条船继续顺流而下，傍晚时分过了西海地面和黄鼎司，进入佛山堡地界后，江面上不时有悬挂着"大会馆"和佛山堡二十七铺旗帜的大船驶过。王山公忽然问李文茂："阿茂，你给五龙观人马下战书的事情，吴老四知道吗？"

李文茂摇摇头："我没告诉他。"

"齐了。"王山公用手摸了摸腰里的宝剑，这把剑从来没有喝过血，以前只是充作饮酒作赋的道具使用。他愤愤不平地说，"吴老四不让阿开回佛山堡做买卖，阿开当叫花子就是这厮逼的，不能白白便宜了这家伙。"

李文茂好奇地问："你打算怎么办？"

王山公拍着船帮子:“你吓跑了火烈道士和曾天猷,等于帮吴老四坐稳了‘大魁堂’的金交椅,他大发利市,我当然得去敲他一记。”

李文茂明白王山公刚刚掌握了“六祖心经”修炼法门,正是满怀新鲜劲的时候,打算借机在江湖上抖抖威风,便笑着说:“看你的本事了。”

王山公征得李文茂的许可,兴冲冲跳上了“逃军和”的舢板,朝张槎乡方向驶去。李文茂和宁洪崖划着舢板一路东下,直奔广州城。

陈开坐着谭家的快船在苏家码头靠岸,谭第发怕走漏风声,一个劲地催促陈开赶快上岸,向张耀祖和温家兄弟传递消息。

陈开抬头望了望天色不早,心中焦急,加快脚步来到“合记”窑口门前。“飞天爪”挎着腰刀在门口把守,见陈开突然出现在眼前,惊讶得眼珠子都快掉了出来:“少掌柜的,你咋来了?找张老爷,还是温老爷?”

陈开微微一愣:“你在这儿当差?”

“对。”“飞天爪”不好意思地说,“张槎乡那边不是打起来了嘛。”

“这边也好不到哪儿去。”陈开问,“他们俩谁在?我有急事。”

“温老爷陪巡检老爷吃酒去了,张老爷在。”“飞天爪”发现陈开穿戴一新,以为他脱离了丐帮来投奔张耀祖,便推心置腹地说,“少掌柜的,你这回总算是开窍了,放着这么有本事的亲戚不投,当啥叫花子?”

尚喜坤来到广利圩后,仍在“合记”的柜台上张罗。他听到外面有熟悉的声音,迈步出来一看是陈开,高兴地叫道:“老曹,老蔡,快来看,少掌柜的来了。”

陈开抱拳:“各位,千万别这么叫,我早不是什么掌柜的了。”

“少掌柜的,只要你肯回头,凭你做事的气度,绝对没问题。”尚喜坤说,“我这就领你去见张老爷,晚头我们几个给你接风。”

陈开莫名其妙:“我姨丈不在铺子里?”

“张老爷多清贵的人,你这当外甥的还不明白?”尚喜坤诡秘地笑了笑,“张老爷嫌窑口的名声难听,特意在旁边茶楼里租了一间房子,有事在那儿办。”

张耀祖是个自尊心很强的人,钱挣得越多,读书人的那张脸越丢不开。在广利圩,一般人很难见到他的笑脸,陈开来了更是如此。他那双明亮的眼珠因为充斥太多的心机，现在已经变得浑浊起来，把比例十分协调的脸庞也搞得歪歪扭扭。听说陈开到了，他心里十分狐疑，一不刮风二不下雨，这小子忽然来广利圩，想干什么？

说心里话，张耀祖对两个晚辈完全失去了信心，没了指望——陈开破罐子破摔，当叫花子丢人现眼；张亚丞倒是开了一间生意铺子，但那孩子跟红毛鬼子学坏了，六亲不认，没有一点人味。相对来说，陈开倒是还可以勉强见上一见。他让尚喜坤把陈开带进屋子，脸上挤出一丝笑容："阿开，有几年没见你姨母了？她正好在广利圩，待会我让人叫一桌酒席，咱们回家好好团圆一下。"

时间紧迫，陈开顾不上去见姨母，张嘴就问："姨丈，你没听到什么风吹草动？"

"什么风吹草动？"张耀祖一愣。

陈开提示："关于窑口的。"

从见到陈开的第一眼起，张耀祖的念头和"飞天爪"、尚喜坤等人一模一样，都认为陈开是来广利圩投亲的。非是张耀祖薄情，而是他实在难以容忍陈开的脾气，不想弄一尊神放在眼皮子底下找难受。他皮笑肉不笑地说："窑口关你什么事？这伢仔，你姨母为了你的事这两年都急白了头，你连问候也不问候一声，像话吗？"

陈开看穿了张耀祖的心思，心里火往上撞，忍了忍："我没时间看她，今夜子时官府扫荡广利圩的窑口，你抓紧时间快把存货运走。"

张耀祖吓了一跳："你听谁说的？"

"信我的就办，"陈开不耐烦，"不信拉倒。"

张耀祖盯着陈开的眼睛，足足盯了有一刻钟，忽然一切都想明白了——这小子明明是虚张声势，故意拿假消息来吓唬自己，好自抬身价浑水摸鱼。扫荡窑口这么大的事情，连高要县的知县大人都不清楚，他一个穷叫花子从何知晓？

"阿开，你这个人的毛病就是爱瞎操心。"张耀祖优雅地啜了口茶，叹了口气，"大人的事别管，管好自己就行。你今年十六了吧？老话说得好，嘴上无毛、办事不牢，有那闲工夫好好谋一份差事，挣点钱娶个媳妇，也不枉父母生养你一场。"

陈开受不了他那副教训人的口吻，反唇相讥："姨丈，我把话带到，信不信由你。请转告姨母她老人家，别看我在佛山堡要饭，可偏偏有些不开眼的人非要把闺女说给我。不出三个月，我一准把喜帖送到府上。"

"那敢情好，"张耀祖回答，"我让你姨母备一份厚礼。"

两个人不欢而散，陈开气呼呼径直坐船离去。尚喜坤毕竟老成练达，觉得陈开的话不可全信，但也不可不信，撒腿如飞去找温秉礼。

由于"合记"生意兴隆，温秉礼又将四弟喊来入伙。温秉智一张嘴伶牙俐齿能说会道，和温秉信两个文武搭配，着实帮了温秉礼的大忙。温秉智喜欢摆架子，特地把柯定邦、柯振邦兄弟和一顶软轿用船运来，专门伺候自己行走。

温氏兄弟正在妓院陪蒋佑晨等人吃花酒，听说尚喜坤在外求见，温秉礼吃了一惊——尚喜坤在窑口坐镇柜台，轻易不出来跑腿送信，看来其中必有缘故。他朝温秉智使了个眼色，自己下楼来见尚喜坤："老尚，什么事？"

尚喜坤把他拽到一边，压低声音说："掌柜的，阿开来了，跟张老爷大吵了一顿。临走前反复叮咛，让我务必知会你一声，说今天夜里子时广东水师扫荡广利圩的窑口。让咱们赶快把存货拉出去，你看这事是真的吗？"

"唉，"温秉礼重重地叹了口气，"这位少掌柜的总爱自以为是，真真不可救药。广东水师和'红旗帮'在上川岛打得热火朝天，关军门前两天刚把四会、顺德、新会这些营的战船调过去。抚标三水营的战船明天启程，部游击部大人就在楼上吃花酒，你说说，官府哪还有余力来广利圩捣乱？"

张槎乡一带战火纷飞，"天讨会"虽然气焰嚣张，可"大魁堂"也不含糊，吴璧光不但把"大会馆"的铺丁全部调集过来，而且敦促各大豪门和各大行业会馆征发民丁，凑了三千人马在张槎乡的对面严阵以待。

王山公下船一看，呵，土地庙前这个架势真够唬人的。刀枪如林，旗幡似海，阵前摆了一溜二十多台大爆车当堡垒，中间是一座高达三丈三的木制敌楼。楼上插着"大魁堂"和"大会馆"的旗帜，不时有人拿着"千里眼"向对面瞭望。

马永炽正好从土地庙里出来，王山公上前打了个招呼："老马，忙着呢？"

马永炽一愣："王老爷，你有事？"

“没事，”王山公手扶剑鞘，“来逛一逛。”

马永炽在心里暗骂了一句，听说过有逛大街的，没听说过有逛战阵的。他虎着脸没好气地给了一句：“王老爷，打起仗来刀枪无眼，你最好回家呆着去。”

王山公手搭凉棚看了看，讥笑：“老马，你们这仗是怎么打的？光听见枪子响，看不见两军厮杀，是不是闹着玩？”

俗话说，穷文富武，穷人家的孩子多选择念书，富人家的孩子有钱习武。在佛山堡，最难对付的就是像王山公这样功名在身的富家子弟——文的武的都会两下子，谁也不放在眼里。马永炽在“银刀秀才”吴璧光手下当差，吃够了苦头，深谙个中三昧。他压住心头的火气：“请上眼瞧瞧，三千斤的铁炮都拉来了，马上就是血肉横飞的大决战。王老爷，你要是好胆，把腰里的剑拔出来，上阵比试比试。”

“啥意思？”王山公一瞪眼，“看不起你王老爷的家伙？”

马永炽赔着笑：“王老爷，我不是说你，我是说那些放葫芦的书呆子。别看他们喝点酒唾沫星子四处溅，一到见真章的时候，必定吓得屁滚尿流。”

“老马，不要指桑骂槐说风凉话。”王山公拔出佩剑，“今天让你见识一下，你进去给吴老四通报一声，就说我王某人包打头阵，谁都不用。”

马永炽问：“凭你这把剑？”

“要说武功高强，你肯定不信，”王山公顺嘴扯了个谎，“老马，不瞒你，王某最近去粤西学了一门法术，专用于阵前摧敌之魂，裂敌之胆，厉害无比。”

马永炽不懂粤西法术，他看了王山公一眼：“此话当真？”

“那当然，”王山公插剑入鞘，“老子是有身份的人，能跟你开玩笑？”

马永炽有些相信了，但仍然小心翼翼地说：“王老爷，咱们远日无怨、近日无仇，你晃点别人行，千万别晃点我，马某给人家当差不容易。”

王山公想了想：“你既然肩膀头子窄，我也不为难你，把‘孔鸡蛋’叫出来。”

“算啦，”马永炽意兴阑珊，“我带你进去，多大点儿事。”

“银刀秀才”吴璧光把指挥所设在土地庙，庙里乌压压坐满了佛山堡的头面人物，不是各大豪门的族长，就是二十七铺的保正。大家愁容满面，毕竟“天讨会”后面是五龙观，五龙观后面是武林第一大门派“逍遥门”。佛山堡盛产军火，从火力对比上来看，“大会馆”绝对吃不了亏。各家士绅最担心的是敌人夜袭，一旦白刃接阵，自己这边根本抵挡不住。

王山公大摇大摆地进了土地庙，吴璧光客客气气地给他让了一个座：“王老爷，听说你从西边来的？见没见到阿茂？”

“没有，”王山公问，“你找他干什么？”

吴璧光十分失望：“他答应帮忙来着。”

“我去了一趟梅花岗，他不在，到省城看戏去了。”王山公装模作样地说。

李文茂挂帅出征粤北绿林道，目的是解救梁九图，结果导致梁家威名大振。吴璧光心里苦辣酸甜，非常不是滋味，问王山公：“王老爷，你来所为何事？”

“我是来帮忙的。”王山公大言不惭，“杀鸡焉用宰牛刀？对付区区的‘天讨会’，还用得着阿茂？王某帮你办了。”

吴璧光肃然起敬：“王老爷有何妙计？”

王山公坐下来，整理了一番衣冠，神态倨傲地说：“没有金刚钻，谁揽瓷器活？你们不是怕‘天讨会’的人武艺高强吗？”

吴璧光回答：“对啊。”

“那不就结了？”王山公把宝剑摘下来，往桌子上一拍，“有鄙人这柄剑在，我保你们平平安安，曾天猷望风而逃。”

众人瞠目结舌，苏文锦问：“王老爷，你啥时候学会了施法？”

“刚刚学的。”王山公翻了翻眼珠，“你把这柄剑挂在外面那个敌楼上，三更天开始焚香祭拜，王某自会作法。我敢担保，明日卯时三刻前，定将‘天讨会’杀得闻风丧胆，不但不敢进佛山堡，而且还得从张槎乡撤出去，乖乖滚回顺德。”

吴璧光苦笑：“王老爷，神明万万唐突不得。”

“军中无戏言，王某愿立军令状。”王山公拍着胸脯赌咒发誓，“倘若明日卯时三刻前曾天猷不退兵，不须四爷动手，我自己拿剑抹了脖子。”

见他发了狠誓，吴璧光心里有了几分相信：“王老爷，你自个斟酌好，镇子里的老少爷们全在这里，到时候灰头土脸，可怪不得我。”

“这个不用你操心。”王山公随即亮出了底牌，“各位都是有头有脸的人物，咱们把丑话说在头里，要是王某退了敌兵，该当何论？”

吴璧光哈哈大笑：“王老爷，假使你兵不血刃退了敌兵，自是奇功一件。只要我们‘大魁堂’手里有的，要什么你尽管张嘴。”

王山公提出要求：“你们‘大魁堂’名下有地，划一块给我，老子要插自家的旗。”

“一言为定。”吴璧光与他连击三掌。

按下王山公作法不提，且说到了第二天卯时三刻，吴璧光爬上敌楼，支起“千里眼”朝对面敌阵一看，“天讨会”果然撤了个干干净净。正当他一头雾水的时候，苏文锦气喘吁吁地从下面爬了上来，满脸通红：“四爷，咱们上了姓王的当。”

吴璧光忙问：“到底咋回事？”

“他哪会什么法术？”苏文锦回答，“从张槎乡逃过来的人说，火烈道士被李少班主一纸战书吓退，曾天猷昨天就决定退兵了。”

吴璧光使劲跺脚：“嘿，姓王的这个王八蛋。”

“昨天他逼着咱们和他立军令状，白白捡了一个大便宜。”苏文锦沮丧地说，“他这是拿咱爷们当猴耍呢。”

吴璧光来回踱步：“不行，绝对不能让他得逞，否则的话，以后佛山堡的三岁伢仔，都敢骑到我吴某人脖子上拉屎。”

“他预知‘天讨会’撤兵，显然见到了李少班主。”苏文锦犹豫起来，“他要是和李少班主有交情，咱们还真不好跟他撕破脸皮。”

吴璧光阴森地冷笑一声：“这个好办，以其人之道还治其人之身。他跟咱们玩阴的，咱们也跟他玩黑的，看谁笑在最后？”

这时，王山公睡眼惺忪地从土地庙里走了出来，后面跟着一大群佛山堡的乡绅，他仰着脖子大声问：“四爷，‘天讨会’是不是撤了？该兑现诺言了吧？”

“王老爷，我吴某人一言九鼎，一口唾沫砸一个钉，说话从来作数。”吴璧光拿“千里眼”朝敌楼的檐角一指，“从今以后，佛山堡只要是高过它的地盘，尽归你一人所有。你想插什么旗就插什么旗，想插多少旗就插多少旗。”

王山公没想到“银刀秀才”会这么无赖，脸色比敌楼上的天空还要铁青三分，哆哆嗦嗦地用手点指："姓吴的，你不讲信用，不怕遭报应吗？"

"我把佛山堡的天空都给了你，比你要的多得多，你应该谢我才是。"吴璧光笑了一阵突然面露狰狞，"姓王的，你也不打听打听，四爷我是吃素的？耍老子，没门。"

众乡绅掩嘴偷笑，王山公气急败坏："好，王某认栽，只要你小子别后悔。"

苏文锦十分佩服"银刀秀才"的急智，嘻嘻哈哈地笑弯了腰："王老爷，三丈三以上的地盘是给你了，过路的鸟你得好生招待，别丢咱佛山堡的人。"

第六十一回　倒错姻缘

趁广东水师主力与“红旗帮”决战之际，韩肇庆率巡缉船突袭广利圩，一举捣毁圩内所有窑口，获利不计其数，结结实实发了一笔大财。“铁板会”和罗氏家族两大鸦片巨头遭遇灭顶之灾，其中，罗家将祖上留下来的老底子赔了个精光，官府直接抄家拿人，发卖丁口抵偿债务和罚款，下场比居仁里黄家悲惨十倍。

“合记”窑口没能逃脱灾难，张耀祖和温氏兄弟惶惶不可终日，求爷爷告奶奶筹集了一大笔钱贿赂韩肇庆，总算免于官府的刑罚。经此一劫，张耀祖和温氏兄弟家徒四壁，这两年风里来雨里去，不但没挣到钱，而且欠了一屁股债。

生意场上兴衰平常事，但是只要一沾上“官”字便惊心动魄。前有黄家铸炮失利，后有罗家卖儿卖女，大族破败之速之烈，饶是区植棠那样波澜不惊的性子也心里打鼓。吃过早茶他出院子散步，发现黄开大依旧在闸门楼下打坐，旁边多了一个“留条缝”。

“刘掌柜的，”区植棠点了点下巴，“有事吗？”

“留条缝”恭敬地弯腰行礼：“阿开今天娶媳妇，我给乡亲们送个请。”

区植棠的眼珠一半白一半灰白，一般人猜不透他的心思。他抬头看了看天空，若有所思："今年是个什么皇历？添丁进口的年份？"

区家虽然一根汗毛也没有损失，但区植棠心头的绝望与罗氏当家人相差无几——年初叶母为区彦魁生了一个大胖小子。黄开大对这个伪君子一直抱有警惕，甚至怀疑当年自家炉口爆炸就是区植棠捣的鬼，他把蒲团拎在手里，起身准备离开。"留条缝"回答："区老爷，今年是转运年，适宜迎娶新人。"

"姓金的说的？"区植棠撇了撇嘴。

永州府迁来的冉大财主家财万贯，想当上门女婿的人多如牛毛，冉家千金最后相中的人选大大出乎人们的意料，竟然是东南巷的二世祖金良玉。

黄开大拉长了声调："不是他说的，是他办的。"

这两位财主性格各异——黄开大虽然人缘不佳，好歹还经营过铸铁炉户，走的是做生意的正路子；而区植棠一辈子琢磨的是坑人，净玩一些折损阴德的诡计。见黄开大反击，区植棠笑嘻嘻地说："黄老爷，人家娶媳妇也罢，生伢仔也罢，跟咱们没关系。你看一个要饭的都能讨上老婆，咱们锦衣玉食，不娶妻生子对得起祖宗吗？听说简家收了不少女人，干脆，咱哥俩买几个回来当小老婆使唤，屋里有个女人，省得别人说闲话。"

黄开大和区植棠都没有妻子——黄开大没有续弦，是怕下一代遭到报应；区植棠只纳妾不娶妻，总想娶财主的独生女谋取对方的家产。黄开大在家当火头道士，既不纳妾也不买丫头伺候起居，一门心思扑在自己侄子身上。然而，再好的经文也架不住歪嘴和尚念，克己修行换来的是流言蜚语，大伙都说他和寡嫂黄岑氏有一腿。

这个谣言十有八九源自伪君子区植棠，黄开大愤懑地扫了他一眼，从兜里掏出一小块碎银递给"留条缝"，"这是我给少掌柜的贺礼。"

"留条缝"慌忙推辞："不行，阿开和你没交情，哪能收你的礼？"

"好，"黄开大收回银子，"那我就送一句箴言给他当贺礼。"

"留条缝"拱手："黄老爷，你说，我一字不落地给你转达。"

"无量天尊，"黄开大打了个稽首，"恶有恶报，善有善报；不是不报，时候不到。"

陈开娶媳妇纯粹是为了和张耀祖置气，他没想到后者一个跟头跌进了悬崖，连给他随份子的钱也拿不出来。张耀祖既然倒了血霉，陈开这桩婚事也办不出什么劲，邀请来吃喜酒的人屈指可数，都是他亲手圈定的好朋友。

见陈见成一个人走出来，"留条缝"问："游老爷不在？"

"回花县去了。"陈见成埋怨，"阿开怎么搞的？现上轿现扎耳朵眼，哪有当天通知当天就办喜事的？这么催命，难道是阎王爷的闺女？"

"留条缝"摊开手："谁知道？"

"什么意思？"陈见成皱起了眉头。

"留条缝"发起了牢骚："马三婆上午带他和'葫芦发'去简大少家买人，下午到衙门按手印。他老丈人是阎王还是小鬼，现在都两说呢。"

陈见成哭笑不得："我算服了他。走吧，给他家捂捂热气去。"

"留条缝"说："等等二少和温二奶奶。"

女诸葛被温家哥几个解除财权以后，温家算彻底分了家，宁老爷子心疼闺女，把女诸葛接回娘家养伤。如今温氏兄弟债务缠身，温秉礼和温秉智家的院子分别抵给了债主，和温秉信一起挤在老太太住的院子里，日子过得捉襟见肘。陈见成叹了口气："还是二奶奶高见，当初要是把钱投进窑口，温家可就全卷铺盖，回坦东村伺候祖宗了。"

"回个屁，""留条缝"轻蔑地说，"温老三把尝产都卖了，回去往哪儿住？"

"迎贤妻三代兴旺，娶泼妇子孙要饭。"陈见成感慨了一会，"咱们得劝劝阿开，娶媳妇非同小可，哪能这么随便？"

"留条缝"压低声音问："陈老爷，嫂子对你挺好的？"

"嘿嘿，添丁进口。"陈见成得意地往肚子上比画了一下，"走，咱们去迎他们，反正轿子在砖瓦巷，多走不了几步路。"

两个人走到宁家门口，正好碰到宁二少扶着女诸葛出来。"留条缝"慌忙上前："太太身子骨弱，我去喊轿子。"

宁二少摆了摆手："不必，柯家兄弟马上到。"

女诸葛的脸色泛白，看来身体尚未完全恢复，她惊奇地问："就咱们几个？"

"留条缝"为难地说："阿开不让叫，说大伙日子都挺难的。"

"光景不容易，份子钱多钱少没关系，但礼是一定不能省的。"女诸葛吩咐兄弟，“你去把乡亲们喊来，份子钱咱们掏。”

“好。”宁二少答应了一句，向金良玉家走去。

金良玉之所以能击败众多挑战者，虏获冉家千金的芳心，全是由于下套捣鬼所致。这厮花费重金央求“阴阳生”帮忙，施展无形情蛊的法术，将无知少女弄得失了魂。冉老财主拗不过任性的女儿，只好认可了这桩姻缘，择吉日，预备大办喜宴。

既然要当冉家的乘龙快婿，金良玉便觉得不宜再捣鼓那些下三滥的营生，特别是不能在家里开暗门子。为了重塑形象，他暂停了木偶戏班，把莫二娘夫妇和温玉珠撵到“琉璃球”家的院子，自己从河南岛的商馆广场买了一个水晶球，每日邀请一些落魄文人和游方道士，在家里装模作样地研究起了红毛法术。

金家的门一如既往地敞开着，宁二少一瞅，邵凡、石蕴、冼长贵、崔金麟、郑绍祖、“篾片刀”六位刚结婚不久的新郎官都在。他进去说：“各位高邻，阿开今天办喜事，大伙一起去捧个场吧！”

六位新郎官的日子紧巴巴，财权无一例外由媳妇执掌，听了宁二少的话大吃一惊：“办这么急？是真的吗？”

“是不是真的，一去便知。”宁二少提醒，“你们娶媳妇的时候阿开送了大礼，我把话带到了，你们行不行人事，跟我没关系。”

六个人心里十分矛盾，出份子钱没问题，但要拿出陈开给自己的数目，真是舍不得。金良玉在旁边插嘴：“我的水晶球一门灵，二少，来测测吉凶。”

“别胡说八道。”宁二少瞪了他一眼，对哥六个说，“行啦，我知道你们手头紧，这回的份子钱我来拿，以后有钱记得还啊。”

六人如释重负，眉开眼笑：“多谢二少成全，要不然真没脸去。”

众人回家换好衣服，柯氏兄弟也到了，大伙簇拥着女诸葛和陈见成的轿子出发。宁二少没有跟着走，而是拐了两个弯去找王山公。

王山公被吴璧光戏耍后勃然大怒，回到家把黄广华与叶四和叫来，让他们为自己造了一座三丈三高的木制敌楼。这座敌楼与普通的敌楼不一样，下面安装了两个大铁轮子，能在佛山堡的大街小巷自由推动。王山公心里尚不解恨，又让哑巴老婆绣了四面旗子，每面旗子上只绣一个字，分别是王、不、吃、素四个字。

一看见这四个字，宁二少就忍不住想笑："王老爷，吃阿开的喜酒去。"

"娶的是哑巴吗？"王山公从木楼上探头向下问，"不是哑巴，老子不去。"

宁二少劝他："我们都是白丁，就你一个人戴雀顶，指望你撑门面呢。"

王山公跳下木楼："把老子的话当耳旁风，凭什么给他撑门面？"

兴桂里的马三婆家很有些喜庆气氛，王山公和宁洪崖还没进门，里面先传出一阵清脆的小曲声，唱曲的是小叫花子"白皮"：

一绣香囊啊，绣出了双飞的蝴蝶，愿郎你似蝶情长；

二绣香囊啊，绣出雪里梅花，柳绿桃红无谓想；

三绣香囊啊，青鸾彩凤飞翔，相对望下针针，又叹息，相逢只有梦；

四绣香囊啊，绣对苦鸳鸯，愿夫早中状元郎；

五绣香囊啊，好待郎欣赏，绣成燕子一双双；

六绣香囊啊，等你留印象，绣出那同心照艳阳；

七绣香囊啊，并蒂芙蓉用意长，唯愿你无情蝶过墙；

八绣香囊啊，轻轻绣桄榔，绝对无别向；

九绣香囊啊，我替君绣凤凰，劝君常学他。

…………

陈开这次邀请的主要是古劳围和居仁里的穷兄弟，客人交了份子钱挽起袖子就干活，冼长贵"叮叮当当"在厨房的案板上切肉，"胡葱花"掌勺主厨，"篾片刀"切菜，冯天善劈柴，李阿发整理房顶，崔金麟收拾院子里的花草，"大漏勺"在账房拿笔记账，曾三负责在门口迎接宾客，邵凡、石蕴、郑绍祖和"纽纹良"几个抬桌子搬椅子跑前跑后，陈火贵姑姑、"花肉"、亚娟、"白皮"和"红心"在厨房里洗碗筷……

发现身穿蓝袍的王山公跨进院子，曾三笑盈盈地迎了上去，"哎呀，王老爷，今天的喜事缺一个大总理，你来了正好。"

陈见成瞪了他一眼："别瞎说，王老爷这么贵重的身份，哪能干跑腿的差事？只要他往这儿一坐，咱们脸上就有光彩，大总理我干了。”

宁洪崖陪着王山公进了正厅，女诸葛欠身相迎，王山公慌忙拱手：“使不得，我和洪崖是生死兄弟，该我向阿姐请安才对。”

“宁家诗书传教，可惜我这兄弟不求上进。”女诸葛问，“王老爷，你是读书人，看看阿开这个喜宴上还缺点什么，尽量帮他周全。”

王山公挠着头：“我也感觉冷清了一点，应该请个乐班才对，就怕来不及。”

“厨房里女仔的嗓门不错，这段《绣香囊》有滋有味。”女诸葛笑了笑，“我们巷子里的木偶戏班停了，洪崖，你雇两顶轿子把莫二娘和玉珠姑娘请来，正好凑一个班。阿开是风浪中沉浮过来的人，应该不会嫌弃玉珠姑娘的身份。”

女诸葛脑子快，道理多，王山公十分钦佩：“阿姐说得是。”

冯天善去年吃了“无情鸡”，一时没了生计，被王山公收进自家的染坊打工。他端着一碗热气腾腾的咸竹蜂瘦肉汤，殷勤道：“王老爷，来尝尝老胡的手艺。”

王山公品了一口，连声夸赞：“靓。”

三百六十行中，并非每一行都会起波澜，最稳定的买卖大概要数调教女人了。江湖上越是风大浪急，大族豪门越是破败，简联恩简大少的日子就越好过——在广东官府下半年的霹雳出击中，许多经营鸦片的大财主应声落马，送进简家的女人络绎不绝。

“赛潘安”金秋池在京梅村失手后，对追寻九叶碧血仙茅一事意兴阑珊，他把贝尘鹤从瓦窑冲调回佛山堡，继续在粤东主持贩卖妇女的勾当。简联恩设家宴盛情款待，席间贝尘鹤没有看到罗琦和金良玉，便问：“阿琦怎么没来？”

宁大少嘿嘿笑着：“罗家输脱裤，他能不吃挂落？”

“吃啥挂落？”简联恩叹了口气，“阿琦一个铜板也没投进广利圩的窑口，这次罗家各支各脉没有不赔钱的，独独他一家逃脱大难，瞎猫捡了个死耗子。”

霍威愤愤不平：“罗家倒了以后我们去收人，模样好的一个也没有，后来才听说阿琦半路给截了，准备开私窝子挣钱。他玩自家女人倒在其次，关键他这么干，不是明摆着和简少爷抢生意吗？太不够意思了。”

“人嘛，就是这样，有够意思的，就有不够意思的。”贝尘鹤矜持地说，“都够意思的话没人混江湖，都不够意思的话江湖也没法混。”

“十个指头尚且不一般齐哩，我不怪他。”简联恩讥讽，“其实啊，阿琦也是听了鹤爷昔日的教诲，不玩小的，只玩老的，别开生面。”

“真听我的就好了。”贝尘鹤话锋一转，“你们说说，韩爷到底是啥心思？在佛山堡整整待了三年，莫非他捡着了宝贝？”

众人齐声夸赞：“韩道爷不得了。”

自从当年在罗浮山分手后，“阴阳生”韩通便失了踪影，贝尘鹤猜测他可能是找到了九叶碧血仙茅的线索，忙问：“快说说。”

“贝爷，”简联恩说，“韩爷继承了‘鸡公’的衣钵，在灵应祠布设鸾坛，现如今是佛山堡人人敬仰的神仙。他老人家志向远大，去年关了鸾坛，出外拜师学艺，不是去罗浮山，就是到白云山黄婆洞，道法越来越高深了。”

去罗浮山能理解，去白云山黄婆洞干什么？难道“阴阳生”是为了掩人耳目？贝尘鹤犯了嘀咕，又问：“良玉也单干了？”

“金良玉攀了高枝，”宁大少捂着嘴笑，“他当了冉家的上门女婿，停了木偶戏班和私窝子，天天在家练房中术哩。”

“哦？”贝尘鹤道，“看来贝某得准备一份贺礼。”

正说话间，管家简藤瑗匆匆进来：“大少爷，来了个买家。”

简联恩说：“阿威，你去招呼，我陪贝爷再吃两杯。”

霍威放下筷子，出门一看，发现马三婆、陈开和“葫芦发”三人在墙角纳凉。他走过去向陈开施了一个礼：“少掌柜的，我师傅没来？”

“你师傅？”陈开愣住了。

霍威抱拳过顶：“坦东村的叶二爷。”

在佛山堡诸多二世祖和泼皮中，简联恩之所以相中霍威当助手，不仅仅是因为他有模有样嘴巴甜，更是因为他本钱大，最适合干这一行。除了给简联恩帮忙外，霍威还带着几个小兄弟为大户人家的妇女服务，捞点外快，在这个行当里很有名气。然而，最近两年，霍威的名气逐渐被叶二和压倒，老客户食髓知味，把叶老二夸得跟头驴似的。本钱这玩意不是吹的，二人相差悬殊，比试了两回后，霍威心悦诚服，张口闭口称呼“逃军和”为师傅。

马三婆问：“阿威，我给儿子买媳妇，关他姓叶的什么事？”

“原来你们是要买大的？”霍威道，“那价格可不低。”

简家发卖的货物有“大”“小”之分——所谓“大”的即处女，客户买回去是为了当媳妇用，这号货物稀少，出手快，定价高；所谓“小”的是妇人，用途广泛，当小老婆、使唤丫头或者私娼都可以，价格相对较低。

马三婆挥动手中的绣帕：“你开个价。”

霍威介绍起来：“我们这里的雏本来就少，近些日子挑挑拣拣，不多不少，还剩两个，都是大户人家的千金。一个是兴泰行严启祥的闺女严玉芝，十五岁，出落得花容月貌，在这儿压了大半年，因为贵一直没脱手；另一个是罗珂的闺女罗玉环，十六岁，模样蠢点。三婆，依我看这两个雏你买了得啦，严玉芝配少掌柜的，罗玉环配阿发。”

马三婆忐忑不安地问：“到底什么价？”

霍威举起三根手指头：“严玉芝三千两，罗玉环三百两。”

马三婆的屁股好像被烫了一下：“三千？她是金子镶的？”

霍威狐疑地问：“你真出不起？”

马三婆嘟囔：“太贵了，太离谱。”

霍威思忖了一下：“那这样吧，罗玉环她娘是个扫把星，你加一百两银子，我把罗金氏当个鱼嘴搭给你。小的给少掌柜当媳妇，老的给阿发，作揖抓脚背，一举两得。”

四百两银子的价格符合马三婆的预期，不过她清楚罗玉环的模样，生怕陈开不满意，便犹豫地问：“阿威，没有模样靓点的？”

“后花园多着哩，不过都开了苞，过了手，阿开能要吗？”霍威不屑一顾，从兜里掏出一块碎银子，塞进陈开的手里，“少掌柜的，这是我的贺礼。”

陈开同意买个媳妇，一方面固然是为了和张耀祖置气，另外一方面是打算借助婚姻斩断以往的各种遐思，以便专心致志地修炼“六祖心经”。当霍威嘴里说出罗玉环的时候，他就感到冥冥中仿佛上天早已注定：当初为了陈吉的赏钱，他和“癞头鳖”“厚皮棍”三个人干的坏事终于遭了报应，香包上那八个字是怎么写的——“百年好合，喜结连理。”

缘分如流水，自古由西向东走；高处留不住，洼地不回头。无论眼明心亮的宁绣锦，还是枯对黄昏的黄纨卿，那些美丽的面孔如同浮云一样在天边飘，始终落不进陈开的沟渠。他可以等到大功告成的那一天，等到她们回心转意的那一天，然而，那已不是他想要的心灵。

岁月可以改变人生，陈开越来越强壮越来越有力，他所爱的红颜却日益衰老。那些寄托在肉体里的心灵非但没有变得更加高傲，像云彩一样飞向天空，反而越来越自惭形秽，变得比肉体更加苍老不堪，匍匐于大地，被岁月无情地抛弃。

陈开已经想明白了，罗玉环和婚姻就是他的“六祖井”，就是他“诛心”的对象。这是他注定的命运，也是他不得不接受的命运。

人类与命运的游戏法则是，接受它的时候，便是征服它的时候。

马三婆递给霍威银票：“把人领出来，让老身瞧瞧。”

花园里姹紫嫣红，不是花世界，而是人天地。不大一会，罗金氏带着女儿一前一后走出花园，这母女俩真是生了个颠倒——当母亲的一步三摇，风韵犹存；做闺女的邋里邋遢，不修边幅。“葫芦发”没有娶到黄花闺女，正在骂骂咧咧地发牢骚，一看到罗金氏那双勾魂水眼流出来的媚态，登时闭住了嘴巴。

他牵住罗金氏的手，贪婪地打量了好半天，这才回头对马三婆傻笑：“三婆，我媳妇比她闺女大不了几岁啊？”

“她本来也不大。”霍威偷偷地发笑，“阿发，你运气不错。娶了一个阔太太，以后不但能沾富贵气，而且没人敢再欺负你。”

“葫芦发”不明就里：“为啥？”

霍威笑嘻嘻地说：“她兄弟是远近闻名的好汉，你不知道？”

“是吗？”“葫芦发”欢喜地对罗金氏说，“他住哪个村？咱们请他来吃喜酒。”

罗金氏羞惭地低下了头，见陈开面无喜色，马三婆担心地问：“阿开，你要不愿意，咱们就等等，兴许下一拨有好的。”

“不用，”陈开摇头，“就今天。”

霍威竖起了大拇指：“少掌柜的，女人如鱼满地游，以后发了财再讨小的，关键是先把儿子生出来。这女仔屁股大，生养绝没差错。”

这单买卖合算，马三婆高兴坏了：“阿威，去衙门按手印吧？”

霍威扬了扬手：“天色不早，别让宾客在家等急了，明天再办。”

圆月高高地悬挂在半空，天地之间像是泼了一桶油，又像是刷了一层漆，反正色彩圆润不碍眼，让人有伸手触摸的冲动。这层装饰物不知道是来自满月溢出的光辉，还是来自夜幕本身的肌理？小乞丐们躺在屋檐下分辨不清。

马三婆家同一天娶两个媳妇，洞房闹得非常开心，宾客们将罗玉环母女折腾了个稀，直到丑寅交际方才罢休。女诸葛、王山公、宁洪崖和陈见成几个人天没有黑时就早早离开了，冯天善、李阿发、“胡葱花”、曾三、“留条缝”、“飞天爪”、邵凡、“大漏勺”、崔金鳞、“纽纹良”、冼长贵、石蕴、郑绍祖、“篾片刀”等人把借来的用具收拾妥当，雇了马车一一送还。大伙散去后，留下陈火贵姑姑、“红心”、亚娟母子、“白皮”和“花肉”看门，这几个乞丐平时饥一顿饱一顿，正好睡在灶头多吃两口。

要说他们中能吃饱饭的，只有一个，那就是“花肉”。

佛山堡有一户人家的儿子生来智障，和满身牛皮癣的“花肉”是绝配，陈火贵姑姑做梦也没想到还有人肯娶自己的侄女，她怕天上掉下的这张馅饼被别人捷足先登，自作主张，收了男方半吊钱的彩礼，以最快的速度把“花肉”嫁了出去。

“白皮”打了个哈欠，催促“花肉”：“你回去吧，当心老公着急。”

“花肉”正聊得起劲：“天都快亮了，回去干鬼？”

“红心”用脚板捅了捅她的脊梁骨：“喂，他刚结婚，能不想那事？”

“花肉”得意地说：“他越想我越不给，一个傻子我还拿不住他？”

“啥东西你不给人家？”贵仔爬起来问，“是吃的吗？”

“当然是吃的。”“白皮”在他屁股上揍了一巴掌，“大人说话小孩别插嘴，跟你哥到巷子里玩去，喊你们时再回来。”

富仔和贵仔今天吃爆了肚皮，撑得睡不着，巴不得出去撒野。听了“白皮”的话，兄弟两个争先恐后奔了出去。望着他们欢实的背影，“白皮”叹了口气：“有吃的好是好，不过将来要是生养了一个傻孩子，那日子就苦了，还不如要饭自在。"

"花肉"翻着眼皮:"我才不和他生呢。"

"由得了你?""红心"又捅了她一脚。

寂静的夜里,远处传来贵仔"啊"的一声,紧接着富仔一溜烟地蹿了回来,上气不接下气地嚷嚷:"来人了,来人了。"

"红心"以为是丐帮的同伙来捣乱,没好气地骂:"没长眼的饿死鬼,是哪一个?"

三个人爬起来,边走边骂街。出了大门,发现胡同口转过来十几个人,个个手里拿着明晃晃的家伙。人群中走出一个熟悉的身影,斥责"花肉":"没大没小的,骂谁?"

"哥,""花肉"傻了,"你没死啊?"

"洪兴堂"掌印阿妈萧明远接到李文茂送来的书信,心里既喜且愧,喜的是"洪兴堂"与粤北绿林道多年仇怨终得化解,愧的是自家被劫走的货物还需要别人帮忙。不管怎么说,葛耀明化敌为友,对洪门发展有百利而无一害,尤其对位于粤赣交界处的"洪兴堂"来说,更是如虎添翼。"六甲神龙"不愧是一位战略家,在获得朱世雄和葛耀明两大壁垒的保障后,他随即将目光转向北方,准备全力经营赣南这块地盘。

在战略转向的同时,萧明远对在粤东的部署丝毫没有放松,他委派白扇三爷"鹤顶红"作为特使,携重金拜访葛耀明,以示谢意,同时重建"兴胜堂",任命自己的关门弟子陈金刚为堂主,卢炜和朱子仪原职不动,死里逃生的朱豪被提拔为四龙头,并从旗下各堂抽调精兵强将进行补充。"兴胜堂"的实力经此一劫,非但没有削弱,反而得到了成倍的增强,其中道理不言自明——大潭山对面就是芦苞镇,对十几年前的那段仇恨,"洪兴堂"自萧明远以下莫不切齿拊心,梦想有一日击败"逍遥门",重新夺回"南武当"。

陈吉被冷落下来,眼看别人兴高采烈地忙来忙去,他和"兴义堂"的兄弟却留在九峰山天天吃闲饭。"大春吉"抓耳挠腮,连着求见萧明远三次,每次均被挡驾在忠义堂外,心中忐忑不安,惶惶不可终日。

萧明远认为陈吉足智多谋、鬼点子多,确实是主持鸦片贸易的最佳人选,但他的缺点也在那次连江口之战中暴露无遗——所用之人皆其同类,鲜少血勇之士，难以承担大任。为了打熬陈吉的性子，让他幡然觉醒，萧明远有意冷藏了他一段时间。直到大宗鸦片货物准备自大潭山装船起运，这才命他率众南返，再度担当重任。

"大春吉"吃一堑长一智，不敢抱有丝毫的懈怠，安安稳稳地押运了三趟鸦片膏，重新赢得了萧明远的信任。度过考验阶段后，"大春吉"长出了一口气，领着"癞头鳖"、周升、宋琼、潘宏、陈辉等难兄难弟回到佛山堡。一打听顿时喜出望外，闹了半天，就在自己疲于奔命的这些日子里，死对头罗家遭了难，罗金氏挣脱了牢笼。

陈吉火烧火燎追到简家，没想到就差不到半天的时间，相好的又钻进了别人被窝。不过这次"大春吉"胸有成竹——马三婆是个唯利是图的女人，"葫芦发"没见过多大世面，只要大把银子砸过去，没有办不成的事。

"癞头鳖"一瞅妹子穿戴整齐，不再露屁股，心里很高兴。也不管其中的缘由，把"花肉"拽过来向陈吉介绍："大龙头，这是我妹子。"

陈吉吩咐一声："打赏。"

陈辉掂起一块足有五六两重的银子，塞进"花肉"的手里。"白皮"和"红心"从来没有见过这么多钱，同时露出了贪婪的目光。

"癞头鳖"见状，包括富仔、贵仔在内，每人赏了一吊钱，然后问他们："你们在这儿干什么？'葫芦发'在哪里？"

富仔得了赏钱，抢先回答："和他媳妇睡觉呢。"

"癞头鳖"尴尬地望了陈吉一眼，陈吉假装没有听见。周升皱着眉头："咱们找马三婆计较，'葫芦发'听她的。"

"癞头鳖"叮嘱富仔："去把三婆喊出来，说有好事找她。"

"哎。"富仔和贵仔两个争先恐后跑回院子，到正房门也不敲，撩开门帘，直接进了马三婆的卧室，叫道，"三婆，三婆，外面有一群财主找你。"

马三婆爬出冰凉的被窝，懵懂地问："哪家财主？"

"不认识，"富仔和贵仔异口同声，"手里拿着刀。"

马三婆套上花衫子出门一看，模糊的灯笼下，一字排开站着十来条健壮的汉子，中间那几个衣着华丽，旁边挎刀执剑的俱是江湖打扮。女人家心里先惧了三分，哆哆嗦嗦地问："各位有何贵干？深更半夜敲我一个寡妇家的门？”

周升单刀直入：“听说你从简家买了两个女人？”

马三婆想起了白天霍威说过的话，莫非这群人是罗金氏兄弟从西海派来的杀手？她顺着脊梁骨往外冒凉气，两腿发软瘫坐在地，颤巍巍地说：“哎呀，好汉爷，老身我是花了白花花的银子，买回来给儿子当正房的。三方签字画押，光是中人就请了俩，明天衙门按手印，难道你们光天化日之下就敢抢人？”

“光天化日？”潘宏冷笑一声，拿刀贴在她的脸蛋上，“你眼睛瞎了？”

刀刃光芒凛冽，刀背寒冷刺骨，马三婆乖乖把声音憋回腔子里，大气不敢出一口。陈吉迈着四方步走到她近前，拨开刀刃：“三婆，还认识我吗？”

马三婆仔细一看，认出了他：“你……你是阿吉？”

陈吉点点头：“嗯。”

“大春吉”和罗金氏的故事在佛山堡妇孺皆知，马三婆终于明白他今晚登门的缘由。她从地上爬起来拍了拍屁股上的土，为难地说：“阿吉，生米都煮成熟饭了，你看……”

陈吉不紧不慢地说：“三婆，明人不说暗话，陈某现今要钱有钱，要人有人。别说罗家倒了灶，他就是没塌台，老子也不把他放在眼里。既然在江湖上插了旗、立了字号，陈某要的就是一个脸面和派头，罗金氏今天必须跟我走。”

陈辉从兜里掏出一沓银票：“要几多钱？”

马三婆眼珠紧紧地盯住银票，笑逐颜开：“阿吉兄弟，你真是个有情有义的人。我只是不明白，像她这样一个过了水的老娘们，犯得着花这么大的价钱？”

周升呵斥：“少废话，赶快放人。”

“不是这个意思，”马三婆扭了扭腰肢，“我儿子刚吃到甜头，正热乎乎地做梦。明天早上他问我要人，我这当阿妈的怎么办？”

陈吉扬了扬手，众护卫闪开分列，一身盛装的严玉芝被推到了前面。他笑着说：“大户人家的黄花闺女，连新娘子的盖头都给她准备好了，你还有什么挑挑拣拣的？三婆，我再给你添一千两银子，给句痛快话，干不干？”

“干，干，干。”马三婆点头如同鸡啄米，麻利地接过银票和严玉芝的卖身契，反复验过确认无误，折好塞进自己肚兜贴肉的内侧，然后深一脚浅一脚领着严玉芝来到西厢房。她轻轻地推门，门竟然是虚掩着的——借着昏暗的光亮，发现地上和床头乱七八糟扔着亵衣，朱发抱着罗金氏呼呼大睡，被子早蹬到了床下。

严玉芝毕竟是一个未婚的大姑娘，乍见两人赤条条抱在一起，立刻羞臊地转过了脸。马三婆骂道："今天是你开身的日子，从今以后他就是你老公，你不让他弄让谁弄？快上去把那老娘们拽下来，别让她坏了你的好事。"

罗金氏迷迷糊糊被扒拉醒，睡眼惺忪地问："阿妈，什么事？"

"谁是你阿妈？也不害臊？"马三婆扒下严玉芝的衣服，给罗金氏严严实实地裹上，没好气地说，"快出去，外面有人等你，我的小庙盛不下你这尊大佛。"

罗金氏以为是兄弟金绍烈带人来赎她，穿戴整齐后，弯腰从地上捡起被子，盖到严玉芝和"葫芦发"的身上，又在"葫芦发"的屁股上捶了一记粉拳。这娘们抿着嘴出了院子，边走边娇滴滴地问："外甥女办喜事，你咋才来？"

陈吉向前跨出一步，笑呵呵地说："好饭不怕晚。"

罗金氏愣住了，随即豆大的泪水喷涌而出："你这个死鬼。"

"葫芦发"像死猪一样直睡到日上三竿头，小鸟喳喳叫，睁开眼睛，看到房梁上贴的朱砂红大字煞是喜人。怀里抱着软绵绵的东西入睡果然不一样，昨晚盘肠大战过于剧烈，媳妇这么细的腰肢能受得了吗？

蠢汉心里升起温情，揪着头发，把身下人的脸扳了过来。不看则已，一见严玉芝那张吹弹得破的娇容，"葫芦发"一下子蹦了起来，连衣服都没有穿，冲出屋门，来到东厢房底下使劲地敲窗户："阿开，阿开，你老婆摸错门啦。"

动静闹得太大，惊醒了马三婆，她气恼地在屋里骂："一大早叫什么丧？"

"她就是摸错了门嘛。""葫芦发"道，"我的话，你们咋就死活不信呢？"

陈开觉得十分纳闷，罗玉环好好地在被窝里躺着呢，什么时候摸错了房门？他推开窗户向外观瞧，一眼瞅见了"葫芦发"后面惊慌失措的严玉芝。那女人身上只穿了一件绣花红底的肚兜，雪白的肌肤水溜溜，比她的脸更加娇嫩柔滑；曼妙的身体宛如六月的琼枝，看上一眼准能生津解渴。陈开脸色煞白，浑身哆嗦，越看朱发越不顺眼——这头烂蟹越活越年轻，昨天还是自己的老丈杆子，一觉醒来竟然变成了陈见成的侄女婿。

第六十二回　乡饮酒礼

道光十八年的冬季非常寒冷，但佛山堡却热火朝天。崇正社学人来人往，进进出出的不是在籍官宦，就是功名在身的士绅，大轿子一直摆过了祖庙门口。为了庆贺和炫耀击退“逍遥门”的功绩，“大魁堂”决定举办一次隆重的乡饮酒礼。

乡饮酒礼乃《周礼》中记载的传统礼仪，为宗法社会的精髓所在，是佛山堡一年一度最为荣耀的仪式。地方官员在乡饮酒礼上亲自向“乡饮大宾”敬酒，以敦睦风俗，教化民众。由于佛山堡是烟户数十万的天下巨镇，因此能够有幸参与这个仪式的只有两类人：一类是年过七旬的耆老，一类是德高望重、有功乡里的贤士。后一类人主要是在籍官宦和有功名的人。至于那些财主老爷纵然腰缠万贯，也休想在乡饮酒礼上露一小脸——除非你对本镇贡献卓越，方能得到“大魁堂”的“破格”批准。

“破格”就是大坝上的老鼠洞，犹如今天高考的加分制度，借正义之名行不义之实，为那些有财有势的老爷预留一扇后门。依照老规矩，乡饮酒礼定于冬月二十四举行，照例提前半个月开始准备工作。各大商业会馆、各大豪门及二十七铺的代表挤满了崇正社学，纷纷捐纳希望争取一个“破格”的名额。二十三这一天，南海县知县黄谷禄提前乘船抵达，晌午与佛山文武四衙的官吏共餐，晚上接受吴璧光的招待。酒吃一半，涂常发知趣地离开座席，赶到崇正社学和祖庙附近检查治安情况——别看涂常发平时在升斗小民面前作威作福，但是“大魁堂”高朋满座，一个从九品的小小巡检，有几个人肯拿眼睫毛夹他一夹？

涂常发在祖庙周围转了一圈，做到心里踏实，这才乘轿返回五斗口巡检司衙门。下了轿子一看把门的是顺子，奇怪地问：“老凌呢？”

“回老爷的话，二爷去吃酒了。”顺子恭敬地回答。

涂常发哼道：“他倒是不闲。”

“老爷，你孙子又来了，”顺子说，“就是喊你六叔爹的那个胖子。”

涂常发连忙摆手：“说我不在。”

“已经在里屋了，”顺子把责任推了个一干二净，“二爷走前把他放进去的，说是今天太太进省看戏，正好让你们爷俩见一面。”

说句良心话，涂常发当五斗口司巡检这两年多，没少安排汉阳老家的亲戚。无奈巡检司衙门职位有限，亲朋故旧却像撒了农药的韭菜，一茬接着一茬没完没了。这个叫涂荆湖的亲戚实际上出了五服，原先在涂氏家族中还算个能人，曾经在汉阳街一家栈房里当伙计，后来栈房改了烟土馆，人家就发达起来，涂常发曾受过他的接济。

俗话说三十年河东，三十年河西。自从林则徐任湖广总督以后，在辖境内厉行禁烟，涂荆湖被抄没了家产，只身一人逃到佛山堡混饭吃，求到了涂常发的门下。未料到巡检司衙门的门槛高入云端，涂荆湖前后来了三次，硬是闯不过凌德金的五指关。连差役们也想不通，你说你一个看门的，吓唬吓唬老百姓还则罢了，如今连巡检老爷的亲戚也不客气地往外轰，这不是吃了豹子胆吗？顺子倒是头壳比别人灵光一些，他早发现涂常发和凌德金的关系不一般，后者甚至比前者架子更大，这到底是为什么？

“叔爹，我那个差事有谱吗？”涂荆湖问。他是一个身高体胖的中年人，虽然辈分比涂常发矮了两辈，但是年龄却比巡检老爷大。

“难办得很。”涂常发面露难色，“五斗口在两粤是最大的巡检司没错，不过这些年已经扩编了两倍，整整二百五十号人，比咱们老家一个县的差役都多,拿什么养活这么多人?自从本镇‘大魁堂’把‘逍遥门’赶走后,吴老四一直让我们裁员缩编,说窑口已经被他们扫得差不多了,佛山堡用不了这么多弓役,黄太爷也跟着他帮腔,唉。”

涂荆湖脸红脖子粗,丝毫不给巡检老爷面子:“叔爹,你别忘了咱们是亲戚。打断骨头连着筋,一笔写不出两个‘涂’字来,你这么大的衙门还短我一口吃的?我知道,你这个官是婶婆帮忙谋取的,有肥肉先紧着姓叶的来,我没意见,不捻酸,但那个姓凌的总不能骑在我的脖子上拉屎吧?我和他外甥一起坐船来的,他外甥能进衙门当差,凭什么我不能进?你这个官是怎么当的?还有没有尊卑高下?你要是不念情面,痛快直说。”

“荆湖啊,有些事你知道,有些事你还真不知道。”涂常发苦笑一声,“我买这个谁见谁踩的芝麻官,一半使的是叶家的钱,一半使的就是老凌的钱。我们两个名义上为主仆,实际上是合伙做买卖,挣的钱五五分账。安排差事也是一家一半,谁也不能揩谁的油。咱家这一半归了你婶婆家,你说,咱姓涂的还能有多大的腾挪?”

涂常发从前跟着凌德金在汉口、汉阳一带卖假古董,合伙坑蒙拐骗由来已久,看来他说的是真话。涂荆湖嘟囔:“板马日的,闹了半天,你是太监娶婆娘,白顶了个虚名。老凌这个苕子,既然把差事给了他外甥,干吗又把我放进来?这不是成心给你难看吗?”

凌德金是根老油条,心狠手辣,江湖门道比涂常发强出百倍。要不是这家伙不识字,老婆家里没门路,五斗口巡检司这把座椅还真不一定姓涂。涂常发太了解自己哥们的秉性,向涂荆湖解释:“道理不是明摆着的嘛,前两天他把你拒之门外,是因为他没有找出空缺;现在他突然放你进来,必定是给他外甥腾出了个好位置。老凌这一招是既当婊子又立牌坊,故意把你放进来,让我给你先办,然后顺理成章地给他外甥解决,倒成了我欠他的。”

涂荆湖惊喜地问:“叔爹,这么说还有空缺?”

“空缺永远有,只要心肠丑。”涂常发叹了一口气,“现成的办法是撵人挪窝——朝中没腿的,有腿不硬的,一个接一个往外踢。老凌最喜欢干的就是办他的事打我的脸,偷偷告诉人家说是我下的令,这正是他让咱们先办的原因。”

“叔爹,你把我安插进来,以后你不好意思拍闷砖、绊黑腿,我替你干。”

涂荆湖拍着胸脯说，“既然说好了哥俩二一添作五，就得一碗水端平，咱不能让老凌得了便宜卖乖。与其这样的话，你们俩还不如换个位置，让他来当巡检老爷算了。”

涂常发被涂荆湖说心动了，自己身边得有一个制衡凌德金的狠角色。涂荆湖在汉阳街开过窑口，正好和凌德金半斤八两。想到这里，他改变了初衷，诚恳地说：“荆湖啊，我这个人你也知道，总是拉不下脸把事做绝，你不要往心里去。这样吧，衙门里正好有一个弓役，两个多月没来当差，我叫人去看一看，不行的话，你顶他的差事。”

涂荆湖高兴得跳了起来：“我就说嘛，叔爹是扮猪吃老虎的人，哪会没有办法？”

爷俩一旦把话扯开了，那当然越说越掏心窝子。洋油灯点亮，乌龙茶泡上，涂常发开始推心置腹：“荆湖啊，既然你屈尊在我手下吃饭，有些话我得提前对你说。别看汉口和佛山堡同为天下四大镇之一，人家又说什么天上九头鸟，地下湖北佬，其实是搞不清白，真正的聪明人在这个地方。你看同样是卖鸦片，人家佛山堡不叫窑口，明面上的招牌都是什么银铺啊，洋货铺啊什么的。白天交钱拿不到货，晚上人家才给你送到家里或者客栈；你要是没地方抽，人家帮忙找地方，再赚你一笔——那地方一般在四柱游艇上，水面上漂来漂去的，等官府得到信人家早撒腿跑了，连根鸟毛也抓不住。船上有酒有肉，有窑姐伺候，你舒坦了，人家赚了钱，还屁事没有，平平安安，不显山不露水。你说说，到底谁聪明？”

“真是这样。”涂荆湖不解气地骂，“叔爹，跟粤东比起来，汉口、汉阳卖的那点鸦片膏算个胯子？人家卖了几十年都没事，咱们怎么就那么倒霉？姓林的那个王八羔子，有本事他到这儿来试试？净他妈的拣软柿子捏。”

涂常发嘿嘿一笑，纠正他道：“荆湖，别搞错了，你马上就是衙门里的人。假如上面不严禁，咱们到哪儿发财去？”

涂荆湖连连点头：“叔爹教训得是，你看我啥时候当差？”

“这就办。”涂常发来了精神头，让人把顺子喊来，“你去居仁里走一趟，温家老宅抵押的日期快到了，你看他们有没有银子还，没钱便收房子，别跟他废话。另外，你再瞅瞅狗子在不在家，告诉他，明天晌午之前要是不来，休怪老爷我销他的差。”

居仁里的闸门楼一如往昔，牌坊隐藏在冰凉的夜幕里。昏黄的油灯下，坐着吹牛的仍然是那几个老头。唯一区别的是歌声，从黄家阁楼里传出来的曲子虽然依旧孤寒，却偷偷换了人间的气息，乍一听还以为是莫二娘在唱小令：

幽宫寂寞帘慵挂，
窗外西风冷透纱；
听蕉声一阵一阵细雨下，
触景伤情感岁华。
辜负了青春命薄如花，潸泪如麻。
又是怨他又是恨他，
手拿着红绣鞋儿占鬼卜。
…………

这是一曲改编自蒲松龄《聊斋志异》的《骂玉郎》。黄纨卿发誓终身不嫁，但她终究是青春妙龄的大闺女，说不思春，谁会相信？好在她会唱戏，如山如海的剧本里盛满了古往今来的喜怒哀乐，一人可当十万兵，将孤独付诸弦乐中。

见顺子鬼头鬼脑地朝这边偷看，邵世荣吆喝："顺子，过来向秦老爷行礼。"

顺子凑到秦文光跟前，羡慕地问："老爷子，这是什么珠子？"

汾江河清涌工程干得漂亮，李可琼、梁蔼如把秦文光的事迹上报给巡抚衙门，巡抚衙门又上报给朝廷。道光皇帝在历史上是有名的节俭，整天穿一件打补丁的龙袍以身作则，生怕底下这帮吃老子不心疼的官员搞腐败。现在突然听说有人操持水利工程竟然产生了节余，惊喜之余立即颁下圣谕，赏给了秦文光一个六品顶戴。

秦老爷子八十来岁花烛重逢，弄了个比县太爷还大一级的官当，在佛山堡和南海县一时被传为佳话。秦文光专注地听曲子没说话，邵世荣语带轻蔑地说："见没见过世面？秦大哥当年在安南国贵为副总管，堂堂三品大员，就这破砖碟珠子，扔到地上都没人捡。"

"那是，那是。"顺子点头哈腰，回头瞅见了坐在一旁的"讲古佬"温秉智，马上板起脸来呵斥，"温老四，你家老院子抵押马上到期，债主已经把状子递到巡检司衙门。要是没银子还给人家，痛快地腾房子，省得爷们来拿你。"

温氏兄弟眼下山穷水尽，再也借不到一文钱。温秉智这些日子躲在家里不敢出门，今天刚出来散心，就撞到了顺子这个催命鬼，当下感觉水淹到了脖子，回家的路上不觉抽泣起来。这边眼泪还没拿袖子擦干，那边老院子里猛地传出一阵撕心裂肺的哭声，温秉礼的儿子羊仔飞快地跑出来，惊慌地喊："四叔，快，快，阿婆不行啦。"

"合记"窑口在广利圩被查封以后，温家遭受重创，两个儿子的宅院被债主索走，变得无家可归。老四媳妇温伦氏一怒之下回了娘家，打算休掉丈夫，不肯搭温家这条沉船，温老四几近家破人亡。老太太本来就百病缠身，哪里经受得住这么大的打击，眼看着日子不多，温家兄弟早早做好准备，等着办白事。温秉智三步并作两步跑回家中，院子里空空荡荡，弥漫着一股悲伤的气息，温李氏眼泡红肿，扒着东厢房的窗户向外看。屋子里，温秉礼和温秉信两个跪在地上，一个劲地号："阿妈，都是儿子不孝，害了你啊。"

温秉智提醒温秉礼："三哥，该叫大哥和二哥了。"

"羊仔去了。"温秉礼叮咛，"你把你媳妇喊回来。"

提起老婆温伦氏，温秉智恨得牙根直咬，摇了摇头："我不去，我没这号媳妇。"

温区氏吃力地伸出手，温秉智跪倒在地，老太太抓住三个儿子的手："不怪你们，怪我这个当家人耳朵根子软，听信谗言，任由你们莽撞行事；怪我老婆子眼睛瞎，不识忠良，把那么好的儿媳妇撵出家门，任由你们编排欺凌。这座院子在你阿公手里置下，是咱们温家来佛山堡的第一处产业，我老婆子把它弄丢了，对不起祖宗啊。"

温秉礼、温秉智、温秉信三兄弟"咚咚咚"磕头抢地，哭成了一片泪人："阿妈，是做儿子的不孝，是我们对不起二嫂，对不起祖宗。"

"不要哭，不要怕，事情还有得救。"老太太叮嘱，"你们三个在门口跪着，老二媳妇来的时候都给老身负荆请罪，让她重新当家。"

巷子里传出温秉义的哭喊声："阿妈，你等等我呀。"

"快去，快去。"老太太颤抖地催促。

温秉礼、温秉智、温秉信三个人趺趺撞撞出了屋子，到了大门"扑通"跪倒在地，把温秉义吓了一大跳："怎么，阿妈不在了？"

三兄弟没有理会温秉义，而是恭恭敬敬向女诸葛磕了三个响头："二嫂，我们三个狗咬吕洞宾，不识好人心，你千万不要和我们一般见识。"

女诸葛焦急地问："别说这个，阿妈怎么样？"

三兄弟呜呜咽咽，泣不成声，温秉义心乱如麻："大哥呢？"

温秉礼回答："羊仔唤去了。"

哥四个进了屋子，老太太已经气若游丝，一只胳膊搭在银匣子上不肯松动。女诸葛一见银匣子，立刻明白了她的用意，跪倒请安："阿妈。"

"老二媳妇，"温区氏脸上露出宽慰的笑容，用手指头点着银匣子盖，"这个匣子你拿回去掌管，别嫌它空。"

人之将死，其言也哀。女诸葛忍不住泪如雨下，往日心酸尽化解在婆婆这句话里。此时此刻不容她有第二种选择。温宁氏没有说话，伸手把银匣子接到手中。

老太太笑了起来，脸上容光焕发，看来到了回光返照的当口。温秉礼起身正要召唤媳妇给母亲换寿衣，温区氏摆了摆手："往后家里的大事小情，包括发送都交给老二媳妇办，我老婆子还能撑一会，再听听她的调度。"

女诸葛忍住心里的悲痛，劝说婆婆："阿妈，这座院子能保得住，老三和老四的宅子我也想办法把它们赎回来，你放心吧。"

"我知道，我知道，"温区氏声音越来越低，"我就是想听你当家。"

女诸葛和温李氏妯娌用黄皮叶煲好的水为婆婆擦净身，温家兄弟把母亲抬到正厅上首的板床上。众人七手八脚为老太太换好寿衣，头底下垫了一沓金银纸，两只手里塞了巾扇，腰里挂上荷包。荷包主要装两样东西，一样是钱，用来到阴间花销，打点小鬼；一样是从"喃呒会馆"请来的"阴司路引"——大约三尺长、二尺宽的一张黄纸，上边印着"为酆都天子阎罗大帝发给路引事"等字样，下面端端正正盖着三枚方形大印，分别是"阴司""城隍""酆都县府"三个阴曹地府的衙门口。

温家兄弟含着眼泪，挨着个地给母亲喂着糖水。等温老五喂完后，老太太眼里的光芒仍然没有消散，拼命睁大眼眶，似乎还有话说。温秉义问："阿妈，你是等我大哥吗？他正在回来的路上，你一会就能见到。"

温区氏的眼皮一动不动，温秉礼又问："阿妈，你是等我阿舅吗？他只是嫌我们几个闯祸没出息，该借银子的时候还是会借的，你不要生气。"

温区氏仍旧一动不动，兄弟几个问来问去，都没问对地方。女诸葛想了想，趴在婆婆耳朵边大声说："阿妈，明天我让人去坦东村，把老祖宗留下的尝产赎回来。"

温区氏的眼皮抖了抖，终于合上眼皮，咽下了人生最后一口气。兄弟四人放声大哭，红布遮头，白布覆身，女诸葛噙着泪点亮床下的油灯。闻讯赶来的区彦魁哆里哆嗦，用纸元宝盖在姐姐的脸上，摆手对温秉礼说："家姐辛辛苦苦一辈子，我不能让她死无葬身之地，你明天到账房取银子，把老院子给赎回来先。"

区彦魁如今两耳不闻窗外事，疏离了人情世故，前些日子温秉礼和温秉智为了保住自家的宅院，厚着脸皮三番五次上阿舅家借贷，均被他拒之门外。如今面对阿舅的慷慨，温秉礼没有感激涕零地接受，而是反过来问女诸葛："二嫂，你看行不行？"

女诸葛浅施一礼："阿舅，现在是我当家，温家的日子你就别操心了。"

区彦魁吃惊地问："老二媳妇，你那个银匣子有钱吗？"

"我会想办法。"女诸葛把儿子牛仔唤到身边，"去，叫你二舅来。"

陈开婚后正式告别乞讨生涯，他这次死而复生在佛山堡引起轰动。"牛鬼窟"、宫鹏飞师徒弄不清他练了什么功法，到白云山寻"阴阳生"商议对策；狗子成了丧家之犬，一连两个多月没敢去巡检司衙门当差，谁也不知道他躲到了哪里。

夜幕下的居仁里显得十分诡异，西南巷旧创未愈，东南巷哀声再起，唯有黄家阁楼琴弦不歇，听不清幽怨还是哀叹。陈开打坐在闸门楼顶，身上只穿了件短褂，寒风凛冽中觉得浑身热气腾腾：自从全身三十二处大穴被李文茂打通后，他浑身不再冰冷如雪，而是来了一个阴阳大颠倒，变成了一座火炉。

陈开居高临下观察着居仁里的一举一动，依稀能看清昔日用铁刷子留下的划痕。近乎窒息的乐声低垂在耳，挂着轻薄纱帘的窗户近在咫尺，那片模糊的身影触手可及。他似乎可以感受里面灯光的温暖，可以呼吸里面孤寂的气息。在两年的乞讨生涯中，正是黄纨卿和她的琴声给予他温暖的力量，驱逐他心中的孤独，成为陈开心中的月亮。

以往他总是敬畏和仰视，今天他爬上闸门楼，取得了鸟瞰的高度，没想到心里却越发惶恐和忐忑。柔曼的轻纱如同万重山峦，在他和黄家阁楼之间降下了一层铁幕。陈开明白，月亮就是月亮，一旦将月光踩破，失去的便是梦想。

温家老院灯火通明，哭声渐息。丑时过半，女诸葛独自一人来到闸门楼，陈开从楼顶一跃而下："婶子，我在这儿。"

女诸葛让宁二少通知陈开来见她，是为了取回当年抢下来的那沓银票。两个人乘船进了太平沙，离开汾江河的主航道，七拐八拐来到一处荒凉所在。沿岸种植有大片的树林，河畔铺砌崭新的鸭屎石板，石板间严丝合缝，显见工程质量之优。女诸葛由衷地赞叹："石板铺得这么好，真不容易，秦老爷子做事就是踏实。"

陈开来到一棵榕树下，这棵榕树的左侧是一排高大的水杉，右侧是嫩绿的蒲桃林。他从榕树根部朝正北方向，用脚步丈量了三尺远，弯腰揭起了一块鸭屎石板。温宁氏低头一看，石板下面压着一卷油纸，拆开了足有三四层的油纸包，里面正是她当初塞给陈开的那沓银票。一张不缺，一张不湿，完璧归赵。

当年自己头撞鸭屎石柱，拼得性命保留下来温家翻身的本钱；这笔钱又被陈开藏在鸭屎石板下面，岂非天意？温宁氏眼圈泛红，抑制住激动的心情："阿开，这个地方真好。"

陈开腼腆地回答："婶子，这里原先翻过船，死过不少人，大家嫌它晦气，连叫花子也不愿意来。你将来要是有东西的话，照旧藏这个地方，保准没人想到。"

"我记住了。"温宁氏从银票里抽出一张递给陈开，"阿开，这是我家老三欠你的二百两银子，他特地叮咛我还给你。"

陈开推辞："三叔眼下是最缺钱的时候，这钱我不能要。"

女诸葛叹了口气："阿开，这次老三和张老爷遭了难，只怪他们有眼无珠，辜负了你的一片好意。老三对你的恩德念念不忘，银子不能再欠了，不然他非得羞死。"

陈开踌躇了一会说："要不这样吧，婶子，你让三叔把这笔钱还给蔡掌柜的。人家当时买了咱们颜料铺的假颜料，估计亏了不少钱。"

"蔡掌柜的？"温宁氏点点头，"我差点忘了这一茬。"

陈开提议："婶子，咱们把钱还给了蔡掌柜的，'双合裕'这块牌子便能启用。我不是做生意的料，也不愿意再做买卖。'留条缝'在燕乔里的髹漆铺挺红火，他打算将颜料铺这一摊拆分单飞，连我投的本钱也退了回来。要是三叔愿意干，咱们把东西拉回来，再花钱从蔡掌柜的手里盘回铺子，继续开张，你看怎么样？"

陈开帮温宁氏保存银票，要饭的时候都没动一分银子，这份情义比泰山还重。温秉礼兄弟没有听他的劝，他不计前嫌反过来施以援手，女诸葛被深深地打动了："阿开，老三交了你这么个好朋友，他这辈子算没白混，我一定让他重操旧业。"

"受人滴水之恩，当涌泉相报。"陈开诚恳地说，"我今天这么做，不是和三叔有交情，而是看婶子你的面子。你给我一片心，我还你一片心。"

温区氏人缘颇佳，天一亮，街坊四邻络绎不绝地来送"宝烛钱"，然后留下来帮助温家人张罗丧葬事宜。辰时，巷子里脚步纷乱，又来了一堆人。秦文光搀着宁僖臣进了温宅，宁老爷子边走边挣扎："秦大哥，快放手，哪有年长搀扶年幼的道理？"

花二奶腰里别了一朵白素手绢跟在后面，拿古板的宁僖臣开玩笑："老先生，秦爷现如今是六品大老爷，乡饮酒礼头排入座，你就占便宜吧。"

秦文光虽然八十多岁，但是红光满面，精神抖擞，身子骨结实得像五十来岁的人。他瞪了花二奶一眼："街坊邻居的，别整天把这几个字挂在嘴上，能吃还是能喝？"

"哎呀，"花二奶笑盈盈地回答，"今年参加乡饮酒礼的价码又提高了，八百两银子买一个座位，财主们争得打破头。秦老爷，你说能吃还是能喝？"

区彦魁过来与秦文光寒暄了几句，劝道："二奶说得有理，酒礼上群贤毕集，让人家等着不好。秦大哥，你忙你的，这头有人料理。”

宁老爷子功名在身，有资格参加乡饮酒礼，怎奈亲家母刚去世，不便赴宴。秦文光本来也不想去凑热闹，但他是今年乡饮酒礼的“正宾”，不去自然不合适。

乡饮酒礼上享受尊荣的宾客共分为四等，最为风光的是“乡饮大宾”，又称“正宾”，名额只有一个；其次是“僎宾”，名额也是一个；再次是“介宾”，名额数人到十数人不等；最后是“众宾”，条件最低。充当“正宾”需要满足两个条件，一个是耆老中比较年长的，一个是德高望重、有卓越贡献的。秦文光现在是佛山堡年纪最长的老寿星之一，又因为治理汾江河的业绩而被朝廷授予六品顶戴，道光十八年的“正宾”非他莫属。

崇正社学和祖庙门口围得水泄不通，全是探着脑袋看热闹的老百姓。五斗口司巡检涂常发和“大会馆”当班值事苏文锦在门口迎客，见秦文光健步而来，苏文锦紧着向前跑几步，一个劲地埋怨：“秦老爷，你早说一声，我派轿子迎你。”

涂常发附和：“是啊，不坐轿子，官家的威仪何在？”

秦文光轻蔑地瞥了他一眼：“秦某一个光腚的泥腿子，不懂什么官家的威仪。”

“铁背苍龙”伦廷手下的这些旧部，十个里面有八个跟他一样是炮筒子脾气。苏文锦知道其中的厉害，忙施礼：“秦老爷，里面请，李大人他们都在里面。”

秦文光刚要迈步进入社学，就见冼银懋和儿子冼长贵推着一车烧猪走了过来，气喘吁吁满身是汗。顺子带着一群弓役维持秩序，用刀鞘使劲砸在车轱辘上：“快走快走，黄太爷的轿子马上就到，不知死活的东西。”

秦文光看不惯顺子的态度，教训他：“顺子，对长辈说话不能客气点？再过几年，你冼伯也有资格参加酒礼。”

冼银懋今年六十，还要整十年才能熬到参加乡饮酒礼的资格。他停下来擦了把汗，长长地叹了口气：“咱穷人有今天没明日，只怕活不到那个时候。”

道光十八年，梁、吴两大豪门在争夺“大魁堂”的控制权上斗得难解难分。面对梁家咄咄逼人的攻势，吴璧光拼命反击，乡饮酒礼便是他巩固自己地位的举措之一。

吴老四的运气还算不差——随着时间推移，广东官府打击窑口的力度越来越大，丝毫没有松懈的迹象。在这种背景下，“银刀秀才”击退“逍遥门”一事收获了意外的效果，不仅官府迭次给予大力表彰，把佛山堡禁烟的权力下放给“大魁堂”，而且本镇那些挂羊头卖狗肉的鸦片贩子也对他感恩戴德，唯命是从。

九月份，福建布政使吴荣光回乡为母祝寿，遍邀粤省官吏和广府名士在佛山堡聚会。一连五日畅饮，席间大谈特谈当今圣上和朝廷的禁烟决心，趁机把自己兄弟击败“逍遥门”的英勇“战绩”夸奖了一顿。二者一实一虚，相得益彰，扭转了吴家面对梁家的劣势，暂时保住了“大魁堂”的主导权。

所谓形势比人强，梁家蒸蒸日上，吴家日薄西山，一个处于攻势，一个处于守势。明眼人都知道梁家入主“大魁堂”是迟早的事情，李可琼看透了这一点，梁蔼如更是老神在在。“大魁堂”办事机构设在崇正社学的内殿，两个老头拿着鼻烟壶轻松把玩，当班值事吴璧光在一旁洗耳恭听，丝毫不敢流露懈怠之情。李可琼问吴璧光：“贤侄，贵府在湘省耳目多，有没有听说林大人要来咱们这儿的消息？”

“是有这么回事。”吴璧光给他们斟上茶，“圣上觉得这些年禁烟效果不尽如人意，特地下旨询问各省督抚有无良策，结果多数人说禁烟需要正本清源，必须把重点放在海口，拿红毛鬼了是问。林大人在汉口实力查办，甚得圣宠，九月二十三下诏调他回京受命。屈指算来，眼下他应该人在京城，过了年，大概就会来咱们这里上任。”

“迟早的事，”梁蔼如沉默了一会儿，“朝廷历来主张严禁，本省官绅却说弛禁，难免让人有瓜田李下之想，此乃官场大忌。”

李可琼笑着说：“那也未必，制台大人前倨后恭，开始说弛禁，后来又倡导严禁，本省官员一面倒地附和，做了没骨头的变色龙。除了少许绅士外，眼下哪还有主张弛禁的？当然你们家是一个例外，何太青和梁廷枏这对犟驴，一个当姐夫的，一个做小舅子的，各执一端，谁也说服不了谁，简直就像唱戏的一样。”

“关键不在此处。”梁蔼如怅惘道，“不管严禁还是弛禁，无非关起门来自言自说。鸦片买卖的根子在红毛鬼子，他们的动静才是最重要的，这里面牵涉到一个边衅的问题。自从四年前夷目律劳卑被卢大帅击退之后，红毛鬼子的兵船消停了一段时间。可是今年六月份，突然又浮海而来，而且一次就来了三条大兵船，气势汹汹直逼虎门口，比律劳卑的气焰更加嚣张。得亏关军门识时务，明白不可力敌，派人好言相劝，还立了个字据，这才大事化小，小事化了，化解了一场滔天大祸。不然的话，恐怕如今已经战火连天了。”

李可琼喝了口茶，骂了句粗话：“朝中衮衮诸公信奉的是多磕头、少说话的诀窍，专门拣圣上爱听的说，此等猪狗奴才连旧朝的佞臣尚且远远不及。各省督抚一致赞成查办海口，目的无非只有一个，就是把屎全甩到粤东，他们好作壁上观。这些封疆大吏也不好好想一想，红毛鬼子的炮口比他们家锅盖都粗，他老母的，那是屎棍子吗？”

吴璧光小心翼翼地插嘴：“两位前辈，鬼子的船炮固然厉害，不过他们要是上了岸，凭咱们这么多人，还打不过？”

李可琼正要反驳，梁蔼如给他使了个眼色，打了个哈哈：“贤侄，我们俩老眼昏花，舞刀弄枪的可干不了。过了年辞差，‘大魁堂’就交给你们年轻人了。”

吴璧光一愣，这两个老家伙是不是想逼宫？试探地问：“两位前辈，好好的辞什么差？”

“本镇人才辈出，青年才俊有的是，我们应该腾位置了。”李可琼直截了当，“贤侄，吉时将至，外面那么多人，你不出去照应照应？”

依照惯例，吉时一到，地方官要率领僚属在社学大殿外亲迎，向前来赴宴的宾客们行三揖三让大礼，将宾客们请进大殿入座，等待酒礼开始。“银刀秀才”为了笼络人心，今年给二十七铺“破格”的名额比往年翻了一倍，来参加乡饮酒礼的宾客非常多，挤满了社学大院，不出去照应，非出乱子不可。

吴璧光心乱如麻，拱手向李可琼和梁蔼如施礼告退。一出内殿，热浪兜头袭来，众人将吴璧光众星捧月般簇拥起来，捧臭脚的当然都是“破格”进门的财主老爷。“银刀秀才”立刻甩掉了心头的不快，朝大殿方向一瞅，堂兄吴弥光正陪着何锦、梁廷献、吴泰来、冼佐邦、霍景发、李能定、莫健翎、唐鳌、任应垣、李应棠等一群士绅谈笑风生，心里不觉踏实下来，低声问苏文锦：“黄太爷怎么还没到?”

受藩库金银失窃案的牵连,黄谷禄这两年官运不济,从番禺县调到南海县,仍旧摆脱不了金银失窃案的影响,不日将贬往粤西浔州府任职。苏文锦嘻嘻笑着:“黄太爷和刘大人心绪不佳,估摸不会提前,千总署的伦老爷倒是早早来了。”

话音未落,伦世光洪亮的嗓门震得大伙耳朵嗡嗡响:“四爷,好本事,能打跑武林至尊的门下。单凭这一条,兄弟我服了你。”

冉大财主最近巴结上了“银刀秀才”,也挤进崇正社学来参加乡饮酒礼,他操着一嘴湖南口音奉承道:“佛山堡固若金汤,还不是靠四爷的神机妙算?”

大家你一言我一语,把吴璧光夸得跟一朵花似的,“银刀秀才”十分受用,向四周拱了拱手:“吴某不才,身系合镇安危,岂容曾天猷那厮撒野?有北帝爷爷神灵保佑,别说什么火烈道人,纵使金蟾道士自个来,在下也让不得他半分。”

“四爷文武双全,谁比得过?”周围的财主老爷齐声喝彩。

便在这时,恍若晴天打了一个霹雳,有人在头顶哈哈大笑:“吴老四,五更荒鸡啼,母猪笑乌龟,不知丑的玩意,‘逍遥门’是你打退的吗?”

“银刀秀才”闻言色变,众位老爷抬头向上看,只见半空中露出一座约高三丈三的木制敌楼。王山公跷着二郎腿舒舒服服躺在上面,左手端着酒葫芦,喝得津津有味;右手拿着一把花边葵扇,在寒风中“哗啦哗啦”摇个不停。

第六十三回　演剧酬神

王山公在这座木制敌楼上下了不少功夫，底座装了两个铁轮子不算，还让丰宁寺的涤莲和尚在楼顶装了一个机关——躺在敌楼顶部，只要轻轻一按，倒垂的旗子便会笔直地弹起，用不着大费周章地一杆一杆去插。

最初造木制敌楼是为了和吴璧光较劲，然而一旦登上楼顶，如同掌握了“六祖心经”的修炼法门一样，王山公眼前云开雾散，出现了一个前所未有的崭新世界——在这方天地里，他王山公唯我独尊，祖庙、崇正社学和佛山堡二十七铺的士绅尽被他踩在脚底，能够有资格与他平起平坐的，只有翱翔天际的飞鸟。

我的娘，这不是老天爷为自己量身定做的“六祖井”吗？

王山公心里痛快极了，用脚尖一碰机关，四面旗子疾速弹立，“王不吃素”四个大字迎风飘展，在崇正社学外面看热闹的老百姓訇然大笑。众绅士、财主老爷窃窃私语，吴璧光脸上红一阵白一阵，强压住心里的怒火：“王老爷，你什么意思？”

“吴老四，这不是你许给老子的地盘吗？”王山公喝了一口酒，“王某来打扫打扫，免得天上落鸟屎，你该不会又反悔了吧？”

佛山同知刘开域和南海知县黄谷禄等官吏马上就到，乡饮酒礼即将开始，如果任由王山公在头顶胡言乱语，成何体统？吴璧光做梦也没想到，自己糊弄王山公的得意之笔，反过来成了砸脚后跟的大石头，后悔得直嘬牙花子。

这个时候再后悔有什么用？吴璧光万般无奈，只好觍着脸，哄弄王山公下来。他朝空中抱了抱拳："王老爷，你我皆圣教门徒，有话好商量。"

"商量啥？"王山公饶有兴趣地问。

吴璧光狠了狠心："你不就是要地吗？我给。"

"晚了，"王山公哈哈大笑，"这上面冬暖夏凉，金不换。"

吴璧光看出王山公是故意来捣乱，拿什么条件也不会交换，怎么办？他走到霍景发和冼佐邦跟前："两位德高望重，劝劝山公，给父老乡亲一个面子。"

在明代，十六姓佛山八图大族中，霍姓势力最强，出过一代名臣霍韬，像正埠码头和豆豉巷码头等黄金地段原来都是霍家的产业。侨寓大族控制"大魁堂"和乡饮酒礼的第二年，八图大族随即成立"八图会馆"，自行颁胙宴饮，分庭抗礼，领头的便是霍氏家族。霍景发为石头霍氏的嫡系子孙，冲着冼佐邦打了个哈哈："你的话他一准听。"

冼佐邦原籍南海罗格，属于侨寓人士，但由于他文武双全，智勇深沉，被佛山堡五房冼氏接受。各大豪族畏惧冼氏人丁众多，无不给他留三分面子。冼佐邦没有推辞，而是单刀直入地问吴璧光："贤侄，山公不可能无端造事，你哪儿得罪他了？"

吴璧光苦笑着说："冼叔，晚辈总理全镇事务，勺子碰到锅沿，难免有不周之处。只要山公下来，什么事都好商量，绝不让他吃亏。"

冼佐邦为人刻板，最不喜欢吴璧光这种腔调，皱起了眉头："凡事依理而行，山公要是贪图便宜，他能爬到那么高的地方玩命？"

"没错。"冼万正嘴里嘟囔了一下，高声喊道，"山公，上面风大，当心掉下来。乡饮酒礼事关圣人礼教，是镇子里一年一度的大事，你就给四爷一个面子吧。"

"冼叔，吴老四说话像伢仔放屁一样，放完了还想吞回去。"王山公不依不饶，"像这种欺世盗名的礼教罪人，我凭什么给他面子？"

吴家位列三大豪门，出了像吴荣光这样的士绅领袖。如今当着佛山堡士绅的面，王山公骂吴璧光欺世盗名，真比挖了吴家的祖坟还让他难受。“银刀秀才”勃然大怒：“姓王的，谁欺世盗名？你给老子说清楚。”

“我问你，”王山公道，“‘逍遥门’是你打退的吗？”

吴璧光怒气冲冲：“曾天猷是阿茂吓退的不假，但吴某奉朝廷法令厉行禁烟，和本镇乡绅都出了力。你一滴汗没流，上嘴唇一碰下嘴唇就想摘果子，想得倒美。”

伦世光附和：“嗑瓜子嗑出个臭虫，你算老几？”

“厉行禁烟？”王山公“呸”了一口，“吴老四，你真是大言不惭。‘大魁堂’历来只准当官的放火，不许老百姓点灯，佛山堡的鸦片窑口还少吗？你咋不把它们全封了？你只是不想让曾天猷来抢地盘而已。伦老三，他们是不是从你家里进的鸦片膏？”

“放屁。”伦世光手按刀鞘，恨不得飞起来将王山公碎尸万段。

社学外的百姓齐声喝彩，王山公说出了穷人的心里话，大伙既感到痛快，又暗自替他捏着一把汗。与之相反，开设鸦片窑口的士绅和财主却对王山公恨得牙根痒痒。见王山公一下子得罪了这么多人，吴弥光觉得他肯定是疯了，站出来辩解：“王老爷，凡事要讲究证据，你若是没有真凭实据，那就是含血喷人，污人清白。本镇世代教化，民风淳厚，‘忠义乡’美名谁人不知、谁人不晓？作奸犯科者是些许外来的刁民，与本镇名节之家无涉。”

自从修炼“六祖心经”以来，王山公不但长了功夫，而且心窍大开，领悟了许多圣人的微言大义，平时最喜欢和人辩理。听吴弥光左一句教化，右一句礼教，不觉来了兴趣，翻身一骨碌爬起来，劈头质问：“姓吴的，休要大言不惭，你知道啥是礼教？”

吴弥光回答：“三岁伢仔都知道，吴某焉能不知？”

“休要放葫芦。”王山公发出一阵坏笑，“吴老爷，别看你们家是书香门第，令兄为广府名流的班头，礼教这个问题，你还真不一定懂。”

吴弥光啼笑皆非：“请指教。”

王山公站在木楼上，足足地吸了一口气，感觉云彩自头顶飘过，鸟儿从肚皮掠过，真是舒服极了。他抱拳发声：“请问吴老爷，何谓礼教之心？”

“啊？”吴弥光平时满腹经纶，博览群书，但是心智有限，碰到这种高深的问题，脑子立刻短路，张口结舌，分不清东南西北、子午卯酉。

行家伸伸手，便知有没有。

王山公一句话降住了吴弥光，将崇正社学满院子士绅镇得鸦雀无声。凡有功名在身的读书人都觉得这个问题问得妙，李可琼和梁蔼如拄着拐杖出了内殿，互相对视一眼，皆现敬佩之色。梁蔼如正想开口，发现李可琼的儿子李应棠过来道安，便笑嘻嘻地问："山公这个问题问得好，贤侄，你说说，礼教之心是什么？"

李应棠谙习四书五经，学的全是正经学问，圣人之外的言论并不熟悉。当着梁蔼如的面不敢信口开河，讪讪地答道："晚辈拿不准。"

"那就听人家说。"李可琼觉得很没面子，跺了跺拐杖。

这时候，吴璧光仰起头："王老爷，你说什么是礼教的心？"

"吴老四，跟着你家王老爷长见识吧。"王山公把嘴一撇，"礼教之心是诗教，仁义道德之心乃为诗。没有一颗敬重神灵的诗心，动不动拿银子比画，不把人当人看，还好意思自称用礼教治理地方？举办劳什子的乡饮酒礼？这不是欺世盗名又是什么？"

"银刀秀才"闹了个满面通红，李应棠低声问李可琼："阿爸，王山公说得对不对？"

"那还有错？"李可琼回答，"诗为心，礼为体，礼教之心当然是诗教。"

梁蔼如仿佛诵诗一样，略微拉长声调，用抑扬顿挫的节奏说道："诗者，天地之心，君祖之德，百福之宗，万物之声也。"

被王山公当众问倒，吴弥光自觉羞惭；吴璧光却不服气，他偷偷地瞅了李可琼和梁蔼如一眼，怀疑是这两个老东西合伙给自己设的套，不然的话，为什么他们前脚说辞差，后脚王山公就推了一座木楼来挑衅？不管怎么样，王山公选乡饮酒礼这个节骨眼捣乱，必定是想当众羞辱自己，绝不能坐以待毙！

吴璧光气呼呼地问："王老爷，我也出一个题，诗教之心又是什么？"

李可琼和梁蔼如四目相对，禁不住感叹"银刀秀才"粗中有细，头壳就是灵光。他这个问题问得同样精妙，社学院子里的读书人精神振作，齐来了兴趣，没想到乡饮酒礼前，竟然有如此高深的一场道学切磋。

“哈哈，吴老四，看来没有白吃米饭嘛。”王山公放声大笑，“诗教之心乃为神，你别看外面这些穷乡亲吃不饱、穿不暖，破衣烂衫的像个叫花子，但他们心里有一道光，和你们一样信守仁义道德，活得一样有尊严。不然的话，他们何必含辛茹苦上养老、下育小？有一口喝的舍不得喝，全老辈一个体面；有一口吃的舍不得吃，给小辈一个念想。这道永不泯灭的光就是仁义道德，就是诗，就是神。”

社学外发出一阵山呼海啸般的叫好声，有的人甚至偷偷地抹起了眼泪。佛山堡是一个神的世界，二十七铺大大小小将近二百座庙宇，组成了一个由北帝爷爷统治的“天庭”。老百姓信奉神灵许多年，从来没有听到过像王山公这样振聋发聩的精辟见解——闹了半天，原来神就在自个的身上？怎么早没发现？

“神应该干神的事，”王山公教训起来，“吴老四，你们占着灵应祠和社学，背地里却干一些蝇营狗苟的事，这不是给神丢人吗？”

吴弥光感觉不妙，王山公口若悬河，说起来一套接一套，僵持下去只会更加难堪。他拉了吴璧光一把，又向苏文锦递了个眼神，后者会意，领着一群铺丁冲出崇正社学，准备强行推走木制敌楼。吴璧光兀自不服气，继续问：“王老爷，你的意思，神不是北帝爷爷。那你倒给我说说，神是什么？神的心又是什么？”

在社学外的草根百姓看来，“银刀秀才”这个问题几近耍赖，有的士绅也暗自摇头。大伙儿竖起耳朵想听王山公如何作答。今天把吴璧光和吴家人耍得团团转，灰头土脸，王山公兴奋到了极点，丹田内第三道真气忽忽悠悠朝心口飘移。听到吴璧光的问题，他不假思索，拍了拍自己的胸口：“老子在天上待着，老子就是神，神的心就在这儿。”

院子里的士绅老爷们哄堂大笑，吴璧光做梦也没有想到王山公会这样回答，一颗悬着的心放到地上。他回头朝众士绅拱了拱手，用手指点了点脑门，故作幽默地说：“山公啊这人什么都好，就是这里有点毛病，诸位别见怪。”

木制敌楼下看热闹的熟人不少，既有刘端湛这样的书生，也有像鸡英逵、“瞌睡虫”这样给人抬轿子的穷光蛋。见“大会馆”的铺丁驱散围观群众，气势汹汹地杀了过来，刘端湛吓得大声喊："山公，山公，快下来。"

王山公没有理他，喝道："吴老四，你要动粗吗？"

吴璧光假惺惺地拱手："王老爷，乡饮酒礼马上开始，你最好给大伙一个体面。"

"丢你老母，"王山公破口大骂，"各位父老乡亲，你们给作个证，是他吴老四动手的先，到时候别怪老子不客气。"

伦世光恨王山公当众揭穿他的老底，早憋着一股劲想收拾王山公，听他口出不逊，立刻逮到了机会，请示吴璧光："四爷，人善被人欺，马善被人骑。姓王的哪是什么圣人弟子，简直就是一个泼皮无赖，我帮忙推车去。"

伦世光大踏步离了崇正社学，冼万正紧张地问："四爷，这是要动粗啊？"

吴璧光摊开手，装作无奈的样子："冼老爷，你说咋办？"

"四爷，你好好想想。"冼万正警告他，"动粗容易，收拾摊子可就难了。"

论辈分，冼万正是李文茂的娘舅，吴璧光得罪谁也不想得罪他，笑着宽慰他："文锦他们只是想推走木楼，不会为难王老爷的。"

冼万正不放心地抬头看，发现木制敌楼开始移动，王山公正顺着杆往下出溜。瞧他那副笨手笨脚的样子，似乎随时可能摔下来，他忍不住提醒："山公，抓稳点。"

按王山公现在的本事，从木楼上一跃而下不过小菜一碟。但他存心捉弄对方，故意装模作样地顺着杆往下溜，拦住苏文锦的去路："姓苏的，你敢动老子的东西？"

苏文锦武艺不俗，根本没把王山公放在眼里，他像打量怪物似的看着王山公："苏某奉命推车，王老爷，不要拿鸡蛋往石头上撞，弄坏了胳膊腿，我可赔不起。"

"别跟他废话。"伦世光撩开衣袍，弯下腰亲自推起了铁轮子。

王山公气坏了："姓伦的，你再推一个试试？"

"老子就推了，你要怎么样？"趁着木楼靠近王山公的当口，伦世光伸出右手抓住王山公的胳膊肘，使劲一翻腕子。这厮久在行伍，功夫不是一般的厉害，手腕暗运了十分力，试图拧断王山公的左臂，出一口恶气。

佛山堡的百姓都清楚伦世光武功了得，见此情景，无不倒吸一口凉气，觉得王山公这次难逃毒手。哪知道伦世光右手抓牢王山公的左臂，摇了三摇，晃了三晃，王山公竟然像泰山一样纹丝不动。正当大伙瞠目结舌的时候，王山公嘿嘿一笑，左肘顺势撞向伦世光的胸口。就听伦世光凄厉地惨叫一声，飞出两丈开外，躺在地上挣扎不起。

苏文锦过去一看，顿时惊呆了，伦世光胸前塌陷——肋骨折了三根。

伦世光的武艺尚在苏文锦之上，一招便被王山公打成了残废，“大会馆”的铺丁吓得纷纷松开了手。王山公旁若无人，背着手围绕木制敌楼转了三圈，然后走到伦世光跟前，踢了他屁股一脚：“你哼哼个屁？你有心吗？没有心不许哼哼。”

苏文锦明白自己不是王山公的对手，叫人卸了一扇门板，把伦世光抬回了社学。众绅士大眼瞪小眼，一发沉默不语。“银刀秀才”观察了一下伦世光的伤口，眉头紧锁，上前向冼万正深施一礼：“冼老爷，今天的事都是吴某的错，回头在下摆酒赔礼。乡饮酒礼攸关教化，万万不可唐突，请你老人家劝劝山公。”

冼万正嘀咕：“君子一言驷马难追，说话哪能不算数？”

冼佐邦一看时候差不多了，过来说合：“四爷，仁义礼智信，做人得守信用。你既然答应了把三丈三以上的地盘给山公，就不能随便轰人家走。山公不是不讲理的人，你只要好好跟人家说话，他总会给你面子的。”

吴璧光赔着笑：“冼叔，这事你做主。”

“这样吧，”冼万正提议，“以后山公愿意停哪就停哪，只要别停在路中间即可。像祖庙和崇正社学这种热闹地方，实在有碍观瞻的话，‘大魁堂’出点费用，算咱们租赁他的地方。”

神在天上飘，人在地下行，吃五谷杂粮脱不了俗，最后不还得靠银子说话？吴璧光暗自松了一口气，连连拱手：“冼叔，就依你。”

王山公目的是为了教训“银刀秀才”，出一口恶气。如今目的达到，痛快地应承了冼佐邦和冼万正的请求，在鸡英逵、柯兴邦等人的簇拥下，推着木楼欢欢喜喜地离开。他们刚走，同知署和南海县的官轿就落在了社学门口。

盛大的乡饮酒礼开始了，佛山同知刘开域和南海知县黄谷禄率各级官员站立一排，以秦文光为首的乡饮宾客站立一排。大殿内设置律令案，上悬朝廷所颁律令。第一道程序是司仪举酒致辞，在庄严肃穆的礼乐声中，司仪唱诵：

肃肃令仪，君子由之；
秩秩彝伦，君子求之；
率性之道，君子修之。
何谓彝伦，父子有亲；
君臣有义，朋友有信；
兄爱弟敬，夫和妻顺；
君令臣恭，父慈子孝；
夫妻相敬，兄弟相好；
惠于朋友，无德不报。
维物有则，维民秉彝；
好斯美德，由此令仪；
上和下睦，暤暤熙熙。
…………

冬藏日子节日多，冬月过去是腊月，紧接着又是一场激动人心的盛会——为了确定金丝面具和金马鞭的最后归属，琼花会馆决定为“俏丽辛”和陈罗婵举办三日会演，以便让各班班主和大老倌投票，从两个人中选出会馆的新一任当家花旦。红船各班为此提前结束台期，次第返回佛山堡参加这场盛会。会演从腊月十五开始，头一天在祖庙的华丰台，第二天在琼花会馆的大戏台，第三天在山陕会馆的武圣戏台。

这次会演不但是“俏丽辛”和陈罗婵两人之间的比拼，更是红船艺术的最高体现。佛山堡乡亲自不用提，附近各县的戏迷们络绎不绝地乘船向佛山堡进发，希冀一睹这两位当红大老倌的风采。汾江河舢舻相接，白帆蔽日，佛山堡莺歌燕舞，流光溢彩，把繁花似锦的道光十八年推向了巅峰。单有一首民谣歌此盛况，诗曰：

行乐乡中羡佛山，肯将螺髻换云鬟；

优场亦罢香花供，唱出清词菩萨蛮。

好花不常开，美景只须臾，三日会演很快结束。腊月十八，在林崇泰、于锦和龚石林三位值事的主持下，各班班主和大老倌在琼花大殿进行投票，开票结果既在意料之中，又在意料之外——“俏丽辛”和陈罗婵各得七十二票，战了个平手。

面对这个结果，林三爷半晌没有说话，龚石林急了：“我说三爷，你得拿个章程。照这样下去，不就没完没了吗？”

“俏丽辛”和陈罗婵二人厮杀了一年难分输赢，双方拥趸旗鼓相当，已然超出了个人艺术天赋的范围，变成了两种艺术主张之间的对抗。严格来说，无论从唱腔、舞姿还是年龄、相貌等条件来比较，陈罗婵毫无疑问均力压“俏丽辛”一头，然而也许正是因为这种天赋的光彩过于耀眼，人们在观赏折子戏的时候，往往分不清她和所扮演角色的异同——到底是陈罗婵在扮演角色，还是角色变成了陈罗婵？

这是一个艺术上永恒的无解之题，对于那些才能平平的老倌来说，自然是要努力地去“扮演”角色。这时候，评价角色“扮演”是否恰当的标准在于他论，犹如一个登山者，需要向下山的人询问道路；但对于那些艺术天才来说，高耸在山巅云端形单影只，欲求一位同行者而不可得，此时此刻，“扮演”的标准只在自己的心中，扮演者“扮演”的只能是她自己。换一句话说，是艺术天才创造了“角色”。

陈罗婵即属于后一种情况，其艺术之光炫目夺魂，使得观众在看戏过程中总是容易忘记角色，心中留下的只有她的身影和声音。这一点让部分守旧的大老倌不以为然，觉得她喧宾夺主没有突出剧中人物的灵魂，再加上她的个性我行我素，更加深了大家的固有印象，无形中吃了一个结结实实的大亏。

林崇泰苦笑起来：“我能有什么章程？”

于锦闷声说：“干脆让兰花出来投一票。”

作为金丝面具和金马鞭的拥有者，易兰花当然最有资格发言，但是她不愿意让红船兄弟姐妹认为自己偏袒陈罗婵，因此称病在家，没有参加腊月十八这次投票。如果把易三娘动员出来投票，这场延续了一年的双星争辉便可以画上休止符。

林崇泰理解易兰花的苦衷，摇头："不可能。"

于锦泄气地说："咱们所有的办法都用过了，她们俩比了一年，气势谁也不输谁，连投票都解决不了，你说还有什么好办法？"

龚石林灵机一动："请'外江总寓'的人来评判如何？"

"外江班"的同行当然有这个评判水平，只是"本地班"和"外江班"在长期的竞争过程中形成了很深的心结，现在突然请他们来确定金丝面具和金马鞭的归属，红船人在情感上恐怕难以接受。

林崇泰感到兹事体大，不便擅自裁决，向在座的各班班主和大老倌拱手："各位，你们觉得龚值事这个办法如何？"

梁冠杰首先开口："龚爷的想法不错，实施起来怕有难度。'外江班'江河日下，他们会的咱们现在都会，咱们会的他们却不会，请他们来评判有失公允。"

"对啊，请人家还未必愿意来呢。"有人道。

大伙七嘴八舌，讨论不出一个所以然。正当一筹莫展之际，陈平海忽然站起身，犹犹豫豫地说："各位，要真是没有好办法，陈某倒是有一个主张。"

林崇泰鼓励他："陈班主但说无妨。"

陈平海小心翼翼地措辞："两位大老倌各有千秋，说心里话，她们的本事太大了，我们在座的投票都不够格。反正我觉得自己是瞎子摸象，战战兢兢。不过，凡人干不了的事，自有神灵来办。省城臬台衙门后院有一棵将军树，上面住着一位榕树神，那是有了名的戏神，只要有真本事，肯定晃不过他的眼睛。嘉庆三年，'春台班'的喜官回粤访旧，在臬台衙门后院献了一出戏，榕树神显露真身以示褒奖。从那以后喜官声名大噪，在京城倾动了无数王公贵族，直到入宫献艺，成为一代绝世名伶。倘若非要在两位大老倌中分个高低，只有效法喜官，把擂台摆到臬台衙门后院。她们两个谁能请出榕树神，谁就是当之无愧的首席花旦。"

林崇泰听完后眼睛一亮，拍案叫绝："由榕树神来裁决金丝面具和金马鞭的归属，这个主意好。我就不信咱们红船比不过他'外江班'！"

众人欢声雷动："去臬台衙门。"

到省城臬台衙门后院摆擂台，这场比试已经不只是"俏丽辛"和陈罗婵二人的荣辱，而且事关全体红船人的声誉。三位值事不敢怠慢，取来皇历反复斟酌，最后决定把比赛的时间放在腊月二十一亥时，那天正好立春，是个黄道吉日。

消息传出，戏迷们又像潮水一样从四面八方涌向广州城。盐仓街屁股大点的地面，哪能容得下如许观众？有钱有势的老爷早早派人霸住位置，穷哥们只能隔着一条街翘首期盼，希望届时能听两句唱腔，远远地瞭上榕树神一眼，替自己和家人增福添寿。

腊月二十一后晌，海幢寺门口冠盖云集，住在河南岛的洋商们准备出发去看戏。茂官卢文翰问爽官吴健彰："陈大老倌的戏，崇曜还敢迟到？"

吴健彰小时候在澳门城对面的前山寨卖鸡，人称"卖鸡爽"，因为头脑机灵嘴巴甜，又会说两国鬼话，便从买办做起一路晋身为洋商。在道光十八年的十一家行商中，他的同顺行实力名列倒数第三，靠着小浩官的帮衬，寅吃卯粮地对付着混日子。

"怎么会？""卖鸡爽"捋着整齐的小胡子，嘻嘻哈哈，"崇曜说了，要回家拿什么镇宅宝贝，想博美人一笑。"

启官潘正炜和张维屏等人在旁边交谈热络，"镇宅宝贝"这四个字掠进耳朵，他立刻转过脸来问："崇曜取'玉玲珑'做什么？"

吴健彰模仿洋人的样子，耸了耸肩，"我哪知道？"

潘正炜的妹夫陈澧二十出头就中举，是广府一带有名的才子，精通古乐，见识不凡。他打趣地解释："据说'玉玲珑'能测心断梦，传播神韵。崇曜大概欲助陈大老倌一臂之力，拿它诱导榕树神显身。"

张维屏年近六十，早年在京城与黄培芳、谭敬昭以"粤东三子"之名大显士林，又在白云山云泉山馆和黄培芳、谭敬昭、林柏桐、黄乔松、段佩兰、孔继勋诗乐唱和，时人誉之为"七子诗坛"。前年不耐官场腐败，辞官归乡，其父曾在潘家执教，是潘氏兄弟的启蒙老师，他和陈澧更属亦师亦友的忘年交，奇怪地问："兰甫，我只知道'玉玲珑'能占吉凶，没听说它还能传播神韵，你听谁说的？"

陈澧平日自负才高八斗，学识渊博，在广州府的名士中，他单单只佩服邹汝昌这个白丁的学问。听张维屏一问，他有些不好意思："汝昌兄说的。"

邹汝昌师从音律圣手何惠群，他的音律鉴赏水平自然没得说，张维屏点了点头："既然是汝昌贤侄所论，必当确切无疑。"

潘正炜嘱咐："'玉玲珑'再神奇，也须眼见为实。老吴，你派个人进去催一催，别让崇曜耽误了咱们看戏。"

吴健彰连连称是，打发账房先生进万松园去催小浩官。

万松园的英吉利厅，伍梁氏问儿子："你要'玉玲珑'干什么？"

伍家购入"玉玲珑"后，曾经请白云山黄婆洞的老神仙玉龙仙长占卜，玉龙仙长认为像这种有灵气的稀世珍宝最好不要轻易挪地方，否则必有大的祸端伴生。自从玉龙仙长铁嘴金牙判定后，"玉玲珑"就从来没有跨出过万松园半步。伍紫垣心里头有些发虚，不敢和母亲的眼光对视，支吾地说："我当然有用。"

"你是拿给阿婵那丫头的吧？"伍梁氏一语揭破。

一年来，伍紫垣着了魔似的成天跟着"凤凰仪"班跑。自己看戏不算，还纠集了诸多名士为陈罗婵捧场，他对陈罗婵的痴迷早已不是什么秘密。经母亲这么一问，他以为是妻子伍霍氏在背后告黑状，立刻把脸一沉："阿妈，谁对你说的？"

"用别人说？"伍梁氏劝，"崇曜，你这一年干的事谁人不知，谁人不晓？阿婵那孩子心高气傲，本事大，性子烈，和李少班主天造地设的一对。别说给你做小，就是明媒正娶人家也未必把你搁在眼里，你这是何苦呢？"

伍紫垣被说中了心事，烦躁地说："阿妈，我只是喜欢听陈大老倌的戏。她有一件宝贝名叫'囚龙草'，比'断望珠'神奇得多，我想拿'玉玲珑'和它配一配。"

"傻孩子，"伍梁氏轻轻地叹了一口气，"'囚龙草'再灵验，终究是人家的，和你有什么关系？醒醒吧，别做春秋大梦了。"

伍紫垣拿不到"玉玲珑"，垂头丧气地离开英吉利厅。伍秉鉴恰好从湖边遛弯回来，目睹儿子无精打采的背影，进屋端起茶碗，埋怨老伴："你也是，崇曜当家已经五年了，干吗管得这么严？"

"他当的是商号的家，万松园轮不到他做主。"伍梁氏责备老浩官，"瞧瞧，都是你养的好儿子，成天不务正业捧戏子，知道外面的人怎么议论吗？"

伍秉鉴慢慢地啜了一口茶，等茶香的余味在嘴里绕了三圈之后，才放下茶碗："你其实错怪儿子了，他这叫韬光养晦，明哲保身。廷柟昨天不是说过？朝廷决心彻底铲除鸦片，委派林大人为钦使来粤督办，一个月前已从京城启程南下。这位钦使大人登科前曾经做过师爷，明察秋毫，雷厉风行，来后少不了会掀起一场惊涛骇浪。到时候凡是和鸦片沾点边的，通通脱不了干系，你说这个节骨眼上，崇曜躲在戏棚里有什么不好？"

"禁烟？"伍梁氏紧张地问，"洋人能答应？"

"洋人答应的话叫什么惊涛骇浪？"伍秉鉴缓缓地摇头，"不过，听廷柟的口气，林大人对他倒是眷顾有加，让他着手准备洋人的情报，以备运筹。"

伍梁氏松了一口气，捂着胸口揉了揉："那就好，有熟人才好办事。不然的话，姓韩的肯定又要从中兴风作浪。"

提起韩肇庆，老浩官脸上阴云笼罩。过了一会，才慢吞吞地说："别高兴太早，钦差那就是个临时的差，在粤东待不了几天。"

伍梁氏气馁："照你这么说，咱家还得在姓韩的手里吃瘪？"

黄昏的光线掠过伍秉鉴的脸庞，仿佛在他脸上贴了一层苍白的金纸，嗓音轻得几乎让人听不见："天知道。"

盐仓街搭设的戏棚金碧辉煌，四下里人山人海，热烈的气氛形成了一团高气压，像火焰一样烘烤着戏棚上空。琼花会馆的三位值事虽然久经沙场，见此情景也不觉有些头上冒汗。林崇泰站在"虎度门"后，把"俏丽辛"和陈罗婵叫到身旁，认真叮嘱道："阿辛，阿婵，事关祖师爷的颜面，你们俩可不能倒了红船的威风。"

"放心吧，三爷。""俏丽辛"转身问陈罗婵，"阿婵，你来先？"

陈罗婵心里盼着李文茂从肇庆赶来为自己助威，然而直到现在依旧没有他的踪影，气得她暗自跺脚，心绪早乱了七分，跌了八分。易兰花在一旁摇了摇头："阿辛，还是你来先，这孩子又犯了毛病。"

"俏丽辛"也不推辞，精神抖擞，甩衣挥袖，执马鞭潇洒地跨出"虎度门"。依然是那折子她最心爱的《昭君出塞》，甫一亮相，便赢了个满堂彩。

离离青草尽，走不完莽莽黄沙；

雕鞍危坐，轻拨琵琶；
汉宫姐妹多少分别话，
忆故园野菊竹篱架。
…………
群山错落青山外，
伤心孤城隐约白云间；
漫道西出玉门无亲故，
云山深处便是我的家。
…………

“俏丽辛”这折《昭君出塞》唱了半辈子，内中倾注了她毕生的心血，字字珠玑，可谓登峰造极的无瑕佳作。戏台下的观众如痴如醉，雷霆般的喝彩声过后，大家齐齐地将目光投向那棵榕树，期待着榕树神的出现。果不其然，也就是片刻工夫，一个影子出现在臬台衙门后院的围墙上，几条街之内都能看得清清楚楚。观众激动地屏住呼吸，那影子并没有停足，而是越过榕树飘落在戏棚顶端。借着灯光，有人惊讶地叫了起来：“啊呀，是楚霸王！”

没错，那影子将近九尺身高，头戴黑色夫子盔，身穿水墨霸王袍，后垂雉鸡翎，下衬箭衣大带，不是霸王又是谁？但如果细细地端详，就会发现这影子论年龄比霸王年轻，论相貌比霸王英俊，论气势比霸王雄伟。陈罗婵杏目含泪，踩着鼓点游出“虎度门”，她选的是一曲《虞姬巡营》 这首曲子她准备献给观众，献给榕树神，献给心爱的情郎。

大地跃飞龙，叱咤千军动；
腾云去直上云霄万千重，
霹雳呼雷电，雄心贯长虹；
仿佛舞长戈跃马军中，
似听山间走马，大王凯歌，率众兵勇；
舞此青锋剑，此心欢笑更看君酒兴浓；
如在帐中与君欢聚，一舞颂清风。
…………

一曲方谢幕，但见明月悬天，光芒忽倏，大可数十抱的榕树上浮现出一个人影。这影子乌帽红袍，身穿明代文官服饰，面色红润，须髯铮铮。两粒眸子如水月般皎洁，从容之下藏着说不尽的寒秋。有人大叫："哇，文忠公从四牌楼过来看戏了。"

随即有人反驳："不对，是司马公。"

陈子壮身后的谥号为"文忠"，故称文忠公；陈邦彦死后被南明追赠兵部尚书，后人称之为司马公。两个人同列"岭南三忠"，魂魄都栖居在不远处的四牌楼——陈子壮死后首级挂在四牌楼，而陈邦彦是直接在四牌楼"寸磔于市"。两位先贤因其死得忠义，成为岭南百姓心中至高无上的神。

第六十四回　代天巡狩

过了一个灿烂似锦的新年后，道光十九年（1839 年）正月二十四子夜时分，佛山堡士绅和文武四衙的官吏齐聚正埠码头，在广东按察使乔用迁的带领下，顶着寒风迎接钦差大人林则徐的官船。佛山各大豪门去省城看“俏丽辛”和陈罗婵比试技艺的人不在少数，大家目睹榕树神显灵后，人人觉得来年必定红运当头，大发利市。“银刀秀才”因为协助都司署和千总署办理公务，错过了这场菊坛盛会，心里一直懊悔不已。

现世报来得惊人之快，昨天，乔用迁带人到佛山堡，不由分说先把伦世光拘押起来，吓得吴璧光心惊胆战，生怕大祸临头。好在乔用迁是有名的文人，与其堂兄吴荣光关系密切。吴璧光试探地问：“大人，伦老爷犯了什么事？”

“还能有什么事？贩卖鸦片。”看在吴荣光的面子上，乔用迁不想隐瞒，他压低声音对吴璧光说，“林大人代天巡狩，见官大三级。别说伦世光区区一个千总，就是广东水师的王振高和徐广，本司照样奉命捉拿，决不姑息。”

“银刀秀才”倒吸一口凉气，王振高和徐广是韩肇庆手下的铁杆兄弟，而韩肇庆又和邓廷桢关系匪浅，难道这位钦差大人连两广总督的面子都不给？

“林钦使的行事风格，你大概没有听说过。”乔用迁仿佛看出了他的心思，递给他一道钦差大人签发的传牌，上面这样写道：

照得本部堂奉旨驰驿再往广东查办海口事件，并无随带官员供事书吏，惟顶马一弁、跟丁六名、厨丁小夫共三名，俱系随身行走，并无前站后站之人。如有借名影射，立即拿究。所坐大轿一乘，自雇轿夫十二名；所带行李，自雇大车二辆，轿车一辆。其夫价轿价均已自行发给，足以敷其食用，不许在各驿站索取丝毫。该州县亦不必另雇轿夫迎接。至不通车路及应行水路之处，亦皆随地自雇夫船。本部堂系由外任出差，与部院大员稍异，且州县驿站之累，皆已备知，尤宜加意体恤。所有尖宿公馆，只用家常饭菜，不必备办整桌酒席，尤不得用燕窝烧烤，以节糜费。此非客气，切勿故违。至随身丁弁人夫，不许暗受分毫站规门包等项。需索者即须扭禀，私送者定行特参。言出法随，各宜凛遵毋违，切切。

通过这道传牌，一个老成练达、律己律人的钦差大人形象立刻跃然纸上。吴璧光在“大魁堂”是具体操办事务的人，对实干家的风范并不陌生。他终于明白，林则徐这趟办差不会像往日那些官员蜻蜓点水、走走过场了。

“老弟，你在想什么？”乔用迁问。

吴璧光十分庆幸去年力抗“天讨会”一役，那场声势浩大的对抗为自己和“大魁堂”赢得了禁烟的令誉，这回变成了救命稻草。他向乔用迁深施一礼：“钦差大人果然气度不凡，必将大有作为。不过，乔大人你也一样，榕树神显露真身，大家都说你准定第一个有喜。”

去年，乔用迁一直笼罩在藩库失窃案的阴影里，谁知年底突然柳暗花明，琼花会馆把擂台设在了臬台衙门的后院。陈罗婵一曲千古绝唱请出了榕树神，为他灰暗的宦途上涂抹了一层耀眼的光辉，至今提起来他仍乐得合不拢嘴。乔用迁朝四周看了看，冲吴璧光回礼：“假如有梦想成真的那一天，本司一定请老弟喝酒。”

吴璧光敷衍着笑了笑，惴惴不安地抬头瞥了一眼，“忠义乡”牌坊后矗立着木制敌楼，王山公正躺在楼顶打呼噜。为了不让这个刺儿头捣乱，“银刀秀才”不得不答应王山公的条件，在正埠码头的黄金地段搭了个简易的凉棚给“胡葱花”当饭铺使。堂堂的“大魁堂”当班值事做到这个份上，真叫人气馁。

昏暗的灯影里，从汾江河上游驶来一支庞大的船队，前呼后拥尽是广东各地官府迎候护卫的船只。中间一艘官船飘扬着白绸子火焰边的旗帜，上面绣着“兵部尚书都察院右都御史衔钦差大臣林”的字样。等大队官船靠岸，全副钦差仪仗摆齐了，乔用迁离开“接官亭”，迎上去施礼：“钦差大人鞍马劳顿，一路辛苦。”

林则徐中等个头，不胖不瘦，并非美国人亨特描写的那样是个肥胖子。作为道光皇帝欣赏褒奖的能臣之一，林则徐虽然沉稳内敛，但那种干练的气质仍然止不住地向外流泻。他还礼之后诙谐地说：“乔大人，林某只是动动笔头子，真正辛苦的是你。”

林则徐在京城蒙道光皇帝连续八次召见，所受礼遇完全出乎他的意料，像什么“在紫禁城内骑马”“坐椅子轿”等等，皆堪称“国初以来未有之旷典”。老板这么给面子，说明差事不好干——道光皇帝说得十分清楚，既要把鸦片走私铲除，而且不能轻启“边衅”。套句直白点的话说，就是你去把红毛鬼子痛扁一顿，别让他心存报复。

这种奇怪的逻辑，不知道是哪一家的道理？

差事好不好干倒在其次，对于林则徐来说，道光皇帝破格奖赏的这番礼遇，立刻引起了权臣们的嫉妒，让林则徐尚未来得及展开他的使命，却已经提前陷于一场巨大的危机，以至于生出“垂泣而承”“置祸福荣辱于度外”等等想法。你别笑话，当官的和女人一样，心理极其脆弱，而且官越大，眼泪越多，越喜欢上楼述愁。久经宦海风波的林则徐明白，危险和灾祸更多的不是来自遥远的广东，而是来自阴谋盛行的朝堂——前方禁烟事务稍有不遂，半生孜孜以求的前程必将毁于一旦。

伸头一刀，缩头也是一刀。如今只有努力办好禁烟的差事，免得他人居间下蛆，失去皇帝老板的信任。为此，林则徐人在旅途，各种部署就已经有条不紊地展开，派出去的各路密探将情报源源不断地反馈回来。正月十一，他行驶到江西新淦县的荷浦，提笔发出一道捕捉“汉奸”的密札，上面开列了一个多达六十余人的名单，俱是一些包庇纵容鸦片买卖的官吏、差役和武弁。钦差大人责成广东布政使熊常錞和按察使乔用迁“查覆捉拿，不得妄纵”。

乔用迁对林则徐的干练慕名已久，客气道：“邓大人和德克金布将军率本省官员在天字码头恭迎大驾，特遣卑司前来引领钦使官船。”

钦差大人“如朕亲临”，广东官员隆重出迎体现了君臣之礼，冲的不是林则徐本人，所以不能怪人家铺张。林则徐笑了笑，突然问：“听说英夷桀骜难驯，到底怎么一个难驯法？尚希乔大人指教。”

林则徐这句话说深不深，说浅不浅，乔用迁头疼的就是“英夷”二字，他还摸不准朝廷这次禁烟的底线在哪里，于是推托道：“回禀上差，乔某来粤省任职时间不长，对英夷的了解不是很透详，未便误导。不过，越华书院的‘藤花先生’谙习夷情，编撰过《粤海关志》，上差假如想了解夷务，何不向他咨询？”

林则徐正月初九在江西的新淦县便拿到了梁廷枏的《粤海关志》，一路日夜研读，爱不释手。听了乔用迁的话，他点了点头：“不错，本部堂此去广州，正打算将钦差行辕设在越华书院，以便向‘藤花先生’就近求教。”

把钦差行辕设在书院？吴璧光暗自赞叹，看来这位钦差大人的风格的确与众不同。

李可琼与梁应琨同时拱手：“本镇士绅在崇正社学聊备酒席，为钦差接风洗尘，请林大人务必赏光。”

林则徐谦虚地回了个礼：“林某久慕佛山堡人文荟萃，早想来拜访。这次到粤办差，有劳都转大人和各位乡绅鼎力相助，多多指教。”

李可琼谦虚道：“岂敢，岂敢。”

林则徐一抬头，发现了躺在木楼上的王山公，惊奇地问：“那是谁？”

吴璧光的心猛地一下提到了嗓子眼，抢先作答：“回禀钦差大人，本镇自前朝以来就有自卫的传统。这座敌楼为防范海匪之用，那人是守卫。”

在林则徐的思想里，这次来粤禁烟的目的虽然不是为了“启衅”，但起码的斗争准备还是要有的。尤其是鸦片走私猖獗，少不了海匪和“汉奸”的作用，因此他对正埠码头的这座木制敌楼非常感兴趣，脱口夸赞：“好，‘忠义乡’果然名不虚传，尔等乡绅若能体察圣意，协助官府严禁鸦片，功莫大焉，林某在此谢过。”

钦使船队逶迤离开正埠码头，沿着汾江河顺流而下，两个时辰后抵达广州正南门外的天字码头。广州将军德克金布、两广总督邓廷桢、广东巡抚怡良、广东水师提督关天培、广东布政使熊常錞、粤海关监督豫堃等大员悉数到齐，在“接官亭”恭候钦使的到来。由于林则徐此行兼职节制广东水师，因此，广东水师官兵在近岸一字排开十六艘战船，以示隆重相迎。等钦差官船靠近，这些战舰升旗鸣炮，声震四厢。林则徐在乔用迁和南雄州知州余保纯等人的陪同下弃舟登岸，德克金布、邓廷桢率领粤省文武大员执礼参拜。钦差大人出示圣旨高声诵读，众官员伏地恭听，山呼万岁，然后起身与钦差叙礼。

林则徐先后出任过江南淮海道、江苏按察使、江宁布政使、江苏巡抚等官职，与邓廷桢、关天培是老相识。他笑着对邓廷桢说：“雷动地中，雪沃其润。庾岭寒梅花开春先，使万物皆复其元，草木之中唯此德为大。维周兄，你甚得风气之先呀。”

邓廷桢不是刚出道和急于觅功的年轻人，宦海生涯三十载，他对皇帝佬有功居之、有过诿之的德性了解得实在透彻不过。尽管道光皇帝禁烟的决心很大，但这股阴虚的湿气在伶仃洋注定成不了气候，说不准还会捅一个天大的窟窿。问题是忠言逆耳，满朝文武大臣都拣好听的话唠，自己吃饱了撑的寻不自在？

爱新觉罗家族视汉官为奴才，在这样的逻辑下，期盼忠臣的皇帝和自称忠臣的官员，不过是喜剧中两个互相欺骗的伪君子。邓廷桢没有做忠臣义士的指望，他和大清朝的所有汉官一样行的是江湖之道，求的是升官发财，一切不过功名利禄。就任两广总督这三年，他明着敲锣打鼓地严禁鸦片，暗地里通过“韩狐狸”大发其财。这套鬼把戏瞒得过别人，瞒不过师爷出身的林则徐。他现在唯一的希望是钦差大人能手下留情，别把自己这套皮里阳秋的作为报告给道光皇帝。邓廷桢苦笑着问：“上使此话怎讲？”

林则徐拱手：“维周兄，林某在湖广累死累活才缴获了万把两鸦片膏，你这两年查获和起缴的鸦片膏将近五十万两，真真是得天下风气之先。好啦，有功有过咱们一笔带过，往事不必重提。本部堂此次奉旨严办海口，尚须粤省同僚鼎力相助，尽快杜绝鸦片根源，早日凯旋回朝以安圣主殷殷期待之心。邓大人，拜托了。”

林则徐这番话有软有硬，释放的信息非常明确——那就是过去的事情既往不咎，只要邓廷桢从此大力相助，把鸦片走私的源头彻底根绝，他也不愿意在广东地面上多逗留一日。邓廷桢心头一块大石落了地，慷慨陈词：“林大人何出此言？禁烟乃国家大事，我粤省同僚职当所分责无旁贷，邓某敢不竭诚辅佐？”

“维周兄，言重了。”林则徐笑道。

邓廷桢试探地问：“林大人，你真要把钦差行辕安在越华书院？”

林则徐把钦差行辕安在越华书院，一方面是为了向梁廷枏就近求教，另一方面也是为了安抚邓廷桢等各级官僚，表示自己不打算在粤省长驻，办完事便会离开广东，不会一直骑在他们头上发号施令，夺他们手里的权。见邓廷桢有此问，林则徐一本正经地说：“当然了，越华书院地方宽敞，总比咱们俩都挤在你的部院行台强得多。”

邓廷桢宽了心：“呵呵，那是，那是。”

越华书院在布政司后街，悬山式门楼的门楣正中嵌着书院的题字，大门前早早立了一架“钦差行辕”的朱红色牌子，左右书写“文官下轿，武官下马”的字样。林则徐与邓廷桢、德克金布、怡良、关天培、豫堃、熊常錞、乔用迁等大吏议了一整天的事，吃过晚饭，他换了一身轻便的服装独自来到梁廷枏的住所。两个素未谋面的人因为共同的志向走到了一起，开始了推心置腹的秉烛夜谈。

“林某深荷天恩，非碎身无以为报，然闻远夷狡猾，以彼国不食之鸦片烟带来中华，数十年间耗中国之银几万万矣。戕我百姓之体，毒流天下，羸弱国本，是可忍孰不可忍？”林则徐挺直腰板，神色庄重，“今天威震怒，斧钺森严，法在必行，极诸大辟。林某所虑者唯不识英夷底细，久闻先生通晓夷情，愿不吝赐教，诚社稷之福也。”

当时清廷的腐朽统治，既表现在官吏的腐败，也表现在统治阶级的愚昧——儒家士大夫精英失去了成仁取义的精神支柱，匍匐在爱新觉罗氏脚下沦为盘剥百姓的帮凶，没有几个人肯认真动脑筋做事。一般的大吏提起红毛鬼子皆嗤之以鼻,视之为没有教化的蛮夷,像林则徐这样愿意深入了解和研究敌情的高官凤毛麟角,屈指可数。梁廷枏很感动:"在下对英夷的了解只是皮毛,不过,只要大人肯听,定当知无不言。"

"多谢。"林则徐没有客气,直截了当地问,"先生,以你这些年对英夷的了解,他们到底有无教化?夷酋是如何治民的?"

梁廷枏一愣,这个问题大大出乎他的意料,林则徐一没有问洋人的经商手段,二没有问洋人的船坚炮利,却一刀捅在了根子上。说实在的,他对这个问题也没有什么把握。想了片刻梁廷枏抬头作答:"依在下愚见,洋人并非没有教化,否则造不出那么多的泰西奇器。他们不远万里来到粤东经商,命悬于万里海波之上,确然是有血性、重然诺的好汉行径,并非仅仅唯利是图。西夷诸国中,英夷国主是位十八岁的女仔,其叔父摄政王操持国柄,君弱臣强而国政不乱,下不觊觎,足见其为有道之邦;花旗国尤其令人称羡,其国由二十四头人合治,头人皆由升斗细民共选,完全可以媲美圣人三代之治……"

林则徐虽然是个脚踏实地的实干家,但梁廷枏的陈述大大超越了他的思维底线,三代之治在华夏犹然绝气三千载,焉能在外夷之地大行其道?他听了个一头乱麻,对梁廷枏的判断颇不以为然,笑着插嘴:"先生,你想得太简单了,国柄万夫贪婪,谁不想操持在自己手中?英夷用一个五体不全的小姑娘当国,牝鸡司晨,不久以后必生祸患。俗话说,一架磨盘拴不住两头叫驴,花旗国由二十四个头人合治,岂不纷扰生隙?只是推选头人这桩事日了怪,你说那些大字不识一箩筐的蚁民,有甚见地?能选出甚好人?"

钦差大人这番卓越的江湖见识,反过来把梁廷枏弄糊涂了,他惭愧地说,"大人,论及对洋人的了解,属洋商体察最深。要不,我把伍浩官请来?"

"不可。"林则徐断然否决,"依照朝廷体制洋商为夷人代表,本部堂羁縻夷人,正要拿洋商开刀立威,怎可与他暗通款曲?"

林则徐拒绝和老浩官见面,更深一层意思是出于爱惜羽毛的考虑——谁都知道十三行的伍家富可敌国,与之接近,难免让人产生以权图利的联想。

梁廷枏思索了一会儿:"大人,你要是想知己知彼,还有一个办法。"

林则徐大喜:"请先生赐教。"

梁廷枏说："洋人之间互通信息用一种新闻纸，类同官钞邸报，凡是最近发生的大小事宜皆刊载其上，一目了然。大人不妨从澳门城采办新闻纸，组织得力人员翻译，不仅可以掌握洋人的动向，而且能了解他们的心态，一举两得，何乐而不为？"

"太好了。"林则徐赞了一句，转而忧虑地说，"不过，得力的翻译人员着实难觅。我这次找遍京城，只有一个袁德辉凑合着可用。先生，你这里有没有好用的人手？"

梁廷枏犹豫："人手倒是有，只是他们出身低微，恐怕……"

当时，只要你和洋人做生意、打交道，或者是会几句外国话，均被官府斥为不良，当作潜在的"汉奸"看待。林则徐这次来粤东禁烟，大张旗鼓的口号就是缉拿"汉奸"，因此，梁廷枏才心存疑虑。林则徐哈哈大笑："先生不必疑虑，林某做事一向内外有别，该喊的喊，该办的办，两不相扰，有人才的话尽管荐来。"

梁廷枏放下心，一一举荐："大人，要想翻译洋人的新闻纸，你至少需要四个译员。除了袁德辉，我再给你推荐三个人：一个叫阿舍，与大人你是同宗，都姓林，曾经在花旗国的教会学堂念过书；一个叫阿孟，他阿爹是南海县五斗口司佛山堡人，去南洋做买卖的时候被当地土人掠走，娶了个孟加拉的女人当老婆，这伢仔从小在南洋长大；最后一个是在下的本家，肇庆府高明县罗俊都人，名叫梁进德，他在新加坡洋人学堂里受过教育，极通晓夷语，现在十三行里做通事，不过他爹梁阿发曾被官府通缉……"

林则徐摆了摆手："无妨，有本部堂为他做主，谁敢难为他？"

"好，那我找机会劝他出来报效朝廷。"梁廷枏释然。

林则徐最后才说出心底的疑惑："先生，人言英夷船坚炮利，到底有多厉害？"

梁廷枏思忖片刻："这是实情，我广东水师绝不是洋人的对手。他们的巨舰速度快，大炮火力猛，炮子能打到十里地以外，又狠又准。"

林则徐问："当年卢大人是如何制服英夷的？"

"卢大人用的是悬帘战法。"梁廷枏略显窘迫。

"呵呵。"林则徐悠然自得，"自古以来用兵不在器而在法，胜在仁德之心。我堂堂天朝虽然不轻易启衅，但是英夷胆敢逞凶抗拒，林某亦不可不备，示弱于人。届时仰赖圣主神威和虎门天险，断不容英夷兵舰窥伺神州，荼毒我子民百姓。”

在梁廷枏的印象里，自广州一口经商垄断中西贸易以来，英国军舰游弋在伶仃洋最多的时候也不过三到五艘，小打小闹自然无碍大局。他想象不出两国交战会是一副什么模样，于是委婉地提出建议：“大人，英夷炮舰确实厉害，最好不要大动干戈。非要动手的话，大人不妨开放武禁，允许百姓人人持刀痛杀，可收事半功倍之效。”

“林某在湖广即闻粤东风俗剽悍，红毛鬼子听话还则罢了，倘若一意与朝廷为难，本部堂少不得倚民为城，让他们在岸上寸步难行。”林则徐点点头，换了个口气，“不过，开放武禁一事非同小可，容林某再斟酌斟酌。”

开放武禁，意味着武装成千上万的民众，乃是统治者最忌讳的事情，弄不好就会动摇其统治基础，因此不到刀架脖子上的关节，各级官吏轻易不敢实施这种政策。

钦差行辕像一架高速运转的机器转动起来，林则徐到达广州的第二天，命人在辕门外连发两道告示：其一宣布钦差此行只办理禁烟事项，各项民间诉讼不得混行报递；其二提醒粤东各级衙门，严防冒充钦差书吏的歹徒浑水摸鱼，一经发现严惩不贷。

一个礼拜后，林则徐敲定了禁烟的方略，改变往日捉拿烟民的办法，把矛头直接对准洋人和其代言人洋商。二月初四，他把十三行洋商传到钦差行辕大加申斥，让他们劝洋人三日内交出鸦片。三天转瞬即过，洋人连一个屁也没放，林则徐雷霆大怒，威胁说如果红毛鬼子在二月初八前还不交出鸦片，他将立刻把洋商首领开刀问斩。伍紫垣、潘正炜、卢文翰三人吓得魂不附体，跑到洋人商馆苦苦哀求，请他们看在老朋友的面子上拉兄弟一把。

“铁头老鼠”返回英国后，颠地自然而然地成了英国商人的首领。听了伍紫垣、潘正炜和卢文翰三人的哭诉，他暗暗摇头不已，心说这些中国官员真奇怪，鸦片膏是我们走私商人的全部身家，好多人还是通过贷款采购的货物，就是把命搭进去也不可能拱手相让；再说洋商充其量只是做生意的伙伴，归根到底他们是中国人，掉不掉头壳管老子鸟事？洋人以为这又是清朝官吏借机勒索，因此叽叽喳喳合计了一番，决定缴纳部分鸦片送给钦差大人一份厚礼。按照买卖规模大小的比例,几十个人经过一番讨价还价,彼此分摊,总共凑了有零有整的一千零三十六箱。与往年相比,这个数目绝不算少,它是邓廷桢去年查禁鸦片总量的三倍。

如果碰到好糊弄的主也就罢了,偏偏这次遇到的是明察秋毫的林则徐,他这几日早已把洋人贩卖鸦片的总量估了一个差不离,知道这一千箱鸦片仅仅是九牛一毛。钦差大人的凛凛天威被冒犯了,二月初九一大早,钦差行辕的官员带着一群如狼似虎的衙役,冲进河南岛,把伍紫垣、潘正炜和卢文翰三人从被窝里提出来,二话不说,"哗啷啷"大铁链朝头上一套,像牵狗一样把三人抓起来游街示众。

伍、潘、卢三家在广州城是人人羡慕的财主班头,从来人前风光无限,何时曾受过这样的羞辱?十三行的洋商就像人身上长的脓包,尽管被官府欺压和勒索的时候毫无尊严,但那毕竟是瓤子里的交涉,从外面看依旧光鲜明亮,在百姓面前毕竟保留着些许颜面。然而这次是真的不同,披枷戴锁、衣衫不整地游街,斯文扫地,莫甚于此。

伍紫垣是个要脸面的人,一辈子锦衣玉食,诗词歌赋,过着神仙日子。陡然从天上掉到了地面,从世界首富变成了被羞辱的囚徒,他的自尊心实在受不了。走到纯阳观的时候,瞅见门口有一根带尖棱的石柱,猛地一头撞了过去。幸亏他身子骨弱,力气不大,额头只是蹭破一层皮,被差役拼命地拽了回来。

带队负责押送的是古亚淬,伍紫垣冷不丁地寻死,惊出了他一身冷汗,抽出鞭子劈头盖脸给了一家伙:"丢你老母,你不想活,别连累别人吃官司。"

三人中潘正炜年龄大,经历的世故多,他劝道:"崇曜,你这是干什么?人家当官的见了皇上尚且自称奴才。受不住委屈,出来混啥买卖?"

伍紫垣双目垂泪:"年伯,这样活着,有什么味道?"

在岭南名士中,潘正炜也是一个诗书画样样精通的"三绝清才"。他叹了口气:"在咱们大清国,你若不想斯文扫地,要么当皇上,要么当山大王,说这些没用的干甚?"

"别啰唆。"古亚淬又甩了两鞭子,"孩儿们,吆喝着。"

衙役们敲锣打鼓,沿街呼喊:"奉旨查禁鸦片烟,违背皇命是汉奸。看见没?汉奸就是这个下场,羞他先人哩。"

伍紫垣脖子上的铁链被差役们牢牢地攥在手中，再无一丝放松——生死不由己，他第一次感到生命竟是如此的悲哀！

寒冷的雨开始飘，道路越发泥泞，过了不知多长时间，灰暗的阴云突然升起了光明。游街队伍到了琼花直街，落成不久的琼花会馆矗立在江边，门前一溜点着十八盏灯笼，这是为了纪念红船新科当家花旦陈罗婵——她去年夺得金丝面具和金马鞭的时候芳龄十八，比起易兰花昔日登上艺术顶峰时，整整提前了八年。

一见到那十八盏灯笼，伍紫垣的目光旋即黯淡下来，浑身颤抖，死活不愿向前挪动半步。古亚淬以为他又开始耍少爷脾气，用鞭杆抵住他的臀部："我说伍大少，你要是再给爷们出难题，老子当场扒下你的裤子，让它伺候伺候你。"

伍紫垣面如死灰，这群灭绝人性的胥吏作恶多端，什么事干不出来？万般无奈，他只好把头深深地低下去，祈祷千万不要碰到熟人。

人要是倒霉的时候，喝口凉水都塞牙，小浩官是怕什么来什么。三位洋商首领被押着刚刚走到琼花会馆门口，从里面"呼啦"涌出一群人，当头一匹桃花马上坐的不是别人，正是伍紫垣此时此刻最怕见到的陈罗婵。

易兰花去年下半年开始身体出现了反复，体内蛇毒有失去控制的迹象，释心师太劝她找个清静的地方养病。陈罗婵摘得金丝面具和金马鞭后，"凤凰仪"班花旦人才济济，易兰花心中再无牵挂，将班务交给"高佬忠"和布文水，自己到象山紫云洞去休养。

陈罗婵现在是红船首屈一指的大老倌，风头盖过易兰花，红遍珠江两岸。她一眼认出了躲躲闪闪的伍紫垣，顿时剑眉倒竖，杏目圆睁，驱马上前挡住游街队伍的去路。她伸出纤纤玉指娇嗔一声："站下，青天白日凭什么拿人？"

自从广府英雄出征粤北，陈罗婵和李文茂的关系在珠江三角洲一带可谓无人不知、无人不晓，哪个有胆子敢招惹她？古亚淬只觉得头皮阵阵发紧，急忙跑到桃花马前，点头哈腰地向她解释："陈大老倌，是钦差大人下令拿的人。"

"新来的林大人？"陈罗婵愣了。林则徐拘拿王振高和徐广，一举砍断了

“韩狐狸”的左膀右臂，在红船人的眼里是个不折不扣的好官，他怎么会与伍紫垣为难？

潘正炜知道这丫头任性至极，她伸手帮忙只能越帮越乱乎，便一瘸一拐地走上前：“陈大老倌，钦差大人拿我们是为了吓唬洋鬼子，这是朝廷的经制，并非真心治我三人的罪。不信过两天你看看，我们准保好好的一根汗毛不少。”

陈罗婵将信将疑地问：“真的吗？”

“千真万确。”一旁的卢文翰拼命点头。

伍紫垣衣冠不整，头上血迹斑斑，过去那个风流倜傥的模样荡然无存。陈罗婵见自己这个头号粉丝如此狼狈不堪，同情心油然而生，柔声问：“我要你亲口说。”

她的声音像冬日里火热的阳光，把小浩官心头的委屈和惶惑冲刷得干干净净，一股暖流贯行全身。他不自觉点了点头，眼眶里全是泪水，一句话也说不出来。

“狗屁朝廷经制，分明是拿人不当人看。明天他们要还敢这样对你，我手里这口剑可不是吃素的。”陈罗婵丢下一句话，打马扬长而去。

红船人一走，从古亚淬到潘正炜、卢文翰齐松了一口气，匆匆离开琼花会馆。伍紫垣踉跄行进在队列中，眼里悲一半，喜一半，耳朵乱哄哄的一片，再也听不到四周的声音，任凭脖子上的铁链来回摩挲，忘了伤痛，却了羞辱，陷入命运的迷情。

伍紫垣、潘正炜、卢文翰三人游街后没有被放回家，而是直接押回钦差行辕，这下子三家彻底绝望了，敢情钦差大人要动真格的？万松园立刻翻了天，闹腾的动静比当年韩肇庆逼死李敬南夫妇还要大。伍梁氏哭哭啼啼，老浩官不顾年迈体衰，乘轿来到钦差行辕，面见林则徐苦苦哀求，情愿以全部身家报效朝廷，换取儿子一条性命。

林则徐闻听此言，面沉似水，一言不发。余保纯正得钦差大人的信任，他二十多年前曾担任过番禺县令，和伍秉鉴十分熟悉，厉声叱喝：“伍大人，你这叫什么话？好像朝廷假借禁烟名目，有意谋取你伍家的财产？”

伍秉鉴老泪纵横，磕头不止：“身为总商自当为鸦片走私负责，这是朝廷的法度，上差怎么责罚小民都没有怨言。不过，余大人你是知道的，虽然犬子忝列总商名号，其实这些年做主的还是小民，洋人谁肯把他当盘菜？即便各级衙门口有事，仍然差遣小民跑腿，这是人人皆晓的事实。小民斗胆请上差法外开恩，把我这个主事的罪魁祸首抓进去，莫要为难犬子，他只是一个不懂事的书呆子。”

看在梁廷枏的面子上，林则徐不想对伍家赶尽杀绝，他拍案而起：“本部堂奉旨查禁鸦片于海口，为国谋忠，正本清源，除恶务尽。本部堂一不要你的钱，二不要你的命，只要你老老实实传谕给颠地，叫他休在背后煽阴风、点鬼火，鼓动洋人拒缴鸦片。倘若他明天不来行辕请罪，休怪天朝法令无情。”

痛斥完毕，林则徐命人放了伍紫垣，把潘正炜、卢文翰从牢狱中提出来，和被除去官服的伍秉鉴一起押往河南岛对面的商馆广场。洋人们见老浩官手戴镣铐，立刻明白这回问题严重了，齐齐地将目光投向颠地。

颠地满脸的不自在，别看这厮平时咋咋呼呼，其实是个不折不扣的尿包。此番林则徐打破常规传讯自己，把这位纯种的英格兰人吓得差点尿了裤子。此时此刻，他不得不佩服老对手“铁头老鼠”——这家伙果有先见之明，早早跑回伦敦，把烂摊子留给了自己。

在江湖上混，当大哥容易吗？这几天颠地拼命鼓动大伙对抗林则徐，眼下人家直接点名让自己去。轮到颠地出头替大伙消灾弭祸，他有胆子承当吗？

见颠地脸上红一阵白一阵，丹尼尔有些瞧不起他，故意说反话：“颠地先生，照我看钦差大人动了杀机，你去了准掉头壳，千万不能去。”

威尔金森先生是颠地的亲兄弟，为哥哥辩护：“对，不能去，明摆着是寻死。”

“你是大家的主心骨，”丹尼尔把话又圈了回来，“去不去自己定。”

不去丢人，去了丢命——摆在颠地先生面前的无非这么两条路，到了考验威斯特摩兰人智慧的时候。颠地霍地站起来，甩出一句让后世人笑掉槽牙的狠话：“去就去，老子怕谁？不过明天不行，明天是礼拜天，老子不上班。”

官二代义律先生这两年运气不错，德庇时被“铁头老鼠”和颠地合伙撵走后，他荣升第二商务监督，在这个位置上只干了半年，就把在国内欠的债务全部还清。又过了一年多，“窝囊废”罗宾臣先生实在经受不住伶仃洋风浪的颠簸，在内阁活动门路撤回了伦敦。义律终于多年媳妇熬成婆，荣升大英帝国驻华第一商务监督。尽管薪水比律劳卑少许多，后面只有一个小跟班参逊，外交部对自己的工作又没有明确的指令，但海军上校仍然津津有味地在珠江口驻扎了下来——这位志不在贸易的权力投机客明白，大展身手的机会即将来临。

二月初八，义律在澳门城接到林则徐张贴的禁烟谕帖，心中狂喜如潮，当即挥动鹅毛笔修书三封：一封写给巴麦尊勋爵，向他紧急报告中国政府最近采取的禁烟行动；一封致函两广总督邓廷桢，以大英帝国的名义质询后者，问他是否想同在中国的英国人和英国船只开战；最后一封通知游弋在附近的英国船只向香港岛集结，一律悬挂国旗做好战斗准备。

义律乘坐一条四桨小艇向广州进发，他按捺不住亢奋的心情再度致函巴麦尊，认为林则徐的行为纵然不是公开的战争行为，至少也是战争迫近和不可避免的前奏。

二月初十是礼拜天，下午六点钟，戴着三角帽的义律踏上了商馆广场的码头，无意中替放葫芦的颠地挽回了颜面。

第六十五回　虎门销烟

自打伶仃洋的鸦片走私活动日益猖獗后，洋人们不再按照旧例回到澳门过冬，道光十九年(1839年)初在广州的洋人大约三百五十余，这个数目比五年前增加了三倍多，从一个侧面反映了鸦片走私贸易的兴旺。

严格来说，义律到广州是违法的，他没有获得官府进省的许可，因此从虎门开始就不断受到警告，广东水师的小型船只对其进行了象征性的堵截。林则徐在钦差行辕得到探报，说义律此行是来协助颠地逃跑，不由得怒火中烧。他决定采取卢坤当年的法子，派出大批兵丁包围商馆广场，撤出所有的通事、买办和仆役，并切断了食物供应。

洋人中的大多数没有经历过五年前那次“封舱”，不曾领教过这一手段的厉害。小查顿惊叫：“我的天，难道他们想困死我们？”

马地臣还没有忘记颠地之前吹过的牛皮，他一脸奸笑地提醒：“不用怕，颠地先生这么讲义气，中国人肯定会给他面子的。”

“那当然，”颠地拍了拍胸脯，底气十足地说，“做人要讲信用，一口唾沫一个钉。明天老子就去见姓林的，让他请我喝酒。”

化林治一直站在窗户旁，目不转睛地观察着广场上的动静，他皱着眉头:“各位,都什么时候了,你们还有心思闹内讧?”

义律问道:“化林治先生,你发现了什么新情况?”

化林治用手指了指窗外,忧心忡忡地说:“尊敬的阁下,比起五年前的卢大人,这位钦差大人的手段更加狠辣。他封锁了商馆广场不算,还弄了一大群人敲锣打鼓,看来是不想让咱们好好睡觉,连喘口气的工夫也不给。”

义律探身一看,可不是,在黑压压的兵丁和衙役前面站着十一家垂头丧气的洋商,洋商前面是一群手持锣鼓的汉子,摩拳擦掌,打算天一黑就开始闹腾。

义律到达商馆后委托伍秉鉴带回一封信,信中的内容是如果林则徐答应他和颠地两个人不分开,义律作为大英帝国的商务监督,愿意陪同颠地去见钦差大人。瞧外面的架势,林则徐的态度十分坚定,不可能对自己做出任何让步。义律上校不怕对手强硬,恰恰相反,他怕的是错过眼前这个做局的好时机。

下套打狼必须有耐心,打狼前先要磨快刀枪,海军上校扫视了一圈屋子里的人,决定趁机折磨折磨自己的同胞。五年前,律劳卑出师未捷身先死,义律总结了几条原因,其中一条就是鸦片贩子们之间的不团结。这次机会既然再度来临,他必须打掉这些人身上的傲气,让他们唯自己的号令是从,避免内耗。

商馆广场戒备森严,杀气腾腾,河南岛的万松园也是鸡飞狗跳,不得安生。眼睁睁地看着古稀之年的老父替自己顶罪,披枷戴锁受尽人间屈辱,伍紫垣羞愧难当,把自己锁在小戏台旁的画舫里,插上门谁也不见。老伴被官府押走,儿子又整天不吃不喝,失魂落魄,伍梁氏心如刀绞。她把家里的丫鬟仆人撵到小戏台,密切注意小浩官的举动,以防他一时想不开在画舫里寻短见。

伍长禄站在廊桥的桥头问:“咋样?”

伍香韬和梁坤从画舫那头走过来,垂头丧气:“少爷这次拐不过弯了。”

由于担心儿子上吊,伍梁氏叫人把画舫里的绳子、绸子等收拾干净。伍紫垣像木头桩子一样呆坐在椅子里,仿佛根本没有看见身边的人来人往,只是把期待的目光盯住小戏台的飞檐斗拱。他越这样,老太太就越心里发毛,怀着一线希望让伍香韬把“玉玲珑”抱来，试图打动儿子的心。然而，这件宝物起到了相反的作用，伍紫垣不看则已，一见“玉玲珑”便气得浑身发抖，冲过去想把它掷出窗外。要不是伍香韬手疾眼快，这架万松园的镇府之宝早已被小浩官摔了个稀巴烂。

“这可如何是好？”伍长禄愁眉苦脸地说，“老爷被官府押走一时半会回不来，少爷又成了这个样子，莫非咱们伍家真要大难临头？”

钦差大人官威如天，节制将士过万的广东水师，兵强马壮；鸦片烟是洋人的命根子，仗着船坚炮利哪肯屈服？如果双方在商馆广场僵持下去，洋商们便没有回家的希望，伍长禄怕的就是这个。伍香韬和梁坤二人更担心小浩官，这位少主子一向儒雅，没经过什么风浪，官府将其脸皮一剥到底，他那副脆弱的神经能扛得住吗？

“快看，阿佳来了。”“铁桥三”指着湖堤。

伍紫垣寻死觅活，众人束手无策，大管家伍长福毕竟老练，出了一个主意——伍紫垣最听陈罗婵的话，何不请“凤凰仪”班来万松园唱戏？大伙拍手叫好，委派梁锡佳到位于琼花直街的分馆，不惜重金，无论如何要“凤凰仪”班抽空来演一场。

梁锡佳来到跟前，伍长禄和伍香韬同时问：“陈大老倌准了？”

“嗯，”梁锡佳点了点头，“晚头就到。”

“太好了，陈大老倌够义气。”伍长禄一听非常高兴，竖起了大拇指，“赶快叫人把水关码头打扫打扫，别让‘凤凰仪’班看笑话。”

入夜后，“凤凰仪”班的天、地二艇以及画艇驶入龙溪涌，“铁桥三”命人打开水关，三条船径直在小戏台下碇。伍紫垣痴痴地望着窗外，船脊上高高飘扬的琼花旗和凤凰旗，如同寒夜里的一盏明灯，温暖了他冰冷的心房。

豪富子弟附庸风雅未必是什么好事，此时的小浩官比深秋枝头的树叶更加脆弱，尊严突然被剥夺殆尽，让他无颜复睹往日熟悉的一切。这个曾经被他看不起的世界，变成一座巨大的山峦压在他的心头，鄙视者与被鄙视者瞬间易位，叫人情何以堪？

幸运的是，过去的世界里仍有一尊神高高在上，让他匍匐，使他敬仰，叫他爱慕。这尊神就是头顶的天光，接引的渡船，藏匿的洞穴。陈罗婵挎剑矗立在船头，光芒万丈，让伍紫垣自惭形秽，情愿做一只飞蛾，追随她逃离这令人窒息的家。

他疾步跑出小戏台，来到画艇前拼命摇手，陈罗婵奇怪地问："怎么啦？"

"陈大老倌，你带我离开这里，"伍紫垣请求，"越远越好。"

陈罗婵冰雪般聪明，刹那间看穿了伍紫垣的心思，这个脸皮薄的公子哥受到侮辱，急于逃离现实。她犹豫了一会："你们家这么大的买卖，到哪儿也不得清闲。对了，你要是会武艺就好了，阿茂哥在梅庵练武，井底下清净，只怕你受不住寒。"

伍紫垣的脸腾地卷起了一朵红云，说也奇怪，虽然平时他对李文茂非常羡慕，但在今天自我放逐的绝境里，心中的嫉妒之火却比往日燃烧得更加猛烈。他期期艾艾地说："我不想去他那里，还有没有其他地方？"

都什么时候了，这个书呆子还在吃醋，陈罗婵抿着嘴偷偷地笑了。不管怎么说，过去的一年多时间里，伍紫垣是她最忠诚的粉丝，为她在省城的走红立下了汗马功劳。陈罗婵决心投桃报李，在困难的时候伸手拉伍紫垣一把。她莞尔一笑："要是让我帮忙，我一定会给你找一个天高地远的野岛，连我自己都找不到你。"

伍紫垣眼角湿润："我愿意。"

梁坤十分惊讶："少爷，你真的要走？"

伍紫垣转过身跪倒在地，向伍长禄恭恭敬敬地磕了三个响头："长禄叔，麻烦你回禀我阿妈一声，崇曜不孝，连累阿爸受罪，权当没有我这个儿子。"

伍长禄大惊失色："五爷，你这不是要老奴的命吗？"

众仆役苦苦哀求，正在这时，从对面商馆广场方向传来了急促的锣鼓声，继而是震天价的喊喝。伍长福和"飞虹锏"飞奔着跑了过来，伍长禄急忙喊："你们来得正好，快好好劝劝五爷，别让他钻牛角尖。"

伍长福摇了摇头："老诰命发话，五爷想干什么，谁也别拦着。"

伍长禄和梁坤对视一眼，知子莫如母，原来老太太早料到小浩官会有这一出。

商馆里的洋人一向养尊处优，哪会做什么饭，三天过后，绝大部分人饿得饥肠辘辘，头晕眼花，纷纷找义律诉苦："阁下，你是大英帝国的第一商务监督，我们平时缴税给女王陛下和政府，你不能看着我们倒霉不管吧？”

走私贩子缴他妈的什么税？义律心里暗骂，脸上的表情却一本正经：“那当然，但咱们现在是砧板上的肉，任凭人家刀砍斧剁。人在屋檐下怎能不低头？这个姓林的吃软不吃硬，我看你们还是把鸦片交出来吧。”

鸦片是走私贩子的命根子，许多人是合伙和贷款经营，丢了鸦片等于蚀本加负债，比要他们的命更可怕。由于义律多年来直言不讳地宣称自己憎恶鸦片贸易，因此他在鸦片贩子中的口碑并不好，大家都对他存有戒心。听义律一说，众人怒目以对：“你说得轻巧，如果把货物交出去，我们还要你这个商务监督干个屌用？”

义律冷笑一声，缄默不语。

马地臣是洋人中的智多星，他最了解义律的奸诈，摆手示意：“大家别吵，好好听商务监督大人说话。他冒着风险从澳门城赶来，必定有好计策。”

颠地一听有理，急切地问：“阁下，你有什么好办法？”

“我的办法就是，”义律说，“把鸦片都交出来，一两也不剩。”

大伙失望地骂：“放屁，敢情不是你自己的财产。”

除了马地臣，化林治是第一个听出弦外之音的，目露惊喜：“大人的意思是？”

义律阴险地笑了笑，指着墙上悬挂的国旗肃穆地说：“尊敬的先生们，我以女王陛下和英国政府的名义，要求你们把手里的鸦片，全部交给我。”

众人先是一愣，继而爆发出比外面锣鼓声音还要高的欢呼。

义律终于亮出了底牌，他这句话的实质含义是替英国政府出面买下了这批鸦片。对于鸦片贩子们来说，卖给谁不是卖，尤其在这个朝不保夕的危机关头，由英国政府出面买单是做梦也想不到的好事，等于是把所有的风险尽数转嫁到了英国政府的身上。大伙心里这个高兴劲就别提了，顿时忘记了饥饿和困倦，兴高采烈地向义律汇报自己的货物数量。其中有几个家伙比较厚颜无耻，连尚在半途的鸦片也登记在册，合计下来高达令人咋舌的两万零二百八十三箱，相当于两千多万两鸦片膏。

西方世界跨入工业文明后，开始变得比中国人有“风度”——他们在亮出屠刀前，习惯了寻找一个堂皇的借口，以便糊弄自己、对手以及心目中的上帝。义律瞒天过海，施展乾坤大挪移的障眼法，亲笔签收单据，把走私贩子的货物转移到英国政府的名下，其目的正是为了给即将发动的战争披上一层“正义”的外衣。

脸盘子油汪汪，肚肠里黑洞洞，乃是红毛绅士的一贯行径。后世学人津津乐道于所谓西方国际秩序，有意无意间给侵略者涂抹文明色彩，真是大花面抹眼泪，离行又离列。

道光十九年农历二月十四(1839 年 3 月 28 日)，义律亲笔写了一封禀书给林则徐，表示愿意交出所有的鸦片——这一天距离林则徐到达广州仅十八天，距离他要求洋人呈缴鸦片才十天。钦差大人禁烟工作进展之顺利，战果之辉煌，不仅他自己和帐下的幕僚没有想到，而且大大出乎广东官员、十三行洋商和老百姓的意料。

义律的动作完全可以用“闪电”两个字来形容，在发出禀书的第二天，他就派人乘坐快艇到趸船上安排缴纳鸦片的事项；三天后即开始移交第一批鸦片烟，速度之快反过来把广东官府打了个措手不及。关天培紧急增调碣石镇总兵黄贵和阳江镇总兵杨登俊率兵驰援，帮助查验洋人交上来的芙蓉膏。查验的场景非常壮观，虎门内外验收和缴纳鸦片的船只像一条蜿蜒巨龙，浩浩荡荡排出去十几里地。大伙铆足劲夜以继日地干了四十天，直到四月初十小满那天才将鸦片烟接收完毕。具体负责的官员拿起算盘归拢了一下，眼珠子瞬间翻出了鱼肚白——实缴数目比原定的两万零二百八十三箱还多出了一千袋，你说这群红毛鬼子是不是缺心眼？

四十天来，随着桀骜不驯的洋人一船一船乖乖地呈缴鸦片，在广东百姓的心目中，林则徐的声望达到了史无前例的高度。他本人亦陶醉在突如其来的巨大成果中，丧失了本来就不高的警惕性。商馆广场恢复了供应，洋商们各自回家，四月十二，义律和最后一批英国商人撤离商馆广场，回到澳门城。

与洋人的灰溜溜相比，从虎门大寨到广州城一片欢腾。钦差行辕更是其乐融融，在省大吏齐聚一堂，准备选一个黄道吉日销毁鸦片。

“四月二十二，这个日子吉祥。”德克金布捻着山羊胡。他心里充满妒忌，早知道鸦片烟这么好收，自己应该主动请缨，何至于把功劳白白送给汉人？

林则徐心里明白，此次勒令洋人缴纳鸦片烟，其实是端了粤省各位大员的小金库，人家在背地里还不知道怎么骂自己。他拱了拱手，客气地说："久闻德克金布大人雅好道术，选取黄道吉日你是内行，本大臣俯首听命。"

广东巡抚怡良犹豫了一下，提出异议："大人，这个日子是不是再商量商量？据差遣出去的人回禀，九天观的六愚真人推算虎门口恐怕有奇异天象，说是……"

"到底是什么？你快说。"德克金布瞪了怡良一眼，骂了句粗话，"人家玉龙仙长二十多年不出山，要不是看老朽的薄面，王八蛋才给你占这个日子。"

玉龙仙长是铁口道人和白无相的授业恩师，在白云山黄婆洞修行多年，是广州城最有名的神仙。德克金布对他崇拜得五体投地，当然不容怡良横插一杠子。邓廷桢打起了哈哈："玉龙仙长和六愚真人都是老神仙，两位大人为国谋忠，令人钦佩。"

林则徐问怡良："抚台大人，六愚真人说什么？"

怡良小心翼翼地措辞："他说，他说最近恐有猪龙现世。"

众人心里猛地一惊，德克金布却狂笑了起来："哈哈，猪龙来了好啊，老朽到时候备下强弓硬弩。它要是敢来，爷爷就射他娘的。"

此言一出，在座的各位汉臣大眼瞪小眼，沉默不语。怡良后悔不该说出"猪龙"二字，被德克金布借题发挥，叫大家都不自在。

猪和朱同音，后金贵胄常将朱明皇室比作猪龙，以示轻蔑。在大庭广众之下，怡良和德克金布先后提起这个话题，让汉臣答也不是，不答也不是——回答的话，为了表示对清廷的忠心，只能对朱明皇室大加挞伐，让统治者更加鄙视汉人，暴露自己的奴性；不回答的话，让别人以为你心怀二志，对爱新觉罗氏不忠。

邓廷桢、关天培、熊常錞、乔用迁等汉人官员齐把目光投向钦差大人，看他如何应对这个难题。林则徐明白德克金布故意发飙是嫉妒自己，暗地里冷笑一声，奶奶的丘八，今儿个如果不给你露一手，你不知道马王爷有三只眼！他郑重道："本大臣奉圣谕查禁鸦片，此乃国朝头等大事，现如今英夷有羞恶之良，老老实实呈缴鸦片，既为天意昭昭，复赖圣主威德。销烟一节事关国威，不得莽撞，咱们就把这个猪龙好好地议一议。"

“啊?”德克金布没有想到林则徐不仅毫不忌讳,反而转守为攻,登时慌了手脚,神态尴尬地问,“钦差大人,这……这有什么好议的?”

“林某办差,讲究的是一个认真切实。”林则徐反戈一击,“德克金布将军,四海之中以南海为龙之都会,你久在粤省,应不至于孤陋寡闻。我听说猪龙有两种,一种是猪首龙身,一种是龙首猪身,不知道你说的是哪一种?”

德克金布是个吃祖宗余荫的大老粗,肚子里除了下水就是草,他哪里知道猪龙还有这么多的讲究,张口结舌:“有什么不一样?”

“其中的差别大了去,”林则徐一本正经地说,“前者是条真龙,比如说拓跋氏;后者是条假龙,安禄山即为这头假龙转世,兴许红毛鬼子就是它留下来的谬种。德克金布将军,届时你射箭的时候务必看仔细,该射的射,不该伤的切莫伤害,天意不是闹着玩的,误了国运谁也担待不起,是不是这个理?”

这顶大帽子压得德克金布差点喘不过气,他悻悻地说:“林大人办事确实详细,在下佩服之至,只是不知道是否内外有别。”

官场就是这副德行,干对干错别人都有的说。林则徐采取治本的办法禁烟,把矛头直接对准洋人,照样有人在背后说三道四,说他只办洋人,不办中国人。德克金布说完,邓廷桢脑子里“嗡”的一下子,恨不得冲上去扇他两记大嘴巴。

如果深究下去,粤省官吏从上到下没有一个是干净的,德克金布之所以胡乱攀咬,是因为分赃不均,鸦片走私的红利大部分让韩肇庆拿走,而韩肇庆的靠山则是邓廷桢。如何处理好与粤省官吏,尤其是邓廷桢的关系,不致耽误禁烟大局,林则徐在来粤途中就拿定了主意。他正色道:“本大臣奉旨办差,岂有内外之别?干犯朝律、民怨沸腾者一概严办,决不姑息。这件事尚须在座各位大人鼎力襄办,本大臣自会向圣上为诸位美言。”

邓廷桢心里忐忑不安,听林则徐话里的意思,自己虽然可以免遭追究,但“韩狐狸”这回只怕是难逃法网。

关天培叹了口气:“六愚真人也是,直接告诉我们奇异天象的准日子不就结了?说话含含糊糊,难道为了他这句话,我们就不销毁鸦片烟了?”

豫堃身为粤海关监督,捞的油水当然不少,他生怕德克金布攀咬,便顺着德克金布的意思贬低六愚真人:“这老家伙名不副实,说准日子是难为他。”

熊常錞斟酌再三，当起了和事佬：“国朝禁烟迄今已逾百年，从来没有收缴过这么多的鸦片，此为林大人立下的汗马功劳。这些鸦片烟价值近千万白银，一旦付之一炬，必然惊扰鬼神，六愚真人的话不可不察。依卑职之见，不妨再请高人占卜，以定行止。”

林则徐点点头，转头问梁廷枏：“先生，粤省还有何高士？”

梁廷枏十分为难：“林大人，除了白云山黄婆洞和罗浮山九天观的这两位神仙，倒是还有一个佛山堡的‘鸡公’，不过他已经于九年前去世了。”

“梁监院此言差矣，”乔用迁笑呵呵地开口，“广州城里有一位能人异士，学通造化，艺惊鬼神。说起他的本事，只在‘鸡公’、六愚真人、玉龙仙长之上，不在他们三人之下。梁监院为了避免瓜田李下之嫌，这才不好意思向林大人推荐吧？”

“何方高人？”林则徐问。

乔用迁亮出了答案：“林大人，是顺德县的何解元。”

按照辈分排起来，何惠群是梁廷枏姐夫何太青的堂叔，而何太青本人又是“弛禁论”的代表人物，所以梁廷枏不愿在林则徐面前提起他们。

林则徐拍案而起，兴奋地对乔用迁说：“我知道，何解元我怎么不知道？林某是嘉庆十六年取的进士。见斋，你比我晚一科，何解元比我早一科，他的名声我在京城就听说过，只是平生无缘得见，没想到他竟然在广州！”

乔用迁欣慰道：“既然大人素有耳闻，那就太好了。”

熊常錞插嘴：“何解元本事大没错，不过他的脾气也不小。一向不与官场交通，对方的官越大，越是不给面子，德克金布将军就吃过他的闭门羹。”

林则徐饶有兴趣地问德克金布：“是这样吗？”

德克金布耷拉着脑袋，垂头丧气：“肏他妈。”

“呵呵，解元公不见当官的无所谓，他总不能不见亲戚吧？”林则徐放声大笑，冲着梁廷枏拱了拱手，“此节事关国运，先生切勿推辞。”

流水井、大小马站一带是省城书院最密集的地方。当然了，名义上是书院，其实是各大姓的联宗祠堂，像什么关家祠、赖家祠、何家祠、曾家祠、周家祠、朱家祠等。其中，周家祠又名濂溪书院，朱家祠又名考亭书院，分别以周敦颐和朱熹两位理学名家的号命名，何惠群的书斋正好坐落在周家祠、朱家祠之间的胡同。

在广州城里，何惠群蔑视官府那是有了名的。解元公肯不肯为林则徐卜上一卦？梁廷枏心里委实拿不准。他在濂溪书院门前愁眉苦脸地下了轿子，刚打算迈进胡同，周春和杨壮达从书院里面前后脚走了出来。一见到梁廷枏，“豆皮春”略略一怔，过来行个礼：“这不是‘藤花先生’吗？你要去哪儿？”

梁廷枏认识杨壮达，对“豆皮春”有些面生，迟疑地问：“你是？”

“在下是琼花会馆的‘豆皮春’。”周春回答。

杨壮达过来解释：“‘藤花先生’，红船人有好几千呢，你不认识他有情可原。不过，我说一个人，你准能想起来，他们是本家亲戚。”

梁廷枏问：“谁啊？”

他的话音未落，从濂溪书院里传出一阵大笑，声音虽然显得苍老却十分洪亮。梁廷枏闪目观瞧，里面出来一位老者，个头不高，浑身上下透着那么一股子的精神，又惊又喜：“原来是周老爷子，你老人家什么时候出山的？”

来人非别，正是被越南旧阮王朝倚为长城的周彦才。周老爷子回到顺德原籍后，洋人慕其威名纷纷携重金上门，想托他打通旧阮朝廷的关系做生意，均被周彦才婉言谢绝。别看老爷子对红毛鬼子不假辞色，对乡亲们去安南做买卖却是有求必应，慷慨相助。杨壮达正是瞅准了他在旧阮朝廷的关系，才和周家合伙贩卖香料、胡椒、燕窝等货物。

周彦才诙谐地说：“一把老骨头了，谈什么出山不出山，这不是壮达和阿春他们从南洋回来了吗？拿点钱孝敬孝敬祖宗先。”

梁廷枏在越华书院为粤海关编纂书籍，对南洋诸国的形势有所了解，对安南这个国家尤感兴趣。旧阮复国后改国号为越南国，大兴朝政，积蓄力量，到了明命帝阮福皎手里，对外扩张达到了史无前例的高峰。十年间先后征服了占城国、真腊国和南掌国，威震南洋诸国，是为中华文明在附属国绽放的最后一丝荣光。

越南国扼守从印度洋到南海的通道，英夷军舰若有所异动，其地必然先闻。梁廷枏恭敬地问：“老爷子，你神通广大，不知道今年越南国有什么消息？”

周彦才明白梁廷枏的意思，故意岔开说："有啊，他们又改国号了，叫什么大南国？大南国是吾粤英雄侬智高的国号，他们扯虎皮做大旗，倒是蛮热闹。"

梁廷枏苦笑了一下："老爷子，咱爷俩就不要卖关子了。你看眼下这个形势，英夷最后会不会恼羞成怒，起大兵报复？"

周彦才眼睛里的光彩瞬时黯淡下来："贤侄，不瞒你说，这个英吉利不比法兰西，那是海上的霸王，水里的乌贼。铁舰巨炮横行万里波涛，前些年把法兰西打得屁滚尿流，最是阴狠毒辣不过，一点亏都不肯吃的性子。林大人收缴英吉利的鸦片烟，一口气收了二万多箱，红毛鬼子要是不报复，他还是红毛鬼子吗？"

梁廷枏疑惑不解："咱们以后不跟他做买卖，他们岂非吃亏更大？"

"你们这些读书人啊，"周彦才瞥了他一眼，"听没听说过霸王硬上弓吗？只要人家手里枪炮厉害，你不通商他就揍你，打得你满地找牙，你敢不跟他做买卖？"

梁廷枏愤愤地说："我就不信，大清国亿万子民还打不过几个红毛鬼子？"

"可说得是，"周彦才语带讥讽，"俗话说，养兵千日，用兵一时，该到官老爷们显显真本事的时候了。平时欺压百姓一门灵，就是不知道碰见鬼子，会不会吓得尿裤子？"

一听这话，梁廷枏心里凉了半截，辞别周彦才等人，满腹心事进了何宅。何惠群身子骨不大好，近些年早已停止授业，偌大的院子空空荡荡。陈映雪从正堂里撩开门帘："呀，梁监院来了？汝昌，去叫你师傅。"

邹汝昌应声到后院去喊何惠群，陈映雪把梁廷枏迎进正堂就座，然后沏了一壶碧螺春双手捧给他。这位昔日名震两粤的红牌阿姑虽然衣着朴素，风度淡雅，但是那种与生俱来的艳丽遮不住、消不尽，随着茶香扑面而来，扰得梁廷枏心猿意马。他努力定住精神，正襟危坐，微微啜了一口茶水，立刻夸赞："好茶，好茶。陈老板，阿婵姑娘拿了金丝面具和金马鞭，成为红船花旦魁首，可喜可贺，可喜可贺。"

女儿取得如此成就，做母亲的当然高兴。陈映雪喜在心头，脸上却不带出一丝笑容，淡淡地说："再怎么样，也是一个下九流的戏子，有什么好庆贺的？"

梁廷枏饮了一口茶，认真地说："话不是如此讲的，阿婵在臬台衙门唱戏，把榕树神都请出来了，这么大的本事谁敢小瞧？要论做人的腰杆子，有钱有势的也比不过你们红船——万松园的伍家有钱吧？老少两代浩官枷号游街，受尽侮辱；封疆大吏有势力吧？见着圣旨哪个不战战兢兢，口称奴才？当今圣上以俭治天下，袍子破了也舍不得补，可是他喜欢看戏，常常将戏班子召进内廷，京城那些大老倌直承天颜，不得了。"

陈映雪抿嘴笑了："照梁先生的说法，倒是官民无别了？"

梁廷枏正要回答，何惠群一脸憔悴地走了进来，他连忙起身施礼："阿叔。"

何惠群问："廷枏，你不在钦差行辕办事，到我这儿做什么？"

梁廷枏表明来意："此事攸关国运，请阿叔务必帮忙。"

"国运？"何惠群面无表情地问，"哪一国的国运？"

梁廷枏吓得心里突突直跳，这种大逆不道的言论假如传到外面，定然招致杀身之祸。陈映雪连忙遮掩："先生，这些话少说为好。"

"哼，我说的是英夷，不是满夷。"何惠群毫不示弱，"难道英夷是夷，满夷就不是夷？何某一介残躯，怕他何来？"

陈映雪提醒他："先生，你不怕连累梁监院？"

"怕连累还上门？"何惠群把客人扔到了正厅，转身又回了后院。

眼巴巴地瞅着解元公在屋里转了一圈，什么正经话也没说，梁廷枏失望至极，尴尬地问旁边的邹汝昌："汝昌，阿叔最近在忙什么？"

何惠群晚年格外痴迷于音律一道，邹汝昌耳濡目染，诸艺之中对音韵学造诣最深。听梁廷枏发问，便答道："先生，师傅在摆弄'律管飞灰'。"

梁廷枏学富五车，著作等身，对音韵学自不陌生，听到邹汝昌的话立时大吃一惊。礼藏于乐是中国传统文化的精髓所在，"律管飞灰"为创自黄帝时期的玄妙绝学，在远古东方人的心目中，音律包含着来自宇宙苍穹的神秘信息，可以通过音律辨别天地运行之道。这套神秘的管候气法失传已久，载于史册的记述大多语焉不详，没想到何惠群竟然身负如此高妙之术，梁廷枏不由得崇敬万分，自愧弗如。

陈映雪对邹汝昌说："汝昌，你帮梁先生算算吧？"

像溺水之人突然抓到了一棵救命稻草，梁廷枏使劲拍了一下脑门："嗨，你看我这个猪脑子，差点忘了汝昌的本事。"

都是沾亲带故的一家人，邹汝昌当下也不推辞，从屋子里搬出他常用的那套家伙什。不外乎什么"量天尺""风雨针""日夜晷"等自制的仪器，算了半个多时辰，结果出来把他自己也吓了一跳，半晌无语。

梁廷枏问："怎么啦？"

"又是太白经天！"邹汝昌苦笑。

梁廷枏把心提到了嗓子眼："莫非不吉祥？"

"很难说，"邹汝昌挠着头，"因为明年六月初四还有一次太白经天，这两次太白经天虽有干戈之征，却不是应在粤东，好生奇怪。"

梁廷枏笑逐颜开："那就好，那就好，只要轮不到咱们这儿就行。"

林则徐恩威并施，洋人们交出鸦片后，他按每箱五斤茶叶的标准对之进行嘉奖。令他没有想到的是，英国商人躲在澳门城一去不回头，中西贸易实质上陷于停顿。就在这个时候，虎门海滩那两个十五丈见方的大池子已经挖好，鸦片膏从箱子里拿出来切割整齐，盐卤和石灰准备停当，事不宜迟，该烧他娘的了。

四月二十二是个好日子，虎门上空碧天如洗，万里无云，艳阳高照，小鸟飞翔，附近的老百姓早就听说这一天要销烟，把销烟池围了个水泄不通。虎门大寨前搭设了一座大礼台，礼台前挂着一面黄绫子的长幡，绣着钦差大人的官威名号。未时过半，林则徐带头，广州将军德克金布、两广总督邓廷桢、广东巡抚怡良、粤海关监督豫堃、八旗左翼副都统奕湘、右翼副都统英隆、广东水师提督关天培、广东布政使熊常錞、广东按察使乔用迁、广东盐运使陈嘉树、广东粮道王笃、广州知府珠尔杭阿等官员先后登上礼台。林则徐来到供桌前燃香三拜，念完祭文后一声令下，销烟正式开始。一群彪形大汉将盐卤投入池中，切好的鸦片撒入销烟池，复倒入大量石灰。片刻之间池内沸沸扬扬，烈烟蒸腾，鸦片膏在水中嘶鸣作响，化作浓浓的白烟直冲云霄，在蓝天的肚皮上涂了一层诡异之色。

红毛鬼子离开广州商馆后，十三行街一带门庭冷落，生意萧条，"琉璃球”金亚忠骗不到人挣不来钱，闲得没事也来虎门大寨瞧热闹。眼瞅着一瓣一瓣的鸦片膏扔进销烟池，把他心疼得直跺脚：我的天啊，这可都是白花花的银两！

“琉璃球”见不得糟蹋银子，气急败坏地离开人群，不小心撞到了一个人的怀里，抬头一看是卖滑稽剧本的叶帝福。叶帝福放下肩上的铁棒，不高兴地问：“干吗失魂落魄的？放着热闹不看，是不是想找契弟？”

“琉璃球”涨红了脸：“你别骂人。”

叶帝福指着后面的小山包，嘻嘻哈哈：“谁骂你啦？刚才我看见‘阴阳生’鬼鬼祟祟地往那边去，还以为你们哥俩约好了呢。”

“琉璃球”心中一动，“阴阳生”法术高深，他去山包上干什么？想到这里，“琉璃球”顾不上和叶帝福怄气，一路小跑奔上山包。到山顶一看，发现“阴阳生”身穿八卦道袍，盘腿坐在地上口里念念有词，手执拂尘正在施法。

“琉璃球”尚未张嘴说话，就见山下销烟池上空骤然卷起一股怪风，隐隐约约从风中显出一条龙尾。虎门大寨和礼台方向喧哗连天，锣鼓阵阵；万箭齐发，炮声隆隆，龙尾巴瞬间消逝得无影无踪。过了约大半个时辰，随着另外一个销烟池的启用，池子上空又卷了狂风，这次出现的是一个深目隆鼻的龙首。守护礼台的清兵再次发箭，驱散狂风。

“琉璃球”站在山头瞅了个真真切切：云形龙首和龙尾虽然消逝，但从云层里却跌落了一个猪形怪物。怪物和普通肥猪的大小没有什么区别，只是身体仿佛由稀薄的云烟组成，人站在山下根本看不清，还以为烟消云散，空空如也。

“阴阳生”停止施法，用手中拂尘一指猪形怪物。从他身旁蓦地飞起一个小木人，手握短刀跃起在空中，只一刀，将那个猪形怪物劈为两半。

伴随着“哎呀”一声，“琉璃球”吓得昏厥倒地。

第六十六回　龙猪尿脬

虎门上空那团怪异的云彩经过三次变身，最后变成了一头胖嘟嘟的怪物，“枫子鬼”一刀劈过去，怪物的身体瞬间化为乌有，只剩下一团类似猪尿脬的东西砍不断，在空中飘啊飘地始终不肯落地。“阴阳生”意识到这可能是个值钱的玩意，便在后面紧追不舍，逢山过山，遇水过水，一口气撵出了三个月，却始终没有抓到那只猪尿脬。

“阴阳生”被猪尿脬折腾得筋疲力尽，意兴阑珊地返回佛山堡。刚到祖庙藏经阁，就听见里面有斥骂和抽泣声。进去一看，只见宫鹏飞叉手站立一旁，黄鱼春骑在郑流利的脖子上正挥拳打得起劲。

过去那个年月，女人的下半身为不洁之躯，骑在男人头上是对男人最大的羞辱，等于给男人的后半生罩了一层霉运。“阴阳生”皱起了眉头：“快起来，像什么话？”

黄鱼春从郑流利的身上爬起来，尴尬地笑道：“道爷，你回来了？”

“一个傻子，欺负他干什么？”韩通问。

“道爷有所不知，”黄鱼春解释，“这个结巴从外面弄了两条鱼，宫爷一问，才知道是叶老二给的。叶老二和姓陈的穿一条裤子，宫爷怕他吃里爬外，让我教训教训他。”

“阴阳生”不相信地瞅了她一眼，转身离开，宫鹏飞跟着他进入里屋。韩通取拂尘掸了掸一尘不染的道袍，坐下来问：“怎么回事？”

“余先生这次又没取中功名，碰了个灰头土脸。”宫鹏飞笑着说，“去肇庆院试前，他们公婆俩在观音庙请了一炷香，小结巴说人家错了错了，没想到果真应了他的话。黄鱼春拉不出屎怪茅坑，非说是小结巴咒的，故此痛下杀手。”

余章标和黄鱼春夫妇在灵应祠有吃有喝，但匍匐在“阴阳生”的卵翼下，心里是什么滋味只有他们自己知道。余章标不愿意让老婆天天陪着别人睡，铁了心要离开佛山堡，可黄鱼春贪慕佛山堡的繁华，死活不肯跟他回老家。

“阴阳生”知道这对公婆不安生，问宫鹏飞：“她是不是借机撒泼？”

自从陈开死里逃生后，宫鹏飞吓得整日深居简出，生怕撞到陈开手里。他回答：“那个姓陈的越来越猖狂，他们公婆俩怕了，想回鹤山。”

“阴阳生”把脸一沉：“她把婆家和娘家的人都得罪光了，回去有什么好果子吃？贫道没空搭理他们，愿走就走，有本事，走了不要回来。”

宫鹏飞愁眉苦脸地说：“道爷，姓陈的本事见长，咱们不能养虎为患啊。”

“斩草除根的道理我懂，但目前不是时候。”“阴阳生”很不耐烦，“贫道法术尚未大成，尚须周游四海寻访仙人，调教调教‘枫子鬼’。你们在庙里好好待着，不要出去惹是生非，也不要欺负小结巴。老郑头是庙里的老人，传到‘神算子’耳朵里，又说咱们欺负他。”

宫鹏飞大为惊讶：“道爷，你还要走？”

道光朝的大臣中，林则徐是一个异数，勤谨认真既是他青云直上的诀窍，也是他身败名裂的根由。虎门销烟后他本可以见好就收，到吴音靡靡的江南任两江总督，但他觉得还有一桩小事没有办妥，不能像其他官员那样糊弄差事。钦差大人屡次派人到澳门通知义律，要求洋人按照朝廷新例进行具结，否则不准通商。

在等候义律答复的同时，林则徐挥刀砍断广东水师走私的源头——六月份，他在学政考棚举行“观风试”，借助民意，顺理成章地将韩肇庆革职。

李占升乘船赶到肇庆府城，伍百吉和伍百福兄弟大喜，下到“六祖井”，喊出正在练功的李文茂，第一时间把这个好消息告诉了他。

这一年来，“小元霸”几乎把所有的时间用在西江水底练功，那眼石洞的端石不仅有分身合练的神效，而且将凝聚了亿万年的大地精华移入他的身体，与他体内的真气进行交融和置换。这是一种变相的“自废武功”的形式——李文茂体内真气进入端石，让端石感染和积蓄人类生命的气息；而端石中的大地真气进入人体，弥补了人体残缺阴气的不足，使李文茂得以萃取大地神韵，修炼出纯阴真气。

借助西江水底奇妙的端石，李文茂仅仅花费一年的时间就完成了阴气置纯的阶段，迅速突破“六祖心经”第二重境界的首个关口。接下来第二个关口是阳气置纯，由于他是世间少有的至阳之体，阳气本来几近于纯粹，以纯阳之气置换阳气的目标并不难完成；阴阳两道真气置换和提纯后，便可以进入最后一个关口——第三道真气的置纯与升华！

端石如人，亦有如花般的生命。每当一块端石耗尽了纯阴之气，李文茂便用刀把它整齐地割下来，让伍家兄弟将端石藏进无念法师从前修行的洞里。这些黑端石大如人形，凝聚着李文茂体内溢出的生命气息，仿佛鲜活能动的躯体。他舍不得让伍百福用来练手，只好时常从水底石洞中采几块碎石，拿到地面上应付伍百福。

听到韩肇庆被革职的消息，李文茂愣了半晌，最后咬着牙说：“这狗贼也有今天？”

李占升主动请缨：“哥，咱们现在就去宰了他。”

“宰他还不容易？”李文茂恨恨道，“要不是这狗贼故意捣鬼，假借与‘洪兴堂’合作的名目，他能活到今天？”

伍百吉道：“少爷，姓韩的丢了官差，萧大龙头肯定用不着他了。”

屈指一数，父母惨死在韩肇庆的手里已经五年。为了“洪兴堂”的复兴大业，李文茂忍了整整两年，如今终于到了报仇雪恨的时候。他心潮起伏，迅疾做出安排：“占升，你去六祖寺找文海，让他去九峰山面见萧阿妈，把这个消息知会‘洪兴堂’；百吉，你叫天六他们马上乘船渡江，请阿章叔走一趟黑石顶，免得师傅他老人家怪罪。”

伍百福放下刻刀：“少爷，你干啥去？”

“我得盯紧这厮，”李文茂摸了摸腰里的兵刃，“别让他溜了。”

道光十九年广州府院试发榜，三年前在“燕子楼”同桌吃饭的应试童生中，冼文辉和邹汝昌取中功名，刘端湛、何壮昭、洪火秀依旧名落孙山。他们没有考取秀才实在不应该，因为这一年广州府院试的题目不是别的，正是朱次琦在净慧寺主讲的“公羊三世说”。

邹汝昌之所以榜上有名，一方面是因为他名气大，另一方面是因为他的音韵学成绩实在太出类拔萃了，批卷子的几位学官没有一个人看得懂，遂敬若神明，自惭形秽，觉得再不录取人家说不过去。刘、何、洪三位净慧寺的听众里，何壮昭那天耳朵时好时坏，洪火秀自已有一套理论，不服朱秀才，而刘端湛则是觉得朱次琦的长篇大论没用，早早离席走了。

再一次与幸福擦肩而过，刘端湛后悔得直想跳河。他在家里歇了三个月，不宽裕的家境逼迫他不得不出来谋生。刘端湛是个典型的中等之才——既胸怀大志又妄自菲薄，既想入非非又畏首畏尾，既打算磨砺又贪图安逸。

人生该如何选择？刘端湛坐在“胡葱花”的饭铺里苦苦思索。

叶四和的舢板停靠在码头一侧，白鹈鹕不耐酷暑，时常潜入水底以捕鱼为乐。叶四和把鱼篓递给“葫芦发”：“阿发哥，拿过去让胡老板炖汤。”

自从娶了媳妇以后，“葫芦发”像换了个人似的，不再喜欢大吃大喝，时常一个人在水边沉思发呆，好像突然变得成熟了。他摇了摇头：“我不喝汤。”

“你不喝，”叶四和小声说，“难道别人不喝？”

“葫芦发”的困境和刘端湛一模一样，同样面临着如何选择人生的问题。这浑人越来越羡慕那些有本事的人，他和刘端湛均把希望寄托在王山公身上。两者的区别在于，刘端湛想跟着王山公闯出一条富贵之路，而“葫芦发”只想学到王山公痛打伦世光的拳法。

“要去你去，”“葫芦发”跳上舢板，“我来伺候这些鸟。”

叶四和无奈，上岸把渔篓扛在肩头，晃晃悠悠送进“胡葱花”的饭铺。宁二少正在陪刘端湛吃酒，神情焦急地问：“王老爷咋还没来？”

“今天恐怕来不了，”叶四和嘻嘻笑着，“听李吉和的口气，大嫂出手挺重，把哑巴嫂子的脸都划破了。”

王山公天不怕，地不怕，就怕两个老婆在家里打架。大老婆欺负哑巴身材单薄，经常把哑巴打得鼻青脸肿。看来家家有本难念的经，刘端湛呷了一口茶，叹了口气：“唉，大丈夫难免妻不贤子不孝，划了就划了，反正哑巴又不出门。”

宁二少端起酒：“刘兄，听说你有心出来做事？”

刘端湛睁圆了眼珠：“江湖人人闯得，鄙人为何闯不得？”

“你满腹经纶，念了那么多的书，当然闯得。”宁二少恭维了一句，又问，“杨壮达请你去南洋，为什么不跟着他历练一下？”

“你猜猜？”刘端湛耍起了宝。

宁二少最讨厌他这句口头禅：“滚你老母的。”

“海波难平，”刘端湛老老实实地说，“万一死在外面，父母妻儿谁来养？”

这是实话，宁二少劝道：“任一种营生都有苦有甜，江湖日子难混得很，兆隆兄混到如今不仍旧一事无成？你干脆回家复习功课，过三年再考吧。”

叶兆隆考取秀才后，自恃功名在身，又练了一身的好拳脚，不愿意跟着别人干，借钱在省城开了间买卖，生意做得是一塌糊涂。刘端湛文采不比叶兆隆，武艺就更没法提，被宁二少说得挫了锐气，发愁起来：“功名之途难于上青天，鄙人可能压根没有这个命。别的不说，单单良知和天理，我到现在也没分清楚。”

“刘兄，你真是个死心眼。”宁二少端起酒盅，“良知和天理是圣人倒腾的私货，考官都弄不清白，你费那么大的劲干个屌？来来，我给你传授一个百试不爽的应试秘诀——他考理学你用心学作答，他考心学你用理学作答；同样是心学，他考王阳明你答陈白沙，他考陈白沙你答王阳明，保准是一等一的好卷子，一考就过。”

刘端湛听得目瞪口呆：“行吗？”

宁二少一饮而尽：“你猜猜？”

这个馊主意远远地超出了刘端湛的理解能力，他狐疑地看着宁洪崖：“二少，你既然掌握了这个诀窍，那为啥不考个秀才？”

“这个秘诀是别人传给我的。”宁二少嘿嘿地笑了起来，“我考了两回都不管用，你拿去试一试，死马当活马医呗。”

“你才是死马呢。”刘端湛把酒盅一顿。

看来刘端湛科举之心不死，他缠着王山公不过是为了弄几两银子花销。宁二少道：“你若想到江湖上历练，眼下倒有一个好机会。”

刘端湛问：“什么机会？”

“你瞧。”宁二少指着河面。

刘端湛沿着宁二少手指的方向望去，只听汾江河面螺号声声，三条快艇打桨如飞，转眼间来到码头。当先一条船的船头挺立着两条大汉，一个脸红似火，一个脸黑如锅，正是古劳围的哼哈二将冯坤和封满。

冯坤没有下船，拱了拱手：“二少，王老爷呢？”

宁二少答道：“回家了，他家里有点家务。”

“阿开呢？”封满问。

“葫芦发”抢着回答：“我兄弟在家看着我媳妇呢。”

众人哄堂大笑，封满拿手里的鬼头刀比画了一下：“阿茂要杀‘韩狐狸’，大家都去助拳。你给阿开说一声，来晚了，以后可没兄弟做。”

目送冯坤和封满的船只离开，宁二少认真地对刘端湛说：“这就是机会，广府各路英雄齐为李班主助拳，你够不够胆？”

李文茂武艺高强，威震广州府；但是韩肇庆在广东水师盘踞已久，树大根深，韩府船队的火力丝毫不逊于巡缉船，两强相遇必是一番惊天动地的大厮杀。刘端湛起身告辞：“伶仃洋风大浪急，我还是回家抱孩子吧。”

望着刘端湛落荒而去的身影，宁二少叹了口气，向朱发、叶四和喊道：“别抓鱼了，赶快回去揪人，一个时辰后在这儿碰面。”

“哎呀，那是啥玩意？”“葫芦发”尖叫起来。

宁二少和叶老四同时扭头，发现“长烈钻”冒出河面，嘴里叼着一个说白不白说黄不黄的物什。“葫芦发”探手把那东西抓过来：“我的……我的尿脬。”

“胡葱花”忍不住笑了：“阿发，那是个猪尿脬。”

“不对，”“葫芦发”反驳，“就是我的。”

宁二少只好哄他：“好好，是你的，快叫阿开，别耽搁了。”

“葫芦发”将猪尿脬装满了水，拎在手里高高兴兴上岸，撒开腿奔向兴桂里。目睹他的背影消逝在街面，宁二少心情落寞，不行春雨难结秋实，哥四个初出江湖，一门心思花在修炼“六祖心经”上，从来没有训练过兄弟，仓促间到哪儿凑齐人马？

居仁里的气氛十分热闹，宁二少拐进巷子一看，只见邵凡、石蕴、冼长贵、崔金麟、郑绍祖、“篾片刀”、劳亚绰、秦亚髗等人俱在。他们肩头扛的手里拎的全是包袱，正在帮金良玉搬家——冉家买了黄家的后花园，打算在那里办喜事。

看到宁洪崖，“琉璃球”非常高兴：“二少，来来，吃杯洋酒。”

宁二少心焦地问：“什么时候搬完？”

“冉家雇着仆役，乡亲们再凑个热闹，最多一个时辰的事。”“琉璃球”让丫鬟搬过来一张躺椅，殷勤地劝，“二少，这是英吉利国出产的老汤姆金酒，性子烈着呢。”

“红毛鬼子不打算回来了？”宁洪崖问。

自从义律率领英国商人撤出商馆广场，一晃半年过去了，商馆广场空空荡荡，几乎没有什么生意可做。“琉璃球”摇了摇头：“不知道，五年前卢制台那一回封锁广场，前后不过个把月的时间就风平浪静。这次制台大人死说活劝，义律那斯硬是扎在澳门城纹丝不动，听说林制台非常恼火，打算把红毛鬼子撵出澳门城。”

宁洪崖心里一紧：“那就是说，红毛鬼子和朝廷这一仗是非打不可？”

“开弓哪有回头箭？”“琉璃球”神情轻松。

厢房里传出来一阵微弱的琵琶声，宁洪崖偏过头，透过半掩的窗户隐隐约约看到“红裤子”和温玉珠的身影。自打确定了入赘冉家后，金良玉像是变了个人，摆脱了昔日玩世不恭的纨绔习气，对东南巷和砖瓦巷的穷街坊们也有了笑脸。宁洪崖心里明白，这些变化一定是“琉璃球”帮忙出的主意，他问：“金爷，木偶戏班不打算办了？”

“办不办是莫二娘的事。”“琉璃球”笑嘻嘻地说，“我替良玉占了一卦，卜辞上说欲所得必先所失。以前他没个正当营生，难免荒唐；而今帮冉家掌舵，那么大的场面和买卖，不走正道如何驾驭？玉珠我们也放了手，她愿意跟着莫二娘单干，那是她自己的事，只要把赎身银子还给我们就行。”

宁洪崖一怔："你们舍得放人？"

"有什么舍得不舍得？""琉璃球"神秘地说，"乱世就要来了，要是不积点阴德，好日子保不住不说，恐怕性命也将堪忧哩。"

邵凡和"篾片刀"抬着一张桌子打门口经过，发现宁洪崖坐在院里吃酒。邵凡停住脚，擦了擦头上的汗："二少，你来是听戏的？"

"听什么戏？"宁洪崖奇怪地问。

"琉璃球"接过话茬："我这个兄弟媳妇喜欢唱戏，叫人在花园里搭了一座棚子，邀请黄家女仔搭了个私伙局，共同切磋技艺，据说梁太太也应允参加。冉老爷非常高兴，从琼花会馆捡了一个台期，晚头在咱们巷子里演，这个你不知道？"

卢浣霞未出阁前便是有名的票友，和黄纨卿、冉枝枝等人搭私伙局极有可能。宁洪崖虽然心里痒痒，但眼下最重要的是去伶仃洋为李文茂助拳，哪顾得上唱戏？他叮咛邵凡："你把陈掌柜的和游掌柜的叫来，还有你们哥几个，有一个算一个，我有大事商议。"

"琉璃球"、邵凡、"篾片刀"同声问："什么大事？"

宁洪崖也不隐瞒："'韩狐狸'倒了灶，李少班主决意为父报仇，广府各路好汉纷纷出动为他助拳。李少班主你们知道，他性子傲，不愿让人帮忙，能不能助拳还要看运气。阿开是他的古劳围兄弟，交情和面子够，就看你们敢不敢去。"

李文茂力伏粤北绿林道，随他出征的豪门和二十路英雄都在江湖上扬名立万，博得了绝大声名。邵凡和"篾片刀"听了后热血沸腾："干，有啥不敢的？"

游新潭不在家，陈见成提了一把蛇形火焰刀，兴奋地踏进门来："这事我得去，阿开是老朋友，阿发是我侄女婿，亲上加亲嘛。"

"琉璃球"神秘地说："李班主功夫没得说，然而'韩狐狸'的本事在水面，韩家炮船的火力绝不是吃素的。对付炮火我有办法，你们想不想听？"

"打住，"宁二少打断他，"是不是邵老爷子那个秘诀？"

陈见成打趣道："邵凡跟我们一起走，还用得着你？"

"那不一定，""琉璃球"讪讪地说，"老子会的，儿子不一定会。"

“葫芦发”一路小跑，时不时地用猪尿脬里的水解渴。说也奇怪，汾江河水灌进猪尿脬凉飕飕的非常惬意，这浑人感觉口齿留香，越喝越上瘾，两条肥腿也不感觉累。朱发这辈子苦日子过惯了，好东西从来舍不得一口吞干净，猪尿脬里的水完全是一滴一滴地滋润嗓子。到了家门口，他只顾仰脖喝水，被地上的一条长板凳绊了个狗吃屎，猪尿脬里的水洒了个尽，浑人气得破口大骂：“呀，这是哪个杀千刀干的？”

马三婆正在睡晌午觉，听到“葫芦发”叫唤，抓了一件绸衫披在身上从卧室里出来，没好气地数落：“大晌午的，你叫魂呢？”

“葫芦发”委屈地说：“你瞧，你瞧，水全洒了。”

马三婆斜眼一瞅，发现西厢房的门紧闭着，立刻明白怎么回事，吩咐朱发：“你老婆煲了大半天的汤，去端一碗过来。”

“葫芦发”应声而去，在厨房里喊：“三婆，锅盖没盖，汤凉了。”

马三婆不耐烦地说：“你不会热呀？”

听到“葫芦发”在厨房热汤的动静，马三婆放下心，蹑手蹑脚推开了西厢房的门。陈开面色通红地站在门口，严玉芝衣衫不整，正撅着屁股收拾床上的东西，两条大白腿露在裙子外面晃得人眼晕。老女人心底打翻了酱油醋，把陈开放出去，扬手扇了严玉芝一记巴掌：“你这个记吃不记打的骚货，快去厨房，把你男人替出来。”

严玉芝将肚兜塞进裙摆，没敢顶嘴，低头溜了出去。这女人虽然眉目含羞，却是一脸掩饰不住的容光焕发，吃羞的红晕，倒添了她几分姿色。

马三婆心里又恨又妒，出来问陈开：“晚头在家里吃饭吗？”

陈开婚后大多数时间并不在家，而是躲在太平沙那片荒凉的树林里，心无旁骛地修炼“六祖心经”。这几天老婆罗玉环去顺德看望岳母罗金氏，给他和严玉芝偷情腾出了空隙，这才难得地回到兴桂里，吃几口马三婆的唠叨。

陈开还没有回答，“葫芦发”大声咋呼：“吃不了啦，大伙给李少班主助拳，二少说到正埠码头聚齐，晚头就去伶仃洋。”

“滚蛋，”马三婆骂，“我和你兄弟说话，轮得到你插嘴？”

陈开意识到事情紧急，惊问：“王老爷呢？”

“葫芦发”咧开了嘴：“两个老婆撕扯打交，他回家拉架去了。”

“坏了坏了，来不及了。”陈开匆忙回屋取了把顺刀，飞奔而去。

“葫芦发”想跟着陈开走，被马三婆劈手抓住衣襟：“干啥去？你老婆烟熏火燎地烧饭煲汤，难道她的烧肉不香？”

“葫芦发”两条膀子刚刚生了气力，一把就挣脱了：“你吃吧。”

“丢你老母，”马三婆又气又恼，“老娘又不是公的。”

广府各路英雄襄赞李文茂为父母报仇雪恨，此次出战韩府船队，将是在江湖上崭露头角的大好机遇。陈开、王山公、宁洪崖和“逃军和”四兄弟错过了上次出征粤北绿林道之役，绝对不愿再错过这次英雄大会。然而，要想在各路广府英雄前维持起码的体面，至少也得凑几十朵绿叶来陪衬红花。

日落西山的时候，陈开带着“葫芦发”，王山公带着冯天善，宁洪崖带着李阿发，六个人在木制敌楼下聚齐。“虎头仔”恰好回到佛山堡，与林科举、“占毛鸡”、叶三和、叶四和等人在饭铺里等候。陈开很高兴，问叶三和：“你二哥呢？”

叶三和羞愧地低头不语，林科举气恼地说：“别提了，叶老二同花二奶做买卖，那骚货上午还在佛山堡，后半晌就去了梅基村，你说说这叫啥事？”

李文茂传授“六祖心经”，对陈开等四人有天高地厚之恩，别人去不去无所谓，他们四个不去的话，根本没法向弟兄们交代。“逃军和”跟着花二奶去了梅基村，肯定缺席，王山公和宁二少觉得丢人现眼，脸上挂不住。陈开无奈地问“占毛鸡”：“你从龙山过来，看到其他路人马有多少？”

“占毛鸡”笃定地说：“不多，陈松年和赵泰来那两家都是二十一个人。”

“没错，”“虎头仔”在一旁点了点头，“我在省河就听说，‘豆皮大’和‘草上飞’的人也是这个数。假如各家豪门算一路，李班主出征粤北绿林道统率的正好是二十一路，他们大概是按照这个数目确定的人数。”

宁洪崖高兴起来：“对啊，杀一个‘韩狐狸’用不了多少人马，二十一个人够了。”

哥几个的心情由阴转晴，大队人马没有，二十一个兄弟的草台班子应该还能搭起来。王山公指着汾流大街：“看，来啦来啦。”

汾流大街出现了一群人影，前面是陈见成和他的伙计劳大德，中间是“留条缝”“飞天爪”和“大漏勺”，后面是何典和曾三。陈见成回铺子里装了一袋子跌打创伤药，在木楼下面没有发现居仁里的乡亲，非常诧异："怎么，他们还没来？"

陈开故作镇定："再等等吧。"

"姓韩的随时可能溜之大吉，错过了这次机会，咱哥们以后别想在江湖上混了。"宁洪崖面红耳赤，恨恨地骂，"净是废柴，一到吃劲的时候就漏肾水。"

又过了半个时辰，居仁里的乡亲终于姗姗来迟——领头的是邵凡，后面跟着石蕴、"纽纹良"、秦亚艚、温秉信和"篾片刀"。宁洪崖低声问邵凡："那四个呢？"

邵凡脸上显得余怒未消："这四个没良心的白眼狼，只能占便宜不能吃亏。姓金的给他们占了一卦，说是这一仗不吉利，齐齐地打了退堂鼓。"

"算啦，都是有家室的，不愿意出来就不要勉强。"陈开缓颊道，"人数够了，刘掌柜的和阿发哥留下，还有四和兄弟，你们不用去啦。"

"葫芦发"不高兴了："凭啥不让我去？"

夕阳笼罩在"葫芦发"肥嘟嘟的阔脸盘上，刹那间，一股温情从陈开的心底爬起来。他厉声呵斥："咱俩都死在外面，家里那三个娘们指望谁？"

一天中最美的日光是晚霞。

夜幕降临，天地褪色，唯有汾江河的漩涡保存着云河的残妆。"葫芦发"从裤裆里掏出藏匿的猪尿脬，灌了满满当当的一泡水。江水余温尚存，朱发将猪尿脬在心窝贴了贴，像抱着老婆一样把它举到耳朵根，依稀能听到船桨离去的击水声。浑人感到双臂充满力量，浑身血液奔流不息——一切皆拜猪尿脬所赐，这个宝贝摸起来非常光滑，比马三婆的皮肤细腻得多，与老婆严玉芝的细皮嫩肉倒有一搏。

今天真是一个神奇的日子，老天爷不声不响地把一个礼物赐予自己。"葫芦发"崇敬地把猪尿脬捧在手心，宛如捧着皎洁的月亮。这玩意一定有许许多多的妙用，到底有多少他说不清楚，但有一点确信无疑，那便是他的命运从此将改变！

这些年，朱发的日子并不好过。如果说一个人吃软饭是废柴的话，那么吃老女人的软饭简直等同于狗屎，他在佛山人的眼里就是这么一副形象。

石榴裙下的岁月并不总是惬意，马三婆这娘们脾气乖张，张嘴就骂，抬手便打，枕席叠股之间亦不例外。最让"葫芦发"头疼的是马三婆点子多，为了赚钱不择手段，多大的风险都敢冒。拿上次在赤练岗挖坟掘墓来说，一旦被官府逮住治罪，砍头壳那是准跑不了的。

幸亏当时遇到了陈开，这个兄弟是朱发的福星。自从在乱坟岗上合作后，陈开偷偷搬回来的棺材板子，足够马三婆用半辈子。朱发不但再无被官府捉拿之忧，而且跟着沾光讨了一房媳妇。老天爷对他朱发不能算薄，晚头睡一个老的，天亮又给换了个嫩的。新媳妇长得这真叫个俊俏，小鸟依人呢喃温存，点燃了他人生幸福的烈火。

"葫芦发"破开感觉的重重铁幕，终于品尝到了人道的甘泉，曾经让他感到诱惑、屈辱和畏惧的女人身躯，不再是迷惘的黄昏。白鹈鹕不知疲倦地下河捕鱼，叶四和划着舢板向北缓缓行驶，"留条缝"忙不迭地朝鱼篓里装鱼，"葫芦发"却坐在船尾纹丝不动。他现在娶了个漂亮媳妇，应该摆脱窝囊废的生涯，开辟崭新的人生。诛杀"韩狐狸"是英雄历险的见证，可以为自己赢取尊严，陈开偏偏不让自己去，真叫人想不通。

舢板到了豆豉巷码头，叶四和问"留条缝"："刘掌柜的，鱼咋办？"

"卖给老吴，正好是一顿酒钱。""留条缝"拍了拍"葫芦发"的肩膀，"阿发，不要垂头丧气，咱们仨本事不济，去了也是个累赘。"

叶四和道："阿发哥，等咱们将来学会武艺，有的是机会。"

"葫芦发"心情稍微好转，掖好猪尿脬，把渔篓往肩上一扛，甩大步上了码头。三个人进了"吴记"饭铺，吴同顺笑逐颜开："又打了鱼啦？"

"再便宜你一回。""留条缝"坐下来，"上酒。"

伙计们把渔篓扛进里面，"私鸡钱"亲自给"留条缝"斟满酒，压低声音说："刚才阿友开着四会营的兵船去伶仃洋，口口声声是为李少班主助拳，你知道这回事？"

"私鸡钱"明着问"留条缝"，实际上是想打听陈开的动静。"留条缝"放下筷子，"咋不知道？少掌柜的、王老爷、宁二少刚走，大大小小三条船。"

"他不要饭了？"吴同顺惊讶地问。

"葫芦发"将碗里的猪红汤灌进猪尿脬，然后仰起脖子一饮而尽，把饭铺里的食客看得目瞪口呆。听到“私鸡钱”的话，他把嘴一撇：“老吴，枉你做了这么多年的买卖，眼睛长到屁股上了。我兄弟在丐帮是修行练功，不是要饭。”

“留条缝”的买卖很红火，大家都说本钱是陈开给的。“私鸡钱”羡慕地说：“马不吃夜草不肥，刘掌柜空手套白狼，顺便落了份好交情，吴某真是自愧弗如。”

吴同顺吝啬不说，还见不得别人日子过得比他好。“留条缝”知道他有这个毛病，故意拿话刺激他：“老吴，少掌柜的为啥肯帮我？那是因为他在落难的时候见不到一张笑脸。刘某人没有别的本事，但这双招子雪亮，什么人厚德，什么人薄德，我一眼能看到他骨头里。锦上添花易，雪中送炭难，交朋友要在他走逆风的时候交，不能总想着占便宜。假如你身边净是一群酒肉朋友，这辈子永远别想出头。少掌柜的不是一般人，就凭他和李班主的交情，发财那还不是眨巴眼的事？”

“私鸡钱”把拳头往桌子上一砸：“我怎么没想到这个？”

“葫芦发”津津有味地用猪尿脬喝着猪红汤，一会的工夫喝了六大碗下去，饭铺伙计和食客们齐盯着他看热闹。“留条缝”觉得颜面无光，伸手偷偷地拉了“葫芦发”一把，表面上仍旧和“私鸡钱”聊得火热：“现在也不晚，等少掌柜的回来，我帮你美言几句。”

“葫芦发”没明白他的意思，大声说：“对啊，我兄弟这次杀了‘韩狐狸’，回来后一定威震佛山堡，有仇报仇，有怨报怨。你要是识相，再给老子上六碗猪红汤。”

“私鸡钱”急忙用手招呼伙计：“上汤，朱老爷的管够。”

伙计憋住笑，用盘子端上六大碗热气腾腾的猪红汤。“葫芦发”依法炮制，灌了满满一猪尿脬，提在空中正要仰起脖子喝。从身后猛地蹿出一条瘦汉，眼疾手快，一把抢走了“葫芦发”手里的猪尿脬，大摇大摆地返回“余记”饭铺。

“葫芦发”气得哇哇乱叫，“留条缝”往“余记”铺子一瞅，心头立刻打起了鼓。只见“死牛肺”正陪着宫鹏飞饮酒，旁边坐着一位十五六岁的华服少年。少年名叫霍济田，是兴桂里霍景发的儿子，自小拜“短腰三”霍达臣为师，练了一身钢筋铁骨。

霍家家丁抢走猪尿脬，恭敬地递给霍济田："少爷，这就是姓朱的尿脬。"

马三婆装神弄鬼捞偏门，丢尽了霍氏祖宗的脸面。霍济田无法和一个寡妇为难，只好拿朱发撒气。他抽出顺刀，一刀将猪尿脬劈进桌面："丢你老母，见天跟老女人滚被窝，竟然还滚出一个俏娘们，你的尿脬倒邪乎？"

第六十七回 情仇荡荡

林则徐在小阴沟里绊住了脚，义律这个滚刀肉似乎有意与他为难，不愿让他痛痛快快地去两江上任，躲在澳门坚持不具结。钦差大人勃然大怒，亲自到澳门视察了一圈，葡萄牙人不敢得罪天朝上差，索性把英国人撵走了事。义律带着男女老幼在伶仃洋里漂来漂去，最后撤到香港岛避风，暂时寄身等候援军。鸦片贩子们大概没有想到，这次恓恓惶惶的撤离，为身陷绝地的"韩狐狸"带来了一线生机。

"小元霸"在离开肇庆府城朝伶仃洋进发的路上，分别向"洪兴堂""洪义堂""洪德堂"以及粤北绿林道派出信使，请求他们从东、西、北三个方向拦截"韩狐狸"。然后他在虎门口外的龙穴洲大会群雄，布置石楼镇、龙穴洲和汲水门三道防线，准备切断"韩狐狸"一伙逃往香港岛的海上通道。

一方大张旗鼓，遍邀江湖势力部署拦截；一方毫无顾忌，卖房子卖地准备逃离。李文茂和韩肇庆这对宿敌彼此心知肚明，其他三个方向说穿了只不过是幌子，真正的决战方向一定是在南面的海上。其中的道理不言而喻——东、西、北三个方向山高水长，路途遥遥，几乎被"洪义堂""洪兴堂""洪德堂"和粤北绿林道四大家把持，小股的江湖势力没有人敢不听他们的招呼。韩肇庆如果朝东、西、北三个方向的陆地逃生，无异于自寻死路。

龙穴洲是个伶仃洋中的小岛，位于虎门和洪奇沥之间，西邻万顷沙，正北为大角山，东北与沙角山隔水相望。大角山、沙角山建有大角炮台、沙角炮台，这两座炮台组成虎门要塞的第一重门户，拐过沙角炮台向东不远就是虎门大寨。龙穴洲常年浮现海市蜃楼的奇妙景观，上面有三座山丘，一名龙穴山，一名东楼山，一名铜鼓山。前两座山丘宛似长龙，后一座山丘山体浑圆，远看像一颗龙珠，因此，龙穴洲又有二龙戏珠之称。

这个小岛逼近虎门口，地理位置十分重要，一度是伶仃洋上各方豪强争夺的焦点，最终被卢亚贵的"义胜堂"抢到手。前年陈显良回到家乡石楼镇，不满足茭塘司这点地盘，于是将林洸隆请回大石堡，说服林氏宗族支持自己；又三访鹿步司冼村，与"草上飞"卢昌结为八拜之交的生死兄弟。经过这番纵横捭阖，石楼镇陈氏实力大增，雄心勃勃的"豆皮大"一脚踏出狮子洋，把目光瞄准了虎门口外的龙穴洲。当时，正值他追随李文茂出征粤北得胜归来，其锋锐不可当，志在必得。龙穴洲孤悬伶仃洋西岸，远离"义胜堂"的大本营平海湾，卢亚贵生恐被陈显良侵吞，便派三当家区润到肇庆府城斋堂面见李文茂，愿意将铜鼓山拿出来奉赠，换取双方偃旗息鼓，化干戈为玉帛。

看在区润的面子上，李文茂给"豆皮大"捎了个口信，让他放"义胜堂"一马。区润感恩戴德，命人在铜鼓山竖起琼花旗和凤凰旗，以示遵守诺言。

铜鼓山四面环海，各路英雄乘船逶迤而来，山顶显得拥挤不堪。李文茂在山顶设了一座简易的瞭望台，充作临时营寨之用。鉴于前来助拳的人太多，地方根本腾挪不开，他只留下了梁培友、关钜、陈松年、赵泰来、甘先、周春、邝能、林洸隆、陈显良、卢昌、冯坤等十一路生死兄弟，婉言谢绝了以"小孟尝"为首的各家豪门和其他好汉的美意。

如果单纯只是报仇雪恨，取韩肇庆的项上人头，凭"小元霸"现在的武功，单枪匹马独闯韩家，那是绰绰有余。他之所以留下十一路好汉帮助自己，是摸准了"韩狐狸"爱财不要命的贪鄙性格，知道这家伙一旦亡命天涯，必定会带走多年搜刮的不义之财。

对于李文茂来说，加入洪门既是他平生大愿，也是他对二师伯至慧禅师的承诺。一旦血海深仇得报，"小元霸"必将义无反顾地投身革命洪流，矢志反清复明的洪门大业。因此，韩肇庆携带的这笔数目惊人的巨款，就成为他呈献给师傅至善禅师和“洪德堂”的见面礼，绝不允许落入他人之手。

早在抵达龙穴洲前，李文茂已经把李洪英、李占升等兄弟派至广州，让他们与省城琼花会馆、“凤凰仪”班的兄弟会合，严密监视韩肇庆的一举一动。送走“小孟尝”等人后，他对各路人马进行了部署，首先命陈显良、卢昌两路人马返回狮子洋，那里是他们的地盘，一旦发现韩肇庆的船队驶过，立刻进行骚扰式袭击，目的不是削弱敌人的力量，而是尽全力迟滞其推进速度，为后面的拦截争取足够的准备时间。

龙穴洲是李文茂预设的主战场，他集中了梁培友、关钜、甘先、周春、林洸隆和冯坤六路人马，委派梁培友为统帅，打算在此与韩府船队进行决战。考虑到韩肇庆半辈子打熬在广东水师，海战指挥本领十分高强，龙穴洲防线未必能拦得住韩府船队，李文茂又派邝能、陈松年和赵泰来三路人马赶赴汲水门外的龙鼓洲，在那里给“韩狐狸”再挖一口陷阱——龙鼓洲洋面为伶仃洋进入香港岛的必经咽喉，韩肇庆如果能侥幸闯过龙穴洲一线的主战场，那么此处便是他的葬身之地。

按下梁培友统率龙穴洲六路人马加紧操练不提，却说李文茂排兵布阵完毕，单独驾了一叶扁舟匆匆离开龙穴洲，朝着香港岛方向进发。时值七月下旬，再有两天就是白露，伶仃洋浊浪滔天，微雨霏霏，潮湿的海风步履蹒跚。父母深仇大恨即将得报，打量着莽莽洋面，李文茂感慨丛生，从腰里抽出铜笛，奏了一首低沉的歌曲：

揭来南海上，人死乱如麻。
腥浪拍心碎，飙风吹鬓华。
一山还一水，无国又无家。
男子千年志，吾生未有涯。

六百年弹指一挥间，元、清两次朝代更替，秀水化赤汤，均在南海留下了杀戮荼毒的印迹。烟波浩渺下埋藏着多少不甘臣虏的忠骨？文天祥当年被元军统帅张弘范押往崖门前线观战和劝降，来时与归途均经过伶仃洋。这位先贤曾经各自赋诗一首：前者是千古名篇《过零丁洋》，后者即这首《南海》。

行不多时，前面出现了一支船队，十来条小船簇拥着一条高大的红单船，上面悬挂着浩官的旗帜。红单船为行商去南洋诸国贩油的大船，体积与火力均超过广东水师的主力战舰，每艘船安装铁炮二三十门，雇佣水手四十到六十人。老话常说，打虎亲兄弟，上阵父子兵，红单船雇佣的水手绝大多数具有父子兄弟的血缘关系，上阵杀敌争先恐后，有进无退，从无推诿溃散之状，乃是一支名闻遐迩的海上劲旅。

"铁桥三"站在红单船的甲板上，远远听到铜笛声，急命水手加快速度。到了李文茂的舢板前，他探出身打了个招呼："少班主，你是去汲水门吗？"

李文茂一愣："你怎么知道？"

"我刚从那儿过来，阿钿带着一帮人埋伏在汲水门的入口。"梁坤道，"阿佳非要下船跟他伙在一起，我猜可能是你要寻姓韩的晦气。"

自从韩肇庆被林则徐撤职查办，江湖上无人不知"小元霸"必定要报仇雪恨。万松园伍家作为韩肇庆的老对头，以及当年李敬南夫妇血溅小戏台的见证人，当然为之欢欣鼓舞。可惜的是小浩官离家出走已近半年，音讯皆无，没法与家人分享这个好消息。伍秉鉴从"凤凰仪"班和陈罗婵嘴里套不到实情，只好把梁坤、"飞虹锏"、梁锡佳等人派出去，撒开漫天一张大网，希望把儿子从藏匿之所搜出来。

李文茂并不知道伍紫垣遭受的这些曲折经历，他好奇地问梁坤："阿坤哥，林大人刚刚发布谕令，允准沿海乡民聚义团练，开放武禁，不许为红毛鬼子提供给养。你们怎么还敢去香港岛和他们打连连？难道不怕官府怪罪？"

"跟红毛鬼子打连连？"梁坤有些哭笑不得，"少班主，你真会开玩笑，我们自己屁股上的屎都没有擦干净，谁有闲心搭理他们？我是听说我们家五爷藏在海岛上，所以才沿着海边搜寻了大半个月，嗨，结果连根毛也没找着。"

珠江口外岛屿上千，没有一年半载休想搜遍，伍家采取这个愚笨到家的办法，显然是被逼无奈。李文茂问："你们家少爷失踪了？"

梁坤诧异极了："你不知道？"

李文茂摇摇头："到底怎么回事？"

“铁桥三”把伍紫垣出走的前因后果一五一十地讲述了一遍，末了说：“少班主，我们家五爷是陈大老倌藏起来的，贵班的人知道，就是不肯给我们透实底。你也清楚，五爷心里是最恨‘韩狐狸’的，他要是知道姓韩的快完蛋了，肯定心里什么委屈都没了，准会急吼吼地出来帮你的忙，你说对不对？”

陈罗婵能把小浩官藏到哪儿？一个闪电般的念头浮现在李文茂的脑海——梁兰桂成天跟随在陈罗婵的左右，一定是把伍紫垣藏到了大头洲。他暗自好笑：“解铃还须系铃人，你家五爷是阿婵藏起来的，你最好朝她要个底细。”

“铁桥三”央求：“少班主，谁都知道，陈大老倌只听你的。”

李文茂双手握起船桨：“你家五爷听她的。”

在汲水门水道集结的除了“和尚能”、陈松年、赵泰来和“红旗帮”四路人马外，尚有谭亚才率领的一支谭家船队。作为广利圩最大的鸦片贩子，谭家虽然上次逃脱了广东水师巡缉船的突袭，但林则徐在广东厉行禁烟以后，他们怕触到霉头，便兵分两路：一路把能带走的家财悉数装上炮船和沙船，由谭亚受负责押运，逃往南洋的马六甲暂避风头；一路由谭亚才率领在珠江口游弋，平时驻泊在香港岛的尖沙咀洋面，随时打探官府的动静。

一候鸿雁来，二候玄鸟归。转眼白露为霜的日子到来，秋风阵阵吹凉，连天大雨忽然不期而至。李文茂带着阿钿、梁二娣、梁兰槐、黎三狗、黎四狗等人冒雨爬上大雾山，来到邓家别墅外的树林里，祭奠梁友礼的亡灵。

仍是冰冷的浓雨，仍是咆哮的山风，李文茂跪在梁友礼的坟头前，四年前杀气弥漫的那一夜栩栩如生，重回眼前。想起梁友礼慈祥的面孔，李文茂心如刀绞，泪水和雨水交织在一起默默地流了下来。梁二娣腰束孝带，放声恸哭，这莽汉在“千秋月”班学艺，至善禅师忙里偷闲授了他一套“六点半”棍法，这两年倒也练习纯熟。祭礼完毕，雨势稍歇，李文茂想起伍紫垣那档子事，问梁兰槐：“小浩官是不是在大头洲？”

“阿妈把他安置在五娘家里。”梁兰槐疑惑地问，“少爷，你说他们家金山银海，干吗非要躲在大头洲？真是叫人弄不懂。”

阿钿插嘴：“有啥弄不懂的？人活一张脸，树活一张皮。读书人脸皮薄，他让官府押着游街，颜面扫地，哪有脸见人？”

黎四狗使劲点头："对，换我也不回去。"

"你才识几个字，"梁兰槐说，"跟人家老爷比？"

雨丝笼罩的邓家别墅，一切仍然是四年前的那副模样。奇楠木的芳香静静地飘散，仿若鲜花绽开蓓蕾；青瓦下的白墙蒙上了岁月的尘埃，在水中拂拭、清洗不净；紫藤花从木棉树上垂下来，一直延伸到山泉的水道。

忽然间，李文茂的耳朵里雷霆大作，一曲遒劲的筝声破出九重云霄，浩浩荡荡占据了他的心田。阿钿见李文茂身躯陡然晃动，吓了一跳："少爷，怎么啦？"

李文茂暗道惭愧，调了调真气，身上血脉复归如常。他吩咐阿钿："山上风阴，你们且回汲水门，我再逗留片刻。"

阿钿关心地问："你一个人哪行？连个送信的也没有。"

李文茂道："二娣哥留下来吧。"

梁二娣提起手中三十斤重的单头棍，往地上一戳，高声吆喝："对，我就堵住他们邓家的门口，看他们敢不敢再拿老子。"

阿钿笑了："二娣哥，你睁眼看看，院子里哪有人啊？"

大仇即将得报，李文茂的心闸慢慢放开，记忆的湖水一层层地泛起，藏在湖底的秘密渐渐浮上水面。四年前，来自邓家别墅的一曲《客途秋恨》，九次将"小元霸"从走火入魔的危机中拯救出来，这首神秘的旋律从此在他的心底播下了种子；而那一方自山泉水道里流出来的绣诗白帕，则成为他心头一块拂之不去、不敢回首的禁地。

这是一种魔幻般的情感，四年来时时吞噬着李文茂的心田，令他心存畏惧，同时陷入了更大的迷惘——对方叫什么名字、长什么模样他全然不知，可为什么偏偏总是害怕？害怕这种虚无缥缈的幻梦，会破坏他和陈罗婵的天造地设之合？

不行！杀了韩肇庆为父母报仇雪恨之后，他将要开辟一个充满阳光的崭新天地，那幅湛蓝的天空一片光明，没有阴影，没有遗憾，没有辗转惆怅。在拥抱新世界前，他必须解开萦绕在他心头多年的谜团！

"二娣哥，"李文茂问，"邓家有几位千金？"

梁二娣想了想："四个，不，是五个。"

“多大年纪？”李文茂又问。

梁二娣答道：“比我大的有三个，两个比我小。”

“比你小的叫什么名字？”李文茂的声音竟然有些颤抖。

梁二娣感到奇怪：“少爷，你问这个干什么？”

“没事，”李文茂掩饰道，“随便问问。”

“问也白问，”梁二娣一晃脑袋，“都死了。”

“你说什么？”李文茂脱口而出。

梁二娣更奇怪了：“少爷，你到底怎么啦？”

得知邓家千金死讯的一刹那，李文茂的心情十分复杂，悲伤之中，仿佛掺杂着一丝解脱的喜悦。这让他非常惭愧，觉得为了维护与陈罗婵的爱情，自己竟然自私到了如此残酷和冷漠的地步。无论如何，邓家千金九次救他性命，仅凭吟诗辨音便赠帕唱和，这份纯洁的感情世间罕有，自己怎么能这般丧心病狂？

李文茂问：“二娣哥，邓家墓地在何处？”

梁二娣这次是真糊涂了，弄不清楚李文茂和邓家千金有什么瓜葛，见他面带戚容，不像是开玩笑，当下不敢多问，引着李文茂翻过大雾山，来到锦田围外的一座高坡。此地夹在两列山脉之间，形如龙口，正是锦田围邓氏家族的墓园。

邓家在新安县是数　数二的人地主，墓园里的每座坟茔均立有墓碑，因此梁二娣很容易地找到了邓家两位千金合葬的坟墓。他指着矮小的墓碑对李文茂说：“少爷，就是这里，四小姐叫邓丽娘，走的时候十五岁；五小姐叫邓秀娘，走的时候才十一岁。四年前，锦田围附近的村子染了瘴气，邓家死了不少人，她们两个得了打摆子，走的时候都还没有出阁呢。”

疟疾是岭南常见的疾病之一，盛夏季节最为肆虐。李文茂屈指一算，弹筝赠帕给自己的应该是邓丽娘。看来这位四小姐那年下山不久便身染疟疾，横遭不幸。

雨势又大了起来，豆大的雨点砸在冰冷的地面上，砸出了一个个拇指般大的水坑。梁二娣劝道：“少爷，咱们走吧，别让弟兄们等急了。”

李文茂支应他：“二娣哥，你先行一步知会他们，说我马上就到。”

“好嘞。”梁二娣扛着单头棍离开了。

李文茂从怀里掏出那方绣有《桃花扇》结尾诗的白帕，铺开摊在邓丽娘的墓碑前，凝望片刻后急忙别过脸——这位素未谋面的少女竟有那么大的魔力，已经身在另一个世界，犹然能将无畏英雄吓得心里怦怦直跳。

“小元霸”缓缓抽出“龙渊刀”，对着坟茔念叨：“邓姑娘，我今天来还手帕，另有一套尚未完全悟透的刀法送给你。你在天之灵假如能看到手帕，想必也能看到这套刀法。你对李某有九生之德，你的筝声我听到了，你的手帕我看到了。倘若有未尽心愿，请托一个梦给在下，那是我无法抗拒的力量。”

说罢，李文茂跨步挥出一套刀法。这套三重合体的刀法肇始于大雾山巅，见证了他和邓丽娘的人间奇遇，从属于他们阴阳相隔的灵魂世界。“小元霸”冒着大雨演练“龙渊刀”法，渐渐气冲云霄，且舞且悲，且悲且歌：

问秦淮旧日窗寮，破纸迎风，
坏槛当潮，目断魂消。
当年粉黛，何处笙箫？
罢灯船端阳不闹，
收酒旗重九无聊。
白鸟飘飘，绿水滔滔，
嫩黄花有些蝶飞，
新红叶无个人瞧。
…………

陈开、王山公和宁洪崖等人姗姗来迟，第一站到达莲花山。陈显良和卢昌见这伙人只有三条舢板，身形羸弱不堪，打扮五花八门，心里极为蔑视。“草上飞”大大咧咧地说：“少班主已经谢退了多路助拳的英雄，‘小孟尝’的人马厉害不厉害？照样不客气地打发走，我看哥几个就不必凑热闹，回家歇着，等好消息吧。”

王山公瞪圆双目：“阿茂见了老子都得客气，你算老几？”

这两天，李洪英、李文海和李占升从省城派出的探子接二连三，警讯越来越频繁，说韩肇庆已经变卖完家当，随时可能向南逃窜。陈显良生怕耽误大事，扯了一把“草上飞”，笑着对王山公说：“王老爷，不是我们轰你们走，是阿友这么吩咐的。你们是古劳围兄弟，有话去跟他说，他在虎门口的龙穴洲。”

陈开、王山公和宁洪崖出师不利，仗还没有开打，先遭到了自家人的无情奚落，莫非自己这一拨兄弟真的那么不堪？众人闷闷不乐离开莲花山，出虎门口来到龙穴洲，发现梁培友坐在一条高大的师船上，手举令旗正指挥六路人马在海上演练阵形——这条师船是督标四会营新添置的战船，被梁培友拉出来挪为私用。

古劳围的兄弟见陈开冒出了头，兴奋地大喊大叫。操练完毕上了铜鼓山营地，大伙围着陈开问寒问暖。三碗酒下肚，梁培友提议：“阿开，海上作战不比陆地，你们的船太小，根本无济于事。这样吧，把你的兄弟散开，上哥哥的大船。”

王山公咂摸出了他话里的滋味，跳了起来：“你也嫌弃我们？”

“不是我嫌弃你们，”梁培友直言不讳，“韩府的战船丝毫不逊于巡缉船，火力强大不说，而且又高又结实，你们的船根本架不住人家一撞。”

陈开明白梁培友所言非虚，沉默了一会问：“阿茂哥在哪里？”

“他在汲水门。”梁培友说，“我这里是主战场，姓韩的一定会拼命厮杀，阿茂哥怕我们顶不住，在汲水门另外布了一个口袋，亲自督阵。”

冯坤热情挽留：“阿开，把你的人领到我的船上，咱们并肩作战。”

“对啊，”封满打着哈哈，“都是自家兄弟，别分那么清楚。”

“狗屁自家兄弟，”王山公气鼓鼓地说，“你们抛弃阿开又不是头一回。”

往事重提，梁培友、冯坤、封满、吕雄杰、巢元贞几个人羞惭地低下了头。关钜出来圆场：“阿开，你不是想好好地打一仗吗？龙穴洲这场仗绝对不软。”

陈开带着兄弟们初出江湖第一战，自然想啃硬骨头，扬名立万。然而这要有个前提，那就是必须保持独立，不能替别人打下手。他端起酒猛地灌进喉咙，起身告辞：“阿友哥，谢谢你们的好意。是骡子是马，拉出来遛遛，我这伙兄弟本事不济，不敢耽误你的大事。我还是带他们去汲水门，见见阿茂哥。”

梁培友笑了笑：“好吧，你见到阿茂知会他一声，说姓韩的马上就来。”

夕阳懒洋洋地照射着海上的波浪，三条舢板一上一下颠簸不停。接连两次遭到驱逐，大伙儿刚出发时的那股兴奋劲儿早就丢到了爪哇国，个个垂头丧气，船缓慢得像乌龟爬行。人要是倒霉喝口凉水都塞牙，第二天晌午一看，哇，怎么到了金星门？

金星门在香山县水域，离澳门城不远，和他们要去的汲水门一西一东正好相反。大伙面面相觑，士气跌落到极点，王山公也因为指挥错了方向而闷不作声。陈开明白这当口只要说错一句话，这群乌合之众就可能立刻作鸟兽散。他故意抻了个懒腰，一派轻松地说："嗨，吃东西先，吃东西先。放心吧，'韩狐狸'一时半会来不了。再说阿友哥他们要是拦不住，正好轮到咱们出手，这不是天上掉馅饼吗？"

宁洪崖响应道："对，他们不理睬，咱们正好单独干。只要能宰了'韩狐狸'，照样是头功一件，看看以后谁敢瞧不起咱爷们？"

众兄弟的劲头再次被鼓动起来，大伙儿草草填饱肚皮，轮流划桨，把三只舢板划得跟飞起来似的。一口气从白天划到黑夜，筋疲力尽，茫茫大洋之上又迷了路。

陈见成愁容满面："阿开，王老爷，二少，汲水门到底在哪儿？"

夜幕下的伶仃洋风高浪急，大雨倾盆而下，天上没有星星没有亮光。稍微懂一点天象的王山公麻了爪，问何典："阿典，你不是常去看你哥子吗？快给指个路。"

何典泄气地说："白天还行，晚头谁看得见？"

"这不是坐屎塔没草纸，"宁洪崖发了愁，"急死个人？"

温秉信扯着嗓门朝天上喊："雷公雷婆，行行好，给点光亮吧。"

"篾片刀"低声嘟囔："穷叫唤有个屁用？"

说也奇怪，温秉信刚刚喊完，从远处隐隐约约闪出一点光亮。"飞天爪"趴在船帮上惊叫："快看，那边有船。"

确实是船，而且不止一艘。

从越来越近的光亮判断，大约有四五条大船。宁洪崖恢复了精神头："太好了，等他们过来问一问，看汲水门怎么走。"

为了节省体力，大伙儿暂停舟楫，一门心思地等待来船。那几条大船行驶到近前，当先一条船速度极快，船头挂了一串气死风灯，明晃晃的光亮掠住了三只舢板。陈开提刀在手，站起来正打算开口询问，但见大船的船头忽然红光一闪。紧接着听到“虎头仔”和“纽纹良”在身后嘶声叫唤：“大狗，跳船。”

陈开一头扎进水里，在跃入水面的刹那，耳轮中听到震天动地“轰隆”一声，三条舢板被猛烈的炮火掀翻在水中。

陈开、王山公、宁洪崖等人钻出水面，见一支挂着“韩”字旗的船队驶过身旁。打先锋的是那条开炮的师船，中间是两条圆滚滚的大沙船，左右各有一艘十二橹的橹船。好在刚才的炮火没有直接击中舢板，大伙费力地将舢板翻过来，从水面上捡起散落的船桨。陈开爬上船后脸色铁青，挥刀乱舞：“绝不能放过姓韩的，给老子追。”

其实不用他吼，大伙儿连遭羞辱和挫败，头壳都快装进裤裆里了，一个个抢桨夺橹，驾着舢板在韩家船队后面玩了命地追，这次他们有了方向！

把陈开兄弟打得人仰马翻的韩府船队，其实也是一群急急逃窜的漏网之鱼。

这些日子，“韩狐狸”蛰伏在韩宅等待时机，好整以暇，不慌不忙，是因为他有足够的自信。不错，李文茂武功出神入化，在陆地上他韩肇庆不是对手，但到海里情况就完全不同——他在广东水师打拼几十年，从无名小卒混到挂总兵衔的二品大员，水战本领岂是浪得虚名？只要不上岸，李文茂纵有天大的本事又能奈他几何？

七月二十七发生了九龙湾之战，洋人和清军兵戎相见，彼此之间正式撕破了脸皮。消息传到广州，韩肇庆吃了一粒定心丸，立即下令家丁把所有的财物装上船。四天后北风大作，从韩宅驶出十六条全副武装的战船，出天字码头，沿省河疾速南下，在狮子洋遇到陈显良和卢昌的截击。韩肇庆丢卒保帅，舍弃两条赶缯船，大队人马顺利杀出虎门口。

当以梁培友为首的六路好汉出现在龙穴洲洋面时，韩肇庆起初并没有把对手放在眼里，双方接战他才大吃一惊——敌方船队训练有素，在狂风怒涛中战斗队形始终保持不乱，具有很高的战术素养，根本不像是一群仓促上阵的乌合之众。

他们哪里来的水战指挥高手？“韩狐狸”想破脑袋也没有想明白，只得率领韩府家丁全力迎敌。交战双方一头是血气方刚的广府英雄，一头是拼死逃窜的亡命穷寇，这一仗杀得是天昏地暗，日月无光，斗了个难解难分。

以韩肇庆几十年的水战本领，对付梁培友、任文炳、任文彪、张贵和这几个后辈，按道理说是绰绰有余，稳操胜券。可惜的是聪明反被聪明误，“韩狐狸”一辈子见风使舵，在官场和江湖上如鱼得水，到最后全毁在一个“贪”字上。韩府船队十六条战船中，师船、赶缯船、双篷船、橹船、水艍船、急跳船、快桨船等各有两艘，配置得极为合理，都是火力强、速度快的战船。然而韩肇庆赋予它们的任务不是冲锋陷阵，而是为了保护两条满载家眷和金银的大沙船。笨重的大沙船速度迟缓，毫无火力配置，在战斗中仰赖其他战船的保护，这个累赘最终把韩肇庆拖入了不归路。

龙穴洲一战打下来，为了保护两条大沙船，韩家船队损失惨重。十二条战船中只有三条突出重围，借着夜幕的掩护，护卫大沙船摆脱纠缠，向汲水门方向狂窜而去。

瘦死的骆驼比马大，沾满硝烟的师船与陈开的小舢板终究不可同日而语，韩肇庆用炮轰翻了三条拦路的舢板，心里稍微得到了些许安慰。他抬脚蹭了蹭腰刀上的雨水，插刀入鞘，喘了一口粗气——连着闯过三关，前面不会再有埋伏了吧？

“韩狐狸”想错了，陈开匆忙纠集起来的乌合之众哪里称得上是什么埋伏，真正夺命的阎罗就在前面不远！

凌晨天光初现，太阳的金箭穿越重重倦云，驱散了她们未醒的噩梦，在其额头涂抹了一层白色的油漆。细雨蒙蒙，洋面上静悄悄，连肆虐的海风也减了势头。海鸥呱呱鸣叫，时而从空中盘旋飞下，拿肚皮戏谑耸起的海浪；时而昂首高飞，用翅膀托起金色的栅栏。

迷人的龙鼓洲！

狭窄的洋面上分列着一排战船，大约有四十来条之多，船上旗幡林立，号角无语。在众多轧船、炮船、坡山船的簇拥下，战阵中央悠然划出一只篷船。船头飘扬着三面旗帜，一面是琼花旗，一面是凤凰旗，一面是玉蝉桃花旗。船头挺立着一名青年，头裹如意巾，身披藏青色的长衣；腰挂“琴瑟合”，手执“虎头皂金枪”。

韩肇庆吃惊得差点叫出声来，难道李敬南又从阴曹地府活过来了？

海面依旧平静，二人隔船遥望，谁也不说一句话。李文茂踩住摇晃的船头，久久注视着眼前这艘师船。一霎时，父亲李敬南、母亲冼红玉、梁友礼、郭锡保等人的音容笑貌宛如浮云升起在天空。为了报仇一念，五年来他九死一生，历尽坎坷，风拂不去心中的怅惘，海填不平胸膛的仇恨，如今仇人相见，为何他的心田竟如此平静？

韩肇庆被李文茂看得心慌意乱，哆哆嗦嗦下令开炮冲锋。见韩家船队垂死挣扎，阿钿怒从心头起，喝令还击。瞬时轧船、炮船、坡山船炮声隆隆，将韩府船队打了个人仰马翻。随着阿钿令旗一摆，“红旗帮”、陈松年、“和尚能”、谭家家丁四支人马包抄上去，围住两条櫓船攻击；唯独把韩肇庆的师船撇在阵中，留给李文茂统率的中军歼灭。

韩肇庆绝望地扫视着战场，韩府船队经过两天来的连续作战，硕果仅存的三艘战船弹药所剩无几。家丁们精疲力竭，两只手连刀都快握不住了，哪还有气力与这群虎狼之师交战？海面没有风号，没有怒涛，没有呐喊，没有嘶鸣，只有无声的杀戮。阿钿、陈松年、邝能和谭亚才很快率众登上敌船，展开肉搏战。

远处响起了隐约的炮声，显然是来自龙穴洲方向的追兵。两只满载金银的大沙船失去保护，像无助的羔羊被对方团团围困，“韩狐狸”万念俱灰，无心再战。大沙船上不仅有韩府的家眷，更有数百万计的金银财宝。韩肇庆不是舍不得这些财宝，而是亡命大涯没有银子万万不能——红毛鬼子认钱不认人，没有硬通货，人家凭什么罩着自己？

“少班主，高抬贵手。”韩肇庆扔掉手里的刀。

李文茂将大枪朝空中一举，坡山船响起了一阵急促的螺号声，阿钿、陈松年、邝能、谭亚才四支人马纷纷停止厮杀。

“多谢少班主好生之德。”韩肇庆撩衣袍，跪倒在船头，把辫子往脑后一甩，“冤有头，债有主，在下造的孽自当一肩承担，不要难为我的兄弟。后面的沙船载有金银财宝无数，请少班主笑纳。希望你看在韩某和洪家兄弟这几年合作的分上，饶我一家老少的性命。韩某九泉之下，感念少班主的大恩大德。”

梁二娣提棍大骂：“姓韩的，枉你在江湖上闯荡多年，难道不知斩草除根的道理？放过你的家人？亏你说得出口。当年你为啥死活不肯放过我家少爷？丢你老母的，我阿爸就死在你的手里，还不过来快快送死？"

韩肇庆面如死灰，长叹一声："报应啊。"

"姓韩的，我红船行的是忠义之事，岂如尔等败类滥杀无辜？"李文茂厉声呵斥，"你放心走吧，李某决不取尔家人的性命。"

"多谢少班主仁义，韩某还你一条命来。"韩肇庆感激地说罢，从甲板上捡起腰刀朝脖子上一抹，一道血痕飘过，自刎而亡。

梁培友在龙穴洲苦战取胜后，会合陈显良、卢昌两路人马，组成一支由八十多条战船组成的船队，南下汲水门驰援李文茂。陈开、王山公、宁洪崖等人驱赶着三只舢板死命飞驰，终于抢在梁培友舰队之前到达龙鼓洲洋面。这时，阿钿等人刚刚打扫完战场，王山公擦了把汗，大声问李文茂："阿茂，我们没来晚吧？"

"不晚不晚，"阿钿诙谐地说，"正赶上吃饭。"

第六十八回　开香立堂

“小元霸”三路设伏，终于在龙鼓洲洋面截住韩肇庆，报了杀父之仇。那两条大沙船满载着“韩狐狸”毕生搜刮来的不义之财，金银首饰以及各种银票合计高达令人咋舌的五百多万两白银。李文茂分给直接参战的十四路好汉每家二十万两白银，此外，像什么“洪义堂”、粤北绿林道、“洪兴堂”以及“小孟尝”等各路人马均有谢仪，最后剩下一百五十多万两银子，他和梁培友带人将之押解至黑石顶。

“洪德堂”的恢复委实不易，至善禅师栉风沐雨，亲冒锋镝，拖着年迈之躯率众转战西江南岸，花了两年的时间重建云雾山防线。老英雄心里并不满足，在他看来，“洪德堂”的恢复有两大目标：一个是重建封锁西江的铁钳阵，一个是再造浔江、北流江六大水寨——后者比前者的难度更大，基本上就是拿银子往无底洞里砸。

虎门销烟后，“洪德堂”的财务骤然吃紧，在这种情况下，李文茂押解来的这笔巨款无疑于雪中送炭。黑石顶鸣炮九响，至善禅师率所有头领下山迎接。老爷子心潮澎湃，感到压在肩头的千钧重担一朝可卸，从此“洪德堂”不患后继无人。

至善禅师等这一天已经很久了，师徒如父子，他对爱徒再了解不过，这孩子不但是武林奇才，而且有着满腔的忠孝仁义，绝不甘忍受清廷的统治和奴役。只要李文茂完成了替父母报仇雪恨的愿望，他必定会用手中的剑为国为民行大义。俗话说，千军易得，一将难求，与李文茂相比，一百多万两银子又算什么？

果不其然，“小元霸”登上黑石顶，立即向师傅提出了加入洪门的要求。“洪德堂”从上到下无不欢欣鼓舞，大寨张灯结彩，仿佛过节一般。至善禅师在忠义堂主持入堂仪式，三枚铜钱赐回，老英雄亲手将“洪德堂”的龙头令旗和“金叶会簿”交到李文茂的手中，命他以二龙头的身份代行掌印阿妈之职，把“洪德堂”的担子托付给了爱徒。

“小元霸”初掌帅印，端的是气象非凡，一举改变“洪德堂”向东防御的传统战略，把目光瞄准了肥沃的珠江三角洲，决心在两粤官府的腹心生根发芽，誓与官军比个高低。他首先立了一个名为“德胜堂”的堂口，承担振兴“洪德堂”水师的重任。梁培友此次擅自挪用督标四会营的师船，广东水师肯定是回不去了，正好担任“德胜堂”的统帅。李文茂命梁培友速回鹤山古劳围，招募往日兄弟和古劳水手；同时在坡山购置船场，设计能够负载三千斤以上佛山铁炮的大型战船，确保建立一支不输于广东水师的强大水上力量。

此外，李文茂命令毕矜聪留守黑石顶，辅佐至善禅师总理老营军务；命侯爷和五龙头董士霆南下云雾山，统领云雾山七大寨；令“大牛志”和七龙头李万春沿着贺江北上，沟通与粤北绿林道、“公义堂”的联络，确保黑石顶以北的防务。

诸般军务安排完毕，李文茂携带龙头令旗和“金叶会簿”返回肇庆府城，传檄各路兄弟至梅花岗上的斋堂歃血为盟，开香立堂。与“洪胜堂”在粤西大肆扩充的路数不同，李文茂一贯奉行精兵战略，他向来不喜欢芜杂混乱的江湖习气，明白有些人入堂并非怀着反清复明的远大志向，而是想借助自己在武林中的威望谋取一己之私，因此，颁发堂号极为谨慎，绝不肯滥竽充数。除了梁培友的“德胜堂”外，李文茂仅仅授出了十一本“银叶会簿”，分别是赵泰来的“德仁堂”、陈松年的“德英堂”、周春的“德武堂”、甘先的“德兴堂”、邝能的“德威堂”、林洸隆的“德信堂”、关钜的“德义堂”、冯坤的“德安堂”、卢昌的"德烈堂"、陈显良的"德勇堂"以及陈开的"德礼堂"。

其他路广府英雄加入洪门的积极性也很高，尤其是"小孟尝"老介福。李文茂考虑到他家财万贯，怕他激于一时江湖义气而提出入堂要求，故而予以婉言谢绝。各家豪门中谭亚才带兵参与了龙鼓洲之战，李文茂却情不过，破例颁发给谭家一个德字号序列以外的堂号："全元堂"——此类堂口没有"银叶会簿"，无权向下传簿立堂。

九月二十八，中英之间发生了第二次小规模的前哨战，"窝拉疑号"和"海阿新号"两艘战舰挺进到虎门口的穿鼻洋，与关天培率领的巡洋船队相遇。中午时分，"窝拉疑号"率先发起攻击，战斗持续不到一个小时，清军损失惨重，关天培下令鸣金收兵。在义律一方，由于尚未接到巴麦尊勋爵的开战指令，来自本土和印度的援军遥遥无期，无意扩大事端，英军两艘战舰于是掉转船头驶往金星门。

与对手义律一样，林则徐同样六根未定，钦差大人拿不准九龙和穿鼻两次战斗，究竟是与不法的鸦片贩子血拼，还是与红毛国交战？不管怎么样，精于实务的林则徐有备无患，没有放松对敌斗争的准备。他的制敌方略是"以守为战"——避免与强大的英舰海上交锋，而把守御的重点放在陆地堡垒。这样一来，清军的力量配置便有些捉襟见肘，仅可确保几处重点防御的炮台，主要是中路的虎门要塞、西路澳门的前山寨和东路九龙的尖沙咀。至于蜿蜒的海岸线和广袤的海疆，只有开放武禁，发动百姓聚义团练，允准民众人人持刀痛杀，甚至出资招募勇丁保家卫国，袭扰英军。

在官民如仇的年代，募勇团练不是一件容易的事情，除了民众武装起来可能出现的可怕后遗症，迫在眉睫的是资金问题。前者须支付工资，后者应发放奖金，不然人家凭什么把头壳别在裤腰带上卖命？按照朝廷的定制，募勇团练的费用一律自筹，林则徐从藩库里提不出银子，万般无奈，只能回头和他厌恶的十三行打交道。与一年前刚来时的强势相比，现在他的嘴上涂了一层蜂蜜——刀搁在人家脖颈上劝捐，那不成了土匪？

伍秉鉴终于看到了让儿子找回尊严的希望，他以伍紫垣的名义向官府提出申请，愿意捐献十万两白银购置一条红毛鬼子的兵船报效朝廷，条件是官府不得再随意拘拿伍紫垣，给伍家人留一点体面。林则徐闻报大喜，伍家的报效不仅在商界开了一个好头，而且他正有意弄一条洋人的兵船，供水师官兵演练攻击阵法，立即下令所请照准，给予口头表扬。

十万两白银，买艘一千吨左右、配备三十门炮的商船绰绰有余，这类能顶小半个巡洋舰的武装商船在伶仃洋十分常见。伍秉鉴心里有数，把这个任务交给旗昌洋行去办，然后让伍长福叫来梁锡佳，吩咐他连夜去找陈罗婵，无论如何，要从她嘴里探出伍紫垣的藏身之处。

陈罗婵此时正随“凤凰仪”班在新会唱戏，觉得伍紫垣总躲在大头洲不是回事，就打发梁兰桂陪梁锡佳走一趟，劝说伍紫垣回到万松园。

篷船从新会县城驶出，向北经潮连乡抵达古劳围。梁锡佳有半年没回家了，父母托人捎信到河南岛，说是给他定了门亲事，让他回家看一看。

秋天的古劳水乡多了一份忧郁，梁锡佳的心情比水色更加惆怅。年少的梁兰桂不晓得人间愁绪，边划船边唠叨：“阿佳哥，别在伍家混了，没啥奔头。”

“关你屁事？”梁锡佳瞪了他一眼，“划你的船。”

这些日子，众兄弟分了银子，立了堂口，借着官府募勇团练的势头大肆招兵买马，积极扩充实力，一个个龙腾虎跃，威风八面。拿这条江水来说，梁培友在鹤山古劳围，关钜在南海九江圩，陈松年在新会潮连乡，赵泰来在新会滘头乡，周春转到番禺后，李洪英和李文海受命填补香山县的空白，眼下在小榄打开了局面……

梁锡佳是个非常重情义的汉子，伍家在落魄的时候给了他一席容身之地，小浩官平日又待他不薄，必须找到伍紫垣才能离开。好在这个日子不远了，梁培友、关钜、李洪英、陈松年和赵泰来都派人请他加盟，去哪儿，倒成了一件叫人头疼的事。

人生的哀愁像白桦树皮，揭去了一层又是一层，似乎永远没有尽头。梁锡佳尚未确定回去后在何处落脚，父母定的亲事又令他心烦意乱。自从那年在同文街蓝阁的橱窗前见到了温玉珠，她那双含着忧郁的眼眸便深深地嵌进了他的心。那么令人心碎的美人，竟然当了坐堂的花姑，梁锡佳在省城听到消息，登时万念俱灰，对温玉珠痛恨不已。

男女之间的情愫，恨往往是更深的爱。三年过去，随着岁月的流逝，埋藏在梁锡佳心头的那双眼眸非但没有磨灭，反而旺亮得成了精，从深夜爬到白昼，从河底飞上高峰，宛如不败的野火灼烧着男人的心房——他终于明白，这就是他的命！

梁兰桂喊了起来："呀，是灰鹭，咋白天就上了工？"

梁锡佳抬头一看，果然，一只红嘴巴的灰鹭像喝了酒一样跌跌撞撞地在空中滑翔，正在追逐一只比它高大、光洁、漂亮的白鹭。浓情蜜意的男人目睹此情此景，鼻子里莫名地涌出阵阵酸楚，差一点掉下了眼泪。假如说灰鹭是自己的话，那只白鹭就是温玉珠，就是他对女人和生命的美好向往。

然而，命运为什么如此无情？他所钟爱的女人偏偏是一个千人骑、万人跨的娼妇！

灰鹭和白鹭嬉戏着离开了天空，桃叶渡从水面露了出来，一群白鹈鹕浩浩荡荡排着长队钻出云层，眨巴眼的工夫就俯冲下来。紧接着水面上驶过来一支船队，大约有七八条船，离近了，发现旗上绣着"粤安社"三个大字。

一见这群训练有素的白鹈鹕，不用问，陈开一定在船上。"粤安社"是个什么东西？正在梁锡佳迷惑的时候，李阿发喊："那不是梁爷吗？"

龙鼓洲一役，陈开这伙虾兵蟹将赶上了末尾，寸功未建，照样分银子、开堂口。大家虽然嘴上不说，心里却对他们嗤之以鼻，梁锡佳也不例外。他瞅李阿发穿戴一新，完全是一副暴发户的模样，暗自摇了摇头："阿开呢？"

"在，在，"李阿发忙回头吩咐，"有请本堂大爷。"

随着呜呜螺号声响，从后面驶来一条快船，两侧各有八名光着膀子的古劳水手，陈开一身光鲜站在船头。只见他头顶镶玉瓜皮帽，手执折扇，身上套了一件天青缎子面的长袍，腰里垂着香囊与荷包，俨然省城上流社会的一个阿官仔。看到梁锡佳，陈开连忙收起折扇，不好意思地抱拳："阿佳哥，啥时候回来的？是不是来投阿友哥？"

陈开这样的人能当大龙头？说实话，梁锡佳打心眼里不服气，在他的潜意识里，陈开仍然是当年那个跟在自己屁股后面混的鼻涕虫。虽然听说他误打误撞修炼了"六祖心经"，受到李文茂的格外赏识，但他到底有多深的功夫，哥几个谁也没有见识过。梁锡佳斜着眼，不知不觉提高了嗓门："谁说我要投他？"

陈开一愣，梁培友是古劳围小霸王们的带头大哥，梁锡佳与他情同手足，不投奔他又会投奔谁？莫非他想另立山头？

梁锡佳指了指那面“粤安社”的旗子：“这是甚意思？”

“小弟新开了一间武馆。”陈开回答，“阿佳哥，眼下官府大开武禁，募勇团练，允准民间开设武馆，正是洪家兄弟发展的好机会。佛山堡穷哥们遍地是，只要给一口饭吃，立马就能招揽上万号人。从中挑选身子骨硬朗的，教他几招武艺，练一支精兵绝非难事。”

一席话把梁锡佳说得刮目相看，这孩子跟以前是不一样了！

陈开眼珠滴溜溜转了几圈，又道：“阿佳哥，你要是觉得到阿友哥那里委屈，干脆来‘德礼堂’算啦。我把龙头交椅让给你，弟兄们奉你做大佬，怎么样？”

为了那个眼神忧郁的女人，梁锡佳心里拿定主意来佛山堡，他“哼”了一声：“老子不要‘德礼堂’，你把这个‘粤安社’交出来就行。”

梁锡佳肯放弃梁培友而投自己的堂口？陈开简直不敢相信自己的耳朵，他迟疑地问：“你不是哄我吧？阿佳哥，到底为什么？”

“为什么？为你们是一群窝囊废，我得好好教教你们本事，让阿茂少操点心。”梁锡佳哈哈大笑，和梁兰桂大摇大摆地驾船而去。

陈开年纪虽小，好歹是“德礼堂”的掌印阿妈。李阿发非常不满意梁锡佳的态度，冲着他的背影狠狠地吐了一口：“呸，醉蟹淌鼻涕，就显你本事大？”

这几条船上的水手是陈开从古劳围刚刚招收的乡亲，每个人都会几下把式，可惜人人学艺不精，全是半瓶子醋，尚须磨炼。陈开兴办“粤安社”，急缺一个武艺高强的总教头，没想到喜从天降，半路杀出一个梁锡佳，使这个难题迎刃而解。这真是开门见喜的好兆头，陈开兴奋地甩掉长袍，恢复了过去那种露胳膊露腿的短打扮，只在腰里别了把牛耳尖刀。李阿发疑惑不解：“大龙头，好好的衣裳，干吗不穿了？”

“得意须还乡，锦衣不夜行，发了财必须衣着光鲜，过过瘾。”陈开答道，“现在老子瘾过完了，该办正事啦。”

李阿发张大了嘴：“就过这一会瘾？”

“这个本事叫诛心!”陈开觉得李阿发是个可造之材,便有意多说两句,“阿发哥,人生须图大富贵,不要被眼前这些蝇头小利迷住眼。‘粤安社’开张以后,你和天善、天诚哥都进去学本事。只要你们练成文武艺,到时候单立个门户,也弄个龙头干干。”

望着梁锡佳离去的方向,李阿发很不服气:“跟他学武艺?”

佛山堡是珠江三角洲“机房仔”密集之地,陈开早就看中了这群勇悍尚武之徒,故此才有此番激励的话语。他把包袱利落地甩上肩头,“扑哧”乐了:“我聘温四爷进馆当文教头,你和天善哥、天诚哥跟着人家多识几个字,免得将来连文牍也看不懂。”

听陈开的意思,有意对自己和冯天善、“虎头仔”三人加以重用,李阿发十分感动,同时对这位才十七岁的大龙头非常钦佩,他脑子里哪来的这么多见识?李阿发学着陈开的样子三下五除二将新衣扒去,丢在地上:“承蒙大龙头高抬,几次三番地接济,从今往后,李某一定下死力学本事,要是口不应心,你把我的头壳砍下来当夜壶。”

“好。”陈开喝了句彩,跳下一只舢板,解开了缆绳。

李阿发忙问:“大龙头,你去哪儿?”

陈开把橹握在手心,轻松地回了一句:“见高人去。”

舢板到“探花桥”停泊,陈开把船系在榕树根上,抬步进了桥畔的“礼山酒庐”。这间酒肆面积不大,装饰和摆设极为清雅。陈开身为统兵驭将的一堂之主,锦衣玉食可以不享,儒雅胸襟断不可缺,来这儿吃饭为的是沾点仙气。他上了二楼的雅间,要了一壶铁观音,有滋有味地酌了两口,起身观赏起墙面的条幅来。

“礼山酒庐”为本地大族冯氏所开,冯家是九江圩的书香门第,与省佛一带的文人雅士常常走动,酒庐的字画皆有来历。陈开踱到西墙,蓦然间一股苍健的海潮扑面而来,雄浑中含着一道道暗藏的灵动气息,亦阴亦阳,与自己所修炼“六祖心经”中的第三道真气大有异曲同工之妙。陈开定睛看时,却是一首七言诗,曰:

分得苍松烟雨浓,滋培造化与同功。

著书岁月忘年对，起蛰云雷有日通。
御李渐吹寒谡谡，补萝休待何童童。
栋材未必千人见，但听风声便不同。

这首诗名为《赋得新松》，乃朱次琦七年前在越华书院的即席之作。那天是端午节，越华书院访问学者陈继昌掏腰包请的客。“陈三元”对最后两句“栋材未必千人见，但听风声便不同”极为赞赏，夸奖朱次琦为“大魁天下之才”，意思是凭朱秀才的能耐，考取状元那是大水缸里摺骰子，根本没得跑。

骰子虽然没得跑，扔出几个点却是老天爷的事。造化弄人，自那以后朱次琦科场的运气越来越背，到现在连个举人也没有拿下。不过，细细追究起来，陈继昌也没有完全放葫芦，朱次琦与“大魁天下”这四个字确有机缘——老师陈继昌“三元及第”自不必提，学生梁耀枢同治十年(1871 年)考取状元，被慈禧太后褒为“金玉状元”；唯独他老哥夹在中间有运无分，就连那个不成器的学生康有为后来都当了圣人，你到哪儿说理去？

陈开跟着朱瘸子识文断字，肚子里是有墨水的。通过这些年修炼“六祖心经”以及藏身丐帮的磨砺，他取得了常人难以企及的人生感悟，一下子就读懂了朱次琦诗中的味道。恰在他咂摸嘴的当口，从“探花桥”的桥洞里钻出一条篷船，叶老二惴惴不安地坐在船头，划船的是林科举和“占毛鸡”。

众兄弟在龙鼓洲栉风沐雨的时候，“逃军和”正在梅基村大战群雌，连梅少奶奶带她的“金兰姐妹”，一枪挑翻了十四员女将，勇不可当。他知道耽误了李文茂的正事后，后悔得腿肚子转了筋，躲在老家坦东村，死活不肯出来见人。陈开和王山公、宁洪崖一商量，给林科举和“占毛鸡”下了一道死命令，就是抬，也要把叶老二抬回佛山堡。

陈开盯着他问：“你这回挣了几多？”

“不知道。”叶二和低着头。

陈开被他的话一下子给气乐了：“扯鬼，银元怎么还能点差了？莫非你那玩意真练成了铁家伙，能以一敌万？”

“多有个屁用？反正我阿妈又赎不回来。”叶二和一脸阴沉，“我压根没数。”

陈开理解他的苦恼，不愿意过多地责备，放缓语气："二和哥，王老爷、二少和我入了洪门，你愿不愿意加入？"

"你们都入了，我为啥不入？"叶二和抬头说，"我这身本事是少班主教的，龙鼓洲杀韩肇庆我没去，再不入堂，那还算是人吗？"

陈开颔首："好，我就等你这句话。眼下堂口刚刚立起来，正是缺人手的时候，你得赶紧回来帮忙。把式这块不用你操心，咱们这套功法等闲的人练不了，没有二爷点头也不能随便往外传。这样吧，你来帮我料理堂口的事务。"

叶二和迟疑地问："武馆那边谁管？"

陈开胸有成竹："我和阿佳哥说好了，请他回来担任总教头，再从外面聘教头，传授拳法。"

"这倒是一个好主意。""逃军和"赞道，"前两天龙少爷打龙山路过，听说他师傅创了一门什么蔡李佛拳，教的徒弟不少，不行的话，咱们也聘几个来？"

官府开放武禁后，在陈松年的劝说和资助下，陈亨一口气开了好几家武馆。紧随其后做出反应的是"兴义堂"——顺德县是"逍遥门"的地盘，置身于强敌环伺下，"大春吉"的神经非常敏感，效仿陈亨开设武馆，从鼎湖山和西樵山请来名师训练会众。

说句实在话，陈开设立"粤安社"的念头并非来自陈亨，而是来自他的老丈杆子陈吉。虽然他对这一层关系讳莫如深，根本不愿意承认，但在心底不得不佩服"大春吉"的头壳灵光，下手就是快！他答道："丰宁寺高手不少，咱们可以请邝阿妈帮忙。"

"听说少班主要办喜事，"叶二和忽然问，"是真的吗？"

李文茂为父母报仇雪恨以后，关于他和陈罗婵婚事的议论逐渐多了起来。这对金童玉女天造地设，一个是威震武林和执掌"洪德堂"的少年英雄，一个是摘得金丝面具和金马鞭的绝世名伶，婚礼办起来必定十分隆重。陈开点了点头："可能得过年了。我打算把'长烈钻'送给陈大老倌，她一定会非常喜欢。"

哥俩在楼上聊了大半个时辰，忽听"占毛鸡"在下面呜呜地吹起了角号。陈开把头伸出窗户一看，从"探花桥"那头过来一群人，领头的是一位不到三十岁的青年，头顶东坡巾，腰束排云绦，穿一件发白的青袍，显得朴素而又整洁。他身后是一群欢蹦乱跳的孩童，抬鱼筐的抬鱼筐，扛渔竿的扛渔竿，最有趣的是前面还赶着一头老母猪。

来者非别，正是九江圩大名鼎鼎的塾师黄扬黄湘南。黄湘南出名有两个原因，一来此人教书别具一格，只讲活道理，不教死八股；二来他性格孤傲，古道热肠，对学生一视同仁，掏不起学费的穷孩子照样念书不说，而且免费供给吃喝，你说奇也不奇？

陈开抓起包袱，打断叶二和的话："黄先生来了。"

"逃军和"主动表态："我跟你一起去。"

陈开摇头："那可不行，黄先生是有名的怪脾气，人多了反而坏事。"

从"礼山酒庐"出来，陈开尾随着到了黄湘南的书馆，直等到屋子里传出学童们抑扬顿挫的朗诵声，他才蹑手蹑脚地进了院子。刚走到院心，听闻一声咳嗽，黄湘南从堂屋出来，迈着四方步走到厢房，陈开急忙跟了上去。

"坐吧。"黄湘南背对着他斟茶，似乎早已发现了他。

陈开没有说话，默默地在书案旁坐了下来。

后晌的光线异常充足，黄湘南清瘦的脸庞越发没有血色；而陈开正好相反，面孔凹凸有致，棱角分明，阴影里似乎藏着另外一个世界，阴影外布满了一种柔润的色彩。过了好半天，黄湘南才看清楚，这色彩不是来自射进屋里的阳光，而是来自陈开那双与年龄极不相称的眼睛。黄湘南平生好为奇谋，同时也是一个练家子。他立刻明白，这个以前送自己鱼吃的伢仔今非昔比，虽然才十七岁的年纪，却已身负令人惊叹的内功。

这门奇异的功法是从哪儿学来的呢？

陈开递上一封银子："先生，这是一百两银子，请笑纳。"

"阿开，你应该知道我的规矩。"黄湘南无动于衷。

"当然知道。"陈开郑重地说，"先生，这封银子是给那些没钱上学的穷仔的，让他们吃饱肚子，读懂圣人的学问。"

"你知道什么是圣学？"黄湘南问。

陈开不卑不亢："先生，你从前教导过我圣学无非'忠义'二字，世上蝇营狗苟之辈以忠义为遮羞布，从来只说不做，把祖宗的脸都丢尽了。不瞒先生，我现在已经加入洪门，矢志反清复明，杀尽鞑子，恢复我中华衣冠，大明江山。”

“你为此事而来？”黄湘南面带赞许。

“不，我今天是为私事而来。”陈开如实作答，“先生，李少班主代掌‘洪德堂’，帐下猛将如云，‘德礼堂’在各家新堂口中吊车尾，没人瞧得起。我想请先生指点迷津，使本堂尽快立一件大功，好让弟兄们扬眉吐气。”

黄湘南仰天大笑：“阿开，你是武林中人，应知奇谋如同无情剑，不出匣则已，一出风云变色，平日自当善养珍存，岂可随便示人？”

陈开早有准备，把包袱提到书案上：“先生，你看这个值不值得？”

黄湘南打开一看，刹那失去了矜持：“呀，黑青花？”

这次来九江圩问计前，陈开特意去了一趟梅花岗，从伍百福手里买走了这方砚台。黑青花端石绝迹数百年，在文人墨客心中堪称无价之宝，黄湘南见到后焉有不动心的道理？此计果然奏效，黄湘南捧着砚台，一刻也舍不得放下，看到反刻着的“清复明”那三个篆字，眼里乐开了花：“除了刀功尚显稚嫩，其他的无可挑剔，可称绝品，绝品。”

陈开铺好纸张，恭敬地把毛笔递了过去，黄湘南也不客气，用笔尖蘸饱墨汁，俄顷间兔起鹘落，写出一条锦囊妙计。

十月天气渐渐清凉，正当阳气下降、阴气上升的换季日子，佛山堡人这时候喜欢炖老母鸡补一补身体。剃头匠劳亚绰推着独轮车在鹰嘴沙的渡口叫卖，虽然浑身是汗，脸盘粘满了鸡毛，鸡却没有卖出一只——自从结婚以后，劳亚绰改行当了鸡贩子。

鹰嘴沙一带勾栏林立，大半是价格便宜的下等妓院，客人多为南来北往的小商贩，有头有脸的富商很少光临。小云宝倚着门框迎客：“阿绰哥，进来喝口水。”

剃头匠擦了把汗：“你的水太贵，我喝不起。”

“能娶得起媳妇，”小云宝故意挑逗，“还没钱买口水喝？”

佛山堡寸土寸金，东南巷的人再穷，好歹还有一座院子，比外乡来的穷鬼强多了。劳亚绰停住车问：“小云宝，咱们卖一样的家伙，谁也别笑话谁。‘厚皮棍’不是喜欢你吗？他在顺德的窑口当掌柜，咋没把你赎出去？”

“大春吉”重返顺德大良后，黄家兄弟看中了这一层关系，出资与“兴义堂”合股开设了一间窑口，委派“厚皮棍”当掌柜。小云宝长叹了口气，扬了扬手帕：“唉，男人的鬼话要是能信，母猪也会上树。”

劳亚绰坏笑起来：“我明白了，他兜里没钱的时候，你不想跟他睡，如今他发了财，他不想跟你睡，是不是这样？呵呵，归根到底，总是你没眼力。”

“你有眼力？”小云宝不高兴地瞪了他一眼，“你要是有眼力，宁二少喊人去给李少班主助拳，你为啥不去？”

陈开、王山公和宁洪崖率领乌合之众参与围剿“韩狐狸”一战收益颇丰，不但在江湖上赢取了极高的声誉，而且分得了白花花的大笔银两。邵凡、石蕴、“纽纹良”、秦亚艚、温秉信和“篾片刀”等人回来后趾高气扬，见他们一根汗毛也没伤着，劳亚绰、崔金麟、郑绍祖和冼长贵四个人把肠子都悔青了，纷纷抱怨“琉璃球”的红毛占星术害人不浅。

失去发财良机，对于穷到光腚的劳亚绰来说当然心痛如割。他把独轮车使劲一顿，面红耳赤地问：“你听谁说的？”

“‘篾片刀’呗，”小云宝回答，“陈掌柜的答应送他一间‘牛皮寮’。”

人生机缘一张纸，撕破了黑白两分。听说“篾片刀”翻身当了财主，劳亚绰只觉得天旋地转两眼一黑，无力地瘫坐在台阶上。独轮车倾斜倒地，几只公鸡挣脱牢笼的束缚，“扑啦”飞向对面的妓院。一位衣着光鲜的少爷从轿子里钻出来，被公鸡的尖爪在脸上挠了个口子，那少爷气急败坏：“来人啊，给爷狠狠地打。”

众家丁呼喊着冲上来，摁住劳亚绰劈头盖脸就是一顿胖揍。“荣生堂”的少东家梁德荣刚好路过，劝架未果，也挨了那位少爷两巴掌。

独轮车上的鸡笼被砸了个稀烂，鸡飞得无影无踪。劳亚绰欲哭无泪，挣扎着爬起来，向梁德荣行了个礼：“少掌柜的，连累你吃拳，真是过意不去。”

“谁家的奴才？”梁德荣问，“这般强横？”

那位衣着光鲜的少爷不是别人，正是西南巷卢醒尘的儿子卢挺拔，这年刚十四岁。卢家不像区家和黄家，门风极严。卢醒尘为了管教儿子，请来各路高手教授卢挺拔武功，从小锤炼其性情和体魄。卢挺拔畏惧其父的约束，不敢去汾江河的花艇花天酒地，偷偷乘着轿子来鹰嘴沙的妓院嫖妓，为的是躲避熟人。

劳亚绰惹不起卢家的势力，摇了摇头："不认识，兴许是外乡来的。"

见劳亚绰脸上和腿上血迹斑斑，梁德荣把他带回"荣生堂"，取了膏药帮他包扎。放下手里的毛笔，梁志提着壶凉茶走过来问："阿绰，陈少掌柜的现在发了大财，把对面三进大院盘下来开武馆，名字叫什么'粤安社'，你知道吗？"

提起陈开，劳亚绰心像刀割一样的疼痛，他又摇了摇头。

"他还给自个取了个字，叫陈天义，"梁德荣解释，"是温老四帮忙取的。"

梁志给儿子聘了不少武术教头，可惜净是半瓶子醋，本事不济。这回陈开把"粤安社"开到了对门，请梁锡佳当总教头，算是解决了他一个大问题。梁志高兴地说："来庆贺的不是我们古劳围的乡亲，就是你们居仁里的街坊，都是陈少掌柜的故交。你不如进去学艺，有了本事谁还敢欺负你？"

道理是这个道理，可劳亚绰哪有脸进"粤安社"习武？

见他沉默不语，梁志以为他囊中羞涩，掏不起份子钱，笑着安慰："陈少掌柜的不是小心眼的人，我多准备一份手信，你和阿荣拿去当贺礼。"

"我有，我有。"劳亚绰慌忙推辞。

梁德荣推了他一把："阿绰哥，你的鸡笼子都叫人家砸烂了，哪还有钱？"

包扎完伤口，劳亚绰推着独轮车和梁德荣来到"粤安社"的大门口。还没进门，就见"葫芦发"气哼哼地从里面走出来，梁德荣问："阿发哥，谁惹你了？"

"葫芦发"盯着梁德荣瘦弱的小身板："你来干吗？"

梁德荣挺直了腰："这不是武馆吗？我拜师习武。"

"趁早回去吧。""葫芦发"悻悻地说，"那个姓梁的六亲不认，规矩特别多，说什么太胖的不收，太瘦的也不收。丢他老母，比相亲都难伺候。"

劳亚绰本来心虚，立刻站住了脚："少掌柜的，我还是回去吧。"

这时，后面传出一阵爽朗的笑声："来都来了，回什么回？"

劳亚绰回头一看，羞得差点钻进地缝里，只见宁二少领着邵凡、石蕴、秦亚髗和温秉信一伙人在前，王山公带着冯天善、林科举、"占毛鸡"等人居中，最后是一群叫花子推着那座木制敌楼。木楼上"王不吃素"四个大字迎风飘扬，与"粤安社"的牌匾交相辉映，预示着佛山堡即将掀开崭新的一页。

在佛山堡这样的天下巨镇，每天有旧铺子倒闭，同时有更多的新铺面开张——这是大都会特有的风景，遍地金银周流不滞，从汾水流到洛水，永远流不走。

李文茂对陈开青睐有加，领着他到广州府巡视了一圈，最后上黑石顶，将陈开郑重介绍给至善禅师和"洪德堂"各位龙头。

从当年只身闯荡佛山堡，到今天成为"洪德堂"旗下最年轻的堂口大龙头，陈开的生活发生了天翻地覆的巨变。走在人流如织的汾流大街，陈开觉得脚底板软绵绵的，简直像腾云驾雾一样。"逃军和"和"虎头仔"在前开路，"飞天爪"和"大漏勺"随后护驾，到了一处鞭炮声声的铺子前，叶老二突然停住了脚。

陈开问："怎么啦？"

"大龙头，你快看。""逃军和"用手一指。

众人随着叶老二手指的方向望去，这是一间刚开张的铺面，看上去并没有什么特别。大伙再往鎏金牌匾上一瞥，无不吃了一惊，那上面写着三个字："德润堂"。

李文茂立堂谨慎，连梁培友的"德胜堂"在内，这次共授出十二本"银叶会簿"，在"洪德堂"乃众所周知的事。谭家在龙鼓洲洋面拼死厮杀，勉强立了个"全元堂"，"小孟尝"则干脆连个堂号都没摸着，谁这么大的本事，竟然挤进了德字号序列？

大伙你看看他，他看看你，最后把狐疑的目光集中在陈开的身上。陈开也感到有些莫名其妙，定了定心神，朝"飞天爪"一挥手。后者会意，迈大步到了店铺门口，拦住一位四十多岁的中年人："你们掌印阿妈呢？"

中年人一愣："什么掌印阿妈？"

"你们这个铺子是干啥的？""大漏勺"接着问。

中年人满脸堆笑："哦，本店是卖臭豆腐的。"

"飞天爪"简直快把鼻子给气歪了，说话变得结巴起来："你一个臭……卖臭豆腐的，凭啥叫这个名号？"

"客官，这话打哪儿说起？"中年人以为是有人敲诈勒索，急忙辩解，"本店的臭豆腐是从长沙府运来的特产，货真价实，童叟无欺，味道鲜美极了。

把豆腐往水里一滚，捞上来热乎乎的可口，一润肺二清肠三通便，不信大爷你来两碗？”

第六十九回　银洲水暖

道光十九年天象奇异，洪水滔天，西江造成的灾害比五六年前那次更甚。下游沿岸除了佛山堡新修的堤防稳固外，其他各县镇均受到不同程度的危害。以九江圩为例，汹涌的洪水浪高三尺，堤防随时有溃坝之虞。绅民们为了抗洪抢险，保护赖以生计的桑基鱼塘，不得不含泪掘开坝下的坟墓，取出泥土加固堤防。

商业繁盛的九江圩犹然如此，没人管的西海地段你想还能好到哪儿去？水面足足比以前提高了三尺多，将山脚的沙滩悉数淹没。芦苇和白茅竞相攀附生长，替那些孤零零矗立于江水的山岗围了一条落寞的寒裙。败絮从裙子的破洞钻出来，随着秋风在空中飘浮，白天是断肠人的号角，夜里是迷途鬼的路灯。

陈开将船划进海心沙，这里是西海地段的核心，四周土岗环绕，浩大的水面中间有一座小山突兀而起。因为地势比较高，山脚的白沙还没有完全被江水淹没。山风呼啸着掠过，仿佛阴森的林涛，芦苇丛里不时飞出夜间觅食的猛禽，冷不丁地能把人吓个半死。陈开是在鹈鹕群中长大的，到了这里仍禁不住心口怦怦直跳。他绕着山脚转了一圈，终于找到一根插进沙堆的废弃桅杆，爬上去在杆头挂了一盏贴着斧头标识的风灯。

这是他和金绍烈约定的联络信号。

溜下桅杆，陈开在舢板上舒舒适适地躺下，“长烈钻”张开一对大翅膀，体贴地盖住他的肚皮，为他御寒。望着白鹈鹕朦胧的目光，陈开不觉心里一动，难道这禽儿看出自己要把它送给别人，似乎恋恋不舍？

天上繁星点点，月儿半遮半掩，真气在全身流转，陈开一点也不觉得冷。以前他只听说西海地段上达粤西，下遏省佛，北通中原，南汇大海，乃是联结两府四县的咽喉之地。谁知道今天亲临一看，原来此处江中有山，山中纳湖，水路纵横，地形完固，简直就是一个天然的水中堡垒，难怪当年张保仔的“红旗帮”会在这里扎营。

李文茂从至善禅师手里接过“洪德堂”的龙头大令，吹响了洪门东进的号角，珠江三角洲一带狂飙怒卷，出现了洪门历史上前所未有的迅猛发展势头——粤北绿林道被收服以后，“洪兴堂”扫却后顾之忧，南下三水县的大潭山，时刻准备击败“逍遥门”，收复“南武当”芦苞祖庙，洗雪前耻；西江流域的上游是“洪德堂”的力量聚集区，下游以“小孟尝”为首的豪门如高明县的李氏、顺德县的何氏、香山县的林氏、开平县的谭氏、佛山堡的梁氏等均随“小元霸”参加过粤北征战，交情在那里摆着；珠江三角洲东岸属于“洪义堂”的传统势力范围，李文茂不愿与罗大纲抢夺地盘，严令旗下各堂保持克制。

省佛两大中心城市，佛山堡本来就是红船的大本营，完全没有必要将邝能、冯坤、林洸隆和陈开四支人马集中于此，李文茂将重点瞄向了广州。为了完成这个目标，他命陈开和林洸隆兵分两路经营与广州城接壤的南海县地面，其中，陈开的“德礼堂”沿着江面扑向大沥四堡，负责切断省城与佛山堡之间的联结，控制广州城西；林洸隆的“德信堂”前出番禺县南部的沙湾司，与驻扎在茭塘司的“德勇堂”合力耕耘省河至虎门一线的战略要地，扼守广州城南的广阔水域。

广州城东交给了“草上飞”卢昌的“德烈堂”；而在至关重要的城北方向，李文茂命“豆皮春”自香山县杀回白云山，率领“德武堂”控制慕德里司和鹿步司的交界处，居高临下俯瞰广州城；命甘先的“德兴堂”在原有慕德里司的基础上，向北开拓花县、清远县等地，打通与粤北绿林道的直接联系。

这是一篇如椽巨笔书就的文章，读来令人血脉贲张。在这个宏大的布局中，洪门老字号的三大堂不仅与粤北绿林道、海上的“红旗帮”联为一体，形成完整的战略支撑，而且全面杀入珠江三角洲腹地，在这片美丽富饶的土地上生根发芽，迅猛地扩大力量，把寒光凛凛的刀剑直接架在统治者的脖颈上。

美中不足的是这个战略布局存在一个缺陷，那就是李文茂的本寨还没有确定地点。这个指挥中枢必须位置适当，水陆交通便利，便于就近指挥，不能像黑石顶僻居一隅；当然离官府太近也不成，那样容易发生摩擦，过早暴露洪门实力。对于习惯身先士卒的李文茂来说，本寨不但是指挥中枢，而且应该是精兵屯聚的大营，随时可以响应四方之变，力挽狂澜。

黄湘南目光如炬，一眼发现了西海地段的战略价值。他给陈开出的锦囊妙计，就是抢在各堂口之前拿下西海地段，提供给李文茂当本寨使用。

从芦苇丛中传来一声清脆的叶哨声，有人低声问：“是陈姑爷吗？”

陈开直起身子，站在灯影里回答：“正是在下。”

那人并没有现身，谨慎地说：“请给个信物。”

临行前，陈开从丈母娘罗金氏那里借了一只玉佩。玉佩是罗金氏她娘留下来的，雌的给了罗金氏，雄的给了金绍烈，是金家兄妹二人相认的信物。陈开掏出用绸子裹好的玉佩，“长烈钻”探头一口叼住，飞过去送到那人的手中。那人笑逐颜开，打了个呼哨：“金舵爷，冲这只大白鸟，绝对是你家姑爷没错。”

从芦苇荡里飘出一只小船，船头站着位精瘦的汉子，黑衣打扮，背着百宝囊，脸上戴着武丑面具，分明是戏棚里的“鼓上蚤”时迁。船慢慢到了跟前，那人摘掉面具，除了一对闪着幽光的眼珠，和妻子罗玉环的脸庞简直一模一样。

陈开并不喜欢这个脸庞，但命中注定他必须和它打交道，兴许还要打一辈子的交道。他抱拳施礼：“舅父一向可好？”

金绍烈躬身还了一个礼，久久注视着外甥女婿，说实话，他不得不承认罗玉环配不上眼前这个浓眉大眼的小伙子。虽然陈开的眼里尚残留一丝未褪的稚嫩，但他的名头在西海地区杀手中却异常响亮——四年前，“广信帮”的“庞千刀”便结果在他的手里。

想想那一年这孩子才多大？十三岁！

陈开用什么功夫杀的"庞千刀"？金绍烈始终心存疑虑，西海各股杀手也弄不清楚。前几天姐姐罗金氏派人转交来一封信，把外甥女婿的意图透露给自己，金绍烈看完信后是彻底心服口服。俗话说，尿脬大无斤两，秤砣小压千钧，与外甥女婿的气魄相比，自己这些年当杀手小打小闹，混得简直太憋屈了！

陈开问："舅父，我的意思，你给各位舵爷说了吗？"

"说是说过了，可惜江湖上认刀不认人。"金绍烈叹了口气，"要是本领不济，你纵然说破天也没人信。他们非要见你一面。走吧，都在山顶上。"

杀手活动在人口稠密的经济发达地区，随时面临官府、武林和地方豪强的围剿，因此向来以行踪诡秘为要旨。即使像西海地段这样的荒凉之地，他们也不敢大张声势，山顶上的巢穴全是用竹子搭建的简易设施，随时准备跑路。此外，杀手不同于山匪，这个行当有个不成文的规矩，就是同行间互相不探底细，帮派间互相不挖墙脚。各走各道，好合好散，回到家里仍然是良民一个，除了头目有招牌外，普通杀手均没有案底。

西海地面过去一共有七股杀手——"庞千刀"死后"广信帮"分崩瓦解；佛山同知魏清水调离后，原先依赖他做靠山的"牂牁帮"树倒猢狲散，各奔前程。眼下还剩余五股势力，分别是黄联义的"浔州帮"、"邱光腚"的"滨江帮"、萧榜仁的"湘南帮"、金绍烈的"雷州帮"和"大头杨"的"揭阳帮"。

山顶的竹寨十分简陋，大厅中央摆了六把竹椅，中间那把椅子显然是给陈开留的。四周点了一圈闪着火苗的油松，似乎要将他的五脏六腑从里到外照个透亮。

金绍烈打破沉默："姑爷，我给你介绍一下各位当家的。"

"庞千刀"死后，黄联义在这伙杀手中成了资格最老的大哥，他摆了摆手："既然是金当家的亲戚，不必见外。自己报个名号吧，某家姓天地玄。"

"什么？"陈开一愣，一时没听明白。

金绍烈解释："姑爷，藏头露尾是我们这一行的规矩——取最后一个字示人。天地玄黄最后一个字是黄，便是大哥的本姓。"

"哦，"陈开恍然大悟，"黄当家的，久仰。"

萧、邱、杨三人各自报完名号，"邱光腚"好奇地问："你就是撂了庞当家的那位？给大伙儿说说，当年你使了什么法术？在下实在想不通。”

陈开明白他们对自己的身份还有些疑惑，一屁股坐在竹椅上，把裤腰带往下一按，露出肚脐眼那道醒目的疤痕，幽默地说：“各位舵爷，要是心里念着当年的那桩过节，尽管拿刀子往这儿扎，保证不让你们偿命。”

五个人围着陈开分别落座，黄联义首先发话：“山野村夫没见过什么世面，让大龙头取笑了。人常说，生死由命，富贵在天，干我们这一行的刀尖上舔血，死在我们手里的冤魂数不胜数，宰了别人那叫赚，被别人宰了也不亏——不纠缠昔日的恩怨，这是本行的规矩。庞当家的事已经过去，不提了，咱们说正事。”

“大头杨”问：“听说你是李少班主手下的堂主，我们就问你一个事，他为什么瞄着我们这里不放？西海十年九涝，鱼婆不下卵，兔公不拉屎，他要这鬼地方干啥？”

黄联义、“邱光腚”、萧榜仁和金绍烈几个人将目光投向陈开，这是他们心中共同的疑惑。陈开胸有成竹，黄湘南早把说辞给他准备好了，怕的是他们不问。他吸了一口气，整理了一下思路：“黄当家的说得对，舅父在这里多年，咱们是亲戚，陈某就不拐弯抹角了。我家二爷乃威名盖世的英雄豪杰，什么武林、绿林、江湖全不搁在眼里，他取的不是财货，而是承五祖遗志，兴义师驱逐鞑子，把鞑子赶回关外放羊羔。这条江面东南西北放眼望去，都有我们洪家兄弟的堂口，成了名的英雄不计其数。你们西海地面正好位于肚脐的位置，二爷想拿它当老营和大寨用。各位舵爷，你们也不好好想一想，就算二爷不征用这块地盘，你们成天躺在老虎嘴里，能睡得着觉吗？”

萧榜仁抬起眼皮：“陈大龙头，我们这一行见不得光，树大招风必定死得快，所以不在乎什么地盘不地盘。你们愿意要我们就给，反正哥几个也用不了这么大的地方。萧某的疑惑是此地位于西江干流，离广州府和肇庆府的城池很近，乘船用不了一天的工夫，你家二爷把老营设在这里，难道不怕官府围剿吗？”

“萧当家的此言差矣，我家二爷啥时候把威武窑子放在眼里？”陈开鄙夷地说，“官老爷是欺软怕硬的烂头虾，遇到洪家兄弟的案子根本不敢上报，千方百计地遮掩，为什么？怕狗皇帝摘他们的乌纱帽。这些老爷是什么德性，你们应该比我清楚。”

黄、邱、萧、金、杨几个人互相对望一眼，个个沉默不语。事实确是如此，杀手这个行当如果没有官府做后台，根本不可能在西海地面稳定地生存下去。对于杀手来说，官员的贪婪不是问题，问题在于官员换得太勤——熟悉的官员调走后，新上任的官员为了树威，往往会拿杀手开刀祭旗。你侥幸逃脱危难后还得重新再喂一轮，如此循环往复，无一日可得安宁。

“各位当家的，”陈开亮出了底牌，“我在这里替二爷传句话，不让你们白挪地方，每家赔偿三万两银子，怎么样？”

五个人肃然起敬：“不曾想二爷如此仁义！”

陈开凭三寸不烂之舌轻取西海地面，解决了李文茂的安营扎寨问题，立下大功一件，其他堂口不得不对他刮目相看。

“小元霸”喜在心头，笑在脸上，当即拨发银两，命陈开全面负责西海大寨的营造，额外加设一座忠义堂给他使用。这个信号非常明显，看来李文茂有意扶持一下“德礼堂”，让这伙兄弟以后能在大家面前抬得起头。

闲言少叙，截至道光十九年底，梁培友通过购买和建造，共装备了九条大号坡山船、十八条师船以及各色舢板小艇，其中，大号坡山船配置有三千斤的佛山造大铁炮——这个火力在浔江、府江、北流江各路水寨中首屈一指，比封川江口炮台的清军铁炮还要重，至于对付孱弱的广西水师更是绰绰有余。

为了缔造一支强大的水上力量，李文茂可谓下了血本，要钱给钱，要人给人，要地盘给地盘。他把老将高凌霄调回黑石顶，擢升为八龙头，将“洪德堂”硕果仅存的白沙江水寨交给梁培友的“德胜堂”统辖，授予他全权组建浔江水师。白沙江水寨位于苍梧县境内，北出梧州可抵府江，西逆浔江上通黔江、郁江、柳江，南下藤县经北流江与合浦水进入北部湾，为安南国历来朝贡的水路，向东沿着西江顺流而下，直达肇庆府城、佛山堡和广州城，实乃管控三江六水的枢纽要害，亦是至善禅师和李文茂的心头肉。

李文茂如此重托，梁培友岂敢怠慢？他在鹤山精心招募了一千余名古劳水手，合编为两营精锐，并动员任文炳、任文彪、张贵和脱离广东水师，加入洪门共襄盛举。这样一来“德胜堂”将勇兵雄，万事俱备，只待扬帆西进，收复失地。

至善禅师闻报大喜，亲自择定一个良辰吉日，与各位龙头下了黑石顶，在德庆州南江口水面大阅水师。炮响三声之后，梁培友指挥“德胜堂”上千号兄弟沿着西江溯流而上，浩浩荡荡开赴浔江流域。经过封川江口炮台的时候，扼守要塞的清军发现船上黑洞洞的炮口，竟然比自己的岸炮还要粗出一圈，吓得目瞪口呆，龟缩在炮台内，不敢发出任何挑衅。

目睹此情此景，至善禅师以下各位头领，尤其是原“洪德堂”将士莫不欢呼雀跃——水师重振雄风，实力更胜往昔，怎不叫人激动万分？

一年一度的“小散班”来临，布文水和龙探梅代表班里的兄弟姊妹登上兰花洲，一来探视易三娘的病情，二来商讨李文茂和陈罗婵的婚事。

释心师太为易兰花调制的解毒药需要优质的井水，新会县最好的井水在银洲湖，陈松年命令卢新逐岛掘井，让释心师太亲口品尝，最后选中了石鱼岛北侧的一座荒岛。小岛背山面海，岛上遍地是野生的竹林和茅草，充满了自然之趣。易三娘看后十分满意，给这座小岛命名为兰花洲，在草丛里搭了三间木屋，水井旁栽了两垄兰花，带着铺盖搬了上去。

布文水这次来岛上探访，专门从白龙里拉了一船家具，将三间屋子塞了个满满当当。易兰花问：“养病又不是过日子，七妹，你弄这么多家具干什么？”

“养病就是过日子，过日子又不碍你养病。”布文水反驳，“房子少绝对不行，茂仔结婚后不得伺候你？他和阿婵往哪儿住？阿真以后嫁了人，生儿育女的一家子在哪儿住？也不好好想一想，光图你自个清静。”

易兰花无奈地说：“你看着办吧。”

“过了年我就让人盖房子，起码要再盖十间才够。”布文水用手拍了拍门框，“这么粗糙的木工活都该拆掉，我看咱们会馆雇的那个小木匠手艺不错。他是新会本地人，把门窗花罩这些包给他，最好再雕上你以前唱过的戏。”

龙探梅不禁掩嘴偷笑，黄广华的手艺是好，但干起活来像姑娘绣花，这么多戏，还不雕个一年半载？她指着水井旁的兰花夸赞：“白墨素真靓，三姐，你是咋养的？”

“多亏这口井的井水。”易兰花高兴地弯下腰，陶醉地看着那从不畏严寒的兰花，津津有味地介绍，“从罗浮山采来的时候我还怕弄不活，谁知越养越出人意料，你们看花骨朵开得多茂盛呀。我从来没见过这么白的企甲墨素，叶子晶莹如玉，香气淡雅致远。释心师太可喜欢这口井了，说这里通向过去的海眼，能炼出上乘的丹药。”

布文水附和：“没错，要不是通向海眼，白墨素能长这么靓？”

湖面上琴声飘拂，又来了一条挂着凤凰旗的篷船，船上是李文茂、陈罗婵和易如真。看到这三个孩子，易兰花脸上露出慈爱的笑容，她才不相信这口水井真的能通向海眼。当年崖山海战中，陆秀夫抱着八岁的小皇帝投水自尽，绝望的宋人不甘屈辱，纷纷掩面蹈海，十万浮尸的阴魂汇聚成凝滞之气，塞住湖下的海眼。据说凝滞之气十分沉痛，以至于临时行宫里的瑶琴都流下了泪水，泪水干涸后自碎、自裂，不复完器。蒙元之后复有后金铁蹄践踏中原，碧血染红蓝天，那口海眼只会越堵越死，怎么可能为了一株柔弱的白墨素而重新疏通？

龙探梅压低声音：“阿婵这半年收了野性子，说话细声细气的活像一个新娘子。咱们商议她出阁的事情，得避着点，别叫她害羞。”

易兰花道：“好办，我打发她去崖山祠上香。”

明代为了褒奖千秋英烈，经大儒陈白沙倡议，在南宋末帝赵昺“行朝草市”的旧址建设了大忠祠（又名三忠祠），供奉陆秀夫、文天祥、张世杰三位忠烈的牌位。后来又陆续增加了慈元庙和忠义坛，三者合称崖山祠。其中，慈元庙俗称国母殿，纪念蹈海殉节的杨太后；忠义坛又名义士祠，纪念死难的宋军将士及其眷属。入清以后，崖山祠所倡导的民族大义为清廷所忌，官府有意听任祠庙塌落，不加修缮，几成残垣断壁。幸亏霞路、三江、滘头等村的赵姓子孙常来打扫，清除野草，才不致祠堂荒芜。

船儿离开兰花洲，悠悠驶向崖山祠，冬日的阳光如一幅绸缎覆盖银洲湖，湖面水光粼粼奇幻陆离。李文茂轻轻摇着船橹，阳光敷在他的侧脸，如同一尊雕像。陈罗婵看得一时入迷，心儿像蝴蝶一样在低空飞舞。她羞涩地低头拨弄瑶琴，心弦既然已经弹起，丝弦怎能不凌乱？易如真听了一会便噘起了嘴，嘟囔道：“什么呀？”

李文茂回头看，目光正好落在易如真鼓起来的胸脯上，他心头不禁暗自一惊——当年乖巧听话的小丫头片子长大了，亭亭玉立，秀美端庄，如果不是身上那股清香提示，真会让人把她错当作易兰花。李文茂连忙把目光移开，手上加了把劲摇橹向前，他不敢直视易如真的眼睛，仿佛多看一眼都是对易三娘的亵渎。

来到新会县后，易如真和陈罗婵去象山紫云洞看望冯玉娘，谁知冯玉娘跟着父亲到廉州府灵山县相亲去了。易如真扑了个空，怏怏不快。两个姐姐谈婚论嫁，把她一个人孤零零地撇开不管，她心里当然不高兴，无聊地问："阿茂哥，你说仗能打起来吗？"

"应该吧。"李文茂回答。

伶仃洋战云密布，从南洋各国和下四府来的商船不约而同地选择崖门、江门、九江圩、佛山堡这条内河水道，银洲湖上白帆林立，显示出一派迥然不同的繁盛景象。春节将至，对老百姓来说打不打仗都要过年，红毛鬼子是夷，后金统治者难道就不是夷？

真正关心时事的是官员、士绅和洋商，他们的利益与此有着莫大的关联。然而，局势的诡谲之处在于，从官府到民间对这场即将到来的战争几乎全摸不着脉，甚至连能不能打得起来都存在意见分歧——毕竟几千年的中华文明，从未遇到过来自大海的威胁。

比官府更关心这场战争的是洪门，是刚刚接管"洪德堂"的李文茂，他见识过洋人的炮船之锐，更熟悉清廷的昏庸腐朽。红毛鬼子一旦与官府大打出手，无论胜败，都将给三合会提供一个前所未有的历史机遇。

一道捅破残暴统治黑幕的阳光，洒进"小元霸"的眸子里。

无独有偶，对岸似乎也有人抚琴，琴声古朴悠扬，法度严整。易如真听后一振，向陈罗婵提出了抗议："快听听人家的，这才是高手。"

陈罗婵侧耳倾听，岸上的琴法果然不俗，颇具大雅之风，岭南地区能达到这个境界的琴师寥寥无几。她立刻听出是黄立峰的指法，抬头对李文茂说："阿茂哥，是黄先生，看样子赵先生兴许也在崖山祠。"

陈罗婵判断得没错，崖山祠下系着四五条船，船头正是"德仁堂"的旗帜。

易三娘移居兰花洲后，李文茂非常关心她的安全，同时鉴于途经崖门和虎跳门的内河贸易航道越来越重要，便下令陈松年和赵泰来加强对银洲湖的控制。接到李文茂的命令，赵泰来在兰花洲东侧的山上设立一处秘密营寨，招募新会、香山和新宁三县的赵姓子弟，由族弟赵志盛统领，俯瞰虎跳门水道，向东配合李洪英、李文海，向西策应“德英堂”；兰花洲南侧石鱼岛一线原有卢新所部驻扎，陈松年另拨六十名精壮好汉对其进行补充；西岸是崖西镇，陈享在京梅村和县城开设武馆以后，各乡慕名前来学艺的青年络绎不绝，单在西岸一带就招收了三百多名弟子，蔡李佛拳势头正劲，西岸防线交给他们尽可安心无虞。

赵泰来最近花大价钱在省城收了一张仲尼式古琴，名字叫“春雷”。这张琴不得了，据说是宋徽宗的爱物，在皇宫内府的“万琴堂”号称第一，完全可以媲美“绿绮台”。得到祖宗留下来的宝贝，赵泰来兴奋不已，邀请黄立峰在崖山祠比琴，以志庆祝。

李文茂抵达银洲湖的消息，早有巡弋的哨探汇报给赵泰来。黄立峰在岸上听到陈罗婵凌乱的琴声，奇怪地问：“陈大老倌这是怎么啦？指法散漫，是不是有心事？”

“心事？哈哈，人家那是喜事。”赵泰来取白巾擦了擦手，“她来了正好，崖山祠是男人待的地方，我又淘了这件宝贝。择日不如撞日，今天是咱们打败她的最佳时机，你千万别掉链子，我唱一首词壮壮声势先，杀杀她的威风。”

赵泰来新填的词叫《蝴蝶儿江门泛舟》，曰：

红玉箫，响层霄。
雪儿无扬兰桡，引篙折细腰。
风紧春帆利，青山四面招。
眉峰依旧把愁描，恼依魂暗销。
…………

曲声从崖山祠传到湖心，船上李、陈、易三人听得入迷，陈罗婵自言自语：“赵先生今天曲子抚得真靓，莫非得了一把好琴？”

“你怎么变得越来越小心眼了？”易如真讽刺，“阿婵姐，人家赵先生词填得好，琴抚得靓，那是人家的真本事，和琴的好坏有啥关系？”

陈罗婵脸色绯红，低头不语，生怕再被易如真挑剌。

篷船靠至岸边，赵泰来走下台阶："二爷是来看易大老倌的？"

李文茂回答："我来国母殿上炷香，替易阿妈求个吉祥。"

"二爷，你这就算找对了地方。"赵泰来神采飞扬地说，"银洲湖衣山襟海，古来相传为海眼居所，南溟诸海精气凝聚于此，气象万千。上有杨太后和三位忠臣的神像，下有十万将士的牌位，这里的风水不灵光，哪里的风水灵光？"

由于李文茂是至阳之体，非常容易吸收来自宇宙中的纯阳进入身体，阳气置纯阶段的修炼过程进行得十分顺利。为了参悟宇宙纯阳的奥秘，他计划年后专门去一趟丹霞山，那里的山石色如渥丹，灿若明霞，六合之间处处红光流溢，形成一口倒悬铺泻的天地熔炉，正是修炼"六祖心经"的绝佳所在。李文茂拿不准的是第三道真气的置纯——这道真气仿佛天外来客，如何对它进行改造，叫人颇费思量。

刚才从兰花洲到崖山祠行船的这么一会工夫，李文茂忽然感到心口热乎乎的，第三道真气不知道什么时候流过膻中穴，像游丝一样与平日感受大有不同。他抬头望了望头顶温柔和曛的阳光，又看了看银洲湖变暖的水面，点头道："不错，千秋忠义自有神通。"

赵泰来急于挑战琴技，迫不及待地问："陈大老倌，我收了一张价值连城的名琴，待会咱们祭奠完英烈，再比一场琴如何？"

陈罗婵含笑："但凭赵先生吩咐。"

众人把祭奠用的三牲在庙里摆好，取出檀香，整顿衣冠，到国母殿和忠义坛致祭，缅怀杨太后和死难宋军将士的英灵，最后来到大忠祠。祠堂匾额写着两个字："大忠"；两侧柱子上是一副对联，上联为"宇宙万年无此事"，下联为"春秋一例仿诸公"。

大忠祠的匾额和对联均为陈白沙所书，峭拔雄奇，正是独步天下的茅龙笔法。这哪是什么书法？在李文茂的眼里，分明是一支支刺向苍穹的刀剑。剑气蓬勃而不肆虐，始终聚拢在剑刃周围，仿佛在等待时机，给敌人致命一击。李文茂赞叹不已，与其书法相比，他更钦佩白沙先生的高度概括，一语道尽忠烈精神。“小元霸”将檀香高高举过头顶，推金山，倒玉柱，双膝跪倒，对着文天祥、陆秀夫、张世杰三位先烈的神像庄重地磕了九个响头。阳光从大忠祠的屋檐射下来，正好盖住如枪如戟的茅龙笔法。似乎受到后者的影响，光线迅疾变成一张利箭编织的罗网，将神像严严实实地包拢其中。李文茂感到心口处一阵撕裂，第三道真气倏地蹿向印堂穴，目光眩晕处，却见三位先烈的面目渐渐清晰起来。

陈罗婵站在一侧捧着檀香，见情郎眼底迷离，印堂泛红，以为李文茂与自己一样，尚未从旖旎的春梦中苏醒，立时羞涩地别过头去。易如真心里惦记着赛琴，等大伙祭奠完毕，她问赵泰来：“赵先生，你打算如何比琴？”

想击败陈罗婵这样的绝顶高手，赵泰来觉得只有出奇制胜，他指着大忠祠说：“我们以先贤凭吊崖山的诗为题，谁能表现出崖山之魂，就算谁赢。”

“这个嘛……”黄立峰不安地瞅了陈罗婵一眼，心里说赵泰来这次可够厚脸皮，凭吊英烈和沙场怀古是男人的事，怎么能用这个题目欺负女人？

谁知陈罗婵毫不介意：“两位先生来先。”

明清两代凭吊崖山祠的诗歌不少，但是上乘佳作毕竟有数。陈罗婵让赵泰来和黄立峰率先抚琴当歌，意味着将挑选诗歌的优先权拱手相让。赵泰来浸淫瑶琴多年，实在太想赢陈罗婵一回，能占点便宜就占点便宜吧！

“承让。”他客气了一句，满怀信心地在“春雷”琴旁坐下，起手弹了一首陈白沙的《吊崖门诗》。这首诗明辨春秋大义，歌颂复国英雄，曰：

天王舟楫浮南海，大将旌旗仆北风；
乱世英雄终死国，时来胡虏亦成功。
身为左衽皆刘豫，志复中原有谢公；
人定胜天非一日，西湖云掩鄂王宫。

一曲奏完，众人喝彩。陈罗婵感慨不已：“若非秦桧那个奸贼陷害忠良，岳武穆早就打下黄龙府，何至于让鞑子又祸害一遍中原？”

赵泰来推了推李文茂：“二爷，这张琴怎么样？”

李文茂望着波光粼粼的湖水出神，他已经弄明白了第三道真气涌动的缘由。当年蹈海志士的魂魄不散，五百多年来阴气沉于湖底封堵海眼，阳气聚在山顶栉风沐雨。从苍穹深处奔腾而来的气息经过崖山，无不被烈士魂魄撷取精粹，在银洲湖为阴，在崖山顶为阳。湖面上弥漫的无形烟雾正是阴阳交合的产物，与节烈之气若合符节，亦阴亦阳，非阴非阳，召唤着李文茂体内的热血，激荡着他修炼的真气。

“好琴。”李文茂由衷赞道。

黄立峰被今天的气氛深深感染，他选了一首陈邦彦的《崖门怀古》。与陈白沙那首诗的豪迈相比，陈邦彦的这首诗则多了几分慷慨和悲壮，曰：

万顷烟波接杳冥，双峰如阙控重溟；
草藏宋血还余血，浪洗胡尘尚带腥。
鱼腹有灵迎玉玺，龙髯无地树冬青；
中原极目今戎马，凭吊先朝一涕零。

众人听完黄立峰的曲子，个个面露悲愤之色，宛如回到了那个天崩地裂的时代，恨不得立刻拔出刀剑，与朝廷拼命。

赵泰来和黄立峰一个演绎英雄气概，一个再现逆境风云，又战了个难分难解。下面轮到陈罗婵，赵泰来想不出她还能表现什么意境，假装关心地说：“陈大老倌，好马配好鞍，宝刀赠英雄，你这张琴不行，干脆用我的‘春雷’吧。”

“多谢先生美意。”陈罗婵优雅地坐下来，把琴摆好，没有看赵泰来和黄立峰，却把头扭向李文茂，“阿茂哥，你帮我一个忙吧？”

“什么？”李文茂问。

陈罗婵避开他的目光：“妹子想抚一首陈元孝的诗，你对他的诗不是特别熟悉吗？能不能用笛子奏一曲先，帮我抛个引子？”

那本何铁桥亲笔誊写的《独漉堂集》常年伴随在李文茂的身边，对陈恭尹的诗他可以说是倒背如流。李文茂迟疑地问：“你想听哪一首？”

陈罗婵螓首低垂：“随你。”

李文茂思忖片刻，拔出铜笛，吹了一首《虎丘题壁》，曰：

虎迹苍茫霸业沉，古时山色尚阴阴；
半楼月影千家笛，万里天涯一夜砧。
南国干戈征士泪，西风刀剪美人心；
市中亦有吹箫客，乞食吴门秋又深。

李文茂此刻的内力精湛无比，他执掌“洪德堂”帅印后统率三军，今日登临胜地，缅怀千秋忠烈，胸襟之广可纳山川，气势之锐可动风云。铜笛浑厚从容，沉静中隐含着惊雷，犹如大雁翱翔于苍空，每一声鸣叫都拖引着万里波堤滚滚而来。

一曲吹完，赵泰来和黄立峰被笛声摄去心魄，沉醉在诗中难以自拔。陈罗婵目中微微泛起水光，纤纤玉手触及琴弦，抚了一首《崖门谒三忠祠》，曰：

山木潇潇风更吹，两崖波浪至今悲；
一声望帝啼荒殿，十载愁人拜古祠。
海水有门分上下，江山无地限华夷；
停舟我亦艰难日，畏向苍苔读旧碑。

此诗写于顺治十一年(1654年)，当时南明永历小朝廷偏居贵州，孙可望嫉妒李定国的威望，率军同室操戈，战火不息。陈恭尹落魄返回故乡，来到银洲湖凭吊崖门古迹。故国沦丧敌手，摇曳如最后的残灯，看不到任何复兴的希望。沐浴在历史落幕处的陈恭尹心火不熄，仿照杜甫的《登高》，写下了这首大笔遥深的千古绝句。

赵泰来被苍凉之气笼罩，无可逃遁，苦笑着对黄立峰说：“黄兄，你家里收藏那么多名琴有啥用，干脆和‘春雷’一起送给陈大老倌算啦，权当咱俩给她的贺礼。”

第七十回　大眼洋鸡

道光二十年(1840 年)是个肃杀的年份,像秋风扫落叶一般,罗浮山的老神仙逐个离别人世,令人扼腕叹息——二月二龙抬头那天,白鹤观的西松真人撒手尘寰;三月三"北帝诞",酥醪观的铁棒道人医治无效身亡;四月初八如来佛生日,花手寺的景玉老禅师驾鹤西游;进入五月,还没有撑到端午节,九天观的六愚真人提前咽了气。

接到观里师兄弟们捎来的口信,冯乙龙匆匆赶到罗浮山,在师傅灵前守了七天孝,入土为安后方才下山。他在山脚长宁镇的"太昊记"要了壶茶,默默地品了起来。

这茶苦啊!

为了拓展蔡李佛拳的传播,龙子才被陈享派往浔州府开设分馆,龙舌兰和龙五都跟他回了粤西。"太昊记"交给陈典邦等人打理,这些小老虎整天兴高采烈说个不停,根本不管冯乙龙的脸色有多么难看。

人生当下无智者,昔日的选择正确与否,只有许多年后才看得清楚。冯乙龙痴痴地凝视着酒肆的柜台,那里面恍恍惚惚有一顶华丽银冠,高高的额头下面是一池深深的秋水。人儿已随风远去,带着秋日的肃杀,以及一腔叫人悔恨断肠的血。

对面的“彭祖记”还是那么红火，门前有个相面的摊子，还是一竿残破的三角旗，上面仍旧绣着“铁口金牙”四个字。暖阳下腆着肚皮的道士不是白无相，冲他那脸往外晃荡冒油的大肥肉，冯乙龙就知道这家伙肚子里全是草。

冯乙龙在等刘端湛，准备乘他的船回花县。

失去了发财的好机会，刘端湛比劳亚绰、崔金麟、郑绍祖和冼长贵四个人更加懊悔。幸亏他念了许多书，肚子里墨水不少，洪门中好汉多读书人少，正需要他这样的人才。刘端湛帮了半年的忙，从“德礼堂”领了一笔银子，自己做起了买卖。

山路上人欢马嘶，风驰电掣般涌来一群人，众多奴仆中间簇拥着一位少爷。冯乙龙抬眼仔细瞧看，那个十六七岁模样的青年不是别人，正是在花手寺学艺的张敬修。几年没见，这孩子的下巴颏越发尖削了。张敬修来到“彭祖记”前下马，一回头，瞥见了坐在“太昊记”发呆的冯乙龙，立即笑嘻嘻地走了过来：“兄台，别来无恙？”

冯乙龙回礼：“张少爷要下山吗？”

“正是，”张敬修不等伙计过来，搬了个矮凳在冯乙龙面前坐下，“家师不幸西游，我留在山上也没有什么好学的，倒不如画两幅丹青自在。”

林则徐的步步紧逼没有换来义律的屈服，反而将自个牢牢绑在了粤东。去年腊月，道光皇帝见他迟迟不能了结夷务，干脆把邓廷桢调走，让他做了两广总督，专心对付洋人。转过年气氛真的紧张起来，春分刚过，英舰“都鲁壹号”出现在伶仃洋；本月初十，“鳄鱼号”自印度开到。义律手握四条大兵船，有了转守为攻的本钱。林则徐预感到战争逼近的脚步声，下令广东水师加紧备战，同时晓谕士绅有钱的出钱，有力的出力，严守疆土以防红毛鬼子侵袭。张敬修的父亲一看机会来了，便捐纳银两修炮台，办团练，打算给儿子买一个顶戴。

“画画？”冯乙龙诧异地看着张敬修。

张敬修故意轻描淡写地说：“你不知道吧？这两年我跟着德毓大师学绘画，画点白墨素什么的怡情养性。以前那个算命的不是说我有夭折之相吗？

既然如此，与其硬出头，倒不如归隐林泉与花草鱼鸟为伴，不亦乐乎？”

冯乙龙盯着他的眼睛，把张敬修看得直发毛，半晌后才开口：“张少爷，占卜打卦这玩意信则有，不信则无，讲究的是一个变通。不变是命，变才是运。”

这句话往外一丢，张敬修立刻眼珠发亮，抱拳在胸：“兄台，我知道你有本事，真人面前不说假话。常言道，学成文武艺，货卖帝王家。张某此次艺成下山，志在有一番作为，尚乞请兄台点拨迷津，必有重谢。”

冯乙龙漫不经心：“我能点拨啥？”

“兄台客气了。”张敬修神神秘秘地问，“张某这次下山有意演练水战，家里船只枪炮全置办妥了。我想请教兄台一个问题，那个比我命硬的对头在哪里？”

张家公子花团粉簇，勤学诸艺，说到底仍然是一个热衷功名利禄的俗坯子。冯乙龙没法高看他一眼，端起茶碗兀自喝了起来。见他沉吟不语，张敬修以为他是在待价而沽，从怀里掏出沓银票：“兄台，这些银票你收着先。”

要说不缺银子花那是假的，冯乙龙上有老、下有小，冯氏一大家子穷人居多，需要他帮衬和接济的居多。可是凭他从六愚真人学到的本事，如果想挣钱，怎么会在家里当孩子王？如果想挣钱，生活怎么会如此窘困？冯乙龙把银票推了回去，拿筷子朝西方指了指：“张少爷，两粤真正的龙只有一条，那就是西江。比你命硬的对头在西江，你的好运和厄运在西江，你该到西边访一访那条龙的影子，别老待在家里瞎琢磨。”

“西江？”张敬修紧锁眉头，踮起脚向西眺望。心想我爹捐银子修炮台，为的是在海上打红毛鬼子，和西江有屌关系？

刘端湛在山上采购了两袋子春药，离开长宁镇后，他埋怨冯乙龙：“你瞅姓张的那个吊儿郎当的样子，压根没把你的话当回事，真是对牛弹琴。”

“当回事是他的运，”冯乙龙说，“不当回事是他的命。”

船只拐进东莞境内，刘端湛在寮步镇又买了一大堆“女儿香”，用绸布包了一捆，塞给冯乙龙。后者十分诧异：“你买这么多沉香干吗？”

“你猜猜？”刘端湛神秘地说，“这是酥醪观的秘方，拿回去让你老婆闻闻，就是熏也让她给你熏出一个儿子来。”

酥醪观的道士真会坑人，冯乙龙暗自摇头，以前他听说过用“女儿香”壮阳，什么时候这东西又变成了补阴的秘方？刘端湛满怀热情做买卖，闹了半天不过是卖春药狗尾续貂，读书人办事总是这样不靠谱。冯乙龙想起自己的遭遇，不由得叹了口气。

人生头一遭做买卖，刘端湛毕竟心里发虚，瞪了冯乙龙一眼：“你甚意思？我这个买卖别出心裁，大家夸我头壳灵光呢。”

冯乙龙掩饰：“没什么，你不打算再考了？”

“人活一口气，佛争一炷香，为何不考？”刘端湛问，“你那个大眼珠表哥呢？”

冯乙龙看着他：“他跟你一样，起初也打算做买卖，用一块石头换了三十两黄金，结果连半天都没捂热，就让土匪抢走了。这不是，还得继续考。”

“何聋子呢？”刘端湛问。

何壮昭的家境自非刘端湛和洪火秀可比，但他的人生境遇和这两位没有什么区别，都是吃吗吗香干吗吗不成的货色，最后仍要回到科考这座独木桥。天下大多数的读书人兴许都是这副德性，冯乙龙失去了谈话的兴趣，哥俩在寮步镇美美地歇了一夜，第二天乘船沿着寒溪河向东进发。中午时分小船过了沙田，渐渐迫近虎门口。猛然惊天动地一声炮响，从虎门口杀出一队战船，大约有二十来条，全是广东水师的米艇、师船、快桨船、巡船。船上旌旗飘扬，锣鼓喧天，正排成阵势围攻一条鬼子船。

船夫吓得趴在船底瑟瑟发抖，刘端湛出了一身冷汗：“哎呀，真打起来了？”

冯乙龙越看越不对劲，仗着胆子把船划到上风口，发现这条鬼子船的船头竟然画着一对巨大的黑眼圈。他彻底给弄蒙了，难道洋人也有“大眼鸡”？

明清两代，沿海地区造船业最发达的莫过于广东和福建，其中，绰号“大眼鸡”的广船比福船又明显高出一筹。广船的一个优点是体积大，“体长二十余丈，阔七八丈”；另一个优点是坚固结实，造船所用材料极为昂贵，要么是采自广西的铁力木，要么是从南洋砍伐来的柚木和楠木，比起用松木和杉木建造的福船结实得多。日本造船材料与福船近似，因此有明一代倭寇骚扰沿海地区，最怕的就是遇到广船。

刷着红漆的广船适合远洋贸易，在茫茫大海中航行最重要的是辨识方向。船头画两个大黑圈意味着为广船瞄上眼睛，祈求它们指引航程，“大眼鸡”的绰号由此而来。

鬼子船上的大炮开始喷火，奇怪的是，这些炮弹一发也没打中密密麻麻的水师战船，而是尽数倾泻进水里。正当冯乙龙纳闷的时候，“咣啷啷”一阵锣响，那条“大眼洋鸡”的桅杆上忽然升起了广东水师的战旗。一位都司模样的将官出现在右侧船舷，手里挥着面小旗子，大声喊道：“行啦，今天就练到这儿，回家吃饭去。”

冯乙龙总算弄明白了，闹了半天这是一场演习，那条“大眼洋鸡”属于广东水师。

演习结束后，洋面上恢复了平静，进出虎门的民船停泊在沙角炮台下，排队接受广东水师的盘查。刘端湛一看带队的眼熟，原来是常来佛山堡鬼混的朱剑飞，忙打个招呼：“你几时调到了虎门大寨？朱爷，是不是升了官啦？”

真让刘端湛说中了，朱剑飞最近刚升了官，被调到水师提标左营当了千总，而提标左营的游击不是别人，正是广东水师著名的拼命三郎麦廷章。麦廷章去年在九龙湾和穿鼻洋两次战斗中表现勇猛，被林则徐上奏保举挂了一个参将衔，水师将官都怕在他手下干活。朱剑飞愁眉不展地说：“刘先生，开战当口才提拔你升官，是好事吗？”

“养兵千日，用兵一时，你不卖命谁卖命？”刘端湛回了他一句，转而赞道，“这条鬼子船真靓，花了不少钱吧？”

“连船带炮花了七八万两银子。”朱剑飞不好意思地笑了起来，“不过，这条船是小浩官掏腰包捐的，我们一根毛没拔。”

天色渐渐暗了下来，狮子洋的行船为了安全起见，大多靠岸停歇，可是刘端湛急于回家开张买卖，和冯乙龙二人轮流提桨摇橹，帮助船夫加快速度。饶是如此，等看到莲花山八角莲花塔的灯光时，早已夜幕沉沉。

最高海拔仅百十来米的莲花山是狮子洋的制高点之一，这个历经千年的采石场，由四十八座红色砂岩石峰组成，险峰、石柱、危崖、奇洞比比皆是。主峰上的八角莲花塔是船只在省河行驶的航标，素有“省会华表”之美誉。

莲花城的八旗兵连床脚都扶不动，这两天也不晓得吃错了哪服药，一到天黑便在河面上拉起封锁线，严禁各类船只通行。刘端湛和冯乙龙到的时候，山下堵了十几条民船，大伙正和八旗兵嚷嚷。一名佐领模样的将官手提腰刀，不耐烦地骂："都他妈给老子闭上鸟嘴，钦差大人有令，严防汉奸捣乱。你们明天再走，天亮了不归我们管。"

冯乙龙差点没笑喷出来，八旗兵不学无术，"汉奸"这两个字也是他们叫的？

多数民船惹不起这帮大爷，只有一条船没把八旗兵放在眼里。有人高声喝喊："我们有紧急军务，要送给越华书院的梁先生，一刻也耽误不得，快快放行。"

那名佐领一听是给梁廷枏的，伸出手："拿过来给我瞧瞧。"

"老子传的是口信。"那人神态倨傲。

刘端湛听那人说话有点耳熟，借着微弱的灯光仔细打量，只见那人穿着缎子长衣，腰里配着顺刀，旁边是四条膀大腰圆的汉子，原来是林科举。

冯乙龙也认了出来，惊讶地说："这不是叶老二的那个伴当吗？"

刘端湛压低声音："人家现在可是'德礼堂'的一个爷哩。"

洞中才一日，世上已千年。冯乙龙扎在老家当塾师，五年不见，当初吃不上饭的林科举竟然大变活人，后面跟了四个保镖，叫人情何以堪？

"不行，"佐领犹豫道，"空口无凭，谁知道你们是不是汉奸？"

刘端湛把身子探出船外："林爷，你送什么口信？"

"刘先生，哎呀，冯先生也在呢？"林科举恭敬地打了个招呼，满腹牢骚地说，"我们纯粹是帮忙，替周老爷子给梁监院传一个口信。据从安南国回来的红单船说，红毛鬼子的大队兵船已经开到了马六甲，过几天就来伶仃洋。"

冯乙龙头皮一麻："消息可靠吗？"

林科举赔着笑："冯先生，要是有半句假话，你把我的屌割下来喂母猪。十万火急的军情哪敢开玩笑？那条红单船的老大我认识，以前常跟着杨老爷下南洋。"

"听见没，"刘端湛吓唬那个佐领，"耽误了军情，当心林大人砍你的头壳。"

没想到佐领眼珠一翻："放走了汉奸，林大人不也一样砍老子的脑袋？"

这个二百五，刘端湛和冯乙龙哭笑不得。这时，从山上下来了一群旗兵，领头的正是最近刚刚被提拔为参领的隆福。自打林则徐到了广州以后，隆福的心情一天比一天差，先是禁烟断了他的财路，然后又罢免了其金主韩肇庆，他真想一口咬死林则徐方解心头之恨。这家伙三天两头到德克金布那里下蛆，说林则徐心怀叵测，开放武禁、发动民众自卫等等这些办法好放不好收，将来必定后患无穷云云。

听见那名佐领叨着“汉奸”两个字不撒嘴，隆福气不打一处来，扇了他一个嘴巴，恶狠狠地骂道，“妈了个逼，不会说话就别张嘴。”

佐领委屈地争辩：“林大人的告示上不是写着吗？严拿汉奸……”

“你他妈没完啦？王八蛋。”隆福又赏了他一记耳光，转过身呵斥林科举，“你小子少拿梁监院的名头压人，他的军情跟放屁一样，当老子不知道？”

这话不算完全冤枉人，当时，连义律本人尚且不知政府是否批准开战，从本土和印度来的援军何时到达，更别提一介书生梁廷枏。梁廷枏的消息主要来自周彦才，老爷子对这件事十分上心，凡是南洋回来的朋友他都问个究竟，这样一来消息芜杂，真假难辨。从去年开始一会说红毛鬼子七月份来，一会儿又说九月份来；一会儿说驻扎印度的鬼子头目生病死了，到十一月才能派兵船驰援，一会儿又说要等过了年。狼来了喊三遍就没人信，情报的一再失误让梁廷枏和林则徐脸上无光，倒惹得德克金布等人在旁边看哈哈笑。

林科举气恼地说：“你爱他老母的信不信，军国大事跟我们老百姓有屌关系？老子跟你们说不清道理，上岸找地方歇觉去。”

一介蚁民胆敢顶撞八旗老爷？这他妈不是要造反？隆福从刀鞘拔出佩刀：“莲花山乃省河重地，岂是尔等贱民想来就来，想走就走？”

刘端湛和冯乙龙齐劝：“好汉不吃眼前亏，在船上睡一觉算啦。”

林科举脸上毫无惧色，双手交叉放在胸前，鄙夷地看着隆福：“‘善世堂’的‘豆皮大’是我大哥，老子去石楼镇看他，你敢拦着？”

自打陈显良回到石楼镇，莲花城这帮八旗老爷的好日子算到了头，“善世堂”陈氏本来人多势众，“豆皮大”立了“德勇堂”的堂号后势力发展得极为迅猛，像汹涌的海水将莲花城这条小舟淹没其中。这些八旗老爷但凡夜里下山寻欢作乐，一准会被“德勇堂”的兄弟从后面按住屁股，最后不得不花钱买平安了事。

一来二去，莲花城的八旗兵领教了陈显良的厉害，双方达成协议，方才相安无事。

隆福知道“豆皮大”入了洪门，但是洪门和“善世堂”的陈氏家族搅在一起，在茭塘司这个地面上任谁也不敢轻举妄动。那年月，多一事不如少一事，哪个地方官肯承认自己的辖境内有会党？隆福心中大觉悲凉，两粤的八旗兵只有三千五百名，基本上还是汉军八旗。这些吃铁杆庄稼的大爷撒到汉人堆里，如同一把沙子扔进大海，咋防备人家造反？

强龙压不过地头蛇，“豆皮大”万万得罪不起，除非自己马上调回省城。隆福悻悻地把刀塞回刀鞘：“看在梁监院的面子上，老子暂且信你一回。”

冯乙龙和刘端湛在大黄滘炮台分手，走陆路风尘仆仆回到花县。多日不在家，他怕洪火秀找自己有事，便直接奔向教书的童古顶。到了村东头官道旁的小酒铺，见老板娘冯嫂正在竹棚下招呼客人，他忙问：“嫂子，我哥来了吗？”

“来了，”冯嫂笑吟吟地说，“在里面喝着呢。”

五月中旬，天已经很热了，客人一般在外面乘凉，洪火秀躲进屋里吃什么酒？他这个人做事一向与众不同，冯乙龙没有往心里去，挑开帘子一瞅，啥都明白了——在屋里吃酒的不止是洪火秀自己，还有他的两个堂兄弟洪仁球和洪仁正。那哥俩一个在家里喂猪，一个在田里放牛，俱是能吃能喝的大肚汉，难怪洪火秀不好意思在外面坐。

冯乙龙下意识地摸了摸兜，幸好路上搭了刘端湛的船，省下了一串铜钱没有花，否则今天仍须向冯嫂赊账。他拉过一条板凳坐下，热情地问：“阿球哥，阿正哥，你们俩今天怎么有工夫来看我？想兄弟啦？”

“是这样，”洪火秀介绍，“阿球和阿正准备去浔州府闯荡，那里人少地多，好歹能挣一碗饭吃。这不是要走了吗？我给他们俩饯行，估摸你该回来了。你要是有钱垫着先，回头我从东家那儿开了支，把饭钱给你送来。”

洪仁球和洪仁正兄弟嘿嘿傻笑，无不佩服洪火秀能掐会算，硬是算出有人会来付账。

“哎呀，这是正事，咱们得好好吃一顿。”冯乙龙扭头冲外面大声喊，“嫂子，再添几道拿手的硬菜，吕田焖肉，桂峰豆腐，流溪鱼头，文岗芋头，香叶乌鬃鹅，还有京塘村的莲藕给我切薄了，用醋熘半个时辰再上。”

和冯乙龙在一起吃饭，洪仁正从来没见过洪火秀从兜里掏钱。他有点不大好意思，急忙拦住冯乙龙：“点多了，点多了，吃不了。”

“今天高兴，咱哥们不醉不归。”冯乙龙从怀里把那捆“女儿香”掏出来，啪地拍在桌子上，“阿球哥，阿正哥，你们敞开怀了喝，这是酒钱。”

冯嫂进来拿起“女儿香”在鼻子尖闻了闻，由衷地赞道：“好香啊，好香，乙龙兄弟，是寮步镇出的吧？”

冯乙龙问：“嫂子，够酒钱吗？”

“够，够，马上给你们上菜。”冯嫂痛快地应了一句，然后俯在冯乙龙的耳朵根，拉长声调提醒，“乙龙兄弟，把你的大眼哥给嫂子看好了。”

冯乙龙顺着她的目光朝桌子底下一看，登时脸红到了脖颈——洪火秀跷着二郎腿，一只手正插进脚趾缝，有滋有味地抠着脚气。

“再来一盘臭豆腐。”冯乙龙嗓音拔高，甚至有些变了音。

冯嫂的酒菜上得很快，臭豆腐暂时压住脚气的味道。洪仁球和洪仁正干惯了体力活，鼻子根本不在乎香臭，只顾大快朵颐，酒喝得那个美就别提了。冯乙龙把这几天在路上的所见所闻叙述了一遍，感叹地说：“风起于青蘋之末，朝廷为了对付红毛鬼子，开放武禁，准予百姓持刀痛杀，这种策略无异于饮鸩止渴。自从李少班主加入洪门，广肇二府的英雄纷纷追随，照他们这个发展势头，红毛鬼子赢了，朝廷是个输，红毛鬼子输了，朝廷也是个输。咱们粤人素称剽悍，老百姓一旦拿起刀枪绝不会轻易放下，我看洪门不容小觑。”

洪火秀往嗓子眼里撩了一盅酒：“他们不行。”

冯乙龙问：“为什么？”

洪火秀嗤笑：“没念过书。”

冯乙龙想起张敬修那副得意的样子，心情沉重地问：“哥，照你的意思，这次募勇团练难不成最后还是豪门士绅得利？”

洪火秀仰脖又撩了一盅酒：“他们也不行。”

冯乙龙问：“为什么？”

洪火秀掷地有声：“他们念的是死书。”

冯乙龙就喜欢洪火秀这种天马行空的豪言：“哥，那你说谁行？”

“兄弟，运势变了，咱们不能光靠老祖宗的玩意吃饭。”洪火秀端起酒壶，满满地给冯乙龙斟了一杯酒，“依我看，红毛鬼子行。”

他的话音刚落，冷不防从后面冲出一条大汉，伸出左手，一把捏住洪火秀的脖子，右手照准他的大眼眶“咣咣”来了两记重拳，嘴里兀自骂个不休：“打死你这个汉奸坯子，光天化日胆敢胡说八道，活腻味了？”

紧接着冲上来几个人，你一拳我一脚把洪火秀打翻在地，两只暴眼足足打肿了一圈，活像虎门口那条“大眼洋鸡”。冯乙龙怒从心头起，霍地站起身来，准备拼命。只见对方不多不少正好四条壮汉，每个人胳膊和胸脯上的肌肉都朝外鼓翻，显然是功夫在身的练家子。这些汉子有的背上斜插着鬼头刀，有的腰缠铁鞭，有的手握铁棍，有的提着长枪，人人横眉冷目，个个杀气腾腾。洪仁球和洪仁正兄弟见状，腿肚子不觉发软，一个人拦住冯乙龙，一个人将洪火秀从地上架起来，搀到屋角的桌子后坐了下来。

冯乙龙压住火气，抱拳问：“哪条道上的朋友？为何出手伤人？”

“大丈夫行不更名，坐不改姓，爷爷姓黎，大名勤有，南海县恩洲堡三元里人，这几个是黎爷的兄弟。”首先出手打人的大汉指着屋角的洪火秀痛骂，“像这种辱没祖宗的汉奸，黎爷打他算是轻的。要是遇到我家三爷，早赏他一碗过水面。”

“过水面”为洪门切口，意思是拿刀砍头壳。从黎勤有的口气中，冯乙龙听出他是在堂之人，据理力争：“黎爷，这是你的不对，我哥只说红毛鬼子行，没有说别的，你凭什么冤枉他是汉奸？红毛鬼子的枪炮比咱们厉害，这话有错吗？”

黎勤有被冯乙龙问住了，愣了一下，然后摸着头皮自言自语：“可说的是，红毛鬼子的枪比鸟铳打得远，这么说他不是汉奸？那他是什么货？”

碰到这号粗人，洪火秀觉得自己没地方说理去，“哎哟哎哟”地哼了起来。

“我兄弟是教书的先生。”洪仁球仗着胆子回了一句。

“是位先生？”黎勤有越发觉得自己出手鲁莽，心虚地争辩起来，“我还以为他是个练家子呢，不信你们瞧瞧他的身板，多壮实。”

冯乙龙正要与他计较，只听外面呼哨连连，马蹄踏踏，似乎来了不少人马。黎勤有忙对他打躬作揖："这位兄弟，我家三爷到了，要在这间粉窑子叫梁子。咱们的梁子以后再说，黎某不是那号半壶水的人，改日定还你一个公道。"

黎勤有说的均为洪门切口，粉窑子指饭店，梁子指过节，叫梁子是解决争端的意思，半壶水是指不讲信用和情义的人。洪火秀不像冯乙龙在外闯荡多年，谙熟江湖规矩，他只听懂了最后一句，愤愤地骂道："老子不要他的公道，你让他走着瞧。"

黎扬伍、黎燕翼、黎丁桂三人冷冷地回答："走着瞧就走着瞧，谁还怕你不成？"

继续吵下去不是头，冯乙龙来到洪火秀跟前低声劝解："哥，他们人多，在这里摆场子断是非。好汉不吃眼前亏，咱们走吧，省得吃挂落。"

"这不是已经吃亏了吗？"洪火秀的气性非常大，嘴上一点亏都不肯吃，瞪着两只大黑眼圈嚷道，"谁打老子，谁不得好死。"

黎勤有、黎扬伍、黎燕翼、黎丁桂四兄弟都有真把式，听洪火秀像泼皮一样骂街，懒得与他计较，相视一笑，忙在门口站好，恭迎堂口大佬的到来。

外面人喊马嘶乱成了一锅粥，竹棚下吃饭的客人怕惹麻烦，纷纷避走。来的这两伙人俱是洪家兄弟，一伙是"德兴堂"，为首的是白扇三爷周世恒，一伙是"兴胜堂"，领头的是四龙头朱豪。周世恒进了屋子，把白纸扇斜插进后衣领，铁青着脸往桌子后一坐，贴身护卫梁亚谷迅疾地在桌子上用茶碗摆了一个"木杨阵"。

朱豪跨入屋内，瞅见龟缩在屋角的洪氏兄弟先是一愣，然后冲冯乙龙点了点头，走到周世恒对面把茶盘外的茶碗移入盘内，端起来朗声道：

木杨城内是乾坤，结义全凭一点洪；
今日义兄来考问，莫把洪英当外人。

"木杨阵"一般用于陌生的洪家兄弟见面试探，周世恒等人与朱豪并非不熟，因此他命人摆下这个茶碗阵法，显然是有意刁难。发生在两个堂口间的这次摩擦由朱豪引起，他回到老家小朱村发展势力，侵入了"德兴堂"的地盘，周世恒当然不肯答应。

梁亚谷手脚麻利，横三竖四又摆了一个“太阴阵”，表示不满。朱豪把最顶头的那碗茶摆到横列里，从竖列两端各取碗茶一饮而尽，吟道：

七星剑镇木杨城，照尽花亮结义兵；
姑嫂生来洪姓管，锦绣乾坤复太平。

见朱豪总是避重就轻地唱高调，周世恒劈手从梁亚谷手里夺过茶碗，对着茶壶嘴一线摆了三只碗，这个阵法名叫“争斗阵”，意思是要和朱豪论个高低输赢。应战的一方如果把三碗茶喝掉，意思是表示同意接招；如果只取中间那碗茶饮，则表示不肯应战。

屋子里的“德兴堂”兄弟从周世恒、梁亚谷到黎勤有、黎扬伍、黎燕翼、黎丁桂，均以为朱豪非把这三碗茶一口气喝光不可，个个剑拔弩张，准备教训教训“兴胜堂”。哪知朱豪把中间那碗茶端起来，打了个哈哈，一口喝了下去。

周世恒忍不住气愤地说：“朱四爷，这是啥意思？你在我们的地盘上招兵买马，又不肯刀尖上论输赢，到底想咋办？”

朱豪笑嘻嘻：“三爷息怒，你们连摆三阵，能不能让兄弟我也摆一个？”

碰到这种牛皮筋，周世恒没有办法，挥了挥手：“好，我们不欺负人。”

朱豪回花县发展势力也有他的苦衷。

“兴胜堂”驻扎在大潭山，肩负着“洪兴堂”重夺“南武当”的使命，可惜他们面对的敌手实在太强大了。水龙道士不仅武艺高强，剑法神奇，而且深沉多谋，驭下极严。他调教出来的剑客有一个算一个，无不是以一当十的凌厉杀手，“逍遥门”牢牢控制着北江进入三角洲腹地的咽喉，让“兴胜堂”很难在三水县有所作为。

林则徐销烟以后，洪门各堂失去了主要财源，眼看李文茂大举东进，把“洪德堂”从两粤交界的边陲引入广佛一带的膏腴之地，“兴胜堂”兄弟馋得直流口水。大家在穷山沟里憋的时间长了，谁都想进广州府捞一把油水。别看花县在甘先手里不算回事，但在“兴胜堂”的眼里却是一块油腻腻的肥肉。三爷朱子仪征得了掌印阿妈陈金刚的同意后，遣朱豪杀回花县，争取在“德兴堂”的后园子里刨出一块田来。

朱豪略一沉吟，用八只茶碗摆了两朵梅花的形状，这个阵法叫作“双梅阵”。不等周世恒等人开口问话，他高声吟诵：

梅花朵朵重重开，古人传来二度梅；
昔日良玉重台别，拜相登台显奇才。

等他吟完，周世恒不解地问：“朱四爷，你摆‘双梅阵’是啥意思？”

朱豪就等他这句话：“三爷，五月二十二是二爷的寿辰，六月初六‘普君诞’是他老人家小登科的佳期，各路英雄最近都忙着准备贺礼，打算去西海大寨美美喝上半个月。届时不光你我两家的大龙头出席，恐怕大明山总堂也会派特使参加，有啥事让大佬们当面锣对面鼓地决断，咱们这些小喽啰就别操心了。”

敢情朱豪这个“双梅阵”表示双喜临门？周世恒竖起大拇指：“朱四爷，有你的，明知道二爷心软，专门在大喜的日子添乱，这不是敲竹杠吗？”

朱豪抱拳：“敲竹杠也罢，占便宜也罢，有些事必须请他老人家拿主意。伶仃洋外的红毛鬼子又运来了不少鸦片膏，你说咱们到底是干，还是不干？”

林则徐销毁的鸦片是洋人的库存，随着新的季风来临，又有剪子船源源不断地驶来。有了源头就有渠道，这次鸦片贩子们化整为零，避开中路的虎门，沿着海岸线向内陆渗透，其中一部分绕行广东，直接在福建沿海登陆。“兴义堂”的陈吉从黄仲畬、黄文汉、黄文灿兄弟那里听到消息，心急如焚，立即派人向萧明远请示恢复鸦片运输生意。目前，珠江三角洲西岸的广州、肇庆、高州三府绝大多数地面为“洪德堂”势力范围，离开李文茂的支持，“洪兴堂”的鸦片买卖根本就是一纸空谈。

“干不干我哪知道？你们去问二爷吧。”周世恒撂了一句话，带着梁亚谷、黎勤有、黎扬伍、黎燕翼、黎丁桂等兄弟离开了童古顶。

总算把难关应付过去，朱豪长吁了口气，回头看着洪火秀那对爆裂的黑眼圈，“扑哧”一声乐了出来：“我说洪先生，你咋把周三爷得罪了？”

"阎王没得罪,得罪小鬼了。"洪火秀恨恨地说。

朱豪笑弯了腰:"洪先生,以后说话要留点神,熟人咋都好说,不认识的人管你冤枉不冤枉?弄不好吃上一刀,兴许连小命也丢了。"

洪火秀争辩:"红毛鬼子的东西就是好嘛,不好你干什么鸦片买卖?"

这个王八蛋真是狗咬吕洞宾,不识好人心,朱豪眉毛登时立起来,猛地拍了下桌子,冲着冯乙龙发脾气:"冯先生,今天我看你的面子,不然非拿姓洪的当汉奸办了。丢他老母,叼着红毛鬼子不撒嘴,难道他是鬼子下的种?"

朱豪气冲冲地带人离去,小酒馆里剩下了哥四个和冯嫂。冯嫂埋怨:"洪先生,你就吃亏在嘴巴上,痛快一句能咋地?"

洪火秀梗着脖子朝朱豪的背影吼道:"老子就叼着红毛鬼子不撒嘴,怎么着?老子就痛快这张嘴,怎么着?你能把老子的屌给咬了?"

"呸。"见他不可理喻,冯嫂摔门而去。

冯乙龙没办法,只得嘱咐洪仁球和洪仁正:"你们把阿坤哥送回官禄布去。"

洪火秀一晃脑袋:"不,我去莲花塘。"

莲花塘是洪火秀继母李氏的娘家,洪火秀嫌家里人多嘴杂,影响他复习功课,一向在莲花塘闭门读书。冯乙龙诧异地问:"你不是信鬼子的东西吗,怎么还要下场赶考?"

洪火秀瞪着那双乌黑的大眼圈,似乎比冯乙龙更惊诧:"信鬼子的东西就不能考试?你脑子就这么简单?朱老四言之有理,咱们不是鬼子的种,学鬼子的东西无非是为了用。枪子只要能打死人,你管他是人的,还是鬼的。"

第七十一回　澹归莲花

随着战争的脚步日益临近，民众自卫的热情空前高涨，募勇团练的主导权虽然掌握在地方乡绅手中，但老百姓最信任的还是那些传说中的英雄，尤其是追随李文茂出征粤北绿林道的二十一路好汉，在广肇二府的民众中备受推崇。

西海大寨正月已经全部竣工，陈开聘请秦文光老爷子亲自主持把关，依据西海地段的自然地形，以海心沙的山岗为核心，将西海大寨设计为东西两陆寨、南北双水关的堡垒。海心沙那座山岗被命名为凤凰岗，山顶建有一座巍峨的忠义堂，山腰和山脚设置军营，提供给李文茂的中军大营驻扎。

东西两陆寨中，东寨下辖水关，严格来说属于水陆复合建筑，工程量非常巨大，陈开将“德礼堂”老营安排于此，备下快船舢板，半个时辰顺流而下即可抵佛山堡，确保两大战略支点的有效联结；与东寨相比，西寨只能算是一座备用的临时军营，此处横断西江，年年遭受水灾侵蚀，建设再好亦是枉然。

南面的水关通向古劳围和九江圩，沿岸为“洪德堂”重兵集结之地，更多地起一种联络和交通作用，纳入李文茂的中军指挥体系；北面的水关濒临西江，遥对北江——“逍遥门”在胥江祖庙藏匿着一柄凌厉的妖刀，陈开丝毫不敢大意，在古劳围招募了五百水手，编成了一营水军，负责保护西海大寨的北翼。

在秦文光、秦亚艚爷孙俩的监工下，工程完成得又快又好，到访的各路英雄和各堂兄弟无不暗地里挑大拇指夸赞，“德礼堂”再立大功，兄弟们的头总算彻底抬了起来。陈开身上仿佛有使不完的劲，他把兵力一分为二：一部分留在佛山堡，平常由王山公和宁洪崖指挥；一部分留在西海东寨，让四龙头“逃军和”指挥。他担心叶老二能力不足，遂任命曾三为参赞，“飞天爪”为掌旗护法，“大漏勺”为运粮官，温秉信为三法司，冯天善为中军都督，林科举为水军都督，金绍烈为右营先锋，一共七员头领协助“逃军和”。

与此同时，李文茂的中军大营组建完毕，他聘请叶兆隆为军师代掌大营事务，命庞兴仔为中军都督据守大营，“太子甫”为前营先锋镇守南路水关，黄三全为左护法掌龙头令旗，颜亚层为右护法掌“金叶会簿”，“雷公仔”为三法司掌刑罚。

因应形势的变化，李文茂果断调整了部署，连发五道龙头大令：第一支令，建立统一的军事组织制度，以旗为基础单位，每二十一人编为一旗，五旗为一队，五队为一营，这样下来每营人马合计达五百余众；第二支令，允准各大德字号堂口依据需要下设新堂；第三支令，颁发李洪英一个“德和堂”的堂号，命他专力经营香山县；第四支令，命冯坤的“德安堂”回师鹤山县古劳围，火速填补“德胜堂”留下来的空白；第五支令，应各路广府英雄所请，颁发一系列全字号的堂口，如戴焜元的“全汉堂”、翁芹芳的“全胜堂”、汤泽的“全兴堂”、陈亚池的“全礼堂”、陈潮的“全济堂”、梁亚珠的“全义堂”、黄幅的“全和堂”等等。

早在李文茂颁布新令之前，以“小孟尝”为首的各大豪门不甘示弱，纷纷自掏腰包，在原有家丁的基础上募兵训练，随时准备抗击侵略者，守土安民。珠江三角洲西岸的团练中，仍以佛山堡“大魁堂”旗下的“大会馆”实力最为强大，其次是“小孟尝”的“镇夷营”、何敬堂的“奋威营”、李天彪的“百胜营”和林福祥的“平海营”等等，不一而足。

俗话说，父母在，不庆寿。李敬南、冼红玉伉俪去世后，李文茂在心里拿易兰花当自己的亲娘看待，并不愿在夏至这一天大操大办。无奈南海战氛重重，江湖上的朋友都想借这个机会聚首商议对策，他只得打扫厅堂，开门迎客。

道光二十年五月二十二，各路英雄陆续抵达西海大寨，凤凰岗和水陆关寨披红挂绿，处处洋溢着欢乐的气氛。林科举在北路水关通向西江的水道负责迎接客人，像什么粤北绿林道的葛耀明、“洪兴堂”的侯贯虹、“公义堂”的胡有禄等等，来了一批又一批。他正忙得焦头烂额的时候，见叶二和乘船来到关前，赶紧迎了上去：“四爷，啥事？”

“我来接人。”叶二和回答。

林科举拱手：“你上去歇一会，接人有我们呢。”

叶二和没有言语，翘起脚来向西眺望。

林科举疑惑地问：“四爷，总堂的人不是已经上山了，你还接谁？”

“洪顺堂”总堂对伶仃洋的形势一直以来非常关注，得知英军舰队抵达马六甲海峡，立即派遣陈松作为特使巡视粤东，随行人员除了“凤”字营中军都督叶亚来外，尚有“洪胜堂”白扇三爷冀海树。这群人沿着浔江到达苍梧县境内的白沙江水寨，由梁培友发船护送东下，拜访了在“洪德堂”老营颐养天年的至善禅师。稍作盘桓，老禅师委派侯爷做自己的代表，陪同陈松至西海大寨向李文茂贺喜。

叶二和哼了一声：“马上你就知道了。”

莫非还有比陈松更尊贵的客人？林科举心里纳闷，随着“逃军和”的目光向西打量。过了没有多少时间，江面上出现了几条红船，离近了，才看清是“凤凰仪”班的旗帜。

六月六是李文茂和陈罗婵大喜的日子，“凤凰仪”班的老少爷们早盼着这一天，眼看“大散班”的日期将至，众人无心在外逗留。“高佬忠”、布文水、龙探梅等大老倌决定把最后两个台期调到佛山堡，这样便可以一面唱戏，一面腾出人手和工夫，帮助他们两个布置位于白龙里的洞房，采办婚礼所需的一切用度。

李文茂在凤凰岗组建中军大营，骨干力量主要来自琼花会馆和“凤凰仪”班。老少爷们分开不到半年，心里非常想念，纷纷从船舱里钻出来，挤在船头眺望。但见凤凰岗矗立在蜿蜒的山峦之中，岗头遥遥飘扬着四面大旗，大伙对这四面旗帜十分熟悉：一面是琼花旗，一面是凤凰旗，一面是玉蝉桃花旗，一面是九瓣飞肩兰花旗——最后这面旗为易兰花亲手所绣，用于李文茂入堂的仪式，表示舍亲取义的意思。为了在广肇二府的腹心地段站稳脚跟，暂时避免与官军发生直接冲突，李文茂用它来替代“洪德堂”的烈火朱雀旗。

阳雪姑赞叹地对陈罗婵和易如真说：“瞧，有你们俩的旗子。”

“那不是我的，”易如真纠正，“是我阿妈的。”

见小姑娘一本正经的样子，布文水心里偷笑：“别管谁的旗子，反正有的是工夫，你们想看茂仔的话，现在就可以上山。”

陈罗婵怕大伙笑话，假装不屑地说：“谁愿意见他？身边老不得清净，烦死了。”

“过两天不是还要闹洞房吗？”陈罗婵说的是违心话，易如真却真不想见。她的阿茂哥即将成为有妇之夫，小姑娘心里蛮不是滋味。

“不见就不见，”龙探梅干脆利落地说，“西海离佛山堡这么近，茂仔在这里和在佛山堡没什么两样，要见的话随时能见。再说今天寨子里宾客盈门，咱们即使上山，恐怕也没空和他说几句话，你们说对不对？”

布文水点头称是：“也好，咱们回白龙里收拾洞房吧。”

见“凤凰仪”班的船速慢了下来，叶二和与林科举坐着舢板迎了上去。叶二和冲着画艇大声喊：“陈大老倌，二爷问你要不要进寨子？”

陈罗婵脸颊像红彤彤的晚霞，“囚龙草”不得不发出柔润的光泽，在她脸庞涂抹一层遮掩的面纱。她一个箭步下到船舱，取出一件小小的包裹，从船头甩给了“逃军和”：“这是易阿妈给他缝的袍子，你让他换一换。”

“袍子？”叶二和迟疑地说，“二爷的袍子没破呀？”

天、地二艇和画艇上顿时爆出一片笑声，龙探梅花枝乱颤，笑着骂道：“叶老二，让你送袍子你就送袍子，哪来的这么多废话？你们二爷又不是叫花子，班里这么多女人，难道非要让他光屁股才好看？”

凤凰岗上熙熙攘攘，忠义堂里座无虚席。前来贺寿的英雄络绎不绝，李文茂端坐中央的虎皮大椅，左首是洪门各堂的将领，以“洪顺堂”总堂白扇大爷陈松为首，依次是“洪义堂”掌印阿妈罗大纲、“洪兴堂”白扇三爷侯贯虹、

“洪胜堂”白扇三爷冀海树、“公义堂”二龙头胡有禄、“洪德堂”四龙头侯爷以及“洪德堂”旗下各堂口的头领，右首是以粤北绿林道总瓢把子葛耀明和“红旗帮”帮主张十五仔为首的江湖的朋友，此外还有“小孟尝”老介福、梁应琨、何敬堂、李天彪、林福祥等各家豪门的代表。

“逃军和”把包裹递上去，李文茂打开一看，哪里有什么霸王袍，里面只有一顶缀满珠子的黑夫子盔。葛耀明见状脱口问道：“二爷，这盔子好眼熟。”

“小孟尝”诙谐地说：“总瓢把子，这顶盔子为陈大老倌亲手所缝。当年二爷要是没有它给罩着，早被你的凤翅鎏金镋拍扁了。”

众家英雄哄堂大笑，葛耀明爽朗地说：“二爷和陈大老倌神仙眷侣，比翼齐飞，纵横百万军中如入无人之境，真真令人羡煞。葛某思来想去，二爷什么都不缺，唯独缺一匹能负重的千里驹，来啊，带进来。”

唐火生大眼一贵快步走到门口，“希律律”打了个呼哨。不大一会，练四虎牵着两匹马跨进忠义堂。众人眼前一亮，只见这两匹马威武雄壮，骨骼宽大，毛色晶亮，四蹄如雪，浑身上下没有一根杂毛。纯红的那匹马叫“赤炭火龙驹”，白中带红的叫“胭脂桃花马”，后面这匹马比陈罗婵在马市上买的桃花马自是强出百倍。

明眼人一看，便知道这两匹马是万里挑一的宝马良驹，李文茂过意不去，拱手致谢：“总瓢把子，礼重了，礼重了。”

葛耀明打趣：“葛某这辈子最敬重戏棚，陈大老倌手握金丝面具和金马鞭，乃是艺能通神的绝代名伶，这匹马我肯给，人家还未必肯赏脸收呢。”

昔日粤北一役，各家豪门本来陷于绝境，后来李文茂出征后才峰回路转，不仅赢得了勇闯虎穴的美名，而且通过与葛耀明交朋友大发其财，可谓名利双收。当然了，在江湖上混交情归交情，面子归面子，该露脸的时候一定要出头，不能无端输了气势。梁应琨和老介福悄悄对视一眼，觉得不能让粤北绿林道压过自己一头，梁应琨站起来施礼：“二爷，我家老九腿脚不大灵便，未能亲自来为你贺寿。家里没有别的东西，去年在古水镇挖了块绿玉，让铺子里的工匠雕了雕，权且滥竽充数，献丑，献丑。”

他说完后，卢鲨和卢彪小心翼翼抬过来一件物什。撩开盖在上面的绸布，大伙齐声发出惊叹，原来是一架用“广宁冻”制成的玉屏风。

“广宁冻”产量极少，尤其大块的玉石更属罕见。这架玉屏风所用“广宁冻”不仅个头出奇地大，而且是最为名贵的“碧海云天”——通体洁白的肌理透着晶莹的绿血，犹如掩映在白云后的碧空，色彩鲜艳得似乎马上要滴出汁液。

这些还不是出奇的，最有趣的是白云和碧空交会的地方，隐隐约约形成了些许图像。你如果仔细观瞧，会发现它们宛似一群游弋在河面上的鸳鸯，怡然自得，妙趣横生。这架玉屏风仅在边角稍事雕琢，画面的中心完全出自天然，令人击掌叫绝。

“小孟尝”再接再厉，向身后使了个眼色。“镇夷营”的统带老朝平大步走了出来，把一口箱子放在地下。李文茂问：“老兄，你又弄何玄虚？”

“小孟尝”道：“二爷，你座位上这张虎皮不符合身份，葛总瓢把子手下随便一位寨主都比你这张鲜亮，我给你换一张。”

老朝平打开箱盖，里面赫然是一张白虎皮——过去，自然界中的白虎极为罕见，平西王吴三桂当年就拥有一张白虎皮，号称吴府三宝之一，名扬天下。

在众人的喝彩声中，“小孟尝”亲自为李文茂换了座椅上的虎皮，走下来与各家豪门会了一个眼神，然后潇洒地坐回原位。他这番洋洋自得的神情惹恼了张十五仔，决心替绿林道挽回颜面，便提了一个小匣起身行礼：“二爷，要不是当年你从野狐岛弄来那船货，根本没有我兄弟的今天，所以你老人家办寿我得亲自来，让阿钿兄弟在帮里留守。本帮草莽鄙陋，拿不出什么值钱的玩意，二爷莫要介意。”

通过这几年的大力经营，“红旗帮”已非吴下阿蒙，发展成为拥有战船六十余艘、火炮千门的海上雄师。虽然达不到昔日的盛况，但对付广东水师绰绰有余。在西起马六甲、东至香港岛的数千里海疆称王称霸，除了英美鸦片走私贩子的武装剪子船不好对付外，其他像什么葡萄牙等国的老式帆船根本不在话下。南洋诸国为了维持本国至广州的海上贸易，不得不竞相献宝结纳，花钱买平安。

“张帮主此言差矣，兄弟情谊岂财货可比？”李文茂接过匣子，打开一看，里面有几粒种子模样的东西，不禁诧异地问，“此为何物？”

张十五仔慢条斯理地说了四个字:"'柔佛人荟'!"

"你说什么?"李文茂吃惊地站起身,在座群雄亦是惊愕万分。众人久慕"柔佛人荟"的大名,没想到竟然在西海大寨有幸一睹真容。

张十五仔故意用平淡的语气说:"二爷,阿钿兄弟说你什么也不缺,要说缺的话大概只有一样,就是能祛除蛇毒的仙草。这些种子是我从暹罗国国王那里索来的,听说必须水土灵异才适合生长,养成人形起码要十年的时间,不知道是否用得上?"

释心师太调制的丹药仅用于遏制蛇毒蔓延,这个世界上能根除蚺蛇之毒的灵丹妙药,非九叶碧血仙茅和"柔佛人荟"两种仙草莫属。李文茂从陈罗婵口中得知,苏仁山和侯陈带各拥有一株碧血仙茅,他弄不清楚哪一株才是真正的九叶碧血仙茅,现在问题解决了,张十五仔送来了"柔佛人荟"的种子,兰花洲上有甘洌神奇的井水,正好适合仙草的生长。

李文茂去掉最重的一块心病,从里到外畅快淋漓,离开虎皮大椅,来到张十五仔面前一躬到底:"张帮主,大恩不言谢,算李某欠你一条命。"

张十五仔慌忙搀扶:"二爷,这可使不得,使不得。"

绿林道与豪门之间的斗宝胜败已分,"小孟尝"输得心服口服,感叹不已——看来再多的稀世珍宝,终究难敌易兰花在李文茂心中的分量。

接下来是洪门各堂兄弟敬献礼物,各种奇珍异宝琳琅满目,其中不乏治病的奇草,像"洪胜堂"送的占城神莲和"洪兴堂"送的丹霞灵芝,均可入药遏制蛇毒,与"柔佛人荟"配合起来标本兼治。最后轮到了"洪顺堂"总堂,叶亚来把一个礼盒递到陈松手里,李文茂见状不敢托大,主动来到陈松面前,屈膝跪倒:"谢掌堂大爷恩典。"

洪门之主送的贺礼那还得了?对李文茂来说,叶亚来是他的师傅,陈松是他的师祖,对他们行三跪九叩大礼应当应分。"失魂松"瞅着李文茂越看越欢喜,三年没见,这孩子成长为洪门新一代的领军人物,不仅报了杀父之仇,而且把"洪德堂"经营得风生水起,远远超过了至慧禅师做掌印阿妈的鼎盛时期。

经过十六年的休养生息,三合会已经度过了低潮,展现出一派勃勃生机。过去仅有"洪胜堂"在粤西一枝独秀,现在则呈各大堂万舟竞发之势。

老字号的三大堂焕发青春，相继拿下了湘南绿林道和粤北绿林道两大势力，继而挺进三角洲，兵临广州城下，将两粤官府的统治中心团团包围，这是何等令人振奋的气象！

陈松从白沙江水寨走到西海大寨，情绪高涨。放眼望去，“洪德堂”新立各堂的龙头尽是少年英雄，个个武艺高强，人人豪气干云，前途不可限量。作为少林一脉出身的大佬，陈松为洪门有如此雄厚的人才基础而高兴，对“洪德堂”的未来充满了信心。

他托着手中的礼盒，扫了一眼众人，最后把目光落在了对面的葛耀明、张十五仔、“小孟尝”、梁应琨等人的身上，笑着说：“各位是茂仔的好朋友，本座说话就不用客套。掌堂大爷这件礼物是‘浑天门’代代相传的宝物，里面有一段关于‘浑天剑’来历的掌故，各位不妨一起听本座唠叨唠叨。”

右首的绿林道和各家豪门皆为武林中人，对“浑天剑”平日只闻大名，未得其详，更不知道这路神秘剑法的来历。听“失魂松”这么一说，葛耀明、张十五仔、老介福、梁应琨、何敬堂、李天彪、林福祥等人抱拳拱手：“愿闻其详。”

别说葛、张、老、梁、何、李、林诸人不晓得“浑天剑”的来历，即便在座的洪门老兄弟像侯贯虹、冀海树、罗大纲等人也是一头雾水。另外，大家只知道“浑天门”代代相传的宝物是大慈和尚佩戴的那柄“盘龙剑”，从没听说还有其他的什么物件，因此凝神屏气，都想听听这段难得一闻的武林掌故。

众人之中，唯有李文茂惊悚地打了个冷战，一听“浑天门”这三个字便头皮发麻。“小元霸”迄今还没有见过大慈和尚的庐山真面目，不知道洪门之主选这件礼物的用意何在，难道他知道自己偷学了“浑天剑”？

随着李文茂胡思乱想，胸口的火龙珠突然发出了光芒。

陈松瞅了李文茂一眼，打开礼盒的盖子，意味深长地说：“茂仔，掌堂大爷这辈子很少给别人送过礼物，尤其是‘浑天门’的传家宝，你看好了。”

莫非三爷陈松也知道自己会“浑天剑”？琼花会馆人来人往，关系芜杂，保不齐消息在哪儿就泄了出去，想滴水不漏怕是不大容易。李文茂心头七上八下，抬头一看，盒子里装的原来是一只白中泛青的瓷碗——咦，这碗能有什么讲究？

李文茂双手接过瓷碗，重复了一遍刚才的话：“谢掌堂大爷恩典。”

“失魂松”问：“茂仔，你瞧出了什么门道？”

李文茂低头端详那碗，发觉它和普通的瓷碗没有什么区别，只是外壁写着三个大红字“海幢寺”，翻过来碗底还有两个小字“澹归”。后面的“小孟尝”伸出头觑了个真切，惊讶地喊了一声：“这不是海幢寺的澹归碗吗？我家里也藏着几只呢。”

澹归和尚姓金名堡，文武双全，曾任南明永历朝的大臣，桂林城破后削发为僧，拜海幢寺住持天然和尚为师，法名今释，为天然和尚第四法嗣的传人。在皈依期间，他曾请高手为海幢寺烧制过一批特殊的瓷碗。这种碗保鲜性能出众，据说夏日盛饭不馊，冬天养花娇嫩，在岭南收藏界声名显赫，现在已经很难寻觅。

林福祥疑惑地问：“三爷，难道‘浑天剑’出自海幢寺？”

明末清初，海幢寺的地位可比今天高多了，巍然雄踞广州四大丛林之首，很大的一个原因是寺内会聚了成千上百的反清志士。这些人顶礼拜佛，赋诗讲学，以诗歌和佛陀为掩护从事反清大业，这就是历史上赫赫有名的“海幢诗僧”，屈大均、陈恭尹等人均为海幢诗会的积极参与者。澹归和尚与师兄阿字和尚同具功夫在身，曾经徒步万里奔走于岭南与关外之间，他烧制一批这样的碗，其中一个用途是为了便于联络和身份识别。

“不，”陈松摇头，“澹归和尚顺治十八年就离开了海幢寺，应丹霞山主之邀在山上建造了别传寺，‘浑天剑’实出于丹霞一脉。”

年初，李文茂专程赴丹霞山修炼“六祖心经”，踏遍了大小各峰，拜访过已经改为十方常住的别传禅寺，对丹霞一脉的武功多少有了一些了解。说起来，这座昔日的武学重镇与他冥冥中有一些关联——明末清初，原明虔州巡抚李永茂、李充茂兄弟购得丹霞山，铺石架梯，修关筑寨，开发丹霞山，容留各地南下的遗民，积极从事反清复明的事业。李永茂死后，李充茂慕澹归和尚之名，于顺治十八年将丹霞山双手奉赠。后者接管丹霞山以后，结纳天下豪杰，继续谋划复国大业，将丹霞山打造成为岭南首屈一指的武林重镇。

罗大纲手捋虬髯：“如此说来，澹归和尚是‘浑天门’的开山祖师？”

“不能这么说，澹归和尚虽有武功，但他是文人出身，又曾遭阉党酷刑以至身残，武学修为其实相当有限。”陈松继续说，“澹归和尚的长处在于眼界极高，当时从中原流落到丹霞山的武学甚多，内中有一门失传已久的‘盖天剑’极其玄妙，令他视若珍宝。为了修炼这门古老的武学，澹归和尚离开丹霞山周游大江南北，拜访各地武林高手试图破解其中奥秘，可惜因为他自身武学资质较浅，一直未能如愿以偿。好在法师收过两个聪明的弟子，一个叫古罡，一个叫古虚。后来，澹归和尚在临终时把‘盖天剑’传给古罡和古虚，并留给他们每人一只这样的澹归碗，叮嘱他们破解剑法，完成乃师遗愿，勿忘灭国之耻。”

在座的洪家兄弟和江湖豪客听入了迷，对眼前这只碗不由得肃然起敬——没想到一只区区的白瓷碗，竟然盛着那么多人生曲折、国仇家恨！

葛耀明急切地问：“他们二人谁是‘浑天门’的祖师？”

“大弟子古罡法师。”陈松揭示出谜底，“古罡法师在甲寅年曾经参与创建洪门，因此将别传寺住持的位置让给了师弟古虚法师，自己坐船去了福建漳州，奔走复兴大计。哪里想到两年后，国姓爷的不肖子孙把台湾交给了鞑子，天下志士捶胸顿足，切齿痛恨。从台湾回到东山岛的船上，古罡法师目睹日月倒悬，长夜漫漫，义愤之下悟出了‘浑天剑’。这套剑法在‘盖天剑’的基础上删繁就简，每一招都充满了难以遏制的杀气，因此虽然跻身天下头等剑法之列，却攻有余而守不足，特别是最后两式未臻完善，诚为武林一大憾事。”

原来“日贯长虹”和“月淡云疏”没有合二为一的根子在这里。李文茂脑子飞转，脸上却不敢有任何的表情，生怕被陈松和冀海树看出破绽。

听到这里，在座的洪家兄弟叹息不已，既为“浑天剑”的光荣身世感到骄傲，又为它与生俱来的缺陷觉得惋惜。罗大纲问：“那位古虚法师呢？”

“古虚法师是个内向的人，他在丹霞山一住便是一甲子，矢志完成其师的遗愿，最后终于悟透了‘盖天剑’。”陈松说到这里，语气突然一转，变得怒气冲冲，“可惜这么好的剑法却所传非人，乾隆四十年，朝廷派兵捣毁澹归和尚的埋骨塔，驱逐别传寺的僧众，全寺死难三百余人。当时的住持是古虚法师的关门弟子戒妄禅师，他杀出丹霞山后潜至罗浮山冲虚观，取了个玉清道人的名号，摇身一变成了道士，六年后当上冲虚观住持。此人贪慕富贵，把‘盖天剑’改了个名字叫‘逍遥剑’，从此开辟‘逍遥门’，成为威武窑子驱使的走狗，一味与我洪家兄弟为仇，这个数典忘祖、为虎作伥的恶贼就是金蟾老儿的师傅。”

群雄听完恍然大悟，闹了半天，“逍遥剑”和“浑天剑”这对老冤家竟然本出同源，同为别传寺武功的传人。换而言之，他们以前端的都是这只澹归碗。

三爷陈松讲完故事，意味深长地瞥了李文茂一眼：“茂仔，你懂掌堂大爷的意思了吧？”

李文茂手捧着澹归碗，只觉得“海幢寺”那三个红色的大字越来越鲜亮，犹如凝固的血液开始融化流淌，渐渐变成两个圆环，变成了一对仿佛能穿越千山万水的凌厉之目——这是洪门之主大慈和尚的眼睛，他似乎在向自己发问：“伢仔，你是不是练了‘浑天剑’？”

说句心里话，李文茂身负“六祖心经”和石像三十二穴功法这样的奇功，并未曾把“浑天剑”放在心头，他觉得自创的“龙渊刀”法都比“浑天剑”立意要高。但事是这个事，理却不是这个理——在洪家兄弟看来，“浑天剑”乃是足以媲美“逍遥剑”的洪门绝技，象征着洪门的荣誉和大龙头至高无上的权威；而在李文茂看来，承认修炼“浑天剑”与否，直接牵涉到师傅大悲和尚的声誉，不到最后关头，他绝不会松口。

想到这里，李文茂提高嗓门：“掌堂大爷这是教导属下不要忘了列祖列宗，不要忘了国仇家恨，不要忘了死在‘逍遥门’剑下的兄弟。三爷，请你转告掌堂大爷，多谢他老人家特优恩典，纵然不打赏宝物，本堂兄弟也要和‘逍遥门’斗个高低。”

“哦？”陈松听出了李文茂的弦外之音，惊喜地上上下下打量了他一番，问道，“茂仔，你真有这样的本事？”

李文茂微微一笑：“金蟾老儿为洪门公敌，谁肯放过他？”

“好，好，有志气。”陈松仰天大笑。

由于大慈和尚把继承大位的条件公之于世，因此，大度和尚不但时时防备“玄真道士”丁复国的一举一动，而且对李文茂可能偷学“浑天剑”一事耿耿于怀——他认为“浑天剑”是唯一能够战胜“逍遥剑”的剑法，所以，李文茂如果真的偷学了“浑天剑”，其威胁将远远大于“玄真道士”丁复国。

“失魂松”则完全相反，他没有继承洪门大位的想法，故而能摆脱个人利益的束缚，从大局出发来看待这件事情。金蟾道士贵为武林至尊，剑法之高妙出神入化，实为洪门历史上前所未有的强敌。在这种形势下，不管哪位洪家兄弟取了金蟾道士的项上人头，都算是为洪门立下头功一件，这比谁做洪门之主重要得多。陈松的视野很开阔，既没有把击败武林至尊的希望押在大度和尚与丁复国二人身上，也没有把战胜"逍遥剑"的希望押在"浑天剑"上。陈松此番来西海大寨的目的十分明确，就是为了摸清李文茂有没有练出比"浑天剑"更强的绝技。从这一点上来说，他达到了目的。

当然，与三爷陈松同样嗅觉敏锐的恐怕还包括大慈和尚，他选择澹归碗当作礼物本身就煞费苦心。当年那场武林巅峰对决的失利，像泰山一样在洪门之主头上足足压了十六年，那不是他一个人的失败，而是天下洪家兄弟的失败，这个世界上没有人比他更希望洗刷前耻。但如果将来战胜"逍遥剑"的不是"浑天剑"，取金蟾道士项上人头的不是师弟大度和尚，那么他这个"洪顺堂"掌印阿妈兼"浑天门"掌门师兄的脸，该往哪里搁？

澹归碗里飘出来的微妙气息，只可意会，不可言传。

陈松和李文茂爷俩互相打哑谜，身在棋局外的人基本上听不明白。忠义堂群雄中，只有罗大纲、侯贯虹和冀海树三人听出了味道。

所谓当事者迷，旁观者清。侯贯虹和冀海树各为其主，分别支持丁复国与大度和尚，根本不相信才二十岁出头的李文茂能挑起对抗金蟾道士的重担，这既是见识短浅，又是因切身利害而变得一叶障目。像陈松那样超然的人只有罗大纲，他不愿喜庆气氛被冲淡，从李文茂手里接过澹归碗，说起笑话："我们那儿的何老六去年到南华寺上香，路过英德的一个镇子。半夜客栈里忽然来了一伙强人，满嘴的行话利落极了，把碗叫莲花，筷子叫篙竿，盘子叫荷叶……有些叫法连他这个老江湖都没听说过，只好问人家：你们是'洪兴堂'萧阿妈的兄弟，还是粤北绿林道葛总瓢把子的孩儿？"

这句玩笑把"洪兴堂"和粤北绿林道全拐了进去，众人齐声叫好。葛耀明哈哈大笑，侯贯虹连连作揖："罗阿妈，口齿留香，口齿留香。"

罗大纲幽默地说："侯三爷，有事快办，别耽误了弟兄们吃酒。"

侯贯虹见李文茂回到虎皮大椅，急忙离开座位，躬身请示："二爷，眼下各堂都在扩编人马，恰恰本堂旗下'兴义堂'的鸦片买卖陷于停顿，萧阿妈为了粮饷的事天天发愁，一个没留神，‘兴胜堂’就在花县惹了麻烦，千万不要见罪。”

“三爷不要客气，”李文茂道，“天下洪门一家亲，请你回去禀告萧阿妈，鸦片买卖事关贵堂军械粮饷，本堂一定大力支持。另外，我已令‘德兴堂’在花县让出部分地盘，你叫两位陈当家的来见我就是。”

“兴义堂”恢复鸦片运输生意是求“洪德堂”帮忙，“兴胜堂”打入花县却要挤压“洪德堂”的地盘——伸手求人帮忙的同时又偷偷挖人家墙脚，这两件事情合在一起，凡是有点脸面的人谁好意思张嘴？侯贯虹没有想到李文茂应承得如此利落，有点不敢相信自己的耳朵，喃喃地问：“二爷，甘大龙头他没有不高兴吧？”

李文茂用手一指甘先，诙谐地说：“侯三爷放心，本堂经略的地面财货云集，不差花县那点山地，回去向萧阿妈报个安吧。”

侯贯虹感激涕零：“谢二爷美意。”

冀海树肩负着与侯陈带一样的使命，见李文茂心情不错，心想趁热打铁，赶快把正事办了要紧。他起身先向侯爷等“洪德堂”头领作了一圈揖，然后说道：“本堂虽然地域广阔，人马众多，但是没有一个出海口。请二爷看在洪家兄弟的面子上，行个方便。”

董士霆骤然作色：“你们难道还不方便吗？”

“洪德堂”发展势头迅猛，与其他三大堂均有接壤摩擦的问题，这只能靠大龙头的智慧和威信来解决。罗大纲和萧明远皆为慷慨英雄，碰到这样的人李文茂吃多大亏都心甘，所以根本不存在什么别扭。要说有问题的话，那就是和“洪胜堂”之间的矛盾。

“洪胜堂”的短板在于水师不济，因此，浔州府和郁林直隶州一带几乎看不到他们的庚金白虎旗，这让胸怀大志的大度和尚如鲠在喉，寝食难安。三年前，“洪德堂”被官军打得几乎全军覆没，大度和尚趁机挥师东进，打算把这两块地盘尽数收于囊中。可惜的是这两个地方江河纵横，水寨林立，“洪胜堂”整整厮杀了三年，硬是连一块立足之地也没有拿下。唯一的成果是打进了廉州府，取得了直接入海进行南洋贸易的通道。

廉州府属于广东辖境，和浔州府、郁林直隶州同为当年划给“洪德堂”的防线。后者用血肉之躯为总堂浇筑了一道铜墙铁壁，结果前线兄弟尸骨未寒，吃奶长大的“洪胜堂”却跑过来抢地盘，将士们闻之无不义愤填膺，对大度和尚落井下石的行为感到齿寒。

李文茂接掌龙头令旗以后，把“德胜堂”这条水中蛟龙放入白沙江水寨，要求他们首先向南打通北流江与合浦水，从水路直插郁林直隶州的中腹；同时命侯爷和董士霆将云雾山七处大寨改造为七个堂口，集中力量沿陆路向西猛扑，策应梁培友的南下水师。这一水陆并进的战略取得了奇效，郁林直隶州境内的绿林势力无不望风披靡。初战告捷后，“洪德堂”以郁林直隶州为后方，剑指浔州和廉州二府，随时准备收复失地。

李文茂理解兄弟们对大度和尚的怨气，然而他已经定下向东发展的战略目标，不想与大度和尚在粤西过多纠缠，于是摆手止住董士霆，爽快地应承：“冀三爷，洪家兄弟把头壳别在裤腰带上造反，图的不是地盘，不是富贵，而是‘忠义’二字。请你回去转告贵堂大龙头，廉州府和郁林直隶州我可以让给他，但希望他将来挥师北上经略桂林府，在粤西官军的老巢杀他一个天翻地覆，这才是我洪门应有的手笔。”

“二爷够种！”忠义堂里群情激昂，吼声震天。

“小孟尝”见状，对李文茂佩服得五体投地，不拘泥于一时得失，这才是真正有襟怀、有抱负的大英雄。他站起来笑着打了个躬：“二爷，我们几个也有不情之托，红毛鬼子的兵船已经开到了伶仃洋，马上又是一场刀光剑影，腥风血雨。我们各家没有你那么大的志向，只求保全财货人丁，万一有难，尚乞二爷施以援手才是。”

“各位虽然没有入堂，但都是旧日兄弟，李某岂能坐视不管？”李文茂斩钉截铁道，“再说洪家反清复明，还不是为了行仁行义、保境安民？红毛鬼子倘若只打威武窑子，本堂自然不会与他为难；他要是敢骚扰地方百姓，弟兄们手里的家伙绝不是吃素的。”

见李文茂三言两语便把棘手的问题悉数解决，三爷陈松笑得眼睛眯成了一条缝：“茂仔双喜临门的吉祥日子，你看咱爷们怎么还办公事？来来，把酒席摆上，我和众家弟兄吃他个不醉不归。每人至少十八碗，啊不，十八朵莲花。”

第七十二回　月辉星移

道光二十年夏至这一天，义律期待已久的远征军舰队终于出现在伶仃洋面。加上之前的四艘军舰，这支舰队的军舰数量达到十六艘，此外，还包括四条隶属于东印度公司的武装轮船和二十多条运兵船，总兵力近七千人。

战争阴云对广佛两大城市的影响各有不同，佛山堡人笃信北帝佑护的神迹，没有把红毛鬼子当回事，以祖庙为首的各大会馆都在布置戏棚，迎接红船戏班的返归，为即将到来的金色六月紧锣密鼓地做着准备。相对应的是，广州城那些惜命的财主老爷纷纷携带家眷，雇佣船只外逃避难，他们赖以栖身的第一站便是佛山堡。

这种形势下，洋人商馆对面的河南岛首当其冲，风声鹤唳，好在伍家对此早有准备。往远了说，从六年前律劳卑那次挑衅开始，伍秉鉴和伍紫垣父子就做了周密的安排，近些年在南海县大沥堡和顺德县陈村两个地方布置了大量产业，训练了不少家丁，房子、园子和家具均是现成的，随时可以搬过去住。

啥都准备好了，人也撂倒了——经历了丈夫被枷锁、儿子出走双重打击的伍梁氏，像跋涉过沙漠的骆驼一样訇然倒下，再也无力支撑那漫长的煎熬。老伴卧病在床，伍秉鉴根本不可能离开万松园，他已经过了古稀之年，即将走向生命的终点，还瞎折腾什么？

人这一辈子到底图什么呢？伍秉鉴蜷缩在椅子里，怅惘地想。

他是个绝顶聪明的人，不然不会积累到如此令人咋舌的一笔财富——他把一部分聪明用在别人身上，他对所有认识的人都很慷慨，有求必应，甚至包括从不间断的官府勒索；他把大部分的聪明用在了自己身上，这几十年他几乎没有发过火，没有给别人摆过难堪，甚至没有大声说过话。克制住一切“恶”的冲动，将自己塑造成了一架所向披靡的赚钱机器，一个人人称颂的道德楷模，一尊无欲无求的弥勒大佛。

但他真的没有人生遗憾吗？没有想换一种人生吗？

天气是阴凉的，答案是否定的。

外面飘起了一点点雨丝，在台风肆虐横行的季节，没有这些裹挟着泥土芳香的精灵岂不是作怪？伍秉鉴把头扭向窗外，缥缈的大湖映入了眼帘。这个陪伴了他大半生的湖泊吸走了他灵魂中的精华，然而它属于他吗？不，这个湖，这片林，以及整个园子里的一切，皆由二哥伍秉镛设计营造，散发的是那种强烈的奔放气息，没有一份是属于自己的精致。

那样惬意的诗书宦游生涯，哪个不心驰神往？伍秉鉴默默地看着斜雨，在生命的最后窗户里眺望陈年。他没有怨悔，没有畏惧，有的只是对人生的不解——自己不喜欢这种人生，为什么却成了富可敌国的十三行总商？自己向官府捐赠了将近一千万两的白银，为什么不能保全做人起码的尊严？自己为这场劫难足足准备了六年，为什么最终仍然没有逃出它的阴影？

就在伍秉鉴快打盹的时候，大管家伍长福惊慌失措地跑了进来：“不好啦，少爷要把‘玉玲珑’拿走，说是给陈大老倌结婚当贺礼。”

“唔。”伍秉鉴毫无表情。

躺在床上的伍梁氏睁开了眼睛，气若游丝地喊：“老爷，拦住他，当心灾祸。”

迟疑了一会，伍秉鉴对伍长福说：“你，把他叫来。”

老浩官以儿子的名义捐纳给官府的那条洋大眼鸡名叫“甘米力治号”，翻译过来就是“剑桥号”的意思。这条船原来是商船，后来被改造为拥有四门远射炮、二十七门十八磅炮的临时战舰。船长道格拉斯过去是个海盗，缺乏商人应有的谨慎和戒备心理，着着实实被义律耍了一把——道格拉斯到虎门时正值义律狼狈不堪之际，身边唯一的一条战舰“拉恩号”被他派出去送信，是典型的光杆司令。他见到“甘米力治号”立时喜出望外，给道格拉斯灌了一肚子的迷魂汤，答应出高价购买。结果“窝拉疑号”战舰刚到，义律马上翻脸不认人，只愿意掏两个月的租金。道格拉斯这个跟头栽得不小，最后被迫把船贱卖给旗昌洋行，后者将之改了个名字叫“切萨皮克号”，过手给了背后操盘的伍家。

捐出“甘米力治号”后，林则徐对伍家的态度发生了根本的转变，伍紫垣归来的时机完全成熟。这个白面书生在大头洲吹了半年的海风，回来时须发皆直，脸盘子和胳膊腿上的肉晒得黑黢黢的，好像还结了硬块，平添了一份草莽的豪气。伍家上下无不感到欣慰，觉得少东家锤炼成了一条汉子，这趟离家出走，真是赚翻了。

听说父亲叫自己，伍紫垣扭头紧盯着伍香韬，把“飞虹锏”看得心里突突直跳。他急忙撇清自己的责任：“少爷，不是我通的风，真的。”

“谁通风报信也没用，现在是老子当家作主。”伍紫垣拍了一下桌子，大声吼道，“佛山堡你别去了，到海幢寺把阿坤叫出来，让他在船上等我。”

伍香韬被迫交代：“少爷，我实说了吧，是老管家干的。”

“哼。”伍紫垣瞪了他一眼，毫无收回成命的意思，大步流星离开了书房。伍香韬在后面无奈地摇了摇头，这位主子经历风雨长了见识，脾气这家伙也见长了。

伍梁氏斜卧在病榻上，爱怜地看着儿子：“崇曜，不是阿妈舍不得物件，而是玉龙仙长生前给‘玉玲珑’相过面。这东西是有灵性的，你给它随便换了个主子，将来闹出动静来有祸无福，我是怕你再遭劫难啊。”

玉龙仙长上一个月刚刚过世，伍紫垣梗着脖子：“阿妈，我经历过这一回，以后多大的灾祸也不怕。洋人的兵船已经开到了虎门口，马上就是战火纷飞，玉石俱焚，还有比这更大的灾祸吗？说一千，道一万，总不能说这场仗是‘玉玲珑’引起来的吧？所以玉龙仙长的话也未必可以全信。”

“你这伢仔，我是为你好，懂吗？”伍梁氏被儿子顶撞，接二连三地咳嗽起来。丫鬟婆子连忙上前擦汗的擦汗，喂药的喂药，手忙脚乱。

伍秉鉴似乎没有把这一幕放在眼里，过了半晌，他才问儿子："你拿定了主意？"

伍紫垣重重地点了点头。

伍秉鉴慢吞吞地说："圣人云祸福相倚，宝物可能招致祸端，也可能带来转机。记住爹一句话：留得青山在，不愁没柴烧。"

河面上舳舻相接，桡楫交击，从广州去佛山堡的船只比往常增加了好几倍。伍家的船队行至大沥堡，分作两路——大队满载物品驶往位于草堂桥的乡间别墅，余下两条快船拖着四条舢板在三官庙下碇，"铁桥三"陪着伍紫垣登岸打尖。

挂着姑苏"祥麟班"旗帜的篷船靠了过来，景曼卿从船舱里钻出来东张西望，似乎打算找一个地方临时歇脚。梁坤招手："景大老倌，上来吃茶。"

景曼卿一见伍家的船，脸上露出了复杂的表情，犹犹豫豫："算啦，就在船上歇一会吧，反正离佛山堡也没多远了。"

景曼卿和宁洪崖在何大少手里吃过亏，而何家恰是伍家在大沥堡的生意伙伴之一，所以他对伍家人一直怀有心理戒备。梁坤冲着伍紫垣扮了个鬼脸，对景曼卿说："你这个人啊，就是心眼太小，我们少爷又没得罪你，何必拒人于千里之外？"

万松园风景秀丽，笙歌弦舞，几乎每天都在招待达官贵人和士绅名流，英吉利厅旁边的大戏台就是为"外江班"准备的，姑苏"祥麟班"是那里的常客，哪能和伍紫垣闹僵？景曼卿尴尬地笑了笑，拱手道："叨扰了。"

待景曼卿、春官、秋官三人上了岸，伍紫垣客气地问："你们这一趟去谁家？"

景曼卿回答："居仁里的黄家。"

伍紫垣一愣："他家还有余财请你们教习？"

景曼卿解释："掏钱的是张家大奶奶，黄家地方清净，张大奶奶喜欢在那里唱。"

张家大奶奶即冯紫玉，这女人以学戏为名，一年三百六十五天住在佛山堡，连婆家的门也不登一步。伍紫垣又问："梁大奶奶去吗？"

景曼卿点头称是："还有九江圩的老大奶奶，她们几个是老戏骨，又是好姐妹，据说想凑一台戏送给陈大老倌当贺礼。”

梁大奶奶指的是卢浣霞，老大奶奶指的是何小鸾。伍紫垣心想，凑一台戏当贺礼，这个办法倒是别致出彩。

几个人正在有盐没醋地闲聊，从下游方向上来一艘威风凛凛的官船，船上悬挂着汉军八旗的旗帜，到了三官庙的码头放慢速度。隆福站在船头，背着手、踱着步观赏风景，发现伍紫垣后故意大声叫唤：“这不是伍大人吗？你又打算躲到佛山堡去？”

韩肇庆的残渣余孽没有一个是省油的灯，伍紫垣不想招惹麻烦，只好忍着气回道：“此话从何说起？大人去得佛山堡，难道蚁民去不得？”

“哈哈哈，老子领了帅令前去拜访吴方伯，共筹平夷大计，不去佛山堡去哪儿？”隆福讽刺，“我就奇了怪，红毛鬼子是十三行的好朋友，他们来了阁下应该高兴才对，咋还忙着往外跑？是不是怕戴一顶汉奸的帽子？”

隆福只顾喷得高兴，一不留神说秃噜了嘴，习惯性地把“汉奸”二字说了出来。这两个字刚一出口，他立刻意识到不妥。果不其然，小浩官毫不客气，抓住破绽立马回将了他一军：“我最怕人家说我是汉奸，丢先人呢。”

隆福没有韩肇庆水师巡缉船的垄断权力，更缺乏“韩狐狸”那么机灵的头壳，干瞅着伍家这块大肥肉不知道从哪儿下刀子。他本来对小浩官心存芥蒂，听到他竟然敢出言不逊，气得暴跳如雷：“姓伍的，别以为你捐了两个臭钱就了不起，老子照样能收拾你。”

见对方气急败坏，伍紫垣肚子里舒畅多了，心想你一个汉军八旗的二胰子，有什么脸面在老子跟前装大尾巴狼？他笑着说：“这个我信，我哪比得上你隆老爷？祖上从龙入关，积下了八辈子的阴德，要不怎么能吃得上铁杆庄稼？”

“我肏你姥姥。”隆福从刀鞘里拔出腰刀，瞧了一眼伍紫垣身旁的“铁桥三”，又悻悻地把腰刀塞了回去，吼了一句，“开船。”

官船离开了三官庙，隆福揉着心口愤愤不平，同时觉得十分纳闷：林则徐晓谕广东绅民的告示上口口声声要捉拿汉奸，从广东到紫禁城，从各级官吏到英明神武的圣上，怎么好像都没有觉得“汉奸”这两个字大逆不道？

梁家的新园子依旧那么荒凉，这是从人的角度来看的；如果从石头的角度打量，这个园子那真是熙熙攘攘，石满为患。俗话说不打不相识，自从两年前交下葛耀明这个朋友后，梁九图便带着人整日奔走于粤北群山，乐此不疲，将喜欢的石头一船一船地运回佛山堡。天地之所以广大无穷，只因为人眼的缝隙太小。梁九图像狗熊掰玉米一样，永远觉得新石头最美，永远把宝不当宝，如此一来，汾江河边的园子里石头堆成了山。

苏仁山足不出户，在园子里一住就是两年，他的画笔和眼神修炼如刀，把自己的心当石头不断地削、凿、雕、刻。伟大的天才毕竟与众不同，苏仁山的心好比普罗米修斯的肝脏，被秃鹫啃掉一块便迅速长出一块，总是那样鲜活和充满灵感。这一点让黄广华与叶四和二人敬佩不已，觉得苏仁山简直是当世圣人。

苏仁山雇佣黄、叶二人来园子干活，说白了是让他们俩陪着自己说话。叶四和明白了这个道理后不再有心理负担，每次在琼花会馆干完活，都推一车木材进园子练习手艺。这里有吃有住，有山有水，身边放着一个画中圣手不用，那不是傻子吗？

两年下来，黄广华与叶四和的木雕技艺确实长进了不少，后来黄炳也看中了这一方闹中取静的宝地，没事便从石湾坐船来这儿住几天。如此一来，梁家花费巨款购置的黄金地段，成了画匠、木匠和陶匠的天堂。

梁九图真是暴殄天物，园子里的石头实在堆放不下，他就让人在门前砌了一座规模很大的石码头，把一整座石山藏在了水下。伍紫垣站在船头越看越奇怪，摸不清梁九图葫芦里到底卖的是什么药，难道说这个书呆子想把园子租出去当商铺？

伍家的船只驶入空旷的码头，伍紫垣跳上石阶信步走进了园子。梁九图的小厮梁侍武从凉亭里飞快地蹿下来，跑到门口殷勤道："五爷，你来怎么没提前打个招呼？"

伍紫垣皱着眉头问："你家九爷不在？"

"在，在，在。"梁侍武忙不迭地回答，"他和三房的三爷在山顶练字呢，你要是提前打个招呼的话，九爷一准派船去迎你。"

"迎什么迎？我又不是头一回来。"伍紫垣说，"对了，三爷这个大忙人，今天怎么有空来园子里写字？莫非他把吴老四弄下来了？"

梁侍武一脸愁容："好我的五爷，你真是哪壶不开提哪壶，自从吴方伯回家以后，吴老四的屁股坐得更稳了。这家伙一手遮天，前些日子义仓值事改选，莫、唐、任三家关系好的全得了甜头，明摆着拉拢人心嘛。三爷一生气，干脆回家练字。”

道光二十年初，佛山堡三大豪门之间的力量角逐发生了新的变化：吴家的吴荣光以正二品官衔退休回乡，梁家的家长梁蔼如因病去逝，势力此消彼长。吴璧光利用这个好机会，积极扶持莫、唐、任等新兴势力，排挤梁、李、冼等旧日豪族，大力遏制主要竞争对手的发展，为吴家把持佛山堡争取最后一搏。

伍紫垣穿行在石山之间，满眼所及除了石头还是石头，几乎连根草也看不见。正当他心情烦躁的时候，眼前突然出现了一条弯曲的水面，两边各有一座高大的石山。梁九图从右侧山头探出身子，高兴地叫道：“五哥，你看我的石头多不多？”

伍紫垣拾级而上到了石山顶，气喘吁吁地说：“你算逮到不花钱的主了，不把人家粤北的山包挖空，我看你就不算完。”

梁九图非常得意：“这些都是好石头，值钱着呢。”

梁应琨停下手中的笔，提出了异议：“值钱倒未必，世面上的好石头你看不上，你看中的石头别人看不懂——看不懂，谁肯花钱买？”

“这是什么道理？”梁九图奇怪地说，“没人买，好东西就不值钱吗？”

论书生脾气，梁应琨和伍紫垣两个人捆在一块也比不过梁九图，梁应琨只好笑道：“值钱是值钱，那你把它们卖了，看能不能把运费挣回来？”

梁九图一怔，心里不得不承认梁应琨所言非虚，世面上玩石的人多不识货，这些藏有天然奇趣的石头落到他们手里，还真卖不出什么好价钱。他脸上发烫，赌气地说：“你放心，我一定能采到价值万金的好石头，让大家心服口服。”

伍紫垣问：“福草，这么多的石头，难道没有一块中你的意？”

梁应琨苦笑：“他要的是做梦，哪是什么石头？”

找到令天下山石无颜色的石头，打造一座堪称艺术至境的奇石之园，乃是梁九图平生最大的梦想，亦是他人生孜孜以求的目标。五年前，他曾经在“偃月楼”吐露过这一志向，当时在场的不仅有伍紫垣和谭莹，还有寄居在园子里的苏仁山。小浩官追忆往事，不禁把目光投向对面的石山，他没有找到苏仁山，却发现不远处的正埠码头耸立着一座木楼，上面有一个熟悉的人影在不停地晃动，他脱口而出："呀，那不是王山公吗？"

"对啊，是王老爷。"梁应琨回答。

伍紫垣丈二和尚摸不着头脑："他在木楼上干什么？"

王山公和吴璧光结下了梁子，处处与之作对，是梁家人天然的同盟军。梁应琨一看到他的身影，心里就满是畅快："知府大人的官船刚到佛山堡，合镇士绅在正埠码头出迎，那么大的动静，王老爷能睡得着吗？"

英军远征舰队逼近虎门口，大战一触即发，林则徐坐镇两广总督衙门加紧备战。考虑到佛山堡是烟户数十万的天下巨镇，一向有武装自卫的光荣传统，他命令署理广州知府余保纯走一趟佛山堡，代自己向刚回到故里的吴荣光问安；同时希望"大魁堂"积极筹措粮饷，迅速扩大武装，做省城的坚强后盾。

"大魁堂"下辖"大会馆"在广州府是实力最强的一支乡绅团练，平常没事的时候尚且维持着近千号的武装铺丁，如今要扩充起来还不翻他好几倍？林则徐怕广州将军德克金布在后面乱嚼舌头根子，索性委派隆福当余保纯的副使，一起去佛山堡快活两天。

伍紫垣这两年只顾围着陈罗婵转，并不清楚佛山堡发生的这些掌故，他问："在木楼上睡觉，他不怕掉下来？再说正埠码头人来人往，他骑在人家头顶上睡觉，谁肯答应？"

"哈哈，"梁应琨幸灾乐祸地说，"王老爷的木楼原先戳在崇正社学，让了一步才去的正埠码头。吴老四聪明反被聪明误，活该，谁让他说话不算数？"

苏仁山、黄炳、黄广华、叶四和几个人从石山的山脚转了出来，每个人的衣服上都沾满了灰尘，一看就是在山石间爬上爬下。梁九图喊道："长春兄，我和三哥的字写好了，烦请你上来给评一评。"

苏仁山抬头问："用茅龙笔写的？"

梁应琨回答："是。"

苏仁山点点头："那就好，模仿茅龙笔法必须要用茅龙笔，否则没有一点韵味。吴方伯是海内书法大家，你不用茅龙笔法，根本入不了他的法眼。"

伍紫垣悄悄地问梁九图:“听谭老夫子说,苏长春不是要给你作一幅大画造园子吗?都快两年过去了,他怎么还没画完?”

“急什么急?”梁九图满不在乎,“反正我也没找到可心的石头。”

伍紫垣抬头瞧瞧梁九图,又俯首看看正往石山上爬的苏仁山,心里想,嘿,这两头怪物一个是卯,一个是榫,算是啮合到一起了。

苏仁山爬到山顶才发现伍紫垣,他愣了那么一下,立刻笑嘻嘻地问:“崇曜兄,我知道你来佛山堡干什么,给陈大老倌送贺礼的,对不对?”

碰到苏仁山这种彼此知根知底的人,伍紫垣想隐瞒也没用,干脆大大方方地承认:“你说得一点没错,陈大老倌和李班主喜结连理,认识的人谁不送礼?你不是也对她倾慕过吗?难道没有给人家准备贺礼?”

“我当然准备了,”苏仁山坚持说,“不过我要看看你的先。”

伍紫垣冷笑一声:“长春兄,你想笑话我俗气?这次恐怕要失望了。”

过不多时,“铁桥三”健步如飞,提着“玉玲珑”的盒子登上山顶。梁应琨和梁九图在万松园见过这个盒子,同时喊了起来:“这不是‘玉玲珑’吗?”

苏仁山虽然没有见识过“玉玲珑”,但他从梁九图嘴里听说过这件盖世奇珍,见伍紫垣竟舍得把家里的镇府之宝拿出来当贺礼,不禁对他刮目相看:“伍老五,看不出你还是个性情中人。”

伍紫垣叹了口气:“长春兄,能得到你一声夸赞,伍某这次礼就算没有白送。俗话说宝刀赠烈士,红粉送佳人,‘玉玲珑’这样的奇物,也只有陈大老倌才配用。”

“着啊,”苏仁山击掌叫好,“崇曜,你变得懂事了。”

梁应琨夸赞:“前几日我去西海给李班主贺寿,江湖上朋友送他的无不是奇珍异宝,不过和‘玉玲珑’比起来,怕皆要逊色三分。”

梁九图担心地问:“五哥,你把‘玉玲珑’带出府,阿姑和姑父能答应?”

伍紫垣加重语气:“阿爸说了,伍府里里外外我说了算。”

苏仁山急于一饱眼福:“崇曜,把盒子打开,让我瞅瞅到底是啥玩意?”

伍紫垣摆摆手:“不行,说说你送什么贺礼先。”

“哎呀,我一个画画的能送什么?当然是一幅陈大老倌的美人图了。”苏仁山使劲推了叶四和一把,“回屋里,把我那幅画取来。”

伍紫垣慢慢打开盒盖,小心翼翼地捧出“玉玲珑”。璀璨的阳光下,这架宝物的每一根纤丝都分外清晰。梁九图不看则已，一看登时失声叫道："哎呀，怎么变成红色的了？"

小浩官低头一看，原先紫色的"玉玲珑"变得红彤彤，宛如一炉燃烧的火焰。

空气骤然间陷于冰寒，伍紫垣、梁九图和梁应琨三人目瞪口呆，苏仁山蹲在"玉玲珑"前细细观摩了一会，抬头说："福草，你不是说'玉玲珑'是用南海赤龙的心窍制成的吗？那红色就对了，这才是它的本色，红得发紫，便是这么来的。"

"不对，"伍紫垣从惊愕中缓过神来，有些惶恐不安，"'玉玲珑'是个通灵宝物，它一定是碰到了什么东西，否则不会变色。"

梁九图摊开手："能碰到什么东西？我这园子里只有石头。"

梁应琨问苏仁山："把你们身上的东西都掏出来。"

"嘻嘻，我们几个穷鬼能带啥值钱的好东西？"苏仁山转身对黄炳和黄广华说，"把袋子打开，让老爷们检查检查。"

梁应琨顾不上和他耍贫嘴，将黄炳和黄广华的口袋摆在地上，打开一看，哪有什么像样的东西？黄炳的口袋里有两尊陶塑，黄广华的口袋里无非是凿子、刨子和雕刀之类的工具，此外还有一尊没有完成的木雕面具。

"这是什么？"梁应琨抓起那尊面具，见那东西巨口獠牙，要多难看有多难看，心里顿生警惕和戒惧，质问黄广华。

黄广华被他吓了一跳："一个鬼首。"

"哪来的？"梁应琨一连气地问，"干什么用的？"

黄广华胆怯地说："二和哥手里有一副铁家伙，让四和照原样雕副木头面具，我看着好玩就帮他干。有啥用我不知道，大概是辟邪的吧。"

梁九图猜测："可能就是这个猪头在作祟。"

伍紫垣没有盯着木雕面具，而是将目光移向了黄炳的那两尊陶塑。他把其中一尊陶塑翻过来擎在手心里，越看越觉得眼熟："黄师傅，你塑的这个人是谁？"

这尊陶塑便是黄炳费尽心机复原的"食菜事魔教"女护法神像，他回答："伍少爷，这个塑像不是人，而是'食菜事魔教'的女护法。她是保佑伢仔平安生长的护身符,我们石湾陶瓷行里的老前辈以前最喜欢烧制,这些年不时兴,出窑的就少了。"

伍紫垣将信将疑:"你这尊像烧得栩栩如生,是照着真人面孔描的?"

黄炳腼腆地笑了笑:"'食菜事魔教'女护法是波斯人,为了烧好这尊像,我特地去了几趟澳门城,临摹的是'白头番'的女人。"

"'白头番'?"伍紫垣若有所思。

梁九图好奇地问:"五哥,你觉得'白头番'和'玉玲珑'有关系?"

伍紫垣犹豫道:"我……我吃不准。"

"当年黄帝驾八翼之龙大战蚩尤,在阪泉之野杀了个难解难分。八翼之龙就是赤龙,而'白头番'为蚩尤遗种,难怪赤龙遇到它便血脉贲张。"苏仁山侃侃而谈,煞有介事,"你这架'玉玲珑'容易作怪,还是看我的画吧。"

叶四和背着一卷画轴返回石山顶,苏仁山将画轴打开,众人凑上前去看,见画面是一位倾国倾城的绝色美女,凌空飞舞。梁九图只觉仙气扑面而来,不由调侃起来:"长春兄,我说你的大画总交不了工,闹了半天,你把时间用在了别的地方。"

苏仁山从背后拽出一支画笔,用自嘲的口吻说:"依我目前的功力,画人没有问题,画天地之物还差着不少火候。"

伍紫垣尚未从"食菜事魔教"女护法陶塑里挣脱出来,再看苏仁山的这幅美人图简直目眩神摇,左一眼笃定地认为画上的女子是陈罗婵本尊,右一眼觉得又不像陈罗婵的容貌。他犹豫地问:"长春兄,你画的是谁?"

苏仁山回答:"给陈大老倌的贺礼,不画她画谁?"

"不像。"伍紫垣摇摇头。

"伍兄,你这个眼力还得回去练练。"苏仁山倨傲地说,"苏某别的能耐没有,手中这支画笔平生没有服过谁。我的画笔一点毛病也没有,是你的眼光出了岔子,须知苏某画的不是皮相和骨相,而是魂相。"

"魂相?"伍紫垣呆呆地问。

见梁九图、梁应琨脸上皆露疑惑之色,苏仁山更加不屑,提高嗓门:"苏某这幅美人图用的是茅龙笔法,以书法入画,不用渲染,只采白描,丝丝画画不让刀剑之锐,想那无情剑也不过如此。伍兄一向以护花使者自居,其实只是沉浸在皮骨之相，根本没有识透陈大老倌的魂相，难怪人家对你爱答不理。”

一句话点醒梦中人，伍紫垣霎时脸色苍白，额头上冷汗津津，大脑里一片空白。这两年他追随在陈罗婵的鞍前马后，为捧红陈罗婵立下了汗马功劳，无奈佳人心有所属，而且情敌是一位盖世英雄，这辈子别指望得到梦中之爱。每当夜深人静，伍紫垣总是扪心自问，既然有缘无分，却为何不能慧剑斩情丝？

伍紫垣不得不痛苦地承认，他真的做不到。在他的心中，陈罗婵好比银辉洒向大地的中秋之月，高悬夜空，光辉灿烂。只要能感受到她的光芒，哪怕是从水里掬一捧她的影子，都胜过人世间万千俗不可耐的脂粉。他不求飞上天际，只求她能打开月宫的窗棂，把那双深邃如湖水的目光投射过来，投射进他的旅途足矣。

这个愿望说起来也不容易，伴随着陈罗婵红船艺术的精湛成熟，她在舞台上演绎出一个个精美绝伦的人物造型，她的身影在伍紫垣的眼里变得逐渐模糊起来。小浩官已经分不清陈罗婵化为那些戏棚角色，还是那些戏棚角色化为陈罗婵。那张熟悉的面孔突然由月亮变成繁星，撒布在高远的夜空闪烁不已，把他弄得神魂颠倒，迷失了爱，也迷失了自己。

伍紫垣眼角湿润，苏仁山说的不差，自己对陈罗婵的爱一直停留在她的皮相，最多也就是骨相，而没有把握她的魂相。这一点恰恰无情地湮没了心灵之花的生长，所谓仁者乐山，智者乐水，求皮相而得皮相，求骨相而得骨相，求魂相而得魂相，真是毫厘不爽。小浩官把“玉玲珑”放回盒中，红色的火焰在眼底跳跃。他对陈罗婵如此钟情，宁愿以至宝相赠，求的岂是皮相和骨相？

真正的爱，就是能够道出她的心灵！

平心而论，余保纯是个精明强干的人才，勤勤恳恳的官僚，没有这两条长处，林则徐不会把他留在身边重用。年初，广州知府珠尔杭阿携带林则徐的钦差关防回京交印，林则徐便让余保纯署理广州知府，给他弄了个实缺。

余保纯恭敬地向吴荣光施礼：“林大人的意思是，咱们和红毛鬼子一旦开战，省城一线极有可能变为前沿阵地。佛山堡为西江和北江通往省城的必经之地，财货云集，生齿浩繁，从前朝起‘忠义乡’的美誉天下扬名，希望吴方伯和‘大魁堂’众绅募勇团练，捐输银两，严防汉奸捣乱，协助官府平定英夷。”

一听“汉奸”这两个字，隆福气不打一处来，他在旁冷冷地说：“余大人言重了，红毛鬼子即使杀进虎门口，也过不了本将的莲花城，省城咋成了前沿？”

“哦。”吴荣光一笑，不置可否。

常言道大难不死，必有后福。这几年面对梁家熏天的气焰，吴璧光使尽浑身解数才勉强保住了位置。眼下苦尽甘来——吴荣光回家后给他吃了枚定心丸，官府允准民间募勇团练又给了他施展身手的好机会。他一面通过“大魁堂”向全镇征纳捐输，一面把“大会馆”的铺丁数目扩大了四五倍，干得是越来越带劲。

吴璧光虽然不明白隆福为什么阴阳怪气，但他最善于对付这号无良的丘八，哈哈笑着一拳砸在桌面上：“隆福将军威名赫赫，何必跟红毛鬼子置闲气？待会办完差事，我陪两位好好吃一顿酒，晚头看戏赌番摊，边玩边聊。”

隆福笑逐颜开，省城是官员扎堆的地方，和京城一样规矩太多，嫖娼、看戏、赌博样样都有限制，你只要一动弹，说不定就有人背地里递状子参劾。还是在佛山堡舒坦，“大魁堂”管理着二十七铺上万家商户，和“银刀秀才”的交情混好了，只有好处没坏处。他不好意思地抱拳拱手：“四爷，瞧你说的，我这两下子你还不知道？惭愧，惭愧。”

吴荣光见惯了场面上的把戏，他是自命风雅的人，不会屈尊和隆福这样的人亲近，遂冲余保纯点点头：“晚头是‘凤凰仪’班的戏，人家本来要散班的，老四听说你们来，加了银子人家才破例赏了个面。不到半天的夜场戏，请两位大人赏光。”

余保纯慌忙施礼：“吴方伯客气了，‘凤凰仪’班乃红船翘楚，陈大老倌艺能通神，能看她的戏那是卑职的眼福。”

隆福看过“凤凰仪”班的戏，对貌若天仙的陈罗婵印象十分深刻，他催促道：“那咱们赶快去藏经阁办差事，别让人家等急了。”

吴璧光笑着说：“将军莫要心急，‘凤凰仪’班的戏晚头才开始。咱们问过鸾坛，先吃饱喝足，养好了精神再看戏不迟。”

隆福竖起大拇指："四爷就是周正。"

老神仙们一一离世，给新一代神仙创造了市场机会。虎门口外的汹汹战氛，迫使人们向神仙问计、祈求平安。"阴阳生"上半年回到佛山堡，重开了祖庙藏经阁里的鸾坛，抓住机会又捞了不少银子。

余保纯和隆福一踏进藏经阁，立时被屋里的气势完全震慑。"阴阳生"怀抱七星剑和三角令旗，坐在蒲团上懒洋洋地问："尔等所求何事？"

余保纯偷偷瞄了一眼幽魂灯，又瞅了瞅脚下刻着的八方九宫图，声音略显颤抖："洋人发兵来犯，我等想占一卦，看看这场仗能不能打起来？"

"阴阳生"一听暗自好笑，这个问题太好回答了。眼下正值台风季节，红毛鬼子兵船再厉害也敌不过风伯的威力。他闭口不语，但见顶棚垂下来的金丝微微晃动，鸾笔在白纸上嚓嚓划了几个来回。写完后，护法的道士揭起纸走下鸾坛，把纸递给余保纯。隆福探头一看，上面写着四个歪歪扭扭的大字："打不起来。"

余保纯走出藏经阁，狐疑地问吴璧光："打不起来？怎么会？"

吴璧光没有来得及回答，郑流利从墙头冒了出来。这孩子年纪一岁一岁地长，智力却是一点没长进，仍然是那两句久违了的话："错了，错了。"

小乙代表"阴阳生"在吴璧光后面伺候，见郑流利又出来捣乱，抄起一块砖头砸过去，骂道："打你这个不长记性的衰鬼，还没让娘们骑够？"

第七十三回　燃香栽竹

莫二娘夫妇的木偶戏班和金家脱离了关系，每季掏租金给“琉璃球”，等于是租客。虽说今后谋生要靠自己，温玉珠却一点也不感到辛苦，反而很喜欢这种自己做主的生活。她不指望靠皮肉生意发财，只要挣够了吃穿，积攒一点赎身银子，便会歇下来去看大戏。看戏之外的最大爱好是戴上斗笠逛街，逛汾流大街的“水秀堂”。

顺德女子心灵手巧，但跟劳陆氏的手艺比起来，温玉珠自愧弗如。同样的工艺，不管平金绣还是彩绒绣，人家绣出来巧夺天工，看起来总是那么耀眼。当然，劳陆氏所用的材料价值不菲，以佛手瓜图案为例，她买的莫不是上等的孔雀翎子，如此精工细作，你想想一件戏装值多少钱？每当看到孔雀翎子，温玉珠总会想起新婚之夜残忍的那一幕，下体揪心地疼。这么美丽的东西，为何会如此伤人？

温玉珠年轻漂亮，挣的钱要比“红裤子”多十倍，在木偶戏班中居于主导地位。既然是租房子，她们完全可以搬离居仁里，莫二娘夫妇就是这样想的。不过，温玉珠不同意，她在东南巷找到三个好伙伴——“白皮”“红心”和“花肉”。

陈开设立“德礼堂”后，第一个念头是扬眉吐气。为了长久发展，他没有和“大魁堂”发生正面冲突，仍旧恪守当年“大魁堂”下达的禁令，只是在方法上做了变通——南擎后街“双合裕”附近的几家店铺被陈开下令收购，委托给温秉礼代管；同时为了掩护李阿发招揽“机房仔”的活动，他又在岳庙铺收购了几家丝织机房，对外一律使用温秉义的铺号，后者明显是为了报答女诸葛对他的恩情。

此外，陈开坚持付给温秉礼每年十三两银子，将原先居住的小院重新租赁下来，让亚娟母子、“红心”和“白皮”搬来居住。“花肉”时常过来看“红心”和“白皮”，三个小乞丐没有丢掉曾经的梦想，整日蹲在金家听温玉珠弹琵琶。一方是沦落红尘的烟花女子，一方是沿街乞讨的叫花子，作为被蔑视的穷苦人，挣扎在生与死、屈辱与尊严的边缘，彼此之间格外有共同语言。

冰冷尘世中，戏曲就是她们的阳光。除了在木偶戏班自弹自唱，她们经常去西南巷观赏红船大戏——自从婆家逃难来到佛山堡，在东南巷租赁了一座宅子后，冯紫玉便名正言顺地扎在西南巷唱戏。由于她的加盟，设在冉家花园的私伙局兵强马壮，不容小觑。

临近红船“大散班”，佛山堡热闹极了，浑然没把伶仃洋的战云放在眼里。“白皮”“红心”和“花肉”蹲在“水秀堂”的墙根，望着拥挤的人群，“白皮”不由得叹了一口气：“佛山堡有钱人真多，你们猜，昨天陈大老倌买的是哪套衣服？”

“谁能猜得出？”“红心”摇了摇头，“玉珠姐出来了，问她。”

温玉珠手扶斗笠挤出了“水秀堂”，高兴地用手比画着说：“我知道了，陈大老倌买的是粉色绣花的斗篷，阔袖斜领披云肩，裙子配的是凤尾裙。”

陈罗婵视金钱为粪土，眼下又是琼花会馆当家花旦，她的品位，尤其服饰一直是佛山堡时尚的引导者。从上流社会的芙蓉小姐，到穷苦人家的菜花闺女，人人推崇，个个效仿，温玉珠等人也不例外。“白皮”急着催促：“祖庙的大戏开场了，咱们快去看。”

“凤凰仪”班的台期应该在五月二十八结束，但是拗不过“大魁堂”的面子，特地在二十九日加演了一个夜场戏。由于回到了佛山堡，华丰台又是每年起脚的老地方，老少爷们的心情非常放松，都想站完最后一班岗，早点给陈罗婵和李文茂布置新房。

吃过酒席，余保纯和隆福分道扬镳——余保纯到崇正社学参加乡绅们的茶会，吴璧光和苏文锦带隆福去附近一间妓院吃花酒，完事以后又美美地抽了两管烟枪。抵近亥时，大轿子把迷迷糊糊的隆福抬到了华丰台，锣声敲罢，夜场戏开始了。

由于是加演的临时戏，曲目便不会严格按照秩序，尽由着吴家人的口味来点。头一个是梁兰桂的《祭白虎》，第二个是阳雪姑的《跳加官》。经过两年多的艰辛学艺，梁兰桂已经能胜任二花面的角色，阳雪姑也从刀马旦成长为一名花旦，功夫长了一大截。前面两个暖场子的小戏演完，大戏才算正式登场。第一折是喜气洋洋的《八仙贺寿》，只见六男二女八位仙人出场向天跪拜，念白嘹亮：

东阁寿筵开，西方庆贺来；
南山春不老，北斗上天台。
…………

“凤凰仪”班不愧为红船魁首，男女老倌无论扮相还是嗓门真没得说，一出场就把台下善于挑剔的观众镇住。众人喝彩声轰然如雷，如癫如痴，吴璧光偷眼观瞧，见吴荣光和余保纯正襟危坐，满脸生辉，遂把心放到肚子里。他使劲拍了一下隆福的肩膀，亲亲热热地问：“我说隆福将军，戏怎么样？”

“可口，可口。”隆福醉眼迷离，“鬼子从西方来给咱贺寿，咋能不可口？”

吴璧光戏谑地说：“你小子没喝多吧？”

“看见没，四爷？”隆福拍了拍肚皮，“淘米的酒缸。”

《八仙贺寿》之后是《天姬送子》，借大老倌退场子的当口，吴璧光侧过脸问身后的苏文锦：“今天有没有陈大老倌的戏？”

苏文锦回答：“有，有，刚才送过来的戏单上写着，是《胡笳十八拍》。”

“《胡笳十八拍》？”吴璧光兴奋地说，“好，太好了，陈大老倌的琴技天下无双，又能看戏又能赏琴，这场戏算是值了。”

苏文锦恭维：“陈大老倌过两天出阁，她心里高兴，格外给咱们面子。”

在“水秀堂”定做的婚服早在正月就设计好了，陈罗婵等待这一天有好多年。虽然两个人青梅竹马，心心相印，然而越是接近佳期，她的心就跳得越厉害。对于那些沉浸在美好向往中的人来说，这种心跳是幸福的鼓点，也是饮不尽的甘泉。

身处南国水乡的陈罗婵，一直对塞上黄草、大漠孤烟的风光情有独钟，如果说扮演虞姬的戏是献给她与李文茂的爱情，那么扮演王昭君和蔡文姬的戏，则是唱给她自己的心灵。这位琼花会馆的当家花旦身披一袭白色斗篷，上面晶莹如雪，没有绣一枝桃花。

时光倒转，她的心飞到了远古的雪国，启玉喉抚琴而歌：

裂户破窗穿襟透袖，塞外风；
寒烟映雪，强起人似幻似梦。
以笔染泪，带悲心泣雪。
新写诗，身孤影独凭谁共？
（白）胡笳本出自胡中，绿琴翻出音律同。

（接唱）胡笳隐约我心撩动，御着风雪西出塞外；
再返旧地，我细把四弦琴抚弄，续续寄心声。
一双娇儿，可遵阿母话习五经？
汉家诗书有否记诵？
莫忘是汉家裔。
更犹记，别后数载匆匆岁月；
未断汉胡梦，夜漏雨冷霜转重。
笔端切切悲悲浓，墨淋漓难尽诉苦痛；
恰似鹃哀声声带泪吟诵。
…………

陈罗婵人美如花，琴技精湛，一副金嗓子道尽了离人心怀、游子去国之痛，将一座冰雕玉砌的宫殿搭砌在众人的心房。台下的观众无论达官贵人，还是贩夫走卒，无不淹没在塞外的冰天雪地中，个个目露凄然之色。但就在这个时候，隆福忽然起身暴跳如雷，“咣”地一脚踹翻椅子，拔出腰刀扑向戏台，破口大骂：“好一个大胆的反贼，光天化日之下，口口声声什么汉家诗书？什么汉家裔？你姥姥的，想造反啊？”

事发突然，台下观众包括吴荣光、余保纯、吴璧光、苏文锦等人根本没有反应过来，坐在椅子上如同被钉子钉住一样，呆若木鸡。隆福三步并作两步蹿上戏台，手中腰刀照着陈罗婵劈了过去。他带来的二十多个八旗兵发声喊，纷纷挺刀冲了上去。

陈罗婵低头抚琴，尚未从蔡文姬的悲吟中挣脱出来。听到下面一声怪叫，抬起头只见寒光一闪，隆福手里的刀“力劈华山”砍了下来。千钧一发之际，陈罗婵这些年勤练不辍的红班拳功夫体现了出来，她飞起一脚把琴台踢向隆福，借着反弹的力量，连人带椅子向后滑出去足有三尺远，避开了敌人的袭击。

隆福一刀落空，气得哇哇怪叫，举起腰刀再度扑向陈罗婵。这家伙喝迷糊了，也没想“凤凰仪”班里的老倌都是什么角色。陈罗婵是大风大浪闯过来的人，哪肯把他放在眼里，反手从剑鞘里抽出“蝉翼剑”，使了一招“追风八斩”还以颜色。隆福发现眼前陡起一片剑光，分不清对方的剑从哪里刺来，慌忙侧身闪避，右腿上结结实实挨了一剑，摔倒在地。

“凤凰仪”班不少人经历过六年前万松园的那桩惨案，听到隆福在台下叫骂，大伙儿血往上涌，操起兵器，在“高佬忠”和冯西涌的带领下冲出“虎度门”。养尊处优的八旗兵哪里是红船兄弟的对手，被对方三下五除二打得鬼哭狼嚎，四散逃命。

隆福挣扎着试图从地上爬起来，被陈罗婵一脚踢翻，拿“蝉翼剑”架在他的肥脖子上。陈罗婵冷冷地问：“说汉家裔你不高兴，莫非你是个鞑子？”

隆福嚷道：“爷爷是朝廷命官，杀了我，你不怕株连九族？”

“哼，”陈罗婵举起“蝉翼剑”，轻蔑地说，“本姑娘杀的就是你这号贼鞑子。”

吴璧光吓得面如死灰，在台下哑着嗓子喊：“陈大老倌，剑下留情，杀不得呀。田大老倌你快劝劝，别给咱佛山堡惹出祸来。”

冯西涌愤恨难平，上去照准隆福的脸狠狠给了一脚，踢得他鲜血迸流。“高佬忠”沉着脸对吴璧光说：“四爷，这个狗官鸡蛋里挑骨头，差一点拿刀伤了陈大老倌。这事你要给我一个说法，不然田某没法向少班主交代。”

当着台下上千观众的面，“银刀秀才”额上的冷汗唰的一下冒了出来，腿肚子不由自主颤抖起来。他暗地里埋怨隆福这家伙真不开眼，惹谁不行，非要惹“凤凰仪”班？人家过去在万松园吃过一次大亏，岂能让历史重演？

时与日去，今天与六年前大不相同，“凤凰仪”班主不再是委曲求全的“太极剑”，而换成了血气方刚的“小元霸”。李文茂割取韩肇庆、高宜勇项上人头为父母报仇，单枪匹马降服粤北绿林道，威震江湖和武林。如今他羽翼丰满，旗下人马如水银泻地遍及广肇二府，哪一个吃了熊心豹子胆，敢捋他的虎须？

“大魁堂”财雄势厚，下辖“大会馆”装备精良，乃是广州府地面上实力最为强大的一支民间武装，看起来威风八面，不可一世；但吴璧光心里比谁都清楚，要不是人家琼花会馆坐镇大基尾，佛山堡早就成了江湖各大门派争霸的嗜血之地，哪有这些年的安生日子？再说李文茂自幼在佛山堡长大，是佛山百姓心目中的天之骄子，“大会馆”的铺丁可以举起刀枪砍向任何来犯之敌，唯独不可能对准他们心目中的英雄。

当然了，话说回来，隆福再不济也是官居三品的八旗参领。如果死在红船人的剑下，同样无法向朝廷交代。吴璧光连连作揖：“田大老倌，贵班是给我吴家的面子才来唱戏的，吴某人感恩戴德。咱们是多年的乡亲，少班主也是我的好朋友，不看僧面看佛面，看在吴某人的面子上饶了他一条性命。隆福不是故意找茬，实在是喝多了，酒醒后我让他亲自登门赔罪。过两天就是陈大老倌和少班主大喜的日子，溅血不吉利啊。”

余保纯从前在南雄直隶州当知州，见识过“洪兴堂”和粤北绿林道的厉害，到广州这两年，耳朵里又灌满了李文茂的名字。他明白募勇团练是个饮鸩止渴的应急办法，洪门现在像海水一样涌回珠江三角洲，在这种情况下，武装民众无异于养虎为患，要不是被红毛鬼子的兵船逼得紧，搁谁也不愿意出此下策。一方面形势紧张必须借重民众力量，一方面又不能丢了官府的威严和体面，他左右为难，束手无策，将求助的目光移向吴荣光。

隆福被冯西涌踩在脚底命悬一线，抬头见下面的官绅皆沉默不语，又骂了起来：“你们这群天杀的，她当众辱骂圣上你们都不管，反啦，反啦。”

“行啦，”吴璧光不耐烦地回敬了他一句，“隆老爷，你祖上也不是在关外放羊的，嘴里积点德吧，没看老子正在救你的命吗？”

吴荣光看看时候差不多了，微微抬了抬手，对余保纯说：“大人，眼下英夷入寇，正值朝廷用人之际，多一事不如少一事。本镇百姓见多识广，爱认死理，人人心头有一杆秤。倘若都像隆福将军这样胡乱扣人的帽子、治人的罪，最终只能惹得天怒人怨，官逼民反。届时误了军国大事，老朽担待不起。”

余保纯恭敬地回礼：“吴方伯所言极是，当今圣上天纵英明，威加四海。林制台谕令官民一体严拿汉奸，共御夷寇，正是奉了圣主的旨意。”

“你别他妈胡说。”隆福趴着地上有气无力地喊。

吴璧光跳上戏台，双手抱拳：“田大老倌，消消气，要打要骂冲我来。只求别把吴某的手脚打坏，回头还要给陈大老倌和少班主送贺礼呢。”

再过几天是出阁的大喜日子，况且祖庙华丰台在红船人心目中地位崇高，陈罗婵不愿因为隆福带来晦气，收剑还鞘，离开戏台。冯西涌只得放开隆福，恨恨地骂道：“今天饶过你这个汉奸先，下次再撞到爷爷手里，非把你大卸八块不可。”

次日是六月初一，为了让陈罗婵好好休息一天，卢浣霞、何小鸾、黄纨卿等一群姐妹没有上门打扰。到了初二的上午，大伙结伴赶到白龙里，整条巷子张灯结彩，拉东西的车子排了一长溜。姐妹们把轿子停在巷子口，挽着手挤到李宅的门前，发现冼文辉正指挥几个人在易宅门口栽四方竹。易如真和阳雪姑叽叽喳喳，在一旁看热闹。

在女方门前栽四方竹是西樵山、西海一带的规矩，表示向女方求婚的意思。何小鸾过去问易如真：“阿真，看这意思，阿婵出阁那天要从你们家走？”

“对啊，从这个门到那个门，抬抬脚就过去啦。”易如真比画着，“会馆和班里的老少爷们觉得省城不太平，陈阿妈已经答应了，嫁妆明天搬过来。”

熬过了家族破败的那段岁月，黄纨卿近来不再有愤世嫉俗的情绪，逐渐从画地为牢的自闭氛围中走了出来。她赞道：“好靓的四方竹。”

冯紫玉调侃地问：“阿辉，你们现在才栽四方竹，是不是晚了点？谁让你栽的？”

冼文辉今年周岁二十，由于整日被冼万正关在书房里念书，有些书呆子气，经冯紫玉冷不丁地一问，立刻羞红了脸："花二奶让我栽的。"

黄纨卿的心猛地抽紧了一下，如果不是这个婆娘捣乱，自己早就嫁出去了，何至于像现在这样孤守青灯？虽然事情已经过去了好几年，但她心中的芥蒂仍然顽强地生长着。她轻轻拉了一把易如真的手："阿婵在吗？"

"在里面教阿幺弹琵琶，我带你们去。"易如真点点头，又对阳雪姑说，"待会阿庸叔他们抬东西过来，雪姑姐，你留在这儿接引。"

卢浣霞好奇地问："这么早就抬聘礼？"

阳雪姑腼腆地答道："少班主派船从西海运过来的，说是人家送的贺礼，不是聘礼。"

"那我倒要好好瞧瞧。"何小鸾朝卢浣霞使了个眼色，"你们进去先。"

卢浣霞怕惹黄纨卿伤心，顺水推舟："我陪你。"

易如真、黄纨卿、冯紫玉几个人刚进易宅，花二奶便领着一群人从李宅里走出来，像什么大妗姐、梳头婆、堂倌、酒使等等，均为婚礼上不可或缺的角色。她抬头一看卢浣霞与何小鸾站在门前，立刻上前道了个万福："梁大奶奶，老大奶奶，你们是知道的，我这个人办事讲究个细致。虽然人见人嫌，可就是改不了，没办法，天生替别人操心的命。"

卢浣霞微微一笑："不是雇着堂倌吗？还这么费心？"

"就是，人家请你当媒人，又没请你当大总理。"何小鸾帮腔。

李文茂在佛山堡办喜事，固然有琼花会馆的人主持打理，但是洪家兄弟这边不可能当甩手掌柜，具体事务责无旁贷地落到了"德礼堂"身上。陈开在西海大寨脱不开身，王山公整天守着他那座木制敌楼修炼"六祖心经"，出头张罗的只能是宁洪崖。宁二少怕自己不够细致周到，便把姐姐温宁氏请出来协助李庸熙操办婚礼。温宁氏是有大智慧的人，操持婚礼这种场面最是拿手，她首先让花二奶来当媒人——李文茂和陈罗婵的婚事是道光二十年（1840 年）佛山堡最引人注目的大事之一，给这对金童玉女当媒人在媒婆行当里是扬名立万的难得机遇，纵然不给钱花二奶也愿意干。婚礼中的细节多与女人有关，有了这两位女能人的帮忙，李庸熙算是松了一口气，什么事都找她们商量。

花二奶得意地说："大总理是男人的事，那我可干不了。不过人家花钱聘请，这是给我脸上贴金，还不多干点活？”

说完，似乎为了验证自己的话，她又把大妗姐、梳头婆、堂倌、酒使等人喊到身边，不厌其烦地重新叮嘱了一遍，才打发他们各自去忙活。

何小鸾对卢浣霞说：“你看，二奶办事多利索。”

“小孟尝”贵为九江圩首富，又是江湖上赫赫有名的大佬级人物，花二奶自己的籍贯在九江圩，当然巴不得攀上这棵大树。听何小鸾夸赞，她乐不可支，拍着胸脯说：“以后有用得着的地方，请老大奶奶尽管支应。”

“你是梁大奶奶的媒人，我哪敢支应？”何小鸾说了个俏皮话，把她拉到旁边，“我问你一个事，阿茂和阿婵的生辰八字到底合不合？”

她这句话其实是替卢浣霞问的，卢浣霞站在旁边脸上火烧火燎，飞起一朵红云。花二奶乐呵呵地说：“合，合，能不合吗？人家‘喃呒会馆’的陈馆主亲自给排的。另外，按着他们鹤山的老规矩，香灯点了两天，到明天满三天三夜，要是家里不出什么波折，就说明他们俩是天生的一对。说实在话，李班主和陈大老倌能有什么坎？八旗参领老爷那么大的官，还不是被陈大老倌一剑降服，差一点把头壳切下来当石墩子呢。”

血淋淋的石墩子？卢浣霞怕花二奶再说出不吉利的话，向何小鸾递了一个眼色，何小鸾打断花二奶：“二奶，我们进去看人家送的贺礼，你忙着。”

“啊呀，那快进去吧，里面全是稀罕物。别嫌我说话难听，两位大奶奶，恐怕你们也未必见识过。”花二奶夸张地说，“金银珠宝咱就不提了，单说人家从月亮山送来的那对仙鹤，尾巴上的羽毛是三色的，你们见过吗？”

“三色羽的仙鹤屁股？不会是染的吧？”何小鸾盯着花二奶的嘴唇问。由于唾沫星子飞得太多，花二奶涂抹了粉的嘴唇一块白，一块紫，一块红，合起来正好三种颜色。卢浣霞实在忍俊不禁，“扑哧”一下乐出了声。

花二奶以为她们不信，赌咒发誓：“如有半句假话，天打五雷轰。”

彭秀兰父女从月亮山送来的贺礼除了仙鹤外，还有十几株高大的红豆杉，鲜艳明亮的红豆似乎永不褪色。黄纨卿、冯紫玉跟着易如真来到院子里，见陈罗婵和冯玉娘坐在红豆杉下窃窃私语，阿幺则专注地弹着琵琶。

冯玉娘父亲的身体一日不如一日，年前去廉州府的灵山县苏家走了一趟，算是把婚事订了下来。男方名叫苏三，人称苏三相，家境殷实，人长得白白净净，结结实实，一副读书人的斯文模样。陈罗婵摆出一副大姐大的派头："苏三相既然是读书人，肯定会疼你。"

"若非读书人，我还不要他呢。"冯玉娘低着头，捻着衣服扣子。对于这桩指腹为婚的姻缘她说不上满意，也说不上不满意，婚姻大事由不了她做主。好歹苏三是个读书人，冯玉娘满意的就是这一点，看来老天爷对她算过得去。

"他会两下子三脚猫的把式？"陈罗婵问了一句，继而自言自语，"嗨，不管怎样，他和你没法比。我跟你说，粤西的男人脾气大，架子大，你过了门以后留点神，找个机会美美地修理他一顿，让他知道你的厉害。"

"那不好吧？"冯玉娘小声反驳，"有理讲理，干吗动手？"

陈罗婵气哼哼地说："只怕他不跟你讲理。"

黄纨卿站在红豆杉前面听了一会，心想陈罗婵可真能出馊主意，便指着红豆杉，打断她们的对话："阿婵，红豆杉到咱们这儿水土不服，能养活吗？"

陈罗婵说："我把它养活了，你输什么？"

"我才不和你赌，"黄纨卿莞尔一笑，"你这个人总喜欢干些没影子的事。"

易如真拍手称是："对，纨卿姐说对了，阿婵姐老是这样。她教阿幺姐新曲子，再让阿幺姐教那个麻风丐，就是鹰嘴沙河汉子里那个叫阿梅的，绕了一个大圈子呢。"

"是吗？"黄纨卿着实吃了一惊，心头大为震骇——瞧瞧眼前这个全神贯注地弹着琵琶的瞎子，再想想那个在船上暗无天日的麻风丐，她们的命运比自己悲惨多了，可人家照样对生活充满了炽烈的热爱，自己凭什么独守空楼，自怨自艾？

这时，巷子里传来了纷乱踢踏的脚步声，阳雪姑抱着"春雷"琴从门外走了进来。陈罗婵问她："来的是谁？"

阳雪姑回答："邹老爷来送嫁妆。"

原定送嫁妆的日期应该是明天才对，为什么突然提前了一天？陈罗婵心里有些疑惑。她最近学了几分矜持，准备扮演为人妻的角色，不能再像以前那样动辄喜怒形于色，于是做出一副淡淡的口吻："请邹师兄到正厅看座，我去换身见客的衣服。"

陈罗婵的镇定自若也就保持了两秒不到的时间，便被阳雪姑的下一句话打乱："万松园的伍老爷也来了。"

"他来干啥？"陈罗婵叫出声来。

黄纨卿和冯紫玉一起吃吃地笑了起来，阳雪姑迟疑地答道："说是送贺礼来的。"

陈罗婵瞪了黄纨卿和冯紫玉一眼，转身跑回内宅换衣服去了。

做母亲的为女儿准备嫁妆，花费的主要是时间，陈映雪这些年看到可心的东西就买，日积月累下来装了满满一船。班里的老少爷们闻风出动，一面帮着往里面抬东西，一面七嘴八舌品评着嫁妆，院子里闹哄哄像烧开了水的锅。

伍紫垣跟随邹汝昌进正厅落座，阳雪姑捧来一壶明前茶。邹汝昌喝了一口，嬉皮笑脸地问小浩官："味道不错，你送的？"

"我倒是想送，只怕人家不肯收。"伍紫垣无精打采地说着，顺手把"玉玲珑"和一幅画轴放在了桌子上。

桌上摆着阳雪姑刚抱进来的"春雷"琴，邹汝昌调侃："那看你有没有诚意了？泰来兄最得意的就是这张古琴，忍痛割爱送给陈大老倌，绝对大手笔。"

要说伍紫垣舍不得东西，那是天大的冤枉，为了陈罗婵他可以把心掏出来。伍紫垣明白邹汝昌故意拿自己打趣，便问："泰来兄目高及顶，人中龙凤，我哪里能跟人家相比？听说他埋头在家读书，发誓不再四处挑战比琴，是真的吗？"

邹汝昌点点头："没错，他还笑话我终日沉溺术数，非大丈夫所为。"

伍紫垣支应了一句："人家祖上可是皇族血脉。"

邹汝昌瞥了他一眼："听你这口气，怎么怪怪的？"

伍紫垣反唇相讥："那是你多心，我听你的话也怪怪的。"

邹汝昌笑了起来："我问你，长春兄干吗不自己来，非要托你替他送礼？"

伍紫垣跟着"凤凰仪"班的日子长了，从梁兰桂嘴里知悉苏仁山与阳雪姑的情缘，对他们的不幸遭遇深表同情。他低声说："看见刚才给咱们倒茶的那个姑娘了吗？"

邹汝昌问："阳老倌？"

"不知道吧？她可不是等闲之辈，而是千家峒的女峒主，长春兄在粤西找到的那个云雑娘就是她。"伍紫垣神秘地说，"两个人闹了些误会，所以长春兄不方便来。"

"嘿，我说这家伙不在顺德待着，怎么跑到佛山堡给梁老九看园子？闹了半天，原来是为了这个姑娘。"邹汝昌恍然大悟，继而又是一副疑惑不解的神情，"那也不对，他来佛山堡已经两年了，误会怎么还没解开？"

"龙山温家出过嘉庆爷的帝师，在顺德县是第一号规矩多的豪门望族，最推崇长春兄笔下的丹青。以前长春兄去温家作画，每次都穿着叫花子的衫子，提笔挥毫随画随撕。"伍紫垣煞有介事，"撕掉的那些画并非不妙，他要的是这个劲，名士嘛，你不也一样？"

"好小子，敢情在这儿等着损我呢？"邹汝昌刚骂了一句，就见帘子挑处，陈罗婵穿着红衣白裙盈盈而入，赶紧停住了嬉闹。

伍紫垣眼前一花，脑子里又是空白一片。

以陈罗婵倾国倾城的艳丽容貌，世上有几人能挣脱其姿色的控制和影响？伍紫垣听完苏仁山的魂相说，心中羞惭不已。说实在话，他对陈罗婵的仰慕远远地超出了肉体之爱，之所以道不出她的魂相，实在因为陈罗婵多才多艺，魂相说不清——是绝尘出世的清雅，还是睥睨万物的傲岸？是千锤百炼的洒脱，还是源自苍穹的天然？

中了蛊毒的人怎么可能头壳清亮？多年来，伍紫垣一直在戏台下仰视他的精灵，那精灵在戏台上像走马灯一样变幻，把美丽动人的容颜展现给他，把千娇百媚的回转呈示给他，把可歌可泣的风云演绎给他，他的眼怎么可能不被迷惑？他的魂怎么可能不被掳走？他的心怎么可能识得神之本尊？佛化万物，神迹天地，伍紫垣不愿费心劳力地琢磨那些虚无缥缈的东西，他心里明确的是这尊神就在他身边。虽然看不到陈罗婵的内心，但是他能看到她的衣装，能看到那副金丝面具和那根金马鞭——戏棚是这尊神的庙宇，把握了它，就等于把握了神像。

伍紫垣认为自己距离最后的答案只有一步之遥，正当他满心欢喜的时候，陈罗婵却突然洗尽铅华，将那些光彩夺目的戏装全部脱去，换了一身家居常服出现在他面前，让他刹那失去了所有认知的背景。当然，单纯的背景转换不能导致伍紫垣如此发呆，最让他错愕的是陈罗婵这副似曾相识的打扮。他慌忙伸手揭开覆盖在“玉玲珑”上的遮布，那炉曾经燃烧的火焰尚未完全褪尽，上红下白，不正是鼎湖山上盛开的灯笼花吗？

陈罗婵诧异地问：“你怎么啦？”

伍紫垣直愣愣地看着她，一言不发。

当着阳雪姑的面，邹汝昌觉得大为失礼，推了一把小浩官：“问你话呢。”

伍紫垣把头低下去，仍旧不发一言。

陈罗婵知道眼前这个男人对自己痴迷入骨，也见惯了伍紫垣这副失魂落魄的神态，她笑着摆了摆手，问邹汝昌：“师兄，不是说明天搬嫁妆吗，怎么提前了？”

邹汝昌答道：“红毛鬼子这两天又来了一批兵船，虎门口被封住了。省城人心惶惶，有钱的人乘船往外跑，你阿妈怕夜长梦多，就让我把嫁妆运过来，免得耽搁了喜事。”

陈罗婵不放心地问：“他们为何不来佛山堡避一避？”

邹汝昌唉声叹气：“师傅他老人家的脾气你还不知道？住在自己家的一亩三分地，觉得什么都比外面好，半步不肯挪动，你阿妈只好陪着他。”

陈罗婵皱着眉头：“师兄，你不是会占天象吗？这场仗到底什么时候结束？”

“快别提什么天象，全乱套了。”邹汝昌连连摇头，“这两年怪得不得了，奇异天象跟赶圩似的成群扎堆。单说这个太白经天吧，去年四月二十二虎门销烟那天来过一回，当时天上出现了一条残了身子的怪龙；今年六月初四，也就是后天应该还有一次，虽具干戈之象，却没有出现在咱们粤东，而是偏东的位置，你说奇怪不奇怪？”

陈罗婵疑惑不解：“什么意思？”

伍紫垣从最初的懵懂中苏醒过来，听陈罗婵发问，立刻把话接了过去：“东边是福建，我老家就在晋江的安海。两粤民风剽悍，林大人备战力度大，我猜洋人有可能避实就虚，先福建后江浙，将战火燃向天津卫和京城，逼迫朝廷签城下之盟。”

陈罗婵不高兴地说：“你的意思是红毛鬼子准定赢了？”

伍紫垣没敢接口，邹汝昌气结地说："要是比兵器，洋人当然赢。"

"那样也好，"陈罗婵忽然变得开心起来，"红毛鬼子掏了鞑子皇帝的老窝，阿茂哥他们不就省得费劲了？"

伍紫垣心里涌起了一股浓浓的酸意，越发显得无精打采。邹汝昌则是一脸愁容："我占的天象显示，年底腊月十五还有一次太白经天，这次干戈之象确实是应在咱们这儿。"

"被撵回来了？"陈罗婵讥讽地对伍紫垣说，"你看，鬼子也是窝囊废。"

伍紫垣目瞪口呆，不知道该说什么好。邹汝昌眼底茫然："别说崇曜兄迷糊，我脑子里也是一盆酱，或许未必天象乱了，而是我的本事不济。"

"休提这些个不吉利的事。"陈罗婵大概觉察到自己对伍紫垣的态度有些生硬，即将嫁为人妇，应当收起脾气，学着做个温良恭俭让的贤妻良母才对。她随即话锋一转，压低声音问伍紫垣，"画是你拿来的？"

伍紫垣忙解释："这架笼子是我的，画是长春兄送你的贺礼。"

一听到苏仁山的名字，阳雪姑脸上立刻火辣辣地热了起来。陈罗婵高兴地说："苏先生的画求之不得，快打开饱饱眼福。"

邹汝昌按住画轴，伍紫垣将画在桌上缓缓展开。陈罗婵瞄了一眼就笑起来："雪姑，你过来看看，看看这幅画描的是谁？"

邹汝昌吃惊地问："难道不是你？"

伍紫垣这才认真地打量了一番阳雪姑，再抬头看看那幅画，心中豁然开朗——画上固然有陈罗婵的一些相貌特征，笔下隐藏的却多是这位女峒主的神情。难怪他一开始陷入迷茫，原来苏仁山拿自己涮了一把！

阳雪姑远远地望着桌子上的画，眼泪扑簌簌夺眶而出，这是长久寂寞的潮水，又何尝不是苦痛煎熬的花朵？陈罗婵揭开笼子上的盖布，蓦然感到一阵头晕目眩，臂上的"囚龙草"感应后发出光芒。她问伍紫垣："莫非这就是'玉玲珑'？"

伍紫垣点点头："嗯。"

陈罗婵摇头："它是你家的镇宅之宝，这个礼太重，我不能收。"

伍紫垣喃喃地说："放在我家也没用。"

陈罗婵想了想："这样吧，我拿'玉玲珑'用一用先。它不是有测心断梦和交通阴阳的神效吗？我想用它验一验，看看我和阿茂哥，有几世的姻缘。"

第七十四回　盈月无缺

在佛山堡，包括那家卖臭豆腐的“德润堂”在内，以“德”字打头命名的各类商铺一共有二十三家。征得李文茂的许可后，陈开下令收购这二十三家铺子，悉数交给王山公和宁洪崖主持打理。王山公是个甩手掌柜，具体负责管理的是宁二少。劳亚绰捡了个便宜，捷足先登弄了个掌柜的干。他经营的那个铺子即那家卖臭豆腐的“德润堂”，现名“劳记”。劳亚绰对这个名字很满意，听起来自己不但是掌柜的，而且还像个东家。

崔金麟、郑绍祖和冼长贵三人很羡慕他的好命，时不时地去臭豆腐店帮忙干活，劳亚绰奇怪地问：“你们不是想发财吗？怎么不去找二少？”

“咋没找？”三个人异口同声，“人家没空。”

“德礼堂”刚刚开张，又逢李文茂大婚，陈开和“逃军和”根本没时间回佛山堡，所有的事务全压在了宁洪崖的身上，哪里有空处理崔金麟、郑绍祖和冼长贵三个人的生计？崔金麟长叹一声：“不怨天，不怨地，不怨‘琉璃球’本事不济。只怨我们哥仨狗眼看人低，到手换运的机会生生给推了出去，这不是倒霉催的吗？”

冼长贵嘟囔：“净放些没用的蔫屁，都过去了，提它干啥？”

“跟着少掌柜沾光的不是古劳围的，就是咱们居仁里的。”郑绍祖恳求，“这说明少掌柜的念旧情。阿绰，你吃肉我们喝汤，行不行？”

三人齐声劝：“对啊，帮我们求个情？”

“我吃个屁肉，最多叼一根狗骨头。”劳亚绰嘻嘻笑着说，“吃肉的是温家兄弟，还有‘纽纹良’和阿蕴他们。对了，你们怎么没去找温家的二奶奶？她是二少的姐姐，对陈少掌柜有知遇之恩，说话比谁都管用。”

三个人互相看了一眼，崔金麟唉声叹气：“找了，吃了一顿羞。”

女诸葛眼里不揉沙子，把崔金麟、郑绍祖和冼长贵结结实实地数落了一顿，不但没有做出任何承诺，反而要他们回家闭门思过。劳亚绰吃了一惊：“她真是这么说的？”

冼长贵没好气地说：“那娘们嘴巴跟刀子似的，根本插不上嘴。”

“论心眼，我们三个捆在一起也不是她的对手。”崔金麟摇了摇头，“她说得对，我们结婚时少掌柜的送过厚礼，用人的时候却一个比一个跑得远，忘恩负义。”

“坏了，她要是这么说，你找谁也没用。”劳亚绰跺了跺脚。

三个人把他围在中间，郑绍祖拉住他的手：“阿绰，狼多肉少，别看少掌柜的收了二十几间铺子，架不住他交友广泛，请托的人多。不信你瞧着，用不了几天，这些铺子必叫人占了先，一间也闲不住。”

崔金麟和冼长贵同声道：“是啊，吃肉的事哪能等？”

“要不，”劳亚绰犹疑了片刻，“你们去找找王老爷？”

王山公行事古怪，我行我素，连陈开尚且让他三分。如果王山公开口说话，哥仨的生计当不是问题。崔金麟、郑绍祖和冼长贵看到了一线希望，匆忙离开臭豆腐店，赶往正埠码头。

码头上空荡荡的，哥仨没有灰心——在佛山堡，找别的东西不容易，找那座三丈三的木楼还不是小菜一碟？崔金麟、郑绍祖和冼长贵从汾流大街跑到筷子街，在“粤安社”的门口发现了那座木制敌楼，只见那上面飘着三面旗帜，分别是三个字：“王、不、吃”。

冼长贵站住脚：“丢他老母，不让咱们吃。”

“别说丧气话，”郑绍祖说，“上面那个人不是王老爷。”

崔金麟和冼长贵一瞅，木楼上坐着一个胖子，双脚打晃正在得意地指手画脚。木楼下面倚着一把梯子，扶着梯子的是“荣生堂”的少东家梁德荣。

三个人走过去问：“少东家，王老爷呢？”

梁德荣回答：“不在。”

冼长贵认出上面的胖子是“葫芦发”，十分好奇：“他在上面干啥？”

“阿发哥被王老爷收了徒弟，”梁德荣回答，“看摊子呢。”

梁锡佳办事认真，为了给“德礼堂”输送合格的人才，对进“粤安社”习武的学员做了近乎苛刻的要求，而且六亲不认，连陈开和古劳围乡亲的面子也不给。“葫芦发”因为太胖被他拒之门外，梁德荣则由于瘦弱而遭到婉言谢绝，那天王山公和宁洪崖正好路过，主动将这两个累赘揽了过去：王山公收了“葫芦发”，宁洪崖收了梁德荣。

给王山公和宁洪崖二人当徒弟纯粹是聋子的耳朵——摆设。一方面，这两位现在当了“德礼堂”的龙头，忙得不可开交，根本抽不出时间来教徒弟；另一方面，“六祖心经”严禁对外透露，而这哥俩在修炼“六祖心经”之前功夫平平，最多算个二把刀，该教的不能教，能教的又没几招，算什么师傅？

“葫芦发”和梁德荣不明白其中的玄机，以为能学到真本事，高高兴兴拜了师傅。王山公拿“葫芦发”当跑腿的使唤，两个老婆一打架就让他看守木楼；宁洪崖做事更绝，让梁德荣先练习臂力：跟着师兄“葫芦发”推木楼。

“打木人桩了。”“葫芦发”在楼顶喊。

梁德荣抬起头，困惑地问：“木人桩不是红班拳吗？”

“葫芦发”用手点指：“梁二娣和梁兰桂兄弟俩在里面呢。”

梁德荣深表羡慕：“咱们要是能学就好了。”

“我师傅比那个姓梁的有本事，”“葫芦发”不服气，“老子才不给他脸呢。”

冼长贵刀法不错，恭维了他一句：“阿发兄弟，你学了些啥功夫？”

“葫芦发”仿佛是为了炫耀自己的本事，大声冲着“粤安社”喊了起来：“嗨，嗨，那个斗鸡眼，说你哩。快用肘，用肘去挡，你师傅没教过你？三拳难挡一掌，三掌难挡一肘。咋打了一记空拳？空回不为能啊，哎呀，真他老母的窝囊。”

“粤安社”招募的头一批学员多为古劳围水手，梁锡佳请来的教头来自鼎湖山、西樵山和六祖寺，这些人只知道“葫芦发”是陈开的哥哥，并不清楚他头壳糊涂。大伙在下面一招一式地练拳，头顶上总有这么一个浑人胡说八道，谁受得了？

红班拳向来只传授红船人，这是祖师爷定下的规矩，看在李文茂的面子上，琼花会馆破例允许梁锡佳请了木人桩，向“德礼堂”兄弟传授打木人桩的功法。梁锡佳把梁二娣和梁兰桂送出大门，忍不住喊了一嗓子：“阿发，你给我下来。”

“干吗？”“葫芦发”问。

梁锡佳耐住性子：“我有事。”

“啥事？”“葫芦发”死活不下来。

两个人你一言我一语僵持起来，木楼底下渐渐聚了一堆人看热闹。除了崔金麟、郑绍祖和冼长贵，“逃军和”、霍威、刘端湛、顺子和几个差役都围拢过来。看到“逃军和”，梁锡佳施了个礼：“四爷，你什么时候回来的？”

“逃军和”现在是“德礼堂”的四龙头，今非昔比。他还了一个礼：“各家英雄在西海大寨吃酒比武，二爷离不开，让我回来给易大老倌和陈大老倌说一声。梁总教头，阿发在上面干什么？”

梁锡佳叹了口气：“我不教他打拳，他就在上面故意捣乱。”

对付“葫芦发”这浑人只能哄，不能来硬的。“逃军和”抬头问：“阿发，我去琼花会馆见易大老倌和陈大老倌，你去不去？”

易兰花和陈罗婵是两代红船当家名伶，名震广府不说，而且是李文茂的至亲，不是谁想见便能见到的。“葫芦发”是个戏迷，听“逃军和”一提她们的名字立刻两眼放亮，挠了挠头为难地说：“师叔，我走了这木楼咋办？”

“逃军和”哈哈大笑：“那还不简单？推着走。”

“葫芦发”恍然大悟，抱着木柱“哧溜”从楼顶滑了下来。“逃军和”怕他跌跤，从下面扶了一把，不扶不要紧，一扶吃了一惊。他感觉“葫芦发”胳膊腿的肌肉不再松软，显然是练了硬功。他问：“阿发，你师傅教了你什么武功？”

“他哪有工夫教？都是我自个练的。”“葫芦发”从怀里掏出一个鼓鼓的猪尿脬，咕嘟咕嘟把里面的水一饮而尽。

"葫芦发"的本事确实是自己练出来的，他的师傅与其说是王山公，不如说是猪尿脬。这只猪尿脬端的不寻常，"葫芦发"喝了里面的水，发现好处多得数不过来。第一能增加功力，他现在日渐消瘦，双臂和双腿的肌肉即为证明；第二能改进膳食，多难喝的汤，只要在猪尿脬里面搁上半个时辰，立刻变得香喷喷；第三能美容，"葫芦发"脸上原有许多毛刺，喝了猪尿脬里的水后毛刺全无；第四能预测天气——头一天晚上盛满水把它挂在床头，第二天睡一觉起来观察，里面的水如果挥发干净，说明当日大风，如果挥发了一半，说明当日晴朗，如果毫无挥发，说明当日阴天有雾……

"逃军和"端详着猪尿脬，一头雾水，弄不明白"葫芦发"这身功夫是怎么来的。他转头对刘端湛说："王老爷不在，刘先生，你找三爷吧，这事归他管。"

崔金麟、郑绍祖和冼长贵一听刘端湛要找宁二少，立刻警惕地竖起了耳朵。只听刘端湛发起了牢骚："不就是一间铺面吗？刘某又不是不给你们租金，至于推来推去的吗？你是堂堂的四龙头，这点小事做不了主？"

刘端湛小打小闹卖了一段时间春药，攒了点本钱打算往大里做。读书人做生意一般有两个特点，一个是志向远大，一个是算计精深。刘端湛解决了肚皮问题后信心大增，为自己设计了一箩筐的光明前景，然后开始选择合作伙伴：这个合作伙伴不能太精明，太精明的话迟早一天要吃掉自己；也不能不精明，只出本钱的废物点心合作起来太累。经过筛选，他最后挑中了顺子——顺子在五斗口司衙门当差，一般人吃了亏不敢惹他，干这一行正合适。

选择了合作伙伴，接下来就是挑地段开铺子。"德礼堂"收购的二十三家铺面中有一处位于富文铺的升平街，那里是楚南会馆所在地，周围全是卖参茸药材的店面，刘端湛相中了这块宝地，决心把它抢过来。

不管怎么说，刘端湛为"德礼堂"帮了一段时间的忙，没有功劳也有苦劳。"逃军和"红着脸应承："好好，刘先生，我去找三哥要这间铺子。"

"对嘛，你们办事不能用人朝前，不用人朝后。"刘端湛满意地对顺子说，"四爷是军务缠身的大贵人，你腿脚勤快着点，中间不要出岔子。"

顺子笑逐颜开："那是，那是。"

崔金麟、郑绍祖和冼长贵三人恨得牙根直咬，照这么下去，用不了几天，二十三间铺面便会让人抢干净，哪还有哥仨的出头之日？三个人正在垂头丧气，邵凡从“粤安社”里大摇大摆地走了出来，向他们打招呼：“你们是来找我的？”

崔金麟干笑了两声：“算是吧。”

“德礼堂”立旗以后，前来谋差的人数不胜数，“粤安社”的门槛快被踏破了。不用看也不用问，邵凡明白他们的心思，扬了扬手：“既然温二奶奶发了话，你们找谁也没用，还是想着如何过她这一关吧。走吧，回居仁里。”

“你也回去？”冼长贵问。

“是啊，”邵凡道，“卢家少爷偷着去鹰嘴沙逛窑子，卢老爷勃然大怒，今天在闸门楼打他儿子的‘情理鞭’，不信你问顺子。”

顺子恭敬地说：“没错，卢老爷治家有方，大伙没有不夸的。”

佛山堡的纨绔子弟比省城的阿官仔更加荒淫无耻，像卢家这样的门风真是少见。崔金麟三个人在家也接到了通知，以为卢醒尘只是说说而已，没想到竟然动了真格的。

居仁里的这通“情理鞭”别有深意，被鞭打的两家人俱属自愿申请，一个是卢醒尘，希望将卢挺拔教育成一条汉子，另一个是狗子妈，目的是想保住狗子一条性命。

阳光从头顶垂下来，大正午的，闸门楼和贞节牌坊投射在地上的影子极短，像一条狗仔的尾巴。吊杆支了起来，辘索下端绑着那条六朵红花的“情理鞭”，狗子胡子拉碴、无精打采地蹲在地上，抬头望着“情理鞭”发愣。

陈开依托李文茂的威名，正式在佛山堡崛起，锐不可当。“阴阳生”和“牛鬼窟”不得不避其锋芒，把宫鹏飞送到省城的三界庙。余章标夫妇不愿和宫鹏飞同行，从“阴阳生”手里领了一笔银子回到鹤山双桥都避难。大家各有去处，唯独狗子喊天天不应，叫地地不灵，万般无奈只能回到生他养他的居仁里。狗子妈灵机一动，何不趁着卢家请“情理鞭”的当口，捎带打狗子一顿鞭子，了却这段恩怨？

午时三刻，东南巷和砖瓦巷的乡亲来了个齐整，狗子妈见女诸葛跟在秦文光、崔亚余和邵世荣等人的后面，不由得松了一口气。冼长贵领着鸡英逵、“瞌睡虫”柯兴邦一群半大小子跃跃欲试，活动着胳膊腿，准备行“情理鞭”。西南巷的老爷们鱼贯而出，卢醒尘、黄开大、冉老财主、游新潭、陈见成在闸门楼下立了一排，唯独区家没有人。

区家最近出了一桩人命案子。

叶母给区彦魁生的第三胎是个带把的，这伢仔白白胖胖，眉眼喜人，区彦魁笑得整日合不拢嘴，立刻把“老娘”请来认了干娘。头一年顺顺利利地下来平安无事，区彦魁在儿子周岁生日那天大摆筵宴招待亲邻，还请了一个戏班在家唱戏，十分热闹。谁知道乐极生悲，祸从天降，那个宝贝儿子突然半夜口吐白沫，四肢冰冷，未挨到天亮便咽了气。

明眼人一看，就明白这孩子准遭了黑手，让人下药毒死，令人费解的是，从五斗口司到南海县、广州府衙门来了好几拨仵作，始终没有查出孩子中的是什么毒，到最后只能草草结案。区彦魁吃了大亏岂肯善罢甘休？一怒之下将家里的丫鬟婆子尽数赶出，这次人事清洗进行得非常彻底，连管家区常清也在遣散之列。区植棠明白区彦魁怀疑到了自己的身上，为了避免惹火烧身，只得乖乖拱手交权。

卢醒尘面色庄重地开口：“各位高邻，犬子受人蛊惑擅入勾栏，打‘情理鞭’一是为了他自个将来走正道，不败家，不当二世祖，不辱没先人；二是为了端正家风。红毛鬼子的兵船已经开到了虎门口，马上就是一番刀兵干戈。乱世降临，要想守住祖上留下来的基业，刀枪靠不住，智谋靠不住，只有靠一颗敬天敬地的仁德之心。”

秦文光赞道：“卢老爷，你是高人。”

狗子妈鼻涕一把泪一把地号了起来：“狗子有眼不识泰山，不该受了奸贼的蛊惑，谋害陈少掌柜的性命，造下这号害人害己、见利忘义的孽。我老婆子绝不护短，六十鞭子还陈少掌柜的一个公道，只求他能留这畜生一条生路，给老乞婆养老送终。”

大伙儿把目光集中在温宁氏身上，女诸葛不得不张嘴表态：“我说婶子，你把狗子拉扯大不容易，平日要向卢老爷学，多教伢仔仁义礼数，不能只教他偷奸耍滑。”

“回头我一定好好管教这个狗娘养的。”狗子妈点头哈腰。

区彦魁儿子被毒死，是伪君子区植棠暗中下的黑手，他通过“神算子”花费重金从“阴阳生”那里请的痟蛊，寻常仵作根本难以辨识。这一次虽然计谋得手，但是被区彦魁乘机解除了财权，杀敌一千自损八百，区植棠并不满意。

从智谋来讲，区植棠十分自信，区家所有的堂兄弟和其他几位表兄弟都不是对手。他唯一担心的是叶母的肚皮——这娘们太能生了，万一又生出个带把的男仔，到时候自己难免还要破费巨款去请蛊毒。区彦魁已经把家里的仆役全部更换，没有自己人做内应，施毒杀人必定留下蛛丝马迹，弄不好会把自己折进去。

区植棠摇着手里的鎏金扇，走来走去，来到了“赣通押”当铺的门口。他在当铺对面的茶楼要了一个临街的雅间，递给茶楼伙计一个红包，如此这般地吩咐一番，然后自斟自饮，有滋有味地喝起了工夫茶。

夜幕升起，当铺到了打烊的时间。没过一会工夫，楼梯口传来有力的脚步声，伙计领着叶三和撩开帘子进来。区植棠热情相迎：“三和兄弟，别来无恙。”

叶家兄弟中，叶三和脾气暴躁，性情固执，完全是个异类。他的性格在这次跟随陈开赴龙鼓洲一役后显露无遗——作为“德礼堂”二十一个开堂元老之一，别人不是做头目，就是自己开铺子当东家，只有他谢绝陈开等人的挽留，仍回“赣通押”当伙计。

叶三和心里没有其他想法，他人生唯一的梦想是迎接母亲回家。然而造化弄人，叶家兄弟偏偏碰上了把叶母当作无价之宝的区彦魁，迎母之梦遂成泡影。叶老三对区家人怀有一种天然的敌视，冷冷地问：“区老爷，你找我啥事？”

区植棠开诚布公：“三和兄弟，说句实话，我也不满意我阿伯霸住你阿妈。你们兄弟姐妹好几个，一家不能团圆，不合天伦，我确实看不过眼。”

叶三和态度缓和下来：“我只要我阿妈回家。”

“好。”区植棠用扇子敲了敲手心，“三和兄弟，当着真人不说假话，区某要的是我们区家的家产，你要的是你们的亲妈，咱们应该联手才对。”

“有个屁用？”叶三和垂头丧气，“阿妈又怀了那个老家伙的种。”

区植棠吃惊地跳了起来：“什么？”

“那还有假?”叶三和愤恨道,“阿妈亲口告诉我的。”

真是怕什么就来什么,区植棠心里一沉,看来得好好利用一下脾气暴躁的叶三和。他故意叹了口气:“三和兄弟,你不了解我阿伯,他这个人一辈子想儿子想疯了,恨不得生出十个八个的才满意。要是你阿妈一直这么生下去,恐怕永远回不到你们家。”

叶三和问:“区老爷,你有好主意?”

区植棠把椅子挪到叶三和旁边,压低声音对他说:“唯一的办法就是斩草除根,生一个弄死一个。只要弄死他两三回,我阿伯准会把你阿妈当扫把星撵出门。”

叶三和被母亲所受屈辱折磨得失去了理智,从来没有把母亲替别人生的子女当作自己的兄弟姐妹。他站起来吼道:“就这么干。”

众家英雄在西海大寨操演阵法、切磋比武,李文茂迟迟不下寨回家。眼看前来贺喜的亲友越来越多,易三娘只好让陈罗婵到西海大寨走一趟,争取第二天把李文茂带回来。宁洪崖与叶二和带人在琼花水涉恭候,陈罗婵还没有露面,王山公推起那座木楼先来到会馆门口。“逃军和”过去行了一个礼:“二哥,你也去?”

“大伙都在忙乎,我哪能闲着?”王山公耷拉着脑袋,“最近我这心里空荡荡的,看来练功又练到了岔路口,该向二爷请教请教了。”

武学跋涉如梯山航海,第二重境界真气置纯完全依靠个人的慧根,别人的点拨终究隔靴搔痒。王山公在木楼上独居的这些日子,把修炼的重点逐渐移向中丹田,试图借助先贤的心学智慧来修武。这个办法十分管用,原有的阴气从中丹田驱赶到其他经脉,心窝子周围变得异乎寻常的敏锐。

宁洪崖、“逃军和”最近忙于堂里事务,功夫耽搁下来,一起恭喜王山公:“二哥,岔路口就是有进境,终归是你有学问,摸到了窍门。”

“葫芦发”、梁德荣、黄广华、叶四和几个人帮着推木楼,听说师傅练功有进展,“葫芦发”高兴地问:“师傅,有啥窍门?快告诉我。”

王山公苦笑一声:“岔路口,岔路口,踏错一步万事休,有窍门我还愁个鸟?”

“葫芦发”正要继续发问,阳雪姑和阿幺陪着陈罗婵从琼花会馆走出来,每个人肩上背了一个包裹。众人上前相迎，王山公道："陈大老倌，来西海大寨的兄弟太多，二爷在那边也算是招待宾客。从寨子里回来是顺水，半个时辰到家，保证耽搁不了正事。"

陈罗婵喜气洋洋："他要是不回来，我就抱着大公鸡拜堂。"

临近婚期，陈罗婵如今是这个世界上最幸福的人，生活像圆月一样完美无缺。如果非要说有一点遗憾的话，那就是还不晓得自己和李文茂到底有几世的姻缘。陈罗婵自问不是一个奢望的人，凭她与李文茂的天作之合，命中至少该有三世的姻缘。不过，假如今天夜里"玉玲珑"泄露天机，告诉自己和阿茂哥魂魄相依，千年万载永不分离，谁又好意思拒绝呢？

汾江河悄悄披上黄昏的金装，河水在五彩的河床里流淌，流淌的是银河的云彩；天国滑入人间，瑶琴不奏而鸣，拨弄着神界的火焰。船到鹰嘴沙，当头掠过一只白鹈鹕，陈罗婵忽然想起了一件事："不好，我答应教阿梅《鸥鹭忘机》，怎么给忘了？"

"逃军和"十分感动："陈大老倌，阿幺妹子前两天刚教过她琵琶，这几天是你和二爷的佳期，别再替她操心了。"

阳雪姑知道她心里放不下，劝道："阿婵姐，你在船上鼓一曲，阿梅姐准能听到。"

陈罗婵一听有理，吩咐舟子放慢船速，从包袱里取出"春雷"琴，和着夕阳抚了一首《鸥鹭忘机》。幸福从歌者的心房来到指尖，"囚龙草"随歌而舞，琴弦撒进河水，余波是那样的动人心魄，船上的人心脏剧烈地颠簸起来。王山公的功力超过宁洪崖、"逃军和"，冥冥中仿佛有所领悟，他捂住心口问："陈大老倌，你这琴声泄露天机，我的耳力都能识破，看来你又得了一件传播韵律的宝贝。"

心的韵律和舞蹈在"春雷"琴上流淌，无遮无蔽地绽放于人间，得益于"囚龙草"和"玉玲珑"两件宝贝。这是陈罗婵心底的秘密，怎舍得对人言说？

西海大寨欢腾喧嚣，凤凰岗上旌旗招展，海心沙一带灯火辉煌，照耀如同白昼。李文茂命人在山脚辟出一块平整的土地做演武场，砌筑一座简易的码头方便停靠大船，请罗大纲临时执掌帅旗，训练自己的中军合演阵形。演阵之余，各路好汉技痒难耐，顺便切磋比武。陈罗婵和王山公、宁洪崖等人乘船到达时，演武场上正在比试骑射，赏格是葛耀明献出的一匹良驹“踏雪白龙驹”。甘先仗着手中一张黑漆破胡弓百发百中，力挫群雄摘取锦标。

骑射之后的项目为关刀，第一场比试的是“草上飞”卢昌和“大刀池”陈亚池。李文茂刚准备下令开战，忽听外面声震如潮，扭头一看，但见光影里悄然驶出三条小船，头一条船上悬挂着一杆玉蝉桃花旗。在场众家英雄有不少人曾经追随“小元霸”征战过粤北，在这杆旗帜下拼力死战，因此见到它无不欢呼雀跃。

罗大纲诙谐地说：“看看，新娘子降罪来了。”

李文茂吩咐黄三全：“你去接阿婵妹子，师祖在此，请她过来见礼。”

不大一会，黄三全回来复命，后面跟着一个女人——不是新娘子陈罗婵，而是阿幺。李文茂奇怪地问：“阿婵妹子怎么没来？”

阿幺虽然眼睛看不见，耳力却练得十分灵敏，埋怨李文茂：“少爷，你忙糊涂了？后天阿婵姐就过门，你到现在还没有给人家下聘礼，难怪三娘生你的气。”

哎呀，百密终有一疏，李文茂懊恼地拍了一下脑门。在他的潜意识里，陈罗婵既为至亲至爱的恋人，又是相依为命的亲人，从对门的易宅到自己家仅仅是一抬腿的事情，原本不需要太多的繁文缛节。他从腰里解下“琴瑟合”，离座交到阿幺手中：“怪我，这是阿妈留下来的遗物，算我给阿婵妹子的聘礼，你看合适不合适？”

阿幺眼圈发红：“少爷，这个最好。”

黄三全送走阿幺，过不多时，阳雪姑又捧着“蝉翼剑”来到演武场。女峒主屈身将短剑递给李文茂：“少班主，这是陈大老倌的信物。她一路逆水行舟，身子困乏，不打扰各位英雄比武的兴致，待过门后再向师祖他老人家见礼。”

“你这媳妇知书达礼，”陈松叹道，“看来是老朽唐突了。”

李文茂收起“蝉翼剑”，叮咛黄三全：“既然如此，你速速安排人手，在我的寝帐外单立一座营帐，叫阿婵妹子她们上山安歇。”

黄三全、秦亚牆、“大漏勺”急忙率人在山顶搭设临时营帐不提，单说中军大营的红船兄弟听说陈罗婵上了凤凰岗，纷纷赶来嘘寒问暖。陈罗婵跟着庞兴仔、“太子甫”、颜亚层等人从忠义堂来到后营，俯身向山下看去，只见南北水关星火点点，船只竹筏往来如梭，像一串珍珠项链系在海心沙的颈下；演武场上金鼓阵阵，呐喊助威声响彻云霄，两条好汉骑在马上挥舞长刀厮杀正酣。清凉的山风吹过耳际，潮息越过横断西江的山崖变成露水，明天早上大概就会滋润那些如戟如戈的白茅吧？

刹那间陈罗婵觉得全身放松，非常享受此刻的惬意，一年四季红船漂泊，能有几天这样的宁静？自己在舞台上唱念做打，何曾有闲坐下来观看别人的表演？天边弯月如钩，恰像红船沉入水中的倒影——那不是弯月，而是一只白鹈鹕。

山下又涌上来一大群人，陈开臂上架着“长烈钻”走在前面，“雷公仔”牵着“胭脂桃花马”跟在后面。见面后陈开笑着说：“陈大老倌，还有步战和轻功两阵比武，比完后二爷就会上山来陪你，明天晌午之前准定赶回佛山堡。”

阳雪姑问：“关刀谁赢了？”

“阿钜哥一招险胜卢昌，杀得真过瘾。”“雷公仔”把那匹“胭脂桃花马”牵到陈罗婵跟前，“阿婵，总堂白扇大爷说小登科要跨马游街，葛总瓢把子送来两匹宝马良驹。明天大伙坐船回佛山堡，上了岸你和二爷一人骑一匹，多威风？”

“到时候让二爷披上霸王袍，头顶夫子盔，提着单头棍，”颜亚层眉飞色舞，“怀里再抱上黑狮子头，绝了。”

“去去，净出馊主意。这是小登科，不是耍狮子，二爷抱着黑狮子头，像话吗？”庞兴仔笑着训了颜亚层几句。

营帐搭设完毕，寝具和灯具等一应安装停当，陈开把“逃军和”等人留下听候调遣，自己和庞兴仔下山离去。陈罗婵对“逃军和”、颜亚层、“雷公仔”等人说：“今天夜色不错，我们姐妹抚琴赏月，自有乐处，你们尽管下山，别耽搁观武。”

“大漏勺”抬头一看，天上满天星斗，相互之间眨巴着眼煞是热闹，只有月亮像啃光了西瓜瓤的一截瓜皮，孤零零奋拉在头顶无人问津。他脱口而出：“陈大老倌，这月牙儿像吊脖颈的寿星佬，干巴巴的有啥好看？”

对于在外漂泊的红船人来说，满月容易勾人思乡，反不如月牙与心灵的距离更近。悬挂在天幕中的如钩弯月，与莽莽江水中的红船何其相似？“大漏勺”不懂月牙在红船兄弟心目中的位置，故而说出一句不合时宜的话。“雷公仔”和颜亚层生气地瞪了他一眼，陈罗婵没有动恼，微笑着说：“岳头领说得是，众家英雄云集西海大寨，比武排阵，盛会空前。当使月牙儿圆满，方不负此良辰美景。”

把弯月变成圆月，天底下谁能有这样的好本事？“大漏勺”惊讶得张大了嘴巴，刚想发几句感慨，发现“逃军和”狠狠地盯着自己，忙闭紧了嘴唇。

白色营帐如白色桃花，盛开在凤凰岗上，帐内灯火摇摇，又像是红色的桃心。

陈罗婵这次来西海大寨，除了叫李文茂回家谢客完婚外，还有一个目的是想通过“玉玲珑”测试她和李文茂的姻缘。人世间常常弯月如钩，但有一种爱可以横贯古今，两颗心像罗浮山的大蝴蝶一样永不分离，三世的弯月叠加起来，难道不是一轮流溢银辉的无缺盈月？

在这个令人心醉的弯月之夜，陈罗婵精神焕发，毫无倦怠。中军大营的兄弟搬来一架古色古香的琴台，阳雪姑把“春雷”琴在帐外安置妥当。阿幺对叶二和说：“叶二哥，阿婵姐新得了这张琴，原本是要教阿梅曲子的，你替她听了先。”

“逃军和”以前在罗浮山领教过陈罗婵的琴艺，对她用云璇八曲召唤“天灯”的那一幕印象至为深刻，他嘻嘻笑着回答：“我这双耳朵虽然是个没用的摆设，听不出曲子高低，悟不透里面的玄机，但不知道为什么总是有福气，陈大老倌当年用瑶琴能把‘天灯’召唤出来，弯月变成圆月又算得了什么？”

“大漏勺”好奇地问：“四爷，啥是‘天灯’？”

“用耳朵听，”叶二和“嘘”了一声，“别用嘴。”

弯月当空，群星闪烁。陈罗婵舒玉臂，启纤指，首先拨了一曲宋代朱紫阳所作的《碧涧流泉》润琴。这首曲子原载于《古岗遗谱》，后编入《悟雪山房琴谱》。红船当家名伶打坐在凤凰岗，耳畔传来西江裂石破空的轰鸣声，眼前一泓清泉向下流淌，越过海心沙变成河流，经水关汇入西江浩荡南下。琴声一忽儿涓涓细流，优雅平缓；一忽儿起伏跌宕，曲折盘旋；一忽儿变调移位，虚实相映。把流淌在奇峰异石间的山泉画面，淋漓尽致地表达出来。

曲子的结尾部分峰回路转，一切渐归平静，旋律低沉更显悠长，那是从银洲湖漫卷回返的海潮。陈罗婵暗自运力，青葱玉指在“春雷”琴上发出寥寥几声脆响，曲终人寂。正当大伙沉浸在瑶琴余韵中难以自拔的时候，碧光一闪，陈罗婵右臂的臂环忽然自动分解，“囚龙草”如离弦之箭冲向深空，盘旋着，盘旋着……

“大漏勺”抬头观瞧，惊恐地叫道：“哎呀，月圆了，月圆了。”

第七十五回　借问三世

西海大寨英雄会，在陈松、罗大纲和李文茂的主持下，众好汉龙腾虎跃，各逞英豪。第一阵比试的是阵法，陈显良拔得头筹；第二阵比试的是枪法，邝能勇夺桂冠；第三阵比试的是棍法，葛耀明力挫群雄；第四阵比试的是骑射，甘先摘得锦标；第五阵比试的是关刀，关钜技压群雄；第六阵比试的是步战和短兵器，陈松年仗着手中一扇三挺板门刀，连败老朝平、梁亚珠和冯坤三条好汉，正与“铁狻猊”胡有禄杀得难解难分，忽见一轮圆月横空出世，璀璨的月辉洒进演武场，刀刃上滴淌的却是碧玉之光。

圆月光芒骤射，众家英雄无不震骇。演武场中二将翻身跳出圈外，胡有禄在“浴日台”上见识过“囚龙草”的神奇，仰首观望，明白弦月补全必为此物所致。他迈步上前，拱手向陈松施礼：“白扇大爷不必惊慌，属下知道这是怎么回事。”

“哦？”陈松催促，“快讲。”

“铁狻猊”不慌不忙地娓娓道来：“白扇大爷，陈大老倌当年在罗浮山上曾经得到过一种奇异的神草，名为‘囚龙草’，乃三界间风雅无匹的通灵之物，欲刚则刚，欲柔则柔，欲直则直，欲曲则曲，欲长则长，欲短则短，欲离则离，欲合则合，是以裁云补月。这草儿另有一桩心灵感应的好处，能为人心开一扇窗户。”

罗大纲恍然大悟：“我明白了，弟媳妇这是在唤二爷呢。”

大家一起扭头看李文茂，只见他怀里的火龙珠红芒大作，脸上显得尴尬至极。陈松笑着朝大伙摆了摆手：“茂仔，你马上就要当新郎官，不能老是和兄弟们混在一处，快上山陪陪新娘子。这儿有我和罗阿妈照看，分出高低，自会派人通知你。”

李文茂对在座群雄的武功底细了如指掌，不用比试就知道谁赢谁输，步战和短兵器这一阵必定是陈松年折桂，轻功那一阵必定是周春最后取胜。七阵比武“洪德堂”弟兄一鼓作气拿下六阵，自己离开演武场也好，省得其他堂口兄弟脸上无光。想到这里，他起身抱拳：“白扇大爷，罗阿妈，各位兄弟，既然如此，在下早退一步。后天是黄道吉日，我请大伙到佛山堡畅饮开怀，不醉不归。”

众人哄笑：“二爷，陈大老倌又在催你呢。”

李文茂侧耳倾听，可不是？月牙儿复原如初，“囚龙草”从月亮上飞下来，变成一节一节修长柔美的音符，将那曲《虞姬巡营》送下山来：

> 大地跃飞龙，叱咤千军动；
> 腾云去直上云霄万千重，
> 霹雳呼雷电，雄心贯长虹；
> 仿佛舞长戈跃马军中，
> 似听山间走马，大王凯歌，率众兵勇；
> 舞此青锋剑，此心欢笑更看君酒兴浓；
> 如在帐中与君欢聚，一舞颂清风。
> …………

李文茂登上凤凰岗，陈罗婵方才住了琴声，“囚龙草”变成臂环回到她的右臂。阳雪姑抿嘴笑道：“少爷，你怎么不看比武了？”

陈罗婵穿着一身淡粉色衣装，显得楚楚动人，美艳不可方物。李文茂一看她头上梳的“宝鼎髻”发型，恍恍惚惚回到了六年前陈罗婵在鹰嘴沙迎接自己的时光。他情不自禁地摸了摸腰悬的"蝉翼剑"——岁月无情催人老，过去那个调皮的小妹妹马上就要成为自己的新娘子。他满怀歉意地说："阿婵，早点歇吧，天亮咱们还要回去。"

陈罗婵低着头："阿茂哥，我不乏。"

阳雪姑和阿幺两个回帐休息，留给一对新人单独谈心的空当。和曛的江风吹过，撩起缠绵悱恻的帷幕，替肃杀的军营抹上了一层旖旎。李文茂的眼神不经意地扫进帐内，被放在几案上的"玉玲珑"所吸引。他好奇地问："这是什么？"

陈罗婵没有回答，而是反问了一句："阿茂哥，你带着火龙珠吗？"

李文茂指着胸口："在这里。"

火龙珠在李文茂的胸口发出光芒，陈罗婵明明看得见，还是不由自主地问了一句。她自己不禁感到有些好笑，继续问："你睡觉的时候，也带着它吗？"

李文茂不知道她问话的意思，解释说："这珠子跟你的'囚龙草'一样，俱为通灵的乖巧之物。即便我把它扔了，它还会飞回来。"

"太好了，"陈罗婵十分欣慰，"阿茂哥，天亮后，我告诉你一个秘密。"

"秘密？"李文茂盯着"玉玲珑"问，"跟它有关系？"

陈罗婵认真地说："它叫'玉玲珑'，是万松园的镇园之宝，不仅可以测心断梦，而且能交通阴阳和鬼神，知道上下五百年的情缘。"

李文茂从白龙嘴里夺过火龙珠，曾经见识了通灵之物，但要说这架"玉玲珑"可判上下五百年的情缘，他只当是小儿女的一句梦呓："如此神奇？"

"那当然了。"陈罗婵望着情郎雄伟的身材、非凡的气度和明亮的眸子，想到盖世英雄将会偎依在自己的石榴裙下，不由得醉了。

不提李文茂进帐安歇，却说三更天一到，陈罗婵焚香净手，将"玉玲珑"置于罗帐内的香案之上，预备抚琴窥测神机。这时节，江风去了呜咽，海潮褪去咸涩，飞鸟驻足倾听，夜幕涂绘油脂。凤凰岗犹如浮出云海的天台，通体如墨，只有三色火焰在无声地燃烧：绿色的是"囚龙草"，红色的是火龙珠，紫色的是"玉玲珑"。

面对比苍穹更加深邃的夜幕，陈罗婵双掌合十，虔诚祷告："老天爷啊，你给了我这么多的神物，难道不是欲将我们的机缘看透？假如你答应我，请把覆盖在他心头的尘土拭去，让两颗赤诚的心一起跳动。”

说罢，她抬手在“春雷”琴上抚了一曲《神化引》，果然，随着琴弦拨动，“囚龙草”和火龙珠骤然变亮，交会在“玉玲珑”里，共织出一道绚烂的霞锦。

陈罗婵大受鼓舞，继续祈祷：“老天爷，看在我和阿茂哥青梅竹马的分上，请给我们俩三世的姻缘。假如真是这样，请让两颗有缘的心一起跳动。”

说罢，她抖动玉腕，鼓了一曲《鸥鹭忘机》——然而，大大出乎意料的是，“囚龙草”这次竟然没有发出光彩！

陈罗婵美满的心情顿时化作乌有，她呆呆地望着星光闪烁的夜空，心有不甘地说：“老天爷啊，你难道妒忌我和阿茂哥的良缘？那就给我们两世的姻缘吧。”

说罢，她倾注内力于双腕，奏了一曲《双鹤听泉》——这次的结果更令人失望，连火龙珠也不再发出光彩！

冰河瞬间降临到了凤凰岗，陈罗婵寒彻肺腑，浑身冻得不住打战，她绝望地嘶喊：“老天爷啊，难道说，难道说我和阿茂哥，连一世的姻缘都没有吗？”

这一次，陈罗婵使出了全身的气力和解数，简直是用心窍之血拨响琴弦。待一曲《平沙落雁》抚完，不独“囚龙草”和火龙珠暗淡无色，连“玉玲珑”也渐渐熄了光彩！

从天堂到地狱只在顷刻之间，时值三更过半，六月初五在雨丝中悄然降临。琼花会馆的当家名伶悲痛万分，从“龙渊刀”里面拔出“栖凤剑”，一剑刺穿右臂，血溅“囚龙草”：“苍天啊，请你告诉我，他的心到底在哪里？我情愿把这草儿还给你。”

一道霹雳打过，“囚龙草”恋恋不舍地在她头顶盘旋，最后飞向李文茂的大帐，绿色的火焰扑进红色的火焰。雨下得越来越浓，过了许久，从“玉玲珑”里传出了一支曲子，原来是叶连城的《客途秋恨》，曰：

闻击柝，鼓三更，只见江枫渔火照住愁人。
几度徘徊思往事，劝娇不该好痴心。
风尘不少怜香客，罗绮还多惜玉人。

你话烟花谁不贪豪富，
做什么你偏把多情向往小生，
况且我穷途作客囊如洗，
就是掷锦缠头我都愧未能。
记得填词偶尔写个段胭脂井，
含情相伴你对着盏银灯。
你细问我曲中何故事，
我把陈后主个段风流讲过你闻。
讲到兵困景阳家国破，歌残玉树后庭春。
…………

心心相印十余载，在洞房花烛夜的前夕，陈罗婵愕然发现情郎的心不属于自己。这不是海枯石烂，而是天崩地裂。她立在浓雨中，凤凰岗静寂无声，西江水不忍呜咽，三步之外的大帐里传出李文茂均匀的鼾声——“玉玲珑”余光未尽，他一时还不能醒来。

到底是谁？谁唱的这首曲子？

陈罗婵眼里尽是雨水，她摸了摸麻木的右臂，“囚龙草”早已消逝得无影无踪，只剩下一道隐隐作痛的伤创。她想扑进大帐去问个究竟，脚步却不听她的使唤；她想挥刀铲除命运花园的杂草，那些阴沉的影子却化成袅袅的烟雾，斩不断、理还乱；她想挣脱出令人窒息的天地陷阱，厚厚的雨幕却将她推下山岗。

烟、雾、雨、潮，风、海、夜、月，西江何曾这般无情，竟不肯留给故人一叶扁舟？陈罗婵孤独地离开西海大寨，懵懵懂懂中乘雨夜行。也不知道过了多久，一处宽敞的码头自黑暗中浮现出来，高天中悬着一盏忽闪忽灭的油灯。失意人抬头向上看，右脚却踩到了一个软绵绵的东西，只听“吱哇”一声怪叫，令人心惊胆战。

再也经受不住任何打击的陈罗婵冉冉升起，飘落在三丈三高的木楼上。她从刀鞘里拔出“龙渊刀”，借着油灯的光亮，发现敌楼里蜷缩着一位十三四岁的少年。这名少年头戴斗笠，身披蓑衣，满脸的惊恐不安，在雨中瑟瑟发抖。

“你是谁?”她沙哑地问。

少年不是别人,正是“荣生堂”的少东家梁德荣。陈罗婵从天而降,略带沙哑的声音听在梁德荣的耳朵里,不亚于天地间最动人的韵律。他愣怔地望着这张世界上最美丽的脸庞,眼睛向下不由自主地落在了她被雨水浇透、凹凸有致的胸脯上。刹那间,少年仿佛感到亵渎了他心目中的女神,脸颊腾地红了起来,羞愧万分地垂下头:“陈大老倌,我是筷子街‘荣生堂’的阿荣,跟阿发哥在这儿守木楼。”

“葫芦发”喝了猪尿脬的水以后功力非凡,竟然在雨地里香甜入梦。他被陈罗婵一脚踏在肚皮上,疼痛难忍,在下面扯开嗓子骂:“阿荣,丢你老母,你掉东西砸我了。”

陈罗婵盯着梁德荣,记忆渐渐恢复了。是的,筷子街是有一间铺子叫“荣生堂”,就坐落在陈见成“百济堂”的隔壁,梁锡佳“粤安社”的对面;那间铺子的老板叫梁志,是鹤山古劳围的乡亲;他的儿子是个病秧子,名字叫梁德荣;那个“荣”字写起来很像一个“赞”字,所以佛山人也叫它“赞生堂”,称呼梁德荣为阿赞。

如此说来,自己回到了佛山堡?

雨仍在下,夜未归去,陈罗婵还刀入鞘,纵身跃下木楼。夜幕是那样的光滑,雨幕又是那样的萧瑟;风吹起来,衣袂飘飘的身影悄然离去,像一把火炬耀亮了天地大舞台。梁德荣痴迷地凝视女神的背影,他曾经仰视过她的戏棚丰姿,今夜的她比往昔更美十倍,什么时候才能练成这么美的功夫?

暴雨之下的避雨亭像一片无助的落叶,似乎随时可能被狂风卷走。豆大的雨点成排地砸在镇亭石上,犹如从天而降的白刃砍向大地的守望者。陈罗婵从小没有享受过父爱的温暖,只知道“再生石”是母亲生命的来源。她俯身拥抱着镇亭石,将脸颊贴在石头上亲吻,把耳朵贴在石头上倾听。那石头仿佛知道她将要离去,知道这架风筝将要割断牵扯的绒线,遂发出排山倒海的轰鸣声——可惜,失魂的人已没有了听觉!

漂亮的白墙在雨中根本看不清,陈罗婵跨进会馆的侧门。“跛脚安”见她浑身湿漉漉的浇了个透,瞠目结舌:“阿婵,下这么大的雨,你来干啥?”

“拜祖师爷。”陈罗婵木然道。

“跛脚安”顿感不妙，又不敢多问，只好远远跟在后面盯梢。陈罗婵来到琼花大殿，在华光大帝和“摊手五”的神牌下跪倒，恭恭敬敬磕了九个头。然后什么话也没有说，出大殿沿着青云巷，经“值事堂”来到丹青阁和绣织房。

丹青阁是面具的云层，绣织房是戏装的海洋，陈罗婵在门外狠心收住脚步。她知道自己一旦跨进去，便再难以割舍那个曾经给她带来无数荣耀的世界。她信马由缰地走着，前面的木雕房里闪出亮光，进去一看，黄广华正抱着一块木像埋头雕刻。

“你雕什么？”陈罗婵站在他的面前。

黄广华抬头一看，吓得魂飞魄散，失手将木雕丢在地上。

陈罗婵弯腰从地上捡起木雕，嘴角露出一丝苦笑，这块木雕似曾相识，竟然是自己在戏棚里演绎虞美人的扮相。黄广华从来没有见过这种微妙的表情，宛如云河中惊鸿一瞥，他鼓起勇气道：“陈大老倌，这……这是我送给你的贺礼。”

“贺礼？”陈罗婵平静地自言自语，没有悲伤，没有喜悦，似乎这件事与她全然无涉。

小木匠出身低贱，却志比天高，在苏仁山的熏陶下，矢志成为天下最顶尖的木雕匠。在他看来这个目标不难达成，只要领略到真正的美，他手中犀利无比的雕刀一定能临摹其状。然而今天夜里，他才明白自己是多么的肤浅：世上最美丽的人就在眼前，她眸子里喷薄而出的光芒令人心碎，哪怕自己再有一千双灵敏的手，也难以描绘其神情。陈罗婵是红船金丝面具和金马鞭的持有者，艺术修养当世无双，黄广华不愿意错过这个千载难逢的机会，喃喃地问：“陈大老倌，你看我的木雕还缺什么？”

陈罗婵把木雕举在手里：“缺一个魂。”

黄广华又惊又喜：“魂怎么雕？”

陈罗婵笑靥如花，将木雕丢在地上：“打碎她。”

天亮了，雨住了，李文茂仍未从噩梦中醒来。

李文茂目下的武功进入到“六祖心经”第二重境界的最后阶段，他有意识地遏制第三道真气向上蔓延，将第三道真气困在中丹田。这样一来，由于真气找不到向上的通道，在膻中穴附近越聚越厚，从生生不息的一源活水变成了行将就木的淤积之气，其实已经暗含着大裂变的宝贵种子。恰在这时，陈罗婵上山来测算她和李文茂的三世姻缘，“玉玲珑”会合了“囚龙草”与火龙珠两道相异的天地之光，彻底激活了这潭死水。

李文茂被噩梦折磨得辗转反侧，意识大部分清醒，却始终无法摆脱梦魇的控制。他仿佛回到了当年渔火摇曳的疍艇，那串巨大的红心火圈足有三十二个之多。每个火圈都是一口幻影重重的无底洞穴，让他越陷越深，永远落不到尽头。

“二爷，二爷，”“雷公仔”焦急地喊，“你怎么啦？”

受“玉玲珑”的影响，阳雪姑和阿幺也是刚刚苏醒。女峒主在罗帐内找不到陈罗婵，出帐后发现“春雷”琴旁空无一人。琴弦挂着昨夜的雨珠，以及一片亮晶晶的血丝，俨然是一张血瑶琴。“囚龙草”与陈罗婵相偎六载，这草儿不愧是通灵之物，临别时不忍旧主的心血被雨打风吹去，便将它镶嵌在“春雷”琴的琴弦上。

目睹触目惊心的这一幕，阳雪姑感到天旋地转，本能地大声呼救。黄三全、颜亚层等人听到女峒主的喊叫，纷纷跑进大帐。见李文茂在床上翻来覆去，呼吸沉重，似乎被什么东西束缚住了手脚，死活睁不开眼睛，都吓得慌了手脚。

“雷公仔”说：“不行，得把二爷弄醒。”

火龙珠在李文茂胸口闪烁不停，借着它的光亮，李文茂通体三十二处大穴隐隐浮现。其他穴道俱呈红色，唯独膻中穴雪白吓人，大伙明白这是修炼内功所致。颜亚层为难地说：“咱们不懂二爷的功法，万一推的不是地方，走火入魔咋办？”

“那也得叫，”“雷公仔”断然道，“你没看二爷的脸色都变紫了吗？”

黄三全担心地说：“可别伤着二爷。”

“二爷又不是豆腐做的，有这么娇气？”“雷公仔”嘟囔了一句，命人到外面把阳雪姑带进大帐，“阳姑娘，二爷可能是被梦魇住了。老话说得好，梦里的人只有半条性命，身子骨弱得很。我们几个手脚粗笨，你来把二爷弄醒，小心别碰着穴道。”

阳雪姑抹了把眼泪，轻轻地推着李文茂的右臂，泣不成声：“少爷，你快醒醒，陈大老倌不见了。”

最后这句话像锋利的匕首，刹那间割断了梦魔的罗网，李文茂翻身跳了起来，额头上冷汗津津。一幕幕噩梦犹在眼际，他感到事情有些不妙，一个箭步飞出帐外。斯人已去，唯有那张血瑶琴独立晨光中，光芒冷峻拒人于千里之外。李文茂心痛如割，掣出“蝉翼剑”，怒不可遏地劈向香案上的“玉玲珑”，厉声喝道：“都是你这孽障从中作祟。”

寒光闪处，“玉玲珑”被李文茂一剑剁为两截。与此同时，丝丝缕缕的赤龙心窍化作万千凌厉之箭，蜂拥而来，刺向李文茂的膻中穴，他“哎呀”一声，痛死过去。

待李文茂自痛楚中醒来，已是阴阳交关的酉时。他的膻中穴空空如也，第三道真气静静地离开了他的身躯。李文茂睁开双眼，叶兆隆、庞兴仔、陈开、王山公、宁洪崖、“逃军和”等人围拢在床侧，叶兆隆高兴极了：“二爷，你醒了。”

李文茂问：“白扇大爷呢？”

叶兆隆安慰道：“他们都在忠义堂，你好好将养。”

“没有大碍，你们陪好白扇大爷、罗阿妈，阿婵妹子走得孤单，我去把她寻回来。”李文茂深吸了一口气，从床榻上挣扎着爬了起来。

阳雪姑哭着问：“少爷，你知道她去哪儿了？”

李文茂迈步来到“玉玲珑”前，赤龙心窍虽被斩断，但依旧残存着“囚龙草”留下的绿色光焰——这光芒能揭示陈罗婵出走的方向。李文茂脱下身上的衫子，将“玉玲珑”裹起来缚在背上，飞下凤凰岗。

书说简短，李文茂目前的功力尚未达到一苇渡江的境界，然而已经与之相距不远，脚力之健远非一般的武林高手可比。他沿着西江一路东下，逾洋过海，昼夜不舍，凭借“玉玲珑”残光的指引，这一日踏进浮山二百一十六峰。

虽然残留在“玉玲珑”里的碧光日渐黯淡，但浮山是“囚龙草”的故乡，火龙珠忽然受到激发而主动在前引路。李文茂心中宽慰，加快脚步跟随火龙珠登上一座嶙峋石峰，抬头看云海茫茫，苍天如崖，四周哪里有陈罗婵的踪迹？正当他在峰顶焦虑不安之际，从云层里飞出一群红红绿绿的怪鸟，成群结队地向李文茂冲来，嘴里不时地发出“叮当”的怪叫声，听起来俨然兵器交击，十分地刺耳。

这些鸟直接冲向李文茂的胸口，似乎瞄准的是那颗火龙珠。李文茂勃然大怒，举“蝉翼剑”劈向怪鸟。红翠鸟乃鸟中剑客，什么时候吃过人的亏？百十来只红翠鸟排成阵势，向李文茂发动了一轮又一轮的攻击。“小元霸”失去心爱的人，怒火正不知燃向何处，当下抖擞精神，仗剑与红翠鸟战在一处。直杀得天昏地暗，大战两个时辰剑法丝毫不乱。这时，从松树上跳下一个挽着牛心髻的道士，李文茂收剑观瞧，见此人头戴黄杨木道冠，腰系绛色水火丝绦，白袜青衣蓝带大袍，五绺长髯飘洒于胸，好一派仙风道骨。

这老道不是别人，正是罗浮山的老神仙空空道长。他来到近前摆拂尘念了句道号：“无量天尊，尊驾好靓的功夫，可惜就是不知好歹。”

空空道长一出现，红翠鸟不再与李文茂缠斗，齐刷刷飞离了战阵。李文茂端详了一眼空空道长，明白遇到了高人：“仙长，此话从何说起？”

空空道长手捻长髯：“红翠鸟是浮山仙草的守护使者，尘世间非遇有缘人不现身，尊驾以刀剑相加，难道不是把好心当了驴肝肺？”

李文茂觉得这老道说理太偏，这群铁嘴鸟明摆着是来抢火龙珠的，怎么反倒成了对自己以礼相待？不过，他听说过红翠鸟的名头，知道这鸟儿是仙草的引路者，他抬手施礼：“在下鲁莽，请仙长恕罪。”

空空道长问：“年轻人，你背的包袱忒是古怪，里面装的是什么物件？”

“你自己看。”李文茂把“玉玲珑”丢到老药仙的面前。

空空道长解开包裹，连连地摇头跺脚：“哎呀呀，真是作孽，这么珍贵的上古奇宝让你劈为两截，暴殄天物，暴殄天物。”

李文茂余怒未消，恨恨地骂道：“这妖物妄称测心断梦，交通鬼神，阿婵妹子必受其蛊惑才离我而去。要是找不到我妹子，李某定将它一把火烧干净，免得为害人间。”

空空道长叹息了一声：“年轻人，白龙、赤龙皆为天降鳞虫，怎能厚此薄彼？那个弹琴的女仔就在浮山，我可以带你去找她，但请尊驾不要再侮辱‘玉玲珑’。赤龙心窍数千年来长存不朽，乃我东土传世神物，其道玄妙无比，不可等闲视之。”

李文茂听说空空道长知道陈罗婵的下落，立时喜出望外，长揖到底：“仙长，只要能找到阿婵妹子，我就把它和祖宗牌位一道供起来。”

空空道长哈哈大笑：“跟上来。”

这老道平生食用了无数罗浮奇卉，身法和脚力堪称出神入化，话音刚落，身子已经飘出三丈外。李文茂知道空空道长有意考较自己的功夫，毫不示弱，纵身紧追不舍。两道身影前后脚如电飞驰，刹那间隐没进云海山岚。

却说李文茂经过与红翠鸟两个时辰的大战，体力消耗到了一个极限，再度跟随空空道长显得十分吃力。然而，“六祖心经”的奥妙就在于“有自无中转，实从虚处生”，困难和绝地常常是境界提升的转机。李文茂被赤龙心窍万箭穿心后，第三道真气如狂潮卷出膻中穴，为新生的真气留下了广阔的空间。裂变的种子悬浮在中丹田，起始阶段即遭逢红翠鸟和空空道长两大关口的磨砺，裂变的速度大大加快，眨眼间充溢在三十二处大穴内。李文茂越追越快，逐渐拉近了与空空道长的距离。待看到一片枫树林出现在眼前，叶浪翻卷处露出一件他最熟悉的粉色衣装时，心里激动万分，一个箭步越过空空道长，喊道：“阿婵。”

空空道长暗自伸出大拇指，这伢仔小小年纪却有如此超绝的功力，与武林至尊金蟾道士相比已不遑多让，真是武林之大幸。

陈罗婵从枫树林里探出身，一见李文茂，泪如雨下：“阿茂哥。”

空空道长一生不近女色，未曾把人间的儿女情长放在心上。见这对小儿女藕断丝连，情思绵绵，抚掌大笑，转身离开枫树林，边走边吟，诗曰：

自古仙人多卖药，风流我最慕安期；
今君莫使秦皇得，烟雾苍苍信所之。
…………

两天没见，心爱的人粉裙蒙尘，神色萧索。扎在右臂上的飘带血迹斑斑，显而易见，伤口尚未愈合。李文茂心疼地问：“阿婵，你来罗浮山干什么？”

悲恸欲绝的陈罗婵割断尘缘，离开佛山堡后有家难归，相思江是那样的遥远，罗浮山成了她唯一能寄存自己的地方。这里有“酿泉”“梦梅”“煮石”等美丽的爱情传说，有她的生命之歌云璈八曲，还有雌雄相伴、千里相随的大蝴蝶。蜩蝉在这里歌唱，何处别问津，即使没有爱情的浇灌，枫树林也可以给她一个梦的秋天。

“阿茂哥，你的心不在我这里，回去吧。”陈罗婵扭过头，怕李文茂发现她的眼泪。

李文茂提起“玉玲珑”，责备：“阿婵，你怎能信此妖物？”

陈罗婵拭去腮边的泪水：“阿茂哥，我们都看不到自己的心，看不到自己的梦，看不到自己的三世情缘。可是‘玉玲珑’能看到，你的心被一个人占据，被一首曲子占据，那首曲子是叶连城的《客途秋恨》，难道你忘了吗？”

《客途秋恨》？一瞬间，那首夺人心魂的曲子在李文茂的耳旁訇然作响，邓丽娘矮小的坟墓浮现在他的面前，他脱口而出：“原来是她？”

“曲子弹得那么好听，”陈罗婵问，“她一定很靓吧？”

李文茂辩解：“你误会了，阿婵，她已经不在人世了！”

陈罗婵转过身，从李文茂的手中接过“玉玲珑”，把被切断的赤龙心窍拼在一起，再放进去火龙珠。过了一会儿，她喃喃地说：“她还活着。”

“不可能，”李文茂赌咒发誓，“二娣哥亲口告诉我，五年前她染了瘴气病故，和她妹子邓秀娘一起埋在邓家的墓地，我还给她上过香呢。”

陈罗婵怅惘道：“阿茂哥，我信你的话，但‘玉玲珑’不会撒谎。”

李文茂冷笑：“这孽障不过是一介朽残之物，又被我一剑劈为两半，哪来的神通？火龙珠在我身上多年，按照你的说法，它只能映射我的心，如何知道她活着？”

陈罗婵一怔，自言自语：“阿茂哥，也许你说得对。”

李文茂抓牢她的左臂：“咱们去锦田围看看便知。”

陈罗婵被李文茂说服，弯腰抱起“玉玲珑”：“好吧。”

李文茂一看“玉玲珑”就有气：“你带它干啥？”

在陈罗婵的心中，“玉玲珑”为通灵神物，纵然千疮百孔亦不失其灵验。当着李文茂的面她不便说破这一点，只好答道：“它是我借来的，自然要还给人家。”

李文茂真气充沛，陈罗婵心急如焚，二人几乎贴着地面御风飞行，到了锦田围，又是一个伸手不见五指的黑夜。火龙珠驱散黑暗，陈罗婵疾步走进邓家墓园，来到邓丽娘的坟茔前观察许久，又仔细看了看碑文，这才确认李文茂所言非虚。

李文茂从陈罗婵手里接过“玉玲珑”，随手扔进草丛里：“阿婵，我早说过这残物不可轻信，休要理会，免得沾惹了它的晦气。”

陈罗婵一头扑进李文茂宽大的怀里，哽咽道：“阿茂哥，你不怪我吧？”

李文茂抚摸着她受伤的右臂：“傻姑娘，我怎么会怪你？”

相爱的人紧紧相拥，那一夜只有风，没有雨。两个疲倦的人坐在草地上，没有了继续奔跑的气力。陈罗婵依偎在情郎的怀里问：“阿茂哥，你真的没有见过她吗？”

李文茂把五年前的那段奇遇一五一十地叙述了一遍：“阿婵，别说生前没见过她，就是在梦里我也没有见过她一面。这女仔对我有九生之德，我却一个‘谢’字都没有对人家说过，想来真是叫人惭愧。生前身后两不识，说明我们毫无缘分，那残物非要说我心里有个她，这不是睁着眼睛说瞎话吗？难道我还听不到我的心？”

陈罗婵用手抚摸着他的下颌，抚摸着生铁一般坚硬的胡茬。她低声说：“阿茂哥，这你就冤枉了它，人身一世，人心三生。前一生懵懵懂懂，此一生恓恓惶惶，后一生飘飘荡荡。我们识得了此生之心，却难辨前生后世，有什么好奇怪的？”

李文茂呆了：“你听谁说的？”

陈罗婵凝视着邓丽娘的墓碑：“我师傅说的。”

何惠群学究天人，才学之高无可置疑，李文茂不好反驳，嘀咕道：“照他这么说，人人都有三生，轮回不替，鬼门关里能盛得下这么多的心吗？”

陈罗婵痴痴地说：“阿茂哥，你看深秋的枝头，总有一片叶儿不肯随风摇落，那是有缘人的心。它破了懵懂，不怕飘荡，纵然做孤魂野鬼也心甘呢。”

李文茂叹了口气：“阿婵，莫要想这些神啊鬼啊的，三娘必定在家里等得心焦。咱们歇息一夜，明天赶紧回佛山堡吧。”

陈罗婵仰头问：“阿茂哥，你乏了？”

李文茂这两天未得片刻休息，体力消耗殆尽，困顿不堪，点头道：“嗯。”

陈罗婵把他的头放在自己的胸口，爱怜地说：“那你就快点睡吧。”

弦月高高挂起，比前两日丰满了些许。陈罗婵打了一个盹，自大雾山吹来的风将她从梦中唤醒。她睁开眼睛，耳畔传来李文茂细微的鼾声——真奇怪，经历了两天多的奔波，他的鼾声怎么反而变得更轻了？

情郎伟岸挺拔的身躯就在怀里，可是他那颗雄浑的心究竟属于谁？陈罗婵轻轻把李文茂的头放在草地上，起身解下绑在右臂上的飘带，小心翼翼地将“玉玲珑”捆缚妥当。然后抱着它来到邓丽娘的墓碑前，在月光里默默地祷告：“素不相识的人啊，假如你还活在人世，请给我一支琴声，不，一支筝鸣。”

彩色飘带沾染血迹，那些血迹经过“囚龙草”的滋润和缝补，存有神草的灵性，被切断的赤龙心窍契合衔接。月牙儿弯弯，火龙珠朦胧，“玉玲珑”里再次传出那首用筝弹奏的《客途秋恨》。陈罗婵痴立片刻，用手解开“宝鼎髻”的燕尾，抽出“栖凤剑”将长发割断，回到李文茂的身边。本是天造地设的尘世佳侣，奈何转眼变成陌路行客？到了两情对峙时，爱只能是一种心碎。陈罗婵把头发细心地垫在李文茂的脖颈下：“阿茂哥，我没什么送给你的礼物，能留给你的只有它，你就在梦里收下吧。”

琼花会馆的当家名伶挺起胸膛，默默地凝视着坟头萧瑟的墓碑，毅然决然地扭头向墓园外走去。到了中途，她忽然顿住脚步，回头久久地注视着地上的“玉玲珑”，犹然不死心地说道：“假如你真的没有死，请再给我一丝光亮。”

话音随风飘落，月光悄悄地打了个寒战。良久之后，残破的“玉玲珑”光芒大作——不是紫光，不是玉芒，而是鲜艳如花的赤血！

陈罗婵怔了怔，拭泪而去。

第七十六回　情归何处

李文茂一个踏实觉睡到天亮，睁开眼睛晨曦万丈。墓园里静悄悄，温柔的风踮起脚尖从身边滑过。墓碑突兀地矗立在他的眼前，旁边摆着彩色飘带缚扎停当的“玉玲珑”。火龙珠沉浸在昨日的梦里，心爱的人却已不见踪迹。

命运再一次无情地戏耍了他，李文茂悲愤至极，仰天长啸。这时节，新生的第三道真气已经布满了中丹田，全身三十二处大穴如同被洗过一样，处处流淌着清纯凛冽的甘泉，与此前的雄浑境界全然不同。啸声跃出锦田围，一直翻过大雾山，遥遥响彻在海洋的上空。宛如大雁南归的悲鸣，谁辨得清是悲还是痛？他拔剑来到“玉玲珑”前，咬牙切齿：“纵然有万年之寿，今日也容尔不得，除非你告诉我阿婵妹子的去处。”

“玉玲珑”似乎听出了他的辱骂，瞬间将所有的余光收尽。李文茂暴跳如雷，举起“蝉翼剑”连砍七剑，把赤龙心窍劈成一堆乱麻，骂道：“老东西，你不是会万箭穿心吗？那就使出你的本事，让我看看你到底是苍龙，还是赤龙。”

说来也奇怪，这次，赤龙心窍并没有做出任何反击，任凭李文茂乱剑剁下，斩断处不见一毫红丝。火龙珠在李文茂胸口剧烈跳动，好像是同情赤龙心窍的遭遇。李文茂心烦意乱，一脚将“玉玲珑”踢开，来到邓丽娘的墓前，失魂落魄地祈求：“姑娘，假如你地下有知，请告诉我阿婵妹子的去向。”

墓碑静静地矗立在草丛中，风掠过碑身向北吹拂。李文茂侧耳倾听，大雾山的那一边隐隐传出大海的惊涛。他又惊又喜，在邓丽娘的墓前恭敬地拜了三拜：“多谢姑娘提醒，待我找到阿婵妹子，再来谢你。”

伶仃洋西岸遍布“洪德堂”的人马，东岸则是“洪义堂”的地盘，李文茂猜测陈罗婵为了避开自己会选择走水路。南风已在汪洋中揭起狂涛，陈罗婵走水路只能有一个结果——纵使她的船头朝南，也一定会让风暴裹挟到北方。

李文茂理了理纷乱的思绪，心里稍微踏实了一些，抬脚刚准备走，目光的余角扫到了七零八落的“玉玲珑”。这件东西是陈罗婵从伍家借来的，应该把这个倒霉玩意还给万松园。他弯腰收起赤龙心窍，捆成一个包裹系在腰间。

下了邓家墓园的山口，李文茂连连发出长啸，既是为了调息新生的第三道真气，也是为了发出信号，联络附近的洪门兄弟。“小元霸”在南山碰到正在蚝田里忙活的梁友德，从他嘴里得知陈罗婵两个时辰前从这里入洋，于是借了一条舢板，顺着风向北追去。

舢板行至龙穴洲，从铜鼓山下飘出一条快船，船身被风刮得歪歪扭扭。李文茂发现骑在桅杆上的是王铁爪，奇怪地问：“你怎么在这里？”

王铁爪从桅杆上溜下来，高兴地嚷：“二爷，你下山后大伙急得要命，全撒出来找你和陈大老倌。嘿嘿，总算让我等到了。”

李文茂被“玉玲珑”万箭穿心，不俟伤愈即下山寻找陈罗婵，众家英雄明白其中一定出现了重大变故，唯恐他们遭遇不测，纷纷离开西海大寨搜寻二人的踪迹。别的不提，单是从狮子洋到伶仃洋的这条水路上，就有“德勇堂”“德信堂”“全和堂”“全元堂”“红旗帮”“兴义堂”“义胜堂”与“义和堂”八支人马——“义和堂”是罗大纲最近新设置的堂口，意在统合东莞、新安两县境内原属“洪义堂”旗下的各股零星势力，堂口掌印阿妈一职，选了原中军左营先锋何禄。

听王铁爪话里的意思,似乎有陈罗婵的消息,李文茂问:“她在何处?”

王铁爪用手一指:“进狮子洋了,区三当家在后面跟着呢。”

“狮子洋?”李文茂皱了皱眉头,洋人的大兵船眼下正在封锁虎门口,随时可能与广东水师交火,陈罗婵是怎么进去的?

“二爷,你莫要心急,红毛鬼子的吃喝靠‘义胜堂’供养。有区三当家的面子在,他们不敢为难陈大老倌。”王铁爪仿佛看出了李文茂的担忧,连忙出言安慰,“红毛鬼子大队人马扬帆北去,在虎门口仅仅剩下四五条兵船。他们封锁的是官船,并不禁止民船出入。我听黄大哥的口气,这些鬼子只和官府作仇,不骚扰老百姓。”

李文茂问:“哪个黄大哥?”

王铁爪吭哧地说:“就是黄通事,他手头有红毛鬼子的告示,说洋人蒙了冤屈,要到京城去告林大人的御状。”

洋人来香港岛避难后,各路鸦片贩子蜂拥而至,黄家兄弟自不例外。好在岛上的三大江湖势力均有旧相识:“红旗帮”的头目是王铁头和王铁爪;“全元堂”的谭亚才是同行;而何禄派到岛上的代表劳德择,则是黄文汉和黄文灿的老熟人——罗家破败以后,劳德择投奔何禄入了洪门,现为“义和堂”的四龙头。

“不骚扰百姓?”李文茂冷笑一声,“鬼话连篇。”

红毛鬼子这个告示说得天花乱坠,其实连三岁的孩子也骗不过——倘若动起了刀兵,首当其冲的便是老百姓。王铁爪虽然不相信黄仲畲的话,但洋人舰队主力离开虎门口是确凿无疑的事实,他困惑地问:“二爷,他们不告御状,干吗把兵船往北开?”

“这叫黑虎掏心,”李文茂道,“避实就虚。”

王铁爪瞪大了两只眼睛:“鬼子也会说瞎话?”

陈罗婵的船向南驶入大海,怎奈天地无情不遂人愿,南风浩浩荡荡,引领汹涌的咸潮将她冲回狮子洋,卷入狭窄的省河水道。面对越来越熟悉的两岸风景,她放弃了与命运抗争的徒劳努力,抱着受伤的右臂随波逐流。

身后追踪的船只轮流交替,始终与她保持着一定的距离,似乎怕她受到惊扰。船上的旗帜不断变换,起初是“义和堂”与“义胜堂”,后来是“德信堂”

和“德勇堂”。她木然地摇动着船桨，从白昼到黑夜，目光逐渐模糊，再也分辨不出这个世界的色彩。

天又亮了，再往前是河南岛，再往前是海珠炮台和回澜桥，再往前是琼花直街。撕裂的心剧烈震颤，无法向前迈出哪怕是一小步！陈罗婵将疲惫的身子倚靠在船板上，告别的大幕即将落下，还有一支铜笛，尚未奏响。

那支铜笛，曾经是她心灵的白鸽，伴随她度过无数辗转反侧的不眠之夜！多少个兰舟催发的清晨，它从夜神的帷幕后雀跃而出，为颠簸的红船开启一日新的旅程！它多么像河床里顽皮的银鱼，掠走自己寄存在水涡的心，总是忘记了归还！

船儿被风刮进了龙溪涌，梁坤正好从海幢寺里出来，见陈罗婵衣衫凌乱，面色苍白，乌黑的长发被齐腰斩断，瞠目结舌：“陈大老倌，发生了什么事？”

陈罗婵问：“你家少爷可在？”

“铁桥三”连忙回答：“他这两天哪儿也没去，闭门谢客呢。”

“好。”陈罗婵点点头。

“铁桥三”不知道发生了什么变故，叫过一个守门的家丁，压低声音叮咛：“你快去把少爷找来，就说陈大老倌到了门口，我看要出大事。”

龙溪涌里的船只逐渐增多，“德信堂”的探马撤至外围，把跟踪陈罗婵的任务移交给“德勇堂”。小旗头“毕烂艇”和屈开在伍家门前望风，打发另一个旗头何德乾回去送信。不大一会的工夫，从江面上传来一阵激越的铜笛，笛声嘹亮高亢。陈罗婵抬起头，脸上露出一丝奇怪的笑容，然后离船登岸。

面对她突如其来的举动，“毕烂艇”和屈开吃了一惊，慌忙跳上岸，跟了过去。陈罗婵停下脚步，转身问：“你们是哪个堂口的？”

两个人弯腰施礼：“回禀陈大老倌，我兄弟是‘德勇堂’的。”

陈罗婵道：“告诉你家二爷，我和他尘缘已了，勿要再苦苦相逼。”

乍听陈罗婵这么一说，“铁桥三”吓得胆战心惊，手足无措，结结巴巴地问：“陈……陈大老倌，你和二爷闹了别扭？”

“怕了？”陈罗婵拿眼角扫了他一眼，冷冷地说，“当好你的差事，天塌下来自有你家主子担待，砸不到你的头壳。”

"铁桥三"在广州武林是跺一跺脚有响动的人物,尤其一手洪拳打得虎虎生风,不过这套本事要是拿到"小元霸"跟前,不啻如鸡蛋碰石头。挨了陈罗婵抢白,他火速召集家丁守好大门,心里惴惴不安,知道此事断难善了。

舢板靠岸,李文茂收住笛声,迈大步来到万松园门口。"毕烂艇"和屈开紧跑几步,上前禀报:"二爷,陈大老倌进了这个院子。"

李文茂的眼珠子火星四溅,长久以来,他对伍家的万松园一直心存芥蒂,觉得这是个不祥之地——以前父母双双命丧于此,今天陈罗婵又到这里来躲避,怎能不让他怒火中烧?他的嗓门不知不觉拔高了几度,沉着脸问:"梁爷,是真的吗?"

"铁桥三"赔着笑:"二爷,我看陈大老倌怏怏不快,是不是和你闹了别扭?小两口没有隔夜仇,让一步海阔天空,不如等她气消了,你再进去找?"

李文茂怒道:"让开。"

见李文茂丝毫没有停下来的意思,"铁桥三"万般无奈,只好硬着头皮,率领众家丁拦住他的去路:"二爷,容小的进去通报一声?"

李文茂勃然大怒:"你不要命了?"

"铁桥三"牙一咬,心一横:"二爷,俗话说拿人钱财,替人当差,你要是不顾礼数硬往里闯,我等只好得罪了。"

"螳臂之力,亦能当车?"李文茂叱喝一声,一把提起两个拦在面前的伍府家丁,不容他们有片刻挣扎,甩手将之丢入墙内。

面对有生以来仅见的强敌,"铁桥三"哪敢怠慢,吊左脚,曲右膝,右手握起拳形,左手并指为掌,齐齐地提到右胸前腋下猛力推出。这招著名的拜谒桥手大有讲究,右拳是日,左掌为月,专用以向洪家兄弟亮明身份。梁坤这一招煞费苦心,他虽然没有加入洪门,但仍然期待李文茂看在这套拳法的面子上,对自己手下留情。

李文茂纵身飞起,不待梁坤反应过来,两只脚点住对方的肩膀。"铁桥三"向以铁肩名闻武林,曾经每条手臂上挂着六条大汉健步如飞,腰马功夫那是出了名的硬朗。他把全身气力集中到双肩,希望可以扛得住"小元霸"的千斤坠。

然而,他的想法太天真了!

李文茂此刻的内功修为已臻化境,置纯之后的三道真气交相辉映,宛如三条磅礴大水跃下高原雪山，遒劲奔腾，生生不息。“铁桥三”感到肩头骤然间重逾泰山，接连几个趔趄支撑不住，“哇”地喷出一大口鲜血。那招拜谒桥手起了作用，李文茂没有取他的性命，中途收气归穴，像大鸟一样扑入万松园。

梁坤忍着痛爬起来，催促众家丁：“快，快去保护少爷。”

躺在病榻上的伍梁氏听闻园子里呼啸连连，啸声听起来似乎并不刺耳，却潜藏着一道凌厉的杀气，让人心惊肉跳。老太太睁开眼睛：“外面是怎么回事？”

喊杀声逐渐迫近英吉利厅这边，伍长禄见隐瞒不住，只好如实禀告：“李少班主贸然闯进园子，好生无礼，少爷带人正在阻截。”

伍梁氏颤巍巍地问：“是谁惹了人家？”

“哪个敢招惹他？”伍长禄唉声叹气，“他和陈大老倌不知道为啥闹翻了，这丫头东家不去，西门不入，偏偏到咱家来躲，真是的。”

“肯定是崇曜惹出来的祸，你看，我说什么来着？”伍梁氏一直对儿子痴恋陈罗婵这件事耿耿于怀，心存不祥之预，今天终于应验了。

这时，丫鬟阿珍慌慌张张地跑进来：“老诰命，不好了，李少班主出手凶狠，打翻了百十来号人，少爷他们躲到画舫那边去了。”

伍长禄愤愤地骂：“一群饭桶。”

“我的儿呀。”伍梁氏尖叫起来。

阿珍劝道：“老诰命，现在不是哭的时候，得赶紧想个办法，救救少爷。”

伍梁氏好像没有把她的话听进去，仍旧絮絮叨叨：“报应啊，都是报应，我早说不该把‘玉玲珑’拿出园子。他们爷俩谁也不听，这下好了，这下好了。”

往日机敏善断的老太太被病魔折腾得奄奄一息，迟钝昏聩，这是一个不祥的征兆。伍长禄暗自嗟叹，低声嘱咐阿珍：“快去叫老爷。”

年逾古稀的伍秉鉴这两年精气神大不如从前，常常把自己关在屋子里，不是打盹，就是一个人默默思量，有时候问半天话才抬一抬眼皮，显得比躺在床上的伍梁氏更加苍老几分。阿珍泄气地说：“叫老爷有啥用？他又跑不动。”

伍长禄跟随伍秉鉴多年，对他的脾气秉性了解得极为透彻，这个节骨眼上根本不用仆人去提醒，老浩官恐怕早就人在现场了。想到这里，他没有出言训斥阿珍，只是叹了口气，微微地晃了晃头壳："算啦，用不着你了。"

果如伍长禄所料，伍秉鉴听到园子里杀声四起，老头子的反应比兔子都快，一刻也没耽误就冲出房门。后面的家丁紧跑几步，把老浩官架起来，主仆几人玩命地冲向湖西。来得早不如来得巧，伍紫垣和"飞虹锏"指挥家丁节节败退，李文茂右脚踢飞"飞虹锏"，左手抓住伍紫垣的脖领子将他擎在半空，正准备砸向画舫的石柱。

这一家伙要是砸下去，伍紫垣准定脑浆迸裂，一命归西。众家丁唬得魂飞魄散，伍秉鉴的脑瓜那叫个好使，在这千钧一发之际，他拼尽全身气力高声喊了起来："冤枉啊，冤枉，少班主手下留情，天大的冤枉。"

这一招还真见效，李文茂扭过头来："谁在喊冤？"

伍秉鉴扑通一声跪倒在地："少班主，是老朽喊冤。"

李文茂怒气冲冲地喝道："老爷子，你家这个小的吃了熊心豹子胆，没来由地横插一杠子与李某为难，他有什么冤屈？"

老浩官赔笑："少班主，贵班和本府素有交情，陈大老倌也是这园子的常客。她今天这个样子像是落了难，犬子出手相助为常人应有之义，难道有错吗？"

陈罗婵伤心出走，完全拜"玉玲珑"所赐。李文茂心头的火苗子倏地蹿起三尺高，擎在半空的左手骤然加力，伍紫垣忍不住疼得叫起来。李文茂恨恨地说："我说他怎么舍得把镇宅之宝献出来，闹了半天，原来包藏祸心！"

果然是"玉玲珑"闯的祸，伍秉鉴心里一惊，恳求道："少班主，'玉玲珑'乃我中华上古奇物，我等凡人如何识得其中的玄妙？你和陈大老倌喜结良缘，犬子以镇宅之宝赠送，实为一片至诚之心，你若取了他的性命，不怕别人说你以怨报德吗？"

李文茂不禁犯了踌躇，"玉玲珑"虽然是陈罗婵情变的罪魁祸首，但伍紫垣送礼的时候并无恶意。如果一怒之下杀了这个小白脸，倒显得自己小肚鸡肠，徒然令天下英雄耻笑。想到这里他长叹一声，把伍紫垣掷了出去："今日权且饶了这厮的狗命。"

众家丁上前搀扶起伍紫垣，伍香韬顾不得疼痛，一瘸一拐地跟着李文茂冲进小戏台。

陈罗婵进了万松园后，径直奔向湖西的小戏台，她明白李文茂的个性，自己纵然上天入地他都会紧追不舍。这个世界上如果还有一处地方可以令李文茂望而却步，可以供无可逃遁的自己藏身栖息，那便是万松园的小戏台。

花旦跳上空荡荡的戏台，撩开"虎度门"的帘子，愕然吃了一惊。只见里面挂着一排排的脸谱，摆着一列列的刀枪，放着一只只的衣箱，与红船戏棚的布设毫无二致。陈罗婵不禁潸然泪下，自己发下誓愿要逃避的那个世界完整地呈现在面前。红船当家名伶腿脚发软，歪倒在戏箱上——此生自红船开始，到红船结束，这就是命！

她取白巾揩净面颊的泪水，往手心里倒了把三凤粉，化了个淡妆。末了取出胭脂纸沾了沾嘴唇，抽出胭脂纸，低头一看，纸儿钻心地痛。

哪里下起了雨？

屋顶花脊的鳌鱼长须上滴下了水珠，落进水池，发出碎裂的响动。湿气从屋子的四角和墙壁弯弯绕绕地爬出来，外面的松涛犹如波浪滚滚，小戏台就是一艘波涛中的红船。陈罗婵趔趄一步站起身，系好头上的雉鸡翎，披挂元帅大氅，在背虎壳上插了六杆龙纹令旗，将"琴瑟合"悬于腰间，从兵器架上拣了一根梅花亮银枪，出"虎度门"来到台心。伤心的人儿枪挑长空，颤抖地问："何处乱纷纷？"

李文茂挥剑逼退伍府家丁，孤身闯进小戏台，蓦然发现陈罗婵顶盔掼甲，罩袍束带，执一杆梅花亮银枪矗立在戏台中央。再仔细一看，陈罗婵竟然全身披挂母亲当年的装束，他不由得手脚发麻，泪如雨下："阿婵，你……你这是干什么？"

声音是那么冰冷："阿茂哥，莫非你要在此处拔剑不成？"

小戏台是父母归天之地，父亲头撞石柱，母亲血溅石板。李文茂打了一个冷战，慌忙收剑归鞘，双脚向后退却，绝望地喊道："阿婵，你真的要走吗？"

"我哪里也不去，这里就是我的归宿。"陈罗婵转过身，举了一个横枪烧山的招式，不想叫情郎看到自己的眼泪，"阿茂哥，倘若你不想让此地再染血光，就请退出去吧。"

李文茂心如刀割，万念俱灰，拖着脚步出了小戏台。他明白此番分手作别，很有可能像那条相思江水一样东西各奔，这辈子势难复合。

伍府家丁如临大敌，忐忑不安地守在戏台外，只有伍家父子气定神闲，跟没事人似的立在那里——老浩官是老奸巨猾，高深莫测；而小浩官则料定李文茂不敢在小戏台造次，脸上露出难以掩饰的兴奋之色。见盖世英雄失魂落魄地走出来，伍秉鉴心有不忍："少班主，陈大老倌一时想不通，念头拐不过弯，过几天兴许就好了，到时候你只管来领人。"

"是吗？"李文茂盯着老浩官的眼睛，想看清他的心思。这老家伙一辈子斯文从容，喜怒不形于色，他说的哪一句话才是真的呢？

伍秉鉴真诚地说："你可以把外面的那些兄弟叫进来，在画舫这头守着伺候。一家人不说两家话，我这园子里地方大，不差弟兄们的吃住。"

老浩官修养颇深，做人做事俱有章法，并非见风使舵的小人。李文茂对他印象不坏，从腰里解下"玉玲珑"，抛到他面前："这东西你拿回去，以后咱们两不相欠。"

"少班主，此话从何说起？"伍秉鉴心头一震，李文茂这句话其实很重，意味着从此以后两家绝情断义。不等他再做解释，李文茂最后瞥了一眼小戏台，纵身而起，眨眼间飞离了万松园。

"飞虹锏"打开盛放"玉玲珑"的包裹，失声叫道："老爷，少爷，快看，碎了。"

"碎了就碎了，有什么了不起？"伍紫垣一脸轻松，他从干瘪的包裹外形早已看出"玉玲珑"成了一堆废物，心里非但没有丝毫不快，反而兴奋得难以言表——用"玉玲珑"换来一个陈罗婵，天底下还有这么合算的买卖吗？

伍秉鉴走过去，蹲下身子摸了摸被剁碎的"玉玲珑"，突然心脏剧烈跳动起来。他沉默了一会，对儿子说："得想办法给它补一补。"

"为什么？"伍紫垣惊叫起来。

伍秉鉴意味深长地说："伢仔，你毕竟年轻，经历的事情少。玉龙仙长说的没有错，这件珍宝大有灵性，不然怎么会将李班主和陈大老倌好好的一对无端拆散？它蛰伏在万松园这么长时间，如今落了个粉身碎骨的下场，要是不把它修补妥帖，其元神一旦破壳离去，咱们伍家难免大祸临头。"

伍紫垣亲眼目睹李文茂突然遭难，自己凭空捡了个大便宜，此刻心里翻江倒海，这样的灾祸他宁愿再多接几个。他掩饰住心里的狂喜，争辩道："阿爸，姓李的砍断'玉玲珑'，倒霉的应该是他，跟咱们家有啥关系？再者，我听说过这个世界上有补碗、补衫子的，还从来没听说有补赤龙心窍的？到哪儿找这样的高人？"

"你不找，咋知道没有？"伍秉鉴把脸一沉，厉声呵斥，"此事非同小可，关系到咱们伍家的气运和安危，别废话，马上去办。"

"行行，"伍紫垣心不在焉地说，"我去看看陈大老倌先。"

眼睁睁地看着李文茂一步一步地退出小戏台，陈罗婵抖了抖手中的梅花亮银枪，在空中一连扎了三个攒花。"虎度门"内的棚面仿佛訇然鸣响，那声音贯穿了她的一生，成为她生命中不可分割的一部分。不用乐器伴奏，她的心照样能够唱响。

群山错落青山外，
伤心孤城隐约白云间；
漫道西出玉门无亲故，
云山深处便是我的家。
…………

此时此刻，陈罗婵终于体会到了"俏丽辛"往日的心境，知道了她平时为什么总是喜欢唱这折子《昭君出塞》。然而，"俏丽辛"至少还可以寻一处云山来栖息，而自己只能将余生打发在这间封闭的小戏台——一条永远开不动的红船。

伍紫垣满心的躁动被这首曲子驱散，他越听越心酸："陈大老倌，莫要伤心，你想在这里住多长时间就住多长时间，没人打搅你。"

陈罗婵左手弯下一根雉鸡翎："你以为他不会来吗？"

伍紫垣悻悻道："我……我不怕他。"

"哈哈。"陈罗婵左手执枪，右手自鲨鱼皮鞘拽出"龙渊刀"，端详良久，身子转动，仿佛披了一袭白色斗篷，凄然歌唱：

更犹记，别后数载匆匆岁月；
未断汉胡梦，夜漏雨冷霜转重。
笔端切切悲悲浓，墨淋漓难尽诉苦痛；
恰似鹃哀声声带泪吟诵。
…………

小浩官正要开口安慰，陈罗婵止住他，郑重地说："要让他彻底死心，不再踏入万松园一步，为今之计，只有一个办法。"

伍紫垣问："什么办法？"

陈罗婵一字一顿："你来娶我！"

说实话，伍紫垣做这个梦不是一天两天，然而那终究是梦，一旦梦醒唯余自惭形秽。他结结巴巴地说："陈大老倌，此事万万不妥，我是有家室的人，根本给不了你名分。"

陈罗婵手握长枪："要名分何用？"

伍紫垣更加心慌意乱："只怕你阿妈和解元公不会答应。"

"不可能有人答应。"陈罗婵把枪头指向屋顶，在上面缓缓画了一个半圆，"我师傅和阿妈不会答应，你阿爸和阿妈不会答应，所有的人都不会答应我给你做小。但是那又有何妨？小戏台就是我的家，本老倌从画舫上轿，到小戏台落轿，不要三媒六证，不宴日月星辰，自揭盖头拜天地，自己唱戏自己看，要什么亲戚宾朋、大地山河？"

伍紫垣听得心旌摇曳："这……这对你太不公平了。"

陈罗婵将"琴瑟合"架在梅花亮银枪上，她有心把一切旧日踪迹悉数抹杀，把所有的贺礼全部归还给李文茂，但她舍不得这柄刀里藏剑的定情信物。红船名伶凝视良久，反手将"琴瑟合"插于背上，抖了抖梅花亮银枪："你我在戏棚结缘，你娶的是戏棚花旦，从此以后我穿的是戏装，做的是古人，有何不公平？"

这席话像一把锋利的刀，把小浩官颤抖的心劈成血淋淋的两半。他明白陈罗婵的爱已经彻底死去，留给自己的将是舞台上不断变化的影子。刹那间他的眼里添了一层痛楚，痛楚之下却隐蔽着丰满的欢乐——欢乐是由于爬上了无法企及的高山，痛楚是因为山那边还有一个世界。

他看不到那个世界的景致，也无心幻想彼岸的云彩。此刻美就在身边，还要向何处去探寻意义？小浩官定了定神："不管怎么说，至少我该给你家下个聘礼。"

陈罗婵想都没想："就用'玉玲珑'吧。"

"那怎么行？"伍紫垣失声道，"它已经破碎了！"

陈罗婵将长枪甩向地板，冷冷地说："没有这个媒人，本老倌凭什么嫁给你？"

伍府门外熙熙攘攘，拥挤不堪，有"毕烂艇"、何德乾统带的"德勇堂"兄弟，有陆亚琦率领的"德信堂"兄弟，有李占升、杨永庆和徐宾三个人纠集的捕快弓役。李文茂落寞地走出万松园，空中忽然传来海燕的哀鸣，他打了个哆嗦，情不自禁抬头向上望去，正午的阳光是那样的炽烈，刺得他差一点睁不开眼睛。

没错，是失群的海燕，这次只有孤零零的一枚。

李文茂本能地摸了摸腰间，铜笛依旧，而"琴瑟合"换成了"蝉翼剑"。他忍住即将涌到眼角的泪水，没有理会围在门口的弟兄们，一言不发，踏上舢板解缆自去。

天没有完全黯淡下来，李文茂脸上火辣辣的，觉得四周围无不是嘲讽的面孔。他的船速飞快，为了躲开熟悉的人间；他的船速很慢，为了逃避陌生的天光。

夜幕迟迟降临，李文茂的船荡到了大镇乡，岸边的三官庙像一座山压得他透不过气。下个月就是"鬼月"，和陈罗婵的姻缘没有了希望，他如何向死去的父母交代？如何向操办婚事的红船老少爷们交代？如何向前来道贺的洪家兄弟交代？

更重要的是，他该如何向这一份完美无缺的感情交代？

雨渐渐地飘了起来，淅淅沥沥的声音给李文茂带来了一丝排遣和安慰。他划着舢板恍恍惚惚到了鹰嘴沙，水面没有歌唱，没有河灯，没有赶着金色天鹅的牧童。对李文茂来说，失去陈罗婵绝不止失去了一份爱情，一个爱人，而是失去了大半个世界。夜色黯淡，雨幕苍白，无力的船儿该往哪儿划？落到这步田地，问题究竟出在哪里？是那架测心断梦的"玉玲珑"，还是长眠于地下的邓丽娘?

李文茂无处可逃,他必须回到佛山堡,回到白龙里,向易兰花和红船的老少爷们把这件事情交代清楚。眼下他唯一能做的是躲开乡亲们责难的目光,悄无声息地回到白龙里。好不容易等到四更天,佛山堡的繁华之夜才止了喧嚣,李文茂划着舢板沿汾江河走了一圈,琼花水涉张灯结彩,正埠码头欢歌未散,该从何处上岸?绝望的人欲寻一处清静而不得,舢板不知不觉荡至豆豉巷码头。天马上就要亮了,李文茂万般无奈,硬着头皮跳上了码头的石阶;脚尖刚一沾到地面,立刻感到一阵锥心的痛。

连日奔波,李文茂一口饭也没有吃,饥肠辘辘,实在是饿坏了。码头旁的饭铺有一家亮着灯光,他撩起帘子进入饭铺,疲倦地问:“小二,有什么吃的?”

这间没有打烊的店面是“余记”饭铺。

“死牛肺”的脑子历来比别人慢半拍,腿脚也慢半拍,连余章标夫妇都跑了,他还坚持在豆豉巷卖猪红汤。前些日子,宁洪崖代表“德礼堂”出面收购了二十多家以“德”字打头的买卖铺面,“死牛肺”觉得这是一个赚钱的好机会,便把“余记”更名为“德利堂”,坐在家里等宁洪崖上门高价收购,结果没等来财神,却等来了厄运。

陈开做了“德礼堂”的掌印阿妈以后,手下兄弟纷纷建议他拿“死牛肺”开刀祭旗。陈开抱定了“诛心”法则,有仇不报,有怨不消,专心修炼“六祖心经”。他不找“死牛肺”算账已经够便宜了,“死牛肺”脑子没想明白,反过来还想赚“德礼堂”一笔,这不是背着粪筐逛大街——找死(屎)吗?“德礼堂”的兄弟怒不可遏,每天派两三个人盯住“余记”饭铺,单等陈开腾出空,立刻下手擒拿“死牛肺”,新账旧账一起算。“死牛肺”被困在饭铺里动弹不得,叫天天不应,喊地地不灵,愁得一下子老了二十岁。

借着郁郁的灯光,“死牛肺”认出了李文茂,仿佛溺水之人捞到了救命稻草,“扑通”一声跪倒在地,声泪俱下:“少班主,你发发慈悲,救救小的吧。”

李文茂听完他的话,默默地点了一碗猪红汤,勉强吃了一小半,肠胃有了热气,精神不再恍惚,耳力恢复如常。他隐隐听到码头脚步匆匆,饭铺周围似乎来了不少人,想必是“德礼堂”兄弟发现了自己的舢板。他迈步出了饭铺，凄厉地道了一句："靓汤！"

白龙里鸦雀无声，李宅和易宅两座院子灯火通明，里面挤满了琼花会馆的兄弟姊妹。易家内宅里堆着陈罗婵的嫁妆，红红绿绿，五彩缤纷。易兰花脸色煞白，布文水和龙探梅不时抹着眼泪，阿幺、冯玉娘、易如真、阳雪姑等姐妹哭得呜咽。"高佬忠"沉着脸一言不发，等李文茂进来，劈头便问："阿婵呢？"

李文茂低着头："在万松园。"

"她是你媳妇，你把她留在伍家干啥？""高佬忠"气急败坏地骂，"老少爷们都在这儿，你给大伙说清楚，到底是咋回事？"

这是田忠生平第一次责骂李文茂，他和老少爷们一样被突如其来的变故惊呆了。大家只知道陈罗婵出走，李文茂被赤龙心窍所伤，却不清楚他们之间究竟发生了什么。布文水拦住"高佬忠"："茂仔是什么品性，别人不清楚，你还不清楚？这里头准有误会。"

"有个屁误会？""高佬忠"余怒未消，眼里的泪水不觉喷涌而出，像孩子般地跺着脚哭了起来，"这么美满的一桩姻缘毁了，你叫我咋向师兄的在天之灵交代？"

李文茂心如刀绞，跪倒在地，双手举起"蝉翼剑"："阿忠叔，你责罚我吧。"

"小元霸"虽然是晚辈，毕竟现在手握"金叶会簿"和龙头大令，代替至善禅师行使"洪德堂"掌印阿妈之职，系万千兄弟的安危于一身，岂能轻易加罚？龙探梅一把从他手里夺过"蝉翼剑"："茂仔，你们俩闹别扭，根子到底在哪里？"

李文茂不敢隐瞒，把前后经过从头到尾叙述一遍，在场的人眼珠瞪得比鸭蛋还大——人鬼分途，居然能够测心断梦？这桩事简直是闻所未闻，匪夷所思。"高佬忠"喟然长叹："给你三娘去解释吧，只要她肯信你的鬼话。"

龙探梅连连摇头："不可能，阿婵怎么会为了一个死人和你计较？"

布七娘关切地问："茂仔，邓家女仔真的不在了？"

"那还能有假？"李文茂答道，"她的坟就在锦田围，去年我和二娣哥拜祭过，不信你们可以问他，也可以现场探看。"

龙探梅不甘心:“万一她要没死呢?”

李文茂苦着脸:“那总不能把人家的坟挖开吧?”

“茂仔这话说得在理。”布七娘道,“邓家闺女于茂仔有大恩大德,我们应该对人家百倍敬重才是,怎么能起这种有损阴德的念头?再者说了,邓家在新安县是数一数二的望族,绝对不可能给闺女修一座假坟头。”

龙探梅悻悻地说:“反正我不信阿婵会无理取闹。”

这句话触到了李文茂的痛处,他向易兰花磕了三个响头,委屈万分:“三娘,阿婵现在宁愿信那个姓伍的,也不肯相信我,谁知道她是怎么啦?”

易三娘垂泪而泣:“傻仔,她还不是心里装着你啊?”

第七十七回　荷叶娘子

洪奇沥向北大约一个时辰的水程，是顺德县和番禺县交界的紫坭岛。此地位于大良和陈村两大市镇之间，交通便利，物阜民丰。紫坭岛周边属于“卧龙会”的地盘，岛上头一号大地主叫包祖贵，是佛山堡三大鬼窟之一“狼鬼窟”的亲娘舅。

包姓是康熙年间迁海复界后来到紫坭岛的客家人，祖祖辈辈都是老实巴交的泥腿子，到了包祖贵他爷爷手里才开始发迹，靠欺诈捞取了家族历史上的第一桶金——和珅被嘉庆皇帝抄没家产的那一年，西江洪水泛滥，从上游漂下来一截黑乎乎的木头，奇怪的是这截木头过了紫坭岛后，又被下游的水倒冲回来。如此反复经过了三四轮，村里的人心里开始打鼓，觉得这里面定有蹊跷，便聚在一起窃窃私语，议论纷纷。包祖贵的爷爷粗通文墨，生性狡诈，立刻发现这是一个敛财的好机会。他对大伙解释说这截木头是从肇庆府城砚洲岛漂下来的，上面沾着包相爷的仙气，之所以屡次三番被倒冲回来，是因为包相爷发现紫坭岛上有邪魔作祟，应当立刻为包相爷修一座庙，不然，紫坭岛必将大祸临头。

包老头这句话不是无的放矢——珠江三角洲开化较早，远在明朝末年罗马教廷便在澳门城设立主教区。尤其是利玛窦在岭南传教十二年,利用西方的科学知识推广福音,吸引了广府各县不少民众入教,其中以顺德县紫坭岛人数最众。紫坭人信奉天主教格外痴迷,不但成群结队坐船去澳门城做礼拜,而且在岛上的黄金地段修建了一座规模很大的天主庙,庙里供奉着非我族类的天主像,四邻八乡的乡亲称之为鬼子庙。

外来的和尚会念经,一般起因于本地和尚太窝囊。如今土老包忽然显灵,紫坭岛的百姓惊恐万状,不敢不给本国土著神灵一个相应的待遇。大伙凑了三千两银子交给包祖贵爷爷,委托他主持修建一座相爷庙,后者从中狠狠克扣了一笔,从此开辟了包家巧取豪夺的门风。后来包祖贵父亲的心更黑,他看中了鬼子庙名下的不菲尝产,干脆说紫坭岛上的邪魔就在庙里,买通官府把包公金尊抬进鬼子庙的大殿,门口架了三口开过刃的铡刀。

青出于蓝而胜于蓝,到了包祖贵这一代,包家不但成了首屈一指的财主,而且变为远近闻名的恶霸。石元诚看在“狼鬼窟”的面子上,下令“卧龙会”会众不得擅自登陆紫坭岛,将这块地盘拱手让给了包家。林则徐抗击英军的谕令下达后,包祖贵趁机横征暴敛,招募了三百水勇组成“铡刀营”,将势力扩及紫坭岛全境。

“铡刀营”的老巢设在相爷府,即原来的鬼子庙。庙里的尝产多数已经划归包家,濒临江边的酒楼是生意最红火的一项。这一日,包祖贵接到外甥“狼鬼窟”的口信,说有贵客要上紫坭岛烧香,他不敢怠慢,早早领了二十来个家丁在码头恭候。

约摸巳时过半,从南侧的容奇堡方向疾速驶来一队快船,前面是“狼鬼窟”,后面是“卧龙会”,中间是一条金碧辉煌的双层楼船。楼船顶悬挂着蓝底白边的旗子,上面绘有一轮圆滚滚的明月,周围环绕着五条张牙舞爪的金龙。

包祖贵认识这面旗子,来客原来是明月道士。

明月道士和“赛潘安”别苗头,招招落于下风,这才明白天外有天,人外有人,只好乖乖回到盖天顶潜心习武。这期间其师祖金蟾道士云游归来,见徒孙口气不再如往日张狂,变得虚心起来,便手把手地亲自指点。武林至尊就是不同凡响,一年多的光景下来,明月道士的内功和剑法突飞猛进,都上了一个台阶。

金蟾道士走后，明月道士思念师傅火烈道士和师兄弟，于是收拾东西回到五龙观。刚到家便听说伍家悬赏十万两白银修复“玉玲珑”，俏道士心中大喜，觉得这张馅饼，简直就是老天爷按照自己嘴巴大小亲手烙的——盖天顶荷叶丛下的蓝溪乃世间神液，堪比王母娘娘瑶池里的琼浆玉液，弥风华之衰，润万物之伤，滋生养息，具有化腐朽为神奇的非凡功效。

明月道士用蓝溪水沐浴，强身健体，皮肤娇嫩如同十来岁的少女。不过，“玉玲珑”毕竟为赤龙心窍所制，到底能不能用蓝溪水滋润修复，他心里终究有一些忐忑，因此利用在紫坭岛打尖的工夫进庙上香，求神灵保佑。

俏道士在众人的前呼后拥下舍舟登岸，见包府家丁个个穿着新衣裳，精神头十足，遂夸赞了包祖贵一句：“包爷，看来你没少下功夫啊！”

明月道士独得金蟾道士的宠爱，虽然其师火烈道士盖不过水龙道士的风头，但他在第三代高手中鹤立鸡群，隐然为“逍遥门”未来之主，谁敢不敬他三分？包祖贵得此褒奖，兴奋地冒出了鼻涕泡，吹嘘起来：“道爷，不瞒你说，我们包家祖传的铡刀专用于降妖伏魔，逮妖魔鬼怪那是一门灵。有我们把着紫坭岛，红毛鬼子休想踏进顺德半步。”

十六年前三合会兵败粤东，“逍遥门”在珠江三角洲一枝独大。金蟾道士深明兔死狗烹的道理，严令四大弟子各守疆域，不得擅自向外扩张；他自己则离开罗浮山云游四海，向官府表明心迹，避免树大招风。现在英夷浮海东来武力挑衅，林则徐公开允许民间武装自卫，无形中替“逍遥门”解了围，可以趁机扩充地盘，不用再怕犯官府的忌讳。明月道士淡然道：“林制台是个通晓事理的人，知道对付红毛鬼子必须借助我辈乡绅的赞襄。官府不是老爷兵，就是马屁精，能干什么正经事？”

包祖贵连连点头：“那是，那是。”

明月道士压低嗓音：“包爷，听说鳌山观音庙的香火很旺。你给贫道透个实底，你们家这座相爷府和观音庙相比，到底哪个更灵验？”

紫坭岛的百姓日子过得富足，很有闲心关注彼岸的世界，对神鬼情有独钟，在岛上修了不少庙宇，像什么观音庙、神农庙、鲁班庙等等，有点类似佛山堡的风气。信仰这玩意有时候不太好管，包家虽然拼命抬高相爷府的地位，但是总有那么一些冥顽不化的善男信女喜欢往观音庙里跑。包祖贵听明月道士一问，心里不觉生了怯意，为难地瞅了一眼外甥。“狼鬼窟”把嘴一撇，大大咧咧地说：“那还用说？当然是相爷府灵验。我舅爷祖上这三口铡刀连西天第一大圣人他爹都铡过，观音那娘们算个屌？”

“西天第一大圣人他爹？是不是那个叫天主的？”明月道士瞬间想起了两年前和金秋池拼命争夺的那本经书。

“没错，差着辈呢。”包祖贵得意洋洋地回答，“西天第一大圣人是如来佛的师弟，他爹是观音那娘们的师叔祖。我家的龙虎铡刀把天主神像拦腰铡成好几截，扔到土地庙里，他连个屁也不敢放，观音的法力再大，能比得过她师叔祖？”

“狼鬼窟”把当年修相爷庙的故事添油加醋地对明月道士讲述了一遍，“道爷，我舅爷祖上的金尊是用那截黑木头雕刻的，他老人家四十年前就知道红毛鬼子要来捣乱，这才不辞辛劳下凡降妖除魔，你说他的‘阴阳眼’灵不灵？”

“观音那娘们是红毛鬼子的亲戚，万万不可信。”包祖贵故意当着道士的面骂和尚，拍马屁、捧臭脚，讨明月道士的欢心。

明月道士心里舒畅，一本正经地说：“这些西方来的邪魔外道早应该铲除干净，以前有个孖鹰国的大法师叫什么利玛窦，写了本破书冒充武林秘笈，不知道骗了多少人的钱。你们这件事办得漂亮，贫道进去给包相爷上炷香——这次到河南岛若是能修复伍家的宝贝，回头贫道捐一万两白银，给他老人家多置几处尝产。”

“那敢情好。”包祖贵欢喜有加，“道爷，里面请。”

相爷府早已被包家的家丁清空了，里里外外戒备森严，禁止香客出入。明月道士在侧殿沐浴更衣，独自进殿上香。见“狼鬼窟”抱着一只细脖子白玉瓶，包祖贵好奇地问：“这个瓶子看起来金贵，是不是道爷的爱物？”

“狼鬼窟”神秘地笑了笑：“阿舅，瓶子可以白送给你。”

看来里面的东西更值钱，包祖贵吃了一惊：“装的到底是啥宝贝？”

“王母娘娘的瑶池水，”“狼鬼窟”得意地说，“修复伍家的宝贝全靠它喽。”

包祖贵纳了闷：“既然道爷有此法宝，干吗还要请混元法师？”

“狼鬼窟”不屑一顾：“道爷不愿声张，所以叫他来遮掩一下。”

为了把鳌山观音庙牢牢控制在手里，“狼鬼窟”轰走了僧尼，请来了一个道士。这个道士不是别人，正是“老娘”的丈夫苗驼子。“狼鬼窟”在佛山堡就和苗驼子狼狈为奸，常干一些伤天害理的勾当，现在把这个假道士弄进来，为的是抵消观世音的法力。

包祖贵佩服至极：“对对，道爷在江湖上威名赫赫，哪能短这几个大子？”

聊一会天，“狼鬼窟”又问：“对面那些家伙最近没来捣乱？”

与紫坭岛隔江相望的是青罗峰，那里属于沙湾司的地面，“德信堂”在青罗峰上驻扎有一哨人马，约有百十来号兄弟，担负着监视“卧龙会”的职责。

论及膏腴之土，丰饶之田，顺德县直可以与南海县比肩，超出四邻的番禺、香山、新会等广府各县一大截子。它的战略价值还在于其地理位置十分优越，正好位于珠江三角洲西岸的腹心地带，襟山带海，辐射全局，“逍遥门”在此盘踞多年，把顺德县当作根据地来建设，真是让人不得不佩服人家的眼光。

眼下“洪德堂”全力经营珠江三角洲西岸，南海、番禺、香山、新会、鹤山五县组成一个巨大的完整弧形，将顺德县牢牢包围在其中。李文茂不是没有打过顺德县的主意，但思来想去始终下不了决心，首先，火烈道长的五龙观是“逍遥门”旗下实力最雄厚的一支人马，树大根深难以撼动，目前还不到决战的时机；其次，陈吉的“兴义堂”已经进入顺德县发展，如果这时候再派人进去，那不是成了与“洪兴堂”抢夺地盘？

“大春吉”这个人足智多谋，八面玲珑，洪门兄弟和江湖中人很难找到他的不是。然而物以类聚、人以群分，李文茂手下各大龙头个个有真本事，人人是直脾气，无人相信陈吉能对付得了火烈道长，因此早早做好了准备，以防不测。以“德信堂”的林洸隆为例，他在青罗峰布置一哨监视的人马不算，另在山下的江畔设了一间船行，与青罗峰水陆呼应。负责青罗峰的头领是“押船大王”郑天龙，在船行主事的是何博祥——何氏兄弟老家在沙湾镇亚中坊，林洸隆特意把他从“德义堂”借了过来。

“德信堂”兵进青罗峰，紫坭岛便成了三合会与“逍遥门”两大势力的缓冲地带，郑天龙与何博祥时常过江来骚扰，包祖贵的日子并不消停。听外甥这么一问，他自言自语："还真是啊，这两头烂蟹咋没动静了？不会也去万松园凑热闹了吧？"

伍家财大气粗，张贴告示，征召奇人异士进府修宝，不管修得好修不好，只要进门就发给五十两银子的谢仪。"玉玲珑"乃海内奇珍，绝大多数游方之士连见也没见过，更谈不上修复，登门的十之八九为一些混吃混喝的江湖骗子。李文茂大婚生变的消息传出后，洪门兄弟对收留陈罗婵的小浩官恨之入骨，像"押船大王"这样的道士有一个算一个，全拿着法器进万松园去捣乱。

"他们不是为了那五十两银子，而是有意恶心伍家父子。""狼鬼窟"轻轻抚摸着那只白玉瓶，"同样的道理，道爷也不是为了这么点银子，而是为了挫一挫姓李的锐气，要不然这家伙实在太猖狂了。阿舅，你放心，有了这个宝贝，别说什么赤龙心窍，就是老天爷腮帮子上豁个口子，道爷照样能给它补得严丝合缝。"

包祖贵有点不相信："照你这么说，他不成了补天的女娲娘娘？"

"狼鬼窟"是个男女通吃的恶魔，听包祖贵这么一问，露出满脸的淫笑："你没看道爷的脸蛋红扑扑的，比小娘们都鲜嫩？就是涂了这瓶玉液的缘故。"

包祖贵羡慕地问："这宝物到底叫个啥名号？"

"道爷对我讲过，""狼鬼窟"努力回忆，"叫什么荷叶……凝……凝……对了，凝脂。"

"荷叶娘子？"包祖贵赞道，"这名头靓。"

明月道士在相爷府上完香，一行人离了紫坭岛继续向北驶去，后半晌抵近商馆广场。屈指算来，红毛鬼子撤出虎门口已经一年多，偌大的广场上只剩下几个花旗国鬼佬留守，往日繁华街景不再，广场周围稀稀拉拉见不到一条卖东西的舢板。

船队未到龙溪涌，一条小船飞回来报信："不好啦。"

"狼鬼窟"吓了一跳："慌什么？"

小喽啰脸涨得通红："郎爷，咱们恐怕过不去了，龙溪涌里里外外全是会党的人马。他们拦住江面检查船只，嘴里骂骂咧咧，正往外轰人呢。"

“狼鬼窟”忙问：“他们拦的是谁？”

“但凡是精气神足一点的、模样周正的都不让进，看样子是存心刁难伍家。”小喽啰不安地瞥了一眼后面明月道士的座船，“旗号主要是‘德勇堂’和‘德信堂’两家，对了，青罗峰的郑天龙和沙湾镇的何氏兄弟也在。”

“这两头烂蟹原来到了这儿。”“狼鬼窟”恍然大悟。

小喽啰问：“郎爷，咱们怎么办？”

“狼鬼窟”略一思忖：“等我请示一下道爷。”

“狼鬼窟”是个胆大包天的恶棍，在他看来，明月道士身为“逍遥门”的未来之主，不可能在洪门两个小堂口面前屈尊纡贵。谁知道等他把情况汇报完毕，明月道士眼里射出一丝与年纪不相称的光亮，起身离座，来到船头柜子里的西洋镜子前，左右顾盼一番，回过身装模作样地问“狼鬼窟”：“郎爷，你说，贫道用不用掖起行藏？”

“狼鬼窟”拍着胸脯：“道爷，只要你一声令下，咱们立马杀过去。”

“不可。”明月道士摇了摇手中的绣金扇，神态优雅地纠正他，“小不忍则乱大谋，剑道最高境界是一剑封喉，使笨力气算什么本事？会党眼下气焰正盛，姓李的本领不低，咱们必须不动声色地跟他们斗。小浩官就是不给钱，咱们也要帮他的忙，明白吗？”

“狼鬼窟”忙不迭地点头：“小的明白，小的明白。”

明月道士打量了一眼江面：“苗驼子怎么还没有跟上来？”

这个蠢货净耽误事，“狼鬼窟”暗骂了一句，带了条快船向上驶出二里地，停靠在岸边耐心等候。眼看着日暮低垂，从西边晃晃悠悠来了一只篷船，这只船顺流而下，夕阳铺泻在新刷的黑漆上，显得格外刺眼。比船体更引人注目的是船头的大胖子，只见此人头顶星冠，身披鹤衣，后面的篷顶斜插着一面旗帜，上书四个大字：“混元玄成”。

“老娘”的生意也不是一帆风顺，自打区彦魁的儿子夭折后，许多财主不再相信“混元金斗”的法力，转而聘请马三婆打小人。如此一来，苗驼子不得不全力奉承“狼鬼窟”，以便保住鳌山观音庙这个最后的饭碗。

“德信堂”许多兄弟过去在佛山堡的“喃呒会馆”混，对苗驼子了如指掌，一见“混元玄成”的旗子，大伙发出一阵哄笑声。“押船大王”郑天龙以为他是来赚那五十两银子的，没有阻拦，喊了句："哪位兄弟陪苗爷走一遭？当心点，他老婆可会法术。"

大伙你争我抢，十分踊跃："我去，我去。"

"别争了，"郑天龙摆了摆手，对一个少年说，"阿众，你去吧。"

那少年兴奋地直起身："真的？"

郑天龙拍了一下他的肩膀："我哄你干啥？"

"谢谢天龙哥。"那少年抄起琵琶，翻身跳入一只舢板。

少年名叫何博众，绰号"博众四"，是何博祥的本家兄弟，这一年刚满十五。何博众的家境比较富裕，吃喝不愁，闲下来的爱好无非唱戏和摆弄乐器。他跟着何博祥来万松园只有一个目的，那就是希望能亲耳聆听红船当家名伶的琴技。

屈指一数，距伍家悬赏重金的日子已经过了近半个月，广肇二府的真假神仙差不多来了一个遍，面对碎成渣的"玉玲珑"，竟然连个敢说试一试的人也没有。"铁桥三"搬了把竹椅晒起了黄昏的太阳，"毕烂艇"气道："梁爷，你倒闲在？"

"有你们兄弟帮着干活，我能不闲在？""铁桥三"睁大眼睛，"说实在的，得亏你们在龙溪涌外面拦着，不然，来人能把这门槛踩破了。"

"谁让你家主子的钱没地方花？""毕烂艇"说。

"主子"这两个字击中了"铁桥三"的要害，他脸上的肌肉抖了抖，没有说话。何博祥知道他真生气了，戳了一下"毕烂艇"的腰眼："老毕，别这么说，谁家没有妻儿老小？阿坤哥吃人家的饭，当人家的差，换你也一样。"

"毕烂艇"嘟囔了一句："我又没说别的。"

何博祥摇摇头："阿坤哥，宝贝就是宝贝，没听说坏了能修好的，要是那样的话还叫什么稀罕物？依我看，你们东家就是钱太多，烧包！"

其实，包括"铁桥三"在内，伍家从上到下都是这么想的，唯独浩官父子例外。同样是修复"玉玲珑"，浩官父子的目的不一样：伍秉鉴是为了修复伍家的气运，伍紫垣却是为了修复爱情的梦想。他现在比父亲更加积极——爱神乘着梦想的翠鸟降临大地，这是十辈子只有一次的机会，如果任凭机会从眼前消逝，那不成了天下最大的傻瓜？

“我家二爷砍断的东西，他能修复了？”“毕烂艇”破口大骂，“癞蛤蟆想吃天鹅肉，就姓伍的那副德性，还想娶陈大老倌？”

“铁桥三”闷头不语，一个家丁指着龙溪涌嚷道：“哎呀，又来了条船。”

何博众划着舢板在前面引路，后面是苗驼子的篷船。何博祥诧异地问：“阿众，你怎么过来了？”

“天龙哥让我来的。”何博众抱着琵琶跳下了船。

“毕烂艇”一看是苗驼子，喜笑颜开，朝“铁桥三”打了个躬：“梁爷，别发愁，总算来了一个会修宝贝的大救星。”

“滚。”“铁桥三”睁开眼睛，脸色阴沉，没好气地问苗驼子，“你来干啥？”

四周尽是知根知底的熟人，苗驼子既不能说会，也不能说不会，尴尬至极。跟在他后面的明月道士男扮女装，怀抱七星剑，宛如一个二八芳龄的美少女，一步一个羞。“毕烂艇”看得直流口水，问道：“老苗，你从哪儿弄来的童女？身量可不短。”

“你管人家童男还是童女，只要会法术就行。”何博祥很高兴，“梁爷，苗法师在佛山堡大名鼎鼎，兴许人家真有办法。”

“铁桥三”往椅子上一躺，闭上了眼睛：“行，伍府不差他这五十两银子。”

何博祥把苗驼子、明月道士一行带至英吉利厅，然后领着何博众向西走。过了画舫，见伍长福正指挥一班工匠在忙活，他讽刺地问：“老管家，像这么精雕细琢地磨蹭，得劳作到猴年马月啊？你们家少爷到底想干啥？”

伍长福回答：“五爷的意思是造一艘大号的红船，里面的木雕丝毫不能含糊，按照眼下这个进度，老朽估摸至少要干一年半载。”

何博祥冷笑连连：“‘玉玲珑’修不好，我看你们是枉费心机。”

“只要陈大老倌不觉着委屈就行。”伍长福语气软中带硬。

何博祥吃了个钉子，悻悻地走进小戏台。宁二少这些日子代表李文茂在伍家支应，肩负着劝导陈罗婵回心转意的重任，他问：“今天有人上门吗？”

何博祥回答：“回三爷的话，苗驼子来了。”

“怎么净是这号废柴？”宁二少不禁失笑，看了一眼何博众，“他是？”

“这是我们家老四，平时最好唱戏这一口。”何博祥把何博众拉到前面，

“老四，快来见过三爷，他可是省城有名的票友。”

何博众羞涩地上前施礼：“三爷。”

宁洪崖问：“红船的兄弟都上了台期，这里陪陈大老倌的人手不够。阳姑娘和阿幺毕竟是女人，你来了正好给兰桂打个替手，愿不愿意？”

“他巴不得呢。”何博祥笑着对何博众说，“老四，别说陈大老倌和阳老倌，就是阿幺姑娘的琵琶也够你学一阵子的。”

何博众抬头一看，只见戏台上琳琅满目，布置得和红船戏棚毫无二致，间或有身穿花旦戏装的佳人一闪而过，少年的心彻底醉了。

陈罗婵与李文茂在新婚前夜闹翻，上天无路，入地无门，只身躲进万松园，让小浩官派人去家里提亲。这个消息像晴天霹雳一样把陈映雪打蒙了，女儿平日里视金钱如粪土，心性最是高傲，现在突然舍弃李文茂，跑到伍家给人做小，必定受了天大的委屈！

二十年含辛茹苦把她拉扯大，女儿是陈映雪的心头肉和唯一的希望，眼下陈罗婵要自个毁了自个，当娘的哪里受得了？陈映雪心急如焚，连夜坐船赶到佛山堡，听易兰花一五一十把情况说完，当下瘫坐无语——陈映雪饱经风霜，人间风波自然遮不过她的眼睛，可那些神啊鬼啊的事情她是一点摸不着门，偏偏宝贝女儿又最信这个玩意！

“阿婵这孩子脾气倔，一旦拿定主意，九头牛也拉不回来。”易兰花道，“然而她和茂仔心心相印，这么多年的情义哪能说断就断？此事自有回旋的余地，这样吧，我把她的家用和衣物送到伍家先，让雪姑和阿幺在万松园陪她，别让孩子一个人孤孤单单，心里难受。你去给伍家回个话，说下聘礼没问题，但是破碎的‘玉玲珑’不吉祥，必须完好如初。假如他们修复不了‘玉玲珑’，那就啥话也别说，乖乖把人给送出来。”

陈映雪拿手巾擦了擦泪：“这倒是个办法，师姐，我听你的。”

“关键是阿婵自个的主意。”易兰花叹道，“但愿她回头是岸。”

陈映雪返回省城，派人把对聘礼的要求传给万松园，没想到伍家一口应承——老浩官焦虑的是如何禳灾避祸，小浩官琢磨的是怎样折服陈罗婵的心。父子俩在这个问题上罕见地达成了一致，当即差人在省城内外遍贴告示，悬赏十万两白银修复“玉玲珑”。伍紫垣明白，不管陈映雪的条件如何苛刻，归根到底，他和李文茂争的是一颗心，干脆敞开大门，任凭红船和洪家兄弟的船只自由进出。这个姿态一亮，别说伍长福、伍长禄、伍香韬和梁坤，连老谋深算的伍秉鉴都为儿子暗中喝彩。

夜幕悄然遮住园子的繁华，灯光从湖东荡漾过来，画舫四周波光粼粼。突然，湖心的磨玉亭挂起了几盏灯笼，影影绰绰仿佛有船只在晃动。梁兰桂警觉地跑出小戏台，翘起脚尖努力向湖心张望，但见杨柳依依，荷叶翻卷，余香流韵，一片模糊。

“那边是谁？”他问伍长福。

伍长福一直在画舫负责监工，刚往嘴里塞了一个饭团，他也不清楚磨玉亭究竟发生了什么事情。正当众人疑惑的时候，十三行戏班的老班主江荣泰带着几个乐手走了过来，他客气地对梁兰桂说：“梁老倌，你看棚面还差几手？”

在伍紫垣的影响下，十三行戏班近年逐渐向“本地班”倾斜，排演了不少红船剧目，乐手们对红船大戏不算陌生。小戏台的乐器直接从十三行戏班搬来，江荣泰根据小浩官的吩咐，又选了一整套棚面的乐手，随时准备听候陈罗婵的调遣。

“不差了。”梁兰桂问道，“老前辈，亭子里是咋回事？”

江荣泰回答：“哦，今天后半晌从佛山堡来了一个神仙，叫什么混元法师，拍着胸脯说能修好‘玉玲珑’。”

“苗驼子？”伍长福气馁地说，“五爷怎么能信他的鬼话？”

江荣泰眨巴了一下眼睛，替伍紫垣辩护：“人家好歹敢夸下海口，以前来的各路神仙连个屁都不敢放，五爷这也是病急乱投医。”

“‘混元金斗’？”梁兰桂彻底放下心来，揶揄道，“别说，保不齐真管用，那玩意可是个稀罕宝贝，化腐朽为神奇，嘻嘻。”

伍长福无话可说，叹了口气：“为什么要去磨玉亭？”

“那个地方的周围不是长满了荷叶吗？”江荣泰解释，“混元法师座前的女护法自称荷叶娘子，她手上的净瓶里盛着琼浆玉液，说是专用于修复赤龙心窍。”

梁兰桂知道苗驼子是靠“老娘”的特殊职业混饭吃的，从没听说他有什么女护法，于是问何博众："荷叶娘子？你来时见过吗？"

何博众老老实实地回答："见过，生得很靓，大约十五六岁的模样。"

"不对，比十五六岁还要嫩。"江荣泰摇摇头，"少爷就是看她出奇地水灵，这才相信那个净瓶里有真东西。混元法师说了，只要在磨玉亭的荷叶丛作七七四十九天的秘法，保准修复'玉玲珑'，修不好不要钱。"

"老娘"天天在茅厕掏大粪，人长得那个难看就别提了，靠老婆吃饭的苗驼子竟然藏着一位又靓又嫩的护法娘子？梁兰桂觉得不可思议，低声对何博众说："我明天回去一趟，你在这里盯着点。"

到了三更，忙碌了一天的人们进入梦乡，画舫的工匠撤走后，大湖西侧一派静谧。何博众兴奋得睡不着觉，眼睛紧紧盯着湖心的磨玉亭。朦胧的灯光敷在荷叶上，风儿吹拂，像有千万只手在拨动琵琶丝弦，音乐是如此地动听，他觉得只有他能听到。

小戏台的门"吱呀"洞开，阿幺出现在台阶上，她问："阿众，你在吗？"

何博众忙回过身："我在这儿。"

阿幺说："去睡吧，别熬着。"

何博众道："阿幺姐，我不困。"

阿幺笑了起来："胡说，人哪有不累的？"

何博众赌咒发誓："我真不累，阿幺姐，湖心那个灯笼一闪一闪的，像是一首玄妙的琵琶曲子，我正听得入神呢。"

阿幺问："他们在亭子里干甚？"

何博众回答："有个荷叶娘子在修'玉玲珑'。"

"好本事。"阿幺说了一句。

何博众十分好奇："阿幺姐，你不担心吗？"

"有啥好担心的？"阿幺叹气。

有时候盲人比正常人清醒得多，阿幺比任何人，甚至比陈罗婵本人还要了解她，还要清楚这一份青梅竹马的姻缘早已破碎，根本没有可以挽回的希望——修复"玉玲珑"固然是陈映雪提出的苛刻条件，又何尝不是陈罗婵心底彷徨不去的留恋？这一切均为短暂的梦境，到第二天醒来，按照陈罗婵的个性，纵然"玉玲珑"完好如初，纵然整个世界离她而去，她照样会毫不迟疑地沿着自己的道路走下去。

何博众犹豫地问："阿幺姐，人家说你的琵琶弹得可好了。"

阿幺笑了："你想听？"

何博众使劲点了点头："嗯。"

阿幺摘下背后的琵琶，思索片刻，弹了一首《秦淮春晓》，曰：

隔帘灯烬月低栏，似水韶光欲驻难。
双桨淹博潮落早，六朝春梦乌啼阑。
王孙车马芳尘远，商妇琵琶夜月寒。
十里花飞流不尽，青衫有泪几时干。

阿幺的琵琶技艺来自家传，又受过陈罗婵的指点，堪称当世绝技。何博众是红船大戏的痴迷者，在唱腔和乐器上下了很多功夫，功底自是不浅，此次当面受教，才明白原来琵琶可以描绘出如此神奇的境界。从这一天开始他师从阿幺，以这首《秦淮春晓》为范本勤学苦练，整整练了一个来月，才算小有感觉。

这首曲子萦绕在大湖四周，随着雨幕的潮息飞进小戏台，飞进彷徨人的耳朵。陈罗婵明白阿幺的苦心，知道阿幺这是借何博众的手弹给自己听的，她静静地伫立于窗前，磨玉亭的灯光逃不过她的眼睛，心底的伤口已无血可流。

横枪立马的女花旦纵然寄人篱下，也绝不是白乐天诗中的弱女子，她毅然为自己选择了一个无情的世界，以告别命运的残酷播弄。画舫好比旅人将要远行的码头，在告别熟悉的有情世界前，她愿意将泪水留给最后一次回眸。

码头上有蜿蜒的栈桥，栈桥上有不愿苏醒的梦之火焰，有时断时续跳动的音符，有刺穿手心的绿色精灵。那个时候，她该弹一首什么曲子呢？

湖边垂下杨柳，山岗遍布松荫，湖心是一丛丛游离的荷叶。在夜雨连绵的季节，陈罗婵凝视着烟波浩渺的大湖，奇怪，万松园为什么没有看到芦苇的影子？处于绝境的她暗暗对自己许下愿望，待到来年秋日，定在湖边栽满白荻。

弦月弯了复满，满了又残，到了第四十九天子夜过半，当时无风又无雨，楼下没有传来那首熟悉的《秦淮春晓》。陈罗婵探头向外一看，发现何博众歪着脑袋斜靠着门框打盹，就在这个当口，一缕碧光自湖面箭一般射来。

“囚龙草”终于看她来了！

陈罗婵抑制住剧烈的心跳，目不转睛地注视着自己心灵的护法使者。只见“囚龙草”连接成为一根丝线，围绕着湖心的磨玉亭不断盘旋，随即变身为一条项链，一道臂环，来到小戏台的上空忘情地飞舞——她的心，来看她的人。

大湖碧波荡漾，荷叶的芳香布满了湖面，磨玉亭忽然光芒大作，一朵晶莹剔透的灯笼花冉冉升起。“囚龙草”恋恋不舍地离开陈罗婵，飞向湖心，汇入灯笼花的光影里，共同消逝在夜神的长袍外。它们在凤凰岗结下良缘，从此不再离分。

离分不是彼岸的法则！

命运何曾眷恋过人间？它的影子皆由人心缔造。前来与陈罗婵告别的“囚龙草”，在七七四十九天的最后一刻，协助荷叶娘子复原了“玉玲珑”的躯体。陈罗婵低头不语，茫然地把手搭在“春雷”琴上，曾经灵巧的手指变得异常笨拙，根本不听脑子的使唤。在不系之舟离开黎明的码头前，她多么希望再抚一支云璈八曲，或者一支《碧涧流泉》，或者一支《虞姬巡营》，没想到弹出来的，却是一支《十面埋伏》！

第七十八回　火烧旺地

伶仃洋战云密布，虎门口剑拔弩张，两军对垒正是大把花银子的关键时刻，久拖未决的藩库失银案不但没有丝毫进展，而且连南海县的银铺、质库也出现了大笔银两被盗现象。林则徐勃然震怒，从新安县调来能员梁星源执掌南海县，责令他限期破案。

佛山堡的失银案和省城藩库如出一辙，现场找不到任何蛛丝马迹，梁星源万般无奈，只好把手下人全部撒出去，破不了案，谁也别想回家搂着媳妇睡觉。“小仁义”坐在位于广源行斜对面的税馆门口，瞪着两只布满血丝的红眼圈，来回扫视广场的各家商馆。他认准两桩失银案非等闲窃贼所为，一定是具有高超法术的红毛鬼子。

宋琼从税馆里走出来，打了个哈欠：“你这个人样样都好，可惜一副扒拉不开的死脑筋。你师傅你是学不了啦，学学你师兄，该拔腿就拔腿。”

“小旋风”饶同比“小仁义”贼多了，他察觉藩库失银案是一颗拔掉引信的炸雷，迟早会将省、府、县各级衙门的三班衙役炸个粉碎，干脆跟随黄谷禄去浔州府当差，躲避灾祸。胡山逯不是不明白这一点，但他舍不得遍地流油的南海县，舍不得老婆孩子热炕头的舒适。他不服气地反驳：“粤西那兔子不拉屎的穷地方，胡爷才不去。”

宋琼敲着他的额头：“你小子见识短浅，浔州府总绾三江六水，那地方一点也不穷。马上就要打仗了，战火一开，玉石俱焚。你睁开眼瞅瞅，多少有钱的主逃往粤西避难，阿同这叫一举两得，据说还在那边升了官呢。”

胡山逯悻悻道：“那你咋留在这儿不走？”

“宋某这项差事是个宝，”宋琼一脸诡异，“眼下大伙都往外躲，只有老子在这儿替当官的顶雷。将来红毛鬼子回来了，看谁还好意思和老子争？”

“做梦呢？红毛鬼子是欺软怕硬的主，一听林大人的威名就吓得尿裤子，他们还敢到咱们这儿找不自在？”胡山逯嘲笑。

在林则徐的筹划和统驭下，珠江三角洲一带壁垒森严，出现了历史上少有的官民携手，同仇敌忾的团结气象。英军主力舰队没有在虎门口开战，而是卷起铺盖扬帆北上，被士绅和老百姓视为胆怯畏战。胡山逯根据这一点，越发认定藩库失窃案是洋人所为，这帮红毛鬼子明的不行来暗的，真不是什么好鸟。

宋琼想法与“小仁义”正好相反，他伸了个懒腰，缓缓地在椅子上坐下：“红毛鬼子会不会有一天杀回来？咱们骑毛驴看唱本，走着瞧吧。”

胡山逯打量着冷冷清清的商馆广场，心里不觉沮丧万分，连“黄米堂”的麻风丐都不来这里要饭，红毛鬼子能回来个鬼？正当他上眼皮碰下眼皮的时候，一个熟悉的身影出现在宝顺馆的墙角，“小仁义”立刻精神一振：“阿福哥，阿福哥。”

那人正是叶帝福，他扛着铁棒走过来：“么事？”

“阿福哥，鬼子馆里没人。”胡山逯提醒他。

“老子知道没人，你以为叶某想进去偷东西？”叶帝福没好气，“颠地那小子拿了曲本没给钱，我不跟他算账，找谁算账？”

“红毛鬼子扔下的东西嘛，现在可以随便拿。”胡山逯笑嘻嘻地说，“我倒是想让你进去翻一翻，拣一拣，看看有没有作案的法器。”

英国商人撤离前，把商馆的所有家当委托旗昌洋行代管，而宋琼又从旗昌洋行主任德拉纳先生那里收了好处费，兼职当起了红毛鬼子商馆的看门人。他鼻子里“哼”了一声，心里说胡山逯这小子就是一个棒槌，鬼子的东西难道不是东西？人家洋人把财产看得比他爹都亲，不信你小子动一动试试？然而，他可以教训“小仁义”，却不敢在叶帝福跟前托大，因此只好放下二郎腿：“阿福，是不是阿畲从你手里拿的？”

叶帝福一愣：“没错。”

宋琼分析：“那就对了，颠地先生连咱们的字都看不懂，他要你的滑稽曲本干甚？一定是阿畲捣的鬼，他把你的曲本吞了。”

“不可能，”叶帝福摇摇头，“红毛鬼子我还不知道？越是弄不懂的东西越稀罕。人家阿畲说了，这是稀罕物，颠地拿回去送礼用的。”

宋琼被他顶撞得急赤白脸，面子上有点挂不住：“那你去找他要，我听说颠地先生和阿畲在香港岛，正忙着贩鸦片呢。”

谁知叶帝福把眼珠一瞪：“老子在这儿给的东西，就在这儿要钱，凭啥去香港岛？谁给老子出船资？你，还是他？”

宋琼脸上红一块，白一块：“我出得着吗？”

与叶帝福不分青红皂白的死心眼比起来，“小仁义”觉得自己还算是机灵的，他的心情一下子变得明快起来，主动开起了玩笑：“阿福哥，红毛鬼子看样子被林大人的神威吓跑了，他们要是不回来，别说我的案子找不到正主，你这笔债恐怕也要打水漂。”

“丢他老母，偷官家的藩库还则罢了，连穷人的账也欠？”叶帝福右手抄起铁棒，恨恨地骂，“你们瞧着，老子非砸烂他们家门窗不可。”

宋琼一把扯住他的裤腿，从兜里摸出两块鹰洋塞进叶帝福的布袋里：“行啦行啦，你这是弄什么？动不动就抄家伙。罢了，这笔钱我替阿畲和颠地先生出，阿逯，你给作证，回头碰到阿畲让他还我。”

“好，好。”胡山逯应承着，眼睛瞄向了花旗馆。从同文街走出来两个人，一个是南海县衙门的前刑名师爷徐灏，一个是刘华东的徒弟何文雄何淡如。

说起来，这个徐灏才是胡山逯打心眼里佩服的高手。

徐灏从十八岁起便在番禺县和南海县当刑名师爷，一向以机敏善断著称，几乎没有他破不了的案子，在省城的各个衙门口大名鼎鼎，当官的都想聘请他做师爷。然而，徐灏仅仅把刑名当成谋生手段，他本人喜欢吟诗填词、抚琴绘画，平时交游的皆为张维屏、黄培芳、谭莹、陈澧这样的名士，不屑与俗人往来。

送走了叶帝福，“小仁义”凑到徐灏的跟前，毕恭毕敬地问：“徐爷，你老人家今天怎么有雅兴到商馆来？”

徐灏手里捏着扇子把：“小何请我到花船上吃酒，你去不去？”

商馆广场外是番禺县河泊所，周围河面上的大小花艇均归其管辖，艇上有吃有喝，是个自在销魂的悠闲之所。“小仁义”是花艇上的常客，但今天他不敢去——何文雄的师傅刘华东是有名的大状师，专门喜欢挑捕快办案的纰漏，跟他们师徒俩吃花酒，头壳积水了？

这个何文雄不是一盏省油的灯，他跟着刘华东学了一身混世魔王的胆气，经常下考场替人家当枪手。俗话说，常在河边走，哪有不湿鞋？去年院试被逮个正着，依律开除学籍，断了功名路。何文雄最崇拜邹汝昌，听说自己的偶像改了个名字叫邹伯奇，亦步亦趋，把“文”字上剁掉一点，改了个名字叫何又雄；改了自个的名字觉得依然不够解气，又把刚刚娶进门的媳妇名字也一同改了，更名为人菊——取“人淡如菊”之意。

“走吧，走吧，”何淡如扮了个鬼脸，“反正羊毛出在羊身上。”

徐灏捻着稀疏的胡子：“小何，连‘豆皮大’也敢惹，我真是服了你师傅。”

“‘豆皮大’算个屁？”何淡如洋洋自得，“琼花会馆的‘小元霸’如何？见了我师傅照样俯首帖耳，毕恭毕敬。”

依托“善世堂”的家族势力，陈显良设立“德勇堂”，称雄省河两岸，把莲花城的八旗兵调治得服服帖帖，省、府、县三级衙门的捕快没有不伸大拇指的。听了徐灏的话，胡山逯忙问：“到底咋回事？两位爷，快给我说说。”

“嗨，说出来丢人。”徐灏耷拉着脑袋。

古时候等级森严，制度明确，各种建筑很有讲究。以宗族祠堂前的石狮子为例，个数和造型均依照官品大小而定。“善世堂”陈氏宗族大祠堂门前的石狮子与众不同，不是通常的一雌一雄，而是多了五个小狮子——左侧的雄狮子背部和腹部各有一只小狮子；右侧的母狮子背部和腹部各有一只小狮子，左前掌下面不是绣球，而是一只小狮子。

这种奇特的造型引人注目，衙门里的人都想挑刺，可没人敢惹“豆皮大”。有一次，徐灏喝多了酒，和刘华东打赌，说他如果敢打上门找茬，情愿输一百两银子。那刘华东是个天不怕地不怕的性子，第二天就跑到“善世堂”责备陈家逾制，听说来的是“奉革举人”，陈显良一句多余的话没讲，乖乖拿出银两，恭送这位大爷出门。

这真是虾米啃青泥，一物降一物——三班衙役怕八旗兵，八旗兵怕陈显良，陈显良又怕刘华东。胡山逯打躬作揖：“何爷，在下有事请教。”

何淡如伸出手掌：“请教可以，拿银子先。”

“小仁义”料到他会有这么一出，苦笑着说：“何爷，这是一桩天大的无头案，只要你和你师傅能破了这桩案子，要多少银子官家都会出。”

“你说的是藩库失银案？”徐灏问。

“现如今佛山堡、石湾镇和大沥堡的银铺全遭了劫，一点线头也没有。”胡山逯茫然道，“在下思来想去，能把手脚做得这么干净，似乎只有传说中驱鬼行窃的法术，会不会是洋人？”

徐灏慢条斯理地说：“鬼嘛，随处都有，何以见得是红毛鬼子所为？”

胡山逯困惑地问：“徐爷，你的意思不是洋鬼子？”

“红毛鬼子船坚炮利，缺银子可以开兵船来抢，何必费力劳神去偷？”徐灏提醒他，“听说这个鬼牙齿尖利，专门喜欢啃银锭。有人说是虫子，有人说是蚂蚁，有人说是蝙蝠，反正嘴巴和肚皮都不大，零敲碎打、积少成多地行窃。这个法子有点像粤西法术，佛山堡丢失的金银已经超过了藩库，说不定鬼就藏在佛山堡。”

“怎么可能？”“小仁义”挠了挠头，难以置信，“五斗口司差役最多，偷窃银两的鬼要是藏在佛山堡，他们能不知道？”

“佛山堡藏龙卧虎，蓄鬼养神，有什么不可能？”徐灏半真半假地说，“昨天夜里，佛山堡的混元法师在万松园施展神通，用荷叶娘子修复了‘玉玲珑’，你知道吗？”

修复“玉玲珑”，便能得到十万两雪花银！一道妒忌的火焰迅疾升腾，将胡山逯的胸膛烤得火烧火燎。他脱口而出：“不会吧，就苗驼子那根废柴？”

何淡如道：“错不了，小浩官今日娶亲，请柬已经发到了行商公所。”

正当“小仁义”晕头晕脑的光景，河面急急钻出一只舢板。徐宾甩步上岸，哭丧着脸向胡山逯告状：“胡爷，涂常发到知府衙门告状，说咱们县里的捕快吃人饭，不屙人屎，故意把窃贼放进佛山堡，和红毛鬼子穿一条裤子，破坏林大人的攘夷大计。”

胡山逯脑袋“嗡”的一声，额头上淌出了冷汗，气急败坏：“老子处处替他遮掩，他倒恶人先告状。这个王八蛋在哪儿？爷爷找他理论去。”

徐宾回答：“在海印庵打铜鼓呢。”

有清一代男风极盛，兴起的因素十分复杂，概括起来无非来自两方面的力量。其一，腐朽统治者为了阉割广大民众的血性和自尊，在社会上有意无意地营造萎靡气氛，一方面严禁官员嫖妓，一方面却带头品花狎优；其二，士大夫阶层精神阉割，自惭形秽，寡廉鲜耻的奴性习气必然导致悖逆人伦的变态文化，中国历史上登峰造极的断袖之风由此大成。所谓的精英阶层责当其首，罪无可逭。

过了中秋天气见凉，在岭南正是消暑的好日子，但对于奄奄一息的伍梁氏来说，却未必是什么好兆头。丫鬟婆子们给她盖了两床被子，伍梁氏的嘴唇依旧泛青。阿芬俯身细心地掖好被角，见刚强的老太太呼吸艰难，瘦得脱了人形，不由得红了眼圈。

屋子里很静，伍梁氏睁开眼睛：“什么声音？”

“哪有？”阿芬道。

伍梁氏微微动了动手指：“你……你听。”

“大戏台上的锣鼓？”阿芬握住她的手，“兴许是江班主他们排戏呢。”

伍梁氏的脸上掠过一丝笑意，过了好大一会，才攒足气力说：“不对，不是大戏台，是小戏台，是发报鼓的动静。不信，你仔细听？”

“是吗？”阿芬随口支应。

鼓声渐渐传得近了，伍梁氏的笑容忽然消失了，她喃喃地问：“不对，不对，也不是红船的发报鼓，家里头今天办什么事吗？”

阿芬心里翻江倒海，故意掩饰：“这不是苗驼子和荷叶娘子修好了‘玉玲珑’，崇曜他们张罗着庆祝吗？姑父大人的意思是给你老人家冲冲喜。”

“冲喜？”伍梁氏问，“莫不是老五要迎那个女仔进府？”

阿芬唬了一跳：“阿姑，没有的事。”

伍梁氏费力想抬起头，但是已经没有了力气，她喘了一会气，吃力地说：“我不是不想成全他们的好事，可那女仔负恨而来，‘玉玲珑’因她而碎，老五如何能降得住她？这一人一物俱是罕见，离近了难免吃挂落，横生祸端，我们这些俗人哪里消受得起这个福分？损失一些财货倒是小事，我怕老五的小命受累，他怎么不懂我这为娘的心？”

阿芬叹息一声：“阿姑，有句话不知当讲不当讲？陈大老倌在府里留了两个月，你叫她一个黄花闺女往哪里去？老五这桩亲事虽然名声难听，但这是他的命，你答应他得办，你不答应他也得办。他既然娶了人家，是福是祸他就得接着。”

这话还真管用，老太太听了后沉默不语，不再絮叨。

伍谊兰悄悄走进屋子，胸口怦怦直跳，像阿芬这样生硬的语气，她狠不下心说。伍梁氏闭目养神，片刻之后又问：“今儿是什么日子？”

伍谊兰回答：“八月二十三，再过六天是秋分。”

伍梁氏望着窗外：“不知道，我还能不能活到那个时候？”

阿芬道：“阿姑，莫要胡思乱想。听人家郎中的话，把自个的身子骨当回事。常言道三十而立，崇曜老大不小的，你就别再替他操心了。”

伍梁氏的眼眶里淌出了泪水：“伢仔再大也是娘的心头肉，我不替他操心行吗？不管怎么说纳妾也是娶媳妇，哪有这么匆匆忙忙，跟做贼似的？亲戚朋友不通知，连我这当阿妈的也隐瞒不报，是哪一家的道理？”

明月道士在磨玉亭施展法术，奇迹般地将“玉玲珑”修复如初，伍紫垣大喜过望。这些日子经历的坎坷实在太多，小浩官当机立断，决定即日举办婚事。伍秉鉴亦恐夜长梦多，再生波澜，便同意了儿子的想法。父子二人分头布置，一面派人把“玉玲珑”送给陈映雪，一面紧急通知河南岛的十三行行商参加婚礼。爷俩算是想明白了，这桩婚事非比寻常，如果按照平时的排场大操大办，把亲戚朋友从各县招来，没有十天半个月根本折腾不过来。那样势必惊动红船和洪家兄弟，李文茂不把万松园翻个底朝天才怪呢。

伍谊兰陪着老太太抹眼泪，阿芬搡了她一把，柔声细语地劝伍梁氏：“阿姑，你这个心操得不是地方，崇曜纳的是妾，哪能和大奶奶相比？亲戚朋友赶得上参加，赶不上就算，是不是这个理？你这头掉眼泪，人家崇曜那头可乐呵着呢。”

伍谊兰附和：“崇曜急着娶媳妇，还不是为了给你老人家冲喜？”

伍梁氏止住悲戚，丫鬟阿珍进来禀告：“温家少奶奶来了，在厢房里候着。”

“你在这里陪着阿姑，”阿芬起身叮咛伍谊兰，“她现在身子骨弱，不能说太多话，尽量让她老人家多睡一会，我去招呼外面的来客。”

伍谊兰点了点头，没有说话。

温梅氏一见到阿芬就埋怨：“哎呀，哪有你们家老五这么办事的？”

“怎么啦？”阿芬坐下来问。

温梅氏瞪了她一眼：“怎么啦？若非我们家那口子路上碰到老管家，我压根不知道他今天和陈大老倌办喜事，一声也不吱，这也太生分了吧？”

“他们俩是怎么回事，你又不是不知底细？”阿芬给她斟了一杯茶，“知足吧，我和阿兰要不是在这儿陪老诰命，照样赶不上他的好事。”

这倒是实话，万松园里冷冷清清，除了几家住在河南岛的行商外，温梅氏几乎没见到其他客人的身影。与伍紫垣常来常往的众多名士中，只有谭莹得到了消息，看样子伍家是打算快刀斩乱麻，举办一个掩人耳目的婚礼。她担心地问：“我刚才进门的时候，见大门口盯梢的船有好几条，你说李班主会得到消息吗？”

阿芬道：“等他从佛山堡赶来，婚事早办完了。”

温梅氏提醒：“门口那些人会不会进来捣乱？”

“有陈大老倌在，你怕什么？”阿芬迷惘地说，“这个陈大老倌也是，放着好端端的一门亲事不做，非要来给老五当妾，真是叫人捉摸不透。”

温梅氏压低声音，露出一副十分神秘的样子：“现在外面传什么的都有，说李班主心里早有了意中人，只是瞒着陈大老倌。”

“胡说八道，”阿芬呸了一口，“陈大老倌跟天仙似的，我就不信这个世界上有比她更靓的女仔。别人不了解，李少班主我还不了解？他根本不是那种花心肠的人。说他有相好，那你说是谁？说出来让我见识一下。”

温梅氏面色大窘：“这个我可没听说。”

“还是的呀，说白了他们两个就是没有缘分。”阿芬理了理衣襟，“咱们走吧，送聘礼的人既然回来，陈大老倌娘家的人大概也快到了。”

温梅氏忽然想起了什么事，脱口而出：“哎呀，不对，刚才我见老管家一脸阴沉，好像说陈家不同意办婚事。”

阿芬跺起了脚：“瞧瞧，麻烦来了吧。”

经过两个月的紧张施工，画舫被拉长一大截，变成了一艘像模像样的红船。红色的油漆尚未完全干透，气味和颜色将人们扰得心烦意乱。梁兰桂、何博众手足无措地站在小戏台外的台阶上，打量着一群穿金戴银的洋商，不知道他们下一步会弄出什么花样。潘正炜、卢文翰、梁纶枢、潘文海、潘继光等人则交头接耳，不时用好奇的目光向梁、何二人扫来，似乎难以确定他们的身份——算是娘家人，还是寻衅滋事者？

陈映雪拒绝当日仓促举办婚礼，这个态度理直气壮，伍秉鉴一辈子要脸皮的人，现在被儿子拖累得颜面无存。他无法面对十三行的亲友，只得打发伍长福来问谭莹："谭先生，你给拿个主意，陈大老倌娘家人不来，怎么收场？"

没有父母之命即举办婚礼，世上哪有如此荒唐的事？谭夫子苦笑起来："这事应该问问你们家少爷，没有娘家人出面，不乱了纲常吗？"

潘正炜点点头："长福啊，咱先不说陈大老倌的身份，就算是从简办事，再简也不能把娘家人给简了吧？老五这样做，是要让人戳脊梁骨的。"

这边众人议论纷纷，那边欢快的锣鼓声却越来越近。迎亲的队伍绕着湖边转了一圈，正沿着林荫道向画舫走来。伍紫垣披红簪花，骑着一匹高头大马走在前面，后面是吹鼓手队伍和抬新娘的轿子。伍长福硬着头皮上前牵住马的缰绳，问道："五爷，吉时已到，不过陈大老倌娘家人还没有来，你看咋办？"

知母莫若女，陈映雪的拒绝完全在陈罗婵的意料之中。她明白修复"玉玲珑"当聘礼只不过是一个借口，母亲根本不可能同意自己委身为妾。同样的道理，不管母亲派不派人来万松园参加婚礼，她这一步是走定了。伍紫垣清楚陈罗婵的想法，扬了扬手："那就等一等，我们再绕着湖面转一圈。你叫下人把桌椅搬过来，别让宾客们在外面站着，茶盘果盘都摆好，权当是开席了。"

迎亲的队伍敲敲打打，又开始了湖畔巡游。小明官潘继光闪着他那双狡黠的老鼠眼，悄悄地问经官梁纶枢："瞧这架势，娘家人还能来吗？"

与纨绔子弟潘继光相比，五十岁的梁纶枢也算是个人物。两个人同样孝敬官府，然而巴结的水平有天壤之别。其根底在于梁纶枢是秀才出身，眼界开阔，腹有诗书，上得了名流绅士的台面，不像潘继光只会使银子和送女人。当然了，巨额债务缠身的天宝行本身是个锻炼人的好地方，梁纶枢在里面摇摇晃晃掌舵了十来年，好几次从悬崖边上艰难地爬起来，就算是块破铜烂铁，如今也被磨炼成了一把杀人不见血的刀。

潘继光无意中的话勾起了梁纶枢心头的疼痛，他没有直接做出回答，反而将目光投向湖心的磨玉亭，自言自语："是啊，能来吗？"

潘继光瞅着他那头未老先衰的白发就有气："我这不是在问你吗？"

海官潘文海是潘继光的叔叔，他教训侄子："没大没小的，你不会好好说话啊？"

十三行行商中，除了伍家外，各家都有一层相似的隐忧，一个不约而同的向往，那就是希望林则徐能够击败英国侵略者，将敌军舰队一举打回遥远的小岛，最好把那些英国商贩全部处死，一个活口都别留。这倒不是说行商有多么地爱国，而是因为他们被英国走私商人的高利贷压得喘不过气，被这些吸血鬼折磨得生不如死。假如能够借助战争赖掉欠款，那真是八辈祖宗积攒下来的阴德，谁不欢喜雀跃？

拿天宝行来说，拖欠朝廷和外国商人的税债比例为一比七，英军舰队如果被击败，梁家就可以轻轻松松地卸掉大部分债务。梁纶枢天天张着嘴巴等天上掉下来的馅饼，当然不希望英国鬼子再度杀回商馆广场。然而，愿望是美好的，现实是残酷的，没有人比行商更了解红毛鬼子舰炮的威力，这块诱人的馅饼能掉下来吗？

迎亲的队伍绕着大湖又转了一圈，阳光偏着头穿过疏离的枝叶，倒映在水中的画舫不自觉地摇曳起来。一个家丁飞跑过来，冲到马前禀告："少爷，来啦，来啦。"

伍紫垣大喜："谁来啦？"

那家丁气喘吁吁地说："陈大老倌的娘家人，是邹老爷。"

伍紫垣激动万分："快请。"

在此时众位洋商的心里，陈罗婵的娘家人好比英军舰队，最好永远不要出现。伍家家丁禀报说陈家来了人，梁纶枢觉得这不是什么好征兆，一拳砸中桌面，桌子上的盘儿碟儿登时飞起了半尺多高。谭莹回头奇怪地看着他："怎么啦，梁老爷？"

"好。"梁纶枢从嗓子眼里半天才挤出一个字。

潘正炜端起茶盅："来了就好……"

他的话刚说到一半，发现卢文翰、潘文海、潘继光等人均无精打采，潘正炜立刻意识到自己说错了话，尴尬地咳嗽了几声，闭嘴不言。

邹汝昌在"飞虹锏"伍香韬的陪同下来到画舫，伍紫垣飞身跳下肥马，紧跑着上前几步深施一礼："汝昌兄，可把你盼来了。"

"我现在改名叫邹伯奇。"邹汝昌把盒子放到桌子上，"这是你们家的'玉玲珑'，师娘说你娶阿婵可以，但必须明媒正娶，让她做偏房？休想！"

"这个……"伍紫垣当头挨了一棒，呆立当场。

邹汝昌语气冰冷："倘若你答应不了，就请把聘礼收回去。"

谭莹转圜道："汝昌，啊不，伯奇兄，有事好商量，坐下来说，坐下来说。"

"有什么好商量的？"邹汝昌扬起下巴，"谭先生，凭阿婵师妹在上下十府的名声，要本事有本事，要容貌有容貌，广州城里哪一家敢让她屈尊做小？"

邹汝昌此话掷地有声，谭莹、潘正炜等人尽皆羞惭无语。小浩官目光迷茫，呆呆地向画舫望去。里面飘然闪出一个人影，披元帅大氅，悬"琴瑟合"，背插龙纹令旗，头戴雉鸡翎和红布盖头，不是新娘子却又是谁？

陈罗婵欠了欠身："师兄，进伍家是我自己的主意，和别人没有关系。我早对他说过不要三媒六证，不宴亲戚宾朋，自个的盖头自个揭，自个的戏目自个唱。请你回去转告阿妈，就当她没有生过我这个不孝的女儿。"

"阿婵，你这话没有道理。"邹汝昌跺着脚。

隔着一层红布盖头，众人看不到陈罗婵的表情，只见她右手摘下"琴瑟合"，举起刀鞘就要挑开脸上的盖头。便在这时，从园子外传来一阵苍劲的笛声，一条人影眨眼间出现在大湖的湖面。来者迅疾如风，快似闪电，最奇怪的是他并没有乘船，而是足踏落叶残枝，在水面上如履平地。"飞虹锏"伍香韬看得瞠目结舌，他练了一辈子的武艺，从来没有见识过如此高超的身法，简直可以与达摩祖师一苇渡江的绝技相媲美。

来人长歌而吟，气动山河，吟诵的是一首王邦畿的《过易水》，诗曰：

地入燕州白日沉，寒云莽莽水阴阴。
亦知匕首无成事，只重荆轲一片心。

老马过宫频内顾，高台游客动长吟。
朱书玉简先朝物，流落人间直至今。

王邦畿是番禺人，抗清斗争失败后曾出家海幢寺，拜天然和尚为师，法名今吼，与澹归和尚是同门的师兄弟。明亡多年后，王邦畿北游燕地，目睹故都沦落于鞑子铁蹄下，勾起了沉沉失国之痛，提笔写下这首《过易水》。此诗描绘了荆轲刺秦的悲壮，李文茂借它来表达自己的无奈与心恸，陈罗婵当然能够听懂他的潜台词。

李文茂飞步上岸，邹汝昌大喜："阿茂，你总算来了。"

接到"德勇堂"和"德信堂"的禀报，李文茂以最快的速度赶到万松园，只差那么一点点陈罗婵就要揭去盖头。他舒了一口气，冲邹汝昌打了躬："汝昌兄，多谢。"

邹汝昌叮咛："你赶紧劝一劝阿婵，有事回家再说。"

看到陈罗婵穿的那身戏装，李文茂不禁打了个哆嗦。他抱着最后一线希望而来，看到的却是陈罗婵坚如磐石的决绝，他不甘心地问："阿婵妹子，你当真要走这一步？"

陈罗婵心如刀绞，一把揭去红布盖头，阳光下露出似笑非笑的面容："阿茂哥，你我今世尘缘已了，但愿有来生吧。"

李文茂目光垂下，一眼瞥见了桌子上的"玉玲珑"，探出右手，倏地从旁边的神案抄起一只火炬，咬着牙骂道："这妖孽三番五次与某作对，看我不把它烧成灰烬！"

"万万不可，"邹汝昌大惊失色，"阿茂，赤龙在世间栖身千年，灵魂一旦脱壳出窍，世间必定遭受一场劫难！"

陈罗婵本来已经走上小戏台的台阶，到了戏台的门口，听到邹汝昌这句话，回过头淡淡地说了一句："龙飞在天，它不在天上好好待着，来到人间作甚？他的魂龟缩在笼子里，世上难道就没有了劫难？"

眼看着心爱的人踏入小戏台隐身不见，李文茂咀嚼着她的话，慢慢地将"玉玲珑"提到火炬的上方："那就让我看看，他的魂，到底是个什么东西？"

在众人惊悚的目光中，"玉玲珑"迅速被火焰吞噬，形状颇似一株倒吊的灯笼花。无声的火焰中传出一股血腥的气味，朝大湖四周蔓延开来；雪白的焰心盛开着，依然紧紧抱拥着化为水汽的“断望珠”。须臾之后，湖面上渐渐出现了一道清晰而巨大的影子，等众人醒悟过来抬头望去，一条红色的巨龙摇头摆尾飞向西方。

刹那间，太平门外火光冲天，烈焰蒸腾，绵延火幕遮天蔽日，仿佛末世劫火欲将人间付之一炬。道光二十年八月二十三的这场大火，足足燃烧了七天七夜方才熄灭，将太平门外十三行银库、货栈及储存的货物烧了个干干净净，被焚毁的白银高达四千多万两。经过烈火烧熔的银子流入水沟，火焰熄灭后结为一条坚固的银链，形成一条两里多地长的银龙。省城周围的百姓闻讯纷纷赶到太平门外，竞相争睹这一人间奇观。

借助这场火焰的温度，伍梁氏奇迹般地挺过了秋分。常言道一场秋雨一场寒，老太太脸上红光满面，虚弱至极的身体竟然不畏寒冷。伍家人明白这是弥留之际的回光返照，伍秉鉴父子和阿芬、伍谊兰等人守在床头，外屋是伍家的媳妇、女眷和丫鬟婆子，棺椁、丧服等一应物件准备停当，单等生命最后一刻的到来。

屋子窗户紧闭，不教雨丝飘进房间。伍梁氏自昏迷中醒来，见到小浩官立刻紧紧地抓住他的手，连声问：“乖仔，你没事吧？”

伍紫垣泣不成声：“阿妈，我没事。”

老太太欣慰地笑了：“人没事就好，就好。”

伍秉鉴仍然是那副平静的神情，仿佛被火焰吞噬的不是自家的财物，安慰老伴：“咱家的损失嘛是有一些，不过老本还在，幸运的是大火带不走银子，切开了照样能使。洋人的银元成色不足，这次大火把那些鹰啊人啊的画像，还有掺在里面的杂质都烧干净了。看来还是老祖宗想得透彻，洋人的花哨功夫终究稍逊一筹。”

伍梁氏没有听老头子絮叨，一双眼睛只是盯住儿子不放：“苍天有眼，这么重的灾祸都打不垮伍家。伢仔，看来你的气运长着呢。”

伍紫垣忍住眼泪：“阿妈，大火烧出了一条银龙，外面的人说它是赤龙的替班。还说太平门外是旺地，将来的买卖肯定比现在更加红火。”

“傻仔，买卖算个啥？断不了根才是人世间真正的旺。”伍梁氏慈祥地说，“赤龙好端端地上了天，不差胳膊不缺腿。只要你尽了心，不管它今后行云行雨，都怪不到咱家头上。你娶的那个唱戏的看来不算祸水，以后踏踏实实过日子，为娘死了也能合眼。”

伍紫垣失声痛哭：“阿妈，儿子一定听你的话。”

伍梁氏的声音越来越低：“这场火不是来索命的，它倒是多添了我几天活头。为娘要看着火苗子一点一滴地灭，让它暖暖和和地带我走……”

阿芬拭去泪水，走到窗前支开了一道缝隙。

西方的火苗渐渐地黯淡下去，强劲的秋风吹来，大湖上空的雨帘向东飘荡。雨珠边缘镌刻着火光的影子，像极了一年一度罗浮山的枫叶！

第七十九回　阴差阳错

秋分过后是寒露，鸿雁即将自遥远的北国大举南飞，雀鸟的魂儿转世变为蛤蜊，罗浮山的菊花遍地盛开。这一年岭南的寒气很浓，汾江河水变得沉重无比，船桨划起来非常吃力，过了鹰嘴沙，首先映入眼帘的是那座三丈三的木制敌楼。

半个月的工夫，宁洪崖和阳雪姑在佛山堡与河南岛之间打了无数个来回——先是易兰花叫他们把属于陈罗婵的嫁妆与贺礼运往万松园，后来是陈罗婵原封不动地退了回来，一条船去了复折回，像不舍的燕儿在河面逡巡。阳雪姑感伤不已，陈罗婵不受贺礼情有可原，但是连自家的嫁妆都予以拒绝，说明她挥剑斩断包括母女之爱在内的一切情感，走向自我放逐，万松园将成为她余生栖息的飘零之地。

鹈鹕如人，"长烈钻"蹲在船头纹丝不动，似乎感受到了人间的冷暖。心情最落寞的当属宁洪崖，自己爱慕的人在身边，但是死活不敢张开嘴，难以表达一二。再往前走就到了梁九图的新园子，园子里的石山上另有一个断肠人，他的痛苦比自己大出一万倍。

阳雪姑并非不知宁洪崖的心思，然而，为了洗刷耻辱，她将情郎抛在脑后，更别提宁二少这类偷偷爱慕她的痴情者。连李文茂和陈罗婵这种天作之合尚且情变，这世界上还有什么确定不移的美满姻缘？女峒主的目光掠过临海庙，停留在小河汊的方向，突然在她心里升起一个怪异的念头，也许，与世无争的麻风病人，才是这个世界上最幸福的人！

屈指一数，再有半个月是霜降，恰好和“华光诞”重叠。琼花会馆的当家名伶离开舞台，对红船兄弟姊妹的震撼可想而知。随着嫁妆、贺礼一起退回的还有金丝面具和金马鞭，这该如何向会馆的三位值事交代？今年的“华光诞”，“凤凰仪”班注定是没脸参加了。

阳雪姑叹了口气，将白鹈鹕扛在肩膀上，对宁洪崖说：“我去看一眼阿梅，顺便把‘长烈钻’还给叶二哥。”

宁洪崖问：“他在吗？”

“逃军和”当了“德礼堂”的四龙头，仍旧是小河汊的常客，只要抽出空，必定来鹰嘴沙看望阿梅，这种让常人难以理解的爱情深深地打动了阳雪姑。假如说李文茂与陈罗婵的爱情是一轮明月，那么“逃军和”与阿梅的爱情便是一盏野火。在明月残缺的日子里，这盏摇曳的野火成为美丽不灭的象征，痛苦的女峒主需要它的温暖。

“他肯定会来。”阳雪姑丢下一句话，跳上岸离船而去。

和阳雪姑、宁洪崖相处时间久了，梁兰桂看得出其中的端倪。见宁洪崖魂不守舍，他善意地提醒：“二少，我押船回会馆，你忙你的去。”

宁洪崖失落地说：“我有什么可忙的？”

“红毛鬼子马上就该打过来了，‘大魁堂’三番五次地找陈阿妈商议对策。”梁兰桂指了指木制敌楼，“我猜王老爷正急着找你哩。”

宁洪崖在正埠码头上岸，梁德荣从木楼上溜下来，高兴地迎上前：“师傅。”

“有人找我？”宁洪崖无精打采地问。

梁德荣忙不迭地回答：“有，先是陈大龙头，后来是温四爷。陈阿妈见你没回来，就去找王老爷，不，二师伯去了。”

梁德荣称呼王山公为二师伯，宁洪崖才想起来，自从收了这个徒弟，自己一招半式还没有传授过人家。他有点不好意思：“阿荣，功夫练得怎么样？”

梁德荣是个老实人，不好意思给师傅难看：“好着呢，师傅。”

“葫芦发”正躺在木楼底座睡觉，听了梁德荣的话很为他抱屈，打里面钻出来，拍了拍身上的土，朝宁洪崖行了个礼：“师叔，阿荣这些天帮我推楼，没有惜过力。”

宁洪崖被他讽刺了一个大窝脖，红着脸说：“宁叫筋长一寸，莫叫肉厚一分，练功夫必须风雨不辍。阿荣，下一步师傅教你打木人桩，如何？”

打木人桩为红班拳基础功，三天是它，三年也是它，宁洪崖心底的算盘仍然是想摆脱梁德荣的纠缠。哪知道梁德荣是个实性子，听了以后高兴极了：“师傅，那你啥时候教我？”

宁洪崖煞有介事地说：“明天你去琼花会馆找梁老倌，就是梁兰桂，我与他谈妥了，你跟着他打基础先，练好了木人桩我再传授你其他武艺。”

梁德荣喜出望外，趴在地上磕了三个响头：“多谢师傅。”

宁洪崖糊弄完梁德荣，转身问“葫芦发”：“你师傅呢？”

“我哪知道？”“葫芦发”牢骚满腹，“我天天帮他推木楼，他一招也没教我。”

宁洪崖问：“陈大龙头呢？”

“我哪知道？”“葫芦发”道，“人家现在是掌印阿妈，谁还认得我这个哥子？”

宁洪崖不禁仔细打量了一番“葫芦发”：“阿发，你变了。”

“变好了还是变坏了？”“葫芦发”以为宁洪崖要夸奖他的身材。

宁洪崖摇了摇头：“你变滑头了。”

“葫芦发”喝了猪尿脬的水，不但肌肉变结实，身材变魁梧，而且脑子确实转灵光了。他笑嘻嘻地对宁洪崖说：“师叔，我耳朵不聋，你是在笑话我，可我不生气。”

士别三日，当刮目相看，连“葫芦发”都长了心眼，这世道变化真快。梁德荣好大一阵子才消了感慨，继续问道：“今天居仁里在闸门楼打醮，大龙头不会去那儿吧？”

自从“德礼堂”开张后，陈开再没有回到兴桂里，一方面是因为与严玉芝有染，他觉得对不起朱发这个好兄弟；另一方面他想寻找一份真正的爱情，一份超脱色相、金钱和成败的纯粹爱情，一份声音世界里永不消逝的爱情——这样的人，现成的倒有一个，她住在居仁里的闸门楼和牌坊底下，唱的那些缥缈曲子无意中塑造了他的精神世界。

居仁里乡亲合资举办打醮仪式，具有多重意义。

太平年间生老病死尚且需要驱鬼，更何况现在是红毛鬼子大兵压境的战争岁月。居仁里近一段日子红白喜事前后相接，事发频频——头一件是卢老爷子病故，第二件是赁居在东南巷的张姓茶商家里闹鬼，第三件是叶母肚皮越来越大，可能再给区彦魁生一个带把的男仔。大伙商议之后，觉得有必要请一位道法高深的神仙在闸门楼打醮布法，将盘桓在巷子里的阴魂恶鬼清理一遍，为街坊四邻祈祷平安。

宁僖臣的岁数也大了，像秋天的叶子一样，随时可能被风从枝头吹落。换季的时候老头子感了风寒，差一点没缓过气，惊得温宁氏、宁绣锦轮流在家伺候。宁区氏正抱着宁绣锦的孩子亲热，见小叔子迈步进门，忙教孩子："西侯，快叫阿舅。"

宁洪崖惊讶地说："绣锦又给伢仔改名字啦？"

宁绣锦心性拔尖，是个不肯吃丁点亏的主，这两种品性逻辑上同出一源，现实中却是一对必然的矛盾。她嫁给找钱巷的平家后很快生了个儿子，按理说日子过得吃喝不愁，然而自从陈开崛起，在佛山堡的威望日甚一日，一次交给宁洪崖处理的铺子即多达二十余家。宁绣锦没地方买后悔药吃，天天在家摔盆打碗耍脾气，把婆家折腾得鸡犬不宁。为了表达清高，顺下喉咙里的这口气，她想出一个办法——隔三岔五给儿子改名字，最新一版的名字叫平西侯。

宁区氏没有生养，抱着孩子死活不撒手："你妹子说了，她还要生一串带把的。老大叫平西侯，老二叫平西公，老三叫平西王，老四才让咱们家领养。"

宁洪崖听得头脑发胀："阿爸呢？"

"在牌坊底下吃酒席呢。"宁区氏叮咛，"咱家的份子钱已经拿过了，你别充大头鬼，再往外掏一份，有钱拿回来给家里使。"

女诸葛教训了崔金麟、郑绍祖和冼长贵一顿，最后以低价租给他们每人一间铺面。三家翻身以后，整个东南巷可以说喜气洋洋，皆大欢喜。这次闸门楼的打醮仪式，区、卢、冉、黄四家拿大头，温、宁、金、秦、邵、石、陈、孔、劳、崔、郑、冼等家拿小头，和游新潭、陈见成、张姓茶商拿的一样多。常年在闸门楼底下放葫芦吹牛的老人们终于长了面子，堂而皇之地坐在酒席上当起了老太爷。

劳亚绰、崔金麟、郑绍祖和冼长贵四个人的致富有示范效应，砖瓦巷的一帮穷乡亲，尤其是鸡家和柯家兄弟常来宁家套近乎，希望能沾上一点光。宁洪崖听到嫂子发牢骚，明白大哥在外面鬼混，一定忘了给宁区氏留下家用，遂从鞋筒里摸出张银票，歉意地说："嫂子，这是一百两银子，你拿去当体己钱使。我到大姐家换一些银元和铜板，等会叫绣锦送过来。"

宁区氏泛红了眼圈："洪崖，过日子过的是钱，更过的是人。你现在长了本事，抽空劝劝你大哥，别跟着罗琦他们瞎混了，那不是正经日子。"

张姓茶商家发生的怪事俗称"鬼敲门"，每至半夜三更，静悄悄虫儿也倦怠时，便会传来阵阵怪异的敲门声，听来令人毛骨悚然。这种把戏不算高明，通常是在大门上涂抹一些黄鳝血之类的东西，招引成群的蝙蝠来撞门，制造"鬼敲门"的恐怖效果。张家从"喃呒会馆"请来道士破解，结果法也施了，鬼仍然接连不断地来敲门。

林洸隆离开佛山堡后，老一辈的道士终于扬眉吐气，但张家发生的事实在诡异，让他们跌了一个大跟头。沈别传咽不下这口气，坐在张家门口的台阶上苦思冥想——鼻子里闻不到黄鳝血的味道，捣鬼的人到底用的是什么法子呢？

有头有脸的人都在闸门楼底下吃酒席，陪在沈别传身边的是一些像鸡英逵、柯兴邦之类的穷闲鬼，此外便是牛仔、羊仔、富仔、贵仔、鹅春等一群孩子。打醮仪式尚未开始，从冉家院子里不时传出来曲声，先是红船大戏，接下来是地水南音，精彩纷呈。

"喃呒会馆"在张家折了以后，这次打醮，居仁里特地改请了灵应祠的道士。沈别传瞪着一双布满血丝的眼珠，盯着闸门楼暗自运气——自从"阴阳生"这家伙重新开张鸾坛，灵应祠的兔爷们便力压"喃呒会馆"一头。过去有林洸隆带着"喃呒三少"和人家抗衡，如今林洸隆返回番禺沙湾司立了"德信堂”,“喃呒会馆”处处吃瘪,样样碰壁,连打醮的看家买卖都让人家抢走了,长此以往这还了得?

今天主持打醮的法师会是谁呢?沈别传眼珠充血久了,视线有些模糊。他揉了揉,发现叶三和怒气冲冲地从闸门楼那边走过来,后面追着喊着的是小木匠叶四和。由于参加过龙鼓洲追剿韩府船队一战,叶三和在鸡英逵、柯兴邦眼里成了大人物,两个人掖起扁皮鼓和铜锣,凑上前讨好地问:“三爷,谁惹你生气了?”

“丢他老母,”叶三和脸色铁青,“霸着别人的阿妈不放,还坐在闸门楼和牌坊底下满嘴仁义道德,什么东西?”

叶家哥几个俱随父母的温良性子,唯独脾气暴躁的叶三和是个例外,有时候小木匠真怀疑这位三哥不是阿爸播下的种。叶四和拉住哥哥的衣襟:“三哥,区老爷在闸门楼吃饭,阿妈正好得空,你不去看她,她该多伤心啊?”

一想起母亲肚子里怀着区彦魁的种,叶三和伤心至极,出离愤怒。他一把甩脱了弟弟的手:“等我弄死那个臊虾,她就不伤心了。”

“啥?”叶四和吓了一跳。

叶三和发现自己说秃噜了嘴,把头一别,撒开腿跑了个没影子。望着他的背影,鸡英逵唉声叹气:“你瞧瞧人家,钱找上门都不要,本事就是大。”

“谁让人家有个好阿妈?”“瞌睡虫”没有领会他的意思,羡慕地说。

沈别传低声问鸡英逵:“听说有个打更值夜的瞅见了蝙蝠撞门?是不是你?”

鸡英逵缩了缩脖子:“是兴邦。”

“瞌睡虫”不像鸡英逵心眼多,老老实实地回答:“不是蝙蝠,是真有鬼。道爷,那玩意穿身白袍子,头顶上着了一团鬼火,飞起来比牌坊都高,可吓人啦。”

“花肉”在家里吃饱饭后来到东南巷,发现莫二娘、温玉珠、“红心”和“白皮”等人一个不见。迎头碰到宁洪崖,愣头愣脑地问:“二少爷,你见到温姑娘了吗?”

宁洪崖指了指冉家方向:“那不是?”

冉家院子飘来一曲用琵琶伴奏的地水南音,“花肉”一听,果然是温玉珠的声音。她夸张地发出惊叹："《霸王别姬》？哎呀呀，温姑娘真有两下子。"

我忍泪劝王何用得悲伤，
有道话吉人自有咸亨象。
胜败兵家也是寻常，我劝王暂且开怀抱，
好待妾身为你摆上玉液琼浆，
我记得你话过饮一杯能解百闷，
同你痛饮三杯就把万虑也销磨。
记得妾伴圣君随御驾，
你记否乌骓常及妹既雕鞍，
君呀你是百战英雄，试问谁是你敌手？
何曾弃甲曳疆场？
今日虽是逢难在故陵催战下，
好待帐前我再共主饮霞觞。
明日好去沉舟来破釜，
又何愁三鼓不复咸阳？
…………

佛山堡人咸知陈罗婵最喜欢《霸王别姬》这折子戏，她和李文茂情变后，无双良缘化作流水尘埃，人们扼腕叹息，觉得一语成谶，冥冥中似有天注定。冉家的私伙局没有受到坊间流言的影响，继续演绎这曲令人断肠的故事：唱红船大戏的是黄纨卿，她一个矢志做姑婆的人还有什么爱情？唱地水南音的是温玉珠，她用这首《霸王别姬》迎接新的人生——"德礼堂"代表梁锡佳向金家支付了赎身银，她获得了自由和爱情。

这份爱情从头到尾充满了伤感，温玉珠只知道梁锡佳对他痴迷，但不清楚这个男人是否会真的原谅她的过去。而梁锡佳也清楚，一旦娶了这个声名狼藉的女人，佛山堡和江湖上便再无他的立足之地，这辈子唯有远走高飞，温玉珠会跟他遁迹山林吗？多情汉子在鹰嘴沙的三昧庵租了间屋子，打算让温玉珠暂时住到庵里吃斋念佛，消磨心性。

宁洪崖一手操办温玉珠的赎身，觉得这是一段有情有义的好姻缘，暗自替梁锡佳和温玉珠两个高兴。然而，这折子《霸王别姬》委实不寻常，宁二少还不知道，唱折子戏的另一个主角即将迎来人生变故——这次不是喜剧，而是原汁原味的悲剧。

从张家的“鬼敲门”到今天的打醮，始作俑者是人不是鬼。

贝尘鹤相中了黄纨卿的才貌，听说她是个处子之身，便请“阴阳生”出手相助，设下连环计决意采花。这套计策的第一步是用“枫子鬼”去张家半夜“鬼敲门”，小木头人披着白袍来无影，去无踪，岂是用黄鳝血蒙事的等闲骗术可比？第二步是由“神算子”推荐，贝尘鹤装模作样地在居仁里打醮，做好铺垫；第三步使用无形情蛊暗算黄纨卿，待佛山堡各家药房的郎中束手无策时，再由贝尘鹤出面救治。

无形情蛊是一种夺人心志的可怕蛊毒——黄纨卿醒来后第一眼看到的面孔，便是她一生注定的挚爱，别说肉体的欢爱流连，纵然当牛作马，亦无怨言。

有“枫子鬼”相助，贝尘鹤志在必得，他命人在闸门楼和牌坊之间搭了一座布棚，内设坐北朝南的法坛，供奉三清画像。淫贼头上戴着花边宽檐的斗笠，穿了身青色开衩道袍，气定神闲地端坐在中央戊己土；东南西北四个角各有一名道士，手持斩妖剑，为法坛护法——站在东方甲乙木的是谷雨道士，南方丙丁火的是“斯文脸”，西方庚辛金的是“屁股包”，北方壬癸水的是“肉脚板”，好家伙，简直搬来了半个土匪窝。

法坛南侧起了一台镇妖坛，上面奉祀土地神牌位和五尊牌位。坛后摆了三把椅子，每把椅子下面搁一盏茶碗，椅子上贴了一张黄纸，上面画着歪歪扭扭一行神秘的符号，不知道是什么意思。仪式开始后，“屁股包”操着桂林官话，手敲铜锣，口中念念有词：

> 五方五道伤神，五方男女伤神，三界差来行灾行瘟伤神，五瘟五口五疫五属五魅五口伤神，疫口口子赤眼鸿痫伤神，春瘟夏瘟秋瘟冬瘟使者，军前阵后走马、登山溺水、蛇伤虎咬、无赖无足、无名无姓、行寒行热、夺拿人命一切伤神，庙瘟社瘟、土瘟水瘟、牛瘟猪瘟神君，听得一声锣响，闪走避道，当心吃拿。
>
> …………

随后是“斯文脸”，举起斩妖剑吼道：

元始天尊、太上老君、如来佛祖、玉皇大帝、弥勒古佛、紫薇天尊、阿弥陀佛、救苦天尊、地藏观音、三官大帝、目连四杰，诸位神仙吃饱喝足，回寨打尖。

…………

冉老财主刚把一口清茶舀进嗓子眼里，乍一听到“回寨打尖”四个字，吓得激灵地打了一个冷战。他狐疑地看着法坛，小声对卢醒尘说：“卢爷，这场法事有古怪。”

“斯文脸”的声音很细，加上卢醒尘不习惯桂林官话，没有听出破绽。他的嘴唇象征性地沾了沾茶碗，支应了一句：“没错，是有些古怪。法坛上没有北帝爷爷的牌位，看来这几个神仙是从粤西来的游方道士，尚不知晓北帝爷爷的厉害。”

“是骡子是马，拉出去遛遛。”黄开大怀抱拂尘，俨然老僧入定，“他们的法术要是真的管用，应该到伶仃洋，将红毛鬼子的兵船一发收了去。”

自打赶走区植棠，换掉家中所有的仆役后，区彦魁虔诚敬神，隔三岔五就请和尚道士在家里摆法场，而且经常去祖庙上香。如今叶母鼓着肚子，他对真武大帝的神力更加迷信，“若论降龙伏虎的本事还得看北帝爷爷，其他地方募勇团练，那是因为没有北帝爷爷罩着。红毛鬼子不来便罢，要是敢进佛山堡，北帝爷爷定然显灵，杀他一个落花流水。前朝正统十四年，黄萧养自立为王，建号大东国，起初声势浩大，所向披靡。时人传说他是天上黄龙下凡，人间无人能敌，官军里面没有不怕他的。但他合不该攻打佛山堡，招惹北帝爷爷，兵败不算，后来被他老人家拿箭射落入海。黄萧养死了以后现出原形，闹了半天不是龙，而是一只白鹅。”

当时的人们，除了十三行的行商，对洋人实力有所了解的便是佛山堡的铸炮炉户。黄开大和区彦魁顾左右而言他，游新潭沉不住气：“各位高邻，老少爷们，红毛鬼子绝非白鹅，而是一条地地道道的威龙。打个不太好听的比喻，人家的舰炮像十来岁男仔的雀儿，打得准，飞得远，硬邦邦的不掺假；咱们佛山堡的铁炮则好比六七十岁的老家伙，从外面看还算是个东西，里面坑坑洼洼，堵精漏气什么毛病都有，打一发炮子累得喘粗气带吐血，只要能射出去谁管瞄得准瞄不准，不炸膛就算祖坟冒青烟啦。”

游新潭的话前半段还能听，后半段黄开大越听越不是味，他最忌讳“炸膛”二字，脸上红一阵白一阵地开始喘粗气。崔亚余急忙岔开话题：“游掌柜的，前些日子，李班主在万松园火燎赤龙心窍，逼得赤龙现身，把十三行的货栈烧成一片火海，银链子足有两里地长。大伙都说红毛鬼子是银龙，被赤龙烧出了原形，是不是这么回事？”

在座不少街坊慕名参观过太平门外的银龙奇观，至今仍然啧啧称奇。游新潭回答不出这么深奥的问题，将求助的目光投向“琉璃球”，后者慢条斯理地解释：“龙和龙不一样，有的修行深，像黄龙、赤龙、白龙；有的修行浅，像猪龙、银龙。修行深的一般在天上，修行浅的经常在人间。而今为多事之秋，不管修行高的还是低的，齐来咱们粤东插一杠子。银龙咱们就不说了，猪龙也来了，虎门销烟那天我亲眼见过，三次变身后猪龙变成了龙猪，被灵应祠的韩神仙一刀毙命，别的没剩下，只剩下一个猪尿脬。”

黄萧养一只白鹅尚且将广州府播弄得翻天覆地，更别说这些形形色色的龙。大伙被“琉璃球”说得晕头转向，齐声问：“猪尿脬呢？”

“早飞没影了，”“琉璃球”唉声叹气，“兴许是龙尿脬，那也说不定。”

狗子撇嘴：“有韩爷在，龙尿脬、猪尿脬全讨不了好。”

区彦魁慌忙去捂他的嘴：“莫要胡说，千万别让北帝爷爷听见。”

宁二少在郑绍祖和冼长贵等人的簇拥下，来到正席入座。众人寒暄已毕，刚坐下来没吃几杯酒，黄岑氏连跌带撞不顾体面地跑了过来，带着哭腔：“阿大，你快去看看，妹子好好地在冉家唱戏，突然一个跟头倒在地上人事不省，像是中了魔。”

黄开大蓦地从椅子上蹦了起来，满脸煞白，骂骂咧咧：“狗屁神仙，敢情把鬼撵到我们家了？他老母的倒省事。”

这一幕来得极其突然，大家瞠目结舌，冉老财主、游新潭、陈见成、“纽纹良”几个人陪着黄开大叔嫂去看究竟。宁二少打量了一眼法坛，皱着眉头问“琉璃球”：“金爷，你是这一行里的老肉筋，难道没瞧出毛病？”

“琉璃球”哪敢招惹贝尘鹤，装模作样地回答，“请二少明示。”

宁二少走到法坛前：“这分明是一台镇魂超幽的血湖坛，用来驱鬼岂非张冠李戴？”

“斯文脸”没想到宁二少竟然有这份见识，举起斩妖剑，心虚地喝一声：“呔，哪里来的无知狂徒？休得妄言！”

宁二少现在身怀绝技，岂容“斯文脸”无礼，他捻起右手的食指和中指，闪电般夹住斩妖剑的剑刃。“斯文脸”但觉一股寒气顺着剑刃刺来，慌忙往怀里使劲一带剑身，宁二少手指忽然松开，“斯文脸”一个趔趄收脚不住，摔倒在法坛上。

花边斗笠四周垂着精致的穗带，外面的人只能看到贝尘鹤脸部的轮廓，而他却能把四周瞧个真亮，很适合遮掩本来面目。贝尘鹤打眼观瞧，发现斩妖剑被勒出一道痕迹，顿时倒吸一口凉气：别看宁家老二外形柔弱，却身负令人咋舌的精湛内功，和他那个只会在床上打滚的哥哥完全不可同日而语。淫贼情知不能力敌，扬了扬手中的拂尘：“无量天尊，这位施主只知其一，不知其二。在本巷闹鬼的实为一缕下世不久的新魂，生前好端端在太平门外谋生理，凭空被大火取了性命，心中耿耿于怀，从省城飘到佛山堡，夜夜啼哭，扰害人间。其魂未入九层阎罗殿，血气没有销尽，贫道欲将其收押，不用血湖坛用什么？”

这淫贼振振有词，把鬼魂说成是在太平门外遇难的。宁二少心里不快，诘问：“就算它是一道新魂，凭啥说是那场火烧死的？”

贝尘鹤指了指血湖坛：“这道冤魂身上满是铜臭味，其躯定然熔于银龙。”

区彦魁觉得有理，拱了拱手：“仙长，你可识得那条银龙？”

“当然识得，”贝尘鹤傲然道，“这条银龙来自西域，是赤龙的影子。赤龙升天，银龙当值，不过，请各位放心，用不了多长时间，自然跌了锐气。”

卢醒尘问：“为何？”

贝尘鹤一本正经地说：“因为她是一条雌龙。”

“啊？”众人被淫贼这段高论惊呆了。

“斯文脸”心里偷偷乐，贝尘鹤开始大吹法螺：“天地之道阴阳互现，雌雄同体。赤龙这些年抱残守缺，由雄而雌，此番回天炉中熔炼，来日必然洗心革面；银龙托身金银，不晓得由雌而雄的真谛，奸懒馋滑，挥霍放浪，堵塞淤积生命之洞，无法化身为阳刚之躯，三个甲子后不得不将人间交还赤龙。所谓天道昭昭，法网恢恢，许尔有悔意，不许尔灭心肠。”

“雌的变雄的？雄的变雌的？”冼银懋翻来覆去地念叨了几遍，忽然明白过来，“这哪是红毛鬼，分明是观音菩萨那个二胰子嘛。”

东南巷的穷鬼虽然仗着“德礼堂”发了财，但骨子里还是没改了粗鄙习气，区彦魁打心眼里瞧不起他们，双掌合十：“罪过，罪过，冼老弟，当心神仙降罪。”

卢醒尘对贝尘鹤这番话很佩服，感慨道：“别说神仙，人也一样。上到朝廷，下到咱们平头百姓，若是儿孙只会吃喝嫖赌，不求上进，多大的家当都会败了。听说红毛鬼子牝鸡司晨，皇上竟然是个雌的！咱们不能让红毛鬼子得逞，否则人不像人，鬼不像鬼，辱没祖宗不说，势必祸及子孙，几辈子也翻不过身。”

“贤侄言之甚当，”区彦魁恭维他，“红毛鬼子固然兵船厉害，可是只要有北帝爷爷的神威在，必能保本镇一方平安。”

郑翰章受冼银懋的启发，呵呵笑着：“没错，观音和如来法力如何？不是照样乖乖在北帝爷爷驾下称臣？咱们佛山堡风水好，鬼子进不来。”

区彦魁劝宁二少：“老二，镇魂超幽和驱鬼本来就差不多，怎样布置法坛，人家神仙有神仙的盘算，你何必横挑鼻子竖挑眼？”

区彦魁是温秉义的长辈，姐姐女诸葛尊他一声舅父。宁二少不好意思当面拂逆，回到座位坐下来抱了抱拳：“各位高邻，打红毛鬼子凭的是真刀真枪，法术顶不了多大用。再说，就算果有法术，我家二爷能送赤龙升天，便能迎赤龙入地，那是什么本事？”

李文茂创设西海大寨，表面上没有悬挂烈火朱雀旗，但江湖人人皆知他是“洪德堂”的二龙头。眼下红毛鬼子的大兵船逼近虎门口，粤东风声鹤唳，官府和各地士绅忙于自保，无不想借助洪门力量募集团练，这是一个能做不能说的公开秘密。前几日，为了向陈开示好并取得他的支持，吴璧光代表“大魁堂”取消了关于陈开从商的禁令。

“小元霸”乃佛山人心目中的天之骄子，声望简直可以和北帝爷爷相媲美。太平门外那把大火带给广州人的是损失，带给佛山人的却是骄傲。崔亚余、郑翰章、冼银懋齐声道："凭少班主的虎威，红毛鬼子敢进犯佛山堡，必叫他有来无回。"

"对对，"区彦魁点头称是，"一个好汉三个帮，家和万事兴嘛。"

区彦魁赶走区植棠，无形中得罪了所有的区家人，结果导致了严重的孤立——凡是有人情世故的地方，区家人都尽量避开他，故意给他难堪。卢醒尘听出了这句话的弦外之音，朝区彦魁拱了拱手："区老爷，'情理鞭'教化的是仁义，没有人气哪来的仁义？你放心，贵府下一次办喜事，晚辈帮你发帖子，请阿昌叔他们一堆吃酒。"

"多谢美意。"区彦魁感激地回礼。

黄家宅子里传出一阵低低的哭泣声，不大一会，陈见成匆匆跑了过来："药铺的郎中没有办法，黄老爷已经允准神仙过去捉鬼。"

"医家治不愈，定然鬼附身，"区彦魁催促，"快请神仙施法。"

血色黄昏过去，秋夜的火苗怎么看怎么叫人心痛。打醮仪式结束后，贝尘鹤被乡亲们请进黄家驱鬼。居仁里的人惦记着这件事，吃罢饭后聚拢在闸门楼下，议论纷纷。宁二少猛然听到一阵熟悉的鸟鸣，抬头一看，赫然是"长烈钻"。

"长烈钻"后面有一道飘逸的身影。宁二少几乎不敢相信自己的眼睛，那道身影穿行在薄薄的夜幕下，似有似无，若即若离。他吃惊地问："阳姑娘，你怎么来了？"

阳雪姑把"长烈钻"送回小河汊，教阿梅拨了一整天的琵琶。当夜幕降临，她准备起身告别时，白鹈鹕突然受了惊，离开舢板振翅高飞，声音听起来急促而撕裂。女峒主从来没有看到过这种情形，随后追赶，一路赶到她最不希望来的居仁里。

凄凄秋风中，两个人陷于无语的窘境，他们之间是一副早就注定了结果的牌局，不存在任何倒春寒的可能。对阳雪姑来说，这是一种白昼的暧昧，对方的单相思开不出花朵；对宁二少来说，这是一种黑夜的暧昧，只要对方活在人世，相思之花将盛开不败。

一个极力摆脱，一个拼命挽留，这是必然王国最常见的爱情模式。人类心灵之海被这种尘土覆盖，看起来遮天蔽日，其实是一场春梦了无痕。换作旁人早已放手，奈何宁二少身陷戏剧舞台，一颗心交付戏棚难以自拔，宁愿信此刻为真！

梦里牵挂的人就在眼前，宁洪崖想张嘴说点什么，又一如既往地说不出。这时节，“长烈钻”骤然嘶鸣一声，从闸门楼上一跃而起，破窗钻入黄家阁楼的闺房。阳雪姑情知有异，纵身冲进黄家大院，宁二少紧紧跟随，朝着施法的现场奔去。

贝尘鹤的法坛设在黄纨卿的闺房，一道帘子将黄家亲朋隔在门外，淫贼端坐于蒲团之上假装施法。过了一个时辰，“枫子鬼”如约凌空飞至，迅疾地点向黄纨卿的穴道。贝尘鹤自蒲团起身，准备等黄纨卿从迷梦中苏醒，通过第一个眼神攫取其魂。

哪知道人算不如天算，“枫子鬼”的行踪被“长烈钻”发现，白鹈鹕飞进屋内，张开嘴向“枫子鬼”咬去。按说现在“枫子鬼”的功力今非昔比，白鹈鹕未必是它的对手，但有那么一句老话，叫作一朝被蛇咬，三年怕井绳。“枫子鬼”身上有了人性，一见到“长烈钻”头部就本能地发紧，倏地一下飞出窗户不见了踪影。贝尘鹤被眼前这一幕惊得目瞪口呆，杀人不眨眼的“枫子鬼”居然也有害怕的对头？眼看“长烈钻”张开铁嘴朝自己扑来，贝尘鹤顾不得采花的如意算盘，一个箭步窜出帘子。

捉鬼的神仙突然逃之夭夭，黄家亲友俱是一怔，不知道发生了什么事，扒着门框探头朝里面张望。冉枝枝是个娇生惯养的野性子，学戏学的是刀马旦，当下抽出宝剑，仗着胆子一步一步摸到了黄纨卿的床前。中了无形情蛊的女人从梦中醒来，她的目光努力地搜寻，眼里闪烁着诡异的色彩，像一支利箭，刺穿了冉枝枝的瞳孔，将她拉入蛊毒的余光。

追寻爱情的心自迷途苏醒，泪珠如叶儿扑簌垂落，黄纨卿脸上满是泪光。在这个阴差阳错的瞬间，已分不清是泪水，抑或是悲喜。

第八十回　摧心三掌

人间最滑稽的法坛不在佛山堡，而在紫禁城。

元、清两朝将中国农业文明集权专制的统治推向高峰，集大成的统治者便是那位康熙大帝。这位精力旺盛的帝王一方面假惺惺地尊崇儒家文化，定下所谓敬天法祖和勤政爱民的家法；另一方面将满朝大臣视为家奴和洗澡堂子的搓澡工，把大大小小的权力尽收囊中，实行所谓乾纲独断。这种对权力的极度贪婪满足了爱新觉罗家族的欲望，亦为整个国家的灭顶之灾埋下了种子。极端的权力垄断必然导致彻底的土崩瓦解——当国家处于三千年一变大动荡的前夕，面对浮海而至的英军舰队，道光皇帝这个独夫心无定策，首鼠两端，靠心血来潮决定和战大计，满朝文武没有一个人敢多说半句话，没有一个人敢多掏半分心，这难道不是历史的绝大讽刺吗？

道光二十年，狡猾的侵略者避实就虚，扬帆远飙。一晃四个多月过去了，各种各样的消息纷至沓来，令人真假难辨：有的说红毛鬼子在定海大获全胜，兵锋直抵大沽口；有的说红毛鬼子干犯天条，玉皇大帝差遣五瘟使者下凡惩戒，困在舟山群岛奄奄一息。对于加紧备战的粤东士民来说，令人错愕的不是这些小道消息，而是六百里加急发来的圣旨。

七月二十三，正当林则徐在伶仃洋上巡视战备之际，道光皇帝忽然发出两道谕旨给直隶总督琦善，决定接受英人的“申冤”，严查林则徐，治其“受人欺蒙、措置失当”之罪；八月二十二，任命琦善为钦差大臣，“驰驿前往广东，查办事件”。

威风凛凛的钦差仪仗又一次打正阳门和彰仪门经过。官拜直隶总督、文渊阁大学士的琦善是道光皇帝的宠臣，在后金贵胄中为一等一精明强干的能员。然而，乾纲独断的腐朽朝纲决定了琦善必然的命运，他不是第一个从这里走出的钦差大员，也注定不是最后一个。仅仅三个多月后，昏庸的皇帝佬再度改“抚”为“剿”，任命领侍卫内大臣奕山为靖逆将军，军机大臣隆文、湖南提督杨芳为参赞大臣，调发湘、鄂、赣、桂、滇、黔、蜀七省大军征讨英夷。

专制衍生的结果无非有二，一个是被阉割的人类精神，一个是跷跷板的政治决策。秋风瑟瑟中，琦善看不到广州太平门外那场熊熊烈火，看不到赤龙飞天和银龙落地的交替，更看不到五个月后自己披枷戴锁沿着原路被押回京城的凄凉。

架设在紫禁城养心殿的权力魔杖，比贝尘鹤用三把椅子搭起来的血湖坛更加反讽——第一次鸦片战争硝烟散尽以前，三位主政粤东的钦差大臣无一例外被治罪查办，并非只有林则徐一个人当了道光皇帝的替罪羊，他不必觉得冤枉。

佛山堡三大豪门在京城均有眼线，消息十分灵通。九月下旬，吴、梁、李三家先后得到林则徐要倒霉的消息，第一反应是嗤之以鼻，根本不相信——林则徐干得风生水起，兵威所至红毛鬼子闻风丧胆，不敢犯粤东一步，圣上怎么会糊涂到自毁长城呢？

黄纨卿是第一次中情蛊，冉家千金则是第二次成为无形情蛊的受害人。这份畸形的爱情要想不让人发现，只有离开佛山堡另筑爱巢。黄家早在梅基村的姑子庙买了出身，黄纨卿过去痴迷红船大戏，舍不得离开佛山堡半步，现在不得不回到顺德龙山老家——那里是女同性恋磨镜子的天堂，长相厮守的姑婆比比皆是。

冉枝枝在姑子庙附近买了一所宅院，搭起砖木结构的永久戏棚，俨然要把居仁里这个私伙局带到梅基村。何小鸾和卢浣霞在正埠酒楼订了一桌酒席替黄纨卿饯行，赴宴的均是佛山堡大户人家的太太小姐，东南巷的几位新晋内掌柜作为曾经的观众，也受到了邀请。

崔牛氏、郑夏氏和冼于氏三个女人出身贫寒，这辈子除了结婚坐花轿那回外，还是第一次坐轿子。位于砖瓦巷的“四海堂”最近生意非常繁忙，腾不出人手，只来了柯定邦和柯振邦两个轿夫。两个人能挤一顶轿子，三个人可怎么办？

此次赴宴是露脸的好机会，三个女人无不心热，打扮得红红绿绿，涂抹得烟熏火燎，正在巷子里商量法子，突然听到一阵呜呜咽咽的抽泣声。冼于氏走到温家门口一看，发现温伦氏正在抹眼泪，便问：“弟妹有啥不痛快，竹筒倒豆子，说出来让姐们痛快痛快。”

三个女人一台戏，市井妇人最喜欢传播谣言，把快乐建立在别人的痛苦上。如果依照温伦氏平日的火爆性子，早赏给冼于氏一顿老拳；但她眼下是朝不保夕的落汤鸡，根本没心思和别人比长量短。母大虫哭着叫屈：“老四这个没天良的，老娘伺候他吃，伺候他穿，他在外面养了个小的不说，还要给老娘写休书哩。”

温秉智当年落难的时候，母大虫回到娘家打算休夫，丝毫不念夫妻之情。哪知道没过几天林则徐来粤禁烟，两个娘家哥伦世光、伦朝光一个没漏，俱被官府捉拿入监，家产被抄了个一干二净，半片瓦都没留下来。三十年河东三十年河西，伦家倒霉了，温家却起死回生，买卖极度红火。温秉智记恨母大虫的无情无义，好几次动念头写休书，均被女诸葛制止。

母大虫落到今天这个下场纯属咎由自取。不过，崔牛氏、郑夏氏和冼于氏这三个女人刚刚过上了丰衣足食的日子，不愿让温伦氏的霉运扩散到自己身上，于是假扮同情：“老四脾气真够倔，连二嫂的圣旨都敢违抗？”

“杀千刀的，我现在没了娘家，让我回哪儿去？”温伦氏哭了一会，歇口气，“你们雇佣大轿子，是不是到正埠酒楼送黄家妹子？”

敢情这娘们心里什么都清楚。郑夏氏点了点头：“对，老夫人亲自点的将，平日黄家妹子唱大戏，我们在底下当木头桩子，就冲这个情分。”

“黄家妹子是金嗓子，我听得也不少。”温伦氏自我表白起来。

冼于氏清楚她的心思，用手指了指柯家兄弟：“弟妹，不是姐们不想带你去，而是只有两个抬轿子的，姐几个正发愁不知道咋坐呢。”

温伦氏问柯定邦：“你们堂口还有轿子吗？”

柯定邦回答：“多的是，就是没人抬。”

“我有个法子，”温伦氏建议，“‘白皮’和‘红心’没事干，晚头到临海庙当野鸡，啥钱都挣。干脆雇她们来抬轿，咱们四人坐两顶轿子，也算替老夫人省钱。”

陈开发迹后，定期发给亚娟母子生活用度；“白皮”和“红心”并不愁吃穿，但她们两个喜欢上了木偶戏班，拜温玉珠为师弹弦子唱小曲，当野鸡只是为了顺便挣几个铜板，毕竟当叫花子当怕了。她们卖皮肉外还卖力气，听说替“四海堂”出轿子，两个女仔满口应承，抬着轿子晃晃悠悠到了正埠码头。停轿一看，可了不得，只见酒楼和码头周围布满了盔明甲亮的“大会馆”铺丁，三步一岗，五步一哨，煞是威武。

崔牛氏、郑夏氏和冼于氏三个女人没见过什么世面，立刻吓得腿肚子转筋。母大虫不愧出身行伍之家，有两分胆气，上前自我介绍：“我们是老夫人请来吃酒席的。”

一个铺丁问：“哪家的老夫人？”

温伦氏大声喊：“‘小孟尝’的老婆。”

铺丁冲着曲文礼招呼：“曲掌堂，来客啦。”

曲文礼不久前升了掌堂，满脸堆笑地走过来：“对不起，各位太太，今天我们东家临时在本店招待四方豪杰。夫人传下话，改日请各位吃席，得罪了。”

崔牛氏、郑夏氏和冼于氏三人头一次出席大场合便吃瘪，无不垂头丧气。母大虫费尽心机才争取到机会，很不甘心：“姓曲的，是不是你狗眼看人低，故意刁难我们？”

“四奶奶，天大的冤枉，”曲文礼叫屈，“原定的十来桌就剩下一桌，都是和黄姑娘一起唱戏的私伙局友。夫人发下了话，小的哪敢自作主张？”

旁边不断有大户人家的华贵轿子落地，下来的女眷均被伙计们婉言劝返，看来曲文礼并没有撒谎。温伦氏转身正要上轿子，曲文礼忽然喊住“红心”和“白皮”：“两位姑娘，你们俩不要走，里面有你们的位子。”

温伦氏怒不可遏，撸起袖子：“姓曲的，你敢耍姑奶奶？”

曲文礼点头哈腰，皮笑肉不笑："四奶奶，这两位是陈天义的妹子，我们东家和吴四爷请都请不来的贵客，你真的没法比。"

林则徐在京城属于文士圈子，曾经和张维屏等人在"宣南诗社"消寒赏菊，对吴荣光的书法和才学十分仰慕。"银刀秀才"能保住"大魁堂"当班值事的宝座，很大一部分功劳要算在林则徐与吴荣光的交情上，如今这座靠山骤然垮塌，对吴家的打击可想而知。

如果不是由于陈罗婵一事李文茂和万松园交恶，梁家不幸受到牵拖，梁应琨立刻就会对吴璧光发起逼宫，因此，这次"银刀秀才"逃脱劫难仍须感谢"小元霸"。九月二十七，西江沿岸南海、顺德、鹤山、新会、香山和高明等六县武林盟主"小孟尝"在正埠酒楼设宴庆贺朱次琦秋闱中举。宴会的参加者可谓群贤毕集，既有广府名流和兴办团练的各家豪门，也有前来捧场的洪门头领。这些人都是抗英斗争的中流砥柱，吴璧光派出铺丁维护秩序，自己备了一份厚礼亲自参加，打算向"小孟尝"讨教一二，顺带打探李文茂的行踪。

正埠酒楼上上下下一片欢腾，觥筹交错中各怀心事——黄培芳、张维屏、陈澧等名流赋诗饮酒，替朱次琦高兴，目的比较单纯；广府六县的各家团练惧怕洋人势大，想借这个机会统一号令，以便共同对敌，保卫家园；梁家和吴家王不见王，梁应琨陪着大沥四堡来的几家客人推杯换盏，恨得吴璧光牙根痒痒——大沥四堡是伍家的传统势力范围，几大豪门经常合起伙来替梁家出头，与自己为难。

与梁家相比，吴家最缺乏像万松园伍家这样的好亲戚帮衬。梁家和伍家实力强大，联起手来更加可怕。放眼整个粤东，能镇得住梁家和伍家的，只有"小元霸"一人。吴璧光陪着"小孟尝"喝了几杯酒，微醺地问："李班主去了哪里？"

陈罗婵情变后，李文茂无心料理军务，把西海大寨交给叶兆隆和陈开，自己一个人去粤北丹霞山修武。"小孟尝"不便泄露他的行踪，假装推心置腹地说："四爷，二爷虽然对小浩官不满意，但他是顶天立地的大丈夫，不可能因为这事与伍家、梁家为难，你和梁三爷之间的官司他也不会介入。陈天义这个人城府很深，行事古怪，二爷肯把佛山堡交给他，足见他和二爷的交情。你只要说动了陈天义和他下面的那班弟兄，必能坐稳当班值事的交椅，而且不用怕大沥四堡那几家的捣乱。”

李文茂所立各大堂口中，“德礼堂”的四位龙头最不像江湖豪杰。王山公、宁洪崖、叶二和一个比一个古怪，让吴璧光非常头疼。他懊恼地说：“人在江湖，身不由己。吴某身为‘大魁堂’当班值事，当年不得不依照民意奉公办理，陈天义怪罪我那真是天大的冤枉。我现在是掏心掏肺，撤了禁令不说，还让霍家撵走了‘穿云记’的陈启祥，可有什么用呢？陈天义始终躲在西海大寨，不肯出来见我呀。王老爷那事更是个误会，吴某对他礼敬有加，王老爷的木楼想往哪儿停就在哪儿停，我说过半个不字吗？”

苏文锦朗声道：“没有。”

这厮倒是一点也不避嫌，“小孟尝”摇了摇头：“去瞅瞅，‘德礼堂’怎么还没来人？”

“来倒是来了。”苏文锦迟疑地说。

“银刀秀才”和“小孟尝”大喜，同时问：“是哪位头领？”

“两个叫花子，”苏文锦实在说不出口，低下头，“还是雌的。”

“白皮”和“红心”二人被曲文礼领进了楼上的雅间，怯生生地抬头一看，屋子里满眼是衣着华贵的大美人。好在何小鸾、卢浣霞、黄纨卿、冉枝枝、冯紫玉几个均为熟人，何小鸾诧异地问曲文礼：“怎么没给两位妹子换身衣服？”

“换了，”“红心”指着自己身上的短褂，“今天抬轿子。”

黄纨卿比较了解“红心”和“白皮”的个性，别看这两个叫花子卖肉又卖力，骨子里却有一股难以磨灭的顽固和尊严。她开口道：“我吃完饭就走，不能把这边的霉运带过去，箱子里剩余几套戏装，你们两个挑一身，不然我也叫人烧了。”

戏装是“红心”和“白皮”的憧憬之物，“花肉”已经有了一套，为了戏装她们可以放弃人生的一切。黄纨卿戏唱得好，琴弹得妙，如果投身红船一定能成为大老倌，穿上她的戏装不但没有霉运，兴许还能沾上点仙气。“白皮”高兴地说：“我们本来就是要饭的，沾上霉运又能怎样？多谢黄姑娘打赏。”

曲文礼领着两个叫花子下去洗干净手脸，各自挑了一身闪闪发光的戏装。俗话说，人靠衣装佛靠金装，“红心”倒还一般，“白皮”则露出一身细皮嫩肉，冯紫玉啧啧称赞："白姑娘的确长大了，木偶戏唱好了那也是个角。"

提起木偶戏，黄纨卿心头一动，问"白皮"："见我嫂子了吗？"

温玉珠虽然被黄家赶出了门，但黄纨卿照旧尊她一声嫂子。"白皮"回答："玉珠姐在鹰嘴沙的三昧庵，我们俩吃完饭就去看她，她教我们弹琵琶哩。"

温玉珠身遭不幸，沦为娼妓，临了被梁锡佳花银子赎身，总算老天爷开眼有了着落。众女感叹一番，黄纨卿和冉枝枝沉默不语，冯紫玉无精打采地问："'花肉'咋没来？"

"红心"低着头："在家里躺着呢。"

"出事了？"黄纨卿惊讶地问。

"红心"噘着嘴："被她那个傻老公打了。"

何小鸾和卢浣霞脱口而出："为什么？"

"她身上不是花的吗？""红心"愤愤道，"那个傻子晚上叫她脱衣服睡觉，明明脱光了他非说没有脱光。只要敢顶嘴动手就打，身上更花了。"

家家有本难念的经，穷人家的经听起来简直不忍卒读。冉枝枝纳闷："她不是有一个在堂的哥子吗？干吗不把她领到顺德去？"

"好不容易才嫁出去，""白皮"气馁，"领回去嫁谁啊？

"花肉"一身疙里疙瘩的牛皮癣，别说男人不要，就连女人看着也恶心，去了顺德也没人跟她义结金兰。冯紫玉自嘲道："花就花吧，还省得买衣服了呢。"

何小鸾和卢浣霞出身豪富之家，一颗心脆弱得像树叶，没法子再听下去。何小鸾转头对黄纨卿说："龙山不算远，从九江圩放一条船下去，用不了个把时辰就到。你放心，将来我们去梅基村看你，咱们几个接着唱。"

"我也去。"冯紫玉呷了一口酒，"梅少奶奶是个局友，唱腔好，身段妙，家里还有一座砖瓦戏棚，养着一个私伙局。"

冉枝枝买的那个宅院即为梅家的产业，梅少奶奶听说黄纨卿回龙山做姑婆，死说活说非要和她义结金兰。冉枝枝虽然性情豪放，但黄纨卿毕竟是她心爱的女人，把禁脔拿出去与梅少奶奶共享，她觉得不大舒服，便抢白了冯紫玉一句："用不着她家的，我已经叫人搭了一座砖瓦戏棚，要唱戏就让她过来。”

冯紫玉和冉枝枝都是男女通吃的主，见冉枝枝起了醋劲，捂着嘴笑了起来：“好好，只要你能常来看看纨卿妹子，别的好说。”

卢浣霞听她们越说越下道，不禁红了半边脸颊，提醒“红心”和“白皮”：“你们俩不是饿了吗？赶快吃吧，待会菜该凉了。”

两个女仔攥着筷子，迟疑着没有动手，卢浣霞觉得奇怪：“干吗不吃？”

“我们到临海庙拜神，”“红心”回答，“不能吃鸭子。”

鹰嘴沙的临海庙里面供奉着温、许两位太尉，因此又名太尉庙。这座庙在佛山堡的庙宇中独树一帜，温、许两位太尉有容人的雅量，专门赐福给那些打算改过自新的罪人。因此像什么小偷、强盗、娼妓、差役甚至当官的，凡是做了亏心事的人，经常提着大包小包到庙里给两个神仙上香，希望他们宽恕自己的罪过。去临海庙上香有个禁忌，那就是不能吃鸭肉——相传有一个外乡人被官差追捕，逃到临海庙躲藏。官差不小心惊动了庙前面的一群鸭子，这群鸭子四处乱跑乱飞，把外乡人湿淋淋的踪迹搞了个乱七八糟，官差失去方向，外乡人逃得一难。后来这个人感念太尉化身鸭群保佑之恩，主动到临海庙当了庙祝，死后成为此地的土地神。谁要是敢吃了鸭子来拜神，他必定加以惩戒，极为灵验。

“红心”和“白皮”去临海庙拜神，显然是想请神宽恕她们出卖皮肉的罪过。何小鸾仔细一瞅，端上来的菜像卤鸭掌、子姜菠萝炒鸭片、鸭肝菜心汤等等，几乎是一桌全鸭席。她唤来曲文礼：“哪个伙计送的菜？”

端菜的伙计是张三，因为看不惯曲文礼的逢迎拍马，已经打算辞掉差事回东莞老家，这次送错菜是故意恶心曲文礼。隔着敞开的窗户，能看到张三大摇大摆地走向“凫水记”，“飞天爪”等人坐在摊档前窃窃私语。曲文礼擦了擦头上的冷汗：“夫人，是阿三，他跟谭掌柜的学了一手好枪法，另攀高枝，这是在存心捣乱。”

“红心”和“白皮”吃饱喝足，乘船过江来到临海庙，每人买了三炷香进了庙里。偌大的院子空空荡荡，“红心”朝四周看了看，发现没人注意她们身上的戏装，觉得非常扫兴：“人都死哪儿去了？难道全吃了鸭肉，变成了好人？”

“管它呢，”“白皮”拎着白色绣花马面裙的裙摆在院子里飞了一圈，意犹未尽,“赶快上完香,玉珠姐等咱们唱曲呢。”

“红心”爱惜地摘下粉缎子腰巾:“今天晚头我要歇了,丢他老母,那帮臭男人一回才给我两个铜板。一百回也买不了一条巾子,老娘才不干赔本买卖。”

“我也是,”“白皮”道,“得找一口箱子,把戏装盛起来。”

两个女仔嘀嘀咕咕商议着进了大殿,来到太尉像前没有如往日那样磕头,而是撩起袖子弓腰拜了三拜。“红心”虔诚地说:“太尉爷爷,今天我们俩发了财,赚了一套贵衣服,不能给你老人家磕头,下一回再补上吧。”

话音未落,从神像后转出几个彪形大汉,有人高喊:“拿贼。”

大汉们冲上来,像逮小鸡一样把“红心”和“白皮”按倒在地。白色马面裙被踏上了一个脚印,“白皮”心疼得晕厥过去,“红心”尖叫:“别坏了衣裳。”

“哈哈,”汉子淫笑道,“小贱人,想让爷们伺候你脱光?”

院子里传出一阵呼哨,这几条大汉将“红心”和“白皮”四马攒蹄捆了个结实,提出大殿丢进院心。“红心”抬头一看,发现院子里黑压压一片全是手提鬼头刀的勇丁,当众簇拥着一位黑脸黄胡须的彪形大汉。只见汉子手腕上缠着厚厚的铁制护腕,暗藏锐齿,正是大沥堡的头一条好汉“百齿鲨”何玉山。

响应官府号召,大沥四堡何、欧阳、麦、仇、刘、潘等大族纷纷办起团练,何家起的团练名叫“北安营”,何士良聘请“百齿鲨”何玉山执掌帅印。何家与梁家关系亲密,见吴璧光赖在当班值事的位置上死活不走,非常气愤,打算在佛山弄点动静,给他一个下马威。“百齿鲨”没有随何士良进正埠酒楼吃酒,而是带人悄悄埋伏在临海庙,计划抓几个上香的香客当作藩库失银案的窃贼。他懒洋洋地问手下人:“逮住了几个?”

手下人回答:“回爷的话,十七个。”

“够了,”何玉山点了点头,“挂到船头上游河示众,让吴老四领教领教何爷的手段。”

“冤枉啊,”“红心”哭诉,“我不是偷儿,是乞儿。”

“叫花子能穿这么靓的衣服?”那个家丁抽了她一巴掌,“贱货,来临海庙上香的没有一个好东西,难道冤枉你了?”

“红心”乞求:“老爷,就算我是偷儿,把戏装收起来好不好?贵着呢。”

“想得倒美，”家丁又抽了她一个嘴巴，“这身衣服是贼赃，脱下来别人以为爷们欺压良善不讲理。看不出你一个丑鬼，心眼倒不少。”

次日即为九月二十八，由于省城吃紧，有钱有势的人纷纷涌进佛山堡，因此，今年“华光诞”的盛况更逾往年。从鹰嘴沙这边可以看到正埠码头熙熙攘攘，人头攒动，黑压压全是各乡来的财主老爷及其家奴。烈日秋风里，“忠义乡”牌坊前面是“接官亭”，后面是正埠酒楼，三座建筑傲然矗立，似乎在向世人炫耀佛山堡的固若金汤。

经过一年来的招兵买马和训练，“德礼堂”规模初成：李阿发在岳庙铺招收了大批身法灵便的“机房仔”，自成一军没有问题；梁锡佳为“粤安社”培养了上百号会拳脚的兄弟，与分散在各个铺子里的人马合编为一营；冯天善在西海东寨训练人马，加上从古劳围招募来的水手也足够编练成一彪精锐。根据形势的需要，陈开在“德礼堂”的忠义堂开香堂，授出三本“铜叶会簿”——第一本颁给李阿发的“礼锦堂”，命他穿过大沥四堡，经黄竹岐沿着广州城西向北经略，挺进金利司恩洲堡，负责监视城北一带的官军，打通与“德武堂”之间的联络；第二本颁给“虎头仔”的“礼红堂”，命他自黄竹岐向南进军至龟岗岛一线，负责监视省河水道与河南水道，打通与“德信堂”之间的联络；第三本颁给冯天善的“礼明堂”，命他出石湾镇挺进澜石乡一线，负责监视南海县和顺德县交界处的“正义会”，打通与“兴义堂”“德义堂”之间的联络，共同组成针对“逍遥门”的防御阵线。

毕竟是堂口草创时期，“礼锦堂”“礼红堂”和“礼明堂”各辖一营人马，合计一千五百余兄弟，几乎是“德礼堂”的全部家底。南海县为广府首县，战略位置极其重要，这些兄弟在三条战线上撒出去，仅能确保部分战略要点，同时对付清军、红毛鬼子、“逍遥门”和对洪门怀有敌意的地主武装，兵力明显不足。陈开等人不得不暂时放弃李文茂的精兵战略，从江湖上招募散兵游勇，编成一营人马防守西海大寨。至于佛山堡，只能依靠“粤安社”和各个商铺储备的力量。

在最紧张的时刻，好消息一一传来，从“洪义堂”“红旗帮”和“义胜堂”三条渠道陆续得知英军开始南撤，即将返回虎门口与广东官府展开和谈。军师叶兆隆紧急召集各堂龙头到西海大寨商议对策，大家最后达成共识——

清廷没有识破红毛鬼子的险恶用心，以为果真能够议和止戈休兵。罢免林则徐还则罢了，此刻起用琦善这个满人，无异于向天下昭告清廷对汉臣的戒备，必将激起广大民众的不满。另外，洋人在士绅和百姓的心目中形象丑恶，清廷与鬼议和，实属自掘坟墓。

综上所议，统治者动辄得咎，无论战与和，都离倒霉的日子不远，洪门即将迎来奋起的千载良机。经过一番讨论，叶兆隆认定琦善此次南下议和纯属剃头挑子一头热，与红毛鬼子的战事必不可免，遂修书一封，命黄三全去丹霞山送交李文茂；另遣一路信使至黑石顶，把这个判断呈报给至善禅师。陈开回到西海东寨，觉得北路和东路防线至关重要，于是命王山公负责督促“礼锦堂”，宁洪崖负责督促“礼红堂”，加强两路人马的指挥。他与“逃军和”留在西海大寨日夜操练人马，希望把招募来的散兵游勇训练为精锐之师。

铜锣、响板是佛山堡午后独有的和声，祖庙、华光庙、盘古庙、舍人庙、琼花会馆、山陕会馆、莲峰会馆、江西会馆、潮蓝行会馆、金玉堂、华德堂等处戏台同时开锣，优美的歌曲把汾江河装扮得羞怯宜人，美不胜收。大戏开锣后，依然有姗姗来迟的贵宾，吴荣光只好留在正埠码头尽地主之谊。正在这时，何家的大船缓缓驶来，太阳照射在“红心”和“白皮”身穿的戏装上，反射出点点星光。为了羞辱女人，何府家丁特地在“红心”和“白皮”的胯下塞了根木棍，远远看去如同身体被刺穿一样。

士绅云集的正埠码头，突然出现这样煞风景的一幕，人群不由得发出一阵骚动。吴荣光年老体衰，脚本来就有点跛，这一下更加站立不稳。“银刀秀才”怒不可遏——“百齿鲨”公然来到正埠码头寻衅滋事，明显是冲着吴家来的。如果不把这家伙的嚣张气焰打下去，别说自己的位置坐不稳，连“大魁堂”的招牌也会被佛山百姓砸个稀巴烂。他摸了摸刀柄，一个箭步冲上去，沉着脸问：“何爷，你这是唱哪一出？”

“百齿鲨”自船头飘然落地，双手抱拳，笑容可掬：“何某路经临海庙，发现这群窃贼在太尉像前祈祷认罪，故此将其捉来，听候发落。”

吴璧光强行压住火气：“好啊，你把人解下来。”

“那不行，”何玉山拒绝，“藩库失银案乃轰动三省的大案子，五斗口巡检司无能，这些窃贼不能交给他们审理，起码得送到南海县大堂。”

吴璧光火了:“既然何爷想把窃贼送到南海县衙门,来本埠作甚?”

“哎,”“百齿鲨”拉了一个长调,煞有介事地说,“四爷,这些鼠辈不光祸害了省城的藩库,而且在佛山堡如入无人之境。别人家我不知道,反正我们何家在佛山堡的当铺和银铺损失巨大,差点没把裤子赔进去。我们每年该割税的割税,该缴纳钱粮的缴纳钱粮,是个守法经营的本分户。‘大魁堂’历次劝捐从没落下过,你说我不该讨个说法?”

“你要什么说法?”吴璧光七窍生烟,“拿贼是公门的事,与‘大魁堂’何干?”

“百齿鲨”拱手向四周行礼:“话不能这么说,‘大魁堂’管的事还少吗?窃银案子这么多年破不了,各家银铺和当铺遭受无妄之灾,叫苦连天。‘大魁堂’没有直接责任,也有疏于督察之嫌。各位高邻,何某的话是否在理?”

藩库失银案既为高悬在广府各大衙门头上的一川洪水,也是系在“大魁堂”脖颈下的一颗炸雷。佛山堡银铺和当铺丢失的金银不在少数,商户们对文武四衙怨声载道,“大魁堂”为此没少挨骂。“百齿鲨”这套说法是何士良编造的,在家里背了个滚瓜烂熟,一说出口立刻引起了共鸣。有的人窃窃私语,有人指指点点,仿佛在埋怨“大魁堂”办事不力。吴璧光像被当众剥掉了裤子,有苦说不出——明明是“百齿鲨”强龙过江,来佛山堡登门踏户,一转眼却变成了替天行道的正义使者。“银刀秀才”朝后面使了个眼色,苏文锦率人一拥而上,准备强行登船救人。“百齿鲨”退后三步来到水边,拔出佩刀,瞪起了牛铃般的眼珠子:“大拇哥挖鼻孔,光天化日之下,尔等竟然敢动粗的?来来,有多少人何爷都接着。老子就不信,堂堂的忠义乡,难道没地方说理去?”

人间无论何处,穷鬼总比富人多。

这边苏文锦挥刀与“百齿鲨”战在一处,那边早有无数乞丐跑去送信。“粤安社”门前突然围拢了一堆蓬头垢面的叫花子,王山公和梁锡佳带人出门察看,老乞丐区建瓴立即从后面蹿到了前面:“王老爷,梁老爷,大事不好,大沥堡的‘百齿鲨’寻吴老四的晦气,不知道为啥把‘红心’和‘白皮’当替死鬼拿了。五花大绑挂在船头,让人家穿了糖葫芦,这么粗的木棍从下面穿进去,真是造孽呀。”

王山公瞥了他一眼："别瞎说，身子穿透了，那还有个救？"

"红心"和"白皮"没有放弃卖肉生理，"德礼堂"内部颇有微词，觉得她们在给陈开脸上抹黑。王山公是这种意见的代表，梁锡佳不以为然："王老爷，穷人卖皮卖肉没什么了不起，你要是嫌丢人，回头我让玉珠说说她们。"

大沥堡是广州到佛山堡的水陆要津，处于"德礼堂"北路防线的核心区域。王山公还没有去找何家的麻烦，"百齿鲨"倒先肥猪拱门，不拾掇他拾掇谁？然而，收拾"百齿鲨"即意味着替吴璧光解围，王山公心里有些不爽："吴老四这个狗东西，总能捡到便宜。"

"大龙头在西海整军经武，咱们不能让他分心。"梁锡佳断然道，"姓何的这个瞎眼贼，敢拿大龙头的妹子，我看他是活腻味了，你不去我去。"

一群乞丐推着木制敌楼狂奔而来，由于逆风行驶，木楼上的四根旗杆折了一半，"王不吃素"四个字只剩下"王素"两个。王山公正要申斥楼顶的"葫芦发"，突然笑逐颜开，对梁锡佳摆了摆手："不劳大驾，王某自会教训这个狗贼。"

他招手把"葫芦发"叫下来，自己飞上楼顶，在一群乞丐的簇拥下冲向正埠码头。望着木楼远去的影子，"葫芦发"感到奇怪："我师傅吃错药了？变脸咋比翻书还快？"

温秉智嘻嘻地笑道："这两个字倒过来念是素王，就是孔夫子。"

"素王"这两个字果然厉害，乞丐们将木楼推到正埠码头，众绅士纷纷让开道路。何壮昭惊讶地喊："山公，你好大的胆子，竟然敢自比圣人？"

"百齿鲨"名不虚传，连败苏文锦和马永炽两位高手，正和吴璧光战在一处，木楼一到瞬时抢了他们的风头。吴荣光等人无不翘首打望，王山公心中大是得意，从楼顶跃下，向吴荣光施了一个礼："吴方伯，晚辈这厢有礼了。"

王山公平日里专门和"银刀秀才"为难，吴荣光早知道有这么一号古怪的人物。他回礼后困惑地问："贤侄，你这两面旗子是什么意思？"

"方伯多虑了，"王山公回答，"旗子上是王素而非素王，圣人谁敢唐突？"

见对方彬彬有礼，不像落井下石的样子，吴荣光放心了："那好，那好。"

正埠码头围满了人，不少是从广府各地来的名流，正是扬名立万的好机会。王山公朝四周抱拳拱手："各位贵宾，各位高邻，王素虽非素王，但有一颗仰慕素王之心。佛山堡从前朝起即为忠义之乡，诗书礼教样样不短，当然是个讲理的地方。今天何爷想讨个说法，在下便和他细细理论，方显本镇待客之道。”

话音未落，“银刀秀才”刀法凌乱，被“百齿鲨”的刀刃划过右肩，在地上一骨碌滚出去十来丈远。手下人慌忙搀扶，只见吴璧光浑身是血，狼狈不堪。王山公痛快极了：“四爷，你平时伶牙俐齿，温文尔雅，怎么跟何爷动起了粗？”

吴璧光顾不上和王山公斗嘴，用手指着船头上的“红心”和“白皮”：“王老爷，姓何的捉拿无辜，你看清楚，这两个女仔可是陈掌柜的妹子。”

王山公脸色一变：“吴老四，你给我记住。今天王某不是替你出头，而是为了合镇父老，尤其是‘黄豆堂’的叫花子。”

吴璧光喜出望外：“好好，你说什么都行。”

王山公走到“百齿鲨”面前：“姓何的，你说得在理，捉拿窃贼理所应当。可是你不该胡乱拿人，草菅人命。进临海庙上香的人就一定十恶不赦？穷鬼就该一辈子破衣烂衫？人心只要长歪了，纵然你说得天花乱坠，那也是阎罗殿里的告示，鬼话连篇。”

“百齿鲨”没想到抓来的十七个人中竟然有陈天义的两个妹子，心里后悔不迭，但事已至此绝不能当缩头乌龟。他以“摧心掌”名震武林，一双肉掌开山裂石，平生罕逢敌手。其武功与邝能不相上下，除了“小元霸”，佛山堡没有人能搁在他的眼里。

“你想干啥？”他盯着眼前这个小白脸。

“看见没？”王山公指了指后面的牌坊，“佛山堡是个风雅之地，即使比武也不能像你们大沥四堡那么粗鲁。今天这桩事公说公有理，婆说婆有理，说清楚怕要磨些嘴皮子。咱们都是七尺汉子，同为武林中人，不可效妇人之状。这样吧，你我二人各击对方胸口三掌，谁身子骨能扛得住，就说明谁的心平日修炼得正，谁就得理，怎么样？你来先。”

“银刀秀才”一听，惊出了一身冷汗——“百齿鲨”以掌力著称，王山公如此托大，不是狗仔进茅厕——找死（屎）吗？他出言提醒：“王老爷，万万不可。”

“百齿鲨”像看怪物一样盯着王山公，过了半天，才说：“此话当真？”

"那当然,"王山公轻描淡写地说,"每人三掌,打死勿论。"

开弓没有回头箭,当着黑压压的人群,"百齿鲨"无法后退,只得心一横,右掌使了八分气力,喝一声:"既然你存心找死,那就休怪何某手下无情。"

这厮挥掌猛击,"砰"的一声,王山公被打出两丈多远。"百齿鲨"抬头一看,脸色顿时变得煞白。只见王山公从地上爬起来,擦去嘴上的血迹,乐呵呵地走回来:"心有三层,第一层是血,何爷,好本事。"

"百齿鲨"如遇鬼魅,右掌使出十分气力打出去。王山公倒退一丈,从地上爬起来后揉了揉胸口,仿佛自言自语:"第二层是气,怎么只有骨头响,没有气息?"

"百齿鲨"豁出老命拍出第三掌,王山公纹丝没动,反手揪住何玉山的脖领子:"第三层是光,不才眼冒金花,看不清是哪一家的光。轮到王某教训你了,第一掌打你诬良为盗,心肠太弯;第二掌打你欺负穷人,心肠太暗;第三掌打你不敬梨园,心肠太浅。"

三掌落下,"百齿鲨"被击断胸骨,口鼻流血,两眼翻白,卧地不起。王山公赢得了乡亲们訇然雷动的喝彩声,瞅那架势,大伙不像观武,倒像是在戏棚赏戏。

（第二卷完）

西江英雄傳

XIJIANG
YINGXIONG
ZHUAN

第三卷【龙剑出世】

徐炜 著

南方日报出版社
NANFANG DAILY PRESS
中国·广州

第八十一回　飞头杀人

自林则徐上任以来，佛山堡各大豪门跟着官府整军经武，抓了一年多的汉奸，没想到朝廷突然变“剿”为“抚”，和红毛鬼子称兄道弟拍起了肩膀。别说民间怨声载道，就连士绅们脸上也臊烘烘的没法出门。冬月初六凌晨，一等侯、文渊阁大学士、钦差大臣、新任两广总督琦善的官船抵达正埠码头。琦善撩开帘子一瞅，“接官亭”下空荡荡没有几个人，吴荣光和李可琼两位在籍大佬均没露脸，气得连一只脚也没迈出去，立命船队疾驰而去，把文武四衙的官员和吴璧光等人甩在了刺骨的寒风里。

官员们胆战心惊，觉得不是好兆头，匆匆辞别。苏文锦忧心忡忡地说：“坏了，钦差大人一定是听到了什么谗言。”

官场的规矩历来是一朝天子一朝臣，一只花猫一窝鼠。两年来，林则徐不断派遣张维屏和梁廷枏等一干老友穿梭于省佛之间，向吴荣光和李可琼讨教抗英方略，其深厚的友情几乎无人不知、无人不晓。琦善作为新任两广总督，承担的使命与林则徐背道而驰，上任后绝对不可能重用林则徐的同党。另外，朝廷对地方乡绅借机扩充武备始终心怀戒惧，作为本朝最精明干练的满族官僚，琦善能容忍“大会馆”这支训练有素的武装吗？再往深里说，他能容忍吴家继续控制“大魁堂”和佛山堡吗？

屈指数来，“银刀秀才”把持“大魁堂”的权柄将近十年了。在这十年中，麻烦出了一堆又一堆，当官的换了一拨又一拨，强敌挑衅了一次又一次，唯有他吴老四屹立不倒。吴荣光回到佛山堡后，以士绅领袖的身份影响地方施政，上至两广总督，下到五斗口巡检司，所有的官员俱要给吴家三分薄面，如此豪横的势力，朝廷能容忍吗？

“银刀秀才”心烦意乱，坐在轿子里如居云端，耳朵里灌满了呼啸的风声。轿子到了崇正社学的门口，苏文锦搀扶他下轿：“四爷，既然朝廷要和洋人签订城下之盟，咱们招募的这些铺丁是不是该散了？”

苏文锦的意思再明显不过，琦善上任后的第一把刀，肯定是瞄准地方武备而来，与其等着人家拿刀砍脖子，不如早点把招募来的人马散了，省得自讨没趣。吴璧光苦涩地看了一眼把守在门口的铺丁，这些小伙子清一色的高个头，挎刀提枪，怎么看怎么威武。倘若假以时日好好训练，必是一支骁勇善战的生力军。

“晚了，”吴璧光气哼哼地说，“不吃羊肉惹身膻，这趟挂落咱爷们是吃定了。”

“大魁堂”毕竟不是吴家的“大树堂”，太公分猪肉，人人都有份，怎么说也该轮到梁家出面执政了。“银刀秀才”心里明白，吴荣光回到佛山堡只是暂时稳住了自己的位置，这点老本迟早要吃干抹尽，前段时间“百齿鲨”公然挑衅就是一个例证。

提起“百齿鲨”那档子事，吴璧光心里非常复杂。鹬蚌相争，渔翁得利，王山公反击“百齿鲨”三掌，在佛山堡大出风头。一个王山公没有什么了不起，可他后面是陈开，陈开后面又是李文茂。人世如戏棚，同样的事几乎无时无刻不在重演——朝廷和洋人刀兵相见，最终得利的却是穷棒子和洪家兄弟。李文茂、陈开和王山公的身份众所周知，自己训练的这几千号人马前脚遣散，“德礼堂”后脚便会将其收入囊中，一锅好菜白白送进人家嘴里。照此下去，佛山堡不是姓吴的佛山堡，也不是姓梁的佛山堡，而是姓陈的佛山堡。

对陈开有认识的并非吴璧光一人，更有“阴阳生”和贝尘鹤哥俩。

“阴阳生”这两年法术提高得很快，他的精气神传递到“枫子鬼”的身上，后者的杀人技艺和身法也是一日千里。凡事有一利必有一弊，“枫子鬼”在功力提高的同时，身上的人性越来越浓，跟“阴阳生”一样，变成了一个阴阳人。

阴阳人是有苦恼的，从徘徊彷徨到认可雌雄同体需要一个心理过程，人犹如此，更何况一截子木头疙瘩？“阴阳生”没有办法，只好不断地向贝尘鹤借“测阴珠”，治疗“枫子鬼”的心病。对阴阳人来说，“测阴珠”堪称至宝，当“枫子鬼”身上阳气充足、自认为是一条汉子的时候，“测阴珠”能够为他指示方向，告诉他世间的好女人在哪里，当“枫子鬼”身上阴气压倒阳气的时候，“测阴珠”是一面镜子，让她做一个更地道的女人。有此种种妙用，“枫子鬼”疯狂地爱上了“测阴珠”，简直须臾难分难舍。

“阴阳生”郑重地对贝尘鹤说：“老弟，把珠子卖给我吧？”

“韩爷，不是兄弟舍不得家伙，”贝尘鹤一口回绝，“这枚珠子是本门法宝，我借给你用已经违反了门规。要是让我师傅知道，还不把我的皮剥了？”

“阴阳生”出自粤西，对西域雪山派的那几个大魔头有一种本能的畏惧心理。他望着从顶棚垂下来的那根赤金线，愁眉苦脸：“飞头鬼现在根本离不开你的珠子。”

贝尘鹤眼珠转了转：“也不是没有变通的法子。”

“什么法子？”“阴阳生”大喜。

“你拿宝物来换，”贝尘鹤指点，“比如说无情剑之类的。”

“阴阳生”顿时泄了气，普天之下可能是无情剑的只有两把名刃，一柄是武林至尊金蟾道士的“八魔刃”，一柄是名将杨芳的“新月剑”。“八魔刃”想都别想，谁敢到武林至尊的老虎嘴里拔牙？除非活得不耐烦；至于那柄“新月剑”倒是可以琢磨琢磨，杨芳现任湖南提督，从佛山堡到长沙府路程不算遥远。但提督府戒备森严，杨芳本人久经沙场，武功高强，想从他手里盗取“新月剑”恐怕也不太容易。

贝尘鹤仿佛看穿了他的心思：“韩爷，那截子木头疙瘩越活越机灵，你倒是越活越抽抽了。排兵布阵杨芳有两下子，一对一单挑，你怕个鸟？明的不行来暗的，佛山堡有的是铸剑炉户，你仿造一柄‘新月剑’，把飞头鬼派去不就行了？”

“对对，你看我怎么把这茬给忘了？”“阴阳生”不好意思地说，“阿鹤，你帮了老哥这么大的忙，有事尽管开口，老哥替你办。”

贝尘鹤摸了摸自己的脸蛋：“我能有么事？哎，还真有一桩。宁老二这头烂蟹，前些日子放了一只大白鸟，坏了老子的好事，你帮我收拾收拾他。”

“阴阳生”对陈开和“逃军和”耿耿于怀，一直在等“枫子鬼”法术修成，好一举铲除这两个心头之患。他眯着眼睛笑了起来：“那四头烂蟹没一块好饼，恨他们的人不止咱哥们。不信的话，等着瞧，马上就会来一个。”

话音刚落，小乙飞快地跑了进来，“韩爷，吴四爷来了，已经到了大门口。”

吴璧光进入藏经阁时，贝尘鹤已经退避一旁，屋子里只剩下“阴阳生”抱着七星剑和三角令旗闭目养神，坐在蒲团上专候他的到来。幽魂灯的光芒泻在水田衣上，经过那条金丝，分别射向天棚的河图与地面的八方九宫阵，屋里的气氛显得诡异重重。“阴阳生”睁开眼睛，打了个稽首：“无量天尊，四爷，钦差大人没有来？”

“人家是口含天宪的钦使，祖坟里冒青烟，生下来就吃铁杆庄稼。”吴璧光自嘲，“吴某一介草民，谁把我当回事？”

“呵呵，”“阴阳生”笑了笑，“四爷，琦相聪明绝顶，在刑部有白面包龙图之称，驭下严整，出手豪阔，可惜性子傲了一些，否则早坐上领班军机这个位置了。”

吴璧光叹了口气：“人家不是看不上‘大魁堂’，不是看不上灵应祠的鸾坛，而是看不上我吴某人。道爷，你是沾了我的霉气。”

“未必，未必。”“阴阳生”摇了摇头，“琦相这次奉旨议和，自然用不着本镇法术。倘若鸾坛所占不合心意，岂非自取其扰？四爷，有一句心里话贫道必须说，琦相和林大人尿的不是一个夜壶，你弄座木制敌楼戳在正埠码头，十里八里地都能瞅见，他能高兴吗？”

吴璧光把脸一沉：“道爷，那座敌楼不是吴某人弄的。”

“我知道是王老爷的。”“阴阳生”继续挑拨，“不过今天是特殊日子，你可以花点钱请他挪个地方，省得钦差大人怪罪。”

吴璧光压不住火：“丢他老母，老子凭啥给他掏钱？”

“你看我这张嘴，又惹四爷不高兴，不说了，不说了。”“阴阳生”问，“四爷，朝廷这次弯子拐得有点急，只怕将来麻烦不小。而今街面上老百姓议论纷纷，连要饭的叫花子提起朝廷都不屑一顾，官威何在？体统何在？”

吴璧光郁郁地说：“谁说不是？前些年做买卖的时候不把鬼子当人看，眼下在定海被人家打得七荤八素，刀抵在脖颈上才想起议和，这不是把人丢到了姥姥家？”

“难道说天真的变了？”“阴阳生”自言自语。

吴璧光饶有兴趣地盯着对方，这个粤西道士从前名声不佳，现在竟然能继承“鸡公”的衣钵开设鸾坛，他到底有多大的道行呢？吴璧光试探：“这个我得问你。”

“阴阳生”乐呵呵地说：“四爷，琦相不来，你索性占上一卦，看看朝廷和红毛鬼子这次议和能不能谈得成。”

吴璧光心中一动，默默地点了点头。

金线摇动，鸾笔书写。吴璧光拿起纸片一看，上面就一个字：“杀。”

“阴阳生”决定出手，命“牛鬼窟”和宫鹏飞师徒秘密侦查，希望挑一个陈开四兄弟都在佛山堡的佳期，争取一举歼灭，毕其功于一役。“牛鬼窟”师徒兴奋异常，接连在佛山堡周围蹲了四五天，终于发现陈开自西海大寨返回，在“粤安社”召集众头领议事。

“阴阳生”生怕走漏消息，动手那天严禁灵应祠的道士出门，里面加了岗哨。宫鹏飞领着小乙在旁边的酒铺吃酒，眼珠时不时地朝门口溜。小乙这些年一直跟随“阴阳生”，做了他的入幕之宾，猜到今晚有大事发生，便问：“宫爷，谁又倒霉了？”

宫鹏飞神秘地摆了摆手：“不该问的别问。”

“怕啥？”小乙不解，“里面有‘小蒲扇’看着呢。”

“小蒲扇”是“神算子”最宠爱的娈童，宫鹏飞始终没有勾搭上手，淫笑着问：“听说那小子长了一个九曲十八弯的莲花宝器，是真的吗？”

小乙饮了一盅酒：“你试试不就知道了？无非多花点钱而已。”

宫鹏飞悻悻道：“韩爷不让动。”

“牛鬼窟”师徒为人蛮横粗野，小乙等道士平时敢怒不敢言，小心伺候。

“小蒲扇”作为“神算子”的禁脔，在“阴阳生”的亲自干预下，才免除了被糟蹋的命运。想到这里，小乙心里涌起了一阵酸楚：“宫爷，你今晚打算睡冷板凳？”

“去他老母的。”宫鹏飞骂了句，搂着小乙的肩膀亲亲热热地说，“好久没有听莫二娘的调调了，吃完酒，咱俩到居仁里煲老藕，到时候你可别给我丢人。”

天刚擦黑，小乙扶着宫鹏飞醉醺醺地到了居仁里，老远听见莫二娘哼唱。进门一瞅，莫权光抱着琵琶伴奏，莫二娘正指点“红心”和“白皮”唱木偶戏。“红裤子”问：“宫爷，是哪家的请？”

“咱家的请，”宫鹏飞眉开眼笑，“带上你的家伙什，到宫爷家里唱一宿。”

“红裤子”指着“红心”：“带她俩吗？”

宫鹏飞拍了拍腰包：“老子今天荷包鼓，把你老公也叫上，让他弹琵琶。”

“红裤子”提议：“既然这样，宫爷再添两个茶水钱，就在我家里得啦。”

“行啊，”宫鹏飞摇摇晃晃朝屋里走，“快伺候宫爷醒酒。”

趁着宫鹏飞和莫二娘打情骂俏的时候，小乙出门到了宁二少家，叫了半天无人应声，只好奔王山公家而去。小道士非常机灵，知道“阴阳生”最恨的人是陈开，今天夜里必然对陈开等人行刺。“枫子鬼”太可怕了，“阴阳生”用它干了无数见不得人的勾当，像小乙这种人迟早要被杀人灭口。与其坐以待毙，不如给自己留一条后路。

王山公不在家，大老婆回了娘家，开门的是哑巴。小乙指了指屋里，又拿手在脖子底下比画了一个刀砍的动作，便匆匆离去。望着他远去的背影，哑巴十分纳闷——下午她刚刚买了只公鸡偷偷炖了汤，母夜叉都不知道，小道士从何得知？

三更时分，利刃出鞘！

街道上的灯光依旧光彩照人，只是风，比往日提高了调门——说秋风不是秋风，说冬风不是冬风，说水风不是水风，说山风不是山风，到底是什么风？

“枫子鬼”翱翔在佛山堡的天空，身体飘拂雀跃，伴随着风势尽情舞蹈。它似乎不是一个执行绝杀的刺客，而是一名唱和天籁之音的舞者。

今夜的风，是枫叶的心动！

枫树是天地间最灵动、最敏感的植物，神灵曾经赋予它以纯粹自然的灵魂。天地间任何一丝细微的吹拂都逃不过它的耳力，都能惊醒它那颗敏感的心。每当天地萧瑟，无尽风华残褪于深秋的巷陌，在凋零之雨中化为污泥，肩扛着最后一面旗帜的，不正是满山的红枫吗？

那些鲜艳的面庞自晨曦出发，脸上涂抹的油彩冰冻未解，在阳光下描绘秋日的辉煌，在寒风中缝补驳裂的长衫，在黄昏里歌唱来年的重生。大自然所有的心最终将走向人心，没有比人心更敏感，更混沌，更脆弱，更坚强，更决断，更犹豫，更多情，更无情，更属于自我，更背叛自我的——枫叶的心亦是如此！

“枫子鬼”期待这个奇妙的旅程，自从有了“测阴珠”的滋润，它的功力远胜四年前斩杀“蛇鬼窟”的那个时候，从而成长为一名真正的刺客。它不仅具备了大多数的人性，而且给自己画了一副耳朵、一个鼻子、一双眼睛。它的刀更快，出手更加凌厉和精确，能够在复杂多变的情况下做出正确的判断，校正“阴阳生”从远处发出的指令——它已经形成自我，拥有了属于自己的判断力。“枫子鬼”真的变成了一个人，因为它不但拥有缜密的思维，而且有了审美和尊严，虽然，它还没有完全发育出一张人的脸！

今天夜里，以枫叶为心的它，变成了她。

“枫子鬼”御风而行，没多大工夫便降落在王山公家的屋脊上。她把面具摘下来，端端正正地挂在陶塑狮子上——以本来面目示人，这是刺客应有的风度。

“枫子鬼”没有急于动手，而是坐在屋檐上享受了一会夜的静谧，然后像人一样张开嘴呼吸了一口空气——当然了，她还没有嘴。“枫子鬼”抽出短刀，抬头看，天上弦月如钩，仿佛按照自己手里这把兵刃打制而成。杀手笑了，破窗而入。

木床上躺着一对男女，桌子上摆了一盆鸡汤。哑巴舍不得喝，而王山公回来后尝了一口便呼呼入睡。哑巴的臂膀搂着丈夫的脖子，公婆俩幸福地相拥而眠，这个姿势大大增加了王山公呼吸的难度，呼噜一声比一声大。“枫子鬼”皱了皱眉头——当然，她还没有眉头。

飞头鬼用人类的思维理解不了人类睡觉的姿势，这不是好肉上贴膏药，没病找病吗？对待这样的蠢货用不着多费脑筋，“枫子鬼”一把撩开被子，露出赤条条的两具裸体，右手挥刀狠狠地插进了男人的胸膛。这是既定的刺杀方案，众所周知，一个多月前“百齿鲨”打了王山公三记“摧心掌”，后者的胸口迄今伤势未愈，正是最脆弱所在。对“枫子鬼”而言，瞄准王山公的胸膛下手还有一层考虑——她最近对“测阴珠”产生了火一般的迷恋，却总是得不到对方的回应。此次刺杀王山公，她想把对方的心挖出来，看看人心到底是个什么玩意。

陈开、王山公、宁洪崖、叶二和进入“六祖心经”第二重境界修炼以后，逐渐依据自己的心得各奔他途。陈开致力于培本固基，仍然专注于关元穴；王山公痴迷心学，把修炼的重心挪到了中丹田的膻中穴，真气充溢在中丹田各大穴道，使得胸口坚硬如铁，这便是“百齿鲨”三掌打不倒他的原因；宁洪崖喜欢唱戏，不知不觉将真气引向上丹田；“逃军和”身上的真气不管如何牵引，最终都会回到下丹田的阴交穴，他只好认命，把胯下的家伙练得越来越长。

人在睡梦中根本意识不到危险来临，遑论什么自我保护和对抗？这时候起作用的不是头壳里的意识，而是平日修炼的真气。“枫子鬼”一刀刺下，立刻激发了淤积在中丹田内真气的强烈反弹。刀头向下一分，真气反弹的力度便增大一分。等刀尖堪堪触及心脏，中丹田的真气訇然爆发。这一下可不得了，反弹的力道将“枫子鬼”的短刀格开，同时把王山公的五脏六腑震了个翻天覆地，刹那间血脉倒灌，紊乱了王山公的神经系统。

随着短刀被震出体外，一股磅礴的血柱迅猛飞出，不但浇湿了“枫子鬼”全身，而且将她撞了一个趔趄。“枫子鬼”差点失手丢了兵刃，旋即闪出窗外，落到屋脊上坐下来。她手按胸口惊魂未定，心里暗暗吃了一惊，好扎手的对头！

王山公从梦中痛醒，本能地用手点住膻中穴，止住伤口。哑巴感觉到皮肤上的毛孔冷飕飕地打战，睁开眼睛探手一摸，被子不知道啥时候给蹬开了，再用手一摸身下的床单，湿乎乎的又黏又稠。她慌忙点亮油灯，只见王山公胸前血迹斑斑，床单红了一大片。女人惊慌失措地咿咿呀呀起来。王山公心智已乱，以为前些日子“百齿鲨”造成的伤口又裂开了，不耐烦地朝哑巴挥了挥手，一口气吹灭了油灯。

哑巴不敢出声，公婆俩依偎着慢慢进入了甜蜜的梦乡。

风呜呜地吹，只是已经变了调子。“枫子鬼”在房梁上目瞪口呆，这都是啥人啊？

疑者不杀，乃是刺客永恒的信条——目标诡谲，条件变化，皆为不利因素，顶尖的杀手都是一剑封喉，从来不用第二刀，不打无把握之仗。“枫子鬼”这么想，远在灵应祠指挥的“阴阳生”也是这么想。“枫子鬼”统一了认识，重新把面具扣在头上，离开王山公家，向不远处的东南巷飞去，开始刺杀第二个猎物。

宁洪崖这个目标相对比较简单。

“枫子鬼”到现场一看，刺杀条件远远超过了预期，让她有点不敢相信——宁洪崖一个人住，他从“粤安社”出来后又喝了一场酒，醉醺醺地回到家甚至忘了关门。屋子里的油灯明晃晃地亮着，因为酒后燥热难当，他把衫子的衣襟悉数解开，露出光溜溜的胸膛和肚皮，仰面躺在床上，似乎专等着别人来下刀子。

“枫子鬼”犯了踌躇，刚才刺杀王山公失手，让她对心窝这个地方产生了恐惧，该朝哪儿下手呢？脖子显然不行，这家伙好像是个唱戏的，脖子围了一圈鸡毛翎子，那里面会不会有什么机关？这回务必一击而中，不能再失手了。

“枫子鬼”的背囊里不只有刀，还有一把十来斤重的铁锤。小木头人思忖片刻，放下刀换了铁锤在手，纵身跳到宁洪崖的床前，决定从头部入手。

头部有几处致命所在，一个是天灵盖，一个是太阳穴，一个是印堂穴。“枫子鬼”根据宁洪崖的睡姿选择了印堂穴，她运足气力凌空一击，铁锤重重地砸在宁洪崖的两眉之间，登时眉骨开裂，两只眼眶灌满了血。幸亏宁洪崖平日练的是上丹田，真气集中在印堂穴周围，否则要是换成别人，头盖骨早被拍了个稀烂。宁二少吃疼不过，朦胧中发现一个模糊的身影，没等他直起腰来，“枫子鬼”右手抡起铁锤，照着印堂穴又狠命地砸了一家伙，宁二少仰面重重地跌倒在床，随即昏死过去。

宁洪崖的血四溅飞散，落在“枫子鬼”身上的并不多。总算干掉了一个。

木头杀手心满意足地瞥了一眼战利品，愉快地飞上屋檐，拎起刀子和铁锤飞向汾江河——在执行下一个刺杀任务前，她打算先去洗个澡，谁让她认识了枫叶，懂得了美？

冬夜的汾江河水冰冷刺骨，正埠码头没有了白昼的喧嚣，灯红酒绿的汾流大街掩映在高大的“忠义乡”牌坊后，被木制敌楼遮没。“枫子鬼”非常得意，在河里泡一会，便抬头瞅一眼失去了主人的木楼。这种得意的心情没有持续多久，“枫子鬼”忽然开始烦恼起来，身上的血迹怎么总也洗不干净？

难道人类心口的血，这般难灭？

确实如此，王山公心口的鲜血与众不同，里面充溢着他修炼的第三道真气，泼在木头人的身上如附骨之疽，一点点向体内侵蚀和渗透，可惜“枫子鬼”的修行不够，尚未领悟到这一点而已。小木头人困惑异常，又想不出别的办法，只好沉到河底，捞出淤泥涂抹全身，希望能够掩盖身上的血迹和心头的烦恼。

“枫子鬼”涂抹完毕，刚从河底飘上来，只听“吧嗒”一声，头顶挨了一记石子。有人在岸上气咻咻地骂：“我的话，你咋就不信呢？”

这一击砸得突如其来，“枫子鬼”吓了一大跳，以为自己露了行踪，头朝下急急忙忙把身子扎进河里，游出老远一段距离才冒出头。河堤的阴影里坐着一个胖子，手捏一只灌满了水的猪尿脬，一边发呆，一边发牢骚。

“枫子鬼”如果有嘴巴，一定会惊讶得大叫起来，胖子手里的东西正是那只刀砍不断的猪尿脬。这个东西甚是滑溜，无从着手。去年她从虎门开始追赶，一口气撵出了三个月，最后仍然败兴而归。只听那肥胖子絮絮叨叨：“你给我评评理，宝贝，姓王的是不是不够意思？阿荣的师傅还教他打木人桩，姓王的倒好，让老子夜里在河边打坐参禅。”

“枫子鬼”虽然是一截子木头，但她比“葫芦发”这个浑人有见识——打坐参禅修炼的是内功，比打木人桩之类的外功强得多，这个呆子真是不可救药。

“人啊，最怕的是没眼光，不识好汉，老子用不着他教。”朱发继续嘟囔，“你看我就有眼光，知道你是下凡的真龙，有一身好本事……”

猪尿脬纵然有本事，那也是逃跑的本事。“枫子鬼”正准备赏“葫芦发”

一刀，从他手里夺走猪尿脬，忽然，从对面的鹰嘴沙传来一阵琵琶声，以及一阵凄婉的唱腔：

有日月朝暮悬，
有鬼神掌着生死权。
天地也只合把清浊分辨，
可怎糊涂了盗跖颜渊？
为善的受贫穷更命短，
造恶的享富贵又寿延。
天地也，做得个怕硬欺软，
却原来也这般顺水推船。
地也，你不分好歹何为地？
天也，你错勘贤愚枉做天！
哎，只落得两泪涟涟。
…………

"葫芦发"听完后，把猪尿脬里的水灌进喉咙，站起来用手指玩着猪尿脬，一边向汾流大街方向走，一边得意洋洋地哼唱："让我练，我偏不练，落得一个两泪涟涟。"

"枫子鬼"停下手中刀，没弄清楚这个胖子的意思——是"葫芦发"两泪涟涟，还是他师傅两泪涟涟？算了，这个笨蛋不在刺杀名单之列，姑且饶放他一回。

唱曲的是个麻风丐，第三个刺杀目标竟然喜欢麻风丐？"枫子鬼"用人类的思维理解不了人类的爱情。也正是由于这一点，她对"逃军和"十分钦佩，觉得他做出了枫树神才可能做出的伟大举动。"枫子鬼"贴着河面飞向对过的鹰嘴沙，转瞬间拐进了小河汊，水面上漂荡着几条阴森森的船。小木头人本能地停住脚步，警惕地向四周扫视。

她怕的不是麻风丐，也不是"逃军和"，而是那只天上的大白鸟。

"枫子鬼"静静地潜伏在小河汊岸边的草丛中，用她的眼睛？不，她还没有眼睛；用她的耳朵？不，她还没有耳朵；她是在用她的心灵，感知河面上吹过的每一丝风，倾听天空中鸟儿振翅的细微声响。不要小看“枫子鬼”的心灵，罗浮山那片枫树林存活了五千年以上，足够让飞头鬼分辨出白鹭与灰鹭的区别！

风缓缓地拂卷，“枫子鬼”突然发现刀身亮了起来，抬头一看，天上的月儿似乎刚刚自甜梦中苏醒，眼里放出烁烁的光彩。如果是普通人的眼睛，只能看到皎洁丰满的月辉，看不到月亮额头上苍老的皱纹；可“枫子鬼”能看到，她不只能看到，还知道那是一棵桂花树。

“天灯”里的树是枫树，月亮里的树是桂花树。木头人不清楚枫树是桂花树的前世，还是桂花树为枫树的今生，然而有一点她非常清楚——看到“天灯”她感受到的是泪水，看到月亮她感受到的是温柔。

在这个温柔的夜，她用刀子割人的脖子。“枫子鬼”心头闪过一丝奇怪的惆怅，纵身落到舢板的船板上，尽量温柔地用刀挑开被单，正打算一刀剁下，身体突然间僵住了——皎洁的月光下，她看得明明白白，“逃军和”的脸上也戴着一副面具。

这副面具与“枫子鬼”的面具完全不同，结构更复杂，形象更恐怖。说白了一句话，那简直不是人，简直就是一头猪。“枫子鬼”从没见过如此夸张的猪头，更让她气馁的是，无论从哪方面比较，自己的面具都逊人一筹。

首先是獠牙，自己的面具只雕刻了两粒，对方的面具却有四粒大獠牙，整整占据了面具的一半，个头根本没法比；其次是鼻子，自己面具的鼻子好歹中规中矩，可对方面具的鼻子突兀地顶起到额头，占据了大部分的眼眶位置，生生把眼珠挤到了两侧；然后是耳朵，“枫子鬼”十分惭愧，自家的耳力不错，但是面具的耳朵太小，以至于几乎瞅不见，与对方相比简直是天地之别，人家那双耳朵俨然是两只硕大的翅形提手；最后是轮廓，两个面具的轮廓基本上都是上窄下宽，区别在于人家的面具雕刻得太精细了——上部雕刻着锥形头盔，下部是一条勒紧下颌的战带，上下底部各自饰有星状图案。数了数星星，足有八颗之多！

“枫子鬼”被“逃军和”面具的煞气所笼罩，她不清楚对方是睡是醒，是不是和自己一样在面具后注视着对方。她手里握紧短刀，一动也不敢动，就这样面对面地僵持着，比拼起了耐力和神经厚度。也不知过了多久，猛然间空中传来一声灰鹭的嘶鸣，像炸雷一样打在“枫子鬼”的耳朵里，木头人再也承受不住心理的煎熬，倒滑三丈，如箭飞离了小河汊。

人戴面具，有时候，比鬼戴面具更加可怕。

五更天快过去了，“枫子鬼”落寞地来到“粤安社”，准备刺杀最后一个目标。她的心惴惴不安，升起了一股莫名的烦躁和怯意：一方面是因为惊魂未定，被刚才“逃军和”戴的面具吓得不轻；一方面是因为听说陈开武功最高，不容易对付。

“粤安社”非常宁静，一排木人桩无声地矗立在院子当中。如果搁在过去就热闹了，由于空间有限，教头们三班倒教授武艺，百十来号兄弟相互切磋，夜里根本没有熄灯的时候。前一段时间训练的那批兄弟编进了“虎头仔”的“礼红堂”和冯天善的“礼明堂”，新招募的合适人手还没有几个，因此一过三更天，大伙便早早安睡。

陈开没有回马三婆家，而是在“粤安社”后院的书房休息，这是梁锡佳特地为他留下的一个房间。李文茂把佛山堡和南海县这么重要的战略要地交给“德礼堂”，陈开心神不宁，如履薄冰，生怕有所闪失，落在其他堂口的后面，有负“小元霸”的信赖和重托。眼下“德礼堂”发展得一帆风顺，北、东、南三路各有进展，让他心里一块石头落了地。朝廷阵前突然换将，把深得民心的林则徐一撸到底，换上了自家人向红毛鬼子卑躬屈膝，签订丧权辱国的城下之盟，老百姓还不用唾沫星子将他们淹死？

官府种种举措无异于自掘坟墓，同时给洪门的发展提供了百年难逢的好机遇，各个堂口的兄弟无不跃跃欲试。针对琦善上任后的新形势，陈开白天布置堂口事务，送走王山公、宁洪崖和“逃军和”后心潮澎湃，在床上翻来覆去的睡不着觉。他索性一骨碌爬起来，披上长衫下地点亮油灯，把黄湘南送给他的那本《三国演义》取出来，在灯下认真阅读，细细咀嚼，越看越入迷，竟然毫无困意。

陈开挑灯夜读不要紧，可愁坏了屋檐上蓄势待发的木头杀手。“枫子鬼”的看家本领和绝技是偷袭，面对面的较量绝非陈开的对手。她摘下面具，执刀在手，蹲在屋檐上目不转睛地观察着屋里的一举一动，耐心地等啊等，等啊等，又是一场令人绝望的心理比拼。一直等到屋外雄鸡高唱，天都他妈的亮了，那厮仍然在灯下纹丝不动。

身在灵应祠藏经阁的“阴阳生”叫苦不迭，黑暗的杀手见不得天光，再拖延下去非暴露行踪不可，到了那个地步绝对得不偿失。然而可怕的情形出现了，由于“阴阳生”法术尚未修炼纯熟，尚不能和“枫子鬼”达致心心相印的默契程度，远在筷子街的小木头人经受不住一夜两次的心理煎熬，精神瞬间崩溃，犯了牛脾气，根本不听他的指挥。小木头人拿定主意，不达目的决不罢休，这次断然不能再失手。

“阴阳生”在藏经阁捶胸顿足，心急如焚，叫天天不灵，呼地地不应。小木头人没有学到人的智慧，倒先学会了人的倔强，一条道跑到黑。正面交锋，连自己都不是陈开的对手，她竟然打算白天与陈开决战，这不是狗仔钻茅厕——找死(屎)吗？

晨曦来了，它带来的不只是山重水复，还有柳暗花明。

风掠过低空，那是从上游奔腾而下的浩荡江风，风中掺杂着声声嘶鸣。“枫子鬼”抬头朝汾江河方向望去，只见一团白云翻滚着蔓延而来——不，那不是白云，更像是一枚枚鼓张跳跃的白帆，它们脱离船只和江河，疾速向陆地扑来。

原来是以“长烈钻”为首的一群白鹈鹕！

“枫子鬼”这辈子吃够了白鹈鹕的苦头，知道它大老远就能嗅到自己的踪迹，瞬间失去了决战的豪情，倏的一声，消失得无影无踪。

第八十二回　国土沦丧

由于常年在海上漂泊，因此疍家过春节的时候愿意多休息几天。从腊月二十开始，各家纷纷准备年货，同时把船拖上岸，修补、清洗完毕后抹油上漆，以备来年之用。

依照疍家的风俗，为了礼敬神灵，大年初一不能杀生，不得大吃大喝，只能吃斋。疍家的吃斋很有讲究，蔬菜里面要多吃生菜，取其"生财"之意；豆制品中像豆腐这样容易腐烂变质的东西也不能吃，否则会不吉利。

初二以后便可以放开肚皮吃喝了，疍家虽然以海为生，却不是什么海鲜都吃。老万山群岛一带的渔民最喜欢吃马鲛鱼，可以打边炉热气腾腾地捞着吃，也可以把马鲛鱼腌制起来，味道佳不说而且解腻。早上起来吃罢火锅，梁友义一家收拾东西准备出门，像鸡鸭鱼肉、千层糕和鞭炮之类的年货是不可或缺的。大头洲的千层糕远近闻名，制作最精致的属应五娘——把浸透的白米磨成水粉，取出一半，在铁锅里煮成糊状，比量着大约七八十度的时候将另一半倒进去，搅拌均匀加一些红糖；然后取出来盛在专用的铜盘里，先放薄薄的一层加热蒸熟，此后逐层增加水粉，最多可达十数层，比大名鼎鼎的佛山九层糕还要靓。

佛山堡的九层糕用来敬神和自家人吃，怕别人分享了自己的福气，而大头洲的千层糕则没有这个讲究。梁友义全家于初三上午到达香港岛，在廖其凯家里吃了顿饭，把老婆和老二梁兰桂放下，他带着大儿子梁兰槐到南山看望兄弟梁友德。

虎门销烟后，正常的贸易已经中断了一年多。由于英商盘踞在香港岛，自孟买驶来的货船都在大鹏湾到鲤鱼门一带的水域下碇，接货的行商和鸦片贩子如潮而至，港脚贸易的重心逐渐从伶仃洋上的趸船东移至香港岛，往昔荒凉的小岛骤然繁荣起来。

与梁家人一起来的有倪快嘴和狗仔娘，她们是慕名来香港岛观西洋景的。梁友义和梁兰槐走后，廖海珠去看望师傅翁老大。这两人随着她一起在村子里走了走，褡裢嫂满面春风地从铺子里出来："稀客，稀客，大过年的，你们咋有空来？"

倪快嘴撇了撇嘴："听说你发了财，还不让我们沾点光？"

褡裢嫂的杂货铺最近生意兴隆，她掩嘴笑道："好事不出门，恶事行千里，我不过多挣了红毛鬼子两个铜板，瞧把你们口水流的。"

狗仔娘大呼小叫："她嫂子，我见过红毛鬼子了，敢情长得跟咱们差不多，也是两条胳膊扛一个头壳，下面拖着两条腿，没见他们多长个啥玩意啊？"

"当然了，"褡裢嫂伸出手指，戳了一下倪快嘴的屁股，"那些嚼舌头的闲话都是她张嘴胡编的，你也信？"

"对了，"狗仔娘又问，"她嫂子，你说红毛鬼子衣服的扣子是银的，线是金的，我咋没有看到？难道是老婆子眼花了？"

褡裢嫂笑吟吟地说："我准知道你不服气，这次叫你开开眼，那些金银衣服是红毛鬼子兵船上的官爷穿戴的，他们停在尖沙咀的洋面。今天天色不早，咱们这些老胳膊老腿的就别翻山越岭了。到我家吃饭，明天起大早，带你们去见识。"

倪快嘴加了一句："好啊，你最好再教我们说两句鬼话。"

廖海珠一心想去师傅家里问安，不愿意和这几个老娘们东拉西扯，嚼洋人的舌头，便对褡裢嫂说："你们不用等，我在师傅家吃。"

翁家没有女人，翁亚九到现在也没娶上媳妇，家里乱得不成样子。廖海珠到师傅家里问过安，撸起袖子就开始埋头烧菜做饭，等把一桌子饭菜弄好，天上已经点起了星星。翁老大心疼地说："别忙乎了，赶快上桌吃饭。对了，你家老二呢？"

眼下已经过了"小散班"的假期，考虑到大头洲路途遥远，梁兰桂回一趟家不容易，布文水和"高佬忠"特地允许他在家多呆一段日子。廖海珠擦了擦手，给师傅斟了杯酒："大雾山给他三叔上坟去了，三狗、四狗一道去的，他们一群伢仔凑到一起，能不吃酒？"

翁老大叹了口气："唉，这安稳酒还不知道能吃几天？"

廖海珠奇怪地问："师傅，发生了什么事？"

翁老大手捏着酒杯转了转："去年腊月，官府在虎门口吃了败仗，新来的钦差大人一门心思议和，听说要把咱们村割给红毛鬼子。"

常年居住在偏僻的老万山群岛，廖海珠对发生在虎门口的销烟一无所知。梁兰桂回来也没有和母亲谈起这些扫兴的事，以免影响全家过年的情绪。她惊讶地说："不可能吧，那不成了戏文里卖国的秦桧啦？要是这样，朝廷还有个好？"

广东谈判举步维艰，《巴麦尊致中国宰相书》以及一号训令中的苛刻条款多达十项，核心内容无非是割地和赔款。赔款这项内容琦善倒不怕，他心里有个小九九——广东官场一向有宰肥鹅的传统，这笔巨款可以勒索十三行的洋商掏腰包，只要不花朝廷一个大子，道光皇帝才不会在乎；但对于割让土地这项内容，打死琦善也不敢答应，凡是稍微读一点中国历史的人都清楚，割让土地实为历代王朝最恐惧的选项，是帝王心中最软弱、最柔嫩的短板，是刺向这块短板最锋利的匕首。这种丧权辱国的行径意味着帝王被天意抛弃，意味着他对国家统治合法性的丧失，不但会遭到百姓的蔑视和唾弃，而且天下英雄乘隙而发，群雄逐鹿，统治者最终将难以摆脱身死族灭的可悲下场。

另一方面，义律却对这一条志在必得，为大英帝国在远东取得一处战略基地，乃是本次对华战争的基本目标。此外，漂泊在尖沙咀洋面的英国商人们拖家带口，也亟须寻找一个安全的地方落脚。选择哪个地方当殖民地呢？首相巴麦尊属意长江口的舟山群岛，鸦片贩子们留恋广州的商馆，远洋舰队的将领们对台湾岛念念不忘，只有义律对贫瘠的香港岛一往情深。

由于琦善躲躲闪闪，含糊其词，一个多月的谈判没有效果，义律决定实施武力威胁。腊月十五，英国远征军以兵船正面攻击沙角炮台，地面部队则乘着轮船和小船自穿鼻湾登陆，从背后进行迂回攻击，占领山上的清军营地。沙角炮台陷于两面包围，三江协副将陈连升率军鏖战竟日，最后弹尽粮绝。老爷子拔出腰刀闯入敌阵，左劈右砍，中弹身亡。其子陈举鹏不甘心当红毛鬼子的俘虏，力竭投江。陈连升的黄骠马被英军带到香港后，因为思念旧主绝食而亡。同治元年(1862 年)，广东水师在虎门大寨关忠节祠内为这匹黄骠马立有"节马碑"一座。为了纪念殉节的陈氏父子，张维屏写有《三将军歌》一诗，曰：

英夷犯粤寇氛恶，将军奉檄守沙角；
奋前击贼贼稍却，公奋无如兵力弱。
凶徒蜂拥向公扑，短兵相接乱刃落；
乱刀斫公肢体分，公体虽分神则完。
公子救父死阵前，父子两世忠孝全。
…………

翁亚九自个灌了一大口酒，争辩道："阿爸，依我看，把咱们岛子割让给红毛鬼子没有什么不好。你看人家来以后，我的糖水摊生意比以前兴旺多了。"

"你懂个屁，"翁老大训斥儿子，"你那个摊子还叫生意？鬼子就是鬼子，他和咱们心思不一样。刚来的时候当然对你客气，过两年你再看看，哼。"

廖海珠陪着师傅喝了一杯，说道："师傅，我一介妇道人家头发长，见识短，不明白那么多的大道理。不过，疍家自古以海为生，天高皇帝远，不管他满洲鞑子坐龙椅，还是红毛鬼子得天下，反正咱们打咱们的鱼，两不相干。"

"话不是这个理。"翁老大摇摇头，"阿珠，疍家祖祖辈辈打鱼为生，祖宗的根脉就在脚下这块土地，红毛鬼子凭啥冒出来做主？虽然官府在尖沙咀的对面安置炮台，但拢共也就四五十号人马，说白了是个摆设，香港岛还是咱们疍家的香港岛。可一旦红毛鬼子来了，那就完全不一样。你看洋面上至少有七八十条商船，加上兵船超过一百条，男男女女几千口子，咱们这个小岛够他们折腾吗？水都不够他们喝的。”

从老百姓嘴里抢夺吃喝倒在其次，最让人担心的是英军远洋舰队火力强大。他们游弋在尖沙咀洋面，张十五仔和阿钿就不敢带着大队人马回赤柱圩，只好派黎三狗和黎四狗带了三条船的年货送给乡亲们，自己留在上川岛过年。

廖海珠也切实地感受到了新的危险，广东水师在海上占不到“红旗帮”的便宜，然而英军舰队比广东水师强出百倍，如果把这头凶恶的狮子放进来，第一个倒霉的恐怕不是官府，而是疍家人的“红旗帮”。看来国家大事与老百姓的生计息息相关，并不遥远，她担心地说：“红毛鬼子这么厉害，它要是赖着不走，将来吃了亏都没地方说理去。”

三个人沉默起来，连翁亚九也算明白了账，“红旗帮”是疍家人的精神支柱，乡亲们的日常生计靠它接济，受了地主豪绅的欺负靠它申冤。如果这支武装被红毛鬼子灭了，以后还有什么指望？他垂头丧气地说：“惹不起人家咱就认倒霉，日子咋都是过，苦日子咱爷们也不是没有熬过，有啥了不起？”

翁老大把酒杯一顿：“瞧你这个熊样，咱们日子虽然过得穷，但不是奴才。你要想过那种抬不起头的日子，赶明儿我把你送到大雾山，邓家、何家任你挑。”

别说当奴才，就是上门入赘，翁亚九都嫌气短，见老爹瞪起眼珠，他连忙赔笑：“我顺嘴随便说说，阿爸，你咋还当真了？”

廖海珠笑了笑：“师傅，你干脆跟我去大头洲，离他们远远的，眼不见，心不烦。”

翁老大叹息：“我这根老骨头有啥在乎的？我是替‘红旗帮’的伢仔们担忧，红毛鬼子的兵船横行万里，他们能躲到哪儿去？”

廖海珠问翁亚九：“这么大的事体，衙门应该贴告示啊。”

翁亚九回答：“那倒没有，晌午的时候我碰到大鹏右营的朱老爷，他刚从九龙炮台发回大黄滘炮台，说钦差大人手里没拿圣旨。”

廖海珠放下心来，宽慰师傅说：“嗨，说了半天，这事八字没有一撇呢。钦差大人即便想当秦桧，鞑子皇上还未必肯当宋高宗呢，谁愿意背上千古骂名？”

梁兰桂、黎三狗、黎四狗三人各挑了副担子上了大雾山。黎三狗惊讶地发现梁友礼的坟头上摆着一排水果和鸡鸭鱼肉，看样子刚放了没几天。他用狐疑的目光望着梁兰桂："有人已经来过了，是少班主，还是二娣哥？"

"应该是二娣哥。"梁兰桂想了想，"二爷是个大孝子，他要是从丹霞山回来，起码应该去新会看易大老倌，没听说啊？"

黎四狗愤愤不平："姓伍的那个小白脸，没看出来他还敢抢少班主的女人，真是吃了熊心豹子胆。早知道这样，当初在大头洲就该宰了他。"

一提这事梁兰桂就脸红，他低声为自己辩解："又不是我让他躲到大头洲的，那是陈大老倌的主意。"

"说这些没用的干啥？"黎三狗不耐烦地说，"姓伍的手无缚鸡之力，杀他我都嫌脏了自己的手。少班主盖世英雄，刀下杀的是武林至尊那样的高手，明白吗？"

兄弟三人你一句我一句，把担子里的祭品摆好，点上香烛插在坟前。正在七手八脚忙乱的时候，听见山下九龙炮台螺号声声，黎四狗脱口而出："是铁爪。"

黎三狗爬上树枝，伸出头张望了一会："咋还有'全元堂'的旗子？难道谭少爷和铁爪他们又打起来了？"

"打个屁！"黎四狗噘着嘴，"他们俩好得穿一条裤子，谭家储存货物的田地还是王铁爪出面张罗的，就是渡槽被弄坏的那些客家人。"

谭家本来在香港岛有仓储用地，眼下英国商船集中在伶仃洋面，除了鸦片烟外另有一些其他货物亟待出售，谭家歪打正着，借此机会做起了正经买卖。要说谭亚才还真是一块做生意的好材料，他发现这些红毛鬼子大多来自寒冷的英吉利本土，到了炎热的广东水土不服，不少人感染了热症，躺下来一大片。他灵机一动，从北部山区拉来冰块高价卖给英国远征军和鸦片贩子，从中狠狠地赚了一大笔，其眼光之独到、行动之迅捷，连"义胜堂"的老大卢亚贵也自叹弗如，从此对他刮目相看。

谭亚才和义律打过几次交道，从交往中互相明白对方不是省油的灯，外表彬彬有礼，一副道貌岸然的正人君子模样，内心顽固至极，凡是认定的事情像王八一样叼住不撒嘴，哪怕你是天王老子也休想变了他的主张。别看鸦片贩子和远征军军官们整天争论不休，一个比一个想占的地盘大，一个比一个想奴役的人口多，做了半天梦，最后拿主意的还是义律。为了得到香港岛这块不毛之地，义律挤走了自己的哥哥懿律，巴麦尊的命令又算个屁！

谭亚才一眼看穿了义律，是因为他们二人具有同样的性格。既然算定红毛鬼子必然在这座荒岛上扎根，他便果断地先下手为强，从山后的客家农民手里买了不少土地，当作谭家储存货物的仓库，准备在香港长期发展。

人生命运无常，谁知道哪朵云彩会下雨？朱剑飞半年来的仕途起伏，就像道光皇帝的主意一样变来变去，最后连他自己都发蒙了。

去年八月，林则徐趁英军舰队北上之际，派陈连升率兵三千出击磨刀洋。水师提标左营抽出一部分兵力进行支援，麦廷章故意把胆小如鼠的朱剑飞派上阵，没想到游击马辰等将领奋勇杀敌，击退敌军。陈连升回到虎门大寨后立刻向林则徐上表，千总以上皆有犒赏，朱剑飞升了一级变成守备，这是第一个因祸得福。

大家对朱剑飞白捡功劳很有意见，陈连升和麦廷章遂联手上表，将他调到大鹏协的九龙炮台任职。九龙炮台对面是英军军舰和鸦片贩子的剪子船，堪称前沿中的前沿，在这里当差基本上等于送死；另外九龙炮台隶属于大鹏协，主帅赖恩爵出身武术世家，一家三代出过好几个将军，全是打起仗来不要命的主，在他手下当差，比陈连升和麦廷章好不到哪儿去。

朱剑飞哼哼唧唧来到九龙炮台任职，刚一上任就听说朝廷决定罢兵议和，顿时把这小子乐得手舞足蹈。祸福转化之快令人瞠目结舌，如果不打仗的话，九龙炮台便是距离鸦片剪子船最近的一个衙门，炮台守备当是最肥的一个缺。所有来此购买鸦片的小贩都得上供，大把银子的孝敬财物，这是他第二个因祸得福。

朱剑飞上任以后，首先把好哥们“琉璃球”招到尖沙咀，弄了条船替他收受贿赂。他自个天天泡在番摊上赌了个不亦乐乎，足足过了三个月的舒坦日子，过年也不愿意回家。赖恩爵看在眼里，气在心头，听说大黄滘炮台出了个缺，连忙上表推荐朱剑飞。年三十得到水师提督衙门的批准，正月初二开始轰人，一天也不肯留这个祸害。

“实话说吧，分明是看老子挣钱眼红。”朱剑飞坐在炮台的太师椅上，一边监督手下人打包行李，一边对“琉璃球”发牢骚。

“知足吧，兄弟。”“琉璃球”劝他，“乱世中风云变幻，保住小命才是真格的。当年林大人来的时候多威风？如今虎落平阳任犬欺，帽子一撸到底，狗屁不是，弄不好举家发配伊犁为奴，难道你想落到他那个地步？”

说到这里，朱剑飞心口怦怦直跳——去年要是留在沙角炮台，肯定会和陈连升父子一起殒命沙场。自己这半年升官发财外带捡了一条命，还有什么可抱怨的？他坐在椅子上眯着眼睛琢磨来琢磨去，低声问“琉璃球”：“哥哥，这半年别人踩我一次，我就发达一次。你给我好好掐算一下，这次，会不会又因祸得福？”

“这年月什么事也不新鲜，”“琉璃球”嗤了一声，“朝廷的脸不如婊子的屁股，说翻马上翻，没个准谱。同样是钦差，林大人倒了霉，他琦善就有好果子吃？同红毛鬼子议和那还不是与虎谋皮？一旦朝廷脸上吃不住羞，改‘抚’为‘剿’，和红毛鬼子动起手来，咱们脚下这个地方，便是狼嘴里的第一块肉。”

朱剑飞吓得一哆嗦：“走走，马上走，行夜船也走。”

话音刚落，只听炮台外有人喊：“姓朱的，快给我滚出来，不还钱就想溜？没门。”

朱剑飞面如土色，连连道：“你看你看，走晚了吧？”

“琉璃球”扒着门缝朝外看，发现江边停泊着几条船，王铁爪光着黑黝黝的脊梁，腰里缠着飞索和螺号，肩头上扛着一条烈焰托天叉，堵着门口正在骂街。

“你欠谁的钱？”“琉璃球”问朱剑飞。

朱剑飞气哼哼地说：“黎阿钿。”

朱剑飞的赌技非常高超，在尖沙咀这一带所向披靡，大杀四方，像黄文灿和谭第发这样的番摊高手均在他手里栽过跟头。去年八月份，阿钿回家探亲，与朱剑飞连比十七阵，杀得这家伙丢盔卸甲，输光了银子不说，还倒欠了阿钿一千多两银子的债务。

“琉璃球”叹了口气：“黎阿钿得‘弹指神通’真传，一手‘弹指功’神出鬼没，在佛山堡没人敢和他赌钱。我早对你说过，你总是不服气。”

“你手头还有多少银子？”朱剑飞低头问。

"琉璃球"道："谁身上带那么多钱？顶多三十两。"

朱剑飞猛然从腰里抽出腰刀，跳起来骂："丢他老母的，咱们二十来号人，会怕他一个贩鱼的小王八蛋？"

"琉璃球"生气地说："你推门瞧瞧，外面可不止姓王的一家，还有'全元堂'和'义和堂'的人。香港岛是他们的老巢，动起手来谁吃亏？"

朱剑飞像泄了气的皮球："那你说咋办？"

"杀人偿命，欠债还钱，天经地义。""琉璃球"说，"躲得了初一躲不过十五，你别光想便宜事。大黄滘炮台在龟岗岛，夹在'德勇堂'和'德礼堂'两个堂口中间，人家收拾你还不容易？银子回去我掏，你拿件像样的东西抵押，央人家宽些日子。"

朱剑飞抬手叫过一名兵丁："老米，上去把旗子摘下来。"

老米是个年近六旬的老兵油子，明白守备大人想把九龙炮台的旗帜抵押出去。他对这个荒唐的举动哭笑不得，又不敢违抗命令，只好支支吾吾地说："大人，赖将军经常坐船到尖沙咀来巡视，万一让他发现短了旗子，那可就麻烦了。"

朱剑飞问："不是还有一面旧旗吗？"

老米缩了一下脖子，非常不情愿地说："那面旗子周身上下全是窟窿眼，像炮子打烂的破筛子，挂上去多不吉利！"

"不打仗，有屌吉利不吉利的？"朱剑飞上下打量了老米一眼，有了办法，"我瞅你这身衫子倒囫囵，干脆脱下来衬着旗子缝一缝，挂出去又是一面新旗。"

尖沙咀的洋面并不大，九龙炮台这边一响螺号，又开过来两条船，上面坐着黄文灿、刘杜川和"厚皮棍"一伙人。谭第发和屈良坐在岸边看热闹，黄文灿奇怪地问："谭爷，屈爷，铁爪兄弟嚷嚷啥？使这么大的劲。"

谭第发捂着嘴笑："朱剑飞赖账，被我们堵住了。"

黄文灿在番摊上也吃过朱剑飞的亏，立刻附和："那不能让他跑了。"

刘杜川指着头顶的夕阳，笑嘻嘻地问："天黑了出洋，他不怕撞船？"

谭第发耸耸肩："这小子是要钱不要命的主。"

"厚皮棍"问他："谭爷，梁老倌和黎三爷、黎四爷下山了吗？"

谭第发警惕地看了他一眼："今天是我家少爷做东，你们休想插一杠子。"

"厚皮棍"讪讪地说："这不是梁老倌回来了吗？我想向他打听王老爷的伤势，没有别的意思，没有别的意思。"

王山公依仗"六祖心经"的神奇内功，幸运地逃过了"枫子鬼"的致命一击。性命虽然勉强保住了，但是心脉被一刀刺穿，真气瞬间爆发，损伤了神经系统，人变得疯疯癫癫，时而清醒如常，时而胡言乱语。外面的人并不清楚那一夜的变故，都以为他的伤势迟迟未愈，是由于"百齿鲨"的"摧心掌"威力太大之故。

"原来是这样？"谭第发放心地说，"他们正往山下来呢。"

屈良是"义和堂"的一个小头目，黄文灿问他："劳爷是不是从红海湾回来了？"

屈良点了点头。

"太好了，"黄文灿高兴地说，"难得大家凑得这么齐整，刚才我碰到'义胜堂'的区三爷，把他叫上，晚头一起吃个痛快。"

屈良摇了摇头。

黄文灿奇怪地问："咋回事？"

"还不是沙角炮台那档子事。"谭第发解释，"外面传得有鼻子有眼的，罗大龙头为了这个正和卢堂主怄气呢。"

去年腊月十五沙角、大角炮台之战，广东水师自陈连升以下阵亡二百八十余人，英军大获全胜。事后官府为了推卸责任，故意说红毛鬼子之所以得逞，是因为有为数众多的汉奸替他们阵前效命，直接点名就是"义胜堂"。裤裆里掉进去一块黄泥巴，不是屎也是屎，平日"义胜堂"为洋人提供给养，关系之融洽世人皆知，说他们为红毛鬼子卖命没人会感到奇怪。江湖上的事情自有规矩，提供给养是为了挣钱糊口，勉勉强强算说得过去；但是你要拿起刀枪替红毛鬼子杀中国人，那就属于另外一个性质。罗大纲听到这个传言勃然大怒，遣人给卢亚贵递了一封书信，要他把事情的来龙去脉交代清楚。

"这事难缠，"黄文灿笑了笑，"他不来就算了。"

梁兰桂、黎三狗、黎四狗下到山脚，正听到王铁爪咆哮："拿面破旗子糊弄老子，分明是想赖账。不行，不拿钱别想走。”

“琉璃球”说：“这是炮台的旗子。”

“炮台算个鸟?”王铁爪指了指炮台大门口的兵丁，“谁不知道朝廷要议和？上个月把门的还有七八个呢，今天就剩下这么两个猢狲。幸亏老子来得及时，不然的话，明天你们能把炮台拆了卖给红毛鬼子。”

“琉璃球”赔笑：“铁爪兄弟，你有所不知，炮台里除了原来的弟兄，另有邓家老爷花钱雇来的乡民。现在不打仗，人家就回家种地去了。”

“少说没用的，”王铁爪一晃脑袋，“老子只要银子。”

黄文灿抬头看看天色已晚，遂替“琉璃球”解围：“铁爪兄弟，金爷既然应承，将来一定会兑现，他不给银子你冲我要。”

“琉璃球”拍着胸脯：“黄爷，半个月内金某一定把钱送来。”

王铁爪难为的是朱剑飞，而不是“琉璃球”。大伙既然出言相劝，见好就收，把旗子卷起来塞进梁兰桂的衣兜，对“琉璃球”说：“你把银子给我兰桂哥吧，省得绕远。”

“琉璃球”连连拱手：“铁爪兄弟就是仁义，银票我准备好放在家里，梁老倌回佛山堡尽管来拿。我不在有我兄弟，我兄弟不在有我弟媳妇，她们家是有名的大财主，家里金山银海有的是钱，保准扑不了空。”

黄仲畲不喜欢“琉璃球”的装神弄鬼；而黄文灿受黄半仙的影响，对他印象不错，觉得他肚子里装了不少稀奇古怪的玩意，像一个有学问而屡试不第的私塾先生。尤其是在尖沙咀的这段日子里，“琉璃球”和岛上这儿拨人走动得都很近乎，没事便教大家一些诸如房中术的秘制丹药、躲避炮子袭击的诀窍之类的东西，很受大伙的欢迎。他关心地说：“金爷，夜里洋面上风大，行船多有不便，依我看，你们明天再走吧。”

“琉璃球”很是感激：“我听你的，黄爷。”

屈良忽然开口问：“金爷，你说的那个法子管用吗?”

“哪个法子?”“琉璃球”讨好地问。

屈良道：“就是那个能躲避鬼子炮火的法子。”

“琉璃球”恍然大悟：“当然管用，那是东海王他老人家留下来的。”

黎三狗、黎四狗、王铁爪一起追问：“真的?”

香港岛的打鱼人家主要居住在南部的赤柱圩和黄竹坑等村落，中部山谷里住着垦荒种地的客家人，北部尖沙咀沿岸是一片荒芜之地。别看洋面上船来船往，但是山脚下却没有一间像样的屋子，无论中国人还是红毛鬼子平时都住在船上。陆地上临时搭设了几间茅草屋，显示出迄今为止，还没有人认真考虑过在此长久逗留。

“全元堂”搭建的木屋在这些建筑中算是凤毛麟角，正门对着一座简易的土石码头，用以停靠船只；后门是一大片洼地，一不小心就会踏空崴脚。众人来到木屋里推杯换盏，一直喝到二更天，对琦善是否能与洋人媾和这个问题争论不休。黎三狗醉眼迷离地骂道：“癞蛤蟆想吃天鹅肉，红毛鬼子想霸占香港岛，做梦。”

黎四狗把酒碗往桌子上一顿：“对，即便是官府答应，咱们老百姓也不答应，和红毛鬼子拼个鱼死网破，谁也别想舒坦。”

黄文灿连连摇头：“不能打，沙角炮台一战结果很清楚，打下去就是个死。”

“那要看谁死？”劳德择说，“琦善和洋人势必谈不拢，最好让洋人把鞑子朝廷撵回关外放羊，洪家兄弟便能省了不少力气。”

谭亚才猜测：“朝廷或许是看到了这步棋，才让琦善来接替林大人的。”

劳德择老成持重，来到“义和堂”后何禄对他很信任，把他放在九龙半岛独当一面，有意另开新堂，由他主持。在洪门历练当然比给罗家当家丁头目强，劳德择的眼光也比以前开阔了许多，他慢悠悠地说：“没有用，威武窑子眼下进退两难，与红毛鬼子议和会失去民心，抡开膀子和洋人干又打不过人家。左右都是个死，死的是威武窑子，不是咱们老百姓。你们记得去年那条赤龙吗？它升天回宫就是一个兆头，表明威武窑子气数已尽。”

刘杜川表示赞同：“这话说得在理。”

黄文汉粗声大气地嚷：“劳爷，大道理黄某不懂，我们兄弟只懂得卖鸦片赚钱，大家别扯远了，就说这个和议能不能成？”

王铁爪赌咒发誓：“成不了。”

黄文汉问王铁爪：“为啥成不了？”

王铁爪一晃脑袋：“老子不答应。”

黄文汉鄙夷地看了他一眼：“你算哪根葱？”

王铁爪顺手拎起一条板凳："丢你老母，我看你当汉奸还当上瘾了。"

眼看两个人酒气熏天，挥动手脚便要撕扯，谭亚才忙劝阻："哥几个，这是干啥？君子动口不动手，同在一个地头上混饭吃，千万不要伤了和气。"

四伙人争论问题分成了两拨，势均力敌就容易起冲突。谭第发眼珠一转有了主意，给王铁爪斟满了一碗酒："铁爪兄弟，咱们这些人差不多。你们疍家给红毛鬼子提供吃喝，我们卖给他们冰块，劳爷和黄爷他们从人家手里进鸦片，说穿了都是为了赚钱，算不上汉奸。假如硬要戴帽子的话，我看沾边的应该是'义胜堂'。"

黎三狗想起了当年和"义胜堂"的过节，使劲拍了一下桌子："对，要不是这帮王八蛋带路帮忙，红毛鬼子能打得下沙角炮台？我早就知道姓卢的不是好鸟。"

王铁爪骂道："当年他们给红毛鬼子护船，打死我们村里不少人呢。那次要不是二爷亲自出马，阿钿哥和二狗哥非死在野狐岛不可。"

俗话说破鼓乱人捶，反正"义胜堂"树大招风，跟洋人贴得最近，获利最厚，大家乐得往他们头上泼脏水。黄文灿幸灾乐祸地说："是啊，龙穴洲离虎门口那么近，要说'义胜堂'按兵不动，恐怕没有人信。"

刘杜川问劳德择："劳爷，罗阿妈是怎么打算的？既让红毛鬼子和官府开仗，又骂卢堂主替红毛鬼子助拳，这个尺寸不太好拿捏吧？"

劳德择笑着回答："有啥不好拿捏的？对于我们洪家兄弟来说，红毛鬼子是夷，鞑子朝廷也是夷。这里面有一个关节，就是不要为虎作伥，汉人杀汉人。"

"厚皮棍"怯生生地问："替红毛鬼子助拳是汉奸，对不对？"

劳德择点点头："没错。"

"厚皮棍"接着说："照劳爷的意思，红毛鬼子是夷，鞑子朝廷也是夷。那么替红毛鬼子助拳是汉奸，替鞑子朝廷助拳是不是也算汉奸？"

劳德择奇怪地问："你究竟想说啥？"

"厚皮棍"憨厚地笑了笑："小弟的意思是沙角炮台的陈连升也算汉奸，'西门庆'和他们父子是汉奸打汉奸，各位大佬，小弟说的在不在理？"

大家端着酒碗，全愣了。

打鱼人家的妇女最勤劳，打鸣的鸡还在梦中的时候，褡裢嫂就收拾好了褡裢，带着倪快嘴和狗仔娘踏着星辰上路。三个女人说说笑笑，饿了从褡裢里掰开一块千层饼吃，渴了在路边的水洼掬一口水喝，终于走完了四十里山路，于辰时过半到达北部海岸。尖沙咀洋面上停泊着百十来号洋人的船只，倪快嘴和狗仔娘看得眼花缭乱，忽听褡裢嫂大声嚷嚷："哎呀，这不是三狗、四狗吗？怎么躺在水洼里？"

两个人扭头一看，洼地里躺着几个醉鬼，不是别人，正是梁兰桂、黎三狗、黎四狗、王铁爪和"厚皮棍"五个。梁兰桂见日头已经老高，爬起来问："婶子，你们怎么来了？"

褡裢嫂得意地说："我带她们俩来开洋荤。"

狗仔娘放下手里的拐棍，上前拍了拍梁兰桂身上的尘土，可惜地说："你看看，又破了一个洞，你这伢仔咋就不知道心疼东西？"

倪快嘴发现梁兰桂身上掉下一卷东西，弯腰捡起来："这是个啥？"

王铁爪笑嘻嘻地说："一千两银子。"

"放屁，"倪快嘴不高兴地骂了他一句，"欺负我们姐妹俩没有见过世面？不就是一条破旗子吗？哪条船上没有？"

狗仔娘伸手摸了摸那面旗子，啧啧称赞："呀，真滑溜，准定是绸缎的。"

梁兰桂打小在荒僻的大头洲成长，知道绸缎在老辈人的眼里很稀罕，于是，大大方方地对狗仔娘说："婶子，送给你了，拿回去给狗仔改件衫子。"

狗仔娘的眼睛笑成了一条缝："他爹还没囫囵衫子穿，哪轮得着他？"

老老少少正聊得开心，洋面上的英军舰队鸣放礼炮，朝这边驶来。褡裢嫂忙提醒倪快嘴和狗仔娘："待会离得近了，你俩瞪大眼睛仔细瞧，看看人家红毛鬼子的官爷，衣服上到底有没有银扣子和金线？"

老天爷还真照顾人，红毛鬼子的军舰开到近处。从上面下来一队人马，一个当官的手执鬼子旗走在前面，拣了块软土把旗子插了进去，然后叽里咕噜喊了三遍口号，瞧那劲头跟刚喝完酒的醉鬼差不多。狗仔娘这回瞅了个真切："呀，是金的，是银的。"

倪快嘴拽了她一把："那个穿戴更金贵。"

狗仔娘顺着她手指的方向看去，只见岸边一艘鬼子兵船的甲板上，站着一个上唇胡子一翘一翘的洋官，张开手臂向天上猛戳，嘴里振振有词不知道在念叨些什么，他穿的衣服比所有其他的红毛鬼子都鲜亮，都整洁，眉眼看着也和善，像人不像鬼。

倪快嘴问“厚皮棍”：“他说啥？”

“厚皮棍”在香港岛这些日子，学会了不少鬼话，他认真地解释：“义律上校说，从现在开始，咱们脚下的这块土地，就属于他们的女王了。”

倪快嘴劈手夺过夹在狗仔娘胳肢窝里的旗子，往拐棍上一绑，走到离英国军旗不远的地方使劲插下去，嘟囔道：“插根旗子就能占地方？老娘也是母的，这块地方归老娘了。”

狗仔娘赶快跑过去，一把将拐棍拔了出来，小心翼翼地将旗子折叠妥当，塞进褡裢嫂的褡裢里，扭头骂起了倪快嘴：“好东西也糟践，你以为你是红毛鬼子？”

第八十三回　龙穴动策

正月未尽，伶仃洋上风云突变，浩劫又起。

站在满人的角度，琦善是一个大大的忠臣，他亲眼目睹了洋人的坚船巨炮，知道清廷的统治已经岌岌可危。外患必然引起内乱，汉人的血气一旦被唤醒，爱新觉罗氏的末日即将来临。为了让垂死的人多喘口气，他冒着同僚和士绅口诛笔伐的危险，期待以割让一个荒岛的代价换取和平。而每天耳朵里灌满了阿谀奉承之词的道光皇帝并不认为王朝身处险境，因此道光二十一年(1841年)正月初五接到沙角、大角炮台战败的消息，这个独裁者雷霆震怒，立刻下达谕旨，以六百里加急的速度送往广州，命令琦善中止和议，全力剿灭不识抬举的红毛鬼子。正月十八，这份谕旨到达广州，琦善不惧身败名裂，仍然在穿鼻洋的蛇头湾与义律谈判，争取达成和议，这哥们真够意思，堪称孤忠之臣。

自古忠臣无善终，更何况一介孤臣？琦善私自割让香港岛的消息一传出，广东士绅的脸面实在挂不住，以张维屏、黄培芳、梁廷枏、邓淳为首的绅士联名上书广东巡抚怡良，要求他向朝廷弹劾琦善这个卖国贼。二月初六，怡良的奏章送达京城，道光皇帝下令将抗命不遵的琦善革职查办，另发一道谕旨，任命祁贡为新一任两广总督。

琦善在穿鼻洋听到怡良弹劾的消息，惊恐万状，正月二十二急急忙忙赶回广州，恰在这时接到了奕山被任命为靖逆将军的谕旨。大忠臣知道自己马上就要完蛋，以前说过的话想作数也不可能了，等待他的只有一个可怕的结局。他提笔写了一封信，糊弄义律："日来抱恙甚重，心神恍惚，一俟痊可，即行办行……"

接到这封信的时候，派去通知英军撤离舟山群岛的信使已经出发，义律感到自己被琦善白白玩了一把。两头不到岸，很有可能鸡飞蛋打一场空，这还了得？恼羞成怒之下，他命令远征军舰队进行报复，目标直指大清国第一海防——虎门要塞。

虎门要塞三重门户里沙角、大角炮台为第一重。在去年腊月十五那天的战斗中，关天培坐镇横档一线的第二重门户，眼睁睁地看着陈连升父子为国殉难，血染疆场，却伸不上手帮忙，心中羞愤难当。这时，他已经觉察出虎门要塞设计的弊端，因此不顾停战条件的约定，紧急修建三门口炮台和沙袋炮台，并在各大炮台后侧增加兵力，防备敌军包抄侧翼。

临时抱佛脚已然来不及，沙角、大角炮台被摧毁后，英军舰队便在虎门要塞的第一重门户和第二重门户间游弋，广东水师的备战根本逃不过它的眼睛。二月初三，英军武装轮船"复仇神号"闯入三门水道，驱散正赶着修建炮台的清军；二月初四，"复仇神号"拖着几条小船进入三门水道清除路障。远征军海军司令伯麦发出最后通牒，要求关天培交出第二重门户的所有阵地，结果没有得到任何理睬。

二月初五，英军开始大规模运动，首先占领了无人防守的下横档岛——这个岛屿在重兵集结的上横档岛南侧，地势高于上横档岛。广东水师和关天培对此弃若敝屣，从而犯下了导致虎门大战失利的第一个错误。

从虎门口到龙穴洲不过十来里，大白天晴朗的时候，从这里可以将虎门内的情形观察得一览无余。"义胜堂"的三当家区润站在龙穴山顶，目不转睛地盯着海面，被庞大的英军远征军舰队所震慑。除了大兵船和运输船外，舰队中还有水师官兵最惧怕的"水上飘"，而且一来就是五艘。每艘武装轮船的后面都拖着几条小船，负责机动运送兵力物资。

一见到“水上飘”，区润对虎门大战的结局猜出了个八九不离十。虽然他在“洪义堂”时曾与广东水师多次交战，对官军恨得咬牙切齿，但眼瞅着近万官兵即将面临灭顶之灾，他心里很不是个滋味——这些官兵没有一个是八旗兵，里面还有一些偷偷地加入了洪门，如此毫无价值地死在红毛鬼子手里，真是叫人痛惜。

自从沙角、大角炮台之战后，“义胜堂”的人不管走到哪儿都被人骂作汉奸，郭三登和区润有口难辩，觉得没脸见人。趁着正月十五元宵节，哥俩并肩回到野狐岛，力劝“西门庆”与英军远征舰队划清界限，不要发这种国难财。却被卢亚贵劈头盖脸一通臭骂，要他们明白“义胜堂”不是“洪义堂”，别总是惦记着加入洪门时发下的那些誓言。

郭三登顶撞：“大哥，帮助红毛鬼子打中国人，将来怎么在江湖上混？”

卢亚贵在“义胜堂”一言九鼎，郭三登是个胸无点墨的粗鲁人，区润是自己一手提拔起来的青年将领，现在这两个心腹竟然同时来造自己的反，把他气得火冒三丈，一拍桌子：“别提什么江湖，老子落难的时候它在哪儿？要不是人家红毛鬼子搭一把手，哪有你们俩人模狗样的今天？老子不过是卖给洋人一点吃喝用度，租给他们几条船，一没杀人，二没放火，到阎王爷那儿说理我都不怕。再说做这种买卖的人多了，黄家兄弟和‘全元堂’不也在卖？‘红旗帮’一手送洋人给养，一手劫人家商船，你以为他们的屁股干净？”

区润争辩：“可人家开战的时候没来。”

“放屁，”卢亚贵吼了起来，“买卖这东西，开战和不开战有啥不一样？你们俩要是想单立门户就敞开了说，别给老子藏着掖着。”

到了这个局面，郭三登和区润不敢再说下去。二人离开野狐岛时长吁短叹，郭三登愁眉不展地问区润：“老三，你壳子亮堂，给二哥指点指点。”

区润给他出了个主意：“大哥眼下正在气头上，说什么他也听不进去。干脆，咱们明的不行来暗的，他不是让你押运物资吗？你给他来个泡蘑菇，该送两趟送一趟，该两天到的日期拖到四天，反正不叫红毛鬼子如意就是。”

“这个主意好，既顾了大哥的面子，也遂了江湖道义。”郭三登高兴地说，“你把着龙穴洲洋面，开战前捎个口信，哥哥我知道怎么干。”

由于即将开战，虎门口外的洋面空空荡荡，洪波万顷，几乎没有一条商船和客船，除了英军远征舰队外，只有“义胜堂”的巡弋船只。区润的弟弟区超负责水面警戒，见他三步并作两步地上了山，区润问：“刚才坐在船上的是谁？”

区超苦笑：“还能有谁？二爷的那个拜把子红毛大哥。”

郭士立？区润一听是他，立刻脑袋大了一圈，郭士立是义律的首席翻译兼狗头军师，肚子里的坏水比谁都多。要命的是区润经常通过郭博士帮“洪义堂”采购枪支弹药，欠了人家老大一笔人情，他紧张地问：“郭博士来干啥？”

“他说虎门这一仗明天开打，动静估计不小。鬼子这么多条兵船人吃马喂，希望咱们帮忙多送些给养。”区超说，“没事，我已经把他糊弄走了。”

区润不放心地追问：“你咋说的？”

区超回答：“我说二当家的正在加紧筹措，不过现在事情不好办。自从沙角和大角炮台死了人，沿江各县的老百姓都不愿意卖给我们鸡鸭鱼肉，还骂我们是汉奸。”

区润点点头：“姓郭的最狡诈，想把他糊弄过去不容易。”

“哥，黄通事跟他在一起。”区超提醒。

区润不喜欢黄仲畲，觉得此人唯利是图，而且喜欢背后嚼舌头。他失望地说：“这下子麻烦了，黄家兄弟船只不少，咱们不送他们也会送。”

区超很是不解：“他们送不是正好？省得鬼子老缠着咱们。”

“你懂个屁，”区润训斥了他一句，“下去好好巡洋，马上要开战。咱们龙穴洲就在虎门口的眼皮底下，务必严密警戒，不可松懈。”

“你放心吧，官军自顾不暇，红毛鬼子对咱们客客气气，这时候没人来捣乱。”区超笑嘻嘻地答应着，转身下了龙穴山。下去没有多大工夫，他又冒了出来，“哥，来人了。”

区润心烦意乱，挥了挥手：“说我不在。”

区超笑着说：“这次来的是贵客——‘义和堂’的何六爷。”

区润转怒为喜：“快请。”

何禄带了两名随从上山，在忠义堂分宾主落座后，区润诧异地问：“六爷，红毛鬼子马上要和官军开仗，你咋这时候来凑热闹？”

何禄笑道：“鬼才愿意凑这份热闹，我刚刚从家里过年回来，船出蕉门，发现鬼子兵船在洋面上晃荡，怕遭了劫，到你这里歇一歇。”

区润瞄了何禄一眼，这段话里面全是破绽——何禄老家在顺德，船过紫坭岛，应该顺流而下走洪奇沥，那么走路程近便，恰好可以避过停泊在伶仃洋面的鬼子舰队，半路上绕道蕉门意欲何为？另外，眼下战事正逢紧要关头，胜负尚未揭晓，作为“义和堂”的一堂之主，大正月在家里过年，不问世事，鬼才信呢。

区润没有拆穿何禄，客气地说了一句：“谢六爷赏脸，只要不骂区某是汉奸就行。”

何禄正色道：“给六哥说句实话，腊月十五那天，你们到底有没有出兵？”

区润从腰间拔出佩刀，将黄花梨木桌子砍去一个角：“六爷，我对着区家列祖列宗的牌位发个毒誓，兄弟要是派出一兵一卒，犹如此桌。”

何禄问：“这么说，外面那些都是谣传？”

区润沮丧地说：“也不完全是捕风捉影，谁让我们平时跟红毛鬼子贴得那么近？送完吃的送喝的，好得穿一条裤子，难怪人家说三道四。”

何禄叹了口气：“算啦，卢大哥一条道走到黑，你们俩也是身不由己。”

区润试探地问：“六爷不是一个人来的吧？”

“是这样，”何禄回答，“有个亲戚去香港岛贩货，船上带了些红白之物，打算借你的宝地避避风头。打完仗就走，不会太麻烦你们。”

区润笑着说：“这好办，龙穴洲上地方宽敞，多少银子都装得下。”

“能不能让他们住在铜鼓山？”何禄建议。

何禄的亲戚带着办货银两，想单独住在铜鼓山情有可原，区润也不愿意自己的人马和他们搅在一起，万一丢了银子的话该多恶心？思来想去，区润觉得何禄的这个要求问题不大，但是他心底的疑问终究没有完全消除——铜鼓山的地势超过龙穴山和东楼山，是周围海面上最高的瞭望点，何禄点名住在那儿要干什么？区润有些为难地说：“铜鼓山倒是闲着，不过卢大哥把它许给了二爷，将来你最好向二爷解释一下。”

何禄有意打消他的疑虑，拱手道：“兄弟，咱哥俩谁跟谁？你当自己的事办。我把他们安排完了就走，罗阿妈那边还有事，告辞。”

何禄离开后，区润总觉得心里有那么一些不踏实，于是把头目“蓬匠才”

喊过来，让他领三条炮船加强铜鼓山洋面的戒备，然后亲自带着“插翅蛟”下山观察英军舰队的动静。这一天北风呼啸，洋水滚滚，英军远征舰队的战舰躲在沙角山和大角山下避风。只有那几艘“水上飘”不怕逆风，在虎门口内外来回出没，往刚刚占领的下横档岛上送野战重炮和炮弹。区润仔细观察了一会，发现英军运输船上满载粮草，松了一口气，这下子有了推托之词，可以有充足的理由与郭士立周旋。

“插翅蛟”用手一指：“三爷，郭博士的船来了。”

区润一派轻松：“来就来吧，怕他作甚？”

郭士立的船借着风势速度极快，眨眼之间驶近区润的座船。他从船篷里钻出来，亲亲热热地说：“三弟，你要支援粮草呀。”

区润问：“我看你们不像是缺吃少喝啊？”

郭士立摇头：“这些粮食最多够吃四五天，哪里够用？”

“四五天还不够用？”区润一惊，“你们想打到啥地方？”

黄仲畲在一旁道：“三爷，你是久经沙场的大将，打仗好比龙王爷放出去的洪水，易放不易收。义律先生打算收回商馆，兵临城下，粮草当然多多益善。”

区润听到这个消息，心里扑腾直跳：“郭先生，要是照你的计划，这场仗没有三五个月结束不了，我们哪有这么多的粮草？”

郭士立似乎看出了区润的心思，做出一副悲天悯人的样子：“三弟，我们英吉利人是有信仰的文明人，打仗是为了和你们做买卖，互通有无，不滥杀无辜，不骚扰百姓。到哪儿去都是尽量自备干粮，和你们的官军不一样，你有多大力就使多大力吧。”

绿营兵丁军纪败坏名声在外，这一点区润不否认，但郭士立的自我标榜骗不了他。首先郭士立是普鲁士人而非英吉利的红毛鬼子，他来到中国后口口声声自称“爱汉者”，还说自己会广东话是广东人，会闽南话是福建人，又因为福建人去了台湾说自己是台湾人，福建人来自河南说自己是河南人。像这样一个连祖宗尚且乱认的家伙，能是什么好饼？

不滥杀无辜？那沙角和大角炮台战死的几百号清军算咋回事？区润懒得再跟他废话，不耐烦地说：“郭先生，我大字不识一箩筐，你别对我讲大道理，兄弟我听不懂。郭二哥正在帮你们张罗给养，估计过几天就会运到，耐心地等一等吧。”

黄仲畲阴阳怪气地说：“三爷，粮食不算什么宝贝，遍地都有，花钱便能买来。你们‘义胜堂’要是不想发这笔横财，就别怪我们插一只脚进来。”

“买卖嘛，谁有本事谁干，本堂兄弟绝不眼红。”区润在心里暗骂，谁是汉奸？这才是真正的汉奸！

风势太大，区润没有在洋面久留，回到龙穴山独自喝起了闷酒。到天黑掌灯时，“插翅蛟”和“蓬匠才”爬上山，来忠义堂向他汇报：一个说刚到了一条篷船，上面下来两位道士打扮的人，自称是何禄亲戚的伙计；一个说铜鼓山上的那几个人，想借一支“千里眼”。

区润立刻警惕起来：“他们要‘千里眼’干什么？”

“蓬匠才”摇摇头：“不知道。”

区润又问“插翅蛟”：“那两个道士长什么样？”

“插翅蛟”笃定地说：“三爷，年纪大的老道眼珠亮得像灯笼，定然是一位身怀精湛内功的高手；他后面的小跟班我瞅着眼熟，有点像陈阿妈。”

区润问：“哪个陈阿妈？”

“插翅蛟”回答：“顺德的‘大春吉’。”

区润大吃一惊，陈吉身为“兴义堂”的掌印阿妈，竟然给别人当跟班，那位道士可想而知身份极为贵重，起码是“洪兴堂”龙头级的前辈。令人匪夷所思的是，这两位大佬级的人物竟然自称是何禄亲戚的伙计，照这么推论，那几个所谓何禄的亲戚自然更非等闲之辈。由铜鼓山联想到“千里眼”，再由“千里眼”联想到明日即将展开的虎门之战，凡此种种，客人的身份昭然若揭。区润心里像压了一块沉甸甸的石头，肃然起身：“今夜贵客临门，非同小可，容不得有半点差池，马上鸣锣击鼓，把所有的兄弟召集起来，统统出海警戒，交替巡洋，一只鸟儿也别给老子放进来。”

“插翅蛟”劝说：“三爷，海上风大，你老人家留在岛上坐镇吧。”

区润听不进去劝告，统领四大金刚下了山，在龙穴洲周围拉起了四道防线——区超在东路洋面前出五里，密切监视英军远征舰队的一举一动；“插翅蛟”在西路严密设防，准备狙击对岸来袭的义勇团练和清兵；陆摩岭的快艇在南路洪奇沥一带巡弋；“蓬匠才”的炮船在北路蕉门设障。从理论上讲，防御重点在东西两路，但虎门大战在即，英军远征舰队和“义胜堂”关系密切，清军则自顾不暇，没有余力与“义胜堂”为难。在这种情形下，真正可能有问题的是南北两路，区润估计还会有人要来铜鼓山，而洪奇沥和蕉门正是必经之路。

猛烈的风席卷而来，“义胜堂”的船只被刮得东倒西歪。衣不解甲，刀不离手，区润两只眼珠紧紧盯着蕉门方向，到了子夜时分仍然睡意全无。天空中乌云密布，看不到一丝一毫的月亮光芒，露水眉梢滴答，区三当家禁不住打了个寒战，心里头满是疑问——这么大的风，这么黑的夜，这么冷的天日，伶仃洋怎么不见怒涛翻滚？正在胡思乱想间，突然，一阵铜笛从蕉门里传出，声音起伏而不动情，像一根根铜针刺进他的耳房，却没有任何的痛感。

“蓬匠才”惊叫：“呀，是二爷。”

区润心头一片释然，对他说：“要是我猜得没错，陈阿妈陪的是萧大龙头，而铜鼓山上的贵客，实为龙头峰总堂的丁二爷。”

“六祖心经”讲述的是天人合一的历程——第一重境界为发生阶段，匍匐在大自然威力下的人类有一颗不泯之心，时时梦想具有大自然同样的伟力，第三道真气便是借由心灵发生的智慧根苗；第二重境界乃天人置换的革新阶段，人类进取之路永不停歇，不断地获取新智慧用以替代旧智慧，绝不故步自封，抱残守缺；第三重境界是自由阶段，人类即将彻底敲开神界智慧宝库的大门，认识宇宙的奥秘。只有进入这个阶段，才能从必然王国跨入自由王国，才能还原精神的本来面貌，实现真正的天人合一。

然而天人之间隔着一块挡板，这便是苍茫大地。我们所看到的大自然，所破译的有关大自然的知识，仍然局限在大地山河，必然王国的根由从此而生。换一句话说，只要人类停留在大地上，那么自由王国永远是一道影子。

早在修炼“六祖心经”第二重境界时，李文茂就来过丹霞山，置身于天地无别、浑然一色的丹霞地貌，大有相识恨晚之觉。这座天地倒悬的大熔炉，最适合修炼像“六祖心经”这样的神奇内功，极像当年在老万山群岛渔船上的梦境，一串串摇曳着渔火的火圈无休无止，他希望在这里彻底剔除体内的阴气。

寻找自由的第三重境界玄妙至微，即使如慧能大师那样的圣人，当年手捧法衣袈裟也是老虎吃天，不晓得从哪儿下手。好在李文茂自身多出来阴阳两道真气，在突破天人合一的最后关口前，需要先用第三道真气吸收阴阳二气。这两处修炼场所是现成的——丹霞山的烈火熔炉有助于剔除阴气，梅花岗下的“六祖井”适合剔除阳气。

武功修炼进展得十分顺利，三个月后，李文茂体内的阴气已经被第三道真气吸收，然而他没有回家过年，而是继续留在丹霞山参悟“浑天剑”法中的“日月合杀”一式。以他现在卓越的功力参悟“浑天剑”法，想练不成剑法由不得你，想练得比别人差也由不得你。只用了不到半个月的时间，李文茂便参透了“日月合杀”一式，完成了“浑天剑”法。当然了，说不到半个月其实并不准确，可以说从大悲和尚传授武功开始，李文茂就一直在琢磨这套剑法。如今屈指一算，差不多十载光阴悠悠而逝，说厚积薄发才算贴切。

正月十五普天同庆，家家团圆吃元宵，看花灯，享受天伦之乐。李文茂独自坐在一座无名峰的山顶，任凭寒风扑面，吹拂着满脸虬髯，不知道该干什么。丹霞山不像畚箕窝，连月亮似乎都镶着红边，看起来像一个半日半月的怪物，遮掩住满天的星辰。

过去的他心中从来不乏星辰，最明亮的那一颗已经炸为碎片，单剩下一个轮廓，高高地悬挂在天空，让他无所遁逃。第三道真气能够收尽体内的阴气，却不能平复心头的创伤，李文茂平生第一次失去了坚强，变得脆弱不堪，彷徨无措。大地上已经没有了方向，而他曾经仰赖如神灵的天空，却迟迟不肯放下一把柔软的梯子。

按照逻辑，“六祖心经”第三重境界的修炼在上丹田，从印堂穴到泥丸宫一片火海，燃烧着李文茂的生命。天灵盖犹如一片娇嫩的荷叶，把先天秘藏和后天生命隔离开来，等待着天翻地覆的那一刻。一点流光自神阙穴缓缓升起，经中丹田到达泥丸宫，然后花开花落。李文茂非常清楚如欲达到自由，必先摆脱桎梏；如欲横渡沙海，必先脱胎换骨；如欲修炼成九转还丹的无漏之体，必先平息心魔，埋葬往日的烟尘！

但是他做不到。在武学大道上勇往直前的“小元霸”，面对丹霞之月，面对月影四周那一轮飘忽的红色轮廓，心头百感交集，落寞抑郁。便在这时，“火龙珠”忽然欢快地跳跃，从他怀里飞出，扑向山下。他定睛一看，原来是“摘光道士”。

英军远征舰队自舟山群岛启程南下，与清廷在虎门口展开谈判，这个消息让洪门之主大慈和尚忧心忡忡，派遣执事大爷“玄真道士”丁复国到粤东探明真相。由于丁复国平时代理大龙头职权，手中握有洪家至宝“玉叶会簿”，因此出行的威仪高于三爷“失魂松”。在总堂右护法黄桂林和“虎”字营右路都督张华洸的陪同下，下大明山走海路抵达伶仃洋。“洪义堂”掌印阿妈罗大纲率众恭迎，在红海湾盘桓几日后，前往龙穴洲观察即将到来的虎门大战。为了不引起别人的注意，罗大纲将大队人马留在东岸的沙井，几位洪门大佬合乘一条八桨快船横渡伶仃洋，以何禄亲戚的名义上了铜鼓山。

“义胜堂”把铜鼓山送给李文茂后，上面建有房舍供“洪德堂”兄弟往来居住之用，里面生活用品一应俱全。丁复国操起“千里眼”朝虎门要塞望去，眼前一马平川，虎门大寨所在的太平圩、三大主力炮台所在的武山、横亘在狮子洋中的上横档岛尽收眼底，甚至连后面大虎山岛的灯火都能看清楚，他满意地说：“这个地方选得不错。”

后上山的那个老道果然是“洪兴堂”掌印阿妈萧明远，接到总堂来信他不敢怠慢，立刻赶到顺德大良。他把随行的秦渠安和袁公明等龙头留在“兴义堂”，只带了“大春吉”，轻车简从登上龙穴洲。

丁复国出自“洪兴堂”，又是“六甲神龙”的同门师兄，两个人感情非常深厚。即使丁复国荣升总堂执事大爷，萧明远仍然一口一个师兄叫着习惯：“师兄，如论海战，罗阿妈在本门中当之无愧坐头把交椅，无人可出其右。”

罗大纲手捻须髯，谦虚地笑：“萧阿妈过奖了，你翻的是旧皇历，自从李二爷执掌龙头大令以来，‘洪德堂’水师发展迅猛，使的是波山艇，架的是佛山炮，募的是古劳水手，又有一批从广东水师历练出来的兄弟，真是威风八面，令人仰慕得很。”

李文茂婚变和焚毁“玉玲珑”的消息早已传到大明山，丁复国问萧明远：“听说茂仔在丹霞山结庐习武，那里是你的地盘，莫非连你也找不到？”

萧明远笑着说：“换别人没问题，可是李二爷武功卓绝，当年在畚箕窝练就了一身绝壁飞行术，他要是藏起来，恐怕神仙也找不到。”

丁复国皱了皱眉头：“你这个智多星会没有办法？”

萧明远足智多谋，但是遇着丁复国全都白扯，兄弟俩实在太熟悉了。见隐瞒不住，只好笑嘻嘻地说：“办法当然有，周道爷近日在阳明山做客，我派人给他捎了一封信，说找李二爷这桩事非他莫属，请他找到李二爷后一起来虎门口，共商大计。”

红毛鬼子举兵启衅，对于洪门来说是百年难遇的良机，大慈和尚、丁复国和陈松三位当家人看到了反清复明大业成功的希望。此次“玄真道士”亲临前线观战，就是要把一手信息带回大明山，供洪门之主参考，以便决定未来的战略。

洪门传统的战略世人皆知，体现在洪门五祖传下来的那首诗中——在三个甲子后的1854年发动大起义。但如果这次广东水师一败涂地，清廷民心尽失，三位当家人觉得不必墨守成规，应该紧紧抓住这个天赐良机，兴义师北伐中原。

改变镌刻在每一位洪家兄弟心头的金科玉律，需要一个能让人信服的理由。这时候，流播民间的“三阳劫变”学说引起了洪门三位当家人的重视。根据这个理论，大起义的时间可以提前到“红阳劫运”年，即道光二十六年底和二十七年初，算起来还有五年。“摘光道士”加入洪门后，常在三位当家人耳朵旁念叨这套学问，如今看来，人家说的果然有几分道理。

丁复国颇感欣慰：“周道爷能来，自然最好。”

“还有一档子好事，”萧明远卖了个关子，“只怕师兄想不到。”

丁复国饶有兴趣地问：“什么好事？”

萧明远说：“据朱阿妈派人刚刚送来的消息，朝廷已经下令与红毛鬼子决一死战。狗皇帝撤了琦善的职，另换一拨人马，里面有鞑子，有汉奸，挺全乎。”

丁复国点头：“这是迟早的事，不算稀奇，红毛鬼子把沙角和大角炮台都打飞了，再不应战的话，鞑子皇帝的脸难道往裤裆里搁？”

一旁的罗大纲、黄桂林、张华洸、陈吉等人闻言哄堂大笑。

“不过，”萧明远沉吟片刻，若有所指地说，“辅佐奕山的大将，倒是有点意思。”

辅佐奕山统兵带将的是果勇侯杨芳，一霎时，丁复国明白了萧明远的意思——杨芳虽然号称大清朝当时的第一员猛将，但是毕竟年逾七旬，统兵打仗的经验绰绰有余，近身肉搏的功夫不尽如人意。以他现在的本事，想保住腰间所佩的“新月剑”，只怕心有余而力不足。此时若在半途设伏，派遣高手夺取那柄天下名刃,可谓正逢其时。

自萧明远以下的“洪兴堂”兄弟莫不期待丁复国能够手刃金蟾道士,在大慈和尚百年后登上洪门之主的宝座,一方面能大大提振“洪兴堂”和武当派的士气,另一方面可以报当年“逍遥门”夺取“南武当”胥江祖庙之仇。而为了达到这一目的,为丁复国弄一柄当世名刃,成为“洪兴堂”兄弟孜孜以求的梦想。

丁复国了解“洪兴堂”兄弟的想法,听了萧明远的话,他心里十分感动。但当着罗大纲和黄桂林等人的面不便表现出来,于是把话题岔开:“再大的好事,也比不过红毛鬼子和威武窑子两败俱伤让人高兴。杨芳的本事在陆战,别说他赶不上天亮以后的决战,就算赶上了,只怕对鬼子的兵船也无计可施,是不是这样,罗阿妈?”

洪门创自草莽,与清廷相比实力悬殊,百余年来屡战屡败,死伤的兄弟血流成河,对清军名将还是心有忌惮的。另外,红毛鬼子的舰队来到中国半年多时间,稍微大一点的战役是定海和沙角、大角炮台之战,前者清军战死不到二十,后者不到三百,尚算不上大规模作战。洋人和清军主力决战到底鹿死谁手,罗大纲心里也没底——广东水师雄兵过万,关天培和麦廷章等将领身经百战,精通兵法,都是不怕死的主;所据守的虎门要塞号称天险,依托后方充足的人力物力支援,不可能连炮台也守不住吧?

“二爷说得是,杨芳不谙海战,管不了多大用,还不如关天培内行。”罗大纲小心翼翼地措辞,“红毛鬼子到底是骡子是马,天亮开战便知。”

以炮台对兵船,在兵法上已占得先机,作为大清国最强大的海上力量,广东水师岂肯束手就擒?天亮这一仗只怕有热闹看。丁复国正打算开口,听闻脚步连连,李文茂和周位抡飞步上了山顶。他幽默地说:“二爷,我等借你的山头议事,切勿见怪。”

李文茂抢前一步,跪拜行礼:“执事大爷在上,属下这厢有礼。”

丁复国平日代行总堂大龙头职权,在洪门兄弟心中实具有半个洪门之主的身份,李文茂行此大礼可谓不过。但李文茂出身红船,与“洪兴堂”本无瓜葛,近来名震四海,他这一拜看起来出自真诚,并无客气虚套。丁复国心里受用,笑着把他搀扶起来:“岂敢,岂敢,咱爷俩虽然以前没有见过面,不过神交已久，命里煞是有缘。你看，咱们两个都是二爷，都是代行龙头大令，是不是老天爷定下的缘分？"

众人又是一阵哄堂大笑，萧明远开口："二爷，你要是再不出山，红毛鬼子都能把广州城打下来。你们'洪德堂'群龙无首，该如何应对？"

李文茂惭愧地说："多承萧阿妈指教，来的路上，李某已经给弟兄们发下号令，若是发现红毛鬼子骚扰百姓，各堂可自行攻击，以牙还牙，以血还血。"

在李文茂屈膝跪拜的刹那，泥丸宫溢出一丝真气，被丁复国敏锐地捕捉到。他惊异地打量着李文茂："茂仔，你现在的功夫不得了啊。"

周位抡无奈地摇头："别人是表里洞彻，真气流布即可，但李二爷却是先天一气，杳冥恍惚，神龙现首不现尾，让人捉摸不透。金丹大道向来日月为体，水火为用；一点元神，氤氲化醇。到了李二爷这里，水没了，就剩下一把旺火在泥丸宫可着劲地烧，这是什么功法？你们说一说，周某修炼了这么多年的道术，为何死活看不明白？"

罗大纲替李文茂解围："二爷习练琼花会馆百家技艺，独门绝技多了去。周道爷，你修的不是这些粗把式，还是给我们讲讲'红阳劫运'吧。"

周位抡不无得意地说："说到这个，贫道托个大，当今世上还真没有对手。洪门五祖教导甲寅起事，无生老母指点'红阳劫运'，各有其道，各具其理，周某最初也是难以决断。好在前有白龙降世，后有赤龙升天，都坐实了'白阳'即起，'红阳'将尽的天理。各位，天下受苦人出头的日子就要来了，鞑子朝廷没有几天蹦跶头啦。"

陈吉疑惑地问："周道爷，赤龙升天后，我们那里说什么的都有，有的说猪龙落地，有的说银龙落地。它们好歹还有人见过，可你说的白龙在哪儿？"

"哈哈哈，"周位抡仰天大笑，"自古以来真龙就是真龙，那些劳什子的猪龙和银龙全是假的，岂能长久？贫道依法推测，猪龙是鞑子朝廷，银龙是红毛鬼子，别看他们现在气势汹汹不可一世，俱为逆天之物，统统不可长久。唯一继承赤龙衣钵的真龙只有那条白龙，此物经过三次变身，如今就在大明山的龙头峰。假使它能化身'镆铘剑'来到人间，我洪家兄弟可持此天兵犁庭扫闾，直取中原。"

丁复国知道大度和尚雇了几个人在望兵峰开炉铸剑，没想到竟然与白龙有关。他和萧明远默默地交换了一下眼神，然后问李文茂："茂仔，斩赤龙、烧赤龙都是你干的，你说说威武窑子和红毛鬼子谁赢谁输。”

李文茂冷笑一声：“晚辈以为周道爷所言不差，只要我汉家男儿心头有仁义，手中提刀剑，鞑子朝廷的日子就长不了。我们祖祖辈辈在这里，他红毛鬼子一介外来户，想在我中华大地撒野，只怕他插得起苗，收不得果。”

丁复国见罗大纲和李文茂对周位抡的看法皆无异议，心里有了底：“众家兄弟，既然天道有还，降天命于洪门，我等自当顺天应命，不吝此躯。天亮以后猪龙和银龙厮杀交战，倘若红毛鬼子行凶得逞，威武窑子一败涂地，丁某即刻返回大明山龙头峰，请掌堂大爷颁下洪家大令，号召天下英雄，‘红阳劫运’年约齐举事，杀他一个天翻地覆。”

众人齐道：“谨遵总堂号令。”

初六清晨，天刚蒙蒙亮，北风停止，英军野战炮兵首先从下横档岛向上横档岛的三座炮台居高临下实施炮击，清军完全处于被动挨打的窘境。部分怯战的将领临阵脱逃，愤怒的士兵们没有向敌人还击，而是向这些败类开了第一炮。

巳时过半，南风突起，英军远征舰队兵分两路，一路以载炮七十四门的两艘战列舰“伯兰汉号”和“麦尔威厘号”为主，辅之以武装轮船“皇后号”等小船，攻打威远炮台、靖远炮台和镇远炮台所在的武山主阵地；另一路以载炮七十四门的战列舰“威厘士厘号”、载炮四十四门的“都鲁壹号”和其他四艘轻型战舰为一路，驶入清军防御薄弱的西水道下锚，用侧舷炮对两岸的水安炮台和巩固炮台展开攻击。同时，轻型战舰“加略普号”“萨马兰号”“先锋号”和“硫磺号”穿越西水道，在上横档岛的西北侧下锚，对上横档岛进行炮轰。

进攻武山主阵地的英军战舰没有给关天培太多的机会，它们沿着晏臣湾水道航行至威远炮台西南三百六十米和五百四十米处分别下锚，成功地避开了靖远炮台和镇远炮台的射击夹角，这样能够对其进行反击的只剩一座威远炮台，达成火力上数量和质量的双重优势。经过四个多小时的激烈炮战，武山的三座炮台基本上失去了作战能力，守炮台的士兵非死即伤。未时过半，英军士兵乘坐小船展开登陆作战，一窝蜂似的扑向主帅关天培所在的靖远炮台。

此时的关天培因为沙角炮台和大角炮台的失陷沦为“戴罪之身”，这位年近六旬的老将战前剪下一绺头发，连同几颗脱落的牙齿和旧衣服，托人寄给家中的老母和妻儿老小，以示战死沙场的决心。英军舰炮异常精准，弹片如雨而下，关天培和麦廷章皆负伤数十处，犹然持刀与冲上来的敌军肉搏死战，最后双双葬身于乱枪之下。

林则徐后来为关天培和麦廷章写下了一副挽联，曰：

六载固金汤，问何人忽坏长城，孤注空教躬尽瘁；

双忠同坎壈，闻异类亦钦伟节，归魂乡关面如生。

第八十四回　新月宝剑

在整个佛山堡，知道王山公和宁洪崖被袭击真相的人屈指可数。小乙送信未果，心中懊丧不已，坐在山墙下低头琢磨心思。他今年十六岁，到了选择人生的年纪，往何处去他并没有明确的目标，但是离开灵应祠这一点毋庸置疑——他不想被“阴阳生”灭口。原本小乙打算通风报信，在陈开和‘德礼堂’兄弟面前落 个好，可眼下工山公和宁洪崖半死不活，这件事算到此为止，多说一个字都可能会给自己惹来麻烦。

去哪儿谋生呢？他问郑流利：“我去红船学唱戏，你看咋样？”

郑流利靠在墙角打盹，听他问话，答道：“错了，错了。”

“看不起小爷？”小乙很不高兴，“前年八月十五，鹤园铺请小爷出秋色，小爷既然能被选为色心，凭啥不能去唱戏？”

郑流利置若罔闻，继续打盹：“错了，错了。”

小乙捡起一粒果核，砸到郑流利的腮帮子上：“醒醒，醒醒，别说胡话。”

“干吗？”孔继尧迈着四方步过来呵斥，“一大早就欺负人？”

小乙站起来笑嘻嘻地说：“呀，是孔爷，恭喜，恭喜。”

当不上“大会馆”首席值事，孔继尧便全力以赴下科场，去年终于考取了武举人。他矜持地端起架子："鸾坛为何关了？"

"大概是，"小乙迟疑道，"没什么人来吧？"

孔继尧"哼"了一句："红毛鬼子打到了乌涌炮台，省城里的老爷太太们都跑到咱们这儿避难，没人来？怕是他没本事挣钱吧！"

琦善南下议和后，"阴阳生"给余保纯和隆福占的那一卦曾经轰动一时。谁知才过了两个月的时间，风云突变，战争结结实实地降临了，鸾坛的声誉受到了牵连。"枫子鬼"那天夜里偷袭了王山公和宁洪崖，陈开与"逃军和"却安然无恙，"阴阳生"心生恐惧，正好借着坊间的议论停了鸾坛。小乙清楚其中的端倪，不便对孔继尧明言，只好打起了哈哈："红毛鬼子从虎门大寨到乌涌炮台必经莲花山，上面的八旗兵难道是吃素的？"

"别提这些王八蛋，"孔继尧怒气冲冲地说，"就是他们率先弃营狂奔，这才影响了乌涌炮台的士气。那条洋大眼鸡'甘米力治号'一炮没放，被人家炸沉到了河底。"

小乙怯生生地问："要是这样，省城还能保得住？"

"保个屁，"孔继尧恨恨道，"当官的把家眷都送走了，近的送到咱们佛山堡，远的送到南雄州，瞅那架势，只差伸着脖子等死了。"

苏文锦从大殿那边急急忙忙走过来，边走边喊："孔老弟，四爷到处派人找你，你怎么在这儿躲清闲？真是好雅致。"

孔继尧没好气地说："找我干啥？莫非四爷想铸一万斤重的铁炮？"

早在琦善到来之前，林则徐和关天培考虑到省河炮台防御薄弱，下拨一笔银两委托佛山堡"大魁堂"督造十二位八千斤重的巨炮。吴璧光把监督造炮的差事交给了梁应琨，打算看他的哈哈笑。梁应琨明白这是个烫手山芋，接了有风险，不接丢颜面，在这个节骨眼上，只能被打死不能被吓死，万般无奈只好硬着头皮顶上去。孔继尧对吴璧光拖人下水的伎俩很生气，越是有事的时候躲得越远，不想替他当炮灰。

吴璧光正急得跳脚，见苏文锦找到了孔继尧，立刻热情地向他打招呼："给你介绍一位故人，孔爷，你看看谁来了？"

孔继尧抬头一看吴璧光后面的那人，脸上瞬间多云转晴："阿勋哥，你几时来的？"

来人名叫孔继勋，与孔继尧同宗异枝，属于南海县罗格乡这一枝。罗格乡位于石湾镇和九江圩之间，人杰地灵，冼佐邦兄弟就来自那里。这个小村子近二十年出过两位名人，一个是道光二年(1822 年)的探花罗文俊，一个是道光十三年(1833 年)的翰林孔继勋。

孔继勋这个人淡泊名利，道光十七年(1837 年)弟弟孔继骧病故，他查了查古书，发现上面有为弟奔丧而辞官的例子，便离开京城往家走。半路上被好友骑快马追上，说皇帝已经下旨命他在上书房行走，孔继勋一笑置之，仍旧乘舟南归。他这个人有三大嗜好，一是旅游，一是藏书，一是书法。因为第一个嗜好，他和梁九图经常结伴出游湘粤山川；因为第二个嗜好，他在广州城南的太平沙盖了一座“岳雪楼”，藏书多达三十三万册，后来与万松园的“粤雅堂”、潘仕成的“海山仙馆”并称“粤省三家”；因为第三个嗜好，吴荣光退休回到佛山堡后，孔继勋隔三岔五地在广州和佛山堡间来回穿梭，向他请教书法。

尽管收藏了那么多的书，但孔继勋不是书虫，而是一个性情率真的好义之士。他踱到孔继尧的面前：“阿尧，杨参赞的官船在黄鼎司遇到袭击，紧急向‘大魁堂’求援。你是‘大会馆’的第一高手，怎么总是推三阻四？国家大事，不可小肚鸡肠。”

孔继尧急忙为自己辩解：“阿勋哥，我没有。”

吴璧光等的就是他这句话，笑着做了个手势：“孔爷，正埠码头给你备了八百勇丁，枪炮齐整，紧急军务，千万不要耽误。”

孔继尧狠狠瞪了“银刀秀才”一眼，转脸对孔继勋说：“阿勋哥，红毛鬼子来得凶，我看你干脆搬到佛山堡来住，这里毕竟安全一些。”

孔继勋摇摇头：“阿尧，别看我是一介书生，然则腔子里照样有三分血性。红毛鬼子真要打进省城，说不定我也效法邝海雪，血溅书楼，与他不共戴天。”

“阿勋哥，我去还不行吗？”孔继尧慌忙截住他，“别说这么吓人的话。”

虎门大战后，英军的轻型战舰长驱直入，第二天冲过莲花山，攻克乌涌炮台；初十、十一两天连克琶洲炮台和琵洲炮台，兵锋所至，无不披靡，震撼了粤东大地。

果勇侯杨芳南下之路并不平坦，趁着官军大败、人心惶惶之际，各路武林势力纷纷出动半路邀击，目标无非是那把“新月剑”。好不容易过了西海大寨，官船在黄鼎司过夜的时候，突然遇到了一伙蒙面人的突袭，杨芳率领亲信出战，同时派人到佛山堡求援。

袭击杨芳的蒙面人来自“逍遥门”，领头的是清林道士和曾天猷。这些人在黄鼎司的地面下手，目的不单单是为了夺取“新月剑”，更想栽赃西海大寨，因此失手后并不急于离去，从夜里厮杀到天亮，直至孔继尧带着援兵赶到，才不紧不慢地撤出战场。

孔继尧登上参赞大臣的座船，屈身行礼：“侯爷，你老人家没伤着吧？”

杨芳十五岁从军，戎马生涯五十五载，虎老雄风在。他仰脖灌进一碗烈酒，用袖子抹了抹粘在胡须上的酒水，豪气十足地说：“本爵帐下这些孩儿身经百战，俱是从死人堆里爬出来的修罗，脑袋掉了不皱一下眉头，出点血丝算个屌？孔老弟，公然劫杀官船，这伙强人的胆子忒大了吧？附近有哪些绺子？给本爵一一报来。”

“孔鸡蛋”不相信是西海大寨所为，否则，凭李文茂的本事早把杨芳剁成肉酱了；陈开是他的哥们，他也不愿意将祸水向陈开身上引。沉吟片刻，孔继尧答道：“回侯爷的话，附近没有绿林的绺子，三水县芦苞胥江祖庙是‘逍遥门’，水龙道爷和地方上的关系素来融洽；西海地段原来有几股杀手，后来陈天义响应官府号召筹办团练，把他们撵走了。小的猜想，要么有人给他们栽赃，要么是过路杀手。”

义勇团练良莠不齐，特别是湘粤三省的百姓勇悍无畏，经常冒死犯险，杨芳在湖南提督的任上对此了解颇深。他疲倦地摆了摆手：“匹夫无罪，怀璧其罪，这种事情见多不怪。自从本爵十余年前在喀尔铁盖山得了这口利刃，总有武林中人上门找麻烦。算啦，算啦，听说贵堡为天下巨镇，人才辈出，藏龙卧虎。本爵奉旨剿灭英夷，武备之外以访仙求贤为第一要务，敢问孔老弟，贵堡那个老神仙还在不在？”

孔继尧早听说这位侯爷痴迷于法术，而且有断袖分桃的不良嗜好。想到吴璧光用孔继勋来压自己上阵卖命，他忽然计上心头，何不以牙还牙，在吴老四屁股底下埋一颗炸雷？他装作为难地说：“侯爷，真不凑巧，‘鸡公’老神仙已经仙逝多年。”

杨芳失望地说：“哦，无缘得睹仙颜，真是太可惜了。”

孔继尧话锋一转："不过，他老人家有衣钵传人。"

杨芳大喜："如此说来，这个鸾坛还在？"

孔继尧侃侃而谈："本镇灵应祠供奉北帝爷爷，从前朝以来佑护地方，灵验得很。老神仙驾鹤西游后秘术未绝，在灵应祠藏经阁开坛的有三位道爷，头一个是其首徒'广灵子'，第二个是灵应祠住持'神算子'，第三个是一位粤西来的高道'阴阳生'。"

孔继尧故意把"广灵子"和"神算子"两头打铜鼓的烂蒜放在"阴阳生"前面，有意给杨芳造成一个错觉，以为他们两个道法比较高深。杨芳哪知道他的拐弯心思，高兴地抖动着胡子连连说："太好了，太好了，不瞒孔老弟，本爵在家里也时常闭关修道，这回要好好向三位神仙请益一番。对付红毛鬼子不能单使兵法，必须仰仗法术。"

"孔鸡蛋"怔怔地注视着这位大清朝第一名将，越看越觉得陌生，越看越觉得他不像一位勇冠三军的大将，倒像是混元法师之类的江湖术士。想到这里，孔继尧心里悄然升起了一股蔑视之意："侯爷，三位神仙和你一样经常闭关修法，灵应祠的鸾坛并不是每天都开。不过你奉了圣旨前来剿灭英夷，为国效命，'大魁堂'和吴四爷肯定会给你这个面子。吴四爷你老人家听说过吗？就是吴方伯的堂弟。"

杨芳哈哈大笑："吴方伯和李都转皆为本爵敬仰的风雅人物，可惜本爵当年屡试不售，否则也和他们一样，当个吟诗作画的神仙，岂不逍遥自在？"

孔继尧建议："依小的看，侯爷一路辛苦，莫不如占卜之后在镇子里歇息一晚。现在本堡风流云集，不少是从省城来的名士，正可以向他们备询战况。"

杨芳手捻须髯，频频点头："本爵恰有此意。"

英军攻克琵洲炮台以后，广州知府余保纯接受琦善的委派向义律要求停战，战胜者把价码翻了一倍，即赔款一千二百万两、香港之外再割让九龙等等，明确要求粤省大吏共同在条约上按手印。如果不听招呼，三天后继续开打。

杨芳是在停战期间的第一天到达的佛山堡，正埠码头挤满了迎接他的官绅百姓，大家翘首以待，争相目睹这位百战名将的风采。汾江河两岸遍布

“大会馆”的铺丁，他们用激昂的金鼓欢迎参赞大臣的官船，杨芳健步上岸：“吴方伯，李都转，幸会，幸会。”

吴荣光感慨地说：“侯爷龙马精神，英雄不减当年，我等如大旱之望云霓。希望侯爷再现喀尔铁盖山的神武，剿灭英夷，方不负圣上重托，苍生切盼。”

李可琼是年七十有六，老态龙钟，拄着拐杖，喘着粗气：“侯爷有所不知，英夷的舰炮犀利无比，诚国朝开基二百年来未有之劲敌，与西北的张格尔不可同日而语。假如这次灭不了夷人的气焰，祸将大作矣，侯爷不可不察。”

这番由衷之言听在杨芳的耳朵里极不受用，似乎有贬低他当年生擒张格尔的味道。杨芳压住心头的不快，拱手道：“方伯和都转大人客气，杨某虽然平生大小百余战未逢败绩，却从来没有听说过这样的怪事。按理说兵船在海涛中应该剧烈颠簸才是，因何舰炮比炮台的大炮打得还要准，而且一飞就是十里开外？这里面一定有鬼。红毛鬼子嘛，没有鬼怎么叫鬼子？为将者上识天文，下知地理，中通人和，此外尚须晓阴阳，辨八卦，出奇制胜。本爵一路行来苦思破敌之道，凡是有灵异的名山大川无不驻足停驾，遇庙访庙，逢观拜观，祈求上仙看在天下苍生的分上，勿使华夏大地再度蒙尘。”

孔继勋点点头：“侯爷一片丹心，光昭日月。”

吴璧光行了个礼：“时逢艰危，地方不靖，扰了侯爷的清修，叫人惭愧得紧。请移驾崇正社学，‘大魁堂’聊备薄酒为侯爷洗尘。”

“莫非是吴四爷？”杨芳笑眯眯地问。

吴璧光又行了一个礼：“小的万不敢当。”

“凭这些训练有素的义勇，‘四爷’这两个字阁下当得起。”杨芳指着两岸盔甲鲜明的“大会馆”铺丁，满面春风地夸赞。

得到名将首肯，“银刀秀才”心里跟吃了蜜一样甜，嘴上更加谦虚：“侯爷过奖，本镇的铺丁虽然有点把式，但行军打仗尚未历练过，望侯爷多多指点。”

“哈哈哈，”杨芳郑重地说，“四爷，久闻佛山堡堪舆胜地，刀兵不能相加，全赖灵应祠北帝神佑。前朝黄萧养兵败城下，即灵验之明证。本爵为国事计，想借鸾坛占个吉凶，请四爷行个方便，勿使老朽失望才是。”

“银刀秀才”闻听此言，犹如五雷轰顶，好半天才结结巴巴地说：“侯爷，不是小的有意推辞，灵应祠的鸾坛前些日子刚停，主持鸾坛的道士正在闭关修法。”

“谁还没有修过法？”杨芳幽默地说，“本爵听说精通扶鸾秘术的有好几位神仙，总不能赶着本爵来之前，都卷起铺盖跑路了吧？难道四爷怕本爵偷师学艺？”

这话说得太重，一点余地也不给留。吴荣光瞪了兄弟一眼：“侯爷奉旨扫荡夷寇，一身系万民所望，别说没用的，赶快去安排，吃夜宵前把坛子开了。”

吴璧光坐在大轿子里，肚子里的苦水被颠簸了一路，嘴里也骂了“孔鸡蛋”一路。事到如今骂阎王爷他姥姥也不管用，只有想办法搪过这一关才是正题。轿子到了崇正社学门口，他让苏文锦去叫“神算子”，又命马永炽到鸡宅掏“广灵子”的被窝。马永炽应声而去，刚走了几步远，又被吴璧光喊住：“老马，听说你打算辞差？”

李可琼辞去“大魁堂”当班值事以后，马永炽日子过得很不顺心，虽然上上下下都对他客客气气，但闲在那儿全然是个摆设，与人交往深也不是，浅也不是，难受劲就别提了。他最后决心离开“大会馆”，张罗一个买卖过消停日子。这事本来准备对吴璧光提，可巧赶上红毛鬼子重开战端，他便把顶到嗓子眼的话咽了回去。此刻听吴璧光提起，他怀着歉意说：“不是马某人不讲义气，四爷，我干过当班值事领过头，继续留下去有害无益，这个理谁都明白。趁着弟兄们和和气气的时候好聚好散，时间长了容易起生分，我说的是心里话。”

“我明白。”吴璧光掏出一张银票，“听说你打算去浔州府开当铺？那个行当本钱大。小弟过去对你照顾不周，给老兄凑五千两银子的份子，别推辞，推辞就是不拿吴某人当兄弟。”

马永炽十分感动，抱拳在胸：“四爷，我交你这个兄弟。”

吴璧光叹了口气：“瞧现在这架势，红毛鬼子锐不可当，省佛一时难得安宁，去粤西做买卖倒也清静。你该走就走，有的是人办差，办不好还办不坏啊？”

“四爷休要灭自家的威风。”马永炽提醒，“鸾坛这事不用发愁，我给你透个底，姓韩的藏在鸡宅，根本没有走。”

吴璧光精神一振：“谁说的？”

马永炽没有隐瞒：“昨天我碰到‘琉璃球’和朱剑飞，听他们说的。”

吴璧光打心眼里还是推崇“阴阳生”的，甚至有些畏惧，上一次在鸾坛占的那个“杀”字迄今记忆犹新。他“银刀秀才”不是初出江湖的雏，清楚那一卦表面上占的是和战大计，其实算的是他、韩通、陈开四兄弟之间的关系。果不其然，没过两天便传出王山公和宁洪崖双双遭到暗算的消息，而且神不知鬼不觉，没有留下任何痕迹。

吴璧光心头升起了一丝寒意，佛山堡暗流涌动，谁都想夺取这个天下巨镇的控制权，再不急流勇退只怕大难临头。他自嘲地说：“好，吴某用八抬大轿去抬他。”

马永炽以为他生了气，摇头道：“四爷，这不合适，你是佛山堡的当家人，哪能和一个道士较真？咱们装聋作哑赏他一个面子，我去鸡宅把话点透，反正他们仨今天必须把鸾坛给咱爷们开了。要是折了四爷的面子，以后谁也别想在佛山堡混。”

吴璧光暗自苦笑，又不能对马永炽说破，只好装作一副愁眉苦脸的样子：“老兄，鸾坛不像别的，那两头烂蒜能越俎代庖？你又不是不知道他们的斤两？”

“四爷不必多虑，”马永炽笑了，“红毛鬼子不是张格尔，果勇侯也不复当年之勇。‘神算子’和‘广灵子’的修行再差，对付他还不是张飞吃豆芽，小菜一碟？”

吴璧光心中彻底释然：“老兄提醒的是，我听说侯爷年纪大了后不爱娘们，专喜欢打铜鼓走旱道，让‘神算子’接待他倒是合适。”

所谓英雄所见略同，接到马永炽传来的口信，“阴阳生”立刻把“神算子”喊来，和“广灵子”三个商量对策。“神算子”和“广灵子”打了个对眼，齐声说：“韩爷，劳驾你开坛给姓杨的占上一卦，我们哥俩没那个本事。”

“不行，”“阴阳生”断然拒绝，“贫道已然宣布闭关修炼，为了一个快入土的老梆子破例开关，那不是打自己的嘴巴？咱们的道法也太不值钱了吧？再说隆福那个王八蛋没事干，到处嚷嚷说我的道法不精，韩某出面的话，岂非向他示弱?”

“神算子”和“广灵子”平时花天酒地,多一半花销从“阴阳生”这儿领,如果鸾坛出了问题,将直接影响他们的收益。两个人挠起了头:“如何是好?”

“阴阳生”说:“你俩必须出一个。”

两个难兄难弟一个比一个躲得远:“我们摆弄不了那玩意。”

“阴阳生”把脸一沉:“你俩平日不是练过吗?”

“神算子”气呼呼地答道:“练啥呀?‘枫子鬼’根本不听我的,专门和我捣乱,她写出来的字和我想的毫不搭界。”

“别说你们,”“阴阳生”笑了,“她而今有了主意,连我的话也不见得听哩。”

“神算子”提醒:“咱们不提那些不高兴的事,韩爷,别看吴老四平时嘻嘻哈哈,这小子心里恶得很,要是当众塌了他的台,只怕他真会把咱们撵出灵应祠。”

“阴阳生”坚持不出面,是因为他已经决定在佛山堡下手夺取“新月剑”,需要找一个出面承当的替死鬼。他琢磨了一会,断然道:“吴老四是佛山堡的当家人,果勇侯是国之重臣,这次鸾坛不但要开,而且必须把他们哄高兴。事关哥几个一辈子的嚼头,绝对不能推托,韩某自然从旁助力,你们俩抓阄选一个吧。”

说罢,他从屁股底下摸出一枚铜钱,等“神算子”和“广灵子”选择后,麻利地往空中一丢拍入掌中,开掌一瞅,不觉皱了皱眉头——脑子迟钝的“广灵子”被选中开鸾坛,而一贯出馊主意的“神算子”却逃过一劫。

“神算子”心里乐开了花,故意问:“韩爷,你看我能帮点什么忙?”

不能便宜了这厮,“阴阳生”手一挥:“侯爷是有名的兔爷,你出两个俊俏的娈童,晚头把他老人家伺候妥帖。一个要床上功夫出色,‘小蒲扇’整天跟你睡觉,就是他了;另一个要头壳灵光,嘴巴甜,我觉得小乙这伢仔不赖。”

“啊?”“神算子”立时感到心口一抽。

“广灵子”心里得到平衡,问“阴阳生”:“韩爷,你看侯爷会问些什么?”

“他关心的是圣眷,讨教的是制胜之术。”“阴阳生”眉间掠过一丝不经意的讥讽,“你就告诉他,只要使用‘混元金斗’,红毛鬼子一阵可破。”

“阴阳生”与金钟道士联手在佛山堡作案，多数银铺和当铺遭了黑手，“百盛押”是少数没有遭殃的幸运儿之一。这间当铺规模小、经营不善，没有多少银子周转，因此未引起白蚂蚁的兴趣，实际上已经濒临倒闭的边缘。佛山堡的典当业竞争非常激烈，马永炽并没有打算留在佛山堡打硬仗。他发现“百盛押”的朝奉多来自粤西，相中了这套整班子人马，便出资把当铺盘下来，准备搬到浔州府另辟蹊径。

“三和兄弟，”马永炽问叶老三，“想明白了？”

“赣通押”是佛山堡典当业的大旗之一，这次蒙受的损失最重，邹良圭暴跳如雷，看店里的伙计谁都像贼。叶三和的日子很难过，像他这类学三年干三年的资历，在人才济济的“赣通押”根本端不到桌面上，但在马永炽眼里还算是一根葱。叶三和迟疑地说：“马爷，你给的工钱确实高，可是我跟着邹老爷日子不短，张不开嘴呀。”

“你把人家当菩萨供着，人家可不把你当沉香烧。”马永炽道，“兄弟，江湖上的事情我比你醒目，你要真是一根离不了的拐棍，人家能给你定那么低的工钱？跟哥哥走吧，反正你留在佛山堡也不开心，兴许邹掌柜的还甩了人情包袱呢。”

佛山堡确实让叶三和很生气，邹良圭的猜疑倒在其次，关键是他难以容忍别人在背后的指指点点，无法把母亲从区家解救出来。尤其是妹妹家就住在西南巷区家的对门，人生的奇耻大辱无时无刻不在刺痛着他的心。旧仇未去，复添新恨——正月初二，母亲又给区彦魁生了一个带把的婴儿，区家那个老不死的正在家里大事庆贺呢。

叶三和从街上买了一把锋利的刀仔，没事的时候磨两下子，既壮胆又泄愤，然而真叫他拿刀子捅区彦魁的肚皮，他还见不得血。对自己和世界愤懑不已的叶老三如今只有逃避，他气鼓鼓地说：“走就走，我立马去辞差。”

马永炽高兴地拍了拍他的肩膀：“三和兄弟，咱们是乡亲，马爷准亏待不了你。再说现在红毛鬼子祸乱人间，有权有势的人家都往粤西避难，你留在这儿干甚？即便你念家，过两年咱爷们挣了大钱，回佛山堡开几间买卖不全有了？”

叶三和使劲摇头：“老子不回来。”

“那就好，那就好。”马永炽叮嘱他，“我还得筹备些日子，你不用忙着辞差事。提前给掌柜的透个口风，别让人家到时候措手不及，骂咱们没良心。铺盖可以搬到‘百盛押’，明天开始哥哥给你支工钱，绝不让兄弟吃亏。”

“工钱？”叶三和道，“我没把它当回事。”

“听说你二哥跟着陈天义发了财？”马永炽问，“这小子不够意思，发了财也不请乡亲们吃一顿酒。你要走的话，是不是应该给他打个招呼？”

“他是他，我是我，打个屌招呼？”叶三和对哥哥“逃军和”极不满意，他现在手下带了那么多兄弟，竟然不去区家把母亲抢出来，算什么汉子？

马永炽叹了口气：“三和，你这个脾气必须改一改。你看陈天义人家多会玩，立了个堂口叫什么‘德礼堂’，听起来好像是一间私塾，正儿八经的买卖人。以前官老爷怕受连累，不愿意深究会党，如今红毛鬼子打过来，人家开武馆办团练，弄得跟真的似的。倒是你这个名字爹娘没给起好，三和三和，乍一听是三合，那不就是洪门吗？要是再不走，当心官府把你当会党抓起来，向上面交差顶罪，那才冤枉到姥姥家了。”

言者无心，听者有意，马永炽的这段话把叶三和说得忐忑不安，看来佛山堡这个是非之地不能多留了。他提了两瓶陈太吉的豉味玉冰烧到“赣通押”，邹良圭正在气头上，不管谁辞差一概照准，同意他干到下个月底结清工钱走人。叶三和收拾完铺盖，天已经黑了，离开当铺走到街上他犯了难，去哪儿落脚呢？二哥在西海大寨，四弟在梁家的新园子出工，当浑身碎屑子的木匠不容易，不能再给他添麻烦，左思右想，只能去妹妹家暂时歇脚。

叶老三在街上游荡了半天，夹着铺盖卷深一脚浅一脚摸黑进了居仁里。忽然他发现这个世界变了，无论东南巷还是西南巷一律死气沉沉，黄家那盏永不熄灭的油灯不见了亮，窗户里再也没有晃动的倩影，他这才想起黄纨卿回到龙山当了姑婆。

“啊。”从脚底下传来一声尖厉的叫声。

叶三和吓得魂飞魄散，后仰摔倒在地，脚底板告诉自己刚才这一脚没有踏空，而是踩到了一个软绵绵的东西，他声音颤抖地问：“谁？谁？谁呀？”

朦朦胧胧中他发现一个人影从身旁蹿了出去，被踩的那人显然听出了叶三和的声音，羞答答地回答：“三哥，我是‘红心’。”

“黑灯瞎火的你在这儿干啥？”叶三和嘟囔了一句，爬起来摸自己的铺盖卷，一不小心摸到了“红心”的光屁股，唬了他一跳，“你咋在这儿做买卖？”

“红心”长大了，两个奶头和屁股上都有了肉，特别是搬到东南巷的这段时间里，吃喝问题算是解决了。她窸窣地穿好衣服，一个劲地埋怨：“都怪‘白皮’，她嫌我长得丑，不带我去佛山涌，说管仲爷爷一准劈头盖脸把我打出来。”

鹰嘴沙的土娼卖身挣不了几个钱，而像“红心”这样夜里飞的流莺更是下等的下等，卖一次身的价码不超过三文钱。佛山堡虽然遍地流莺，分布却很有规律，基本上在汾江河、洛水和佛山涌两岸，鹰嘴沙的流莺算是等而下之的。叶三和好奇地问：“刚才那个家伙是谁？是不是巷子里的人？我看那小子地形很熟呀。”

“以前是，现在不是。”“红心”回答，“是钟家那个铁匠，他不是被黄家打过‘情理鞭’吗？白天不敢进镇子，晚头摸进来，偷偷地看他阿妈。”

钟水鼎离家这么多年，仍然冒着危险来探视老娘。对比之下，叶三和心里满是凄楚。他善意地提醒“红心”：“以后别在巷子里弄事，这里的人心狠，逮住了必定打你的鞭子。”

“管他呢，先挣了钱再说。”“红心”脱光衣服，把叶三和的手拉到胸口，“三哥，你不是外人，只管来弄，我不要钱。”

叶三和抚摸着“红心”的奶头，猛地一颤，立刻把手缩了回去。在这一瞬间，暴脾气的汉子觉得羞愧难当，自己把母亲扔在区家躲到粤西，和街头的混混有什么区别？还不如偷偷回家的钟水鼎有人味呢。

“红心”温柔地抱住叶三和，伸手去解叶三和的裤腰带，手指尖摸索着，无意间触到了小刀锋利的刃口。手指被割破，她尖叫起来：“三哥，你带刀仔干啥？”

叫声惊动了夜空，有人喊：“那边是谁？看更的，你白拿钱不干活啊？”

在闸门楼接替鸡英逵值班的是“瞌睡虫”，他睁开睡眼，不服气地说：“谁白拿钱？你们给的灯笼不好使，我总不能赔本当差吧？”

那人发火了：“你小子还敢顶嘴？”

叶三和听出说话的人是伪君子区植棠，心里坚定了主意。在冰冷的寒风中，叶三和按倒“红心”顷刻一泄如注，算是破了童子身。事毕，他从裤兜里摸出一把铜钱，连同那柄带血的小刀一起递给“红心”：“妹子，假如哥哥出了事，周年忌日，拿这把刀仔给我上坟。”

“三哥，我不要钱。”“红心”慌忙推辞，“你想干啥？”

叶三和绑紧裤带，提着衫子，光着脊梁走到闸门楼下。丫鬟手里提着灯笼，区植棠见状大吃一惊：“老三，大冷的天你怎么没穿衣服？吃‘无情鸡’了？”

叶三和一言不发，照直向前走。区植棠将丫鬟打发回家，亲手提了灯笼赶上去。叶三和停住脚步，“呼哧呼哧”地喘气：“区老爷，那事你打算咋办？”

区植棠眨巴着眼珠：“兄弟，你须想清楚，弄死那个臊虾，免不了吃一场官司，牢狱之灾是难免的，你敢不敢？”

叶三和满不在乎地说：“只要能让我阿妈回家，别说弄死一个臊虾，就是把南海县衙门一把火烧了，老子也不带眨眼的。头壳掉了碗大个疤，算个屁！”

“那就好。”区植棠高兴坏了，“三和兄弟，衙门里头的事你也清楚，大不了多孝敬点当官的银子，过两年一准把你弄出来。现在红毛鬼子兵临城下，事情比以前好办得多。我家里有的是钱，你二哥有本事有人手，能忍心让你在里面吃苦？”

叶三和怒气冲冲：“别提他，我没有这个二哥。”

“行行。”两人商议了一会，区植棠问，“老马什么时候让你去‘百盛押’？”

叶三和回答：“搬过去住先，明天就支工钱。不过我和邹掌柜的说好了，干到下个月底结账走人，利利落落，两不相欠。”

“妥了，”区植棠打了个响指，笃定地说，“就应在这上面。”

叶三和摸不着头脑：“区老爷，你葫芦里到底卖的是啥药？”

“天机不可泄露。”区植棠神神秘秘地说。

在“阴阳生”的暗助下，“广灵子”开的鸾坛十分顺利，杨芳佩服至极，怀里揣着一张鸾笔写的破敌秘方，兴冲冲地离开了灵应祠。吴荣光、李可琼、孔继勋和“大魁堂”众绅士在正埠酒楼大摆筵宴，为他前往广州剿灭红毛鬼子壮行。

鼓敲二更，杨芳辞别众人。“神算子”早将“小蒲扇”和小乙梳妆打扮，用软轿子抬进参赞大臣的座船。清廷严禁当官的嫖妓，因此玩弄娈童便成了官场大观，尤其是像杨芳这样久经沙场的大将，少有不好男风的。官船上的二十来名贴身侍卫跟随杨芳多年，对这种情况见多不怪，他们中有不少人是入幕之宾，都知趣地下到小艇闪避。

四更落鼓，杨芳方才心满意足地放两个小道士回家，一声令下，官船离开正埠码头。天蒙蒙亮时行驶到大镇乡三官庙，侍卫进舱请示："侯爷，要不要上岸拜庙？"

杨芳抬头问，"这座庙灵验不灵验？"

侍卫回答："听吴值事说，庙里的地官爷爷非常有名。这一带的高手常在庙前比武，死了的话魂魄直接飞进十八层地狱，不用绕弯路。"

"那就是说很灵？"杨芳颔首道，"走，上去拜一拜。"

二十多个侍卫兵分两路，十六个上岸陪同杨芳参拜三官庙，剩下的留在官船警戒。杨芳的脚步刚踏进三官庙，就听门后一声怒喝："贼子，拿命来。"

偷袭的两个人身着道袍，各执长剑，转眼刺倒了四五个侍卫。杨芳倒吸一口凉气，这几名侍卫皆为百战勇士，被人家一击而倒，看来对方来头不小。

好个临危不乱的果勇侯，挥"新月剑"杀开一条血路，径直奔到地官大帝的神像前。众侍卫心领神会，如影随形，瞬间依托地官大帝神像结成一个偃月防御阵形。杨芳提剑纵步向前，沉声断喝："何方高人？报个字号。"

"哈哈哈。"一阵洪亮的笑声从头顶传来，杨芳和侍卫们大惊失色，齐齐上望。只见地官大帝神像头上傲立一人，五十岁出头的年纪，七尺多高的身材，头戴东坡巾，飘飘洒洒，神采奕奕；腰悬"神龙剑"，气势逼人，威风八面。

那人自地官大帝神像头上飘然落地，来到杨芳面前："大丈夫行不更名，坐不改姓，'洪兴堂'掌印阿妈萧珂萧明远，江湖人称'六甲神龙'的便是。"

第八十五回　道法合璧

"洪兴堂"掌印阿妈萧明远得知白龙潜踪望兵峰，心里充满了不安，如果大度和尚真的锻造出"镆铘剑"，必将在洪门之主的竞争格局中力压丁复国一头。为今之计，只有半路劫持杨芳的官船，夺取"新月剑"，方能助师兄一臂之力。

按下丁复国乘海船返归大明山不提，且说众家英雄在龙六洲铜鼓山分手后，萧明远来到顺德大良镇迅速做出安排，命令"兴胜堂"和"兴义堂"的人马全体出动，在北江、西江两岸严密监视官船的一举一动，摸清杨芳的活动规律。得知果勇侯逢庙必拜的习惯后，萧明远把动手的地点选在大镇乡的三官庙——此地位于广佛腹心，距杨芳此行南下的目的地广州城不过咫尺之遥，正是敌人戒备心理最松弛的时候。

萧明远算计精到，思虑周全，他在三官庙附近布置了一支八十余人的精干武装，里三层外三层地埋伏起来，形成一张密不透风的罗网，专等杨芳的官船上钩。这支埋伏的人马主要来自陈吉的"兴义堂"，萧明远给陈吉的任务是狙击地方团练有可能的支援，而对付杨芳及其侍卫则由他和四爷秦渠安、六爷袁公明在庙内完成。之所以这样安排，是因为"六甲神龙"希望神不知鬼不觉地夺取“新月剑”，最好不要惊动大镇乡“德礼堂”的眼线。

其实“六甲神龙”多虑了，“枫子鬼”一击而中，王山公和宁洪崖双双落难，陈开骤然失去左膀右臂，痛心疾首，这个年根本就没有过好。大沥四堡，尤其是大镇乡，原属王山公亲自开辟的滩头堡。他被刺成失心疯后，李阿发失去了主心骨，手忙脚乱，支应不过来局面，只得收缩阵地，哪里有心思去琢磨别人？

整个事件完全按照计划进行，没有出现任何纰漏，萧明远很满意。反过来，果勇侯杨芳得知眼前这个老道便是大名鼎鼎的“六甲神龙”，顿生怯意：“原来是萧大龙头，久闻阁下剑法高超，倘若倒退二十年，杨某倒想领教领教尊驾的‘两仪四象剑’。”

萧明远爽朗地一笑：“萧某不思往昔，只追来日。今朝借你的‘新月剑’一用，留着你的项上人头，他日疆场上见个高下，看看侯爷是否真的用兵如神。”

杨芳一怔，没想到敌人的襟怀竟然如此了得？看来洪门会党与教匪是不一样。他举起“新月剑”一指萧明远，恢复了傲慢的神态：“为将者人在剑在，剑失人亡，想取剑可以，须让杨某先见识一下你的手段。”

“痛快，”萧明远仰天长啸，“萧某正有此意。”

论行军打仗和排兵布阵，萧明远可能不及杨芳；但要比试武艺，十个杨芳捆在一起也不是“六甲神龙”的对手。萧明远与年迈的杨芳对阵，不是想弄清楚他的武艺有多高，而是打算实战测试“新月剑”，是不是像传说中那样削铁如泥。

为达此目的，“六甲神龙”不惜用自己的“神龙剑”与杨芳的“新月剑”正面格斗。二人对面走过三个回合，萧明远不躲不闪，运内力于右腕，“神龙剑”猛地劈向“新月剑”的剑刃，众人就听“咔嚓”一声，剑身被劈为两段。

剑身对撞的那一刻，双方都以为“神龙剑”这次必遭厄运，抬头一看无不吃惊——萧明远手中的“神龙剑”完好无损，被砍为两截的却是那柄驰名天下的“新月剑”。

杨芳面如土色，从地上捡起断剑：“无耻，无耻。”

萧明远亦是失望至极：“怎么回事？”

杨芳连连跺脚，有苦说不出。“新月剑”被人神不知鬼不觉地掉包只有两个可能：一个是在鸾坛占卜的时候，作案者可能是灵应祠的道士；一个是颠鸾倒凤、打铜鼓的时候，作案者就是那两个细皮嫩肉可人疼的娈童。杨芳越想越觉得中了人家的圈套，那两个娈童不正是灵应祠派来的道士吗？有心回去找“大魁堂”论理，手里没有一样过硬的证据。再说自己从灵应祠求了破敌良方，还顺便玩了人家的娈童，这话传出去，好说不好听！

杨芳转念一想，看来自己和这把“新月剑”的缘分到此为止，即便灵应祠的道士不偷也会落到萧明远的手里。想到这里，他心里略微好受了一些，自嘲地说：“大龙头，对不住，人家比你先下手了。要不，这截断剑你拿去将就着用？”

“德礼堂”全面收缩阵地，一来是由于两个龙头同时遭难，二来是因为李文茂从丹霞山回来后发布新令，严禁各堂口趁着眼前的战事大肆扩编。“小元霸”一贯奉行精兵战略，对大度和尚良莠不分收编江湖势力的做法不以为然——在清廷的严酷镇压下，加入洪门是提着脑袋造反的行为，乌合之众对反清复明的大业无济于事，反而会扰乱军心，削弱斗志，同时白白送给阎王爷许多无辜的性命。

王山公和宁洪崖被刺后不能视事，一个说话疯疯癫癫，一个眼前总浮现海市蜃楼，“德礼堂”士气一落千丈。陈开这段日子焦头烂额，在委托陈见成、梁芳长、梁德荣请郎中给两位龙头疗伤的同时，与叶二和、曾三、何典等人商量，计划再开三个堂口，提升一下兄弟们萎靡不振的心气。没想到偏偏在这个时候，接到了李文茂的军令。

李文茂发布这条新令并非针对“德礼堂”，他在丹霞山习武的这段日子，旗下各堂口均出现了类似的苗头，尤其以关钜的“德义堂”、陈显良的“德勇堂”和陈松年的“德英堂”表现得最为突出，“德礼堂”的动作还算是慢的。由于和李文茂的中军大营同处西海大寨，陈开的神经格外敏感，平日做事小心谨慎，不愿意在其他堂口面前落下话柄。接到命令，他果断中止了即将实施的扩编计划，同时命李阿发和冯天善抽调旗下主力，迅速向位于龟岗岛的“礼红堂”靠拢，集中兵力应对红毛鬼子的入侵。

三天停战期限眨眼就过，二月十四那天是惊蛰，英军舰队攻陷猎德和二沙尾炮台，隆隆炮声把潘家院子里的仙鹤吓得飞进了万松园。义律洋洋自得，向百姓发布安民告示，同时要求杨芳和怡良等人立刻签订城下之盟。杨芳则采取缓兵之计，一面派余保纯告诉义律自己其实也希望停战，就怕当家的皇上不答应；一面加紧省河沿岸各炮台的备战，并向凤凰岗和大黄滘炮台增派兵马，严防英军自河南水道侧击。

"虎头仔"利用龟岗岛西岸的一个废弃瓜棚，为陈开搭设了临时指挥营帐。站在瓜棚前的木头架子上，秀丽的河南岛一览无余，连远处的广州城墙都能看得清清楚楚。河面上不时漂下成排的木筏子，上面摆满了马桶，弄得整条河面臭气熏天。

"真是煞风景，"陈开掩着鼻子，"河南岛的'屎坑公'还不如何兆才的手下，红毛鬼子又没有杀到岛上，怎么吓得连马桶都扔了？"

"虎头仔"笑呵呵地答道："大龙头，你冤枉人了，这些马桶是新来的参赞大臣下令收集起来，准备破鬼子舰炮的秘密武器。听说男人的粪便不要，单从女人的粪塔里收集，马桶口一律向外，用来压制鬼子兵船上的火炮。"

曾三叹了口气："我看这个新来的狗官没什么本事，'混元金斗'要是能破敌，那还不如直接把'老娘'和混元法师两口子请来管用。"

陈开和"逃军和"二人都不愿意听人提起"老娘"、混元法师夫妇的名字，前者容易联想到马三婆，后者容易联想到正准备在家里大办法事的区彦魁。河面上出现了三条舢板，第一条舢板上是何典，第二条舢板上是"德信堂"的龙头"十三迷香"，第三条舢板上是"德勇堂"的小旗头"毕烂艇"。三人上岸后，疾步向瓜棚走来。

英军舰队杀进狮子洋和省河，沿路穿过"德勇堂"的地盘长驱直入，陈开急于从陈显良那里了解敌情，因此单刀直入地问"毕烂艇"："毕兄弟，仗刚刚打起来，红毛鬼子的兵船怎么又歇了？到底是什么原因？莫非其中有诈？"

"毕烂艇"解释："虎门口外又来了不少商船，义律那厮急于和威武窑子签订合约，以便恢复中断两年的贸易。他要是天天打炮，把十三行的人都吓跑了，谁和他做买卖？"

"原来如此。"曾三说，"义律这家伙算盘打得真精，既当婊子也立牌坊，占了人家的灶台不算，还要揭开锅盖，盛锅里的热饭。"

"曾爷好眼力。""毕烂艇"恭维，"自从红毛鬼子打破虎门口，陈阿妈命令本堂兄弟严阵以待，随时准备和红毛鬼子开仗。哪知道鬼子不但不上岸骚扰，反而四处张贴告示，说他们是仁义之师，只打威武窑子，不为难百姓。”

“逃军和”恍然大悟，嚷嚷道：“我说咋没接到你们开战的消息，闹了半天，敢情这些日子你们都歇着没事干？”

“毕烂艇”的脸一下子红到了脖子根，争辩说：“四爷别冤枉好人，我们这些日子枕着刀枪入睡，没有一刻得闲，哪能说没事干？”

陈显良的“德勇堂”人马不少出自陈氏的“善世堂”，身负保卫地方的重要使命，红毛鬼子如果不去骚扰石楼镇，他当然也不会主动出击，惹祸上身。陈开理解他的难处，继续问“毕烂艇”：“陈阿妈是否给本堂带有口信？”

“有，有。”“毕烂艇”连忙回答，“我家陈阿妈给大龙头捎来一句话，红毛鬼子派来说项的是一个叫郭士立的，他从前卖给过咱们枪支弹药，是个笑里藏刀的奸贼，脸变得比婊子快，他的话只能信一半。”

郭士立与“洪义堂”的关系最为密切，何禄曾经代表罗大纲和他做过不少单生意，何典因此见过他几面，点了点头：“没错，姓郭的是个笑面虎。”

“十三迷香”补充道：“刚才我们从黄埔岛过来，见河南水道上停着两条鬼子的大兵船，姓郭的在甲板上指指点点，忒也张狂。”

省河在河南岛之北，河南水道在河南岛之南，英军舰队从河南水道杀过来，肯定是计划采取迂回包抄的战术，最后在商馆广场合兵一处。陈开举起“千里眼”，发现河南水道有一条“水上飘”正在清除水下的沉桩，显然是在为攻打大黄滘炮台做准备。

新一轮的战事即将打响，英军兵分两路，合兵商馆广场后下一个目标便是广州城。战线拉得越长，投入的兵力越多，粮草供应就越成问题。到了那个时候，再能装的伪君子都会撕下面纱，露出狰狞面目，不烧杀抢掠那才见鬼呢。正当陈开沉思的时候，“飞天爪”指着河面喊了起来：“快看，从大黄滘炮台下来一条船，朝咱们这边开过来了。”

“虎头仔”禀报：“是‘琉璃球’，大龙头，他是来见你的。”

杨芳到达广州后，扎纸人，设道场，把城内城外女人用的马桶全丢了出去，结果还是未能抵挡住英军实施的新一轮攻击。祖宗留下来的这套法术糊弄别人行，糊弄不了吃这一碗饭的“琉璃球”。后半晌郭士立送来一封信，要求朱剑飞立即把大黄滘炮台让出来，否则明天拂晓展开攻击，炮筒里的炮弹不是吃素的。

“琉璃球”上岸后，先给陈开戴了一堆高帽子：“哎呀，陈大掌柜，疾风知劲草，板荡识英雄，这个节骨眼人家往外跑，你和弟兄们反而迎着炮火上，真是让人万分敬仰。单冲这份仁义，金某就一个字，服。”

陈开淡然一笑：“金掌柜的过奖了，本堂兄弟是土生土长的南海人，家在这里，亲戚朋友在这里，吃饭的家伙在这里，难道说眼看着红毛鬼子肆虐横行？”

“是是。”“琉璃球”伸出大拇指，“不过，还得说贵堂的兄弟有胆气。昨天紫坭岛包家的‘铡刀营’开过来，见到鬼子的兵船，立刻吓得把头缩了回去，真他老母的窝囊。”

“虎头仔”知道他的来意，挖苦说：“姓包的窝囊不假，但广东水师一战即溃，莲花城的八旗兵跑得比水鸭子还快，平时欺负老百姓的劲头都哪儿去了？”

“琉璃球”这次来见陈开，无非是巴结“德礼堂”众头领，在大黄滘炮台撑不住的时候给朱剑飞留一条后路。他对陈开说：“陈大掌柜，我们去年欠了黎爷一笔银子，后来铁爪兄弟替他催账，说只要交给梁老倌就行。黎爷我根本够不着，银票在这里，陈大掌柜哪一天有空碰到梁老倌，烦请你老人家帮个忙，把钱还给他。”

一笔小小的债务，扯出阿钿、王铁爪和梁兰桂三个人，众人听得迷迷糊糊。劳大德了解这件事的来龙去脉，俯在陈开的耳朵边嘀咕了两句。陈开笑道：“金掌柜的，你不必绕圈子，有什么话尽管直说，好歹咱们是一条巷子里住过的街坊。”

“琉璃球”一拍大腿：“陈大掌柜的果然仁义，不瞒你说，明天拂晓，鬼子就要攻打大黄滘炮台，人家两条兵船四十门大炮，打起来的话咱们绝非对手。”

“虎头仔”怒喝：“难道姓朱的想临阵脱逃？”

“不是这个意思，不是这个意思。”“琉璃球”尴尬地笑了笑，“朱爷这个人，你们可能不大了解，别看他平时吃肥肉要小钱，跟个浪荡子似的，其实心底里还是有血性的。他刚才对我发下毒誓——明日一战，必定和红毛鬼子厮杀到底，不辜负吃了这么多年的皇粮。万一力不能支战死沙场，请弟兄们看在乡里乡亲的面上，把他的尸首抢回来，别落在鬼子的手里。”

大家齐声问：“你说的是真的？”

“那能有假？别说朱爷，就是金某明天也要上阵杀鬼，拜托了。”“琉璃球”猛地拍了一下胸脯，昂着头，雄赳赳地离开了瓜棚。

望着他离去的背影，劳大德自言自语：“见鬼，莫非太阳打西边出来了？”

陈开让“飞天爪”收起银票，吩咐李阿发：“你马上派人通知周、甘两位阿妈，告诉他们红毛鬼子即将大举进攻，本堂主力集中在龟岗岛，与陈阿妈、林阿妈协同作战，城北金利司一线无力照应，请他们多多费心。”

李阿发领命而去，冯天善担心地问：“大龙头，鬼子炮舰甚是厉害，凭咱们这千把来号人和他们硬拼，那不是鸡蛋碰石头吗？”

陈开没有回答，先用眼睛扫了曾三一眼。曾三开口道：“各位兄弟，红毛鬼子躲在兵船上拿他没辙，但是只要番鬼敢登陆，咱们就有办法收拾他。威武窑子在正面厮杀，这是他们对皇帝佬的职分；本堂从侧后破袭，志在保卫地方，让老百姓瞧瞧谁是真正的好汉。鬼子大队人马来时须避其锋芒，断其粮道，疲劳敌军，叫他们片刻不得安宁；来的要是小队人马，或者失了群落了单的，一刀一个，杀他一个有来无回。”

陈开点了点头，表示赞成曾三布置的战术，最后郑重地补充：“本堂自开香以来，尚未经历过真正的战阵，原本打算和威武窑子决一死战，没想到第一阵却碰上了红毛鬼子。我还是那句话，这两个对手不管谁强谁弱，反正咱们自己要把本事练出来先。行军打仗讲究兵法，但最要紧的是不怕死，这是洪家兄弟的本色，也是江湖和绿林道佩服咱们的地方。红毛鬼子大队人马来了咱照样不怕，关键是要选准时机，抽冷子猛干他一家伙，哪怕是三个换一个，把咱们‘德礼堂’拼光了，本堂觉得也值。”

陈开的话极其沉痛，叶二和、曾三、冯天善、“虎头仔”、何典、“飞天爪”和劳大德等一干头领无不心领神会，感同身受——“德礼堂”失去两个龙头，扩军计划又遭到李文茂的否决，眼下士气低迷，正需要一场血战对里里外外交代。众人起身，朝陈开抱拳行礼：“我等谨遵龙头大爷的号令。漫说红毛鬼子，就是阎王爷自个来了，照样杀他一个白刀子进，红刀子出，叫二爷明白咱们‘德礼堂’不是孬种。”

陈开十分感动，摆了摆手：“本堂身为一军之帅，自会依照兵法行事，不能让兄弟们白白送命，留着一口气，将来还要和威武窑子作仇。你们下去把所有的鸟铳手集中在一起，编为火枪队直接听我的命令；剩下的兄弟每人发一把大刀、一把挠钩和一罐红粉，每旗配备三条舢板和三个竹筏，以海螺和呼哨为号，沿岸撤出去诱敌深入。一旦红毛鬼子中计，舍船登岸，看我中军火起，齐齐杀回与他拼命。”

“得令。”众头领喊声震天。

这一天是二月二十，傍晚的夜色十分迷人，月亮落在河面削了一份丰满，多了一份旖旎和惆怅。“摩底士底号”舰长艾尔斯检查完舰炮和弹药，惬意地回到船舱。桌上摆满了黄仲畲刚送来的美味大餐，像什么燕窝、鲳鱼、鳎鱼、马鲛鱼、生蚝、野鸭、隆都鸡等，此外还有晒干的龙眼和干枣等果品。艾尔斯关上舱门，笑逐颜开地对黄仲畲说：“黄先生，你不是野蛮的中国人，基督在你的心中生根发芽，你是一个有教养的绅士。”

黄仲畲道：“艾尔斯舰长，现在刚刚开春，等夏天时令瓜果下来的时候，我请你吃新鲜的荔枝、龙眼和菠萝。你们打仗没选对时候，眼下粮草难筹得很。”

艾尔斯给黄仲畲倒了一大碗啤酒：“黄先生，你放心，我们白种人是最讲信用的。你送来多少给养，我们付多少钱，一分钱也不会少给。”

“这个我信。”黄仲畲抿了一口啤酒，“黄某和颠地先生做了这么多年生意，他一文钱没有短过我，不像澳门城的那些葡萄牙人。”

艾尔斯大手一挥：“他们不算白种人，他们是劣等的杂交的白种人。”

“哦，”黄仲畲闪了闪眼珠，“我有点明白了，艾尔斯舰长，光是皮肤白、毛孔粗不一定是白种人，必须心里白才行？”

“对了，就是这个意思。”艾尔斯哈哈大笑，低头神秘地问黄仲畲，“黄先生，我考你一个问题。你说，为什么我们英吉利人文质彬彬，讲究卫生，这么有教养？”

“因为你们身上抹了香水。”黄仲畲说到这里，感觉自己的话有些不大妥当，容易让艾尔斯产生误会，赶紧补充了一句，“天生的，是天生的。”

艾尔斯摇了摇头："我们不这么说，不叫天生的，叫上帝赋予的。我们英吉利人信仰基督和上帝虔诚无比，基督和上帝就把工业文明的秘密给了我们，赋予我们征服世界的可怕力量，把上帝和基督的恩德推广到全世界，让野蛮人同沾主的阳光雨露。"

"对对。"黄仲畲端起酒碗灌了下去，喝到一半，立刻恶心得喷了出来。

艾尔斯惊奇地问："黄先生，啤酒不好喝吗？"

"不是上帝的啤酒不好喝，是我这个野蛮的胃不习惯。"黄仲畲撩起袖子擦了擦，"艾尔斯舰长，跟着你就是长学问，那些澳门城里的葡萄牙人之所以心里不白，是因为他们信的上帝和你们信的不一样，用你们的话说属于异教。"

葡萄牙人信的是天主教，英吉利人信的是基督教，按照宗教传承的顺序来说，后者是前者的儿子，虽有矛盾但绝非异教。艾尔斯觉得这个问题难以回答，索性换了一个话题："亲爱的黄先生，你们这个地方虽然没有开化，但是山川秀丽，出产众多的美食，如果不用我们的文明进行开发，未免太可惜了。"

黄仲畲放下啤酒，换了一杯咖啡，往里面舀了两大勺子白糖："艾尔斯舰长，还是这东西喝起来舒服。你的话都对，我听着都有道理。中国有句古话，叫成者王侯败者贼，你们的上帝本事大，应该享受世间的美味佳肴，家里多养几个伺候人的奴仆。"

艾尔斯晃了晃毛手："不，你没明白我的意思。"

黄仲畲又给他倒了一碗："我明白，我怎么不明白？不就是嫌名字不好听吗？我们这里叫收干儿子，二娣，三娣，四娣，这事常见得很。"

艾尔斯将他按在椅子上，一本正经地说："黄先生，我说的不是这个，我们来贵国不是烧杀抢掠，不是要收你们当干儿子，而是为了给你们带来福音和文明，让你们过上从来没有见过的幸福生活，让你们的精神得到净化，你懂不懂？"

黄仲畲这次真没听懂，壮着胆子问："艾尔斯先生，我拦你一句，听你的意思是将来让我们也造大兵船和'水上飘'？也把自己的祖宗供起来？"

艾尔斯纠正："不是你们的祖宗，你们要供我们的祖宗！"

狐狸尾巴终于露了出来，黄仲畲放下咖啡，鼻子里哼了一声——如果中国人手里有了大兵船和“水上飘”，能跟红毛鬼子打个势均力敌，王八蛋才供养别人的祖宗呢。这个道理搁傻子都能想明白，家里穷的时候当裤子卖女人，有了钱谁不盖宅子、建祠堂光宗耀祖？

艾尔斯往肚里塞了两个生蚝：“黄先生，你们国家早早统一不是好事，天下平安了人就像猪一样只知道吃喝玩乐，不动脑筋上帝就嫌弃你们，就不给你们伟大的工业文明，给了你们也弄不懂，对牛弹琴，对牛弹琴。”

黄仲畲端起咖啡：“艾尔斯舰长，照你的意思，我们国家应该分裂成七八个，天天互相厮杀，杀他千八百年，最后你们的上帝就会给我们大炮和‘水上飘’？”

“差不多是这个意思。”艾尔斯打了个饱嗝，“印度人就是你们的好榜样，他们消除了那些不必要的自尊心，学习我们的语言，信仰我们的上帝，我们就给他钱和大炮，把他们当自己人对待。可你们中国人仗着统一的历史悠久，国土宽广，骄傲自大，不觉得自己落后，反而把我们当野蛮人，井底之蛙，井底之蛙。”

“对我来讲，不管国家统一还是分裂，跟我都没有关系，只要能挣钱就是。”黄仲畲谈兴渐浓，又尝试着品了一口啤酒，“印度人和你们过去是同宗同族，当然愿意伺候你们，学习你们的语言，信你们的上帝。我们中国人不行，财主老爷供干儿子吃喝，给他们娶媳妇，这帮家伙还净往外跑，一点都不仁义。不过，艾尔斯舰长，我和他们不一样，我这个人仁义，别看我皮肤是黄色的，这颗心百分之百是白的，回头我就在家里给上帝加一道牌位。”

艾尔斯盯着他的眼珠，生气地说：“黄先生，你这话听起来像是讽刺，似乎在夸赞你们中国人很有骨气。那我就不明白，为什么几亿汉人会接受区区几百万的满洲人统治？这种毫无血性的奴才还好意思提祖宗？难怪你们的军队没人肯出力打仗。”

黄仲畲笑嘻嘻地敬了他一碗酒：“艾尔斯舰长，这话说得在理，好死不如赖活，打仗送命的事谁愿意干？你说的那种有骨气的人太少了，在我们中国，大多数是一些吃不饱、穿不暖的穷棒子，穷嘛，可不就穷得只剩下骨气了？”

“不对，这个世界上穷人是多数，你的意思还是说你们中国人有骨气的多。”艾尔斯这次没有被黄仲畲蒙住，大声嚷嚷起来。

黄仲畲安慰他："艾尔斯舰长，穷棒子无钱无势，没有念过书，兴不起多大风浪，你只要和我们这些人打交道就行，保准你们吃不了亏。"

两个人抱着肩膀喝得纠缠不清，门外有人高喊："舰长阁下，有人要见你，他说他是大黄滘炮台的守将，名叫朱剑飞。"

艾尔斯和黄仲畲高兴地互相看了一眼，同声说："看看，来了。"

朱剑飞进了船舱一看，发现黄仲畲在里面，立刻高兴地抓住他的手："太好了，有你黄老弟在，今天的事准能办妥帖。"

黄仲畲诧异地问："什么事，朱爷？"

"跟红毛鬼子谈判。"朱剑飞一屁股坐了下来。

朱剑飞在九龙炮台任职的时候，艾尔斯便听说过他的德性，知道他是一根软骨头，这才让郭士立给他送信劝降。开战前夜，敌军主将前来密谈，那封信显然起到了效果，艾尔斯给朱剑飞倒了一碗酒，问道："朱将军想通了？"

朱剑飞对黄仲畲比画："你翻译给他听，我给我的朝廷卖命，他给他的朝廷卖命，都不是自家买卖，没必要玩真的。"

黄仲畲叽里咕噜翻译了一通，艾尔斯眯起眼睛说："我是大不列颠海军军官，对着国王陛下的肖像宣过誓，这么做，不符合作为一名军人的荣誉。"

朱剑飞一听就急了："扯淡，大家都是江湖上混饭吃的主，打仗是上面当官的事情，跟咱们有多大关系？何必伤害哥们之间的感情？"

黄仲畲为难地耸肩："朱爷，话虽如此，可人家的炮舰已经开过来了，总不能凭你一席话就撤回去？这事怎么摆平？你拿一个章程。"

艾尔斯和黄仲畲用英语交流完，心里暗自发笑，脸上摆出一副认真的样子："对啊，请问朱将军，明天这一仗，你想怎么打？"

"办法很简单，"朱剑飞掰着手指头，"为了给皇帝佬一个面子，你我双方的炮膛里只装火药不装炮弹，听点响、弄点烟就得了。记住，明天辰时我放六炮，你们听见六声炮响，过半个时辰再进军，保证到时候炮台里一个鬼影都没有。"

"这个主意不错。"黄仲畲翻译完后，用英语问艾尔斯，"尊敬的舰长先生，你觉得朱将军的办法是否可行？"

艾尔斯点点头："可行是可行，只是不知道朱将军有没有信誉？"

黄仲畲又翻译给朱剑飞，后者脸色铁青地站起来："黄通事，你告诉这个鬼子，老子是人不是鬼，说话比他们讲信用。"

朱剑飞气哼哼地走了，黄仲畲给自己倒了一碗啤酒，对艾尔斯说："恭喜阁下兵不血刃拿下大黄滘炮台，明天早上辰时过半，咱们可以坐在甲板上，边吃饭边看戏。"

"不，不是辰时过半，而是辰时。"艾尔斯凶相毕露，"帝国海军军官的荣誉不允许本人弄虚作假，炮筒里面必须装炮弹。明天辰时，准时炮击大黄滘炮台。"

二月二十一辰时，大黄滘炮台发出六声炮响，当朱剑飞准备拾掇东西离开时，行驶至炮台正面的"摩底士底号""司塔林号"以及武装轮船"马达加斯加号"同时开炮轰击。出乎朱剑飞意料的是，兵舰上飞过来的不是空炮，而是实实在在的炮子。炮弹落在地上，发出震耳欲聋的爆炸声，巨大的冲击波将他掀翻在地。

朱剑飞猝不及防，吓得魂飞魄散，把辫子朝头上一缠，爬起来没命地向岸边狂奔。"琉璃球"弄了条平底船，正在指挥炮台的兵丁来回搬东西，看到火光四起，立刻大喊："红毛鬼子开炮了，老朱，快上船。"

自从莲花山的八旗兵弃城而逃后，防守省河沿线的广东水师兵无斗志，像朱剑飞这样的守将不在少数。当官的临阵脱逃，当兵的更不可能玩命，大黄滘炮台没有进行任何抵抗，便被英军的舰炮打成了稀巴烂。艾尔斯这厮抱着猫戏老鼠的心态，命令"摩底士底号"向河面逃生的清军士兵开炮，霎时河面上一片血光，清晨的天空染成了红色。

"马达加斯加号"轮船速度飞快，"嘟嘟"地冲过大黄滘炮台，从后面紧紧追来。朱剑飞疯了一样地在船上挥刀狂呼："快划，快划。"

"琉璃球"提醒："叫他们向对面划，陈天义的人在西岸，那里安全。"

划船的兵丁回了他们一句："两位爷，船上东西太多，划不快。"

朱剑飞此刻保命要紧，顾不上盆盆罐罐、桌椅板凳，和"琉璃球"两人把船上的累赘尽数扫进河里。在船身刚刚变轻的那一刻，"马达加斯加号"上的旋转炮瞄准这条河面上最大的平底船，"轰隆"几声，炮弹先后击中了船舱，划船的兵丁登时被打死了五六个，船底被打出了两个大洞，"咕噜咕噜"

地往里面冒水。见形势危急,船上的兵丁纷纷跳水逃生,朱剑飞甩了袍子刚要跳船,被“琉璃球”一把拉住。

“老哥,你这是干啥?”朱剑飞吼道。

“琉璃球”说:“红毛鬼子向河里开枪,跳下去就是个死。”

朱剑飞回头一看,可不是?“马达加斯加号”上的英军士兵端起枪支,像狩猎一样拿落入河水的清兵当靶子打,枪炮交替射击,河面上的浮尸越来越多。朱剑飞绝望了:“难道咱爷们的好运气都使完了?”

“看我的。”“琉璃球”头朝下,扎入一个被炮弹击穿的大洞。

朱剑飞见状恍然大悟,这是“琉璃球”常挂在嘴边的一招法术,据说是海盗莫官扶从法兰西鬼子那里学来的诀窍,专门用来躲避红毛鬼子的大炮。以前没有机会使用,朱剑飞也没把它当回事,觉得这招法术不但蠢笨之极,而且丢人现眼——你想一个爷们头朝下插在洞里,下身赤裸裸地露在外面,往后怎么见人?

从前是从前,现在是现在,到了性命攸关的危急时刻,保住老命为第一要务。朱剑飞丝毫没有犹豫,咕唧一下,倒插进第二眼洞里。

大黄滘之战的炮声早就惊动了西岸的“德礼堂”兄弟,“马达加斯加号”在河南水道横冲直撞,用枪炮屠杀落水的清兵,引起了大家的公愤,纷纷请命渡江杀敌。

陈开下令鸟铳手开枪,向“马达加斯加号”发出警告,又命冯天善和“虎头仔”向河里投放筏子救人。“虎头仔”性子急,亲自领着几十个精通水性的兄弟跳入河中,用挠钩将清军船只拖向西岸。忽然有人尖叫:“胡阿妈,你看那是啥?”

眼前出现了一幕怪异的场景,一条平底船晃晃悠悠向这边漂来,船上有两个人倒栽葱似的插进船底——看不到头壳,只有四条精赤的大腿耷拉在外。

“小心红毛鬼子的法术。”曾三在岸上喊。

“虎头仔”不管什么法术,从水中翻身跳上平底船,一手拎一个,把“琉璃球”和朱剑飞从船洞里拔出来,一摸鼻孔还有呼吸,立即叫人进行救治。“琉璃球”慢慢地睁开眼睛,看到“虎头仔”瞬间流出了眼泪:“唉,兄弟,两世为人啊。”

“金掌柜的，红毛鬼子是不是学姓杨的大官，拿你们塞进洞里压制炮火?”“虎头仔”不解地问，“我只听说女阴能压制炮火，没听说男人也有这号本事?”

“琉璃球”瞥了一眼惊魂未定的朱剑飞，不好意思承认自己这么干是为了逃命。便把长衫整理整理，遮住下体，郑重道:“胡兄弟，拿女阴压制炮火是国朝的法术，拿爷们塞进洞里是红毛国的法术。国家不一样，法术也不一样。”

第八十六回　汾江草庐

名将杨芳在广州城外大摆法场，遭到了英军远征舰队的迎头痛击——兵不血刃夺取大黄滘炮台的五天后，“摩底士底号”“司塔林号”和武装轮船“马达加斯加号”从西线的河南水道向北发动攻击，“海阿新号”“先锋号”“阿尔吉林号”和武装轮船“复仇神号”由东线的省河向西进攻，一日之内横扫凤凰岗、永靖炮台、西炮台、海珠炮台与河南岛的沙袋炮台，顺利收复商馆广场，在英国商馆升起了大不列颠国旗。

面对如此惨败，士绅百姓对官府的信心降到了冰点，有人写诗讽刺杨芳曰：

杨枝无力受南风，参赞如何用此公？
粪桶当年施妙计，秽声长播粤城中。

另有一首民谣流传更广，它是这么唱的：

琦侯爷痛哭龙牌，杨参赞广收马桶；

城隍庙大将建星坛，怡和行长孙遭雷击。

这首民谣说的是三件事，头一件事与琦善有关，英军舰队攻打大黄滘炮台那一天，琦善正好被锁拿进京离开广州；第二件与杨芳有关，收马桶和建星坛驱鬼皆属他一人所为，由于出馊主意的是佛山堡的“广灵子”，“大魁堂”难脱荐人不肖之嫌，莫健翎、唐鳌、任应垣先后辞去值事一职，吴弥光也打算卷起铺盖走人。

大厦将倾，竟然如此之快，令“银刀秀才”猝不及防，仿佛做梦一般。坏消息如同老鼠产仔，一个接一个把他压得喘不过气——杨芳为了推卸战败的责任，有意将“新月剑”被盗的消息放了出来，似乎“大魁堂”才是导致战败的罪魁祸首，莫、唐、任三位辞差就是因为受不了坊间的议论；琦善被查办解京后，新任的两广总督祁贡与梁家交情深厚，梁九图那个神童的名头便是人家给起的。一朝天子一朝臣，吴弥光劝“银刀秀才”在祁贡上任前卸职，既可保全吴家和“大魁堂”的声名，也算给总督大人和梁家一个面子。

民谣所述的第三件事与万松园的伍家有关。英军攻下省河炮台后，广州城乌云密布，下起了连绵细雨。这场雨从二月下到三月，从春分下到清明，一直下到靖逆将军奕山和两广总督祁贡从靖海门上岸才算歇了口气。单说清明那一天暴雨忽至，电闪雷鸣，小浩官的大侄子在湖上游玩避雨不及，躲进了磨玉亭。人要是倒了霉，喝口凉水都塞牙，空中蓦地一道闪电直奔磨玉亭而去，伍家长孙应声倒地，被雷劈得人事不省。

仆人们仓仓皇皇把人抬上岸，伍元芝抱着儿子哭天抢地，跳着脚地骂兄弟造孽惹祸，非要抢盖世英雄的女人，动了天怒，让一家人不得安生。小浩官和二哥伍元兰商量了半天，最后决定派人去佛山堡，把混元法师请来施救。苗驼子失去了明月道士的帮衬，拿不出荷叶娘子的甘露，只好从家里背了个马桶去熏，你想那还能有好？得亏佛山堡有的是神仙，混元法师不行有马三婆，这老女人去唱了首儿歌，硬是把伍元芝的儿子唱还阳了。

世间道法没准谱，天上的云彩你不知道哪一块会落雨。马三婆从万松园凯旋，找她帮忙的财主老爷挤破了门槛，出钱最多的是区彦魁。区老财主爱子心切，不但让马三婆为自己的宝贝疙瘩“打小人”，而且还要“当孩子”——这套法术源自疍家习俗，就是把婴儿按照“当品”走一遍当铺的流程，这个窗户进，那个窗户出，一进一出间把身上的霉运“当”掉。朝奉照例要写一张当票，上面无非是“根基生养，快快长大”之类的吉祥字眼。

谷雨以后气候回暖，区植棠换了一件丝绸薄衣迈进区彦魁的大宅，从头道门至三道门所有的丫鬟家丁全不认识。新管家名叫区永泰，过去区植棠掌权的时候不得烟抽，如今在区彦魁手里获得重用，区老财主的用意不言自明。

“少爷，好久没来了?”区永泰故意大声道。

区植棠有气无力地咳嗽了两下：“区管家，阿伯找我啥事?”

为了缓和与区氏宗族的关系，区彦魁派人把区植棠请了回来，区永泰责备：“少爷，老爷这辈子最心疼的就是你，你咋能当甩手掌柜?”

“没有的事，”区植棠捂着后槽牙说，“右脚出了点毛病，一沾地便钻心地疼，要不然我早上门来看望阿伯，还有我那个小兄弟了。”

“少爷，不是我当下人的说闲话，小少爷满月你即使不张罗，也该出席。那天你没来老爷伤心得哭了，真的，我不骗你。”区永泰说着说着，眼睫毛真就湿了。

儿子满月那天区彦魁当众落泪，因为区家的亲戚悉数缺席，太孤单凄凉了。区植棠摸着心口自责不已：“怪我这条病腿，耽误的事太多了。你放心，小兄弟的百日我一准去，不但参加而且要张罗。我阿伯呢? 在家吗?”

“老爷去看望吴方伯了。”区永泰似笑非笑地看着区植棠的右脚，“少爷，吴方伯得了和你一样的足疾，最近佛山堡好多人得这个毛病，真是怪了。”

红毛鬼子在省河横行肆虐，省城朝不保夕，佛山堡的名流士绅对局势失去了信心，近日纷纷传出患病的消息，准备以赴粤西医治为借口溜之大吉。区植棠踮起脚尖：“足疾和足疾不一样，人家那个毛病平头百姓没资格得，爷们哪儿也不去，就留在佛山堡和鬼子干。”

区永泰介绍：“老爷是这么打算的——小少爷百岁那一天先去当铺，后‘打小人’。至于选哪家当铺，请几位贵亲一起商量着定。”

选当铺不是一件容易的事，大当铺不情愿接这号买卖，小当铺区彦魁又不放心。区彦魁受不得惊吓，区永泰是个树叶掉下来怕砸头壳的主，选当铺的事最后落在了温秉义、区植棠、游新潭和陈见成四个晚辈肩上。游新潭和陈见成怕惹是非，各自把老爹推出来应付差事；温秉义找不到人顶替，而区植棠则是根本不想找人顶替。

伪君子装作一瘸一拐地进了堂屋，发现温秉义正趴在桌子上打瞌睡，对面坐着两个模样局促的老头，一位是游新潭的父亲游亚根，一位是陈见成的老爹陈水那。听到脚步声，温秉义抬头一看，喜出望外："阿棠，你可算来了。"

区植棠拽了把椅子，在他的旁边坐下："不就是找家当铺的事吗？咱们佛山堡的当铺远近闻名，注重声誉，哪一家都行，我听大伙的。"

"就因为这句话，所以到现在还没定。"温秉义瞥了区永泰一眼，不耐烦地说，"你是我阿舅的管家，有事必须担待，不能凡事都往外推。"

区植棠抿了口茶："二哥，让'粤押通'干呗。"

区永泰见缝插针："老爷也是这个意思。"

区彦魁因为第一个儿子的死，不惜得罪全部区家宗亲，辞退了所有的仆役。温秉仁有鉴于此，打死也不答应掺和他家的事，并且放出狠话，温秉义哪里敢做主？他慌忙摆手："万万不可，自从女儿嫁给'小孟尝'后，何老爷根本不把钱放在眼里。人家要钱有钱，要势力有势力，在乎的无非是个名声。给马三婆擦屁股？门也没有！"

区植棠捻着扇子骨自言自语："倒是，别给大哥添麻烦，永泰，你定一家吧？"

"我一个下人，哪敢定这个？"区永泰推辞。

游亚根性格随和木讷，不爱说话，陈水那却在粤西当过游方郎中，走南闯北，嘴皮子和脑瓜子全够用。他看看差不多到了该表态的时候，开口道："依我说别占着茅坑不拉屎，离三月十三办百岁没几天了，大家都忙着呢，别总在这事上耽误工夫。我们老哥俩年岁大，对佛山堡的当铺不熟。阿棠来了正好，你和秉义、区管家商量着把事定了。"

区彦魁现在草木皆兵，他家的事真没有人敢沾。区永泰是个管家，一心想保住饭碗，最怕的就是担责任。区植棠一眼看到底，打开扇子："永泰，我知道你有难处，不过这么点小事总定不下来，回头阿伯那儿你也不好交差，对不对？你应该体谅大伙，干脆把老爷心里的尺度拿出来，咱们按照他的意思逐家比量，哪家合适用哪家，你看怎么样？”

区永泰踟蹰地说：“老爷给了我两个尺度，一个是最好用‘粤押通’……”

他的话刚说了一半，温秉义气急败坏地站起来，拍着桌子怒吼：“这事没商量，以后谁也不许提，再提老子马上走人。”

“区管家，你能不能少说两句？”游亚根劝。

区植棠问：“第二个尺度呢？”

区永泰答道：“最好别用‘赣通押’。”

“看看，我就知道他是这点儿心思。”温秉义冷笑一声，“邹掌柜的那么大买卖，你想让接人家还未必愿意呢！”

邹良圭看谁都像窃贼，区彦魁看谁都像嫌犯，两个相似的人却又尿不到一个壶里。区植棠心中暗自发笑，区彦魁只知其一，不知其二——叶三和的名字虽然挂在“赣通押”，其实“百盛押”早给他支了工钱，随时可以在“百盛押”出工。

区彦魁对叶三和仅仅是防备，不可能想到叶三和会下死手，这个猜忌碍于叶母的面子只能放在肚子里，无法对区永泰明言。区植棠觉得一切尽在掌握中，动用叶三和这颗棋子，完全可以把自己摘得干干净净。他一脸坦诚地说：“此事不难办理，咱们把‘粤押通’和‘赣通押’排除出去，这两家谁也不许再提了。剩下的当铺逐个排查，去掉有忌讳的，我就不信，佛山堡上百家的当铺，会没有一家合咱的意？”

游亚根、陈水那、温秉义、区永泰谁也没把选择当铺一事当盘菜，更不会料到区植棠能在这上面做手脚。四个人竖着耳朵当起了听客，一切按照区植棠的设计顺利进行。他先把效益好和规模大的商号排除在外，煞有介事地说：“这些家铺子店大欺客，根本不会把咱们家的事当盘菜。要是选不到吉时，还办个什么劲？”

“对，是这个意思。”温秉义点点头。

游亚根附和：“嘻嘻，人家不差这几个钱。”

“两码事，”陈水那翻了他一眼，“人家是嫌晦气。”

当铺一个接一个被排除，区植棠时不时拿出一个，装模作样地问区永泰：“我看这家铺子将就着能用。永泰，要不你去摸摸底？”

区永泰懒得跑腿:“摸什么底? 你瞧着办吧。”

区植棠一直把四个人耗到上眼皮粘下眼皮,最后才亮出了底牌:“要说肯把咱们当爷伺候的当铺还真不好找,这家‘百盛押’凑合。永泰,你说咋办?”

区永泰仍是那句话:“你瞧着办。”

温秉义不高兴了:“区管家,你怎么老是推来推去的?”

区永泰急忙回答:“我没意见。”

游亚根和陈水那一起说:“我们也没意见,阿义,你什么意思?”

温秉义生怕区永泰再啰嗦,拍板定案:“永泰,大家只是提个建议,回头你让阿舅他自个拿主张,出了麻烦,别人可不给他顶这个雷。”

“那当然,”区永泰眨巴一下眼珠,“我也顶不起。”

道光二十一年(1841年)有两个三月,闰三月十三是个晴天,早上起来南风和熏。打听到兄弟叶四和不在琼花会馆,叶三和沿着河面溜达到了梁九图的新园子。一年没来,这里发生了天翻地覆的巨变,一切都是那么井井有条,自然别致。所有的石头集中在园子北侧变成一座山峰,山下碧波荡漾,围绕着湖面有个轩、韵桥、石舫、笠亭、翠湾和水翁岛,应有尽有,简直比得上王母娘娘住的瑶池。叶三和晕晕乎乎走在水、石、花、树丛中,赞叹不已:终究是有学问的财主日子过得美,外面田野里什么荔枝和杨梅尽是些吃货,这园子里种的不是兰花,就是秋海棠,可以看、可以闻,偏偏不给你吃,这才是神仙过的日子——你见过神仙张嘴吃东西吗?

“哥,有事吗?”叶四和从假山后面钻了出来,攥着一尊永不离手的木雕。

“来看看你。”叶三和若无其事地问,“这地方咋变样了?”

叶四和回答:“苏先生的大画成了,九爷照猫画虎,就弄成这样了。”

“不错嘛,在那个亭子里吃茶,够滋味。”叶三和瞅见丫鬟在个轩进进出出,装作一副内行的样子,“是不是有大官要来?”

叶四和怔怔地打量着三哥,摸不清他的来意,小心翼翼地回答:“哥,三爷马上要接‘大魁堂’的宝座,今晚林大人从省城来,安排在这里吃茶。”

“林大人,”叶三和皱起了眉头,“就是那个被撸了官帽翅的倒霉蛋?”

“皇上法外开恩,又赏了个四品官衔,还能坐大轿子。”叶四和纠正,“林大人的下场比那个姓琦的强，至少没有戴着镣子走。”

叶三和“哼”了一声：“好马不吃回头草，大丈夫能伸不能屈，老子丢不起这个脸。让人往脖子上套枷锁？倒不如一头撞进河里，淹死算啦。”

叶四和吓了一跳，右手被刀刃划出血口子，木雕、雕刀、凿子等工具全掉在地上：“你到底有啥事？”

叶三和弯腰把掉在地上的东西捡起来，细心地在衫子上擦了擦，诌了个谎：“吴老四不是塌台了？马爷辞差去粤西开当铺，我打算跟他走，走得远远的。”

叶四和尖叫：“三哥，这么大的事，你没问二哥答应不答应？”

“他又不当爹，我凭啥问他？”叶三和举起手中的木雕面具，“老四，你这个木雕的头盖骨都摔烂了，还留着它干个鸟？”

叶四和没好气地说：“我故意摔的。”

“为啥？”叶三和奇怪地问。

叶四和回答：“黄师兄说的，只有把它砸烂，才能砸出魂来。”

叶三和呆了呆，突然伸出大拇指：“丢他老母，这傻小子总算开窍了。”

“百盛押”位于福德铺的福禄里，“骆记”扎纸铺的隔壁，辰时刚过，铺子里三层外三层被区家人围了个水泄不通。掌柜的庞连旺被这个阵势惊着了，把马三婆拉到一旁埋怨起来：“三婆，你弄这么多人来干什么？”

马三婆瞥了他一眼：“庞掌柜的，区老爷老来得子，能不把臊虾当祖宗一样供着？”

“不是这个意思。”庞连旺惴惴不安地说，“当铺有当铺的忌讳，按理说‘当孩子’应该在满月的时候办，都百日了，办它还有什么意思？”

“你管得着吗？”马三婆不高兴了，她认为庞连旺是在讽刺她的法术，“人家高兴什么时候办就什么时候办，嫌钱少你直说。”

庞连旺忙摆手：“得得，按你的路数办，反正我们也快挪窝了。”

“这不结了？”马三婆喊了一句，“孩儿们，上工。”

奶娘从叶母手里接过花团锦簇的婴儿，跟随马三婆进入“百盛押”，穿过大大的“当”字招牌，沿着通道来到高高的柜台前。正柜坐在柜台上扯开嗓门摇头晃脑：“收臊虾一只，赤龙半条；当银一万，利息三钱；瑶池一顿，百吃百顺；天上一日，世间百年；当铺挡煞，望风披靡；蛊毒不侵，霉运不添；父慈子孝，温良恭俭……”

“差不多就行啦。”马三婆不耐烦地提醒。

正柜意犹未尽，嘴里嘟囔了几句，才提笔在婴儿额头上点了三个红点，弯腰把婴儿递给柜台里面恭候的小伙计。当铺的柜台是有了名的高，从外面什么也看不到，马三婆从褡裢掏出烟枪偷偷地吃了一口，然后又塞了回去，抖擞精神，等待正柜把孩子递出来。

“当孩子”的程序十分简单，里屋设有一座石制的神主牌，也不知道是哪一路大圣，反正见神杀神，遇佛杀佛，没有它挡不掉的煞。婴儿由小伙计抱到这座神主牌前，规规矩矩向大圣三跪九叩，核心程序飞快结束，之后写当票、还孩子，整个仪式遂告完成。

依照叶三和在“赣通押”的资历，在“百盛押”当个正柜绰绰有余，但他只想做一个打下手的帮柜，等的就是眼下这一刻。叶三和从小伙计手里接过婴儿，一霎时怒气尽收——从这臊虾的眉眼里隐约能看出大哥、二哥和四弟的轮廓，难道果真是叶家的种？

叶三和捧着他的同母异父兄弟，双手颤抖不止，俯身跪倒在神主牌前，暗暗祈祷，大圣啊大圣，你要是不想让我摔死他，快显神通吧。

叶三和磕一个头，嘴里默念一句，连着磕了九个头，那神仙纹丝不动。随着他一上一下地前后动作，抱在怀里的缎子皱为一团，婴儿佩戴的金圈玉佩全部露了出来。叶三和眼里渐渐动了杀机，区家仗着钱财霸占母亲，这秧苗留他不得！

叶三和心一横，眼一闭，举起婴儿，狠狠地砸向神主牌。

林则徐被贬的这段日子几乎没有闲着，琦善来的时候与琦善斗争，暗地里鼓动怡良上奏弹劾琦善的幕后主使便是他。由于道光皇帝睡了一觉转“抚”为“剿”，重新回到林则徐当初抗英的轨道上来，陆续到达广州的重臣像杨芳、奕山、隆文、祁贡等人无不向他请益，借重他在广东士绅百姓中的威望以及抗英斗争的经验。严峻的形势、过度的操劳和多雨的天气，把林则徐的身体拖垮了。在病榻上接到了谕旨，道光皇帝没有恢复他的职务，而是将其贬为四品卿衔发配浙江军营戴罪立功。

林则徐因为主“剿”获罪，现在朝廷转“抚”为“剿”，行其策而不免其罪，让广东士绅愤愤不平，从省城到佛山堡的路上自发相迎，一班过去的老友诗酒唱和。当他雇佣的河头船到达佛山堡正埠码头时，已经敲响了二更的鼓声。

一大一小两条河头船缓缓靠岸，“接官亭”里迎候他的除了梁廷枏，还有刚刚接替吴璧光执掌“大魁堂”的梁应琨。林则徐对梁应琨并不陌生，一来是因为有梁廷枏这层关系，二来上个月他和邓廷桢来佛山堡迎接靖逆将军奕山、参赞大臣隆文和两广总督祁贡的官船时，捎带试放了梁应琨监造的八千斤大炮。那次试放十分顺利，十二位大炮没有一位哑火，林则徐振奋之余想起了委托造炮的关天培，不由得潸然泪下。

“孔鸡蛋”苦尽甘来，荣升“大会馆”当班值事，率领铺丁在岸上警戒。幸福降临是如此突然，孔继尧憋了一肚子的苦辣酸甜，想找人倾诉的气流冲破肚脐眼直往外冒。他手握刀把伸长脖子注视着河头船，按捺住激动的心情，替林则徐长吁短叹起来——两年前，钦差大人是何等的威风？而今鼠窜穷途，连河头船都得自个花钱雇，真是叫人可怜。

梁廷枏埋怨：“大人，我以为你不来了？”

“要不是今日潮水浅，行不得船，我还真想逐月而行，爬到月亮上当个砍柴的樵夫，岂不美哉？”林则徐踩着跳板上岸，开了一句玩笑。

梁应琨上前施了一个礼：“林大人，后半夜潮水上涨，起码还要两个时辰。时间有的是，请上岸稍事歇息，喝口热茶，暖暖身子。”

梁廷枏建议：“大人，福草的新园子弄好了，你不是一直想看看他收藏的石头吗？咱们在他那儿吃茶，不耽误工夫。”

林则徐对园林的欣赏水平很高，上个月来佛山堡就想去看梁九图的新园子，可惜事务繁忙没有抽出时间，今晚总算得偿所愿。他饶有兴趣地问：“这园子叫什么名字？”

梁廷枏回答：“‘汾江草庐’。”

“好名头，”林则徐感慨地说，“与我等利禄之徒相比，福草才是神仙中人。”

月亮像一条肥滚滚的胖头鱼游弋天河，银辉铺泻花丛兰香四溢。“汾江草庐”依照苏仁山的大画建造而成，气韵流畅，处处充满着天然生机，根本看不出任何设计的痕迹。林则徐漫步在这座巧夺天工的园林，仿佛置身于原始森林，陶醉在水世界和花海洋中，旅途疲惫与人生失意荡然无存，眼前变得光亮万分。

“这块石头煞是奇妙，若是乘舟观赏，定能不遗其味。”林则徐在石桥上停下脚步，打量着湖面上巨大的湖心石赞叹不已。

举凡园林中的湖心石一般都是压箱底的宝贝，“汾江草庐”的湖心石也不例外。这块石头高约八丈，“形同云立，纹比波摇”，有个绰号叫“衡山石”，为梁九图游历江西九江扶庐峰时所得，因其如衡山九面、面面不同而得名。这块石中孤品来到梁家不易，梁九图雇佣三十多人连凿六天，才将它挖了出来；五十多人用工具把这块石头搬到山下。在运回佛山堡的中途遭遇飓风，差一点随船沉入江水。

梁廷枏笑着说：“这还不好办？”

石桥的桥洞里系着一条舢板，林则徐和梁廷枏下桥登船，划出去百十来米，从湖心石的左侧飘出一条木筏。筏上有人抚琴而歌，乃是陈白沙的诗作，曰：

一痕春水一条烟，化化生生各自然；
七尺形驱非我有，两间寒暑任推迁。

筏上吟诗之人非别，正是“汾江草庐”的主人梁九图，但见他顶盔掼甲，罩袍束带，腰悬宝剑，背负竹弓，一副红船武生的地道妆扮，哪像一个手无缚鸡之力的文弱书生？梁廷枏对林则徐解释：“福草夫人是佛山堡有名的票友。”

林则徐力主募勇团练抗击英军，并因此获罪丢官，梁九图这身打扮让他备感欣慰。他停下手中的船桨，赞道：“妇唱夫随，可谓神仙佳侣。”

梁廷枏正准备喊梁九图，从湖心石的右侧又闪出一只竹筏，撑篙之人年近五旬，却生得面如冠玉，光彩照人，看起来像三十来岁的青年，吟诗曰：

蓬岛南飞日，迷离四百峰；

罗阳一湾水，华首几声钟。
风雨空遥想，神仙不易逢；
何时恣来往？天外数芙蓉。

来者非别，正是省城“岳雪楼”的主人孔继勋。林则徐使劲划了两下舢板，拦在孔继勋的竹筏子前面，幽默道：“炽庭，我看你就是一朵芙蓉。”

炽庭是孔继勋的字，这首诗为他游罗浮山所作。听了林则徐的话，孔继勋哈哈大笑：“林大人莫取笑，孔某虽然志在逍遥，但是红毛鬼子打到眼皮子底下，孔某岂能坐视不管？我和福草商量好了，捐资募勇，拿起刀枪上阵杀敌。”

上个月奕山和祁贡经过佛山堡的时候，孔继勋当面提出了“非理财无以裕国，非节用无以理财，欲御敌必先练其兵，欲练其兵必先立法”的方略。他不是那种哗众取宠、口是心非的官场老油条，而是言出必践，身体力行。首先捐了九千两银子办团练、造战船，然后亲自挎着宝剑上阵御敌，襄赞军务。来年正月，守御猎德炮台的孔继勋在冬雨中受风寒病故，道光皇帝因其死于战事，赏其子孔广镛内阁中书衔，以示褒奖。

林则徐来粤两载，感受最深的是广东士绅百姓的血气，其抗英策略的核心便是发动民众参与到反侵略斗争中来，也因此受到朝中权臣的暗地猜忌。梁九图身在江湖，不知庙堂中的肮脏盘算，拱手行礼，纳闷地问：“林大人，红毛鬼子虎狼之心，犬羊之性，焉可姑息？今圣上调遣七省大军合力兜剿，龙威奋振，伸张天讨，说明你不但无罪，而且功在社稷和百姓。为什么朝廷不留你在广州杀敌，反而把你贬到浙江？”

林则徐回答：“皇恩浩荡，我一个做奴才的哪里敢问？”

读了一辈子的圣贤书，满怀经世济民的宏图壮志，鲤鱼登龙门后才发现，原来圣贤教训这条路的终点是当“奴才”。这个赤裸裸的称呼剥夺了所有官员的尊严。孔继勋深悉个中三昧，对梁九图说：“此乃简在帝心的用人之道，林大人没把鬼子打趴在地求爷爷告奶奶，丢了当今圣上的面子，他才不分辨是非忠奸，出口恶气再说先。”

虽然在场的都不是外人，但林则徐仍然吓了一跳：“炽庭，话可不能随便乱说。庙堂之义不罪天子，咱们做臣子的须谨言慎行，不可腹诽，不可腹诽。”

“得了吧，”孔继勋丝毫不予理会，“王纲一紊国风沉，人道方乖鬼境侵。红毛鬼子悍然作乱，就是因为人欲日肆、天理日消，官场无廉、士风无耻。当官的只知道狼吞虎噬，根本不管老百姓怨声载道，似这般汤沸火烈，难怪天命西侵，鬼子作祟呢。”

不论读圣贤书的官吏士绅如何自命清高，毕竟红毛鬼子的兵船已经打到了广州城下，一面倒的惨败结局令封疆大吏束手无策，也把一个人们不愿意正视的现实拉出雨雾——天命真的要改变了吗？这是一个可怕的命题，考验着统治阶级看似强大实则脆弱的神经，岭南大地近二百年没有经历过这样的风雨洗礼。值此危亡之秋，后金统治者第一个反应不是如何对付鬼子，而是想方设法地防备汉人。这就是林则徐命运跌宕的根由所在，也是他噤口不言的忌讳之一，作为一介汉臣，他的精神世界里，缺乏最要命的一根骨头。

“炽庭，你我今天只谈风月，不言朝政。”林则徐无奈地苦笑。

几个人看完湖心石，沿着翠湾和水翁岛说说笑笑上了岸。梁侍武站在岸边问：“个轩那边的茶煮好了，九爷，是否请林大人过去赏月？”

“不急，不急。”林则徐兴致勃勃，“这园子我没看够呢。”

梁廷柟对梁九图说：“福草，林大人最想看你的石头，去石舫吧。”

“还有苏芝仙的长公子，”林则徐补充道，“林某早就想开一开眼界，不知道人家肯不肯赏这个面子？”

芝仙是苏仁山父亲苏引寿的号，他曾在南海县衙门当过差，是广州府有名的画师。在他的精心培养下，长子苏仁山和三子苏吉祥少年成名，父子三人同以画名著称于世。老头的性格非常孤僻，苏仁山的乖张便出自他的遗传。苏引寿见儿子鄙薄功名，快三十了还泡在佛山堡不务正业，一怒之下给苏仁山定了门亲事，要他立即回家完婚。

尽管苏仁山内心世界放肆狂野，现实中他仍然是一个事父以孝的乖孩子，接到口信后乘船回到杏坛，去和父母交涉，离开梁家约有七八天的时间了。梁九图面露难色：“林大人，非常不巧，长春兄回顺德老家去了，不在我这里。”

林则徐备感失望："无缘得见，看来林某终究德薄福浅。"

梁廷枏在一旁说："大人，苏长春人虽然不在，但他这两年画的画都在笠亭。那里是他的画室，有不少尚未及装裱，正可先睹为快。"

林则徐闻言大喜："太好了，那林某就尝个鲜。"

众人经花津，过蓊坞，首先来到石舫。石舫的长度足有十来丈，里里外外全是梁九图从粤北和衡湘拉回来的石头。林则徐被芭蕉树下的一块石头吸引住，亲切地问："这块石头摆在门口迎宾，必有来头，福草，你给说说。"

梁九图指着那块石头："林大人，这块黄蜡石是我的转运石。此前我买的都是些不入法眼的俗物，自从在连江口镇无意间撞到它之后，好运不但年年有，而且观石、赏石的眼力也提高了不少，因此，这块石头可以说是我这个园子的奇石之母。"

"石质如玉，石心经纬天地，包罗山河，委实不凡。"林则徐疑惑地问，"这么好的石头人家怎肯脱手？卖家莫非是一介有眼无珠的村夫？"

梁九图想起了暴眼怒皮的洪火秀，有点不好意思："那人姓洪，花县人氏，看样子是个落魄的读书人，不过我给了他三十两黄金，没有亏待他。"

"三十两黄金不少喽。"林则徐点了点头，抬头观看石舫上有一副对联，上面明显是孔继勋的笔迹，上联是"一笑功名卑管晏"，下联是"六经仁义沛江河"。

笠亭外面也挂着一副对联，上联是"一洗日月光"，下联是"再洗天地清"。门联的书法放肆狂荡，根根如刺，并非孔继勋的墨宝。

笠亭是苏仁山的画室，桌子、卷缸、墙壁处处可见他的画作，有裱糊好的作品，也有尚未裱糊完毕的半成品。画台上铺着一幅完成不久的画作，两个对角被镇纸和笔插歪斜地压住，看来苏仁山走的时候十分匆忙。林则徐信步走到画台前，正打算俯身下去仔细地欣赏，忽然目光被画台上的一方砚台吸引——在水息的润泽下，墨玉砚身露出清晰的青花。

"黑青花？"林则徐失声惊叫。

梁九图道："林大人，你的眼力真厉害，正是黑青花。"

林则徐趴在画台上痴迷地看了半晌，不相信地问："福草，黑青花绝迹多年，这方砚台是从哪里来的？该不会又是那个落魄书生卖给你们的吧？"

孔继勋眼馋地追问:"当着林大人的面,你今天必须老实交代。"

砚台是文人之魂,读书人可以不求田问舍,但必定会倾其所有买一方有灵性的砚台。普通的读书人如此,名流大家更是如此。黑青花砚台苏仁山和梁九图各有一方,都是他们以前到梅花岗斋堂游玩时李文茂所赠——苏仁山这方砚台是伍百福的雕工,梁九图那方砚台是他回去后找自家的工匠雕刻而成。

梁应琨知道这方砚台的来历,主动说:"林大人,黑青花的确从前朝起就绝迹了,老坑封坑多年,卢制军启坑那次所得之石中也没有发现黑青花,可见这种绝品深埋于西江水底。琼花会馆的李班主能在水下闭息练功,这方砚台是他给苏长春的,福草也得了一方。"

"那个与韩肇庆作仇的戏班班主?"林则徐恍然大悟。

梁九图点点头:"对,就是他。"

孔继勋由衷地羡慕:"你小子真有福气。"

林则徐对李文茂素有耳闻,对琼花会馆与三合会的关系亦不陌生,他利用民间力量对抗英军远征舰队的侵略,曾经在朝中引发不少非议。林则徐摸了摸黑青花砚台,恋恋不舍地把目光移到画作上。这幅名为《汾江草庐图》的画作题跋了一首小诗,曰:

胸有不平情,欲鼓豪侠气;
事功岂不成,恐伤父母意。
哀矜托末枝,夙夜不能已;
家国系此身,祸乱徒坐视。
…………

月光洒在这幅苍劲的白描上,林则徐感觉一股刀剑的力量山呼海啸般扑面袭来,没想到一个能画出飘逸绝伦大作的柔弱书生,心里竟然深藏着如此刚烈的血性!整幅画面只在左下方盖了一枚印章,红色的印迹犹然鲜艳,似乎是前几天才盖上去的。他凑上前一看,登时倒吸一口凉气,只见那枚印章刻着三个字:"汉王孙"。

林则徐的大脑飞快地转了转,心里对苏仁山已经有了一个大致准确的判断。他抄起那方黑青花砚台左右端详，没有发现什么问题，翻过来一看，发现砚台的底部也刻着三个字。林则徐为两榜进士出身，又是大清国著名的治乱能臣，这三个篆体字自然再熟悉不过："清复明"。

反过来刻的！

第八十七回　民可覆舟

英军占领商馆广场后，广州城下出现了长达两个月的和平，战争双方各有算计：义律想利用这一段时间恢复通商，先清理了英商手里的货物再说；杨芳则在等待靖逆将军奕山和七省援军的到达，好把肩上的挑子甩出去。

双方达到各自目的后重启战端，四月初四，英军从东西两侧炮击广州城，然而真正的主攻方向却在城北——轻型战舰“硫磺号”和武装轮船“复仇神号”拖带三十余条船只，乘夜幕沿着城西水道悄悄绕到城北的缯步，至初五凌晨全部登陆完毕。初五上午巳时整，在野战炮兵的掩护下，英军向城北高地发起攻击，经过一天的战斗占领越秀山的四方炮台，然后在炮台上架起大炮，居高临下猛轰广州城。

四方炮台是广州防御体系的制高点，一旦失守，整个广州城则无险可守。奕山统领数万大军仅仅抵抗了一天，初六便打出白旗，接下来派遣余保纯和义律签订《广州和约》，五项条款里主要是两个内容：第一，清军必须在六天内撤出广州城，只能在城池二百里以外驻扎；第二，赔偿六百万元，限令七日内交清。

义律之所以在《广州和约》里没有要求割让香港，是因为他正打算移师北上，将战火烧向中华腹地，最后和清廷一揽子算总账。即便如此，由于靖逆将军奕山和两广总督祁贡均签字委托余保纯订约，考虑到他们作为政府军事和外交代表的身份，这项城下之盟仍然开中国近代史上一系列丧权辱国条约的先河。

有人说与后来的《南京条约》相比，《广州和约》里没有关于割让土地和主权丧失的不平等条款，因此不算丧权辱国，这种说法纯粹是书呆子式的呓语。试问自己国家的军队不能在原有防区驻守，却要听凭侵略者指手画脚，难道还不算是丧失主权？六百万元的赔款是一个铁的事实，不管你用什么名目称呼，它就是战争赔款，难道还不算是辱国辱民？

比签订城下之盟更让人备感耻辱的是官府的行径，《广州和约》签订的次日，也就是四月初八，奕山派人在城外张贴告示，严禁前来增援的义勇团练向英军发起攻击，并恐吓民众“勿得妄生事端，捉拿汉奸……倘敢故违军令，妄拿邀功……查出即按军法治罪”。

这个当年抚远大将军允禵的四世孙、努尔哈赤的嫡系子孙又开了一项中国近现代史上的可耻先河——应敌军之邀镇压自己的人民。官府的布告贴出去后舆论大哗，投下了一颗比举白旗投降更加猛烈的震撼弹，从底层百姓到士绅名流无不愤慨至极。

广州之战重新打响后，广州府各地义勇团练纷纷起兵增援，佛山堡的“大会馆”、老介福的“镇夷营”、何敬堂的“奋威营”、李天彪的“百胜营”和林福祥的“平海营”等地方武装悉数出动。初四那天晚上，“平海营”行至城西水道，正好与北上的英军主力遭遇，被“硫磺号”和“复仇神号”上的炮火击退，一路溃退到石井圩。石井圩位于南海县北部，是一个水陆两汇的交通枢纽，河面上横跨一座七十来米长的石桥，桥头歇山顶的亭子挂着一副对联：“好迸仙人履，能通驱马车。”

勉强在石井圩站稳脚跟后，林福祥检点阵容，发现“平海营”损失惨重：十三条快船被打沉了六条，不到六百人的队伍死伤近三分之一；兄弟林福盛被炮弹击伤，右脚的小脚趾被炸断了半截，疼得他吱哇乱叫。林福祥明白这场仗是没法打了，于是在石井圩收拾残兵，该疗伤的疗伤，该入殓的入殓，先休养两天再说。

初九上午,派出探听消息的谭胜回到石井圩。听说官府只打了一天即举白旗投降,还掏了六百万元的战争赔款,林福盛不顾脚趾的伤痛,爬起来愤愤地说:"丢他老母,咱们死了这么多兄弟一个大子没见,给红毛鬼子倒大方?"

谭胜以前是谭亚才的小厮,后来跟了林福祥,这年才十八岁。他发愁地说:"衙门在城外贴了告示,以后非但不能打红毛鬼子,连汉奸也不许捉拿。我说两位少爷,咱们现如今是官府的眼中钉、肉中刺,别想抚恤的事了,赶紧回家吧。"

怀着一腔热血散财报国,没想到转眼间成了官府打击的对象。林福盛看着断趾的伤口越看越憋气,骂不迭声:"王八蛋,这是哪一国的衙门?"

林氏兄弟招募的义勇全是香山县的乡亲,人家跟着林氏兄弟出生入死,死的、伤的、逃的最后都必须给人家一个妥帖的交代。如果就这样不哼不哈、偃旗息鼓地回家,以后林家在香山县将名声扫地,林福祥和林福盛也别打算在江湖上再混。林福祥把脸一沉,以刀斫地:"奕山可以当二世祖,丢他先人,老子却不能做缩头乌龟。'平海营'死了这么多兄弟,要是不揍红毛鬼子一顿,怎么对得起他们的在天之灵?"

林福盛嚷嚷:"对,红毛鬼的脖颈子也是肉做的,一刀下去照样见红。"

"二少爷这话说得在理,红毛鬼子其实并没有什么法术。"谭胜高兴地说,"我在城门底下碰到'礼锦堂'那伙'机房仔',他们宰了一个红毛鬼子。鬼子佩剑上刻着一行鬼话,据卖剧本的叶帝福说,死的是鬼子提督伯麦。"

根据广东官府战时开出的赏格,义律价值十万元,奏赏四品翎顶;伯麦价值五万元,奏赏五品翎顶。伯麦当时前往印度搬兵,并不在广州,"礼锦堂"杀死的其实另有其人。林福盛不知道其中的底细,又是羡慕又是嫉妒:"大哥,陈天义的运气为啥那么好?看来石井圩这鬼地方不能待。咱们应该学他向南走,在必经之路上打鬼子一个埋伏。"

林福祥摆手:"听阿胜把话说完。"

"陈天义这次出尽了风头,"谭胜继续说,"昨天龟岗岛的红毛鬼子抢劫渡船,被'礼红堂'的兄弟放排枪打跑。后来'虎头仔'发现大黄滘炮台空虚,守军只有三四十个,就挑选了百十来个精壮兄弟,联合'大会馆'的铺丁四面围攻。打下炮台不说,还用刀割了三个红毛鬼子的首级,缴获了军旗、大炮、船只、火枪、宝剑、盔甲和图印一大堆东西。”

林福盛问：“那些东西呢？”

谭胜回答：“拿到省城请赏了，‘大魁堂’吴四爷亲自去的。”

林福盛高兴地说：“还是吴老四胆子大，咱们有样学样。”

奕山这厮丧尽天良，当他得知义律醉翁之意不在酒时，立刻心领神会，与敌人合演一出戏糊弄道光皇帝。六百万元赔款是一个罪恶的引子，它将战争的祸水从珠江引到长江，似乎江南腹地不在清廷的辖境内。奕山在广州所做的一切都瞒着道光皇帝，贴出告示不许百姓杀敌的同时，他对团练义勇的缴获却照收不误，当作靖逆战果上奏朝廷请赏。这样，广东官场就出现了前所未有的无耻现象——只打了一天即举白旗投降的清军，竟然有多达五百五十四人获得升官、补缺、换顶戴的大捷奖赏，拿道光皇帝当凯子耍。

林福祥微微叹了口气：“当官的都是这样，捅娄子拿你是问，有好处归在他名下。吴老四不是胆子大，而是运气好。陈天义是在堂的人，不想和官府打交道，如此一来，‘德礼堂’拼死打下的军功，最后便宜了吴老四。”

恩师黄培芳现在是两广总督祁贡的座上宾，林福祥在官府的路子并不比吴璧光差。他这句话意在提醒林福盛，前有车后有辙，应该效法“银刀秀才”，利用别人为自己火中取栗，事情成了功劳是自家的，事情不济责任是别人的。

林福盛也是念过书的人，脑袋瓜子一点就透，“哥，要是这样的话，咱们不能和社学的人打哢哢，这帮龟儿子手里的笔杆子比咱们还能吹。”

林福盛所说的社学指怀清、联升、钟镛、西湖、兴仁、同升等东北六社和淳风、成风、同风、和风、石井、莲湖和泰安等西南七社，这十三所社学分属番禺县和南海县，是附近各乡的地方团练。英军占领四方炮台后，十三所社学在举人何玉成的主盟下，这些日子天天在牛栏岗开会制定对敌方略，七嘴八舌，老是定不下来准信。

“打胜仗离不了洪门，洪家兄弟又隐蔽在社学里面，十三社学的面子不能不给。”林福祥在地上踱了几步，自言自语，“陈天义的人马集中到龟岗一线后，城北就剩下周春的‘德武堂’和甘先的‘德兴堂’。咱们‘平海营’若想报红毛鬼子一箭之仇，必须尽快找到周、甘两位阿妈，我下午去一趟牛栏岗。”

在萧岗、棠下、三元里等乡的交界处，有一片蜿蜒起伏的丘陵地带。这片丘陵属于白云山余脉，地势崎岖，山高林密，牛栏岗即为其中一座小山丘。别看这座土岗子不起眼，却是广州城北行政区划的结合部——三元里属于南海县金利司，萧岗乡属于番禺县慕德里司，棠下乡属于番禺县鹿步司。

林福祥策马来到牛栏岗下，发现岗头插着一杆黑底白边的七星旗，山坡上或蹲或坐约有百十来位皮肤黝黑的汉子，手里拿着锄头、杀猪刀和扁担等农具。陆续还有三五成群的庄稼汉从附近各村向牛栏岗集结，林福祥在岗下耐心地等了一会，终于发现了一个熟悉的面孔，连忙大声喊："阿长，发生了什么事？"

簇拥在前的高大汉子手里提着一把鬼头刀，步伐敏捷，显然有功夫在身。这汉子为棠下乡人氏，名叫颜浩长，江湖人称"定拳长"，是"德武堂"下面的一名小旗头。颜浩长在周春娶媳妇那天见过林福祥，彼此有一面之缘，他气恼地答道："林老爷，四方炮台的红毛鬼子下乡抢猪抢鸡，在三元里糟蹋了女人，难道你没听说？"

"有这事？"林福祥吃惊地瞪大了眼睛。

"没错，今天前半晌的事，四里八乡的传遍了。"颜浩长咬牙切齿，"你们这些财主老爷要是不管，我们老百姓就自己干。"

林福祥跳下马，把颜浩长拉到一旁低声问："阿长，红毛鬼子火力凶猛，打鬼子这事要从长计议。我问你，你家周阿妈在哪里？"

"杀个把红毛鬼子，还劳驾周阿妈出马？真是的，你要怕死就回去。"颜浩长鄙视地瞥了林福祥一眼，带着棠下乡的村民匆匆上了山坡。

谭胜问："少爷，要不我去沙亭岗打听打听？"

"算啦，"林福祥想了想，"现在形势紧张，红毛鬼子闹出这么大的动静，周阿妈不可能在家睡大觉。说不准你没去沙亭岗，他倒来了牛栏岗。"

牛栏岗的林子里人头攒动，十三社学的头面人物济济一堂，像什么何玉成、王韶光、高梁材、钟占琪、梁廷栋、赵启祥等等。这些人不是功名在身的绅士，便是家财万贯的地主，至不济也是出得起钱捐个监生的生意人。英军下乡劫掠直接损害的是这些人的利益，老爷们个个义愤填膺，你出个办法，他拿个主意，不停地完善作战方案。

陈田乡在牛栏岗以北十余里，乡人尚武，以械斗名闻四乡。这次听说召集十三社学议事的是同宗何玉成,何家便派出何壮昭为代表,主动参战。林福祥不清楚底细,发现何壮昭在岗上正襟危坐,便凑到他的耳朵跟前:"何老爷,你怎么来了?"

"在下为何不能来?"何壮昭不高兴地说,"保家卫国打鬼子,在下为何不能来?"

"别生气嘛,"林福祥在他身旁坐下,赔着笑脸,"林某不是这个意思,我是问,你这两天见没见着'豆皮春'?"

"'豆皮春'在下没见着,'飞砣凤'倒是见着了。"何壮昭没好气地回敬了一句,"什么意思?想让你小老婆跟人家比武?"

林福祥的小妾名叫陈漱霞,精通武艺,弓马娴熟,在香山县一带的名气仅次于韦东暄的小老婆蒋燕燕。听何壮昭出言讥讽,林福祥红着脸说:"何老爷,我跟你说正事,你们这会开得怎么样?商量出结果了吗?"

何壮昭拍了拍腰里的宝剑:"商量是他们的事,何某只管上阵杀敌。"

这时,十三社学的主盟人何玉成朝林福祥打了个招呼:"林老爷,四方炮台的红毛鬼子最近越发猖狂,不但抢东西,而且糟蹋女人,看来咱们得狠狠打他一家伙。"

"城门外贴出了告示,"林福祥问道,"难道你们不怕官府追究?"

王韶光是从嘉应州迁过来的客家人,从前当过佣工,干过剃头的营生,后来当讼师,挣了钱后捐了监生。冲他这份曲折的经历,就能看出他的胆魄,王韶光拱手道,"林老爷,举白旗之前官府还算官府,举了白旗咱们便当他说话是放屁。红毛鬼子烧杀抢掠,凶暴残忍,要是再不出手厮杀,只怕社学的团练要散伙了。"

"春梦兄所言甚当,"何玉成扫了一眼大伙儿,沉痛地说,"红毛鬼子烧杀抢掠,穷人能失去什么?最多是一头猪、一只鸡、几斗粮食,大不了再加一条人命。可咱们就不一样了,在座的皆为大户,房舍多、田地多,妻子多、财帛多,命比穷鬼值钱,脸皮比穷鬼薄。若是任由红毛鬼子肆意祸害,以后咱们还有脸活吗?"

大伙怒吼:"宰了这帮天杀的。"

林福祥问:"你们准备怎么打?"

何玉成起身向他打了一个躬:"林老爷,你是经历过战阵的,行军打仗有经验。你给拿个主意,我们大伙听你的。”

林福祥抱拳:“各位,十三社学人丁虽众,终究没有杀敌的经验,兵法不兵法的咱先搁在一边,林某觉得首先必须统一号令。从今天起,牛栏岗作为中军大营,这面北帝庙的七星旗权当中军令旗,往哪儿指大伙就往哪儿打。另外,前来助战的各乡每家自竖大旗一面,旗子上标上本乡的名称,以利于辨认和指挥;每乡再多准备几面锣鼓,一旦发现红毛鬼子的行踪,立刻鸣锣示警,大伙一起冲杀,杀得一个是一个……”

天黑下来后,众人离开牛栏岗各自回家睡觉,谭胜随着林福祥骑马返回石井圩。他在路上纳闷地问:“少爷,会上定的是统一指挥,并没有敲定作战方略呀?”

“具体哪一天打,”林福祥抬头看了看月亮,“等我请示了祁制军再说。”

夜幕下的牛栏岗不再喧闹,从黄婆洞吹来的山风十分清爽,半个月亮挂在天边,山下密林中出现一行人影。这些人头戴斗笠,打着赤脚,背后挎着背囊,腰里别着顺刀。中间那条四方脸庞的大汉,正是林福祥苦苦寻觅的“豆皮春”。

“德武堂”地跨番禺鹿步司、慕德里司,是洪门距离广州城北最近的一支武装。去年周春在沙亭岗开香立堂,颁发了三本会簿——第一本颁给驻扎在太和圩的“武怀堂”,以周泮为掌印阿妈,与甘先的“德兴堂”遥相呼应;第二本颁给驻扎在黄婆洞的“武华堂”,以周亚禧为掌印阿妈,这是一支直刺广州城防的利矛;第三本颁给驻扎在三宝圩的“武极堂”,以赵添为掌印阿妈,负责联结卢昌的“德烈堂”。

颜浩长的这旗人马现归“武华堂”管辖,他和黎勤有、黎扬伍、黎燕翼、黎丁桂哥四个早早在岗上恭候。见周亚禧带人在前探路,忙上前躬身施礼:“大龙头,这几位是‘德兴堂’的兄弟,在三元里杀散红毛鬼子的就是他们。”

周亚禧问:“情况如何?”

黎勤有回答:“大龙头,今天早上东华里来了八九个红毛鬼子,抢鸡抢鸭的不说,还在河边欺负韦绍光的老婆,女人不从他们便用刺刀乱捅。哥几个气不过,喊齐村里的人,冲过去劈死了一个鬼子,其他的见势不妙撒腿逃了。”

周亚禧跺了跺脚："太可惜了，多劈死几个才过瘾。"

颜浩长问："大龙头，你说鬼子明天会不会来报复？"

"我拿不准。"周亚禧晃了晃脑袋。

黎勤有摸了摸后脑勺说："大龙头，我们刚才在村口的北帝庙里占了一卦。卦象上说明天大凶，不宜出行，大概红毛鬼子不会来。"

周亚禧大笑起来："黎兄弟，你真是个死脑筋，红毛鬼子从红毛国来，那个地方根本没有北帝爷爷的供奉，他们才不信什么卦象。"

黎丁桂年纪小，比黎勤有还死性，坚持说："那就是我们哥四个不宜出行？反正北帝爷爷的话总得应验。不然的话，人家不是白吃供奉吗？"

周春远远听到周亚禧的笑声，上来问："亚禧，你又在取笑哪位兄弟？"

颜浩长和黎家兄弟齐来见礼，周亚禧把大伙的疑问说了一遍，周春道："红毛鬼子丢下一具尸体，必然不会甘心，报复是肯定的。不过经历了这桩事，他们以后不会轻易往外跑，人少了出来无异于白白送死。"

颜浩长泄了气："真让北帝爷爷算准了？"

"十三社学的集会有什么结果？"周春关心地问。

颜浩长回答："干打雷不下雨。"

周春又问黎勤有："贵堂甘阿妈现在何处？"

黎勤有摇了摇头："前些日子听说去了九十九峪，不知道回来了没。"

甘先性喜骑射，自从得了"踏雪白龙驹"后，时常去九十九峪和粤北绿林道二当家戴则兴切磋兵法，研习"铁腿马"的排兵布阵。周春观察了一会牛栏岗周围的山势，从地上捡起一根树枝指点道："各位兄弟，既然我们料定红毛鬼子必来报复，与其被动防守挨打，不如主动出击。红毛鬼子的火力非常厉害，面对面地硬拼我们必然吃大亏，唯一的办法是把他们诱出四方炮台，打他一个措手不及。你们看，牛栏岗周围树林茂密，水田纵横，里面藏个万把人绝没有问题，最适合打伏击。事不宜迟，明天就干。"

周亚禧、颜浩长、黎家兄弟都露出了兴奋的面色，周亚禧担心地问："大爷，咱们这么点人手，能对付得了大队的红毛鬼子？"

"不是还有十三社学吗？"周春挥手劈下，"只要把鬼子引进埋伏圈，近身肉搏，让他的火器发挥不了作用，到那时，锄头镰刀照样要他的命。"

天色刚刚放亮，牛栏岗下锣声大作，附近各乡的民众听到锣声，立刻敲锣响应，霎时间锣声一传十十传百，方圆几十里内震耳欲聋。林福祥和林福盛正在石井圩吃早点，听到锣声大为惊骇："怎么回事？"

谭胜道："少爷，一定是红毛鬼子出来抢东西了。"

"走，杀他狗娘养的。"林福盛丢掉碗，一瘸一拐翻上战马。

听说要去打红毛鬼子，"平海营"的义勇操起了抬枪和刀剑长矛，跟随林氏兄弟以急行军的速度离开石井圩。到了牛栏岗一看，只见山脚下熙熙攘攘聚拢了两三千号村民，手里拿什么的都有，有拿锄头扁担的，有拿镰刀和杀猪刀的，还有人把竹子削尖了当长矛用。林福祥上了牛栏岗，急切地问何玉成："何老爷，红毛鬼子在哪儿？"

何玉成也是一头雾水，摊开双手："没看见。"

"那你们敲啥锣？"林福祥气得直跺脚。

"不是我们村敲的，是三元里的人敲的。"何玉成朝岗下努了努嘴，"你瞧，就是黎家那哥四个，说是'豆皮春'出的主意，诱敌深入，要把鬼子从四方炮台哄下来。"

"'豆皮春'？"林福祥闻言大喜。

谭胜眼睛尖："少爷，在那儿。"

林福祥顺着谭胜的手指方向看，发现周春坐在林边的田垄上，手里拿着短棍对一些人指指划划，似乎在安排什么。林福祥抬头向远处观察，但见田野之中人影络绎不绝，正从四面八方向牛栏岗集中。这些穷人表面上对士绅老爷俯首帖耳，内心深处终究和洪门贴得近，只要周春出面召集，今天这场仗便有七成的把握。想到这里，林福祥对何玉成和王韶光说："诱敌深入这个法子好，咱们赶紧把'豆皮春'请上来，有力气往一块使，千万不要令出多门，那可是行军打仗的大忌。"

绅士们唯唯诺诺，正打算派人下岗去请"豆皮春"，颜浩长一溜小跑蹿上了岗子，逐个打躬作揖："何老爷，王老爷，林老爷，诸位老爷，各乡来的人差不多了，请你们发下号令早做安排，该诱敌的诱敌，该埋伏的埋伏。"

虽然没有明着打出三合会的旗号，但是十三社学的士绅大致也能猜出周春的底细——他跟着李文茂厮混，而琼花会馆和洪门的关系谁不知道？不管怎么说，今天"豆皮春"能打发人来请示号令，说明他并不想把功劳据为已有，起码愿意给十三社学面子。何玉成又高兴，又忐忑不安，问颜浩长："今天这一仗，周爷有几分把握？"

"那要看老天爷了，"颜浩长抬头瞅了瞅碧蓝的天空，为难地说，"黄婆洞的道爷说今天有大雷雨，我家大爷的意思是假如能下雨，这场仗就有八成的把握。"

何玉成赶着问："哪位道爷？白道爷，还是常道爷？"

"不知道。"颜浩长摇头。

林福祥毅然决然地说："别管他是白道爷还是常道爷，乡亲们既然起大早来了，便没有让大伙回去的道理。士气可鼓不可泄，箭在弦上，不得不发，今天这场仗非打不可。走，咱们下去和周爷商量商量。"

上午十时许，英国远征军陆军总司令郭富手举望远镜正在瞭望，突然发现几里地外的山岗上旗帜飘扬，锣声喧天，估摸有上千人。这些人打着七星旗向四方炮台而来，手里拿着锄头扁担和杀猪刀，显然怀有敌意。这次广州之战中，英军士兵每人只带了两天的干粮，开战到今天过去了将近七天，两千多人的后勤供应绝不是一个小问题。在省河作战尚能依赖黄家兄弟和"义胜堂"的供应，来到城北作战，水路运输严重受限，携带的粮草满足不了需要，郭富只得下令士兵"自行解决"：放任士兵到乡村抢掠——义律和郭士立一直以来宣扬的"只与官府作对"的弥天大谎，就这样被轻而易举地戳穿了。

昨天三元里的溃兵回来报告，有人死在村民手里，郭富原打算今天派人去抢尸体。没想到部队还没出发，一向孱弱的中国人倒先杀上门来。郭富的自尊心受到严重伤害，命令布尔利少将留守炮台，自己亲率第二十六团、四十九团和马德拉斯土著第三十七团各一部，合计兵力千人，携枪带炮冲下四方炮台，准备好好教训一通这些不知天高地厚的农民。

搦战的目的是为了诱敌深入，可惜任凭黎家兄弟喊破了喉咙，总有一些人被兴奋和愤怒冲昏了头壳，看到鬼子大队人马杀下炮台就想上前拼命。黎家兄弟死命地把大伙往回拽，黎勤有持刀断后，跑了两步发现不对头：那面七星旗呢？

他回头一看，可坏了菜，何聋子扛着七星旗站在原地发呆，看来是被吓傻了。黎勤有不顾危险地冲上去，刚刚跑到何壮昭的身旁，恰在这时一发炮弹打过来，弹片如雨，把他轰倒在血泊中。何壮昭的耳朵被这发炮弹猛地炸醒了，趴在黎勤有的身上哭喊："黎兄弟，我欠了你一条人命，你这是何必呀？"

"快把旗扛回去。"黎勤有吃力地说，"旗在，打死无怨。"

何壮昭扛起七星旗撒开腿往回跑，也不管周遭枪声嘶嘶，炮声隆隆。英军士兵尾随其后紧追不舍。忽然间阴云密布，天空咔嚓一个闪电，紧接着雷声大作，牛栏岗上的绅士们高兴地齐声呼喊。林福祥举起七星旗挥舞了几下，然后甩掉身上的大褂，手提大刀，率领"平海营"的兄弟一窝蜂杀下山来。

漫天大雨瓢泼而下，随着震耳欲聋的锣声，从林子里钻出来无数手持刀枪的民众，如同汹涌的潮水拦腰将英军截为两段。暴雨滂沱，天色迷茫，目不视物、耳不闻声，双方的指挥体系彻底失灵，陷入各自为战、分头厮杀的混乱局面。

这种局面对毫无训练的民众十分有利，颜浩长发现一个鬼子胸前挂着护心镜，寻思这家伙一定是个当官的，拎着鬼头刀便冲了上去。"定拳长"身高力雄，武艺高强，尤其是杀鬼心切想拿个头功。那名军官的刺刀刚挨上边，他的刀锋猛然一转，顺势斩去敌人一只手，紧接着手起刀落，干净利索地剁下了英军军官的头壳。

这三刀一气呵成，丝毫不拖泥带水，赢得了周围乡亲的齐声喝彩。后来在三元里一带流传开了一句童谣，叫"定拳长杀番鬼，抽口烟都不迟"。

那天是阵雨，因此老天爷并没有完全薄待红毛鬼子。英军士兵退入密林后，利用雨势间歇的片刻，擦拭枪管，换上干燥火药，集中火力杀出重围，狼狈地逃回四方炮台。郭富顾不上喘口气，立刻点验人数，结果发现少了整整一个连——马德拉斯土著第三十七团第三连。

郭富额头的汗顿时流了下来，面对大清国数万正规军队，英军此前的战绩可谓骄人——虎门之战只有区区五个伤员，广州之战打到现在总计阵亡不到十人，可他万万没有料到，眼前这群破衣烂衫的庄稼汉，拿着锄头扁担，竟然想吞掉自己一个连的兵力？

时间在一分一秒地过去，哈德菲尔德上尉的第三连深陷中国农民的重围，多一分钟就多一份危险。大江大浪都闯过去了，绝对不能翻在三元里这条小河沟里。郭富左思右想，决定派遣海军陆战队去营救哈德菲尔德上尉和他的第三连——海军陆战队是打特种战的好手，更重要的是他们使用的雷管机不怕雨淋。

不管怎么说，作为陆军总司令，请海军陆战队帮忙是一件令人羞耻的事情，到这时候郭富哪还顾得上脸面？从酉时战至戌时，海军陆战队的两个连依仗强大的火力，杀开一条血路冲进牛栏岗下的树林，终于和哈德菲尔德上尉会合在了一起。

夜幕降临，好歹不再下雨，第三连的士兵擦干枪管，换上干燥火药，和海军陆战队的援军轮番放排枪，把“武华堂”和“平海营”的兄弟死死阻挡在树林外。经过激烈的厮杀，英军士兵几乎人人挂彩，林子里躺着二十多个重伤员。哈德菲尔德上尉不敢冒险突围，只好把希望寄托在天亮放晴，期待四方炮台的援军到来。

林福祥和周亚禧等人杀红了眼，谭胜、黎扬伍、黎燕翼、黎丁桂等人先后死在红毛鬼子的枪口下，“武华堂”和“平海营”的兄弟受伤不在少数。周春不愿意造成太大的伤亡，下令停止攻击，在树林四周悬挂牛皮灯笼，将英军团团包围。

初战告捷，从绅士到百姓无不精神振奋，来增援的义勇越来越多，附近一百零三乡总共来了一万多人。男人上阵杀番鬼，女人也没有闲着，她们把做好的饭菜送到前线，让人伙吃饱喝足，好明大一鼓作气全歼红毛鬼子。

牛栏岗之夜灯火通明，男女老幼坐在一起兴高采烈说个不停，有的骂官军太窝囊，有的说鬼子敢情也不是铁打的。没有一个人愿意休息，谁劝也不听，十三社学的指挥成了摆设。周春和林福祥十分焦虑，俗话说困兽犹斗，何况红毛鬼子手里的洋枪喝惯了人血，如果不挖几条壕沟构筑牢固的防御阵地，单凭血肉之躯只怕难以抵挡。

果然，第二天清晨雨势刚刚停歇，英军开始大举突围，海军陆战队的两个连在前，用密集的火力开道；马德拉斯土著第三十七团第三连断后，抬着那二十多个重伤员。“武怀堂”和“平海营”的兄弟拼命拦截，无奈敌人火力极其凶猛，根本难以靠近。周春和林福祥在岗头上急得直跺脚，喝令朝英军突围的方向开炮，可惜土炮的准星太差，炮子慢吞吞地飞过英军头顶，落在后面的林子里，冒了股有气无力的烟雾。

形势万分危急，周春带领周亚禧等人冲下山岗，准备和英军死拼。便在这时，牛栏岗的左侧响起了尖厉的螺号声，只见一彪人马风驰电掣杀了过来，像利箭一样刺向英军，瞬间撕开一个缺口，把马德拉斯土著第三十七团第三连和海军陆战队的两个连分割开来。骑在“踏雪白龙驹”上面的不是别人，正是“德兴堂”掌印阿妈甘先。受到甘先的鼓励，被打散的老百姓迅速恢复勇气，从地上捡起锄头扁担继续上阵厮杀。十数年后，甘先在三元里一战中的英勇事迹仍然在乡亲们中口口相传，有一首民歌这样唱道：

久闻甘先好名声，佛岭市上扎大营；
讲起当年打番鬼，英雄队里最年轻。

哈德菲尔德上尉没想到这群庄稼汉如此英勇，自己的连队行动不便，如果硬闯的话那些重伤员恐怕个个性命难保。他指挥第三连撤回原来的阵地，海军陆战队没有办法，只好转回树林继续与一百零三乡的义勇对峙。下午申时，广州知府余保纯、南海知县梁星源、番禺知县张熙宇等人赶来，严令十三社学的绅士驱散百姓，方把被困英军解救出来。

三元里人民抗英斗争的胜利果实最终被腐朽无能的统治者断送，在这场名垂青史的辉煌战役中，一向任人宰割的底层民众拿起刀枪，将强大的侵略者打得几乎无力招架，显示出深藏于民众身上的伟大力量。正是从这一天开始，民众看到了自己的尊严和力量，看到了官府的无耻和腐朽，看到了士绅老爷们的虚伪和孱弱。

捷报传来，张维屏既喜且悲，提笔写下一首《三元里》，诗曰：

三元里前生若雷，千众万众同时来；
因义生愤愤生勇，乡民合力强徒摧。
家室田庐须保卫，不待鼓声群作气；
妇女齐心亦健儿，犁锄在手皆兵器。
乡分远近旗斑斓，什队百队沿溪山；

众夷相视忽变色，黑旗死仗难生还。
夷兵所恃惟枪炮，人心合处天心到；
晴空骤雨忽倾盆，凶夷无所施其暴。
岂特火器无所施，夷足不惯行滑泥；
下者田塍苦踯躅，高者冈阜愁颠挤。
中有夷酋貌尤丑，象皮作甲裹身厚；
一戈已揕长狄喉，十日犹悬郅支首。
纷然欲遁无双翅，歼厥渠魁真易事；
不解何由巨网开，枯鱼竟得攸然逝！
魏绛和戎且解忧，风人慷慨赋同仇；
如何全盛金瓯日，却类金缯岁币谋？

第八十八回　绝处逢生

三元里打得热火朝天时，近在咫尺的官军却站在城墙上抱着胳膊看热闹，这一点引发了士绅百姓的异常愤怒，一时间广州四郊请战声连绵不绝。奕山生恐有变，立刻勒索了万松园伍家一百万银元，提前两天结清了战争赔款。义律素知粤民强悍，不愿使英军深陷于难以自拔的战争泥潭，从四月十二开始，一周内迅速撤出虎门口。

广州战事以一种奇怪的方式结束了——奕山花了六百万元买得粤东平安，英军舰队准备把战火烧向民风纤弱的江浙地区，双方各取所需，皆大欢喜。只有远在千里之外的道光皇帝被蒙在鼓里，他并不知道国家和朝廷所蒙受的巨大耻辱，反而以为爱新觉罗家族的人能干，林则徐和琦善无法完成的使命，在皇侄手里三下五除二便摆平了。接到奕山的奏折后，道光皇帝下令立即裁撤地方义勇团练，免得这些拿起刀枪的汉人惹是生非。

谎言终究是谎言，奕山可以晃点紫禁城里的道光皇帝，但他瞒不住粤省的士绅百姓。广州城里的官员慑于奕山的淫威，表面上与之同流合污，心底里却充满了恐惧，害怕有朝一日真相大白会受到朝廷的严谴。道光派给奕山的左膀右臂顶不住压力，隆文在寓所忧愤而死，杨芳则借口巡营时马失前蹄摔伤了腿,上折子请求解甲归田。

与此同时,义律主导对华政策的时代画上了句号。四月二十八,自印度返回的远征军海军司令伯麦接任全权代表,他对义律的行为十分不理解:"尊敬的义律先生,帝国花费巨大的人力和财力劳师远征,目的当然是为了获取最大的利益,你明明知道巴麦尊勋爵阁下属意长江口的舟山群岛,为什么一意孤行,坚持割取香港这个荒凉的小渔村?如果说你舍不得港脚贸易的传统线路,那么此次广州城唾手可得,你又为什么匆匆撤军?"

"将军阁下,我和你一样都是帝国的军人,军人考虑事情从来只有一个出发点,那就是可行性。"义律疲倦地说,"我来到中国已经七年了,不客气地说,我比你更了解这个国家和它的人民。美妙的战略构想听起来固然令人陶醉,然而一点都不现实,广州城和舟山岛居住着成千上万视我们为异类的老百姓。他们的文化与我们完全不同,用刀剑只能消灭其肉体,而无法改变他们头脑中的思想。占领它们的结果,只会给我们带来无尽的烦恼。"

"从女王、内阁到商会,都认为香港岛是一个不毛之地。"伯麦不甘心,"放着中华帝国这么大一块肥肉不吃,难道就瞪眼看着别人去抢?"

"吃不吃不重要,关键是看你的胃袋有多大?"义律认真地说,"这个国家生活在恐惧的暴政下,普通民众关心的是一日三餐,生儿育女,见识短浅,没有信仰。倘若我们以工业社会的模式重建香港岛,让老百姓填饱肚皮,保障他们的基本权利。我相信用不了多少年,他们就会抛弃自己的祖宗,学习我们的语言,最终成为虔诚的新教徒。到那时,整个中华帝国的大门将为我们敞开,区区舟山群岛又算得了什么?"

伯麦大为折服:"尊敬的义律先生,你还说你只是一个军人,依我看你的思想远远超过伦敦的那些政客,简直是一个哲学家。"

义律自嘲了一句:"你说对了,大英帝国的特命全权大使需要严格服从命令的军人,而不是像我这样的所谓哲学家。"

"应该是巴麦尊勋爵了解的军人。"伯麦诙谐地说,"我和勋爵大人没有深交,接下这个职位只是打短工,得过且过吧。"

义律摇了摇头:"将军阁下,不管是不是打短工,你只要在位一天,就是大英帝国的特命全权大使。等这次瘟疫过后,我陪你去那个小渔村进行交接。"

进入六月份，瘟疫的凶猛势头渐渐平息。六月初三，义律和伯麦乘坐“路易莎号”自澳门城启程前往香港。船开出去没有多远，台风不期而至，横行伶仃洋的“路易莎号”被巨浪吞噬，在浩浩大洋中结束了它可耻的使命。义律、伯麦和十多名水兵跌落大海，在惊涛骇浪中拼死挣扎，最后被风卷上了一个岛屿。

伯麦毕竟是五十多岁的人了，浑身骨架像被拆散了一样，躺在沙滩上大口地喘着粗气。义律不停地在胸口画十字，嘴里用生硬的中文喊：“北帝，北帝。”

“义律先生，你为什么不敬我们的主？”伯麦问。

义律惊魂未定：“将军阁下，我们的主不是本地人，管不了台风。”

伯麦不屑一顾：“义律先生，中国人的神如果管用，怎么会被我们打得屁滚尿流？”

“那是另外一码事。”义律对他说，“将军阁下，假如，我说是假如，假如你计划在中国逗留一段时间，我劝你最好学几句中国话，了解一下他们的历史。”

伯麦高傲地说：“义律先生，我不像你有耐心和绅士风度。这些黄皮猴子迟早将被我们白人征服，该学习语言的是他们而不是我们。”

义律幽默道：“可是如果会几句中国话，兴许现在就能救命。”

伯麦以军人的习惯扫视了一眼四周，用轻松的口吻回答：“义律先生，你放心吧，这个岛屿不大，住不了几户人家。虽然枪膛里的火药被海水泡湿了，但是加上你和我，咱们有近二十个身强力壮的帝国海军军人，难道还对付不了几十个老弱病残？”

义律建议：“小心驶得万年船，最好派人去侦察一下。”

伯麦点头应允，当即派人摸进村里打探情况。不到一刻钟的工夫，两名士兵兴高采烈地跑了回来：“将军阁下，你判断得没错，这个小岛只有二十来户人家，老的、小的、男的、女的加起来，超不过八十人去。”

“你看看，我说什么来着？”伯麦手一挥，“出发。”

义律拦住他：“将军，现在天色已晚，屋子里的情况不清楚。依我看，咱们今天晚上在海滩露营，明天天亮派人观察，摸清岛上的底细后再行动。”

伯麦回头看了看他的士兵，发现众人被风浪折腾得精疲力竭，体力没有完全恢复。便同意了义律的意见："好，咱们美美地睡上一觉，明天再填饱肚子。"

第二天早上风和日丽，大头洲像鱼肚皮一样徜徉在万顷波涛间。义律和伯麦率领全副武装的士兵抵近渔村。拿着望远镜观察，发现村子里拢共只有二十来间七扭八歪的茅草屋，有些人家住在海边的渔船上。勤劳的疍家人喜欢起大早，在疍艇旁边补渔网、修鱼叉，连吃奶的臊虾算在一起不到四十人，且绝大部分是妇女。

义律放心了，回头对伯麦说："将军阁下，看来村里的年轻人出海去了。"

"这不正合你的意？"伯麦笑嘻嘻地打了个手势，英军士兵端起刺刀，排着整齐的队形大摇大摆地开进村里。

大头洲上的青壮年并非出海捕鱼未归，而是差不多全跟着阿锢参加了"红旗帮"，剩下的老弱病残多数没有见过世面。石头正捧着一块千层糕吃得香甜，抬头发现一群凶神恶煞突然出现在眼前，"吧嗒"一声，千层糕掉到了地上："鬼，鬼。"

随着他这一声喊，大伙被突如其来的英军吓得呆若木鸡，妇人的喊叫声、小孩子的哭闹声交织在一起，村子里瞬时乱成了麻。英军士兵饿了一晚上，肚子"咕噜咕噜"直叫，冲上去不管三七二十一先抢吃的。倪快嘴拿个蒲扇在炉子旁搧火，被英军一把搡了个仰八叉，铁锅撞翻后滚烫的虾粥四处飞溅，烫得倪快嘴惨叫连连。

英军好似虎入羊群，肆意妄为，皮肤白皙的应五娘成为他们追逐的目标。几个士兵上去将她压倒在地，一个用毛茸茸的爪子撕开她的对襟衫子，一个脱掉她脚上的木屐，一个薅住她的长发，尽情戏弄。梁友义气得两眼喷血，抓起鱼叉想驱走这些恶魔，人刚奔到跟前，被一名士兵抡起枪托从后面砸中腰部，向前摔了个狗吃屎。

狗仔娘连滚带爬地号叫："阿珠，阿珠，你们当家的叫人打死了。"

廖海珠正在自家疍艇修补船舱，听到外面乱成一团，不知道发生了什么事。她匍匐着从船舱里爬出来，一见丈夫被打倒在地，母大虫柳眉倒竖，杏眼圆翻，顺手抄起一根三股渔叉凌空飞至。那名英兵横枪向上抵挡，渔叉砸在枪托上发出沉闷的声响，“秃”的一声枪托折为两截，士兵的肩胛骨被渔叉扫中，摔倒在地，半天没有爬起来。

廖海珠恨极了红毛鬼子调戏妇女，左一记“游风锁喉”，右一记“鬼马分鬃”，拳脚落处打得鬼子人仰马翻，兔起鹘落撂倒了一大片。伯麦手握军刀不停地哆嗦，廖海珠把渔叉塞到丈夫手里：“剩两个鬼子，去，给老娘把他们宰了。”

梁友义虽然对这些红毛鬼子恨之入骨，但让他杀人终究有些于心不忍。他望着伯麦那对恐惧的眼球，问了老婆一句：“真杀？”

廖海珠骂道：“红毛鬼子你心疼个屁？”

“我看他年岁不小，恐怕连孙子都有了。”梁友义说。

义律的中文这时派上了用场，他拍着胸脯：“银子，银子，给银子。”

“你会说我们中国话？”廖海珠很是奇怪，“你到底想说啥？”

一听到“银子”这两个字，倪快嘴忘掉了脸上的烫伤，赶紧跑过来：“还不明白吗？鬼子想花钱买命。这个鬼子我见过，是个当官的，对不对，狗仔他娘？”

“对对，没错，在尖沙咀的鬼子大兵船上。”狗仔娘凑到跟前，贪婪地摸着义律和伯麦身上的军服，“啧啧，金线银扣子，老娘总算摸到了。”

廖海珠把打瘫在地的英军士兵一个一个拎到屋角，拿绳子像捆猪一样绑在栏杆上，问义律和伯麦：“你们俩叫啥名字，都是啥官？几品的？”

“我叫伯麦，大英帝国水师提督。”伯麦道。

廖海珠听不懂英语：“他说啥？”

倪快嘴喜欢逞强，抢着说：“他说他叫大麦。”

廖海珠瞪了她一眼：“你听不懂，别乱插嘴。”

义律知道广东官府悬赏重金捉拿自己和伯麦，因此打定主意决不暴露真实身份。他正准备编个瞎话把这些渔民糊弄过去，只听倪快嘴嘟嘟囔囔地说：“我咋听不懂？这两个当官的鬼子一个叫大麦，一个叫二驴，正好是一对，不信你问他？”

梁友义扑哧乐了：“哪有叫这名的？真难听。”

廖海珠盯着义律的眼睛问：“你叫二驴？”

粤语中义律和二驴的发音相近，义律暗自叫苦不迭，没想到这么偏僻的小岛上竟然还有人认识自己，只好点头承认："是，我是义律。"

"二驴是红毛鬼子啥官？"廖海珠回头问倪快嘴和狗仔娘。

两个娘们一起摇头："不知道，你问他呀。"

廖海珠继续逼问："说，你是几品官？"

形势瞬间峰回路转，看来对方只知道自己的名字，并不了解自己的底细。义律心头重新燃烧起希望，伸出八个手指头："八品。"

"八品官就是管一条船的外委千总，和你们说的差不多。"廖海珠与梁友义、倪快嘴、狗仔娘等人商量了一会，对义律说，"瞅你这样子还算老实，本来我们不打算讹你，可是你们这些虾兵蟹将胆敢欺负女人，这笔账咱们得好好算一算。"

义律臊红了脸，唯唯诺诺："好，好。"

廖海珠问倪快嘴和狗仔娘："你们说要多少？"

倪快嘴和狗仔娘扳起手指算了半天，终于提出方案："当兵的五十，当官的一百，不能便宜这群恶鬼。剥下他们身上的衣服，好布给大人做长衫子，破布给臊虾包尿垫子。对了，把这个老家伙的衣服剥下来先，给五娘遮遮羞。"

应五娘抱着胸前一对木瓜奶，恨恨地说："鬼子还有脸穿衣服？全扒下来。"

"当兵的一人五十，当官的按品级，一品官一百，八品官八百，半个子都不能短。"倪快嘴立刻改变了方案，"衣服脱下来，作价卖给他们。"

道光二十一年六月，红船人异常忙碌，一来是因为红毛鬼子的兵船撤出了虎门口，二来是由于"广灵子"和马三婆两大神棍齐齐地闪了腰。佛山堡的信仰世界出现了短暂的空当，需要借助戏棚的锣鼓孝敬北帝爷爷，请他老人家下凡镇妖。

"当孩子"本是一场最不可能出问题的法事，马三婆偏偏在这条阴沟里翻了船，除了咒骂区彦魁是丧门星外，她不得不考虑替手的事情了——"老娘"后面有混元法师，"广灵子"和"神算子"后面有"阴阳生"，自己后面有谁呢？

"六月六，晒红绿"，人们趁着云开天霁，把被子和衣物拿出来晒一晒免得发霉。这一天又是天贶节，佛山堡各寺庙同时举办盛大的翻经会，女人们花两个小钱去庙里翻经书，祈祷下辈子变成男身。据说翻的经书页数越多，变成男身的可能性就越大，因此佛山堡的翻经会常常一办便连着三天，场面极为壮观。

"人家是娶了媳妇忘了娘，他是连媳妇、娘和嫂子一起扔。"马三婆穿戴整齐，骂骂咧咧地从正房出来，开始拿"葫芦发"出气，"阿发，你去把阿开给老娘找回来。家里出了这么大的祸事，他连个头也不露，想六亲不认呀？"

马三婆的替手只有两个候选人，一个是严玉芝，一个是罗玉环。罗玉环头壳不够用，重任最后落到了严玉芝身上。马三婆给严玉芝起了个大号叫马三娘，把自己"打小人"的秘笈倾囊相授。严玉芝坐在床上装神弄鬼，家里所有的粗笨活全落到了罗玉环的身上，累得她叫苦连天。此刻，听到马三婆对朱发说的话，罗玉环手里的木盆连衣服一起掉到了地上，站起来扭扭捏捏地问："阿妈，你叫他回来干啥？"

马三婆很奇怪："他是你男人，他不回来你让谁回来？"

罗玉环心酸地掉下了眼泪，她知道丈夫不喜欢自己，知道丈夫和严玉芝的那点瓜葛，甚至知道丈夫最中意的是居仁里那个爱唱戏的女人。然而这一切都不可怕，最可怕的是来自江湖上的传闻，传闻说顺德县的陈吉以陈开的老丈杆子自居，他手下的兄弟也时常拿"德礼堂"的人开玩笑，令陈开勃然大怒，打算一纸休书把罗玉环休回家。

"他要是回来，"罗玉环掉下了眼泪，"我还能有好？"

陈开率部大战龟岗岛，官面上的便宜虽然送给了"银刀秀才"，但江湖上人人知道是"德礼堂"的功劳，佛山百姓无不竖起大拇指夸赞，威名达致极盛。以他现在的势力，即使不一脚蹬了罗玉环，至少也能纳七八房妾。马三婆理解罗玉环的心情，叹了口气："别哭啦，咱娘俩是同一个命，一不怨天，二不怨地，三不怨人，只怨爹娘给生了一个女人身。走，跟为娘翻经书去，下辈子咱们也带个把，刀砍鬼子当英雄。"

"葫芦发"问："还找不找我兄弟了？"

"找他有个屁用？"马三婆摇摇摆摆向外面走了两步，回头叮哼"葫芦发"，"你把狗牵到河里洗一洗，别让它长虱子。"

王山公被“枫子鬼”打成失心疯后，那座木制敌楼扔在正埠码头，任凭风吹日晒，再也没有挪过地方。“葫芦发”隔三岔五上去扫扫灰尘，承担起了看管之责。他牵着两条狗来到正埠码头，发现霍威和梁德荣两个人无精打采坐在木楼下，个个面露愁容。把狗赶进河里，他问梁德荣：“你师傅好点了吗？”

经过一段时间的调理，宁二少率先复原，不过留下了一个后遗症——眼神不好使，白天看不清东西。梁德荣睁着一双迷惘的眼睛：“阿发哥，你说怪不怪？只要看红船大戏，我师傅的眼力马上就恢复了，一丝一毫都不会看错。”

“葫芦发”用猪尿脬灌了满满一泡水，放到眉棱上抬头仰望天空，骄阳被猪尿脬分解成五颜六色，好像戏棚布景和红船老倌穿的戏装。眼神不好使总比脑子不好使强，王山公现在一会明白一会糊涂，一会说东一会说西，一会打狗一会骂鸡，比以前更爱讲道理。那些道理比懒婆娘的裹脚布更臭更长，“葫芦发”现在宁愿守着木楼，也不想听他给自己传授武艺。

“那还不好？”朱发道，“就手跟着他学红班拳呀。”

宁二少只顾看戏，没工夫教梁德荣武功，梁德荣至今仍然在打木人桩。他不好意思吐露怨言，只好低着头，模棱两可地说：“嗯，正练着呢。”

“葫芦发”又问霍威：“你师傅咋样？”

叶三和摔死了区彦魁的宝贝儿子，当场被区家人捆起来，连夜送进了南海县衙门。那朦虾刚满百天，叶老三这种行为属于罪大恶极，所以很难逃脱惩罚。陈开肯把打番鬼的功劳让给“银刀秀才”，一个很重要的原因，就是希望利用吴家的人脉活动官府，保叶三和一条命。

案子虽然暂时压在南海县，没有向刑部上报，但区家有的是钱，岂肯善罢甘休？因此叶三和这条命能不能保住，尚在未定之天。吴璧光告诉陈开与“逃军和”——众目睽睽之下摔死婴儿民愤极大，要想活命，最好的办法是说动原告修改诉状。

对叶母来说，手心手背都是肉，被摔死的是儿子，摔死儿子的还是儿子；但对求子心切的区彦魁来说，那朦虾是他一辈子的希望，绝对不可能饶过叶老三。霍威唉声叹气：“归根到底这件事的祸根在区老爷，那么大的岁数鼓捣什么儿子？要是穷鬼还则罢了，偏巧家里金山银海，亲戚们巴不得你早点翘辫子，好分一杯羹。我这位三叔脾气暴躁，不走脑子，给人家当了枪使还不知道，真是个冤死鬼。"

"葫芦发"问："谁拿他当枪使？"

"还能有谁？"霍威神秘地指了指居仁里方向，"区老爷连着两个儿子死于非命，你说说还能有谁？谁得利最多就是谁。"

论心眼，"葫芦发"和梁德荣捆在一起也不是霍威的对手，三个人正在窃窃私语。叶四和划着一只舢板靠近岸边，问："几位，见到梁老倌了吗？"

霍威回头一看，只见舢板上坐着两个身穿大襟衫、头戴狗牙毡布的疍家婆娘，明白准是梁兰桂的乡亲。他抢着回答："四叔，梁老倌在对面的小河汊，我带你去找他。"

叶四和不习惯霍威的称呼，红着脸说："霍少爷，快别这么称呼。"

霍威生得唇红齿白，模样排场，为人四海，天生一张讨人喜欢的巧嘴。倪快嘴和狗仔娘见他衣着光鲜，心生敬意："霍少爷，你是兰桂的朋友？"

霍威毕恭毕敬："两位婶娘，梁老倌教阿荣打木人桩，算是我的前辈哩。"

倪快嘴担心地问："霍少爷，我们俩是不是给兰桂丢人了？"

"没有的事，你们是梁老倌的长辈，谁敢瞧不起？"霍威用手一指，"再说，咱们佛山堡疍家人多的是，汾江河的渡船一向由疍家经营，不信你们看。"

随着他手指的方向，倪快嘴和狗仔娘果然看到河面上点缀着一簇一簇的狗牙毡布。倪快嘴心里踏实多了，扯了一把狗仔娘："我说狗仔他娘，要是在咱们大头洲搭一座戏棚子，是不是跟佛山堡差不多？"

"搭戏棚子？"狗仔娘疑惑地，"谁来唱啊？"

倪快嘴觉得很没面子，扫兴地骂了一句："讨厌，不是有兰桂吗？"

霍威问："两位婶娘，你们是来看戏的？"

"不看戏，"倪快嘴道，"我们来佛山堡干啥？"

船舱里撂着一个布口袋，通过半敞的袋口，可以看到里面尽是咸鱼、豆豉和蚝干，那是廖海珠带给梁兰桂的吃食。狗仔娘发现霍威眼睛盯着口袋不放，以为他是在嘲笑她们寒酸，连忙撇清："我们可不是来揩兰桂的油水，我们刚发了财，有的是钱。"

倪快嘴"哼"了一声："红毛鬼子送的。"

红毛鬼子送的？霍威咂了咂嘴唇："两位婶娘有这么大的本事？"

“就知道你们不信，”倪快嘴很是不悦，“狗仔他娘，给他们露个底。”

狗仔娘把义律等人交付赎金一事添油加醋地说了一遍，霍威、叶四和听得瞠目结舌。过了好半天，霍威一拍大腿：“依照官府明码悬赏的价钱，大麦的身价是五万番银，那个二驴的身价更高，十万番银起底；每个鬼子兵二百番银，还不算一顶四品翎子和一顶五品翎子。这笔买卖连零头的零头都不够，两位婶娘，你们亏大了。”

这回轮到倪快嘴和狗仔娘目瞪口呆了，她们这次朝义律要了三千四百元的赎金，按霍威的算法起码损失了十五万番银，真是丢了西瓜捡芝麻。狗仔娘心疼得直嚷：“我说鬼子给银子咋那么痛快，闹了半天，耍咱娘们呢？”

倪快嘴心里更窝火，一脚踹在她的屁股上：“你就知道捡便宜，临了还偷偷扒掉人家两套衣服，拆下来做什么金线银扣子，这下好了，整整十五万银元没了。我的天爷啊，十五万得买多少金线和银扣子？”

狗仔娘爬起来，委屈地说：“价码是你定的，凭啥怪我？”

进入六月，易兰花的身体突然转坏，不断倾吐黑血，这是一个极其可怕的信号，说明释心师太炼制的丹药已然无法压制蚺蛇之毒。李文茂得到这个噩耗如闻霹雳，“柔佛人荟”从种子到成熟，至少需要六年的时间，缓不济急，眼下压制蛇毒的唯一希望是碧血仙茅——只有九片叶子的碧血仙茅方能救易兰花一命。

易兰花在李文茂的心里重如泰山，他从梅花岗的“六祖井”里爬出来，急命陈松年火速赶往九峰山，代表自己向萧明远和“鹤顶红”求情，希望能得到侯陈带手里的碧血仙茅；至于藏在石鱼岛那株碧血仙茅，由于苏仁山早已允诺给易兰花治病使用，因此卢新把它从水井里取出来交给释心师太，随时准备煎药之用。

所幸六月份适值“大散班”，“凤凰仪”班的老少爷们轮流去银洲湖探视易兰花，这其中单少了一个陈罗婵。眼看易兰花病情越来越重，“高佬忠”、布文水和龙探梅几个商量后，派梁兰桂和阳雪姑走了一趟河南岛，把这个消息通知了陈罗婵。梁兰桂和阳雪姑进了万松园，没想到在小戏台吃了一个闭门羹，陈罗婵拒不接待。

时隔三日，梁兰桂再次接到去万松园请陈罗婵的命令。看来易兰花时日无多，他心里很不是滋味——两代绝世名伶情逾母女，撒手人寰之际却不得相见，这是谁的过错？陈罗婵的性子红船人知道，拿定的主意九头牛都拉不回，去一百次也是白搭，这可怎么办？

梁兰桂郁郁寡欢地坐在榕树下，耳朵里盘旋着时断时续的琵琶声，等待阳雪姑。狗仔娘的眼睛尖，老远就发现了他的背影，大声喊叫："阿桂，阿桂。"

梁兰桂一看是她们俩，吃惊地站了起来："婶子，你们咋来了？"

倪快嘴没了刚来时的兴奋劲，吊着脸说："看大戏。"

"你阿妈带的吃食。"狗仔娘提起口袋，跳到了岸上。

梁兰桂上前接过口袋："婶子，大头洲到佛山堡这么远的路，谁带你们来的？"

"黎阿大家的女仔，"倪快嘴道，"阿彪载我们来的。"

黎珍珠从小有加入红船唱戏的愿望，李文茂也答应了她的请求，不过这些年黎阿大身子骨一直不好，身旁无人照料，进红船的事遂耽搁下来。去年黎阿大过世，黎家四条狗跟随阿钿入了"红旗帮"，黎珍珠孑身一人，便来到佛山堡践约。

黎珍珠进"凤凰仪"班是李文茂亲口应允的，自不成问题，但现在易兰花病重，班里的当家人都去兰花洲探视病情，哪有工夫处理她这个事情？见梁兰桂一副为难的样子，狗仔娘心里打起了鼓："咋啦？少班主不要她了？"

"没有的事。"梁兰桂问，"婶子，她现在哪儿？"

倪快嘴答道："琼花会馆门口。"

梁兰桂对霍威说："霍少爷，你把珍珠和阿彪接到白龙里，在黎二叔那里住下。"

"好嘞，晚头我做东，请他们在正埠酒楼吃饭。"霍威朝倪快嘴和狗仔娘拱手，"两位婶娘一起去啊，你们来得正是时候，眼下是红船散班的日子，各班的老倌全在镇子里。想看哪位大老倌的戏尽管点，吃完饭我陪你们去。"

倪快嘴抢着说："我想看易大老倌的戏。"

霍威一愣，这才发觉自己把话说满了，梁兰桂面色黯然："婶子，她不唱了。"

狗仔娘道："听说陈大老倌的戏靓，我听她的。"

梁兰桂心里更难受:“婶子,她也不唱了。”

“你小子莫非存心不想让老娘看戏?”倪快嘴泄气地说,“算啦,不唱就不唱。我们瞅瞅你的戏,回去好给你阿妈学一学。”

梁兰桂苦着脸:“我马上去河南岛,今天唱不了。”

“丢你老母,我看你是翅膀长硬,眼里没人了,老娘今天替你阿妈教训教训你。”倪快嘴气不打一处来,脱下新买的木屐搂头盖脸朝梁兰桂打去。岸上乱作一团,从小河汊飘来一阵悠扬的琴声,那面绣着麻袋片的旗帜在琴声中迎风吹拂。

倪快嘴和狗仔娘同时停手:“哎,这琴好听,谁家的?”

霍威迟疑地说:“‘白麻堂’的。”

倪快嘴踮起脚尖,一眼看到了那面令人望而生畏的旗帜,吓得她一个箭步蹿回小船,拼命催促叶四和:“快走快走,佛山堡咋还有麻风丐?”

与班里老少爷们不同的是,阳雪姑并不觉得陈罗婵无情。

三年来,苏仁山寄身梁九图的新园子,对外声称埋头作画,只有阳雪姑明白他心里想的到底是什么。情之一念深入骨髓却又飘荡无际,如丝如絮,如针如刺,不是个中人,谁能体察岁月的凄凉?拿女峒主自己来说,她忍辱偷生,期待有朝一日练成武艺报仇雪恨,还不是为了那一份曾经的爱?情郎来到眼前,又把他推向天边,还不是为了那一份曾经的爱?听说他奉父母之命回家成亲,离开佛山堡回避自己,眼底涌现的不尽酸楚,心头升起的无边委屈,还不是为了那一份曾经的爱?

爱,也许就是把对方的背影缝补圆满,把自己的心儿砸成碎片,这种撕心裂肺的痛苦比世间所有的苦都难以忍受,比世间所有的苦都多了份滋味。那滋味宛似一捆绳索,将破碎的心匆匆捆扎,一路撒来一路丢。

二十年后,如果没有丢净,剩下的大概就是它的影子。

虽然时值盛夏,阿梅仍然把自己包裹得严严实实,坐在篷船的船舱里专心练琴。阳雪姑弹一遍她学一遍,河面上翻来覆去总是这首《鸥鹭忘机》。海鸥飞走了,白鹭飞走了,海燕也飞走了,琵琶换成了瑶琴,瑶琴换成了琵琶,这首曲子仍在不倦地盘旋。

用琵琶弹奏《鸥鹭忘机》的是道姑温玉珠,平时除了在三昧庵修行,多数时间她在小河汊里听阿梅唱曲子,互相切磋琵琶技艺。

阳雪姑把手搁在琴弦上:“这首曲子的境界在一个‘忘’字,你们要反复地练,什么时候能忘掉过去,这首曲子才算弹得透。”

往事不堪回首,什么时候才能把它们忘个干净?温玉珠放下琵琶:“阳姑娘,我们两个人笨着呢,不行你走先,梁老倌在等你呢。”

阳雪姑苦笑一声:“去了又有什么用?”

夕阳把小河汊染得通红一片。“白麻堂”恐怖的旗帜下,阿梅那两粒大眼珠像夜里点燃的星星渔火,她惋惜地说:“陈大老倌要是能来该多好啊。”

“来了又有什么用?”阳雪姑的手指在琴弦上飞快地一扫,不慎触到了尖锐的弦尾,一滴血珠挂在琴弦。宛如相思树上的红豆,鲜艳得叫人不忍目睹。

温玉珠掏出手帕:“阳老倌,快把手指包上。”

女峒主低头看着自己手指肚上的血滴,不觉想起了悬挂在“春雷”琴弦上的那一注亮晶晶的血丝,心中不由大恸,痴呆呆将手指举到眉间,片刻之后说道:“缘分如同这朵血花,绚烂一刻,湮灭一生,伤口愈合以后,谁还记得它?”

阳雪姑带走了满天的缤纷,夜幕徐徐降临,小河汊刮起了细微的风,除了“白麻堂”的几只篷船,河面上仅剩下温玉珠孤零零的一条舢板。道姑一边思忖着阳雪姑的话,一边拨弄着琵琶。阿梅劝她:“玉珠,休要瞻前顾后。既然阿佳哥不嫌弃,你何不跟着他去粤西?陈大老倌、阳姑娘双双失意,前车之鉴啊。”

温玉珠凄然道:“阿梅,我的身子不干净,怎么对得起阿佳哥?”

“有什么不干净?”阿梅宽慰她,“我浑身上下没几块好地方,尚且贪慕残生,你一个大美人何必自暴自弃?”

温玉珠问:“阿梅,你真是这么想的?”

“那是自然,”阿梅一笑,“我做梦都想有你这般靓的容貌,这般光溜的肌肤,好与二和哥终生厮守。顶着太阳过亮亮堂堂的日子,不比窝在船舱里强多了?”

温玉珠被麻风丐的话强烈地震撼了,与阿梅相比,她觉得自己太脆弱了。温玉珠动情地伸出双手，抓住篷船的船帮："阿梅，假如有可能，我情愿把自己的身子换给你，让你与二和哥举案齐眉，比翼双飞，过夫妻恩爱的好日子。"

阿梅叹了口气："好好过你的日子吧。"

两个人相对无语，茫茫天色中，从另一条篷船上传出一阵琵琶声。铮铮有力的声音里飘出丝丝萧瑟，宛如秋风携带的苍茫，给小河汊平添了片片生机。此人的琵琶技艺十分娴熟，以音传情，哀而不伤，境界明显比阿梅和温玉珠高出一筹。"白麻堂"这样的高手只有一个，那便是阿梅的师傅董千里。

等董千里奏完琵琶，温玉珠抬起头来问："阿梅，天下有那么多的神医仙草，难道就没有一个方子能治你的病？"

阿梅摇摇头："好人都治不过来，谁会管我们麻风丐？"

"麻风丐难道不是人吗？"河面上突然传来一个苍老的声音。

温玉珠和阿梅扭头一看，在日夜交替的最后一瞬，董千里颤巍巍从船篷里钻出来，身上披着即将熄灭的虚幻微光，好似心头呜咽的琵琶余音。

第八十九回　道德天尊

硝烟未散，佛山堡已经换了新天。

吴璧光黯然下台，意味着统治“大魁堂”达十一年之久的“大树堂”吴家正式谢幕，取而代之的是丛桂里的梁家。梁应琨接任“大魁堂”当班值事后，孔继尧多年媳妇熬成婆，出任“大会馆”的首席值事。由于苏文锦跟着吴璧光离职、马永炽赴粤西开当铺，“大会馆”一下子空出了两个值事的缺。经过和梁应琨、陈开等人的协商，孔继尧把一个位置给了卢鲨，一个位置给了“纽纹良”。

与梁家取代吴家在佛山堡崛起一样，陈开也是这场巨变的受益者。在这次抗击英国侵略者的战争中，“德礼堂”大出风头，声名直追城北的十三社学。由于控制着佛山堡和南海县这样的富庶之地，“德礼堂”的经济实力远远超出“洪德堂”旗下其他堂口，被官府强令解散的各地义勇团练纷纷前来投靠。陈开从中挑选有战力武技者，不仅充实了中军和水军，还组建了第四个堂口“礼善堂”，任命石蕴为中军都督，陈见成为“礼善堂”的掌印阿妈。此外，陈开把许多兄弟分散安插在“粤安社”和各个自营的铺面里，形成了一支庞大的隐形兵马，实力骤然蹿升“洪德堂”旗下堂口的前列。

英军远征舰队开赴长江口作战，伶仃洋上乌云暂时消散，“逃军和”腾出空来，着手解决家里的问题。弟弟叶三和一怒摔死区家婴儿，对他的精神刺激很大，叶老二觉得没有尽到为人子和为人兄的本分，害得母亲有家难归，三弟被拿入狱。他暗自下定决心，这回不但要救弟弟一条命，而且要把母亲从区家接回来，一家人从此团圆。为此，“逃军和”多管齐下，首先花钱打点省、府、县各级衙门，其次托人到居仁里说服区彦魁修改诉状，最后专程去省城登门咨询“三柳先生”刘华东，请他给拿个主意。

刘华东捧着烟枪吧嗒吧嗒，津津有味地抽着，何淡如青出于蓝而胜于蓝，连琢磨也不带琢磨，张口便道：“四爷，你不必担心区彦魁，他要是不改诉状，咱们就和他打官司。你阿妈跟罗家签的典身契，那上面是有期限的。罗家把你阿妈转卖给区家的时候，应该跟你们家打个招呼，那张契约上必须有你们家的人签字画押。”

“逃军和”想起当初的场景，犹然愤恨不已：“他们勾结蒋佑晨那个王八蛋，不经我们家同意就把我阿妈偷偷地给卖了，还打了我和我兄弟一顿。”

“那不就结了？”何淡如点化他，“四爷，你家和罗家签了十年的典身契，就算罗家有权转卖人口，那也是在十年期限以内。现在十年都过了，你还怕什么？”

“逃军和”如梦初醒，高高兴兴回到佛山堡，一面托人到区家说项，一面到五斗口巡检司衙门找涂常发，打算借用衙门的势力，对区彦魁进行最后一击。

虎门之战打响后，省城各级衙门的官员借口侦破藩库失银案，纷纷携家带口跑到佛山堡来躲避战火。一晃四五个月过去了，案子一点眉目也没有，倒把五斗口司衙门上上下下折腾个一溜够。涂常发明白这些人醉翁之意不在酒，明着查办藩库失银案，其实是想找茬摘掉自己的乌纱帽，吓得心神不宁，坐卧不安。

“逃军和”今非昔比，在佛山堡是正当红的人物，涂常发哪敢得罪？奉茶之后，巡检老爷亲自陪坐，向“逃军和”诉苦：“四爷，现在各路上差齐聚佛山堡，鸡蛋里挑骨头，硬说窃银大盗在佛山堡，兄弟我的日子不好过啊。”

“好不好过是你的事，”“逃军和”冷冷地说，“涂老爷，当初卖我阿妈的契约是在你们五斗口司签的，你在位一日，就得替叶某把事情办妥。”

“那是，那是。”涂常发慌忙点头，“自从死了儿子，区老爷一病不起，听说有进的气没出的气。我这头不敢逼得太紧，万一再搭上一条命，街坊邻居的面子不好看。四爷，令堂给区家留了两个女仔，两家毕竟沾着亲，她老人家答应你打官司吗？”

“逃军和”脸色铁青：“我兄弟要是平安无事，做不做亲戚听我阿妈的；我兄弟倘若有个好歹，老子认识他姓区的是哪根葱！”

涂常发打保票：“四爷，有我们和‘大魁堂’出面，区老爷再糊涂也得给面子。再说他如今病入膏肓，区少爷又回去主事，他对你家的事热心着呢。”

这次营救叶三和，区植棠跑前跑后不说，还主动掏了一大笔银子打点，表现出了异乎寻常的热情。“逃军和”隐约猜出区植棠便是整个事件的主谋，这个伪君子回到区府主事，看来区彦魁的精神防线已经彻底垮了。他站起身：“涂老爷，这桩事你办圆满了，叶某在正埠酒楼摆一桌，到时请梁三爷和孔值事作陪。”

“那敢情好，那敢情好。”涂常发兴奋地搓着手，“荆湖，你陪四爷走一趟，给区老爷把话挑明了。他要是不识趣，咱们只好公事公办。”

自从涂荆湖来了以后，涂常发等于生出一双翅膀，许多来钱的路子从凌德金的门口转到了涂荆湖的手里。涂荆湖领着“逃军和”和“占毛鸡”一行人来到门口，发现凌德金躲在门房里没敢出来。他故意对“逃军和”说：“四爷，你认识凌二爷吗？”

“逃军和”问：“当年害我家大爷的那个混蛋？”

涂荆湖暗笑不语，“占毛鸡”一脚踢开门：“姓凌的，快滚出来。”

凌德金连滚带爬从屋里钻出来，鼻涕一把泪一把，左右开弓地抽起了自己的嘴巴：“四爷大人大量，千万在大爷跟前说句好话，小的受了蔡宝昌的蒙蔽，小的冤枉。”

“混账东西！”“占毛鸡”叱喝，“抄大爷的铺子你赖蔡宝昌，往大爷肚脐眼砸铁钉子也赖人家蔡宝昌？”

凌德金面如土色，往日威风八面的司阍二爷跪在地上使劲扇自个嘴巴，巡检司门口很快围拢了一群百姓，边看热闹边窃窃私语。凌德金平时欺压良善，大伙敢怒不敢言，如今见他落到这步田地，无不暗自叫好，拍手称快。

这时，李占升、杨庆永和徐宾带着一群衙役到了巡检司的门口，见状非常好奇。李占升过来问“逃军和”：“二和哥，老凌惹你生气了？”

“他也配？”叶二和脸色缓和下来，“窃银案查得咋样啦？”

李占升摇了摇头：“查什么查？老爷们说查案子，其实是把家眷送来佛山堡避难。我们这些人是跑腿的，伺候完太太伺候少爷，哪有工夫查案子？”

叶二和发现他手里攥着个布口袋：“这是什么？”

“省城有个歇业多年的土财主，全家迁到舍人大街避难，”李占升提起口袋，“他从前在粤西做生意，攒了一大堆永历通宝之类的伪号钱文，拿出来在饭铺花销，叫人告发，你说倒霉不倒霉？”

伪号钱文指的是南明政权和吴三桂铸造的铜钱，在清代属于严禁使用之列，一经发现即以谋反大罪论处。“占毛鸡”从里面拣出一枚看了看，咋舌道：“这玩意我是分不清楚，老百姓不认识字，用错了也砍头壳？”

徐宾回答：“一个镚子一粒人头，闹到官面上绝不是耍。”

“占毛鸡”挠着头：“是不是说，前朝的铜钱都不能用？”

“不一定，”杨庆永从兜里摸出几枚铜钱，“何爷，你看这枚大中通宝是洪武爷当吴王时铸的钱币，这枚洪武通宝是洪武爷登基称帝后开铸的，用这两种铜钱不算犯法。这枚永历通宝是永历爷所铸，这枚昭武通宝和这枚利用通宝是吴三桂所铸，这三种是伪号钱文，依照朝廷颁布的法令不能使，使了就要杀头。”

“占毛鸡”为难地说：“这不是欺负老子不识字吗？”

“你算是说对了。”“逃军和”夹起那枚利用通宝，“从前我要饭的时候，人家就经常赏给这种钱，我也不认识。”

涂荆湖恭维：“四爷高见，利用通宝流通得多，在咱们这儿已经不犯死罪啦。”

“啥狗屁法令？”“占毛鸡”愤愤不平，“同样是前朝的钱，爷爷铸的能用，孙子铸的就不能用？同样是吴三桂铸的钱，昭武通宝杀头，利用通宝就不杀头？”

“逃军和”道：“分明是变着法地坑害百姓。”

“我们可不是那种人。”徐宾把口袋塞给涂荆湖，“好好收着。”

"逃军和"敛起笑容，郑重地问李占升："阳姑娘和梁老倌去了银洲湖，看来易大老倌的病情没有好转。二爷一直在那边，叶某什么时候能去问安？"

"陈阿妈到九峰山求仙草去了，"李占升叹了口气，"等他回来吧。"

"四海堂"派的轿子早在衙门口恭候，给"逃军和"抬轿子的是鸡英逵和柯兴邦，给"占毛鸡"抬轿子的是柯定邦和柯振邦。阳光从头顶直射下来，轿子的顶棚像个火炉，叶二和把帘子卷起来，坐在上面心情难以平静。世事古难全，李文茂手里有数不清的灵芝仙丹，尚且不能治愈易兰花的蛇毒，尽一份为人子的孝心。相比之下，母亲现在有望回家团圆，老天爷总算睁开了眼睛，还跟区彦魁计较什么？

鸡英逵在前面跑，擦了一把汗："四爷，听说你们用红毛鬼的法术打败了红毛鬼？"

"谁说的？""逃军和"问。

鸡英逵一甩头："他说的。"

"瞌睡虫"在后面回答："'琉璃球'晚头在闸门楼放葫芦，说拿女阴压制炮火的老法子不灵了，如今要拿爷们塞进洞里，还说请邵老爷子去吃酒呢。"

"逃军和"修炼"六祖心经"一直停留在阴交穴，这倒不是说他功力没有进展，而是因为他在阴交穴修炼出来的第三道真气最丰沛。这种修炼的一个结果就是阳具变长变粗，床帷之战所向披靡，夜御百女不在话下。论及对女阴的研究，叶老二可谓当世无出其右，听了"瞌睡虫"的话，他鼻子里"嗤"了一声："别听姓金的胡咧咧，在咱们东土的地界上，红毛鬼子的法术算个屌？女阴玄妙多多，人都是从里面钻出来的，咋能说没用？"

鸡英逵嘲笑："四爷，他们兄弟三条光棍，穷得娶不上媳妇，哪见识过什么女阴？"

在居仁里的三条巷子里，柯家的光景敬陪末席，排在倒数第一。一间正对巷口的破屋子挤着娘四个，多一个人睡觉的地方也没有，谁家肯把闺女嫁过来？鸡家也好不到哪儿去，如果不是拿妹妹换了个亲，鸡英逵的哥哥鸡大逵现在还得打光棍。

"瞌睡虫"遭到奚落，立刻反唇相讥："哼，你们家好？你嫂子把你娘塞进狗洞，她上一辈子定是番鬼婆。"

鸡家虽然娶了媳妇，在居仁里却是门风不正的典型，因为老婆常把蛛婆塞进狗洞，鸡英逵的哥哥鸡大逵在贞节牌坊被打过好几次“情理鞭”。鸡英逵和“瞌睡虫”互相揭短，“逃军和”笑得前仰后合：“别吵了，等这一仗打完，我给你俩寻个好差事。”

鸡英逵拔高嗓门：“腰缠万贯，不如一技，我们想靠本事吃饭。”

“瞌睡虫”跟着说：“四爷，你支个人情，让我们进‘粤安社’习武吧。”

两个人异口同声，把“逃军和”说得刮目相看——没想到居仁里最穷困的两个小子，心气居然比崔金麟、郑绍祖和冼长贵三头蒜还高。

鸡英逵和柯氏兄弟身子孱弱，不符合“粤安社”招人的标准。梁锡佳铁面无私，连陈开的面子都不给，更别提他叶老二了。轿子在“四海堂”前落下，“逃军和”钻出轿子，大包大揽慷慨应允：“习武有的是地方，不一定非要进‘粤安社’，等老子放倒了区老财主，给你们踅摸一个有本事的师傅。”

鸡英逵和“瞌睡虫”喜出望外：“谢四爷恩德。”

“四海堂”门口停了一溜崭新的轿子，“黑骨有”领着一群乞丐出门相迎，像鲜花一样将叶老二簇拥在中间。麦全有双手抱拳，笑容满面：“四爷，你和大龙头是打鬼英雄，乡亲们人人夸赞，给咱们丐帮露了脸。大骨头说了，往后你们的事就是丐帮的事，打个招呼本帮兄弟敢不效命？你瞧，这些轿子是刚买的，没用过，合不合心意？”

“逃军和”高兴得合不拢嘴：“合意合意。”

“令堂在区家吃了这么多年的苦，咱们一定要让她老人家风风光光地出门。”麦全有一板一眼地说，“八顶簇新的八抬大轿，我选的兄弟都是脸上有肉、腿上有筋的，绝对不会给四爷丢脸。从居仁里到找钱巷，从黄伞大街到汾流大街，咱们转他三圈，天后庙、观音庙、太上庙通通拜到了，我就不信各路大仙不给面子。”

“占毛鸡”突然想起了一件事：“四爷，咱们请哪一家的道士？”

麦全有一愣：“还要打醮？”

“那当然了，”“逃军和”斩钉截铁道，“区家连着死了两个腺虾，霉运到了极点，我可不想让我阿妈沾上他们家的晦气。法台设在闸门楼，就近打鬼。”

“四爷想得周全，”麦全有夸了一句，接着便挠头，“只是这道士该从哪里请?”

佛山堡的活神仙们眼下风雨凋零,灵应祠、“喃呒会馆”、马三婆、“老娘”一个接一个地丢人现眼,几乎全军覆没。“占毛鸡”建议:“四爷,道士不灵的话咱们请和尚,‘德威堂’的兄弟会法术,你随便挑。”

“逃军和”摇了摇头:“不行,区老财主信佛,老子不能和他一样。”

一群粗人大眼瞪小眼,正在绞尽脑汁的当口,西南巷那边传出一阵号啕声。不大一会,就见邵凡、秦亚鳝和冼长贵三个慌慌张张跑过来,向“逃军和”禀报:“四爷,涂荆湖带了十几个差役,进去没说几句话,把区老爷吓死了。”

“逃军和”吓了一跳:“不会吧?”

麦全有打了个哈哈:“四爷莫惊,区老爷应该只是昏过去,死不了。”

“逃军和”担忧的不是区彦魁的健康,而是怕区彦魁死了没人改状纸,搭救叶老三。他跺了跺脚:“快请郎中呀。”

邵凡回答:“陈阿妈已经拿着药进去了。”

陈见成荣升“礼善堂”掌印阿妈,刚在家里庆贺完毕,正埠酒楼请来的厨师还没走。游新潭根据“逃军和”的安排,连人带桌椅全盘接手,在家里摆起了盛大的流水席,敲锣打鼓地招待街坊邻居,以此对区彦魁形成巨大的心理威慑,逼迫他举旗投降。

陈见成、游新潭和区植棠一样,都惦记着区彦魁名下的家产,是“逃军和”对付区彦魁天然的同盟军。区植棠已经进去主事,再加上陈见成,区府大局已定。即使如此,“逃军和”仍然有一点不放心,吩咐邵凡和秦亚鳝:“你们带几个兄弟进去,找个没人的地方,把区永泰架起来放放血,叫他识相点。”

“逃军和”在西南巷摆场子,“德礼堂”的兄弟足足来了上百号,加上“四海堂”调派的轿夫,把巷子拥堵得水泄不通。花二奶从家里出来,见崔牛氏、郑夏氏、冼于氏挤在温秉智家门口看热闹,过去问:“谁家的动静?”

母大虫和温秉智的恩怨最后和平解决,代价是替温秉智张罗了一个小老婆,她狠狠瞪了花二奶一眼:“没看见叫花子都来了?叶老二接他娘回家哩。”

花二奶掏出烟枪吸了一口，轻蔑地说："老四家的，你不要口无遮拦，'叫花子'这三个字不是随便说的。陈天义也是丐帮出身，回去问问你们当家的，看他敢不敢叫？"

母大虫吓得一缩脖子，崔牛氏、郑夏氏和冼于氏三人"咯咯"笑了一通，崔牛氏道："三十年河东三十年河西，风水轮流转，而今轮到了咱们东南巷。四爷在游老爷家摆流水席，五斗口司衙门和'大魁堂'说项，黄、卢、区、冉四家财主捧场，这样的气派，在佛山堡那也是冒了尖的，你们说是不是？"

"不对，"郑夏氏挤眉弄眼，"不是冉家，是金家。"

黄纨卿当了姑婆以后，冉枝枝起初隔三岔五地去梅基村，后来干脆就住在那里。世上没有不透风的墙，黄、冉二女的磨镜之恋传回佛山堡，闹得满城风雨，把冉财主气了个半死，天天泡药罐子，眼看着离大限不远了。如此一来便宜了金良玉，这个浪荡鬼大有希望擦掉上门女婿的烙印，把冉家的家业改为金姓。冼于氏叹了口气："有钱人鬼催的，好好的两个娘们在一起磨啥肚皮？不生个一男半女，下半辈子咋过？"

花二奶看不惯这三个娘们穷鬼乍富的样子，教训起来："你们懂个屁？世间的有钱人分两种底色，一种是富，一种是贵。黄、冉两家至多是富，算不上贵，根基浅薄，教养不够，所以吃了梅少奶奶的蛊惑。你看看梁夫人和老夫人，人家多有见地。"

梅基村的私伙局唱了没几天戏，冯紫玉便把梅少奶奶引了进去，卢浣霞和何小鸾瞧出了其中的端倪，不愿同流合污，相继退出。郑夏氏羡慕地说："梁家和老家多大的势力？金山银山不说，还有枪有炮，我们哪能和人家比？"

冉老财主病倒后，冉枝枝被迫回家探视，黄纨卿和冯紫玉也跟着回到了西南巷。冉家戏棚里久违了的弦乐又响彻在居仁里的上空，与往日不同的是，那唱腔绮丽中带些哀怨，哀怨中含着迷离，似乎有意不想让人听懂。花二奶竖起耳朵听了一会，指着冉家的方向："黄家和冉家你们也比不过，不信你们听听，人家唱的是什么意思？"

破空弦乐声声，旖旎阵阵，飘出了一曲戏台上很少见的《美人香》：

溯温疑自焙衣笼，似冷还疑水殿风。

一缕近从何许发？绦环宽处带围中。

…………

粉麝脂香未足猜，芬芳都让谢家才。

隔帘误作梅花嗅，那识香从咏雪来。

崔牛氏、郑夏氏和冼于氏听了个一头雾水，郑夏氏悻悻地说："放着人话不好好说，还不如看木偶戏呢。'红心'和'白皮'最近学了水歌，咱们听听去？"

水歌即渔家歌谣。冼于氏拍手夸赞："水歌有滋有味的，总比这两只不下蛋的母鸡好听。富贵再好，断子绝孙也白搭。"

冼于氏明着是骂黄纨卿和冉枝枝，实际上针对花二奶。膝下没有一儿半女是花二奶心口永远的痛，冼于氏一刀戳进她的心窝，气得花二奶半天没有说出一句话。等三个糙娘们的背影消逝后，她才哆嗦着挤出一句骂："丢你老母。"

霍威和梁德荣咬着耳朵从闸门楼里钻出来，后面跟着牛仔、羊仔、富仔、贵仔等一群半大小子。看到花二奶垂头丧气，霍威喊了一嗓子："二奶。"

"霍少爷？"花二奶问，"今天怎么有空？"

霍威道："师傅办喜事，我能不来？"

"四爷的本钱没得挑。"花二奶开始吹嘘自己，"说句不客气的，在整个佛山堡，巨眼识英雄的小女子是第一个，要饭的时候我就知道他会有今天。"

霍威笑了起来："二奶，我师傅如今是堂堂的打鬼英雄。当着伢仔的面，你休要三句话不离本行，阿荣还是个雏呢。"

花二奶给梁德荣提过几次亲都没成，她捏了捏梁德荣的脸蛋，亲昵地说："你啊，不该拜二少为师学本事，他本来就眼花，现在更瞎了，能看出什么是好女人？"

霍威把梁德荣拉到身后："二奶，照你的意思，让阿荣跟着大少学？"

"可不是？"花二奶扭动腰肢，"大少一肚子花花肠子是不对，但说句心里话，你没见识过女人的妙用，如何挑选好媳妇？"

"别害人了，"霍威说，"我们还有正事要办呢，走啦。"

花二奶问："啥正事？"

梁德荣腼腆地回答："四爷的阿妈喜欢听水歌，四爷打算请'红心'和'白皮'到区老爷家门口去唱，给客人助兴。"

"哎呀呀，这哪里是助兴？分明是要区老爷的老命。"花二奶双掌合十，"阿弥陀佛，阿弥陀佛，阿荣，你怀里抱的是什么家伙？"

梁德荣连忙抱紧："没什么。"

"你看你这伢仔，看一下能飞了是咋地？"花二奶抓住他的胳膊，使劲掰开，里面露出一副獠牙巨齿的狰狞面具，吓得她花容失色，"我的娘，什么鬼？"

霍威奚落："二奶，你头发长见识短，就知道保媒拉纤，这可是一件宝贝。"

"师兄。"梁德荣急忙制止，"不能说。"

这副面具由黄广华、叶四和二人合力雕刻，完全模仿那副铁面具制作而成。"葫芦发"成天埋怨王山公不教他本事，王山公心疾未愈，不愿听他唠叨，便从黄广华和叶老四手里索走木雕面具，准备交给"葫芦发"让他自己参悟。

世间没有几个人能看出这副猪头面具暗藏的玄机，"葫芦发"更没有这样的脑子，王山公此举纯粹是为了哄弄事。梁德荣虽然老实巴交，但他一点也不笨，明白这副面具的奇怪造型非同寻常，一定藏着什么秘密。

再神奇的东西，在看不懂的人眼里无异于一堆废材，霍威便是这样想的。他从来不去思考那些超出自己理解能力范围的问题，他生命的宗旨即为制造乐趣，一本正经地逗弄："二奶又不是外人，有啥不能说的？"

"对嘛，还是霍少爷体贴人。"花二奶赞了一句，瞅了瞅闸门楼底下，忽然像发现什么似的叫了起来，"呀，是九江圩太上庙的道士。"

霍威故意夸了一句："没错，这个猪头面具就是太上庙的法器。"

"你少拿老娘当雏仔糊弄。"花二奶将信将疑，"'小孟尝'拿太上庙的法器当他们家祖宗一样供着，从来不外借，能给你师傅这么大的面子？"

太上庙供奉的是混元老君，又号道德天尊和太上老君，即道教教祖老聃。在岭南土著老氏眼里，老聃可不是什么以讹传讹的李耳，而是确确实实姓老名聃，实为百越民族开天辟地的至圣先师。那本《道德经》所阐述的阴柔思想与《易经》所阐述的阳刚哲学迥然相异，格调大不相同，正是百越巫术以柔克刚的核心法旨。

岭南各地的太上庙以九江圩的规模最盛，“小孟尝”祖孙三代捐金修缮，把这座太上庙变成了老氏宗族的家庙。里面的道士吃喝不愁，身上穿的衣服、手里使的法器都与其他地方的道士有所区别。按照“小孟尝”的说法，老聃比正一教的张道陵早六百年，比全真教的王重阳早一千六百年，太上庙的道法才是正一教和全真教的源流。

霍威郑重地说：“我师傅迎母打鬼的正经事，谁敢开玩笑？何老爷噩梦缠身，这伙道士在他家刚打完醮，顺路过来的。”

何宗弼荒淫无度，作恶多端，最近这段日子被梦魇住了，瘦得皮包骨头，广府各路神仙都到何家显过身手，皆无济于事。何小鸾心里火烧火燎，说动丈夫允许太上庙的道士来佛山堡打醮驱鬼，一口气摆了七七四十九天的道场，今天刚好是最后一天。

何宗弼是“小孟尝”的老丈杆子，九江圩太上庙的道士去沙塘坊顺理成章。花二奶相信了霍威的话，伸手讨要猪头面具：“阿荣，再给我瞧瞧。”

“不行，我师傅还用呢。”梁德荣飞快地蹿进了宁二少家，回手把门紧紧地关上。

花二奶一把没抓住，骂了起来：“过后媒人秋后扇，小兔崽子，你还没娶上媳妇就不要媒人了？冲你师傅那双瞎眼，使啥法器也白搭。”

夜幕高悬，掌灯时分，歌者的吟咏再次压倒了尘世的喧嚣。鸡英逵和“瞌睡虫”爬到闸门楼上，耳朵里听了个真切，冉枝枝唱的是《四婵娟》：

有一个明珠再会，
有一个合镜重光。
有一个绣龟侯氏，
有一个织锦苏娘。
当日个燕失双飞雁失行，
到头来月再团圆花再芳。
只因他受过凄凉，

越显得锦前程，风月广。

…………

冉枝枝的声音忽而嘶哑，忽而脆亮，如泣如诉，叫人分不清她扮演的是雌是雄。鸡英逵把太上庙的七星法旗插在辘索上，嘟囔："有钱人就是混蛋，受不得半点委屈，宁愿两个娘们在一起过日子，也不肯便宜咱们穷人。"

"瞌睡虫"笑了起来："你想媳妇了？"

"别胡说。"鸡英逵被说中了心事，恼羞成怒。

夜的平静突然被打破，黄开大气冲冲地走过来，仰头高喊："姓鸡的，快滚下来，这是你乱插旗子的地方吗？没家教的东西。"

邵凡和劳大德带人在闸门楼下面维持秩序，崔金麟和郑绍祖带人忙着搭建法台，见黄开大一个人跳着脚地骂骂咧咧，围拢过来："黄老爷，你想干什么？"

"我还想问问你们要干什么，"黄开大毫无畏惧，"这里是打'情理鞭'的地方，供奉的是北帝爷爷，岂能任由你们乱摆道场？"

黄开大头戴道冠，身披道袍，却不让摆道场，邵凡觉得十分好笑："黄老爷，你这话说得亏心不亏心？北帝爷爷年纪大，还是太上老君年纪大？"

黄开大被噎住了，黑着脸反驳："你们好意思提礼数？区老爷那么大一把岁数，被你们堵住家门口欺负，礼数何在？"

外面大声喧哗，在游家吃酒席的街坊邻居都涌了出来。金良工摇着扇子劝："前有车后有辙，黄老爷，论情论理，四爷都是受屈在先的。这桩官司衙门已经有了定论，区老爷自己也认了头，温二奶奶正在里面主持分割家产，你就别添乱了。"

黄开大并不认输："情理，情理，合起来便是一个'礼'字。这么多年了，闸门楼底下从来没有搭过法台。即便北帝爷爷銮驾巡游，在闸门楼也是顺道采鉴，概不停銮。你们今天在这儿摆道场，黄某单问一句，老规矩还要不要？"

众人语塞，恰在这时，巷子里传出一阵甜美的水歌，那是"白皮"在歌唱：

妹像橘花白又鲜，哥像长塘出水莲；

橘花若能落长塘，花也香来藕也甜。
备好花轿备好钱，备好柴米和油盐；
等妹一声过大礼，妹落哥家过大年。

叶四和急急忙忙跑过来，拱手施礼："各位高邻，二奶奶把事情布置妥了，五斗口巡检司和'大魁堂'的人都在，请你们过去做个见证。"

卢醒尘和崔亚余等人低头商议了几句，抱拳对"逃军和"说："四爷，既然区老爷应允令堂回家，皆大欢喜，这场法事是不是就省了？"

"逃军和"一口否决："法事可以挪地方，但绝对不能省。"

崔亚余笑着说："没问题，游老爷家里宽敞，有的是地方。"

卢醒尘问黄开大："黄老爷，你看还有哪儿不合规矩？"

黄家枯败凋零多年，按着黄开大的本意，最好居仁里全乱了套才好。但贞节牌坊和闸门楼的"情理鞭"委实不同，这是居仁里的灵魂所在，黄家下一代如果还想东山再起，还想返回居仁里，那就必须保住这道灵气。为了改变气运，黄家这辈人被街坊邻居在背后指指点点，忍辱负重，付出了巨大的牺牲——黄开大被传和嫂子黄岑氏有染；黄纨卿自梳不嫁，落了一个磨镜之恋的污名。黄开大翻着眼皮："我只管'情理鞭'的规矩，别人家管不着。"

崔亚余拱手："黄老爷，你有话直说。"

"有人忘恩负义，有人图财害命，有人逢迎拍马，有人欺软怕硬。"黄开大气哼哼地往家里走，"我又不是木匠，理得了那么多不平？"

冼长贵在后面嚷嚷："嗨，姓黄的指桑骂槐哩。"

黄开大的话意有所指——忘恩负义骂的是游新潭和陈见成，图财害命骂的是区植棠，逢迎拍马骂的是跟着"德礼堂"沾光的东南巷街坊，欺软怕硬骂的是卢醒尘和崔亚余。崔亚余瞪了冼长贵一眼，转身对卢醒尘说："卢老爷，骂归骂，正事还得办。"

卢醒尘苦笑："请。"

两个人在众乡亲的簇拥下进了区府，正堂落座后，涂荆湖开口："亲戚，亲戚，打断骨头连着筋。四爷高堂在区家有两个女仔，手心手背都是肉，往后出嫁仍须靠四爷罩着。区老爷既然想通了，这桩官司就算了结，没我们的事了啊。"

卢鲨请示卢醒尘："老爷，区家的家产分割已经有了章程，温二奶奶断的。区老爷和各家贵亲均无异议，'大魁堂'和巡检司衙门过了目，有劳街坊再看一眼。"

"温二奶奶做事清亮，她断的名目还有什么说头？"卢醒尘问，"她人呢？"

区永泰低声作答："在内宅陪老爷说话。"

区彦魁平日众叛亲离，一朝病倒在床，无人救援，唯一的心腹区永泰又被"逃军和"派人拿住，完全失去了对区府的控制能力。对区家财产的争夺主要集中在区植棠、游新潭和陈见成三人身上。作为区彦魁死后扶灵的打幡孝子，区植棠当仁不让；游新潭是叶二和的妹夫；陈见成是"礼善堂"的掌印阿妈。三方都觉得自己腰杆子硬，应该多拿一成，最后的解决还是靠女诸葛出面搞掂——首先她有足够的智慧，其次她有足够的威望，最后她做了足够的妥协：她把温家兄弟应得的那一份放弃了。

接连遭遇两次丧子之痛，叶母即将回到叶家，区彦魁万念俱灰，躺在床上形如槁木。女诸葛明白他活不了几天，心酸地问："阿舅，你看我断得公平不公平？"

区彦魁哆嗦着说："阿义家的，你是个聪明人。"

女诸葛以为他是在夸赞自己的妥协，解释："阿舅，这些年温家的日子过得去，再说一份家产分给哥五个，也就是个念想，倒不如补贴给别人。阿棠虽说心薄肠凉，毕竟是区家的嫡亲血脉，每年的血祭还要指着他；阿潭和阿成采过碧血仙茅给你老人家延年益寿，这份孝心应该表彰；阿景远在粤西，不给人家，将来会招埋怨的。"

区彦魁摇了摇头："我说的不是这个。"

女诸葛想了想："阿舅，你不用担心两个妹子，她们的嫁妆已经备出来了。再说妗母不是还在吗？叶老二准会照顾她们的。"

区彦魁伸出右手："阿义家的，你把这枚扳指摘下来。"

女诸葛从他手上摘下扳指："阿舅，你这是干什么？"

"钱是死的，人是活的。纵然有万贯家产，没有信得过的人，终究也不是自己的。"区彦魁叹了口气，"我在'晋丰银铺'存了十万两银子，这枚扳指是取银子的信物，你代她们娘仨收着，我信得过你。"

女诸葛接过扳指，心头闪过一丝迷惘——既然区彦魁明白这个道理，何不早把这些身后事料理停当，何至于弄到今天这个众叛亲离的地步？到底是区彦魁遇人不淑，还是世界上的人都是忘恩负义的白眼狼？

女诸葛剔亮灯花："阿舅，你早点歇着吧。"

"等一等，"区彦魁吃力地说，"阿义家的，你把这几盏长明灯给我点上。"

卧室里摆着十八盏长明灯，全是从突岐铺金花娘娘庙求来的。女诸葛心中狐疑，又不敢多说什么，灯点亮后屋里雪皑皑一片。她想起了区彦魁刚才说的那句话："阿舅，莫非我断得有差池？"

区彦魁目露悲愤："阿义家的，不是我老眼昏花，实在是有人丧尽天良。那人处心积虑谋夺全部家产，别看白纸黑字过了公堂，他照样会继续下黑手。你退出分割家产，是宅心仁厚的明智之举，等于又救了温家那哥几个一回。"

饶是久经风霜的女诸葛，听了后也不免心惊肉跳。她明白区彦魁指的是区植棠，不相信地问："他一介手无缚鸡之力的白面人，能有多大的道行？"

"老话说不怕贼偷，就怕贼惦记，不信你等着瞧。"区彦魁盯着那十八盏长明灯，眼里突然露出一丝轻松的神采，"他们要财我就给他们财，这边的缘分一笔两清，到那边踏踏实实生男仔。老朽不信，他的爪子还能伸到阎罗殿里来？"

第九十回　律管飞灰

一晃十天过去了，去九峰山求取碧血仙茅的陈松年仍未回返，李文茂心急如焚。这天夜里趁易兰花服药安睡之际，他跳上舢板，想到半路上迎接陈松年。

夜里的银洲湖，比白天美丽十倍，湖水波光粼粼，装饰着月色；蕉叶罗伞灯像一条蜿蜒的红色长龙，从南到北连绵不断，这是"德英堂""德仁堂""德和堂"与蔡李佛拳兄弟拉开的警戒线。李文茂抬头望天上一轮圆月，蓦然间心痛如割——这月儿，多么像去年陈罗婵用"囚龙草"补全的月牙。

目睹满湖的渔灯，李文茂放缓了速度，知道着急也没用。现在从西海大寨到九江圩和古劳围，从潮连乡到银洲湖，可以说星罗棋布，尽是"洪德堂"旗下的快船探马。一旦发现陈松年的踪迹，靠响箭和螺号传音，一袋烟的工夫便会报与自己得知。

回到梅花岗的这段时间，他在"六祖井"下收了体内的阳气，如今全身三十二处大穴唯余第三道真气清澈地流淌，进入了"六祖心经"第三重境界最后关口的修炼。在这个即将东归入海、攀登武学巅峰的阶段，第三道真气仿佛返璞归真，像大江大河的源头一样在雪山上纵情跳跃，河水凛冽刺骨，间或尚有断流之虞。

身体的困厄远不抵心灵的痛楚，李文茂觉得上天对他不公，去年失去了心爱的人，今年又将失去比他生命更加重要的易兰花。往事一幕幕涌上心头，这个他生命的守护神，这个把他从畚箕窝唤回人间的女人一旦撒手尘寰，自己的精神世界将失去最后的墙壁，一堵可以依靠、可以哭泣、可以撒娇、可以倾诉的墙壁。

母爱一旦离去，人生之船将驶入阴影。

雾渐渐浓烈起来，笼罩着崖门内这片忧伤的湖水，像母亲拥抱着婴儿。来自南海的狂风迅猛地掠过崖门，由西向东，发出惊天动地的咆哮，唯独给银洲湖留下一泓静谧的圆月。李文茂打了个寒战，停下了手中的船桨。他不能继续向北行驶，他必须留在这儿，守住这一片明净的月夜，守住这张比纸片还要薄的时光。

他从胸口取出火龙珠，重新点燃船头的渔灯。没有吹笛子，也没有发出长啸，只是一个人坐在灯影里默默地守候。过了不知多少时候，失魂人竟然跌入了梦乡。

梦云飘得再远，仍然发生在曾经的世界。

李文茂梦到自己从戏棚出发，策马奔驰在金色的草原，秋风里泉水如玉钻，那是大地上最明亮的眼神。他远远瞭到前面有一个美丽的背影，头戴如意冠，穿水衣、搭护领，黄色风帔外罩平金绣鱼红鳞甲，下身系一条白色绣花马面裙和粉色彩裤，背插带穗子的双剑，骑在"胭脂桃花马"上风姿绰约，飘逸绝伦。

"阿婵，阿婵，等等我。"李文茂大声喊。

那影子拨马回头，水眸含春，却是一位似曾相识的佳人。

李文茂勒住缰绳："你是何人？"

"我是虞姬呀，"美人道，"大王。"

李文茂被弄糊涂了："阿婵，你几时变成了虞姬？"

对方显得很惊讶："大王，你出营厮杀只片刻，缘何归来便不识得臣妾？莫非垓下敌兵重重，惹你这般焦虑？"

"你说我是谁？"李文茂丈二和尚摸不着头脑。

虞姬甩掉斗篷，拔出双剑在手：“你是战无不胜、攻无不克的霸王呀。”

“我怎么会是霸王？”李文茂狐疑地低头打量了一番，果然发现自己挂虬髯、搭护领、披箭衣、背黄绦、系红绸、扎黑靠，一副标准的西楚霸王扮相。

虞姬伸出纤纤玉指：“大王，你听那歌声。”

这时候，四面楚歌飘移而至，李文茂心惊肉跳：“外面可是乡音？”

“大王，你听错了，帐外山风呼啸，狂涛怒号。臣妾刚刚巡营归来，并无敌军迫近，大王切勿草木皆兵。”虞姬双剑交至左手，合为一剑。

李文茂定睛观瞧，原来所谓的双剑不过是一把刀和一柄剑。不是别的，正是自己送给陈罗婵的聘礼“琴瑟合”。他的记忆瞬间恢复：“你不是虞姬，你是阿婵。”

那女子笑道：“我是不是虞姬不打紧，关键你是霸王，不是李文茂。”

“这到底是怎么回事？”李文茂分不清自己是谁，绝望地喊。

“大王，”女子冷笑一声，“难道你忘了自己目生双瞳，眼力天生不济？”

这句话让李文茂如遭雷击，自马背滚落下来。

湖面上响箭连连，一只舢板飞驰而至，船上的人是黄三全：“二爷，二爷。”

李文茂从迷离的梦中醒来：“什么事？”

“林三爷和阿锦叔来了，在后面的篷船上。”黄三全汇报。

“大散班”即将结束，这几天正值琼花会馆三位当家人忙得焦头烂额之际。林崇泰早上起来右眼皮突突直跳，隐隐感觉不妙，忙把会馆事务交给“长腿龚”打理，自己和于锦划了一条船来银洲湖探视易兰花。见李文茂亲自来迎，林崇泰从船头探出身问：“茂仔，你三娘的身子骨还好吗？”

李文茂拱手道：“刚服了一味占城神莲，正睡着呢。”

“释心师太怎么说？”于锦不放心地问。

李文茂的脸庞瞬间蒙上了一层厚厚的阴云，声音很低：“师太说蛇毒完全侵蚀了三娘的奇经八脉，她配置的丹药已经失效，怕只有九叶碧血仙茅才能救三娘一命。”

林三爷焦急地问：“陈当家的还没有回来？”

从银洲湖到粤北“洪兴堂”山高水长，逆水行舟道路艰辛，仅仅十天时间根本打不了一个来回。李文茂和林崇泰都明白这个道理，但是时不我待，一旦易兰花顶不住蛇毒发作，转瞬之间就可能丢了性命。“大花面锦”在船头使劲跺了跺脚：“茂仔，阿新手里不是有一株碧血仙茅？先用它治病救人嘛。”

李文茂苦笑着解释：“三娘的脾气你们还不知道？她非要等两株碧血仙茅凑齐了，让释心师太辨认出真正的九叶碧血仙茅，说是不能因为她白白浪费好东西。两位叔父，你们来得正是时候，快去劝劝三娘，别再让她固执。”

林崇泰和于锦对视一眼，暗地摇头叹息，就易兰花那个犟脾气，连老伦廷和至善禅师那样的前辈都说不动，遑论其他人？易兰花不肯服用碧血仙茅，显然认定自己大限已至，不想糟蹋仙草良药。林崇泰问：“占城神莲管用吗？”

李文茂道：“释心师太说占城神莲亦为奇物，三娘服用后倒是安详。”

“安详？”林崇泰皱着眉头，“安详未必是什么好事。”

林三爷毕竟经得多，见得广。话音刚落，兰花洲上空突然飞起一支燃烧的烟花，刺目的光芒划破半个天际，像闪电一样击破了银洲湖的安宁。这是事先约定的信号，说明易兰花的病情急转直下，李文茂大叫一声：“不好。”

蚺蛇之毒夺走了一代佳人的绝世姿容，易兰花面色惨白，躺在竹塌上，嘴唇隐隐透出一丝绿焰，分明是体内蛇毒上窜的迹象。轩窗在风中拂动，月光洒在屋子里，像是一条挂帆远征的扁舟，欲载走这枚随时可能掉下来的秋叶。李文茂不敢向前多走一步，仿佛这样就能拽住死神的步伐，让生命在世间多停留哪怕片刻。

易兰花从昏迷中苏醒过来，一双瘦骨嶙峋的手伸出在外。林崇泰忍住悲伤劝她：“不要再固执了，兰花，赶快用那株碧血仙茅吧。”

易兰花摇了摇头：“三爷，人身本有长生药，何必向外寻迷途？自个的病我自个知道。这四年来，蛇毒已经凝结成胎，噬心腐骨，纵使大罗神仙来也不管用，不必浪费好东西，留着它给后人用吧。我这条命四年前就该还给阎王爷，幸亏师太费神炼丹精心调理，让我多晒了四年的太阳。实指望亲眼看着茂仔娶了亲，我再到阴曹地府给阿南哥和红玉姐报喜；谁承想人算不如天算，到头来竹篮打水一场空，还把阿婵生生地给气走了。”

“三娘。”李文茂哽咽着，跪倒在床前。

易兰花慈爱地抚摸着他的脸：“孩子，我不怪你，这是命。”

林崇泰硬着心肠问：“兰花，你有什么心愿未了？”

布文水代替易兰花回答：“如真才十七，还没出阁呢。”

此话一出，林崇泰、于锦、“高佬忠”、龙探梅等人齐将目光移到了李文茂的身上。林三爷清了清嗓子：“茂仔，那个邓家女仔是不是死了？”

李文茂点头：“对啊，她埋在锦田围。”

“你和她真的没有关系？”林崇泰不放心地问。

李文茂赌咒发誓：“天地良心，虽然她对我有九生之德，但是我连她一面也没见过，根本不知道人家长什么样子。”

布文水替他缓颊：“茂仔以前说过这事，他不会撒谎的。”

“那好办，”林崇泰斩钉截铁地说，“阿婵走了还有阿真，把阿真许配给茂仔，照样是一对天作之合。明天就办事，给兰花冲冲喜。”

众人无不称赞：“对，明天就办。”

龙探梅催促李文茂：“茂仔，你快说句话呀。”

易如真在李文茂的心里一直是个羞涩的小妹妹，之前对她心怀芥蒂，是因为她的容貌和易兰花太像了。现在陈罗婵嫁为他人妇，易兰花又命在旦夕，娶她为妻既可给易兰花冲喜，也可了却易三娘心中的挂牵，这是他无法逃避的选择。李文茂向易兰花磕了三个响头，从腰里抽出铜笛：“三娘，这是我给阿真妹子下的聘礼。”

“叫什么三娘？”布文水且喜且悲，“赶快叫阿妈。”

易兰花让易如真取来宝胎银弓和三叶锥囊，亲手将它们放到李文茂的手里：“茂仔，我把阿真托付给你，还有最后一句话：以后不管你干什么，走到哪里，要时时刻刻记住，红船才是你真正的家。只有娶了红船的女人，你的心才能回到红船。”

“是，阿妈。”李文茂泪水在眼眶里打着圈，没让它落下来。

小小的兰花洲见证了悲欢离合，花开花落。

李文茂和易如真次日匆匆举办了婚礼，第二天夜里易兰花平静地离开了人世，大家根据她的遗言把她葬在了兰花洲；第三天，陈松年带着碧血仙茅赶回银洲湖，可惜斯人已去，再好的灵芝仙丹也无济于事；第八天是“观音诞”，红船的老少爷们不得不赶回佛山堡，在祖庙华丰台唱完头台戏后，踏上新的风雨历程。兰花洲恢复了往日的宁静，银洲湖水依然迷离，南海潮云照旧舒卷，只是添了两个新人、一处孤坟。

当年父母双双遭遇不测，李文茂为复仇流落湘南，未尽守孝之礼。而今情逾慈母的易兰花撒手尘寰，令他心恸万分，决心移居兰花洲为她守孝三年。为此，他在易兰花墓前搭了一座简易的竹庐。李庸熙从佛山堡雇了几个仆役侍奉，新娘子一个都没有留，无奈之下，李庸熙只好把阿幺派上岛陪伴易如真。

李文茂移居兰花洲，“洪德堂”的指挥中枢一分为二。叶兆隆为了畅通西海大寨和银洲湖之间的联络，命左护法黄三全领一队快船进驻卢新的石鱼岛，并在兰花洲上建造旗塔，随时传递李文茂发下的号令。

这天，李文茂钻出竹庐，离开码头信步来到兰花圃，发现阿幺正在弯腰给兰花浇水。阿幺的耳力极为灵敏，一下子听出了他的脚步，扭头关心地说：“少爷，起这么早干吗？你再多睡一会，这几天还会有人来拜山扫墓呢。”

李文茂观察着花圃：“我不累。”

“少爷，你看看，我前两天种的花是不是死了？”阿幺问。

兰花圃中的土壤与别处不同，尤其石桌和石凳附近几乎寸草不生。李文茂也是后来才从易如真那里得知，易兰花吐血的日子其实不短了，只是以前没有这么严重。由于她经常在兰花圃对湖鼓琴，含有蚺蛇之毒的血液渗入土壤，令花圃中的植物尽皆枯萎。诸花之中，唯有那丛白墨素不畏蛇毒，奇迹般地生存了下来。

如此美丽和娇嫩的花朵竟然可以抵御蚺蛇之毒？李文茂啧啧称奇。白墨素底下就埋着那几粒“柔佛人荟”，整整一年过去了，它们仍然没有开花结果的迹象。易兰花去世后，李文茂对这些所谓的灵丹妙药失去了兴趣，他从阿幺手里接过小木铲，将枯萎了的草儿一一铲除，同时出言安慰：“莫要再费心劳神，蚺蛇之毒厉害万分，别的花大概都活不了。到秋天我从罗浮山弄些白墨素，将花圃填满就是。”

“少爷，听说白墨素开花的时候像雪片一样靓，是不是？”阿幺问。

李文茂回答：“对，它的叶子晶莹润泽，摸起来好像雪片一样。”

阿幺俯下身子将鼻尖对准白墨素，似乎嗅到了开花时的香味，看到了美丽的花瓣。目睹此情此景，李文茂心里升起无限的酸楚——渗透进花圃土壤里的固然是蚺蛇之毒，更多的是易兰花身上的鲜血。

黄三全站在瞭望塔上喊："二爷，北边来了一条船。"

"谁？"李文茂问。

等船离近了，黄三全看清了来人的面目："船头上是邹老爷。"

陈罗婵没有来见易兰花最后一面，但是李文茂和易如真成亲后，她委托母亲陈映雪送来了贺礼。当时何惠群卧病多时，无力与陈映雪同行。李文茂知道何惠群毕生倾慕易兰花，一听说是邹汝昌的船，立刻猜出他定是陪着何惠群来的。

李文茂把易如真从厨房里叫出来，夫妇俩穿过竹林来到石码头。果不其然，何惠群摸索着钻出船篷。李文茂上去搀扶："解元公。"

何惠群面色泛青，没有一丝血色。饶是如此，他仍然拒绝李文茂和邹汝昌的搀扶，强撑着上了岸，问易如真："你阿妈呢？"

"阿叔，在那儿。"易如真含着泪，指了指竹林的西北角。

看到易如真，何惠群心里更加难受。他来到易兰花的坟前点燃了三支香，凝视着袅袅香烟一言不发，仿佛香烟能拭去蒙在阴阳两界的尘埃，唤回往生的灵魂。过了一会，邹汝昌见他嘴唇动了动，忙对易如真说："阿真，师傅想献一首曲子，能不能用你阿妈的琴？"

李文茂明白邹汝昌的意思，对妻子说："拿个凳子来。"

易如真打开了母亲生前居住的屋子，黄三全和阿幺帮她把瑶琴、琴台、琴凳一股脑搬了过来。目睹这些易兰花用过的器物，何惠群悲喜交加，手指颤抖着舍不得触摸琴弦。李文茂悄悄问邹汝昌："解元公怎么还没有痊愈？"

"省城的郎中瞧遍了，都说病根在这里。"邹汝昌摸着胸口沉重地说。

何惠群似乎听到了他们的对话，慢慢在琴凳上坐下："你们两个休要乱弹，我这辈子有幸得识易大老倌，心头豁亮得很，何来心疾？"

"阿叔，你是乐中圣手，写的曲子我们红船人都爱听。"易如真伤感地说，"只可惜我阿妈再也听不到了。"

"能听到，能听到。"何惠群喃喃道。

易如真不忍拂他的意:“是,阿叔,你鼓琴她当然能听到。”

“乖仔,”何惠群郑重地说,“我说的是真的。”

易如真迟疑地问:“阿叔,此话怎讲?”

“汝昌,你去伐些竹子。”何惠群吩咐邹汝昌。

抚琴就抚琴,为何要采伐竹子?李文茂和易如真面面相觑,不知道这一对驰名广府的怪才师徒想干什么。邹汝昌走进林子东看西探,最后选出十二根竹子,拔出刀上下截断,只取中间平直光溜的一段。李文茂用眼角的余光一瞄,暗暗吃惊,这些竹子长短粗细完全相同,皆为九寸口径。待邹汝昌和黄三全铲平地面,何惠群挥刀削出一根,看了看竹管中的细膜,满意地点了点头,然后将竹管插入土壤,说了句:“此为黄钟之律。”

“什么意思?”李文茂低声问邹汝昌。

邹汝昌解释:“师傅想用‘律管飞灰’的方法传递琴声。”

“‘律管飞灰’?”李文茂大吃一惊,这套神秘的管候气法既然能测阴阳、断天文,兴许还真能把此世的琴声送到另外一个世界!

何惠群好像完全变了一个人,手中刀上下翻飞,口里念念有词。一会“大吕之律”,一会“太簇之律”,不多时,依照子、丑、寅、卯、辰、巳、午、未、申、酉、戌、亥十二时辰的方位,把十二根竹管插入土壤,竹管的顶端与地面保持平齐。

易如真见何惠群额头上淌出了汗珠,怕他累坏了身子,劝道:“阿叔,我煲了一大锅天麻青菜汤,要不,咱们吃点东西先?”

“不必,”何惠群摇头,“律管刚刚插进土里,管膜尚未承接地气。你们去吃吧,我试一试你阿妈的琴。”

“可是……”易如真说了半截,又把话吞回肚子里。

邹汝昌对她和李文茂说:“管膜对风声水息非常敏感,咱们在这儿说话会影响律管传声的效果,让我师傅安静一会吧。”

几个人沿着弯曲的小路走出竹林,后边的琴声已经悄然奏响,低沉的乐律回荡在烟波浩渺的湖面上。这是一折汪道昆的《五湖游》,说的是当年范蠡助越王勾践平吴复国,舍弃千乘之业,偕西施泛舟五湖的传奇故事,歌曰:

吴宫花草荒屋后,歌扇春风旧。

盈盈事故侯，席上回风，灯前垂手。
犹记旧歌楼，鹧鸪声里空回首。
少年场购得吴钩，只为他寤寐求贤，卧起怀仇。
因此上鱼水相投，早已见鲸鲵流血，麋鹿行游。
决雌雄已归吾彀，张羽翼耻下人购。
身世浮沉，心事优游，
肯待他较猎长杨，鸟尽弓藏。
…………

《五湖游》是红船有名的折子戏，里面的曲词易如真能倒背如流，她理解何惠群此时此刻的心情，但对这套神秘的管候气法仍然半信半疑。她问邹汝昌："邹老爷，这些竹管真的有那么神奇吗？能把声音传到阴曹地府？"

邹汝昌沉吟片刻："阿真，古人云大乐与天地同和，又说天地之气合以生风，天地之风气正，十二律定。黄钟、大吕、太簇、夹钟、姑洗、小吕、蕤宾、函钟、夷则、南吕、无射和应钟十二音律本来就是天、地、人三籁，上穷苍茫皇天，下至垒垒后土，三界之内两气浮沉俱逃不出它的掌心。师傅琴技盖世，应该能把曲子送达阴间。"

"既然阿叔能把声音传到阴曹地府，那他有没有可能听到我阿妈在那边的动静？"易如真突然提出了一个难题，"我想听我阿妈的声音。"

这个问题大大出乎邹汝昌的意料，他张口结舌，不知该如何应付思母心切的易如真。李文茂劝道："阿真，阿妈又不通管候气法，如何将声音传回阳间？"

"阿茂哥，我想我阿妈。"易如真哭了起来。

李文茂哄她："别哭，马上就到'中元节'，阿妈会来看咱们的。"

黄三全插了一嘴："二爷，你的耳朵好使，说不准你能听到。"

李文茂回头瞪了他一眼："那不成了精啦？"

阿幺对声音格外敏感，何惠群弹出的每一个音符都深深地印入她的脑海，让她感动的首先不是解元公的琴技，而是他对易兰花苦心孤诣的深情。阿幺听说过许多男女的爱情，但像何惠群这样用"律管飞灰"之法传递音乐和感情的故事还是头一次听到。天人永隔竟能沟通？这是多么令人心动的美丽传奇!

活在单相思的孤灯残影里,和瞎子有什么区别? 阿幺对解元公产生了极大的同情,她聚精会神地用心去听。竹林那边琴声冉冉,音符依旧是那样令人惆怅:

去国逢青眼,还家尚黑头,东皇有主花如旧。
龙菜忘归今已久,芙蓉出水依然秀。
柳色青青在手,眉黛劳君,雅似吴山云岫。
…………
年华凭落木,生事任孤舟。
试看水鸟双双原有偶,一任取草萋萋江上愁。
想当初年少啊,待唾手定神州,须臾谈笑取封侯。
人情翻覆几时休,那其间可自由?
因此上把雄心都付与大刀头。
…………

"大刀头?"黄三全笑道,"何老爷还有这样的靓志?"

李文茂怕这个愣小子再说出什么叫邹汝昌难堪的话,忙给他派了一项差事:"解元公正在鼓琴,你马上知会卢新他们,别让其他人登岛。"

黄三全嘟嘟囔囔地走了,何惠群完全沉浸在对易兰花的追忆中,不愿让已经开启的寻魂旅程半途而废。优美哀婉的琴声从白天响到黑夜,又从黑夜响到黎明,何惠群终因体力不支昏厥倒地。李文茂和邹汝昌慌忙把他抬进屋里,掐人中、灌汤药,好不容易把他弄醒。邹汝昌止不住地埋怨:"师傅,你不要命了?"

何惠群闭着眼睛说:"本来就是一条残命,要它何用?"

易如真端起鱼头汤,在阿幺的帮助下,耐心地给何惠群喂下去。过了一会,解元公的气色渐渐好转,恢复了精神头。阿幺钦佩地说:"何老爷,你的琴声太美了,三娘在那边听到一定会欢喜的。"

"是吗?"何惠群很高兴。

易如真问："阿叔，我阿妈真的能听到？"

"阿真，"李文茂怕何惠群伤心，"解元公说能，就肯定没问题。"

"哈哈，"何惠群爽朗地笑了起来，"古人用'律管飞灰'测阴阳，断天文，以十二音律定一年十二个月的节气。律管埋在地下响应的是阴阳两气的流动，我的琴声固然精妙，但还要看是否合得上气流的节拍。"

易如真失望极了："阿叔，你是说我阿妈可能听不到？"

"没关系，银洲湖阴气重、阳气骤，最适合传递音乐。"何惠群出神地说，"反正我也没有几天活头了，她要是听不到，我就去阴曹地府为她鼓琴。"

易如真吓了一跳："阿叔，你可别这么说。"

何惠群歇息了半日，养足了精神，恋恋不舍地乘船离开了兰花洲。篷船颠簸摇摇，湖面琴声悠扬，传来他意犹未尽的歌喉：

定三吴，霸业收。
操七策，惠声流。
帷幄从容坐运筹，辛苦在心头。
问种种颠毛知否？酩子里从蛮氏斗，些个事抱杞人忧。
大都来难逢开口，乘兴去莫交濡首。
我啊，好休便休。
呀！再不向紫陌遨游，红尘奔走。
扁舟系缆沙边久，好趁天风到十洲。
烟水茫茫何处求？路经湖海双蓬鬓，天入沧浪一钓舟。
日暮乡关何处是？烟波江上使人愁。
…………

银洲湖奇幻陆离，兰花洲深幽寂静，以往的日子里，李文茂夫妇一个江湖纵横，一个红船漂泊，从来没有享受过如此闲适的时光。李文茂每日清晨在崖山打坐练功，中午到大忠祠用真气练一会陈白沙的茅龙笔法，后半晌潜入湖水寻找那口被堵塞的海眼；易如真则变成了一个家庭主妇，如果煲汤得到丈夫的嘉许，她便用罐子盛起来，和阿幺坐船到象山紫云洞，请冯玉娘品尝一下她的手艺。

“中元节”过后，释心师太去飞来峡采药，冯玉娘一个人留在紫云洞觉得没意思，遂搬到兰花洲与易如真做伴。白露那一天姐妹三人起了个大早，挑着一箩筐三牲、果品、茶酒给易兰花扫墓。铲净杂草后，摆放墓头纸和十二敬纸，烧香点烛，奉献祭品。祭拜三轮完毕，阿幺熟练地撕下熟鸡和熟鹅的下巴，和鲜果等时令祭品放到同一只海碗里。这个仪式是新会与鹤山附近的规矩，名叫“挂盏”，意思是让亡灵享用整只的鸡鹅。烧完纸钱，易如真捏碎鸭蛋壳洒了一遍，再用酒在灰烬上浇一圈，以防祭品被游魂夺去。

坟茔背对竹林一侧，赫然矗立着一尊青面獠牙的鬼王塑像。这尊俗称“孤王”的塑像用竹子和纸张扎成，是李文茂派人从佛山堡运来的，专用以镇抚各路野鬼——银洲湖地处江海交汇的水上咽喉要道，自宋末崖山大战以来，死于商旅和战事的亡魂不计其数，很多都是不知姓名和籍贯的孤魂野鬼。

这段日子李文茂在水下寻觅海眼，时常从湖底挖出一些枯骨。这些枯骨很难说是当年崖山大战宋人的遗骸，因此尚不能归入崖山祠的忠义坛。李文茂把枯骨埋在兰花洲的竹林，位置便在这尊“孤王”的脚下。

整个仪式中没有燃放爆竹，冯玉娘感到奇怪：“不点燃爆竹，你阿妈能听到？”

“当然可以，鬼月没有过去嘛，我阿妈还在岛上。”易如真把冯玉娘领到十二根律管埋藏之处，为了避免雨水和狂风的袭扰，她和阿幺在上面临时搭了一个小小的竹棚，“看，就是这十二根律管，你跟着师太学艺，应该听说过吧？”

“十二律管？”冯玉娘问，“莫非是‘律管飞灰’？”

“对啊，”易如真把何惠群来兰花洲的经过对她讲了一遍，“阿叔说过了七月以后，我可以把律管挪回屋子里，封严实，效果会更好。”

“律管飞灰”之术失传已久，而借此传递音律则是何惠群的独创，冯玉娘闻所未闻。她听了以后叫道：“难怪这些天我常听见阿茂哥吹笛子，原来如此。”

易如真得意地说：“阿茂哥以前是以气驭音，现在是以音唤气，他的笛子可好听了。”

冯玉娘功夫深厚，当然听得出李文茂真气充沛，内力比以前强出十倍。

她俯身揭开竹棚的顶盖，发现十二根律管的顶端笼罩着一方白纱，若有所思地说："阿真，这东西要是像你说的那样神奇，我也想和我阿妈说几句话。"

"这个容易，"易如真转头对阿幺说，"阿幺姐，你叫阿全去崖山把阿茂哥喊回来，让他帮玉娘姐律管传音。"

阿幺走后，冯玉娘仍然有些不放心："我阿妈即使来到阳间探亲，也远在高州府，不知道她能不能听到我的心里话？"

"母女连心，她一定知道你在想什么。"易如真窃笑。

"我想什么？"冯玉娘结结巴巴地说。

"你莫要脸红，"易如真把嘴唇凑到她的耳朵根，调皮地问，"是不是听说那个姓龙的当了状元郎，你心里不舒坦？"

道光二十一年恩科状元不是别人，正是冯玉娘在笔帽山下搭救的龙启瑞。龙状元乘舟南下归省，特地绕道广州和佛山堡打探冯玉娘的消息，对外声称是为了报答当日的救命之恩。前日何小鸾和卢浣霞来兰花洲看望易如真，二女拿老实人一通开涮，都说冯玉娘倘若做了状元的如夫人，必定成就红粉国里的一段江湖传奇。

冯玉娘和苏家订婚后，释心师太为了成全弟子，加快了传授技艺的步伐。冯玉娘本人希望跟着师傅多学一些像炼丹之类的道术，不愿马上去灵山，她心底还有一个小九九——灵山县和广州府相隔千里，一旦嫁为人妇，只怕再难和小姐妹们相聚。

人算不如天算，龙启瑞这番举动起到了相反的结果，冯玉娘觉得有必要赶快成婚，省得整天叫这些姐妹取笑，以为自己是贪慕虚荣的人。她低头为自己澄清："人家取状元凭的是真本事，我有什么心里不舒坦？对咱们女人来说，命为前生注定，嫁谁不是嫁？关键是不能弯着腰活人，须顾全父母双亲的体面才是。"

想到冯玉娘将要远嫁，易如真也觉得有点发愁："你嫁给苏三也好，灵山县好歹还是粤东，桂林府可就太远了，路上起码得走半个月。"

桂林府是易兰花的伤心之地，易如真受母亲的影响对那个地方没有好感。冯玉娘期盼的是父亲早日和苏家定了婚期，不再受姐妹们的取笑。然而在她们的心灵深处，各自埋着另一层无法熄灭的火苗——直到今天，易如真不知道生父是谁。探寻自己身世的奥秘，兴许正要到桂林府才有结果；而对冯玉娘来说，龙启瑞是和她亲密接触的第一个男人，她之所以后来认可了苏三，正因为苏三儒雅倜傥，像龙启瑞一样是个读书人。

人生际遇仿若蜻蜓点水，那一幕云彩尽管没有落到地上，但它代表心灵之风的取向。纵然冯玉娘对龙启瑞知之甚少，两个人之间也没有可能的机会，这个男人在她心中依旧掀起了层层涟漪，让她看清了秋天第一片落叶露出的伤痕。

李文茂听说要给远在高州府的亡魂传音，连忙推托："律管传音是解元公的秘技，他的琴技高妙绝伦，入玄入微，一张瑶琴贯通天地人三籁，我没有那么大的本事。"

易如真鼓励他："阿茂哥，你能给我阿妈传音，就能给玉娘阿妈传音。阴间和阳间不一样，咱们觉得远，人家兴许不把这段路程当回事呢。"

李文茂苦笑着没有回答，鬼月里，他每天给易兰花吹笛子，一方面是安慰易如真，另一方面是他的确有许多话向易三娘倾诉。这种倾诉更多地属于心理慰藉，至于能否达到律管传音的神秘效果，他心里没有一点底。

"阿茂哥，我有一个疑惑：要做到天地人三籁合一，到底是琴技起的作用大，还是内力起的作用大？"冯玉娘突然发问。

很显然，这是一个酷爱武学的人才能提出的问题，李文茂自己也没有弄清楚："应该是琴技起的作用大吧，解元公哪有什么内力？"

冯玉娘摇了摇头："我看不一定，天地人三籁合一固然需要举世无双的琴技，但是要穿越阴阳两界的铜墙铁壁，没有雄浑的内力绝无可能。阿茂哥，从你的笛声中能听出来，你以气驭音和以音唤气的本事已经足够，试一试吧，妹子信你。"

李文茂只好从易如真手里接过铜笛："你想对你阿妈说什么？"

冯玉娘希望面对面地感受一下李文茂的内功，母女之间能否听到彼此的心里话，说实在的她不敢寄予太多的厚望。她睁大眼睛："阿茂哥，苏家屡次派人去高州催婚，我阿爸答应人家明后年办事。我想问问我阿妈，这事行不行？"

李文茂没想到冯玉娘说出的竟然是这等隐秘之事。虽然冯玉娘早已到了出阁的年龄，但是当众，尤其是当着他一个男人的面说出来，那是需要多大的勇气和信任？李文茂缓缓地吹响了铜笛，笛声从容悠扬，没有激越，没有高亢，好似闲庭信步，又像风在天际浮游，像飞翔的鸟儿吟唱属于自己的旅途之歌。

对于不懂武功的人来说，这是一曲优美舒展的旋律；然而对于浸淫武学多年、禀赋超群的冯玉娘来说，响彻在她耳际的哪里还是曲子，简直是一场惊心动魄的大厮杀。这场厮杀的一方是李文茂体内源源不竭的真气，另一方是他乍起乍落的意念。

武林中人梦寐以求的内功修炼，无非是把高原上的涓涓小溪练成大江大河，而武学之道的巅峰阶段则恰恰相反，是将一条磅礴江河拉回高山，重新变成清洌的小溪——这种匪夷所思的修炼表面上违背大地运行之道，实则正是天道的完美体现。

一曲吹完，易如真和冯玉娘急不可耐地揭开那方白纱，只见竹管内侧空空如也，里面的细膜已经被笛声震落于底。李文茂叹息："妹子，我的功力还没到入玄入微的境界，未能把话传给你阿妈，真是抱歉。"

"已经传到了，阿茂哥，"冯玉娘沉浸在笛声带来的武学冥想中，欣慰地说，"灰落于律管底端，说明此事板上钉钉——这桩婚事，阿妈她应了。"

第九十一回　混元大法

府试开始了，洪火秀应考永远是官禄布洪氏家族最大的事体。为了让他风风光光地进省城考试，婆娘准备了四五天的干粮，洪仁正套了驾牛车，赖汉英专程陪同。三人乘着凉风出发，中午赶到童古顶，太阳已然当头照。

赖汉英对这样的速度非常不满，认为洪仁正舍不得甩鞭子打牛："阿正哥，你的牛车还不如人走得快。照这样，八辈子也赶不到省城。"

洪仁正和洪仁球两个去粤西闯荡，每次回家探亲捎东西无不抢着去，到了家里老婆孩子热炕头，能多待一天是一天，看来在粤西的光景并不怎么样。此刻受了赖汉英的数落，他觉得十分委屈："今天才七月三十，离八月初二还有整整两天。咱们夜里又不住店，吃喝拉撒睡浑不耽误，脚程富富有余。"

洪火秀擦了擦汗："白天热烘烘的，少走几步没关系。汉英，咱们别光啃臭豆腐，去冯嫂的店里弄一盘凉拌莲藕。"

赖汉英大步流星走在前面，根本不看姐夫递过来的眼神。洪火秀没有办法，只好等洪仁正拴好牛车，吩咐他："你去村里看乙龙在不在，在的话，叫他过来吃酒。"

洪仁正知道冯乙龙是洪火秀唯一的钱袋子，有他在，这顿酒可以敞开了肚皮吃，于是高高兴兴地应了一声："替我要一个香叶乌鬃鹅先。"

洪火秀挑开帘子进屋，老板娘冯嫂并不在，只有两个伙计在店里照应。洪火秀坐下点了两份小食，专等冯乙龙来了点大菜。赖汉英觉得姐夫这点心眼全用到了冯乙龙身上，气呼呼地吆喝："小二，把爷的桌子搬到外面去。"

伙计走过来瞅了洪火秀一眼，紧着摇头。

"怕爷付不起账？"赖汉英拎出一串钱，猛地拍在桌子上。

伙计赔笑："客官，不是这个意思，你误会了。"

"你是哪个意思？"赖汉英横眉冷目。

"我们掌柜的吩咐了，"伙计道，"只要这位洪爷来，就不能让他坐在外面。"

洪火秀气不打一处来："咋啦？嫌老子丢人？"

伙计没有回嘴，冯嫂掀帘子从外面钻进来，一把将洪火秀按在凳子上，脸上露出非常紧张的神情："我的祖宗，你还敢来我这铺子吃酒？"

"啥事？"洪火秀的口气软了下来。

冯嫂瞪大眼珠，上下打量着洪火秀："兄弟，记得去年你和人家打架的事吗？就是恩洲堡三元里的黎家兄弟，那哥四个，全死在了红毛鬼子的手里。"

想起那件事，洪火秀的眼眶隐隐作痛："死啦？"

"我看你是没想起来。"冯嫂惊叫道，"仁坤兄弟，你忘了曾经说过的话？说什么谁打你谁不得好死来着，有没有这回事？"

洪火秀瞠目结舌："真死了？"

冯嫂："周三爷认定是你下蛊咒的，要找你算账。"

洪火秀上一回挨的揍记忆犹新，胆怯地说："我那是气话。"

"那哥四个死上一个两个，哪怕三个也行，都和你没关系。"冯嫂数落，"可是人家偏偏全遭了殃，你说的那句话多余，吃亏就吃亏在这张嘴上。"

经过三元里一役，十三社学和洪门各取所需——前者得了面子，士绅竞相称颂，在官府眼里出够了风头；后者赢了里子，参战的百姓都知道周春和甘先所起的作用，战后被裁减的义勇纷纷投入"德武堂"和"德兴堂"旗下。何玉成、王韶光也和周、甘二人达成默契——十三社学从地方筹集的饷银中拿出一部分提供给“德武堂”和“德兴堂”，两堂人马在十三社学需要的时候施以援手，确保十三社学这杆抗英的大旗不倒。

战后形成的这一新型合作模式遍及广州府各州县，反映了一场深刻的社会变迁，那就是面对英国侵略者的虎视眈眈，面对腐败无能的官府，底层民众和士绅阶级有意识地联合起来，拿起刀枪捍卫自己的利益和尊严。“洪德堂”旗下各堂口均采用了这个扩充势力的新模式，甘先的“德兴堂”原本横跨番禺和花县两地，现如今又披上了合法的外衣，黑白两道通吃，对付一个区区的洪火秀，那还不是大炮打蚊子？

洪火秀心里害怕，嘴上仍然不肯吃亏：“他们扁了老子，还不容老子骂他两句？这不是只许州官放火，不许百姓点灯？”

冯嫂被他这句话气乐了：“周三爷算什么官？”

洪仁正从外面进来一屁股坐在凳子上，垂头丧气地说：“真倒霉，乙龙不在村里，听说去飞来峡采药了。”

冯嫂叹了口气，对洪火秀说：“洪先生，你摊上我们家乙龙这么个好兄弟，不知道是哪辈子修来的福气？前些日子他去了一趟省城和佛山堡，找堂口里的熟人为你说情，央求周三爷对你网开一面，说你不是汉奸。”

洪火秀问：“找的是谁？”

“当然是手眼通天的人物，”冯嫂掐着手指头数，“一个是陈田乡的何老爷，他认识周三爷的顶头上司甘先甘广高；一个是佛山堡的刘端湛，他认识‘德礼堂’的陈天义。乙龙说这两个人要是不管用，他就去找冼文辉，请‘小元霸’出面摆平这事。”

何壮昭和刘端湛是科场不第的难兄难弟，提起他们俩，洪火秀心里平衡多了，喝了两勺子汤后笑了起来：“这两头蒜我马上能见到。”

号称“岭南第一儒林”的广府学宫位于文明门内，建在古番山遗址，“羊城八景”之一的“番山云气”即在此处。广府学宫是一个拥有戟门、棂星门、泮池、大成殿、崇圣祠、文昌宫、郡学斋、明伦堂、乡贤祠、名宦祠、孝悌祠、翰墨祠、仰高祠、射圃、番山亭等在内的庞大建筑群。按规矩童试中的府试应该在四月举行，可是上半年广州正处于炮火之下，纵然童生们有胆子来，广州知府余保纯还没空主持考试呢。

洪火秀以前在府试中历来雄踞三甲，因此一踏进戟门，他的胸脯便挺了起来。这一年的八月酷热难当，前来考试的童生们裹着严严实实的长衫，跟黑猫一样蜷在长廊里。洪火秀从大成殿走到翰墨祠，竟然没有碰到一个熟人，登时像泄了气的皮球瘪了下来，难道何壮昭、刘端湛那两个倒霉鬼不来了？

人类的理智永远无法抵挡心中的魔鬼，洪火秀内心的黑暗世界打开了闸门，各种情绪如潮翻涌。首先跑出来的是恐惧，洪门这些家伙是练家子，打起人来没轻没重，黎勤有那两拳差点没把自己眼睛打瞎，太凶恶了；接着是委屈和愤怒，黎勤有是被红毛鬼子打死的，凭什么把这笔账算在自己头上？愤怒的火焰燃烧过后，剩下说不出的妒忌和羡慕——甘先小小年纪便成了名闻上六府、下四府的打鬼英雄，鲜衣怒马招摇过市，手下有上千号会把式的兄弟。跟人家比起来，自己混的这是什么日子？

李贺曾经说过，少年心事当拏云，谁念幽寒坐鸣呃？洪火秀现在深刻地体会到了后一句话的味道。十几年过去了，岁月蹉跎，壮志消磨，别说什么富贵、前程和事业，就连父母妻儿都养不活，科举这条道路还要继续走下去吗？这年头不容易讨生理，有多少秀才和自个一样苦哈哈地当孩子王，在外面遭人白眼，在家里受老婆挤对？

洪火秀低头寻思着，晃晃荡荡来到了仰高祠。这座祠堂位于明伦堂的东南角，明天顺三年(1459 年)设立，里面供奉的不是对岭南开拓卓有贡献的良臣，便是名垂青史的贤人，像什么晋代的吴隐之、唐代的宋璟、宋代的余靖等等。这帮孙子生前吃香喝辣，死后烟火缭绕，自己咋没有这么好的运气？

洪火秀趴在窗户上羡慕地往里看，这时，有人拍了拍他的肩膀："仁坤，仁坤。"

洪火秀回头一看，登时满脸放光，来人正是他朝思暮想的何壮昭。他亲亲热热地搂住何聋子的脖颈："聋子，我以为你这科不考了呢。"

"谁说不是？"何壮昭唉声叹气，"本来家里人已经筹齐了银子，准备替我捐一个监生的资格。哪知道三元里一战，大狗硬是把我的耳朵震好了，丢他老母，还得考。"

何壮昭亲身参与了三元里之战，而今是广府士子中有名的打鬼英雄。洪火秀没心思嫉妒他的荣耀，小心翼翼地问："听说黎勤有死在你眼前？"

“是啊，我欠他一条命。”何壮昭捶了他一拳，“他是被鬼子炮火打死的，不是你下蛊毒死的，这事我已经向甘先和周春挑明了。记住，你小子欠我一条命。”

恐惧和贪婪相始终，洪火秀心里未尝不希望黎家兄弟因自己而死，那不就说明自己冥冥中有一道神力，下半辈子贵不可言？何壮昭替他扫去威胁和恐惧，他心头反而升起一股莫名其妙的失落感，低着头问：“刘兄不来了？”

“那小子发了财，”何壮昭道，“要不是我死说活劝，他还真不考了。”

刘端湛摇着扇子从明伦堂后面转出来，双手抱拳：“洪兄，别来无恙。”

洪火秀心里起了酸意——刘端湛衣着考究，比三年前整整胖了一圈，帽子上镶嵌的那块玉石闪闪发亮，不像便宜货色。他拱手问：“刘兄，何处发财？”

富文铺升平街的那间铺子位置非常好，顺子觉得卖春药有点可惜，想与金良玉合作开一间洋货行。刘端湛功名之心未死，趁机捞了一笔银子，正式退出了生意场。他得意洋洋：“书中自有黄金屋，书中自有颜如玉，你猜猜？”

“书中自有黄金屋？别胡扯。”洪火秀满腹牢骚，“秀才满地走，不如一条狗。区区一个莲花塘，每年总有七八个秀才争着抢着当塾师，丢人到家了。你们两个不缺钱花，当然想考一份功名遮羞，老子却要靠它填饱肚皮。”

刘端湛合上折扇：“不才也是从穷日子过来的，要说不缺钱，那是违心之论。俗话说人比人得死，货比货得扔。你我三个人中，何兄家境富裕，但要和佛山堡的豪门大族相比，那点田宅根本算不上是钱；咱们哥仨资质平平，你看人家苏长春，挥毫泼墨，作一幅画就能买几十亩的上等良田，谁比得过？最后一点是运气，当年一起考试的同学都取了功名，单单把咱们哥仨给撇下来，你说气人不气人？”

“你靠着洪门发了财，运气还差？”洪火秀翻着白眼，“老子挨了打不说，那个姓周的尚且没完没了，四处宣扬要找我算账，真是倒了八辈子霉。”

何壮昭嘎嘎地笑了起来：“仁坤兄，你这张嘴口无遮拦，以后得好好管管，千万不要当众说红毛鬼子的好话，否则照样会有人收拾你。”

洪火秀脸红脖子粗：“老子说两句好话就是汉奸？洪门和红毛鬼子打交道的多了，买洋枪洋炮鸦片膏，他们才是汉奸。”

刘端湛反驳：“洪兄，你这是抬杠。红毛鬼子的东西是好，刘某倘若不来考试，早跟人家合伙开洋货行了。不过，人鬼殊途，咱们不能忘了祖宗，断了祖宗的香火。红毛鬼子大老远来东土图什么？还不是想让咱们拿他当祖宗供奉？不管打交道还是做生意，咱们都得提着十二万分的小心。不然极有可能水瓜打狗，没了下半截。”

洪火秀光景没有这两人滋润，脸面没有这两人光鲜，嘴巴还痛快不了，像孩童一样听他们轮流教训，不由得气冲丹田：“那你说，到底谁是汉奸？”

“谁卖国求荣谁就是汉奸。”何壮昭义愤填膺，“依何某来看，广州城里当官的没有几个好东西。我们在牛栏岗拼死拼活地和红毛鬼子打仗，他们却站在城头上看哈哈笑。要不是奕山派人解围，我们早把红毛鬼子全宰了。”

刘端湛摇头晃脑：“奕山不能算是汉奸，他本来就不是汉人。”

何壮昭正要按照官阶一个一个往下数，院子里忽然起了一阵骚动，从大成殿方向传来阵阵鸣锣声。一个衙役大模大样前来通知：“知府大人驾到，准备入场考试。”

洪火秀眼前猛地一亮，脱口而出：“这头烂蟹是汉奸。”

何壮昭击掌赞道：“对，和红毛鬼子谈判的是他，签订城下之盟的是他，在三元里替红毛鬼子解围的也是他，他不是汉奸谁是？”

洪火秀从地上顺手抄起半截砖头，面向黑压压的应试童生高声喊喝：“诸位，我辈读的是圣贤书，考的是礼义廉耻。仰高祠里供奉着先贤良臣，不是造福一方，便是节义千秋。余保纯这个汉奸竟然有脸来主持考试？寡廉鲜耻，丧尽天良。”

英夷横行肆虐倒在其次，广东官府的无能和倒行逆施尤其让粤东士子们咬牙切齿。洪火秀的话像丢进干柴堆的火星，立刻在广府学宫里燃起了熊熊大火，应试的童生撒开腿跟着洪火秀往大成殿方向冲，一边冲一边喊：“逮住他，别让他跑了。”

南海、番禺两县的教谕惊慌失措，在明伦堂前拦截劝导，怎奈势单力孤。童生们一窝蜂冲过去，手里的砖头瓦块像雨点一样砸过去。余保纯见势不妙，急令轿夫转身逃命，洪火秀一砖头把八抬大轿的轿顶砸了个大洞，险些给他开了瓢。

堂堂的广州知府竟然被一群童生赶出考场，在入清以后的粤东官场还是头一遭。如果搁在往日，奕山早已派兵进行镇压，可如今群情激昂，民怨滔天，奕山不敢再捅马蜂窝，将这个烫手的山芋扔给了广东巡抚怡良。怡良对民众百般安抚，又把心腹易长华从雷州知府任上调来接替余保纯，一度中断的府试于八月初七才得以恢复。

说句题外话，广府学宫的这次事件开了中国近代史上学潮之先河，余香袅袅，影响不容小觑。五十二年后，康有为将万木草堂搬到了仰高祠，梁启超慕名前来听学，师徒两个受到这次事件的鼓舞，两年后便在北京发动了著名的“公车上书”。有的历史学者把“公车上书”视为中国近代史上第一次学潮，将康有为和梁启超视为第一代学潮领袖，完全是出于对仰高祠的历史缺乏研究之故。

洪火秀同学一砖头砸掉知府大人的乌纱帽，赢得了学潮领袖的美名，自动洗清了身上的汉奸嫌疑。中秋过后，府试成绩出来了，他老哥荣登“圆榜”前茅，真可谓双喜临门。冯乙龙从飞来峡回来后听到这个消息，连忙掏腰包在冯嫂的铺子里摆酒设宴，把洪仁发、洪仁达、洪仁正、赖汉英等亲属尽数招来，隆重庆贺。

洪仁发、洪仁达是洪火秀的亲哥哥，在村里干的活和洪仁正、洪仁球差不多，不是喂猪便是放牛，平时连省城也没有去过，啥世面也没见过。洪仁发羡慕地问冯乙龙：“乙龙，看来你又挣了不少钱，咋不带火秀一起去发财？”

冯乙龙脸色窘迫：“火秀哥是做大事的人。”

洪仁发和洪仁达交换了一下眼色：“乙龙，你这话不在理，人活着能有啥大事？不就是多挣两个子吗？这年月，没有钱你拿什么孝敬父母、养活儿女？后人过得寒酸，祖宗在地下也睡不安生，是不是这个理？”

冯乙龙发窘：“我挣的钱就是火秀哥挣的钱。”

“不一样，不一样。”洪仁达说，“乙龙，不是我信不过你。你们冯家哥们多，你总是拿钱救济火秀，人家能不在背后嚼舌头根子？”

洪仁发和洪仁达你一言我一语，惹恼了赖汉英，他把筷子撂到桌面：“少说两句，我姐夫又不是没去过飞来峡？”

洪仁发追问：“那你说说，飞来峡有啥好营生？”

“打铁罗”隐身飞来峡是为了锻造无情剑，这个秘密不宜对外宣扬。洪火秀自斟自饮喝了一杯酒，没有理会两个哥哥，而是将目光放在冯乙龙脸上:“兄弟,这次在省城我和刘端湛他们吃了一顿酒,感悟良多。”

冯乙龙问:“哥哥,你又有什么奇思妙想?”

洪火秀两只眼珠盯着顶棚,沉浸在幻思中:“他们说自从‘小元霸’火烧赤龙,猪龙和银龙便生出了争斗,人间巨变即将来临。到底是猪龙胜过银龙,还是银龙胜过猪龙?一切尚在未定之天,你在罗浮山跟六愚老神仙学过艺,给我断一断。”

在冯乙龙的眼里,洪火秀的脑子就应该用来思考这些东西,而不是被柴米油盐困扰。他郑重地提醒:“哥哥,你不要忘了还有一条白龙,四年前曾在九嶷山下凡。”

“不管怎么说吧,反正现今是一个龙蛇争霸的年代。”洪火秀拍了一下桌子,“有的人说应该学红毛鬼子的法术,有的人说应该把老祖宗的家底翻出来,佛山堡的叶老二前些日子迎母打醮,请的居然是九江圩太上庙的混元老君。”

洪仁达插了一句:“混元老君是哪路神仙?”

洪火秀不耐烦地说:“就是太上老君。”

冯乙龙恭敬地问:“哥哥,你说应该学谁家的法术?”

“法术天成,非有缘者而不得。”洪火秀做出一副神秘的样子,“兄弟,你还记得咱们在连江口镇得到的那本经书吗?一共三片残页,里面净是红毛国的鬼怪故事。过去我没有把它当回事,只是心疼丢的那些金子,现在看起来眼光有点窄了。红毛鬼子轻取虎门口,堂堂的广东水师在人家炮口下走不过三个回合;杨芳号称大清国第一名将,被人家打得在广州城举白旗投降,可见其必有异乎寻常的本领。我正好考完试,有闲工夫,约了何聋子、刘端湛走一趟紫坭岛,去看看那个天主和清远道人到底是何方神圣。”

冯乙龙击掌称是:“紫坭岛不行咱们就去澳门城,非把红毛鬼子的根刨干净不可。”

深秋的季节里,紫坭岛宛如一朵金色的菊花漂浮在寥廓的江面上。从这株巨大花瓣垂落的花蕊,纷纷扬扬撒向沉默的流水。倘若紫坭岛的菊花是一棵树,那么罗浮山的菊花便是一片浩荡无垠的草原!冯乙龙坐在船舱眺望鳌山,立刻陷于菊花色彩和流香的重重包围,感觉和呼吸所至,无处不闪耀着一顶华丽的银冠。

有人吊死在记忆之木，也有人驰骋在金色的草原。洪火秀触景生情，兴致勃勃，接连吟诵了两首黄巢的《咏菊》，一曰：

飒飒西风满院栽，蕊寒香冷蝶难来；
他年我若为青帝，报与桃花一处开。

一曰：

待到秋来九月八，我花开后百花杀；
冲天香阵透长安，满城尽带黄金甲。

话音刚落，岸上有人断喝："姓洪的，你好大的胆子，光天化日之下吟诵反诗，难道不怕官府诛你的满门，灭你的九族？"

洪火秀抬头一看，岸上喊喝之人非别，正是何壮昭和刘端湛两位难兄难弟。哥仨这回全过了府试，心情像菊花表皮一样热得发疼，约好了来紫坭岛游玩。洪火秀自吹自擂："老子连余保纯都能收拾，还怕什么官府？"

刘端湛用手指着江面："仁坤兄，看看你的后面再说。"

洪火秀回头一看，吓得差一点跌坐在地。只见江面上齐刷刷驶来四五条官船，船上旌旗飘扬，旗子上绣着一个斗大的"捕"字。赖汉英久走江湖，知道红毛鬼子教和众多土生土长的民间秘密宗教一样，俱在朝廷严令禁止的邪教之列。此行探访紫坭岛红毛鬼子教遗迹，本来就存在着一定的风险，他心虚地问："刘老爷，这是怎么回事？"

"有你家刘老爷在，把心放安稳了。"刘端湛笑着对洪火秀说，"仁坤兄，这事其实和咱哥们有关系。新任知府易大人是怡良的心腹，他从雷州那个兔子不拉屎的地方来，不干几件漂亮事，能在广州府站住脚吗？易知府打算从藩库失银案入手，悬赏一万两白银，外带五斗口司巡检这把金交椅，邀请江湖上各路神仙去佛山堡破案。这几条船是广州府衙门的捕快，来紫坭岛的目的不是抓你，而是为了请包相爷的铡刀。"

拿朝廷的官职当赏格，在当时的官场极为罕见，完全出于形势所迫。

以奕山为代表的封疆大吏为了保住自己的乌纱帽和身家性命，花费六百万买通英军，把战火引向北方。从七月初十开始，在不到一个半月的时间里，英军远征舰队连克厦门、定海和镇海三处要塞，定海之战死了三个总兵，镇海之战死了两江总督裕谦，这些苦果实为广州大吏隐瞒敌情惹的祸。奕山、齐慎、祁贡、怡良几个人惶惶不可终日，生怕有人写状子告发，故而允许易长华以五斗口司巡检的职位做赏格，大张旗鼓地破案，转移老百姓的注意力。

当然了，知府大人这么做也有他自己的苦衷——五斗口司号称“粤东第一司”，一年进项至少十万八万，谁都想谋取这块肥肉。易长华刚刚上任，哪头神仙也得罪不起，干脆把这块肥肉拿到明面上，不失为一招顺水推舟的妙计。

冯乙龙感到奇怪：“佛山堡有一百多座神庙，什么神仙没有，干吗非要请包相爷？”

“你算说着了。”刘端湛回答，“佛山堡神庙是不少，唯独缺一个办案子的包相爷。盗窃藩库的贼是个大盗，包相爷日审阳，夜断阴，办这桩案子正合适。”

洪火秀问：“刘兄，鬼子庙在哪里？”

“远在天边，近在眼前。”刘端湛低声说，“这座相爷府就是过去的鬼子庙，后来叫包家强行霸占，天主像丢到了鳌山后面的土地庙。土地庙归观音庙管辖，佛山堡的混元法师在这里替包家主事，是在下的朋友，他会派人来接你们进去。”

洪火秀问：“你俩不去？”

刘端湛回答：“我们两个陪清远道人吃酒去。”

洪火秀失声道：“清远道人？”

“那不是吗？”刘端湛指着鳌山方向。

大伙顺着他的手指望去，发现从鳌山下来一位衣袂飘飘的书生，穿戴打扮不能用“落拓”二字来形容，简直就是奇装异服。见此人头上戴一顶佛冠，身上披着道士常穿的八卦衣，手里拿着绣金折扇，腰悬长剑，非佛非道，亦文亦武。

冯乙龙啧啧称奇：“这不是苏长春吗？”

“对啊，”刘端湛狐疑道，“清远道人没几个，不是他，难道是前朝的汤显祖？”

洪火秀和冯乙龙默默无言，闹了半天，原来那个神秘的清远道人是写剧本的。

苏仁山目不斜视，边走边歌，载歌载舞：

冠履三千客，文成全小汀；
神州他日造，灯火此鸡声。
况且沧洲笔，丹黄染轮青；
秋风萧瑟瑟，步听外洋经。

土地庙地处鳌山背阴，风水虽然不好，但是前来进香的善男信女却络绎不绝。洪火秀、冯乙龙和赖汉英到了庙门口，见把门的是一道一僧，长得虎背熊腰，看来必定是包府派出的打手。赖汉英不知道该向谁打招呼，只好作了一个揖：“我等是周道行周居士的道友。”

道士冲里面喊了一嗓子：“普明，叫老周出来接人。”

瞧眼前这个架势，没有人接引根本进不去，洪火秀对这座土地庙的勾当心里有了谱。他抬起头一看，发现土地庙的招牌换成了“古佛庙”，颇为纳罕，回头问冯乙龙：“古佛是哪一位神仙？我咋没有听说过？”

冯乙龙也是一头雾水：“两位师傅，请问古佛是哪一路神仙？”

把门的僧人极不耐烦：“进去就知道。”

过了片刻，周道行脚步匆匆走出庙门，从怀里掏出一块黑雕漆的木牌，向那一道一僧晃了晃：“普净、普贤师兄，这是敬事房的令牌。”

普净是道士，普贤是和尚，二人叮咛：“快把你的道友领进去，外面人多眼杂，小心官府的探子。”

周道行带着洪火秀、冯乙龙和赖汉英等人穿过耳房，进了院子。头前一座大殿供奉着三尊神像，中间是真武大帝，左侧是孔夫子，右侧是关云长。冯乙龙走南闯北，从来没有见过这套神仙组合，不觉起了好奇心。

台阶下面跪着七八十位信徒，男女老幼驳杂，看来是一家子一家子来拜佛的。这些人面对香烟缭绕的铁炉，正在虔诚地念诵：

大清国，福齐天，江山万里。
四海安，八方静，熄灭烟尘。
皇应世，非小可，古佛下临。
真天子，万万岁，永坐龙庭。
愿国母，高太后，常常久远。
兴正法，信佛事，古佛齐眉。
文武官，增禄位，齐来纳税。
府县官，明如镜，似水冰清。
普天下，众利民，望空顶礼。
…………

冯乙龙问周道行："他们念的是什么经？"

"少管闲事。"周道行嘱咐了一句，领着他们进入后院。

后院比前院清静多了，东厢并排六间屋子，西厢是一座两层的木楼。敬事房位于东厢第一间，周道行进去把黑雕漆木牌放到桌子上："普明师兄，令牌你收好了。我们这次一共四个人上香，你看看该交多少香火钱？"

东厢的屋子从外面看极为普通，进去之后才发现里面空间很大。普明身材瘦小，他笑呵呵地说："看在苗住持的分上，香火钱就免了吧。"

"那不行，一是一，二是二，和神仙打交道一定要算清楚。"周道行坚持，"再说周某替花旗国的教会做事，这钱归他们掏。"

普明操起算盘，熟练地拨了一下算盘珠子，问道："周檀越，听说花旗国和澳门城的红毛鬼子信奉的不是一回事，一个信奉基督，一个信奉天主。贫僧就纳了闷，信奉基督的干吗要替信奉天主的花钱？这不是吃饱了撑的吗？"

周道行解释："天主是基督他爹。"

"我明白了，好比孔夫子和飘高师祖都是无生老母生养的一样？那是得好好孝顺，当儿子的嘛。"普明法师恍然大悟，抖了抖算盘，噼里啪啦开始了，"周檀越，咱们是多年的老朋友，我尽量给你打折——茶水费算二百文；香烛费算三百文；本年的黑风灾、臭风灾等等灾祸合同里均已标明，每人一百文合同费合计四百文；住持点化后就在天庭挂了号，阎王爷绝对不敢派牛头马面来拿，这笔钱不宜打折，每人五百文合计两吊钱；添福加寿费你们自己定，贫僧不便多言，回头根据你们的要求多寡再算；经卷费我看就算了，本寺十二套降妖除魔的宝卷你不是都买了吗？大家回去传着看，省点是点……”

屋里的对话被外面的人听了个真切，洪火秀和冯乙龙面面相觑——添福加寿费和经卷费不算在内，单是前三项就花掉了三两银子，而且还是打过折的，乖乖。

赖汉英闲不住，溜达到另一间屋子旁边，从门缝里看到一尊泥塑神像。泥塑的模样像是观音菩萨又不完全像，显得比观音菩萨老成一些，头上包着花布，右臂挎着一个盛着饭菜的篮子，面目慈祥，手持八卦。泥塑神像周围跪着十来个信徒，围拢着一名身穿法衣、手执拂尘的道姑，那道姑口里念念有词：

世间恶人，无心念佛一声，当一个铜钱功德；
善人念佛一声，当十个铜钱功德；
持常斋，皈三宝，念佛一声，当一百钱功德；
受五戒之人，念佛一声，当一万二千金钱功德；
受十诫善知识，念佛一声，当三十六万金钱功德。
…………

赖汉英听着意兴阑珊，回头对洪火秀说：“姐夫，人家收三两银子的香火钱不算贵，咱们还得了几十万金钱功德呢。”

“嘘。”冯乙龙冲他示意。

道姑似乎念累了，屋子里传来信徒们整齐的诵经声音：

三世佛，轮流转，掌立乾坤。
无极化，燃灯佛，九劫立世。
三叶莲，四字经，丈二金身。
太极化，释迦佛，一十八劫。

五叶莲，六字经，丈六金身。
皇极化，弥勒佛，八十一劫。
九叶莲，十字经，丈八金身。
过三甲，人受相，寿活千岁。
无字经，是一乘，兽面人心。
现六甲，人受死，六十余岁。
有文字，是二乘，人面兽心。
未九甲，人受返，八百一岁。
留九经，并八书，佛面佛心。
三乘法，是弥勒，古佛掌教。
药师佛，开天地，诸人知闻。
燃灯佛，掌教是，青阳宝会。
释迦佛，掌红阳，发现乾坤。
弥勒佛，掌白阳，安天立地。
…………

冯乙龙游历江湖，读书驳杂，不仅听过红头道士打醮时唱的宝卷，而且读过罗梦鸿写的五部六册等经书，到此彻底了然于心——前院信徒唱的是障眼法，后院信徒唱的才是真经，于是耐心对洪火秀解释："这个泥塑不是观音娘娘，而是青莲教、罗教、老官斋教、弘阳教、大乘教、黄天教、清茶门教等等信奉的无生老母。这些教义号称三教合一，其实是一个无所不包的大杂烩，把三世佛、玉皇大帝、太上老君、真武大帝、孔夫子、关云长都说成是无生老母的儿子，鄙陋至极。依我看这座庙奉的是弘阳教，此教尤其令人喷饭，竟然给无生老母配了一个老公，叫什么混元老祖。"

周道行结完账出来，拍着冯乙龙的肩膀夸赞："兄台果然见多识广，刚才这番高论大致不错，前朝时弘阳教也叫混元教，意思都差不多。不过本寺信奉混元教另有缘故——苗住持在佛山堡有个绰号叫混元法师，他是用自己的名字创教。"

"他就是混元老祖？"兄弟俩同时叫了起来。

周道行点点头："不错，混元老祖即混元法师本尊。"

洪火秀被古佛庙的所见所闻深深地震撼了，官府三令五申严禁邪教传播，可为什么仍然有这么多的百姓冒着生命危险来信教？冯乙龙问：“周居士，我们能见到他吗？”

“正要领你们去。”周道行回答，“在这座古佛庙里，天主就是混元老祖，混元老祖就是天主。混元法师为了省钱，把两尊神合二为一，起了个大号叫皇上帝。”

第九十二回　金尿银屎

一夜之间秋风变凉，气温急转直下。早上起来繁华落尽，锦瑟凋残，汾江河面上尽是铩羽而归的“神仙”——为了五斗口司巡检这把金交椅，广府各地来的破案高手，像什么捕头、扭计师爷、和尚道士、师公师婆，纷纷抬着神像到佛山堡现场施法，希望能找到一丝藩库失银案的蛛丝马迹。九月份的重头戏是璀璨华丽的“华光诞”，见多识广的佛山堡人根本没把这些“神仙”放在心上，只将他们的施法当作一场陪伴华光爷的闹剧。

“华光诞”曲终人散，羊仔和贵仔没有热闹看，觉得十分扫兴。这天私塾下学，他俩坐渡船过正埠码头，到鹰嘴沙的小河汊听琵琶。后半晌风儿呼啸，“白麻堂”那杆绣着麻袋片的旗帜阴森可怖，羊仔心头突突直跳，对贵仔说：“咱们回去吧。”

贵仔仰面躺在榕树下问：“你说她们俩谁的琵琶好听？”

温玉珠长了一副漂亮面孔，而阿梅是包着麻袋片的麻风丐，小孩子通常以貌取人，羊仔毫不犹豫地说：“当然是温姑姑。”

虽然比羊仔小一岁，但因为自幼在丐帮长大，贵仔反而比羊仔心智成熟。他鄙视地瞥了一眼羊仔：“你懂个屁，麻风丐弹琵琶本身不易，你听她弹得多用心。”

说实话，一个麻风丐是怎么学会的琵琶？羊仔不能想象，问贵仔：“真奇怪，四爷眼下前呼后拥，威风八面，咋还像螃蟹一样，叼住麻风丐不撒嘴？”

“逃军和”以前跟着花二奶从事皮肉生意，可谓阅女无数，贵仔听过这些掌故。正因为清楚这些底细，所以他搞不懂“逃军和”对阿梅的痴情，于是没好气地回答羊仔：“这是你操心的事吗？吃饱了撑的。”

羊仔摸着肚皮：“昨晚你不在，猜猜谁请我吃的饭？”

“谁？”贵仔漫不经心地问。

羊仔得意洋洋：“‘狗头饼’。”

“他能请你吃什么？”贵仔“嗤”了一声，“难道是虫子火锅？”

对于在丐帮长大的孩子们来说，沿街乞讨虽然充满了辛酸，但是也有快乐的活法，吃虫子便是他们发明的拿手好戏。乞丐吃虫子不像普通人家，既没有各色调料和油，也没有鸡鸭鱼肉作配菜，他们最多拔一些青叶，和虫子一起丢进锅里煮。扔进锅里的虫子无奇不有，除了纺织娘、禾虫、笋虫、草狗、兔猴、捂面仔、大蜢、黄蜂蛆、龙虱之外，还有一些像日头虫、鸡母虫、蛀木虫、蟑螂等等听起来都叫人恶心的虫子。羊仔没有吃过苦，因此鲜美的虫子火锅令他大开眼界，以为是世间少有的美味佳肴。

羊仔流着口水：“不是打边炉，是蚂蚁汤，味道鲜极了。”

“蚂蚁汤？”贵仔翻身坐起来。

羊仔捧着肚皮：“对啊，昨天吃撑了，到现在都不饿。”

叫花子逡巡于生死边缘，不但没有尊严，而且烂命一条，死了以后用破席子一卷，丢到乱坟岗上，从来没有人会过问其死因。近年来，贵仔昔日要饭的小伙伴死了不少，贵仔逐渐发现了其中的蹊跷——这些小乞丐多数生前吃过白蚂蚁汤。

听了羊仔的炫耀，贵仔警觉起来：“你肚子没事吧？”

羊仔拍着肚皮：“结实着呢。”

贵仔问：“是不是一整天没拉过屎？”

“对啊，别说拉屎，尿都没有一回。”羊仔嘻嘻笑着央求，“贵仔，今天晚头你弄些纺织娘吧？那玩意油多，给我润润肠子。”

贵仔建议：“要说润肠子，纺织娘不如蟑螂，这个我有经验——用火烤熟蟑螂，扯掉肚肠单吃它的壳子，闻着臭、吃着香，跟臭豆腐差不多。”

羊仔捂住嘴，拼命摇头：“我不吃，恶心死了。”

寂静的篷船里又响起了琵琶，这次的曲调不再冰冷，而是多了几分妩媚和妖娆，仿佛给灰色的秋风镶上了温暖的金边。贵仔怅惘地说：“她们歇了。”

果不其然，温玉珠收拾起琵琶，走过来问：“贵仔，最近怎么没见‘白皮’？”

自打得了黄纨卿的戏装，“白皮”便终止了卖肉生涯，一门心思在家里跟随莫二娘夫妇学习木偶戏。贵仔回答：“她从良了。”

温玉珠一怔：“那‘红心’呢？”

羊仔在肚皮上比画了一下：“她怀了仔，有这么大。”

温玉珠更吃惊了：“谁的？”

贵仔挠着头皮：“好像是叶老三的。”

虽然区彦魁在临死前修改了诉状，但由于摔死婴儿的民愤太大，叶三和仍然被关押在南海县的大牢里，不知道还要关多少年？“红心”肚子里的孩子如果是叶三和的，那她这一辈子可真够受的。温玉珠招呼两个小家伙上船：“走，咱们去看看她。”

篷船踏着夕阳拐进汾江河，快到琼花水涉时，发现那座木制敌楼矗立在琼芝社。与往日不同的是，楼上光秃秃的一杆旗也没插，上面有个人正躺着晒太阳。羊仔揉了揉眼睛，没有分辨出那人是谁，于是捅了贵仔一下：“是‘葫芦发’吗？”

“你啥眼神？”贵仔奇怪地看着他，“再瞅瞅。”

羊仔朝岸边一看，发现阿赖娘坐在六婆的食档前聊天，“葫芦发”手拿一根竹竿，竿头上缠着那只猪尿脬，好像正忙着钓鱼。

“你知道吗？”羊仔羡慕地说，“猪尿脬里的水可好喝了。”

贵仔道：“好，就用它润肠子。”

篷船靠岸，羊仔磕磕巴巴地问：“朱爷，钓鱼呢？”

“葫芦发”瞥了他一眼：“啊。”

贵仔赞道："姜太公钓鱼，愿者上钩。朱爷，你是不是这个意思？"

这个马屁十分受用，"葫芦发"问："你小子最近跑哪儿去了？朱爷自个推木楼，连个帮手也没有。"

贵仔回答："大爷非逼着我们念书，出不来。"

"好啊，""葫芦发"懒洋洋地说，"你走你的阳关道，我走我的独木桥，咱们乌蝇遛马尾，一拍两散。"

"葫芦发"喝了猪尿脬的水后越来越有出息，贵仔以前常跟在他屁股后面厮混，见证了整个过程，对猪尿脬的神奇印象深刻。他赔着笑脸："朱爷，咱们是共患难的兄弟，哪能说散伙就散伙？我还想跟着你混呢。"

"葫芦发"盯着他问："小兔崽子，你又憋啥坏主意？"

贵仔把羊仔拉到身边："他吃坏了肚子，想讨口水喝。"

"葫芦发"刚摘下猪尿脬，抬头看见温玉珠，立刻停手。这女人是梁锡佳的相好，梁锡佳不肯传授自己和梁德荣把式，羊仔和她混在一起必须吃个教训。浑人瞪了温玉珠一眼，扛着竹竿回到六婆的食档前，端起一碗鱼汤兀自喝了起来。

温玉珠非常敏感，弯腰把船系好，对贵仔和羊仔说："我走先。"

望着她离去的背影，六婆叹了口气："多水灵的一个女仔，可惜走了弯道。"

"走弯道不怕，怕的是没人接手。"阿赖娘说，"温姑娘遇着了好人，金老爷慷慨大方愿意出让，梁总教头有情有义愿意接手，两好加一好。"

区彦魁死后不久，冉老太爷随之撒手人寰。冉枝枝守了七七四十九天的孝，又跟随黄纨卿回到梅基村，冉家的产业终于落入金良玉的掌控。二世祖的事启发了阿赖娘——阿赖辛辛苦苦干了半辈子，凭什么混得还不如好吃懒做的金良玉？六婆劝道："嫂子，这是两码事，冉家和霍家大不一样。冉家是没有根基的外来户，霍家可是好几百年的地头蛇，树大根深，势力大得没有边，你们惹不起，别触霉头。"

阿赖娘不服气："他家的买卖能有今天，全靠阿赖起早贪黑拼出来的。总不能说子孙后代归了他们霍家，祖宗连一炷香火也闻不到吧？"

阿赖处心积虑想把儿子的姓改回来，所谓给祖宗上香只是一个借口。"葫芦发"越听越不顺耳，插了一句："翅膀硬了就翻脸，阿赖忘恩负义，是奸贼。”

阿赖娘使劲“啐”了一口：“姓朱的，你给马三婆端尿盆，你才是奸贼。”

两个人正在拌嘴，从木楼顶忽然掉下来一个东西，不偏不倚正落在食档前。阿赖娘吓得尖叫起来：“啊呀，猪头。”

“葫芦发”不依不饶：“你骂谁是猪头？”

贵仔见过这副猪头面具，爬过去捡起来：“朱爷，你师傅给你的。”

王山公拿到这副猪头面具后，告诉“葫芦发”里面藏着武林秘笈，要他仔细参详。这副猪头面具太玄妙，武林高手也未必弄得懂，更别提“葫芦发”了。浑人心里明白，这是王山公故意搪塞自己，站起来一脚把猪头面具踢出老远：“羊仔，去捡起来。”

羊仔把木头面具捡起来，用裤腿擦了擦：“朱爷，你给踢裂了。”

“胡说，”“葫芦发”怒了，“它本来就是裂的。”

羊仔固执地摇着头：“不对，明明是你刚才踢的嘛。”

“葫芦发”气急败坏：“丢你老母，还想不想喝水？”

贵仔朝羊仔使了个眼色，应承道：“对对，本来就是裂的。”

阿赖娘从后面扇了他一巴掌：“小小年纪不学好，就知道拍马屁。”

“葫芦发”满意地下到岸边，用猪尿脬灌了满满一尿脬水，提到了阿赖娘面前：“你别争我也别吵，阿婆，咱们两个赌一把，怎么样？”

看到那副猪头面具和猪尿脬，阿赖娘本能地向后一闪：“赌啥？”

“赌羊仔喝这尿脬水。”“葫芦发”回答，“阿赖要不是奸贼，算我胡说八道，羊仔喝了水以后肚子疼；阿赖要是奸贼，我说得没错，羊仔喝了平安无事。”

六婆摆了一辈子摊档，听过赌番摊的，没听过赌肚子疼的，替羊仔打抱不平：“你们两家打官司，干吗要让羊仔肚子疼？”

羊仔欢天喜地：“我喝我喝。”

一猪尿脬的水喝下去，羊仔舒舒服服地坐在食档前，“葫芦发”和阿赖娘眼珠不错地盯着他的肚皮。足足过了半个时辰，夜幕都快挂到脑门上了，羊仔仍然活蹦乱跳。阿赖娘有点沉不住气了：“羊仔，你不想拉肚子？”

“不想。”羊仔摇了摇头。

“葫芦发”提出抗议:“阿婆,没你这样的,竟然哄人家拉屎屙尿?”

“老娘乐意。”阿赖娘顶了他一句,“羊仔只是个伢仔,不像你师傅,那么大岁数,还是个有功名的老爷,大白天在人头顶上撒尿,真不要脸。”

六婆责怪“葫芦发”:“王老爷的病没好利索,怎么就放他出来?”

上半年,广州围城战打得热火朝天时,广府士绅领袖吴荣光借口足疾,带着妻子儿女躲到粤西桂林府避难去了。王山公养伤养得差不多,出来推着木制敌楼,经常到洛水侧畔的吴家花园上空撒一泡尿,表示蔑视之意。佛山堡的人议论纷纷,说什么的都有:有的说王山公疯疯癫癫,行事荒唐;有的说他根本没疯,装疯卖傻。

“葫芦发”说不过阿赖娘,抬手在羊仔的屁股上拍了一巴掌:“你倒是尿啊。”

忽然,从头顶上传来一声呵斥:“哪个混蛋背后说老子坏话?”

“师傅,不是我。”“葫芦发”高声支应了一声,然后对六婆说,“六婆,你看,羊仔一点事也没有。我刚才说对了吧?阿赖就是个奸贼。”

六婆递给阿赖娘一碗汤:“嫂子,你赌输了,这是天意,别让阿赖瞎折腾了。”

“天意?”阿赖娘悻悻地站起来,“我家祖宗还没发话呢。”

老太太走后,贵仔道:“坏了,她家祖宗是天意,看来羊仔肚子还得疼。”

“放屁,”“葫芦发”把猪尿脬塞进裤腰,“老子这个宝贝治百病,羊仔就算有个头疼脑热,一尿脬水喝下去,保管头壳清凉、肠子麻溜。”

梁德荣从木楼上滑下来:“阿发哥,你和阿婆吵什么?”

“她想作奸犯科,”“葫芦发”把猪头面具递给他,“我用这个猪头把她吓跑了。”

梁德荣眉头一皱:“裂了这么大的缝?”

羊仔怯生生地说:“朱爷使劲踢了一脚。”

这副猪头面具用上等的铁力木雕刻而成,“葫芦发”一脚能把它踢裂,显而易见,这浑人下盘的力量不弱。梁德荣和“葫芦发”在一起的时间最长,从来没见他练过功夫,怎么突然间长了这么厉害的本事?难道仅仅是猪尿脬的缘故?他攥着猪头面具,陷入了迷惘。

王山公在木楼顶探头问："阿荣，面具又裂了？"

梁德荣老老实实地回答："是，师伯。"

他本来以为王山公会不高兴，哪里知道王山公的口气突然变得惊喜："快快，拿上来给师伯瞧瞧，它变成了啥模样？"

梁德荣爬上木楼，王山公急不可耐地接过猪头面具，借着四周传来的灯光，两只眼珠一动不动地端详着。梁德荣提醒他："师伯，天太暗了，别伤了眼睛。"

王山公怒气冲冲："老子没瞎，瞎的是你师傅。"

宁二少被"枫子鬼"一锤砸在印堂穴上，虽然凭借第三道真气捡了一条性命，但视觉神经被砸断了几根。他现在的视力完全颠倒过来，白天眼里只有黑白两色，晚上却能窥破夜幕掩盖下的红红绿绿，变成一个无与伦比的夜视眼。

梁德荣赔着笑："师伯，我师傅白天不行，只有看戏的时候眼神才好使。"

"你不懂，"王山公叹道，"他那是在用心看。"

梁德荣灵机一动："师伯也在用心看吗？"

"你比阿发那个混蛋聪明多了，一点就透。"王山公合上眼睛，捂着胸口叹息，"我本来练的就是心，可惜不得其法，心口反而越来越脆弱，如今刮一阵风都疼。阿荣，你是不是和下面那些人一样，觉得师伯我疯了？"

听王山公说话的逻辑还算清晰流畅，难道这会的工夫，他的疯癫症状又没了？梁德荣鼓起勇气问道："师伯，阿赖娘骂你不该冲着吴家撒尿。"

"哈哈，老子是在体认天理。"王山公变得兴奋起来，"那天有云有雾又有雨，起雾下雨是天地交配，老天爷能撒尿，师伯我为什么不能？云开雾散，老天爷完事提起了裤子，我也提起了裤子。谁能分清楚是我尿的，还是老天爷尿的？"

梁德荣啼笑皆非，看来王山公的病仍未痊愈。不过，梁德荣是个喜欢琢磨的人，王山公的疯话虽然颠三倒四，但里面却似乎透着一种奇妙的禅机。梁德荣仗着胆子问："师伯，你和我师傅练的到底是什么功法？"

"本门既不属于少林，也不属于武当，乃是一套失传千载的武林绝学。名字嘛，暂时不能告诉你，这是为你好。"王山公认真叮嘱，"这门绝学极其深奥，别说我和你师傅，就是李二爷他自己也没有彻底悟透。我只能告诉你，本门功夫包含武学之道，迈人伦，应天理，是一门堂堂正正的大学问。拿人身来说，血脉、肌肉譬如大地山川，周身穴道好似日月星汉。倘若你想练成盖世武功，不但要取仁义，致良知，勤练不懈，克服下丹田的种种诱惑，斩杀中丹田的层层心贼，更要打通上丹田和天灵盖，接续天外神光。只有达到真如长存的至高境界，才算领悟武学之道，不枉人活一世、草木一秋。”

梁德荣咋舌：“果真为二爷所传？”

“那当然，”王山公洋洋得意地说，“二爷不但传此绝学，替我们打通穴道，还教给我们诛心的练功秘诀。不同的人悟性不同，选择的道路不同。拿我们四个人来说，大龙头直承二爷的教诲，根基最正，下力最狠，否则他不能去当叫花子；我是明辨心学，一会致良知，一会随处体认天理；你师傅爱唱戏，专注破除幻影；你师叔最瘪，天天忙于斩杀贪念，结果把下面那玩意练得越来越长，嘻嘻。”

梁德荣豁然开朗，照王山公话里的意思，“逃军和”陷入了一个自闭的怪圈——在阴交穴处练功是为了斩杀贪念，没想到越练本钱越大，而本钱越大则贪念和欲望越盛，这不是吃饱了撑的吗？正当他胡思乱想的时候，汾江河刮过一阵嘶鸣的秋风，紧接着，下面传出一声凄厉的尖叫，好像是贵仔的声音：“不好了，死人了。”

梁德荣下了木楼，只见羊仔面如白纸，豆大的汗珠“噼里啪啦”地往下掉，双唇紧闭似乎停止了呼吸。他立刻慌了神：“阿发哥，你们把他送回家，我去拿药。”

“呸，亏你还是个郎中，连这点毛病都瞧不好？”“葫芦发”气恼地骂了句，一把将羊仔搭上背，迈开两条有力的大腿，飞也似的离开琼芝社，转眼将贵仔抛在脑后。

贵仔吓蒙了，一来因为自己一语成谶，二来他怀疑羊仔的病和那锅蚂蚁汤有关。如果真是那锅蚂蚁汤惹的祸，羊仔只怕凶多吉少。六婆拍了拍他的脸蛋：“伢仔，你要是知道什么赶快回去说。这个节骨眼不能躲，越躲罪过越大。”

“我知道，六婆。”贵仔脸上挂着鼻涕眼泪，匆匆追了上去。

而今的砖瓦巷和东南巷今非昔比，入夜仍是一片光明，人来人往。“葫芦发”背着羊仔进了温秉礼家，温李氏正和弟媳妇母大虫、崔牛氏、郑夏氏、冼于氏做针线活，一看儿子浑身僵硬如同木桩子，头壳一晕，自己先昏死了过去。

母大虫揪住“葫芦发”：“是不是你害的？是不是你害的？”

“不是我，”“葫芦发”回头看了一眼，“是贵仔。”

贵仔恰好一只脚踏进门，母大虫身手了得，上前一脚踢倒贵仔，正准备下拳解恨，温秉礼从堂屋出来制止：“住手。”

郑夏氏偷偷拽了母大虫一把，低声说：“贵仔是陈天义的兄弟，你也敢惹？”

“陈天义的兄弟咋啦？”母大虫色厉内荏，“杀人偿命，欠债还钱。”

温秉礼瞪了她一眼，问贵仔：“到底怎么回事？”

贵仔哭哭啼啼撇清自己：“他吃坏了肚子，不关我的事。他昨天喝了蚂蚁汤，‘狗头饼’他们煲的；今天又喝了一尿脬水，阿发哥给的，叫他润肠子。”

事情明摆着，羊仔闹肚子怪不着别人——乞丐们请羊仔喝汤，无非是想巴结陈开；“葫芦发”的猪尿脬更没问题，这浑人天天喝，本事越来越大。温秉礼心中释然，唯独想不明白的是一锅蚂蚁汤怎么会如此厉害。他对母大虫说：“不就是闹肚子吗？用得着大惊小怪？你去把老五喊过来，他能治。”

“葫芦发”道：“三爷，阿荣回家拿药去了，马上到。”

温秉礼抱拳拱手：“多谢朱爷。”

这时，温秉智进了院子，用手摸了摸羊仔的肚子，好家伙，硬邦邦的跟铁板一样。他对温秉礼说：“羊仔肚子蹊跷，须多找几个郎中才是，我去请陈阿妈。”

父子连心，温秉礼也慌了神：“好好，快去请。”

温李氏被掐醒后，哭天抢地：“老天爷啊，你收老的，怎么还拿小的当鱼嘴？”

一物生必有一物衰，居仁里最近糟心事不少，先是区彦魁和冉老太爷过世，后有宁僖臣和秦文光病卧在床。温李氏这句话既不吉利，还容易得罪人，温秉礼气坏了，冲着崔牛氏、郑夏氏和冼于氏怒吼：“快把她叉进去，少在这儿丢人现眼。”

温秉智匆匆去请陈见成，还没走到闸门楼，却先听见一阵曲调。不是黄纨卿和冉枝枝，也不是“红心”和“白皮”，而是打更的鸡英逵和“瞌睡虫”。这两个穷蹙鬼嗓门奇高，一个比一个嘶哑，听在耳朵里像刀扎的一样难受。

周文王来到渭水河，
叫一声姜太公你听端详。
我好比孔孟人一个，
你好比诸葛孔明二先生。
有朝一日坐了天和下，
你坐朝来我坐廷。
…………

温秉智远远望见闸门楼下聚了一大堆人，既有崔亚余、郑翰章、冼银懋等老头，也有金氏兄弟和区氏兄弟等闲人。他到了闸门楼底下，发现这里也起了纠纷——鸡英逵和“瞌睡虫”骑在辘索上，黄开大正在跳着脚骂街：“各位高邻，你们也不管？辘索是打‘情理鞭’用的，他们骑在上面成何体统？成何体统？”

黄开大上一次反对“逃军和”在辘索下面摆道场，无意间得罪了鸡英逵。鸡英逵因为母亲被嫂子塞进狗洞一事在街坊邻居面前抬不起头，最恨别人骂他没有家教，这次从闸门楼跳到辘索上唱戏，是故意刺激黄开大。他停止唱曲，向“瞌睡虫”使了个眼色。“瞌睡虫”用一副慢吞吞的口吻说：“辘索是吊人的，不是打‘情理鞭’的。”

黄开大冷笑一声：“各位高邻，这号大字不识一个的穷鬼，他懂得什么是礼数？”

崔、郑、冼三家现在摆脱了穷困，到了需要装点门面的阶段。崔亚余常在外行走，心里自有一杆秤，不为所动。郑翰章和冼银懋沉不住气，郑翰章抬头劝：“英逵，兴邦，你们好好地在闸门楼，跳到辘索上干啥？”

闸门楼正对着黄家二楼，推开窗户差不多就能跳进去。鸡英逵嘻嘻笑道：“瓜田李下的道理我们懂，万一里面有什么不该看的，我们俩怕管不住自己的眼珠哩。”

黄开大气得浑身哆嗦："各位高邻，你们听听，这是人话吗？"

吹牛的老头和闲人们都不吱声。卢挺拔突然从巷子里冒了出来，后面跟着黄开大的宝贝侄子黄金笼。他问黄开大："世叔，要不要我上去把他们揪下来？"

黄开大摇了摇头："算啦，当心你阿爸又打你的鞭子。"

"世叔，这是维护礼数。"卢挺拔摩拳擦掌，跃跃欲试，"为了'情理鞭'的威严，小侄情愿再挨一顿鞭子，也不能叫这帮穷鬼糟蹋。"

温秉智经历过人生起伏，卢挺拔左一句穷鬼，右一句穷鬼，说得他立时变了脸色，冲着鸡英逵和"瞌睡虫"喊了一嗓子："两位穷鬼兄弟，唱完了戏，跟我去给羊仔擦屁股。这伢仔吃了人家的迷魂汤，拉不出屎了。"

温秉礼家里乱成了一锅粥。温宁氏先把儿子叫来盘问，牛仔没喝蚂蚁汤，没有问出什么所以然来。她出了自家的院门，发现温玉珠搀扶着"红心"来看望羊仔，沉下脸责备："你挺着个大肚子乱跑什么？还不回去？"

"白皮"跟着莫二娘夫妇唱木偶戏，亚娟去顺德看望陈火贵姑姑，家里只剩下"红心"一个人在。"红心"担心地问："听说是贵仔惹了祸？"

"胡说八道，"女诸葛说，"贵仔比羊仔还小，惹什么祸？"

温玉珠放下心，劝"红心"："二奶奶说得对，贵仔要是吃了蚂蚁汤，也该闹肚子。咱们回去吧，三爷家全是人，去了也没地方落脚。"

经过这么些年的磨炼，温玉珠变得落落大方，处事不惊。女诸葛暗自赞叹："玉珠，你陪着辛姑娘，老三家的事有我呢，别担心。"

温秉信、梁德荣和陈见成三路大夫各展神通，七八服药灌下去，羊仔总算喘了口气，但肚皮仍然坚硬如铁，拉不出一坨屎。见儿子在床上来回打滚，温李氏又哭了起来："冤家，你到底吃啥了？就是一根铁棍也该化了。"

温宁氏一头雾水："一锅蚂蚁汤，能把人害成这样？"

"谁知道？"温秉礼唉声叹气。

温家这么一折腾，闸门楼下那伙闲人也过来凑热闹。"琉璃球"拱手说："三爷，俗话说肚子疼，屎把门。他们三家的方子不顶用，主要是因为减了烈性。"

陈见成吃了一惊："金爷，你是说给羊仔下猛药？"

“琉璃球”正色道：“我们洋货行从红毛鬼子手里进了一批泻药，专门给马和水牛那些大牲口用的，比佛山堡出产的药性厉害十倍。”

“不行不行，”温秉信连连摇头，“那还不把羊仔泻塌了架子？”

“琉璃球”看着温秉礼：“三爷，你是当爹的，这事必须拿主意。”

温秉礼把犹豫的目光放在温宁氏身上，女诸葛咬了咬牙：“金爷，到了这个当口，顾不得它是治人的还是治牲口的，只要能救命，红毛鬼子的法术你尽管试。”

温李氏揪住女诸葛的衣襟：“二嫂，行吗？”

女诸葛反问她：“你说行吗？”

温秉礼拖走老婆，温秉智和温秉信兄弟扶住羊仔，“琉璃球”把泻药灌了下去。不到一袋烟的工夫，羊仔的肚子有了响动，鸡英逵和“瞌睡虫”端过来铜盆，羊仔先是呲出一条黄澄澄的尿柱，然后拉出一坨白晃晃的屎疙瘩。灯光之下，众人瞧得分明，无不瞠目结舌，“琉璃球”恭恭敬敬地向温秉礼施了一个礼：“恭喜三爷，令郎尿金屙银，前程远大，不可限量，要么是科场连捷的文曲星，要么是救灾救难的活菩萨。”

“阴阳生”施展偷梁换柱的妙计盗取“新月剑”，起初畏惧杨芳的权势，与贝尘鹤互相交换了宝物后，回粤西躲了一阵子。谁知杨芳在广州大摆马桶阵，被红毛鬼子打得灰头土脸，沦为粤东百姓茶余饭后的笑柄，一世英名毁了个干干净净，自家性命尚且难保，哪还有闲工夫顾得上“新月剑”？韩通看破了这一层，暗地里与贝尘鹤结成同盟，迅速杀回佛山堡，趁着官府上上下下人心惶惶之际，利用白蚂蚁和“枫子鬼”大肆盗窃各地银铺、当铺的财物。

贝尘鹤把“新月剑”孝敬给师傅，再度取得了金秋池的宠幸，后者问他要什么犒赏，贝尘鹤要了大容山九峒十八寨的地盘。大容山地处两粤交界，绵延数百里，山谷纵横，森林茂密，山下为南洋诸国的朝贡水道——北流江与合浦水，地理位置十分优越，是一个进可攻、退可守的形胜之地。不巧的是，此地正好位于“洪德堂”和“洪胜堂”两大堂口的交会处，在粤西绿林道的寨主们看来乃是名副其实的前沿哨所，没人愿意在那儿吃苦受罪。“赛潘安”亲自走了一趟天马山，征得盖九霄的同意，把大容山九峒十八寨的地盘赏给了贝尘鹤。

“阴阳生”和贝尘鹤共同选择大容山作为藏宝之地，花了半年的时间转运财宝，打算当一个乱世中的逍遥神仙。俗话说人心无尽头，“阴阳生”九月份回到佛山堡，又被眼前的花花世界扰动了心，打算再度恢复灵应祠的鸾坛。简联恩吃了一惊：“韩爷，你还要干？”

“阴阳生”笑着说：“杨芳快滚蛋了，老子怕谁？就官府那伙窝囊废，纵然将佛山堡掘地三尺，也休想找到证据。”

简联恩叹了口气：“韩爷，你知道我说的是谁？”

“阴阳生”指使“枫子鬼”偷袭得手，将王山公和宁洪崖打成残废，一举断掉了陈开的左膀右臂。然而，奇怪的是，到现在为止，陈开竟然没有一点动静。在座三人俱为老江湖，明白不叫唤的狗才咬人。贝尘鹤骂道：“一不留神，姓陈的倒成了事？”

简联恩心有余悸地说：“韩爷，贝爷，不是我长他人的威风，灭自家的锐气，自从在龟岗岛大破红毛鬼子，陈天义眼下气势旺得很，手下有数千号兄弟，开了几十家买卖。最厉害的还不是这个，他在西海大寨挂了‘德礼堂’的旗子，整日侍奉在‘小元霸’左右，只怕他的武功受其指点，今非昔比，不好对付。”

陈开历次遭难背后均有“阴阳生”的影子，可这小子像一团被皮筋拴住的绒球，你每下手害他一次，他反而比前次弹得更高。碰到这号煞神，韩通是一筹莫展，无计可施。

贝尘鹤端起酒，喝了大半碗：“我看应该把屁股擦干净先，韩爷，大容山正缺人手，干脆把‘牛鬼窟’师徒俩送走。”

简联恩附和：“为今之计，也只有如此了。”

难道就这样认输？“阴阳生”眼珠转了转：“贝老弟，令师尊什么时候来？”

“赛潘安”得了“新月剑”后，志得意满，觉得粤西武林已经盛不下他这尊大佛，来粤东是迟早的事情。不过，贝尘鹤的心情十分复杂——师傅的武功如果能更上一层楼，自己便有了强大的靠山，不必再惧怕洪门和“逍遥门”；但他和“阴阳生”的合作见不得天光，万一被金秋池发现了，那还不一剑剁了他？

贝尘鹤回答：“韩爷，我师傅行踪诡秘，指不定啥时候突然出现在你面前。贝某不能在佛山堡久留，万一他在大容山找不到我，那就麻烦了。”

“阴阳生”头皮发麻：“对对，你赶紧回去，这边有我呢。”

“我把‘屁股包’留下来听差，接货、送信都让他办。”贝尘鹤对“阴阳生”说完，又不放心地问简联恩，“大少，我们走的这段时间，佛山堡有什么动静？”

简联恩诧异地问：“镇子里白天敲锣、晚头打鼓，贝爷没听说吗？”

“你拿那些牛鬼蛇神当根葱？”贝尘鹤笑了起来，“他们破了一个月的案，连根鸟毛也没有捞着，迟早灰溜溜地都给老子滚蛋。”

简联恩点头称是：“现在只剩下衙门口的捕快在扛着，可能是奉了上面的差遣。他们抬着包相爷的金身和三口铡刀，仿照北帝巡游一座庙接一座庙地拜，说要揪出藏在庙里的鬼，梁三爷和‘孔鸡蛋’他们都快烦死了。”

贝尘鹤收住笑容，郑重地提醒“阴阳生”：“韩爷，这桩事绝不能掉以轻心，佛山堡一百多座庙，他们一天转一座庙，至少转出半年去。我师傅随时会来粤东挑战金蟾老儿，要是让他听到这个动静，对你我可不利。”

“哥哥明白。”“阴阳生”点了点头。

“还有一个关节，”贝尘鹤说，“包相爷的金身和那三口铡刀来自顺德紫坭岛，是‘狼鬼窟’亲娘舅包祖贵家的。这舅甥俩和明月道士走得近，咱们不得不防。”

“阴阳生”阴森森地说：“贝爷，你安心上船，佛山堡的事交给韩某。今晚我就收拾这帮不长眼的家伙，毁了包黑子的金身和铡刀。”

“包黑子脑门上开天眼，日审阳、夜断阴，叫什么‘阴阳眼’？”贝尘鹤大笑，“这不是跟韩爷叫号吗？你干脆把它抠出来，给大少家的女人当家伙使。”

“阴阳生”端起酒一饮而尽：“依兄弟的意思办。”

简联恩苦笑了笑：“贝爷，你真有雅兴。”

第九十三回　一夕数惊

广州府和南海县衙门的差役铆足劲在佛山堡大干了一个月，结果连祖庙铺、观音堂铺、富文铺和汾水铺的庙都没有转完。汾水铺比较古怪，十二座庙里竟然有三座华光庙、三座北帝庙和两座关帝庙，把大伙弄得精疲力竭，头昏脑涨。

在南海县、番禺县、顺德县一带的习俗中，这种两尊神像接连碰面三次的情况，有一个名字叫作“神鬼三撞头”。不论“喃呒佬”与红头法师，还是和尚与巫公，均以此为大忌，认为这是冒犯神灵的愚蠢行径。从我们俗人的角度琢磨也是这个理，包相爷和华光爷、北帝爷同为天上的神仙，就算强龙不压地头蛇，那也不至于连着参拜人家三次吧？反过来，华光爷、北帝爷的涵养再好，你包黑子带着铡刀三番五次鸠占鹊巢，合适吗？

“小仁义”胡山逯找到“黑耳梁”：“梁爷，事情有点不对头。”

梁信常一愣：“哪儿不对头？”

“一定是涂常发那厮捣的鬼。”胡山逯气鼓鼓地说，“从祖庙铺出来我主张往南走，他偏偏说北边繁华，糊弄咱们过来。汾水铺三座华光庙和三座北帝庙挨个咱都得拜，华光爷和北帝爷烦躁不说先，包相爷能不生恼？”

梁信常心里也犯嘀咕，不过嘀咕归嘀咕，拍板定案的是他梁信常，胡山逯眼下翻旧账臊得不是涂常发，而是他姓梁的脸。梁信常心中不快："贤侄，走回头路不好吧？弟兄们敲敲打打这么多天，转回去不让人笑话？"

胡山逯坚持："梁爷，神仙爷爷不像凡人好糊弄。咱们要是惹恼了神仙爷爷，别说拿不住鬼，破不了案，弄不好还会惹祸上身。"

当着广州府、南海县、五斗口巡检司那么多的捕快和弓役，胡山逯这一通放炮，把"黑耳梁"气得牙根直咬。他稳了稳情绪："贤侄，怕惹祸带你的人走，我不勉强。梁某和弟兄们伺候包相爷，假如发现了线索，你们不兴来争功。"

胡山逯一脸真诚："梁爷，你莫要误会，我是怕你和弟兄们吃亏。'三柳先生'多次提醒过，说人不可和天斗，办案子千万不能冲撞鬼神。"

大状师和名捕头是一对有你没我的天敌，作为扭计祖师的刘华东专门和官府作对，最善于鸡蛋里面挑骨头，借用鬼神的名义刁难衙门。凡是刘华东代理的案子，梁信常从来没有占过便宜，常常被辩驳得体无完肤，理屈词穷。"小仁义"不提刘华东的名字还则罢了，一提他的名字，"黑耳梁"勃然震怒，挥手下令："老子就不信他这一套，小的们，今天晚头在华光庙摆上铡刀，来神铡神，来鬼铡鬼，丢他老母。"

众捕快齐声喝彩："梁爷威武。"

三更过后又四更，秋风吹熄了一盏盏灯笼，汾流大街渐渐暗淡下来。华光庙的衙役们如临大敌，"黑耳梁"将广州府的捕快分成三班，负责在庙里守卫包相爷的法坛；庙前庙后交给五斗口巡检司的弓役把守；南海县衙门的捕快被他撒出去流动巡察——你"小仁义"不是怕惹祸上身吗？那就到外围溜达去，别给老子在眼眉底下添乱。

但凡夏天特别热的年份，冬季往往提前来到，道光二十一年即是如此。汾江河在秋风的翅膀上悬挂了刺骨的水息——秋风的呼哨尚未响彻天际，凄寒先把人裹了个严实。鸣叫的乌鸦开始是三三两两，继而成群结队跑出来觅食。杨庆永手提宝剑来到门口，自言自语："号丧的是乌鸦吗？别是有人染黑乌翅膀，故意吓唬咱爷们的吧？"

顺子从腰里摸出一副弹弓，巴结地说："杨爷，是不是有人使诈？打下来便知。乌鸦嘴有三个鸡嘴那么大，能吃着呢。”

杨庆永摇头：“乌鸦爱记仇，别自找晦气。”

这时，江边响起了一阵嘈杂的脚步声，差役们呼啦一下子冲了过去。涂荆湖带着几名捕快从黑影里冒出来，问杨庆永：“杨爷，发生了什么事？”

杨庆永“嘘”了一声：“你听。”

潇潇风声里，从汾江河飘来一阵呜呜咽咽的琵琶声，有人在唱曲子。凄怆的声音带着重重无奈，好像叶儿光光的枝头，任凭嘶哑的秋风无情鞭打：

一愁天下兵马多，二愁夫妻不到头；
三愁有屋没人住，四愁饿死满山头；
五愁身中发冷死，六愁老少东西流；
七愁兵马多疾病，八愁月下虎狼多；
九愁水满山崩透，十愁有路无人行。
…………

杨庆永、涂荆湖、顺子等人赶到江边一看，只见南海县衙的捕快押着一男二女从正埠码头方向走过来，顺子问胡山逯：“胡爷，是你抓的人？”

“对啊，”胡山逯答道，“这么晚了不睡觉，在船上唱反诗，当老子听不出来？你们抓偷银子的鬼，我们抓邪教的教匪，看看谁的本事大？”

这一男二女不是别人，正是木偶戏班的莫权光夫妇和“白皮”，他们在富文铺的江西会馆唱完小调，回来上岸时被“小仁义”兜头逮了个正着。顺子泄气地说：“胡爷，他们仨是唱木偶戏的，不是邪教反贼，你弄错了。”

涂荆湖紧张起来：“这个小娘们不是一般人，她是陈天义的妹子。”

胡山逯登时傻眼了：“陈天义的妹子咋干这个营生？”

莫权光夫妇不敢作声，“白皮”却不吃他这一套，没好气地骂道：“唱戏怎么啦？红船全是唱戏的，有本事，你去琼花会馆拿人？”

莫氏夫妇和“白皮”夜归渡江，误打误撞将府、县、司三个衙门口的捕快吸引到了正埠码头附近，这边闹闹哄哄，浑不觉华光庙那边杀机已现。

包相爷出巡办案不是耍，展昭、公孙策、张龙、赵虎、王朝、马汉一个不少，相爷府把全套仪仗原封不动地租给了广州府衙门。六名饰演者均为包家亲属，包祖贵根据戏台上的扮相对他们进行训练，表演起来果真有模有样。“公孙策”一身道士打扮，摆拂尘，挥木鞭，念了十段拜表、十套符咒。四更鼓声响时，还剩最后两套符咒没有念完，倒数第二套符咒名为“敕慧光符咒”，具体内容如下：

赤明开图，运度自如；开明三景，万劫之先。
今日昭昭，沉魂受炼；昏黄幽暗，永闭寒泉。
有请慧光，勘破冥关；寒冰温和，炉炭熄焰。
刀山剑树，永断攀缘；回光十极，照耀诸天。
魂消五景，业除勾连；三晨洞辉，永劫太原。
开明童子，承恩上元，三光玉女，请如所言。
…………

最后一套符咒是“捉鬼咒”，“公孙策”的嗓门突然提高了八度：

夤具六丁，六甲通灵；
天丁力士，四目老翁。
驾火力士，游宫将军；
先捉邪鬼，后擒妖精。
家属亲眷，土石魔灵；
尽数押到，毋致逃形，
急急如律令。

念毕符咒，“公孙策”向前踏出三步，桃木鞭指着洞开的庙门，习惯性地喊了句：“山人公孙策在此，魑魅魍魉快快现形。”

祖庙铺、观音堂铺、富文铺和汾水铺一共三十七座庙，他这套词已念了三十六遍，旁边的捕快们耳朵都磨出了茧子。“黑耳梁”坐在椅子上吃茶，护法的“张龙”“赵虎”“王朝”和“马汉”昏昏欲睡。“展昭”拔出宝剑，准备登法坛接下一场戏。

风将庙门外的两盏灯笼刮得砰砰直响,“公孙策”却手执桃木鞭沉默不语,张着大嘴像被人点中了穴道。有一个捕快似乎瞧出了端倪,紧跑两步蹿到庙门口,探头一看,吓得他转身就往回跑,边跑边嚷:“鬼,鬼,来了。”

“黑耳梁”手里的茶碗“吧嗒”一声掉到了地上,他右手倏然掣出鬼头刀,左手捏了两枚金钱镖,高声断喝:“不要慌,有包相爷金尊和六位护法在此,怕他个鸟？走,跟老子会会这个偷银子的孽障。”

众捕快稳住心神,跟随梁信常来到庙外,六位法师各持法器一字排开,如临大敌。虚澄澄的光影里,果然戳着一个细高挑的妖物——身量足有一丈开外,全身上下一袭白纱,面部和四肢隐匿于白纱之下,飘飘然,荡人心魂。

包家的法师一点也不含糊,“张龙”挥舞七星剑,“赵虎”扯起四方旗,“王朝”高举招魂幡,“马汉”头顶收妖瓶,四位法师依照方位摆好天罗地网。“黑耳梁”不放心地问了“公孙策”一句:“公孙先生,这是个啥玩意？”

“公孙策”握紧桃木鞭,声音颤抖地回答:“爪儿尖尖为木客,瘸腿大仙是山魈;五通变化迷人眼,狐臭娘子蜷一团。梁爷,这孽障穿白纱,匿四肢,随风摇摇,淫靡无隐,必是惑人杀生的妖狐无疑,她就是你们要捉的偷儿。”

听说是狐仙,“黑耳梁”顿收畏惧之心,腿肚子也不哆嗦了:“小的们,盗窃藩库银两的元凶近在眼前。给老子打起精神,助公孙先生和展护卫拿了此贼,人人有赏。”

“喳。”众衙役高声回应。

风中,影中,鬼不动,“公孙策”也不动。“黑耳梁”十分纳闷:“公孙先生,这狐媚子自动送上门来,你还等什么？难道是怕法力不够？”

公孙策不是怕法力不够,而是他从来就没有见过鬼,更谈不上降妖除魔的本领。然而拿人钱财替人消灾,到了这个地步,容不得他临阵退缩,“公孙策”心一横,举起鞭子:“包相爷法驾在此,孽障,还不受缚,更待何时？”

风中,影中,鬼不动。“公孙策”回头对“展昭”说:“展护卫,该你了。”

“展昭”是包祖贵的远房亲戚,过去在村里骗过猪,掏过鸟,胆大心黑,愚昧无知。红船大老倌有一个境界叫入戏,“展昭”装神弄鬼的时间长了也入了戏,还真把自己当成了八百年前上蹿下跳的御猫了。他手持利剑,上前一步："呔，妖孽，快来受死。"

风中，影中，鬼依然不动。"展昭"踮起脚尖蹦了个高，挥剑横扫，只一剑，便将白纱鬼的头颅劈飞在半空。大功告成，众衙役欢声雷动，热血沸腾。

被劈为两截的白纱悬在鬼首上，在风中飘啊飘——鬼就是鬼，头断不流血。"展昭"心里觉得有点纳闷，摊开手希望能接到点东西，或者捞住鬼首拿回衙门求赏。鬼首往下落，白纱向上飘，忽然，"展昭"看到了一张极为丑陋的面孔！

那张脸笔直垂落，不偏不倚，正好掉进"展昭"张开的手掌心。与此同时，鬼首后面露出了另一副面孔——这张面孔光秃秃的，隐隐约约有一些凹凸处，似乎是耳目口鼻；恍恍惚惚有一丝表情，娇嗔？闲适？怜惜？嘲笑？

太他老母地微妙了，可惜"展昭"已经没有时间费思量。

鬼首下面竟然还长了一双鬼手，左手持刀，右手握锤。左手刀势如闪电，光焰凛冽，空中血线飘过。"展昭"头壳落地，这次真见了血。

捕快们肝胆俱裂，齐声惊呼："飞头鬼！"

偷银子的狐仙突然变成了"枫子鬼"，"黑耳梁"虽觉有异，但此刻保命要紧，哪里顾得上探究其中的玄机？梁信常以攻为守，抬手把两枚金钱镖甩了出去。他一辈子打熬的功夫俱在手里的金钱镖上，在武林中享有盛名。金钱镖破空飞出，又快又准，有一枚正好钉住"枫子鬼"的后脑勺，发出"嗤"的一声响。

"枫子鬼"现在也是人啊，是人就会感到疼痛，感到愤怒。正在大肆屠杀的小木头人刀锋陡然一转，撇下满地死伤的捕快，直奔"黑耳梁"杀来。

"枫子鬼"出手凌厉，梁信常堪堪难敌，一方面是因为夜色重重，视线太差，要不是门口挂的两盏灯笼，"黑耳梁"早已命赴黄泉；另一方面是由于小木头人功力大增，身法和刀法比以前提高不少。此外，另有一个关键因素——人家毕竟会飞啊！

生死攸关之际，人的反应千差万别，有的人开天光眼，有的人走下水道，"黑耳梁"的反应属于后者。抵挡"枫子鬼"的进攻十招不到，他便撒腿向正埠码头方向狂奔——那边有大群捕快和弓役，是此时此刻唯一的救命稻草。

"黑耳梁"的如意算盘打错了，纵然那群捕快和弓役能够拦住"枫子鬼"，可从华光庙到正埠码头这一段你跑得过人家吗？这段路途伸手不见五指，正是小木头人狩猎最得心应手的牧场——人到暗处，等于把自己变成砧板上的一块肉，任鬼宰割。

“枫子鬼”出道以来只吃过“长烈钻”的苦头，除此之外还没人能伤了她一根汗毛，因此恨透了“黑耳梁”，在后面穷追不舍。“黑耳梁”刚刚跑到华光庙的后墙根下，“枫子鬼”瞬间飞至，从后绕到前，举刀劈向他的面门。

四周黑暗，唯有刀光倏忽。梁信常看到光亮时，刀锋已经递到了鼻子尖底下，一股寒气顺着汗毛孔沁入五脏六腑。“黑耳梁”丢掉手里的鬼头刀，万念俱灰，脑子里最后一个念头是埋怨自己：这世界上人都对付不了，还惹什么鬼？

死亡的感觉很长，其实时间很短，就在“黑耳梁”伸着脖子等死的光景，从华光庙的戏台里突然翻出一条人影。这个影子的速度奇快，跃过院墙直接扑向“枫子鬼”，耳轮中但听“嚓琅”一声响，“枫子鬼”手中刀被来人的斧子拨开。刀刃在梁信常的胸前划出一道约摸半寸深的伤口，“黑耳梁”吃痛不住，晕死过去。

“枫子鬼”大惊失色，黑夜是她纵横无敌的修罗场，信马由缰的肥美草原，啥时候冒出一个和自己抢食的对头？这厮是人，还是鬼？

小木头人是夜的宠儿，她的眼睛浇灌了夜神的乳汁，不需要借助任何外来的光芒，即能看清楚整个世界。“枫子鬼”定睛观瞧，面前这个对头顶盔掼甲，罩袍束带，头壶后面飘着雉鸡尾的野翎子，手握一把磨得铮亮的斧头，眼珠不错地盯着自己。

“枫子鬼”不寒而栗，对方不但是人，而且还是个熟人！

来者是宁洪崖。

双方就这样对峙着，在夜幕里对峙着。对峙的时间很短，但已经足够。

夜幕能遮住整个世界的梦想，却遮不住他们两个的眼睛，遮不住宁二少眼中的仇恨，遮不住“枫子鬼”眼里的惊奇——这小子不但没死，反而变成了绿眼珠的夜猫子！

在别人看来黑暗单调的夜幕，对宁二少来说花是花，树是树，草是草，木是木，一切鲜明若判，纹丝不乱，白天失去的色彩世界重新回到眼前。宁二少好比骑上了一匹带着蓝色飞翼的骏马，在天地六合间纵情驰骋，撷取了一朵又一朵世人漠视的娇嫩花蕊。宁二少不但看到了“枫子鬼”的惊奇，而且看到了“枫子鬼”的沮丧，心里畅快淋漓至极。他举起斧子，潇洒地劈向对方，宛如劈向无情的秋风。

宁洪崖进入“六祖心经”第二重境界的修炼后内功极为深厚，正面交锋，“枫子鬼”自然不是对手。如今他又添了夜间视物的本领，留给飞头鬼的选择恐怕只有一个——逃窜。双方你来我往打了二十来个回合，小木头人刀法紊乱，落荒而逃。宁二少随后紧紧追杀，他们两个一个飞得高，一个跑得快，真是将遇良才，棋逢对手。宁二少死缠烂打，飞头鬼始终甩不掉这个尾巴，气得在心里痛骂——从来只有鬼撵人，何时听过人撵鬼？这世道太不像话了。

宁二少这趟追杀真是痛快极了，夜幕如浪，在他眼前丛丛翻开，纤毫毕现，不吝将大地的每一个毛孔展示给他。黑乎乎的夜五颜六色，光彩晶莹，简直就是上苍为他量身定制的一座华丽戏棚，他便是这座戏棚里舍我其谁的当红大老倌。到了这个状态，追杀不再是追杀，而成为一场轻松的狩猎。

人在生死攸关的时候容易犯错，鬼也好不到哪儿去——“枫子鬼”之所以摆脱不了宁二少的追杀，是因为她仍然沉迷于旧有的思维模式，以为越黑的地方越安全。因此她选择的逃跑路线便是避开灯火明亮的大街，专拣乌漆抹黑的小胡同钻。跑着跑着，前面到了一座气势巍峨的建筑群，大门口悬着一串灯笼。“枫子鬼”被撵得无路可逃，“嗖”的一声跃入灯光里，不承想这一无奈之举，反倒救了她的性命！

宁二少一口气追到琼花会馆，灯火之中，他的视力急速衰减，眼前朦胧一片。正当他懊丧不已的时候，“跛脚安”从里面走出来：“二少，有事吗？”

宁洪崖不想把追杀“枫子鬼”的事告诉他，当然说出来“跛脚安”恐怕也不信。他吞吞吐吐地说：“没事，晚头睡不着觉，出来溜溜。阿安叔，刚才我瞅见一条黑影窜进去，不知道是个什么东西？别是偷儿吧？”

琼花会馆机关重重，遍布明岗暗哨，随便拉出一个看门的都是武艺高强的练家子，小偷小摸哪敢来此撒野？“跛脚安”哑然失笑：“是吗？我也听到有一声动静。这么晚了，不是夜猫子就是大嘴乌鸦。二少，要不进来坐坐？”

“算啦，”宁洪崖摇了摇头，“我回家歇了。”

“枫子鬼”躲在灯笼的背面，听到“跛脚安”和宁洪崖的对话，大气不敢出一口。直到宁二少晃晃悠悠地离开后，她才从灯笼后面钻出来。通过刚才这次死里逃生的冒险举动，她终于发现了宁洪崖的软肋：这家伙原来比自己还怕光！

有了这个认识，“枫子鬼”重拾信心，御风而行，再度杀回华光庙，决意完成“阴阳生”交给她的任务——毁掉包相爷的神像和那三口铡刀。

华光庙乱成了一锅粥，“黑耳梁”早被抬走就医。庙门外一溜烟摆了七八扇门板，门板上放着“展昭”等人的尸首。杨庆永、胡山逯、徐宾、涂荆湖、顺子等人正在屋里听“公孙策”的哭诉，外面忽然传来凄厉的号叫：“哎呀，鬼又来了。”

继而是排山倒海的脚步声，众差役兵无斗志，纷纷夺路逃窜。“枫子鬼”大开杀戒，看守铡刀的“张龙”“赵虎”“王朝”“马汉”等人无一幸免，头颅滚滚，血流成河。单说小木头人一通疯狂杀戮后，把包相爷的神像拖下法坛，在三口铡刀里分别铡了一回，仍然觉得不够解气，为什么？因为包相爷的神像也是用木头做的。

“枫子鬼”抬头看到那两盏灯笼，顿时有了主意。她从庙里抱出一大捆黄符香纸，在院子里生起了火堆。等火苗子蹿起来一人多高时，将三口铡刀拖进去焚毁，最后捡起包相爷的残躯握在手里，打算一截一截将它烧成灰烬。

黑色之夜变成恐怖之夜，血腥气味四散流溢，里里外外尸体堆积如山。小木头人一边欣赏着自己的杰作，一边观察着火苗的颜色。天上星辰惨淡，将戚容隐没于青色云纱后，华光爷合上了三只眼睛，不忍目睹这一幕惨剧竟然在他的眼皮子底下发生。

火苗发出“噼里啪啦”的声响，“枫子鬼”觉得时候差不多了，挑出一截神像便要往火堆里丢，猛然间感到有一股大力扯住了手中的木头残躯。她回头一看，只见后面不知道什么时候起多了一个白面书生，正用一种奇怪的眼神打量着自己。

活见鬼，这不是那个没心没肺的王山公吗？

“枫子鬼”唰的一下冷汗津津，最要命的是心口怦怦直跳。王山公受难时内功正修炼到中丹田的膻中穴，“枫子鬼”一刀断送了他修炼“六祖心经”的前程，冥冥中不经意地改变了自己的命运——王山公心口那道充溢着第三道真气的血柱浇透了“枫子鬼”，蚀入她身体的每一道缝隙，其时正是她成长为人的关键时刻。“阴阳生”施展巫术把自己的思想与意志转移进“枫子鬼”的心灵，把木头纤维脱胎换骨变成肌肉和神经，哪想到这些东西已经悄悄经过了另一泓心血的洗礼，即将产生出一种迥异于自己的思维！

“枫子鬼”冷汗津津，不是因为惧怕王山公的武功，而是生怕被他的意志控制——如果说暗夜里自己的一举一动瞒不过宁洪崖，那么不论白昼还是黑夜，自己的心理只怕俱在王山公的窥测之中——自己的心将随着他的心一起跳动，被他的心影响、驱动、控制，最后跌入难以自拔的深渊。

准确地说，以上这些想法是“阴阳生”的。

“枫子鬼”感觉到自己的心被撕裂为二，一个努力地向左拉，一个拼命地往右拽。她无法直面这个以心血浇灌自己的人——王山公曾是“枫子鬼”刀下的猎物，如今反过来，用刀割裂了“枫子鬼”的心。小木头人发现自己处于巨大的危险中，王山公截然不同于宁洪崖，这个可怕的敌人是一道永远摆脱不了的影子，而自己却无力将刀再一次刺进他的胸膛——因为那个胸膛里流淌的血液，正在自己的体内汹涌澎湃。

这是一场有败无胜、不公平的战斗，绝望至极的“枫子鬼”松开手，发足狂奔，不想回头看王山公一眼，烧毁包相爷神像的任务早被她抛到九霄云外。此时此刻，小木头人唯一的念头就是摆脱——摆脱找上门来的影子，摆脱影子的眼神，摆脱影子的心跳。

摆脱自己的影子？太不容易了！

王山公最近疯得更加厉害，意念如同狂飙，引导第三道真气在体内纵横肆虐，毫无顾忌地大开大合，开辟出前所未有的广度、深度和伤度，创造了截然相反的身体感受——清醒的时候感到遍体鳞伤，疼痛难忍；疯狂的时候觉得心如玉田，奇幻无比。这种踏入歧途的修炼方法既有令人叹息的损失，也有聊可自慰的收获，王山公的身法达到了一种匪夷所思的境界，也许这正是他所希望拥有的？

如果说王山公的身法飘荡如叶，那么他的心就像空中的海燕，飞得更高，飞得更远，将笨拙的身躯抛于大地而不顾。越是这样，王山公便越想追回自己“失落”的心，不愿让她飞得那么高，不愿让她飞得那么远。如此周而复始，王山公在追寻心灵的过程中，轻功身法越来越高超，心儿跑得越来越远，永远追不到，永远不放弃。

今天夜里，王山公被一种剧烈的心痛所吸引，来到华光庙，发现“枫子鬼”。抓住小木头人手中神像残躯的那一刻，他感到一阵欢喜一阵迷惘——欢喜的是他看到了心的模样，迷惘的是自己的心为何如此暴戾？如此嗜血？如此无动于衷？

这玩意，还能要吗？

“枫子鬼”飞驰在空中，王山公寸步不落地追杀。与宁洪崖相比，王山公的轻功身法虽然高超，心里却是一片苦海——这一半心去杀那一半心，谁不迷惘？

“枫子鬼”从迷宫一样的胡同里飞出来，眨眼间来到豆豉巷码头，遥遥望见前方出现了一座木制敌楼，上面有个人手拿刷子正给楼顶刷漆。木楼顶蹲着一只巨大的白鹈鹕，夹着翅膀警惕地朝这边观察，似乎随时打算冲过来。“枫子鬼”吓得魂飞魄散，这只白鹈鹕正是她最惧怕的“长烈钻”，前有天敌，后有心魔，难道今天将丧命于此？

哗啦啦的流水声提醒了“枫子鬼”——天无绝人之路，汾江河才是这个世上最公平的阴阳判官。小木头人一头扑进河里，扎进河底厚厚的淤泥。

在木制敌楼上刷漆的不是“葫芦发”，而是陈开。

“德礼堂”经营南海县和佛山堡，同时又肩负着拱卫西海大寨的重任，陈开平日的忙碌可想而知。本来他希望王山公和宁洪崖能够替他分担压力，然而两位龙头不幸遇袭，虽然保得一条性命在，但均已难堪大任。陈开不得不来往于佛山堡与西海大寨之间，操练兵马、筹集粮饷和深耕地方，每一样皆须他亲力亲为，脸庞明显瘦了一圈。像今天这样忙里偷闲地刷漆，对陈开来说，算是一种睽违已久的享受。

六年多前，他还是一个懵懂初开的少年，憧憬着有朝一日开一座髹漆铺子，把人世间的不平通通抹去，换上鲜艳的金妆。现在这个梦想与往日的心酸一起深藏在他心底，陈开随身携带着当年的那两把刷子，没事便会取出一尊小小的木雕刷个不停，这似乎成了他戎马生涯里唯一的乐趣。今天他从西海大寨返回佛山堡，在豆豉巷码头听到“长烈钻”的叫声，便跟着白鹈鹕来到木制敌楼。

“长烈钻”的嗅觉十分灵敏，展翅飞下木楼冲向汾江河，在水面上逡巡了几个来回，什么也没有逮到，不情愿地扑打着翅膀返回木楼。一看到木楼、陈开和“长烈钻”，王山公的脑子顿时清醒了许多，他纵身跃上楼顶：“大龙头，你咋在这里？”

陈开抬起头，发现王山公言谈举止一切如常，心里大感欣慰，放下手里的刷子：“这个木楼风吹雨打掉了色，王老爷，该上漆了。”

王山公摇头：“涂脂抹粉有个屁用？”

陈开诙谐地说：“不能这么说，二少要是听到了，准会不高兴。”

自从遇袭以后，王山公和宁洪崖更加固执，一个修心练内功，一个养眼练把式，平时谁也不服谁。王山公问：“大龙头，你给我们俩断一断，谁的路子正？”

陈开犹豫了一下：“王老爷，你最近又有所领悟？”

“那是当然，”王山公洋洋得意，“不才最近对白沙之学有了全新的体悟，已经能做到随处体认天理。宇宙由我立，天地任我行，如何？”

陈开不觉心痒，抱拳问：“王老爷，你快给我说说。”

“说啥呀？”王山公口气一转，变得垂头丧气起来，“本来好好的，谁知道今天这颗心突然疼痛难忍，裂成了两瓣，有一瓣变成了影子在前面飞啊飞，不知为啥就飞到了华光庙。我的娘啊，四周全是血，还有不少死尸。我拔出宝剑就砍，她跑得比我还快，咋撵都撵不上，心还会飞？邪了门啦。你说她咋突然不见了呢？大龙头，你看到了吗？”

闹了半天，王山公的心病没有痊愈，说话仍然不太着调。好端端的一个人成了这样，陈开不由得黯然神伤：“王老爷，赶紧回家养伤去吧。”

王山公一晃脑袋：“不，你还没说我和二少谁厉害呢？”

“我没这本事，”陈开推辞，“你最好去问问二爷。”

王山公叹了口气：“我去来着，他不说话，光吹笛子，我没听懂啊。”

李文茂以气驭音，以音唤气，内功已至化境，陈开每去一次银洲湖和兰花洲，都会得到很大的启迪。可惜王山公眼下心智紊乱，听不出其中的奥妙。陈开安慰他："二爷这段日子心绪不宁，总是梦到易大老倌，等过了这阵子你再去吧。"

王山公道："这个事我听说了，据说易大老倌嫌花圃里的花草单薄，要二爷去罗浮山采一些兰花种上。大龙头，你说这个梦怪不怪？易大老倌什么时候喜欢过罗浮山的花草？别是二爷梦见了陈大老倌吧？"

陈罗婵与罗浮山有不解之缘，曾经用云璈八曲召唤过"天灯"——那八支曲子正是她对李文茂思念的写照，这些故事对"洪德堂"的兄弟们来说耳熟能详。陈开心头一动，别看王山公疯疯癫癫，有时候却能道出常人所不能言，功夫没有白练。他点了点头："很有可能，二爷和陈大老倌青梅竹马，想忘也忘不了。"

王山公恨恨地说："姓伍的这个兔崽子，要不宰了他算啦！"

"那样做，等于给二爷脸上抹黑。"陈开苦笑道，"王老爷，情为心驱使，两颗心合不到一起，说什么也白搭。"

王山公不同意："不对，不对，二爷和陈大老倌天作之合，两颗心咋会合不到一处？合不到一处，二爷和陈大老倌能那么伤心？"

"兴许，"陈开若有所思，"心与心之间另有一层什么东西？"

王山公兴奋地一拍大腿："大龙头，你这话算说到点子上了，那层东西就是影子。我说死活抓不到那一瓣心呢，闹了半天，原来她是一道影子？"

王山公听不懂李文茂的笛声，陈开也听不懂王山公的呓语，他拱手郑重地说："本堂现在事务繁多，我与二和哥根本忙不过来。王老爷，我看你和二少的伤势差不多了，跟我回西海大寨料理料理堂务，好不好？那么多新招募的兄弟还没见过你们俩，到寨子里换换心情，说不准有助于你们康复。"

身为"德礼堂"的二龙头，王山公没有理由推辞，只好问："去多长时间？"

"随你的意。"陈开劝道，"王老爷，不能总是关起门来练功。二爷不是说了吗？三个臭皮匠顶一个诸葛亮，咱们哥四个互相切磋，莫要重蹈无念法师的覆辙。"

王山公挥了挥手中的宝剑："你是说，让我也练练把式？"

"有何不可？"陈开笑着说，"反正都是诛心嘛。"

次日，陈开在"粤安社"忙活了一整天，晚霞当头照的时候，他叫了一乘轿子，赶回东南巷去看望亚娟母子、“红心”和“白皮”。

坐在颠簸的轿子里，陈开的心无法平静。一起练功的四兄弟中，他对“诛心”二字下的功夫谁也比不过，正因为这样，他才明白要做到真正的诛心，何其艰难？

陈开执掌“德礼堂”以后，几乎没有回过兴桂里一次。严玉芝那曼妙的身体时常在他的眼前晃动，他努力地迫使自己忘掉这个销魂的女人。与严玉芝相比，更不容易被驱逐的是黄纨卿的歌声，这个女人曾经是那样的冰清玉洁，而今竟然沦落到和梅家少奶奶“结义金兰”，真是令人扼腕叹息，感慨世事无常。

然而，不管陈开如何诛心，却始终无法熄灭这盏曾经照耀过他心灵的明灯，他宁愿相信黄纨卿和王山公、宁洪崖一样，都可能是受到了“枫子鬼”的毒害。

一夜之间，华光庙血流成河，“枫子鬼”的大名迅速传遍佛山堡。几年来，陈开一直没有放松对“阴阳生”的警惕——那张眉目含春的脸庞所放射的诡异之光，令他印象深刻。这个二胰子行事如鬼魅，没有留下任何蛛丝马迹，如果“枫子鬼”与他有关联，说明此人的法术已经修炼到了一个匪夷所思的境界。

如今的陈开不再是当年那个莽撞少年，统领千军万马的经验告诉他必须稳扎稳打，不能打草惊蛇。不动手则已，动手就要对方的命。面对如此罕见的强敌，陈开对自己的内功尚缺乏足够的信心，打算等武功大进后再和“阴阳生”摊牌。

轿子到了他原来居住的小院，亚娟和“白皮”将他迎进堂屋。亚娟神秘兮兮地说：“昨天夜里闹了一夜的飞头鬼，阿开，你听说了吗？”

陈开点点头：“婶子，贵仔闹没闹肚子？”

“他哪有那福气？”亚娟唉声叹气，“有钱人家就是不一样，尿的是金，屙的银，你说老天爷是咋弄得？”

“红心”嗤嗤地笑了：“婶子，你就会瞎说，羊仔差点疼死过去，还尿金屙银呢。”

“我瞎说？”亚娟没好气地给了她一句，“你瞅瞅你自己，肚子叫人弄大了，到现在还不知道是谁的，糊里糊涂的，西南巷的老爷们能看得起咱们？”

传说“红心”肚子里的孩子是叶老三播的种，如果真是那样，等把叶老三救出来，这两个人倒是一对。陈开的目光移到了“白皮”身上：“你还去鹰嘴沙吗？”

“白皮”脸一红，亚娟替她回答：“阿开，照你的吩咐，她早不去了。莫二娘两口子打算把杖头木偶和琵琶留给她，将来好吃饭。”

“白皮”立志自己讨生活，陈开心里十分高兴。他把贵仔拉到身边：“贵仔，好好跟着先生念书，长大了学一门傍身的手艺，比二世祖他们尿金屙银强。”

贵仔咧嘴笑了：“羊仔不是二世祖，二世祖不喝蚂蚁汤。”

第九十四回　红翠羽桥

从兰花洲回去三个月后，一代奇才解元公何惠群溘然长逝。消息传到银洲湖，李文茂夫妇怅惘不已。从那时候起，李文茂时时梦到易兰花给他托梦，梦境越来越清晰，易三娘的叮咛也越来越具体，内容是要他到罗浮山去移植一些花草——九月托梦的是白墨素；十月托梦的是琉璃草；冬月小寒那一天，托梦的是梅花。

腊月罗浮山寒风呼啸，清清冷冷，只有漫山遍野的白梅如雪盛开。自从李文茂第一脚踏进罗浮山，立刻明白梦里那些话并非易三娘所托，而是来自他心底被遮盖的痛苦——罗浮山的梅花看似白雪，实为燃烧不败的枫火。不管是安期生和赵师雄的爱情神话，还是麻姑独醉天涯的销魂乐章，在李文茂的心里，无不属于云璈八曲的世界！

如果说罗浮山在春秋之际展示的是她娇艳无双的美貌，那么冬季的罗浮山呈现在世人面前的便是冰肌玉骨的丰姿——玉霞白云飘飘而起，瀑布流泉静静流淌，丹泥碧藓虽然褪色，却在雪梅中绽露她内心的容颜。

置身于这个皑皑白雪的梅花世界，李文茂三魂散了两魂。跌跌撞撞一路走来，从明福洞的梅花村走到酥醪观的梅谷，再从小蓬莱的梅花坳转回黄龙观的梅林，经过宝积寺的时候发现大门敞开，里面有一个苍老的声音在吟诗，曰：

罗浮山下梅花村，玉雪为骨冰为魂；
纷纷初疑月桂树，耿耿独与参黄昏。
先生索居江海上，悄如病鹤栖荒园；
天香国艳肯相顾，知我酒熟诗相温。
蓬莱宫中花鸟使，绿衣倒挂扶桑暾；
抱丛窥我方醉卧，故遣啄木先敲门。
麻姑过君急洒扫，鸟能歌舞花能言；
酒醒人散山寂寂，唯有落蕊粘空樽。

李文茂听出吟诗者是“三柳先生”刘华东，这个难缠老鬼在宝积寺里做什么？他探头往里一看，只见刘华东和吕子桂手里分别拿着一根折断的梅枝，你指着他，他指着你，俨然在比武切磋，南墙根的石桌子上趴着一个人正在挥毫泼墨。

刘华东吟毕，吕子桂哈哈大笑：“前辈，你这首苏东坡的《再续前韵》没有气势，扭扭捏捏像个娘们，看不才这首唐伯虎的《桃花庵》，听好了。”

桃花坞里桃花庵，桃花庵下桃花仙；
桃花仙人种桃树，又摘桃花换酒钱。
酒醒只在花前坐，酒醉还来花下眠；
半醒半醉日复日，花开花落年复年。
但愿老死花酒间，不愿鞠躬车马前；
车尘马足贵者趣，酒盏花枝贫者缘。
若将富贵比贫贱，一在平地一在天；
若将贫贱比车马，他得驱驰我得闲。
别人笑我忒疯癫，我笑他人看不穿；
不见武陵豪杰墓，无花无酒锄作田。

刘华东没想到吕子桂这样循规蹈矩的人，竟然会搬出唐寅的《桃花庵》来压制自己，无形中气势先逊了一筹。然而他刘华东是扭计祖宗，这辈子只有往外撒的气，从来没有被别人憋回去的理，他揪住作画的人："枕琴，你给评评，我们俩的剑法谁厉害？"

作画者抬起头来，相貌和善，目光内敛，满脸风霜透露出早年生活的奔波劳累，他不是别人，正是宝积寺前任住持德堃和尚的高徒苏六朋苏枕琴。

同为当时粤东画坛的两大巨匠，苏六朋出身贫寒，其绘画才能完全是依靠后天的勤奋和执着才得以逐渐完善；不像苏仁山那样天赋绝伦，小小年纪就博得了神童的美誉。德堃和尚去了省城大佛寺后，苏六朋随之离开罗浮山，先后在顺德县城大良和广州城隍庙摆地摊谋生。经过多年底层生涯的艰辛打拼，苏六朋的艺术得到广府名流士绅的认可和肯定，在广州开了一间名叫"枕琴轩"的画室，算是在画坛正式立足。

苏六朋这年五十岁，从相貌上看与六十多的刘华东不相上下，艰苦的生活掩盖了这位画坛巨匠的实际年龄，也遮蔽了他的真实才华——其实，桂林"李半城"李家珍藏的那幅石涛赝品正是出自他的笔下，只因为苏六朋相貌比较苍老，所以五年前苏仁山根据李秉绶的口述才误判为另一个罗浮道人所为。

苏六朋笑了笑："刘老爷，吕先生这首《桃花庵》虽然直白，但确实有味道。"

"我问你的是剑法。"刘华东不依不饶。

苏六朋无奈，只好把那幅画抖了抖，抱拳道："两位先生，你们的剑法均号称一招毙命的武林绝技，苏某才疏学浅，看不出里面的玄机。不过，幸亏你们的剑法只有一招，我把招式画在了纸上，你们找个高人去评判。"

吕子桂讨好地说："枕琴先生，干吗这么客气？咱俩的武艺皆为家学渊源，我相信你的眼力和本事，你大胆直言，别怕得罪人。"

刘华东和吕子桂哪有什么真功夫？两个人比试剑法纯属自吹自擂，互相吹捧。吕子桂拿来和"宣夜剑"对阵的是"纯阳剑"，他的剑法也只有一招，叫什么"太乙无影"，据说正好克制刘华东的"迟疾任情"。与吕子桂自称吕洞宾的嫡系传人相比，苏六朋才是正儿八经的家学渊源——其父苏亦舒在老家顺德南水村替人看家护院，是小有名气的武把式。

苏六朋迟疑片刻："'迟疾任情'说的是有情达致极点，到了无情境界；'太乙无影'说的是有影达致极点，到了无影境界。无情无影，半斤八两。"

吕子桂失望："老苏，你咋老是和稀泥？"

刘华东和吕子桂互相不服气，在口舌上持续较量，争得脸红脖子粗，谁也没注意李文茂出现在门口。倒是何淡如在苏六朋旁边研磨观画，抬头发现了李文茂，忙提醒刘华东："李二爷来了，师傅，叫他给断一断。"

李文茂身在梅花世界，尚且失魂落魄，听到这首《桃花庵》简直是撕心裂肺。何淡如的叫声把他从幻境中接引出来，不得不上前寒暄："各位，别来无恙。"

吕子桂摆了个姿势："阿茂，看我这招'太乙无影'厉害不厉害？"

"三脚猫的把式，毫无意境可言，还好意思拿出来显摆？"刘华东掂起手中的梅枝，比画了一个破空凌越式，"茂仔，我的'迟疾任情'又改了，比以前厉害多了。"

吕子桂讽刺："剑法哪有随便改的？"

"'迟疾任情'你懂吗？"刘华东嗤之以鼻，"任情，任情，任老子高兴。"

李文茂低下头端详着那幅画，点头称赞："好靓。"

刘华东和吕子桂挤过来问："你说谁的剑法靓？"

李文茂夸赞的不是他们的剑法，而是苏六朋的画作。他和苏六朋以前并不相识，然而四目相接的一刹那，立刻发现苏六朋看似温暾的目光里，隐藏着一个风暴激荡的世界。他拱拱手："这位先生好面熟，李某好像在哪儿见过你？"

苏六朋被李文茂的眼神刺得一震，急忙还礼："二爷好眼力，在下勒流苏枕琴是也，河南岛漱珠岗纯阳观的李道爷是在下好友。赤龙上天那一日，老朽正在纯阳观内，有幸得闻少班主的铜笛和那首《过易水》，实在三生有幸。"

李文茂神情黯然："苏先生，往事莫要再提。"

刘华东执着地问："茂仔，到底是我的剑法强，还是子桂的剑法厉害？"

六十多岁的人了，刘华东的脾气仍然像从前那样火爆，李文茂哪敢招惹他生气？只好效仿苏六朋和稀泥打哈哈："你们两家俱是一招制敌的绝技，神秘莫测。这样吧，请苏先生把这幅大作赏给在下，等李某参详透了再做判断。”

刘华东失望地说:“茂仔,你最好快一点,别等我咽了气再说。”

“刘先生,你们怎么想起在此地比武?”李文茂问。

“我是来赏梅花的。”刘华东得意地说,“桑木道长在冲虚观举办剑道大会,说是为了纪念‘逍遥门’开山一甲子,遍邀九观、十八寺的高手切磋武艺。我和子桂是风雅人,不能像他们那样拿刀动粗,便折了一枝梅花饮酒赋诗,作画比武。”

李文茂陡然一震:“金蟾道人可曾回来?”

苏六朋摇了摇头:“没听德毓师叔说起过。”

金蟾道士神龙见首不见尾,武林中人很难觅到他的踪迹,李文茂眼下功力大成,打算上门挑战武林至尊,可惜每每不得如愿。他的手本能地伸向腰间,那里空空如也——陈罗婵留下了“琴瑟合”,而作为信物交换回来的“蝉翼剑”被锁在了兰花洲。

“茂仔,你要是想会会武林至尊,就用这招‘迟疾任情’对付他,保准吃不了亏。”刘华东把梅枝塞进李文茂的手里,“欠我的人情记着还啊。”

吕子桂也不示弱:“用我的‘太乙无影’也行。”

李文茂双手各拈一根梅枝出了宝积寺,信步朝冲虚观走去。如果让他判定,刘华东显然要胜出吕子桂一筹——不是“迟疾任情”比“太乙无影”高明,而是“迟疾任情”的名字确实好听,听起来令人遐思。或许那才是剑法的至高境界,才是武学之道的一种体现,才是自己完善“龙渊刀”法的方向?

人生在世,果然能任情吗?

通往冲虚观的路上随处可见盛开的梅花,有的白似雪,有的红如血,千娇百媚,袒呈于凛冽的天地间。李文茂脑子里蓦然一闪,瞬间回到了肇庆府城外的梅花岗,想起了那丛谢了芳华的千年虬枝。他以手中梅枝为剑,模仿那丛虬枝的姿态一剑刺出,刹那间,体内奔腾的第三道真气如泥牛入海,分别消逝在上、中、下丹田之内。

四周静悄悄,前面是东坡亭、洗药池,李文茂屹立不动。冲虚观外熙熙攘攘的人群一发驻了身形,连凄厉的北风也停留在梅花的花瓣上,仿佛在等待号令。

李文茂眼下进入了“六祖心经”第三重境界最后一个关口的修炼，如果能把第三道真气尽数逐出体外，或者融为普通气息，不留任何痕迹，则大功告成。那是一个纯净的世界，静止的宇宙；一个地之自然转化为天之自然的跃进，生命的力量等待冲破铜墙铁壁，去揭开那幅缀满星辰的华美夜幕，抓住那道穿越人类梦境的修长之影。

出发之日，河面清澄如练！

一朵梅花出现在天空，她是那样的晶莹剔透，继而挥舞长袖，化身为美丽的桃花，来到李文茂的心口盘旋不去。第三道真气渐渐复苏，再度吹起雄浑的号角，李文茂长叹一声，就差那么一点点，一点点，武学冲顶宣告失败。

随着第三道真气的起死回生，外在世界的一切重新恢复，仿佛什么也没有发生。停留在花瓣的风继续呼啸，冲虚观外人头攒动，好不热闹。“逍遥门”的警戒网自冲虚观一直延伸到东坡亭，两位佩剑道士截住李文茂的去路：“喂，你是哪座庙的？”

李文茂问：“请问金蟾道兄在不在？”

“你认识我师祖？”胖道士奇怪地打量了他一番。

另一个道士面相阴鸷，瘦骨伶仃，拔出佩剑，破口大骂：“你小子算老几，敢称师祖他老人家为道兄？占道爷的便宜，不想活了？”

阴鸷道士这么一嚷嚷，胖道士顿时觉得自己吃了大亏，抽出宝剑不由分说当胸刺来。道兄本是道士之间再普通不过的称呼，到了冲虚观竟然行不通，可见“逍遥门”平日是如何的飞扬跋扈。李文茂也不答话，待敌人欺到近前，抬起左掌迎着宝剑劈手就抓。胖道士吃了一惊，横推剑刃斩向李文茂的手掌。二人的武功相差悬殊，直若天地之别，道士这一招纯属送死。李文茂左掌的掌风荡开宝剑，在他的胸口轻拍一记，胖道士如遭重锤，倒退三丈外，“哇”地一口鲜血喷在空中，瘫在地上人事不省。

与此同时，阴鸷道士的宝剑顶到了李文茂的后心，剑刃像扎在油石上一样，被真气冲撞得斜滑出去。李文茂右手的梅枝由下至上挑了个圈，阴鸷道士的左臂被梅枝点中，整个人像落叶一样被挑向东坡亭的顶端。李文茂踏前一步，正打算提起这两个无礼的道士，恰在这时，云层深处出现了些小黑点，好像是一群从天而降的奇异怪鸟。这些鸟儿排成阵形，展翅翱翔，发出“叮当叮当”的怪叫。

红翠鸟!

李文茂长啸连连,撇下两名道士纵身向浮山方向追去。他如今全身内力出神入化,以气驭音的本事比七年前高出不知凡几。啸声不杀不伤,却能掠人心,夺人魂,叫人无意凝聚内力与之对抗。观内比武的高手纷纷抬头张望,观外更有两道人影如电飞射,随后跟来。

“新月剑”落入金秋池手里,轰动了粤西绿林道,以盖九霄和“玉面如来”蓝太武为首的高手精神大振,均把此事视为振兴西域雪山派的空前机遇。

为了向金蟾道士发起挑战,“玉面如来”蓝太武陪同“赛潘安”二探盖天顶,想从那座藏宝库中再搜罗一些宝物。然而武林至尊自非浪得虚名,他所设计的这座宝库藏身于盖天顶的悬崖流水深处,借天地之利布设奇幻机关,绝不给你第二次撞大运的机会。金秋池和蓝太武在盖天顶踅摸了两个多月,差一点葬身万丈悬崖,最后只好放弃这个想法返回圣堂山。师兄弟两个听说“逍遥门”将举办剑道大会,猜测金蟾道士极有可能返回罗浮山冲虚观,便择定良辰吉日乘舟东发,前来向武林至尊讨教剑法。

名义上说讨教剑法,说白了就是踢门踏户。金秋池和蓝太武在冲虚观附近候了三天,没有见到金蟾道士现身,却意外地听到了李文茂的啸声和红翠鸟的鸣叫。金秋池过去曾经多次来罗浮山探宝寻珍,知道红翠鸟是仙草的使者,它一旦出现便意味着仙草即将面世。师兄弟二人兴奋不已,红运当头照,甩都甩不掉,还犹豫个鸟?撵吧。

上次与红翠鸟大战两个时辰,这鸟儿不但带着李文茂找到了陈罗婵,而且让他的武学修为更上层楼,深刻体会到了“有自无中转,实从虚处生”的奥妙。他对仙草的兴趣不大,唯一想做的事情是和红翠鸟比试脚力,借以获得武学启迪。说实话,这个要求有点出格,毕竟鸟在天上飞,人在地上走,本不是一条路子上的物件。红翠鸟大概窥破了他的心思,自尊心大大受到挫伤,摇着翅膀一路疾飞,直插云海深处。

从晌午一直到夜半三更,这场人鸟大战始终未分胜负,一方面固然是因为李文茂内力源源不竭深如海,另一方面他的超凡耳力也发挥着重要作用。形成鲜明对照的是,他身后的“玉面如来”和“赛潘安”便没有这般游刃有余。

“玉面如来”蓝太武本是一个天阉,自幼练的是童子功,西域雪山派功法酷烈之至，也就是蓝太武这副不近人道的铁身板能把它练到极致。西域雪山派功法酷烈归酷烈，终究是根基浅的左道旁门，平时比武看不出来，一到今天这种顶尖功法的比拼，局限性便尽显无遗。蓝太武咬着牙坚持了四个时辰，终因体力不支，败下阵来。

“赛潘安”吃了“柔佛人荟”后已然跻身绝顶高手之列，若是在短时间内比武切磋，内力之强未必输于李文茂。然而像他这种依靠吃仙草增长的功力终究和李文茂不同，后者的内力不但是一滴滴汗水的结晶，而且是一步一个脚印摸索出来的。第三道真气如何修炼，并无现成的轨迹可循，全凭李文茂自己的领悟和探索。如此修炼出来的真气历经千锤百炼，与身躯血脉浑然一体，具有源源不竭、生生不息的强大力量。

六个时辰后，“赛潘安”已属强弩之末，气喘吁吁，满头大汗，脚底板开始发软。与身体的疲惫相比，更令金秋池心灰意冷的是，他的自信心和红翠鸟一样受到了严重打击，连眼前这个年轻人都对付不了，还谈什么挑战武林至尊？

幸而这时红翠鸟停止了飞翔，围绕着山头来回逡巡。金秋池走在上山的路上，但见霞光万道推动夜幕之轮，抬头看山河变色，好一派仙界风光！

时值腊月十六，俗话说十五的月亮十六圆，当空一轮明月高悬，月亮的四周红彤彤绣着金色的花边——月亮不像月亮，倒像是一个太阳。

淫贼霎时激动得泪如雨下，把满腹的郁闷和委屈抛到九霄云外，这哪里是什么太阳？熊熊火焰中浮现出一面红玉镜子，里面有一竖三横四道青光，交错成一棵枫树的形状；白色云烟如同海浪滚滚翻腾，在心口捧着红玉镜子，好比雪梅拥抱着红梅的花蕊。这不是月亮，也不是太阳，而是“天灯”。

“天灯”下面移动的山峰无疑是“浴日台”，四周边缘围绕着茂盛的丛林。其中一棵大树独挑在外，树上骑坐一位挽着牛心髻的道士，手执长竹竿，悠然吟道：

罗浮道士谁同流？草衣木食轻王侯；
世间甲子管不得，壶里乾坤只自由。
数着残棋江月晓，一声长啸海天秋；
饮余回首话归路，遥指白云天际头。

金秋池识得这位仙风道骨的道士，他不是罗浮山有名的老药仙空空道长吗？红翠鸟和老药仙同时现身“浴日台”，说明仙草有谱了。“赛潘安”忘掉了所有的疲惫，三步并作两步蹿上山头，来到李文茂的身后。

金秋池细皮嫩肉的像个十六岁的少女，模样变化很大，李文茂一时没有认出来。他向空空道长行了个礼：“仙长，咱们又见面了。”

“无量天尊，”空空道长念了个道号，“人世混沌，尘缘纷乱，自作孽不能自解，好生地无趣。小施主，苦海无边，回头是岸，‘浴日台’上有还魂草食之延年，百病不侵；有九叶碧血仙茅增人功力，助尔四海遨游；更有‘囚龙草’随心应物，变化多端，得到它你就可以成为逍遥神仙，一世三生良缘得驻，仙机可复。”

李文茂发出一声苦笑：“仙长，修行人因何打诳语？若不是这个‘囚龙草’，阿婵妹子怎能舍我而去？仙缘如叶，哪一片肯为人留？”

“小施主，你在红尘苦海中打熬，自然是一叶浮萍载离愁，万千水痕看不透。”空空道长提醒他，“‘浴日台’上无一不是天地奇株，只要把心交出来，它自然还你们一个明白，还你们一个比翼齐飞，笑傲江湖。”

李文茂愤愤然：“仙长休要聒噪，吾身许国大义，与鞑子朝廷不共戴天，焉能做一个苟且偷生的腐骨之人？红船飘荡千里，戏棚畅说古今，红尘中再无如此逍遥之地。若只是为了一介江湖自在，我那阿婵妹子又何须尔的仙草？”

金秋池心里说李文茂虽然武功高深，可惜头壳不大灵光，放着眼前这么好的机会，不上“浴日台”搂几株仙草，这不是呆子吗？他急忙喊道：“老神仙，他不愿意我愿意，晚辈早想脱离苦海，当一个逍遥自在的神仙。”

金秋池虽然嗓音比以前娇脆，然而李文茂耳力非凡，立刻听出了一丝端倪。他转身盯着金秋池问：“尊驾是谁？”

“‘天灯’转瞬即逝，仙缘可遇不可求。”空空道长挥了挥长竹竿，“两位施主，有本事过这座桥，过不了桥便是一个俗人，徒说无益。”

李文茂和金秋池所在的山峰与“浴日台”大约有五六十丈远，比上一次胡有禄和侯陈带等人渡过的距离要长很多；“丝桥”隐没在光明与黑暗之间，没有任何踪迹可寻，度桥的难度也要超出上次十倍。金秋池犹豫了一下，看了看李文茂，那意思是希望李文茂带路，自己好照葫芦画瓢，来一个叫花子娶富婆，省心又省力。

李文茂看穿了他的心思：“李某不想登台，尊驾就死了这条心吧。”

淫贼祖宗秘密东巡，采花是免不了的功课。为了师傅办事方便，贝尘鹤从“阴阳生”手里借来“测阴珠”供金秋池使用。这枚珠子虽然不及火龙珠，但也是一件难得的宝物，金秋池此刻万般无奈，只得用它照亮前程。“测阴珠”擎在“赛潘安”的手中发出惨白的光芒，看来对辨识“丝桥”力不从心，它隐隐约约勉强照亮了“丝桥”的部分桥身。“赛潘安”为了获得增长功力的仙草，顾不得“测阴珠”受到损伤，飞身踏桥而过。

空空道长使出激将法：“小施主，你行吗？”

李文茂冷笑：“此有何难？”

金秋池当然不希望李文茂和自己抢九叶碧血仙茅，他把“测阴珠”纳入囊中，故意大声地表示关切：“朋友，这桥不是人过的，千万别摔下去。”

金秋池过桥用的是西域雪山派轻功，李文茂识破了他的行藏，将火龙珠向空中一抛，咬牙切齿：“原来是你这个淫贼？今日某家容你不得。”

火龙珠的光芒比“测阴珠”炽烈十倍，立刻将那座“丝桥”照耀得纤毫毕现。金秋池心生怯意：“姓李的，你要是真有本事，别踩着你家道爷的脚印过来。”

顾名思义，“丝桥”细如发丝，不踩着金秋池的脚印，又当如何度过？正当李文茂犹豫不决的当口，红翠鸟一个个俯冲下来，每只鸟丢下一片羽毛，眨眼间在虚空里搭了一座桥。这座桥呈现红绿两色，从高处看犹如可爱的脚印，又像枝头颤巍巍的嫩叶。空空道长见状，不由得慨叹一声：“红翠鸟这般好心肠，伢仔，你还不过来吗？”

金秋池瞠目结舌，李文茂几个跳跃，来到他身旁，劈手夺过他背上的“新月剑”：“你也配使这把剑？淫贼，今天咱们新账旧账一起算。”

空空道长拦住他：“小施主，‘浴日台’为仙界，登台人即为有缘人。红尘中的恩怨下台再了结，莫扰了此地风雅。”

李文茂拉出“新月剑”看了看，问金秋池：“你是要命，还是要剑？”

金秋池惊魂未定，自忖难敌：“李班主，这把剑金某双手奉上。”

“大丈夫生当伐无道、诛残暴，岂效尔等鸡鸣狗盗之徒，贪物丧志？”李文茂把“新月剑”往地上一丢，“拿去。”

红翠鸟用羽毛为李文茂搭建了一座桥，大大出乎空空道长的意料。他对李文茂说：“小施主与仙界有缘，此地芳草尽情采摘，不要客气。”

假如易兰花活在人世，李文茂愿意去采一株还魂草；假如陈罗婵能够回头，李文茂愿意去迎回“囚龙草”；九叶碧血仙茅虽然能增长功力，但是他的内力已经达到人体极限，现在要做的是将第三道真气逐出身体，完成天元、地元、人元转换的盖世神功。此刻的修炼不再是真气的修炼，而是智慧的求索，要再多的内力又有何用？

不知道为什么，站在烈焰滚滚的“浴日台”上，李文茂却感到阵阵凄怆。兰花凋零桃花残，他环顾四周，问了一句：“此地可有梅花？”

空空道长打了个稽首：“尊驾要的是白梅，还是红梅？”

李文茂愣了片刻，隐有所悟，默默地返身下台，红翠鸟随即收起羽毛，撤桥飞离。金秋池不解地问空空道长：“老神仙，难道台上没有九叶碧血仙茅？”

“花为花世界，花托花精神。”空空道长暗自唏嘘不已，懒懒地提醒道，“‘浴日台’上确有一株九叶碧血仙茅，然红翠鸟与道兄无缘，得之恐怕无益。”

梦寐以求的无价之宝近在眼前，金秋池欣喜若狂，恭敬地向空空道长行了个大礼：“有缘变无缘，无缘成有缘，全凭一颗心驱使。老神仙，姓李的不识抬举，晚辈可不想学他，只要能得睹仙缘，哪怕粉身碎骨，在所不辞。”

“逍遥剑”号称天下第一剑，历来孤芳自赏，看不起其他门派的武功，在冲虚观举办的剑道大会实际上是“逍遥门”内部的一场盛会。由于武林至尊金蟾道士尚未云游归来，桑木道士作为大师兄主持操办。请柬发下去以后，石龙镇留仙观的土宫道士最给面子，带着一大群徒子徒孙上了罗浮山；火烈道士和水龙道士跟商量好似的，找了个借口缺席，分别派明月道士和清林道士作为代表参加。

“逍遥门”开山立宗一甲子，这么重要的盛会火烈道士和水龙道士都不参加，摆明了是瞧不起桑木道士，故意给他难堪。桑木道士干生气没办法，谁让自己的剑法逊呢？最后小师弟土宫道士给他出了个主意，让他把罗浮山九观、十八寺的人请来凑热闹，白天比试剑道，晚上比赛茶道，吃酒观梅，吟诗赏月，玩他一个通宵岂不快哉？

桑木道士拍手称快，剑道大会如果这么办不但别开生面，处处透着风雅，而且可以在师傅回来前缓和冲虚观与其他寺观的关系，给邻居们留点面子。抱定这个想法，他亲自带人到华首台、宝积寺、酥醪观磕头作揖，硬是把青草和尚、德毓和尚、阳春道士三位请出做赏剑、赏梅、赏酒的仲裁大宾。黄龙观、白鹤观、九天观、花手寺、延祥寺、拨云寺等寺观的人一看像青草和尚这样的老前辈都不再计较，便纷纷派出代表与会，只有两仪洞的铁匠对“火见愁”的死耿耿于怀，拒绝参加。

五更天后，天色渐明，持续了一日一夜的“逍遥门”剑道大会接近尾声。众宾客打着哈欠打算辞别，忽然，洗药池方向传来一阵骚动。松安道士上气不接下气地跑进来禀报：“大事不好啦，师傅，有人抢走了炼丹的井水。”

从桑木道士、土宫道士、明月道士、清林道士到青草和尚、德毓和尚、阳春道士等人均觉得不可思议。自从金蟾道士荣膺“天下第一剑客”的美誉以来，还从没有人敢在冲虚观的门前撒野。特别是这两天“逍遥门”举办剑道大会，众多门徒从四面八方会聚冲虚观，此时此刻抢走炼制丹药的长生井水，不是虎口拔牙吗？

当着九观、十八寺邻居的面抢夺长生井水，事情的性质非常严重，打的不是桑木道士一个人的脸，而是整个“逍遥门”的面子。明月道士和清林道士不等桑木道士发话，各拔刀剑飞身跳出观外，只见十几名道士摆开剑阵，正和一条大汉缠斗。令人错愕的是，这条大汉以一敌众竟然身法不乱，而且好像还占着上风。

见明月道士和清林道士两位强援闪电般杀到，桑木道士的二徒弟克安道士虚晃一剑，跳出圈外，气急败坏地说：“道兄，是两个贼子，一个偷井水，一个打掩护。”

桑木道士的徒弟是黄鼠狼下崽一窝不如一窝，克安道士武功比松安道士更差，而且说起话来不走脑子，能噎人一个跟头。清林道士没好气地问：“偷井水的那个贼子呢？”

“跑了，”克安道士摆出一副无辜的样子，“我们尽力啦。”

瞧他那副窝囊样子，明月道士真想过去踹上一脚，但现在不是发火的时候，那边的战况已经万分吃紧，冲虚观道士的剑阵被那汉子撕了个七零八落。清林道士挥剑冲进圈内，向那个大汉抱拳："这位英雄，请赐个名号。"

那汉子身高八尺，相貌堂堂，穿戴打扮和手中的兵器都十分奇特。只见他脖子套着一副明晃晃的护颈金环，身穿过膝对襟的青蓝布衣，打着绣金描银的裹腿，手持一杆武林中极为少见的"金刚伏魔杵"，腰里悬着一柄竹鞘剑，剑鞘上镶金嵌玉，委实贵重。

那汉子迟疑了片刻，显然有些犹豫："这个……"

清林道士不常在江湖中行走，而明月道士则对粤西武林了如指掌，这汉子太阳穴比普通人鼓出一大截，分明是西域雪山派的高手。而西域雪山派传人寥寥无几，有胆量来冲虚观闹事的更是屈指可数，从汉子的装扮和兵器上来推断，其身份昭然若揭——粤西武林中使"金刚伏魔杵"的高手除了"玉面如来"蓝太武，还能有谁？

"玉面如来"贵为粤西绿林道的二当家和曾经的粤西武林第一高手，地位显赫，在冲虚观偷井水喝，当然大失身份，难怪他吞吞吐吐，不愿意报上名号。明月道士出言讥讽："本门举办剑道大会，观里有茶有酒，吟诗赏月。蓝大当家过门不入，躲在洗药池抢水喝，此事倘若传到江湖上，人家还以为本门慢待贵客哩。"

蓝太武满脸通红："惭愧，唐突之处，望各位贤侄包涵。"

清林道士单刀直入："蓝大当家，把你那位同伴请出来吧。"

"赛潘安"金秋池在"浴日台"上如愿以偿采得一株九叶碧血仙茅，一路飞奔至分水坳找到掉了队的"玉面如来"，师兄弟两个欣喜若狂——金秋池已经吃了一枚"柔佛人荟"，如果再将这株九叶碧血仙茅吞到肚子里，内力之强将超越武林至尊金蟾道士，西域雪山派称霸武林的好日子终于来临了。

欲使九叶碧血仙茅发挥出最佳效果，自然需要长生井水合起来配药。两个人在洗药池从道士手里抢走长生井水，金秋池寻地方配药，蓝太武断后掩护。"玉面如来"这个人一辈子叱咤风云，从来没有如此窘迫过，结结巴巴地说："他……他……他不在。"

清林道士十分惊奇，"玉面如来"这么贵重的身份竟然替人家打下手，可见逃走的那个人更加棘手，会是谁呢？清林道士越想越觉得心里发毛，长生井水对炼制丹药有神效，难道说对方采到了什么仙草？他把剑当胸一横，“蓝大当家的，你一不吃茶，二不吃酒，吟诗赏月全无兴趣，贫道只能请你吃剑了。”

蓝太武爽朗地一笑：“蓝某正要领教。”

本来马上就要结束的剑道大会，因为“玉面如来”蓝太武这个不速之客的来临，又延续了大半天。“逍遥门”这边先是清林道士出马，继而是土宫道士和桑木道士上阵，最后明月道士以逸待劳。蓝太武纵然是铁打的身躯也架不住人家的车轮战，至六十个回合，被天罗锦兜头网住，跌扑在地。克安道士冲上去，照准他的脑袋举剑就劈。

观战的青草和尚忙喊：“葛仙南庵三十年未染血尘，道兄剑下留人。”

话音未落，远处传来一阵真气充沛的笑声：“哈哈，青草前辈果然是有道君子，罗浮山若是只有‘逍遥门’这等宵小作祟，岂不令人扼腕叹息？”

来者非是别人，正是刚吃完九叶碧血仙茅的“赛潘安”金秋池。明月道士闻声大惊，这个老对头的功力远非三年前可比，武学修为堪敌师祖金蟾道士，莫非他家祖坟上冒了青烟？

克安道士指着金秋池：“正是这贼子偷了井水。”

桑木道士不知深浅，大摇大摆地上阵讨敌：“道兄，杀人偿命，欠债还钱，偷了本观的水就给贫道吐出来，否则师尊回来不好交代。”

金秋池毫不介意：“好啊。”

桑木道士有意在众人面前逞能，挥剑劈头砍去。等剑锋距离天灵盖一尺远时，金秋池倏地从腰间拔出“新月剑”，一不躲，二不闪，剑刃对剑刃，“咔嚓”一声，桑木道士手里的宝剑被“新月剑”劈为两截。

金秋池拔剑之快，内力之强，剑锋之利，大大出乎观战众人的意料。金秋池狞笑一声，手中的剑并不停止，而是顺势向桑木道士的额头斩去。这淫魔此时膨胀到了极点，人世间两大仙草“柔佛人荟”和九叶碧血仙茅都吃进了自己的肚皮，神兵“新月剑”在手，开创武林新时代的条件已经全部具备，手刃桑木道士正好祭旗扬威！

“新月剑”摧枯拉朽，剑锋快如闪电，桑木道士吓得魂飞魄散，闭着眼睛等金秋池砍他的脖子。便在这时，一粒石子悄无声息，“啪”地打在了桑木道士的风池穴上。老道身子向左侧一趔趄，剑刃贴着皮肤疾速滑下，勉强逃过一劫。青草和尚又喊了起来："葛仙南庵三十年未染血尘，道兄剑下留人。"

难道这粒石子是青草和尚施加的援手？金秋池愣住了。

"玉面如来"蓝太武方才捡了一条命，对青草和尚感恩戴德，走过来劝金秋池："既然法师开口，咱们便给他一个面子。"

金秋池将"新月剑"插回剑鞘，抱拳问："还有哪位赐教？金某这厢谢过了。"

偌大的冲虚观，竟无一人开口。

第九十五回　倒采花朵

腊月十六到正月十六，是金秋池平生最风光的一段岁月。

“逍遥门”庆祝开山一甲子的剑道大会上，“赛潘安”横空出世，吓得“逍遥门”下弟子无一人出面应战。消息传出，立时威震武林。

贝尘鹤率人在罗浮山下候着，听到这个喜讯高兴得手舞足蹈，将师傅和蓝太武迎到广州城热热闹闹地玩了几天，“大比甲”刘七听说这一行的老祖宗大驾光临，立刻把床头功夫一流的名妓、童伶、尼姑、师婆悉数召集起来，准备在海印庵举办一次水陆道场，庆祝金秋池踏平“逍遥门”，从此肉林压倒武林。

“玉面如来”蓝太武干不了这事，早早乘船回粤西向盖九霄报喜。“赛潘安”吃了九叶碧血仙茅，阳气旺得直流鼻血，在海印庵日日车轮大战，一根枪挑翻百千英雌。从道光二十一年战至道光二十二年(1842 年)，方才将九叶碧血仙茅的药性泄毕。

倏忽间到了正月十五，贝尘鹤与“阴阳生”又请金秋池到佛山堡逛灯市。佛山堡普君墟的灯市赫赫有名，花样最是繁多，像什么茶灯、树灯、鱼灯、虾灯、伞灯、褶灯、八角灯、蟾蜍灯、番瓜灯、飘叶灯无奇不有，备极奢华。金秋池看完花灯观大戏，之后被简大少接到家里品鉴"货物"，连开十八苞，方才迷迷瞪瞪入睡。

第二天睡到日上三竿头，金秋池醒来后把贝尘鹤叫到跟前，郑重其事地表白："为师如今功力大成，金蟾道士亦不在话下，哪天找到这个缩头乌龟，一剑把狗娘养的劈了，为师便是新的武林至尊，咱们西域雪山派便是响当当的武林第一门派。武林第一门派嘛，得有武林第一门派的样子，贩卖女人这种勾当以后别干了，免得让武林同道笑话。"

贝尘鹤高兴得说漏了嘴："没问题，师傅，这种买卖也挣不了几个钱。"

"你有挣大钱的门路？"金秋池奇怪地问。

贝尘鹤恨不得抽自己一个大嘴巴，急忙往回遮掩："师傅，咱们要是武林第一门派，还愁没有钱花？不行的话，弟子把冲虚观给你老人家抢过来。"

"粤西那地方太穷，杀到粤东是迟早的事，我这就回圣堂山和你师伯商量，以后本门应当堂堂正正地来广州府。"金秋池长叹一声，"若想巩固武林第一大门派的地位，必须和官府搭上线。这一点上，金蟾道士比咱爷们聪明。"

贝尘鹤摇了摇头："师傅，官府不好伺候。'逍遥门'当年立下那么大的功劳，洪门一退到大明山，官府立刻找他们的茬。要不，金蟾道士能整天在外晃荡？"

"你懂个屁，"金秋池"哼"了一下，"官府现如今被红毛鬼子打得屁滚尿流，在浙东沿海连吃败仗。咱们应该以夷制夷，利用红毛鬼子挟持官府，从而立于不败之地。你马上派人跟香港岛的鬼子联系上，看看人家有哪些独门绝技。"

贝尘鹤奉承："师傅，红毛鬼子手里有好买卖，一个是鸦片膏，一个是洋枪洋炮，无论哪一样都比女人值钱，你老人家真有眼力。"

"干什么买卖都行，就是别再干皮肉生意，这个行当咱爷们经历得多了，除了毁身子骨没啥好处。"金秋池收拾停当，把"新月剑"挂在腰间，踌躇满志地说，"从今天开始，为师我不近女色，给你们带个好头。"

贝尘鹤嘿嘿一笑，问道："师傅，你打算什么时候走？"

金秋池挥了挥手："马上。"

贝尘鹤知道师傅一向神出鬼没，不习惯人多碍眼，遂派“斯文脸”领了一条快船，伺候金秋池返回粤西。快船离开豆豉巷码头向西进发，汾江河水默默地宣泄而来，河面上不时漂着昨夜的残灯余香，空气中满是繁华落尽的慵懒气息。“赛潘安”猛然间发现自己喜欢上了这种残缺的哀愁，这种虚幻迷离宛似盛装熟妇那具靠色彩包裹的干涸躯体，在旁观者看来，比少女更能安慰他们虚弱的心灵。

难道说年岁大了？

金秋池将身子探出船舷，想看看经过这些日子的肉搏大战，自己是否衰了容颜。

汾江河是那样的清冽，像镜子一般映射出“赛潘安”的美貌。他觉得十分满意，同时又生出几分惆怅——自己内功盖世，要这么漂亮的脸盘和身段真是有点浪费！

金秋池精神恍惚，一会儿高兴，一会儿郁闷，一会儿忧愁，一会儿委屈。突如其来的成功让他腾云驾雾，自艾自怜，不知道究竟还需要什么。他敏锐地意识到了这种危险，暗暗告诫自己要冷静，可脆弱的神经总是不听使唤，下丹田“哄”的一声爆炸，全身热流滚滚，又将他淹没在浩浩荡荡的熔岩中，看来仙草的药性还没有彻底过去。

“停船。”金秋池敲了一下船帮。

“斯文脸”小心翼翼地问：“祖师爷有何吩咐？”

船停在鹰嘴沙，望着熙熙攘攘的临海庙，金秋池问：“这座庙叫什么名头？”

“回祖师爷的话，这是临海庙，又叫太尉庙。”“斯文脸”介绍，“这座庙的香火不是一般的旺，香客多是些做了亏心事的恶人，来求神仙宽恕罪过。”

“赛潘安”过去当独脚大盗当惯了，杀人越货，奸淫掳掠，逍遥痛快之至，现在屁股后面粘了个尾巴很不自在。他本有心进太尉庙上香，又怕“斯文脸”笑话，便用手指着河面上的四柱游艇吩咐道：“去，叫一个艇来吃东西。”

汾江河游弋着许多四柱游艇，珠帘下面刚好摆放一张桌子，价格便宜的吃茶，贵一点的不但有酒喝，还有十四五岁的“琵琶仔”弹琵琶唱曲助兴。划船的不用男人，一律是包头黑衫的素面娇娘，不施粉黛，别有一番风味。

“赛潘安”在四柱游艇上要了碗凉粥打算消火。这时，一阵珠圆玉润的琵琶声响起，他抬头一看，声音不是游艇上的“琵琶仔”发出的，而是来自江心的一叶舢板，上面坐着一位如花似玉的女人，金秋池顿时两眼发直。

金秋池是人贩子和采花大盗，经历过的女人千千万万，什么漂亮的模样没有见过？可是这位弹琵琶的女子确实与众不同，倒不是说她的容貌有多么标致，人有多么风情，琵琶弹得多么动听，而是她的穿着打扮十分出奇，“赛潘安”从来没见过。

来者正是在三昧庵里修行的温玉珠，她今天没有穿道袍，而是换了一身西洋贵妇人的打扮——头戴遮阳帽，脸上罩着面纱，一袭白色百褶裙拖到地；凸胸凹腰，曲线毕露，比海印庵和简大少家里的那些娘们有味道多了！舢板款款经过四柱游艇，温玉珠发现金秋池双眼喷火的样子，不觉莞尔一笑，轻舒玉臂，继续低头弹琵琶，真是一样娇羞，两番摇魂。

舢板渐渐远去，金秋池失魂落魄，记忆中的女子从未有过如此撩人的异国风情。他撂下筷子吩咐“斯文脸”：“你们吃完饭回去，我有事要办。”

“斯文脸”愣住了：“你老人家不回粤西了？”

“少废话。”金秋池跳上快船牵引的篷船，摇橹摆桨向南追去。

温玉珠的舢板摇来摇去，进了洛水，在一处僻静的石码头停泊，付过船资上岸。金秋池把篷船系在码头上，跟在这个风情万种的女人背后，那样子简直不像是走南闯北的大淫贼，而像是一个情窦初开的少年郎。进了一条弯曲的胡同，温玉珠忽然停下脚步，回头问：“官人是来找奴家的吗？”

“赛潘安”点点头。

温玉珠道：“奴家是良人。”

金秋池脸上浮出一丝淫笑：“娘子真会开玩笑，娼寮里的阿举都不敢穿你这身打扮。说句心里话，金某倒是很佩服你的胆量。”

温玉珠羞涩地问：“官人可有银子？”

“赛潘安”从腰间解下银袋，在她眼前掂了掂：“在下独独不缺这个。”

温玉珠含腰道了个万福：“奴家出身官宦人家，不幸家道中落，男人们拘拿在狱，只能舍身谋生。佛山堡寸土寸金，奴家租赁的院子用度不菲，官人见谅。”

“银子不是问题，”金秋池道，“只要你把爷伺候舒服了。”

温玉珠脸色绯红："奴家尚有一个怕羞的姐妹，未知官人然否？"

没想到还能打个双飞？金秋池开怀大笑："多多益善，多多益善。纵使你把全家的女人召集齐了，官人我也不怕。"

温玉珠低头想了想："夜半二更头。"

金秋池问："你家住在哪里？"

温玉珠用手一指："东头第三家。"

金秋池躬身行礼："不见不散。"

"赛潘安"刚在徒弟跟前吹嘘不近女色，转眼又拜倒在温玉珠的石榴裙下，未免有点做贼心虚。现在离二更天还有好几个时辰，去哪儿避一避呢？

他盘算着走出小胡同，迎面撞进一个人的怀里。那人酒气熏天，口臭难闻，扯着嗓子破口大骂："乌龟王八蛋，没长眼啊？"

金秋池挥起拳头，正准备教训对方。有人在后面喊："阿发，没找你钱呢。"

"不用找，"那人急吼吼地离去，"我师傅又疯了。"

二人的对话提醒了金秋池，何不在酒楼上吃他半天，酒足饭饱后再赴巫山云雨？金秋池收了性子，走到酒楼门口问店小二："这个醉鬼是谁？"

"客官，你问他干啥？"店小二纳闷。

金秋池问："他手里拿着个猪尿脬，是不是脑子有毛病？"

"客官说对了，"店小二怪笑，"他们师徒俩都有毛病，不信你上楼瞧瞧，他师傅把自个捆在木楼上，跟吊死鬼似的荡秋千呢。"

金秋池一听这下可好，有热闹看便不愁喝闷酒。他三步并作两步上了二楼，进屋子推开窗户一看。果不其然，不远处的街边矗立着一座木楼，有个人吊在上面晃晃悠悠，手里拿着一柄木剑比比画画，似乎正在给下面的两个书生讲解什么。

这条街属于佛山堡八图大族的居住地，远不像汾水、富文、大基三铺繁华喧嚣，街道冷冷清清没有几个行人。木楼底下除了两位仰起脖子的书生，台阶上还坐着三位观众，一个是手持竹竿背着竹篓的郎中，一个是穿戴邋遢的年轻人，一个是刚才骂自己的醉鬼。

从酒楼到木楼的距离不远，金秋池眼下功力大增，视力和听力极其好使。木楼那边的一举一动尽收眼底，每一个字都逃不过他的耳朵。

把自己吊在木楼上的疯子来回打旋，随着寒风呼啸，圈子转得越来越大。两位仰着头的书生腰里挎着宝剑，似乎是武林中的练家子。

店小二给金秋池提了一坛玉冰烧去火气，他照着菜谱点了金玉鹅掌、蟠龙无敌鸭、马蹄鱼白田鸡片和猪油鸡肝卷四道菜，又加了一道茶树菇煲老鸭汤和一道萝卜排骨鱿鱼汤，坐在楼上自斟自饮，悠闲自在地看起了热闹。

啥是武林至尊？

大概就是看别人动手，自己不动手。

自从那天得到陈开提醒，王山公开始研究剑法。看热闹的书生是刘华东和吕子桂，二人缠着裹腿，打扮像个云游四方的剑客。刘华东问吕子桂："他练的是什么剑法？"

吕子桂嗤之以鼻："这水平，顶多是有影剑。"

刘华东和吕子桂下了罗浮山后，四处找人评判他们的剑法高下，得到的回答均是"迟疾任情"和"太乙无影"旗鼓相当。正常人不说实话，哥俩便来找王山公。刘华东催促："快把这个疯子叫下来，给咱们俩断一断，要不然，正月都过不好。"

吕子桂也巴不得赶快结束这场无聊的游戏，高声喊道："山公，你干什么呢？"

王山公没有理会吕子桂，依旧持剑劈杀。一手挥舞木头宝剑，一手挥舞猪头面具，嘴里念念有词："别给我提什么云，别给我提什么雾，别给我提什么风，别给我提什么烟，老子眼里啥都没有，老子眼里只有一颗心。"

王山公忽地一下从头顶掠过，看得刘华东头晕眼花："山公，你说的心是什么东西？"

"心是菩提树，心是良知草，我杀，杀，杀……"一只飞鸟出现在王山公的眼帘，这鸟儿好像就是那颗飞出他胸膛的心。王山公疾速递出木剑，剑与身体形成了一条直线。

刘华东惊叫起来："小桂子，快看，他会我的'迟疾任情'？"

"不对，"吕子桂反驳，"这招是我的'太乙无影'。"

王山公掠过他们的头顶，问道："你俩也会剑法？"

吕子桂高兴地说："山公，我们各自研制出一套绝世剑法，我的叫'太乙无影'，刘老爷子的叫'迟疾任情'，你看看谁的境界高？"

王山公"哼"了一声："你们还能高过我？"

刘华东问："你的剑法叫什么？"

王山公得意地回答："'心剑合一'。"

"不行不行，"刘华东连连摇头，"我的是身心合一。"

吕子桂附和："对，身心合一才能去了影子，想快就快，想慢就慢。"

"放屁，"王山公驳斥，"你们两个在地上爬的乌龟，能逃脱了影子？"

刘华东问："你行啊？吹牛。"

"影子不是去的，而是杀的，一看你们就是外行。"王山公挥剑接连劈杀，"心和世间万物一样，亦有影子亦有情。诛心即杀影子，剥了一层又一层，不把它们杀干净，菩提树和良知草就显示不出来。"

吕子桂不服气地说："我知道，影子永远杀不完，你的剑法永远练不成呗。"

在王山公眼里，吕子桂不过是一介混吃混喝的腐儒，然而这个脑瓜生锈大俗人的一句无心之语，此刻却像一把利刃刺穿混沌，挑开了笼罩在他思维天空中的阴云。疯书生的身法不知不觉慢了下来——他的"心剑合一"永远逼近，无限逼近，终究是一层面纱一道影，和宁洪崖所看到的面具世界并无二致。

刘华东火上浇油："山公，像你这么没头没脑地杀下去，万一没砍到影子，却不小心剁了菩提树和良知草，那可如何是好？"

无情剑，有情剑；有影剑，无影剑；菩提树、良知草；天理，良知；面具，影子……一个个词语宛似西江水滚滚而来，眨眼间将王山公淹没。纷乱的真气訇然大作，瞬时崩断了捆在他身上的道道枷锁。王山公将木剑和面具奋力掼下，绝望地呐喊："我丢你老母。"

木剑、猪头面具不偏不倚落到"葫芦发"、何淡如的面前，砸中一枚竖起的铁钉子。何淡如捡起猪头面具，细细地端详了一遍，皱着眉头问："谁家的猪头？太难看了。"

铁钉子是"葫芦发"放在路中间玩耍的，他懒洋洋地说："你不懂，我师傅说了，这是古往今来头一号武林秘笈。”

何淡如讥讽：“啥名号？”

“葫芦发”咯咯地笑着：“反正不叫‘迟疾任情’，也不叫‘太乙无影’，更不叫‘心剑合一’，其他的名号你随便叫。”

何淡如问：“既然是武林秘笈，你咋不练？”

“葫芦发”拖着长腔：“我没那本事。”

何淡如把猪头面具举到他眼前：“都摔成花脸了，是你干的吗？”

“别在老子跟前晃。”一霎时，“花肉”那张令人作呕的脸盘子浮现在眼前，“葫芦发”厌恶地抓过猪头面具，一把丢了出去，扔到了郎中身旁。

那郎中穿衣打扮像是粤西来的，头上戴着一个桐油斗笠，斗笠压得很低，严严实实地盖住了半边脸。他刚要伸手去捡，“葫芦发”喊了一嗓子：“别动。”

郎中缩回了手：“怎么啦？”

“葫芦发”好意提醒：“这东西不吉利，我师傅就是让它给弄疯的。”

郎中捡起猪头面具，端详良久，最后拔出那颗钉子，叹道：“你师傅是个高人。”

“葫芦发”瞪起了眼珠：“丢你老母，你也疯了？”

刘华东走过来，担心地问：“阿发，你师傅老是这样子吗？”

“谁说的？”“葫芦发”回答，“以前比这厉害多了，大白天当众脱裤子撒尿。你们俩算运气好，不然非浇你们一泡热的。”

“葫芦发”手里拿着鼓鼓的猪尿脬，喋喋不休地数落王山公。刘华东、吕子桂、何淡如三人啼笑皆非，暗地里摇头不已，这对师徒真是一对活宝，没得救了。吕子桂从郎中手里接过猪头面具，咂吧了一下嘴唇：“阿发，这东西的确是不祥之物，难怪你师傅疯疯癫癫，我看他是练功练得走火入魔了，赶快把它埋了吧。”

“葫芦发”抬头看了看王山公，为难地说：“我师傅不让。”

刘华东道：“他疯了，别听他的。”

话音未落，王山公凌空飘下，看也没看刘华东、吕子桂、何淡如一眼，拍了拍袖子大摇大摆而去，唱了一首洞山良价大师的著名偈子：

五台山上云蒸饭，佛殿阶前狗尿天；

刹竿头上煎锤子，三个猢狲夜簸钱。

“葫芦发”道：“听见没？我师傅骂他自个呢。”

刘华东、吕子桂、何淡如均为读书人，听得出来王山公骂谁，灰溜溜地离开了。粤西郎中默默地注视着王山公远去的背影，郑重地对“葫芦发”说：“你师傅没疯。”

“难道是我疯了？”“葫芦发”恼怒地把猪头面具摔到地上，“老子的话，你们咋就死活不信呢？”

二更鼓声打过，销魂的时刻终于到了。

金秋池满怀惬意下了酒楼。正月店铺打烊早，他是酒楼最后一位离开的客人。街上灯光昏暗，四周并无行客，粤西郎中像猫一样蜷缩在墙角避风，猪头面具孤零零丢在街心，无人问津。金秋池用剑鞘敲了敲那郎中的斗笠：“喂，醒醒，把那玩意给金爷捡起来。”

郎中捡起猪头面具，双手捧过头顶，递给金秋池。借着月光的银辉，一副巨口獠牙的大猪头赫然出现在“赛潘安”的面前。他一剑打翻面具，骂了句便匆匆离去。

粤西郎中再度捡起猪头面具，脱下御寒的外衫，细心地把面具上的尘土擦拭干净。正月的风儿虽然凛冽，二更的月儿虽然迷离，郎中却伫立风中，久久地凝视着面具纹丝不动，那副专注的神情，好似凝视着他的新娘。

粤西郎中七尺有余的身材，无论从哪个角度看都十分匀称，从背影看像个书生。他观赏面具良久之后，发出一声微微的叹息，将面具收进背篓。背篓里有一柄剑，金秋池看到它一定不会赴高唐之约，因为这柄剑，正是比“新月剑”更加有名的神兵——“八魔刃”。

十七年前，金蟾道士击败洪门之主大慈和尚，荣膺“天下第一剑客”美誉，“逍遥门”从此成为雄霸武林的第一大门派，深得官府之倚重。不过，俗话说得好，狡兔死，走狗烹，飞鸟尽，良弓藏。金蟾道士深谙其理，登上武林至尊的宝座后，一反从前咄咄逼人的强势，命令四大门徒各守本分，不得擅自扩张地盘；他自己则离开冲虚观，云游四海，留给世人一个闲云野鹤的隐者形象。十七年间，金蟾道士北至瀚漠，南下重溟，西出铁门，东渡扶桑，遍访四海英雄豪杰，打遍天下无敌手。搜罗奇珍异宝的同时，金蟾道士一刻也没有放松修炼。他深知洪门迥异于其他武林门派，反清复明大旗下会聚的多为忠肝义胆的血性汉子，野火烧不尽，春风吹又生，一时受挫，不几年定会卷土重来。

为了迎接“逍遥门”和洪门之间的最后决战，武林至尊潜心修炼武功。经过十几年专心致志的埋头苦练，金蟾道士的内功和剑法皆臻化境。此次“逍遥门”在冲虚观举办开山一甲子的剑道大会，金蟾道士在路上耽搁了两天，结果让金秋池趁虚而入，当着罗浮山九观、十八寺邻居的面，把“逍遥门”羞臊了个够！

在金蟾道士心里的天平上，洪门自始至终是头号大敌，能被他看得起的高手无非是“浑天门”大慈和尚、少林派的至善禅师、武当派的丁复国等成了名的对头；李文茂单枪匹马收服粤北绿林道，这个后起之秀引起了武林至尊的高度警惕。然而水无常势，山无定形，金蟾道士万万没想到第一个来挑战的竟然是金秋池，这淫贼必是采到了九叶碧血仙茅，否则他不会盗抢长生井水，不会有那么大的胆子来挑战“逍遥门”。为了慎重起见，武林至尊尾随金秋池，仔细观察他的一举一动，最后发现果然不出所料：金秋池功力猛增，远非昔日可比。

然而此时此刻，更令人惊诧的发现是眼前的猪头面具。

金蟾道士不愧为当代武林至尊，一双慧眼世间罕有，看到这副被人踢、被人踩、被人踏的猪头面具后喜出望外，敏锐地意识到“葫芦发”所言非虚——这副面目狰狞的面具确实藏着一套绝世武功。这正是失之东隅，收之桑榆，有一失必有一得。

金秋池踩着温柔的月光来到那座宅子，门里闪出一位面貌端庄的中年妇女，看年纪大约四十多岁，白衣黑裤的妈姐妆扮。她手里撑着一把花花绿绿的洋伞，偏着身子招呼：“是金大官人吗？请，打这边进来。”

妇人的皮肤嫩嫩滑滑，风韵犹存，姿色诱人。金秋池拉住她的大辫子，戏谑道：“和尚打伞无法无天，妈姐打伞什么意思？难道你家娘子派你来伺候床榻？”

妈姐的脸羞得粉扑扑，上面似乎抹了一层戏棚里的三凤粉："大官人，今晚并蒂双飞的是赵观察家的女仔。人家二八芳龄，论脸盘、身条、皮肤，比我这个老婆子强百倍呢。"

"年纪嫩不一定会伺候人，"金秋池淫笑，"金爷平日极中意你们妈姐和姑婆，反正关上门谁也看不见，不就是挣银子嘛。"

妈姐扭过身子，单手念了个佛号："奴家的身子已经许给了西天老佛爷，大官人莫要胡言乱语，当心佛爷在天庭怪罪。"

"金爷就是佛爷，老子不吱声，佛爷敢放个屁？"金秋池一把抄起妇人的屁股，任由她蹬腿踢脚，折腾着向正厅走去，边走边扫了院子一眼。

这座宅子是典型的三间两廊式建筑，中间是厅堂，两侧是卧室，天井四周走廊围绕；门房对面是厨房，灯影里有一个挽着发髻的厨娘正在煲汤。正厅门前挂着两盏遮雨灯，红石牛腿上装饰着精美的木雕，显得雍容华贵，优雅大方。

进入正厅，首先映入眼帘的是画筒和书架，一股书卷气迎面扑来。金秋池心旷神怡，放下挣扎着的妈姐，来到字画条幅下欣赏。正厅的摆设既典雅又别致，颇有趣味——当中间摆着一张黄花梨高束腰条桌，左边是两把包浆椅子，右边却是一张弥勒榻。榻旁为茶几和宫扇，香艳味道袅袅而生，将主人的特殊情调巧妙地表达出来。

"你家娘子呢？"金秋池问妈姐。

妈姐理了理大襟衫，大声说："姑娘，金大官人来了。"

左侧的寝室无人应答，琵琶先弹了一指，然后低垂怯怯，有人唱道：

> 初夜含娇入洞房，
> 理残妆，柳眉长。
> 翡翠屏中，亲爇玉炉香。
> 整顿金钿呼小玉，
> 排红烛，待潘郎。

金秋池闻乐大喜："娘子，你怎知俺为潘郎？"

房中的温玉珠一愣，继而柔声道："真是老天爷成全的美事，潘郎，别有一曲。”

琵琶声陡然一转，多了点鲜，少了点艳，曰：

恩重娇多情易伤，
漏更长，解鸳鸯。
朱唇未动，先觉口齿香。
缓揭绣衾抽皓腕，
移凤枕，枕潘郎。

金秋池进屋一瞅，貌若天人的歌女不是舢板上的娇娘又是谁？牙床搭了一顶灯笼纱，床头点了三支红蜡烛。熏香的小铜炉早已点燃，幽怨的气息忽隐忽现，被蜡烛的红光滋润显得十分缠绵。金秋池闯过无数香艳的深闺，对这种调调自不陌生，让他兴致勃勃的依然是温玉珠那身奇装异服——红毛女人坐牙床，别说摸，看着都来劲。

金秋池弯腰施礼：“娘子，你那位妹子呢？”

“你说赵观察家的女仔？”温玉珠答道，“她已经来了，在门房候着。”

金秋池奇怪地问：“何不请她过来赏月？”

“官人有所不知，这女仔未经人道，至今仍是个雏儿。”温玉珠叹了口气，“她这样的女仔自幼受诗书礼教，上面的皮子嫩，下面的皮子紧，万万不可粗鲁，只能慢慢梳拢。待我为官人弹上几曲，熄了灯后再教她入巷，否则怕她见光羞死。”

金秋池哈哈大笑：“小娘子，不瞒你说，潘郎驰骋江湖数十载，干的就是这个勾当，对女仔最是温存不过。况且我最近刚得了九叶碧血仙茅，下面这杆大枪要长便长，要短则短，要粗即粗，要细就细，直是一根孙行者的如意金箍棒。”

温玉珠点了点头：“太好了，让她少受些苦。”

“苦？”金秋池用扇子拨开温玉珠的紧身衬衣，“只怕是一般苦，万般乐吧？”

温玉珠问：“官人，你还想听什么曲子？”

“听曲、吃饭跟这玩意一样，最好各种味道都有，不然令人乏味。”金秋池叮咛，“方才你弹了两曲雅的，现在来一段荤的，但是别荤过了头。”

温玉珠思索片刻，把在木偶戏班时经常唱的淫曲翻出来，启喉唱道：

牡丹架高含香露，玉腿儿轻竖；
手摩春箫乐将倦，
雨偏云半，怎疗得饥渴贪恋？
轻轻款款柔情无限，好似秋千，
摇拽后庭院，兴发不堪狂缭乱，
一时树倒猢狲散。
佳人呜咽，郎，今日方遂了奴心愿。

金秋池抚掌叫好，三更鼓敲响，二人歇了诗词歌赋，钻入罗帐中颠鸾倒凤。这两位一个是金箍棒，一个是缠丝洞，彼此棋逢对手倒也中西合璧。一个时辰战罢，妈姐进来，递过热毛巾揩净体液，男女合体在牙床上吃了厨娘炖的王八绿豆汤。

养足精神后梅开二度，看看时候差不多，妈姐熄了灯，搀扶着一个女仔进了屋。金秋池黑暗中用手一摸，这女子果然害羞，遍体裹着白纱，单露一双柔荑、一捻腰身，以及散发着香味的半截下体。“赛潘安”拿鼻子凑上去，呵，一股处女幽香扑鼻而来——没错，是处女，他是这一行的老祖宗，鼻子绝对好使。

金秋池这辈子没有玩过缠白纱的女人，顿时兽性大发，连妈姐一起按倒在床。一个是红毛女子妆扮的狐仙，一个是包裹白纱的处子，一个是自称不近男色的妈姐，采花大盗这阵肉搏战杀得是畅快淋漓，黎明时分，扔下银袋子清清爽爽地离去。

走在明媚的晨光里，金秋池觉得体内冰灌，看来九叶碧血仙茅的药力尽数消失，从此他可以摆脱欲望的控制，一心一意地开辟属于西域雪山派的武林新时代。他“砰砰”敲响了简家的大门，“斯文脸”从家丁身后钻出来：“祖师爷，你回来了？”

金秋池抬腿刚迈出一步，双脚发软，踉跄摔倒在地。“斯文脸”吓了一跳，连忙把他从地上扶起来。这时阳光已经非常充足，金秋池脸上的每一根汗毛都清晰无比，“斯文脸”面部的肌肉开始变得僵硬，因为他看到金秋池面部的肌肉开始变得僵硬。

简家的家丁猛地蹿起来，号叫：“呀，东门郎！”

麻风病是一种令人绝望的可怕疾病，哪怕你有再高的功力，一旦得了麻风病便像被封住了穴道，武功尽失，手无缚鸡之力。这种病无药可医，但是远古相传有一种神秘的方法可以治好女人的麻风病，即通过男女合欢将麻风病转移给男人。

通过这种办法治愈麻风病的女人，据说会比以前出落得更加美丽和娇嫩；而不幸落入圈套的男人则陷入生不如死的痛苦深渊。广州城东门外住着一批麻风病人，多数是因为贪一时之欢而万劫不复的倒霉鬼，老百姓给这种人起了个绰号叫“东门郎”。

温玉珠决心跟随梁锡佳去粤西，临走之前，她打算将阿梅救出苦海，以此来赎自己这些年沦落风尘的罪。那个所谓赵观察家的女仔即为阿梅，而妈姐则是被请来帮忙的莫二娘。三个女人租赁下这座院子当陷阱，原想逮一只兔子，没想到却撞进来一头老虎。

“赛潘安”金秋池这位武林至尊强有力的挑战者，仅仅做了一个月的清秋大梦，便毁在了自己的看家本领上。江湖有一句话所言非虚：打了一辈子的雁，结果却被雁啄了眼珠。采花大盗被女人当花朵反采，真是红尘中莫大的讽刺！

第九十六回　松园芦荻

道光二十二年，英军远征舰队连破镇海、乍浦、吴淞、镇江等战略要地，兵锋直抵六朝古都南京城下。腐败无能的清廷被迫同意割地赔款，八月初三，道光皇帝批准条约的谕旨送到南京城。这个独夫民贼哪里知道，早在十天前，他所信赖的钦差大臣耆英已经迫不及待地在英舰"皋华丽号"上签字画押。《英军在华作战记》的作者海军上尉马十·宾汉不无得意地这样写道："中国被一名女子征服。"

这名女子指英国女王维多利亚一世，是年二十三岁，与温玉珠一般大。

《南京条约》是中国历史的分水岭，历史学家蒋廷黻曾说，"在鸦片战争以前我们不肯给外国平等待遇，在此以后他们不肯给我们平等待遇"。第一次鸦片战争后，中国社会进入了长达百余年的悲惨历史，这是国家和民族不可避免的命运，牺牲、耻辱和彷徨并非不堪回首，相反，它孕育着希望、光明和力量。

"没有一个生命是凭空诞生的"——这句话包含着双重含义：其一，婴儿来自母体，鸦片战争以后反殖民主义的革命脱胎于此前反清复明的民族革命，从反抗清廷暴政到反抗白人的种族压迫和歧视，其中的斗争逻辑一脉相承;其二,新生命诞生是一个血淋淋的痛苦过程,这一过程不仅表现于肉体的创伤,而且表现于精神的备受折磨。

人类社会永恒的课题无非是文化和文明再造!

文化是人类赖以生存的工具,文明是人类进行斗争的武器。从某种角度上看,群体的武器比个体的武器更加气度狭窄,更加逼近人性,更加脆弱不堪,更加积重难迁。文明的力量正如武学之道,不在一时的得失,而在于它是否具有自我重生、自我变革的能力。

自第一次鸦片战争到今天快满三个甲子,物质文明再次登顶的使命即将完成,而属于未来中国人的良知草和菩提树尚未完全浮出水面。古老的文明似乎力所不逮,技术革命释放的魔灵小荷才露尖尖角,中华文明再造不但是民族复兴浪潮的必然要求,同时也是人类文明再造最重要的核心组成部分。在这个不断"诛心"的过程中,必须始终警惕"赛潘安"那样的命运。

《南京条约》签订后,大量的具体执行问题接踵而至,中英双方移师广东继续谈判。中方谈判代表钦差大臣、广州将军伊里布尚未抵达粤东,冬月初六大雪那一天,发生了著名的火烧英国商馆事件,从而拉开了广州人民反入城斗争的序幕。

事情的起因很简单——一群英军士兵和水手在商馆广场登陆,这群飞扬跋扈的侵略者吃水果不给钱,还用刀砍伤了小贩,引发众怒。城南"德勇堂"主力迅速向商馆广场进发,"德礼堂"自城西过河驰援,初六晚上,广场集结了两万多人。一把大火点了英国商馆,众人"齐呼杀贼",官兵赶来救火也被他们用飞石棍棒击退。英国人吃亏后吓唬广州官府,后者乖乖掏了二十六万两银子赔偿,并且捉了十名无辜百姓斩首示众。

人民群众没有被吓倒,紧接着又投入轰轰烈烈的反入城斗争,坚决反对红毛鬼子依照条约规定进广州城居住贸易。这场旷日持久的斗争持续了七年之久,最终以胜利告终。广州反入城斗争和三元里抗英斗争是那段屈辱岁月里少有的几盏光亮,它代表着岭南民众不畏强暴的伟大精神,直接催生了1854年天地会大起义。

在那个万马齐喑的时代,在清廷和殖民主义的双重压迫下,生活于社会底层的劳苦大众没有失去寻找光明的信念,没有像行尸走肉的士绅阶层一样奴颜婢膝,反而用他们那双满是皱褶的手拿起刀枪,奏响了时代的最强音。

坐在英吉利厅的落地窗前，英国商馆燃起的烈焰，像一道鲜红的火幕悬挂天边，伸手似乎便可以感受到它的温度。伍紫垣、潘正炜、卢文翰、梁纶枢、吴健彰几位洋商无动于衷地望着屋外的红光——《南京条约》正式废除洋商制度，老哥几个"失业"了。

过了良久，潘正炜首先开口："五爷，不管怎么说你是总商，公行清算非同小可。伊里布大人抵达之前你得撑着，缠人的事多着呢。"

论年龄，梁纶枢比潘正炜还大一岁，然而两个人过的日子是天壤之别。梁纶枢被巨大的债务压得两鬓斑白，长长地叹了口气："有什么好清算的？无非一堆窟窿。"

这几年，梁纶枢为了延缓偿债的进度，拼命巴结官府，不断报效捐纳，结果欠洋人的债务不见减少，又增加了一笔拖欠官府的银子，真是得不偿失。伍紫垣安慰他："兄台，凡事有一利必有一弊，官家废了公行最好。这样商是商，官是官，当官的不再插手生意，生意没起色就破产关张，总之一句话，再也不用害怕把咱们一家老小发配到伊犁。"

废除洋商制度，不但免了官府代洋人追债之忧，而且不用再承担其他洋商的饥荒。潘正炜心里很高兴，他拍了一下大腿："以后欠钱的是大爷，梁老爷，你欠鬼子的那些债，乐意什么时候还就什么时候还，怕个甚？"

梁纶枢发愁地说："欠官府的银子呢？"

"嗨，不就七万两银子吗？大伙给你凑一凑。"潘正炜转头问卢文翰，"卢老弟，五爷准备卖茶叶，老吴打算贩烟土，你想干点啥？"

十家末代洋商中，日子过得滋润的也就是伍紫垣、潘正炜两个，其余几家濒临破产或者已经实际破产。卢家的亏空也有三十五万元番银，可是亲哥几个打得头破血流，没有一个愿意从自己口袋里拿钱填补柜上的窟窿。卢文翰气哼哼地说："回家种地。"

吴健彰半天没有说话，这时出言相劝："回家干啥？现在是自由贸易，五口通商，有多大本事使多大本事。咱们和鬼子打了这么多年交道，别说人脉，就连鬼话别人也没法比。这便是挣大钱的引子，卢老弟，跟老夫去上海，怎么样？"

卢文翰拒绝:“人生地不熟的,我可不受累。”

“上有天堂,下有苏杭,”吴健彰捋着胡须,嘿嘿地笑着,“那边的女人皮肉嫩,保准你去了舍不得回来。”

大富人家妻妾成群,怕的不是女人少,而是女人多。“卖鸡爽”这句话丝毫引不起卢文翰的兴趣,他讥讽地问:“老哥,你的身板倒挺硬实?”

“卖鸡爽”说出了心里话:“那边最大的好处,是没有在堂的人闹事。”

“洪门为难的是官府,”潘正炜摇了摇头,“跟咱们有什么关系?”

伍紫垣明白吴健彰这句话是对自己说的,低头不语。

《南京条约》开始谈判前,耆英和伊里布觉得十三行的通事素质低下、不可靠,便上奏朝廷要求挑选一二精干洋商来南京与英国人办理交涉。广州官府挑选的代表是伍紫垣和吴健彰的弟弟吴天垣,两个人刚走到半路上,性子急的耆英已经在条约上签字画押。伍紫垣、吴天垣立刻掉头回返,暗自庆幸,又少做了一次卖国贼。

十家末代洋商,大致可以分为两类,一类是浩官、启官、茂官、经官等老字号,一类是像爽官、鳌官、明官、秀官等后起之秀。前者家里有厚底子,第二代和第三代要么是喜欢琴棋书画的读书人,要么是玩世不恭的二世祖;后者白手起家,全凭官场钻营和江湖博弈,身上的戾气比前者浓烈得多——吴健彰就是一个代表性的人物,其发迹过程极富传奇色彩,归根到底一句话,与“火”这个字,有着密切的关系。

“卖鸡爽”早年在十三行当跑腿的差役,后来专门伺候一个“白头番”,那位大班对他极为信任,提拔他做领班并负责货物进出。有一年冬天,洋行运来两大船的鸦片膏和皮货停靠在黄埔岛码头,为了免遭官吏敲诈,大班嘱咐“卖鸡爽”将货物分拆入仓。“卖鸡爽”在码头附近先租了些空房子,将货物卸下来,准备找机会偷偷运进仓库。谁知那天晚上,码头仓库忽然起了大火,“白头番”误以为货物已经运进了仓库,绝望之下服毒自尽,波斯洋行树倒猢狲散,“卖鸡爽”凭空得了两船价值不菲的货物。

爽官的同顺行是实打实的黑窝点,这两年别的生意不做,专门贩卖鸦片。洋商制度废除后吴健彰不但没有气馁,反而更加高兴——过去贩卖鸦片的通道掌握在洪门手里,如今五口通商贸易,可以把船直接开到上海卸货，一举摆脱了洪门的束缚。

吴健彰提高声音："各位，时代变了，今后红毛鬼子才是这块土地的主子。以前咱们替红毛鬼子的货物做担保，现在倒过来，是人家给咱们当保商。《江宁条约》严禁百姓贩卖鸦片，但放手让洋人运烟贩烟，这不等于一纸空文？咱们就说鸦片膏是红毛鬼子的，官府敢放个屁？卖茶叶挣的是铜子，贩鸦片膏挣的也是铜子，一个圆圈四方眼，没啥不一样。"

潘正炜迟疑："吴贤兄，贩鸦片的名声可不好听。"

"有什么不好听？"吴健彰不以为然，"朝廷在闽浙沿海接连打了好几个败仗，眼下正是缺银子的时候。咱们挣了钱后捐个翎子，既给祖宗争光，又人前人后威风，不比那些嚼舌头的虚名强得多？"

梁纶枢怦然心动："对啊，咱们不是洋商了，干什么不是买卖？"

吴健彰煞有介事地说："三十年河东，三十年河西，风水轮流转，今年到我家。官府以前把红毛鬼子骂得那么难听，现在怎么样？恨不得热脸贴人家冷屁股。咱们粤东人才济济，大伙搅在一堆施展不开，老夫以为应该去上海滩跑马圈地。那个地方紧靠苏州和杭州，四周围好山好水好娘们，得早点去，去晚了只怕被人家抢了先。"

潘正炜回绝："我身子骨不成，还是舞文弄墨，聊度残生吧。"

"五爷，"吴健彰满怀希望地看着小浩官，"你出不出马？"

"广州府三江汇聚，一海环绕，如论风水，那是天下独一份，伍某哪儿都不去。"伍紫垣一板一眼地说，"各位年兄，咱们过了这么多年提心吊胆的苦日子，应该清楚洋商是风箱里的老鼠，两头受气，不知道哪一天便会大祸临头。眼下官府和红毛鬼子废了洋商制度，替咱们解了套，去了枷锁，还了自由身，这是一件可喜可贺的大好事。你们想干什么我不管，反正我得好好歇一歇，过两天不是奴才的舒坦日子。从今往后，官府想宰老子的肥鹅，或者拉老子去和洋人说项，他得给老子点头哈腰先，看五爷我心情好不好。"

吴健彰失望至极："五爷，你不怕姓李的找你麻烦？他可是洪门大佬。"

伍紫垣反戈一击："吴贤兄，我怎么听说，你正招募在堂的兄弟？"

"卖鸡爽"羞红了脸，无言以对。

吴健彰虽然志向远大，但毕竟年过半百，不像二十来岁的小伙子，此番去上海滩闯荡，关键是必须招募一些靠得住的跟班——江湖门派多系乌合之众，讲义气的还得属洪家兄弟。吴健彰相中了刘丽川兄弟，他们不但能文能武，而且是香山县的乡亲。可惜他动手迟了一步，刘丽川去年便到香港岛投了“义和堂”，在劳德择手下弄了个头目干。

自己的班底组织不起来，吴健彰寄希望与伍紫垣合伙。他看中的不是伍家的钱财，不是伍家在洋人那里的面子，而是伍家长期豢养的那批忠心耿耿的打手。然而要说服伍紫垣去上海开疆拓土委实不易——有陈罗婵在，小浩官舍不得离开河南岛半步。

吴健彰有吴健彰的烦恼，卢文翰有卢文翰的愁事，他愁眉不展地问伍紫垣：“听说林大人烧的那些鸦片要作价赔偿，这笔钱，朝廷打算让咱们掏？”

《南京条约》二千一百万番银的赔款中，一千二百万元为战争军费，三百万元为行商历年所欠英国商人款项，此外，还有六百万作为林则徐焚烧鸦片膏的补偿款项。宰惯了肥鹅的朝廷不肯轻易放过十三行行商，计划在公行关门前，再讹他们一把。

“全让我们掏没有道理，”伍紫垣回答，“最后讨价还价，一半恐怕逃不过去。”

一半就是三百万元，相等于十三行商欠的总额度，这又是一个大号的窟窿眼。大伙垂头丧气，卢文翰嚷道：“这不是逼着人卖房子卖地吗？”

众人把目光投向伍紫垣，他举起茶碗：“各位年兄请放心，咱们父一辈、子一辈打拼到今天不容易，虽说树倒猢狲散，但是不能失了情分。伍某在这儿替家父打个包票，除了公行剩余的家底，我伍家愿意拿大头，决不让各位年兄为难。”

大伙竖起了大拇指：“五爷仁义。”

次年官府追索的三百万鸦片赔偿款中，行商公所最后拿了一百三十四万元，伍紫垣认缴了一百万元，其余各家总计掏了六十六万元。伍紫垣兑现了自己的承诺，此为后话。

且说几位洋商面对即将终结的十三行历史，坐在英吉利厅回首往事，唏嘘不已。潘正炜劝吴健彰：“老吴，别看打完仗签了和约，其实这才是浩劫的开始。红毛鬼子逞威中华，五千年来这是头一遭，日头打西边出来，大祸将至。乱世中以保全身家性命为上，跑那么老远挣钱未必是明智之举，我看你最好别去上海了。”

潘家从潘振承开始到潘正炜已是第三代，起家时的江湖气和铜臭味消退得差不多了，男人们不是考功名就是收藏古玩字画。潘正炜著有《听帆楼诗抄》和《听帆楼书画记》，又跻身粤东画梅名家，艺术细胞比伍紫垣强得不是一星半点。而吴健彰正处于第一代创业阶段，对他来说天下大乱才是捞钱的好机会，潘正炜的苦口婆心根本听不进去。不过，场面上装装样子是必须要做的，他抱拳行礼："老兄一片至诚，吴某铭记在怀。我来找五爷商量，也是想把钱交给旗昌洋行打理。而今是红毛鬼子的天下，他们的买卖官府谅必不敢刁难。"

"你想入股旗昌洋行？"伍紫垣问。

旗昌洋行背后是伍家操盘，入股旗昌洋行实际上等于是跟着伍家干，以后就算捆在一架战车上。听伍紫垣问话，吴健彰连忙点头："是啊，还请五爷接纳。"

"这不算个事，"伍紫垣爽快地应道，"回头我给他们说一声。"

吴健彰心里高兴："五爷，以后老朽可就跟着你卖茶喽？"

屋外的火光消失了，英吉利厅的气氛稍微活络了一些。伍长禄走进屋子："少爷，阳大老倌从佛山堡来，来问陈大老倌的安。"

"快请快请，"伍紫垣情不自禁地从椅子上立起来，"快知会陈大老倌一声，就说班里的姐妹来看她，让她欢喜欢喜。"

一转眼，陈罗婵来到万松园已经两年多。这段时间她足不出户，连师傅何惠群的葬礼也没有参加，气得陈映雪和她断绝了母女之情。

看似刚强的陈罗婵，实际上已经脆弱到无法再面对万松园以外的世界，只有画舫、小戏台和大湖才能承载她那副吹弹得破的翅翼。为了让陈罗婵排遣寂寞，伍紫垣买了七八个童伶跟着她学戏；为了给心爱的女人多一点空间，伍紫垣让人在磨玉亭附近填了一座人工岛，又在磨玉亭、浮碧亭、画舫之间搭栈道、修孔桥，供陈罗婵散步使用。

不管伍紫垣如何绞尽脑汁，陈罗婵在万松园过的是一种自我封闭的日子，愿意见的人屈指可数。伍紫垣知道她心里最想见的还是红船姐妹，尤其是"凤凰仪"班的人，因此，一听说阳雪姑来访，不由得喜上眉梢，亲自陪着她来看陈罗婵。

一年多没有来，万松园大湖发生了巨大的变化，除了人工岛和栈桥外，阳雪姑满眼所及尽为衰败的芦荻——白色和紫色的花朵弱不禁风，追随秋天的脚步绝望地离去，在冬月刺骨的水气里，那些失了颜色的腰肢，叫人心碎。

伍紫垣解释："她现在特别喜欢芦荻，这些都是她要种的，说好养活。"

陈罗婵的生命之树是枫树，生命之花是桃花，然而她偏偏选择芦荻做自己的伴侣。万木肃杀的季节，这种花草盛开在红船驶过的每一个角落，像刀锋一样剖开秋日的躯壳，将秋去春来的渴望交付与陌生的寒风。那一丛丛枯黄的腰肢驱走了堂皇阆苑，霞觞氤氲，剥夺了万松园的脂粉气，替大湖安装了一颗辽远苍茫的心。

如今阳雪姑名气很大，已经跨入了大老倌的行列，"凤凰仪"班派她来看陈罗婵，一定有什么事情商量。伍长禄问："阳大老倌，有话你尽管吩咐。"

灵山县的苏家最后敲定了冯玉娘和苏三的婚期，日子定在来年的三月三，屈指一数，不到三个月的时间。阳雪姑来万松园是专程通知陈罗婵这个消息的。她对伍紫垣说："玉娘姐远嫁廉州府，日后见一面怕不易，易姑娘的意思是想办得隆重一些。她三年守孝未满，不方便去灵山县贺喜，看阿婵姐能不能走一遭？"

陈罗婵闭门不出，伍紫垣担忧她把身子憋坏了，当然希望她出门散散心。可是一想到陈罗婵的性格，他叹了口气："你劝吧，反正我的话她不听。"

"铁桥三"一直跟在后面，这时候插嘴："阳大老倌，有没有阿佳的消息？"

温玉珠设下倒采花的奇局后，为了躲避西域雪山派的报复，便随梁锡佳离开佛山堡，从此杳无音讯。有人说他们去了粤西，有人说他们到了粤北，更有甚者说他们去了上海。"铁桥三"心里没着没落，阳雪姑摇了摇头："没听说过。"

"比翼双飞，远离是非，"伍紫垣赞道，"阿佳倒是个情种。"

阳雪姑不止一次地想放弃复仇之念，和苏仁山找个与世隔绝的地方长相厮守，然而每每夜深人静，扪心自问，逃避和隐忍的生活果真能让人心安吗？人生求仁求智，各有不同：有的人为了图保全，宁愿像猪一样忍受所有的耻辱；有的人为了一份爱的信念，可以抛弃一切。阳雪姑和苏仁山求的是爱的信念，求的是精神的纯洁。如果熄灭了复仇之火，那么他们比翼双飞的生活将暗如长夜，永远得不到心安，那不是女峒主的选择。

行至栈桥，两旁芦荻遮没了湖面，像一条走不尽的路无边无沿。从芦苇荡里传出玲珑剔透的琴声，弹奏的是一曲屈大均的《扬州慢》：

萤苑烟寒，雁池霜老，一秋懒吊隋宫；
念梅花小岭，有碧血犹红。
自元老金陵不救，六朝春色，都入回中；
剩无情，垂柳依依，犹弄东风。
君臣一掷，早知他，孤注江东；
恨燕子新笺，牟尼旧合，歌曲难终。
二十四桥如叶，笳声苦，卷去匆匆；
问雷塘磷火，光含多少英雄！

大湖西侧被芦荻分割成了一个迷宫，伍紫垣等人循着琴声而去，不大一会儿，就看到陈罗婵的船在湖面上漂荡。她穿着红衣白裙的便装，如同一枝鲜艳的灯笼花在湖中沉浮，伍紫垣大声喊道："阿婵，你看谁来了？"

陈罗婵看清是阳雪姑，高兴地收起瑶琴，将船划到栈桥边，跳上岸："雪姑，你而今成了大老倌，啥时候来万松园唱一台？"

没想到她竟有如此的雅兴，阳雪姑感到快慰："阿婵姐，这还不容易？我回去给七娘和九娘说一声，开春头一台便来万松园。"

陈罗婵苦笑一声，"凤凰仪"班的老老少少都把伍紫垣当作横刀夺爱的罪魁祸首，他们怎么可能愿意进伍家献艺？她问阳雪姑："班里台期要紧，别兴师动众地耽误正事。你们谁要是有空就来转转，我这里有七八个女仔，好歹能凑半台戏。听说阿梅医好了麻风病，出落成了一个大美人，她到底长个什么样子？"

阿梅毕生的梦想是进红船唱戏，起死回生后最想去的地方当然是"凤凰仪"班，在那里唱戏粤西绿林道的人绝对不敢寻衅滋事。阳雪姑道："阿梅在咱们班里，她如今不但会弹《鸥鹭忘机》，还会唱好多曲子。要不，你点拨点拨她的戏？"

"好啊，到时你也来。"陈罗婵用手指着大湖的芦苇荡，"待我将湖面布置成草原，里面可容千军万马，咱们三个就在这里唱。”

阳雪姑彻底绝望了，陈罗婵连广州城都懒得迈一步，更别说千里之外的廉州府。伍紫垣小心翼翼地问：“冯姑娘明年三月三去苏家完婚，阿真妹子觉得应该大办一下，咱们多去点人给娘家壮壮门面。她守孝去不了，你看？”

陈罗婵问阳雪姑：“玉娘答应出嫁了？”

阳雪姑点了点头。

“太好了，玉娘之后轮到阿梅。”陈罗婵对伍紫垣说，“你多备礼品，选一个办事稳妥的人替我圆场，东西不要办得寒酸就是。”

从腊月开始，易如真和陈罗婵分头采办礼物——“香美人”以佛山堡的特产为主，像什么铁锅、铁钉、缝衣针、香炉、铜盆、铜锁、纽扣、爆竹、石湾陶器、中成药等等；陈罗婵以稀罕物为主，像什么火齐、木难、方诸、阳燧、鹤顶、龟筒、玻璃、犀角、钟表等等。转年正月过去没几天，李文茂让红脸冯坤充作娘家哥哥，陪着冯玉娘从高州出发，由陆路横穿云雾山和云开山脉抵达粤西；另外请周春夫妇担任自己和“洪德堂”的代表，押着一船货自佛山堡沿着西江逆流而上，经白沙江水寨南下北流与冯玉娘、冯坤一行会合——那里是北流江与合浦水的交界处，向西穿过六万大山和罗阳山即入灵山县。

陈罗婵所备礼物由“铁桥三”押送，与周春夫妇同行。

道光二十三年(1843 年)二月二十五，周春夫妇和梁坤进了白沙江水寨，梁培友在水寨忠义堂设宴款待，“德胜堂”将领任文炳、任文彪、张贵和、巢元贞等出席作陪。任文彪颇为惋惜：“要不是二爷下令把廉州府和郁林直隶州让出去，从这里到灵山县一路全是咱们的地盘。”

张贵和把碗一顿，酒气冲天地说：“现在怎么啦？阿友哥的名头照样好使。别说北流江与合浦水，就是罗阳山和六万大山，谁敢不给本堂的面子？”

自从六年前“洪德堂”水师覆亡以后，粤西绿林道的濛江水寨一支独大，浔江、北流江与合浦水大大小小的绺子皆奉“白嘴鱼”为盟主。“德胜堂”进驻白沙江水寨后，采取先南后西的策略，经过两年多的征战，彻底肃清了北流江与合浦水。这一战法成功地剪除掉“白嘴鱼”的羽翼，一刀切断了浔江以南粤西绿林道的交通大动脉。受此影响，粤西绿林道不得不实施战略收缩——水面主力悉数移向濛江水寨，集中力量与梁培友对抗；陆地主力纷纷向十万大山一带靠拢，统一由狮头峰的梁老祖辖领。这种形势下，孤悬敌后的大容山不但是前沿阵地，而且成了十万大山和濛江水寨的联络点。

“不能这么说，”梁培友摆了摆手，“周阿妈，你知道二爷不喜欢乌合之众，严令不许随意扩编。北流江、合浦水大小水寨几十处，做的是包江食水的老营生，虽然目下都改奉了本堂的令旗，但真心服膺大义的没几个。对他们只有恩威并施，舍此之外，别无他法。”

巢元贞道：“咱们只要端了濛江水寨，看他们谁敢三心二意？”

濛江水寨是浔江流域最为坚固和庞大的水寨，同时是通向圣堂山的水上门户。官府和“洪德堂”攻打多年，从没占过一次便宜。“铁桥三”夸赞：“我说你怎么对北流江、合浦水的绺子那么客气？闹了半天，原来憋着劲想吃大鱼。”

梁培友被他说破心事，端起酒碗：“二爷给了我炮船，当然不是为了对付几个区区小绺子。拿不下濛江水寨，岂不让‘洪胜堂’兄弟笑话？”

周春问：“附近是‘洪胜堂’的哪一路人马？”

“郁林直隶州是‘万胜堂’，廉州府是‘雄胜堂’。”任文彪回答。

“万胜堂”和“雄胜堂”属于“洪胜堂”旗下内十堂中的南五堂，大度和尚把这两大主力抽调出来，足见其对郁林直隶州和廉州府的重视。其中，“万胜堂”大龙头名叫李天禄，老营扎在北流县的绿蓝山；“雄胜堂”大龙头卢宽绰号“烂脚宽”，老营扎在灵山县的罗阳山。

梁培友提了个建议：“二爷交办无小事，周阿妈，我给你们　道本堂的令旗，你们把令旗插在船头，可保此行安然无虞。”

“不至于吧，阿友哥，凭梁爷和在下的拳脚，还有人敢捋老虎的须子？”周春傲慢地一口回绝，“再说粤西豪绅白日做人、晚头为匪是有了名的，各股绺子假如心生贪念，大可以乔装改扮杀人越货，有令旗和没令旗都一样。”

粤西民风剽悍，“米饭主”们白天是谦谦君子，夜里是杀人不眨眼的魔王，连那些绿营兵丁和官府衙役也敢下黑刀子，比盗匪更加凶恶。除了大股的绺子，更有无数把式在身的游匪三五成群，假扮商贾旅客行走在三江六水，打一枪换一个地方，来无影去无踪，在他们的眼里哪有什么王法和令旗？

梁培友率领古劳围水手，能在这般强梁横行的地方称王称霸，已经非常了不起，但是明枪易躲，暗箭难防，收服人心谈何容易？听了周春的话，他尴尬地笑了笑，换了一个话题："阿春，新郎官在什么地方接新娘子？"

"县城十里外。"周春答道。

梁培友不放心地追了一句："城西十里，还是城东十里？"

"豆皮春"奇怪地看了他一眼，从北流县城走山路去灵山县，只能向西走，新郎官吃饱了撑的跑到城东去接人？周春是个心思缜密的性子，心想梁培友这么问必有他的道理，于是放下手里的酒碗："阿友哥，城西十里有麻烦？"

"麻烦未必有，那个地方不大吉利。"梁培友皱着眉头，不解地问，"既然新郎官是个读书人，他怎么能在那儿接新娘子？"

北流县城号称"小佛山"，贸易繁盛，物阜民丰，在历史上赫赫有名。有趣的是它同时享有好坏两个名声，一个在天上，一个在地下——城东十里为勾漏洞，乃名列道教第二十二洞天的神仙福地，东晋时葛洪听说这里盛产丹砂，辞侯不拜，求为勾漏令，北流勾漏洞便和永宁州百寿岩、罗浮山冲虚观一起成为葛洪炼丹的三大胜迹；城西十里是天门山和龙狗岭，两山夹峙的小路蜿蜒崎岖，最宽处只有大约三十步，为北流江向合浦水转渡的必经之地，历史上是通向钦州、雷州、琼州以及交趾等南洋诸国的交通要冲。这些地方在中国古代是瘴疠难消的蛮荒之地，贬官十去九不还，故此称其为鬼门关。

历史上为鬼门关写下的诗篇几乎和勾漏洞一样多，像沈佺期、高适、李德裕、苏轼、黄庭坚、李纲、谢缙等等莫不是一代名流，可惜所表达的情感恰好相反——前者黯然神伤，后者艳羡向往。天堂与地狱合二为一的名城，普天之下，仅此一例。

周春和梁坤对视一眼，是啊，苏三身为读书人，怎么不知道避讳？"飞砣凤"是个女中丈夫，用轻松的口吻说："梁阿妈，冯姑娘一身过人的本事，刀山火海如履平地，什么样的牛鬼蛇神镇不住？我看你无须多虑。"

梁培友拱手道："弟妹言之有理，倒是我们这些爷们小肚鸡肠了。"

三天后，周春夫妇等乘船到了北流县城，和先期抵达的冯玉娘、冯坤在客栈会合。双方人马加起来有一百三十人，这么多的人和货物走山路需要不少马匹车辆，周春、冯坤和"铁桥三"均是心高气傲的人，不愿意用梁培友的招牌吓唬人，便派人拿着梁博太的书信去佛山堡“七市米户”设在城中的铺子。不大一会儿，一个掌柜模样的人出现在客栈，笑容可掬地问：“哪位是伍府的梁爷？在下姓宋，是东家的内亲。”

“铁桥三”招呼宋掌柜坐下，向他介绍周春和冯坤：“这位是城北沙亭岗的周爷，以前在琼花会馆；这位是古劳围的冯爷，以前在石湾镇。”

宋掌柜不愧是阿芬的娘家人，马上起身给周春和冯坤行了一个大礼：“周爷，冯爷，久闻大名，如雷贯耳，小的这厢有礼了。”

冯坤一怔：“你怎么知道我的名头？”

宋掌柜解释：“冯爷，小的过去在佛山堡做买卖。少班主走了以后，你的红狮子年年力拔头筹，把黑狮子压得抬不起头，我见过你。”

“那他呢？”冯坤问。

“你的红狮子出头以前，是少班主和周爷搭档的黑狮子。”宋掌柜笑嘻嘻地说，“周爷乃打番鬼的英雄，城北的乡亲谁不夸赞？”

“别捧臭脚了，”梁坤说，“我们留些人看船，剩下的人押运货物去灵山。你帮我们雇些车马，需要八十匹马、八辆大车和八个赶车的把式。”

宋掌柜手心攥着茶盅，一口应承：“没问题。”

周春不相信地问：“掌柜的，北流县城有多大，能一时筹得齐这么多的马匹？”

“呵呵，”宋掌柜恭敬地笑应，“周爷，北流江最大的圩市就在此地。咱们这条江面不仅仅运粮食，官府的海盐以及南洋诸国的贡品都打这儿走。北流江与合浦水没有贯通，中间要经一段十来里的山路转运货物，你想那马匹和车辆还少得了？”

“原来如此，”“铁桥三”放心了，“尽快去办，一个铜子少不了你的。”

宋掌柜慌忙摆手：“梁爷，万万使不得。东家在信上写得明白，你们在北流的所有费用俱由柜上支取，否则立马请我吃‘无情鸡’，你可别砸了小的饭碗。”

“铁桥三”不再勉强，只是叮咛了一句：“掌柜的，你订车马的时候探一探，看看最近江湖上有什么风吹草动，尤其是官面上的动静。”

次日晌午，“豆皮春”和“铁桥三”指挥人把礼物从货船卸至车上，宋掌柜匆匆忙忙地赶到码头：“梁爷，周爷，据衙门里传出来的消息，今天确实有一批贡品通行。要不,你们明后天再走吧?万一路上见了血光,怕吓着新娘子。”

周春屈指一算,离三月三的日期只剩下三天,他摇了摇头:“车队不比单骑,走山路到灵山县时间太紧,大婚佳期耽误不得。再说新郎官已经在鬼门关候着,他是一个手无缚鸡之力的读书人,一旦出了岔子,婚礼就泡汤了。”

“铁桥三”赞同他的意见:“马上走,马上走。”

大伙扳鞍认镫,上了坐骑,一行八十骑押着八辆大车出发。走至半途纷乱声声,到处是惊慌逃散的行旅客商,里面还夹杂着不少兵丁衙役。唯有一位戴竹笠、穿竹鞋、背竹筐、持竹竿的郎中神态自如,步伐轻盈如行云流水,一边走,一边启喉歌吟。细细听来,却是一首白居易白乐天的《草词毕遇芍药初开》,诗曰:

罢草紫泥诏,起吟红药诗。
词头封送后,花口拆开时。
坐对钩帘久,行观步履迟。
两三丛烂熳,十二叶参差。
背日房微敛,当阶朵旋欹。
钗葶抽碧股,粉蕊扑黄丝。
动荡情无限,低斜力不支。
周回看未足,比谕语难为。
勾漏丹砂里,僬侥火焰旗。
彤云剩根蒂,绛帻欠缨緌。
况有晴风度,仍兼宿露垂。
疑香薰罨画,似泪著胭脂。
有意留连我,无言怨思谁。
应愁明日落,如恨隔年期。
菡萏泥连萼,玫瑰刺绕枝。
等量无胜者,唯眼与心知。

第九十七回　鬼门铜鼓

俗话说，行家伸伸手，便知有没有。红脸冯坤一马当先冲了出去，到郎中面前猛地带住马的缰绳。他虽然听不懂这首诗的味道，看不出对方的实际年龄，摸不透这位采药郎中的武功底细，但他清楚眼前的采药人绝非善茬。冯坤上下打量了一番，喝道："这位先生，前面发生了什么事？怎么乱哄哄的？"

"鬼门无归客，北户多南风。"郎中悠然道，"安南国进贡的贡品让人劫了，押运的官军死了十之七八。各位客官，赶紧打道回府吧。"

冯坤抬腿摘下长刀："光天化日之下杀人越货，是哪一路的贼子？"

郎中奇怪地看了他一眼："客官，看来你不是本地人吧？鬼门关、鬼门关，不杀人溅血还叫什么鬼门关？"

"豆皮春"从后面追上来急急地问："先生，你可见有接新娘子的花轿？"

"花轿没看着，"郎中回答，"新郎官倒是瞅见一个。"

"豆皮春"大喜："他在哪里？"

郎中回头朝鬼门关里一指："进关三里地有一个山坡，上面开满芍药花，他和客商脚夫藏在花丛中避难，未知如今有无命在？"

"铁桥三"十分不解:"抢货归抢货,何必滥杀无辜?"

"各位客官有所不知,"郎中不紧不慢地解释,"听说这次安南国王进献的是一株稀世珍宝'柔佛人荟',武林中人食之可以洗髓易筋。这伙强人不是粤西绿林道,就是造反作乱的会党,他们怕泄露了行踪,当然要杀人灭口。"

"豆皮春"盯着他问:"先生,你怎么如此清楚?"

"山人不但知道里面有粤西绿林道的人马,而且认得他们来自濛江寨和大峒寨,领头的叫'白嘴鱼'和'老山羊'。"郎中长啸一声,兀自扬长而去。

"铁桥三"望着他远去的背影,禁不住咋舌:"好俊的身法。"

"赛潘安"金秋池染上麻风病后武功尽失,只有极少数人知道这个秘密,"豆皮春"便是其中之一。眼前这个郎中虽然身份可疑,但是他的话却有几分道理——粤西绿林道自盖九霄和蓝太武以下都在绞尽脑汁地为金秋池求药问医,"柔佛人荟"正是治疗麻风病屈指可数的神药仙草之一,西域雪山派的弟子当然会玩命来夺。

"飞砣凤"策马赶到,催促说:"快去救苏三相,别让冯姑娘心焦。"

一行人分为两批,"飞砣凤"陪伴冯玉娘和车辆在后,周春、梁坤、冯坤各拔刀枪,带了四十余骑人马旋风般冲入鬼门关,前去搭救避难的新郎官。

书中暗表,这位采药郎中正是"天下第一剑客"金蟾道士,他在佛山堡亲眼目睹金秋池落入万劫不复的人间地狱,不由得感慨万千。这位武林至尊一贯的行事风格是斩草除根,绝不给敌手留下一丝一毫死灰复燃的机会。他算准西域雪山派急于为金秋池治病,于是假扮郎中在勾漏洞炼丹制药,伺机将贝尘鹤的人马吸引下大容山。鬼门关一带既是南洋诸国朝贡贸易的必经通道,又是江湖势力浑水摸鱼的三不管地带。金蟾道士的如意算盘是通过散布安南国进贡仙草的假消息,挑动洪门与粤西绿林道杀一个你死我活,两败俱伤。其实安南国这次进贡的不过是一些吃穿用度的特产,根本没有什么"柔佛人荟"。金蟾道士此计一石二鸟,确实高明,但凭空搭上了许多条无辜性命,可谓歹毒至极!

周春等人杀进鬼门关,只见山道上血迹斑斑,死尸累累,看上去叫人触目惊心。死者中有佩戴武器的蒙面人,也有手无寸铁的老百姓。"豆皮春"

跳下战马仔细观察，发现了一个奇异的现象——那些穿戴各异的蒙面人尸体多数完整，仅仅脖颈中隐现一道红痕，显然是遇到了一剑毙命的大高手。

这个大高手会是谁呢？难道是大名鼎鼎的“玉面如来”？周春越琢磨越感到迷惑，蓝太武不会连自己的手下也杀吧？思考了一会儿，刚才那位郎中高深莫测的面孔逐渐浮现在眼前，“豆皮春”不寒而栗，自言自语：“莫非是他？”

“铁桥三”心有灵犀一点通，脱口而出：“你说是那个俏郎中？”

“赶快找人。”周春翻身跳上战马。

几十号人拉开阵势沿路搜寻，一边策马前行，一边朝两旁的山坡高声呼喊：“哪位是灵山来的苏三相？我们是送嫁妆的娘家人……”

走了三里多地，山势陡转，阴沉肃杀不见，出现了一片芍药花的海洋，谁能想到令人闻风丧胆的鬼门关里，竟然盛开着如此弱柳扶风的娇嫩花朵？白色像冬季清冽的沃雪；红色如晨曦初绽的阳光；粉色好比桃花的花托；黄色宛似深秋枝头的垂裳；紫色飘起来与柔媚蝶儿的翅膀无异；绿色沉进水里胜过翡翠和碧玉；还有黑芍药，它是春天最后一杯美酒吗？它是鲜血滴入尘土凝结的悲伤吗？它是勾漏铜标千年落寞的影子吗？

每一株花瓣似乎都隐藏着一张面孔，每一片叶子似乎都栖息着一个灵魂。听到山路上焦急的呼声，花丛中跃起一个人，惊喜道：“贵客是从高州来的？”

“铁桥三”忙问：“你是苏三？”

“小生正是苏三。”那人披红挂绿，一身的新郎装扮。

冯坤兴奋地举起刀：“在这里，在这里，新郎官活着呢。”

周春仔细观瞧，发现这位新郎官七尺多高的身材，眉清目秀，文质彬彬；身后背着一把不到三尺长的铁尺，看样子并非一个手无缚鸡之力的书生，而是一个有把式在身的练家子，难怪他不慌不忙、镇定自如。周春对苏三起了一份好感，下马客气道：“在下周春，奉我家二爷之命押运嫁妆到贵府。这位是万松园的梁爷，他押送的嫁妆是西洋来的稀罕物，我们俩坐船走水路来；这位冯爷是你大舅哥，陪着冯姑娘从高州来。”

冯坤不高兴地问：“新郎官，你的花轿呢？”

苏三赔笑："舅爷，小生一行十多个人，俱被打散了。"

"没有花轿，你接什么新娘？"冯坤不依不饶，似乎自己真的成了娘家哥。

"行啦，新郎官安然无恙，就谢天谢地了。"周春制止住冯坤，又问苏三，"按照我们广府的风俗，你应该给冯姑娘一个见面礼，备了什么？"

苏三双手一摊，跺着脚说："嗨，小生备了一大匣子的礼物，全在花轿里面。"

冯坤骂道："一个大活人给你，你小子连个物件也舍不得？"

苏三急得团团转，转念之间有了主意，跑到山坡上采了一株芍药，笑嘻嘻地说："芍药为花中魁首，大舅哥，这朵花配得上玉娘的容貌，也代表小生对她的心意。不才保证像对天仙一样伺候她，一生一世永不变心，不动她一根手指头。"

"动手？"冯坤笑出了眼泪，"有本事你尽管使来。"

被誉为"花仙"的芍药固然芳姿绰约，代表着浓情蜜意的浪漫爱情，但是它还有一个名字叫作别离草，那是情人恋恋不舍、互道珍重别离的象征。冯玉娘从苏三手里接过这株洁白的芍药花，心里顿感不祥——难道自己勉强迁就的这段尘缘，竟可能半途夭折？

"飞砣凤"瞥见冯玉娘眼底朦胧，以为她看到苏三情绪激动，诙谐地说："鬼门关这个名字太难听，三相公，以后别在这儿等，免得玉娘担惊受怕。"

冯玉娘天生一副娃娃脸，尽管年近二十，仍然梳着一对双髻。苏三见自己的新娘子背插柳叶刀，手提梅花亮银枪，骑在马上英姿飒爽，美艳绝伦，比山上的芍药花不输分毫，不由得神魂颠倒，把一切烦恼抛于脑后："嫂子教训的是，今后玉娘回娘家，我们要么从横州乌蛮滩渡浔江，要么南下冠头岭走海路，绝不再走这个鬼地方。"

"铁桥三"看了看周围的山势，担心地说："此地不宜久留。"

"不行，"周春摇摇头，"新郎官的伴当被打散了，咱们帮他找找。"

换作普通人，一起来的伴当被杀散，生死不明，早就急得火上房了。哪知道苏三却似乎毫不介意，向周春等人抱拳："不碍的，小生这些兄弟都有些把式，从鬼门关到灵山县这条山道再熟悉不过，出不了事。"

周春、梁坤和冯坤交换了个眼色，对苏三相有了更进一步的认识。鬼门关、六万大山、罗阳山一路行去，皆为强梁出没的凶险之地，这位文质彬彬的新郎官竟然面无惧色，看来绝非等闲的读书人。周春不放心地问："真不用去找？"

"不用，"苏三自信地说，"兴许咱们前脚进家门，他们后脚就到。"

冯坤讥讽："你这些伴当有两下子啊？"

"无非一些三脚猫的把式，哪能跟大舅哥比？"苏三假装听不出他话里的意思，转身对冯玉娘说，"说来有趣，玉娘，有一个还是你的旧相识。"

这么偏僻的地方居然有认识自己的熟人？冯玉娘好奇地问："哪一个？"

苏三说："我新结交的这位兄弟是个妙人，武艺高，讲义气，男生女相，换上女人的衣服活脱一个美娇娘。他在鼎湖山学艺，原籍肇庆府高要县沙浦镇，从前在贺县打过佣工，来到廉州府没几年，在贵县磨过豆腐，姓张名嘉祥。"

"是他？"冯玉娘惊叫起来。

苏三讨好地说："小生和他在横州伏波庙相识，一听你的名字，他立刻拜我当大哥。说你在瓦窑冲救过他的性命，他要来报恩。有没有这回事？"

看来张嘉祥离开贺县后并没有回高要老家，而是来到廉州府和浔州府谋生。他那双仰慕的目光在冯玉娘眼前晃来晃去，让她心烦意乱，低头道："是。"

苏三越说越高兴："这位张兄弟说你救了一群戴金雀顶的老爷，说他还见过李二爷、易大老倌、陈姑娘和易姑娘，有没有这回事，娘子？"

冯玉娘亮晶晶的黑眼珠闪了闪："相公，咱们回家吧？"

苏三醒悟到自己的话太多了，讪讪道："好好，回家，回家。"

苏三对这一带的路径非常熟悉，领着一行人穿山越岭，专拣一些林间小径走。虽然绕远了一些，但是平平安安，终于在三月三的清晨抵达灵山县苏村。

苏村中苏姓人口占多数，苏三家有百十来亩上好的良田，在村里的光景数一数二，前后三进的大院子全是大理石表砖、童子瓦、屋檐雕刻莲花瓣的镬耳楼。周春、梁坤和冯坤无不暗自咋舌——单靠收田里的租子，能盖得起这么气派的宅子？

苏家人虽然日子过得滋润，可是哪见过八辆大车拉的嫁妆，全村人挤到村口看热闹，苏家人觉得脸上光彩无比。婚礼的执事是苏三堂叔苏亚全，他引着一架花轿吹吹打打前来迎接。苏三低声问："他们回来了？"

"回来了，回来了。"苏亚全喜气洋洋，"贴封条。"

鞭炮声响起，两位喜婆将冯玉娘搀扶下马，蒙盖头塞进花轿，苏亚全捧着一张盖有红戳的封条封住轿帘。吹鼓手在前，花轿在中，娘家人拖后，绕着村子转了三圈，抖足了威风才停在苏三家门口。苏亚全喊："揭封条。"

苏三满面春风揭开封条，喜婆把冯玉娘搀下轿子。他刚要迈步进院子，苏亚全从袖子里掏出一把纸扇递给他："别急，别急，还没打扇头呢。"

"打扇头"是高、雷、廉、琼下四府一带的风俗，有句话这么说："一打多儿孙，二打孝高堂，三打兴六畜"。意思是给新娘子一个下马威，进门以后老老实实干活不许欺负丈夫——下四府的妇女素以任劳任怨著称，屋里屋外一把手。水田里一眼望不到边的，尽是背着孩子插秧收割的女人。功劳这么大，男人们能不受两口气？

苏三拿着扇头难以下手，自己的新娘美如花蕾，怎舍得敲打？另外冯玉娘武艺超群，万一惹恼了她可不好办。旁边看热闹的人起哄架秧子："打呀，快打呀。"

"小生要打了，娘子。"苏三手持纸扇，笑嘻嘻唱了个喏。

冯玉娘脸红得跟盖头差不多，微微点了点头。

苏亚全嚷嚷："老三，你要是舍不得打，将来准让婆娘骑一辈子。"

苏三拿着纸扇正在犹豫不决，从院子里挤出一群二三十岁的年轻人，这群人便是在鬼门关失散的伴当。谢江殿、麦二、李士昌、刘五、徐亚云、杨捞家、宁牛儿三、张嘉祥等，一个个看起来莫不生龙活虎。张嘉祥上前扑通一声跪在冯玉娘面前："玉娘姐，山不转水转，没想到能在这儿见到你，真是苍天有眼。"

苏三急忙把他搀扶起来："哎呀，小幺，男儿膝下有黄金，千万不要这样。你嫂子现在蒙着盖头，有啥体己话明天再说，都是一家人，以后机会有的是。"

苏亚全不住地催促："老三，快打扇头，亲朋好友等着开饭呢。"

苏三鼓了鼓勇气，终于还是没敢下手，苦笑："小幺，你替我打吧。"

"我？"张嘉祥迟疑地看了苏亚全一眼。

苏亚全哈哈大笑："你和新郎官是过命的兄弟，又和新娘子是旧相识，两头攀亲，打断骨头连着筋，打得打得。"

在众人的嬉笑声中，张嘉祥举起扇骨，在冯玉娘的头顶轻轻地敲了三下。

梳头婆给冯玉娘梳头完毕才举行拜堂大礼，奉甜茶，敬利市，一番折腾忙乱后，新娘子被送进洞房。锣鼓一响，木偶戏班开始第二轮演唱助兴，院子里的流水席拉开架势，一口气从日上三竿吃到夜幕高悬，乡亲们吃饱喝足，各携老幼回家安寝。

鉴于娘家人来得多，苏三特地租赁了村东头的苏家祠堂供其安歇。周春、梁坤和冯坤吃完饭后向苏亚全告辞："阿叔，我们回去歇息了。"

苏亚全热情地挽留："各位贵宾，晚头不闹洞房了？"

"一路鞍马劳顿，早点歇着好。""铁桥三"推辞。

张嘉祥凑上前，认真地介绍："周爷，梁爷，冯爷，这边闹洞房和咱们那边不一样，山里人民风淳朴，喜欢对歌，风雅得很。"

周春端详着张嘉祥，心里不觉赞叹，这小伙子要是裹上粉衣、描上红，谁能看出他是一位七尺须眉？他和颜悦色地问："你见过二爷？"

"是，"张嘉祥连连点头，"当年小的在三王山被人下了迷香，多亏冯姑娘出手搭救。她和陈姑娘、易姑娘去接易大老倌。"

"果然有缘。"周春慢条斯理地问，"高要县比邻肇庆府城，你为什么放着花花绿绿的好地方不留，大老远跑到下四府来谋生？"

张嘉祥叹了口气："肇庆府纵然遍地是金银，和咱穷人有啥关系？在下穷困潦倒，除了一膀子力气要啥没啥，只好跟着叔父四处打工，混一碗饭吃。"

"你们在鬼门关，没有带东西回来？"周春话锋陡然一转。

张嘉祥心中一惊，眼前这个在三元里打番鬼的"豆皮春"不但武艺高强，而且目光锐利非一般人可比。他装傻充愣："周爷，我们是空轿子去，空轿子回。"

走出苏宅后，"铁桥三"问周春："你怀疑他们参与了鬼门关的厮杀？"

从鬼门关到苏村这一路上有很多事都引起了"豆皮春"的注意——头一桩是那位神秘的采药郎中；第二桩是驻扎在罗阳山的"雄胜堂"人马为何这

般悄无声息？第三桩是苏三和张嘉祥等人鬼鬼祟祟的行径。他停下脚，对梁坤和冯坤说："让弟兄们把马料喂足，刀枪预备妥当，睡觉补补精神，说不准今天夜里就有事。"

冯坤挥了挥刀："谁敢找咱爷们的麻烦？"

"管他呢，"周春扬手道，"兵来将挡，水来土掩。"

亥时过后，天上亮晶晶的星星多了起来，各种各样的都有，活像撒进新床的花生、水果和铜钱。这边男童女童蜂拥而入，争先恐后地爬上床去抢；那边"飞砣凤"临时客串梅香嫂帮新娘子对付来洞房捣乱的男宾。院子里摆了四张拼在一起的八仙桌，张嘉祥和一帮狐朋狗党附庸风雅，对歌饮酒，庆祝苏三新婚之喜。

还真让"豆皮春"猜对了，苏三、张嘉祥这群人不是什么善茬，而是在横州乌蛮滩打劫过往船只的绺子。昔日，东汉伏波将军马援兵分两路南征交趾，陆路过北流鬼门关，水路经横州乌蛮滩。乌蛮滩和鬼门关皆以凶险著称天下。一般来说，水匪比山匪更加凶狠，张嘉祥和苏三这伙人敢在乌蛮滩捞世界，论手段和胆略，自比在鬼门关剪径的杀手胜过一筹。

这伙人均有把式在身，其中，以张嘉祥的武艺最强，以苏三的智谋最高。俗话说，强龙不压地头蛇，然而苏三这伙人胆大包天，偏偏不肯信这个邪，利用接新娘子的片刻工夫，搂草打兔子，在鬼门关捎带做了一票生意。

参与打劫的蒙面杀手原来是洪门和粤西绿林道两股人马，苏三、张嘉祥一伙误打误撞地卷进去，恰合了金蟾道士的心意。武林至尊索性将水彻底搅浑，抽出"八魔刃"蜻蜓点水，大开杀戒。他倒是拍拍屁股走了，这三股人马却杀了个晕头转向，迷迷糊糊。

苏三戴着簪花帽子，打着酒嗝，问张嘉祥："小幺，这次捡到了什么好东西？"

"三哥，咱们上当了，"张嘉祥懊丧地回答，"哪有什么'柔佛人荟'？净是一些怪头怪脑的吃喝物什，好在弟兄们挂彩不重。"

苏三抱着侥幸的心理："是不是让那两家抢了先？"

张嘉祥心有余悸："三哥，幸亏咱们去得晚，不然非吃大亏不可。"

"你是说那个采药郎中？"苏三问。

张嘉祥道:“是啊,那厮的剑法太快,人影没看清就飘过去了。”

苏三见到了金蟾道士的背影,但猜不出他的身份。他心事重重地对谢江殿说:“以后做事得小心点,大哥,凭那厮的剑法,咱哥几个捆在一块也不是对手。”

“老三,今天你是新郎官,我们听你的。”谢江殿粗犷地笑了笑,“来啊,把那口镶金锁的铁力木箱子抬过来。”

杨捞家和宁牛儿三从厢房里抬出一口箱子,箱子上镶着三套六副金锁环,从样式上一瞅即是安南国的贡品。苏三喜道:“看来这趟没有白干?”

谢江殿得意地说:“那当然,打开让老三瞅瞅。”

众弟兄夹手夹脚打开箱盖,从里面抬出一尊直径约三尺、高约两尺的铜鼓。呵,这面铜鼓造得真叫个漂亮,纹理清晰,图案精美。云雷纹饰中烘托着十二片太阳光芒,芒晕里镌刻着四对飞翔的白鹭;东南西北四个方向趴着四只逼真的青蛙。鼓胸和鼓腰的两对扁耳朵附近是一行铭文,一来是因为年代久远,字体有些模糊;二来是因为这哥几个大多胸无点墨,围着铜鼓仔仔细细辨认了好半天。苏三认出“马”和“援”二字,张嘉祥认出一个“虎”字,谢江殿认出一个“王”字,其他人两眼一抹黑,啥也没认出来。

麦二和刘五跳了起来:“大哥认出一个‘王’字,莫非将来能封王拜相?”

杨捞家摸着头皮:“不可能,鞑子朝廷啥时候给汉人封过王?”

“咋没有?”宁牛儿三说,“吴三桂就封了个平西王。”

徐亚云讥笑:“小三,你没看过木偶戏?三藩之乱吴三桂落个满门抄斩,不就是因为他封了个平西王?鞑子心肠窄,后来汉人别说封王,封侯的都没几个。”

宁牛儿三喋喋不休地骂了起来:“丢他老母的,他不封咱自己封。”

“跟着洪门造反?”李士昌说,“这倒是一条路子。”

“好啦。”谢江殿摆了摆手,问苏三,“老三,你看这尊铜鼓值不值钱?”

“值钱,哪能不值钱?”苏三笑嘻嘻地说,“大哥,咱们兄弟在横州混生理,伏波庙便是纪念马援的。这位伏波将军是条好汉,他当年平定交趾,一口气打到南溟极渊处,柔佛海以北都划作大汉疆土,端的是马革裹尸的千古英雄。班师回朝的路上,伏波将军在鬼门关立铜柱伸张大汉天威,在横州乌蛮滩用缴获来的铜鼓铸成战马,派人送给当朝圣上。这尊铜鼓上面有伏波将军的名讳，极有可能是他另铸铜鼓返归交趾，以示大汉不夺神器之德。”

谢江殿拍着桌子：“照你这么说，这尊铜鼓肯定值钱了？”

“那当然，不值钱，安南国能当贡品？”苏三笃定地说。

“丢他老母，你娶了个如花似玉的小娘们，安南国又把神器送来，看来咱爷们来年必定大发横财。”谢江殿撸起袖子，兴奋地说，“老三，今天借点你娶媳妇的喜气，弟兄们美美地喝他一顿，不醉不归，博一个大彩头。”

苏三的族弟苏金桐负责在院子里招呼客人，他朝每个人前面丢了一堆糖果，又在每一盏酒碗里放了枚枣和橄榄，取“早生贵子”之意。摆放完毕，他恭敬地问谢江殿：“谢大哥，东西准备好了，你看什么时候开始对歌？”

“嗨，差点把正事给耽误了。”谢江殿懊丧道，“马上开始，马上开始，就用这尊铜鼓给咱们行酒令，按年龄排座次，谁输了谁喝。”

廉州府地近粤西，风俗有几分相似，对歌是闹洞房仪式不可分割的一部分。对歌的主位叫新君，毫无疑问这是新郎官坐的地方；新君对面的位置叫水淀鸠，除非具备相当歌喉的人不能担当，其主要任务是将对歌活动推向高潮；新君两旁按照丞相、元帅、司马、都督、将军和先锋的次序一字排开，分别是两套人马。坐在丞相位置的人也要有一定的歌唱水平，谢江殿望着坐在水淀鸠位置的张嘉祥心里直打鼓，论肚子里的墨水，他可比不过这个小老幺。

宁牛儿三力气大，操着一对槌站在铜鼓前，见张嘉祥心不在焉，便问：“小幺，对歌马上就要开始了，你在想啥？”

“我在想这个‘王’字兴许指的是交趾国王，可这个‘虎’字到底是什么意思？”张嘉祥歪着脑袋想了半天，始终没有琢磨明白，最后，倒是对那个“虎”字赞不绝口：“不过，这个‘虎’字写得是裙头插令——出奇（旗）地好，一笔贯下来好似猛虎下山，有气魄。”

“我开始啦？”谢江殿道。

张嘉祥嘿嘿笑着：“大哥，你乖乖等着喝酒吧。”

铜鼓一响，谢江殿无暇思索，来了四句：

新人造新床，新被盖新娘；

两人睡觉胡抓挠，还没耍够天就亮。

大伙儿笑得前仰后合，徐亚云上气不接下气地责怪：“大哥，你这不对，三嫂是从大地方来的斯文人，石塘圩在灵山够热闹吧？一千个石塘圩也顶不过一个佛山堡；莲花峰在方圆百里够灵验吧？上面净是野路子狐仙，跟人家东西二樵根本没法比。从今天开始，咱兄弟应该变得文雅一点，别让三嫂笑话。”

谢江殿脸色通红，对麦二说：“老二，你比我强，你来一个？”

麦二从袖子里抽出一团纸，看来早有准备，磕磕巴巴地念道：

打开新铺盖，金碗对银盏；
左边盖才子，右边盖佳人。

麦二念完，和谢江殿一起问苏三：“三弟，行吗？”

苏三摇着扇子：“大哥，二哥，我是新君，按理不能在席上乱说话。我说行，万一小幺比你们强，这碗酒成了我喝；我说不行，万一小幺不如你们，这碗酒你们哥俩喝得冤枉，最后还要找我算账，小弟两头不是人啊。”

李士昌见谢江殿和麦二为难，开口解围：“我是左元帅，来说四句，今天是三哥大喜的日子，就扣个‘三’字——赢了的话小幺喝酒，输了的话我喝。”

“好，‘三’字是刘关张桃园三结义，兄弟齐心是一竖，合起来是个‘王’字。伏波将军在铜鼓上写得明明白白，天意，天意。”谢江殿击掌叫好。

李士昌清了清嗓子，等铜鼓敲完，唱道：

鸡冠花开一大坪，三国好汉算关公；
伊兄本是刘玄德，有个三弟在古城。

众兄弟齐声叫好，谢江殿举起酒碗：“小幺，该你了。”

李士昌记忆力不错，这四句是从别家婚礼上偷学来的。与他相比，张嘉祥的特点是好学和爱动脑筋，遇事从不肯迷迷糊糊轻易放过，必要从中掂量出一二分道理，虽然没有上过私塾但文绉绉的像个读书人。他不假思索，张嘴就是四句：

龙居石塘迎织女，风离莲花配牛郎；
往时思入桃源洞，今夜明游月殿门。

这四句词比喻贴切，亦庄亦趣，里面扣着石塘圩和莲花峰，倒像是为苏三和冯玉娘的婚礼量身定做。众弟兄既能听出其中的夫妻情趣，又觉得文雅不俗，登时訇然喝彩。谢江殿、麦二和李士昌输得心服口服，端起酒来一饮而尽。

张嘉祥思如泉涌，坐在水淀鸠的位置连胜七阵，从谢江殿到宁牛儿三全败在他手下。谢江殿对苏三说："三弟，只有你能拿住小幺，跟他比一阵？"

苏三推辞："大哥，我虽然念了几年的书，但小幺的心思比我快，他这些句子堪登大雅之堂，我怕比他不过。"

李士昌不服气地说："三哥，你起个头，剩下的我来接。"

"不不，我起个头，让三哥来接。"徐亚云道。

李士昌瞪了他一眼："少添乱。"

"添啥乱？我是在帮忙。"徐亚云嚷了起来。

哥俩都喝高了，你一言我一语地拌嘴不停。忽然间，弦月之下有人笑道："区区小事我兄弟替你们包办，老二，你说先。"

"大哥，小弟僭越了。"房檐上传来一个刺耳的声音，"'窄路不相逢'。"

对歌的九兄弟吓得齐刷刷跳将起来，各自抄起家伙在手，寒风袭来，酒意顿消。只见苏家院墙上飘然而立一位中年道士，昏暗的灯光下，见此人身着道袍，头扎云笠，云笠上插着三支黑茉莉，手持铁拂尘，显得诡异非常。

见谢江殿弟兄手忙脚乱，道人从鼻中发出一声嗤笑，把铁拂尘往肩头一搭，合起双掌念了句道号："无量天尊，贫道对的是'谨防半路风'。"

从谢江殿、苏三到张嘉祥，无不头皮发麻，这两句绝非洞房花烛夜唱的山歌，而是洪门中人打招呼惯用的切口，看来鬼门关趁火打劫的事泄了。

苏三抱拳发问："敢问两位好汉高姓大名？"

房梁上那人怪笑不止："尔等九人在乌蛮滩做没本买卖，想必眼泡看大了，不识本地乡亲，倒也难怪。我大哥在十里地外的洪崖山修道，法号铁尘道人。不才在他老人家鞍前马后追随，姓班，单字一个石，江湖人称‘入地蛟’的便是。”

“雄胜堂”进驻罗阳山后，迅速在灵山、横州、钦州一带扩充势力，铁尘道人和班石是“友雄堂”的两位当家人。由于他们两个以轻功见长，“雄胜堂”掌印阿妈卢宽命其率部驻扎洪崖山，在拱卫罗阳山的同时随时听候调遣，充当机动力量使用。了解“雄胜堂”底细和用兵习惯的人都知道，只要铁尘道人和班石这两位出现，那么“烂脚宽”的主力八九不离十便在附近布置。谢江殿怕的就是这个，硬着头皮道：“原来是两位大当家，稀客，稀客，今天是我家老三大喜的日子，快来吃两碗喜酒。”

班石冷笑一声：“谢老大，好汉做事好汉当，把东西交出万事皆休。牙蹦半个不字，今天叫尔等到鬼门关给芍药当肥料。”

苏三装出一副无辜的样子：“班二当家，此话从何说起？我们兄弟去鬼门关是为了接小生的新娘子，谁抢你们东西了？”

“姓苏的，人家是不见棺材不掉泪，你是背着牛头不认账。”班石气急败坏，用刀一指宁牛儿三手里的鼓槌，“这尊安南国进贡的铜鼓就是赃物，你还敢狡辩？”

张嘉祥从宁牛儿三手里接过鼓槌，“咚咚”敲了一通，回头问“入地蛟”：“谁说它是安南国进贡的贡品？它说的不是本地话吗？”

“姓张的，休要猖狂，看剑，”班石怒火中烧，跳下屋檐一剑劈来。张嘉祥是个浑不吝的横主，怎肯吃他这一套？拔刀相迎，二人战在一处。

班石轻功好，张嘉祥力气大，短时间内两个人谁也占不到谁的便宜，铁尘道人跟没事人一样立在墙头看热闹。谢江殿心里明白，表面上看起来自己这一方人多势众，实际上这所宅子恐怕早已被对手围了个水泄不通，“雄胜堂”的援兵兴许正在源源不断地杀来。他拱了拱手：“大当家的，我兄弟确实在鬼门关捡了一些东西，不过是一些吃吃喝喝的贡品，只有这尊铜鼓还算值几个钱，你要是喜欢尽管把它拿走。”

“没那么简单吧？”铁尘道人根本不相信，“谢老大，安南国这次进贡的贡品中有一株稀世珍宝‘柔佛人荟’，本堂大爷发下号令要兄弟们全力争夺。在鬼门关插手的除了粤西绿林道的人马就是你们哥几个，大容山派去的人已被本堂兄弟擒拿，缴获的物品中根本没有发现‘柔佛人荟’。东西不在你们手里，你说在哪儿？”

麦二嚷道：“啥意思？你还赖上我们了？”

“天堂有路你不走，地狱无门自来投，乖乖在乌蛮滩吃几口偷食有什么不好？非要到鬼门关来送死？”铁尘道人面无表情，语气冷得像十冬腊月的冰块，“实话对你们说，今天晚上来的绝不止是本堂人马，我们兄弟两个不过是跑腿的。冀三爷奉了龙头令旗下大明山，严命‘雄胜堂’‘万胜堂’‘福胜堂’‘同胜堂’和‘大胜堂’五堂精锐拂晓前在苏村聚齐。交不交‘柔佛人荟’？你们自己掂量着办！”

这番话如同山崩地裂，把谢江殿等人吓得腿肚子发软。南五堂占“洪胜堂”内十堂主力的一半，旗下像铁尘道人这样的高手不知凡几，一旦在苏村集中，还不将苏宅踏为齑粉？谢江殿绝望地喊：“我们真没有‘柔佛人荟’。”

苏三兀自争辩：“大当家的，大容山在粤西绿林道根本排不上号，濛江水寨和大峒寨就比大容山强，你怎么知道‘老山羊’和‘白嘴鱼’没有参与抢劫？”

铁尘道人叱喝：“这不是你操心的事。”

事有缓急，分有先后，周春等人之所以能押着嫁妆平安抵达苏村，皆因为“雄胜堂”人马正在配合“万胜堂”兵分三路追杀粤西绿林道。两天过去，除了濛江水寨的杀手有少数逃出生天外，其他像十万大山和大容山派出的人马悉数被歼。依据白扇三爷冀海树的军令，先灭了谢江殿这伙小绺子，再兵发濛江水寨，拿不到“柔佛人荟”誓不收兵。

谢江殿常在江湖上行走，一看今日之事断难善了，推了一把苏三，示意后者赶快去找冯玉娘想办法——事到如今，这是唯一的生路。

苏三手捧一只铜盘迈进洞房，屋子里安静极了，哪怕是掉一根针，似乎都能听见。闹洞房的人躲到了后院，只有“飞砣凤”陪伴着新娘子，苏三迟疑地揭开红盖头。冯玉娘看了一眼放在铜盘里的那株芍药花，用几乎听不见的声音问：“相公，外面是怎么回事？”

苏三羞愧地说：“娘子，我知道你不喜欢打杀，可……可这就是命啊。”

本以为丈夫是一个只会啃六经的书呆子，实指望过一种与世无争的耕读生涯，谁知道想要的东西老天爷偏偏不给，不想要的生活却早已命中注定，悄悄地等待着自己。冯玉娘从丈夫手里接过铜盘，不由得潸然泪下，走到院子中，将那株芍药花高高举起，声音颤抖地说："世间神草在此，有本事放马来取。"

第九十八回　非花非雾

屈指一数，白云道士在望兵峰开炉铸剑已近六载，那条白龙在大明山春为岚，夏入瀑，秋化云，冬隐雪，或隐或现，始终不肯安心归位。看来神剑就是神剑，差一丝一毫也不行，白云道士心急如焚，恨不得把自己当人形仙草丢进炉子里。

大度和尚比白云道士更加心急，因此一听说安南国进贡的贡品里有"柔佛人荟"，立命白扇三爷冀海树下大明山，不惜一切代价务必抢到手。"洪胜堂"上上下下均意识到这株南溟神草的重要性，铁尘道人从墙头一跃而下，伸手就要抢铜盘里的花朵。冯玉娘侧身斜斜地避开三寸，飞起绣花鞋，不偏不倚，一脚正踢中铁尘道人右侧的肋骨。老道惨叫一声，像折断翅膀的鸟在空中翻了两个跟头，挣扎着勉强没有摔倒在地；那边张嘉祥见状精神大振，横刀砍中班石的左股。眨巴眼的工夫，"友雄堂"两位当家人一败一伤，狼狈不堪地退出院子。这时苏宅外响箭声声，伏兵四起，灯球火把照耀如同白昼一般。

冯玉娘仅用一招便击退铁尘道人，谢江殿兄弟几个佩服得五体投地。苏三红光满面，命人从后院拉出马匹，哥几个跟随冯玉娘杀出大门。谢江殿朝对面一看，刚刚充满胸膛的十分豪气旋即熄灭了九分，但见刀如林，枪似海，战马嘶吼，旗幡飘展，足足有上千号人，把小小的苏村围了个水泄不通。弓箭手射住阵脚，旗门开处闪出一群盔明甲亮的头领，当中簇拥着三杆大旗、六位龙头：正中一面是“雄胜堂”的军旗，上垂首一员大将阔面浓须，捏一杆浑铁点钢枪，胯下草叶花斑马，为掌印阿妈“烂脚宽”卢宽；下垂首一员大将长脸隆鼻，拎一把开山大斧，胯下闪电赤焰驹，是二龙头“百人斧”孙仁裘。左侧一面是“福胜堂”的军旗，上垂首一员大将虎背熊腰，横握龟背飞龙爪，胯下赛鹿铁花豹，为掌印阿妈“摩云翅”甘圩；下垂首一员大将面如重枣，倒提青龙偃月刀，胯下独角麒麟兽，是二龙头“小寿亭”宁正烈。右侧一面是“同胜堂”的军旗，上垂首一员大将青面獠牙，手攥六棱蛇骨鞭，胯下青头金眼骓，为掌印阿妈“九曜虎”蓝廷耀；下垂首一员大将紫髯碧目，肩扛三股烈焰托天叉，胯下卷毛狮子紫腚乌云驹，是二龙头“鬼佬昌”戴维昌。

六位龙头之下各有本堂高手簇拥，由于灵山县是“雄胜堂”的地盘，因此围困苏村的洪家兄弟以“雄胜堂”旗下人马为主。除了“友雄堂”外，还有“广雄堂”“英雄堂”“复雄堂”和“正雄堂”四堂的精锐。前往苏家探阵的铁尘道人和“入地蛟”双双落败，掌印阿妈卢宽大吃一惊，不觉微微欠身，打量着冲出苏宅的这伙亡命徒。不看则已，一看把卢大龙头惊讶得差点儿把眼珠掉了出去，敌方的主将居然是一个青年女子？

不止卢宽、甘圩和蓝廷耀三位掌印阿妈发晕，就连三堂的洪家兄弟也无不眼花缭乱。冯玉娘匆忙披挂上阵，身上依旧穿着新娘的红妆：上身是一件镶银边的团花锦衣，下身罩一条大红彩丝裙，足蹬一双软底绣花鞋；头上高挽名为“倒枕松”的发髻，发髻缠绕一串用丝绦扭成的花环，发髻往下的部分赫然露出两柄柳叶刀的刀鞘；手中一杆梅花亮银枪，胯下飞雪无痕白龙驹，那真是人比花娇艳，花衬人飒爽，杏目含嗔，不怒自威。

“烂脚宽”疑惑地问铁尘道人：“这伙人的大哥不是谢江殿吗？她是谁？”

“回大龙头的话，”铁尘道人尴尬不已，“她是苏三相刚刚迎娶过门的媳妇，那株‘柔佛人荟’就在她的手里。”

“此话当真？”卢宽闻言大喜。

铁尘道人方才立功心切，听冯玉娘一说便立刻下手抢夺，并未看清铜盘里所盛何物。话又说回来，“柔佛人荟”贵为稀世神草，江湖中人只闻其名，未见其形，又有几个人见过它的庐山真面目？铁尘道人犹豫片刻，面带羞愧地说：“此女方才所托铜盘里有一株花，她自己说是‘柔佛人荟’，属下宁可信其有，恐犯下失察之罪，请大龙头责罚。”

卢宽摆手：“免了，咱们兄弟谁也没有见过这玩意，何罪之有？”

当着“福胜堂”和“同胜堂”兄弟的面，铁尘道人与“入地蛟”一瘸一拐败归本阵。二龙头孙仁袭请示卢宽：“大哥，三爷一会儿就到。不管这株‘柔佛人荟’是真的假的，先弄来辨识清楚，省得三爷怪罪。”

“二弟所言甚是。”卢宽点了点头。

“百人斧”等的便是他这个态度，立刻把大斧高举在空中，厉声叱喝：“呔，大胆蟊贼觊觎神草，抗拒天兵，哪位兄弟擒此女贼？”

话音刚落，“英雄堂”大龙头“镇三关”沈节国挥刀冲向冯玉娘，声若巨雷：“两位阿妈稍候片刻，待小弟擒此五体不全之人。”

冯玉娘正要提枪应战，这边惹恼了张嘉祥，举起大刀应战“镇三关”；“英雄堂”的二龙头凌嗣封挥舞日月双钩助战，谢江殿拍马上前拦截。闲言少叙，转瞬间“英雄堂”“广雄堂”“复雄堂”和“正雄堂”八位龙头相继出阵，谢江殿、麦二、李士昌、刘五、徐亚云、杨捞家、宁牛儿三、张嘉祥各持兵刃接战。苏三右手铁尺，左手铜盘，和“飞砣凤”护住冯玉娘，一颗心提到嗓子眼，紧张地观察着战场上的一举一动。

“烂脚宽”勒住战马，叹息一声：“小娘子，为了一株你用不着的花草，难道真要让这几条汉子命丧沙场？”

冯玉娘问：“奴家要是把这株花草献出来，你肯饶了他们的性命？”

“这个……”卢宽被噎住了，“若是真的‘柔佛人荟’，卢某当然不会和你们为难。”

“那还有什么好说的？”冯玉娘冷冷道，“瞅你们兴师动众的这个架势，不把苏家挖地三尺绝不罢休。既然横竖是一个死，便用刀枪说话。”

“烂脚宽”倒吸一口凉气，这女子临危不乱，一双黑眼睛不揉沙子，说起话来一口唾沫一枚钉，从不说半个废字，看来绝非等闲之辈。

“百人斧”有心替“雄胜堂”挽回颜面，催马上前，用大斧子指着冯玉娘喝道："没羞没臊的贱人，不把神草献出，更待何时？"

苏三闻声勃然大怒，双脚使劲一踹马镫，就要冲向"百人斧"。"飞砣凤"见"百人斧"力大斧沉，料他难敌，抡起飞砣抢击向"百人斧"。洪门头领素有身先士卒的传统，见各位兄弟纷纷出战，卢宽摘下浑铁点钢枪，驱动胯下草叶花斑马，枪对枪，主将对主将，和冯玉娘杀在一处。苏三抱着铜盘东张西望，铁尘道人发现有机可乘，纵身两三个飞跃，挥动铁拂尘猛击苏三的面孔。苏三把那株芍药花塞进衣兜，甩掉铜盘，举铁尺正面迎敌。

铁尘道人的武艺比苏三自是高出一筹，刚才一个不小心吃了冯玉娘的亏，早憋了一肚子的无名火。此刻，老道手中的铁拂尘骤然发力，一招快似一招，招招不离苏三的要害。战不到二十回合，苏三躲闪不及，被铁拂尘扫中左肋，衣衫划破，血印斑斑。眼看那株芍药花即将落入尘埃，新郎官不顾强敌环伺，伸手去捡芍药花，背后闪出一个大大的空当。铁尘道人哪里肯放过这么好的机会，将铁拂尘高高举过头顶，使了个棍法的招式，用尽全身力气，朝苏三后脑勺砸去，恨不得把这个走狗屎运的新郎官砸为肉酱。

在和"雄胜堂"大龙头生死鏖战的当口，冯玉娘用眼角的余光扫视战场，苏三不顾危险去捡芍药花的行为深深地感动了她。新娘子双臂用力，断喝一声，梅花亮银枪一式三点头，瞬间绽出三朵枪花，卢宽分辨不清哪一朵枪花才是主攻方向，拨马回转以避锋芒。趁着这个松口气的间隙，冯玉娘抡圆了大枪，"呜"的一声脱手而出，直插铁尘道人的后心。老道手里的铁拂尘如果继续砸向苏三，后心势必要被长枪洞穿，万般无奈之下，老道撇掉铁拂尘，堪堪避过飞来的大枪，苏三侥幸逃得一命。

"相公，你不要命了？"冯玉娘责备。

苏三嘿嘿笑着："娘子，和'柔佛人荟'比起来，命算什么？"

在冯玉娘的心里，这株芍药花是苏三送给自己的信物，他把它看得比生命还要贵重，显而易见，在这个男人嘻嘻哈哈的外表下藏着一颗重情的心。冯玉娘心头浮起一丝暖意，返回卢宽的战马前，执枪道："大龙头，神草虽然贵重，白白赔上兄弟的性命却是不值。今天你若胜了奴家这条枪，连神草带头壳，一发给了你，莫要拖累无辜。"

卢宽不甘示弱："好，就照你说的办。"

二人盘马舞枪，重新战在一处。"雄胜堂"阵中喊声震天，战鼓如雷，拼命为“烂脚宽”呐喊助威。新娘子像驾着一条舢板出没于惊涛骇浪，又如孤独的海燕翱翔在茫茫太空，深秋中一片红叶直面肃杀的严冬。战至第三十回合，“烂脚宽”一枪用老，冯玉娘伸出左手，一把抓住卢宽的战带，大喝一声，生生将对方举过头顶。“雄胜堂”兄弟惊讶得张大了嘴，没有人击鼓，也没有人敲锣，两军阵前一片死寂。沈节国、凌嗣封等头领无心恋战，各自虚晃一招返回本阵，“百人斧”摆脱“飞砣凤”的纠缠，转回大纛旗下。

冯玉娘将卢宽掷落于地，喝道：“还有谁来？”

卢宽在“洪胜堂”众头领中名列上将之选，没想到竟然败在一位美娇娘的枪下，在场的洪家兄弟均吃惊非小。好在冯玉娘活擒“烂脚宽”后并没有为难他，“雄胜堂”兄弟飞步上前把卢宽抢回本阵。“百人斧”挥斧上阵欲为本堂大龙头报仇，和冯玉娘大战二十回合，就在枪斧交错的一瞬间，冯玉娘左手拔出单刀，一刀劈中孙仁裘肩头。刀锋砍透“百人斧”披挂的鱼鳞甲，孙仁裘侧歪在马上，落荒而逃。

“雄胜堂”两位龙头不敌，“小寿亭”宁正烈挥舞青龙偃月刀打算讨个便宜，结果四十回合后被冯玉娘一枪刺中马腹，独脚麒麟兽翻倒在地。众亲兵蜂拥而上，把宁正烈从马肚子下面拽了出来，这一阵，败得更是惨不忍睹。

宁正烈之后，“摩云翅”甘圩、“九曜虎”蓝廷耀、“鬼佬昌”戴维昌分别落败，冯玉娘连胜六位龙头，勇冠三军。便在这时，远处号角嘶鸣，须臾间杀来一彪人马，庚金白虎旗下白扇三爷冀海树居中，“万胜堂”掌印阿妈李天禄居左，“大胜堂”掌印阿妈覃仲毓居右。冀三爷到阵前一看，对方竟然还在抵抗，心中极为不快。李天禄抬腿取下燕翅鎏金镗，欲趁冯玉娘体力衰竭轻取对手，忽听屋顶有人轻蔑地骂：“狗屁‘洪胜堂’，闹了半天都是一些以多欺少的窝囊废，真是不知羞耻。”

覃仲毓吓了一跳，举刀喝问：“什么人？”

从镬耳楼的房顶飘然而下三条人影，“豆皮春”和“铁桥三”一左一右，当中是骂骂咧咧的红脸冯坤。冀海树在西海大寨见过周春和冯坤，见这二位突然现身，不由大吃一惊：“两位阿妈，你们何时来的廉州府？”

“昨天刚到。”周春指着冯玉娘说，“冀三爷，这位冯姑娘是象山紫云洞的传人，和二爷情同手足。我等奉了大令来送新娘，难不成你们看上了这些嫁妆?"

"周阿妈,这个玩笑万万开不得。"冀海树叫苦不迭,急忙下马辩解,"冀某追查安南国进贡的贡品,哪敢唐突二爷妹子的嫁妆?"

冯坤弯腰从地上捡起铜盘,向苏三要过那株芍药花,双手端起来递到冀海树跟前,语带讽刺地说:"三爷,你要是早点现身,何必让弟兄们大动干戈?"

冀海树啼笑皆非,这哪里是什么"柔佛人荟",分别是一株极为常见的芍药花。他屈身行了一个礼:"两位阿妈,大水冲了龙王庙,一家人不识一家人。不怪弟兄们莽撞,只怪冀某急于铸剑,立功心切,惊扰两位新人之处,万祈海涵。"

谢江殿嘟囔:"我早说没有'柔佛人荟',你们就是不相信。"

以冀海树在洪门中的身份和地位,能客客气气屈身赔礼,已属难得。冯坤消了气,谢江殿等弟兄也感到面上大有光彩,苏三抱拳:"不知者不罪,三爷和各位龙头大驾光临,请进屋里喝碗热茶,外面风大,不方便说话。"

冀海树将马鞭交给亲兵,把手一挥,显出洪门大佬的气派:"弟兄们,把身上值钱的物什搜罗搜罗,统统抬进去,给新人当贺礼。"

漫天乌云一时烟消云散,方才还杀红了眼的对头转眼变成了贵宾。苏三和谢江殿兄弟心里非常高兴,把对歌的桌子收拾干净,重摆瓜果酒茶,陪着周春、梁坤、冯坤、冀海树以及南五堂的正副堂主落座。周春欠身问:"三爷,你刚才说铸剑是怎么回事?"

冀海树把前后因由从头到尾说了一遍,最后道:"周阿妈,说到底,这条白龙还是靠二爷的火龙珠找到的,它迟迟不肯归位,让弟兄们很心焦。我洪门号称顺天行道,这把'镆铘剑'假如练不成,拿什么号令天下群雄?又凭什么让老百姓跟着我们干?"

关系到洪门举义的头等大事,周春心头沉甸甸的。他望着那尊精致的铜鼓,眼里闪现出采药郎中的神秘影子,困惑地说:"三爷,我是怀疑你们的消息来源——万一安南国所进贡品中没有'柔佛人荟',岂不是冷了天下洪家兄弟的心?"

事情到了这一步,冀海树也有些迷茫,他问道:"周阿妈,你说的那个采药郎中会不会是'赛潘安'？那厮最喜欢干偷鸡摸狗的营生。此次在鬼门关伏击的绿林人马有四路，其中濛江水寨、大峒寨和大容山这三路都是他的徒子徒孙。"

"三爷有所不知，"周春把金秋池染了麻风病的情况和盘托出，"'赛潘安'眼下武功尽失，完全成了一个废人。粤西绿林道这次调派四路人马和你们抢夺'柔佛人荟'，正是为了替他医病，这个神秘的郎中不可能是他。"

不是"赛潘安"又会是谁？"洪胜堂"在鬼门关损失惨重，死在采药郎中剑下的兄弟不计其数。粤西绿林道的顶尖高手屈指可数——盖九霄贵为总瓢把子，绝不会轻易涉险；而"玉面如来"蓝太武向以武功自负，怎么可能扮作采药郎中掩饰身份？冀海树和"洪胜堂"众头领一筹莫展，谢江殿提醒："有一股蒙面杀手败回濛江水寨，兴许是他们把仙草拿走了。"

"谢爷言之有理，"冀海树立刻赞许，"冀某正是这样想的。"

能得到冀海树的赞赏，谢江殿有些飘飘然。张嘉祥却不这样想，他觉得在座的都是洪门中的大人物，万万不可随便插嘴，乱说话十有八九会捅出娄子。果不其然，只见周春用眼角的余光瞟了谢江殿一眼，然后抱拳道："三爷，粤西绿林道经营濛江水寨多年，易守难攻，号称粤西第一水寨。我军倘若出手攻打，必将是一场惊天动地的水上决战。像这样的大事，梁阿妈断断做不了主，须请得二爷的军令方可。"

"洪胜堂"水师不济，攻打濛江水寨只能靠梁培友的"德胜堂"。冀海树恭维："二爷高瞻远瞩，把'德胜堂'这条蛟龙放在白沙江水寨，目的还不是为了扫清三江六水？本堂铸造'镆铘剑'非为一己之私，而是为了洪门大义，请两位阿妈回去多多向二爷美言。我听说金秋池弄到了'新月剑'，咱们破了濛江水寨，正好给二爷寻一把趁手的家伙。"

周春拱手："二爷武功高深莫测，不在乎使什么家伙。他一向以洪门大义为念，在下和冯阿妈即刻归舟东返，请示行止。"

"豆皮春"如此痛快利落，冀海树和"洪胜堂"各位头领站起来，肃然起敬："两位阿妈真是高义，打下濛江水寨后本堂兄弟愿充先锋，拿下大峒寨直捣圣堂山的腹心，看蓝太武这厮以后还敢不敢放葫芦。"

在与洪门近二十年的较量中，粤西绿林道各大寨人马吃够了苦头，唯有蓝太武的圣堂山依赖水陆天险岿然不动，而今成为粤西绿林道的中流砥柱，也是“洪胜堂”称霸粤西征途中最棘手的一个拦路虎。此次“德胜堂”一旦攻破濛江水寨，“洪胜堂”便可扫却后顾之忧，一路北上攻城拔寨，直插圣堂山的侧翼。

周春、冯坤等人路经白沙江水寨，和梁培友密议一番，后者委派巢元贞作为特使，跟随他们返回西海大寨请令。叶兆隆听说梁培友欲与濛江水寨决战，不敢擅自做主，连夜放舟下了西海大寨。一行三条快船驶入银洲湖，拂晓时分登上兰花洲。

两粤江河纵横，没有一支强大的水师寸步难行；而打下濛江水寨即可一统浔江，剪除粤西绿林道的水上羽翼，为下一步与清军决战奠定坚实的基础。李文茂人在银洲湖，一双眼睛早已盯上濛江水寨。“德胜堂”水师组建迄今已历四载，大小征战二十余次，成长为拥有精兵一千五百名、大小船只百余艘、两千斤以上重炮三十位的水上雄师，装备精良，勇猛善战，完全具备了攻打濛江水寨的实力。

三月二十一谷雨那一天，李文茂授予巢元贞龙头令旗，正式批准实施濛江之役。为了确保这场水上决战的胜利，他从旗下各堂中抽调部分兵力，合编为两营水师驰援梁培友；又从储备在西海大寨的军火中拨出六位五千斤大炮，加强“德胜堂”的火力。这支驰援的生力军由陈开陈天义统领，除了众头领外，随行的尚有两个闲人：一个是“葫芦发”，他在家里受不了马三婆和严玉芝的唠叨，在外面受不了王山公的云山雾罩，缠着陈开非要来粤西看热闹；另外一个是“红心”，她在前年底生了个儿子，大家一看臊虾的模样才明白是钟水鼎下的种。黄开大得知后在闸门楼前跳着脚地骂，大骂钟家不讲信义。众邻居觉得灰头土脸，共同推举崔亚余和花二奶来找钟秦氏，要她无论如何把这母子俩弄走，一句话，爱去哪儿去哪儿，反正绝对不能留在佛山堡——没有了信义，居仁里的乡亲往后咋活人呢？

老天爷似乎有意成全这次战役，江面上竟然刮起了和熏的东风，陈开这支假扮成商旅的精锐之师，仅仅花了四天时间即抵白沙江水寨。冀海树带着亲兵一直留在水寨中，此刻和“德胜堂”众头领一起欢呼雀跃，心潮澎湃。万事俱备，东风不欠，单等梁培友一声令下，即可乘风破浪征讨濛江水寨，荡平这座粤西绿林道的水上堡垒。

谁也没想到梁培友不慌不忙，稳坐泰山，在白沙江水寨日日操练战阵，三天一小练，五天一大练，装备巨炮的大船始终不出水寨半步。他每日只派七艘拖风船沿江西上，到桂平县的江口圩载满粮米回返，摆出一副倒腾买卖的架势。粤西农业发达，供给粤东的粮米主要依赖浔江这条水上大动脉，著名的商贸圩市有一戎、二乌、三江口之称——戎圩在苍梧县辖境，大乌圩在平南县辖境，江口圩在桂平县辖境。此三大圩市为西米东运的集散地，论规模比“小佛山”北流县城大出好几倍。浔江江面满眼所及皆为大号运粮船，“德胜堂”不论保镖护船还是亲自做粮米生意，在浔江流域的大小绺子看来再正常不过。

转眼间，梁培友在白沙江水寨磨蹭了一个多月，把冀海树等人闲得发绿毛。冀三爷虽然不精水战，但是他起码懂得顺风顺水和逆风逆水的差别。芒种后汛期将至，届时惊涛巨浪汹涌泻下不说，连绵雨势带来的大雾会把江面重重包裹，十步以外看不清船影。到那个当口，天时地利俱不在洪门手中，还打个屌？

冀海树心急如焚，猜不透梁培友葫芦里到底卖的是什么药，但是他没敢问，也不敢乱说一句话，生怕梁培友翻脸打退堂鼓。又勉强忍了几天，到了芒种可不得了，早上起来看不到一丝光亮。老天爷阴沉着脸活像包黑子下凡，淅淅沥沥雨线儿飘拂，旋即被刮过头顶的西风掳掠而去，变成断线的风筝，歪歪斜斜，扑入江花绚烂的茫茫水面。

战机已失，冀海树扼腕叹息，在屋子里睡了一个回笼觉，迷迷糊糊中被雨声惊醒。推开窗户一瞅，大雨瓢泼，豆瓣大的雨点当头砸下，不禁缩了缩脖子。张贵和带着两名打着赤膊的随从进来邀请：“三爷，梁阿妈在忠义堂设宴，叫弟兄们过去吃酒。”

还吃？这些日子天天吃酒不干正事，拿人当猪招待？冀海树压住火气，抱拳道：“多谢梁阿妈盛情，冀某拾掇拾掇马上就去。”

冀海树披蓑衣、戴斗笠、蹬草鞋，把宝剑在腰间挂好，率众来到忠义堂门口。探头一看发现梁培友不在，只有巢元贞和任文彪陪着胡有福、胡有禄兄弟说话——胡母年初过世，胡氏兄弟料理完丧事从老家武宣县回来，路经白沙江水寨临时歇脚。

冀海树命令随行的兄弟先进忠义堂，自己则奔向二道关岸边的战船，打算从侧面摸一摸梁培友的心思。一路上走过去，数不尽的舢板、扒船、橹船、桨船、艇船、巡船、快艇和急跳船应有尽有，悉数静静地停泊在寨子里；特别是那十几艘装备着巨炮的大号坡山船，黑乎乎的像小山包一样压在冀海树的心头，压得他喘不过气来。冀三爷的心情十分复杂，"洪德堂"拥有如此强大的水军，固然是用来对付官军和粤西绿林道的利器，反过来，又何尝不是大度和尚争夺洪门之主大位的障碍和隐忧？

抢夺"柔佛人荟"铸造"镆铘剑"，在"洪胜堂"众将的心中有着双重含义，隐藏在洪门大义之下的是一己之私——如果"洪胜堂"铸成"镆铘剑"，那么大度和尚就会在与丁复国的竞争中脱颖而出，抢得先机。"镆铘剑"为白龙转世，必是一柄超越"八魔刃"的神兵，拿着这把无情剑和金蟾道士对阵，大度和尚岂不是又添了几分胜算？

大度和尚与丁复国两个人竞争，说穿了是"洪胜堂"与"洪兴堂"实力的较量，其他三大堂作为旁观者和仲裁者，这时候的态度将起着举足轻重的作用——三大堂中，"洪义堂"实力较弱，"公义堂"资历尚浅，唯有"洪德堂"资历老、贡献大、实力强，说话最具分量。此外至善禅师和李文茂一老一少两代英雄，无论人品、功业和武艺，在洪门中皆为深孚众望的指标性人物，深得洪门各堂兄弟的敬仰。如果不是因为老的太老，年轻的太年轻，大度和尚与丁复国双雄争霸的格局只怕早已发生了变动。

二道关的岸边是一排排高大的建筑，有的是储存大炮、火药和粮草的仓库，有的是维修战船的场房。雨越下越大，冀海树视线不清，一头扎在一个人的怀里。那人"嗷"地喊了一嗓子蹦起来骂道："往哪儿扎？也不看看公母？老子可是堂堂的男子汉。"

来人手里拿着一个明晃晃的猪尿脬，不用看就能猜出是"葫芦发"。这些天坐在一张桌子上吃酒行令，冀海树和朱发厮混极熟，知道这个浑人喜欢听奉承话，便乐呵呵地说："原来是朱爷，你这是干什么？准备出寨巡江？"

"巡江用不着我，我来帮他们调教调教大狗。"朱发将钟水鼎推到前面，后者在贵县白沙圩置了座小院，打算把"红心"母子俩安排过去住。钟水鼎是铸炮的老工匠，技术精湛，梁培友请他在白沙江水寨多逗留几日，帮忙查验和修理铁炮。

冀海树和钟水鼎是老熟人，心里一喜："阿鼎，调教得怎么样？"

“你自个进去看。”朱发拉着钟水鼎离开，把冀海树丢在了二道关。

雨越下越大，“葫芦发”用猪尿脬接了满满一脬雨水，仰脖“咕咚咕咚”灌了下去，咂吧着嘴唇说：“味道不好，像放坏了的熏肠。”

钟水鼎吃了一惊：“阿发，你这个猪尿脬黑天里闪闪发亮，怎么搞的？”

“葫芦发”吹嘘：“这玩意不是一般的尿脬，是龙尿脬。”

“龙尿脬？”钟水鼎惊问。

“是龙，不是猪。”朱发瞪起了眼珠，“阿鼎哥，你们在大明山炼不出剑，别以为天下人都和你们一样。实话告诉你，我这个宝贝不比二爷的火龙珠差。”

钟水鼎以前对白云道士的行径嗤之以鼻，可是自从在大明山亲眼目睹火龙珠之后，他彻底改变了过去的想法。火龙珠可以发射红光刺穿云雾，“葫芦发”的猪尿脬也能在漫天雨雾中照耀道路，只是晃晃闪闪，有气无力，很像一条翻了白眼的鱼肚皮。他恭敬地问朱发：“你这个猪尿脬，啊不，龙尿脬，还有什么神奇之处？”

“那好处可多了，”朱发絮絮叨叨，“老头喝了补衰阳，伢仔喝了洗胃肠，穷鬼喝了顶饥荒，烂蟹喝了壮胆量，女人喝了美娇容，高手喝了增内功……”

钟水鼎受不了他的吹嘘，讽刺道：“照你这么说，干脆装它半尿脬雨水，往我们的铸剑炉里一浇，立马能炼出‘镆铘剑’？”

“你以为不行？”“葫芦发”反唇相讥，“阿鼎哥，你要是早喝了我的尿脬水，便不会这么倒霉。弄人家一回就播了种，这次我看你还跑不跑？当心她打你儿子。”

钟水鼎也没想到“红心”的肚皮这么好使，这女人虽然连土娼都不如，但毕竟给钟家续了个香火。自己有家难归，说白了是一个浪迹他乡的游子，还挑剔啥？钟水鼎叹了口气，拍着朱发的肩膀：“你这个尿脬到底是帮人生仔，还是不帮人生仔？”

“阿鼎哥，妙就妙在这儿，这一招叫‘迟疾任情’。”朱发得意地说，“黑白天喝一尿脬不生仔，喝两尿脬生女仔，喝三尿脬生男仔，喝四尿脬生龙仔……”

正当他胡吹的时候，任文炳突然从雨中冒出来，催促道：“把你的宝贝装起来，梁阿妈和陈阿妈要用，他们在三道关，快去吧。”

三道关是白沙江水寨最外围的水栅，看来梁培友和陈开是打算外出。“葫芦发”十分纳闷：“下这么大的雨，梁阿妈和我兄弟要去哪儿？”

“看个老朋友。”任文炳卖了一个关子。

在三道关南门候着一条篷船和一只竹筏，“红心”抱着孩子坐在篷船里。钟水鼎和朱发跳上船后，梁培友、陈开、“逃军和”三人各持一根长篙，撑着竹筏在前引路。白沙江水寨向南是一条狭窄的河道，行了六十余里地后豁然开朗，眼前出现了一望无际的湖面。雨雾一丛丛打眼前漫过，竹筏与篷船不像在湖水里划行，倒像是穿越重重山峦。这些缥缈的山峦不是由岩石组成，而是用岩石沉默的梦想编织而成。间或有飞鸟撞破，那梦想便流出黑色的血。这些血液不喜欢大地，不喜欢流水，好像只喜欢陌生的风。

梁培友和陈开赤裸上身，仿佛回到了顽皮的少年时代，回到了烟波浩渺的古劳围。梁培友回头喊道：“阿发，把你的尿脬拿出来，我们迷路了。”

“葫芦发”从船篷探出头：“阿友哥，咱们要去哪儿？这么大的雨全是雾，连天连地的啥也看不见，不迷路才怪。”

梁培友放声大笑：“阿发，咱们去看的老朋友不喜欢被人打搅。你要是能记住路，我还不带你去呢，对不对，二和兄弟？”

“没错。”叶二和猛地将长篙插进深水，竹筏飞快地向前蹿去。

大约又行了一个多时辰，雨雾之下涌出了大片的芦苇荡。一座座小巧玲珑的岛屿藏身在芦苇荡中，五颜六色的花朵像被晨露清洗一样洁净娇嫩，宛若似真似幻的仙境。不大一会儿，一座绿树成荫的小岛出现在眼前，岛上开着一片农田，田旁是木屋和鸡舍；屋外架着农具，屋里隐约有人在弹奏琵琶。那是一首白居易的《真娘墓》，曲子感伤而不幽怨，意境高远，像一盏油灯照亮了苍茫的雨雾，仿若阳光即将来临。

真娘墓，虎丘道。
不识真娘镜中面，
唯见真娘墓头草。
霜摧桃李风折莲，
真娘死时犹少年。

脂肤荑手不牢固，
世间尤物难留连。
难留连，易销歇；
塞北花，江南雪。

船舱里的“红心”不禁泪水涟涟：“是玉珠姐，是玉珠姐。”

温玉珠舍身布施，化腐朽为神奇，治好阿梅的麻风病后，跟随梁锡佳离开佛山堡，来到粤西苍梧、岑溪和藤县三县交界处，从此过上一种比翼双飞的隐居生活。这处浩大的湖面上多是无人居住的小岛，附近渔民常常来此打鱼，定居的人只有他们一家。

这处隐居的湖面是梁培友代为安排的，为了不让人打搅梁锡佳夫妇的平静生活，他平时守口如瓶，对谁也不透露这个秘密。然而，这次情况有些例外，“逃军和”临来之前，阿梅专程采购了一把琵琶托他送给温玉珠，借以表达她对再造之恩的谢意。梁培友理解这份心意，觉得无论如何应该成全，所以才破例带陈开和“逃军和”一行上岛。

听到有人登岸，温玉珠推开房门迎客。“红心”见她洗尽铅华的朴素打扮，鼻子一酸不觉哭出了声。温玉珠惊喜地抱过孩子：“这么大的雨，你怎么把臊虾带来了？”

“嫂子，阿佳哥呢？”陈开问。

“他到湖里去了，”温玉珠抱着孩子亲个没够，一边亲一边回答，“只要起了雨雾，他一准下湖摸鱼，说兴许有贵客来访。”

为了安全起见，梁培友此前来访都在雨雾天。他哈哈大笑：“弟妹，莫要担心，二爷已经发下军令，命我等全力攻打濛江水寨，阿开他们就是来助战的。”

陈开特地加重语气：“我们这次争取摧枯拉朽拿下濛江水寨，挫一挫西域雪山派贼子的锐气，看他们敢不敢再找阿佳哥的麻烦。”

温玉珠笑了笑，似乎这事跟自己一点关系也没有。她抚摸着琵琶弦问叶二和：“这把弦子是阿梅送给我的？她还好吗？”

叶二和忐忑不安地说：“好着哩，嫂子，阿梅说贵重的东西你未必喜欢，只有琵琶合你的心意，不知道对不对？”

没等温玉珠回答，“红心”插嘴说：“是阿梅、阿荻、阿蕉、莫二娘和阳大老倌她们五个人商量的主意，还送了我一把当嫁妆。”

温玉珠眼里不觉溢满了泪花，往日那段岁月尽管不堪回首，但是荒漠里盛开着一朵灿烂的有情之花，敲打着琵琶声声的希望雨点。仰赖这些昏暮中旋起旋灭的雨花，穷姐妹们相互搀扶着走到今天，现在回头看，这种相濡以沫的力量才是世间最美的音符。她问道：“阿蕉和阿荻怎么样？你走了，她们俩该多伤心？”

“那两个没良心的才不会想我。”“红心”笑着说。

“阿佳回来了。”梁培友提醒。

梁锡佳挑着一个鱼篓上岸，见岸边系着船和竹筏，高兴地问：“玉珠，是阿友哥吗？还来了哪些兄弟？晚头炖‘铜盆大头鱼’，让他们尝尝你的手艺。”

第二天，雨花益发盛开，大雾将小岛严严实实地裹在心中，竹筏、篷船依依离别。行出三五里地，白乐天的琵琶名曲破空刺来，那是一首明灭忽现的《花非花》：

花非花，雾非雾；
夜半来，天明去。
来如春梦不多时；
去似朝云无觅处。

第九十九回　血肉鼎炉

转眼又过了快一个月，夏至后大雨倾盆，浔江水位达到去年汛期的最高点。狂风卷着巨浪汹涌而下，发出震耳欲聋的怒吼声，听来叫人胆战心惊。江面上能见度非常低，十步以外看不清对方的船只，一不小心便会船毁人亡，连顺江东下的船只都销声匿迹，更别提那些逆流而上的商船。恰恰在这个最不可能的时候，梁培友突然出手了。

六月初一，"洪德堂"水师出寨，全军二千五百名将士，除了任文炳的前卫营外，其余自梁培友、陈开以下皆充纤夫，拖着二十条满载炮械的大船日夜兼程向濛江水寨进发。为了最大限度地减少伤亡，梁培友从一开始就选定了这个奇袭战术。"洪德堂"水师多数是来自古劳围的子弟兵，自然明白主将的心意，无不把吃奶的气力使出来。这些水手确实厉害，只花了六天半时间便走完一百里水程，顺利抵达濛江水寨。

这六天中，雨下得越来越大，西风刮得越来越强劲，江面上一只舢板也看不见，只有濛江水寨那庞大的身影孤独地矗立在山脚。雨花不再是雨花，浓雾不再是浓雾，在梁培友的眼里变成了锋利的矛和坚固的盾，他指挥战船沿着东、南两侧一字排开，劈手抓住一个肩扛竹竿的兄弟："五毛，你累不累？"

五毛瞅了一眼站在他身旁的陈开，笑嘻嘻地回答："大龙头，弟兄们想听听陈阿妈带来的大狗叫唤。只要大狗开始叫唤，浑身全是力气。"

"哈哈，"梁培友抹了一把脸上的雨水，诙谐地说，"陈阿妈带来的大狗凶悍无比，开牙便能撕掉'白嘴鱼'一大片肉，不信你瞧着。"

五毛高兴地问陈开："陈阿妈，这六条大狗是不是给我们的？"

"当然，"陈开点点头，"二爷说了，只要你们拿下濛江水寨，就把这六条狗卸下来装在寨子里，造一座浔江火力最猛的炮台。"

"照这么说，咱们不能把炮台打烂了。"五毛对梁培友说，"大龙头，你让打炮的弟兄手下留情，我们跟着炮火一起冲，最好能保全寨子。"

有如此忠勇的兄弟，还有什么打不赢的仗？

梁培友心情激动，和陈开一起登上自己的座船。龙头令旗一挥，座船的五千斤铁炮代替军令，轰隆隆打出第一响。其余大炮齐声怒吼，火光瞬间撕裂了厚厚的雨幕，天崩地裂，沉睡中的濛江水寨陷入一片火海。

未等第一阵轰击结束，两千多名洪家兄弟如离弦之箭扑向敌阵。这些兄弟除了随身携带的兵器外，每人手里还握着一根长长的竹竿——竹竿是个好东西，遇山可以架桥铺路，遇水可以结筏渡江，遇寨可以跳跃攀腾；削尖一头，可做长枪之用。

"洪德堂"的炮火远远盖过濛江水寨，众兄弟又甘冒被自家炮火炸伤的危险，乘敌人摧心裂胆之际斩关夺寨，其锋锐不可当。濛江水寨乱作一团，"白嘴鱼"见大势已去，率众沿着濛江向北仓皇逃窜，经大同江奔向大峒寨。

这场破袭战打了不到两个时辰，"洪德堂"水师大获全胜，以伤亡不到百人的些微代价轻取濛江水寨。梁培友统兵进寨，把俘虏的小头目叫过来细细询问，才知道"赛潘安"这些日子一直藏在大峒寨，根本没来濛江水寨。

怎么办？

梁培友在中军大帐召集众将商议下一步的行动，"逃军和"愤愤不平地说："姓龚的大嘴放葫芦，哄咱们和'白嘴鱼'火并，替'洪胜堂'进攻大峒寨扫清水上障碍。这次幸亏梁阿妈计出万全，少死了许多兄弟，要不然两手空空，如何向二爷交代？"

巢元贞不赞同他的说法，反驳道："四爷，哪能说两手空空？我们以迅雷不及掩耳之势攻破濛江水寨，将浔江水域尽数掌握在手中，这才是最重要的战果。眼下我军威名大振，只怕用不了几天，三江六水的各股绺子便会送来盟书，奉本堂军旗为号令。"

任文炳、任文彪兄弟站起来主动请缨："梁阿妈，陈阿妈，咱们虽然打下濛江水寨，但是'柔佛人荟'和'新月剑'一件也没拿到。我兄弟愿领一支兵马，趁敌军胆寒的时候打他一个雷霆万钧，攻破大峒寨，把两件宝物收过来。"

梁培友摇了摇头："二和兄弟说得对，冀三爷的话不能全信，梁某现在怀疑金秋池手里根本就没有什么'柔佛人荟'。大峒寨依山而建，天险可恃，乃是沟通濛江水寨和圣堂山的重要联络点。金秋池在那里经营多年，兵精粮足，急切难下。从此地到大峒寨河面狭窄，船只吃水极浅，千斤以上的大炮根本拉不过去。失去优势炮火的压制，就只有拿兄弟们的血肉之躯硬拼，梁某绝不干这种赔本的买卖。"

叶二和把征询的目光移向陈开："大龙头，你说咋办？"

其实，在梁培友的内心深处，未尝不想乘胜追击，在大瑶山深处打下一个桥头堡，然而有两个原因让他打消了念头：一个原因是怕伤亡过大；另一个重要的原因是巢元贞在银洲湖接过龙头大令的时候，李文茂已经明确提出了作战要求，严禁"德胜堂"将战火燃向大峒寨。梁培友和陈开明白李文茂的苦心——大度和尚此人虽然威震江湖，但是心胸狭小，不仅时时刻刻与丁复国斗法，更对已经恢复了元气的"洪德堂"忌讳颇深。此时"德胜堂"如果挟得胜余威攻打大峒寨，大度和尚必定认为李文茂存心刁难，抢"洪胜堂"的地盘不说，还故意破坏他铸造"镆铆剑"的大计。

陈开知道李文茂最烦"洪胜堂"这三个字，攻打大峒寨只能平白给他心里添堵，影响两大堂之间的团结。他没有直接回答"逃军和"的问题，而是另外算了一笔账："濛江水寨是大峒寨的水上门户，拿下濛江水寨就等于打下了大峒寨的一半。即使把大峒寨让给冀三爷，其粮草仍须从此经过，侧翼和后方仍须我军保障。大峒寨既然是天险，那么'洪胜堂'兄弟一定不会打得顺利，战役会拖很长一段时间。他缺什么咱们就得给他补充什么，极有可能到最后出的力气和现在直接攻打差不多，甚至更多。"

任文炳拍案而起："陈阿妈说的没错，加上'白嘴鱼'败退的溃兵，大峒寨的人马最多不超过五千，正是士气最低迷的时候。俗话说兵贵神速，我们应该趁着蓝太武的援军没到，用小狗冒充大狗，放几炮震裂敌人的胆子，一鼓作气拿下大峒寨。不然等冀三爷把人马召齐，人家堡垒加固，援兵开到，这根骨头还啃得动吗？"

理是这个理，可惜李文茂军令如山，梁培友思前想后，最后终于决定放弃北上作战。他长叹一声："胡二爷和胡二当家在白沙江水寨，当着他们的面，本堂断难拒绝冀三爷，大峒寨这根骨头只好交给'洪胜堂'兄弟来啃。梁某志在肃清浔江水域，陆战非我所长，眼下最重要的是加强濛江水寨的防御，保障'洪胜堂'兄弟的粮草和后方安全。本堂心意已决，各位兄弟勿复多言。陈阿妈，你从速返回粤东报捷，把龙头令旗交还二爷。"

果如陈开所料，冀海树拉着胡氏兄弟进濛江水寨向梁培友道贺，坚持由"洪胜堂"自主攻击大峒寨。梁培友答允他的要求，留下任文炳、任文彪兄弟驻守濛江水寨，嘱咐他们做好粮草供应，免得让"洪胜堂"的兄弟挑毛病，遂领大军返回白沙江水寨。

梁培友奇袭濛江水寨，这一仗打得太漂亮了，大大加重了冀海树的心理压力。他在濛江水寨住了半个月，凑足了五千兵力后拔寨起兵，可惜为时已晚——蓝太武在圣堂山得到濛江水寨失守的消息，大惊失色，急遣四千生力军星夜驰援"老山羊"。这支人马在冀海树之前抵达大峒寨，无论天时、地利、人和，"洪胜堂"已经不占任何优势。

冀海树纵马扬鞭来到大峒寨下，实地观察完地形，心里顿时凉了一大截。只见这座大寨三面靠山，一面邻水；雄险危峭，形势完固。靠山的入口处是一条十八弯的羊肠小道，仰视若悬天一线，可谓一夫当关，万夫莫开。周围山石平整得像一面大镜子，连习惯了攀岩越崖的胡氏兄弟都望洋兴叹，侧后奇袭几乎没有可能，只有从羊肠小道正面强攻。"老山羊"在这条羊肠小道上加设三座寨门，在这十来天时间里抢修工事，加强战备，下面埋设鹿角拒马，上面备足滚木礌石，将这座天险打造得固若金汤，士气也随之大大恢复。

"老山羊"和手下兄弟多为瑶人，大瑶山就是他们的家乡，守卫大峒寨具有守土抗敌的天然本能；而“洪胜堂”的人马到这里人生地不熟，粮草只能靠濛江水寨帮忙，出动平底船和竹筏远途运输来解决。

冀海树首先分出“大胜堂”一支兵力负责管护粮草；其次，大峒寨距离圣堂山老巢路途并不远，蓝太武随时可能增派新的援兵，为了防止被粤西绿林道两面包抄，冀海树在大峒寨以北二十里处另设一座军营，命“福胜堂”驻扎警戒。这样一来，他手里能够用于进攻大峒寨的兵力只有“万胜堂”“雄胜堂”“同胜堂”临时赶到濛江水寨的三千精锐。

冀海树深感兵力不敷使用，一方面派遣信使火速赶回大明山紧急求援，一方面召集三堂的堂主议事，经过讨论后，决计于次日对大峒寨展开攻击。

第二天，卢宽、蓝廷耀和李天禄三位堂主亲冒锋镝，率领三堂兄弟拼死夺关，从拂晓战至黄昏，阵地上抬下两百多具尸首，才勉强闯过一道寨门。鸣金收兵后，残阳如血，照耀血流如注的羊肠小道，三位堂主难掩心中悲愤，莫不痛哭失声。

将士虽然用命，怎奈天险难越。那条十八弯的羊肠小道像一架绞肉机，无情地吞噬着洪家兄弟的生命。连续三天强攻，阵亡高达三分之一强，冀海树被迫下达停止进攻的命令，原地休整等待援军。两天后，援军终于来了，但来的不是已方援军，而是圣堂山的兵马。蓝太武掐算敌军在大峒寨兵锋受挫，急遣两路大军合击“福胜堂”，“摩云翅”甘圩和“小寿亭”宁正烈寡不敌众，败下阵来。“洪胜堂”溃不成军，冀海树指挥全军杀出一条血路，狼狈不堪地逃回濛江水寨，粤西绿林道扳回一城。

七月下旬，“洪胜堂”二龙头步青磊、五龙头皇甫衮、六龙头陈亚胜率八千精兵水陆疾行抵达濛江水寨。在寨子里盘桓三日后，外十堂和南五堂的援兵陆续又到了一万。加上冀海树原有的人马，三处兵力合计两万余人，组成了一个声势浩大的军团。

战争有时候就是这么奇怪，胜负之势往往瞬间翻转。“老山羊”和“白嘴鱼”犯了一个常识性的错误，以为“洪胜堂”经此大挫，至少得休养生息个一年半载，因此取胜后遣回部分援军。这个胜利的冲动带来了致命的灾难，他们俩谁也没有想到，“洪胜堂”竟然会为了一个区区大峒寨大动干戈！

八月初一凌晨，两个人被震天动地的金鼓声惊醒，匆忙披挂整齐，上寨墙一看，只见“洪胜堂”大军像蚂蚁一样漫山遍野地扑来，心头登时升起了不祥之感。经过连续七昼夜不间歇的攻击，“洪胜堂”用阵亡两千多人的惨重代价，终于攻破了大峒寨的第三道寨门。大军如潮水一般冲上寨墙，“老山羊”和“白嘴鱼”情知不免，各执刀剑拼到最后一刻，手下的喽啰悉数力战身亡，能喘气的只剩下一个半死不活的“赛潘安”。

冀海树在金秋池的身上搜到了“新月剑”，却没有找到那株“柔佛人荟”。想到半年来奔波劳碌毫无所得，还连累那么多的忠勇兄弟战死沙场，冀三爷拉出佩剑就往脖子上抹；后面的陈亚胜早防着他这一出，眼疾手快，一抖手中的银丝蝎尾鞭，将剑刃击歪。皇甫衮上前抱住冀海树的臂膀，满眼含泪：“三哥，你不能寻短见啊。”

冀海树痛哭流涕：“老五，老六，这一仗打得太惨了，死了这么多的好兄弟，到头来两手空空，我还有什么脸去见大龙头？”

皇甫衮安慰他：“三哥，咱们不是把姓金的逮到了吗？”

“要这废物有个屁用？”冀海树咬牙切齿，举剑朝金秋池砍去。

“住手，”步青磊大喝一声，抓住冀海树的手臂，从他手里夺过宝剑，“三弟，莫要小看这个麻风病，他是一味活药材，和‘柔佛人荟’的效果差不多。”

冀海树闻言一震：“二哥，此话从何说起？”

“三弟，不是我存心宽慰，这话是白云道士亲口讲的。”步青磊放缓了语调，“这淫贼没有染上麻风病前，曾经大闹冲虚观，威震‘逍遥门’。假如不是吃了‘柔佛人荟’或者九叶碧血仙芧那样的神草，凭他西域雪山派的功法能有如此造诣？老神仙说了，找不到‘柔佛人荟’不要紧，只要逮到这个姓金的也能充数，炼‘镆铘剑’够用了。”

“这么说，冀某没有耽误大龙头的事？”冀海树喃喃自语。

皇甫衮和陈亚胜齐声劝：“三哥，真的没有。”

冀海树愣了片刻，又抓起佩剑：“可我没脸去见弟兄们啊。”

“洪胜堂”这一仗阵亡高达三千余人，应该说连“惨胜”都算不上。因为大峒寨孤悬于大瑶山中，放在粤西绿林道手里是坚强的前沿阵地，放在“洪胜堂”手里则为孤城一座，一根没有二两肉的鸡肋——吃不饱，扔不得，叫人左右为难。

步青磊、冀海树、皇甫衮和陈亚胜四位龙头经过认真盘算后，最后决心把这座寨子转赠给“洪义堂”，以答谢胡氏兄弟率领藤兵助战之功；那把缴获的“新月剑”则按照事先的承诺送给“洪德堂”，感谢后者提供的粮草支援。诸事安排妥帖，众头领就地掩埋阵亡将士，拜祭之后洒泪而别。南五堂和外十堂的人马各回本寨，四位龙头押着“赛潘安”乘舟西行，在宣化县舍舟登陆，换乘马匹，不一日来到将军山下。

大明山的秋天明媚极了，天高云秀，看不到萧瑟的景致，嗅不到悲秋的哀鸣。去时春岚归时云，自古征战几人回？四位龙头在将军山下为阵亡将士起了一座衣冠冢，把此役缴获的敌军军旗埋进衣冠冢，表示纪念。设祭七日后，众头领身穿丧服，背缚藤条，在崇俭武的陪同下徒步朝望兵峰走去。行不多时，前面尘土飞扬，驰来一彪人马，骑在马上的正是“洪胜堂”掌印阿妈大度和尚、七龙头贾奉璋、八龙头宋良义和九龙头石信。众将齐齐跪倒，趴在地上叩头请罪，大度和尚滚鞍下马：“各位兄弟，这是干什么？”

步青磊把脸贴在地面上，满面含羞：“大峒寨这场厮杀，折了无数忠义兄弟，我等愧对大哥教诲，请依堂规责罚。”

冀海树跪着向前爬了几步，从腰间解下佩剑，双手举过头顶：“大哥，此次挫败都是小弟的过错，和二哥、五弟、六弟没有关系。花了大半年时间，死伤兄弟无千无万，最后只带回来一个废人，小弟真是百身莫赎，情愿以死谢罪。”

大度和尚左搀步青磊，右扶冀海树，沉痛地说：“两位贤弟，仗打到这个份上，不全是你们的错。本堂身为一堂之主，首先脱不了干系。不过，铸造‘镆铘剑’非为本堂私利，实为洪门重振大计，弟兄们死得其所。五祖神灵在天，当谅我辈拳拳谋忠之心。”

众头领叩头抽泣不止：“谢大哥仁义宽宏。”

步青磊抬头问：“这淫贼如何发落？”

“赛潘安”被麻布包裹严实，五花大绑捆在马肚子上，一代武林高手落得如此下场，未免令人唏嘘。大度和尚沉吟片刻：“老神仙让人在峰口搭了副架子，过两天是九九重阳节的吉利日子，届时拿这副药材开刀放血——血尽之日，即是白龙归位之刻。”

打造这把“镆铘剑”委实不容易，开炉铸剑整整六年，白云道士和大度和尚合作的年头也长达十三年之久。如果从白云道士抱恨离开罗浮山、树立打造无情剑的志向算起，足足有令人咋舌的十九年。别人是十年磨一剑，白云老道则是花了将近二十年的时间打造无情剑，由黑发人变成白发人，内中辛苦难为人道。

不管怎么说，铸造无情剑的梦想即将达成，平生心愿将了，白云道士非常高兴，第二天忙活了一整天，先给“赛潘安”吃了顿泻药，把肚肠里的零碎拉了个干净；又从罗波潭和香山河取来泉水，将金秋池从里到外洗了个透彻；最后浑身缠上白洋布，倒挂在人字架上——这么做的原因一来是为了美观，临死前给这位西域雪山派的宗师一个面子；更重要的考虑是大明山早晚的温差大，夜里秃鹫会成群出来觅食，如果赤条条地将金秋池捆在架子上，不是被冻死便是被秃鹫啃光，根本活不到重阳节。

傍晚时分，人字架右侧的木台子搭好了，供李阳璞施展“迎龙大法”之用；铸剑炉从临时营帐抬到人字架下面，在钟水鼎的指挥下，王二妹把火候调匀实。白云道士见各项准备工作大致就绪，便对钟水鼎说：“阿鼎，再辛苦最后一晚。明天‘镆铘剑’就练成了，咱爷俩这辈子总算干了件大事。以后你想去哪儿都行，我绝不拦你。”

钟水鼎对铸剑没有任何兴趣，若非碍于往日情面，他早已离开了大明山。“洪德堂”打下濛江水寨后，他带着“红心”母子俩在贵县住了些日子，中秋节才回到大明山。听说步青磊和龚海树弄到了最后一味药材，“镆铘剑”即将大功告成，铁匠心里很高兴——看样子很快就可以下山回家，炼剑岁月善始善终，算是对得起自己的良心。

钟水鼎抹了一把脸上的灰烬：“恭喜道爷。”

“呵呵，同喜，同喜。”白云道士笑意盈盈，“掌堂大爷龙体欠安，但是一听说咱们得了药引子，马上派人来了解情况。贫道去一趟龙头峰，这里交给你了。”

“道爷，”钟水鼎抱了抱拳，“有我和二妹在，你放心吧。”

烧火丫头王二妹没有钟水鼎那样的好兴致，在大明山中，她大概是唯一一个不愿意铸成“镆铘剑”的人。道理很简单，“镆铘剑”一旦铸成，她立马便会失业。对长相丑陋甚至可以说是恐怖的王二妹来说，这个世界上，恐怕再也没有第二份这么好的工作。

王二妹的相貌确实不敢恭维，人家是女大十八变，越变越好看，她可倒好，长得越来越难看不说，脸上的残疾还日趋严重——僵死的面部肌肉裂痕斑斑，根部泛出血红色，稍微一动就像一排血盆大口。不认识的人初次见面，准能吓一个大跟头。

在望兵峰的这几年，不管剑胎在不在炉子里，白云道士始终不允许铸剑炉灭火，火候必须根据他的要求随时加以调整。王二妹常年趴在炉火旁，脸上的肉痕被熏得红一道、黑一道，皮肤红肿。如果上台扮演面目狰狞的恶鬼，根本用不着抹粉化妆。

黄昏总是过去得很快，暮色宛如一条光溜溜的毯子，梦想用它来包裹天空，让弯月暖暖和和地睡大觉，唯独将大地山川露在外面挨冻受冷。王二妹被呼呼的山风吹醒，铸剑炉的火苗"噌噌"地往上蹿。望着眼前被"毯子"遮盖的悬崖，烧火丫头一时有些分不清梦里梦外，天上地下，哪一处是温暖照人的星辰，哪一处是冰冷无情的火苗。

三更时分，钟水鼎拍了拍屁股上的尘土，起身打了个哈欠："二妹，炉子里的火我已经调弄好了，你只管守着就行。今天是最后一夜，明天练成'镆铘剑'，大龙头和白云老道会给咱们发一个大红包，拿着钱，赶紧回家孝敬你阿妈。"

王二妹低着头："阿鼎哥，明天真歇了？"

钟水鼎诧异地问："这个穷山恶岭，你没呆够？"

王二妹老老实实地说："阿鼎哥，在山上干活挺好，从来没有人嫌我丑，给的工钱比在老家高好几倍。另外，道爷学问大，跟着他们长见识哩。"

"你能听懂他们的话？"钟水鼎感到奇怪。

王二妹显出三分羞涩："就是因为听不懂，才有味道嘛。"

"放屁，"钟水鼎的声音不知不觉提高了八度，王二妹大字不识一箩筐，跟着白云道士和李阳璞学云山雾罩？这不是找死吗？"二妹，说句话你别嫌难听，咱们是本分人家，应该掂得清自己的骨头有几两重。这年月，能填饱肚皮就谢天谢地，学些神啊鬼啊的营生，你家祖坟里没有冒过这样的青烟。明天领到赏钱以后马上跟我走，我怎么把你带出来的，还怎么把你带回去。

拿着这些钱给自己置办嫁妆，找个稳当人家生儿育女，相夫教子，平平安安过一辈子比啥不强？学本事？有本事的人多了，这个姓金的就是大神通。你瞅他那副德性，明天当药材喂刀刃，死了都没地方埋，比野狗还要惨。”

“赛潘安”吊在人字架上像个白色的孤魂，王二妹喜欢他身上的白洋布，不觉得这个大魔头有什么可怕。她嘟囔了一句：“阿鼎哥，谁肯娶我呀？”

钟水鼎被她噎得无言以对，确实，如果把“赛潘安”脸上的白布解下来，这个令人作呕的麻风病未必比王二妹难看多少。他又打了一个哈欠，叮咛：“缘分是命中注定，回家以后你愿意干啥干啥，不过现在你得听我的，把药材看好了，别打瞌睡。”

烧火丫头根本睡不着，不只是因为深秋夜寒，更由于即将离开大明山，重返那个饱受羞辱和践踏的人间。她虽然没有念过什么书，但是在望兵峰这几年大开了眼界，像白云道士和李阳璞这样的世外高人都不算什么，对面深渊里潜伏的那条白龙才最让王二妹激动。这一点不是吹的盖的，烧火丫头摇晃着干瘦的胳膊拉风箱，只要精疲力竭，眼前准定冒金星。那时她便会坐在峰口的岩石上，一动不动地朝龙头峰打量。

别人找不到白龙，可是王二妹觉得自己看到了白龙，看到了白龙的影子，这影子就是她眼前直晃的金星。不知道为什么，只要白色的金星一闪起来，烧火丫头满腔的自卑感和羞耻感立刻消失殆尽，下盘充满了力量。她的屁股像粘在石头上一样，任凭山风拼命地摇晃，始终稳如磐石，愣是不往悬崖底下掉。

这是世间独一无二的修炼方式，烧火丫头每次从石头上爬起来，从悬崖边走回来，自信心都会倍增，两条臂膀的力气也跟着恢复。每当她看到别人嘲讽的眼神，她就会把铸剑炉的风箱拉得山响，直到把自己累出满眼金星，再坐到石头上凝望白龙，凝望那道影子。

春去秋来，云岚交替，烧火丫头眼前的金星变得越来越茂盛。渐渐地，铸剑炉的火苗取代了忽闪不定的金星，在她的眼眶里生根发芽。这时候，对面的龙头峰活动起来，影子附体的王二妹升华了，她认为自己不再是烧火的丫头，而是传说中横卧大明山的龙母。

白龙明天归位，龙母却要失业，王二妹心情非常郁闷。九月初八晚上很冷，冷得连秃鹫都懒得出来觅食。“赛潘安”像一只剥光了羽毛的大鸟在月光里荡来荡去，在王二妹眼眶的风暴中忽隐忽现。她抬头问：“听说你是个武林高手？”

寂寞的夜里，竟然有人对自己说话？金秋池这段日子憋坏了，立刻回答：“对。”

王二妹接着问：“听说你会道法？”

“没错。”金秋池道。

王二妹迟疑了片刻，问：“听说你还是一个采花大盗？”

“正是。”金秋池说。

王二妹咽了一口唾沫：“你这辈子最得意的是哪门功夫？”

“赛潘安”想也没想，随口答道：“‘驭阴功’。”

王二妹不解地问：“什么叫‘驭阴功’？”

“连这都不知道？”金秋池气馁地说，“你是女人吗？”

王二妹勃然大怒：“睁开你的狗眼看，老娘是一个如假包换的黄花闺女。”

“好好，你让我看看。”金秋池笑着说。

王二妹一时情急，忘了对方是个麻风病，爬到人字架上拿刀豁开白洋布，金秋池的面孔露了出来。借着铸剑炉跃起的火苗，“赛潘安”看清了王二妹的模样，恶心得胃肠里一阵闹腾，脱口而出：“丑八怪。”

“呸，”王二妹唾了他一口，从怀里掏出一面镜子，几乎贴到了金秋池的脸上，“还他老母的采花大盗，瞧瞧你自己，连条癞皮狗也不如。”

“赛潘安”闭上眼睛，心里像被刀割一样难受。这个丑丫头说得不假，自己眼下这副尊容确实不如癞皮狗。王二妹气咻咻地骂了半个时辰，把镜子收在怀里。山风袭来，她忽然感到一阵萧索，自己也是穷途末路人，又何必五十步笑一百步？

俗话说英雄重英雄，丑八怪为什么容不下麻风病？烧火丫头生平第一次温柔地问：“我说这位道爷，你既然有这么大的本事，干吗不挣脱绳索逃走？”

金秋池祸害了一辈子的靓女，最后被靓女设局陷害，从来没有和丑女人打过交道，因果报应的环节里就缺王二妹这样的丑八怪，看来这才是老天爷安排的命运。大淫贼思虑至此，对眼前这个烧火丫头生出几分亲近感，叹了口气："贫道这尊肉鼎，除了'柔佛人荟'和九叶碧血仙茅，尚有天下美女的阴精，无一不是助长功力的法宝。放在以前，别说区区几根绳索，纵然玉皇大帝的天罗地网，也休想困住贫道；可惜贫道没有悟透武学大道，结果被一个无耻的女人设局陷害，染上麻风病，从此手无缚鸡之力。纵有盖世神功，当不得一枚钉子使。"

"你被女人害了？"王二妹惊叫道，"我们女人有这么大的本事？"

金秋池恨恨地说："你可不知道，大得很哩。"

王二妹耷拉下脑袋："我就没那本事。"

金秋池打量了一番骨瘦如柴的王二妹："学本事还不容易？你是五阴残身，有一套简便的降僮法术适合你。这套法术替人禳灾避祸，实为一门积德行善的营生。只要学了它，你这辈子吃喝不愁，任谁都得高看一眼，找个汉子，还不是小菜一碟？"

金秋池说的每个字都敲在王二妹的心里，她要学的就是这种本事。烧火丫头对天上掉下来的馅饼将信将疑："道爷，这么好的本事，你为啥要教给我？"

"雕虫小技，哪值得一提？"金秋池长长地叹了口气，"贫道明日归天，临闭眼之前做一件好事，传你一个吃饭的营生，好替贫道赎些罪孽。"

王二妹放心了，趴在地上恭恭敬敬磕了三个响头："师傅在上，请受徒儿一拜。"

"乖仔，给为师来碗水喝，说了这半天，口都渴了。"金秋池示意。

烧火丫头爬到人字架上，灌了金秋池好几碗泉水。见他还想要喝，便劝道："师傅，秋天山泉冰寒刺骨，小心喝坏了肠子。"

"没关系，"金秋池道，"多喝水血流得快，明天早点上路。"

烧火丫头一把将碗里的泉水甩干净："师傅，我听白云老道说假如你的血流不尽，白龙就不愿意归位；剑铸不成，你就能多活些日子。"

"傻丫头，为师得了这个麻风病，每日痛不欲生，活着无非受罪。明日开刀割血，为师正好脱此困厄，早死早托生，何乐而不为？"金秋池心酸地说。

王二妹抽泣道："师傅，你死了，谁教我法术？"

作为采花大盗,“赛潘安”一生收的徒弟俱是模样俊美的少年郎,降僮术这种微末之技平时都不好意思提。然而在生命的最后一刻,收的这个关门弟子不但是女人,而且是一个胸无点墨的丑八怪,这不是命又是什么?大淫魔幡然醒悟,这个烧火丫头就是自己来世的出路,他的脸上浮现出一丝慈祥:“乖徒儿,你放心,为师一定把你教成了再走。”

王二妹问:“师傅,学这套法术要多长时间?”

“一般人需要七七四十九天,为师以心血相托,你只需要四十九个时辰。”金秋池郑重地叮咛,“明日开刀后两个时辰,为师腔内的血液就会流干,那时节气息全无,和死人没有什么两样。然而为了传你法术,为师这点灵犀不能灭,心窍里面的血珠会一滴一滴地淌,一直流淌四十九个时辰。乖仔,到时候你要眼珠不错地盯着看,要是能看到四十九支青竹,那就说明为师的心灵转到你的身上,降僮法术即告成功。”

王二妹听得毛骨悚然:“师傅,你是说你托生到我身上?”

“乖徒儿,世间万物莫非鼎炉。”金秋池神情黯然,“此心不正,人炉必不能与天地鼎炉相通,永远在臭皮囊里打转,抱恨终生,连区区麻风病也对付不了。为师这尊肉身鼎炉里面全是宝贝,可惜不能为我所用,临了为他人做嫁衣裳。罢了,这个怪不到天命,只能怪为师道基浅薄,来生安守本分,托生到你身上,混碗饭吃吧。”

王二妹伏地跪拜:“师傅,你是一个美男子,托到我身上不冤吗?”

金秋池苦笑:“再美的臭皮囊终究是一尊鼎炉,留它何用?只要你我师徒能把这一脉转灵香火传下去,为师虽死犹生。来,报上你的生辰八字。”

王二妹的生辰八字缝在贴肚皮的肚兜上,这是她的命根子,从来不轻易告诉别人。按照金秋池的指点,她照猫画虎,将生辰八字描在一张纸上,用火烧了以后撒进水碗,搅拌均匀给“赛潘安”灌了下去——这个方法叫作寄石,金秋池拿自己的肉身当大石,替王二妹挡灾,把所有的苦难留在此生此世。

一颗流星划过夜空,火光熊熊,对面龙头峰的身姿清亮起来,活动起来。烧火丫头这次看得真真的,叫了一声:“师傅,快看,是白龙。”

“赛潘安”也看到了那道清晰的影子,大淫魔的心里涌起酸楚。与这条白龙相比,那些所谓的盖世名刃,算什么无情剑?

垂死之人突然精神高涨，快活地叫道："乖丫头，白龙又有什么了不起？只要为师的心血不竭，它就永远归不了位，你说对不对？"

王二妹被金秋池的情绪感染："对，我要学不会本事，他们也别想炼成剑。"

第一百回　龙剑出世

九九重阳节，大明山盛况空前，从龙头峰到望兵峰，处处洋溢着喜庆气氛。清晨露水尚未苏醒的时候，“玄真道士”丁复国已经下到前山关，张华洸率领三十位“虎”字营的兄弟在关前等候，准备一起去望兵峰参加铸剑大典。

丁复国正打算翻身上马，总堂右护法黄桂林飞马驰来，急匆匆地说：“二爷留步，掌堂大爷传下口谕，请你进藏龙洞吃茶。”

这几年洪门之主的身体每况愈下，一直在藏龙洞静心休养。去年入冬彻底垮了下来，旧时战痕逐一发作，一时昏迷一时醒，眼看到了不治之际。请自己吃茶？看来大慈和尚也受到了白龙归位消息的鼓舞，丁复国犹豫地问：“三爷不是在忠义堂吗？”

黄桂林回答：“三爷已经进洞伺候，掌堂大爷今天不知道怎么啦，精神好得不得了，非要请你和三爷去平台吃茶。”

大度和尚在望兵峰百折不挠地铸造“镆铘剑”，往大了说，毕竟是为了洪门大义。代行大龙头职权的丁复国自然明白轻重，因此计划参加这次铸剑大典以示祝贺。洪门之主既然知道铸剑大典的重要性，为什么还要请自己进藏龙洞吃茶？

“玄真道士”丁复国一时摸不着头脑，只好叮嘱黄桂林：“黄护法，今日望兵峰举行铸剑大典，白龙即将归位，这是关涉到我洪门是否顺应天命的大事，总堂断不可缺席。你代表我和三爷赶紧走一趟，别让‘洪胜堂’兄弟等着急。”

“遵命，”黄桂林恭敬地说，“三爷也是这么说的。”

丁复国漫不经心地问：“三爷说了些啥?”

黄桂林道：“三爷说，一旦‘镆铘剑’大功告成，命我等即刻来报。”

“嗯。”丁复国点点头，返回山腰的演武厅。“龙”字营中军都督鲁巨川早在演武厅前恭候。两个人健步如飞上了龙头峰顶，只见左护法杨其楠喜形于色：“二爷，掌堂大爷今天吃了三碗汤，还走了一趟剑呢。”

听到这个“剑”字，“玄真道士”眼光忽然一闪，转身问鲁巨川：“鲁都督，李二爷送来的那柄‘新月剑’在哪里?”

鲁巨川急忙答道：“在迎客驿里锁着，像这种稀罕宝贝，没有你和三爷的令，属下哪敢乱挪地方? 万一丢了的话，砍了头壳小弟也赔不起。”

梁培友等“德胜堂”头领收到“新月剑”后不敢怠慢，派巢元贞坐船赶到银洲湖，将“新月剑”当面交给李文茂。前年易兰花去世时，李文茂曾经向“洪兴堂”求过碧血仙茅，虽然这株碧血仙茅最后又还了回去，但这份人情一直压在李文茂的心里。“新月剑”价值连城，应该能够偿还这份人情。李文茂提笔给萧明远写信，写到一半，突然停笔，问巢元贞：“听说‘洪胜堂’兄弟这次只擒了姓金的，并没有找到‘柔佛人荟’?”

“没错。”巢元贞点头道，“二爷，你说他们抓那个麻风病干什么?”

丁复国与大度和尚武功相差无几，在这种情况下，谁拥有一把盖世名刃，便极有可能在双雄竞争的格局中脱颖而出，击败武林至尊金蟾道士，进而继承洪门之主的大位。李文茂心里比谁都明白，这柄“新月剑”送给“洪兴堂”，实际上就等于送给了丁复国。

作为“洪德堂”的实际掌舵人，李文茂不愿介入丁复国与大度和尚之间的竞争是为了洪门团结的大局着想，但这并不代表他无所作为。以目前的态势来看，大度和尚一旦如愿以偿铸成“镆铘剑”，必定力压丁复国一头，在大位继承的竞争中超过后者，取得领先优势。丁复国这些年一直代行洪门大龙头职权，如果仅仅因为兵器不如人而落于下风，不仅“洪兴堂”旗下的兄弟不服气，就是其他三大堂也会寄予同情。李文茂这时候把“新月剑”送给丁复国，等于是扶持尊者和弱者，各堂兄弟不但会赞他够义气，还会夸奖他有智慧。

问题在于，“洪胜堂”从大峒寨得到的是“赛潘安”而非“柔佛人荟”，万一大度和尚铸不成“镆铘剑”，那么，这柄“新月剑”送出去就麻烦了，变成“洪德堂”力挺丁复国的明证，从而影响洪门五大堂之间的团结，凸显出李文茂行事莽撞，不顾大局。

李文茂拔出“新月剑”，自言自语：“没想到这还是一把双刃剑！”

“二爷，咱报咱的恩，走得正，行得端。”见李文茂举棋不定，巢元贞说，“萧阿妈愿意给谁那是他的事，跟咱‘洪德堂’有啥关系？”

李文茂还剑于鞘：“阿贞，你走一趟大明山龙头峰，把这柄剑亲手交给白扇三爷，就说是本堂献给总堂的礼物。记住，多一个字别说，更不要在总堂逗留，吃顿饭即刻回返。三爷他们要是问，你便推辞浔江刚刚肃清，军务繁忙，脱不开身。”

“玄真道士”跟随杨其楠走进藏龙洞，沿着曲折的密道来到山后平台，只见大慈和尚坐在蒲团上一动不动，如同老僧入定，沐浴在初上的阳光里。山后平台视野极佳，大明山最美的风光一览无余，像一幅永不凋谢的丹青——秋日的白云娇艳欲滴，徜徉在蓝天洁净的枝头；瀑布奔腾着汇向深谷的碧涧，又被漫山遍野的红叶层层覆盖。

丁复国望着大慈和尚佝偻的背影，不禁涌上一股心酸。一眨眼，“洪顺堂”总堂来到大明山快二十年了，昔日威风八面的洪门之主垂垂老矣，自己和陈松也从壮年步入老年，真是岁月如梭，不堪回首。平台正面遥对着望兵峰，左侧就是那道白龙隐身的瀑布，右侧凸出的一块空地上辟有花圃，里面养着齐腰高的七鬣松。听到身后传来的脚步声，大慈和尚没有回头，片刻之后，开口道：“是老二吧？”

丁复国屈身行礼：“大哥，你身子骨不好，最好躺在椅子上歇息将养。”

“你我兄弟刀头舐血大半辈子，哪有这么娇气？”大慈和尚凝视着正前方，努力保持着坐姿，“练功参禅习惯了，改它作甚？”

陈松端给丁复国一杯茶："二哥，尝一尝大哥亲手制的茶。"

三合会刚到大明山时极为狼狈，吃穿用度没有一样不紧缺。为了度过那段艰难岁月，自大慈和尚以下兄弟全部参与劳作，种植百谷，自给自足，洪门之主种茶、制茶的手艺便是那时候练出来的。丁复国尝了一口，连连夸赞："大哥，咱们大明山的茶别处没法比，茶里面能品出花草的味道。别的山里可能种出好茶叶，但是绝对长不出大明山的花草。"

望着丁复国和陈松鬓角的斑斑白发，大慈和尚心头掠过一丝惆怅——这些来自五湖四海的汉子青春已逝，变成了地地道道的大明山人，从毛孔里似乎都能嗅出大明山的气息。洪门之主自嘲："幸好此地山河壮丽，要不然，你们背地里还不骂死老衲？"

"大哥说笑了。"陈松说，"按李道爷的说法，大明山是九龙朝宗的大富大贵之地，能出杀鞑子的真天子，冲这名字就吉祥。这条白龙自九嶷山下世，别的地方不去，独独来咱们龙头峰藏身，这不是天意是什么？看来五祖爷爷显灵了。"

大慈和尚默默注视着眼前的景致，视网膜有些模糊不清。在他的眼里，大明山的红枫已经不像十九年前那样灿烂，这条白龙是他生命中最后的希望，他等这一天等得太久了，越抵近观察心里才越踏实。洪门之主闭目养神，等视力稍微恢复后，抬头望了望天上的白云，仿佛自言自语："赤龙升天，白龙下世，这次，它果然能归位？"

这位叱咤风云的大英雄真的老了，过去泰山崩于前而面不改色，现在一枚落叶便可以搅得他心神不安。白龙来到大明山六年迟迟不现真身，大慈和尚满心的憧憬在一次又一次的期待中破灭，如果这次"镆铘剑"再铸不成，他一定会死不瞑目。丁复国明白洪门之主为什么非请自己和陈松陪他吃茶了，他这不是精神振作，而是心里发毛，于是劝道："银龙祸乱中华，把猪龙打得屁滚尿流，紧接着赤龙升天，分明是给白龙腾地方。白龙既然来到咱们大明山，归位那是必定的，大哥莫要心忧。此地离瀑布太近，白龙归位必然地动山摇。请大哥速速回洞，免得受它惊扰，保重龙体为要。"

经过丁复国的安慰，大慈和尚稍微舒服了一些，脸上露出孩子般的笑容："不，我就在这里吃茶，它和老衲做了六年的邻居，难道会害我不成？"

丁复国对陈松说："三弟，你也劝劝大哥。"

“我劝不动。”陈松抬头漫应了一句，猛然瞥见杨其楠手捧一个锦盒在后面肃立，便好奇地问丁复国，“二哥，这是什么物件？”

丁复国卖了个关子：“下面兄弟送给大哥的礼物。”

“什么礼物？”陈松明白了，故意问，“哪个堂口送的？”

丁复国一笑：“还能是哪个兄弟？你那位宝贝徒孙。”

“‘新月剑’？”陈松脱口而出。

“怎么回事？”大慈和尚扭头问。

杨其楠小心翼翼地打开锦盒，丁复国从里面取出“新月剑”，双手捧起来，恭恭敬敬递到洪门之主的手里：“大哥，茂仔差人送来一柄好刃口。”

听到李文茂这个名字，大慈和尚陡然一震，立刻从昏昏沉沉中拔出精神，眼睛里好像点燃了一盏灯，整个人变得神采奕奕，昔日那个气吞万里如虎的洪门大龙头又回来了。丁复国和陈松不禁暗暗赞叹，大慈和尚笑逐颜开：“茂仔送给我礼物？好好，我瞧瞧。”

这几年洪门旗下各大堂口发展得都很快，但是像“洪德堂”那样轰轰烈烈的势头，可以说只此一家，别无分店。李文茂向东深耕膏腴之地，兵临广州城下斗官军、打番鬼，向西凭借水师横扫三江六水，桩桩件件无不大长洪门威风，哪一个好汉不伸出大拇指夸赞？最要命的是他的年纪，仅仅二十五岁便做出如此令人震撼的事业，在江湖和武林中锐不可当，洪门有如此杰出的后起之秀，大慈和尚当然最高兴。

不过，在洪门之主的心里，这颗年轻的巨星同时也是一个难解之谜。他曾经屡次派人试探李文茂的武功，没有一次试探出个所以然。起初，大慈和尚还很认真，想摸清楚师弟大悲和尚是否把本门“浑天剑”传授给了李文茂。随着耳朵里关于李文茂的传闻日益增多，洪门之主渐渐放弃了这个想法，心头释然。一来大悲和尚所掌握的“浑天剑”并不成熟，二来琼花会馆是少林武功的大本营，本身为百家武艺的荟萃之地，李文茂什么本事学不到？从他现在做出的成就判断，其武功修为，恐怕早已经超出了“浑天剑”的境界。

丁复国和陈松俱为眼睛雪亮的人，对李文茂把“新月剑”送交总堂的心态了如指掌，只是都没有说穿而已。丁复国对大慈和尚说：“大哥，茂仔这柄剑送得好，白龙即便不归位，你老人家照样有好刃口使。”

“老衲一介行将就木之人，要什么好刃口？”大慈和尚收起笑容，皱起了眉头，“茂仔无缘无故送这把剑，其中定有蹊跷。”

丁复国和陈松互相看了一眼，虎老雄风在，大哥没糊涂。

铸剑大典于重阳节辰时正式开始。李阳璞登台施法。钟水鼎用长矛撕去“赛潘安”身上包裹的白洋布，露出一身令人作呕的丑陋皮肤，看起来和“花肉”差不多。白云道士上前客客气气打了个稽首：“无量天尊，道兄有什么未了的心愿吗？”

“哈哈，”金秋池大声笑了起来，“听说你们拿金某作药引子炼剑？果真如此，倒要好好谢谢各位，让在下当了一回赤龙。”

“道兄好雅量，那我们就唐突了？”白云道士问。

“赛潘安”瞥了一眼惶恐不安的烧火丫头，朗声道：“赤龙升天，白龙下世，你们可曾见识过赤龙的心窍？”

“洪胜堂”众位龙头里，只有冀海树在西海大寨见过被李文茂劈为两截的“玉玲珑”。他心中一动，拱手问：“金先生，此话怎讲？”

“人不可貌相，海水不可斗量，金某这尊肉身鼎炉虽然面目全非，千疮百孔，但是里面尽为稀世珍宝。”金秋池傲然道，“金某此生道基不正，修行有亏，未能接通天地熔炉，栽在你们手里算是认了。不过这颗心长得再歪，终究养成了一点灵犀，‘柔佛人荟’和九叶碧血仙茅皆为天地奇物，用它们滋润过的心能那么容易死吗？焉知它前生不是赤龙？焉知它不能像赤龙那样世代转灵？焉知它不能用最后一口气反击？”

李文茂砍断“玉玲珑”后，遭到赤龙心窍万箭穿身，冀海树当年是亲眼目睹的。他倒退几步拔出佩剑，厉声叱喝：“妖孽妄自攀附，冀某倒要看看你的本事。”

白云道士打躬作揖：“道兄，这是何必？你愿意转灵就转灵，下辈子的事谁管得着？好歹留点口德，别吓唬我们，有事你尽管交代。”

“赤条条来，赤条条去，交代个屌？”金秋池道，“金某临死之前幡然觉醒，不会与尔等为难。但这颗心有种种悸动，般般感悟，里面未必全是一己之私，或许还夹杂着白龙下世的天风雨息，四十九个时辰心血不竭。诸位不妨详加领略。”

“赛潘安”这番话一多半是说给王二妹听的，大度和尚听了后极不耐烦：

“淫贼，你不过偷吃了几株神草，竟敢如此托大？少说废话，吃刀。”

话音未落，九龙头石信大喝一声，纵身跃在空中，“唰唰”两刀，分别剖开了金秋池的两只脚掌，鲜血顺着大腿滴进了铸剑炉。钟水鼎大叫：“加火。”

金秋池在上面淌血，烧火丫头在下面冒汗，不知道是被铸剑炉火烤的，还是被眼前这一幕残酷的画面惊吓的。且说“洪胜堂”九大龙头，自石信开始每人两刀，按照从脚到头的顺序在金秋池身上割了十八刀，几乎将他的皮全部剥了下来。为了尽快让血流尽，白云道士命人挖出金秋池的肚肠，用泉水加以冲洗。两个时辰后，除了心脏部位滴滴答答地淌血，“赛潘安”彻彻底底变成了一具躯壳。

又过了两个时辰，日头偏西，白云染尘，金秋池的胸口依然在顽强地淌血。大度和尚被眼前的情景惊呆了，焦躁不安地在铸剑炉前踱步：“此贼所言不虚，看来神草没有糟蹋，只是这般疲沓，白龙什么时候才能归位？”

宋良义建议：“干脆把臭皮囊扔进炉子里算了。”

“万万不可。”白云道士慌忙摆手，“大龙头，麻风病为大不洁之躯，放进炉子里岂不是冒犯了白龙？再说，我们要铸造的是无情剑，金先生心血不竭，遗情耿耿，用这种肉身铸造出来的剑，只能是一柄有情剑。”

“开什么玩笑？”贾奉璋吼着，用手指着远处的龙头峰，“消息都散出去了，总堂三位大爷就在对面眼巴巴地瞅着，白龙要是不归位，咋向总堂交代？”

白云道士把脸一拉：“那不关贫道的事。”

大度和尚赔着笑脸：“老七说话就这样，道爷莫怪。”

“道爷，我们总不能这么一直傻等下去吧？”皇甫衮问。

“不等咋办？”白云道士回了他一句，“贫道早对大龙头说过，必须等金先生的血一滴不落地投进铸剑炉，白龙才有可能归位。”

“各位兄弟，不要再争了。”大度和尚明白心急吃不了热豆腐的道理，后悔刚才没有沉得住气，怀着歉意对白云道士说，“道爷，咱们六年都等了，还差这一会儿工夫？姓金的不是说四十九个时辰吗？没关系，本堂等得起。”

白云道士拱手作答：“俗话说其人将死，其言也哀。大龙头，金先生修行多年，他说的话有三分道理，咱们就等他四十九个时辰吧。”

“好说，好说。”大度和尚弯腰回礼，“道爷，本堂这些兄弟你也熟，都是些打打杀杀的莽汉子，不懂道法精妙，出言不逊，请多多包涵。本堂事务繁忙，和弟兄们撤了。姓金的阴魂假如当真托过话来，有你应付即可，一介孤魂，不必认真。”

“洪胜堂”大队人马一撤，峰口附近立刻显得寂寞冷清。白云道士打了一个哆嗦，他毕生打熬的本事是炼剑，从来没有和鬼魂聊过家常。老道揪住李阳璞的衣裳：“道兄，金先生游魂不远，咱们一起听听他怎么说？”

李阳璞研究了大半辈子风水，生平头一次看到一个大活人被开膛剥皮，金秋池血肉模糊的样子在他眼前晃来晃去，搅得他心神不宁。“洪胜堂”众头领走后，李阳璞把自己带来的法器草草归拢，装进袋子里往毛驴身上一搭：“道兄，你没听金先生说？赤龙心窍绝地反击，他死得这么惨，一腔怨气谁敢听？愿意听你接着，别拉着我。”

“道兄，道兄，请留步……”白云道士紧追慢赶，李阳璞撵着毛驴跑了个没影。

钟水鼎惴惴不安地问：“道爷，咱们守不守？”

“让二妹留下吧，”白云道士叹了口气，“她模样丑，不怕鬼。”

第二天早上起来，白云道士觉得上下眼皮打架，忙和钟水鼎爬上峰口，只见王二妹像根木头桩子似的戳在地上，任凭山风呼啸，愣是一动也不动。钟水鼎吓坏了，这要是被鬼夜里拿了魂，可怎么向她的家人交代？冲过去拼命摇晃：“二妹，二妹。”

王二妹擦了擦长鼻涕：“阿鼎哥，干吗？”

“丢你老母，没事你装神弄鬼？”钟水鼎气得搡了她一把。

清晨，太阳的金箭射穿千嶂山，白云道士抬头朝人字架望去，发现金秋池的尸体已经明显缩小了一块，尸身被切割得支离破碎，勉强靠骨头架支撑。经过一夜的风吹，尸体变成半白半紫的袋子形状，全身乌青，唯有胸口一点殷血，仍在不紧不慢地滴答。

白云道士倒吸一口凉气，金秋池临终前说的那番话看来绝非恐吓之语，他怎么能断定自己的心血能流四十九个时辰？难道真的练出了法力？白云道士越想越觉得不可思议，盯着王二妹瞅了半天：“二妹，昨晚有没有动静？”

“没有啊。”王二妹嬉皮笑脸。

钟水鼎没好气地问:“那你在干啥?”

“我在看血滴。”王二妹的嗓音有些怪异起来。

白云道士察觉到这一点,紧张地问:“你都看见什么了?”

王二妹幽幽道:“我看见一株青竹,越长越高,差不多有五六丈。”

钟水鼎头皮发紧,脖颈子里“嗖嗖”往外蹿凉风,转身央求白云道士:“道爷,她满口胡话,定是被姓金的拿了魂,你得救救她。”

白云道士壮着胆子拍了拍王二妹的天灵盖:“二妹,醒醒,醒醒。”

王二妹突然“扑哧”一笑:“道爷,阿鼎哥,我跟你们开玩笑哩。没错,我一共看见了六根青竹,把它们接起来,不就是一根长竹竿吗?”

钟水鼎松了一口气:“二妹,以后少开这种玩笑,去睡吧,我来换班。”

“不用,阿鼎哥,”王二妹摇摇头,“我瞅见青竹立马就能长精神,一点也不困。还是我来守着吧,这些青竹是宝贝,不能给你。”

“道爷,她又魔怔了!”钟水鼎喊了起来。

王二妹不只嗓音有点变化,就连眼神都和昨日不同,多了一丝镇定,少了几分惶恐。白云道士隐隐感觉到什么地方不对劲,但一时又说不清楚。他试探地问:“二妹,大明山遍地是青竹,什么样的都有,你怎么把它当宝贝?”

“道爷,我是可怜你和阿鼎哥,让你们多睡一会儿,没别的意思。”王二妹道,“再说看尸首这活儿一点不累,困了就趴着,比拉一天风箱轻省多了。”

钟水鼎被她弄得啼笑皆非:“道爷,这丫头到底有没有事?”

“没多大事,”白云道士思忖了一会,“可能眼花了。”

转眼四十九个时辰将至,九月十三早上飘起了雨丝,白云道士和钟水鼎生怕金秋池的尸首再出什么意外,匆匆地爬起来。还没有走到峰口,就听王二妹阴阳怪气地在喊:“何方来的无名小鬼,敢在贫道面前作祟?且吃一剑。”

两个人探头一看,可不得了,王二妹口中念念有词,手拿烧火棍比比画画,招式一板一眼颇有章法,全然不像疯疯癫癫撒癔症。钟水鼎一时看得呆了,摸着脑门问:“道爷,你什么时候教过她剑法?”

白云道士苦笑了一声:“我都不会,拿什么教人家?”

烧火丫头好像换了一个人似的，一扫往日的猥琐和胆怯，变得神气十足，身法敏捷，一边挥剑劈杀，一边掐诀念咒：

天灵灵、地灵灵，好吃好喝奉神明；天生云、云起龙，起出转灵扶僮身。金铜鼓、银铜锣，四十九路鬼与神；千重山，万重水，遇到僮身齐闪避。哪路老鬼不长眼，七月阴雷破山腹；哪路邪神迷心窍，冰天雪地烤河床。

…………

钟水鼎哪见过这个场面，问："道爷，二妹真的中了邪？"

烧火丫头不是中邪，而是被金秋池附体降僮，至此，白云道士完全相信了金秋池临死前的那番遗言。等王二妹舞完剑，白云道士大步上前，跪倒在地："金先生在天之灵慢行，满四十九个时辰，我等必设三清法坛，为先生隆礼超度。假如白龙今日能够准时归位，请先生最后流一滴血，为我等俗愚指点迷津。"

过了一会儿，王二妹慢慢张开双眼，见白云道士一脸肃穆地跪在自己面前，吓得一骨碌翻身跳了起来："道爷，你疯啦？拜我干啥？"

钟水鼎刚要吱声，白云道士摆手制止，吩咐他："阿鼎，大龙头该来了。咱们赶快拾掇拾掇，送金先生上西天，迎接白龙归位。"

大家暂时将心思藏起来，王二妹拉起风箱，钟水鼎观察炉火，白云道士正襟危坐在人字架的下面，两只眼珠死盯住金秋池的胸口不放。过不多时，"洪胜堂"众头领上了峰口，淅淅沥沥的雨势早已停歇，艳阳高照，白云如玉，红枫似火。大度和尚狐疑地问："道爷，时辰马上要到了，要雨没雨，要雾没雾，白龙能现身吗？"

白云道士打了个稽首："大龙头，龙形万千，变化多端，未必一定腾云驾雾。这条白龙为济世之龙，开天辟地，扭转乾坤，当有非常之相，少安毋躁。"

大度和尚叹道："但愿这次莫要再辜负兄弟们的期望。"

时间一分一秒地过去，此时此刻，悬挂在人字架的那具残躯在风中飘荡，俨然成为整个宇宙的中心，所有人的目光都注视着金秋池的胸口。王二妹不再恐惧，心底升起了一股前所未有的悲壮感，两条胳膊充满了力量，不知疲倦地拉着风箱。

奇迹出现了，那具早就应该风干的残躯上，突然绽开了一朵美丽的白花。白云道士激动地泪如雨下，“洪胜堂”众头领齐声惊呼：“呀，是白血？”

烧火丫头抬起头来，通过布满火苗的瞳孔，看到了最后一支青竹。

当残躯最后的血滴落下，秋山深深，丛林寂寂，猛然间对面发出惊天动地的巨响，一条白练飞出龙头峰瀑布，扎入山坳的枫树林隐身不见。众头领既喜且惊，正在交头接耳、紧张地揣测之际，红海中冉冉升起一朵白云，盘旋着，盘旋着……

白云道士见状急喊：“快闪开，白龙要归位了。”

众人慌忙向后撤出三丈开外，只见那朵白云化作一道渺渺气箭，铸剑炉上的“龙鼎”光芒大作，红焰顿收。白云道士一个箭步冲过去，顾不得滚烫的水汽，一把抄起那柄“镆铘剑”，用手指轻轻地抚摸着剑身和剑刃，好似抚摸臊虾溜光水滑的皮肤，喃喃自语：“扬其华，捽如芙蓉始出，观其纹，烂如列星之行，观其光，浑浑如水之溢于塘，观其断，岩岩如琐石，观其才，焕焕如冰释，此纯钧之不如也。”

大度和尚颤抖地问：“道爷，龙剑可成？”

白云道士将“镆铘剑”呈到他手上：“大龙头，请上眼。”

十年铸剑终于梦想成真，大度和尚压抑不住心头的激动，整顿衣冠，率众将对着龙头峰伏地长拜，把“镆铘剑”高高举过头顶：“掌堂大爷，五祖爷爷显灵，赐下无情剑，要我洪家兄弟顺天行道，光复汉家河山，驱逐鞑子的时候到了。”

众位头领喜极而泣，振臂高呼：“光复汉家河山，驱逐鞑子。”

白云道士上前搀起大度和尚：“大龙头，白龙归位是头等的要紧事，快把这个喜讯告诉总堂几位大爷，让他们一起欢喜。”

李阳璞也催促：“是啊，总堂大爷盼星星盼月亮，不就是等这个时候吗？”

“洪胜堂”众头领等待这一天也很久了，单是为“镆铘剑”准备的剑鞘便有十来把。大度和尚挑了一把合适的剑鞘，将剑插进去，向白云道士和李阳璞行了一个大礼：“两位道爷，大恩不言谢，待我拜过掌堂大爷，回来后咱们再好好庆贺。”

白云道士乐呵呵地说："只要能炼成剑，比啥都强。"

望兵峰上欢声笑语，龙头峰却升起了一道袅袅黑烟，石信眼神好使："大龙头，总堂那边点起烽火，好像出事了？"

众头领朝对面望去，冀海树心头突然掠过一阵阴影，脱口叫道："哎呀，不好了，白龙归位，地动山摇，莫非惊着了掌堂大爷？"

确实如此，大慈和尚本来就油尽灯枯，被白龙下世山崩地裂这么一闹腾，眼看着进的气少出的气多。丁复国和陈松感到情况不妙，命人紧急点燃烽火通知"洪胜堂"，等大度和尚来到藏龙洞，洪门之主奄奄一息，说话已经很吃力了。

对大度和尚而言，大慈和尚不但是洪门之主和掌门师兄，而且是从小把他带大的父亲、兄长和人生的引路人，望着病榻上的大慈和尚，大度和尚泣不成声："掌堂大爷……"

他刚要说话，却被大慈和尚厉声制止："男子汉大丈夫，哭哭啼啼像什么话？"

大度和尚擦去眼泪，把手中的"镆铘剑"交给左护法杨其楠。丁复国问："大哥，胜堂大爷刚刚得了龙剑，可喜可贺，你要不要过过目？"

大慈和尚撑着支起身，从杨其楠手里接过"镆铘剑"，看了看剑刃，满意地笑道："有了这把好刃口，还愁宰不了金蟾老道？"

陈松劝了句："大哥，你好好将养，等把身子骨养好了，再和金蟾老道比个高下。"

"老衲是不成了。"大慈和尚摇了摇头，"老三，你把茂仔送的'新月剑'取来。"

陈松不解地问："大哥，要'新月剑'何用？"

大慈和尚清了清嗓子："老衲有话说。"

此言一出，众人皆知洪门之主准备交代后事。杨其楠屏退左右，偌大的藏龙洞里只剩下丁复国、陈松、大度和尚、杨其楠、黄桂林和三位"龙"字营的都督。大慈和尚望着山后平台方向轻声问："各位贤弟，还记得老衲从前立下的誓言吗？"

众人答道："掌堂大爷法旨，洪家兄弟哪个不晓？"

“金蟾老道助纣为虐，投靠官府与我洪门为敌，罗浮山朱明洞一战挫吾锐气，使我洪家兄弟在武林中蒙受奇耻大辱，此仇不报，誓不为人。”那场巅峰决战已经过去了十九年，然而大慈和尚提起来仍然咬牙切齿，可见当年那场决战在他心头留下了多么沉重的阴影！洪门之主放低了声调，冷冷地说，“‘红阳劫运’年即至，举兵前先拿‘逍遥门’祭旗。本座从前立下的誓言不变，谁取了金蟾道士的人头，谁就是洪门之主。”

“谨遵掌堂大爷法旨。”众人伏身跪拜。

大慈和尚紧紧攥住“玄真道士”的手：“二弟，茂仔这柄‘新月剑’不是给我的，他欠了兴堂兄弟的情，这柄剑是送给你的。收下吧，将来用得着。”

丁复国哽咽：“大哥……”

李文茂把“新月剑”送到大明山，其实还有一层意思，那就是向总堂表示无意争夺洪门之主的大位，众人对此心知肚明，只是没有说出来而已。

时至今日，洪门双强争霸的格局更趋稳定，从前大慈和尚迫于至善禅师的压力，把“玉叶会簿”交给丁复国掌管，让丁复国率先取得优势；但今天大度和尚铸成“镆铘剑”，这把龙剑不仅是所向披靡的无情剑，而且给洪门带来举兵起义的天命，这样一来，大度和尚凭借自己的努力迎头赶上，令洪门之主备感欣慰。他举起“镆铘剑”：“各位贤弟，此剑乃非凡之物，佑我大兴义师，可列为洪门之宝，仍由胜堂大爷执掌吧。”

除了珍藏在琼花会馆那幅“反清复明”的中堂，可以称为洪门之宝的只有两件东西，一个是“玉叶会簿”，一个是龙头令旗，前者由二爷丁复国代掌，后者由三爷陈松代掌。如今大慈和尚把“镆铘剑”列为洪门至宝，派给大度和尚，潜台词便是拔擢大度和尚进入总堂。杨其楠、黄桂林和三位“龙”字营的都督听了以后，立即跪倒向大度和尚行礼。丁复国和陈松二人也拱手致贺，大度和尚谦虚地说：“二爷，三爷，今后多多提点。”

大慈和尚又抓过陈松的手：“三弟，今天你当着大家的面，向五祖起个誓，这辈子永远不争大龙头这把交椅。”

陈松足智多谋，奈何武功不济，没有丁复国与大度和尚那样的威望和资历，他也从来没有想过凑这份热闹。大慈和尚的话把白扇三爷说迷糊了，不清楚洪门之主是何用意，只好当众起了个誓，然后问：“大哥，你怎么想起这一出？”

大慈和尚从杨其楠手里接过“盘龙剑”，对陈松说：“老三，你随我多年，没有什么东西给你。这把剑拿去使，帮他们两个坐稳中军，老衲信得过你。”

大慈和尚话说得轻松，每一个字却重逾泰山，这把“盘龙剑”不一般，谁拿到它，便可以指挥守卫龙头峰的“龙”字营兄弟，掌握“洪顺堂”总堂的中枢要地。洪门之主托付给陈松的不止是三营近卫军，更是让他在丁复国与大度和尚之间确立仲裁权，最大限度地减少洪门双头政治的危害，确保洪门领导权的平稳过渡。

“龙”字营的三位都督魏振环、贡鸣奇和鲁巨川再度跪拜行大礼，声若响雷：“请掌堂大爷放心，我等今后谨遵三爷号令，令出必行，若有违背，天诛地灭。”

安排完后事，洪门之主冲着大度和尚说：“取龙剑来，让老衲再瞧一眼。”

大度和尚眼含热泪，双手托着“镆铘剑”递到大慈和尚手里。洪门之主接过宝剑，爱不释手地抚摸了几遍，凝聚起体内最后一道真气，蓦然跃起在空中，瞬间使出一式“日月合杀”，气贯长虹地喝道：“穿铜釜，绝铁粝，胥中决如粢米，此巨阙之不如也。”

随着剑芒消逝，大慈和尚身如残叶，自空中摔落于地。可怜一代雄主，没有看到大兴义师的那一天，怀着满腔的仇恨气断神绝，辞别人间。

第一百零一回　猛虎回头

道光二十三年(1843 年)七月,广府士绅名流死了三位,头一个是“三柳先生”刘华东,第二个是老浩官伍秉鉴,最后一个是远在桂林避难的吴荣光。三个人中,刘华东的葬礼最别致。为了纪念这位落拓不羁的开戏师爷,琼花会馆抽调各班大老倌,依照刘华东生前写过的剧本,专门为其办了一个四天五夜的精彩台期。作为富甲天下的商贾,伍秉鉴的丧葬仪式最豪奢。吴荣光的后事办起来最麻烦、最费劲,吴家人从粤西千里迢迢拉回来他的遗体,并没有把棺材埋在佛山堡,而是将其葬在了花县赤坭的打鼓岭。

花县山多田少,在此生为贫瘠之壤,在彼世却是风水宝地,广府不少豪门大族都在花县选有上好的墓地,吴家自不例外。鉴于吴家的势力与吴荣光的声望,佛山堡的花县籍侨寓人士齐来捧场。游新潭跟随骆老二在佛山堡和花县间来回奔波,直到吴家办完七七,才算勉强歇了口气。在老家盘桓了几日,游新潭雇了辆车,打算回佛山堡。

深秋时短,寒风骤起,路上的鸟儿不耐萧瑟,纷纷匿了踪迹。马车驶过莲花塘,游新潭听到前面吵吵嚷嚷,只见一个书生正和七八个人推推搡搡,仔细一看,这不是冯乙龙的表哥洪火秀吗?他连忙跳下车:“各位,有事好商量，别动气，气大伤身。”

一位年轻后生骂骂咧咧：“这种不识好歹的玩意，打死不为过。”

洪火秀毫不示弱，拍着胸脯嚷：“来啊，有本事朝这儿打。老子皱一下眉头，不算爹生老母养的，难道你们不知道黎家四兄弟是咋死的？”

一个老年人气得浑身发颤：“姓洪的，老朽一辈子没有见过你这号白眼狼，从前你考不中秀才没地方吃饭，不是我们莲花塘收留的你？好心好意请你来给伢仔识文断字，教得好不好另当别论，千不该，万不该，你不该砸了圣人的牌位。”

“砸圣人的牌位就不是人，”年轻后生啐了洪火秀一口，“打死活该。”

游新潭明白了，洪火秀这个老大难准定又落了榜，要不他能砸孔夫子的牌位？游新潭冲着众人拱了拱手：“砸圣人牌位是不对，我替洪先生向各位赔个不是，姑且饶了他这一回，圣人牌位的钱我掏，行不行？”

“不行，”中年人回答得很干脆，“他如今认贼作父，说自己的亲爹是红毛鬼子，还给自己改了个名叫洪秀全，这不是汉奸是啥？”

游新潭的头顿时变大了：“洪先生，你真把名给改了？”

“怎么啦？”洪火秀反问，“不好听啊？”

“打这个羞先人的汉奸。”年轻后生发声喊，众人冲上去一通拳脚。我们从现在开始叫他洪秀全。洪秀全见势不妙，撒丫子便溜。

洪秀全在前面跑，莲花塘的人在中间追，游新潭坐着马车在后面拼命撵，不大一会儿到了童占顶。朱豪坐在冯嫂的酒铺门口吃酒，见这群人咋呼的样子很不高兴，站起身来，拦住了他们的去路：“大天白日的，号什么丧？”

那位中年人认识朱豪，上前打了个招呼：“太好了，朱爷，你来主持个公道。”

“尊驾是？”朱豪觉得此人面熟，但一时想不起他的名字。

中年人赔着笑：“莲花塘的李鹞儿，做米酒的，忘了？”

“哦，李掌柜，”朱豪问，“你们几个咋欺负一个？”

李鹞儿忙辩解：“朱爷，这是一个辱没祖宗的汉奸，他认红毛鬼子当爹，我们打算把他扭送官府。你来了正好，交给你发落吧。”

“这得好好拾掇拾掇。”朱豪过去薅住洪秀全的辫子，一把扯过脸来。等他看清是洪秀全的时候，立刻结巴起来，“咋又是你？”

洪秀全在黎勤有手里吃过亏，知道洪门兄弟多是练家子，下手又狠又重，所以闭紧嘴唇不吃眼前亏。李鹞儿见状，觉得十分奇怪："朱爷，你别看他长得壮实，其实熊包一个，屁本事没有，你怕他什么？"

自从黎氏兄弟悉数阵亡后，洪门中人对洪秀全颇为忌讳，觉得这家伙身上有邪气，最好敬而远之。朱豪放开洪秀全："你们是不是弄错了？洪先生当年大闹府学，余保纯那个汉奸就是让他赶走的，他能认红毛鬼子当爹？那个红毛鬼子叫甚名号？"

朱豪这番表态大大出乎李鹞儿的意料，他答道："我们没冤枉人，是他自己说的，说他爹是红毛国的大神，名字叫上帝，管天底下所有的神鬼。"

"哈哈，"朱豪放声大笑，"屌上帝，人家本名叫混元老祖，你们懂不懂？管天底下所有的神鬼那就对了，他老婆手里拿着'混元金斗'，哪个不怕？"

莲花塘的这几位都是老实巴交的村民，谁也不知道上帝和混元老祖原来是一尊神，那位老者气馁地说："即便他不是汉奸，砸圣人牌位的事总要追究吧？"

"孔夫子的牌位砸就砸了，只要没砸关夫子的牌位，"朱豪不耐烦地摆摆手，"再说孔夫子也不见得是啥好东西，教了一群贪官污吏盘剥百姓，老子看他极不顺眼。"

"说得好，"朱豪的话音刚落，从酒铺里出来一位白面书生，摇着折扇，"六艺之文杀人杀物，孔子为盗丘，朱熹是地狱，害人不浅。"

来人非别，正是广府无人不知、无人不晓的神童苏仁山。洪秀全可算是找到了知音，紧紧抓住他的手，眼泪好悬没掉了下来："清远道兄，汝与吾心有戚戚焉。"

"别跟他们一般见识，"苏仁山揽住洪秀全的臂膀，"进来吃酒。"

苏仁山奉父命回家完婚，明白和阳雪姑的姻缘此生无望，爱情的风筝越飘越远。生命中唯一可以温暖心灵的光线熄灭后，他的精神愈发癫狂，经常口出狂悖，在画作上公然题跋反满抗清的口号。家里人生恐引祸上身，便以卷入宗族财产纷争为由将其"出族"，和苏仁山断绝了关系。刚刚辞官不做的梁九图听到这个消息，急忙修书一封请他到粤北游历，游山玩水之际采石赏石，在大自然中排遣苦闷。

朱豪目送这两个神经病亲亲热热地进了酒铺，无精打采地问游新潭："游老爷，吴家的事办完了？"

"朱爷，你在此地有何贵干？"游新潭说。

洪门之主归天，在三合会乃是惊天动地的大事，丁复国、大度和尚、陈松三位总堂大爷紧急派遣密使，要求五大堂立即派人来大明山吊唁，以定洪门大计。"洪兴堂"掌印阿妈萧明远闻讯后匆忙下了九峰山，旗下各堂兄弟沿途护卫。"兴胜堂"这边兵分两路，陈金刚和卢炜负责水路，朱子仪和朱豪负责陆路。

自从李文茂允许"兴胜堂"进驻花县后，"德兴堂"逐渐退回花县和番禺交界处，童古顶一带成了"兴胜堂"的地盘。游新潭这话朱豪听着很不舒服，沉下脸来："朱某不在这儿在哪儿？本堂兄弟承二爷的情，关你屁事？"

"朱爷误会了，"游新潭解释，"我是说我的马车闲着，你要用尽管拿去。"

"原来是这意思，"朱豪有些不好意思，"老游，咱们乡里乡亲的，刚才我那句话不许传给你内兄，他那个人心眼小。"

"不会，我哪是嚼舌头根的人？"游新潭显得十分大度。

朱豪松了口气，回头见莲花塘的人没有走，奇怪地问："你们想干啥？"

李鹞儿鼓足勇气："朱爷，他真的是汉奸。"

"用你说？"朱豪"哼"了一声，"老子早知道。"

李鹞儿问："那你为什么不拿他？"

"列位不是要扭送他去官府吗？"朱豪反问。

"扭送官府？"游新潭不禁乐了，"你们脑子积水了？官府早就贴出告示，谁要是敢和洋人为难，视同大逆不道。告发汉奸，活腻味了？"

"汉奸都不能告发？"老年人捶胸顿足，"没有天理，没有廉耻。"

李鹞儿恨恨地骂了一句："朱爷，官府不是人，咱不跟他过话。可你们在堂的英雄好汉应该管啊，不然的话，将来都认红毛鬼子当爹，那不羞死个先人？"

"列位父老乡亲，不是朱某不想管，而是真的管不了。"朱豪叹了口气，"实话说，姓洪的是个大扫把星。'德兴堂'的黎氏兄弟就因为打了他几拳，结果冒犯了阎王爷，在三元里让鬼子大狗生生给轰碎了，我劝你们忍了这口气吧。"

李鹞儿跺了跺脚:“丢他老母的,都是李敬芳惹的祸,非说他的表弟有学问,当个教书先生顶呱呱。这是什么学问?不认祖宗的学问,走,找他算账去。”

蓝蓝的天空像泼翻了油漆,大概是入冬前最后的彩排,后半晌风呜呜地刮了起来。洪秀全偷偷撩开门帘子一瞅,外面空无一人,莲花塘的乡亲、朱豪以及游新潭均没了踪影。他到后厨问冯嫂:“嫂子,云山还没来?”

“云山?”冯嫂没好气地问,“谁是云山?”

洪秀全讪讪地说:“就是乙龙。”

冯嫂陡然立起了眉毛:“火秀兄弟,你在外面愿意咋叫都行,在我这里少胡说八道。乙龙就是乙龙,谁也甭想让老娘改口。”

洪秀全臊眉耷眼:“嫂子,是他自己要改的。”

“没有你勾搭,他能改自个的名字?”冯嫂端着一盘三七肠和一盘肥肚鸡,数落起来,“我算是看明白了,乙龙准是上辈子欠你的——你指条断头路,他也不会眨巴眼。”

“这年月,有胆子造反的不少,敢骂孔丘的读书人却没几个。”苏仁山饮了一口酒,“欲成非常之事,必待非常之人。洪先生,乙龙兄没看错你,苏某佩服。”

“苏先生,你别添乱了。”冯嫂埋怨,“我家兄弟吃了他的挂落,好好的一个教书先生当不成,你说他除了闯祸,还能干什么?”

“从未有先知,受人尊敬于本乡及家中。”洪秀全摇头晃脑。

“扯臊,”冯嫂反驳道,“你身上有几根毛,你爹妈不知道?你老婆不知道?乡里乡亲的不知道?有本事到外乡去坑蒙拐骗,当个混世魔王多威风。”

“不是混世魔王,”洪秀全纠正道,“是混元老祖。”

苏仁山觉得洪秀全和一个娘们纠缠不清有失身份,便用筷子夹住一根肥肠:“自古成大事者都是一根筋,像这种三分肥肉、七分瘦肉的滑肠子只配在江湖上混吃等死。掌柜的,洪先生的毛病不是闯祸,而是闯的祸太小。他念着乡里乡亲的面子,不愿给你们招惹祸事,你们应该念他一份好,承他一份情,是不是这个理?”

“苏先生，你是聪明一世，糊涂一时。”冯嫂的嘴巴清灵脆生，毫不留情，“他在外面闯了大祸，人家照样会找到这里来。除非他没有祖宗，是从石头缝里蹦出来的。”

两位满腹经纶的奇才被一个烧火做饭的娘们驳得理屈词穷，正在狼狈之际，冯云山背着一卷包袱跨进酒铺，抬头看见了苏仁山，奇怪地问：“苏先生，你怎么在这儿？”

“你们要去哪里？”苏仁山问。

“清远，”冯云山道，“找‘打铁罗’打一把无情剑。”

苏仁山高兴地说：“我也去。”

盲仔峡以下过香炉峡，便到了北江最为险要的飞来峡，此地又名中宿峡、清远峡。两岸七十二峰雄伟耸立，险峻对峙，扼守南北交通要道，自古为兵家必争之地。洪秀全、冯云山和苏仁山三人乘舟逆流而上，见江水汹涌浩荡，无不精神振作。

洪秀全抱拳对苏仁山说：“长春兄，对此良辰美景，应当吟首诗才算畅快。”

苏仁山想了想，随口吟了一首梁有誉的《夜宿清远江口》：

短棹依依系晚风，壮怀离思浩无穷。
荒村夜急菰蒲雨，远戍秋悲鼓角风。
白雁影斜江树暗，青猿声断岭云空。
更堪处处征输急，深菁休论战伐功。

冯云山叫好：“这首诗选得切当，官府打了败仗，欠红毛鬼子一屁股债，还要重整海防和广东水师，当然只有搜刮民脂民膏一途。”

洪秀全摇头不止：“长春兄，你这是书生意气，非大丈夫所为。”

“哥，你不知道，”冯云山解释，“苏先生这首诗一语双关，说的是九爷。”

梁有誉是顺德县北滘人，素有才名，曾与李攀龙、王世贞等人并称“嘉靖后七子”，又与欧大任、黎民表等粤东诗人合称“南园后五子”。梁有誉在明代嘉靖朝当过刑部主事，人称“梁比部”；无独有偶，梁九图去年入朝为官，当的恰恰也是这个刑部主事，大家于是同样称呼他“梁比部”。

洪秀全狐疑地问：“你是说，梁老爷不愿搜刮民脂民膏才辞的官？”

“没错，”苏仁山道，“刑部所为和阎王殿的小鬼差不多，他一介风雅之士，哪能干得了如此埋没天良的勾当？”

“有道理，他家银子多得花不完，根本用不着搜刮民脂民膏。”洪秀全点了点头，“梁老爷在连江口等你，你跟我们去飞来寺，不怕人家等急了？”

“没事，托人给他捎个口信，就说飞来寺有好石头，九爷一准兴冲冲地来。”苏仁山满不在乎地说，“洪先生，你嫌我的诗不够气派，何不自己来一首？”

“长春兄，听好了。”洪火秀站起身，当即赋诗：

手持三尺定山河，四海为家共饮和。
擒尽妖邪投地网，收残奸宄落天罗。
东南西北敦皇极，日月星辰奏凯歌。
虎啸龙吟光世界，太平一统乐如何。

这首诗直白赤裸，非但诗意全消，而且面目狰狞。苏仁山听出是一首反诗，他现在最得意的就是这口，笑嘻嘻地问：“洪先生，你的三尺剑呢？”

洪秀全指着峡外群山：“在那儿。”

清廷被红毛鬼子打得俯首称臣，颜面尽失，激发起天下汉家男儿的豪情。冯云山敏锐地观察到天翻地覆的时代已经悄然来临，恰在这个时候洪秀全再一次名落孙山，急火攻心之下卧病在床，烧得胡言乱语，一连几天昏迷不醒。冯云山又是高兴又是担忧，高兴的是洪秀全从此可以放弃害人不浅的八股经文，放开手脚和自己大干一番，担忧的是洪秀全这次受的刺激委实不小，万一烧成了神经病，那可就坏了大菜。

周围村子里的郎中都来过洪家，均对洪秀全的病束手无策，冯云山记起“打铁罗”曾经无意中提起，说释心师太这一段时间正在飞来峡采药，便匆匆起身奔向飞来峡。这趟清远之行收获巨大，冯云山不但取回了治病的丹药，而且从“打铁罗”那里得到一个喜讯——在释心师太的帮助下，传说中的金芝岩终于找到了！

找到金芝岩，距离找到金芝和剑石，以及锻造一柄无情剑的梦想便为期不远了。冯云山欣喜若狂，返回官禄布村，不等灌药下去，先凑在洪秀全的耳朵根上告诉了他这个好消息。也不知道是丹药的效果，还是这个消息的作用，天黑之前洪秀全完全退了烧，两只暴眼重新变得炯炯有神，爬起床，第一句话就把冯云山搞蒙了："兄弟，你有罪，得赎啊。"

六月份的某一天，洪秀全来到村头的小河边，头顶白云正式立教，教徒只有两个，一个是毕生知音冯云山，一个是二十出头的族弟洪仁玕。这是中国近代历史重要的篇章，人数虽然少得不能再少，但是洪秀全和冯云山信心满满，期待"打铁罗"铸成无情剑后，拿着这把神兵利刃横扫天下，诛杀清廷这条孽龙。

九月底，洪门之主归天和"镆铘剑"出世属于洪门严加封锁的绝密消息，江湖和武林中人尚没有几个知晓，更别提老百姓了。洪秀全、冯云山和苏仁山三个毫不知情，怀揣锻造无情剑的梦想，跟随"打铁罗"整日出没在金芝岩的山坳里。

十月十七是大雪，那一天北风呼号，梁九图乘船自连江口镇抵达飞来寺。出了船舱，兜头被灌进一脖领冷空气，他连着打了三个喷嚏。梁侍武急忙递过水貂皮领子，梁九图不耐烦地挥了挥手："九爷是走南闯北的好汉，戴这劳什子作甚？"

梁九图本是寄情山水的风雅人，家里不缺吃穿，犯不着混迹官场成天瞧人家的屁股。在京城勉勉强强混了一年，实在受不了刑部的污浊与黑暗，写辞呈罢官归乡。一朝离开官场、重返山水，梁九图觉得打汗毛孔里面往外冒清爽，驱车行舟，风雨兼程，泰山、庐山、黄山、衡山和粤北沿路晃荡下来，又买了一大堆石头。

梁侍武嬉皮笑脸地问："早知道这么受罪，爷当初何必入朝呢？"

这句话捅到了梁九图的肺管子，俗话说，学会文武艺，货卖帝王家，哪个读书人不想到京城里混一回？只要把皇帝佬儿伺候舒坦了，随便弄个父母官当威风八面，骑在别人脖子上拉屎撒尿，人家还得夸你为国谋忠，其心诚而又纯，是个"纯臣"！

权力的诱惑太大了，连梁九图这样的人尚且招架不住，更别提洪秀全那样的穷鬼。好在清廷的统治腐朽透顶，再经过红毛鬼子这么一折腾，官场凋敝，益发没个清气。梁九图赴京是为了实现平生志愿，过一把当官的瘾，不回家还等什么好果子吃吗？

“要不是他们两个拼命撺掇，我能干这号差事？”梁九图替自己撇清，把责任一股脑推到了龙元僖和罗淳衍的身上。

梁侍武知道梁九图脸皮嫩，再说下去该挂相了，宽慰他：“爷，咱们权当去北方看了一场风景，出去散散心。别的不说，京城的雪可真靓。”

确实，对于生长在南国的梁九图来说，京城最牵动他的正是漫天大雪。如果能从几尺厚的雪里翻出奇石，那该是多么奇妙的场景，想着，想着，“石痴”又入了迷。

“听说粤北山里头有雪，”梁侍武出了个主意，“不行的话，今年腊月咱们就住在葛总瓢把子的大稠顶，爷采石，我打猎，美美地逍遥一番。”

梁九图喜欢收藏的是黄蜡石，这种石头以湘粤三省出产的石品为佳，在当时的北方几乎没有听说过。他毕生心愿是采到令天下山石无颜色的奇石，石头里山川草木、风花雪月一样也不能少，要是缺少一样东西，那还叫奇石吗？

石头这东西是有灵性的，南国石头里多的是绿茵茵的林溪，哪有什么鹅毛大雪？梁九图从迷幻中醒来，叹了口气：“算啦，咱们进庙里住下先。”

“爷莫灰心，”梁侍武道，“有罗铁匠在，还愁找不到好石头？”

梁九图这些年来一直没断了从“打铁罗”手里购买石头，对金芝岩的传说深信不疑。这座神山能出产剑石，就一定能出产奇石，那块用三十两黄金购买的石头即为明证。不过，金芝岩屁股底下坐着海眼，它的石头里兴许有潮水，有海波，但未必有茫茫白雪。口味提高了的梁九图的精神状况，比洪秀全和苏仁山强不到哪儿去。他来到飞来寺的门口，停住了脚。

“爷想去镇子里住？”梁侍武以为他嫌禅房冷清。

梁九图没有吱声，梁侍武顺着他的目光向江心望去，从上游方向驶来一支船队。船只大约有十七八条之多，顺风行驶，速度却慢腾腾，显然是满载货物的商船。离得近了，当先船头飘扬的旗帜映入眼帘，上面绣着一个大大的“伍”字。

梁侍武叫了起来：“是表少爷家的船。”

飞来寺的码头没有多大，伍家和梁家的船队挤在一起，立时塞满了整个码头。二管家伍长禄从船舱里瞥见梁九图站在庙门口，赶忙扶了扶头上的帽子，用毛巾匆匆擦了把脸，然后吩咐手下家丁："快，快去后舱叫醒韩道爷。"

"赛潘安"金秋池阴沟里翻船，从武林至尊的挑战者变成手无缚鸡之力的麻风病人，"阴阳生"大为震惊，心里一半喜、一半忧——喜的是金秋池遭了难，他与贝尘鹤私藏金银珠宝的勾当安全无虞，下半辈子便可以舒舒坦坦地过日子了；忧的是金秋池倒了灶，濛江水寨和大峒寨相继沦陷，大容山成了孤悬飞地，失去了粤西绿林道的有力支持。

贝尘鹤在大容山惶惶不可终日，"阴阳生"心里反倒坦然了下来——既然大容山成了洪门嘴边的一块肥肉，那就不必着急放弃佛山堡。韩通提笔写了一封书信，委托谷雨道人和"屁股包"送至大容山，通知贝尘鹤，为了安全起见，暂时放弃盗窃的勾当。眼下要做的是清理所有的线索，他自己打算闯一闯上海滩，到扬州和苏州逛窑子去。

道光二十三年，广州十三行公行正式关门歇业，从此，中西方贸易的重心将从珠江三角洲移向长江三角洲，岭南数以百万计的人口受此影响逐渐失业，多数人最后加入反抗清廷腐朽统治的历史洪流，这是后话暂且不提。且说上海开埠之初尚是一片荒凉，完全无法与广州、佛山堡的繁盛相提并论，韩通晃荡了些日子觉得无趣，起了回乡的念头。

不过，"阴阳生"这次江南之行没有白去，他在太湖巧遇了万松园的伍长禄，遂搭乘伍家的商船南返粤东。以韩通的本事糊弄一个老头子那还不容易？两个人一路上交谈甚欢，伍长禄久慕他在佛山堡开鸾坛的威名，问这问那，净是一些鸡毛蒜皮的小事；而"阴阳生"曲意奉承这位二管家，无非想通过伍家和梁家搭座桥，以便继续留在佛山堡兴风作浪。

"阴阳生"揉着惺忪睡眼："阿叔，什么事？"

伍长禄眉开眼笑："道爷，你瞧庙门口立着的是谁？"

"阴阳生"探出头一看，喜上眉梢："九爷不是入朝为官了吗？"

"这个你就不懂了，"伍长禄解释，"我们家这位九爷那是最清雅的骨头，打小娇生惯养的能吃了官场上那份苦？我早知道他干不长。"

"阴阳生"深施一礼："阿叔，烦劳给个引荐？"

“小菜一碟。”伍长禄道，“我看着九爷长大的，他是个豆腐心肠。”

平心而论，“阴阳生”怕的是陈开和洪门，他之所以拼命想搭上梁应琨这条线，看中的便是梁应琨和陈开共生共存的关系，为的是让陈开投鼠忌器。现在老天爷把梁九图送到自己的手里简直是锦上添花——在佛山堡，梁夫人卢浣霞与李文茂的关系无人不知、无人不晓，倘若把这位瘸腿九爷哄得高兴，陈开敢对自己痛下杀手吗？

有了如来佛，谁还拜观音？“阴阳生”像喝了蜜一样，撩开帘子：“阿叔，请。”

伍长禄扬手打着招呼，拾阶而上：“九爷，是我。”

“长禄叔？”梁九图一愣，“你从哪儿来？”

伍长禄爬上台阶：“去苏浙走了一趟，办点货。”

“五哥真行，你这么大一把年纪，还让你出外办货？”梁九图埋怨起来，“他不是说要歇两年吗？姑丈刚走，怎么又动起了办货的念头？”

“歇两年？说得轻巧。人在江湖，身不由己，少爷是打算好好在家里给老爷守孝，可咱府里这么一大摊子银铺、货庄、工场，哪是想停就能停的？别的不说，单是过去那些生意伙伴都不答应。”伍长禄为小浩官辩解，“这十来条船货是旗昌洋行的订单，他们想在上海设立一间商行，少爷的意思是应付着先，将来再把股份慢慢兑出去。”

梁九图没赶上为伍秉鉴出殡，心里颇感愧疚，问了不少关于葬礼的事。“阴阳生”等了一会儿才过去行礼：“九爷，你这是回家过年呢，还是辞官不做了？”

“阴阳生”为了能在灵应祠顺利地开设鸾坛，前些年和“大树堂”吴家走得近乎，梁家人对他芥蒂很深。梁九图倒是没有那样的成见，觉得“阴阳生”相貌不俗，道法高深，不像那些草包肚皮的道士。此刻听他一问，客客气气地拱手作答：“梁某一介碌碌书生，既无安邦定国之良策，又乏调和鼎鼐的涵养，怎好意思白吃朝廷的俸禄？”

“阴阳生”伸出大拇指：“九爷，冲你这份气度，贫道佩服。”

梁九图笑着问：“道爷，你也去江南办货吗？”

“九爷真会说笑，贫道一介化外之人，有什么货好办的？”韩通说，“贫道得闲去江南游历，碰巧在太湖遇到阿叔，正好搭个顺风船，乡里乡亲的，图个热闹。”

“长禄叔，你去太湖了？”梁九图心头一动。

伍长禄嘿嘿笑了起来，对“阴阳生”挤眉弄眼：“我说啥来着，九爷这个人什么也不放在眼里，唯独对石头一往情深。九爷，实不相瞒，老朽这趟江南之行主要不是办货，而是替少爷去采买一块石头，足足花了这个数。”

伍长禄竖起右掌的三根指头，梁九图惊讶地问：“三百两黄金？”

“没错，少一两人家都不卖。”伍长禄洋洋得意。

三百两黄金是一笔巨款，伍紫垣差遣二管家伍长禄亲自出马押运，足见这块太湖石在他心目中的分量。梁九图越琢磨心里越发痒，梁侍武在一旁催促伍长禄：“阿伯，你买的宝贝石头在哪儿？快让九爷饱饱眼福，没瞅见他眼都红了。”

“好好，不急不急，就在我住的河头船里。”伍长禄道，“哎呀，你们是不知道我家少爷的那个认真劲儿，他一瞅这块石头的图样，连夜就催着老朽搭船走，好像生怕别人抢先一步。怎么可能啊？花三百两黄金买一块石头，天底下几家有这么厚的财力？”

“阴阳生”也附和：“阿叔一路上盯着这块石头，眼珠不敢眨巴一下，比女人家照看臊虾还要上心，拉着贫道成宿地聊家常，硬是不让睡觉。九尺高的一块大石头，几十条汉子勉强抬得动，怕它飞了不成？”

“不是，不是怕它飞，”伍长禄乐呵呵地说，“石头这般金贵，要是给碰坏了一个角，蹭破了一层皮，少爷得多心疼。”

梁侍武嚷了起来：“阿伯，你越说越离谱了，石头还能比人娇气？”

“你这话说对了，石头比人娇气多了，不信你问九爷。”伍长禄说。

“根本是两码事，”梁侍武不服气地争辩，“阿伯，九爷一向中意的是黄蜡石，细皮嫩肉的搁在屋里观赏，禁不住风雨。可太湖石就不一样了，灰不拉叽的皮糙肉厚，丢在外面风吹雨打一万年，连皱纹都不带多一丝的。”

“小武子，你就会倒挂腊鸭，油嘴滑舌。来，上眼瞅瞅。”伍长禄小心翼翼地揭开覆在太湖石上的苫布，“论嘴巴，你比得过人家？”

随着苫布的揭开，一尊九尺高的石头映现在众人眼前。梁九图是采石的宗师，两只眼珠见识过万千山石，奇石在他眼里如同风雨潮汐，皆为飞出躯壳的活生生的精灵。第一眼过去之后他已经不是在看,而是用耳朵去听,用鼻子去嗅。

这块默默无语的石头太神奇了,它不仅具备太湖石“瘦、皱、漏、透”的种种优点,而且全身布满玲珑之窍,似乎饱经沧桑。梁九图眯起眼睛留一条缝隙去观察,但觉眼前白茫茫似水流云——若它是水,便是沧海枯萎时的白色波澜;若它是云,定为盘旋不去的失群落雁。这些感觉仅仅停留片刻,旋起旋灭,紧接着另外一幅冰冷的画面自天而降。

梁九图悚然心惊,这不是一场北国的飘雪吗?

他再度睁大了眼睛,不再感受,不再品味,不再若即若离地做梦——这哪里是水,哪里是云,哪里是雪,分明是一头回首嘶吼的猛虎!

伍长禄对梁九图十分了解,见他失魂落魄的样子,知道他又犯了毛病:“九爷,这块石头上大下小,上飘下逸,行家叫它‘云头雨脚’,号称珍品中的珍品。”

伍紫垣一向对石头的兴趣不大,现在为何要花费重金买这块“云头雨脚”?梁九图盯着眼前这头石虎问:“五哥给它起名字了吗?”

“九爷,还是你懂得少爷的心思。”伍长禄重重地叹了口气,“少爷相中的就是这块石头的模样,他请陈大老倌起的名字,叫什么‘猛虎回头’。”

一瞬间,萦绕在梁九图心头的谜团全解开了,不是他懂了伍紫垣的心思,而是伍紫垣揣摩透了陈罗婵的心思——这块石头是为陈罗婵买的。

陈罗婵委身伍紫垣为妾,不惜割断母女、师徒之情,一切皆因爱情梦断。那个比她生命更重要的梦想虽然远去,但却像野草一样蔓延在她的心底。孤独的人栖身松园,眼睛遥望着崭新的蓝天,一颗心儿始终在期盼“猛虎回头”。

梁九图问:“五哥想把它放在哪儿?”

“本来打算放在画舫,陈大老倌不让摆。”伍长禄黯然道,“少爷的意思,磨玉亭四周空空荡荡,把它搁在亭子里,陈大老倌想看的时候可以自个去。”

那个人,那个梦,像秋日的最后一道影子,梦中拂之不去,醒来叫人断魂,陈罗婵怎么可能把这尊石虎摆在自己的眼前?磨玉亭为赤龙升天之所,四周芦荻瑟瑟,从栈桥穿出,第一眼便能望到亭子里的“猛虎回头”,倒不失为一幅妙手天成的杰作。

然而,“猛虎回头”究竟为哪般?

殷殷探看,毕竟想回到从前;美丽的画面终究是一方轻薄的绣帕,遮不住伤痕累累的心。江面寒风扑打,梁九图眺望峡谷,心头涌起阵阵迷惘,江水、白云、飘雪和猛虎,刹那之间,变成一个一个的窟窿眼。

沉默片刻,他喃喃道:“五哥真是用心良苦啊。”

“他还不是想哄陈大老倌高兴。”伍长禄苦笑。

“阴阳生”和梁侍武落在后面,他打趣地问:“阿武,你数清楚了没有,这块石老虎身上长了多少张嘴?”

梁侍武垂头丧气地回答:“能数清楚吗?”

“你啊,”“阴阳生”故作深沉地摇了摇头,话锋随即一转,试探地问,“你和九爷到飞来寺做什么?莫非这边有好石头?”

梁侍武懒洋洋地说:“当然有,白云老道的徒弟在此地隐身九年,地形熟得很。加上紫云洞的释心师太帮衬,随便捡一块石头,都比这玩意强。”

“阴阳生”明白他心里对石虎产生了抵触:“阿武,你鉴赏石头的功力不够,这尊石虎大有讲究,不然的话,伍老爷能掏三百两黄金买它?”

梁侍武生气地停下脚步:“一块破石头有什么讲究?你说,你悟出了啥道理?”

“玄而又玄,妙之又妙。”“阴阳生”单掌立在胸前打了个稽首,煞有介事地说,“贫道最大的领悟是,天地间魂儿来来往往,倘若你流连不去,准会变成一块石头。”

第一百零二回　云中雪草

双峰若人立，举手相攀摘；
步障四十里，恺崇势均敌。
磴道虽新凿，猿猱苦绝壁；
往年罥纤夫，山鬼至今嗅。

陈邦彦这首诗描写的是飞来峡险峻的群山，经过半个多月的艰苦搜寻，“打铁罗”、释心师太、洪秀全、冯云山、苏仁山、梁九图和韩通等人终于找到了屈大均在《广东新语》里描写的两座天池。这两座天池是飞来峡北岸诸峰山泉的源头，其下是通向海眼的丹砂井——找到这两座天池，丹砂井和海眼所在的位置便昭然若揭。

与“抱朴子”葛洪炼丹的三口丹砂井相比，飞来峡金芝岩这口丹砂井籍籍无名，在历史的长河中时隐时现，几乎没有留下任何载于史册的诗篇；而金芝、剑石两种奇物自从唐代倏忽一现后，千余年来更是踪迹茫茫。明末清初，屈大均得到异人指点，曾在飞来峡的群山中找到金芝岩和丹砂井，可惜没有发现金芝和剑石，最后不得不抱恨而归。

长达九年的苦苦追寻，眼看要结出丰硕的果实，“打铁罗”激动得泪流满面，他不放心地问释心师太：“师太，天池里怎么没有水？”

严格说来，这一大一小两座天池已经不能再叫天池，因为里面布满郁郁葱葱的树木，从远处看俨然是两座山谷。释心师太笑道：“这就对了，假使天池里的水没有枯竭，别人早已捷足先登，还轮得着咱们捡这个便宜？”

众人大感庆幸，确实如此，江湖和武林中觊觎金芝、剑石的人不在少数，如果这两座天池不是演变为山谷，失去伪装的丹砂井早就被人家发现了。洪秀全说：“师太，不是说丹砂井在山肚子里吗？我猜一定是个大溶洞。”

“洪施主真是聪慧。”释心师太赞道，“不过，依据一灵大师的记述，这口丹砂井总共分为三个洞，蜿蜒崎岖，深不可测，不知道哪一个洞最终通向海眼，也不知道金芝和剑石落在哪一个洞里。为了节省工夫，我们进去后应该兵分三路。”

一灵大师是屈大均在海幢寺出家时的法号，众人听了老师太的安排点头称是。

“阴阳生”对炼剑不感兴趣，他跟着这伙人东跑西颠，纯粹是为了和梁九图套交情。他瞥了梁九图一眼，直截了当地问：“师太，这口丹砂井既然如此神奇，井底下又连通海眼，应该出产天下无双的奇石吧？”

“无量天尊，”释心师太念了句道号，“韩道兄，自古以来，奇物赠给有缘人，有缘人得之是福，无缘人得之为祸，万法皆是如此，这个道理你该清楚。罗施主求的是金芝和剑石，梁施主求的是奇石，贫道求的是丹药，各安天命，何必强求？”

释心师太的功夫炉火纯青，“阴阳生”挨了不软不硬的一枚钉子，把火气按在腔子里不敢发作。苏仁山提着一支茅龙笔在空中指指点点，仿佛在构思一幅大画。“打铁罗”耐心地等他画完，迫不及待道：“师太，咱们走吧？”

释心师太点了点头，健步如飞，头一个跃下山崖。

梁九图一瘸一拐地落在最后，他有个规矩：入山采石的时候绝不容许仆人搀扶。见前面的人跑得没影了，梁侍武在后面干着急，梁九图停住脚：“急什么急？师太说得明白，大家各取所需，没人跟咱们抢，也没人跟咱们争。”

“九爷，我这不是想先睹为快吗？”梁侍武不好意思地说。

主仆二人跌跌撞撞,连滚带爬,幸亏"阴阳生"身法利落,时常折返回来指引道路。两个多时辰后,梁九图进了大溶洞,经过一段时间的黑暗摸索,前面隐隐出现一丝火苗。走到尽头豁然开朗,原来是一处七彩迷幻的乳石洞天。

火从大地深处爬出来,穿越水,穿越雾,穿越光,来到石中。溶洞里光怪陆离,梁九图一时看花了眼。"阴阳生"仔细观瞧,发现溶洞右侧是一间石屋,里面石床、几、瓶、垆等一应日常用具俱全,石盂中注满墨玉颜色的乳汁,俨然仙人曾经在此居住。他跳过去一瞅,苏仁山伏在石案上,面对石壁正聚精会神地观察。

"阴阳生"凑上去问:"苏先生,你找到了什么宝贝?"

苏仁山一动不动,水珠从钟乳石上无声地滑落,一滴、一滴拂过他的脸颊。梁侍武见状跑到梁九图跟前,压低嗓门说:"九爷,你看,苏先生哭了。"

梁九图太了解苏仁山了,他这个人性格乖张,内心越是苦痛,外表越是坚强,哪怕泰山崩于前也不会转一下眼珠。能让苏仁山哭的只有两样东西,一是人间至浓的情感,一是世间至美的画卷。舍此之外,别无可能。

梁九图蹑手蹑脚来到苏仁山的身旁,瞪大两眼一看,石壁上并非什么绝美的画卷,而是用刀头歪歪斜斜刻划的一首词,曰:

> 杜宇何处? 声声凄楚;
> 溅血成恨,猩红染雨;
> 开落朵朵氤氲,无穷古帝魂。
> 君臣忽隔蚕丛路,因情误;
> 故国茫茫失路。
> 恨年年寒食,与野死重华;
> 总无家。

南明永历十六年(1662年),永历帝被吴三桂用弓弦勒死于昆明,屈大均凄怆欲绝,提笔写下这首充满失国之恨的《声声慢》。诗人一访金芝、剑石不遇,无法铸成神兵利刃驱逐鞑虏;二闻永历帝父子的噩耗,伤感复国大梦从此遥遥无期。两种绝望之情交织在一起,促使他在丹砂井的石壁上奋笔疾书，将满腔的悲愤锁入山水之腹，与天地同朽。

溶洞里别有洞天，大洞套着小洞，乍看上去竟然像“猛虎回头”一样布满了窟窿。梁侍武发愁地问苏仁山：“苏先生，他们进哪个洞了？”

作为一代画坛巨匠，苏仁山对色彩的观察力举世无双，覆盖着七彩光芒的斑斓洞口根本糊弄不过他的眼睛。他拿着茅龙笔在石壁上描了有多半个时辰，才在石凳上坐下，把画笔插进石盂中蘸饱墨乳，然后洒向空中。

说来奇怪，这些墨玉色的石乳在空中慢慢散开后，变成一张稀薄迷离的网。在这张网的清洗下，七彩迷雾瞬间消逝，溶洞深处出现三眼洞口：左侧洞口金光闪闪，中间洞口充溢着柔和的碧绿色彩，右侧洞口则白茫茫好似一片沃雪。

苏仁山指着右侧洞口说：“这是留给你们的。”

从常识的判断来说，发射金芒的洞口似乎有金芝和剑石，碧绿色的洞口可能有灵草，而这口白晃晃的洞口会有奇石吗？“阴阳生”感觉心里没底：“九爷，人家捷足先登，你看咱们是跟着他们屁股跑，还是进这眼洞？”

梁九图的想法和“阴阳生”恰恰截然相反，他入山采石这么多年，从来没有见过放射白光的地下溶洞。南国的黄蜡石山、川、草、木、风、花、月七形俱全，唯独缺少一个雪，此次北方游历让他对雪的理解更加深刻，也变得更加渴望。现在天遂人愿，上苍感念他多年孜孜以求的山林奔走，将这眼白雪洞拱手相赠，再不进去，那不是傻子吗？

“道爷，就进这口雪洞，”梁九图说，“里面准有好东西。”

“阴阳生”笑道：“你是大行家，贫道唯九爷马首是瞻。”

梁侍武好奇地问苏仁山：“苏先生，你咋不进去探宝？”

“这才是无价之宝，”苏仁山把画笔插进石盂中蘸饱了墨玉乳汁，纵声大笑，笑声中带着三分得意和七分怅惘，“它能够扫却尘世间一切浮光掠影，让我们看清大地山川的骨骼，可惜一入红尘便失了法力，真真叫人扼腕叹息。”

“阴阳生”是修法之人，见多识广，石盂中的墨玉乳汁除了醒目的功能外，他并没有看出更多的神奇之处，疑惑地问：“苏先生，有什么玄妙？烦劳指点一二。”

见苏仁山闭目不语，梁侍武插了句嘴：“要是靠它能找到奇石就好了。”

梁九图往脚上套了双防滑的草鞋，用竹杖敲了一下他的屁股："阿武，别捣乱，咱们找咱们的石头，别影响长春兄练功。"

雪洞寒气袭人，梁侍武打了一个喷嚏："九爷，我看苏先生又中邪了。那个破石头瓶子里净是浑水，看那玩意能练出啥功夫？"

梁九图拄着竹杖，一边爬上爬下，一边解释："苏先生以茅龙笔法入画，笔在他眼里就是一把刀，你少胡说八道，省得他不高兴。"

梁侍武转向"阴阳生"："韩道爷，是这样吗？"

"阴阳生"思忖着回答："丹青之道和武学之道殊途同归，苏先生练的是画眼，倘若如他所言能扫却浮光掠影，入木三分，则画笔胜过刀剑多矣。"

"道爷高论，"梁九图大加赞赏，"阿武，好好跟人家学。"

得到梁九图的表扬，"阴阳生"心里非常得意，脸上仍装出一副谦虚的样子："贫道班门弄斧，随口瞎咧咧，难登大雅之堂。"

梁九图和"阴阳生"越谈越投机，沿着雪洞艰难地摸索下去，最后到达一处断崖。但见崖高千仞，白雪皑皑，对面崖壁像一面红墙隐隐露出熊熊火光。睹此人间奇景，梁九图不由得目瞪口呆，梁侍武惊叫："不好了，火苗要是破过崖壁，白雪不就融化了吗？"

"阴阳生"被他的话逗乐了："洞里耀亮如昼，咱们能看清道路和风景，全仗崖壁中地心之火。它其实不是火，而是日月星辰哩。"

"原来是这样？"梁侍武问，"道爷，你说下面是不是海眼？"

"阴阳生"摇摇头："不清楚，这得问九爷。"

"九爷，九爷。"梁侍武喊。

梁九图的心彻底迷失了，他读过的所有典籍都不曾记述眼前的所见所闻，海眼之上覆盖着白雪，这一幕简直不是尘世应有的美景，完全像迷离的幻梦。老天爷待他不薄，让他有幸得窥仙境，一饱眼福；老天爷亦待他不厚，白雪下面必定埋藏着奇石——此处壁立千仞，别说是下到崖底，就是站在断崖边都会头晕脑涨，奇石可望而不可即。

"阴阳生"看到他那副望洋兴叹的神情，觉得机会来了，打了个稽首："无量天尊，你认定下面必有奇石吗，九爷？"

梁九图失魂落魄地应道："梁某在湘粤三省采石多年，从未见过如此奇景。此崖当为出产奇石的天地绝处，下面纵然不是海眼，亦距海眼不远。”

“阴阳生”莞尔一笑，主动请缨：“九爷，这事你交给我，千仞之壁虽险，但在贫道眼里不过等闲。你退回石屋歇息，且候贫道下崖取石。”

梁九图只晓得“阴阳生”精通扶鸾法术，怎知道他手里还有一件像“枫子鬼”那样飞来飞去的宝物？顿时大惊：“道爷，万万不可冒险。”

“贫道理会得。”“阴阳生”袍袖一振，倏忽间扑入断崖不见。

雪洞又湿又滑，梁九图精疲力竭，加上腿脚本来不利落，只好让梁侍武搀扶着返回苏仁山所在的石屋。歇了没半个时辰，只见“打铁罗”背着浑身湿透的洪秀全跑了进来，后面是惊慌失措的冯云山，梁九图起身问：“怎么回事？”

“嗨，”冯云山声音不住地抖动，看来刚才吓得够呛，“我们三个在洞中溪水里发现了几株草儿，我表哥性子急，急忙踏进溪水去摘。谁知道水底土松泥软，猛的一下子，陷下去大半个身子。那泥土忒是古怪，像粘在人身上一样，死活拔不出来。我们两个慌了神，只好用绳子套住他的胸口，一个人在岸边拽住，另一个去找师太帮忙。等师太到的时候，我表哥鼻子和眼睛都埋了进去，差一点憋死。”

几个人把昏迷不醒的洪秀全平放在石床上，苏仁山用画笔清除掉他五官的泥沙，又蘸着墨乳给他洗了洗脸。梁侍武问冯云山：“师太救人用的是啥办法？”

冯云山红着眼睛：“说来惭愧，师太一眼就发现是那几株草儿惹的祸。她把我表哥的两只手掰开，取出草儿掷回溪水，立马将人拔了出来。”

梁侍武心惊胆战：“乖乖，敢情烂泥巴也能通灵？”

“打铁罗”从背上解下竹篓，放在石几上，梁九图略略打眼一看，发现里面多了几块晶莹的石头，有的翠如叶，有的黑如墨，便问：“罗师，你找到了剑石？”

“打铁罗”点头：“是师太找到的。”

“剑石会有两种颜色吗？”梁九图感到奇怪。

释心师太从左侧洞口走出，听到梁九图的质疑，接过话茬：“剑石就是剑石，和颜色没有什么关系，难道只有天降陨石才算剑石？”

梁九图忙赔笑:“师太,小子孤陋寡闻,幸勿见罪。”

释心师太疲惫地在石凳上坐下,手里捻着一株近乎无色的草儿,端详良久:“贫道采药这么多年,还没有见过这种草。梁施主,你来瞅瞅。”

梁九图不敢用手去摩挲,世间的草儿皆有颜色,不像这株草儿半明半幽,说黄不黄,说白不白,说金不金,说银不银,里面透着一股子诡异之色,到底是个啥玩意?冯云山抹了把脸上的水珠,央求道:“师太,别管它是什么草,你把我表哥救醒先。”

“我说的正是此事。”释心师太凝重道,“依贫道之见,这株草能杀人必能活人。你表哥陷在泥沙里的时间太长,病入膏肓,非丹药难救。我身边其他药草都有,井水是现成的,独缺一株灵草。假使这株草可入药,咱们兴许能把他救活。”

“打铁罗”怯生生地问:“师太,你说它不是金芝?”

释心师太道:“我拿不准,你不妨用它敲一敲石头,听有没有金石撞击的声音。”

“打铁罗”把那株草儿抄在手里,柔嫩的草儿看似弱不禁风,摸起来却硬邦邦的像一枚佛山堡出产的铁钉子。铁匠鼓起勇气,捏着草儿,在石盂上敲了三下。

所有的人凝神屏气,侧耳倾听。

过了许久,释心师太开口问:“谁听到了?”

大伙的眼珠互相溜来溜去,始终无人应答。老师太失望地说:“贫道年迈齿变,耳力大不如前。尔等一个个正当年,为何连句实话也不肯说?”

梁九图惭愧:“不好意思,我没听到金石声。”

“打铁罗”失望地问冯云山:“冯先生,你也没听到吗?”

洪秀全此刻命悬一线,冯云山哪还在乎是不是金芝。他反问“打铁罗”:“你真的听到金石撞击的声音了,罗师兄?”

打铁汉子潸然泪下,为了寻找金芝和剑石,他在飞来峡忍辱负重长达九载。如今剑石已然到手,偏偏老天爷不成人之美,到了最后一哆嗦,金芝却未现身,这是何其残酷的现实。他的耳朵里死寂一片,浑如默默无言的流水。

释心师太安慰他说："贤侄莫要灰心，今后的日子长着呢。这口丹砂井洞中有洞，井里有井，不知道藏着多少稀罕物，金芝必定跑不了。"

"打铁罗"抹去眼角的泪水，打了个躬："多谢师太教诲。"

大家点起火烛，七手八脚准备熬制丹药。突然，苏仁山不知从什么地方冒了出来，大声喝止："住手，你们怎么知道它不是金芝？"

冯云山愣了一下："苏先生，这是大家有目共睹的。"

"哼，听不到铿锵声应该怪你们自己的耳朵，凭什么责怪金芝？"苏仁山抓起那株草儿在钟乳石上敲了三记，"来吧，再听一听。"

大家竖起耳朵听了一会儿，说来也怪，众人的耳际竟然响起一丝轰鸣，"打铁罗"脸上露出振奋的神情："我听到了，我听到了。"

苏仁山全身心投入到对天地之骨的体悟中，已然达致令人匪夷所思的境界。昔日何惠群与邹汝昌在罗浮山探测"天灯"的种种画面一直萦绕在他的脑海，这些年，苏仁山修炼的不只是画眼，同时还有耳力和嗅觉。梁九图知道他的感觉大异常人，便说："长春兄，蚊子扑扇翅膀在你耳朵里都是炸雷，是否有金石之声，我们听到了才算。"

"没关系，听不到接着听嘛。"苏仁山拿画笔蘸了墨乳，在钟乳石上涂抹了一遍，握紧草儿继续敲了三下，"这回听清楚了吧？"

"打铁罗"高兴地嚷："听清楚了，听清楚了。"

确实，梁九图这次听到了更大的铿锵声，怎么回事？他困惑地看了释心师太一眼，发现老师太微笑不语。梁九图恍然大悟，溶洞深锁天籁，潜伏着时时涌动的巨大回响，苏仁山使用的是心理暗示法。他不高兴地说："长春兄，人命关天，你这是干啥？"

"我是为了救他，"苏仁山拍了拍洪秀全的腮帮子，"这株草儿是他的命，甚至比他的命更贵重。不信你们瞧着，他醒来的时候准会朝你们要金芝。"

"没关系，"梁侍武插嘴，"苏先生，这株草儿左右没吃进别人的肚皮，假如他不讲道理非要金芝，抹脖子上吊，开膛破肚，随便他自己，不干咱们的事。"

梁九图道："阿武，休要胡说。"

"开膛破肚？"苏仁山哈哈大笑，"好办法，好办法。"

释心师太架起石盂开始熬制丹药，权且将就着拿墨乳当丹砂井的井水，过了一个多时辰丹药炼成,“咕嘟咕嘟”给洪秀全灌下大半。冯云山坐在石凳上忐忑不安,一会儿测试一下洪秀全的呼吸,一会儿测试一下洪秀全的体温。释心师太发现“阴阳生”不在屋里,便问:“韩道兄是不是帮你找石头去了,九爷?”

梁九图毕恭毕敬问:“师太,我们方才走到了一处断崖,对面绝壁火光隐现,崖底是皑皑白雪,那里会不会是海眼所在?”

释心师太瞥了一眼“打铁罗”:“这个不好说,韩道爷要是能发现海眼最好,免得大家以后费心费力地去找金芝。”

“打铁罗”满面羞愧:“师太,晚辈在飞来峡九年蹉跎,若非慧眼点拨,恐怕一辈子也摸不到庙门。刚才一时鬼迷心窍,请你老人家别往心里去。”

释心师太赞许地说:“贤侄,有志者事竟成,如今宝藏的大门已经为你敞开,只要你仍像从前那样锲而不舍,总有一日会得睹真颜。”

“师太教训得是。”“打铁罗”转身对梁九图说,“九爷,韩道爷进去这么长时间,我去看一看,别让他再出什么麻烦。”

梁九图起身道:“我也去。”

梁家主仆二人和“打铁罗”钻入雪洞,沿着原路摸索到了断崖前,四处张望,不见韩通的人影,只有一块三尺高的黄蜡石赫然摆放在崖头。只见这块黄蜡石形状嶙峋,晶莹剔透,明净如月,润滑似脂,一望便知乃是极品中的极品。最令人称绝的是数百个玲珑的石洞,这些石洞大者如拇指,小者如针孔,珠圆玉润,吹弹得破,娇嫩得让人不忍触摸,浑然不像“猛虎回头”身上的石洞那么苍凉,那么寂寥,那么具有沧桑感。

每一眼石洞都像一粒玲珑的心,它们三三两两组合在一起,形成不同别致的风景——有的是峰峦,有的是陂塘;有的是山涧,有的是瀑布;有的是明月,有的是花蕾。如果退后几步观察整块的石头,这些大大小小的石洞俨然从天而落的纷纷雪花,在长空中飘洒飞舞。梁九图泪流满面,这不正是他梦寐以求的石头吗?

“道爷,道爷,你在哪儿?”梁侍武趴在崖头向下喊。

这块黄蜡石个头虽然不小,分量却不重,“枫子鬼”轻而易举就把它提上了断崖。韩通在断崖下踅摸了一棵凸出的树枝,舒舒服服躺在枝头打盹困觉，一点气力没费。此刻听到梁侍武的呼唤，他纵身跃上崖头："九爷，我在这里。"

梁九图深施一礼："道爷，得此奇石，梁某大慰平生，请受一拜。"

"阴阳生"连忙把他搀扶起来："言重了，言重了，能交到九爷这样的风流名士，乃是韩某人的三生之福。"

"阴阳生""打铁罗"和梁九图主仆二人把黄蜡石抬回石屋，大伙围上来赞不绝口。梁九图对释心师太说："师太，这块石头虽然是韩道爷找到的，但你老人家带我们来丹砂井，也有一半功劳，你给它起个名字吧。"

释心师太笑了笑："有苏先生这样的丹青国手在，贫道岂敢僭越？"

"阴阳生"见梁九图和众人都对这块石头推崇备至，很是得意："对对，苏先生的画眼名扬天下，由他来起名字再合适不过。"

说心里话，苏仁山也很喜欢这块黄蜡石，尤其是那些漂亮的石洞，张开眼睛是飞雪，合上眼眶是白云，形体玄妙，尘世罕见。他故意说："让我起？你们别嫌难听。"

梁九图道："好歹起个名字，好听是它，难听也是它。"

苏仁山随手抄起一个石坮，盛满墨玉乳汁兜头淋下，那乳汁穿过黄蜡石的石洞，涓涓流入脚底的石缝。黄蜡石上一尘不染，一滴不凝，大家分不清是黄蜡石太光洁，还是墨玉乳汁太润滑。苏仁山慢悠悠地说："起名字无非从两处着眼，一处为情与意，一处是形和体。你想要一个'猛虎回头'那样的名字吗，九爷？"

梁九图忙摇头："不不，梁某是个散淡的性子，还是从形体着手吧。"

"那好办，就叫'千多窿'。"苏仁山道。

梁侍武拍手叫好："一千多个窟窿？好听，好听。"

"阴阳生"拿他打趣："阿武，应该叫它'千张嘴'才是。"

"道爷，别以为我不懂。"梁侍武反唇相讥，"石头身上一个窟窿一片心，让我起的话我就叫它'千多心'，跟你的心眼一样多。"

"阴阳生"讪讪地说："韩某有那么多的心眼吗？"

石头乃天造地设之物，人眼去评判多出于实用的角度。假如有一座连通人心与天地之心的桥梁，很有可能便是这个窟窿。窟窿之成为艺术仅仅发生于石头——放在其他地方是丑陋,放在石头上却是一种另开天地的美。

梁九图追寻的是这种美,苏仁山更想把这种美体现在笔端,二人的区别亦为园林艺术和丹青艺术的分途——前者止步于旧天地的末端,流连忘返,舍不得离开完美的谢幕;后者从新天地的开端出发,栉风沐雨,努力去展开生命的创造历程。

同一个窟窿,流出了两颗不同的心。

这时,石床上的洪秀全突然动了动,冯云山叫了起来:"表哥,醒醒,你醒醒。"

洪秀全缓缓地睁开眼睛,恍恍惚惚,发现四周垂吊着五彩斑斓的钟乳石,溶洞宛若富丽堂皇的巨型宫殿。他吃力地问:"乙龙,这是哪儿?"

冯云山喜极而泣:"表哥,这是丹砂井。"

"丹砂井,丹砂井?"洪秀全逐渐恢复了记忆,猛地举起双手,撕心裂肺地嚷道,"我的草儿,我的草儿,谁拿走了我的草?我的金芝?"

大家面面相觑,这家伙张开眼就要金芝,还真让苏仁山给猜对了。梁侍武没好气地说:"要什么金芝?你都吃进肚子了,要的话把自个肚皮刺开。"

洪秀全像疯了一样伸手去抓腰刀,冯云山慌忙攥住他的手,带着哭腔:"表哥,那株草儿不是金芝,是治病的仙草,这不是把你从鬼门关救回来了吗?"

"放屁,"洪秀全骂道,"那草儿是我的心,我还不知道?"

"洪先生,那草儿确实不是金芝。""打铁罗"劝慰他,"这口丹砂井遍地是宝物,我们已经找到了剑石和'千多窿',还愁以后找不到金芝?"

"不行,我就要我的金芝,快把我的心还给我。"洪秀全又气又急,双手撑着身体,猛地想坐起来,结果用力过度,昏死了过去。

"瞧瞧,我说什么来着?"苏仁山摊开双手,"那草儿就是他的心,就是他的命。给他一把刀,他能立刻把自己的肚皮划开。"

梁侍武指着"千多窿"悻悻地说:"丢他老母,人家掉了一千多颗心都不在乎。他才失了一根草,还用自己的嘴巴吞了,就要死要活的。"

释心师太叹了口气:"既然如此,贫道再去拔一株草儿。"

冯云山站起来:"师太,我跟你一起去。"

释心师太从怀里摸出一粒药丸："贤侄，此洞水寒彻骨，对你表哥的康复不利。这粒丹药用百寿岩的丹砂井水制成，药性干燥，可祛寒毒，喂他吃吧。"

冯云山把丹药泡在热水里，慢慢给洪秀全灌了下去。

昏昏沉沉的迷梦中，洪秀全渐渐感觉头痛欲裂，各种光怪陆离的幻象杂乱呈现，一会儿是天地倒悬，山崩地裂，一会儿是群魔乱舞，遍地禽兽。忽然，一条龙、一头虎、一只雄鸡进入洪家的院子，叽里呱啦地说些根本听不懂的鸟兽之语。过了片刻，轿夫扛来一顶轿子，吹吹打打尽是洋鼓洋号，不由分说把洪秀全塞了进去。

轿子颠簸，锣鼓迷离，翻山越岭，漂洋过海，最后来到一处豁然开朗的光明之地，天上的月亮像一张大油饼，比中国的月亮圆得多。那个地方到处是衣着光鲜的高贵男女，老老少少真懂礼貌，个个脱帽敬礼欢迎洪秀全的到来。下了轿后，一位风韵犹存的老妇人把洪秀全带到了一条河边，那条河飞溅着音乐的浪花，叫人自惭形秽，瞬时忘了饥肠辘辘。老妇人手拿鹅毛扇子说道："污秽的人啊，你为何自暴自弃？平时和那些野蛮的低等人亲近，以至于满身肮脏。来吧，今儿个我要把你从里到外洗个干净，教你重新做人。"

老妇人把洪秀全脱光洗净后，将他领进了一个水晶宫。洪秀全朝两侧一瞅，呀，全是自古至今的圣贤，什么模样的都有，其中多一半不认识。那些不熟的圣贤本事极大，每人手里一把刀，轮流在洪秀全的身上开刀割血，把他的五脏六腑全部掏出来，重新给他换上了一套白皙泛蓝的新器官。随着新器官码放整齐，满身的伤创即刻愈合，洪秀全不相信地摸了摸，一点也不觉得疼痛，真的，一条疤痕没有留下，光溜溜的，腻手。

圣贤们也分三六九等，孔夫子站在背阴的角落里，根本没资格陪洪秀全说话。落第秀才在红毛圣贤的簇拥下进入了下一座宫殿，大殿的西方是一把高耸入云的黄金宝座，上面坐着一位金发黑袍的大胡子老头，一见到洪秀全就号啕大哭，显得万分委屈："哎呀，天底下的男女皆我所生和所养，吃我的，穿我的，用我的，却不知道有我这一号人物的存在。这些没有心肝的家伙不但不纪念和尊敬我，反而拿着我所赐的物品去孝敬魔鬼，真是忤逆不道的野蛮人。你千万不要学他们，去，拿这柄剑把他们宰了。"

洪秀全接过宝剑，无限敬慕地问：“大老爷，这就是无情剑？”

“孺子可教，”老头赞赏地冲他点点头，“此剑正是纵横三界的无情剑，我今天把它授予你降魔除妖。哪怕是兄弟姐妹，只要不听话，尽管用剑砍他。”

盖世名刃轻松到手，洪秀全激动得情难自已，伏地跪拜，连连叩首：“大老爷，无情剑在江湖上皆有名号，这把剑叫个啥？”

“就叫‘云中雪’吧。”老头道。

洪秀全举剑舞了两下，心里仍然觉得不踏实：“我的神啊，在江湖上光有家伙不行，最好你能再教我一套无敌的剑术。”

老头晃晃脑袋：“我赠你一枚法印，谁不服就在头壳上扣一个印戳，保管比剑术管用。”

洪秀全犹豫了一下：“那些武林高手有内功，我怕打不过他们。”

“早就给你备下了，”老头放声大笑，从茶几上掂起一颗金黄色的西洋水果，“这枚果子叫忘情果，堪比九叶碧血仙茅和‘柔佛人荟’，吃了以后功力剧增。它另有一样奇效，吃了可以让你忘却前尘往事，哪怕对阵当今的武林至尊，照样放胆去杀。”

洪秀全彻底放心了，吞下金黄水果后，左手拿印，右手执剑，雄赳赳气昂昂地离开了黄金圣贤大殿。老头满意地对西洋圣贤们说：“秀全这伢仔，我看行。”

洪秀全再度打梦中醒来，仰望乳石洞天，觉得似曾相识。他急忙用手去摸，“云中雪”和法印不知去向，浑身不由打了个激灵，怒吼：“我的剑呢？我的印呢？”

饶舌的梁侍武这次不敢应声了，好家伙，刚才还只要一株草儿，睡一觉醒来，又添了剑和印两样东西——如此翻着筋斗往上涨，谁给得起？

冯云山摸着洪秀全的额头：“表哥，哪来的剑和印？你是不是做梦了？”

“是啊，剑还没有开炉炼呢。”“打铁罗”嘀咕。

的确是一个梦，梦中金发老头的模样很像顺德紫坭岛古佛庙的混元老祖。洪秀全的记忆渐渐恢复了，他伸出手：“我的草呢？我的心呢？”

冯云山捏起一株草儿举到他的眼前：“在这儿，表哥。”

洪秀全把草儿紧紧地攥在手心里，似乎生怕一阵风将草儿吹走，他责怪道:“你刚才怎么说我把它当药吃了？云山,别人可以撒谎,你可不能骗我。”

冯云山惭愧地辩解:“表哥,它们是同根生的两株,你吃了一株,还剩一株。”

从头顶钟乳石滑落的水珠滴到了“千多窿”上,像轻盈的溪水钻入一眼石洞,又原封不动地流了出来。洪秀全眼珠不眨地盯着黄蜡石,仿佛看见飘进石洞的雪花,转眼变成一朵白云徜徉在辽阔的蓝天里。他恍然大悟,欢喜地叫了起来:“云山,你看到了吗？你看到了吗？草儿进洞前还是草儿,出来就变成了我的心。”

梁九图用手抚摸着“千多窿”,自言自语:“是啊,它的心呢？”

梁侍武惊恐万分,抓住苏仁山的衣襟说:“不好了,苏先生,你快看看,我们家九爷是不是叫姓洪的传染了？”

苏仁山不以为意,饶有兴趣地问梁九图:“九爷,你悟到了什么？”

“我明白了,我明白了。”梁九图兴奋得手舞足蹈,“长春兄,石窟窿美则美矣,终究不过是心之托体,真正奇妙的是那些飞走了的心。”

苏仁山继续问:“还有呢？”

梁九图思如泉涌:“这块石头有一千多个窟窿,就有一千多颗心,每一颗心都不一样——漫天大雪原来是由不同的雪花,不,是由不同的心组成的。”

“放屁,”洪秀全翻身跳了起来,满面红光,完全不像一个大病初愈之人,“有钱人的心是雪,穷苦人的心是草。在混元老祖的眼里,不拘东西南北,普天下的草一模一样,俱是炼剑的金芝,俱是直草、坚草和耐草。”

第一百零三回　降僮判案

俗话说，行百里路半九十。大凡绝世武功，越到后来越艰难，因为它寻找的不是人类印在大地的足迹，而是心灵翱翔于蓝天的方向。“小元霸”探索“六祖心经”便是一例。易兰花去世后，他在银洲湖整整隐居了二十七个月，才算“完成”了第三重境界最后一个关口的修炼。

李文茂体内的第三道真气确确实实消失了，从磅礴的大江大河变成涓涓细流，回到高山化为风，化为雾，化为蓝天上一朵白云，飘离了他的身体。可是，李文茂隐隐约约觉得有一丝不舒适，不自在，仿佛仍然能够感受到它的存在。看来有两种可能性：要么经过第三道真气的洗礼，脱胎换骨的身体让李文茂感到不适应；要么最后一个关口的修炼出了问题，第三道真气留有残余，并没有化为普通气息，或者被逐出体外。

毛病到底出在哪里？李文茂急切间弄不清楚，心中郁郁寡欢。

梁培友听到这个消息，派人请他前去检阅士气正旺的“德胜堂”水师。恰在这时，大慈和尚归天的噩耗传到银洲湖，以陈松年、关钜、邝能、林洸隆为首的各堂龙头力劝他西行，二十七个月的守孝期已满，应该趁龙剑出世的好兆头，着手筹划举义大计。

李文茂接受了众将所请，传令周春、陈显良、陈开、冯坤、李洪英留守，赵泰来、陈松年、关钜、邝能、林洸隆、甘先、卢昌等各堂龙头跟随自己前往浔江巡视。为了迎接李文茂的到来，梁培友和“德胜堂”众头领做了精心的准备——首先在白沙江水寨演练船阵，其次在濛江水寨演练炮阵，然后在平南县雁塘堡演练小船对抗大船的攻防。

雁塘堡地处平南与桂平交界，靠山面水，地势险要，过去是大绺子蒙开木的老巢，规模仅次于“白嘴鱼”的濛江水寨。濛江水寨和大峒寨相继失守后，浔江一带粤西绿林道的势力土崩瓦解，或者四散逃亡，或者易帜归顺。梁培友相中了雁塘堡的位置，派人给蒙开木送了十万两白银，要他把地盘完好无损地让出来。蒙开木是个伶俐人，知道胳膊拧不过大腿，乖乖地遣散手下喽啰，打开寨门，恭迎梁培友率军入寨。

“德胜堂”沿着白沙江水寨、濛江水寨、雁塘堡三点一线拉开阵势，将浔江流域的精华地区尽数囊括于掌中，梁培友向李文茂交出了一份圆满的答卷。且说各堂龙头跟随李文茂三阵水战巡视下来，无不感到欢欣鼓舞。检阅完毕，梁培友在白沙江水寨大排筵宴，招待李文茂和各堂龙头。浔江各股绺子闻此盛况，像什么“扁头三”何洪锦、“大口昌”梁昌、“赭龙二”黄正业、“乌嘴富”梁亚富、“白鬼仔”吴亚坤、“卷嘴狗”侯志、“大头羊”张钊、“大鲤鱼”田芳等人纷纷赶来助兴。

接下来的日子，“洪兴堂”“洪义堂”和“公义堂”三大堂的掌印阿妈陆续率众过境白沙江水寨，梁培友派遣战船沿路护送。这一天，李文茂正要出发，突然，头目梁阿长匆匆忙忙来报：“二爷，夏护法到了寨门外，说大龙头要亲自去大明山吊唁。”

“不会吧？”李文茂愕然。

至善禅师的身体每况愈下，这些年一直在黑石顶老营深居简出，疗养身体。此刻突然出现在白沙江水寨，而且要抱病前往大明山总堂吊唁，着实让李文茂大吃一惊。他无暇思索，当即令人鸣响礼炮，率全体将领把至善禅师迎进忠义堂。

老爷子形容枯槁，脸色发暗，微微有些哮喘，确实衰老得不成样子了。李文茂心头涌起阵阵伤感，伏地跪拜行礼，关切地问：“师傅，你身子骨不好，何必舟车劳顿?”

至善禅师见他从头到脚一身黑衣打扮,腰里还扎着根麻绳,不由奇怪地问:“茂仔,你三娘的丧期没过?”

“不是要去大明山吊唁吗?”李文茂回答,“我想正好省得摘了。”

至善禅师摆手:“老朽走一趟,你就免了。”

李文茂心酸地说:“师傅,你老人家身体欠安,路上万一有个好歹,让徒儿如何向本堂兄弟交代? 如何向红船的老少爷们交代?”

至善禅师虽然人在黑石顶,但洪门的形势却了如指掌,他明白大度和尚对李文茂的猜忌丝毫不亚于丁复国。李文茂年纪轻轻就在江湖上威名远播,武功深不可测,是大度和尚夺取洪门之主大位的潜在威胁。老禅师打量了一番李文茂,感到他身上从前的气场消失殆尽,双目如长空一样宁静,暗暗惊讶,这孩子的内力真是匪夷所思。至善禅师顿了顿,问道:“茂仔,听说上个月‘兴义堂’和韦思贤的‘正义会’交上了手?”

所谓一山不容二虎,陈吉的“兴义堂”羽翼丰满后,开始和“逍遥门”发生摩擦,其挑选的第一个目标是实力较弱的“正义会”。双方开战初期势均力敌,随后曾天猷“天讨会”的援兵赶到,杀得“大春吉”招架不住。幸亏关钜的“德义堂”和林洸隆的“德信堂”从东西两翼包抄助战,才避免了全军覆没的命运。

“有这么回事。”李文茂问,“师傅,有何不妥?”

至善禅师脸色十分凝重:“茂仔,洪门兄弟互相帮助,这是天经地义的事情,并没有什么不妥。但是眼下掌堂大爷归天,继任堂主尚未明朗,此时本堂的一举一动都可能产生意想不到的后果。前段时间你把‘新月剑’送给丁二爷,现在又帮助‘兴义堂’挑战‘逍遥门’,在胜堂大爷看来,你这是公然支持丁二爷接任洪门大位。他肚量不大,你血气方刚,你们两个人针尖对麦芒,若在总堂闹出生分,洪门大局恐怕堪忧了。”

李文茂道:“师傅,徒儿如今修炼有成,心态平和,胜堂大爷尽管说难听的,我不和他计较便是,保证能沉得住气。”

“老朽是怕人家沉不住气。”至善禅师叹了口气,“眼下本堂水师横扫浔江,三江六水的各股绺子争相结纳,无意中我们把触角伸到了胜堂兄弟的地盘。山寨穷,水寨富,咱们把肥肉全吞了,人家能高兴吗?”

梁培友抱拳："大龙头，三江六水的绺子是些随风倒的墙头草，名义上归顺，其实还是各吃各的肉。那些地盘过去就是本堂的，他怪不到咱们。"

"你这么说，人家未必如此想。"至善禅师心里也觉得别扭，"德胜堂"兄弟费了这么大的劲一统浔江，难道还犯了错？他叹了口气，对李文茂说，"茂仔，胜堂大爷一直怀疑你偷学了'浑天剑'，现如今他继任'浑天门'掌门，说不定在掌堂大爷的灵柩前发难。到时候你辩驳也不是，不辩驳也不是，没有意思，还是别去了。"

在李文茂的心里，师傅大悲和尚是顶天立地的大英雄，私自传授"浑天剑"法为的是洪门大义，所亏的是小节，对不起的只有掌门师兄而已。倘若"浑天门"换了掌门，这个秘密完全可以公之于世，用不着遮遮掩掩。然而，至善禅师抱病前来，自有他的顾虑，李文茂不忍拂逆师傅的拳拳之心，只好说："师傅，那你要早去早回。"

"嗯。"至善禅师点了点头，望着各堂头领一个个生龙活虎的样子，心情极为舒畅。李文茂带出来的这批龙头又年轻又有本事，是"洪德堂"未来发展的宝贵财富，假以时日都会成为叱咤风云的英雄人物。他端起一碗酒，"各位兄弟，本堂在你们手里发展得如日中天，洪门之中无出其右，老朽敬大家一碗。"

众头领齐声喊喝："谢大龙头犒赏。"

"有一句话大家要牢记，洪门大业由天下洪家兄弟开创，"至善禅师谆谆教导，"'红阳劫运'年举义不远，在此之前，恐怕先要了结洪门和'逍遥门'的恩恩怨怨。届时无论丁二爷还是胜堂大爷来粤东，希望大家莫要厚此薄彼。"

了结和"逍遥门"之间的恩怨，战场必定摆在珠江三角洲，摆在"洪德堂"的地盘。见师傅双眼盯着自己，李文茂郑重表态："师傅，你放心，徒儿一定恪守中立，绝不参与他们之间的竞争，唯总堂号令是从。"

李文茂指派邝能和卢昌陪着至善禅师上大明山，命梁培友带战船沿江护卫，他自己一直把师傅送到浔州城下才停舟东返。十月秋风送凉，浔江百舸争流，呈现出一派生机勃勃的繁荣景象，这主要归功于梁培友对各股绺子的整顿。从前浔江流域两强争霸，来往客商莫不提心吊胆，粤西绿林道的

“白嘴鱼”鼠目寸光，放着一条黄金水道不会利用，只知道杀人越货和贩卖妇女，采取了杀鸡取卵的低级策略；而以梁培友为首的“德胜堂”将领来自贸易发达的粤东地区，深知保护贸易秩序的重要性。荡平濛江水寨后，他们把浔江流域的各股江湖绺子和“米饭主”召集在白沙江水寨，重新划分各自的地盘，详细制定了一整套“包江食水”的规矩和收费标准，大大减轻了客商的负担。

经过这么一番整顿，浔江杀人越货的现象大幅下降，贸易秩序得到极大改善，贸易规模比以前翻了三倍以上。受此影响，其他像府江、漓江、黔江、柳江、郁江、邕江等地的绺子纷纷慕名前来讨教，希望能学到一些增加财源的窍门。

座船行驶的速度很慢，李文茂站在甲板上尽情享受着江风的吹拂。一只只挂着白帆的篷船在江心出没，从远处望去，犹如参天大树撒下的落叶，在阳光下不断地翻身。满载货物的商船不时急速地驶过身旁，船夫们轻松地摇晃着桨橹，不再像往日那样惶恐。行至大湟江口，突然听到后面响箭连连，一只舢板如箭飞来。

江面上的船只很多，只见这只舢板在缝隙中钻来钻去，速度却丝毫不减，显见驾舟之人的高超本领。说话间那只舢板来到李文茂的座船下，一条魁梧大汉高声叫道：“请问李二爷在船上吗？小弟是‘洪义堂’的陆海平，胡二爷有信给李二爷。”

胡有福因为籍贯在大藤峡，对浔江、黔江一带地面熟悉，被罗大纲派到大峒寨镇守。大峒寨在瑶山深处，后勤补给主要靠浔江和濛江的水运，因此胡有福特地在濛江一带招募了不少船工组成水营，藤县大黎里的陆海平便是其中一个。

巢元贞探头向下一看，对李文茂说：“二爷，是大峒寨的兄弟。”

“请他上来。”李文茂应了一声，他的注意力被前面一条客船吸引。

不，更准确地说是被一个若隐若现的女人背影吸引，被那个女人的声音吸引。这个背影和声音似曾相识，会是谁呢？

陆海平纵身跃上船帮，来到李文茂面前，屈身行礼，递过信匣。木匣子其实已经递到了李文茂的手上，陆海平没有感觉到着力点，以为对方没有接住，又向前送了一送。这一送可惹了祸，李文茂正在苦苦思索那个女人是谁，陆海平猛然间加力，他的手自然而然往外推，陆海平承受不住他巨大的力量，仰面跌了个跟头。

一瞬间，李文茂终于想起来了，这女人是“白无常”！

当年从盖天顶下来不久，李文茂便意识到自己中了“招魂鱼鼓”的迷惑，他判断出那个所谓的“廖姑娘”即“白无常”。盖世英豪既羞且愧，没想到自己的童贞竟然被一个女淫贼轻松撷取，这是难以对人启齿的隐私，也是说不清、道不明的仇与恨。

陆海平以为自己在礼节上冒犯了李文茂，诚惶诚恐：“二爷恕罪。”

“李某行事不周全，与你何干？”李文茂怀着歉意把陆海平搀扶起来，打开信匣看完信里的内容，望着前面江口圩的方向一言不发。

跟随李文茂送至善禅师的是赵泰来和林洸隆。见他若有所思，赵泰来问：“胡二爷在信里说什么？”

“今天晚上石头脚村有一场水陆诗会，”李文茂道，“他想请咱们吃酒看戏。”

巢元贞听了后直摇头：“二爷，去不得。石头脚村的陈鹏举为人奸猾，是江湖上有名的多脚王八。以前这厮脚踩威武窑子和绿林道两只船，现在‘白嘴鱼’垮了又想和咱们套近乎，梁阿妈故意晒着他，打算拆掉他这个王八窝。”

林洸隆诧异地问：“既然如此，胡二爷为何帮衬他？”

陆海平苦笑着回答：“二爷，各位龙头，你们有所不知。大峒寨孤悬敌后，我家胡二爷站稳脚跟委实不易，不得不与‘米饭主’们周旋。藤县太平圩唐九、平南鹏化山的胡以晃都和陈鹏举合伙做买卖，胡二爷要想取得他们的支持，只有卖陈鹏举的面子。”

李文茂能够体谅胡有福的难处，不管怎么说，人家终究是“洪义堂”的二龙头，总不能老是朝任文炳、任文彪兄弟伸手要饭吧？留下陈鹏举这个王八窝，实际上等于给大峒寨多留一条补给通道。他点了点头：“好，陆兄弟，请你回去转告胡二爷，晚头本堂一定去石头脚村。说实话，‘过山班’的戏我还没有仔细看过呢。”

与上六府的“本地班”相比，“过山班”主要在下四府和粤西表演，教戏师傅多为流落到这两个地方的红船艺人，艺术形式与红船一脉相承，相差无儿。由于下四府和粤西不如上六府经济发达，因此“过山班”的规模比较小，大的戏班五六十人；中等的二三十人，因为经常和木偶戏班合演，所以又叫“阴阳班”；小的戏班没有固定人数，“沙煲兄弟”临时凑几个是几个，不用搭棚直接撂地表演，有时候也称“地戏班”。

李文茂一锤定音，巢元贞哪里敢驳嘴？陈鹏举这个王八窝总算是保住了。林洸隆在一旁打趣地说：“二爷去陈家也好，兴许能碰到红船的老前辈呢。”

李文茂瞥了江口圩一眼，发现“白无常”乘坐的那条客船已经靠岸，这个害人精来江口圩干什么？难道她干的还是老行当？他拱手对众人说：“天色尚早，靠岸后我逛逛街，你们去石头脚村听戏吃酒，给‘洪义堂’的兄弟支个场子。”

李文茂的想法是悄悄跟踪“白无常”，一旦发现她干害人的勾当，立刻严惩不贷。然而当他迈进江口圩时，才知道在这里找一个女人比登天还难。粤西女人向有勤劳吃苦的美名，里里外外一把手，圩市上背着竹篓拥挤的十之八九为大脚婆。这是粤西特有的风景，和北方小脚女人足不出户的现象截然相反。江口圩是浔江排名第三的大集市，人山人海，“白无常”钻进圩市中犹如一粒沙子融进沙漠，到哪里去找？

李文茂放眼望去，满街都是瑶家女的装束，满街的女人都背着竹篓，似乎每只竹篓里都盛着一束野芦花。李文茂停住脚步，理了理纷乱的心绪，拔身飞上屋顶，他相信凭借超凡的耳力，定然能把那女贼从人海中掏出来。

他有点想当然了，集市上成千上万人交头接耳，如何分辨出六年前的那个声音？最扰乱心魂的还是心魂自个——问题在于，这是一种什么样的仇？什么样的恨？

李文茂宛如雄鹰在空中飞驰，不一会儿追到了大湟江巡检司衙门对面的客栈，这里是江口圩的中心地带。衙门里面断案子，外面围了群看热闹的人，一名杖头木偶艺人不失时机地当街卖唱，那是红船二花面最喜欢唱的一曲《挡谅》，曰：

康茂才看罢心中碎，

不由得豪杰两眼黑。
想起前朝兵对垒，
三国好汉抖雄威。
关老爷挡住华容道，
要捉曹操老奸贼。
今日相逢在江东桥里，
我比关公他比谁？
美不美来江东水，
亲不亲来故乡泥。
开言来叫声倒运的鬼，
报上尔的名来好把命催。
…………

李文茂听了以后不觉释然一笑，自己不就是这个“倒运的鬼”吗？堂堂九尺汉子和“白无常”一介女流较什么劲？他跳下客栈的屋顶，回头一看，客栈门上悬挂着一块匾额：“东西客栈”。这名字可不大好听，李文茂摇了摇头，上楼找了个临街的雅间。他要了一壶洗石庵的西山茶，一边自斟自饮，一边观看巡检司衙门审案子。

巡检司衙门的大堂前跪着一个哭哭啼啼的老财主，巡检老爷趴在公案上打瞌睡，弓役和围观百姓一起看热闹——院子的台阶上蹲着个老瞎子，旁边站着个半瞎子，唯一不瞎的汉子赤裸上身正在抽筋蹦跳，两只手摇晃指点，一副鬼上身的模样。

大湟江巡检司竟然用降僮术办案，李文茂啼笑皆非，令他更加意外的事还在后头——巡检老爷从公案上抬起了头，原来竟是“小旋风”饶同。饶巡检伸手擦掉眼眶里的眼屎，睡眼惺忪地问手下的弓役：“大仙怎么说？”

一转眼，饶同跟随黄谷禄来到浔州府四年多，干这个大湟江巡检也差不离将近三年。由于中英之间战火平息，他和黄谷禄都憋着心思回粤东谋职。“黄轱辘”搭上的是两广总督祁贡这条线，因为担心受到藩库失银案的牵拖，祁贡迟迟不愿对他松口。然而天有不测风云，人有旦夕祸福，祁贡忽然得了重度咯血症，眼看在两广总督的位置上干不了几天，再不捞一把就没有机会了，于是果断地大笔一挥，给“黄轱辘”弄了个惠州府知府的肥缺。

凭借鞍前马后伺候“黄轱辘”这么多年的情分，饶同去惠州府当个巡检不成问题，但他心里早就盘算好了更肥的目标，这便是号称“粤东第一司”的五斗口巡检司——灵应祠的道士小乙因为害怕遭到毒手，来粤西整整躲了两年，在江口圩弄了个小买卖糊口谋生。饶同从他嘴里得知了“枫子鬼”的真相，不由得喜出望外——如果把这些情况透露给陈开，将“阴阳生”捉拿归案，不但可报王山公和宁洪崖被刺之仇，而且能将五斗口司巡检的宝座收入囊中，岂非两全其美、各取所需？

哭哭啼啼的老财主是新圩的蓝荷毓，他儿子蓝金书是桂平有名的花花公子，昨天夜里来江口圩的娼寮嫖妓插花，早上起来脱阳而死。儿子死得蹊跷，老财主赶着马车进巡检司衙门告状，扬言砸锅卖铁也要捉拿凶手，替儿子报仇。

“小旋风”是秃子头上拔毛的精细主，逮着这种机会焉肯放过？他首先派人将娼寮里的妓女和老鸨尽数拘押，然后从街上请了个降僮法师前来破案。那法师姓牛，江口圩的人称呼他牛瞎子。牛瞎子有两个徒弟，一个跟了他已经两三年，名字叫杨秀清；另一个跟随他学艺不到三个月，就是在院子里打滚的那个汉子，名叫萧朝贵。

杨秀清和萧朝贵均是祖籍粤东嘉应州的客家人，同在紫荆山里烧炭耕地干农活。相对于广府人而言，客家人来粤西经商的比例较少，垦荒务农干粗活的比例较高。耕地这种农活不但收入少，而且经常与当地的土人发生冲突。客家人军事素养高，粤西土人勇猛剽悍，双方一旦发生械斗，其惨烈的程度丝毫不亚于一场战役。问题在于，打来杀去照旧填不饱肚皮，对生计的帮助并不大，要想活得好，尚须另觅生理。

杨秀清从小父母双亡，在外浪迹多年，见过世面，头壳灵活，不畏人生的苦难，这种境遇和当年的朱洪武有几分相似。他一眼相中了降僮法术这种有文化的职业，把牛瞎子伺候得滴溜溜转，学了两年便出了徒。出徒归出徒，无奈师徒俩加起来只有一粒眼珠好使，干起事来总是不太方便，咋个办？杨秀清力劝牛瞎子再收一个徒弟，这个人即他的好友萧朝贵。萧朝贵听说有一门免费的手艺当然高兴，他这个人天生胆子大，手脚勤快，到江口圩操练了半个月就把脑门磕了碗大个包，活像一个多年的老法师。

降僮法师这活不好干，全身抽筋口吐白沫，耗费大量的脑力和体力。萧朝贵施法完毕后躺在地上大口喘粗气，一名弓役跑过来问："嘿，大仙刚才是咋说的？"

萧朝贵刚打算美美地吹嘘一顿，杨秀清张开大嘴打了个脆生生的哈欠。他使劲抽了自己一个大嘴巴，装模作样地问自己："嗨，公爷问你呢，大仙刚才是咋说的？"

弓役骂骂咧咧地回到公案前："老爷，大仙不记得了。"

这群饭桶，"小旋风"在心里骂了一句，然后和颜悦色道："不记得就对了，喂，我说蓝老爷，你记得大仙刚才说了什么？"

"老朽当然记得，"蓝财主抹了一把眼泪，"青天大老爷，大仙刚才说害我儿子的是个过江龙，留在江口圩没走。依照大仙手指的方向，当在石头脚村。"

石头脚村的"米饭主"陈鹏举经常举办水陆诗会，他家来来往往的多为江湖刀客，那些过江龙都是须眉汉子，怎么可能是害死蓝金书的凶手？"小旋风"心知肚明，但是他打算去石头脚村打秋风，不能公然拆穿蓝老财主的荒谬，于是补充道："蓝老爷，北边这个方向值得怀疑的窝点很多，一个地方都不要放过。"

蓝荷毓听出了弦外之音，哆哆嗦嗦地拱了拱手："青天大老爷，只要你能抓住凶手，蓝某定当重金酬谢，决不食言。"

"小旋风"眉开眼笑，抓起惊堂木"啪"地拍了下去："嘟，大胆的刁民，本老爷当官为民做主，谁要你的仨瓜俩枣？打十个板子的屁股先。"

蓝荷毓叩头致谢："小民知罪，小民知罪，再也不敢了。"

"小旋风"大喝一声，命令手下的弓役："来啊，你们马上向北搜寻，发现可疑的人一体拘拿。无论男女都不要放过，听明白了吗？"

从江口圩到石头脚村距离不近，一路杀过去得捞多少油水！差役们兴高采烈，持刀带棍正准备出门搜刮民脂民膏。这时，从"东西客栈"的二楼跳下一人，手指饶同骂道："杀千刀的贪官污吏，口口声声为民做主，不把老百姓祸害死，我看你就活得不舒坦。还有你这个为富不仁的老家伙，你儿子是什么货色你不知道？他糟蹋了那么多女人，最后死在女人手里那是应当应分。要是他有冤情，那些被糟蹋的女人又该找谁申冤？”

李文茂一看那汉子，吃惊非小，却是在“六步客栈”有过一面之缘的陈宝。难道他和那个女魔头在一起？李文茂立生警觉，侧耳倾听，果然从人声嘈杂中辨析出一个音色，正是他苦苦追寻的“白无常”。

人在眼前，李文茂恨意顿消——蓝金书既然是一个糟蹋女人的色狼，“白无常”以其人之道还治其人之身，为民除害，不但无罪，而且有功。

大湟江巡检司的弓役加起来足有七八十号，“混江龙”独闯虎穴，胆子真不小。饶同从刀鞘里拔出佩刀，走到近前打量了陈宝一番，没好气地问：“尊驾是哪一路的？本官捉拿凶手与尔何干？莫非害死蓝公子的是你的同伙？”

话音未落，从“东西客栈”的二楼上又跳下一条汉子，大约二十五六岁的年纪，长得这叫个标致，脸上傲气凌人，举起手中单刀，挑衅道：“狗官，你说的一点没错，姓蓝的就死在我们手里，有本事来拿。”

书中暗表，这位青年不是别人，正是拜倒在“白无常”石榴裙下的陈戊养。他和黄金亮为了女人展开激烈的竞争，最后黄金亮功亏一篑，离开笔帽山另谋生路；陈戊养则继续和“混江龙”一起贩卖私盐和鸦片。“白无常”夫唱妇随，没事跟着陈戊养南北漂流，所过之地经常杀几个糟蹋女人的色狼——不为提高功力，只为养颜美容。

“小旋风”干这么些年公差，头一次遇到凶手堵住门口叫板，脸上实在挂不住，挥刀劈向陈戊养，嘴里气咻咻地骂着：“让你断老子财路。”

“小旋风”本事不弱，另外几十名弓役蜂拥而上，陈宝和陈戊养手脚有些忙乱。“东西客栈”二楼的一扇窗户“吱呀呀”推开，里面探出一条面如重枣的虬髯大汉，捻着胡须，乐呵呵地问陈宝：“陈爷，行不行？”

“放心吧。”陈宝抬手砍翻几个弓役，逼退敌人，把刀在左臂上一抹血迹，“杀个把衙门里的狗腿子，还轮不到你钟大当家出手。”

那个雅间距离李文茂很近，从虬髯大汉鼓鼓的太阳穴能判断出他是一个高手。粤西武林姓钟的高手只有一个——东兰州霸陵山大寨主“西天腊飒”钟德。

钟德在粤西绿林道是一个特立独行的人物，平日喜好锄奸铲霸，行侠仗义。霸陵山的人马善于开矿经商，很少骚扰百姓，这给他搏了个蛮不错的名声。

钟德飞身跃下，“陈爷，下雨天打孩子，闲着也是闲着。”

“西天腊飒”是粤西武林排名第六的高手，武功修为比陈宝和陈戊养高出一大截，出手如风卷残云，不一会儿，便把巡检司的差役揍得抱头鼠窜，“小旋风”也跑了个没影。蓝荷毓瘫倒在地无法动弹，“混江龙”发现牛瞎子师徒没走，气不打一处来，坐在公案后抓起签子朝地上一丢：“来啊，把这几个胡乱算命的瞎子捆起来。”

陈戊养用刀背胡乱拍打，差役们只好乖乖地爬起来，一瘸一拐地掏出绳索把牛瞎子师徒捆在柱子上。牛瞎子嚷了起来：“青天大老爷，冤枉。”

“冤枉？”陈宝道，“刚才是谁指凶的？”

牛瞎子痛哭流涕：“是我的小徒弟萧朝贵，他请的是大仙，指认凶手的也是大仙，大仙说谁就是谁，和我们降僮的人有啥关系？真的冤枉啊！”

陈宝恨恨地说：“老子就知道你会如此狡辩，丢你老母的。千百年来，降僮法师只能选五体不全之人，你这个徒弟不缺胳膊不缺腿，凭啥替人施法？”

粤西降僮法师多为妇女，若是男人则须身负残疾才有资格，这是古老相传的规矩。不过贫困山区谋生不易，在那里降僮法术算一门不错的生计，常有体格健全的男子冒充法师，这一点十分常见，见怪不怪，平时并无人深究。另外，牛瞎子、杨秀清和萧朝贵均为客家人，客家人中有觋婆也有觋公，并非只有女的才能跳大神当巫师。牛瞎子没想到陈宝拿这个说事，登时哑口无言，萧朝贵捆在柱子上嘴里仍不老实：“大仙愿意附在老子身上，你管得着吗？天上那么多神仙你见过几个？凭啥老子就不能施法？”

陈宝“啪”地一拍桌子：“我看你小子没吃够苦头，给爷爷用鞭子抽。”

差役用鞭子劈头盖脸抽在萧朝贵的身上，打得他鲜血淋漓。这愣小子不但不喊疼，还大声地嚷嚷：“受苦算个鸟？越受苦越威风。”

“西天腊飒”一愣：“呵，你小子倒有种。”

陈戊养提起刀：“钟大当家，一刀剁了算啦，省得和他磨牙。”

萧朝贵放声大笑：“剁了老子正好成仙。”

“混江龙”犹豫了，分不清萧朝贵是装腔作势，还是真的沉迷此道。他突然发现杨秀清一直沉默不语，便问："独眼龙，你师弟是真残疾，还是假残疾？答对了饶他不死，否则的话咔嚓一刀，爷爷算为民除害。"

严格来说，杨秀清只能算是半个独眼龙，他的左眼不大能看清东西，从外表看和瞎了没有什么区别，从里面看还是能捕捉到一些影子，就像一扇拉上纱帘的窗户。听"混江龙"出言威胁，他从容不迫地回答："三位好汉，我师弟确实残疾，但他不是五体不全，而是心窍里的东西给掏干净了，说句大白话，他就是缺心眼。大仙最喜欢缺心眼的人，这样的话大仙在心窍里住着宽敞。我师弟比我道法高深，原因便在这里——他比我神。"

杨秀清口吐莲花，那张嘴太能忽悠了。"西天腊飒"和"混江龙"频频点头，陈戊养却根本不吃他这一套——哄娘们的话他比谁都熟。帅哥抡圆了手中单刀，深吸了一口气，照准萧朝贵的脖子就要下家伙。

突然，"东西客栈"的二楼响起了一阵笛声。那声音自竹笛中发出，却具有一种气冲云霄的金石声，如刀如剑，又像倒卷的海潮瞬间将陈戊养没顶，手中单刀动弹不得。陈宝抬头向对面一看，又惊又喜："呀，是李少侠。"

"白无常"骤闻笛声，吓得花容失色，面如死灰，她这些年江湖漂泊，正是为了逃避这个可怕的笛声。笛声曾经是那么令人神往，给她带来过幸福和荣耀，然而美梦转眼成空，不但掏空了她所有的热情，而且彻底改变了她的人生。

追梦无过，须看缘分几何！时至今日，"白无常"的心态已经变得非常平和。自己虽然失去了所有，但盗采阴阳精华的"赛潘安"下场更惨，沦落为一个人见人弃的麻风病人。由此可见世上美梦实为不祥之物，倘若修炼不够，最好敬而远之。

笛声依旧吹奏，在盖天顶它是那样的温暖，不断寻找、探索自己的存在。女魔头心里浮起了阵阵涟漪，笛声流淌，消了昂扬，去了萧瑟，既非冷峻如岩，也不冲窍而出——你听到的是一种袒露无遗的河流，这条河流上没有你的船，没有你的歌。

"白无常"渐渐从惊惧中苏醒过来，笛声清楚地表明李文茂已经饶恕了她的过去，如果不去做个了断，只怕这辈子会一直活在恐怖的阴影里。她摘下发髻上的芦花和银簪，从包裹里取出一身灰白的素衣套上，撩开了李文茂所在雅间的帘子。

撩开帘子的一瞬间，女魔头有些头晕目眩。那个高大的身躯突兀在窗口，眼眉和脸庞比六年前更加棱角分明，浑身散发着令人窒息的雄伟气息。他胸口盛放的还是那颗火龙珠，自己要是修炼了降僮法术该多好，就可以落在这颗珠子里。

女魔头伏地跪拜，双手将秋水雁翎刀举过头顶，一言不发。

李文茂收起竹笛，打量着“白无常”，心里涌不起一丝恨意。六年不见，这个杀人如麻的女魔头像换了个人似的，眼角出现了鱼尾纹，看来她已经放弃了“驭阳功”的修炼。自己的童子之身交付给一个女淫贼，造化如此安排，究竟何意？

屋子里一片静寂，过了一会儿，李文茂开口问：“姓蓝的莫非死于你手？”

“不。”没想到“白无常”矢口否认。

李文茂望着对面的院子：“那是谁？”

“白无常”沉默了片刻：“三妹。”

第一百零四回　陈年草药

两广总督祁贡身染咯血症精力不济，向朝廷上折子请求归籍疗养，并推荐广东巡抚程矞采护理粤督一职。消息传出，位于惠爱坊的巡抚衙门立刻人声鼎沸，门庭若市，代替位于卖麻街的总督衙门成为两粤官场的中心。各地官员提着大包小包排队觐见，争相和巡抚大人攀交情论世故，借着官场重新洗牌的当口，有的希望保住屁股底下的摇钱树，有的打算给政敌上眼药下绊子，有的干脆赤裸裸地拿刀剁人。

两粤即将改姓程，黄谷禄不等祁贡卸职，迅速转投程矞采的门下。古亚淬站在巡抚衙门的门外啧啧称赞："大人就是大人，头壳轴子转得真快。"

冬月底，"小旋风"陪同浔州知府和桂平知县来广州活动，单是巡抚衙门的门包钱就掏了好几回，但他始终保持着清醒的头脑，一次门槛也没有踏进去。一来五斗口巡检司的肥缺早已许了公，破不了藩库失银的案子谁也别指望；二来程矞采虽然水涨船高，毕竟只是暂时护理两广总督，万一朝廷派了新总督，那不是偷鸡不成反蚀把米？

"小旋风"这两年在粤西捞了不少银子，回来后对昔日同僚出手大方，引来一片羡慕和褒扬之声。徐宾对他佩服得五体投地，奉承道："饶爷，黄大人放了惠州府，九县一州的地盘随你挑，啥时候也给兄弟弄份美差？”

杨庆永摇了摇头：“饶爷和黄大人一起患过难，烧冷灶的本事咱们可比不过。”

“呵呵，莫急，莫急。”饶同笑道，“各位兄弟，朝廷这次吃了败仗，广东水师和沿海炮台必定重修。这两样是花钱如流水的地方，少不得放缺捐纳，你们都有机会。”

徐宾叹了口气：“从哪儿弄一大笔钱呢？”

“小旋风”故意说：“五斗口巡检司的位置不是公开悬赏了吗？”

想起华光庙前那场恐怖的屠杀，杨庆永至今心有余悸。他目露惊恐：“别提了，那个飞头鬼太可怕了，谁沾上谁倒霉。”

“小旋风”问：“飞头鬼是什么来历？”

“鬼能有啥来历？”徐宾回答，“兴许是红毛鬼子放出来的。”

杨庆永说：“不不，比红毛鬼子厉害多了，这是真鬼。”

徐宾愤愤不平：“真鬼假鬼我不知道，反正姓涂的得了大便宜，窃银案破不了，他这个位置就没人顶替，每日大把地捞银子，气死人了。”

“小旋风”心里很高兴，经过“枫子鬼”这么一闹腾，六扇门的捕快望而生畏，没人敢再去佛山堡破案。涂常发稳坐钓鱼台，说明大吏们不愿蹚浑水，这个位置看来无人竞争。现在的问题是说服陈开与自己合作，他试探地问：“占升兄弟呢？”

徐宾答道：“就他在佛山堡捉鬼。”

“小旋风”心里一紧：“占升兄弟想谋五斗口司的差事？”

“不可能，”杨庆永澄清道，“占升要是想挣钱，早就入堂口贩鸦片去了，不可能在臬宪号房里吃苦受罪。”

《南京条约》签订以后，官府威信一落千丈，禁烟令变成一张废纸，各级官吏纷纷参与这个暴利行当。两粤鸦片市场没有因为五口通商而减弱，反而变得更加繁盛。在角逐鸦片贸易的势力中，洪门仍然是最强大的一支力量，老字号的三大堂均靠它筹措军饷。李占升眼下仍然坚守在臬宪号房，完全是出于李文茂的战略需要——捕快是一种特殊行当，平时可以搭救不幸入狱的洪门兄弟，战时可以传递情报。

李占升在省、府、县三级捕快圈中经营得颇有成效，叶三和即是个成功的例子。经过两年持之以恒的运作，叶三和的案子始终没有上报刑部，一条命算是保住了。大吏这个层次运作到了程矞采——如果后者顺利接任两广总督，叶老三便可以大摇大摆出狱了。

凭借和李文茂的关系，李占升到哪儿不能发财，怎么会瞄上五斗口巡检司？排除了李占升竞争的可能，饶同心里舒畅多了，问古亚淬："黄大人怎么还没出来？"

古亚淬指着一名刚从衙门里出来的官员："要不，问问搅屎棍子？"

政权垮台前的一个重要标志就是粉饰太平，当官的只想往自己兜里捞银子，哪管离职后洪水滔天？为了日哄爱新觉罗家族，各地官吏一贯奉行息事宁人的策略，什么会党邪教等统统当作小偷小摸处理，能掩饰就掩饰，能拖延则拖延，为的是掩耳盗铃，保住自己的乌纱帽。最近三个月，"兴义堂"和"逍遥门"在顺德境内连番接仗，大战有三，小仗七八，把顺德知县韩凤翔吓得天天往省城跑。不想这么大的动静大宪们却没人在意，从布政使、按察使到巡抚和总督衙门都嫌他多管闲事，当差的偷偷送给他一个外号：搅屎棍子。

天塌下来有高个子顶着，越是乱世才越有油水，"小旋风"笃信这一点。他紧跑几步来到韩知县跟前，躬身施礼："大老爷在上，请受小的一拜。"

韩凤翔慌忙搀扶："饶爷，你刻下乃一方诸侯，韩某受不起。"

饶同道："压箱底的九品官，不过是个臭虫。"

韩凤翔情绪低落，显然又挨了程矞采一通训，竟然和饶同称兄道弟起来："老弟，你我同朝称臣，都是圣上的奴才，奴才还分什么高低贵贱？"

顺德是头等富裕大县，和南海县接壤，将来必然用得上。饶同这时候已经把自己当成了五斗口司巡检，开始为未来谋划布局。他从鞋筒里抽出一个信封，塞进韩凤翔的袖子："卑职从粤西带了点土特产，不成敬意，千万不要推辞。"

往常顺德县的差使与南海县同样吃香，可是自从洪门和"逍遥门"开战，当官谋差的行情一落千丈，大伙唯恐避之不及。韩凤翔吃惊地问："老弟，你想跳火坑？"

"小的有饭吃，不须你老人家操心，这是个心意。""小旋风"压低嗓门问道,“顺德离省城这么近,难道大宪们真的撒手不管?”

韩凤翔遇到了知心人,把“小旋风”拉到一棵大树后,满腹委屈地发着牢骚:“你算是说对了,我的老弟。程抚台多年媳妇熬成婆,离实授总督仅一步之遥,这时候最忌讳有会党造反的案子。‘逍遥门’和洪门火并,前后死了几百口子,我大事化小,才报了三个死伤。抚台大人鼻子不是鼻子、脸不是脸,你猜他咋说?”

“怎么说?”饶同问。

韩凤翔模仿着程矞采的腔调:“贵县,当事两造可否击鼓鸣冤?”

饶同差一点乐出了声,忍着笑提醒韩凤翔:“大哥,说句你不爱听的话,程大人这么处理没有问题。所谓民不举官不究,朝廷远在千里之外,只要洪门和‘逍遥门’不上你的衙门击鼓投状子,你管他死多少人!小弟刚到粤西的时候,老百姓加入会党尚且避着人,一般选择夜晚和小山沟;现在你再去看看,大白天的公然拜会入堂,他们未必敢扯旗造反,只是流落他乡互相之间多个照应,壮壮胆子罢了,没什么了不起。”

“顺德境内眼下风声鹤唳,不像你说的那般轻巧。”韩凤翔连连摇头,“饶老弟,本县科甲兴盛,在朝为官的人甚多,火并的消息根本隐瞒不住。”

“传到朝堂能怎么地?”饶同不屑一顾,“这些人在朝中为官不假,可他们的亲戚朋友还在顺德,只要抚台大人定了调子,谁敢多放一个屁?大老爷,照我看,你安安稳稳关起门来睡大觉,大清朝的江山又不姓韩,操那么多心干吗?”

“小旋风”的话有几分道理,洪门和“逍遥门”在顺德大战的消息传到京城,朝廷后来派御史朱琦查办此事。朱琦本是粤人,与龙元僖、罗淳衍等人交情甚厚,这层交情又延伸至当地官吏,自然是臭味相投,最后处理的模式照旧——省里捏造一个甘结底稿,命韩凤翔拿到顺德县叫乡绅们签字画押,声明根本没有械斗仇杀这码子事,然后上报朝廷结案。

熊熊燃烧的时代烈火,在官场精英的眼里,不过是一杯酒底的酡红。

“问题不在这儿。”韩凤翔警惕地看了看四周,这才继续说下去,“眼下和‘逍遥门’动手的是‘大春吉’的‘兴义堂’,李二爷的‘洪德堂’还没有动真格的。要是哪一天李二爷突然出手,天可就塌下来了。”

第一次鸦片战争后,随着官军屡屡遭受重创,朝廷奴颜婢膝地向红毛鬼子议和，洪门在民众心目中的威信空前高涨，“洪德堂”在粤东已经成为一支不可撼动的力量。面对这种前所未有的形势，许多官员为了保住头顶的乌纱帽，转而采取一种默许甚至暗地合作的方式——只要“洪德堂”尚未举旗造反，大伙就得过且过。饶同当然更抱有这种心态，因为如果没有陈开的协助，他这辈子也别想爬上五斗口司巡检的宝座。

“大老爷，”饶同郑重地说，“‘逍遥门’盘踞贵县多年，骄横跋扈，正好借用洪门势力打压一下。依小弟推测，程大人这是鹬蚌相争渔翁得利之策。”

韩凤翔恍然大悟：“原来如此！”

机会永远留给那些有准备的人。

“小旋风”饶同为了五斗口巡检司这把金交椅，可谓绞尽脑汁，煞费苦心。把小乙从粤西带回来的同时，他还花钱将一个名叫贾仁良的惯偷从南海县的大牢里救了出来。贾仁良练过轻功和夜行术，曾经在小明官潘继光手下打过杂，有一次在广州三界庙行窃，曾经亲眼目睹金钟道士用白蚂蚁熬炼金银的整个过程。

万事俱备，只欠东风，到了可以向陈开面陈机宜的时候了。为了谨慎起见，“小旋风”把小乙和贾仁良塞进一条篷船，自己上岸到“粤安社”打听陈开的行踪。不问不知道，一问傻了眼——陈开竟然失踪了！

在“逍遥门”猛烈的攻击下，“兴义堂”之所以能勉强站住脚，全仗“洪德堂”旗下各堂口的帮衬。在“兴义堂”众将的劝说下，“大春吉”不得不舍弃了罗金氏，把陈开丈母娘的帽子戴到了“癞头鳖”的头壳上。为了对得起老相好，“大春吉”特地为这对新人在佛山堡的福德铺购置了一处大宅子，打算腊月十六为这对新人大办婚礼。那一天是立春，根据算命先生的说法，乃是一个万物生发的黄道吉日。

消息传来，“德礼堂”众将大为震怒，觉得“大春吉”欺人太甚，让“癞头鳖”接了他的下盘不算，竟然敢来佛山堡公然羞辱大龙头。大伙纷纷摩拳擦掌，准备去砸场子。面对“大春吉”这一招，陈开是哑巴吃黄连，有苦说不出。“癞头鳖”是当年一起要饭的兄弟，如果因此撕破了脸，传到江湖上大家只会说自己没有胸襟，以大欺小。思虑再三，陈开决定采取回避策略：在下令严禁“德礼堂”兄弟上门寻衅闹事的同时，他将堂务交给曾三暂时代理，以养病为由离开西海大寨，一叶扁舟不知去向。

“小旋风”真发愁了，铲除“阴阳生”是头等机密大事，泄露不得半点口风，通过谁去找陈开呢？“德礼堂”的四位龙头中，只有王山公和宁洪崖在佛山堡——这两位是“枫子鬼”法术的受害者，绝对值得信任，就是他们了。

“小旋风”叫了一顶轿子，到王山公家一敲门，出来了个哑巴，叽里咕噜说不清楚。轿子只好转向居仁里，刚转到东南巷的巷尾，就看见宁二少门前乱哄哄围了一堆人，旁边还摆着几顶轿子。饶同问抬轿子的柯定邦：“是谁？”

柯定邦答道：“顺德的黄老爷。”

“哪位黄老爷？”饶同问。

柯振邦抢着说：“就是‘厚皮棍’，原先在大街上要饭，后来贩卖鸦片发了大财。他和‘癞头鳖’是难兄难弟，帮‘癞头鳖’送请柬来了。”

罗金氏是远近闻名的骚货，“癞头鳖”也不愿意娶这个娘们当老婆。这是一桩吃力不讨好的婚姻，风险极大：一方面大哥的女人不能随便睡，别看今天“大春吉”不在乎，将来哪一天保不齐就会反悔；另一方面陈开现在威风八面，当他的老丈杆子更危险。

人在江湖，身不由己。“癞头鳖”撑起三分精神料理自个的婚事，委托“厚皮棍”为自己下请柬。“厚皮棍”当年也和陈开一起在街上被狗撵过，“德礼堂”众将不便过分为难，有的躲起来闭门不见，有的让老婆出面敷衍。“厚皮棍”在居仁里收获甚微，同意参加“癞头鳖”婚礼的只有崔牛氏、郑夏氏、冼于氏三个女人，还是亚娟死说活劝的功劳。

“不行，”“厚皮棍”发愁地说，“‘大春吉’肯把他的女人让给火贵，就是为了缓和与大龙头的关系。要是没人去，这事不白办了？”

亚娟嗔道：“活该，谁让火贵非要触霉头？”

“厚皮棍”唉声叹气：“人在屋檐下，哪能不低头？火贵靠‘大春吉’起的家，我和黄家兄弟的窑口也靠人家帮衬。婶子，别说这娘们还有三分姿色，她就是一泡屎，火贵他也得乖乖往下咽，而且不敢说半个不字。”

亚娟眼圈一红：“敢情发了财，日子还是一样的难过。”

“厚皮棍”央求道：“婶子，你想个办法，怎么才能找到大龙头？”

亚娟想了想："阿开是一堂之主，面子薄，直眉瞪眼地找他没用。即便能找到，话不投机把你打出来咋办？这事只能找一个人。"

"厚皮棍"惊喜地问："谁？"

"推木楼的王老爷。"亚娟道，"王老爷在'德礼堂'是二龙头，他现在得了失心疯，一会儿清楚一会儿糊涂。让他替你们求情，阿开准不忍心当面驳回。"

"厚皮棍"赞不绝口："对对，好主意。"

亚娟催促："那你就别缠着二少了。"

"厚皮棍"犹豫起来："我不知道王老爷在哪儿？"

亚娟骂道："你不会找木楼吗？"

"没用，""厚皮棍"垂头丧气，"那座木楼在琼花水涉，'葫芦发'蹲在上面看戏，一问三不知，嘴里不干不净，骂的话难听极了。"

亚娟问："他骂什么？"

"我都不好意思说。""厚皮棍"低着头，"婶子，他说'大春吉'喝他的洗脚水，火贵又喝'大春吉'的洗脚水，说那娘们是陈年草药，发烂渣。"

亚娟气急败坏："这个扁头壳的蠢货，只会胡说八道。照这么说，他这个当哥子的倒成了阿开的老丈杆子？那不全乱了套？"

梁九图得了"千多窿"以后，喜不自胜，那真是捧在手心怕摔了，含在嘴里怕化了，比新娶的媳妇还要珍惜。自打抬进"汾江草庐"，这块石头就没有安生过，一会儿换一个地方，最后安置在笠亭门前。王山公端坐在石山上，居高临下地审视着'千多窿'的那些石窟窿，左看不像雪，右看不像草，倒像"枫子鬼"翩翩疾飞的背影。

进入腊月，大家忙着购买年货准备过年，可梁九图和苏仁山丝毫没有过年的意思，把王山公叫来品鉴"千多窿"，三个闲人饮酒赋诗，倒也其乐融融。

梁家人丁兴旺，仆役众多，俗事从来用不着麻烦梁九图，他满脑子想的只有石头；苏仁山是有家难归，有爱难企，把自己锁在"汾江草庐"足不出户。王山公问："我的眼神比二少好使多了，怎么就没有看出这些石洞像雪花？"

苏仁山道："像草也行。"

梁九图摇头："就是雪，不信你慢慢等着。"

王山公讥笑："等老天爷下雪？"

苏仁山说："福草，雪花叫尘埃玷污，怕是不好吧？"

梁九图愣了一会儿，忽然欢天喜地，手舞足蹈："我明白了，我明白了，石洞里飞走的东西是天地之心，历经亿万年的锤炼，纯洁无瑕，这石头应该放在屋子里供着。"

"那不成了二世祖？"苏仁山摇了摇头，"还是洪火秀的话在理。"

"汾江草庐"景致天成，虽然是冬季，依旧弥漫着青葱的翠意。然而，此时此刻，满眼的青草不再令人感到惬意，梁九图跳了起来："石洞是雪不是草，我这就回去布置，把石头挪回丛桂里，那边清净。"

在丛桂里，梁九图最早辟有一处"紫藤花馆"，原址是明末诗人程可则的蕺山草堂。那座园林小巧别致，与"汾江草庐"浑然天成的味道大相径庭，花费的钱也不在一个等量级。苏仁山诧异至极："福草，你疯了，要走回头路吗？"

梁九图问："不挪也行，除非你留下。"

"我……"苏仁山一时没了脾气。

天下奇石，无人欣赏亦埋没。像"千多窿"这样的好石头，放在偌大的"汾江草庐"自然是最好的去处。然而，苏仁山离开笠亭多时，将来也不会在佛山堡长久驻留。满地青草，秋日里黯淡一片，没有知音，梁九图收获的只有孤独。与其将"千多窿"裸露在旷野中，忍受风吹雨打的刺激，倒不如把它供起来，时时拂拭，聊以自慰。

对苏仁山来说，爱情的大门已经关闭，那颗深爱的心已经飞走了，留下来的是一眼难以填平的石洞。他无法面对女峒主的目光，无法面对汾江河那苍凉的心声，从今天开始，他只是一个佛山堡的过客，不可能留在他一手布置的大画里面。

"汾江草庐"倾注了梁九图十年的心血和梦想，里面各式各样的石头堆积如山，有些甚至是用生命换来的。把"千多窿"移至"紫藤花馆"，不但意味着诗酒雅集地点的变更，而且标志着他个人生活方式的重大转折。丛桂里是梁氏家族的聚居地，回到那里，意味着雕马轻裘的狂野时代即将结束，他必须回归家族，承担应有的责任。

伢仔们渐渐长大，到了需要好好教育的时候，梁九图将生活重心移回"紫藤花馆"有着实际的考虑。这处园林的前主人程可则是佛山堡历史上有名的神童，顺治八年(1651年)，清廷在广州举办第一次乡试，程可则一战奏捷；紧接着，在顺治九年的会试中又力拔头筹，要不是因为磨勘被黜，那一年的状元非他莫属。

梁九图一瘸一拐地走下云端，来到山脚。黄广华正趴在石头上专心致志地雕刻，在一副即将完工的猪头面具上雕刻裂痕。当年的小木匠变成了黄掌柜——谢亚裕回家前把木匠铺子卖给了黄广华，"谢记"木铺变成了"黄记"木铺。青出于蓝而胜于蓝，黄广华的手艺远远超过了师傅，同行们十分惊诧，莫衷一是，有人说他跟着苏仁山得到熏陶，有人说他师从黄炳，从陶塑艺术中汲取养分。只有黄广华自己知道，真正让他的手艺发生质变的，是那个狂风怒号的茫茫雨夜，美神从天而降，告诉他三字秘诀：打碎她！

梁九图没有打扰黄广华，默默地注视着他手里那把灵巧的雕刀。艺术是杀人的雕刀，自千千万万的俗物中脱颖而出，一骑绝尘，把整个世界变成垃圾无情地抛弃。即将变回俗世中人的梁九图心里涌起了几分悲凉——艺术巅峰与武学巅峰毫无二致，最高境界便是捕获那道穿越三界的影子，捕获那颗飞走的心，捕获那柄斩尽秋草的无情剑。然而无情剑本非凡尘之物，天地惊鸿一瞥，世间几人得见？能借助残留的石洞一斑窥豹，已然是化境。

过了许久，黄广华抬起头，把面具递给梁九图："九爷，这回像了吧？"

由于经常和王山公辩论心性的缘故，梁九图对原先那副猪头面具并不陌生，他敏锐地发现黄广华刀下的猪头面具发生了细微的变化，疑惑地问："这是怎么回事？"

黄广华以为他问的是裂痕部分，苦笑："王老爷非要丢了的那副，阿发摔了几回，死活摔不出原来的痕迹，只好让我帮忙加工加工。"

梁九图指着下颌战带部分："我问的是这地方。"

"哦，"黄广华解释，"这是王老爷特意让雕的。"

下颌战带部分比原先的模样膨胀了很多，梁九图明白了，一定是王山公功力变化，有了新的体悟，这才让黄广华做了修改。他迟疑地问："王老爷没说他悟出了什么？"

黄广华老老实实地回答："他说，他诛出了一道光。"

梁九图惊诧地问："光？"

黄广华爬上山顶，将雕刻好的猪头面具双手捧上，王山公非常满意，笑得合不拢嘴。苏仁山问黄广华："广华，九爷刚才跟你说什么？"

黄广华道："没说啥，就说我雕的裂痕是雪，不是草。"

"放屁，"王山公骂了一句，"他说石洞看起来像雪，洪火秀说看起来像草，要是让我们家二少看，还说像戏棚哩。"

苏仁山定睛向山下一看，果不其然，冬日的阳光下，"千多窿"身上的那些石洞发出红彤彤的光芒，还真像是一座流光溢彩的戏棚。他咋舌道："你有了新的领悟？"

"什么领悟不领悟？"王山公把猪头面具戴在脸上，"石洞像啥不重要，关键是不能半途而废，必须抓回那颗飞走的心。"

抓住那颗飞走的心，正是苏仁山孜孜以求的魂相境界。盯着猪头面具看了一会儿，他疑惑地问王山公："你怎么把它改了？"

"老子改的是形体，没有改它的心。"王山公得意地说，"无情剑只有一柄，没有无情剑还不做事了？再说无情剑斩得了一秋之草，斩不了千秋万代。王某要用有情剑斩出一个无情剑的世界，把那颗飞走的心抓回来，塞进老子的胸膛。"

听到王山公的体悟，苏仁山从迷途中幡然醒悟。不论石洞、裂痕像雪还是草，说到底确实是 座红彤彤的戏棚 倘若持之以恒地追求，戏棚的光影就是一柄披荆斩棘的剑；假使自怨自艾，半途而废，戏棚留给你的，将只有一段苟延残喘的梦。

这时，木制敌楼摇摇晃晃出现在"汾江草庐"的墙外，出现在王山公、苏仁山和黄广华三人的视野里。"葫芦发"站在楼顶大声喊："师傅，有人找你。"

王山公问："甚事？"

"葫芦发"笑了一通："有人想喝我的洗脚水。"

王山公没听明白，"你说清楚点。"

"厚皮棍"爬上楼顶，打躬作揖："王老爷，火贵兄弟娶媳妇，请你吃酒席。"

王山公叫了起来:“火贵能娶上媳妇? 不容易,不容易。”

看来王山公的精神很正常,“厚皮棍”高兴极了,“王老爷,大龙头地位尊贵,不知道他肯不肯赏这个脸?”

王山公拍了一下胸脯:“都是共患难的兄弟,他一定会赏这个脸,包在我身上。”

“小旋风”也爬上了楼顶:“王老爷,还有在下。”

王山公问:“你是谁?”

“小旋风”道:“在下是占升兄弟的朋友,有事向你和大龙头禀报。”

“好好,一起去,一起去。”王山公拍了拍苏仁山的肩膀,笑嘻嘻地说,“瞧见没,‘癞头鳖’都抱上相好的了,你还磨蹭个鸟?”

由于“兴义堂”与“逍遥门”在顺德交火,九江圩一带明显能感受到硝烟气息,江面上除了“德义堂”和“德安堂”的旗帜外,还有来自“德英堂”的哨探。桃叶渡这边气氛稍微和缓一些,偶尔有三五成群的舢板在水面上游弋,那是“德礼堂”布置的巡船。

“朱记”茶档翻新后比以前扩大了好几倍,成为桃叶渡最大的饭店,其中有一间是留给陈开的茶室。岸边停泊着七八条船,有大有小,主要是“德礼堂”的船只。屋子门口趴着两条肥滚滚的大黄狗,目光警惕地盯着“厚皮棍”、饶同、小乙和贾仁良几个来客。小乙惴惴不安地问饶同:“饶爷,他们还没商量出一个结果?”

“小旋风”压低声音:“叶老二没到,莫急。”

过了大约一个多时辰,湖面上角号呜呜,驶来一大两小三条船。船只靠岸,一位美艳的妇人率先登岸,怀里抱着一只琵琶。看到这只琵琶,饶同立刻猜出妇人就是那个奇迹般痊愈的麻风丐,马上站了起来。“厚皮棍”抢在他前面迎了上去:“四爷。”

年底红船散班,“逃军和”陪伴阿梅回到坦东村,屁股还没坐稳,便接到“占毛鸡”带来的口谕,说陈开要他火速赶到桃叶渡,有紧急事体相商。“逃军和”看到“厚皮棍”,心里不觉纳闷,难道“癞头鳖”和罗金氏的婚姻惹恼了陈开?

茶室是一间简易的竹屋,四壁空空如也,并无一件家具,甚至连椅子板凳也没有，只有几个用茅龙草编织的蒲团。屋子里唯一的装饰是那块“诛心”铁匾，挂在北侧的墙面上，陈开盘腿坐在铁匾下，两旁是王山公和宁洪崖。“逃军和”进去施礼已毕，坐下来问道：“有什么军机大事，烦劳三位哥哥一起出马？”

陈开点了点头：“对本堂来说自然是头等要事。‘小旋风’从粤西回来，领了一个从前灵应祠的道士小乙，据说对你二哥和三哥下黑手的是‘阴阳生’。此事非同小可，咱们哥四个共同议一议，断一断真假。”

“逃军和”这些日子听到的都是“癞头鳖”大婚这件事，堂口的兄弟众说纷纭，说法特别邪乎，甚至传说陈开勃然大怒，打算写一纸休书把罗玉环送回家。闹了半天，原来今天要议论的是“阴阳生”这件事。他擦了把汗：“三位哥哥，姓韩的当年在藏经阁的阁楼上用小木头人摆弄赤金丝线，开鸾坛骗人钱财，我早看出他不是啥好人。”

陈开惊愕地问：“你见过那个小木头人？”

“逃军和”点了点头：“对啊。”

宁洪崖道：“我也见过，华光庙那天夜里差一点就把她逮住。”

“你敢？”王山公瞪了他一眼，“她是我的心。”

听到这哥仨你一言我一语，陈开气极了：“三位兄弟，我知道姓韩的不是好人，但不知道他有如此的手段，更不知道飞头鬼这般犀利。你们既知内情，因何一直欺瞒本堂？”

三人面红耳赤，一起抱拳：“请大龙头责罚。”

陈开叹了口气：“此事怪不得你们，只怪本堂功力太逊，让两位兄弟惨遭荼毒。想起来真是愧对兄弟之情，愧对二爷的殷殷期盼。”

三人伏地叩首：“大龙头切勿自责，我等罪该万死。”

陈开搀起三人：“三位兄弟，本堂既知韩贼为祸首，断不容他逍遥法外。请你们来是商议一个万全之策，怎样才能不打草惊蛇，将姓韩的和飞头鬼一举拿下。”

王山公问：“大龙头，姓韩的比鬼都精，如今寻了一块奇石，巴结上了梁九爷。梁夫人和二爷是昔日同窗，又和陈大老倌情同姐妹，有二爷的面子在，恐怕不方便下死手。”

宁洪崖道：“咱们如今和梁家结为联盟，除掉姓韩的，要不要给梁家打个招呼？”

“哈哈哈，”陈开仰天大笑，“两位兄弟襟怀宽广，顾全大局，不计较个人恩怨，这份好意本堂心领了。二爷传授我等绝技，实指望我四人练成之后军前效力，诛杀鞑子。韩贼伤了两位兄弟，坏了大计，二爷知晓此事，非将他碎尸万段不可，岂肯为他说项？本堂与梁家合作的主动权在我，梁家倘若不识大体，吃亏的是他们。”

为了给王山公和宁洪崖复仇，陈开不惜开罪合作伙伴梁家。王山公和宁洪崖听了以后非常感动，主动请缨：“大龙头，我二人身体无恙，愿意当先杀敌。”

王山公和宁洪崖目前看起来确实没有什么大碍，但陈开明白他们的病情反复无常，一时好一时坏，要利用好这两位的功夫，必须要制订一个周全的计划，方可确保万无一失。宁洪崖好办一些，只要是夜战，他便可以发挥出超常的战力；王山公相对麻烦一些，他竟然把杀人如麻的“枫子鬼”当作自己的一瓣心看待，敌友不分，如何是好？

“逃军和”问：“大龙头，‘小旋风’靠得住吗？”

叶二和的意思很明显，如果“小旋风”靠不住，就没有必要与他合作，毕竟五斗口巡检司的位置拿在洪家兄弟手里，总比外人强得多。陈开摇了摇头：“诛杀‘阴阳生’是为你二哥和三哥报仇，不是为了争五斗口巡检司这把交椅。我们要是言而无信，过桥抽板，传到江湖上丢了二爷的脸，那可就因小失大了。”

宁洪崖道：“四弟，根据二爷大令，本堂兄弟不宜出马向威武窑子领赏，让姓饶的占住巡检司的交椅未尝不可。此人性子乖巧，识得清黑白，他提出用十万两白银买巡检司的缺，答应往后每年拿出三成的分肥孝敬本堂，条件还是不错的。”

王山公问：“老四，你是怕姓饶的不听使唤？”

“逃军和”惭愧地拱了拱手：“看来小弟多虑了，这次假如拿了飞头鬼，本堂势必威震两粤江湖——咱们连鬼都能拿住，衙门这些狗腿子谁还敢捣乱？”

兄弟四人反复推敲，终于议定了一个捉鬼的方案。王山公最后说：“大龙头，姓韩的罪该万死，除掉他我没有异议。那个小木头人，能不能给我留着？”

宁洪崖诧异地问：“二哥，姓韩的本事不济，全靠飞头鬼夜袭杀人。咱们这次除的就是这个杀人不眨眼的魔王，你留下她，不是养虎为患吗？”

“逃军和”道：“对啊，飞头鬼听姓韩的使唤，怎么可能是你的心？”

陈开明白王山公又犯了魔障，朝宁洪崖和“逃军和”摆了摆手，放缓语气：“能不能活擒飞头鬼，尚在未定之数，咱们尽量办。王老爷，你还有什么疑虑，请一并道来。”

自从那夜面对面地遇到“枫子鬼”，王山公确信她就是自己发疯的根源，就是自己失落的那一瓣心。对他来说，复仇不是目的，将“阴阳生”的灵魂从小木头人身上驱逐出去，把失落的心找回来才是他最大的愿望。他咽了一口唾沫，怀着歉意对陈开说：“大龙头，我把‘厚皮棍’领到这儿，你不会生气吧？”

陈开抬头看了一眼那块“诛心”铁匾，抑制住心头的不快，问道：“各位兄弟，外面的人如何议论这件事？”

宁洪崖欠了欠身：“江湖上的人都觉得‘大春吉’太能算计，‘癞头鳖’和大龙头是昔日患难兄弟，这么做，有点逼着大龙头就范的意思。”

“哦。”陈开不动声色。

“逃军和”吞吞吐吐地说：“我在家里听说，大龙头准备休妻呢。”

王山公击掌赞同：“大龙头，这倒是个一劳永逸的办法。罗金氏是一个扫把星，火贵兄弟不娶她还有别人娶，总会有人给你当老丈杆子，骑在咱们兄弟头上拉屎。”

江湖上混凭的就是一个“义”字——堂口大龙头位尊权贵，享有极大权力的同时，必须给兄弟们做一个道德的楷模来体现这个“义”字。在洪家兄弟眼里，一堂之主不能随便休妻，更不能像土财主和山大王那样妻妾成群，弄一堆女人见色忘义。因此，明知道罗玉环和陈开不般配，罗金氏这个丈母娘经常给陈开招来晦气，堂口的兄弟始终没人出面劝说陈开休妻。

当然，别人不敢说，不意味着王山公不敢说——他是一个疯子，谁会跟他计较？

陈开笑了笑：“外面是这么说的？”

三个人互相看了看，异口同声："对。"

陈开站起身来，脸色凝重："既然大家都这么说，本堂只好反其道而行之。四弟，你去告诉'厚皮棍'，腊月十六本堂准时赴宴，吃火贵兄弟和我丈母娘的喜酒。"

第一百零五回　心心相印

陈开率“德礼堂”众将参加腊月十六“癞头鳖”和罗金氏的婚礼，在洪门内部和江湖上赢得了一片喝彩，无不夸赞他襟怀宽广，大肚能容。当然，有这般见识的毕竟是少数，佛山堡的老百姓茶余饭后纷纷摇头叹息，为陈开抱不平；同时觉得“大春吉”手段高超，硬是把打鬼英雄逼得忍气吞声，俯首称臣。

回到佛山堡这段时间里，“德礼堂”风平浪静，陈开那边一点儿动静也没有。“阴阳生”推测有两种可能，一种可能是陈天义徒有虚名，并非想象中那么厉害；另一种可能就是梁家这棵高枝算是攀对了，陈天义投鼠忌器，不愿和自己为难。陈开忍受屈辱参加“癞头鳖”婚礼的消息传播开来后，似乎间接地印证了第一种可能性，“阴阳生”长吁了一口气，心里不觉有些奇怪——“小元霸”威震四海，怎么会重用陈开这种窝囊废？

放松警惕的“阴阳生”不再深居简出，而是把自己打扮成一介儒士，整天跟着梁九图在梁家花园饮酒赋诗，与地方名流交游酬和，互相吹捧。时光荏苒，转眼间到了大年三十，梁九图派人到灵应祠下了帖子，请“阴阳生”来“紫藤花馆”赴家宴，正月初一看大戏。由于三年守孝期满，易如真正式复出，应梁太太卢浣霞的邀请,“凤凰仪”班新年后的第一个台期赏给了梁家,届时卢浣霞将亲自登台,献艺助兴。

易如真复出首演,梁夫人登台献艺,有幸睹此盛况的观众除了梁家人外,其他的贵宾只怕寥寥无几。“阴阳生”感受到梁九图的推重之意,心里比喝了蜜还甜,他穿戴整齐,让小道士备了一顶轿子,准备前往梁家赴宴。

刚刚走出藏经阁,郑流利从山墙上冒了出来:“错了,错了。”

老郑头慌慌张张拎着扫帚跑过来,冲着儿子骂起来:“你这张不知深浅的乌鸦嘴,大年三十的胡咧咧啥?”

“阴阳生”从兜里摸出一块碎银,笑眯眯地递给老郑头:“伢仔说得对,这么些年,韩某一次也没给他发过利市,拿去买件囫囵衫子。”

老郑头急忙推辞:“道爷,哪有这么重的利市?”

“十年合起来,够不够?”“阴阳生”丢下一句话,扬长而去。

老郑头捧着这块碎银,不知道说什么好。“小蒲扇”从头到尾瞅个正着:“怎么着? 嫌银子烫手啊,不要给我。”

老郑头一辈子也没挣到过这么多钱,他疑惑地问:“道爷咋啦?”

“没看出来?”“小蒲扇”懒洋洋地说,“人家不练道法,改背唐诗了。”

“阴阳生”穿着一身簇新的长衫,打扮得像一个白面书生,引来行人不住地窥视。行头容易换,但那颗装神弄鬼的心不容易改。韩通边走边琢磨,小结巴这句话到底应在何处? 难道说梁家这次家宴不该去?

走着走着,他拐进了“汾江草庐”,到笠亭一看,屋里这个乱。苏仁山坐在窗前,两眼发呆地盯着屋外的“千多窿”,几案上放着一个包袱,看来是打算卷铺盖回家。

“阴阳生”奇怪地问:“长春兄,你没接到九爷的帖子?”

“阴阳生”是光棍一条,而苏仁山是有家难归,无处可去。“凤凰仪”班在梁家上演新年第一个台期,阳雪姑必然登场,因此梁九图的帖子无意中变成了逐客令。他苦笑道:“人家一家老老少少的团圆,苏某算哪根葱?”

“阴阳生”一怔:“你不去,我一个人有啥意思?”

“梁爷要把‘千多窿’挪到‘紫藤花馆’,从此教育子弟,不再与我等野人为伍。”苏仁山扫了一眼空荡荡的屋子,“苏某一介狗嫌猫憎的游士,跻身此园已近五载，天下没有不散的筵席，到了该走的时候啦。”

“汾江草庐”为苏仁山一手设计，浸透着他多年的心血，一朝离别，“阴阳生”明白他难舍难分的感受。他问：“长春兄，你不想体悟那个魂相的境界了？”

“哈哈，”苏仁山纵声大笑，笑声中流淌着斑斑苍凉，“九爷说得对，纵然打尽天下山石无颜色，园子终究是园子——失去的心回不来，在手的永远是石洞。若是不甘心，那便只有浪迹江湖，到山山水水中去打磨人生。”

韩通听说过苏仁山和阳雪姑的故事，不禁惊愕：“你要去粤西？”

“对，”苏仁山斩钉截铁地回答，“我的魂在那里。”

“阴阳生”心头掠过阵阵迷惘，阳雪姑明明在佛山堡，苏仁山却要去粤西体悟魂相。这到底是绝望的悲歌，还是艺术天才的灵光乍现？

经过这段日子的朝夕相处，“阴阳生”不知不觉对苏仁山产生了敬意，同时生出了惺惺相惜的感情。他把脚一跺：“我也走，到黄婆洞过年。”

苏仁山问：“你不练诗了？”

“写诗比练道法更难，小子自愧弗如。”“阴阳生”笑道，“长春兄，就此一别，不知何年何月才能相见。请赐一方墨宝，留个纪念。”

苏仁山百般推托不过，提笔书写了一首五言短句，曰：

天涯频念汝，相见喜成悲；
老大余诗卷，飘零有鬓丝。
…………

过年时节，从佛山堡返回广州城的船只很多。“阴阳生”叫了一条篷船，船夫等他坐稳后用力撑篙，船只离开汾水正埠，汇入繁盛似锦的汾江河。

梁九图告别闲云野鹤的浪荡生涯，回归尘世做一个模范丈夫和父亲，对“阴阳生”有百利而无一害。按理说，韩通应当满意才是，可是不知道为何却高兴不起来。坐在船舱里，他取出苏仁山的墨宝，一遍又一遍地反复诵读，心头充满了萧瑟。为了附庸风雅，“阴阳生”这段日子恶补两粤名家的诗文，对程可则这首《送屈翁山归里》并不陌生。

康熙七年（1668 年）三月，顾炎武因莱州黄培诗案下狱，李因笃和屈大均等人四处奔走营救，在京城见到老同学程可则，程可则当时一口气写了六首《送屈翁山归里》相赠，表达深情厚谊。两个人皆为陈邦彦的入室弟子，后来却踏上了不同的人生路，一个矢志反清复明，一个屈节当了清廷的官吏。这首诗完成后的第五个年头，程可则出任桂林知府；随即是吴三桂起兵造反，屈大均恰恰在吴三桂手下监军桂林，两位老同学兵戎相见，情何以堪？

苏仁山随手书写的这首诗，到底是何征兆？

到了大镇乡，"阴阳生"带着满腹的疑惑上岸打尖，吃了两杯热茶后刚要登船。只见后面顺流而下驶来一条大船，船头上飘扬着"大魁堂"和"大会馆"两面旗帜，船头站着全副武装的铺丁。有人高声叫道："韩道爷，梁老爷有请。"

"阴阳生"定睛一看，那人原来是"大会馆"的值事"纽纹良"。他打了个稽首："无量天尊，船上是三爷还是九爷？"

"当然是三爷。""纽纹良"爽朗地一笑，"祁制台病得厉害，三爷代本镇士绅给他老人家送点年货，有事请教道爷哩。"

梁九图当年的神童之名全赖祁贡的大力提携，祁贡与梁家的关系非比寻常，"阴阳生"知晓这段掌故，摇头说："祁制台病入膏肓，施法祈福怕不济事。"

"纽纹良"道："谋事在人，成事在天，三爷全的是份人情。"

铺丁们小心翼翼伸出一块搭板，"阴阳生"不疑有诈，利落地跃上大船。两个人有说有笑进了船舱，只见里面装饰极为奢华，四壁悬挂厚厚的波斯毛毯，舱中放置一张八仙桌，上面摆满了茶酒瓜果，桌旁有两个财主模样的人正在品茶。

见"纽纹良"和"阴阳生"联袂而入，中年人热情地打着招呼："这不是韩道爷吗？要去省城过年，那多没意思，还是咱们佛山堡热闹。"

"阴阳生"不认识这两个人，见对方热情的样子，只好抬手回礼："贫道去白云山黄婆洞躲个清静，散散心。"

"纽纹良"对青年人说："你去知会一声三爷，就说道爷来了。"

青年应声而去，"阴阳生"客气地拱了拱手："辛苦，辛苦。"

"纽纹良"递上一碗茶："道爷，请。"

"阴阳生"一饮而尽，发现"纽纹良"和那个中年人都没有喝茶，便斟了两碗热茶，端起一碗递给中年人："这位兄台，请用茶。"

中年人起身接过茶碗，便在他伸出手的一刹那，"阴阳生"发现对方右手的拇指和食指间有一道深深的印痕，分明是一只握惯了刀剑的手。韩通心中一惊，他是用药的老祖宗，立刻发觉茶味有些怪异。好个"阴阳生"，瞬间抄起"五福葫芦"，扬手飞起一把毒砂，逼退了"纽纹良"和那个中年人，纵身飞跳蹿向舱门。

"阴阳生"反应再快，无奈先机已失，双拳难敌四手，猛虎架不住群狼。这条船正是陈开四兄弟给他设下的天罗地网，布满了武功高强的能手，岂容他逃出生天？出面接待"阴阳生"的是"纽纹良"和金绍烈，埋伏在船舱的是"虎头仔""篾片刀"和温秉信，这几条好汉随便拿出一个，对付"阴阳生"都绰绰有余。

然而真正立功的是"葫芦发"——这浑人躲在舱门外看热闹，没想到"阴阳生"忽然一头蹿出舱门，正撞在他软绵绵的肚子上。他"嗷"地叫了一声："牛鼻子，找死啊。"

"葫芦发"的肚子不一般，喝了多年的猪尿脬水，肚皮柔韧性非常大。"阴阳生"像皮球一样被弹回舱内，绝望之下，把"五福葫芦"里的宝贝尽数抛出，金蚕、篾片、疳、石头、生蛇等五种蛊悉数打入"葫芦发"的身体。

仿佛冥冥中自有天意，"五福葫芦"遇到"葫芦发"，蛤蟆对王八，谁也不吃亏。"阴阳生"弹回舱内，"纽纹良"双手像铁钳一样扭住他的双臂，令其挣扎不得；"葫芦发"这头也没占到什么便宜，脸上、皮肤上顿时起了一片可怕的疱疹。浑人吃疼不住，骂了句娘，一头扎进冰凉的江水，瞬间沉到河底。

活擒"阴阳生"不是难事，关键是要打他一个措手不及，以最快的速度用蒙汗药和迷魂药放翻他，以免"枫子鬼"得到正确的指示，逃之夭夭。说时迟，那时快，金绍烈端起一个融有各种药剂的酒壶，掰开韩通的嘴巴"咕嘟咕嘟"一口气给灌了下去。"阴阳生"头晕眼花，身子软绵绵掩倒在地，人事不省。

"虎头仔""篾片刀"和温秉信带人提刀冲进船舱，发现"阴阳生"已被制伏，齐松了一口气。金绍烈问道："阿发呢？"

"坏了。""虎头仔"转身就往外跑。

大伙顾不得江水刺骨，纷纷跳水打捞"葫芦发"，足足花了一个多时辰，连“葫芦发”的一根头发也没捞着。“虎头仔”腿一软:“天爷,我可咋向大龙头交代?”

擒获“阴阳生”只是一个序曲,真正的主题曲是诱捕“枫子鬼”。“纽纹良”和金绍烈不敢在大镇乡停留,安慰“虎头仔”:“阿发福大命大,死不了。”

“虎头仔”抹了一把眼泪:“你们走先,我再捞捞。”

也不知道过了多久,“阴阳生”睁开双眼,但觉头壳昏昏沉沉,周围弥漫着令人反胃的浓浓酒气。这是在哪儿?房子这么高大,不会是一座庙吧?

他揉了揉眼睛,柔和的灯光飘忽不定,冰冷的风卷着旗子扑啦啦作响。的确是一座庙,不过神像只有半张脸,半张被火焰烧残的木头脸,脸上坑坑洼洼,黑咕隆咚,额头上的月牙被劈成两半,好似犹抱琵琶半遮面的一轮弦月。

“阴阳生”吓了一跳:“你是谁?这是什么地方?”

半张脸的神怒喝一声:“本府姓包,此处是马王爷的地盘。”

“阴阳生”瞬时全回忆了起来,这不是汾水铺的华光庙吗?两年前,“枫子鬼”在这里大开杀戒,屠杀紫坭岛包家聘来的护法,烧毁龙、虎、狗三口铡刀,还把包相爷的木头神像塞进铡刀,剁成几截。

咋啦?没把这个“阴阳眼”弄死?

韩通被金绍烈等人下了蒙汗药和迷魂药,快醒的时候又灌了一肚皮的烧酒,脑子虽然晕晕乎乎但逻辑思维尚存——包公是神不是人,如何弄死?他磕头作揖:“包相爷,上次放火烧了你的神像,多有得罪。你老人家大人大量,等韩某酒醒之后,定为你重塑金身。”

“本府不与尔计较,”包相爷一脸阴沉,“然人死不能复生,张龙、赵虎、王朝、马汉和展护卫五条性命,尔拿什么来赔?”

韩通笑了起来:“相爷,你不能把我当鬼来糊弄,那五个人都是鸡鸣狗盗之徒,冒充你老人家手下招摇撞骗。我替你除掉他们,是为民除害。”

“死到临头,尚敢凶顽狡辩。”包相爷扔出茅龙笔和宣纸,“来,把尔窃取藩库和当铺银两的勾当一一标明,不得有分毫遗漏。倘若写得周详,本府自会给阎王爷打个招呼,省得尔将来在阴司遭罪。”

“阴阳生”抄起茅龙笔,老老实实把偷银子的经过一一招供,画押认罪。

包相爷看完后满意地点了点头，又问："听说尔善使无形情蛊，那玩意可有解药？"

"阴阳生"刚要回答，突然感觉有点不对头，没听说包黑子有什么绯闻，好端端的他要无形情蛊的解药干什么？难道自己抢过他的女人？"阴阳生"渐渐清醒，问道："相爷，你到底是人还是鬼？"

陈开和宁洪崖共同认定黄纨卿受了"阴阳生"的蛊毒之害，因此责成扮演包公的曾三务必问出无形情蛊解药的下落。哪知道"阴阳生"也不是一盏省油的灯，在晕晕乎乎的状态下竟然能拆穿假包公的西洋镜。曾三勃然大怒，拍案断喝："我是你祖宗，给老子狠狠地揍。"

旁边蹿出四条彪形大汉，抡圆了"啪啪"几棍，把"阴阳生"的四肢尽行打折。韩通惨叫连连，疼死过去。

正在藏经阁做梦的"枫子鬼"疼醒了。

这是一种撕心裂肺的痛，看来主人已经遭遇不测。小木头人抓起背囊，飞出阁楼，突然感到心头一阵迷茫，脚步趔趄，险些摔倒在地。这是前所未有的感觉，"枫子鬼"当然不知道"阴阳生"被人家灌了蒙汗药、迷魂药和一肚皮的烧酒。她在屋檐上站稳脚跟，抬头看，除夕之夜弯月如钩，像被狗啃过一样照耀人间。

说实话，小木头人不喜欢月亮，她喜欢的是沁人肺腑的夜风。风能把她带回故乡，带回绚烂缤纷的秋日，风是她伸展的手臂和身体，也是她倾听世界的窗口。今天夜里不寻常，她在接受使命的同时，还听到了一个微弱的声音："别来，别来……"

声音来自主人的心底，这是什么意思？小木头人心中不快，披上白纱，扣好面具，倏的一下飞离屋檐。"枫子鬼"毕竟是通灵之物，经过这些年的心灵养成，她为自己出身枫树根备感自豪。心灵本应该放在枫木里培养，放在人身上会受到肉体的羁绊——就像今天夜里，这么要命的当口，主人竟然发出了两种相互矛盾的指令！

无论从理与情哪个方面来讲，"枫子鬼"都必须搭救"阴阳生"，这一瓣心必须营救另一瓣心——失去了"阴阳生"的心，"枫子鬼"的心便没有了方向，无法独立生存，这是小木头人对人类逻辑的认知；"阴阳生"随身携带着"测阴珠”,失去它,“枫子鬼”懵懂的爱便没有了方向,失去了生命的意义,这是“枫子鬼”对人类爱情的感悟。

清澈的风,柔媚的夜,舍身救主的悲壮感,令“枫子鬼”痛快淋漓。今夜的佛山堡好比一间巍峨的戏棚,自己就是斩落枯秋的俊俏大老倌,孩子们燃放的爆竹声,不正是棚面铿锵有力的锣鼓?“枫子鬼”出了祖庙华丰台,先绕到琼花会馆转了一圈,然后贴着汾江河的河面一路疾驰,杀向华光庙。

隆起的波浪峰谷宛如一排隧道掩护着她的身影——上一次遇险后,小木头人发现水面是不错的逃生通道,危急时刻纵身一跃沉入河底,无论人类还是白鹈鹕都只能望洋兴叹。“枫子鬼”在河面仔细搜寻了两个来回,没有发现天敌“长烈钻”的行踪,不觉松了一口气。她刚准备跳上岸,忽然,河面上浮来一件明晃晃的物什,到跟前才看清,原来是人的白肚皮。

呀,这不是从前那个胖子吗?

“葫芦发”随流而漂的样子,好像死去多时。这浑人不但捡走了猪尿脬,而且朝自己脑门上丢过一枚石子,此仇不报,枉为人也。“枫子鬼”照准“葫芦发”的肚皮来了三锤,然后用脚使劲一蹬,将浑人踩进河里。

华光庙大殿空空荡荡,烛光摇曳。“阴阳生”被绑在大殿的柱子上,脑袋低垂,折断的胳膊腿耷拉着,浑身血迹,凄惨之状与半张脸的包公神像倒是一对绝配。

在“枫子鬼”的思维模式里,“阴阳生”永远是大屠杀戏码的幕后策划者,怎么一转眼沦落为血淋淋的牺牲者?他的心就是自己的心,他的痛就是自己的痛,小木头人潸然落泪,上前用刀割断绳索,“阴阳生”一头栽倒于地,依旧双目紧闭,昏迷不醒。

主人不能发出任何指令,一切只能靠自己。“枫子鬼”觉得自己长大了,也不知道从哪里来的力量,抓起“阴阳生”的腰带,硬是把主人提了起来。

宁洪崖守在华光庙对面的屋脊上,发现“枫子鬼”扛着“阴阳生”走出庙门,眼睛不由得看直了——这个小木头人果真有两把刷子!宁二少举起斧子凌空劈下。“枫子鬼”感到头顶有物来袭,抛下主人提刀相迎,打个照面一看,原来是老对头。

与两年前相比,宁洪崖的功夫增进了不少,斧子抡起来招招不离对手的眉间，显然是要报当年的锤击之仇。“枫子鬼”左支右绌，勉强战过十个回合，如惊弓之鸟慌忙向南逃窜。依据事先的安排，宁二少没有追赶，提起韩通往殿里一丢，从怀里掏出信炮点燃，通知其他三路埋伏的人马——正主现形了！

陈开站在一座高炉之巅，四周热浪冲天，背后烈火熊熊，半个天际被火光耀亮。他在炉顶练功已非一日，这种方式既是为了考验体内的第三道真气，也是为了煅烧自己的意志。自打看到华光庙方向冉冉升起的信炮，他便眼珠不错地紧盯着北方，木头杀手自西北飞来，迎头撞进他布下的罗网。这是陈开第一次看到“枫子鬼”的本尊，他抹了一把脸上的汗珠和灰烬，飞身扑向空中的小木头人。“枫子鬼”也是第一次和陈开正面交手，双方刀对刀碰在一处，小木头人手里的刀差一点被格飞出去。“枫子鬼”心惊胆战，此人的武功果然出类拔萃，明显高出王山公和宁洪崖一筹。十个回合战罢，陈开回手一刀劈中“枫子鬼”的腰部，小木头人疼得撕心裂肺，无力再战，朝岳庙铺落荒而逃。

在这个普天同庆的除夕之夜，小木头人倍觉凄凉，“阴阳生”不但没有救出，自个反而落入了敌人的包围圈，身体被砍出一道深深的口子。宁洪崖和陈开都有能力追击，他们没有随后掩杀，说明各处设有伏兵，前面等着自己的会是谁？

一座三丈三的木楼呈现在她的视野，“枫子鬼”停止了飞翔。

与宁洪崖和陈开相比，王山公更加恐怖，受其心血浇灌，“枫子鬼”无法完全把他当敌人来对待。他和“阴阳生”一样，均为小木头人心灵的一个组成部分，是她精神世界的一道活力源泉。忽然间，“枫子鬼”感到阵阵委屈，涌上一股找王山公诉说的冲动——她身体里弥漫的情感，难道不是来自这个疯子的血液？

好在木头杀手的理智已然形成，她逐渐冷静下来，默默地转身飞向社亭铺。木楼上的人确实曾用心血浇灌了自己，到现在仍然撕扯着自己的心，但那是用刀刺杀的结果，那是仇恨之血开出来的花朵。化干戈为玉帛，有那么容易吗？

“枫子鬼”落寞地飞翔，身心两方面的创伤像大山一样压得她透不过气，被大地的引力诱惑着下潜，最后落到药王庙前的蟠龙石柱上。药王庙的神农爷爷尝百草制药造福人类，自己算是半个人，应该找他医治伤口。

大过年的没人招工，药王庙前没有“机房仔”，却聚集了一堆“黄豆堂”的叫花子，端着大户人家施舍的残羹冷炙正吃得高兴。小木头人观察了一会儿，没有察觉什么不对劲，便从蟠龙石柱上跳下来，一瘸一拐地进了庙里。

大殿里油灯摇曳，悬挂在神农爷爷的牛脑袋上，把他的两只犄角照得光亮。“枫子鬼”趴在地上磕了三个响头，刚打算祈祷两句向神农爷爷求药，突然嗅到了一股酒气。小木头人蹿到犄角上才发现，神像后面躺着两个东倒西歪的乞丐，一个是招亚东，一个是“狗头饼”，瞧他们那副酩酊大醉的样子，看来灌了不少猫尿。

此刻的“枫子鬼”对酒气充满敌意，因为敌人就是用这个办法制服了“阴阳生”，并阻止他向自己传递信息。小木头人怒火中烧，拔出短刀欲结果这两个乞丐，便在这时，从身后传来一声低低的叹息：“孽障，你还嫌造孽不够吗？”

闻言辨形，“枫子鬼”不用回头瞅，就知道来人是谁。王山公既是对头，又是她心灵不可分割的一部分，敌友难辨，爱恨交织，这一切大大超出了她学到的智慧。可怜的杀手陷于危险和矛盾的双重困境，受伤的身体不住颤动，她摘下面具缓缓地转过脸，把本来面目完全呈献给了王山公。这张脸的五官比两年前更具人形，增添了一层人类感情的色彩，像是伤痛，又像是哀怨。王山公不由放下手中的宝剑，叹了口气：“你走吧。”

西、南、东三个方向道路不通，皆有强敌把守，“枫子鬼”只能转向北方。汾江河是她早已选定的逃生路线，敌人可能会安排白鹈鹕来狙击自己。果然不出木头杀手的预料，她刚刚飞到河边，但见眼前白茫茫一片——“逃军和”率领十来条舢板在河面上游弋，每条舢板的船头都挺立着一只白鹈鹕。“长烈钻”发现“枫子鬼”飞到，厉声嘶鸣，白鹈鹕们瞬间组成一个浩大的战阵，从四面八方扑向小木头人。

单是一个“长烈钻”就够“枫子鬼”受的，更何况一群白鹈鹕？木头杀手无心恋战，一头扎进汾江河。白鹈鹕争先恐后下水捕捞，怎奈河水太深，“枫子鬼”借助所佩带铁锤的重量快速沉进河底，禽儿们干叫唤没有办法。“逃军和”急得上蹿下跳，亲自下水摸了几圈，一来汾江河水流湍急，人在水下稳不住身子，二来河底处处污泥，视线昏暗，伸手不见五指，到哪儿去寻“枫子鬼”？

“枫子鬼”借助水遁逃之夭夭，一口气潜出十几里地，钻出水面一看，早已逃出了佛山堡的地界。小木头人松了一口气，腰间的剧痛袭上心头，她顾不上“阴阳生”的安危，也顾不上对“测阴珠”的思念，打算先找一个地方藏身养伤。

人类在家里吃吃喝喝，此起彼伏的爆竹声声刺耳，寂寥的河面上什么也没有，只有一个闪闪发亮的白肚皮。这王八蛋还没死？“枫子鬼”怒从心头起，冲过去手起刀落，刀尖瞄准肚皮上的肚脐眼恶狠狠就是一刀。眼看血光四溅，袭击即将得手，突然，一个说白不白、说灰不灰的东西迎头罩来，瞬间将小木头人裹在其中。“枫子鬼”看不见东西，听不到声音，顿时大惊失色，左突右驰，狂劈乱砍，试图挣脱。无奈这东西滑不溜丢，根本无法着力，刀刃砍在上面如同挠痒，连个白点都落不下。

丢他老母，“枫子鬼”绝望地想，一定是那个猪尿脬。

“葫芦发”吃了“阴阳生”半葫芦的蛊毒，换作旁人早死了一百回，但这浑人自有救命的法宝，那便是无所不能的猪尿脬。“葫芦发”躺在河里随风漂流，用猪尿脬盛满河水，然后一泡接一泡地往肚子里灌，再一泡接一泡地往外排泄。你还别说，这个招数十分管用，随着一次又一次地清洗，金蚕、篾片、疳、石头、生蛇五种蛊的毒性被逐渐消解。“枫子鬼”不晓得他的厉害，还以为他就是一团胖乎乎的白肉，一刀扎下去，“葫芦发”疼得哎呀一声惨叫，猪尿脬脱手而出，不偏不倚恰好蒙在“枫子鬼”的头上。

“葫芦发”捞起猪尿脬，把口子扎紧了，往裤腰带上一系，得意道：“瞎眼贼，告诉你多少遍老子不是好惹的，偏偏就是不信。”

浑人跳到岸上，健步如飞返回佛山堡。汾江河两岸遍布“德礼堂”的兄弟，大伙正在为跑了小木头人而感到沮丧，见“葫芦发”血淋淋地从夜幕里冒出来，陈开惊问：“阿发哥，谁把你打成这样？”

“还能有谁？”“葫芦发”提起猪尿脬，“没脸的衰仔。”

“阴阳生”和“枫子鬼”双双就擒，延宕多年的藩库失银案告破在即，梁应琨在家里听到这个消息，顾不得和一家老少吃团圆饭，立刻乘轿赶到“粤安社”打探究竟。藩库失银案的影响实在太大了，波及省、佛一带所有的繁华市镇，受此牵连的官员不计其数。倘若这次真的拿住元凶，不仅能扫却商界的惶恐，而且会大大提升“大魁堂”的声望。

“粤安社”门前人山人海，堆满了轿子，文武四衙、各家豪门、各大商业会馆均派代表前来观瞻。梁应琨一下轿子，发现李可琼被人搀扶着走了过来，他连忙紧跑几步上前施礼：“都转大人，你老人家也来了？”

过了年，李可琼就是八旬老人，他笑呵呵地回答：“飞头鬼被拿，藩库失银案的元凶验明正身，这个热闹得好好瞧瞧。”

代表“大树堂”吴家来的是吴绶光，和梁九图一样，刚从朝中辞官回乡不久。他大度地抱拳祝贺：“失银案在本镇告破，梁值事首功一件，可喜可贺。”

梁应琨回礼：“这件案子是陈天义的劳勋，梁某岂敢贪功？”

“粤安社”门前除了“德礼堂”的兄弟，还有不少卢鲨带领的“大会馆”的铺丁，四周围戒备森严。孔继尧从院子里跑出来：“各位大人，各位老爷，陈掌柜的请你们进去说话。”

梁应琨问：“人犯在里面吗？”

“在里面，在里面，由咱们的人押着。”孔继尧满脸喜色，“陈掌柜的信不过五斗口司衙门的差役，只信得过咱们。”

陈开率众擒拿“阴阳生”和“枫子鬼”，大破藩库窃银案，势必威震两粤。如此重要的人犯交给“大会馆”看管，显然是有意分一部分功劳给“大魁堂”，梁应琨十分感动。陈开有功不居，同时大大出乎李可琼、吴绶光的意料，李可琼赞道：“陈掌柜的有胸怀，难怪小小年纪便在江湖上享有大名。”

吴绶光语带诙谐地说：“世叔，陈掌柜的固然有器量，关键还是梁值事关系处得好。换成我们家的璧光，人家未必肯给这份面子。”

梁应琨拱了拱手：“吴老爷，为民除害，何分彼此？”

李可琼哈哈笑道：“新年新气象，走，跟老朽瞧热闹去。”

梁应琨问孔继尧：“文武四衙的人到齐了吗？”

孔继尧回答：“只差五斗口司的涂老爷。”

抓到藩库失银案的真凶，涂常发这个巡检的差事就算混到了头，不可能在佛山堡士绅名流前多受一份羞臊。梁应琨道：“别管他，办正事要紧。”

李可琼、吴绥光和梁应琨等人在孔继尧的陪同下进了院子，陈开降阶相迎，把李可琼让到主座。宁洪崖、叶二和、曾三、冯天善、李阿发、陈见成、“虎头仔”、金绍烈、温秉信等头领居左，吴绥光、梁应琨、霍谐、王福康、孔继尧、卢醒尘等士绅代表居右。众人落座，陈开满面春风：“各位乡邻，除夕之夜多有惊扰，陈某心里在在不安。今天把大伙请来，求各位做个见证，共同揭开窃银大盗的真面目，免得让人说陈某办事不公。”

李可琼催促：“陈掌柜的，快开始吧，老朽忍不住了。”

陈开摆了摆手，站在门口的“纽纹良”高喊一声：“带人犯。”

四个铺丁将被砍断脚筋的“阴阳生”拖入正厅，“葫芦发”和梁德荣扛着一根木人桩来到众人面前。大家伸着脖子仔细瞅，发现木人桩上捆着一个小木头人，身上钉了足有七八个大铁钉，每颗铁钉子上都拴着铁链，把小木头人绑了个结实。

“枫子鬼”两条胳膊和两条腿俱被斧子砍断，五官虽未发育成形，隐约都有了模样——这一点看上去更加阴森可怖，形状诡异。李可琼颤抖地问：“这……这就是那个飞头鬼？”

“不错，”陈开回答，“都转大人，韩道爷自恃法力高强，窃取藩库、银铺和当铺的银子无所不用其极，除了用白蚂蚁作案外，最大的帮凶便是这个飞头鬼。”

粤西巫术中的“枫了鬼”赫赫有名，然而这个 日千里的杀手从前只存在于传说中，在座之人谁也没有见过。今天夜里，神秘的小木头人活生生摆在眼前，众人无不惊叹。吴绥光半信半疑地问：“陈掌柜的，这般鬼魅的无头案，你是怎么破解的？”

陈开放声大笑：“饶兄弟，来给大伙说说。”

“小旋风”精神抖擞地从外面踏进正厅，梁应琨、王福康、孔继尧等人齐声惊呼：“你不是在浔州府吗？饶爷，什么时候回来的？”

饶同抱拳在胸：“都转大人，梁老爷，吴老爷，各位乡贤，饶某虽然身在浔州，但是心里着实牵挂佛山堡乡亲。得知韩道爷窃取银两的内情后，心急如焚，一刻也不敢耽误，星夜兼程回来禀报陈掌柜。仰赖北帝爷爷的神威，陈掌柜妥善布置，‘粤安社’和‘大会馆’兄弟拼命厮杀，勠力同心，才将两个元凶缉拿归案。这个飞头鬼煞是厉害,来无影,去无踪,等闲高手难奈其何。多亏陈掌柜、王老爷、宁二少、叶二哥和朱大哥武功高强,出手不凡,包相爷神眼悬天,明察秋毫,否则一旦被飞头鬼逃脱,咱佛山堡将来后患无穷哩。”

“小旋风”这番话说得面面俱到,连带着把“大魁堂”和“大会馆”也夸了一通。梁应琨心里受用,向陈开抱拳:“陈掌柜的,咱们赶快问案,别耽误大伙过年。”

陈开点了点头:“将人犯带上一步,让都转大人问案。”

铺丁把“阴阳生”架起来,推到李可琼面前。李可琼摇了摇头,叹了口气:“道爷,你又不缺钱花,为何干这种丧尽天良的勾当?”

“阴阳生”攒够气力,歇斯底里地号叫:“李大人,冤枉啊,他们屈打成招,硬要把这个飞头鬼赖到贫道身上,请大人和各位老爷明察。”

李可琼问陈开:“陈掌柜的,说韩道爷是飞头鬼的主使,有何凭据?”

陈开知道在座士绅心中均有此疑惑,微微一笑:“各位想必听过飞头鬼的传说,粤西巫师与飞头鬼心心相印,祸福相连。打杀了这个,那个必有反应,是不是?”

众人齐道:“对啊,是有这么个说法。”

陈开缄口不语,“虎头仔”会意离座,解下所佩腰刀,一刀劈中小木头人的腹部。未等“枫子鬼”做出反应,“阴阳生”先惨叫一声,疼得昏厥过去。

第一百零六回　凝魂聚魄

陈开等人除夕之夜捉拿窃银大盗，极大地振奋了商界的信心。典当行会馆与“如意堂”（银业行会）联合佛山堡八十八个商业、手工业会馆发起筹款，敲锣打鼓送给“粤安社”一万八千两银子的奖金，以表达对他们破案的感谢。此外，由“大魁堂”牵头，邀请琼花会馆各大戏班轮流在华丰台献艺，整个正月，佛山堡沉浸在一片欢乐的海洋中。

省、道、府、县各级衙门听说藩库失银案告破，欣喜若狂，急令押解人犯进省。道光二十四年（1844年）正月初六那天“大会馆”派遣十条大船，满载全副武装的铺丁，押送着“阴阳生”和“枫子鬼”浩浩荡荡开往广州。三堂会审结束后就出了正月，南海县衙取了“阴阳生”的口供，逐级呈送至广州府和按察使衙门，再由护理总督程矞采写折子上报刑部，算是圆满地了结了案情。

“阴阳生”被打入死牢，等候他的命运将是秋后问斩；“大魁堂”和“大会馆”因为协助破案获得了官府嘉奖；“小旋风”出面领了头功，正月十五赴佛山堡就任。涂常发磨蹭到二月二龙抬头，才把公差移交完毕，剩下的事情便是和凌德金算账。

哥俩找了一个酒楼的雅间，关起门来打了一天的算盘，方才把账目弄了个大概齐。一看最后的结果，涂常发两眼如同火球，恨不得将凌德金全身烧成灰烬："不可能，板马日的，老子撅着屁股干了八年，才挣了这么点钱？"

"啥是多？啥是少？"凌德金辩解，"我的哥，账簿在你面前一页一页地摆着，存钱的银铺是你选的，掌柜和伙计都是乡亲，他们还能蒙你不成？五斗口司一年的收入是不少，可架不住红眼的狼多啊，上到制台、抚台、藩台、臬台大人，下到广州府和南海县，哪一家咱们不得打点？每年十万两白银的进项，剥了皮、去了核，最后落到口袋的不过三万，八年下来二十四万两，不少啦。"

当年涂常发和凌德金花了六万两银子买了五斗口司这个位置，八年下来挣了十八万两，应当说超出了当初的期望值。但是时与日去，现在的涂巡检不再是过去的落魄无赖，眼泡大了，嗓子眼的气流也比以前阔出好几倍。他甩了甩头，气咻咻地说："早知道这样，还不如把银子投在别的买卖上，说不定早他妈赚翻了。"

"说不定的东西多了，"凌德金比他能沉得住气，跷着二郎腿说，"当官稳赚不赔，买卖就说不定了。咱哥俩别说没用的，屋里这些账簿目录，你尽管仔细核查，要是有一笔凌某记得有疏漏，情愿以一罚十。"

生气归生气，可涂常发不得不佩服凌德金脑子好使，一笔笔账目记得清楚无误，而且没有在里面做手脚。就冲这一点，他还算是个合格的生意伙伴。涂常发把账簿往外一推："这笔账我认，老金，今天我想和你说两句掏心窝子的话。"

"有话直说。"凌德金道。

涂常发停顿了片刻："老金，你不够义气。"

"这话是怎么说的？"凌德金站了起来，"我的哥。"

"哼，"涂常发盯着他的眼睛，"你还有一笔账。"

凌德金被涂常发一语揭穿，表情很不自在。他坐下来喝了口茶，抬头辩解："俗话说捉奸拿双、捉贼见赃，人家陈天义生擒'阴阳生'，还抓了一个'枫子鬼'呢。我的哥，你说我另有一笔账，证据在哪儿？"

"证据在哪儿我不知道，"涂常发抄起三只碗，愤愤地扣在桌子上，"可我知道你在汉阳街置了三所大宅子，这总得值个十万八万吧？”

凌德金蹿了起来：“谁说的？是不是涂荆湖？”

见凌德金脑门青筋外翻，涂常发反而镇静下来，慢条斯理地说：“老金，你嫂子家在汉阳街是百年大户，你干的那些鬼事能瞒得过她？咱先不说你私吞银子的事，你这地方选得真是太损了。你嫂子发现以后天天在家盘问我，怀疑我和你一样起邪心吞了银子，没有拿回去孝敬他们家的恩情，你说你缺德不缺德？”

凌德金吃惊地张大了嘴巴——叶家真是神通广大，那三所大宅子挂在别人名下都被他们摸了个底掉。他抡起右掌，扇了自己几个嘴巴：“哥，我对不起你，但这事不能怪我。”

涂常发暴跳如雷：“你他妈私吞银子，难道还怪老子？”

凌德金擦干眼泪，坐回椅子：“我的哥，从根子上说这事就得怪你。本来好好地咱们俩合伙做买卖，你为什么把荆湖弄来？他没有出本钱，凭什么从中收钱？给你透一句实话，那小子在武昌也置了好几座宅子，比给你置的都多。”

凌德金最后这句话点中了要害——哥仨没有一盏省油的灯，都瞒着对方吞黑钱。涂常发的大义凛然消于无形，张口结舌：“啊，荆湖也置了宅子？”

“你可以派人回老家扫听扫听。”凌德金用手翻着那些账簿，带着怨气说，“咱们是做买卖的伴当，做事讲究规矩。荆湖和你是亲戚，拿到钱你们两个私分，连账簿都不用做。没有规矩最方便下手，你等于给自己挖了一个无底洞。我的哥，你亏大了。”

涂常发后悔得直跺脚，一来是涂荆湖下手比凌德金还黑，白白损失了一大笔银子，亲戚就是火腿绳子，勒起肉来比外人更狠；二来后悔不应该当这个巡检，听凌德金的口气，他和涂荆湖二人所得远远超出自己，早知如此，还不如当初把巡检老爷这个位置让给凌德金。他越想心里越憋气，耷拉着脑袋说：“咱都让人家给撸了，扫听出来能怎样？”

凌德金却不愿停嘴：“我的哥，这些年他打着你的旗号捞世界，结交三教九流，在佛山堡混得比咱们脸面广。论心眼我不见得比他少，可要是比心肠黑，兄弟甘拜下风。前年人家就把宅子订了出去，随时准备开溜，你知道吗？”

涂常发瞠目结舌，打了一辈子的雁，最后让雁啄了眼珠。哥俩再也无心互相指责，叫了满满一桌子菜，坐在一起推杯换盏，在伤感中渐渐修复了往日的交情。凌德金打着酒嗝，拍了拍涂常发的肩膀："我的哥，说句心里话，看你搂得这么少，兄弟真是过意不去。要不咱哥俩再合作一回，让你捞一票大的？"

涂常发醉醺醺地问："此话当真？"

"要是口不应心，"凌德金赌咒发誓，"让我生下儿子没屁眼，生了闺女当婊子。"

涂常发猛地灌了一碗酒，两眼通红通红的："好，老金，记住你今天说的话。咱们找机会再捐一次官，到时候你当老爷，我干门子，不许反悔。"

购买涂荆湖宅子的是区植棠。

区彦魁死后，家里的财产大部分落到区植棠、游新潭和陈见成三人手中。根据遗嘱，在两个闺女出嫁前，财产不得分割，交由区植棠实际管理。俗话说，县官不如现管，伪君子以投资为名，大肆侵吞贪墨，搂了大把的不义之财。

果如凌德金所言，涂荆湖早早做好了撤身的准备。仅仅一个晌午，院子里的器物家具基本上卖光了，来涂家抢便宜货的一律提前预订。等区植棠赶到时，偌大的院落空空荡荡，连伺候他的老妈子也被人牵走了。

伪君子不慌不忙，不急不恼，摇着扇子喝了两口茶，笑眯眯地问："涂爷真够光棍，一根钉子的便宜都不打算留给区某？"

涂荆湖诧异地问："区老爷，你是做大买卖的，看得上这些破烂？"

区植棠道："贵贱不论，图的是个吉利。"

"兄弟明白，"桌子上摆了一堆匣子罐子，涂荆湖拍了拍其中的一个匣子，"除了这些不吉利的乌冬货，其他的小弟全孝敬给你老人家。"

所谓乌冬货，是不宜在市面上销售的赃物。区植棠掸了掸袖子："涂爷，论做买卖，佛山堡比汉阳繁盛十倍，你为何不肯留下来？"

涂荆湖平时作威作福，搜刮地方，百姓对他切齿痛恨，哪敢留在佛山堡做买卖？他尴尬地笑了笑："做人嘛要讲义气，我来此地是投奔我叔爹的，他老人家摘了官帽翅，我怎好意思将他撇下，图自个的前程？"

"是吗?"区植棠提醒他,"咱们兄弟一场,你不说实话,我可不能欺哄你。听说你叔爹的岳丈家在武汉三镇手眼通天,你回去,有好果子吃吗?"

涂荆湖出了一头的冷汗:"尊驾有何见教?"

区植棠高深莫测地一笑:"区某一介与世无争的闲人,能有什么高见?涂爷在江湖上混了这么多年,自有办法逢凶化吉,我还是少说为妙。"

涂荆湖在佛山堡这么些年,形形色色的人物都见识过,唯独对区植棠心怀戒惧。这个伪君子行事不温不火,笑眯眯的叫人捉摸不透——那么多骇人听闻的事情似乎都和他有关,但又从来找不到他涉案的证据,做坏人做到这个份上,可谓登峰造极。涂荆湖自叹弗如,暗挑大拇指敬佩不已,抱拳道:"区老爷,听说你在本镇开了一间大买卖?"

战后鸦片生意如火如荼,比战前兴旺十倍。区植棠说服游新潭、陈见成同意,三家合股在佛山堡开了一间窑口。他点了点头:"对啊。"

"还是你老人家神通广大,"涂荆湖夸赞,"涂某也想在老家经营窑口,货源方面请区老爷多多照顾。"

"大魁堂"对佛山堡的窑口控制极严,一年也批不了几家,区植棠这间窑口全仗陈见成的面子。伪君子笑了笑:"好说,你敬我一寸,我敬你一尺,彼此彼此。"

涂荆湖明白区植棠的意思,打开匣子,从里面取出一架翡翠灯盏:"区老爷,这玩意是个宝贝,前年浙江会馆刘老爷家失窃,怕官府破案后吞赃,就没把这件宝贝报上来。涂某拿贼之后才觑破端倪,正好顺手牵羊,白捡了个大便宜。"

区植棠端起翡翠灯盏看了看:"嗯,不错。"

"还有这串珠子,更是来得有趣,"涂荆湖捂着嘴巴,"金箔行的席家,对,那个席老三的媳妇生性吝啬,陪了一大笔嫁妆不肯给夫家花销。这娘们不是什么好东西,和卖燕窝的张亚丞勾搭成奸。席老三来衙门递状子,张亚丞拿钱财消灾,我吓唬了两回,硬从那娘们的嫁妆里索来这串珠子。"

区植棠立刻发现了他话里的破绽:"你咋知道她嫁妆里有这串珠子?"

涂荆湖解释:"她戴在脖子上嘛。"

区植棠发出一阵怪笑:"戴在脖子上给你看?"

这串珠子一看就很贵重,女人家不可能经常佩戴。毕六到张亚丞家行窃，无意中撞见了这对男女的奸情，同时发现这串珠子价值不菲。涂荆湖这厮唆使席老三告状，反过来威逼张亚丞和那妇人掏钱消灾，强取豪夺将这串珠子弄到手。他把匣子推到区植棠跟前："区老爷，这匣子东西假如你全要，我给你打个对折。"

区植棠从里面顺手抓了一把："陈年通胜，值不了几个枣钱。"

乌冬货销赃是需要时间的，涂荆湖急于离开佛山堡，没有时间处理这些赃物。他狠了狠心把手掌翻了个个儿："最低价，折上折，四折咋样？"

"哈哈，莫急，莫急。"区植棠把手伸进旁边一个瓷罐子，手指触到成堆的铜钱。他奇怪地问，"这玩意如何当宝？"

涂荆湖抓起一把铜钱放在桌子上，低声说："区老爷，你看清楚了，这是伪号钱文。谁使谁就犯了谋逆大罪，弄不好要满门抄斩的。"

"哦，"区植棠问，"那你怎敢放在家里？"

涂荆湖拍着胸脯："我是官差啊。"

区植棠提醒他："你现在的身份已经不是官差，当心走夜路遇着鬼。"

涂荆湖一心只想着销赃换钱，把身份转换这事忘了个干净，经区植棠一提醒，登时打了个寒战——"小旋风"接掌五斗口巡检司，正处心积虑地准备杀鸡给猴看，千万不要撞在他的枪口上。他把铜钱塞进罐子，央求："区老爷，你老人家好人做到底，帮兄弟把这些伪号钱文给埋了，匣子里的东西我给你三折。"

"凭你我的交情，帮忙没问题，只是你要尽快脱身。"区植棠关切地叮咛，"你叔爹在本镇搜刮多年，名声不好听，别做了他的替死鬼。"

"小的后天走，"涂荆湖透给他了底，"河头船已经订好了。"

王山公本有意放飞头鬼一马，谁知"枫子鬼"却被"葫芦发"的猪尿脬逮了个正着，气得他连当夜的庆功会都没有参加。"枫子鬼"被大卸八块后拉回佛山堡，"留条缝"用胶鳔将小木头人的残肢粘好，怕不结实，又吩咐劳亚绰拿出那套补碗的家伙什，用铜丝给小木头人缝了一副"骨骼"。

"葫芦发"和梁德荣把修复后的小木头人扛到"黄记"木铺，黄广华捏在手里一看，真是惨不忍睹，问两个人："干吗拿到我这里？"

擒拿"枫子鬼"这么大一件功劳，"葫芦发"却挨了王山公一顿骂，还威胁要和他解除师徒的名分，让浑人非常不痛快。他张嘴就答："去去毛刺。"

梁德荣愁眉苦脸地说："黄掌柜的，飞头鬼满身坑坑洼洼，净是疤瘌眼。我师伯看了准得生气，麻烦你给修饰修饰。"

叶老四故意调侃："哎呀，现成的一身盔甲，有什么好修饰的？你看这个是箭袋，这个是战带，这个是护心镜……"

"放屁，""葫芦发"白了他一眼，"你咋不说是奇经八脉、三十二处大穴？"

黄广华摇了摇头："雕木头人不算事，别说戏棚里的武将，即便七仙女也没问题，关键是看王老爷想要什么。"

"葫芦发"气嘟嘟地说："他想要一颗心，你能雕出来？"

黄广华道："对啊，这才是关节所在。王老爷要一个活的飞头鬼，你们拿一个不会动弹的木头人有什么用？"

"葫芦发"讽刺地说："谁说她死了？还没到秋天呢。"

浑人言之有理——"阴阳生"秋后问斩，在此之前"枫子鬼"应该还有心魂在。黄广华也很希望能亲眼目睹这神奇的一幕，可惜"枫子鬼"被劈成了柴火，勉强组装起来后最多是一具尸骨，她的心到底在哪里？她的魂到底在何方？

王山公说心有三层，第一层是血，第二层是气，第三层是光。如今小木头人身上干巴巴的没有一滴湿润之处；遍体伤痕全是漏洞，听到耳里是风不是气；被刀砍斧锯、胶粘线补的残躯晦涩黯淡，哪有什么光彩？苏仁山说艺境有三：第一重是肉，第二重是骨，第三重是魂。小木头人身上的毛刺能算是肉？拼接肢体的铜线能算是骨？"阴阳生"的心能算是她的魂？黄广华抱着双臂琢磨了半天，无奈地说："要想看到魂，得看到骨先；要想看到骨，得看到肉先。咱们不说那么长远，一件一件来。阿发，你说，如何才能让她的肉长丰满？"

这事难不倒"葫芦发"，浑人举起猪尿脬："把她塞进去，喝半个月的水准成，保证肉皮嫩得跟我媳妇一样。"

黄广华早听说过猪尿脬的神奇，赞了一句："成也萧何，败也萧何，你这个主意有点道理，说不准连骨头带肉全能长齐了。"

梁德荣担心地说："你们想过没有？飞头鬼杀人不眨眼，姓韩的又没有死。咱们把小木头人救活了，她不得杀咱们报仇？"

叶四和出了个主意："把她雕成关二爷，让她变成个好人。"

"不行，不行，"梁德荣摇头，"光变模样有什么用？小木头人的心还是鬼。"

"葫芦发"瞪了他一眼："咋不行？心跟你一样的话，大家都得打光棍。"

梁德荣跟着宁二少学艺，闹了个眼神不济，分不清女人的俊丑；后来又潜移默化地受王山公影响，非要找一个寡言少语的女人当老婆。结果，花二奶给他介绍了好几车的女仔，他不是嫌人家长得难看，就是说人家心地不善，一桩姻缘也没说成。

见梁德荣面红耳赤，黄广华连忙做和事佬："两位，我们只管雕个粗模样，长骨头长肉是老天爷的事。至于魂嘛，让王老爷琢磨去，好不好？"

"对啊，""葫芦发"一拍大腿，"他不是老嚷嚷说飞头鬼身上有他一瓣心吗？姓韩的秋后问斩，将来让飞头鬼当他徒弟，老子不伺候了。"

叶四和提出了一个问题："阿发哥，飞头鬼终究是一截子木头疙瘩，你把她浸在水里泡上半个月，那还不发烂渣了？"

"嘎嘎，""葫芦发"得意地笑了起来，"再烂的渣，到老子手里也会变成花骨朵，我媳妇就是罗金氏那娘们换来的，这个你们得信我。"

浑人此言不虚，半个月后"枫子鬼"果然痊愈，身上缝隙拼接得完美无缺，丝毫看不出刀砍斧剁的痕迹。王山公精神头好了起来，二月十五月圆之夜，让哑巴老婆烧了一席好菜，把陈开、宁洪崖、叶二和、"葫芦发"、梁德荣、霍威、黄广华、叶四和等人请到家里，给小木头人办了一个隆重的更生仪式。喝到酒酣耳热的时候，他向陈开抱拳："大龙头，我那一瓣心终于找回来了，让她给你舞一趟刀如何？"

哑巴老婆揭开云纱，小木头人穿着一身春秋衫，手握刀仔出现在大家面前。月光像一把旖旎的银沙穿过窗棂，洒在小木头人尚未成形的面庞，隐隐透出一道微妙的杀气。陈开、宁洪崖和"逃军和"不自觉手按兵器，瞪大眼珠，防备"枫子鬼"的突袭。

王山公连着吆喝了三遍，小木头人纹丝不动。

说心里话，"德礼堂"的兄弟没有一个愿意让王山公养虎为患。"枫子鬼"跟了"阴阳生"那么多年，单凭王山公胸口喷出的那摊血，能叫一个冷血杀手改了心性？陈开扭头看了一眼宁洪崖，后者会意，拱手道："二哥，人世间最难的是心心相印，人尚且做不到，何况半截子木头疙瘩？她心中有了姓韩的，如何能再容你？”

“逃军和”也劝：“二哥，别费力气了，飞头鬼说不定已经死了。”

王山公冷笑连连，从神案上取过刀仔，一刀刺进自己的大腿，顿时血流如注。突如其来的这一幕，令陈开大惊失色：“王老爷，你这是干什么？”

王山公用手一指：“睬睬，睬睬。”

大伙顺着他手指的方向朝神案望去，只见“枫子鬼”的腿微微地痉挛了起来。

易如真执掌班务后第一个重大决策，便是正月里将“凤凰仪”班开进万松园。陈罗婵见到班里的兄弟姊妹喜极而泣，仿佛又回到了往日的红船岁月，大家尽弃前嫌，铆足劲在万松园唱了四天五夜。陈罗婵忘了自己是女主人，亲自披挂上场担纲花旦，一幕一幕荡气回肠地演绎下来，直唱得日月失色，满园生辉。

从前，阿梅曾经接受过陈罗婵指点曲子，当年的陈罗婵在她心中宛似高天明月，炫目华丽，难以企及。今天，她亲眼目睹了红船当家名伶在戏棚里的绝代风采，这是完全超出她理解的另一面：那不再是月亮，而是一轮熊熊燃烧的苍穹之火。

四天五夜里，阿梅如痴如醉地坐在“虎度门”里观摩，恨不得把陈罗婵的举手投足尽数烙印在脑海中，她是多么希望自己有朝一日也能站在戏棚中央，把那些可歌可泣的动人故事娓娓道来。陈罗婵看出了她的心思，在“凤凰仪”班离开万松园的那一天，当众拉住她的手：“阿梅姐，我看你有唱戏的天分，好好磨炼几年，定能成为一个大老倌。”

阿梅感激地说：“谢谢陈大老倌。”

“傻瓜，还不拜师磕头？”龙探梅从后面推了她一把。

若是从传授琵琶和琴艺来说，陈罗婵于阿梅虽无师生之名，早有师生之谊。能跟随金丝面具和金马鞭的持有者学习唱戏，自然是阿梅梦寐以求的福分。她双膝跪倒行拜师之礼：“师傅在上，请受弟子一拜。”

阳雪姑心里替阿梅高兴，怂恿道：“阿梅姐，你该求一个信物才是。”

“对啊，”龙探梅支持她的意见，“阿婵，你准备送阿梅一个什么见面礼？”

陈罗婵右手抓过垂在脑后的雉鸡翎，微微一笑："我打算送阿梅一身咱们佛山堡'水秀堂'的戏装，就是我穿的这个样式。"

陈罗婵身披元帅大氅，头戴雉鸡翎，背虎壳上插了六杆龙纹令旗，正是当年冼红玉血溅小戏台的装扮。这身顾绣戏装是李文茂送给陈罗婵的，亲眼见证了他们之间的悲欢离合，象征意义远远超出了红班艺术传承的本身，活脱就是红船儿女光与彩、血和泪生涯的缩影。老少爷们唏嘘感叹，个个红了眼圈，阿梅是从人生屈辱的底层挣扎出来的，掂得清这份礼物的轻重，含着泪问："师傅，我什么时候来取？"

"我让'水秀堂'加个快活儿，"陈罗婵道，"下个月十九你来取。"

阿梅跪倒叩首："多谢师傅。"

龙探梅说："阿婵，要不把珍珠也派给你？"

陈罗婵高兴地点头："好啊，让她和阿幺来陪我解闷。"

十三行公行终结后，伍紫垣把十三行戏班买了下来，供陈罗婵演戏消遣。陈罗婵以十三行戏班为基础，引进"外江班"和"本地班"的人才，打造出一个集红班、昆曲、西皮二黄三种戏剧特点于一身的全新戏班。当然了，这个新戏班的主要唱腔还是红班戏，昆曲和西皮二黄只是点缀，一来陈罗婵平生致力于红班的发扬光大，红船是她生命中不可分割的一部分；二来道光中叶以后，"本地班"艺术日臻成熟，"外江班"渐渐式微，至道光二十四年，"外江班"仅剩下不到十个戏班。"本地班"压倒"外江班"已经成为时代的趋势，而陈罗婵本人在这一潮流的演进中厥功至伟，她怎么可能在新戏班中抛弃红船的大旗？

二月十九，阿梅、阿幺、黎珍珠等人如约来到万松园，一同乘船来的还有"逃军和"与王山公——"逃军和"带了一只五岁口的白鹈鹕，作为阿梅谢师的礼物；王山公则来求陈罗婵为"枫子鬼"凝魂聚魄。

小戏台上锣鼓喧天，击打着欢快的旋律，陈罗婵让阿梅、黎珍珠几个换上戏装，一一测试她们唱戏的天分。伍紫垣陪着王山公、叶二和游览大湖。行走在栈道上，他疑惑地问："听说此次擒拿飞头鬼，靠的是包相爷显灵？王老爷，我有点不明白，上回'黑耳梁'他们抬着包相爷的金尊大败亏输，这次怎么突然又显灵了？"

为了隐瞒兄弟四个修炼“六祖心经”的真相，同时最大限度地迎合百姓心理，陈开特地将包相爷的残躯加以利用，大事宣传。紫坭岛的包家听说包相爷恢复显灵后，不得不花费重金把这段烧毁了半截的残躯迎回，代价是“德信堂”派兵进驻鳌山，包家在洪门和“逍遥门”之间保持中立。鉴于“兴义堂”和“逍遥门”战火不息，“德信堂”挺进紫坭岛意义重大，等于在五龙观人马的背后插上了一把尖刀。李文茂为此对陈开和“德礼堂”大加赞许，夸赞他们有放眼全局的战略视野。

王山公敷衍：“天庭也是江湖，‘黑耳梁’心怀叵测，抬高包相爷，目的是压倒北帝爷爷。北帝爷爷不痛快，包相爷哪有心思捉鬼？”

伍紫垣张着嘴巴：“这么复杂？”

大湖四周放眼望去，尽是衰败的芦荻，看来真像传说中的那样，陈罗婵不许栽种一棵红枫和桃花。“枫子鬼”恰恰是一截子枫树根，她能帮自己这个忙吗？王山公心事重重，沿着栈道走进磨玉亭，停下脚步：“那位荷叶娘子在这里修复的‘玉玲珑’？”

伍紫垣答道：“是啊。”

“伍兄何必欺瞒？”王山公不高兴地说，“我听阿幺说，修复‘玉玲珑’最后一夜有玉草自天而降，陈大老倌用‘春雷’琴奏曲子，赤龙心窍才得以修复。照这个样子，应该算荷叶娘子和陈大老倌各有一份功劳。”

伍紫垣用“玉玲珑”拆散了陈罗婵和李文茂，最终抱得美人归。在他的心里，赤龙已然升天而去，陈罗婵才是真正的“玉玲珑”，她用曲了修复自己破碎的心再正常不过。他不清楚王山公唠唠叨叨的用意何在，便问：“王老爷，你想干什么？”

王山公掏出“枫子鬼”：“我想请她把这个木头人修好，最好用云璈八曲。”

伍紫垣脸上掠过一丝苦笑——云璈八曲是陈罗婵的爱情之歌，她人虽然在万松园，却从来没有为他小浩官弹过这首曲子。云璈八曲燃烧着天灯之火，红枫之叶，承载着西江水难以流尽的人生痛苦。陈罗婵好不容易才回到尘世，她能为了一个千里杀人的木头疙瘩再度掀开那令人心悸的伤痕？伍紫垣的笑容冻结了，挥挥手：“你自己去问她。”

三个人沿着栈道离开磨玉亭，各怀一肚子的心事，不再谈笑风生。尚未走到岸边，小戏台方向锣鼓声声，飘来一曲《长生殿》里的《补恨》：

叹生前，冤和业；
才提起，声先咽。
单则为一点情根；
种出那欢苗爱叶。
他怜我慕，两下无分别；
誓世世生生休抛撇。
不提防惨凄凄月坠花折，悄冥冥云收雨歇；
恨茫茫只落得死断生绝。

王山公低着头跨过孔桥，上岸来到画舫，门前的荷叶丛中摆着一块太湖石。在冬日苍白的天际下，那块似水流云的石头身上布满了窟窿眼，看起来比“千多窿”的还要多。王山公心口一阵痉挛，旧伤复发，扭过头问小浩官：“它叫什么？”

伍紫垣小心翼翼地回答：“‘猛虎回头’。”

王山公问：“你起的名字？”

“不，”伍紫垣回答，“是她起的。”

看来陈罗婵的心头依旧残存着一个梦，期待着有朝一日与李文茂复合。然而，这段天作之合的姻缘由她亲手斩断，理由竟是一个虚无缥缈的邓丽娘，这个梦大概只能做到阴间。时间过去了四年多，那场爱情的悲剧逐渐淡出人们的视野，唯有像王山公这样的疯子，仍然对那个神秘的邓丽娘兴趣浓厚。

自从何解元死后，这个世界上，只有陈罗婵的瑶琴能够捕捉大希之声，只有她能够判定小木头人的魂还在不在。为了救活小木头人，王山公决心冒着被撵出万松园的风险，仗着胆子提出自己的要求——谁让他担了一个疯子的名声呢？

歌舞停歇，大伙儿兴致勃勃地卸下戏装，仆役们用食盒把热腾腾的饭菜端上来，伍紫垣招呼众人吃饭，给王山公留下了一个单独面见陈罗婵的机会。王山公从怀里掏出“枫子鬼”，小心翼翼地摆在几案上，陈罗婵问：“王老爷，这是什么？”

王山公毕恭毕敬地回答：“陈大老倌，她就是‘枫子鬼’。”

陈罗婵又问：“不是被大卸八块了？”

王山公道：“没错，我又把她拼了起来。”

陈罗婵奇怪地看着他：“你拼她做什么？”

“她身上流着我的血。”王山公道，“我以刀刺身便有反应，她还没有死，我想请你用云璈八曲为她凝魂聚魄。”

陈罗婵愣了：“飞头鬼不是听‘阴阳生’驱使吗？”

王山公把当年“枫子鬼”刺杀自己和宁洪崖的经过说了一遍：“陈大老倌，一开始我也不知道自己的心血溅到她身上，不知道这截子木头疙瘩如此神奇。养病的那些日子，我就感觉自己的心像是丢了一瓣，恍恍惚惚在外面飞。华光庙那天晚上，这截子木头疙瘩大开杀戒，我在后面差一点将其擒拿，可惜就差那么一点点，鬼使神差，从我的手指缝溜掉了。其实，我心里明白，是我自己有意放掉她的，是这一瓣心放走了那一瓣心。陈天义设计擒拿，我在药王庙又放了她一马，我真是下不去手。这截子木头疙瘩据说原来在罗浮山，‘阴阳生’捷足先登拿她练了飞头鬼，这能怪她吗？姓韩的活不了多长时间，我觉得她罪不至死，想把她的魂儿、魄儿找回来，叫她变成一个好人，你看怎么样？”

王山公絮絮叨叨一席话，不像是叙述他和“枫子鬼”的故事，而像是用刀仃 层 层地剥开陈罗婵的心痕，剖析她和李文茂的恩怨情仇。红船大老倌呆呆地看着王山公，颤抖地问：“你为何要救她？”

王山公瞪大了眼珠：“我们俩是一颗心，救她就是救我自己啊。”

疯子的话不像疯子——红尘如沙，尘缘如贝，寻找一颗契合的心何其艰难？等你找到它剥开以后却发现，那里面竟然藏着另一颗心，那是上天早已注定的安排。陈罗婵失魂落魄，问王山公：“你救了她又当如何？她的心早有了别人。”

王山公道：“好办得很，我把那颗心剜掉就是。”

人心虽然娇嫩，却有一副雷打不破的铁框子，毕生行止悉数限定于此，此即为命运烙下的法印。人心之动静不在于有情无情，而在于这枚法印承载不了太多的负担，甚至容纳不下第二颗心。命运如此，王山公这个疯子却想在木头人胸膛里创造奇迹，那不是大花面抹眼泪，离行离列又离谱吗？红船名伶苦涩地摇了摇头，没有打击王山公的热情，相反，她用一副平静的口吻道："王老爷，这个忙我帮。"

第一百零七回　商馆广场

根据《南京条约》第二款的规定，洋人拥有进入广州城自由贸易的权力，清廷从爷爷变成孙子，再也不敢限制洋人的活动。有时候屠刀未必是万能的，《南京条约》签订一年半以后，英国商人却依然徘徊在他们最想进入的广州城外——阻挡他们前进的不是官府，而是来自强大的民间力量。这股力量表面上由士绅阶层领导，实际上真正的组织者是洪门。

红毛鬼子进不了广州城，商馆广场便成为对外贸易的集散地和终点站。去年被烧毁的商馆修葺一新，广场上遍布摊档，周围挤满了大大小小的商船，非常拥塞。王山公和"逃军和"的船刚划到广场附近，"礼锦堂"的小头目黄敬仁便拦住了去路："二爷，四爷，'和番堂'的刘阿妈叫人当汉奸拿了，咱们管不管？"

"和番堂"是"义和堂"在香港岛设立的堂口，大龙头是劳德择，二龙头是刘丽川。刘丽川在"洪德堂"的地盘跌了跤，"洪德堂"兄弟出手营救责无旁贷。但是，官府在鸦片战争中战败后，基本上不敢和洋人公然作对，坚持抓汉奸的只有洪门和草根群众。王山公、叶二和异口同声地问："是本堂兄弟干的吗？"

商馆广场位于南海县和番禺县交界，“德礼堂”“德勇堂”和“德信堂”三堂兄弟经常在附近活动，单是“德礼堂”旗下便有“礼锦堂”和“礼红堂”两支人马，是以王山公与叶二和有此一问。哪知道黄敬仁晃了晃头壳，苦笑道：“是‘全客堂’。”

战前民众畏官如虎，战后百姓视官如仇。随着洪门声望急剧上升，民间出现了大量的冒牌堂口，叶帝福的“全客堂”即为其中之一。说它是水货，是因为此类堂口无继无承，只有洪门入会的仪式，而没有洪门的传法会簿。叶帝福仗着自己出身红船，借用了“洪德堂”外围堂口的“全”字序列，“客”字是因为他和堂口的骨干都是客家人。

“全客堂”不隶属任何一家洪门堂口，叶帝福又四处炫耀自己的红船经历，弄得商馆广场附近的“洪德堂”兄弟难奈其何。这股新生的力量毫无束缚，日夜在商馆广场捉拿汉奸，谁的面子也不给，从官府、社学、黄家兄弟到“义胜堂”等老牌势力通通得罪了个遍，成了商馆广场最让人头疼的一根刺。

叶帝福如果是头壳灵光的人，他就不会在十三行街卖什么滑稽剧本，这家伙脾气上来后天王老子也不放在眼里。一听他的名字，王山公顿时像霜打了的茄子一样，对叶二和说：“你跟他是一家子，你去摆平这事，我可没工夫跟他置闲气。”

“逃军和”道：“二哥，要不你回去先？”

“我在码头等你。”王山公指了指怀中的“枫子鬼”，“她一丁点受不得惊扰，你瞧她睡得多甜。哎呀，我也困了，你快走吧。”

陈罗婵用云璈八曲为“枫子鬼”凝魂聚魄后，王山公拿小木头人当心肝宝贝，生怕她受到些微颠簸，把好不容易才凝聚起来的魂魄震裂飞散。“逃军和”拱了拱手：“二哥，你在船上歇着，我把刘阿妈救出来，再来接你。”

“逃军和”带人走后，王山公抱着“枫子鬼”酣然入睡。刚把眼皮合上没半个时辰，“哐当”一声巨响，快船被一条西瓜艇撞了个歪斜。王山公滚下床板，怀里的“枫子鬼”一骨碌在地上翻了几串筋斗。王山公疼得心都快要碎了，伸手捡起“枫子鬼”想吹去灰尘，“哐当！”西瓜艇又狠狠地来了一下，连人带鬼，摔了个四仰八叉。

西瓜艇上有人喝喊：“王八蛋，都统大人来了，也不知道让个地方？”

王山公这次是真急眼了，望着趴在地上奄奄一息的“枫子鬼”，不由得怒从心头起，恶向胆边生，一个箭步跳出舱外。但见灯光之下，三条大船相继靠岸，当中一杆八旗营的黄龙旗高高飘扬，船上提刀带枪站着二十来位八旗兵丁，喊话的是个佐领模样的人。黄龙旗下挺胸叠肚的胖子正是隆福，后面是贴身护卫兼娈童裕龄。裕龄年方十六，生得齿白唇红，会唱昆曲、皮黄和秦腔，平日专门替主子收银子、拉皮条。

鸦片战争中，清军最叫人不齿的尚非临阵脱逃，而是讳败为胜。靖逆将军奕山在广州只打了一天半即举白旗投降，花了六百万元赎城不说，还厚颜无耻地谎称大捷，保举了五百多名文武官员升官补缺。在这种情况下，隆福在莲花山弃城而逃的罪责一笔带过，无人追究，不仅保住了参领的官职，而且晋升为八旗左翼副都统。

佐领瞅见船舱里钻出一个白面秀才，怔了一下，又开始骂骂咧咧：“王八蛋，有功名就敢在大爷面前耍横？快滚开，小心老子把你当汉奸拿了。”

王山公冷笑：“你一个汉军八旗，遇到红毛鬼子叫爷，看见臊鞑子喊爹，把祖宗的脸都丢干净了，怎好意思骂别人是汉奸？”

佐领恼羞成怒，抽出腰刀凌空劈下：“大胆反贼，光天化日之下辱骂朝廷。哥儿个，给爷抄家伙。”

王山公从船头抓起一捆绳索，侧身让过刀头，右手一把捏住佐领的脖颈，用绳索把这小子的四肢捆了个麻花。紧接着如法炮制，将西瓜艇上跃下的清兵前后缚了十几个，捆成粽子形状挂在快船的船头。不管是岸上摆摊的小贩，还是来往船只的行旅看客，均被王山公出手如电的上乘武技惊呆了。其中有一个人认出了王山公，扯着嗓子大喊：“这不是收拾‘百齿鲨’的王老爷吗？”

“‘百齿鲨’算个鸟？”有人不屑一顾，“飞头鬼还是人家逮住的呢。”

隆福升官后更加惜命如金，假模假式地去拔腰刀，被裕龄一把按住：“我的爷，这儿遍地都是姓洪的，千万别触霉头。再说，咱们不是想在佛山堡开窑口吗？得罪了‘德礼堂’，即便‘大魁堂’批了牌照，买卖也做不成。”

隆福把腰刀塞回刀鞘：“妈了个孱，难道本都统就任由他欺负？”

“和气生财嘛，”裕龄道，“爷去医局瞧病，这疯子我来应付。”

十三行制度废除后，商馆广场附近的各条街道不仅没有萧条，反而愈发兴旺。由于可以直接与洋人做生意，广州和佛山堡的商户纷纷赶到十三行街、靖远街、同文街、新豆栏街等街道购置或者租赁铺面。“琉璃球”和金良玉兄弟大肆扩张，一口气买了十来间铺面，成为同文街首屈一指的大财主。裕龄走进“金记”瓷器铺，迎面看到“琉璃球”正在和宋琼吃茶，笑盈盈地上去见礼：“书办哥哥，好闲在啊。”

因为保障商馆安全有功，宋琼现在是洋人的座上宾，指名道姓要他留在税官做书办，粤海关也巴不得弄这么个主对付洋人，双方一拍即合，成就了宋琼广场之王的梦想。宋琼和“琉璃球”起身离座，热乎乎地将裕龄迎接到座位上，奉承：“兄弟越长越俊，应该到红船扮一个大老倌。”

“全仗两位哥哥体贴，”裕龄抿着嘴笑，“红毛鬼子就是心眼儿巧，香胰子抹上皮，粉嫩嫩的溜溜滑，不信你摸一摸？”

宋琼躲开他：“不敢，要是让都统大人知道了，非咬死我不可。”

“瞧你说的，那老鬼才不怜惜我。”裕龄扭了扭腰肢，“上回在海印庵开无遮大会，他从后面弄我，前面趴了一个小骚货，两头通气，差点没把我累死。”

“琉璃球”问：“裕龄兄弟，听说都统大人想拿下八旗营水师？”

战后鸦片贸易兴盛，但在官面上鸦片买卖仍属非法。隆福近来运动广州将军奕湘，想把从前的水师巡缉船恢复起来，将矛头对准洋人以外的商贩——打不了老虎拍苍蝇，一年下来照样能捞一大笔白花花的银子。

裕龄娇滴滴地说：“没错，奕湘大人已然应允，只差制台衙门一句话。”

宋琼问：“莫非程大人也想插一脚？”

裕龄轻蔑地“嗤”了一声：“他算哪根屌？”

“琉璃球”灵机一动：“兄弟是说，他这个护理总督没戏？”

“对喽，”裕龄向他抛了个媚眼，“粤东事关本朝气运，汉人终究是信不过的。别以为皇上好糊弄，到了要命的关节，他老人家会不知道谁远谁近？”

宋琼双手抱拳：“佩服，佩服，还是我兄弟有后眼，肏屁股也不能让汉人肏。”

“哎呀，”裕龄跺了跺脚，“金大哥，你听宋哥都瞎说些什么呀？”

“琉璃球”郑重地说：“兄弟，咱们说正经的，八旗营水师要是改为巡缉船，你务必向都统大人求情，给我兄弟留一条生财之道。”

“那还用说?”裕龄道,“不看僧面看佛面,朱大哥好歹管着海珠炮台呢。”

“琉璃球”笑着说:“他马上该挪窝了。”

宋琼问:“去哪儿高就? 怎么没听说起过?”

“琉璃球”回答:“官升了,缺没定。”

年前赖恩爵升了广东水师提督,大张旗鼓开始整军经武,搞水师就一个字:钱。朝廷欠洋人的窟窿还没补上,哪有钱给他买炮造船? 好在天下利欲熏心者众,官府又有那么多可以盘剥百姓的缺,不给钱就给政策。新年刚过,广州城便挤满了怀揣银票跑官的人,金氏兄弟替朱剑飞筹备了一笔银子,运动了一个都司的顶戴,正在设法谋一个肥缺。

“太好了,”裕龄使劲拍了一下桌子,兴奋地说,“朱大哥若吃着肥肉,咱们便可以两条路子来钱,神不知鬼不觉。”

宋琼指着喧嚣的广场,叹了口气,“这年月弄点钱是实在的,朝廷惹不起红毛鬼子,连穷棒子都快惹不起了。有了钱,随便买个顶戴,比十年寒窗苦读强。”

“呵呵,”“琉璃球”得意地说,“兄弟不才,顺便也买了个顶戴。”

裕龄忙问:“你花了几多钱?”

战后,清廷不顾脸面,公开卖官鬻爵,明码标价——二百两银子九品顶戴,三百两从八品顶戴,四百两盐知事,八百两县丞,一千二百两从七品州判,一千六百两按察司经历,两千两从六品布政司经历,两千四百两通判,三千二百两从五品盐课提举司提举,四千两同知,六千两从四品运同,八千两知府,一万二千两道员,两万两三品盐运使……

“琉璃球”伸出两个手指头:“我是买着玩玩的,从六品。”

“贵了,”裕龄摇了摇头,“你要是想买个八旗出身,我可以给你打八折。”

宋琼懒洋洋地说:“官都不值钱了,买它作甚?”

“琉璃球”问:“都统大人呢?”

“去医局看病了。”裕龄道,“两位哥哥,有没有洪门的交情?”

两个人齐声问:“么事?”

裕龄把王山公吊打八旗营兵丁的事叙述了一遍,“琉璃球”皱了皱眉头:“王山公是个半大疯子,这事只能找叶老二帮忙,刚才我瞅见他在小溪馆晃荡来着。”

“逃军和”在风月场中颇有声名，裕龄问：“这个大屌货好说话吗？”

“琉璃球”点头：“没问题，他兄弟关在南海县大牢，这些年四处求人，必定用得着你。”

裕龄疑惑地问：“他去小溪馆干啥？”

宋琼喝了一口茶：“断案子呗。”

裕龄又问：“啥案子？”

宋琼打了个哈欠：“捉汉奸。”

“汉奸”是中国近代史上最富有生命力的词语之一，从第一次鸦片战争到中华人民共和国成立的一百余年里，没有一个词语像它那样应用之广泛。鸦片战争结束后，慑于洋人的淫威，官府已经不敢轻易拿“汉奸”这个词说事。这个魔灵迅速转移至民间，从普通百姓到士绅名流咸将其当作有力的武器来使用。

商馆广场是贸易集中区，鱼龙混杂，传统的三大势力如“义胜堂”“全元堂”和黄家兄弟都与洋人有着千丝万缕的联系，也都与叶帝福产生过摩擦。听说“逃军和”来了，郭三登、谭第发和黄文汉三人赶到小溪馆，纷纷向“逃军和”倒苦水，“毕烂艇”和“十三迷香”也分别代表“德勇堂”和“德信堂”到场。

各家势力中，黄家兄弟和叶帝福积怨最深。黄文汉破口大骂：“李鬼打李逵，假堂口抓真堂口，丢他老母的，四爷，你得给兄弟们做主。”

郭三登指着叶帝福的鼻子尖：“老叶，你又不是疯狗，哪能逮谁咬谁？刘阿妈是我们‘洪义堂’的人，二爷都得给面子，我看你这次咋交代？”

由于叶帝福有红船背景，因此各股势力尽量不和他发生正面冲突。黄文汉连着吃了叶帝福几次亏，便琢磨出了一条计策——他故意把“和番堂”的货物装在自家的船上，招摇过市引诱叶帝福上当。叶帝福不明就里，派人拦截了黄家的船，结果把烫手山芋抓到了手里。

当着众人的面，叶帝福不甘示弱，把铁棒往地上一戳：“老子不管他是谁，只要给红毛鬼子送吃送喝，必当汉奸捉拿。”

大伙早就想拿叶帝福下刀子，这次逮到机会，加上叶二和亲眼见证，谁也不肯放过。“十三迷香”提醒：“阿福哥，刘阿妈是正儿八经的洪家兄弟，不是冒牌的。”

叶帝福大声吼叫："老子也不是冒牌的。"

郭三登挥了挥手："行啦行啦，你有传法会簿吗？"

叶帝福失了锐气："凭我和阿茂的交情，我去借，他能不给？"

"看看，还是冒牌的嘛。"黄文汉说，"快把刘阿妈放了。"

"逃军和"朝叶帝福抱了抱拳："大哥，刘阿妈是'洪义堂'的人，你这么干，犯了二爷的大忌。纵使把官司打到二爷那里，他也不会袒护你。"

叶帝福悻悻道："人货可以放，但船得留下。"

黄文汉一听火冒三丈："凭啥？"

叶帝福再糊涂，也知道不能犯众怒，尤其是不能丢掉洪门这座靠山。到了危急关头，老实人也会动心眼，他掰着手指头数落："姓黄的，你们这一个月来了五回，比郭二爷和谭老兄加在一起还要多，我都给你记着呢。从红毛鬼子手里买枪买炮买芙蓉膏，爷爷可以不管，算是给你手下兄弟谋口饭吃；可你要给红毛鬼子送吃喝，爷爷这根铁棒坚决不答应。"

叶帝福一席话，把"义胜堂"和"全元堂"摘干净，矛头单单对准了黄家兄弟。黄文汉又气又急："给红毛鬼子送点吃喝算汉奸的话，广场里的摊贩都该抓。"

叶帝福摆了摆手："他们是老百姓，养家糊口，不能算汉奸。"

黄文汉跳了起来："姓叶的，我看你是专门和老子过不去！"

"老子就是和你过不去，咋啦？"叶帝福毫不示弱，"凭你们兄弟干的那些鬼事，以为大家不知道？有胆子，咱们到二爷跟前讲理去。"

黄文汉转过脸对"逃军和"说："四爷，现在不打仗了，你给断断这个理，给红毛鬼子送点鸡鸭鱼肉，不能叫供应粮草吧？"

"逃军和"为难了，枪炮、鸦片、粮草都是买卖，总不能厚此薄彼，你洪门买枪买炮买鸦片膏不算汉奸，人家黄家送点吃喝就是汉奸？同样是送吃送喝，小老百姓送不是汉奸，唯独黄家就是汉奸？叶老二想了半天，硬着头皮说："不算供应粮草。"

叶帝福一蹦三尺高："叶老二，你敢包庇汉奸？"

洪门是最讲究上下尊卑之分的，不把堂口大佬放在眼里那还了得？"十三迷香""毕烂艇"和黄敬仁齐声怒喝："叶帝福，你敢对四爷不敬？"

"你以为你们人多老子就怕了？"叶帝福这次没有退却，"姓黄的坏事做尽，他们要不是汉奸，这世界上就没汉奸了。”

“逃军和”默默无语，是啊，黄家兄弟不算汉奸，还有谁是汉奸？黄文汉心里发虚，指着广场说：“汉奸多了去，凭啥总咬住老子不放？”

叶帝福把铁棒担在肩头：“行，有本事你捉一个来，让大伙瞧瞧，汉奸是啥样。”

“琉璃球”走过来，听到他们的争吵，连忙替自己澄清：“哎，哥几个，金某最多倒腾点西洋货，玩点西洋法术，这不算汉奸吧？”

“逃军和”问：“金老爷，你有什么事？”

“琉璃球”打躬作揖：“四爷，王老爷捉了十来个八旗营的兵丁，裕龄想求个情，看能不能给都统大人一个面子？”

营救叶三和这桩事上，隆福终究是用得着的。“逃军和”把黄敬仁叫过来：“你去知会一声王老爷，别把人给打残了。”

黄文汉气嘟嘟地向“逃军和”行了个礼：“四爷，你等会儿，我给你逮个货真价实的汉奸来。”

位于新豆栏街的医局开设八年来，一直免费义诊，利用西方先进的外科手段治愈了上万例眼科病人，伯驾被老百姓尊为“活菩萨”。黄文汉和“厚皮棍”领了十几个打手，从小溪馆拐了一个弯进入新豆栏街。发现医局亮着灯光，“厚皮棍”竖起拇指：“八爷神机妙算，你咋知道‘活菩萨’在？”

黄文汉感到莫名其妙：“咱们捉汉奸，干伯驾个屁事？”

“啊？”“厚皮棍”惊讶道，“他不是汉奸？”

黄文汉瞪了他一眼：“红毛鬼子算个鸟汉奸？即便伯驾大夫是汉奸，刚才你没有听见姓金的说？上个月人家就去了澳门。”

《南京条约》签订后，帝国主义列强排着队来中国割肉，第一个就是红毛鬼子的难兄难弟花旗鬼子。正月初七，美利坚合众国派出一位叫顾盛的特命全权大使，与广东布政使黄恩彤在澳门城正式展开交涉。为了花旗国的利益，伯驾大夫撕下了“活菩萨”的伪装，被洋钦差顾盛聘为助手，亲自出面参与《望厦条约》的谈判。“活菩萨”对中国情形比较了解，这一点帮助他在三年后出任花旗国政府驻华代办，十一年后出任花旗国驻华全权公使。曾经宣誓投身于布道事业的伯驾大夫，医而优则仕，离开“纯洁”的宗教踏入枪炮红尘，给黄皮肤黑头发的人上了生动的一课——原来基督的心不在天上，而在东方大地。

“厚皮棍”恍然大悟：“我明白了，咱们要抓的是林官的侄子？”

“去去去，别他老母的胡说八道。”黄文汉不耐烦地斥道，“关韬学得一手好手艺，是半个活菩萨，逮他要遭天谴的。”

“厚皮棍”疑惑地问：“那捉谁啊？”

黄文汉神秘地说：“有个叫梁阿发的，你知道不知道？”

“厚皮棍”摇了摇头：“他是干啥的？”

“宣扬红毛教的。”黄文汉吃吃笑道，“咱们卖给洋人东西是为了赚钱，这个老王八蛋四处宣扬红毛教，让咱们舍了祖宗改奉基督，你说，他算不算汉奸？”

“厚皮棍”吃惊地说：“有这号人？那不是挖祖坟吗？”

“可不是？连他儿子都不听他的。”黄文汉摸了摸刀鞘，“这老家伙最近住在医局，等都统大人一走，咱们把他带回去给姓叶的瞧瞧，谁才是如假包换的汉奸！”

十年前，梁阿发因为在广府学宫外散发《劝世良言》而被官府缉捕，带着儿子梁进德坐船逃往新加坡。后来梁进德回到广州十三行，跟随传教士裨治文学习英语，道光十九年进入林则徐幕府充任翻译，极得林则徐的赏识。官府看在他儿子的面上撤销了对梁阿发的通缉，这老小子便离开南洋，回到家里与家人团圆。黄文汉说的没错，梁阿发是一个彻头彻尾的汉奸，他一心一意把儿子塑造成上帝的仆人，发誓死后不让儿子给中国人办事。无奈人算不如天算，梁进德掌握了英文后，根本不想把自己献给那个虚无缥缈的上帝，让他老爹和裨治文、伯驾等传教士痛心疾首，觉得辛辛苦苦培养了一个白眼狼。梁阿发感到对上帝有愧，于是益发卖力气宣扬红毛教义，“新豆栏医局”是他常用的一个落脚点。

二更天过后，王山公那边放了八旗营兵丁，隆福离开“新豆栏医局”扬长而去。为了摸清医局内的情况，“厚皮棍”怀里揣了一把刀仔，爬上房顶前去打探。有一间屋子的灯光还没有熄灭，“厚皮棍”倒挂身躯，蘸了口唾沫，在纸窗上掏出了一个洞。人影幢幢，他发现屋里有三个人，关韬穿着白大褂坐在桌子内侧，对面是一条身材高大的汉子，旁边有一个人正靠着墙壁打瞌睡。

“厚皮棍”不认识梁阿发，只听说他长了一脸的络腮胡子，像一位江湖侠客，这名身材高大的汉子可能就是。为了确证这一点，“厚皮棍”屏住呼吸，竖起耳朵听二人对话。只听那条汉子问：“关大夫，既然只有上帝一尊神，为什么还分那么多教派？”

关韬跟着伯驾学了这么些年医术，耳濡目染，对基督教的教义自不陌生。他最钦佩的是西洋人的医术，对宗教的理解也习惯于从医学的角度出发。他摆弄着手术刀说：“人都是一个鼻子两只眼、两条胳膊两条腿，啥都一样，就是心不一样，搁在一起免不了打架。江湖上哪有不分门别派的？咱们神多还好办，他们就一个神，不够分的。”

“不对，不对，你说的不对。”汉子摇摇头，“人心都是一样的，所以只要一个神。神多了不好，容易出鬼，容易惹是生非。”

关韬被训了一顿，心里很不高兴，耐着性子问：“兄台，你到底想知道些什么？”

汉子不好意思了：“关大夫，你说，你说。”

关韬问：“我说啥呀？”

汉子道：“他们分哪些门派？”

“那可多了去，”关韬把手术刀放在桌子上，掰着手指头数，“法兰西是天主教，俄罗斯是东正教，英吉利和花旗国是更正教。同样是更正教，下面又分一千多个门派，大的门派有长老会、路德会、圣公会、浸信会、公理会、循道会……”

那汉子一拳擂在桌子上，震得“厚皮棍”耳膜嗡嗡直响：“好端端的一个神，七七八八割出这么多零碎，真是不孝子孙。”

关韬吓了一跳：“兄台，你说谁？”

“我没说你。”汉子歉意道，“关大夫，伯驾先生属于哪一个门派？”

关韬这回学了个乖，给了一个笼统的答案：“他是更正教的。”

“更正教，更正教。”汉子念叨了两句，“关大夫，听说红毛教跟洪门差不多，都是大佬一个人说了算。”

“你说的是长老会，伯驾先生属于公理会，他们属于一个大门派，底下分了叉。”关韬不得不认真解释，“大佬说了算是古时候的遗风，现如今越来越少了。在公理会，有事大伙一起商量着来，都是平等的，没有高低贵贱。”

“放屁，”汉子又拍了一下桌子，情绪十分激动，“你一言我一语，能干成个屌事？都他老母的自作主张，要上帝有个屁用？”

关韬奇怪地问：“这位兄台，你要干啥事？”

“老子要致良知，懂吗？”汉子昂然道，“把良知致出来，把坏心眼诛杀干净。让老百姓全体向善，万众一心，通通改信上帝。”

致良知不是圣人的事吗？莫非上帝也会？关韬有些困惑——梁阿发辛辛苦苦几十年，连自己的儿子都没教育成功，眼前这个满嘴花县口音的客家佬真敢开牙。他呆了呆：“兄台，你是来找伯驾先生的，还是来看病的？”

汉子霍地站起身，鄙夷地看了关韬一眼：“老子没病，红毛鬼子才有病呢。好端端的一个上帝，非说什么圣父、圣子、圣灵三位一体，这不是陈年草药发烂渣吗？哪有当爹的和当儿子的是一个人？说出去有人信吗？还有那个说不清楚的圣灵，我来考考你，啥是圣灵？”

关韬目瞪口呆：“我哪知道？”

“哈哈，”汉子仰天大笑，从腰里抽出两把寒光闪闪的宝剑，认真地比画，“圣灵就是无情剑，一公一母。一个是圣父，一个是圣母，你瞅仔细了。”

靠着墙根打瞌睡的人被笑声惊醒，发现那汉子在关韬面前持刀乱舞，吓了一跳，连忙把那汉子拉到门口，回头朝关韬致歉：“关大夫，我哥他就这脾气，你别介意。”

“厚皮棍”听到“无情剑”三个字，急急忙忙蹿上房顶，沿着原路跑回来，上气不接下气地向黄文汉汇报：“八爷，那个老汉奸可不得了，手里还有无情剑哩。”

黄文汉吃了一惊：“无情剑？”

“厚皮棍”擦了一把汗：“没错，一个公的，一个母的，总共两把。”

“呸，”黄文汉狠狠地啐了他一口，“无情剑是白龙化身，去年就在大明山入世，你的眼珠真好使，还能分出公母？”

“厚皮棍”争辩：“一会儿他们出来，不信你看啊。”

不大一会儿，从“新豆栏医局”走出两人，正是那汉子和他的伴当。众打手一拥而上，将两个人死死地按倒在地上，拿绳子捆了个结实。汉子在地上兀自不肯就范，扯着嗓子嚷嚷："凭什么抓人？凭什么抓人？"

"老汉奸，还敢嘴硬？""厚皮棍"照着他的胸口给了两脚。

打手从汉子腰间解下两把宝剑，黄文汉抽剑出鞘，剑刃闪着凛冽的寒光，显然是不可多得的好兵器。黄文汉傻眼了："丢他老母，还真是一个公，一个母。"

黄文汉和"厚皮棍"率领手下押着两个汉奸回到小溪馆，"逃军和"不看则已，一看大惊失色："哎呀，这不是冯先生吗？快快松绑。"

王山公抱着"枫子鬼"坐在椅子上，低头一瞧，果然是冯云山。那个所谓的老汉奸正是冯云山的宝贝表兄洪秀全，王山公咯咯地笑道："老冯，你啥时候当起了汉奸？"

冯云山羞愧难当："我们去医局看病，顺带请教几个问题。"

黄文汉追问："啥问题？"

洪秀全刚想说话，冯云山拉了他一把，答道："心学。"

王山公发出一阵怪笑："老冯，你连撒谎都不会。'新豆栏医局'是红毛鬼子开的，那个伯驾只会宣扬红毛教，他懂得什么是心学？"

洪秀全抬起头："红毛教就是心学。"

黄文汉高兴地拍起了巴掌："瞧瞧，这才是地道的汉奸。"

洪秀全和冯云山是客家人，叶帝福也是客家人，他做梦也没想到黄文汉这厮竟然逮了两个客家汉奸，当众朝自己眼里撒胡椒面。叶帝福脸上火辣辣的不自在，把铁棒抡起来，气冲冲地向洪秀全吼道："我打死你这个不要祖宗的狗汉奸。"

冯云山见势不妙，扑过去苦苦央求："各位英雄，各位好汉，且息雷霆之怒，余保纯当年就是我表哥一砖头砸跑的，他怎么会是汉奸？"

"逃军和"支持冯云山："对啊，洪先生不但不是汉奸，还是打汉奸的英雄哩。"

黄文汉不由得气结："四爷，那你说谁是汉奸？"

王山公双手抱拳："各位，眼下不打仗，汉奸这顶帽子不好随便乱扣。天不早了，大家回去仔细琢磨琢磨，到底什么才算真正的汉奸。火秀兄算不算汉奸我不知道，但我洪家兄弟绝不杀姓洪的，这是祖师爷定的规矩，明白吗?”

既然王山公发了话,大伙不好再说什么,陆续散去。洪秀全刚要随冯云山走,王山公把他喊住:“火秀兄,听说你在致良知?”

洪秀全举起手中的剑:“对啊,你不是天天在诛心吗?咱们差不多。不过,我是用无情剑去芜存菁,合千万心为一心,四海一统,定于一尊,上帝即圣灵。红毛鬼子为什么厉害?就是因为他们只信一个上帝,我们也应该这样。”

同样是诛心,王山公诛出来的是人心惟微,生发出每一颗心的不同之处;而洪秀全诛出来的却是万众一心,用无情剑裁短量长,将所有的心整齐划一。王山公不禁打了个哆嗦,用手摸着怀里沉睡的“枫子鬼”,喃喃地问:“用无情剑裁心?”

洪秀全点点头:“没错。”

依照王山公自己的修炼,心的第三层也是一道光。但是这道光轻如羽翼,展翅翱翔在宇宙深处,它是引领心儿飞翔的神光,并不沾染丝毫的刀光血影。这道光影美如天日,充满了人世间忘我的力量——陈罗婵为了追求它,宁愿舍弃天作之合的美满姻缘。这样的光芒,难道会闪烁在无情剑的剑刃?王山公从怀里掏出“枫子鬼”,凝视许久,长叹道:“火秀兄,在下毕生磨炼一颗心,尚且难成正果,何况千万心?剑裁不了心,最多割肉罢了。”

第一百零八回　仗剑西游

去年冬月，在飞来峡金芝岩的丹砂井探宝后，“打铁罗”架不住洪秀全的苦苦央求，用剑石和那株说不出是什么的五色草打制了一对宝剑。剑成后凛洌如水，光彩照人，剑身和剑刃呈现白云飞雪之状，煞是奇异。洪秀全激动得热泪盈眶，认定它们就是无情剑，给这两柄剑分别起了个响亮的名号：一曰“斩妖”，一曰“除魔”。

“神剑”既成，接下来的工作当然是奉天承运开创上帝教的伟大事业。洪秀全制订了一套详细的创业计划——先到商馆广场找伯驾、梁阿发要两本书，充实一下红毛教的理论功底；然后到紫坭岛拜谒混元老祖神像，以示效法苗驼子重组神界的决心；最后趁洪门和“逍遥门”火并的当口，在民智开化的珠江三角洲广收门徒，奠立宏图霸业。

一旦点燃心中的火焰，洪秀全便充满了激情。虽然在商馆广场挨了顿揍，但是“新豆栏医局”熙熙攘攘的场面震撼了他，让他更加坚定了求道的信念。兄弟二人回到花县，决定正式启动布道事业。首先，洪秀全把“斩妖剑”赠给见多识广的表哥李敬芳，拉他入伙；其次，让洪仁玕到禺北的陈田乡提醒何壮昭，告诉他做大事的机会来了，入伙须趁早；再次，命令赖汉英到佛山堡通知刘端湛，别抱着书本死啃了，发了财，什么官买不到？

一篇令人心潮澎湃的雄文写就，洪秀全佩戴“除魔剑”在冯嫂的酒铺舒舒服服地喝起了小酒。肠子刚刚暖和一点儿，冯云山沉着脸走了进来，后面没有李敬芳的人影。洪秀全心里“咯噔”一下，脱口问道：“大哥没来？”

冯云山叹了口气：“我在莲花塘寻了个遍，谁都说不知道。”

洪秀全脸色煞白，端着酒杯的手不由得颤抖了起来。大哥都跑了，还办个屁大事？两把无情剑中，“斩妖剑”是公的，威力应该比“除魔剑”要大。自己将大哥的位置拱手相让，没想到好心成了驴肝肺，这算什么大哥？

“大哥做的也没错，”冯云山劝道，“基督是上帝的儿子，在红毛国已经坐了天下，他来了不抢你的饭碗？”

洪秀全就坡下驴：“有道理，有道理，咱们找何聋子去。”

两个人乘坐马车赶到陈田乡，老远就见洪仁玕蜷缩在村口土地庙的屋檐下，浑身瑟瑟发抖好像冻了一夜似的。洪秀全跳下马车：“何聋子呢？”

洪仁玕结结巴巴地说：“哥，他这回真聋了，我说什么都听不见。”

完了，何壮昭准定是找个借口避而不见。洪秀全挎着宝剑来回踱步：“丢他老母，平时放葫芦比谁都大，一动真格的就塌了架子。百无一用是书生，百无一用，准准的。”

冯云山面色平静，仿佛早料到会是这个结果。等洪秀全发完火，低声劝道：“一百个耗子不咬猫，布道不比看戏，他不想去，咱们何必强求？”

洪秀全发展的信徒中，眼下还有一个刘端湛，希望尚未最后破灭。他振作精神：“端湛兄志向远大，饱读诗书，想必不会放咱们鸽子。走，去紫坭岛找他。”

初春的紫坭岛，没有萧瑟的落叶，只有鲜花绽放的海洋。从洪奇沥和蕉门吹过来的海风余威尚存，把紫坭岛上的花儿、草儿轻轻地卷起来，一一抛撒进长着眼睫毛的云海里。一枚草儿摇摇摆摆向洪秀全飘来，他小心翼翼地伸手接住草儿，那副生怕磕着碰着的样子，仿佛这枚草儿果真是他的心。

洪仁玕感冒发烧，退出了创业的行列，洪秀全身边只剩下了那道永远的影子。躺在绿油油的草地上，洪秀全嘴里叼着青草，斜眼瞥了一眼默默无言的冯云山，心里很是羞愧。论和“打铁罗”的交情，冯云山比自己只深不浅，结果，两把无情剑人家一把也没捞到手，自己这个教主是不是瞎了眼核？这些年吃人家、喝人家，要不是有这位表弟出钱撑门面，自己只怕早就饿瘪了肚皮。更重要的还不是这些俗事，这位表弟腹有奇才，偏偏把自己捧到手心里，每每给自己打气壮胆。说句不客气的话，自己的精神支柱不是上帝，而是这位表弟。

王山公那个疯子说的没错，心这玩意确实不好拿拢。有的人你对他掏肝掏肺，比如说大哥李敬芳，他却拿你当个屁；有的人你拿他当个屁，比如说表弟冯云山，他却对你掏肝掏肺。洪秀全想到这里，满怀歉意，越来越觉得对不起冯云山。

他那么大的本事，为什么要跟定自己？

自己没有把"斩妖剑"给他，到底出于什么心理？

洪秀全嘴里咀嚼着青草，起初甘甜的味道消失了，留在口腔里的尽是苦涩——说无情剑裁心完全是屁话，心都是自个飞过来的，就像自己这位表弟。

"云山，"洪秀全开口道，"你说，那个疯子对吗？"

战后的伶仃洋风起云涌，貌似庞大无比的清廷绽露出种种朽败的迹象。从士绅到草根阶层均对时局有了新的判断，洪门作为反抗清廷的老牌力量一马当先，正在积蓄力量跃跃欲试。展望这幕壮阔的前景，冯云山判断做一番轰轰烈烈事业的时机已经来临，遂毅然决心出山。从某种意义上讲，有没有洪秀全这柄"无情剑"，他冯云山这支刺向腐朽统治者的利箭都要射出，一去不回头，绝不会半途而废。

冯云山斟酌了一下："哥，王山公的话也许不错，江湖上已经传遍了，说大度和尚在大明山炼了一把无情剑，名字叫'镆铘剑'，白龙化身，六百年才来世上走一遭。"

洪秀全不高兴地驳斥："别听他们胡说。"

冯云山道："表哥，无情剑只能有一把，哪有公母之分？"

"对啊，"洪秀全拍了拍"除魔剑"，"这把是真的。"

冯云山笑了笑，没有说话。过了片刻，洪秀全又开了口："我问的不是无情剑，而是他论述心学的那几句话。"

江面出现了一条崭新的篷船，刘端湛衣冠楚楚，笔直地挺立在船头，样子十分潇洒。冯云山低头回答："我觉得他的话有道理。"

"哼，"洪秀全直起身子，把满手的草丢出去老远，"自古以来人如草芥，岁月摧之，风雨销之，何用刀剑？神不杀人，人自灭之。无情剑裁的是心，啥时候割过肉？"

冯云山饱读诗书，精通谋略。在他看来，表兄虽然没有文韬武略，但是他紧紧抓住红毛教这一点极其高明。纵观中国历史，数千年来的开国君主，不管是李世民、赵匡胤这些前呼后拥的大哥，还是刘邦、朱元璋这些出自草莽的泼皮，赖以号召群雄的无非是"富贵"二字，到底脱不出红尘中的俗套；而洪秀全能利用红毛教这具僵尸，最大限度地开发人心力量，抗衡洪门反清复明的大义，比李闯之流明显胜出一筹。

这种独辟蹊径的道路就是成功的希望所在，冯云山觉得不能乱泼冷水，随口赞道："什么刀不能割肉？非要无情剑？没错，表哥，你说得对。"

洪秀全笑着把刘端湛迎接上岸："刘兄，你想通了？"

在上一次的院试中，洪秀全与何壮昭依旧落第，唯独刘端湛取了秀才。他冲着洪秀全和冯云山抱拳："两位兄台，莫会错了意，我是看在过去的交情上，特地来给你们捎个信。紫垠岛眼下改姓了洪，苗驼子已经收拾铺盖滚蛋了，包括土地庙在内，鳌山这一片驻扎的都是'德信堂'的兄弟。刘某听'十三迷香'他们回来说，凡是进土地庙拜混元老祖和上帝的，一律当汉奸捉了投海。我怕你们吃亏，赶着来知会一声。"

洪秀全张着嘴巴，结结巴巴地问："你……你想撤伙？"

"根本没得干。"刘端湛坚决地摇了摇头，"南海、番禺、顺德、香山这些地方都是洪门的地盘，人家正准备铲除'逍遥门'哩，咱们这几头烂蒜顶个鸟用？再说，红毛鬼子的东西虽然好使，但老百姓打心眼里容不下红毛教，明白吗？"

洪秀全不服气地问："那他们能容下什么？"

"红船大戏呗，"刘端湛苦笑着说，"凡是有不懂的，他们都从戏棚里学。阿茂在百姓心中就是一尊神，根本轮不到上帝。"

冯云山叹了口气："看来你又从他们身上捞到好处了？"

通过给"德礼堂"帮忙，刘端湛尝到了甜头，一来挣了钱，二来靠了势力，三来不影响自己下科场谋求功名。既然有这种一根甘蔗三头甜的好买卖，他怎么可能追随洪秀全和冯云山去捞偏门？刘端湛打量了一眼洪秀全佩戴的“除魔剑”：“不是小弟半途撤伙，委实无情剑已然别属。仁坤兄，你手里拿的不过是一根烧火棍而已。”

刘端湛拂袖而去，船到江心，丢回一阵沙哑的曲声：

三尺龙泉万卷书，苍天困俺意如何？
山东宰相山西将，彼丈夫来俺丈夫。
…………

刘端湛的离去对洪秀全是一个沉重的打击，旁边又只剩下表弟和小舅子两个亲戚，红毛教可不是这样的。赖汉英打破沉默：“姐夫，土地庙是去不成了，你打算咋办？”

“去澳门城，”洪秀全咬着牙道，“伯驾先生和梁阿发在那里。”

赖汉英皱着眉头：“无情剑都没了，还要红毛教这身皮干啥？”

洪秀全抽出“除魔剑”：“这不是无情剑吗？”

赖汉英忍无可忍：“姐夫，满世界都传遍了，无情剑在大明山入世。刘先生说得对，你这把剑就是一根烧火棍。”

“丢你老母的，净给老子动摇军心。”洪秀全彻底伤了自尊，抬起脚，气急败坏地朝赖汉英踢了过去，“我看你才是一根搅屎棍子，快滚。”

赖汉英的武艺比洪秀全高多了，纵身躲闪，身体在空中划出了一道漂亮的弧线，飞出去三四丈远。在他看来，红毛教是一件外衣，无情剑是做大事的里子。如今里子荡然无存，再披上红毛教的外衣便失去了意义，徒然令人耻笑。赖汉英不愿意一条道走到黑，站稳脚跟向冯云山拱手：“乙龙哥，你们在外面逛累了早点回来，我姐姐还等着他呢。”

赖汉英行走江湖，武艺高强，和冯云山一文一武相得益彰。开创红毛教是一项史无前例的艰辛工程，离不开他这种好手，冯云山急得直跺脚：“汉英，别走啊。”

不大一会儿，赖汉英的身影消失在草坡的那一头。望着江面上船来船往，激起的一波又一波水花，洪秀全耷拉着脑袋：“算啦，他不是真草，由他去吧。”

从金芝岩回来后，洪秀全总喜欢用草比作心，用真草、坚草和耐草这些词来比喻虔诚皈依上帝教的教徒。冯云山不是不知道虔诚的重要性，但是正如王山公所言，磨炼出一颗心心相印的心何其艰难？创业初期更不能苛求。他泄气地说："哥，世界上遍地是草，但没有几根是你要的真草。无论草还是真草，那都是种出来的，不是用剑裁出来的。"

春天是灌溉和播种的时候，紫坭岛青草如海，哪一株是洪秀全种出来的？洪秀全拍了拍屁股上的泥土，他这辈子只有一枚真草、坚草和耐草，就是眼前的表弟冯云山。人生得一根真草足矣，千万不能丢了，洪秀全放缓语气："兄弟，你说咋办？"

与具有狂热精神的洪秀全相比，冯云山性格沉静，足智多谋，他已经清醒地认识到上帝教发展的土壤不在繁花似锦的广州府，而在远离闹市的偏远山区。那里的人们质朴无华，对神灵有一种本能的敬畏之心，正是生长真草、坚草、耐草的肥沃土壤。

冯云山是那种下定决心便绝不回头的性子，所以李敬芳、洪仁玕、何壮昭、刘端湛和赖汉英等人的离去丝毫没有动摇他的意志。此刻，见洪秀全问计，他抬手往北一指："咱们回家拿点盘缠去粤北，那里不行就去粤西。"

洪秀全惊异地问："你还有钱啊？"

冯云山似乎预料到此番南行的结果，提前在侄子冯瑞嵩和冯瑞珍手里存了一笔盘缠，现在正好用上。他敷衍道："我老婆的私房钱。"

冯瑞嵩和冯瑞珍很佩服冯云山采石卖石的本事，一心想采两块奇石卖出去发财。听到阿叔的召唤，两个半大小子无暇多想，背起包裹兴高采烈地跟着洪秀全和冯云山上路。一行四人在连江口镇换船西行，沿着连江逐渐深入粤北境内，越走山越高，越走越荒凉，时不时还遇到粤北绿林道的骚扰。到了连山白虎圩，所带的盘缠花了个底掉，连一块石头也没弄到。冯瑞嵩和冯瑞珍开始怀疑此次出行的目的，冯瑞嵩问冯云山："咱们到底来干啥？"

冯云山回答："采石头啊。"

"阿叔，你别蒙我们了。"冯瑞嵩道，"火秀叔逢人就劝人家加入红毛教，看到别人吃不饱饭还施舍两个铜板，咱们的钱叫他一个人糟践光了。"

冯云山一本正经地说："采石头要耐心，不能心急。"

叔侄三人正在客栈里你一言、我一语地交谈，洪秀全兴冲冲地从客栈外面跑进来，用他那副大嗓门嚷了起来："云山，我找到了一棵真草。"

冯云山问："在哪儿？"

"芝兰生于深林，不以无人而不芳。"洪秀全坐下来喝了一口水，"那人姓江，和咱们一样是塾师，住在八排瑶的上南岗。"

冯瑞嵩和冯瑞珍异口同声："还往山里走？"

洪秀全极不耐烦："不想去就滚蛋。"

冯瑞嵩拍了拍口袋，对冯云山说："阿叔，不是我们不想去，没钱了。"

人越多花销越大，冯云山这次没有阻拦，从怀里掏出钱袋子："这里有几吊钱，你们回去的路上省着点花，给你火秀叔家里带一个平安。"

冯瑞嵩问："你们花啥呀？"

"这个不用你操心，"冯云山说，"不是有文房四宝吗？可以卖了换钱，至不济我还会替人占卜。再说，你火秀叔现在捡了根真草，他能不供我们吃喝？"

广州府各县中，花县算是最贫瘠的地区，但跟八排瑶山比起来，那简直就是天堂。进了上南岗的瑶寨，洪秀全和冯云山才明白了一个道理，并不是说山区越偏远，越穷困，才是生长真草、坚草和耐草的肥沃土壤。套句大白话，山民如果穷得连饭都吃不饱，谁还有心思听你发放红毛国的精神食粮？

生长真草、坚草和耐草的地方应该具备这么几个条件：其一，应该是山区；其二，这个山区必须毗邻繁华贸易地区或者贸易通道，这些地方的人穷困归穷困，但思想并不闭塞，而且受到贫富差距的刺激，骨子里天然有一种拔刀而起的冲动；其三，这个地方暂时不受洪门影响，可以给上帝教的传播容留一席之地。

世界上有这么一个地方吗？答案当然是有，那便是粤西浔州府——作为连通粤西三江六水的贸易大动脉，浔江自西向东横穿浔州府，两岸层峦叠嶂，高山之间夹杂着平田，聚集着许多从粤东迁徙来的客家人。洪秀全对浔州府并不陌生，洪仁正和洪仁球就在贵县种地，赐谷村有他亲娘舅，表兄弟、表姐妹、亲朋好友一大堆，去赐谷村等于回到了姥姥家。

洪秀全和冯云山达成一致认识，立即辞别了江老塾师，出瑶山后，沿着贺江南下到达封川江口，再溯西江而上，经苍梧、藤县、平南、桂平等地，于四月初五抵达贵县赐谷村。

听说洪秀全从粤东来了，众位表兄像王盛乾、王盛坤、王盛爵、王盛朝等人都放下农活赶到王盛均家。有的抓了一只鸡，有的带了一坛酒，有的拎了一篮菜，有的背了一篓米，七手八脚凑了一桌丰盛的酒席。恰好洪仁正和洪仁球最近在六乌山下替人佣工，王盛均打发儿子王为正把他们俩喊来，穷亲戚们一起团圆，打打牙祭。

王氏宗亲多为粗人，只有王盛乾、王盛坤兄弟读过几天书，算是有文化的人。他们读的书如果和洪秀全比起来，那就差得不是一星半点，加上花县地近广州城，见识过红毛鬼子，所以洪秀全在亲戚们心目中地位很高。有鉴于此，尽管洪秀全和冯云山来得狼狈，连随手提的见面礼都没有带，亲戚们仍旧设宴款待，热情不减。

酒过三巡，菜过五味，王盛乾首先开口："火秀，听说红毛鬼子煞是厉害，把官府打得屁滚尿流，签了城下之盟，是不是这样？"

洪秀全点了点头："嗯。"

"要这样，朝廷的金銮殿能坐得稳吗？"王盛乾咋舌。

洪秀全优雅地端着一盅酒，既不喝也不放下。冯云山接过王盛乾的话茬："朝廷这次把人丢到爪哇国里去了，割地赔款不说，还向洋人俯首称臣。去年腊月二十我夜观天象，发现荧惑守心，五星聚于东井，看来天下即将大乱，必有明主出世。"

腊月二十是洪秀全的生日，冯云山这么说意在点醒王氏宗亲，这位身无分文的洪表弟将来会是一个贵人。可惜他用心虽深，大伙儿智慧有限，根本没往那儿琢磨。洪仁球和洪仁正兄弟最佩服冯云山的占卜本事，举起酒盅夸赞："乙龙，你说的没错，粤西眼下就乱得很。洪门从去年开始兵分三路讨伐粤西绿林道，把咱们这儿的堂口几乎全调走了。我们俩在北山银矿给人家抬石头，过去那儿是'雄胜堂'旗下'大雄堂'的地盘，他们开拔了以后，矿工新立了许多新堂口，叫啥的都有，隔三岔五便斗上一阵。"

书中暗表，大慈和尚归天后，总堂三位当家人与前来吊唁的各大堂掌印阿妈共同议定了洪门大略，首先扫荡粤西绿林道，把粤西这个根据地经营扎实；其次与“逍遥门”决战，报当年一箭之仇，同时解决洪门之主大位继承的问题；最后大会湘粤三省英雄，出五岭北伐中原，驱逐鞑虏，实现五祖遗愿，完成反清复明的伟大事业。

扫荡粤西绿林道的兵马分三路：大度和尚率领“洪胜堂”旗下西五堂和外十堂大军用兵庆远府，主攻河池州天马山盖九霄的老巢，这是北路；丁复国率领总堂“虎”字营和南五堂进攻十万大山狮头峰的梁老祖，拔掉粤西绿林道插在大明山背后的这枚钉子，扫清通往安南国和南洋的道路，这是南路；陈松率领总堂“凤”字营进至大峒寨，与胡有福的“洪义堂”兵力合在一起挺进圣堂山，这是东路。三路兵马中，南北二路是实打实地进攻，东路只是佯攻，用来牵制蓝太武的主力，让敌人首尾不能相顾。

冯云山心里一喜：“洪门真的撤走了？”

“那还用说？”洪仁球满嘴酒气，打着饱嗝，“他们不走，官府就不敢封矿，我们好不容易弄了个差事，又黄了汤啦。”

贵县北山银矿是粤西最大的银矿，由于获利甚丰，各股江湖势力纷纷参与其中，矿工们经常发生大规模的械斗。官府无力进行弹压，只得采取封矿的办法减少冲突，等冲突平息后再开矿牟利。如此开开停停，弄得附近依靠银矿谋生的百姓怨声载道。王为正和洪仁球兄弟同时丢的饭碗，气愤地骂：“官府这帮狗娘养的，屁用不顶，要吃饱饭还得靠自己。”

“有门道的人都弄了个堂号，别管真的假的，反正拿出去就能吓人。”王盛爵叹道，“可惜咱家在洪门没有熟人。”

洪秀全瞅了冯云山一眼，两个人齐松了一口气，看来这次来粤西是来对了。洪秀全把酒盅砸在桌子上，郑重地说：“咱们客家人和土人争来争去，杀得血流成河，说到底不过是为了一分平田三分山，没什么意思。同样是舞刀弄枪，何不团结起来做一番事业？三合会目下风头正劲，谁都上门巴结，谁都开堂立会，鱼龙混杂，泥沙俱下，显不出咱爷们的本领。俗话说打虎亲兄弟，上阵父子兵，我觉得为正贤侄说的在理，干什么都得靠自己，与其热脸贴冷屁股请个堂号，不如自己开创门派，别立天地。”

洪仁球首先嚷了起来：“对啊，咱们客家人有伯公和公王，何必信那五个秃驴？火秀肚子里墨水多，咱们跟着他合伙创个门派，先把北山银矿抢到手再说。”

客家人是一个文化特征非常鲜明的族群，除了具备高度的军事组织素养外，还有一整套与广府人不同的生活习俗，其中就包括信仰体系。这套信仰体系据说承袭古代的中原文明，所谓“抬头三尺有神明”，处处有伯公，处处见公王，前者如福德伯公、水打伯公、田头伯公和撑腰伯公，后者像三山国王、梅溪公王、石固大王和射猎公王。信奉的神灵既然如许多，那么施法的觋公和觋婆必不可少，这些人降妖除魔，说实话，是洪秀全的老前辈。

王盛乾认真地问洪秀全：“火秀，看来你是有备而来，你和乙龙是怎么打算的？你们想创个什么门派？”

洪秀全哈哈笑道：“乙龙的本事你们应该清楚，堪比诸葛武侯；我嘛，从红毛鬼子那儿请了一位大神，帮咱们降妖除魔，发财致富，你们且看这把剑。”说罢，他从剑鞘拔出那柄“除魔剑”，递给亲戚们。

大家伙儿都是刀光血影中杀出来的战士，对兵器均有一定的鉴赏力，看到这把寒光凛冽的宝剑无不啧啧称赞。一直当闷葫芦的王盛朝羡慕地说：“火秀，这确是一把好兵刃。”

“好兵刃？”洪秀全得意洋洋，“它就是无情剑。”

无情剑？

众亲戚面面相觑，脸上变得有些不自在起来。王盛朝皱着眉头：“火秀，说句话你别不爱听，无情剑咱们这儿早传开了，不就是那条从九嶷山飞来的白龙吗？听说这条龙在大明山整整藏了六年，去年化为一把‘镆铘剑’，落到洪门手里。我听江湖上的人说，这把‘镆铘剑’比武林至尊金蟾道士的‘八魔刃’还厉害呢。”

洪秀全拍案而起：“胡说八道，你听谁说的？”

热热闹闹的气氛立刻变得冷清起来，过了一会儿，王盛均尴尬地说：“火秀，这还真不是道听途说。二妹给白云老道当烧火丫头，她亲眼看到那条白龙归位。”

“二妹？”洪秀全失声道，他的眼前顿时闪过一张丑陋得令人恐怖的脸。

王盛乾知道洪秀全性格偏执，容易上火，连忙安慰他：“火秀，消消气，消消气，开门立派嘛，未必非要无情剑，你这把剑也不错。”

“老子这把剑就是无情剑。”洪秀全脸红脖子粗，“我要开创的不是等闲门派，请来的是天下独一无二的真神。人家不配无情剑，谁配无情剑？”

王盛乾眨了一下眼珠，听出了洪秀全的意思，不是红毛教的大神需要无情剑，而是洪秀全想拿人家当无情剑使。他呵呵笑着给洪秀全斟了一盅酒：“好好，就是无情剑。火秀，你自立的这个门派叫啥名字？”

洪秀全压了压火气：“上帝会。”

“尚弟会？”王盛朝念叨，“那不还是洪门吗？”

“不是尚弟会，”洪秀全恼怒地拿起筷子，蘸着酒，一笔一画地在王盛朝面前写着，“是上帝会，看清楚了吗？”

“叫起来都一样，”王盛朝坚持，“拣名头大的叫，你吃亏了还是怎的？”

“随你的便。”洪秀全跌坐在椅子上。

“火秀，你是读过书的人才，别跟他一般见识。”王盛乾拍了拍洪秀全的肩膀，“隋末七十二路烟尘兴起，唯有李唐得天下，为什么？人家有真本事。你志向远大是好事，我们做亲戚的一定会鼎力相助，不过你的真神必须显灵，要不然说破天也没用。”

“咋显灵？”洪秀全问，“你们又不识货？”

王盛乾迟疑了一下：“怎么着，总要比二妹练的法术强吧？”

“二妹会法术？”洪秀全又吃了一惊。

“嘿，你可别小看二妹，人家现如今是远近闻名的白血童子。”洪仁球的眼眶和眉毛挤成一条缝，脸上浮起了羡慕的神情，“前些日子，我从北山回白沙圩送铺盖，她正和江口圩来的牛瞎子斗法，没空跟我说话，随手就赏了我一吊钱，阔气得很。”

为了向村民传播上帝教的教义，洪秀全和冯云山一面帮王盛均种庄稼，一面到附近的长排、河湾、大横、万扬等村的私塾教书。哥俩热火朝天地干了两个多月，陆续发展了几十名信徒，扳起指头一数，全是王氏宗亲和私塾里上学的孩子爹娘。

这一天，洪秀全和冯云山教完书回到赐谷村，脱去长衫，打着赤膊下地干活。六月天像一只蒸笼，恨不得把人蒸个外熟里嫩，没干一会儿，哥俩便浑身湿透了。王为正跑到山脚下搬来两块平整的条石，撩水冲刷干净，招呼道：“阿叔，到这儿来，这儿凉快。”

赤日炎炎下，破旧的筒车不紧不慢地转动，远处的汶水塘波光粼粼，偶尔有一只白面水鸡从灌木丛里扑扇出来，因为借不到风力蹒跚而行。水田里晃荡着红红绿绿的身影，给山川平添了祥和的色彩，和别处一样，全是勤劳能干的女人。

空气没有流动，坐在山脚纳凉的洪秀全满脑门子淌汗，田里的女人却很有耐心，一支支山歌不间断地飞来。这是粤西特有的景致，连庙里的神仙都与众不同——六乌庙里供奉着两尊神像，据说一个是东津乡武岳村的林秀才，一个是唱山歌的刘三妹。这对情投意合的男女因为遭到各自家族的反对，跑到山里唱了七天七夜，野合之后跳下山崖殉情。老百姓认为他们死的时候怨气冲天，其鬼魂必然有极大的法力，因此敬畏有加。

教义传播效果不佳，哥俩难免垂头丧气。洪秀全自言自语："咋就没人信呢？"

"看来山不够高，水不够清。"冯云山回答。

洪秀全明白他的意思——贵县是粤西的大粮仓，根本算不上什么偏远山区，客家人虽然在这里聚集的不少，但大伙儿基本上衣食无忧，谁愿意放着老婆孩子热炕头不要，去干那种提着头壳造反的买卖？凡事有一利必有一弊，亲戚多有亲戚多的好处，王氏宗亲愿奉上帝会，这是帮助洪秀全起步；反过来，坏处就是大伙儿没把上帝教义当回事，只肯把洪秀全当亲戚，不肯把他当作高天上法力无比的大神。

洪秀全问："莫非咱们的剑不是无情剑？"

"江湖上原来有'八魔刃'和'新月剑'，现在又出来一把'镆铘剑'。"冯云山不想再掩饰自己的看法，"表哥，咱们这把剑是骡子是马，得拉出来遛遛。"

"你让我跟武林至尊比试剑法？"洪秀全没好气地说。

"表哥，你知道我不是这个意思。"冯云山笑着说，"就咱们这三脚猫的功夫，连普通高手的衣角都摸不着，更别提武林至尊了。"

洪秀全看着他："那你是什么意思？"

"跟二妹比一比，"冯云山用眼角瞥了一眼躺在树下的王为正，"他们信这个。"

洪秀全来到贵县后，每日苦口婆心宣讲上帝是多么的厉害，世上万千神佛都不是红毛上帝的对手，但迄今为止净是嘴把式，谁把他真当回事？洪秀全的本事是吹牛皮，吹起来能把乌云密布吹成晴天，然而他不会实用的法术，没法如王氏宗亲所愿和王二妹打擂台。

他明白，大伙儿心里其实都在盼这一天。

王二妹的事业进展顺利，在贵县附近很有名气，王为正唤了好几次她都没空回来。洪秀全觉得老这么拖着也不是个办法，便对冯云山说："云山，这些等而下之的法术你最熟。这把剑你拿走，去白沙圩和她斗一斗。"

冯云山正要回答，忽然从水田里飘出一阵洪亮的歌声，曰：

钓鱼钓到正午后，鱼未食饵心早操；
收起鱼竿回去屋，打隔无还此路头。

歌音未落，笑声先起，紧接着是一阵曼妙的对歌，曰：

塘里闹鱼气死虾，慢慢来把妹庚查；
如今世道不大对，白盐出卖有掺沙。

洪秀全来到赐谷村的时间不短，早已熟悉了田间男女的打情骂俏，不知道为什么，往日悦耳的歌谣忽然变得不成调调。坠入情海的人儿哪管他高兴不高兴，歌声飞起，惊走池鹭，引来一群喜欢伴奏的走水鸟。一个小伙子唱道：

天上星多月不明，河里鱼多水不清；
朝中官多要造反，大姊郎多要花心。

姑娘直起腰，声音像水淋淋的萝卜：

自从离天隔万丈，难比士英抛绣球；
揽元无恩难靠水，莲塘无水也无鱼。

田间嘻嘻哈哈笑成一片，洪秀全再也忍耐不住，起身骂道："不知羞耻的烂番茄，光天化日之下当众发姣，是可忍，孰不可忍？”

王为正赶紧爬起来：“阿叔，这有啥大惊小怪的？在粤西不管僮家还是瑶家，全靠山歌牵姻缘。不信你去六乌庙瞧瞧，那两个神仙月月吃供奉，吃的好着哩。”

“狗屁神仙，我看就是龟婆。”洪秀全拎起锄头向六乌庙走去，边走边嚷，“老子非把这对狗男女砸了不可，让他们吃，让他们喝。”

冯云山开始愣了片刻，后来一看洪秀全直奔六乌庙，终于明白了他的用意。是啊，洪秀全不远千里来粤西，几乎把喉咙喊破了，硬是没浇出一棵真草、坚草和耐草。老天爷不照顾还则罢了，这对男女不该当众调情诱惑他，削弱他奔向天堂的意志。

洪秀全怒气冲冲踏进六乌庙，发现神像的油彩因年代久远剥落严重，但是残烟断香提示他神没有死。神像被香火缭绕得通体黢黑，区别不出哪一尊是男，哪一尊是女。唯一的性别特征便是女神像高耸的发髻。

“这对狗男女淫奔苟合还能享受供奉，无怪乎世风日下。”洪秀全指着刘三妹的神像对冯云山和王为正说，“死人吃得比活人好，哪有这个道理？”

王为正见他把锄头抡到半空，吓得尖叫起来：“阿叔，当心六乌神报复。”

洪秀全恨的便是他这句话，奉了上帝教，却怕邪神报复，到底谁糊弄谁呢？他举起锄头照着女神像当头就是一家伙。两尊神像年久失修，底座早被白蚁腐蚀一空，稀里哗啦，顷刻间被他搂得粉碎。砸完神像，洪秀全又从供案上抄起一支笔，蘸着用来写功禄簿的墨汁，在黄禽禽的墙壁上题诗一首，曰：

与笔题诗斥六乌，该诛该灭两妖魔；
满山人类归禽类，到处男歌和女歌。
坏道竟然传得道，龟婆无怪作家婆；
一朝霹雳遭雷打，天不容时可若何？

第一百零九回　灯芯泪珠

王二妹终于捎来消息，说“中元节”马上就到了，白沙圩家家扎纸敬神，有钱的大户发下帖子请她禳灾祈福，买卖旺火得顾不过来。为了多挣点钱，她把河神庙的大殿、偏殿和耳房全部租赁下来做道场，鉴于道法秘而不宣，因此需要一个可靠的亲戚做帮手。

洪仁球和洪仁正在白沙圩替财主家打短工，王二妹舍近求远要王家派人，显然是对他们俩不放心，嫌他们的脑袋瓜子笨。王氏宗亲经过商量后，决定派王为正去帮忙。冯云山受洪秀全之托，背起“除魔剑”去摸王二妹的底。

冯云山和王为正早上出发，一路上谈天论地，说说笑笑，抵达白沙圩时已是后半晌。白沙圩位于贵县和桂平县交界处，是一个非常热闹的市镇，为西米东输的大型集散地之一，其重要程度在贵县境内仅次于东津圩。逶迤郁江自圩南缓缓地流过，给这个市镇带来繁荣，也带来了美丽和忧郁。

河神庙坐落在郁江之滨，旁边是本镇大地主韦家修建的渡口码头。韦家在贵县是首屈一指的豪强，原籍在怀西里，后来到白沙圩定居。韦氏兄弟三人中老二科场取过举人，在南宁府宣化县做过县丞，是贵县的名流士绅；

老大和老三在江湖上闯荡多年，依靠粤西绿林道的势力杀人越货，剪径劫财，积累了庞大的不义之财。

后来韦家的老大死于江湖仇杀，人称韦三相的老三改弦易辙，以白沙圩为基地，改头换面当起了"米饭主"，摆起八仙桌，招待十六方，在各路江湖势力中保持中立，把自己的家当作黑白两道谈买卖、调争端的平台，韦老三变成了贵县首屈一指的地头蛇和江湖大佬。

韦氏兄弟的娘舅叫庞再兴，依仗韦家的势力在本地横行霸道。这座河神庙原是白沙镇百姓集资捐修的公产，为救济来往落水的行客所建。庞再兴垂涎它的地理位置，以极小的代价将河神庙买过来，变成私产，打算改为客栈出租牟利。

冯云山和王为正进了河神庙，发现院子里乱哄哄的全是人，费了半天劲才挤进大殿。王二妹看到冯云山一愣："为正，他是谁？"

王为正擦着汗回答："满姑，这是从花县来的乙龙叔。"

"听说过，听说过。太好了，我这儿就缺读书人。"王二妹欢喜道，"乙龙哥，听说你不但有满肚皮的学问，而且会占卜打卦，真真的了不起。"

王二妹出了名以后，开始注意自己的形象，脸上糊了足有一寸厚的白粉。这些白粉和红肿狰狞的肌肉交相辉映，果然是一个不折不扣的白血童子。冯云山阅人甚众，不像洪秀全那样喜欢以貌取人，见王二妹说话诚恳，也客气地拱手："妹子，别听他们瞎说，占卜打卦、测字算命不过是蒙饭吃的雕虫小技，哪能和你比？"

"小妹这也是蒙人的把戏。"王二妹指了指头顶，"你们看到那盏油灯了吗？"

冯云山和王为正抬头一瞅，只见大殿的横梁下方吊着一盏玻璃罩油灯，正好位于河神泥塑像的顶端。两个人一起点头："看到了。"

王二妹把他们领进偏殿，返身关上门，压低声音说："这是一个秘密机关，我在横梁上挖了一个孔，里面放一只木碗，碗里盛满了水，上面用细绳子拴妥当。到时候我在大殿里面当众跳大神，等我突然摔倒在地、假装神灵离体的时候，你们在这间屋子拉动细绳，木碗翻过来用水浇灭油灯，就算大功告成。"

"这么简单？"王为正目瞪口呆。

王二妹在他后脑勺上扇了一记："简单？这是要命的法术。油灯要是不灭，姑奶奶我的饭碗就算砸了，你吃啥？喝啥？"

王为正偷偷窥视了冯云山一眼，似乎为王二妹弄虚作假的伎俩而感到羞愧。冯云山却不这样想，他知道降僮法术施起法来耗费体力甚大，如果每一场施法都让神灵附体，那降僮法师还不累得吐血？法术，法术，不作假叫什么法术？

这时，院子里响起了一阵叱喝声："丢你老母，再不滚，当心打折你的狗腿。"

冯云山趴着窗户往外瞅，见几名横眉立目的家丁正在围殴一个客人。那人躺在地上任凭他们拳打脚踢，毫无还手之力。他问王二妹："妹子，这是怎么回事？"

"小妹不是把河神庙的房子租赁下来了吗？他们在给我腾地方。"王二妹解释说，"郁江风急浪大，经常有翻船遭难的客人，或者身无分文，或者在船上染了病，这间庙以前是供他们容身的。不过，如今庙归了庞老爷，再打秋风恐怕就不行了。"

冯云山自言自语："瞧他的穿戴，像是个读书人啊。"

"对，细皮嫩肉的。"王二妹道，"这书生躺了好几天，不知道得了什么毛病。小妹让门口卖丸药的钮二给他瞧了瞧，结果连脉象都摸不到，准定活不了几天。唉，死后又是一个没名没姓的漂泊鬼，只可惜了那副好身板。"

王为正问王二妹："满姑，我们住哪儿？"

"住在耳房，那边屋子宽敞，吃饭到门口的'张记'。"王二妹答道，"那家店是地道的客家风味，盐焗鸡、豆干焖猪肉、开锅肉圆、'三层靓'应有尽有。掌柜的姓张，以前在罗浮山开过饭铺，手艺没得挑。"

"三层靓"即梅菜扣肉，王为正最好这一口，听完后垂涎三尺，急不可耐地说，"我早就饿了，满姑，先去吃饭吧？"

"没问题，记在账上。"王二妹对冯云山说，"乙龙哥，等小妹忙过这个月，到时候回村里向你和火秀哥好好讨教。咱们是一家人，在江湖上混，应该互相帮衬。"

"没错，没错。"冯云山点头称是，他现在对王二妹越来越另眼相待，看来这个丑八怪绝非浪得虚名，的确有点真本事。三个人从大殿里走出来，到了庙门口冯云山停住脚步，扫了一眼躺在地上的书生。果如王二妹所言，这书生长得那真叫个漂亮，虽然双目紧闭，脸上被打得青一块紫一块，但依旧难以遮掩他的俊朗风采。冯云山被这个书生吸引住了，蹲下身搭了搭他的手腕，脉搏极其微弱，几乎摸不出来。

冯云山毕竟是跟随六愚真人学过道法的高人，又师从龙子才学过拳法，他发现这位俊朗书生的脉搏极其怪异——不是微弱而是细微，宛似河床底下的暗流，毫无散乱衰败之象。最奇的是每一记跳动都和上一记完全相同，丝毫不差，分明是一种匪夷所思的神奇内功！

不可思议的是，具有如此奇功之人怎么会潦倒在河神庙？难道走火入魔了？冯云山百思不得其解，向王二妹请求："妹子，我学过医术，此人有救，把他留下来吧。好歹是个斯文人，就这么死在旅途，太可惜了。"

"乙龙哥，你能把他救活？"王二妹怀疑地问。

冯云山道："他没多大的事，我保证不给你添麻烦。"

"行。"王二妹痛快地应承，"乙龙哥，韦三相家连做三场寿，附近各县有头有脸的老爷都给他家送礼。我也备了三份，只是写不好字，这两天还得你辛苦。"

冯云山抱了抱拳："一家人何必说两家话？"

"张记"饭铺在河神庙之右，夹在一排货栈的中间，铺面不大但里面极为整洁。因为记的是王二妹的账，王为正没有客套，一口气点了四个横菜，要了一壶缥清酒，吩咐小二："有没有腌酸菜？给爷来一盘，老顾客不兴要钱啊。"

冯云山低声问："大鱼大肉还不够你吃？要什么腌菜？"

王为正一本正经："酸甜苦辣，刀枪不怕。"

"客官，你算是要着了，腌酸菜是本店一绝。"小二弯着腰笑呵呵地回答，"我们掌柜的靠卖酸菜起家，这盘菜本店管够，你敞开了吃。"

王为正没想到人家如此大方，气势不觉矮了一头："你家还有啥拿手的菜？"

"酸鱼和酸辣椒，"小二回答，"本店苗家菜是一绝。"

王为正奇怪地问："你们这么小的店面，怎么会有苗家菜？"

小二道："我们掌柜的以前开过苗家菜的饭铺。"

"你小子说话有谱吗？"王为正喝了一大口酒，喷着酒气质问，"一会儿卖酸菜，一会儿卖苗家菜，你家掌柜的到底是干啥的？"

小二赔着笑："客官，说实话，我家掌柜的买卖大，这家店面仅仅是个陪衬。他喜欢时不常地下厨掌勺，不为挣钱，只为过过手瘾。"

王为正被噎得差一点把肉圆吐出来。冯云山冷眼观瞧，发现这家饭铺很不寻常，别看店小二点头哈腰，可说起话来一口唾沫一个钉。郁江江面目前群龙无首，风起云涌，没有两把刷子谁敢在渡口开买卖？想到这里，他微微一笑："小二，听说你家掌柜的在罗浮山干过？这可真是巧了，鄙人也在罗浮山学过艺，可否请来一见？"

"罗浮山？那是高人呀。"小二那脸色变得飞快，大声嚷道，"掌柜的，有位罗浮山来的客官，你见不见？"

"狗眼看人低。"王为正嘀咕了一句，举起酒盅跟冯云山碰了一下。

小二飞快地把腌酸菜、酸鱼、酸辣椒等菜端了上来，冯云山饮过三盅酒，用筷子夹了酸鱼塞进嘴里，刹那间，一股久违了的味道填满了他的口腔。他抬起头，发现一个熟悉的人影从后厨钻了出来，边拿围裙擦手，边问小二："哪位是罗浮山来的贵客？"

冯云山的眼窝不知不觉湿润了，闹了半天，掌柜的原来是"太昊记"的伙计张永绣。岁月蹉跎，转眼间十年过去，久别重逢的何止是张永绣一人？那个尘封已久的世界走出迷雾来到他的面前，每一个眼神、每一股气味、每一声呼吸都是那么不容分说。岁月是天地间最高超的化妆师，它把混沌的面容描绘清晰，又将清晰的心雕成混沌。

张永绣激动地问："冯先生，你啥时候来的粤西？"

冯云山浑身轻飘飘像一片羽毛，一时间不知道该将自己安置在何处。他把张永绣拉到身旁斟了满满一盅酒，看着他喝下后才问："永绣，少爷好吗？"

"少爷在浔州城开武馆，贩木材、卖药材，行行都干。"张永绣兴奋地说，"我这家店是一间分号，大伙儿住在浔州城，你要不要去看他们？"

“掌柜的怎么样?”冯云山试探地问。

“跟以前一样,”张永绣叹了口气,“没出阁呢。”

冯云山的手一哆嗦,那颗人世间最坚韧的心,终于疼得裂开了。王为正奇怪地问:“哪个掌柜的? 是我乙龙叔的相好?”

“小孩子不懂,别瞎问。”张永绣道,“先生,你怎么到了白沙圩?”

冯云山勉强收住思绪:“河神庙的王神仙是我表亲,我来看看她。”

“你是说王掌柜的?”张永绣惊叹连连,“我说她的本事咋那么大,闹了半天,是你在后面指点? 先生,你不知道,这个白血童子最近可风光了,浔州府的玉皇童子和南宁府的三佛童子都败给了她。周围各县的财主办法事,没有不请她光临的。那些不入流的降僮法师争先恐后与她斗法,不为赢,只为图个彩头向人炫耀。”

王为正在旁边听得高兴,插嘴说:“她是我满姑。”

“是吗?”张永绣瞅了他一眼,随即话锋一转,“不过,这些粤西法术俱是小把戏,难登大雅之堂,跟咱们罗浮山的道术没法比。先生,你咋有闲心摆弄这个?”

冯云山心里痛楚得将近麻木,张永绣说什么他都不会介意,也听不大进去。王为正不服气地争辩:“粤西法术怎么了? 难道就不是神仙干的活?”

“呵呵,回去问你满姑,明天那单生意是谁给她介绍的?”张永绣爽朗地笑了笑,“正是区区不才。”

王为正道:“我满姑靠本事吃饭,不欠谁的人情。”

“屁本事,”张永绣拽住他缠在头上的辫子,“偏殿那个机关你知道吧? 她叫你来肯定是弄这玩意的,对不对?”

张永绣连这个秘密都知道,还有什么事情能瞒得过他? 王为正张口结舌,无言以对。冯云山问张永绣:“永绣,你因何如此清楚?”

“先生,这件事从头到尾是阿骇经手的,我能不清楚?”张永绣反问,“他经常回粤东和罗浮山,你没有见过他吗?”

阮骇也是“太昊记”的一个伙计,因为武艺不俗跟着龙子才来粤西贩运木材,在龙子才的徒弟中功夫仅次于龙五。冯云山惭愧地摇摇头,因为有龙舌兰这份心结,他碰到当年的熟人能躲就躲,哪有勇气去撕开旧日的伤疤?

“是这样,”张永绣娓娓道来,“贵县平天山,也就是北山,有一座大银矿,里面的矿工分成好几股，背后都有靠山，为了挖银子杀得头破血流。官府实在管不住就封矿，这些矿工没事干，怎么养活一家老少？只好来白沙圩的铁矿谋生理。白沙圩的铁矿质量不好，远不如罗定直隶州的铁料优良，运到佛山堡也卖不出高价。你想就这么破的一个矿，哪里能容得下许多矿工？好家伙，两拨人杀红了眼，最后连韦三相也管不住了。”

冯云山咋舌：“这么厉害？”

“最近不是时兴开香立堂吗？”张永绣苦笑着说，“银矿的矿工立了好几个堂口，堂号都挂在‘大雄堂’的旗下。白沙圩铁矿的矿工不甘示弱，据说搭上了浔江梁阿妈那条线，弄了不少堂号，最大的叫‘三义堂’。”

冯云山从粤东来，当然知道“洪德堂”奉行精兵战略，堂号授予极其严格。所立外围堂口均是全字号系列，一目了然，看来这个所谓的“三义堂”定然是个冒牌货。他问道：“他们搭的是哪条线？不会是阿骇吧？”

“本门大爷执掌‘德英堂’，阿骇哪儿敢胡来？”张永绣矢口否认，“铁矿矿工的头领叫谢开八，他的堂兄谢喜发在庆远府挖锡矿，立了一个堂口叫什么‘果胜堂’。谢喜发的二龙头叫潘其泰，那家伙最能放葫芦自吹自擂，竟然说李二爷指点过他武功。李二爷神功盖世，他的本事谁能学得会？啥时候收过徒弟？”

冯云山抿了一口酒：“这个姓潘的十之八九在扯谎。”

不料，张永绣摇了摇头：“少爷听说这桩事后，忧心姓潘的坏了二爷的威名，打发阿骇去问梁阿妈。梁阿妈一问三不知，派人回粤东问本门大爷。本门大爷亲自上兰花洲问二爷，可怪的是二爷既不承认，也不否认。先生，你说这是什么意思？”

冯云山明白了，向张永绣解释：“这还不简单？李二爷和这个姓潘的是故交，兴许有过一面之缘，指点过一招半式，但并不拿他当徒弟看待。”

“原来如此？”张永绣恍然大悟，“我说这小子怎么脸不红心不跳？”

王为正听了一头雾水，不耐烦地问：“你别扯远了，就说北山和白沙圩两边矿工，为啥找我满姑办法事？”

张永绣笑了笑：“从实力上说，白沙圩的矿工不是北山矿工的对手，但是谢开八和横州乌蛮滩的谢江殿一伙拉上了关系，如今又借用浔江梁阿妈的名头，北山那边便不敢用强。再说两边杀来杀去，矿工们最多混个肚皮饱，而真正占据矿山捞大头的是背后的‘米饭主’。谢开八和北山的‘铁公鸡’都不愿开战，一来两边积怨太深，二来怕‘米饭主’们捣乱，就想采用办法事的招数说服各家堂口，化干戈为玉帛。”

冯云山赞道：“花钱消灾总比白白枉送了性命强，穷哥们提着头壳砍杀，人家财主老爷却坐收渔利，这场法事算是办对了。”

张永绣问：“先生，你打算在粤西待几天？”

“我？”冯云山脸皮泛红，支支吾吾，“不好说。”

张永绣叹了口气，劝道：“先生，你这么大的本事，万万不可委屈了自个。咱们蔡李佛拳在浔州城打下了名头，慕名前来学武的人多极了。梁阿妈又肃清了浔江江面，眼下咱们是要钱有钱，要人有人，要势力有势力，正可以开创一番红红火火的局面。明天阿骇回来，我们陪你去浔州城见少爷，你给谋划个文章，他指不定多高兴呢。”

张永绣说得很有道理，蔡李佛拳的门人多为好汉，这便是做大事的基业。但是冯云山不愿那样想，不想那么做，他知道自己的心在何处！夕阳醉了，外面下起了淅淅沥沥的小雨，冯云山起身告辞：“庙里躺着一个病人，你弄一锅狗肉汤，我给他补补气，通通窍。”

夏天是客家人吃狗肉的时令，素有“小狗补肾、中狗补血、老狗去风湿”的说法，狗肉是壮阳补气、医治虚寒的上佳食品。冯云山医术颇精，看出那书生犯了走火入魔的毛病，在河神庙昏迷数日气血两亏，需要好好地补一补。

张永绣叫人到后厨把焖好的狗肉盛了一坛子，亲自撑了油纸伞为冯云山挡雨，三人离开饭铺向河神庙走去。入夜后江风斜起，雨帘打在江面上，来往船只的灯光显得朦朦胧胧，静谧中平添了一丝迷离和惆怅。白沙圩的郁江宛如疲倦的旅客，又像百转愁肠的失意人，她从恶浪滔天的乌蛮滩蹒跚而来，行将驶入滂湃汹涌的浔江。她要在今夜休眠，在轻歌曼舞的醉梦里治愈伤创——雨，正是带来抚慰的杏林圣手。

河神庙的门外挂起了两只簇新的灯笼，耳房里静悄悄空无一人，潦倒书生躺在木床上仍然昏迷不醒。冯云山让王为正从偏殿拿来包裹，取出手巾将书生脸上的血迹擦干净，又给他换了一件干净的长衫。借着飘忽的油灯，张永绣脱口而出:“嘿,这汉子可真标致,水灵灵的跟个黄花大闺女似的。”

冯云山打开针筒盖,抓出一把银针,分别刺在书生的大穴上进行针灸:“永绣,还有出奇的呢,此人脉搏难测,行功的功法大异常人,不信你试试?”

张永绣用手搭在书生的脉搏上一试,霎时吃了一惊:“先生,这是什么功法?”

“惭愧,我没有看出来。”冯云山泄气地说,“本门武学源自少林,内功继承的是易筋经和洗髓经,讲究的是精微纯正。但再精微纯正的内力也应该有迹可循,真气运行焕然,如何会叫人察觉不出来?”

“不会是西域雪山派的武功吧?”张永绣问。

冯云山摇了摇头:“不可能,西域雪山派和关东灵狐派这些左道功夫肆虐无隐,三尺之外都能感到它的戾气,哪有如此高深?”

书生身上找不到任何真气运行的迹象,与手无缚鸡之力的凡夫俗子没什么两样。然而冯云山和张永绣心里都明白,此人虽在昏迷之中,但鼻息均匀,脉搏固定,像沙漏一样准确得叫人毛骨悚然。好几天不进一滴水、一粒米,书生的肌肤依然红润丰满,丝毫不见晦暗之色,这不是身负奇异内功又是什么?

两个人看不出所以然来,只好扳起他的身子,“咕嘟咕嘟”把一坛子热乎乎的狗肉汤顺着喉咙给他灌了下去。张永绣拱手告辞:“先生,这人不知道什么时候才醒,天色已晚,你早点歇息,别累坏了身子。”

王为正打着哈欠:“对啊,明天还有法事要办呢。”

“好。”冯云山应承着,把张永绣送出大门。

张永绣走了几步,回头发现冯云山仍然站在庙门前,扬了扬手:“先生,快睡吧。”

冯云山苦笑着没有挪步——书生面如冠玉,油灯的光影敷在他的脸庞,升腾起一层如梦如幻的绮丽景色,好像一位似曾相似的二八佳人,叫冯云山如何安睡?

第二天是“中元节”,天刚蒙蒙亮,冯云山被一阵踢踏的脚步声惊醒,王为正慌慌张张跑进偏殿:“乙龙叔,你快去看看,那个穷书生缓过来了。”

可不是?冯云山来到耳房一看,书生已经睁开了双眼。他高兴地叮嘱王为正:“你再去弄一锅狗肉汤,给这位先生喂喂肚子。”

王为正走后,房间里安静下来。书生望着窗户一言不发,从神情上看似乎什么事情也没有发生过,这份恬淡和从容让冯云山佩服不已。过了一会儿,书生开口:“兄台,多谢救命之恩。”

“区区小事,何足挂齿?”冯云山答道,“依我看,尊驾只是一时走火入魔,今天差不多到了该还转的时候。要谢,就谢那坛子狗肉汤吧。”

书生一怔:“恩公亦是习武之人?”

“练过几天粗把式,和尊驾自是无法相比。”冯云山道。

书生问:“恩公如何看出在下走火入魔?”

“尊驾脉搏精微,真气难测,显然身负超群脱俗的顶尖内功。”冯云山把萦绕在心头的疑惑端了出来,“不过,令人费解的是,尊驾如此高的功夫,怎么会走火入魔?”

书生狐疑地看着他:“恩公师从何人?”

“不才习的是蔡李佛拳,曾随九天观六愚真人学过道法和医术。”冯云山回答。

书生脸色微微一动,点头称许:“六愚真人与青草和尚皆为得道之人,名师出高徒,难怪恩公有过人的眼光。不错,在下确实浸淫武学数十载,良有所得,平日自视甚高,不曾将他人放在眼里。然而,山外有山,天外有天,在下去年在粤东偶得一门功法,其道亦阴亦阳,非阴非阳,竟似包含天地变迁的大奥秘。不才如获至宝,日日修炼不辍,也许是犯了急功冒进的老毛病,不慎走火入魔,真是贻笑大方。”

这位俊俏书生武功之高已是平生仅见,竟然还有能令他走火入魔的功法?冯云山不禁肃然起敬:“那是一门什么样的功法?”

“破心中乾坤,立心外天地,乃是一门千古未有之武林绝学。”书生感叹,“若非在下功力醇厚,只怕这一关是过不去了。”

冯云山正要安慰他两句,王为正端着一盆狗肉火锅走了进来,放在床头催促:“热乎乎的狗肉大补汤,快吃快吃,凉了就没味了。”

书生坐起来,这才发现身上的长衫不是自己的,朝冯云山抱拳道:“恩公,烦劳把在下的包袱取来,在下想换换衣衫。”

王为正撇了撇嘴:“我们就捡到你一条命,没捡到你的包袱。”

“可能是庞家的家丁趁火打劫拿走了。”冯云山劝道，“没关系，回头我朝他们要，你吃点东西先，别伤了身子骨。”

王为正脑瓜一转：“是不是有啥值钱的物件？”

书生眼里不经意间掠过一道寒光，瞬间即消失无踪，口气依然十分平和：“恩公，那些人若与你沾亲带故，拿回来最好，在下是为他们着想。”

王为正拉了冯云山一把：“满姑给韦老爷的贺礼备好了，乙龙叔，你赶紧写帖子，晚头咱还办法事呢。”

“对对。”冯云山答应着跟王为正出了耳房，来到偏殿里开始写帖子。不知为何，一想起书生最后说的那句话，手里的茅龙笔就感到无比的沉重。

吃罢晌午饭，王二妹垂头丧气地从庞家回来，庞家家丁矢口否认拿过书生的包袱。冯云山气愤地说：“他们撵人打人，不是他们是谁？”

王二妹十分为难：“乙龙哥，道理虽然明摆着，不过，庞家是本镇的地头蛇，小妹眼下又跟人家合伙做买卖，撕破脸总归不好。”

“他那个破包袱能值几多钱？”王为正道，“无非一把扇子、两本书，最多再加一把伞和一套长衫，别理他。”

冯云山正要开口说话，就见张永绣脚步匆匆进了院子，朝王二妹使了个眼色：“王掌柜的，客人到了，在我的货栈里。”

王二妹喜形于色：“快领我去。”

“妹子，你要是忙，我和为正去给韦家送礼？”冯云山问。

张永绣拽住他：“先生，阿骇也在，他盼着见你一面呢。”

王二妹吃惊地问：“阮爷和乙龙哥有交情？”

“你不知道？”张永绣道，“冯先生是我们的大师兄。”

“是吗？敢情我家乙龙哥文武双全？”王二妹欢天喜地，“乙龙哥，给韦家的贺礼明天再送不迟，今天是他阿爹的阴寿，明天是他阿妈的阳寿，后天才是韦三相办法事的正日子。咱们不用着急，只要三天内把礼送过去就行。”

王为正羡慕地说：“乖乖，阴寿也要份子？有钱人就是横。”

“你懂个屁？”张永绣笑着敲了他一手拐，“韦三相是贵县头号大‘米饭主’，他明着是办阴阳寿诞，背地里是安排江湖生意。”

“上个月不是刚办过水陆诗会吗？”王二妹困惑地问，“还把浔州城的玉皇童子和南宁府的三佛童子请来斗法，弄了一个降僮大会呢。”

“米饭主”安排黑白生意，调停江湖争端，一般在定期举办的水陆诗会上进行。像韦三相这样把老爹的阴寿拿出来铺排，显然是有突发事件需要处理。张永绣道：“看来和最近的战事有关，阿骇刚从濛江水寨过来，一问便知。”

冯云山、王二妹跟着张永绣进了“张记”货栈，“铁公鸡”、谢开八和阮骇三个人坐在堂屋里窃窃私语。“铁公鸡”是北山里奇石圩那邦村人，大名石祥开，约摸三十岁的年纪，长得膀大腰圆，显然有硬功夫在身。他是粤东来的客家人，所立堂号为“客胜堂”，在北山银矿的各个堂口中实力最强，是贵县境内有名的地头蛇。“客胜堂”下属矿工多为本地客家乡亲，拖家带口，死一个男人全家就揭不开锅。他不想再和“三义堂”为首的堂口杀个头破血流，便与谢开八秘密达成协议，设局了结彼此恩怨。

见冯云山进来，阮骇站起来纳头便拜：“先生，别来无恙。”

大家寒暄一番分宾主落座，冯云山问阮骇：“听说洪门和绿林道的战事有了进展，你从濛江水寨来，给我们说说。”

阮骇恭恭敬敬地回答：“先生，洪门这次攻打绿林道花了不少力气，如今南路的丁二爷已经攻下十万大山的狮头峰，大获全胜，梁老祖落荒而逃；北路的胜堂大爷进展坎坷，在柳州府和庆远府打了三场恶仗，现将绿林道主力围困在天马山。天马山是盖九霄的老巢，绿林道经营多年，一时急切难下，仍是一个相持的局面。”

王二妹问：“韦三相办阴阳寿为的是啥？”

谢开八接过话茬：“王掌柜的，这个我知道。梁老祖眼下是丧家之犬，想逃到都阳山蝎子岭去，陆路捏在‘洪胜堂’手里，只能走郁江这条水路。韦三相从前靠着他起家，不能不讲江湖道义，他邀请各家掌柜的来白沙圩，商量的恐怕就是这事。”

“哦，”王二妹恍然大悟，“那咱们商量一下晚头的事情吧。”

夕阳洒进河神庙的院子，洒在满院子的刀枪剑戟上，金色的反光汇聚成一道江河，淹没了偏殿的窗户和顶棚。冯云山和王为正紧张得手心出汗——法事虽然是一场简单的骗局,但是如果操作不当,木碗里的水未能将油灯浇灭,“客胜堂”和“三义堂”旧恨添新仇,立刻便会杀得血流成河,王二妹踩着刀刃赚钱,委实不易啊。

王为正攥着绳子的手不觉发抖起来,他抬头一瞅冯云山,发现后者眼底一片迷惘,盯着黑黢黢的墙壁不知道在琢磨什么。王为正慌了,他的心随着大殿里王二妹的号啕剧烈跳动,也不知道过了多久,终于听到王二妹凄厉的嗓子:

血皇赐我长明灯,一断恩仇二断生。

长明灯灭恩仇了,长明灯亮杀惶惶。

喊完之后,王二妹重重地摔倒在地,假装白血童子脱体而去,屋里屋外死寂一片。这四句偈语和落地声是事先约定的信号,王为正和冯云山听到后应该立刻拉动细绳,让木碗倾斜以水灭灯,完成法术的最后一道程序。

大殿里沉重的落地声惊醒了王为正,他慌忙把绳子挽在手里准备扯动。哪知道由于神经紧张过度,一双臂膀僵硬在空中,根本不听脑子的使唤。年轻人吓得脸色煞白:“乙龙叔,我中了魔怔,快来帮忙。”

冯云山也好不到哪儿去,他的眼前来回晃动着河神像那副毫无表情的尊容,晃动着河神那两只空洞凹陷的眼睛。他明白这一切不过是影子,真正夺去他心魂的是一张活生生的面孔,她的眼眉儿俏,她的眼眉儿撩,她的锛头儿高,她的秋水儿深。这么些年了,那顶华丽的银冠竟然一如往昔地晃人眼,天地不仁,为何在人的身体里安置了一颗不死的心?

刹那间,善于诛灭欲望的英雄迷惘了,泪水悄悄滑落。他从王为正手里接过细绳,机械地拉动命运的机关,细绳沉如千钧,动一分一毫似乎都要使出吃奶的气力。

细绳慢慢地向下挪动,藏在横梁的木碗缓缓倾斜,碗中水一滴一滴地落下,油灯的灯芯燃出白色的青烟。大殿里挤满了“客胜堂”和“三义堂”的头目,大伙儿目不转睛地盯着头上的油灯,双手紧紧握着家伙,随时准备在神像前大开杀戒。躺在地上的王二妹偷眼观瞧,发现油灯光芒纹丝不减,反而更趋明亮。

她绝望地闭上眼睛：丢他老母，完了！

冯云山无法控制自己的手脚，眼看着一场大祸就要降临，额头上冷汗如雨，眼前的世界刹那间化作那尊“千多窿”，尽是黑乎乎、空洞洞的窟窿。突然，一只小鸟冒了出来，晃晃悠悠在窟窿里钻来钻去，他仔细一瞅，原来是房梁上掉下来的一株草。

油灯迟迟不灭，“铁公鸡”和谢开八发现大事不妙，这不是搬起石头砸自己的脚吗？两个人各握刀柄，牙齿咬得嘎嘣嘣直响。王二妹头皮发麻，再不说话不行了，于是从地上一跃而起，喊了一句：“长明灯倘若不灭，尔等尽管放胆厮杀。”

就在这令人窒息的瞬间，从耳房里传来一声叹息，继而有人吟诗曰：

柳市南头望客舟，青山无语水东流。
江花自对黄鹂晚，风雨偏催白发秋。
宇宙万年开老眼，肝肠一缕入春愁。
明朝日出波涛暖，依旧忘机对海鸥。

这是一首陈白沙的诗作，那书生果然功力出奇，每个音符都充满了神秘的力量，敲击着冯云山僵硬的心弦。冯云山心魔立消，双臂恢复自如，拉动绳索后木碗瞬间倾翻，浇到了油灯的火焰上。汩汩水流经过河神像的额头，滴入泥塑枯干的眼眶。

“天哪，河神爷爷哭了！”有人惊叹。

风，自郁江水面奔袭而至，余音袅袅，不散不凝，如泣如诉。片刻之后，油灯的残火挣扎着终于熄灭，殿内黑洞洞一片，矿工们倒地伏拜。法事大功告成。

第一百一十回　剑道真谛

次日是韦三相老娘的寿诞，来韦府贺寿的人流达到高潮。渡口和码头堆满了船只，来的不仅有郁江各家"米饭主"、各股绺子，还有贵县的士绅名流、团练头目。府、县、巡检司三级衙门派来代表不算，就连驻扎县城的浔州协右营，也来了一位千总。

晌午时分，王二妹、冯云山、王为正穿戴整齐，准备去韦府送礼。路过耳房时发现那位书生仍在闭目养神，王二妹轻声呼唤："先生，先生，跟我们吃席去？"

昨天那场惊心动魄的法事办完后，王二妹从冯云山嘴里知道救命的原来是靓书生，觉得非常过意不去。早上起来她亲自上街买了一大堆东西，包好送进耳房，当作对他失窃衣物的补偿。如今，那个崭新的包裹摆在桌子上——人家连动都没动。

"这先生脾气真大，"王二妹道，"不行的话，咱们再赔给他点银子？"

冯云山笑着说："人家是缺银子的吗？让他歇着吧。"

庙门外套好了两挂大车，一挂是王二妹自用，韦家要她进府再办一场法事；另一挂是为阮骇和张永绣准备的——龙子才在浔州府开设"洪圣武馆"，推广蔡李佛拳的同时贩运木材做买卖，不能不和韦三相这样的江湖大佬打交道。

经过昨晚那档子事，王二妹对冯云山的眼力更加佩服，谁能想到一个马上就要扔出去喂狗的落魄书生，竟然能在关键时候派上用场？她诚恳地说："乙龙哥，你坐阮爷和张掌柜的那挂大车，小妹是人家雇佣去干活的，跟我走会丢你的面子。"

冯云山不解地问："今天是阳寿，他家办什么法事？"

"乙龙哥，你不知道，"王二妹回答，"韦三相阿妈，也就是庞老爷的家姐，不管遇到啥事都找我问吉凶。难伺候是难伺候，但人家给钱痛快。"

张永绣劝道："先生，王掌柜的说得对，她待会要做法事，没工夫照顾你。韦家的园子特别大，里三重外三重，你想看热闹的话最好跟着我们。"

"米饭主"黑白通吃，来宾中官吏、士绅、武林、绿林人物应有尽有，冯云山想观察粤西江湖的格局，韦府正是一个合适的去处。他表示同意："好吧。"

王二妹跳上马车，有件事始终放心不下，回头问冯云山："乙龙哥，看来他那个包袱里确有值钱的玩意，要不然，庞家怎么会死活不承认？我和庞老爷打了这么多次交道，知道他不是一个贪小便宜的人。"

冯云山一直没有忘了靓书生的那句警示，他点了点头："我看这位先生身手不凡，庞家要是不把包袱退回来，说不定会惹大麻烦。"

王二妹一边吩咐车夫赶车，一边说："我抽空再劝劝庞老爷。"

与黄泰冲的飞云庄相比，韦府不像一座城堡，更像一座园林，少了几分肃杀之气，显得平易近人。门前摆了一口千人釜，经常熬粥施舍来往的难民游客，这口锅是韦三相专门托人从佛山堡定制的，用以彰显自己的仁义和慈悲。

花团锦簇的韦府，只有西南一带角楼林立，戒备森严，这里的建筑高大坚固，有点类似佛山堡的质库和当楼。此地是韦家囤积财富、粮草和兵器的所在，派有家丁严密把守，等闲之人不许踏进半步。在韦母大办寿筵的热闹日子里，整个韦府人声鼎沸，弦歌乐舞不断，唯有此处异常安静——郁江两岸叱咤风云的人物在此齐聚一堂，秘密商议梁老祖借道郁江的事项。除了韦三相外，其余四家分别是新宁州渠卢村的吴凌云、永淳县平朗圩的万金魁、宣化县合江镇的黄福满以及横州乌蛮滩的谢江殿。

在郁江五大势力中，论江湖声誉，好讲道义的韦三相最响亮；论实力，监生黄福满占据头把交椅；论武艺和悍勇，吴凌云首屈一指；论财富，万金魁三世单传最为富有。以上四大家均是郁江老字号的地头蛇，和粤西绿林道有着千丝万缕的联系。唯有横州乌蛮滩的谢江殿资历比较浅，迄今为止，仍没有摆脱做江湖绺子的习惯。

另有一点让韦三相心里吃不准，这便是谢江殿兄弟的洪门背景。横州乌蛮滩以水道凶险闻名天下，梁老祖的船队能不能顺利通过郁江，乌蛮滩是重中之重。韦三相今天游说的主要对象就是谢江殿。对付江湖新丁，他一贯采取迂回的办法，开口道："各位，亲不亲，故乡人；美不美，一江水。咱爷们这么些年历经风雨屹立不倒，一靠郁江的灵气，二仗江湖道义，三凭大家声气相求。实话实说，梁大当家的即在寒舍，他老人家现如今落了难、失了威，求到咱兄弟的门前。大家一起拿个主意，这个忙，是帮还是不帮？"

江湖大佬开会没有那么多好啰嗦的，讲究的是一言九鼎的气势，玩心眼、斗嘴茬子是幕后师爷干的事情。吴凌云率先表态："梁大当家的好比丧家之犬，已经够倒霉了，我看就不要落井下石，免得江湖上笑话咱爷们没义气。"

吴凌云的老巢新宁州渠卢村与郁江尚有一段距离，管与不管差别不大，因此在这件事上并不吃重。然而宣化县合江镇是通向大明山的水上要津，经过多年发展与渗透，"洪胜堂"与黄福满的地盘已呈犬牙交错之态，黄福满最不愿意得罪的便是洪门。"洪胜堂"与梁老祖是战场上的老对头，相互之间存在血海深仇，万一让"洪胜堂"得知梁老祖安安稳稳从自己的地盘上通过，那还不发兵把黄家给灭了？

黄福满心里纵使一万个不愿意，当着老朋友的面嘴里却无法说出一个不字，因为他当年也是靠着梁老祖起的家。怎么办？黄福满咬着牙说："三爷，还是那句老话，大伙怎么定我就怎么办，黄某吃的是郁江水，绝不给郁江丢人。"

"好，"韦三相的目光移到万金魁身上，"万老爷，你的意思？"

万金魁拿起手中的折扇，乐呵呵地说："三爷，我这儿能有什么问题？梁大当家的船队只要过了乌蛮滩，我保证把他们平平安安送出永淳。”

吴、黄、万三家的表态在韦三相的预料之中，下一步，他就要拿团结的大帽子来扣谢江殿的头壳。韦三相啜了一口茶，问道：“谢爷，咱们虽然同食一江水，同乘一条船，但乌蛮滩毕竟是你们哥几个的地盘，过往豪杰给的是你们哥几个的面子。你刚来，梁大当家的这事办与不办不必勉强，给个准话即可。”

谢江殿不解地问：“三爷，听说梁大当家武艺超群，贵为粤西武林第七大高手，凭他的功夫和身手，还用得着我们这些三脚猫帮忙？”

“谢爷，这个你就不懂了，瘦死的骆驼比马大。”万金魁诙谐地说，“梁大当家的坐镇十万大山多年，以前整条郁江都是人家的地盘，亲随多，女人多，盆盆罐罐多。假如只是区区一条货船，用跟咱们打招呼？”

谢江殿耸了耸肩：“瞧梁大当家这个架势，好像卷铺盖不回来了？”

“回个屌！”吴凌云向来说话大大咧咧，“狮头峰被拿下，圣堂山自顾不暇，天马山岌岌可危，绿林道一败涂地。爹死娘嫁人，谁顾得上他？”

黄福满羡慕地说：“谢爷兄弟毕竟醒目，听说苏三爷的夫人是李二爷的嫡亲妹子？”

“别听他们瞎说，我弟媳妇姓冯，怎么能是二爷的嫡亲妹子？”谢江殿纠正。

“反正跟嫡亲妹子差不多。”万金魁说，“传闻苏三爷大婚的时候，李二爷派了两位堂主亲自登门送嫁妆。眼下浔江捏在梁阿妈的手心里，咱们好多货船都从人家那儿过，谢爷，你可不能吃独食，烦劳多向梁阿妈引荐呢。”

俗话说，千穿万穿，马屁不穿，这四位郁江大佬你一言我一语地竞相夸赞，把谢江殿吹捧到了云端，那个舒服劲儿就别提了。他渐渐剔除了警惕之心，得意地说：“各位，我弟媳妇是二爷的妹子不假，但我们兄弟在乌蛮滩打出一片天，凭的是自个的本事，从来没有借过二爷的光。不信，你们可以去打听打听。”

“自浔江入粤东，上千里的江面控制在‘洪德堂’手里，”韦三相道，“二爷才是咱们这一行的泰山北斗，人家在江湖上的名头为什么响亮？不就是‘道义’两个字吗？”

韦三相老奸巨猾，不动声色便把李文茂和“米饭主”画上了等号，吴凌云、万金魁和黄福满无不钦佩他的嘴皮子。万金魁觉得有必要再添把柴火，遂附和道："当年二爷在雷公顶日不移影连胜二十七阵，只肯自己吃亏，不要别人帮忙，这是什么？这就是道义，以多胜少和欺负落难之人不是他的脾气。"

谢江殿拍了一下桌子："没错，二爷最讲义气。"

"看来谢爷答应了？"韦三相笑着问。

谢江殿错愕："我答应啥啦？"

黄福满假装愁眉苦脸："各位，我家门口正对着'洪胜堂'，办理梁大当家这件事，黄某其实担着血海般干系，弄不好家破人亡，你们千万不可漏了风声。"

"呵呵，"韦三相慢悠悠地说，"白糖炒苦瓜，大家有福同享，有难同当。出了事我们几家替你扛，帮你向洪门说项。你说是不是，谢爷？"

大家你一言我一语，根本不给谢江殿插嘴的机会，后者明白被人家装在套子里了，后悔不已，直想抽自己的大嘴巴。这几家里面，只有谢江殿一伙和洪门稔熟，所谓大家扛实际上就是谢江殿一家扛。"洪德堂"这边倒好说，但是"洪胜堂"那边谁买自己的账？事情到了这个地步，谢江殿没办法当众反悔，只好希望尽快把梁老祖这尊瘟神送走，免得夜长梦多。他把茶碗里的茶水一饮而尽，朝韦三相抱拳："三爷，梁大当家的打算啥时候走？最好让他尽快启程，免得夜长梦多。"

"谢爷，大家在一个锅里吃饭，休戚与共，韦某绝对不会为难朋友。"韦三相当了婊子还要立牌坊，他摆出一副诚恳的样子说，"本镇的白血童子法力高深，我把她请来办法事——法像为吉，咱们答应梁大当家的；法像为凶，小弟马上回绝了他。"

"依三爷的章程。"谢江殿觉得心里稍微平衡了一些。

大事底定，韦三相上阁楼去请梁老祖与大伙见面。梁老祖正在阁楼上坐卧不宁，见韦三相进门，迫不及待地问："三弟，事情办得怎么样？"

"还算顺利。"韦三相安慰他，"大哥，你平时对他们不薄，而今虎落平阳，难道他们能眼睁睁看着不管？放心吧。"

"三弟，江湖上的事情向来如此，不落井下石就算够义气。"梁老祖长叹一声，"大度和尚这厮气性太大，睚眦必报。他记恨往日之仇，不和官军厮杀，却跟绿林道拼命，死了那么多洪家兄弟，你说对他有什么好处？照他眼下这个拼命的架势，我估摸总瓢把子他们也未必能撑得住，弄不好全得去都阳山甚至云贵避难。若是这样，哥哥恐怕一时半会回不来了，财货我随船拉走，拉不动的东西你就收了吧。"

拉不动的东西是宅子、店铺和田地，这些东西比财货更加值钱。韦三相坚决推辞："你这是陷小弟于不义，大哥，万万不可。"

"老窝都没了，还要这些身外之物有啥用？"梁老祖感伤地说，"三弟，姓谢的和梁某素无瓜葛，他允许我的船过乌蛮滩，就是你帮老哥哥的大忙。"

见他情绪低沉，韦三相劝慰："哥哥勿忧，人常说三十年河东，三十年河西，你这么大的本事，还怕没有杀回来的那一天？"

"借你吉言。"梁老祖抱拳问，"三弟，你看我啥时候走？"

"大哥，走之前小弟想请人替你办一场法事，占卜吉凶。"韦三相道。

"哦？"梁老祖问，"你就如此日哄那个姓谢的？"

"不全是这个意思。"韦三相从容地说，"大哥，你这么多的家当容不得闪失，小弟确实想给你占一个吉时。"

韦三相的话打动了梁老祖，这批船装载着他最后的本钱，当然不能疏忽大意。他盯着韦三相问："你请的这个法师，莫非有真本事？"

"想来如此，"韦三相慎重地回答，"上个月在寒舍的水陆诗会，她击败了大名鼎鼎的玉皇童子和三佛童子。大伙亲眼所见，当不会错。"

梁老祖点点头："那就按你说的办。"

"大哥，你我兄弟即将分别，"韦三相道，"小弟有一样东西相赠。"

韦三相这个人办事溜光水滑，想必是占便宜太多不好意思，故此才提出赠送礼物。可是什么样的礼物能和宅子、店铺、田地相比？梁老祖推辞："三弟，何必客气？"

韦三相冲着在门外伺候的管家摆手示意："把舅父送的剑取来。"

不一会儿，管家双手端着一只裹着锦缎的礼盒进屋。梁老祖武艺超群，在粤西绿林道逞威数十载，见过的好刃口不计其数，没有把韦三相赠送的礼物放在眼里。他手捻须髯，爽朗地笑了起来："宝剑赠英雄，三弟，哥哥谢你的美意。"

韦三相提醒他："大哥，这把刃口你恐怕没见过。"

"是吗?"梁老祖拉了一个长腔，觉得好歹要给韦三相一个面子，便打开盒盖，从盒里取出剑鞘。阳光自窗户斜射进来，这是一把乌木制作的剑鞘，通体没有一丝雕刻的花纹，黑乎乎像一截烂木头，扔到大街上估计都没人捡。然而，正是这样一把再普通不过的剑鞘，却在梁老祖的心里投下了涟漪。他的脸色陡然变得凝重起来，左手握住剑鞘，右手拉出剑身。但见屋子里瞬间光芒大作，剑身如龙飞腾，似蛇逶迤。最奇的是剑刃泛出来的花纹，像玉树掩映下的璀璨云河，有凛冽的雪花从河面上飘过。

梁老祖情不自禁地舞了个剑式，脱口赞道："好剑，好剑。"

王二妹原以为请她做法事的是韦母，没想到竟然是韦三相。他早就备好了一笔银子，要她实打实地来一场师公上身的降僮大法。降僮术是一门历史悠久的古老法术，没有天赋根本难入其门。世道重叠疲沓，迷离乖张，有天赋之人未必有机会；而等闲的凡夫俗子又不可能掌握这门诡异的法术，遂致骗子横行无忌，法术沉沦无光。

说到底，降僮法术亦为一门心心相印的阴阳之道——将死之人是师公，他想把自己的心灵转移到降僮法师的肉身上，实现短暂的不朽；而法师之心毕竟与师公之心不同，她要通过艰苦的修炼达致与师公自由沟通的境界，概括承受师公的道法，最终将二者融合为一体，从而完成灵魂与肉体的转换。人类这种超越生死的转换行之不远，因为有道法的师公和有天赋的继承者本来就不多，相遇的机会更加微乎其微，好比屙尿射竹筒——靠撞。撞大运可以再一再二，没有再三再四，因此，真正的降僮法术，一般超不过三代传承。

道理一旦弄清楚，我们便能区分降僮法术的真假。如果师傅还活得好好的，这种法师肯定是假把式，比如杨秀清和萧朝贵，一个天生残疾，一个身体敏感，算是有点天赋之人。这种人浑身一痒痒就来电，似乎师公上了身，然而这只是一种心理作用。潜意识引导他不由自主地扮演上僮，按照师傅教的知识进行扮演，而且在扮演过程中自主创作，连说带唱，上僮的过程非常热闹，乐在其中，不辞辛苦。其实他扮演的是他自己，表达的是自己的心灵，而不是已经离开人间的阴魂，这里不存在阴阳转换的问题。

真把式的修炼仅仅掌握法术是不够的，尚须法力来配合，这便是为什么并非每一次降僮法事都能成功的原因。修炼的法力如果不够，师公寄居在法师肉体的灵魂无法被召唤出来，弥漫在空中的幽魂就可能来捣乱，这时我们会发现法师睁着大嘴说不出话，身体剧烈跳动呈现搏斗状态；只有当法力修炼到一定程度，师公的本尊方能上身，通过法师的嘴说自己的话，做自己的动作。久而久之，两颗心合二为一，师公就是法师，法师就是师公，变成了磨合之后的第三个心灵，阴阳转换过程才算彻底完成。

从这个角度看，真正的降僮法事充满了风险，如果修炼的法力不够，将会承受来自幽魂的频繁骚扰，身体的消耗程度相当大。有鉴于此，王二妹一般不玩真的，除非碰到像韦三相这样肯花大价钱的财主，她才愿意卖卖力气。冯云山、阮骇、张永绣、王为正都没有见过她表演真正的降僮法术，一心想看热闹，于是跟着她来到角楼下面的院落。

这座院子是韦府的命根子，外人不得随便进出，韦府家丁把冯云山、阮骇、张永绣和王为正拦在外面，只允许王二妹一个人进去。王二妹气恼地说："这是我的伴当。"

家丁头目的名字叫韦十大，听到门口吵吵嚷嚷，出来一看是王二妹，笑嘻嘻地问："王掌柜的，你是独脚大仙，哪来的伴当？"

"张掌柜的你不认识？"王二妹又指着冯云山和王为正，"这是我哥和侄子。"

"平时咱们不见外，但今天不行。三爷发下话了，除了你，谁也不许进二道门。"韦十大赔着笑脸，"凉亭备有上好的西山茶，有酒有菜，有番摊有芙蓉膏，让张掌柜的和几位贵亲在这儿吃酒，慢待不了他们。"

头道门和二道门之间是一片竹林，林中搭着几间凉亭，一群汉子在里面说说笑笑，从声音判断正在赌番摊。冯云山不想节外生枝，对王二妹说："妹子，你办正事要紧，我们是随便逛的闲人，在这儿歇着等你。"

凉亭里有人听到这边说话，抬头发现了站在冯云山后面的阮骇，叫道："姓阮的，爷今天手爪子不利索，快过来给爷换换手气。"

阮骇回头一看，原来是乌蛮滩的张嘉祥。张嘉祥善于学习，这些年武艺进展神速。蔡李佛拳是一门全新的武技，素有南拳北打的令誉，大开大合，极对张嘉祥的胃口。阮骇从南宁府贩运木材，走乌蛮滩必须借力张嘉祥，两个人常在一起切磋武艺，关系相当亲密。

冯云山等人找了张桌子坐下，张嘉祥大摇大摆地过来问："阿骇，这位爷是谁？"

"冯师兄，"阮骇介绍，"从粤东来的。"

张嘉祥端起酒壶灌了一大口酒，见冯云山虽然身背宝剑，但是白白净净像一个四体不勤的文弱书生，哪像冬练三九、夏练三伏的武林中人？他打了一个酒嗝，抱拳道："既然是足下的师兄，想必是蔡李佛拳的高手，张某倒想请教请教。"

冯云山摇了摇头："惭愧得很，在下不成器，只跟着龙少爷学了一点把式。"

"冯老爷是秀才，还是举人？"张嘉祥问。

冯云山满脸通红："在下没有取中功名。"

张嘉祥升起一丝轻视之心："文不成，武不就，那你有什么本事？"

冯云山自尊心受到了极大的伤害，没好气地说："在下学过两天相术。"

"原来和咱们一样，"张嘉祥怪笑起来，"都是混江湖的。"

谢江殿一伙兄弟称霸乌蛮滩，尤以张嘉祥最称勇猛。阮骇平日不介意他的张狂，但他今天当众嘲讽冯云山，让阮骇很不快："张老幺，我师兄上知天文，下通地理，前推五百年，后测五百年。你知道他的道法跟谁学的？罗浮山九天观的六愚真人。"

张嘉祥愣了一下："九天观的老神仙？那是厉害。"

"我师兄志向远大，何曾把功名放在眼里？"阮骇道，"不信你问问李二爷，他们当年是一起下场的同窗。"

"啊？"张嘉祥晕了，"冯先生，你和二爷还有交情？"

"那当然，"阮骇说，"你可以去银洲湖问。"

张嘉祥认识李文茂，但李文茂不一定记得他。经过阮骇连嘲讽带奚落，张嘉祥乖乖地收起气焰，嘻嘻哈哈地说："法事开始了，咱们听听王掌柜的唱啥曲子。"

梁老祖得了口上乘宝剑，心情大好，和韦三相、吴凌云、黄福满、万金魁、谢江殿几个人坐在一起谈笑风生，全无落魄凄怆之意。谢江殿暗暗称奇，不由得对他刮目相看，觉得老江湖就是老江湖，自己得向人家多学着点。

院子里只有王二妹孤零零一个人在施法，嘴里仍旧是那套嗑：

天灵灵、地灵灵，好吃好喝奉神明；天生云、云起龙，起出转灵扶僮身。金铜鼓、银铜锣，四十九路鬼和神；千重山、万重水，遇到僮身齐闪避。哪路老鬼不长眼，七月阴雷破山腹；哪路邪神迷心窍，冰天雪地烤河床

…………

拜请东方东路雪门开，雪山师爷降雪来；拜请西方西路雪门开，雪山师爷降雪来；拜请南方南路雪门开，雪山师爷降雪来；拜请北方北路雪门开，雪山师爷降雪来；拜请中方中路雪门开，雪山师爷降雪来；拜请五方五路雪门开，雪山师爷降雪来

…………

急请迷魂童子和童郎，吾奉太上老君急急扶僮身，急急扶上身。

王二妹念念有词，说明法术修炼有成，师公已然上身。韦三相说：“大哥，王掌柜的嘴皮子比上个月更加利索，看来道法又提高了。”

梁老祖问：“这位神仙为何叫白血童子？”

韦二相道：“据说她师傅流的最后 滴血是白血。”

梁老祖抽出宝剑，爱不释手地抚摸着剑刃：“老夫纵横江湖数十载，死在我手里的英雄好汉不计其数，从来没见过流白血的。”

“道家法术神秘莫测，兴许真有白血那也说不定。”韦三相提醒，“大哥，王掌柜的曲子马上就唱完，想问啥你尽管问。”

说来也怪，王二妹刚刚念毕，天上突然卷来重重乌云，瞬间把太阳裹在里面。韦家院子黑乎乎更显阴沉，六位江湖大佬齐齐地从椅子上坐直身体，脸上不再有嬉戏之色，瞬时变得肃穆起来。王二妹穿着黑色的道袍，像根木桩子立在空荡荡的院子里，她脸上没有表情——也用不着表情，红色的肌肉翻起来，除了恐怖，还是恐怖。

梁老祖开口：“请问白血神仙，某家有船过郁江，你看何时为吉？何时

为凶?”

韦三相、吴凌云、黄福满、万金魁、谢江殿几个人竖起耳朵,生怕漏掉一个字,但听王二妹回答:“啥时候都是吉,啥时候都是凶。”

梁老祖本来就不信道术,听到这句话,心头升起一丝被戏耍的感觉。他怏怏不快地瞥了韦三相一眼,沉着脸喝问:“童子,此为何意?”

梁老祖一辈子杀人如麻,今天手里提着宝剑,连吴凌云这样的高手都心生惧意,岂料王二妹竟然毫无惧色:“老娘的意思是你即将大祸临头,倘若再不长眼,恐怕连化凶为吉、消弭灾祸的机会都没了。”

“哇呀呀。”梁老祖气得暴跳如雷,以他粤西武林第七大高手的身份,竟然被一个丑陋无比的丫头当众恐吓,是可忍孰不可忍?他提起宝剑,踏出堂屋,那宝剑果然非比寻常,即便没有阳光,仍然寒光凛冽,刺得人睁不开眼。

韦三相忙劝:“大哥,使不得,王掌柜的是在施法。”

“怎么?”梁老祖提高了嗓门,“施法就能胡说八道?”

梁老祖从昔日的绿林霸主变成丧家之犬,过一条区区郁江还要来拜码头,威风和气势丢了个干干净净。几位郁江大佬心里明白,他胸膛里积压了一座火山,时时想找机会爆发,这是在借题发挥,杀鸡给猴看。

“郁江是我兄弟的地盘,老子想什么时候过就什么时候过,还用你这个丑八怪算卦?正好爷爷得了新刃口,你不是流白血吗?拿出来喂一喂它。”梁老祖走到王二妹的跟前,举起剑就要向下砍。大家暗自叹息,连降僮法师都当了枉死鬼,往后谁还敢掐算吉凶?

便在梁老祖举剑准备劈下之际,从韦府的角楼顶传来一阵悠扬的琴声。紧接着,王二妹的嗓子突然变化,仿佛打喉咙里挤出来似的,从女声变成了男声,声音充满了讥讽,讥讽里夹杂一丝悲凉:“老祖,你还懂规矩吗?”

如同晴天打了一个霹雳,梁老祖伸在半空的右臂刹那间僵硬如石。别人听不出来,他对这个声音可是太熟悉了。梁老祖牙齿打着战,哆嗦地问:“金爷,你是人,是鬼?”

无论粤西绿林道,还是粤西武林,“赛潘安”金秋池的地位都在梁老祖之上。这个惨死之人突然发出声音,能不把他吓得魂飞魄散?只听王二妹喉咙里的那个声音幽怨地叹息:“我不是人,也不是鬼,我是你的哥子。”

朗朗乾坤,“赛潘安”忽然借尸还魂,韦三相、吴凌云、黄福满、万金魁、谢江殿无不战战兢兢，大气不敢喘一声。院子里的空气紧张到了极点，唯有角楼顶的琴声舒展明亮，有人奏琴吟咏，那是一首陈白沙的诗，曰：

一片荷衣也盖身，闭窗眠者乃何人？
江山雨里同歌啸，今古人间几曲伸？
长与白云为洞主，自栽香树作齐邻。
山中甲子无人记，一度花开一度春。

琴声曼妙，诗境幽远，那人的声音更是珠圆玉润，具有一种涤荡肺腑的力量，给人美不胜收的感觉。韦三相、吴凌云、黄福满、万金魁、谢江殿等人油然而生钦服之情，梁老祖化解了臂膀的僵硬，将宝剑还于乌木鞘，抬头向角楼处张望。只见楼顶的屋檐上站着一位书生，左手举琴，右腕轻舒，弹琴的姿势美妙绝伦，仿佛仙子持练，当空而舞。众人皆为习武之人，单看人家飘飘欲仙的身姿、玉树临风的风采，就知道这位书生身怀超凡脱俗的奇功，一发瞠目结舌，无不自惭形秽。

书生吟罢诗，朝王二妹点了点头："道兄，别来无恙。"

王二妹脸上充满了凄怆，一言不发，浑身剧烈地颤动起来。梁老祖见状，惊奇地问那个书生："请问高士，你认识我家金爷？"

书生笑道："岂止认识？我们是生死之交哩。"

"生死之交？"梁老祖更诧异了，转头问王二妹，"金爷，他是谁？"

"我二人果然是生死之交，昔日裁吾生死，今天定汝吉凶。"王二妹嘶哑地吼了一声，"扑通"跌倒在地，人事不省。那书生长啸一声，自角楼凌空飘然而至，未等梁老祖反应过来，手里的剑鞘已然被书生潇洒地夺过。

堂堂的粤西武林第七大高手，被人家远途奔袭，轻轻松松夺走兵刃，这真是梁老祖毕生未遇的奇耻大辱。他大喝一声："相与的，休走。"

书生形如大雁，在空中来了一个漂亮的转身："有本事，跟上来。"

冯云山在院外看得清楚，夺剑之人非别，正是这把宝剑的主人靓书生。他隐隐约约猜出了书生的身份，见书生和梁老祖相继飞过围墙，立刻拔腿就追。

张永绣在后面大喊："先生，当心吃挂落。"

阮骇也嚷嚷:“大师兄,你追不上的。”

冯云山武功虽弱,但他心里有谱,靓书生身无大碍,又夺回了宝剑,可能马上就要离开白沙圩。他是个身份尊贵之人,走前一定会向自己道别,免得失礼。果不其然,当冯云山气喘吁吁跑进河神庙时,书生和梁老祖正在大殿屋顶比剑。见冯云山进了河神庙,书生跳出圈外笑吟吟地问:“梁当家的,要接着斗吗?”

梁老祖满脸羞愧,对手剑法绝伦,毫无破绽,每一剑都可能取走自己的性命,还有什么好斗的?他拱手道:“梁某甘拜下风,不知尊驾高姓大名?”

“梁当家的好不识相,”书生执剑在手,讽刺地说,“你取了贫道的‘八魔刃’,难道还不认识贫道是谁?”

韦三相赠送的那把宝剑竟然是盖世奇兵“八魔刃”,梁老祖心里虽然有所猜测,但是听金蟾道士亲口挑明,仍然吓得腿肚子发软,声音颤抖地说:“在下有眼不识泰山,不知道这把剑是道爷的爱物,冒犯之处,请道爷恕罪。”

“若非看在金当家的面子上,”金蟾道士脸色一冷,“贫道岂能容你?”

梁老祖终于明白了王二妹的意思,原来自己这次郁江之行的生死和吉凶全应在“天下第一剑客”的身上。他仗着胆子问:“道爷,你和我家金爷怎么会是生死之交?”

“金当家的虽然没死在贫道的剑下,但他的死毕竟和我有关。”金蟾道士说,“贫道没想到他会死得那么惨。算啦,好人做到底,再送你一桩好处。”

梁老祖丈二和尚摸不着头脑,刚才金蟾道士还恨不得宰了自己,现在不但揭过不提,反要倒过来送好处?他犹疑地问:“道爷,是什么好处?”

“天机不可泄露,”金蟾道士说,“过些日子你自会明白。”

梁老祖不敢啰嗦,千恩万谢转身离去。金蟾道士从屋顶跃身而下:“冯先生,你我二人相遇一场,甚有缘分。今日之恩,来日再报,贫道告辞了。”

“我救你一次,你救我一回,咱们两不相欠。”冯云山疑惑地问,“道爷,你晌午还躺在耳房静养,怎么一眨眼的工夫就痊愈了?”

金蟾道士快慰地说:“贫道毕生修炼此心,此心充塞天地。晌午的时候贫道尚未悟透那门绝学的奥妙,而今一通百通,身子骨当然无虞。”

“原来如此。”冯云山说，“道爷练就神功，可喜可贺。”

金蟾道士不愧为武林至尊，那么多的宝贝没有白吃，他捡到猪头面具后详加参悟，在短短一年半的时间里，不但成功修炼出第三道真气，而且突破重重关卡，直抵“六祖心经”第三重境界的最后关口。前面我们说过，第三重境界是一个自由王国，最后关口更是玄妙至微，蕴藏着“六祖心经”的最高智慧。以李文茂那样杰出的天赋，花了足足两年时间尚且在最后关口徘徊，金蟾道士急功冒进，焉能不走火入魔？

然而令人意想不到的是，“天下第一剑客”在河神庙陷入绝境，差点丢了性命。缓过阳来以后竟然大彻大悟，茅塞顿开，迅速突破“六祖心经”第三重境界的最后关口，体内真气悉数化为普通气息，剑法更达致完美无缺的境界，真应了失之东隅收之桑榆的道理。金蟾道士兴奋之情溢于言表，忍不住想找一个人分享心中的快乐，他笑着问冯云山：“冯先生，贫道刚刚勘破绝世剑法，你就不想知道它的真谛吗？”

“太好了，”冯云山从背后抽出“除魔剑”，“道爷，在下手里有一把上好的刃口，想和道爷的宝剑比试比试。”

金蟾道士明白他会错了意，抓起“除魔剑”丢在半空，举“八魔刃”正面格击。只听当啷一声，“除魔剑”断为两截，掉在地上。金蟾道士将“八魔刃”插回乌木鞘：“冯先生，我说的是无情剑法，不是无情剑。”

冯云山问：“道爷，何谓无情剑法？”

“天地无穷尽，心有生悔时。”金蟾道士郑重地说，“冯先生，你仔细听好了，无情剑法的真谛是一个字，那就是悔。”

“悔？”冯云山失声道。

“不错，这是贫道用命换来的心得，古往今来怕是头一份。”金蟾道士仰望头顶，显出舍我其谁的豪迈气概，他抱拳告辞，“以先生的胸怀和识见，假以时日必定会参悟此理。青山不倒，绿水长流，倘若有重逢的那一天，贫道愿与先生把酒论道。”

冯云山把两截断剑夹在胳肢窝里，拱了拱手：“随时恭候。”

武林至尊放声大笑，纵身飞离河神庙，潇洒的身影如同白鸽投向湛蓝的长天。郁江浪花敲击着诗歌的琴弦，那是金蟾道士意犹未尽的宣泄，曰：

此身天地一虚舟，何处江山不自由？
六十一来南海上，买船吹笛共儿谋。

第一百一十一回　酸菜豆芽

对于洪秀全来说,“除魔剑”不只是一把剑,更是他的梦想,他的心,他干瘪的人生行囊里唯一的发光体。如今发光体被残忍地劈为两截,断口在油灯下闪烁着绿色的幽光,洪秀全的心快要碎了。一股无名火在胸膛里剧烈地燃烧,他厉声呵斥冯云山:“让你跟二妹比法术,谁让你和金蟾老道比剑法?”

冯云山赔着笑脸:“哥,你心疼了?”

“我心疼个屁。”洪秀全眼里晃动着怀疑的火苗,“乙龙,你到底啥意思?敬芳哥知道这把剑不是无情剑,所以他不踩浑水;汉英知道这把剑不是无情剑,所以他半路溜了;你知道这把剑不是无情剑,为了怕我泄气,一直在路上晃点我。现在为啥不继续晃点了?你是想回家抱老婆孩子睡觉,还是打算摔耙子单干?”

“除魔剑”是一个虚幻的气泡不假,也是哥俩来贵县宣扬上帝教的精神支柱,冯云山料到洪秀全接受不了气泡破灭的现实,准备了一大堆词语安慰他,却万万没想到洪秀全的话会如此刻薄。老实人的心被深深地刺痛了,生平头一次和洪秀全顶撞起来:“表哥,你少说这些没良心的话,我想单干早走了，需要等到今天吗？”

这话一点儿没错，洪秀全手不能提、肩不能扛，比茅坑里的石头更臭更硬。而冯云山胸怀宽广，文武双全，在江湖上交游甚广，到处都能找到朋友。如果他想单干，能跟着洪秀全来赐谷村受罪？洪秀全气结地问：“那你是什么意思？”

“哥，金蟾道爷贵为武林至尊，一向神龙现首不现尾，武林中人平时根本见不到，有几个人能当面聆听人家的教诲？”冯云山诚恳地说，“咱们手里的剑虽然不是无情剑，但想干的是无情剑的买卖。不向他讨教，向谁讨教？”

洪秀全嘟囔道：“洪门有‘镆铘剑’，他的‘八魔刃’也未必是无情剑。”

冯云山见他的口气服软，态度随之变得缓和下来：“哥，金蟾道士的‘八魔刃’不一定是无情剑，可咱们的红毛教肯定是无情剑，是不是这个理？”

“道理是不错，”洪秀全叹了一口气，“可谁信呀？”

说来说去，无非是残酷现实惹的祸。兄弟二人压不住火气吵嘴，表面上是为了“除魔剑”被毁一事，其实吵的是什么，彼此皆心照不宣——赐谷村这个地方不能逗留了。

通过向金蟾道士求教，冯云山更加坚定了这个决心，他推心置腹地说：“哥，这个地方不适合宣扬教义，七大姑八大姨全是亲戚，过日子凑合，干大事绝对不行。”

否定赐谷村这个传教地点，等于否定了洪秀全这几个月的辛辛苦苦，进而否定洪秀全的战略观察力和领导力。洪秀全心里很不高兴：“你说去哪儿？”

“往山里走，越穷越好。”冯云山看了洪秀全一眼，狠了狠心，“北山不行，北山有银矿和洪门，人心太浮躁。”

按照冯云山的意思，岂止北山，整个贵县都将一股脑放弃，这分明是想斩断洪秀全和王氏宗亲的联系。洪秀全没好气地回击：“你说个具体的去处，别只会挑刺。”

“去那里，”冯云山朝东北方向一指，信心满满地说，“浔江北岸山峦叠嶂，咱们也不往瑶山深处扎，只沿着江边去找，一定能找到真草、坚草和耐草。”

“浔江？”洪秀全失声道，“你不是想找你那个相好的吧？”

一定是王为正背后嚼娘们舌头，冯云山勃然大怒："表哥，你能不能说点正经的?"

"好啊，我来给你说正经的。"洪秀全激动地拍案而起，"既然想干无情剑的买卖，那就必须打造一把无情剑，要不凭什么让老百姓信服? 明天收拾包裹回粤东，咱们去飞来峡找'打铁罗'，纵然踏破丹砂井，也要找到金芝。"

"说得轻巧，"冯云山把手一伸，"路费在哪儿?"

哥俩在周围几个村子教私塾，学费没有完全收上来，坐船回家是需要一大笔盘缠的。这个问题难不倒洪秀全，他把大手一挥，摆出一副教主的架势："你朝二妹借，捎带把仁球和仁正的路费一起要了，我留下来催账。"

冯云山气道："走就走。"

还有一天即为白露，白沙圩掩映在一弯飘雨的穹幕里。"张记"饭铺冷冷清清，豆大的雨点从敞开的窗户扫进来，打湿了冯云山的衣衫。对面的洪仁球嘴巴流油，冯云山没有心思动筷子，凝视窗外，心里结满了霜。

洪仁正飞快地从雨幕中钻出来，跑进饭铺，抹了把脸上的雨水，唉声叹气道："二妹还没有回来，听看门的瘸子说，一下雨乌蛮滩就涨水，船难行得很。"

王二妹应邀赴南宁府办法事，冯云山来到白沙圩等候这三天，洪仁球每天跟着来"张记"蹭饭吃，舍不得走了。他撕了一块鸡肉塞进嘴里，满不在乎地说："不回来就不回来，反正雨大不好行船，咱们在这儿死等她。"

"张记"饭铺天天大鱼大肉、好酒好菜地伺候，洪仁正没有洪仁球那么脸皮厚，他对冯云山说："乌蛮滩不好走，浔江顺风顺水好走得很，张掌柜的货船不是回粤东吗? 要不咱们跟着人家一起走，路上帮忙卸卸货，兴许能贴补点路费。"

张永绣的船定期往浔州城运货，昨天是发船的日子，因为知道冯云山要回粤东，他没有让船走，耐心地等待冯云山的口信。

"仁球哥，"冯云山问，"坐货船走行不行?"

"只要不花钱，"洪仁球吃得更欢了，"坐筏子也行。"

冯云山提醒他们："咱们免费乘船，须给张掌柜留个面子。到了浔州城以后，听人家安排插空走，甭管船上拉的是什么货物，该干活干活，别挑三拣四。”

洪仁球和洪仁正一起点头:“没说的,不出钱还不出力气?”

冯云山把伙计叫了过来:“你去货栈知会张掌柜的,马上走。”

“马上走?”洪仁球打了个嗝,“乙龙,从这里到浔州城是有名的九曲十八弯,雨天行船不大安然,最好等放晴了再走。”

饭铺伙计笑呵呵地:“没事,没事,九曲十八弯是九曲十八弯,不过都是一些大弯,水面极其平坦。坐在船上,一眼望去笔直得像树干子,只是两旁的风景雾煞煞。”

“不看风景多可惜?”洪仁球说,“乙龙,你和火秀两个来的时候就下雨,路上肯定看不清风景。我给你说,不看九曲十八弯,等于白来一趟贵县。”

冯云山答道:“下一次再看吧。”

“你还打算回来?”洪仁球吃惊地问。

冯云山笑了笑,没有回答。

货船稳稳地行驶在雨幕里,“张记”伙计果然说的没错,郁江水路笔直,丝毫感觉不出一点九曲十八弯的味道。冯云山坐在船舱闭目养神,他的思绪飞出雨幕,跃上高山。在这个细雨绵绵的日子里,郁江不再是蜷曲的龙蛇,而成为歌女身上百转千回的丝带,在大地上划出一道道优美的水际线。

满怀雄心来粤西开拓,哪知道第一响就打了个哑炮。最让冯云山心烦的不是这个,而是洪秀全的无端猜疑。坐船有一样好处,那便是随波逐流,不必考虑腿的感受,也因此可以把心慢慢地捻碎。雨天很适合冯云山此时此刻的心情,他一万个不情愿向粤东走,一万个不相信粤西会没有作为。船只越往东发,他的心越朝西飞。

张永绣摘下斗笠从船头钻进来,拎着一坛酒放在桌子上:“先生,这是我从平乐府弄来的正宗莲花春,味道靓极了,喝点去去湿气。”

冯云山问:“永绣,现在是什么时辰?”

“四更天。”张永绣打开坛子,给冯云山倒了一杯酒。

冯云山问:“雨什么时候能停?”

张永绣明白他的心思:“天亮就到浔州城,外面雨势不大,该放晴了。”

冯云山把酒杯端到鼻子下面嗅了嗅,赞道:“不错,好味道,‘开轩晓起试三爵，顿洗百斛胸中尘’，东桥居士所言不虚。”

明代诗人顾璘号东桥居士，正德年间得罪太监廖堂，被贬为全州知州，对大名鼎鼎的全州冻酒不感兴趣，唯独钟情于平乐府的莲花春，相中的就是酒里的莲花清香。

等三杯酒下肚，张永绣把酒杯放下，提醒他：“先生，你现在闲下来没事，是不是应该去浔州城，看看少爷和掌柜的？”

冯云山十分窘迫：“以后再说吧。”

张永绣真诚地说：“先生，你和掌柜的事不是秘密，大家都知道。除了你们两个，这笔旧账没人在意，一味躲闪，到最后我看受伤的不是掌柜的，而是你自己。假如先生真想干出一番轰轰烈烈的大事，就应该解开这个心结先。”

冯云山心里一震：“我一介书生，能干啥大事？”

“先生，你瞒得了别人，能瞒得过我？”张永绣举起酒杯，“你一不投靠洪门，二不想借用本门的势力，这还不是胸怀大志？”

雨住了，雾散了，一座高大的城池出现在江面上。冯云山迎着风站立在船头，不知不觉被浔州城雄伟的气势所折服。浔州城坐落在郁江、黔江和浔江三条大水的汇合处，控制着粤西最繁忙的贸易通道，堪称粤西首屈一指的战略咽喉。

汹涌的黔江水在浔州城下激起二尺高的浪花，与娴静的郁江水合流为壮阔的浔江，浩浩荡荡向东进发。城下白帆如云，桨橹似林，好一派兴旺发达的繁荣景象。洪仁球从船舱里钻出来打了个哈欠：“张掌柜的，听说浔州城的点心不错？”

张永绣看了冯云山一眼，故意大声说：“浔州城里有的是大馆子，啥风味的都有，我请你们吃正宗的苗家菜，不远，就在东门外码头。”

“那多不好意思。”洪仁球口水快流了出来。

张永绣问冯云山：“先生，你拿定主意了吗？”

在九曲十八弯的夜航中，冯云山反复地体味着那个悔字真谛。

金蟾道士贵为武林至尊，这些年四海云游实际上只做了一件事，那就是将自己的功力推向极致，修炼出完美无缺的剑法。他本来已经天下无敌，想突破自己那是何等的艰难。好在他找到了突破口，即那门令他走火入魔的古老功法。堂堂的“天下第一剑客”被几个三脚猫的屑小拳打脚踢，毫无还手之力，差一点命丧黄泉。正是这种绝境中迸发出的耻辱感，让他幡然觉悟到那门古老功法的微妙境界，一跃而攀至武学巅峰。站在一览众山小的高峰，回首昔日那些弯弯曲曲的跋涉之路，心生悔意再自然不过。

冯云山却是另一样悔。他这些年诛心不比王山公少半分，人生之路在心中饱经磨砺，逐渐清晰可辨，道路两旁蔓延的杂草被他一一铲除殆尽，唯独剩下一棵树横亘在道路中央——这棵树是他心口难以磨灭的疼，是被撕裂的另一半心，是一块检验心灵之剑的试金石。

悔字真谛不外乎两种可能，一个是巅峰，是武林至尊充满自豪的回眸，一个是绝境，是冯云山期待回炉重生的渴望。这两种可能经常纠缠在一起，兴许本身就是同一个东西——武林至尊不正是通过绝境才登上巅峰的吗？冯云山不正是选择种种绝境，才找到通向理想的必由之路吗？

“永绣，你说得对，我是应该给自己一个了断。不过，我不想贸然去见掌柜的，见她之前需要沉一沉。”冯云山说，“你在城里帮我找个安静的地方歇脚。”

张永绣琢磨了一会儿：“先生，我阿叔在南门卖酸菜，他家离武馆远，平时武馆的兄弟很少去，只是住的地方有些简陋。”

“简陋好，简陋好，”冯云山大喜，“我就住那儿。”

张永绣的叔叔张老水在浔州城南门附近开了一个小铺子，卖酸菜的同时发豆芽，干的是最辛苦的小买卖。张永绣安排冯云山在酸菜铺住下，自己到“洪圣武馆”的货栈卸货，再找船送走洪仁球和洪仁正。根据冯云山的交代，张永绣守口如瓶，直到他返回白沙圩，都没把冯云山的消息透露给龙子才和龙舌兰兄妹俩。

冯云山一住就是半个月，这段时间他帮张老水腌菜挑水，苦活累活全抢着干。张老水觉得过意不去：“冯先生，你是读书人，哪能干这种粗笨活？”

也许是离开了洪秀全的唠叨，也许是脱下了长衫的束缚，冯云山这半个月体力活干得非常惬意。他举起一块石头：“阿叔，你是嫌我没力气？”

“不，不，”张老水慌忙道，“先生文武双全，永绣早给我说过。”

冯云山把石头轻轻压在大木桶里的芥菜上，盖好桶盖，学着张老水的样子在衣襟的下摆擦了擦手，粗声粗气地问：“阿叔，咱这酸菜往哪儿卖？”

“城里的饭铺、货栈、码头都能卖。”张老水憨厚地说，“酸菜是长年菜，穷哥们吃不上啥好东西，拿酸菜就饭下汤，方便得很。”

冯云山发现靠墙倚着一架独轮车：“阿叔，你还沿街叫卖？”

“对啊，”张老水回答，“过了中秋，山里面的农活不忙，永绣那些哥子就会从乡下进城来帮忙，推着独轮车走街串巷，城外面也经常去。”

冯云山和张老水唠起了家常：“山里好不好过活？”

“山里能有啥好过活？”张老水摇了摇头，叹了口气，“永绣两个叔叔，一个住在大宣里古林社，一个住在紫荆山高坑冲，种田度日，刚好填饱肚皮。”

“这么穷？”冯云山问。

“你以为这里是贵县？”张老水端来一盆水，示意冯云山洗脸，“山里面穷得很，即使有些好地也都让财主老爷们占了。桂平往北是武宣和大瑶山，那些地方更没法去，不是打家劫舍的绿林好汉，就是漫山遍野的豺狼虎豹。”

“哦，紫荆山？”冯云山走过去，试了试独轮车，“阿叔，反正闲着没事，明天我上街卖酸菜，正好逛一逛浔州城。”

张老水奇怪地看着他，心想这个读书老爷真和别人不一样，放着体面的长衫不穿，非要打短褂、戴斗笠沿街叫卖，难道是油肉吃腻了？

秋分这天刮起了清爽的凉风，冯云山借了一身张老水的破旧行头，上身套对襟短褂，下身是大裆裤，头戴斗笠出发了。

张永绣明明说过龙舌兰的酒楼在东门外码头，但冯云山偏偏推着独轮车，在浔州城里转悠了好几天，直到有一天飘起了雨丝，他才壮着胆子出了东门。东门码头正对浔江，是浔州城最热闹的码头，冯云山没走多远，迎面就看到一面“太昊记”的旗帜。

目睹“太昊记”酒楼的第一眼，冯云山便顿住了脚步，这座酒楼建筑式样、规模竟然与长宁镇的那座酒楼一般无二——同样前临繁华的渡口，同样倚靠青葱的树林，门口同样摆着一个打卦相面的小摊子，卦摊上同样插着一杆三角旗。

三角旗破旧不堪，显然饱经风吹雨打，上面绣着“铁口金牙”四个字，四字中间本应绣有摊主字号的地方，却是一片空白。卦摊上摆着占卜常用的器物，像什么签筒、七星剑、拂尘等等一应俱全，可怪的是，卦摊的右上角竟然放着一把算盘。

乍一看到签筒和算盘，冯云山心防的堤坝瞬间轰然坍塌，泪水和着雨水滚滚而下。这些物什太熟悉了，都是当年自己曾经用过的东西。龙舌兰把它们摆在酒楼前，不言而喻，她依然在怀念那段甜蜜的岁月。

这时，从酒楼里走出一位穿着百褶裙的少女，看年纪也就是十三四岁的模样："别在这儿碍眼，卖菜的，卦摊是我们家的摆设，这里没有算命先生。"

为了见龙舌兰一面，为了破除心灵的魔障，为了迎接重生的绝境，冯云山在浔州城足足酝酿了二十天的时间。然而那个朝思暮想的人尚未见到，满怀的勇气便被卦摊击得粉碎。这个时候他才明白，自诩为无情的心，原来竟是如此的脆弱！

冯云山默默地从签筒里抽出一支签，上面空白无字；他又抽出一支签，依旧没有字；他不甘心，继续抽，仍然是空白……

见冯云山一刻不停地从签筒里抽签，那位苗家少女急了，冲过来嚷道："卖菜的，我的话听没听到？别找不自在。"

冯云山凝视着苗家少女的头帕，凝视着她身穿的百褶裙，上面的每一针每一线，都是那么的精美；少女雪白的肌肤燃烧着青春的火焰，深陷的眼窝盛满秋雨，瞳孔无时无刻不在向外流溢灯光：它是如此的饱满，从不给天上的雨丝留下半点余地。

少女俨然当年龙舌兰的翻版，笔直的锛儿头犹如冯云山无法翻越的高原，眼里的秋水是他十年难渡的江河。落魄书生艰难地吐出一句："你……你们要酸菜吗？"

"不要，不要。"少女貌美如花，字字如刀，"快滚，快滚。"

冯云山推起独轮车走向一侧的树林，林子里的青草沾满了水花，拖住了他的脚步。

一连三天淅淅沥沥的小雨，林子前的冯云山引起了"太昊记"伙计的注意。其中一个叫阿牛的伙计对那个十三四岁的苗家少女说："阿玲，你看那个乡巴佬又来了，他是不是想卖给咱们酸菜？"

“这个乡巴佬不懂规矩，掌柜的签筒他也敢摸，真是不知死活。”阿玲噘着嘴，“谁家的酸菜都能买，偏不买他的，气死他。”

“他不像是做买卖的，”阿牛疑惑不解，“要真是做买卖的，应该推着车叫卖。你看他一声不吭，跟木头桩子似的，别是个傻子吧？”

“不是哑巴就是懒鬼。”阿玲猜测，“对了，是个懒鬼，他的皮肤又白又细，不像是一个下过苦力的庄户人。”

阿牛笑了：“这么说，你也是个懒鬼。”

“我叫你油嘴滑舌，”阿玲道，“等掌柜的回来，看我怎么告你的状？”

两个人嘻嘻哈哈，这时从东门方向驰来一匹骏马，只见这匹马雪白如玉，浑身上下没有一根杂毛，显得非常俊美。马上之人是一个二十来岁的姑娘，头戴银冠，身披遮雨氅，腰悬牙柄银鞘刀。那真是人比马精神，马比人威武，相得益彰，光彩夺目。

白马上的姑娘是龙舌兰，与十年前相比，这朵鲜花已经完全成熟，目光炯炯，再无昔日的犹疑和羞怯，只是眼底的忧郁埋藏得更深。看到意中人终于现身，冯云山不觉从草棵子里坐了起来，把斗笠向下压了压。

阿牛过来牵住马的辔头：“掌柜的，那边有个卖酸菜的。”

“怎么啦？”龙舌兰朝冯云山瞥了一眼。

阿牛道：“好像是个傻子，在雨地里淋了三天，蹲着不走。”

龙舌兰纵马来到独轮车前，居高临下审视着冯云山：“你是客家人？”

冯云山点了点头，话到嗓子眼又憋了回去。

龙舌兰拿马鞭挑开苫布看了看，一车满满登登的酸菜和豆芽，看来还没有开张。她同情地叮嘱阿牛：“是个可怜人，把他的菜收了吧。”

冯云山不知道自己是怎么离开“太昊记”的。他推着独轮车漫无边际地走，空空荡荡的独轮车像空空荡荡的心，被风吹到了江边。

推着一车酸菜来到“太昊记”之前，冯云山想象中的龙舌兰应该是一张苍白的面孔，眼底流淌着哀怨的秋水，脆弱得好比即将跌落枝头的树叶；想象中的两个人，四目凝视，隔着一段距离默默无语，酸楚的心儿比酸菜的味道更浓。

这是多么催人泪下的相逢，又是多么美妙的甘泉，秋天已经慷慨地伸出画笔，同意在他们各自的脸上雕刻一枚优雅的符号。冯云山渴望的爱情世界就是这副模样，心中描绘的精神天地就是这副模样，双臂需要的力量源泉就是这副模样。

但老天爷偏偏跟他开了一个玩笑，前来施舍怜悯的汉子反而被人怜悯，想象中的弱女子反而坚强无比——冯云山这次坍塌的不是心防堤坝，而是整个心灵世界。

没有痛苦让他磨砺，没有屈辱让他愤怒；轰轰烈烈的火焰没有点燃，撕心裂肺的绝望没有出现——绝境绝对不是这样的。本该有的撕裂，本该有的痛苦，本该有的屈辱，统统被刹那间的无地自容带走了，随着地沟里的枯枝败叶卷进浔江。

悔昨日也好，悔今朝也好，悔明天也好，悔字总要有一个着力之处吧？然而此时此刻的冯云山什么都没有，只有一架不能当船来用的独轮车。他生命里第一次发现自己一无所有，如同一片飘在半空的叶子，连落在大地的资格都被取消了。他不是一个自暴自弃的人，绝不能容忍这种情形发生，他趴在独轮车上，拼命地从缝隙里寻找，寻找，寻找……

还不错，终于找到了一根豆芽。

冯云山小心翼翼地捧起这根豆芽，在江水里反复地浸泡。无数条大船满载货物，扯起白帆从失意男人的身旁驶离；经过雨水的连续浇灌，岸边冒出来大片青葱的草地，绿油油的像一张波斯毛毯。忙碌世界，离离青草，都不能把冯云山从极度失落中捞出来。他拿着豆芽菜，拼命地清洗，拼命地浸泡，似乎它能够发芽。

这是旧世界唯一的残留，也是新生活萌发的种子。可怜的男人举着一根豆芽，宛如紧紧抓着救命的绳索，被无情箭雨射得千疮百孔。

等到天完全黑下来，冯云山才推着独轮车回到酸菜铺，张老水见他浑身湿淋淋的，脸上没有一丝血色，顿时吓了一跳："冯先生，你去哪儿了？"

冯云山哆嗦着从口袋里摸出两吊钱："菜，全都卖了。"

张老水摸了摸他的额头："呀，你发烧了？"

"没烧，"冯云山道，"我冷着呢。"

张老水跺着脚埋怨："冯先生，赶快回屋里歇息，以后可别干活了。要是把身子骨折腾坏了，永绣回来能饶了我？”

“烧了也好，烧了也好，”冯云山喃喃自语，“省得脑子里不清净。”

张老水把他扶上木床，帮他换了一身干衣裳，唠叨着：“冯先生，你的学问太高，道理太深奥，最好说点老朽能听懂的。”

冯云山头痛欲裂，趁着意识清醒，他举起右手对张老水说：“阿叔，你抽个空，把这根豆芽帮我发了，记住，一定要发起来。”

“冯先生，你烧糊涂了吧？”张老水愁眉苦脸，“豆芽发不了豆芽，只能发霉。”

冯云山这次烧得特别厉害，郎中开的汤药浑不济事，在床上足足躺了近一个月。张永绣闻讯从白沙圩赶来，几服方子一起下，才将他的高烧退下来。

“先生，到底咋回事？”张永绣问。

冯云山没有回答，把张老水熬的菜汤咕嘟咕嘟喝下去，半天才愣怔地问：“永绣，你说我这次算不算遭了一难？”

张永绣很好奇：“你跟掌柜的闹翻了？”

“嗨。”冯云山唉声叹气，把前后经过对张永绣念叨了一遍。

张永绣忍不住笑了：“先生，为什么我非要逼着你见掌柜的，这下该明白了吧？别看你胸中有百万兵，什么东西都能忍，可是一见掌柜的准发软。你一句话没说转身就跑，然后垂头丧气怨天尤人，自个在脑袋里画圈圈，这是书生意气，少爷派头。倘若不把这道坎迈过去，将来难免要吃大亏，也成就不了自个。”

冯云山视富贵如浮云，立志脱下长衫，扎根深山开拓上帝教的伟大事业。无奈英雄襟怀难敌美人回眸，到了龙舌兰的面前忽然自惭形秽，自怨自艾，失去了男子汉应有的气魄。想起那一幕冯云山羞愧至极，他挣扎着起来：“永绣，我这就去找她。”

“不急，明天再去。明天霜降，是进食的正日子。”张永绣咧开嘴笑道，“掌柜的要是见到先生，必定会请你美美地吃一顿。”

“明天就明天。”冯云山央求张老水，“阿叔，再给我装一车酸菜。”

张永绣拉住他：“弄这些家伙什没用，有没有气魄和衣服不搭界。披上你的长衫，到那儿想啥说啥，切莫东遮西掩。”

“你说的对，”冯云山对着张永绣一字一顿地说，仿佛又是在为自己加油鼓劲，“到时候我盯着她的眼睛，看她心里想什么。”

张永绣道：“别看掌柜的成天冷着脸，腰里悬着剑，那都是装出来的。先生，我敢跟你打一个赌，兴许看到你的第一眼，掌柜的就会掉眼泪。”

“掉眼泪？”冯云山痴痴地问。

在张永绣的心里，冯云山是最沉毅坚韧的英雄，唯一的软弱之处便是这段情缘。为了帮助冯云山克服这个心结，他绞尽脑汁，说话也是掂量来掂量去，生怕冯云山临阵退缩。他忐忑不安地问：“先生，你想不想让掌柜的掉眼泪？”

冯云山也知道自己的毛病，下定决心去找龙舌兰，问在外面忙活的张老水：“阿叔，我那根豆芽发霉了吗？”

“在水里泡着呢，”张老水回答，“没发霉。”

冯云山平稳了一下心绪，郑重地对张永绣说：“她掉不掉眼泪，我都要去。”

霜降是秋天最后一个节气，快到冬天了，人们忙着进食大补，浔州城内外的酒楼饭庄无不熙熙攘攘。冯云山穿着整洁的长衫，踩着飞舞的落叶，一身轻快地踏进“太昊记”。店里人满为患，几乎没有插脚的地方，令人失望的是龙舌兰不在。

柜台里只有阿玲一个人，冯云山上前问：“你们家掌柜的呢？”

“你是谁？”阿玲懒洋洋地反问。

冯云山回答：“我就是那个卖酸菜的。”

阿玲愣了，反复打量了冯云山好一阵子：“你真是那个傻子？”

“如假包换。”冯云山掏出那根豆芽。

阿玲警惕起来：“你好端端的一个老爷，为什么要扮成卖酸菜的？”

“在下姓冯，是你们掌柜的故交，从粤东花县来的。”冯云山一改往日作风，痛痛快快地自报家门，“请你们掌柜的出来，我有话对她说。”

“花县来的？”阿玲惊喜地问，“你是冯先生？”

亮明身份，冯云山觉得一身轻松，点点头：“不错，正是在下。”

阿玲欢喜地喊道：“阿牛，快来看，花县的冯先生来了。”

伙计们一听,顿时呼啦啦围上来好几个。阿牛听说冯云山就是那个卖酸菜的傻子,不好意思地说:"冯先生,我们有眼不识泰山,你不要见怪。"

冯云山问:"你们掌柜的呢?"

"冯先生,你来得不巧,"阿玲道,"掌柜的回桂林府了。"

兜头一盆凉水浇下来,冯云山心里的火焰瞬间被扑灭,他失望地问:"她几时走的?几时回来?回家有么事?"

阿牛和阿玲对视了一眼,讪讪地说:"掌柜的昨天刚走,老家给她说了一门亲事,她回去相亲了,说不准什么时候回来。"

冯云山脑袋里"嗡"的一声,从手到脚麻了一片。浔州城"太昊记"酒楼的伙计对龙舌兰和冯云山的故事耳熟能详,劝也不是,不劝也不是,十分尴尬。阿玲和阿牛嗟叹不已,心想造化真是弄人不浅,就差那么一天,有情人终究还是擦肩而过。

阿牛上前搀住冯云山:"先生,我们送你去见少爷吧?"

冯云山摇摇头,慢慢走出"太昊记"酒楼,时光仿佛倒转,回到了十年前的那一刻。那一刻自己对着签筒、算盘和历法发呆,不肯对心爱的人低头,却愿意向命运屈服。错误从那个时候开始铸成,青春已是别样的青春,回头路如何走得?

这些年来,冯云山一刀一剑地诛心,把生命献给了一个远大的志向,它早已替代了龙舌兰的位置,成为他生命的主宰。倘若没有它,今天他愿意向龙舌兰屈膝低头,两个人热热乎乎将余生付与江湖,做一对逍遥淋漓的恩爱鸳鸯。

想到这里,冯云山百感交集,愧疚难当,今天来探访毕生的挚爱,竟然是为了向她索取背离她的勇气,这还算男子汉的作为吗?残酷的现实就是这样,他而今落了单,决心自己当自己的大哥闯天下,他需要寻求力量,这个力量只能从龙舌兰的身上去找——因为挚爱的人身上流出来的力量,才是真正天下无敌的。

冯云山来到卦摊前站定脚步,刹那间,阳光是那样的和熏,风儿不再射出冷箭,他的心头豁然开朗——这不正是龙舌兰要对他说的话吗?

爱情不是聚散离合,它是刻画在天地之间的长久自白;是有情人娓娓道来,向山水叙述无情的故事。冯云山反复摩挲着签筒,想起当年那一签悔恨难当，从怀里掏出防身的短刀，抽出一支签，在上面端端正正刻了一个“悔”字。

第三种悔不是巅峰，不是绝境，而是一道光芒，一道影子。这是十年旧情的回声，亦为新世界的起点。冯云山把那根豆芽插在算盘里，抬头望了望“太昊记”酒楼，转身离去。

张永绣坐在酸菜铺等得心焦，见冯云山大摇大摆地走进来，忙迎上前问：“怎么样？见着掌柜的了吗？她说啥？”

“没见着，”冯云山神情很轻松，卖了个关子，“也等于见着了。”

张永绣焦急地说：“先生，你别给我打哑谜。”

为了不让张永绣感到自责，冯云山编了个瞎话：“她昨晚走了，回桂林府办事，我给她留了话，这不等于我们两个见了面，交了心？”

张永绣觉得心里别扭，看来冯云山和龙舌兰真没有缘分。他劝道：“先生，要不你在浔州城等一等？掌柜的说不定很快就能回来。”

“永绣，你不用担心，我没事。”冯云山利落地脱下长衫，换上卖酸菜时穿的短褂，“该说的话说了，该交的心交了，多好。”

“先生，你这是干啥？”张永绣问。

冯云山取了一根麻绳，利索地捆在腰间：“实话对你说，永绣，我这次来粤西压根就没打算回去。从今天开始，我要到山里的穷人中去，和他们一起吃饭干活，一起摸爬滚打，赤手空拳打出一片天，怎么样？”

“先生，我知道你不是池中之鱼。”张永绣钦佩地说，“你想去哪儿？”

冯云山目光炯炯，显露出英雄本色：“桂平县有山有水有良田，濒临浔江，洪门和绿林道在此根基不深，正是可以施展拳脚的好地方。”

张永绣大喜：“先生，我堂兄在大宣里和紫荆山，我可以给你带路。”

“事不宜迟，”冯云山道，“马上出发。”

张永绣犹豫了一下：“山里天气冷，先生还是带着长衫吧？”

“哈哈，”冯云山放声大笑，猛地推开屋门，一股寒风迎面扑来，“永绣，要是像那些二世祖一样贪图安逸，冯某又何必来粤西受罪？”

张永绣一把脱下长衫，露出光膀子：“走。”

第一百一十二回　马前复水

冯云山和张永绣进山的第二天，新任两广总督兼钦差大臣耆英与法国特使拉萼尼在“阿吉默特号”蒸汽动力战舰上正式签订城下之盟。至此，他和得力助手黄恩彤一手包办了第一次鸦片战争三大卖国条约——道光二十二年的《南京条约》，道光二十四年五月十八的《望厦条约》以及九月十三的《黄埔条约》。

随着拿破仑帝国的覆灭，法国在欧洲失去了大佬地位，逐渐沦为帮闲的角色。帮闲最大的特点是装孙子，拉萼尼一枪未发取得了与英国人相同的权利，犹然觉得不够面子，额外要求清廷对天主教弛禁，希望在中华大地上实施所谓“宗教自由”的政策。

在中西方文明剧烈碰撞的特殊时期，基督教不只是麻醉人民的鸦片，而且是比刀枪更凶猛更狡诈的武器。在多磕头、少说话的腐朽政治风气中，一流人才摧折殆尽，善于逢迎拍马的庸才大行其道。拉萼尼提出的这个包藏祸心的要求，在耆英和黄恩彤看来是一桩危害最轻的区区小事，不赢房子不赢地，遂应其要求，上奏朝廷弛禁红毛教。

诸般大事办完，耆英赶回广州城，照例论功行赏，上折子保举“有功之臣”。广州官场的权力交易中心从惠爱坊又转回了卖麻街。“小旋风”在总督衙门碰到了一堆熟人，刚刚送走老上司黄谷禄，就看到搅屎棍子韩凤翔垂头丧气地从大门里走出来。饶同觉得好笑，主动上前打了个招呼：“太爷，谁又惹你不高兴了？”

“老弟，出大事了，”韩凤翔满脸忧惧，“‘洪兴堂’从粤北调来大队人马，经大潭山和西海寨正陆续向本县进发，你说我能睡着觉吗？”

与议和卖国相比，粉饰太平不过是雕虫小技。程矞采没能当上两广总督，连广东巡抚这个位置也要给人家腾出来——耆英重用的是黄恩彤，这哥俩亦步亦趋，对洋人奴颜婢膝，对民众力主镇压，公然采取了一套令人唾弃的卖国新政策。“小旋风”奇怪地问：“制台大人是皇室宗亲，藩台大人对会党从不手软，他们两个能不管你？”

“不是不想管，而是缺银子，”韩凤翔愁眉苦脸，“藩库里的钱不是被偷了，就是赔给了红毛鬼子——没有银子，当兵的谁肯替你卖命？”

广东地面贸易发达，官府从来不缺银子花，正常进项外还可以对民间进行搜刮。过去最方便的招数是宰肥鹅，但随着鸦片战争的结束，十三行公所关门歇业，这个办法失效了；而一向捐输助饷比较积极的广府士绅，正领着百姓发动声势浩大的反入城斗争，对耆英和黄恩彤二人恨之入骨，谁也不愿意掏腰包往他们脸上贴金。

“小旋风”笑嘻嘻地说：“太爷，洪门与‘逍遥门’火并，正好省得官家费力气，一不用兵二不花钱，依我看是一举两得的美事，你愁什么？”

“小旋风”所言，正是耆英和黄恩彤心里的小九九。韩凤翔瞥了他一眼：“老弟，事情没那么简单，你别站着说话腰不疼，敢情没在你的辖境厮杀？”

“琼花会馆是本镇的护身符，”饶同道，“李班主才舍不得开杀戒呢。”

话不投机半句多，韩凤翔拱了拱手：“告辞。”

饶同抱拳回礼：“我的哥，国家大事自有大宪操心，轮不到咱们费唾沫星子。”

“你听说没？‘洪胜堂’在粤西攻城拔寨，盖九霄快顶不住了。”韩凤翔朝四周不安地看了一眼，低声说，“洪门下一步必然拿‘逍遥门’祭旗，报过去的一箭之仇，届时顺德县将血流成河。我这个芝麻官不当不要紧，等洪门像潮水一样漫过五岭的时候，我看这些大宪怎么向圣上交代？哼，还皇室宗亲哩，狗屁。”

韩凤翔刚走，广东水师提督赖恩爵和朱剑飞前后脚走出来。赖恩爵铁青着脸，一言不发上了大轿子，把朱剑飞丢在原地。饶同上前问：“提台大人咋不高兴？”

“丢他老母，”朱剑飞破口大骂，“他凭啥高兴？”

鸦片战争中，广东水师实力锐减，“红旗帮”纵横海疆，号称无敌。赖恩爵升了水师提督后全力对付“红旗帮”，接连吃了几个败仗，气得暴跳如雷，发誓要挽回败局。朱剑飞这次运作实缺正好碰到钉子上，被赖恩爵派到高廉镇标阳江营当都司——阳江对面就是“红旗帮”的老巢川山群岛，可谓前线中的前线，一日三仗自是免不了的。

“小旋风”劝：“人在屋檐下，怎能不低头？消消气，消消气。”

朱剑飞愤愤不平：“不是老子怕死，是这仗根本没法打。买船添炮、修葺炮台，哪一样不要花大笔的银两？他这副鸟样能弄来钱吗？就他老母一个弄钱的路子，还让隆福那个王八蛋半路截走了。打‘红旗帮’？有本事他咋不打红毛鬼子去？”

“小旋风”欢喜地说：“隆福把巡缉船弄到手了？”

“嗨，吃铁杆庄稼的毕竟关起门来一家亲。”朱剑飞叹了口气，“制台大人一上任，八旗营水师立刻拿下巡缉船。隆福捡了大便宜，连这事都装看不见了。”

说着话，朱剑飞弯腰从鞋筒抽出一张纸，塞进“小旋风”的手里。饶同打开一看，是一张痛骂广东巡抚黄恩彤的揭帖，上面写着：

广东多扰乱，总是这龟精；
治鬼无方法，剥民有才情。

黄恩彤来广东做官后，被洪门发展的势头吓得睡不着觉，卖国求荣的同时，极力主张镇压群众的抗英斗争。老百姓对他恨之入骨，给他起了一个“黄烟筒”的绰号，并在广州的大街小巷四处张贴传单，声讨这个卖国贼的罪行。饶同从袖子里也掏出一张红单：“老哥，你这个不算啥，这张红单连制台大人一勺烩，更难听。”

朱剑飞接过红单一看，上面同样是一首朗朗上口的打油诗：

选定弓箭手，埋伏射耆英；
破了黄烟筒，自后不劳兵。

放在鸦片战争前，写这种红单白贴的人立马就能掉脑袋，遍布广州城的张贴现象更是让人无法想象。然而，经历了一场屈辱的战争，腐朽的统治者威风扫地，贩夫走卒不再把官老爷当盘菜看，堂堂大宪也成了口诛笔伐的对象，真是叫人情何以堪？

朱剑飞思忖了一会儿，问：“兄弟，你给哥哥拿个主意？”

“乱世马上要来了，”饶同压低嗓门，“二爷盖世英雄，迟早会揭竿起义，到时候省城周围便是一片火海，不会安生。阳江山高海远，至多一个‘红旗帮’，你不打人家，我就不信人家会上门找你的不自在？”

朱剑飞点点头：“看来我是该避避风头，过两年清苦日子了。”

饶同击掌叫好：“对了嘛，你是福将你怕谁？”

朱剑飞咧开嘴笑了起来：“兄弟，晚头去你的地盘吃酒。隆福那厮出来了，哥哥不想看他那副小人得志的嘴脸，就此别过。”

隆福一出来便发现了“小旋风”，伺候广州将军奕湘上轿后，他带着裕龄和内侄库克吉泰满面春风地来到饶同跟前，唱了个喏：“饶爷，久等了。”

“都统大人，万万不可，折杀小的了。”“小旋风”弯腰施礼，来了个作揖抓脚背，趁机将一张银票塞进对方的靴子里，“请大人多多抬举。”

叶三和被关押在南海县大牢已过了三年，耆英这次上台是一个机会，“逃军和”打发饶同向隆福疏通，愿意拿出一大笔银子搭救兄弟。隆福得意地炫耀：“兄弟，看见没？水师巡缉船被咱爷们轻轻松松拿到手了，制台大人和将军大人全是哥们，没说的。不就是放个把人的事吗？龙王爷屙尿，小事一桩。”

隆福在佛山堡有不少金主，大家均有强烈的愿望开一间鸦片窑口。裕龄道：“叶老三这事包在我们身上，但四爷须说动梁三爷和陈天义，给哥几个弄一间大窑口。”

“这个不成问题。”饶同随即话锋一转，“都统大人，咱们得防着抚台大人。他现在的日子不好过，老百姓天天张贴红单骂街，士绅名流不愿与他来往，他又是新官上任，当心他把火烧到咱们头上。”

“姓黄的算个鸡巴，敢断老子的财路？”隆福满脸鄙视，“老弟，黄烟筒再咋呼，毕竟不是在旗的，我有办法对付他。”

“小旋风”心里踏实了一些，又抽出一张银票塞进裕龄的袖子：“这是三千两银票，给都统大人买包茶叶喝，算是四爷的贺礼。”

隆福眉开眼笑：“兄弟就是爽快，走，坐我的巡缉船，去佛山堡耍耍。”

“小旋风”恭维：“都统大人，你这是锦衣不夜行啊。”

“哈哈，糊弄两个小钱，乐呵乐呵。”隆福一本正经地说，“老弟，以后叫大哥，不许再叫什么大人，真他妈的生分。”

八旗营水师虽然掌握了巡缉之权，但与鼎盛时期的水师巡缉船不可同日而语。

韩肇庆时代的巡缉权力建立在十三行垄断贸易的基础上，那时候官府是爷爷，红毛鬼子是孙子；战后清廷威风扫地，十三行制度解体，官府成了孙子，红毛鬼子变成爷爷。八旗营水师奈何不了洋人，最多拿小老百姓撒撒气。此外，八旗营水师五百老爷兵，枪是烟枪，船是破船，没有什么战斗力，纯粹是拉虎皮做大旗，蚂蚁背田螺，冒充大头鬼。

隆福对此是盲公食汤圆，心知肚明。他当年在华丰台差一点死在陈罗婵剑下，早已失去了搏命的勇气。他胃口不大，打起巡缉旗号就是目的，五百八旗营水师兵丁绰绰有余。

听说隆福拿到了巡缉大权，一班狐朋狗党挤进罗琦家里，纷纷道喜祝贺。院子里摆了三张桌子，不是八图大族的二世祖，便是来佛山堡经商多年的财主。裕龄发现区植槐、区植柏兄弟也来了，好奇地问：“阿棠哥不是开了一间窑口吗？你们没入股？”

区植槐唉声叹气：“别提了，他是太监娶媳妇，纯粹摆设。那间窑口是陈见成的，阿棠哥只管出钱，管不了多大事。”

裕龄笑着说：“怕是阿棠哥不想让你们插一杠子吧？”

区植槐摇了摇头:“他真做不了主,待会就来,给都统大人贺喜。”

区植柏叮咛道:“小龄子,只要大人能弄下窑口的牌照,股金不是问题。”

“好说,好说。”裕龄心里畅快,走到霍景发和霍济田父子身边,“霍老爷,听阿琦哥说你有事找都统大人,是入股窑口的事吗?”

霍景发勉强笑了笑:“小龄子,办窑口是都统大人带我们发财,敢不遵命?在下另有一个不情之请——明天舍妹家里有一档子白事,希望都统大人能赏光。”

“白事?”裕龄皱着眉头。

罗琦哈哈笑道:“霍老爷有个堂妹,招赘了女婿上门,那厮如今掌了家里的权柄,不守族里的规矩。霍老爷想请都统大人壮壮门面,杀杀他妹夫的威风。”

这种事必有好处,裕龄朝地上啐了一口:“上门女婿闹事,这不是公然造反吗?都统大人最恨这号欺主的奴才,霍爷放心,明天我给你妹子做主。”

霍景发连连道谢,一个仆人匆匆过来,向罗琦请示:“金良玉金老爷在门外恭候,说是想见都统大人一面。”

金良玉是阿赖造反的榜样,霍景发悻悻地说:“他来干啥?”

“朱剑飞发配到高廉镇标喝海风,他的靠山倒喽。”裕龄拉了一个脆生生的长音,“我说阿琦哥,今天晚头,给都统大人准备了什么助兴?”

罗琦向他递了一个媚眼:“水陆道场外加一台木偶戏,你不是喜欢老娘们吗?让莫二娘光着屁股唱春词,管保你有奶吃。”

上门女婿的日子不好过,阿赖在霍家受了半辈子的气,现在岳父过世,终于等到了扬眉吐气的一天。能否改变在家里的地位,明天为老丈杆子出殡是见分晓的时候。为此,阿赖娘丢下凉茶摊子,从“四海堂”喊了顶轿子跟在屁股后面,挨家挨户下请帖,邀请居仁里的街坊邻居去兴桂里为自己助阵。她推开宁家的门,发现平西侯正领着平西公和平西王玩泥巴,宁绣锦挺着肚子出来问:“阿婆,有事吗?”

阿赖娘羡慕地问:“啊呀,又怀上了?老四该叫平西皇吧?”

说实话,如果宁绣锦继续生一个带把的,这名字还真不好取——叫平西皇或者平西帝显然犯忌讳,容易惹是生非;倒过来叫平西伯?宁绣锦不甘心，这不是自己灭自己威风吗？按照大哥宁洪原的意思，不必在西方一棵树上吊死，干脆叫平东侯。

宁绣锦红了半张脸："阿婆，到底啥事？"

阿赖娘递上请帖："阿赖家明天办白事，街坊邻居的帮个忙。"

宁绣锦奇怪地问："霍家的事，你送什么帖子？"

阿赖娘脸上红一阵白一阵："绣锦，这话老身不爱听。明天说是他霍家的事，其实是我们赖家的事，不信你去瞅瞅。"

宁绣锦明白了，阿赖这是要效法金良玉夺权。她没有接请帖，推辞道："阿婆，我阿爸卧病在床，动弹不了，大哥在罗家吃酒，二哥在琼花会馆看戏，你回头再来吧。"

阿赖娘碰了一鼻子的灰，出来看到崔牛氏、郑夏氏、冼于氏、母大虫在窃窃私语，便闪身进了温秉义家。温宁氏从窗户里看到阿赖娘，忙走了出来："婶子，有啥喜事？"

"秉义家的，还是你醒目。"阿赖娘乐了，"你咋知道我家有喜事？"

阿赖娘破天荒地穿了一身簇新的行头，傻子都能看出来。温宁氏笑着没说话，阿赖娘上前诚恳地说："秉义家的，别人是添头，明天你一定得去。阿赖以后能不能挺直腰杆，全靠明天这场硬仗，你当嫂子的不能见死不救。"

女诸葛暗中叫苦："婶子，我们家有当家的，我一个妇道人家怎好抛头露面？"

阿赖娘紧张道："你要是不去，阿赖必败无疑。"

女诸葛发愁地问："婶子，听说阿赖想把伢仔的姓改过来？"

给孩子改姓是阿赖的终极目的，暂时还端不到台面上。阿赖娘矢口否认："没那事，秉义家的，阿赖不是那种得寸进尺的人。不过，他辛辛苦苦给霍家当牛作马，明天这档子白事既是他霍家的也是我赖家的，霍家要是敢把咱们拒之门外，他们也别想好过。"

女诸葛唬了一跳："婶子，可不能动粗。"

阿赖娘道："是啊，所以才请你出马。"

这趟鸿门宴看来逃不掉了，女诸葛无奈应允："好好，我去，我去。"

等阿赖娘从温秉义家出来，崔牛氏、郑夏氏和冼于氏三人早跑个没影，母大虫不慌不忙地依旧在刺绣描红。这娘们五大三粗干不出什么好活，但是动起手来倒是一个英雌，阿赖娘犹豫了一下，把请帖递过去。母大虫头也不抬，甩出一句："我们家老四不去。"

阿赖娘道："我请的是你。"

母大虫惊讶地抬起头："请我？"

"对啊，"阿赖娘又摸出一串铜钱，"咱们街坊邻居的，我老婆子请你帮忙撑门面，断不能让你花费。礼钱在这儿，到时候只管上席，谁不让就扁他。"

自打娘家败落以后，母大虫挫了锐气，平时只能和崔牛氏、郑夏氏、冼于氏等几个娘们背后嚼舌头，从来没有出头露面的机会。听到阿赖娘的话，她眼前一亮："婶子，阿赖这辈子过得不容易，霍家人要是欺负他，天理难容。"

阿赖娘眼角有些湿润："秉智家的，属你最仗义。"

母大虫受到鼓励，把针线活往怀里一揣："咱们居仁里是讲仁义的地方，街坊邻居的这时候不帮忙啥时候帮忙？我去把她们拎出来。"

母大虫气哼哼地去唤崔牛氏、郑夏氏、冼于氏，阿赖娘继续向前走。到了狗子家，发现狗子妈坐在门槛上打盹，她推了推："醒醒，流鼻涕了。狗子呢？"

狗子妈睁开眼，拿袖子擦了擦鼻子："不是给你们家帮忙去了吗？"

"啥时候去的？"阿赖娘诧异地问。

狗子妈想了想："有一阵子了，跟区老爷走的。"

阿赖娘心里感到很惭愧，看来人家孩子学了好，不等人请就主动上家里帮忙。她郑重摸出一串铜钱："别记错了日子，这是礼钱，咱不能叫霍家的人看扁了。"

这回邀请的客人重中之重是西南巷，如果这些老爷能为自家助威，阿赖这场翻身仗就算打赢了一半。然而闸门楼和牌坊沉甸甸地压在阿赖娘的心头，步子越来越慢，偏巧黄开大在闸门楼下打坐，那副死人脸让阿赖娘心里打起了鼓。

果然，黄开大接过帖子，一张嘴便把阿赖娘的勇气摧毁殆尽："阿赖他娘，按理说贫道不愿管你家这些烂事，善有善报，恶有恶报，老天爷在天上看着，你们干得越欢势，来世的报应越爽利。但你不能坏了我们黄家的气运，闸门楼和‘情理鞭’戳在这儿，霍老爷子尸骨未寒，阿赖就想造反当奸贼？你们的良心叫狗吃了？”

阿赖娘兀自辩解：“阿赖是上门女婿不假，可他不是霍家的奴才。大不了亲戚不做，让霍家写一纸休书，把阿赖休回家。”

“没听说还有逼着写休书的。”黄开大冷笑，“他要是奴才，霍家早浸了他的猪笼。”

阿赖娘号啕大哭，下帖子的差事明显进行不下去。鸡大逵和柯定邦把她扶进轿子，好意地劝道：“阿婆，他们不去我们去，不就是凑个数吗？”

“赖家没有这么衰的亲戚，”阿赖娘停止抽泣，“尤其是你们鸡家，啥时候你媳妇不拿你娘往狗洞里塞，啥时候再过话。”

两个抬轿佬碰了一鼻子灰，鸡大逵偷偷骂了一句：“狗咬吕洞宾。”

阿赖娘性格顽强，决不甘心失败，她揸去眼角的眼泪，吩咐鸡大逵和柯定邦起轿，一路直奔琼花会馆——宁洪崖是“德礼堂”的三当家，只要把他请出马，什么陈见成、游新潭、“纽纹良”、邵凡、石蕴、秦亚艚、温秉信、“篾片刀”、劳亚绰、崔金麟、郑绍祖、冼长贵等等都得来捧场，到时不怕他霍家不哆嗦。

轿子到了琼花会馆门口，鸡大逵发现兄弟鸡英逵和“瞌睡虫”正在墙根底下蹲着，便奇怪地问：“老二，你在这儿干吗？”

鸡英逵站起来：“明天是‘华光诞’，我们俩帮四爷打个下手。”

梁锡佳去了粤西以后，何典继任“粤安社”的总教头。他这个人容易说话，“逃军和”便把鸡英逵和“瞌睡虫”塞进了“粤安社”，师从一位鼎湖山慈云寺来的聪慧和尚习武。鸡英逵口中所称的四爷与众不同，不是指“逃军和”，而指的是叶四和。每年的“华光诞”，琼花会馆都会安排盛大的演出，这时“黄记”木铺特别忙碌。为了感谢“逃军和”的提携，鸡英逵和“瞌睡虫”主动帮助叶四和干点杂务。

鸡大逵问：“二少在吗？”

“在。”鸡英逵瞅了一眼后面的阿赖娘，“找他啥事？”

鸡大逵道：“明天霍家出白事，阿婆想请二少压场子。”

鸡英逵明白了，热情地对阿赖娘说：“阿婆，我现在有把式，也能压场子。”

“你家？”阿赖娘瞪了他一眼，“老婆子不敢高攀。”

一张热脸贴在冷屁股上，鸡英逵有点臊眉搭眼：“喊。”

阿赖娘问“瞌睡虫”：“洪崖在里面？”

“瞌睡虫”睁开眼睛：“你听，不是正在唱戏吗？”

阿赖娘停下脚步，竖起耳朵。从会馆的大戏台传出一阵激越有力的唱腔，唱的是一折子有名的《马前复水》，饰演朱买臣的正是宁洪崖，曲曰：

想当年我将你娶家下，
实指望夫唱妇随，我宜室又宜家。
朱买臣贫穷并非假，
正所谓家徒四壁我日对着浮荣华。
日用三餐费用虽不大，
怎奈我肩不能担担，手不能提篮，
我又不能买卖那去做生涯。
那一日深山把柴打，
偏遇着北风咧咧，大雪纷飞山上滑，
我才无可奈何转回家。
你逼着我修书来写下，
那时节鸳鸯两分拆。
…………

听到宁二少入戏的唱腔，老太太挪不动步了。这折子《马前复水》里，朱买臣老婆崔氏耐不住穷困，逼着丈夫写休书，最后遭到了报应；自家的情况正好相反，阿赖逼着霍家写休书是为了打破规矩夺权，会不会也遭到报应呢？

柯定邦催促：“阿婆，来都来了，干吗不进去？”

“怕个屁？”鸡大逵嘟囔，“半辈子当牛作马，也该扬眉吐气了。”

阿赖娘狠了狠心，硬着头皮走进琼花会馆的大门。到了大戏台前一看，台上只有宁二少和布文水两个在清唱，由于是排练，台下稀稀拉拉的没有几个人围观。除了梁二娣、梁兰桂、梁德荣、羊仔和贵仔外，还有一个阿赖娘最不想见的“葫芦发”。

布文水被抽到会馆担任旦行总教习，宁二少一折《马前复水》唱完，她伸手夸赞：“三爷字正腔圆，功力见长。”

宁二少连连摆手：“惭愧，惭愧，只要不辱没黄大老倌的法眼，就是万幸。”

自从争夺金丝面具和金马鞭败给陈罗婵后，“俏丽辛”意兴阑珊，没过两年就退出了“琼山玉”班，嫁给了一个仰慕她的富商，到肇庆过起了退隐的田园生活。人离开了红船，心却无法斩断与红船的纠葛——今年“华光诞”，“俏丽辛”偕家人来到佛山堡，往日当红大老倌变成了台下的观众，琼花会馆打算献给她一台好戏。

宁二少白天眼神不济，下了戏台什么也看不清。梁德荣将师傅搀扶到凳子上，递了一条汗巾过去，等师傅擦去头上的汗珠，提醒他：“师傅，阿婆来了。”

宁二少两眼茫然：“哪位阿婆？”

阿赖娘正要开口，“葫芦发”在旁边来了一句：“奸贼家的。”

“奸贼？”宁二少一愣。

梁德荣回答：“赖家的阿婆。”

宁二少拱手问：“婶了，有何见教？”

阿赖娘吞吞吐吐地说：“明天霍家出白事，阿赖一个人身单力孤，打算请街坊邻居去帮衬一个场面。”

宁洪崖苦笑道：“你看，我这个眼睛……”

阿赖娘打断他的话：“二少爷，去了你只管吃茶吃酒，啥也不用干。”

“葫芦发”嚷道：“师叔，阿赖忘恩负义，别管他，信我的没错。”

阿赖娘脸上挂不住了：“阿发，别冤枉人。”

阿赖娘那么大的年岁，被“葫芦发”当众抢白，梁德荣心有不忍：“阿发哥，你去木雕房看一看，飞头鬼要是睡醒了，唤它来听戏。”

“好好练你的本事，”“葫芦发”不高兴地呵斥，“少管老子的闲事。”

陈罗婵用云璈八曲为“枫子鬼”凝魂聚魄，半年过去了，小木头人依旧一动不动。王山公无计可施，抱着“枫子鬼”来琼花会馆听戏——假如小木头人的魂魄聚合成功，那么应该给她一个全新的教育，用戏棚仁义替代“阴阳生”教给她的鬼魅伎俩。

王山公拿小木头人当心一样捧着，每次看戏还要来一个子午觉——为了让“枫子鬼”睡得香甜，他陪着在旁边打呼噜。叫醒“枫子鬼”，实际上等于叫醒王山公。“葫芦发”最不耐烦和王山公打交道，但他刚刚义正辞严地数落阿赖娘，不宜对师傅不敬，只得离开大戏台，到后面的木雕房去抱“枫子鬼”。

木雕房十分安静，叶老四正对着一块雕版发呆；桂老脸不务正业，手拿画笔慢慢腾腾地往“白皮”的脸上涂油彩；“白皮”手里攥着“枫子鬼”，透过眼睫毛沾染的油彩，越看“枫子鬼”的脸上越有表情。她喃喃地问：“这个木头疙瘩真有心？”

叶老四回答：“当然啦，陈大老倌给她凝了魂，聚了魄。”

“心在哪儿？”“白皮”问。

叶老四为“枫子鬼”整过容，雕刻过脸盘和身段，就是没雕刻过心。“白皮”的话触动了小木匠，是啊，魂魄驻扎的心窝到底在哪里？在胸膛的方寸之地吗？他手中的雕刀雕刻过无数的木材，但从来没有雕刻过一颗心，一个灵魂。这截子枫树根真是神奇，倘若有机会，叶老四很想用雕刀将其开膛破肚，在她的内心深处雕刻一圈花纹。假如有那么一天，他手中的雕刀将不再是雕刀，而是一柄出神入化的无情剑。

他脸上浮现出诡异的微笑，把刚迈进门的“葫芦发”吓了一跳：“你想干吗？”

叶老四收起手中的雕刀：“阿发哥，来抱飞头鬼吗？”

“抱个屁，”“葫芦发”道，“老子可不是东郭先生。”

“白皮”问：“阿发哥，姓韩的怎么还没秋后问斩？”

“葫芦发”指着叶老四：“你问他。”

“阴阳生”这么罪大恶极的人尚且没有被处死，叶三和自然更无虞。叶老四心里憧憬着兄弟团圆的那一天，提起雕刀又刻了起来。他雕的是一折子《昭君出塞》，其中王昭君的造型完全按照“俏丽辛”的模样塑造，这是琼花会馆准备送给“俏丽辛”的礼物。

桂老脸一边给“白皮”描画脸谱，一边教训“葫芦发”：“姓韩的活不了两天，小木头人这颗心迟早是王老爷的。心这玩意跟脸谱一样能变，不会一条道走到黑。拿眼睫毛上这块地方来说，多涂一点白她是白素贞，多涂一点红她是红拂女，多涂一点黑她是阎婆惜，多涂一点绿她是潘金莲，全看你描不描，画不画。”

“变的是人，不是心。”“葫芦发”接过小木头人，作势把她往门框上磕，“这个忘恩负义的东西假使敢变心，我非把她砸烂不可。”

这时，从丹青阁里传出王山公的呵斥：“谁啊？谁要把我的心砸烂？”

“葫芦发”忙把“枫子鬼”抱在怀里，赔着笑脸道：“师傅，大戏马上就开场，下一折子是《钟馗嫁妹》。仁义戏，看不看？”

“看你老母。”王山公劈手夺过“枫子鬼”。

为了和“枫子鬼”打成一片，王山公不管白天黑夜都穿着一身白袍子，俨然是那个在华光庙大开杀戒的“枫子鬼”。发现吴连、“独脚英”、梁清吉等人站在值事堂的前面，王山公停住脚，客气地问：“吴爷，我这身白袍子，华光爷不怪罪吧？”

吴连苦笑道：“你说呢？”

“到今天为止，”王山公说，“明天是华光爷的好日子，我绝不惹他老人家不高兴。”

华光爷不但是戏神，还是火神，王山公穿着白袍子在眼前晃，难免华光爷不高兴。红船的老少爷们最怕的是火灾，梁清吉在吴连手下负责收取戏班定金，婉言劝道：“王老爷，你不是想让飞头鬼忘了过去吗？怎么还穿她的衣裳？”

王山公叹了口气：“我也不想这样，可她老是睡不醒，怎么办？”

“葫芦发”瓮声瓮气地说：“人家仁义。”

这浑人张口闭口不离“仁义”二字，惹恼了王山公：“你敢骂老子不仁不义？”

“葫芦发”嘿嘿笑着：“这是你说的。”

梁二娣扛着一条单头棍，后面跟着梁德荣和贵仔，大老远朝王山公喊：

“王老爷，二少和布大老倌等你开戏呢，快点。”

王山公问：“你干什么去？”

梁二娣放下单头棍：“教阿荣两招棍法，省得他出去吃亏。”

王山公轻蔑地说：“习武主要是练内功，没有内功，把式学得再多也不济事。”

宁洪崖这个师傅名不副实，迄今为止，只教了梁德荣一些云山雾罩的道理。看梁德荣天天老实巴交地打木人桩，梁兰桂和黄华宝都有些可怜他，偷偷传授他一些红班拳的把式。梁二娣对王山公说：“王老爷，阿荣身子弱，他习武是为了不受欺负，学点把式就行了。你们的道理太深，我都听不懂，别说是他。”

“葫芦发”发起了牢骚：“阿荣比我强，至少有人给他讲道理。”

王山公眼珠一瞪：“我没教过你？”

“葫芦发”道：“你除了训人，还会干啥？”

师徒二人打着嘴仗来到大戏台下，见阿赖娘没走，王山公问清缘由，把“枫子鬼”塞进“葫芦发”的怀里，煞有介事地对宁洪崖说：“阿赖不能叫忘恩负义。霍家耀武扬威这么多年还不够吗？难道他就该一辈子吃瘪？没这个道理嘛。”

没想到自己背地里说王山公的坏话，骂人家是疯子，可这个疯子竟然如此为赖家仗义执言，阿赖娘老泪纵横地说：“王老爷，老婆子只是想给赖家祖宗上一炷香。”

王山公教唆“葫芦发”：“霍家人不是什么好东西，霍济田在背后说你和大龙头，还有马三婆的坏话，难道你没听说过？”

“葫芦发”一开始骂阿赖是忘恩负义的奸贼，现在与切身利益联系起来，顿时新仇旧恨涌上胸膛，不再做正义使者的化身，气咻咻地骂道：“明天我扁那小子去。”

第一百一十三回　铜钱三吊

天刚蒙蒙亮，梁德荣扛着一根单头棍兴冲冲地来到兴桂里。马三婆家的门虚掩着，罗玉环早早起来收拾院子，笑着问梁德荣："阿荣，起这么早啊？"

梁德荣行了一个礼："嫂子，我找阿发哥。"

"他没起呢。"罗玉环大声喊道，"阿发，阿荣兄弟来了。"

西厢房的门吱呀洞开，严玉芝光着肩膀探出头："阿荣啊，快进来，外面冷。"

蓦然看到近乎半裸的严玉芝，梁德荣害臊，慌忙别过头。严玉芝嘻嘻地笑："阿荣兄弟会吃羞？到底是个雏儿。"

"葫芦发"翻了个身："不知丑的娘们，别欺负我兄弟。"

严玉芝穿好衣服，来到院子帮助罗玉环收拾家务。她搬了一个凳子让梁德荣坐下，亲亲热热地问："阿荣，听说你眼界很高，啥模样的女人都看不上？"

受宁二少影响，梁德荣眼光也不济，低头道："我看她们就是一堆烧肉。"

严玉芝问："嘻嘻，难道烧肉不香？"

梁德荣抬头说："我要的是清香。"

严玉芝花枝乱颤："你一个未经人道的雏儿还知道这个？二少真是害人不浅，跟他一样好高骛远，这辈子也别想娶上媳妇。"

梁德荣咽了一口唾沫，替师傅正名："我师傅他……他有一个相好的。"

"不就是阳大老倌吗？可惜郎有心，妾无意。"严玉芝郑重地教导，"阿荣，你可不能跟你师傅学。清香的不是烧肉，是带刺的花，会给你招来祸端。"

梁德荣疑惑地问："为什么？"

严玉芝的纤纤玉指，几乎戳到了梁德荣的鼻子尖："那种花的心在天上。"

"葫芦发"披了一件长衫，提着两吊铜钱来到院中，对老婆说："阿赖家有早茶，我不在家里吃了。三婆要是起来，你告诉她，今天我打算替你们出一口恶气。"

严玉芝吓了一跳："你要和人家动粗？"

"那当然，""葫芦发"鼓了鼓胸前的肌肉，"功夫练成了嘛。"

梁德荣提醒他："阿发哥，别忘了带趁手的家伙。"

"葫芦发"抄起单头棍："梁二娣教了你什么棍法？"

"至善大师传的六点半棍法，"梁德荣摆了个子午马的架势，兴奋地说，"前后三点，上下六合，刺、割、抡、弹、钉、挑、漏，阿发哥，你说爆头还是扫裆？"

"葫芦发"摇了摇头："按老规矩，红班拳不能外传。别说你练艺不精，就算你现在是红班拳的高手，这些把式都不能用，你得替你那三个野路子师傅遮掩。另外，我们这次去霍家是为了露脸，必须以德服人，懂吗？"

梁兰桂、黄华宝和梁二娣教的把式不能用，宁二少又没教过什么真正的把式，梁德荣搜肠刮肚想不出一招，气馁地问："咋以德服人？"

"一不爆头，二不扫阴，""葫芦发"吹了个口哨，"专打他的心。"

为了庆祝"华光诞"和欢迎"俏丽辛"，琼花会馆各班均派有大老倌回佛山堡，代表"凤凰仪"班的是阳雪姑。女峒主献唱的折子戏是《牡丹亭》，宁二少在里面客串了一个小角色山大王李全——这个角色属于二花面行当，虽然不吃重，但能够和心爱的人同台献艺，宁二少感到非常满足，提前一天就把行头带回了家。

次日凌晨，宁洪崖顶盔掼甲，罩袍束带，左挎剑、右悬斧，手里提了一杆梨花枪，潇潇洒洒地走出自家大门。宁二少出面为阿赖母子压场子那还了得？"纽纹良"、邵凡、温秉信、劳亚绰、崔金麟、郑绍祖、冼长贵等人悉数随行，"四海堂"的轿子从巷首摆到巷尾，居仁里像过年一样热闹。崔金麟受陈见成之邀出任窑口掌柜，派头十足，托着丝绸褂子问："汪亚景昨天从粤西来，游掌柜的今天请他吃烟，陈阿妈作陪，阿赖家的事三位老爷子代劳，不知是否妥当？请三爷示下。"

宁二少笑了："老将出马，一个顶俩，没问题。"

花二奶好奇地问："人靠衣裳马靠鞍，穿上戏装是不一样，看得我都心动。二少，你又打算娶哪一出戏里的大老倌？"

"呵呵，"宁二少举起梨花枪做了个横担日月式，"世间最美的女人尽在戏棚，身死千年而音貌犹存，宁某焉敢唐突？"

"琉璃球"和金良玉牵着两条东洋狗溜达过来，花二奶对他们说："啧啧，二少现如今真是不得了，超凡入圣，不食人间烟火。"

金良玉家的东洋狗老死了，他又买了两条幼犬，公的还叫大狗，母的还叫小狗。他嬉皮笑脸地搭腔："在下也不差——听听我这两条狗的名号，就能让你返老还童。"

花二奶抿嘴笑了："二少，他骂你呢。"

根据炮弹不能重复射入一眼洞里的西洋法术，"琉璃球"并不赞同金良玉给两条幼犬起的名号，道理很简单：两条老狗代表金家的没落时光，而两条新犬开辟的则是新时代，岂可雷同？他装模作样地摇了摇头："二少，你是赖家请的贵宾，哪能穿戏装？"

为了不在阳雪姑面前掉链子，宁洪崖叫上"白皮"，打算在霍家排练一场。他将梨花枪扛上肩头："霍家人不是瞧不起唱戏的吗？老子就骑在他们脖子上唱。"

众兄弟齐声喝彩："对，有本事他们别听。"

"白皮"拉着"花肉"挤进人群，忐忑不安地问："二少爷，她扮杨氏行吗？"

虽然陈开亲自参加了"癞头鳖"和罗金氏的婚礼，但是"德礼堂"兄弟仍对“癞头鳖”耿耿于怀，“花肉”好一段时间不敢来居仁里。山大王李全的老婆是有名的丑鬼，“花肉”演这个角色根本不用化妆，宁洪崖把梨花枪塞到她手里，高兴道：“起轿。”

霍家不愧为数百年的豪门大族，来宾衣冠楚楚，轿子塞满了兴桂里。霍景发陪着隆福等人进了大门，发现账房门口排起了长队，不仅有母大虫等居仁里乡亲，而且有“葫芦发”和梁德荣等不相干的闲人。他一股无名火往上撞，看来阿赖打定主意要在葬礼上折腾点事，遂朝儿子霍济田递了个眼色，自己陪着隆福进入正厅休歇。

广州华林寺建在西来初地，原名西来庵，乃是达摩祖师远渡重洋的登陆之地，亦是这位武林大宗师在中国建立的第一座寺庙。华林寺武功素以硬功见长，霍济田师承“短腰三”，使得一手开山劈石的达摩钢鞭，在佛山堡的纨绔子弟中，武功比卢挺拔还要厉害。

霍家账房管事的姓冼，是阿赖手底下的心腹。他正领着六七个办事的人忙活，突然发现霍济田沉着脸闯了进来，心里咯噔一下，迎上前去：“少爷，是给都统大人上礼吗？自家人不用等候，我给都统大人记着先。”

“自家人？”霍济田一把抓住他的脖子，手上微微一用力，疼得冼管事尖声嘶叫，“嗑瓜子嗑出了个臭虫，你算是哪路神仙？我们霍家办事，用你一个外人张罗？难道我们霍家人都死绝了？”

管事连连央求：“少爷，快放手，快放手。”

“葫芦发”从前吃过霍济田的亏，这次来霍家主要是为了向他寻仇。浑人站起来走到霍济田的跟前：“当着乡里乡亲的面欺负人，这是你家啊？”

霍济田理直气壮：“当然是我们霍家。”

“这家姓霍，但不是你家。”“葫芦发”从人群里拽出霍威，“不信你问他。”

霍济田仍旧抓住冼管事不放：“阿威哥，你说。”

霍威同时上了两份礼，一份代表霍家，一份代表赖家，两头不得罪。他呵呵笑道：“当然是霍家，不过是阿赖当家。兄弟，你给他一个面子，人家正在灵棚哭孝呢。”

霍济田气坏了：“嘿，你倒是湿水核桃，两面滑。”

“葫芦发”占了理，趾高气扬：“快把管事的放了，不然老子不客气。”

霍济田将冼管事推倒在地，双手叉腰站在“葫芦发”面前：“就你？”

虽说“葫芦发”对自己的猪尿脬武功十分自信，然而一朝被蛇咬，三年怕井绳，对霍济田终究心存三分忌惮，咋呼道：“我怎么啦？姓霍的，实话告诉你，老子练了一双铁拳，你根本不是对手，现在滚蛋还来得及。”

“葫芦发”的言行不像是一个武林中人，更像是街头的地痞。霍济田哪吃他这一套，沉声喝道：“有本事，放马过来。”

“葫芦发”回头冲着梁德荣喊：“阿荣，去，抱住他的腰。”

霍达臣号称“短腰三”，素以腰功著称武林。霍济田跟着师傅练了一身的好腰功，还怕一个瘦骨伶仃的梁德荣？他放声大笑：“好好，小爷让你们一个腰。”

梁德荣求武之路甚是坎坷，他习武是为了强身健体，不受他人欺负。别看他为了练武费了偌大周章，平时做梦都在飞来飞去地打人，但要让他动真格的，年轻人心理还不适应。梁德荣挪动脚步，怯生生地来了一句：“君子……君子动口不动手。”

周围看热闹的人哄堂大笑，“葫芦发”气得鼻子都歪了：“快抱住他的腰。”

霍济田有意要弄“葫芦发”，故意把后腰让出去，拽过梁德荣的双臂，交叉入扣：“就这样抱紧，使点力气，别说小爷我不够仁义。”

整个过程犹如笑谈，梁德荣四肢不听使唤，任由霍济田摆弄。在众人的哄笑声中，梁德荣满面通红，昏头昏脑。此时此刻，他恍惚觉得自己的身体和那个“枫子鬼”一样，里面寄居着一颗并不属于自己的心，这到底是怎么回事？

“葫芦发”见梁德荣抱住了霍济田的腰，仍有些不放心，大声喊道：“阿荣，记住，把他的腰当木人桩，明白吗？”

每天打木人桩是梁德荣的功课，“葫芦发”这句话提醒得及时，他脑子清楚了一点儿，憋着气回答：“好，我就把他当木头桩子。”

“葫芦发”喝了五年猪尿脬的水，洗筋易髓，论内功比邝能不遑多让，所欠缺的只是把式和临敌经验，还有一份自信。霍济田并不知道这个往日的窝囊废已然脱胎换骨，变成了一个可怕的对手。他怀着蔑视的心态，朝“葫芦发”招了招手：“来。”

人生第一次真正意义上的对敌，“葫芦发”提了八分气力，瞄准霍济田的胸口打去。霍济田有意在众人面前显示自己的硬功，扎好马步，一不躲二不闪，生吃“葫芦发”这一拳。但听得耳轮中“咚”的一声，“葫芦发”击中霍济田的胸口，后者纹丝不动。

众人齐声喝彩：“好。”

“葫芦发”恼羞成怒，接连又是三拳，嘴里骂道：“好小子，还真有两下子。”

第四拳打下去，霍济田双目喷火，脸色发白，豆大的汗珠“吧嗒吧嗒”往下落。旁边有人看出了端倪：坏了，霍济田不是傲慢轻敌，而是被打傻了。

“葫芦发”第一拳砸下去，霍济田就疼得差一点吐了血，他没想到浑人今非昔比。正当他准备挣脱梁德荣的双臂还击时，第二个没想到接踵而至——梁德荣的两条胳膊像铁条一样焊在自己腰上，无论他怎么挣扎，竟然动弹不了分毫。

霍家家丁撒开腿去报信，霍景发赶到账房，眼前出现了撕心裂肺的一幕——儿子像木头桩子一样被梁德荣抱在怀里，嘴角挂满鲜血，“葫芦发”一拳接着一拳，一刻也不肯停气，嘴里不依不饶地念叨：“呵，还他老母地挺着？”

围观者都看出“葫芦发”偷偷练出了本事，包括霍家家丁在内没人敢上前劝阻。霍景发跪倒在地：“朱爷，手下留情，手下超生。”

“葫芦发”得意至极：“我说我练了一双铁拳，你们咋就不信呢？”

儿子骨头都被打断了，谁能不信？霍景发又朝梁德荣磕头作揖：“梁少爷，饶了这个不知深浅的畜生吧，快快放手。”

梁德荣哇的一声哭了起来：“霍叔，我的手指头僵了，掰不开。”

众人一听恍然大悟，闹了半天，霍济田白挨了一顿打，罪魁祸首原来是梁德荣。大家七手八脚上去掰梁德荣的手指头，费了半天劲毫无效果。这时，巷子口出现大队人马，宁洪崖率领居仁里的街坊浩浩荡荡开了进来，动静大得震天响。霍景发像是碰到了救星，飞步冲出大门：“二少，你教的好徒弟，快来救人。”

宁洪崖下轿进门，到账房推开人群，在梁德荣的神门穴处掐了一会儿，梁德荣僵硬的双手才恢复自如。霍家人急忙把霍济田抬回家医治不提，“葫芦发”讪讪地问宁洪崖：“师叔，你教给阿荣的是啥招式？”

梁德荣双手僵硬不是什么招式，而是他心理极度紧张所致。宁洪崖不好实话实说，朝围观的众人拱手：“各位，散了吧，别耽误人家的正事。”

“葫芦发”和梁德荣打得霍济田差点一命呜呼，大涨了阿赖这一方的声势。冼管事高兴地像喝了蜜一样：“二少爷，请到头里来。”

宁洪崖提了一袋铜钱：“这是七吊钱，除了我和我大哥的，还有柯家和鸡家兄弟。他们今天不是抬轿子的，而是阿赖家的宾客，晓得吗？”

“晓得，晓得。”冼管家吩咐账房先生，“赶快记上。”

宁洪崖上台扮戏，居仁里的街坊们上酒桌边吃边看。账房这边战事平息，阿赖一方取得了压倒性的胜利。与此同时，祠堂里的争夺尚未见分晓，阿赖披麻戴孝，从灵棚赶到祠堂和霍景德展开对峙。霍景德后面是一群霍家的老人，他吊着脸对阿赖说：“当着这么多老辈，我把话撂明了，你要敢把你们赖家祖宗的牌位摆上来，我们就砸了它。”

阿赖已经得到了账房那边的喜讯，胆子壮了不少，说话也掷地有声起来：“我入赘给你们霍家不错，可我们赖家的祖宗没有入赘。我活了这么多年，从没给祖宗献过一次血食，难道我是从石头缝里蹦出来的？现在是老子当家，老子就要摆，看谁管得着？”

一位老者劝：“阿赖，灵棚都是宾客，你去迎宾先，这事回头再说。”

“不行，”阿赖提高了嗓门，“这事不解决灵棚我就不去，反正丢的不是赖家的脸。”

那老者颤巍巍地骂道：“你……你这个没良心的。”

祠堂外屋是文书房，女诸葛静静地坐在椅子上，任凭里面大呼小叫，只管啜茶。母大虫有些沉不住气，担心地问：“嫂子，你不进去说和？”

屋外女眷的号啕声已被戏棚的锣鼓压倒，女诸葛轻轻地端起茶碗：“他们两边气势正鼓，等肚子里的气泄了，自会听良言相劝，咱们听戏。”

母大虫恭维了一句：“二兄弟戏唱得好，够当个大老倌的了。”

“听，”女诸葛说，“他出场了。”

戏棚搭在霍家大院的西墙根，离祠堂不远，宁洪崖道白的声音清晰可辨：

野马千蹄合一群，眼看红海尽风尘；
汉儿学得胡儿语，又替胡儿骂汉人。
自家李全是也，本贯楚州人氏，身有万夫不当之勇；
南朝不用，去而为盗。
以五百人出没江淮之间，正无归着；
所幸大金皇帝，遥封我为溜金王，
央我骚扰淮扬，看机进取。

奈我多勇少谋，所喜妻子杨氏娘娘，能使一条梨花枪，万人无敌。

夫妻上阵，大有威风。

…………

“嫂子，下来是阿蕉唱，再下来是阿荻。你还别说，阿荻现在唱得有模有样哩。”母大虫朝西边瞥了一眼，“他们会吵到那个时候吗？”

女诸葛叹了口气：“灵棚的宾客没人管，阿赖这招够绝的。”

果然，又耗了半个多时辰，霍景德口干舌燥地从屋里出来，来到温宁氏身旁坐下。他抄起茶壶先润了润嗓子：“秉义家的，你办事周全，给拿个主意？”

女诸葛问：“不吵了？”

“对牛弹琴，”霍景德气哼哼地，“吵有啥用？”

女诸葛笑着说：“我是阿赖请来的，你们不怕我偏心眼？”

霍景德道：“秉义家的，我们信你。”

女诸葛莞尔一笑：“有个周全的法子。”

“哦？”霍景德问，“你快说。”

女诸葛从容献策：“你们两家各退一步，神牌上面谁家的堂号都不写，只写一个三代祖宗之牌位——说是霍家也可，说是赖家也可，大家停了争端，把正事办了先。”

事到如今，只有按照女诸葛这个办法来，才能打破僵局。霍景德无奈地扬了扬手:“在我们霍家摆的,还能是别家的祖宗? 就照你的法子办。”

老年人大都喜欢清静,听说霍家院子动起了拳脚,游亚根、陈水那、汪老夫子三个老头没进巷子就提前下了轿子,在街边聊起了闲天。陈水那提醒汪老夫子:“佛山堡地狭人稠,叫花子和偷儿最多,当心份子钱让人偷了。”

汪老夫子把钱袋子递给他:“你拿着吧,正好一吊。”

“还有我的。”游亚根把自己的那一份也交给了陈水那。

陈水那掂了掂重量:“三吊钱三份礼,谁也不多,谁也不少,正好。”

汪家在区彦魁的遗产中分得了小头,汪老夫子心里不是太舒服,阴阳怪气地说:“钱和钱不一样,同样一吊钱,在我们粤西能上三份礼。佛山堡这个地方样样俱佳,唯独人情淡,什么都用铜钱顶。”

三个老头中,汪老夫子肚子里最有学问,但对钱也看得最重。游亚根不喜欢他嘴上一套心里一套的做派,催促陈水那:“里面好像不打了? 咱们该进去了。”

陈水那应了声,转身刚准备拔步,突然,从身后蹿出一个破衣烂衫的乞丐,劈手夺过他手中的钱袋,撒腿就跑。陈水那爬起来尖叫:“捉贼啦,贼抢钱了。”

白天大街上行人很多,那个乞丐没跑出多远,被人一个扫堂腿绊倒在地,钱袋里的铜钱哗啦啦撒了一地。乞丐见势不妙跑进一条小胡同,转眼消失得无影无踪。大伙围上来,把铜钱捡起来数了数,不多不少,正好三吊。有人问:“阿叔,钱数对不对?”

陈水那连连作揖:“多谢,多谢。”

汪老夫子骂道:“朗朗乾坤,就敢抢钱作恶,这蟊贼胆子真大。”

游亚根慢条斯理地说:“佛山堡好人多,人情不淡。”

陈水那一五一十点好钱的数目,把钱袋子抱在怀里,这才注意到那个伸腿绊倒小偷的汉子也没了踪影。他问周围的人:“劳驾,哪位看到方才出手相助的恩公?”

有人嚷嚷:“人家早走了。”

陈水那对汪老夫子说:“瞧瞧,遍地义士。”

汪老夫子讪讪道:“我是骂刚才的窃贼。”

没来由地被撞了这么一家伙，陈水那的好心情一扫而光，他警惕地扫了一眼四周，心有余悸地说："咱们赶快把礼金送进账房，省得再出岔子。"

汪老夫子道："对对，吃酒去，看戏去。"

三个老头跌跌撞撞挤到霍家大门口，陈水那发现狗子缩着脖子蹲在墙角，头靠着墙壁一副昏昏欲睡的样子，便问："贤侄，里面还打吗？"

狗子睁开眼皮，拍了拍屁股："早没屌事啦。"

《牡丹亭》是清远道人汤显祖的代表作，他笔下"生者可以死，死可以生"的爱情故事感人至深，蕴含着不少石破天惊的情节。一班浪荡鬼最喜欢听《幽媾》这段戏，罗琦拿扇子碰了碰裕龄的手腕："别让大人喝了，听一段可口的。"

戏棚里歌声缠绵，"白皮"化上妆，赫然也是一位风情万种的俏佳人：

俺不为度仙香空散花，
也不为读书灯闲濡腊；
俺不是赵飞卿旧有瑕，
也不是卓文君新守寡。
你也曾随蝶梦迷花下，
俺因此上弄莺黄赴柳衙；
若问俺妆台何处也？
刚刚在宋玉东邻第几家。
…………

方才宁洪崖的道白左一句汉儿，右一句胡儿，把隆福气得老毛病又犯了。不过，这厮吃一堑长一智，不敢再进戏棚撒野。旁边的区植棠举起酒杯："大人，你好像不高兴？"

"高兴个屁，"隆福道，"没听说霍景发的儿子叫人给揍了？"

区植棠神秘地一笑："大人，小的有办法让你出这口鸟气。"

隆福好奇地问："真的吗？"

区植棠合上扇子："大人安心听戏，待会不才陪你上礼。"

虽然摸不透区植棠葫芦里卖的是什么药，但隆福知道他是一个城府极深的狠主，看来今天这个伪君子在账房挖了一口陷阱。这口井到底有多深呢？隆福饶有兴趣地思忖着，将目光移向戏棚。这时，戏棚已唱到了《冥誓》一段，曲调香艳袅袅，寒风彻骨。

长眠人一向眠长夜，听鸡鸣空枕设；
梦回远塞荒鸡咽，觉人间风味别。
晓风明灭，子规声容易吹残月；
三分话一分说。
丁丁列列，吐出在丁香舌；
拆了丁香结，粉碎丁香节。
休残慢，须急切；
幽情难尽说，
一剪风动灵衣去了也。

一曲唱毕，宁洪崖跳下戏台，在“纽纹良”、邵凡、温秉信等人的簇拥下，乘着轿子返回琼花会馆。冼管事送走他们，来到裕龄跟前屈身行礼：“请问都统大人何时上礼？”

“等会儿，”裕龄答道，“我给你问问。”

区植棠发现狗子出现在冼管事身后，明白时机已到，向隆福递了一个眼神，说道：“眼下有一桩谋逆大案，都统大人，你愿不愿接？”

宁洪崖已经走了，隆福还有什么忌惮？他明白这是伪君子送给自己的一份大礼，高兴地放下酒杯：“有钱大家赚，少不了区老爷的。”

罗琦会意，起身高喊：“都统大人上礼，闲杂人等退后三尺。”

在罗琦等一干二世祖的簇拥下，隆福大摇大摆来到账房，手下亲兵七手八脚搬过来一把太师椅。隆福大马金刀地往椅子上一坐，罗琦、区植槐、区植柏等人分立两旁，裕龄拿手帕轻轻一挥，堂倌们扛来二十多只金漆木雕的礼盒，摆在账房前。

这些礼盒盛满了食物、衣饰和特产，都是罗琦等人事先替隆福准备好的。账房的办事人员特地分出一拨，打开盖子，一件件向来宾报名呈现，以示都统大人的恩宠。霍景德等人心里很不是滋味，求爷爷告奶奶请来这尊佛，却给阿赖这反骨贼添了光彩。说一千道一万，谁让霍济田败在“葫芦发”手下呢？居仁里把兴桂里踩在脚下，这是命！

奇怪的是，隆福好像忘记了来霍家的初衷，兴致勃勃地观看着送礼和收礼的程序。不大一会儿轮到了冼佐邦，账房拿着秤称了称，喊道：“冼老爷，礼金十五两，谢。”

冼佐邦的后面是游亚根、陈水那、汪老夫子三个老头，陈水那举起钱袋，指着汪老夫子和游亚根对账房说：“我们三家，每家一吊钱。”

账房一枚一枚地仔细数了起来，数到半截的时候，区植棠从后面用扇子捅了捅隆福。隆福明白机关便在这些铜钱上，站起来喝道：“且慢。”

三个账房吓了一跳：“大人，有何吩咐？”

隆福伸出手：“拿来铜钱，让本都统过目。”

账房不知究竟，顺手递过一把铜钱。隆福将铜钱摊开在掌心，果不其然，十枚铜钱里赫然有三四枚是永历通宝、昭武通宝等伪号钱文。隆福见猎心喜，把铜钱猛地掼在桌子上，从腰里抽出佩刀：“大胆刁民，光天化日之下竟敢使用伪号钱文，分明是图谋不轨。来人，给本都统一体拿下，斩首示众。”

亲兵们一拥而上，不仅把游亚根、陈水那、汪老夫子三个老头五花大绑，还将霍家的三位账房按倒在地。事发仓促，围观众人来不及做任何反应，愣在那儿不知所措。冼佐邦毕竟见识过世面，他抬步上前：“都统大人，人命关天，不可冤枉好人。”

三位账房醒悟过来，跪在地上哭天抹泪：“冤枉啊，大人，冤枉。”

隆福从桌子上抓起一把铜钱，递到冼佐邦的手里：“谋逆大罪，铁证如山。冼老爷，这些铜钱大家有目共睹，就是从他们钱袋子里倒出来的。”

冼佐邦从隆福手里接过铜钱，李能定、唐鳌、李应棠也从人群中挤出来，每人捡了一把铜钱仔细查验，越看心里越沉重，越看脸色越绿，半晌无语。隆福得意极了：“各位乡贤，你们要是没有什么好说的，本都统可就把人带走了。”

李能定、唐鳌、李应棠面面相觑，把目光集中在冼佐邦身上。冼佐邦明白这场祸事三位老爷子只怕躲不过去，长叹一声，双手抱拳：“都统大人，账房犯了什么法？”

拿下霍家的账房只是一个障眼法，用来买佛山堡士绅的情面。隆福就坡下驴：“既然冼老爷开口了，本都统看在各位乡贤的面上，饶放他们。不过，这三位老者干犯例禁，使用伪号钱文证据确凿，本都统不得不把他们送到南海县衙门治罪。本都统身负巡缉之责，倘若公然徇私枉法，圣上定会严惩不贷。各位乡贤，得罪。”

照眼前这个形势，使用伪号钱文的罪名是逃不掉了，唯一的办法是救一个算一个，别把三条命全搭进去。冼佐邦走到三个老头面前，咳嗽了一下，一字一顿地问：“三位世伯，你们上礼的钱是不是搞混了？”

陈水那第一个听懂了他的话，拼命点头：“是啊，我们三个人每人一吊钱，到巷子口还是各归各的。哪知道被偷儿一撞，再串起来就全混了。”

汪老夫子和游亚根委屈地说：“没有那个偷儿，哪有这回事？”

冼佐邦心头一惊：“你们让人撞了？”

三个老头异口同声地回答：“是啊。”

冼佐邦问：“你们好好想一想，钱袋是不是叫人调换了？”

游亚根垂头丧气：“我们老眼昏花的，谁知道？”

隆福冷笑一声：“偷儿是为了偷钱，他与尔等素不相识，远日无怨，近日无仇，吃饱了撑的换你们的钱袋？”

陈水那怀疑地看着汪老夫子：“是不是亚景得罪了人？”

“对对，”游亚根应声道，“这种铜钱粤西用的多。”

汪老夫子气极了：“啊呸，老朽久读诗书，岂能干出这等不忠不义之事？在我们粤西，只有不识字的穷鬼才使伪号钱文。犬子身在公门，奉行王法，哪里有什么私仇？你们两个落井下石的老家伙，上次就合起伙来谋夺区家财产，如今又想把屎盆子扣在老夫一个人的身上，真是丧尽天良，天理难容。”

连襟兄弟三人为了保命，狗咬狗乱作一团。隆福巴不得是这个结局，向冼佐邦等人客气地拱了拱手：“冼老爷，他们三个都说不清楚，这桩案子只能让南海县去审。”

游新潭、陈见成和汪亚景在窑口里吃酒抽烟，正在温柔乡里吞云吐雾，突然听说三家老爷子被八旗营水师治了谋逆大罪，登时吓得魂飞魄散。三人穿好衣服直奔正埠码头，紧赶慢赶还是迟了一步，望着远去的白帆和江水，腿一软瘫倒在地。

正埠码头围拢了一大群人，“小旋风”对陈见成说：“陈阿妈，这事出得蹊跷，你派人在佛山堡查，小弟马上去南海县衙门，别让三位老爷子吃苦受罪。”

“纽纹良”主动请缨：“查那个偷儿的事我来办。”

使用伪号钱文是谋逆大罪，那袋子铜钱证据确凿，无可抵赖。老爹命在旦夕，陈见成顾不上追查是谁掉的包，忧心忡忡地问：“饶爷，咱们是自家人，你说一句撂底的话，花钱保三位长辈的命，胜算有几成？”

“小旋风”不安地扫了他们三人一眼，小心翼翼地措辞：“隆福是个爱钱的性子，他这头好说，花银子就行。不过，新来的制台大人和‘黄烟筒’比较麻烦，这两位大宪既当婊子还要立牌坊，叶老三一直弄不回来，就卡在他们手里。”

为了搭救叶三和，“逃军和”这些年没少花力气，游新潭对此了如指掌。他有些失望地问“小旋风”：“难道没有别的办法了？”

“小旋风”吞吞吐吐：“办法嘛，也不是没有。”

三个人一起喝道：“快说。”

“小旋风”咽了口唾沫：“这案子到最后，搞不好得弃卒保帅。”

饶同的意思再明白不过，三个人全部脱罪已经不可能，唯一的可能是通过串供，牺牲一个保全另外两个的性命。汪亚景汗毛孔“嗖嗖”地发冷，跳起来对游新潭、陈见成嚷：“你们休想欺负人，我阿爸是冤枉的。”

游新潭、陈见成同时吼道：“照你的意思，是我们两家拖累了你？”

“那还用说？”汪亚景后退一步，拔出兵器，“我家是桂林府有名的书香门第，怎么可能使用伪号钱文？就是你们两家拖累的。”

游新潭、陈见成愤然拔刀就砍：“姓汪的，叫你胡说八道。”

“你们两个仗势欺人，不会有好报。”汪亚景抵挡不住，撒开腿一溜烟跑了个没影。

汪亚景逃生后，游新潭和陈见成你瞅他一眼，他瞅你一眼，越看对方越不顺眼。游新潭用刀指着陈见成：“你老实说，是不是你阿爸从粤西带来的?”

陈见成勃然大怒:“姓游的,要不是你一力主张请亚景吃大烟,哪有今天这档子事? 老子没找你算账,你却倒打一耙先?”

眼看这哥俩又要翻脸,“纽纹良”急忙拉住游新潭,“小旋风”抱住陈见成,正埠码头乱作一团。这时,“大漏勺”匆匆忙忙赶了过来:“陈阿妈,大龙头有请。”

陈见成见“大漏勺”面带戚容,吃惊地问:“啥事?”

“大漏勺”哽咽:“二爷叫金蟾道士给砍了。”

陈见成脑袋“嗡”的一下,抓住他的肩膀:“你说清楚,是哪个二爷?”

“大漏勺”喘了一口气:“总堂的丁二爷。”

陈见成、“纽纹良”和“小旋风”同时松了一口气,陈见成恢复了理智:“丁二爷如何着了金蟾老儿的道?”

“大漏勺”又哽咽起来:“没防备,大意了。”

武林至尊金蟾道士一向老谋深算,他离开白沙圩后,直扑大明山的门户将军山。适逢丁复国挟得胜余威凯旋,在将军山大排筵宴,接受洪门众将的祝贺,喝了个酩酊大醉。到了夜半时分,金蟾道士只身独闯中军帐,丁复国仓促接仗,力战不敌,遭武林至尊一剑斩首,那把“新月剑”也被“八魔刃”砍为两截。

第一百一十四回　割指沥血

武林至尊在将军山一击得手，砍下“玄真道士”丁复国的头颅扬长而去。噩耗传到正在天马山鏖战的两军阵前，大度和尚捶胸顿足，按下这个消息秘而不宣，将大军交与步青磊、冀海树、皇甫衮等人统领，自率三千轻骑火速往回赶；与此同时，三爷陈松也将圣堂山战事交给胡有福，率“凤”字营兄弟日夜兼程回到大明山。

丁复国之死，对于大度和尚来说喜忧参半：喜的是洪门双头政治自动解除，自己成了大龙头宝座唯一的竞争者，距离洪门之主的大位仅差一步之遥；忧的是这一突发事件把洪门和“逍遥门”的决战提到了迫在眉睫的议事日程——二十年旧恨又添新仇，将洪家兄弟心中的怒火燃烧到了顶点，群情激愤，恨不得旦夕踏平“逍遥门”。

两位总堂大爷回到龙头峰，打开“玄真道士”的棺椁一看，无不黯然泪下：可怜文武双全的一代豪杰，死的时候竟然尸首两分，真是凄惨无比。大度和尚与陈松将丁复国的遗体在龙头峰简易下葬，坟墓没有封口，决心在诛杀金蟾道士后再为丁复国举行隆重的葬礼。两位总堂大爷计议停当，立即派遣三路信使，传令老字号的三大堂堂主腊月初八赶赴四会大潭山，在那里商讨与“逍遥门”决战的大计。

两位总堂大爷的分工是：三爷陈松镇守大明山总堂，大度和尚持“玉叶会簿”和“镆铘剑”两件圣物主持大潭山之会。大度和尚首次取得洪门实际指挥权，从麾下挑选了八百名能征惯战的兄弟，于冬月十二这一天离了大明山。在南宁府宣化县合江镇登舟，越南宁府城，穿三十里乌蛮滩，不一日出了郁江。

驻守濛江水寨的任文炳、任文彪兄弟听说大度和尚一行经过，不敢怠慢，率领本部人马出寨列阵相迎。当下水寨里面炮响三声，鼓擂九通；旌旗招展，号带飞扬。以六条大号坡山船为核心，扒船、橹船、桨船、艑船、急跳船和快艇等鱼贯而出，宛如海中森林、水上长城，看得宋良义和石信两员虎将心旌神摇，缄默无语。

任文炳站在坡山船的甲板上，一眼瞅见了陈亚胜，热情地打着招呼：“六爷，弟兄们一路舟车劳顿，我等已经备下酒菜，请胜堂大爷进寨歇息。”

陈亚胜回了个礼：“多谢两位阿妈盛情，陈某马上进去通禀。”

大度和尚密切地注视着江面上的一举一动，凛冽的阳光下，濛江水寨巨炮黑洞洞的炮口赫然在目，让他心口不由得一紧。等任文炳和任文彪的座船驶近，大度和尚的脸唰的一下子黑了下来，转身走进船舱——这条坡山船的船体极其高大，“洪胜堂”的船只与之相比好像小巫见大巫，非仰视不可得见，难怪大度和尚不悦。

陈亚胜从哨船跳上座船，进舱请示：“大哥，濛江水寨隆礼相迎，咱们进去吧？”

大度和尚脸上的肌肉不经意地抖了抖，把手一挥，冷冷地说：“前方军情十万火急，本座哪有闲心歇息？即刻开拔，不必停留。”

任文炳和任文彪兄弟列阵相迎，这是最隆重的礼节，大度和尚置之不顾，让陈亚胜心里很不是滋味。“赛吕布”石信委婉地劝道：“六哥，大爷马上要和金蟾老道比武，这个节骨眼专心休养为宜。算啦，咱们走吧。”

话到这个份上，陈亚胜还能说什么？他跳回哨船，苦笑着向任文炳解释：“大潭山之会十万火急，我等急着赶路。任阿妈，就不麻烦贵寨兄弟了。”

任文炳愣住了，任文彪低声嘟囔：“这不是折腾人吗？”

望着大度和尚的船只渐行渐远，慢慢消逝在水平线，任文炳忧心忡忡："咱们拍马屁拍到马蹄子上了，这和尚心胸狭隘，恐怕不是好相与。"

大度和尚在濛江水寨受了刺激，路过白沙江水寨的时候干脆连通报也没通报，顺流而下过梧州入西江。他在船舱专心致志修炼"浑天剑"法，陈亚胜却睡不着觉，提着两坛子酒跳到总堂右护法黄桂林的船上，借酒消愁。

"大哥这么干不妥，"陈亚胜发起了牢骚，"他现如今是总堂大爷，不只是胜堂大爷。经过浔江不向'德胜堂'打招呼，将来咋对李二爷交代？"

黄桂林也觉得大度和尚有些欠思虑——粤东不比粤西，这里是老字号三大堂的地盘，与"逍遥门"决战靠的是三大堂的兵力，怎么能如此不给人家面子？

世人皆知大度和尚的劲敌不是"玄真道士"丁复国，而是年仅二十六岁的李文茂。这一老一少两代英雄在洪家兄弟眼中各有千秋，各有拥趸——有的人觉得大度和尚经验老到，李文茂的年轻是一种缺陷，尚不足以驾驭洪门这条巨舰；有的人恰恰抱有相反的看法，认为李文茂二十岁单枪匹马挑翻粤北绿林道，创下赫赫伟业，年纪轻轻便在江湖上威名远播，深孚众望，远非洪门老前辈可比。"洪德堂"在他的统领下蒸蒸日上，实力已然超越"洪胜堂"，在这些令人咋舌的业绩面前，谁敢说他稚嫩、经验不足？

大慈和尚归天后，大度和尚接任"浑天门"掌门，黄桂林从此谨言慎行，怕招来大度和尚的忌讳。他知道大度和尚一直在怀疑李文茂偷偷练习"浑天剑"——这又是一道横亘在老少两代英雄之间的壁垒。他们两个心结越来越重，对洪门是祸不是福。

"六爷，"黄桂林思忖了一会儿，"眼下咱们啥也不能说，免得影响大爷的情绪。等砍下金蟾道士的头壳，大爷扶正了位置，所有的麻烦自会迎刃而解。"

从逻辑上讲，大度和尚能不能登上洪门之主大位，并不在于他会不会笼络老字号三大堂兄弟的人心，而在于他有没有能力战胜武林至尊。大度和尚也许正是参透了这一点，所以才时时刻刻提防李文茂，生怕他抢先一步与金蟾道士决战。

然而这么做的代价太大了，先不说大度和尚能否战胜金蟾道士，纵然他一剑将武林至尊斩于马下，之后洪门的整合也是一个大问题。陈亚胜追随大度和尚征战多年，对其刚愎自用的个性了解至深，他明白濛江水寨那一幕仅仅是个开始，此次粤东之行，恐怕还没有和"逍遥门"开战，洪门内部先要掀起惊天波澜。

浩阔的西江水滚滚东流，卷走了五味杂陈的惆怅。几天后，船队行至思贤窖，向南不远即西海地面，凤凰岗高耸的身姿隐约可辨。陈亚胜下令停船靠岸，等宋良义和石信的船从后面赶上来，低声问他们："大爷还在闭关？"

宋良义和石信点了点头："六哥，干吗停下来？"

陈亚胜向他们解释："西江从前面分岔，直走是佛山堡和广州城，往南出崖门入海，向北是北江。大潭山和芦苞镇犬牙交错，水龙道士在这里经营多年，此贼武功甚是了得，手下招募的尽为亡命之徒，咱们务必要多加小心。你俩给大爷保驾，我带两条船出前打探，联络'兴胜堂'的兄弟，回来前千万不要乱动，切记。"

"赛吕布"指着远处的西海大寨："此地倒是个扼要的所在。"

放着固若金汤的西海大寨不进，反而在昆都山下漂泊冒险。陈亚胜暗自嗟叹不已，跳上船折向北江，片刻间融入了夕阳。

阳光敷在水里五彩缤纷，往来商船如织如梭，丝毫不因夜幕的降临而减速缓航。石信羡慕地对宋良义说："八哥，前面就是花花世界，你想不想去耍耍？"

宋良义道："老九，大敌当前，你还有这个闲心？"

"你是说'逍遥门'？"石信发出一阵怪笑，"咱爷们可不怕他。"

"那倒是，"宋良义眯着眼睛，"人性如刀，常在蜜罐子里泡，早就锈他娘个屌了。"

"洪兴堂"把持着鸦片从广东输往江西的孔道，自然比"洪胜堂"的日子好过；但与扎根在珠江三角洲的"洪德堂"和"洪义堂"相比，只能算是山里人。宋良义这句话把老字号的三大堂损了个遍，"赛吕布"会心地一笑。笑声未尽，大度和尚从后面的船舱钻出来，满脸的和颜悦色："尔等何故发笑？"

宋良义见他气色不错，问道："大哥，是不是又有新的领悟？"

作为"浑天门"最杰出的高手，大度和尚的武学资质绝不在师兄大慈和尚之下。这些年来他一直在苦苦修炼“日月合杀”,研究出的招式何止百种,每一次新的领悟都是一次功力的提升和境界的突破。大慈和尚去世后,大度和尚没有急于向武林至尊发起复仇之战,正是为了消化师兄临终前传授的那式“日月合杀”。这和尚自身所悟剑法未必逊于大慈和尚,但他希望将二者结合起来,以期创造出一套别开生面的剑法。

此次东征“逍遥门”,大度和尚之所以充满信心,便是因为这套剑法臻于完善。一路上他闭关修炼,在船舱里化繁为简,脑海中的“日月合杀”一式终于定格——可以产生万千变化的剑影如同波痕中的夕阳,说朦胧便朦胧,说清晰就清晰。站在西江和北江的交汇处,大度和尚极目远眺,心中满是惬意,破天荒地打起了哈哈:“没啥好说的。”

在“洪胜堂”各大龙头中,宋良义和石信因为年纪小独得大度和尚的青睐,见掌印阿妈一派精神焕发的样子,二人心中大喜,齐声道:“恭喜大龙头。”

“呵呵,”大度和尚笑着问,“老六呢?”

“赛吕布”回答:“六哥到前面探路去了。”

大度和尚问:“今天是几日?”

“回大哥的话,”宋良义道,“腊月初六。”

“还有两天的时间。”大度和尚来回踱了两步,“八弟,你在这儿陪黄护法。我和老九去一趟琼花会馆,拜谒一下祖师爷留下来的那幅中堂。”

腊月是红船事务最繁忙的时候,晚上和白天一样安生不了。“大花面锦”和“长腿龚”分别到广州、肇庆视察,琼花会馆留下林三爷独自坐镇。听梁清吉说有位故人来访,他也没有往别的地方多想,疲倦地抬了抬手:“请进来。”

梁清吉迟疑地说:“那人说是从乡下来的,非要让你去接他。”

吴连听了一愣:“多大岁数?哪儿的口音?”

梁清吉回答:“三十出头,粤西口音。”

林崇泰感到很奇怪:“我没有这号乡亲呀?”

“三爷,”吴连起身,“我去瞧瞧。”

会馆门口人影不断,琼花水涉下拥挤着大小船只,不少人从外地赶来,不是订台期的就是改台期的。吴连到了门口，问"跛脚安"："哪位找三爷？"

"跛脚安"指了指避雨亭："在那儿。"

借着灯笼的光芒，吴连发现避雨亭前立着一条高大的汉子，挎刀背弓，相貌堂堂，显得非常气派。他走上前抱拳在胸："兄台贵姓？从哪里来？"

汉子问："你就是林三爷？"

"不，"吴连道，"三爷在里面忙着，在下姓吴，单字一个连。"

那汉子是"赛吕布"石信，见林崇泰没有出来迎接，极其不悦，冷言冷语道："久闻琼花会馆庙大菩萨大，今日一见，门槛果然不低。"

吴连一怔："阁下什么意思？"

石信指天、指地，摆了一个"龙头凤尾"的姿势，高声喝道："你是瞎子吗？"

这句话可不是骂人，和"龙头凤尾"的姿势一样，同为洪家兄弟陌路相认的暗号。吴连见了以后哈哈大笑："这位兄弟，进来说话。"

石信傲慢地说："你不问我姓什么？"

吴连回了一句："难道你不姓洪？"

"赛吕布"懊悔不已，本打算拿对暗号的办法打压琼花会馆的威风，哪想到暗号没用好反被对方抢了先。正当他张口结舌时，从避雨亭里站起来一人，走起路来挟风带雨，像座宝塔一样压了过来："阿连，尚识得故人否？"

吴连定睛瞧看，登时大吃一惊，不自觉屈身行了个礼："不知大爷驾到，我等有失远迎，还请大爷恕罪。"

吴连这句称呼滴水不漏，按理说不可能挑出什么毛病。大度和尚原来是"洪胜堂"的掌印阿妈，现位列"洪顺堂"执事，都可以称呼为大爷。即便如此，大度和尚心里仍然感到怏怏不快——这和尚在船上最后完善了"浑天剑"法，踌躇满志，意气飞扬。他这次临时改道来琼花会馆，拜谒那幅"反清复明"的中堂是虚，试探"琼花宫"的态度为实。

大度和尚突然出现在琼花会馆门口，让林三爷吃惊非小，他从大度和尚这种毫不掩饰身份的举动中嗅出了一丝不寻常。林三爷叫过伦青山，叮咛他加强会馆的守备，然后出门将大度和尚一行迎入执事堂的内室。分宾主落座后，林三爷笑着问："总堂大爷远道而来，有何指教？"

大度和尚没有回答，先扫了一圈冷冷清清的屋子："怎么就你一个？"

"大爷有所不知，"林崇泰道，"年底是最忙乱的时候，开了春又是半年的新台期，他们两个到广州和肇庆去转一转，帮帮忙。"

大度和尚扭头对"赛吕布"说："你看看，红船兄弟办事多认真。老话说得好，三年好把式，打不过一个烂戏子，难怪人家英雄辈出。"

这话从大度和尚嘴里出来，林三爷怎么听怎么觉得别扭。他又问了一遍："大爷，你到本宫所为何事？"

"没事本座就不能来看看你们？"大度和尚端起一碗茶，矜持地饮了一口，"三爷，江湖代有才人出，一辈新人换旧人。像阿信他们这些人，当年离开粤东的时候还是个伢仔，你看现在都当了龙头，真是岁月催人老啊。"

林三爷朝"赛吕布"拱了拱手："这位就是九爷？久仰，久仰。"

"百炼钢成绕指柔，年轻人嘛，终究欠着点儿火候。"大度和尚道，"三爷，阿信没有拜谒过祖师爷留下的那幅中堂，本座特地带他来见识一下。"

林三爷踌躇起来："这个……"

大度和尚问："有什么不方便吗？"

作为"洪胜堂"的九龙头，"赛吕布"石信没有单独拜谒中堂的资格，但是大度和尚够这个资格。即便如此，林崇泰非常不情愿打开那间密室，这其中的滋味外人很难品得透。近十年来，洪家兄弟一共拜谒过三次中堂，除了"公义堂"掌印阿妈朱世雄割指沥血的仪式，其他两次均给琼花宫带来了可怕的记忆——头一次是"六甲神龙"，他用李文茂的深仇大恨换取了与韩肇庆的结盟，给庄严的琼花禁律蒙上了莫大耻辱；第二次是至善禅师就任"洪德堂"掌印阿妈，当时，前有"弹指神通"葬身于韩府的乱枪之下，中有侯爷自断三指，后有老伦廷气恨交加、一命归西，往事历历在目，真是不堪回首。

以林崇泰的性格，本打算拒绝大度和尚的要求，然而大潭山之会即将召开，洪门和"逍遥门"的决战马上就要拉开大幕，作为一名洪家兄弟，林崇泰不能挫自家主帅的锐气。他瞥了一眼大度和尚腰里悬挂的"镆铘剑"，咬了咬牙："本宫自当效命。"

大度和尚抬起手："有劳三爷。"

梁清吉挑起灯笼，林崇泰在前引路，把大度和尚一行领入会所。伦青山将其随从挡在月牙门外，“赛吕布”石信交出佩戴的兵器，跟随大度和尚沿着盘旋的暗道下至密室。油灯尚未全部点亮，一股血腥气味先扑鼻而至。

大度和尚就任“洪胜堂”掌印阿妈时，曾经来过这间密室，屈指一数，那已经是十多年前的往事。这些年他在粤西东荡西杀，戎马倥偬，几乎没有一天得闲，把人生最美好的青春都献给了眼前这四个大字。再次目睹祖师爷亲笔留下的手书，想到这四个字上涂满了历代洪门英雄的鲜血，大度和尚眼眶里涌满了泪水。他从腰间摘下“镆铘剑”，后退两步，恭恭敬敬地向中堂行三拜九叩之大礼：“祖师爷，各位前辈，众家英雄，昔日甲申天崩地裂，鞑子以十万铁骑入关，屠戮我汉家儿女，迄今整整二百年。这二百年里，我洪家兄弟战死的不计其数，血沃山川，气贯长空，终于感化天命，使白龙下凡，给我洪家兄弟一个光亮。”

说到这里，大度和尚泣不成声，林崇泰含着泪搀扶：“总堂大爷节哀。”

按照程序举行完拜谒仪式，大度和尚高举“镆铘剑”：“祖师爷，各位前辈，众家英雄，我等兄弟即将诛灭‘逍遥门’，北伐中原，把鞑子撵回关外放羊。请你们在天之灵保佑，让洪家兄弟在阵前少死几个，叫他们能看到汉家复兴的那一天。”

在“洪胜堂”各位龙头的心目中，大度和尚如同巍峨的大明山，永远充满自信，永远是那么的坚强。“赛吕布”平生第一次看到大龙头落泪，哭得像伢仔遇到失散的老娘一样。昏暗的灯光下，“反清复明”四个大字越来越明亮，宛似四个巨大的山洞，继而又变成四盏悬挂在夜空的灯笼，放射着熊熊烈焰，似乎能把心底掩藏的一切烧个精光。

“赛吕布”低头垂泣，大度和尚伸出左掌，“镆铘剑”从上面轻轻滑过，只见左掌三指同时滴血如注。林三爷惊愕地问：“大爷，你这是干什么？”

“本座要割指沥血。”大度和尚沉声道。

“赛吕布”不熟悉“琼花宫”的规矩，一时没有反应过来。“饭斗泰”的脑子里却“嗡”的一声，刹那间弄清了大度和尚夜访琼花会馆的用意——割指沥血乃“洪顺堂”以及旗下各大堂掌印阿妈即位时不可或缺的仪式，大度和尚虽然是洪门之主最有力的竞争者，但他毕竟还没有登上洪门之主的宝座，凭什么来此割指沥血？

作为红船的掌舵人，林崇泰当然明白大度和尚与李文茂的心结。这和尚打上门来，故意冲撞琼花会馆拜谒中堂的规矩，明显是在摸“琼花宫”的底——如果答应了他，红船兄弟今后如何做人？如果不答应，他便会给“琼花宫”扣一顶扰乱军心的大帽子。

大度和尚不比“玄真道士”丁复国，他在总堂执事的时间刚刚一年有余，在老字号三大堂面前威信不足。他临时想出这条敲山震虎之计，明面上敲打的是“琼花宫”，实际上是为了在大潭山之会上压制李文茂和“洪德堂”，树立自己的绝对权威。林崇泰看出了他的算盘，心里非常不快，硬邦邦地回了一句：“我洪门法律森严，总堂大爷当知擅自割指沥血，乃十恶不赦的僭越之罪，恕林某不能从命。”

大度和尚右手执“镆铘剑”，左手持“玉叶会簿”，厉声叱喝：“本座一身佩洪门双宝，难道没有资格割指沥血吗?”

“纵然三宝加身，”林崇泰毫不退让，“也一样是僭越。”

“尔等眼里还有没有总堂?”大度和尚怒不可遏地咆哮，“这幅中堂是祖师爷亲笔书写的洪门圣物，可以放在你们‘琼花宫’，自然也可以随时取走。”

林崇泰不卑不亢：“总堂大爷此话差矣，本宫护此圣物二十载，从不敢起贪留之念。有朝一日你若登基坐殿，与各大堂掌印阿妈商定之后，随令随拿。”

大度和尚试探出“琼花宫”的底线，心里十分失望，将“镆铘剑”插回剑鞘：“好好，你这地方不讲理，自有讲理的地方。”

腊月初八，三大堂的人马陆续抵达大潭山，“兴胜堂”的忠义堂里群雄毕集。李文茂到得最晚，发现大度和尚端坐在中间的虎皮椅子上，左右是两大“护法”：“赛吕布”抱着“镆铘剑”暂时代替杨其楠的角色，面无表情；黄桂林则捧着“玉叶会簿”若有所思。他们背后是一个大大的“奠”字，周围白帐高悬，气氛颇为肃穆。

“六甲神龙”身穿丧服坐在大度和尚的下首，对面坐的是罗大纲，二人看到李文茂率领“洪德堂”众将进来，忙起身相迎。

大度和尚这是第二次和李文茂会面，从步伐到眼神，他一丝一毫都没有放过。上一次在大明山望兵峰交手的时候，大度和尚还能感受到李文茂身上散发出的强烈真气，几年没见，对手身上的真气竟然消失无踪，这是什么功夫？再看他手下这班如狼似虎的猛将，大度和尚心里升起了一丝说不清的惆怅。

“赛吕布”石信吃过李文茂的亏，见他迎面走来，慌忙躲开他的眼神。大度和尚从虎皮椅子上站起，笑着问：“二爷，你离得最近，怎么倒来晚了？”

“非是属下无礼，”李文茂施了个大礼，“属下刚从丹霞山回来，一路行迟，请总堂大爷和众家兄弟海涵。”

萧明远问：“二爷，你又练出了什么功夫？”

“不敢当，”李文茂道，“三年前，李某在丹霞山一座无名峰修武，偶然看到山体上有一行刀砍斧凿的文字。当初不以为意，近来心门大开，对这几句话有了全新的认识，所以才走了趟丹霞山，领教一下丹霞山主的笔迹。”

丹霞山主原为李永茂和李充茂兄弟，后来李充茂把丹霞山送给澹归和尚。澹归和尚从古老的武林秘笈中发掘出“盖天剑”，其大弟子古罡法师是“浑天门”的开山祖师，二弟子古虚法师是“逍遥门”的开山祖师。从这个渊源上看，澹归法师留在无名峰的文字绝非小可，一定是他在修炼“盖天剑”时的心得。

大度和尚情不自禁地问：“那行字写的是什么？”

“一共十七个字，”李文茂回答，“‘汝前所得，到此用不着；只恁么去，许尔再来’。”

“‘汝前所得，到此用不着；只恁么去，许尔再来’。”罗大纲反复琢磨，念叨着，“这句武学心得煞是奥妙，倒像是佛家的偈子。”

当年澹归和尚开创别传寺，在丹霞山弘法修武，始终不能参透“盖天剑”的奥妙。后来奔走天下，遍访大江南北的武学名宿，终于有所领悟。他在丹霞山无名峰再度苦参，一日忽然晕厥倒地，幸亏天然和尚将他救醒，当时口述了这首偈子。澹归和尚闻语豁然悟道，遂用佩剑在山体刻画，把这句大智慧留在人间。

一般人理解不了这句武学心得，除非像李文茂、大度和尚这种绝顶高手。他们的武学修为已经攀登到巅峰，举目四望不知向何处去。如果想突破山顶困境，必须有断然否定自我的勇气和决心。李文茂眼下感受不到体内第三道真气的运行，他的潜意识告诉他，自己已经突破了“六祖心经”的最后一道关口，完成了这门千古绝学。然而，他心里越这么想，对自己的怀疑就越大，解决思维困境的钥匙，正是这句朴实无华的偈子。

千古武林绝学的终点，其实是一个起点。

大度和尚理解这层道理，他心里充满了苦辣酸甜，这个年轻的对手太强大了，从来不肯落后自己半步。李文茂偷学“浑天剑”，又三番五次地帮助丁复国，桩桩件件，哪一样不是在和自己作对？思虑至此，他向众人拱了拱手：“三位阿妈，众家兄弟，人既然来齐了，咱们就议议正事，把讨伐‘逍遥门’的事定一定。”

“六甲神龙”萧明远悲愤地说：“总堂大爷，罗阿妈，李二爷。‘逍遥门’夺我胥江祖庙，金蟾老儿又在将军山偷袭我家师兄，本堂与他仇深似海，不共戴天。请各位兄弟从旁襄赞，先不要动手，等我们打完了再说。”

罗大纲摇了摇头：“萧阿妈不可意气用事，‘逍遥门’在粤东经营已久，门下奇功之士不在少数，绝非等闲之辈，咱们必须做周密安排。”

李文茂道：“金蟾老儿四大弟子中，桑木道士和土宫道士庸碌不足虑，水龙道士善于出奇制胜，火烈道士人马甚众。萧阿妈，贵堂一家力有不逮，兄弟合力最好。”

“没什么了不起，”萧明远“哼”了一声，“本堂已经拟妥计划，你们不用担心。”

金蟾道士手刃丁复国，激起了“六甲神龙”胸中的怒火，意欲一家包打“逍遥门”。他从旗下各堂调集一万八千人马，以五千精兵合围芦苞镇，其主力杀进顺德县，在三条战线上同时向“卧龙会”“天讨会”和“正义会”开战。萧明远的战略是先难后易，先西后东。详细计划分为五步：第一步是解决火烈道士和他的三个门徒；第二步是挥师北上，南北合击芦苞镇的水龙道士，收复胥江祖庙这个武当派的大本营，振奋“洪兴堂”的士气；第三步是越过省河和伶仃洋，以扇形攻击横扫东莞石龙镇的留仙观；第四步是直捣罗浮山冲虚观，端掉金蟾道士和“逍遥门”的老巢；最后一步是邀请武林名宿观战，与“天下第一剑客”比武论胜负。

这个计划听起来叫人心潮澎湃，实施起来却问题多多。且不论“洪兴堂”有没有足够的实力包打“逍遥门”，单看他这个作战计划，就明白他将战役重点放在收复胥江祖庙上，体现的是“洪兴堂”一己之私，而非洪门之公。

洪门和“逍遥门”决战不是小规模的战斗，而是震撼珠江三角洲的大会战，战略计划不但需要考虑到双方的实力，而且应纳入另一个更强大的敌人——广东官军的反应。“六甲神龙”虽然威名远扬，但是与会兄弟都觉得他这个计划失之偏颇、漏洞太多。

大度和尚问罗大纲：“久闻罗阿妈精通兵略，何妨赐教？”

罗大纲沉思片刻，委婉地提出了自己的意见：“此次决战在威武窑子的眼皮子底下进行，实际上是一场险仗和恶仗，广东水师和绿营随时可能抄我们的后路，所以敌人绝不止‘逍遥门’。战役计划必须考虑到战事不利的情况下，我军如何能够安然撤离？罗某以为二爷说的在理，此战需要三大堂齐心合力，统一指挥。”

“二爷有何高见？”大度和尚最后问李文茂。

李文茂姗姗来迟，有着一定的顾虑。他并不想挑战大度和尚现在的权威，觊觎洪门之主的宝座，否则的话，他早就杀上罗浮山和金蟾道士进行单挑了。可是根据梁培友和林崇泰派人送来的口信，大度和尚一路上不断挑衅，显然是想拿自己杀马立威。如此一来，大潭山之会成了一个烫手山芋——如果参加，双方一言不合极可能生出是非；倘若不参加，其他两堂兄弟便会责怪自己罔顾大局，不给总堂面子。

听到大度和尚的问询，李文茂把所有的想法咽回了肚子里，客气道：“总堂大爷，在座的均为百战老将，智谋非我所及，木堂兄弟但听号令而行，并无异议。”

萧明远、罗大纲一起拱手：“总堂大爷，你就下令吧。”

大度和尚点了点头：“既如此，有请龙剑。”

总堂的龙头令旗掌握在三爷陈松手里，“镆铘剑”起到代替龙头令旗的作用。当下，大度和尚从“赛吕布”手里接过“镆铘剑”，声音陡转，变得异常冰冷：“罗阿妈听令。”

罗大纲起身整衣冠，躬身施礼：“属下在。”

大度和尚吩咐：“命你堂兵分两路，主力攻打石龙镇留仙观，另拨一支人马埋伏在博罗县长宁镇，随本座拿下冲虚观。”

罗大纲声若洪钟：“得令。”

“萧阿妈听令。”大度和尚继续说。

萧明远抱拳在胸：“属下在。”

“水龙道士比火烈道士更难对付，贵堂在顺德动手，当心他抄了你们的后路。”大度和尚指点，“贵堂应兵分两路，同时对敌才是。”

“六甲神龙”犹豫了一下，硬着头皮回答：“属下遵命。”

李文茂一头雾水，大度和尚三言两语把作战计划打发完，竟然没有给“洪德堂”安排一星半点的差事，这是什么意思？他问：“总堂大爷，本堂有何差遣？”

“呵呵，”大度和尚笑眯眯地说，“二爷此话差矣，你的担子最重、最紧要。罗阿妈不是说了吗？本军和‘逍遥门’作战，最大的风险是威武窑子，他们随时可能从侧后包抄。贵堂的任务是确保水运畅通，保障后勤供应。你是地主，只有你能挑起这副担子。”

“小元霸”自加入洪门后，向来是冲锋陷阵在前，啥时候给人家干过后勤？此次大战主要在“洪德堂”的地盘进行，“洪德堂”的实力又超出“洪兴堂”和“洪义堂”，大度和尚公然将“洪德堂”排除在外，明摆着是当众羞辱自己。李文茂脸上的笑容瞬间消失了，盯着大度和尚的眼睛问：“总堂大爷，这么部署恐怕不妥吧？”

大度和尚装聋作哑：“有何不妥？”

李文茂道：“你心里清楚。”

萧明远、罗大纲也没想到大度和尚会如此安排作战计划，心里都有些不自在，尤其是萧明远心情比较复杂——让“洪德堂”参与吧，怕李文茂抢去功劳；不让“洪德堂”参与吧，“洪兴堂”兵力入不敷出。他尴尬地说：“二爷，贵堂在顺德县接济‘兴义堂’，实际上已经等于参与了作战，你说对不对？”

“这是两码事，”望了一眼在座的各堂兄弟，李文茂语气平静下来，“‘洪德堂’不是我李某一个人的堂口，众家兄弟枕戈待旦，翘首期盼，我回去如何向他们交代？”

确实如此，李文茂这么些年在粤东兢兢业业，苦心孤诣地进行战争准备，建立了以西海大寨为核心的战略体系，固然是为了与官军争夺广州、佛山堡等核心地带，另外一个很重要的目标便是为了对付水龙道士和火烈道士。如今大度和尚放着现成的阵容不用，反令“洪兴堂”包打水龙道士和火烈道士两路人马，完全是罔顾大局之举。“洪德堂”众将越听越生气，“豆皮大”迈步上前：“二爷勿忧，既然总堂不发号令，咱们就行自个的令。”

“对，反正在咱们家门口，”众将一起大声嚷嚷，“干脆直接杀上罗浮山，砍下金蟾老儿的贼头壳，替丁二爷报赤壁。”

报赤壁的意思指报仇，大度和尚最怕听到的就是这句话，气得脸色铁青，把手中的“镆铘剑”往胸口一横：“谁敢不遵军令，杀无赦。”

陈松年怒目而视：“胜堂大爷，你想拿自家兄弟的血喂这把剑？”

“你？”大度和尚被噎得半天说不出一句话。

罗大纲连连拱手：“陈阿妈，口下留德，口下留德。”

大度和尚手握洪门双宝，李文茂无可奈何，摆手示意众将退下：“罢了，洪门军令如山，本堂可不想担一个藐视法令的罪名。”

这事本来到此结束，谁知大度和尚偏偏不肯省事，火上撩了一勺子油：“法令？二爷什么时候把洪门法令放在眼里了？”

“你说什么？”李文茂转过身。

“今天当着大伙儿的面，咱们索性把话说明白，”大度和尚心一横，“你老实说，是不是跟着我二师兄偷学了‘浑天剑’？”

李文茂皱了皱眉头，没有想到大度和尚竟然提起这件事，该来的一定会来，他不愿再遮遮掩掩，于是昂然道：“是又如何？”

“是不能把你怎么样，”大度和尚勉强笑了笑，“不过，本座忝为‘浑天门’的掌门，二师兄擅授剑法，我只能将其逐出师门，把他欺师灭祖的行径公诸武林。”

大悲和尚在李文茂心中是铁骨铮铮的大丈夫，容不得别人对他有丝毫不敬。见大度和尚拿死人做文章，李文茂出离愤怒：“你敢？”

“本座依规行事，有什么不敢？”大度和尚要的就是他这句话，冷笑一声，“本座现为总堂执事，代总堂发布军令，你藐视本座，便是藐视军令。”

一老一少两大高手针尖对麦芒，终于冲撞在一起。“洪兴堂”和“洪义堂”诸将都把心提到嗓子眼上，生怕二人一言不合动起手来。萧明远、罗大纲齐声劝道：“二爷，执事大爷代表总堂统辖天下洪家兄弟，你就少说一句吧。”

“本门军令自当遵守，”李文茂从怀里摸出一枚三叶锥，划过左手三根指头，立时飞溅出一道血迹，“不过，谁要敢对我师傅在天之灵不敬，休怪李某与他翻脸。”

第一百一十五回　石头刀仔

道光二十四年底，根据大潭山之会的决议，洪门在珠江三角洲两岸同时向“逍遥门”发动攻击。从战略意义上来说，大度和尚率“洪义堂”攻打罗浮山冲虚观一役关系到洪门荣辱——宰了金蟾道士本人，不但能振奋天下洪家兄弟的士气，而且可以解决洪门大位悬而未决的问题，可谓一举两得；但以战役规模而言，“逍遥门”主力集中在三角洲的西岸，萧明远和“洪兴堂”面对的将是一场空前血腥的厮杀。

西岸战事分南北两路，北路胥江祖庙的敌军虽然不及南路五龙观人马众多，但水龙道士智勇双全，武艺出神入化，所领皆百战之士，因此，萧明远把西线战事的重点放在芦苞镇。他亲统五千精锐血战芦苞洲，首战旗开得胜，然后沿着北江向南扫荡，接连拿下太篮洲、簕竹洲和老鸦洲三座沙洲，肃清了北江残敌。那水龙道士亦非等闲之辈，为了避敌锋芒，当机立断下令全面收缩阵地，将所有部众撤入胥江祖庙和龙坡山，坚守不出。三日内，萧明远连续发动五次进攻，均被“逍遥门”击退，伤亡十分惨重。

“南武当”久攻不下，萧明远迅速调整回最初的战略设想。他拨出三千兵马交与二龙头马元龙统领，将帅旗留在芦苞镇迷惑敌人，自己带着其余兄弟星夜南下，争取一鼓作气歼灭火烈道士的五龙观人马，实施先南后北的既定策略。

腊月是色衰的季节，西江两岸除了绿油油的灌木，野花凋零残落。“洪兴堂”的船队浩浩荡荡越过老鸦洲，萧明远离开船舱伫望，但见西江汹涌而下，激起千万朵苍白的浪花，在西海大寨的断崖下撞了个粉身碎骨。好一座扼吭拊背的雄伟大寨，犹如一把钢刀，切断了胥江祖庙和五龙观人马的联结；又像一座山峦，横亘在广肇二府之间。

以水龙道士的智谋和武功，马元龙的三千人马根本不是他的对手，真正能够阻止胥江祖庙兵马南下的不是别的，正是眼前这座闻名遐迩的大寨。凤凰岗上四面军旗迎风飘扬，吓退过多少江湖豪杰，而它的主人却被逼远离战局，真是叫人扼腕叹息。

萧明远叫过蔡殿武：“你去寨中禀报，说本堂求见李二爷，特来向他赔罪。”

蔡殿武苦笑着说：“大龙头，李二爷不在西海大寨，听‘洪德堂’的兄弟们说，他已经返回丹霞山，并且把龙头令旗送还了黑石顶大寨。”

尽管对大度和尚的狭隘胸襟愤愤不平，但洪门法令如山，李文茂不愿违抗军纪。他在西海大寨召集各堂龙头开了一个会，下令各堂谨言慎行，不得再对总堂军令说三道四，尤其要注意和“洪兴堂”处理好关系。赴丹霞山修武前，他特意命人将“洪德堂”的龙头令旗送回黑石顶老营——这是一个意味深长的信号，暗示各位龙头可以自行决定行止，一旦“洪兴堂”战事不利，各堂可以随时投入战斗，挽狂澜于既倒。

李文茂精心准备多年，结果被大度和尚一纸军令禁止参战，被迫想出这么一个计策委曲求全。萧明远心中非常不是滋味：“二爷忠心耿耿，天日可表，别再为难他了。咱们进东寨面见陈阿妈，向他借点船只和粮草。”

“洪兴堂”大军仓促南下，从连绵群山来到江河星罗棋布的珠江三角洲交战，存在诸多水土不服之处。第一个问题是粮草供应，第二个问题是伤亡兄弟的安置，第三个问题是船只极度匮乏。这三大问题仅仅依靠“兴胜堂”和“兴义堂”是解决不了的，最后仍然得指望近在咫尺的“洪德堂”。苦活累活全是“洪德堂”的，大度和尚却不许人家参战，这种倒行逆施的指挥如果能打胜仗，那才是没有天理。

陈开率领众将把萧明远、蔡殿武一行迎入东寨忠义堂，双方分宾主落座。萧明远抱拳在胸连连称谢："陈阿妈，三日激战，本堂伤亡甚巨，多亏贵堂水军鼎力相助，不然的话，老朽真是巧妇难为无米之炊。"

陈开拱了拱手："萧大龙头，你这是要去哪里？"

萧明远叹了口气："水龙道士这厮是一根硬骨头，煞是难啃，本堂决计先灭了火烈道士和他那伙徒子徒孙，再回来找水龙道士算账。"

陈开问："萧大龙头，有句话不知当讲不当讲？"

萧明远客气道："陈阿妈但讲无妨。"

陈开忧心忡忡："昔日'天讨会'和'大会馆'在张槎乡对垒，我家二爷为了不致生灵涂炭，修书一封给火烈道士，约他比武论输赢。火烈道士本有意接招，怎料水龙道士不肯出手相助，那场恶仗才没有打起来。事后，二爷对我们说水龙道士性情坚忍，将来必为本门大敌，他把老营设在西海大寨，就是为了对付这老道。前辈分兵南下，只怕马大龙头他们拦不住水龙道士。"

马元龙不是水龙道士的对手，萧明远心知肚明，他尴尬地笑了笑："陈阿妈，为将之道贵在奇谋，只要给本堂三日时间，大局可定。"

陈开心里说，恐怕水龙道士未必肯给你三日时间。他发问："萧大龙头，本堂奉二爷将令镇守西海大寨，自不会让水龙道士越雷池一步。另外，火烈道士兵多将广，武艺高强，前辈万万不可大意。顺德县四周云集本堂主力，贵堂若感兵力不足，尽可发话。"

萧明远哈哈大笑，豪气干云："火烈道士声名虽隆，在萧某人眼里直鼠辈耳。希望陈阿妈助我一臂之力，挡住水龙道士南下，三日后，本堂必取火烈道士的首级。"

陈开苦苦相劝未果，退而求其次："前辈，本寨尚存四位五千斤大铁炮，要不，把它们拉到芦苞前线如何？"

萧明远一口回绝："不可，胥江祖庙为本门在湘粤三省祖庭，大狗一叫，玉石俱焚，萧某不能对不起祖宗。"

目送"洪兴堂"兵马逶迤南下，曾三长叹一声："大龙头，萧阿妈刚愎自用，不想在后辈面前折了威风，只怕一世英名尽毁于此。"

陈开回到忠义堂落座，半晌无言："各位兄弟，萧阿妈一怕我们抢他的功劳，二舍不得盆盆罐罐，这场仗恐怕凶多吉少。"

"虎头仔"怒气冲冲："大龙头，根子出在大度和尚身上。那厮小肚鸡肠，竟然在大潭山公开羞辱二爷——在我们地盘上开仗，又不许我们出战，欺人太甚。"

李阿发牢骚满腹："他将来登基坐殿，操持权柄，准没有我们的好果子吃。"

曾三老成持重，制止他们："大家不要说三道四，听大龙头的。"

陈开问曾三："二爷啥时候回来？"

曾三思忖："大概要等罗浮山比武的结果出来吧？"

冯天善开口："金蟾老道一向神出鬼没，要是不在罗浮山，那可不好办。"

曾三嘴角浮现一丝苦笑："这就不是我们能操心的事了。"

陈开收住心猿意马，正色道："各位兄弟，西海大寨为二爷军旗和大营所在，出不得半点差池。我等只要守住本寨，便可将'逍遥门'割裂为二，首尾不能相顾，有效支援'洪兴堂'兄弟的决战，二爷回来自是头功一件。"

众人齐齐离座："请大龙头发号施令。"

陈开摆了摆手："萧阿妈临走前，让出太篮洲、簕竹洲和老鸦洲三处地盘。本堂决意在这些地方构筑三道防线，警戒水龙道士的动向；一旦'洪兴堂'兄弟溃阵，这三道防线可以起到迟滞敌军南下步伐的作用，为本寨战备赢得充裕的时间。"

"六甲神龙"萧明远之所以不愿意请"洪德堂"发兵助阵，潜意识中把北江和顺德县视为"洪兴堂"的禁脔。可惜其志虽广，力所不逮，马元龙只有三千人马围困芦苞镇，根本没有余力顾及太篮洲、簕竹洲和老鸦洲三处沙洲，因此才不得不让给"洪德堂"。曾三闻言大喜："大龙头，我们也能捞一杯羹吃？"

林科举嘟囔："他是要咱们卖命。"

"不错，"陈开点了点头，"此三处防线横亘于芦苞镇和本寨之间，既为'洪兴堂'的有力后盾，也是本寨防御的延伸，与本寨休戚相关，最是吃重。陈某欲拣选一员大将，代本堂一肩扛起首战重任，哪位兄弟有意前往？"

众将纷纷请命："属下愿往。"

“德礼堂”四大龙头中，王山公在家养病，宁二少坐镇佛山堡，身在西海大寨的只有陈开与叶二和。陈开回头问他：“四弟，你看派谁去合适?”

“逃军和”拱手施礼：“二哥三哥不在，小弟责无旁贷。”

镇守太篮洲、簕竹洲和老鸦洲三道防线需要三位将领，此外还必须派出堂口大佬一级的人物作为统帅，这个担子只能压在“逃军和”的身上。对于“逃军和”本人来说，虽然位列堂口大佬之列，但由于缺席当年的龙鼓洲一役，未能成为创堂的二十一个元老之一，这些年心里一直耿耿于怀。此次对阵“逍遥门”，乃是“德礼堂”创建以来前所未有的大战，无论作战规模还是激烈程度，都将远远大于鸦片战争中对英军的袭扰。摆在陈开和“德礼堂”兄弟面前的只有两条路：要么一战功成，锻造出一支悍勇无敌的铁血之师；要么一战丧胆，从此被其他堂口踩在脚下，永无出头之日。

上自陈开，下到“德礼堂”的普通兄弟，人人心如明镜，都做好了殊死决战的准备。北江防线是第一炮，必须打响，不能挫了锐气。陈开叮嘱“逃军和”：“四弟，这三座沙洲过去是胥江祖庙的据点，上面有现成的房屋和工事，省得咱们再大兴土木。千万记住，你们主要是水面警戒，务必要扎得稳，看得牢，两眼盯住水龙道士的一举一动，决不能让这个牛鼻子派出的暗哨随意出入，务必最大限度地切断他和火烈道士的联系，明白吗?”

“逃军和”道：“小弟理会得，北江是水龙道士经营多年的地盘，现在表面上弃守，四周定然潜伏着无数细作。”

“逃军和”一点就透，浑然不像那个只会在床上肉搏的叫花子。陈开备感欣慰：“封锁北江需要水军，科举兄弟听候你调遣；另外‘礼善堂’全军已至，我也派给你，三道防线如何部署，人手怎么安排，你自己看着办。”

“得令。”叶二和领命而去。

大寨里人喊马嘶，北水关旌旗招展，林科举的水军和陈见成的“礼善堂”相继开拔。叶二和率军离开不久，有人来报：“启禀大龙头，王老爷来了。”

“哦?”陈开一愣，“快请。”

过不多时，王山公领着“葫芦发”进了忠义堂，陈开离座相迎：“王老爷，你不安心在家养病，来大寨讨什么辛苦?”

为了尽快把“枫子鬼”的魂找回来，王山公可谓绞尽脑汁，一面带着小木头人听戏，一面陪着她坐船兜风。后一个主意是宁二少出的——“枫子鬼”不是枫树根吗？那么，经常带她兜风兴许有助于恢复精神。

“葫芦发”听说大战在即，忍不住心里痒痒，主动陪着王山公来西海大寨。王山公在椅子上坐下来：“大龙头，小弟虽然心疾未愈，是一个废人，但弟兄们上阵搏命，我也不能在家里享清福。有何差遣？尽管示下。”

王山公主动请缨，陈开十分感动：“王老爷满腹经纶，本堂正要你出谋献策。”

“既然如此，小弟就不客气了。”王山公扫了一眼众将，一本正经地说，“大龙头，北江防线攸关本寨安危，用人不可不慎，我觉得你用人有误。”

陈开奇怪地问：“此话怎讲？”

“这还用说吗？”王山公道，“伪号钱文一案，陈见成和游新潭打得头破血流，老四是游新潭的二舅哥，这两个人分别担任将帅去守北江，你觉得合适吗？”

陈开不是不知道陈见成和游新潭闹生分，但“逃军和”是“德礼堂”的四龙头，“礼善堂”又是目前唯一成建制赶到西海大寨的主力，不派他们去又能派谁？陈开笑道：“四弟与陈阿妈俱为老兄弟，焉能为一己之私，误我军机大事？”

王山公摇了摇头：“反正我心里七上八下的，不踏实。”

“葫芦发”插嘴：“师傅，你的心是老毛病，哪天踏实过？”

王山公被他弄了个满脸通红，不顾颜面，破口骂道：“滚你娘的蛋。”

陈开连忙好言相劝，同时被王山公的话感染，抬手叫过三法司温秉信：“温兄弟，本堂颁你一支令，即刻前往北江监军，不得有误。”

“遵命。”温秉信领了军令，匆匆出关而去。

王山公问：“大龙头，你说水龙道士会来攻打西海大寨吗？”

陈开点点头：“那当然，他要南下增援火烈道士，必须经过西海大寨。本堂已下令各堂主力火速集结，与这个牛鼻子决一死战。”

王山公提醒：“水龙道士武功出神入化，大龙头不可不防。”

经过这么些年的经营，西海大寨固若金汤，陈开并不害怕“逍遥门”大举进攻，他唯一拿不准的是水龙道士本人。这道士举止神秘，颇有乃师之风，在武林中成名已久，不知道自己是不是人家的对手。他思忖了一会儿，问道:“王老爷,三弟的眼神如何?”

“上阵父子兵,打虎亲兄弟,我们俩绝不会袖手旁观。”王山公跃跃欲试,“咱们哥四个练了这么多年的功夫,该见真章了。”

宁二少白天眼神不济,夜战绝对是一把好手。陈开心中释然,他问王山公:“两军阵前刀枪无眼,王老爷,你的心疾到底如何?”

“没事,”王山公拍了拍胸脯,“你看我像一个病人吗?”

话音刚落,“葫芦发”突然尖叫起来:“师傅,你的心肝宝贝动弹了。”

“啊?”王山公惊喜交加,扭头一看,发现“葫芦发”高高举起猪尿脬,小木头人在里面时不时地颤抖,活像人在打摆子。

自从“枫子鬼”被陈罗婵凝魂聚魄以后,将近一年的时间里,小木头人纹丝不动,仿佛失去了魂魄。今天突然恢复了知觉,不仅王山公,就连陈开也觉得纳罕。恰在这时,屋外狂风大作,一名草鞋飞快地跑进忠义堂:“启禀大龙头,大纛旗被风吹断了。”

陈开惊讶地站起来:“你说什么?”

大纛旗被风吹折是对主帅不利的凶兆,在座众将面面相觑,均缄口不语,不清楚这个凶兆到底针对的是谁。唯有王山公放声狂笑:“哈哈,老天有眼,我的心,我的心终于回来了。”

陈开失望地跌回虎皮大椅,就王山公现在这个状态,失心疯的毛病不但不见好转,反而有越来越加重的迹象,如何上阵杀敌?

太篮洲、簕竹洲和老鸦洲三座沙洲自北向南一字排开,其中,太篮洲是抵抗“逍遥门”的最前线,簕竹洲居中,老鸦洲距西海大寨最近。“逃军和”把帅帐设在簕竹洲,命陈见成镇守太篮洲,“飞天爪”镇守老鸦洲,林科举的水军封锁北江,一应过往船只严加盘查,只要是道士模样的立刻扣留,决不让“逍遥门”的细作大摇大摆通过北江。

老鸦洲与西海大寨不过一箭之遥,“飞天爪”首次获得独立指挥作战的机会,高兴地不知道怎么办才好。除了布置报信的舢板外,他另在岛上砌了一座烽火台。准备就绪后,他兴冲冲地赶到簕竹洲去汇报工作:“四爷,你看我还有啥遗漏?”

“烽火台倒是个好主意,”叶二和歪着脑袋想了想,“不过,咱们这儿经常下雨，要是赶上大雨天怎么办？”

“飞天爪”抬头望着天空，讪讪地说：“会下雨吗？”

“腊月下雨是常有的事。”叶二和出了个主意，“老鸦洲离西海大寨近，敲锣打鼓、射响箭和点信炮，寨子里都能听到。咱们佛山堡有大号的闷雷爆，雨雾天响声豁亮，起码能传出去十里地外，你不妨到福禄街买一点来用。”

“飞天爪”一拍大腿，懊恼地说：“嘿，我咋就没想起来？”

“飞天爪”离开簕竹洲不久，温秉信乘船赶到。听说他来监军，叶二和十分奇怪：“大龙头是不是听了什么谗言？”

温秉信如实回答：“王老爷怕你和陈掌柜的闹生分。”

王山公疯言疯语，谁也拿他没办法。叶二和苦笑着摇了摇头：“陈阿妈坐镇太篮洲，身当抗敌第一线，那是个送命的差事，我能和人家闹啥生分？”

“这样最好。”温秉信说，“四爷，我去他那里看看。”

“逃军和”叮咛：“大龙头给我的军令主要是警戒，请温兄弟转告陈阿妈，一旦水龙道士大举南下，千万不要硬拼，且战且退，迟滞敌军进攻即可。”

温秉信拱了拱手：“请四爷放心。”

在“逃军和”的陪同下，温秉信来到江边，远远看到“占毛鸡”带了十来条大小船只在江上巡弋。温秉信担心地问：“四爷，你说威武窑子会不会杀出来搅局？”

“绝对不会，”“逃军和”自信满满，“抚标三水营那边已经拿了银子，再说，威武窑子眼下巴不得咱们和‘逍遥门’杀个两败俱伤，它才不会横插一杠子。”

温秉信又问：“快过年了，咱们盘查江面，老百姓能不抱怨？”

“我们只管盘查，不封江面。”“逃军和”道，“温兄弟，说句实在话，‘逍遥门’的人没有那么傻，出来送信还戴一顶道冠？水路封住有陆路，细作终究是拦不住的，最多是不让这些杂毛老道那么方便，迟滞他们的速度。等他把信送到了，黄花菜也凉了。”

“逍遥门”在太篮洲建有现成的工事，“礼善堂”进驻后省事极了。陈见成布置完岛上的防御体系后，又下令紧急扎了一百只竹筏，每条竹筏上面绑着油桶，里面盛满火油。一旦“逍遥门”撕破“洪兴堂”的包围圈，大举浮江而下，陈见成计划用火油阵进行拦截。为了配合陈见成的行动，林科举将水军主力部署在太篮洲一线。如此一来，“逃军和”的北江防线便呈现一个锤子形状——最坚硬的部分在太篮洲，其次是簕竹洲，最薄弱之处在老鸦洲。

父亲陈水那被衙门收监入狱，生死未卜，陈见成这段日子心力交瘁，瘦了一大截。温秉信心里升起一丝同情：“陈阿妈，要不我回去禀报一声，请大龙头换个人？”

陈见成沉重地摇了摇头：“阵前换将乃军中大忌，别扰了大龙头的心思。其实，他老人家把我派到这里已经很照顾了，温老弟，你应该明白北江防线无非做做样子，真正玩命的地方在西海大寨。二爷的军旗戳在那里，谁敢后退半步？”

确实如此，在“德礼堂”四大主力中，“礼锦堂”“礼红堂”“礼明堂”三个堂口的战斗力最强，“礼善堂”排在倒数第一。陈开将“礼锦堂”“礼红堂”“礼明堂”悉数集中在西海大寨，摆明了是准备和水龙道士血战到底。

温秉信替自己解释：“四爷初掌帅印，大龙头怕你们将帅不和，因此才派我来监军。”

陈见成、游新潭和汪亚景三人狗咬狗，说白了都是想救自己的爹，彼此之间哪有什么深仇大恨？陈见成沉默片刻：“温老弟，四爷是阿潭的二舅哥不假，但他毕竟是本堂四龙头。陈某既入洪门，焉能以下犯上，找四爷的皮绊？”

找皮绊在洪门切口里，是惹是生非的意思。

温秉信心里一块石头落地，拱拱手：“陈阿妈一片忠心，温某自当向大龙头禀报。你安心在此排兵布阵，温某不打扰了，这就回老鸦洲去。”

老鸦洲是“飞天爪”的营盘，温秉信去老鸦洲监军，既服从了陈开的将令，也不对“逃军和”与陈见成进行掣肘，不失为一条两全其美的计策。陈见成抱拳在胸：“老弟，陈某靠大龙头起的家，绝不会让大龙头丢脸，你放心吧。”

温秉信走后，陈见成又熬了一日一夜，将太篮洲的防线布置得如铁桶一般。到了第二天夜里三更时分，劳大德慌慌张张把他叫醒，陈见成倏地抓起腰刀：“敌军来了？”

劳大德结结巴巴地说：“不，不是杂毛老道，是‘小旋风’的人。”

"小旋风"饶同派人来必是为了陈水那的事情,陈见成激灵灵打了一个冷战,脑子里掠过一丝不祥的念头。他跺了跺脚:"快请。"

夜闯中军帐的是古亚淬,他连滚带爬进入大帐,匍匐在陈见成面前泣不成声:"你赶快回去一趟吧,陈阿妈。'黄烟筒'六亲不认,要开杀戒啦。"

洪门和"逍遥门"进行决战,珠江三角洲两岸狼烟遍地,震撼了粤东官府。为了平息坊间的物议,搪塞来自士绅名流的责难,经过两广总督耆英的默许,广东巡抚黄恩彤紧急决定杀一批囚犯,给他们扣上会党的帽子,枭首示众。这次屠杀令来得又快又急,几乎把关押在狱中的囚犯搜罗一空,既有"阴阳生"、叶三和等关押了很久的犯人,也包括游亚根、陈水那、汪老夫子等刚进去没几天的倒霉鬼。

乍一听到这个消息,陈见成好比五雷轰顶,呆呆地问:"怎么会这样?你们前两天不是说马上就能放出来吗?"

古亚淬磕头如捣蒜:"我们给隆福使了银子,都统大人本来已经说动了制台大人,哪知道贵堂和'逍遥门'这边一开战,制台大人立马就变了脸。"

陈见成眼冒金星,两腿发软,扑通一声跪倒在地,放声大哭:"阿爸,儿子不孝,都是儿子害了你呀。"

这厢剑拔弩张、两军对垒,马上就是一场血肉横飞的大厮杀,那边却偏偏发生了这号叫人不省心的事。劳大德无可奈何,问古亚淬:"老爷子到底还有没有救?"

古亚淬抹了一把眼泪:"回劳爷的话,老爷子已被带出南海县大牢,现在臬台衙门关押。占升兄弟答应尽力照顾,但是能不能保全性命,谁也说不准。"

陈见成从地上爬起来:"不行,我得去一趟省城。"

劳大德吓了一跳:"掌柜的,这是临阵脱逃的大罪,万万使不得。要是让大龙头和三法司知道了,非砍了你的头不可。"

陈见成痛哭失声,把"礼善堂"的令旗放在几案上,纳头拜了三拜:"大德,没有我爹就没有我,我不能眼睁睁地看着他掉头壳。自古忠孝不能两全,本堂令旗你暂且掌管,倘若出了差错,要杀要剐,本堂自会向大龙头请罪,绝不连累你。"

劳大德这两日阵前阵后忙碌不停,对太篮洲的防御体系倒不陌生,看陈见成下定决心，只好双手抱拳："掌柜的，快去快回。"

"多谢。"陈见成抄起腰刀。

俗话说十五的月亮十六圆，这天夜里是腊月十六，劳大德翻来覆去地睡不着觉，遂起身来到岸边。狂风猛烈地吹打着江面，把巡江的哨船吹得歪歪斜斜，圆月掩在薄雾后，发出一丝诡异的光亮。首次置身于大战前夜，劳大德的心怦怦直跳，感觉雾越来越浓，变成一座大山朝着自己压了过来。

从前的药铺伙计心里不堪重负，额头上冷汗津津——包括"洪德堂"在内，整个参战地区的洪门大军约有十万之众，千里之堤，毁于蚁穴，极有可能因为太篮洲一线防御的疏忽而导致全军溃败。劳大德不敢怠慢，叫了一条船，急急驰往簕竹洲报信。

船只靠岸后，劳大德赶到"逃军和"的帅帐，被帐外的卫兵拦住。不大一会儿，"占毛鸡"从帐中走出，奇怪地问："这么晚了，你有啥事？"

劳大德道："属下有紧急军情向四爷禀告。"

"什么军情？""占毛鸡"问，"说来听听。"

劳大德坚持："不行，此事须向四爷当面禀告。"

"占毛鸡"没有挪动身子："四爷已经睡下了，有事对我说。"

劳大德盯着"占毛鸡"的眼睛，从里面捕捉到一丝躲闪，一丝惶惑。忽然，一个念头闪过脑海，他失声问："四爷是不是去了省城？"

"占毛鸡"一愣："你咋知道？"

"坏了，坏了。"劳大德捶胸顿足，"陈阿妈也走了。"

将帅同时擅离职守，北江防线形同虚设。劳大德和"占毛鸡"大眼瞪小眼，一时不知道该说什么是好。过了片刻，劳大德问："谁给四爷送的信？"

"占毛鸡"回答："南海县衙门的徐宾。"

陈水那刚刚关进去没几天，而"逃军和"为了搭救叶三和已经奔波了整整三年。眼看就要把兄弟从牢房里弄出来，"黄烟筒"冷不防来了这么一下子，他怎么受得了？另外，叶三和曾经参加过当年龙鼓洲一役，名列"德礼堂"二十一位创堂元老，在弟兄们的心里，他的价值远远大于陈水那，"逃军和"搭救叶三和情有可原。

劳大德像热锅上的蚂蚁，在帐外来回踱步，拿不定主意，最后对"占毛鸡”说:“此事非同小可,应该马上知会三法司,否则,出了岔子,你我可担待不起。”

“占毛鸡”坚决反对:“绝对不行,告诉三法司就等于告诉了大龙头,要是那样,四爷和陈阿妈还能有好果子吃?”

劳大德垂头丧气:“你说咋办?”

“怕个屌?”“占毛鸡”蔑视地瞪了他一眼,“大龙头给我们的军令是警戒,并不是和牛鼻子老道搏命。我们只要把网撒出去,严密监视‘逍遥门’的一举一动,及时把前线战况传回西海大寨,就算完成军令,这点事你干不了?”

人往往就是这么奇怪,劳大德一个人心里怕得要死,但经过“占毛鸡”的刺激,立刻变得胆大起来。他脸红脖子粗地吼道:“谁说我干不了?”

“这就对了嘛。”“占毛鸡”拍了拍他的肩膀,“水面警戒在我们水军手里,你们在太篮洲的工事不过是个摆设,水龙老道不会与你们纠缠。真正的决战之地在西海大寨和顺德,大龙头排兵布阵那是裁缝度身,自有分寸,你少操闲心。再者说了,四爷、陈阿妈速去速回,不会在省城耽搁多久,兴许他们办完事,这边还风平浪静哩。”

臬台衙门的监牢在那棵“将军树”下,一批又一批的囚犯装入木笼,夜以继日地拉到东门外枭首示众。“阴阳生”手脚戴着几十斤重的镣铐,被两名彪形大汉抬出监牢,树下摆了一条供案,案后端坐之人非别,正是省城三大捕头硕果仅存的“短腰三”霍达臣。

佛山堡华光庙那场血光之灾发生后不久,“黑耳梁”坐罪发配伊犁。一个藩库失银案前后撂倒了“仁义罗汉”和“黑耳梁”两大捕头,霍达臣唏嘘不已。他起身来到“阴阳生”面前,抱了抱拳:“韩爷,时至今日,你犹然心存侥幸吗?”

“呵呵,”“阴阳生”笑了笑,“霍爷,贫道心里也有些纳闷,现在一不是秋天,二不是午时三刻,官家杀生,难道不怕阴魂暴烈吗?”

耆英和黄恩彤下达屠杀令,臬台衙门也不傻,他们从各地紧急抽调刽子手,每人承担一批屠杀任务,相应地分担一批阴魂的抱怨。霍达臣到臬台衙门另有公干,他叹了口气:“官家杀人如草芥,怕什么阴魂暴烈?韩爷,那枚珠子到底在哪里?”

“阴阳生”之所以没有秋后问斩，是因为“黄烟筒”惦记着那枚“测阴珠”，想把这个宝物弄到手里。“阴阳生”问：“霍爷，你要珠子何用？”

“不是霍某人要，而是上面要。”霍达臣压低声音，“韩爷，假如你能交出珠子，大宪兴许会保你一条性命。”

“阴阳生”笑道：“是吗？”

“那当然。”霍达臣扬了扬手，“来，给韩爷上酒。”

捕快摘掉“阴阳生”的镣铐，让他洗面净手，收拾利落。有人抬过一张木桌，从漆盒里取出酒菜，摆了满满一桌子。“阴阳生”端起酒：“霍爷，这是送行酒吧？”

霍达臣问：“谁说的？”

“休要瞒我，”“阴阳生”饮了一碗酒，“以贫道的罪孽，交出珠子是个死，不交珠子也是个死，都是老江湖，这个道理我懂。”

霍达臣劝：“韩爷，大限将至，你留着这玩意也没用，倒不如给兄弟一个面子，霍某保证留你一个全尸。”

“阴阳生”摇了摇头：“霍爷，这东西物归原主了，不在我身边。”

霍达臣追问，“你把它给了谁？”

“阴阳生”一字一句地回答：“金、秋、池。”

霍达臣失望地说：“金道爷命丧望兵峰，韩爷，你这不是晃点我吗？”

“阴阳生”把酒碗朝地上一甩，站起来骂道：“当官的欺世盗名，还想淫人妻女？别说珠子不在贫道手里，就是在，也不会白白便宜你们这帮狗贼。”

过东门五里，便是有名的东较场。自康熙二十二年(1683年)起，这个荒凉之地改为驻防八旗合操演练的场所，为了炫耀清廷的淫威，这里也变成了广州最有名的行刑场。

游亚根、陈水那、汪老夫子跌跌撞撞被推下囚笼，汪老夫子拼命嘶喊：“冤枉啊，天大的冤枉，这不是草菅人命吗？”

“一刀皮”覃善行从顺德县被调来执行死刑，他抱着缠了红布的鬼头刀，揪起汪老夫子的头一看：“呀，是一位老爷？”

“小仁义”叮咛：“这三位老爷子你照顾着点，留个全尸。”

覃善行问：“谁的面子？”

"小仁义"一一指点:"汪老夫子的儿子汪亚景跟咱们是同行,陈老爷子是'礼善堂'陈阿妈的阿爸,游老爷子是游掌柜的阿爸,我师兄打过招呼的。"

"一刀皮"望了一眼不远处披枷戴锁的叶三和,咋舌道:"丢他老母,四爷家里一天要埋两口子,真够晦气的。"

"叶老三摔死臊虾,罪大恶极。""小仁义"咬着他的耳朵说,"要说晦气,这三位老爷子最冤枉,也不知道被谁坑了。"

汪老夫子鼻涕一把泪一把:"官爷,我们真是被冤枉的。"

陈水那不耐烦地说:"别号了,好好想想,到底是谁下的黑手?"

汪老夫子委屈地辩解:"反正不是我们家得罪的人。"

"你老把自个摘干净,"游亚根道,"那咱们就冤死了。"

到底是谁下的黑手?"小仁义"隐隐有所猜测,但是他不敢信口开河。这桩伪号钱文案干得实在是太漂亮了,现场拿赃,一翻两瞪眼,而且没有留下任何蛛丝马迹。倒退一步,叶三和摔死区家婴儿一案也有异曲同工之妙,是谁利用了性情鲁莽的叶老三?假如这两起案子是同一个幕后策划人,那这个人就太可怕了。

"小仁义"不敢再想下去,他对覃善行说:"叶老三也得留全尸。"

"这个不用你交代,"覃善行问,"我们是一个村的乡亲,不看僧面看佛面,断不能让他尸首两分。这批行刑五个人,四个人留全尸,为啥独独砍掉那个姓韩的头壳?"

"小仁义"回答:"韩爷不给大宪的面子。"

"阴阳生"在佛山堡灵应祠主持鸾坛,乃是大名鼎鼎的神仙级人物,"一刀皮"对他仰慕已久,过去打了个躬:"道爷,你说人要是去了那边,魂会变成个啥?"

临死之际,"阴阳生"幡然悔悟,偷了那么多银子却无福享受,这些年的修炼真是水中月一场空。不知为何,在生命的最后一刻,浮现在韩通眼前的不是财货和女人,不是"枫子鬼",而是两块石头——"猛虎回头"和"千多窿"。他长叹一声:"天地间魂来魂往,倘若你流连不去,就会变成一块石头。"

石头?"一刀皮"理解不了,又问旁边的叶三和:"兄弟,你想变成啥?"

叶三和想起了第一次来佛山堡时看到的那些烈火熊熊的高炉,想起了李阿发逗弄自己的那句玩笑话,恨恨地说:"刀仔!"

第一百一十六回　顺德征战

“六甲神龙”萧明远带两千精兵秘密南下，以迅雷不及掩耳之势直扑火烈道士所在的桂州堡五龙观。正在前方鏖战的石元诚、韦思贤和曾天猷闻报大惊，急急率军驰援，不料在马岗和狮山之间的条形地带中了萧明远预设的埋伏。一战下来，“逍遥门”大败亏输，十成人马足足折了四成。“正义会”大舵爷韦思贤被“六甲神龙”一剑斩首，石元诚和曾天猷率部拼死杀出重围，分别龟缩在容奇堡、羊牯镇，再也不敢出战。

萧明远大开大合，从容布阵，命三爷侯贯虹领兵攻打实力最强的“卧龙会”；陈吉率“兴义堂”在容奇堡附近张开口袋，专门伏击前来增援石元诚的敌军；四爷秦渠安领兵围困桂州堡的五龙观；六爷袁公明领兵攻打羊牯镇的“天讨会”；蔡殿武以莺哥咀为隐蔽基地，在护卫粮草的同时，随时准备对桂州堡和羊牯前线提供机动支援。

火烈道士及其弟子在顺德经营多年，五龙观、容奇堡、羊牯镇均为异常坚固的堡垒，囤积的粮草至少可以支撑大半年，你萧明远纵然是诸葛再世，也架不住人家凭险据守，这是对“洪兴堂”第一个不利因素；第二个不利因素是兵力不足——五龙观旗下人马将近五万，而加上陈吉的“兴义堂”在内，萧明远可支配的兵力不过两万五千人，双方兵力几乎相差一倍。巧妇难为无米之炊，“六甲神龙”本事再大，用起兵来也是捉襟见肘。

与此同时，洪门在珠江东岸全线告捷。大度和尚率军冲上罗浮山冲虚观，一剑劈断桑木道士的右臂，算是为丁复国报了一箭之仇；罗大纲率“洪义堂”攻克东莞石龙镇的留仙观，土宫道士把残兵败将留在东岸，只身渡洋来五龙观讨要援兵。到了桂州堡一看，才知道火烈道士也被萧明远打得屁滚尿流，师兄弟俩大眼瞪小眼，一筹莫展。

奇怪的是，当此洪门和“逍遥门”决战之际，金蟾道士却不见踪影。火烈道士心头泛起一丝苦涩，他对师傅的性格实在是太了解了，没有必胜把握武林至尊绝不出手——无情剑不出鞘则已，一出鞘必取敌军上将首级。这个战法固然神秘，稳扎稳打且令人生畏，然而两军对垒不同比武，为了“天下第一剑客”不败的荣誉，又要白白牺牲多少门徒的性命？

土宫道士问：“师兄，我来的路上经过容奇堡，发现姓萧的军旗挂在阵前，元诚那里十分吃紧，难道你不打算出兵救援？”

萧明远的武艺不是火烈道士对手，但兵略却胜出后者不知凡几。南下顺德以后，五龙观人马处处被动挨打，火烈道士吃够了萧明远用兵如神的苦头。他对土宫道士摇了摇头：“这厮诡计多端，惯用打援之法，每每诱我出寨，不能上他的当。”

土宫道士提议：“依我看，还是请三师兄出山吧。”

火烈道士沉默了一会儿：“他自己屁股上的屎都没擦干净，能来帮忙吗？”

火烈道士和水龙道士素来尿不到一个壶里，彼此争强好胜，谁也不肯弯腰。见二师兄吐出句软话，土宫道士心中大喜，急忙说：“能，能，胥江祖庙固若金汤，姓萧的来对付你，他那儿正闲着呢，我去把他邀来。”

在生死存亡的最后关头，火烈道士终于低下了高昂的头，允准土宫道士前去搬救兵。土宫道士心急如焚，星夜疾驰，穿越西江和北江层层防线，顺利抵达胥江祖庙。清林道士一看是土宫道士，吃惊非小：“师叔，你怎么来了？”

“一言难尽，”土宫道士垂头丧气，“老窝叫人家端了。”

听说留仙观和冲虚观俱被洪门攻克，清林道士目露忧色："师叔，战事如此不利，难道师祖他老人家仍不肯现身？"

土宫道士避而不答："贤侄，你们这里咋样？"

"前三日厮杀甚烈，"清林道士回答，"这两天好多了。"

土宫道士问："你师傅呢？"

清林道士用手一指："在山上石洞里。"

"你师傅心里真有数啊。"土宫道士叹了口气。

胥江祖庙的防御工事依托龙坡山而建，那眼平日闭关修炼的石洞正好位于整个防御工事的核心位置，可见水龙道士匠心独运。在清林道士的陪同下，土宫道士爬上山顶，远远听到石洞里传出一阵低沉的吟诵声：

记烧烛，雁门高处；
积雪封城，冻云迷路。
添尽香煤，紫貂相拥夜深语；
苦寒如许，难和尔、凄凉句。
一片望乡愁，
饮不醉，垆头驼乳。
无处，问长城旧主，但见武灵遗墓；
沙飞似箭，乱穿向、草中狐兔。
那能使，口关南北，
更重作，并州门户。
切莫吊沙场，收拾秦弓归去。

这首《长亭怨·与李天生冬夜宿雁门关作》为屈大均所创。作者生长于岭南水乡，为了复国大业而常年奔走于北国边塞——寒风刺骨的严冬，苍茫寥廓的山河，无时无刻不在激荡着词人的慷慨壮志，也无时无刻不在刺痛着失国者那颗破碎的心。

水龙道士为人傲岸，今日所咏却流露哀伤，土宫道士不由得心头一紧。

进了石洞，土宫道士发现水龙道士端坐于蒲团之上，将"秋水冷焰锋"斜举过顶，似乎正在苦苦思索。这一招是“逍遥剑”中“天相曲渎”的抬手式，不同功力的人使起来，后面的变化全然不同。土宫道士不敢唐突，和清林道士二人站在原地纹丝不动。过了足足有半个时辰，水龙道士倏忽出手，身子像大鸟一样扑向空中。

土宫道士高声喝彩：“好剑法。”

水龙道士似乎早就知道他来了，吩咐清林道士：“给你师叔看茶。”

土宫道士恭维：“师兄，你的剑法又提高了。”

“呵呵，”水龙道士惆怅道，“贤弟谬赞，我等资质愚钝，和师傅他老人家比起来，终难望其项背于一二。”

土宫道士诚恳地说：“三师兄，姓萧的偷偷离开芦苞镇，在顺德大开杀戒，二师兄他们损兵折将，抵挡不住，特命小弟来请你出山。”

水龙道士手捻须髯，抚着“秋水冷焰锋”：“我说这两天敌军攻城无力，闹了半天，姓萧的来了一个瞒天过海！”

土宫道士说：“此贼甚是猖獗，非三师兄莫敌。”

水龙道士问：“当真为二师兄所请？”

土宫道士赌咒发誓：“千真万确。”

水龙道士摇了摇头：“师傅给我的交代是镇守胥江祖庙，假如去顺德帮忙，洪门趁机打下胥江祖庙，为兄岂不是愧对师傅他老人家吗？”

土宫道士扑通一声跪倒在地，苦苦哀求：“三师兄，洪门此次来势汹汹，冲虚观和留仙观尽丧敌手，要是再把顺德这个重镇丢了，只怕本门难图恢复呀。”

“怕什么？”水龙道士仍然不紧不慢，“地盘、人马、财货一切皆为浮影，二师兄所招募的都是些有奶便是娘的乌合之众，多一个不多，少一个不少，无碍大局。只要师傅他老人家和无情剑在，‘逍遥门’就亡不了。”

土宫道士绝望地喊：“三师兄，难道你还记恨二师兄吗？”

水龙道士脸一沉：“贤弟此言差矣，为兄誓与胥江祖庙共存亡，以全本门大义，焉能计较区区个人恩怨？”

土宫道士解下腰里的佩剑，双手举过头顶：“三师兄，你要是解了顺德之难，我等愿奉你为掌门师兄。倘若口不应心，天诛地灭。”

水龙道士把他搀起来：“贤弟，大师兄尚在，岂可妄言？”

土宫道士泣不成声："大师兄他……他已经废了。"

其实，根本不用土宫道士说，水龙道士早已得知冲虚观陷落的消息。

为了应对这场对洪门的生死大战，水龙道士准备了多年。他和其师金蟾道士一样，信奉的是百万军中取上将首级的奇袭战术。这里面的原因很简单，一来"逍遥剑"天下称尊，二来洪家兄弟有反清复明大义在胸，像野草一样漫山遍野，百余年来斩杀不绝，两军刀对刀、枪对枪地正面厮杀，"逍遥门"绝无胜算。

有鉴于此，战事刚一打响，水龙道士立刻下令放弃所有的外围阵地，将全军收缩于胥江祖庙一线，依托龙坡山以逸待劳。同时，早已安插在各地的细作源源不断地送来情报，冲虚观和留仙观先后失守，包括萧明远秘密南下的消息，均在水龙道士的掌握之中。

所有的情报中，唯一让水龙道士啧啧称奇的是"洪德堂"竟然缺席战阵。听到李文茂远赴丹霞山的消息，水龙道士惊喜万分，他明白，"逍遥门"扭转战局的机会来了。

西海大寨矗立于西江与北江的交汇处，与芦苞镇相隔不远，这么些年下来，双方几乎没有什么秘密可言。无论李文茂还是水龙道士，两个人皆以对方为最大敌手，磨刀霍霍，时刻准备一较高下。除了"洪德堂"超强的战斗力外，最让水龙道士忌惮的还是李文茂的武功——六年前这个年轻人单挑粤北绿林道的壮举，迄今仍深深地烙刻在他的脑海。"逍遥门"称霸武林靠的是武功和剑法，如果武功和剑法比不过人家，那便一无是处。

大度和尚嫉贤妒能，大潭山之会强行把"洪德堂"逐出战斗序列，从而为这场决战埋下了败因。没有李文茂和"洪德堂"参战，水龙道士便有了决胜的希望。他在龙坡山咏诗练剑，迟迟不肯南下救援，等的正是师兄弟们臣服的这一刻。

"贤弟切勿悲伤，"水龙道士安慰，"决战序幕刚刚拉开，胜负还早着呢。"

土宫道士奇怪地问："师兄何出此言？"

"本门剑道，阴阳互生。"水龙道士品了一口茶，用平静的口吻说，"贤弟，岂不闻祸兮福之所倚、福兮祸之所伏的道理？会党连战连捷，气焰万丈，必因骄横而生懈怠。眼下本门的处境腥过咸鱼臭过蟹，此谓哀兵，转机就在这一明一暗之间。”

土宫道士好像听明白了：“师兄，你是说抽冷子给他一家伙？”

“这把剑磨了足足二十年，到了该出鞘的时候。”水龙道士抚摸着“秋水冷焰锋”，“姓萧的瞒天过海，吾当以其人之道还治其人之身。”

土宫道士兴高采烈：“对对，咱们也给他设一个埋伏。”

水龙道士目露凛冽之色：“姓萧的用兵神出鬼没，可惜他远来是客，兵力有限，一口吃了个夹生饭，吾辈绝不能给他翻身的机会。”

夜里，江面上渔火点点，偶尔耀亮了两岸的红梅，提醒人们年节即至。水龙道士只带了木印道士一名随从，换成便衣后，和土宫道士乘船向南进发。由于陈见成与“逃军和”将帅同时擅离职守，“德礼堂”的北江防线形同虚设，三人一船很快驶过老鸦洲，抵达昆都山下。水龙道士站在船头，望着夜幕下雄伟的西海大寨良久无语。凤凰岗上灯火如星，火苗子缥缥眇缈变幻着色彩——那不是灯芯，而是李文茂的四面军旗。

土宫道士请示：“师兄，要不，咱们趁黑拔了姓李的军旗？”

“万万不可。”水龙道士脸色一沉，断然否决，“大度和尚为了压制姓李的，严禁‘洪德堂’参战，你拔了他的军旗，不等于把这股祸水引出来吗？”

土宫道士久闻李文茂的大名，但是两个人从来没有交过手，见水龙道士如此谨慎，不由得心生怯意，问道：“师兄，姓李的到底有多厉害？”

水龙道士摇了摇头：“不清楚。”

土宫道士自我安慰：“好办，将来让师傅收拾他。”

水龙道士、土宫道士、木印道士一行进入顺德境内，一路上硝烟弥漫，沿途各村各寨均拉起吊桥，不许陌生人进入。乡兵持着火把在碉楼上来回巡视，豪门大族更是配备铁炮严阵以待，在洪门和“逍遥门”之间保持中立。

羊牯镇位于顺德西境，水龙道士和土宫道士进了“天讨会”总舵，曾天猷简直有点儿不敢相信自己的眼睛——这尊神往日八抬大轿都抬不来，今天因何不请自到？

“怎么？”水龙道士笑着问，“曾舵爷不欢迎？”

曾天猷深施一礼，几乎快哭了出来：“小侄连吃败仗，羊牯岌岌可危，望师叔如大旱之望云霓，请师叔为小侄做主。”

水龙道士问："敌军主将为谁？"

曾天猷回答："'洪兴堂'的六龙头袁公明。"

水龙道士"哼"了一声："区区小儿，何足挂齿？"

曾天猷喜道："师叔，你老人家愿意出手？"

水龙道士下令："天一亮，你就给他下战书，约定午时出战。"

"得令。"曾天猷高高兴兴出去。

土宫道士问："师兄，你看我如何向二师兄回禀？"

水龙道士目光炯炯："你告诉二师兄，我收拾羊牯当面之敌后，会先打掉莺哥咀，烧了姓萧的粮草，摧毁敌军士气。请二师兄做好准备，一旦本军杀抵翠竹岗，立刻冲出五龙观，里应外合击破秦渠安，则大局可定也。"

五龙观、"卧龙会"和"天讨会"三处敌人中，"天讨会"实力最弱。萧明远三番五次催促袁公明迅速拿下羊牯镇，以便集中兵力对阵火烈道士和石元诚。袁公明正苦于曾天猷龟缩在羊牯镇坚守不出，见他肯出来应战，不由得心中大喜。

午时未到，羊牯镇响起三声号炮，吊桥放下，水龙道士、曾天猷、"厚骨蚊"率三千会众杀出西关。水龙道士抬头看，发现"洪兴堂"早已排开阵势，弓箭手射住阵脚，旗门开处飞出三匹战马。当先一匹黄骠马上端坐一员大将，头戴熟铜照天盔，身披绿绒连环锁子甲，掌中一杆银丝软藤枪，正是"洪兴堂"的六龙头袁公明。另外两员战将，一位是"兴隆堂"掌印阿妈鲍亚粟，一位是"兴赣堂"掌印阿妈乔云彪。

曾天猷纵马出阵，抱拳在胸："六爷，你我手下兄弟都有妻儿老小，马上就要过年，咱们总不能让大伙在这里喝西北风吧？好汉做事好汉当，依我看，不如双方各排三员战将，兵刃上见胜负，省得殃及无辜。"

"说得好。"袁公明道，"不过，尊驾可别学贵门的祖师爷。我家总堂大爷把冲虚观翻了个底朝天，连他一根头发丝也没有找到，真是丢人丢到了家。"

曾天猷面红耳赤："你们谁打头阵？"

袁公明刚打算催马上前，鲍亚粟举起关刀，冲上去高声喊喝："杀鸡焉用宰牛刀，属下愿打头阵。六爷，请在后面观敌瞭阵。"

"仔细了。"袁公明拨马让开。

“天讨会”这边打头阵的是“厚骨蚊”。两员大将手里使的都是关刀，你来我往，战了五十多个回合，“厚骨蚊”气力不济，虚晃一招，败归本阵。

鲍亚粟提刀在阵前耀武扬威：“谁还想跟某家比试？”

袁公明关切地问：“兄弟，回阵歇息吧。”

鲍亚粟咧开嘴笑了：“六爷，我刚活动开筋骨。”

头阵落败，曾天猷脸上挂不住，提枪叫阵：“本舵愿意领教你的刀法。”

鲍亚粟哈哈大笑：“曾舵主，才第二阵你咋就忍不住了？也对，咱们早点打完，让弟兄们早点回家过年，哈哈。”

鲍亚粟是一员难得的猛将，转眼又是三十回合战罢，刀法依旧凌厉，丝毫不乱。二次马打盘旋，曾天猷枪交左手，隔空虚点，右手抽出宝剑反身就是狠狠地一扫。鲍亚粟没有想到他还会来这一手，仓促间躲避不及，背甲被曾天猷一剑砍裂，划出一道深口子。袁公明马上命人鸣金收兵，这才把鲍亚粟叫了回来。“兴隆堂”兄弟急忙上前为大龙头包扎。鲍亚粟换了副盔甲再度返回阵前，水龙道士暗伸大拇指：“好汉子！”

乔云彪欲上阵厮杀，袁公明拦住他，抬手从马鞍子上摘下银丝软藤枪，整整头盔，飞马冲到两军阵前：“曾舵主，最后一阵，咱们两个来比一比？”

在双方军士的心中，两个人使的都是枪，同为两军主将，比武决胜负正合适。谁承想曾天猷拨马转身回到本阵，收起兵器，笑着回答：“武当派三十六路天罡枪法名闻天下，本舵自愧弗如，甘拜下风。”

袁公明感到很奇怪：“你们还有谁出阵？”

他的话音刚落，从门旗里闪出一人一骑。那人来到阵前，念了句道号：“无量天尊，故人远来，六爷，识得贫道吗？”

“洪兴堂”众人抬眼观瞧，见来的这位道士身高七尺，一不戴盔，二不披甲，三不穿修道之人常穿的八卦衣和水田衣，手里摇着白羽扇，不像道士却像一个文人；清癯的面庞挂着雍容的笑意，看起来十分和蔼，与刀光剑影的沙场格格不入。

袁公明不看则已，一看顿时惊出了一身冷汗，这不是胥江祖庙的水龙道士吗？这个大魔头什么时候到了羊牯镇？

见袁公明一时沉吟，水龙道士笑着问：“六爷，可有胆子与贫道一试？”

战争是谋略和胆气的结合，谋略为奇，胆气为正。两军对垒最吃紧的是军心，众目睽睽之下袁公明岂肯畏葸避战，折掉一世英名？他厉声叱喝："牛鼻子，袁某自从投身洪门，就不知道什么是个怕字？来来来，让袁某领教领教你的剑法。"

袁公明策马上前，举枪与水龙道士战在一处。武当派三十六路天罡枪委实精妙，使开来犹如一阵白光，刺、扫、劈、挑、崩、扎，水泼不进，风雨不透。水龙道士暗自嘉许，抽出"秋水冷焰锋"接敌，杀了四十个回合。

武当派中最深奥的功夫自属"两仪四象剑"，三十六路天罡枪法尚在其次。袁公明的本事对付曾天猷这些人不在话下，但是遇到一代宗师水龙道士显然不够用。水龙道士耐心地与袁公明周旋，等待敌人露出破绽。四十个回合过后，袁公明身法迟缓，两马错身，水龙道士跃起在空中，只一剑，便将袁公明斩于马下。

尸身落地，头颅被水龙道士用剑轻轻挑起。

"洪兴堂"兄弟睹此惨状，无不悲痛万分，一窝蜂地冲上来，拼命抢走尸身。乔云彪双目染红，拍马挥刀冲向水龙道士，企图截下袁公明的首级。又是三十个回合走过，水龙道士使了一式"截掌破军"，再度砍下乔云彪的首级。

袁公明和乔云彪先后死在水龙道士的剑下，尸首两分，"洪兴堂"兄弟肝胆俱裂。水龙道士用剑一指，"天讨会"众如潮水般掩杀过去，两军陷入混战。战至黄昏，"天讨会"阵中高高挑起"兴隆堂"和"兴赣堂"的两面大纛旗，喽啰们齐声高呼："洪家兄弟，你们的军旗被我们拔掉了，快扔了刀枪，回家过年吧。"

军旗被夺，军心彻底动摇，"洪兴堂"兵败如山倒。水龙道士率领"天讨会"从羊牯镇杀过广安围和宝丰围，一鼓作气，拿下了莺哥咀这个隐蔽基地。

莺哥咀本来有蔡殿武镇守，与容奇堡和桂州堡相比，羊牯战线是最不可能出问题的，因此萧明远调遣蔡殿武前往容奇堡助阵。"六甲神龙"善于行兵用险，俗话说，常在河边走，焉能不湿鞋？所谓奇兵只能得逞一次两次，每次都得逞还叫啥奇兵？

萧明远这次聪明反被聪明误，袁公明和乔云彪双双战死在羊牯镇，位于莺哥咀的隐蔽基地被敌军一举攻破，形势急转直下。“六甲神龙”大惊失色，急令蔡殿武领兵三千回师，不惜一切代价务必夺回莺哥咀——没有粮草，此战必败无疑。

蔡殿武率军抵达莺哥咀时，已经是头更打过，“厚骨蚊”略作抵抗，拨马而逃。蔡殿武进入寨子，只见火光冲天，爆炸声此起彼伏。他立即下令加强戒备，抽调部分兵力取来盆盆罐罐从江里取水救火。正当寨子里忙乱之际，水龙道士令旗一举，炮响三声，战鼓齐鸣，“天讨会”众呐喊着扑向莺哥咀，把到江边取水的洪家兄弟拦腰截断。

夜幕下，双方厮杀纠缠在一起，陷入了各自为战的混战状态。洪家兄弟虽然被对方杀了个措手不及，但是并不慌乱，个个奋勇杀敌。水龙道士仗剑冲入寨中，来到蔡殿武马前，当头一剑劈了过去。蔡殿武杀得浑身是血，横刀格击，断喝一声：“来者何人？”

“蔡先锋，”水龙道士笑道，“连贫道也不认识了吗？”

蔡殿武勒住战马，火光之中，发现来的这位道士仙风道骨，温文尔雅，腰里别着两粒血淋淋的人头。他仔细一看，“哎呀”一声险些跌落于马，这两粒人头不是别的，正是袁公明和乔云彪的首级。蔡殿武血灌瞳仁，挥刀冲向水龙道士。可怜忠义英雄，有心杀贼无力回天，战不到三十回合，被水龙道士一剑砍于马下。

蔡殿武一死，“洪兴堂”兄弟失去了主心骨，渐渐落于下风。战至拂晓，残兵败将被迫退出莺哥咀。“天讨会”众经过一日一夜的厮杀，已到强弩之末，水龙道士不敢倾力追杀，将大队人马收拢归寨，以备来日再战。

第二天，“天讨会”众吃饱喝足，列好阵势。水龙道士下令将袁公明、乔云彪和蔡殿武三人的首级悬挂阵前，敲锣打鼓向北进发，浩浩荡荡开到翠竹岗下。火烈道士闻讯杀出，秦渠安腹背受敌，溃不成军，逃向容奇堡与萧明远会合。

水龙道士来顺德仅仅一天半的工夫，斩杀敌军三员大将，三战三捷，彻底扭转战局。火烈道士自愧弗如，在五龙观盛排筵宴，犒赏三军。席间，曾天猷无比崇敬地问：“师叔，姓萧的素以用兵著称，我等迭遭败绩，为何你出手就大不一样？”

水龙道士看了一眼火烈道士，火烈道士拱手："师弟，愿闻其详。"

见师兄心服口服，水龙道士赚足了面子，气定神闲地道来："师兄，师弟，各位贤侄，江湖上盛传姓萧的如何善于谋略，为当世英雄豪杰，其实不然。吾观其败有四：从粤北群山来到江河纵横的水乡，舍步马之长而就舟楫之短，此其一也；'大春吉'驴粪蛋表面光，做买卖是一把好手，练兵打仗不过是个庸才，姓萧的失人之察，此其二也；'洪兴堂'以不过两万五千人的兵力，同时在两条战线开战，大肚吃破胃，想一口吞掉本门，自不量力，此其三也；'洪德堂'实力强大，耕耘地方已久，姓萧的不愿他们染指三水、四会和顺德的地盘，伙同大度和尚排挤李文茂，贪小利而舍大义，此其四也。"

五龙观人马虽然占据顺德，但四周被"洪德堂"旗下"德仁堂""德义堂""德英堂""德威堂""德安堂""德和堂""德信堂""德勇堂"等堂口团团包围，对"洪德堂"的实力最了解不过。自火烈道士以下的头目皆心如明镜，水龙道士说的第四点才是"洪兴堂"折戟的根本原因——放着如此强大的友军不用，不打败仗还等什么？

众人正敞开了喝酒吃肉，忽然飞骑来报，说明月道士送来武林至尊的口信。火烈道士喜出望外，对水龙道士和土宫道士说："两位师弟，师傅他老人家出山，当是为了响应大度和尚挑战一事，看来他已经有了必胜的把握。"

土宫道士兴奋极了："要是能砍了大度和尚，下一步咱们就向'洪德堂'开战。"

水龙道士反客为主，挥了挥手："有请明月贤侄。"

明月道士风尘仆仆进了大帐，打了个稽首："师傅，两位师叔，各位师兄，师祖他老人家接受大度和尚挑战，定于腊月二十三在朱明洞比武。"

"天下第一剑客"显露真身，对于熟知其秉性的"逍遥门"人来说，这个消息比水龙道士三战三捷更加鼓励军心。众人精神振奋，水龙道士问："贤侄，腊月二十三就是明天，师傅为何如此性急？"

明月道士回答："师祖他老人家听说本门战事不利，故而才把比武的时间提前了。"

火烈道士和土宫道士同时目露愧色，火烈道士对水龙道士说："师弟，师尊既然确定明日与大度和尚比武，咱们应当乘胜追击，灭了姓萧的，向他老人家报喜。"

水龙道士点点头："好，请师兄下令。"

火烈道士离座，郑重其事地打了个躬："师弟，你的本事有目共睹，愚兄甘拜下风。明日这一仗如何打，但凭师弟筹划，愚兄敢不从命？"

明月道士非常奇怪，师傅有了名的火爆脾气，今天怎么忽然变得礼贤下士了？

水龙道士也非常客气，拱了拱手："贫道斗胆献策，请各位斟酌。姓萧的三战皆北，连折三员大将，士气极度低迷，加之储存在莺哥咀的军粮被焚烧一空，能战之士不足八千，明日断难与我军抗衡。对于姓萧的来说，有上中下三策可选：上策是今夜全军撤围，中策是明日稍事抵抗后撤围，下策是与我军决战。取上策，'洪兴堂'受到的损失最小，姓萧的从此在江湖和洪门抬不起头，落得一个胆小鬼的骂名；取中策，'洪兴堂'将避免被全歼的命运，再遭重创；取下策，'洪兴堂'必全军覆没。"

土宫道士钦佩地问："师兄，你说他会采取哪一策？"

"呵呵，"水龙道士卖了个关子，"大家猜一猜。"

火烈道士使劲拍了一下桌子："师弟，不用猜，姓萧的性子刚烈，他兄弟三个的头壳还挂在咱们军前，他必定会采取下策，明日与本门血战到底。"

土宫道士提出了不同的看法："他们人困马乏，又缺吃少喝，拿什么跟咱们拼？"

曾天猷担忧地说："顺德四境都是洪门的人，他们只要肯接受'洪德堂'援助，用不了多久便能恢复士气，来找咱们报仇。"

火烈道士问水龙道士："师弟，你怎么看？"

水龙道士夸了他一句："师兄，我赞成你的看法，姓萧的一辈子趾高气扬，什么时候当过缩头乌龟？他要是肯向'洪德堂'伸手早就伸手了，何必等到现在？"

"对对。"火烈道士高兴地应承，继而又发愁道，"洪家人是一些不要命的烂蟹，假使他们明天非要和咱们杀个你死我活，倒是一件棘手的事情。"

水龙道士笑着说："师兄，有一桩便利，你我不用就太可惜了。"

火烈道士疑惑地问："哪一桩便利？"

师傅像伢仔一样任由水龙道士牵着鼻子走，全没了昔日的霸气，做徒弟的在一旁当然看不过眼。明月道士提醒火烈道士："师傅，师叔说的是蚌岗炮台。”

容奇堡位于罗江和得胜海两条江面的交汇处，乃是四通八达的大商埠，亦为史上著名的海防要塞，留下过许多古老的传说。依据屈大均《广东新语》的记载，唐末黄巢统领大兵南下广东时曾在容奇堡驻扎，“军中为市，以角声号召”。

得胜海原名北潮海，三十五年前，张保仔率领“红旗帮”舰队大举扑入内陆，在这里意外地败给了蚌岗炮台的佛山大铁炮，从那时开始，北潮海改称得胜海。广东水师顺德协左哨派有一名把总驻守蚌岗炮台，手下有二十来个兵，人数虽然不多，却守卫着一位七千斤重的火力强大的巨炮。“洪兴堂”与“逍遥门”开战以来，尽管双方杀得昏天黑地，这些清兵却悠闲自在地喝茶，坐在炮台上天天看热闹。

火烈道士发起了牢骚：“这群混蛋难说话得很，能帮忙吗？”

“有钱能使鬼推磨，”水龙道士笑了笑，“当兵的见钱眼开，前几天难说话，是因为洪门气势正盛，他们怕吃报复。如今形势倒了过来，咱们马上就要包姓萧的饺子，他们一定愿意趁火打劫，捞一笔是一笔。”

火烈道士被他说动了心，频频点头：“有道理，这帮兔崽子关键时候要是能给咱们结结实实地放上几炮，炸死他一大片，这场仗基本上就不用打了。”

曾天猷献了一计：“师傅，师叔，今天咱们打了胜仗，前几天跑了的那些士绅老爷又带着人马转了回来，想继续跟着咱们捡战利品。对这伙朝三暮四的东西不必客气，依我看，明天决战的时候把他们摆到前面，吃炮子当炮灰得啦。”

“哈哈，”水龙道士开怀大笑，从火烈道士手里取过令旗，“姓萧的三条路，对于本门来说相差无几。贫道已经派出多路探马，密切监视其举动。假如姓萧的今夜撤围容奇堡，本门可利用熟悉地形的优势，打他一个痛痛快快的追击战；倘若姓萧的明日虚晃一枪，本门可取围三阙一之法，放开向南的道路，逼迫‘洪兴堂’朝香山县逃窜；姓萧的要是负隅顽抗，我们就用蚌岗炮台的巨炮招呼他，炸他一个粉身碎骨。”

香山县水网密布，再往南走便是茫茫大海。水龙道士之所以向南网开一面，还有一个不好意思说出口的原因——在顺德四境的“洪德堂”人马中，香山县只有一个李洪英的“德和堂”,实力相对较弱。

听到水龙道士侃侃而谈,众人血往上涌。火烈道士急不可耐,催促道:“师弟,赶快发号施令吧,愚兄都等不及了。”

水龙道士微微一笑,举起大令:“师兄。”

火烈道士精神抖擞:“在。”

水龙道士说:“命你提三千精兵拂晓渡江,放火焚毁江面上所有的浮桥,堵死姓萧的北撤之路,小弟为你记头功一件。”

对于夹在容奇堡和五龙观之间的“洪兴堂”来说,东西两条退路是不存在的,唯一有利的方向是渡江向北,所以火烈道士承担了一个重要的任务。老道非常高兴,主动请缨:“蚌岗炮台的事也交给愚兄吧,师弟,哥哥保证办得漂漂亮亮。”

水龙道士颔首表示赞同,又发给曾天猷一支军令:“贤侄,你马上带人出发,连夜在敌军侧后的宽阔地带开挖堑壕,至少要挖三条大壕,堑壕间须留一箭之地。”

曾天猷惊愕地问:“这么宽?”

水龙道士阴沉地一笑:“你要根据那位七千斤巨炮的炮口方向开挖,另外,把那些朝三暮四的土豪调来守壕,明白吗?”

看来堑壕之间就是喂敌人炮子的地段,曾天猷恍然大悟:“晚辈明白。”

水龙道士叫过土宫道士:“师弟,麻烦你走一趟容奇堡。”

土宫道士躬身行礼:“但凭师兄吩咐。”

水龙道士叮嘱他:“你告诉元诚贤侄,要他明日凌晨出战,牵制‘洪兴堂’主力,让姓萧的首尾不能相顾,腹背受敌。”

“遵令。”土宫道士依命而行。

明月道士问:“师叔,我有什么差遣?”

水龙道士客气地说:“贤侄,还真有一件事麻烦你——请你走一趟芦苞镇,给清林他们报一个平安,免得他们挂牵。”

水龙道士前来顺德助阵,救五龙观人马于危难之中,家里头撇下一大摊子没人管。火烈道士过意不去,连连点头:“应该的,应该的。”

明月道士打了个稽首:“晚辈这就去。”

水龙道士郑重叮咛:“贤侄,速去速回,中途切勿节外生枝,切切。”

第一百一十七回　探寨夺旗

明月道士天赋纵横，在“逍遥门”中鹤立鸡群，深得武林至尊金蟾道士的宠爱，早早确立了第三代领袖的地位，这一点是水龙道士所不及之处。俏道士心高气傲，火爆脾气一点儿也不比乃师火烈道士差。他亲眼目睹水龙道士在自家地盘耀武扬威，非常不服气，决心送完口信立即返回顺德，参加次日对“洪兴堂”的最后决战。

明月道士和木印道士打桨如飞，二更时分抵达西海大寨。遥望凤凰岗上那四面光影浮动的猎猎军旗，明月道士心头忽然一动——这四面军旗威震江湖，倘若将它们夺到手里，岂非大功一件？想到这里，明月道士对木印道士一抱拳：“道兄，前面就是北江，熟门熟路，你回胥江祖庙送信，我到寨子里走一遭。”

木印道士紧张地问：“干啥？”

“没事，”明月道士轻描淡写地说，“拔他杆旗子玩玩。”

临行前，水龙道士千叮咛万嘱咐，告诫二人不可节外生枝去招惹“洪德堂”，明月道士偏偏置若罔闻，木印道士苦苦相劝：“贤弟，明天是个大日子，师祖他老人家与大度和尚在朱明洞比武，本门与‘洪兴堂’在容奇堡决战，现在还不到和'洪德堂'摊牌的时候,平白无故地得罪他们干啥?”

明月道士正色道:“道兄此言差矣,一山不容二虎,明日本门歼灭'洪兴堂',下一步必定与'洪德堂'分个高下。既然战事不可避免,我等理应敲山震虎,先发制人,给他们一点颜色瞧瞧,方能摧敌之胆,扰其心魂。”

木印道士在“逍遥门”的地位远远不及明月道士,说话没有斤两,见他拿定主意,无可奈何地驾舟而去。明月道士观察了一番地形,决定从西侧进入西海大寨——此处为横断西江的悬崖峭壁,无路可行,因此防守应该相对松懈。

果然被明月道士猜了个正着,西寨确实是西海大寨防御体系最薄弱的一环。除了这里地势险要外,还有一个因素就是李文茂的四面军旗威名赫赫,自从进驻以来,江湖上还从来没有人敢打西海大寨的主意。明月道士施展上乘轻功攀登峭壁,发现整个大寨灯火通明,唯有西寨和凤凰岗一带防守松懈,不由得心中狂喜——敌人在西海大寨周围布置水陆联阵,忙于准备两军对垒,正是自己单刀夺旗的好机会。

明月道士纵身一跃扑下西寨,一路闪过重重关卡和巡夜的哨兵,终于在子夜将尽时穿越海心沙,登上凤凰岗。由于庞兴仔带人去加强南路水关的防御,岗上守卫之人所剩无几,忠义堂四周静悄悄,门口几盏灯笼悠闲地晃来晃去。对面是一块被丛林覆盖的小山坡,四面大旗耸立于山坡顶端,在夜风里发出“扑啦啦”的声响。这些声音具有一种令人震撼的魔力,仿佛它们才是西海大寨真正的守护神。

这四面旗帜直插云霄,旗杆足有拳头般粗细,从左至右分别是琼花旗、凤凰旗、玉蝉桃花旗和九瓣飞肩兰花旗。明月道士被这四面旗子晃得眼晕,放眼湘粤江湖,也只有李文茂用两面女人的旗子做战旗,可这厮竟然战无不克,所向披靡,什么道理?

明月道士俊美如玉,武功高强,跟随武林至尊四海遨游,目空一切。假如这个世界上还有一个人能让他妒忌的话,这个人便是“小元霸”。俏道士心中又妒又恨,从腰里抽出宝剑向前迈了两步,犯了踌躇——该割哪一面旗子呢?

琼花旗是琼花会馆的馆旗,凤凰旗是“凤凰仪”班的班旗,九瓣飞肩兰花旗用来替代“洪德堂”的烈火朱雀旗，玉蝉桃花旗是李文茂出阵时的战旗。明月道士思来想去，最后决定拿玉蝉桃花旗下手——自从雷公顶之战后，这面旗子与琼花旗一起成为“洪德堂”决战的号令，割了它一定会重挫洪家兄弟的锐气。

明月道士飞身纵上旗杆，正打算把玉蝉桃花旗割下来，突然山风大作，从玉蝉桃花旗的杆顶掉下一个半尺来高的物件，照着明月道士的脑门不声不响地砸下来。危急关头方能看出谁是真正的高手，明月道士人在旗杆上稳住不动，右手宝剑倏地往外一伸，内力自剑刃透出，把那物件准确地粘在剑刃上。

明月道士收起宝剑，借着稀疏的月光一看，瞬时吓得魂飞魄散。

这是一张光秃秃的脸，上面有耳目口鼻等类似人的器官，尚未完全发育成形。这截木头疙瘩不但长着五官，而且拥有躯干和四肢，没错，她是一个人！不知道哪个缺德鬼给她雕了一缕虬髯，罩了一身春秋衫——这是人糊弄鬼，还是鬼糊弄人？

面对面凝视的一瞬间，明月道士的脑海里飞速地闪过一个念头：“枫子鬼”。听说这个小木头人被官府大卸八块，又被王山公那个疯子用针线和胶水拼了起来，变成了一个有体无魂的木头疙瘩，早已失去了当年千里杀人的风采。

明月道士松了一口气，忽然感到脸庞湿乎乎的，仿佛有一滴露水落了下来。不，露水怎么会有温度？俏道士再度观察“枫子鬼”，这次看得清清楚楚，如雾的月光里，木头疙瘩的眼皮动了动，挤出了一滴眼泪。

明月道士“啊呀”一声身体失去控制，倒栽葱落下旗杆，结结实实地摔在地上。没有等他爬起来，一双有力的大手摁住了他的脖颈，喝问：“你是谁？”

“有鬼，有鬼。”明月道士惊恐地喊。

那人骂骂咧咧：“丢你老母的，大天白日，哪来的鬼？”

明月道士用手指着旗杆：“在那儿，在那儿。”

“哪有啊？”那人自言自语，“我咋看不清？”

那人手上的腕力甚大，明月道士好不容易才挣脱开，仔细一看，发现对方是个膀大腰圆的壮汉，迷迷糊糊像是刚睡醒的样子，难怪说话颠三倒四。他朝旗杆上看了一眼，见“枫子鬼”落在旗杆顶，心有余悸地说：“那不是吗？

好家伙，正掉眼泪呢。”

“你说啥?”那人睁大了眼珠。

明月道士解释道:“真的是眼泪，掉我脸上了。”

“太好了，”那人兴奋地手舞足蹈，“说来归去，还是老子的猪尿脬管用。”

明月道士惊奇地问:“什么猪尿脬?”

“就是这个。”那人从腰里取出一只猪尿脬，三纵两纵爬上旗杆顶。令人瞠目结舌的一幕出现了——“枫子鬼”不躲不闪，乖乖地钻进猪尿脬，仿佛婴儿依偎在母亲的怀抱。

明月道士一辈子从来没有见过这般诡异的场景，惊得呆若木鸡，大气不敢出一声，眼睁睁地瞅着那汉子一蹦三跳地下了凤凰岗。过了许久，俏道士才被山风吹醒，全身冷汗津津，慌忙挥剑割断玉蝉桃花旗，逃之夭夭。

却说“葫芦发”凫水过了海心沙，“咚咚咚”敲响了王山公房屋的窗户。王山公气哼哼地披衣出来:“深更半夜的，你号啥丧?”

“葫芦发”把“枫子鬼”举到他眼前，兴奋地说:“师傅，你的心肝掉眼泪了。”

“胡说八道，”王山公推开猪尿脬，“老子花了一年的工夫才把她弄动弹，你抱了两天她就会掉眼泪?别说是我，‘阴阳生’都不信。”

“葫芦发”耸了耸肩:“师傅，我是你徒弟，你咋就不信我的话呢?”

自从拳打霍济田以后，“葫芦发”便提高了这句口头禅的使用频率。王山公从猪尿脬里取出“枫子鬼”，小木头人眼窝干巴巴的，泪珠早已被风吹干，摸不到些微的湿润。王山公生气地摇晃着飞头鬼:“眼泪在哪儿呢?”

“葫芦发”急了:“骗你是乌龟王八蛋，有人亲眼看到了。”

王山公问:“什么人?”

“葫芦发”答道:“一个俏道士，在凤凰岗老营。”

凤凰岗老营驻扎的是红船兄弟，哪来的道士?王山公闻言一震:“人还在吗?”

“在，”“葫芦发”道，“他被你的心肝宝贝吓蒙了。”

西海大寨戒备森严，凡常之人既不敢来捣乱，也没有这个金刚钻。眼下是和“逍遥门”决战的非常时期，来的这个不速之客十有八九是“逍遥门”下。

此时的王山公恢复如常，顾不上为“枫子鬼”第一次落泪而激动，跳起脚来喊：“不好，有人探寨。”

喊声惊动了陈开、石蕴、金绍烈等一干人，众人飞奔到岸边，乘船渡过海心沙，以最快速度奔上凤凰岗。明月道士早已跑得没影，灯光摇曳，残月在林间播下绣满影子的银辉，四面猎猎大旗只剩下三面——玉蝉桃花旗不翼而飞。

军旗为一军之魂，丢失军旗实为奇耻大辱。西海大寨重兵云集，在这种情况下，敌人竟然如探囊取物般盗走玉蝉桃花旗，“德礼堂”颜面何存？陈开呆呆地望着夜空，突然手腕一翻举刀就想抹脖子，石蕴看得真切，劈手抓住他的手腕：“大龙头，万万不可。”

金绍烈搂住腰，“葫芦发”抱住腿，几个人把陈开死死地摁住。陈开痛哭失声：“丢了二爷的军旗，我还有什么脸去见他？”

敌人盗取军旗，丢的不是陈开一个人的脸，所有“德礼堂”兄弟均感颜面无光。正在众人长吁短叹之际，南水关方向突然锣声大作，传来阵阵厮杀声。陈开率众疾速下了凤凰岗。迎面碰到叶兆隆、庞兴仔、“太子甫”、“雷公仔”一行人，只见“雷公仔”右臂血淋淋的，似乎刚挂了彩。陈开拱手问：“军师，发生了什么事？”

庞兴仔代替叶兆隆回答：“‘逍遥门’的明月道士夜探本寨，被水关暗哨发现，这个小白脸的剑法太厉害，凤池兄弟吃了他一剑。”

陈开问：“人呢？”

“雷公仔”气咻咻地说：“跑了。”

王山公道：“是了，是了，一定是这厮盗走的军旗。”

叶兆隆等人吃了一惊：“他盗走了军旗？”

“德礼堂”众将恨不得把脸藏进裤裆里，陈开抱拳道：“军师，冤有头，债有主，既然是明月道士偷走的军旗，我们就找他和火烈道士要。你放心，哪怕是本堂拼光了，陈某也要将二爷的军旗完璧归赵。”

丢失军旗非同儿戏，庞兴仔、“太子甫”、“雷公仔”一起行礼请命：“军师，这群牛鼻子欺人太甚，我等愿随陈阿妈出征。”

叶兆隆同样怒火中烧：“各位兄弟，据探马来报，‘洪兴堂’在羊牯镇、莺哥咀和翠竹岗连吃三场败仗，岌岌可危。本堂之前限于总堂军令无法出战，而今明月道士公然寻衅，是可忍孰不可忍。陈阿妈，你即刻提兵南下，二爷那里我去承当。”

陈开立誓：“若讨不回军旗，陈某愿提头来见。”

叶兆隆不愧为军师，想的比别人多一层。他命人取来“洪德堂”的“金叶会簿”，郑重地交给陈开：“本堂在顺德四境有八堂之众，这是二爷早就排定的大局，意在铲除火烈道士的五龙观人马。现在看来时机已到，陈阿妈，速派草鞋知会各堂龙头至九江圩议事，共商破敌大计。水龙道士已经出现在羊牯，西海大寨当安然无虞，不必多虑。”

按下叶兆隆部署人马护寨不提，且说陈开捧着“金叶会簿”回到东寨忠义堂，坐在虎皮大椅上面沉似水，一言不发。这时候，天色已明，李阿发、“虎头仔”、冯天善等将领从外围的阵地赶回来，听说失了军旗，大伙面面相觑，大气不敢出一声。

屋漏偏逢连夜雨，叶兆隆最后那句话把陈开仅存的脸面剥得一干二净——水龙道士神不知鬼不觉地出现在顺德，说明“德礼堂”的北江防线形同虚设。前方漏掉了敌军主帅，后方丢失了无敌军旗，在别人眼里，“德礼堂”兄弟无异于一群酒囊饭袋。陈开羞愤难当，强压住心头的火气，问道：“水龙道士真到了顺德？”

大伙儿低下头，“虎头仔”犹豫了一下，硬着头皮说：“叶军师所言非虚，这牛鼻子两日前偷偷离开了芦苞镇，‘洪兴堂’兄弟连着吃了他三次大亏不说，袁六爷、乔阿妈和蔡先锋被他一剑斩首，头壳便挂在两军阵前。”

王山公曾提醒过自己用人不当，现在果然不幸言中。陈开怒不可遏：“丢他老母，胆敢拿军令当儿戏，本堂再不严明军纪，弟兄们将死无葬身之地。金先锋，本堂给你一支令，速将叶二和、陈见成、谭猷飞、温秉信四贼擒来，枭首示众。”

一看陈开要大开杀戒，众将跪倒在地，苦苦哀求。王山公劝道：“大龙头，北江防线防的是敌军大举南下，那水龙道士武艺非凡，孤舟独往，四弟他们如何防得住？”

陈开就坡下驴，尚显得余怒未息：“水龙道士来去自如，实为本堂之耻。金先锋，你到北江防线探查究竟，他们四个果有玩忽职守，立刻绑了，本堂定当严惩不贷。”

金绍烈嗓门洪亮地回答：“遵命。”

陈开转而向王山公拱了拱手，语气变得非常沉重：“王老爷，水龙道士到了羊牯，那么战役重心就转移到了顺德。他和火烈道士、明月道士均为以一敌万的顶尖高手，威震江湖，远非寻常对手可比。本堂在他们手里接连受辱，退无可退，唯有死战而已。我走以后，烦劳你和三弟坐镇西海大寨，协同叶军师护卫总堂老营，不可再有疏忽。”

王山公问：“三弟什么时候来？”

陈开神情落寞，疲倦地挥手示意，曾三取来“德礼堂”的“银叶会簿”，恭敬地送到王山公的手中：“三爷晌午前应该能到。”

与叶兆隆将“金叶会簿”替代龙头令旗不同，陈开留下“银叶会簿”，显然有把堂口军务转交给自己和宁洪崖之意。王山公心头一惊：“大龙头，你身为一堂之主，重担在肩，万万不可亲冒锋镝。”

陈开环顾诸将，悲愤道：“事已至此，本堂若不上阵，有何面目存于人世？”

辰时过半，炮响三声，陈开统领“礼锦堂”“礼红堂”“礼明堂”及“德礼堂”中军三千多名兄弟开出南水关。寒风凛冽，朝阳似血，这些兄弟经历过抗英斗争的磨砺，曾经享有打鬼英雄的殊荣，而今却沦为一支屡遭羞辱的哀兵。

能征惯战的精锐之师杀向顺德，宁洪崖不得不把分散在“粤安社”和各个铺子里的兄弟整编为两营人马，紧急赶赴西海大寨接防。快到北水关时，只见“葫芦发”驾了一条篷船，船上满是白鹅鹕，悠闲自得，唱着小曲迎面驶来。

那里一个大鹈鹕，
呀一个低都，呀一个低都。
变一个花猪低打都，打低都，唱鹧鸪；
呀一个低都，呀一个低都。
唱得好时犹自可，
呀一个低都，呀一个低都。

不好之时低打都，打低都，唤王屠；
呀一个低都，呀一个低都。
…………

这浑人唱的是青藤道人《四声猿》中的《狂鼓史》，虽然不成调子，听来却别有风味。宁洪崖一时技痒，高声问："怎说唤王屠？"

"葫芦发"张嘴就来，回答得毫厘不爽："王屠杀猪。"

真是三日不见，当刮目相看，"葫芦发"竟然长了一门背戏词的本事？何典、邵凡、劳亚绰等人都竖起大拇指夸赞，宁洪崖问："阿发，咋没跟你师傅在一起？"

"葫芦发"不屑一顾地说："他那个人你不知道吗？有了名的卸磨杀驴，诛心诛得心眼比针鼻子还小。我把飞头鬼的魂唤回来，他就把我当猪杀了，死活非要撵我走哩。"

"葫芦发"现学现卖，活学活用，把王山公比作王屠，众将禁不住掩嘴偷笑。宁洪崖诧异地问："飞头鬼的魂？"

"是啊，""葫芦发"道，"那鬼东西掉眼泪了。"

宁洪崖又惊又喜，"枫子鬼"一年来毫无动静，大家以为她彻底完蛋了，没想到陈罗婵的云璈八曲果真神验无比，又把她的魂魄凝聚起来。

腊月底红船散班，有家有业的大老倌回家省亲，阳雪姑无家可归，陈罗婵早早打发人约她排演剧目。万松园的戏自娱自乐，"本地班"和"外江班"一炉烩，全是惯熟的老人，景曼卿和宁洪崖均在邀请之列。陈开率军出征事发突然，宁洪崖不得不承担起三龙头的责任，心里正感到有些惋惜，看到"葫芦发"，他忽然灵机一动："阿发，你想不想听陈大老倌的戏？"

"葫芦发"回答："想啊。"

"陈大老倌喜欢'长烈钻'，你把这群白鹈鹕带过去。"宁洪崖叮咛，"记住，进了万松园以后别只顾看戏，见到陈大老倌和阳大老倌知会她们一声，就说我临时有军务差遣，过了年再跟她们约戏，听明白了？"

"葫芦发"道："明白，不就是阳大老倌吗？"

宁洪崖脸一红，自己肠子里这点心事，连浑人都看了出来，还能瞒得过谁？宁二少的心情十分惆怅，苏仁山奉父命成亲后很少再来佛山堡，阳雪姑依旧不拿正眼瞧自己，看来自己这段单相思注定是柳树开花不结果。

船队开进北水关，王山公带着“大漏勺”在东寨相迎，何典、邵凡、劳亚绰等人依照安排各自率军布防。宁洪崖陪着王山公进了忠义堂，屏退左右，低声道：“二哥，‘黄烟筒’为了堵住悠悠之口，突击处决了一批囚犯，你可知道？”

王山公吃了一惊：“都有谁？”

宁洪崖重重地叹了口气：“除了陈老爷子和游老爷子，就是叶老三和‘阴阳生’。”

王山公没心没肺地手舞足蹈：“我说这两天怪事频频，这个宝贝一会儿抖个不停，一会儿偷偷抹眼泪，敢情姓韩的死了？太好了，太好了，从今以后他这颗心十成十地归了我，再也不是他的了，再也不会跟我闹别扭了，哈哈，痛快，痛快。”

宁洪崖道：“姓韩的本来不会这么快地死，衙门要其交出‘测阴珠’，他抵死不从。梁三爷趁机把‘神算子’轰出了灵应祠，将祖庙交给‘喃呒会馆’，陈值事派了沈别传，现在成了咱们的地盘。我让温老四进藏经阁搜了搜，可怪的是，不但没找到‘测阴珠’，连红牙玉板也没了踪影，看来姓韩的早有防备。”

“不碍事，不碍事，丢就丢了。”王山公摆了摆手，认真地说，“关键是飞头鬼到了咱们手里须重新改造，教她走正道，吟诗唱戏，不可再学那些二世祖的玩意。”

宁洪崖问：“大龙头为何急着出兵顺德？”

“嗨，这话说起来是上香打喷嚏，满脸是灰。”王山公变得无精打采，“水龙道士那厮瞒天过海，神不知鬼不觉出现在羊牯，连斩三员大将，把‘洪兴堂’杀得大败亏输，战事重心转移到了顺德。大概是觉得稳操胜券，明月道士夜探本寨，割了二爷的玉蝉桃花旗，你说搁谁脸上能挂得住？”

宁洪崖紧张起来：“大龙头没怪罪老四吧？”

“能不怪罪吗？”王山公道，“他派金绍烈到北江巡查，挑刺去了。”

“糟了，糟了。”宁洪崖连连跺脚，“老四和陈掌柜的偷偷去省城收尸，擅离职守，这回非让大龙头宰了不可。”

王山公这才恢复了精神常态，意识到了事态的严重性："那咋办？"

宁洪崖断然道："二哥，水龙道士、火烈道士和明月道士皆非等闲之辈，这一仗必然是你死我活的恶战，我怕大龙头吃亏。俗话说养兵千日，用兵一时，二爷传授我等绝世神功，眼下正是用的时候。打赢了，我们可以借机替老四求情；打输了，咱们就跟大龙头一起死，既全兄弟之义，也报了二爷的恩德。你意下如何？"

"丢他老母，"王山公拔出宝剑，"老子这把剑还没有好好喝过人血呢，老三，你的眼神咋样？不会出岔子吧？"

宁洪崖嘻嘻笑道："二哥，只要你心口不犯糊涂，我的眼神就没问题。"

海燕从伶仃洋飞进来，贴着江面优雅地飞行，到了容奇堡自然而然地分作两队：一队小燕子沿着罗江向北，借道佛山堡飞向遥远的北方；另外一队老燕子沿着得胜海往南逡巡，掠过银洲湖扑向茫茫大海。

依照水龙道士的计划，火烈道士带兵于拂晓前渡江，击溃当面的"兴义堂"，放火烧毁了浮桥，截断了"洪兴堂"北撤的道路。与此同时，石元诚率"卧龙会"自东向西反扑，水龙道士率"天讨会"由西向东开进，将"洪兴堂"压缩在南岸的狭长地带。

萧明远没有采取水龙道士所谓的上策和中策，而是毅然选择下策，留下来血战到底。萧明远心里十分清楚，水龙道士狡诈多端，绝不肯轻易放过任何机会，这时候向南撤军，必定一溃千里，任人宰割。他"六甲神龙"纵横江湖数十载，铁骨铮铮，面对死亡什么时候皱过一下眉头？"洪兴堂"的声誉断不可毁在自己手里。

"洪兴堂"的战阵沿着南岸一字摆开，摆了一个哑铃形状——东侧，"鹤顶红"率领三千人马对阵石元诚的"卧龙会"；中间是营盘，由从北岸溃退下来的'兴义堂'镇守；西侧是此次决战的主战场，由萧明远亲自统领。

娇嫩的光线像火焰一样融进江水，给冰冷的水面敷上一层温暖的色调，犹如五千多名"洪兴堂"兄弟摘掉的红巾。凛冽的寒风吹打着黑水玄武旗，自"六甲神龙"以下所有兄弟一律头顶丧巾，腰缠麻绳。阵前摆放三口棺材，里面盛着袁公明、乔云彪和蔡殿武的尸身——他们的头颅尚在敌军手中。

萧瑟风中，萧明远伫立在战旗下，默默地注视着敌军的动向，心里充满了悔恨、悲伤和深深的自责。从战术角度看，他犯下了轻敌的错误，过低地估计了水龙道士的谋略，从而酿成了今日的苦果；上升到战略角度，他不该贪图小利，罔顾大义，追随大度和尚排斥李文茂，陷洪门大军于不利，导致全盘被动。

与“洪兴堂”的疲惫之师相比，“逍遥门”这边兵强马壮，士气高昂。

受昨日大捷的影响，前几日开小差的“天讨会”和“正义会”众都蹿了回来，还纠合了不少附近各乡的地主武装，想在过年前狠狠地捞一笔。曾天猷手下滚雪球似的壮大起来，总数达到了令人咋舌的一万六千，比战前涨了整整一倍。

水龙道士料到萧明远今天会跟他拼命，因此好整以暇，从容布阵。头一阵五千人，基本上是原来隶属于“正义会”的溃兵；第二阵约八千人马，全是附近的地主武装；第三阵安排了四千兵力，绝大多数是“天讨会”开小差的逃兵；第四阵是“天讨会”的中坚力量，这四千人马经受了羊牯攻防战的磨砺，又接连打了几个胜仗，士气高涨。四阵之中，前三阵用来消耗“洪兴堂”的有生力量，第四阵精锐志在雷霆一击，一举奠定胜局。

“逍遥门”大军密悬战旗，呐喊而进，巳时左右，全军围绕堑壕列阵完毕。旗门开处冲出一队人马，当中一杆大纛旗迎风飘展，水龙道士头戴攒叶七星冠，腰系钉金丝绦，背插“秋水冷焰锋”，纵马上前打了个稽首：“无量天尊，萧阿妈，别来无恙。”

“六甲神龙”抬了抬手：“道爷好手段。”

水龙道士抱起拂尘，微微一笑：“人世间处处猪狗牛羊，英雄能有几人？贫道久仰萧阿妈的风采，故此尾随而来，请足下见谅。”

“道爷说笑了，”萧明远回答，“在下一介草莽匹夫，除了一腔忠义再无别的本事，洪门中萧某此类的人多如牛毛，无千无万，不敢当道爷夸赞。”

水龙道士问：“贫道有一事不明。”

萧明远客气地说：“请讲。”

“古人云，识时务者为俊杰。”水龙道士问，“贵堂连战连败，折损大将，军中断粮，据此四面无险之地，实为瓮中之鳖，不知大龙头为何要留下来送死？”

萧明远淡淡一笑，用手一指阵前的三口棺材：“道爷，我兄弟尸骨未寒，魂行不远，萧某打算替他们讨个公道。”

“哈哈，”水龙道士仰天大笑，“小不忍则乱大谋，窃为萧阿妈所不取也。”

萧明远反手拔出“神龙剑”，马踏前行：“道爷所见甚是，可惜我洪家兄弟生性愚钝，一辈子做不了伶俐人，今日就让萧某领教领教你的剑法。”

水龙道士问：“萧阿妈，果欲如此吗？”

萧明远冷冷一笑：“道爷有何指教？”

“你来看。”水龙道士挥动手中拂尘，话音未落，旗门里闪出一列战马，当中之人高擎一面大旗，不是别的，正是明月道士从西海大寨偷来的玉蝉桃花旗。

玉蝉桃花旗威震江湖，“洪兴堂”兄弟都知道它的来历，见这面无敌军旗竟然落到了“逍遥门”的手里，立刻发出震天的怒号。水龙道士洋洋自得：“萧阿妈，这面旗是贫道派人从西海大寨割来的，李班主武功超群，贫道尚且不把他放在眼里，何况是你？”

明月道士窃来玉蝉桃花旗，水龙道士嗟叹不已，无可奈何。这道士心机灵动，转而把这面军旗带到两军阵前，希望借此打击“洪兴堂”的士气。“六甲神龙”是什么人，看到玉蝉桃花旗不怒反笑，只是那笑声是那样的苍凉：“道爷，你割来这面旗是祸，是福？”

水龙道士被萧明远言中心事，恼羞成怒：“萧阿妈，贵堂难逃一劫。只要过了今日，大局底定，贫道还怕个谁人？”

“怕的是你过不了今日，”萧明远举起“神龙剑”，“拿命来。”

两军阵前战鼓如雷，两大剑客催马战在一处，杀了个天昏地暗，难解难分。战至第五十个回合，水龙道士虚晃一招，拨马而回。对于“洪兴堂”兄弟来说，进则生，退则死，并无其他出路。萧明远一马当先杀向敌阵，洪家兄弟如潮水般蔓延过去，瞬间将“正义会”的阵形冲了个七零八落，杀至第一道堑壕。

在第一道和第二道堑壕间防守的是附近各乡地主武装，可不要小看这些家伙，他们平日经常械斗，装备精良，擅长使用喷筒和火罐之类的火器。“洪兴堂”兄弟冲入堑壕，整整花了一个多时辰，才击退这些地主武装，越过第二道堑壕。

“洪兴堂”兄弟舍生忘死，以寡击众，战场上处处可见残肢断臂，厮杀极为惨烈。冲过第二道堑壕后，“洪兴堂”死伤过半，渐呈强弩之末。观战的土宫道士看得心惊肉跳，水龙道士丝毫不为所动，从第四阵中抽出一半兵力，进入第二道和第三道堑壕间的阵地增援，决心将“洪兴堂”全部葬送于此。

望着双方拼命厮杀的混乱场面，曾天猷心里非常不是滋味，第二道和第三道堑壕间的阵地是事先预定的鬼门关——蚌岗炮台那位七千斤巨炮的炮口正好对准这里，水龙道士把“天讨会”的两千精锐投进去吃炮子，真够绝情！

死神终于露出了狰狞的面目，申时过半，一声震天动地的巨响，蚌岗炮台那位沉默了许久的巨炮终于发出了轰鸣。炮子准确地落在两军混战的堑壕阵地上，掀起了巨大的声浪，霎时间血肉横飞。轰隆隆的炮声震撼着大地，一发又一发的炮子像雨水一样袭来，萧明远不幸被 发炮弹击中，秦渠安和鲍亚粟等将领奋力拼杀，掩护受了重伤的萧明远向后撤退。水龙道士一声令下，率领“天讨会”精锐摧枯拉朽般冲入战阵；与此同时，火烈道士渡江向南，石元诚率“卧龙会”击败“鹤顶红”，“洪兴堂”全线崩溃。

当夕阳离开大地，“洪兴堂”残部被“逍遥门”三路大军围困在营盘里，上天无路，入地无门。这块小小的弹丸之地既无险可守，又没有粮草供应，成了名副其实的兵家绝地。水龙道士下令埋锅造饭，养精蓄锐，待天亮后发动最后的攻击。

“洪兴堂”的营盘里处处弥漫着血腥的气味，“鹤顶红”、秦渠安、鲍亚粟等一班将领守在中军大帐坐立不安。“六甲神龙”被炮子炸成重伤，血染征袍，奄奄一息，紧急接受郎中包扎和处理。萧明远挣扎着坐起来，吩咐“鹤顶红”：“老三，把令旗和会簿拿来。”

“大哥，你这是干啥？”“鹤顶红”吓了一跳。

萧明远惨然一笑：“眼下本军身陷绝境，朝不保夕，这两样东西不能落到‘逍遥门’的贼子手里。有它们在，本堂就会薪火相传，大旗不倒。老三，老四，你们趁着夜色突围，把它们交给老二，叫他领着弟兄们继续杀鞑子。”

秦渠安忍住眼泪：“大哥，我们还有三千兄弟，仍可一战。”

“我知道，不过，我怕熬不到明天，不能和弟兄们并肩作战。”萧明远疼痛难忍，豆粒大的汗珠往下落，“水龙道士割了李二爷的军旗，他这是咸鱼落塘，不知死活。‘洪德堂’的兄弟应该快来了，你们只管突围，外面必有接应。”

“六甲神龙”是一个自尊心非常强的人，宁愿战斗到死也不肯向人求助，哪怕对方同样是洪家兄弟。这颗高傲的心造就了他辉煌的人生，也把他带进屈辱的绝境。“洪兴堂”众将知道他这个脾气，“鹤顶红”、秦渠安、鲍亚粟、陈吉等人跪倒在地，痛哭流涕：“既然‘洪德堂’兄弟今夜就能开到，我军应当与他们里应外合，明日一战血耻。”

萧明远心有悔意，嘴上仍然强硬：“本堂决战，不要他们帮忙。”

“鹤顶红”率众离开中军大帐，来到帐外，嗟叹不已。“鹤顶红”对秦渠安说：“我们不能把大哥丢在这里，再说，老六他们三个的头壳还在‘逍遥门’手里。为今之计，应当立即派出信使，和‘洪德堂’兄弟联系。”

秦渠安深表赞同，问陈吉：“陈阿妈，你看我们该向哪一个堂口求援？”

陈吉道：“‘洪德堂’在顺德四境总共部署有八个堂口，如论战力，首推‘德英堂’‘德义堂’‘德威堂’和‘德勇堂’。四个堂口中，陈阿妈的‘德英堂’在潮连乡，关阿妈的‘德义堂’在九江圩，邝阿妈的‘德威堂’在石湾镇，离咱们都不远，乘船也就是个把时辰。本军与‘逍遥门’开战，他们必然密切关注，说不定早已派出探哨。咱们只要向西杀出重围，一定能和他们碰上。”

“既然如此，咱们就奔西去。”“鹤顶红”做出安排，“老四，你和鲍阿妈、陈阿妈各带一支兄弟突围求援，我和阿带护卫营盘。”

秦渠安、鲍亚粟和陈吉各自挑了二十名把式在身的精壮弟兄，收拾利落，“鹤顶红”将他们送到营门口，郑重叮嘱：“各位兄弟，你们一旦杀出重围，与‘洪德堂’兄弟接上头，立刻点信炮为号，让侯某心里有个数。”

三将分路杀出营盘，天上的月牙隐没于夜幕，大地黯淡无光，唯有“逍遥门”人马点燃的丛丛篝火，宛如刀山火海横亘在求援的漫漫征途上。夜的厮杀已经沙哑，抡起刀剑的手臂沉重无力，战马承受不了重托和奔驰，一匹接一匹地摔倒在冬天的血泊里！

“鹤顶红”爬上旗斗，紧张地向四周张望，每一阵风的吹拂都让他心颤，厮杀的声音逐渐移向远方，为什么信炮的彩衣仍未在天空飘起？也不知道过了多久，一切旋归平静，静得几乎能听到自己的心跳。“鹤顶红”踉踉跄跄地下了旗斗——信炮无一点响，说明三路信使均没有冲出包围。

正当他万念俱灰之际，沉睡的夜幕忽然随风飘起，声音由远及近，来自四面八方。“鹤顶红”迈着疲惫的双腿重新爬上旗斗，发现“逍遥门”三座大营里杀声四起，九条火龙如同利剑撕开了夜幕，在敌营里横冲直撞，如入无人之境！

“鹤顶红”老泪纵横，颤抖着举起令旗：“杀。”

第一百一十八回　八方九宫

李文茂赴丹霞山修武前将龙头令旗送还黑石顶，手下的各堂龙头皆心领神会，尤其是顺德四境的八大龙头厉兵秣马，保持着对“逍遥门”的高度警惕。由于九江圩和潮连乡距离羊牯镇最近，不但邝能、冯坤、赵泰来是这两个地方的常客，就连李洪英、陈显良和林洸隆也时常来商议对策，众头领的一致意见是“洪兴堂”如果占上风还则罢了，一旦处于险境，那么“洪德堂”决不能袖手旁观。

起初“洪兴堂”战事顺风顺水，眼看胜利在望，大伙儿都松了一口气。不料水龙道士到了羊牯镇后风云突变，局势一面倒地向“逍遥门”倾斜。正当八大龙头在九江圩议事时，陈开派出的信使送来一个坏消息——明月道士窃走了玉蝉桃花旗。

八大龙头彻底被激怒了，各自回堂口选兵备战，发船出征。腊月二十三祭灶这一天，西起九江圩、古劳围、潮连海，东至紫坭岛、花地河、狮子洋，北自石湾镇、澜石乡，南抵香山县大小黄圃，千舟竞发，目标直指罗江和得胜海交汇处的容奇堡。

“洪德堂”的帅帐设在江北的马岗前山，陈开带来“金叶会簿”后，众龙头一致推举关钜为临时主帅，负责统一指挥此次对“逍遥门”的决战。入夜时分，九个堂口合计两万三千人马全部进入预定位置，关钜在中军帐召集各堂开会，进行最后的作战部署。

“总堂大爷在罗浮山朱明洞与金蟾道士比武，胜负不得而知。”关钜问陈显良，“你那里有没有消息？”

大度和尚与金蟾道士的比武事关洪门锐气，同时决定着未来的洪门之主人选，后者是“洪德堂”各大龙头最关心的事情。“豆皮大”摇了摇头：“从罗浮山快马加鞭，到狮子洋换快船报告消息，最快也得一夜。”

对这场比武，大伙儿的心里很矛盾——大度和尚输了的话，明显影响洪家兄弟的士气；可这和尚心胸狭隘，处处与李文茂为难，他如果战胜金蟾道士登上洪门之主的大位，以后“洪德堂”的兄弟还能有什么好日子过？

陈松年提议：“咱们商量商量，怎么收拾眼前这几个牛鼻子吧？”

白天“洪德堂”众龙头多忙于调兵遣将，只有少数人看到了南岸战场的全景，关钜长长地叹了口气：“萧阿妈这一仗打衰了，蚌岗炮台这帮狗娘养的落井下石，肯定是拿了‘逍遥门’的瓜子。踹营之前，咱们务必端了这间威武窑子，免得再吃大亏。”

在洪门暗语里，瓜子指的是番银，威武窑子指的是官府。

陈开抱拳道：“区区二十几个人的小窑子何足挂齿，关阿妈，就交给本堂吧。”

关钜明白陈开的心思——玉蝉桃花旗在他手里丢失，他这是将功补过，能多揽一份功劳是一份功劳，于是点了点头：“各位阿妈，二爷不在，咱们更要争气。今夜三更以信炮为号，九堂同踹敌营，砍下三个牛鼻子头壳的和夺旗者一样，一律记头功。”

王山公和宁洪崖乘了一叶扁舟进入顺德，关钜的帅帐设在马岗前山，他们便躲进后山以避人耳目。为了夜里这场大厮杀，王山公在树丛中找到了一个石洞，钻进去打坐参禅，想让自己那颗脆弱而兴奋的心暂时安静下来。

宁洪崖跳上一棵树，试图瞭望和观察南岸的战况。可惜他眼神不济，耳朵里只听到轰隆隆的炮声和震天动地的厮杀声，却看不清双方你来我往的刀光剑影。白日不是他的戏棚，锣鼓声声没有他的过场，令宁洪崖沮丧万分。他把斧子别在腰间，整理一番身上崭新的戏装，提起梨花枪，打算用喉咙唱一段。

此时的宁洪崖，唱功不亚于一般的红船老倌。多少脍炙人口的名段都能倒背如流，但首先浮现在脑海里的竟然是“葫芦发”哼唱的《狂鼓史》。瞥了一眼石洞里打坐的王山公，宁二少哑然失笑，有滋有味地唱了起来：

抹粉搽脂只一会红，
呀一个冬烘，呀一个冬烘。
报恩结怨烘打冬，打冬烘，落花的风；
呀一个冬烘，呀一个冬烘。
万事不由人计较，
呀一个冬烘，呀一个冬烘。
算来都是烘打冬，打冬烘，一场空；
呀一个冬烘，呀一个冬烘。

王山公从石洞里探出了头：“啥一场空？”

宁洪崖道：“万事不由人计较，一场空就是一场空。”

王山公被他唱得心烦意乱，胸口又是一阵阵难忍的疼痛，爬出来说：“我看你小子对阳大老倌贼心不死，那女仔是个烈性子，一根筋，你们俩没缘分。”

“差矣，差矣。”宁洪崖摇了摇头，“红尘空，红船不空——万事唯有戏棚真，能在戏棚里同台唱戏，才是这辈子最大的缘分。”

王山公听腻了他的辩解，打断他的话：“走吧，天快黑了，该你出场了。”

宁洪崖跳下树梢：“咱们几时杀进去？”

“找个人问问吧。”王山公打了个哈欠。

马岗周围埋伏了“德礼堂”“德义堂”和“德威堂”三支人马，夜色蒙蒙中，王山公碰到了“礼锦堂”的头目黄敬仁。后者吃惊地问：“二爷，你咋在这里？”

“少废话，”王山公问，“我来问你，你们几时踹营？”

黄敬仁恭敬作答：“三更天。”

王山公对后面的宁洪崖说："他们三更踹营，咱们二更夺旗。"

听说王山公和宁洪崖蔫不溜秋地来到两军阵前，意欲闯阵夺旗，陈开吃了一惊，叫人把黄敬仁带到跟前，急切地问："他们去了哪个方向？"

黄敬仁吞吞吐吐说不出一个所以然，李阿发道："大龙头，二爷和三爷单枪匹马，闯阵难免吃亏。依属下看，莫不如咱们也提前发动攻击吧？"

陈开心急如焚，命人把提前发动攻击的决定通知关钜，然后将兵力一分为三：李阿发的"礼锦堂"负责拔掉蚌岗炮台，炸毁那位七千斤巨炮；冯天善的"礼明堂"负责扫荡火烈道士留在江北的警戒线；他自己亲统"虎头仔"的"礼红堂"乘船渡江，燃放信炮，于二更时分率先向南岸的"逍遥门"发动攻击。

其余八堂兄弟看到"德礼堂"燃放的信炮，皆知有变，不等关钜号令，几乎同时从四面八方向"逍遥门"大军发动攻击。有什么样的统帅，就有什么样的士兵，李文茂调教的"洪德堂"端的是战力非凡。大潭山之会以后的这段日子，可把大伙儿给憋坏了，眼睁睁瞅着本该属于自己碗里的肥肉被"洪兴堂"整碗端走，谁心里也不痛快。好不容易等到今天这个机会，岂肯白白放过？金鼓齐鸣，杀声震天，那真是人人奋勇，个个争先，九支生力军如同九把尖刀，刹那间将敌军大营搅了个人仰马翻。

陈开修炼"六祖心经"以来，还从来没有遇到过像今天这样的大会战，一身好本事总算碰到了用场。只见他手里这把钢刀抡起来，上下翻飞，亮如雪光，挨着死、沾着亡，瞬间杀开一条血路，率众向南杀来。

"虎头仔"紧随其后，高声叫道："大龙头，前面有人厮杀，莫非是二爷和三爷？"

陈开催马向前，挥刀杀散敌军，到了跟前才发现不是王山公和宁洪崖，而是七八个浑身挂彩的"洪兴堂"兄弟。有人下马拱手，亲热地叫道："天义贤弟，是我呀。"

陈开不看则已，一看脸上顿时火辣辣的不自在。闹了半天，搭救的并非旁人，正是他的前任老丈杆子"大春吉"。

没有办法，陈开不得不寒暄："陈阿妈，萧大龙头安好？"

陈吉眼泪噼里啪啦地掉了下来，哽咽道："他老人家被炮子打中，身负重伤，恐怕熬不过今夜，在下奉命前来求援。”

一代英雄落得如此下场，陈开不胜唏嘘，在马上抱了抱拳，说：“陈阿妈，请即刻回转萧大龙头，本堂今夜九路踹营，不将这伙妖贼诛灭，绝不收兵。”

“大春吉”那是多机灵的人，明白陈开心怀芥蒂，不愿意和自己并肩作战。于是，翻身跳上战马：“多谢贵堂出手相助，在下马上回营禀告大龙头，请他老人家发一道军令，全军转入反攻，为六爷他们报仇雪恨。”

“大春吉”走后，“虎头仔”问：“大龙头，咱们怎么办？”

俗话说擒贼先擒王，水龙道士和火烈道士是“逍遥门”大军的统帅，玉蝉桃花旗一定在他们的大帐附近，陈开拭去刀头的血迹：“哪儿人多，就往哪儿杀。”

这是一场决定命运的大决战，洪门和“逍遥门”七八万之众厮杀在一起，战火将夜幕烧成了灰烬，煮沸了罗江和得胜海两条江水。血肉横飞的热浪中，根本看不清敌军主帅的大纛旗在何处，其余八位龙头和陈开都是同一个想法——哪儿敌军比较集中，就往哪儿冲杀。

五龙观旗下三路人马中，“卧龙会”的石元诚人马最多。陈开的目标是水龙道士，杀了一会儿便迷失了方向，跟着溃兵冲进了“卧龙会”的大营。见前方两员大将走马盘旋，原来“德和堂”的李洪英早已提前杀到，正和“卧龙会”的二当家熊钰交手。

论武艺，熊钰的本事胜过石元诚，乃“卧龙会”中的第一条好汉，和李洪英大战三十个回合不分胜败。陈开问：“洪英哥，要不要歇一会儿？”

当年古劳围的小霸王中，李洪英刀法精纯，是仅次于梁培友的带头大哥，怎么可能在小兄弟陈开面前失了威风？他边打边喊：“不用，林洸隆去掏‘卧龙会’的老窝，‘豆皮大’对付石元诚人手不够，你帮他的忙吧。”

陈开一想也有道理，刀头一摆，“礼红堂”兄弟吹响号角，像一股旋风朝石元诚的中军大帐扑去。这时，“礼锦堂”和“礼明堂”相继渡过江面，追着号角声随后掩杀过来。陈显良正率军苦苦鏖战，见“德礼堂”杀到，心中大喜：“一笔写不出两个‘陈’字，兄弟，石元诚这厮的头壳算我的，你可不兴抢。”

石元诚气得暴跳如雷：“呸，姓陈的，休说大话。”

“谁说大话？”陈显良抡起金贝刀，“刀头上见。”

石元诚正待迎敌，身旁冲出一员绰号“绿毛狮”的头领，大喝一声：“大舵爷，杀鸡焉用宰牛刀，我来和姓陈的大战三百回合。”

“豆皮大”的堂弟陈显彪拍马冲出：“老子也姓陈，会会你这把牛刀。”

须臾间，“卧龙会”杀出“关刀倪”“豆干焦”“泥水申”“大饭堂”和“赛典韦”五位头领，这边陈锦芳、黎亚盛、廖邦贞、李阿发、“虎头仔”分头应战，十数员大将在两军阵前捉对厮杀。陈显良问：“石舵爷，你还要别人替战吗？”

石元诚那也是一方霸主，二话不说，挺枪刺向“豆皮大”。两位当家人你来我往，大战五十回合未分输赢。正在这时，“卧龙会”的老巢方向突然火光冲天，喽啰们惊恐地喊叫：“大事不好，有人抄了咱们的后路。”

容奇堡老巢是石元诚经营了十多年的命根子，他满心以为这次能歼灭“洪兴堂”，谁知道一夜之间风云突变，不但没有占到便宜，而且连命根子都快丢掉了，那还了得？石元诚用枪架开陈显良的金贝刀，拨转马头朝东冲去。主帅一走，下面人可就遭了秧，“豆干焦”“泥水申”“大饭堂”和“赛典韦”四将心慌意乱，先后被对方劈于马下；“绿毛狮”和“关刀倪”侥幸逃脱，率领残兵如潮退去。

李阿发和“虎头仔”等人意欲趁势追杀，被陈开挥刀止住：“‘卧龙会’气焰已消，咱们赶紧去找水龙道士，免得玉蝉桃花旗落到别的堂口手里。”

战斗打响后，“德威堂”和“德安堂”从西北方向杀入，不多时，杀至“天讨会”的中军大帐。曾天猷率“厚骨蚊”苏文正和“铁肚佛”赵业焘冲出辕门，冯坤见敌军阵中没有水龙道士的身影，大是沮丧，用刀点指：“呔，本堂刀下不斩无名之鬼，水龙道士那个牛鼻子躲到哪里去了？快快道来，饶尔不死。”

曾天猷轻蔑地说：“凭你的本事想会我家师叔？痴人说梦。”

“逍遥门”将领挟白天战胜“洪兴堂”的余威，并不惊慌。“厚骨蚊”苏文正挥舞关刀冲向冯坤，大声喊道：“关刀对长刀，休走。”

封满催马欲截住“厚骨蚊”，晚了冯坤一步，只好与“铁肚佛”战在一处。邝能手提月牙伏魔铲，目不转睛地盯着曾天猷，看得对手心里阵阵发毛。曾天猷不得已咬牙上阵：“来来来，让曾某领教领教你的少林功法。”

江湖中人人咸知，洪门自五祖而下，武林高手多依托沙门藏身。“和尚能”所习为最正宗的少林功夫，尤其在少林绝学“易筋经”上下足了功夫，在粤东武林威名赫赫。这一点绝对不是吹的盖的，几十年后，徐珂编辑《清稗类钞》时还没忘了提及此事。

曾天猷清楚“和尚能”是李文茂麾下数得着的头排猛将，心生三分怯意，但他身为“天讨会”的大舵爷，不可能当众畏战。今日形势错综复杂，“逍遥门”白日大破“洪兴堂”，夜里反遭“洪德堂”劫营，双方数万大军搅在一起，演变成了一场生死存亡的大决战。不管“逍遥门”也好，还是洪门也好，进则生，退则死，此时此刻松一口气很有可能导致身死军灭，从此一蹶不振，彻底失去东山再起的机会。

曾天猷举枪向邝能心口刺来，后者不慌不忙用月牙伏魔铲格开，双方战过二十回合。邝能心里不免有些焦急，“天讨会”的中军大帐里既没有水龙道士，也不见那面玉蝉桃花旗，再和曾天猷纠缠下去，头功哪还有自己的份？

想到这里，“和尚能”拍马返回，等曾天猷一枪刺来，使了个“铁马卧槽”的绝招，仰面躺倒在马鞍上，堪堪避过枪头。便在洪家兄弟齐声惊呼的当口，邝能左手抽出腰刀，一刀将曾天猷握枪的双手剁下。

曾天猷惨叫一声，坠马落地。从开和尚自“德威堂”阵中拍马飞出，用挠钩搭住曾天猷的脖领子将之拖回本阵。清海和尚手起刀落，切下曾天猷的头壳，命人悬挂在旗杆上，向“天讨会”众呐喊示威。

大舵爷尸首两分，“厚骨蚊”苏文正吓得魂飞魄散，被红脸冯坤一刀砍在肩膀上，半个身子分离，登时毙命；“铁肚佛”赵亚焘力不能支，下马跪地求饶，封满叫人用麻绳捆了，像拖猪一样拖到邝能和冯坤的马前。

冯坤厉声喝问：“水龙道士何在？”

“水龙道爷神出鬼没，小的实不知情。”赵亚焘磕头如捣蒜，“要么在九宫旗阵，要么去看火烈道爷和土宫道爷了。”

邝能皱着眉头问：“九宫旗阵？”

赵亚焘浑身发抖：“是是，水龙道爷怕你们来夺那面玉蝉桃花旗，用三千六百面旗子排了一个九宫阵，离这儿不远。”

邝能朝冯坤、封满抱拳：“两位，一头是水龙道士和玉蝉桃花旗，一头是火烈道士、明月道士和土宫道士三个牛鼻子，你们挑哪一个？”

玉蝉桃花旗是此次九堂踹营的动因，水龙道士是“逍遥门”大军的统帅，冯坤和封满异口同声地说：“邝阿妈，我们去九宫旗阵。”

"和尚能"无可奈何,领兵自去。却说哼哈二将命人挑着曾天猷和苏文正的头壳,敲锣打鼓开向九宫旗阵。石元诚和曾天猷两大舵爷一逃一亡,"卧龙会"和"天讨会"失去了抵抗的信心,残兵败将纷纷向九宫旗阵附近靠拢。冯坤和封满杀到旗阵前,发现此处与其他战场全然不同,两军对垒,静悄悄鸦雀无声。

夜幕下,烈火温柔如风,苍凉似镜,照耀着军旗的丛林。水龙道士布下的这座旗阵,完全依照八方九宫阵设置而成,内含阴阳相克之理,奇正相生之妙,吞云纳雾,负载乾坤。三千六百面军旗由三千六百名军士护卫,东南西北各开九座旗门,阵中建有一座三丈三的敌楼,上插玉蝉桃花旗,下悬袁公明、乔云彪、蔡殿武三人的头颅。

八方九宫阵攻则犀利难当,守则坚如磐石,是"逍遥门"的看家宝,当年金蟾道士曾用它大败洪门。明月道士盗回玉蝉桃花旗后,水龙道士生恐"洪德堂"前来报复,因此利用白天挖掘的三道堑壕,因地制宜搭设了这座九宫旗阵,作临时大帐之用。

望着被"洪德堂"冲杀得七零八落的营盘,以及四处抱头鼠窜的"逍遥门"喽啰,水龙道士不得不佩服"洪德堂"强大的战力,同时心生无限悲凉——短短三天时间,"逍遥门"从失败的深渊爬出来,又再度滑落,老天爷和自己开了一个让人无法原谅的玩笑。

说到底,明月道士盗取玉蝉桃花旗只是导致战局突变的一个引子,真正的原因是"洪德堂"太可怕了。问题随之而来,"逍遥门"盘踞膏腴之地,二十年间纵横江湖,是官府铲除会党的得力助手,最应该招募到英雄好汉,可为什么偏偏来的都是些窝囊废?

他苦涩地朝对面的"德义堂"看去,只见"大只钜"威风凛凛地骑在赤兔胭脂马上,身后是关天宅、关天第、关士彪、关亚福四员猛将,手里清一色全提着青龙偃月刀,看起来跟在戏台子上唱戏似的;左侧是何博奋、何高汉、何博澜、何高唐等何氏兄弟,人人持刀;右侧是黄定远、黄冠棠、黄锦纶、黄岐照等黄氏兄弟,个个提枪。

一个区区的"德义堂"军容尚且如此齐整,如果"小元霸"来了,又当如何?

沙场上的厮杀声渐渐有些平息下来，硝烟轻抚，江水低吟，水龙道士两颊的肌肉不自觉地抖了抖。狭路相逢勇者胜，在这种近身肉搏中，“逍遥门”众绝非“洪德堂”的对手，看来今夜败局已定。水龙道士冷冷地注视着战场，作为一名百万军中取上将首级的顶尖高手，再多的尸体也会无动于衷——他需要做的，只是拔剑出鞘。

水龙道士策马旗门下，打了个稽首：“无量天尊，对面可是关阿妈？”

“大只钜”抱拳在胸：“道爷，有何见教？”

水龙道士用手一指后面的九宫旗阵：“关阿妈，此阵非同小可，直承上古洛书，包罗天地生成之妙，贵堂纵有千军万马，不足为虑。贫道闻一将无能，累死三军，足下为玉蝉桃花旗和贫道的首级而来，不如比武定输赢，免得生灵涂炭，殃及无辜。”

“大只钜”听说过这套阵法的厉害，如果水龙道士在旗斗上坐镇指挥，九宫旗阵将发挥出可怕的威力，不知道有多少洪家兄弟将枉送性命？他摘下青龙偃月刀：“道爷所言甚是，关某正要领教。”

话音未落，关天第催马上前：“大龙头，属下愿斩此贼。”

以水龙道士在武林中的威名，“大只钜”自己都有些含糊，更别提关天第。也就是二十个回合不到，水龙道士轻飘飘一剑，砍下了关天第的头颅。

打虎亲兄弟，上阵父子兵。关天第魂断疆场，关天宅像发疯一样挥刀冲了上去，照样不到二十个回合，死在水龙道士的剑下。

“德义堂”众将群情激奋，都想冲上去为关氏兄弟报仇雪恨。“大只钜”泪流满面，将青龙偃月刀高高举起：“各位兄弟，今日是我辈尽忠效命之时，有他没我，有我没他，且让关某领教领教他的‘逍遥剑’。”

“大只钜”一手家传的关刀刀法，犀利无比，与水龙道士大战八十回合，未分胜败。“德义堂”二龙头何博奋亲自擂鼓助威，众兄弟齐声呐喊，声震天地。然而，士气归士气，本事归本事，“大只钜”固然勇猛，却不是水龙道士的对手。马打盘旋，“大只钜”一刀劈出，水龙道士忽然身子离开马鞍，飞至半空。关钜感到刀头一沉，“秋水冷焰锋”搭住刀身，鬼魅一般抹向自己持刀的双臂。

在电光石火之间，水龙道士同时展示出了高超的轻功身法和精纯的内功底蕴。关钜不得不扔掉青龙偃月刀，将身子往后一扭，躲过了齐腰劈断的厄运。右肋铠甲被“秋水冷焰锋”砍破三重，登时血流如注，差点从马上摔了下来。赤兔胭脂马似乎察觉到主人受伤，打着鼻息撒开四蹄返回本阵，算是救了“大只钜”一命。

水龙道士没有穷追不舍，用手摸了摸剑刃，喝问：“还有谁来？”

何博奋丢掉鼓槌，正要上马，被黄定远与何高汉死命抱住：“二哥，万万不可，大哥已经身负重伤，你可不能轻易临险，让弟兄们上先。”

何博澜和黄锦纶双双催动战马，二将合战水龙道士。又是二十个回合过去，被水龙道士一剑一个，都撂倒在这片血沃的土地上。

水龙道士像凛凛战神一样，横亘在“德义堂”面前；而“德义堂”众将似乎并不惧怕这架高效的绞肉机，仍然前仆后继地车轮大战。冯坤和封满率“德安堂”兄弟赶到时，目睹的正是这一幕气冲云霄的悲壮场景。哼哈二将怒火万丈，各自抡起刀枪冲向水龙道士，把堪堪不敌的何高汉、何高唐兄弟换下阵来。

斗了三十个回合，冯坤和封满被水龙道士杀得气喘吁吁，盔歪甲斜。眼看即将丧命于“秋水冷焰锋”下，忽然阵后金鼓齐鸣，杀来一彪人马，当先一骑快如闪电，大声喝道：“休伤我兄弟性命，陈天义在此。”

说时迟那时快，话到马到，陈开挥刀砍向水龙道士的后背。水龙道士回手一剑，刀剑撞在一起，这道人不由倒吸一口冷气——来人内力之精纯，极其罕见。

水龙道士勒马喝问：“这是什么功夫？”

陈开道：“打鬼的功夫。”

“六祖心经”乃是千载绝学，不经李文茂同意，陈开不敢随意泄露。不过，他这句敷衍的话倒是极为贴切，龟岗岛奇袭红毛鬼子，除夕夜擒拿“枫子鬼”，要说广肇二府最有名的“打鬼英雄”，自非陈开莫属。

水龙道士听说过这些掌故，尽管江湖上对陈开的出身说三道四，但他深信，能被李文茂选中镇守西海大寨的人绝非等闲之辈，今日一见果然印证了推测。水龙道士长啸一声：“陈阿妈内力奇妙，贫道有幸一战，痛快痛快。”

行家伸伸手，便知有没有。经过刚才刀剑刹那的碰撞，陈开明白水龙道士的内功尚在自己之上，剑术更是望尘莫及。但今夜战局已定，“逍遥门”仅剩水龙道士、火烈道士、明月道士几个高手负隅顽抗，若不趁机诛杀，将来必定死灰复燃。现在唯一的办法，便是用车轮大战将对手拖死，他拍马挥刀扑了上去："道爷小心了。"

打到现在，水龙道士终于遇到了对手，二人在马上斗了六十个回合没有过瘾，跳下马来又战了六十个回合，杀得是天昏地暗、日月无光。陈开暗自心惊，这道士斗了这么多阵，竟然看不出一点疲惫的样子，武功真是深不可测。

一粒灰烬，落在他的眼睫毛上，陈开内力虽强，无奈刀法不济，渐渐落于下风。寒风越过江面袭来，旗阵发出松涛般撼人心魄的声响，那座悬挂着三粒头壳的敌楼映入眼帘。陈开心头掠过了阵阵悲凉，要是王山公和宁洪崖在，何愁此贼不灭？

今夜踹营的九堂人马中，论杀气当属"德英堂"。陈松年本来就血勇第一，堂口兄弟不少是蔡李佛拳的门人，胆量和功夫那真是没的说。战役一打响，"德英堂"如离弦之箭在"逍遥门"大营纵横驰骋，杀得敌人哭爹喊娘。"德仁堂"紧随其后，赵泰来提醒："杀喽啰兵有什么用？又不给记头功，还是找那几个牛鼻子和军旗要紧。"

"对啊。"陈松年懊丧地拍了一下头壳，忙叫人捉来俘虏询问，得知距离最近的是火烈道士的中军大帐，立刻吹响号角，挥军杀来。到了五龙观一看，呵，双方这叫个好看，一边是披发道士，一边是秃头和尚——原来"德威堂"已经捷足先登。

五龙观大营实力不俗，火烈道士、明月道士、土宫道士俱在，邝能、丛开和尚、清海和尚被人家打得左支右绌。邝能见陈松年杀到，大喜过望："快来快来，这里果子多，老子的肚皮盛不下。"

陈松年、吕萃俊、黄协成拍马上前，替换下三个和尚。陈松年笑嘻嘻地说："盛不下果子就对了，否则，陈某这趟'春秋刀'不是白练了？"

陈享创制蔡李佛拳后，针对陈松年力大刀沉的特点，专门为他量身定做了一套刀法，起了个名字叫"春秋刀"，迄今为止尚未正儿八经地人前显圣。邝能道："陈阿妈，这三个牛鼻子不是善茬，你留点神。"

火烈道士打了个稽首："无量天尊，你我皆出家之人，邝阿妈何以口无遮拦?"

从开和尚被明月道士砍了一剑,后背鲜血淋漓,骂道:"咬人的狗儿不露齿,你们这些杂毛老道嘴上客气,下起手来比谁都狠。"

明月道士笑着说:"刀枪无眼,难道让我师徒伸着脖子等死不成?"

陈松年对火烈道士,吕萃俊对明月道士,黄协成对土宫道士,六人捉对厮杀。陈松年这柄三挺板门刀挥舞起来不得了,火烈道士头次见识"春秋刀"法,挥剑相持,暂处守势;吕萃俊和黄协成就不一样了,战不到三十个回合,手忙脚乱。明月道士一剑荡开吕萃俊的长枪,把吕萃俊砍落下马,正要补上一剑,结果其性命,忽然感到剑刃沉甸甸的。他抬头一看,吓得汗毛全立了起来——剑刃上趴着一个小木头人!

观战双方均被突如其来的这一幕惊呆了,但闻空中传来一阵急促的喊声,王山公拎着宝剑从人堆里钻出来,使劲叫嚷:"砍他,砍他。"

小木头人撩开春秋衫,明月道士这才看清他手里竟然捏着一把刀仔——这把寒光凛冽的刀仔恰好在自己的脖子上端,躲肯定是来不及躲了。俏道士眼一闭,万念俱灰。

时间一分一秒地过去,仿佛过了一万年,刀仔仍未落下。

王山公破口大骂:"丢你老母,他又不是你的心,咋还舍不得下手?"

宁洪崖骑着战马冲了过来,笑得前仰后合:"二哥,飞头鬼越来越像你了,杀人之前喜欢诛心,思量一番,她八成是看上这个小白脸啦。"

明月道士又羞又恼,挥剑甩开"枫了鬼",策马返回本阵。邝能高兴地说:"没有金刚钻难揽瓷器活,两位,我和陈阿妈对付火烈道士,剩下的交给你们了。"

"好说。"宁洪崖飞马上前,接替黄协成与土宫道士交战;王山公不甘示弱,跳上一匹战马讨敌骂阵,和明月道士战在一处;"和尚能"歇了一会儿缓过劲,重新披挂上阵,举月牙伏魔铲和陈松年双战火烈道士。

王山公和宁洪崖加入战团,局面陡然扭转——明月道士刚才被"枫子鬼"吓得够呛,时刻提防王山公再出邪招,剑法不觉打了个五折;土宫道士对付寻常高手不在话下,但是碰到像宁洪崖这样修炼过"六祖心经"的顶尖高手,手脚立刻显得不好使;火烈道士被陈松年和邝能两员猛将围住,打了六十个回合，没占到任何便宜。

火烈道士偷眼观瞧，发现周围观战的尽是一片刺眼的红头巾，心头一紧，看来今天如果不使出杀手锏，砍翻敌方几员大将，这条老命恐怕要丢在此地。想到这里，火烈道士连出三剑逼退邝能，斜刺里抖了个剑花，使出一招“巨门暗挑”，骤奔陈松年而来。

“逍遥剑”起初有二十八式，到了金蟾道士手里演变为四十九式，形成一套内藏天地阴阳之妙的完美剑法。这套剑法与“春秋刀”完全相反，讲究的是以守为攻，一巧破百拙。尤其是最上乘的十四式变幻无穷，一招比一招轻盈，招招杀人于无形，叫你根本无从防守。陈松年蓦然感到一道剑气袭来，再想跳开已经来不及，他急中生智就地一个旋转，剑身擦着他的右肋堪堪刺过。火烈道士头也不抬，顺手一式“贪狼巡夜”照着陈松年的双腿斩来。陈松年猛地吸了一口气，三挺板门刀横推出去挡住宝剑，借着这股力道身子倒飞在半空。

火烈道士这一击志在必得，三式上乘剑法一气呵成，“巨门暗挑”和“贪狼巡夜”只是一个幌子，第三式“七杀孤行”才是真正的杀招。陈松年头朝下、脚朝上，身法变化全然没有在地上那么灵活，见寒光闪闪的宝剑刺来，大惊失色，“啊呀”一声翻身坠落。火烈道士一剑刺中陈松年的右目，剑刃贯颅而出。

观战的洪门兄弟都惊呆了，偌大的战场静悄悄鸦雀无声，只能听到火苗子在燃烧，此外便是宝剑刺穿骨头的碎裂声。火烈道士一击而中，心里大是得意，使劲往回一抽宝剑，剑身纹丝不动，牢牢地揳在陈松年的头骨中。右目被剑刺穿，陈松年瞬间疼死了过去；火烈道士使劲这么一抽，又把他疼醒了过来。痛觉神经似乎已被斩断，铁血英雄左手抓住剑身，右手挥起三挺板门刀，用尽全身力气，大吼一声：“杀。”

这一瞬间，血性压倒了无敌剑艺，三挺板门刀砍断火烈道士的双腿。老道终于把插在陈松年眼眶里的宝剑拔了出来，睁着一双惊恐的眼睛倒在地上，眼里尽是难以置信的困惑。邝能须发皆张，上去剁下火烈道士的人头；那边宁洪崖奋起神威，一枪将土宫道士挑于马下；明月道士见大势已去，虚晃一招，落荒而逃。

赵泰来、吕萃俊、黄协成等人一拥而上，抱着陈松年的虎躯放声大哭。

夜幕将收时,这场血战终于接近尾声。

“洪德堂”大军从四面八方冲向九宫旗阵,王山公和宁洪崖飞骑赶到,与陈开一起合战水龙道士。一下子冒出来三位身怀奇异内功的高手,水龙道士的心像掉进了寒冰洞,浑身自内向外冒凉气,感觉到大事不妙。他纵身跳出圈外:“以多胜少,算什么本事?”

王山公频频点头,对陈开和宁洪崖道:“人家说的在理,你俩退下先。”

陈开和宁洪崖闪避一旁,观看王山公单挑水龙道士。双方大战六十个回合,水龙道士突施杀手,使了一式“天同寻幽”,“秋水冷焰锋”绕过王山公的剑刃,如灵蛇吐信一般刺向王山公的下腹部。正当他以为即将得手之际,突然从王山公的衣服里钻出一个小木头人,提刀将“秋水冷焰锋”格了出去。

水龙道士惊得目瞪口呆,王山公笑着吆喝:“砍他,砍他。”

王山公与“枫子鬼”刀剑合璧,双战水龙道士,两把刀剑一条心,比两个高手合起来的威力还要大。水龙道士苦战竟夜,原指望用无敌剑术扭转战局,却不想冒出来像王山公和“枫子鬼”这样奇异的对手。陈开在一旁看得清楚,水龙道士聪明反被聪明误,已属强弩之末,王山公和“枫子鬼”完全可以战而胜之。他朝宁洪崖使了个眼色,二人同时扑向九宫旗阵。

兄弟两个的武功对付护旗兵那真是张飞吃豆芽,小菜一碟,转眼间二人杀至敌楼前。宁洪崖轻功较胜一筹,高高跃起,半空中摆了一个漂亮的姿势,飞身扑向那面玉蝉桃花旗。这面旗子的前生是红船绝代名伶,在宁二少心里,她代表着戏棚那个美轮美奂的世界——那个世界隐藏在宇宙丛林外,有一条黄昏之河缓缓地流过,晨曦将她从人们的梦中带走,只留下这面旗子在红船里歌唱!

唱歌的人穿着华美的戏装,这面旗子就是她的心。

这个美轮美奂的世界里,同时隐藏着一种爱情的光芒。这光芒在此世绝情,犹如一条来自雪山的冰川,将痴情的色彩尽皆掩埋。此世的无情,在彼世应当有情。只要这种爱的力量没有消亡,她就能发出春日冰雪融化的清脆声响。

朝圣的旅途不需要眼睛,只需要静静地倾听。

宁二少爱惜地抚摸着玉蝉桃花旗,犹如抚摸着远方那个有情的世界,犹如抚摸那份拒他于千里之外的爱情。他掸去军旗上的灰烬，仿佛拭去此世的血滴，忧伤的皱纹。痴情的男人抬起头来，红日高悬，俨如阳雪姑那张璀璨的面庞！

彼时，晨曦已然越过苍穹，射穿白茫茫的大地。宁洪崖把玉蝉桃花旗塞进怀里，在这一瞬间头晕目眩，目力尽失。他的耳际响起了熟悉的“发报鼓”声，眼前恍恍惚惚出现了一座五彩斑斓的戏棚，佳人低低召唤，轮到他登台了。

宁二少提起梨花枪一跃而下，死于万刃穿身！

第一百一十九回　朱明洞天

菊花落尽，梅艳芬芳，林红谢了一丛又一丛。

屈指数来，“打铁罗”离开罗浮山已经十个年头。当年走的时候踩了个秋天的尾巴，金黄色的野菊花柔媚温馨，将原野织成了一条踩不起的毛毯。每当回忆这一幕场景，打铁汉子总是忍不住心酸，觉得自己是失亲的伢仔，没娘疼，没爹管。

整整一年的时光，“打铁罗”扎在金芝岩的丹砂井里，没有发现一株金芝，却接二连三地找到了不少奇石，白白地便宜了梁九图。听说师傅白云道士回罗浮山观看大度和尚与金蟾道士的比武，铁匠打了三把宝剑往肩上一撂，打算扛到两仪洞，让师傅过过目，表示自己这十年没有虚度光阴。

这三把宝剑虽然称不上什么当世名刃，但也算上乘的好兵器。“打铁罗”路经长宁镇打尖的时候，在“太昊记”遇到了何壮昭、刘端湛，以每把剑一百两的价格订出去两把，剩下最后一把死活不肯卖，何聋子奇怪地问：“你想留给谁？”

“打铁罗”回答：“谁也不卖，给我师傅过目。”

“糊弄鬼啊？”何壮昭嗤之以鼻，“你师傅能看上它？我们俩也去见你师傅，给他过目不影响你找卖主。说，许给谁了？”

“打铁罗”瞅了一眼柜台，叹了口气：“我想给乙龙兄留着。”

“得啦，得啦。”何壮昭摆了摆手，晃着脑袋说，“那个大傻子让他哥给卖了，到现在活不见人、死不见尸，不信你问小赖子。”

洪秀全和冯云山结伴西游，吃冯家的，喝冯家的，在外面晃荡了大半年，他老先生一根头发不少地回到家里，冯云山却没了踪影。最让冯家人不满的是，洪秀全哼哼唧唧，根本说不清冯云山的下落，你说这算什么亲戚？

刘端湛从前对冯云山非常佩服，经过这么一档子事，他比较赞同何壮昭的看法，放下酒杯纳闷地说：“粤西百姓连红毛鬼子长啥样都没见过，咋会信红毛教？”

“那不一定，”何壮昭道，“外来的和尚好念经，就是因为没见过才容易信。你别看我这双耳朵不好使，但我最喜欢听红船大戏——听不见，想着更过瘾。”

刘端湛把话题拉了回来：“罗师，你有办法送到他手里？”

“打铁罗”嗫嚅道：“我能有啥办法？让洪火秀代送吧。”

两个人齐声质问：“是不是姓洪的主动央求的？”

“打铁罗”耷拉下脑袋：“嗯。”

何壮昭愤愤不平地说：“上一次那两把剑他没给乙龙，你咋不长记性？这厮是黄皮树上的鹩哥，专拣熟人欺负。这回你要是敢给他，我就叫人抢你的石头。”

“打铁罗”害怕了：“好好，我不给还不行？”

三个人吃完酒，早有师弟来接“打铁罗”上山。两仪洞前张灯结彩，喜气洋洋，铸剑师们换上崭新的衫子，准备迎接掌门人的归来。

“看，有人来了。”何壮昭指着山道喊了起来。

“打铁罗”下令：“放炮。”

“噼里啪啦”一通鞭炮响过后，山下来人却不是白云道士，而是骆老二的堂侄骆东昌和骆西铭。刘端湛诧异地问：“阿昌，你来干什么？”

骆东昌擦了一把汗：“我来接游掌柜的。”

刘端湛恍然大悟：“原来游掌柜的躲在这儿？”

官府突然处决游亚根和陈水那，游新潭和陈见成救父未果，互相指责谩骂不休，葬礼上拔刀相向。两家住在对门，“逃军和”怕自己罩不住，就劝游新潭找个地方暂避锋芒。

何壮昭问：“你打算把他接到哪儿去？”

“明枪易躲，暗箭难防。”骆东昌说，“粤东处处有洪门，肯定是呆不住了。如今只有远避京城，我三叔在朝里当官，有他罩着，一准没事。”

刘端湛很羡慕：“你三叔是个什么官？”

提起改了名的骆老三，何壮昭想起了当年鸾坛上的那段往事，心头升起了酸意。他斜着眼抖了一句：“狗官。”

骆西铭并不生恼，笑嘻嘻地说：“何老爷，他这个狗官是替你当的。”

“别理他。”刘端湛继续问，“我记得前两年他查银库来着？”

骆西铭心有余悸：“早不干了，现在是右春坊右庶子。”

道光二十三年，户部银库发生了重大亏损，合计短缺九百二十五万两之多。这次户部银库亏空的窃贼仍然是鬼，不过不是“枫子鬼”，而是内鬼——从普通库丁到管库大臣，长年累月地上下其手，一口气偷了六十年，比那群白蚂蚁还有耐心。

骆秉章深知其中黑幕，因此在做查库御史的时候分毫不沾，出淤泥而不染。最后不但全了身家性命，还赢得了道光皇帝的信任，拔擢为詹事府右春坊右庶子。詹事府是辅导东宫太子的机构，下设左右春坊。自从康熙五十一年废皇太子后，这个衙门变为翰林院的辅佐部门。道光朝右春坊右庶子这个位置颇有仙气，骆秉章借此一路飞黄腾达；道光二十五年，骆秉章因母丧回老家守孝，接替他这个位置的曾国藩也沾了光，靠办团练成为所谓的中兴名臣。

“右春坊右庶子？”刘端湛回头问何壮昭，“干啥的？”

何壮昭也不清楚，黑着脸回答：“干屌的。”

锻造出“镆铘剑”后，白云道士离开望兵峰，大江南北结结实实地玩了一圈。他心里当然放不下“镆铘剑”，希望亲眼目睹这把无情剑战胜“八魔刃”，成为名副其实的天下第一名刃。为了见证这个激动人心的时刻，他回到了罗浮山。

白云道士骑着白马徜徉在白云下，像是一朵白色的梅花。两仪洞的弟子涌出屋子，齐刷刷地跪成一排，白云道士跳下马，问“打铁罗”：“你师兄呢？”

“师兄他，”“打铁罗”号啕大哭，“他殉剑了。”

众弟子皆呜呜咽咽，流泪不止。听完“火见愁”身殉“白云剑”的故事，白云道士不由得红了眼圈，他弯腰把“打铁罗”和众位弟子搀扶起来，含着泪说：“徒儿们，你们没有给祖师爷丢人。为师这些年奔走江海，在粤西打制了一把‘镆铘剑’，‘洪胜堂’大爷用它砍了桑木那厮的臂膀，你们应该听说了吧？”

洪门杀上罗浮山，一举灭了冲虚观的气焰。除了“逍遥门”外，九观、十八寺、二十二庵其他僧道无不拍手称快，两仪洞的铸剑师们总算出了一口恶气。“打铁罗”抹着眼泪：“大师兄泉下有知，一定会感激师傅的恩德。”

白云道士问：“伢仔，你这些年在哪里？”

“打铁罗”双手奉上三把宝剑：“师傅，徒儿这些年在飞来峡，承蒙释心师太指点，终于找到了金芝岩和丹砂井。”

白云道士一一抽出宝剑，赞口不绝：“好剑，好剑。”

“打铁罗”惴惴不安地问：“师傅，你看这三把剑算不算名刃？”

白云道士还剑于鞘：“伢仔，你找到了剑石，尚未找到金芝，对不对？”

“打铁罗”钦佩万分：“师傅好眼力。”

“所谓名刃必有其魂，”白云道士道，“老天爷能看到它，我们铸剑师也能看到它，金芝就是无情剑的魂，好好去找，总有一天你会成功的。”

“打铁罗”心潮澎湃，跪了下去：“师傅，我明白了。”

何壮昭在一旁问：“老神仙，那把龙剑是无情剑吗？”

白云道士仰天大笑：“龙为天地之魂，你说它算不算无情剑？”

刘端湛深施一礼：“白云大师，金蟾前辈已经回到了罗浮山，‘洪胜堂’大龙头今天和他以剑对决，这是前所未有的比剑大会。罗浮山九观十八寺的人都去了朱明洞，不才也想见识无情剑的风采，你能不能带我们哥俩进去看看？”

白云道士摇了摇头：“比剑是一桩雅事，朱明洞清净之地，闲杂人等恐怕进不去。”

何壮昭央求："我们在外面听听也行。"

这一年梅花盛开，从两仪洞到朱明洞的路上，白梅如雪，红梅似火，交织在一起唱着罗浮之歌。青草和尚、德毓和尚、阳春道士几个站在洞口赏梅，见白云道士一行来到，青草和尚笑吟吟地打了个稽首："道兄，因何姗姗来迟？"

德毓和尚钦佩地说："听说师叔在大明山望兵峰造了一把龙剑，功夫不负有心人，有志者事竟成，我等后辈望尘莫及。"

白云道士环顾左右，不胜感慨——当年下山时，西松真人、铁棒道士、景玉禅师、六愚真人等无不健在，如今雨打风吹去，老一辈中只剩下青草和尚孤独一枝。他谦虚地拱手："贤侄过誉，是不是无情剑，只有比过了才知道。"

"里面请吧，"青草和尚说，"大伙儿都在等你。"

朱明洞平时并不对外开启，这次大度和尚率众杀进冲虚观，驱散观中的道士，逼迫金蟾道士现身比武，这个神秘的石洞才向外界展露真容。白云道士与青草和尚两个人参加过二十年前那场惊天对决，因此对洞中的道路并不陌生，带着德毓和尚、阳春道士、"打铁罗"一行蜿蜒前行。不一会儿豁然开朗，到达了一处开阔的洞天。

此处洞天即为当年大慈和尚与金蟾道士比武的所在，比金芝岩丹砂井里面的溶洞至少大出十倍。这里没有迷幻的色彩，周遭的景物与洞外无异，花草树木，潺潺流水，头顶敷陈明媚的日光，令人心生不知此身在何处的错觉。

金蟾道士与大度和尚相对而坐，一个煮茶招待客人，另一个闭目养神，仿若一对久别重逢的老友，不时地寒暄礼让，丝毫看不出大战在即的紧张气氛。他们带的随从并不多，金蟾道士这边是桑木道士，大度和尚那头是罗大纲和石信。

白云道士等人作为这场比武的仲裁大宾，分列两旁坐定。金蟾道士向他施礼："雪满山中高士卧，月明林下美人来。道兄，久违了。"

桑木道士起来给众人斟茶，他的右臂被砍断，左臂本来不大好使，看到白云道士手抖得更加厉害。白云道士见他那一副可怜样，恨意不觉消失大半，对金蟾道士说："人生一世，草生一秋，二十年后能重睹道兄的风采，夫复何求?”

金蟾道士客气:“贫道垂垂老矣,大龙头风华正茂,大展拳脚,令人敬仰。”

大度和尚抱拳在胸:“天地从流,得道不朽。道兄驻颜有术,比二十年前更显年轻,岂如我辈碌碌无为的俗世中人?”

“就是。”青草和尚夸赞,“道爷,你有什么养生的诀窍?给大伙儿点拨点拨嘛,别老是一个人闷着头独自享受。”

金蟾道士淡然一笑:“修道即是养生,养生即为修道。贫道之法心无旁骛,但视此身为风中秋叶,任风飘流,自满自足。不如各位恋恋红尘,为他身分许多心。”

在座之人,要么像大度和尚统率千军万马,日日劳碌,要么像德毓和尚,把所有的精力消耗在绘画技艺上,谁能做到不为“他身分许多心”?要说最接近金蟾道士说法的,那便是炼药的阳春道士,他吃了那么多大补的药材,仅仅混了个脸蛋红扑扑,距驻颜有术、返老还童的境界差着十万八千里呢。

是话三分听,大度和尚从金蟾道士的言语里解读出了许多意思:一层意思似乎嘲笑大度和尚把精力耗费在统军打仗上,以至于荒废武功;一层意思好像暗示此次“逍遥门”留仙观、冲虚观连败两阵,并不能影响金蟾道士的决战意志;最后一层意思仿佛是在向大度和尚炫耀其剑法已经达到了完美的巅峰。

驻颜有术为表面现象,真实状况是金蟾道士的内功又达到了一个匪夷所思的境界。青草和尚对武林至尊的敷衍很不满意:“道爷,你虽然心无旁骛,然而毕竟是武林中人,和贫僧相比能有什么两样?”

白云道士饶有兴趣地问:“二十年风雨,道兄难道无话可说?”

决战前砥砺剑道,亦属这场武林巅峰对决的内容之一。每一位练剑之人,心中都有自己体悟的剑道,一般由剑客的认识层次所限定;而剑道之所以称为剑道,便是处于同一个剑术层次的剑客,也经常会对剑道产生不同的认识。这一点由剑客各自不同的理想所界别,决定着剑客未来可能取得的成就——所谓将发而未发矣!

“道为天下公器,有何不可对人言?”金蟾道士不慌不忙地说,“各位,最近这段时间贫道感悟良多，只怕说出来贻笑大方。”

青草和尚笑了：“道爷客气，你是武林至尊，谁敢笑话你？”

“过誉，过誉。”金蟾道士打了个稽首，“长江后浪推前浪，一代新人换旧人，罗浮山九观十八寺藏龙卧虎，焉知其中没有世外高人？”

白云道士耐着性子：“道兄，快点说吧，别吊大家的胃口了。”

金蟾道士卖够了关子，略略清了清嗓门，方才进入正题：“贫道以为剑道有三，请各位道兄甄别，其一为‘迟疾任情’。”

“‘迟疾任情’？”阳春道士纳闷。

金蟾道士说：“就是剑法修到最高境界，欲快则快，欲缓则缓，皆由心意。”

酥醪观的春药岭南驰名，道士们宣传药效时常用这套词，只是取的名字不同而已。阳春道士低头坏笑：“‘迟疾任情’？这个名头起得靓。”

金蟾道士得意地看了大度和尚一眼：“大龙头以为如何？”

武林中素来推崇出剑的速度，剑法快是剑客的标志之一，“浑天剑”更是以快著称。大度和尚想不出慢的道理，只好回答：“‘迟疾任情’恐非人力所为。”

金蟾道士最想做的就是打击对手的信心，岂肯白白放过这个机会？“大龙头，你我凡常之人做不到，不意味着那些世外高人做不到。”

“真有这样的高人？”青草和尚肃然起敬。

金蟾道士说：“那是自然。”

武林至尊刚打算说下去，德毓和尚突然张嘴：“我认识这位高人。”

“谁？”大家的目光集中在德毓和尚的身上。

德毓和尚颇觉不好意思：“是‘三柳先生’，他过世前曾经送给贫僧一幅画，名字叫《拔剑起舞图》，画的便是这一招。”

“那个扭计祖宗？”阳春道士笑得更坏了，“他还买过我的药呢。”

在珠江三角洲，“三柳先生”刘华东的大名妇孺皆知，大家乐了。闹了半天，金蟾道士这个所谓的剑道原来是画出来的。

青草和尚问金蟾道士：“道爷，其二为何？”

武林至尊心情遭到破坏，尴尬地说：“‘太乙无影’。”

“何为‘太乙无影’？”青草和尚问。

金蟾道士回答："情为心之动，亦为心之影。有无情剑便有无情剑法，'太乙无影'是和无情剑相匹配的至高剑法。"

青草和尚击节称道："有道理。"

白云道士扭头问德毓和尚："这套剑法你也识得？"

德毓和尚点点头："嗯。"

大家不禁愣住了，如果说上次德毓和尚认识"迟疾任情"算是侥幸，那么这次的"太乙无影"显然就不是撞大运了。

白云道士问："这又是哪位高手？"

"算不上啥高手，"德毓和尚吭哧道，"古劳围的吕秀才，他祖上是吕洞宾，这套剑法据说出自家传，压在箱子底下一千多年了。"

众人又哄堂大笑，青草和尚说："道爷，我等诚心诚意向你请教剑道，你怎么净拿别人的荒唐事来搪塞？这不是上坟烧草纸，糊弄鬼吗？"

金蟾道士脸上红一阵白一阵的，心想真他妈倒霉，偏巧"迟疾任情"和"太乙无影"这两招德毓和尚全认识，看来这个木头疙瘩平时总和刘华东、吕子桂等人混在一起，保不齐连王山公的"心剑合一"也清楚。到了这个份上，金蟾道士只好硬着头皮说："这两个境界我们虽然达不到，然则意味隽永，吾辈不可不察。"

白云道士、青草和尚互相看了一眼，催促："算你说的在理。其三呢？"

金蟾道士正襟危坐："两年前，贫道偶然在大街上捡到一副没人要的猪头面具，上绘一套盖世无双的千古绝学。贫道侥幸获其法门，却寻不到最后的方向。大约半年前，贫道练功走火入魔，险些死于白沙圩的河神庙，在九死一生的关口，方才窥得堂奥，修成正果。"

盖世无双的千古绝学咋会丢到街上没人要？凭武林至尊的聪明才智，居然花了两年时间才领悟真谛？还差一点死翘翘？大家越听越觉得"天下第一剑客"在编故事。德毓和尚直愣愣地盯着金蟾道士："道爷，你说的是真的吗？"

"玄真道士"丁复国以"两仪四象剑"享誉武林，武功高超，金蟾道士夜闯中军帐，轻易得手，这是大度和尚一直想不通的问题。今天金蟾道士当面把这个谜团解开了——原来这老道练成了一套千古绝学，早早到了粤西，打算对自己和丁复国暗地里下手！

想到这里，大度和尚不寒而栗，冷冷地说："他说的不错。"

既然大度和尚如此说，大家相信金蟾道士这回没有云山雾罩，心里充满期待。青草和尚问金蟾道士："道兄究竟有何领悟？"

"天地无穷尽，心有生悔时。"金蟾道士怅然道，"无量天尊，'逍遥剑'虽然号称天下无敌，但是尚未达致完美的无极境界。无极为太极之本，阴阳之源，也就是茫茫太空中的那个太虚。武学之道和剑道的终点是阴阳皆消，非阴非阳，重开天地，另立乾坤。只可惜太虚悬于苍穹之中，吾辈不识个中滋味，勉强修得些残阴残阳，聊以自慰罢了。"

在场之人多为武林高手，深为金蟾道士所折服。大度和尚听得非常认真，心想这道士若不是几十年的老对头，倒可以坐下来与其探讨探讨武学之道。

"然而，自从习练了这套千古绝学，贫道豁然开朗。"金蟾道士变得兴奋起来，"纯阳之体自九天奔袭而来，托身于纯阴之体，这才有了太极。太极落到地面是残阴残阳，回到太虚为太阴太阳，此天地往返的过程永不停歇，正为有情与无情之道——太极从无极中剥出，落入吾辈眼中，此之为有情；太极离开吾辈眼中，重返无极故里，此之为无情。太极和无极，有情与无情，彼此间运行的驱力便是一个'悔'字。"

说到这里，武林至尊用手一指朱明洞："各位道兄，此洞涵星披云，藏天地之妙。朱明者纯阳无阴，阴包于阳，诚太极未分之象，这不是无极又是什么？自古天道唯一，贫道自那套千古绝学中觅取悔字诀，又从此洞中领悟无极生太极的道理——吾剑掠取其影，终得太阴太阳化形之真谛，世间残阴残阳之剑一举可破也。"

金蟾道士这番高论大开大合，众高手听得如痴如醉。大度和尚第一个清醒过来，对手是想用剑道评判来影响自己的心理，他用手抓起"镆铘剑"："道兄天纵英明，非常人可及。某家不知这个洞里曾经住过多少神仙，但'朱明'二字分明是天意，提醒我汉家男儿勿忘国耻，绝不弯腰给鞑子做奴才。山是我汉家的山，洞是我汉家的洞，纵然残阴残阳之剑又有何妨？你说剑道真谛是一个'悔'字，贫僧却见它是不悔。"

这一番话说得大义凛然，青草和尚、白云道士、德毓和尚、阳春道士等仲裁大宾无不肃然起敬。罗大纲拍掌叫好："总堂大爷说的是，我洪家兄弟忠义千秋，头可断、血可流，啥时候皱过一下眉头？宝剑终究要人来使，'不悔'这两个字才是正解。"

金蟾道士口若悬河，不但没有打击对手的信心，相反，还激励了对手的斗志，不由得气馁了三分。他苦笑着摊开手："仁者见仁，智者见智，大龙头果然有见地。"

青草和尚一看时候差不多了，便开口说："两位尊者，朱明洞乃仙家第七洞天，依老衲来看本场比武仍效二十年前的旧规，以七阵为准，如何？"

若分七阵比武，那么前面六阵只是一个铺垫，两大高手要努力试探出对手的底细，在最后的第七阵决胜负、断生死。当然了，像金蟾道士与大度和尚这样的大宗师，飞花摘叶皆可致人死地，因此前六阵亦须全力应付，不能出丝毫的差错。

两个人点点头："敢不从命？"

青草和尚笑呵呵地看着白云道士，补充道："白云大师打造出一把龙剑，本场比武同时也是无情剑的比试，那就从剑锋开始吧。"

比试剑锋，意在区分"镆铘剑"和"八魔刃"哪一把剑才是真正的无情剑，这是本场比武的另一个看点，观战众人脸上无不露出期盼的神采。白云道士拱了拱手："有劳两位辛苦，贫道掠人之美，甚是惭愧。"

"前辈何必过谦？"阳春道士说，"名刃终须高手使，否则不能尽其锐。金蟾道爷和大龙头是使剑的祖宗，由他们二位来试无情剑，再合适不过。"

青草和尚示意众人退后三尺，道了声："请。"

金蟾道士与大度和尚几乎同时拔剑，骤然从蒲团上跃起飞在半空，举剑交击。出剑的速度快如闪电，还没等大伙儿看清楚，两个人倏地又回到了蒲团上。俄顷之间，输赢已分——"镆铘剑"完好无缺，"八魔刃"的刃口被崩掉了一个蛤蟆嘴。

青草和尚、德毓和尚、阳春道士、罗大纲、石信等人齐声喝彩，白云道士和"打铁罗"师徒热泪盈眶，"镆铘剑"战胜"八魔刃"，不是无情剑，又是什么？

桑木道士面如土色，金蟾道士微微一愣，没想到白龙化成三尺剑的传说竟是真的。对于剑客来讲，一把锋利的兵器是克敌制胜的法宝——"八魔刃”不敌“镆铘剑”，接下来的比武必然不敢硬碰硬，这场仗不好打了。

武林至尊毕竟是武林至尊，金蟾道士没有为暂时的失利所左右，迅速平复心情，向白云道士拱手恭喜：“道兄迎龙入剑，诚为武林之福，可喜可贺。”

白云道士用衣袖拭去眼角的泪光：“此道兄之功也！”

第二阵比试的是剑花，主要测试双方的剑术。

经过金蟾道士这些年的努力修正，“逍遥剑”已然臻于完善。这套剑法讲究的是以柔克刚和以阴制阳，防守滴水不漏，剑式美轮美奂，天下无出其右。这老道先使出两招试应手，随后一招“擎羊探路”直攻大度和尚的咽喉；等两把宝剑再度相遇，“擎羊探路”突然改为“陀螺盘身”——“八魔刃”几乎是绕着镆铘剑转了个半圈，剑刃骤然间迸出六朵剑花，分点大度和尚膻中、乳中、乳根、期门、章门和商曲六处大穴。

这六朵剑花委实漂亮，好比沃雪侧畔娇柔的花骨朵，撒在空中迷人眼。在旁观战的青草和尚与白云道士暗挑大拇指——二十年前，金蟾道士只能挽出四朵剑花，今天竟然能同时挽出六朵剑花，可见武林至尊功力不衰反增。

大度和尚的剑法已经能挽出五朵剑花，超过了师兄大慈和尚的水平，但是他没想到金蟾道士的境界提升如此之快。倘若以剑花对剑花，必然落于下风，他不愿向敌人示弱，干脆使出一招“三门遁甲”，直接在期门穴挡住“八魔刃”的剑锋——六朵剑花中五朵是虚招，只有这　处才是真正的进攻方向。

大度和尚一眼判断出对方的意图，以拙击巧，以直击虚，让金蟾道士佩服不已。老道虚晃一招，不再纠缠，潇洒地收剑回座。

德毓和尚从怀里掏出一支笔，在空中比比画画，似乎是临摹金蟾道士挽出的剑花。他这些年在绘画上下的功夫比练武大得多，洞察入微，心细如发，什么都想画在纸上。青草和尚知道他又犯了老毛病，笑着问：“贤侄，你在画什么？”

“花非花，花非花。”德毓和尚连连感叹。

阳春道士打趣：“花不是花，难道是柴火？”

“道爷这六朵剑花大有讲究，”德毓和尚痴迷地说，“一朵是兰花，一朵是桃花，一朵是梅花，一朵是荷花，一朵是灯笼花，一朵是芍药。”

青草和尚提醒他：“贤侄，老鼠拉木锨，好戏在后头。下一阵比试的是剑芒，那些火花比剑花更靓，你别看花了眼。”

“剑芒？”德毓和尚惊喜道，“果真能看到剑芒？”

剑芒测试的是内功——剑客把内力灌注在剑身，逼出剑身的燐粉，光芒如火，可以大大增强剑刃的杀伤力。能发出剑芒需要两个条件，一者对阵双方必须是功力深厚的大剑客，二者兵刃必须是当世名刃。二十年前，金蟾道士与大慈和尚在朱明洞比武时，德毓和尚还没有资格观战，因此一直念念不忘，引以为憾事。

第三阵比的是剑芒，金蟾道士与大度和尚再度出剑，洞中刹那剑芒大作，如火如荼，如星耀夜。青草和尚问德毓和尚：“贤侄，可曾看出了门道？”

德毓和尚腼腆道：“师伯，小侄愚钝，不求甚解。在小侄看来，道爷的剑芒像木棉，大龙头的剑芒倒像是一朵番石榴。”

“我看你和阳春贤侄一样，快成了花痴。”青草和尚戏谑了一句，谆谆教导，“两位尊者内功皆至化境，虽合剑道，路数却大不同。道爷的剑芒具海风之象，此之谓阴芒；大龙头的剑芒具山雷之象，此之谓阳芒。你们要看仔细了。”

剑芒竟然有这么多的讲究？德毓和尚与阳春道士一起合掌：“谢师伯指点。”

第四阵比的是剑气，依然拼的是内功。但见“镆铘剑”寒光凛然，剑气冲天，大度和尚使了一招“合洪就寅”，在“镆铘剑”身上灌注了八分内力，破开“八魔刃”的防守，欲试探出金蟾道士的真实内功。武林至尊向后退却，接连使出“天魁出宫”“天钺入堂”“天空折翅”和“地劫覆舟”四招，一招接一招地消磨对手的剑气。待第四招出手，“八魔刃”的剑气恰好抵住“镆铘剑”的剑气，两位高手像挂在空中一样纹丝不动，剑对剑，势均力敌。

德毓和尚激动地喊：“啊，我明白了，原来‘迟疾任情’就是不动弹？”

“对对，是动弹不了啦。”阳春道士笑出了眼泪。

武林至尊稳稳落地，大度和尚心里十分迷茫——金蟾道士的内功先弱后强，到后来和自己打了个平手，他到底留了多少余地？剑气拼杀十分凶险，在生与死之间能随着对手的节奏不断将内力调节到位，该是一种何等令人生畏的功法！

第五阵比试的是剑吟，以内力激发剑声，惑敌耳目。大度和尚用九分内力使出一招“虎啸连藏”，震得观战众人耳膜嗡嗡直跳；金蟾道士挥剑以“廉贞覆叶”还击，“八魔刃”发出萧瑟的声波消解“镆铘剑”的进攻。

第六阵比试的是剑影，这一阵比试是剑术和内力的结合，也是整场决战的最后预演。大度和尚一式“天开九重”劈头而下，“镆铘剑”白光四射，像一道飞下万丈悬崖的瀑布轰鸣而至；金蟾道士回应一招“武曲增明”，手中的“八魔刃”金光激荡，犹如秋日巨大的原野。两道剑影撞击在一处，没有发出震天动地的声音，观战众人的心却像被针刺了一样猛地抽搐起来。

最后决战之前，大度和尚终于摸清了金蟾道士的底细——对手真气敛尽，悉数化为体内的普通气息，貌似无棱无角，实则百炼钢成绕指柔，深不可测。

大度和尚紧握“镆铘剑”的手，不觉抖了抖。

第七阵比武乃是一首悲壮的英雄曲，两位当世武林的大宗师使出了看家本领。一个手执盖世无双的“镆铘剑”，打算借对手的头壳号令三军；一个身负千古武学的大智慧，意欲击败劲敌验证武学真谛。“镆铘剑”势若奔雷，白烟袅袅，每一式似乎都挥发出沸腾的血气；“八魔刃”则如无骨灵蛇，形成密不透风的剑网，从容以对。

闲话少说，“浑天剑”前十式过后，便是由“日贯长虹”和“月淡云疏”两招组成的杀手锏“日月合杀”。“天下第一剑客”深知此招威力惊人，翩然后撤，手中剑使出“天相曲渎”“天同寻幽”“天梁断途”“天府筑堤”“太阳踟蹰”和“太阴浩渺”六招上乘剑法接敌。两把名刃宛似欲拒还迎的情侣，轻触旋即分离——剑花淬火，熔断言语脆弱的衣裳；剑芒缠金，覆盖心灵娇嫩的花蕾；剑气如兰，带来他方春日的呼吸；剑吟遥遥，仿佛一场久远的梦。

剑影碎离，有人说，那是前生的你！

武林至尊以退为进，每一剑如同一束丢出去的水袖，看似轻柔曼妙，实则凶险万分。“镆铘剑”接连击退五剑，只是在第六剑“太阴浩渺”前略微滞了一滞。顶尖高手对决，任何一个微小的细节都能决定成败，金蟾道士等的就是这个机会，他凝聚全身内力于右腕，祭出一招“紫微临凡”，不退反进，斩向大度和尚的头颅。

“日月合杀”一式之所以被称为“浑天剑”的灵魂，不仅是因为它具有锐不可当的惊天杀伤力，而且在于它已经弥合了“浑天剑”攻防不均衡的缺陷，大度和尚在“月淡云疏”这一招上始终留有余地。这时，发现金蟾道士终于使出了压箱底的本事，他暗自冷笑，陡然将“镆铘剑”向上提起一尺，封住上丹田的门户。

金蟾道士反守为攻，大度和尚转攻为守，均发生在电光石火之间。观战众人亲眼目睹了两种旨趣迥异的剑法，攻防转换快如鬼魅，无不感叹其精妙绝伦。大伙儿心里明白，两位当事人拿出了看家本领，这场比武该结束了。

就在“八魔刃”和“镆铘剑”马上要正面撞击的瞬间，金蟾道士人在半空，身法忽然莫名其妙地滞了半个节拍。与此同时，“八魔刃”剑影剧收，变成一汪清冽的瀑布，从上丹田的悬崖顶倒栽葱向下抹去。观战者无不瞠目结舌，闹了半天，“紫微临凡”只是个虚招，后面埋伏的是一招巧若盼兮的“天机流转”。

金蟾道士不愧为“天下第一剑客”，天赋纵横，悟性超凡，他最后一击所使用的凌空迟滞和剑影欺敌身法，便来自被人嘲笑的“迟疾任情”和“太乙无影”！当然了，再美妙的创意和身法，都建立在精湛深厚的内功基础上。“八魔刃”如一只回眸顾盼的百灵鸟，无声无影地绕过“镆铘剑”，切断了大度和尚的右肩。

“镆铘剑”怆然落地，许多年以后，血光才喷薄而出。

第一百二十回　十二石斋

道光二十四年灶祭这一天的决战，影响极其深远。

“洪德堂”在容奇堡斩杀火烈道士和水龙道士，一举歼灭五龙观人马后，回师攻克芦苞镇的胥江祖庙。至此，“逍遥门”在珠江三角洲西岸的两大堡垒灰飞烟灭，作为粤东江湖一大势力已然不复存在。“逍遥门”的覆灭惊动了官府，耆英和黄恩彤采取先易后难的策略，转过年买通驻扎在香港岛的英军舰队，请后者在川沙群岛牵制“红旗帮”，广东水师则集中主力猛攻碙石湾和红海湾的“洪义堂”水寨。战火从开春烧到道光二十五年（1845 年）五月上旬，罗大纲被迫率众突围，将残部交给何禄的“义和堂”，自己去粤西躲避锋芒。

经过这两场惨烈的会战，洪门内部力量对比发生了重大变化——老字号三大堂中，“洪兴堂”和“洪义堂”先后遭受重创，只有“洪德堂”巍然屹立于珠江三角洲。在主帅李文茂缺席的情况下，“洪德堂”依然能够歼灭“逍遥门”主力，验证了它可怕的战力。“洪胜堂”虽然在粤西一支独大，但由于大度和尚败在金蟾道士剑下，失去了角逐洪门之主大位的资格，全堂上下士气低迷，二龙头步青磊不得不率军从天马山前线撤回，粤西战事暂时告一段落。

金蟾道士一剑砍断大度和尚的右臂，夺走“镆铘剑”，对洪家兄弟的心理打击可想而知。俗话说鸟无头不飞，蛇无头不行，随着“红阳劫运”年起义计划的日益临近，洪门之主的人选却迟迟确定不下来，各堂兄弟无不心急如焚。入春后，以“公义堂”掌印阿妈朱世雄领衔，“洪义堂”掌印阿妈罗大纲、新任“洪兴堂”掌印阿妈马元龙联名上书总堂，要求三爷陈松派一支龙头大令给李文茂，由他出马挑战武林至尊，夺回“镆铘剑”。

大度和尚回到大明山后，自觉无颜面对三爷陈松，派人把“玉叶会簿”送还总堂，自己躲在望兵峰养伤。眼下，“洪顺堂”总堂由陈松一个人全权打理，接到三堂大龙头的请求，他觉得十分为难——大度和尚遭受重挫，情绪低落，这个时候委派李文茂出战金蟾道士，那不是乘人之危、落井下石吗？

按下大明山总堂这头不提，却说“小元霸”接到叶兆隆派人送来的战报，匆匆结束丹霞山的修武，返回西海大寨。看到阵亡了那么多的兄弟，尤其是宁洪崖、陈松年的惨烈壮举，心情十分沉重。陈松年被火烈道士一剑贯颅后再没苏醒过来，“洪德堂”弟兄请来的广佛各家名医均束手无策，最后在潮连乡为他举办了盛大的葬礼。李文茂回来后，正好赶上头七，用手搭在陈松年的脉搏上一试，发现其生死大穴尚有气息凝聚未散，立刻命人取来兰花圃中那株“柔佛人荟”，生生把陈松年从鬼门关里拖了回来。

目前形势十分明朗，能和官军逐鹿粤东的只有“洪德堂”，双方磨刀霍霍，都在为大决战进行最后的准备。对于各家豪门和江湖势力来说，在两大力量中保持平衡为最佳策略，因此道光二十五年夏至前后三天，兰花洲熙熙攘攘，全是来给李文茂祝寿的客人。李文茂既要安排起义的准备事项，还要处理一些江湖上的纠纷，“义胜堂”的家务即其中一项。

身处其中，方识得个中三昧。红毛鬼子占领香港岛后，逐渐露出狰狞的面目，颁布、制定了一系列歧视和压迫华人的法令，最早的一项政策是道光二十二年的宵禁令，规定华人晚上十一点以后不得夜行，如有违者立刻予以逮捕治罪。到了道光二十四年，这些歧视华人的政策变本加厉，夜里十一点以前出门还要办通行证。

“义胜堂”许多老兄弟不甘屈辱，纷纷离开香港岛，到龙穴洲找两位当家的诉苦，堂口瓦解已成必然。郭三登和区润不想伤了多年的兄弟情谊，委托“小孟尝”出面调解，把龙穴洲等地盘还给“义胜堂”，哥俩拉出来另立山头。

五龙观人马被铲除后，顺德这块膏腴之地落入洪门之手，“大春吉”的能力显然不足以支撑如此重要的战略区域。李文茂相继扶持了梁亚珠的“全义堂”、何敬堂与何万选兄弟的“奋威营”、陈齐星的“大名营”等外围势力，正对这些人的战斗力发愁时，郭三登和区润来兰花洲找他要地盘，双方立刻一拍即合。

郭三登和区润去顺德自立门户，香港岛华人社会的力量格局也发生了改变，由以往“和番堂”“义胜堂”“全元堂”三足鼎立，变成了“全元堂”一枝独秀——郭、区二人出走顺德改旗易帜，能征惯战的老兄弟大多跟了过去，卢亚贵不得不从江湖上招募游兵散勇充数，颓势极其明显；罗大纲兵败后，“洪义堂”旗下各堂相继选派精兵赴粤西护卫，劳德择和刘丽川的“和番堂”被抽走了不少兄弟，实力也大不如从前。

谭亚才这些年日子过得委实不赖，不但发了财，扩充了兵马，而且仰仗洋人的势力，逼迫官府发还了以前没收的谭家祖产。他在香港岛这块飞地上脚踩三只船，左右逢源，变成了全新一代的“洋商”。论实力，“全元堂”早已超过了“义胜堂”，但谭亚才人前人后把卢亚贵当庙里的菩萨一样供着，表现得非常谦恭——他心里明白，只要卢亚贵这杆旗子戳着，头号大汉奸这顶帽子就轮不到他姓谭的戴。

谭亚才春风得意，贺寿之后到香山县大涌镇和林福祥盘桓了两日，然后会同赵泰来、黄立峰一行浩浩荡荡向佛山堡进发，参加五月二十七在梁家举办的诗会。船队到达九江圩，发现江心涌来一群白鹈鹕，“逃军和”撑着舢板从古劳围方向而来，船头赫然端坐一位绸衣飘飘的驴脸老道。到了近前，赵泰来才发现是吕子桂。

容奇堡一场血战，宁洪崖葬身九宫旗阵，李文茂痛彻肺腑，陈开更觉愧疚万分。为了申明洪门军纪，陈开将“逃军和”与陈见成责打二百军棍，“飞天爪”和温秉信责打五十军棍，尽皆逐出洪门。“逃军和”自知罪孽深重，无颜见洪家兄弟，便接回了白鹈鹕，拾起老行当，做了一个打杂度日的养鸟人。

赵泰来下船迎住吕子桂：“兄台去哪里？”

吕子桂道：“梁九爷新园子开张，请贫道吃酒。”

谭亚才热情地邀请："咱们正好顺路。"

"不行，不行，"吕子桂摇了摇头，"阿辉去杏坛接长春兄，贫道有事等他们。"

道光二十五年上半年，"打铁罗"在金芝岩的丹砂井里又发掘出三块石头。梁九图将这三块奇石一并收入囊中，运回"紫藤花馆"，与"千多窿"等九块石头摆在书房。他专门定做了十二只七星岩石盆，注入清水，把十二块奇石往里面一放。吓，波光粼粼的倒映下，十二块黄蜡石的肌理纤毫毕露——崇山峻岭傲然挺立，江河湖溪迂回奔流，烟霞云雾浓妆淡抹，雪雨风霜呼之欲出。人间佳山佳水一网打尽，令天下山石无颜色，这不正是自己一生苦苦追求的园林梦想吗？这不正是苏仁山说的那种艺之至境吗？

人间仙境，夫复何求？梁九图禁不住热泪盈眶。

自石上覆水，孔孔流泉；从石下焚香，洞洞生烟。石头上那些玲珑剔透的石洞，宛如一个个跳跃在琴弦上的音符。它们既是这幅山水巨作不可或缺的组成部分，也是具有独立灵魂的宇宙精灵；它们好似遥远天际的繁星，变成风花雪月飘拂过人间——留在人间的影子和躯壳尚且这般美丽，那飞走的心儿该是何等动人？

梁九图实现人生大梦，将"紫藤花馆"更名为"十二石斋"，下帖邀请广府名流，定于五月二十七在"十二石斋"饮酒赋诗，以示庆贺。李文茂军务缠身，哪有闲心看石头，遂委托兄弟冼文辉代表自己去一趟。

冼文辉今年二十四岁，身高外形和李文茂相差无几，天生一副练武的好坯子。自从取了秀才以后，冼文辉连着赴了三次"秋闱"，每一次均铩羽而归。小伙子意兴阑珊，哥哥现在是洪门大龙头唯一可能的候选人，明年底便扯旗造反，还考什么朝廷的鸟功名？

跟着哥哥起兵造反，必须弃文从武。琼花会馆百家武艺，他又有李文茂这样一位百年难遇的武林奇才兄长，习武自然不是问题。李文茂首先要他掌握红班拳——作为红船后人，这套拳法是基本功；其次让他师从邝能修炼正宗的少林内功；最后命他赴白沙江水寨，跟随梁培友等人学习水军战法。

对于冼文辉来说，习武不是难事，难的是另一桩事——认祖归宗。

年轻人几次想把自己的姓改回来，均遭到冼氏宗族的反对。冼万正带着他到灵应祠求了一个签，上面说得非常邪乎，意思是改姓会影响冼家的气运，有可能导致冼家子嗣不旺；冼文辉不服气，自己找常有定和“琉璃球”占卜，得到的答案大同小异。尤其是“琉璃球”根据炮子不重复落地的红毛原理，告诫他从姓李改为姓冼可以，从姓冼再改回姓李就是第二次，绝对不吉利；“琉璃球”这一卦经过温秉智那张大嘴传回洪门，大伙儿也不支持冼文辉改姓，道理是一动不如一静，眼下正值李文茂寻找武林至尊比武、角逐洪门之主大位的关键时刻，这两件事关乎全局，千万不能受影响。

谣言止于智者，播于凶口。关于冼文辉改姓这件事越传越邪乎，越传越恐怖，以至于到最后众口一词地反对他改姓，连常有定常用的那支独头签都被翻了出来——哥哥好端端的，你冼文辉突然认祖归宗是啥意思？莫非天意对李文茂不利？

普普通通的认祖归宗，传到最后自己竟然变成了哥哥的克星，冼文辉垂头丧气，再也不提改姓的事情。见他耷拉着脑袋无精打采，苏仁山心有不忍：“二爷武功盖世无双，从来不信邪，你别听常有定和‘琉璃球’瞎说。”

“不是那么回事，”冼文辉忧心忡忡，“容奇堡大战前，西海大寨折了一杆纛旗，后来果然应在总堂大爷身上，此事不可不防。还有，你瞧后面那条船。”

苏仁山回头一看，只见江面上尾随而来一条大船，形状与普通的红船一模一样，唯独船头没有悬挂琼花旗，而是飘扬着一面龙飞凤舞的“梅”字旗。

苏仁山脱口道：“梅家那娘们？”

上个月，也就是道光二十五年四月二十，陈平海的“乐荣华”班到九曜坊唱戏，不料半夜看台上忽然燃起了火苗。那天人山人海，巷子里临时搭设的棚子鳞次栉比，大火蔓延起来观众相互践踏，死于火灾者高达一千四百余人，酿成三十年未有之大难。

关于大火的起因众说纷纭，有人说红毛鬼子进不了省城故意纵火捣乱，有人说是“阴阳生”等人的阴魂前来报复，有人说当天晚上看到文忠公和司马公无头飞行，大喊杀贼。反正不管怎么说，省城的士绅百姓都认为这是天命有变的一个征兆，而琼花会馆的三位当家人则想起了常有定当年的那一卦——仙湖街和九曜坊咫尺相接，看来那地方确实不吉利啊！

“乐荣华”班死伤的老倌甚众，重组在所难免，被列为琼花会馆的头等大事。陈平海为了洗掉晦气，买了两条崭新的红船，旧船作价卖给了梅少奶奶。

冼文辉无可奈何：“常有定如今名气很大，吕先生都夸他灵验呢。”

金蟾道士击败大度和尚后，吕子桂更加得意，四处吹嘘“太乙无影”，好像大度和尚那条胳膊是他砍下来似的。俗话说，贼不单行，法无孤施。他觉得一个人招摇势单力薄，便和常有定整天混在一起，你教他一招没影子的“太乙无影”，他传你四句包打乾坤的独头签，成了拜把子兄弟。苏仁山瞧不起他这种没影子当有影子吹牛的做派，不愿意冼文辉受其蒙骗，就出了一个主意：“邹伯奇与何淡如都改过名号，此事是吉是凶，你该问问他们才对。”

邹伯奇也在梁家邀请的名士之列，这两日，他带着何淡如在西樵山观测天象，约好了和苏仁山一路同行。冼文辉喜道：“对啊，我怎么把他俩给忘了？”

仿佛有默契似的，年轻人的心头刚刚点亮一盏油灯，后面红船上锣鼓敲打，一阵琵琶和瑶琴响过，有人啭喉歌道：

> 嗟怨薄命，对住梧桐，飘零一叶怨秋风；
> 嫩绿新枝情万种，曾经疏两分外不同。
> 萧疏偏惹骚人梦，诗人题咏在绿阴中；
> 若是知音便早带她去亭边种，漫到焦时始辨桐。
> 恨只恨她一到秋来随处播弄，惹起人愁，问你有什么阴功？
> 大抵怜香惜玉你心先动，恐怕吹残弱质你早把信音通。
> 细想名花有几朵挨得霜花重？
> 唉！你心错用，提起心肠痛。
> 自古经秋不怕老，只有涧底苍松。
> …………

明珊居士招子庸因为将鲍鹏推荐给琦善做译员一事被罢官，回到家后更加放浪形骸，作曲之余在省城和佛山堡街头卖画。他作画的脾气与苏仁山好有一比，得看你顺眼才画，你想这能挣几个钱？去年他跑到四川找亲戚，说是为了借钱捐个官，哪知道回来的时候，屁股后面竟然跟了五位明眸皓齿的歌女，一时弄得满城风雨。

英雄重英雄，苏仁山对招子庸了解透彻，明白他荒唐举止下是一颗伤痛的心。拿这首《嗟怨薄命》的粤讴来说，招子庸一连气作了五首，从春夏写到秋冬，从柳荷咏到桐梅，仿佛一年到头全是怨，四时草木皆薄命。

不用回头看，单从声音就能分辨出唱歌的是黄纨卿。时值夏令，她叹的却是秋桐，可见这女人的心和招子庸一般苦。苏仁山叹了口气："阿辉，听说黄家女仔中了'阴阳生'的无形情蛊，有没有这回事？"

冼文辉摇了摇头："不知道。"

苏仁山又问："陈天义没去寻解药？"

冼文辉迟疑地说："阿开哥是去藏经阁来着，只听他说要找什么红牙玉板？"

苏仁山突然想起冼文辉还没结婚，是个单纯的白面书生，便停止追问。船到九江圩，几条船会合，吕子桂拉着苏仁山、邹伯奇、"逃军和"、冼文辉、何淡如进了"礼山酒庐"。这间酒肆新征了一块林地，筑桥引水，起了一处露天纳凉的所在，吃酒最是典雅。

何淡如屁股刚落定，立刻撺掇冼文辉："阿辉，认祖归宗天经地义，怕个屌？"

吕子桂见何淡如口无遮拦，有意和自己唱反调，便狠狠地白了他一眼："你整天打官司黑人钱财，不积阴德，别害人家阿辉，他还是个雏儿呢。"

何淡如一蹦三尺高，从腰里拔出佩戴的宝剑："来来，老子用'迟疾任情'斗你的'太乙无影'，看看谁厉害？"

邹伯奇一把将他拉回座位："驼背卖虾米，你的剑法也好不到哪儿去。"

何淡如嘀咕："他要是能把无形情蛊解了，我就信他有道法。"

环佩叮当，香气扑鼻，小桥边出现了几个艳丽女人，穿着光鲜的戏装，好像一群刚出戏棚的大老倌。冯紫玉婀娜多姿地走在最前面，身上穿了一件白素花的裙子，腰里塞了一条白腰巾，脚上套了一双白色绣花鞋，全副白娘子的行头；后面的黄纨卿披甲握剑，俨然大破天门阵的穆桂英再世，眼神恍惚，流露出一丝与穿戴打扮不相称的脆弱；再后面是反串许仕林的梅少奶奶，系玉带，穿粉裤，手执马鞭颇有三分男儿气概。

梅家的丫鬟仆役停在小桥一侧，穿什么的都有，其中扮演太监、兵将、旗牌和大纛旗手的是《穆桂英挂帅》的角色，扮演四青袍和四龙套的是《仕林祭塔》的人物。

韶华易逝，转眼四年多过去，激情渐渐冷淡，这几个荒唐的女人逐渐把戏棚当作她们最重要的精神支柱。美好的生活存在于想象中，一旦离开戏棚，美梦无不破碎。

“阴阳生”死后，无形情蛊效力大减，黄纨卿和冉枝枝的不伦之恋出现了缝隙。她是这伙女人的灵魂，一旦灵魂要返回红尘，梅少奶奶和冯紫玉都有点儿意兴阑珊，提不起兴致。伙计把酒菜点心端上来，黄纨卿吃了几口便放下筷子，返回桥边散步。

梅少奶奶瞥了一眼那头的何淡如：“刚才小何说啥来着？”

冯紫玉挥了挥手帕：“狗嘴里吐不出象牙，别理他。”

梅少奶奶气呼呼地自言自语：“他说要给纨卿找解药？”

“找就找呗，大不了咱们回头玩男人。”冯紫玉咯咯笑道，“叶老二就在那边坐着，他不是你的入幕之宾吗？”

“逃军和”当年挣了梅少奶奶不少钱，女人对他的本钱十分留恋，叹了口气：“这驴屌一点儿不讲情面，自从当了‘德礼堂’的四龙头，从来不拿正眼看我。”

冯紫玉嬉皮笑脸地说：“他现如今已经被逐出洪门，老婆又不在家，能守得住寂寞？”

“好马不吃回头草。”梅少奶奶突然变得垂涎欲滴，“江湖传说二爷为至阳之体，他兄弟一奶同胞应该也不差。要是能把冼文辉这个嫩鸡子弄到手，这辈子就值了。”

“别开玩笑，”冯紫玉吃了一惊，“当心二爷拧断你的鸡脖子。”

梅少奶奶情不自禁缩了缩脖子：“惹不起阎王还欺负不了小鬼？小何跟咱们作对，咱们索性拿他开开心，咋样？”

冯紫玉是捅破天的性格，高兴地说：“怎么玩他？”

“来个雅的先。”梅少奶奶提笔在白帕上写了一行字，点指唤来伙计，“店家，把本少奶奶这方手帕送过去。”

伙计不敢怠慢，一溜小跑将白帕送到何淡如手里。大伙儿嘻嘻哈哈打开一看，梅少奶奶的小楷挺有模有样，帕上写着一个上联：“雪点梅花，昨夜不知五六处。”

冼文辉问：“什么意思？”

何淡如气哼哼地说：“这骚货竟敢调戏咱爷们。”

“人家这话明面上没毛病，下联也要见功力，不可叫人小瞧。”邹伯奇一时兴起，提笔对了一个下联，“灰飞葭管，小阳初入二三分。”

邹伯奇是大家，这副对联亦庄亦谐，同样是房中事，却遮盖得极其巧妙。冯紫玉一看失了锐气：“不行，他们舞文弄墨惯了，雅的咱们比不过，干脆来个俗的。”

第二方白帕拿过来，众人一看，冯紫玉出的上联是“席上有佳肴，何须要烧肉？”

“烧肉”一词是个双关隐语，代指女性特点和贞操。何淡如挽起袖子：“丢他老母，何某是无情对的祖宗，还能败在一群娘们手里？瞧我的。”

扭计师爷唰唰对了下联还不过瘾，又出了一个上联，吩咐伙计：“都拿过去，看她们这次还能不能对得上？”

梅少奶奶和冯紫玉打开白帕，见何淡如的下联是：“房中无别物，专门好屌鸡。”二人相视一笑，再看他出的上联：“勿贪花笑，勿贪花妙，应贪花勿娇。”

梅少奶奶一时挠头，冯紫玉掩着嘴笑个不停：“这个上联是新婚之夜小何老婆出的，答不出来不让他上床。”

说着话，冯紫玉提笔一挥而就：“不怕你精，不怕你呆，就怕你不来。”

五月二十七，丛桂里的梁府冠盖云集，“十二石斋”“无懈怠斋”“寒香馆”“群星草堂”等园林悉数开放，任由士绅名流观石赏景、吟诗作赋。广府名流济济一堂，老一辈像黄培芳、张维屏，中年一辈的像熊景星、曾钊，年轻一辈的像谭莹、朱次琦、陈澧、邹伯奇等等莫不是一时俊彦。此外，梁九图请苏仁山和苏六朋各自为“十二石斋”绘一幅画，这两位均为画坛巨匠，同时以同一题材作画，实际上又是一次巅峰对决。只不过，与朱明洞不同的是，“十二石斋"比试的是画技。

林福祥陪着老师黄培芳在"十二石斋"欣赏风景，走到种笛亭时，迎面碰上两位在任的官员：一个是礼部侍郎罗文俊，一个是云南按察使罗天池。罗文俊是道光二年的探花郎，早年曾拜在黄培芳门下求学，见到老师恭敬施礼，黄培芳将他搀起来问："我说泰瞻，你这次从京城过来，路上有没有碰到骆老三？"

罗文俊答道："回恩师的话，学生走的时候他正在写辞呈，估计快回来了。"

骆秉章的母亲上个月去世，按照礼制他必须回家守孝三年。黄培芳摸着胡子说："梁章冉在粤秀书院当监院离不开，越华书院缺一个山长，我想骆老三干这个正合适。"

罗文俊点头："恩师言之有理，省得他回来闲着。"

黄培芳牢骚满腹地问："泰瞻，我只问你一句话，红毛鬼子要求践约进城，朝中衮衮诸公怎么打算？难道还让老百姓在前面当炮灰？"

依照《南京条约》的白纸黑字，广州应该开放，让红毛鬼子进城；可民意难违，大清朝从皇帝到大臣没有一个人敢公开这么说，怕被老百姓骂成汉奸。千金小姐进窑子，遮羞布须一条一条地撕，罗文俊尴尬地笑道："恩师，圣上的意思是徐徐搪塞，那些红毛鬼子知道咱们两粤百姓难惹。拿老百姓做挡箭牌，兴许能把这事给拖黄了。"

黄培芳、张维屏、梁廷枏等人皆为反入城斗争的领袖，深知发动老百姓抵抗红毛鬼子是一把双刃剑——"洪德堂"借助反入城斗争发展得很快，"逍遥门"被击溃即为明证。他没好气地说："听黄抚台的意思，圣上即将允准红毛教开禁。倘若任凭鬼子宣扬红毛教，圣教今后往哪里摆？长此以往，还不知道谁把谁给拖黄了。"

清军在鸦片战争中一败涂地，红毛鬼子用枪炮击碎了中华文明的千年旧梦，同时也唤起了汉人心头沉睡已久的耻辱。清廷面临着两线对敌的困境，士绅阶层那颗脆弱的心也被撕裂成碎片，感受到前所未有的无力感和挫折感，对前景一片迷茫——红毛鬼子船坚炮利，来到中华大地刨坟掘墓，祖宗留下来的风水迟早要让他们糟蹋，圣教迟早要被红毛教取代。

怎么办？利用百姓打鬼？那些大字不识一个的穷棒子如尘如沙，塞给他们刀枪容易，再从他们手里夺回来可就难了。他们一旦得了天下，名流豪绅还能有舒服日子过？

礼教之心是诗教，书写历史的精英孤芳自赏，因循守旧，一不相信草根阶层有能力领悟这颗心，二不相信草根阶层愿意接纳这颗心，从而陷入了自设的困境。

这个困境说明，所谓的精英，其实也不懂这颗心！

苏六朋在种笛亭作画，黄培芳、张维屏、罗文俊、罗天池、曾钊等人在亭子外就座。过了一会儿，朱次琦、陈澧、谭莹几个从西山堂出来，朱次琦来到黄培芳跟前："这是福草刚写的一首诗，权当作今天诗会的引子，请前辈评点。"

这群文人中，黄培芳诗写得最好，他拿过来一看，上面写着：

衡岳归来兴未阑，壶中蓄石当烟鬟；
登高腰脚输人健，不看真山看假山。

"好好，太好了。"黄培芳赞不绝口，"最后这句话说透了——'不看真山看假山'，说明假山有了魂，这座园子可以不朽喽。"

张维屏幽默地说："人家福草犹然不满意，说他仅仅搜罗到十二具靓壳，真正的魂早已经从石窟窿里飞走了。"

"哈哈，"黄培芳大笑，"福草真是贪心不足，天地之魂是什么？就是龙嘛。龙飞在天犹嫌腾挪不开，岂肯低头供他狎弄？"

罗天池道："福草腿脚不灵便，这么些年山林奔走，太不容易了。难得他对这十二块石头满意，只要他收了狂士习气，比什么都好。"

罗天池这话大有深意，令人玩味。罗文俊接过话茬，对朱次琦、陈澧和谭莹说："人生哪有一帆风顺？你们几个休要气馁，应该向骆老三学，下一科接着考。"

朱、陈、谭三人均未参加年初的"春闱"：朱次琦是因为继母关氏病故；陈澧是因为五次会试不第，失去了信心；谭莹是因为拒绝——他在去年乡试的策问中说了几句真话，触犯了官场的忌讳，考官不好意思不让他过，便让他背了个榜，考了个倒数第一。谭莹的自尊心受到了极大的伤害，下决心放弃科考，在家编书消遣余生。

听了罗天池的话，三位失意大儒一言不发。这时，林福祥兴奋地从种笛亭出来，手里拿着一张誊写好的诗作："师傅，各位前辈，罗浮道人画完了，还题了一首诗。"

他的出现打破了尴尬，黄培芳接过纸看了一眼，又递给张维屏。苏六朋题跋的这首诗写得通俗易懂，张维屏一字一句地念道：

九曜池边九拳石，遗闻今已缺其一；
何来十二碧芙蓉？高下位置吟斋中。
点缀丹黄入几席，与君共有元章癖；
何日携琴石上眠？自家添个眠琴客。

大家一窝蜂拥入种笛亭，一看那张铺在长桌上的大画，无不吃了一惊。别看苏六朋诗写得不怎么样，但这幅丹青端的是气韵生动、精妙非凡。画面上十二块黄蜡石各具神韵，翩翩欲飞；设色妍丽，秀美传神。简单说就一个特点——惟妙惟肖，太逼真了。

黄培芳抬头问："清远道人画完了没有？"

谭莹很为苏仁山担心，抢着说："我去瞧瞧。"

苏仁山在乙卯庐作画，屋外吃茶的多为伍紫垣、老介福、谭亚才、张敬修、吴健彰之类的财主和商人。老介福问张敬修："德圃，你不是喜欢画梅花吗？罗臬台是画梅的高手，你何不跟他比一比？"

"老兄，你记错了，"张敬修纠正他，"我喜欢画兰花，不是梅花。"

"兰花？"老介福介绍，"天底下画兰花最好的，还得说是桂林'李半城'家的人，李秉铨和李秉绶均为绘兰高手。前些日子，我陪苏长春去粤西散心，见识了李家的气派，苏长春带回了一些习作，你可以鉴赏一下。"

"太好了。"张敬修兴奋地说，"我爹给我捐了个同知，查了半天，只有粤西的庆远府和思恩府有缺。在下如去粤西做官，一定到李家拜访。"

老介福建议："思恩府靠近洪门的地盘，官不好做；庆远府是粤西绿林道的老巢，洪门连年征伐，遍地狼烟，更加危险。两害相权取其轻，我看你还是去思恩府吧。”

张敬修抱拳施礼：“老兄，这事得请你多多帮忙，鄙府的家丁多是抬枪手，武艺高强的没有几个，只怕到江湖上会吃亏。”

吴健彰插嘴：“人往高处走，水往低处流，真正有把式的哪个肯去山沟？张老弟，不瞒你说，我和你是一个心病：得力之人难找啊。”

“卖鸡爽”入股旗昌洋行后，下定决心去上海闯荡，为此他特地去了一趟香港，想劝说刘丽川随他北上打天下。可他去的时机不对，罗大纲正准备把劳德择调到粤西，这样的话，刘丽川将接任“和番堂”的大龙头，自然不会跟他去上海混——有爹当，谁愿意当儿子？

谭亚才好奇地问吴健彰：“吴老爷，上海那么小的地方，有奔头吗？”

“卖鸡爽”诡异地一笑：“谭少爷，这话你不该问。上海再小，总比香港大吧？你为啥哪儿都不去，死守住一个小渔村呢？”

“呵呵，”谭亚才拱了拱手，“吴老爷高见，今后多多走动。”

“全元堂”雄踞香港岛，一面和洋人打得火热，一面跻身洪门外围序列，要货有货，要人有人，是吴健彰最期盼的合作伙伴。他兴高采烈地说：“有谭少爷帮衬，老朽巴不得。你最好能说动这两位，咱爷们合伙干，包打天下。”

“小孟尝”把球踢给了小浩官：“五爷，广府风水天下第一，是不是你说的？”

伍紫垣摇了摇扇子：“在下金盆洗手，专心跟着谭大子编书，不信，你问他。”

谭莹停下脚步，沉着脸问：“长春兄怎么还没画完？”

一看他那副神态，众人明白苏六朋已经完成了一幅上乘佳作。这时，梁九图一瘸一拐地从西山堂那边跑过来，后面跟着黄广华与叶四和。他焦急地扬了扬手：“咱们进去瞅瞅。”

苏仁山向以鸿篇巨制见长，但苏六朋今天先发制人，率先完成了一幅精美的大画。梁九图暗自替苏仁山捏了一把汗，不知道他会以什么方式反败为胜。黄广华与叶四和两个人心情十分复杂，一头是他们的偶像，一头是他们的师兄，到底该让谁赢呢？

众人正待进屋，只听“吱呀”一声，邹伯奇从里面推开了乙卯庐的门，满面笑容：“长春兄画完了，各位，请进来下个判定。”

邹伯奇眼光极高，不是轻易夸奖别人的性格。看到他这副神态，梁九图意识到一幅伟大的作品即将诞生，心头一阵狂喜：“长春兄，快给我们看看，画在哪儿？”

苏仁山拿扇柄在桌子中间敲了敲：“这不是吗？”

大伙儿围拢上去，无不目瞪口呆，桌上摆着一幅不到半尺的微缩画。这幅画尺度虽小，然而上面亭堂轩槛、几案彝鼎、树木花竹，靡不悉备，黄蜡石只有小指尖那么大小。让人啧啧称奇的是，黄蜡石所隐含的岩壑峰峦，在苏仁山笔下纤毫毕现，一丝不苟。

与苏六朋惟妙惟肖的风格不同，苏仁山以笔为刀，使用白描功夫刀刀见骨，将“十二石斋”的神采尽数展现出来——这已然不是作画，而是在用笔微雕！

梁九图伏在桌子上看得如痴如醉，苏仁山得意地问：“九爷，苏某这幅画，是不是绘出了你这十二块石头的骨相？”

苏仁山一向傲慢，他嘴上自谦骨相，心里认定的当是魂相。梁九图后退一步观瞧，神奇的效果出现了，只感觉眼前白茫茫一片，清寒彻骨；那些白描线条好似盛开的白梅，一瓣接着一瓣绽开了花蕾——石洞飞走的心，似乎又飞了回来。

“魂相，魂相，”梁九图激动地说，“长春兄，你的画笔已经到了魂相的境界。”

别人越夸奖，苏仁山越谦虚，他摇了摇头，面露倦容：“九爷不必过誉，苏某人的本事自个知道。你还是把画拿过去，让枕琴兄雅赏吧。”

像捧着宝贝一样，梁九图小心翼翼捧起这幅微缩画，在众人的簇拥下奔向种笛亭。苏仁山回头一看，发现张敬修和谭亚才没走，奇怪地问：“两位有何指教？”

张敬修赔着笑：“先生，听说你手里有李家人绘的兰花？”

“哦，”苏仁山指了指画台，“那不是？”

画台上零乱地放着七八幅画作，张敬修和谭亚才一幅一幅地欣赏，到最后一张，两人忽然瞪大了眼珠。阳光越窗而过，残留的光线并不十分强烈，沾湿了湖面泛出的水息。最后一幅画是一张肖像画，从白描的手法判断应当出自苏仁山之手。画面中是一位美丽无比的少女，她的脸庞竟然有一丝异域的风情——额头偏偏阔一点，眼窝偏偏深一分，眼眸偏偏重一丝，鼻梁偏偏高一度。那是一种神韵天成的夜色之美，似乎从来不需要阳光的恩赐，犹如一只盘踞在枯枝上的灵魂之鸟，随时打算远离人类的视野。

谭亚才被深深地打动了，问："苏先生，这是谁家的千金？"

"'李半城'家的。"苏仁山答道，"二十多了，没有出阁呢。"

（第三卷完）

西江英雄傳

XIJIANG
YINGXIONG
ZHUAN

第五卷【千秋忠义】

徐炜 著

南方日报出版社
NANFANG DAILY PRESS
中国·广州

第一百六十一回　大明衣冠

咸丰四年(1854年)五月十三,何禄自石龙镇起兵,水陆并发,于次日拂晓攻克东莞县城,拉开了甲寅年大起义轰轰烈烈的序幕。叶名琛闻报,当即传檄各地官军出兵围剿,卫佐邦、钟金声、刘秉胜在猛涌大石堡遭到“德信堂”的阻击,林洸隆刀斩刘秉胜,大获全胜。陈金刚和“兴胜堂”受此鼓舞,六月初二发动突然袭击,成功夺取了芦苞镇的“南武当”。

主帅李文茂尚未动手,洪家兄弟先在东西两路频频得手,极大地震撼了广东官府。佛山士绅豪强自知不免,梁应琨决心放手一搏,支持同知衙门提出的方案,集中兵力于六月十一偷袭“粤安社”,冒险一逞。

那天黄昏,下起了淅淅沥沥的雨丝,闸门楼默默矗立,黄开大盘腿念经,旁边坐着伪君子区植棠、金良玉以及两条狗。郑绍祖挑着一担藤条帽子从东南巷里走出来,啧啧称奇:“三位老爷,有钱人都往省城跑,你们咋不走?”

这些年,黄家的祖产卖得七七八八,仅余最后一座三间两廊式的院子。黄开大慢慢地抬起头,仿佛在自言自语:“我一个穷鬼,往哪儿走?”

仗着和陈见成开过窑口的交情,区植棠丝毫不担心变天,他问郑绍祖:“你这间铺面是从陈天义嘴里抠出来的,不怕人家找你算账?”

当初“德礼堂”关张的时候，架不住家里婆娘的使劲撺掇，郑绍祖和冼长贵厚着脸皮从陈开手里各自索要了一间铺面。八年下来，郑绍祖是王小二过年，一年不如一年，最后不得不变卖掉铺子，又变回了一个挑担子叫卖的货郎。他抹了一把脸上的雨水，讪讪地说：“陈大龙头讲义气，咋会和我计较？三位老爷，今天日头毒，买一顶帽子吧？”

黄开大抬头瞥了一眼阴沉沉的天空，嗔怪道：“哪来的日头？”

郑绍祖挠头说：“‘葫芦发’用猪尿脬算的，说今晚红透半边天。”

区植棠心里立刻咯噔一下，今夜偷袭“粤安社”属于绝密行动，“大魁堂”通知各家豪门必须挑选信得过的家丁，“葫芦发”从何处得来的消息？金良玉似乎看出了他的心思，摸了摸大狗和小狗的脑袋，嘟囔道：“这年月，人还不如狗靠得住。何六爷发兵莞城，莫都司打算动刀子反抗，谁知道手下人早就入了堂口，一枪未放，丢了城池，送了性命。区老爷，兄弟最佩服你，和谁也不打连连，自个儿干自个儿的。”

区植棠向来走独行大盗的路数，背后下黑刀子，绝不正面与人冲撞，这种为人处世的方式帮助他逃过不少劫难，这次也不例外。照现在的形势判断，陈开对“大魁堂”和文武四衙早有了提防，今天夜里这把火偷鸡不成蚀把米。区植槐、区植柏如果助拳，必定自投罗网，他起身对郑绍祖说：“我买你一顶帽子，你帮我到‘四海堂’喊一顶轿子——‘富春喜’班在华丰台唱《火烧连营》，林大老倌的扮相靓极了，区某不想错过。”

区家的轿子比“四海堂”华丽十倍，为什么不用自家的轿夫？郑绍祖离开后，金良玉觉得十分纳闷：“区老爷，你家的轿子借给别人了？”

区植棠的轿夫名叫区二娣和区三娣，俱有把式在身，孔武有力，平时兼职保镖。前天因为内急在墙根底下撒了一泡尿，被区植棠叫人各打了六十板子，走起路来一瘸一拐。伪君子发现雨丝缥缥缈缈，若有若无，似乎有随时停止的迹象，他心里的不祥之感益发加重，敷衍了金良玉一句，随后发问：“听说何六已经退出了莞城，金爷不在寮步镇，回佛山堡干什么？”

“那是障眼法。”金良玉叹了口气，“洪门的主攻方向是省城，何六放弃莞城，主力正向番禺一线集中，专候二爷的将令。金窝银窝不如自己的狗窝，二爷一旦出手，广府和粤东就没有安生的地方，还不如老老实实待在佛山堡。好歹二爷、陈天义是讲义气的人，咱们只要不跟着官府和人家作对，人家能为难咱们？”

区植棠点头：“有道理，有道理，两边都是乡亲，得罪谁也不合适。”

黄开大悠悠地问：“良玉，听说你哥子重获制台大人的欢心，有这回事吗？”

甲寅年举事在即，粤东风声鹤唳，叶名琛骗取洋人的帮助后，仍然觉得心里不踏实，主动与黄婆洞的道士修好，原谅了常有定和“琉璃球”等人的过去，邀请这两位神仙继续为他占卜吉凶。“德礼堂”在佛山堡的势力盖过官府，金良玉不想和官府贴得太近，急忙撇清：“醉翁之意不在酒，制台大人想见的是铁口道人和白道士师兄弟，我哥子算的是红毛卦，制台大人没有兴趣，黄老爷莫要指鹿为马。”

区植棠道：“红毛法术怎么啦？难道还比不上猪尿脬？”

世上没有不透风的墙，猪尿脬的种种神迹渐渐传遍江湖，名气直追“枫子鬼”。黄开大怅惘地说：“你们别小看猪尿脬，这玩意占卜天气比药王庙前的那对石柱还灵验。‘葫芦发’靠它练了一身本事，手下有好几千弟兄，威风着哩。”

区植棠正想继续探听究竟，柯振邦跟着郑绍祖来到闸门楼，冲他施礼：“区老爷，本堂眼下只有轿子没有人，人都出去干活了，就剩下我一个，真是对不住。”

“本堂”这两个字十分刺耳，金良玉皱着眉：“柯老二，你在堂了？”

为了给柯家延续香火，柯定邦重归“六顺堂”后，死活不许兄弟再入洪门，并且给柯振邦在龙山乡订了一门亲事。“四海堂”的轿夫有不少入了洪门，甚至当起了龙头大哥，柯振邦十分羡慕和眼馋，却无可奈何，沮丧道：“我倒是想在堂，可我大哥不让。”

佛山堡即将进入动荡的乱世，伪君子觉得有必要利用一下柯振邦，故意撺掇他：“现在要是入了堂口，将来二爷和陈天义得了天下，你就是开国功臣，富贵不可限量。这样吧，只要你能拉一伙兄弟，开台做戏的费用就包在我身上，你还能从中赚一笔。”

柯振邦早就想投入洪门，当一个人人仰慕的龙头大哥，听区植棠说完，他喜上眉梢：“要真是那样，我把白扇三爷的交椅给区爷留着。”

区植棠笑着说:“区某不要交椅,只求弟兄们帮我看家护院。”

柯振邦、区二娣、区三娣轮流抬着轿子,将区植棠送进祖庙。伪君子下了轿子,从怀里摸出一锭银子,郑重地交给柯振邦:“这点儿零花钱拿着,别忘了办正事。”

柯振邦非常激动:“放心吧,我马上去办。”

区植棠举起那顶藤条帽子,耐心地对柯振邦讲解:“振邦兄弟,江湖就像这顶帽子,讲究的是一个圈圈。你只有走正了路,跟对了人,靠近江湖大佬的圈子,才有机会出人头地,吃香的喝辣的。除了二爷之外,陈天义才是当今佛山堡最厉害的大佬,必须和他套上交情。依区某人看,宁大少那种当摆设的总大哥就算了,你想办法混到‘葫芦发’和霍威的门下,拜他们为总大哥。只要你办成了这件事,要多少银子就给你多少银子,区某绝不食言。”

柯振邦不相信地问:“真的吗,老爷?”

“那当然。”区植棠又塞给他一张银票,神秘地说,“二爷马上要攻打广州,军饷钱粮全靠陈天义在佛山堡接济,到时候咱们帮忙打单,你说银子还会缺吗?”

柯振邦恍然大悟,抱拳在胸:“区老爷安心看戏,小的马上纠人。”

伪君子不但要柯振邦成立堂口保护自己,还想打着洪门的幌子勒索富户,真是一把算盘打到了家。目送柯振邦兴冲冲地离去,区植棠转身出祖庙,悄悄拐进了旁边的崇正社学。孔继尧正在社学大殿外徘徊,看到他一愣:“区爷,你怎么来了?”

区植棠愁眉苦脸地说:“不来不行,阿槐媳妇和阿柏媳妇撕扯起来了,我这个做大伯子的左右为难,只能叫阿槐和阿柏回去劝架。”

“孔鸡蛋”把脸一沉:“你想半路溜号?”

“乡里乡亲的,犯不着你死我活。”区植棠毫不介意,口气不软不硬,“孔爷,你和陈天义是老朋友,还不了解他?洪门在本镇耳目众多,恨不得你在这儿放个屁,立马就有人向他通风报信。今天晚上这桩事我看悬,何必让阿槐和阿柏枉送性命?”

偷袭“粤安社”的计划由佛山同知谢效庄一力主张,梁应琨和孔继尧并不看好。他们与陈开合作多年,远比谢效庄更了解对手,明白陈开早有应对之策，偷袭的战法估计发挥不出多少成效。当然，他们也理解谢效庄的苦处——佛山堡作为比广州城更加繁华的天下巨镇，不做任何抵抗拱手白白交给洪门，对上面万万交代不过去。

根据手下人的报告，谢效庄在鹰嘴沙已经备好了船只，随时准备跑路，可见他对袭击“粤安社”根本没抱多少希望。既然当官的都这样，又何必耽误下面的人？“孔鸡蛋”进去把区植槐叫了出来，区植棠诧异地问：“怎么就你一个人？阿柏呢？”

“奉谢同知的军令，”区植槐答道，“前去攻打箍桶铺。”

“给个棒槌就当针，你去瞅瞅，人家当官的早就溜了。”区植棠气急败坏，“快去把阿柏喊回家，坐我的轿子，洪门探哨多，别引起注意。”

区植槐不学无术，胸无点墨，比区植棠差出十万八千里。他不相信伪君子的判断，命令区二娣和区三娣调转方向，先去“粤安社”打探究竟。轿子到了筷子街的街口，迎头碰到新任五斗口司巡检张金鉴。区植槐跳下轿子：“张老爷，咋还不动手？”

张金鉴问：“你来干什么？”

区植槐赔着笑脸：“同知大老爷在吗？”

“大老爷在鹰嘴沙，我去接他。”张金鉴说罢，骑着马大摇大摆地离开。

谢效庄果然溜了，区植槐额头顿时冒出了汗珠——这次偷袭“粤安社”，他和区植柏出钱出人，在各大豪门里表现得十分抢眼，如果偷袭失败，以后还能有好果子吃？他拉住一个千总署的士兵，抱着侥幸心理问：“黄千总呢？”

那名绿营兵懒洋洋地说：“到北江抓贼去了，晌午刚走。”

洪门在佛山堡的势力根深蒂固，因此没有人愿意来这里当武官，从去年底开始，都司署的都司便一直空缺，其下辖绿营兵由同知衙门代管。袭击“粤安社”的战役即将打响，而佛山同知谢效庄、千总黄曜吉、五斗口司巡检张金鉴等人悉数缺阵，这场仗怎么打？

区植槐呆呆地站在巷口，夜风吹拂，筷子街空空荡荡，没有看见多少兵丁，也许各大豪门见机不对，早都撒丫子跑了。如果真是这样，箍桶铺那边定然是一口陷阱，必须尽快将区植柏从火坑里拉出来。此事关系到区家的兴亡成败，不能有丝毫耽搁。区植槐清醒过来，一个箭步跃入轿子里，连声吆喝，催促区二娣和区三娣向花王庙狂奔。

六月之夜，灯火摇曳，曲声充斥在佛山堡的天空，时而如泣如诉，时而飞扬冲天，叫人分不清梦里梦外、此世彼世。潮湿的夜幕下，不知道有多少蓄势待发的刀手，也不知道有多少冷眼旁观的看客。从筷子街到花王庙的距离并不遥远，但是区家的轿子磨磨蹭蹭，似乎走了无数个甲子。区植槐探出头，破口大骂："混蛋，为什么不动弹？"

区二娣和区三娣各挨了六十板子，本来就有伤在身，经过这番来回折腾，精疲力竭，半步也迈不动。区二娣哀求："老爷，歇一会儿吧，真不行了。"

区植槐抽出鞭子，正要下轿狠狠地教训这两个轿夫，忽然脚步踏踏，从街角闪出一群身法敏捷的彪形大汉，一个个头缠红巾，腰束红带，手里提着鬼头大刀，有的人还戴着奇形怪状的脸谱面具。区植槐吓得赶快把头缩进轿子，这伙人冲到跟前，警惕地观察了一番，有人用刀指着区二娣问："这么晚了，你们来花王庙干啥？"

区二娣结结巴巴地回答："路过的，去……去看戏。"

盛夏酷热，区二娣穿了一身短褂短裤，身上的伤痕血迹斑斑。那汉子皱了皱眉头："拿人当牲口使唤，兄弟，这种烂蟹不配当老爷，丢进河里算啦。"

洪门在花王庙附近层层设伏，看来区植柏凶多吉少。区植槐顾不上手足之情，等那伙人一离开，立刻催促区二娣和区三娣往回跑。到了洛水畔，两个轿夫刚喘了一口气，只听炸雷一声巨响，筷子街方向响起了隆隆炮声，火焰燃烧着夜幕，仿佛戏棚里的布景。

区植槐转忧为喜，哈哈大笑："打起来了，终于打起来了。"

区二娣放下轿子，默默地望着眼前的火幕，不知不觉被那位大汉的话打动。是啊，这些道貌岸然的老爷心肠太黑，从来不把轿夫当人看，就因为在墙根底下撒了一泡尿，伪君子竟然打了自己和区三娣六十板子，还逼着他们带伤抬轿。这些二世祖男盗女娼，平日里专干一些踢寡妇门、刨绝户坟的勾当，不仁不义，有什么值得人尊敬？拿区植槐来说，区植柏是他的堂兄弟，为了保命都可以弃之不顾，这还算是人吗？

区植槐叫嚷："别歇了，快走。"

区二娣问："老爷，去哪儿？"

"筷子街。"区植槐兴奋地说，"官军炮轰'粤安社'，看来谢大老爷没跑路。陈天义在劫难逃，这里面有本老爷一份功劳。"

区二娣像看怪物一样看着区植槐，这些有钱人不但没有义气，还坏了头壳——洪门在花王庙布下重兵，说明陈天义极有可能在箍桶铺，炮轰"粤安社"有个屁用？

区三娣也看出了破绽，大声问："二娣哥，还走吗？"

"走。"区二娣应道，"咱们再送老爷一程。"

区植槐沉浸在歼灭洪门的美梦中，没听出他的话外之音，得意道："算你们醒目，等老爷我从官府领了赏，多给你们几个跑腿钱。"

"我不要赏钱。"区二娣一口回绝。

区植槐奇怪地问："咦，那你要什么？"

区二娣道："我想知道我姓啥？"

区三娣在后面附和："我也想知道。"

区二娣和区三娣进区家门即为孤儿，生来当奴仆的命，这种人要姓氏干什么？难道他们还想认祖归宗？区植槐不高兴地说："你们姓区呀。"

"不可能。"两个轿夫一起摇头，"我们要是姓区，你能像牲口一样使唤我们？"

这是刚才那位带刀汉子的话，区植槐顿生警惕："你们想干什么？"

"三娣，老爷问话呢，你想干啥？"区二娣故意问。

区三娣高声回答："我想在老爷家的墙根底下屙尿。"

区植槐感到不妙，刚想爬出轿子，已经来不及。区二娣和区三娣同时发力，连人带轿子一起丢进洛水。望着在河里扑腾的老爷，两个轿夫感到前所未有的畅快："姓区的，我们兄弟从今天起姓洪，你记住了，从今往后咱们各不相干。"

何禄在东莞起兵后，陈开把"洪顺堂"办事机构秘密转移至石湾镇的丰宁寺，与邝能的"德威堂"兵合一处，等候起义的最佳时机。两位龙头之所以按兵不动，一方面是因为李文茂正在广州城北备战，尚未发布提前起义的大令；另一方面是为了最大限度地捞取民心，把开第一枪的责任推到官府和士绅豪族的身上。

起义的指挥部虽然设在石湾镇，但佛山堡的局势依旧牢牢控制在洪门手中——其一，陈开下令“礼锦堂”“礼红堂”“礼明堂”和“礼善堂”四大主力分别抽调精锐，占据镇内各个战略要点，随时准备向官军发动攻击；其二，像“葫芦发”和霍威等人担任总大哥的外围堂口亦有数万之众，遍及佛山堡的每一个角落，是一支声势浩大的后备力量；其三，经过这么些年的渗透和培植，文武四衙的兵丁、差役以及“大会馆”的铺丁中有不少人入了洪门，他们在关键时刻会调转刀头，将给敌人以致命一击。

根据预先的安排，“虎头仔”率“礼红堂”兄弟驻扎在花王庙，这支生力军的任务是攻打佛山同知衙门。区植柏不知利害，带去的二百来号家丁正好撞在枪口上，糊里糊涂被人家包了饺子，束手就擒，没有一个漏网。“虎头仔”发现“粤安社”炮声隆隆，大火燃起，当即派快马给陈开送信；同时将区植柏五花大绑，送到石湾镇祭旗。

为了确保起义万无一失，陈开在大雾岗、蒙清岗隐蔽了四千兵力，其中包括“葫芦发”统领的五百兄弟。这两个地方位于佛山堡和石湾镇之间，正是“葫芦发”和陈开当年偷盗棺材板的那片乱坟岗，二人对此最熟悉不过。接到“虎头仔”等人送来的消息，陈开判断起义时机已经成熟，立刻请来“和尚能”，商议夺取佛山堡的具体计划。

一支军队，一个堂口，恢复人数不难，难的是恢复战斗力。“德威堂”在粤西失去了一千多武艺高强的忠义兄弟，之后再也没有补充起来，与“德礼堂”的实力拉开了差距。邝能是一个性格豁达之人，平时不大计较名分，这次起义主动接受陈开的号令，甘居其下。二人和黄子深、黄湘南两位军师经过一番计议，决心兵分两路，一路以“德礼堂”为主，从南部的通济桥攻打佛山堡；一路以“德威堂”为主，穿过洛水进入汾江河，夺取大基头，与“琼花宫”兄弟会合，切断官军和地主团练的退路。

诸般事项敲定，还剩下一件至关重要的大事，那就是打什么旗号的问题。

“大义名分，不可不慎。”黄子深道，“何阿妈仓促起兵，效法上海的刘丽川，遥尊洪杨节制，自称太平天国耀武侯，此事值得商榷。本门尊的是朱明皇室后裔和五祖爷爷，而红毛教奉的是红毛上帝，自古人鬼殊途，万万混淆不得。"

邝能怒道:"太平军所到之处首先灭佛,分明就是冲着我们洪门来的。"

"理是这个理,"黄湘南不紧不慢地说,"然而掌堂大爷为何不出手制止?"

是啊,自从何禄在东莞起兵,以耀武侯的旗号树帜抗清,李文茂并没有责备他打乱了甲寅年起义的总体计划,也没有怪罪他擅自借用太平天国的名号,其中态度耐人寻味。陈开思忖了一会儿说:"太平军毕竟是中国人,有几个肯真心欺师灭祖?他们只是一时误入歧途,迟早会醒悟过来。掌堂大爷仁德宽厚,不怪罪何阿妈,是为了给罗阿妈面子,此事不必再议。"

黄子深问:"陈阿妈,你打算用什么尊号?"

既然洪门奉朱明皇室后裔为帝,那么起义军领袖最高只能称王。在洪门中,唯独李文茂和陈松两位总堂大佬有此资格。经过各家堂口的一致商议,拟定给李文茂的尊号是平靖王,给陈松的尊号是大宁王,以下各大堂掌印阿妈仿照上海的刘丽川,均以"招讨大元帅"相称。陈开提出了一个建议:"掌堂大爷把田都元帅的神牌迎入红船,本堂为掌堂大爷部将,我看就用'安东将军统领水陆兵马管理粮饷招讨都元帅'吧。"

众人一致赞成,黄子深转问:"邝阿妈,你呢?"

邝能哈哈大笑:"名分是为了号令江湖,收服民心,有陈阿妈一个足够了。邝某愿从陈阿妈军令,等拿下广州城,听掌堂大爷分封便是。"

"邝阿妈言之有理。"黄湘南点头称是,"尊号是为了收服民心,取一时之效,黄某以为应该越响亮越好,干脆把白扇大爷的尊号竖起来,由陈阿妈代掌。"

陈开看了邝能一眼,不安道:"这个恐怕不妥吧?"

"和尚能"爽快地说:"你代掌掌堂大爷行使军令多年,有何不妥?"

"好。"陈开点点头,"咱们今天务必拿下佛山堡,稳固后方,以便协助掌堂大爷早日攻破广州城,宰了叶名琛那个狗贼。"

四更鼓前,各种准备工作完全就绪,陈开、邝能和众将换上了一身崭新的戏装,在大雾岗将区植柏斩首祭旗,誓师起义。两堂数万兄弟蓄发斩辫,缠红巾、束红绸,高举"反清复明"和"杀富济贫"的红色旗帜,如两道狂飙,迅疾地卷向佛山堡。

为了给自己手下的堂口正名，“葫芦发”主动请缨，担任“德礼堂”这一路的先锋。距离通济桥有半里地远，浑人跳下战马，光着膀子，提着寒光凛冽的大刀，率领“肥仔源”和“烂大梢”等人呐喊着发起冲锋。防守通济桥的官军本来兵力不多，里面有不少悄悄入会的洪家兄弟，因此战斗力极其低下。双方接战不到半个时辰，“葫芦发”还没有杀过瘾，官兵便像潮水一样败退下去。“烂大梢”平生第一次这样露脸，兴奋地大声咋呼：“咱们是抢银铺，还是抄宅子？总大哥，你发一句话。”

“放屁！”“葫芦发”厉声斥喝，“老子不是土匪。”

“肥仔源”乐呵呵地说：“佛山堡以后是咱们的天下，还用得着抢？总大哥，咱们是仁义之师，你说当务之急该干点啥？”

“去琼花会馆，”“葫芦发”用刀一挥，“弄套衣服穿。”

蓄发斩辫，头顶红巾，腰束红绸，最多是洪家兄弟的标志，红船戏装才是货真价实的大明衣冠。起义军预先准备的戏装有限，仅供少数头领穿戴，轮不到其他人。“葫芦发”心里一直憋着口气，他认为要想给自己手下这群乌合之众正名，除了打仗勇敢不怕死之外，还必须让大伙儿洗心革面，每人弄一套大明衣冠，这才显得是大明国堂堂正正的子民。

“肥仔源”和“烂大梢”与他有同样的想法，他们追随“葫芦发”奔向大基尾，到了琼花会馆门口大吃一惊，只见会馆周围里三层外三层，密密麻麻全是洪家兄弟。“六顺堂”的三位当家人坐在琼花水涉的石阶上发呆，“肥仔源”问他们：“咋回事？”

鸡大逵垂头丧气地说：“你们来晚了。”

“葫芦发”这一彪人马是“德礼堂”的先锋，冲过通济桥和城门头以后，别的地方一点儿也没有恋战，径直来到琼花会馆，竟然比别人来迟一步。“葫芦发”气得直跺脚：“老子是全军的先锋，这堆烂蟹从哪儿冒出来的？”

柯定邦不爱听了，生气地抬起头：“阿发兄弟，这话说的没有道理。实话告诉你，‘粤安社’那边火一起，我们就和官军干上了。”

“葫芦发”鼻子里“哼”了一下：“我看你们是趁火打劫。”

“哎呀，天地良心。”“死牛肺”半天没有说话，这时叫起屈来，“朱阿妈，我们兄弟跟着‘礼明堂’的冯阿妈攻打彩阳堂铺的千总署，一路上最守规矩，不信你可以问冯阿妈，还有张亚丞那个王八蛋。”

“肥仔源”问柯定邦：“张掌柜的又欺负你们了？”

“我三哥是他的眼中钉肉中刺，这辈子翻不过身了。”柯定邦唉声叹气，“我们兄弟从大沥堡何家的银铺抄了十万两白银，全部上缴给刘掌柜。刘掌柜的过意不去，说给我们一点儿钱买戏装，硬让张亚丞这厮给驳了，丢他老母。”

“死牛肺”和“葫芦发”的心思一样，都想摆脱外围堂口低人一等的标签，可是他当年坑害陈开的事路人皆知，所以不只张亚丞敲打他，其他“德礼堂”兄弟也不给他好脸色。“葫芦发”心生怜悯，提醒道：“你和假洋鬼子那些陈芝麻烂谷子，我兄弟一清二楚，不过，他眼下又当元帅又称王，头壳里全是军国大计，哪有工夫管你们这些闲事？姓张的掌管钱粮，屁股后面成天围的是人，当心他使阴招。”

“死牛肺”悚然起身：“多谢朱阿妈指点，余某这就回鹤山躲一躲。”

正在这时，林崇泰从会馆里走出来，抱拳道：“各位兄弟，非是惜财，实在是会馆所余戏装有限，连总堂都不够用。你们天亮后到汾流大街、观音庙后街、瓦巷直街、东胜街的铺子里转一转，看一看，好吧？抱歉，抱歉。”

黎明时分，佛山堡落入洪门之手，参与策划袭击“粤安社”的各家豪门仓皇出逃。冼佐邦收集溃退下来的团练和官兵，与“南顺营”在鹰嘴沙并肩血战，不惜以火焚船，这才遏制住“德威堂”的犀利攻势，勉强保住了汾江河北岸的一小块阵地。

园子外炮声隆隆，人声鼎沸；园子内静悄悄如同冬日原野，没有饮酒赋诗的高朋，没有余音绕梁的歌声，就连那十二块打尽天下山石无颜色的黄蜡石，也枯了流泉，断了云烟。梁九图坐在他心爱的宝贝旁边，默不作声，似乎仍在探寻那些从石洞中飞走的心。

树欲静而风不止，坐拥天下奇珍却在尘世逍遥，谈何容易！

梁九图是佛山堡的名流领袖，这样的人留下来只能给洪门脸上贴金，梁应琨撤到文昌沙后立刻派人通知梁九图，要他尽快转移到省城避难。梁应琨的人前脚刚走，黄子深后脚就迈进“十二石斋”，来的目的很简单——挽留梁九图。

梁九图称病不出，卢浣霞代表丈夫在正厅接待黄子深，两个儿子左右伺立。黄子深见梁僧宝和梁禹甸虎头虎脑，全不像其父那般文弱，脱口赞道："两位公子目含英气，将来必有一番作为，夫人教诲有方呀。"

卢浣霞微微欠身："黄老爷过奖，犬子不学无术，性情粗粝，不敬圣人之学，这都怪妾身唱戏太多，教导无方。只盼他们少在外面惹事，平平安安，福草也是这个意思。"

"不然，不然。"黄子深摇了摇头，"两位公子出身名门，经名师指点，如此人物不为国家效力，不行大仁大义，岂非枉读圣贤书、白活一世？"

梁僧宝和梁禹甸脸涨得通红，正要出言自辩，卢浣霞狠狠瞪了他们一眼，心想黄子深能言善辩，你们老子都不敢出来理论，你们两个乳臭未干的小子不是在关老爷面前耍大刀吗？她柔声对黄子深说："行大仁大义非英雄不可，梁家习诗传医，无非是些修道养身之术而已。黄老爷，福草这个人整天在石洞里打转，最没有出息，千万不要高看他。"

"哈哈。"黄子深爽朗地笑道，"夫人，我洪门虽然拔自草莽，但都是为大义甘愿舍身的好汉子，绝不会打家劫舍，抢夺财物。陈天义与贵府合作多年，他是什么人，九爷心里应该最清楚；至于掌堂大爷，夫人比我认识得早，更不用说了。"

提到李文茂，卢浣霞心头掠过一丝惆怅，她决心尽早结束这场谈话，于是断然道："听说陈天义出榜安民，开'义仓'赈济贫民，颇有升平气象，妾身佩服之至。黄老爷，不管是谁坐天下，我梁家都是本本分分的生意人，该掏的钱一文也不会少，其他的免谈。"

黄子深第一次领教了卢浣霞的厉害，知道再说什么也是白搭，只好站起身："夫人，掌堂大爷过些日子回来，请九爷看在旧日的情分上，见过掌堂大爷再走。"

黄子深告辞离去，卢浣霞却目露忧色，梁僧宝奇怪地问："阿妈，怎么啦？"

卢浣霞道："咱们走不了啦。"

"为什么？"梁僧宝纳闷，"咱家和陈天义是老交情，他会为难咱们？"

梁禹甸问："阿妈，是不是二爷不想让咱们走？"

“傻仔，二爷是顶天立地的大丈夫，襟怀宽广，怎么会为难咱家?”卢浣霞说，“问题是这个陈天义城府太深，他借二爷的名号，叫你阿爸如何推辞?”

事情很明显，洪门光复佛山堡，陈开正准备撸起袖子大干一番，此时此刻，留住梁九图这样的士绅名流意义重大，他绝不会轻易放梁九图一家离开佛山堡。母子三人坐困愁城，一时想不出什么脱身的好办法，恰在这时，屋外脚步匆匆，梁侍武如一阵风似的飞奔进来，兴奋地大声嚷嚷：“夫人，夫人，有办法了，有办法了。”

卢浣霞忙挺起腰板：“什么办法?”

梁侍武喘着粗气说：“夫人，把守汾江河的有三支人马，冯天善驻扎在正埠码头，‘葫芦发’驻扎在豆豉巷码头，霍威驻扎在琼花水涉。我听‘烂大梢’说，‘葫芦发’这些天正忙着四处搜罗戏装，只要给他几箱戏装，准能放咱们过去。”

梁僧宝狐疑地问：“他敢违抗陈天义的军令?”

“葫芦发”既是陈开的哥子，又是佛山堡有名的浑人，他还真可能干出这种荒唐事。卢浣霞赶紧叮咛：“侍武，你再去一趟，和‘葫芦发’把事情敲定。只要他肯放我们过去，我给他五十箱戏装，一绺红缨不会少他的。”

“好嘞。”梁侍武领命而去。

当天子夜，梁家人收拾停当，家丁们抬了满满五十箱子的戏装来到豆豉巷码头。只见码头上戒备森严，那座木制敌楼巍然耸立，楼顶挂着一盏昏暗的油灯。“烂大梢”打开戏箱，一一点验完毕，高兴地冲上面喊：“总大哥，咱们能开戏班了。”

“葫芦发”自楼顶飘然而下，姿态十分优美，梁禹甸暗自钦佩，自己什么时候能练出这么靓的身法？“葫芦发”向梁九图抱拳施礼：“九爷果然守信，朱某跟随师傅习武，这颗心诛出了仁义，只差一身大明国的衣服，多谢，多谢。”

“葫芦发”的无心之语，梁九图听起来却非常刺耳，似乎是在讽刺梁家人不讲仁义。他知道王山公近来疯疯癫癫，正在外游历疗伤，并未参加这次洪门起义，忍不住出言讽刺：“你师傅诛了半辈子的心，请问他的心在哪儿?”

“葫芦发”选了身元帅大氅穿戴停当，手里攥着雉鸡翎亮了一个架势，感觉很满意，义正辞严地回击："九爷，你我两家是好朋友，朱某放你出镇，不是成心坏我兄弟的军令，而是为了保全他的仁义名声。不过，有一句话我要照实了说，你们这些老爷心里只有自家富贵，哪管别人死活，这算什么仁义之道？别看飞头鬼大卸八块，那玩意又活过来了，活蹦乱跳的，比我家掌堂大爷还多活了一回，苏先生最后一程就是他送行的。说句掏心窝子的话，红船戏装是大明衣冠，你穿着它能保留一点儿男子汉的气节；脱了戏装过了河，你就是鞑子朝廷的奴才，叫人瞧不起——将来朱某认得你，手里的刀认不得你。"

第一百六十二回　旗开得胜

陈开拿下佛山堡后，李文茂随即正式发布龙头大令，召集“德兴堂”和“德武堂”在城北的黄婆洞誓师起义。一如洪家兄弟所料，李文茂没有称平靖王，而是取了一个和陈开等人差不多的称号：“统领水陆兵马兼理粮饷大元帅”。如果说有不同之处，那就是建元“嗣统”，没有采用任何与太平天国有瓜葛的年号。

“大花面锦”率领一千多号红船兄弟姊妹赶到白云山黄婆洞，这些兄弟姊妹被李文茂编为三营人马，充当他直接指挥的御林军。其中，红面小武、武生等编为“文虎军”，二花面、六分等编为“猛虎军”，五军虎、四大甲、打拉扯等编为“飞虎军”。这些闻名遐迩的红船大老倌武艺高强，弓马娴熟，穿着现成的戏装，拿着现成的刀枪，看上去既威武又漂亮。如此一支令人炫目的军队，翻遍史册大概没有第二例。无论老百姓还是官兵，目睹此情此景，都会情不自禁产生一种时空错乱的奇异感觉，分不清是台上台下，还是戏里戏外。

为了扩大战略纵深，加强后勤保障，黄婆洞誓师后，李文茂命令甘先率领“德兴堂”兄弟攻取江村，并于六月二十拿下花县县城；命令周春率领“德武堂”扫荡城北的地主团练，攻取萧岗至城东燕塘之间的地域；命令陈显良率领“德勇堂”自三宝圩、新造杀向燕塘，与卢昌的“德烈堂”汇合在一起，组成东路攻城联军；命令关钜率领“德义堂”水师协助林洸隆的“德信堂”封锁省河，切断广州的南下水道。他将帅帐设在佛岭市，以萧岗、龙潭观为两翼，亲临第一线，准备发动攻城之役。

至此，偌大的广州城，北、东、南三个方向被“洪德堂”团团围困，单剩下大沥四堡的九十六乡掌握在地主团练的手里。九十六乡本为连接广州城和佛山堡的黄金纽带，现在却变成了横亘在两大城市之间的堡垒，变成了广州外唯一的外围阵地。佛山堡已经被洪门攻克，陈开下一步定然挥师东进，消灭大沥四堡的地主团练，与李文茂攻城大军会合。在大沥四堡避难的佛山各家豪族惶惶不可终日，拉着全家老小争相逃往广州，丛桂里梁氏和“大树堂”吴氏这对老冤家结伴离开大沥堡，六月二十三上午抵达商馆广场。

在广场码头登岸，梁九图来到吴家的船前，朝吴弥光、吴绶光、吴璧光、吴灿光哥几个打了声招呼：“各位打算从哪个门进城？”

“丧家之犬，要饭不嫌馊，有门进就行。”“银刀秀才”抬头一看，发现梁九图穿着一身红船戏装，连连摇头，“九爷，你还敢穿这个？”

梁九图问：“怎么啦？”

“二爷在黄婆洞扯旗造反，洪门将领都穿这身行头，你这不是存心找不自在吗？”吴璧光责备了一句，低声问，“官军在东莞割耳朵的事，没有听说？”

何禄攻克东莞县城后，于六月初八主动放弃县城，主力挥师北上。官军和团练趁机在东莞大开杀戒，诬良为匪，刽子手们用刀割下死者耳朵送到省城请赏。梁九图耳朵里灌满了骇人听闻的传言——据说每天装耳朵的箱子，没有少于三个的。

梁九图穿红船戏装进城，完全是受“葫芦发”那句话的刺激。

作为高高在上的豪强大族，对泥腿子享有与生俱来的优越感。这种优越性不仅表现在对权力和财富的拥有上，更表现在心理上。在名流精英和豪强大族的眼里，泥腿子平时连肚皮都填不饱，为了半斗米就能折腰，哪里懂得什么诗礼之教、仁义之道？所以，尽管“小元霸”纵横江湖，英勇无敌，广府豪门却没有几个看好三合会起义——道理很简单，洪门无非草寇，纵然打得了天下,也坐不稳天下。

泥腿子大字不识一箩筐,只要发军饷,想招募多少团练就能招募多少团练,各大豪强对此深信不疑。然而,绿营官兵在东莞的滥杀无辜,仍然再一次冲破了他们的心理底线,将其高傲打得七零八碎。梁九图愤恨地骂:"丧尽天良,这算什么官军?"

"银刀秀才"不像梁九图那样书呆子气,时时把诗礼之教挂在嘴边。他苦笑道:"你我眼下走投无路,还要仰仗这些丧尽天良的官军保全身家,入乡随俗吧,我的九爷。尚忠,你去拿一套'外江班'的戏装,给九爷换上。"

吴尚忠是"银刀秀才"的侄子,吴荣光的次子,年轻时屡试不第,便依靠老爹的路子花钱捐了一个通判,当过苏州和常州的知府。吴尚忠从苏州卸任后,带回来一个"女乐八人鼓吹"的昆班,在佛山堡显得颇为另类。他和吴尚志取来两套昆班的戏装,捧着递给梁九图,未料后者坚辞不受:"红船戏装又不犯王法,梁某不换。"

这时,"琉璃球"和"小仁义"从广源行走了出来,听到梁九图的嚷嚷,吓了一跳,赶忙过来劝:"九爷,制台大人修炼道法,修炼的是铁石心肠、霹雳手段,您万万不能拿鸡蛋往石头上碰,快把红船戏装脱了吧。"

战时不比寻常,岭南名士的头衔不值几个钱,梁九图架不住众人的死说活劝,无奈之下脱了戏装。"银刀秀才"问"琉璃球":"金爷,去给制台大人占卜?"

"嘻嘻。""琉璃球"得意地说,"叶大帅是醒目人,知道对付二爷这样的盖世英雄,必须靠天上的神仙,包括红毛国的神仙。金某昨天刚为他老人家占了一卜,食猪红屙黑屎,今天马上见功,立竿见影,你们说奇也不奇?"

吴璧光一愣:"你立了什么功劳?"

"小仁义"脸上闪过一丝难以掩饰的兴奋之情:"待会儿就见分晓。"

见"琉璃球"给"小仁义"使眼色,吴璧光若有所思:"看来功劳不小啊。"

随着洪门在各地纷纷起义,广州官府加强了城防,位于琼花直街的琼花会馆被查封。陈松不愿撤离,万芳酒楼又无法存身,便冒险进入广州,暂时在徐宾、杨庆永家里隐身,从此将自己送入了虎口。徐、杨二人本来是混进洪门的投机分子,恰逢"小旋风"进城避难,三人合伙拟定了出卖"失魂松"的方案，通过“小仁义”报告南海县衙门和在城内巡守的朱剑飞，要求他们秘密调集高手，擒拿陈松。这件功劳虽大，但麻烦也不少，“琉璃球”生怕洪家兄弟知道与他有染，将来报复，因此警告“小仁义”住嘴。

又过了一会儿，从大黄滘炮台驶来一支舰队，船上的旗帜十分混杂，既有悬挂广东水师战旗的炮船，也有悬挂伍家旗子的红单船，最醒目的是三条旗昌洋行的轮船，分别是“河鸟号”“广州号”和“火花号”。轮船后面是一条八十吨的帆船“警戒号”——租赁这条船的是个叫德林克的美国人，当年曾经跟着芬顿当过“国际罗宾汉”，是一个无恶不作的洋海盗。

“铁桥三”跳下红单船，向梁九图施礼：“九爷，五爷在大佛寺主持募捐，他这几天正盼着你呢。等我卸下枪炮，咱们从太平门进城，你看怎么样？”

伍紫垣和黄仲畲是叶名琛与洋人打交道的两张王牌，所不同的是，黄仲畲在暗处，伍紫垣在明处。广州官府被洪门四面围困，缺兵缺饷缺火器，这三样均离不开一个钱字，均离不开伍紫垣这个富可敌国的阔佬。上至两广总督叶名琛，下到南海、番禺县正堂，所有的官员都对他毕恭毕敬，再也不是林则徐叫人拿铁链子捆绑他的年代。小浩官终于抖了起来，平生第一次感受到了尊重，不，准确地说，应该是发现了自己的重要性。

得到陈罗婵的这些年，伍紫垣一直摆脱不了自卑的心理，今天，他终于有了一个机会可以和情敌正面作战，他绝对不会放弃这个机会。小浩官像打了鸡血一样，样样事务抢着干，一方面替广东官府出面主持大佛寺的筹饷局，劝说各家大族捐款助战；一方面慷慨解囊，委托旗昌洋行购置枪炮，武装自办的团练不算，还要武装绿营的精锐。什么事也不能做过头，尤其是跟着叶大胖子这种口蜜腹剑的人。伍紫垣在很短的时间就筹足了五百万两白银的军饷，比其他筹饷局都干得漂亮。叶名琛见他意犹未尽，便指示他从洋人手里借款，于是伍紫垣又从红毛鬼子手里借了二十六万元番银，开中国近代史借外债的先例，留下千古骂名。

梁九图问吴璧光：“年兄，走太平门如何？”

“名字倒是吉利。”吴璧光给了他一个软钉子，“不过，我家的船上有女人，有伢仔，最好少染一点鬼气。吴某走靖海门，九爷，就此别过。”

吴璧光这句话是在嘲笑伍紫垣自贬身价，沦落为伺候洋人的小买办。潘继光胳肢窝夹着一摞传单冒了出来，对着吴家船队的背影破口大骂：“举家落难还装大尾巴狼？九爷，休跟他一般见识，现如今广州城就靠洋人罩着，叶大帅都不嫌晦气，咱们怕个屌？”

梁九图铁青着脸，一言不发，梁侍武问潘继光：“你夹的啥东西？”

“这可是好东西，要不要弄点佣金？”潘继光抽出一张，热情地塞到他手里，“花旗国招募人手，我正准备到太平门张贴，给你一张过过目先。”

梁九图斜着眼一看，还真是一张招工的告示，上面写着：

> 美国人是非常富裕的民族，彼等需要华人前往，极表欢迎。彼处有丰厚工资、大量上等房舍、食物与衣着。你可随时寄信或汇款于亲友，我等可负责传递与驳汇，稳当无误。此是一个文明国家，并无大清官吏或官兵；全体一视同仁，巨绅不比细民为大。现有许多中国人，已在彼处谋生，自非一陌生地方。在彼处，承祀中国神祇。本公司亦设有代办，你无须畏惧，会逢幸运，有志者请莅临香港或广州本公司接洽，当竭诚指引进行。美国金钱极丰富而有盈余，如欲赚取工资及保障工作，可向本公司申请，便得保证。

李文茂坐镇佛岭市，说明此次攻城之役的重点是城北，东、南两路只是策应。叶名琛下令加强北路防御，命济山、陈定邦、曾廷相等将领以耆定、拱极、保极等炮台为中心，分段防守城北要地，并要求广州将军穆特恩派遣旗兵驻守四方炮台。为了改善炮台的火力，叶名琛将买来的洋枪洋炮配置在城北一线，重点是越秀山上的三座炮台——神安炮台、山东土炮台和山西土炮台，运来的弹药把火药局塞了个满满登登。

一切准备就绪，叶大胖子在众将的簇拥下登上镇海楼，向北瞭望，但见三元里、萧岗一带的山林寂静无声，偶尔能看到零星的红旗飘扬。副将怀塔布感到十分诧异：“咦，那些兔崽子躲哪儿了？咋没有踪影？”

广东巡抚柏贵是一个草包，听了怀塔布的话，以为他长了胆子，非常高兴：“咱们现在装备了洋枪洋炮，将军若是出阵破敌，本官一定上折褒奖。”

尽管双方装备相差悬殊，然而由于李文茂的威名实在太响，怀塔布、托云全、陈定邦、曾廷相、王镇雄、陈国辉等将领没有一个愿意出去送死。右翼副都统托恩东阿辩解：“两军交战不比武林切磋，抚台大人，你我身份尊贵，何必跟一个戏子比拳脚?”

话虽然说得漂亮,但这么多将领被一杆旗子吓破了胆,躲在城里当缩头乌龟,却是一个不争的事实。俗话说,养兵千日,用兵一时,这些家伙平日耀武扬威,欺男霸女,关键时刻却贪生怕死,不能为自己这个主帅分忧,叶名琛恨不得冲上去每人脸上抽一巴掌。他没有看这些胆小鬼,而是悠然朗诵了一首诗:

一望河山感慨中,苍苍平楚入长空;
石门北去通秦塞,肄水南来绕汉宫。
虚槛松声沉暝壑,极天秋色送征鸿;
朔南尽是尧封地,愁听樵苏说霸功。

这首诗为明代欧大任所作,叶大胖子上楼前特地温习,有意在众将面前朗诵。广东盐运使沈棣辉明白了他的用意——城中绿营兵、八旗兵、团练加起来超过五万,兵精粮足,如此庞大的军力坐困愁城,不敢越雷池一步,传出去好说不好听。他硬着头皮请战:“姓李的武功天下莫当,然则都统大人说得对,两军交战不同比武,讲究的是用兵伐谋,他一个人本事再大能捻几颗钉?卑职愿趁逆匪立足未稳,出城破敌。”

沈棣辉幼习拳脚,混迹江湖,富有胆略,颇通兵法,后来花钱在广东买了一个通判,从此以“剿匪”战绩步步高升,和时任广西按察使的张敬修走的是同一条路子。叶名琛虽然急需一员猛将出城打仗,以便向远在紫禁城的皇帝佬儿交代,可沈棣辉毕竟是三品大吏,如果死在李文茂手里,同样不好向朝廷交差。正在他挠头的时候,托恩东阿突然吆喝:“哎呀,那边有人来了,骑着马,必是乱党的探子。”

叶名琛从随扈手里取过“千里眼”,定睛瞧看,却见林子里溜出一头灰毛驴。骑在毛驴上的是一个五十岁左右的道士,相貌丑陋,胡子拉碴,一副无精打采的样子。道士怀里抱着一个签筒,肩头扛着一面残破的三角旗,上书四个大字“铁口金牙”。

毛驴这玩意在岭南甚是稀罕,与之相应,这个丑道士也非凡人,正是名头已经远远盖过其师兄铁口道人的白无相。叶名琛大喜过望:“偷袭佛岭市能否成功，广州城能否守得住，待本帅问过白神仙便知，各位少安毋躁。”

可怜夜半虚前席，不问苍生问鬼神。大敌当前，叶名琛把希望寄托在占卜打卦上，这种做法拿兵法当儿戏，并不符合圣人教诲。然而官大一级压死人，谁让人家是领导呢？放个屁都比自己出的主意香。诸将不敢出城迎战，自知理亏，均低头不语。叶名琛兴冲冲下了城楼，打开北门，亲自将白无相接到“长春仙馆”，殷勤地问：“神仙，此间环境如何？”

白无相这些年专心修炼道法，已经达到神鬼莫测的境界，凡世间的一切难入法眼。在丑道士的眼里，建筑宏伟、花香缭绕的灵岩香海恶俗透顶，要不是常有定非逼着来一趟，他才不愿意伺候官老爷。白无相挥动拂尘，不耐烦地说：“听师叔说，大人要占吉凶？”

叶名琛毕恭毕敬：“是是，请神仙指点一二。”

“那就抽个签吧。”白无相道。

叶名琛立刻吩咐侍女把父亲叶志诜搀来，让老爷子代替自己抽了一个签。白无相看也不看抽出来的签，闭着眼睛，煞有介事地念道：

红花夺目连城艳，白雨西风尽落花；
未必世间人皆死，终须守份也为佳。

话音一落，叶志诜大失所望，这不是常有定挂在嘴边的那支独头签吗？他不敢质疑白无相的本事，叫人取了两张三百两的银票，递到白无相的手里，然后吞吞吐吐地说：“神仙，犬子身担广州城的安危，要不然，让他也抽一支？”

“无量天尊。”白无相念了句道号，“既然施主请托，贫道就破一次例。”

叶名琛郑重地抽了一支签，打开一看，上面写着：

天降灾殃杀不仁，不仁人杀不仁人；
不仁不杀何时了？自有仁人杀不仁。

叶大胖子倒吸一口凉气，这两支签字字句句仿佛针对眼前的时局——

洪门执红旗，官军执白旗，红花、白雨似有确指，看来这场仗应保无虞；但第二支签难以理解，谁是“仁人”？谁是“不仁人”？他试探地问：“神仙从黄婆洞来，那边到底有多少乱党？”

“没多少。”白无相起身离座，随口回答，“搭台唱戏，热闹着呢。”

送走白无相，叶名琛没有回镇海楼，而是把轿子停在红棉寺，进去点了三炷香，跪下来向神佛虔诚致敬。突然，门外人喊马嘶，仿佛来了不少兵马，有人扯着嗓子大声喊：“制军大人在哪儿？制军大人在哪儿？快快通报，有好消息。”

叶名琛的手一哆嗦，神仙不愧是神仙，刚刚抽了两支签，马上就来了好消息。他慌忙给菩萨磕完头，整顿衣冠，出去慢条斯理地问：“朱将军，有事吗？”

红棉寺外站了几十名兵丁，朱剑飞手提马鞭来回在门口踱步。见叶名琛露面，过去行了一个大礼：“大帅，末将擒住了贼首‘失魂松’。”

叶名琛紧紧抓住他的胳膊，失声问：“你说啥？”

“千真万确，如假包换。”朱剑飞兴奋不已，夸张地说，“老贼吃了徐宾下的蒙汗药，浑身本事使不出来，被末将用铁砂掌点住穴道，当场擒拿。”

双方决战尚未开始，先拿了洪门的总堂大佬，简直是天上掉下来的馅饼。叶名琛眼前金星晃动，觉得自己的好运气又来了，忙问：“有无漏网之鱼？”

“跑了一个李占升。”朱剑飞不好意思地说，“末将怕半路上被乱党劫持，因此派兵在徐宾家里看守，特来请大帅发兵解押。”

叶名琛断然道：“你马上回去砍了老贼，送来头壳就是。”

广州城官军云集，防守坚固，叶名琛和朱剑飞仍然提心吊胆，生怕出现意外，足见广东官府是何等的风声鹤唳。朱剑飞领命匆匆而去，崔大同和洪大顺二将随后疾驰而来，崔大同敏捷地跳下战马：“浩官大人用铁甲轮船送来的洋枪已经点验完毕，发到了军士手中，末将愿请大帅一支军令，出城杀敌。”

崔大同目前是广州城首屈一指的名将，叶名琛对其深为倚重，拔擢他为副将，从守城的兵力中选了三千精兵交给他训练。这支精兵端的是待遇高，装备好，所有将弁双倍俸禄，一半配置洋枪，一半配置鸟铳，火力极其强大。

这支人马是防守广州城的战略力量，叶名琛本来舍不得用这个压箱底的宝贝，可是他被擒获“失魂松”的巨大喜悦所淹没，认为白无相这两支签已经点明了自己的气运——洪门那些穷棒子以下犯上，正是该杀该剐的“不仁人”。叶大胖子自信心膨胀，板起脸来，开始向崔大同部署作战：“根据探哨来报，佛岭市尚未出现大股乱党合流，只有不足两千号红船反贼。我军乃仁德之师，上乘天命，应以犁庭扫穴之势摧其锋芒，先拔头筹。李贼武功盖世，英雄无敌，不知道崔将军有没有这个胆量？”

崔大同慨然道：“大帅，末将以西洋阵法练兵，洋枪威力极大。只要他是肉身凡胎，一枚枪子打进去，照样一个血窟窿，有何惧哉？”

“好。”叶名琛笑逐颜开，“崔将军真不愧为国之干城，血勇可嘉。今日天色已晚，暂且歇息一夜，养精蓄锐，明日择吉时出战，本帅当为将军擂鼓助威。”

首战事关重大，叶名琛不敢怠慢，请老爹叶志诜沐浴更衣，焚香祭拜，选定次日午时三刻为吉时。到了第二天，镇海楼前炮声隆隆，金鼓齐鸣，叶名琛率全体官员为崔大同、洪大顺二将饯行。为了鼓舞士气，他从筹饷局募捐的款子里拨出大笔银两，出征军士每人十两，将官按照职衔重赏，希望他们鼓足勇气，最好用洋枪把武林至尊打出一个窟窿两个眼。

三千清军得了犒赏，意气风发，斗志昂扬，出北门，穿过四方炮台，排着整齐的队形杀向郁郁葱葱的山林。正午阳光暴晒，众军士汗流浃背，这时从越秀山上刮来一阵风，崔大同感到神清气爽，对洪大顺说：“洪老弟，你看老天爷都在帮忙。”

叶名琛父子以道法治兵，灵验和不灵验的概率相差无几，把大家弄得迷迷糊糊。洪大顺勒住马的缰绳，手搭凉篷观察了一会儿，自言自语：“不会下雨吧？”

崔大同吓了一跳，连连摆手：“不可能，不可能，千万别说丧气话。”

官场历来走马灯，粤东封疆大吏换了一茬又一茬，每换一位来占缺，人事必然发生一次大的洗牌，没有人愿意使用前任的心腹。洪大顺苦熬了二十年，到现在仍然只是一个游击；崔大同和他的情况差不多，上面没有人提携，全靠一刀一枪拼杀出来。哥俩如果想出人头地，必须抓住眼前这个大好机会，擒贼先擒王，立下奇功一件。

然而，眼前这根骨头实在太难啃了，如果不是装备了洋枪，训练了西洋阵法，纵然借他十个胆，洪大顺也不敢跟着崔大同来送死。

三千清军按照所持武器不同分成前后两军，前军配置鸟铳和弓弩，后军装备滑膛枪，列成战斗方阵行进。方阵的两侧是长矛兵作为屏障，再远一点由骑兵掩护。这个中西合璧的战斗方阵是崔大同研究出来的，平时训练所向披靡，绿营诸将没有人不竖大拇指表示钦佩的。洪大顺慎重地提出建议："崔将军，再往前走就出了洋炮的射程，咱们是不是歇一会儿？"

"呵呵。"崔大同不由得笑了，"洪老弟，不必提心吊胆，当年是韩肇庆害了李班主，与你何干？再说'小元霸'如今是谋朝篡位的反贼，人人得而诛之，怕他作甚？这厮在龙头峰自刺三刀六洞，坏了金刚之躯，根本挡不住洋枪的枪子，放心吧。"

洪大顺迟疑地问："崔将军，大帅这次占卜，到底灵验不灵验？"

崔大同面色凝重："兄弟，富贵险中求，大帅这辈子就靠占卜升官发财。上一次他老人家冒险打鬼吃到了甜头，这次要是抢先打一个漂亮仗，圣上能不给他加官进爵？"

既然这场仗关系到叶大胖子头上的顶戴，洪大顺无话可说，和崔大同率军逶迤前行，击溃了当面之敌，拿下一座山岗。二将站到高处，发现三元里一带稀稀拉拉，几十名身披大靠的红船兄弟正在仓皇退却。崔大同支起"千里眼"，发现对面半山腰果然有一座戏棚，耳朵里隐隐听到有人在唱戏，不由得放声狂笑："这群反贼好没有见识，大敌当前竟然开台唱戏，拿大靠当盔甲，这不是狗仔入茅厕，找死吗？来啊，随本将下山杀敌。"

此刻的佛岭市，正沉浸在一片悲痛之中。

为了打击洪门士气，叶名琛命人将"失魂松"的头颅悬挂在四方炮台，以示炫耀。得到这个噩耗，各位大老倌无不恸哭失声，李文茂忍住悲伤，下令全军墨绖，在营中搭设灵堂祭奠白扇大爷的亡灵。祭奠完毕，叶亚来老泪纵横，上前施礼："掌堂大爷，属下请一支令，到四方炮台取回白扇大爷的首级。"

“大花面锦”、“伯爷华”、“太子朝”、“雷公仔”、“大胆孔”、颜亚层等人同时请命：“我等愿意随行，请掌堂大爷允准。”

四方炮台防御坚固，火力强大，是清军北路防线的核心阵地。第一次鸦片战争时期，红毛鬼子向城北发起进攻，首要的目标就是夺取这个炮台。眼下叶名琛购置大量洋枪，硬闯四方炮台无异于白白送死。李文茂离开虎皮大椅，摘下残铁剑：“各位兄弟，白扇大爷为本门立下汗马功劳，决不能让他尸首不得两全。四方炮台敌军云集，防守严密，等闲人难以靠近。本座决意入夜后走一遭，将白扇大爷首级取回，免得各位兄弟辛苦。”

众将跪倒在地：“掌堂大爷有伤在身，岂可轻易犯险？”

李文茂抚摸着残铁剑，心生无限感慨：“自五祖在红花亭开香立堂，迄今三甲子。本门无数先烈屡仆屡起，将生死置之度外，就是为了今天的举事。白扇大爷抱定必死决心，本座焉能吝惜残躯？各位兄弟，闪避一旁。”

正当众将苦苦哀求之际，四方炮台方向炮声隆隆，地动山摇。不大一会儿，黄三全飞也似的跑进来：“启禀掌堂大爷，威武窑子有兵来犯。”

“哦？”李文茂闻报不禁一愣，清军龟缩在广州城内，自己还没找他们算账，他们倒先出来送死？“来了多少人？打着谁的旗号？”

黄三全回答：“人数不少，大约在三千上下，都拿着火药杆子，一半是鬼子快枪。从军旗上看，一个是崔大同，一个是洪大顺。”

两年前戎圩之役，“德胜堂”水师几乎全军覆灭，任文炳、任文彪、巢元贞、梁阿长和温锡等将领悉数阵亡，崔大同因此声名鹊起。洪家兄弟则恨不得剜了他的心，剥了他的皮。听说他又跑出来挑衅，众将怒火中烧，纷纷请战：“不能放过此贼。”

叶兆隆头脑比较清醒，提出建议：“广州城防坚固，不是一天两天能打下来的，故首战务必慎之又慎，不可挫了掌堂大爷的虎威。崔大同人称骁将，善于用兵，麾下为绿营精锐，装备极为优良；而我军兵力单薄，甘阿妈和周阿妈大军尚未赶到，难以力敌。依属下之见，我军应当退避三舍，诱敌深入，同时传檄‘德兴堂’和‘德武堂’两支主力星夜疾驰，从萧岗和龙潭观两侧断其归路，则一鼓可歼也。”

叶兆隆的忧虑不是无的放矢。

尽管李文茂威名赫赫，“洪德堂”在广州府如鱼得水，对广州城形成合围之势。但是百足之虫，死而不僵，他们面对的敌人不但有官军，而且有拥兵自重的各地豪强。这些中国社会的实际控制者自诩为精英，对普通民众的驾驭由来已久，自非洪门可比。自何禄首举义旗至今一个多月来，除了“洪德堂”外，仅有陈金刚的“兴胜堂”兵取芦苞镇，其他大多数洪门堂口尚未发动起义，远远达不到星火燎原的程度。

这一切的一切，无非是因为官府和地主豪强实力强大，各路江湖势力徘徊观望，草根阶层茫然不知所措。在这种情况下，广州攻防战的第一仗就显得十分重要，不但关系着未来攻城战的成败，而且影响到粤东敌我力量的此消彼长。

身为军师，叶兆隆最担心的不是崔大同这股劲敌，而是李文茂动辄亲临锋镝的习惯。众将体会到他的良苦用心，都按捺住焦急的心情，不再迫切求战。李文茂迈步出了中军大帐，凝视着越秀山，片刻之后，突然“嘘”了一声：“听！”

众将慌忙竖起耳朵仔细听，但什么也没有听出来。“大花面锦”道：“掌堂大爷，我们没有你那么好的耳力，你听到了什么蹊跷？”

“呵呵。”李文茂笑着说，“军师之言诚妙计也，但是今日天时有异，本座不需‘德兴堂’和‘德武堂’两支人马，单靠红船兄弟姊妹，即可灭此二贼。”

叶兆隆心头一动：“愿闻其详。”

李文茂手指越秀山：“各位兄弟，可曾听到风声？”

经他一提醒，众将果然感到凉风微拂，减了三分盛夏的酷热。叶兆隆立刻反应过来，惊喜地问：“掌堂大爷，你说会下雨？”

李文茂道：“依本座估算，此风浩荡摇摇而来，不出两个时辰便会天降暴雨。各位兄弟想一想，昔日三元里一战，甘阿妈和周阿妈是如何与英夷对阵的？”

众将恍然大悟，洋枪虽然威力大，但是最怕下雨天淋湿了火药。十三年前，就在眼前这一片神奇的土地，甘先和周春曾经与红毛鬼子浴血奋战，而英军当时之所以吃了大亏，正是因为遭受了大雨之苦。“大花面锦”高兴地说：“太好了，下雨天洋枪变成烧火棍，三千威武窑子咱们全包了，管教他有来无回，片甲不留。”

众将齐声道：“请掌堂大爷发令。”

李文茂发号施令："'凤凰仪'班当面诱敌，'猛虎军'和'飞虎军'埋伏两侧，'文虎军'断敌退路。待本座唱罢《五龙困彦》，合力杀敌。"

清军排列着整齐的红毛阵法杀下山岗，一边擂鼓助威，一边放枪给自己壮胆，大半个时辰后进抵佛岭市前的空谷。这片谷地与牛栏岗连成一片，四周是青葱的密林，起伏的山岗一直延伸向天际。雨丝渐渐变粗，方阵的行进速度不知不觉降了下来。崔大同忐忑不安，他拨马冲到阵前，抬头张望，只见山腰那座戏棚近在咫尺，仿佛伸手可掬。戏棚锣鼓喧天，台上有一个孤零零的挺拔影子，身披霸王袍，头戴太子盔，左手残铁剑，右手"虎头皂金枪"，面朝气势汹汹的清军方阵，正在旁若无人地浅唱低吟：

鸡宝山前打一仗，
把多少英雄某手中亡，
我战败红袍都督白眉将，
十二家太保力尽亡。
马夫刘高为上将，
三上金阵带过送上；
山东来了高思继，
那老儿兵法比某强，
吃酒带醉把阵上，
死在了某的回马枪。
…………

那人的嗓门越高亢，天上的雨势便越猛烈。相应地，戏棚里的锣鼓越响亮，清军方阵的鼓声就越慌乱。洪大顺惊慌失措："崔将军，咱们撤吧？"

所谓箭在弦上，不得不发。两军接近白刃战的距离，这时候撤退无异于大崩溃。为了稳定军心，崔大同拔出腰刀，安慰洪大顺："老弟，王铁枪纵横一世，只打过两次败仗，头一次败给了石鬼仔，第二次败给了五龙二虎，在苟家滩死于非命。识时务者为俊杰，姓李的一条胡同走到黑，就让他跟着王铁枪一起倒霉吧。"

李文茂仿佛听到了他们的对话，将“虎头皂金枪”向前猛地一抖，刺出点点枪花，然后大喝一声：“鼠辈不俯首就擒，更待何时？”

话音未落，戏棚后面升起了四面鲜艳的军旗，分别是琼花旗、凤凰旗、玉蝉桃花旗和九瓣飞肩兰花旗。周围山岗伏兵四起，一个个似下山猛虎、出水蛟龙，呐喊着冲向清军方阵。火枪和火药被大雨浇湿，清军将士完全失去了白刃对抗的勇气，潮水般溃退下来。崔大同和洪大顺二将怎么拦也拦不住，从马上跌落在地，扭头跟着一起往回跑。

红船兄弟姊妹平时练功不辍，武艺自然没得挑，这时充分发挥了单兵作战的特长，像老鹰抓小鸡一样展开了追击战。混战当中，颜亚层力斩崔大同，“伯爷华”枪挑洪大顺，三千绿营全军覆没于三元里谷地。这些精壮汉子倘若地下有知，应该怪老天爷偏了心眼，还是怪红毛阵法徒有虚名？

第一百六十三回　红旗白旗

红船兄弟阵斩崔大同、洪大顺，杀得清军闻风丧胆，各地洪门堂口大受鼓舞，冲破重重艰难险阻，纷纷发动起义，策应在广州城下殊死搏斗的洪家兄弟：七月初八，陈吉、黄钧承等人攻占顺德县城；初十，陈义和等人攻占英德县城；十二，伍百吉、伍百福、陈瀚洸等人攻占肇庆府城；十三，冯坤、封满、吕雄杰等人攻占鹤山县城；十四，梁培友、曾信等人攻占德庆州城；十五，陈松年、赵泰来、吕萃俊等人合围新会县城；十七，何禄攻占增城；二十一，葛耀明率粤北绿林道主力加入洪门，连取乐昌、仁化、乳源三县；二十七，葛耀明派遣练四虎统军南下，与陈金刚合攻清远县城。七月成为火红的七月，烈火朱雀旗在粤东大地处处燃烧，老百姓奔走相告，欢呼雀跃，正所谓“千村万落尽红旗，汝不红旗何处走”？

花开两朵，各表一枝。且说“大春吉”率梁楫、吕敬、周升、宋琼、潘宏、陈辉等“兴义堂”众将自龙眼村开赴县城大良，被黄钧承、梁安、郭三登、黎冬狗、林科举、“占毛鸡”等各路人马推举为盟主，杀刘光裕、沈昌运、段世松、余殿荣、王昌华、全寿、谈海文、李殿文等守城文武官员，囚知县马映阶于奎星楼，遂破县城。

作为与南海县不相上下的头等富裕大县，筹集军饷自不是难事，这一点也吸引了附近各县的洪家兄弟。参加这次起义的不仅有“义德堂”“全义堂”等老字号，还有像“六顺堂”这样的流窜堂口，旬日之间，顺德境内竟然聚集了十万大军，声势直追雄踞佛山堡的“德礼堂”，比在广州城下厮杀的洪家兄弟只多不少。

如此众多的人马，号令不一，不易管束，城陷之日有几处铺子遭到焚掠。“大春吉”素怀大志，借着这个由头施展霹雳手段，杀“占毛鸡”震慑各军，张贴布告严明军纪，邀请县内各大豪族的头面人物共商保境安民之策。与此同时，他把宝林寺改造成“礼贤馆”，还是老办法——只要是读书人，进门先发一百两银子的红包。

负责大良“礼贤馆”的是刘端湛，顺德县考取功名的人多，领红包的人自然也不少。这一天他正在忙碌，忽然有人来报：“刘阿妈，杨老爷在门外恭候。”

杨壮达只对做买卖感兴趣，他来干什么？刘端湛问：“还有谁？”

那人道：“一个耳朵不好使的老爷。”

“快请，快请。”刘端湛喜出望外，“算啦，本堂礼贤下士，亲自去接他们吧。”

刘端湛唱着小曲来到门口，果然发现何聋子躲在杨壮达背后探头探脑，他一把抓住何壮昭的脖领子：“聋子，缺钱花了？”

“放屁。”何壮昭“哧”了一声，“爷们是来替别人讨债的。”

话音刚落，余章标从墙角闪了出来，怯怯地问：“端湛兄弟，我有没有资格进去？”

“有资格，有资格。”刘端湛热情地把他往门里让，“我家主公不拘一格降人才，本堂只看你识不识字，不管你坑蒙拐骗偷。越是杀人放火，越是文武全才。”

大家是老朋友，知根知底，坐下来说话不拘束。刘端湛命人沏了一壶茶，亲手给何壮昭斟了一杯：“兄台到顺德有何贵干？”

何壮昭挤出一丝笑容：“咳，阿茂在广州城和官军打得热火朝天，商旅中断，咱老百姓总得吃饭吧？我到杨兄家里住几天，干点儿小买卖。”

何壮昭这人向来叶公好龙，胆小如鼠，有贼心没贼胆。陈田村和三元里近在咫尺，他一定是怕炮子落到他家房梁上，因此来顺德避难。刘端湛叹了口气："兄台，不是我说你，常言道秀才造反，三年不成，什么意思？还不是骂咱们想吃热的怕烫着？阿茂是咱们同窗，洪门最缺识文断字的人，你去了的话，至少是参赞军师。你现在耳朵不聋，不能再错过这个千载难逢的好机会——想想看，当初你倘若跟着火秀和乙龙兄混，估计连王爷都捞上了。"

何壮昭悻悻地说："红毛鬼子的干儿子，不当也罢。"

杨壮达问："端湛兄，'大春吉'杀了'占毛鸡'，外面传说他清除异己，想把'德礼堂'的兄弟撵出顺德，有没有这么回事？"

佛山堡和南海县富甲广州府，陈开尚不满足，还把林科举、"占毛鸡"等人派到龙山，"大春吉"当然不高兴。不过，这种事只能干不能说，谁让"大春吉"先占陈开便宜来着？刘端湛装聋作哑，打着哈哈："没那么回事，'占毛鸡'不听军令，闯进清晖园抢财物，我家主公执行军法，上对得起天，下对得起地。"

"鬼才信？"杨壮达摇了摇头，"龙元僖在省城捐款助饷，额度仅次于小浩官，洪家兄弟对他恨之入骨，没一把火烧了清晖园就算仁义。"

何壮昭喝了一口茶："陈天义在佛山堡四处打单，勒索富户；你家主公却把有钱的老爷当座上宾，好茶好酒地招待着。这翁婿俩真有意思，处处对着干，到底谁做得对？"

"当然是陈天义。"杨壮达捂着茶杯说，"不打单的话，二爷的粮草从哪里来？我看你家主公斗不过陈金刚，没抢到'洪兴堂'的龙头宝座，想自立门户。"

"风云际会，谁不想有一番作为？"刘端湛没有否认，而是转守为攻，"陈天义也好不到哪儿去——他手下有十万大军，兵强马壮，粮草充足，硬是打不下区区大沥四堡，这不是绑着脚丫子上吊，糊弄鬼吗？阿茂在省城浴血奋战，攻城的佛山大铁炮却迟迟送不上去，知人知面不知心，我看他这个兄弟是白疼了。"

何壮昭张着嘴巴："那阿茂不就危险了？"

余章标紧张地问："刘兄，那一百两银子，啥时候给我？"

"拿去。"刘端湛从袖子里抽出一张银票，没好气地丢在桌子上，"余老兄，我把丑话说在头里，你这回要是还听老婆的话，准保头壳落地。"

余章标一辈子没有见过这么多钱，兴高采烈地来到县衙旁边的大牢——这里是“六顺堂”的扎营之地。鸡大逵迎上前：“余先生，回来了？”

余章标问：“大龙头呢？”

“六顺堂”重排座次后，“死牛肺”是大龙头，柯定邦是二龙头，鸡大逵是三龙头。鸡大逵本来看不起余章标，但是他们哥仨胸无点墨，幸亏聘请了余章标出山，不然，堂口的文书和布告都没人写。鸡大逵努了努嘴：“在牢里。”

“晦气。”余章标跺了跺脚，“三爷，麻烦你请他出来，不才有大事禀报。”

鸡大逵讽刺地说：“你老婆吩咐的大事？”

这些年，余章标两口子东躲西藏，沿着鹤山、开平、新宁一路逃难，越走越荒凉，受了不少的罪。这两个黄皮树鹩哥远离家乡，无熟人可骗，只好相依为命，暂时收敛。余章标最不爱听别人说黄鱼春的坏话，因为那意味着自己是个怕老婆的窝囊废，他把脸一沉：“这是我们爷俩的买卖，关你屁事？”

鸡大逵隐隐约约能猜出余章标肚子里的小算盘，这老小子在开平教过私塾，和谭亚受有一面之缘，这些日子，总是撺掇“死牛肺”去开平和谭亚受联手。余章标的主张不无道理——肉多的地方狼也多，与其在顺德受欺负，倒不如去开平、新宁、茂名一带的广阔天地发展。

理固然是这个理，可惜余章标和开平谭家在江湖上的名声都不怎么样，“六顺堂”如果与他们同流合污，只怕将来沾上晦气。鸡大逵心里七上八下，拿不定主意，两条腿像踩着棉花一样进入牢房。顺德县城光复以后，牢里的囚犯尽数释放，狱卒也跑得干干净净。只有叶老四一个人留下来，试图搬走苏仁山留下来的那幅绝笔画。

黄广华和叶老四轮流用锤子砸墙角石，郑流利抱着“枫子鬼”一言不发，梁德荣则目不转睛地在旁边观看。他知道这幅画凝聚了苏仁山一生的功力，这两个神不神、鬼不鬼的玩意看似模样怪异，却是画坛宗师眼里最犀利的尖刀，代表着宇宙间最伟大的力量。潜意识中，梁德荣已经把这幅画当作一本武林秘籍，一门可以让自己功夫再上层楼的武林绝学。

“死牛肺”和柯定邦正在门口窃窃私语，见鸡大逵深一脚、浅一脚地进来，仿佛脸上很不高兴的样子，忙问：“三弟，咋啦？”

鸡大逵道：“你阿叔找你，说是有你们余家的买卖。”

“死牛肺”明白了，赔着笑说：“三弟，我阿叔就是那个德行，不要往心里去。要不是你们哥俩，‘六顺堂’早散伙了，哪有哥哥的今天？”

柯定邦皱着眉头：“大哥，你真的打算去开平？”

“不去咋办？”“死牛肺”道，“三百兄弟人吃马喂不是小数。你也看到了，‘大春吉’根本没把咱哥们当人，顺德再好，不是你我的存身之地。”

“六顺堂”离开佛山堡后，先到鹤山双桥都一带扎营，恰好赶上了冯坤、封满率“德安堂”在沙坪起义，他们和“天上人”、吴三兴、“地豆引”等几股人马共襄盛举；鹤山地面并不富裕，容不下这么多兵马，因此，七月初七黄协成在新会杜阮乡举事，冯坤顺势把“六顺堂”派去支援；黄协成是“德英堂”的人，而陈松年、赵泰来、吕萃俊等人定于七月初八在江门狗山联合起义，于是“死牛肺”、柯定邦、鸡大逵像皮球一样被踢到了江门；新会是地主团练势力最强的县份之一，陈松年要的是能打硬仗的人马，留“六顺堂”这堆废物干什么？他命令“死牛肺”催办粮草，最后将“六顺堂”支到了顺德。

短短半个月时间，“六顺堂”参加了四个地方的誓师，没有一处肯拿正眼瞧他们。“死牛肺”心灰意冷，完全认可了余章标的计谋，决心去开平、新宁开拓属于自己的天地。既然他横下一条心，柯定邦和鸡大逵便不再坚持。过了一个多礼拜，等叶老四把墙角石挖出来，“死牛肺”从“大春吉”手里领了一笔开拔银子，带着弟兄们离开了县城。

船到马齐乡，黄广华、叶四和、梁德荣、郑流利等人去给苏仁山上香，柯定邦、鸡大逵对“死牛肺”说：“大哥，我们哥俩也去扫墓，你走先。”

“死牛肺”吓了一跳：“你们不是要散伙吧？”

“没有的事。”柯定邦安慰他，“大哥，我们随后就去撵你。”

“死牛肺”为自己辩解：“开平、新宁、茂名一带山高皇帝远，而且没有大股的堂口，咱们去了能吃个鲜，塞个饱。我阿叔公婆俩名声是衰，但这个主意不衰呀。”

鸡大逵硬邦邦地顶了他一句：“人衰主意就衰。”

苏仁山埋在马齐乡，鸡英逵和“瞌睡虫”埋在世埠头，柯定邦、鸡大逵去祭奠的理由无法反驳。“死牛肺”只好千叮咛万嘱咐，留下七八个兄弟伺候，率领大队人马奔鹤山而去。柯定邦和鸡大逵分乘两条船，跟随黄广华等人来到苏家墓园，寻了一处僻静之地，把刻在墙角石上的绝笔画掩埋妥当。众人在六角凉亭焚香祭拜，黄广华心生无限感慨，唏嘘道："苏先生活着多灾多难，临死前总算领略了魂相的境界，不枉在人世间走了一遭。"

鸡大逵犹豫了一下，问道："黄掌柜的，魂相到底是个啥东西？"

"枫子鬼"一如往昔在木盒子里假寐，眼皮间露出一条缝隙，似睡非睡。黄广华越来越觉得小木头人神秘莫测，有点像何壮昭的耳朵，保不齐什么时候突然灵验，一飞冲天。他抚摸着木盒子，笑意盈盈道："欲知魂相先晓魂，你知道魂是啥吗？"

柯定邦望着那只木盒子，刹那间灵光浮现，脱口而出："魂就是纯心。"

"柯大哥高见。"黄广华拊掌大笑，"一世三生，纯心在皮肉里打熬一生，在骨头里局促一生，最后一生才脱壳而出，复归本身，魂相就是魂之家乡。"

柯定邦本是差点沦落为叫花子的窝囊废，只是追随太平军南北征战，在生与死的绝境中历练出了眼界、胆略和见识，像魂相这么高深的玄思远远超出了其理解范围。他最关心的还是眼睫毛底下的具体事务，遂将烦恼托盘而出："各位见多识广，给我们兄弟参详参详——我大哥听了余章标的蛊惑，非要去开平与谭亚受兵合一处。不去吧，有违兄弟之义；去吧，打单收益必为黄鱼春那个残鸡婆所得，真是叫人左右为难。"

"我们几个老实巴交，"叶四和给他出了一个主意，"让我们断江湖是非，那不是城隍庙里拜观音，找错了庙门？这事你该去问温二奶奶。"

温宁氏不但是远近闻名的女诸葛，而且是"六顺堂"的恩主。柯定邦兴奋地说："咱们去世埠头烧完香，立刻就去坦东村。说实话，我还真想二奶奶了。"

三条船拐进排溪水，夕阳西下，抵达梅基村。村口的吊桥高高挂起，碉楼上站着一排花花绿绿的人，发现这三条船打着烈火朱雀旗，立刻拔掉白旗，换了一面鲜艳的红旗。有人在碉楼上娇滴滴地发问："下面，是哪个堂口的兄弟？"

这一个月，革命烽火染遍大地，为了便于区别，老百姓把洪家兄弟称为红兵、洪兵或者红军，与之相对应，称呼使用白旗的官军为白兵、白军。顺德境内处处吊桥高悬，地主团练和乡民同时准备了两面大旗——洪门来了打红旗，官军来了打白旗。客客气气迎来送往，归根到底一句话，绝不让外人踏足一步。

柯定邦听那人的声音耳熟，抬头一看，发现问话的人是梅少奶奶。冯紫玉和冉枝枝各穿了一身刀马旦的戏装，手里提着刀，后背插着箭，英姿飒爽倒是别有一番风味。他使劲咽了一口唾沫，仰着脖子说："大奶奶，是我，我是柯定邦。"

其实，三个粉头早就认出了他们，喊话纯粹是拿他们打岔。冯紫玉问："柯老大，你那个堂口叫什么名号？"

"'六顺堂'。"柯定邦认真地回答，"我不是老大，是老二。"

三个娘们笑得前仰后合，梅少奶奶问："柯老二，你们老大是不是'死牛肺'？"

柯定邦道："对啊。"

梅少奶奶煞有介事地说："他让你们进村子哩。"

柯定邦愣头愣脑地问："进村干啥？"

梅少奶奶做了个鬼脸，色眯眯地说："你想干点啥？"

碉楼上发出一阵哄堂大笑，鸡大逵拽了一把柯定邦："二哥，她们要你呢。"

柯定邦面红耳赤，有心跳下船破口大骂，又怕大伙儿嘲笑他与女人一般见识。叶四和从船篷里探出头："大奶奶，兵荒马乱的，当心祸从口出。"

"哎呀，乡里乡亲的，开句玩笑还不行？"梅少奶奶住了嘴，像变戏法一样，瞬间换了另外一副乖巧的面容，"四爷，你不在衙门里干了？回来好，咱们这几个村子势力单，应该联合起来携手对敌，共御外侮，互通声气，彼此帮忙。"

叶老四点点头："没错，是这个理。"

"你二哥本事大，各路江湖人马都能罩得住，不像我们这些头发长的娘们。"梅少奶奶幽幽地叹了口气，"奴家愿意出份子钱，请你二哥出马巡防。"

三条船离开梅基村，在世埠头上了香，一路收着云彩驶向坦东村。天色浑浊，温秉礼父子带人在碉楼上值守，发现有船过来，没看清旗子的颜色，以为是官军路过，慌忙拔红旗，换白旗，正在忙活，叶四和在船头大声叫道："三爷，不用换旗，自己人。"

洪门在粤东大地掀起了滔天巨浪，佛山堡一夕变天，居仁里的乡亲现在特别吃香，温秉礼的心眼又开始活动起来。然而，女诸葛毫不通融，逼着他拖家带口迁到坦东村，这些天把温老三闲出了绿毛，特别盼着能听到外面的消息。看到来了这么多人，温秉礼心中欢喜，下令打开水栅，放三条船进村。他下了碉楼，乐呵呵地说："瞧我这眼神，红的白的都分不清楚。老四你回来就对了，放着好好的掌柜不当，当啥牢卒？听说'大春吉'礼贤下士，广罗人才，是不是又大把地往外撒银子？啧啧，真有气派。"

温秉礼看似机灵，其实鼠目寸光，看人就看一张皮，难怪女诸葛把他拴在身边。叶四和不想与他多说，打了个哈哈："牢里的犯人都放了，我没事干，只能卸差回家。"

温秉礼扭头问柯定邦和鸡大逵："对了，余章标和'死牛肺'后半晌路过，说是要去鹤山和开平，你们怎么落了单？"

柯定邦恭敬道："三爷，我们来看二奶奶。"

温秉礼非常高兴："黄掌柜的和梁少爷是稀客，难得来一回，尤其是在这个节骨眼。我大哥正好在，叫上叶二爷，咱爷们凑一张桌子喝个痛快，走。"

离船登岸，温秉礼让叶老四去请"逃军和"过府吃酒，然后领着大伙儿进了温宅，一头安置"六顺堂"的兄弟休息，一头陪伴柯定邦、鸡大逵来见女诸葛。

陈开在佛山堡起兵后，何宗弼带着一家老少躲到九江圩，投奔女婿老介福。这时的九江圩十分热闹，六县各大豪门、江湖势力的代表齐聚老宅，商讨今后的应对之策——到底是继续保持平衡，还是冒险孤注一掷，在红旗和白旗之间做出选择？

温秉仁在九江圩无事可干，借机回到坦东村清静几天，他端起长烟袋吸溜了一口，慢吞吞地问女诸葛："老二家的，你说将来谁能得天下？"

温宁氏回答："都一样。"

经过这么些年老婆的精心调教，温秉义习惯了妇唱夫随，顺口说道："就是，老四把洪家兄弟拐进红毛教，陈天义登基坐殿，好处照样轮不到咱们家。"

温秉仁一直对陈开和温家断交心存疑虑，他知道温宁氏深藏不露，温秉义只是一个听吆喝的小伙计，便没好气地数落："别提老四，他比你头壳亮堂。”

温宁氏有意岔开话头，笑着问：“大哥想老四了？”

“你们看不出来吗？”温秉仁叹道，“假如光是洪门和官府拼命，凭二爷的本事，洪门这次必取天下。可是红毛鬼子居心叵测，他们能让二爷如愿？眼前这场仗谁胜谁败，全由红毛鬼子说了算——他帮谁，谁就能坐龙椅。”

温秉义有点儿糊涂：“大哥，这事有些蹊跷，老四他们在江南把官府打得屁滚尿流。按理说他们信红毛教，和红毛鬼子是一伙，那红毛鬼子为什么又在咱们这儿帮官府？”

温秉仁对局势也是一知半解，不过，对付二弟终究绰绰有余，他撂下烟袋锅子：“这还不简单？红毛鬼子湿水核桃，两头滑，两头下注，两头挑唆，让咱们不得安生。老江湖的风格向来如此，不管你是豪门大族，还是绿林草莽，人人见风使舵。顺德县大户人家每家手里握着两杆旗，红军来了举红旗，白军来了举白旗，就是这个理。”

温秉义问：“大哥，那你说‘小孟尝’会举红旗，还是白旗？”

“有钱人家财万贯，谁愿意举红旗？”温秉仁发愁地说，“但老大财主不好说，他这个人死心眼，好讲义气，一向敬重二爷，瞧不起官府，说不准会举红旗。你们知道，官府逮住造反的人千刀万剐，株连九族，比洪门心黑十倍。我担心的是，万一将来洪门打了败仗，凭温家和陈天义过去的来往，官府不会放过咱们兄弟。”

女诸葛反驳道：“佛山堡谁家和洪门没有瓜葛？官府还靠洪门斗红毛鬼子哩。再说咱们早跟陈天义绝了交情，举家搬回了坦东村，官府能找什么碴？大哥，退一万步说，就算将来官府得势，我们两口子也绝不连累你。”

温秉仁干笑了两声：“老二家的，我不是这个意思。”

大伯子的行事风格历来是声东击西，旁敲侧击，他今天说了一大堆洪门的不是，立即引起了女诸葛的警惕：“大哥，你到底想说什么？”

温秉仁转了转眼珠，终于把心里话说了出来：“弟妹，俗话说马不吃夜草不肥，佛山堡豪门大族哪一家不是这么起来的？我的意思是趁着乱世，瞅准机会狠狠地捞他一大笔，不能白戴一顶红帽子。别管谁将来坐天下，先把银子搂足了是真的。”

闹了半天，温秉仁憋着一股劲，准备杀回佛山堡浑水摸鱼。女诸葛知道大哥不相信自己和陈开绝了交,也清楚他和温秉礼私下里沆瀣一气,蠢蠢欲动。她郑重地说:“大哥,阿妈临终前交代过,做人要本分,缺德的事更不能干。张亚丞目下要风得风,要雨得雨,那是他和陈天义的交情,咱们不羡慕;区植棠教唆柯振邦成立了一个野路子堂口,躲在后面出馊主意,拿柯老二当枪使,好处是区家的,掉头壳是柯家的,丧尽天良,咱们不能学。”

温秉义惊慌道:“哎呀,得赶快提醒柯家一声,别上伪君子的当。”

这时候,温秉礼领着柯定邦和鸡大逵迈步走进屋子,笑着大声说:“哈哈,说曹操,曹操就到。二哥,二嫂,定邦和大逵看你们来了。”

居仁里的乡亲在坦东村相聚,大伙儿心里感到十分温暖,寒暄了一阵后,分别落座。女诸葛开口问:“黄掌柜的、梁少爷、流利兄弟呢?”

温秉礼道:“我安排他们和‘六顺堂’的兄弟在前院吃饭,填饱肚子先。”

“好。”温宁氏点了点头,“流利兄弟饭量大,一定要管饱。”

柯定邦接过话茬:“二奶奶,别看郑兄弟不爱说话,在太平军中历练了不少本事,真刀真枪地见过大场面。吃饱饭让他到碉楼上守夜,给羊仔打个替班。”

温宁氏忙摆手:“流利兄弟远来是客,哪能派人家的差事?”

在温秉仁的眼里,郑流利仍是从前那个能吃不能干的废柴,他摇了摇头:“每天至少有十几路兵打村前过,有的是白军,有的是红军,谁也得罪不起。守碉楼的人头壳务必灵光,嘴皮子要利索,小郑只会说两个字,最好别让他去,省得捅娄子。”

柯定邦、鸡大逵与郑流利有患难之交,不爱听温秉仁的话。鸡大逵道:“大爷,你不要小看这两个字,我们兄弟全靠它从金陵城逃回来的。”

“呵呵,别争了,劳烦流利兄弟辛苦一趟,陪着羊仔说说话。”女诸葛打着哈哈,又问柯定邦和鸡大逵,“你们怎么没跟‘死牛肺’的大队人马走?”

二人离座躬身施礼:“二奶奶,我大哥听了余章标公婆的蛊惑,要去开平、新宁与谭亚受合兵一处。我们俩觉得这事不靠谱,拿不定主意,特地前来求教。”

温宁氏盯着他们:“你们是怕‘死牛肺’吃亏?”

“对啊。”鸡大逵提高嗓门,“黄鱼春是一个丧门星,我大哥上半辈子毁在她手里，下半辈子要是再毁了，那不是指着棺材喊捉贼，冤枉死人？”

柯定邦诚恳地说：“常言道，识时务者为俊杰，有些人平日里吃大哥、喝大嫂，到了危难关头只顾自己，一个比一个跑得快，这么做太不仗义。我和大逵兄弟不想这么干，想劝我大哥回头，就是不知道他肯不肯听？”

女诸葛问：“他要是不听呢？”

两个人耷拉着脑袋：“我们只好跟着他，保着他，让他少吃点儿亏。”

明哲保身是人之常情，江湖中人口称仁义，真正能做到的有几个？尤其是那些饱读诗书的豪强大族，为了自己的利益厚颜无耻，两面三刀，最喜欢干的事就是落井下石。与彼等衣冠禽兽相比，柯定邦和鸡大逵这样的穷鬼才令人敬重，才配得上圣人之教。女诸葛感动道：“别人同富贵，你们共患难。走，去吃酒，嫂子敬你们一个。”

“算我一份。”“逃军和”踏步进了屋子，“定邦、大逵，你们说得好。听说我大哥攻打大沥四堡不下，叶某明天启程去佛山堡，看看有没有要帮忙的。”

温家宅子煮肉煲汤，席开三桌，众乡亲划拳行令，吃得热络。到了夜半三更，柯定邦放心不下碉楼的防务，便嘱咐鸡大逵去替换郑流利。鸡大逵快步登上碉楼一看，差点儿把酒糟鼻子都给气歪了，只见郑流利趴在垛子上“呼呼”打起了瞌睡，羊仔手扶一杆填了火药的鸟铳，身上盖着白旗，上眼皮碰下眼皮，正在见周公。听到他的脚步声，羊仔倏忽惊醒，甩掉白旗从地上一跃而起，不好意思地说：“大逵叔，你来了？”

鸡大逵问：“羊仔，你知道咋应付过路的兵吗？”

“知道。”像背诵八股一样，羊仔腼腆地说，“红军来了举红旗，白军来了举白旗，可以供给吃的喝的，不能答应勒索钱财，还有，还有……”

鸡大逵问：“要是碰到人家故意来试探呢？”

羊仔恍然大悟：“我明白了，大逵叔，你是说打着红旗的人未必是红军，打着白旗的人未必是白军。他们和我们村一样，手里也有两杆旗？”

鸡大逵赞道：“真聪明，当兵的未见得就比老百姓胆子大。”

“那可咋办？”羊仔感到一阵迷茫。

仿佛是为了考验他，从河面上摇摇晃晃飘来一丝灯影，冒出来一条圆滚滚的篷船。羊仔瞪大了双眼，努力地分辨着，终于发现篷船的尾部挂着一面红旗，他长长地松了一口气："原来是红军，大逵叔，不用换旗子了。"

"这伢仔，"鸡大逵笑了，"刚说过的话咋就忘了？"

羊仔脸色发窘，把头探出枪眼，发问："你们是红军，还是白军？"

船篷里钻出一条精瘦的汉子，腰里挎着佩刀，尖着公鸡嗓子回答："小兄弟，我们是'德英堂'的哨探，刚从新会县过来，讨一口热汤吃。"

羊仔高兴地对鸡大逵说："大逵叔，是自己人。"

鸡大逵还没有答话，郑流利忽然张开嘴，嘟囔了一句："错了，错了。"

羊仔诧异地问："流利叔，哪儿错了？"

郑流利的话基本上全能应验，羊仔不清楚，鸡大逵却深深地领教过。他心生警惕，躲在枪眼后面仔细观察，果然发现河面上另有一条篷船，远远地藏在后面。如此行踪诡秘，必属官军无疑，鸡大逵冷笑一声，从墙根抄起一杆鸟铳，瞄准瘦汉子"砰"地放了一枪："敢在你家三爷面前装神弄鬼，活腻味了？"

"哎呀"一声，瘦汉子腿上挨了一枪，被放倒在地。郑流利、羊仔二人各自举枪，对准篷船一阵乱放。前面的篷船狼狈逃窜，后面的篷船驶过碉楼，一个当官的哈哈大笑："二奶奶果然调教有方，楼上的义士听好了，本将是水师衙门的黄彬。劳烦给二奶奶捎个信，等将来剿灭乱贼，本都司必向制台大人如实上奏，表彰贵村忠义之举。"

崔大同、洪大顺命丧牛栏岗，叶名琛痛失心腹良将，遂将军事大权一劈两半：水路指挥权交给沈棣辉，陆路指挥权交给卫佐邦。广州防御战到了最危急的关头，沈棣辉也顾不上官场的陈规陋习，随即致函镇守虎门大寨的水师提督吴元猷，直接点名，要求抽调海口营都司黄彬和把总苏海两个人来协助自己，统帅拱卫省城的舟师。

黄彬接到命令，不敢怠慢，挑了十来名随从北上赴任。由于顺德县境战火未熄，敌我势力犬牙交错，不少地方豪强同时打起红旗和白旗。这些地头蛇十分凶恶，对小股的兵力，不管洪门还是官府，抽冷子就来一家伙，连骨头带肉吞进肚子里。黄彬是本地人，明白这些地头蛇不好惹，便让手下准备了红、白二旗，分别插在两条篷船上，一来是为了见招拆招，二来是为了试探各村各寨的真实倾向，做到心里有数。他们从新会江门出发，进入顺德县境内，没想到第一站就讨了一个彩头，黄彬心情立刻大好。

连坦东村的女诸葛都排斥洪门，梅基村的梅少奶奶就更不用说，两条篷船沿着排溪水飞速疾驰，转眼间望到了梅基村的碉楼。时值七月二十五，月牙儿高高地悬挂在夜幕上，调皮地眨巴着眼珠，河面因而变得明亮清晰起来。

一口气划出好几里地，士兵们累得直喘气，黄彬下令停船靠岸，来到那个瘦汉子前，关切地问："罗千总，伤势不要紧吧？"

那名受伤的千总名叫罗林，是西樵山下罗村人，下罗村到龙山不过十七八里地远。他忍着疼痛，哼哼唧唧："天这么黑，一枪就挂彩，真倒霉，丢他老母。"

黄彬笑道："你准是沾了你兄弟的晦气。"

罗林有一个堂兄弟叫罗森，在英国商馆当通事，被传教士卫三畏介绍给美国东印度舰队司令佩里当翻译，去日本和幕府签订通商条约，前几天刚刚回国，给罗村的乡亲们带回来的战利品是一筐玉米，以及一麻袋北海道的海带。罗林弄不清楚自己的晦气是来自花旗国，还是来自倭国，请求道："黄大人，我这条腿算是废了，你们走先。"

黄彬安慰他："我把你留在梅基村，这个村子粉头多，是个养伤的好地方。"

梅少奶奶大名远播，梅基村风气萎靡，女人比男人多。众兵士听了黄彬的话，发出一阵淫荡的笑声："罗爷，梅少奶奶有一把刮骨钢刀，你别把小命给弄丢了。"

黄彬瞪了他们一眼："少废话，赶快叫门。"

不大一会儿，碉楼顶出现一位满身披挂的女娇娘，正是夜里值班的冉枝枝。她看到第一条篷船上悬挂的红旗，误以为是路过的洪家兄弟，婉言拒绝："众位兄弟，村子里女人多，不方便停留，这是二十两银子，请到别处养伤。"

黄彬拉起船头的白旗，傲慢地说："瞧仔细了，黄爷是堂堂的朝廷命官。"

冉枝枝不但没有退让半分，反而从背后的箭袋里抽出一支箭，笑吟吟地说："大人，匪过如梳，兵过如篦。幸亏你早说，不然姑奶奶这二十两银子就喂了狗。"

黄彬火冒三丈:“臭娘们,敢射你家黄爷不成?”

“寡妇门前是非多,你图谋不轨,本当天谴。”冉枝枝剑眉倒竖,张弓搭箭,“老娘唱了十几年的大戏,这袋白羽箭从未开张,今天请你吃个鲜。”

说罢,女娇娘放开弓弦,白羽箭如一只破空飞鸟,照准黄彬的胸口射来。

第一百六十四回　七月流火

甲寅年有两个七月。

自从六月二十四首战告捷后，洪门各地援兵陆续开至，自佛岭市向北连营十里，总数合计约十万之众。李文茂命令陈显良、林洸隆、卢昌等人分别从东路和南路发动佯攻，并派遣使者催促陈开尽速消灭大沥四堡的团练，把佛山大铁炮运至前线。诸般军务安排妥当，李文茂亲自指挥，于六月二十四、七月初二、七月初十、七月十八、闰七月初六发动了五次规模浩大的攻击，洪家兄弟奋勇向前，手持简陋的武器对阵装备优良的清军，连续击溃清军，打得敌人闻风丧胆，龟缩在城内再也不敢迎战。

在广州城内督战的叶名琛心急如焚，紧急征调各地团练入城助战。至闰七月初，城内守军的人数亦超过十万，叶名琛总算松了一口气，率领沈棣辉、卫佐邦、龙元僖、伍紫垣、梁应琨等一干官员和士绅登上镇海楼。烈日炎炎下，佛岭市、三元里、萧岗一带红旗飘摇，天地穹庐宛如佛山堡的炼铁炉，燃烧着大地和山林，望之令人惊心动魄。叶名琛放下单筒镜，百思不得其解地问："各位，这些穷棒子面如菜色，拿着锄头和扁担就敢上阵邀战，浑然不把本军的炮台放在眼里，到底是为什么？"

还能是为什么？因为他们心甘情愿追随着一位盖世英雄。沈棣辉和卫佐邦不愿说，伍紫垣和梁应琨不敢说，唯有龙元僖出身豪富和翰林，有一种蹈官场如江湖的磊落之气，未曾把叶大胖子搁在眼里。他直言不讳地说："李贼以仁义自诩，威震江湖二十载，在龙头峰化无情剑为有情剑。大帅深谙道术，难道没有耳闻吗？"

如今广州城的防御，无论兵力、军饷还是红毛军械，主要依靠士绅捐助来维系。龙元僖身为正三品的太常寺卿，虽然归乡丁忧，却能直接和咸丰皇帝通上话，打小报告那是手到擒来的事情。叶名琛当众遭到抢白，心里恼恨，却不敢表现出来，只得坐回椅子，转而问卫佐邦："卫将军，听说姓李的有四杆军旗，你给本帅指指看，是哪几杆？"

"回禀大帅，李贼的四杆军旗是琼花旗、凤凰旗、九瓣飞肩兰花旗、玉蝉桃花旗。琼花旗和凤凰旗不必说，九瓣飞肩兰花旗是易大老倌的旗子。"说到这里，卫佐邦不自然地瞅了伍紫垣一眼，见他没有不悦之色，方才补充了一句，"玉蝉桃花旗是陈大老倌的旗子，用女人的旗子当军旗，江湖上他是独一份。"

"丢他老母，他倒是艳福不浅。"叶名琛恨恨地骂了一句，大概感觉出言唐突，赔着笑向伍紫垣发问，"浩官大人，姓李的身为武林至尊、红船领袖，要风得风，要雨得雨，既不缺银子也不缺女人，江湖道唯命是从，老百姓奉他为神，过着比神仙还要舒服的日子，他为什么非要起兵造反？如今天下沸腾，四海喧嚣，洋人割据海疆，长毛作乱江南，圣上坐立不宁，焦头烂额，坐龙椅的日子一点儿也不自在，你们是不知道圣上的苦啊。"

说句心里话，伍紫垣到今天也看不透李文茂。人世间有四难——放弃逍遥日子难，放弃荣华富贵难，放弃如花佳人难，放弃权力宝座难。然而，李文茂恰恰这四样占全，最后竟然在龙头峰自刺三刀六洞，连命都不放在心上。他苦笑一声："大帅，此贼不可理喻，是一个不折不扣的死心眼——摊上他，算咱们倒霉。"

倒霉？如果不是李文茂放手，陈罗婵怎么会落到伍紫垣的手里？大家忍住笑，觉得小浩官得了便宜还卖乖。叶名琛屁股抬了抬，面露庄容："各位，本爵蒙当今圣上隆恩，自当守住天子南库，为圣上分忧。纵观整个战局，尚有两处不可不防，一个是佛山堡的陈天义，一个是顺德县的'大春吉'。"

陈开和陈吉麾下合计约二十万大军，是洪门最雄厚的预备力量，一旦倾巢来攻，广州战事极可能急转而下。沈棣辉问龙元僖：“龙大人，‘大春吉’的事可有进展？”

“那当然。”龙元僖道，“陈金刚兵取芦苞镇，抢到先机，‘大春吉’当不上‘洪兴堂’的掌印阿妈，绝不会善罢甘休。此贼狡诈多谋，心窍玲珑，缺少一股血勇之气，关键时刻拿不定主张，不难对付。龙某已经叫人在大良的绸缎铺造龙袍玉带，劝他自立为王，届时乱党内部必然大起纷争。‘大春吉’自顾不暇，哪还有工夫来广州助战？”

轻轻松松一席话，说得众人心服口服。叶名琛又惊又喜：“妙计，妙计，龙大人，你这是一计安天下，一策可敌百万兵呀。”

龙元僖瞥了一眼伍紫垣、梁应琨，拱手道：“大帅，龙某也是为江山社稷着想。洪门会党谋反作乱，实属十恶不赦，可是你不要忘了，螳螂捕蝉，黄雀在后，红毛鬼子虎视眈眈，觊觎中华十余载。会党中有不少血气汉子，从三元里打鬼到阻止洋人进省，立下汗马功劳。龙某担心的是假如把人杀绝了，红毛鬼子一旦来犯，大帅将以何为兵？”

自洪门举事以来，官军为了邀功请赏，滥杀无辜百姓冒充战绩，送到总督衙门的麻袋里装满了人耳，堆得跟小山似的。人家修道是爱惜生命，叶大胖子则修出了一副铁石心肠，下令各地官府大开杀戒，以屠杀来吓阻人民参与起义。粤东大地浮尸遍野，血流成河，大多数人并非死于战场，而是死于官军疯狂的屠刀之下。

面对龙元僖一而再、再而三的冒犯，叶名琛脸上实在挂不住了，把脸一沉：“本爵一肩担着血海般干系，乱世用重典，不杀人如何守城？”

龙元僖刚要反驳，沈棣辉赶忙过来劝解：“龙大人，大帅这两个月亲自坐镇望海楼，劳心竭力，鞠躬尽瘁，你没有坐在这个位置上，不知道他的苦衷，不容易啊。”

听到沈棣辉的奉承，叶名琛心里稍微舒服了一点儿，问梁应琨：“梁老爷，你和陈天义打了多年的交道，你说说，他会不会尽力？”

梁应琨面色一窘：“大帅，陈天义是李文茂一手拔擢起来的，当然奉命行事。不过他这个人心眼多，打仗爱给自己留点儿本钱，善于保存实力，当不会全力以赴。”

“好。”叶名琛高兴得一拍大腿，“只要陈天义不跟咱们玩命，本军便有转机。乱党三路攻城，东、南两路佯攻，东路兵力最单薄。卫将军，本爵给你半个月时间备战，集中兵力打‘豆皮大’一个措手不及，给本爵出口气，给圣上报个喜。”

梁应琨真不愧是陈开的老搭档，把他的心理摸得一清二楚。

李文茂对广州城发起进攻后，陈开调兵遣将，击败“南顺营”，夺取鹰嘴沙，做好了攻打大沥四堡的准备。七月初三，邝能率“德威堂”兄弟担任全军先锋，和以“北安营”为首的地主团练正面交战，结果被江岸上的猛烈炮火阻断去路，被迫退回佛山堡。

首战失利，陈开这才明白，现在的九十六乡今非昔比。在伍紫垣的大力扶持下，大沥四堡的地主团练换了全新的装备，粮饷充足，士气高昂。以大沥堡为核心，沿江临时搭设的炮台绵延数里，构成了不亚于广州城北的火炮阵地。大沥四堡乃是与佛山堡齐名的武术之乡，团练的单兵作战能力本来就不容小觑，如今洋枪洋炮在手，更是如虎添翼。

相比伍紫垣和大沥四堡士绅们的未雨绸缪，“德礼堂”这头失误连连，最大的失误是王山公疯癫后，陈开一直没有选派得力人手经营大沥四堡，白白将这块宝地拱手送人。事到如今后悔还有什么用？接到李文茂从佛岭市大营发来的紧急军令，陈开指挥各堂口轮番上阵，一日三小战，三日一大战，尤以七月十五、七月二十六、闰七月初一这三场血战最为激烈。

闰七月初一，陈开亲自率领一万多兄弟，分两路扑向大沥四堡，一路杀过草边乡，进至龙头圩、草堂桥，一路越过大镇，进至钟边、良豪、伯和等乡，气势如虹，锐不可当。大沥四堡的乡绅清楚最后决战的时刻到了，所有的团练头子悉数白刃御敌，激烈的战斗中，仇国安、仇鸾飞、刘遇昌、刘遇鸿、潘朝凤、潘怡三等十二名团练头目先后倒在血泊中。就在这时，狡猾的“百齿鲨”把洋炮从炮台卸下来，偷偷运到树林里，忽然从“德礼堂”背后发起炮击。这一招置之死地而后生，大大出乎陈开的预料，洪家兄弟误以为敌军来了援兵，后路被切断，兵败如山倒，一路溃退下来，被踩死、淹死的人不计其数。

经过这次受挫，“德礼堂”短期内无力再战，正好何禄自增城赶来，陈开便把石桥头、白泥塱、梁边、谢边、横滘等阵地交给“洪义堂”守卫，自领大队回佛山堡休整。“百齿鲨”侥幸取胜，惊魂未定，急忙派人到广州请求火炮和弹药接济。伍紫垣从商馆广场和十三行的仓库里运出火炮，帮助“百齿鲨”重建炮台，西线战事才渐趋平稳。

从闰七月初一到十五，半个月的时间西线毫无动静，叶名琛相信了梁应琨的话，判断陈开不会拿出老本攻打广州。叶大胖子抓住这个机会，以卫佐邦为统帅，抽调各路人马计划在东线打开缺口。闰七月十五，也就是白露的前一天，“德勇堂”燕塘阵地被攻破，“豆皮大”兵退新造。在“德烈堂”的支援下，陈显良随后发起反攻，无奈清军构筑了牢固的防线，争夺三日无果后，赴佛岭市大营负荆请罪。

陈开迟迟无法突破大沥四堡的防线；陈吉在顺德拥兵自重，观望不前；眼下官军突然又在东线转入反攻。三件事叠加在一起，李文茂意识到这是一个不祥之兆，立刻把众将召集起来商议对策。与会的将领除了甘先、‘豆皮春’、陈显良、卢昌外，还有率部前来参加会战的陈金刚、侯陈带、练四虎等各堂口以及粤北绿林道的代表。

会商开始前，李文茂首先赦免了“豆皮大”，对他好言安慰：“陈阿妈，‘德勇堂’兄弟独当一面，功勋赫赫，这次败仗非战之罪，不必介怀。”

在长达两个月的攻击战中，“德兴堂”和“德武堂”独挑大任，损失极其惨重。甘先压不住心头的火气，站起来说：“掌堂大爷，‘德礼堂’雄踞佛山堡，兵马之众冠盖各军，竟然连大沥四堡也拿不下来，分明存心延宕，请杀陈天义以谢天下。”

李文茂吃惊地问：“甘阿妈，‘德礼堂’位居中枢，新会、鹤山、高明、高要各军都需要他们的接济。三千斤以上大狗极为笨重，非大船不能运输。陈天义上个月日夜鏖战，难道因为打不下九十六乡，本座便要治他的死罪吗？”

陈金刚拿下了芦苞镇，久攻三水县城不下，两万大军后勤全靠“德礼堂”的供应。他站起来替陈开辩解：“甘阿妈，陈天义麾下虽然号称十万大军，其实多为乌合之众。邝阿妈和他并肩作战，他若是心怀异志，邝阿妈还能不派人来禀报？”

“那也未必。”周春冷笑一声，“邝阿妈宅心仁厚，即便看出端倪，为大局计，只好暂时隐忍。掌堂大爷，有一件事属下不得不提，当初大度和尚逼着毕矜聪收缴七堂印信，大伙儿共推关阿妈和陈天义上黑石顶，谁知陈天义唆使陈见成假意半路沉船。其他六个堂口的会簿和令旗都送到了黑石顶，只有‘德礼堂’的保全下来，其狼子野心可见一斑。”

俗话说，要想人不知，除非己莫为，各堂掌印阿妈俱为老江湖，陈开的这个鬼把戏能瞒得了谁？大家认为他忘恩负义，想在大度和尚与李文茂之间脚踩两只船。自己最看重的小兄弟变成这样，李文茂只能感叹陈开未能修成正果，“六祖心经”白练了，心白“诛”了，除此之外无话可说。他摇了摇头：“陈天义固然贻误军机，但是罪不至死。”

甘先不依不饶：“掌堂大爷，白扇大爷就义后，陈天义继续使用大宁王的称号，发布文告不用‘嗣统’年号，改用‘太平洪德’年号，这就是大逆不道。”

卢昌点点头，跟着说：“没错，‘大春吉’曾经扬言，他陈天义能称王建号，我是他老丈杆子，凭啥不能称孤道寡？”

“哈哈。”李文茂爽朗地笑了起来，“各位兄弟，百姓苦秦久矣，本座顺天应命，兴仁义驱逐鞑虏，父老乡亲如大旱之望云霓。有些兄弟因势利导，称王建号亦为一时之需。只要能号召万民响应，本座姑妄从之。”

叶兆隆连忙纠正：“掌堂大爷，称王建号是头等大事，万万不可随意处置。陈天义和‘大春吉’不是山大王，而是洪家老兄弟，他们眼里还有家法和军纪吗？”

陈开是“洪德堂”的人，李文茂处置起来游刃有余；但陈吉是“洪兴堂”的人，李文茂未免投鼠忌器。陈金刚觉得到了需要自己表态的时候，主动提议：“掌堂大爷，‘大春吉’既然想要‘洪兴堂’掌印阿妈的交椅，属下愿意让贤。”

起兵至今，洪门攻势凌厉，一直占据上风，许多内部矛盾暂时被胜利所掩盖。这些矛盾主要包括：其一，洪门革命虽然深得民心，但是仓促纠集起来的人马多为乌合之众，没有经过严格的训练，装备简陋，战斗力低下；其二，起义军内部鱼龙混杂，良莠不齐；其三，各堂口的实力不均衡，有合作也有摩擦，部分堂口对军令阳奉阴违；其四，起义浪潮狂飙突进，一段时期后治理能力的缺陷逐渐显露，在与豪强大族的较量中渐趋下风。

最后这一点极为可怕，进入闰七月，部分坐观时局的地主团练蠢蠢欲动，撕掉伪装，开始为官府助战。以九江圩召开的六县江湖大会为例，当年追随李文茂出征粤北绿林道的江湖势力和豪强大族中，只有老介福、梁亚珠、李天彪少数几个人赞成举红旗，其余的人不约而同地转投白旗，公然与洪门作对。

李文茂本来计划凭着军兴的锐气，一鼓作气拿下广州城。没想到在红毛鬼子和地主团练的双重支持下，广州城坚如磐石，看来自己小瞧了叶名琛。如今，战局到了胶着状态，胜负的天平随时可能翻转，不能再出任何纰漏。李文茂郑重道："陈阿妈，你打下芦苞镇，理当坐'洪兴堂'这把交椅，勿须推辞。各位兄弟，陈天义和'大春吉'的事交给本座料理，一旦发现他们谋逆铁证，不劳众家兄弟辛苦，本座当手刃其首，严明军纪。"

李文茂如果亲自出手，陈开和陈吉焉有命在？见他把话说得这么严厉，甘先、周春、陈显良、卢昌都消了气，齐声道："但凭掌堂大爷处置。"

叶兆隆抬头说："属下以为，掌堂大爷应该北猎南狩，巡视各堂，早定大略。"

"大略？"李文茂不禁皱了皱眉头。

经过两个多月的血战，大家心里清楚，影响广州战役胜负的决定因素是红毛鬼子，其次才是"德礼堂"和"兴义堂"援助不力的问题。叶兆隆口中所称的"大略"，实际上指的是一旦攻城失败，洪门大军何去何从的问题。

其实无论成败，洪门都存在一个未来发展方向的问题。众将大致有两种意见：一种意见认为应该出五岭，攻克湖南和江西，与太平军兵合一处，逐鹿中原，推翻腐朽的清廷；另一种认为太平军对洪门芥蒂极深，视洪门五祖为妖魔鬼怪，与其寄人篱下，不如以粤西为基地，进而攻略贵州、云南、四川等省，建立一个洪门割据政权。

叶兆隆提议北猎南狩，是要李文茂正视失败的可能性，征集各堂意见，尽早决策，不必非要啃广州城这根硬骨头。李文茂把脸一沉："广州为粤东心腹，粤东为湘粤三省之本，绝不可轻言放弃。各位兄弟，本座未定方略之前，各军仍须奋勇杀敌，不得松懈。军师，从速遣使到佛山堡催兵，本座不信陈天义胆敢违抗军令。"

七月流火，八月未央。

甲寅年的闰七月寒气早袭，霍济田特意披了一身盔甲，背着弓箭骑着马，带了一小队家丁出来巡河。由于“德礼堂”的主要对手是大沥四堡，陈开腾不出手收拾“南顺营”，冼佐邦得以在汾江河北岸保留了几块残缺的阵地，琼花水涉对面的鲤鱼沙即为其中之一。

一个家丁惊讶地喊道：“坏了，少爷，对面换防了。”

霍济田勒住马，仔细一看，果然对面高高飘扬的“霍”字旗换成了“朱”字旗，那座叫人头疼的木制敌楼赫然矗立在岸边，楼顶挂着一只鼓鼓囊囊的猪尿脬。

这个刀砍不断、油泼不进的倒霉玩意，竟然比自己练的钢筋铁骨还结实。霍济田吃够了“葫芦发”和猪尿脬的苦，拉弓搭箭，瞄准猪尿脬便是一箭。霍济田箭法甚是了得，这支箭准确地射中猪尿脬，那猪尿脬肚皮一软，将箭头牢牢地裹住。

驻防大基尾的原来是霍威的人马，这些乌合之众被陈开征调到前线，参加了对大沥四堡的攻击战。在闰七月初一那场决战中，霍威的手下损失十之七八，基本上全军覆没，大基尾改由“葫芦发”接防，眼下驻扎在琼花水涉的是“烂大梢”。“烂大梢”见霍济田竟然敢用箭射“葫芦发”的心肝宝贝，一声令下，这边飞箭如雨，顷刻间射倒了霍家七八个家丁。

陈开之所以没有消灭“南顺营”，一来对方实力有限，不构成致命的威胁；二来毕竟都是多年的老熟人，双方将士不是沾亲带故，就是街坊邻居，没有必要赶尽杀绝。冼佐邦对此心知肚明，严格约束部众行径，不许擅自向对岸发起挑衅。霍济田知道自个儿理亏，叫人把受伤的家丁抬走。这边狼狈不堪地收拾残局，那边却响起一阵欢快的唢呐声，河堤上吹吹打打，来了一群披红挂绿的迎亲队伍。

“呀，是柯老二。”有个家丁羡慕地说，“他都娶上媳妇了？”

霍济田刚刚压下去的火苗子，腾的一下又窜了起来——柯振邦受区植棠指使，成立了一个“万木堂”专事劫掠，兼营偷盗，霍济田家里被他们洗劫一空。眼看他又要拔箭，霍府的家丁吓得魂飞魄散，抓住他的胳膊：“少爷，别再惹祸了。”

并非所有的豪强大族和富户都躲到汾江河北岸避难，以区植棠为例，这个伪君子不但没有落荒而逃，反而借机发了不少横财。许多人瞅着眼热，仗着胆子又回到了家里，可是霍济田生怕“葫芦发”趁机报复，始终不敢越南岸一步。

家里没有人看守，那还不叫人搬空了？幸亏有霍威的面子在，否则连房梁都可能被柯振邦拆了变卖。让霍家气恼的还有一件事——阿赖公然将赖家祖宗的牌位摆进霍家祠堂，这不是往眼眶里屙尿，把人欺负到家了吗？据说病危的阿赖娘被抬到霍家祠堂，连叫了三个好，硬是唱了一出《看钱奴》，方才幸福地闭上眼睛，撒手人寰。

柯振邦穿了一身戏台上的状元服，披红挂绿，骑在马上扬扬得意，逢人便作揖："多谢各位捧场，请到家里吃喜酒，院子宽敞，酒管够。"

柯家窄得连狗窝不如，哪来的院子？霍济田猜测他一定是霸占了别人家的宅院，忍不住骂道："柯老二，你抢了谁家的院子？"

柯振邦一愣："霍少爷，区老爷把他家院子借给我，你别满嘴喷粪。"

"是吗？"霍济田阴阳怪气地说，"敢情你老婆也是借的？"

北岸的霍家家丁哄堂大笑，柯振邦火了："姓霍的，老子娶媳妇三媒六证，正经人家的黄花大闺女。你要是再敢胡说八道，当心老子点了你们家的宅子。"

佛山堡如今是穷鬼当家，真惹怒了柯振邦，吃亏还是自家的。霍济田道："柯老二，点火烧房子算什么本事？有能耐咱们俩单挑。"

"单挑？"柯振邦的本领哪是霍济田的对手，他一缩脖子，"好啊，等老子生了仔，给我们柯家留个后，一准和你单挑。"

霍济田鼻子里"哼"了一声："你要是生不出仔呢？"

柯振邦"嘎嘎"地坏笑了起来："姓霍的，生不出仔的是你们八图老爷，我们穷人的身板比你们硬。弟兄们，柯爷我说得对不对？"

柯振邦招收的兄弟多数来自丐帮，平时沿街乞讨，没少吃地主老爷的白眼和苦头，对这些有钱人恨之入骨。大伙儿一起嚷："对，大哥说的对。"

霍济田气急败坏："呸，生了仔也是贼。"

一旁的"烂大梢"听不下去了，帮腔说："霍少爷，柯老二家里穷，娶媳妇不容易，都是乡里乡亲的，你应该给人家送一份贺礼，全个礼数。"

霍济田傲慢地回答："给抬轿子的送礼？我们霍家没这规矩。"

"就你们家了不起？"一名乞丐不服气地说，"区老爷有钱不？金老爷有钱不？人家都给我大哥送了礼，不信你去问问。”

区植棠是柯振邦的幕后黑手，他给柯家送礼情有可原，金良玉凑哪门子热闹？霍济田好奇地问：“柯老二，金良玉这个倒插门的女婿，能给你送啥礼？”

柯振邦犹豫：“他送给我一条大狗，一条小狗。”

“哈哈。”霍济田被逗得捧腹大笑，“原来是两条吃萝卜长大的东洋狗？柯老二，金家的东西你也敢要，真不怕晦气。”

隔着一条汾江河，两拨人你一言、我一语地斗嘴。正在这时，从鹰嘴沙方向顺流漂下来一条舢板，船上之人跷着二郎腿，有滋有味地哼着小曲，显得极其惬意。

闰七月底，天气转凉，水汽变寒，那人却似乎毫不在意，头下枕着巴掌宽的板刀，敞着肚皮仰面朝天。北岸的家丁和南岸的洪家兄弟无不目瞪口呆，汾江河现在为楚河汉界，天天不是落炮子，就是掉箭头，这汉子旁若无人，脸上蒙着一顶竹斗笠，真是吃了熊心豹子胆。话又说回来，这汉子的嗓门倒是非常洪亮，曲子唱得中规中矩，颇有韵味。霍济田不听则已，一听登时怒火中烧，原来恰好是一出《看钱奴》，曰：

> 发背疔疮是你这富汉的灾，
> 禁口伤寒是你这有钱的害。
> 有一日，贼打劫火烧了你院宅，
> 有一日，人连累抄没了旧钱债。
> 恁时节合着锅无钱买米柴，
> 忍饥饿街头做乞丐，
> 这才是你家破人亡见天败。
> …………

这几句唱词俨然为霍济田量身定做，“烂大梢”、柯振邦等人大声喝彩。霍济田知道这汉子不是一般人，得罪不起，但又不愿白吃这个亏，便搭箭瞄准竹笠射去。箭杆掠空而过，穿透了竹笠凸起的部分，好像穿了一串糖葫芦。

两岸观阵者无不心惊肉跳，认为船上的人必定受伤不浅。岂料那汉子依旧仰面躺着，直到把一出《看钱奴》唱完，这才掀开竹笠，跳起来骂道："哪个贼子暗箭伤人？"

大伙儿一看，原来是"凤凰仪"班的"大胆孔"，难怪如此临危不乱，镇定自若。"烂大梢"指着霍济田道："方爷，是姓霍的那个死佬仔。"

"大胆孔"提起板刀："来来来，方某和你大战三十回合。"

先不论"大胆孔"武艺如何，单凭他是李文茂的亲兵，霍济田便有一百个胆子，也不敢捋老虎的须子。他尴尬地笑道："哎呀，对不住，方爷，没看出来是你。"

"大胆孔"不依不饶："没看出来，你还没听出来啊？"

"烂大梢"和柯振邦在旁边添油加醋："对啊，方爷的曲子你都没听出来？"

在红船，"大胆孔"充其量只是一个"船尾叔"，他这副嗓子能比得上大老倌？霍济田心里这么想，嘴上却不敢这么说："恕罪，恕罪。"

"大胆孔"骂了几句，然后说："老子不和你一般见识，柯老二今天小登科，你掏一百两银子当贺礼，这事就算揭过。"

霍济田面露难色："方爷，在下最近手头吃紧，能不能宽限些日子？"

"大胆孔"知道他现在是丧家之犬，拿不出银子是真的，没有再为难他："好吧，这笔账你心里记着就行，别忘了以后给人家补上。"

霍济田点头如同鸡啄米："一定，一定。"

"大胆孔"出手镇住了霍济田，并且替柯振邦争取了一百两银子的贺礼，后者觉得脸上非常光彩。在佛山堡八图大族中，霍家历史最辉煌，对门户最看重，自己的婚姻能得到霍家一份贺礼，柯振邦这辈子做梦也没有想到。他跳下马，带着手下兄弟，众星捧月般把"大胆孔"迎上河堤，殷勤地问："方爷，你咋回来了？省城那边难道歇了？"

"大胆孔"厉声呵斥："谁说的？"

柯振邦用手一指对岸："他。"

"大胆孔"轻蔑地看着霍济田："你是不是天天巴望着我们打败仗？"

霍济田心里把柯振邦八辈祖宗骂了一个遍，赔着笑说："方爷，不是我说的，小明官昨天从河南岛来，说二爷兵败城北，准备撤军去金陵和长毛会合。还说，还说……"

"烂大梢"不耐烦了："说啥？"

霍济田道："他说二爷虽然武功盖世，但不是红毛鬼子的对手。他准备雇用鬼子战舰和红单船，带着'澄海营'来攻打佛山堡，立个头功。"

"烂大梢"怒不可遏："放屁。"

柯振邦心头一悸，称心如意的好日子没过上两天，地主老爷又要卷土重来？这他妈是什么世道，他故作镇定："姓潘的要有这个本事，他早就来了。"

霍济田不动声色地吓唬他："姓潘的和姓潘的不一样，小明官是一个杂碎，可是潘仕成潘大人精通洋务。他家里有几十具攻船水雷，那玩意威力巨大，地动山摇，能把红单船和铁甲战舰炸到天上去，你说厉害不厉害？"

柯振邦心慌了，拉住"大胆孔"的衣袖："方爷，掌堂大爷到底走没走？"

"哼。""大胆孔"冷笑一声，"姓霍的，你吓唬谁？红毛鬼子再厉害，老子也不把他往眼里搁。实话告诉你，方某就是来传掌堂大爷的军令，让陈天义出兵合围广州城的。掌堂大爷是顶天立地的大丈夫，他能撤到金陵去投奔红毛教？笑话。"

听说李文茂仍然在广州城北督战，"烂大梢"恢复了自信，高声叫号："对，啥狗屁攻船水雷？你让姓潘的放马过来，老子用总大哥的猪尿脬浇灭了它。"

一阵风吹过，仿佛是为了印证"烂大梢"的话，猪尿脬在风中动了动，舒展开来。那支被猪尿脬紧紧裹住的箭杆失去平衡，头朝下，尾巴朝上，来了一个倒栽葱。"嗖"的一声，不偏不倚，正好插进"大胆孔"的左肩，疼得他叫了起来："姓霍的，你敢偷袭？"

霍济田哭笑不得："方爷，不是我。"

"大胆孔"端的是剽悍至极，用右手一把将箭拔出来，肩头血流如注，咆哮道："明明是你的箭，丢你老母，还敢抵赖？"

门口吵吵嚷嚷，早惊动了会馆里的红船兄弟，"大胆孔"进去草草包扎，然后在"长腿龚"的陪同下骑马来到医灵铺。陈开的都督府设在经堂古寺，

“纽纹良”在门口负责警戒，见“大胆孔”肩头血红一片，大惊：“亚孔，你受伤了？”

“大胆孔”跳下马：“方某来传掌堂大爷的军令。”

陈开、黄子深、黄湘南、曾三、李阿发、冯天善、“虎头仔”、陈见成、石蕴、“葫芦发”等人正在议事，听说“大胆孔”来传军令，隆重将他和“长腿龚”迎入忠义堂。“大胆孔”左右扫视，没有发现邝能，便问：“邝阿妈在哪里？”

曾三回答：“亚孔兄弟，邝阿妈中了三处炮伤，现在石湾镇疗养。”

看来佛山堡这边战事一点儿也不轻松，“大胆孔”心中感慨，双手抱拳：“陈阿妈，掌堂大爷让我来问你，为什么迟迟拿不下大沥四堡？”

陈开跪倒在地，惭愧道：“属下无能，请掌堂大爷处罚。”

“大胆孔”索性竹筒倒豆子，直截了当地说：“大沥四堡迟迟拿不下，大狗迟迟拉不到广州城下，攻城的各堂兄弟死伤惨重，怨声载道。大家都说你陈阿妈有意保存实力，坐视友军和威武窑子拼命，怀了一颗不仁不义之心，图谋不轨，你可认罪？”

陈开满脸憋得通红，抬手摘下佩剑，就要往自己脖子上抹。旁边的李阿发和“虎头仔”眼疾手快，一把夺下佩剑，黄湘南辩解道：“亚孔兄弟，本堂虽有十万之众，但是多数未尝经历战阵，实属乌合，难堪大用。两个月来，我们和九十六乡团练大大小小打了八十余仗，折了上万兄弟，绝大多数临阵脱逃，说来叫人羞愧不已。另外，佛山堡乃天下巨镇，周围各县的友军以为本堂兵精粮足，富得流油，动不动伸手要钱要粮，有的要红粉，有的要铁炮，还有的要攻城利器，陈阿妈纵然长着三头六臂，也顾不过来啊。这不？威武窑子围了鹤山县城，冯阿妈军中无粮，刚给他运去了三十船；‘德英堂’的陈阿妈久攻新会县城不下，屡次派人来索要红粉和攻城器械。陈阿妈和邝阿妈急得没办法，把涤莲和尚造好的四条火船送了过去。不当家不知柴米贵，亚孔兄弟，一句话，难啊。”

“火船？”“大胆孔”诧异地问，“你们也没有红粉？”

这句话正中黄湘南下怀，他苦笑道：“亚孔兄弟，叶大胖子早料到这一手，从年初起就下令禁止各地向佛山堡运输铁料，巧妇难为无米之炊，没有铁料，拿什么铸造大铁炮？红粉也是一样，本镇市面上供应奇缺，我们正发愁呢。”

黄子深是总堂的军师，“大胆孔”把目光移到他身上：“军师，是这样吗？”

黄子深抱拳道：“亚孔兄弟，说辜负掌堂大爷的厚望，贻误军机，这个罪陈阿妈认；但要说他不仁不义，图谋不轨，那可是天大的冤枉。”

黄子深都这么讲，“大胆孔”还能说什么，他叹了口气：“方某只是来传军令，陈阿妈如需辩白，等掌堂大爷来了，再细细向他道明，反正你们是老兄弟。”

陈开一愣：“掌堂大爷何时来？”

要李文茂言罢兵，何其难哉？“大胆孔”怅惘道：“怕到了秋风落叶时。”

第一百六十五回　秋雨潇潇

兄弟娶媳妇,柯定邦不得不从开平返回,忙活到八月初七,这才收拾行囊准备回转。刚出家门就听到闸门楼下有人吵架,过去一看,原来是黄开大和金氏兄弟,区植棠在旁边拉劝。柯定邦走过去问:“几位老爷,大白天拉拉扯扯,不嫌丢人?”

“无量天尊。”黄开大念了句道号,把柯定邦拉到身旁,“柯老大,你得正好,给黄某评评理。他们金家仗着人多,想欺负人哩。”

柯定邦转身问金良玉:“到底咋回事?”

“他们家野仔干的好事。”金良玉气咻咻地指着黄开大,“我早上起来一看,门口栽的绿竹被人拔了,门上贴的红巾也叫人给撕了,还插了一面白旗。”

洪门有一套识别是否在堂的方法,最常用的便是门上粘贴方形红巾,外涂“洪”字,内书“英”字;另外,在室内或者院子四周插上三尺六寸长的绿竹。为了自保,佛山堡的有钱人家在竖红旗外还贴红巾,栽绿竹,冒充在堂的兄弟。居仁里西南巷家家如此,黄开大的侄子黄金笼也在黄家门口如法炮制,并纠集了一伙人自立堂口。柯定邦明白了,金氏兄弟当年拿温玉珠当摇钱树，丢尽了黄开大的脸，黄金笼这是在进行报复。

黄开大脸色煞白："姓金的，你骂谁是野仔？"

"谁是野仔谁知道。"金良玉淫笑起来，"黄老爷，你心眼太小，没见过世面。在人家红毛国里，哥子偷弟妹，兄弟偷嫂子，铁钳拔鸡毛，那还算个事？"

区植棠阴阳怪气地附和："反正鼻涕流进喉咙里，吃亏沾光没外人。"

黄开大抄起拂尘，怒目而视，恨不得拿拂尘当宝剑，将两个对头碎尸万段。他哆嗦着骂伪君子："姓区的，别以为你干的恶事没人知道，老天爷可睁着眼呢。"

区植棠以为黄开大指自己幕后操纵柯振邦的事情，毫不在意，朝柯定邦拱了拱手："狗咬吕洞宾，不识好人心。柯老大，你看看，黄老爷走火入魔了。"

黄开大气哼哼地走了，"琉璃球"冲着他的背影做了一个鬼脸："别理他，我劝他改信红毛天父，换换运气，这厮好赖话听不懂，活该。"

柯定邦从天王府死里逃生，耳朵里最听不得"红毛天父"这四个字，他把眼珠一瞪："你们把东洋狗丢给我兄弟，是不是打算养西洋狗？"

"琉璃球"知道自己犯了柯定邦的忌讳，慌忙抱拳："柯老大，没那事，我已经向罗森兄弟交代妥了，下次再去东瀛，让他抱两条纯种的东洋狗回来。"

"你们这些狗日的老爷，"柯定邦愤愤地说，"就会拿我们穷人开心。"

区植棠讪讪地问："柯老大，你这是要去哪儿？"

"琼花水涉。"柯定邦大步流星地离开了闸门楼。

"琉璃球"三步并作两步地撵了上去："等等，我也去。"

秋分过后，昼短夜长，雨丝滴滴浸入心田。"葫芦发"坐在木楼顶，眼珠一眨不眨地盯着猪尿脬里的"枫子鬼"，两只耳朵却溜了号，被曼妙绝伦的唱腔带走了魂魄——琼花会馆的大戏台正在上演一出《昭君出塞》，唱戏的大老倌竟然是久违了的"俏丽辛"。

离离青草尽，走不完莽莽黄沙；
雕鞍危坐，轻拨琵琶；
汉宫姐妹多少分别话，

忆故园野菊竹篱架。

…………

群山错落青山外，

伤心孤城隐约白云间；

漫道西出玉门无亲故，

云山深处便是我的家。

…………

红日无言悄悄下，落得个魂消紫塞梦断京华；

一把辛酸泪怎向胡边洒？

只觉得马蹄声碎，心乱如麻；

大漠连衰草，长空点暮鸦；

穹庐帐底人，可亲抑可怕。

…………

突然，梁德荣在下面尖叫一声："阿发哥，快看，他动了。"

"葫芦发"一怔："谁动了？"

梁德荣道："小木头人啊。"

"葫芦发"仔细观察，"枫子鬼"懒洋洋地躺在猪尿脬里，一点儿表情也没有。他心情烦躁地说："阿荣，你眼神不好使，不要一惊一乍，我还听戏哩。黄大老倌退隐江湖，多少年不回来一趟，容易吗？"

经他这么一说，梁德荣有点儿怀疑自己的眼神了，他不甘心地提醒："阿发哥，黄掌柜的昨晚梦见他动弹了，真的。要不，你换雨水给他洗个澡，兴许管用。"

"屌水也没用。""葫芦发"拎起猪尿脬，"瞧瞧，都快泡烂了。"

梁德荣央求道："试试嘛，阿发哥。"

"葫芦发"没办法，只好倒掉猪尿脬里的江水，一边捧着猪尿脬储存雨水，一边嘴里像婆娘一样絮絮叨叨："人家本是罗浮山中一个神仙，非要弄来当人的心，真是牛嚼牡丹，不知花共草。再说，'阴阳生'死了，我师傅跑了，他们俩都弄不明白，姓黄的能起死回生？能把他的魂招回来？丢他老母，说破天我也不信。"

“葫芦发”之所以骂骂咧咧，冲的不是黄广华，而是自己的兄弟陈开。这个直肠子不明白陈开为什么会重用张亚丞那号人，更不理解十万大军竟然打不下区区大沥四堡。他认定兄弟受了黄湘南的蛊惑，因此指桑骂槐，发泄对黄湘南的不满。

柯定邦来到木楼下面，仰着脖子打招呼：“朱爷，谁惹你生气了？”

“葫芦发”一看是他，没好气地给了他一句：“就是你，不知天高地厚的东西。”

琼花水涉下停泊两条篷船，船头悬挂一面红旗，上绣“前营大都督”五个大字，旁边还有一行小字“镇南王”。这条船的主人叫吴祥，绰号“麒麟祥”，是开平县的一个绺子，和“六顺堂”有过合作之谊，眼下正在新会助战。新会县城久攻不下，陈松年心急如焚，派遣“麒麟祥”手下的先锋吴子龙赴佛山堡求援，希望陈开能支援一部分火药。

“麒麟祥”的副手黄植不是别人，正是军师黄子深的本家兄弟。靠着这么一层关系，黄植率领一哨人马在新会为非作歹，欺男霸女，被陈松年拿下，绑在江门大营示众十日，准备开刀问斩。黄子深通过陈开发信求情，最后才得以保全黄植的性命，这就是为什么黄子深身为总堂军师，却处处偏袒“德礼堂”和陈开的缘故。

柯定邦回去搭吴子龙的船，笑道：“朱爷，这旗子是自个儿绣着玩的，你何必当真？”

“‘麒麟祥’算个什么东西？朱爷跟他当真？”“葫芦发”不耐烦地摆摆手，“别打扰老子听戏，快滚，跟黄鱼春那个残鸡婆混去，有你倒霉的时候。”

柯定邦往木楼底座一坐：“不着急，我等人哩。”

梁德荣问：“等谁？”

“那可多了。”柯定邦慢条斯理地说，“‘大胆孔’要去新会看火船攻城，搭我们的船正好顺路。还有叶四爷，陈阿妈派他去大良，打探‘大春吉’的动静。”

“琉璃球”凑到近前，好奇地问：“兄弟，火船是个什么物件？”

柯定邦警惕道：“你老跟着我干啥？”

“我来提个醒。”“琉璃球”抬起头，“朱爷，秋雨时节阴气重，龙尿脬不安分。‘大胆孔’无端挨了一箭，你要当心，别沾着晦气。”

"葫芦发"最不爱听别人说猪尿脬的坏话，他把小木头人装进盛满雨水的猪尿脬，系好口子挂在楼顶："金掌柜的，前些日子，叶帝福回高明起兵，我兄弟答应资助军饷，叵耐张亚丞从中作梗，硬是没给他一个大子儿。这厮破口大骂，还怪你来着。"

"琉璃球"紧张起来："怪我什么？"

"葫芦发"探出头："怪你当初为啥不把姓张的宰了炼丹药？"

"琉璃球"吓得面如土色："朱爷，玩笑开不得。"

"葫芦发"哈哈大笑："你是信红毛教的，还怕姓张的王八蛋？对了，你不是说炮子不能重复钻进同一口洞里吗？既然姓方的沾上晦气，咋还有老子的份？"

"琉璃球"十分尴尬，辩解道："人家倒一次霉就够意思了，哪能再有第二回？"

次日中午，一行人抵达九江圩，登岸拜会"小孟尝"。"逃军和"执杯敬酒："豪门大族纷纷与洪家为敌，只有老先生肯拔刀相助，令叶某万分钦佩。"

老介福叹道："老某家财大半拜二爷所赐，得其利而负其义，岂君子所为？红毛鬼子铁甲战舰横行省河，广东水师有恃无恐，关阿妈统舟师救援林阿妈，九江圩兵力空虚。老某倘若不替二爷守此西江咽喉，右岸诸县恐怕旦夕尽白矣。"

洪门久攻广州城不下，官军稳住阵脚，给了持观望态度的地主团练以极大信心，开始在高明、开平、恩平、新宁等县发起反攻。西江右岸是洪门力量薄弱之地，只有"德英堂""德仁堂"和"德安堂"三支人马，官军看准这一点，派遣广东水师自外海奔袭。这次奔袭得到了地主团练的大力支持，顺德陈村士绅出红单船，香山林氏家族出架炮船，在磨刀门水域击败了李洪英的"德和堂"，令"洪德堂"众将大为震骇。

官军在磨刀门得手，不仅对新会县的"德英堂"和"德仁堂"构成直接威胁，而且有可能出兵偷袭兰花洲。尽管李文茂夫妇眼下不在岛上居住，但那里终究是他们的家，上面有易兰花的坟茔，如果让官军捣毁，洪家兄弟有何颜面存世？"逃军和"担忧地问："老爷，李阿妈派遣李快护卫兰花洲，你看他能顶得住吗？"

李快是“德和堂”旗下将领，常年在外海活动。老介福安慰他：“不碍事，李快手下均为大号海船，护卫兰花洲绰绰有余，再说银洲湖还有蔡李佛拳的弟兄呢。”

广东水师打通磨刀门水道，顺德县即将变成前沿阵地，“逃军和”坐不住了，“大胆孔”和柯定邦随之起身告辞，双方在码头分别。篷船没有驶出多远，“镇夷营”副统带老朝安策马追来，在岸上高喊：“两位兄弟，且慢。”

柯定邦拱手发问：“啥事？”

老朝安跳下马：“刚接到探报，有一队红单船昨天夜里闯过江门，朝蓬江方向去了。吕阿妈带人搜了整整一夜，没找到红单船的行踪，你们路上一定要当心。”

红单船只有官军和团练才装备，他们进入蓬江，当是去救援新会县城，可是，那么大的红单船怎么能说没就没了？柯定邦有些忐忑不安，钻入船篷，问“大胆孔”：“亚孔兄弟，你说这是咋回事？莫非他们一路奔了西？”

蓬江向西是潭江，“大胆孔”故意吓唬他：“有可能，陈阿妈和赵阿妈围困新会，听说城中断粮多日，开始扒树皮吃，快不行了。威武窑子向来欺软怕硬，怕在陈阿妈手里吃亏，只好兵发开平，拿你们这班大头鬼撒气。”

柯定邦急得直跺脚：“坏了，我大哥他们非吃亏不可。”

“活该！”“大胆孔”道，“你拜‘死牛肺’当大哥，真是瞎了眼。”

黄昏时分，船到潮连乡。这时候，狂风大作，暴雨紧跟着来凑热闹，江面掀起的巨浪将篷船抛入空中。“大胆孔”一个呼噜接着一个呼噜，睡得香甜，柯定邦没他那么大胆子，让艄公把船驶入江门避风，和吴子龙上岸打探消息。

吕萃俊寻了一夜的红单船，没有发现任何踪迹，以为情报有误，便没有太当回事，将船队停在江门休整。听说吴子龙从佛山堡回来，急忙召见：“红粉弄来了吗？”

吴子龙从怀里掏出一封书信，惭愧道：“这是回复。”

吕萃俊打开一看，通篇是陈开的诉苦，他丢掉书信：“也罢，跟广州城相比，新会县城算个啥，我以为只有咱爷们窝囊，看来陈天义的日子也不好过。”

吴子龙小心翼翼地问："吕阿妈，火船也不顶用？"

一句话，说得吕萃俊唉声叹气："要说涤莲和尚不愧是高人，这个火船奇妙得很，威武窑子根本没见过，吓得四处逃窜。本来破城手到擒来，突然间风势逆转，火筒没烧到敌人，倒把自己的四条火船烧了个干干净净，这不是天意吗？"

涤莲和尚设计的攻城火船，脱胎于烧大爆的高车——选用大型渡船，在桅杆之间搭起一排木架子，首尾铺设车轮。架子上斜竖木梯，梯上横长木两条，密排木板，周悬罟帐。帐内火罐火箭齐备，藏三五力士，披牛皮、怀利刃。桅杆上装置喷射火焰的喷筒，攻城时先用喷筒喷射火焰驱敌，然后由力士投掷火器，继而短兵相接，跃上城头，杀敌夺城。

所谓谋事在人，成事在天。初七，也就是昨天，四条火船乘着东风杀向会城，城内守军哪见过这种喷火的怪物，纷纷掉头逃命。就在城破的那一瞬间，风势陡然倒转，火焰反过来吞噬了火船，守军趁势反击，"德英堂"和"德仁堂"兵退十里，败得那叫个惨。

甲寅年举事以来，各个堂口捷报频传，偌大的广府，只有新会、三水、香山三个县城迟迟拿不下来。"德英堂"在"洪德堂"是响当当的主力，攻打新会县城数次即将得手，可总是因为一些怪事阴差阳错，功败垂成，这次火船反噬即为一个典型的例证。"德英堂"将士不免心里嘀咕，看来陈松年一世的英名，这次非栽在新会县城不可。

柯定邦听得心惊肉跳，候到下半夜，风雨减弱，便迫不及待地登船起航。途中，他把火船反噬的事情向"大胆孔"讲了一遍，不无惶惑地问："方爷，这事太邪性了，兴许'琉璃球'的话有几分道理，你说是不是猪尿脬从中作祟？"

"大胆孔"啼笑皆非："风向突变是常有的事，休要胡说八道。"

这时，吴子龙钻进船篷："方爷，柯爷，风向变了。"

两个人不觉都变了嗓子："你说什么？"

"是真的。"吴子龙道，"潮随风势，把咱们刮到了小河汊。"

忽然，外面的艄公惊叫起来："有灯光。"

三个人钻出船篷，但见暗夜中海风呼啸，前面弯弯曲曲，无数条河汊交织在一起，分不清东南西北。那些被河水分割的陆地并不高，在汹涌的河水冲击下，不断坍塌，似乎随时都有被淹没的危险。巨浪如同雪崩，自夜幕尽头滚滚而来，像一条无声无息的白色巨兽，眼里闪烁着灯光，篷船果真偏离了主航道。

那些神秘的灯光斑斑点点，如同寥落的星辰，遍布篷船四周，应该是一支船队。吴子龙惴惴不安地问："方爷，是咱们的船，还是威武窑子的船？"

"大胆孔"摇了摇头："拿不准。"

柯定邦提议："咱们回去知会吕阿妈一声吧？"

"大胆孔"瞥了他一眼："军情没有探明，你回去说啥？"

柯定邦面露犹豫："那咋办？"

若是自己人，当然一切好说；但如果是那支神秘消失的红单船可就麻烦了，清军没有扬帆西去开平县，而是悄悄地隐匿在蓬江内侧，说明只有一个目的，那便是等待时机，准备对"德英堂"和"德仁堂"发动突袭。"大胆孔"倒吸一口凉气，把刀搭在肩头："慌什么？到近处瞧瞧，看是何方神圣。"

经过在太平军中的历练，柯定邦从轿夫变成了一位富有经验的沙场老将。从四周的点点灯光判断出对方布置了不少探哨，这两条篷船有可能已经被发现，故而把头一缩，顺势熄灭了篷船上的油灯："咱们就两条小船，万一真是威武窑子的船，去了不是白白送死？"

其实，"大胆孔"的心情比他还沉重——如果对方是广东水师，这支船队敢借着风雨插入蓬江埋伏，说明带队的将领谙熟兵法，富有谋略。他最担心的仍然是兰花洲的安危，为了探明究竟，必须抵近观察，想到这里，他对吴子龙说："书信拿给我。"

吴子龙没有明白他的意思："方爷，你想干啥？"

"大胆孔"道："老子替你去送信。"

吴子龙诧异地问："是咱们的人吗？"

"少废话。""大胆孔"不耐烦地叱喝，"你们俩去那条船上候着，拔掉红旗，一旦有人来问，就说你们是船尾叔，别的什么都不知道。假使逃脱此劫，马上去会城给陈阿妈和赵阿妈两个送信，叫他们提防广东水师偷袭，切记。"

吴子龙终于醒悟："方爷，你是说咱们走不脱了？"

"大胆孔"把那封书信往怀里一揣："你才知道？"

吴子龙大惊失色："方爷，你既然看出来了，为啥还去送死？"

"老子走了，你俩能活命？""大胆孔"傲然一笑，"丢你老母。"

好一个“大胆孔”，明知道四周潜伏着无数暗哨，依然毫无畏惧地打桨前行。到了灯光的近前，一切水落石出，眼前的红单船足足有三十五条之多，不是敌人又是谁？

这些红单船、拖船的船头均立着红旗，“大胆孔”心里益发坚定，看来敌人是想冒充洪家兄弟来一个奇袭。这时，有人在船头喊：“来者何人？”

“大胆孔”拔出篷船的旗子，丢了过去：“自己看。”

那人笑嘻嘻地说：“请问足下高姓大名，现任何职。”

“大胆孔”道：“爷爷姓方，名亚孔，‘镇南王’驾下先锋，你是何人？”

“原来是方先锋，”那人抱拳拱手，“在下是‘德仁堂’的兄弟，奉了赵阿妈军令，特地来蓬江巡逻，不巧遇到风浪。来来，请上来吃一杯酒。”

“大胆孔”也不客气，纵身跃上红单船，把船头之人吓了一跳，这厮好俊的身法。“呼啦啦”围上来三十多号官兵，一律头顶红巾，腰缠红带，伪装得惟妙惟肖。一行人把“大胆孔”带入船舱，闪出一位全身披挂的将领，笑呵呵地给“大胆孔”斟了一杯酒：“方先锋，你从江门方向过来，是不是到佛山堡求援去了？”

“大胆孔”一饮而尽：“不错。”

那人紧张地问：“陈天义允了？”

“大胆孔”从怀中摸出书信，往桌子上一拍：“那是当然。”

这位将领不是别人，正是近来颇受叶名琛、沈棣辉重用的黄彬。他和候补守备罗福安、知县衔贡生邓林春、督标千总王显、六品衔王荣德等人统带三千五百精锐前来解新会之围。黄彬畏惧陈松年的血勇，不敢正面迎敌，便想出了这么一招奇袭之策，趁着风雨夜，将三十五条红单船、十五条拖船驶入蓬江，寻了一个偏僻的湖面隐蔽起来。本以为这事做得天衣无缝，哪知道今夜风雨骤起，偏偏把“大胆孔”的篷船给吹了进来。

黄彬伸左手去拿书信，就在手指刚刚接触到桌面那一刻，“大胆孔”抽出板刀，唰的一下劈了过去。黄彬不愧是百战老将，倏地缩回手，饶是如此，食指和中指仍然被砍去一截。他疼得跳了起来：“逮住这个王八蛋，给老子千刀万剐。”

众兵丁蜂拥而上，怎奈“大胆孔”神勇难当，挥刀砍翻了七八个，杀出船舱。罗福安和王显抢上来拦住去路，一个用熟铁棍，一个用开山斧，使用车轮战法，双战“大胆孔”。三十回合战罢，“大胆孔”偷眼观瞧，敌兵越聚越多，再这么打下去必死无疑。他抬头看到桅杆上那盏大号油灯，立时有了主意，虚晃一招，用板刀逼退王显，飞身跳上桅杆，抬手摘下那盏大号油灯，高声喝喊：“老子烧了你们的鸟船。”

罗福安哈哈大笑：“反贼，有能耐，你尽管烧。”

“大胆孔”低头一看，坏了，下了大半夜的雨，船帆湿漉漉的尽是水。

黄彬匆匆包扎伤口，忍着剧痛走出船舱，喝问：“这位英雄，我看你身手不错，不像是‘麒麟祥’的手下，请报个名号。”

“大胆孔”扫了一眼周围，数十号战舰黑压压地一眼望不到头，看来今夜凶多吉少。既然如此，他便不愿亮明真实身份，免得给李文茂和红船兄弟丢人。“大胆孔”冷笑一声：“大丈夫一口唾沫一个钉，名号报过，难道你耳朵聋了吗?”

罗福安歇了一会儿，恢复了气力，握棍叫阵：“好小子，有本事下来打。”

“下来就下来，老子还怕你们人多不成?”“大胆孔”天生不知道什么是害怕，飞身扑下桅杆，与罗福安再度战在一起。也就是二十个回合，罗福安一个收不住脚，被“大胆孔”反手一刀砍中右臂。幸亏这厮身披铠甲，否则，这条胳膊算是交代了。

罗福安受伤，王显上阵接替。“大胆孔”终究不是铁打的，气力渐渐不济，只好施展轻功跳回桅杆：“你们这群认贼作父的狗汉奸，爷爷今天倦了，改日再来陪你们耍。”

黄彬气急败坏，命令弓箭手：“放箭，射死他。”

主帅的座船杀声阵阵，发生激战，那还了得？清军舰队此刻也顾不上暴露目标，纷纷挂起油灯，点燃火把，将夜空照耀得如同白昼。“大胆孔”好似一只飞鸟，穿越重重箭雨，从这根桅杆跳到那根桅杆，把清军舰队搅了个天翻地覆。目睹此情此景，大胆英雄心旷神怡，正在得意忘形之际，忽然，下面的红单船冒出一排刺目的红光，紧接着，一阵急促的枪声传来，“大胆孔”只觉得全身发麻，暗道不好，翻身落入水中。

自从张敬修依靠镇压太平军发迹后，东莞、新安一带的豪强大族竞相效仿，俱醉心于用洋枪和鸟铳训练勇丁。邓林春也不例外，黄彬这次统带的三千五百人中，就有一千一百人是他招募的东勇。他发现“大胆孔”试图从空中逃生，立即下令东勇排成方阵，沿着船舷组成一个密集的交叉火力圈，连续发枪射击，将之击落。

东勇们争先恐后跳入水中，用挠钩把“大胆孔”拖上战船，其中一个勇丁认出了他，惊讶地叫道：“这不是‘凤凰仪’班的‘大胆孔’吗？”

邓林春吃了一惊，感到事态严重，叫人把“大胆孔”捆结实了来见黄彬。后者用刀架在“大胆孔”的脖子上：“你老实说，姓李的到底来没来？”

“大胆孔”也不清楚身上被打了多少个窟窿，啐了他一口：“呸，杀鸡焉用宰牛刀？对付你们这几头不成器的烂蒜，还用得着掌堂大爷出马？”

黄彬恨得牙痒痒：“好小子，你不是叫‘大胆孔’吗？本将倒要看看，你们这帮反贼到底有多大的胆子？来啊，给老子开膛破肚。”

上来一群清兵，用刀剖开“大胆孔”的肚子，取胆一看，黄彬、罗福安、邓林春、王显等人无不目瞪口呆——传说姜维胆大如卵，这个姓方的竟然有过之而无不及。

诸将合力擒拿“大胆孔”之际，王荣德率领十来条舢板在蓬江主航道附近拦截，抓获了试图逃窜的柯定邦和吴子龙。两个人知道性命攸关，任凭清军严刑拷打，只承认是被风刮到小河汊的商贩，矢口否认是“大胆孔”的同伙。黄彬没有看出什么破绽，便把二人五花大绑关押在底舱，交给手下严加看管，免得走漏风声。

这支庞大的舰队在港湾又整整隐匿三天，直到八月十二，黄彬根据各方探报，确信李文茂没有来新会，方才下定决心实施突击。为了达到奇袭的效果，他请求香山协副将刘廷光率军攻打“德和堂”，借以吸引洪门其他堂口的注意力。这一天，风向偏西，黄彬下令全军打着红旗出港，驶近沿滘口炮台时，突然改换白旗，枪炮齐发，以迅雷不及掩耳之势夺取炮台，取得首战胜利。紧接着清军势如破竹，根本不给陈松年丝毫喘息的机会，连续夺取猪山、西墩炮台和大云山，攻克了所有的水陆关隘，与“德英堂”和“德仁堂”联军在新会城下对峙。

八月十五中秋节，在这个普天团圆的良辰美景，在李洪英击败刘廷光的同时，那个注定与陈松年作对到底的厄运又露出了狰狞面目——海潮越过银洲湖滚滚而来，水势猛涨，浪头足有丈余高，“德英堂”和“德仁堂”营寨位置较低，尽数被潮水淹没，淹死之人不计其数。腹背受敌的联军遭此大祸，溃不成军。陈松年和赵泰来两路人马失散，在吕萃俊的掩护下，陈松年夺路而逃，拼死杀出重围，回到江门点验人数，人马折了十之七八。独眼英雄又羞又愧，愤懑难当，仰天长啸，一口鲜血喷出三丈远，人事不省。

众兄弟急令郎中施救，过了一会儿，陈松年慢慢睁开仅剩的一只眼睛，瞳孔满是恨，眼窝全是泪："本堂苟延残喘，承蒙掌堂大爷用'柔佛人荟'施救，违逆天意多活了一生，老天爷这是来算旧账了。你们不要管我，赶快去救赵老爷，他武功不济，手下兄弟又不得力，万一落到威武窑子手里，我如何对得起掌堂大爷？"

甲寅年举事至今，洪门一直气势如虹，尚未折损大将，如果赵泰来不幸遇难，将对军心士气产生难以估量的影响。吕萃俊安慰他道："大龙头，你安心疗养，我军初败，溃散的兄弟还没有归队，难以抵挡威武窑子的进攻。属下以为大龙头应该移驾鹤山，和冯阿妈共同商讨破敌之计。寻觅赵老爷的事就交给弟兄们，你不要操心了。"

从江门向北进入鹤山县境的桃源，那里是李文茂的故乡，因此"德安堂"在桃源、雅瑶两地驻有重兵，正可以借来一用。陈松年点点头："你再派一路探马，到兰花洲去看一看，李阿妈那儿要是兵力不够，可以向我师弟借人手。"

陈松年起死回生后，身体和武功都大不如前，望着他憔悴的神态，吕萃俊心里难受，悄悄转身抹去泪水："是，属下这就去安排。"

送走陈松年后，吕萃俊立即派出两路人马，分别打探赵泰来和兰花洲的消息。去兰花洲的兄弟没过几天即回转，说那里安然无恙，然而寻觅赵泰来的兄弟却像石沉大海。转眼到了叶儿凋零的九月，噩耗终于传来——赵泰来英勇就义了！

虽然出奇计大破"德英堂"和"德仁堂"，解了新会县城之围，但考虑到兰花洲是李文茂的住所，洪门不久将会调遣水师反攻。黄彬催促知县陈应聘修缮城墙，充实城内粮仓，严格腰牌制度，防止奸细混入城中，然后准备打道回府。陈应聘和士绅们十分奇怪："将军，我军连战连捷，现成的功劳你不取，为什么急着赶回去？"

站在城墙上向南望去，浩渺的银洲湖像一个巨大的无底洞，压得黄彬喘不过气来。根据派出去的细作汇报，洪门水师正从各个方向赶来，第一批坡山船已经到达猪头山、外海嘴、竹洲头一线。自己杀了“大胆孔”，李文茂必定为之震怒，再不走恐怕凶多吉少。他苦笑道：“我劝邑侯早点宰了赵泰来，断了姓李的念想。”

陈应聘悚然醒悟：“多谢将军点拨。”

援军来了不到一个月，虽然打了大胜仗，但也把地方祸害得不轻，所到之处，地皮足足刮了三尺。望着满载而归的清军舰队，谭祖恩嘟囔道：“官兵刮，团练铲，一个比一个狠，难怪穷棒子跟着洪门造反。”

“人家毕竟救了咱们一条命，少说两句吧。”陈应聘叹了口气，“对了，赵泰来是取过功名的人，虽然犯了谋逆大罪，总要保全一个斯文，黄立峰来了没有？”

谭祖恩道：“早来了，估摸他们俩正在牢里比琴呢。”

两个人到了县衙大牢，屏退左右，蹑手蹑脚向前走去，只听一阵低沉的琴声传来，曲子是《碧涧流泉》，赵泰来唱的是自己填的一首词，曰：

看白杨花谢，过了清明，酸风寒雨。
愁对芳辰，拜美人抔土。
枯冢年年，夏来春尽，见有情鸡黍。
血染啼鹃，几声肠断，九泉无主。
休记生前，命运多舛。
弃却爷娘，怨恨难诉。
孽海情天，笑古今迷误。
南北山头，斜阳欲暮，奠荒坟樽俎。
阵阵寒鸦，漾漾远树，不胜凄楚。

一曲鼓罢，赵泰来问：“立峰，你看我的琴法是不是有了古、匀、清、静四个字？”

黄立峰泪水夺眶而出：“兄台真是好雅兴。”

赵泰来扫兴地说：“要是陈大老倌在就好了。”

陈应聘和谭祖恩面面相觑，死到临头，大限已至，赵泰来竟然毫无惧色，看不出来他还是一条硬汉子。两个人走进牢房，陈应聘笑道：“久闻泰来兄出口成章，何不赐教？”

这分明是在催写绝命诗，黄立峰脑袋“嗡”的一下，昏厥倒地。谭祖恩叫狱卒把黄立峰抬出去，赵泰来毫不介意，提笔在宣纸上疾书：

文章竟成千载劫，江山空对六朝闲；

…………

刚写了两行字，陈应聘便击掌叫好：“好，好境界，泰来兄终究是性情中人。”

赵泰来把茅龙笔猛然一甩，站了起来：“江山尚在鞑子手里，红毛鬼子又来窥伺，大丈夫岂效穷途之哭？趁着阴雨天，给老子来个凉快的！”

第一百六十六回　尿脬破敌

中秋过后，李文茂终于采纳了叶兆隆北猎南狩的献策，在“文虎军”的护卫下，离开佛岭市大营向北进发，准备在九峰山为陈金刚举办就任“洪兴堂”掌印阿妈的仪式。自禺北至九峰山沿途各县均被洪门大军攻克，因此李文茂此次北猎之行声势十分浩大，各堂掌印阿妈率队隆重相迎，执礼甚恭。与此同时，李文茂派遣两路特使，邀请朱世雄和葛耀明来九峰山，共同商讨下一步的抗清战略。

李文茂离开佛岭市大营后，甘先和周春在广州城北休整兵马，转入守势。叶名琛听说黄彬解了新会县城之围，同时拿获了赵泰来，心中大喜，当即命令官军趁机发起反攻，首要的战略目标便是佛山堡。十三行与大沥四堡的团练跃跃欲试，雇用鬼子炮船和红单船，协助广东水师沿江西犯，将战火烧到了“德礼堂”的防线。进入九月后，佛山堡战事连连，经常有火箭和炮子落入民宅，吓得老百姓提心吊胆，每天夜里都睡不好觉。

这天夜半三更，“荣生堂”的房顶上突然传来一记响动。梁德荣睁开眼睛，发现儿子梁璧正惶恐不安地看着他，便摆了摆手：“睡吧，睡吧，是老鼠。”

“错了，错了。”梁璧道，“阿爸，不是老鼠。”

梁德荣摸了摸儿子的小脑袋："不是老鼠是什么？难道是炮子和火箭？"

"错了，错了。"梁璧道，"阿爸，不是炮子和火箭。"

丢他老母，这孩子真是见鬼，放着那么多英雄好汉不学，非要学郑流利？贤妻在黑暗中忍不住开口："当家的，以后少跟他们来往，当心把伢仔带坏了。"

"他们？"梁德荣的火一下子窜了起来，"他们是谁？"

贤惠不代表盲从，梁德荣在老婆眼里是一个傻子。别的暂且不提，就说你认识那么多的大人物，给家里多拿回来一个大子儿了吗？你再说自个儿武功高强，吹得天花乱坠，但是一动手打人手便哆嗦，练这种功夫有个屁用。贤妻把梁璧抱在怀里，轻轻地拍孩子屁股："乖仔，你给阿妈说说，房梁上是什么？"

梁璧抬起头："阿妈，是人。"

嘿，看来这小子的功夫没白学，竟然能听出房梁上有人。梁德荣心花怒放，把不愉快丢到脑后，得意道："我教的有用吧？"

贤妻没有理会丈夫，继续问儿子："咱们让你阿爸把人撵走，行吗？"

梁璧咧开嘴笑了："行。"

梁德荣的笑容顿时变得僵硬起来。

自从红旗插满佛山堡以后，兴起了无数大大小小的堂口。林子大了，什么鸟都有，这些堂口千差万别，实力悬殊，大的能协助"德礼堂"作战，小的则连插一杆旗的地方也没有。小堂口的兄弟以陈开为榜样，每人手里拎着一桶油漆，沿着街面和房梁席卷横扫，今天涂我这个堂口的标志，明天刷你那个堂口的字样，打得头破血流，俨然和真的抢地盘一样。

陈开尚且对这些小堂口无计可施，梁德荣能有什么办法？不过，今天当着儿子的面，必须上房顶走一趟，否则又会被贤妻讥笑。万般无奈，梁德荣只好硬着头皮，纵身飘出窗外，梁璧拍着小手："阿爸的功夫好靓，阿爸的功夫好靓。"

贤妻哼着儿歌，漫不经心地说："伢仔，问你阿爸，人呢？"

梁璧尖着嗓子："阿爸，你出手了吗？"

"出什么手？自己人。"梁德荣教训道，"我有事，你们睡吧。"

当爹的不但没撵走人，还被人家拐带跑了，梁璧心里好不失望，张开一双小胖手，带着哭腔叫道："阿爸，你别走，你别走。"

贤妻给儿子盖好被子："天一亮，你阿爸准定回来。"

今天夜里，来梁家房梁上捣乱的不是那些小堂口，而是"葫芦发"。梁德荣不知道他这么晚了找自己有什么事，紧随其后飞出去几条街，来到石路铺水圳的一座宅院屋脊。"葫芦发"猛地顿住脚步，故作神秘地说："这个院子原来是一个浙江商户的，后来归了张亚丞，这头烂蟹贪污了大笔银两，换成金子偷偷埋在水井下面。"

梁德荣问："你想把金子挖出来？"

"哼，我才没有那么笨。""葫芦发"说，"姓张的自以为神不知、鬼不觉，肯定会继续往里面藏金子。等他藏得差不多了，咱们再动手。"

梁德荣发出疑问："大龙头对他不薄，难道他想反水？"

"葫芦发"恨恨地说："狗改不了吃屎，这个假洋鬼子向来脚踩两条船。他就在前面简大少家里鬼混，咱们去看看，他们背地里使啥坏。"

近来形势紧张，不少留在佛山堡的豪绅大族蠢蠢欲动，与"南顺营"暗中走通消息，张亚丞和这群人混在一起，肯定没什么好事。梁德荣答道："好。"

"葫芦发"故意问："要是发现不对劲，你敢动刀子吗？"

刚才在家里被老婆损了一顿，现在又受到"葫芦发"的质疑，梁德荣的脸涨得通红，提高嗓门，郑重表态："咋不能？奸贼人人得而诛之。"

"嘻嘻。""葫芦发"拍了拍他的肩膀，"假洋鬼子和简大少他们没啥功夫，都是玩女人的豆腐胯，拿来练刀子，再合适不过。"

二人拔地飞腾，穿街过巷，转眼到了简家美丽的后花园。当年"葫芦发"从这里把罗金氏娶回家，一夜双响炮，交上桃花运，因此这回故地重游，心里荡漾起一丝异样的感觉。他从怀里掏出猪尿脬，递给梁德荣："来，喝一口壮壮胆。"

猪尿脬里的水冰凉袭人，梁德荣直吐舌头："坏了，看来要下雨。"

"不是下雨，""葫芦发"抢过去猪尿脬，饮了一口，咂了咂嘴唇，"是涨潮。"

后花园香气袭人，花木掩映下的一间亭子里，简联恩正陪张亚丞推牌九，坐在他上手的是罗琦，下手的是“斯文脸”。简、张、罗三人都是老手，不一会儿就把“斯文脸”赢得鼻子不是鼻子，脸不是脸，骂起了粗口：“丢他老母，手气太背了。”

“花无百日红，人无千日好，哪有诸事顺遂的？”简联恩摸着牌，意味深长地说，“打牌如此，打仗也是如此，头三个月红旗飘，眼下轮到白旗了。”

“斯文脸”摸摸衣兜，里面空空如也，转身从包袱里取出一根蓝翎，拍在桌子上：“这根翎子是贝爷花五千两银子买的，我只押三千两。”

在官场中，蓝翎仅次于花翎，过去非满洲亲贵不能佩戴，现在虽然明码标价，但总归是一件值钱的身份标识。哪知道张亚丞毫不动心，用扇子把蓝翎挑到桌子下，轻蔑地说：“咱们有言在先，今天只玩金的，不玩银的，你难道忘了？”

简联恩叫人取来一盒金叶子，算是借给“斯文脸”的本钱，然后问：“亚丞兄弟，抚台大人答应给你一个正四品的道台，你不掂量掂量？”

张亚丞问罗琦：“罗爷，四品官能顶什么用？”

罗琦眨巴了一下眼珠：“要是不实授，屁用也不顶。”

“对了嘛。”张亚丞打开扇子，发出一阵狂笑，“在下跟着天义哥日进斗金，比一字并肩王还威风，要他一个区区四品虚衔，疯了？”

简联恩问：“亚丞兄弟，那你出个价。”

“就算我哥子撤离粤东，这块肥肉也轮不到威武窑子吃。叶大胖子和柏贵欠了洋人那么重的恩德，人家能轻易放过他们？”张亚丞神态傲慢地说，“不是在下放葫芦，论张某和洋人的交情，也就是小浩官和黄家兄弟凑合着能比，小明官算哪根葱？这个老不羞的，最多也就是从洋人手里借几条鸦片快船。铁甲战舰？他休想。”

简联恩紧张地问：“亚丞兄弟，这么说，你打算帮你哥子雇鬼子火船？”

张亚丞摸着扇骨：“我是这么想的，但天义哥不敢，怕掌堂大爷责罚。”

简联恩假装叹了口气，有意无意地问：“也不知道二爷在哪里？”

李文茂离开广州城北一个多月了，传说他已经南返，可到底在什么地方，广东官府没有得到准确的情报。谁都知道李文茂一向身先士卒，那么他出现的地方，十之八九即为下一阶段两军决战的重心。张亚丞知道简联恩想套情报，便赏了他一颗甜枣：“给你透个实底，我天义哥不愿意在这里和洋人拼命，也不愿意去江南看长毛的脸色。他想把人马撤到粤西，兵取西南自立为王，同时冷眼旁观洋人和威武窑子狗咬狗。”

弄到这么重要的情报，简联恩非常高兴，竖起大拇指：“高，亚丞兄弟，你是陈天义的亲戚和股肱之臣，去了粤西必定封侯拜相。”

“哪儿也不如粤东舒坦，”张亚丞摇了摇头，“粤西太苦，我可受不了。”

张亚丞口无遮拦，随随便便将陈开的战略意图外泄给敌人，“葫芦发”怒不可遏，正准备跳下去用刀结果张亚丞的狗命。突然，一道耀眼而恐怖的白光照彻了夜空，紧接着轰鸣声震撼大地，从豆豉巷码头到正埠码头，从正埠码头到琼花水涉，整个一条汾江河几乎同时响起炮声。梁德荣失声道：“阿发哥，威武窑子偷袭来了。”

佛山堡的外围有重兵把守，敌军对镇子直接发动袭击只能走水路，从炮声判断，来的战船至少有五六十条。“葫芦发”登时惊出了一身冷汗，琼花水涉是自己的防线，阵地上装备的是从红船上拆卸下来的小口径铁炮，根本不是官军火炮的对手。他收起腰刀，恨恨地说：“让这奸贼多活几天，再多给咱爷们孝敬点儿金子。”

两个人跳出简家花园，刚到胡同口，“咣当”一声，梁德荣踩到了一只铁桶。桶里盛满滑腻腻的油漆，饶他身法轻盈，终究失去了着力点，仰面摔了个四脚朝天。“葫芦发”也被油漆溅了一个大花脸，拔刀呼喊：“快拿奸细。”

区二娣和区三娣从阴影里钻出来：“是我们，不是奸细。”

“葫芦发”瞪起了眼珠子：“你们在这儿干啥？”

区二娣吓得结巴起来：“总，总大哥，这，这里是你老人家的地盘？”

“葫芦发”仔细一瞅，这哥俩每人手里握着一把刷子，脸蛋子、胳膊腿五颜六色活像刚出窑的石湾陶塑，看来忙活了大半夜。他又气又恼，飞起一脚踢在区二娣屁股上：“滚，喝汤时候打喷嚏，净你老母的添乱。”

区二娣和区三娣抱头鼠窜，“葫芦发”和梁德荣飞身赶到琼花水涉，发现汾江河面一字排开大约五十多条大型战船，正向洪门阵地发动猛烈攻击。与此同时，敌军兵分三路，乘坐上百只快船、舢板冲向南岸，有的已经登岸，与洪家兄弟展开肉搏战。从旗帜来分，发动偷袭的敌军不但有广东水师的官兵，而且有十三行、大沥四堡以及“南顺营”的团练。

防守豆豉巷码头和正埠码头的是李阿发的“礼锦堂”，这支精锐约有三千人，主要由“机房仔”组成，战斗力极其强悍，很快将敌人赶下河堤。而“葫芦发”手下的乌合之众没有经受过真正的考验，“肥仔源”在首轮炮击中倒地，手下人马抵挡不住清军的犀利攻击，转眼间逃散大半，幸亏“长腿龚”率领一班红船兄弟加入战团，这才稳住了阵脚。

过了一个时辰，天色放亮，清军见突袭没有奏效，被迫鸣金收兵，返回北岸停泊。陈开率领大队援兵赶到，站在河堤上一看，不禁皱起了眉——只见四周汪洋一片，汾江河的水位猛涨了一丈多高，难怪清军装备重炮的大船敢开到岸边发起挑衅。

战场硝烟弥漫，满目疮痍，琼花水涉方向传来声声哭泣。陈开仔细一听，原来是“葫芦发”在号啕：“兄弟，兄弟，喝一口水吧，这可是龙尿脬的水。”

听到“龙尿脬”这三个字，陈开心头一动，沿着河堤来到琼花水涉。“烂大梢”急忙把“葫芦发”拉起来：“总大哥，人死不能复生，节哀为上，大龙头来了。”

“葫芦发”含着泪请战：“大龙头，来而不往非礼也，威武窑子会偷袭，咱们也打他一个冷不防，今天晚头杀过岸去，给吴兄弟报仇。”

陈开道：“仇必定是要报的，但不能着急。哥哥，当务之急是买一口上等棺材，办一个水陆道场，好好发送吴兄弟。”

“长腿龚”赞成：“没错，人死为大，入殓为先。”

陈开没有见到林崇泰，便问：“龚叔父，三爷没受惊扰吧？”

“长腿龚”回答：“没有，他去了肇庆府城，筹备办理华光爷的寿诞。”

“华光诞”是红船人最看重的节日，每年都在汾水正埠的华光庙举办，从来没有在其他华光庙举办的先例，更遑论离开佛山堡。陈开脑袋“嗡”的一下：“为什么？”

“你不知道？”“长腿龚”吃了一惊，“是三全送来的龙头大令。”

这条消息给陈开带来的震撼，比清军夜袭佛山堡的炮声更大。李文茂离开佛岭市大营后便中止了和他的联系，现在不但秘密返回，而且把“华光诞”挪到了肇庆府城，这可是一个叫人毛骨悚然的信号。陈开痴呆发愣，黄湘南生怕众将起疑心，忙遮掩道：“黄某收到大令，未及禀报陈阿妈，惭愧，惭愧。”

“长腿龚”指了指对岸的清军战船：“威武窑子气势汹汹，依我看一时半会儿走不了，后天是华光爷寿诞的正日子，在肇庆府城办毕竟稳妥。”

一句话，说得“德礼堂”众将羞愧难当——十万兵马受阻于大沥四堡不说，还让广东水师将战火烧到了眼皮子底下，真是丢人丢到了家。曾三讪讪地辩解：“龚叔父，广东水师雇用了十来条红单船，内中有三条鬼子快船，咱们的铁炮不是人家的对手。”

“打仗嘛，当然讲究一个稳妥，一个谋略，不能吃亏。”“长腿龚”讥讽道，“龚某现在要去肇庆，佛山堡就交给贵堂了，后会有期，后会有期。”

红船兄弟跳上天、地二艇，在敌人黑洞洞的炮口下，大摇大摆地驶离琼花水涉。“虎头仔”拔出刀大喝一声：“羞杀我也，弟兄们，跟我来。”

冯天善和陈见成抱住他：“胡阿妈，莫要冲动。”

陈开心乱如麻，沉下脸厉声呵斥：“如何破敌，本堂自有良谋，尔等宜安守本分，胆敢违背军令，擅自行军者，杀无赦。”

黄湘南道：“各位兄弟，威武窑子来佛山堡挑衅，那是活得不耐烦了。这场仗事关大龙头的面子，非赢不可，大伙儿回去等候军令吧。”

回到都督府，陈开单独召见黄湘南，深施一礼：“军师见教。”

黄湘南很少见到陈开这般惶惑的神态，拱手道：“大龙头，我军在岸，敌军在船，以逸待劳且数倍于敌，威武窑子能翻出什么大浪？大丈大　言九鼎，大龙头说有破敌良策，那就是有破敌良策，属下徒说无益。”

陈开正色道：“知我者先生也。敌军火炮虽盛，陈某却不怕他。眼下最棘手的问题是掌堂大爷听了他人的谗言，此次南下恐对本堂不利，望先生点拨一二。”

黄湘南解下佩剑，屈膝跪倒，双手举过头顶，诚恳地说：“江湖中人人咸知黄某为大龙头心腹，设谋建策，请斩黄某首级，平息掌堂大爷雷霆之怒。”

陈开唬了一跳，慌忙出手搀扶：“言重了，言重了，先生为‘德礼堂’殚精竭虑，陈某焉能恩将仇报？快快请起。”

黄湘南收起宝剑：“俗话说，受人滴水之恩，当涌泉相报。黄某受大龙头见重，出谋划策当然是为了大龙头和‘德礼堂’众家兄弟。不过，功是功，义归义，在下心中自有一把尺度，从来不敢稍逾分寸。以这次攻打广州城为例，黄某劝大龙头保存实力，并非有意不遵掌堂大爷军令，而是考虑到威武窑子得红毛鬼子相助，广州城必不能下，因此才为洪门和掌堂大爷留点本钱。今'德礼堂'兵强马壮，实力雄踞各堂之首，黄某余愿足矣。至于掌堂大爷对大龙头的栽培和手足之情，非黄某一介策士所能建言，请大龙头自断。”

作为策士，黄湘南深谙进退之道。陈开手握重兵，羽翼丰满，如何取舍恩义情仇，全在他一念之间。陈开额头沁出冷汗，双手微微颤动，既然李文茂杀心已现，摆在自己面前的只有两条道路，一条是任人宰割，一条是分庭抗礼。

前者心有不甘，后者心惊胆战，到底何去何从？

黄湘南说是不参与意见，其实早就对陈开进行了暗示——李文茂平生以大义自励，“洪德堂”粤东十三堂为其一手缔造，广施恩义，威望崇高，上到大大小小的堂口掌印阿妈，下到普普通通的洪家兄弟，绝大多数唯他马首是瞻。“德礼堂”号称十万，真到了关键时刻，有几个人会跟着陈开走？你对大哥忘恩负义，又如何能期待手下兄弟忠心耿耿？

陈开心中不由得掠过阵阵悲凉，自己这辈子处处以李文茂为标杆，修炼绝世武功，投身反清大业，看似如影随形，其实却始终无法超越。这就是英雄和枭雄的区别，依赖翻手为云、覆手为雨固然能够成就霸业，但绝对炼不出那种横绝古今的气魄。陈开长叹一声：“陈某受掌堂大爷一手提拔，恩同再造，岂可以怨报德？先生，在下心意已决，先剿灭来犯之敌，再向掌堂大爷负荆请罪。要打要杀，由他去吧。”

人心修炼与武功修炼没有什么不同，千千万万中有几个修成正果？在这个充满艰辛和诱惑的旅途中，无数人拜倒在权力的魔杖下，越向高处走一层，人性便越是减一分。陈开未能勘破“六祖心经”的奥秘，根本在于他很早就“诛”出了一颗流俗的私心，从而逃脱不了江湖富贵的因果循环。这等人如过江之鲫，黄湘南并不苛求，他想探求的仅仅是眼前这个人的心灵真相——是无情压倒有情，还是有情战胜无情？

听到陈开的选择，黄湘南大感欣慰，抱拳道：“大龙头，掌堂大爷非无情之人，你见了他面陈利害，想必他不会为难你。”

陈开没有选择铤而走险，一来因为他人性未泯，二来是经过黄湘南的提示，他明白从各方面来讲，自己和李文茂翻脸绝无胜算。他拱手致谢："掌堂大爷神功盖世，百万军中取上将首级如探囊取物，陈某虽然修炼过'六祖心经'，终究无功而返，怎是掌堂大爷的对手？先生一语点醒梦中人，不负所托，真是陈某的良师益友。"

"不敢当。"黄湘南问，"敢问大龙头，有何破敌之策？"

陈开做出了清醒的决断，如释重负，笑着说："广东水师仗着涨潮来占便宜，在本堂看来无异于送死，对付他们无须本堂出手，有我哥子一人足够。"

黄湘南愣了："你是说朱阿妈？"

"没错。"陈开道，"我哥子手里有一个猪尿脬，其实是龙尿脬，妙用甚多，其中之一是能预测天气。潮水有涨有落，我等倘若测准了落潮的日子，只须一百条坡山小艇，即可将威武窑子的大船歼灭，叫他们有来无回。"

为了恢复"德胜堂"的战力，"洪德堂"在古劳围紧急赶制的大号战船首先供应粤西，粤东各堂口留下来的多为小船，以"德礼堂"存量最丰，多达四百余条，足以满足陈开的要求。黄湘南迟疑地问："大龙头，计策好是好，问题是这次潮水与往日不同，从昨天夜里涨到现在仍然没有落潮的迹象，看来要涨不少天。"

"涨潮好啊，水涨得越高，威武窑子越舍不得走。"陈开幽默地说，"军师，你是担心本堂会重蹈'德英堂'在新会的覆辙？不会的，绝对不会的，老天爷不能老是偏心眼，这次轮到咱们洪家兄弟走运了。不信，你走着瞧。"

黄湘南还是不放心："大龙头，朱阿妈的猪尿脬真有那么灵？"

陈开感慨地说："我哥子从一个胆小鬼变成孔武有力的汉子，多亏了猪尿脬的滋润。说句实在话，这玩意儿到底有多奇妙，恐怕谁也说不准。不过，当年本堂设计擒拿'阴阳生'，'枫子鬼'差一点儿从江面走脱，要不是我哥子用猪尿脬将其擒获，还定不了姓韩的铁证。"

猪尿脬不但拿了"枫子鬼"，而且将大卸八块的小木头人复原，接了骨头生了肉。黄湘南耳朵里灌满了这些传说，往日他嗤之以鼻，今天为形势所迫，只得死马当作活马医。他恭敬地起身告辞："大龙头，我去安排防守，给威武窑子一点儿甜头吃。"

猪尿脬预测天气那是一门灵，包括预测潮涨潮落——涨潮水温变低，落潮水温变高。相应的道理，如果潮水大涨且持久不退，那么猪尿脬里的水冷若冰霜；如果潮水急剧退却，猪尿脬里的水便会烫人一个跟头。

陈开把克敌制胜的希望寄托在这个宝贝上，“葫芦发”自是不敢怠慢，将琼花水涉的防线交给“烂大梢”指挥，抱着猪尿脬回家睡觉。严玉芝，不，现在应该叫马三娘，吹灭了灯刚躺进被窝，突然，一个软绵绵的物什塞进了肚兜，她举手敲了丈夫一记，嗲声嗲气地说：“外面打得热火朝天的，你还有心思干这个？”

“能不能为‘肥仔源’报仇，”“葫芦发”认真地说，“全指望你了。”

女人一骨碌爬起来，紧张地问：“让我打小人？”

“算了吧，你那套把戏只能骗鬼。”“葫芦发”道，“好好把尿脬捂热了，明天落潮，管保杀威武窑子一个片甲不留。”

别人占卜天意，是为了顺应天命；而“葫芦发”却想替天行道，代替老天爷做主，这还叫占卜吗？马三娘知道丈夫又犯了浑，只好用两条大腿把猪尿脬夹住，催促丈夫睡觉。单说一夜无话，到了第二天早上，“葫芦发”张开眼睛，见老婆像大虾一样蜷成一团，把猪尿脬紧紧抱在怀里，十分满意：“来来，掏出来我瞧瞧。”

马三娘困顿不堪：“你自己拿吧。”

“葫芦发”伸手一摸，跳了起来：“呀，热乎的。”

马三娘得意地翻了翻眼皮：“那还用说？我早上刚屙了一泡尿。”

“葫芦发”把鼻子凑上去，果然闻到一丝淡淡的臊味，登时勃然大怒，抡起蒲扇般大小的铁掌在老婆屁股上抽了一下：“丢你老母，谁让你屙尿来着？”

马三娘平日养尊处优，细皮嫩肉，哪架得住丈夫狠狠一击？雪白的屁股蛋上被拍出了红殷殷的五道印记。这婆娘“嗷”的一嗓子跌落床下，眼泪吧嗒地往下掉，叫起了冤屈：“狗咬吕洞宾，不识好人心，人家还不是为了你们打胜仗？”

“打个屁胜仗！你知道这一泡尿，会害死多少人？”“葫芦发”作势又要打。

女人夺门而出，穿着肚兜在院子里来回奔跑，哭声惊动了周围的邻居。

霍威推开门,拦住“葫芦发”:“你现在是总大哥,不能打老婆。”

马三娘躲在霍威身后,抹着眼泪:“就是,一点儿不给下面兄弟面子。”

“弟妹,快回屋罩件衣裳。”霍威问“葫芦发”,“为何打人?”

“葫芦发”举起猪尿脬,气哼哼地说:“我让她捂尿脬,结果她往里面屙了一泡尿。我这宝贝沾染晦气,还怎么占卜天气?”

霍威啼笑皆非:“哥哥,‘混元金斗’无坚不摧,女人的下体专克敌军炮火,嫂子这泡尿不但没有晦气,反能助你旗开得胜。”

霍威虽然打仗不靠谱,但是鼓捣这些歪门邪道确实有一套,“葫芦发”半信半疑,出了巷子直奔汾江河。到了琼花水涉,发现河水比昨天又涨了半尺,清军舰队结束了攻击,整齐地在北岸列阵休整。木制敌楼的顶端让炮弹削去一半,插旗的机关被炸毁,那面绣着“朱”字的烈火朱雀旗却依然在空中迎风飘扬,怎么回事?

“葫芦发”来到木楼下面,发现楼顶趴着一个人,双臂高举,力保大旗不倒。霎时,浑人心里暖洋洋的,感动得不得了,忙问“烂大梢”:“是谁?”

“烂大梢”不好意思地回答:“梁少爷。”

“葫芦发”勃然大怒:“天上枪子乱飞,你让他上去不是送死吗?”

“烂大梢”赔着笑脸:“总大哥,梁少爷要上去遛鬼,我们拦不住。”

“葫芦发”仔细观察,果然看到“枫子鬼”拴在红旗下面,在风中荡来荡去,活像一个吊死鬼。他飞身跃上木楼,扯下“枫子鬼”,换上猪尿脬。梁德荣困惑地问:“阿发哥,干吗不把飞头鬼塞进猪尿脬?让炮子震一震,兴许他就能醒过来。”

“不妥,不妥。”“葫芦发”摇头,“尿脬里面不全是江水,有你嫂子的尿。”

梁德荣脸红了半截:“阿发哥,你这算哪一家的法术?”

“阿威说是什么阴门阵?”“葫芦发”道,“管他灵不灵,咱们一起拿来试试,尽快让潮水退下去,杀官兵给‘肥仔源’报仇,把旗拿过来。”

梁德荣抓住旗杆不肯撒手:“我练功呢。”

“你嫂子一泡尿挂在头顶,你能练个屌?”“葫芦发”催促,“快下去,要是让小木头人沾上晦气,黄掌柜的准饶不了咱们。”

梁德荣只好将“枫子鬼”揣进怀里,纵身跳下木楼。“葫芦发”取了一条绳索，把自己的军旗绑在楼顶，正准备离开，突然，江心驶来一条舢板，有人在船上讥笑："姓朱的，你把猪尿脬拴在军旗上，不怕倒霉运？"

"葫芦发"低头朝河面上一看，只见霍济田顶盔掼甲，手执盾牌站在舢板上，看样子是出来巡河。他咧开嘴笑了："真没有见识，这是龙尿脬，不是猪尿脬。"

"龙尿脬也好，猪尿脬也罢，说来说去还是尿脬。"霍济田挺直身板，"总之一句话，穷鬼造反，狗仔坐轿，左右上不了台面。"

"葫芦发"摸了摸猪尿脬的温度，全无一丝热气，不由得心情烦躁："姓霍的，好狗不在腿上，好汉不在嘴上，有本事尽管使，说那么多废话干啥？"

霍济田色厉内荏地骂道："行，走着瞧，本少爷用洋大狗轰碎了它。"

"好好。""葫芦发"嗤之以鼻，"狗咬猪尿脬，老子让你空欢喜一场。"

霍济田是一个会把式的二世祖，这种人气性最大，当即把船驶回北岸，找到小明官，要他替自己出一口气。潘继光听说要打猪尿脬，连连摇头："霍少爷，不是哥哥舍不得炮子，猪尿脬那么丁点儿的玩意，隔这么远根本打不中。那不是屙尿射竹筒，靠撞运气？"

"不让你白干。"霍济田道，"拿下佛山堡以后，我赔你一间上好的铺面。"

潘继光坑蒙拐骗，在广州城名誉扫地，最近连香港的红毛鬼子都不愿与他合作，因此这次被他骗来的三条鬼子快船统统来自澳门。听说霍济田愿意送一间铺面，这厮笑逐颜开："包在哥哥身上，照着一间铺面的银子，给兄弟放开了轰。"

这样一来可就热闹了，从上午巳时起，三条鬼子快船的葡萄牙炮手瞄准猪尿脬，开始轮流发炮攻击，一直打到下午酉时，终于击中了目标。在连续的爆炸声中，木制敌楼被炸毁，连同烈火朱雀旗和猪尿脬一起倾斜入水。"葫芦发"在岸上目瞪口呆，"烂大梢"一声令下，洪家兄弟纷纷跳入江中，打捞被炮火击中的猪尿脬。

黄昏光影朦胧，猪尿脬终于被打捞上来，"葫芦发"把心爱的宝贝托在手中，难过得好悬没有掉下眼泪。只见猪尿脬被炸裂了十几道口子，里面的液体"咕嘟咕嘟"往外流淌，仿佛永远流不尽，弄不清是老婆的尿，还是汾江河水？

曾经以为刀枪不入的奇珍异宝，竟然经不住洋炮的轰击，看来这只尿脬是猪尿脬，而不是想象中那只无所不能的龙尿脬。“葫芦发”的心痛苦地抽搐，仿佛受到了天大的愚弄，猛地一甩手，把猪尿脬丢了出去，恨恨地骂道：“骗了老子这么多年，丢你老母。”

梁德荣伸手去接，手掌尚未接触到，却被溢出来的水烫了一个正着，“哎呀”一声，翻身跳出三丈来远。“葫芦发”把他搀扶起来：“兄弟，没事吧？”

梁德荣忍住疼痛，指着猪尿脬：“阿发哥，快看，冒热气哩。”

“葫芦发”一把抄起猪尿脬，果然，里面残留的水冒着热气，热腾腾，比老婆屙尿的温度高多了。浑人把猪尿脬捧在掌心，双腿跪地，喃喃自语：“是龙尿脬，不是猪尿脬。上好沉香当劈柴，怪我两眼不识宝，差点冤枉了宝贝。”

梁德荣催促：“阿发哥，要落潮了，快去知会大龙头。”

“葫芦发”把残破的猪尿脬小心翼翼地放进肚兜，拔刀在手，瞬间变得威风凛凛，向“烂大梢”等人下令：“给老子把刀磨快了，准备放胆厮杀。”

九月二十八日黎明，潮水急速退却，史载“海水干涸”，广东水师五十多条大型战船、红单船以及雇用来的三条鬼子快船悉数搁浅，动弹不得。恰在这时，西风大作，隐蔽在太平沙和鹰嘴沙的四百条坡山船乘风而下，如同四百条透明的赤龙，燃烧着汾江河的秋日。也就是两个时辰的光景，敌军战船焚毁于火海，水师官兵和地主团练纷纷弃船，跳水逃生，阵亡高达两千余人，其中包括三十多名助战的红毛鬼子。

第一百六十七回　戴罪立功

大破广东水师之后，陈开命令割下参战鬼子的首级，又从战利品中选了三十支洋枪，作为献给李文茂的礼物。一切收拾停当，次日破晓，陈开带着黄子深和黄湘南两大军师，在“虎头仔”、石蕴、秦亚髗等将领的护卫下发舟启程。那一天西风刮得愈加猛烈，船只行驶的速度极其缓慢，到了西海大寨已经是午时三刻。昔日雄关大寨，如今变成了一任秋风肆虐的荒凉废墟，陈开心生感慨，朝黄子深抱拳道：“军师，下船歇息片刻？”

黄子深心里忐忑不安，他拿不准陈开此去肇庆府城是吉是凶，提议道：“大龙头，我去肇庆府城打个前站，探探掌堂大爷的口风，你看好不好？”

“不劳军师费心。”陈开阔步上岸，怅惘地说，“本堂这次是来请罪的，杀剐存留，全凭掌堂大爷一句话，本堂绝无怨言。”

黄子深安慰他：“掌堂大爷以仁义布世，当不会如此无情。”

“在他心里，陈某就是贻误军机的罪人，不杀不足以平民愤、定军心。”陈开道，“掌堂大爷为盖世英雄，对我恩重如山，死在他手里，我没有什么遗憾。各位兄弟，此处是本堂一生中最快活的所在，我死了以后，就把尸首埋在凤凰岗下的海心沙。”

“虎头仔”等将领痛哭流涕，跪倒在地：“末将愿替大龙头去死。”

“起来。”陈开厉声叱喝，“大丈夫死则死矣，有何惧哉？尔等入洪门这么多年，难道不知掌堂大爷最讨厌男人哭哭啼啼，贪生求饶吗？”

黄湘南拱手道：“大龙头，掌堂大爷巡视北方，下一步来西江督战，届时必然途经西海。依黄某来看，不如在此安营扎寨，恭候掌堂大爷大驾光临。”

陈开狐疑地问：“在此安营扎寨？”

“正是。”黄湘南指着凤凰岗说，“此地为两江咽喉，三水屏障，进可攻，退可守，我军应该重建西海大寨，一旦军情走衰，这里便是各堂兄弟撤往粤西的最后一道防线。”

陈开点点头：“先生所言甚当，本堂立刻派人修缮大寨。”

黄湘南又向黄子深施礼：“军师，烦劳你走一趟肇庆府城，把‘玉叶会簿’和大龙头的帅印亲手呈缴掌堂大爷，还有咱们缴获的洋枪和鬼子头壳。他老人家要是问起来，你就说大龙头误了攻城大计，自觉无颜以对，在西海大寨负荆请罪。”

“在下理会。”黄子深颔首。

陈开和黄湘南将黄子深一行人送上快船，目视船只消失于浩瀚的波涛中。秋风吹拂着一望无际的芦苇荡，陈开眼里白茫茫一片，似乎看到了成群的白鹈鹕在茅草丛栖息。黄湘南表面上镇定，心里其实和他一样惴惴不安，呈送印信也好，缴纳战利品也好，不过是临时抱佛脚的权宜之计，李文茂能手下留情吗？

那年秋天脚步匆匆，九月凭空短了一天，二十九过后便进入了肃杀的十月。凌晨之箭射穿夜幕，退却的海潮再度复涨，西海大寨四周一片汪洋。“德礼堂”的哨探陆续送来李文茂座船逼近的消息，陈开、黄湘南、“虎头仔”等人来到岸边，驻足瞭望。不多时，但见一队红船遥遥驶来，船头飘扬着“富春喜”和“琼山玉”等班的旗子。

陈开、黄湘南、“虎头仔”等人登上一条轻捷的快船，须臾间，来到江心激流处。“虎头仔”仔细一看，对面当先驶来的是“富春喜”班的地艇，铁炮旁边站定一位七尺高的汉子，手里提着一杆戏棚里的方天画戟。他客气道：“邝大老倌，敢问船上是哪位叔父坐镇？”

“大花面明”本名叫邝明，以轻功见长，性格幽默。他是开平县人氏，平日和佛山堡的古劳围乡亲极其惯熟，听“虎头仔”问话，又见船头的陈开一脸不自在，什么话也没有说，回身把林崇泰请了出来。

黄湘南问：“三爷去哪里？”

林崇泰当然明白他的意思，斟酌道：“老朽回镇子，阿朝和阿明去顺德——‘兴义堂’陈阿妈娶小老婆，他们俩代表会馆送贺礼。”

自从举事以来，红船精壮男女分别编入“文虎军”“猛虎军”和“飞虎军”，跟随李文茂阵前杀敌；剩下的老弱病残尚有一千多号人，在各班班主的主持下暂时进行重组，有的甚至邀请一些私伙局的著名票友搭伙，照旧架棚开锣。从林崇泰释放出来的信息判断，李文茂没有派遣使者祝贺，琼花会馆也没有戏班去大良助兴，看来陈吉的待遇和陈开差不多。黄湘南心里稍许得到安慰，继续探问：“陈阿妈好雅兴，他没有订一个台期吗？”

林崇泰随口说了一句：“现在订，哪来得及？”

言者无心，听者有意，陈开的脸色微微一变。“大花面明”知道他和陈吉不对付，有意通过贬低陈吉来安慰陈开，免得他情绪紧张，便解释：“陈阿妈委托刘端湛来办理此事，刘老爷是有办法的人，他请梅少奶奶、冯紫玉、冉枝枝三个娘们出面，张罗了一群私伙局的票友，临时搭了一个草台班子。”

“草台班子？”黄湘南皱了皱眉，“能唱好吗？”

“大花面明”笑嘻嘻地说：“这不算啥，有趣的还在后头呢——后天是小雪，陈阿妈娶的小妾名叫小霜，雪上加霜，你说倒霉不倒霉？”

陈开的处境比陈吉好不到哪儿去，看着他脸色由青变乌，“大花面明”懊悔不已，这不是拍马屁拍到马蹄子上了吗？说话间，东、南、北方向号角连连，江面上冒出不少旗帜，都是附近各家堂口前来迎接李文茂的战船。林崇泰向“太子朝”和“大花面明”使了个眼色，抱拳对黄湘南说：“掌堂大爷随后就到，各位稍候，我等告辞。”

李文茂离开肇庆府城的下一站是九江圩，因此，关钜、陈松年、冯坤、李洪英、老介福等人亲自到西海地面来迎接他的座船。巳时过半，一支庞大的船队出现在江心，船上飘扬的既有红船的琼花旗，也有“洪德堂”的烈火朱雀旗。中央是“凤凰仪”班的三条船，其中，天艇悬挂着琼花旗和凤凰旗，地艇悬挂着烈火朱雀旗和总堂的厚土勾陈旗，画艇悬挂着玉蝉桃花旗和九瓣飞肩兰花旗。

看到这六面威震江湖的战旗，前来迎驾的洪家兄弟齐声高呼："恭迎掌堂大爷。"

船队在"德礼堂"哨船的接引下，鱼贯驶入海心沙。岸边矗立着十几座临时营帐，李文茂在众将的簇拥下进帐坐定，左首是黄子深、陈金刚、梁培友、"大花面锦"、区润、叶兆隆、伍百吉、"伯爷华"，右首是"大只钜"、陈松年、冯坤、李洪英、老介福、陈开。众人向李文茂请过安后，陈开出班跪倒："属下贻误军机，罪该万死，请掌堂大爷责罚。"

李文茂道："既然知罪，不必多说，来人，把这厮给本座推出去斩了。"

颜亚层和黄三全答应一声，上前摘掉陈开头上的红巾，取绳索抹肩头、拢二臂，把他捆了个结实，推往帐外。众将无不大吃一惊，他们虽然对陈开颇有微词，但认为他是李文茂的心腹爱将，李文茂最多表面上做做样子，怎么会当真下狠手？关钜忙道："且慢。"

李文茂把脸一沉，显得余怒未消："陈天义阳奉阴违，畏葸不前，四个月打不下大沥四堡，导致全局被动，'德兴堂''德武堂'兄弟死伤泰半，血沃疆场。本门军令如山，法纪严明，他自己尚且供认不讳，你要为他求情吗？"

关钜屈身施礼："陈天义有罪不假，但掌堂大爷以仁德享誉江湖，手上从来没有染过自家兄弟的血，属下不敢让掌堂大爷威名受损。"

"常言道，慈不掌兵，本座执行军法，目中并无兄弟。"李文茂从腰间拔出残铁剑，"当日'九曜虎'卖友求荣，便死在此剑之下，你莫非忘了吗？"

关钜无言以对，陈松年和冯坤出列陈情："掌堂大爷，陈天义坐镇佛山堡，居中调度，各堂兄弟均须他接济粮草、红粉和军械，难免有疏漏之处。打不下大沥四堡固然有罪，但是罪不至死，请掌堂大爷饶他一命，令其戴罪立功。"

陈金刚道："掌堂大爷，在座都是自家兄弟，还是不动杀戒的好。"

老介福和区润也劝："二爷，陈天义已经知道错了，且饶他这一回。"

李文茂冷笑一声："就因为他是本座一手带出来的兄弟，更不能法外开恩，否则，本座有何面目去见那些捐躯的将士？速速斩了。"

颜亚层和黄三全押着陈开出了大帐，来到岸边的白茅丛，正欲行刑，从北水关方向急急驶来一条舢板，有人嘶声喊喝："刀下留人。"

来者非别，正是"德威堂"掌印阿妈"和尚能"。李文茂亲自出帐迎接，赐座之后，关切地问："邝阿妈伤病未愈，为何不好好将养？"

邝能面色惨白，抱拳道："属下和陈天义同在佛山堡，同衔军令，打不下大沥四堡，理应同领死罪，掌堂大爷莫要偏颇，请杀邝某以正军纪。"

"这个嘛，"李文茂犯了难，转头问梁培友，"阿友哥，你看如何是好？"

作为当年古劳围小霸王的带头大哥，梁培友老成持重，深孚众望，和李文茂的感情不是一般的深。在他看来，陈开的长处和短处从修炼"六祖心经"那一刻便注定了——因为修炼"六祖心经"，陈开取得了李文茂的信任，这为他在洪门中的飞速攀升奠定了基础；也因为修炼"六祖心经"有所成就，陈开在"德礼堂"一枝独大后野心膨胀，把自己的一亩三分地看得比什么都重，渐渐地恃宠而骄，连李文茂的军令都敢打折扣。

这便是人心的原始气味，在巨大的权力和利益面前，没有几个人能抵挡诱惑。毕竟是做大哥的出身，梁培友不愿苛责，他知道陈开的本性不坏，还没有扭曲到公然作乱的地步；他也不相信李文茂会置陈开于死地，今天这么做必定有所考虑。他拱了拱手："兄弟情焉能凌驾军法之上？陈天义是带兵的人，对掌堂大爷的处置当无怨言。"

李文茂命人把陈开押解回来："陈天义，军法如山，断断饶你不得，看在邝阿妈和众家兄弟求情的分上，本座赏你一个全尸。说吧，你想怎么死？"

陈开恭恭敬敬磕了三个响头，诚恳地说："属下蒙掌堂大爷一手提携，拔擢重用，传授绝世武艺，教诲仁义道德，此恩天高地厚，来世当结草衔环，报答你的恩情。掌堂大爷，你有这么多的生死兄弟，不用我来牵挂。属下生前曾经对不起一个女人，害她含冤而死，今天愿受沉猪笼之刑，平复她心头的怨气，望掌堂大爷成全。"

"啊？"众家英雄吃了一惊，沉猪笼是对穿底姑婆或者私通男女的侮辱刑罚，一个堂堂的"德礼堂"掌印阿妈，竟然自请羞辱，那个女人到底是何方神圣？"虎头仔"是逼死黄纨卿的始作俑者之一，听到陈开这番话，忍不住在帐外号啕起来。

关于陈开和黄纨卿的故事，李文茂隐隐约约有少许耳闻，并不知晓其中的内情。今天听陈开说起，精神不觉恍惚，想起了龙头峰上不堪回首的那一幕。李文茂在心里怅惘不已，世人只为自己三刀六洞、错失洪门大位感到惋惜，为“红阳劫运”年举事失利而叹息；岂不知谭李氏为了梦中的爱情，情愿揽下一切污名，情愿领受铁钉贯肢、流筏千里的酷刑，那才是值得同情的弱女子，可歌可泣的奇女子。

十年心许相思梦，江水在，渔火在，那人儿却在何方？

李文茂抑止住滚滚心潮，摆了摆手：“本座允了。”

海心沙一片肃杀，颜亚层和黄三全将船驶到水中央，用绳索将笼子吊入水底。“德礼堂”的兄弟见状忍不住悲伤，帐外传来低低的抽泣声，众将缄默不语。过了好大一会儿，陈松年才难过地开口：“掌堂大爷，说到丧师辱命，该明正典刑的不是陈天义，而是属下。”

陈松年昔日勇冠三军，可这次起兵以来屡战屡败，连并肩作战的赵泰来也没能保住，真是运气背到了家。李文茂安慰他道：“胜败乃兵家常事，陈阿妈以残病之躯为国效命，忠义可动天地，幸勿自责。”

关钜问：“掌堂大爷，听说罗阿妈派遣特使，参加了这次九峰山之会？”

“嗯。”李文茂道，“来的是陆海平陆兄弟。”

梁培友问：“罗阿妈什么意思？”

叶兆隆代替李文茂回答：“罗阿妈认为红毛鬼子对粤东垂涎已久，一定会帮叶大胖子死守广州城，他希望掌堂大爷统军北上，拿下湖南和江西，解除太平军的后顾之忧。”

关、梁二将异口同声地问：“掌堂大爷，你应了吗？”

至咸丰四年秋，在北伐和西征两条战线上，太平军都出现了大问题——北伐军残部被分割在连镇和高唐两地，全军覆没已成定局；西征军在湖南遇到了前所未有的劲敌，被曾国藩统帅的湘军逐出湖南不说，而且丢失了武汉三镇。

湘军的战斗力远非绿营可比，其悍勇之气完全可以和粤西老兄弟相媲美。到了这时，太平天国的领导人才领悟到，当初匆匆离开湖南是何等的失策。世界上没有卖后悔药的，李文茂说得一点儿不差，如今天下英雄尽在湘粤三省，要想对付湘军，只有把洪门请出来。罗大纲此时已经调离镇江，正在安徽与清军激战，受杨秀清委托，派遣陆海平南下五岭，试图说服李文茂放弃攻打广州，北上与太平军会合。

陆海平南下的第一站是阳明山，以三寸不烂之舌说服了朱世雄；接着和朱世雄一起说动了葛耀明；而何禄本来就对罗大纲言听计从。这样一来，在九峰山洪门大会上，“公义堂”、粤北绿林道、“洪义堂”三支人马无一例外地赞成北上，只有刚接任“洪兴堂”掌印阿妈的陈金刚保留意见，李文茂陷入了两难的困局。

虽然对两军合作持开放态度，但李文茂对拜上帝教始终保持着高度的戒备——红毛鬼子的危害远甚于清廷，后者好歹同属于东土，服膺圣人礼教；而前者拿一个鬼都不信的红毛天父招摇撞骗，明火执仗地刨坟掘墓，分明是要来断中国人的根啊。

广州城迟迟无法攻克，“德兴堂”和“德武堂”损失最大，甘先和周春激愤之下，也赞成北上与太平军合作，开创一个新的战局。李文茂心头非常失落，一条是北上的路，一条是西进的路，洪家兄弟的分裂恐怕不可避免。

“人各有志，不可勉强。”叶兆隆道，“掌堂大爷答应朱阿妈、葛总瓢把子、何六爷，允准他们北上作战，称王建号，招揽四方豪杰。听说了吗？朱阿妈打算建一个升平天国。”

“升平天国?”大伙儿脸上露出了迷惘。

朱世雄和洪秀全当年在净慧寺听过朱次琦讲授“公羊三世说”，陈松年是与会者之一，他笑了起来：“这是朱阿妈的志向，他想和洪火秀分庭抗礼。”

“原来如此，”关钜如释重负，“掌堂大爷，红毛教变人为鬼，与他们合作可以，万万不能把希望寄托在他们身上。刘丽川在上海孤军奋战，洪火秀和杨秀清不发一兵一卒，铁了心让他自生自灭，你说这是人干的事吗?”

梁培友道：“对，我们可以退到粤西，何必寄人篱下？掌堂大爷，红毛鬼子蛇蝎心肠，迟早会和叶大胖子翻脸。我军不如避实就虚，割据西南诸省作壁上观，整军经武，卧薪尝胆。一旦天下有变，挥师东向，坐收渔利，岂不快哉?”

陈金刚、区润、老介福等人抱拳道：“我等唯掌堂大爷马首是瞻。”

众人的目光落在李文茂的脸上，期盼他做出最后的裁定。李文茂开口道：“威武窑子有红毛鬼子助战，广州城一时难下，这的确是实情。本座既然允准朱阿妈、葛总瓢把子、何六爷他们北上，也没有理由不许各位兄弟西进，开拓洪家基业。然则，本座承白扇大爷重托，权掌洪家印信，竖义旗，兴义师，伐无道，诛残暴，不仅仅是为了恢复大明江山，更主要是可怜天下无穷无尽的穷苦人。威武窑子和土豪劣绅荼毒粤东久矣，父老乡亲每每苦不堪言，盼义师如大旱之望云霓，本座怎可为一己之私，招之若甘霖，弃之如敝屣？为将者战必先，退必后，本座不慕英雄，但敬烈士，必偕红船兄弟战至最后一兵一卒，兑现许下的诺言。”

众将大感羞惭，齐声道：“掌堂大爷仁义，我等自愧弗如。”

在广州城南与清军决战，首先要切断省河等水上通道，意味着随时可能与红毛鬼子的铁甲战舰发生冲突。李文茂和众将继续商议水战方略，足足讨论了两个时辰才结束，老介福提议到九江圩用餐，黄湘南进帐苦苦哀求：“掌堂大爷，该把陈阿妈拖上来了。”

平常人被塞进猪笼沉入江中，用不了一刻工夫便会毙命；陈开虽然精通水性，修炼过“六祖心经”，但在猪笼里动弹不得，两个时辰凶多吉少。黄湘南本来是想救陈开的命，不料适得其反，李文茂摆手道：“将陈天义打捞上来，若是有气，一刀砍了；若是没有气，选上好的棺木好好发送，也算大家和他兄弟一场。”

黄湘南双腿发软，差点儿瘫倒在地，李文茂这是要给在场众将一个明白的交代，自己这不是偷鸡不成反蚀把米？“伯爷华”应命离座，黄湘南爬起来，失魂落魄地追了上去。西海大寨曾经给陈开带来了辉煌，今天还能救他一命吗？

颜亚层和黄三全捞起猪笼，把陈开从猪笼里拖出来，试了试鼻息浑然全无，但面色红润丝毫不像断气之人。两个人面面相觑，犯了难，问“伯爷华”：“咋办？”

“伯爷华”反问：“你们两个是执法官，到底人死了还是没死？”

这两个人曾经跟随易如真抢运过青花石棺，陈开的模样和当时的李文茂有三分相似，应该是仍然活着。在他们俩看来，陈开这就算逃过一劫，没有再受第二次刑罚的道理。两个人把目光投向黄湘南：“军师，你有学问，你说陈阿妈到底死没死？”

黄湘南感激地朝两个人施了一个礼："是死是活天注定，咱们肉眼凡胎，看不清爽，就在这儿盯着，什么时候看清爽了再回报。"

这倒是一个好主意，既没有存心欺瞒李文茂，也没有放弃挽救陈开的希望。"伯爷华"点了点头："听军师的。"

"伯爷华"转身离去，黄三全对黄湘南说："军师，拖下去恐非上策。"

黄湘南试探地问："两位，在下冒昧地问一句，掌堂大爷为何痛下杀手？难道仅仅是因为陈阿妈出兵不力？"

黄三全道："军师，你是明白人，咋说糊涂话呢？现如今各堂众说纷纭，有的说北上，有的说西进，刚打了几次败仗就想撤伙，掌堂大爷能高兴吗？他老人家这次杀一儆百，首当其冲的还不是陈阿妈，而是'兴义堂'——听说'大春吉'那厮已经偷偷接受了威武窑子的招安。"

黄湘南完全明白了，陈开和陈吉同时手握重兵，在广州围城战中都没有什么贡献。李文茂执行军法必须一碗水端平，杀"大春吉"就必须杀陈开，免得让人说闲话。他担心地问："'大春吉'生了反心，岂肯听掌堂大爷召唤？"

颜亚层"哼"了一声："他那些虾兵蟹将，能挡得住掌堂大爷？"

"哈哈。"黄湘南仰天大笑，心里说不出的畅快。

颜亚层和黄三全狐疑地问："军师，你笑啥？"

李文茂顾忌重重，当是尚未拿到陈吉谋反的铁证；而陈吉如果公然拒绝召见，则谋逆之心昭然若揭，李文茂还有什么顾虑？既然他不想真的杀陈开，那么陈开就有一线生机，黄湘南庆幸自己没有给陈开出馊主意，向二人解释道："两位兄弟，陈阿妈有救了。"

"别胡说，"黄三全慌乱道，"掌堂大爷出来了。"

听说陈开生死不明，众将无不感到稀奇，跟着李文茂出帐一探究竟。黄湘南指着天边一行白色的大鸟："你们看，救星来了。"

那鸟自然是白鹈鹕，后面跟着三条舢板，当先舢板上站定一人，穿鬼衣，扎大带，彩裤脚下面绑了一双黑白混花板咀靴，脖领子插着一把桐油纸扇，手里握着一支长篙。此人干着舟子的活计，穿着王彦章的戏装，嘴里哼着谁也听不懂的酸词，曰：

宇宙本是一条气，落到地头万重影；

人心好比无油灯，失了条路真着慌。

一见此人，众将无不纳罕，这不是失踪多日的王山公吗？“德礼堂”兄弟欢喜雀跃，好像找到了主心骨。李文茂抱拳道：“王老爷，别来无恙？”

王山公跳上岸，得意地问：“掌堂大爷，你看我像不像水鬼？”

李文茂最爱草莽时期的王彦章，最拿手的戏是《撑渡》，鬼衣大带即为王彦章在淤泥河当水贼时的装扮。世人看来疯疯癫癫的王山公，在李文茂的眼里却是一位智者，刚才王山公吟唱的这首诗便充满玄机，说明他对“六祖心经”的领悟又进了一步。李文茂十分感慨：“王老爷诛心独辟蹊径，本座佩服得紧。”

“咳，”王山公叹了口气，“掌堂大爷，在下练功也好，扮水鬼也好，都是为了不叫你一个人修武孤单。阿开也是这么干的呀，你起死回生一次，他有样学样，也起死回生一次。怎么？你还打算不依不饶吗？”

这句话说到了李文茂的痛处，他尴尬地笑道：“此话从何说起？”

“世间纯心难得，须经万千磨砺，在下诛心半生，到现在还不是一无所获？”王山公弯腰摸了摸陈开的穴道，“在江湖上打拼，难免为手下兄弟图个保全，此为人之常情。阿开和‘大春吉’不同，他对洪门忠心耿耿，留他一条命在，又有何妨？”

“但凭王老爷处置。”李文茂邀请，“帐中说话。”

王山公的面子就是大，一听李文茂发话，后面的“逃军和”急忙上前，掐住陈开的关元穴输送真气。过了半个时辰，陈开睁开眼睛：“叶二哥，你怎么来了？”

“巧了，”“逃军和”回答，“军师的信使刚到，王老爷就回来了，他说他做了个梦，梦到苏先生指点他魂相境界。”

这哪里是苏仁山指点魂相？简直就是派遣王山公来救自己的命。陈开喘了口气，语带感伤地说：“军师，看来应该给苏先生扫墓祭奠，谢谢他的恩德。”

黄湘南道：“没错，顺德县这一趟是非走不可。”

陈开休息片刻，换了一件干净的衣衫进入大帐，屈身行礼：“谢掌堂大爷不杀之恩，属下愿意戴罪立功，取‘大春吉’首级，平定叛乱。”

李文茂提醒他：“本座决意与白匪水上作战，顺德县位置重要，不可横生事端。本座饶了尔的性命，便不可轻易置‘大春吉’于死地，你明白吗？”

“属下理会。”陈开道，“既不取他的性命，还要让他打消谋逆的意图。”

顺德四周皆为“洪德堂”兵马，境内也有一半不在“兴义堂”控制范围，真打起来“大春吉”绝非敌手，但这么做必定引起内讧，给官军以可乘之机。最好的办法是派遣武林高手对陈吉进行震慑，这个任务交给陈开、王山公、“逃军和”再合适不过。李文茂道：“林兄弟代表红船去送贺礼，可以掩护你们的行踪，办妥此事，既往不咎。”

红船大老倌跟随李文茂造反，给了私伙局一个千载难逢的出头之日，梅少奶奶欣然接受了刘端湛的邀请，带着冯紫玉、冉枝枝等一干票友来大良“出台期”。陈吉纳妾的喜宴设在龙家的清晖园，戏棚就搭在碧溪草堂对面。园子里张灯结彩、喜气洋洋，池廊、船厅、花亭、归寄庐遍布披甲武士，如临大敌。冉枝枝不高兴地说：“护卫比宾客还多，真是煞风景。”

冯紫玉坐在戏箱上，对着镜子顾影自盼：“‘大春吉’专娶大家闺秀当妻妾，请的是本地望族，洪家兄弟没有请几个，明显是做贼心虚。”

“甭管姓陈的是红是白，”梅少奶奶郑重道，“今天来的都是本县的头面人物，其中有不少老戏骨，咱姐妹能不能扬名立万，就看这一哆嗦了。”

冉枝枝高兴地说：“咱也弄个大老倌玩玩。”

梅基村的私伙局虽然规模宏大，和红船相比终究差着那么一大截子，这几个姐们能拿得出手的戏也就是那么几出。梅少奶奶询问：“你们说，唱哪一出？”

冉枝枝道：“咱们人少，底子薄，《六国封相》《天姬送子》《玉皇登殿》《八仙贺寿》等等大戏弄不了，最好是《仕林祭塔》《穆桂英挂帅》《一捧雪》《三娘教子》《金莲戏叔》这些小戏码，驾轻就熟，得混一时是一时。”

冯紫玉叹道：“俗话说，一俊遮百丑，要是纨卿妹子还活着，那该多好。”

冉枝枝脸色变得煞白，激动地抖了抖肩膀，脱口而出：“她要是还活着，咱们吃饱了撑的来这里搭棚，赏他‘大春吉’的脸？”

“过去的事别提了。”梅少奶奶也觉得有些心酸，“依我看，咱们就唱《桃花人面》《梧桐雨》和《二度梅》,算是唱给纨卿妹子听的。"

冉枝枝平复了情绪,拿起一张大红帖子:"恐怕不行,周升刚才来过,说'大春吉'亲自点了《打洞结拜》,这折子戏断不能少。"

"咱们现在不是阔太太和少奶奶,而是唱台期的大老倌,按例要拜见主会。"梅少奶奶对冯紫玉说,"走,当面和'大春吉'把戏码定下来。"

冯紫玉跟着梅少奶奶出了戏棚,在披甲武士的带领下,穿过池廊到了船厅。这是一座三面临水的二层建筑,形状仿照广州西关回澜桥下的紫洞花艇,布置得富丽堂皇。陈吉正在楼上接待客人,听说梅少奶奶和冯紫玉来了,喜不自胜,亲自下楼迎接:"哎呀,陈某哪辈子修来的福气,敢劳两位大奶奶登台献艺?"

梅少奶奶道了个万福,不卑不亢地说:"陈阿妈客气,我姐妹酷爱红船大戏,你权且把我们当红船老倌,该怎么吩咐便怎么吩咐,只要肯掏银子。"

"大春吉"风流了一辈子,鉴别女人的目光那是第一流,看到这两位尤物,仍然禁不住心里怦怦直跳。梅少奶奶风韵犹存,冯紫玉娇媚艳丽,均有一种与众不同的吸引力,看来唱戏还真是养人。他笑道:"戏金不成问题,陈某一定加倍犒赏。"

梅少奶奶和冯紫玉家财万贯,登台唱戏无非是阔小姐逛窑子,图一个痛快,何曾把区区戏金放在眼里?尤其是冯紫玉,她连婚姻都没当回事,那心气有多高?她毫不客气道:"《打洞结拜》是义士戏,结拜的不是夫妻是兄妹,陈阿妈,你点错了吧?"

陈吉笑眯眯地说:"没错,陈某正要这一个义字。"

冯紫玉道:"恐怕演不了。"

陈吉吃惊地问:"为什么?"

梅少奶奶刚想敷衍几句,忽然,楼下知客官喊了起来:"'富春喜'班林大老倌到。"

犹如一瓢开水融化冰雪,冯紫玉蹙起来的眉毛顿时塌了架子,她急忙接过话头:"我们缺一个武艺高强的武生,就像林大老倌这样的。"

陈吉笑着说:"林大老倌是兄弟,这个面子必定会给。"

在宋琼和陈辉的陪同下,"太子朝"上楼施礼:"恭喜陈阿妈,贺喜陈阿妈。”

由于洪门战事不利，“大春吉”放弃了自立为王的幻想，开始和官府谈判投诚条件，这次贺喜的宾客中就有来自巡抚衙门的密使。陈吉做了亏心事，深怕李文茂派人行刺，遂在顺德县城严密布防，并在红袍下面罩了一身金甲，以备不测。“太子朝”是有名的高手，陈吉宁愿他在戏棚唱戏，也不敢把他留在自己身边，因此笑着说：“同喜，同喜，林大老倌，我这个戏棚里缺一个武生，能否屈尊补缺？”

根据李文茂的安排，“太子朝”和“大花面明”来吸引“大春吉”的注意力，真正下手的是陈开、王山公、“逃军和”三兄弟。“太子朝”暗自冷笑，嘴上却十分客气：“陈阿妈大喜的日子，都是洪家兄弟，林某敢不从命？”

陈吉拊掌大笑：“我说嘛，林大老倌就是够义气。”

“太子朝”是琼花会馆著名的武生，演技精湛不说，人又生得极其俊美。梅少奶奶心里乐开了花，推了冯紫玉一把：“这下你得意了吧？”

冯紫玉羞怯道：“我得什么意？”

梅少奶奶恭敬地向“太子朝”施了一个礼：“林大老倌，我们几个虽然唱了很多年，但是根基太浅，希望你多多指教。”

“不敢。”“太子朝”问，“让在下补哪个缺？”

梅少奶奶回答：“《打洞结拜》里的赵大郎，不知是否埋没林大老倌的名头？”

这娘们的嘴巴可真甜，“太子朝”微微一笑，神色庄重道：“一根棍棒等身齐，打下四百座军州都姓赵，太祖爷爷是盖世英豪，在下佩服，不知哪位扮京娘？”

冯紫玉低下头，声音小得几乎叫人听不见：“奴家。”

戴月披星，江湖流浪；
青岭荒，草迷茫，归鸦三五掩斜阳。
伤情泪，忆家园，偷洒降，
遍历千里风与霜。
好男儿，心自壮；
离家嗟去远，觅地作逃亡。

岭上几番回头望，更苦绝岭隔云乡，
浪迹江湖何处岸，英雄心自怆。

戏棚里传出“太子朝”慷慨激昂的唱腔，船厅这边安静了不少，潘宏上楼请示：“宾客在戏棚那头，主公，要不要见罗老爷一面？”

巡抚衙门派来的密使名叫罗家驹，为本县豪门罗氏族人，奉广东巡抚柏贵和龙元僖之命招降陈吉。“大春吉”皱着眉头说：“已经谈妥了，还见什么面？”

潘宏苦笑着说：“他想要个字据。”

陈吉无奈：“好吧，你把他带上来。”

不大一会儿，罗家驹跟着潘宏上楼，央求道：“陈阿妈，眼下形势转好，洋人用铁甲战舰运来了不少枪械，各地团练纷纷转入反攻。但李贼不是轻易认输的人，无知百姓听他驱使，连妇孺都以戴红巾为乐，人心不古，胜负分晓尚需时日。贵堂十万貔貅，此时倒戈乃大功一件，万万不可犹疑，烦劳陈阿妈立一封书信，向龙大人和抚台大人表明心迹。”

“大春吉”怕通敌的罪证落到李文茂手里，招致杀身大祸，因此，和广州官府的谈判一直靠口信。见罗家驹执意要字据，只得提笔在宣纸上写了一封书信，把谈判条款附在后面，最后对罗家驹再三叮咛：“罗老爷，路上务必小心，这封书信切勿落到姓李的手里，陈某一家老少的性命可都押在你身上，大意不得。”

罗家驹把信藏进贴肉处，欢喜道：“放心，你的命就是我的命。”

潘宏亲自把罗家驹送出城，回来禀报平安无事，陈吉这才放下心，移驾到碧溪草堂听了一个时辰的戏，又吃了一个时辰的酒，在侍女的搀扶下回洞房休息。人生四大喜事中，洞房花烛夜是最销魂的，风流龙头钻进蚕丝被中胡天胡地，拿雪白的小妾当窑姐耍弄，直到三更天方才疲倦入眠。这一觉睡到日上三竿头，秋风拂荡，小妾害羞地将“大春吉”推醒，一脸娇媚的乖巧模样：“主公，有人闹洞房。”

哪有大白天闹洞房的？陈吉睁开眼睛，发现窗户内侧挂着一张雪白的大脸，吓得他“嗷”的一嗓子，翻身滚落木雕龙床——那是一粒头壳，一粒用宣纸包裹严实的头壳。

第一百六十八回　火烧琼花

洞房花烛夜，陈开、王山公、“逃军和”三兄弟神不知、鬼不觉，把广州官府密使罗家驹的首级挂在窗户上，极大地震慑了“大春吉”，使其彻底打消变节投诚的念头，稳住了顺德县的局面。从十月初开始，洪门在南线发动了声势浩大的攻击，“草上飞”卢昌率领“德烈堂”挺进三宝圩，和冼佐邦指挥的清军进行决战。两军战至午时，卢昌挥舞关刀，一马当先撕开了清军防线的口子，即将得胜之际，一枚炮弹飞来，当场牺牲。

得知卢昌阵亡的消息，李文茂痛惜不已，亲自赶到省河前线督战，下令“德勇堂”和“德义堂”组成左翼，以新造为大营；“德信堂”和“德和堂”组成右翼，以大石为大营，分两路向广州发起攻击，并切断了广州城的水上供给。

南线水路为广州城命脉所在，叶名琛惊恐万分，好在红毛鬼子不会坐视不理。十月二十四日，英军舰队以保护贸易通道为由，在广东水师的配合下，越过虎门悍然加入战团。面对侵略者强大的炮火，洪家兄弟表现出无畏的英雄气概，寸土必争，抵死不退，鲜血染红了狮子洋和省河，亦染红了迎风飘扬的烈火朱雀旗。

一方视死如归，一方装备优良，南线战役陷于胶着状态，暂时打成了平手。叶名琛感觉到大石和新造这两根骨头不好啃，便将目光再度投向了西线的佛山堡。冬月初四，沈棣辉率领一万多名精兵开出广州城，在十三行和大沥四堡团练的协助下，向何禄的“洪义堂”发起攻击。经过三天残酷激烈的争夺战，将桥头、白泥塱、梁边、谢边、横滘等外围阵地逐一收复，兵锋抵达汾江河北岸，与冼佐邦的“南顺营”、孔继尧的“大会馆”会合一处，总兵力超过五万，具备了攻打佛山堡的实力。

冬月初八，沈棣辉在黄彬、苏海、谢效庄、“百齿鲨”、冼佐邦、孔继尧、霍济田等人的陪同下登上鹰嘴沙的临海庙，用望远镜观察“德礼堂”的阵地，良久之后，大为感慨：“佛山堡商贾辐辏，百货汇集，粤东富饶繁华之地。陈天义盘踞于此，养精蓄锐不说，另外供给附近数县的乱党军资，实乃本军心腹大患。”

苏海虽然刚被提拔为千总，但沈棣辉对他格外赏识，经常委以重任，指挥一大群游击、都司、守备之类的将官。他语带讽刺地说：“佛山堡不是号称‘忠义乡’吗？我听说‘大会馆’铺丁装备精良，怎么让乱党不费吹灰之力就击溃了？”

此话一出，冼佐邦、孔继尧、霍济田等绅士感到脸上火辣辣的，被革去职衔的谢效庄更是一脸的不自在。沈棣辉觉察到苏海的话有些过重，连忙转移话题，指着对岸问：“汾流大街附近火光冲天，是否为你们放炮所致？”

冼佐邦澄清道：“回禀大人，我等各家在汾水、富文、大基三铺都有买卖，不可能轰自家的铺子。半年前本镇就断了铁料，库存的大铁炮被谢大人运到了省城，本营只有几十位小口径的铁炮，对面的火不是我们放的。”

“哦？”沈棣辉饶有兴趣地问，“难不成是陈天义放的？”

孔继尧回答：“陈天义最近重修西海大寨，把辎重军火囤积在那儿，看样子打算去粤西避风头。他临走前大肆搜刮民财，凡是不给钱的商户，就一把火点了铺面。”

“不对吧，”苏海反驳道，“陈天义手下号称十万兵马，佛山堡又是他发迹之地，他肯不战而退？大火无情，烧起来谁也控制不住，难道他不怕烧到自家的营盘？”

霍济田实在忍不住，愤愤不平地说：“大人，火不是红匪放的。”

孔继尧瞪了霍济田一眼：“你说话要有真凭实据。”

霍济田叫起屈来:“孔爷,千真万确,是区植棠那个王八蛋放的。”

沈棣辉狐疑道:“区植棠?”

冼佐邦向他解释:“大人,镇子里的士绅不肯与红匪同流合污,时常送情报出来,也接济一下本营的军粮。区老爷手下有一个堂口,名义上归顺叛党,实则替朝廷效力,没事的时候这儿点一把火,那儿造一个谣,为的是扰乱红匪的军心。”

“没那事,”霍济田吼道,“姓区的是剃刀门楣,出入都刮。这次四十九街着火,头一家就是我们家的铺子,为啥?还不是我没答应给他好处?”

沈棣辉吃惊地问:“他亲口问你要的?”

“那倒没有。”霍济田恨恨地说,“这狗贼粘上毛比猴都精,他让柯振邦出面,拿刀子架在我阿叔的脖子上勒索,比红匪凶恶百倍。”

比区植棠更加凶恶的不是别人,正是沈棣辉和苏海率领的这些绿营官兵。士绅们的心理非常矛盾,一方面他们希望官军收复佛山堡,一方面又怕这些无良丘八洗劫佛山堡。沈棣辉心里暗骂,想让老子卖命,还不让老子沾腥,世上哪有这样的好事?他把脸一沉,将了孔继尧和冼佐邦一军:“陈天义盘踞佛山堡多年,实力稳居贼党之首,万万不可托大。前些日子‘华光诞’那次战役,本军五十多条大型战船被毁,两千多水师兄弟阵亡,这个教训还不够惨痛吗?贵部若有能力单独打下佛山堡,本司马上回返,绝不和你们争功。”

孔继尧和冼佐邦慌了:“大人,我们不是这个意思。”

“即便陈天义无心恋战,也会拼力抵挡一阵子。”苏海提醒道,“不要忘了,姓李的正在大石和新造督战,陈天义有几粒头壳,敢不战而退?”

孔继尧和冼佐邦耷拉下脑袋:“我等谨遵号令。”

沈棣辉脸上浮出满意的笑容:“佛山堡镇子太大,为了减少伤亡,请两位绘制地图,把行军路线和要地仔细标明,免得将士们迷路。今天是初八,全军休整三日,补充军械,定于十一日夜半发起攻击,不得有误。”

当天夜里,孔继尧和冼佐邦在鹰嘴沙设宴款待全体将领。宴会散后,沈棣辉、黄彬、苏海和谢效庄等人各回本营安歇。“百齿鲨”来到“南顺营”的住地,发现孔继尧、冼佐邦、王福康、李能定在帐中推杯换盏,不觉气恼:“列位,你们还有闲心吃酒？”

孔继尧把“百齿鲨”让到上首：“怎么啦？”

“百齿鲨”怒道：“大祸临头，尔等尚不自知。”

冼佐邦问：“何爷，到底怎么回事？”

“一言难尽。”“百齿鲨”叹了口气，“红匪虽然杀富济贫，好歹不抢穷人，但这帮官兵所到之处寸草不生，像水洗的一样，丧尽天良，罄竹难书。沈大人他们这次出兵，名义上夺回了我大沥四堡的失地，实际上可把老百姓祸害惨了。最可恶的尚非抢夺财物，而是污良为盗，滥杀无辜，砍头壳的砍头壳，割耳朵的割耳朵——这些仇恨将来总是要报的，铁打的营盘流水的兵，老百姓找不到官兵泄愤，一定会把这笔账记在咱们头上。乡里乡亲的在一个地头住着，老子报不了儿孙报，冤冤相报无休无止，这还不是大祸临头吗？”

用耳朵替代头颅报功是官军的时髦做法，且已得到叶名琛的首肯——这个平常修炼仙家道法的大胖子，没想到却有一副比阎王爷还歹毒的心肠，大大出乎粤东士绅的预料。冼佐邦等人听了以后大惊失色：“何爷，你有什么好办法？”

“求官军不如求红匪。”“百齿鲨”断然道，“你们不是和陈天义有交情吗？赶快派人去对岸探一探他的口风，给一笔银子，请他手下留情，最好别在佛山堡与官军决战。”

用银子买洪门退兵，花的绝不是一两个子儿，而且谁能有这么大的面子？孔继尧和冼佐邦你看看我，我看看你，嘀咕道：“这行吗？”

话音未落，从帐外迈步跨进一人，大声喝道：“有何不可？”

大伙儿抬头一看，来人原来是梁应琨。孔继尧慌忙施礼：“三爷，你咋来了？”

佛山堡是李文茂和陈开的大本营，也是这次甲寅年举事的策源地，官军一旦攻克，必定大开杀戒，进行疯狂的报复。远在广州的梁应琨和在座的这几位绅士有同样的想法，他秘密筹措了二十万两白银，作为说服陈开放弃决战的谢仪。梁应琨从袖子里摸出一叠银票：“梁某既然是‘大魁堂’的当班值事，便有责任保护父老乡亲免遭涂炭。”

众绅士十分感动：“三爷，这笔钱将来大家分摊，不能让你一个人拿。”

“说正事先。”梁应琨坐下来喝了一口茶，“梁某保举一人，能说动陈天义退兵。”

大伙儿一起问：“哪位？”

梁应琨道：“冼万正老爷子。”

“咳，”冼佐邦懊恼地一拍大腿，“我怎么把他给忘了？”

三鼓过后，孔继尧换了一身便装，顺利穿过“纽纹良”的防区进入镇子。拂晓，他和冼万正各乘一顶轿子到了经堂古寺。陈开正在忠义堂布置作战计划，听说“孔鸡蛋”来访，禁不住笑了：“各位兄弟，咱们这位老朋友送钱来了。”

经过一个多月的加紧建设，西海大寨的防御阵地基本完工，陈开已经把“礼红堂”“礼明堂”“礼善堂”三支主力共计两万人调到西海大寨，准备弃守佛山堡。黄湘南道：“孔继尧受命而来，带的数目一定不少，这笔钱应该兑换成现银，供军中度用。”

陈开把目光投向“留条缝”，后者犹豫地说：“现银一向由张掌柜经手，大龙头，这件事还是交给他办理为妥。”

“这次你来办。”陈开道，“六爷新败，我派他去接济接济。”

何禄丢失佛山堡的外围阵地后，心情十分沮丧，率领“洪义堂”残部赶往省河，当面向李文茂谢罪。他的人马转战数地，营中钱粮吃紧，故而陈开派张亚丞前去帮忙。“大漏勺”猛然心里一动，脱口而出：“大龙头，他不会借机跑了吧？”

曾三吓了一跳：“休要胡说。”

没想到陈开毫不在意，轻松地摆了摆手：“天要下雨，娘要嫁人，他愿意走就走，本堂绝不强留。掌堂大爷说得对，开香立堂必须收忠义兄弟，乌合之众不但打不了胜仗，而且影响军心士气。粤西穷困，不像佛山堡这般富饶，十万大军咱们断断养不起。”

“葫芦发”道：“这等见风使舵的小人，不回来最好。”

黄湘南怕他再骂出难听的话，向陈开躬身施礼：“大龙头，我们迎候冼老爷子，你去书房接见孔继尧，那边清静。”

“嗯，”陈开答应一声，冲“葫芦发”招了招手，“你跟我来。”

“葫芦发”以为兄弟要敲打他，把头一缩：“干啥？”

“你敢不遵军令?”陈开瞪了他一眼。

“葫芦发”乖乖地跟着陈开进了书房,见他胆怯的样子,陈开放缓声调:“阿发哥,听说你发现了亚丞藏金的水井?”

“葫芦发”跳了起来:“哎呀,一定是阿荣那张破嘴漏的风。”

“不要冤枉阿荣。”陈开摇头,“亚丞的一举一动逃不过我的眼睛,实话说,他藏私的地方不止石路铺一处,我这里有一张地图,标得清清楚楚。你抽调一些可靠兄弟,这两天悄悄起出金银,都给我拉到西海大寨去。”

“葫芦发”开心极了:“遵令。”

打发走“葫芦发”,陈开从书架上拿起一本《春秋》,刚翻了两页,就听到屋外沉重的脚步声传来。他放下书,笑着迎上前去:“孔老爷是来劝本堂退兵的吗?”

孔继尧钦佩地竖起大拇指:“大龙头事事料敌之先,难怪能成大事。没错,我这里有二十万两银票,是三爷和‘大魁堂’奉送的谢礼,希望贵堂高抬贵手,尽快撤走,免得官军进镇子祸害百姓和商户。”

“开什么玩笑?”陈开板起脸,“佛山堡是掌堂大爷龙兴之地,他正在前线浴血奋战,本军岂能不战而退? 上次本堂差点被砍了头壳,孔爷应该有所耳闻吧?”

“哈哈。”孔继尧仰天大笑,“大龙头,明人不说暗话,你近来整修西海大寨,把辎重车械悄悄转移到那儿,以为我不知道吗? 佛山堡虽然富足天下,但是一马平川,没有城墙,根本无险可守。在镇子里决战,大龙头有几分胜算?”

这场透明仗没法打,敌中有我,我中有敌,互相了如指掌。陈开请孔继尧坐下,给他斟了一杯茶:“佛山堡的确无险可守,但孔爷不要忘了,当年黄萧养大举来犯,二十二老是如何率领父老乡亲守御本镇的?”

“在下当然记得,”孔继尧问,“一靠北帝爷爷的神佑,二靠万众一心,三靠本镇生产的大铁炮。试问大龙头,你现在手里有大铁炮吗?”

铸造佛山铁炮所需的铁料以罗定直隶州为佳,因此,陈瀚洸七月占领罗定州城后,陈开欣喜若狂,立即派遣船队去罗定运输铁料。哪知道人算不如天算,运输船到达之日,陈瀚洸已经战败身死。陈开没有办法,只得从其他地方购买生铁。八大炉户以铁料不合格为借口，故意拖延生产，到今天还没有出炉一位大铁炮。

杀富济贫获得了广大民众的欢迎，却开罪了士绅豪门，真是鱼与熊掌不可兼得。陈开把脸拉下来："这些财主老爷不是和威武窑子穿一条裤子吗？为什么怕白匪糟蹋？本堂对他们客客气气，他们却暗地拆台，活该遭此一劫。"

"大龙头不能这么说。"孔继尧笑嘻嘻地说，"常言道，匪过如梳，兵过如篦，官军要是赖在本镇不走，倒霉的是全体父老乡亲，不只是有钱人。"

陈开讥讽道："孔爷，你这张嘴皮子倒是越来越利索了。"

"事关合镇安危，孔某不得不勉为其难。"孔继尧给自己脸上贴了一块金，"我知道大龙头胸怀大志，必能在粤西开基建业，前途不可限量。不瞒你说，制台大人这次仰仗红毛鬼子保住广州城，欠下了还不起的人情，将来粤东恐怕战祸连连。不管谁在广州当政，佛山堡做主的只能是'大魁堂'，咱们是老朋友，有事好商量。"

"既然如此，本堂就给你和三爷一个面子。"陈开道，"十一日夜三鼓，本堂自正埠码头和豆豉巷码头两路撤军，你们最好抢在白匪前面入镇。"

时光之轮在平静中度过了三天，十一日亥时过半，"德礼堂"在正埠码头和豆豉巷码头集结完毕，汾江河战船密布，黑压压遮盖了整个江面。这次撤军分水陆两途——陈开率"德礼堂"走水路，邝能率领"德威堂"走陆路。

黄湘南劝说陈开："大龙头，咱们走吧。"

陈开紧锁双眉，没有说话，他的目光越过"接官亭"，越过"忠义乡"牌坊，越过鳞次栉比的繁华街市，投向远处烈焰飞腾的数百口铸铁高炉，近二十年前，和穷兄弟们初到佛山堡的那一幕清晰地呈现在眼前。二十年，人生有几个二十年？这是一座命定之城，自己当年毅然舍弃古劳围的逍遥岁月，来到这里播种幻想；这是一片神奇的土地，只要能够把苦难当作幸福的面纱，她必定还给你一个瑰丽缤纷的人生。

乡间浪漫的风笛，铸铁炉纯洁的火焰，千娇百媚的水果灯，大爆飞出的烟花，秋色里似水流年的花车，二十七铺形态各异的神像……佛山堡是一个大千世界，每一个世界浓缩于灵应祠北帝爷爷那双眼睛里，然后在绚烂的红船戏棚得以绽放、呈现。

漂泊的航船，一旦离开属于自己的母港，等待它的将是艰辛的旅程。对于陈开来说，脚下这片土地是一个谜——无论爱情、武功还是事业，佛山堡不吝向他开启宝藏之门，让他攀折世上最娇媚的花蕾，让他品尝人间最销魂的乳汁。

然而，这只是一首诗歌的上半阕，正像造化弄人的所有法则一样，下半阕必须自己去填写和歌唱——甜蜜爱情转瞬即逝，"六祖心经"修炼无果，轰轰烈烈的甲寅年大起义将以失败而告终。在即将离开佛山堡的时候，陈开觉得怅惘不已，究竟是自己天分不够，还是这首完美的诗歌梦想，本来不属于凡俗的红尘？

曾三、李阿发、石蕴、"纽纹良"、"篾片刀"、"大漏勺"等人齐声催促："大龙头，此地不宜久留，快撤吧，不然就来不及了。"

镇子里尚有大量的外围堂口，有的愿意随"德礼堂"撤退，有的则对"德礼堂"放弃佛山堡极为不满，发誓要和清军决一死战。这些堂口本来是乌合之众，没想到在最后关头却迸发出这般血性，让陈开自愧弗如。他摇了摇头："再等等，等等他们。"

黄湘南道："大龙头，本军各部已经按照命令撤出阵地，改变计划只能带来混乱。是打还是撤，你要拿定主意。"

陈开突然问："红船兄弟撤了没有？"

"应该撤了。""纽纹良"回答，"他们留在镇子里的人没多少。"

陈开着急地问："林三爷呢？"

黄湘南正要派人去找，"葫芦发"指着江面："来啦，来啦。"

众将仔细一瞧，果然从琼花水涉方向逆流而上，驶来一条悬挂着琼花旗的红船。陈开走到船头大声喊："前面是哪位兄弟？"

吴连从船舱里钻出来："陈阿妈，弟兄们，辛苦你们久等。"

陈开道："请林三爷出来说话。"

吴连泣不成声："三爷打算以身殉馆，他不走了。"

陈开大吃一惊："哎呀，三爷倘若出了岔子，本堂如何向掌堂大爷交代？"

"陈阿妈，这个怪不到你。"吴连抹去泪水，脸上露出坚毅的神情，"自打祖师爷在大基尾开创红船，迄今百余年，琼花会馆为红船人遮风挡雨，里面有祖师爷的魂在。既然有魂就需要血祭，老朽要不是身体残废，必定留下来和威武窑子决一死战。”

陈开拔剑怒喝：“弟兄们，咱们不走了。”

吴连抱拳道：“大龙头，留在琼花会馆的人代表各个行当，这是三爷做的安排，也是红船人的规矩和本分，万望成全。”

黄湘南暗自叹息不已，劝道：“大龙头，三爷成仁取义，看来其志已决。”

“不行，”陈开断然拒绝，“本堂一定要把林三爷接出来。”

众将跪倒在地，苦苦哀求：“大龙头，你是一军之主，切不可轻易犯险。”

“我去接三爷。”“葫芦发”主动请缨。

这浑人长期在琼花水涉驻防，武功也修炼到一定程度，万一遇到敌军拦截，杀出重围应该不成问题。陈开叮咛道：“哥哥快去快回，兄弟在这里等你。”

“葫芦发”答应一声，把刀往腰里一别，拖过一只舢板，打桨如飞离开正埠码头。到了琼花水涉，“葫芦发”甩步上岸，发现琼花会馆门洞大开，灯光出奇地明亮。“跛脚安”涂了一个黑白脸，手持长枪，腰佩双刀，脚下踏了一双黑白混花板咀靴，站在避雨亭前，两眼直勾勾地望着汾江河，仿佛根本没有看到他。

“葫芦发”奇怪地问：“叔父，你咋站在外面？”

“跛脚安”道：“三爷不让我留下，嫌我腿脚残疾。”

琼花会馆屹立在大基尾超过两个甲子，大伙儿舍不得离开自在情理之中。“葫芦发”被红船兄弟慷慨赴死的气概深深打动，没有再说什么多余的话，大步跨进琼花会馆。冬季的雾不比夏日，浓得化不开，稠得解不散，宛如厚重的鳞甲大靠紧紧包裹着这座瑰丽神奇的建筑，又像银河里的云团滋润着这一方人间天国。“葫芦发”走在青云巷，不觉放缓了步伐，脚下这块土地曾经孕育了多少英雄豪杰？钟鼓楼巍峨耸立，大戏台寂静无声，穿过琼花大殿，他发现“饭斗泰”正在值事堂悠然自得地品茶。

面对此情此景，“葫芦发”一时不知该说什么好。

林崇泰主动招了招手：“来，吃茶。”

“三爷。”“葫芦发”抱拳在胸，“威武窑子马上就要打过来了，我兄弟发下军令，要我无论如何把你老人家带走，不然没法向掌堂大爷交代。”

“饭斗泰”放下茶碗，用手帕擦了擦手：“你来得正好，有一件东西烦劳你带走，也算是替陈阿妈给掌堂大爷一个交代。”

“葫芦发”问：“什么东西？”

“饭斗泰”走进琼花大殿，小心翼翼地将田都元帅的神像取下来，用红巾包好放进一个檀木盒子里，郑重地交给“葫芦发”：“阿发兄弟，威武窑子得势，必定难容红船人。田都元帅的神牌供奉不久，白匪还不会在意，红船将来在粤东能不能传递香火，全靠他老人家了，你把神像带走，免得遭受劫难。”

“摊手五”是众所周知的红船祖师爷，洪门撤出佛山堡，官府必定怪罪红船，禁绝“摊手五”的祭奠。如此说来，这尊李文茂从粤北亲手迎回来的田都元帅紫檀木神像，便具有复兴红船的重要意义。“葫芦发”双手捧着木盒子，感到像托着大山一般沉重，他含着泪向林三爷拜了三拜，转身离开了琼花会馆。

虽然情知红船人视死如归，“葫芦发”还是把自己的舢板留在了琼花水涉，心里祈祷这只小船能成为一条水上的退路。这时，三鼓已至，佛山堡四周炮声隆隆，杀声震天，清军正式发起进攻。浑人清楚“饭斗泰”托付之重，不敢恋战，背着田都元帅的神像发足狂奔，不一会儿到了“汾江草庐”的角门。突然，从角落里窜出十几条人影，吓了“葫芦发”一跳，不由分说举刀就砍。对方急得跺脚大叫：“总大哥，别打，自家兄弟。”

“葫芦发”定睛瞧看，原来是“烂大梢”，惊讶地问：“你咋没走？”

“总大哥，我不走了。”“烂大梢”愤愤然，“咱们刚过上几天体面日子，财主老爷们就回来捣乱，凭啥？他们手里有家伙，难道弟兄们手里没有？”

区二娣、区三娣兄弟从后面闪了出来，齐声说：“不能走，跟他们拼了。”

“葫芦发”打量着他们：“你们真不怕死？”

“头壳掉了碗大个疤。”“烂大梢”把手里的兵器一横，“佛山堡这么好的地方，不能老是让有钱人把着。总大哥，我想通了，哪儿都不去，就在这里和他们干。”

“葫芦发”感到热血沸腾，恨不得与他们并肩作战，他满怀歉意地说：“这是田都元帅的神像，掌堂大爷从粤北迎回来的，我得把它保护好，还给红船兄弟。”

“烂大梢”、区二娣、区三娣不觉垂泪：“有田都元帅作证，我弟兄死了也值。”

绿营、团练数万大军分十三路杀入佛山堡，梁应琨、孔继尧、冼佐邦、“百齿鲨”等人本来以为“德礼堂”主力撤离，剩下的杂牌堂口不堪一击。哪知道这些乌合之众寸土必争、毫不畏惧，突袭战打成了胶着的巷战，佛山堡血流成河，淹没在杀戮狂潮中。

琼花会馆像一条红船，惊涛骇浪中镇定自若。“跛脚安”在避雨亭前舞动长枪，一口气挑翻了十几个清兵，得意地问：“阿珠，你看我的枪法如何？”

收拾完白龙里的家当后，黎珍珠本来应该随李庸熙、李常熙兄弟一起撤离，但她实在舍不得离开琼花会馆，就偷偷地留了下来。她喝了一声彩：“好，比得上王铁枪。”

“王铁枪咱不敢比，”“跛脚安”道，“只要三爷肯拿老朽充个数。”

与黎珍珠同时自愿留下来的还有“红心”，她说：“我也充个数。”

被“饭斗泰”允许留下殉馆的人，分别代表着红船的各个行当——从老倌来说，武生、小武、花旦、正旦、正生、总生、小生、公脚、大花面、二花面、男丑、女丑、武旦、夫旦、六分、拉扯、五军虎、四大甲各一名；从柜台来说，坐舱、管数、行江、掌班、中军各一名；从后勤人员来说，“衣箱伯父”“神箱叔父”“杂箱叔”“煲头叔”“刀头叔”“大盘脚”“镬铲叔”“洗碗仔”“米仓老鼠”“四不正”“笃水鬼”以及艄公、衫手各一名。

以上位置一个萝卜一个坑，只有棚面的乐手还剩几个缺。大家伙儿陪着祖师爷去死，最想要的是一个名分，否则死后魂魄何依？黎珍珠递给“红心”一把顺刀：“你在这儿等着，我去找三爷求个情，让咱们将来都当神仙。”

黎珍珠在值事堂周围没有发现“饭斗泰”的踪迹，便沿着木雕房、戏箱仓库、习武厅、兵器库、丹青阁、绣织房逐个去寻。走进绣织房，听到屋里有人说话，她紧跑几步，发现林崇泰背对着窗户，对面是一位半百佳人，赫然是归隐多年的“俏丽辛”。只见这位名扬粤东的大老倌一身王昭君的装束，梳大头，戴水钻头面，穿着月色素衬褶子，披着粉色绣花帔，系着白色绣花裙，彩裤白袜，云肩玉带，姿容丝毫不减当年。

从辈分来论,“俏丽辛”算是黎珍珠的师祖。她一把推开房门,激动地问:“你老人家何时驾到?晚辈怎么毫无察觉?”

“饭斗泰”叹了口气:“阿辛,你既然已经退隐,又何必来送死?”

“俏丽辛”莞尔一笑:“我吃了祖师爷一辈子的饭,理当送他最后一程。”

“饭斗泰”扭头问黎珍珠:“阿珠,你咋不听话?”

黎珍珠恭敬道:“阿安叔和‘红心’也没走,请三爷赐个名分。”

“棚面十手,尚有三缺。”“饭斗泰”思忖了一会儿,说道,“让阿安顶一个大苏锣,‘红心’顶一个文头鼓,你顶一个师姑笛吧。”

十三路清军中,苏海这一路负责控制汾江河的下游,并进攻大基铺。他手下的官兵装备精良,两个时辰后基本肃清残敌,唯独琼花会馆迟迟拿不下来。苏海亲自上阵,被“跛脚安”挥枪杀退,手下人请示:“千总老爷,红船贼人虽少,但是个个武功高强,咱们干脆用排枪结果了他们,省得麻烦。”

苏海本来还想生擒几个红船老倌,到叶名琛那儿邀功请赏,现在看来没什么指望了,便把火枪队调上来,排枪齐发,射死了“跛脚安”。“红心”冲出来试图抢回尸体,也被火枪在身上打了几十个窟窿,当场毙命。清军一窝蜂杀入,与守卫会馆的红船兄弟展开激战,由于院内房屋林立,鸟铳和洋枪的阵型摆不开,又被红船兄弟撵了出去。

苏海杀红了眼:“来啊,调转船头,给老子用火炮招呼。”

梁应琨正好从会馆路过,听说苏海要用火炮轰击琼花会馆,急出了一头汗:“万万不可,琼花会馆矗立百年,是本镇的宝贝,苏老爷,手下留情,手下留情。”

双方各持己见,争执不下,沈棣辉率领亲兵在琼花水涉登岸,对梁应琨说:“三爷,红船为反贼渊薮,罪大恶极,断不能轻饶。不过,看在你和佛山父老乡亲的面子上,本司可以法外开恩,放他们一条生路,只要他们肯出来投降。记住一条,让他们把身上的戏装脱了,身在国朝,却穿戴前朝的衣冠,分明是脑后长着反骨。”

作为一个靠军功脱颖而出的汉臣,沈棣辉完全可以不用表白得如此肉麻,梁应琨暗自摇头不已,对此人顿生鄙视之心。他叫过来梁侍武:“你去喊话,告诉各位大老倌,只要他们肯脱掉戏装出来投降,沈大人便既往不咎,以后还能继续唱戏。”

梁侍武迈步到了会馆大门口，扯开嗓子高声道：“各位大老倌，赶快出来投降吧，现在是真刀真枪地打仗，不是在戏棚里唱戏。”

红船人是吃软不吃硬的犟驴，梁应琨生怕官军开炮轰击，也上前劝：“老少爷们，莫要执迷不悟，你们要是不脱戏装，琼花会馆和祖师爷的神牌就保不住了。”

话音未落，“饭斗泰”穿长靠，挂须口，手持关刀威风凛凛地跨出大门。苏海知道“饭斗泰”的暗器功夫甚是了得，急忙掩在沈棣辉的身前，喝令左右护驾。林三爷手捻须髯，眯着眼睛问：“后生小辈，你怕什么？”

沈棣辉拱手道：“三爷，识时务者为俊杰，切勿玉石俱焚。”

“世间最不讲信义的就是威武窑子。”林崇泰嗤之以鼻，回身指着琼花大殿，“要我们红船兄弟屈膝投降，纵使林某应允，祖师爷也不会答应。”

沈棣辉倒退三步：“你想怎样？”

林三爷举刀劈了过去：“老朽要教训你这个数典忘祖的汉奸。”

好一个“饭斗泰”，明知前面是刀山火海，照样毫无畏惧地扑了上去。水师官兵弓箭与火枪齐发，将林崇泰射杀于半空。沈棣辉惊魂未定，咬牙切齿地痛骂：“这群红船贼子，不斩草除根必留后患，给本司放火烧，寸土不留。”

放火比炮轰更加凶残，意味着琼花会馆这座百年建筑将化为灰烬，意味着佛山堡的两根精神支柱从此将失去一根，意味着红船这曲忧郁的人生之歌将永不回返。梁应琨和梁侍武等人痛心疾首，眼睁睁地看着琼花会馆变成一片火海，无能为力。熊熊烈火中，没有一个红船人出来投降，没有一个红船人肯舍弃他们心爱的戏装。没有恐惧的哀号，只有深沉的歌声，一切尽在意料中，一切仿佛早在冥冥中注定。那面佛山堡人最熟悉的琼花旗，从戏台上走下来变成烈火朱雀旗时，便已经为今天这个结局埋下了种子。

火焰吞噬着这座宏伟的建筑，大戏台、木雕房、戏箱仓库、习武厅、兵器库、丹青阁、绣织房、会所逐次坍塌，只有琼花大殿仍然挺立在火海中。华光大帝的神像和“摊手五”的神牌尽数付之一炬，“俏丽辛”、黎珍珠被火势逼到了阁楼顶，无处遁逃。黎珍珠跪倒在地，向“俏丽辛”恭恭敬敬地磕了三个响头：“师祖，请受晚辈最后一拜。”

四周火焰冲天，两个人身上的戏装被火苗子烧出了洞，“俏丽辛”紧紧抱着金丝面具和金马鞭，一刻也舍不得松手。她出神地问：“阿珠，你有什么遗憾吗？”

黎珍珠甜蜜地笑道：“没有。”

“我也没有。”“俏丽辛”深情地抚摸着金丝面具和金马鞭，“能和它们死在一起，是前生修来的福气。”

黎珍珠问：“师祖，晚辈能再听你唱一曲吗？”

“俏丽辛”怅惘道：“你真正的师祖是易兰花，她最喜欢唱的是《桃花扇》。好，今天我就来其中一段，让它带着咱们俩去见你师祖。”

火海尽头，黎明前夕，缭绕着一曲凤凰涅槃的《秣陵秋》，词曰：

琼花劫到雕栏损，玉树歌终画殿凉；
沧海迷家龙寂寞，风尘失伴凤彷徨。
青衣衔璧何年返，碧血溅沙此地亡；
南内汤池仍蔓草，东陵辇路又斜阳。
…………

第一百六十九回　埋玉沉棺

自咸丰四年冬月至咸丰五年(1855年)二月,广州围城战步入后期,面对官军团练和红毛鬼子的双重绞杀,洪门在南线发起了绝地反攻,广大将士不屈不挠,顽强奋战;各堂龙头身先士卒,成仁取义,用血肉之躯谱写了一曲又一曲悲歌,足以彪炳史册——咸丰四年腊月初十,林洸隆率"德信堂"攻打河南岛,战死于小港桥;咸丰五年正月十八,沈棣辉、黄彬、苏海指挥广东水师主力,在三艘红毛鬼子火轮船的配合下,大败洪门水军于黄埔,继而乘胜追击,连克大石和新造两处大营;正月十九,"德英堂"残部在七州洋面陷入重围,陈松年因伤被俘,独眼英雄在狱中破械夺刀,手刃数十名官军,死于乱枪之下;正月底,在叛将何高汉的带领下,广东水师夜袭"德义堂",关钜与何博奋溃不成军,分路从狮子洋撤回西江。

二月初三,"大春吉"弃城逃遁,消息传到省城,沈棣辉大喜过望,心想自己在佛山堡被梁应琨等人玩了一把,没有给弟兄们捞到多大实惠,顺德县这块肥肉断断不能再丢掉。他立刻命令黄彬和苏海撤出在西海大寨的战斗,率领本部人马直捣大良,从三月十五到十七,连着用大炮轰了三天,方才将"德义堂"的战船击退。十八日凌晨,硝烟散去,后方突然出现了一支庞大的舰队，与此同时，县城四门紧闭，如临大敌。

苏海骂道：“他老母的，到底是咋回事？”

后面这支舰队清一色的红单船，显然是友非敌。这时候，从县城驶来一条快船，有人在船头大声喊：“沈大人，卑职特来劳军。”

沈棣辉上前一看，原来是新任顺德县令李树堂，脸色瞬间变白，回头问二将：“他从哪儿冒出来的？怎么会跑到咱们前面？”

李树堂是叶名琛正式任命的地方官，他提前到任视事，打乱了哥几个的如意算盘。黄彬对沈棣辉说：“大人，‘大春吉’虽然跑了，但顺德境内的乱党起码还有几十股，李树堂无兵无勇拿什么弹压？咱们进城剿匪，名正言顺。”

话是这么说，但大家心里都明白，如果没有人护驾，借李树堂一百个胆子他也不敢来顺德上任，这里面一定有名堂。沈棣辉挥了挥手：“且听他言语。”

不多时，快船到了近前，李树堂叫人从船上搬下六十坛酒、六十筐鱼、六十头烧猪，然后上船参见沈棣辉，满脸堆着笑：“大人收复县城，劳苦功高，各家士绅感激涕零，特地推举卑职犒赏三军。些许礼物，不成敬意，望大人和各位将军笑纳。”

起了个大早，赶了个晚集，苏海心里别提多窝火了：“李老爷，为了收复大良城，我们水师兄弟这三天死了一百八十多个，你就拿这些玩意来搪塞？”

李树堂连连作揖：“各位将军，实在对不住，大良让红匪祸害得不轻，‘大春吉’逃遁前将各家搜刮殆尽，光粮食就运走了四万五千石，城里真的啥都没剩了。”

顺德是与南海齐名的广府头等大县，士绅豪强骄奢淫逸，挥金如土，现在竟然拿酒菜烧猪来糊弄事，是可忍孰不可忍？黄彬恨不得一脚把李树堂踢下船，他用手一指：“你们关闭城门干什么？难道拿官军当贼来防吗？”

“不敢，不敢。”李树堂转向沈棣辉，苦笑着说，“沈大人，卑职也是外来户，有些事做不了主。顺德县的情况你比我清楚，龙太常坐镇省城，各家士绅唯他马首是瞻，大良的一举一动都得听他的，卑职不敢不从。”

龙元僖是直达天听的京官，在广州和伍紫垣共同主持劝捐筹饷，从叶名琛到柏贵没有一个人敢对他不客气。沈棣辉手持“千里眼”，目不转睛地观察着后面这支舰队，只见红单船排列成战斗队形，黑洞洞的炮口瞄准广东水师，大有一触即发之势。他心里登时凉了半截，自己千算万算，最后还是落到了地头蛇的后面。

大良是龙元僖的老家，绝对不会容他人染指。发横财的美梦陡然破灭，沈棣辉心有不甘地问李树堂："你是说，龙大人不许我军入城？"

李树堂从袖子里摸出一张银票，恭敬地递给沈棣辉："龙大人上个月在大佛寺刚刚捐了十万两白银，马上还要督办顺德团练总局，囊中羞涩，没有更多的钱劳军。这是三千两，他自己掏的腰包，各位莫要嫌少。"

"丢你老母，"苏海拔出腰刀，破口大骂，"拿老子当叫花子打发？"

沈棣辉放下"千里眼"，默默思忖，龙元僖耳目通天，必定在第一时间得知"大春吉"弃城逃遁的消息。问题是这家伙明明清楚大良是一座空城，却不急于率领团练进驻，反而坐视自己和洪门水师拼了个两败俱伤，狗日的太阴险了。眼下前面城门紧闭，后面是红单船队，真要动起手来自己未必能占便宜。姓龙的在朝廷是宠臣，在省城是士绅领袖，在顺德是地头蛇，自己和他火并，名不正言不顺，结果只有倒霉的份。

沈棣辉这些年顺风顺水，最近却吃亏连连，上次被梁应琨用地图暗地里蒙了一把，现在又遭到龙元僖的公然蔑视。他实在咽不下这口气，愤愤道："本司为国平叛，职责所在，要什么犒赏银子？我倒要问问龙大人，不许官军进城，这是哪一家的道理？"

李树堂是个七品芝麻官，龙元僖和沈棣辉哪头也得罪不起，正在惴惴不安时，听到沈棣辉的话，立刻如释重负："龙大人在后面的船上，我带你去见他。"

考虑到龙元僖出身京官，资历比自己深，沈棣辉摘了顶戴，脱下官袍，换了一身便装，跳上篷船来见龙元僖。当他爬上红单船，进了船舱一看，吃了一惊，龙元僖身穿白袍，手拿洒金扇端坐茶几，谈笑风生，仿佛早料到自己会有这么一出。沈棣辉向来以智谋自矜，而今处处落于对手下风，不觉沮丧之极。

舱内坐满了顺德士绅，都是应龙元僖之召，前来商议筹办顺德团练总局事宜的，像什么罗家勤、林泽芳、何大璋、赖子猷、麦奋扬、黎超民、冯冠贤、吴昭良、吴梯、潘恂、李献能等人济济一堂。见沈棣辉进来，龙元僖离开座椅，亲热地挽着他的手，连连夸赞："沈大人用兵如神，迭克强敌，收复大良，我等真是感激不尽。"

嘴上一套，背地里一套，是官场常态。沈棣辉虽然司空见惯，但今天心里太难受了，便忍不住讥讽了一句："太常过誉，本司在大良百姓眼里，连贼寇尚且不如。"

"呵呵。"龙元僖挥了挥扇子，让众绅士退出船舱，给沈棣辉斟了一杯茶，"老弟，哥哥有句心里话，不知道你想不想听？"

沈棣辉道："小弟洗耳恭听。"

龙元僖叹了口气："非是龙某有意刁难，实是老弟在佛山堡下手太狠，吓破了本县士绅的胆子。彼等宁肯一战，也不愿让你们登岸，我有什么办法？"

去年冬月佛山堡一战，广东水师按照梁应琨提供的地图进军，碰的都是硬钉子，没捞到多少油水。沈棣辉、黄彬、苏海等人恼羞成怒，在琼花会馆的废墟上大开杀戒，凡是被人举报家里插过红旗的，门上贴过红巾的，院子外面栽过绿竹的，甚至穿过戏装的，一律拉到琼花水涉开刀问斩，一时间腥风血雨，死去的冤魂数不胜数。尸体用大箩筐装起来，拉到佛山堡和石湾镇中间的那片乱坟岗子掩埋。红船兄弟以及被冤枉为红船兄弟的尸骸被埋在金龟岗，由于尸骸太多，乡人无法标记，只好以铁渣沥之，名为"铁丘坟"。

究竟杀了多少人，沈棣辉自己也数不清，他拱手道："龙大人，乱世须用重典，这是制台大人的谕令，本司奉令而行，有何过错？"

"你和叶制军是外乡人，升了官，抬起屁股就走，烂摊子谁来收拾？"龙元僖道，"乱党初起，广府几乎无处不举红旗，士绅为了保全身家不得已而为之，都像你们那么干，恐怕十个人里面要杀掉九个半。再说，红船戏装华丽昂贵，贩夫走卒根本穿不起，你在佛山堡大肆捕杀穿戏装的人，士绅大族看在眼里，他们会作何感想？"

官军抓捕穿戏装的人，本来就是醉翁之意不在酒，目的是勒索钱财。沈棣辉不便把这层窗户纸捅破，放缓语气问："太常有何高见？"

"杀人有杀人的窍门，一要杀得公平，二要杀得情愿。"龙元僖微笑着话锋一转，"老弟以军功立世，不必在这些小事上纠缠，还是多打几个胜仗为上策。根据线报，姓李的这两日去了银洲湖，九江圩兵力空虚，何不出兵袭之？"

杀人还有如许诀窍？沈棣辉正待细细追问，忽然，水师战舰响起了急促的号角，看来有十万火急的军情。沈棣辉拱手致谢："后会有期。"

回到座船，沈棣辉问黄彬："何事慌张？"

黄彬道："何高汉刚从佛山堡回来，梁应琨不答应出银子雇鬼子战舰，只肯出钱补充我军火药，同时调派一千名铺丁，配合攻打西海大寨。"

龙元僖强横，梁应琨阴险，在沈棣辉眼里皆为一丘之貉。他心里感到十分委屈，自己累死累活在前线卖命，这些豪绅大族却坐享其成，太过分了。他鼻子里"哼"了一声："不杀他一个血流成河，姓梁的舍不得掏腰包，叫何千总进来。"

何高汉叛变以后，使出十二分气力上阵搏命，用战友的鲜血换了一顶千总的帽子。这家伙小心翼翼迈进船舱，朝四周扫视一眼，乖乖地站在苏海旁边。黄彬道："何千总，你不是说有绝密消息吗？沈大人回来了，赶快说吧。"

沈棣辉之所以靠军功扶摇直上，其中很重要的一个原因是他本人具有江湖气质，喜欢从投诚的洪家兄弟中拔擢人才——《清史稿》举了两个例子，一个是他在粤西镇压刘八时招抚了冯子材，一个是他在广州保卫战中诱降了何高汉。举凡变节之人，为了证明自己的忠诚，往往会比别人更加剽悍和凶残。何高汉就是这样，投诚以后每战必先，如同一条疯狗，深得沈棣辉倚重，受宠程度甚至超过了黄彬和苏海。

何高汉抱拳道："启禀大人，末将回来的路上得到一个消息，'德义堂'应'德和堂'之邀出兵小榄，九江圩只有'小孟尝'的人马。'镇夷营'虽然器械精良，但骨头节子软，倘若我军在夜里发动突袭，必能大获成功。"

九江圩是何高汉摸爬滚打了二十多年的老巢，别的地方他拿不准，九江圩和"德义堂"的消息绝对不会错。沈棣辉点点头："如此说来，龙太常没有撒谎。"

黄彬和苏海齐声问："大人，姓龙的啥意思？"

沈棣辉叹了口气："他不肯添银子，反而给了一个消息——说姓李的回了银洲湖，九江圩兵力空虚，让咱们出力攻打。"

李文茂的老营设在九江圩对面的古劳围，拿下九江圩将对整个战局产生重大影响。当然从局部来看，拔掉九江圩这个钉子，受益最大的仍然是南海县和顺德县的士绅豪强。黄彬和苏海气不打一处来:“姓龙的一毛不拔,让咱们为他火中取栗,想得倒美。”

从大良出发征讨九江圩,横穿半个顺德,一路油水不少;另外,九江圩是贸易重镇,自是一块大肥肉。沈棣辉权衡再三,觉得这是一桩好买卖,他摆了摆手:“咱们以大局为重,不必与他计较,请问,哪位将军愿意担此重任?”

屋内三人均为深受沈棣辉器重的心腹将领,水上作战指挥以苏海最强,冲锋陷阵以何高汉最为剽悍,善于奇袭则是黄彬的看家本领。众人咸以为黄彬会主动请战,哪知道黄彬却出人意料地推荐了何高汉:“何千总人头和地头都熟,让他辛苦一趟吧。”

沈棣辉感到奇怪,没有多说什么,迅速做出兵分三路的安排:第一路是主攻,由何高汉领三千精兵奇袭九江圩;第二路是辅助攻击,由黄彬和苏海各带两千人,分别清剿龙山、羊牯的洪门堂口,从南北两翼进行支援;第三路是远距离的佯攻,由他自己亲自指挥广东水师和各地团练向西海大寨发动猛攻,转移洪门视线,隐蔽真正的主攻方向。

苏海心里存了老大一个谜团,送走沈棣辉与何高汉,他忍不住问黄彬:“粤西张臬台打下了德庆州,大人听说了吗?”

黄彬点点头:“唔。”

苏海又问:“张参军驻守封川江口,大人知不知道?”

黄彬仍然不置可否:“唔。”

苏海奇怪地问:“大人,张臬台和张参军皆为当世名将,他们二人一个守封川,一个守德庆州城,切断了洪门退往粤西的退路。红匪进退失据,人心惶惶,大势已去,正是我辈建功立业的好机会,你为啥把九江圩让给姓何的?那可是一只肥鹅。”

苏海所称的张臬台即张敬修,太平军离开粤西后,他领着东勇继续和洪门作战,官至广西按察使。张敬修镇压农民起义尝到了甜头,自信心极度膨胀,这次统率大军沿西江东下,夺取德庆州城,妄图一举将“洪德堂”歼灭于粤东境内,立一件大大的功劳。

那个张参军更不是旁人,正是前“红旗帮”的帮主张十五仔,这厮投降官府后,花钱买了一个广东按察使司经历,刚从桂林丁忧起复。广东官府请他镇守封川炮台，目的是想借助他的水战本领，牢牢封锁西江，让李文茂和“洪德堂”无路可遁。

半年来，官军之所以能够扭转颓势，在北线，靠的是火力强大的炮台；在南线，靠的是红毛鬼子的铁甲战舰。与洪门比起来，打白刃战绝非官军擅长，黄彬叹了口气：“九江圩是李贼的半个巢穴，黄某有一种不祥之感，他有可能突然冒出来。”

“不会吧？他在银洲湖。”苏海说完，觉得自己的回答有些丢面子，恶狠狠补充道，“咱们有枪有炮，怕他什么？”

黄彬悠然自得：“不怕的话你去，反正我不凑这个热闹。”

两个人的对话暴露了清军将领心头的隐忧：李文茂具有双重身份，一方面他是指挥千军万马的洪门之主，另一方面他是天下无敌的盖世英雄。那柄残铁剑虽然挡不住洋枪洋炮，夜半三更取敌将首级还是绰绰有余。李文茂顾忌武林至尊的身份，从不轻易出手行刺，除非对方是罪大恶极的洪门叛徒。何高汉既是叛将，又对黄彬和苏海在军中的地位造成威胁，黄彬这一招可称是借刀杀人。苏海恍然大悟，暗自佩服，问道：“大人，你有何打算？”

“黄某去梅基村剿匪。”黄彬淫邪地笑了，“去年，那几个骚娘们挂着红旗不说，还拿弓箭射老子，这回连人带财货全抄了，治她们一个附逆大罪。”

三月二十日夜，何高汉所率三千清军打着红旗，头缠红巾，扮成红军模样，分六路向九江圩发起突然袭击。他的亲信出自九江船户，对镇子里的地形滚瓜烂熟，闭着眼睛都能摸上几个来回。突进去后，何高汉手提大刀，领着一哨亲兵绕过镇子的主要关卡和阵地，风驰电掣般杀向老介福的住宅。这厮算盘打得十分精准，所谓擒贼先擒王，像“镇夷营”这类的私人武装更是如此，拿下“小孟尝”，老府家丁必定作鸟兽散，失去斗志。

面对清军的突然来袭，老朝平、老朝安指挥“镇夷营”奋起反击，两军刚交手，哥俩立刻感到不对劲——敌人似乎对九江圩的防守了如指掌，很快就把“镇夷营”分割成块，招招命中自己的要害。老朝平首先反应过来：“糟了，是何高汉这个王八蛋。”

话音刚落，老宅那边传来激烈的枪声，喊杀声震天动地，继而火光冲天。家丁跌跌撞撞冲了进来：“启禀二位统带，大事不好，白匪把老爷家里围了起来。”

老朝平的脸唰的一下变得苍白，没有了一丝血色，瘫倒在椅子上，喃喃自语：“一定是何高汉那个天杀的，好狠的黑虎掏心。”

老朝安跳了起来：“快，跟我去救老爷。”

老朝平绝望地摇了摇头：“晚了，看今天晚头这个架势，姓何的早做好了安排。他武艺比咱们高，去了也是白白送死。”

老朝安瞪大了眼珠：“照你的意思，咱们就眼睁睁看着老爷遭难不成？”

老朝平端起一碗茶“咕嘟”灌了下去，郑重地说：“兄弟，老爷对咱们天高地厚，这份恩情必须偿还。我带人救老爷和太太，你去银洲湖搬救兵。”

九江圩对面是古劳围；向南不远是小榄镇，关钜、何博奋、李洪英正在那里鏖战。老朝安不解地问：“哥哥，为何舍近求远？”

老朝平苦笑着说：“兄弟，除了二爷，还有谁能取何高汉的人头？”

老朝安刹那间明白了，这哪里是搬救兵，根本是报仇雪恨！他拔出宝剑，吼叫：“要死就死在一起，哥哥，我不能把你扔下不管。”

老朝平抄起单头棍，叱喝一声：“快滚。”

老朝安含着眼泪拜了三拜，掩面而去。

却说老朝平抱定必死之心，点了二十多个有功夫的家丁，以最快速度奔向老宅。果然如他所料，何高汉在老宅周围布下重兵，层层设防。经过一番血战，老朝平杀出战团，冲到老宅的大门口。只见院子里悄无声息，碉楼上低垂着一面血染的白旗，老朝平心头一凉，最可怕的情形终于出现——老宅已经被何高汉攻占！

内宅的水榭丛中，传出琴声，原来是一曲《长生殿》里的《密誓》。

提起便心疼，念寒微侍掖庭，
更衣傍辇多荣幸；
瞬息间，怕花老春无剩。
宠难凭，论恩情，
若得一个久长时，死也应，
若得一个到头时，死也瞑。
抵多少平阳歌舞，恩移爱更；

长门孤寂，魂销泪零，

断肠枉泣红颜命。

“小孟尝”的宅邸依水而建，历经三代修成，规模远在“汾江草庐”和清晖园之上，仅次于河南岛伍家的万松园。沿河水榭中，“埋玉阁”是当年“小孟尝”为了迎娶何小鸾亲手设计的金屋藏娇之所，现在是两口子的寝居。

何高汉夜袭九江圩，很快杀到老宅的门口。老介福从梦中惊醒，率家丁拼死抵抗。一来何高汉所部的战斗力强，二来老宅的园林太大，根本无法构筑有效的防御。“小孟尝”挂念何小鸾的安危，没有抽身逃生，而是返回“埋玉阁”，与妻子做最后的诀别。

一曲奏罢，“小孟尝”黯然神伤：“夫人，是我对不起你。”

“夫君误会了。”何小鸾笑道，“少年不识愁滋味，为赋新词强说愁。这支曲子贱妾为你唱了二十年，欢乐几多，忧愁几多，你还记得吗？”

“小孟尝”眼角不觉湿润了，二十年来夫唱妇随，互爱互赏，说不尽的欢乐，哪里有什么忧愁？何小鸾擅长《长生殿》，就连“埋玉阁”这个名字都是她起的——女人把自己的爱情比拟杨玉环，发下誓愿，将此世欢爱的绣榻，当来生埋骨的玉冢。

此时，“埋玉阁”里三层外三层全是清兵，何高汉一脚踢开房门，执刀断喝：“在下如今吃朝廷的俸禄，各为其主，老爷莫怪兄弟不念旧情。”

“好头壳怎容贼子玷污？”“小孟尝”拔出七星鎏金剑，满怀歉意地对妻子说，“夫人，我走一步先。”

一道血光飞溅，“小孟尝”挥剑自戕，栽倒于血泊中。何小鸾笑着问何高汉：“贱妾欲保全身躯清白，何兄弟，行吗？”

何高汉以为她要取三尺红绫自尽，低头道：“夫人请便。”

不大一会儿，何小鸾换了一身戏装从内室里走出来，头戴凤冠，身穿水衣，外罩一件大红五彩绣团凤镶边女蟒，分明是戏棚里杨玉环杨贵妃的装扮。何高汉见她手里没有三尺红绫，倒退了一步，问道：“夫人，你这是啥意思？”

何小鸾摘下凤冠，从发髻上取下一枚半尺长的玉簪，来到丈夫的尸体前：“贱妾唱了二十多年的红船大戏，穿了二十多年的红船戏装，要什么三尺红绫?"

说罢,何小鸾玉腕抖动,簪子准确地刺进咽喉,身子软绵绵地跌落红尘。女人收割了雍容华贵的爱情,宁肯下辈子再做连理枝,也不愿上天化作比翼鸟。

却说老朝安率部杀出重围,派人分别到古劳围和小榄镇送信,他自己驾篷船,摸着黑驶向银洲湖。由于救主心切,老朝安这条篷船划得飞快,破晓时分便到了新会县城。只见县城四门紧闭,官军和团练在城墙上如临大敌,江面上竟然没有一条巡弋的官船。

官军龟缩在城内,不敢越雷池一步,显然是因为李文茂回到银洲湖之故。老朝安继续向银洲湖深处划去,远远看到湖面上巡船来来往往,有的悬挂着"德英堂"的旗帜,有的悬挂着"德仁堂"的旗帜,防线拉出好几里地。"德英堂"的探哨把他领到吕萃俊的座船上,老朝安抱头痛哭:"吕阿妈,快去救救老爷和夫人吧。"

吕萃俊忙问:"怎么回事?"

老朝安泣不成声:"何高汉昨天夜里突袭九江圩,杀了我们不少兄弟,老爷和夫人陷在镇子里,只怕凶多吉少。"

吕萃俊霍地站起身:"我带你去见掌堂大爷。"

二人换了一条轻捷的舢板,不一会儿登上崖山祠。叶兆隆、"大花面锦"、黎与汉、李快等人正陪着陈享在国母殿里说话,听说九江圩被偷袭,"小孟尝"夫妇可能身遭不测,叶兆隆的眼角淌出了热泪,唏嘘道:"各位,另有一个坏消息:沈棣辉用鬼子快炮猛轰西海大寨,邝阿妈不幸殉国了。"

众人大吃一惊,经过近九个月的血战,忠义兄弟死伤无数,卢昌、赵泰来、林洸隆、陈松年、邝能五大龙头相继阵亡,再这么耗下去,"洪德堂"非全军覆没不可。陈享道:"威武窑子得红毛鬼子之助,军械粮草充足,越战越强,贵军应该暂避锋芒才是。"

叶兆隆叹了口气:"掌堂大爷不发号令,谁敢轻言罢兵?"

陈享道:"胜败乃兵家常事,诸位不方便说,陈某来说。"

"还有我。""大花面锦"开口道,"留得青山在,不愁没柴烧。本军目前屡遭败绩,粮草和军械得不到补充,拿弟兄们的命去拼鬼子炮,太不值得了。"

大伙儿正在交头接耳,湖面上骤然响起刺耳的号角,从县城方向驶来一支船队。李快用“千里眼”观察了片刻,认出了船上的旗帜:“呀,又是‘德礼堂’的兄弟。”

这次来的不是“德礼堂”的信使,而是掌印阿妈本人。见陈开、黄湘南亲自出马,众人感到事态严重,叶兆隆忙问:“陈阿妈,发生了什么事?”

“官军从粤西调来大批援军,在德庆州城和封川江口加紧部署防御,看样子欲将我军一举歼灭。”陈开忧心忡忡地说,“军情万分紧急,越来越严重,晚走一天都可能出大事。属下希望掌堂大爷立刻移驾,他在哪里?”

“大花面锦”用手一指湖心:“在湖底。”

黄湘南问:“掌堂大爷到湖底干什么?”

叶兆隆黯然道:“准备和威武窑子拼命。”

自从答应重返洪门的那一刻起,李文茂就抱定了慷慨赴死的决心,甲寅年战至今日,失败已成定局。在从省河撤往九江圩的船上,他对战局做了如下安排:其一,命“长腿龚”前往西海大寨,将“洪顺堂”总堂的龙头令旗、“玉叶会簿”以及那幅“反清复明”的中堂尽数交付陈开掌管,同意他和梁培友撤向粤西,经略西南诸省;其二,命颜亚层、黄三全到城北通知周春和甘先,同意他们进军江西、湖南,与太平军会师;其三,命南线各堂将大号战船调拨“德义堂”“德和堂”,留关钜和李洪英在海上抵抗,其余堂口或西进或北上,离开粤东战场保存实力,以待来年大举。

盖世英雄落寞地回到银洲湖,把易兰花的棺木从坟墓中取出来,盛入青花石棺。他拖着青花石棺沉入湖底,试图寻找那口被封堵的海眼,这一举动具有双重含义——表面上是为了兵败之后不使易三娘的遗体受辱,实际上是向众兄弟宣誓死战的决心。

陈开道:“掌堂大爷贵为洪门之主,一军统帅,焉能置万千兄弟于不顾?再说他老人家是堂堂的武林至尊,打杀一些无名小卒,岂不让江湖耻笑?”

黄湘南催促:“军师,快请掌堂大爷。”

众头领没有一个人支持李文茂的想法,叶兆隆挥手下令,崖山下的红船齐声鸣炮,炮声传到了湖心的画艇。阿幺抬起头:“有紧急军情?快叫少爷上来。”

“不碍事，”“香美人”轻轻地摇了摇头，“让他多待一会儿。”

甲寅年大起义失败，琼花会馆被清军纵火焚毁，兰花洲也势将遭受劫难。这个宁静的小岛记录了李文茂夫妇的幸福时光，也寄托着他们对另一个世界的向往，一朝别离成游子，别说李文茂流连忘返，就连易如真也怅惘不已，割舍不下。

对于“香美人”来说，兰花洲比佛山堡的白龙里更像是自己的家——母亲在这里，爱情在这里，婚姻在这里，那口千里迢迢夺回来的青花石棺也在这里。万里海潮涌动，大自然的呼吸从湖底上升，越过崖山祠，来到白墨素盛开的花圃——那是一年一度的雪国风光；那是十二根律管弹奏的乐章；那是岁月雕刀在六角凉亭刻画的梦境！

美好的生活如同一株纤弱的白墨素，随时将枯萎衰败。“香美人”收拾家里的东西，舍不得毁掉白墨素，舍不得毁掉竹庐，舍不得毁掉六角凉亭，这些都是她的心头肉啊。“香美人”最大的愁绪自然是李文茂，如果丈夫再次割断尘缘，她不知道还能拿什么去挽救他的生命。此时此刻，温馨的记忆似乎埋入湖底，她宁愿丈夫在湖底多停留片刻，哪怕仅仅是片刻而已。

希望仅仅是希望，她的念头前脚刚逝，李文茂后脚便浮出了水面。他进入船舱，换了一身青色长袍，对妻子说：“我找到了海眼。”

张敬修和张十五仔坐镇德庆州城、封川江口，沈棣辉和尹达章猛攻西海大寨，何高汉和苏海夺取九江圩，三刀齐下，洪门被切割得支离破碎，形势万分危急。就在“凤凰仪”班离开兰花洲的当口，陈金刚、关钜、李洪英、陈显良等龙头纷纷派人敦促李文茂撤兵。

陈开道：“掌堂大爷，刚刚得到消息，‘德安堂’主力被三县团练合兵击溃，冯阿妈和吕雄杰生死不明，古劳围必定是守不住了。我军被压缩在西海大寨至肇庆府城的狭小地段，得不到任何补充，倘若不迅速向粤西突围，只怕有全军覆灭的危险。”

李文茂叱喝：“本座已将洪家三宝赐汝，为什么还不走？”

陈开“扑通”跪倒在地，痛哭流涕：“掌堂大爷，你这是陷属下于不仁不义啊。”

李文茂沉痛地说：“本座允诺白扇大爷，誓与鞑子官军拼个死活。前有白扇大爷，后有邝兄弟和‘小孟尝’，死了这么多兄弟，本座岂能偷生？”

黄湘南恳求：“掌堂大爷丹心耀日月，令人感佩至深。我等并非不想成全掌堂大爷，实在是因为前途多有险阻，非掌堂大爷不能披荆斩棘，开拓新路。”

李文茂问：“你们是担心百吉兄弟不听招呼吗？”

陈开向前爬行两步：“掌堂大爷，本门藏龙卧虎，豪杰如云，就算属下勉为其难，也没有能力挑起洪门大任。请掌堂大爷为五祖爷爷遗训计，为反清复明大业计，为天下洪家兄弟计，暂且忍辱负重，转进粤西。满清鞑子和红毛鬼子皆为犬羊之性，见利忘义，反复无常，过不了多久必起内讧。届时我军扬帆东下，粤东唾手可得。”

“自古举大事者，哪有一帆风顺、不经波折的？”“大花面锦”道，“掌堂大爷，咱们唱了那么多年的戏，这个道理你应该明白。”

见李文茂没有说话，陈开抓住机会，声泪俱下：“掌堂大爷，眼下太平军割据江南，鞑子朝廷焦头烂额，惶惶不可终日。对本门来说，粤东战事只是一时挫折，无碍大局，下一步还有许多大事要筹划，没有掌堂大爷的调度，那不成了一盘散沙？”

事实确实如此，低潮中的革命更需要坚强的领袖。如今洪门四分五裂，有的北上湘赣两省与太平军会师，有的转进粤西开疆拓土，有的留在粤东继续周旋。以陈开的资历，别说“洪义堂”“洪兴堂”“洪胜堂”“公义堂”和粤北绿林道人马不听他的，就是“洪德堂”麾下各大堂口也不服气。众将一起跪倒：“掌堂大爷三思。”

陈亨劝道：“退一步海阔天空，二爷切勿一意孤行。”

李文茂拔出残铁剑，托在掌中：“本座为国尽忠，以血明志，非为洪家兄弟，实为天地大义。叛贼人人得而诛之，何高汉杀戮自家兄弟，天理难容。此番出征九江圩，这把剑假使能砍下何贼头壳，说明粤东战局仍有希望，本座当血战到底；倘若何贼侥幸剑下逃生，说明老天爷厌倦了刀兵干戈，本座便随你们去。”

第一百七十回　衣锦还乡

三月二十二，立夏夜半，洪门以其人之道还治其人之身，分兵六路突袭九江圩。李文茂手执残铁剑一马当先，直取何高汉的中军大营。后者吓得魂飞魄散，借着夜色逃出生天，三千清军失去指挥，一战而溃。

收复了九江圩，逃走了何高汉，李文茂无话可说，只得统军西行，这场令人心酸的胜仗正式宣告甲寅年起义失败。四月初六，东南风起，李文茂、陈开、梁培友等人离开肇庆，沿途击败张敬修和张十五仔所部，两日后脱离险境，抵达梧州城下。区润、梁昌等人前来迎驾，李文茂命梁培友拦截追兵，率领大军逆水行舟，直扑浔州府城。

四月初九，惊魂未定的梧州知府陈瑞芝在城中设宴招待各路将领。陈瑞芝出身揭阳首富陈泰兴家族，从年龄上论，他比张敬修大二十五岁，高出一个辈分；从江湖阅历上论，他是张敬修的小兄弟，发迹的路子完全模仿张敬修——花钱买官；招募、训练善用火枪的勇丁；在粤西围剿洪门和绿林道。

望着张敬修和陈瑞芝，苏海越看越生气，心里非常不平衡，自己和李文茂率领的“洪德堂”主力正面拼杀，把脑袋别在裤腰带上，到现在才混了一个小小的千总；而这两位富家子弟依靠镇压走下坡路的“洪胜堂”和粤西绿林道，一路青云直上，既当官又发财，还被世人称许为名将，真是没有天理。他拱了拱手：“刚刚接到沈大人的军令，要本军立刻回返，请两位大人接济本军粮饷，免得军心不稳。”

张敬修大吃一惊：“沈大人要你们撤军？”

到梧州城便停止追击，是沈棣辉、黄彬、苏海三人早就达成的默契：一来“德礼堂”实力尚存，浔江流域尚有梁培友、区润、梁昌等三股水师，对方战力不俗；二来经过大半年的浴血奋战，手下精锐损失了十之七八，从上到下弥漫着一股厌战的气氛，确实打不动了；第三个因素最让人寒心，为了防止沈棣辉功高震主，叶名琛向咸丰皇帝保举的都是马屁精，故意不提拔黄彬、苏海这些沈系人马。

钱没有捞到，官没有晋升，还背上一个滥杀无辜的恶名，哥仨别提心里多郁闷了。俗话说，吃一堑长一智，目前当务之急是回去和叶名琛讲理，把应该属于自己的利益拿到手，否则手下这伙兄弟非散伙不可。黄彬比较能沉得住气，他对张敬修说：“臬台大人，浔江水浅，我们带来的战舰吃水深，英雄无用武之地。再说，红匪眼下兵败如山倒，拼命向西逃窜，兴许钻到山沟里也说不定，你们地面熟，辛苦一下吧。”

张敬修恳切道：“两位将军，自古水战取上游，红匪打下浔州意味着控制浔江，不但拦腰将粤西斩为两截，经略三江六水，而且可以顺流而下，随时杀入粤东。若是西风强劲，载炮大船一日一夜就能到达肇庆府城，深入粤东心腹。本省兵单饷竭，实在无力对付像李贼这样的巨寇。劳烦二位将军再接再厉，趁鬼子火船在手，到浔州再立奇功。”

黄彬故意恭维：“张大人有所不知，从去年打到今年，红匪叛乱虽然勉强镇压下去，但是粤东绿营和水师这点本钱也消耗得差不多了。粤西绿营久经战阵，团练素称忠勇，当年发匪尚且不是对手，更别提这些‘洪德堂’的残部了。”

苏海讽刺道：“两位大人，洪杨都是你的手下败将，还怕几个流寇？”

张敬修当然明白对方不肯替自己火中取栗，然而“洪德堂”一旦在浔州城站稳脚跟，被打散的“洪胜堂”甚至各路绿林道的势力将会重新聚集在烈火朱雀旗下。凭借李文茂在江湖和武林的威望，旬月之间召集十万兵马不在话下，到那时，粤西必是一片赤旗的天下。为了保住自己的荣华富贵，他必须抓住眼前这个机会，绝不能让李文茂打下浔州府城。想到这里，张敬修离座向黄彬和苏海深施一礼："李贼凶顽难敌，没有鬼子火船和快炮，我军万难取胜。本官手里有制台大人刚刚送达的谕令，命本官暂时节制两省水陆兵马，与红匪决战。"

黄彬倒吸一口凉气，叶名琛给张敬修这道谕令绝非刚刚送达，而是早有预谋，这说明叶名琛对沈棣辉忌惮已久。他略一沉吟，想出了一个搪塞的办法："臬台大人，爵帅有令，我二人焉敢不从？不过，鬼子火船是要花银子雇的，炮子费用外加抚恤金，合起来不是小数目。大人想留他们也行，请即刻拨发银两，我们哥俩是穷寡妇赶集，要人没人，要钱没钱，只剩下身上的二两闲肉。"

留不下鬼子火船，要黄彬和苏海有什么用？张敬修叫苦不迭："不瞒两位将军，我手下的东勇还欠着好几个月的薪俸，实在拿不出这么多的银子。"

苏海两手一摊："那就没办法了。"

由于丢失佛山堡，谢效庄被叶名琛革职留任，眼下正在军前效力。他站起来劝解："两位将军莫要着急，银子的事从长计议，总会有办法的。"

"臬台大人，佛山堡遍地金银，梁家和伍家是亲戚。只要梁老三点头，军饷和鬼子火船俱非难事，我看谢同知一个人就能全办了。"黄彬故意将了谢效庄一军。

张敬修看出黄彬和苏海是铁了心给自己难堪，便没有继续挽留。吃罢饭，命居巢、居廉兄弟到码头上送行，他问张十五仔："参军老爷有何高见？"

叛徒的日子并不好过，张十五仔重蹈前任"红旗帮"帮主张保仔的覆辙，这些年提心吊胆地过日子。往日纵横万里海疆的一代枭雄，变成了一头困在笼子里的猛虎，酒席之间自始至终一言不发。听张敬修发问，他端起酒盅默默地呷了一口："俗话说，穷寇勿追。李、陈二贼骁勇难敌，实力尚存，大人真要啃这块硬骨头吗？"

把太平军赶出粤西后，张敬修的水战本事名扬四海，连曾国藩都向朝廷上折子，请求他指挥湘军水师。张敬修不肯离开岭南，一来是由于他不愿屈居曾国藩之下，二来是因为他在等待一个机会，一个和武林至尊掰手腕的机会。如今李文茂兵败粤东，势如强弩之末，苦苦寻觅的机会终于来了，他焉肯错过？

不到三十岁的年纪便出任一省大吏，张敬修这两年自信心膨胀，目空一切，李文茂成了他生命中最后一座需要翻越的高山。他矜持地笑道："平叛剿匪，张某职责所在。"

张十五仔又问陈瑞芝："陈太守也是这样想的？"

在其他地方买官，一次性捐纳后就等着搜刮民财，连本带息往回捞，但民风剽悍、遍地烽烟的粤西不一样。按道理讲，浔江流域是粤西经济大动脉，梧州、浔州都是与省城桂林相媲美的繁华都市，然而由于经常遭受"德胜堂"等堂口围攻，陈瑞芝这两年的知府亏大了，本钱没有捞回来不说，迄今为止，所募潮勇的工资还得自己发，完全是一个无底洞。

投入了那么多的钱，总要想办法捞回来。对陈瑞芝来说，只有保住知府这个官位，才能借口用兵搜刮民财。他怂恿道："大人，浔州城高池深，防御坚固，红匪屯兵坚城之下，犯了兵家大忌。我军应当抓住这个机会，里应外合，一举歼灭李贼。这里面关键是军饷，黄都司刚才提醒得对，佛山堡有的是钱，咱们可以让谢同知回去想想办法。"

两个人热切希望建功立业，张十五仔暗暗叹了口气，闭口不言。谢效庄哭丧着脸："臬台大人，黄都司分明是挑拨离间，陷害卑职。他和苏海在佛山堡挖地三尺，拿人头换银子，弄得民怨沸腾，和'大魁堂'差点火并。现如今官绅如仇，佛山都司署的缺一直难补，就是因为没有人愿意受夹板气。"

沈棣辉、黄彬、苏海等人在佛山堡杀人无数，等于和全镇百姓交恶，豪绅和商户有钱也不愿捐给官府。文武四衙中，都司署的位置空缺；同知衙门的谢效庄避祸粤西；千总署的黄曜吉升了守备，准备赴省就任；只有巡检司衙门的张金鉴在镇子里应付差事，得过且过。

张敬修出身粤东豪绅，对梁家的能量了如指掌——梁家主持"大魁堂"十三载，算上姻亲万松园伍家，其势力可以覆盖佛山、大沥四堡、河南岛的广阔地域。官府、士绅、洪门甚至红毛鬼子都和他们有关系，要风得风，要雨得雨，实为树大根深的一方霸主，得罪了梁家，你沈棣辉本事再大，军功再高，在粤东也玩不转。

照现在的形势判断，沈棣辉的人马已经无意在佛山堡纠缠下去，到了把这个贸易重镇收过来的时候。张敬修斟酌道："叶制台被红匪在广州困了半年多，军饷靠绅民捐纳，粤东藩库没剩下多少家底。陈太守，此次筹措军饷咱们需要做三手准备——朝制台大人要一点儿，从自己家里拿一点儿，再向粤东士绅募捐一点儿。"

还从家里拿钱？陈瑞芝嘴里发苦，心犹未甘地说："不是有没收的逆产吗？再说粤东各县陆续收复，官帽子能卖不少价钱呢。"

"名花有主，勿生非分之想。"张敬修摇了摇头，"黄都司、苏千总浴血沙场，瞄的就是这些所谓的逆产；官帽翅是制台大人的禁脔，谁敢惦记？"

谢效庄提出建议："浔州之战关涉国家安危，叶制台一定会全力支持。大人应该回粤东面陈利害，统一军令，拿到指挥权。佛山堡要下点功夫，派一个得力人选出掌都司署，卑职从中配合，只要和梁三爷搞好关系，军饷问题谅必不难解决。"

为了筹备浔州之战，张敬修率领居巢、居廉等一干心腹返回粤东，留下张三和"飞天爪"坐镇东勇大营。半个月后，喜讯传来，"飞天爪"调任佛山都司署都司；狗子接替因伤辞职的张金鉴出任五斗口司巡检——为了躲避陈开与"德礼堂"兄弟，狗子这些年有家难归，一直在梧州府当捕头；太平军离开粤西后，他改投了东勇，随着张敬修步步高升，最近弄了一个千总的顶戴。

四月底，西风刮起，"飞天爪"、谢效庄、狗子带了十条战船离开梧州。有风好借力，两个时辰后船队即抵德庆州城，知州吴保桢、守备冯树屏率众在码头迎接。由于双方并肩合力收复过德庆州城，吴保桢把"飞天爪"当自己人，推心置腹地说："新官上任图个吉利，如今江面上都是'人头筏'，冤魂不散，煞气太重，老弟还是歇几天再走吧。"

"飞天爪"感到纳闷："'人头筏'？"

冯树屏回答："谭大人，叶大帅发布军令，严惩那些不知死活的乱党，扎红巾、树红旗者一律斩首，不要耳朵要人头——肇庆府各州县定额一万，只能多不能少。省里催得急，民船嫌人头晦气，当差的只好把首级捆绑在竹筏两侧，沿江漂流到省城。"

叶名琛为了向咸丰皇帝表达忠心，对手无寸铁的老百姓进行疯狂杀戮，这个屠夫曾经恬不知耻地向洋人吹嘘，说单单他自己签署命令屠杀的就逾十万人之众。“飞天爪”之所以愿意回佛山堡任职，很大的一个原因是想借机保全家人和亲属。听到这些令人发指的罪行，他更加归心似箭，拱了拱手：“军务缠身，谭某不敢逗留，老兄见谅。”

果如吴、冯二人所言，越靠近肇庆府城，江水越发赤红。“飞天爪”举起单筒望远镜向北岸瞭望，发现披云楼前悬挂了一排血淋淋的头颅，他心头一紧，命船只在斋堂靠岸，派人前往打探。角门前停泊着三四条快蟹船，上面飘着广东水师的旗帜。谢效庄一愣：“这不是黄都司的旗子吗？他来梅花岗干什么？”

梅花岗是武林中人梦寐以求的藏宝之地——过去是“六祖心经”，现在是黑青花。勒索成千上百个无辜百姓，也比不上一块黑青花端石值钱。黄彬和苏海对此垂涎欲滴，以剿匪为名占据斋堂，强行进入梅庵，霸占了“六祖井”。

“六祖井”深不可测，凶险异常，无异于一座吃人的修罗场，凭黄彬、苏海的本事还想觊觎黑青花？“飞天爪”嗤之以鼻：“癞蛤蟆想吃天鹅肉。”

这时，派出去的兵丁回来禀报：“都司大人，那些首级乃是有名的贼渠，有‘大湾带’、‘大难娣’、‘斩辫李’、麦天六，还有‘伯爷宏’、‘副爷法’……”

“死了这么多红船老倌？”狗子咋舌，“太可惜了。”

“可惜什么？”谢效庄惴惴不安地看着“飞天爪”，“都是十恶不赦的反贼。”

蹚过一路血河，船队终于抵达汾水正埠。时近黄昏，鲜血从大地流向天际，六合之间仍然是一片赤焰。汾江河水巨浪翻滚，南岸行进着一排被绳索缚住双手的囚犯，在清兵和衙役的押送下步履蹒跚。这些所谓的“会党”多半是老人、妇女和儿童，奇怪的是，他们脸上竟然没有畏惧，没有怨嗟，没有愤怒。看那副异常平静的神态，似乎不是走向结束生命的死亡，而是走向摆脱苦难的天国。

“飞天爪”本来恍惚的眼神，此刻变得更加迷离，深一脚、浅一脚地离舟登岸。张金鉴在“接官亭”等候多时，见他们随船带来了大批荷枪实弹的东勇，不禁如释重负，抢前几步躬身行礼：“谭大人，谢大老爷，你们再不来，卑职这条命就保不住了。”

谢效庄惊诧道："怎么回事？"

张金鉴满面愁容，声音有些颤抖："各县押解的逆党都从本镇经过，有的把人犯一丢，转身就走。咱们管吃、管喝、管住不说，还两头担着干系：上宪索要人犯，会党夜半劫狱，搭救同伙——黄守备脖子上生生地挨了一刀。"

"飞天爪"明知故问："'大魁堂'不是有人吗？"

张金鉴讪讪地说："梁三爷和沈大人、黄都司他们闹生分，骂文武四衙祸害地方，一个大子儿不给，一个铺丁不派，等着看我们的笑话。"

谢效庄心有余悸地对"飞天爪"说："谭大人，说句心里话，文武四衙最怕的不是'大魁堂'不行方便，而是过路的官军。这帮大爷不是要粮草，便是索军饷，一句话对不上，立刻动手抢东西。他们手里有家伙，本镇衙役没少吃亏。"

上梁不正下梁歪，朝廷腐朽不堪，绿营自然军纪败坏。"飞天爪"注视着那群缓慢行走的老弱病残，好奇地问："这些妇孺难道也是反贼？"

"大人有所不知，上宪给广府各县定的额度是两万，两万粒人头，到哪儿去寻？只有打歪主意，有的县花钱买人头，有的县杀和尚道士，有的县捕杀乞丐……"张金鉴从袖子里摸出厚厚一沓传单，抽出一张，"妇孺造反，也不算冤枉，这就是铁证。"

"飞天爪"接过血红的传单，原来是一首诗：

红巾十万里红哉，妇女儿童也敌材；
箬笠竹竿夸后劲，红巾赤足称局魁。
…………

读书人以功名取利禄，天生当老爷享福的料，最看不起泥腿子造反。他们撰写史书盖棺定论不说，还写诗歌对洪门进行讽刺。这种即兴而发的诗文现在成了官府滥杀无辜的借口，新官上任的第一课，让"飞天爪"领教到读书人手中那支笔的厉害。

他盯着张金鉴手里的传单："还有啥？"

张金鉴迟疑地看着谢效庄，狗子很不耐烦，一把将传单尽数抢了过来。"飞天爪"拿出一张交给旁边的文房师爷，那师爷抑扬顿挫地念道：

佛山真没福，绅衿变大毒；
大毒呼元帅，又或称都督。
头锣立乱打，满身穿戏服；
商贾门户闭，财主当熟肉。
冤鬼罪满期，终须一锅煮；
…………

谢效庄解释道："谭大人，这是黄都司他们印制的。"

"飞天爪"问："你们是不是拿这个吓唬过人家？"

张金鉴耷拉下脑袋："是。"

"这就是咱们和'大魁堂'交恶的祸根。""飞天爪"厉声呵斥，"谁把妇孺当反贼？谁把财主当熟肉？不是红匪，恰恰是衙门。传令下去，即日起收缴、销毁传单，三日内审结所有的旧案，给父老乡亲一个交代。"

张金鉴申辩："大人，有些案子非常难缠。"

俗话说，锦衣不夜行，得志须还乡。狗子仗着张敬修这棵参天大树，谋取到五斗口巡检司的实缺，一路上兴奋得睡不着觉，决心回家大干一番，洗雪前耻。听张金鉴絮絮叨叨，他十分不耐："放屁，我大哥的话就是圣旨，说三天就三天。"

谢效庄朝张金鉴使了一个眼色，赔着笑脸："难缠的案子多数堆积在巡检司衙门，谭大人既然正式上任，当然一言九鼎。"

所谓难缠的案子，必然和各家豪绅商户有瓜葛；换成无钱无势的草根民众，官府早一刀砍了头壳，绝不会延宕至今。"飞天爪"正色道："谭某此次履新是为三军筹措粮饷，少不得大刀阔斧，雷厉风行。制台大人授予地方便宜处置的权力，可杀也可放。狗子，你马上去五斗口司接印，快刀斩乱麻，把风声放出去先。"

"得令。"狗子带着东勇兴冲冲奔向纪纲街。

谢效庄问"飞天爪"："大人，你是回家，还是去衙门办交接？"

"飞天爪"叹了口气："军饷事关重大，臬台大人催办甚急，谭某打算去崇正社学拜访梁三爷，舍下这张老脸，当面向人家赔罪。"

谢效庄和张金鉴松了一口气，齐声夸赞："大人为国谋忠，我等佩服之至。"

"飞天爪"和狗子走马上任，标志着张系人马正式取代沈系人马入主佛山堡，官绅仇视的混乱局面有可能从此结束。梁应琨召集各家豪绅代表，第二天在"汾江草庐"设宴为"飞天爪"接风。酒过三巡，"孔鸡蛋"直截了当地问："老谭，明人不说暗话，在座的都是老朋友，张臬台派你回来，是不是为他筹措军饷？"

"飞天爪"窘迫道："孔守备快人快语。"

"孔鸡蛋"捐了一个候补守备的头衔，是以"飞天爪"如此称呼。梁应琨冷笑道："君子爱财，取之以道，不知臬台大人拿什么来换？"

谢效庄刚要说话，"飞天爪"制止住他，用诚恳的口气说："三爷，各位老爷，这半年你们受了不少委屈。要说换钱，官家手里倒是有几项筹码，其一卖官，其二拍卖逆产，其三办理案情。说心里话，拿案子换银子形同勒索敲诈，还不如拦路抢劫的土匪，谭某不会干这种丧天良的事情。佛山堡收复半年，首恶巨匪要么枭首伏法，要么移送省城，关押在本镇的人犯皆属无辜。从今天起，凡由'大魁堂'出面作保者，一律释放。"

各家士绅均有亲属羁押在狱，成为官府反复敲诈的对象。"飞天爪"这席话大大出乎众人的意料，冼佐邦将信将疑地问："大人此话当真？"

"君子一言，驷马难追。""飞天爪"掷地有声道，"举个例子说，冼万正老爷子虽然和李家是亲戚，但他本人一没有入堂，二没有竖旗，还帮助孔守备说服陈天义弃战，保全了合镇父老的身家性命，这是一桩无量功德，怎么能冤枉人家是反贼？"

众所周知，"大魁堂"和"德礼堂"的关系可谓剪不断，理还乱，沈棣辉、黄彬等人对此耿耿于怀，只是苦于抓不到确实的证据。孔继尧吓了一跳："大人莫听信谣言。"

"飞天爪"道："不碍事，姓沈的杀人如麻，天怒人怨，成不了气候。"

霍氏宗亲有的跟着霍济田逃到"南顺营"，有的跟着霍威扯旗造反，有不少人迄今仍关押在巡检司衙门。霍济田试探地问："谭大人，我家的事如何办理？"

“飞天爪”挥了挥手：“主谋必究，胁从可免。”

霍威作为重犯早被处决，照“飞天爪”的说法，关押在本地的霍家人都可以免罪。霍济田松了一口气：“大人明镜高悬，明察秋毫，简直是包相爷再世。”

“飞天爪”拱了拱手：“各位老爷，上天有好生之德，百姓为社稷之本，圣人从来没说过可以草菅人命。谭某这次从宽处理，公平对待，不拘贫富，一视同仁。”

士别三日，当刮目相待。“飞天爪”这种做法意图保全合镇百姓，绝非仅仅为了替张敬修筹集军饷，同时有助于恢复“大魁堂”的威望。梁应琨被深深地打动了，起身施礼：“谭大人以父老乡亲为念，求仁义而舍小利，实佛山之福也。”

“飞天爪”的善举获得了意想不到的回报，佛山士绅踊跃认捐，不到三天时间，就凑够了二十万两白银的军饷。比银子更重要的是好评，狗子也沾了不少光，带着一班衙役兴冲冲回到居仁里，希望在乡亲们面前露一个脸。

往昔热闹的居仁里死寂一片，冷冷清清几乎看不到一个人。狗子心里凉了半截，气恼地对冼长贵和郑绍祖说：“人都死哪儿去了？”

这哥俩刚从牢里放出来，冼长贵走起路来双脚踩空，总觉得软绵绵的。他倚靠在自家的门框上，有气无力地说：“不是被抓走坐牢，就是跑路避祸，哪还有人？”

石蕴、邵凡、“纽纹良”、秦亚髗等人去了粤西，宅院判为逆产，统统交由“大魁堂”出面发卖。此外，崔金麟和游新潭在湖南追随骆秉章，温家卖了房子回到龙山坦东村，还有什么人出走？狗子狐疑地瞅了屠夫一眼：“跑路的是宁大少，还是金良玉？”

宁大少因为当过总大哥，早早躲到香港避难；金良玉在寮步镇卖沉香，去年被伪君子区植棠诬陷，蹲了几天班房。郑绍祖代替冼长贵回答：“都不是，是区爷。”

难怪这几天找不到区植棠，狗子忙问：“他有没有留下什么话？”

哥俩回到家中，问了半天不知所以然，最后把花二奶请了出来。花二奶认真地说：“区老爷受了冤屈，去京城告御状啦，刚走。”

狗子脱口而出："他还有冤屈？"

"对啊。"花二奶白了他们一眼，"黄都司说柯振邦开堂立旗，背后的主谋是区家，诈了区家不少钱财。为这个，还把区植槐和区植松抓进去打了一顿。"

冼长贵和郑绍祖愤愤不平："主谋是区植棠，挨打的是区植槐和区植松，坐牢的是柯振邦，丢他老母，还有没有天理了？"

狗子朝西南巷看去，只见贞节牌坊和闸门楼无声矗立，辘索软绵绵垂在半空，宛如三道拂之不去的冤魂，令人不寒而栗。他明白，区植棠不是躲别人，而是躲自己。时至今日，狗子对当年参与那桩伪号钱文的案子追悔莫及，好处没得到多少，却惹来了杀身大祸——游新潭、汪亚景和陈见成手下各有武装，假如让他们知道了内情，自己焉有命在？

不知不觉，踱到了闸门楼下，狗子问："黄老爷呢？"

郑绍祖数落起来："黄金笼自立堂口，被区老爷出面揭发，为了替侄子顶罪，黄老爷主动去县衙投案自首，把罪名担了过去。姓区的还栽赃陷害金良玉，指鹿为马，硬把金良玉送给柯振邦的大狗和小狗说成是铁炮。要不是'琉璃球'托红毛鬼子搭救，金良玉早死翘翘了。"

花二奶羡慕道："红毛鬼子是厉害，人家张嘴发话，沈大人和黄都司连屁也不敢放。听说宁大少也走了黄仲畲的门路，过几天就能回来。"

三十年河东，三十年河西，不知道天上哪块云朵会下雨。狗子在外闯荡多年，最大的收获就是弄懂了这个道理。他之所以认同"飞天爪"的善举，是因为对浔州之战没有底气——如果张敬修在前线吃了败仗，李文茂和陈开极有可能顺流东下，重新杀回粤东。到那时，他和"飞天爪"在佛山堡保全洪家兄弟的举措，将成为一道护身符。

两粤地盘上原来只有官府和洪门厮杀角逐，现在又加上红毛鬼子，江湖三足鼎立，纷扰一时难休。这种情形下明哲保身最重要，该找谁和红毛鬼子疏通呢？狗子正在琢磨，古亚淬领着一群衙役匆匆走了过来，大声说："巡检老爷，小的有军情禀报。"

古亚淬因为自立堂口被捕下狱，狗子将他从狱中放出来，恢复他捕快的身份，要他带着旧日兄弟为自己效力。古亚淬感恩戴德，主动为狗子接上了涂常发的关系，这两日来回在广州和佛山堡之间奔走，干一些见不得光的鬼事。见他满脸兴奋的样子，狗子挥手把花二奶等人打发回家，问道："有啥好事？"

"双喜临门，"古亚淬得意道，"一个发财，一个立功，都是涂老爷赏的。"

狗子把他拉到一旁，压低声音："从谁身上发财？"

"'六顺堂'。"古亚淬比画着，"余家叔侄和谭亚受在开平搂了不少银子，黄鱼春穿金戴银整日在家里吹嘘，被官府第一个拿住。为了保住性命，这娘们六亲不认，把余家叔侄、柯定邦和鸡大逵的藏身之地供了出来。涂老爷怕这笔银子落到衙门嘴里，特地让小的押解黄鱼春回佛山堡，盘出银子的下落，咱们和他二一添作五。"

狗子拿手掌在脖子上划了一下："你的意思是，余家叔侄马上要被这个了？"

"那当然。"古亚淬笑道，"他们要是活着的话，这笔银子能落到咱们手里？"

涂常发这手办得利索，狗子佩服地点点头："立功的是啥案子？"

古亚淬警惕地朝四周看了看，用极低的声音说："涂老爷说了，咱们把巡检司衙门的囚犯放走，虽然可以用筹措军饷一事搪塞，但终究难以服众。为了不让别人说闲话，必须抓一个有头有脸的贼目交差，否则制台大人的脸上恐怕不好看。"

狗子为难道："贼目都在粤西，到哪儿抓？"

"有一个现成的。"古亚淬道，"叶老二的老娘和妹子在龙山逍遥，涂老爷从制台大人那儿请了一道谕令，去了直接抓人，再把叶老二诱出来。"

"逃军和"脱离"德礼堂"已久，他妹夫游新潭的"荡寇营"正在守卫长沙府，叶名琛为何不顾骆秉章的面子下黑手？狗子很不理解："到底是为啥啊？"

"嘻嘻，"古亚淬把底牌亮了出来，"制台大人的老爹宝刀不老，热衷房中术，听说叶老二胯下的家伙是个宝贝，想把它切下来煲汤喝，补补下盘。"

难怪涂常发跑前跑后，原来是为了孝敬叶志诜？狗子思考再三，对古亚淬说："兄弟我在外面飘荡，有家难回，无非是当初走差了一步棋，得罪了陈天义。这件功劳无福享受，你愿意要自己接着，只当从来没对我提起过，记住了吗？”

古亚淬听懂了，狗子这是脚踩两条船——既不得罪洪门，也不想断了叶名琛这条线。他急忙点头：“小的明白，小的明白。”

二人正在低语，一名捕快骑着马风驰电掣地冲进巷子，气喘吁吁地说：“石路铺来了个大贼目，赶快调集人手，不要让他跑了。”

狗子和古亚淬同时瞪大了眼珠子：“谁？”

“张亚丞，”捕快补充了一句，“就是那个假洋鬼子，陈天义的大账房。”

柏贵三番五次招降张亚丞，给四品道台他都不干，论分量比“逃军和”重多了。最关键的是这厮人缘太差，洪家兄弟没人念他的好，抓起来不至于遭到报复。狗子拔出腰刀：“姓张的恶贯满盈，今天撞到咱爷们的手里，活该他倒霉。”

狗子和古亚淬一马当先，五斗口巡检司的差役和千总署的兵丁紧紧跟随，大约三百来号人马赶到石路铺的水圳，将一处院落团团包围。狗子高声喊喝：“呔，里面的人听着，乖乖丢了家伙投降，否则狗爷请你们吃狗屎。”

古亚淬生怕里面的人听不明白，解释道：“就是吃炮子。”

院子里人数不多，但没有惊慌失措的样子，墙头和房梁也没人探头张望。片刻之后，罗琦从大门里闪了出来，热情地打着招呼：“这不是狗子兄弟吗？”

狗子一愣：“罗爷，你咋和反贼混在一处？”

罗琦赔笑道：“误会，误会，张掌柜的不是反贼。”

古亚淬“呸”了一口：“他不是反贼，谁是反贼？”

罗琦刚要辩解，张亚丞大摇大摆地跨出门：“反贼咋啦？你们敢咬老子一根屌毛？”

反贼还他妈成精了？古亚淬气急败坏，催马就要往前冲，被狗子一把拉住缰绳。经历过命运的跌宕起伏和战场的硝烟熏陶，狗子练出了一双好眼力和一副皮性子，他发现张亚丞既没有佩带武器，也没有穿戴盔甲，而是披了一身簪花长袍。瞧他悠闲自在的神态，根本不像四处躲藏的朝廷钦犯，而像一个戏台上闲庭信步的书生。

狗子慎重地问：“张掌柜的，看来你找了一个得力的靠山？”

“算你两只狗眼没有瞎。”张亚丞打开扇子，极其蔑视地说，“实话告诉你们，老子现在是英吉利国的公民，法号叫亨利。你们要是敢动老子一根汗毛，本国的舰炮就会把佛山堡轰个稀巴烂。俾士先生，露两手给他们瞧瞧。”

话音未落，从院子里走出一位二十来岁的红毛鬼子，手里端着一杆前膛枪，对着空中连发三枪。只见汾江河方向火光一闪，紧接着震天动地一声炮响，吓得古亚淬双腿打颤，差一点儿从马上摔倒在地。

狗子脸色发白，张亚丞竟然弄来了一条鬼子火船，难怪如此有恃无恐。当今官府从上到下见洋人畏之如虎，自己如果惹恼了这个牧师模样的红毛鬼子，官当不成倒在其次，只怕连小命都保不住。他连连抱拳：“张掌柜的，有话好说，有话好说。”

佛山失守后，张亚丞躲到香港的“裕盛办馆”避难，吃喝玩乐样样不耽误。李文茂、陈开退出粤东后，他觉得时机已到，便雇用了一条鬼子火船回来取金子。打开水井一看，里面空空如也，这才恍然大悟——闹了半天，陈开早就发现了自己的所作所为。

满心希望挣一座金山，到头来白给表兄打了几年的工，而且背上了忘恩负义的骂名，被官府当反贼张榜通缉，张亚丞心里这个窝囊就别提了。背靠红毛鬼子这座靠山，张亚丞根本没把官府放在眼里，他怕的是洪家兄弟和“大魁堂”。明枪易躲，暗箭难防，这些人对红毛鬼子恨之入骨，要想保全自己，需要拿文武四衙做挡箭牌。想到这里，他换了一副笑脸：“我来给各位介绍一下，这位俾士先生是大不列颠帝国循道会的牧师。”

古亚淬悄悄拉了狗子一把，低声说：“我认识这个鬼子，他们公婆俩住在西堤，成天和梁阿发那个老汉奸在一起鬼混，办个学馆骗穷人信红毛教。上个月梁阿发翘辫子，办白事和买坟头都是他一手张罗的。”

狗子狐疑地问：“张掌柜的，你回来有何贵干？”

张亚丞打了个哈哈：“故土难舍，张某的家在这儿嘛。”

狗子道：“张掌柜的，你应该先到省城疏通，从通缉文书里抹掉贵号，免得误会。”

“哼，柏贵算老几？张爷眼里不夹他这个狗鞑子。”张亚丞冷笑一声，“咱们说正事，有一条发财的路子，有没有兴趣？”

狗子忐忑不安地问:“不损阴德吧?”

张亚丞瞪了他一眼,继而和颜悦色道:“这条路子只积德,不害人。”

真是太阳打西边出来了。狗子不相信地问:“有这等好事?”

张亚丞把狗子、古亚淬二人拉到院子里,推心置腹:“两位兄弟,历来当官的没有叶大胖子这么黑心的,好家伙,杀人如麻,几十万粒头壳落地,眼珠子都不带眨的。张某不是替这些泥腿子叫屈,实在是觉得宰了可惜,这不是白白浪费了吗?我给你们说,日斯巴尼亚国的种植园缺劳力,运过去一个‘猪仔’净赚一百番银。目下各县解往省城的犯人都打佛山堡过,多得没法数,去了就是挨刀子。与其让他们送死,不如送到西洋做工——他们逃脱了性命,咱们挣了钱,积了阴德,一举两得,何乐而不为?”

古亚淬眼睛一亮:“这事能办。”

狗子毕竟是老江湖,指着俾士的背影问:“他来干啥?”

张亚丞拱手道:“我这洋哥们想在佛山盖一间教堂,你们帮忙踅摸一个地方。记住,只要祖庙旁边的黄金地段——人家打算和灵应祠摆擂台,分高下。”

第一百七十一回　宗师开悟

咸丰五年的七月没有歌声，没有锣鼓，天地绝音，山川萧瑟，只有流不尽的鲜血。温秉义乘船一路行来，看到的尽是官军疯狂屠戮民众的人间惨剧，要不是叶老四从大良借了一面顺德团练总局的旗子，他的篷船早被这群丘八抢走。

船至长宁渡口，温秉义老远就瞅见常有定蹲在“彭祖记”的门前，怀里抱着那杆“铁口金牙”的三角旗，阳光下如老僧坐定，不禁诧异：“他怎么在这儿？”

白无相和铁口道人对叶名琛滥杀无辜的行径深恶痛绝，借口云游四海，相继离开了白云山黄婆洞。常有定摇身一变，成了本门法术的代理人，深得叶氏父子的宠幸，与“琉璃球”并称粤东二大仙。为了增加自己身上的神秘性，也为了汲取一些老神仙的仙气，他经常来罗浮山九天观打坐，对外号称闭关修法。

叶老四如同看到了救星，跳上岸，跪倒磕头：“老神仙，救救我阿妈和阿姐吧。”

常有定翻着白眼：“施主差矣，神仙度人不救人。”

“琉璃球”从“彭祖记”里走出来，扶起叶老四，摇了摇头：“四和兄弟，叶大帅心狠手辣，杀人杀红了眼。吕子桂上个月初三被捕，我和常道长第一天求情，他第二天就砍了吕子桂的头壳，连神仙的话都不听。”

叶老四苦苦哀求：“吕先生弄了叶老贼的小妾，他们之间有仇。我们家不一样，我姐夫在骆大人手下当游击，那可是朝廷命官。”

当年在三界庙里鬼混，常有定也有一份，只是侥幸逃生而已。他板起脸来：“叶老二难道是什么好玩意？他奸淫的官眷更多，这叫恶有恶报。”

“琉璃球”白了他一眼，对叶老四说：“四和兄弟，能救你阿妈的只有你二哥。”

叶老四泪如雨下：“金先生，我二哥去广州城，那不是死路一条吗？”

叶志诜只对“逃军和”胯下的长鞭感兴趣，并没有心思要他的头壳。“琉璃球”长长地叹了口气，喃喃道：“未必，未必是死路一条。”

话音刚落，从“太昊记”里跳出一位打着赤膊的壮汉，厉声呵斥：“放屁！叶大胖子连妇孺都杀，更别说叶二爷这样的好汉。姓金的，你安的是啥心肠？”

“琉璃球”回头一看，原来是香港岛的王铁爪，不由腿一软，满脸堆笑：“哎呀，我说我的眼皮直跳，闹了半天，是铁爪兄弟呀，稀客，稀客。”

王铁爪没有理会他，朝叶老四抱拳道：“四和兄弟，广州城万万去不得。游掌柜的在骆秉章手下当差，叶大胖子不敢杀你阿妈，放心吧。”

叶老四擦去眼泪：“铁爪哥，你咋来了？”

王铁爪道：“龙子才从粤西捎了点儿特产，托我转交给他师傅。”

一年来，“洪德堂”与官军主要在珠江西岸厮杀，罗浮山成了世外桃源，许多有钱人和读书人拖家带口前来躲避战火。李文茂率军离开粤东后，山上换了一批避难之人，这次主要是洪家兄弟以及共同浴血奋战的战友，“逃军和”与陈享即为其中之一。

蔡李佛拳弟子协助陈松年起义，官军收复新会后，陈享不得不逃到罗浮山。为了保护师傅的安全，陈典邦撤回一部分东莞“洪圣武馆”的兄弟，从长宁渡口到华首台，布置了三道暗哨防备官军和差役偷袭，“太昊记”是最外围的据点。

酒铺里冷冷清清，只有孤零零一桌客人。温秉义和叶老四观之百感交集，与王铁爪对饮的何壮昭、梁芳长，均为二十年前的旧相识。“琉璃球”扒在窗户上一看，尖声嚷了起来：“耳朵好些了吗？何先生，这里有你一个好朋友。”

何聋子抬起头：“谁啊？”

常有定慢吞吞地开始整理卦摊，等他把东西收拾完毕，“琉璃球”从“彭祖记”里带出了两个人，一个是洪仁玕，一个是宁洪原。伙计把两张桌子合并起来，大伙儿重新落座，温秉义端起酒盅发问：“大少，你没事了？”

宁大少“哼”了一声：“红毛鬼子的话比圣旨还灵，老子该回家了。”

刘端湛被官府抓捕后，何壮昭使尽浑身解数，仍然未能救他一命。看到宁大少脱难，他好奇地问：“我也托了红毛鬼子，大少，为啥不管用？”

宁大少问：“你托的是谁？”

何壮昭道：“‘新豆栏医局’的伯驾大夫。”

“花旗鬼子不行，”宁大少谆谆教导，“你应该找英吉利的红毛鬼子，宝灵总督最好使，其次是查顿先生，然后是红毛教的牧师，明白吗？”

何壮昭耳疾又犯了，大声问：“你说什么？”

伯驾出任花旗国驻华全权公使后，“新豆栏医局”由美国传教士嘉约翰负责，他算是洪仁玕的师傅之一，因此听到宁大少的贬低，洪仁玕觉得很没面子，沉默不语。“琉璃球”最近和花旗鬼子走得亲热，辩解道：“伯驾先生救了我兄弟和弟媳妇，说话还是管用的。”

宁大少问：“你能救你弟媳妇，怎么救不了冯紫玉？”

黄彬带兵抄了梅基村，三个女人被扣了一顶造反的罪名。其中，梅少奶奶和冉枝枝先后花钱出狱，冯紫玉当成重犯关押在省城。张亚丞垂涎于冯紫玉的相貌和家财，央求英国驻福州领事巴夏礼从中说项，硬是从黄彬手里抢走了冯紫玉，并且举办了隆重的婚礼。

说到与英国人的关系，“琉璃球”自忖比不过黄家兄弟和张亚丞，当然更比不上老字号的十三行。他拍了拍洪仁玕的肩膀，垂头丧气地问：“鬼影丛丛，难辨来路。兄弟，你哥子那个红毛教，到底是英吉利国的，还是花旗国的？”

自咸丰二年逃到香港以来，洪仁玕师从瑞典人韩山文学习红毛教教义。不学不知道，一学吓一跳，闹了半天，红毛教里面也有如许多的分支，教义也是打了一千年补丁的烂衫子。翻开一部中国历史，有为了填饱肚皮造反的，有为了争权夺利厮杀的，但为了一个不存在的人说过的话产生歧义，进而动刀子灭你全家的，洪仁玕没有听说过。为了“真理”要你命，江湖大佬杀人都没有这么不讲道理，洪仁玕渐渐开悟——这也许就是“打铁罗”追求的无情剑。抱定这个思想，他没有急着去天京当官，而是一头扎在香港钻研救世主留下来的遗诏。作为一个受过洗礼的教士，洪仁玕觉得有义务启蒙基本“真理”，他回答：“金先生，究其根源，红毛教不是来自花旗国、英吉利、法兰西、孖鹰国，而是来自单鹰国，就是大秦。”

“秦国？那是够古气的。”温秉义敬了洪仁玕一盅酒，“仁玕兄弟，太平军最近在江西和湖北大获全胜，收复武昌，这么好的势头，你咋不去享福？”

湘军杀出湖南以后，仗着装备有战船铁炮的水师横冲直撞，所向披靡，一举将太平军逐出湖北，占据了长江上游。俗话说骄兵必败，曾国藩急于求成，率湘军主力逼近九江。杨秀清撤换了秦日纲，改任石达开为主帅，统一指挥罗大纲、黄文金、林启容等骁将与湘军决战。去年腊月十二，防守湖口的罗大纲诱敌深入，将湘军水师的轻型战船诱入鄱阳湖，然后迅速堵塞湖口水卡，把湘军水师劈为两段。游弋在长江的重型战船失去保护，太平军实施火攻，一战消灭湘军水师，虏获曾国藩的座船，创造了小船胜大船的完美战例。

湖口大捷，成就了石达开的一世英名，部众发展到几十万人，为翼王后来与洪秀全分庭抗礼攒下了军事资本。此役之后，湘军元气大伤，龟缩在南昌足不出户；相反，太平军再度攻取武汉三镇，军威达致极盛。

洪仁玕没有去金陵，其中一个原因，那就是执掌国柄的杨秀清为了树立威信，正试图阻止洪秀全疯狂的文化虚无主义，宣称“千古英雄不得除，流传全仗简中书”——天王要把天父的事业搬到人间，而天父偏偏死活不肯，反过来高举尊孔的旗帜。这一幕政治滑稽剧，除了丑恶的争权夺利外，还能有什么其他解释？

洪仁玕清醒地意识到，自己出山的时机尚未成熟，因此留在香港岛勤奋读书。他谨慎地回答：“小子无才无德，凭什么去享受荣华富贵？”

“而今这年月，”宁大少打了个响指，“会说鬼话就行。”

常有定揪着胡须说：“看来今后是银龙的天下了。”

王铁爪猛地一拍桌子：“住嘴。”

常有定红着脸：“铁爪兄弟，不是老朽说丧气话，咱们佛山铁炮斗不过鬼子火炮。太平军在长江一线屡遭败绩，二爷攻不下广州城，都是因为这个。张臬台这次去浔州，统率广东水师精锐不算，而且雇了好几条鬼子火船，我看二爷他们凶多吉少。”

王铁爪何尝不忧心忡忡，但他嘴上绝不肯服软：“胡说八道，二爷乃是盖世英雄，别人怕鬼子火船，他老人家可不会眨巴眼。”

“浑身是铁，打得多少钉儿？”“琉璃球”道，“好汉不钻同一个洞，常道爷在畚箕窝亲眼看到白龙上天，二爷非要率众起事，逆天而行，焉有不败之理？”

王铁爪破口大骂：“放屁，放屁，纯是放屁。二爷言出必行，明知不可为而为之，这才是顶天立地的大英雄，你们这帮汉奸懂个屁。”

一句汉奸，把“琉璃球”、常有定、洪仁玕、宁大少骂了一个遍。哥四个刚要反驳，“太昊记”外忽然传来一阵沙哑的吟唱，曰：

又高又大又嵯峨，临死唔知重唱歌。
三尺咁长锋利剑，八千靓溜后生哥。
既然落力争皇帝，何必频伦杀老婆。
若使乌江唔割颈，汉兵追到屎难屙。

这首歌完全用广府方言，格律周正，非高手所不能及。广州府的名士中，只有一个人能做得到。大伙儿奔出酒肆，果然发现何淡如歪戴草帽，一只裤腿挽到膝盖以上，手里拿着一个酒葫芦，唱一句喝一口，歪歪斜斜，似乎随时随地都可能摔倒。

洪仁玕问：“何先生，你唱的是谁？”

“还能有谁？”何淡如回答，“那个负心汉子呗。”

梁芳长不高兴地说：“何先生，二爷好好的，你这不是咒他死吗？”

何淡如停住脚步，舌头打着卷：“我骂的是霸王，不是他。”

温秉义心里明白，何淡如这是痛惜甲寅年大起义的失败，怕他继续伤感下去，连忙换了一个话题：“何先生，你来山上干什么？”

“跟吕子桂比武。”叶老四端过一碗热汤，何淡如一饮而尽，嘴皮子开始利落起来，“先师的‘迟疾任情’，他的‘太乙无影’，未分出胜负呢。”

“琉璃球”心中黯然：“何先生，子桂兄已经不在人世了。”

“死了？”何淡如愣了片刻，“那我就去听红船大戏，叫他起死回生，跟老子分个高下。”

琼花会馆被官军一把火烧了个干净，除了老弱病残，红船兄弟多随李文茂撤到浔州，正与清军展开生死大战。“琉璃球”叹了口气：“哪儿还有红船大戏？”

“宝积寺有一座六角凉亭，雕刻着红船戏码。”何淡如晃着脑袋，“浮山的枫树林能奏云璈八曲，有画有曲子，不正是一台大戏吗？”

吃罢酒，大伙儿上了罗浮山，“琉璃球”、常有定去九天观；洪仁玕去两仪洞；宁大少和温秉义搀扶着何淡如去宝积寺；剩下的人越过分水坳，进入浮山二百一十六峰。头更过半，众人来到一道深崖旁，何壮昭向王铁爪、叶老四拱手：“两位，我和芳长兄弟要去采药，你们继续向前走。等把耳朵治好了，何某请你们吃酒。”

王铁爪和叶老四抱拳：“随时恭候。”

“吃什么酒？”梁芳长摇了摇头，“板荡识忠臣，患难见真情。二爷和陈天义正率军在浔州鏖战，这时候最缺郎中。治好何先生的耳疾，梁某即刻赶往军前效力。你们碰到德荣兄弟知会他一声，若是有意同行，后日在‘太昊记’会合，不见不散。”

王铁爪竖起大拇指：“芳长兄弟仁义。”

分手之后，叶老四心急如焚，领着王铁爪一路狂奔，冲向那片传说中的枫树林。据罗浮道人苏六朋说，陈享与“逃军和”在枫树林切磋武技，随行的除了叶夫人阿梅，还有叶老四的两个难兄难弟——黄广华和梁德荣。

四更时分，那片枫树林终于出现，夜风轻拂，耳朵里回荡着柔和的天籁。王铁爪第一次听到这么奇异的声音，激动不已，双腿加力，冲到山上，但见寒光凛冽，剑气冲天，陈享与“逃军和”正在比剑。阿梅头戴凤冠，身穿白色绣花马面裙，飞指拨琴，唱曲助兴。王铁爪听出她唱的是一折列入江湖十八本的名剧《二度梅》，曰：

杏妹上前拭兄泪，你切莫悲伤且住了啼；
虽则是双双未饮合欢酒，生生死死永相依。
如今诀别沙陀去，人分离来心不离；
望你早年身荣贵，折攀丹桂第一枝。
娶一房才貌双全的贤小姐，夫妻偕老到百年；
一年一度清明日，你朝北哭一声：
杏元，我的妻呀！
…………

去年三月三北帝诞，为了纪念死去的阳雪姑和黄纨卿，阿梅跟随温玉珠去了梅基村，与梅少奶奶等人共同演出了这折子《二度梅》。阿梅经历过不见天日的磨难，对阳雪姑和黄纨卿的人生遭遇颇感同情，因此唱起来声情并茂，感人至深。听到妻子投入的演唱，人在半空的“逃军和”情难自已，一边挥剑隔开陈享的袭击，一边唱和：

杏妹休说断头话，我今生决不再结缡；
有心陪你出关去，怎奈我难到北地相护持。
二来大仇未得报，纵此去，空负胡笳泪淋漓。
不怨天，不怨地，怨来怨去怨卢杞。
…………

陈享纵身跳出圈外：“弟妹唱得如此凄切，四爷哪还有心思比剑？”

阿梅停止抚琴，欠身施礼，羞涩地回答：“贱妾想起阳大老倌和黄姑娘死于非命，不由得悲从心来，享公莫与贱妾一般见识。”

陈享笑道：“岂敢，岂敢，能听到贤伉俪琴瑟相和，那是老朽的福分。”

“逃军和”收起兵刃：“叶某甘拜下风。”

陈开、王山公、宁洪崖、“逃军和”四人中，“逃军和”的武功最不济，犹然能和陈享斗上六十回合，未分输赢。陈享发问："在下有一事不明。"

"逃军和"道："享公但讲无妨。"

陈享鼓足勇气："未知四爷今日之内力，达到了'六祖心经'的哪一重境界？"

"逃军和"满脸通红，吭哧地说："这个嘛。"

探问对方内功的底细，实乃武林大忌。身为一代宗师，陈享不是不知道这个道理，但"六祖心经"名头太大，他实在抑制不住心头的好奇。见"逃军和"态度犹豫，陈享这才惊觉到自己的无礼，慌忙抱拳在胸："请四爷恕罪。"

"咳，不瞒你说。""逃军和"叹了口气，"叶某是麻布做龙袍，根本不是练武的料，白白辜负了掌堂大爷的一片苦心。'六祖心经'千载绝学，我是越练越下道，到今天为止，真气仍然在阴交穴上打转，第二重境界都没有完成，真是丢人呀。"

"逃军和"天天在床上和女人厮混，功力竟然与自己相差未几，陈享暗自嗟叹不已，对"六祖心经"无限神往。四兄弟中，宁洪崖战死，王山公发疯，似乎只有陈开还有希望练成这套盖世神功。他试探地问："四爷，陈大龙头练到了什么境界？"

"逃军和"回答："大龙头在江底沉猪笼，两个多时辰没有断气，内功修为比叶某强多了。听王老爷的意思，他的武功应该攀上了第三重境界，可惜过于稳扎稳打，瞻前顾后，没有领悟到'六祖心经'的奥妙，功亏一篑，未能修出正果。"

条条溪流通江海，武林门派虽众，武学大道却只有一个。以陈享的武学造诣，当然明白陈开的问题出在哪里。他对疯疯癫癫的王山公刮目相看："四爷，王老爷现在何处？"

"逃军和"迷惘道："周游四海，行踪不定，谁知道呢？"

陈享想开口说些什么，梁德荣忽然从林子里冒出来："四爷，享公，有人来了。"

陈享与"逃军和"翻过矮坡，来到林中空地，只见黄广华、王铁爪、叶四和三人满脸愁容地席地而坐，"枫子鬼"吊在一棵枫树的枝头，在他们头顶晃来晃去。

"逃军和"看到兄弟，不禁一愣："你来干啥？"

叶老四"扑通"跪倒在地，放声大哭："二哥，威武窑子突袭坦东村，拿了阿妈、大哥大嫂和阿姐，快想办法救救他们吧。"

"逃军和"吃了一惊："咱们家是官眷，他们也好意思下手？"

叶老四吞吞吐吐地说："他们……他们点名要你去换。"

陈享急忙劝阻："四爷，官府要拿的是你，千万不能中计。"

"享公有所不知，""逃军和"道，"我阿妈为了我们兄弟姊妹，这辈子颠沛流离，受够了人间疾苦，做儿女的断不能再叫她老人家吃罪。叶某习武不成，对洪家无尺寸之功，这条命不值几个钱，威武窑子要的话便送给他们，没啥了不起。"

王铁爪对陈享说："享公，龙大哥托我给你捎句话，叶大胖子杀人如麻，对足下协助洪门起义怀恨在心，有可能对你下毒手。他希望你尽早离开罗浮山，暂避风头，要么去粤西，要么去江西，反正离开粤东这个是非之地就行。"

"哼，"陈享愠怒，"老朽偏偏不走。"

这下轮到"逃军和"劝说陈享："享公，你一个人无所谓，但是蔡李佛门人众多，各有妻儿老小。你要是不走，又会连累多少人送命？"

陈享惭愧地拱了拱手："多谢四爷教训。"

"逃军和"道："当初掌堂大爷发下誓言，打算和威武窑子拼命，岂不知天下洪家兄弟皆以他为进退——他迟走一天，便要枉送无数兄弟的性命。贵门开设有数十家武馆，徒子徒孙一大堆，享公切不可意气用事。"

为了蔡李佛门人的安危，陈享只有离乡背井去避难；为了搭救母亲和家人，"逃军和"必须自投罗网。尽管选择的方式不同，但内在的精神却毫无二致。一场剑术比下来，两个人各奔东西，甚至有可能天人永隔，陈享心里非常难受："四爷，你再想一想。"

"没什么好想的。""逃军和"苦笑着，"享公，趁威武窑子还没有动手，赶快派人把家眷安置妥当，不要重蹈覆辙才是。"

哥哥义无反顾去救母亲和家人，此行凶多吉少，叶老四心如刀绞，爬起来说："我和你一起去，二哥，要死咱们兄弟死在一起。"

"胡说八道！""逃军和"瞪了他一眼，"大哥生性怯懦，老三早早就没了，家里以后靠你顶门立户，你死给谁看？”

叶老四指着山坡那头：“二哥，你走了嫂子咋办？”

这句话击中了“逃军和”的要害，他受尽人间屈辱获得了真爱，在他心中，阿梅等于仙女下凡，如果不是为了搭救母亲，他如何舍得丢弃这么美的爱情？

“逃军和”咬了咬牙：“回去的事，休与她言。”

李文茂夫妇离开银洲湖后，黄广华、叶老四、梁德荣三人冒险登上兰花洲，在蔡李佛门人的掩护下，抢在官军到达前，将六角凉亭拆卸装船，运到了罗浮山宝积寺。这座六角凉亭是黄广华呕心沥血之作，凝聚着他对红船艺术的崇敬与热爱。何淡如伸出手指打算抚摸，突然又把指头缩了回来，宁大少问：“怎么啦？”

这些折子戏雕刻得栩栩如生，何淡如喃喃道：“摸不得，摸不得。”

宁大少能看出眼前的木雕工艺精湛，非比寻常，但说不出所以然，便朝在一旁打坐的苏六朋拱了拱手：“道爷，这幅木雕到底好在哪儿？”

绘画和木雕有所同而有所不同——相同的是皆以魂相为艺术最高追求，不同的是前者用笔柔软，求的是剥皮见骨，风吹起繁华落尽，寻找那斑驳陆离的自然之身；后者雕刀凌厉，求的是化骨为肉，冬雪初融，春暖花开，无限生机始而复。

至咸丰五年，苏六朋六十四岁，将近人生的暮年。早年间，这位画坛巨匠设色妍丽，极事铺陈，用笔十分细腻；到了后期，其画风逐渐突破皮相，进入骨相，用笔越来越简练。在宝积寺的这些日子里，他每天在这座六角凉亭里打坐，觉得师弟这幅作品鬼斧神工，人物随时都可能活动起来，俨然具魂相之妙。

人在宝积寺，耳朵却飞向浮山二百一十六峰，飞向那片神奇的枫树林。如果在深秋，漫天响彻枫叶的心声，六角凉亭不是六角凉亭，而是一座绚丽多姿的红船戏棚。苏六朋抬头怅惘地问宁大少：“你没听到发报鼓的声音吗？”

宁大少错愕地回答：“红船遭禁，这年月，哪还有发报鼓？”

龙生九子，各个不同，宁大少和宁二少截然相反，是一个只知道混下三路的蠢材。何淡如抽出腰里的宝剑，跳了起来："我听到了声音，我看到了影子，谁敢与何某比试剑法？"

甲寅年起义失败，红船大戏被禁止，百万生灵死在官府的屠刀之下，和"迟疾任情"打擂台的"太乙无影"也失去了主人，付出的代价实在太沉重了。苏六朋虽然身穿道袍，却怀着一副菩萨心肠，打了一个稽首："无量天尊，阿弥陀佛，人世间尊卑有序，万年伦常，哪来的'迟疾任情'？哪来的'太乙无影'？即便有，也是在红船戏棚的美梦中，只可雅赏，岂可当真？二爷偏偏喜欢较真，拿影子当天命，反清复明，杀富济贫，带着一群泥腿子就想打天下，这不是错将红尘当红船吗？"

虽然自己可以编造顺口溜讥讽李文茂，但何淡如绝不允许别人诋毁心中的英雄，他对苏六朋翻了翻眼皮："道爷，你这话说得没有道理，谁说泥腿子就一定不能成事？谁说离了士绅豪强就不能打天下？二爷平生奉行大义，信守诺言，放着好日子不过，处处讨苦吃，为普天下穷苦人冲锋陷阵，这才是顶天立地的大丈夫，比你只会念阿弥陀佛强百倍。"

苏六朋红了脸："何先生，照你这么说，二爷这辈子过得跌跌撞撞，称不上'迟疾任情'和'太乙无影'，看来你的剑法比他高哩。"

一句话点醒梦中人，何淡如持剑陷入迷思，过了半晌才说："是啊，他的境界仅仅是'红泥半堕'，虽然破了'天机流转'，却达不到'迟疾任情'，尚且不如一个叫花子自在，这个我得抽空问问叶老二。"

话音未落，一串银铃般的声音从他身后传出："何先生，你见到二和了吗？"

问话的自然是阿梅，后面跟着梁德荣和黄广华。见阿梅一脸焦灼的样子，何淡如感到莫名其妙："夫人，四爷不是和你在一起吗？"

阿梅扭头问梁德荣："阿荣，说实话，你师叔到底去了哪里？"

"逃军和"不忍与妻子别离，吩咐梁德荣陪伴阿梅缓缓徐行，他单独下了罗浮山，火速赶赴坦东村自投罗网。梁德荣说也不是，不说也不是，期期艾艾，十分为难。黄广华硬着头皮撒了一个谎："夫人勿忧，四爷兴许和享公一路，找地方切磋武艺去了。"

"你们莫要瞒我，"阿梅的眼角不觉湿润了，"老四半夜三更进罗浮山来找他，必定是家里出了大事。温二爷，你说对不对？"

阿梅冰雪聪明，温秉义知道瞒她不住，只好苦笑道："不管怎么说，弟妹，天塌下来由男人顶着，四爷这么安排，必有他的道理。"

自从被逐出洪门，"逃军和"便平息了江湖争雄之心，一心一意地守护家庭，对阿梅可以说百依百顺，什么时候不辞而别过？在阿梅的心里，丈夫和红船大戏分量相等，各自占据她生命的半壁江山。他们的结合太不容易，太值得珍惜，生同衾、死同椁不足以表达深情，只有同生共死才是理所应当的归宿。阿梅回到住处，从箱底取出那只丈夫送给自己的琵琶，提了一把宝剑匆匆下山。温秉义、黄广华和梁德荣生怕她中途出事，告别苏六朋与何淡如，一条篷船昼夜不舍，向顺德奔去。

当时的珠江三角洲一片肃杀，到处是搜捕洪家兄弟的兵船，路途极不安全。这条篷船东躲西藏，三日后方才穿越伶仃洋，自洪奇沥进入顺德县境。行至紫坭岛，但听炮声一响，江面上杀出两队战船，一队飘着"铡刀营"的旗帜，一队挂着"靖难营"的旗帜，从东西两个方向包抄过来。温秉义跌足道："坏了，坏了。"

"铡刀营"是"狼鬼窟"娘舅家的团练，"靖难营"是淫贼贝尘鹤成立的武装，全是无恶不作、荼毒百姓的强盗。温秉义手无缚鸡之力，黄广华擅长使的是雕刀，武艺精湛的梁德荣捏不紧拳头打不了人，跟个废物差不多，三个大男人还不如阿梅一介女流有本事。阿梅早把生死置之度外，冷笑一声："头壳掉了碗大个疤，怕他何来？"

篷船被困在两队战船中央，喽啰们厉声喝问："什么人？"

温秉义赔着笑脸："鄙人是坦东村的温老二，黄都司亲口嘉奖，忠义之家。"

"姓黄的算个屁！"喽啰不耐烦地骂道，"是不是乱党，我们包爷说了算。弟兄们，把这几张肉票押回去，让包爷细细地审问。"

这伙土匪无法无天，落到他们手里还不如落到官军手里。温、黄、梁三人叫苦不迭，可惜没有反抗的能力，被喽啰们五花大绑，带上紫坭岛。

包祖贵和大多数江湖势力一样，去年底发现洪门大势已去，立即撤掉红旗竖白旗，协助官军屠杀洪家兄弟；"靖难营"的主力龟缩在大容山，李文茂围攻浔州后，贝尘鹤命"屁股包"统领一支人马，沿着西江杀回粤东。"屁股包”将人马拉到紫坭岛，与包祖贵合伙在江面上烧杀抢掠，美其名曰捉拿会党。喽啰们把四人押进相爷府，“屁股包”隔着门缝一瞅，立刻惊讶得叫了起来：“从哪儿弄来这么靓的小娘们？”

包祖贵向他介绍：“兄弟，人家可是赫赫有名的红船大老倌，名叫阿梅。”

“屁股包”摸了摸脑袋：“这个名字好像有点儿熟。”

包祖贵笑道：“温玉珠设计陷害令师祖，有她一份气力。这娘们原先是麻风丐，现在出落得这么水灵，都是令师祖的功劳。”

“屁股包”恍然大悟：“既然如此，今天老子就为师祖报仇，弄死她。”

包祖贵摇了摇头：“兄弟，玩女人要怜花惜玉，懂吗？”

“屁股包”淫笑道：“她不是红船大老倌吗？待会剥洗干净，让她穿着戏装唱小曲，边唱边弄，开一个无遮大会，叫弟兄们喝彩助兴。”

包祖贵击掌：“地道。”

“屁股包”带人把阿梅拖下去后，包祖贵方才推门而入。温秉义忙喊：“包爷，我们四个是良民，不是会党。”

包祖贵在文案后端坐，拿起惊堂木使劲一拍：“温老二，别装糊涂，包爷明察秋毫，对你们的底细一清二楚。刚才那个犯妇就不说了，你们三个有一个算一个，全是铁杆红匪，陈天义的心腹。尤其是你们温家，跟着陈天义发了大财，躲在坦东村冒充良民，想得倒美，黄彬那个笨蛋拿你们当良民，真他老母瞎了眼核。”

包祖贵对温家的底细如此清楚，大大出乎温秉义的意料，吓得他面如死灰。梁德荣结结巴巴地骂道：“姓包的，前些年你自称洪家兄弟，不会忘了吧？”

“少废话，这个世界上最没用的就是你。”包祖贵“呸”了梁德荣一口，然后和颜悦色地对黄广华说，“黄掌柜的，我知道你是一个本分人，和红匪交往不深，只要你肯把小木头人的奥秘告诉我，包某马上就放了你。”

黄广华摸了摸藏在胸口的“枫子鬼”，脸上浮出一丝嘲讽的笑容：“姓包的，飞头鬼神出鬼没，一会儿昏睡一会儿清醒，我告诉你也没有用，你根本听不懂。”

包祖贵怒不可遏，正要下令把温、黄、梁三人拉下去杖责，“屁股包”笑着走进来：“不要煞风景，来来，咱们听听大老倌唱小曲。”

阿梅头发蓬松，脸色煞白，怀抱着琵琶浑身发抖。痴心的女人从容面对死亡的邀约，没想到等待她的将是一场生不如死的侮辱。黄广华愤怒地冲上去想阻止这场暴行，被喽啰们三拳两脚打翻在地，他掏出“枫子鬼”，哀求道：“我的心啊，我知道你有本事，快出手宰了这伙丧尽天良的恶贼。”

“屁股包”一把抢过“枫子鬼”：“嘻嘻，这就是那个千里杀人的怪物？”

小木头人纹丝不动，一如往昔地冷漠旁观，脸上毫无表情。黄广华万念俱灰，转而对梁德荣破口大骂：“丢你老母，平日舞刀弄棒数你勤快，关键时候狗屁不顶，你练的是啥本事？”

可怜的梁德荣被心魔锁住，动弹不得，羞愧地闭上眼。包祖贵哈哈大笑：“你这位兄弟练了十几年的把式，可曾举手打死过一只苍蝇？信他的，祖宗八辈都饿死了。”

“小娘们，乖乖听话，给包爷和弟兄们唱一曲《十六不谐》。”“屁股包”淫秽地摸了摸阿梅的脸蛋，“牙迸半个不字，立马扒了你的衣衫，拉出去游街示众。”

阿梅无奈拨动丝弦，启朱唇唱道：

莺啼岸柳弄春晴，柳弄春晴夜月明；
明月夜晴春弄柳，晴春弄柳岸啼莺。
…………

这首歌哪是什么《十六不谐》，分明是吴绛雪的《咏春》——苏仁山当年曾经在阳雪姑的坟头弹过这首曲子，阿梅唱它是什么意思？梁德荣惶惑地看着她。一旁等着看好戏的喽啰们齐声大喊：“包爷，这娘们晃点你呢。”

“屁股包”勃然大怒，挥刀劈下，砍断阿梅的一根手指和一根丝弦，恫吓道：“不识抬举的骚娘们，再不好好唱，老子剁了你的手。”

血溅琵琶，温秉义顿时吓得晕倒在地，黄广华泪流满面，梁德荣痴痴发呆。阿梅什么话也没说，又弹了一首曲子，依旧是那首《咏春》。书说简短，“屁股包”接连斩断阿梅三根手指和三根丝弦，包祖贵看得心惊肉跳：“弟妹莫要固执，你一个人还想翻天不成？”

阿梅看了一眼梁德荣，忍痛道："阿荣，红船退往粤西，生恐兄弟姊妹丢散，沿途处处攀折青枝撒于道路，作为指引方向的标记，名之为撒青。我红船人生则同生，死则同死，一位兄弟姊妹也不能丢弃。不要小看这一个人，它便是一粒生发春秋的种子。记住了，一个人照样撑起戏棚，一根弦子照样弹奏曲子，这就是红船的魂，红船的魄。"

好一个大老倌，残指拨动单弦，《咏春》旋律依稀再起。"屁股包"手起刀落，将阿梅的头颅砍下。美丽的头颅滚至脚下，血气倏忽，犹如遁光。梁德荣发出撕心裂肺一声哀号，纵身夺刀在手，须臾间诛杀包祖贵、"屁股包"等三十二人，血洗相爷府。

第一百七十二回 锥耳刺目

洪门围攻广州之役，城北是进攻重心，禺北无一村不竖红旗，三元里打鬼的一百零三乡义勇奋勇当先，十三社学全部瘫痪。“洪德堂”主力撤出后，叶名琛和柏贵痛定思痛，从六月起在禺北发起组建了慕德里公局、安和局、安良局、凤凰局、公平局等公约组织，取代已经完全空心化的社学，统一团练指挥，缉捕逃散的洪家兄弟。其中，被士绅们推举为安良局司事的不是别人，正是前十三社学的主盟人何玉成。

三元里打鬼名扬天下，十三社学的上层领袖全捞到了好处，何玉成、王韶光等人弄了一个六品军功的顶戴。道光二十四年，何玉成进京参加会试，举人大挑一等，被发往四川射洪县当知县，一干就是十年。何玉成心里明白，像他这样不是正途出身的人很难有前途，便主动找了个借口辞官回乡。

昔我往矣，杨柳依依。站在石井桥畔，何玉成心中感叹不已。从前万众一心打番鬼，如今反目为仇不两立：各公局的主事者多为过去十三社学的领袖，捕杀的对象基本上是十三社学招募的义勇。这种仇杀甚至从粤东蔓延到江西——林福祥依靠镇压起义军发迹，眼下在江西担任吉南赣宁兵备道；而他的对手恰恰是从粤东退往江西的“豆皮春”。

中秋过后，凉风习习，一头小毛驴慢悠悠踏上桥身，驴背上是一个老爷模样的人，正在津津有味地哼小曲：

小女子我在圩市上东游西转，
插草标卖本身泪珠难干。
哪顾得满面羞惭张口呼唤？
叫一声老爷们细听奴家言：
哪位行善人把我怜？
奴情愿跟随你并不要几多钱。
只要你收留奴做妻情愿，
哪怕是当使女作了丫鬟。
白昼间奴与你捧茶端饭，
到晚来奴与你扫床铺垫。
你就是收妾房奴也无怨，
或三房，或四房，奴都不嫌。
每一天奴只用汤两碗，
大清晨直叫到天色黑晚，满大街上君子，
因何并无有一人应言？
…………

何玉成惊讶地叫道："那不是壮昭兄吗？"

毛驴到了亭子旁边，何壮昭探头问："司事老爷，你说啥？"

何玉成弄了一个齐脖子红，讪讪地说："兄台，你的耳朵还不好使？"

"谁说的？不才上个月从罗浮山捡了一根红翠鸟的鸟毛，灵光着呢。"何壮昭得意地晃动手指，"三天，就三天，过后耳力恢复，能听半里地远。"

何玉成道："你从北边来，是否看到公平局的赞平兄？"

公平局的司事名叫冯赞平，是"择善堂"冯赞禾的族兄，兄弟俩都是大地主，在这次捕杀洪家兄弟的行动中最卖力气。何壮昭的耳力尚未完全复原，把冯赞平听成了冯赞禾，气得使劲扇了驴头一巴掌："别提这个白脸奸贼。"

何玉成惊诧地问："到底怎么回事？"

何壮昭恨恨地说："丢他老母，他冤枉我是长毛的铁帽子王，要不是'琉璃球'和常有定两位大仙说情，老子的头壳早填了南关的水渠。"

广州城东南两个刑场，东较场杀的是有胆好汉，南关刑场杀的是无名小卒。为了报复洪门围城之苦，叶名琛下令不问口供，即捕即杀。容闳当时刚从耶鲁大学毕业，住在南关刑场附近的咸虾栏，是这场大屠杀的历史见证人，据他统计，单单这年夏天，死于南关刑场的高达七万五千人之多："刑场垒垒陈尸，地上之土吸血既饱，皆作褐色，余血盈科而进，汇为污池。"

"呵呵，"何玉成笑了起来，"你要是铁帽子王，还能骑毛驴？听说洪火秀在金陵出入派头极大，光抬轿子的轿夫就有六十四个。"

何壮昭吞下艳羡的口水，问何玉成："你在这儿干吗？"

何玉成回答："县太爷驾到，咱们不得候着？"

何壮昭"哼"了一声："你不也是县太爷吗？"

何玉成苦笑着说："为了多保全几个乡亲，现在只能低三下四。"

"算你醒目，"何壮昭叮咛，"咱们不能学冯家兄弟，唯恐害的命少，结的怨薄，将来冤魂一起索命，必定断子绝孙。"

广州围城战中，参加"德兴堂"的以鸦湖人为最，其次为蚌湖、南村、园下、夏良、柏塘等乡。冯赞禾平日作恶多端，怕遭到报复，便换了一副笑脸，宣称只要不骚扰乡里，洪家兄弟每人可以从"择善堂"借一到二两的银子；起义失败后，李福泰到禺北清乡，"择善堂"便把那些借过款的人全抓起来，害了无数性命。

何玉成换了个话题，主动邀请："耳疾痊愈，可喜可贺，晚头来我家吃酒。"

"看见没？江村黄鸡，常大仙最爱吃这一口。"何壮昭拍着毛驴屁股上挂的口袋，"做人要懂得知恩图报，人家救了我一命，何某得去答谢，改日吧。"

何聋子走后不久，番禺知县李福泰的官船便出现在河面。发现何玉成在桥头迎接，李福泰赶忙跳上岸，深施一礼："本县何德何能，敢劳动兄台大驾？"

无论声望、资历、官阶，何玉成均压李福泰一头，根本不必大老远来石井桥迎接。何玉成拱手作揖，意味深长地说："何某休致回乡，即是一介平头百姓，尚祈父母官维护。”

李福泰明白何玉成的心思，叹了口气：“兄台有所不知，上个月本县抓了千余会匪，被爵帅劈头盖脸一顿臭骂。他说当日在镇海楼上向北望，满眼尽是红头贼，起码十万以上，你李福泰才抓了一千个，存心包庇乱党，莫非不想活了？”

何玉成吓了一个跟斗：“十万？把人杀绝了也不够呀。”

“可说的是，”李福泰愁眉苦脸，“请兄台高抬贵手，不要为难本县。”

何玉成心情十分沉重，动辄就是成千上百条性命，既不符合上天好生之德，也不符合圣人教训，如何能滥杀无辜？他坚决地摇了摇头：“回禀太尊，本局缉捕会匪七十八人，全体乡绅签字审结，并无漏网之鱼。”

李福泰笑道：“兄台，叶制台已经下了死命令，凑不够人头本县断断交不了差。你看人家冯老爷，又上交了六百多名乱党，还有二百多自杀的呢。”

冯赞禾杀人杀出了甜头，抢掠了不少财产，“择善堂”私设刑堂，所谓“自杀”不过是死于酷刑的代名词。何玉成头皮发麻，知道李福泰也做不了主，这趟近乎算是白套了，便丢下一句话，气呼呼地拂袖而去：“诬良为盗，草菅人命，恕何某做不到。”

望着何玉成的背影，李福泰嘟囔道：“你当老子愿意干？”

白沙汛的何千总出了一个馊主意：“何玉成倚老卖老，太尊别和他一般见识，咱们直接把那些狗肉乡老拘起来，严刑拷打，再不说实话就烧他们的祠堂。”

屠杀无钱无势的泥腿子，殴打乡绅，烧毁人家的祠堂，分明是与全民为敌，今后给谁当官去？李福泰连连摇头：“不可，不可。”

船只行进速度很快，何千总眼尖：“那不是何壮昭吗？咱们不妨问问他，摸摸底。”

李福泰叫人喊住何壮昭，和颜悦色地问：“贵乡到底有多少乱党？”

一到要命关口，何壮昭的耳朵就不好使，把“乱党”听成了“壮勇”，顺口答道：“总共四百多个，都是彪形大汉，身子骨弱的还不要呢。”

李福泰惊叫一声：“四百多个？”

“这算个屌？”何壮昭鄙夷道，“‘择善堂’手里还有两千多人呢。”

李福泰气得破口大骂：“好你个姓冯的，竟敢欺骗上差，来呀，给老子杀回去。”

何壮昭并不知道自己闯了大祸，骑着毛驴回到家里歇了一日，然后启程去广州。这一天清风习习，格外凉爽，到了镇海楼下，何壮昭感到有些不对劲——城北各炮台如临大敌，守北门的官军足足比平日增加了三倍，对来往的行人严加盘查。

黄曜吉走了涂常发的路子，交了狗屎运，一年内连跳两级，又从守备升为都司。何壮昭跳下毛驴问道：“黄大人，出了什么事？”

黄曜吉唉声叹气：“咳，张臬台在江口圩吃了败仗。”

何壮昭这回耳朵没聋，惊讶地叫道：“真的假的？”

张敬修出征前声势浩大，许多被革职留任的官员都随军效力，指望咸鱼翻身，佛山同知谢效庄即为其中之一。黄曜吉很庆幸自己躲了一难，不无讥讽地说：“二爷只要不死，他就还是一条龙，不是谁想踩便能踩的。何先生，二爷大败广东水师，下一步必然在粤西立国，凭你和他的交情，还不去弄个铁帽子王当当？”

何壮昭吓得脸色煞白：“黄大人，万万不可乱说。”

“这儿是老子的地盘，老子想说啥就说啥。”黄曜吉问，“你进城有何贵干？”

何壮昭回答：“冯赞禾诬陷我是长毛，幸亏常大仙帮忙说情，这才免了灾祸，我从江村买了几只黄鸡，谢谢人家。”

黄曜吉提醒道：“去吧，老常在绿瓦庙。”

绿瓦庙是观音殿的俗称，坐落在越秀山，与镇海楼、学海堂、万善寺、红棉寺、“长春仙馆”均相距不远。何壮昭问：“他在庙里干什么？”

黄曜吉神秘地说：“老太爷和制台大人待会儿要来。”

叶氏父子要来，难怪常有定在绿瓦庙伺候。何壮昭恍然大悟，牵着毛驴进了门洞，忽然一滴余温尚存的血珠滴到了他的脑门。何聋子抬头一看，只见城门楼上悬了一排头颅，看来刚刚挂上去不久，吓得他魂飞魄散：“黄大人，今天是什么日子？”

“杀人的日子。”黄曜吉挥了挥手，“上面这个是‘厚皮棍’，你认识。”

何壮昭擦去脑门的血迹，觉得一阵反胃和愧疚，好像是自己杀了“厚皮棍”似的。他知道这段日子“飞天爪”一直在托涂常发营救“厚皮棍”、柯定邦和鸡大逵三人，没想到叶名琛连涂常发的面子都不给，竟然抢先下了手。

到了绿瓦庙前，照样是重兵把守，不许闲人入内。何壮昭在门口候了片刻，“琉璃球”乘着轿子赶到，打了声招呼，守门兵丁才把何壮昭放了进去。拴好毛驴，他跟随“琉璃球”进了侧殿，垂头丧气地说：“‘厚皮棍’死了，接下来必定轮到柯定邦和鸡大逵。”

常有定和“琉璃球”相视一笑：“那不一定。”

为了将李文茂和陈开一举歼灭于浔州城下，叶名琛下了血本，把广东水师的精锐尽数派给了张敬修，其中包括像黄彬、苏海这样的名将，而且雇用了三条鬼子火船。然而，再好的运气也有用尽之时，洪家兄弟在李文茂和陈开的率领下发起绝地反击，大破来犯之敌，杀得张敬修丢盔卸甲，一口气狂奔三百里，从江口圩逃进梧州城。

丧师辱命，咸丰皇帝雷霆震怒，当即革去了张敬修的官职。叶名琛深知对付李文茂还离不开这员大将，便上奏请求将张敬修留在军中，筹备下一场浔江决战。叶大胖子十分纳闷，面对同样一个敌人，上半年顺风顺水，怎么一进入秋天，突然就打了败仗？

他爹抖着胡子，教训道：“都是不敬神仙惹的祸，都是不敬神仙惹的祸。”

叶名琛苦笑起来，为了修法炼道，他连小老婆都赔了进去，还要怎么敬重神仙？不过叶志诜的话倒是提醒了他，东西中外这么多神仙，肯定有的地方没照顾过来，否则，这次浔州之战不会输得如此惨。叶名琛吃过李文茂的苦头，知道他一旦站稳脚跟，两粤将永无宁日。单就这场战役本身而言，它结束了半年来官军的胜绩，刺破了叶名琛急剧膨胀的自信心，清军从上到下清醒地认识到，武林至尊虽然受伤，但龙还是那条龙。

蛟龙入水，飞腾千里，如今看来，李文茂在装备处于劣势的情形下，一路舍弃各个战略要地于不顾，全力攻打浔州城，实乃一种高屋建瓴的战略选择——只要占领浔州，即可充分发挥上游优势，利用西江的汹涌激流来抵消广东水师洋枪洋炮的优势，随时向粤东发起反击，夺取战略主动权。叶名琛不禁打了一个寒战，从这个层面上来看，浔州之战失败的意义远远超过了战役本身，它极有可能是一系列失败的开端！

打一次败仗，咸丰皇帝便吹胡子瞪眼，杀鸡给猴看，再打一次败仗会怎么样？叶名琛不敢继续想下去，立刻差遣涂常发去请常有定和“琉璃球”，准备当面向两位大仙问计。叶氏父子的八抬大轿到了绿瓦庙，叶志诜连滚带爬进了侧殿，“扑通”一声跪倒在地：“犬子有不周之处，看在老朽的面子上，两位大仙不要和他计较。”

“琉璃球”赶快把老头扶起来：“老仙翁，你这是干什么？”

叶志诜回头数落儿子：“天地君亲师，天地为大即神仙为大，两位大仙帮了咱们叶家那么大的忙，帮你打退红匪，求你放个人就那么难吗？”

叶名琛满脸羞愧：“阿爹，丁是丁，卯是卯，那是朝廷律法。”

“鬼法！”叶志诜骂道，“天高皇帝远，朝廷律法不就是你这张嘴吗？”

“琉璃球”明白，叶名琛眼里只有一个神仙，那就是他叶大胖子自个儿——如果这次张敬修在大湟江口打了胜仗，他才不会把自己和常有定恭恭敬敬地请回来。当官当久了，难免沾上吃干子、甩皮子的恶习，“琉璃球”见多不怪，出言相劝：“老仙翁，爵帅是国家的栋梁，文曲星下凡，你老人家刚说对神仙要敬重，哪能张口闭口地教训神仙？”

叶志诜最喜欢听“琉璃球”的奉承话，高兴地对儿子说：“瞧瞧，金先生就是大度，有什么话赶快问两位大仙。”

叶名琛长揖到地：“这次败仗毛病出在哪里？请两位神仙指教。”

“琉璃球”冲常有定使了个眼色，常有定正色道：“爵帅，这次击败赤匪，东西南北各路神仙都卖了力气，其中关老爷、观音娘娘、洪圣人王三个功劳最大。我和金道友商量了一下，觉得光是修神庙、给香油钱远远不够，表达不了咱们的敬意。大人应该上奏朝廷，给这三位神仙多加几个封号，该进中祀进中祀，老在群祀里待着，哪个神仙高兴？天庭最讲究规矩，倘若不能论功行赏，说不定将来帮倒忙。”

“别，别，”叶志诜吓得面如土色，“不帮忙都行，千万别帮倒忙。”

礼部主持的传统祭祀大典分大祀、中祀和群祀，大祀祭天地、宗庙、社稷，中祀祭日月星辰、前代帝王、先农、先蚕、先师、文昌，群祀祭山川百泽诸神以及贤良忠烈。

给三位神仙修缮住所、发放香油费这等小事说办就办，追加封号也不难，唯独破格提升祭祀等级一事难于上青天。在叶名琛的记忆里，有清一代，只有乾隆朝破格过一次，那次是将常雩（祈雨）纳入大祀。

在咸丰朝的封疆大吏中，叶名琛绝对可以排在最受恩宠之列，这倒不是由于替朝廷守住了天子南库，而是因为他号准了主子好大喜功、神经敏感的那根脉。叶大胖子在奏折里喜欢把自己装扮成一个打鬼英雄，吹嘘自己打了无数次胜仗，屠杀了上百万“红匪”等等，所有这一切俱围绕着他主子的心在转动，为当时天字第一号的马屁精。凭着这份揣摩本事，他相信自己能够说服咸丰皇帝再破一次例，把关老爷提拔进中祀，和孔圣人并驾齐驱。

打定主意，叶名琛略一沉吟，开口道：“两位大仙，你们安排的事情叶某一定照办，只要你们把神仙打点好了，别让他们帮倒忙就行。”

“这个没问题，”常有定不像“琉璃球”沉得住气，立刻变得眉飞色舞起来，“我马上在关帝庙、观音殿和南海神庙办一个七七四十九天的法事，把你的意思传达上去。红毛神仙那边由金先生负责通知，他精通红毛法术，误不了事。”

叶名琛朝“琉璃球”拱了拱手：“金先生，咱们还是老章程，给红毛神仙办法事，仍旧放在南海神庙，对外声称祭祀洪圣大王，不要让别人乱嚼舌头。”

明明是靠洋人的帮助和洋枪洋炮击败了李文茂，叶名琛还要冒充打鬼英雄，幸亏咸丰皇帝远在几千里之外，否则早拆穿了他这套把戏——南海神庙又叫波罗庙，除了洪圣大王，里面还供奉着一位名叫达奚司空的番鬼，据说是唐代摩揭陀国来的朝贡使。叶名琛让“琉璃球”在南海神庙为红毛神仙办法事，可谓既当婊子，又立牌坊。

事情既然谈开了，大家各取所需，皆大欢喜。叶名琛走后，叶志诜在“长春仙馆”设宴款待常有定和“琉璃球”，由何壮昭与涂常发作陪。酒过三巡，叶志诜道：“两位大仙，老朽在这儿代犬子做主，只要还没翘辫子的，你们想救谁都行，哪怕他是贼渠贼目。”

刘端湛和“厚皮棍”已经被砍了头，还有谁需要搭救？“琉璃球”搜肠刮肚，想起了“飞天爪”的请托，忙道：“老仙翁，真有两个，一个叫柯定邦，一个叫鸡大逵。”

叶志诜问涂常发：“这两个人你知道吗？”

涂常发恭敬地回答：“回老太爷的话，他们原来是‘西礼营’的。”

“哎呀，我说最近怎么撞到鬼了？”叶志诜埋怨，“‘西礼营’对叶家有恩，咱们把人家关在大狱里不管不问，恩将仇报，难怪神仙打抱不平。”

“琉璃球”赔着笑脸：“柯定邦有一个兄弟，也被抓了起来。”

涂常发犹豫道：“就是不知道是不是还活着？”

叶志诜急了：“快去放人啊，还等个茗子？”

涂常发不敢怠慢，从门外叫了一个仆人，吩咐他立刻去府、县衙门查证。常有定敬了叶志诜一杯酒：“老仙翁，听说‘逃军和’已经押到省城来了？”

提起这事，叶志诜的眼睛笑成了一条缝，问涂常发：“一笔写不出两个叶字，叶老二算脑壳清白，你们没有难为他的家里人吧？”

为了防备“逃军和”突袭，涂常发派人分别关押叶母和叶小妹。叶母倒没受什么罪，只是叶小妹颇有几分姿色，被看押官兵日夜轮奸，糟蹋得不成人样。涂常发怕受到叶志诜数落，连连道：“没有，没有，都送回了家，好着呢。”

“咱们说说叶老二的事。”叶志诜指着烂醉如泥的何壮昭，“这个姓何的可靠吗？”

“琉璃球”道：“他是个聋子，没醉也听不见。”

“这就好。”叶志诜放心地点点头，“两位大仙不是外人，老朽便不绕弯子了。叶老二的阳具原先就粗，练了‘六祖心经’以后又长了几倍，不比驴鞭短多少。这件宝物最值钱的地方不在长度，而在膨胀饱满时里面流溢的真气——这道真气为修炼‘六祖心经’所得，与平常真气不一样，是无价的宝贝，吃了以后强身健体，延年益寿。是故，必须趁他精虫上脑、坚硬如铁的时候用刀切割，不然的话药力就打了折扣，白白浪费了这件奇宝。办成这桩功德，需要做三件事：其一，找最妖娆的女人，让叶老二盘肠大战，畅快尽兴；其二，找最麻利的刀手，等他阳具坚硬时连肉带皮一刀剁下；其三，找最好的厨子来煲汤。女人嘛，为了保密起见，用我家里的吧；顺德厨子名满天下，煲汤师傅不难寻；就是这个快刀手，不大容易找……”

常有定和“琉璃球”同时笑道：“快刀手，顺德有。”

为了避人耳目，叶志诜在臬台司大牢里辟出三个单间，当作这场功德的“法坛”——最外间架起一口铁锅，从顺德雇来的厨子随时准备煲汤；中间是一个观察室，叶志诜在墙上挖了一眼窟窿，用来观察里间的一举一动，并时刻进去发号施令；里间收拾得花团锦簇，叶志诜挑选了三个最喜欢的小妾伺候“逃军和”；“一刀皮”覃善行抱着快刀站在床头，单等叶老爷子一声令下，挥刀将“逃军和”的阳具齐根剁下。

世事无常，往往不能遂人愿——一天一天过去，“逃军和”的阳物始终吊儿郎当，叶志诜把自家的女人换了一个遍，还是没能达到希望的硬度。到了第七天晚上，“琉璃球”和常有定等人办完了第一轮法事，前来探望这场“功德”。一看叶志诜乌黑的脸色，几个人立刻明白事情进展不顺利，常有定大为惊异：“难道他达到了心如止水的境界？”

“也不是，雌货们都欢天喜地，看来过足了瘾。”叶志诜感到很纳闷，“难道老朽的女人不解风情？不是上等货色？”

“逃军和”阳物甚巨，稍微硬一点就能使普通的女人尖叫，这有什么稀奇？“琉璃球”好言相劝：“老仙翁，差不多就得了，哪个女人能合叶老二的尺寸？”

何壮昭在旁边一听，羡慕得不得了，“逃军和”这家伙真有艳福，临死前还有这么多美女伺候。正当他流口水的时候，叶志诜猛地一拍大腿：“对啊，叶老二他老婆，那个叫阿梅的麻风病准行，快把她抓来。”

一个多月以来，紫坭岛相爷府被血洗一事，在江湖上传得沸沸扬扬，众说纷纭。有人说包祖贵和“屁股包”烧杀抢掠，惹恼了北帝爷爷，派天兵天将惩恶扬善，灭其满门；有人说他们得罪了洪门，动刀子杀人的是佛山堡筷子街“荣生堂”的少掌柜梁德荣。

后一种说法有鼻子有眼，但从官府到民间根本没人相信——谁不知道梁德荣是一个连拳头都捏不拢的窝囊废？涂常发只好提醒叶志诜：“阿梅已经死了，坟头就立在世埠头。”

叶志诜急得团团转：“老朽把自家女人都舍出去了，他还要怎样？”

常有定自告奋勇：“老仙翁莫急，贫道进去探探他的口风。”

叶志诜屈身施了一个大礼：“大仙玉成此事，老朽必有重谢。”

等女人们出来后，常有定、“琉璃球”、何壮昭三人进了里间，发现“逃军和”站在窗户下眉头紧锁，一副郁郁寡欢的样子。常有定打了个稽首：“无量天尊，二和兄弟，身体发肤受之父母，失了阳物，男人确实活着没滋味，贫道理会得。”

“常道爷，你会错了意。”“逃军和”叹了口气，“大丈夫生何欢？死何惧？没有了这个东西的拖累，反而一身轻。叶某苟延残喘至今，不是为它，而是心里放不下一个人。”

“琉璃球”那脑子转得多快，立刻应声道：“四爷，我马上去打听尊夫人的行踪。”

常有定留在广州办法事，“琉璃球”去找叶四和、梁德荣，臬台衙门牢里的肉搏工作暂时告一段落。覃善行逛了两天妓院，觉得精疲力竭，便随着何壮昭上街遛弯，沾点儿书卷气。这一日二人过了仙湖街，到达提督学政署的门口。望着墙壁上斑斑点点的“方榜”残迹，何壮昭眼前一阵模糊不清，王山公、叶兆隆、杨壮达、刘端湛、周位抡、冼文辉、洪秀全、冯云山、朱世雄等人的音容笑貌不住地晃动。何聋子不觉触动心怀，悲愤地喊道：“狗屁太平世，狗屁生平世，丢他老母，分明是一个据乱世。”

话音刚落，从学政署大门里走出一群人，当头一人断喝：“何聋子，好大的胆子，光天化日之下竟敢辱骂当朝，活腻味了？”

何壮昭扭头一看，原来是一伙士绅名流——喊话的是李能定，后面是江葆龄、陈良玉、欧阳溟、李献能等人。他问：“李先生，见到‘琉璃球’了吗？”

“我们同船来的，”李能定道，“他带着阿荣，不知道来广州干什么？”

“一刀皮”急忙抱拳：“何先生，我得赶快回去，免得耽搁差事。”

众绅士在燕子楼订了酒席，落座之后，李能定打量了一眼何壮昭：“何老弟，你是越来越江湖了，竟然跟刽子手厮混，干什么勾当？从实招来。”

何壮昭掩饰道：“小弟最近搭上了衙门的关系，积德行善，区二娣、区三娣、老叫花子区建瓴、‘狗头饼’，这四个人都是我捞出来的。”

江葆龄夸赞道：“贤侄，你真有本事。”

何壮昭指着李献能：“我救出来四个，他抓进去四十个，有个屌用？”

李献能是龙元僖手下一员得力干将，因为收复顺德县城被赏了一个国子监学正。他红着脸反驳：“‘巨奸设计罗泉贝，群小无知入网樊；本是贪财因酿祸，弥天罪恶及元元。’泥腿子造反能成什么气候？我这叫杀一儆百，乱世用重典。”

“你们抓人太多了，老朽遍观史书，闻所未闻。”江葆龄摇了摇头，掉起了书袋，“老朽也作了一首诗，‘所有红巾党，尽着乡里交；一日交十，十日交百，仅向公庭图塞责，不知是贼与非贼？贼有尽，交无已；穿窬亦作跳梁匪。吁嗟乎，恨不相交甘与李’。”

众绅士大惊失色，江葆龄三十多年前便中了举人，如果没有这么深的资历，单凭这首反诗就可以把他扭送衙门，一刀尸首两分。顺德三华乡和南海大沥堡的欧阳氏同出一族，欧阳溟参加过大沥四堡的狙击战，本来对起义军充满仇恨，但官府疯狂的屠杀更让他触目惊心。借着江葆龄的话题，欧阳溟发起了牢骚：“历来治世，渠魁必究，胁从可免；我们这儿倒好，渠魁逃之夭夭，专门拿胁从撒气。各位，在下写了一首《洗村别》，想不想听？”

江葆龄抢先道：“老朽洗耳恭听。”

欧阳溟饮了一盅酒，抑扬顿挫地念了起来：

小儿襁负走，大儿狼狈奔；
老翁齿折石，少妇裙不完。
借问何惊惶？云是官洗村；
洗村向何处？远近投婚姻。
婚姻不见收，亦恐难自存；
鱼游沸鼎中，惊悸无定魂。
…………

一首吟罢，众士绅皆羞愧不语，泥腿子虽然粗鄙无文，但与无耻残暴的官府相比，要强出一百倍。陈良玉是汉军八旗人，和居巢、居廉兄弟同在张敬修帐下效力，他开口道：“大家不要扯远了，先顾眼前吧。此次洪门大捷非同小可，首先浔州指日可下，梧州岌岌可危，粤西全省被劈作两截，前途堪忧；其次粤东局势也会随之变化，西江两岸的红匪将重新振作，随时有杀回广府的危险。我回来的路上，从封川江口、肇庆府城到佛山堡，无不风声鹤唳，守御官兵缺钱缺粮。钱可以敲骨吸髓，挖地三尺，粮食到哪儿去弄？”

粤东手工业发达，生活所需的粮食主要依赖粤西，尤其是浔江沿岸三大圩市，这就是浔州城的战略意义所在。洪门控制浔江以后，必将切断“西米东输”的水上通道；而临近的湖南和江西自顾不暇，哪还有粮食供应粤东？

李献能赌咒发狠：“绝不能坐以待毙，必须和乱党在浔州决战。”

“打仗需要银子，”欧阳溟问，“银子谁掏？”

李献能笑嘻嘻地说：“佛山堡有钱，找‘大魁堂’要。”

“广东水师替朝廷打仗，又不是替佛山堡卖力气。”李能定“哼”了一声，“官军天天骂佛山堡通匪，谁肯吃力不讨好？实话对你说吧，梁三爷已经提出辞差，就是不愿意再替官军出面筹集军饷，人家实在是烦透了。”

何壮昭讽刺李献能：“你家准备捐多少？”

李献能立即把头缩了回去：“我家没钱。”

江葆龄道：“各位，绿营军饷靠的是国库，不能光盯着老百姓的腰包。再说了，即便从老百姓腰包掏钱，起码要让他有一条命在，能把日子过下去。叶制台滥杀无辜，把粤东百姓逼得没有活路，就算没有二爷那样的英豪，他们也会起来造反。”

何壮昭一方面听着解气，一方面为洪门在浔江站住脚感到高兴，接连喝了七八杯，晕晕乎乎有些不胜酒力，拱手道：“各位仁兄，天色不早，何某有事，告辞。”

李能定拽住他：“干什么去？”

“救人一命，胜造七级浮屠，”何壮昭得意地说，“不才造功德去。”

看到里间花花绿绿的布置，梁德荣什么都明白了，他从怀里摸出一把刀仔：“师叔，我现在去了心魔，咱们携手杀出去，谁也挡不住。二爷在浔江打了胜仗，两粤兄弟群起响应，势头回转，有一番大事业等着你呢。”

“逃军和”抓住他的手臂：“阿荣，你给我细细道来，她死前说了些啥？”

梁德荣知道他和阿梅情深似海，便把发生在相爷府的事情叙述了一遍，含泪道：“师娘说红船人生则同生，死则同死，不能丢下一个兄弟姊妹，一根弦子照样能弹曲子，还说这是红船的魂，红船的魄。师叔，红班拳也是这样的吗？”

“逃军和”潸然泪下：“伢仔，不独红班拳这样，本门的‘六祖心经’也是这样。天地混沌未开，六合寂静无声，红尘滚滚，浊浪滔天，大丈夫立于天地之间，纵然时运不到，也要独木支天下，铁肩担道义，行当所行，由不得你绕弯路逃避。此乃乾坤正气和天理所在，你师傅和师伯诛了一辈子的心，求的无非是这点灵光。”

梁德荣哀求道：“师叔，咱们杀出去吧？”

“你师娘的魂在这里，我不能走，我得陪着她。”“逃军和”疲倦地说，“叶某辜负了掌堂大爷的厚望，没能修成正果，苟且偷生毫无意义。你还年轻，快走吧，别忘了你师娘的叮嘱，别忘了红船的魂，红船的魄。”

掌灯时分，梁德荣带着一双哭红了的眼睛离开了牢房，背后传来苍凉的唱腔，曲子仍然是那出《二度梅》，“逃军和”唱的却不是梅良玉：

斑马鸣，人喧闹；
怕见玉门关山月，南北分飞永离抛。
…………
（白）我若死后，定要坐北朝南葬，孤魂定要转回南朝。
我与你，今生难作比翼鸟，
他世愿为鸾凤俦。

曲音袅袅消散，飘过那株榕树神曾经显身的“将军树”，飘散于浓浓的秋夜。忽然，牢房里传出一声撕心裂肺的哀号，梁德荣本能地拔出刀仔，涂常发匆匆跑到院子里解释：“何老爷喝醉了酒，拿刀捅自己的耳朵哩。”

梁德荣不相信：“难道他疯了？”

“不是疯了，而是聋了。”涂常发叹气，“白白害了四百条性命，真他老母倒霉。该聋的时候不聋，不该聋的时候瞎聋，这对烂菜叶子耳朵，不要也罢。”

好不容易打发走了梁德荣，涂常发下令四门紧锁，严加防备。进了牢房，他发现叶志诜在宣纸上挥毫泼墨，便奉承地问：“老太爷，今天好事能成吗？”

叶志诜满面红光：“老朽刚才瞅了一眼，叶老二胯下之物跟齐眉棍似的，邦邦硬。”

涂常发正想探头看个新鲜，没想到老头又叮咛了一句：“待会儿完事，你叫人把姓覃的眼珠摘了。板马日的，我们叶家女人的屁股，榕树神都没有见过，他一个奴才凭啥瞅？”

第一百七十三回　七市米户

张敬修所部援军在江口圩被击溃后，浔州城成了瓮中之鳖。八月十七，李文茂和陈开下达总攻击令，洪家兄弟人人奋勇，个个当先，从南面登云梯破城，诛杀浔州知府刘体舒、桂平知县李庆福、前知县舒桦、府经历宣元焕等守城官吏，建号大成国，号召四方。这个新生的革命政权改元"洪德"，李文茂称平靖王，陈开称镇南王（后改平浔王）；改浔州为秀京，桂平为秀水；封赏诸将，颁发制度，分官设守，开炉铸钱。同时下令蓄发易服，开仓赈济，没收土豪劣绅的土地和财物，将之分发给穷苦百姓……

大成国的建立，极大地振奋了粤西义军的士气——奄奄一息的"洪胜堂"死灰复燃，在柳江以西地区频频发动起义；"公义堂"主力跨过两省边界，进入全州、兴安、灌阳一线，从北侧对桂林形成压力；"洪兴堂"旗下的外围堂口占据平乐沙子街，攻击阳朔和恭城，从南侧包抄桂林。面对粤东来的虎狼之师，面对如潮水般的起义浪潮，广西巡抚劳崇光度日如年，坐困愁城，除了不断写信向叶名琛求援外，没有任何办法。在一封给王拯的信中，抱怨叶名琛不痛快给钱："粤事日难一日，枝节亦日多一日……财力已用尽，心血已耗尽，万难再为支柱。然一日居其位，即一日不敢不尽其心。惟经费之竭，实已山穷水尽，一筹莫展。”

跟劳崇光相比，叶名琛也好过不到哪儿去——经历了一轮又一轮的大屠杀，往昔繁华的膏腴之地变成饿殍遍野，上至士绅豪强，下到穷苦百姓，都对这个白胖子恨之入骨，有钱也不愿意借给他。为了筹备下一场决战，叶名琛祭出了最后的法宝——卖官。

九月二十八，正埠码头突然热闹起来，由“大魁堂”牵头，组织佛山士绅为“孔鸡蛋”和古亚淬饯行。在这次官职的高密度发售中，“孔鸡蛋”买了一个大鹏营的实授守备，古亚淬买了一个九龙司巡检，哥俩在同一个地方办公——由九龙炮台改造的九龙寨城。

甲寅年起义和官府的敲诈勒索，导致许多有钱人纷纷逃离家乡，到咸丰五年，弹丸之地的香港岛人口猛增至六万。人口增加必然导致贸易繁盛，而香港赚钱的贸易无非鸦片走私，在这种情形下，大鹏营守备和九龙巡检司两个位置变成了炙手可热的香饽饽。

士绅们人头攒动，齐来向“孔鸡蛋”和古亚淬贺喜。“孔鸡蛋”春风得意，不把等闲人放在眼里，一心期盼梁应琨来给他捧场，然而跷着脚等了半天，也不见梁家人露脸。他忐忑不安地问王福康：“三爷是不是怪我走？”

“不会的，三爷在家里装病呢。”王福康低声回答，“按照旧例，‘大魁堂’应该交给李家掌管，可是李应棠捐了一个实授的同知，马上要去安徽当官。眼下本镇一团乱麻，上面和官府交恶，下面各家商户都缺口粮，吴家也不肯收拾这个烂摊子。”

“孔鸡蛋”道：“不行的话，你来干。”

王福康抬起胳膊：“我身上这一百斤肉，够几个人吃？”

过了半个时辰，船快开的时候，梁家人终于出现了。来的不是梁应琨，而是梁博太，后面跟着梁僧宝和梁禹甸兄弟。梁博太递给“孔鸡蛋”一个信封：“这是五百石粮食的凭证。一年之内，随时来本店支取，保证不会缺斤短两。”

米价翻着筋斗地往上涨，上个月一两银子还能买五升米，这个月就只能买二升半。按目前的市价折下来，梁家送的这个信封价值两万白银，委实是一笔重礼。“孔鸡蛋”“扑通”一声跪倒在地：“贵府对孔某天高地厚，今后若有差遣，定当万死不辞。”

梁博太忙把他搀扶起来："孔老爷，快起来，咱们是一家人，别让外人笑话。"

"孔鸡蛋"去大鹏营当守备，手下多一半人马是从佛山堡雇用的铺丁，连装备带薪酬全要自己掏腰包，属于半兵、半勇的性质。眼下粮草奇缺，人生事业刚刚开张，便收到了这么大一个彩头，难怪"孔鸡蛋"激动得流鼻涕。他朝梁僧宝抱了抱拳，开起了玩笑："大公子，你知道李文田为啥能考中举人吗？"

梁僧宝泄气地说："人家比我用功，比我聪明。"

"不对。""孔鸡蛋"连连摇头，"用功他比得过洪火秀？聪明他比得过邹伯奇？"

梁僧宝狐疑地问："那你说为什么？"

"孔鸡蛋"神秘地说："告诉你吧，去年他背着铺盖卷，到朱明洞打熬了一个冬天，那地方有仙气，王山公他们就是这么考上的。"

梁僧宝是个直性子，问王福康："老世叔，真的吗？"

朱明洞确实有仙气，每年有不少读书人去那里结庐苦读，但是考中的却没有几个。王福康苦笑道："大公子，别听他的，他逗你玩呢。"

"孔鸡蛋"又拍了拍梁禹甸的肩膀，亲昵地说："二公子，关起门来习武没有用，必须真刀真枪上阵厮杀，溅血练胆子，柯定邦和鸡大逵那两个窝囊废就是这么练出来的，咋样？跟我去见见世面？"

年轻人志向大，梁禹甸这年才十五，噘着嘴道："大鹏营能见什么世面？只有几个拿着洋枪的红毛鬼子，要去就去粤西，和陈天义比试高下。"

"孔鸡蛋"仰天大笑："好小子，真有你的，你咋不说单挑武林至尊？不过，凭你娘和二爷的关系，他绝对会让你三招。"

"呸，"梁禹甸羞红了脸，"我不要他让。"

古亚淬急于离开佛山堡，一来九龙巡检司是个肥缺，二来是怕捉拿"逃军和"家人的事情东窗事发。见孔继尧口无遮拦，赶忙过来催促："孔爷，时候不早，该走了。"

"孔鸡蛋"抬起头，习惯性地朝空中瞅了一眼，那座熟悉的木制敌楼无影无踪。他暗自叹了口气，捏起拳头在胸口擂了两记："各位高邻，做人要讲义气。陈天义虽然犯上作乱，毕竟是打鬼英雄，就冲这个，孔某在战场上遇到他，也会退避三舍。”

送走“孔鸡蛋”，众绅士都没有心思回家，不约而同地奔向崇正社学。到黄昏时分，在籍官宦、侨寓豪门、八图大族、二十七铺、各省行帮、各商业行会、各手工业行会的头面人物济济一堂，悉数聚齐。冼佐邦、吴弥光、李应棠、霍谐、莫健翎、唐鳌、任应垣、李能定八人被推举为代表，前往梁宅去请梁应琨出来主事。霍景发眼里发热，心里发酸，对儿子说：“咱们石头霍氏是三百年望族，在佛山堡无人可及，你啥时候能替祖宗争口气？”

“阿爸，”霍济田悄悄说，“‘大魁堂’的差事是烫手山芋，现在粮食不够吃，要是能解决这个麻烦，李家和吴家会心甘情愿把位置让出来？”

说来归去，解决粮食问题必须和洪门打交道。霍景发责备道：“你成天在外面瞎混，混得眼力越来越衰，陈天义开国称王，哪一天杀回粤东，看你怎么办？”

霍济田澄清：“我得罪的是‘葫芦发’，不是陈天义。”

霍景发“哼”了一声：“‘葫芦发’怎么啦？人家封侯拜相，比你强。”

霍济田嫌父亲唠叨，直接回了一句：“说不定阿赖也封了侯。”

官军收复佛山堡后，阿赖跑得没影子，有人说他跟随“德礼堂”撤往粤西，有人说他带着小老婆去上海做买卖。提起阿赖，霍景发气得两眼冒泡：“这个天杀的反贼，早晚有一天让官家抓起来，千刀万剐，剥了皮喂狗。”

眼力衰，自然是因为读书少。霍济田离开父亲，挤进李仕良、马信道、吴炳南、刘觉享等一堆教书先生中。这几个人学历最低的都是举人，李仕良两榜进士出身，归籍后在更楼脚的霍家祠堂设帐育人，算霍济田的启蒙老师。他掂起一页纸：“济田，念一念这首。”

霍济田毕恭毕敬地问：“李先生，是你写的？”

“非也。”李仕良摇了摇头，“昨天碧舲带了几个诗友在‘汾江书院’吃酒，老朽见欧阳鲲池这首《就囚别》切中时弊，写得不错，就誊写了一份。”

碧舲是李能定的字，鲲池则是欧阳溟的字。

霍济田是个赳赳武夫，识字却写不了诗，挤不进名流之列。今天当着众人的面诵诗，显然是李仕良有意成全，他感激地看了李仕良一眼，结结巴巴地念了起来：

经乱米价昂，糠秕如琼粒。
媳妇昨饿死，童孙今病发。
寒厨久无烟，性命在呼吸。
明知维正供，缓二只用一。
宪台体天心，推恩赤子及。
无如竭脂膏，皮尽并无骨。
闻言似欺讹，吏怒拘审质。
老翁请就囚，敛手甘拘挚。
就囚岂真甘？为有口粮给。
犹胜在家时，饔餐食草实。
…………

众绅士三顾茅庐，终于把梁应琨抬上轿子，拉回崇正社学。在两个侄子的搀扶下，梁应琨死活不肯进门，嘴里嘟囔道："梁某，梁某要去祖庙。"

冼佐邦明白他的心思，回头招呼其他七位代表："咱们跟三爷进去，在北帝爷爷神像前发个毒誓，今后一切听三爷号令，风雨同舟，荣辱与共。"

吴弥光和李应棠笑了起来："放心吧，我们两家绝不反悔。"

梁应琨朝众人拱了拱手："咱们佛山堡是海内闻名的忠义乡，商贾辐辏，人文之邦，全凭各家士绅出头支撑。如今洪门烧了四十九街的铺子，骂我们是为富不仁的土豪；官府烧了琼花会馆，骂我们是犯上作乱的劣绅——猪八戒照镜子，里外不是人。眼下义仓没有粮食，义冢尸骸暴露，老百姓视'大魁堂'为无物，真是本镇三百年来从来没有遇到过的困境。各位乡亲既然要梁某人一力担当，那就必须事权专一，不要使绊子，更不要胳膊肘往外拐。"

众人齐声道："我等唯三爷马首是瞻。"

梁应琨心中稍稍得到安慰，领着大伙儿进入灵应祠，在北帝神像前起誓，然后回到崇正社学接受祝贺。夜幕降临，华灯初上，院子里席开六十桌，招待八图大族、二十七铺、八大行帮、三十个商业行会、五十个手工业行会的头面人物吃饭。外面熙熙攘攘，内殿鸦雀无声，梁应琨把梁博太叫过来："阿太哥，七市米户还有多少存粮？"

大伙儿同时将渴望的目光投向梁博太，后者咧开嘴一脸苦笑："我们七市米户过去有个不成文的规矩——粤西谷艘一日不至，便可以提高米价。各位想一想，从去年到今天，一年多来商途阻绝，还能有多少余粮？即便有余粮，黄都司挖地三尺，连一只老鼠都不肯放过，能逃得出他的手心吗？说实话，咱们现在吃的是'命根子'啊。"

俗话说，狡兔三窟，除了佛山堡，七市米户在石湾、澜石等地储备有大批粮食，这是压箱底的救命稻草，名符其实的命根子，不到万不得已，绝不会动用。梁应琨面色沉重："佛山堡之所以成为天下巨镇，'大魁堂'之所以享有威望，就在于敬仁重义，扶危济贫，不受官府的掣肘，不仰人鼻息，自成一统，保得百业兴旺发达。湖南、江西、福建等省路途遥远，战乱频仍，根本没有余力接济粤东。眼下唯一的办法是求二爷和陈天义，梁某还是过去那句话，要想保境安民，决不能指望官府，只能靠咱们自己，靠北帝爷爷。"

冼佐邦赞道："本镇士绅自治，由来已久，三爷说到点子上了。红毛鬼子猖獗得很，官府畏之如虎，助纣为虐，我辈有识之士不能跟着官府辱没祖宗，败坏名教。粤西贫困，大成国缺红粉，咱们缺粮食，两全其美，何乐而不为？"

吴弥光担忧地问："二爷会不会把火烧琼花会馆这笔账，记在咱们头上？"

佛山七市米户是粤东粮食贸易中心，粤西的粮食运到这里，实际上等于变相地为广东水师提供军粮，李文茂与陈开会答应吗？众人感到心里没底，齐声道："三爷辛苦。"

代替李家执掌"大魁堂"，意味着梁家可以继续统治佛山堡。权力和责任成正比，梁家是否能在下一个十年呼风唤雨，全看这次与大成国的合作能否成功。次日，梁应琨酒醒后叫了一顶大轿子，赶到"十二石斋"和梁九图面商机宜。

繁华落尽的秋日里，那十二块黄蜡石如同少女的肌肤，依旧娇嫩艳丽。从石洞里流出来的泉水仿佛纤纤玉指，拨动着云烟这架瑶琴，发出如梦如幻的声响。寄身于这座打尽天下山水无颜色的精巧园林，梁九图自得其乐，不再像往日那样热衷于诗友聚会。

时代的狂风暴雨，吹折了无数花瓣蓓蕾，"十二石斋"却没有受到任何侵害；官府烧会馆杀老倌，全面禁绝红船大戏，“十二石斋”却依然能听到哀怨的歌声。梁禹甸把梁应琨领进乙卯庐，梁九图正在俯身作画，吩咐儿子：“给你三伯看茶。”

苏仁山死后，他在梁家的两个画室——“汾江草庐”的笠亭和“十二石斋”的乙卯庐被完整地保留下来，画台、画笔等一切陈设原封不动，成了梁九图思念老友的怀旧之地。梁应琨唏嘘不已，指着戏楼方向问：“弟妹唱的这是哪一出？”

梁九图抬起头，听了一会儿，答道：“哦，是《四婵娟》。”

往昔经常一起唱戏的私伙局友，而今雨打风吹去，只余下卢浣霞孤独一枝——黄纨卿被“沉猪笼”；何小鸾用玉簪自尽；冯紫玉随张亚丞定居香港；冉枝枝在寮步镇打理沉香生意。红船大戏遭禁后，“外江班”的买卖异常红火，景曼卿等人没空来佛山堡消遣，梁家偌大的戏楼空空荡荡，再也支撑不起一台整戏。

梁应琨叹了口气：“我和阿太哥商量好了，遣人去浔州说服二爷和陈天义，请他们派人来七市米户经营——咱们供应他们铁炮和红粉，他们给咱们粮食，互通有无，合伙发财。冼万正冼老爷子怪我们不讲情义，不肯写信通融，眼下只能指望何先生了。”

梁九图摇了摇头：“二爷给何先生面子，陈天义却未必。”

“陈天义是老朋友，谁还不了解谁？”梁应琨笑了起来，“他的秘密账房是温宁氏，温家没有去粤西，而是移居坦东村，这是他预先布置的一招棋。咱们要做的就是接上茬口——全镇多数逆产在‘大魁堂’手里，要房子给房子，要铺子给铺子，到时候再帮他们捐一个身份，堂而皇之地在佛山堡做生意，官府能奈其何？”

佛山堡物产丰富，手工业发达，大成国本身也有与“大魁堂”合伙的现实需要。依靠与“德礼堂”的合作，梁家在佛山堡稳定地统治了十余年，下一个十年仍须仰仗陈开。梁九图放下画笔：“何先生在西山堂教僧宝功课，他这个人深明大义，不需要多费口舌。温宁氏是有名的女诸葛，眼里不揉沙子，不好对付，应该派一个得力人选，免得丢了咱家的面子。”

梁应琨答道：“我打算请阿芬嫂子出山。”

二十年过去，岁月削去美人皓齿，留住了一颗玲珑的心。阿芬临危受命，邀请花二奶做自己的伴当，准备代表梁家出使坦东村。冬月十七是苏仁山的忌日，听说黄广华和梁德荣要去顺德烧纸，姐俩早早安排船只，约好了与他们同行。

冬至过后，天气一天比一天寒冷，本来就萧瑟的清晨，码头上更没有几条商船。柯定邦和鸡大逵把轿子抬到正埠码头，灯影朦胧中，花二奶发现五斗口巡检司的差役在巡河，她下了轿子不安地问狗子："呀，你们是在抓会党？"

狗子提着灯笼跳上岸，瞅了柯定邦和鸡大逵一眼："抓汉奸。"

花二奶道："官府不许抓汉奸，你这个巡检老爷不知道吗？"

"知道有啥用？"狗子垂头丧气，"'大魁堂'逼着我们这么干的。"

花二奶惊讶地问："为什么？"

"都是张亚丞干的好事。"狗子气不打一处来，"那个俾士牧师打算在本镇盖教堂，非要祖庙旁边的地段，我和简大少、罗琦他们跑前跑后，把腿都跑细了，总算找到一处挂在'大魁堂'名下的逆产。梁三爷知道后勃然大怒，冲着谭都司大发雷霆，骂我们是出卖祖宗的汉奸，威胁要切断文武四衙的口粮，这不是天大的冤枉吗？"

"红毛教？"花二奶有些不明白，"干吗非要紧贴着祖庙？"

狗子吞吞吐吐："他们……他们想和北帝爷爷打擂台。"

灵应祠是花二奶保媒拉纤的福地，她这些年使惯了洋胰子，本来想替洋人说句好话，一听狗子的话，心里立刻打起了鼓——红毛鬼子在祖庙旁边盖教堂，用红毛教蛊惑人心，再弄一个红毛媒婆来，以后哪还有自己的饭碗？她义愤填膺地说："张亚丞这个该杀的假洋鬼子，你们咋不把他抓起来点天灯？"

狗子摊开手："他有鬼子火船护着，谁敢抓？"

花二奶自言自语："也怪啊，说到和红毛鬼子的交情，第一个要属十三行的浩官，然后才轮得着黄家兄弟和金家兄弟，姓张的咋突然后来居上？"

狗子懒洋洋地说："人家攀上了宝灵总督的粗腿，还不吃香的、喝辣的？"

花二奶惊叹："他有那本事？"

"嘻嘻，"狗子淫笑，"二奶，都是你教的好徒弟。宝灵有个闺女叫艾米丽，三十大几还没过门，是个老姑娘。人老老实实，可惜交友不慎，成天和英尼斯的老婆混在一起。那娘们据说出身下贱，裤带儿松，和张亚丞有一腿。两个狗男女合计把老姑娘骗上了床，有了这层皮贴肉的关系，宝灵阁下能不对张亚丞另眼看待吗？”

花二奶道：“呸，老娘可没有给他保过媒。”

迷雾像一扇门，狗子刚走，区建瓴又从里面钻出来，边走边吼：

英雄出马淤泥河，
十路番贼何其多？
打杀一个又一个，
铁锤打成扁铁锅。
…………

老区头年逾古稀，身板依旧硬朗，仍是过去那副常见的穿戴打扮——头上顶一只箩筐充作霸王盔，身穿一袭被汗水浸透的脏棉服，腰里扎着麻绳，黑乎乎的脚板套着一双木屐。看到这身再熟悉不过的“蟒袍”，花二奶仿佛看到陈开，不觉眼角湿润，上前几步：“区老伯，你好大的胆子，不怕官府再把你逮进去？”

“土埋脖颈子的人，怕谁？”区建瓴拍着胸脯，“这身行头值钱，阿开在粤西称王，老叫花子拿它去换银子，够吃下半辈子的。”

花二奶问：“老伯，你还想长命百岁？”

“当然，”区建瓴道，“那么多后生仔夭折，老叫花子要把他们的命补回来，亲眼看到二爷和阿开他们杀回来的那一天。”

柯定邦、鸡大逵和老叫花子同在臬台司衙门的大牢里关押，经常上刑场陪绑，亲眼目睹无数忠义兄弟惨死在屠刀之下，可谓生死之交。柯定邦从怀里摸出一块九层糕，毕恭毕敬地递给区建瓴：“老伯，拿去充饥。”

“这是好东西，”区建瓴如获至宝，“你家也不宽裕，从哪儿弄来的？”

这块九层糕是花二奶赏给柯定邦的，她扬了扬手帕：“老伯，就冲你对阿开的情分，断不能让你老人家饿着。放心吧，以后你的口粮包在小女子身上。”

“说得好听，软饭我可吃不起。”区建瓴低声叨咕了一句，然后扭过身，捧着九层糕小心翼翼地走到河堤，冲下面喊道，“有吃的了，快滚出来。”

这声喊不要紧，“呼啦”一下子，从河堤下面冒出七八个小脑袋，争先恐后地伸出脏兮兮的小手，嚷道：“我要，我要。”

只有一个七八岁左右的孩子，抱着竹筒站在河边，傻乎乎地不动弹。区建瓴掰开九层糕分发完毕，手心里藏了一小块，冲着那个孩子喊道：“猴崽子，快上来。”

那孩子有点儿眼熟，花二奶一时想不起来，问道：“他是谁？”

鸡大逵回答：“二少的小外甥，平东侯。”

宁绣锦发愤图强，十七年时间里为婆家生了六个孩子，全是带把的，分别是平西侯、平西公、平西王、平东侯、平东公和平东王——前三个孩子的脾气秉性随宁绣锦，后三个孩子性情渐渐转回了平家。见平东侯穿戴齐整，小肚皮饿得扁扁，怯生生地不敢与人争抢，花二奶心疼地掏出一块盲公饼：“乖仔，接着。”

米价不断上涨，导致小康之家也面临着断炊的危险，孩子们不得不拿出绝活——抓虫子勉强度日。虫子越抓越少，每个孩子都骨瘦如柴，饥肠辘辘，这时候，一块盲公饼简直就是一根救命稻草，所有的孩子眼睛全绿了。平东侯爬上河堤，小手还没有摸到盲公饼，从身后猛地窜出两个孩子，挥手一扫，盲公饼“嗖”地飞向河面，不偏不倚，恰好落到一条船上。

孩子们欢呼着冲下河堤，大声吆喝：“‘屎坑婆’，把盲公饼还给我们。”

这条船是何兆才的清粪船，一名清粪妇钻出船舱，一瘸一拐地骂道：“丢你老母，没教养的东西，谁是‘屎坑婆’？吃屎吧你们。”

花二奶吃惊地瞪大了双眼：“呀，那不是黄鱼春吗？”

柯定邦解释道：“这娘们爱钱如命，古亚滓费了好大的劲才让她吐口。这不是，爷们的头被砍了，银子没了，腿也瘸了——竹篮打水一场空。”

花二奶摇着头：“何兆才的人都是东莞老乡，她咋混进来的？”

“要不说人家厉害呢？”鸡大逵道，“‘老娘’上个月病死，她嫁给了苗驼子，住进鹤园铺的宅子里，再过几年又是一个‘老娘’。”

迷雾徐徐消散，黎明的光芒射进汾江河，将黄鱼春怨毒的眼神放大了十倍。望着她佝偻的背影，花二奶叹息："天若不降严霜，松柏不如蒿草；神明若不报应，积善不如作恶。这个残鸡婆活得硬朗，倒是叫人不容小觑。"

阳光照耀，正埠码头热闹起来。簪花软轿来到正埠酒楼前，阿芬听到花二奶的感叹，挑开轿帘，走下来笑着说："耕牛无宿料，仓鼠有余粮。妹子，你引用《看钱奴》这段唱词，不是把咱姐妹绕进去了吗？"

花二奶迎了上去："姐姐，你是皇封的诰命夫人，咋不穿凤冠霞帔？"

"如今满大街都是诰命夫人，不值几个大钱。"阿芬拉住花二奶的手，"妹子，你应该学学黄鱼春，找个公的嫁了，我给你买一个诰命夫人。"

花二奶脸皮厚过城墙，嘴巴赛过尖刀，但是有两个女人她自愧弗如，对付不了：一个是眼前的阿芬，一个是马上要去见的温宁氏。媒婆再一次红了脸："我说姐姐，黄掌柜的和阿荣不是跟咱们一起走吗？"

阿分道："他俩在'浣江书院'门口等咱们。"

花二奶伸出手："你手头还有吃的吗？"

"干什么？"阿芬问。

花二奶指着平东侯："给绣锦家的伢仔。"

阿芬让仆人取来一盒盲公饼，递到平东侯手里："乖仔，以后你不会挨饿了。"

"孔鸡蛋"走后，卢鲨接任"大会馆"首席值事，特地为阿芬他们拨了两艘快船，一路扬帆疾驶，酉时抵达排溪水。人船停泊在坦东村，众人换乘篷船，和早已等候多时的叶、温两家人赶到世埠头，为"逃军和"夫妇献祭。

臬台衙门那间春色无边的小屋里，"逃军和"悲歌一曲，待真气充满阳具时，从覃善行手里夺过快刀，自宫而亡。梁德荣、黄广华、叶四和等人把他的尸体拉回世埠头，与阿梅合葬在一起。为了补全肢体，温宁氏嘱托黄广华，仿照温秉信和"瞌睡虫"的先例，为"逃军和"雕了一个阳具，为阿梅雕了三根手指。

这两样东西，足足花了黄广华两个月的时间。

在紫坭岛相爷府，黄广华眼睁睁看着"屁股包"悍然剁碎琵琶的丝弦，砍断阿梅的三根手指，最后残忍地将其斩首。优美的旋律余音绕梁，黄广华这些日子夜不能寐，痛恨自己手无缚鸡之力，不能惩恶扬善，除暴安良。同时他对“枫子鬼”彻底失望了，一怒之下把小木头人丢给了郑流利，这么一个无情无义的东西，留他何用？

来到“逃军和”夫妇的坟前，黄广华和梁德荣打开木盒，第一个盒子里放着三根精美的玉指雕像，皮肤下面的青筋清晰可辨，简直跟活的一模一样。女诸葛打开第二个盒子，发现里面是一件琵琶木雕，不由赞道：“黄掌柜的，还是你考虑得周全。”

黄广华忍住悲痛：“一根弦子的琵琶弹曲子，天下之大，仅此一例。”

第三个盒子里是“逃军和”的阳具木雕，女诸葛、阿芬、花二奶避闪一旁。黄广华用低低的声音，询问叶老四：“你看像不像？”

叶四和满面通红，两手一摊，为难地说：“掌柜的，我二哥后来练了‘六祖心经’，他的尺寸到底有多长，说实话，我也不清楚。”

梁德荣急了：“尺寸不对，能下葬吗？”

男人们头一次碰到这种事，吵吵嚷嚷，莫衷一是。女诸葛从丈夫嘴里问清缘由，转过身问阿芬：“姐姐，你说这事如何办理？”

水鬼过河，不使狗刨。阿芬和女诸葛一样，都是领教过大场面的人，互相对彼此的使命一目了然，此刻应该比试的是气度，而不是在细节上纠缠。但女人终究是女人，碰到合适的机会还是忍不住给对方出一个难题。阿芬明白女诸葛已经开始发招，遂莞尔一笑：“听说梅基村的少奶奶做过四爷的恩客，这尊木雕合不合尺寸，请她过目便是。”

阿芬轻轻化解了攻势，女诸葛暗自佩服，姜还是老的辣。温秉义连连点头：“对啊，现成的法子挂在眼睫毛上，我怎么没想起来？”

花二奶是梅少奶奶的老朋友，亦为当年梅少奶奶与“逃军和”苟合的淫媒，于情于理这趟差事都逃不脱，因此主动请缨：“我去叫她来。”

韶华流逝，梅少奶奶将近天命之年，多年荒淫的生活，加上最近官府勒索了不少钱财，这女人额头上布满皱纹，老态毕现，走起路来无精打采。花二奶搀扶她下了篷船，来到“逃军和”的坟前，来到打开盖子的木盒前。

黄昏宛如一片渔网，将天地间的光芒逐渐收拢，最后凝聚到那根木雕阳具上。梅少奶奶没想到黄广华竟然破例为“逃军和”雕刻了一根阳具，顿时像打了鸡血一样扑上去，一把抄起那根木雕，激动地喊道：“好家伙。”

黄广华雕刻这根阳具完全靠天马行空的臆想,并无实际参照。梅少奶奶上来就叫好,到底真心夸赞,还是出言讥讽?他客气地问:“少奶奶,好在哪儿?”

“宁肯站着死,也不躺着生,”梅少奶奶看也不看他一眼,“难道不是好家伙吗?”

木雕大师呆住了,众人无不觉得梅少奶奶言之有理,一语中的。温秉义颔首赞道:“四爷确实是一条汉子。”

“逃军和”挥刀自宫,斩断的不仅是命根子,还有修炼出来的真气。想起在狱中诀别的那一幕,梁德荣泪流满面。“逃军和”一辈子被人瞧不起,然而在生命的最后关头,他却表现得像一个顶天立地的男子汉,一个充满智慧的武林高手——那些振聋发聩的武学心得,足以媲美当世任何一位宗师。梁德荣对老女人刮目相看,满怀敬意地问:“少奶奶,你看还缺什么?”

梅少奶奶从头上摘下一根金簪,捡了一块砖头,瞄准木雕的马眼“咣咣”砸了两下,这才满意地对梁德荣说:“长了眼睛,屌就是心。”

一句话点醒梦中人,长久以来被王山公和宁二少弄糊涂的脑子终于清晰起来——原来心就是眼,眼就是心,上、中、下丹田都可以成为真气归宿,都是一只捕捉影子的白鸟,一条守候渔灯的舢板。梁德荣感觉似乎摸到了武学绝学的门槛,他有点儿不相信自己的体悟,认真打量着阳具木雕,自言自语:“心有眼睛?你也有眼睛?”

花二奶责备梅少奶奶:“少疯言疯语,阿荣的毛病刚治好,别再把他害了。”

梅少奶奶温柔地问:“阿荣,包祖贵是不是你杀的?”

温秉义唬了一跳,连忙打断她:“少奶奶,莫要听信谣言。”

“血洗相爷府,那是大大的英雄。”老女人道,“阿荣,你怕个屌?”

梁德荣看着三件木雕埋进坟茔,灯光在风中飘忽不定,随时可能熄灭,却又总是顽强地继续燃烧。红班拳已经不能够满足梁德荣,他迫切希望寻找“六祖心经”的蛛丝马迹,从这门千古武学中汲取营养。他猛地抓住黄广华:“猪头面具在哪里?”

第一副木制猪头面具被“葫芦发”用脚踢裂,后来落入金蟾道士之手;第二副木制猪头面具被王山公改得乱七八糟,严重变形,由于无人关注,不知道丢到了什么地方。黄广华思忖道："不在我家里，就在郑流利手上。"

夜色逡巡，温家在坦东村设宴款待来宾。小葱遇到嫩豆芽，女诸葛碰到了女光棍，谈判进行得非常顺利。温宁氏与阿芬推心置腹，很快就把合作的细节一一敲定，最后道："我替陈天义守这一摊子，不是因为他有今天的霸业，而是冲着一个信字。姐姐，说句实在话，江湖上的事情妹子真不感兴趣，胜者王侯败者贼，三十年河东三十年河西，来来往往一场戏，今天你登台亮相，明天我敲锣开嗓。世间最难得的是一个信义，有几人能做到？二爷放着好日子不过，出生入死，南北征战，把信义看得比自个儿的命都重，结果怎么样？好端端的琼花会馆一把火让人点了，死了那么多大老倌，真叫人心疼。"

阿芬道："找个机会，咱们把琼花会馆再盖起来。"

温宁氏摇了摇头："没那么容易。"

梁德荣一直在琢磨那副猪头面具，自言自语："变了，还是没变？"

花二奶给他碗里夹了一筷子菜："嘘，阿荣，小声点儿，谈正事呢。"

"阿荣说的没错。"阿芬继续说，"世道确实变了，眼下粤东是一天三日——官府、红毛鬼子和洪门，红毛鬼子虎视眈眈，叶大胖子的日子不会安生，洪门的机会就在这里；也可以说世道没变——佛山堡还是咱们的地盘，只要你我两家联手，谁来了也没用。"

温家哥仨在坦东村憋坏了，早就想回佛山堡重操旧业，温秉仁兴奋地端起酒杯："夫人这话说得实在，往后我们兄弟就踏踏实实在七市米户做买卖，请你多多照应。"

梁德荣喃喃道："我要回去，我要回去。"

花二奶问："你回去干啥？"

梁德荣抬起头："我要找小结巴，我要找飞头鬼，我要找猪头面具。"

"可怜的仔，"花二奶心酸地抱住他，"到底没相中一门合尺的亲事。"

第一百七十四回　击鼓骂曹

咸丰六年(1856年)春，李文茂率军连克武宣、象州，击毙浔州协副将福格，将大成国的疆域扩展至柳江流域，在西线取得大捷。入夏之后，李文茂放弃进攻柳州的计划，引军星夜疾驰，返回浔州城与陈开、梁培友会合，准备给东线之敌一个狠狠的教训。

经过半年的休整，两粤绿营和水师恢复元气，在张敬修的统领下转守为攻，自梧州与平南进军，越过雁塘堡进驻大湟江口，架设横江铁链，阻断航运，夹岸立营，摆出一副与起义军决战的姿态。四月十八是小满，大雨瓢泼而下，西江水涨三尺，洪家兄弟用木筏载满石头，顺流而下冲断横江铁链，全军出击，击退当面广东水师，包围并歼灭驻扎在岸上的清军陆师，大获全胜。张敬修杀红了眼，生怕叶名琛与他翻脸，指挥广东水师大举反扑，双方在浔江展开一场极其惨烈的水战，其规模远远超过去年那场战役。

这是一场勇气与装备的比拼，战至五月，广东水师抵挡不住，全线溃败。佛山同知谢效庄等将领战死，张敬修右腿被流弹击中，自座船上跌落浔江。幸亏张三等人精通水性，把他从水里捞出来，拼命杀出一条血路，逃回平南县城坚守不出。

平南知县李载文一向以善战著称，率领各地团练屡屡与梁培友作对，将平南县城打造成钉在大成国咽喉上的一根铁刺。他把县衙让给张敬修使用，召来郎中为其疗伤，然后和参将张遇清、都司唐文灿等人调兵遣将，紧急部署防御。

躺在病榻上，张敬修心情绝望，沮丧万分，后悔不该鸡蛋往石头上撞，干吗非要和武林至尊斗气？前后两次决战，耗尽了广东水师的元气不说，还赔进去一世英名。比失去名誉更可怕的是失去生命——守城的残兵败将合计不到两千人，军心涣散，兵无斗志，粮草和弹药也所剩无几，哪能扛得住大成军犀利的进攻？

一个月后，张敬修的枪伤初步得到恢复，勉强能在床榻上坐起来。县衙冷冷清清，空空荡荡，风从敞开的大门吹过来，心痛如割——这次决战中，跟随张敬修南征北战的东勇骨干几乎全军覆没，亲信死的死，逃的逃，爹死娘嫁人，各人顾各人。张敬修落寞地望着窗棂，他实在想不通，自己手下将领是重金招聘来的能人，兵士是从粤东各军抽调出来的精锐，装备是从红毛鬼子手里买来的洋枪洋炮，咋就敌不过一群草莽流寇呢？

他的眼前浮起白无相算的那一卦，浮起冯云山说的那些话。忽然，门外传来一阵轻轻的脚步声，回头一看，原来是居廉。他睁着无神的眼珠问："古泉，你咋还没走？"

居廉道："公报国家，我报知己，虽死而无憾。"

与堂兄居巢相比，居廉的长处不在武功，而在精通谋略，经常为张敬修出谋划策，是张敬修的得力谋士。在这次空前惨烈的大决战中，居廉出了数十条计策，可惜事与愿违，反而让自己和张敬修身陷绝境，被大成军困在平南，变成瓮中之鳖。

张敬修平素效法古人，结纳豪杰，在军营中解衣推食，收买人心，哪知道最后共生死的竟然是一个绘画的文弱书生。他挣扎着坐起来："古泉，这么多年也没给你弄个一官半职，张某愧对君子。你年纪轻轻，不欠我的，犯不着白白送命，赶快走吧。"

居廉安慰他："大人，三爷去粤东搬兵，附近各县均有团练，合计数万之众，咱们只要守住城池，很快就会有人来救援。"

张敬修暗自摇头，平南、藤县、苍梧等地的团练有战斗力是不假，但地方豪绅武装起来是为了保卫家园，让这些随风倒的墙头草为朝廷卖命，那不是开天大的玩笑？

接连两次丧师辱命，张敬修自知已经失去了叶名琛的信任，这次必定难逃一劫。他垂头丧气地说：“张某无能，输得一次比一次惨，有何面目苟且偷生？”

居廉劝道：“留得青山在，不愁没柴烧。大人，李二爷英雄盖世，威不可当，咱们惹不起还躲不起？干脆回家养病吧。”

平南县城危若累卵，随时有被起义军破城的危险，张敬修身为一军主帅，这个时候如果溜之大吉，必为军法所不容，让天下人耻笑。他怒吼一声：“你要本官临阵脱逃？”

张嘉谟走了进来：“五叔，我们只要你服从军令。”

张嘉谟，字鼎铭，是张敬修的侄子。张敬修心头一动，问道：“军令？”

“对。”张嘉谟兴奋地说，“五叔，三爷带回来一个好消息，叶大帅念你公忠体国，是不可多得的将才，允准你交接军务，即日起回籍疗伤。”

平南县城即将被攻克，叶名琛临阵换将，不仅保全了张敬修的性命，也保全了他多年来积攒的名誉，避免了身败名裂的下场。张敬修明白这不是叶大胖子发善心，而是“飞天爪”和张三使了银子，他不甘心地问：“粤东没有来救兵？”

“来了。”张嘉谟黯然道，“苏海吃了败仗，已经撤回了梧州。”

张敬修叹了口气：“张三兄弟在哪里？”

张嘉谟道：“他正在向李知县、张参将交代文牍，马上来见你。”

人逢喜事精神爽，张敬修立刻感到大腿根一点儿也不疼了，命人沏好热茶，等候张三。不大一会儿，张三风尘仆仆进来请安，张敬修问：“三弟，城外围困重重，你是怎么摸进来的？”

张三答道：“启禀大人，李二爷回师柳州府，梁培友带人去打梧州，平南城外其实并没有多少人马。谭都司请托洪家兄弟，在白马圩备了三条快船，恭候大人回粤东。”

这次大难不死，“飞天爪”两头打点，厥功至伟。张敬修很庆幸有这样的好兄弟。他从墙壁上拉出宝剑，太息一声：“为臣子的不能替君分忧，真是愧对七尺昂藏。”

居廉、张嘉谟齐声道："事不宜迟，今天夜里咱们缒城而下。"

是夜，张敬修等人头扎红巾，装扮成起义军模样，拽着绳索溜下城墙。张三领着他们顺利通过大成军的营垒，两日后抵达白马圩。"飞天爪"早已等候多时，三条快船打起红旗，急急如惊弓之鸟，过藤县，越梧州，脱离险境。

到了封川江口，管带许连升前来迎接，张敬修命人拔掉旗子，责备道："许管带，红匪倘若打下梧州，下一个目标就是你们，因何如此懈怠？"

许连升感到很委屈："大人，入夏以来天天下雨，水势太猛，把炮台都淹了。我们将扒船拼在一起，弄了个水上炮台，不容易了。"

张敬修皱着眉头问："怎么就这几尊铁炮？"

"哪有钱啊？"许连升诉苦，"今年只添了三位两千斤以上的铁炮，'大魁堂'那帮混蛋一个大子儿也不肯便宜，这些钱全是张邑侯自己掏的腰包。"

张十五仔这个知县当得窝囊，把脑袋别在裤腰带上不说，还得倒贴银两。张敬修想起上一次他对自己的暗示，后悔不迭，问道："参军老爷何在？"

许连升回答："郑小谷先生来避难，张邑侯请他当塾师，正在县衙收拾教馆。"

郑献甫是象州白石村人，道光十五年(1835 年)取中进士，因为痛恨官场腐败，只干了一年多便辞官还乡。这位老先生在外面对世道不满，在家里对老婆不满，把平生的精力都花在著书立说和教书育人上，为岭南著名的经学大家，号称"两粤宗师"。大成军拿下象州后，郑献甫看不起粗鄙无文的泥腿子，携家带口向东逃，这一站来到封川县。

张敬修喜道："小谷先生乃当代大儒，他说是非、恻隐、羞恶、辞让是性不是情，本官颇有些疑惑，正要向他求教，快带我们去。"

居廉连忙劝阻："大人，万万使不得，小谷先生愤世嫉俗，看不惯江湖和官场，论人性恶于物性，是为了用仁义道德骂人——你撇下平南不管，非挨骂不可。"

"仁义？"张嘉谟不服气，"他要是真仁义，为啥不在象州城陷时抹脖子上吊？"

好事不出门，恶事行千里。郑献甫门徒满天下，下一站必然去广州府避难，倘若大义凛然地当面发飙，传到粤东以后自己如何做人？张敬修顿时像霜打了的茄子一样蔫了，居廉为郑献甫辩护："小谷先生没有在朝为官，用不着成仁取义。"

"飞天爪"虽然听不懂什么性情之说，但他在官场和江湖上混久了，对读书当官的老爷有一种强烈的鄙视，觉得他们说一套、做一套，近如叶名琛，远如曾国藩，满嘴仁义道德却杀人如麻，一方面当清廷的奴才，一方面拿老百姓做替死鬼，哪里来的人性？看来这个郑小谷说得倒有几分道理。他认真地提醒："大人，你现在是戴罪之身，不回家好好养伤，却在这里酬和诗文，要是让广州城那些当官的知道了，非上折子弹劾你不可。"

张敬修遽然觉醒："哎呀，谭兄弟指教的是。"

一场败仗打下来，张敬修从国家栋梁变成了过街老鼠。他是个好面子的人，不肯在各地官员面前跌份，所以离开封川后再也没有给地方下帖子，在船上憋了好几天，忍着伤痛一口气漂到了佛山堡。一年多时间没见，汾江河白帆林立，舳舻相接，这座天下名镇似乎又恢复了昔日的繁荣和昌盛。时近黄昏，云河缓缓点缀天际，灯火辉映下，冲天招牌璀璨夺目，宛如一座巨大的红船戏棚。张嘉谟脱口而出："五叔，咱们看大戏去。"

张敬修、张三、"飞天爪"、居廉等人一起盯着他，好像看一个怪物。过了许久，张三才叹了口气："鼎铭，琼花会馆都烧了，到哪儿看大戏？"

为了打破尴尬，"飞天爪"拱了拱手，向张敬修施礼："大人，鼎铭说的对，应该上岸美美地吃一顿酒。佛山堡有不少名医，正好弄点药治伤。"

有"飞天爪"和狗子当官，佛山堡算是自家的地盘，但张敬修羞于见佛山士绅——拿了"大魁堂"数十万两白银，自己打了败仗临阵脱逃，却把佛山同知谢效庄的命丢在了浔江，这算是怎么回事？他无精打采地说："没关系，我能熬得住，还是直接去广州吧。明日早早见过制军大人，放舟回乡，以后画画、种草、起园子，不出来折腾了。"

张敬修这十来年没白混，打下名头、当了官不说，还捞了一大笔银子，比他爹投入的本钱翻了上百倍。他的业余爱好是画兰花，身边又有居巢、居廉这样的志同道合者，便决心回家起一座园林，过上可以和梁家相媲美的好日子。张嘉谟也搂了不少银子，提出建议："五叔，广府园林大家非梁九爷莫属，咱们应该向他讨教。"

提到梁家的园林，居廉心里也痒痒了："对，今天是立秋，恰与七夕重合，是个难得的好日子。大人，咱们脱离险境，应该庆贺一下。"

见大伙儿这么说，张敬修只好让了一步："好吧，上岸歇歇脚。"

船只在正埠码头停泊，"飞天爪"和张三两个人率先登岸。见码头上有不少五斗口巡检司的差役，张三感到很好奇："师傅，这是你安排的？"

"飞天爪"也摸不着头脑，叫住一个差役："你们巡检老爷呢？"

狗子和卢彪等人在正埠酒楼里饮酒，听说"飞天爪"从粤西归来，急忙撂下酒碗，慌慌张张跑出去迎接："大哥，臬台大人没事吧？"

张敬修青衣小帽，拄着拐杖从"接官亭"里走出来："张某如今是一介草民，劳烦巡检老爷挂念，真是三生有幸。"

狗子"扑通"一声跪倒在地，哽咽道："大人，你这不是折杀小的吗？"

张敬修放声大笑，把狗子搀扶起来："兄弟，跟你开个玩笑，莫要当真。"

狗子擦掉眼泪："大人，梁九爷在楼上宴客，你想不想见他？"

"哦？"张敬修喜上眉梢，"刚想打瞌睡，就有人送枕头。走着。"

梁九图既是造园子的大家，也是广府名流，还是一个在家抱孩子的闲云野鹤，这三个身份都对张敬修的胃口，也是张敬修下一步的生活目标。怀着去见知音的念头，张敬修一瘸一拐上了二楼，撩开雅间的门帘一瞅，发现里面有三个人正在吃茶，梁九图对门而坐，另外两位背对自己，穿戴打扮和梁九图大致相仿，应该是两个白丁。

"红渠风起白鸥飞，大纲拦江鱼正肥。"张敬修兴冲冲地打趣道，"张某不请自来，没有打搅九爷的雅兴吧？"

大成军围困平南县城，粤东士绅均以为张敬修难逃一死，必定壮烈"殉国"，哪料到他突然出现在佛山堡。梁九图吃了一惊："德圃，你……你……你还活着？"

那两位"白丁"转过身，同时抱拳："张臬台，别来无恙。"

等看清这两个人的面孔，张敬修苍白的三角脸瞬间涨得通红，腿伤不知不觉发作，差一点儿歪在地上。他心里暗自叫苦，真是骑牛遇亲家，出丑碰熟人，哪壶不开提哪壶——这两位算哪门子"白丁"？一个是户部侍郎罗淳衍，一个是广东按察使沈棣辉。

沈棣辉是张敬修不折不扣的死对头，这两年明里暗里互相拆台，争斗不止。望着他充满讥讽的笑容，张敬修苦辣酸甜涌上心头，向罗淳衍拱手："星斋兄，几时回来的？"

罗淳衍回家丁忧，因此没有穿官服。他把张敬修拉到自己身边坐下，仔细检查了他腿上的伤口，宽慰他："德圃，胜败乃兵家常事，不必在意。向大人怎么样？号称十万大军的江南大营被长毛攻破，圣上免了他的湖北提督。我经过丹阳时特意去看望他，老头子形容枯槁，奄奄一息，怕是活不了几天啦。"

"江南大营被打破？"张敬修脑袋"嗡"的一声，"什么时候的事？"

罗淳衍答道："就是上个月。"

福无双至，祸不单行，广东水师被大成军击溃，江南大营又被太平军打破，大清国难道真的要玩完了？张敬修担忧地问："向大人一死，朝廷还能指望谁？"

"江南大营并非没有名将。"罗淳衍叹了口气，"有首歌谣曰：'杀贼江上江水红，向公黑虎张公龙；钟山大战疾风雨，张公生龙向公虎。'向大人围困金陵，多赖张国梁之力，可惜张氏及其捷勇出自洪门，从圣上到衮衮诸公都不放心。"

不相信张国梁，那就只能依靠以曾国藩为首的湘勇——不管什么勇，都是只听大哥招呼的私人武装，普通兵士眼里并无大清皇帝，王八和乌龟，能有多大分别？张敬修转过身，向沈棣辉打了个招呼："沈兄，你是来接罗大人的？"

梁九图介绍："沈大人放了贵州布政使，升官了。"

"德圃，"罗淳衍替沈棣辉问，"听说李贼蹂躏柳州府，攻克象州、融县，黔东南的苗匪起兵响应，已经南下庆远，有没有这回事？"

大成国政权建立以后，立刻在西南地区引起了连锁反应。以贵州为例，彭秀兰率先在月亮山起兵，派遣余老科率兵翻越草鬼山，攻打柳州怀远县，从东北方向进行策应；李宝兄（即张秀眉）率领苗族起义军杀出台拱厅和丹江厅，接连攻占清江厅、古州厅、下江厅、黄平州和清平堡，挺进庆远府，从正北方向进行策应。

张敬修明白了，沈棣辉去贵州赴任路过粤西，扮成百姓模样当是为了躲避洪门，免得招致杀身之祸。他语气沉重地说："罗大人所言极是，贵州山重水复，和庆远府连成一片，苗匪视李贼为天神下凡，蜂拥而起，半壁河山已落贼手。云南也差不多，马复初、马如龙、杜文秀领着回回扯旗造反，分别奉长毛和会党为正朔，从滇南到滇西商旅阻绝，道路不通。沈大人去上任最好多带点儿兵马，尤其是洋枪洋炮。"

贵州自古为烟瘴之地，山峦叠嶂，好似到了天边，全省的财货抵不过南海一个县。沈棣辉本来不愿意去，但他在粤东千夫所指，名声扫地，替叶名琛背黑锅又受其排挤，日子真是一天也过不下去。他仔细品味着张敬修的话，越听越觉得这个败军之将不怀好意，似乎是嘲笑他靠洋枪洋炮打胜仗，于是把脸一甩："沈某什么都不带。"

没有红毛鬼子的帮助，你沈棣辉算哪根葱？张敬修暗骂了一句，笑嘻嘻地说："红匪中有不少武林高手，乱世之秋，小心为妙。"

沈棣辉火了，猛地一拍桌子："老子也不是吃素的。"

"两位皆为国之干城，看在罗某的面子上，消消火。"罗淳衍劝了两句，问梁九图，"洋人最近怎么突然消停了？"

梁九图望着沈棣辉："这个恐怕要问沈大人。"

沈棣辉幸灾乐祸地说："叶大帅用人朝前，不用人朝后，当了婊子立牌坊，拿红毛鬼子当驴拉磨，这不是寿星公吊脖颈，嫌命长吗？"

叶名琛在咸丰皇帝眼里是金光闪闪的打鬼英雄，罗淳衍对他这套自欺欺人的鬼把戏很不以为然，摇头道："洋人包藏祸心，叶大帅弄不好要吃亏。"

沈棣辉"哼"了一声："人家有大仙保佑，生来占便宜的命，吃不了亏。"

梁九图细细一想，叶名琛还真是一个吃干抹净的主。他利用红毛鬼子对付洪门，屠杀无辜百姓向咸丰皇帝表忠心，即便像张敬修和沈棣辉这样的左右手，甩起来照样毫不客气——张敬修承担了打败仗的责任，削去官职成了平头百姓；沈棣辉的功绩被他夺走，替他担了恶名，被迫离开粤东，放逐到干戈四起的贵州去吃苦。

与洪门相比，红毛鬼子才是粤东迫在眉睫的大患，叶名琛要弄了所有的人，也失去了所有人的支持，唯一的办法是靠常有定和"琉璃球"两个大仙装神弄鬼，将来绝对不会有什么好下场。张敬修心中渐渐坦然，如此说来，回家养伤倒不失为一条安身立命之策。他正在心里打小九九的时候，楼下突然一记鼓响，有人唱起了地水南音。

大厅里熙熙攘攘，一个读书人打扮的醉鬼手持琵琶，自吟自唱：

楚汉相争动枪刀，
高祖爷咸阳登大宝，
一统山河乐唐尧。
到如今出了个奸曹操，
上欺天子下压群僚。
我有心替主爷把贼扫，
手里缺少杀人的刀。
…………

这是一折子《击鼓骂曹》，醉鬼唱完，大厅里的酒客纷纷叫好。有人挑逗："何大状师不是会'迟疾任情'吗？咋还缺杀人的刀？"

那醉鬼不是别人，正是何淡如，他醉醺醺地说："'迟疾任情'是我师傅的手艺，杀的是武林中有名有姓的豪杰——剁一个奸贼，岂不污了爷的宝剑？"

有人问："谁是奸贼？"

何淡如打了一个酒嗝："哪一个辜负了汉家，哪一个就是奸贼！"

有人挑刺："何先生，你唱的曲子像是'外江班'的词？"

"废话，"何淡如道，"红船大戏不让唱，还不能唱'外江班'的？"

"既然唱'外江班'的词，你为啥用地水南音的调调？"那人不依不饶，"打'发报鼓'的拍子，我看你是想造反。"

何淡如"呸"了一口："老子是粤人，当然唱粤曲，打粤鼓。这要是算造反，那大街上的老百姓都算造反，丢你老母的。"

沈棣辉在楼上听得清清楚楚，勃然大怒："来人，把这个反贼给本司拿下。"

梁九图吓了一跳，连忙求情："小何一贯放浪形骸，大人莫要和他计较。"

沈棣辉道："此贼公开叫嚣，反迹昭著，九爷难道没听到吗？"

张敬修苦笑一声，没有说话。沈棣辉与佛山士绅的矛盾由来已久，"大魁堂”捐给自己几十万两白银的军饷，据说沈棣辉暴跳如雷，曾经扬言报复，今天这事看来难以善了，纯粹是杀鸡给猴看。罗淳衍出自顺德豪门，立场当然站在“大魁堂”和张敬修一头，他不悦道：“沈兄已经卸了粤东的差事，何必多此一举？”

沈棣辉把心一横：“大人久在朝堂，不知地方情形。这个姓何的胆大包天，常常替红匪余孽击鼓鸣冤，与官家为难。本司今天秉公执法，岂能容他？”

何淡如继承刘华东衣钵打官司，在广州府，这对宝贝师徒谁人不知，谁人不晓。罗淳衍觉得沈棣辉难以理喻，起身道：“罗某有孝在身，不可闻乐，告辞了。”

罗淳衍拂袖而去，张敬修和梁九图赶忙下楼，把他送上河头船，拱手告别。目送白帆融入沉沉黑夜，梁九图苦笑着解释：“德圃，我本来请星斋吃茶，安慰他一下。哪知道沈大人正好途经本镇，非要询问什么江南军情，让你见笑了。”

张敬修长叹一声：“他家祖坟不在粤东，抬起屁股就走，你我行吗？”

“飞天爪”带着狗子从正埠酒楼走过来，抱拳道：“姓沈的非要治何淡如的罪，准备把他捆到牌坊上吊杆子。大人，咱们换个地方吧？”

梁九图主动邀请：“德圃，去我家，我家里清静。”

张敬修笑了起来：“不瞒你说，福草，我就是冲着你家来的。”

张嘉谟道：“九爷，五叔想造个园子，望不吝指教。”

梁九图指着不远处的“汾江草庐”：“德圃，要想造一座有灵气的别致园子，必须请一位丹青高手，我这个园子就是苏长春画的。”

张敬修把居廉推到前面：“古泉是丹青高手，他懂我的心意。”

居廉慌忙摇头：“大人，我这三脚猫的本事，哪敢和苏先生相比？”

大伙儿谦虚辞让，渐渐忘了刚才的不快。张敬修上了梁家的篷船，船到江心，一曲悠然的琴声传来。那声音如同被侵蚀的残阳，将一丝青色的哀愁涂抹于秋天的墙壁上，便在你凝神观看之际，悄悄地载走了黄昏。

张敬修禁不住“啊”了一声。

梁九图吩咐停船：“德圃，你想返回去？”

琴声是从正埠酒楼传出来的，居廉感到很奇怪："大人，此人琴技娴熟，但绝非什么出类拔萃之辈，你为何如此看重？"

琴棋书画是名流的基本功课，张敬修专门拜师学过艺，聆听过黄立峰等大家的琴技。他最大的本事不是欣赏琴技，而是识别古琴和收藏古琴。今天夜里这阵琴声低沉苍凉，味道不是来自演奏者，而是来自瑶琴本身。张敬修脱口而出："古泉，这是一把名琴呀。"

穷人是练不出这个本事的。居廉窘迫道："那咱们回去看看？"

篷船再度靠岸，众人登上码头，何淡如已经被吊到了"忠义乡"的牌坊上，犹然在哼哼唧唧骂街，四周是十几个黑衣打手，横眉立目，不许他人靠近。"飞天爪"走在前面，进了酒楼大厅一看，何淡如刚才吃醉酒的桌子旁边坐着一个中年人，手里抱着一只琴盒，正怡然自得地吃茶；相邻桌子是一位头戴斗笠、洗尽铅华的美貌女子，只见她轻抬玉臂，满脸庄重，似乎舍不得用指头拨动琴弦；女人后面站着一位身披蓑衣的汉子，满脸络腮胡，体形魁梧，腰里悬着一口手腕粗细的砍刀，一看就不是等闲之辈。

这汉子不是别人，正是"粤安社"首任总教头梁锡佳。

梁锡佳夫妇归隐江湖多年，是陈开手里最神秘的棋子，平常不轻易显露行踪。"飞天爪"暗暗吃了一惊，到门口拦住张敬修："大人，此地不宜久留。"

看到那架瑶琴，张敬修两只眼珠像钩子一样再也拔不出来，垂涎欲滴："谭兄弟，你仔细瞧瞧，仔细听听，这可不是凡物。"

书中暗表，抚琴的风韵女子自然是温玉珠，指下瑶琴乃是大名鼎鼎的"绿绮台"，吃茶的中年人是"绿绮台"的主人杨子遂。

温玉珠一曲歌罢，脸上露出幸福的笑容，向杨子遂道了个万福："承先生美意，使小女子有幸亲近名器，此生死而无憾。"

杨子遂将"绿绮台"置入琴盒，头也不抬地说："温姑娘，陈大老倌曾授你琴技，不是杨某看你的面子，而是这把琴看陈大老倌的面子，明白吗？"

张敬修挣脱"飞天爪"等人的拦阻，一瘸一拐地走到杨子遂的身旁，躬身施礼："杨先生几时来的佛山堡？怎么舍得让你的宝贝抛头露面？"

"佛山堡夜夜笙歌，何时如今日寂寥？"杨子遂愤然道，"唱支曲子也吊杆子，这是哪一家的王法？杨某用'绿绮台'传续天籁，理所应当。"

佛山堡所有的逆产中，正埠酒楼名头最响，也最值钱，被沈棣辉抢去卖给了罗琦。罗琦走过来恐吓杨子遂："姓杨的，知道吗？你这些话就犯王法。"

梁锡佳淡然一笑："罗老爷，杨先生既然犯了王法，那就赶快拿人吧。"

罗琦用手指了指楼上的雅间，得意地炫耀："梁教头，罗某不是煞风景的人。但沈大人过埠本乡，两耳难得清净，姓杨的公然为小何喊冤，指桑骂槐，居心不良。"

"哦？"梁锡佳不动声色，"就是火烧琼花会馆的那位沈大人？"

沈棣辉轻车简从，所带扈从不过三十余人，河头船没有插旗，也没有战船护送，目的就是为了不引起注意。罗琦无意间泄露了他的身份，后悔不迭，恨不得扇自己十几个大嘴巴。梁九图暗自摇了摇头："杨先生，不妨屈尊到寒舍一游？"

杨子遂警惕地看了他一眼："多谢，杨某再穷，也不会卖琴糊口。"

望着他离去的背影，张敬修问："九爷，杨先生这是什么意思？"

梁九图长叹一声："德圃，匹夫无罪，怀璧其罪。年初杨家遭了一场火，十之八九是觊觎这把名琴的贼子所为，分明逼着他卖琴呢。"

张敬修正沉浸在"绿绮台"的梦想中，听到梁九图这么一说，双颊发热，好像那把火是自己放的一样。他收住贪念，讪讪地说："琴是他的命，他如何舍得卖？"

"那要看是谁？"梁九图怅惘道，"杨子遂是识琴、护琴之人，看不起那些腰里缠着几个铜子的俗物。假如是陈大老倌，他宁愿拱手奉送。"

咸丰六年初，根据与梁应琨的约定，陈开相继派遣秦亚醣、"纽纹良"和"大漏勺"三人回到佛山堡，在汾水铺的聚龙社、白米街、善门街各开一间米行，与梁博太、温秉义共同组成七市米户的五大巨头，垄断了佛山堡的粮食贸易。与此同时，陈开委托女诸葛出面，购回被官府查封的所谓逆产，以做生意为名，起用柯定邦、鸡大逵、劳亚绰、郑绍祖、冼长贵、尚喜坤以及小朱瘸子等人，组成了一个强有力的物资供应体系。

和物资供应体系同等重要的是情报网络，陈开将"粤安社"更名为"武德堂"，在广府各地开设分馆，收拢失散的洪家兄弟，招募新鲜血液。鉴于"德礼堂”人才不足，李文茂把林汉朝、梁二娣、梁兰桂、黄华宝、“大花面明”等人派回佛山堡，担当重任。

梁锡佳不经意间打探到沈棣辉的行踪，和温玉珠匆匆离开正埠酒楼，进入筷子街。众人听说火烧琼花会馆的元凶来了，无不咬牙切齿，捶胸顿足，齐声道：“天堂有路尔不走，地狱无门自来投，宰了姓沈的，为三爷和弟兄们报仇。”

梁二娣抄起单头棍：“别让他跑了。”

梁锡佳拉住他：“你现在是‘武德堂’的总教头，遇事要三思而后行。”

梁二娣吼道：“这狗官杀了我们那么多兄弟，难道不应该偿命？”

屠杀洪家兄弟的刽子手中，叶名琛、沈棣辉、黄彬、苏海这几个人最卖力气，当年同生共死的古劳围小霸王中，冯坤、吕雄杰都是沈棣辉亲自监斩的。按照梁锡佳个人的想法，杀此贼一万遍也不为过，他神情凝重地说：“各位兄弟，掌堂大爷和大龙头让咱们扎根广州府，目的是为了收集军情，供应粤西所需军器和货物，积蓄力量，以待来日大举，绝非杀一两个狗官这么简单。我等刚刚站稳脚跟，多数人还没有买到顶戴，在本镇杀了姓沈的，必然惊动官府，恐不利于大局。”

大伙儿气馁道：“那你说咋办？”

“杀肯定要杀，但不能在佛山堡出手。”梁锡佳胸有成竹，“西江是咱们的地盘，姓沈的赴外省就任，只能走北江。他在这里歇脚，是为了等夜半涨潮，好方便北行，绕道湖南去贵州。他的河头船肯定经过西海大寨，事不宜迟，即刻设伏，不怕他逃出如来佛的手掌心。”

众人齐声叫好：“听梁教头的。”

梁锡佳继续叮咛：“姓沈的是惊弓之鸟，一旦吃了惊吓，必然回撤。咱们兵分三路，一路在老鸦洲埋伏，一路在簕竹洲埋伏，一路尾随截击。每路限一条篷船，两个人，只许带刀，不许带火枪和红粉，你们看咋样？”

“没问题。”大伙儿无不应承。

根据安排，梁锡佳夫妇执行尾随截击，林汉朝和“大花面明”在老鸦洲设伏，梁兰桂和黄华宝在簕竹洲设伏，梁二娣在佛山堡坐镇“武德堂”。按下梁二娣如何暴跳如雷不提，且说“大花面明”跟随“太子朝”来到老鸦洲，望着江面发愁地说:“姓沈的久经战阵,这么宽敞的水面一个猛扑就能闯过去,看来功劳不是落到兰桂和华宝手里,便是落到他们公婆手里。”

林汉朝冷笑一声:“只怕未必。”

“大花面明”喜道:“你有啥好法子?”

林汉朝默默地点燃一盏油灯,把灯挂在船篷外檐,然后弯腰打开戏箱,取出一身正印花旦的戏装,三下五除二穿在身上。林汉朝身材中等,相貌俊美,自幼在秋色中担任色心,换上这套戏装宛如画中人,比那倾国倾城的美人不差分毫。他又从舱壁摘下一把黑漆破胡弓,这把弓为甘先——去年七月自湘南返回,不幸被官军擒获——遗物。沈棣辉在天字码头监斩,将甘先千刀万剐,割为碎片。

江风渔火中,“太子朝”执弓独立,击节而歌,恰是一曲《狂鼓吏》,曰:

哄他人口似蜜,
害贤良只当耍;
把一个杨德祖立断在辕门下,
碜可可血唬零喇。
孔先生是丹鼎灵砂,
月邸金蟆,
仙观琼花。
…………

河头船转过昆都山,遥望河心飘荡着一条篷船,灯光里有一位绝色佳人翩翩起舞。到了近前却见她穿的是红船衣,唱的是红船曲,沈棣辉心中恼火,钻出船舱。手下人劝阻:“这女人深更半夜抛头露面,恐非善类,大人最好不要理会。”

“一介五体不全之人,有何惧哉?”沈棣辉挥了挥手,健步来到船头,高声喝斥,“兀那妇人,竟敢唱乱党的曲子,不怕灭九族吗?”

“太子朝”拔箭在手,拉弓如满月,想起甘先就刑时的大义凛然,不觉涕泗滂沱,冲着夜空喊道:“甘阿妈在天之灵慢行,且看兄弟替你报仇雪恨。”

言罢,美英雄奋力射去,一箭贯穿了沈棣辉的咽喉。

第一百七十五回　裕盛办馆

经过十余年的建设，香港岛人口增加了十倍，经济中心从南部的赤柱圩转到了北部的尖沙咀洋面——红毛鬼子把这里叫维多利亚湾。从1849年开始，香港殖民政府将扯旗山下的土地以999年期限出售，表明了妄图永久征服的狼子野心。

当年倪快嘴和狗仔娘看热闹的地方，眼下叫群带路(即今天的上环、中环、下环)，是香港岛的市中心；梁兰桂、王铁爪、黎家兄弟吃醉酒打挺的那块洼地现在叫歌赋街，亦为一块繁华街区。宝顺洋行的买办方亚明在街上开了一家咖啡馆，平时由老婆打理，署理辅政司布烈治太太、抚华道高和尔太太、张亚丞太太冯紫玉都是老板娘的密友。

立秋之后，秋老虎也不得了，已经过了处暑，天气依旧炎热。冯紫玉浑身是汗，始终不愿意脱掉身上的大靠，方太太羡慕道："妹子，你没当大老倌，真是可惜了这副材料。"

冯紫玉叹息："唱给谁啊？"

方太太絮絮叨叨："官府禁了红船大戏，香港岛倒是能唱，可是红毛鬼子又听不懂；再说大老倌都跟着二爷去了粤西，也凑不够角啊。"

为了保全家人的性命，冯紫玉被迫委身张亚丞，远离亲朋故旧来到香港岛，过着一种孤独而备受屈辱的生活。女人心里有无限酸楚难以倾诉，唱曲是唯一的排遣，她推开窗户，望着对面高耸入云的大雾山，不无焦急地问："黄太太怎么还没来？"

黄仲畲有个本家兄弟叫黄墨洲，在群带路开了一间平码行，他老婆是个戏迷，经常翻过大雾山去邓家听堂会。黄家兄弟向来脚踏三只船，黄墨洲也不例外，花钱在新安县衙顶了一个差役的身份。方家同样是黑白通吃的主，方亚明表面上给宝顺洋行当买办，私底下买了条货船走私鸦片——他买的船名叫"亚罗"号，在香港注册，除了船长肯尼迪是鬼子，其他水手不是流落到香港的洪家兄弟，便是原来"红旗帮"溃散下来的疍户。

方太太给冯紫玉沏了一杯咖啡："尝尝红毛鬼子的茶，不难喝。妹子，红毛鬼子其实跟咱们差不多，一个鼻子两只眼，唯独没有常性，早上还文质彬彬，晚头变起脸来像个畜生，浑然不顾体面。德伦先生与布烈治、高和尔老爷几个不对付，便买了《中国之友》和《香港公报》两份报纸，天天骂街揭露黑幕，他手里的小道消息特别多，啥样的都有。今天趁着布太太和高太太没来，我让黄家弟妹去探个消息，要是能捏住张亚丞的短处，也好替你出口气。"

德伦以前当过殖民政府的登记官，因为分赃不均得罪了当时的辅政司威廉·坚，从此和殖民政府的当权派结下了梁子。宝灵的女儿艾米丽与张亚丞私通这件事没人敢提，只有德伦这张大嘴肆无忌惮，无所顾忌。原来方太太指派黄太太去干这事？冯紫玉十分扫兴："咳，姓张的是姓张的，我是我，他愿意和谁鬼混都行，最好一辈子别回家。"

"来了，"方太太撇了撇嘴，收起蒲扇，"你跟她说。"

黄太太练过两天把式，因此有能力帮丈夫操持那间黑店。她进了咖啡馆，摘下头上的红色头巾，使劲挥舞着，催促："换茶，换茶，热死我了。"

方太太急切地问："探听到啥没有？"

"乖乖，那个不要脸的番婆子，"黄太太啧啧道，"她躲在一个孖鹰国的尼姑庵里，冒充尼姑和张亚丞通奸，羞她先人哩。"

方太太笑道："鬼子不认先人，皇上帝就是她先人。"

"皇上帝没皮没脸，"黄太太没好气，"他张家先人也不怕羞？"

冯紫玉面无表情，似乎是在听别人家里发生的故事。她伸手接过几张《香港公报》，随意地翻了翻，她认识的鬼字加起来不到十个，因此什么也没看懂。正要把报纸丢回，突然，夹在报纸中间的一张缉捕文书吸引了她的目光。

冯紫玉颤抖地问："这是什么？"

"哎呀，瞧把我妹子心疼的，"黄太太朝方太太扮了一个鬼脸，"沈臬台没福气，在上任的路上落了水，叫人一箭射断了脖颈。官府没有声张，悄悄发下缉捕文书捉拿，这张文书是我家那死鬼从九龙城寨取来的。"

缉捕文书上画着一张俊美的面庞，正是冯紫玉朝也思、暮也想的偶像。她手捧画像，一刻也舍不得放下，喃喃道："凭什么认定是他？"

"红船大老倌是啥性子？"黄太太道，"那支箭杆上刻着'太子朝'的名号呢。"

屋外的烈日仿佛一下子埋入黄昏，变得像海风一样轻柔，像水波一样温存。林汉朝这个名字的突然出现，为冯紫玉近乎窒息的生活带来了光芒，她似乎预感到了幸福的脚步，紧紧抓住黄太太皲裂的手掌："莫非他来了香港岛？"

黄太太叹了口气："妹子，我看你是走火入魔了。"

"对啊，"方太太道，"'太子朝'人见人爱，在广肇两府起码有几十个鬼马老二，他咋能看上你？醒醒吧，我的好妹子。"

时至今日，冯紫玉与"太子朝"面对面相逢只有一次——在清晖园为陈吉贺喜时共同演出《打洞结拜》。对尝尽了肉体之欲的冯紫玉来说，那次幸福铭心刻骨，动人心魄，便是用十条命她也愿意换。女人辩解道："两位姐姐，我只想跟他再唱一出戏。"

两个娘们一起问："没别的？"

冯紫玉莞尔一笑："我这么脏的身子，还能有什么别的念头？"

这一笑，黄太太差一点儿落下泪，她霍地站起来："妹子，今天晚头跟我上大雾山。红毛鬼子准备对官军动手，附近的洪家兄弟都在那儿议事，兴许'太子朝'也在。"

夜幕降临，凉风习习，冯紫玉在家里梳洗打扮，描眉画鬓。她梳了一个

“宝鼎髻”，戴了一个水钻头面，水衣上面罩了一件绿色绣花氅——这是《打洞结拜》里京娘的装扮，也是她最钟爱的行头。冯紫玉乘轿子到了咖啡馆，黄太太早在那里等候，夺下她佩带的长剑，从怀里掏出一把匕首递给她：“妹子，你本事不济，遇到恶贼只能智取，不可死斗。这个东西在我们潮州叫‘小救驾’，专供女人防身。”

此时的冯紫玉，三魂去了两魂，一颗心早就飞上了大雾山，黄太太说什么是什么。她把“小救驾”纳入胸口，跟随黄太太乘船渡过港湾，来到对面的九龙城寨。黄太太和九龙巡检司的差役们混得极熟，打了个招呼便领着冯紫玉向山上爬去，约摸一个时辰后，山林里传出一声急促的低喝：“窄路不相逢。”

黄太太回答：“谨防半路风。”

那人似乎还不相信，又问了一句：“有忠有义桥下过。”

黄太太对答如流：“不忠不义刀下亡。”

林中亮起一把火炬，一条黑瘦的汉子跳了下来，见是两个女人，十分惊奇：“你们是哪个堂口的？我咋不认识？”

黄太太道：“你把黄墨洲叫来，我是他内当家的。”

黑瘦汉子打了个呼哨，笑嘻嘻地说：“嫂子来了，快叫黄大哥。”

不一会儿，黄墨洲从林子里钻了出来，止不住地埋怨老婆：“你来干啥？”

黄太太指着冯紫玉：“咱妹子是林大老倌的相好，来看看他，他在吗？”

“太子朝”有多少鬼马老二，洪家兄弟没人能说得清。黄墨洲疑惑地看着冯紫玉：“在倒是在，今天晚头有正事，只怕林大老倌没工夫见你。”

冯紫玉欣喜若狂，低头羞怯地说：“我等他。”

黄墨洲生气地教训老婆：“你这张乌鸦嘴兜不住事，迟早给老子惹出祸来。”

黄太太回击：“人家林大老倌都没说话，蝙蝠身上插鸡毛，你算什么鸟？”

潮州老婆惹不起，黄墨洲提着灯笼，骂骂咧咧把冯紫玉领到一间草屋前：“你在这儿乖乖待着，别四处乱跑，林大老倌议完事自然会下来。”

草屋破败不堪，看来很久没有住过人，门口对着一座坟茔，飘散着醉人的气味。不，那不仅仅是香火的余烬，而且是奇楠木发出的芳香。冯紫玉推开屋门，借着残月的光辉，发现密林中出现一堵苍白的墙壁，爬满了紫色的藤花——传说中那段令风云变色的伟大爱情难道就在这里萌芽？冯紫玉如痴如醉，觉得天可怜见，脑海里渐渐响起了《客途秋恨》的旋律。坠入爱河的女人从胸口摸出“小救驾”，用树枝削了一柄木剑，模仿着“太子朝”的英姿，无声地唱起了《打洞结拜》。

洪门主力退出粤东后，宝灵立刻要求叶名琛兑现密约，却接二连三地吃了闭门羹。他这才明白自己上了当：与狡黠的耆英相比，叶名琛简直就是一个泼皮无赖。愤怒的宝灵决心用武力逼迫叶名琛就范，动手之前，他让张亚丞出面，笼络各路江湖势力。

当时的香港岛主要有四股势力：其一是以“洪德堂”和“洪义堂”为主的洪门；其二是各种打着洪门旗号的私家堂口，比如说黄家兄弟；其三是其他江湖势力，以谭亚才的“全元堂”和卢亚贵的“义胜堂”为代表；其四是“太平军”——有一个叫洪秀琮的人，自称是太平天国的定鼎王，手里拿着一堆自己刻的木头印章，在香港岛大肆封赏，网罗了七八百号人马。

香港岛原来是“洪义堂”旗下“和番堂”的地盘，堂口精锐追随刘丽川去了上海，在艰苦卓绝的守城战中消亡殆尽。洪门主力撤往粤西后，关钜奉命在珠江三角洲东岸经略，他把老营设在红海湾，一面大力扶持“洪义堂”旗下的堂口，一面以王铁爪为代理人，在原“红旗帮”残部的基础上发展“洪德堂”的势力，整编溃散到香港岛的兄弟。

王铁爪接到张亚丞和黄家兄弟的消息后，心里拿不定主意，连忙召集各家堂口的头目上大雾山议事，请在那里隐身的林汉朝定夺。随同他上山的头目中，区心、邓洛和陈百野等人原来属于“洪德堂”，袁亚炳、何凤山、罗亚添等人原来属于“洪义堂”。大伙儿高兴地把“太子朝”围在中间，纷纷请战：“林大老倌，红毛鬼子和威武窑子动刀子，这是千载难逢的机会，叶大胖子手上沾满了我们兄弟的血，决不能轻饶他。”

昨天红毛鬼子和威武窑子还亲热得合穿一条裤子，今天突然反目为仇，这个巨大的变化让林汉朝有些措手不及，他将信将疑地问：“这事靠谱吗？”

“林大老倌，咱们多少年的交情？黄某啥时候送过假消息？”黄文汉尴尬地说，“此事千真万确，红毛鬼子的胃口越来越大，索要的价码越来越高，打死姓叶的他也不敢答应，这回他们是彻底闹掰了。宝灵觉得自己手下的人马不够用，已经派船回红毛国请求发兵，瞧着吧，不出半年，这一仗非打起来不可。”

王铁爪兴奋地说：“我就说嘛，掌堂大爷活得好好的，白龙没有归天。这不，银龙和猪龙互相厮杀起来，天下还是白龙的，咱们洪家兄弟必有出头之日。”

香港岛这些小堂口加起来不到三千人，打起仗来至多起骚扰的作用，顶不了多大事。林汉朝抱拳道：“各位兄弟，鞑子好歹尊奉圣人礼教，而红毛鬼子张嘴闭嘴皇上帝，不但要亡我们的国，还要改我们的种，掌堂大爷对红毛鬼子恨之入骨，绝对不会答应和他们联手。宝灵知道本门兄弟有血性，不可能像威武窑子那样听其摆布，所以他们这次的笼络只是权宜之计，不可当真。这样吧，你们先和张亚丞支应，林某马上派人返回粤西，把这个军情报给掌堂大爷，请他老人家定夺。”

议事结束，各路头目纷纷离去，林汉朝收拾行装，提了一条行者棍从北坡下山。这时天色已经蒙蒙亮，细雨打湿了枝头的树叶，山风拂动面庞，空气格外鲜嫩。忽然，身后传来脚步的窸窣声，一阵如怨如诉的歌声飞来，竟然是一曲《打洞结拜》：

风飘雨飘，愁眉泪蕴光，
忆家记家，疼心泪两行。
恼恨强人何谬罔，
使我旦夕哀声放。
断肠花罡风肆强悍，
要求生只恐已无望。
呼天不应自痛伤，
…………

林汉朝回头一看，只见冯紫玉跌跌撞撞奔下山林，全身湿乎乎地玲珑毕现。美英雄不觉压低头上的帽檐，问道：“张太太，你怎么在这里？”

“太子朝”明明知道自己在草屋守候，却连个面都不肯见，分明是嫌弃自己。冯紫玉珠泪扑簌而下："林大老倌，难道你不知道奴家的心吗？"

林汉朝笑着反问："人人有心如花草，莫非都要林某去摘吗？"

冯紫玉道："休小看人，奴家这颗心也是诛过的。"

林汉朝微微一怔："你用什么诛？"

冯紫玉扯开胸襟，露出雪白的肌肤："用奴家的身子。"

"哈哈，"林汉朝仰天大笑，"果然是人尽可夫的婊子。"

冯紫玉并不气恼，从容道来："林大老倌，枉你还算是一个武林高手，岂不闻肉身正是一尊鼎炉，你用它来习武，奴家却用它来修道。"

"哦？"林汉朝讽刺地问，"你诛出了什么？"

冯紫玉指了指胸口："奴家用它诛出了本心。"

这个荡妇竟然嘴里一套一套的，真不愧是大家闺秀。林汉朝不自觉地又问了一句："你的本心是什么？"

冯紫玉把扣子系好，穿戴整齐，郑重地扶了扶被雨水淋湿的"宝鼎髻"："林大老倌，奴家的身子虽然千人骑、万人踏，但是这颗心从不沦落。世间万物心底过，白鸟腾空污水流，这颗本心不是花也不是草，而是戏棚里的一道光。"

林汉朝上下打量了她一番："你找我做甚？"

"奴家找你，"冯紫玉含羞道，"是为了破开肉身万丛影，再做一次京娘。"

进入八月，敏感的人已经嗅到些许硝烟的味道，航行在尖沙咀洋面，能看到三条巡洋舰和几十条拖船、划船组成的英军舰队正在真枪实弹地演习。洪秀琮和杨秀彬在"裕盛办馆"门前的土码头下船，向英开山抱拳发问："英爷，人来齐了吗？"

"稍候片刻，"英开山打了一个哈欠，"请到屋里吃茶。"

自从宝灵上台以后，卢亚贵和谭亚才过去的靠山威廉·坚被免去副总督的职务，彻底失了势力。两位曾经的大佬一不想招惹祸端，二不愿意向张亚丞卑躬屈膝，所以约束手下，一般不参与江湖上的是是非非。如此一来，洋人能拉拢的人马只有两支——一支是洪门，一支是洪秀琮和杨秀彬掌握的"太平军"。

杨秀彬本名叫杨次东，过去是"和番堂"旗下的一个小头目，近来转投

“太平军”旗下，被洪秀琮封为定国公，成为其左右手。坐定后，杨秀彬朝楼上瞥了一眼，低声说：“王爷，趁着这次机会，咱们多要点儿枪炮，免得弟兄们老是吃瘪。”

“先得多弄几条船，”洪秀琮道，“天王和东王在金陵城下击破江南大营，威风八面，马上就要兴师北伐。咱哥俩再不立功，将来咋讨封赏？”

见洪秀琮说得煞有介事，杨秀彬不禁有些迷茫：“哥，你真的敢去见天王？”

“为啥不敢？”洪秀琮瞪了他一眼，“咱们只要立下功劳，替天王和东王收复粤东，他们高兴还来不及呢。兄弟，咱们是天父的子女，和天王、东王是一奶同胞，上辈子吃过圣母玛利亚的洋奶。这是天命，你可以不懂，但不能不信，切勿疑神疑鬼，私底下说风凉话。”

洪秀琮话里有话，表面上是勉励杨秀彬坚定对红毛教的信仰，其实是警告他不要去拜洪门五祖，走回洪门的老路。杨秀彬苦笑着说：“哥，姓张的和老鹰在黄竹岐揍过天王，咱们要真是护主的忠臣，现在就应该一刀剁了他们。”

“上阵父子兵，打虎亲兄弟。”洪秀琮道，“张亚丞如今投靠洋人，信了红毛教，算是改邪归正——同为天父子女，哪能同室操戈？”

洪秀琮越是说得滴水不漏，杨秀彬心里越是糊涂，咋一转眼就和金发碧眼的红毛鬼子成了同胞？正在这时，从门外进来一条四十来岁的精瘦汉子，来人皮肤黝黑，双眼炯炯有光，抱拳拱手：“杨兄弟，我没来迟吧？”

“没来迟，没来迟。”杨秀彬大喜，“好哥哥，我还以为你不来了呢。”

来人名叫王兴顺，潮州府澄海县外沙乡人氏，原是“洪义堂”下面的一个堂主。在轰轰烈烈的甲寅年大起义中，此人与吴忠恕、陈娘康、郑油春、林元剀、许亚梅、古声扬等“洪义堂”将领在潮州府揭竿而起，杀官夺城，威震江湖。起义失败后，王兴顺去安南国躲避，回到香港时孑然一身，羞于见昔日的洪家兄弟，便接受洪秀琮和杨秀彬重金聘请，负责训练“太平军”。

“听说弟兄们今天来？”王兴顺犹豫道，“好久没见，我也凑个热闹。”

冯紫玉花枝招展地上了大雾山，一连半个月不回家，急得张亚丞四处张贴寻人告示，在香港岛已经传为笑谈。世上没有不透风的墙，有人在沙井看到冯紫玉和林汉朝结伴而行，嘴里还唱着曲子。张亚丞恨得牙根痒痒，端起手里的咖啡一饮而尽，对黄仲畲说："老子就讨厌这些当官的，鼠目寸光，见识短浅，洋人哪样东西不比咱们强？"

黄仲畲正在专注地观察英军舰队的演习，听到他的话，放下手里的望远镜："亨利，你这话也不尽然，当年阮中堂在越秀山创办学海堂，目的就是为了学习泰西奇器。拿这尊'千里眼'来说，他还写过一首诗。"

说罢，黄仲畲摇头晃脑地背诵起来：

天球地球同一圜，风刚气紧成盘旋。
阴冰阳火割相背，惟丈日轮相近天。
别有一球名曰月，影借日光作盈阙。
广寒玉兔尽空谈，搔首问天此何物？
吾思此亦地球耳，暗者为山明者水。
…………

虽然同为红毛鬼子眼前的红人，但黄仲畲肚皮里有些墨水，肠子弯弯曲曲，因此经常在张亚丞面前掉书袋。张亚丞看不惯他这个做派，讽刺地问："阿畲哥，你真的进过学海堂？"

"专课肄业生，专课肄业生，"黄仲畲谦虚地说，"惭愧，惭愧。"

道光十四年，学海堂设立专课肄业生制度，每年只招收十名学生，学制三年，来的莫不是岭南一时俊彦，朱次琦便是首届专课肄业生。黄仲畲这个牛皮吹得极为巧妙，张亚丞虽然是个捉鬼卖钱的精明人，但对学海堂的内情一无所知，哪能弄懂专课肄业生这种名词？

黄仲畲最近改了个名字，叫张彤云。张亚丞感到很奇怪："阿畲哥，好端端的，你为什么改了名号？难道有人要对你不利？"

黄仲畲是个典型的双面间谍，一头替叶名琛刺探红毛鬼子的军情，另一头也把广州官府的情报卖给宝灵。他毕竟算是个读书人，赚了钱以后不免得陇望蜀，希望从朝廷手里买一个顶戴，实实在在地过一把当官当爹的瘾。要想捞实缺，必须脱掉汉奸这层皮，唯一的办法就是改名字。他叹了口气："亨利，我算看明白了，像咱们这种和鬼子打交道的人，你就是把心挖出来，也没有人相信咱们是忠臣。我提醒过叶大胖子三次，说宝灵恼羞成怒，马上就要对他下黑手。可他宁愿相信‘琉璃球’和常有定，也不肯信我的话，真叫人寒心。”

张亚丞想起给他戴绿帽的冯紫玉，脱口骂道：“中国人就是这副德行，尤其是娘们。红毛女人虽然胳肢窝有臊味，下面的洞口宽敞，但人家从一而终，够义气。”

从一而终，还够义气？黄仲畲疑惑地问：“亨利，你说的是红毛女人吗？”

张亚丞说的还真是红毛女人——宝灵的闺女和他如胶似漆，最近寻死觅活，非要张亚丞休掉冯紫玉，和自己回大不列颠过日子。张亚丞舍不得冯紫玉，给黄仲畲斟了杯烧酒：“你我热脸贴人家冷屁股——朝廷对咱们非打即骂，咱们还一门心思为朝廷着想。昨天我在码头上碰到了‘铁桥三’，问他小浩官为什么最近没来。”

黄仲畲忙问：“他怎么说的？”

“卧床不起，”张亚丞解释，“被人堵着门口骂汉奸，气病了。”

两个人面面相觑，吃起了闷酒。过了大约半个时辰，王铁爪率众赶到，张亚丞和黄仲畲联袂下楼，抱拳问道：“二爷有何军令？”

王铁爪冷冷地纠正道：“二爷也是你叫的？叫王驾千岁。”

“是，是，”张亚丞唯唯诺诺，“王驾千岁有何谕旨？”

王铁爪坐下来：“掌堂大爷说了，红毛鬼子比威武窑子更可恨，任何兄弟不许助战。”

如果发动战争，凭香港岛这点儿驻军远远不够。宝灵受够了叶名琛的欺骗，等不及国内援军到达便想攻入广州，活捉叶名琛洗雪前耻。如此一来，他只能寄希望于洪门，最好大成军能够顺流而下，东西夹击清军。张亚丞没有完成使命，心有不甘：“铁爪兄弟，叶大胖子杀了你们那么多人，你连仇也不敢报吗？”

王铁爪勃然大怒，和区心、邓洛、陈百野、袁亚炳、何凤山、罗亚添、王兴顺等人齐齐地拔出佩刀，奋力砍在桌子上：“放屁，老子恨不得将他碎尸万段。”

香港岛洪门兵力虽单，但吸引清军注意力、壮大声势还是没有问题的。张亚丞心里稍稍得到安慰，拱手道：“铁爪兄弟，这场仗不白打，有钱有粮有刀枪。你们尽管放胆搏杀，敌不过官军不要怕，后面有铁甲轮船掩护。”

甲寅年大起义，洪门就是败在鬼子火船之手。王铁爪恨恨道：“老子不要你们帮忙，咱们驴拉碾子牛耕田，各干各的。”

张亚丞伸出大拇指：“好主意，免得犯了王驾千岁的军令。”

洪秀琮和杨秀彬对视一眼，觉得机会来了：“亨利先生，我们没有这样的忌讳，你只管把战船和军械运来，本军一定将清妖杀个干干净净。”

张亚丞眼珠一转：“你们有多少兵马？”

洪秀琮壮着胆子说：“两千。”

张亚丞拍了一下桌子：“我给你四千人的口粮，怎么样？”

洪秀琮和杨秀彬的目的不是为了打仗，而是为了骗钱。听说能拿到这么多粮草，不禁笑逐颜开：“亨利先生，咱们都是皇上帝的子女，都是真草、坚草和耐草……”

“去去，”张亚丞不耐烦地截住他，“老子不是你们那个天国的。”

忙完向“太平军”交接粮草，时间就到了八月初六。张亚丞松了口气，从英军军营借了一条铁甲轮船，打算赶回商馆广场，视察一下自家的鸦片和“猪仔”生意。轮船刚开出龙鼓洲，从澳门方向急急驶来一条架炮船，上面挂着十三行明官的旗帜，连连鸣号示警。

两条船靠近，张亚丞站在船舷处问：“惠斯特先生，什么事？”

潘继光满脸惊慌：“亨利先生，坏了，坏了。”

张亚丞不悦：“到底咋啦？”

潘继光稳了稳情绪：“咱们贩‘猪仔’的船让人给劫了。”

小明官最初靠介绍乡亲到北美加利福尼亚做工赚取佣金，后来发现往古巴和秘鲁贩卖“猪仔”更赚钱，便改投假洋鬼子麾下。张亚丞大惊：“谁这么大胆子？”

潘继光道：“潘大庆说打的是红班拳。”

“丢他老母，”张亚丞怒从心头起，咬牙切齿，“抢老子的女人，劫老子的货物，分明是不想让老子活了。快说，那群杀千刀的在哪儿？”

潘继光缩了缩脖子：“亨利，你能斗得过他们吗？”

张亚丞冷笑一声：“老子有‘水上飘’，谁也不怕。”

潘继光来了精神头："听大庆说，他们往虎门口去了。"

铁甲轮船发出怒吼向北冲去，不大一会儿，就把潘继光乘坐的架炮船甩出去老远。大约酉时过半，轮船抵达虎门大寨。那时节，夕阳低垂，云河黯淡，伶仃洋上白帆寥寥，为大清朝的海上天堑裱糊了一丝活力。黄鼠狼下仔，一窝不如一窝，到了叶名琛的手里，这座三重门户设计的堡垒彻底形同虚设——光天化日之下，铁甲轮船大摇大摆地从东水道通过，威远、镇远和横档炮台上的水师官兵一言不发，好像这片水面已经不属于大清国。

进入狮子洋，水面渐渐收窄，张亚丞举着"千里眼"努力观察。忽然，一条挂着琼花旗的快船迎面驶来，张亚丞急忙命令铁甲轮船做好发炮准备。等快船渐渐离得近了，他发现琼花旗下有两个人穿着戏装翩翩起舞，似乎正在唱戏。

船只越来越近，飘来的歌声也越来越清晰，越来越熟悉。张亚丞鼻子差点儿没气歪——唱戏的一个是冯紫玉，一个是冉枝枝。

轮船停在江心，等快船开到近前，张亚丞骂道："骚娘们，活腻味了，敢挂琼花旗？"

冯紫玉一边舞剑，一边回答："官府捉了我，你的鬼岳父不是正好启衅开战？"

"不嫌丢人，"张亚丞呵斥，"赶快回家去。"

快船消逝在大虎山后，英开山问："老爷，咱们也回去吧？"

张亚丞的脑子飞快地转动，瞧冯紫玉兴高采烈的样子，必定和林汉朝分手不久。现在开足马力追上去，不但能铲除给自己戴绿帽子的情敌，而且可以歼灭那些搅了自家"猪仔"买卖的红船人，一举两得，大大地出一口胸中的恶气。

截击"猪仔船"的正是梁兰桂和黄华宝，他们受"太子朝"之命出使粤西，又将李文茂的军令传达给在银洲湖外游弋的"德和堂"水军。与李洪英分手后，他们在磨刀门水域遇到了潘大庆押运的"猪仔船"。这些被送往南美种植园的苦力，不是被追捕的洪家兄弟，就是被"澄海营"抓获的无辜民众。梁兰桂和黄华宝怒从心头起，跳上"猪仔船"，挥刀劈杀，把"澄海营"的狗腿子杀得哭爹喊娘，成功解救了二百多名劳工。

救人成功，梁兰桂和黄华宝乘船渡过伶仃洋，在莲花山下与李占升、“太子朝”、“大花面明”等人会合——“失魂松”壮烈就义后，李占升懊悔不已，中断了和洪门的联系，变成了一头孤独的野狼，发誓亲手割下徐宾、杨庆永、饶同三贼的首级，为白扇大爷报仇雪恨。

两年没见，李占升满脸的络腮胡子，完全变了一副模样。梁兰桂劝他：“占升哥，杨庆永被你砍了头壳，徐宾让你吓死了，‘小旋风’逃得无影无踪，兴许已经离开了粤东，你到哪儿去找他？赶快回粤西吧，掌堂大爷攻打柳州，收复大明山，还要派兵进入贵州和云南，眼下正是用人之际，你一个人猫在这儿干啥？”

李占升痛苦地说：“白扇大爷死得屈，这都怪我交友不慎，犯下弥天大错。姓饶的哪怕躲到天涯海角，我也要把他的头壳割下来，给白扇大爷献祭。”

林汉朝知道李占升是个驴脾气，一旦拿定主意，九头牛都拉不回来。他摆了摆手：“占升兄弟有占升兄弟的难处，大伙儿就别劝了。”

李占升狐疑地问：“掌堂大爷真要和红毛鬼子联手？”

“没有的事，”梁兰桂澄清，“掌堂大爷说红毛鬼子包藏祸心，只能使他们的家伙，决不能和他们打连连。当前第一要务是拿下粤西，贯通贵州和云南，占据西南半壁。等红毛鬼子和威武窑子两败俱伤，再沿西江顺流直下，夺回粤东。”

“既然如此，”林汉朝道，“咱们仍旧按照既定之策，以开设武馆为掩护，在广州府各地建立据点，把失散的弟兄们重新召集起来。世上财主老爷少，细民百姓多，他叶大胖子的屠刀再锋利，也架不住咱们洪家兄弟的脖颈子硬。”

众人喝彩：“野火烧不尽，春风吹又生，咱们重打鼓，另唱戏。”

大伙儿和李占升依依道别，乘着篷船离开了莲花山，行至大黄滘炮台附近，后面隐隐传来“突突”的声响。林汉朝满不在乎：“是鬼子火船，来向威武窑子挑衅的。”

篷船靠在岸边，等待铁甲轮船通过。哪知道暗夜中，从轮船上传来一声吆喝：“兀那大胆的贼子，可是‘富春喜’班的‘太子朝’？”

声音十分熟悉，梁兰桂顿感不妙：“快把灯灭了。”

“太子朝”那是何等骄傲的性子，他听出了张亚丞的声音，不但没有熄灭油灯，反而高高地提起来，将一张英俊潇洒的面庞映在迷人的光芒里：“大丈夫行不更名，坐不改姓，爷爷就是‘太子朝’。”

沉默只在须臾之间，铁甲轮船上28磅的旋转炮喷出一丝烈火，轰隆一声响，炮弹准确地击中篷船，将小船炸得四分五裂。

铁甲轮船发炮的一瞬间，梁兰桂、黄华宝、“大花面明”纵身跃入水中，逃过劫难。等他们把林汉朝拖到岸边，发现美英雄遍体鳞伤，身中数创，鲜血将白袍染成红衣。“大花面明”泣不成声：“汉朝，为了一个婊子，你这是何苦？”

林汉朝嘴唇蠕动，吃力地说：“她……她不是婊子。”

眼看着林汉朝呼吸困难，梁兰桂心如刀绞，顾不上追问究竟，果断道：“这里离万松园近，赶快把汉朝哥送进去，陈大老倌兴许有救命的法子。”

陈罗婵的云璈八曲乃是通神绝技，曾经唤回了李文茂的生命，也曾经两度为“枫子鬼”凝魂聚魄。黄华宝和“大花面明”如梦初醒，背起林汉朝飞一般冲向万松园。守门的家丁一看是这三位大老倌，连忙借给他们一条舢板，让“太子朝”躺了上去。

这边舢板冲破宁静的湖面，疾速驶向小戏台；那边“铁桥三”得到消息，叫醒府里的郎中赶到画舫。陈罗婵尚未入睡，听到丫鬟禀报，忙让人把林汉朝抬进屋子，灯下观瞧，不由得花容失色：“谁把汉朝哥打成这样？”

除了张亚丞，还有谁对林汉朝恨之入骨？“大花面明”十分惭愧，把事情的前因后果一五一十说了一遍。这时，伍紫垣也在仆人的搀扶下赶了过来，叹息：“洋人极其猖狂，随时准备攻入省河。林大老倌也是，跟鬼子火船较什么劲？”

伍家的郎中看过伤势，摇了摇头：“前后心都是洞，大罗神仙也没法子。”

梁兰桂、黄华宝、“大花面明”看着陈罗婵，紧张地问：“陈大老倌，还有救吗？”

“只能试一试，听天由命吧。”陈罗婵叮咛“铁桥三”，“你们打扫干净磨玉亭，然后将汉朝哥送过去，待我抚一首曲子，召唤‘囚龙草’。”

琼花会馆被清军烧毁后，粤东大地失去了心灵之声，部分没有转移到粤西的红船艺人被迫冒充“外江班”演戏，万松园成为“本地班”唯一灯火不灭的舞台。何博众这两日正在小戏台充任棚面，听说陈罗婵要施展神技，连忙披了件长衫跑到湖边，希望再次领略云璈八曲的神奇魅力，再次目睹“囚龙草”降临人间的美妙景象。

万松园波澜不惊，松林肃穆，大地洗耳恭听。夜半三更，陈罗婵奏罢云璈八曲，高悬在天穹的弦月逐渐丰满起来，变成了一轮圆月；继而明月破裂，一丛秀美的草儿如同云袖，又像一排晶莹的河灯游向人间，游向万松园的磨玉亭；这些天地间不朽的精灵，拂过“太子朝”满是创伤的身体，没有丝毫停留，再度昂首飞向天边。

陈罗婵目露悲伤，梁兰桂、黄华宝、“大花面明”彻底绝望了，三条汉子腿一软，“扑通”一声瘫倒在地，放声大哭。伍紫垣、“铁桥三”、何博众等人心里很不是滋味，正打算说上几句安慰话，忽听陈罗婵轻轻道了一声：“嘘。”

大伙儿抬起头来，但见“囚龙草”围绕着弦月狂舞不止，先是化身为一条项链，然后变成一只臂环，最后散落为漫天花雨，冉冉落下。正当众人重新凝聚起希望时，那些即将落到人们鼻子尖的灯笼花突然聚合，变成一条巨大的赤龙，破开长空。

顷刻间，天崩地裂，血雨如注。

第一百七十六回　天京喋血

同一天夜里，远在千里之外的金陵，遭遇到了一场改变历史轨迹的血祭。

江南大营被击破以后，太平军军威大振，天国的国运达致巅峰。外患初定，接下来便是清除内患——在这场两大巨头搏杀的权力游戏中，真正的强者不是手握兵符的天父，而是那位手下只有两千女兵护卫的天王。

今日之论者常常讥笑洪秀全如何荒淫，拿他有多少个女人当茶余饭后的谈资，其实皆为鼠目寸光。皇上帝的这个私生子家境贫寒，拔自草莽，识见绝伦，胆略不凡——十余年屡试不第磨炼出一个"忍"字；带了一个兄弟就敢开天辟地说明了一个"勇"字；赋闲期间的四篇雄文体现出一个"智"字；把本土文化中的圣贤神灵一刀诛尽，反映出一个"狠"字。有此四大超级能力，洪秀全便是太平天国当之无愧的第一权力运营高手，假天父岂是对手？

天国的命运亦是中华民族的命运，天国的难题亦是中华民族的难题，在这场两大巨头的权力斗争中，天国的内在矛盾暴露得淋漓尽致——洪秀全借助红毛教的声威，在文化虚无主义的道路上越走越远，希望成为一个政教合一的大独裁者；作为皇上帝的代言人，杨秀清认识到太平军之所以骁勇善战，其内在的精神动力并非来自四不像的荒谬教义，而恰恰来自拜上帝教极度蔑视的传统文化。

文化是一个民族千锤百炼凝聚出来的精髓，也是一个民族迎接未来挑战的看家武器，甚至可以说是唯一的武器。在时代的巨浪中，人们常常愤于一时的危机和挫折，对母体文化产生这样或者那样的怀疑，极端的做法便是文化虚无主义。文化虚无主义是文化变迁过程中的必然产物，是文化自卑症和失明症的典型体现，如同一个揪住头发拼命要离开大地的狂想者。洪秀全用血腥的屠杀从天父手里夺取权力，进而大力推进红毛教义，删减儒家经典，割断传统文化之根，貌似在走一条文化革命之路；然而，我们只要看看洪天王执掌大权时任人唯亲的那套政治把戏，就知道他根本没有跳出传统文化的圈子。

文化的变迁同时表现为文明的冲突，一个伟大文明与命运抗争的过程，是这个星球上最雄壮的交响曲，不到复兴历程终结的那一刻，再聪慧睿智的头脑也刻画不出文化的魂相。我们回首往事，惊奇地发现历史存在着诸多描述与现实的矛盾——那些传统文化最激烈的摧毁者和革命者，最后收获的恰恰是传统文化的糟粕；当掌握编纂历史权力的精英阶层手握画笔，迟迟描绘不出“新文化”的魂相时，亿万劳苦大众却依靠传统文化的乳汁，在可歌可泣的牺牲中延续了民族的命脉，在无声无息的行进中完成了民族复兴的大业。

能够凤凰涅槃的文明均具有一颗伟人的心，皮相可变，骨相可变，魂相不可变。只有准确把握自己文明的灵魂，才能避免在漫漫长夜中误入歧途，才能在与命运的搏斗中取得胜利。

言归正传，且说天京城属于东王的势力范围，守城将士多为杨秀清提拔起来的亲信，俱遵从东殿号令。天王把翻盘的希望寄托在两股势力上——其一是翼王石达开和燕王秦日纲，此二人属于贵县一系，与赐谷村王家关系非常亲密，这些年被桂平一系的人踩在脚底板下，受够了杨秀清的鸟气；其二是北王韦昌辉，韦昌辉虽然是桂平人，却长期遭到以杨秀清和萧朝贵为首的平在山团伙排斥，豫王胡以晃死后，他成为第三势力硕果仅存的代表人物。

贵县一系人马是洪秀全信得过的自家人，为了翻身做主，夺取政权，他们早已做好了和杨秀清摊牌的准备；而韦昌辉则与杨秀清芥蒂极深，甚至可以说是深仇大恨——当初为了表示对杨秀清顺从，韦昌辉曾经把自己的亲哥哥五马分尸。

在当时太平天国的最高领导层中，韦昌辉、石达开、秦日纲三位王爷都站到了杨秀清的对立面，这是天父做人的失败，如果换成天兄萧朝贵，绝对不会出现这种情况。杨秀清的敌人还远远不止于此——天官正丞相、佐天侯陈承瑢身为朝官之首，拥有传宣上达和辅佐杨秀清总理朝政的权力。此人出身洪门，和秦日纲是生死之交，皆为贵县一系的骨干人物，杨秀清把他放在眼皮底下代行军令，等于提前给自己挖了一口坟墓。

隐身于天王府的高墙之内，洪秀全耳聪目明，牢牢地将大局控制在手里。老奸巨猾的天王明白先下手为强的道理，趁着杨秀清调韦昌辉、秦日纲换防之际，命令女婿钟万信出城给韦、秦二王送信，嘱咐他们准备动手；同时派遣密使赶往湖北武昌，要求石达开火速回师勤王。

八月初六夜，陈承瑢打开仪凤门，韦昌辉、秦日纲率领甲士进入天京，以迅雷不及掩耳之势包围了汉西门内的东王府，五千名守卫东王府的天兵在沉睡中被歼灭。东殿将士是太平军的精华，大多数是从粤西和湖南走出来的老兄弟，个个能征惯战，官军畏之如虎。由于担心对付不了这些虎狼之师，事变的发动者定下一条苦肉计——以天王的名义颁发诏令，假装斥责韦昌辉、秦日纲等人滥杀无辜，鞭责五百，定于次日上午在内城圣天门前行刑。

八月七日，大约六千名东殿将士被诱入天王府，观看了这场假惺惺的表演后，旋即被解除武装关押起来。八月八日凌晨，血腥的大屠杀开始，北王和燕王手下的天兵先向东殿将士投掷炸药包，继而用枪炮射击，刀砍斧劈，不到半天工夫，又把六千人杀了个干干净净。

剩余的东殿将士不甘俯首就擒，拿起武器开始反抗，双方展开了激烈的巷战。整整一个月的时间里，天京城门紧闭，到处刀光剑影，血肉横飞。

杨秀清是太平天国的实际掌权者和太平军的最高首领，也是天父的化身和代言人，代表着拜上帝教的灵魂。如今天王和魂爷这对亲爷俩反目为仇，水火不容，当儿子的把当爹的剁成一堆肉泥，这场丑陋的闹剧将拜上帝教的遮羞布撕成了碎片。同时失去信仰和领袖的东殿将士逐渐落入下风，一个月后大规模的巷战宣告结束，转入零星的抵抗。

九九重阳登高节，东殿将士坚守的峨眉岭、五台山、虎贲仓等据点相继失守，小"大头杨"匹马单枪杀出重围，一路向北飞奔。行至清凉山，但见尸横遍野，血流成河，随处是守卫红铅衙的童子军尸体。这些半大孩子有什么罪？小"大头杨"拉弓搭箭，射散清凉山上的北殿刀牌手，纵马上山，愤怒地昂首长啸。

突然，一个微弱的声音从地下传出："是杨兄弟吗？"

小"大头杨"吓了一跳："谁？"

一个血肉模糊的人爬出尸堆，摇摇晃晃地站起来："兄弟，你不认识我了？"

原来是温秉智，小"大头杨"大喜："四爷，你没死？"

温秉智喃喃地说："我生下来就是活受罪的，老天爷不让我死。"

温秉智和小"大头杨"在西征军中隶属于石镇吉部，打破江南大营后，他们被抽调到天京驻守，就这样阴差阳错地成了"东党余孽"。小"大头杨"骂了起来："四爷，我今天算彻底明白了，你讲的那些红毛道理纯粹是放屁。自从到了太平军，咱们一会儿是西王的人，一会儿是翼王的人，一会儿是东王的人，不是说皇上帝的儿女都是真草、坚草和耐草吗？为什么真草、坚草和耐草之间水火不容，非要猪脑子打出狗脑子来？"

拜上帝教骗局破火，最受打击的是温秉智这样的宣讲官。他耷拉着脑袋："兄弟，眼下是生死关头，你就不要哪壶不开提哪壶啦。金陵这地方不是人待的地方，咱们还是回家吧，免得死了连祖坟都进不去。"

小"大头杨"朝四周瞭望了一眼，但闻处处喊杀震天，满眼都是北王和燕王的军旗，不由得叹了口气："四爷，天京城门紧闭，咱们出不去。"

"不必出城，"温秉智道，"有一个地方可以安身。"

北王和燕王杀红了眼，但凡和杨秀清沾点儿边，一律当成东党余孽斩杀，偌大的天京城哪还有安身之所？小"大头杨"疑惑地问："不会连累人家吧？"

掰起指头数，能为温秉智和小"大头杨"说项的人还真不少，赖汉英、王为正这些老朋友是天王心腹，秦日纲、陈承瑢、钟万信是洪家兄弟，他们如果在天王面前开口，保全温秉智和小“大头杨”的性命应该问题不大。

然而，在这个人伦丧尽的黑暗时刻，天王连天父都杀，还有什么人情可言？赖汉英、王为正、秦日纲、陈承瑢、钟万信说到底不过是天王手里的棋子，温秉智断然不敢把两条性命轻易托付出去。他心里早就想到了一个人：“没事，人家不怕。”

小“大头杨”不相信：“有这样的人？”

温秉智指了指前面的菠萝山：“不远，就在那里。”

小“大头杨”懊恼地拍了一下脑袋：“咳，我怎么把她给忘了？”

咸丰四年，苏三娘与罗大纲两颗孤独的心终于喜结连理。转过年来的秋天，罗大纲率军救援芜湖、太平，被清军用抬枪击中腹部，返回天京医治。尽管请来了许多有名的郎中，但由于伤势太重，正月过后与世长辞，埋骨于紫金山西麓。

苏三娘坚持洪门信仰，在太平军中特立独行，从洪秀全到杨秀清无不忌惮三分，此刻罗府才是天京最安全的所在。兄弟二人各骑一匹战马，黄昏时分终于冲到菠萝山下，远远地看到“白皮”在门口东张西望。温秉智高喊：“妹子，救命啊。”

“白皮”打了个唿哨，从罗府冲出数十名戴着藤条帽的女兵，提刀佩剑，列阵环绕。追兵不敢硬闯罗府，急忙派人去通知韦昌辉和秦日纲。不多时，两位王爷率领大批甲士赶到，韦昌辉问手下偏将：“逃进去的是谁？”

那员偏将回答：“启禀六千岁，一个是温老四，一个是小‘大头杨’。”

当年在天王府的花厅前，温秉智和小“大头杨”差一点儿做了杨秀清的刀下鬼，韦昌辉是见证人之一。他眯缝着眼睛说：“原来是这两个家伙。”

秦日纲性情憨直，很讲哥们义气，心腹多数是昔日的洪家兄弟。他有意替温秉智和小“大头杨”开脱：“六千岁，温老四和小‘大头杨’从前跟着罗阿妈，后来跟了五千岁，压根算不上东逆党羽，我看这是一场误会，饶了他们吧。”

韦昌辉摇了摇头：“王兄，不是小弟驳你的面子，小‘大头杨’这厮极为凶悍，死在他刀下的天兵有好几十。放了他，本王如何向将士们交代？”

在红毛教的教义中，韦昌辉是皇上帝的私生子，排名在石达开之前，杨秀清死后，他算是一人之下万人之上。然而这只是表面现象，从派系上来讲，韦昌辉不属于贵县一系；从培养班底来讲，韦昌辉手下既不是狂热的拜上帝教教徒，也不是生死相扶的洪家兄弟，死忠分子的人数少，战斗力弱；从性格上来说，韦昌辉比较内敛，不像石达开侃侃而谈，富有感染力；从战绩上来说，韦昌辉比石达开逊色；从政策上来说，韦昌辉行为谨慎，首鼠两端，不像石达开倾向于杨秀清的务实政策，容易虏获人心。秦日纲明白，洪秀全之所以重用韦昌辉，为的是制衡野心勃勃的石达开。一个摆设有什么了不起，他用马鞭指着罗宅门口的女兵："六千岁，罗阿妈尸骨未寒，你就和苏女侠翻脸，合适吗？"

韦昌辉正色道："本王为国尽忠，有什么不合适？"

"行，行，"秦日纲拨转马头，"你尽忠吧，别连累我。"

燕王率领参护离开菠萝山，直到他们的背影消失在江边，韦昌辉这才转过脸，解下佩剑交给扈从，朝"白皮"抱了抱拳："白姑娘，麻烦通禀苏女侠一声，本王有事相商。"

抱拳拱手在太平天国被视为妖礼，韦昌辉不但没有率兵悍然硬闯，反而用洪门之礼表达谦恭之意。"白皮"被弄得一头雾水，不好意思将其拒之门外："王爷请。"

罗府是一座三重院落的宅子，规模不大，既没有园林也没有假山，不像其他开国元勋一样穷奢极欲。行进在这座空荡荡的院子里，韦昌辉敏锐地察觉到，这座院子的主人似乎把自己当成了一个天国的过客，根本没有打算在天京长久居住。

内宅的正厅同样陈设简陋，只是在门口的位置摆了一张兵器架，旁边是一口戏箱。苏三娘浑身缟素，默默地坐在椅子上，那双乌黑的眼珠依旧像深潭一样晶莹剔透。仁者见仁，智者见智，在年轻人看来是无邪，在饱经风霜的人看来是悲伤，在韦昌辉这样叱咤风云的老江湖看来，恰是万夫莫当的锐利刀光。

至咸丰六年，苏三娘三十有三，但是那张秀丽的脸庞却像二十刚刚出头的少女。青春永驻的美丽容颜下，掩盖的是一颗失落到底的心。这些日子天京城的骨肉相残，熄灭了苏三娘心中对天国最后一丝希望之火。六年来，她与罗大纲忍受着心灵的煎熬，背弃洪门为太平军东挡西杀，南北征伐，指望“云中雪”能够推翻清廷的腐朽统治，脱亿兆民众于困厄。没想到这把无情剑却疯狂地砍向了自己人——两万多东殿将士惨死于屠刀之下，向荣、张国梁和曾国藩梦里都做不到的事情，今天被韦昌辉等人做到了。

当然了，韦昌辉、秦日纲、陈承瑢等人只是棋子，始作俑者正是高高在上的天王。为了一己之私不惜毁国柱石，视万千兄弟为无物，不知羞耻地吹嘘什么真草、坚草和耐草。苏三娘心中充满了悔，充满了恨，充满了鄙视。她欠身施礼：“六千岁深夜到访，所为何事？”

韦昌辉先给她吃了一颗定心丸：“温四爷和小‘大头杨’过去是洪家兄弟，不能算是东逆党羽，请女侠放心，韦某不会追究他们。”

“哦？”苏三娘一怔，请韦昌辉入座，然后问，“六千岁还有别的事吗？”

韦昌辉试探地问：“听说女侠有意离开天京，可有此事？”

“没错，”苏三娘直言不讳，“拙夫执掌‘洪义堂’军令，甲寅年起义未能尽责，愧对天下洪家兄弟。过了周年忌日，妾身准备取出他的遗骨运回岭南，一份埋在揭阳老家，一份埋在红海湾，一份埋在大明山，这是他的遗愿。”

韦昌辉黯然道：“罗阿妈为天国立下赫赫战功，归天之际才是一个区区的冬官丞相，是天国辜负了他。不过，韦某钦佩他忍辱负重，无怨无悔，视功名利禄如浮云。富贵不能淫，威武不能屈，诚古之丈夫也。”

作为醒目的旁观者，苏三娘对天京城的情形洞若观火；作为历尽沧桑的江湖过客，她对韦昌辉的心理了如指掌。苏三娘道：“六千岁莫要顾左右而言他。”

韦昌辉起身肃立，长揖到底：“女侠，韦某奉诏回京平叛，此心无愧天地。东逆党羽负隅顽抗，本军奋力拼杀，双方损失差不多，韦某的惶惑不在此处。”

苏三娘淡淡地问：“王爷有何惶惑？”

韦昌辉怅惘道：“我主愤于东逆独揽朝政，颠倒君臣之义，欲使韦某、翼王、燕王三驾马车同顶天朝。这事说起来容易做起来难。翼王和我同时接到密诏，洪山与瑞州到天京的路途差不多，现在诛灭东逆一个多月了，他却迟迟不肯现身，是何居心？”

石达开、韦昌辉、秦日纲三人中，石达开年纪最轻，威望最高，战功最显赫，服膺他的将士最多——湖北洪山数万劲旅由他统帅；江西八府四十三县是他联合花旗军（为了区分两军和故意贬低洪门，杨秀清特意让以葛耀明、周春等人为首的洪门大军打着花色旗帜——一面五颜六色的杂色旗，代表洪门五大堂）打下来的；他兄弟石镇吉统军两万驻扎在句容，急行军一日一夜可抵天京。具有如此强大实力的翼王，不但没有奉召参与天京事变，反而在天京城外坐山观虎斗，听凭城内双方杀一个两败俱伤，其心机跃然纸上——今天的翼王羽翼丰满，不再是金田起义时那个毛头小伙子，他的目标是代替杨秀清执掌天国军政大权，让天王继续做傀儡，绝对不允许韦昌辉坐在他头上指手画脚。

“云中雪”血迹未干，马上又要刮起狂风巨浪，苏三娘摇头不已。她问韦昌辉：“妾身明白了，六千岁是担心到时候有难？”

韦昌辉惨淡地一笑：“燕王好歹还有洪家兄弟帮衬，韦某却没多少自家的班底，天王用我这样的人最放心。但从眼下的局势看，翼王为了独掌军权，势必要搬走我这块石头，天王被他逼到走投无路时，大有可能拿我顶罪。”

拜上帝教信仰破产，天王威望急剧下挫，正是石达开上位的最佳时机；石达开的长处是机智权谋，善于捞取人心，短处是烈性和韧性不足，天塌下来不会顶着，不会为手下兄弟背黑锅，而且没有杨秀清、萧朝贵那样的“神力”，关键时候，虔诚的拜上帝教教徒和洪家兄弟未必供其驱使。如此一来，天国政局最大的可能性是由洪秀全和石达开共同掌握，哥俩是连体婴儿，谁也离不开谁，谁也单独顶不起来。

洪秀全性情暴躁，石达开年轻气盛，两个人很难互相容忍，这个脆弱的权力平衡维系不了多少时间。不管怎么说，在石达开咄咄逼人的攻势下，洪秀全三驾马车的幻想注定破灭，韦昌辉即将成为下一个牺牲品。想到这里，苏三娘对他产生了同情，为他斟了一杯茶：“六千岁既然预见到这些可能，为何不及时抽身而退？”

“韦某奉旨行事，堂堂正正，何错之有？”韦昌辉露出困兽犹斗的表情，“他们石家手里有刀子，我们韦家手里难道是柴火棍？”

苏三娘叹了口气：“六千岁饶了温四爷和小‘大头杨’，妾身欠了人情肯定要还。你有什么心里话直接讲出来，不必绕圈子。”

“女侠是江湖前辈，见多识广，”韦昌辉终于亮出了底牌，“韦某想请女侠判断：假如天王经不住奸臣的蛊惑，想拿韦某的人头谢罪，你看会是什么时候？”

苏三娘思忖道：“下旨要妾身统兵护卫天王宫，便是天王顶不住的时候。”

第二天是寒露，秋风瑟瑟中，行踪神秘的翼王终于出现在天京街头。见他只带了百余名亲信和参护，上至洪秀全、韦昌辉、秦日纲、陈承瑢等巨头，下到普通的天军将士，都认为翼王堂堂正正，打消了对他夺权的疑虑。在将士们的热烈欢呼中，石达开进入天王宫，向天王洪秀全跪倒施礼：“我主万岁，万岁，万万岁。”

杨秀清逼封万岁，曾经打算给洪秀全上一个“万万岁”的尊号。洪秀全苦笑一声，不放心地试探道：“达胞，东逆图谋不轨，朕差点儿死在他的手上。”

石达开道：“我主圣明，东逆罪该万死。”

洪秀全要的就是这句话，不禁松了一口气：“达胞，天国非朕一人之天国，实乃众家兄弟之天国。今后你我兄弟同心协力，振奋朝纲，干出一番新气象来。”

石达开道：“我主圣明，小弟肚肠嫩，肩膀软，只怕顶不起朝纲。”

洪秀全略微有些慌乱：“达胞，你这是什么意思？”

石达开从容回答：“六哥首义于金田，久在天京执掌中枢，小弟愿举六哥独揽朝纲，辅佐我主扫平万国，定四海于一统。”

金殿之上陷入了短暂的沉默，洪秀全没料到石达开公然坚持杨秀清体制，而韦昌辉则对石达开拿自己消遣愤愤不平。只有秦日纲不动脑子，张口就说：“五千岁，东逆肆意妄为，差一点儿当众打万岁爷的鞭子，你咋还提独揽朝纲？万岁爷念及旧情，特地恩准咱们三个共同处理军政事务，雨露均沾，有肉大家一起吃，有汤大家一起喝，快快谢恩吧。”

“啊？”石达开假意惶恐，“小弟来迟，未明我主心意，罪该万死。”

洪秀全尴尬地摆手：“达胞鞍马劳顿，免礼平身。”

韦昌辉借机问：“七弟，这一路上不大安宁吧？”

“回六哥的话，”石达开从容不迫地说，“从洪山到天京沿途多为清妖所据，小弟既要摆脱追击，还要安排武昌和安庆两地的防御，因此姗姗来迟。”

这句话不像是解释，倒像是以势压人。韦昌辉不得不以退为进：“七弟忠心耿耿，愚兄佩服之至。今国家处于危难之时，正需要七弟这样的大才为国效力，请七弟权掌国柄，愚兄和燕王情愿居下辅佐，打造我主铁桶江山。”

石达开伏地长跪：“六哥，万万使不得，这把交椅只有你来坐。”

韦昌辉还要推托，秦日纲不耐烦地说：“六千岁，五千岁是个痛快人，他说顶就顶，他说扶就扶。万岁爷让你牵头，这就是圣旨，你客气个鸟？”

韦昌辉没法再推辞，遂收起满腹的狐疑，对洪秀全说：“万岁，东逆党羽刚刚平定，尚有许多残渣余孽拘押在狱，是否要斩草除根？”

韦昌辉牵头处理国政，毕恭毕敬向自己请示，这正是洪秀全期盼已久的局面。他脸上挂着欣慰的笑容，客气地问石达开：“达胞，你看此事如何办理？”

石达开慷慨陈词：“启禀万岁，臣闻平叛戡乱，只拿首恶，不究胁从。东殿将士多为湘粤三省的老兄弟，为国家立下汗马功劳，称得上是国家长城。他们中只有少数甘心从逆，大多数是天国的忠臣良将。我们杀了这么多能打仗的老兄弟，将来拿什么和清妖对敌？拘押在狱的人不能杀，应该立刻予以释放。”

刚才石达开一力推举韦昌辉主政，洪秀全以为他认了命，没想到眨巴眼的工夫，他又开始拿天京事变做起了文章。杀了那么多东殿将士，洪秀全、韦昌辉、秦日纲、陈承瑢等人均难辞其咎，石达开以此为标靶展开攻击，显然连自己也不肯放过。洪秀全恼羞成怒，声音不知不觉提高了八度：“朕奉天父之命做万国真主，兵如流水马如龙，差这几个东党余孽吗？”

天父都叫你剁成肉酱了，你奉个鸟命？石达开冷笑一声，不卑不亢：“他们都是天国的真草、坚草和耐草，在最艰危之际与万岁爷共患难过。二哥，你在永安州城突围时曾经发布过诏书，许诺给他们小天堂，男着龙袍女插花，难道你忘了吗？”

洪秀全被噎得哑口无言，用恶狠狠的眼光盯着石达开，目露杀机。秦日纲见势不妙，赶快跪下：“翼王殿下年少气盛，他是尽忠心切，并非有意顶撞万岁。”

石达开虽然是自己的亲信，但对自己并不盲从，这些年受杨秀清的影响不小。尤其是西征大捷后，这个年轻人渐露枭雄本色，对红毛教义越来越不尊重。洪秀全心里犯了难，有心杀了石达开，以秦日纲为首的贵县一系亲信不同意；不杀石达开，这个人不但有野心，而且公开表达截然相反的政见，不臣之心昭然若揭。正当他犹疑不定的时候，陈承瑢陈奏："翼王殿下初来乍到，可能有些情况还不太了解，万岁，让他好好歇息几日吧。"

洪秀全满脸愠色，拂袖而去，蒙得恩喊了一声："退朝。"

众臣出了"真神荣光门"，韦昌辉乘轿率先离去，就剩下了哥三个。秦日纲埋怨道："你不对啊，兄弟，再怎么说人家是君，咱们是臣。万岁日夜盼着你回来勤王，把你当天上的星星一样宠着，你哪能拿刀子剥他的脸皮？"

陈承瑢道："千岁爷要是嫌韦昌辉碍眼，我们给万岁说，让你牵头主持军机。"

石达开的要价远不止这个，他要的是当第二个杨秀清，要的是让洪秀全当傀儡。秦日纲和陈承瑢都是一副洪门的老脑筋，这个想法决不能对他们说透，否则非骂自己是反贼不可。石达开笑着拱手："两位哥哥，今天多亏你们救命，晚头到我家里吃酒。"

"这还差不多，"秦日纲爽快地说，"咱们是兄弟，不帮你帮谁？"

到了约定的时间，秦日纲和陈承瑢准时来到城西的翼王府，只见大门口灯火通明，龙虎图案熠熠生辉，门联写得极为豪气，上联是"翼戴著鸿猷，合四海之人民齐归掌握"，下联是"王威驰骏誉，率万方之黎庶尽入版图"。

秦日纲啧啧称道："瞧瞧咱兄弟，肚子里就是有文采，不服不行。"

陈承瑢抬头观瞧，发现望楼上人影晃动，似乎比平日多了不少参护，他心头一动。在大门口迎接的王府总管过来施礼，连声道歉："千岁爷，陈丞相，真是不好意思，五千岁下午吃了一碗高汤，可能是路上累的，忽然发起痧来。"

秦日纲扫兴地说："丢他老母，这顿酒没了。"

"有有，"总管满脸堆笑，"等五千岁病愈，必定马上赔罪。"

秦日纲嘟嘟囔囔上了轿子，和陈承瑢赶到北王府去饮宴。酒过三巡，菜过五味，秦日纲忍不住问陈承瑢："五千岁是练家子，身子骨比咱们结实，咋会突然发痧呢?”

韦昌辉闻言大惊:“两位去了翼王府?”

秦日纲道:“是啊,他约我们去的。”

“坏了,坏了,”韦昌辉连连跺脚,“他这是金蝉脱壳。”

秦日纲使劲摇头:“不可能,不可能,我们这个小兄弟向来重然诺,讲义气,我们哥俩帮他说话,他咋可能晃点我们?”

韦昌辉重重地叹了口气:“秦老哥,你真是糊涂到家了,这年月然诺值几个钱?义气又值几个钱?李二爷重然诺,讲义气,结果在龙头峰被逼三刀六洞。就算你们洪家讲义气,他们石家入堂的是‘铁公鸡’,不是石达开。你把人家当兄弟,人家却未必认你这个哥仔。”

秦日纲脸红脖子粗:“不讲义气在江湖上咋混?不讲义气哪有忠臣?”

韦昌辉说不动秦日纲,苦笑着问陈承瑢:“陈丞相,你倒是说句话呀。”

陈承瑢隐隐感到不妙,额头上冷汗津津。翼王坐拥大军,故意姗姗来迟,一见面就力主恢复东殿体制,而且公然指责众人滥杀无辜。一方面说明他做好了充分的准备,这才敢有恃无恐地进入天京收买人心;另一方面说明他根本没有把君臣之义和贵县一系的交情放在眼里。他真正想做的是继承洪光棍和杨光棍的衣钵,坚持要当垄断权力的石光棍。

陈承瑢颓然道:“五千岁只怕已经离开了天京城。”

“胡说八道,”秦日纲咆哮,“他一个堂堂的翼王,大白天能混出城去?”

天京城门分别由韦昌辉、秦日纲和陈承瑢手下把守,单凭石达开在贵县一系的人脉,出城还不是一件轻而易举的事?石达开风风光光地进城,赚足了人气,此刻秘密潜出城去,必将统带大军前来问罪。看来脸皮已经撕破,韦昌辉咬牙切齿:“他不仁,休怪咱们不义,即刻发兵翼王府。石达开不在,就灭他九族。”

是夜,韦昌辉命人打起秦、陈二人的旗号,火烧翼王府,杀尽石达开全家老小,断了秦日纲和陈承瑢的后路。次日,天王洪秀全颁发诏书,斥责石达开公然谋逆,号召赤胆忠心的天兵天将共同平叛,悬赏购拿石达开的首级。

凡事预则立,不预则废,洪秀全小瞧了石达开这个小老弟,后者为天京事变做的准备远比大哥充分——由于没有参加天京平叛,同时指责天王、北王滥杀无辜，石达开在太平军中的威信骤然提高，那些散布于各军中的东殿将士对他感恩戴德，皆愿从其号令；石达开从洪山前线带走四千名精兵扎营于安庆，老丈人黄玉昆和堂弟石镇吉分别领兵向天京运动——三方兵力合计十万之众，使他拥有了向天王挑战的军事资本。

胸有成竹之后，石达开在安庆发布“清君侧”的讨逆檄文，声言为杨秀清和东殿将士洗雪冤屈，要求洪秀全杀韦昌辉以谢天下。历史上的“清君侧”多数醉翁之意不在酒，石达开的这篇雄文表面上理直气壮，实质内容颇耐人寻味，目的就是要挑动天王和北王互相残杀，进一步削弱政敌的实力，进一步摧毁天王的威望。

天京城里人心惶惶，乱作一团——从实力上来说，秦日纲和陈承瑢等人合起来可以抗衡韦昌辉，但北王是奉诏书进京平叛的，杀了韦昌辉，天王以后还有什么脸面号令天兵天将？不杀韦昌辉，翼王大军步步向天京紧逼，天王有没有胆略与之决一死战？

在这个性命攸关的严峻时刻，“云中雪”和真草、坚草、耐草全部暴露出真实面目。洪秀全没有经受住命运的考验，没有表现出力挽狂澜的英雄气概，没有表现出虽千军而吾独往的教主风范。在凛冽刺骨的秋风里，天王由真神退化为懦夫，推倒了埋葬自己的第一张多米诺骨牌——十月初五，他将苏三娘召回天王宫，请她统领女兵，御前护驾。

被出卖的韦昌辉孤注一掷，率军攻打天王宫，被苏三娘、秦日纲、陈承瑢等人击败。除了镇守武昌的韦俊外，北王全家惨遭灭族之祸，他本人被活捉后五马分尸，首级割下来送到翼王手中。为了平息石达开和东殿将士的愤怒，洪秀全下令将韦昌辉剐成肉块，每块肉大约两寸见方，悬挂起来示众，旁边写着：“北奸肉，只准看，不准取。”

满足了石达开的要求，上至洪秀全，下到秦日纲、陈承瑢、赖汉英、王为正、蒙得恩、钟万信等人暂时松了一口气。苏三娘谢绝挽留，回到家中，立即吩咐“白皮”收拾行装，准备搬到紫金山西麓去住。小“大头杨”感到纳闷：“女侠，功莫大于救驾，北王已死，掌权的都是老朋友和好兄弟，干吗急着搬家？”

“你懂什么？”苏三娘没好气地说，“天王无情无义，翼王也非善类，他最期盼的结果不是北王伏诛，而是天王被北王灭口，趁着天国无主正好称雄。

要北王的首级只是开头，下一个替死鬼便是燕王和天官丞相，不斩断天王的左膀右臂，翼王绝不会罢休。我和洪先生毕竟君臣一场，好聚好散——我为他护驾，他放拙夫的遗骸回粤东，两不相欠。"

温秉智这回下定了决心："女侠，我们跟你一起走。"

距离罗大纲的周年忌日还有好几个月，带着温秉智和小"大头杨"两个男人多有不便。苏三娘长叹一声："只要'云中雪'在，天京便是鬼蜮，天兵即为魑魅。吴如孝在镇江，你们今夜摸出城去投他，安定之后再做计较。"

第一百七十七回　雉鸡花翎

咸丰六年七月二十九，区润、梁昌率军攻克平南县城，斩知县李载文、参将张遇清、都司唐文灿。九九重阳节，李文茂和陈开在秀京犒赏三军，分封诸将——梁培友为平东王，区润为平西王，梁昌为定北王；陈显良为镇国公，侯爷为保国公，“大牛志”为鼎国公，“大花面锦”为护国公，“长腿龚”为英国公，“伯爷华”为卫国公，范亚音为荣国公，黄全义为威国公，李文彩为定国公，陈宝为建安公；黄子深为崇文阁大学士，叶兆隆为隆德殿大学士；黄湘南为定远侯，李阿发为安国侯，曾三为定武侯，冯天善为果信侯，陈见成为怀义侯，“虎头仔”为毅勇侯，老朝安为宁国侯，“雷公仔”为忠信侯；梁三、张高友、姚新昌等人为元帅，张彪、黄鼎凤、黄池、罗华观和李马麟等人为将军……王山公和“葫芦发”这对师徒比较特殊，前者执意入山修道，李文茂和陈开给了他一个八府巡按的闲差，授予尚方宝剑，允许他在大成国境内破案洗冤，享有先斩后奏的权力；后者高不成低不就，被封了一个三军都总尉定国伯，领着他的兄弟取道贺江北上湖南，接应战败的各堂洪家兄弟。

分封完毕，大成国的领袖确定了分路发展的战略：陈开坐镇秀京，协调中枢；李文茂兼领全军陆师，向北拿下柳州府和庆远府，进兵云贵，经略西南；梁培友兼领全军水师，向东攻击梧州，截断粤西和粤东的联络，做好挺进肇庆府的准备；区润向西，梁昌向南，扫荡残留在浔江、郁江南岸的清军，直捣海疆。

由于李文茂无心揽权，大成国建立了诸王并立的体制。秀京既然成了陈开的地盘，那么其他四王需要攻城略地，凭借自己的力量另立基业。柳州为粤西名城，自古以来便是控制西南边陲的军事重镇，因此，以叶兆隆为首的将帅力劝李文茂北征，在柳州建立平靖王府。李文茂听从了建议，九月底统军三万再攻柳州，水陆连营数十里，粤西大地为之震颤。

大成军横扫粤西的同时，蓄谋已久的红毛鬼子终于在粤东出手了。

九月初十上午，省河巡船忽然接到举报，说走私船“亚罗号”上有洪门和“红旗帮”的漏网之鱼。水师千总梁国定立刻带人赶到黄埔，押走了船上的十二名水手，特意留下两个水手伺候二十岁出头的船长肯尼迪。肯尼迪这厮不但不感谢梁国定的好意，反而怒气冲冲，以最快的速度赶到商馆广场，对英国驻广州领事巴夏礼赌咒发誓，说一名水师兵丁扯下了“亚罗号”上的英国国旗，并把旗子丢到了甲板上，明显对女王陛下不敬。

巴夏礼闻讯欣喜若狂，拉下一张毛驴脸追着屁股撵，在永清门外登上了省河巡船。梁国定耐心地解释：“领事先生，这条船是中国船，即便在香港注册，已经过了两个礼拜，不受你说的那个条约管辖。这十二个水手中，梁明太和梁建富是张榜缉拿的海盗，证据确凿，梁某已经禀报上官，没有他们的命令，一个人也不能放。”

“Fuck！”巴夏礼恶狠狠地骂道，“这就是我们英国的船，再不放人，后果自负。”

省河巡船经常稽查走私船只，粗略能听懂一些鬼话，其中一个士兵压不住火气，扬手扇了巴夏礼一记巴掌。这厮趁势讹诈，立即给叶名琛下达通牒——第一要求放人，第二要求梁国定就侮辱英国国旗一事，当众赔礼道歉。

第二项要求事关国体，水师官兵和粤东乡绅都盯着叶名琛，看他如何应对。叶大胖子请常有定算了一卦，认为英军不会开战，便拒绝了巴夏礼的无理要求。

九月二十五，英国海军上将西摩尔率领三艘英舰、十只划艇以及海军陆战队两千人穿越虎门要塞，长驱直入，摧毁猎德和中流沙炮台的火力点，闯入十三行码头；二十六日中午，攻占凤凰岗炮台和沙南炮台；二十七日，占领海珠炮台，兵临广州城下。

叶名琛从黄仲畬那里得知英军力量有限，便认为这是红毛鬼子惯用的讹诈伎俩，于是装出一副英勇无畏的模样，下令关闭粤海关，中断贸易，并四处张贴布告，悬赏杀鬼——每个红毛鬼子首级的价码是三十番银。西摩尔上将没想到叶名琛态度强横，遂于二十九日正式进攻广州，先用舰炮猛轰位于外城的总督署，并纵火焚烧靖海门外一带的民房，清理战场；十月初一这天，城南一段城墙崩塌，一百余名海军陆战队员在炮火的掩护下杀入城中，击溃清军的当面阻击，击毙抚标中军参将凌芳，冲进了总督衙门。

按照常有定的建议，叶名琛上午去文庙上香，躲开了英军炮火的威胁。西摩尔上将考虑到陆战队兵力单薄，不足以占领数十万人口的广州城，当天夜里撤出了外城。此后连续三天炮击广州，向叶名琛发出照会，要求其兑现入城贸易的承诺。

叶名琛临时搬到巡抚衙门办公，以广州将军穆特恩和广东巡抚柏贵为首的一干文武官员无不战战兢兢，惊慌失措。叶名琛大失所望，养兵千日，用兵一时，敢情自己平日提拔了一群酒囊饭袋？他老哥只好自我宽慰：“诸位勿忧，英夷一贯虚张声势，他们的目的是为了让本帅开放广州，放他们进来赚钱。再说彼等区区三条舰、几百来个人，能成什么事？本帅已经命人给吕纯阳和李太白上了一炷香，请他们抽空显灵，护佑我粤东子民。”

这些年，叶大胖子靠装神弄鬼每每逢凶化吉，其翻手为云、覆手为雨的本领让同僚们羡慕得流口水——利用老百姓的力量获得了反入城斗争的胜利，混了一个打鬼英雄的好名声；反过来利用红毛鬼子的力量镇压了甲寅年洪门大起义，为朝廷守住南疆。历任两广总督都没有他这么风光，这么在皇帝面前受宠。瞧人家这手腕，瞧人家这运气，不服行吗？

穆特恩狐疑地问：“叶制台，虽说吕纯阳和李太白法力无边，但红毛鬼子确确实实打进了广州城，国朝开基以来这是头一次——十五年前，靖逆将军那会儿都没有打进来。”

穆特恩拿叶名琛与奕山相比，似乎是在讽刺两个人同样讳败为胜，叶名琛很不高兴，冷冷地说："靖逆将军举了白旗，本帅没有吧？"

穆特恩被噎住了，圆睁双目，呼哧呼哧地喘粗气。柏贵连忙圆场："制台大人，英吉利国远在万里之外，援军到达需要时日，咱们必须提前做好应对才是。"

叶名琛客气地问："抚台大人有何高见？"

柏贵想了想："水师折损严重，当下唯有募勇团练一途。"

此言一出，穆特恩和叶名琛的眼皮子立马全耷拉了下来。

镇压了甲寅年洪门起义后，粤东官府大肆屠杀百姓，勒索乡绅，恨不得把过去的社学组织当洪门来清除，还有谁肯来报效？雷州知府蒋立昂献策："大帅，千难万难，有钱不难。竖起招兵旗，自有吃粮人。现在藩库空空，卑职以为除了卖官，另外一个法子是宰肥鹅。"

"宰肥鹅？"叶名琛一愣，"十三行还有钱吗？"

蒋立昂笑了："大帅，瘦死的骆驼比马大，别人可以哭穷，他伍家好意思哭穷吗？"

"不妥，不妥，"柏贵摇了摇头，"咱们把地方名流快得罪光了，南海、番禺、顺德、新会各县士绅对官府阳奉阴违，就剩小浩官还算听话，不能柿子拣软的捏。何况他精通夷务，鬼话说得好，咱们还指望他和红毛鬼子办理交涉呢。"

叶名琛心头一动，蒋立昂话糙理不糙，广东水师屡屡败在大成军手下，重新武装不还是需要大笔的银两吗？想到这里，他果断地扬了扬手："各位，大仙指点迷津，英吉利国不会发兵来援。至于宝灵嘛，倒是应该给他一点儿颜色瞧瞧，老虎不发威，拿老子当病猫？就按蒋太守的意思办，让小浩官再出点儿血，不然的话，给他扣一顶汉奸的帽子。"

穆特恩也觉得于心不忍："叶制台，小浩官买枪买炮为的是平定红匪，出面和洋人交涉为的是大清朝的江山社稷，你咋能过河拆桥、恩将仇报？"

"将军此言差矣，"叶名琛一本正经地说，"骂小浩官汉奸的是老百姓，本帅这么做恰恰是为他摘掉汉奸的帽子，对他只有好处，没有坏处。"

穆特恩道："你这么干，以后还有人替咱们办交涉吗？"

"呵呵，"叶名琛得意地一笑，"请将军放心，别说和洋人办理交涉的通事，就是钻在洋人肚子里的蛔虫，本帅手里也有那么几只。”

穆特恩问：“谁？”

叶名琛故作神秘：“军事机密，恕本帅不能明言。”

“不就是几个汉奸吗？”穆特恩悻悻地骂了一句，拂袖而去。

林则徐当年不过是雇用了几个“汉奸”翻译资料，而叶名琛有过之而无不及，竟然在红毛鬼子那边安插了卧底，难怪人家在炮火隆隆中闲庭信步，稳如泰山。柏贵佩服地问：“制台大人，英吉利国不派援兵，是不是那个细作透的底？”

黄仲畲透露的消息是宝灵力主挑衅，但英吉利国正在一个叫克里米亚的小岛上鏖战，暂时不会有大队援兵到达。叶名琛的自信心，一半来自常有定和“琉璃球”的占卜，一半来自黄仲畲的密报——这是他的看家法宝，不能透露给别人。叶名琛没有理会柏贵，而是一脸严肃地对文武大员下令：“宝灵这厮挟私报复，妄图不战而屈人之兵，断不可示弱。银子拿到手，先发一半给广东水师，让将士们奋勇杀鬼，本帅加倍犒赏。”

说实话，叶名琛有两个没想到：第一个没想到是为了区区一件小事，宝灵竟然出动军舰发起进攻；第二个没想到是洋人的重炮如此凶猛，只一天就轰塌城墙，杀进总督衙门。所谓百闻不如一见，这回叶名琛算是切实地领教了。从心里来说，叶名琛是不愿意和洋人开战的，因此对巴夏礼的横挑鼻子竖挑眼一直隐忍为怀，但开战的事实表明黄仲畲的情报无误——宝灵确实被自己要急了眼，决心拿起刀子直接开片。

一向长袖善舞的叶大胖子这次犯了难，经过两年和洪门的生死决战，广东官府成了一副空架子，断然不是红毛鬼子的对手。他叫人把常有定和“琉璃球”请到“长春仙馆”，做了一场法事后，问道：“两位大仙，这场仗能不能打起来？”

红毛鬼子都杀进了总督衙门，还问这种问题，不是掩耳盗铃吗？常有定以虚对幻，故作高深地说：“李太白的意思是打不起来，吕纯阳的意思是能打起来。”

叶名琛被说糊涂了：“到底什么意思？”

常有定煞有介事地说：“李太白仁心宅厚，忧虑礼乐崩坏，诗教轶亡，故此不想打；吕纯阳觉得红毛鬼子蛇蝎之性，不吃教训，他们就不懂事。神仙的话咱们要细细地琢磨，贫道以为李太白的意思是没必要打，吕纯阳的意思是下雨天打伢仔，闲着也是闲着。”

卤水点豆腐，一物降一物，叶名琛驱鬼推磨的好脑筋，硬是被常有定这个不学无术的绣花枕头吃了个结实。他越听越迷茫，越听越佩服，问：“大仙明示。”

“琉璃球”接过话头：“大帅，鬼子虽然打坏城墙，但毕竟只有三条战舰，这种事过去太多了，算不上真正的开战。李太白慧眼如炬，看穿了宝灵吓唬人，所以劝你得过且过。吕纯阳是个古气的硬颈汉，不但知道三条战舰奈何不了咱们，而且了解英吉利国主不想开战——既然大队援兵来不了，宝灵人单势孤，揍他一顿又何妨？”

两位大仙轮番糊弄叶名琛。屋外欢声笑语，叶志诜满脸红光，在一群小妾和丫鬟的簇拥下走了进来。老头今年七十七，中气十足，精神矍铄，进门便大声激励儿子：“你是堂堂的当朝一品，凭啥总在宝灵面前低三下四？还有那个巴夏礼，他才几品官？”

一看叶府来了女眷，常有定想起了死去的吕子桂和三界庙那把火，与“琉璃球”知趣地乖乖告退。叶名琛向父亲请安：“阿爹，近来身子可好？”

“好，好，”叶志诜笑得合不拢嘴，“叶老二那条驴鞭真是个宝物，板马日的。”

旁边的女眷捂着嘴偷笑，叶名琛将她们打发出门，埋怨道：“阿爹，我不怕宝灵，怕的是英吉利国发援兵。我正在询问神仙的旨意，你来的不是时候，一下子全打断了。”

“说你嫩还不爱听，”叶志诜道，“你为朝廷立下大功，又杀了上百万人，损了咱们叶家祖上积攒的阴德，早该离开粤东这个是非之地。穆特恩比你聪明，正在四处活动调职，纵使红毛鬼子大队援军到达，关人家屌事？该升官照样升官，该发财照样发财，这个脚底抹油的法子耆中堂当年也使过，学着点儿吧，乖仔。”

叶名琛趴在地上磕了三个响头：“多谢爹爹教诲。”

从十月初开始，广东水师向英军发起袭扰。十一日拂晓，一排燃烧着火苗的筏子沿着省河漂流而下，烧着了一艘英舰；为加强战舰的安全，西摩尔上将调来沙船布于战舰前沿。十五日中午，一艘商船打战舰旁边经过，沙船被船上掷来的火药罐烧毁；同时两条装有潘家自制水雷的快船在英军战舰附近爆炸。冬月初四，苏海率领三十五条战船向英军战舰发动进攻，获得了总督衙门颁发的一千元奖金。别看叶名琛舍不得发奖金，但广东水师化整为零的袭扰战术，惊醒了缺兵少将的西摩尔。这厮随即改变战法，命令三条战舰撤出狭窄的省河，固守虎门要塞，封锁从伶仃洋到狮子洋的水上通道，等待援军；然后派遣铁甲战舰以袭扰对袭扰，深入三角洲腹地耀武扬威，打击粤东官军的士气。

现世报来得如此之快，知府衙门拿着从万松园伍家勒索来的银子募集团练，花了整整一个月的时间，才勉强凑齐了一万人马。叶名琛这个屠夫残杀了上百万无辜的粤东民众，转过脸又想让民众替他卖命，哪有这样的便宜事？开战三个月，只有少数零星的战斗，与第一次鸦片战争相比，那种动辄十万民众参战的场面已然不复存在。

没有人愿意当炮灰，让广府各家豪绅如坐针毡。他们约定咸丰七年(1857年)正月十五在佛山堡会合，借着看花灯的由头共商抗英大计。这天夜里，正埠酒楼冠盖云集，龙元僖、罗淳衍、张敬修、伍紫垣、何士良、何敬堂等人悉数出席。五斗口司的差役负责在酒楼警戒，都司署的兵丁和各家豪门的家丁负责在水面巡弋，“大会馆”的铺丁则在汾江河北岸架起数十位五千斤以上大铁炮，防范鬼子火船进行突然袭击。

目睹“大会馆”壮盛的军容，龙元僖不由得感叹：“佛山堡不愧天下巨镇，‘大魁堂’要钱有钱，要粮有粮，要兵有兵，要炮有炮，吾辈自愧弗如。诸位，这次合起来打鬼子，我看还得请三爷当盟主，领着咱们一起干。”

“岂敢，岂敢，”梁应琨急忙推辞，“你和罗大人是朝廷大员，张臬台为当世名将，无论威望还是才能，盟主这个位置绝对轮不到梁某坐。”

龙元僖朝张敬修拱手：“要不，德圃屈尊来干？”

“败军之将，岂可言勇？”张敬修感伤地说，“张某一介戴罪之身，先有愧于乡梓，后有负于国家，弃城逃生，实无颜统军再战。”

龙元僖道：“广府饱经战乱，各县经济凋敝，只有佛山堡恢复如初，繁盛一如往昔，这都是三爷操持有度，统御有方。三爷，你就不要再推辞了。”

梁应琨固辞不就："罗大人久在清要，深沐皇恩，请他牵头张罗吧。"

"看来三爷对官家是满肚子怨气呀。"罗淳衍看出了梁应琨的心思，"不瞒各位，罗某去岁辞朝时，圣上的确有募勇团练之托。在座均为粤东豪绅，不像叶大帅只是一个过客，打鬼是为了咱们自己的家业，有必要推来推去的吗？"

一席话，说得梁应琨有些脸红。何士良劝道："三爷，铁打的营盘流水的兵，在粤东这块地盘上总归咱爷们说了算。那些修理你的人死的死，跑的跑，官再大，顶个屁用？"

沈棣辉被"太子朝"射死后，黄彬吓破了胆，主动募集了十三条红单船，开到镇江前线去镇压太平军。当初和梁应琨作对的铁三角，如今只剩下苏海孤零零一个人，而且正在千方百计设法调职。伍紫垣最近吃了官府一个大亏，心情十分低落，向大家透露了一个消息："广东水师在浔江连吃败仗，洋人又开启战端，眼下当官的都想溜。穆特恩将军已经正式离职，来接任的叫穆克德纳，听说是镶白旗人。"

"又是一个要钱不要命的主。"龙元僖关心地问伍紫垣，"你这回掏了多少银子？"

伍紫垣伸开手指："三十万两。"

"三十万两？"罗淳衍惊诧地吐舌头，"才给苏海发了一千元番银？"

张敬修推测："看来叶大帅也打算跑路。"

梁应琨冷冷地说："我早说过，要保境安民，只能靠咱们自己。"

众人齐声道："三爷，你就领头干吧。"

梁应琨还要推辞，张敬修推心置腹地说："三爷，让你领头当盟主，确实是看中了你的人马钱粮，以及佛山堡的大铁炮。张某手下那几杆鸟铳，放冷枪可以，面对面地和红毛鬼子对阵肯定不行。前些日子张某手下的兄弟打坏了巴夏礼几条小船，那厮开着'水上飘'，将我新造的园子打了个稀烂。眼下人马、钱粮、军械最齐全的唯有佛山堡，你必须把大旗戳起来。万一官军战败，我们哥几个还有一个退路，对不对？"

龙元僖郑重地说："三爷，红毛鬼子对省城志在必得，届时大伙儿仍旧来贵镇避难。守住佛山堡，等于守住了西江和北江，意义重大，不可不慎。"

话到了这个份上，梁应琨还能说什么，只好抱拳："既如此，梁某勉为其难。”

龙元僖拽了一把何敬堂：“何爷，你怎么不说话？”

“奋威营”依靠洪门发展壮大，在洪门节节败退时，为了保全何家的利益，何敬堂倒戈站到龙元僖一边，避免了“小孟尝”那样悲惨的结局。虽然手上没有沾染太多的血，但何敬堂心中惭愧，不好意思来佛山堡。他苦笑着答道：“何某在等林少爷。”

梁应琨好奇地问：“等他干什么？”

话音未落，从屋外跨进一条汉子，身穿四品道台官服，气宇轩昂，声若洪钟：“林某代表‘平海营’拥戴三爷为盟主，和从前一样，接着打鬼子。”

众人回头一看，来人不是镇压起义军的急先锋林福盛，而是前任“平海营”统带、现在江西吉安担任赣宁兵备道的林福祥。一年前，吉安被太平军和花旗军合力攻克，江西按察使周玉衡、知府陈宗元、知县杨晓昀等守城官吏尽皆战死，周春念及旧情放了林福祥一马。后者以回家养伤为名，向江西巡抚文俊告假，离开了风声鹤唳的江西。

同为败军之将和漏网之鱼，张敬修见到林福祥备感亲近，起身询问：“林爷，给张某说说江西的情形，眼下能不能去？”

江西半数落入太平军和洪门之手，形势极其艰危，朝廷有意起复张敬修，让他到江西担任按察使，与太平军和洪门作战。林福祥听说过这件事，拱手道：“臬台大人，我给你带来了一位自家兄弟，能不能去，一问便知。”

不多时，帘子撩开，进来一位虎背熊腰的壮汉，只是左目缠着白布，似乎受了伤。梁应琨与何敬堂同时惊叫：“这不是康业兄弟吗？”

来人非别，正是周春的师侄蔡康业。和林福祥一样，蔡康业也是自江西发迹，过去一年多的时间里迭克新淦、饶州、丰城、临江，从守备升为参将。他不敢和师叔交战，便主动请缨支援景德镇，没想到遭遇了更狠的对头——葛耀明。两军阵前，蔡康业自恃勇武，和倪大耳朵交战六十回合，被人家用禹王开山槊刺中左目，险些命丧黄泉。

蔡康业和张敬修同在粤西围剿过太平军，颇有交情，他心有余悸地说：“张大人，我师叔和葛总瓢把子都在江西，你何必去碰硬钉子？”

龙元僖问：“蔡将军，金陵形势如何？”

“这也是我劝张大人不要去的缘由，”蔡康业道，“石达开暂时顶了杨秀清的位置，和咱们那个老乡化干戈为玉帛，彼此相安无事，似乎又尿到一个壶里了。”

何敬堂不解地问：“葛总瓢把子真有意思，放着老巢不管，干吗去江西找罪受？”

“英雄一诺，胜过千金。”蔡康业叹了口气，“葛总瓢把子对二爷承诺加入洪门，因此带着部分兄弟出征湖南，发誓这辈子战死沙场，绝不回大稠顶。”

由于失去统一指挥，加上湘军本土作战，北上湖南的洪门各堂命运多舛，不尽相同——甘先的“德兴堂”早早折回粤东；“洪义堂”在郴州保卫战中损失惨重，何禄壮烈牺牲；陈金刚率“洪兴堂”返回粤北，与留守在那里的练四虎所部会合，暂时休养生息；葛耀明和周春转进江西，与太平军联合作战，战果辉煌，算是初步实现了北上的战略目标。

洪门在粤西的发展很不均衡：一头是大成国高奏凯歌，威震西南；一头是湘粤交界的升平天国覆灭，朱世雄英勇就义，余部归入“满庭科”和陈戊养。“白无常”劝说时任麦岭营都司的黄金亮扯旗造反，三股人马奉大成国为正朔，纵横桂北，在灌阳、恭城、兴安、灵川等地屡败清军，吓得桂林城中的劳崇光整日睡不着觉。

清廷这头同样苦乐不均——湘军成功守住了湖南，粤西和江西却摇摇欲坠，尤其是粤西的大成国气势如虹，随时可能沿江扑下，杀回粤东。往事不堪回首，来事不敢想象，张敬修讪讪地问：“赣省既然如此不宁，状元公怎么还舍不得走？”

咸丰六年，龙启瑞从京城调到江西任提督学政。林福祥苦笑道：“他不是写过一本《团练辑要》吗？圣上打算委以重任，提拔他当布政使哩。”

像龙启瑞这样的人都派到前线独当一面，朝廷看来果真是无将可用。龙元僖道：“爹死娘嫁人，各人顾各人，咱们自个儿的事尚且忙不过来，还有闲心管江西的事？三爷，行军打仗军粮为第一要务，贵镇的七市米户务必确保粮食供应。”

凡事利弊相生，桑基鱼塘的种植方式孕育了珠江三角洲发达的工商业，但也让鱼米之乡无粮可食。大沥四堡的手工业集中度比顺德县高，对粮食的需求当然更加迫切，何士良对龙元僖的话一百二十个赞成，他提高嗓门：

“三爷，你给我弄点粮食先。”

梁应琨一愣：“不会吧，你那么多粮食，全吃完了？”

何士良恨恨道：“叫人家放火给烧了。”

眼瞅着佛山堡七市米户打通“西米东输”的路径，大发横财，何士良眼热心跳，软磨硬泡从梁应琨手里弄了一大批粮食，放到十三行仓库里囤积起来，准备卖给洋人发财。哪知道城门失火殃及池鱼，为了报复英军拆毁民居的暴行，愤怒的民众在冬月十八点燃大火，将商馆广场和十三行仓库烧了个干干净净，史称“西关大火”。

这场熊熊烈火彻底终结了十三行的历史，虽然发生在战争的特定环境下，但由于三天后即冬至，还是让人想起十六年前银龙入世那场大火。十三行仓库中储存着大量物资，其中包含许多价值不菲的财货，时任南海知县华廷杰在《触藩始末》中记载了这一奇景：“夜间遥望火光，五颜六色，光芒闪耀，据说是珠宝烧裂所致。”

前有叶名琛勒索，后有这场史无前例的大火，伍家的损失比何士良大一百倍，可近来饱受摧残的小浩官却像没事人似的坐在那儿，端着茶碗默默地吃茶。他心里一片释然，这就是因果循环，这就是报应——谁让自己硬从“小元霸”手里夺走绝世名伶？谁让自己协助叶名琛为虎作伥镇压民众？谁让自己替官府出面办理和红毛鬼子的交涉，非要抢一顶汉奸的帽子戴？

龙元僖掐着酒杯，迷茫道：“看来红毛法术也未见得灵验。”

张敬修问：“龙大人，你想说什么？”

“‘琉璃球’不是说炮子不会重复落地吗？”龙元僖道，“这把大火说明什么？说明银龙再度入世，打算搅一个天翻地覆。还有那条白龙，‘红阳劫运’年死一回，甲寅年败一回，照样横行江湖，势不可当，一点不像归天的样子。你们说，红毛法术是不是晃点人？”

众人心情沉重，低头不语，气氛一时冷淡下来。这时，罗琦陪着梁九图进了屋子，接过话茬胡乱拍起了马屁：“龙大人所言极是，这个红毛法术确实没有谱，还是贝爷说得对——第一个进洞的，定有血光之灾。”

梁侍武伸手抓住罗琦的脖领子，气恼道：“这不是一个道理吗？”

罗琦被梁侍武捏得喘不过气，一边挣扎，一边兀自认真地辩解：“当然不一样，第一个进洞的吃亏，第二个进洞的占便宜。”

梁九图瞪了梁侍武一眼，向大伙儿介绍：“北帝爷爷的銮驾马上就到，乡亲们为了表示打鬼子的决心，特意准备了游行方阵，请各位上眼。”

正月十五开灯宴，和三月三烧大爆、八月十五出秋色、九月二十八“华光诞”、冬月二十四乡饮酒礼并列为佛山五大盛事。正月同时是北帝巡游开始的日子，听梁九图的口气，今天的游行活动无所不包，极尽繁华。龙元僖特意提醒罗淳衍：“现如今各县团练会盟，齐心协力打鬼子，为国尽忠事大。星斋，你不能扫大家的兴。”

罗淳衍拱手：“国事为先，那是自然。”

大伙儿打开窗户，但闻爆竹声声，一朵朵美丽的烟花在夜空绽放，汇入佛山涌数百口高炉喷发出的烈焰；一列列精美的花车无声地流淌，之后是骏马、龙船、画舫和采莲舟，将汾流大街妆扮成一条流光溢彩的江河；高跷后面是巨大的金色狮子头，与往常不同的是，狮子头孤独地矗立在半空，不摆不动，仿佛一尊失去灵魂的塑像。

这是一条无声的河流，烟花遮不住心灵的苍白，人们的耳朵听不到弦歌的声响。舞狮后面锣鼓柜、台面、担头、十番、号灯、飞报马、旗帜等等一应俱全，却没有了那歌唱的人。龙元僖耸了耸肩：“金狮就是个摆设，没有黑狮，好歹弄头红狮也行啊。”

在佛山堡舞狮艺人的心目中，黑狮是李文茂的象征，意义远远超出了金狮。梁应琨知道龙元僖的意思，故意装糊涂：“冯坤仔从前经常用红狮夺魁，乡亲们可能是怕吃连累。”

“省城不保，”龙元僖捣了他一拳，“你就是一言九鼎的霸主，怕吃个屁连累？”

梁侍武兴奋道：“快看，北帝爷爷来了。”

真武大帝和二十七铺主神雕塑后面是本地士绅的头面人物，这些佛山堡统治者的队伍多达三四百之众，与以往相比，不少人所戴官帽后拖着一根蓝翎。林福祥的眼睛尖，竟然从中发现了一根双眼花翎，惊叫道：“呀，这是哪位朝中显贵？”

罗琦抿着嘴笑了起来，矜持地说：“各位大人，而今双眼花翎不稀奇，贝爷花了一万两银子买的，据说相当于镇国公的品级。”

众人来不及评论,更加令人震惊的场面出现了——在头戴官帽翅的士绅背后,是一片雉鸡翎的海洋,黑压压的数不清人数。这些人身穿红船戏装,手持明晃晃的兵刃,当先两条壮汉举着一块大牌子,龙飞凤舞,上面写着一首打油诗:

逆夷真可恶,扰乱民房土。
天降红雨到,乡人皆大怒。
鼓勇杀无数,幸得诛灭早。
太平今后起,荣生自有路。
…………

头一排的人是梁应琨从粤西请回来的洪家兄弟,依次为梁二娣、黄华宝、"纽纹良"、秦亚艚、"大漏勺";第二排是柯定邦、鸡大逵、劳亚绰、郑绍祖、冼长贵、尚喜坤、区二娣、区三娣、老叫花子区建瓴、'狗头饼'等人;第三排往后是普通的本地百姓。

官府可以放火焚烧琼花会馆,但夺不去乡亲们对红船大戏的热爱,这就是民心所向。罗淳衍自嘲道:"有影没音,确实寡味得很。"

龙元僖一本正经地调侃:"星斋,你这话没良心,三爷是怕扰了你丁忧的规矩,这才让他们停了锣鼓,歇了弦歌。"

红船大戏真是一个古怪的东西,不但贩夫走卒为之痴狂,就连达官显贵也趋之若鹜。读书人陪伴圣贤书几十年,未必有一个肯成仁取义;而那些粗鄙无文的穷棒子,看了半场戏便跟随"小元霸"扯旗造反,这里面到底有何奥妙?

无论如何,十七年前那次抗英斗争的盛况不再,欲激发民众同仇敌忾的斗志,必须善于利用洪门和红船这股势力。龙元僖指着"纽纹良"说:"三爷,他现在干啥?"

梁应琨点点头:"陈掌柜的在聚龙社开米行。"

"大材小用,"龙元僖摇了摇头,"你应该让他继续干老本行。"

梁应琨心头一动:"大人的意思,是叫他回'大会馆'?"

"没错,"龙元僖道,"咱们如今拿着银两招不来兵,即便来了也是一些吃货，不信你问问何大少，问他招了多少人马。”

何士良长叹一声：“番禺、南海两县合起来招了不到一万人，多数是丐帮的叫花子，制台大人和抚台大人束手无策，连招兵的长红布告都懒得贴了。”

“那就让他帮忙募勇，”罗淳衍摊开手，“没有人，拿什么打红毛鬼子？”

梁应琨担心地说：“陈掌柜的是陈天义的兄弟，本镇人人皆知，我让他回来开米行，已经担了天大的风险，万一让制台大人知道了……”

“叶大帅自身难保，你理他干啥？”龙元僖没好气地说，“不就是买一个顶戴吗？姓贝的能买双眼花翎，咱们还买不来一个五品军功？这事包在龙某身上。”

梁应琨喜道：“那敢情好。”

罗、龙二人如此表态，张敬修也不藏着掖着，提出建议：“二爷是心怀大义之人，知道红毛鬼子犯我粤东，害我粤民，必然不会与我辈为难。听说他打算在柳州建基立业，咱们应该派人去道贺，续订旧交，表示诚意。”

林福祥赞道：“好主意，公是公，私是私，两不耽误。”

至咸丰七年正月十五，柳州城被困已满三个月，广西提督惠庆和右江道张凯嵩两路援军均被击溃，城内粮草耗尽，士气低落，城破之日屈指可待。龙元僖叮咛：“三爷，这件事不宜让外人知晓，还得麻烦你调度，找个可靠的人办理。”

“何某愿往。”何敬堂自告奋勇。

第一百七十八回　芰荷浦溆

经过广州和佛山堡两地的名医诊治，蔡康业的目疾基本痊愈，但是左眼珠没保住，变成了一个独眼龙。由于战事胶着，江西巡抚文俊不断派人催促他和林福祥重返前线，没奈何，二人押解着粤东支援江西的军饷离开广州，历经千难万险，三月中旬抵达衡阳。

衡阳守将不是别人，正是刚刚被提拔为参将的游新潭。老朋友相见分外高兴，游新潭在石鼓书院摆了一桌酒席，盛情款待蔡康业和林福祥，作陪的也有两个人，一个是骆西铭，一个是老湘营的统带王鑫。林福祥见石鼓书院内外重兵把守，如临大敌，奇怪地问："阿潭，你这么小心翼翼，莫非洪门又杀进了衡阳？"

"都是他惹的祸。"游新潭指着王鑫说，"'铁狻猊'马失前蹄，死在他手里，南台寺的僧人发誓要为胡二爷报仇，在下不得不防。"

湘军发端于江忠源的楚勇，核心力量是罗泽南和他的徒弟们招募的团练，曾国藩因为充当团练大臣而窃取其功。王鑫是一个心高气傲的话唠，说起话来没有别人插嘴的份，由于对曾国藩捡了罗泽南的便宜耿耿于怀，所以他没有随湘军出征，而是留在湖南和洪门交战。曾国藩年初因父丧丁忧回籍，王鑫觉得时机到了，便向骆秉章请缨出战。

王鑫道："张德圃咋没来？"

论年龄，林福祥比王鑫大四岁；论品级，二人同为道员职衔。见王鑫说话无礼，林福祥心里老大不高兴，把脸一扭，没有理他。蔡康业拱手："臬台大人股伤未愈。"

骆西铭笑道："璞山老弟也挂了按察使的头衔。"

王鑫平步青云，固然因为他战功卓著，但主要还是骆秉章愿意拔擢他，愿意支援军饷成全其军纪严明的好名声，否则手下兄弟肚皮瘪瘪，早作鸟兽散跑个鸟了。无论如何，林福祥和蔡康业是游新潭、骆西铭的老朋友，这个面子必须给。他将昂起来的下巴放回原处："张臬台乃国朝第一员水师大将，跟他比起来，彭玉麟和杨载福算个屁。眼下洪逆和石逆撕破脸，正是本军败部复活的天赐良机，我们俩要是水陆联手，保准一举荡平发逆，克成大功。"

"啊？"蔡康业又惊又喜，"他们真掰了？"

"那还有假？"王鑫懒洋洋地说，"没看我们正筹措粮饷吗？"

游新潭问林福祥："大少爷，你这次押回来多少银子？"

林福祥垂头丧气："粤东自顾不暇，叶大帅手头紧，只肯给九万两。"

粤西、湖南、江西三省均靠粤东接济军饷，难怪叶名琛在咸丰面前吃香。游新潭听了以后大失所望："江西大军云集，这么点儿钱够啥用？"

工鑫挥了挥手："够了，够了。"

游新潭提醒道："这批军饷是给南昌那边的。"

"我给他们送去就是。"王鑫已经打定了独吞的主意，热情地对林福祥和蔡康业说，"江西半壁河山沦落贼手，吉安以南处处匪踪，咱们不妨一起走。"

天京事变使得湘军逃脱了覆灭的命运，曾国藩回家丁忧则给了王鑫露脸的机会，他接收了粤东官府送来的饷银，带着老湘营三千精锐兵分两路杀入江西——北路从岳州入义宁；南路翻越两省交界的罗霄山脉，从茶陵取道永新、安福等县，抵达万载。

驻守万载的是湘军萧启江部，他试探地问："李续宾李大人攻打九江，刘腾鸿和李续宜两位大人攻打瑞州，黄冕黄大人攻打吉安，卑职和刘长佑刘大人攻打临江,请问王大人打算从哪里下手?"

王鑫在这些湘军将领中年纪最小,眼光最高,谁都瞧不起。他翻了翻眼皮,给了萧启江一枚硬邦邦的钉子:"攻坚战是农夫蛮牛干的活儿,非高手所为也——本军决意专门打游击,哪儿有肉就去哪儿,神出鬼没,谁也别想找到。"

林福祥一听急了:"王大人,你先把饷银送到南昌,别给弄丢了。"

"放心吧,丢不了。"王鑫抬起屁股就走。

等他的身影消失,萧启江叹了口气:"林大人,你这是肉包子打狗,这笔银子王璞山肯定独吞了,南昌守军一个大子儿也捞不着。"

林福祥跺了跺脚:"不行,不能便宜姓王的。"

萧启江拦住他:"这小子是属骡子的,连曾大人都不放在眼里,能听你的?再说南昌城里刚换了巡抚,即便追回了银子,新来的巡抚也不会念你的好。"

蔡康业忙问:"换了谁?"

萧启江道:"当然是耆龄,他的布政使由龙状元接了。"

"丢他老母,"林福祥懊恼地骂了一句,"这笔银子必须追回来,龙状元是实诚人,新官上任三把火,藩库没有银子,他哪能耍得开?"

咸丰六年至七年,各省援军大举入赣,总兵力高达八万以上,基本上与太平军、洪门的数量持平。援军绝大多数是邻省的湘勇,这些山里来的骄兵悍将开口粤匪、闭嘴粤匪,让林福祥和蔡康业等粤籍官员很不舒服,是以锱铢必较,非把这笔饷银从王鑫手里抢回来,亲手交给龙启瑞。三月底,临江会战开始,林福祥和蔡康业跟随萧启江部向樟树镇开拔,在太平圩碰到王鑫留下来的一个营官,对方客气道:"新上任的藩台大人到樟树镇督战,他是从天上掉下来的文曲星,王大人前去护驾,应酬诗文,两位大人就不要追了。另外,太平圩这个地方非常不太平,前些日子发匪差点把刘大人打死,你们行路可要小心。"

这话一半像敷衍,一半像恐吓,蔡康业大怒:"老子是吓大的吗?"

袁州虽然被湘军收复,但临江府和吉安府多数仍为太平军的辖境,袁水和赣江之间正是战况最激烈、最胶着的地域。林福祥朝蔡康业使了一个眼色,耐着性子说:"多谢提醒,我们回省城复职正要路过樟树镇,拜谒藩台大人。”

袁水发源于芦溪武功山，为赣江支流，两岸地势平缓，江面宽阔。林、蔡二将打马徜徉在迷人的江畔，仿佛嗅到了家乡的味道，瞬间把战争的硝烟抛在脑后。四月天气变热，青葱的山色带来无边的清爽，令人心旷神怡。缓缓流淌的江水像一只柔软的妇人手，有意无意地挽留旅人的脚步，众人为秀美的景色所吸引，干脆在临江镇歇了两日。

第二天起来天崩地裂，只见镇子里挤满了从樟树镇溃败下来的逃兵。林福祥一打听，才知道刘长佑、萧启江等人又打了败仗，急忙问：“你们可曾看到藩台大人？”

一名千总模样的人道：“沿着赣江向南逃了。”

林福祥、蔡康业顿时吓得脸色煞白——南边的吉安属于太平军的辖境，龙启瑞往南逃不是自寻死路吗？林福祥又问：“王大人不是去护驾了吗？”

“别提这个王八蛋，”千总破口大骂，“就是因为他擅自撤兵，我们才打了败仗。”

蔡康业忧心忡忡：“状元公手无缚鸡之力，这回要糟。”

千总奇怪地看着他们：“你们这两位老爷真是少见，长毛马上就要追过来，大伙儿泥菩萨过河，自身难保，你们咋还有闲心管别人？”

林福祥教训道：“弃长官而逃，是你们的营规吗？”

“姓龙的算个屁长官？”千总振振有词地反驳，“我们是刘大人招募的子弟兵，刘大人供我们吃，供我们穿，他才是我们的长官。”

湘军不是绿营，而是私人招募的团练，林福祥讲这套道理完全是对牛弹琴。蔡康业把林福祥叫到一旁：“林大人，你说怎么办？”

林福祥道：“龙状元是老朋友，哪能见死不救？”

蔡康业问：“你说说怎么个救法？”

林福祥思忖了一会儿说：“咱们这十来个人肯定不顶事，你马上去找刘长佑和萧启江，让他们派兵向南搜寻；吉安府一带我熟，林某先去探探行踪，免得龙状元吃亏。”

“算啦，还是我去吧。”蔡康业摇了摇头，“林少爷，说句你不爱听的话，兄弟我的功夫比你强，尤其是轻功和逃命的功夫，你根本比不了。”

香山“烂头何”一系的洪拳以“洪家虎尾脚”闻名江湖，最重视下盘功夫，练武的时候脚穿石锁、足踏铁屐，韦东暄和周春皆为此道高手。林福祥问：“你不怕碰到你师叔？”

“救人要紧，”蔡康业道，“顾不得那么多了。”

蔡康业是“豆皮春”的师侄，有这么一层关系倒也方便。林福祥相信他的本事，便改变了主意：“找到龙状元，派人知会我一声，大队人马随后就到。”

蔡康业拍了拍胸脯：“放心吧。”

蔡康业艺高人胆大，换了一身便装，单枪匹马渡过袁水，沿着赣江细细搜寻。由于樟树镇刚刚发生了激战，赣江两岸人影萧条，除了偶尔驰过的战马，江上并无几条民船。蔡康业顶风行了一个多时辰，忽然听到前面有断断续续的歌声传来，歌曲竟然是家乡的粤讴。他使劲抽了几下马鞭子，追上去一看，但见江风习习，波光粼粼，江面上行驶着一条平底船，船上赫然载着一口偌大的楠木棺材。

平底船上坐着两个女人：一个坐在船头，头上戴着飘垂彩带的竹笠，浑身缟素，似乎刚死了丈夫的模样；一个手执长篙，发髻上缠着红头巾，正在挥臂划船。唱曲子的是后者，水灵灵的嗓子含着一丝甘甜，她唱的是一曲《点算好》：

点算好？共你相交又怕唔得到老；
真情虽有，可惜实事全无。
今世共你结下几段姻缘待等来世正做；
你为和尚我做斋姑。
唔信你睇红楼梦上有段鸳鸯谱；
嗰个宝玉共佢无缘，所以黛玉得咁孤。
佢临死哭叫四个字，一声唉，宝玉你好；
真正无路可诉，离恨天难补。
罢咯不若共你淡交如水；
免至话我系薄情奴。

太平军之所以能在江西站住脚跟，除了洪门的配合外，还与江西客家人多有关系。蔡康业心里有些迷糊，猜不透这两个女人的身份——这两个女人客家装束，身处硝烟弥漫的战场却镇定自若，看起来像是太平军；但拜上帝教严禁招魂打醮，人死了只许用锦缎包裹埋葬，不允许用棺材，从这一点来判断，此二女又不像是太平军。

蔡康业打马从平底船旁经过，只听坐在船首的女子问："白姑娘，你唱给谁听？"

撑篙女子道："我唱给自己听。"

船首的女子说："你该找一个意中人才是。"

撑篙女子道："等我做了斋姑，一定嫁一个和尚。"

船首的女子叹了口气，脸庞被彩带遮盖，看不清她的表情："莫要胡说，天色不早，前面若有遮风挡雨的地方，今天就歇了吧。"

撑篙女子发现蔡康业放缓了速度，斥道："独眼龙，看什么看？"

蔡康业好歹是江湖上成了名的英雄，被一介撑篙的渔家女叱喝，脸上有点儿挂不住，快马加鞭疾驰而去。这两个女子虽然不同寻常，但眼下最要紧的是找到龙启瑞的行踪，时间越耽误危险越大——万一被太平军俘虏，状元公的名节就算完了。

又过了大半个时辰，前面出现成片的荷塘，在灿烂云河的映射下，犹如一枚枚五颜六色的美玉镶嵌在大地之上，璀璨夺目，恍若仙境。最美丽的是塘中荷花，她是那样的娇嫩，那样的洁净，那样的自信，仿佛能够清洗天下的污泥。

此地名为荷浦，荷叶丛铺天盖地，四周围山林密布，正是藏身避难的好地方。俗话说一目了然，蔡康业如今就剩下一只眼珠，因此搜索起来效率极高。他发现地上有打斗的痕迹，便举起单头棍，冲着一片荷叶丛喊道："快出来。"

这招还真灵，荷叶丛中有人告饶："长毛爷爷，饶命。"

蔡康业定睛瞧看，从荷叶丛里钻出来两个浑身污泥的清兵，其中一个右腿被砍伤，走起路来一瘸一拐，看穿戴像是一个绿营的把总。蔡康业不耐烦地说："睁大你们的狗眼，老子是香山蔡康业，不是长毛。"

那名把总抬起头，正好看到蔡康业那只瞎眼，叫了起来："蔡将军，真是你?"

蔡康业问："藩台大人现在何处?"

"他从马上掉下来，摔伤了腿，被长毛捉到了岛上。"把总指了指江心的莒洲岛，心有余悸地说，"我们几十个侍卫死的死，伤的伤，就剩下我们哥俩。"

蔡康业"哼"了一声："真有出息。"

把总争辩道："蔡将军，这伙人是花旗军，领头的叫'定唐刀'，武功煞是厉害。那厮刀法出众不说，箭法也极为了得，我们手里的鸟铳都比不过他。"

对方竟然是"定唐刀"唐火生大眼一贵? 蔡康业禁不住倒吸一口凉气——"定唐刀"是倪大耳朵的铁哥们，武艺非凡，曾经在雷公顶下和李文茂战过三十回合，自己的本事恐怕不是人家的对手。他把单头棍和战马交给那位把总，吩咐道："你们在此等候林大人的援兵，我去岛上会会唐大眼，尽量拖住他们。"

把总佩服道："姓唐的本事大，将军务必留神。"

那个清兵担心地问："没有船，大人你咋上岛?"

蔡康业脱掉长袍，露出里面的短打扮，抄了一把短刀在手，不屑一顾地说："老子是在海里摸鳖的主，还怕你们这条小河汊?"

把总和清兵齐声夸赞："龙虾放进尿壶里，蔡将军真是屈了才啦。"

赣江舒缓，对于蔡康业这样的水中龙来说，确实是小菜一碟。他一个猛子扎下去，浮出水面时已然皓月当空，繁星落尽。莒洲岛像一条水蛇横亘在眼前，白色的沙滩泛出荧光，月色下极其刺眼，蔡康业的独眼顿时像中了箭一样生疼。

当年雷公顶一战，蔡康业亲眼见识过"定唐刀"箭法的厉害，若不是火龙珠护体，李文茂差一点儿大意失荆州。对付这样的高手，只能以己之长攻彼之短，利用轻功摸进敌营，伺机与龙启瑞取得联络，努力争取时间，等候援军。

打定主意，蔡康业绕开戒备森严的沙滩，从左侧的樟树林登岛，伏在林中向外观察。只见岛上的花旗军大约有一百来号人，船只系在岸边，战马则隐藏在林子里。河神庙前的空地上点燃了三堆篝火，“定唐刀”坐在一块石头上，悠闲地注视着手下兄弟烤鱼。

一个名叫盘小六的兄弟举起树枝：“大当家的，鱼烤好了。”

“定唐刀”拍了拍屁股，起身把烤鱼拿到龙启瑞跟前：“状元郎，这是我们八排瑶稻田鱼的烤法，你肯定没有吃过，味道美极了，来尝一尝？”

龙启瑞背靠庙门，一条伤腿搁在门槛上，默不作声。

“定唐刀”劝解：“你看看，你们读书人就是心眼小，我家总瓢把子思贤若渴，有心请龙先生赞画军务，咋还不领情？你既然是圣人门徒，就应该知道成仁取义的道理——给满清鞑子卖命，将来见到孔圣人，不得羞死？”

龙启瑞最怕人提这个，伸手接过烤鱼，大口地吃了起来。

“这就对了嘛。”“定唐刀”满意地说，“你是天上的文曲星下凡，吃饱喝足，能不能给我们兄弟弹一首曲子，让大伙儿领教领教？”

龙启瑞奇怪地问：“领教什么？”

“别瞧不起我们。”“定唐刀”说，“二爷说了，武学大道就是天地之道，音律里面有宇宙大智慧，有武学大奥秘，有成圣成仙的诀窍，有火龙珠，还有第三道真气。陈大老倌的云璈八曲你听说过吗？何解元的‘律管飞灰’你听说过吗？”

没想到一个穿戴怪异、杀人如麻的山中武夫，竟然懂得这么多深奥的道理。龙启瑞不再拒人于千里之外，羞惭道：“云璈八曲和‘律管飞灰’皆为通神之术，龙某自愧弗如，你们想听曲子，我给你们拨琴就是。”

“定唐刀”十分欢喜，叫人取来一把瑶琴：“状元郎，我家总瓢把子是个戏迷，弟兄们随身带有乐器。我们不听别的，就听你自己填的词。”

“定唐刀”随身携带瑶琴，不由龙启瑞不刮目相看。他接过瑶琴，略一思忖：“在下所填词曲难登大雅之堂，怕辱了尊驾和众位兄弟的耳目。莒洲岛属于荷浦，在下给诸位拨一首柳永的《早梅芳》吧。”

海霞红，山烟翠，
故都风景繁华地，
谯门画戟，下临万井，金碧楼台相倚。
芰荷浦溆，杨柳汀洲，

虹桥倒影，兰舟飞棹，
游人聚散，一片湖光里。
汉元侯，自从破虏征蛮，峻陟枢庭贵；
筹帷厌久，盛年昼锦，归来吾乡我里。
铃斋少讼，宴馆多欢，未周星；
便恐皇家，图任勋贤，又作登庸计。

一曲歌罢，众人高声喝彩，“定唐刀”问：“状元郎，这首曲子是啥意思？”

“这是一首投献词。”龙启瑞解释，“柳三变一生坎坷，暮年凄凉，为了能吃饱饭，便给杭州太守孙沔写了这首词，希望获得他的赏识。”

“原来是拍马屁的词？”“定唐刀”恍然大悟，“不好，不好，状元郎，你绝不能学这个三柳先生。你是天上的文曲星，凭啥拍江湖人的马屁？太丢面子。”

盘小六开口纠正：“大当家的，是柳三变，不是三柳先生。”

“都一样，”“定唐刀”道，“反正全做了鬼。”

龙启瑞一生自视甚高，然而官场如江湖，不拍皇帝佬的马屁当什么官？“定唐刀”虽然言辞粗鲁，但是字字句句都击中了他的软肋，让他这个圣人门徒的腰杆硬不起来。他用袖子拭了拭琴弦，苦笑着问：“各位还想听什么？”

“定唐刀”看出龙启瑞情绪不佳，便朝弟兄们下令：“算啦，白天折腾了一天，状元郎身子骨弱，连惊带摔的，让他早点儿歇着吧。”

盘小六抱拳道：“龙状元，庙里干草已经铺好了，我们抬你进去？”

岛上只有一座遮风挡雨的小庙，龙启瑞迟疑地问：“唐将军，你在哪儿休息？”

“哈哈，”“定唐刀”爽朗地笑道，“唐某去林子里，学我家二爷枝头练功。”

一名在江边把风的哨探匆匆来报：“大当家的，有船来了。”

盘小六问：“什么人？”

哨探说：“两个客家婆，其中一个是带着棺材的寡妇。”

“让她们到庙后头歇着，别叫文曲星沾着晦气。”“定唐刀”扬了扬手，“另外，在江面上给老子布设暗哨，防止威武窑子偷袭。”

“两个娘们运棺材？”盘小六偷偷地吐了吐舌头，“客家婆可真能干。”

直到四更天的光景，河神庙外警戒的守卫才打起了瞌睡，蔡康业飞身跃入庙内，用手扒拉了龙启瑞一下："龙大人，醒醒，是我。"

龙启瑞睁开眼睛，吃了一惊："蔡将军，你怎么来了？"

"一言难尽，"蔡康业道，"我赶紧救你出去。"

龙启瑞指了指自己的伤腿："敌军戒备森严，我这条腿行不得路，别连累你。"

"不碍事，"蔡康业道，"荷叶丛有一口棺材，你藏在里面，我出去吸引敌人。等那两个客家婆离开后，咱们再会合。"

这个办法比较稳妥，龙启瑞伏在蔡康业的背上，二人悄悄出了河神庙，来到白沙滩旁边的荷叶丛。蔡康业放下龙启瑞，揭开棺材盖，发现里面空荡荡的，并无尸体，只有三个用锦缎包裹起来的盒子。龙启瑞吃了一惊："糟了，这两个客家婆是发匪。"

"管她是不是发匪，"蔡康业高兴地说，"大人，你躺进去先舒服舒服。"

龙启瑞一想也是，便听凭蔡康业搀扶，翻身躺了进去。突然，河神庙那边一阵急促的锣声响起，有人尖声嚷了起来："不好，姓龙的跑了。"

莒洲岛内外灯火通明，喊声震天，洪家兄弟从睡梦中醒来。蔡康业忙合上棺材盖，"嗖"的一下跃入水中。江面上的巡船听到动静，立刻吹起号角示警。"定唐刀"披挂整齐，率众登船，沿着蔡康业逃走的方向追去。

蔡康业的水性那真是没说的，速度比二十来条大汉划的快船一点儿不慢，"定唐刀"心里十分佩服，高声喊喝："呔，水里的是哪位好汉？能否报上名来？"

蔡康业在水中换了一口气："老子被姓倪的戳瞎了一只眼，你说是谁？"

"定唐刀"禁不住笑了："老蔡，你还没死？"

蔡康业愤愤道："不报仇雪恨，老子死不瞑目。"

"好，好。""定唐刀"收起黄阳弩，"看在你丢了一粒眼珠的分上，唐爷不下黑手，咱们到岸上比个高低，省得你不服气。"

他的建议正中蔡康业的下怀："老子正要领教你的刀法。"

二将一前一后上岸，在荷塘藏身的清兵将战马和单头棍还给蔡康业。

“定唐刀”命令盘小六封锁江岸，严防龙启瑞逃走，自己提刀上马，与蔡康业挑灯夜战。六十回合战罢，打了个将遇良才、旗鼓相当。这时天色已经大白，赣江南北烟尘飞扬，号角嘶鸣，双方各自来了一哨援军——南侧的是黄毛虎，北侧的是林福祥。

双方都是老熟人，来此的目的是为了争夺龙启瑞，当下摆开阵势，挥军激战。林福祥不是黄毛虎的对手，率先败下阵来，和蔡康业兵退五里，方才勉强站住阵脚。

洪门大获全胜，黄毛虎勒住战马，问“定唐刀”：“唐爷，龙状元呢？”

“应该还在岛上，”“定唐刀”回答，“这条江面上有明哨和暗哨，他摔伤了腿，根本跑不出去多远。老蔡单枪匹马，大概是声东击西，引我们上当。”

黄毛虎赞成“定唐刀”的意见，将带来的战船交给后者统一指挥。又过了一个时辰，盘小六沮丧地前来禀报：“两位当家的，我们把岛上翻了一个遍，没找到人。”

“放屁！”“定唐刀”气急败坏，“他一个手无缚鸡之力的书呆子，瘸了一条腿，能上天还是能入地？少废话，给老子到河底去摸。”

黄毛虎问：“唐爷，那是什么？”

顺着黄毛虎手指的方向望去，只见江面上缓缓驶来一条平底船，船上有两个女子，还有一口十分显眼的棺材。“定唐刀”答道：“过路的客家婆。”

黄毛虎不禁笑了：“唐爷，眼下赣江战火连天，两个客家婆孤身运棺，浑然不把千军万马放在眼里，这份胆略不比咱爷们差多少啊。”

四月的阳光明媚洁净，不带有任何的迷茫，洒在那个撑船女子的脸上，众人清清楚楚地看到了一种无畏的神情。穿着丧服的女子坐在船首，身子一动也不动，虽然她的面庞被竹笠的彩带掩住，但久经沙场的“定唐刀”仍然感到一丝凛冽。

“定唐刀”明白蹊跷全在那口棺材里，喝道：“拦住她们。”

随着阵阵号角声，江面上的战船迅速向平底船合围，“定唐刀”、黄毛虎、盘小六跳上快船和舢板追了上去。盘小六站在船头厉声喊喝：“大胆的贼婆娘，快快将船回转，不然，你家大王爷爷就不客气了。”

撑船的女子停下手里的长篙，冷笑一声：“不客气又待怎样？”

盘小六的舢板速度极快，首先追上了平底船，纵身跳了上去："吃刀吧。"

撑船女子毫无畏惧，疾速从舱底摸出一把顺刀，和盘小六在船上斗了起来。盘小六是马上战将，不习惯在摇摇晃晃的船上搏斗，也就是十来个回合，他的下盘一个趔趄，被对方一刀砍在屁股上，"哎呀"一声翻滚入水。

撑船女子讥讽道："羞先人的，这么点儿本事，也敢自称大王爷爷？"

"定唐刀"勃然大怒，催动战船到了平底船跟前，纵身跃起，稳稳地落到甲板上。他把手里的大刀往胸前一横："在下葛总瓢把子驾下称臣，马头山大寨主唐火生大眼一贵是也。速速报上名号，某家刀下不死无名之辈。"

"唐火生大眼一贵？"撑船女子笑得前仰后合，简直有些上气不接下气，"这名字哪像绿林好汉？分明是个吃奶的仔啊。"

"定唐刀"出道这么些年，还从来没有被人如此奚落，当下怒不可遏，抡起大刀劈向女子的天灵盖。唐火生大眼一贵的刀法那是何等的厉害？战不到十个回合，撑船女子抵挡不住，仗着身形灵巧四处躲闪。只听"咔嚓"一声，大刀劈中了棺材的尾部，锋利的刀头足足砍进去两寸深，差点砍伤了龙启瑞的脚底板。

坐在船头的那名女子自始至终不曾回头，似乎身边发生的一切都与她没有关系，这时候轻轻地叹了口气，徐徐道："窄路不相逢。"

"定唐刀"一愣，随口应答："谨防半路风。"

随后赶到的黄毛虎抱拳发问："尊驾是洪家人？"

那女子微垂螓首，良久之后，怅惘道："曾经是吧。"

"既然是洪家兄弟，有话好商量。"黄毛虎道，"我们逮了一个威武窑子的大官，他就是新上任的江西布政使龙启瑞。这条江面封锁严密，姓龙的无处逃遁，我兄弟怀疑他藏在这口棺材里。请尊驾打开盖子，瞧个分明。"

没想到那女子断然拒绝："拙夫死在他乡，开棺敛骨已然遭了风霜，岂可再行唐突？还望众家兄弟成全，妾身这厢有礼了。"

"定唐刀"挥刀吼道："不让我们搜，那就是有鬼。"

撑船女子不屑一顾："我姐夫身份贵重，凭你们也想搜？"

黄毛虎问："尊驾想如何办理？"

带着斗笠的女子道："两位都是成了名的英雄，咱们比武论输赢吧。"

黄毛虎击掌道："这个办法好，不伤自家兄弟的和气。"

“定唐刀”举起关刀：“来来，某家让你三招。”

“用不着，”戴着斗笠的女子从丧服里抽出两柄柳叶刀，起身道，“船上不比陆地，妾身让你三招，不叫你吃亏。”

“定唐刀”抢步上前，一招“秋风扫落叶”，大刀横着朝对方的酥胸砍过去。那女子纵身跃起，左手刀尖没有劈向“定唐刀”，而是直直地搭在大刀的刀背上，起了一个飞燕式。大刀劈出的力道甚大，速度极快，然而这柄柳叶刀却像生了根一样，搭住大刀不离。观战的黄毛虎大吃一惊，单凭对方露出的这手绝活，必定是当世一等一的武林高手。

闲话少说，双方大战三十回合，“定唐刀”被那女子用刀背击中手腕，大刀落地。黄毛虎举霹雳棍接战，三十回合照样不是人家对手。这时候，南岸旌旗招展，来了大队人马，周春在马上高喊：“妹子，手下留情。”

那女子放下手中的柳叶刀，潸然泪下：“周大哥，我回来了。”

罗大纲留下遗言埋骨大明山，意味着回归洪门，“豆皮春”大为欣慰。他知道苏三娘和龙启瑞之间的往事，明白她有意成全状元郎的名节，因此没有勉强，引兵自去。“白皮”揭开棺材盖，没好气地催促龙启瑞：“出来吧，我们还要赶路呢。”

龙启瑞费力地爬出棺材，一瘸一拐地走到苏三娘跟前，骤然间有些头晕目眩——二十载岁月倏忽而逝，当年那双大眼珠依旧乌黑发亮，如同一眼藏于深山的潭水，远离了年华枯荣的红尘定数。二十年来，自己一心一意寻觅着这双眼睛，寻觅着这份难以用笔墨描绘的神采，想象中无数个执手凝噎的场景，竟然没有一个发生在今天的芰荷浦溆。

俊逸的状元郎一瘸一拐，灰头土脸不说，头上还冒出了白发。苏三娘吩咐“白皮”将龙启瑞搀到一块石头上，关切地问：“你受伤了？”

龙启瑞整理了一下长衫：“摔下来的，不碍事。”

苏三娘是武林高手，一眼看出龙启瑞印堂发黑，面色发乌，分明是内脏出了毛病，如果不及时治疗和休养，性命必定难保。她劝道：“官场比江湖更无趣，你莫要把才华浪费在逢迎拍马上，早日辞官归乡，颐养天年为宜。”

龙启瑞摸了摸棺材盖：“这是罗阿妈的灵柩？”

“嗯。”苏三娘问，“这些年，你过得好吗？”

看到苏三娘身上的丧服，龙启瑞本来想安慰她几句，可是话到嘴边却变了味道："我续了一个弦，她诗词做得极好，对我也挺好，我们俩算是心心相印。"

苏三娘道："那是好事呀。"

久别相逢，却说着言不由衷的话，这是一份什么样的情？什么样的意？龙启瑞恨不得抽自己两个大嘴巴——红尘中羁绊越重，他对苏三娘的爱就越难以割舍。状元郎对自己那双倒点九马画山的眼珠很有自信，他真正想要的正是眼前这株从不曾屈服、从不曾衰败、从不曾为红尘淤泥所染的荷花。她是尘世间不灭的渔火，放走了她，就等于放走了青春，放走了生命！他不愿意再放走自己的梦想，鼓足勇气问道："你把他送回去安葬后，有何打算？"

"我想去见阿茂哥，"苏三娘道，"还有红船的兄弟姊妹。"

龙启瑞大失所望："玉娘，细民不识圣人意，打得了天下，坐不住天下，扯旗造反终究一事无成，你从粤西一路杀到金陵，还不清楚吗？江湖本无情，逍遥是归处，做一个逍遥游的剑客有何不妥？千万不要再跟着'小元霸'走了，他那是逆天而行。"

苏三娘摇了摇头："阿茂哥为天下穷苦人拔剑，这才是圣人说的大仁大义，不像你们读书人嘴里说一套，私底下做一套，帮助鞑子助纣为虐。"

龙启瑞尴尬至极，试探地问："玉娘，你要是不喜欢，我可以急流勇退，归隐林下。"

苏三娘弯腰捡起一株塘边的荷花，婉言谢绝："妾身却不愿随波逐流。"

第一百七十九回　庆上元班

咸丰七年二月十九，李文茂率军攻克柳州，随后乘胜追击，相继攻占了柳城、罗城、庆远和融县，控制了柳州、庆远二府所属各州、县，打开了通向贵州的道路，与贵州苗族起义军连成一片，西北战事告一段落。李文茂改柳州为龙城府，以周家祠为王宫，设丞相、都督、将军等职管理国家；同时开仓放粮，分配土地，铸“平靖胜宝”铜钱，发展工商业，进行一系列社会改革，柳、庆二府民风大变，受到劳苦大众的热烈拥戴。

东线战事在短暂受挫后，也取得了较大进展——三月初九，梁培友不幸中炮牺牲。陈开收编其众，于五月初八占领藤县，率战船千艘顺流东下，发起梧州之战。闰五月初一，大成军抢占了浔江和府江汇合处的三角咀，居高临下炮击梧州城。同时，水军击毁江口炮台，控制了封川至德庆州之间的江面，严防广东水师增援。叶名琛急令苏海和广东陆路提督昆寿率领百余条战船驰援，六月初八，双方水师在西江展开决战，广东水师一败涂地，苏海遭擒，梧州守军失去了最后的希望。八月初十，大成军攻克梧州，除了梧州知府陈瑞芝漏网外，以广西按察使黄钟音和副将蒋福长为首的官员全部做了俘虏。

东西两路得手后，粤西全境三分之二归入大成国辖境。大成军西入贵州，东进粤东，军威达致极盛。对官府来说，祸不单行，偏偏就在这个当口，英法两国侵略者的援军开至，十月二十九占领猎德炮台，冬月九日下达最后通牒，限令叶名琛两日内投降。

此刻的叶大胖子叫天天不应，叫地地不灵，众叛亲离，终于落入绝境。这口陷阱本来就是叶名琛自己挖的——他疯狂屠杀粤东民众，所以无人相助；他屡次哄骗宝灵，所以宝灵必欲除之而后快；他大肆忽悠咸丰，所以皇帝佬以他为国之柱石，不许他离职。

面对红毛鬼子大兵压境，叶志铣邀请“琉璃球”和常有定在“长春仙馆”焚香施法，指望吕洞宾和李太白帮儿子渡过难关。叶名琛则继续扮出一副镇定自若的模样——英军战舰攻打猎德炮台那天，他正在主持武乡试，闻讯后微笑着说：“必无事，日暮自走耳。但省河所有之红单船及巡船，可传谕收旗帜，敌船入内，不可放炮还击。”

次日，英军攻占海珠炮台、永靖炮台、凤凰岗炮台，叶名琛闻报后仍然不动声色，继续观赏武乡试的比武。手下人实在看不过眼，提醒他风大，难以骑马射箭，希望整军备战。叶名琛这才退场，招集文武官员到衙门商议对策，断言只要熬过冬月十五日，便天下太平。

说十五日后没事，是常有定和“琉璃球”算的卦，而广州城恰恰在十四日沦陷，给了叶大胖子一记响亮的耳光。当时有一首民谣这样唱道：

叶中堂，告官吏；
十五日，必无事。
十三洋炮打城惊，十四城破炮无声，十五无事卦不灵。
洋炮打城破，中堂仙馆坐；
忽然双泪垂，两大仙误我。

英军十四日杀进广州城，柏贵见大势已去，忙叫番禺知县李福泰请伍紫垣、梁纶枢二人出面与洋人议和；十五日广州城打开西门，百姓夺门而出，纷纷逃离；十六日，巴夏礼要求城内守军以及大沥勇、香山勇立刻撤出，然后派人四处搜寻叶名琛；十八日夜，李福泰和南海知县华廷杰到越华书院面见叶名琛，劝他到左翼副都统衙门避难；二十日两个人再见叶名琛，发现叶大胖子变得满面红光，双目闪闪发亮。华廷杰纳闷地问："大帅，有什么好事？"

"哈哈，"叶名琛仰天大笑，"两位大仙发了话，上次占卜差了一个数目字，应该是二十五日以后必然无事。诸位少安毋躁，静观时变。"

红毛鬼子已经开进了广州城，全城百姓与文武官员都做了阶下囚，还他妈说没事，这还是人吗？两位知县恨不得啐叶名琛一脸吐沫，尤其是李福泰妻子朱氏自缢，成了省城文武官员及家属中唯一的烈士，他强忍住悲愤，提醒叶名琛："省城沦落敌手，制台大人，你是不是应该写个折子，向圣上请罪？"

叶名琛轻蔑地瞥了他一眼："国家大事，岂尔等小吏所能揣度？圣上与我有言在先，对付红毛鬼子混得一时是一时，叶某奉旨行事，何罪之有？"

堂堂封疆大吏说出这等奇谈怪论，让两位七品芝麻官目瞪口呆。假如咸丰皇帝与叶名琛果有此密约，则君失德，臣失义，一对没有廉耻的混蛋。两个人落寞地出了副都统衙门，李福泰仰天长叹，泪如雨下："我老婆算是白死了。"

华廷杰羞愧道："忠义节烈之慨，乃不在无数丈夫而独在一女子，吾辈愧死矣。"

李福泰无精打采地摆手："我看制台大人贪生怕死，不会杀身成仁，为国尽忠。宝灵和巴夏礼不会放过他，一旦被鬼子俘虏便身败名裂，他这回是彻底完了。"

第二天，叶名琛被鬼子兵擒获，塞进四面钉上木板的轿子里，备受屈辱。尽管旁边不断有人暗示，但他硬是舍不得死。穆克德纳和柏贵则当了汉奸，对洋人唯命是从，很快在观音山敲定了傀儡政权的架构。二十五日，洋人敲锣打鼓下了观音山，大摇大摆开进巡抚衙门，正式成立了以巴夏礼为首的联军委员会。柏贵继续以广东巡抚的名义向人民发布公告，无耻地宣称"中外一家"，"居民截路殴打夷人，有借词团练者，照叛逆治罪"。

大清国巡抚衙门的公告，却盖着联军委员会的印章，各级官吏心里十分不安——执行柏贵的命令等于执行巴夏礼的命令，照这样下去，以后不都成了为虎作伥的汉奸？大家聚在一起反复计议，觉得唯一的出路便是逃跑，在珠江三角洲两岸募勇团练，誓死抗争。最后敲定的分工如下：广东布政使江国霖、按察使周起滨、番禺知县李福泰去惠州，招募惠、潮义勇；盐运使椿龄、粮道王增谦、南海知县华廷杰去佛山堡，号召西路义勇。

为了安全起见，大家决定分批出逃。

第二天，华廷杰先让人送走家眷，直到太阳落山，才换了一身便装只身出衙。偷偷摸摸地拐到正西门，迎面撞上了守门的“小仁义”，问道：“大老爷，你要去哪里？”

华廷杰吓得脸色煞白，把“小仁义”拉到一边：“嘘，胡捕头，小声点儿。”

“小仁义”恍然大悟：“你不想当汉奸？”

华廷杰试探地问：“胡捕头，你怎么想的？”

“我一直想不通，”“小仁义”喋喋不休地发起了牢骚，“巡抚衙门把我们各班衙役编成巡警队，直接听红毛鬼子指挥，以后守红毛国的王法。大老爷，抚台大人说中外一家，天下还是紫禁城那个皇帝的天下，这不是胡说八道吗？忠义，忠义，现在上面有两个当爹的，到底给哪个爹干活算忠臣？造反，造反，揍哪个爹算是造反？”

华廷杰正色道：“胡捕头，别听柏贵放屁，他就是一个不忠不义的乱臣贼子。”

“你们这些读书当官的人没有骨头，比人家洪门差远了。”“小仁义”鄙视地说，“丢了偌大个广州城，连一个抹脖子的也没有，真叫人看不起。”

华廷杰羞愤难当，脸涨得通红，辩解道：“本县绝非贪生怕死，而是忍辱负重，去佛山堡投奔‘大魁堂’，与梁三爷他们共谋恢复大计。”

“当官的都说自己忍辱负重，”“小仁义”叹了口气，“幸亏现在不让演红船大戏，不然的话别说你们，连我这个跑腿的也得羞死。”

华廷杰试探地问：“胡捕头，你打算加入巡警队吗？”

“丢他老母，”“小仁义”骂了起来，“老子这个名号可不是白叫的，要是捧红毛鬼子的臭屁股，以后在江湖上还咋混？”

华廷杰赞道：“好，有骨气。胡捕头，华某已经把南海县的印信带上了，咱们以后就在佛山堡办公，不伺候红毛鬼子和狗汉奸。”

“小仁义”狐疑地看着他：“你敢不听抚台大人的号令？”

“这个王八蛋丧权辱国，甘心当汉奸，圣上一定会派新的大吏代替他。”

华廷杰道，“不信你瞧着吧，最多两个月，必有钦差大臣领军南下，收复广州。”

“小仁义”下定决心：“大老爷，我跟你走。”

两个人登上篷船，南下至回澜桥，发现西江航道已经被封锁，商馆广场的废墟挤满了逃难的百姓。码头旁停泊着一条战舰，江心三艘铁甲轮船拖着运兵船，如临大敌。一打听才知道这条战舰叫“无畏号”，负责把叶名琛运往香港，由于怕中国军队半路拦截，因此英军才出动铁甲轮船和运兵船护航。“小仁义”使劲朝地上吐了一口唾沫：“红毛鬼子就是缺心眼，像这种贪生怕死之辈，谁吃饱了撑地救他？”

夜幕降临，华灯初上，“无畏号”战舰离开后，西江航道解除封锁。篷船随着难民大军向西缓缓行驶。冬月的风寒冷刺骨，在自己的国土上，华廷杰平生第一次逃难，心里那个难受劲儿就别提了。“小仁义”道：“大老爷，船太多，走不动啊。”

华廷杰钻出船篷，脚底下江水苍茫，滚滚而过，倒映着“粤雅堂”那华丽的身姿。他抬起头来，默默地观察了一会儿，说道：“咱们去伍家歇歇脚。”

“小仁义”觉得莫名其妙：“姓伍的不是汉奸吗？”

华廷杰摇了摇头：“小浩官不比小明官，他家大业大，不至于为蝇头小利折腰。”

两个人停船靠岸，“小仁义”不愿意进伍家，华廷杰独自上了“粤雅堂”。呵，一屋子全是避难的名流，像什么张维屏、谭莹、陈澧、邹伯奇等等，此外还有前来打探动静的龙元僖、罗淳衍、何士良、欧阳泉、麦佩金等豪绅。

见华廷杰上楼，伍紫垣急忙迎上前去：“父母官，你来怎么不打个招呼？”

“惭愧，惭愧，”华廷杰躬身施礼，“叶相做了阶下囚，省城眼下由巴夏礼说了算，本县逃难经过贵府，请浩官大人赏一碗茶吃。”

龙元僖赞道：“樵云，出来就好，出来就能保全名节。”

“太常大人莫要折杀卑职，”华廷杰长叹一声，“满城文武降的降，逃的逃，没有一个杀身谢君王，真是叫人汗颜呢。”

罗淳衍安慰他：“叶相蒙圣恩厚宠，尚且惜命，樵云何必自责？”

提起叶名琛，众名士气不打一处来。陈澧讪讽地说：“叶相不战不和不守，不死不降不走，什么人都敢耍，什么事都不在乎，可谓千古奇人也。”

“狗屁奇人，分明是黔驴技穷，众叛亲离，一介民贼而已。”邹伯奇愤愤道，“郑小谷写的那首诗怎么说来着？”

封川江口炮台被大成军摧毁后，郑献甫带着一家老小来广州避难，没想到又不幸遭遇了红毛鬼子破城。他写了一首《十六日携家出城纪事一首》，痛斥叶名琛误国，曰：

> 霹雳雄雷轰不止，袯襫老翁惊数起。
> 晓角初停晓日明，红毛鬼子登城矣。
> 旗民踏户呼将军，将军无语惟云云。
> 城人联名叩相国，相国有谋殊默默。
> 城主不拒岛夷船，岛夷遂夺城主权。
> …………

红毛鬼子宰割华夏，采取的是小步慢跑的策略，平均每十五年发动一次战争——第一次鸦片战争，红毛鬼子割走了香港岛；第二次鸦片战争，红毛鬼子占领了广州；下一次战争将会发生什么，谁心里也没有底。龙元僖道：“各位，红毛鬼子这是盲佬饮热汤，一口一口吞；太公分猪肉，一刀一刀割。步步为营，稳扎稳打，企图将我中华逐步蚕食，表面仁义道德，暗地划拉算盘珠子，奸诈至极，吾辈不可不防。”

华廷杰心急如焚：“巴夏礼那厮将穆克德纳和柏贵拘押在观音山，让他们给圣上写折子弹劾叶相，咱们应该把这里发生的情况如实上报朝廷，免得圣上被蒙在鼓里。罗大人，你久在内廷行走，这个奏事折子你来领衔吧。”

“此事当双管齐下，”罗淳衍毕竟老成，提出建议，“我和龙太常领衔写一份，再给骆老三捎一封书信，让他以湘省大宪的身份给圣上写一份。”

众人赞同：“好，这样圣上就不会被奸臣欺哄。”

何士良问罗淳衍：“罗大人，圣上要是知道了广州的情况，他会怎么办？”

“还能怎么办？”罗淳衍苦笑，“募勇团练呗。”

何士良摇了摇头：“何某问的是，圣上如何处理穆克德纳和柏贵这两个汉奸？”

穆克德纳和柏贵一个是满洲镶白旗人，一个是蒙古正黄旗人，人家是咸丰皇帝正儿八经的家奴，朝廷能把他们两个怎么样？再说红毛鬼子船坚炮利，咸丰皇帝奈何不了红毛鬼子，对这两个汉奸又能怎样？最终的结果很可能如大伙儿所料不了了之，你糊弄鬼，鬼糊弄你。见众名士和豪绅垂头丧气，伍紫垣开口说："各位，咱们不是洋人的对手，仗万万不能打。为今之计唯有委曲求全，徐图恢复，舍此之外别无他法。"

徐图恢复的道理大家都懂，可朝廷是人家的朝廷，你汉人拿着刀枪振奋起来，人家爱新觉罗氏的宝座还能坐下去吗？龙元僖没有抱多大的幻想，说道："圣心惟微，岂可猜度？咱们不要胡思乱想，静候圣旨罢了。他让我们打，我们就打；他不让我们打，我们就歇。反正归根到底一句话，天下是圣上的天下，广州府是咱们的地盘。"

龙元僖这番话透露出众家豪绅心中的底线——一切以保全豪绅利益为宗旨。邹伯奇大不以为然，他"哼"了一声："龙太常，有些事说起来容易做起来难。就说现在广州城里的这个联军委员会，巴夏礼自己不出面，事事把柏贵推到前台。巡抚衙门是大清国的巡抚衙门，圣上还会继续给柏贵颁发圣旨，柏贵的话你们听不听？不听违抗军令，听了便是汉奸——倘若这层窗户纸不捅破，大义名分无法判明，忠奸难辨，人心必乱。"

问题就在这里——联军委员会是巡抚衙门的心，巡抚衙门是联军委员会的皮，为了勉强维持朝廷对粤东名义上的统治，咸丰皇帝必定不会捅破窗户纸。华廷杰也是一个头两个大，正当众人大眼瞪小眼的时候，伍府家丁匆匆来报："老爷，藩台大人和军门大人来了，在江边遇到郑小谷郑先生，双方发生口角，郑先生气得要投水呢。"

一代大儒要投水自尽，这还了得？众人一窝蜂出了"粤雅堂"，大老远就听到郑献甫声嘶力竭地喊："别拦我，别拦我，让我投水，羞死这些不忠不义的奸贼。"

华廷杰上前问江国霖："藩台大人，你还没走？"

江国霖指着昆寿："半路上遇到了昆军门。"

邹伯奇、陈澧、谭莹等人合力将郑献甫抬到码头上，邹伯奇道："郑先生，你不是去城北避难了吗？怎么不踏踏实实待着，又转回城西来了？"

郑献甫气哼哼地说："我要回粤西去，不受红毛鬼子的腌臜气。"

粤西大半属于大成国辖境，回去干什么？龙元僖不好意思多说，安慰他："郑先生，你是两粤宗师，胸中有山水，襟裾带仙气，何必跟凡人怄气？"

"你问问他们，"郑献甫按着心窝，抖动胡子数落江国霖和昆寿，"一个是封疆大吏，一个是陆师统帅；一个弃城落荒而逃，一个不思收复失地。你们说说，大清国养的这些败家子有什么用？做臣子的不能为国尽忠，替君分忧，还不如一头撞死算了。"

江国霖十分尴尬："郑先生，你误会了。江某忍辱偷生，正是为了去惠州募集团练，回头和红毛鬼子拼命。不信，你问问华邑侯。"

华廷杰连连点头："是，没错，卑职可以作证。"

"放屁，老朽又不是瞎子，"郑献甫不依不饶，"你和昆寿刚才上了张亚丞的船，和那个假洋鬼子嘀嘀咕咕，密议了大半天，当老朽没有看见？"

江国霖心虚地看了昆寿一眼，辩解道："郑先生，张亚丞是宝灵的红人，要想采购军械只能走他的门路，我们买洋枪洋炮也是为了对付红毛鬼子。"

"听听，听听，"郑献甫又骂了起来，"不但拿老朽当瞎子，还拿老朽当傻子——红毛鬼子卖给你们洋枪洋炮，让你们反过来打他们，人家是蠢驴吗？"

昆寿是个行伍出身的大老粗，他才不愿意给郑献甫的面子，大声反击："老梆子，实话告诉你吧，老子买洋枪洋炮是为了镇压红匪。巴夏礼说中外一家，既然都是一家人，那不正是弄洋枪洋炮的好机会吗？一顶汉奸帽子压不死人，大清国的心腹大患是红匪，是那些吃不饱饭的泥腿子，你懂不懂？说老子是奸臣，你倒是圣人门徒，为啥不跳水殉国？"

郑献甫又羞又恼，拼命挣脱众人："别拦着我，别拦着我，让我投水。"

龙元僖和罗淳衍见不是头，出面把江国霖和昆寿等人劝离了码头。他们走后，谭莹和陈澧拱手邀请："郑先生，请进'粤雅堂'吃口热茶。"

"老朽不吃汉奸的茶。"郑献甫不屑一顾地瞥了一眼伍紫垣，挥手对船夫说，"快开船，马上回粤西，这里不是人待的地方。"

在镇压甲寅年洪门起义的过程中，伍紫垣掏了血本，没想到立了这么大的功劳，叶名琛却恩将仇报，结结实实地敲了他好几笔大竹杠。在小浩官看来，去年十三行仓库那把大火就是老天爷对自己助纣为虐的惩罚，多年老本毁于一旦，以后还做什么生意？

与财货损失相比，更叫人难以容忍的是心灵创伤，由于频繁替官府办理对外交涉，伍紫垣这个名字已经成了汉奸的代名词。在今天这个寒冷的冬夜，郑献甫那道鄙视的目光像刀子一样剜着小浩官的心。安顿完逃难的宾客，他叫了一艘小艇，过江回到河南岛。

这天夜里，轮到"铁桥三"的徒弟林福成把守院门，见伍紫垣孤零零一个人回家，不由得吃了一惊："老爷，外面兵荒马乱的，你不怕有人劫道？"

"死了耳朵清静，免得叫人家在背后指指点点。"伍紫垣无精打采地跳上岸，一只脚刚踏进院门，又缩了回来，"阿坤在没在园子里？"

林福成指了指旁边的海幢寺："回老爷的话，我师傅在庙里练功。"

伍紫垣本来想找"铁桥三"聊聊天，这时断了念头，悻悻道："那算了。"

林福成看出伍紫垣心绪不佳，忙说："老爷，姑苏'祥麟班'的景曼卿来了，带了一大群'外江班'的老倌，说是来避战火。陈大老倌让老管家安置他们住下，开了小戏台，眼下正在里面听伢仔们试戏，你不去看看？"

伍紫垣的愁绪一扫而光："真的吗？"

"小的哪敢骗老爷？"林福成道，"不信，你听听？"

伍紫垣侧耳倾听，果然从小戏台方向传来隐隐约约的歌声，随着距离越来越近，怯生生的童声越来越清晰，那是一曲孟称舜的《桃花人面》：

俺这里萧条掩画屏，
你把往事来重省。
似这般泼淋漓叶上题红怨，
还则见冷冥迷花底泪波明。
人去暗飘零。
你可也徘徊立遍苍苔径，
算相逢一面都是前生定。
不做美东君却怎生？
蚤是你到了河津，我留下空庭。
霎时错过锦前程，
这也是咱红颜多薄命。

琼花会馆付之一炬，红船大老倌追随李文茂在粤西征战，死伤累累，留在粤东的多为老弱病残，难以复兴红船之火。梁兰桂、黄华宝、“大花面明”、梁清吉、“独脚英”等人便想利用万松园得天独厚的条件，劝陈罗婵招募一些伢仔，重新播撒红船大戏的种子。这个建议得到了陈罗婵的大力支持，大伙儿说干就干，短短的两个月内，招募了三十名七八岁的伢仔。这些伢仔各有天资，都是唱戏的好苗子，其中以“大花面明”的儿子邝殿卿（即邝新华）与“博众四”的仆役何章最为突出，这两个人也成为后来“粤班中兴”的功臣。

在戏台上试唱《桃花人面》的正是何章，因为鼻梁比较高，因此“博众四”给他起了一个绰号叫“勾鼻章”。伍紫垣听得津津有味，把船停在湖心，没有上岸打搅，一直等小戏台渐渐歇了歌声，他才跳上栈桥，越过画舫，进入小戏台。陈罗婵正陪着景曼卿、梁兰桂、何博众等人吃茶，见伍紫垣蔫头耷脑地溜达进来，纳闷地问：“你又怎么啦？”

伍紫垣不好意思说实话，只好拿另外一件事遮掩：“巴夏礼性情暴躁，不好伺候，柏贵和穆克德纳让我去香港，找宝灵或者英军特使额尔金办理交涉。”

陈罗婵不悦：“这里是戏台，不要说你那些丢人现眼的事。”

“这个不能怪五爷，”景曼卿为伍紫垣开脱，“咱们毕竟是大清国的子民，柏贵和穆克德纳发话，他不去不行。”

陈罗婵把脸沉下来：“我这里是千秋戏棚，与鞑子何干？”

景曼卿一缩脖子，后悔自己说错了话，连忙往回找补：“是，是。我说陈大老倌，阿章这伢仔嗓子细，模样俊俏，琵琶弹得极妙，不唱花旦未免有点儿可惜。”

陈罗婵道：“男人唱男人的戏，唱什么花旦？”

“本地班”男女老倌都有，“外江班”则清一色只有男性演员。伍紫垣劝道：“官府定下了这个规矩，你教女仔唱花旦行是行，但学成以后登不了台，那有什么用？”

陈罗婵气性再大，也只能在小戏台这一亩三分地做主，管不了园子外面的天地。她泄气地摆了摆手：“行吧，那就让他学花旦。”

“博众四”喜出望外，立刻朝“勾鼻章”使了个眼色：“还不快谢恩？”

“勾鼻章”当小厮的出身，自然乖巧伶俐。从前跟着“博众四”哼小曲，现在能拜红船绝世名伶为师学唱戏，简直是做梦都没想到的福分。小家伙整理衣袍，恭恭敬敬伏地叩首，行拜师大礼："弟子一定勤学苦练，不辱没师傅你老人家的威名。"

陈罗婵让他起身，然后问梁兰桂："兰桂，这个班应该起个什么名字？"

梁兰桂抱拳道："请你和五爷定夺。"

伍紫垣立刻紧张起来，双目紧盯着陈罗婵，生怕她说出"凤凰仪"三个字。绝世名伶仿佛看穿了他的心思，"哼"了一声："明年元宵节开班，就叫'庆上元'吧。"

景曼卿道："陈大老倌，有句话不知当讲不当讲？"

陈罗婵奇怪地问："景爷今天怎么吞吞吐吐的？莫非被鬼子的大狗惊着了？"

"我们'外江班'兄弟也是有血性的汉子，岂能畏惧鬼子大狗？"景曼卿道，"俗话说十年树木，百年树人，栽培后进非一人之力可成。陈大老倌，你应该让梁老倌回一趟粤西，请二爷再拨一些红船老倌，帮你办好这个'庆上元'班。"

这话一点儿也不假，红船数十个行当，陈罗婵纵然浑身是铁，又能捻几颗钉？梁兰桂赞成景曼卿的看法："办'庆上元'班功在千秋，掌堂大爷绝不会反对。"

这几年洪门在粤西站住了脚，李文茂开疆拓土，所向披靡，建号称王，威震四海。这一切均在陈罗婵的意料之中，也是她多年前的梦想，然而绝世名伶毕竟是高傲的性子——李文茂的平靖王府越是受江湖中人的推崇，她便越没有心思去凑热闹。

伍紫垣问："景爷，你们班里的角色不是挺齐全吗？"

"差多了，"景曼卿苦笑起来，"我们'外江班'用官话唱戏，哪里会本地话？再说红船武功天下一绝，那些功架我等望尘莫及。"

伍紫垣犹豫地看着陈罗婵："要不，让梁老倌去一趟柳州？"

陈罗婵心潮起伏，嘴上却淡淡地说："也罢，如真妹子做了王娘，我还没送给她一件像样的礼物。你派人到佛山堡置办一船戏装，叫兰桂和华宝去拜年。"

伍紫垣这才发觉黄华宝不在，问梁兰桂："黄老倌呢？"

新年在即，以梁二娣、梁兰桂、黄华宝、"大花面明"为首的红船兄弟计划采办戏班所用行头和物品，供军中的大老倌们美美地唱几天戏。由于李文茂在柳州开了王府，江湖各路英雄都打算去祝贺，佛山堡的梁应琨也准备了一些货物，委托红船兄弟负责押运。梁兰桂没有刻意隐瞒："黄老倌回佛山堡去了，他是应梁三爷的邀请。"

半年前的五月初十，红毛鬼子大举进攻佛山堡，试图拔掉这个广州城的强大后援。梁应琨沿用当年洪门的破敌之法，先用铁炮构筑坚强的防御阵地，阻止红毛鬼子登陆；等英军战舰搁浅时，他和"纽纹良"等人率领"大会馆"的铺丁发起白刃战，一鼓作气杀退敌军。红毛鬼子大败亏输，死伤五十余人，创造了开战以来的最大伤亡，从此不敢以武力再犯。"大会馆"一战成名，恢复了昔日的尊荣，成为粤东抗英斗争的中流砥柱。

伍紫垣羡慕地说："三爷现在算是抖起来了，连县太爷都投奔他的麾下。"

"威武窑子腐朽无能，根子上烂透了，不可能真心实意地和鬼子拼命。"陈罗婵道，"用不了多长时间，姓华的还得搬回来。"

一条船儿挂着灯笼出现在大湖的湖面，景曼卿高兴地说："黄老倌回来了。"

伍紫垣起身道："我去接他，看三爷最近有什么消息。"

伍紫垣在前，梁兰桂和"博众四"在后，一行人来到岸边。昏黄的灯影里，伍紫垣愕然发现"铁桥三"站在船头，十分惊诧："阿坤，你不是在练功吗？"

"来稀客了，""铁桥三"结结巴巴，"真的是稀客。"

梁坤向来稳重，今天怎么会如此失态？伍紫垣迷茫地问："到底是谁？"

"五爷，""铁桥三"掀开船篷的帘子，"你瞅瞅，你瞅瞅。"

随着船篷的帘子打起，从里面走出两个女子，伍紫垣还没来得及说话，梁兰桂先兴奋地跳了起来，回头朝小戏台大喊："陈大老倌，陈大老倌，苏女侠驾到。"

陈罗婵闻声一震，匆忙跑出小戏台，果然见画舫下立着一位浑身缟素的美娇娘，不是朝思暮想的冯玉娘又是谁？绝世名伶泪光闪闪，扑过去紧紧抓住苏三娘的手，仿佛她随时都可能从眼前飞逝："妹子，是你吗？真的是你吗？"

苏三娘回到粤东，将罗大纲的遗骨分别埋葬在揭阳和红海湾，又在两地各自办了四十九天的打醮安魂仪式，这才向西进发。途经伶仃洋，看到来来往往的英军战舰，她想起了十几年没见的陈罗婵，便和"白皮"乘船来到河南岛。姐妹一朝重逢，当年在大桂山七星冲朝夕相处的那段岁月涌上心头，苏三娘倒头便拜，哽咽道："阿婵姐，你受苦了。"

陈罗婵扶起她，从头到脚反复审量，怎么看也看不够。她用袖子擦去泪珠："妹子，你从粤西杀到江南，受尽了风霜干戈。跟你比起来，我这点儿苦还叫苦？"

伍紫垣听起来满不是滋味，提醒："外面风大，快请玉娘妹子到里面暖和暖和。"

陈罗婵左手挽着苏三娘，右手挽着"白皮"，姐妹三人进入小戏台落座。面对这位名震寰宇的女中豪杰，景曼卿怀着仰慕的心情问："苏女侠，给我们说说天京的事？"

"休要打岔。"陈罗婵打断他的话，"妹子，你回来做什么？"

苏三娘将天京事变的经过粗略地说了一遍，然后道："他生前曾经许下誓愿，要将遗骨埋在大明山，我只能按他的愿望办。"

梁兰桂道："大明山已经收复，女侠，干脆咱们一道走。"

回到粤东的这段日子，尤其是在红海湾大寨，苏三娘从关钜嘴里听到不少消息，知道大成国军威甚盛，心里颇感振奋。她问梁兰桂："你也去粤西？"

梁兰桂回答："是啊，我们替陈大老倌送戏装。"

陈罗婵澄清道："阿真当了王娘，我还没送礼物呢。"

景曼卿解释说："梁老倌想办一个童子班，文戏我们没问题，就是武戏缺人手——他打算去柳州请命，请二爷派一些大老倌回来执教。"

陈罗婵把邝殿卿拉到跟前："这伢仔是个可造之材，妹子不妨点拨他一下。"

苏三娘问："乖仔，你想学什么功夫？"

邝殿卿耳朵里早就灌满了这位太平军名将的传说，遂仗着胆子说："双刀。"

第一百八十回　龙城西望

大成军占领梧州城和戎圩，垄断了“西米东输”的贸易，佛山堡七市米户的生意更加兴隆。秦亚艚、“纽纹良”、柯定邦、鸡大逵、劳亚绰、郑绍祖、冼长贵等人相继购买了大宅子，把原来的院子卖给了温家。如此一来，加上回购的石蕴、邵凡、“篾片刀”三家的院子，东南巷和砖瓦巷大部落入温家囊中。咸丰七年，女诸葛大兴土木，将这些院落连通起来，修建了一处带有假山园林的宅邸。温家新宅的豪华程度丝毫不亚于西南巷大族，飞檐斗拱，雕梁画栋，堪称艺术精品，木工活儿均出自“黄记”木铺。

叶名琛被红毛鬼子逮走后，“琉璃球”和常有定的法术彻底破产，成了人人喊打的过街老鼠。“琉璃球”回到居仁里深居简出，没事就去温家观看“黄记”的木匠忙活，见黄广华一丝不苟地撸起袖子刷漆，他十分不解：“黄掌柜的，你现如今是本镇首屈一指的大匠师，这些粗活让徒弟干就得了，怎么还亲自动手？”

黄广华晃了晃手里的刷子：“二奶奶送给我两把刷子。”

“琉璃球”好奇地问：“有何神奇之处？”

黄广华得意地说：“它们是陈天义的旧物。”

“真的?”“琉璃球”惊叹道，“这玩意值钱，拿它到大成国，换不了一个侯爷，起码也得换一个将军。啧啧，我咋没有这么好的运气?”

其实黄广华心里的高兴，远不只是淘换到陈开使用过的两把刷子——就在昨天，梁应琨把他请到崇正社学，告诉他“大魁堂”计划重建琼花会馆，木工活儿准备交给“黄记”来干。

祖庙和琼花会馆并列为佛山堡两大精神支柱，相较于神秘无言的前者，后者通过优美的旋律直叩心扉，乃是佛山人难以割舍的心灵守护神。失去红船大戏的三年岁月，对佛山乡亲来说如同漫长的三百年，每一天都是那么的难熬。而今广州被红毛鬼子攻克，官府散了架子，泥菩萨过河自身难保，正是恢复红船大戏的好时机，重建琼花会馆便是第一步。

黄广华调侃“琉璃球”:“你蒙了叶大胖子那么多钱，运气还差?”

许多官员将红毛鬼子破城的罪责算在“琉璃球”和常有定头上，让二人大为惊恐。“琉璃球”紧张地向四周看了看，显得心有余悸:“别胡说，叶制台手上血债太多，那些屈死的冤魂向神仙告状，罚他永世不得超生。法术失灵是他咎由自取，怪不得金某。”

“你怕什么?”黄广华忍住笑，“道爷，广州府有人打你的算盘，让你背黑锅;但到了龙城和秀京，二爷和陈天义定会赏你银子呢。”

红船大老倌云集龙城，佛山堡的戏迷，尤其是那些财主老爷纷纷以躲避红毛鬼子为由携家带口去柳州过年，过一把红船大戏的瘾。“琉璃球”受到启发，跺了跺脚欣嘘道:“嘿，你瞧我这猪脑子——金某捉弄叶大胖子，等于替洪家兄弟报仇雪恨，除了一个祸害，二爷和陈天义当然应该请我看大戏。”

温家起豪宅，比肩西南巷的八图大族，这般为祖宗脸上增光添彩的伟大事业，把温秉礼乐出了鼻涕泡。他迈着四方步走进屋子，热情相邀:“金爷，过两日我家收工，黄掌柜的辛苦了大半年，今天晚头到正埠酒楼吃酒，你也一起打赏个面子?”

黄广华慌忙推辞:“‘大魁堂’重建琼花会馆，需要上等的黄花梨和紫檀，我得去琼州府和南洋订购木材，不然怕耽误了工期。”

“急什么急?”温秉礼不以为然，“粤西有的是好木料，你向二爷禀报一声，到山上随便采伐。重修琼花会馆是正事，他还能不帮忙?”

黄广华笑着没有说话，温秉礼说中了他的心事，他已经和梁德荣约好了去粤西看戏。“琉璃球”弯腰打了一个稽首：“无量天尊，多谢三爷美意，贫道太忙，过了年再说吧。”

温秉礼奇怪地看了他一眼：“你不是在家里闲着吗？”

“贫道那是修炼功法。”“琉璃球”大言不惭，“今年大伙儿都去龙城看戏，贫道为二爷立下偌大的功劳，是不是该去拔个头彩？”

温秉礼哭笑不得：“你最好再把常有定叫上。”

“少不了他，”“琉璃球”丢下一句话，“我们俩是焦不离孟，孟不离焦。”

傍晚时分，黄广华离开居仁里，独自来到祖庙。沈别传正在锦香池畔闭目打坐，睁开眼看到黄广华，招了招手：“黄掌柜的，三爷说过了吗？”

黄广华客气道：“什么事？”

年纪大的人不免有些絮叨，沈别传发起了牢骚：“黄掌柜的，鬼子大狗在华丰台的歇山顶上钻了个洞，到今天快半年了。我给三爷提了六七遍，他说等银子筹齐了让贵号修，可就是干打雷不下雨，到现在还没动静，你说急不急人？”

“华丰台？”黄广华狐疑地问，“不是庆真楼吗？”

沈别传道：“庆真楼也钻了一个洞，郑流利那小子不言不语，自己拿泥巴糊上了。贫道上去一瞧，黑漆描金的花板炸成了马蜂窝，造孽啊。”

这半年来，黄广华忙于温家新园子的木工活儿，没见过郑流利一面。沈别传的话，吓了他一大跳：“小郑没事吧？”

“没事，”沈别传道，“那小子命大着呢。”

去年下半年，由黄广华、杨胜合、简彩华等木雕名师牵头，佛山堡十二家木雕铺子联合成立了行业公会——“兴华堂”。祖庙里面的木雕生意前些年由承龙街的“成利”店承接，黄广华不愿意中间插一杠子，便委婉地谢绝了梁应琨的好意。他敷衍了沈别传几句，拖着疲惫的脚步来到庆真楼，在楼梯上，忽然听到了梁德荣的声音：“说话呀，我求求你，快说话呀。”

黄广华以为梁德荣在和郑流利交谈，不由得心生好奇，透过门缝往里一看，哪有小结巴的影子？只见梁德荣双手举着三炷香，一边嘴里念叨，一边将香插进几案的香炉里。黄广华推门而进：“阿荣，你在和谁说话？”

梁德荣扭头一看，顿时满脸通红，矢口否认：“没有啊，我没跟谁说话。”

黄广华盯着他："阿荣，你不会撒谎，别骗人。"

梁德荣迟疑地说："我，我在和我的心说话。"

"你的心？"黄广华心头一动，把目光移到那只狮头耳的圈足紫铜香炉上——这只香炉腿宽一尺三，通高不到一尺，上面刻着三个大字"琼花宫"。他对这只香炉太熟悉了，琼花会馆被大火焚烧后，佛山乡亲不顾官府的禁令，纷纷赶到琼花水涉搜寻遗物，他和梁德荣从废墟里扒拉出来的就是这只铜香炉。

铜香炉里会有什么秘密？黄广华转到香炉后面，真相大白——香炉后面是一副巨口獠牙的猪头面具，面具后躺着一个小木头人。

看到"枫子鬼"那张漠然的面孔，黄广华的心像被针刺了一样疼。他赶紧扭过脸，问梁德荣："阿荣，你订了哪一天的船？"

梁德荣被他拆穿把戏，心里惴惴不安："腊月初六。"

黄广华很不满意："为啥这么晚？"

"'大漏勺'安排的，"梁德荣解释，"说陈大老倌和苏女侠姐妹离散多年，舍不得让苏女侠走，要多留她几天，说说体己话。"

黄广华吃了一惊："苏女侠不是在金陵吗？"

梁德荣稍微抬高了嗓门："她不给洪火秀干了，去大明山送罗阿妈的遗骨。"

"太好了，太好了，"黄广华转嗔为喜，"路上咱们可以听她讲讲太平军的见闻，你还可以向她讨教武功。"

梁德荣愁眉苦脸地说："我现在一头迷雾，怎么向人家开口？"

黄广华道："王老爷在秀京，你有什么不明白的地方，可以问他呀。"

梁德荣沮丧地摇了摇头："'大漏勺'说了，我师伯不喜欢当差，一门心思修武练功，四处飘荡，居无定所，他也没见过一次面。"

黄广华知道，每次梁德荣发呆，其实都是他内功深入一层的前夜——这次他把"枫子鬼"和猪头面具供起来，应该是打算从这两件木雕里寻求武学突破。想起王山公的前车之鉴，黄广华长叹一声："阿荣，'枫子鬼'无情无义，你少在他身上浪费工夫。"

梁德荣不但没有听入耳，反而猛地抓住他的手："广华哥，兴许梅少奶奶说得对，劳烦你给飞头鬼雕一根阳具，上面再雕一对眼珠，他肯定能还过阳来，睁开眼睛。”

“丢你老母，”黄广华气急败坏，“我看应该给你刻一对招子。”

梁德荣沉浸在武学体悟中，时常发一些疯言疯语，这种情形过去是王山公的专利，黄广华经历得多了，没有和他计较。现在是冬月底，离腊月初六还有七八天的时间，黄广华决心集中精力为罗大纲雕一颗人头，免得孤胆英雄在大明山落葬时，只有几根萧索的骨头。

凛冽刺骨的寒风，最能激发天才的末梢神经。黄广华把自己关在没有窗户的内室里，整整工作了八天，凭借自己的记忆雕出了一颗惟妙惟肖的人头。“黄记”木铺保存着一尊关夫子横刀立马的木像，那是黄广华最得意的杰作，此刻，他愿意把关老爷的躯干献给罗大纲——在木雕艺人的心中，孤胆英雄忠义的一生亦是悲情的一生。

初六那天是大寒，从破晓开始，正埠码头便挤满了往西去的各色船只：有钱人置办行头去龙城看戏；穷鬼背着铺盖卷到大成国谋生，希望能分得一亩三分地，娶个老婆养个仔，过上一种人过的日子。正埠酒楼仍然一如既往地热闹，罗琦站在门口逢人作揖——自从苏海被大成军俘虏后，失去靠山的他不得不养成了这个习惯。

太阳挂起了老高，宁洪原的轿子才姗姗来迟，后面是金良玉、区植槐和区植松。罗琦打开包袱，露出里面精美的软靠和大氅，不高兴地说：“瞧瞧，行头我都替你买来了，一身八百两银子，‘水秀堂’的手艺。你可倒好，睡到日上三竿头。”

“不能怪我，”宁大少辩解，“临出家门，平白吃了金道爷一个晦气。”

罗琦问金良玉：“怎么回事？”

金良玉满脸堆笑：“咳，我哥子是属狗熊的脾气，抱着猪头往死里啃。他那套红毛法术管用的话，叶制台能让红毛鬼子逮了去？大少莫生气。”

宁大少耿耿于怀：“既然说看戏有杀身之祸，那他自个儿为啥去？”

罗琦听懂了，一准是“琉璃球”仍然在贩卖他那套炮子不落第二个洞的理论，专拣宁大少不爱听的说。他笑着安慰宁洪原：“我觉得你误会了金爷，人家是劝咱们爱惜身体，宁食鲜桃一个，不食烂梨一筐。”

宁大少撇了撇嘴：“狗屁，他是糊弄咱哥俩合吃一个烂梨。”

贝尘鹤衣冠楚楚地走出酒楼，听到两个人的话，不禁摇了摇头："金爷说得没错，枉你们在肉林溪水间打磨了多年，这么简单的道理竟然没有吃透？"

宁大少苦笑道："贝爷，我们功夫浅，照你的法子采不到阴精。"

贝尘鹤摆出一副莫测高深的样子："采伐之道乃阴阳之道、武学之道、人间正道，实为锦心绣口的玄妙文章，不能学莽汉耕田，一辈子碌碌无为。"

区植槐十分惊讶："贝爷，有学问的人还练这个？"

"你懂个屁，"贝尘鹤"哼"了一声，"我问你，'两粤宗师'有没有学问？"

郑献甫不爱当官爱学问，有三个嗜好著称于世：一好读书，二好山水，三好妇人。离开白鹅潭的这些日子，他寄身在梁家的"十二石斋"和"汾江草庐"，每日与奇石为伴，触发了他去粤北群山游历的情怀。罗琦抿着嘴笑了起来："呵呵，我听说过，我听说过。据说郑先生在青楼名气不小，王母娘娘十分纳罕，骑着一匹母马下凡来探。郑先生被她迷住了，出了一个上联挑逗王母娘娘，叫什么'母人骑母马，母上母下'。"

宁大少接过来："我也听说过，王母娘娘对的下联是'绝人出绝对，绝子绝孙'。"

几个人发出一阵淫笑，罗琦抱拳："贝爷，照这么说，金爷说的也不是没道理——郑先生儿子夭亡，应了这句'绝子绝孙'，看来还是没有掌握打洞的窍门。"

贝尘鹤慷慨道："等到合适的机会，贝某指点你们两招。"

众人喜出望外，连连谢恩。罗琦体贴地说："贝爷，九爷和郑先生没准什么时候走，外面风大，你还是到楼上歇一会儿吧。"

金良玉疑惑地问："贝爷，我听'大漏勺'说郑先生想拉九爷去金芝岩和丹霞山，咱们去柳州看大戏，跟他不是一路，干吗非要等他？"

经过官府和洪门的两次扫荡，粤西绿林道的势力残存无几，盖九霄主动放弃天马山，退入云贵交界，粤西只剩下圣堂山一股势力。贝尘鹤很庆幸自己金盆洗手的英明决策，买了双眼花翎后，他便削尖脑袋往名流圈子里混，处处以文人自居。淫贼瞧不起二世祖，拿铁骨画屏扇的扇柄在掌心优雅地敲了敲："学问，学问，学问，明白不？"

金良玉知道铁骨画屏扇的厉害，一见那玩意腿肚子不由自主地打哆嗦，猛地推了一把旁边的区植松："好好学，好好问，跟着贝爷长学问吧。"

过了一会儿，从汾流大街来了两顶轿子，前后围拢了一群叫花子。这还不是新奇的，最让这群浪荡鬼惊诧的是前面那顶轿子，抬轿子的竟然是柯定邦和鸡大逵。他们一时想不明白，这两个家伙如今要人有人，要钱有钱，人五人六，威风八面，因何重操旧业？

难道太阳从西边出来了？罗琦揉了揉眼珠，打起精神，上去就揭轿帘："哎呀，两位大掌柜的，轿子里是哪位贵客？"

柯定邦和鸡大逵同时怒吼："住手。"

罗琦吓得立刻把手缩了回去："咋啦，贵客怕着风啊？"

轿子里坐着的不是人，而是罗大纲的木主。柯定邦和鸡大逵径直把轿子抬上快船，"大漏勺"从后面的轿子钻出来："罗爷，贵客马上就到，你赶快去叫九爷和太太。"

罗琦讪讪地问："岳爷，到底是哪位贵客？"

"大漏勺"瞪了他一眼："这是你该问的吗？"

梁家这天在正埠酒楼一共订了两桌饭菜，一桌招待郑献甫，由梁九图、"大漏勺"、贝尘鹤和宁大少等人作陪，另一桌招待苏三娘和"白皮"，由梁夫人卢浣霞亲自作陪。郑献甫不知道贝尘鹤的底细，问梁九图："这位年兄容光焕发，一表人才，姓字名谁？何处高就？"

梁九图不敢实话实说："这是贝大人，挂按察使衔，戴双眼花翎。"

郑献甫问："贝臬台是靠军功打下的顶戴吗？"

贝尘鹤一本正经地说："郑先生，贝某虽然是一介武夫，但心里最仰慕圣学，以后还请多多提点，多多指教，不胜感激。"

郑献甫指着"大漏勺"："这位尊姓大名？"

梁九图道："这位是岳掌柜，你不是想去丹霞山吗？那边道上的朋友他都熟。"

"老朽最想去的是金芝岩。"郑献甫热切地说，"九爷，丹砂井那口白雪洞下面的断崖一定是海眼，老朽若能一睹为快，死不足惜。"

梁九图为难地说："丹砂井隐藏在群山之中，没几个人能找到。"

郑献甫问："你不是去过吗？"

梁九图道："要是没有高人引路，梁某的眼珠还不如这两条瘸腿好使。"

郑献甫不甘心:“那谁能找到?”

去过金芝岩丹砂井的人中,“阴阳生”、冯云山、苏仁山离开了人世,洪秀全在天京当天子和教主,梁九图和梁侍武记不住路。数来数去,只有释心师太和“打铁罗”能找到,可是这两位高人平素神龙见首不见尾,去哪里找?

退一万步说,就算能找到两位高人,人家凭什么答应领你去丹砂井?梁九图在洞中找到了“千多窿”,放在书案上闭门狎玩,自得其乐,于世何补?洪秀全拿根鸡毛当令箭,做了个梦就认红毛鬼子当亲爹,以真草、坚草和耐草为功臣,复以真草、坚草和耐草为仇寇,在天京城杀了个尸横遍野、血流成河——这两种结果,哪一种是能说服人家的理由?

贝尘鹤突然开口:“九爷,何壮昭兴许能找到‘打铁罗’。”

梁九图觉察出他不怀好意,断然否决:“他已经聋透了,根本听不清人话。”

“嘻嘻,”贝尘鹤并不气馁,“苏女侠就在隔壁,她还能找不到她师傅?”

郑献甫大喜:“对啊,这是现成的向导呀。”

梁九图叹了口气:“郑先生,你知道她是谁吗?”

“怎么不知道?”郑献甫回答,“龙翰臣那个相好嘛。”

梁九图提醒:“她是洪门大佬,长毛名将,你不怕官府找你的麻烦?”

“哈哈,”郑献甫仰天大笑,“老朽连皇帝都敢骂,还怕什么官府?再说广州城破,官府在哪儿?是那个联军委员会吗?”

郑献甫说自己骂皇帝倒非虚言,两年前,他在《醉钟馗图》一诗中曾经讥讽咸丰为“九重醉帝”,各级贪官污吏是“山精水怪”。梁九图架不住他苦苦哀求,只好把他带到隔壁。卢浣霞是经历过大场面的人,行礼之后向苏三娘介绍:“这是郑小谷郑先生。”

苏三娘欠身:“久仰大名。”

虽然事先做了充分的心理准备,但是一见面,郑献甫仍然吃了一惊。眼前这位素衣佳人看上去不过二十出头的年纪,怎么会是那位叱咤风云的江湖奇侠?难怪龙启瑞冒天下之大不韪写诗称颂。郑献甫拱手:“女侠,听九爷说金芝岩的丹砂井有一处海眼,飞雪飘沙,日月星辰纳其焉。老朽走遍大江南北,尚未见识过如此奇景,深以为憾。”

苏三娘明白了他的意思:“郑先生,妾身离乡数载,并不知家师现在何处。”

郑献甫很失望:“看来女侠是不愿意给老朽的面子了。”

“先生此言差矣,”苏三娘道,“是你瞧不起我们这些草寇。”

郑献甫笑了笑:“礼教为圣人垂训,诗教乃天地之心,没有读书人何以承载天道?李文茂逆天而行,杀富济贫,给穷棒子分田地;洪火秀假借天命,冒充鬼子,断我华夏命脉。女侠风里来,雨里去,什么事都经历过,你说老朽所言在不在理?”

郑献甫贬低洪秀全可以,贬低李文茂苏三娘断断不肯接受,她驳斥道:“郑先生,圣人之教人人仰慕,可是你们这些读书人做到了吗?叶名琛屠杀上百万的无辜民众,割下的耳朵填满了省河,这就是圣人之教吗?红毛鬼子打进广州城,没有一个当官的成仁取义,只有一介妇人三尺白绫上吊,这就是圣人之教吗?我们抓住的官员多数礼遇,而你们俘获的义军头领,哪一个不是千刀万剐?用屠刀推行圣人之教,你当老百姓都是傻子吗?”

郑献甫万万没有想到苏三娘竟然还有一口伶牙俐齿,立时变得结巴起来:“那些当官的皆为名教败类,喝人血的山精水怪。”

卢浣霞缓颊道:“妹子,郑先生性情耿直,平生最痛恨贪官污吏。”

苏三娘的语气缓和下来:“依妾身看,红船大戏教人廉耻,导人忠义,正是你说的那种活生生的诗心。假如郑先生有空,不妨去龙城听戏,那里也是你的家乡呀。”

郑献甫慌忙摇头:“不,不,我不去。”

苏三娘问:“广府各地士绅都去看戏,你怕什么?”

“老朽不是怕,”郑献甫脸涨得通红,兀自掩饰,“老朽只想去看海眼。”

苏三娘道:“这倒不难。”

郑献甫惊喜地问:“女侠答应了?”

“其实真正的海眼就在银洲湖,六百年前为烈士英灵堵塞。”苏三娘淡淡地说,“天地之心在崖山飘荡,倘若你在大忠祠拨琴,必能听到它的心跳。”

吃罢饭,梁九图夫妇陪着苏三娘和“白皮”下了酒楼,码头上旗幡林立,人头攒动,大伙儿都在焦急地等待出发。卢浣霞心里难舍,叮咛“大漏勺”:“岳掌柜的,羚羊峡水流湍急,晚头不好寻觅纤夫,你们最好别行夜船。”

老叫花子区建瓴从“大漏勺”后面闪出来，把胸脯拍得山响：“夫人，你放心吧，有我们丐帮兄弟在，根本不需要雇拉船的。”

梁九图感到很奇怪：“你们去干什么？不会是接着要饭吧？”

老叫花子不高兴了：“九爷，你这是门缝里看人，把人看扁了——我们丐帮兄弟去粤西是为了分一块田地，成家立业。”

罗琦低声说：“在粤西种地，还不如在佛山堡当叫花子呢。”

“粤东马上就要变成红毛国，”区建瓴“哼”了一声，“老子再穷也不当鬼。”

罗琦道：“好好，你当你的人，我们当我们的鬼。”

仁者见仁，智者见智，苏三娘那双晶莹的黑眼珠在龙启瑞和张国梁眼里是清纯，在贝尘鹤眼里却是一柄锐利的尖刀，仿佛随时可能来索取自己的性命。他不敢直视她的目光，慌忙带着罗琦、宁洪原、金良玉、区植槐、区植松等一干人先行启程。见这群浪荡鬼都穿着闪闪发亮的戏装，区建瓴不甘示弱，向众乞丐挥了挥手：“叫大伙儿扎上红巾，戴上面具，再把咱丐帮的祖师爷抬出来。”

一声令下，“黄豆堂”的乞丐纷纷摸出红巾绑在头上，缠在腰里。所谓的面具不过是些造型各异的木头面具，有的像马，有的像牛，有的像猪，有的像狗，质地陈旧，裂痕斑斑，显然是历年秋色活动的遗弃物，也不知道是从哪个垃圾堆里捡来的。出乎意料的是，丐帮祖师爷神像的脸上也扣了一张面具，光秃秃的，活像“枫子鬼”。

这次连“大漏勺”也摸不着头脑了：“区伯，这是哪位祖师爷？”

“哈哈，”老叫花子大为得意，“岳掌柜的，我们丐帮的祖师爷可多了，像什么范丹、朱洪武、伍子胥、秦二爷、武二爷，出将入相坐江山，啥样的人才没有？这次去粤西，少不得听二爷和陈天义差遣，他们需要哪路人才，我们就出哪路人才——到时候拿张纸写个名号，往脸上一贴，要范丹是范丹，要朱洪武是朱洪武，厉害不厉害？”

“大漏勺”啼笑皆非：“就你们这副身板，还想上阵搏命？”

“我们咋啦？”老叫花子很不高兴，用手一扳，神像的心口“啪嗒”一声张开，露出黑乎乎的胸腔，原来是一个机关，“瞧瞧，这里面是心，不是草。”

“大漏勺”探头一看，里面果然装着一颗红色的心，惊讶地问：“谁教你们的?”

“柯掌柜和鸡掌柜,”区建瓴道,“当然,还有黄掌柜。”

到了羚羊峡,区建瓴领着乞丐们上岸拉纤,船队没有在烂柯山停留,继续在茫茫夜色中逆流而上。苏三娘伫立船头,凝视着物华天宝的端溪水,倾听着来自西江深处的神秘呼吸,回味着八年来生生死死的征战历程,不由得感慨万千。

天地不仁,以万物为刍狗。为了推翻清廷的腐朽统治,为了抵御红毛鬼子的入侵,多少血肉之躯埋葬于尘土?然而,正如同身边这尊丐帮祖师爷的雕像,刍狗身上有阳光照耀,胸腔里也装着一颗炽热的心。那些血肉之躯如同缤纷落叶,逝于严冬而重生于春日,他们渴求的是一片硕果累累的秋野。战士的剑无情,烈士的心有情,这份感情既是做人的尊严,也是国家民族之大义。书生从圣人教诲中能够领会的诗心,叫花子在红船大戏中同样能够读到。今夜,这些衣不遮体的叫花子不再是叫花子,他们拖曳着生命中美如星火的梦想;今夜,西江水不再是西江水,像母亲一样展开双臂拥抱归来的游子,为她抚平往日的创伤;今夜,罗大纲的木主不再是木主,变成了一具充满热息的血肉之躯。

经过多年持之以恒的修炼,再加上这几年战场的磨砺,苏三娘的功力非同凡响。她隐隐约约听到一丝轻微的空气摩擦声,连忙扭过头,只见梁德荣蜷缩在后甲板上,怀里抱着一个东西正在呼呼大睡。她走过去一看,发现那东西是一个猪头面具,里面空空如也。

“枫子鬼”大名鼎鼎,谁人不知?谁人不晓?苏三娘在万松园停留多日,从陈罗婵嘴里听到了不少神奇的往事。她听说小木头人二度复活后再没有醒来,没有表情,不会动弹,今天怎么突然不见了踪影?苏三娘毕竟是百战余生的顶尖高手,闪电般抽出柳叶刀,头也不抬地向上格去,只听“当啷”一声,小木头人手中的刀瞬间被格开。

神秘莫测的“枫子鬼”,其沉睡似乎是为了修炼武功,其觉醒似乎是为了验证武功。这一番人鬼大战无声无息,惊心动魄,五十个回合过后,梁德荣嘟嘟囔囔说起了梦话。“枫子鬼”虚晃一招,飞身钻进猪头面具隐藏起来。苏三娘刚刚喘匀了一口气,忽然,梁德荣一咕噜爬起身来,鼓掌喝彩:“好刀法。”

苏三娘吃了一惊：“阿荣，你都看见了？”

“嗯，”梁德荣不好意思地说，“我做了一个梦，偷看女侠练功呢。”

苏三娘半晌无语，良久之后，才问：“阿荣，飞头鬼如何在你手里？”

梁德荣把“枫子鬼”被黄广华抛弃的事情叙述了一遍，最后说：“女侠，我相信小木头人的心没有死，一旦醒来必定天下无敌，你说他能醒过来吗？”

苏三娘问：“你为什么盼着他醒过来？”

梁德荣攥着那副猪头面具，吭哧地说：“我，我想请他传授绝世武功。”

“他一定会醒来的，”苏三娘叹道，“你要耐心地等。”

大成军占领梧州后，清军被迫撤至肇庆府城和德庆州一线，作为前线的封川实际上并没有多少兵力。因此，悬挂七市米户旗帜的船队刚开过江口炮台，上游方向炮声震天，来了几十条坡山船。这些战船隶属于“礼善堂”，陈见成乘坐舢板登上苏三娘的快船，向罗大纲的木主行大礼参拜，叩头不止，泣不成声。

苏三娘忍泪劝道：“侯爷切莫悲伤。”

陈见成把柯定邦、鸡大逵二人拉到身边：“若非罗阿妈和女侠铁肩担道义，‘西礼营’的兄弟恐怕一个也剩不下。女侠，温四爷和小‘大头杨’他们还活着吗？”

苏三娘喃喃道：“活着，都活着。”

“活着就好，活着就好。”陈见成提高嗓门，“女侠，你还记得‘特旁三’吗？他听了你的话迷途知返，如今成为大成国的骁将。今年五月他和宋扶捍打下宾州，斩了知州翟景禧，改宾州为临浦州；九月又和李锦贵联手攻克上林，杀了知县杨培坤，改上林为澄江县。两位王驾千岁非常高兴，事后论功行赏，封他为隆国公，比我的爵位还高一等哩。”

大明山龙头峰便坐落在澄江县境内，大成军收复大明山，苏三娘当然高兴：“‘特旁三’乃明辨是非的热血男儿，比冯子材之流的莽夫强得多。”

陈见成赞不绝口：“女侠好眼力，‘特旁三’不但是一位勇将，还是一个治国能手。他管辖的地盘每亩只纳五到十斤粮，土地贫瘠的免去赋税，叫什么‘写耕夫’。”

苏三娘笑着说:“鼎凤兄弟真好本事。”

“他得知女侠来粤西,高兴坏了,特地留下来为你护驾。”陈见成催促道,“平浔王在秀京设立祭坛,为罗阿妈亡灵打醮,女侠,咱们赶快走吧。”

两支船队会合,在梧州停留一日后,浩浩荡荡沿着浔江驶向秀京。腊月十二,平浔王陈开率领满朝文武出城迎接,在城内打醮三日,以总堂大爷的身份为罗大纲安灵。腊月十六,隆国公黄鼎凤率军先行,护送罗大纲的木主和遗骨上龙头峰;苏三娘、“白皮”等人沿着黔江北上龙城,打算拜谒过李文茂夫妇后,再转赴大明山。

黔江流经武宣和象州两县,著名的大藤峡即位于此处,江流湍急,险滩密布,最深处高达八十五米。奔腾在夹岸高山中的激流如同脱缰野马,将北上的船只冲得七扭八歪,每行走一步都非常艰难。腊月寒风呼啸,山风和江风混合在一起,发出摧枯拉朽的声响。夜幕下,鱼潜踪,鸟飞绝,道路时断时绝,对于纤夫来说,前方遍布着难以估量的危险。

然而,这一切都无法阻挡人们对龙城的向往,船队三日后顺利穿越黔江,抵达象州石龙镇的三江口。见大伙儿精疲力竭,苏三娘下令休息一夜后再出发,然后和“白皮”、梁德荣、黄广华、柯定邦、鸡大逵等人换乘战马,沿着柳江西岸直奔白崖头而去。

第一百八十一回　花本快活

发源于月亮山的柳江，是一曲没有唱完的歌，它将生命中最璀璨的乐章交付于浩荡入海的西江，到石龙镇戛然而止。六匹战马奔驰在回溯的山野。到了白崖头，柯定邦和鸡大逵在山头摆好祭品，“白皮”斟满了三碗酒，苏三娘逐一泼洒于地，然后带着三人跪倒在地，面向东岸群山，神色庄重地磕头祭拜。

金田起义后，太平军曾经希望从象州杀开一条北上的血路，古城岭、马鞍山、独鳌山、百丈河、寺村圩等战斗洪家兄弟无役不予，为全军摆脱困境立下汗马功劳。这些洪家兄弟，有的是苏三娘从横县和贵县带走的，有的是罗大纲的“洪义堂”将士，还有的是陈见成所率“西礼营”旧部。六年烟尘骨化灰，忠魂寥落无人祭。苏三娘往日在太平军中，每每想起这些英勇捐躯的洪家兄弟莫不痛心疾首，今日故地重游总算得偿所愿。她叫“白皮”拿出琵琶，为这些英灵祈祷安魂，希望他们跟随自己去大明山，与罗大纲一道安葬。

琵琶声空灵剔透，情思绵长，和呜咽的山风形成鲜明对比，大伙儿都在心里赞叹“白皮”技艺精湛。一曲歌罢，山无言，水无语，人皆唏嘘。梁德荣打破沉默，问苏三娘：“女侠，你为太平军东挡西杀，后不后悔？”

来粤西的路上，梁德荣憋着股劲想向苏三娘讨教武功，由于性格腼腆，话到嘴边总是被羞怯吞了回去。苏三娘看出了他的想法，也看出了他的毛病，不动声色地回答："杀鞑子有什么好后悔的？红毛教是红毛教，咱们不信它就是。"

在如山如海的太平军将士中，苏三娘坚守洪门信仰，堪称能守住心的楷模，亦为一朵出污泥而不染的白莲。这颗心不是寻常的心，诚如阿梅所言，这是一粒能生发春秋的种子，是一根能弹奏曲子的单弦，是一位能撑起整座戏棚的大老倌。梁德荣脑子里思绪滚滚，领悟的大潮席卷而至，他刚想说什么，柯定邦喊了一声："有风。"

在洪门暗语里，风指外人的意思。大伙儿朝江面上望去，发现东岸亮起了火把，出现了一支二十来个人的马队。这些人看起来极为诡秘，马背上竟然携带着长长的竹竿，到了江边，他们熟练地把竹竿扎成筏子，连人带马顷刻间渡过了柳江，疾速向石龙镇方向驰去。鸡大逵看清旗子上绘着一个覃字，脱口而出："覃老笔。"

李文茂兵取象州后，命宁国侯老朝安坐镇县城，确保柳江航道的安全。覃老笔是象州最大的一股绺子，自立过一个名为"联义堂"的外围堂口，李文茂在柳州建立基业后，他率领手下万余人马主动归附，被封为雄武大将军。按理说，覃老笔负有巡江之责，他的手下完全可以堂而皇之地乘坐船只，为什么扎筏渡江呢？

鸡大逵猜测："难道他们会干一些见不得人的勾当？"

寻常人只知道覃老笔立过堂口，却不清楚他早年还在粤西绿林道打熬过。象州位于大瑶山西麓，境内的江湖绺子、地主团练或多或少与圣堂山有过瓜葛，苏三娘翻身上马："走，咱们去镇子里看看，说不定能碰到熟人。"

石龙镇位于柳州、浔州二府交界，地跨三江，镇子虽然规模不大，里面酒肆、妓院、客栈和货栈等一应俱全，极其热闹。镇子中心是一座甘王庙，庙前搭设戏棚正在唱戏，左首是一间名为"秤砣"的客栈，右首是一家名为"琥珀津"的勾栏。苏三娘等人尾随而至，发现这支马队入住了"秤砣客栈"，领头的三个人换了身灰袍，大摇大摆进了"琥珀津"。

唱戏的是"过山班"，胡琴声中，正在上演一出《瓦鬼还魂》：

时不通来运不通，执到黄金变废铜。
自少结拜十弟兄，张好古我数最穷。
大哥上街卖冰泵，
二哥卖瓜菜与及芫茜葱，
三哥走台脚去卖油炸粽，
四哥至斯文学写灯笼，
五哥在省城做巡丁，
六哥至辛苦是打铜，
七哥修整时晨钟，
八哥自小学做纸通，
九哥脱龅牙揸住个泵泵，招牌上写着拿手捉牙虫。
我排行第十最无用，大字不识，情理不通。
将身打坐茅房中，
我商家难做做田工。

"白皮"盯着戏棚，眼泪忍不住掉了下来——在石龙镇唱台期的不是别人，正是她曾经唱过戏的"乐逍遥"班。黄广华感到奇怪："白姑娘，你怎么哭了？"

柯定邦被戏棚里老倌的奇特扮相所吸引，没有注意到"白皮"的神情，叫道："张好古不是丑角吗？如何一身小武的打扮？古怪，真是古怪。"

苏三娘在秀京就听说，红船大老倌到了龙城后，一反过去的程式，经常用丑角来演绎当官的和有钱人，用扮相英俊的武生和小武来扮演贩夫走卒。今天一看果然如此，连"过山班"都受了红船的影响，这真是红船历史上前所未有的大变革。她抑制住心头的激动："穷人并非尽是丑八怪，凭什么不能当太子？阿荻，你换一身行头，上台唱个痛快。"

鸡大逵困惑地问："咱们还查不查那些人的底细？"

"算啦，"苏三娘道，"谅他们也翻不起什么大浪。"

众人在"秤砣客栈"落脚，"白皮"取出珍藏多年的行头，急不可耐地去找

“乐逍遥”班一圆旧梦。柯定邦、鸡大逵、黄广华和梁德荣四人替她高兴，寻了一个食档，边吃饭，边欣赏戏台上的演出。梁德荣惴惴不安地问：“女侠怎么没来看戏？”

梁德荣虽然有一身精纯的武功，但几乎没有在江湖上闯荡过，更缺乏战场断杀的经验。柯定邦有点儿看不起他，把嘴一撇：“阿荣，苏女侠是叱咤风云的豪侠，有万夫不当之勇，什么样的场面没有见识过？用得着你瞎操心？”

黄广华拉了拉梁德荣的袖子，小声说：“是啊，咱俩只要不当累赘就行。”

梁德荣不是担心苏三娘的安危，而是想跟着她闯荡一番，多经受一些江湖历练。被柯定邦抢白后，他不好意思再说什么，端起酒碗喝起了闷酒。

“过山班”的折子戏以硬功夫的武打戏为主，从武生叔到包尾大番，从散发到掌板师父，均有一身精湛的把式。梁德荣越看越有味道，鼓打三更，武戏结束，文戏开始，第一个出场的便是“白皮”，唱的是一曲粤讴《花本快活》：

花本快活，为月正添愁。

月呀，你咁样子怜香就会把我命收。

我想春信尚有延期唔得咁就手，共佢约定月月中旬都肯为我留。

月呀，你咁样子多情又怕我地红粉不偶。

得你月圆我地花又谢，咯你话几世唔修。

月呀，一年四季多少怜香友？

边一朵鲜花唔爱月，你把佢香偷。

有阵香魂睡醒月重明如昼，总系对影怜香倍易感秋。

点得月你夜夜都会长圆花又开个不透。

…………

梁德荣是一个武痴，对这些缠绵的情歌兴趣不大。他扫了一眼周围，发现柯定邦、鸡大逵等人喝得迷迷糊糊，兀自和着戏棚的鼓点摇头晃脑。便在梁德荣抬头观月的瞬间，一条人影鬼魅般掠过他的眼角，消逝在“琥珀津”的吊脚楼里。

什么人有这么快的身法？梁德荣使劲拍了一下自己的脑门，瞪大眼珠看着戏棚，试图告诉自己刚才所见的是幻影。然而戏棚如流金泻银的宫殿，“白皮”的一举一动，每一个姿势，甚至每一个眼神，都是那么明确无误，清晰无间。

这不是幻影，而是一个武林高手，其身法比师父宁洪崖有过之而无不及！

梁德荣骤起雄心万丈，论及轻功与身法，武林中能超过师傅的高手屈指可数，眼前这个历练的机会绝对不能放过。想到这里，他“嗖”的一下跳起来，朝勾栏销魂处扑去。

“琥珀津”坐落在郁郁葱葱的林子中，吊脚楼群环拥着一汪池水，月光穿隙而来，敷陈在傲冬的梅花丛，气息是那样的优雅，令人不敢相信这里是酒池肉林的勾栏。梁德荣在院子里扫了两个来回，没有发现那个人影，遂选了一座声音喧哗的吊脚楼，纵身跃上楼顶，使了一招金钩倒挂式，透过窗户向里面窥视。

朝南的屋子里坐着三个人，其中一个赫然是淫贼贝尘鹤。诚如苏三娘所料，在石龙镇果真碰到了熟人，梁德荣暗暗称奇，竖起耳朵偷听起来。

只听贝尘鹤发问：“郝大寨主，我师伯怎么没有来？”

龙围寨被张高友、杨西安等洪门将领打破后，“油锤把”郝耀常就成了丧家之犬，逃到圣堂山避难。贝尘鹤黑白通吃，脚踏三只船，实力丝毫未损，每年从佛山堡和香港岛弄些货物接济蓝太武，成了圣堂山离不了的人物，因此“油锤把”不得不对他客气三分。

郝耀常道：“蓝大当家在江边练功。”

练功当然是一句托词——蓝太武是一个天阉，他来妓院不是自寻晦气吗？贝尘鹤觉察出自己话里的毛病，不好意思地朝“黑斑虎”抱了抱拳：“戴大寨主，晚辈有一个疑问，天马山易守难攻，是咱们粤西绿林道的大本营，大度和尚那厮打了那么多年都没打下来，总瓢把子这次一枪未放，拱手把它让给洪门，是不是有些轻率？”

戴老寅叹道：“不到万不得已，谁愿意放弃老巢？二爷盖世英豪，大仁大义，远非大度和尚可比。他对咱们粤西绿林道有恩，钟大寨主为了他抛家舍业，连头壳都不要了，你想想其他寨子谁肯与他为敌？总瓢把子不是不想打，而是打不了，一打必败。这样也好，咱们让出庆远府，算是还了二爷一个人情，成全了彼此的体面。”

郝耀常仰头灌了一碗酒，醉醺醺地说：“君子报仇，十年不晚。”

贝尘鹤会心地一笑：“总瓢把子打算何时反攻？”

“二爷志向高远，绝不会守在柳州和庆远当山大王。”“油锤把”道，“粤西而今就剩下桂林府还在官军手里，贤侄不妨打听打听，看二爷啥时候攻打桂林？”

戴老寅接着说：“打下桂林，二爷必然兵进湖南，为朱总瓢把子报仇，和江西的葛总瓢把子、‘豆皮春’等人会合，北伐中原。到那个时候，大成国兵强马壮，疆域广阔，咱们要回自己的地盘，他不给，就是他不讲义气。”

贝尘鹤端起酒碗，得意地笑道：“两位前辈，这个消息晚辈在浔州已经打探到了，过了年就开战，兵分两路——二爷自柳州进军，陈天义从梧州北上，合力攻打桂林城。”

郝耀常和戴老寅将信将疑：“真的假的？”

“宁大少打探来的，断不会错。”贝尘鹤道，“陈天义本来想歇一口气，但蒋益澧入粤以来连败黄金亮和张高友，二爷雷霆震怒，已经把军书送到了浔州。”

天京事变发生后，清廷从上到下都松了一口气，湖南巡抚骆秉章应劳崇光的请求，派遣候选知府蒋益澧率湘军进入粤西。在粤西绿营和地主团练的配合下，湘军首战在全州击败了陈永秀、黄金亮、陈戊养联军，次战在平乐府击败了张高友所部，为苟延残喘的粤西官府注入了一针强心剂。与此同时，广东傀儡政府全力采购洋枪洋炮和战船，重新武装广东水师，图谋收复梧州，打通两粤通道，与大成军进行水上决战。

宁洪原是宁洪崖的亲哥哥，他从陈开那里得到的消息自然准确无误。一干粤西绿林道的寨主们非常高兴，无论如何，桂林之战的结果对他们这些旁观者有百利而无一害——大成军如果取胜，肯定会兵进湖南，越走越远；假如失败，必然和清军陷入纠缠，到那时粤西绿林道便成了炙手可热的香饽饽，两面讨价还价，恢复地盘指日可待。

三个人又吃了三巡酒，“黑斑虎”突然想起“赤眼雕”嫖娼未归，纳闷地问：“哎，老邬咋还没回来？这么长时间，不会得了马上风吧？”

贝尘鹤笑道："邬大寨主虎老雄风在，吃不了亏。"

话音刚落，楼下传来老鸨子的号啕声："天杀的，又弄死了一个。"

三位寨主来到大厅，发现邬干石光着厚脊梁，脚下踩着一个刚断了气的女仔，正在教训老鸨和大茶壶："你们从哪儿弄来的雏儿？真他老母的经不住折腾。"

老鸨缩在墙角，不住地哀号："死人啦，死了人啦。"

"赤眼雕"恶狠狠地骂道："你们想讹钱？"

贝尘鹤走到近前，摸出一锭银子，塞给大茶壶，示意他把尸体抬走，然后皱着眉头问旁边的罗琦和金良玉："怎么回事？"

罗琦和金良玉都是行家，见那名十五六岁的雏妓下体撕裂，浑身是血，就知道邬干石这厮下手歹毒。当着几位魔头的面，罗琦不敢多说什么，低声道："邬大寨主下面有功夫，这女仔未经人道，没见过这么硬的家伙，难免承受不住。"

放在其他地方，妓女命不值钱，死后用席子一卷，随便找个土坑埋了就是；但眼下象州属于大成国辖境，红船戏子当家做主，下九流和财主老爷们同样尊贵。李文茂军法如山，万一老鸨报给大成国的衙门，恐怕吃不了兜着走。贝尘鹤劝道："邬大寨主，你功夫太高，雏儿根本撑不住，还是弄个破瓜的算啦。"

邬干石抄起茶壶灌了个饱，然后将茶壶一丢："宁吃鲜桃一个，不吃烂梨一筐。没有雏儿也行，那就把花魁给老子叫来。"

老鸨战战兢兢地说："花魁正在伺候宁老爷。"

贝尘鹤很不耐烦，掏出一张银票拍在桌子上："还有没有压箱底的货色？"

老鸨露出贪婪的眼神，随即推托："没了，真没了。"

贝尘鹤是这一行里的祖宗，明白老鸨藏了私，打开铁骨画屏扇摇了摇："老鸨子，只要让邬爷舒服了，要多少钱给多少钱，不就是一条人命嘛。实话告诉你，覃老笔是我大哥，龙城府有的是朋友，多大的官司贝某都不怕。"

老鸨吞了一口唾沫："贝爷，老身不是这个意思。"

贝尘鹤一愣："那你是什么意思？"

大茶壶接过话头，打躬作揖："不瞒少爷你说，我们这里有一位兼差的花魁，模样你就别提了，水灵灵的，跟十六七的女仔差不多。她是一名游方道姑，据说练过缩阴功，伺候男人那是一绝，能叫人欲仙欲死。"

"赤眼雕"大喜："乖乖，快把她弄来。"

"有桩事老身说在前头，"老鸨缓过神来，两只眼珠来回转动，"色是刮骨钢刀，这位道姑的名器非比寻常，沾过她身子的男人无一不精疲力竭，丧了元气。"

"呸！"邬干石在她的粉脸上啐了一口，"那是他们没本事。"

缩阴功？丧了元气？贝尘鹤猛然心头一动，回身问郝耀常："郝大寨主，听说黄金亮和陈戊养又翻了脸，'白无常'那娘们儿后来跟了谁？"

陈永秀、黄金亮、陈戊养兵败后分道扬镳——陈永秀退回大桂山，与陈金刚建立的大洪国政权建立了联系；黄金亮和陈戊养撤至雒容，投靠大成国。俗话说红颜祸水，两个人因为"白无常"大打出手，陈戊养实力不及黄金亮，逃到了"混江龙"陈宝的军中。

郝耀常回答："当然是跟陈戊养。"

"混江龙"陈宝的人马驻扎在武宣，与石龙镇近在咫尺，难道是这个老娘们？贝尘鹤转念一想，不可能，就算"琥珀津"的花魁是"白无常"，其阴精早被师傅"赛潘安"吸走，练不成"驭阳功"，她拿什么害人？贝尘鹤心头释然，满不在乎地扬了扬手："她有名器，老子也不是豆腐胯，你把她叫来，咱爷们跟她比试比试。"

老鸨狐疑道："你们真不怕？"

"怕你老母，""赤眼雕"掏出他那根将近一尺的阳具，"别说一个娘们，就是你把满院子的雌货都喊来，爷爷车轮大战，照样金枪不倒。"

郝耀常讥讽："老邬，阿鹤在这儿，你放啥葫芦？"

"贝爷那是法术，"邬干石哈哈大笑，"咱凭真本事。"

老鸨的话激起了贝尘鹤的兴趣，说实话，自从在佛山堡定居后，他还真没有在妓院里碰到过像样的对手。贝尘鹤笑道："三位前辈，咱们今天试一试道姑的本领，实在不行，就来一个车轮大战，绝不能坏了粤西绿林道的名头。"

罗琦和金良玉奉承道："好主意，我们哥仨也沾光煲一锅老汤。"

梁德荣一开始又气又恼——气的是宁大少香臭不辨，竟然把如此绝密的军情泄露给贝尘鹤之类的淫贼；恼的是粤西绿林道这几位寨主不怀好意，天天盼着大成军打败仗。后来听这些人越来越下流，越来越无耻，遂兴味索然，无心再偷窥下去。

月影稀疏，歌声消逝，已经过了四更天。梁德荣仔细观察附近三座吊脚楼，试图寻找那道鬼魅般的身影——紧邻的吊脚楼亮起了迷离的灯光，想必是那个道姑的居所，也是今天盘肠大战的香窟；中间的吊脚楼黑漆漆一片，半截残破的栏杆没有修理，看来不是客房，而是堆积杂物的库房；最靠西侧那座吊脚楼完好无损，如果有人居住，此时应该入了梦乡。

那道神秘的影子显然并非粤西绿林道几位寨主，这几头蒜的言语也不是啥要紧事，来人进"琥珀津"所为何故？梁德荣百思不得其解，他越过树林，飞身来到最西头的吊脚楼，仍旧倒挂在屋檐上，用刀头挑开窗棂，朝里面窥视。

风，从东北方向吹来，送来残余的月光，点燃了迷离的灯火。梁德荣的眼神继承了师父宁洪崖，在夜里格外好使，他发现屋里陈设优雅，香味扑鼻，俨然是大家闺秀的卧房。梁德荣情不自禁"哎"了一声——难道说，"琥珀津"还有第二位兼差的花魁？

正当梁德荣脑子快速转动的时候，但觉右脚酸酸地发麻，涌泉穴被一件硬物点中，身体笔直地往下掉。好个梁德荣，危急时刻激发潜能，左腿使了一个千斤坠，整个身体倾斜，像陀螺一样卷进屋内，不偏不倚，恰好钻入象牙床的红罗帐。

让人吃惊的事情还在后头——梁德荣右肩刚刚着床，"唰"的一股掌风迎面袭来，他来不及思索，左手本能地推出迎敌；紧接着又一股掌风接踵而至，击向下丹田的神阙穴，根本不给他丝毫喘息之机。

屋里漆黑一片，面对面看不见人影，小小的红罗帐能有多大的腾挪空间？换作一般人恐怕早已血溅当场。然而红班拳妙就妙在拳打卧牛之地，越是狭小的空间越显示出威力，战不到二十个回合，梁德荣一掌拍中对方心口，将敌人击出窗外。

梁德荣跳下吊脚楼，在后面紧追不舍，眨眼间冲出石龙镇，来到江边。

对手被辽阔的江面阻挡，无路可逃，从胸口贴身处摸出一把刀仔，悲愤地喊道："请问尊驾高姓大名，为何对小女子苦苦相逼？"

借着江水泛起的月光，梁德荣看清对方原来是一个我见犹怜的美艳妇人，年纪大约在三十岁上下，脸色煞白，嘴角噙着血丝，穿一身月儿白的小衣，冻得浑身直打哆嗦。梁德荣不相信这样的女人会操皮肉勾当，心慌意乱地说："我……我没有逼你啊。"

那女人恢复了镇定，叹了口气："看来尊驾是着了我那仇家的道。"

梁德荣问："你的仇家是谁？"

女人凄怆地朝四周喝喊："道爷，你要戏弄小女子到几时？"

凌晨即将到达的光景，疲惫的夜幕随风飘拂，为那滚滚江水让出河床。一道身影，如同白鹭翩翩飞至，口诵诗歌，恰是一首陈白沙的《梅花》：

风月交游谈，江山几席闲；
夜深花睡去，时有梦来还。
引步寻香易，无心弄影难；
乾坤留此妙，何处觅孤山？

梁德荣定睛瞧看，眼神刹那间有些不好使——来的这位道士身材匀称，美如明月，脱去道服换戏装，活脱脱就是一位红船大老倌。俏道士的眼珠格外清亮，好似两盏灯笼，发出柔和而温暖的光芒。吟罢诗歌，他唱了一句道号："无量天尊，经历了如许波折，女施主尚不迷途知返吗？"

女人跪倒在地，申辩说："道爷，不是小女子执迷不悟，而是我那冤家危在旦夕。要是不能救他一命，岂不辜负了他对小女子的情义？"

"哈哈，"漂亮道士纵声大笑，"情义，情义，都是情义惹的祸！落难的冤家有情义，难道那个苦苦追杀他的冤家，就对你没有情义？"

书中暗表，俏道士是明月道士，艳妇是"白无常"，年轻的游方道姑是"黑无常"，伺候宁大少、罗琦、金良玉的花魁是郭尹氏。

黄金亮击败陈戌养后，修书一封给"混江龙"陈宝，要求他砍下陈戌养的人头，换取自己配合大成军攻打桂林。手心手背都是肉，昔日兄弟反目，陈宝痛心疾首，拿不定主意。“白无常”忐忑不安，生怕陈戊养有个闪失，便匆匆赶到石龙镇，打算和藏身“琥珀津”的“黑无常”商量个办法，没想到半路上遭遇明月道士。

黄、陈二人之间的这场祸事，说白了，肇始于“白无常”一人。妇人潸然泪下：“有情义总比无情义好，若是小女子不讲情义，那还算是人吗？”

“哦？”明月道士把脸一沉，“贫道一心脱尔出苦海，故此才不忍取尔的性命。廖四嫂，照你这么说，倒是贫道不讲情义，狗拿耗子多管闲事了？”

梁德荣越听越觉得这女人不容易，他上前一步：“无情无义当然不是人，牛鼻子，你缠着一个女人不放，是何居心？”

哪儿冒出来一个不知死活的棒槌？明月道士啼笑皆非：“娃娃，你可知贫道的名号？”

从“白无常”对俏道士的畏惧来看，俏道士武功极强。梁德荣不但不怕，心里反而有些高兴，从这个道士的身法来判断，正是自己苦苦追寻的那道鬼魅影子。什么是历练？跟高手过招才叫历练！想到这里，他举刀就剁：“老子才不管你的名号。”

明月道士勃然大怒，这个愣头青浑然不顾江湖规矩，非好好教训他一顿不可。当下抽出“八魔刃”，挥剑迎敌。俏道士这些年卧薪尝胆，武功再上层楼，梁德荣哪里是他的对手？战过三十个回合，“八魔刃”劈断梁德荣手中刀，照准他的脖颈砍去。

“白无常”猛地闭上眼，心里话：坏了，自己又害了一条汉子的性命！

便在千钧一发之际，一朵梅花破红海，苏三娘凌空飞至，左手刀格开“八魔刃”，右手刀直取俏道士的面门。行家伸伸手，便知有没有，明月道士从未遇到过这样的女中豪杰，向后退出三丈：“敢问女施主高姓大名？”

苏三娘重返洪门，犹如当年易三娘重返红船，看透了风云变幻，厌倦了江湖搏杀，从此埋没了自己，只把一颗心献给这群可敬可佩的老少爷们。她既不愿意提自己的名号，同时也想给梁德荣演示一下真正的红班拳，回头郑重地对梁德荣说：“武功是循序渐进的事情，切忌朝三暮四，好高骛远。本门拳法自有天地，奥妙精微，刀法、枪法、棍法、内功一应俱全，无一不是上乘功法，你且仔细看过。”

说着话，两柄柳叶刀寒光一闪，砍向明月道士。

这一场比拼精彩纷呈,梁德荣到今天才明白,原来自己从前仅仅掌握了皮毛,并没有真正领略红班拳的精髓。双方大战六十个回合,明月道士终于看出了端倪,闪身跳出圈外,带着诧异的神情问:“女施主这趟刀法是红班拳吧?”

苏三娘刀法精奇,“逍遥剑”完美无缺,双方打了一个旗鼓相当。再战下去,比拼的就是内力,苏三娘的内力不及明月道士深厚,缺乏必胜的信心。她知道明月道士心存忌惮,于是见好就收:“道爷好眼力,这趟刀法确实是红班拳。”

“无量天尊,”明月道士客客气气,打了一个稽首,“二爷不肯收下盖天顶,本门欠了他一个人情,是故,贫道立下规矩——不与红船兄弟为敌。女施主既然是红船中人,请赐贫道一个名号,免得以后见面发生误会。”

话说到这个分上,不透露姓名是不行了。苏三娘道:“妾身姓冯,名玉娘。”

得知眼前这位女中豪杰便是名扬四海的苏三娘,明月道士不由得倒吸一口凉气,继而笑眯眯地行礼:“女侠是来龙城看二爷的吗?”

“不错,”苏三娘反问,“敢问道爷所为何来?”

明月道士看了“白无常”一眼:“那要问廖当家的。”

二十年前,苏三娘曾经从“白无常”手里搭救过龙启瑞、汪剑峰一伙书生,不过那时“白无常”蒙着面,所以她没有辨认出女魔头。与之相反,“白无常”对她的印象非常深刻,尤其是与二十年前相比,苏三娘的相貌几乎没有什么变化,这一点让女魔头万分沮丧。

“白无常”满脸羞愧,屈身向苏三娘施礼:“小女子罪该万死。”

明月道士用“八魔刃”指着石龙镇,耐心地说:“廖当家的名声在外,不管‘黑无常’这场肉搏战是输是赢,你都脱不了干系,好好想想吧。”

明月道士点化“白无常”,要她早早脱离情之苦海。哪知道女魔头全然没有承情:“情债因我而造,孽缘由我而消。小女子愿随苏女侠赴龙城,‘黑无常’的过失我来扛,陈戊养的死罪我来替,求二爷出面赏一个公道,小女子死而无憾。”

“白无常”宁愿死,也要救陈戊养一命,倒有些出乎明月道士的意料。他叹了口气,从背囊中取出一个水罐,恭恭敬敬递给苏三娘:“女侠,我师祖临终前和二爷许下生死诺，将蓝溪水送给他修炼武功。这罐子水来自蓝溪，请你把它转交给二爷，告诉他本门绝不食言，这条蓝溪水永远是他的。”

苏三娘奇怪地问：“道爷，你为什么不亲手送给他？”

“贫道做梦都想和二爷切磋武功，”明月道士怅惘道，“可惜大度和尚死在贫道之手，贫道要是去龙城叨扰，只怕会给二爷添麻烦。”

苏三娘把水罐推出去：“他这个人言出必行，不会收你的。”

明月道士不再推辞，转身放下水罐，随手将乌木鞘丢进江面，然后飞身跃上，用脚尖踩住乌木鞘，像大鸟一样迅疾没入滔滔白浪。这手功夫堪比一苇渡江，苏三娘、梁德荣禁不住暗自赞叹，但听浪花有歌，乃是一首陈白沙的《秋江唤渡》：

何处渡头风浪喧，隔波仙境似桃源；
瘦藤倦向人间去，唤得船来便上船。

天色蒙蒙亮，晨露攀枝头，又到了新的启程时刻。苏三娘瞥了“白无常”一眼，不相信地问道：“你，真的打算跟我们去龙城？”

“白无常”理了理散乱的发髻，态度坚定地回答：“对。”

苏三娘提醒她：“你和‘黑无常’妖法索命，犯了大成国的王法，二爷能容你吗？”

“哪怕是刀山火海，小女子拼将性命都要一试，”“白无常”神色黯然，“不然的话，我那冤家到九泉之下也会死不瞑目。”

苏三娘点头：“好，你在江边稍候，等我们牵来马匹。”

梁德荣跟随苏三娘往回走，想起在红罗帐中厮杀的那些回合，他两腮泛起红晕，惴惴不安地问苏三娘：“女侠，为什么带她一起走？”

苏三娘停住脚：“你不觉得她是个重情义的人吗？”

仿佛做了亏心事一般，梁德荣不敢再多说什么，低着头进了镇子。到了“琥珀津”，发现门口围拢了一群人，正在指指点点地看热闹。梁德荣挤进人群，刚一抬头，就见柯定邦和鸡大逵搀着宁大少走了出来。他吓了一跳，问道：“怎么啦？”

“马上风，”鸡大逵高声咋呼，“好家伙，一个仙人洞折了三杆鎏金枪——

‘油锤把’‘赤眼雕’，还有‘黑斑虎’。丢他老母，幸亏姓蓝的没有来，来了准折。”

“玉面如来”是天阉，他才不会和“黑无常”肉搏。梁德荣没有理会鸡大逵，抓住宁大少的肩膀问：“大少，大少，你没事吧？”

“牡丹花下死，做鬼也风流。”宁大少骂起了贝尘鹤，“先进洞的有血光之灾？放屁，一根竹竿串了三个半糖葫芦，后进去的照样死。糊弄老子大半辈子，这下好了，折了半条命，真是天道有还，毫厘不爽。”

第一百八十二回　买菜王娘

“琥珀津”这场肉搏战于无声处听惊雷，杀得极为惨烈。“黑无常”大展神威，用“驭阳功”收取了粤西绿林道四大寨主的阳精，“油锤把”“赤眼雕”“黑斑虎”当场毙命，贝尘鹤经验老道，最后时刻自闭阴交穴，算是侥幸逃生；罗琦、宁大少、金良玉等人大败亏输，如果不是郭尹氏功力不济，这几个浪荡鬼必定残废。

出乎意料的是，“黑无常”没有逃走，而是心甘情愿跟随“白无常”到龙城投案。天亮后众人在江边与大队船只会齐，经过两天半的航行，过小年那天抵达龙城。

柳州号称龙城，非自李文茂始，早在唐代天宝年间，此地就称龙城郡，究其由来，应该与龙江河（柳江的前生）有关——忧郁的柳江蜿蜒千里，唯独对柳州这座城市情有独钟，像怀抱美玉一样恋恋不舍。柳州因此成为三面环水的“壶城”，远远望去，犹如潜龙在渊，柳宗元曾发“岭树重遮千里目，江流曲似九回肠”之叹。

天地清新，人间巨变，大成国治下的柳江变成了一条明媚的河流，无论船上的艄公，还是岸边的老翁，都露出发自心底的微笑。江畔的美景醉倒了异乡客，船只在东门靠岸，柯定邦上前劝说贝尘鹤："贝掌柜的，'黑无常'是一个娘们，你跟她计较啥？"

贝尘鹤阳精被采伐殆尽，对"黑无常"恨之入骨，他咬牙切齿地说："柯老大，枉你走南闯北，这回算是走了眼——这娘们害了无数男人的性命，是一个大魔头。"

"谁让你们糟蹋人家？"鸡大逵道，"死了活该。"

贝尘鹤哭丧着脸："鸡老二，男女交欢图的是乐子，哪有取人性命的？我师傅当年和廖大当家的鏖战，只取阴精，不索性命，不信你问她。"

"白无常"默默不语，郭尹氏恨恨道："他倒有那个本事？"

罗琦玩弄了一辈子女人，没想到最后在郭尹氏身上吃了个大亏，命根子差点报废，走起路来一瘸一拐。他仰起头："石龙镇是大成国的地盘，'黑无常'心狠手辣，连索三命，犯了二爷的王法，必须交由二爷处置。'赤眼雕'弄死一个雏该死，但'黑斑虎'是二爷的朋友，平白无故送了性命，二爷能答应吗？"

柯定邦和鸡大逵被驳了个灰头土脸，"白无常"欠身施礼："多谢两位爷仗义执言，我姐妹既然来了龙城，自不会逃脱罪责，但请二爷依法处置。"

"白无常"一心想见李文茂，醉翁之意不在酒，目的是为了搭救陈戊养。苏三娘给她泼了一盆冷水："国有国法，家有家规，'琥珀津'这桩命案还到不了王爷手里。"

"白无常"失望地问："那该谁管？"

宁大少自作聪明地抢着回答："龙城府治所在马平县，咱们这桩案子要么归马平县的县太爷管，要么归龙城府的通判老爷审。"

马平县现在叫瑞龙县，穿过东门不远就是县衙。苏三娘放心不下，打发柯定邦、鸡大逵等人找客栈入住，自己和"白皮"陪着"白无常"三个来到瑞龙县衙。只见衙门口贴着一张平靖王的朱红告示，遣词俚俗，言简意赅，上面写道：

照得王师镇柳，连克府州县城；
要救百姓水火，贪官财主杀清。
大成国威远振，大齐共享太平；

人人安居乐业，雄兵拱卫秀京。
而今又克庆府，特令唱戏酬神；
王恩与民同乐，街巷晚头通行。
睇戏不准开赌，如违罪责非轻；
盛典限行三日，打较滋事必惩。

贝尘鹤像打了鸡血一样，情绪亢奋地大声嚷嚷：“瞧瞧，瞧瞧，王法如山，连打架和赌番摊都不许，更别提害人性命。”

“白皮”凑到跟前一看，反驳道：“这是两个月前的告示。”

“欠债还钱，杀人抵命。”贝尘鹤走到鸣冤鼓前，拿起鼓槌“咚咚”敲了起来。

从衙门里跑出一老一少两名差役，老的大约五十来岁，小的年岁不到二十。发现鸣冤鼓的前面站着一群俊男俏女，脸上露出诧异的神情：“你们是从哪里来的？”

贝尘鹤跪倒在地：“小的从象州石龙镇来。”

“我说嘛，”年纪大的差役松了一口气，“自打我们覃老爷上任，本县治理清明如镜，官司断得干干净净，哪还有冤屈？”

贝尘鹤号啕起来：“青天大老爷，你要为民做主呀。”

年少的差役问：“你有啥冤屈？”

“人命案子，”贝尘鹤伸出三根手指头，“三条半人命，小的算半个。”

这是什么算法？年长的差役觉得奇怪：“谁是凶手？”

罗琦指了指“白无常”“黑无常”和郭尹氏：“就是这三个女人。”

两名差役齐齐地吓了一跳：“不可能吧？”

罗琦脸皮厚，不知丑，把发生在“琥珀津”的故事添油加醋地叙述了一遍。两个差役越听头壳越大，越听越稀罕，年长的差役叹了口气：“老朽在公门打熬了几十年，从来没听说过这么离奇的案子，你们算是碰上了好年月——平靖王爷有令，只要老百姓有冤屈，别管发生在什么地方，本县作为首县概不推辞，进来吧。”

一行人跟随两名差役进了县衙，沿着甬道来到正堂，只见正堂的公案后空空如也，除了七八个衙役外并无他人。罗琦问道：“公爷，大老爷呢？”

“列位莫要发躁，”年长的差役面带歉意，“我家覃大老爷原是本地有名的夫子，平靖王爷爱他腹中有诗书，特地请他出掌百里侯，为百姓父母。大老爷平日在柳侯祠教书，有人击鼓鸣冤他才来衙门上班，已经派人去请了。”

堂堂的知县大老爷竟然兼职私塾，教蒙童读书识字？众人真是闻所未闻。贝尘鹤有些沉不住气：“公爷，柳侯祠离这里远不远？”

“不远，不远，”年长的差役道，“一路小跑就到。”

看来这位知县大老爷连轿子也没得坐，金良玉暗自摇头，试探地问：“公爷，其他当官的也跟你们大老爷一样？”

“那当然，”年长的差役道，“在我们大成国，官绅不比细民为大，王爷登台唱戏，王娘上街买菜，他一个小小的知县敢摆多大谱？”

“白无常”叫道：“你说什么？王娘上街买菜？”

年长的差役笑着说：“我们龙城有句民谣，‘捡得黄金不是宝，拿到王娘当大嫂’——易大老倌那么贵重的身份，自己买菜给王爷烧饭，你听说过吗？”

宁洪原吃惊地张着大嘴，半天没有合拢：“这……这王爷当得有啥劲？”

“黑无常”问：“既然没有前呼后拥，你们咋知道她就是王娘？”

“哼，”年长的差役白了她一眼，“易大老倌是有名的‘香美人’，谁还认不出来？”

“白皮”悄悄地碰了碰苏三娘的臂膀：“咱们别在这儿瞎耽搁工夫了，赶快去找王爷和易大老倌，办正事要紧。”

进入龙城以后，苏三娘样样感到新奇——李文茂推行杀富济贫的政策，劳苦大众破天荒翻身做主，真是一个开天辟地的新纪元。她忘记了自己的愁与苦，一颗心怦怦直跳，恨不得插上翅膀与李文茂夫妇相见。但她依然放心不下黑白无常，想看看瑞龙知县如何了结此案，于是摆了摆手：“别着急，听完案子再走。”

宁大少向年长的差役拱了拱手：“公爷，外面那张告示是怎么回事？”

“王爷每打一次胜仗就办一场庆典，普天同庆。”年长的差役道，“马上到新年，这场盛典又是三天，规矩和从前一样，所以这张告示依旧管用。”

从这张告示的内容推测，在龙城看大戏不许赌番摊，当然更不允许开设妓院。罗琦和金良玉觉得无趣，齐声问：“大老爷咋还没到？”

话音刚落，年少的差役气喘吁吁跑了进来："覃先生驾到，升堂喽。"

瑞龙知县覃念经今年四十来岁，个头瘦小，面庞清癯，胳肢窝底下夹了一摞书，两只眼珠红又白，是一个标准的读书人形象。他往公案上一坐，等衙役们喊完威武后，用惊堂木压住带来的那摞书："此地为大成国，行的是《大明律》，恕轻罚重，尔等有何冤屈，细细道来。"

贝尘鹤双膝跪倒，泣不成声："这三个女魔头杀人不眨眼，采伐我等阳精不算，还取了我三位大哥的性命，请大老爷为小民做主。"

罗琦、宁洪原、金良玉也跪倒在地："我们三人也是受害者。"

覃知县抱起《大明律》，认真翻阅了一会儿，皱着眉头说："你们这桩案子甚是蹊跷——说是故意杀人吧，男女交合而死；说是马上风吧，连索三命。《大明律》中没有采伐阳精一说，倒是平靖王爷三令五申不许开设妓院，不许嫖娼。按理说石龙镇不属于本县管辖，尔等既然大老远来龙城喊冤，本县也不得不理。来啊，把他们四人押下去，每人责打三十大板。"

覃知县的判决大大出乎众人意料，贝尘鹤、罗琦、宁洪原、金良玉哭爹喊娘，被衙役按倒在地，"噼里啪啦"打了三十板子。罗琦、宁洪原、金良玉领教了覃知县的厉害，不知道他还会出什么幺蛾子，打完板子后忍痛哀求："大老爷，我等自作自受，不告了。"

覃知县训斥道："尔等三人眉清目秀，看起来也读过两本书，知道些诗礼之教，为何如此荒唐，不知自爱？勾栏中男女交合你情我愿，互通有无，她取你的阳精，你取她的阴精，此乃天地阴阳之理，天经地义。俗话说色字头上一把刀，你胯下的玩意不是铁打的，自己妄逞淫欲亏了身子，却反过来归罪女人，这世界还有天理吗？"

三人磕头如捣蒜："小民知罪，再也不敢了。"

罗琦、宁洪原、金良玉撤诉，郭尹氏自然当不成被告，大堂之上单剩下贝尘鹤与"黑无常"二人。覃知县望着贝尘鹤惶恐的眼神，一拍惊堂木："堂下，本县蒙王驾千岁隆礼相聘，自会秉公执法。只是你这桩案子闻所未闻，极其罕见，必须慎之又慎，这样吧，你们二人随本县进龙城府衙门，请上官判断。"

贝尘鹤惴惴不安问："大老爷，小的斗胆问一句：府衙用的也是《大明律》吗？"

“呵呵，这个你尽管放心。”覃知县捋着胡须笑了起来，“八府巡按大人出关视事，前两天刚刚到的龙城，没有他断不了的官司。”

宁大少失声叫道：“可是王山公王老爷？”

覃知县点头：“他老人家‘诛心’有成，足智多谋，断你们这个官司自是小菜一碟。”

宁大少高兴地安慰贝尘鹤：“贝爷，王老爷是熟人，不会亏待咱们。”

“黑无常”当年在大黎里拐骗陈玉成，曾经糊弄过王山公，如今落到他的手里，能有什么好果子吃？女魔头心灰意冷，拱手对“白无常”说：“姐姐，咱们认命吧。”

“凭什么？”“白无常”斩钉截铁道，“要活一起活，要死一起死。”

上个月，龙城知府梁胜调任庆远知府，这个职位李文茂准备留给黄金亮。由于黄金亮尚未到任，王山公便借知府衙门审理案情，见覃知县领着贝尘鹤与“黑无常”一干人进来，他不由得笑了起来：“我这地方是给人打官司的，两位是不是摸错了门？”

王山公性格乖张，斗过“银刀秀才”，杀过水龙道士，文武双全，神出鬼没，乃是天下第一号难缠的主。贝尘鹤看见他就头疼，硬着头皮躬身施礼：“王老爷，蒙王爷恩准，贝某早已弃恶从善，安安心心在佛山堡做生意。‘黑无常’在‘琥珀津’取阳精我不怪她，但她不该害人性命，‘黑斑虎’可是王驾千岁的朋友。”

“黑斑虎”死在了“黑无常”的手里？王山公隐隐觉得这桩官司不太好办，他盯着“黑无常”看了一会儿，讽刺地问：“神仙姐姐，贝掌柜的陈述可否属实？”

“黑无常”低头道：“没错。”

“哼，”王山公阴阳怪气，“睡一觉弄死三大寨主，你本事不小嘛。”

“白无常”挤出人群，在“黑无常”身旁跪倒，争辩说：“巡按大人，贝尘鹤与三位寨主合伙欺负我家妹子，肉林比武，生死由天，他们得了马上风是他们本事不济。想当初‘赛潘安’差点要了小女子的性命，难道小女子也应该击鼓鸣冤吗？”

王山公惊奇地问：“你是何人？”

“白无常”道：“小女子原在六步潭营生，江湖人称廖四嫂的便是。”

饶是王山公天不怕、地不怕，听了这句话也是大吃一惊——“混江龙”正在处理黄金亮和陈戊养的冲突，“白无常”突然现身龙城，而且还搭上了一门官司，意欲何为？正当他左思右想之际，宁洪原站出来唱了个喏：“王老爷，别来无恙。”

王山公连忙从公案后走出来：“大少，你什么时候来的？”

宁洪原道：“我和乡亲们来看戏。”

宁洪崖战死在九宫旗阵，王山公心怀愧疚，因而对宁大少比谁都客气。他回到公案，叫人给宁大少弄来一把椅子，小心地问：“大少，你和这桩官司有什么瓜葛？”

宁大少赚足了面子，得意地扫了贝尘鹤等人一眼，诉起苦来：“王老爷，我也是这女魔头的受害者，她那个跟班使阴的，冒充花魁盗取阳精，哥哥我险些丧了命。”

覃知县气坏了：“你，你不是撤诉了吗？”

“我兄弟是八府巡按，”宁大少白了他一眼，“撤个屌诉？”

“白无常”悲愤地喊道：“闹了半天，你们大成国也徇私枉法？”

覃知县狐疑地看着王山公，后者拿起惊堂木拍在桌上，仰天大笑：“哈哈，在下诛了一辈子的心，你们这桩小案子还想难倒本官？也罢，后日大戏开锣，王爷和王娘与民同乐。咱们凑一个热闹——上午断案，下午看戏，保准两造心服口服。”

阳光拖着长长的裙摆，慢慢流向黄昏。江水清澈如潭，撩一捧在面上冰冷刺骨，苏三娘来到岸边以水为镜，整理姿容。“白皮”在旁边发起了牢骚：“王老爷这个葫芦放得太大——断案子嘛，有满意的，必然有不满意的，怎么可能两造都服气？”

来到龙城方半日，苏三娘便深深地爱上了这里的一草一木，爱上了绿如碧玉的柳江。她戴好头上的竹笠，抚摸着飘拂的彩带，若有所思地说：“兴许他有杀手锏呢。”

“哪还有杀手锏？”“白皮”道，“飞头鬼早被他剁碎了。”

苏三娘看了看天色，吩咐“白皮”：“有王老爷在，‘白无常’姐妹吃不了冤屈，咱们就不要操心了。你赶快回客栈，把给王爷和易大老倌带的礼物取出来。”

“好，”“白皮”高兴地说，“王府门口见。”

分手后，苏三娘慢慢向平靖王府走去，边走边思量：情是情，理是理——三位寨主在勾栏寻欢作乐没有犯死罪，“黑无常”前科累累，使用妖术连索三命，手段委实毒辣，王山公能想出什么办法替她遮掩？

让苏三娘担心的还有李文茂——黄金亮手下有五六千人马，是一支不容小觑的力量，但其要求完全是一桩赤裸裸的交易，李文茂得知真相必定断然否决，到那时，岂不是又白白损失一支抗清的友军？陈宝自己揽下这件事暗地斡旋，显然是不愿给李文茂出难题，而“白无常”的到来又使他的苦心毁于一旦，李文茂恐怕迟早要面临两难的抉择。

这两件事十分棘手，苏三娘一时也想不出什么两全其美的法子。忽然，街上的行人纷纷驻足，有人喊：“快让一让，王娘来了。”

苏三娘骤然停下脚步，抬头看，只见对面走来两个女人：前面那个是瞎子，身穿一件湖色绣花边的战裙，拄着拐杖，打着赤足，肩上挑着担子，篮筐里盛满了蔬菜瓜果；后面是一位洗尽铅华的青年女子，身穿宽大的蓝布褂子，头上扎着一朵白色的兰花，腹部拱起，无论模样还是穿戴，与易兰花简直是一个模子刻出来的。

看到“香美人”这身打扮，苏三娘想起当初姐妹三人去大桂山学艺的场景，想起易兰花的音容笑貌，她思潮滚滚，脚步僵硬，一动也动弹不得。

一个行人躬身施礼：“阿幺姑娘，咋买这么多菜？”

阿幺道：“来了些佛山乡亲，王爷要请吃饭。”

一位老者埋怨：“阿幺姑娘，王娘现在有喜，你不该让她做粗活。”

“香美人”莞尔一笑：“阿伯，不碍事，我还能登台唱戏呢。”

“不妥，不妥，”老者连连摇头，“你要为太子爷着想啊。”

阿幺道：“王爷说了，不能让太子爷当二世祖。”

姐妹久别重逢，苏三娘恨不得把“香美人”的每一个字都钉在耳朵里，她舍不得打断这幕温馨的场景，扭过脸，一任热泪扑簌飘落。

平靖王府原来是周家祠堂，李文茂进入柳州后没有大兴土木，只是在后院加盖了一座砖瓦戏台。整个建筑朴实典雅，门前立两块拴马石，大门两侧是一副遒劲有力的对联，上联是“平定三尺剑”，下联是“靖乱一戎衣”。

王府门前人声鼎沸，熙熙攘攘，挂起了迎宾的彩灯。除了宁洪原、金良玉、罗琦、黄广华、梁德荣、柯定邦、鸡大逵等人外，常有定和“琉璃球”这对活宝也来凑热闹。梁二娣踮起脚尖东张西望，好不容易才看到“白皮”，连忙迎上去：“苏女侠没来？”

“白皮”也感到诧异：“我们俩约好了在这里碰面。”

“哎呀，”梁二娣急得直搓手，“王娘亲手做了一桌菜，就等她了。”

梁德荣道：“师傅，你别着急，我去找一找。”

梁二娣挥了挥手：“快去快回。”

众乡亲入厢房吃茶，等候宴会开席。梁二娣垂头丧气地来到会客厅，梁兰桂和黄华宝问明缘由，安慰他说：“苏女侠事事总爱替别人考虑，她眼下正为罗阿妈服丧，一定是发现王娘身怀六甲，不想给王爷和王娘添晦气。”

梁二娣转忧为喜，对梁兰桂说：“那好，你知会王娘一声，我向王爷禀报。”

因为红毛鬼子占据广州，云游归来的白无相不愿意回黄婆洞，便来到粤西游历，顺道在龙城听戏。李文茂知道他有真本事，便请他为阵亡将士打醮招魂。常有定借了他的光成为王府的座上宾，一本正经地对李文茂说：“王爷，你取了火龙珠，也就等同取了白龙的气数——白龙已经归天五载，你最近要谨慎行事，贫道刚刚算了一卦，卦象对你不利。”

梁二娣推门而入，不高兴地说：“道爷，你糊弄姓叶的也就罢了，咋还来糊弄王爷？”

常有定张口结舌：“谁……谁糊弄人啦？”

看梁二娣的样子，一准没有接到苏三娘。李文茂笑着问常有定：“道爷道法高深，不妨为本王算一算我妹子的行踪。”

常有定哪有这个本事，立刻脸色涨得通红，结结巴巴说不出所以然来。那一卦其实是白无相所占，白无相开口问：“王爷，你还记得那句童谣吗？”

去冬今春，在粤西流传着一句童谣：“清明折柳，立秋下梧。”

根据术士的说法，这句话指大成军攻打柳州和梧州的天命，实际上，李文茂攻克柳州的时间提前了二十多天。李文茂回答："兵无常势，水无常形。两军交战不是扒拉算盘珠子，哪有按照童谣打仗的事情？道爷莫要说笑。"

"福兮祸所伏，祸兮福所倚。"白无相固执地说，"现在外面纷纷传言，说王爷过了年即将兵取桂林，贫道以为断断不可。"

李文茂一愣："本王之所以选择平靖王这个称号，一来是为了平靖四方，二来是为了在桂林建纛开府，莫非道爷没有听说过？"

白无相摇了摇头："昔日王爷在盖天顶取金蟾道士首级，一统武林、江湖和洪门，那是何等的威风？后来龙头峰三刀六洞，王爷大概没有忘记，那场祸事源自何处吧？"

李文茂面部肌肉抖动，听出了白无相的言外之意。

天崩地裂，抹不去那一份深沉的记忆；海水倒灌，填不平那一道心灵的创伤。李文茂人生的大起大落，源自相思江上的一段重逢；魂魄的顽强再生，归因于相思江上的一盏渔火。不灭的誓言在英雄心底生根发芽，如何能忘却？如何能漠视？

曾经许下的十年之约，到今日已经过去了整整一年半，为了肩负的洪门大义，他再一次违心地撕毁了诺言，既没有率虎贲三千兵伐桂林，也没有乘一叶扁舟去相思江寻访渔灯，还要他怎么做？梁二娣心里很是不忍，责备白无相："道爷，王爷为国为民一片赤诚，啥时候为自己打算过？你别哪壶不开提哪壶。"

白无相也觉得自己口气有点儿生硬："王爷，贫道没有别的意思，就是觉得眼下出兵的时机不成熟，一来弟兄们连续征战两年，始终未得休整，人困马乏，是为强弩之末；二来出征桂林的消息满天飞，官军早做好了准备，一旦据险固守，攻城的代价太大；三来红毛鬼子和官府合穿一条裤子，重新武装广东水师，试图沿西江再度启衅，不可不防；四来王爷明年夏至将满四十春秋，这是一道坎，应该施法敬天，以求明哲保身之道。"

"两位道爷总是说本王死而复生，屡犯天条。"李文茂幽默地说，"本王也怕夭寿，因此才不辞劳苦，急切拿下桂林城，和红毛鬼子再战粤东。"

白无相吓了一跳："王爷，贫道可没有咒你的意思。"

李文茂笑了笑："咱们是多年老友，道爷不必多虑。"

常有定突然发起了牢骚："说来归去，王爷终究信不过我叔侄。"

李文茂感到很奇怪："此话怎讲？"

"秃子头上的虱子，那是明摆着的。"常有定哼哼，"王山公在知府衙门审理案子，放着我和'琉璃球'不用，非要从外面请法师，这不是看不起贫道吗？"

李文茂问："审什么案子？"

常有定刚要回答，院子里有护卫高喊："王娘驾到。"

易如真在梁兰桂的陪同下来到会客厅，和常有定、白无相叔侄见过礼，落座后，担忧地问李文茂："玉娘姐迟迟不现身，会不会出事？"

"她本事大得很，"李文茂安慰她，"放心吧，后半夜一准来。"

宴会结束后，李文茂下令撤去王府守卫，免得苏三娘进出不便。到了夜半三更，果然听到屋脊上有夜行人的动静。李文茂迈出寝室，但见弦月如纱，一名白衣女子跪倒在地，发出轻轻的抽泣声。李文茂抢前一步，将她搀扶："妹子，别来无恙。"

那女子身体悸动，撩开面巾，痴痴地望着他，双眼充满了迷离。闹了半天，这位蒙面白衣女子不是苏三娘，却是"白无常"。

"王爷，"女人抓住他的臂膀，"小女子有冤屈。"

李文茂霍地直起身，挣脱"白无常"，冷冷道："你好大的胆子。"

"白无常"的心一下子跌入冰窖，跪倒在地连连磕头："小女子有话要说。"

易如真站在门口，诧异地问："她是谁？"

"咳，"李文茂跺了跺脚，"说起来，也是一位故人。"

易如真还从来没有见过丈夫如此失态，猜测其中必有蹊跷，便走到"白无常"跟前，把她拉起来："既然是故人，请到屋里说话，外面天气凉。"

"白无常"心里很感动，谢绝了"香美人"的好意："王娘，小女子有冤屈，恳请王爷宽大为怀，饶了拙夫的性命，小女子定当衔草结环为报。"

"你丈夫不是陈戊养吗？"李文茂定了定神，问道，"谁要他的命？"

"白无常"等的就是他这句话，擦去眼泪："王爷，拙夫斗不过黄金亮，逃到了建安公陈大哥的军营。黄金亮致函陈大哥，要挟陈大哥交出拙夫的头壳，这是他归顺的条件。陈大哥怕你知道了发火，故此才瞒过你不报。"

李文茂怒喝：“此话当真？”

“如有半句虚言，小女子情愿一头撞死。”“白无常”声声悲切，“小女子万万不敢耽搁王爷的征伐大计，倘若把拙夫的头壳交给黄金亮，必然损坏王爷的清誉，那些不明就里的人一定会耻笑王爷，骂王爷是一个见利忘义之徒。”

李文茂只听说黄金亮和陈戊养兵退雒容，哪知道里面还藏着这么多猫腻？“白无常”冒险闯进王府鸣冤，看来此事十有八九是真的。他心烦意乱地说：“本王即刻派人去建安公营中问个究竟，你不要再哭哭啼啼。”

“白无常”问：“要是真的怎么办？”

“陈兄弟入了洪门，奉了大成国的旗号，即为洪家兄弟。”李文茂正色道，“用自家兄弟的头壳换取结盟，岂是大丈夫所为？”

“白无常”心里一块石头落了地，刚想啰唆两句，向李文茂解释“黑无常”的案子，只见头上一道白影掠过，有人娇叱一声：“姓廖的，你还有完没完？”

来人当空落下，灯光穿过竹笠飘垂的彩带，照见那双晶若深潭般的眸子。“香美人”扑了过去，失声叫道：“玉娘姐，你想得我好苦。”

苏三娘抱住易如真，眼里噙着泪：“阿真，我也想你。”

“白无常”识趣地转身离去。李文茂过来见礼：“玉娘，你这次还走吗？”

苏三娘道：“阿茂哥，我把他葬在龙头峰，再也不走啦。”

“好，好。”李文茂欣慰地说，“鼎凤兄弟是条汉子，幸亏你把他引上了正路。澄江县是他的地盘，你为罗阿妈打醮所需物品，由他供给便是。”

灯光下，月影里，三个人互相打量，每个人的容颜似乎都未曾衰老，每个人的眼底似乎都多了几分沧桑。苏三娘感慨万千，自己远嫁灵山，又跟着罗大纲参加太平军，十五年的风风雨雨弹指一挥间，最后发现只有红船才是心灵的归宿。她的双目落到了李文茂腰间，落到了那柄锈迹斑斑的残铁剑上，忍不住发问：“阿茂哥，这就是那柄无情剑吗？”

“世上哪来的无情剑？”李文茂摘下残铁剑，把它交到苏三娘手里，“假如有，那也是绵绵不绝的一片痴心。”

利剑可取人性命，却熄灭不了人心中燃烧的烈火。白龙有鉴于此，在盖世英雄自刺三刀六洞的那一刻，腾身飞离了“镆铘剑”，把无情剑变成了有情剑。令人可笑的是，洪秀全拿着一把捡来的“云中雪”冒充无情剑，非要往中国人的胸膛里塞一颗红毛心，结果皇上帝的私生子们你杀我砍，水火不容——石达开率领十万大军离开天京另立门户，天京城里只剩下洪秀全一个孤家寡人，轰轰烈烈的太平天国运动被抽去了灵魂，走向末路不可避免。

在清廷与红毛鬼子合流的趋势下，太平军的分裂加重了大成国的压力，苏三娘此时此刻回到大成国，有意与红船兄弟姊妹并肩战斗。她将残铁剑还给李文茂："这把剑在湖底下埋了六百年，依然能够杀敌，阿茂哥，依我看，它是一把有情有义的无情剑。"

易如真嗔道："玉娘姐，你休夸他。"

苏三娘问："阿茂哥，听说你准备攻打桂林？"

李文茂以为苏三娘怀疑他作战的动机，心里咯噔一下，辩解道："妹子，现今粤西大半为本军所有，单剩下一个桂林府，此战水到渠成，非为一己之私。"

苏三娘知道他多心了，莞尔一笑："阿茂哥，妹子去大明山打醮，从此心无旁骛，可与你一起上阵杀敌。"

在洪家兄弟面前，李文茂背负谭李氏的阴影许多年，没想到苏三娘如此善解人意，英雄喜出望外："好，我在桂林城下等你。"

怀孕以后，易如真变得很敏感，不喜欢听打杀之类的词语，捂住耳朵："玉娘姐，妹子亲手给你做了一席粤东的菜肴，你来尝尝我的手艺。"

第一百八十三回　易水离情

迎接新年的盛典定于腊月二十六未时开始。距离开锣还有不到半天时间，从各地赶来看戏的民众仍然络绎不绝，柳江上帆影点点，好似白梅盛开在原野，望之赏心悦目。“雷公仔”风尘仆仆地从庆远府赶回来，参加李文茂召开的军事会议，在东门登岸后，发现“大花面锦”率“护武军”列队相迎，连忙施礼：“见过叔父。”

李文茂西征硕果累累，声震西南半壁，来参加新年盛典的有不少邻省的江湖人物，其中尤以贵州的盟友为众。“大花面锦”奉命在江畔接待来宾，笑着对“雷公仔”说：“余老科从月亮山黑水寨来，王爷让我迎一迎。”

“余老科？”“雷公仔”扮了个鬼脸，“他这不是蚂蚁背田螺，冒充大头鬼吗？”

“大花面锦”不以为然：“还有别的贵宾嘛。”

“雷公仔”道：“论江湖辈分，谁比得过你老人家？”

“那倒是，”“大花面锦”也笑了起来，“老胳膊老腿的，比不了你们年轻人喽。”

这时，从江面上驶来三条扒船，上面旗幡招展，有的是黑旗，有的是黄旗，没有一面是大成国的旗帜。“大花面明”叫道：“来啦，来啦。”

船只靠岸，余老科钻出船舱，笑容满面：“老几位，久违了。”

大成军挺进庆远府，“雷公仔”充当全军先锋，肩负着联络贵州各路义军的职责，和余老科打过好几次交道，十分熟悉。他当胸捶了余老科一拳，责怪道：“我家叔父年迈体衰，大冬天站在江边等候，你的谱不小啊？”

余老科慌忙向“大花面锦”谢罪，然后压低声音对“雷公仔”说：“吴元帅，王爷这么安排自有他的道理，在下护送的这位贵宾资历极深，说起来，还是于爷的前辈呢。”

“雷公仔”竖起了眉毛：“胡说八道。”

“不信你自己看。”余老科喊起了冤。

柯定邦、鸡大逵、黄广华和梁德荣正在旁边看热闹，闻声一起向江面望去。最后一条扒船靠岸后，从船上下来一群白衣道士，中间簇拥着一位头缠白巾的老道。呵，这老道的相貌着实不同寻常，只见他身高八尺，头戴正天散仙冠，身披八卦青鸾袍，腰束伏龙万寿带，脚踏天罡步云履，左插五方镇魂旗，右悬七星驱魔剑，背后是一条盛满法器的百宝囊。最让人印象深刻的是他的白眉毛和白胡子——白眉毛至少有一寸多长，白胡须更是长得遮住了肚脐眼，宛如一条瀑布挂在胸前，比年画里的太白仙翁更加精神。大伙儿被老道的仙风道骨惊呆了，纷纷交头接耳，竞相猜测老道究竟有多大岁数。

“大花面锦”和“雷公仔”肃然起敬，引起他们注意的不是相貌，而是老道怀里抱着一面三角令旗，那上面龙飞凤舞绣着五个大字：“敕令万云龙”。

这面令旗为“洪顺堂”总堂所制，颁发给那些执行特殊使命的重要人物，普通的洪家兄弟很难见到，这个穿戴怪异的老道如何会拥有？

正当“大花面锦”和“雷公仔”狐疑之际，老道上前打了个稽首：“无量天尊，贫道乃灯花教刘仪顺，刚刚打下思南府，特来向王驾千岁求援。”

“雷公仔”恍然大悟：“尊驾原来是刘祖祖？”

“那是敝教教众的抬爱，”老道谦虚道，“在洪家兄弟面前，贫道岂敢托大？”

这位器宇不凡的白发道士不是别人，正是“摘光道士”周位抡的助手郭建文。道光二十四年二月，为了改革青莲教，周位抡、郭建文向李一源、陈文海为首的主流派发起挑战，在黄鹤楼展开辩论，最终以失败而告终。这次辩论后青莲教发生分裂，周位抡立金丹道，在湖南和陕西一带传教；郭建文立灯花教，在湖北、四川和贵州一带传教。

郭建文原姓刘，脱离青莲教后更名刘仪顺，这一年八十岁，因为自称九十九而被教徒尊称为刘祖祖。咸丰七年二月，灯花教在四川涪州鹤游坪发动起义，被官府镇压；刘仪顺逃到贵州后再接再厉，本月五日率众攻克思南府，杀死知府福奎。由于担心重蹈覆辙，刘仪顺在余老科的陪同下前来拜谒李文茂，希望他发兵北上，牵制贵州清军主力。

单凭刘仪顺那一大把白胡子，足够当“大花面锦”的前辈，更何况人家手里还有总堂颁发的三角令旗。“雷公仔”抱拳在胸：“都是一家人，不必客气。”

余老科向刘仪顺介绍：“刘教主，吴元帅的兵马扎在思恩县，迈一脚就进贵州。将来咱们爷仨极有可能并肩作战，快来近乎一下。”

“大花面锦”叮咛“大花面明”：“我陪刘教主去见王爷，你在这儿守一会儿。”

刘仪顺、“大花面锦”、余老科、“雷公仔”等人离开后，柯定邦问“大花面明”：“马上该吃午饭了，还会有人来吗？”

除了洪门诸将，来晚的客人无非两类情形，一类是道路遥远，一类是突发情况。“大花面明”挠了挠头：“说不准，再等等吧。”

忽然，对岸“常胜军”营地传出急促的号角声，紧接着一条舢板如箭飞至。“白鬼仔”纵身跳上岸，脸上尽是惶惑之色，连声问：“掌堂大爷在吗？掌堂大爷在吗？”

“大花面明”心里一沉，急忙上前：“出了什么事？”

“白鬼仔”带着哭腔：“两位王爷打起来了，这回恐怕要死不少兄弟。”

区润和梁昌因为实力较强，跻身五王之列，获得了高于许多洪门老将的地位。这哥俩终究散漫惯了，一瓶子不满，半瓶子晃荡，合力拿下南宁府后发生争斗，结果让左江镇总兵色克精阿渔翁得利，趁虚而入，又把南宁府城夺了回去。

“大花面明”只知道区润和梁昌互相不服气，贻误了军机，未料想竟然发展到了水火不容的地步，大惊失色：“你们没通知平浔王殿下？”

“没用，”“白鬼仔”叹气，“陈天义资历浅，还得掌堂大爷出面调停。”

区润和梁昌虽然战绩不彰，毕竟是两位王爷，反目为仇对大成国有百害而无一利。“大花面明”忙道：“我带你进王府。”

望着他们两个匆匆离去的身影，柯定邦悄悄地骂了一句：“真他老母晦气，掌堂大爷这边高奏凯歌，搭戏棚搞庆典，他们却狗咬狗一嘴毛，叫人不省心。”

鸡大逵双手合十，嘴里念念有词：“天灵灵，地灵灵，糟心事儿别过江。”

屋漏偏逢连夜雨，行船恰遇顶头风——怕什么来什么。鸡大逵话音刚落，“常胜军”营地再次传出号角声。众人忐忑不安，不清楚这次又有什么祸事。江面上驶来两艘船，前面那艘大船悬着一面黑色七星旗，上绣一个斗大的“吴”字；后面的篷船垂着一面吊死鬼白旗，上绘一支滴血的青竹，青竹上绣着一个歪歪扭扭的“王”字。

两条船靠岸，大船下来几条健壮大汉，领头的中年人自报名号：“在下郑三，吴凌云吴大龙头献给王爷孝敬，劳烦弟兄们带个路？”

咸丰二年，吴凌云改“延陵堂”为“全胜堂”；咸丰六年，在各股外围会党的协助下攻克新宁州城；咸丰七年，新宁州城又被清军拿下，吴凌云意识到孤掌难鸣，不借助大成军的力量根本站不住脚，便主动向李文茂和陈开示好，经常遣使送礼，表达归诚之意。

“带路？”柯定邦一缩脖子，“我们是看热闹的，做不了主。”

郑三背后闪出一个高人的青年，挑着沉甸甸的金银担子，问：“谁能做主？”

梁德荣探头探脑朝城门里面瞅，正好看到梁二娣策马扬鞭，沿着街道飞奔而来，高兴地大声喊：“师傅，南宁府来客人了，找平靖王爷的。”

那个小伙子粗声大气地纠正：“不是南宁府，是太平府。”

梁二娣在小伙子面前勒住战马，有意教训一下这个愣头青，便抬腿摘下单头棍，朝青年肩头一搭，开口问道：“我听你不像是太平府的口音。”

小伙子有些功夫，但和梁二娣比起来差远了，肩头一歪，险些把担子丢在地上。郑三连忙告饶：“这位爷好本事，他的名字叫刘二，是粤东钦州府人。”

鸡大逵忍不住笑了：“你叫郑三，他叫刘二，咋起的名字？”

他这句话不走脑子，惹恼了梁二娣，厉声驳斥："二怎么了？二就是义。"

"对，对，就是刘义。"郑三擦了一把额头上的汗，"刘义今年刚刚入堂，我们吴大龙头给他起了一个大号，叫刘永福。"

梁二娣摇了摇头："俗气，俗气，还是叫刘义威风。"

郑三和刘永福等人被梁二娣接走，东门城楼清静了许多，这时，从篷船上下来两名黑衣道姑，其中一个蒙着面，看不清什么模样。她的同伴问："请教知府衙门怎么走？"

梁德荣忙问："你们找谁？"

小道姑打了个稽首："无量天尊，巡按大人邀请我师傅来办法事。"

王山公夸下海口，今天在知府衙门了结贝尘鹤的案子，秘密武器就是这两个道姑。梁德荣埋怨道："都快晌午了，你们怎么才到？"

小道姑编了一个理由："我师傅腿脚不灵便，路上有些耽搁。"

两个道姑行头简陋，穿戴破旧，看起来像是刚从山里出来的乡巴佬。王山公从哪儿请的这对活宝？梁德荣暗暗替师伯捏了一把汗，带着两个人来到知府衙门。好家伙，衙门里面挤了一大堆看客，熙熙攘攘，十分热闹。

覃知县守在仪门东张西望，见梁德荣领来了两个道姑，把提着的心放回嗓子眼里。梁德荣疑惑地问："覃大老爷，外面是些什么人？"

"看乐子的，"覃念经低声说，"有不少你们佛山乡亲。"

佛山乡亲来知府衙门看热闹，一半是受了贝尘鹤、罗琦、金良玉等人的蛊惑，一半是怀念过去那个特立独行的王山公。梁德荣走到院子里，只见贝尘鹤打扮得花里胡哨，梳大头，套白袜，穿了一身红色衣裤，赫然变成一个齿白唇红的美娇娘。他奇怪地问："贝掌柜的，你今天唱的是哪一出？"

贝尘鹤停止说笑，一本正经地回答："我这身行头是'外江班'的窦娥。"

梁德荣恍然大悟："你想给我师伯难堪？"

贝尘鹤朝正堂里的"黑无常"和"白无常"瞅了一眼，恨恨地说："不能这么讲，王老爷是有名的大神通，贝某等他昭雪沉冤呢。"

罗琦道："王老爷亲口答应为贝爷主持公道，大伙儿是不是都听到了？"

"半天不过堂，"金良玉阴阳怪气地说，"莫非王老爷被这两个骚蹄子迷住了？"

梁德荣气急败坏："放屁，你以为都跟你一样？"

这边你一言、我一语地冷嘲热讽，那边忽然"铛啷啷"一声铜锣响，众衙役手持水火棍鱼贯而出，驱散正堂前的人群，辟出一大块空地。堂威喊过后，王山公头戴纱帽、腰围玉带出现在众人面前。有人高声喝彩："王老爷真靓。"

"呵呵。"王山公把四喜髯往上一撩，"贝掌柜用窦娥的行头，王某只好扮成窦天章，当一回货真价实的八府巡按。大明国青天绿地，哪怕再离奇的案子，也绝不容有人蒙冤。本官说到做到，今天请了一位法师来断官司，各位上眼。"

众目睽睽之下，蒙面道姑来到空地中央，头顶骄阳，席地而坐。寒风吹拂着面纱，她的肩头微微抖动，似乎是在抽泣。过了良久，道姑清了清嗓子，开始念咒：

> 天灵灵、地灵灵，好吃好喝奉神明；天生云、云起龙，起出转灵扶僮身。金铜鼓、银铜锣，四十九路鬼和神；千重山、万重水，遇到僮身齐闪避。哪路老鬼不长眼，七月阴雷破山腹；哪路邪神迷心窍，冰天雪地烤河床。
>
> …………
>
> 拜请东万东路雪门开，雪山师爷降雪来；拜请西方西路雪门开，雪山师爷降雪来；拜请南方南路雪门开，雪山师爷降雪来；拜请北方北路雪门开，雪山师爷降雪来；拜请中方中路雪门开，雪山师爷降雪来；拜请五方五路雪门开，雪山师爷降雪来。
>
> …………
>
> 急请迷魂童子和童郎，吾奉太上老君急急扶僮身，急急扶上身。

一开始，道姑的声音粗重嘶哑，念到半途越来越清亮，越来越有力量，好像一把匕首抵在人的后脊梁骨。金良玉吓得哆嗦起来："这母狗有些古怪。"

仿佛听到了他的话，道姑骤然掀开脸上的面纱，露出一张可怕狰狞的面孔。看客中有的是老江湖，惊叫："哎呀，这不是白血童子吗？"

贝尘鹤早已泣不成声，跪倒在地："师傅在上，请受小徒一拜。"

王二妹被杨秀清排挤出拜上帝教后，放弃了降僮法师的营生，回到望兵峰结庐练功，一转眼将近十载。这些年中，除了王山公偶尔来一趟外，再也没有其他人打扰。此次王二妹来龙城本打算看戏消遣，没想到遇上了石龙镇这个官司，便应王山公的邀请重操旧业，利用金秋池的魂魄教训一下贝尘鹤。

王二妹冷冷地说："谁是你的师傅？"

贝尘鹤磕头如捣蒜："弟子犯了错，请师傅降罪。"

王二妹厉声问："你犯了什么错？"

贝尘鹤耷拉着脑袋："弟子不该心生妄念，和'黑无常'比试床头功夫，害得绿林道三位大寨主白白丢了性命。"

王二妹叹了口气："阿鹤，当年为师取了'白无常'的阴精，而今一报还一报，'黑无常'又取了你的阳精，这事算是扯平了。阳道刚健，阴道柔和，阴阳不调则容易走邪路——为师要不是取了'白无常'的阴精，又何至于向武林至尊挑战，最后中了麻风丐的圈套，落得一个人不人、鬼不鬼的下场？这段恩怨从此一笔勾销，莫要再纠缠。"

贝尘鹤恭敬施礼："弟子记住了。"

"她取了你的阳精也好。"王二妹怅惘道，"你以后可以少糟蹋一些良家妇女，少掺和江湖道的恩怨，在佛山堡安安稳稳过日子。为师一缕幽魂，漂泊无依，别的帮不了你，能帮你的只有这么一个道理，就此别过。"

说罢，王二妹翻身倒地，任凭贝尘鹤如何大声号啕，一动也不肯动。

王山公吩咐衙役抬走王二妹，回到正堂公案后坐定，满面春风地问贝尘鹤："白血童子光临，帮本老爷审结这桩案子，贝掌柜的，你服也不服？"

贝尘鹤泄气地说："王老爷，你的本事比包龙图大多了。"

"飞头鬼老子都拿过，还对付不了你一介区区淫贼？"王山公板起脸来，"你们这几头烂蟹合伙欺负一个女人，丧尽天良，竟然有脸来龙城闹事？要不是碍于大成国王法的面子，王某早一刀劈了你狗日的，哪有工夫跟你兜圈子？你这身行头别脱，我搭一座戏棚子，让你们继续喊冤，看能不能喊来六月飞雪？"

王山公话里含着三分杀机，贝尘鹤吓得心惊肉跳，连连打躬作揖："王老爷，大人不记小人过，别跟我等一般见识。贝某心服口服，马上就走，不耽误你老人家看戏。"

贝、罗、金等人抱头鼠窜，引来围观者一阵哄堂大笑。"白无常"、"黑无常"、郭尹氏三个人面面相觑，觉得纳闷。"黑无常"问："王大人，案子审完了？"

"哼，"王山公把脸一沉，"尔等使用妖术狐媚害人，幸而近年劣迹不彰，没有触犯大成国的王法。倘若这次死的是无辜百姓，本官定当不饶，还不快走？"

"黑无常"欠身施礼："多谢大人手下留情。"

一场难缠的离奇案子，被王山公审理得小葱拌豆腐，一清二白。围观的佛山乡亲仿佛看到了他当初捉拿"枫子鬼"的场景，齐声喝彩："王老爷真不是吃素的。"

王山公离开公案，哈哈大笑："乡亲们，看戏，看戏。"

锣鼓喧天，弦歌绕梁，龙城宛如一座巨大的戏棚，街头处处是身穿戏装的人。"白无常"趺趺撞撞来到一处荒山，陡然顿住脚步："我得回去。"

"黑无常"焦急地说："姐姐，此地为虎口，不宜久留。二爷光明磊落，一言九鼎，他既然开了金口，就不会要姐夫的命。"

"你不懂，""白无常"凄然道，"只要我活着一天，黄金亮就不会放过我们两口子。姐姐现在年老色衰，一事无成，不能再给我那冤家添累赘。"

二十年前，"白无常"把"招魂鱼鼓"和"驭阳功"的功法秘笈交给"黑无常"，从此失去宝物，中断修炼武功。"黑无常"闻言羞愧难当："姐姐，是妹子害了你。"

"白无常"扶起"黑无常"，厉声呵斥："二爷武艺高强，你不是他的对手，须另觅他处修炼'驭阳功'，完成本门大业，还不快走？"

"黑无常"跪倒在地，含泪磕了三个响头，飞身离去。曼妙的寒风越过江面，随着戏棚的鼓点起舞，吹皱了朦胧的多彩世界。"白无常"从头上拔出簪子，撩了一把柳江水，理了理鬓角的乱发，出神地问："这是哪一出戏？"

除了王府、龙城知府衙门、马平知县衙门三座固定戏台，城内"御林军"

“护武军”“祷天军”“常胜军”和“真忠军”等营盘均搭设有临时戏棚，同时上演那么多出戏，叫郭尹氏如何分辨？她竖起耳朵听了一会儿，应付道：“不是《玉皇登殿》，就是《进宝状元》。”

“白无常”摇了摇头：“不对，不对。”

郭尹氏低下头：“师傅，你说是哪一出？”

“白无常”仿佛自言自语：“那不是《易水离情》吗？”

郭尹氏一时没有明白她的意思，随口问：“《易水离情》？”

“没错，”“白无常”出神地说，“为师也会唱两句呢。”

郭尹氏试探地问：“师傅，咱们看戏去？”

“看什么戏？且听为师给你唱一段。”“白无常”挥了挥袖子，模仿红船老倌的姿势摆了一个功架，有模有样地唱了起来：

呀，你看这无情易水啊，
下西风刮面飕飕。
只觉得芦花夜冷入孤舟，
只落得桑干远度望并州。
要重逢可自由，
谁道丈夫有泪，不向别时留？

郭尹氏越听心里越发紧：“师傅，你要干什么？”

“白无常”收住歌声，拔出刀仔：“为师死后，你把我的头砍下来，亲手送到王府。二爷既然担了天大的干系，为师也非无情人，拿这粒头壳当作送给黄金亮的信物。”

好一个女魔头，回手一刀刺中自己的咽喉，尸首摇摇晃晃栽倒在地，香消玉殒。郭尹氏抱住师傅的身子放声大哭，直到华灯初上，才哭干了泪水。她抽出腰悬的宝剑，挖了一个坑，割下师傅的头颅，用白衫包裹停当，然后将“白无常”的遗体掩埋。想起师傅生前最爱野芦花，郭尹氏从江边砍了几枝，插在坟头以示纪念。

夜深了，郭尹氏背着师傅的头壳往回返，鼓点越来越近，每一记都重重地敲在心里。她抹去泪水，旁若无人地唱了起来，声音煞是凄厉：

春色太癫狂，哪儿管得残妆？
红莲双瓣沥沥草，牡丹含露涓涓；
销魂花房映波光，摇曳花心不倦。
柳腰玉股尽展现，风流郎轻担腿上肩；
马蹄翻飞不已，蝶翅翩翩，往来许多酣战；
俏人儿求饶：郎，奴身酥骨散。

至咸丰七年底，平靖王所辖兵马控制柳州府、庆远府全境和郁林直隶州之一部，如果再加上奉其军令的陈宝、张高友、李文彩、黄鼎凤、范亚音、罗华观、吴凌云、黄金亮等部，则势力遍及粤西全境，超出其他三王兵马的总和。

大成军的主力最初以“德礼堂”为主，梁培友阵亡后，陈开收其印信，大成国进而成为“洪德堂”的翻版。洪门旗下五大堂中，“洪胜堂”和“洪义堂”实力不济，没有建国；“洪德堂”建立了大成国，“公义堂”建立了升平天国，“洪兴堂”则建立了大洪国。

陈金刚离开湘南后，在粤北和练四虎等人不能相容，最后撤到了梧州府的怀集，并在此地建立了大洪国，自称南兴王，兼兵马大元帅。怀集县毗邻封川，与黑石顶一县之隔，属于“洪德堂”的传统势力范围。“大牛志”奉李文茂之命，协助“洪兴堂”兄弟站稳脚跟，为大洪国立下汗马功劳。感念于此，陈金刚命丞相朱子仪、左都元帅侯陈带携带重礼，来龙城向李文茂恭贺新年，表达谢意。

“洪兴堂”和粤北绿林道素有积怨，李文茂非常关心此事，当着文武大臣的面，问朱子仪与侯陈带：“你们和练四虎为何闹生分？”

葛耀明尚在江西征战，练四虎自然不肯把粤北的地盘割给陈金刚。朱子仪正打算把肚皮里的牢骚和盘托出，但是抬头看到李文茂那张没有血色的脸，知道他旧创复发，便把到嘴边的话又咽了回去：“回掌堂大爷的话，我们没有和练大寨主闹生分——本堂建国后，南兴王爷给了练大寨主一个招讨元帅的封号，他并没有拒绝。”

李文茂叮咛：“都是自家兄弟，切不可反目为仇。”

侯陈带躬身施礼：“属下带来了碧血仙茅，请掌堂大爷笑纳。”

“我的毛病不碍事,”李文茂摇头,“你阿叔身子骨弱,还是留给他吧。”

身为洪门之主,李文茂不但肩负着整合洪门旗下各政权的协调工作,而且一身系西南半壁反清力量的兴衰存亡。刘仪顺劝道:“王驾千岁,贫道觉得白无相言之有理,你好好将养一段时间,不必急着攻打桂林。实在不行的话,等过了五月再出征不迟。”

李文茂笑着问:“各位兄弟,本王有那么娇贵吗?”

自丞相叶兆隆以下,文武百官伏地叩拜:“我主千秋。”

这次军事会议本来主要商讨攻打桂林一事,没想到各地来使不是要求协调,就是请求发兵援助,反而把主题搁置了起来。眼下太平天国发生内讧,抗清形势陡然逆转,如果不打几个大胜仗,将对士气产生极为不利的影响。

想到这里,李文茂坚定了攻打桂林的决心,他拿起一支令箭:“吴元帅,本王命你统率本部人马沿龙江河上溯,杀进贵州,驰援月亮山和思南府,莫使刘道爷心焦。”

“雷公仔”大步跨出班列,声音洪亮:“遵命。”

李文茂拿起第二支令箭:“定国公,今命你部出灵山,自东向西横贯南宁府,与吴凌云的‘全胜堂’取得联系,协同作战,互为犄角,勿蹈平东王和定北王的覆辙。”

李文彩接过沉甸甸的军令,迟疑地问:“王驾千岁,和‘全胜堂’并肩作战没问题,可是属下资历甚浅,难当说服两位王爷的大任。”

“此事不用你多虑,”李文茂道,“本王已经派人去云雾山知会保国公,请他老人家代替本王走一遭。等本王拿下桂林城,再亲自为他们二人排解。”

“白鬼仔”感激涕零:“谢王爷恩德。”

朱子仪拱了拱手:“王驾千岁,有一事不知当讲不当讲?”

李文茂道:“朱丞相但讲无妨。”

“是这样,”朱子仪鼓起勇气,“南兴王爷打算给鼎国公一个封号。”

叶兆隆问:“为什么?”

朱子仪回答:“贺江至西江一线原是‘洪德堂’兄弟的地盘,鼎国公经营已久,南兴王爷正要大力借重,封赏嘉奖理所应当。”

“大牛志”是大成国的鼎国公,一臣事二主,受大洪国的封号算怎么回事？叶兆隆隐约感到陈金刚这一招很不简单，挖角“大牛志”恐怕只是一个开始。他正欲开口反驳，李文茂摆了摆手：“都是洪家兄弟，同样杀威武窑子，有何不可？本王准了。”

朱子仪大喜，三叩九拜：“掌堂大爷宽宏大量，属下代南兴王爷谢了。”

李文茂扫了一眼各路使者：“各位还有什么请求，一并道来。”

陈金刚、刘仪顺、吴凌云、区润和梁昌这几档子事解决起来不是那么简单，占用了大成国不少兵力和资源，叶兆隆出班上奏：“王驾千岁，本军连年征战，精锐多有折损，现有兵力难以打下桂林城，不如歇息半年，补充之后再战不迟。”

“蕞尔小寇，何须挂齿？”李文茂傲然道，“本王提八千虎贲足矣。”

见他态度鲜明，众臣知道此事无可挽回，遂不再勉强。刘仪顺建议：“王驾千岁，听说东路由平浔王挂帅，西路可选一员大将，代你出征。”

千军易得，一将难求。大成国猛将如云，能够独当一面的帅才却屈指可数——李文茂和陈开之后，第三个要数镇国公陈显良。可惜的是，“豆皮大”不愿屈居陈开之下，年初率部回到粤东，与“大只钜”、李洪英等人另辟天地去了。

想当初，“洪德堂”旗下人才济济，各堂堂主年轻有为，那种盛况多么叫人怀念。叶兆隆怕李文茂伤感，抱拳道：“各位兄弟，今天是个好日子，王驾千岁预备了酒席，还给大家每人准备了一套戏装。待会儿他老人家亲自粉墨登场，咱们看戏去。”

离开朝堂，李文茂回到后宅，发现屋内几案上摆着一个楠木盒子，旁边铺着陈罗婵送来的那件缂丝彩云钉金绣金龙纹大袍。他问阿幺：“这盒子是谁送来的？”

“石湾镇黄掌柜，”阿幺道，“据说是他新烧制的陶塑。”

李文茂打开木盒子，从里面取出一尊精美的陶塑。盖世英雄瞬间有一股心碎的感觉，眼前的陶塑赫然是“食菜事魔教”女护法。

曾经破碎的面容，如今完美如初。半晌之后，李文茂问：“阿真知道吗？”

阿幺点点头：“她特意留给你的。”

缂丝彩云钉金绣金龙纹大袍代表陈罗婵，“食菜事魔教”女护法陶塑代表邓丽娘，易如真这么做说明她心中已无芥蒂。李文茂收起女护法陶塑，穿上龙纹大袍，来到院中。“大花面锦”和“长腿龚”先后走进来，“大花面锦”催促：“轮到千岁爷登台了，探梅那边着急，问你今天打算唱什么戏，《沙陀借兵》还是《芦花荡》？”

“长腿龚”道：“千岁，王老爷求见，后面带了一个女人。”

王山公星夜进府，必有要事相商。李文茂挥手道：“请。”

片刻工夫，王山公领着郭尹氏进了后宅。郭尹氏披头散发，浑身是血，抱着“白无常”的头颅跪倒在地。王山公施礼：“千岁爷，‘黑无常’和贝尘鹤比试功夫，下辣手要了粤西绿林道三大寨主的命。我请白血童子显灵断案，了结此事，也没有追究那几个魔头的过错，谁知道‘白无常’自己抹了脖子，还让这女人送来了头壳。”

“大花面锦”揭开包裹，露出“白无常”血迹斑斑的面庞，旁边倚着一枝野芦花。女魔头放弃妖法多年，最后为丈夫而死，也算是有情有义。二十年前，李文茂的童贞被她窃走；二十年后，“白无常”又鬼使神差地出现在他的面前。今天夜里，龙纹大袍、“食菜事魔教”女护法陶塑、野芦花三物同现，老天爷究竟想告诉自己什么？

李文茂取白巾擦去“白无常”脸上的血迹，默视良久，开口问：“建安公意欲采取李代桃僵之策，用假陈戊养的头壳哄骗黄金亮。本王本不赞同此谋，你家主子既然自戕，只好将其头壳送去，成全于她。她还有什么遗言，一并道来。”

郭尹氏搜肠刮肚，想不出“白无常”留下过什么另外的遗言，迟疑地说：“我师傅……我师傅她最后什么也没有说，只是唱了一出戏。”

女魔头还会唱戏？李文茂问：“什么戏？”

郭尹氏回答：“《易水离情》。”

荆轲刺秦王，曾以樊於期的首级为献礼。李文茂理解了“白无常”的苦心，叹道：“你家主子为情而死，诚为一奇女子。也罢，本王今日粉墨登场，便为她唱一曲《易水离情》。”

第一百八十四回　割袍断义

咸丰八年(1858 年)正月初一,李文茂留下丞相叶兆隆坐镇龙城,以“伯爷华”为先锋,李文辉为水师管带,统率八千精兵御驾亲征。黄金亮、黄二兄弟以下将领在雒容恭迎王驾,两支人马会合后军威壮盛,清军和永福团练连战皆北,逃向鸡石湾集结。

黄氏兄弟刚刚投靠大成国,立功心切,抢在“伯爷华”的前面杀到鸡石湾。如果说苏桥圩是桂林城的西大门,那么鸡石湾就是苏桥圩的前沿阵地,堪称门户中的门户。李文茂在龙城建立王业后,清军把桂林防御的重心移到了西线,沿着柳江一字排开,修筑了以鸡石湾、苏桥圩和桂林城三个节点为核心的纵向防御阵地,力图抗击大成军,保住桂林府这个大本营。

此时此刻,鸡石湾大营的清军实力雄厚,除了败退的清军外,还有从苏桥圩和临桂县赶来增援的两支生力军,一支是楚勇,一支是临桂团练,总兵力达到九千人马。负责指挥楚勇的是江忠源的弟弟江忠浚,负责指挥临桂团练的则是汪亚景。

天京事变后,湘军死灰复燃,从上到下弥漫着一股抢夺胜利果实的骄狂气氛,完全忘记了当初屡战屡败的窘迫,人人以为老子天下第一。江忠浚这厮不知天高地厚，梦想与李文茂比试武艺，一战成名。他瞥了汪亚景一眼：“汪太守，来将何人？”

汪亚景现在挂的是知府衔，比江忠浚的道员衔矮一头。听了江忠浚的话，很不高兴，心里话：强龙不压地头蛇，你一个土包子在老子面前装什么大头蒜？你们江家人丁兴旺，但是架不住打一仗，死一个，想想吧，江忠源和江忠济是咋死的？

话虽如此，但他不愿得罪对方，客气地拱手：“黄金亮。”

江忠浚不屑一顾地说：“嘁，老子以为是武林至尊呢。”

鸡石湾战略位置十分重要，失去它整个永福难保；永福不保，那么临桂县就必定落入李文茂的虎口，以后到哪儿募集团练、蒙骗军饷去？汪亚景忍了又忍，劝道：“江观察，黄金亮并非孤军一支，后面便是大成军的精锐。他们对桂林城志在必得，来势汹汹，不可不防。现在省城戒严，鸡石湾不容有失，你我还是小心为妙。”

“娘巴伢，”江忠浚骂了一句，用刀一指，“老子能怕他姓黄的？”

江忠浚不听劝阻，打开寨门迎敌，与黄金亮战在一处。这二人是老对手，你使一招“姨娘洗脸”，他来一式“肥猪拱泥”，打了一个不亦乐乎，五十回合战罢未分输赢。汪亚景在城头坐卧不宁，心想既然被江忠浚拖下浑水，倒不如一鼓作气，争取在李文茂大军到达前，先吃掉黄金亮这股冒进之师。打定主意，他当即擂响战鼓，命永福团练和临桂团练全面出击，将黄金亮的人马团团包围。

如果放在平时，黄金亮寡不敌众，早就提前撤出战阵；但今天不一样，他不愿意被大成国将士看轻，于是挥刀喝喊：“弟兄们，别给老子丢脸。”

两军对垒，打仗凭的是一口气。黄金亮的手下并非英勇无畏，然而人人咸知李文茂的王驾在后面不远，因此众人一点儿也不气馁，齐声高呼：“杀鞑子，杀鞑子。”

江忠浚跟随哥哥江忠源南征北战，算是死人堆里爬出来的老将，见此情景暗自心惊，明白啃到了一碗夹生饭。怎么办？撤，还是战？正当他犹豫不决，忽听惊天动地一声炮响，东西方向斜刺里杀出两支敌军，像两把尖刀一样，瞬间将清军阵营撕裂开来。

时近黄昏，江忠浚放眼望去，鲜红的战旗如同血染一般，映红了大地山河，到处都是红巾在跳跃。他不禁有些发愣，庐州城陷的那一幕仿佛重回眼底，这群头缠红巾的汉子，到底是信奉红毛教的太平军，还是膜拜少林五祖的洪家兄弟？

打下去死路一条，撤退又丢面子，江忠浚左右为难，犯了魔怔。汪亚景冲到近前，急得满脑子是汗，吩咐江忠浚旁边的扈从："把你家主子架起来，快跑吧。"

那名扈从呆呆地问："回寨子？"

"放屁，"汪亚景骂道，"那不是送死吗？"

汪亚景掩护江忠浚，哥俩一口气奔出三十里，这才摆脱大成军的追击。李文茂在鸡石湾休整三日后，命黄二留守，然后率大军水陆并发，进抵苏桥圩。廖鸣盛率三千"临义堂"兄弟在相思江边迎接，带来大批军粮作为献礼，同时还带来了一个消息——江忠浚兵败被革，接替他指挥清军和团练的不是别人，正是李文茂的"徒弟"潘其泰。

一条相思江，横贯柘木渡、会仙镇和苏桥圩，哪一个名字不是心头的痛？哪一个名字不是极力想淡忘？潘其泰虽然与自己没有师徒之份，却有师徒之实，十二年前，正是他陪同自己埋情相思江、魂断龙头峰。

是夜，李文茂把廖鸣盛召入大帐，问道："其泰不是在平乐府吗？"

潘其泰的果勇在粤西清军中首屈一指，是劳崇光手里最后的王牌。考虑到潘其泰和李文茂之间的渊源，劳崇光一直将果勇放在东线作战，避免和西线的李文茂发生接触。这次李文茂兵伐桂林，劳崇光万般无奈，不得不调他到苏桥圩，协助蒋益澧防守桂林。

廖鸣盛低下头："可能是刚调过来的。"

李文茂问："鸣盛，你说他能迷途知返吗？"

"这个说不准。"廖鸣盛小心翼翼地说，"王爷，其泰打仗很有一手，朱总瓢把子和黄金亮都在他手里吃过亏，手上沾满了洪家兄弟的血。变节一次是贰臣，变节两回就是小人了，即便他愿意投靠过来，谁还看得起他？"

李文茂明白了廖鸣盛的潜台词，叹了口气："本王明日好言相劝，倘若他执迷不悟，吾当割袍断义，斩其首级。"

次日午时，两军在相思江畔列阵。以潘其泰为首，江忠浚、汪亚景、阳胜元等清军将领纵马来到阵前，只见对方中军高高挑起一面六丈高的大纛，上书“平靖王”三个大字。大纛的周围是六面猎猎战旗，左边是厚土勾陈旗、烈火朱雀旗、九瓣飞肩兰花旗，右侧为琼花旗、凤凰旗、玉蝉桃花旗。大纛旗下众将簇拥着一人，见此人头戴夫子盔，飘洒雉鸡翎，身穿黄金大叶龙鳞甲，胯下“赤炭火龙驹”，掌中一杆“虎头皂金枪”，威风凛凛，英武雄伟，亚赛天神下凡一般。

潘其泰默思良久，把令旗交给汪亚景：“亚景兄弟，本帅给你一支军令，无论前面发生了什么事，你部均不许出战，给潘某死死守住寨门。”

行军打仗未思胜，先思败，江忠浚和阳胜元等将领颇有些看不起潘其泰，只有汪亚景明白潘其泰的苦衷，他接过令旗：“遵令。”

潘其泰摘去头盔，卸掉战甲，穿了一身青袍骑马来到战场中央。跳下马后，“扑通”一声跪倒在地，恭恭敬敬朝李文茂磕头：“师傅在上，徒儿见礼了。”

李文茂抬手示意：“起来说话。”

潘其泰趴在地上，泪如雨下：“师傅，自从你在龙头峰三刀六洞发下誓言，小的就像没了娘的仔，无依无靠，受尽了欺负。要是早知道你老人家会重出江湖，风云再起，打死小的也不会投降朝廷，被人骂作不忠不义。”

“过去的事不怪你，”李文茂洪亮的声音回荡在两军阵前，“今日本王顺天行道，讨伐鞑虏，大军势若雷霆，尔犹然不知反悔，欲以卵击石否？”

廖鸣盛预料果然不差，潘其泰带着哭腔道：“徒儿自知不是师傅对手，但你老人家曾经教导过做人须知恩图报。抚台大人在危难时救过徒儿一命，徒儿假如这次背叛了他，那不成了反复无常的小人，今后还有何面目立于人世？”

李文茂一生喜欢的是硬颈汉，见潘其泰心意已决，拔刀割去一截袍袖，掷地喝道：“从此以后你我恩断义绝，两不相欠。”

李文茂声震四野，当众割袍断义，是为了表示光明磊落，不愿用计消遣潘其泰，并替潘其泰在清军容身着想。潘其泰心里像明镜一样，翻身上马：“师傅，徒儿投桃报李，最后尽一次孝心——我决意撤离会仙镇和大湾两处营盘，把相思江让给你。今后两军对垒，你老人家千万不要客气，死在师傅的手里，徒儿绝无怨言。”

李文茂摆手：“好自为之。”

潘其泰依依不舍返回军中，立即下令：“全军回寨，没有军令不许出战。”

江忠浚在鸡石湾打了败仗，撤了官职，心里一百二十个不服气，见潘其泰畏葸避战，而且要把会仙镇和大湾两处军营拱手相让，顿时火冒三丈，质问道：“潘都司，你把相思江白白送给会党，我们将来怎么运兵？怎么和东线的臬台大人联络？”

阳胜元对潘其泰这个做法也产生了怀疑，问：“都司大人，这么干恐怕不妥吧？”

楚勇自恃曾经和太平军交过手，来到粤西飞扬跋扈，潘其泰早就看不顺眼。他把令旗高高举过头顶，不屑一顾地说：“败军之将，不可言勇。本帅奉抚台和臬台大人之命督军，见官大三级，胆敢不遵号令者，杀无赦。”

俗话说打人不打脸，骂人不揭短，潘其泰这句话太狠了，直接捅江忠浚的肺管子。江家人都是憨脾气，江忠浚气得暴跳如雷，挥舞长刀冲了出去，一边狂奔，一边咆哮：“呔，不要命的红匪，来一个有本事的，跟你家爷爷大战五百回合。”

楚勇皆为子弟兵，见江忠浚上阵搏命，纷纷呐喊助威。阳胜元也全身披挂，手持弓箭观敌瞭阵，这家伙是一个神箭手，惯于偷袭制胜。汪亚景知道他在寻找下手的机会，心口“怦怦”一个劲地跳，担心地问：“都司大人，怎么办？”

楚勇狂妄自大，阳胜元以前不归自己节制，潘其泰尽管手里握有大令，对这些骄兵悍将也是无可奈何。好在他根本就没有指望江忠浚和阳胜元，向汪亚景摆了摆手：“算啦，天要下雨，娘要嫁人，由他们去吧，咱们只要守住寨子，即是大功一件。”

潘其泰对苏桥圩的防御下了大功夫，他把原来的寨子向后移动三里地，依托山形构筑了坚固的工事。前后挖了三道深壕，遍布蒺藜和鹿角，核心阵地还摆了二十来门佛山铁炮。临桂团练不善恶战，龟缩在工事里保命，汪亚景很满意，附和道：“对，咱们坐山观虎斗。”

江忠浚讨敌骂阵，惹恼了大成军诸将，“大花面锦”一马当先，与他战在一处。别看老爷子年纪大了，身手却依旧利落，三十回合斗罢，“大花面锦”

一招金鳌劈舟，单头棍击中江忠浚的右肩。江忠浚疼得“哎呀”一声，鲜血从嗓子眼里喷出去，身子在马上摇了三摇，晃了三晃，险些丢掉手里的长刀。

大成军将士齐声喝彩：“好棍法。”

“大花面锦”洋洋得意，抱拳谦虚：“不行啦，老了。”

阳胜元手里扣了一支兔儿箭，暗中观察动静，见“大花面锦”半个身子侧过来，知道机会来了。这厮立刻张弓搭箭，铆足了气力射出去。那箭势大力沉，速度极快，“嗖”的一声破开“大花面锦”身上的铠甲，正射中他的左腰。

“大花面锦”摔落马下，“伯爷华”和廖鸣盛左右飞出，把他抢了回来。李文茂碍着武林至尊的身份，一般很少亲自动手，但阳胜元这次偷袭却惹恼了盖世英雄。李文茂弯腰取过神臂铁胎弓，搭上桃木白羽箭，拉弓如满月，使了七分气力，一箭洞胸，将阳胜元射落马下。

大成军喊杀震天，像潮水一样冲向敌军，江忠浚拼死逃回寨中，清军将领潘正万、龙光临和罗广源等人相继毙命，这一仗败得比鸡石湾还惨。

接下来三天，大成军发动猛攻，逐次攻克苏桥圩外围阵地，将清军和团练压缩在山脚下的堡垒里。第四天，大成军在清军东、南、西三面构筑工事，摆出一副打持久战的姿态。汪亚景来到潘其泰的营帐询问：“都司大人，二爷不是要攻打省城吗？干吗留在苏桥圩？”

潘其泰沉着脸，给汪亚景斟满酒：“吃酒，吃酒。”

汪亚景端起酒碗一饮而尽，发起了牢骚：“从前长毛围城还让人过正月，二爷倒好，没过十五就兴兵讨伐，这不是折腾人吗？”

李文茂手下将领多数出自红船，行军打仗遵循的是红船惯例——正月初一是“小散班”结束的日子，自然是开工的日子。当年太平军攻打桂林时值春末，跟过不过正月有什么干系？潘其泰夹起一只田螺，没有纠正汪亚景的牢骚，而是问了另外一个问题：“亚景兄弟，你看二爷的脸色由白转红，是一个什么征兆？”

汪亚景摸着头回答：“莫非痊愈了？”

潘其泰摇了摇头：“三刀六洞刺穿罩门，不可能痊愈。”

汪亚景一头雾水：“其泰兄，你到底想说啥？”

“没什么。”潘其泰开始回答他前面的疑问，“二爷是洪门之主，各大堂均奉其号令，不管是朱总瓢把子的升平天国，还是陈金刚的大洪国。大成国是‘洪德堂’的摊子，这副担子迟早要交给陈天义，这就是他在苏桥圩逗留不进的原因——二爷在等陈天义，好把攻打桂林的功劳让给陈天义。”

汪亚景叫苦：“照你这么说，陈天义一日不来，二爷就一日不走？”

潘其泰吸了一口田螺：“那还用说？”

汪亚景起身道：“他不走我走，我去平乐府。”

潘其泰问：“你想找陈见成拼命？”

汪亚景拔刀砍掉桌角，恨恨地说：“此仇不报，非丈夫也。”

“算啦，陈天义兵强马壮，水军尤其厉害，你的团练不是对手。”潘其泰劝道，“你莫不如留在苏桥圩据险固守，只要你不出寨子挑衅，二爷就不会打你。等我走后，主帅这把交椅就是你的，不听人磨牙，不替人跑腿，何乐而不为？”

汪亚景惊讶地问：“你去哪儿？”

“我打了败仗，又丢了大湾和会仙镇两处军营，上面能饶了我？”潘其泰苦笑，“江忠浚回去必定向蒋益澧告黑状，他们合穿一条裤子，潘某在劫难逃。”

“姓江的还有脸告黑状？”汪亚景嚷道，“要不是他违抗军令，咱们能输得那么惨？”

潘其泰脸上乌云密布：“江家人多势众，在湘军根深叶茂，蒋益澧年纪轻，根基浅，没有人待见，绝对不敢轻易得罪他，还不是他说什么是什么？”

江忠源号称湘军之父，江氏兄弟、刘长佑、刘坤一这支楚勇独来独往，连曾国藩都不放在眼里，更别提蒋益澧。汪亚景不禁替潘其泰担忧起来：“其泰兄，要不，你马上回省城面见抚台大人，把这里的情况给他说清楚。”

“没用，”潘其泰摇了摇头，“眼下桂林城防空虚，我这三千人马不济事，全靠六千多湘勇支撑危局，抚台大人把军权交给蒋益澧，哪好意思再说三道四？”

临桂团练总数高达三万，可惜在官府眼里是乌合之众，只能守城，不能野战。汪亚景心里涌起一股无名火，埋怨潘其泰：“你也是，平白无故授人以柄，干吗把大湾和会仙镇两处军营让出来？相思江水路被切断，蒋益澧雪上加霜，能不治你的罪？”

平心而论，李文茂统率的大成军锐不可当，大湾和会仙镇两处军营迟早会陷落，因此潘其泰主动放弃外围阵地、集中兵力防守苏桥圩也算说得过去。当然，潘其泰之所以这么做，还有一层试探李文茂心迹的意思——这一步棋味道极其诡秘，在军事范畴之外，却有可能决定战争的胜负，不宜对汪亚景明言。潘其泰突然发出怪异的狞笑："潘某不怕丢乌纱帽，最好上面把潘某的头壳摘了，省得我猪八戒照镜子，两头不是人。"

汪亚景正要说话，忽然，一名扈从进来禀报："都司大人，来了一名差官。"

潘其泰紧张地问："哪个衙门口的？"

扈从回答："从柘木渡军营来的。"

蒋益澧挂的是按察使衔，驻扎在柘木渡，来使应该是传达他的军令。潘其泰脸上的肌肉不觉抖动了一下，向汪亚景施以大礼："兄弟，万一，我是说万一，这次如遭不测，请你照顾我在桂林城的家眷，潘某九泉之下感念恩德。"

汪亚景慌忙搀扶："其泰兄，此话怎讲？"

"搁在往常，潘某这点儿事罪不至死，"潘其泰长叹一声，"但现在是非常时期，大成军东西两路夹击桂林，我军实力不济，军心不稳，蒋益澧一定会从严治军。众所周知，我和二爷过去有那么一段交情，大敌当前，宁可信其有，不可信其无，什么事都有可能发生。"

人在屋檐下，焉能不低头？蒋益澧等湘军将领手握杀伐大权，可潘其泰偏偏是茅坑里的石头又臭又硬，不但不给江忠浚面子，而且公然将大湾和会仙镇拱手相送，这不是番薯跌落灶，自找倒霉吗？汪亚景摇头叹息，不知道该说什么好。

来人名叫蒋泽春，挂的是知县头衔："潘都司，蒋大人有请。"

潘其泰叮嘱汪亚景："记住我的话，哪怕天塌下来，也不要出寨迎战。"

"我知道，我知道。"汪亚景心里很不是滋味，"其泰兄，后山有一条小路，可以安全抵达柘木渡，平日少有人走，就是路绕得远一些。"

从后山走小路绕个大圈子，差不多快到了桂林城下，汪亚景的潜台词仍然是劝他找劳崇光疏通。潘其泰断然拒绝："生死由命，富贵在天，潘某偏走江边这条路。"

正月的相思江，没有雨，没有雪，只有刺骨的寒风，将黄昏的斑斓无情掩埋。蒋泽春是一个白面书生，打马在相思江北岸，未免心惊胆战："潘都司，江面上皆为红匪扒船，随时可能登岸——这条路近便是近便，只是太危险了。"

潘其泰淡淡地说："潘某都不怕，你怕什么？"

蒋泽春打了个哆嗦，潘其泰不是善茬子，心机很深，最好还是别招惹这个魔头。他打量了一眼周围的湖光山色，故作轻松地吟了两句诗："孤峰裁做纷乱意，一片相思无尽头。果然是佳山佳水，可惜现在不当时令。"

潘其泰勒住战马："蒋明府，你说什么是好时令？"

蒋泽春思忖道："应该是春暖花开，夏日草长，秋季衰黄，亦无不可。"

蒋泽春一口气说了三个季节，显然是敷衍。不过潘其泰没嫌他啰唆，反而夸赞："明府不愧是读书人，一语中的，相思江一年四季确实俱有妙处。"

蒋泽春问："妙处在哪里？"

"不在树，不在塘，不在岛，不在水，"潘其泰指着六十四峰，"而在山。"

蒋泽春仔细瞅了一会儿四周的山势，没有看出什么特别之处，狐疑地问："都司大人，粤西孤峰遍地，此处的山有什么不同吗？"

山不在高，有仙则名；水不在深，有龙则灵。相思江的渔火，因为一段可歌可泣的爱情而不灭；相思江的孤峰，因为一套盖世无双的剑法而永生。这是深藏于潘其泰心头的秘密，如何对外人言之？他仰天长啸，下马拔剑起舞，曲子阴晴不定，声音忽高忽低：

闻击柝，鼓三更，只见江枫渔火照住愁人。
几度徘徊思往事，劝娇不该好痴心。
风尘不少怜香客，罗绮还多惜玉人。
你话烟花谁不贪豪富，
做什么你偏把多情向往小生，
况且我穷途作客囊如洗，
就是掷锦缠头我都愧未能。
记得填词偶尔写个段胭脂井，

含情相伴你对着盏银灯。
你细问我曲中何故事，
我把陈后主个段风流讲过你闻。
讲到兵困景阳家国破，歌残玉树后庭春。
…………

这首《客途秋恨》成就了“相思剑”法，多年来一直在潘其泰的耳际萦绕，每每想起李文茂演练六十四式剑法的英姿，他都情不自禁吟唱这首曲子。说来也怪，这首催人泪下的曲子竟如同一本武林秘籍，蕴藏着取之不竭的奥秘，潘其泰每唱一次，便能得到新的武学体悟。今天夜里重渡相思江，尽管六十四峰模糊不清，但他仍然思如泉涌，良有所得。

人非草木，孰能无情？尽管潘其泰从小就混绺子，练出一副随风倒的铁石心肠，但追随李文茂的那些日子，着实受益无穷，既大大增长了功力，又受到了英雄气概的熏陶。如今苍天无情拨弄，要他和心中最崇敬的那个人刀枪相见，真是情何以堪？

蒋泽春不清楚他的心理活动，劝道：“都司大人莫要伤感，胜败乃兵家常事，只要你把事情一五一十给臬台大人说清楚，没什么大不了的。”

“蒋明府，在下实在是难啊。”潘其泰满脸委屈，“二爷对我有恩，今日反目为仇，江湖上的人骂我忘恩负义；抚台大人对我有德，眼下流言蜚语，说潘某弃守大湾和会仙镇，辜负了抚台大人，是心怀二意的乱臣贼子，恨不得立刻拿刀劈了潘某。”

江忠浚到蒋益澧面前告黑状，提出的建议就是斩草除根，灭掉潘其泰满门。蒋泽春被潘其泰的话刺得头皮发麻，假装诧异道：“不可能，不可能，即便是有人进谗言，都司大人乃国家栋梁，臬台大人正要借重，岂能干出那些令亲者痛、仇者快的事情？”

“哈哈。”潘其泰放声狂笑，然后慢悠悠地问，“是不是有人向臬台大人进言，潘某人可能抗命不遵，因此特意让你这位知县大老爷当使者，诱潘某入彀？”

潘其泰好像长了一双千里眼，把江忠浚和蒋益澧之间的盘算看得清清楚楚。蒋泽春吓出了一头冷汗，急忙撇清：“都司大人，这话可不能乱说。”

“老子送上门来了，你怕个屌？”潘其泰冷冷地说，“潘某人混江湖的时候，蒋臬台还在穿开裆裤呢，头壳掉了碗大个疤，眨一下眼珠就不是父母养的。实话告诉你，要不是潘某一家老小押在桂林城，老子真想重投二爷麾下。”

蒋泽春抹了一把汗：“都司大人，听说二爷对你不薄。”

“那当然，”潘其泰挥刀劈下，“潘某这身本事就是他教的。”

蒋泽春试探地问：“既然你知道江忠浚对你不利，为何还要冒险去柘木渡？”

“二爷天下无敌，没人能挡得住他。”潘其泰把刀插入刀鞘，“桂林城迟早被打破，早死和晚死都一样，潘某死在柘木渡，还能落一个忠臣的名声，明白吗？人活一世，草木一秋，名声最要紧，老子当了一回叛贼，不能再当第二回。”

饶是蒋泽春读过万卷书，仍然被潘其泰绕得头晕脑涨，暗暗竖起大拇指。潘其泰不愧是有了名的滚刀肉，谁也摸不透他心里的真实想法。这时，前面已经到了会仙镇，一名跟随匆匆回来禀报：“镇子那边黑漆漆的，没有发现敌军。”

“红匪没有占领会仙镇？”蒋泽春十分吃惊，“不可能吧？”

潘其泰观察了片刻，仰天长叹：“二爷，你这不是放小的一条生路吗？”

潘其泰投刀入水，快马加鞭，举着火把来到柘木渡军营。下马之后将火把一丢，踏步闯入湘军大帐，见蒋益澧、江忠浚、段莹器等将领盔甲鲜明毕集一堂，似乎专候他一人来，于是抱拳发问：“臬台大人夜召潘某，有何军务？”

蒋益澧二十五岁官至按察使，可谓年少得志，倒退五年，这份际遇胜过张敬修。可惜由于太平天国和三合会起义，海内烽火连绵，清廷大开卖官买官之门，连淫贼贝尘鹤都弄了一个按察使的顶戴，你说这个官还能值多少钱？

说起来，蒋益澧和潘其泰倒有几分相似——哥俩都是从小混江湖的出身，都是砸不烂的山里核桃性格，都是粗中有细的头壳，深得士兵拥戴，却不为同僚所喜。湘军大佬中，曾国藩和胡林翼两位进士不喜欢蒋益澧的江湖气，唯独左宗棠这个举人对他另眼看待。蒋益澧是个浑身毛刺的刺猬，除了罗泽南和王鑫外，其余的同僚他均不放在眼里，鲁港之役和李续宾闹了意见，回到家里赋闲。东方不亮西方亮，凡是曾国藩和胡林翼不喜欢的湘军将领，骆秉章和左宗棠偏偏予以重用，蒋益澧因祸得福，弄了个按察使的虚衔来粤西作战。

听潘其泰阴阳怪气，蒋益澧怒不可遏，“啪”地一拍桌子：“姓潘的，你打了败仗，尚且如此托大，难道不怕本臬台军法处置吗?”

潘其泰指着江忠浚：“他也打了败仗，你怎么不处置?”

江忠浚道：“姓李的强悍难敌，老子尽了力，流了血；而你和他眉来眼去，拱手将大湾和会仙镇两座军营奉送，我看你是身在曹营心在汉。”

蒋益澧目露凶光：“你怎么解释?”

“哼，”潘其泰昂起头，“欲加之罪，何患无辞?”

蒋益澧一愣，随即放缓语气：“潘都司，你难道不为自己辩解吗?”

潘其泰吼道：“爷爷做事光明正大，堂堂正正，辩解个屌毛?”

“好，好，姓潘的，你比本臬台还混蛋。”蒋益澧被气乐了，吩咐刀斧手，“既然潘都司不愿意废话，那就赏他一碗板刀面。”

刀斧手上来抹肩头、拢二臂，把潘其泰捆了个结结实实，倒拖至辕门外，磨刀霍霍，正要开刀问斩。忽然，有人高声喊喝：“刀下留人。”

潘其泰懒洋洋地睁开眼一看，发现喊话之人是已革右江道张凯嵩，奇怪地问：“张大人怎么在这里？难道你也和姓蒋的穿一条裤子?”

“你这叫什么话?”张凯嵩一面叫人松绑，一面责备道，“粤西形势危如累卵，咱们大伙儿穿的是同一条裤子，不能再分彼此。我说潘老弟，你好歹替自己辩解几句嘛，当着那么多湘军将领的面，蒋益澧总要有一个台阶下呀。”

“丢他老母，”潘其泰破口大骂，“老子现在是破鼓万人捶，顶了个奸贼的帽子，谁看着都不顺眼。老子给他台阶，谁给老子台阶？用人不疑，疑人不用，他们湘军既然厉害，就让他们包打东西两路，老子还不伺候了呢。”

张凯嵩吓了一跳：“潘老弟，你万万不能撤伙，大伙儿指望你哩。”

“开什么玩笑，”潘其泰撇着嘴，“谁会指望我?”

蒋益澧大步跨出中军帐，来到潘其泰面前“扑通”跪倒在地，诚恳地说：“李文茂和陈天义皆当世枭雄，本军兵微将寡，实难抵挡，桂林城能否保全，全靠都司大人了。”

蒋益澧前倨后恭，把潘其泰弄了个丈二和尚摸不着头脑，慌忙把蒋益澧扶起来："臬台大人不治潘某私通红匪的罪了？"

"哈哈，"蒋益澧朗声大笑，"你孤身来到柘木渡，连刀都不带，如此耿介之士，怎么可能是反复无常的奸贼？当然了，好人不长寿，祸害活千年，凡是烈性子的人俱活不长久，前有江岷樵，后有王璞山，你我须引以为戒，多偷生几日，别便宜了这个贼世道。"

岷樵是江忠源的字，璞山是王鑫的字——后者去年操劳过度死于江西，蒋益澧曾经在他的帐下从征岳州，捞取了人生第一桶金。蒋益澧这番话不但引潘其泰为知己，而且有奉承他为当世第一流将才之意，潘其泰听得很舒服，不知不觉消了怨气，随众人进帐重新落座。

"各位，"蒋益澧端起一大碗酒，"咱们这些人姥姥不疼，舅舅不爱，被发落到粤西的危局中受苦吃罪，实在没有闹生分的本钱。李、陈二贼合计精兵三万，咱们只有六千湘勇和三千果勇算得上是生力军，那些团练朝三暮四，根本靠不住。要想守住桂林城，击败红匪，只有精诚团结一条路。兵法云置之死地而后生，倘若咱们弟兄奋力拼杀，借助各种机缘，击败了当今武林至尊，那该是多大的一份荣耀？"

习武之人，谁不梦想击败武林至尊？但是想归想，你得有那个本事。段莹器仔细咂摸蒋益澧话里的每一个字，疑惑地问："臬台大人，什么机缘？"

蒋益澧和张凯嵩互相看了一眼，指着潘其泰说："都司大人便是机缘。"

潘其泰心头一动，仍然不动声色："潘某何德何能，敢劳臬台大人如此看重？"

"李贼虽为武林至尊，但并非不可战胜。"蒋益澧道，"机缘即取胜法宝：第一个是红毛鬼子的战舰和火炮，第二个就是最熟悉他的人。本帅已经知会江藩台和昆军门，请他们多多采购火器和雇用鬼子火船，合击陈天义，平定东路之贼；至于西路嘛，尚乞都司大人费心。"

江忠浚、段莹器等湘军将领正为无法战胜大成军而发愁，听到"红毛鬼子"这四个字，几个人顿时眼珠发亮："对啊，鬼子的家伙好使。"

"姓李的是洪门之主，一日不除，则两粤一日不宁。"蒋益澧双手抱拳，"潘大人，明天张道台去粤东，要什么尽管开口，我等一定竭尽全力，满足你的要求。"

第一百八十五回　五板三年

平乐府以南为大成国辖境，张凯嵩打扮成病人模样，只带了一名亲随，乘坐客船，于正月二十九抵达封川。当时洪门正与广东官军、团练在岐山口、大洲、工律、石畔一线激战，江国霖和昆寿分别统率水陆两军赶来支援，中军大帐设在县衙旁边。听说张凯嵩冒险来送信，昆寿和梧州已革知府陈瑞芝赶到江国霖的大帐，打探粤西官军的动静。

张凯嵩掏出两封书信，一封是劳崇光给江国霖的，一封是蒋益澧给昆寿的。江国霖和昆寿分别看完后，互相瞄了一眼，谁也没有说话。肇庆已革知府史朴是江国霖的心腹，暂时代理指挥西江江面的广东水师，他皱着眉头说："张道台，你来的时候也看见了，眼下封川各地日日交战，几乎没有一刻得安宁。原先只有西江水面大成国一股敌军，自从陈金刚在怀集建号称王，又多了一股陆路大洪国的贼寇。大成国这一路红匪极为凶悍，领头的是安国侯李阿发，张参军被他用刀砍成了残废，骑不了马，只能坐轿子，怕是活不了几天啦。"

张凯嵩左右扫视，这才发现屋内将领济济一堂，唯独缺少了本地的地主张十五仔。封川这两年之所以能得以保全，全赖张十五仔舍生忘死的拼杀，他心里一惊："真的吗？"

封川和梧州地域接壤，这几年陈瑞芝没少得到张十五仔的支持，两个人结下了患难之交。他伤感地点了点头："没错，张道台，参军老爷受伤不轻。"

江国霖这时开口问："张道台，听说李贼已经杀到了苏桥圩？"

张凯嵩回答："是啊，劳大人食不甘味，夜不能寐。"

"我们的日子也不好过。"江国霖道，"广州现为红毛鬼子所侵，本军进退失据，两面受敌，自顾不暇，粮草和军械都成问题，暂时没有余力援助你们。"

张凯嵩脑袋里"嗡"的一下，急忙陈情："江大人，粤西经年用兵，饷竭兵疲，桂林城内只有两万多绿营和临桂团练，根本不是李贼的对手。"

昆寿在旁边插嘴："不是还有湘勇吗？"

张凯嵩解释："湘勇集中在平乐，蒋臬台的意思是先击败东线之贼，再与李贼决战。"

"说得好听，我看他是柿子拣软的捏。"昆寿尖刻地说，"两粤官军南北合击红匪，说起来容易办起来难，姓蒋的不会是让江大人和本军门替他拉磨吧？"

张凯嵩绝望至极："两位大人，假如你们不出手相救，桂林城危矣。"

"要说粤东一点儿余力没有，那也不是实情，"江国霖的语气突然来了一个大转弯，"只是这场决战非同小可，本官须请制台大人的谕令。"

昆寿道："真刀真枪地干，我军绝非红匪的对手，要想取胜唯有仰仗鬼子。如今中外一体，亲如一家，本军门即刻派人向樛克德纳将军和抚台大人请命。"

说话听声，锣鼓听音，张凯嵩是官场老油条，明白江国霖和昆寿貌合神离，暗中斗法。此事非同小可，张凯嵩吓出一身冷汗，不敢再多说一句废话。

吃罢饭，张凯嵩回客栈休息，关起门谢绝各路探访，闷着头想主意。他此行身担重托，如果搬不回救兵和鬼子火器，有何面目去见劳崇光、蒋益澧？自己这个右江道也别干了。过了五天，张凯嵩打听到江国霖和昆寿离开县城去前线督战，便悄悄离开客栈，走进县衙。

县衙后院有一个花厅，张十五仔上任后在旁边另辟了一个园子，供家眷居住。衙役把张凯嵩领到园子中的浣花亭，亭子上书一副对联，笔迹龙飞凤舞，优雅柔媚，上联是“海国神仙寻白石”，下联为“汉京人物剩青山”。

这幅对联取自郑献甫的一首诗，为两年前老夫子避难封川时创作。那首诗接下来的是“他乡权作吾乡看，天未平飞一鸟还”两句，张凯嵩心情落寞，不由被诗句勾起愁绪。衙役唱了个喏：“大人权且在此吃茶，我家老爷马上就到。”

张凯嵩支应了一句，心不在焉地抄起茶碗，兀自在琢磨江国霖和昆寿之间的关系。这两个人各统水陆两军，表面上井水不犯河水，实际上却代表着两股截然不同的势力——江国霖代表了以两广总督黄宗汉为首的主战派，要求对红毛鬼子强硬；昆寿代表了穆克德纳和柏贵为首的主和派，要求与红毛鬼子紧密合作，共同镇压大成军。

主战派目前得到上上下下的支持，可惜主张的人多为汉臣；主和派虽然有汉奸之嫌，但主张者多为满蒙贵亲。最可怕的是咸丰皇帝皮里阳秋，大要骑墙派的手腕，对两派势力进行平衡，看起来好像一个经验丰富的智者，其实毫无定见，混得一时是一时。

张凯嵩边啜茶边想心事，一晃过去了大半个时辰，张十五仔仍未露面。眼看日头偏西，张凯嵩心生愠怒，拍案而起：“你家老爷好大的架子。”

话音刚落，有人在竹篱外应道：“张观察好大的火气。”

张凯嵩回头一看，只见张十五仔坐在一辆独轮车上，被衙役从竹篱外推了进来。张十五仔脸上毫无血色，看来史朴和陈瑞芝所言非虚，他连忙站起身来：“参军老爷久历江湖，足智多谋，兄弟有心结未开，请多多指点。”

张十五仔开门见山：“张某变节失义，今遭天谴，大人还要在下手上沾血吗？”

张凯嵩反问：“事已至此，参军老爷能回头吗？”

“回头？”张十五仔喃喃地说，“谈何容易。”

张凯嵩道：“不瞒参军老爷，张某奉劳大人和蒋大人之命来粤东搬取援兵，谁知江大人和昆军门言语模糊，互相推诿，要说能打都说能打，要说不能打都说不能打，实在分不清哪一尊是佛，哪一尊是菩萨。事关粤西战局，兄弟不得不慎而又慎，特来问计。”

张十五仔面临着与潘其泰同样的困境，不同的是他手上沾染洪家兄弟的血更多，根本没有回头路可走。张十五仔长叹一声：“在下一介朽木，哪有那么大的本事？也不想多作孽。张观察，我给你请了一位明白人，他能帮你的忙。”

张凯嵩好奇地问：“哪位高人？”

张十五仔把手一扬：“大公子，出来吧。”

从竹篱后走出三个人，前面那位虎头豹眼，器宇轩昂，一身冲锋陷阵的武将打扮；后面两位身形羸弱，腰别羽扇，看起来好像是出谋划策的师爷。那员武将张凯嵩认识，他名叫陈登仕，江湖人称“生赵云”，是陈瑞芝的长子。

陈瑞芝是昆寿的人，让陈登仕来出主意，会不会得罪江国霖和史朴？看到他疑惑的目光，陈登仕弯腰打了一个躬：“张观察，梧州城是我们家的家底，夺不回梧州，陈家只能喝西北风。你也是一样，桂林城一旦被红匪拿下，你这个已革道员恐怕永无起复之日。你我同样的心思，都希望水师和陆师精诚团结，而且最好装备鬼子火炮，火力越强越好。”

一席话，说得张凯嵩精神振作：“大公子有什么好办法？”

“办法很简单，那就是既要当婊子，还要立牌坊。”陈登仕斩钉截铁地说，“江藩台和黄制台穿一条裤子，想拍当今圣上的马屁，恨不得一脚把红毛鬼子踢出广州城，当一个名垂青史的忠臣，想法是好想法，可惜办不到；昆寿昆军门便醒目得多，知道打不过红毛鬼子，干脆事鬼为父，只要把红毛鬼子溜须顺了，要炮有炮，要舰有舰，还怕什么红匪？你我的目的是收复粤西，所以要全力支持昆军门当汉奸，让他帮咱们糊弄红毛鬼子。”

张凯嵩一拍大腿：“我明白，鬼子火船是他弄的，他是汉奸，咱们不是。”

“对喽，”陈登仕赞道，“他本来就不是汉人，无所谓汉奸不汉奸，你我可不行。另外，广东水师在江藩台手里，咱们弄来鬼子火船和火炮，必须和他打交道，绝对不能得罪。”

陈登仕小小年纪就懂得脚踏两只船，看来也是扮猪吃老虎的老手，张凯嵩高兴了一会儿，突然发现了一个漏洞：鬼子，鬼子，他要是比人傻还能算是鬼子吗？你咸丰皇帝闹人格分裂，一方面派两广总督黄宗汉组织团练攻打广州，悬赏购买洋人首级；另一方面派广东巡抚柏贵协助洋人守卫广州，口口声声宣称中外一家，想骗铁甲轮船镇压大成军，拿人家当猴耍呢？

张凯嵩心里凉了半截：“大公子，红毛鬼子恐怕不好糊弄。”

“洋人要的是百依百顺的奴才，李文茂、陈天义和他们是死仇，他们应该会帮这个忙。”陈登仕显得胸有成竹，“咱们双管齐下——红毛鬼子倘若不痛快答应，就使用后手。”

张凯嵩问：“什么后手？”

陈登仕道：“张观察，潮勇闯荡天下，凭的是善于使用火器。别看我们家这两位师爷手无缚鸡之力，但都是火器高手，洋枪洋炮全能摆弄。他们哥俩替陈家采购军械，和香港岛的几位军火贩子交情甚密，什么张亚丞、谭亚才、卢亚贵、黄文汉等大佬全熟。”

张凯嵩肃然起敬，拱手问：“两位高姓大名？”

那位年长的师爷腼腆地说：“小的叫丁达夫，他是我七弟丁日禄。”

粤东风气天下先，潮勇、东勇等地主团练之所以崛起，在战场上屡立战功，无非是因为装备了洋枪和洋炮。丰顺丁氏贫寒衰败，和揭阳首富陈泰兴家族能够搭上关系，主要靠丁家老六丁日昌居中为纽带。丁日昌有点儿像何淡如，腹有怪才，考中秀才后放浪不羁，要么替人写状纸打官司，要么在科场替人捉刀，人称“丁师爷”。由于和陈瑞芝的三公子陈登榜意气相投，为莫逆之交，丁日昌便成了陈家的座上客，受到陈家的大力资助，声名鹊起。丁家这哥几个先后跟着陈家兴办团练，有的当师爷，有的造火器，均历练出一身实用的好本事。甲寅年起义中，丁日昌协助官府镇压“洪义堂”旗下将领吴忠恕立了功劳，被任命为琼州府学训导，去年升为江西万安知县。

张凯嵩问：“莫非两位会修理洋枪？”

丁达夫和丁日禄腼腆地点了点头。

“洋枪算什么？”陈登仕很不以为然，“洋炮都没问题。”

张凯嵩大喜过望：“两位先生，能不能弄几位鬼子火船上的旋转炮？”

丁达夫疑惑地问：“道台大人，你要旋转炮干什么？”

旋转炮是潘其泰提出的唯一要求，蒋益澧对此十分重视，向张凯嵩下令，哪怕借不来红毛鬼子的铁甲轮船，也必须给潘其泰弄几门旋转炮。这是对谁都不能透露的军事机密。张凯嵩敷衍道：“铁炮太笨重，不方便携带，不能调节射程，还经常炸膛。”

“哦，是这样？”丁达夫道，“旋转炮通常安装在船上，陆地使用的话应该用短炸炮，就是大伙儿常说的田鸡炮，打的是开花炮弹。旋转炮和田鸡炮属于前膛炮，红毛鬼子最新搞出一种后膛炮，威力惊人，叫阿姆斯特朗炮。”

丁日禄补充说："法国鬼子有一种拿破仑炮也很厉害，绰号叫法国大狗。"

张凯嵩头晕脑涨，问："这几种炮都比旋转炮火力强？"

丁氏兄弟同时点头："嗯。"

"好，"张凯嵩急切道，"你们帮忙弄六位炮，加强桂林城防的火力。"

张凯嵩一会儿说方便携带，一会儿又说要把火炮架在城墙上，言语前后不一。陈登仕之所以愿意和张凯嵩合作，目的是想利用他作为劳崇光、蒋益澧代表的身份，对黄宗汉、江国霖施加压力，逼迫他们同意调动广东水师主力参加梧州会战。他懒得过多追问张凯嵩买炮的内情，便一口应承："火炮不是问题，张观察，粤西属于黄制台的辖境，他有守土之责。江藩台对黄制台言听计从，你马上修书一封给制台大人，把粤西的形势夸张得越严重越好。"

张凯嵩一脸苦笑："本来危在旦夕，还用夸大其词？"

"这就对了嘛。"陈登仕道，"红毛鬼子肯定打不过，何必打肿脸充胖子？莫不如大家齐心协力灭掉红匪，以绝后患。红毛鬼子来了最多当汉奸，你我照样吃香喝辣；穷棒子造反可不得了，粤西那么多缙绅之家都被洗劫一空，老爷不是老爷，奴才不是奴才，成何体统？"

陈登仕和张凯嵩一拍即合，做了分工：前者负责做昆寿、柏贵和穆克德纳的工作，后者负责向黄宗汉和江国霖等主战派官吏施压。第二天是春分，大家特地喝了一碗春菜汤，然后乘船东下，不一日越过昆都山，来到佛山堡。望着熙熙攘攘的正埠码头，陈登仕眼里充满了羡慕的神情："梁三爷不愧是老江湖，一手托三家，洪门、官府、红毛鬼子竞相笼络，要风得风，要雨得雨。张观察，上个月朝廷颁发圣旨，要求在籍三绅筹办粤东团练总局，这事你知道吗？"

自叶名琛被俘至今，两个多月过去了，黄宗汉依旧在赴任途中磨蹭，迟迟不肯进入粤东。咸丰皇帝对粤东官军失望至极，想起了当初反入城斗争胜利的辉煌，便把希望寄托在地方团练上，下旨给龙元僖、罗淳衍、苏廷魁三位在籍官吏，责成他们成立粤东团练总局，寻机收复广州。这个缺心眼的家伙病急乱投医，他也不好好想一想，反入城斗争的主力军是洪门，以叶名琛为首的广东官府杀了那么多的人，粤东百姓还会为清廷卖命吗？

张凯嵩困惑地摇了摇头："不知道。"

陈登仕神态郑重地说："张观察，咱们按说好的兵分两路——我去广州面见穆克德纳将军和柏贵大人，通过他们向红毛鬼子说项，争取借来鬼子火船和洋枪洋炮；你去佛山堡吓唬椿龄、王增谦和华廷杰，从'大魁堂'手里弄点儿银子。记住，最要紧的是在籍三绅，他们每个人都有给圣上、军机处写秘折的权力，黄制台和江藩台禁不住他们一吓。在籍三绅办理粤东团练总局，照样缺钱缺人，我估计这老几位正在佛山堡跟梁三爷泡蘑菇。你不是会写诗吗？正好去梁家的园子游历一番，和龙太常他们套套近乎，顺便渲染一番粤西的形势。"

张凯嵩恍然大悟，陈登仕这是要借龙、罗、苏三张大嘴吓唬咸丰皇帝，再通过咸丰皇帝逼迫黄宗汉和江国霖立即将广东水师投入梧州之役。这个计策绕的圈虽然大了一点儿，却是最有效的途径，张凯嵩不由得伸出大拇指："大公子文武双全，张某佩服之至。"

梧州城是陈泰兴家族翻身唯一的希望，绝境是磨炼人意志和智慧的钥匙，一举把陈登仕从猛将逼成了诸葛亮。他长长地叹了口气："林子大了啥鸟都有，大清国本来就良莠不齐，红毛鬼子和红匪祸害两粤，弄得人心支离破碎，你唱红脸，他偏偏唱黑脸。假如圣上养的个个是忠臣，咱们又何必求爷爷告奶奶，费这么大的劲？"

张凯嵩深有感触："对对，大公子言之有理。"

"大人，你下船后哪儿也别去，直接去梁九爷家——龙太常他们不在'汾江草庐'，就在'十二石斋'，肯定出不了这两个园子。"陈登仕道，"小心驶得万年船，凡事谨慎为妙，佛山堡是李、陈二贼的老巢，镇子里有不少他们的耳目。我把丁七爷留下来陪你，你们在镇子里务必当心，千万不要泄了自己的底，遭到红匪的暗算。"

张凯嵩悚然心惊："哎呀，你要不说，我差点儿忘了这一茬。"

陈登仕的判断极其精准——张凯嵩和丁日禄下了船，到正埠酒楼一打听，梁家果然在"汾江草庐"宴请宾客，龙元僖和罗淳衍都在。两个人雇了轿子，径直来到"汾江草庐"通报姓名，在门口等候的光景，张凯嵩问："七爷，大公子派你来佛山堡有何公干?”

“佛山堡有不少能工巧匠,一向在香港岛替鬼子做工,”丁日禄腼腆地说,“他们修理枪炮的本事比我们兄弟厉害得多,大少爷要我们花费重金,挖几个人走。”

张凯嵩惊讶:“鬼子枪炮制作精良,佛山堡的工匠有那么大的本事?”

丁日禄回答:“人家不但会修,还会造呢。”

张凯嵩感到难以置信:“不可能吧?”

“那当然。”丁日禄说,“粤东高人在广府,邹伯奇邹先生你知道吗?”

张凯嵩连连点头:“知道,知道。”

“从前十三行的人造水雷、火船、火炮,均聘用红毛鬼子来督造。”丁日禄道,“但人家邹先生道法高深,不管田鸡炮还是拿破仑炮,只要看一眼,拿尺子量一量,画成图纸,交给佛山堡的工匠便能造出来,威力丝毫不差。他自己做的摄影器巧夺天工,红毛鬼子自叹弗如,花大价钱想买,被邹先生一口回绝,你说厉害不厉害?”

张凯嵩疑惑地问:“官府为何不请他出山?”

“他是陈大老倌的师兄,谁能请得动?”丁日禄垂头丧气,“不瞒你说,前有张敬修张臬台,后有曾国藩曾侍郎,皆备重礼请邹先生为国效力,无不碰了一鼻子灰。邹先生和他师傅解元公同样的硬脾气,最烦的就是官场中人,经常骂当官的是汉奸。”

大清国被红毛鬼子打得一败涂地,无非是因为技不如人,火器和鬼子相差太远。从鬼子手里购买枪炮只能暂时应急,一旦翻脸不认人,到哪儿去弄这些东西?张敬修和曾国藩思虑倒也长远,只可惜失去了人格和威望,无力说服邹伯奇出山。张凯嵩悻悻地问:“难道没有别人会?”

“邹先生有两位高徒,一个叫孔继藩,一个叫冯焌光,都在佛山堡造过火炮。”丁日禄津津有味地说,“去年我六哥来粤东采购军械,就是孔继藩帮的忙。”

张凯嵩拍了一下巴掌:“咱们把孔继藩请出山也行啊。”

“没用,”丁日禄摇了摇头,“孔继藩最听邹先生的话,根本不可能走。”

张凯嵩不甘心地问:“那冯焌光呢?”

“他阿爸的案子审结了,”丁日禄道,“父子三人远在新疆。”

冯焌光的父亲不是别人，正是当年和张敬修、江忠源一起镇压太平军的冯玉衡。冯玉衡有一个名叫冯仲儒的族弟，立过堂口，和梁培友颇有交情。他领着招募来的南勇经过梧州城时，顺道与梁培友合作了几单盐船生意，结果被随行的仆役张福告发。由于牵涉到冯玉衡，这件案子极为轰动，在刑部前后审了五年，去年十月终于审结，冯玉衡被扣了一顶“知而不首”的罪名发往伊犁。冯焌光是有名的孝子，带着弟弟冯豫光随行伺候，并不在粤东。

有人才却不愿为朝廷效力，足见人心向背，张凯嵩闷闷不乐。不多时，梁应琨穿着一身华丽的戏装来到门口迎接，躬身施礼：“张大人，哪阵风把你老人家吹来了？”

张凯嵩怎么看，怎么觉得他身上的戏装别扭，笑道：“三爷，贵府有大戏看？”

“红船大老倌都去了柳州，还看个屌毛？”梁应琨丝毫不加掩饰，“乱世风云急，我们也是乌蝇耍灯草，寡妇弹棉花，请几个私伙局友拉拉唱唱，图个穷快活。”

张凯嵩拱了拱手，神情不觉有些落寞：“得了吧，三爷长袖善舞，日子过得比谁都熨帖。张某丢了庆远府，而今是丧家之犬，希望三爷行个方便。”

“哈哈，”梁应琨放声大笑，亲热地挽住张凯嵩的臂膀，“云卿老弟，梁某在朝廷眼里是一介横行乡里的劣绅，办不成啥体面事。不过，你自己家里要是缺银子花，尽管向老哥开口，一万、八千的不在话下，断不容风雅蒙尘，斯文扫地。”

张凯嵩长揖到地：“多谢三爷抬爱。”

“来来来，”梁应琨道，“张南山、谭玉生、陈兰甫、邹伯奇他们几个在石舫吃酒，龙太常和罗侍郎作陪，大伙儿吟诗作赋，醉眠花丛，不亦快哉？”

踏破铁鞋无觅处，得来全不费功夫。一听说邹伯奇也在“汾江草庐”宾客之列，张凯嵩不禁大喜过望，卷起袖子，做出一副乡野村夫的派头：“好，今天晚上不醉不归。”

红毛鬼子占领广州，柏贵和穆克德纳俯首称臣，这是比割让香港岛更大的耻辱。由于伍紫垣身上背着汉奸的嫌疑，众名流相继离开白鹅潭，搬到了邹伯奇的老家泌涌和附近的横沙。佛山堡的梁家成为他们经常雅聚之所，在籍三绅接到筹办粤东团练总局的圣旨后，大家精神振奋，全力支持他们招募勇丁，和红毛鬼子决一死战。

张维屏时年七十有九，耄耋之年被迫离家避难，心中悲愤难以言表。老爷子哆嗦着说："'十家九户闭柴荆，白昼巡街有鬼兵，八十老人谈异事，广州城里少人行'。叶名琛这些年荼毒苍生，戮百姓若鸡豚，畏洋人如猛虎，拱手将省城相让，真是遗害千年的大奸贼。"

中国近代精英分子陷于历史的旋涡而难以自拔，这个旋涡由双重激流造成——其一为红毛鬼子入侵所造成的空前文化危机，其二为下层民众起义所推动的剧烈社会变革。应对双重困境之前，清廷的精神阉割已经抽掉了精英阶层的脊髓，从而使这场应对和抗争始终显得力不从心。民众起义的时候他们拼命镇压，外夷入侵的时候又反过来求助于民众，这样的游戏能结出什么果实？

龙元僖和罗淳衍大年初一接到圣旨，立刻竖起招兵旗，谁知应者寥寥无几，一个多月的时间才有三千人报名，与从前那种动辄十万民众打鬼的盛况不可同日而语。许多百姓愤于官府的屠杀，不再抗拒侵略者，转而和红毛鬼子做起了买卖。这种民意的悄然流变，对龙元僖、罗淳衍等主持抗英斗争的大员来说，自是寒天饮冰雪，滴滴在心头。

梁应琨带着张凯嵩来到石舫，高声道："各位，来稀客了。"

龙元僖和罗淳衍一看是张凯嵩，立刻明白了他的来意，表面热情寒暄，心里却在感叹张凯嵩来的不是时候。果然，张维屏毫不客气地问："云卿，你来佛山堡，是办公还是访私？"

张凯嵩一愣："老世伯，公事怎么讲？私事如何论？"

张维屏板起脸："椿龄、王增谦、华廷杰俱在五斗口司衙门办公，公事你去纪纲街；'汾江草庐'乃清雅之地，可以吟诗作赋，不许谈论政务。"

张凯嵩苦笑道："晚辈斗胆问一句，佛山堡还是不是大清国的地面？"

"是大清国的地面，"张维屏硬邦邦地回答，"但是不奉汉奸衙门的谕令。"

对于饱读诗书的士子来说，广州傀儡政府给他们出了一道不折不扣的难题——说柏贵是大清国的地方官员吧，他却对联军委员会言听计从；说柏贵是汉奸吧，咸丰皇帝依然承认他的官衔，他依然以广东巡抚的名义发号施令，各级地方政权还不得不听。

这种政权分裂症剥夺了精英阶层仅有的尊严，难怪张维屏一见张凯嵩就来气。龙元僖不得不出面替张凯嵩遮掩：“粤西岌岌可危，张观察来粤东求援也是形势所逼。”

张维屏气咻咻地说：“形势所逼就能当汉奸？”

“世伯，人在官场，身不由己，你别难为云卿了。”罗淳衍道，“劳崇光和蒋益澧下令，他敢不乖乖听从吗？眼下的岭南，红毛鬼子、红匪、官军三足鼎立，以官军为最弱。若不借助红毛鬼子的战舰和火器，我们绝对打不过红匪，届时玉石俱焚，圣教何存？”

梁应琨插了一句：“会党和长毛不一样，对诗礼之教很是推崇哩。”

罗淳衍是一个侃爷，能言善辩，与当时的理学名臣倭仁齐名，有“南罗北倭”之称。他打心眼里瞧不起满身江湖味道的梁应琨，傲慢道：“三爷，戏子终究是戏子，不入流的角色。纵然李文茂贵为武林至尊，说到底打杀末技，懂什么诗礼之教？”

与奴颜婢膝的官吏和明哲保身的缙绅相比，洪家兄弟那才是铁骨铮铮、固守节义，李文茂和陈开更是闻名遐迩的打鬼英雄。面对罗淳衍的夸夸其谈，众名士皆默不作声，无人响应。梁应琨自嘲地笑了起来：“梁某不才，礼教尚晓一二，诗教那是丈二和尚，全然摸不着头脑。江湖人办江湖事，梁某主持‘大魁堂’，向来守的是江湖规矩：泥水佬开门口，过得自己过得人——巡抚衙门有令照样行，只要他们不横征暴敛；红毛鬼子买卖照样接，只要他们不动粗的；红船人唱大戏照样看，只要他们不扯旗造反。”

陈澧叹息：“小雅尽废，四夷交侵，还谈什么诗礼之教？江湖有规矩，红船歌忠义，这两样没什么不好。就拿红毛鬼子来说，奇技淫巧，制作器物多能造福于民。若非他们蛇蝎心肠，所到之处大力宣扬红毛教，我粤东士民也未必容不下他们。”

粤东团练总局前途堪忧，人、财、物三方面均有求于“大魁堂”，梁应琨万万得罪不得。官当得越大越迂腐，龙元僖对罗淳衍有些不满，张口来了一句：“有规矩比没规矩强。”

罗淳衍好高谈阔论，以清议著称；而龙元僖则行事沉稳，更具有实干家的气质，众名流对他的好感大过罗淳衍。谭莹饶有兴趣地问："愿闻大人高见。"

"如今庙堂变成了江湖，甚至不如江湖。"龙元僖毫不客气地说，"有些人大言仁义道德，一到危难时刻原形毕露，比小人还要无耻百倍。广州城里冠盖云集，红毛鬼子打进城池，文武官员竟然没有一个为国尽忠，只有李邑侯的正室三尺白绫自缢悬梁——'二十万人齐解甲，宁无一个是男儿'，圣贤书读到狗肚子里去了？"

罗淳衍脸上红一阵、白一阵，众名流也感到颜面无光，听龙元僖继续说下去："孔曰成仁，孟曰取义——越是到危难的时候，圣贤书越应该管用，做不到是我们心中没有定见。三爷把佛山堡治理得井井有条，红毛鬼子来硬的就跟他拼，来软的就和他做买卖，互通有无，买枪买炮，这才是真正的保全国家百姓之道，龙某佩服之至。"

得到龙元僖的夸奖，梁应琨心情稍微舒畅一些："红毛鬼子有好东西，咱们干吗不使？梁某对付红毛鬼子无非一条定见：讲道理可以，来硬的滚蛋。"

"这就对了嘛，"龙元僖不吝夸赞，"和红毛鬼子都能来往，为什么不能与红匪打交道？浔江眼下被陈天义控制，要是没有梁三爷和七市米户，咱们招募的团练吃都吃不饱，打个屌仗？"

张维屏越听越高兴："贤侄，你们团练总局既然挂了牌子，准备怎么干？"

龙元僖生怕罗淳衍又捅娄子，索性一股脑说下去："最要紧的是招募勇丁，多多益善，现在这三千人远远不够。办团练需要大笔银两，请各位多多襄助，有钱的出钱，有力的出力，利用你们的声望解除乡亲们的疑虑——就说过去的事情既往不咎，参加过堂口没有关系，只要肯舍命打鬼子，照样是受人尊敬的血性汉子，照样光宗耀祖，官府必当大力褒扬。"

"你说的算不算数？"谭莹有些疑虑，"你是团练大臣，柏贵是广东巡抚——政出多门，万一你说的他不承认，岂不成了朱子襄说的五板三年？"

张凯嵩没听明白，悄悄地问陈澧："什么是五板三年？"

"朱子襄说的一个笑话。"陈澧解释说，"他在山西当官时遇到了两个县令，脾气秉性不同，皆视细民性命为儿戏——有一个县令姓王，脾气急，五板即杀人，人称王五板；姓阴的县令性子慢，三年不浣衣，人称阴三年。"

龙元僖尴尬道："柏贵是汉奸，有什么资格与我等相提并论？大丈夫一言既出，驷马难追。我们三人已经把粤东的情况上报朝廷，具体分两个章程：一方面包围广州，让鬼子寸步难行；一方面号召商人和工匠撤出香港岛，将那里变成一座空城，饿死这伙强盗。”

怪不得陈登仕要丁日禄在佛山堡招募工匠，原来他已经得到了香港即将被封锁的消息。众位名士议论的是打红毛鬼子，而张凯嵩的使命却是借鬼子的势力镇压大成军，完全是南辕北辙。他不愿意再自讨没趣，打探到邹伯奇和朱次琦在笠亭作画，便离开了石舫。

梁侍武在前面带路，张凯嵩试探地问：“侍武兄弟，邹先生真的会摆弄火炮？”

“那还用说？”梁侍武得意地说，“鬼子炮舰厉害，咱们中国也有能人——前一阵子，陈澧先生想给佛山大铁炮设计一种测算鬼子兵船方位的瞄准器，提高命中率。陈先生是大儒，肚皮里的书如沙如尘，可惜算学本事终究浅，无力担此重任，只能求助于邹先生。”

连陈澧都甘拜下风，看来邹伯奇确实神乎其技，学究天人。张凯嵩心里对后者益发仰慕。他一边加快脚步，一边和梁侍武搭讪：“朱先生来佛山堡干什么？”

梁侍武道：“他打算在九江圩办一座学堂，来和邹先生商议办学宗旨。”

为了打破传统教育体制，学海堂不设山长，只设八大学长，能担任学长的无一不是名震广府的饱学之士。同样是学海堂的学长，邹伯奇、朱次琦与张维屏、陈澧、谭莹有所不同，他们早就不对腐朽无能的清廷抱以希望，下决心远离官场，保持自己的节操。两个人一个醉心于科学研究，一个矢志培养人才，都在以自己的方式报效国家和民族。笠亭是苏仁山生前的画室，苏仁山在两粤素以叛逆著称，两个人不在石舫凑热闹，却躲在笠亭探讨办学，说明了什么？文人最重要的是风骨，而文人进入官场，头一个失去的恰恰便是风骨。张凯嵩自惭形秽，问道：“邹先生造出瞄准器了吗？”

梁侍武嘻嘻地笑了起来：“张观察，我知道你来粤东是干什么的。我劝你趁早死了这条心，邹先生就是造出瞄准器，也绝对不会卖给官军，让你们拿去对付二爷。”

张凯嵩心虚地问：“谁说我要对付他？”

“二爷夺了庆远府，你成了丧家之犬，能不对付他?”梁侍武道，“再者说了，丁日禄那个狗腿子替陈家采办粮草和军械，在佛山堡谁不认识？去年底他从黄文汉手里买了两门田鸡炮，钱没带够朝狗子打的借条，半年两分利，我在五斗口司衙门亲眼见到的。”

张凯嵩吃惊地问：“在佛山堡能买到田鸡炮?”

“那当然，”梁侍武自豪地说，“别说田鸡炮，就是拿破仑炮和阿姆斯特朗炮照样有得卖，只要你能找对门道。”

“谁?”张凯嵩急忙问，“谁有这么大的能耐?”

放眼整个南中国，能买来阿姆斯特朗炮的人非张亚丞莫属，他在佛山堡的代言人是贝尘鹤、简大少和罗琦等一干二世祖。梁侍武不愿意帮这个忙，推托道：“张观察，不是我不告诉你，而是卖炮的人心肠太黑，要价太高，你没有那么多银子。”

“我是没银子，但我有官缺。”张凯嵩拉高嗓门，“兄弟，想不想弄个县太爷干?”

庆远府属于大成国的辖境，张凯嵩卖官纯属无本生意。梁侍武停住脚，不高兴地说：“张观察，你们当官的说话到底有没有谱?”

朱次琦打算办的学堂设在九江圩的礼山脚下，名字叫“礼山草堂”。对于这位英烈之后来说，柏贵傀儡政权的文武官员认贼作父，所作所为超出了做人的底线。有鉴于此，他为“礼山草堂”拟定了“四行五学”的办学宗旨：四行指“敦行孝弟，崇尚名节，变化气质，检摄威仪”，五学指“经学、史学、掌故之学、性理之学、辞章之学”。

四行中的核心是崇尚名节，朱次琦将此视为教书育人的宗旨。他本人以顾炎武为楷模，赞许《日知录》为可行于天下的气节之作，张口闭口不离顾炎武：“今天下之士，其风好利而鲜名节，二百年于兹矣。顾亭林云：‘士而不言耻，则为无本之人’；又云：‘士大夫之无耻，是为国耻’。伊尹辨谊，武侯谨慎，昭昭大节，如日月在天……”

为了纪念老友，梁九图没有改变笠亭的陈设，苏仁山生前怎么摆，现在仍然怎么摆。案上的画纸已经有些微微泛黄，那方黑青花砚台孤独地矗立在画台上，在邹伯奇面前幻化出一张刚毅而略显怅惘的面孔。邹伯奇捧起砚台，问朱次琦："你又不会武功，弄这个变化气质干什么？"

"养浩然正气。"朱次琦神色庄重地说，"读书和习武一样，均须持之以恒地养气，养出一番光昭日月的天理。"

朱次琦辞官回乡后，其思想体系愈发成熟，言天理而不言良知，对爱新觉罗氏假托尊孔的把戏嗤之以鼻。邹伯奇与他的思想有所不同，认为在乱世中保持个人的气节固然重要，但是更应该强调一颗不避斧钺的英雄心，为国家民族开辟生路："子襄兄，气节固然是天理，但白沙先生之治心、阳明先生之致良知，亦非无的放矢。"

同一颗心，不同的人有不同的认识——在洪秀全看来是草芥，在李文茂看来是渔火，在王山公看来是飞头鬼，在朱次琦看来是气节。想起王五板和阴三年的掌故，朱次琦哑然失笑："汝昌，照你的意思，人人服从其心，那两个狗官也有他的道理了？"

"人心本是菩提草，为利所蔽，亦由利而去蔽，不同之处在于贤者去蔽易，愚者去蔽难。"邹伯奇叹了口气，"那些穷苦人粗鄙无文，大字不识一箩筐，终日为生计所困，有时候为一个铜板能打得头破血流，看起来似乎为天下至愚，不可救药。然而，他们倾尽全力维护人伦，有一口吃的给老人和伢仔，宁愿自己饿死；他们不避斧钺抗击外侮，拿起锄头镰刀和鬼子拼命，宁愿粉身碎骨。这些人和当官的比起来，有没有气节？算不算愚者？"

邹伯奇所论已经远远超出了精英教育，朱次琦大为钦佩："天理也罢，良知也罢，反正都是救国救民的药方。我问你，你在学海堂讲这些妙论，有人听吗？"

抄起黑青花砚台的底座，"清复明"三个大字赫然在目。邹伯奇放下砚台，甩手把作画的画笔掷出窗外，自嘲地说："学海堂的学生不是下科场考功名，就是凭借洋务本事去军前效力。有几个肯为了国家舍弃自己的富贵？有几个肯把穷苦人当回事？有几个肯承认自己不是贤者？"

那支画笔不偏不倚，正好丢到了张凯嵩的脑瓜顶。

第一百八十六回　救驾姻缘

“大魁堂”计划重建琼花会馆，应梁应琨等人的要求，李文茂派遣吴连回佛山堡主持红船复兴的事务。春节过后，吴连、梁二娣、梁兰桂、黄华宝等人驾船启程，护送那尊田都元帅的紫檀木神像东归。沿途所经之处，凡遇到华光庙、火神庙、五显庙、五通庙、城隍庙等供奉华光大帝的神庙，一律隆重献祭，向华光爷爷表达请罪之意。

二月十六，护送神像的船只抵达西海大寨，“纽纹良”、秦亚 ⿰骨曹、“大漏勺”、劳亚绰、柯定邦、鸡大逵、区二娣、区三娣等洪家兄弟集体出迎。如雪的白茅覆盖在废墟上，大水淹没了山脚和海心沙，昔日雄关大寨再度变成荒凉之地。吴连心里难受，问“纽纹良”：“山顶上那几间茅草屋，是不是你们搭的？”

“回吴爷的话，”“纽纹良”回答，“本堂撤走后，沿江六县各股绺子慕名而至，在山顶搭起茅屋做忠义堂，调停争端，解决纠纷。他们都立了堂口，遣使向平浔王称臣，因此平浔王允准他们在此结巢。”

吴连又问：“来的路上，我看见江国霖和昆寿的战船，他们是不是到了佛山堡？”

“纽纹良”道：“他们奉了黄宗汉的谕令来佛山堡议事，龙元僖、罗淳衍、苏廷魁代表粤东团练总局参加，柏贵那个大汉奸也来了。”

“太好了，”梁二娣咬牙切齿，“柏贵、江国霖、昆寿这三个恶贼屡屡与我军为敌，应该趁这个机会斩草除根，砍下他们的贼头壳。”

“纽纹良”抱拳道：“各位老倌，佛山堡现在是打鬼重镇，威武窑子和粤东团练总局都需要仰仗‘大魁堂’。梁三爷打算趁这个机会讨价还价，争取让官府撤销红船禁令，把琼花会馆重新建起来。他希望我们兄弟给他一个面子，暂时放过柏贵、江国霖和昆寿三个贼子，以免耽误了红船复兴大计。”

江国霖和昆寿指挥粤东官军在封川抗击大成军水师，折损了不少“德礼堂”将士。“纽纹良”是“德礼堂”的老兄弟，他都能忍下这口气，大家还有什么好说的？梁兰桂道：“有账不怕算，掌堂大爷迟早会打回来，咱们留着它。”

秦亚䲁请示：“吴爷，明天是兴工的黄道吉日，平地测向、放线开基全办妥了，就等你老人家和各位老倌立奠基石。奠基的石头我们选了两种，一种是西樵山的鸭屎石，一种是罗浮山的麻石，你看用哪一种合适？”

广府民俗，宅院的奠基石一般不用麻石（即花岗岩），因为后者太过坚硬，有可能妨碍主人将来“发”财。秦亚䲁在清理琼花会馆的废墟时，发现会馆原来的奠基石就是麻石，心里拿不定主意，因而有此一问。吴连思忖片刻：“自祖师爷立业，红船儿女即以忠义为先，哪一个不是铁骨铮铮？老朽替掌堂大爷做主，就用麻石奠基。”

在中国的神仙里，华光大帝是一个比较怪异的另类——由于他光明磊落，为万民所畏惧和崇拜，故而红船人奉其为戏神，老百姓奉其为财神，又名五显大帝（显聪、显明、显正、显直、显德）；由于他性格叛逆，被玉皇大帝逐下天庭，故而人间君王降低其祭祀品级，传统文人表面上尊其为五通大帝（通天、通地、通人、通神、通鬼），实际上将其等同于民间传说中勾引良家妇女的“五通鬼”。

红船老倌进入佛山堡之前，还有最后一场献祭，地点在昆都山下的五显庙。这座小庙矗立在三江汇流处，无遮无掩，极容易遭受风雨和海潮的侵蚀，故而当地的有钱人都不愿掏钱填这个窟窿。道光十九年，“小孟尝”买下了小庙及附近的土地，甲寅年起义过程中，庙宇遭到了清军炮火的损毁。

“纽纹良”等人回到佛山堡后，奉命重建西江沿岸的联络点，看中了昆都山得天独厚的地理位置，便花钱重建五显庙，修葺一新，迎接四方香客。

吴连迈步进入庙内，借助飘摇的灯光，发现大殿中的神像颇有些怪异——除了华光爷爷面庞照旧外，其他神像皆与别处不同。他不解地问：“这是怎么回事？”

“纽纹良”提醒道：“吴叔父，你仔细瞧瞧，看他们像谁？”

“大漏勺”取来两盏油灯，随着灯光亮度的增加，那些神像的面目越来越清晰。吴连看了一会儿，突然叫了起来：“这，这不是老大财主吗？”

“纽纹良”道：“没错，正是他们。”

为了纪念甲寅年起义牺牲的英雄，“纽纹良”等人在翻建五显庙时，特意为赵泰来、陈松年、邝能、林洸隆、卢昌、甘先、冯坤、“小孟尝”等人雕塑金身，难怪吴连发现华光大帝周围的神像那么眼熟，根本不像别处的土地爷、文昌帝君、千里眼、顺风耳等神灵。他跪下来朝神像献了三炷香，行礼过后，问“纽纹良”：“还有其他神位吗？”

“有，”“纽纹良”神色黯然，“二楼供奉着上百尊神像，有‘洪德堂’阵亡将领，也有红船的兄弟姊妹——平浔王说林三爷和黄大老倌他们壮烈殉馆，乃是顶天立地的好儿女，一定要让他们的英魂有血食可享。”

殉馆的红船儿女达数十人之多，林崇泰既是琼花会馆首席值事，也是吴连的老大哥。想起“饭斗泰”对自己的恩情，吴连禁不住老泪纵横，带领众兄弟抬着祭品上了二楼，又是一番撕心裂肺的悼念。祭奠完毕，吴连问：“怎么不见汉朝的神像？他一箭射死沈棣辉，威武窑子闻风丧胆，大长洪家兄弟的志气。另外，阿梅死得节烈，没有给红船人丢脸，也没有给你们四爷丢脸，应该大书特书。”

“纽纹良”恭敬道：“他们俩的神像摆在厢房，一个是文殊菩萨，一个是送子观音。不瞒你说，这座庙里就数他们的香火旺，今天还有人祭拜呢。”

“哦？”吴连一愣，“走，看看去。”

众人下了二楼，来到右侧厢房，果然见里面有两尊菩萨塑像——观音菩萨宝相秀丽，酷似阿梅；文殊菩萨宝相庄严，脸上隐隐有一条疤痕。厢房里有两位女客，一个丫鬟打扮，在神像旁肃然站立；一个是主妇打扮，衣着华贵，外披一件猩红色西洋斗篷，脸部埋在双手里，俯身跪拜，嘴里念念有词，显然是一位虔诚的信士。

吴连刚准备探头看个究竟，柯定邦带着林福成从门外匆匆走了进来，低声禀报："刚刚得到的消息，正埠码头来了一队货船，押运的是张亚丞。"

张亚丞是炮击"太子朝"的最大疑犯，后来又涉嫌向官府泄露王铁爪的进军计划，害死了数百"洪德堂"兄弟。杀不杀张亚丞，陈开始终犹豫不决——杀吧，这两项罪名毕竟没有铁的证据，均为猜测和传闻；不杀吧，大伙儿以为自己是在护短。梁兰桂和黄华宝想起"太子朝"惨死的模样，拔刀而起："天堂有路尔不走，地狱无门自来投，宰了这头烂蟹。"

吴连不同意："两位贤侄，张亚丞功夫平平，取其首级易如反掌。当前头等要务是重建琼花会馆，不可节外生枝，影响大局。"

"没错，没错。"林福成在一旁忙不迭地点头，"奉陈大老倌差遣，我家老爷携带巨款来到佛山堡，准备和梁三爷他们力劝官府恢复红船。张亚丞是宝灵的准女婿，连夷酋巴夏礼都得给他面子，杀了他，只怕因小失大，影响红船解禁。"

梁兰桂恨恨道："难道就这样饶了他？"

"大漏勺"灵机一动："王铁爪他们兴兵攻打新造，设伏的有官兵和团练，'孔鸡蛋'他们也参加了，抓捕了不少洪家兄弟。咱们不如问问他，以便找到张亚丞害人的证据。"

大伙儿将目光集中在"纽纹良"身上，后者回答："这倒是一个好主意，不过，姓孔的现在去了粤北，要想查明真相，尚需时日。各位老倌，你们手里的刀子要是真想喝血，我就给你们找一个目标——丁日禄那厮来佛山堡采购军火，同行的还有一个张凯嵩，点名要买田鸡炮，咱们干脆把他们一勺烩了。"

丁日禄和张凯嵩是白面书生，梁兰桂一口回绝："老子刀下不死无名之鬼。"

黄华宝问柯定邦："张家船上运的是什么？"

"不知道，"柯定邦道，"上面盖着草帘子，根本看不清。"

黄华宝抱拳对"纽纹良"等人说："各位兄弟，张亚丞八面玲珑，官府、红毛鬼子、士绅豪强、江湖道全打连连，买卖做得极有名气。我猜他的船里必定有枪炮，一旦查实，这就是他与洪门作仇的铁证，杀了他天经地义。”

话说到这个分上，吴连和“纽纹良”不便执意阻拦，只好含糊应允。吴连忽然想起厢房里还有一对主仆，立刻提醒众人：“嘘，小声点儿，里面有鹧鸪。”

大家停止议论，目光聚集在屋内那两个女香客的身上，只见那个披着斗篷的女香客从地上站起来，拍了拍膝盖上的尘土，缓缓转过身子。那是一张上了妆的脸，淡淡的花红粉遮不住她的忧郁，盖不住她的妩媚。众人不看则已，一看大吃一惊，区二娣结结巴巴地问：“你……你不是张亚丞的老婆吗？”

冯紫玉冷若冰霜：“张亚丞是谁？”

在区二娣等穷鬼的眼里，冯紫玉出身大户，声名狼藉，天生的一个荡妇。他恼道：“丢你老母，假洋鬼子不是你老公，谁是你老公？”

冯紫玉掂起玉指，脸上露出明媚的笑容：“我老公是他。”

她手指的是文殊菩萨，灯光影子里，大伙儿发现这尊雕塑果真如同林汉朝再世。区三娣使劲朝地上“呸”了一口：“癞蛤蟆想吃天鹅肉，你也配？”

冯紫玉没有生气，依旧笑靥如花：“奴家蒙官人恩宠，春风一度，得他承诺，由他雨露涤荡残躯，难道还不算一对比翼双飞的夫妻吗？”

冯紫玉在昆都山现身，说明张亚丞来到佛山堡的消息属实。不管怎么说，她现在毕竟是张亚丞的同床共枕人，刚才这番议论进入她的耳朵，必然打草惊蛇。吴连为人古板，向来瞧不起水性杨花的女人，他沉下脸呵斥：“汉朝有百十来个鬼马老二，多你一个不多，少你一个不少。就算他答应百年好合，俗话说，夫妻本是同林鸟，大难来时各自飞，他已经魂归阴曹，孽缘从此一笔勾销，你和谁比翼双飞？”

“人走了，”冯紫玉轻叹，“难道话就不作数了吗？”

这个女人真是难缠，吴连不清楚林汉朝还许下过什么诺言，硬着头皮说：“红船人一口唾沫一颗钉，说话从来作数，有话道来，我们替汉朝办。”

冯紫玉笑了起来：“他与我百般温存，海誓山盟，好听的话说过一箩筐。奴家单单只记得一个诺言——他要带我进红船，把奴家变成一个红船人。”

就冯紫玉这个品行还想进红船？吴连面色铁青，既不能答应，也不能说不答应，狠狠地瞪了她一眼，率众疾步离开五显庙。船至江心，但听庙里响起一记深沉的锣响，继而是冯紫玉尖利的霸腔，那声音，竟然有些“太子朝”的味道：

只见那番营蝼蚁似海潮，
观不尽山头共荒郊；
又只见将士纷纷也那乱扰，
队伍中马嘶兵喧闹吵。
只听得战鼓咚咚，明盔亮甲枪刀耀，
高下下沸腾呐喊声噪；
见一派旗翻招，风尘也咆哮，
俺只待威风抖擞灭尔曹。
…………

虽然得到了洪门不进行刺杀的承诺，一干清廷大吏仍然不敢大意，坚持把会议地点由崇正社学改为梁家。客人被安排在四处园林里——以柏贵、江国霖、昆寿、龙元僖、罗淳衍、苏廷魁、张凯嵩为首的官吏在“群星草堂”；伍紫垣、潘仕成、何士良、陈桂籍、林福盛、何敬堂、冼佐邦、王福康等绅士在“寒香馆”；张亚丞、潘继光以及俾士、明稽埒等英法神父在“无懈怠斋”；张维屏、陈澧、谭莹几位名士没有走，继续在“十二石斋”吃茶。

红毛教弛禁后，罗马教廷决心扩大天主教在中国的传播。道光二十八年，罗马教廷下令从澳门教区中分立出一个粤桂教区，划给法国巴黎外方传教会统一管理，明稽埒继李莫瓦之后担当第二任牧首。法兰西人性格直爽粗鲁，不像英吉利人那样喜欢掩饰，当了婊子还哭着、喊着给自己立牌坊——法国军队在联军中明明处于次要角色，可明稽埒的胃口偏偏比俾士大，他一眼相中了位于卖麻街的两广总督署衙门，非要在其原址上盖天主教的教堂。

总督衙门是清廷在粤东统治的象征，俾士自己都不敢盖基督教堂，更不可能允许法国佬胡作非为。明稽埒被“无懈怠斋”的美丽景致所吸引，两只贼眼珠滴溜溜转个不停，露出贪婪的神情。俾士故意逗他：“主教大人，梁家人是粤东有名的造园林高手，这个‘无懈怠斋’在梁家园林里是最不起眼的。”

明稽垺白了他一眼：“你说哪个园子好？”

“当然是‘十二石斋’了。”俾士奸诈地笑着，“那个地方不但有全中国最好的石头，而且能听到梁夫人美妙的歌喉——红船大戏你听过吗？”

明稽垺心里痒痒：“亨利，你带我去看看？”

梁家位列佛山堡豪门之首，规矩严整，脾气最大，岂能听凭红毛鬼子唐突女眷？张亚丞不想自讨苦吃，故意吓唬明稽垺：“红船人武艺高强，无法无天，在粤西攻城略地，专杀咱们这些信仰天主的人。主教大人，马赖神父是怎么死的，你没忘了吧？”

违法传教的马赖神父死在西林县监狱，本是一桩普通得再不能普通的案件，之所以上升为法国侵略者参加第二次鸦片战争的借口，其始作俑者正是明稽垺。做贼的必然心虚，经张亚丞这么一吓唬，明稽垺打消了去“十二石斋”的念头，悻悻道：“你去柏贵那里探听探听，别让他们沆瀣一气，掉过头来合伙对付咱们。”

张亚丞哈哈大笑：“主教大人，这几根软骨头平时爱鼓捣鬼名堂不假，然而眼下洪门大举进攻桂林，粤西形势岌岌可危，他们自顾不暇，哪有能力造咱们的反？”

明稽垺对俾士说：“你们英国人出牌太急，不讲战术，依我看来，应该维持官府和洪门政权的实力平衡，这样我们才能获得最大的利益。”

“亲爱的主教先生，亏你还经历过大革命，”俾士摇了摇头，“难道你不知道最坚定的革命者来自下层民众？为了你我两国的利益，官府可以容忍，洪门绝不能容忍。”

前面说过，红毛鬼子占领广州以后，粤东官府便分裂为两大势力：一股是以两广总督兼钦差大臣黄宗汉为代表的主战派，一股是以广东巡抚柏贵为代表的主和派。前者咋咋呼呼，外强中干，黄宗汉在路上磨磨蹭蹭，迟迟不肯进入粤东，通过遥控江国霖等人掌握局面；后者名誉扫地，但具有与红毛鬼子“共事”的便利，能买来洋枪洋炮和借来铁甲战舰，粤东官吏如果想打胜仗邀功请赏，还真离不开这些汉奸。

咸丰皇帝任命罗淳衍、龙元僖和苏廷魁为团练大臣后，又形成了一股第三势力。这股势力与前两种势力存在交集，同时保持着一定的距离——首先，他们属于主战派，和黄宗汉有共同利益，和柏贵领导的广州傀儡政府势必兵戎相见；其次，粤东团练总局依托地方乡绅，自筹经费办团练，在某种程度上，保卫地方的使命高过收复广州的使命，因此他们的内心充斥着现实利益的计算，绝对不会拿着鸡蛋碰石头，打鬼也就变成了应付差事。

联军占领广州后，巡抚衙门贴出告示不许称呼洋人为“番鬼”；见面不许抱拳拱手，改为摘帽握手；店铺和船只一律标上英法文字；传教士到处抢占地盘盖教堂……这一切通过各种渠道传到紫禁城，令咸丰皇帝勃然震怒，从而迁怒于柏贵，彻底对他失去了信任。柏贵头上的汉奸帽子从此焊牢。他心里自然不甘，当着文武官员的面，言必称老奴，鼻涕一把、泪一把地替自己喊起了冤：“老奴留在广州忍辱负重，不是为了当汉奸，而是为了大清社稷。君叫臣死臣不得不死，圣上让老奴留在广州，老奴有啥办法？再说广州城尚有几十万大清子民，老奴假如一走了之，谁来照顾他们？说句你们不爱听的话，红毛鬼子还是通人性的。经过老奴的耐心劝导，他们现在公平交易，不缺斤短两，不多吃多占，不欺男霸女，不滋扰民间。逢年过节在街上施舍粥米，打棺材板掩埋无头尸，这么多好事没人上奏朝廷，偏偏捡了些陈芝麻烂谷子告本官的黑状，你们究竟还有没有良心？”

柏贵是蒙古正黄旗人，在朝堂有一堆神通广大的党羽。为了搬倒他，龙、罗、苏三人玩了一个鬼花样——他们把广州的情况偷偷报给了湖南巡抚骆秉章，由骆老三上折子委婉地提醒咸丰皇帝，千万不要相信柏贵粉饰太平的鬼话。三位绅士出身豪族，娴熟官场规则，玩弄两面三刀的手法比柏贵强出不知凡几，同时赌咒发誓：“要是我们干的，天打五雷轰。”

柏贵无奈，只得把目光移向了江国霖：“江藩台，不会是你落井下石吧？”

江国霖喊道：“抚台大人，你我同病相怜，告你就等于告我自己，我有那么傻吗？”

没有人承认下黑手，柏贵禁不住又气又恼，大声咆哮起来：“好汉做事好汉当，下黑刀子不认账，狗娘养的没屌货，什么东西？你们既然标榜自己是忠臣，那就别用洋人的家伙，背地里骂老子是汉奸，反过来又央求老子采购洋枪洋炮，拿老子当白眼王八？”

广州被红毛鬼子占据，桂林城如果再落到洪门手里，咸丰皇帝必定雷霆大怒。黄宗汉承担不起这个责任，叮咛江国霖全力与昆寿合作，从梧州方向牵制陈开的兵力。等柏贵喋喋不休地骂累了，江国霖开口说："抚台大人，要想得到圣上的宽谅，如今只有一个办法——那就是围魏救赵，借助鬼子之力收复梧州，切断陈天义的后路。不过，广东水师累遭败绩，战船损失十之八九，没钱添置家伙，经费是一个大问题。"

柏贵讽刺："你掌管藩库，问我要啥钱？"

"嘿嘿，"江国霖赔笑，"藩库里的银子不是让联军搬走了吗？"

三位团练大臣互相看了一眼，龙元僖觉得时机已到，拱手道："抚台大人，从甲寅年开始年年募捐，挖地三尺，地方士绅已经精疲力竭，难以支应。幸而小浩官和梁家愿意解囊，无异于雪中送炭，我看你就答应他们的条件吧。"

伍家和梁家共同捐纳五十万两白银，换取官府解禁红船，这笔钱对焦头烂额的粤东官府来说实在无法抗拒。各股势力都想分一杯羹，因此众官员一致赞同，唯有柏贵没有表态。这厮不肯松口的原因很多：一来这笔巨款多数花在广东水师身上，昆寿的陆师捞不到多少实惠；二来援助粤西是两广总督黄宗汉的职责，跟他这个广东巡抚关系不大；三来这笔钱主要用于购买洋枪洋炮，雇用鬼子火船，这就要他继续向洋人低三下四地办交涉，继续被骂作汉奸。

替人做嫁衣，代人顶罪名，那不是缺心眼吗？柏贵一拳砸在桌面上，愤怒地吼道："红船就是红匪，你们既然装聋作哑，我一个汉奸怕个屌？解禁就解禁，但洋人也不是傻子，人家要求在佛山堡盖教堂，他姓梁的能答应吗？"

没想到柏贵提出了这样的条件，龙元僖慌了手脚："这个嘛，得问他自己。"

粤东士绅武装起来抗击侵略者，保境安民之外，最大的一个诉求就是禁止红毛教。柏贵这一拳回击得非常漂亮，转眼之间把皮球踢到了对手怀里，打算让团练总局和广东水师两股敌人狗咬狗。他得意地说："你告诉梁三爷，盖基督教堂，英吉利国给最新的阿姆斯特朗炮；盖天主教堂，法兰西国给最新的拿破仑炮；盖基督父子俩的教堂，你们便能同时得到阿姆斯特朗炮和拿破仑炮两种利器——能不能解桂林之围，全看他的了。"

江国霖、昆寿脸色凝重，齐声拜托："龙太常多多费心。"

三位在籍的团练大臣没有守土之责，地位本来最超脱，可以左右开弓，无所顾忌地打柏贵和黄宗汉的黑枪。然而柏贵的条件一提出来，形势急转直下，似乎一旦桂林城陷，他们三个倒成了罪魁祸首。龙、罗、苏三人不得不站起来："我等愿尽绵薄之力。"

三位团练大臣去"寒香馆"找梁应琨等人讨价还价，众官员松了一口气，暂时停止脸红脖子粗的冷嘲热讽，品茗打趣，转而欣赏起了"群星草堂"的兰花。

张凯嵩寻了一个空当，疾步离开"群星草堂"。沙洛坊和西贤里之间有一座土地庙，狗子和罗琦躲在里面向外面张望，紧张地喊："大人，大人，在这里，在这里。"

张凯嵩来到门口，急促地问："有着落了？"

罗琦巴结道："大人，我听说伍家和梁家要捐一大笔银子，官府肯定会把这笔钱用在梧州之战中，你何必还费心劳力，另外再张罗？"

张凯嵩来粤东是要饭的，从来没指望能从那五十万两银子中分一杯羹。另外，他身负劳崇光和蒋益澧双重使命——前者交付的使命是公开的，即要求粤东官军立刻进攻梧州，牵制陈开的主力，使之不敢轻易北上；后者交付的使命是绝密的，重要性远远超过前者，并要求他不惜一切代价尽快完成，早一天便多一分胜算。

"这你别管，"张凯嵩沉着脸问，"他能出多少银子？"

罗琦回答："三万两，要一个候补知府的衔，实授知县也行。"

大清国风雨飘摇，官价一年比一年贬值，三万两银子这个价格远远超出了行市，张凯嵩大为不解："这个冤大头是什么来路？"

罗琦笑嘻嘻地说："他是巡检老爷的契弟。"

愿意花三万两白银买一个区区知县的不是别人，正是区植棠。伪君子受隆福的庇护在京城躲了两年多，受不了北国的寒冷，硬着头皮回到佛山堡。他想找一个有力的保护伞，而张凯嵩急需一笔购买火炮的款项，双方一拍即合。

狗子是眼里夹不住铜板的人，早已忘了当初的梁子，重新和区植棠称兄道弟。听到罗琦的揶揄，他脸色通红地解释："区老爷在本镇得罪了不少人，所以他想借助大人的官威，保他一时平安，不受欺负，没有别的意思。”

“这事好办，他这项捐纳来得及时，正好解粤西燃眉之急。等官军打败了红匪，本官向劳大人求情，奖励他一个肥缺。”张凯嵩问罗琦，“张亚丞那几门炮什么价？”

罗琦道：“我问过老英，这三门大狗是法国鬼子的拿破仑炮，每门要价五千两。江藩台和丁日禄都嫌贵，咱们也晾着他，时间一长肯定落价。”

“不，”张凯嵩道，“你马上给老鹰说，每门火炮八千两，三门火炮本官包圆了。不过必须今夜交货，明日启程，耽误半个时辰，交易立刻取消。”

罗琦和狗子目瞪口呆：“大人，这不是吃了大亏吗？”

张凯嵩奸诈地笑着：“本官乐意吃亏。”

罗琦和狗子摸不清张凯嵩的真实意图。这时，潘继光从“寒香馆”闪了出来，朝张凯嵩深施一礼，尖声怪笑起来：“大人，官家的买卖差不多敲定了：梁三爷只准建造天主堂，洋人针尖对麦芒，只肯出售法兰西小狗。”

天主教堂率先登陆佛山堡，明稽埒白白捡了一个大便宜，乐出了鼻涕泡，随即应承向清军提供军火。在这种情况下，张凯嵩仍然坚持出高价，张亚丞未免喜出望外。他叫人在正埠酒楼订了一桌菜，搬到岳丈家与妻子共饮庆贺。

饮过三杯酒，冯紫玉问：“相公，听说你卖给了官军三门红毛鬼子的大狗？”

“没有的事，”张亚丞极力否认，“洪家人是兄弟，我哪能胳膊肘往外拐？娘子，今天我一力促成红船解禁，你高兴不高兴？”

冯紫玉一震：“你说的是真的？”

张亚丞道：“柏贵当着三位团练大臣的面许下诺言，难道还有假？”

冯紫玉喃喃自语：“这么说，以后奴家也能当一个红船人了？”

张亚丞疑惑地问：“你当红船人干啥？”

“你是洪家人，我是红船人。”冯紫玉在张亚丞的额头上亲了一口，“相公，从此以后你我在戏棚比翼双飞，唱他一个天长地久，你倒是愿也不愿？”

结婚以来，冯紫玉一直对张亚丞很冷淡，即便在床上办事也不肯赏给一张热脸。见她忽然笑逐颜开，张亚丞仿佛第一次领略到了妻子的美丽，激动地放下酒杯,跪在地上,紧紧抱住了冯紫玉的小腿:“娘子天长地久,为夫海枯石烂。”

冯紫玉抄起一只葡萄夜光杯,将杯中的琼浆玉液旋转着洒向半空。那婀娜的身姿,闪烁的目光,无一不叫张亚丞心醉神迷。随着酒杯碎裂的号角,女人的声音亦变得风情万种,从云端落入张亚丞的耳际:“相公,你看奴家的闺阁像不像戏棚?”

张亚丞满眼都是红色的液体,失魂落魄道:“像,像。”

冯紫玉用手勾起男人的下颌:“我夫妻唱一出戏如何?”

“太好了,”张亚丞问,“夫人想唱哪一出?”

在这一瞬间,冯紫玉觉得这个男人的相貌并不可憎,甚至可以说相当标致。她从胸口摸出“小救驾”,划开张亚丞的长袍,露出一副结实的好身板。黄澄澄的油灯下,男人的裸体似乎生长着一丛红毛,女人脱口发问:“你不是那个叫亨利的鬼子吗?”

张亚丞右手握拳猛击胸口,赌咒发誓:“娘子,你家相公是货真价实的中国人。”

冯紫玉问:“那个番婆子呢?”

张亚丞表白忠心:“她爹明年卸职回国,让她见鬼去吧。”

“好,好。”冯紫玉说着话,挣脱男人的怀抱。

张亚丞有些着慌:“娘子,你去哪儿?”

冯紫玉把“小救驾”塞进张亚丞的手里,双眉含春,莞尔一笑:“奴家沐浴更衣,换一身戏装,为夫君唱一曲《打洞结拜》。”

闺阁香气扑鼻,美娇娘第一次给自己笑脸,让张亚丞充满了幸福感,沉浸在恣若汪洋的春梦想象中。忽然,英开山“咚咚”敲响了房门,张亚丞赶忙用衣物遮住半个身子,打窗户里探出头,没好气地问:“干鸟?”

英开山回答:“老爷,外面有几个人鬼鬼祟祟,像是红船人。”

“放屁!”张亚丞破口大骂,“老子为红船解禁立下大功,吴连和‘纽纹良’见了老子都客客气气,谁他老母的敢下黑手?滚远一点儿,别坏了老子的好事。”

英开山识趣地离开不久,冯紫玉装扮一新进入卧室,张亚丞吃了一惊——妻子没有扮成京娘的模样,而是手提一杆哨棒,变身为英姿飒爽的赵大郎。人在情梦中，哪里不是春？张亚丞被欲望冲昏了头脑，未能觉察出冯紫玉的异常，反而觉得妻子女扮男装更加有味道。冯紫玉没有理会丈夫淫邪的眼神，挥哨棒，昂然唱道：

戴月披星，江湖流浪；
青岭荒，草迷茫，归鸦三五掩斜阳。
伤情泪，忆家园，偷洒降，
遍历千里风与霜。
好男儿，心自壮；
离家嗟去远，觅地作逃亡。
岭上几番回头望，更苦绝岭隔云乡，
浪迹江湖何处岸，英雄心自怆。

美人唱戏，声声销魂。张亚丞欲火焚身，不待妻子唱毕，一把将冯紫玉推倒，三下五除二剥去了戏装。冯紫玉没有挣扎，没有反抗，低声问："相公，你想唱哪一曲？"

张亚丞挥汗如雨："娘子，为夫想唱一曲《长坂坡》。"

冯紫玉失望道："为何不唱《挑滑车》？"

张亚丞不服气地反驳："赵子龙七进七出，难道还比不上高宠？"

冯紫玉望着罗帐外的熏香炉，叹息："七进七出，照样是银样镴枪头。"

张亚丞受到妻子话语的刺激，更加卖力气地鏖战，奈何银枪虽坚，难破赤壁千重。斗了半个时辰后全身虚脱，翻身下马，呼呼沉入梦乡。到了次日黎明，冰轮射穿潇湘屏，游魂梦断如意枕。张亚丞睁开眼睛，发现妻子披挂整齐，手握哨棒正冷冷地盯着自己。他心头掠过一丝不祥之兆，刚要翻身跃起，发觉四肢发麻，原来早就被捆了个结实。见他目露惊恐，冯紫玉奋力一棒，打得张亚丞头痛欲裂，骂道："贼婆娘，竟敢谋害亲夫？"

"我是林汉朝的鬼马老二，奴家的心、奴家的身、奴家的衣全都属于他。"冯紫玉放下手里的哨棒，从碧纱橱上捡起"小救驾"，声音忽然变得温柔起来，"相公，为妻能送给你的只有这把'小救驾'，助你上西天，免得祸害人间。"

言罢，一刀割喉，了断了彼此孽缘。

第一百八十七回　江枫渔火

经过重新武装的粤东官军在昆寿和江国霖的统一指挥下，赶在江水大涨前，三月初六自肇庆府城再度发起进攻。留守梧州的安国公李阿发集结三百条战船，顺流迎战，在德庆州春牛坪江面与广东水师主力遭遇。拥有鬼子火炮的清军今非昔比，首日战斗李阿发即中炮牺牲，大成军水师被迫撤回封川。惨烈的战斗持续了整整一个月，在清军和地主团练的东西夹击下，大成军损失惨重，梧州岌岌可危。

梧州如果落入敌手，东路军将被切断归路。当时陈开击败当面蒋益澧之敌，进至平乐与阳朔交界的季鱼塘，闻讯大吃一惊。几经权衡，忍痛决定回师南返，同时修书一封，派石蕴火速驰往苏桥圩呈报李文茂。陶匠艺高人胆大，为了抄近路改作清军打扮，单枪匹马穿越敌营，小满这一日到达柘木渡。沿着江畔打马向西，红色战旗布满相思江，如同秋日的枫林。石蕴脱掉清军号服，换了一件洪门军装，在会仙镇下马，直入“临义堂”的大营。

廖鸣盛亲自迎接：“石都督，有什么好消息？”

“惭愧，惭愧。”石蕴连连摇头，“威武窑子合围梧州，企图切断我军后路。平浔王爷决定先稳固后方，再北取桂林。廖将军，你啥时候来的会仙镇？”

廖鸣盛答道："本来王爷无意拿下此镇，没想到山中无老虎，猴子称大王，汪亚景上个月在镇子里立了木栅，不知道偷偷运什么东西，弟兄们气不过，齐提兵马来战，'伯爷华'的刀子最快，将汪亚景劈落马下，算是给陈阿妈报了仇。"

汪亚景为人机警，和陈见成、游新潭两位表兄弟缠斗了这么多年都没事，这次胆敢和李文茂麾下的洪门精锐恋战，莫非吃错了药？石蕴军务在身，无心探究其中的蹊跷，稍事休息后便起身告辞："廖将军，石某去苏桥圩见掌堂大爷，借你一条船使。"

"咱们一道走。"廖鸣盛热情地说，"昨天从柳州传来喜讯，王娘生了太子爷，众家兄弟正搜罗礼物向王爷致贺。我弄了一船杀人草和七鬣松，王爷肯定喜欢。"

石蕴感到很奇怪："为啥？"

"杀人草就是相思草，你没跟王爷来过相思江，你不懂。"廖鸣盛扬扬得意，"七鬣松是北岸朱姓人家所栽培，据说他们是靖江王府的后裔哩。"

洪门矢志反清复明，尊朱姓为帝，各路英豪最多称王。石蕴不清楚杀人草的内涵，但是明白这些七鬣松如确为靖江王后裔种植，必能得到李文茂和洪门众将的推重。他心底油然升起敬佩之情："廖将军粗中有细，真叫人佩服。"

"这算什么？"廖鸣盛压低声音，"相思江是王爷创制绝世剑法的演武之地，六十四峰千姿百态，蕴含着武学之妙，足下不妨仔细留神。"

石蕴惊奇地朝四周看了看："真的吗？"

春夏之交的相思江多愁善感，上午还是艳阳高照，下午就飘起了迷离的丝雨，仿佛在明媚的河床上搭起了一座流苏帷帐。六十四峰如浓墨水彩，描绘着翠鸟飞翔的旅程，缓缓舒展记忆的画卷。廖鸣盛和石蕴到达苏桥圩，发现码头上熙熙攘攘，挤满了大小各色船只，尽是各地官员、各军将领、各路江湖豪杰派来贺喜的使者。

中军大营里坐了十几位洪门将领，个个脸上喜气洋洋，"大花面锦"问："哪位兄弟肚子里墨水多，给太子爷起一个响亮的大号？"

洪门将领多数出自草莽，冲锋陷阵不含糊，舞文弄墨不在行。"伯爷华"

道："太子爷名号事关国家社稷，不可操之过急，请王爷自己定夺吧。"

"听他的？""大花面锦"笑着说，"那还不拖到打下桂林以后了？"

石蕴急忙禀报："叔父，平浔王已经决定回援梧州，他请求暂缓攻打桂林。"

"哦？""大花面锦"一愣，犹豫道，"这个嘛，我们说了不算。"

石蕴问："王驾千岁何在？"

"伯爷华"回答："王爷昨日出去狩猎，估计快回来了。"

陈开回师梧州，原先两路合围桂林的战略计划不得不宣告终止，摆在西路军面前的形势不容乐观。首先，蒋益澧得以从容布置桂林城的防守，使桂林攻坚战的难度大大增加；其次，张凯嵩纠集庆远府的地主团练，频繁在各地袭扰城池，分散西路军的注意力。李文茂麾下多为精兵强将，对付蒋益澧和潘其泰不成问题，大伙儿不担心两军厮杀，所顾虑的仍是白无相给李文茂的占卜。廖鸣盛小心翼翼地提出建议："下个月就是王驾千岁的四十整寿，也到了白龙降世的大日子，如今王娘又给王爷添了后，这三桩都是喜事，王爷应该大排筵宴，隆重庆贺，过了夏至再择吉日用兵不迟。"

李文茂纵横无敌，亲冒锋镝二十载，怎么可能因为白无相的一句话草草收兵还朝？"大花面锦"怅惘地说："话虽如此，只怕王爷听不进去。"

石蕴道："威武窑子得红毛鬼子助拳，装备了不少厉害的家伙。根据佛山堡的消息，张凯嵩偷运了几门法国鬼子的新式火炮，不知道想干啥。平浔王派属下禀报平靖王爷，严查这几门新式火炮的下落，免得大意失荆州，白白吃亏。叔父，你老人家德高望重，干脆带头向平靖王爷进言，暂且缓攻桂林城。"

"大花面锦"面露犹豫之色，这时营门外金鼓齐鸣，蹄声阵阵。"伯爷华"起身道："王爷狩猎归来，快去迎王驾。"

众将出了中军帐，只见"御林军"和"祷天军"的马队已经进了营门，当先第一杆军旗不是烈火朱雀旗，而是换成了玉蝉桃花旗。

在李文茂的军旗中，玉蝉桃花旗常用来冲锋陷阵。看到这面旗，众将明白李文茂下了单独攻打桂林的决心，于是自动打消了劝说他退兵的念头。鸣锣升帐后，"大花面锦"出班："王驾千岁，石都督带来了平浔王的口信。"

李文茂率八百精兵北上，越过苏桥圩杀至桂林城下，名为狩猎，其实是刺探清军在桂林布防的底细。早在石蕴到达之前，探马蓝旗便把陈开退兵的消息报给了李文茂，随同到达的还有易如真产子的喜讯。这两个消息一喜一忧，李文茂生怕搅扰军心，立刻停止狩猎，匆匆返回苏桥圩。听完石蕴的陈述，他对众将说："各位兄弟，红毛鬼子窥伺中华久矣，如今与鞑子官军同流合污，公然与我军为敌，不可等闲视之。当务之急是迅速攻克桂林城，然后顺流南下支援平浔王，与红毛鬼子决战粤东。本王心意已决，今夜埋锅造饭，明日兵发桂林，取劳崇光和蒋益澧二贼的首级。"

众将同时站了起来，"大花面锦"代表大伙儿委婉进言："杀贼固然重要，但王娘为王爷诞下龙子，从此国家有了少主，这才是第一等可喜可贺的大事。王驾千岁，依老朽之见，不办一个月的盛典，至少也要犒赏将士三天三夜。"

李文茂明白大伙儿的意思，摇了摇头："叔父，我等兄弟血染沙场，前赴后继，洪门大义神鬼难摧，何必在乎白道士的一纸谶言？"

廖鸣盛道："千岁爷，弟兄们的意思是好好庆祝一下，就三天行不行？"

李文茂笑了起来："白驹过隙，乌飞兔走，三天和一天有何分别？今天夜里本王与众家兄弟开怀畅饮，也算为犬子庆生。"

李文茂一言九鼎，大家只好从其旨意。黄昏时分，洪门军营张灯挂彩，一派欢声笑语的节日景象。各路使节奉献贺礼，将士们施展神通助兴，有的盘马弯弓比试武艺，有的搭设戏棚粉墨登场。李文茂一口气喝了数十碗美酒，微有醺意，抬头看天边弦月如钩，不由得想起一桩心事，放下酒碗问道："不知龚叔父他们可否安宁？"

"黑斑虎"戴老寅是"西天腊飒"钟德的死党，在江湖上名声不差。为了安抚粤西绿林道的人心，李文茂命"长腿龚"护送"黑斑虎"的灵柩回金鸡山，同时经敛骨峒出都阳山，控制广西、云南、贵州三省交界的道路。谁知兵进敛骨峒后，这支人马便失去了踪迹，让李文茂牵肠挂肚不已。"伯爷华"等人劝道："龚叔父身边有几个兄弟，当年曾经走过敛骨峒，兴许再过几天就会有消息，王驾千岁勿忧。"

"诸位有所不知，"李文茂摇了摇头，眉头紧锁，"敛骨峒终年迷雾，凶险异常，十个向导九个迷。不为迷雾烟瘴所惑者，唯有火龙珠而已。"

听他嘴里忽然迸出“火龙珠”三个字，“大花面锦”心头一惊，怕他想起伤心往事，急忙站起来吆喝：“弟兄们，《天姬送子》下来是《八仙贺寿》，该咱们上场了。”

锣鼓喧天，丝弦悠扬，寂寥的相思江还从来没有这样热闹过。在将士们的簇拥下，李文茂正襟危坐，观赏着红船兄弟的精彩演出。雨后的江水如同露珠，散发着涤荡人心的力量，像一口巨大的黑洞，吞噬着思念乍起乍寒的每一片残影。尽管李文茂努力克制着自己，把两只眼睛牢牢钉住五光十色的戏棚，不去观看江水的来时路；但他控制不住自己的耳力，戏棚里千年的诉说，天地间所有的心动，在举世无双的耳朵里，都汇成一个声音，一道旋律，那便是用古筝流泉和奇楠木棉诠释出来的《客途秋恨》。

为了反清复明大业，李文茂撕毁了十年相约的誓言，即便在屯兵相思江的日子里，他的足迹也没越过会仙镇一步。英雄将生命许给家国，那颗心却始终没有熄灭对情人的思念，相思江就在脚下，情人兴许正枯守孤舟渔火，苦苦等候着他的到来。

李文茂重重地放下酒碗。“伯爷华”问：“千岁爷，你怎么啦？”

“承蒙众家兄弟厚爱，”李文茂拔出残铁剑，沉声道，“今宵清风明月，良辰美景，本王舞剑为各位兄弟助兴，如何？”

武林至尊舞剑，乃是群雄求之不得的机遇，大伙儿狂喜：“请王爷赐教。”

李文茂挥剑而歌，吟了一首屈大均的《壬戌清明作》：

朝作轻寒暮作阴，愁中不觉已春深；
落花有泪因风雨，啼鸟无情自古今。
故国江山徒梦寐，中华人物又销沉；
龙蛇四海归无所，寒食年年怆客心。

一曲歌罢，众将齐声喝彩，纷纷琢磨李文茂刚才施展的剑式，熟悉他的人暗暗吃惊，尤其是从龙城来送信的阿幺。在易兰花、陈罗婵两代琼花会馆当家花旦的熏陶下，盲女不但武功和琴技进展神速，而且把岭南三大家的诗文背了一个滚瓜烂熟。阿幺知道李文茂喜欢的是陈恭尹的诗歌，今天怎么突然吟咏起了屈大均？这首《壬戌清明作》惆怅苍凉，浑不似屈大均其他诗篇狂肆豪迈，未免太不符合武林至尊和洪门之主的身份了吧？

正当盲女心头狐疑不定的时候，忽然有人惊叫：“天上飞的那是什么？”

在座的有识货之人，失声喊道：“我的娘，是‘囚龙草’。”

“囚龙草”久不为人间所闻，今朝现身难道是来贺喜的吗？阿幺掩饰不住泪水，抓住李文茂的臂膀，颤颤巍巍地问：“大少爷，真的是那草儿吗？”

李文茂扶她入座，点点头：“没错。”

阿幺目露恐惧：“它，它不会去补月吧？”

十八年前，“囚龙草”在西海大寨将弯月补全，结果拆散了李文茂和陈罗婵一对天造地设的姻缘。在阿幺的心里，“囚龙草”补月已然成为厄运的象征，难怪她生出不祥之感。李文茂眼看“囚龙草”像箭一样飞向弯月，围绕着弯月翩翩起舞，叹了一口气，安慰阿幺道：“弦月变盈月，乃天地间一美满事，不必惊慌。”

三更过后，万籁俱寂，洪门将士入睡安寝，只有天边明月依旧圆满如轮。李文茂回到寝帐沐浴更衣，没有顶盔掼甲，只穿了一身白袍，腰悬残铁剑。亲兵牵过“赤炭火龙驹”，李文茂纵身上马，刚刚驰出辕门，就见前面黑压压一群人影挡住去路。“大花面锦”率洪门众将跪倒在地，苦苦哀求：“王驾千岁，万万去不得。”

李文茂挽住缰绳，心平气和道：“叔父，众家兄弟，自甲寅年举义兴兵，本王即矢志捐躯疆场，不徇儿女私情，故此忍心割爱，将海誓山盟抛于脑后。怎奈苍天不许无情，遣下那碧玉草儿补全残月，分明是要本王兑现诺言。”

“大花面锦”泣不成声：“王驾千岁，此草名为‘囚龙草’，实乃不祥之物。它今日突然来到相思江，怕对本军不利，请千岁爷三思。”

“囚龙草”为陈罗婵昔日贴身之物，今天却来点醒李文茂去见邓丽娘，天命诡谲，情债累累，令李文茂无法抗拒。他长叹一声：“明日开拔，本王见她一面又何妨？”

“伯爷华”劝说：“那妇人非不能见，但白无相白神仙言之凿凿，说王驾千岁在四十大寿前须避刀兵。你是一国之主，三军统帅，断不可轻入险地。”

“会仙镇在我军手中，算什么险地？”李文茂不以为意，“即便威武窑子盘踞此地，本王亦视它如草芥耳。”

会仙镇在“临义堂”手中，周围并无清军主力。廖鸣盛见李文茂执意要去会仙镇，悄悄对“大花面锦”说：“既然王爷想去，那就让他去吧。”

“你懂个屁，”“大花面锦”瞪了他一眼，“千岁爷为了那个狐狸精能舍出命，要是真让他们两个见面，他还能回来吗？”

廖鸣盛坚持自己的看法：“千岁爷若是儿女情长，两年前就会来相思江。”

确实如此，李文茂和邓丽娘在龙头峰订下十年之约，两年前大伙儿提心吊胆，生怕他飘然一身离开大成国。出乎意料的是，李文茂并没有撇下洪门将士；这次出征桂林，大军在相思江畔驻扎了两个多月的时间，他半步也没有踏向会仙镇。这些事实，足以说明他把生命交给了复国大义，而不是交给了那段惊天地、泣鬼神的爱情。

“伯爷华”低声问廖鸣盛：“廖阿妈，现在兵荒马乱的，那妇人还在南山吗？”

廖鸣盛望了李文茂一眼：“据我所知，李半城家的人都在桂林。”

“大花面锦”听出了二人的弦外之音，心头不由一动——十年之约过去了两年，如果邓丽娘根本不在南山，又何必非要为难李文茂？他躬身向李文茂施礼：“王驾千岁，去会仙镇和南山可以，不过你要给我们一个时辰，沿江部署警戒。”

以武林至尊的威名，千军万马只等闲，怎会怕几个刺客和毛贼？李文茂明白“大花面锦”行事谨慎，这已经是最低限度的要求，不得不听从他的建议，颔首道：“叔父自可安排，本王乘舟缓行，正好观一观夜色。”

还有人比李文茂更熟悉相思江的夜色吗？

十二年来，相思江的渔火无数次照亮他的心田，如同深藏于河底的灵光，如同镌刻于六十四峰的武林秘籍，如同被他一掌拍碎的石榴石吊坠项链，让他抑制不住心底的渴求。前生的光芒照耀今生，今生的触角伸向来生，一花开三果，花瓣落三秋，此乃宇宙之影对人类宠爱有加的眷顾，亦为人类灵魂特有的天赋，谁舍得放弃？

“大花面锦”紧急调遣“护武军”和“祷天军”两支精锐，骑快马越过大湾，加强会仙镇一带的兵力，防备清军从柘木渡方向偷袭。“伯爷华”统带六条坡山战船，护送李文茂的座船向东进发。船队到了大湾，黄金亮全身披挂登船迎驾，发下豪言壮语："千岁爷，威武窑子倘若敢到相思江捋虎须，末将定杀他一个有来无回。"

李文茂欠了欠虎躯："本军明日出征桂林，苏桥圩就交给黄将军了。"

黄金亮毕恭毕敬地回答："千岁爷且放宽心，末将在，相思江便在。"

"早些休息，明日准时换防。"李文茂挥了挥手，"本王去一趟会仙镇，就此别过。"

当年李文茂在大明山龙头峰自刺三刀六洞，宁肯弃洪门之主的宝座不顾，也要守护一段可歌可泣的爱情。他和邓丽娘的生离死别江湖传诵，成为天下痴情者仰慕的传奇，绝大多数洪家兄弟都对他奉若神灵。在黄金亮的内心深处，时常也和李文茂比一比——自己不是为了"白无常"那个女魔头，不惜与好兄弟陈戊养反目为仇吗？这个念头只能搁在心底，黄金亮却不敢摆在明面上，只好讪讪地问："千岁爷去南山，可是拜访故旧？"

李文茂双目如炬，一眼看穿了黄金亮的心思，不禁苦笑："没错。"

黄金亮请求："末将愿为千岁爷护驾。"

"不必，"李文茂推辞道，"本王此次访旧，一访故地，二访故人，只为求一个心安，不劳黄将军大驾。"

黄金亮拜伏于地："千岁爷，末将有话要说，不知当讲不当讲？"

李文茂道："将军但说无妨。"

黄金亮鼓起勇气，提出了一个建议："末将听说李家千金有恩于千岁爷，二十余年苦盼只见了你老人家两面，其情可悯，其境可怜。既然千岁爷自刺三刀六洞，消了情孽，莫不如打完桂林这一仗，干脆将她收了小，岂不美哉？"

李文茂一愣："收了小？"

阿幺突然开口称赞："好法子。"

黄金亮继续说："王者三宫六院，千岁爷只有一个王娘，于古今法统大有不合。"

李文茂望着天边的圆月，放声大笑："这要问那草儿答不答应？"

黄金亮说的没错，邓丽娘与李文茂结识二十余年，的确只有春宵一度，真是叫人怜悯之极。第一个十年结束时，李文茂血气方刚，尚能做出誓死捍卫爱情的惊天壮举;如今第二个十年已经过去,身为洪门之主,李文茂一身系数十万洪家兄弟的性命,承担着汉家男儿推翻清廷和打红毛鬼的双重历史使命,不会再像以前那样冲动。若非今夜“囚龙草”从天而降,他还真找不到能够说服自己的借口,去探视深爱的女人。

作为男子汉,李文茂曾经那样珍视自己的诺言,把它看得比生命还要珍贵。而今,他只能到山头远远地瞭望一眼,在屋外看一看爱人的影子,不可能随她做一盏逍遥的渔灯,不可能真正兑现那个铭心刻骨的十年之约。黄金亮的建议不失为一个抉择,只是一世三生的爱,果真唯有朝夕相伴这一条出路吗?

明月之辉,不能削减江枫渔火的光芒,心灵的灯塔会奏出什么样的曲子呢?见阿幺抱着琵琶肃立在侧,李文茂心头一动:“你想拨曲子?”

阿幺指了指头顶的圆月:“大少爷,我知道你是怎么想的。阿真姐对你百依百顺,不会反对你娶邓姑娘回家,你是觉得对不起阿婵姐,对吗?那些碧玉草伺候过阿婵姐,是阿婵姐冥冥中的心意,我弹首曲子问问她,你看好不好?”

李文茂心底感动,嘴上应承:“也罢。”

阿幺取白巾拭手,低声祈祷:“阿婵姐,你要是答应大少爷娶邓姑娘,就不要叫那些草儿急着散去,让圆月照亮我们的道路。”

李文茂问:“你打算拨哪一首曲子?”

“当然是那些草儿听过的,”阿幺认真地说,“《虞姬巡营》《神化引》《鸥鹭忘机》《双鹤听泉》《平沙落雁》《碧涧流泉》都行。”

这些曲子固然美轮美奂,但对李文茂来说,却是拆散他和陈罗婵天作之合的罪魁祸首。今天夜里,同样还是这些曲子,“囚龙草”会把它们传给陈罗婵吗?会替陈罗婵做出抉择吗?李文茂举目四望,只见相思江水温情脉脉,脚步比以往更加轻盈,似乎听到了圆月的嘱托;江风不再寒冷,编织出一层刺目的银纱,覆盖于六十四峰之上。李文茂从腰里抽出残铁剑,执剑在手,借着月光观望:神奇的一幕出现了,这柄埋在湖底淤泥中近六百年的残物,忽然,像琴弦一样微微抖动起来。

红色的夜幕垂挂于相思江面,在李文茂手心抖动的残铁剑似乎是在舞蹈,也像是弹奏一支蕴含乾坤奥秘的曲子,与阿幺的琵琶相唱和。一瞬间,他从前练习过的武艺，包括“六祖心经”和石像三十二穴功法好比百川归海，藩篱尽消。“龙渊刀”法也好，“相思剑”法也罢，一发消了昨日的印迹，变得浑然一体，杀气无踪，威力倍增。

“囚龙草”不见任何流散的动静，阿幺激动得泪流满面，一曲接着一曲地弹奏。李文茂手捧残铁剑稳如泰山，眼前却斗转星移，山河流迁，变换了无数乾坤。身不动而心动，人不动而剑动，一种大化无碍的境界由天籁催发，真是空前绝后的武学奇观。

船队离开大湾，行驶在红色的丛林中。“伯爷华”见李文茂横剑于胸，一动不动地望着头顶的夜幕。待阿幺一曲终了，开口道：“千岁爷，你在看什么？”

李文茂指着天空：“瞧。”

“伯爷华”举目观看，发现圆月之辉逐渐向四周流散，远处星光若隐若现，竟然呈现出七星连环的模样。他几乎不敢相信自己的眼睛：“北斗七星？”

“不，”李文茂摇了摇头，“是天极。”

“伯爷华”和李文茂同列“红船八斗官”，自幼习练“天盖璇玑阵”，对天极和北斗七星的认识刻骨铭心。只见北斗七星闪烁在夜幕边缘，越来越暗淡，他心头掠过一丝苦涩：“北斗流转不定，千岁爷，莫非天极又回到了西域？”

昔日，释迦牟尼教和‘食菜事魔教’相继走访东土，盖因佛陀袈裟武功和石像三十二穴功法蒙尘，西域之士无智破解；今朝，红毛鬼子凭借坚船利炮横行中华，武林中人多以为天极重新迁徙至西域，遂令东土蒙羞，圣贤之教被难。“伯爷华”的话反映了多数人的心声，李文茂抖了抖残铁剑，怅惘地回答：“天极自西向东流转，千年只在毫厘，故天道持重，未有莽撞折返之理。吾国山河壮丽，三籁荟萃，仁义之道，天极所隐也。本王观其象，闻其声，天极不曾归去，只恐降下白雨红花，布设些许迷障，考较世人。”

天降白雨红花，人间必有灾祸，“伯爷华”不禁有些犹豫：“千岁爷，一动不如一静，咱们还是回去吧？”

“哈哈，”李文茂朗声大笑，“我洪门顺天应人，伐无道，诛残暴，即便真有灾祸，那也是天意，既无处避，又有何惧？来来，且看本王的剑法。”

月光之下，李文茂举剑演武，此番剑式举重若轻，与上半夜大不相同。“伯爷华”明白这是李文茂最新的武学体悟，立刻神情专注地观察起来，不想错过一招一式。寅时将近，船队抵达会仙镇，“大花面锦”和廖鸣盛等将领在石码头迎驾，李文茂迈步下船：“叔父，附近可有威武窑子的人马？”

“大花面锦”自嘲地说：“千岁爷武功盖世，老朽不过是瞎操心。”

李文茂拱手道：“晚辈去去就回，不多耽搁。”

“大花面锦”竭力劝阻李文茂来会仙镇，无非是为了他的安全考虑。打心底来说，“大花面锦”其实并不恨邓丽娘，相反倒觉得这女人宁肯自己死，也不愿意拖累李文茂，很有些红船人的气质。他叹了口气：“邓姑娘守了这么多年，确实不易。这次千岁爷要能找到她，就把她带回来，别让她在外面飘了，阿真那儿我替你去说。”

“大花面锦”和黄金亮同时劝说李文茂纳妾，看来这是洪家兄弟的共同心愿，李文茂感动地抱了抱拳：“叔父，此事不由我做主，须问她才是。”

“大花面锦”抬头看了看天上的月亮，发现“囚龙草”逐渐散去，圆月复归弦月，被灰色的云层侵蚀暗淡，好像一叶没入波涛的扁舟。他心情稍安：“天快亮了，快去快回。”

从会仙镇到南山的小路上，“临义堂”的兄弟举着火把，拉出一条燃烧的长龙。李文茂带着廖鸣盛和阿幺等人策马驱驰。情人就在眼前，他的爱，他的恨，他的思恋，他的愧疚，霎时如同海水灌满了胸膛。那夜的缠绵改变了他的一生，青山围、碧纱橱，罗绣幔、玉花簟，如意枕、潇湘屏，熏香炉、明灭灯，鎏金钗、水犀梳，小山眉、安息香，蝴蝶履、红罗裤，石榴石、日月冠……每一记符号都如同湿漉漉的花瓣，闪烁着梦幻的浮光掠影；每一片记忆都如同沉甸甸的音符，描绘着灵魂的痴筋妄骨。

没过多长时间，一行人到了山口。仿佛怕惊扰了山中的静谧，李文茂翻身下马，牵着“赤炭火龙驹”缓缓向山坡走去。廖鸣盛命令亲兵就地驻扎，自己和阿幺牵着马，跟随李文茂登上山顶。从上向下俯视，借助昼夜交替的光辉，一个院落模糊地显露出来。阿幺闻到木棉花和奇楠木的芳香，欢喜道：“大少爷，好香啊。”

“囚龙草”离开人间，月光消逝不见，万千条赤光组成金帐即将升起于苍穹，偶尔有几条提前穿越浑浊的雾霭，射向相思江，射向南山深处的丛林，射向寂寥的青瓦白墙。廖鸣盛仔细观察片刻，问道："千岁爷，里面有人吗？"

心爱的人近在咫尺，李文茂反而失去了镇定，举世无双的耳力听不到任何声音，能听到的只是难以控制的心跳。他喟然道："不清楚。"

廖鸣盛顺手递给他一个东西："千岁爷，用这个。"

李文茂低头一看，原来是一支竹笛，立时明白了廖鸣盛的用意。他默默接过竹笛，稍微调了调气息，吹奏了一曲《客途秋恨》：

闻击柝，鼓三更，只见江枫渔火照住愁人。
几度徘徊思往事，劝娇不该好痴心。
风尘不少怜香客，罗绮还多惜玉人。
你话烟花谁不贪豪富，
做什么你偏把多情向往小生，
况且我穷途作客囊如洗，
就是掷锦缠头我都愧未能。
记得填词偶尔写个段胭脂井，
含情相伴你对着盏银灯。
你细问我曲中何故事，
我把陈后主个段风流讲过你闻。
讲到兵困景阳家国破，歌残玉树后庭春。
…………

李文茂此时的武学修为达到了古今罕有的奇妙境界，笛声宛似甘霖抛洒，响彻南山的每一个角落，荡起了相思江忧伤的漩涡。清晨薄雾如纱，露珠自苏醒的叶面垂落，带着梦乡甜美的呼吸。丛林处处是剥落的影子，好像呢喃迷离的絮语，这些从夜网里逃生的鱼儿，残留着绯红潮湿的苔藓。泥土守候的誓言，被一场接一场的春雨清洗。山风吹干了沙漠，孤独的舞台，有情的心，是否已化为灰烬？

英雄唱着忧伤的歌曲，耳力渐渐复原如初，他拽紧马缰，等待着曲终那一刻。最后一个音符落地，一声窸窣从别院那边传来，阿幺叫道："大少爷，有动静。"

与此同时，廖鸣盛发现别院的白墙内隐隐有影子晃动，连声道："是真的。"

李文茂举起火把，松开缰绳，"赤炭火龙驹"迫不及待地冲下山坡。作为这段惊世之情的见证人，廖鸣盛心里一半欢喜一半怅惘——十余载岁月弹指一挥间，什么样的爱情能够让情人如飞蛾扑火？什么样的爱情能够叫山河为之动容？

阿幺看不到这动人的一幕，焦急地问："廖将军，大少爷进院子了吗？"

"没有，"廖鸣盛回答，"你听，还有马蹄声呢。"

阿幺聚精会神地听去，果然，骏马的蹄声清晰可辨，仿佛从云端踩入草原一样，每一步都是那样的缓慢，每一步都是那样小心翼翼，每一步都是那样舍不得落下。盲女在李文茂左右伺奉多年，对他了如指掌，甚至听得到他的情绪。她明白李文茂对邓丽娘的爱，丝毫不亚于他对陈罗婵和易如真的感情。阿幺捧起琵琶，想为这对苦难的有情人弹奏一曲，却不知道哪首曲子才合适。思来想去，最后选了一曲《牡丹亭》的结尾诗：

杜陵寒食草青青，羯鼓声高众乐停；
更恨香魂不相遇，春肠遥断牡丹亭。
千愁万恨过花时，人去人来酒一卮；
唱尽新词欢不见，数声啼鸟上花枝。

李文茂打马来到别院门前，听到山上的琵琶声，知道这是阿幺对他的祝福，心里百感交集。他将马儿拴在木棉树下，推门进户，踩着厚厚的落叶来到轩窗前。屋内陈设如旧，记忆中的一切毫厘不爽，唯独绣幔飘拂，牙床空卧，缺了一个大袖罗衫的画中人。

屋里屋外水汽弥漫，花香寂冷，衰草经年，似乎久已无人居住。窗边摆着油灯，墙壁上挂着两袭蓑衣，碧纱橱里摆放着数十尊泥塑，排列整齐，赫然仿佛两军交战的阵形。盖世英雄睹物伤情，禁不住虎目垂泪，取火把点亮了油灯。

李文茂进屋摘下蓑衣，小心翼翼地穿在身上，提着油灯缓步来到院子中央，在黎明前的最后一刻，突然发现三道金箭出现在遥远的天际。霎时，失意人有些精神恍惚，这些不速之客到底是旧情难舍的火龙珠，抑或是河底那不易到手的灵光？

第一百八十八回　野蜂蔽道

浮现在天际的三道金箭，不是太阳神涤荡雾霾的光明之吻，而是红毛鬼子武力征服世界和奴役其他文明的罪恶炮火。

埋伏在岩洞里的三门拿破仑炮同时开火，连续射出一百多发开花炮弹，将李家别院炸成一片废墟。盖世英雄遍体受创，三十二处大穴无一幸免，伟岸的身躯倒在血泊之中，倒在他日思夜想的美丽土地上。廖鸣盛目眦欲裂，一面下令搜捕逃窜的炮手，一面命人把血肉模糊的李文茂抬回了会仙镇。突如其来的变故令洪门诸将五雷轰顶，呆若木鸡。过了好一阵子，“大花面锦”才从震惊中苏醒过来，问道：“各位兄弟，你们说怎么办？”

诸将抱拳：“愿闻叔父教训。”

“大花面锦”稳定了一下情绪，一个字、一个字地往外蹦，面色冷峻：“各位兄弟，王驾千岁神功盖世，当年在龙头峰自刺三刀六洞，无情剑刺穿罩门尚且能够复生，何况红毛鬼子的开花炮弹？当务之急是将千岁爷拉回龙城，延聘名医救治疗伤。只要他老人家安在，我洪门便垮不掉，威武窑子和红毛鬼子便休想在两粤地面上撒野。”

多年以来，李文茂和他的六面军旗始终是胜利的指引，洪家兄弟跟随他浴血沙场，无不充满了自豪和旺盛的斗志。“大花面锦”说的没错，一将可敌百万兵，作为洪门之主，李文茂一身系大成国和大洪国之安危，为南中国数十万洪家兄弟所景仰；作为武林至尊，他的影响更是无远弗届，润物无声，普天下所有不甘臣虏的热血男儿和贩夫走卒，哪一个不把他视为反抗强暴、争取尊严的偶像来膜拜？

廖鸣盛哭成了一个泪人：“当初汪亚景在会仙镇设立木栅，拼命和我们斗狠，闹了半天是在偷运鬼子火炮。能设下这般毒计的非潘其泰莫属，只有他了解千岁爷的秉性，知道千岁爷肯定会来南山。这个王八蛋忘恩负义，太他老母的歹毒了。”

黄金亮拔剑而起：“于叔父，咱们马上回师苏桥圩，逮住姓潘的千刀万剐。”

李文茂身遭不测，势必影响军心士气，战局急转直下，形势对大成军非常不利。潘其泰为人奸诈异常，他既然敢向李文茂下毒手，必定做好了相应的准备，说不定蒋益澧的大军此刻正埋伏在北岸的群山中，等待着对洪家兄弟进行致命一击。“大花面锦”迅速冷静下来，断然否决了黄金亮的请求：“炮手在南山深处藏了一个多月，足见姓潘的蓄谋已久，只怕千岁爷中炮的事瞒不住。相思江无险可守，黄将军，廖将军，你们马上放弃会仙镇和大湾，立即向苏桥圩靠拢。同时将阵地后移，在永福鸡石湾布置第二道防线，不得有误。”

一旦李文茂中炮的消息传开，必然重挫大成军的士气，助长清军的威风。“大花面锦”随机应变，把防御的重心改在永福鸡石湾，不失为稳妥之计。黄金亮和廖鸣盛均无异议，连夜拔寨而起，移驻苏桥圩，接替“大花面锦”和“伯爷华”等人的防线。

诚如“大花面锦”所料，潘其泰在会仙镇和南山周围布置了大批眼线，少数眼线拼死逃脱了廖鸣盛的追捕，将李文茂中炮的消息传回。四月二十五，蒋益澧率湘勇和临桂团练合计两万大军杀进苏桥圩，解了潘其泰之围。

酒席宴前，蒋益澧手捧美酒，当着众将的面向潘其泰施以大礼：“潘将军，兵不血刃歼灭巨寇，力挽狂澜，功在社稷，虽古之名将不及也。”

潘其泰赴宴前特意捯饬了一番，在盔甲外面罩了一身麻衣，头上缠了一圈白巾，表示自己旧情难忘。他凄然道："臬台大人，一日为师终生为父，潘某设计谋害二爷，有违义理，只怕将来遗臭万年，为江湖唾弃。"

潘其泰奇计奏效，湘军将领无不刮目相看，江忠浚改变了对他的看法："哎，自古汉贼不两立，将军为国尽忠，有何羞愧？"

江忠浚错用典故，被蒋益澧狠狠地瞪了一眼，心里话你他妈还算是个读过书的人，难道不知道这句话一勺烩，把在座的人都骂了个遍？他连忙把话题岔了过去："将军至情至义，做人不忘本，江湖同道有人骂，自会有人赞，不必介怀。潘将军，今天来的没有外人，你给兄弟我撂一个实底——李贼到底能不能逃过这一劫？"

李文茂威名太盛，湘军将领和洪家兄弟一样，皆不敢轻易断言其生死。潘其泰是设计陷害李文茂的实际执行人，又是当年李文茂自刺三刀六洞的见证人，众将认为他最有资格判定这一事实。潘其泰抹去眼泪，沉痛道："咱们聘用的炮手有的来自潮勇，有的来自东勇，俱是这一行里的老手。他们在南山藏了一个多月，每天丈量，从岩洞到院子有多少步，多少武，算得毫厘不差。李家别院小巧玲珑，二爷在那里等于是固定目标，射程经过千百次的测量，加上拿破仑炮射击精准，开花炮弹威力巨大，做到弹无虚发没有问题。三门炮打光了炮子，纵然是大罗神仙，这次也难逃一劫。"

蒋益澧大喜："如此说来，李贼必死无疑？"

换作其他武林中人，死一百回都富富有余，然而这次伏击的对象是李文茂。潘其泰不敢把话说满，委婉道："大人，俗话说活要见人，死要见尸。"

蒋益澧号称憨子，是个王八性格，咬住目标不撒嘴。他猛地拍了一下桌子："潘将军言之有理，姓李的是天字第一号的反贼，武功盖世不说，且屡屡起死回生，叫人不可不防。湘粤三省为红匪滥觞之地，百姓多受其蒙蔽蛊惑，李贼一日不死，三省一日难宁。其生死不但事关两粤战局，更影响到长江流域——长毛发源于粤西，军中多为洪家兄弟，李贼倘若咽了气，彼等自然胆寒，指日可破。潘老哥，本司决意趁红匪群龙无首之际落力攻打柳州，这是一个建功立业的好机会，咱们哥俩一起干。"

是否参与下一步的进军，果勇内部意见纷纭，多数看法是借机扩大战果，不能让湘军把桃子全摘到篮子里；也有少数人不愿和昔日兄弟杀得头破血流。潘其泰权衡再三，最后倾向于后一种看法，这也是他不顾官场忌讳，坚持穿麻衣、戴白巾赴宴的原因。他端起一碗酒，冲着蒋益澧一饮而尽，然后问："臬台大人，听说朝廷重建了江南大营？"

蒋益澧不知道他为什么突然问这件事，随口道："是啊，年初立的。"

潘其泰又问："是张军门挑头吗？"

向荣深入虎穴，在天京城外扎下江南大营，足足恶心了洪秀全和杨秀清三年多，也因此让太平天国变得不像一个国家，只像一座城市。不是洪秀全和杨秀清等人不想拔掉这根刺，实在是因为张国梁太凶悍，手下的洪家兄弟太能打。按理说张国梁蜚声海内，为朝廷立下了偌大的功劳，这次重建江南大营应该重用他了吧？不，咸丰皇帝出乎意料地任命和春为江宁将军兼任钦差大臣，仅仅给了张国梁一个帮办军务的头衔。这件事充分说明了一个无情的现实——只要你出身洪门，不管你立下了多大的功劳，永远无法获得清廷的信任。

既让马儿跑，又不给马儿吃草。潘其泰是老江湖，深知兵凶战危的道理，张国梁头上骑着和春这样的窝囊废，恐怕将来会死无葬身之地。蒋益澧品出了他的弦外之音，不便勉强，失望地提醒："老哥，这么好的机会，你不干真是太可惜了。"

蒋益澧在湘军不受待见，做梦都想咸鱼翻身，一口吃一个大胖子。潘其泰了解他立功迫切的心情，笑道："臬台大人，哥哥情愿把这份功劳送给你，绝不后悔。"

任凭湘军众将使出浑身解数，潘其泰死活就是不松口。吃罢饭，江忠浚单独陪着蒋益澧回帐安歇，好奇地问："芗泉，这个滚刀肉是啥意思？"

蒋益澧叹了口气："潘都司有功不居，此为韬光养晦之谋也。"

江忠浚摇了摇头："我看他是怕红匪厉害，阴图保存实力。"

这时，一名亲兵入帐禀报："潘将军求见。"

两个人同时发愣："他来干啥？"

亲兵知道他们误会了，连忙纠正："是潘家馥潘将军。"

潘家馥是湘乡人，跟随蒋益澧入桂作战，刚刚被劳崇光任命为柳州知府，统带水军驻扎在柘木渡一线。蒋益澧摆了摆手："叫他进来。"

潘家馥快步流星进入大帐，兴冲冲地抱拳："大人，好消息，好消息，昆军门已经在十八日拿下梧州，还给咱们送来一船鬼子枪炮。”

“呵呵，打瞌睡就有人送枕头。”蒋益澧精神大振，掩饰不住地笑意盈盈，“有了这船鬼子枪炮，本司便可以直捣柳州，弄清李贼是死是活？”

在苏桥圩歇息几天后，湘军和团练水陆并发，开始攻打永福鸡石湾。黄金亮和廖鸣盛率部进行顽强阻击，激战三日，伤亡巨大，不得不让出鸡石湾。清军第二站进至雒容，镇守雒容的将领为李文辉，指挥水师迎头痛击清军。水师兄弟向来骁勇善战，面对装备鬼子火炮的清军毫不畏惧，采用灵活多变的战术屡屡给敌人重创。蒋益澧心里这个窝囊劲儿就别提了，无论兵力还是装备自己都占据上风，可偏偏屡战屡败，有什么办法？

白沙江打得昏天黑地，湘军和临桂、永福等地的团练合计三万大军，硬是闯不过去一个小小的雒容。战至第七日，蒋泽春押运粮草赶到，屏退左右，低声问道：“昔日邓艾邓士载偷渡阴平，出奇兵灭蜀，大人其有意乎？”

蒋益澧大喜：“足下有何良策？”

蒋泽春胸有成竹地说：“艇匪纵横三江六水，享誉粤西十余载，绝非浪得虚名。今李贼遭受重创，生死未卜，会党上下皆无斗志；而我军新得鬼子枪炮之利，正是直捣黄龙、一战而定的好时机，何必在此以我军之短，击敌军之长？”

蒋益澧“噌”的一下跳起来，拉住蒋泽春的手亲昵地说：“老弟，咱们是一家人，你不要卖关子了，有什么好法子，快快道来。”

蒋泽春这才亮出底牌：“臬台大人，万事利弊相生。咱们的麻阳船个头小，装载不了佛山大铁炮，比不了坡山船，这是咱们的短处；可正因为它个头小，分量轻，有几十个人就可以抬着它走啊，反正鬼子火炮也不重。”

蒋益澧如醍醐灌顶：“你是说，咱们绕开白沙江口？”

蒋泽春道：“粤西江河纵横，大人还怕没地方行船吗？”

一句话点醒梦中人，蒋益澧恍然大悟。雒容西行九十里便是洛清江，从那里可以乘船直攻柳州。洛清江沿岸设有大成军的堡垒，放在平时，便是借蒋益澧几个胆也不敢深入；但现在不一样，李文茂中炮的消息不胫而走，大成军将士人心惶惶，无心恋战，湘军又有新到的攻城利器——鬼子火炮，杀进大成国腹地正当其时。

对于蒋益澧来说，攻城略地、将士伤亡等等均为细枝末节，真正决定粤西战局的关键因素是李文茂。就算李文茂还有一口气，也绝不容他在柳州安心养伤，否则遗患无穷。蒋憨子想到这里目露凶光："想在老子手里起死回生，没门。"

是夜，蒋益澧下令各地团练留在雒容与李文辉周旋，湘军尽弃辎重，借着夜幕的掩护把麻阳船抬到九十里外的洛垢，然后安装鬼子火炮。如是三日，近七千湘军在洛垢集结完毕，沿着洛清江扑向柳州。五月十二是夏至，适逢李文茂的四十整寿，湘军攻克鹧鸪山阵地，在山头架设鬼子火炮，夜以继日地轰击龙城，不让李文茂得到片刻的安宁。

以王娘易如真、军师叶兆隆为首的大成军将士和蒋益澧想法类似，宁肯丢弃龙城，也要保住李文茂一条性命。十三日夜，全军分四路撤退，其中苏三娘披甲执锐，一马当先，保护李文茂夫妇和襁褓中的小王子撤出龙城。

撤退的最佳路线是南下浔江，与陈开会合；但是叶兆隆和"大花面锦"预料到蒋益澧会朝这个方向投入重兵追击，为了李文茂一家的安危，他们主动担起诱敌之责，掩护易如真和苏三娘一路向北转移。湘军攻克龙城后，蒋益澧顾不上休息，率军穷追猛打，一口气向南追出百余里才发现上当。蒋益澧真不愧憨子这个称号，马不停蹄掉头狂奔，终于在柳城古砦赶上了行走缓慢的易如真。当时易如真身旁只有一营"御林军"，全体将士舍生忘死，与数倍于己的湘军展开血战。战斗从凌晨持续到黄昏，刚出月子的"香美人"也不得不披挂上阵，挥动"嵌金剑"奋力搏杀，眼看即将全军覆没，忽然驰来一彪人马，撕开了湘军的包围圈。

这支人马大约有五六百人，一个个穿着红船戏装，头戴打武家的脸谱面具，举着"护武军"的旗号。为首女将手中梅花亮银枪上下翻飞，神出鬼没，那真是沾着死、挨着亡。到手的肥肉没吃进嘴里，蒋益澧命人擂响战鼓，重新列好阵势，催马上前，提刀断喝："哪里来的贼妇？速速报上名号，本帅刀下不死无名之鬼。"

女将军提着长枪，一双墨玉般的深瞳转过来，看得蒋益澧心头发毛。这女人貌若天仙，枪法高明，最叫人称奇的是她那副平静的神态，好像不是在两军阵前厮杀，而是在秋日的原野上悠闲地采摘花朵。只听她冷冷地吐出三个字："你不配。"

蒋益澧虽然被湘军将领排斥，但性情和王鑫一样极其孤傲，最是要面子的主，如今被一个女人嗤之以鼻，火苗子"噌"的一下子窜到了嗓子眼，举刀就砍："娼妇，拿命来。"

听到蒋益澧口出污秽，女将墨瞳掠过一丝寒光，当下举起梅花亮银枪，拨马与蒋益澧战在一处。二十回合战罢，两马错镫之时，只见女将枪交左手，右手从背后的斗篷里倏地拔出一柄柳叶刀。夕阳的血河里，刀刃燃烧着冰冷的火焰，如同飞溅的水花，无声无息砍向蒋益澧的头颅。蒋益澧自幼混迹江湖，经验丰富，反应迅速，知道这一刀肯定是躲不过去，索性拼命把头一缩，闪过要害。电光石火之间，柳叶刀扫颈而过，耳轮中就听"咔嚓"一声，蒋益澧肩部铁甲被砍破三重，肩部划开一个口子，血光飞溅。

蒋益澧"哎呀"一声，疼得差点没从马上摔下来，他嗓子眼憋住一口气，伏在马背上败下阵来。有一句话说，兵是将胆，将为兵魂。主帅被人家一刀砍中，落荒而逃，当兵的还有什么士气？湘军兵败如山倒，一下子溃退二十里，直退到融江边才收住阵脚。江忠浚带领后队赶来增援，仔细检视蒋益澧的伤口，发现骨头没有被砍断，这才放心。听蒋益澧描述完毕，他登时吃了一惊："芗泉，此贼乃长毛军中的苏三娘，你也敢惹？"

"嬲你娘。"蒋益澧气歪了嘴，"你咋不早说？"

这段日子，湘军将士像驴一样南北狂奔，不曾得到片刻休息，加上蒋益澧的伤口也需要延医治疗，江忠浚下令停止追击，全军转而向东，和潘家馥、蒋泽春、蒋荣华、谢丰年等路人马合围乔老苗部，争取一鼓作气拿下县城，提振低迷的士气。

乔老苗为柳城三塘人氏，本名乔九苗，原来是"洪胜堂"旗下的一个小头目。这些年雄踞柳城一带，手下拥兵三千，号称过万。李文茂定都龙城后，乔老苗主动率众归附，被李文茂任命为都督，负责镇守柳城。

船过乌云滩，潘家馥、蒋泽春、蒋益恭、蒋荣华、谢丰年等将领齐来问安。蒋泽春听说苏三娘突然现身，禁不住咋舌："伤了臬台大人的原来是她？"

"这事难缠了。"蒋荣华也皱起眉头，"此女十分强横，捷勇上下畏之如虎，张军门最头疼的就是她。要不是长毛嫉贤妒能，她早早隐退，咱们湘军非吃大亏不可。"

潘家馥心有余悸地说:“兵法云,穷寇勿追。红船子弟骁勇善战,苏三娘的武艺受过李贼亲自指点,不可小觑,最好别追了。”

蒋益澧躺在木床上“哎哟”直叫唤,听到诸将你一言我一语,气得火冒三丈,抬起右臂厉声斥责:“休要长敌人志气,灭自家威风。李贼气息奄奄,穷途末路,靠几个五体不全的女人护驾,我们再收拾不了他,还有什么脸面去见圣上?”

江忠浚忙道:“芗泉,消消气,消消气。大伙儿不是不想追,可眼下刚打了败仗,你又伤得这么重,总得歇一口气吧?”

蒋益澧气咻咻地骂了一句:“老子没事。”

这憨子使起了牛性子,甩掉诸将的搀扶,硬是靠自身气力跳下了床板。伸手从蒋荣华腰里拽出佩刀,刚要迈步,突然一个巨浪涌来,麻阳船抖了一抖。蒋益澧双脚无力站稳,歪歪扭扭摔了一个大马趴,佩刀“当啷啷”落地,登时昏厥过去。

大家七手八脚,把蒋益澧抬到木床上,掐人中的掐人中,喊郎中的喊郎中,眨眼间乱成了一锅粥。这时,江面上响起了一阵炮声,出现一支庞大的船队,江忠浚拉起单筒望远镜仔细一瞅,高兴地嚷了起来:“弟兄们,张道台给咱们送吃喝来了。”

李文茂中炮的消息传到庆远府,大成军人心惶惶,地主团练则士气大振,纷纷从深山堡垒中冒了出来,捐钱的捐钱,输粮的输粮,张凯嵩一下子抖了起来,手里能支配的兵力像吹气球一样涨到了两万有余。听说蒋益澧急行军来到柳城,张凯嵩连忙凑了二十万斤军粮,乘船从宜山赶到柳城,慰问“劳苦功高”的湘军将士。

清军设计陷害李文茂,粤西战局一夕翻盘,张凯嵩功不可没,而且手里那些从前无人问津的官缺都成了香饽饽。他意气风发地登上麻阳船,问明蒋益澧昏厥的前因后果,脸上露出一丝会心的微笑:“不碍事,臬台大人这是心病。”

入夜时分,蒋益澧终于醒了过来,看到张凯嵩,犟汉子忍不住鼻子发酸,握住张凯嵩的手抽泣起来:“老兄,李贼被洋炮钻了几十个洞,行将就木,本军十倍于敌,犹然斗不过他身边的几个女人,真是羞煞人也。”

张凯嵩好言相劝："臬台大人，李贼称霸武林十余载，身边人哪一个不是高手？苏三娘从粤西杀到镇江，几次拯救发匪于危难之中，名震寰宇，败在她手里不算晦气。"

蒋益澧泄气："老兄的意思，哪怕李贼成了一具僵尸，咱们还是奈何不了他？"

张凯嵩侃侃而谈："下官已经做了安排，沿着两府交界重兵布防，严防这股漏网之鱼窜入九万大山，与庆远府的反贼合流。红匪被我军打了个措手不及，尚未完全苏醒过来，正是我辈建功立业的好机会。臬台大人只要安步当车，拿下柳城和融县，便可以将眼前这股敌人逼入三省交界的怀远。彼处烟瘴遍地，山高林密，人迹罕至，粮草难筹，所谓天尽头，水断流，与红匪大股兵力相隔，进去只有死路一条。"

蒋益澧沉重地摇摇头："老兄，本司不在乎歼灭几个反贼，在乎的是李贼的性命。倘若他再次死里逃生，登高一呼，眨眼又是遍地红旗，我等岂不是灯草搓绳，白费心机？"

"大人多虑了。"张凯嵩道，"你不是想问李贼的生死吗？黄婆洞的白神仙游历归来，正好在下官的船上，何不请他占卜，问个吉凶？"

白无相青出于蓝而胜于蓝，名气比他师傅玉龙仙长和师兄铁口道人还要大。蒋益澧听后心花怒放，一跃而起："快请。"

山中一日，世上千年。白无相此番来九万大山游历，进山前由大成军护送，下了山是清军伺候。好在他是修炼道法的世外人，见惯了沧海桑田，心如止水。邋遢人身穿草衣、打着赤脚往蒋益澧的对面一坐，双目如烧焦的枯枝，看得蒋益澧和湘军众将一阵发毛。

张凯嵩打了个哈哈："臬台大人，神仙慧眼如炬，你有话尽管问。"

蒋益澧勉强抬了抬手，恭敬地问："请问神仙，李贼可还有气数？"

"白龙断水，"白无相面无表情，"能有什么气数？"

蒋益澧要的就是这句话，登时忘了肩部的刀伤，挺直腰板："神仙，白龙归天五载，为何李贼犹然在人间翻云覆雨？"

白无相手捧茶碗没有说话，许久之后，长长地叹息："天极寸移，乾坤巨变，红毛鬼子这条银龙犯我东土，赤龙还魂迟迟，白龙何以骤离？"

蒋益澧骤然紧张起来："神仙，你的意思是他尚有命在？"

"红花夺目连城艳，白雨西风尽落花。"白无相面露伤感，"白龙归天已久，留在世上的无非是一丛痴心不改的影子，风吹雨打，行将就木。不过，这丛影子心有所念，逆时而行，秋天繁华落尽，恰是他起死回生的季节。据贫道测算，只要能熬过冬至，定可复活。"

"嬲他娘，"蒋益澧咬牙切齿，"老子斩他个一干二净，叫他永世不得超生。"

"天生云雨心生影，碎身化作千万亿。"白无相打了个稽首，"臬台大人，影子这东西来去无形，恰如野火春风，你斩得断、杀得尽吗？"

由于各路援军到达，清军在柳城境内集聚了三万大军，拥有了攻打县城的雄厚兵力。五月二十五，蒋益澧发出破城令，鬼子火炮轰塌了西门附近的城墙，清军蜂拥而入。疲惫不堪的洪家兄弟顽强抵抗，终因寡不敌众节节败退，县城沦落敌手，乔老苗也力竭遭擒。

攻克柳城，蒋益澧精神大振，一方面要求桂林府和庆远府的团练从东西两侧围堵，一方面不顾肩上的伤痛，亲率湘军杀入融县，逼迫大成军退向怀远，压缩其战略腾挪的空间。苏三娘敏锐地观察到他的意图，果断下令全军分成小股部队，乘敌人尚未完全合围之际，跳出包围圈向浔江方向转移，与叶兆隆和"大花面锦"部会合。她自己带领部分"护武军"兄弟沿着融江北上怀远老堡口，面见驻扎在那里的易如真，紧急商讨下一步的对敌策略。

过了小暑，夏日炎炎，然而清澈的融江水却依旧飘散着阵阵寒意；来自苍莽群山的风狂虐肆荡，呼啸着越过绿意盎然的枫林，在凛冽的河面上敲响了祭祀的鼓点。"御林军"在古砦那场血战中损失巨大，减员高达三分之二，易如真把打散的将士收拢在一起，勉强凑够了一个营的兵力，负责护卫昏迷不醒的李文茂。

老堡口是怀远县城所在，位于都柳江、融江、浔江（古宜河）交汇处，江心有一处沙洲。鉴于易如真刚出了月子，身体虚弱，出入不便，阿幺选调"御林军"中的红船姐妹在沙洲上立了营盘，这里也就顺理成章地变为中军大帐。苏三娘翻身下马，单独乘船登上沙洲，中军大帐里没有易如真的身影，只有阿幺哼着小曲哄小王子入睡。

小家伙刚刚出生两个月，连名字都来不及起，李文茂便横遭飞来之祸。

这孩子的五官和脸型像极了他的父亲，看到那双天真无邪的黑眼珠，百战名将禁不住鼻子一酸，差点当着阿幺的面落下珠泪。阿幺虽然看不见，但耳力极为灵敏，抬头问道：“是玉娘姐吗？”

苏三娘偷偷拭去泪水：“阿真在哪里？”

“对面山上有金丝楠木，”阿幺道，“大少爷当年躺在金丝楠木棺材里起死回生，大少奶奶领着弟兄们去伐木，打算把大少爷放进去。”

当年运送李文茂遗体的确实是金丝楠木棺材，但那口棺材里还套着一口黑青花石棺，后者才是李文茂起死回生的秘钥。苏三娘明白，必定是因为李文茂昏迷不醒，易如真和红船兄弟才出此下策。她来到后面的帐篷里，摸了摸李文茂的腕子，发现脉搏若有若无，时断时续，说不清是哪一种内息。

李文茂的武功出神入化，尤其是修炼了“六祖心经”以后，真气化为普通气息，连苏三娘这样的武林高手都望尘莫及。她不愿浪费精神，解开身上的重甲，寻了一只矮凳，头歪在门框上打起了盹，一连三夜马不停蹄，便是大罗金刚也要累散架了。

眯瞪了不到一刻，号角呜呜，易如真回来了。

苏三娘揉了揉眼睛，出了大帐，只见三条快船迎面驶来。第一条船上摆着一口刚打制好的金丝楠木棺材，易如真顶盔站在船头，大声喊：“玉娘姐，玉娘姐。”

不等她下船，苏三娘急切地说：“蒋益澧疾速向怀远杀来，你打算怎么办？”

“香美人”道：“玉娘姐，我听你的。”

凭着姐妹深情，搁在往日，苏三娘当仁不让地会替易如真做主。然而现在不一样，李文茂身子骨极其虚弱，能否经受得住战火纷飞的折腾，是一个叫人想都不敢想的大问号。“香美人”看似性情温婉，实则坚毅无比，在涉及丈夫生命的问题上绝不会妥协。她斟酌着说：“威武窑子大兵压境，我军孤立无援，力不能抗，只有转移这一条路。阿真，朝哪个方向走，你必须当机立断，没有耽误的工夫了。”

清军分三路向怀远杀来，南路湘勇战斗力最强，易如真和苏三娘只有两营残兵，不是蒋益澧的对手，不宜硬碰；东西两侧为桂林府和庆远府的团练，战斗力一般，是大成军可以选择的突围方向；北面是一望无际的蜿蜒群山，虎豹出没，烟瘴遍地，数百里没有人烟，进去只有死路一条。“香美人”低头抚摸着金丝楠木棺材，幽幽地说：“玉娘姐，他身子骨脆弱，受不了行军颠簸，更受不了炮火惊扰。妹子打算逆水行舟，一路向北，走到水断流。”

东南西北四个方向，“香美人”偏偏选择了无望之路，苏三娘大骇，拔出柳叶刀：“俗话说困兽犹斗，蒋益澧想把咱们逼上绝路，不战而屈人之兵，断不能叫他得逞。妹子，姐姐我就用手里的这两把柳叶刀，在敌军中杀出一条血路。”

对于两营洪门将士来说，从粤东退到粤西已经令人气馁，再从粤西退到贵州，实在有愧于曾经的无敌战旗。何况怀远以北是无边群山，号称大地边界，与其饿死在荒山野岭，倒不如痛痛快快与湘军拼杀一场。然而，在易如真看来，留得青山在，不愁没柴烧，丈夫和将士们的生命才是洪门战力的源头。她暗自下定决心，对苏三娘莞尔一笑：“玉娘姐，水断流处是乌狼坡，又名蜂巢谷，妹子就降生在那里，谁说是绝路？”

一刹那，苏三娘恍然大悟，懊恼地拍了一下额头，这些天忙于和清军打仗，怎么把易如真的身世给忘了？她迟疑道：“妹子，你虽然出生在蜂巢谷，可那些野蜂又不长眼睛，难道它们还能认出你不成？”

易如真叹了口气：“玉娘姐，威武窑子三面都布置有重兵，咱们剩下不到一千兄弟，老的老，少的少，几乎个个挂彩，你忍心让他们送命吗？”

苏三娘犹豫道：“退出粤西，有损阿茂军威，你可要想清楚了？”

“人在军威在，”“香美人”斩钉截铁地说，“此事我来担当。”

事实上也不容她们有别的选择，当天夜里，苏三娘和易如真刚刚拔寨撤离，湘军前锋就已经冲到了老堡口，首尾相接十里地，形势万分危险。蒋益澧一心一意要夺李文茂性命，催动各路清军日夜兼程，全面合围，将洪门将士逼到了乌狼坡。

乌狼坡不愧天下绝地的称号，洪门将士刚进入谷口，远远就听到闷雷一样的响声。野蜂铺天盖地遮蔽了天日，把白昼变成黑夜，惊得战马纷纷挣脱驾驭，拼命逃亡。苏三娘倒吸了一口冷气，紧张地问：“阿真，到底行不行？”

易如真脱下盔甲，换了一身单薄的蓝色碎花袍，从阿幺手里接过小王子，在孩子的脸上亲昵地吻了一口，轻松地说：“玉娘姐，你还不信我吗？”

在过去的岁月里，冯玉娘曾不止一次地见识过“香美人”调教野蜂的本事，但那些野蜂的数目毕竟有限，不像蜂巢谷这般如山如海。她提起梅花亮银枪：“妹子，你姑且试一试，不行的话，咱们就杀回去。”

众兄弟大呼：“对，杀回去，让威武窑子尝尝厉害。”

望着沾满烟尘的六面军旗，望着神情疲惫而悲愤的洪门将士，望着躺在金丝楠木棺材里的丈夫，望着还不会开口说话的婴儿，“香美人”感慨万千。她不是临阵怯战的懦夫，这支铁血之师也不是逃兵，他们中的不少人是与自己同生共死的红船兄弟姊妹。为了唤回那曾经威震敌胆的军魂，唤回丈夫的生命，她必须在天地绝途中开辟一条生路。

易如真摘下“嵌金剑”，义无反顾地踏进蜂巢谷。这里既是旅人畏之如虎的死亡地带，也是苍天赋予她生命的摇篮——母亲当年爱情梦碎，策马离开相思江的情形，与今日洪门将士遇到的险境颇有几分相似。如果说有所区别，那便是母亲孑然一身，自己不但有丈夫陪伴，身旁还多了一个嗷嗷待哺的小生命；母亲来蜂巢谷是为了寻死，自己则是为了求生，不仅要为红船兄弟姊妹开辟生路，还要给伢仔争取一幕自由飞翔的天空。

“香美人”边歌边舞，微笑着走向天地断崖，走向可怕的野蜂世界。肇始于脚下这块土地的芬芳体香，随着蓝色花袍的优美舞蹈溢向四方，反馈到路边厚厚的草丛。如果说绝境是一片笼罩人心的影子，那么这瓣花朵里实已包含了复活的种子，绝望之地即为重生之地，肉体脱胎换骨后，灵魂依旧如昨年的芳香。

芳香历久弥新，犹如鲜嫩的朝露，宣誓伊人的到来。说也奇怪，杀戮苍生的野蜂好像长了一个异常灵敏的鼻子，它们嗅出了“香美人”的体香，霎时停止嘈杂雷鸣，排成整齐的队形翩翩起舞，欢迎这块土地主人的归来。

云开启，雾飘散，阳光自野蜂阵型的空隙投向大地，好像一架五光十色的瑶琴，弹奏着夏日的夜曲，把绝望变成希望，将黑暗化为光明。

第一百八十九回　英雄长辞

易如真和苏三娘率众出人意料地穿过乌狼坡，消失在遥远的天边，令尾随而来的湘军将士瞠目结舌，望洋兴叹。与此相应，各地义军听到李文茂脱困的消息，无不欣喜若狂，纷纷聘请名医进入贵州，治疗平靖王的伤势。

彼时的黔东南，由于大成军的介入，已经变成一片红色的海洋。贵州绿营的额设兵力仅为三万六千，其中近半数被调往长江流域镇压太平军，因此根本不是起义军的对手。易如真和苏三娘所部抵达月亮山后，一面把李文茂安置在黑水寨静心疗养，一面重新竖起李文茂的六杆无敌军旗，组织汉、苗、瑶联军，任命"雷公仔"、余老科、罗光明等人为统帅，起兵一万八千攻打黎平府城。首战攻克锦屏县城，次战夺取黎平外围汉寨、梅得寨、楼梯哨等要地；七月下旬，黄金亮率部翻越九万大山入黔助战，联军总兵力达到三万，设垒四十八座，切断城中运输粮道，彻底将黎平变成一座孤城。城内清军拼死抵抗，而攻城的联军又缺乏铁炮、红粉等攻城利器，双方杀得难解难分，战役陷入了胶着。

时光飞逝，转眼间秋风送凉，到了八月十五中秋节。在这个人间团圆的日子里，"雷公仔"下令停止攻击，全体将士休战三日，为平靖王祈福。吃罢午饭，他正和黄金亮、余老科、罗光明等人商量下一步的攻城方案，忽然有人来报："清水江畔来了一支人马。"

莫非是来自偏刀水的敌方援军？诸将披挂上阵，领兵冲过风雨桥，只见对面来的这股兵马高举白旗，旗帜上绣着斗大的"江汉"二字，帅旗下众星捧月闪出一位仙风道骨的老者，头戴正天散仙冠，身披八卦青鸾袍，腰束伏龙万寿带，脚踏天罡步云履，左插五方镇魂旗，右悬七星驱魔剑，手中一杆驱魔杖，白眉毛和白胡子，俨然太白仙翁下凡。

"雷公仔"眼前一亮，拱手道："老神仙，哪阵风把你老人家吹来了？"

来人非别，正是灯花教主刘仪顺。汉苗联军包围黎平府城，将绿营主力拖入泥潭，从而大大减轻了灯花教起义军面临的压力。刘仪顺在思南府发展得非常顺利，听说李文茂到了月亮山黑水寨，便带着一班护卫，跋山涉水觐见平靖王。

众将把刘仪顺接入营中，老爷子慢慢喝了一小碗茶，捋了捋颌下长长的白胡子，然后单手立在胸前："无量天尊，贫道向吴元帅道喜了。"

"雷公仔"惊讶地问："老神仙，何喜之有？"

刘仪顺笃定地说："千岁爷乃世间少有的至阳之体，三十二处大穴悉遭重创，犹然一口英雄气绵绵不绝。这次穿越天地绝途，平安脱险，便是起死回生的好兆头。"

"雷公仔"当年跟随易如真上龙头峰，舍生忘死从虎口中抢回李文茂的遗体，亲眼见证过他起死回生的奇迹。然而，奇迹终归是奇迹，如果一而再、再而三地在世间重演，那还算什么奇迹？"雷公仔"叹了口气："千岁爷至今昏迷不醒，本帅尚未得到还魂的喜报，难道老神仙有什么灵丹妙药？"

"吉人自有天相，何须用药？"刘仪顺举起那根驱魔杖，傲然道，"贫道没有带来什么灵丹妙药，只带来了这个。"

众将凑上前来，只见那根驱魔杖长约五尺，雕刻古朴，看不出有什么与众不同。余老科失望地说："老神仙，你这根驱魔杖为上乘阴沉木所制，放在别的地方算是件宝物，放在黎平府跟废柴差不多——本地出产的阴沉木名扬四海，三五千年的木料有的是，你说你要多少，我让人用车给你装，车不够用船也行。"

"雷公仔"连忙向他使了一个眼色："余爷，不可无礼。"

刘仪顺仿佛早料到有这一出，没有生气，依旧满面春风：“别着急，再瞅瞅。”

大伙儿满腹狐疑，仔细观察一番，终于发现杖头部分刻着四行小字，原来是一首诗。黄金亮逐字逐句地念道：

弥勒佛来转乾坤，龙虎口口传法言；
三甲汇合刘朱李，莲花国中反后天。

罗光明不解地问：“老神仙，你又弄啥古怪？”

刘仪顺解释道：“此为本教教徒耳熟能详的法偈，两千年来，汉家江山最强者莫过于刘朱李三朝，老朽这是贯彻洪门兴汉灭满的宗旨。”

黄金亮放下驱魔杖：“按顺序应该是刘、李、朱，你咋给倒过来了？”

刘仪顺神秘地一笑，没有回答，而是转头问“雷公仔”：“吴元帅，千岁爷上次在龙头峰自刺三刀六洞，起死回生总共花了多长时间？”

“雷公仔”回答：“五月逢劫，九月还魂，大约四个月吧。”

刘仪顺一拍大腿：“他这次是四月中炮，依时间推算，是不是该醒了？”

一语点醒梦中人，众将齐声欢呼。“雷公仔”激动地说：“咳，我说那么多的灵丹妙药都不管用，闹了半天，还不到时辰？”

黄金亮笑呵呵地说：“好啦，好啦，既然千岁爷还魂良辰已到，必定风云再起，此乃莫大的喜事，咱们赶快摆一桌酒，犒劳一下老神仙。”

“对对，”“雷公仔”懊恼地拍了一下额头，“就在风雨桥上盛排筵宴，观景赏月，给老神仙洗尘接风。另外把千岁爷的喜讯知会下去，三军同庆。”

酒过三巡，菜过五味，借着皎洁的月光，“雷公仔”发现驱魔杖微微震颤，那首诗的字体隐然放射光芒。他惊奇地说：“呀，这东西敢情真是个宝贝？”

“各位兄弟，”刘仪顺转动着驱魔杖，“贫道这根宝杖为‘摘光道士’所赠，至少在世间存活了五千年，与罗浮山的枫树根有异曲同工之妙。”

听说这块阴沉木传自“摘光道士”周位抡，“雷公仔”、黄金亮、余老科、罗光明等将领无不肃然起敬，“雷公仔”接着问：“老神仙，它有哪些妙处？”

“它最大的本事是通灵。”刘仪顺道，“这根宝杖可以发出三色光芒，测知天意。”

众将备感新奇：“三色光芒？”

“对，黄、红、白三色。”刘仪顺一本正经地说，“拿千岁爷起死回生这桩事来说，倘若明月之下它泛出黄色，则元亨利贞；泛出红色，则有血光之灾；泛出白色，则吉凶各半。今天月辉甚是饱满，咱们不妨试它一试？”

说罢，刘仪顺使劲一抛，将驱魔杖扔下风雨桥，落入清水江。黑黢黢的杖身在漩涡里上下浮动，随波逐流，渐渐飘出了众将的视野。罗光明担心地说：“别丢了。”

“不碍事。”刘仪顺甩掉身上的八卦青鸾袍，竖起右掌三根手指，口中念念有词，猛地戳向空中，喊了声“祭”。说时迟，那时快，但听“轰隆”一声，清水江平地掀起三尺浪，驱魔杖矗立在波涛之上，杖头发出了黄澄澄的金色光芒。

众将大感快慰，“雷公仔”问：“老神仙，说不定千岁爷已经康复了。”

“千岁爷脱困是命定的，”刘仪顺道，“然欲龙体常泰，尚须迈过一关。”

众将齐声问：“哪一关？”

刘仪顺掉起了书袋子：“各位兄弟，洪门从福建转到粤东，从天地会改为三合会，其中的道理颇为奥妙。依贫道看来，三合即为三阳劫变，龙华三会，天盘三副。本教现在立黄号、红号、白号三号，每号募兵三万，合计九万大军，此谓三甲。杖头诗说三甲会合刘朱李，意思是三甲对应三朝，黄红白三甲会合，便是刘朱李三教会合。”

刘仪顺所言不虚，灯花教现在思南府发展出数万教徒，实力今非昔比。刘仪顺以一教之主的身份，念念不忘三合，显见其对洪门的感情。“雷公仔”夸赞道：“老神仙，本帅虽然听不懂你这个三甲三合的高论，但知道你是一个有情有义的人。”

“没有千岁爷拔刀相助，本教焉有今日之成就？”刘仪顺肃然道，“各位兄弟，贫道之所以将刘李朱改为刘朱李，实因为千岁爷乃白龙下凡，上托天命。三甲同扶李皇帝登基，本教九万徒众愿意拥戴千岁爷荣登大宝，建立皇图霸业。”

洪门矢志反清复明，各路义军领袖最多称王，把皇帝位置留给朱姓人，虚位以待。众将听了刘仪顺的话，无不大吃一惊。“雷公仔”勃然作色：“刘教主休得妄言。”

眼看气氛紧张，便在这时，漂浮在清水江的驱魔杖突然金光一收，赤焰迸发，如同万丈血幔将风雨桥团团包裹。众将的心提到了嗓子眼上，“雷公仔”和黄金亮张大了嘴巴，半天才缓过神来。二将长揖到地：“老神仙，此为何解？”

“各位兄弟，”刘仪顺长长地叹了口气，“老朽继承‘摘光道士’遗志，并接了那杆‘敕令万云龙’的令旗，就算是半个洪家兄弟，怎么能不懂洪门的规矩？反清复明，咱们恢复的是大明江山，但洪武爷爷的嫡传子孙在哪里？可曾为反清复明大业立过尺寸之功？找不到洪武爷爷的嫡传子孙，难道汉人的江山就没有皇帝了？”

“这个嘛，”“雷公仔”辩解道，“洪武爷爷的子孙当然有，远的不说，粤西就有靖江王的后裔，散落在相思江北岸。千岁爷兵伐桂林，取道相思江，必有寻访。”

相思江令李文茂魂牵梦萦，吸引他的是邓丽娘，怎么会是靖江王后裔？再说靖江王这一支属于大明旁支宗室，算不上洪武爷的嫡传子孙，绝非洪门拥立帝王的首选。刘仪顺没有和“雷公仔”计较，而是慢条斯理地说：“洪武爷的嫡传子孙需要慢慢甄别，千岁爷即位有迫在眉睫的需要。眼下英雄并起，草头王林立，按照千岁爷立下的规矩，五大堂的掌印阿妈均有资格自立为王，他老人家不荣登九五之尊，如何号令群雄？”

“雷公仔”和黄金亮你看看他，他看看你，不得不承认刘仪顺说到了点子上。大成国一口气立了五位王爷，连区润和梁昌这样的人都可以与李文茂并肩，未免叫人心里不服。撇开陈开和李文茂的关系不提，单说陈金刚这个南兴王，如果李文茂不即帝位，从大成国的角度如何向大洪国发号施令？

刘仪顺忧心忡忡地说：“千岁爷武功盖世，举义以来却屡遭磨难，归根到底，就是因为名不正言不顺。从命理上说这叫不当其位，不当其位则祸患生，千岁爷不迈过这一关，只怕祸福难测，性命堪忧。”

众将目瞪口呆，照刘仪顺的说法，李文茂如果拒绝皇帝称号，不但将来军令难行，就连眼下这一关都过不去？“雷公仔”摇了摇头：“千岁爷心存大义，断然不会答应。”

刘仪顺苦笑：“千岁爷我行我素惯了，他若是肯听老朽之言，过了夏至再出兵桂林，哪有会仙镇这场劫难？”

大伙儿沉默不语，各自喝起了闷酒。“雷公仔”正要命人取回驱魔杖，忽然马蹄踏踏，从江边闪出一支游骑。来骑在风雨桥下甩镫离鞍，片刻之后，一名头目满脸喜色地来报：“启禀吴元帅，千岁爷在黑水寨还魂下凡，王娘颁下军令，命你等即刻回返见驾。”

驱魔杖果然灵验，前脚占卜李文茂平安无事，后脚立刻得到印证，真是毫厘不爽。众将兴奋不已，合着敬了刘仪顺三碗酒。刘仪顺提醒他们：“各位兄弟，千岁爷固执得很，咱们只有分头劝进，才可能让他改变主意。”

刘仪顺身为灯花教的教主，情愿尊奉李文茂的军令，说明他此次劝进出于一片赤诚。“雷公仔”不忍泼他一盆凉水：“老神仙，一路同行，我们听你的就是。”

深秋的苗山，笼罩在枫林璀璨的歌声中，蝶儿逡巡，仿佛母亲温暖的目光；金黄色的水晶梯田，黛绿如玉的黑水湖，处处封存母亲的足迹，无一不令易如真心旌摇曳。

韶华易逝，红颜易衰，这个现象在月亮山似乎并不存在。如同二十年前一样，女土司依旧是未婚少女的打扮，依旧是二八佳人的容颜。为了给李文茂提供一个静谧的疗伤环境，她把心爱的黑水寨留给易如真和苏三娘，除了洪门将士外，方圆三十里内不许驻扎一兵一卒；来往宾客一律在古州和土司大营安歇，不许在黑水寨过夜，全力确保李文茂的康复。

李文茂在黑水寨死而复生，证明这一片土地的神奇。苏三娘心里放下一块大石头，提醒易如真：“秀兰姐这次功不可没，咱们如何报答她？”

易如真想了想：“只有打下黎平府，消灭威武窑子，替苗军扫平后患。”

“打下黎平府后，”苏三娘问，“还要北上攻打偏刀水吗？”

偏刀水是贵州提督蒋玉龙所率川军的巢穴，也是贵州最后一支清军主力的驻扎地。易如真不以为然：“打就打，反正阿茂哥身子骨弱，正好在黑水寨休养。”

“你这个想法和刘祖祖差不多，”苏三娘望着沙洲上的吊脚楼，出神地说，“他认为云贵川官军势弱，欲劝阿茂哥割据西南，建号称帝呢。”

刘仪顺来到黑水寨劝导李文茂前，首先在古州说服了女土司，后者又派人把刘仪顺的想法通知了苏三娘。易如真听后立刻摇头不止："攻打云贵川可以，称帝是胡说八道——洪门恢复的是洪武爷的江山社稷，阿茂哥一定不会答应。"

"我担心的是他连贵州也不愿意逗留，"苏三娘道，"粤西尚有数万大成国兄弟，正在和威武窑子拼死厮杀，他这个掌堂大爷怎么可能抛下不管？"

知夫莫若妻，易如真是这个世界上最了解李文茂的人，明白苏三娘所言不虚。野鹤从湖面上低低掠过，远处的红豆杉映入眼帘，刺痛了"香美人"的双眼。她央求："玉娘姐，刘祖祖是修法得道之人，他的话必有三分道理。听说白无相也给阿茂哥占过卜，说只要熬过冬至必可安然无恙。一动不如一静，你去劝劝他，冬至前不要离开黑水寨。"

"这没有问题，"苏三娘应允，"现在离冬至左右不过三个月，纵然他想杀回粤西，身子骨也不答应啊。"

"香美人"流下了眼泪："我不管他称王称霸，只要他一条命在。伢仔半岁不到，他这个当爹的要是一撒手，我们娘俩可怎么活啊？"

苏三娘心里涌起酸楚，忽然想起一件事："阿真，该给伢仔取名字了。"

易如真抹去眼泪："这不是在等他给取吗？"

"阿茂哥在黑水寨还魂，秀兰姐眼下面子最大。"苏三娘道，"明天阿茂哥召见'雷公仔'和黄金亮，咱们今夜派人去请秀兰姐，让她出马来办这件事，一准成。"

次日拂晓，苏三娘和易如真早早起床，命"护武军"兄弟在十里山路上张灯结彩，做好迎接彭秀兰的准备。辰时过半，前方号角鸣响，金鼓阵阵，山脚出现一支队伍。旗幡招展，号带飘扬，当先两员大将，一个是"雷公仔"，一个是黄金亮，来到近前翻身下马，行大礼参拜："娘娘，千岁爷龙体安康？"

易如真微微颔首："没事了。"

李文茂两度起死回生，全赖"香美人"一肩承担。当年那个一说话脸就红的小丫头，如今指挥千军万马，在危难中镇定自若，做普天下数十万洪家兄弟的大嫂，那真是游刃有余。"雷公仔"心里赞叹不已，即便换成陈罗婵，也未必有易如真做得好。

苏三娘发现后面还有一支队伍，行走较为缓慢，奇怪地问："后面是谁？"

“雷公仔”道：“娘娘，女侠，那是吴叔父，前来运输军资。”

吴连奉命回佛山堡主持红船复兴大计，卓有成效，现在又千里迢迢运输军资。易如真抑制不住心头的激动，打马扬鞭，出寨相迎。吴连在前，梁二娣和梁兰桂在后，见到易如真，众人跳下战马。吴连颤声问：“娘娘，千岁爷真的复生了？”

易如真道：“叔父，他是铁打的金刚，死不了。”

吴连“扑通”一声跪倒在地：“老天爷，你总算是开眼了。”

易如真下马将其搀扶：“叔父，他命中合有此一劫，怪不了别人。”

李文茂两次遇难，皆起因于邓丽娘。身为红船长辈，吴连觉得实有愧于“香美人”，连忙岔开话题，指着后面一个箱子：“娘娘，五十万两白银给了威武窑子，柏贵当着名流士绅的面亲口应承，过了年就允准红船开禁。琼花会馆已经建好了，黄掌柜的是个有心人，为了让你和千岁爷能看到，他特意制作了一座会馆的木雕。”

易如真赞道：“吴叔父，你办了一件功德无量的好事。”

“真正的功臣是阿婵，”吴连摇头道，“这五十万两白银名义上梁、伍两家出资，其实多一半是阿婵自己掏的腰包。另外，她在万松园开办‘庆上元’班，挑选好苗子学唱大戏，使我红船后继有人，那才是功在千秋的大业。”

“没错，”易如真喃喃道，“阿婵姐最受屈了。”

眼看“香美人”忍不住要落泪，苏三娘上前劝解：“阿婵姐是红船人，为红船做事自在情理之中。吴叔父，千岁爷在吊脚楼里，赶快把木雕拿去。”

“雷公仔”、黄金亮、梁二娣、梁兰桂等人齐声道：“对，让千岁爷过目。”

这边还没有交代完，山脚又驰来一队威武雄壮的苗军，看来是女土司驾到。易如真、苏三娘对吴连说：“叔父，你带弟兄们去吊脚楼，我们去迎秀兰姐。”

吴连等人乘坐木筏上了湖心的沙洲，只见李文茂身穿一袭青袍，坐在美人靠上，正在给一只野鹤喂食。再度复活的李文茂面色红润，丝毫没有受伤的征兆，让众将啧啧称奇。众人匍匐在地，行三叩九拜之大礼：“微臣参见王驾千岁，千岁，千岁，千千岁。”

“免礼平身，”李文茂摆手，“有劳弟兄们牵挂。”

吴连叫人抬过箱子："千岁爷，这是重建后的琼花会馆。"

"哦？"李文茂脸上露出一丝喜色，来到箱子前，捧起那尊木雕反复端详。良久之后，长叹一声，"多亏叔父周全，不然，本王实无颜面去地下见祖师爷。"

吴连叩头不止："祖师爷创立红船是为了兴汉灭满，千岁爷盖世英雄，率领红船子弟东荡西杀，所向披靡，开创梨园行千古未有之壮举，从此江湖上再无人敢小瞧。千岁爷为天下优伶扬眉吐气，使我红船名垂青史，功莫大焉。"

吴连没有说反清复明，而是用兴汉灭满四字替代，李文茂不由一怔："叔父，莫非你也受了刘祖祖的蛊惑？"

为了劝说李文茂割据西南，刘仪顺真是下了一番功夫，凡是前来黑水寨觐见李文茂的洪家兄弟，他都进行苦口婆心的劝导。吴连低头不语，黄金亮觉得该自己出面了，他抱拳道："千岁爷，微臣觉得刘教主的话有几分道理。现今太平军逞威金陵，群雄逐鹿中原，未见分晓又遭红毛鬼子祸乱中华。逢此乱局，我军理应割据西南，作壁上观。"

李文茂把脸一沉，问"雷公仔"："吴元帅，你也是这个意思吗？"

"雷公仔"硬着头皮说："粤西有平浔王和南兴王两支人马足矣，微臣以为千岁爷当另辟蹊径，兵取云贵川三省，建立霸业。"

"放肆！"李文茂勃然震怒，"本王既然取号平靖王，必征伐桂林，建基粤西；两粤乃洪门之本，岂容威武窑子猖狂？五祖教训反清复明，凡洪家兄弟理当尊洪武爷的子孙为帝，焉能僭越称尊？来人，把这个不忠不义之徒拉下去，枭首示众。"

随着一声令下，众侍卫扑上来将"雷公仔"五花大绑，黄金亮吓得体若筛糠。吴连慌忙磕头求情："千岁爷，且息雷霆之怒，吴元帅这是无心之语，他不是有意的。"

李文茂显得余怒未消："威武窑子借助红毛火器在粤西屠戮我洪家兄弟，却有人劝本王避其锋芒，苟且偷生，是可忍，孰不可忍？"

眼看"雷公仔"就要被推出吊脚楼，枭首示众，忽然从屋外走进三位女子——易如真、苏三娘左右陪伴，中间是一位穿华服、戴银冠的女土司。女土司这身华服令人炫目，绣有孔雀图案的五彩花衣下白羽飘飘，至少有上百根羽毛装饰，华丽中带着纯洁和庄重。来者正是本地女主人彭秀兰，她微笑着开口："千岁爷，你要把我的黑水寨当法场吗？"

黑水寨当年救过易兰花的命，现在又让"小元霸"还魂重生。李文茂可以不给别人面子，但是不能不给彭秀兰的面子，尤其是她还穿着苗族人最神圣的百鸟衣。他尴尬地笑了笑："妹子请坐，且饶了这厮一回。"

彭秀兰坐下来，柔声道："千岁爷，刘祖祖麾下招纳九万之众，心甘情愿奉你为君，实出于一片真诚；吴元帅他们冒死进谏，也是出于好心，怕你身子骨顶不住。当然了，妹子不求留住你的人，只求留住你的命。你是武林至尊，应该知道这次和上次大不一样吧？"

二度还魂，李文茂的身体反应极其诡异——外表恢复如常，内脏创伤未愈。李文茂看了看易如真、苏三娘，知道彭秀兰是她们请来当说客的，拱手问："妹子有何见教？"

彭秀兰贵为女土司，说话从不打弯曲："黑水寨是养生的好地方，玉娘和阿真她们俩头一次登门，我们姐妹要好好亲近。多一日不要，过了冬至是去是留，悉听尊便。"

白无相的占卜传播甚广，李文茂亦有耳闻，心中苦笑连连——冬至是陈罗婵的生日，依照白无相的说法，岂不是又把自己的性命和另一段情感纠缠在一起？人在天地间，感情就是追忆的战旗，拔不掉，抹不消。以陈罗婵为例，她的生命之树是枫树，而苗山枫林万重，静夜中不歌自鸣，便是何壮昭那样的聋子，恐怕也挣不脱天籁的侵袭。

李文茂无奈地点了点头："依妹子的安排。"

彭秀兰圆满完成任务，姐妹仨兴高采烈离开湖心的沙洲。亲兵牵过"叶儿白"，彭秀兰纵身上马，抱拳道："大营中有军务处理，过了这两日，你们不妨来古州一叙？"

"日子长着哩，"易如真笑着说，"自有打搅你的时候。"

目送女土司离去，苏三娘叹道："秀兰姐心气太高，不是好事。"

易如真迟疑了一下："人家是万人之上的土司，还怕找不到如意郎君？"

姐妹俩都知道彭秀兰至今未婚的症结在哪里，只是不便说出口。她们默默来到湖畔，刚刚迈步上了船，忽闻一阵尖厉的螺号声，二女同时回头瞭望。单见一骑狂奔而来，马上一员大将血染战袍，不是别人，正是负责镇守武宣的“混江龙”陈宝。

易如真立刻意识到不妙：“陈国公，出了什么事？”

陈宝滚鞍下马，跪倒在地禀报：“娘娘千岁，蒋益澧和张凯嵩二贼合围庆远府城，军师出兵救援，不但没有解围，反而中弹落马，被威武窑子砍了头壳。”

苏三娘一惊：“庆远府城呢？”

“弹尽粮绝，已然失陷。”陈宝放声大哭，“恳请千岁爷御驾亲征，为弟兄们报仇。”

两个女人眼前阵阵发黑，千算万算不如天算——庆远府城陷，叶兆隆丧命，前方将士翘首期盼李文茂的六杆无敌军旗，彭秀兰这趟算是白来了。

果不其然，李文茂听闻前线失利的战报，龙颜大怒，当即决定除了保留黄金亮一支人马继续攻打黎平府城外，其余兵力分成东西两路回援粤西——东路军由他自己亲自统领，穿草鬼山经蜂巢谷，原路返回柳州府怀远县，切断桂林府和庆远府之间的联系，震慑敌军；西路军由“雷公仔”统率，翻过九万大山，与已经收复龙城的“大花面锦”部合击庆远府。

一切准备就绪，九九重阳，李文茂率军辞别彭秀兰，踏上归途，花了一个多月的时间抵达乌狼坡。时令已过立冬，苗山风寒刺骨，满眼是随风飘零的枫叶。冬至一天天临近，丈夫的面色却越来越红润，丝毫没有病情加重的征兆。“香美人”把一颗提着的心放进肚子里，指挥野蜂，为苏三娘率领的前队人马让道。

三日后，苏三娘飞骑来报：“我军已克怀远，陈国公率轻骑星夜南下，各军不日将有战报传来，请千岁爷移驾老堡口，运筹帷幄，决断大计。”

李文茂骑在“赤炭火龙驹”上，单掌托起手中的“虎头皂金枪”，幽默地问：“妹子，你是说本王伤创未愈，两军阵前擒不得虎，猎不得狼？”

猎猎军旗下，武林至尊一如往昔，说不完的英雄气概，道不尽的风流倜傥。面对这个仰慕一生的男人，苏三娘精神恍惚，心头涌上一丝羞怯，低头道：“贱妾不敢。”

吴连道：“千岁爷贵为一军统帅，一国之主，龙体欠安，最好不要亲冒锋镝。”

李文茂笑了起来："蒋益澧逞凶斗顽，忒也嚣张，待本王取其首级再说。"

苏三娘禀告："姓蒋的已经离开庆远府，移兵怀集，去和大洪国交战了。"

"哦？"李文茂一愣，"这厮倒是乖巧。"

不管蒋益澧是出于什么目的，对易如真和大成军将士来说，都希望李文茂能在老堡口好好静养一段时间，等身体恢复一些再兴兵讨伐不迟。"香美人"道："阿茂哥，时候不早，咱们赶快出谷，老堡口大营已经布置妥当，让弟兄们吃顿热乎饭。"

蜂巢谷是妻子的诞生地，妻子的生命源自野蜂赐予，她又在危急关头挽救了将士们。种种奇迹均发生在脚下这块看似荒凉、实则瑰丽的土地，李文茂真有点儿舍不得离开。他抱起拳头在半空，又不自然地放下，眼里充满柔情："有劳夫人。"

一股暖流，升起在"香美人"的胸口。她把小王子交给阿幺，正要指挥野蜂列阵，忽然野蜂纷纷逃离，大地顿时陷入一片黑暗，继而天火在远方燃烧，四周红雾弥漫，封锁住前后左右的通道。大成军将士被这突如其来的变故惊呆了，众将不知所措，战马颤抖不止。李文茂冷笑一声，取过神臂铁胎弓，搭上桃木白羽箭，奋力射向天幕，厉声喝道："何方妖孽，胆敢拦住去路，且吃本王一箭。"

桃木白羽箭射出，红雾消散，天火降落，火龙珠高悬于红枫枝头，似乎在微笑，又似乎滴滴答答在淌血。盖世英雄来不及惊呼，火龙珠摇身一变，变成"玉玲珑"冉冉升起，就在融入明月的一刹那，化作千万根草儿，回头射向跋涉者伟岸的身躯。

李文茂"哎呀"一声，落马坠地。

英雄悠悠醒来，圆月变为弯月，红枫不见，白雪皑皑。都柳江舟孤楫寒，渔火点点。天极横空出世，仿佛藏着那不易到手的灵光；"囚龙草"弥合月弦，似乎想照耀来生的归途。李文茂对妻子满怀歉意："一世三生的债今生来还，阿真，你受苦了。"

火龙珠、"玉玲珑"以及"囚龙草"等奇物尽出，"香美人"明白天意昭昭，难以抗拒。闹了半天，丈夫这几个月的所谓起死回生，不过是上一次起死回生的影子。她默默地拭去泪珠，忍痛提醒："阿茂哥，给伢仔取个名号吧。"

“以道为名，以命为字，就叫他李道公，字怀远。”李文茂拔出残铁剑，递给妻子，“这柄剑源自崖山，有阿妈魂魄护佑，你拿去当个念想。”

“香美人”悲从心头起：“阿茂哥，我和你夫妻同衾十余载，阿婵姐和那个邓丽娘命里没有这个福分，妹子知足得很。你千万不要胡思乱想，安心静养，她们两个没有一个想让你死，都希望你能好好地活着啊。”

苏三娘的眼泪夺眶而出：“阿茂哥，鞑子未除，你怎么能说走就走？”

李文茂目视苍穹，神色极其平静：“当今豪杰争雄，风起云涌，汉家男儿血勇已振。不出一甲子，鞑子朝廷必定灰飞烟灭，汝何忧哉？洪门龙头令旗和平靖王印信皆国之公器，我死之后速将其移交平浔王，传谕各路兄弟，今后一体奉他号令。玉娘，你和阿真归隐山林，把伢仔养大成人，教他做一条心存大义的汉子，吾愿足矣。”

众将齐道：“千岁爷，红毛鬼子祸乱中华，你就忍心撒手不管吗？”

李文茂吃力地睁大双眼，把吴连叫到身旁：“叔父，威武窑子易除，红毛鬼子难灭。吾观星辰碎离，夜幕彷徨，而天极仍属东土。庙堂无耻，诗礼蒙尘，可光照大义者唯有戏棚。尔速速返回粤东，规复红船，使弦乐有续，不得有误。”

吴连重重磕头：“老朽纵然粉身碎骨，绝不辜负千岁爷的重托。”

月光下，雪影里，李文茂脸色渐渐发白，继而浮现出一丝红晕，大伙儿明白这是大限将至和回光返照的迹象，止不住抽泣起来。李文茂纵身跃起，厉声喝道：“大丈夫当终归边野，马革裹尸，岂能卧床死于儿女之手？且看这一式剑法。”

渔火摇曳，江雪明灭，残铁剑刺出夺目光辉。前生情债谢幕，今生恩爱埋葬，将要飞向一个梦想中的未知世界。盖世英雄在临终前无怨无悔，声裂长空：“穿铜釜，绝铁椭，胥中决如粢米，此巨阙之不如也。”

朔望为祭神日，咸丰八年冬月初一，武林至尊逝于都柳江畔，没能等到冬至那一天。彼时大雪封河，天极如弦月出，火龙珠弹奏绝响，“囚龙草”当空飞舞，润之为圆轮。碧玉草儿的光影仿佛剑式，武林中人传其为“相思剑”法，后世豪杰观之临摹，津津乐道；间有一二痴情男女，认定它是风霜不败的情蛊，举头望月，俯首问心，从薄衫少年到白发苍头，犹然做着一世三生的梦。

第一百九十回　咏春吟秋

广东团练总局成立一个月后，即由顺德迁往花县河阳书院，仿效甲寅年洪门的部署，在城北三元里、萧岗、石井一线构筑阵地，试图发起收复广州之役。由于缺乏民众的支持，团练总局招募的团练寥寥无几，号称三万之众，勉强发动小规模的进攻后便被迫转入守势。整个咸丰八年的下半年，洋人掌握了战略主动权，他们南下北上，四处寻找歼灭广东团练的机会。至咸丰九年(1859 年)，粤东战局呈现一面倒的形势——在西线，英法联军的战舰开至封川江口炮台，摧毁沿路清军要塞，撤回援助广东水师的铁甲轮船，令后者在与大成军水师的较量中落于下风；在北线，傀儡政府的搜索队杀入花县，逼迫团练总局回迁顺德，从此变成了一颗无关大局的棋子，在籍三绅失去了号召力，颜面尽失。

咸丰九年三月，叶名琛客死他乡，尸体用轮船送回香港，受到万夫所指。柏贵亲眼目睹其悲惨下场，兔死狐悲，加之常常遭受巴夏礼不留情面的侮辱，一口窝囊气咽不下去，于四月十九郁郁而终。粤东虽然是头等肥缺，但复杂的局势却叫人畏之如虎，接替黄宗汉担任两广总督的王庆云死活不肯赴任，两广总督和广东巡抚同时空缺，粤东官场陷入群龙无首的境地。派谁去收拾这个最棘手的烂摊子呢？咸丰皇帝一下子想起了在粤西苦苦熬了八年的劳崇光，觉得他非但具备坚忍不拔的意志，而且有以弱胜强的好运气，便下了一道旨意，任命劳崇光为广东巡抚兼署理两广总督，立即走马上任，不得推诿延宕。

六月十一，劳崇光的座船抵达昆都山下，只见江面上出现一支奇怪的混合舰队——前面是三条鬼子火船，后面是十来条悬挂着八旗水师的战船。发现劳崇光的座船后，一条鬼子火船冒着烟迎面扑来，“突突突”听着叫人胆战心惊。劳崇光平生第一次碰到这种情况，忙把陪同自己上任的张凯嵩叫来：“云卿，你和红毛鬼子打过交道，他们这是什么意思？”

张凯嵩因为收复庆远有功，被提拔为广西按察使。他安慰劳崇光：“抚台大人，鬼子是讲道理的人，咱们的船上打着白旗，他们不可能开炮，我去瞅瞅。”

劳崇光松了一口气：“好，好，有劳了。”

张凯嵩上了船首，还没有拉出单筒镜观察，就见铁甲轮船的前甲板有人拼命招手：“臬台大人，是我，我是区植棠啊。”

大热天，伪君子穿着燕尾服，带着高筒帽，脖子上打着领结，胸口挂着怀表，一副红毛鬼子的打扮。张凯嵩喜出望外：“哎呀，区老爷，不，区大人，你那三万两白银立了大功，抚台大人特地拔擢，赏给你一个候补道台。”

区植棠感激地鞠了一个躬：“小的有忠言相告，不知大人是否愿意听？”

张凯嵩点点头：“区大人但讲无妨。”

铁甲轮船后面拖着小船，区植棠跳上一只舢板，驶了过来。

要不是区植棠雪中送炭，掏三万两白银买了三门拿破仑炮，官府的阴谋便不会得逞；李文茂如果没有中炮负伤，粤西战局便不会急转直下，劳崇光也不会升官发财。张凯嵩把区植棠带进船舱，劳崇光同样非常客气：“区大人，请坐，请坐。”

冷灶就地变热灶，伪君子这一宝押得出奇成功，连他自己都觉得有些难以置信。他惴惴不安地说：“抚台大人，姓李的是武林至尊，泥腿子捧他跟神一样。俗话说明枪易躲，暗箭难防，粤东是红匪巢穴，买大狗那桩事最好不要声张。”

沈棣辉就在前面不远的老鸦洲被一箭贯喉，谁敢不吸取教训？劳崇光心头一紧："这事没几个人知道，阁下尽管把心放进肚子里。区大人，老朽倒有一个疑问：你一身红毛装束，乘坐鬼子火船，莫非近来和洋人打得火热？"

伪君子和张凯嵩已经进行过交谈，故而毫无惧色，从容道："回禀抚台大人，卑职这一年没干别的，把张亚丞的买卖全收了过来，主要经营贩鸦片和卖'猪仔'两项生理。一年有大半年时间住在香港岛，说鬼子话，吃鬼子饭，还起了个鬼子名，叫詹姆生。"

劳崇光勃然大怒，一拍桌子："来啊，把这个狗汉奸拖出去宰了。"

舱外冲进几个戈什哈，却没有一个人敢下手。一名戈什哈小心翼翼地提醒："大人，鬼子火船的炮口正瞄着咱们，打起来肯定吃亏。"

张凯嵩挥手打发戈什哈出去，拱手道："抚台大人，区大人没有当过官，说起话来不懂得绕弯子，情有可原。我倒觉得他秉性耿直，何妨让他把话说完？"

劳崇光面若冰霜："快说。"

区植棠问："抚台大人，你现在是署理两广总督，想不想把署理那两个字去掉？"

伪君子不愧是伪君子，一句话就说到了劳崇光的心坎上——广州虽然在联军控制下，但粤东毕竟是仅次于江南的富庶之地，贫瘠的粤西无法与之相比。他放缓了语气："区老弟，咱们不是外人，有话你敞开了说。"

区植棠瞥了张凯嵩一眼，娓娓道来："抚台大人，说一句你不爱听的话，如今天下大势已然分明——红匪不行，长毛不行，朝廷也不行，将来能发号施令的只有洋人。在籍三绅仗着自己是地头蛇，耀武扬威，横行霸道，现在怎么样？拔了毛的公鸡，一蹶不振。黄制台仗着是圣上的心腹，躲在惠州发号施令，现在怎么样？洋人随随便便写一张草纸，皇上就摘了他两广总督的顶戴，钦差大臣的帽子也让给了何桂清。依卑职看来，大人别怕当汉奸，因为将来从皇上到九品芝麻官全是汉奸，惹不起洋人嘛。与其畏首畏尾，莫若挺身而出，和洋人搞好关系，变成一个洋务通，皇上离不了你，朝廷离不了你，这个两广总督的位置只能你来坐。"

劳崇光没有生气，只是问了一句："老弟，你的意思是要我进广州？"

进不进广州，是一个大问题。

摆在劳崇光面前的有两个前车之鉴，一个是在广州当汉奸的柏贵，一个是打死不进广州的黄宗汉。不幸的是，在朝三暮四的咸丰皇帝驾驭下，这两个大臣都没有好下场——柏贵头顶汉奸的帽子窝囊而死；黄宗汉不想当汉奸，但打不过红毛鬼子，最后照样被削去官职。人在江湖飘，哪能不挨刀？只要心里存着功名利禄，便断断舍不得辞官。对于劳崇光来说，保全顶戴为第一要务，在清誉和利禄面前，其实他早已做出了选择。

“正是，”区植棠斩钉截铁地说，“大人欲保全功名，只能和洋人打交道。朝廷是八旗老爷的朝廷，人家当主子的都不在乎，咱们当奴才的穷讲究个屁？”

伪君子不知不觉骂了一个粗口，张凯嵩责备：“区大人，注意身份。”

“无妨，”劳崇光笑了笑，“区老弟，我听你话里有话呀。”

区植棠摆出一副推心置腹的架势：“抚台大人，按理说咱们也是一大把的年纪，经历过大风大浪，可朝廷有些事愣是看不懂。拿柏贵来讲，据说圣上天天骂他是误国的汉奸，可到死也没摘了他的巡抚顶戴；还有穆克德纳将军，别看平日里头壳拿给洋人当屁股垫，日子过得依旧有滋有味。他让副都统库克吉泰统领八旗营水师，沿袭隆福大人的旧例，配合鬼子火船沿江巡缉查私，趁粤海关形同虚设之际大发横财。啧啧，快赶上当年的‘韩狐狸’了。”

张凯嵩出言劝道：“抚台大人，将士们和鬼子搏命厮杀，这伙蠹虫却中饱私囊。人家是吃铁杆庄稼的，任凭风吹雨打，照样高官得做，骏马得骑，你我须引以为戒。”

劳崇光手捻须髯，问道：“库克吉泰不是隆福的内侄吗？”

区植棠笑了：“库克吉泰这个副都统就是隆福大人掏腰包买来的，卑职靠着八旗营水师也弄了不少银子，今天特地来孝敬抚台大人。”

说罢，伪君子从西装口袋摸出一张银票，恭恭敬敬塞进劳崇光的鞋筒。

这笔银子必定少不了，劳崇光笑逐颜开：“詹姆生老弟，粤西贫瘠，许多将士为国捐躯，家眷得不到抚恤，你这笔孝敬权当是为国尽忠了。”

区植棠长揖到地：“取之于民，用之于国，卑职愿效犬马之劳。”

劳崇光和张凯嵩在粤西过了多年的苦日子，盼的就是这一天。伪君子投桃报李，迅速和两人拉近了距离，哥仨热热乎乎聊了一会儿，劳崇光主动邀请:“詹姆生老弟,时候不早了,粤东官员名流都在佛山堡等候,你不如坐老朽的船一起走。”

这是要让区植棠在粤东官吏和名流士绅面前露一把脸,风光一番。哪知道伪君子却一口回绝:“抚台大人,卑职只想给你老人家捞银子,不想树大招风。”

张凯嵩疑惑地问:“你是不是还有别的事?”

“不瞒两位大人,”区植棠脸不红、心不跳,“隆福大人来粤公干,库克吉泰大人让卑职率八旗营水师迎接,这几条鬼子火船是卑职花钱雇来的。”

夕阳西下,巡抚大人的座船抵达正埠码头。龙元僖、罗淳衍、苏廷魁、昆寿、椿龄、张维屏、陈澧、谭莹、梁应琨、伍紫垣等官绅挤满了“接官亭”。劳崇光刚一露面,张维屏就拄着拐杖颤颤巍巍地迎了上去:“我等如大旱之盼云霓,抚台大人,可把你盼来了。”

张维屏是粤东士绅班头,年龄比劳崇光大二十二岁,取进士也比后者早十年,无论年龄和资历,都可以算是老前辈。劳崇光连忙搀扶:“前辈抬举,在下愧不敢当。”

张维屏开门见山,毫不客气地问:“抚台大人,你署理两广总督,身担粤东重任。老朽斗胆问一句,你是打算留在佛山堡,还是去惠州?”

留在佛山堡是正面打鬼,躲在惠州是虚张声势,进广州城是当汉奸。从张维屏给出的两个地方来看,粤东士绅根本没想到自己会选择步柏贵的后尘,主动抢一顶汉奸的帽子戴。劳崇光把心一横,硬着头皮说:“前辈,国家凋敝,鬼子猖狂,去年红毛舰队兵陷大沽口,准备将战火引向紫禁城。做臣子的当为圣上分忧,佛云,我不下地狱,谁下地狱?为了圣上,为了粤东百姓,本抚决意进广州城办公。那里是粤东首府,决不能让给鬼子。”

张维屏不由两眼冒火:“进了广州城,你听鬼子的,还是鬼子听你的?”

“这就看如何斡旋了。”劳崇光反将了一军,“前辈,在广州城的未必都是汉奸,黄香实一代大儒,不也留在广州没走吗?”

黄培芳年老体衰,家里藏书五万卷,前年鬼子入城时,老头子持剑护宅,准备效仿先贤与侵略者拼命。想到即将驾鹤归去的老友,张维屏禁不住老泪纵横:“姓劳的,你要是有一半香实的骨气,就拿剑砍了夷酋的头壳。亏你还是圣人门徒，国家重臣，不思铁肩担道义，反而向鬼子俯首称臣，做鬼子的家奴。丧尽天良，无耻之尤。”

张维屏也是八十岁的人，身如风中残烛，随时可能背过气去。众人苦苦相劝，好歹把他塞进轿子，抬回家休息安歇。码头上清静下来，劳崇光向在籍三绅施礼：“三位大人，你们和红毛鬼子斗了一年，这场仗能不能打应该比我清楚。只要你们能募集十万团练，本抚情愿驻节佛山堡，与诸位同生共死，王八蛋才愿意受鬼子的腌臜气。”

在籍三绅办理团练，属于临时帮忙，处境比地方官员自如得多——打了胜仗，可以像曾国藩那样扬名立万，更上层楼；打了败仗，丁忧期满照样回炉当官，啥也不耽误。罗淳衍素以嘴皮子利落著称，岂能被劳崇光难倒？他拱了拱手：“抚台大人，你不要本末倒置，国家养那么多兵干啥？打鬼子屁事不顶，刮民财掘地三尺，你还好意思说？”

梁应琨见不是头，只好做和事佬：“各位大人，赶快吃酒，不然菜该凉了。”

宴席设在“汾江草庐”的石舫，周围奇石林立，环境清幽高雅，可惜没有名流捧场，张维屏、陈澧、谭莹、邹伯奇、朱次琦等人都不给面子，没有一个人出席。劳崇光心里不是滋味，酒过三巡，拉住梁应琨的手：“三爷，听说你们也和鬼子做买卖？”

梁应琨道：“抚台大人，佛山堡商贾过万，不做买卖的话，老百姓怎么吃饭？不过，我们梁家和红毛鬼子没有生意来往，这个你尽管放心。”

“贵镇士绅给朝廷捐纳了大笔银两，有功无过。”劳崇光摇摇头，“老朽只是问你，红毛鬼子的东西好不好？你说实话。”

李文茂伤于拿破仑炮的消息传回粤东，梁应琨大惊失色，自己前门堵住了老虎，后门却放进了狼，谁知道法国鬼子从中作祟？幸亏初衷是为了解禁红船，不然洪家兄弟岂肯罢休？他斟酌了一会儿，把皮球踢给了伍紫垣：“这要问浩官大人。”

劳崇光又敬了伍紫垣一杯酒：“浩官大人是洋人的老朋友，你说说。”

去年洋人攻陷大沽口炮台，逼迫满清政府签订《天津条约》，钦差大臣桂良和花沙纳手头没有可用的洋务人才，伍紫垣和潘仕成启程北上，又结结实实当了一回“汉奸”。伍紫垣此刻最怕就是洋人老朋友这个称呼，他极力辩解："抚台大人，草民只是一介茶商，办理对外交涉均应官府之邀，没有一件是为自家的私事。"

劳崇光执拗地问："浩官大人，你就说，鬼子的东西好不好使？"

情敌最终死于炮伤，按理说伍紫垣应该最高兴，可是不知道为什么，小浩官的心里始终高兴不起来。面对劳崇光的逼问，他没好气地回答："当然好使，武林至尊都让大狗打死了，鬼子的东西能不好使吗？"

"这不就结了？"劳崇光猛地击掌，"鬼子攻陷大沽口，圣上尚且递了降表，咱们何必蚂蚁背田螺，冒充大头鬼？洋人船坚炮利，我辈不可以卵击石，须忍辱负重，从长计议。当务之急是和洋人虚于周旋，多弄一些枪炮和兵船，将红匪赶尽杀绝。"

封疆大吏不愿意抵抗，梁应琨能说什么？他婉言提醒："抚台大人，红毛鬼子不单单是为了贸易，他们处心积虑传播红毛教，妄图变夏为夷，你要留神。"

变夏为夷？劳崇光心里话，别他娘扯淡了，二百年前早就变过一回了。他哈哈笑道："三爷不必多虑，圣人之教垂训千载，岂是鬼子想变就变的？"

梁应琨无奈，最后说："抚台大人，上次我们两家捐纳了五十万两白银，柏贵大人当众允诺今年解禁红船。钱已经花了，你看这事？"

劳崇光是官场老油条，说话自是滴水不漏："银子花在国事上，大家有目共睹，本抚没有理由食言。这样吧，等老朽进了广州，你让他们到衙门递帖子，照章办事。"

六月十九，流散于粤东的红船艺人回到佛山堡，在新落成的琼花会馆隆重献祭。巍峨的琼花大殿香烟袅袅，气氛肃穆；大戏台鼓点声声，行板苍茫。以吴连、梁二娣、梁兰桂、黄华宝、"大花面明"等人为首的红船兄弟依次在华光大帝、"摊手五"、田都元帅的神像前行三叩九拜大礼，陪同献祭的尚有以"纽纹良"为首的洪家兄弟，"大魁堂"派出的代表，以及温宁氏夫妇、黄炳、黄广华、梁德荣、郑流利等乡亲。

献祭刚刚进行完毕，有人匆匆来报："梁太太的轿子来了。"

吴连快步出门，卢浣霞在一群丫鬟婆子的簇拥下已经进了会馆，紧随其后的是一位怀抱吃奶臊虾的少妇。咸丰九年春闱，卢浣霞的长子梁僧宝和李文田同科考中进士，李文田还弄了一个探花。这位少妇是卢浣霞的长媳，怀中所抱是卢浣霞两岁的长孙梁尔煦。

吴连拱手致贺："太太，恭喜恭喜。"

"有什么好喜的？"卢浣霞叹了口气，"朝堂乌烟瘴气，难容耿直人，僧宝这伢仔脾气倔强，我看兴许过不了几年，和他阿爸一样辞官还乡哩。"

吴连安慰她："回来也好，这么靓的园子，关起门来当神仙，多逍遥。"

卢浣霞道："我要去河南岛，琼花直街的神像备妥了吗？"

这次红船解禁，其中一项内容是发还"逆产"——佛山堡、肇庆府城、广州三处琼花会馆中前两处均被焚毁，只有位于广州城外琼花直街的会馆劫后余生。这几年会馆改为客栈，里头面目全非，陈罗婵雇人重新粉饰，三尊神像委托吴连在佛山堡制作。

其实不用陈罗婵吩咐，早在黄广华制作神像之初，红船兄弟就按照三处会馆来设计。吴连笑呵呵地说："备妥了，请太太过目。"

卢浣霞步入琼花大殿，净手焚香，在神像前虔诚祭拜。走到田都元帅的神像面前，她不觉一愣——这尊神像与别处的田都元帅有所不同，面容似曾相似，恍然有李文茂的模样，看起来叫人心生凄楚。相由心生，境随心转。李文茂亲手将田都元帅迎进琼花会馆，在红船兄弟的心目中田都元帅就是他的化身。这尊神像为黄广华新制，在制作过程中悄悄做了改动。卢浣霞和李文茂自幼在何铁桥的书馆念书，黄广华做的这点手脚，岂能瞒过她的眼睛？

见祖母双手微微颤抖，两岁大的伢仔放声啼哭，儿媳妇忙问："阿妈，怎么啦？"

"没什么，"卢浣霞用袖子擦了擦眼角，对吴连叮咛，"这尊神像雕得好，有些面子上的事该遮掩且得遮掩，免得横生枝节。劳崇光上面毕竟压着一个联军委员会，他答应一个月内张榜解禁，在这之前要办一台热热闹闹的大戏，少唱些忠义千古，多唱点才子佳人，别让人家老觉得咱们红船想谋反，尤其是别让洋人鸡蛋里面挑骨头，明白吗？"

吴连抱拳道："全听太太筹划。"

"我只是一个听吆喝的，"卢浣霞略带疲倦地说，"主事的是陈大老倌，她打算在琼花直街摆一个台期，七夕和立秋隔着三天，就选这段日子。你们早做准备，多弄些人手，把这台戏唱好了，让乡亲们过过瘾。”

自咸丰四年琼花会馆被付之一炬，迄今过去了整整五年。在这五年中，珠江三角洲的人民听不到他们心爱的红船大戏，只能自娱自乐，哼几曲地水南音，聊以自慰。听说琼花直街摆了一座戏棚，要唱四天五夜的红船大戏，大家欣喜若狂，携家带口乘船来广州看戏。琼花直街被塞得水泄不通，周围饭店酒肆生意火爆，比过年还要热闹十倍。

立秋第二天，是这次台期的最后一天。站在联兴街的万芳酒楼上，琼花直街的繁盛景况一览无余，隆福生气地骂道：“红船是一群天生的反骨，让他们解禁，这不是瞎了眼核吗？”

甲寅年起义失败后，万芳酒楼作为“逆产”被张亚丞抢到手里，现在又变成了区植棠的聚宝盆。这几天座无虚席，客满为患，让伪君子乐得合不拢嘴。他摇了摇扇子：“大人，李二爷撒手归天，从洪门到红船全都失了魂，成不了气候。你就让他们唱呗，不唱戏，咱们的酒楼怎么赚钱？”

隆福气哼哼地说：“这才能挣几个糟子？”

伪君子合上折扇，郑重地说：“大人，洪门虽然成不了气候，但残渣余孽遍地皆是，个个是能豁出命的主，得罪不起。俗话说光脚的不怕穿鞋的，咱们贩鸦片、卖‘猪仔’，全是一本万利的好买卖，要是执意反对红船解禁，消息散出去，只怕有命赚钱没命花。”

区植松点头哈腰：“和气生财，和气生财。”

隆福色厉内荏地叱喝：“去他妈的，别人怕他们，老子可不怕。”

“大人神勇无敌，怕过谁？”区植棠恭维了一句，一本正经地问，“照区某来看，红船大戏也有一样好处——女老倌是如假包换的娘们，不像‘外江班’那些带把的粉头。吃饭须吃一口鲜，大人，总看那些相公爷扮女人唱戏，你不觉得腻吗？”

一说到下流话题，隆福便无法保持矜持，张开一嘴黄牙笑起来：“腻咋啦？人家愿意伺候爷舒坦，不像红船这帮王八蛋，拿刀砍你的脑袋。”

英开山进来禀报：“大人，潘老爷来了。”

区植棠忙道：“快请，快请。”

潘继光大摇大摆进了雅间，照样是一身燕尾服，全套的红毛鬼子打扮。

他摘下左臂上的文明杖，向伪君子张开双臂："哈罗，詹姆生先生，听说你没给宝灵的面子？"

"普鲁斯公使已经走马上任，宝灵马上就要滚蛋了，老子又不弄他闺女，干吗花银子买一口病猪？"区植棠回以热情拥抱，戏谑道，"惠斯脱先生，你的消息太闭塞了。"

潘继光煞有介事地说："美利坚合众国新任公使华若翰阁下请我去上海耍了耍，刚刚坐鬼子火船回来，消息难免迟滞，不好意思。"

倒挂腊鸭放葫芦，本是隆福的看家本领，如今区植棠和潘继光在他跟前班门弄斧，竞相吹嘘和洋人的关系，让他心里非常不爽。他"啪"地一拍桌子，吼道："操他妈，看戏去。"

隆福刚离开酒楼，伪君子便急不可耐地问："事情办得如何？"

小明官叫苦："我出了三倍的价，姓杨的死活不肯给面子，说咱们不懂琴。"

"不要银子，"区植棠目露杀机，"那就赏他一碗刀削面。"

前年红毛鬼子杀入广州城，杨子遂仓皇出逃，由于担心"绿绮台"在途中受损，便将这件稀世之宝交给一个朋友保存。谁知这个朋友见钱眼开，去年底把"绿绮台"抵押给了觊觎已久的张敬修，气得杨子遂差点没有跳河。杨子遂不甘心名琴所托非人，四处求爷爷告奶奶，想筹集一笔钱赎回"绿绮台"。这件事最近闹得沸沸扬扬，广府名流和士绅几乎尽人皆知，伪君子听到消息，立地起了贪念，挖空心思打算把名琴弄到手。

由于曾经吃过"屁股包"一巴掌，所以"屁股包"死在相爷府后，潘大庆认为自己就是第二个洪秀全，谁欺负他谁倒霉，贵不可言。他领着英开山从商馆广场渡江，之后一路飞奔到了海幢寺，找一个僻静的角落猫了起来。望着万松园熙熙攘攘的大门，英开山有些嘀咕："你弄准了吗？'铁桥三'的腿脚可不软。"

潘大庆开始来劲："他算哪根屌毛？老子是王侯命，跟洪火秀有一比——你知道三元里的黎家四兄弟吗？就因为动过洪火秀一手指头，结果两腿一蹬，见了阎王爷。"

"不放葫芦能死啊？"英开山指着海幢寺门口一位打把式卖艺的少年，

"你要是将来能当王爷,老子情愿像他一样,下半辈子吃风喝雨卖膏药。"

潘大庆奇怪地问:"那不是黄麒英的儿子吗?"

打把式卖药的少年名叫黄锡祥,南海县西樵禄舟乡人氏。其父黄麒英为洪拳子弟,武功高不成低不就,在八旗营当过教头,在广州靖远街开过生药铺,日子过得紧紧巴巴。黄麒英常年在佛山堡摆地摊卖膏药,儿子黄锡祥便出生在佛山堡。俗话说穷人的孩子早当家,这伢仔从小习练洪拳,个子高,嘴巴甜,头脑灵活,为人四海。黄麒英见孺子可教,便给儿子取了一个大号叫黄飞鸿,去年起正式上街卖艺,为家庭承担一份责任。

英开山也觉得纳闷:"这伢仔平时总在筷子街厮混,难道那个废物点心也来了?"

潘大庆催促:"他来了好,快去打听打听。"

英开山没好气地说:"别高兴太早,江湖传言,包爷就死在这个废物点心手里。"

"胡说八道,"潘大庆挥刀劈了三下,"'屁股包'是被老子克死的。"

英开山无奈,撂下铁棍,跃身跳上河堤。这时,海幢寺门前围拢了一群人,就听黄飞鸿嫩声稚气地喊:"各位叔伯婶婶,家有千金积玉楼,不如学艺在心头;日间不怕人来借,夜里不惧贼来偷;风吹雨打无伤损,双手握拳踏九州。功夫家家有好,派派有妙,小子从父习武,粗晓拳棒,只因家贫,街头卖艺。万望列位叔伯哥子多多包涵,在此谢过。"

英开山从兜里摸出十来个铜板,"叮当"一声丢在地上:"阿祥,几时来的省城?"

黄飞鸿抬头一看,立刻恭敬施礼:"鹰叔,我跟梁掌柜来的,申时到的。"

英开山问:"他人呢?"

"刚进去。"黄飞鸿递过一碗自制的凉茶,"杨老爷从东莞张家取回了'绿绮台',浩官大人出的银子,梁掌柜和我师傅护的驾。"

英开山漫不经心地问:"你师傅是谁?"

黄飞鸿刚准备回答,林福成带着几十名全副武装的家丁出了万松园,沉着脸道:"我就是他师傅,你有啥事?"

英开山尴尬地笑道:"我说飞鸿的拳法越来越精,敢情名师出高徒呀?"

林福成瞪了英开山一眼,吩咐家丁:"快打开水栅,陈大老倌的船马上就到。”

不一会儿，大湖里驶出一条漆着红色的画艇。伍紫垣亦陪着杨子遂来到门口，他从梁德荣手里接过“绿绮台”，郑重地递给杨子遂：“杨先生，君子不夺人所美，在下出钱帮你从张家赎回名琴，绝非想把琴据为己有。”

杨子遂坚辞不受：“红毛鬼子占据羊城一日，杨某一日不归，绝不做亡国奴。五爷，我已经想通了，宝刀赠英雄，红粉送佳人。陈大老倌是何解元唯一传人，这只琴送给她，算是找对了归宿，免得跟着我颠沛流离，落入宵小之手。”

伍紫垣为难道：“她说她有了‘春雷’，不能再要‘绿绮台’了。”

杨子遂固执地说：“反正杨某不想欠别人的钱。”

画艇靠岸，帘子撩开，陈罗婵身披元帅大氅，背插龙纹令旗，满身戎装钻出船舱。在围观者的惊叹声中，伍紫垣上前问：“杨先生非要把琴留下来，你看怎么办？”

陈罗婵淡淡地说：“琴为神物，人是肉胎，承载多了是祸不是福，请先生见谅。”

以“绿绮台”的传奇身世和显赫声名，多少豪绅巨富垂涎三尺，便是名流大家也无不为之神魂颠倒，哪一个如绝世名伶这般毫不动心？杨子遂越是心悦诚服，越是坚定了信念，非要把心爱之物留在万松园。他双手捧起“绿绮台”：“陈大老倌，神物即活物，放在我等死人手里不是白白糟蹋？你既然救它出虎口，就说明与它有缘。”

见他执意献琴，陈罗婵道：“杨先生，张德圃虽失先人节义，毕竟是一风雅人，左右有居氏兄弟簇拥，可园委屈不了‘绿绮台’。也罢，看在你盛情难却的分上，我就用这架琴抚一首曲子，了结彼此因缘，你看如何？”

绝世名伶肯赏曲子，杨子遂不由大喜：“陈大老倌，你要拨哪首曲子？”

李文茂在都柳江白龙归天，陈罗婵悲伤欲绝，把所有的精力都放在恢复红船上，希望实现情郎的遗愿。眼看琼花直街的台期接近尾声，红船即将解禁，绝世名伶无法抑制激动的心情，便应红船众兄弟的邀请，前去琼花直街唱一个压轴折子。秋风自浪尖悄悄旋起，触动了她满腹的枫林心事，须臾之后说道：“片刻工夫，就来一曲《咏春》吧。”

美人启玉指，抚神琴，心如荒野，声似飘叶，歌曰：

莺啼岸柳弄春晴，柳弄春晴夜月明；
明月夜晴春弄柳，晴春弄柳岸啼莺。

这首吴绛雪的《咏春》，苏仁山在阳雪姑墓前奏过，阿梅在相爷府受辱时弹过，梁德荣再熟悉不过。然而绝世名伶琴技通神，让他产生了全然不同的感受。梁德荣站在河边发愣，直到画艇离去，众人消散，身边就剩下打把式卖艺的黄飞鸿，方遽然自梦中惊醒。

黄飞鸿把膏药利落地装进包袱："梁掌柜的，天黑了，咱们看戏去？"

梁德荣这才注意到江水璀璨，已然是华灯初上时分。他揉了揉眼珠，感到格外清亮，忽然想起了"绿绮台"，问道："杨先生呢？"

"自个儿走了。"黄飞鸿回答，"陈大老倌不收琴，他好像生气了。"

匹夫无罪，怀璧其罪。杨子遂手无缚鸡之力，抱着"绿绮台"满世界乱跑，这不是寿星佬儿吊脖颈子，嫌命长吗？梁德荣大惊："你师傅没跟着？"

黄飞鸿道："没有，杨先生不让跟着。"

"坏了，他非让人家一刀剁了不可。"梁德荣失声道，"快追。"

梁德荣醉心于探索武学之道，不事张扬，别人骂窝囊废他也不反驳，最多一笑而过。别看黄飞鸿年纪不大，却慧眼识英雄，知道他功夫精湛。小家伙故意逗他："梁掌柜的，你又不会功夫，追上去有啥用？"

梁德荣狠狠瞪了他一眼："少废话。"

事发紧急，两个人没有再啰唆，沿着江边一路狂奔，最后到达江北废弃的商馆广场。往昔繁华成云烟，广场杂草丛生，水泡子一个接着一个，俨然是蛮荒的沼泽地。梁德荣这双眼睛在夜幕下最是灵敏，他一眼瞅到杨子遂坐在杂草丛中，正悠然自得地弹曲子，歌曰：

秋江楚雁宿沙洲，雁宿沙洲浅水流；
流水浅洲沙宿雁，洲沙宿雁楚江秋。

梁德荣待要奔过去，忽然发现杨子遂身后还站着两条彪形大汉，一个手提混铁棍，一个紧握鬼头刀。提棍的汉子问："杨先生，你拨的这是啥曲子？"

"蠢材。"杨子遂道，"吴绛雪的回文诗吟咏四季，陈大老倌弹的是《咏春》，不才拨的自然是《吟秋》——昨天立秋，你懂不懂？"

那汉子嘿嘿笑道："先生就是先生，有学问，承教，承教。"

持刀汉子把刀举起来，用嘶哑的嗓子嚷："杨先生，我们哥俩允了你弹曲子，已经非常够意思了。你到了阴曹地府别抱怨，谁叫你舍命不舍琴哩。"

鬼头刀闪着凛冽的寒光，照准杨子遂的头颅用力劈下，就听"咣"的一声，鬼头刀没有砍下杨子遂的头颅，却被突如其来的一根单头棍迸开。梁德荣大发神威，一拳一个，须臾间将潘大庆和英开山击倒，送两个贼子上了西天。黄飞鸿从来没有见过这么厉害的功夫，吃惊地瞪大了眼珠："梁掌柜的，这是啥拳法？"

红班拳向来不许外传，从梁二娣、黄华宝到梁兰桂，都叮嘱梁德荣不得对外张扬。梁德荣竖起耳朵，听了一会儿从琼花直街飘来的歌声，良久之后，才敷衍道："咏春拳。"

在隆福看来，红船大戏处处大逆不道——这折子戏的开场白是"番邦作乱"，那折子戏的内容是"汉贼不两立"。区植松在旁边劝道："大人，这就很不错了，你不知道，罗爷和宁大少他们前年去柳州看大戏，戏台上的老爷太太一律是男丑和顽笑旦打扮，穷棒子们倒是英俊小生和花旦，你说气不气人？"

"放屁！"隆福咆哮起来，"这里是大清国的地界，去，让他们换戏。"

过了一会儿，锣鼓重新敲起，从"虎度门"里走出一位倾国倾城的美人，面不施脂粉，身不穿花衣，只披了一身洁白如雪的斗篷，上绣桃花一枝。隆福的眼珠顿时被钉住了，一颗心提到了嗓子眼里——二十年风华依旧，这小妖精倒是一点儿也不显老。

陈罗婵在后台听说隆福这厮又来捣乱，气不打一处来，决心好好教训一下这个不知天高地厚的家伙，便主动点了一出《胡笳十八拍》：

胡笳隐约我心撩动，御着风雪西出塞外；
再返旧地，我细把四弦琴抚弄，续续寄心声。
一双娇儿，可遵阿母话习五经？

汉家诗书有否记诵?
莫忘是汉家裔。
更犹记,别后数载匆匆岁月;
未断汉胡梦,夜漏雨冷霜转重。
笔端切切悲悲浓,墨淋漓难尽诉苦痛;
恰似鹃哀声声带泪吟诵。
…………

歌声铮铮,如刀如剑,句句砍在隆福的心头。当年受辱的那一幕重现眼前,他颤颤巍巍站起身,手指着台上的陈罗婵:“你这个骚娘们,难道还想造反?”

陈罗婵针锋相对:“你这个狗汉奸,仍在冒充鞑子吗?”

隆福呼天抢地,捶胸顿足:“反啦,反啦。”

为了防范八旗兵蠢蠢欲动,红船艺人取出刀枪,严阵以待。陈罗婵娇叱一声:“如今官府奴颜婢膝,甘心给红毛鬼子当奴才。山河易主,老百姓还用反吗?”

确实如此,广州城如今是洋人的天下,在红毛鬼子面前,八旗老爷说话也就当个屁放。隆福气火攻心,一口血喷出去七八丈远,等众人把他扶起来,竟然一命呜呼。

第一百九十一回　雨夜梦回

咸丰九年八月十五，广州傀儡政府以“洪根逆苗”的罪名将吴连问斩。

当时，大成国和大洪国实力尚存，红船解禁的时机还不成熟。隆福意外身亡，引起了穆克德纳、库克吉泰、昆寿等官吏的强烈反弹，纷纷向劳崇光施加压力，后者顺水推舟，趁机撕毁了对梁家和伍家许下的诺言。表面上看，隆福之死是导致红船不能解禁的直接原因，其实更大的阻力来自红毛鬼子——至咸丰九年，宝灵的总督任期即将期满，哪知道女儿艾米丽却哭哭啼啼不肯回英伦老家，发誓要留在东方当尼姑。由于红船在广大民众中享有巨大威望，宝灵对红船的警惕更甚于洪门，他把张亚丞之死归咎于红船，驳回了劳崇光提出的请求。

劳崇光主动进入广州，甘当红毛鬼子的奴才，并且处斩吴连、食言红船解禁，种种令人不齿的行径浇灭了民众的希望，扯下了官府最后一块遮羞布。在那个神州陆沉的悲惨年代，粤东事为天下先，广东官府全面沦为洋人走狗这一事件，预示了第二次鸦片战争的结果，同时象征着今后半个世纪的国内政治生态——腐朽无耻的清廷在帝国主义的胁迫下，一步一步地走向历史深渊，直至最后将自己埋葬。洋务运动也好，戊戌变法也罢，不过是河面上泛起的浪花；时代河床深处并没有什么“咸同中兴”，有的只是民族意志血淋淋的觉醒，有的只是贩夫走卒拿起刀枪，准备和统治者做最后的清算。

进入秋季，粤西战事再度吃紧，陈开从秀京发来军令，要求“纽纹良”迅速组织一支人马驰援粤西。大敌当前，红船兄弟难以置身事外，梁二娣、梁兰桂、黄华宝纷纷应征，留下“大花面明”、梁清吉、林三、“独脚英”等人负责红船事务。为了不牵连伍家和陈罗婵，“大花面明”等人带着“庆上元”班离开万松园，在龙溪涌北岸一条废弃的破船上暂时栖身，继续传授孩子们技艺，为未来播种希望。

红船就是陈罗婵的命，“庆上元”班离开万松园，比吴连之死更让绝世名伶心痛。入秋以后阴雨连绵，天气一天比一天寒冷，刚强的人终于病倒不起。伍紫垣生怕她有个闪失，连忙邀请广佛两地的名医进府治疗，还派人用轿子抬来了几个红毛大夫。能进入伍府的大夫没有一个浪得虚名，然而医者医身不医心，祖传秘方再灵，红毛医术再高，都治不了心寒绝症。转眼三个月过去，过了冬至，陈罗婵的病不但不见好，反而有加重的迹象。伍紫垣慌了手脚，打发林福成去找邹伯奇，请他这个娘家哥想想办法。

黄飞鸿陪着林福成去泌涌，一边用力划着船，一边狐疑地问：“师傅，邹老爷又不是开药铺的郎中，他能有啥好办法？”

林福成道：“邹老爷神通大着呢。”

黄飞鸿不理解：“陈大老倌不也有神通吗？难道邹老爷比她还大？”

林福成瞪了他一眼：“我看谁也比不了你的神通大。”

黄飞鸿捂着嘴笑了起来：“师傅，徒儿年纪小，你别跟我一般见识。”

篷船划过商馆广场，驶过“粤雅堂”所在的白鹅潭，黄飞鸿摇橹的双臂渐渐放缓。林福成顺着他的目光望去，发现黄竹岐村边有一群孩童正在玩耍，有的拿着刀，有的拿着枪，多数人玩的是飞砣。当年流鼻涕的黄二十三如今长成了一条威武汉子，手持铁棍坐在石头上，正警惕地扫视着江面，俨然成了村子的门神。

飞砣是大沥四堡名扬四海的看家本领，恰恰林福成最近正传授黄飞鸿这项技艺，见徒弟痴迷的样子，林福成不高兴地问：“飞鸿，你在看什么？”

黄飞鸿慢吞吞地划着桨："没看啥，师傅。"

林福成教训："飞砣和飞砣不一样，本门飞砣技艺绝不逊于大沥堡。"

黄飞鸿脸上浮出一丝崇敬之情："师傅，听说'飞砣凤'的功夫最厉害？"

"那当然，"林福成道，"不信，你可以去粤北向她当面讨教。"

咸丰七年四月，石达开离开天京，正式与洪秀全决裂，以"通军主将"的名义带走了十万太平军主力，纵横赣、浙、闽三省，实现了他天高任鸟飞、海阔凭鱼跃的远大志向。然而梦想是美丽的，现实是残酷的，石达开放着湘粤三省的硬骨头不碰，专一选取浙江、福建这样的软柿子捏，到头来一无所获，徒然萎靡军心，磨损十万精锐的士气。咸丰九年，石达开终于幡然醒悟，准备经略湖南，招募湘粤三省英雄，一举抽掉湘军的根基。石达开的具体行军计划是兵分两路：他自己率太平军由江西南安杀入湖南；葛耀明、周春率花旗军借道粤北，作为偏师吸引两粤官军的注意力，掩护主力的侧翼。

大丈夫当不畏强暴，驱驰沙场，做一番轰轰烈烈的大事业。想起金戈铁马的场景，黄飞鸿的心就"咚咚"直跳，激动得难以自持。洪拳出自洪门，洪拳子弟天生就应该以打威武窑子和红毛鬼子为己任，应该以"豆皮春"这样的前辈为榜样，而不是像师祖和师傅给"汉奸"当看家护院的保镖，庸庸碌碌过一生。小家伙嘟囔："去就去，我才不怕。"

林福成嘲讽："你小子连毛都没有长齐，就想上阵搏命？"

黄飞鸿嬉皮笑脸地说："师傅，只要你教我本事，我也能冲锋陷阵，扬名立万。"

师徒俩你一言，我一语，互相斗嘴。这时，从黄二十三坐的那块石头底下爬出一人，蓬头垢面，大冬天穿着一件四处漏风的破旧长衫，腰里别着一个酒葫芦，手里拿着一把掉了漆的鎏金扇，也不知道从哪个垃圾堆捡来的。

那人一点儿也不怕羞，一边用扇子摇，一边用破锣嗓子唱：

又高又大又嵯峨，临死唔知重唱歌。
三尺咁长锋利剑，八千靓溜后生哥。
既然落力争皇帝，何必频伦杀老婆。
若使乌江唔割颈，汉兵追到屎难屙。

李文茂死后，这首打油诗在粤东传唱甚广。不用看模样，只要听到这个破锣嗓子，大家就知道是何淡如。赫赫有名的大状师竟然沦落到这步田地，林福成十分诧异，来到船头恭敬地抱了抱拳："何先生，你咋变得这么寒酸？"

"咳，"何淡如叹了口气，"人穷志短，马瘦毛长。从前何某左手帮人写状纸，右手替红船改戏本，说不上日进斗金，那也是衣食无忧。谁知天有不测风云，人有旦夕祸福，如今大堂之上坐了一个红毛鬼子，歪歪嘴巴就能定输赢，不才不懂鬼话，状师这碗饭白白丢了；李二爷阴魂不散，红船解禁不了，开戏师爷这碗饭又白白丢了。可怜俺一肚皮的学问，而今只能靠写楹联混口饭吃，不寒酸才叫见鬼呢。"

黄飞鸿最喜欢何淡如的诙谐，故意问："何先生，你唱的是啥意思？"

何淡如瞥了他一眼："这歌里的意思是——霸王都不济，你又算个屁？"

林福成让黄飞鸿把船划到岸边，一个箭步跳上岸，打趣地问："何先生，你以前包打诉讼没少捞钱，鬼子进城才两年，那么厚的家底就花光了？"

"打锣打鼓，不过赠人高屌兴；搬埕搬塔，总之自己退屄财。"何淡如垂头丧气，"屋漏偏逢连夜雨，船迟又遇打头风。老子这儿只出不进，闺女却见风长，找了个婆家出嫁，把家里那点儿积蓄全拉干净了，你说晦气不晦气？"

闹了半天，何淡如是嫌女儿的嫁妆给多了。林福成扑哧一乐："何先生，你知足吧，现在是乱世，有女不嫁，难道等着鬼子来糟蹋？"

何淡如瞅着林福成，突然说："不对啊，这话不该从你这个汉奸嘴里说出来呀。"

林福成气得跳脚："谁是汉奸？谁是汉奸？"

何淡如哈哈大笑："对，你不是汉奸，你是汉奸的保镖。"

林福成悻悻地朝黄飞鸿一挥手："狗咬吕洞宾，不识好人心。咱们走。"

何淡如叫住了师徒二人："等等，你们去哪儿？"

林福成冲黄飞鸿喊道："别理他。"

黄飞鸿回答："我们去请邹老爷。"

"邹老鬼脾气怪，"何淡如吓唬他们，"当心他不让你们进门。"

这话不假，邹伯奇效法其师何解元，无心交游，平时大门不出，二门不迈，一心一意在家里鼓捣他的实验。见林福成面露犹豫之色，黄飞鸿恭敬地施礼："何先生，你是高才，又是邹先生的好朋友，他一定会给你的面子。"

何淡如的酒葫芦正好空了，打算到邹伯奇家灌一壶，便翻身爬上篷船，赞道："飞鸿这伢仔就是明白事理，回头我教你一招'迟疾任情'，包你打遍天下无敌手。"

黄飞鸿摇了摇头："何先生，我想学那招'红泥半堕'。"

"呸！"何淡如狠狠啐他了一口，"我看你学狗啃泥还差不多。"

至咸丰九年，邹伯奇年过五旬。作为学究天人的一代大师，世间万物心底过，还有什么看不透？作为陈罗婵的师兄，他是师妹这些年的精神支柱和心理寄托，比伍紫垣更懂得陈罗婵的悲与苦。作为旁观者，他深深明白，两代红船当家名伶的区别在于：易兰花慧心似剑，能够把所有的爱交给红船；而陈罗婵痴心如绵，始终割不断与李文茂的情愫。

从这一点上来说，李文茂离开人世，即意味着陈罗婵心的死亡，魂的飘散，意味着绝世名伶走向死亡的开始。这是一个心灵回溯的历程，一切皆由天定，没有任何力量可以阻止，也没有任何力量可以挽回。所以，当邹伯奇听说陈罗婵身染沉疴，什么话也没有说，从箱子底取出一件自制的宝贝，跟随林福成师徒乘船回返。

黄飞鸿问："邹先生，这个木盒子是干啥用的？"

"它叫摄影器，"邹伯奇回答，"能留住人的影子。"

冬日稀薄，万千影子在江面晃动，好像一堆漂浮的无根之叶。黄飞鸿手握船桨，闪电般飞出两脚，问道："邹先生，像我这么快的脚法，能留住影子吗？"

邹伯奇平静地说："伢仔，身法再快，有心快吗？"

何淡如猛地灌了一大口酒，喊道："妙哉，妙哉。"

黄飞鸿愣了片刻："这个木头箱子能留住心？"

邹伯奇点了点头："能留住心的影子。"

黄飞鸿问："可是，心和影子有啥关系？"

何淡如丢下酒葫芦，"嘎嘎"怪笑起来："小兔崽子，亏你还是洪拳传人，难道没有听二爷他老人家说过，心便是天地之影吗？"

黄飞鸿生长在佛山堡，耳朵里灌满了关于武林至尊的种种传说，可惜由于年纪太小，没有赶上那个风云激荡的英雄时代。他喃喃道："心真的是影子吗？真的是影子吗？”

林福成躬身施礼：“何先生，令师尊生前常和吕子桂比武，一个是‘迟疾任情’，一个是‘太乙无影’。在下冒昧问一句，这两招到底谁的境界更高？”

“鼠眼蛇头卖菜仔，鸡毛猪鬃换花生。”何淡如不屑一顾地说，“吕子桂不学无术，只会在女人胯下讨乖巧，懂得什么武学玄妙？他说的是皮肉之影，我师傅说的是天地之影，相去何止万里？按苏长春的说法，他是皮相，我师傅是魂相，中间还隔着一个骨相哩。”

黄飞鸿举起船桨比画了一阵，忽然尖声叫道：“我明白了，身法可以快到无影，心却永远无法做到无影，因为它本身就是一道影子。”

“有心便有情。”何淡如跷起二郎腿，扬扬得意地说，“‘镆铘剑’天上白龙下凡，六百年才来世间走一遭，要不是二爷在龙头峰挥剑自戕，谁知道它原来是有情剑？”

李文茂以身试剑，让天下武林人士弄明白了一个道理，那就是无情剑并非无情。然而心这个东西最是捉摸不定——洪火秀割心如割草，割出了一个轰轰烈烈的人间天国，行将覆亡；王山公诛心如诛云，把自己搞成了一个疯疯癫癫的半傻子，踪迹难寻。林福成叹了口气：“‘逍遥剑’美轮美奂，可金蟾道爷还是在盖天顶败给了二爷，邹先生，何先生，你们两位是大名鼎鼎的高才和怪才，你们说一说，心到底美不美？”

饶是何淡如那张能把死人说活的伶牙俐齿，也被这个困扰古今的问题难住了。他转动着眼珠子思考了半天，最后无奈地看着邹伯奇：“老鬼，你来说。”

邹伯奇沉吟片刻：“心既然是影子，当然以美为尊。”

林福成抱拳道：“邹先生，二爷为洪门之主，按说我们这些洪拳子弟不应该非议，不过在下心头委实不解——要说心为天地之影，以美为尊，那‘逍遥剑’已臻绝美至境，金蟾道爷为什么会死于非命？陈大老倌国色天香，姿容胜过邓丽娘，和二爷青梅竹马，两小无猜，二爷为什么不好好珍惜？”

邹伯奇是有清一代中国屈指可数的百科全书式学者，天文、地理、数学、光学等学科均有不凡造诣，唯独对这个心学不甚了了。他虽然不肯像陈白沙、王阳明那样把人心夸张为生化宇宙的根源，但他相信这道天地之影里保存着远古的记忆，具有感受宇宙真谛的神秘力量。这个力量究竟是一种美的力量，还是一种梦的力量？他说不清，也道不明。

伟大的学者不是武林中人，他不关心功夫的强弱，只在意缘分的离合。林福成的后半句让邹伯奇心生酸楚，眼看篷船离万松园越来越近，他擦了擦眼角："谁知道？"

"邹老鬼，我听说你师傅精通'律管飞灰'，能把声音传到阴曹地府？"何淡如道，"你就用这套法术，吹个曲子问问二爷，一问便知。"

邹伯奇很不满何淡如把"律管飞灰"说成法术，但是他生性温和，教养高贵，张不开嘴说脏话，于是推托道："邹某哪会什么曲子？"

无巧不成书，邹伯奇的客气话刚说完，就从龙溪涌的北岸传出一阵琵琶小曲，声音如梦似幻，珠圆玉润，显见此人琵琶技艺十分高超。

那是一曲《秦淮春晓》，歌曰：

隔帘灯烬月低栏，似水韶光欲驻难。
双桨淹博潮落早，六朝春梦乌啼阑。
王孙车马芳尘远，商妇琵琶夜月寒。
十里花飞流不尽，青衫有泪几时干。

何淡如笑逐颜开："丢他老母，是'博众四'。"

南国的冬日，处处绿意盎然，郁郁葱葱，然而龙溪涌的两岸却满是芦荻。这道肃杀之气自万松园弥漫开来，成为河南岛一道时髦的风景，俨然败落的西海大寨再现。何博众坐在破船的踏板上，正手把手地指点"勾鼻章"弹琵琶，邝殿卿背插双刀在一旁观看。

篷船靠岸，何淡如问："老四，你这首曲子听来销魂，谁教你的？"

何博众恭敬地回答："我师傅教的。"

何淡如白了他一眼："胡扯，你师傅不是早死了吗？"

何博众口中所言的师傅指阿幺，而不是从小教他音乐的同族老先生。阿幺追随易如真和苏三娘离开大成军，隐匿江湖，谁也不知她身居何方。何博众心里挂念师傅，又不能像何淡如那样口无禁忌，只好把话题岔开："何先生，你有什么事？"

何淡如煞有介事地吩咐："老四，你回去换一把好琵琶，等何某选个黄道吉日——邹老鬼施法，你弹曲子，咱们把二爷的魂叫回来，问他一个道理。”

邝殿卿毕竟年岁小，听说能把武林至尊的魂唤回人间，高兴得手舞足蹈，插嘴问：“刀法还是剑法？会不会是武林秘籍？”

“大花面明”从甲板上跳下来，厉声呵斥儿子：“不要胡说八道，假使千岁爷还魂，必定风云变色，天翻地覆，哪有时间教你武功？”

林福成见“大花面明”收拾得利利落落，挎刀持棍，背着一个鼓鼓囊囊的包袱，好像要出远门的模样，便问：“邝大老倌，你要去哪里？”

“大花面明”抱拳在胸：“到粤西，和威武窑子拼命。”

梁二娣、梁兰桂、黄华宝等人走时，几乎把精壮的红船兄弟悉数带走，现在“大花面明”又要离开，留在粤东的红船人岂不成了一堆老弱病残？林福成惋惜得直跺脚，一把将邝殿卿拉到身边，责备“大花面明”：“儿子还不到十岁，你这个当爹的心可真够狠。”

“大花面明”揪住邝殿卿的耳朵：“你一个人过日子行不行？”

邝殿卿大声道：“阿爸，我行。”

“大花面明”眼角湿润，慈爱地抚摸着儿子：“乖仔，咱红船人没有一个是孬种。你师傅是名扬四海的女英雄，你要好好练功，不能丢她的脸。”

邝殿卿拔出双刀舞了十余招：“阿爸，你要是碰到我师傅，告诉她我没有偷懒。”

“大花面明”朝众人拱了拱手：“各位，就此别过。”

醉卧沙场君莫笑，自古征战几人回？“大花面明”上阵厮杀，很有可能埋骨粤西，大伙儿黯然神伤。一直没有说话的邹伯奇突然开口：“且慢。”

“大花面明”奇怪地问：“邹先生有何见教？”

“你跟我进一趟万松园，”邹伯奇道，“替陈大老倌带个口信。”

篷船驶入水栅，驶入铺天盖地的芦苇丛。皎洁的心灵，雪染的面庞，衰败的躯体，仿佛美人迟暮的背影。雕楼望秋，长水如刀，剪裁来时路，却割不断雨夜梦回的记忆烈火。没有神迹造访的磨玉亭灰头土脸，失魂落魄，变成了一座荒岛；栈桥在风中摇荡，似乎随时准备抛弃这一方沃土。

冬日的湖水里，永远充满生气的是那块浑身窟窿眼的太湖石。伍紫垣站在岸边，亲自迎接邹伯奇的到来，不时看一眼“猛虎回头”，眼中充满了酸楚和困惑——他现在被人们视为最大牌的汉奸，臭名昭著，身上的窟窿眼不比这块石头少。

邹伯奇上岸问道："阿婵到底怎么啦？"

做了这么多年的枕边人，伍紫垣当然比任何人清楚，陈罗婵的心病是李文茂，但他不能这么说，也不愿这么说。小浩官恨恨道："都怪劳崇光这厮，说话不作数。"

何淡如语气生硬地问："请没请郎中？"

伍紫垣尊敬的是邹伯奇，对何淡如便没有什么好脸色，他忍了忍："谁说没请？来的都是广府有名的大夫，还有几个洋医生呢。"

心病还需心来医，如果大夫能看好病，伍家请自己来干什么？邹伯奇叹了口气："我这个妹子琴技通神，知晓天命，能断生死，咬定自个儿的主张，他人很难置喙。这样吧，你们在外面等一会儿，我进去看一看，见机行事。"

伍紫垣拱手："有劳了。"

邹伯奇把何淡如等人留在小戏台，和"大花面明"两个人跟着伍紫垣进入画舫，来到陈罗婵的卧室。这间香闺空间很大，完全模仿红船的船舱而建，陈设简约，清雅芳香，东侧是十来口戏箱，兵器架围着一个木人桩；西侧是一排排书架，堆满了发黄的珍贵书籍，都是当年"赤雅阁"留下来的旧物。陈罗婵的流苏帐位于西北方向，上面几乎没有任何饰物，只是在床头插着一束红梅，以及一束灯笼花。

邹伯奇和"大花面明"就座，嗅了嗅鼻子，没有闻到什么草药气味，心头一紧，看来陈罗婵是铁了心要离别人世。伍紫垣走到床前，隔着纱帐轻声呼唤："阿婵，汝昌兄来了。"

陈罗婵这些日子昏昏沉沉，半梦半醒，耳力大不如前。在她的头脑里，只有少数几个名字还能激发生命的活力，邹伯奇便是其中之一。她睁开眼睛问："真的吗？"

伍紫垣郑重地点了点头："真的。"

陈罗婵吃力地伸出手："拿镜子来，我要梳洗打扮，师兄来了，切莫失礼。"

在邹伯奇的心中，自己这位师妹容貌倾国倾城，功夫精湛，犹如飘飘欲飞的仙女，乃人间完美无缺的象征，何曾如此凋零不堪？他黯然道："阿婵，你是病人，不必拘泥礼节。有什么话尽管道来，愚兄洗耳恭听。”

陈罗婵停止挣扎，脸上露出幸福的笑容：“师兄，我要去阴曹地府陪伴师傅，兴许我阿妈也在那边，我们一家三口快团圆了。”

绝世名伶性格刚强，从来迎刃而上，不畏惧任何困难，现在却说出这么一番话，邹伯奇心里非常不是滋味。他试图劝说师妹打消厌世的念头：“阿婵，你阿妈身子骨结实，迟早有一天会来看你。你是晚辈，不能咒她老人家。”

陈罗婵仿佛自言自语：“不见也好，省得她老人家生气。”

勾栏院中无尊严，陈映雪有了钱后痛悔不已，把一生的希望寄托在女儿身上，却没想到陈罗婵当了伍家的妾。她离家出走，愤然割断母女之情，显然是不愿承认这段婚姻，抵死不认伍紫垣这个女婿。小浩官又羞又愧：“是我连累了你。”

“此为天意，与汝何干？”陈罗婵喘了口气，“师兄，冬至出生的人命硬，要是男人可能还好一些，可妹子偏偏是一个女人。这辈子事事不能遂人愿，做什么也做不成，当初我不该一怒之下离开红船，而今有心弥补却处处波折，看来是我害了大家。”

“大花面明”鼻子一酸：“陈大老倌，你有功无过，千万不要自责。”

陈罗婵听出了他的声音，赞口不绝：“阿明，你生了一个乖仔。”

“大花面明”抱拳道：“没有你和苏女侠的教诲，他懂什么事理？”

陈罗婵有了兴致，邹伯奇立刻抓住机会：“阿婵，邝大老倌去粤西军前效力，和红船兄弟姊妹并肩作战，也许能打听到王娘和苏女侠的消息。”

陈罗婵的眼睛渐渐亮了起来，是啊，李文茂虽然去世，但是他留下了骨血，易如真、苏三娘和阿幺等人不是还活着吗？为什么自己孤苦伶仃地去寻死？她心底升起一股暖流，盯着床头的鲜花，问道：“那可怜的仔叫什么？”

“大花面明”恭敬地回答：“小王爷名讳李道公，字怀远。”

邹伯奇劝陈罗婵：“王娘和苏女侠脱离大军，隐匿江湖，专一抚养太子爷长大成人。你想她们，她们也在想你，说不定明天早上一睁眼，她们就在你的床头。二爷已然归天，从前的恩怨烟消云散，你们姐妹情深，总有团圆的那一天。”

陈罗婵叮咛：“阿明，你到了粤西，帮我打探她们的踪迹。我的日子不多了，恐怕熬不过明年夏至。倘若有消息，请她们来看我一眼，我也想看看那可怜的仔。”

“大花面明”泪如雨下：“你放心吧，我一定办到。”

伍紫垣建议：“汝昌兄搬来了摄影器，你听大夫的话，进药恢复一下身子骨。过两天风和日丽，咱们在外头拍几张玻璃片，真的，比苏长春画得还鲜亮呢。”

“比苏先生还高？”陈罗婵疑惑地问，“那不是摄魂器吗？”

希望是生命之光，邹伯奇的这个办法还真灵，陈罗婵开始进药，身体逐渐有所恢复。转眼间一元复始，冬去春来，到了咸丰十年（1860 年），从粤西传来的战报令人揪心，一会儿是龙城失守，一会儿是陈开率军反攻，大获全胜。在三日一变的纷繁消息中，唯独没有易如真、苏三娘和阿幺等人的蛛丝马迹。从邹伯奇到伍紫垣无不心急如焚，眼看着陈罗婵的脸色越来越苍白，情绪越来越低落，话语越来越少，这可如何是好？

进入四月，“大花面明”自粤西返回，终于带来了令人振奋的好消息：易如真、苏三娘和阿幺等人隐居云贵群山，安然无恙，十分挂念陈罗婵的身体健康，并委托“大花面明”带回了李文茂临终前送给绝世名伶的礼物——一支桃木白羽箭。

也许是得到情郎信物的缘故，陈罗婵的精神头突然高涨，面部红润，底气十足，似乎大有好转。她命人把“庆上元”班叫回小戏台，自己披挂整齐上台演出，还从佛山堡请来了卢浣霞客串角色。外人看来啧啧称奇，伍紫垣却悲伤欲绝，因为邹伯奇悄悄提醒他，这极有可能是回光返照。

五月初三是夏至，初二这一天，万松园大湖西岸异常热闹，一边是“庆上元”班在小戏台排戏，一边是伍紫垣在磨玉亭布置道场。陈罗婵发现梁德荣也冒了出来，手里提着一架玻璃笼子坐在栈桥头，不由得大为惊奇：“阿荣，你怎么来了？”

梁德荣撩开玻璃笼子的金丝绒布：“陈大老倌，我来送这个。”

玻璃笼子里不是别的，正是陈罗婵两度为之凝魂聚魄的“枫子鬼”。这截木头疙瘩来自罗浮山的枫树林，曾经流过人的血，曾经落过人的泪，如今却一动不动地躺着，好像不认识眼前这个帮他两度重生的恩人。陈罗婵问：

"你送他来干什么?"

心爱的女人一旦归天,伍紫垣不知道自己还能在这个世界上支撑多久。他不愿接受这个可怕的命运,于是在磨玉亭布置道场,希望用法术挽救陈罗婵的生命。"枫子鬼"是数度重生的神奇之物,在伍紫垣的心里象征着陈罗婵非凡的生命力,有"枫子鬼"助阵,这场法事必定可以见功。梁德荣吞吞吐吐:"伍老爷说,说,说……"

他的话还没有说完,林福成急匆匆过来禀报:"陈大老倌,杨先生送回了银票。"

陈罗婵问:"为什么?"

林福成道:"他说他这一辈子从来没有欠过别人的钱,你既然不肯收'绿绮台',他就把琴还给东莞张家,免得落入歹徒之手。"

这一个月,陈罗婵已经着手安排后事,把画舫里的珍贵之物整理完毕——戏箱送给了"庆上元"班,书籍送给了邹伯奇,"春雷"琴打算留给伍紫垣。绝世名伶连生命都不珍惜,又怎么可能要"绿绮台"?她问林福成:"几时办法事?"

林福成不敢看她的眼睛:"戌时三刻。"

陈罗婵沉吟片刻,用柔和的口气说:"你去对老爷说,把请来的那些道士通通撵走,今天夜里这场法事我来办。"

云璈八曲乃是鬼神皆惊的天籁,陈罗婵自测天意,比那些半吊子的法师强出百倍。林福成喜出望外:"陈大老倌,你早该这样了,我这就向老爷报喜。"

三刻将至,一曲《薛刚反朝》唱罢,陈罗婵摘下头顶的雉鸡翎,脱去元帅大氅,拔掉背虎壳上的六杆龙纹令旗,分别交给"勾鼻章""崩牙启"和"师爷伦"三个小家伙。她又把梅花亮银枪递给邝殿卿,喝道:"取箭来。"

邝殿卿不知道她要桃木白羽箭干什么,但绝世名伶就是他心中的神,出言如圣旨,哪里敢有半分怠慢?陈罗婵红衣白裙,背好弓箭,手伸向梁德荣:"飞头鬼拿给我。"

神怎么会死?梁德荣从来不担心陈罗婵,他操心的反而是"枫子鬼"。他把小木头人递给陈罗婵,央求道:"陈大老倌,飞头鬼一直装睡,你唤醒他吧。”

陈罗婵笑而不语，接过“枫子鬼”离开小戏台，来到空空如也的画舫。伍紫垣早已在屋子里等候，见心爱的女人这般装束，恍惚回到了从前的旧时光。小浩官激动地问：“你，你真的要弹奏云璈八曲？”

云璈八曲是陈罗婵的生命之歌、心灵之歌，和眼前这个人生活了二十年，她这是第一次决定把云璈八曲献给他。绝世名伶放下桃木白羽箭和“枫子鬼”，对伍紫垣说：“这八首曲子今天送给你，也送给我自己，咱们俩共同叩问天意——假使弦月变圆月，说明我的心还愿意留在这个世上，还有阳寿未尽，就让飞头鬼从梦中醒来，你我共度余生；倘若弦月依旧，‘囚龙草’不忍心归来，说明我大限已至，就用这支带油火的白羽箭点燃画舫，了却尘缘印痕，当我从来没有到过万松园。”

二十年来，陈罗婵始终没有把心真正地交给伍紫垣，后者知道她心有所属，也为自己不能给绝世名伶一个身份而愧疚。两个人相濡以沫地生活，在平淡中不去触碰心灵的伤痕，然而今夜或许是永别时刻，伍紫垣颤抖地问：“你，你还在恨这个家？”

家？

陈罗婵的心被深深地刺痛了，茫然地审视夜空，她的家在哪里？作为子女，她应该与母亲在一起，可是母亲被她伤透了心，远走天涯；作为红船当家名伶，她应该和红船兄弟姊妹同生共死，可是她早早离开了红船，离开了她平生最挚爱的那一群人。万松园只是一条人生暂时栖身的篷船，供她舔舐伤口，躲避真爱，远离熟悉的世界，怎么可能算是她的家？可怜绝世名伶艺能通神，辽阔的大地竟然没有她一寸容身之地。陈罗婵手抚琴弦，一字一顿地交代：“我死之后，将尸骨焚烧成灰，撒进西江和伶仃洋，莫留人间一丝一毫。”

“夫妻恩爱二十载，此生夫复何求？”伍紫垣抹去眼泪，“家也好，船也罢，只要你我在一起就行，我相信上苍不会把咱们俩拆散，不信你问问老天。”

清风起，月光离。陈罗婵运全身气力于纤纤玉指，拨动“春雷”琴，弹奏起了如泣如诉的云璈八曲。也不知过了多久，弦月骤然变成一道闪电，绵绵雷声从远方蔓延而至——“囚龙草”没有来看它们的主人，来的是冰冷刺骨的雨。

“枫子鬼”静静地躺着，仍然一动不动，毫无表情；小浩官绝望地矗立于舷窗下，任凭狂风怒卷，将身体吞噬；陈罗婵淡然一笑，张弓搭箭，点燃了那条栖息半生的船。

第一百九十二回　叶落归根

如果说第一次鸦片战争标志着半殖民地半封建社会的开始，第二次鸦片战争则意味着这一社会形态的稳定形成。阉割了儒家文明活力的清廷腐朽无能，不得不依赖红毛鬼子的帮助镇压农民起义，苟延残喘，甘当奴才。在中外双重黑暗势力的联合绞杀下，声势浩大的洪门起义浪潮逐渐被平息——咸丰十一年(1861 年)七月，陈开被俘就义，大成国政权覆灭；同治二年(1863 年)正月，吴凌云战死，延凌国政权覆灭，余部由其子吴亚忠、刘永福等人率领，撤入越南继续战斗；同治二年九月，陈金刚被表弟郑金杀害，大洪国政权覆亡；为了赓续大成国余脉和声威，黄鼎凤自称建章王，坚守贵县平天寨，同治三年(1864 年)四月被刘坤一诱杀……

与此同时，太平天国起义也走向终点——同治三年六月，天京城陷落，李秀成被俘；十月十六，幼天王洪天贵福在南昌被凌迟处死。一年多后，太平军最后一支主力由闽入粤，奏响了悲壮的挽歌——同治四年(1865 年)七月，侍王李世贤被康王汪海洋刺杀身亡；八月，来王陆海平(陆顺德)被叛徒出卖，英勇就义；腊月，汪海洋战死；同治五年(1866 年)正月，从嘉应州突围的数万大军在丰顺北溪陷入重围，偕王谭体元战死，天二驸马钟万信和“豆皮春”之子幼怀王周杜福等将领被俘，壮烈牺牲。

十九世纪六十年代是一个腥风血雨的时代，是一个英雄陨落的时代，也是一个万马齐喑的时代。留在广府的红船艺人不得不冒用“外江班”的名义，逃避官府的镇压和捕杀，艺人们常年露宿在江面的木筏子上，随时准备跑路。固定的办公场所只有一处，那便是位于黄沙的“吉庆公所”——这间处理接戏事务的小屋子，由一位名叫李从善的老者提供。

陈罗婵病逝三年后，伍紫垣郁郁寡欢地离开了人世，死的那天风雨交加，电闪雷鸣。老百姓都说他是被雷劈死的。这种泄愤之谈包含了两层意思，一层是骂他癞蛤蟆吃了天鹅肉，非要从李文茂手里夺走绝世名伶，活该天打雷劈；一层是骂他为虎作伥，帮助官府办理夷务，采购枪炮镇压洪门起义，是祸国殃民的大汉奸。

不管怎么说，陈、伍二人相继离世，象征着红船河南岛时代的结束。在逆境中，红船兄弟姊妹不退反进，过江来到与琼花直街不远的黄沙，意在向世人发出一种不屈的信号——红船人斩不尽、诛不绝，红船大戏迟早有一天要杀回来。

征战粤西的红船子弟血沃疆场，生还者寥寥无几。同治二年，梁兰桂、黄华宝二人拖着伤躯回到广州，被推举为“吉庆公所”值事，和梁清吉一起主持公所事务。经过四年多艰苦卓绝的努力，以“庆上元”班为核心的年轻一代渐渐成才，红船复兴事业初成规模，展现出一派欣欣向荣的可喜景象。

同治六年(1867年)腊月，忙碌了一年的红船艺人纷纷回家团圆，黄华宝也回家养伤。梁兰桂和梁清吉留在公所，等候“独脚英”的到来——为了确保红船艺人的安全，“独脚英”被安排进南海县衙门当捕快，有不利消息时，方便向大家通风报信。

这一天是腊月二十八，两位值事从早晨等到中午，“独脚英”的影子没有出现，租界教堂里倒传来一阵赞美诗的音乐。

第二次鸦片战争清廷全面溃败，英国侵略者决心在广州城下划一块租界，地点选在距离商馆广场不远的拾翠洲，这便是闻名后世的沙面租界。沙面岛与琼花直街咫尺相隔，上面五分之四为英租界，五分之一为法租界，当年建造费用为三十二万美元，由清廷赔款支付。英租界内建有一座基督教教堂，每天都有鬼子祷告，赞美上帝征服东方。

过了一阵，梁兰桂对梁清吉说："阿三从佛山堡传来消息，说俾士这厮贼心不死，想在祖庙旁边盖一座福音堂，和北帝爷爷打擂台。"

阿三指的是林三，平时主要留在佛山堡办理公所业务，同时负责照料琼花会馆。梁清吉近来落了一个哮喘的病根，咳嗽了半天，才说："他不是刚在第十甫盖了一座福音堂吗？"

梁兰桂竖起耳朵听了一会儿，慢悠悠地说道："红毛鬼子欲壑难填，他们恨不得把中国人的寺庙道观扒掉，全部改成福音堂才好哩。现在世道变了，威武窑子畏洋如虎，鬼子放个屁都是香的，有不少人入了教，起了个鬼名，人不像人，鬼不像鬼。"

梁清吉连连跺脚："孔圣人不要了，关夫子也不要了，真是羞先人哩。"

入教的人目的不同，一些人是为了借助洋人的势力欺男霸女，鱼肉百姓；一些人是不愿受官府欺凌；还有一些人是为了避难自保。最后一类人的代表是温秉智——丰顺北溪之战后，温老四逃到澳门加入了天主教会，取了个教名叫彼得。明稽埒十分欣赏他的一张好嘴，头两个月把温秉智派回佛山堡，担任位于文昌沙的天主堂"住持"。

其实早在康熙年间，天主教就曾进入佛山堡，教堂建在彩阳堂铺。雍正年间，天主教遭到禁革，原址被佛山千总署占据。明稽埒对此耿耿于怀，嫌目前的天主堂位置太偏僻，给温秉智下了一道死命令，要么把天主堂挪到祖庙铺；要么撵走佛山千总署，讨回"祖业"。

梁兰桂道："两国鬼子同时发难，梁三爷怕是顶不住了。"

自第二次鸦片战争爆发迄今，"大魁堂"一直是红毛鬼子的眼中钉、肉中刺。随着官府的俯首称臣和洪门起义的失败，红毛鬼子在粤东经济和政治生活中拥有了强大的影响力，也培植了一批像区植棠、贝尘鹤、霍济田、罗琦、金良玉这样的打手，与十年前相比，实力不可同日而语。做好充足功课后，红毛鬼子信心满满，决心来一个釜底抽薪，通过操纵"大魁堂"值事改选，一举把梁应琨赶下台。

梁清吉问："梁三爷怎么打算？"

梁应琨八面玲珑，依靠暗中与洪门结盟，驾驭着佛山堡这条大船每每逢凶化吉。洪门政权覆亡后，梁应琨失去了最重要的依托，难以与来势汹汹的红毛鬼子相抗衡。自从上次被劳崇光和广东傀儡政权戏弄后，梁应琨的自尊心受到极大伤害，不愿再和官府打交道，因此对这次“大魁堂”首席值事的选举意兴阑珊。梁兰桂说：“他不打算干了，可又驳不过总督衙门的面子，故意应付差事，答应在江北的太平沙拿出一块地皮，让俾士修建福音堂。”

两广总督瑞麟出身叶赫那拉氏，论辈分是西太后的叔叔，笑里藏刀，权倾朝野，没有人敢得罪。想到梁应琨雄踞佛山堡二十多年，最后被官府和鬼子逼到了这个分上，梁清吉不由得同情起来：“咱们能帮啥忙？”

好汉不提当年勇，红船眼下在夹缝里求生存，境遇比梁家差出十万八千里，拿什么去帮助人家？梁兰桂苦笑起来：“咱们能做的，无非唱戏二字。”

梁清吉问：“按照惯例，‘大魁堂’的当家人由‘侨寓’三大豪门轮流坐庄，梁家接下来是李家，李家派不派人来选？”

梁兰桂回答：“俾士强横得很，派人放出话来，说他绝不会任人摆布，一定要在灵应祠旁边盖观音堂。李家不想背一个汉奸的骂名，这次情愿让贤，不选了。”

梁清吉又问：“看来是吴家了？”

梁兰桂笑着摇摇头：“人家就那么没骨气？”

梁清吉糊涂了：“三家都不干，那怎么办？”

“偌大的佛山堡，还愁没有人干？”梁兰桂道，“鬼子这次玩得很漂亮，他们把八图大族的招牌抬出来，让区植棠挑头，霍济田和罗琦搭档，稳操胜券。”

区、霍、罗三家均出自古老的八图大族，出任“大魁堂”的值事完全够资格，看来这次选举是逃不出鬼子的手掌心了。梁兰桂和梁清吉叹息不已，这时，“独脚英”和邝殿卿抬着两大坛子酒走了进来，放下扁担后，邝殿卿毕恭毕敬地施礼：“两位叔父因何叹气？”

邝殿卿今年满十八岁，小伙子这些年习武不辍，练出了一身的好功夫。俗话说，穷人的孩子早当家，邝殿卿在唱戏和习武之外，还经常帮几位叔父料理公所事务，精明强干，深得老一辈的赞赏，成为红船新一代中的佼佼者。

梁兰桂道：“佛山堡新开了不少武馆，鱼龙混杂，良莠不齐，有些人公然倚贵欺贱，恃强凌弱，甚至和‘大会馆’的铺丁发生械斗，弄得市面上乌烟瘴气。前两日，梁三爷乘轿子回家遭遇袭击，要不是身边人多，非吃亏不可。”

邝殿卿主动请缨："兰桂叔，晚辈愿意去佛山堡，会一会这伙烂蟹。"

"住嘴！"梁兰桂猛地把脸一沉，厉声呵斥，"乖乖地给老子唱戏，哪一个胆敢到佛山堡惹是生非，当心把你们逐出红船。"

邝殿卿被教训得灰头土脸，心里十分委屈，却大气不敢出一声。梁清吉看着心疼，喘着气不住地叮咛："殿卿，红船就你们几个宝贝疙瘩，一旦出了事，我们这些老骨头还有什么脸去见祖师爷和掌堂大爷？还有什么脸去见你们的爹娘？"

邝殿卿脸上火辣辣的，跪倒磕头："晚辈知错。"

等梁兰桂平息了怒火，"独脚英"开口说："威武窑子想对红船斩尽杀绝，可广府的老少爷们不认账，非要看大戏，这两年一年比一年火爆，台期根本排不开。依我看，咱们把新年的第一个台期给梁家，也算是尽一份心，安慰一下梁三爷。"

这番话说到了梁兰桂的心坎里，他抚摸着自己的伤腿，思考片刻，最后拍板："第一个台期给梁家，第二个台期给岳掌柜的，第三个台期给温家。既然今年势头见旺，咱们就去给祖师爷和掌堂大爷点一炷香，把这个好消息告诉他们。"

梁清吉和"独脚英"齐声叫好，邝殿卿惴惴不安地问："兰桂叔，我能去吗？"

梁兰桂一甩袖子："还不去收拾东西？"

邝殿卿"咚咚咚"磕了三个响头，欢天喜地跑了出去。

三个台期就是半个月，从春节唱到正月十五，红船艺人不但可以回到梦中的圣地，还能拜神牌、赏花灯、舞狮子、烧大爆，真是痛快极了。三个当家人没了心思，草草议事完毕，傍晚时分解缆放舟，融进那一片朝思暮想的锦绣水光。

黄昏的影子是那么秀美，那么悠长，那么娇嫩，那么若即若离，夜的脚步不忍踩碎。四十里忧郁的水程，具有不可思议的魔力，纵然是遍体鳞伤，一夜之间也会被她抚平。那么多璀璨的往事，那么多英雄的鲜血，瞬时化作流逝的灯火，叫三位红船当家人唏嘘不已。篷船行驶得非常缓慢，驶近大镇乡时已经是三更时分，河面上几乎看不到什么行船。三官庙孤独的身影跃入梁兰桂的眼帘，他正要吩咐加速行驶，忽然，夜幕里钻出一条舢板，速度极快，眨眼间来到对面。舢板上是一位光着膀子的青年，连声喊："快停船，快停船。"

"独脚英"一看是黄飞鸿，感到奇怪："他怎么在这里？"

四年前，黄飞鸿正式出徒，在城西第七甫开了一间武馆。他和邝殿卿年龄相当，第七甫到黄沙又没有几步路，两个人经常在一起偷偷切磋武功。习武是邝殿卿的副业，他的主要精力用在唱戏上；而黄飞鸿则专职以武会友，行侠仗义，西樵山斗过蟊贼，香港岛杀过狼狗，渐渐积攒了一些名气，成了远近闻名的小游侠。

梁兰桂怕年轻人逞强斗狠，影响红船恢复事业，不大赞成邝殿卿和黄飞鸿来往。此刻见黄飞鸿突然冒出来，邝殿卿暗自叫苦，硬着头皮问："飞鸿哥，啥事？"

黄飞鸿是个戏迷，得知红船要在佛山堡一口气唱半个月，高兴得合不拢嘴，匆匆收拾包裹提早出发，哪知在大镇乡发现了异常，这才回头报信。他气喘吁吁地说："镇子周围埋伏了大批的官军和衙役，听'小仁义'说好像在捉拿一位洪门大佬。小侄瞧着势头不对，请各位叔父绕行去佛山堡，免得沾上晦气。"

梁清吉诧异地问："你怎么知道我们去佛山堡？"

"呵呵。"黄飞鸿明白自己说走了嘴，瞥了邝殿卿一眼，满脸堆笑，"清吉叔，大半夜走这条水路，不是去佛山堡，难道还出远门？"

嘉应州丰顺北溪那场惨烈的战斗中，太平军投诚与溃散者约有数万之众，因为花旗军将士是本地人，熟悉道路，纷纷逃向粤北群山，以至于战后一年多的时间里，清军仍然在北江流域设卡搜捕。梁兰桂、梁清吉和"独脚英"迅速做出判断，这次官府在大镇乡张网以待的所谓"洪门大佬"，十之八九是花旗军将领。当然了，还有一种可能是来自海上——被广东水师和英军舰队联合击败的"洪德堂"水师。

战火纷飞中，无数英雄为国捐躯，光昭日月。下落不明的洪门大佬有五位，分别是花旗军的葛耀明、周春，在外海坚持斗争的关钜、陈显良、李洪英。他们和李道公、"香美人"、苏三娘一起成为洪家兄弟心中残存的明灯。假如他们还活着，任何一位登高一呼都能振奋洪家兄弟的士气，掀起一场抗击威武窑子和红毛鬼子的巨大风暴。

他们会是今天陷阱里的猎物吗?

梁清吉拉了拉梁兰桂的衣角,忐忑不安地问:“咱们要不要管?”

梁兰桂沉吟片刻,脸上露出坚毅的神情:“有忠有义桥下过,无忠无义刀下亡——这是咱们入堂时的誓言,倘若今夜来的果真是一位大佬,你我纵然粉身碎骨也值得。”

邝殿卿原以为梁兰桂会远离是非,没想到他连眼皮都没眨就做出了迎战的决定,心里又是佩服又是担忧,拔刀请命:“兰桂叔,你腿脚不灵便,我来打先锋。”

黄飞鸿从舱底操起一根单头棍:“有福同享,有难同当,算我一份。”

梁兰桂吩咐邝殿卿:“给他弄身衣服。”

清军在大镇乡布下埋伏,这五个人硬闯无异于以卵击石,必然凶多吉少。穿戏装是红船兄弟死战不退的标志,邝殿卿给黄飞鸿弄了一副大靠,后者穿戴齐整,兴奋地说:“嘿,今天我也当一回大老倌。”

梁清吉好心劝说:“飞鸿,此战有去无回,你想好了吗?”

黄飞鸿抖了抖手中的单头棍,豪兴大发:“清吉叔,瞧你说的,头壳掉了碗大个疤。晚辈虽然没有加入洪门,但从小练的是洪拳,打的就是威武窑子。”

梁兰桂喝令:“开船。”

两条小船逆水行舟,慢慢抵达码头。梁兰桂久经沙场,敏锐地发现河堤的阴影里藏着不少官兵。梁兰桂不但没有感到畏惧,反而心头升起了强烈的渴望——官兵越多,说明今夜伏击对象的来头越大。邝殿卿持刀率先跳上岸,左手的三官庙冷冷清清,右手的“北安”酒楼灯火通明。他向梁兰桂请示:“兰桂叔,咱们去哪边?”

甲寅年大起义中,大沥四堡与洪门为敌,切断了攻城大军和佛山堡之间的联系,受到广州官府的褒扬,叶大胖子亲自手书,建“忠义祠”于大圃堡杨柳冈。何、欧阳、麦、仇、刘、潘等豪绅大族自夸其功,合股开设了这间“北安”酒楼,以纪念被裁撤的“北安营”。

在士绅豪强眼里的骄傲,在洪家兄弟眼里却是道不尽的恨,梁兰桂提着刀,头也不回地向“北安”酒楼走去。黄飞鸿和邝殿卿怕他有失,慌忙冲上前,推开了酒楼的大门。“北安”酒楼分上下两层,一楼大厅大约有三十来张桌子,稀稀拉拉坐着一伙乔装改扮的捕快,个个目露凶光,等待猎物上钩。“小仁义”守在靠近门口的一张桌子上,见黄飞鸿去而复返,还披上了戏台上的大靠,禁不住吃了一惊:“你,你咋又回来了?”

黄飞鸿拍了拍胸脯:“小爷是来唱戏的。”

梁兰桂、梁清吉和“独脚英”进入酒楼,寻了一张靠窗的桌子坐了下来,梁兰桂大声吆喝店里的伙计:“小二,快上酒。”

“小仁义”觉察出有些不对劲,来到梁兰桂的身旁,端起一碗酒:“梁大老倌,老百姓喜欢红船大戏,你们好不容易恢复生机,别自己往枪口上撞。”

梁兰桂冷笑一声:“梁某是个残废,茅坑里的关刀,文不得,武不得,你少吓唬我。”

“独脚英”不想提前撕破脸,解释:“我们去佛山堡唱戏,路过此地打尖。”

“小仁义”笑道:“阿英,都是干这一行的,你糊弄谁呢?”

“独脚英”凑近他的耳朵:“胡爷,今天夜里到底啥动静?”

“佛冈直隶厅的秘密线报,直接送到巡抚衙门,”“小仁义”也不隐瞒,“有一个会党头目潜回广府,今夜在大镇乡露面。”

“独脚英”环顾四周,调侃道:“六扇门的兄弟真不少,看来胡爷这次要立功了。”

“小仁义”的目光瞬间黯淡下来,瞅了一眼二楼,悻悻道:“兄弟,这种好事能轮到咱爷们头上?不瞒你说,六扇门的兄弟这回只是陪衬,镇子内外埋伏的是抚标右营,还有临时从佛山都司署借来的抬枪队,合计有三百人马。”

三百官兵外带省、府、县三级衙门的捕快,捉拿的人绝非等闲之辈。梁兰桂心里一沉,不动声色地问:“抚标右营的游击是‘牛鬼窟’吗?”

“不是他是谁?”“小仁义”幸灾乐祸地说,“蒋大人卷铺盖滚蛋了,新上任的李大人看不起他们这些假顶戴,这不,抢功劳来了。”

同治五年,蒋益澧凭借军功荣升广东巡抚,贝尘鹤、“牛鬼窟”看好他的前程,花了大笔银两巴结,“牛鬼窟”弄到了抚标右营游击的差事。哪知道一年后风云突变,蒋益澧在权力斗争中输给了瑞麟,被迫回家养病。新上任的李福泰长期在粤东当官，对贝尘鹤和“牛鬼窟”一伙的底细了如指掌，对他们敬而远之，十分冷淡。

李福泰正途出身，喜欢和广府名流来往，他突然接替蒋益澧担任广东巡抚，对这群魔头来说当然不是好消息。“牛鬼窟”坐在二楼的雅间里，苦苦思索出路；与他相反，狗子满面红光地吃茶，嘴里兀自不肯闲着：“对付几个漏网之鱼，要这么大的阵仗？”

同治三年正月，张敬修病死于可园，应了白无相那一卦。朝廷念在他夭寿的分上，将“飞天爪”提拔为水师抚标顺德协参将，佛山都司署的空缺赏给了张三。这次“牛鬼窟”向都司署借兵，张三委托狗子统领抬枪队，显见二人感情之深，让“牛鬼窟”心里非常吃酸。他没好气地说：“不愿意干就走，爷不差你这几杆枪。”

人以群分，物以类聚。狗子的本性和区植棠、“牛鬼窟”、宫鹏飞等人相近，所以最后还是鬼混到了一起。然而，他毕竟在战场上经历过生死，认识到什么是狐朋狗党，什么是两肋插刀的兄弟。东勇那几年经历教给了他人生最重要的东西，他能够在五斗口巡检司的位置上一口气干了十几年，凭的不是八面玲珑，而是心里埋下了一根雷打不动的铁钉子。

狗子问：“牛爷，老半天没人上钩，线报有没有错？”

线报的准确性如果百分之百，李福泰也不会把这桩功劳白白送给自己。“牛鬼窟”心里是这么想，嘴上却没这么说：“当然没错，那几个红船贼子就是来接头的。”

“呵呵。”狗子笑出声，“牛爷，这几年大伙儿听腻了‘外江班’，都想听大戏。红船大老倌跟随二爷征战粤西，死得没剩下几个。物以稀为贵，梁大老倌和‘庆上元’班可是宝贝，人家等着解禁，唱戏挣大钱，谁愿意来蹚这个浑水？”

“牛鬼窟”骂道：“红船人天生反骨，绝对不能解禁。”

“得啦。”狗子懒洋洋地说，“洪门被灭了，长毛也平了，如今四海升平，八方宁靖，你就别挑事了。总督衙门的告示说了，首恶必究，胁从不办，只要没有扯旗造反当龙头，都可以回到原籍当良民。要是认真计较，凡是戴过红巾、扛过红旗、插过绿竹的人一律拿杀，粤东这块地面上还有喘气的吗？”

这话说得没错，洪门在两粤势如破竹时，连“靖难营”都打过烈火朱雀旗。“牛鬼窟”被狗子噎了一下，生气地说：“你懂个屁？洪门表面上被剿灭了，暗地里却激流汹涌，现如今开台做戏的人不是少了，而是多了。曾国藩兄弟打平长毛，立下盖世奇功，封侯之后做的第一件事情就是裁撤他们一手带起来的湘勇，你知道为啥？”

狗子问：“为啥？”

“牛鬼窟”忧心忡忡道：“因为湘勇已经被哥老会渗透，十个人里面，至少有七八个拜会结盟。白天是小卒子，晚上是大龙头，这个兵还咋带？”

哥老会是洪门在四川的别称，首先兴起于鲍超招募的蜀勇，继而在湘勇中弥漫。狗子听说过哥老会的名声，但没想到发展得如此迅猛，他对曾氏兄弟的办法很不以为然：“曾大人这个招数不灵光，真的，牛爷。除非武林高手和独脚大盗，人在江湖上混，不开台做戏根本活不下去。三十万湘勇那是多大的一股祸水？裁撤他们，不等于把他们往洪门怀里推吗？照这样裁撤下去，离他们公然打起反旗的日子恐怕不远哩。”

“牛鬼窟”听得心惊肉跳，这时，一名千总推门而入：“大人，有船靠岸。”

两个人抢步来到窗边，只见石码头停靠着一条篷船，从船上相继跃下三条汉子，单从矫健的身姿判断，三人俱有一身精湛的武功。他们在码头上稍作停留，没有走向酒楼，而是直接奔向三官庙。昏黄的灯光下，后面两条汉子头上的红巾赫然在目，“牛鬼窟”激动地喊：“快去通知桑木道长，随本将下去拿人。”

山中无老虎，猴子称大王。桑木道士近年蠢蠢欲动，带着两个徒弟下了罗浮山，在广府一带比武立威，试图重振“逍遥门”的雄风。“牛鬼窟”此次在大镇乡设伏，特地花费重金聘请他们师徒助阵，眼下正在隔壁的屋子吃花酒。

狗子拦住“牛鬼窟”：“且慢。”

“牛鬼窟”愣住了：“莫非你认识这三个反贼？”

狗子示意：“牛爷，你看最前面那个人，他戴的是花旗帽子。”

“废话，”“牛鬼窟”嚷道，“他是花旗军的洪门大佬，当然戴花旗帽子。”

狗子觉得有必要给这位曾经的大哥上一课，他认真地解释说：“牛爷，牛大人，洪门五大堂旗色各不相同，合起来是一杆花旗，但是花旗军头上从不戴帽子。这种帽子是西洋花旗国鬼子戴的，叫巴拿马帽，对，就叫巴拿马草帽。”

“牛鬼窟”吓了一跳：“你是说他跟花旗鬼子有关系？”

狗子犹豫道：“不清楚，反正他戴的是巴拿马草帽。”

“我明白了，”“牛鬼窟”一拍大腿，“今天这条大鱼不是洪门大佬，而是在嘉应州漏网的长毛大官——上帝教是红毛教，戴花旗国的帽子不稀奇，温老四那个狗娘养的，不就常戴着一顶吊死鬼的帽子吗？他还给自己起了个鬼名叫什么彼得？妈拉个逼的。”

“哎呀，”狗子被他说服了，“照你这么说，兴许还是个长毛的王爷哩。”

哥俩精神大振，率领桑木道士师徒、“小仁义”和一群官兵衙役冲出酒楼，将三官庙围了个水泄不通。“牛鬼窟”横刀叫阵：“兀那反贼，快快出来受死。”

梁兰桂、梁清吉、“独脚英”、邝殿卿、黄飞鸿随后赶到，只见三官庙里步出三人，中间是一位精神矍铄的老者，目光炯炯，不怒自威。令人啧啧称奇的不是他的仪态，而是他头上戴的那顶巴拿马草帽，似乎刚从异国他乡归来。

邝殿卿和黄飞鸿是青年一代武林高手，一眼就看出这位老者身怀惊人的技艺，邝殿卿低声询问梁兰桂：“兰桂叔，你认得他吗？”

这位气度不凡的老者不是别人，正是远赴花旗国避祸的蔡李佛拳祖师爷陈享。梁兰桂眼角湿润，欣慰地说：“把家伙收起来，这场仗用不着咱爷们了。”

与此同时，“牛鬼窟”、狗子、桑木道士等人都认出了这位武林大宗师，“牛鬼窟”心头浮起一丝畏惧，后退三步：“享公，你……你好大的胆子。”

当年陈享与“逃军和”在罗浮山分手后，曾经北上江西，在石达开军中短暂停留。之后下南洋，赴北美，行医治病，授拳传武。同治六年，清廷捕杀民众的行为稍有收敛，陈享也过了花甲之年，遂起叶落归根之念，乘船回到家乡。

在方兴未艾的武馆热中，蔡李佛拳捷足先登，独占鳌头，旗下弟子人数过万——如果不考虑犹抱琵琶半遮面的洪拳，蔡李佛拳已经跃升为粤东武林的第一大门派。陪伴在陈享身边的是两大高徒，一个是执掌江门武馆的龙子才，一个是执掌佛山武馆的张炎。龙子才听“牛鬼窟”出言不逊，勃然大怒：“姓牛的，你再说一遍。”

“牛鬼窟”知道龙子才出手狠辣，吓得疾步后撤，闪在桑木道士身后。桑木道士江湖辈分比龙子才高，自然不能当缩头乌龟，拦住去路：“贤侄，休要撒野。”

堂堂的“逍遥门”掌门师兄，竟然沦落到给“牛鬼窟”打下手，龙子才冷笑一声：“桑木师叔，你要和晚辈比试吗？”

松安道士不知深浅，拔剑冲了上去：“大胆反贼，吃贫道一剑。”

二人战不到十个回合，龙子才的板门刀劈头而下，松安道士脑子晕乎乎的，举起宝剑试图挡开这一刀。龙子才那是多大的气力，但听耳轮中“当啷”一声，宝剑丢出去七八丈远，血光刺目飞溅，板门刀无声无息地落下，斩断了松安道士的右臂。

松安道士遭受重创，克安道士哪里肯干，嗷嗷叫着上前拼命。张炎替下大师兄，同样战不到十个回合，一刀砍掉克安道士右臂。

两位“逍遥门”高手，眨眼的工夫丢了一对臂膀，爷仨都变成了“独臂大盗”。桑木道士心疼得差点儿背过气去：“牛大人，他们这是居心叵测，贼心不灭。”

此言非虚，当年金蟾道士为了给徒弟报仇，不要大度和尚的性命，只取他的右臂；今天龙子才和张炎照葫芦画瓢，予以响亮的回击，警告桑木道士不要为虎作伥。陈享心有不忍地抱拳拱手：“桑木道兄，老朽在海外云游多年，不理世事久矣。你赶快带着两位贤侄进浮山采集良药，用心调理，方能保住性命。”

桑木道士凄怆地喊道：“牛大人，快用抬枪结果了这三个反贼。”

陈享师徒闻言色变，正要举刀杀入清军，不给敌人放枪的机会，只听“轰隆隆”传来惊天动地的炮声，几条战船驶抵码头。船上白旗飘展，绘着“荡寇营”三个大字，一名水师将领手持令旗，高声断喝：“游大人驾到，都给爷统统住手。”

看到那人的模样，“牛鬼窟”吓得一缩脖子：“这不是金鳞兄弟吗？”

四十天前，协办大学士骆秉章死于四川总督的任上。骆老三抚湘十年，为清廷镇压洪门和太平军立下了汗马功劳，被追赠为太子太傅，游新潭率军护送其灵柩回乡安葬。鉴于骆秉章的巨大影响，瑞麟不敢怠慢，任命游新潭为广州协副将，就地遣散“荡寇营”，对崔金麟等将士均予以妥善安置。

游新潭前呼后拥，弃船登岸，用一副傲慢的口气教训“牛鬼窟”：“牛游击，而今国家百废待兴，正是休养生息、与民敦睦之际，你怎么还敢捉拿良民？”

桑木道士泣不成声：“游大人，他们不是良民，是乱党。”

“胡说八道！”游新潭瞪起了眼珠子，“你这个老不修的牛鼻子，不好好在观里修道，反而四处舞刀弄枪，我看你才是乱党。”

官大一级压死人，游新潭有枪有炮，还不是说什么是什么？狗子脑子反应不慢，立刻掉过头来帮腔：“享公一没有竖旗，二没有立堂，咋会是反贼？道爷，你说话得有证据，享公从花旗国归来，那里淘金子的人都缠红巾，是不是？龙爷，张爷。”

龙子才和张炎不置可否，桑木道士捡起地上的两条右臂，带着两个徒弟怀恨而去。经过这么一折腾，“牛鬼窟”也失去了继续留下来的兴趣，和狗子率兵匆匆撤离。石码头附近立刻清静下来，陈享拱手道：“多谢游贤侄，否则又是一场血光之灾。”

游新潭神秘地一笑：“享公差矣，该道谢的是晚辈。”

众人见游新潭和崔金麟表情诡异，均觉得其中有名堂，便登上了游新潭的座船，在船舱内坐定。不多时，帘子打开，从外面闪进一位形容枯槁的老者，脸上胡子拉碴，似乎好多天都没有洗漱。陈享见状大吃一惊，屈身施礼：“国舅爷，你没死？”

这位水师将领打扮的老者不是别人，正是太平天国的国舅赖汉英。赖汉英坐下来，端起酒杯感激地说：“幸亏享公来早一步，阴差阳错，否则赖某这条命就算交待了。”

陈享摆了摆手：“各位兄弟，这些年风云动荡，英雄凋零，好汉子死伤无数。梁园虽好非久恋之乡，什么地方也比不上咱们广府。国舅爷，游贤侄，咱们都老了，在家里好好过几年安生日子，其他的事交给年轻人，好不好？”

游新潭表面上风风光光，心里却充满了凄楚，他之所以在外征战多年不回家，主要是因为妻子叶小妹被轮奸后，生下了一个不知道谁是爹的儿子。另外，汪亚景战死会仙镇，陈见成在浔州突围时被俘就义，两个老冤家一命归西，满腔的仇恨化为乌有，让游新潭备感人生的虚幻与荒谬。他大声道："叶落归根乃人间喜事，弟兄们能活下来不容易。梁大老倌，我出三倍的戏金，在琼花会馆唱一个台期。"

梁兰桂迟疑道："游大人，你是朝廷命官，听红船大戏不合适吧？"

"丢他老母，有啥不合适？"游新潭勃然作色，"老子偏要听红船大戏，到时候你们把琼花旗插起来，我看哪个不要命的敢多嘴？"

第一百九十三回　贞节牌坊

一杆琼花旗，点燃了被压抑多年的巨大情感，产生了远远高于铸铁炉喷发的热量。同治七年（1868年）正月，堪称佛山堡十余年来最激动人心的节日。虽然只有短短的半个月，但是万人空巷的盛况说明了一个毋庸争议的事实：红船复苏的脚步不可阻挡——威武窑子的镇压越疯狂，红毛鬼子的利诱越加码，人民就越发思念心目中的英雄。

几位红船当家人受到鼓舞，决定再下一城，告慰英雄在天之灵。正月十五闹花灯，梁应琨组织了卸任前最后一次舞狮比赛，由于推出了久违的黑狮，各家武馆都派出顶尖高手，这次舞狮变成了武林大赛。经过梁兰桂和黄华宝的默许，梁德荣凭借“咏春拳”力挫群雄，摘得黑狮桂冠，从此以“佛山赞先生”的名号威震武林，终成一代宗师。

正月二十弦歌幽断，繁华落尽，红船拔掉琼花旗，失魂落魄地离开琼花水涉，带走了佛山乡亲的心。黄炳特地从石湾镇赶来看戏，夜里住在琼花会馆，帮会馆设计一些陶塑。他这次还有一个任务，那就是带着他的小叔叔黄鉴清来见世面——后者年龄比黄炳小二十来岁，自幼跟随他学习陶瓷雕塑。这位小叔叔天资聪颖，有样学样，和黄炳一样涉猎广泛，陶塑之外什么金石书画无一不精，甚得黄炳的欢心。

梁兰桂他们一走，黄炳师徒也无心逗留，准备乘船回返。小船驶入洛水，就看到一顶轿子急急钻出"浣江书院"后的胡同，有人掀开轿帘高喊："黄掌柜的，等一等。"

黄炳抬头一看，原来是牛仔，问道："贤侄，有事吗？"

牛仔今年四十有二，已经是三个孩子的父亲。他拱手施礼："黄掌柜的，广华叔把认捐的神像送来了，我阿妈请你过去吃酒，晚头去庙里献祭。"

在大成国最后两年的征战中，居仁里许多乡亲血染沙场，慷慨赴死，阵亡的将领有"纽纹良"、陈见成、石蕴、邵凡、"篾片刀"等人。女诸葛在黄伞大街的入口买了一片地，盖了一座规模宏大的华光庙，仿效昆都山五显庙的先例，在后殿供奉了一堆木雕和陶塑的神像，用以纪念那些舍生取义的英雄。为了不引起清廷的注意，这座华光庙允许各地施主认捐——只要你肯花银子，便可以送一尊神像进来，接受华光爷爷的庇护。

自从温秉义病故后，女诸葛把家里的买卖交给牛仔打理，不再出面料理事务，想见一面很不容易，看来今天这场献祭十分重要。黄炳奇怪地问："哪一家认捐的神像？"

牛仔期期艾艾地回答："一个是我二舅的，一个是冉家的。"

黄炳脱口而出："莫非是被金良玉休掉的冉枝枝？"

同治三年，佛山堡发生了一件骇人听闻的大事——入赘冉家的金良玉竟然反客为主，一纸休书送进衙门，要将冉枝枝扫地出门。鉴于他具有基督教徒的身份，南海县衙门不敢得罪气焰熏天的红毛鬼子，丧尽天良地认可了这份休书。冉枝枝变卖首饰，在砖瓦巷买了一座小院，收留了疯疯癫癫的冯紫玉，两个女人相依为命地生活在一起。

"嗯，"牛仔道，"她是给张亚丞婆娘认捐的。"

冯紫玉刺杀张亚丞，为"太子朝"报仇雪恨，在黄炳眼里是有情有义的奇女子。他从船上跳下来，对黄鉴清说："走，我带你见识一下。"

正午的阳光，笔直地照射着闸门楼和贞节牌坊，辘索孤独地悬在半空，"情理鞭"成了无人问津的摆设和装饰。温秉礼与"琉璃球"正在闸门楼底下晒太阳，见黄炳下了轿子，两个人赶紧爬起来，双手抱拳："哎呀，黄掌柜的，稀客，稀客。”

同治四年乙丑科，羊仔进士及第，分发山东出任知县。温秉礼摇身一变成为老太爷，兴奋得好几年缓不过来，买卖也不干了，天天和“琉璃球”切磋延年益寿的道法。黄炳指了指巷子口的几名清兵，问：“老太爷，这是羊仔派来伺候你的？”

“黄掌柜的真会开玩笑，他一个七品芝麻官，哪有这个派头？”温秉礼羡慕地说，“游协台荣归故里，区老爷慷慨解囊，分文不取，原璧归赵。”

游新潭不愿回坦东村去见妻儿，以军务繁忙为由留在省城。伪君子最有眼力见儿，见游新潭眼下得了势，立刻将西南巷的游宅拱手奉还，极尽逢迎巴结之能事。他怕崔金麟记仇，又花钱在黄伞大街替崔金麟置办了一处敞亮的宅院，平时兄弟长、兄弟短的，比对自家兄弟还要亲热百倍。如此一来，除了战死在粤西的，居仁里当年的穷鬼几乎都翻了身，“琉璃球”心里非常不平衡，阴阳怪气地说：“算了吧，他是心里有鬼。”

温秉礼提醒他：“别瞎说，区老爷有红毛鬼子做靠山，马上就要执掌‘大魁堂’。得罪了人家，断没有你的好果子吃。”

金氏兄弟名声不好，也不是传统的八图大族，因此这次“大魁堂”值事的候选人便没有金良玉的份。在金氏兄弟看来，自然是区植棠捣的鬼，“琉璃球”“哼”了一声：“老子认识红毛鬼子的时候，他还穿开裆裤呢。”

温秉礼嘿嘿笑道：“好汉不提当年勇，你都这么大岁数了，还惦记个啥？”

黄炳没心思跟他们闲扯，寒暄两句后随即行礼告辞，跟着牛仔到了温家花园的门口，刚要抬腿进门，发现巷尾闪出一位衣衫不整的妇人——“宝鼎髻”塌了，水钻头面七零八落，绿色绣花氅满是补丁。这妇人年过半百，人老珠黄，只是在眉目间尚残留年轻时的风韵。吸引黄炳的首先不是她的容貌，而是那依旧清脆的婉转歌喉：

风飘雨飘，愁眉泪蕴光，
忆家记家，疼心泪两行。
恼恨强人何谬罔，
使我旦夕哀声放。
断肠花罡风肆强悍，

要求生只恐已无望。
呼天不应自痛伤,
…………

一听这曲《打洞结拜》,黄炳立刻猜出了眼前这个女人的身份。这时,母大虫从温家窜了出来,尖叫道:“金家的,疯子又跑出来了,还不赶快把她弄回去?”

不多时,冉枝枝气喘吁吁跑了过来,慌不迭地致谢:“四奶奶,多亏你搭把手,不然紫玉跑丢了,又不知道去哪里寻?”

“丢了不打紧,”母大虫讥讽道,“要是人家把她肚皮弄大了,再带回一个小的,只怕你砸锅卖铁也养不起。”

冉枝枝气得脸色发青:“四奶奶,你这叫什么话?”

“什么话?好话。”母大虫不依不饶,“‘逃军和’的妹子你总该知道吧?在衙门里叫人家千人骑、万人压,生下了一个分不出爹的野种。现在游掌柜的回来了,好端端的诰命夫人当不成,你说命苦不命苦?”

这娘们满嘴荤话,牛仔羞得满脸通红,上前道:“四婶,你要是再信口开河,我就把你的话原原本本学给阿妈听。”

温秉智到佛山堡后不回家,整日住在天主堂念阿门,让母大虫又气又恼,抱怨自己是守活寡的命。她这辈子只怕女诸葛,连忙换了一副嘴脸:“乖仔,我是和大伙儿闹着玩的,你可别学老婆舌,惹你阿妈烦恼。”

牛仔怀着歉意说:“冉家婶子,你别生气,我四婶她就这样。”

冉枝枝朝黄炳道了一个万福:“黄掌柜的,见笑了。”

沧桑如刀,把女丈夫的豪气磨砺殆尽,回归一个女人应有的温柔。梅基村这几个女人为所欲为,声名狼藉,但在最后时刻表现出来的相依为命,却证明这种感情之深厚,比世界上任何一种爱情不遑多让。艺术家的基本功力便是钩玄提要,发微充周,将残缺之美恢复原状,见黄鉴清两眼直勾勾瞅着冯紫玉,黄炳不安地拽了他一下:“别盯着人家瞅。”

冯紫玉被冉枝枝牵着手带回家,寒风中,歌声又起:

戴月披星,江湖流浪;

青岭荒，草迷茫，归鸦三五掩斜阳。
伤情泪，忆家园，偷洒降，
遍历千里风与霜。
好男儿，心自壮；
离家嗟去远，觅地作逃亡。
岭上几番回头望，更苦绝岭隔云乡，
浪迹江湖何处岸，英雄心自怆。

温家花园由秦亚艚和黄广华主持设计，里面堆了许多假山石，弄得跟迷宫一样。黄炳跟着牛仔绕来绕去，最后来到一座碉楼前，黄广华在堂屋里吃茶，见黄炳进来，连忙起身："这就是冉枝枝给冯紫玉所捐木雕，阿炳哥，你给掌掌眼。"

木雕和陶塑的区别在于，木雕的线条可以稍微模糊一些，免得冲撞了本尊。黄炳仔细欣赏了一会儿，点头称赞："广华，你的手艺越来越传神了，果然无人可及。不过，'太子朝'的神位在昆都山，应该把他们俩搁在一起才对。"

黄广华道："阿炳哥，你糊涂了，冯紫玉还在世呢。"

"咳，你看我这头壳。"黄炳拍了一下脑袋，"二奶奶呢？"

黄广华朝地面努了努嘴："下面。"

碉楼下面有一条地道，通往假山底下的密室。秀京被攻陷两个月前，陈开派遣秦亚艚悄悄东归，把那副"反清复明"的中堂、"玉叶会簿"、"洪顺堂"龙头令旗等洪门圣物都送回佛山堡，交给女诸葛保管。陈开在粤西就义后，头颅被传至粤东示众，女诸葛召集梁德荣在内的各路高手，三闯鹤山县城，将之盗回，藏在这间屋子里供奉。

"纽纹良"战死后，他在七市米户的生意由柯定邦和鸡大逵接手；"武德堂"现由区二娣和区三娣掌管；女诸葛又出钱资助劳亚绰，将"劳记"改回"德润堂"，专门负责与各类外围堂口打交道。如此一来，佛山堡的洪门便形成了一个内外结合的有机体系，为未来的发展奠定了扎实的基础。在这个体系中，劳亚绰是最外围，扮演着交通江湖的角色；区氏兄弟通过武馆招纳人才，组建一支铁血之师，是中坚力量；秦亚艚、“大漏勺”、柯定邦、鸡大逵控制七市米户的生意，为洪门发展提供资金，在女诸葛之下负责统筹指挥。

女诸葛既是整个体系的创建者，也是这个体系的灵魂。这个佛山堡最神秘的女人，因为和陈开心心相印，不知不觉踏入江湖，在洪门处于低谷时殚精竭虑，为重建“德礼堂”做出了不可磨灭的贡献，赢得了洪家兄弟的衷心爱戴。

地下密室里，秦亚艚、“大漏勺”、柯定邦、鸡大逵四人恭敬肃立，“大漏勺”代表大伙儿向坐在太师椅上的女诸葛汇报喜讯：“嫂子，这次开台做戏的势头极其凶猛，和二十年前不大一样，多为各家豪绅在幕后操控，被裁撤的团练纷纷借尸还魂，跟商量好了似的，全都挂起了堂口的招牌。红船兄弟跑到哪儿，他们就跟到哪儿——前面搭棚唱戏，后面开台做戏，什么焚表、请圣、过乾坤圈、打木杨城，甚至赐回三枚本身钱都和咱们一模一样。红巾五条，头、胸、腰各一条，双腿两条，说是纪念掌堂大爷在龙头峰自刺三刀六洞，你说邪门不邪门？”

面对突如其来的开堂洪流，鸡大逵始终感到疑惑不解：“穷人开台做戏情有可原，这些士绅豪强办堂口为啥？真叫人糊涂。”

秦亚艚临危受命，被“大漏勺”、柯定邦和鸡大逵推举为“德礼堂”大龙头。女诸葛抬头问秦亚艚：“亚艚，你是当家人，你说说。”

秦亚艚抱拳道：“嫂子，如今威武窑子当了红毛鬼子的狗腿子，说话不作数；红毛鬼子一言九鼎，但和咱们中国人隔着肚皮，办起事来隔靴搔痒。江湖哪有两层皮？士绅豪强两头不到岸，只好拿起刀枪自个儿保护自个儿，不立堂口，怎么混江湖？”

话音一落，“大漏勺”、柯定邦、鸡大逵齐声称赞：“大哥言之有理。”

“全仗嫂子赐教。”秦亚艚谦虚起来，“亚绰哥最近忙得团团转，各家豪绅和各路江湖绺子齐来拜码头，这些人为乌合之众，我劝他不必当真。”

女诸葛叹了口气：“众家兄弟，平浔王不只是‘德礼堂’的大龙头，同时兼掌‘洪德堂’的会簿，掌堂大爷归天前又把总堂令旗和‘玉叶会簿’给了他。老身一介女流，年逾花甲，别说没有金刚钻，纵然有也顾不过来这么多堂口。天下洪门是一家，你们必须尽快找到一位前辈大佬，把这副担子接过去，老身好去地下向平浔王交代。”

洪家烈火经久不息，迄今为止，抛开转入安南的刘永福不提，定国公李文彩仍然率军在贵州与清军交战。要想跨出佛山堡，整合南中国的洪家兄弟，屋里这四位籍籍无名的小卒断然没有这个威望，唯一的办法是找到尚存人世的洪门大佬。秦亚艚忽然想起一件事："前不久有人在驮娘江畔见到了易大老倌和苏女侠，发现她们骑马朝云南方向去了。"

李文茂为洪门之主，小王爷李道公的号召力远甚于各堂大佬，正是最有号召力的人选。女诸葛大喜："小王爷今年有十岁了吧？"

秦亚艚神情黯然："掌堂大爷归天那年小王爷降生，今年虚岁十一。"

"大漏勺"提出质疑："嫂子，掌堂大爷临终前发下遗愿，让王娘归隐山林，专心抚养小王爷长大成人，不许她们重出江湖啊。"

"此一时彼一时，到什么山唱什么歌，不必拘泥。"女诸葛坚决地摇了摇头，"掌堂大爷归天之际，各堂兄弟尚有红兵十万，他留下遗愿的本意是不让女人干政，免得给各堂的弟兄们添麻烦。然而眼下洪门群龙无首，只有王娘带着小王爷出山，才能令各堂振作。再说小王爷学那么多本事为的是什么？还不是为了继承掌堂大爷的遗愿，带领大伙儿杀鞑子、打鬼子？各位兄弟，你们速速派人去云贵一带寻访，不得有误。"

四人抱拳道："我们这就派人去，请嫂子放心。"

陈开的头颅经过药水处理，用金盒盛放，置于那副"反清复明"的中堂之下。女诸葛点燃三炷香，在中堂前默默祈祷，然后转身道："世人言平浔王心怀异志，然而在老身看来，他毕生都听从掌堂大爷号令，未逾洪门忠义。现在到了把洪家印信还给掌堂大爷的时候，你们找到易大老倌和苏女侠后就说，'德礼堂'兄弟恭候她们和小王爷回家。"

四人跪拜叩首："谨遵嫂子号令。"

献祭是一件庄严的大事，参与者没有进餐，打算祭拜之后再填饱肚子。戌时整，参与献祭的客人全部到齐，都穿着红船戏装，俨然一群即将登台表演的大老倌。区二娣和区三娣带人在东南巷抬神像，劳亚焯率众在黄伞大街警戒，气势颇为雄壮。刚满四岁的平南公没有见过这种阵势，加上没吃晚饭，咧开小嘴"哇"的一声哭了起来。

世界上的事，有时候还真是奇怪，宁绣锦生的孩子中，平西王和平东王都夭折了。这女人极其倔强，生下平南侯和平南公后，夜夜缠着丈夫不放，坚持要再生一个平南王。母大虫从兜里摸出一块盲公饼，塞进平南公的小手掌："乖仔，别哭。"

宁大少劈手抢了过来，教训道："祭了他二舅以后再吃。"

母大虫挤着笑模样说："他大舅，四岁的伢仔懂啥？"

随着年纪一天比一天变老，宁大少尝到了礼仪和规矩的甜头，一百八十度大转弯，从二世祖变成了老古板，逮谁给谁上课。他扶了扶头上的员外帽，拿腔拿调地说："四奶奶，做人心里要有一个尺度，我这是教他规矩，免得长大了走邪路。"

母大虫怎么听，怎么觉得宁大少是在讽刺自己的丈夫，她不甘示弱地反击："啥尺度和规矩？祭神是男人家的事，现在女人不照样登堂入室吗？"

母大虫这句牢骚发错了对象，她忘了宁大少是荤素不吝的流氓出身。宁大少用眼角的余光扫了她一眼，面无表情地递上一句话："四奶奶想露脸？没问题，你绝对够资格——按照咱们佛山堡祭神的规矩，家里没男人的也可以去烧一炷香，走吧。"

母大虫再剽悍，也架不住这般血淋淋的刀子，"哇"的一声坐在地上号啕起来，郑夏氏和冼于氏生拉硬拽，方才把她拖回家。女诸葛拄着拐杖，在众人的簇拥下走过来，颤巍巍地问宁大少和宁绣锦："你们俩谁干的好事？"

宁绣锦怕她责骂宁大少，主动把责任揽到自己身上："怪我。"

母大虫膝下无子，丈夫死里逃生却不回家，难怪她心里不舒坦。女诸葛在地上顿了顿龙头拐杖，对温秉礼下令："都是老四干的好事，给我听好了，不许他进华光庙。"

温家为温秉仁、温秉义、温秉信都捐了神像，实际上等于把华光庙当半个家庙使。温秉礼赔着笑："二嫂，在教等于出家，你别跟他计较。"

"信什么不好，非要信红毛教？"女诸葛伤感地说，"人家红毛上帝又不是盲佬，能让你一个假洋鬼子冒充孝子贤孙？造孽呀。"

秦亚髆等人过来劝："嫂子，准备好了，开始吧？"

"好，好。"女诸葛一手拄着拐杖，一手挽住冯紫玉，对冉枝枝说，"来日咱们把红船大老倌请过来，让紫玉妹子上台唱一出戏，她必定欢喜。"

冉枝枝和冯紫玉均为《打洞结拜》里的打扮，这是她们压箱底的一套完整戏装。听了女诸葛的话，冉枝枝的泪水夺眶而出："二奶奶，她就盼着这一天呢。"

战死粤西的居仁里乡亲，在威武窑子眼里是十恶不赦的反贼，只能以改头换面的神像形式享受血食，让女诸葛等人心痛不已。祭拜典礼从戌时到子夜，足足进行了两个时辰，来宾才渐渐散去。女诸葛最后一个离开，对搀扶她的梁德荣絮絮叨叨："阿荣，你夺了黑狮，给你师傅长了脸，可是，我怎么没听说过他打的是'咏春拳'啊？"

梁德荣一时不知道该如何回答。温秉礼、秦亚艚、"大漏勺"、黄炳、黄广华等人在前殿交头接耳，朝他使了一个眼色，梁德荣知趣地闪在一旁。温秉礼对女诸葛恳求地说："这会儿庙里清静，二嫂，你就让老四进一炷香吧。"

女诸葛睁大了眼："他来了吗？"

"你老人家没发话，他哪敢进来？"温秉礼恭敬道，"定邦和大逵两个作陪，在对面的'四海堂'候着呢。"

女诸葛沉着脸："架子不小嘛。"

温秉礼赔笑："他是怕给咱家惹麻烦。"

女诸葛道："他给亲兄弟烧纸焚香，我这个做嫂子的不合拦阻。不过，你告诉他，只允许他一个人进庙，把红毛鬼子的东西给老身丢在外面，华光爷爷眼里可不揉沙子。"

温秉礼喜出望外，连声道："那是一定，那是一定。"

温秉智进庙烧香，是温家自己的家务事，黄炳、黄广华、梁德荣等人纷纷告辞，庙里就剩下秦亚艚、"大漏勺"、劳亚绰、区二娣等洪家兄弟。片刻工夫，温秉智在柯定邦、鸡大逵的陪同下进入后殿，撩衣袍跪倒在地，哽咽道："四弟不孝，请二嫂责罚。"

女诸葛坐在椅子上，声音冷得像冰坨子："你叫温秉智，还是叫彼得？"

温秉智放声大哭："二嫂，我是温家的老四呀。"

"你还知道有一个二嫂？"女诸葛操起龙头拐杖，戳了戳他腰里佩带的宝剑，"这里有你大哥、二哥和老五的神牌，我叫你丢掉鬼子的东西，你怎么还带着它？"

温秉智解下佩剑，委屈地说："二嫂，这不是鬼子的东西。"

“哼，老身眼珠没瞎，”女诸葛道，“这不是红毛教的‘云中雪’吗？”

温秉智趴在地上“咚咚咚”磕了三个响头，泣不成声：“二嫂，洪门讲究顺天行道，眼下白龙归天，赤龙匿迹，东土成了人家银龙的天下。红毛鬼子船坚炮利，机智淫巧，连官府尚且俯首称臣，咱们温家何必非要和人家过不去？”

“放屁！”女诸葛气得站了起来，“红毛鬼子协助威武窑子杀了我们那么多兄弟，你不想为他们报仇，却认贼作父，助纣为虐，你还是温家的种吗？你不在家这些年，我和你几个哥哥在汾流大街做买卖，鬼子枪炮和货物哪一样没见识过？还要你来教训？什么东西都能学，什么东西都能拿过来用，唯独红毛教绝对不能沾——你这身皮永远变不了白，祖宗留下来的血永远变不了黑，你温老四的魂魄永远飘不进人家红毛国的天堂，醒醒吧。”

女诸葛大发雷霆，吓得温秉礼慌忙劝慰：“二嫂，你消消气，消消气。老四是朝廷悬赏捉拿的钦犯，要是没有法兰西鬼子罩着，哪能活到今天？”

柯定邦和鸡大逵也替温秉智求情：“嫂子，四爷吃过红毛教的亏，不会真心实意为红毛鬼子卖命，他是人在曹营心在汉。再说，天父、天兄、天王死得连根毛都没剩，红毛教还能翻出多大的浪头？你老人家不必把他们当回事。”

这话倒是实情，没有法国鬼子的庇护，温秉智哪敢大摇大摆地回到佛山堡？女诸葛稍微缓和了一下脸色：“老四，你没再弄一个番鬼婆回来吧？”

温秉智赶忙澄清：“天地良心，绝对没有的事。”

“你要是有良心的话，”女诸葛提醒他，“就该回家看看你的婆娘。”

温秉智打心眼里不愿搭理母大虫，但眼下女诸葛刚刚松了口，他不敢再撞霉头，只好硬着头皮答道：“二嫂，你放心，兄弟我不是那种无情无义的人。”

好不容易叔嫂俩冰释前嫌，温秉智正准备焚香祭拜，西南巷那头忽然传来争吵声，深更半夜动静还不小。女诸葛皱起了眉头：“怎么回事？”

区二娣和区三娣连忙跑出去察看究竟，不一会儿，区二娣回来禀报：“嫂子，区植棠带人要拆牌坊，卢少爷拦着不让，两家打起来了。”

女诸葛感到纳闷：“他拆牌坊干什么？”

柯定邦笑了起来：“拍游老爷的马屁呗。”

女诸葛毕竟岁数大了，迟疑了一下："拍阿潭的马屁？"

温秉礼解释道："阿潭嫌弃老婆生野仔，区植棠就想出这么个馊主意。"

女诸葛恍然大悟，气恼地说："冤有头，债有主，大丈夫有仇报仇，有恩报恩，阿潭真是糊涂到家了——官府糟蹋叶小妹，他不找官府报仇，怪罪自己老婆有什么用？"

鸡大逵骂道："活该，谁让他替威武窑子卖命？"

"话不能这么说，他老婆毕竟是四爷的妹子。"秦亚艚纠正道，"这件事纯粹是伪君子牵强附会，贞节牌坊、闸门楼、'情理鞭'是咱居仁里的门面，老祖宗留下来的东西。依我看姓区的醉翁之意不在酒，怕老祖宗骂他是汉奸，索性一股脑拆掉了事。"

言者无心，听者有意，温秉智满脸通红，恨不得找个老鼠洞钻进去。温秉礼问："梁家连'大魁堂'都不打算干了，卢少爷为什么还在乎一个牌坊？"

区二娣回答："他说牌坊是好东西，因为他挨过'情理鞭'。"

女诸葛叹了口气："这伢仔，终于明事理了。"

论起挨"情理鞭"最多的，非鸡大逵莫属，他抱拳道："嫂子，我去瞅一眼，断不容狗汉奸在咱们的地头上撒野。"

第一个发现区植棠拆牌坊的是黄金笼。

黄开大死后，黄家搬到了刚正里，西南巷的宅子只剩下一座更楼没有卖。黄金笼发誓卧薪尝胆，每天抱着一把雪亮的砍刀在楼顶瞭望，守护着贞节牌坊和闸门楼——根据黄开大生前留下的遗言，这两处建筑是居仁里的风水眼，黄家能否卷土重来全指望它们了。

黄金笼这些年在江湖上闯荡，练出了武艺，也练出了头脑。他发现区植棠、区植松、区植槐兄弟带着人强拆贞节牌坊，没有直接出面阻拦，而是撒开腿敲响了卢家的大门，把这个消息通知了卢挺拔。后者火往上撞，立刻点齐三十名武师和家丁，冲到闸门楼下，用手指着伪君子的鼻子骂道："姓区的，你不要仗着鬼子的势力欺人太甚。"

区植棠皮笑肉不笑："贤侄，总督和巡抚衙门张榜明示，不得辱骂洋人为鬼子。冲你刚才这句话，区某就可以拿你送官。"

卢醒尘知道儿子斗不过伪君子，穿上衣服赶了出来，拱手问："区老爷，贞节牌坊和闸门楼在巷子口立了多年,碍着你什么事?”

区植棠用文明棍敲了敲贞节牌坊,淫笑道:“贞节,贞节,当嫂子的偷小叔子,穿底姑婆偷汉子,哪还有一点儿贞节的味道?卢老爷,黄家的宅子卖给了区家,我们区家是信仰上帝的基督徒,不能沾上他们家的晦气。”

黄金笼气得眼冒火星:“姓区的,我跟你拼了。”

区植棠哪里把他放在眼里,冷笑一声:“黄家贤侄,我把话给你挑明了,今天拆毁贞节牌坊和闸门楼是经了官的——同知衙门和巡检衙门一体应允。倘若你敢不遵官谕,带头造反,你那个不知死活的阿叔就是你的下场。”

卢醒尘道:“区老爷,贞节牌坊和闸门楼不是黄氏一家的尝产,街坊人人有份。你想拆掉必须说出一个子午卯酉来,否则,东南巷的乡亲也不会答应。”

东南巷的街坊里,最让伪君子头疼的对手是女诸葛,千万不能让这个女人搀和进来。区植棠口气开始变软,循循善诱地对卢醒尘说:“这些年风雨飘摇,豪门大户走下坡路,穷棒子却趾高气扬。卢老爷,区某觉得这是贞节牌坊在作祟,它保佑的不是咱们西南巷,而是东南巷和砖瓦巷。再不把它拆掉,将来你我两家也得步黄家的后尘。”

卢醒尘犹豫起来:“区老爷,你未免有点儿危言耸听了吧?”

“我说的是大实话。”区植棠压低声音,“老祖宗灰飞烟灭,规矩没人守了,这个贞节牌坊不是聋子的耳朵,成了摆设吗?你数数看,吃过‘情理鞭’的,阿鼎回来养老,当年发下的誓言当屁放了;想吃‘情理鞭’的,阿赖卖洋货发了大财,在富文铺和大基铺开设银号,两个儿子改姓了赖,鸠占鹊巢,主子改了奴才的姓,还有天理吗?”

钟水鼎和女儿跌落悬崖,被猎户搭救,一直到女儿长大并嫁人以后,他才叶落归根,回到佛山堡养老。如果说钟水鼎死过一回情有可原,那么阿赖给两个儿子改姓就有点过分,卢醒尘联想到有同样毛病的金良玉,不觉无语。卢挺拔反应快,厉声反驳:“姓区的,阿赖在上海滩做生意,金良玉跟着鬼子混,要说有毛病,也是鬼子教的。”

论及口才,十个卢挺拔也不是区植棠的对手,伪君子笑道:“贤侄有所不知,基督教教义玄妙,三位一体的秘法一般人弄不明白,他们两个懂个屌毛?等我把贞节牌坊拆了,回头垒一座大十字架,准保把你我两家的气运挽回来。”

卢醒尘倒吸一口凉气，区植棠这哪里是拆贞节牌坊和闸门楼，分明是给他自己执掌“大魁堂”树立丰碑。正在这时，区植槐杀猪似的从阴影里窜了出来，边跑边嚷：“阿棠哥，有人在咱们家墙根底下屙尿。”

区植棠气不打一处来：“谁？”

区三娣转出拐角，肩头上扛着一把大砍刀：“你家三爷。”

国失大义，则名流远离庙堂，士绅转向江湖。俗话说光脚不怕穿鞋的，以洋人为靠山的区植棠不怕当官的，怕的是视死如归的洪家兄弟。区二娣、区三娣执掌“武德堂”，承续“粤安社”的纯正血脉，是佛山堡规模最大的武馆，今非昔比。伪君子脸变得比闪电都快，亲热地打着招呼：“三娣兄弟，回来咋不给哥哥说一声？”

“小民是泥腿子，不敢和区老爷称兄道弟。”区三娣一点儿没给他面子，用手一指，“我哥哥在那里，有话你对他说。”

众人扭头一看，鸡大逵和区二娣阔步朝这边走来，后面跟着一群手拿棍棒的汉子。区植棠抱拳客气道：“大逵兄弟，这么晚了咋还没睡？”

鸡大逵沉着脸说：“区老爷，贞节牌坊和闸门楼是居仁里的风水宝地，别看它们平时不言不语，关键时刻降魔除妖，灵验得很。鸡某人几度死里逃生，全凭吃了‘情理鞭’，你如今一声招呼不打，想拆就拆，是不是太霸道了？”

鸡大逵这些年没有白过，武功进展不说，嘴皮子也变得利落了，具备了大佬风范。卢挺拔和黄金笼齐声助威：“对，太霸道了。”

鸡大逵的背后是女诸葛，区植棠感受到莫大的压力，打算让巡检司衙门当替罪羊：“大逵兄弟，巡检司衙门主张拆掉牌坊，哥哥我也没有办法。”

卢挺拔跳了起来：“问狗子去。”

众人连推带搡，把狗子从家里叫了出来。狗子揉了揉眼眶：“啥事？”

区植棠怕说漏了嘴，抢先道：“巡检老爷，拆牌坊是不是洋大人的主意？”

鸡大逵拔刀怒喝：“这是中国人的地盘，轮不到鬼子做主。”

众人将目光集中在狗子身上，只见他伸手摸了摸牌坊和闸门楼的石座，又仰头凝视着高悬的辘索，过了一会儿，喃喃地说：“‘情理鞭’是祖宗的心，不能拆。”

第一百九十四回　太白和番

同治七年的“北帝坐祠堂”是梁应琨主政佛山堡的最后一项活动。四月初一，区植棠率领霍济田、罗琦正式入主“大魁堂”，任命区植槐为“大会馆”当班值事。在崇正社学和正埠酒楼庆贺三日后，哥仨带了满满三船的礼物开赴省城，一船送给沙面租界的洋大人，一船送给帮忙的各级官员，一船送给最重要的江湖盟友——贝尘鹤。

“大比甲”死后，贝尘鹤把海印庵收了过来，又在沙面租界开设了一间妓院，两者都交给简大少和他的徒弟们管理。淫贼惬意地说：“广府的光景最妙——洋人在上，官府在下，江湖大佬死得干干净净，真比当年的粤西舒坦多了。”

区植棠恭维道：“自从洪门和长毛失了威，洋人的使节当了太上皇，上至封疆大吏，下到泥腿子，全一门心思搂钱混日子，广府名流也闭上了鸟嘴。驼背卖虾米，大家都不行，谁也别说谁，这才是地道的江湖。”

“不然，”贝尘鹤摇动折扇，“在江湖上混，‘仁义’二字还是要讲的；另外，不要总在女人裤裆里打滚，皮肉上的买卖就是一口大烟，没多大劲。”

罗琦拱了拱手：“贝爷指教。”

贝尘鹤收起折扇，在手掌心敲了敲："学梁九爷盖一座清雅的园子，堆上石头，把各地名流请进来吟诗作画，再搭个棚子唱戏，这才是神仙过的日子。"

霍济田问："贝爷要听'外江班'的戏，还是红船大戏？"

"废话，"贝尘鹤瞪了他一眼，"咱粤人当然听红船大戏。"

霍济田道："那可不容易，红船如今不比当年，学出来的老倌拢共也没有几个。这次我们在佛山堡举办庆典，连一个台期也没约上。"

贝尘鹤不觉气馁，叫来宫鹏飞："鼓敲三更，你师傅怎么还不回来？"

宫鹏飞毕恭毕敬地回答："快了，快了。"

"各位兄弟，今天的江湖也不再是从前的江湖了。"贝尘鹤站起身来回踱了几步，神情怅惘地说，"二爷虽然归天，然而武林、江湖、绿林皆奉其为神，洪门败而不败，反呈一统江湖之势。不仅仅是江湖道的朋友改宗洪门，就连士绅豪强的团练也开台做戏，都觉得洪门忠义这玩意有味道。各位若想在江湖上站住脚，让手下人忠心耿耿，过上消停的日子，就必须引入洪门忠义。搭棚子唱红船戏，目的不是为了捧戏子，而是为了收服人心，明白吗？"

区植棠竖起大拇指："贝爷远见卓识，在下佩服。"

罗琦担心地问："唱红船戏，怕是省里的大宪们不高兴。"

"只许州官放火，不许百姓点灯。"贝尘鹤笑了起来，"不瞒各位，今天夜里盐仓街有一个红船台期，主会的你们知道是谁吗？"

众人齐声问："谁？"

贝尘鹤一字一顿地回答："总督衙门和巡抚衙门。"

近些年红船暗流涌动，屡禁不止，士绅名流搭棚唱戏情有可原，但是总督衙门和巡抚衙门作为查封红船的始作俑者，背地里偷偷主会实在不应该。这个消息出乎大家的意料，区植棠觉得难以置信："贝爷，到底怎么回事？"

"说来是一些莫名其妙的事由。"贝尘鹤坐回椅子，端起茶碗润了润嗓子，"瑞麟老娘今年七十五，兴许是过年鱼吃多了，这段日子夜不能寐，总梦见有人在墙头啼哭，那模样有点儿像她死了多年的女仔。当官的为了巴结总督大人，请来各路神仙进总督衙门设坛驱鬼，忙活了整整一个月，屁用不顶，鬼嚎的声音反而越来越大了。"

罗琦心中一动："不会是法兰西鬼子作祟吧？"

八年前，明稽埒从劳崇光手里夺走了卖麻街的黄金宝地，兴建圣心大教堂，总督衙门被迫迁至内城司后街华宁里口。教堂兴建之日，明稽埒专门从罗马和耶路撒冷运来一公斤土，宣誓要让上帝之心在中华大地生根发芽，开花结果。这个教堂陆陆续续地盖了二十五年，过程极不顺利，老百姓都说从红毛国运来的土中有鬼，教堂盖不完，连带着总督衙门也别想安生。

天主教的上帝就是基督教的上帝，区植棠不爱听罗琦的猜测，立即接过话头："你这话没有道理，法兰西鬼子是欺负人的，总督衙门是挨欺负的，可哪有一直往死里欺负的？那也太不够江湖道义了。依我看不是法兰西鬼，而是本地的闲散神灵——你们不要忘了，总督衙门旁边就是海雪堂。"

海雪堂为邝露当年殉节处，是广州城里有名的灵异之地，与臬台衙门后院齐名。大家听了伪君子的分析，都觉得有道理，霍济田问："贝爷，总督衙门闹鬼和红船有啥关系？干吗要在臬台衙门后面办台期？"

佛山八图大族中，霍家的身世最显赫，目前的财力和人丁也超过区家，可惜霍济田这个二世祖脑子不够用，结果被区植棠处处占据先机。罗琦暗自叹气，解释起来："霍老爷，红船大戏有时候比法术灵验——当年陈大老倌与'俏丽辛'争夺金丝面具、金马鞭，一曲《虞姬巡营》艳盖群芳，艺惊四座，唤出来榕树神，这事你没忘了吧？"

霍济田一拍大腿："对呀，榕树神和邝湛若都是前朝忠臣，只给红船人的面子。"

大家越分析越有道理，区植棠又问："贝爷，巡抚衙门闹的什么鬼？"

"这还用问吗？"宫鹏飞粗声粗气地回答，"李福泰老婆是冬月上吊的，他在十年后的冬月升官，抬棺材甩裤，失礼死人。"

霍济田恍然大悟："呀呀，我想起来了，当年两国鬼子杀进广州，满城文武官员没有一个尽忠的，只有李太太一个人守节。照这么说，他是不该急着上任。"

李福泰和这伙人保持一定距离，大家乐得拿他开涮，讥讽一顿后，贝尘鹤叹道："姓李的头壳其实比咱们好使，他请红船在盐仓街的臬台衙门唱戏，不是为了驱鬼，而是借榕树神的名头给自己脸上贴金，提醒士绅百姓他老婆是个贞节烈女，这一招高明得很。"

如此说来，总督衙门和巡抚衙门一个是为了驱鬼，一个是为了扬名，各有如意算盘。区植棠小心翼翼地问："贝爷，你说红船能一直禁下去吗？"

"禁个屁。"贝尘鹤不屑一顾，"这些年红船借用'外江班'的牌子，挂羊头卖狗肉，不是照样夜夜笙歌吗？粤人看粤班，天经地义，在这上面做文章，不是吃饱了撑的？"

话音刚落，"牛鬼窟"和狗子一头闯进来，大汗淋漓地嚷道："奇了，奇了。"

贝尘鹤正襟危坐，不悦地训斥："一大把年纪了，慌张个啥？"

丫鬟递来热毛巾，"牛鬼窟"擦了擦汗，露出一副惊异的神情："贝爷，红船这群年轻的老倌真是不得了，竟然把榕树神召唤出来了。老百姓都说神灵降下旨意，红船大戏受了这么多年的委屈，应该即日解禁，否则天理难容。"

饶是贝尘鹤有心理准备，仍然大吃一惊："果真？"

狗子答道："贝爷，我们俩亲眼所见，榕树神戴着乌帽，穿着红袍，留着胡须，有人说是文忠公，有人说是司马公，有人说是邝海雪。抚台大人哭得不成人样，制台大人让红船老倌四月初一进府唱戏，给他家老太太祝寿。"

狗子反对拆毁贞节牌坊，给了区植棠结结实实一记闷棍，不知不觉引来了杀机。昔日伪君子用三吊铜钱结果了游亚根、陈水那、汪老夫子三条性命，挑动了游新潭、陈见成、汪亚景二十年的仇与恨，这个绝大的秘密只有狗子知道。如今狗子当众反水，触动了区植棠心里最敏感的那根神经：万一狗子把这个秘密透露出去，游新潭还不将自己碎尸万段？

区植棠反驳道："别胡说，四月初一早就过了。"

"没过，"狗子发出一记洪亮的回击，"今年是闰四月。"

年初以来在"大魁堂"抢班夺权，区植棠忙得昏天黑地，忘了今年还是一个闰年。所谓天道有恒，有所失必有所得——闰年是贪生之年，往往伴随着杀戮，莫非有血光之灾？伪君子的眉毛渐渐立了起来，去他老母的，纵然有血光，也要溅别人的血光！

贝尘鹤听说区植棠最近和狗子闹别扭，笑着劝解："值事老爷，巡检老爷，咱们好不容易灭了梁家的威风，把佛山堡收入掌中，你们不要被窝里蹬腿，让别人看笑话。"

淫贼这话笑里藏刀，区植棠和狗子不得不顾及颜面，一起抱拳："贝爷，各位兄弟，我们哥俩交情如夫妻，没有隔夜仇。"

贝尘鹤点了点头："我说嘛，弟兄们是有家底的人，犯不着为了仨瓜俩枣闹嫌隙。还是我常说的那句话，在江湖上混须讲一个仁义，否则谁肯服你？"

二人齐声道："贝爷教训的是。"

"既然是床头床脚的交情，""牛鬼窟"左手搂住区植棠，右手抱住狗子，淫笑道，"今天你们就睡一个被窝，梳拢一个娘们，让老哥我瞧个舒坦。"

时隔三十年后，榕树神再次被召唤出世，红船艺人在盐仓街获得了巨大的成功，解禁大业绽露曙光。"勾鼻章""姣婆梅""花旦容"等老倌均为男子反串旦角，又没有陈罗婵那样的天赋，能够惊动榕树神，只能说明陈罗婵英魂不散，冥冥中在保佑红船。梁兰桂、黄华宝、梁清吉、"独脚英"几位当家人兴奋之余，无不激动万分，特意乘船赶回河南岛，在万松园磨玉亭焚香祭拜，感谢绝世名伶为红船付出的心血。

盐仓街这场演出使得"庆上元"班出身的年轻艺人一战成名，标志着红船薪火相传，后继有人，其意义非常深远。景曼卿专门把梁兰桂、黄华宝、梁清吉三人叫到"外江总寓"，告诉他们瑞麟为老娘举办的寿宴规模十分宏大，广州城著名的"外江班"均在邀请之列，每个班只限一台正本戏。他问："你们知道这是什么意思？"

梁兰桂笑着说："不就是比试高低嘛。"

"唉，"景曼卿叹了口气，"对我们'外江班'来说是比试高低，对你们红船来说却是决定生死。这场戏只能成功，不许失败，否则解禁遥遥无期。"

黄华宝不以为然："景大老倌，榕树神我们都能请出来，还怕同场竞技？"

"话不能这么说，"景曼卿道，"'庆上元'班这些孩子我是看着长大的，他们哪一个有陈大老倌那样的天赋？哪一个有陈大老倌那样的机遇？别的不说，单说这个琴技，'博众四'和解元公就不是一个等次，差出好几座山去。"

梁兰桂点点头："景大老倌言之有理，这次臬台衙门后院的台期有如神助，看来是老天爷可怜我们受苦，特地犒赏红船的运气。既然是运气，那就有一有二不会有三，两位兄弟，咱们还是做好准备，精心挑选一班好人才，免得马失前蹄。"

“这就对了嘛。”景曼卿问，“你们打算唱哪一出戏？”

既然想让官府解禁，那就不能唱令官府反感的忠义戏和造反戏，此外，李文茂、陈罗婵等昔日大老倌的首本戏尽量也不要唱，以免引起粤东官府的猜忌。梁兰桂、黄华宝、梁清吉等人绞尽脑汁，最后选了一出《太白和番》，梁清吉解释道：“这出戏没有打斗场面，从头到尾是唱工和做工，一团和气，景大老倌以为如何？”

《太白和番》又名《李太白醉写吓蛮书》，说的是唐玄宗收到渤海国一封国书，满朝文武没有一个能看懂国书的文字，翰林学士贺知章推荐李白上殿解困。那李太白自称谪仙，在金銮宝殿上旁若无人，喝令杨国忠捧砚磨墨，高力士脱靴结袜。三壶美酒下肚，飘飘洒洒，笔走龙蛇，用渤海国文字写成雄文一篇，吓退番国狼子野心，从此年年进贡，岁岁来朝。

还说一团和气，不惹是生非？单单这个“番”字人家官府便不爱听。不过，红船大戏一向以武功见长，像《太白和番》这样的戏本来就不多。景曼卿苦笑道：“朝廷眼下最喜欢与红毛鬼子和谈，和番，和番，倒也似乎遮掩得过去。”

九年前，劳崇光信誓旦旦解禁红船，最后时刻突然翻脸，将吴连斩首示众。对于饱经磨难的红船艺人来说，总督衙门这场演出可能是黎明到来前的第一缕曙光，也可能是血溅戏棚的又一道悲剧轮回。为了不致被官府一网打尽，几位当家人做了分工，梁兰桂和梁清吉率领邝殿卿、“勾鼻章”、“师爷伦”、“鬼马三”、小武大和等人进总督衙门唱戏；黄华宝和“独脚英”带着“姣婆梅”、“花旦容”等人留守“吉庆公所”，一旦发现风吹草动，立刻乘筏撤离。

闰四月初一，总督衙门的寿宴隆重开始，这边觥筹交错，那边锣鼓喧天。傍晚时分，凉风习习，轮到红船大戏上演，邝殿卿、“勾鼻章”、“师爷伦”、“鬼马三”、小武大和等人一一登场。那一天晚霞璀璨如锦，令人断肠，梁兰桂往天上看，一道红河徜徉在天际。刹那间，战场上的金戈铁马汹涌而至，他似乎看到一个又一个红船兄弟倒在敌人的炮火之下，殷红的鲜血，覆盖着芦荻瑟瑟的冬日原野。风停止了呼啸，飞鸟盘旋于云间，仿佛断了琴弦的歌者在哀鸣。梁兰桂只觉得天旋地转，头晕目眩，从凳子上摔落于地。

待他醒来，戏棚里的声音婉转依旧，那是“勾鼻章”扮演的杨贵妃：

> 每想当初暗自怨，处守深闺；
> 鸾镜影冷落花前，顾影对月惹心牵，
> 花开娇美问有谁怜念？
> 有幸唐王下顾，深宫歌酒献，爱深恩厚共乘鸾；
> 杨柳春风原作双飞燕，醉倚花轩正日暖。
> 骊山雪夜，西苑柳烟；
> 长随龙辇乐流连。
> 曾记七夕订盟长生殿，此盟此誓两心坚；
> 自此门户生光人皆羡，春风得意月华圆。

梁清吉长吁了一口气：“你总算醒过来了。”

“旧伤发作，不碍事。”梁兰桂问，“戏还没唱完？”

梁清吉道：“正唱着呢。”

梁兰桂起身活动活动筋骨，除了伤腿隐隐有些疼痛外，没有感觉出其他不适，心里稍稍得到安慰。他冷眼观瞧，发现戏棚后面有一个角门，只有三五个兵丁把守，心里一动，朝梁清吉使了一个眼色：“时候还早，咱们出去逛一逛？”

梁清吉会意，脱掉身上的大靠，换了一套灰色的短打扮，取来一把锐利的顺刀，藏在衣襟下面，问梁兰桂：“你用什么家伙？”

梁兰桂摆了摆手：“咱们是探路，用不着带家伙。”

内城衙门林立，总督衙门位于原抚标左营中军参将署旧址，从角门出来是新丰街，正对着粤东安良局。粤东安良局是去年刚成立的机构，邀请省城名流士绅坐局管理，官府派驻候补知府和同知各一员协助，职责是查报劫案，调停排解，相当于一个小衙门。瑞麟设立安良局，名义上是为了加强治安管理，扩大士绅的参政权，实际上是想修复和士绅名流的关系，借机重开捐纳报效之门，从民间多捞一点儿银子，弥补日益扩大的财务缺口。

总督衙门大摆筵宴，安良局不敢怠慢，出动百十号人马在新丰街附近巡逻。梁兰桂勘察了半天，也没有找到一条满意的撤退路线，他把梁清吉拉到街角的一个石凳上坐下："万一威武窑子动了杀心，切不可恋战，你带兄弟们突围，我来断后。"

梁清吉坚决不同意："常言道，鸟无头不飞，蛇无头不行。九年前，咱们红船就吃过一次大亏，这次不能重蹈覆辙，你走先。"

梁兰桂指着自己的伤腿，苦笑道："我这条腿不利索，想走也走不快。你放心吧，戏箱里装满了从佛山堡买的红粉，威武窑子绝对占不到便宜。"

梁兰桂下决心与官兵同归于尽，让梁清吉感佩万分，他正要开口阻止，突然，从屁股底下悠悠然传出一副破锣嗓子："'一拳打出眼火，对面睇见牙烟'。姓梁的，有本事你和人家刀对刀、枪对枪地单挑，用红粉算什么能耐？"

黑夜里冷不丁的这一声喊，把窃窃私语的梁兰桂和梁清吉吓得魂飞魄散。二人点亮火烛弯腰一瞅，好嘛，何淡如蜷缩着身子，正抱着酒葫芦睡神仙觉呢。梁清吉奇怪地问道："你咋在大街上睡觉？何先生，不怕斯文扫地吗？"

"安良局都不怕丢人，我怕个屌。"何淡如把酒葫芦递出来，"何某的葫芦空了，麻烦两位有钱人赏一瓢酒吃。"

梁清吉拿着酒葫芦去灌酒，梁兰桂问："何先生，安良局怎么惹你了？"

何淡如翘起脚尖："你自己看。"

顺着他脚尖的方向，梁兰桂发现墙壁上贴着一张比八仙桌还要大的红榜，上面龙飞凤舞写着一首打油诗，墨迹未干，显然刚贴上去不久：

立出贴人陈有兴，只因猪乸有风情。
每思红拂姣难禁，称醉文君节不贞。
昨夜私奔跟佬去，今朝遍访冇人明。
四方君子知下落，谢佢烧哥大半埕。

从内容看，是一个叫陈有兴的人丢了一头母猪，出花红悬赏。事情并不稀奇，稀奇的是何淡如这纸悬赏文书风趣幽默，亦庄亦谐，令人忍俊不禁。

梁兰桂不相信地问："何先生，你真的在找母猪？"

何淡如把眼珠一瞪："废话，不找母猪，难道还找我老婆？"

“不是这个意思，”梁兰桂赔着笑，“我是说找母猪跟安良局有什么关系？再说人家能给你几个铜板的润笔费，何至于大半夜躺在阴凉地？”

何淡如“哼”了一声：“安良局管的是小偷小摸，保的是一方平安，母猪丢了不找他们要找谁要？他们不管就是失职，就是挂羊头卖狗肉，老子就要告他们——润笔费虽少，打起官司来挣的赔偿可不少，这里面道道多了，你不懂。”

梁兰桂惊讶极了：“何先生，你重操旧业了？”

何淡如耸了耸肩：“再不挣点儿银子，邹老鬼死了，我连份子钱都出不起。”

梁兰桂脑子里“嗡”的一下，失声叫道：“什么？邹先生死了？”

“你嚷啥？”何淡如不满地说，“还有口气呢。”

何淡如这张嘴真是没谱，梁兰桂嗔怪道：“何先生，没有你这么咒人的。”

“邹老鬼神通大，时不时捣鼓点儿新奇的玩意，我咒他干啥？”何淡如的音调忽然变得跟蚊子一样大小，几乎听不清，“这个老家伙觉得自己身子骨结实，轿也不坐，船也不乘，成天在野地里乱跑，弄啥地图测绘。前两天步行五十里地，去九江圩的‘礼山草堂’授课，回来后生了一场大病，据他自己掐算，顶多还能活一年。”

同治帝即位，兴办洋务新政，征召天下贤才十六名，粤东便有邹伯奇和朱次琦。这两位学术巨匠托病不就，予以婉言谢绝，被时人尊为邹征君、朱征君。两位征君感情很深，邹伯奇能步行五十里去为“礼山草堂”授课，可见一斑。

邹伯奇是陈罗婵的师兄，对红船百分之一百二的尽心，梁兰桂心里焦虑：“等过了今天晚上这一关，我马上去看他。”

何淡如道：“对了，邹老鬼说红船一定能解禁。”

邹伯奇道术高深，所言不虚，梁兰桂眼前一亮，激动地问：“真的？”

“哪还能有假？”何淡如唏嘘道，“他说红船解禁之前绝不能闭眼，他要把这个好消息带给陈大老倌，免得她在阴曹地府坐卧不宁。”

饶是梁兰桂这样经历过九死一生的铁汉子，听到何淡如转述邹伯奇的一席话，也禁不住潸然泪下：“我辈无能，拖累了邹先生。”

“留得青山在，不愁没柴烧。”何淡如翻过身子，叮嘱道，“官家对红船忌惮颇深，你这个当家的要考虑长远一点儿，学会变通，别犯牛脾气。”

子夜时分，《太白和番》唱完一个时辰后，红船艺人们疲惫地回到戏棚。梁兰桂和梁清吉面沉似水，训斥道：“为什么才回来？”

邝殿卿抑制不住心头的激动，泪流满面：“两位叔父，事办成了。”

“鬼马三”、“师爷伦”、小武大和等人齐齐跪倒，哑着嗓子喊道：“成功了，解禁了！”

无数个日日夜夜的期盼终于成为现实，梁兰桂一颗悬着的心放下来，抑制住马上就要涌到鼻子尖的酸楚，拉起邝殿卿：“细细道来。”

邝殿卿抹了一把泪水：“兰桂叔，瑞麟夸赞咱们唱得好，把我们几个召入内堂，原来老寿星说阿章哥长得像她闺女，当场赏赐一棵翡翠玉白菜，收他为‘义女’。”

闹了半天，红船艺人被瑞麟召入内堂，受到老寿星的嘉奖。既然“勾鼻章”见重，红船解禁这事应该是板上钉钉了，梁兰桂急切地问：“瑞麟没说别的？”

“他叫我们三天后去巡抚衙门。”邝殿卿迟疑地回答，“可是刚才回来的路上，我们遇到了李福泰，他又说让我们去佛山堡找梁九爷。”

瑞麟和李福泰均为盐仓街演出的受益人，支持红船解禁态度明朗，粤东民事按理说应该归巡抚衙门管辖，瑞麟让红船艺人找李福泰自是为了避嫌；李福泰和梁九图私交深厚，让红船艺人找梁九图，说明他和瑞麟已经敲定了红船解禁的条件，这个条件可能极其苛刻，不好意思当面对红船艺人讲。梁兰桂想起何淡如的话，心猛地又沉了下去，梁清吉宽慰他道：“车到山前必有路，走过一山又一山。今天大获成功，殿卿他们功不可没。公所里还有一群老少爷们在提心吊胆，咱们赶快把这个好消息告诉他们，好好庆祝一番。”

梁兰桂咬了咬牙，挥拳击向木人桩：“孩儿们，鸣金收兵。”

无论官府提出怎样苛刻的条件，红船解禁毕竟是一件天大的喜事，众老倌亲眼见证了这一非凡时刻，无不激动万分。大伙儿高高兴兴收拾东西，梁清吉破例花钱雇用挑夫，眨眼间将戏箱搬得干干净净。梁兰桂和邝殿卿走在后面，二人来到街角的石凳前，俯身同时用力，硬是将石凳拦腰扯断。何淡如梦中感到一阵风起，睁开眼睛，发现两条黑影出现在面前，以为是夜里扫街的窃贼，本能地抱住酒葫芦："别动，这是老子的命。"

"哈哈。"邝殿卿丢掉石凳，单臂擎天，将扭计师爷举在半空，"何先生，承蒙你老人家金口玉言，今夜红船有喜，晚辈请你吃酒。"

何淡如挣扎着："呸，君子不吃嗟来之食，快放下爷爷。"

梁兰桂笑了起来："别说是君子，今天你就是大罗神仙，也得乖乖跟我们走。"

邝殿卿疾走如风，瞬时蹿出二十来丈远。何淡如嘴上兀自不肯吃亏："姓梁的，把那张红榜揭下来，爷爷还要和安良局打官司呢。"

三天后，梁兰桂、黄华宝、梁清吉、"独脚英"四人登船离开"吉庆公所"，此次佛山堡之行祸福难测，为了不影响年轻艺人的情绪，他们连邝殿卿都没带。四月是花开的季节，沿江水乡万紫千红，木棉花、凤凰花、波斯菊、七里香、紫荆花、油菜花争奇斗艳，清香怡人。篷船抵达鹰嘴沙，划船的"独脚英"和黄华宝大喊："快看。"

梁兰桂和梁清吉钻出船篷，顿时瞠目结舌，只见汾江河两岸，无论店铺、酒肆、客栈、办货庄口，还是会馆、祠堂、庙宇、牌坊，全都悬挂起了琼花旗。千点真珠擎素睿，一环明月破香葩，冰清玉洁的琼花在水影里微微跳动，将火红的岭南妆扮成雪国的沃野。

看到如此盛况，梁兰桂禁不住打了一个冷颤，两行热泪无声无息地流过脸颊。"独脚英"不解地问："梁爷，你咋啦？"

自打"摊手五"在大基尾开创制度，红船艺术便成为佛山人精神生活的一大支柱，并借助这座天下名城迅猛发展，弘扬人间正气，激励民族大义，直至甲寅年大举起事。在粤东官府的眼里，红船和佛山堡均为桀骜难驯的代名词，他们处心积虑地拆散两者之间的联系，因而绝对不允许纵虎归山，再放红船回佛山堡。

铺天盖地的琼花旗代表了佛山乡亲的心声，恰恰也是红船难归故土的致命因素。梁兰桂预感到不祥之兆，双腿一软，瘫倒在地："我对不起乡亲们啊。"

来佛山堡的路上，四位红船当家人讨论过官府可能提出的解禁条件，归纳起来不外乎下列几条：一、不许女老倌存在，花旦、青衣等一律由男老倌反串；二、不许用粤语演唱，改用官话演唱；三、不许供奉“摊手五”，改为供奉老郎神；四、不许把大本营设在佛山堡。

第一条可以接受，因为组建“庆上元”班时便预见到这一点，招收的伢仔全是男孩，并无一个女童；第二条可以虚与委蛇，因为红船此前杀回广州城的历史，证明官府这个要求根本是一厢情愿：岭南有广府、潮汕、客家三大方言区，红船驶出广州，入乡随俗，愿意用什么方言演唱就用什么方言，官府鞭长莫及，想管也管不了；针对第三条，红船艺人早有了相应的代替方案：十四年前，三爷林崇泰在琼花会馆被烧毁前夕，让“葫芦发”带走了那尊紫檀木的田都元帅神像——这尊神像由李文茂自粤北迎回，珍藏于居仁里温家的密室，在红船兄弟心中视为他本人的象征，完全可以代表红船骄傲的历史和不屈的精神；第四条难以接受，百余年来，红船精神早已深深地植根于佛山堡这片沃土，与之水乳交融，浑然一体。

黄华宝亦是长吁短叹，梁清吉低声劝慰：“人为刀俎，我为鱼肉，退一步海阔天空，当务之急是红船解禁。只要威武窑子允许我们挂起琼花旗，招募子弟，用不了三十年，红船便能恢复往昔的规模，达成掌堂大爷的遗愿。”

“独脚英”放下船桨，慷慨陈词：“不让留在佛山堡，我们就去广州城，把戏棚搭在威武窑子和红毛鬼子的眼皮子底下，和他们干到底。”

四个人情绪低落，将船驶入琼花水涉，进入会馆的琼花大殿，跪在神像前负荆请罪，痛哭流涕，祈祷华光爷爷和祖师爷神灵护佑，保全红船艺人平安度过此劫。梁德荣得到红船即将解禁的消息，赶来琼花会馆打算向师傅贺喜，见此情景，不敢多发一语，连忙从“四海堂”叫了几顶轿子，带着四位红船当家人来见梁九图。

“十二石斋”别有洞天，十二块奇石汩汩流泉，仿佛十二位明眸皓齿的佳人，在瀑布里清洗自己晶莹剔透的肌肤；又像十二名鹤发童颜的隐士，穿行于清风松林引吭高歌，嘲笑奔波忙碌的世人。一眨眼，梁九图在这座园子里隐居了二十多年，昔日好友死的死，病的病，他却依然红光满面，精神抖擞，连那条瘸腿也似乎变利落了。

梁兰桂上前行礼：“九爷闲在。”

“梁某一介残躯，除了闲在还能干什么？”梁九图笑盈盈地吩咐梁德荣，

“阿荣，这里没有外人，给你师傅和叔父们斟茶。”

梁德荣捧起茶壶，分别给梁兰桂、黄华宝、梁清吉、“独脚英”四人倒完茶，然后避在两位师傅身后。梁清吉问梁九图：“三爷不来吗？”

梁九图的脸上掠过一丝惆怅：“他卸了‘大魁堂’的差事也好，免得背上千古骂名，这次就别让他来了。”

黄华宝开口：“九爷，巡抚衙门到底是怎么说的？”

梁九图走到“千多窿”旁边，静观片刻后，问梁德荣：“阿荣，你现在是武林高手，你说说看，这些石洞的玲珑心，究竟飞到哪儿去了？”

“千多窿”石洞玲珑，美轮美奂，堪称天下绝品。这些石洞好歹还有形状，而那些飞走的心却像风中的影子，无法触摸，无迹可寻。梁德荣一下子被问住了，垂头丧气地说：“别难为我了，九爷，这个问题须问我师伯。”

梁兰桂问：“九爷的意思是，但凡魂魄在，则不必纠缠细枝末节？”

“没错，”梁九图回答，“二爷的遗愿是红船发扬光大，红船大戏就是红船的魂魄。祖师爷也好，二爷也好，他们的魂魄都在戏棚里面，都在千古忠义里面。无论官府提出怎样的苛刻条件，只要红船人一代接一代薪火相传，你们就算留住了红船的魂魄。”

一席话，卸去了四位当家人沉重的心理包袱，齐声问：“九爷，李福泰是不是要我们用官话唱戏、不用女老倌、离开佛山堡、撤去祖师爷的灵牌？”

“前面三条说对了，最后一条你们没猜中。”梁九图道，“在官府的眼里，二爷远比张师傅可怕得多，他们宁愿你们供奉张师傅，也不答应你们供奉田都元帅。”

官府这样想，红船兄弟也是这样想——李文茂身为武林至尊和盖世英雄，率领洪家兄弟发动轰轰烈烈的甲寅年大起义，其威望比“摊手五”有过之而无不及。四位红船当家人没想到官府会提出这样的条件，立刻站起来，怒气冲冲地说：“休想。”

梁九图叹了口气，指着“千多窿”道：“各位大老倌，我刚才已经说过了，这块石头石窍玲珑，然而仅为石心的躯壳和寓所。二爷从粤北迎回神像之前，田都元帅并非红船供奉，在你们心里，它不过是二爷的一个象征罢了。小不忍则乱大谋，依梁某之见，随便动个手脚，将衙门应付过去就是。”

第一百九十五回　变生肘腋

英雄时代之后为绅士时代，绅士时代之后为假洋鬼子、伪君子和淫贼的时代。“大魁堂”落入区植棠、霍济田和罗琦一伙人的手里，不仅意味着官府加强了对佛山堡的控制，而且意味着红毛鬼子从此可以肆无忌惮地在佛山堡横行。七月初六是处暑，区植棠借着为“牛鬼窟”举办寿宴之名，邀请俾士到佛山堡，准备在祖庙旁边选一块地段，盖一座福音堂。

寿宴的地点摆在崇正社学。新官上任三把火，为了表示忠于职守，天还没亮，区植槐便带着一群铺丁在社学和祖庙附近布哨警戒。一名小头目打着哈欠，诧异地问：“区老爷，现如今天下太平，布这么多暗哨，你打算抓谁呀？”

区植槐道：“逮墙根底下屙尿的。”

小头目愣住了：“屙尿的？”

居仁里区家仰仗官府和红毛鬼子的势力掌握“大魁堂”，气焰熏天，佛山各大家族无不避其锋芒，不愿和区家发生正面冲突。唯有区二娣和区三娣我行我素，每天夜里坚持在区家墙根底下屙尿，被区植槐发现三次，双方也操起家伙斗了三回。

“大会馆”人多势众，难敌“武德堂”斗志昂扬，三场械斗下来，前者大败亏输。区植槐被打得犯了魔障，不管到什么地方，第一件事就是安排人抓捕在墙根底下屙尿的。他使劲踢了小头目一脚：“天下太平，能有这么多在老子眼里屙尿的？快去布哨，洋大人金枝玉叶，假如少了一根汗毛，老子送你到秘鲁国去掏鸟粪。”

十九世纪中叶的“猪仔贸易”，是美洲黑奴贸易的逻辑延续，美利坚合众国的每一个毛孔都浸透着有色人种的血和泪。与北美洲相比，华工在南美洲的境遇简直惨不忍睹，他们来到秘鲁不是开山、种甘蔗就是挖鸟粪，辛勤工作换来的是地狱般的生活，有的人被活活打死，有的人病重后直接扔到火里烧毁，八年合同期满，能活下来的十之一二。六年后，容闳奉命到秘鲁调查华工生存状况，曾经愤怒地说：“华工之工场，直一牲畜场。场中种种野蛮之举动，残暴无复人理……”

大家一听“秘鲁国”三个字，乖乖地服从指挥，在祖庙附近撒开一张大网。天蒙蒙亮，一名小头目从雾里冒了出来，兴冲冲地禀报：“区老爷，发现一个尿墙根的。”

听说只有一个人，区植槐立马来了精神：“在哪儿？”

小头目回答：“庆真楼。”

区植槐率领几十名手下包抄过去，果然发现庆真楼墙根蹲着一个人影。他纵身上前来了一个饿虎扑食，举起手中的哨棒当头劈下，将那人打翻在地。手下人你一刀、我一棍，须臾工夫打得那人不再动弹。有人点亮火把，尖叫起来：“区老爷，是‘屎坑婆’。”

区植槐大失所望，走到近前仔细一瞅，竟然是臭名昭著的黄鱼春。在民间传说中，清粪妇具有“混元金斗”的神奇法力，轻易不能招惹。区植槐抽了那个铺丁一记耳光：“放屁，明明是一个尿墙根的老叫花子，哪来的‘屎坑婆’？”

沈别传病故后，“喃呒会馆”给灵应祠派了一位新住持，这便是大家以为阵亡多年的“十三迷香”。可能是因为有过死里逃生的共同经历，陆亚琦对郑流利十分关照，与柯定邦、鸡大逵、钟水鼎、温秉智等人都走得很近。

那天夜里，温老四正好在庆真楼陪“十三迷香”聊天，他随着前者走进一间屋子，发现头顶那口被鬼子火炮炸开的大洞，不禁狐疑地问：“道爷，‘琉璃球’总说炮子不会重复落入同一眼洞，你觉得他的话有没有道理？”

“无量天尊。”陆亚琦将了他一军，“四爷，他这个法术是从邵老爷子那儿学的，源头是法兰西鬼子，这个道理你应该最明白啊。”

温秉智被噎得满脸涨红，过了半晌才说：“现在中外一家，以后也不打仗了，你最好还是找匠人修一修，免得漏雨，坏了风水。”

陆亚琦道：“咳，十年了，流利兄弟自己亲自动手干，从来不容别人插手，贫道把‘成利’店换成‘黄记’也不行，要不你帮我说说？”

“算了吧，”温秉智缩回脖子，“他就会说错了，错了。”

陆亚琦叹了口气：“现在他连‘错了’这两个字都懒得说了。”

“嘘，”温秉智忽然示意，“你听，后墙根好像有响动。”

陆亚琦道：“黄掌柜的这两天来躲清静，兴许是他的动静。”

“不对，不对，”温秉智摇摇头，“我听着像是棍棒。”

陆亚琦是冲锋陷阵的战将，眼观六路，耳听八方，经验比温秉智丰富十倍。他不但知道黄鱼春这两天在庆真楼外清粪，而且知道“牛鬼窟”在对面崇正社学摆宴庆寿，区植槐带着一群铺丁部署警戒。他才没心思管这场闹剧，“十三迷香”打了一个稽首：“贫道听说红毛教徒耳朵里充满了上帝的福音，四爷，你怎么老是想着害人性命，谋人钱财？”

温秉智听出了弦外之音，慌忙澄清：“道爷，想和北帝爷爷打擂台的是英吉利人，不是法兰西人。我和区植棠不是一条道上的，那厮是伪君子。”

“十三迷香”笑了：“法兰西鬼子更厉害，连总督衙门的地都敢占，更别提灵应祠了。”

陆亚琦今天一反常态，咄咄逼人，到底是为什么？温秉智一时有些踌躇，不清楚他是想劝自己不要管楼下的闲事，还是因为红毛鬼子要在祖庙旁边盖福音堂，拿自己当出气筒。他起身抱拳，讪讪地问：“对了，黄掌柜的躲什么清静？”

“十三迷香”脸拉得更长了：“丢他老母，威武窑子不许红船供奉田都元帅。梁兰桂和黄华宝听了九爷的馊主意，把田都元帅改成田、窦二师，聘请黄掌柜的雕刻神像哩。”

温秉智惊叫出声：“田、窦二师？”

梁兰桂、黄华宝将田都元帅改为田、窦二师并非凭空杜撰。在梨园界，田都元帅一直有两种解释，主流意见认为田都元帅是一个人，即相公爷雷海青，都元帅是指大元帅的意思；还有一种解释是田都元帅为两个人，即田、窦二将军，汤显祖在《宜黄县戏神清源师庙记》中曾经提到，江西戏班把二郎神当老郎神供奉，其配神便有田、窦二将军。

问题在于，以梁兰桂为首的几个当家人绞尽脑汁地将田都元帅解释为田、窦二师，目的是为了应付官府的严苛要求，无力顾及到广大民众的感受，更别提遍布南中国的洪家兄弟。黄广华一直觉得不痛快，见温秉智走了进来，立刻发起了牢骚："四爷，他们说要把田都元帅雕成两个伢仔，这不是开天大的玩笑吗？"

温秉智打着哈哈："二爷打小就是有名的斗官，没关系，没关系。"

把天下无敌的盖世英雄雕刻成两个光屁股的娃娃，黄广华心里万难接受，他把雕刀往桌子上一扔，赌气道："谁有本事谁雕，我没这个金刚钻。"

温秉智耐心地劝解："黄掌柜的，梁大老倌他们也不容易，不按照官府的意思办，红船就不能解禁，就不能达成二爷的遗愿。你要是不雕，他们找一个半桶水的宝器，胡乱给田、窦二师刻一个模样，不是糟蹋二爷吗？"

黄广华抱住脑袋："反正我不干。"

温秉智对郑流利抱了抱拳："兄弟，他说得对吗？"

温秉智原本指望郑流利能说一声'错了'，借此劝说黄广华回心转意，哪知道果如"十三迷香"所言，郑流利坐在旁边一言不发，真的变成了一个闷葫芦。黄广华扬了扬手："瞎子点灯白费蜡，四爷，你别打他的主意。"

温秉智指了指顶棚："小郑没让你修屋子？"

"修它干啥？"黄广华道，"说不定过几天就让鬼子拆了，改成福音堂。"

温秉智讪讪地说："区植棠本事再大，他也不敢拆了祖庙呀。"

"鬼子的胃口大着呢。"黄广华抬头看着他，"今天能把福音堂盖在旁边，明天就能拆了祖庙；今天能把天主堂盖在总督衙门，明天就能拆了紫禁城。"

温秉智舔着干涩的嘴唇："黄掌柜的，眼下鬼子当道，二爷和朝廷都不是对手，人家愿意干什么，谁也挡不住。哥哥我借法兰西鬼子的势力保全一条性命，不得已而为之，咱们这么多年的交情，别因为这个闹生分。"

黄广华想起一个压在心头很久的问题，认真地问："四爷，你在红毛教多年，我就问你一句话，你和红毛上帝的感情深，还是和乡亲们感情深？”

温秉智一本正经地说：“黄掌柜的，你别用这个话试探我——红毛教救我一命，我要是说和皇上帝没感情，你一定会骂我言不由衷，是忘恩负义的小人。”

温老四真不愧是太平军讲道理的出身，说话滴水不漏。黄广华正要纠缠下去，庆真楼的外面猛然响起一阵号啕声：“娘子啊，你死得真屈，哪个天杀的这么狠心？”

温秉智一愣：“谁？”

黄广华开心地笑了：“你的皇上帝。”

混元法师这些年名誉扫地，全靠黄鱼春收几个有钱的干儿子过日子，如今黄鱼春无缘无故被人打死在粪坑旁边，不由惊恐万状，悲伤难禁。这时，天色早已大亮，狗子在巡检司衙门接到报案，领了十几个弓役匆匆赶到庆真楼。勘验完现场，他皱起了眉头：“老苗头，你们公婆俩最近没在外面坑蒙拐骗吧？”

苗驼子坚决否认：“我夫妻年迈体弱，有那心，也没那力呀。”

黄鱼春头颅被打破，遍体鳞伤，身上中了七八刀，死的模样十分凄惨。这个老娘们虽然生前作恶多端，但是毕竟嫁给苗驼子十来年，沦落到掏粪的地步，谁还会跟她过意不去？狗子翻来覆去想不明白，向苗驼子打了一个手势：“老苗头，这桩案子不难破，昨夜‘大会馆’的人在附近巡逻，必定有人见证，我回去一问便知。现在天气炎热，你赶快把老婆抬回去，买一口棺材发送了，免得臭大街。”

苗驼子坐在地上，双手拍打着地上的石板，哭天抹泪，泣不成声：“老天爷啊，连‘混元金斗’的人都敢杀，这是什么世道呀？”

狗子叫弓役借来一张门板，抬走了黄鱼春的尸体，见苗驼子压根没有走的意思，禁不住动了气，把眼珠一瞪：“姓苗的，待会儿洋大人要来‘大魁堂’吃酒，你别在这儿丢人现眼。洋大人你知道吗？出行地动山摇，皇上都得点头哈腰，你这案子算根毛？”

苗驼子摇头：“我不走。”

“给脸不要脸的东西。”狗子一声令下，“把这个老张到给狗爷架走。”

弓役一拥而上，正要强行拖走苗驼子，崇正社学那头“当啷啷”一阵锣响，先是一支挂着铃铛的马队，随后是三辆金碧辉煌的洋马车，然后是一顶接一顶的大轿子。“牛鬼窟”威风凛凛跳下战马，用马鞭子指着苗驼子：“这老家伙活得不耐烦了？”

狗子劝道：“老苗头，洋大人来了，我没哄你吧？”

苗驼子从地上爬起来，用袖子抹了一把脸，不但没有转身走，反而冲着洋马车喊：“俾士先生，俾士先生，我是苗驼子，是贵教最忠实的朋友。”

俾士还真不是白给的，把基督教和天主教在岭南的传播历史背得滚瓜烂熟，他听说过苗驼子在紫坭岛土地庙当住持这段掌故，过来问：“你就是混元法师？”

苗驼子连连点头：“没错，没错，正是老朽。”

俾士上下打量了一顿，又问：“你在这儿干什么？”

苗驼子从怀里摸出了那面皱巴巴的“混元玄成”法旗，一脸肃穆地问：“俾士先生，老朽精通祖庙风水，你要不要听？”

狗子一听叫苦不迭，这狗日的老不死，竟然学会引鬼入洞了？

在入侵广州的英法联军中，英国鬼子为主，法国鬼子为辅，这一点，可以从沙面租界的划分比例上得到印证。正因为如此，明稽埒强夺总督衙门旧址修建圣心大教堂，便力压英国传教士一头，让俾士多年来如鲠在喉，难以释怀。他琢磨来、琢磨去，觉得只有降服桀骜不驯的“大魁堂”，把福音堂盖在祖庙眼皮子底下，才能在这一轮较量中挽回颜面。

区植棠当选“大魁堂”首席值事，彻底扫清了一切拦路虎，俾士当下需要考虑的，正是选择一块上乘风水。他上前握住苗驼子的手，高兴地问：“亲爱的法师，你们中国人有一句话叫锦上添花不如雪中送炭，阁下能在二十多年前保护上帝的神像，真是叫人万分敬佩。我打算在祖庙旁边盖一座福音堂，传播上帝的福音，你如果能指点一处好风水，我便聘请你担任福音堂的住持，让你继续为上帝服务。”

苗驼子脸不红心不跳：“都是一家人，应该的。”

如果不是当着俾士和众位士绅的面，“牛鬼窟”早用鞭子抽苗驼子一个满脸花，他不耐烦催促：“有话就说，有屁就放，别说没用的。”

苗驼子清了清嗓子：“俾士先生，中华龙脉出昆仑，万条龙气东归海。大致来说，龙气东来沿着三条大水，分别是黄河、扬子江和西江。粤东这块地盘，除了浮山从海上飘来，剩下的龙脉一律经扬子江入洞庭湖，越过南岳衡山、白云山，到佛山堡收住；粤西那边的龙脉在大明山停顿，然后经西江一路向东，翻过鼎湖山和西樵山，也汇集到佛山堡。一条龙气的汇聚地是祖庙，一条龙气的汇聚地是崇正社学，你要想让上帝的法力压倒北帝爷爷，只有扒掉崇正社学盖福音堂，否则功德不能圆满。”

罗琦和霍济田等人刚好走过来，一听苗驼子出的这个馊主意，登时吓得冷汗直流，罗琦破口大骂：“苗驼子，你老婆死在粪坑里，你还不记打？”

苗驼子“扑通”歪倒在地，号啕起来：“老天爷，睁睁眼吧，好人活不了啦。”

在“牛鬼窟”、罗琦、霍济田等人看来，苗驼子的主意荒诞不经；但在俾士看来，把福音堂盖在崇正社学，却是一个非常完美的方案，不但能摧残佛山人的抗争意志，而且足以和明稽埒修建圣心大教堂的壮举相媲美。他弯腰将苗驼子扶起来：“尊敬的苗教友，本人深刻体会到你对上帝的爱。上帝不是负心人，你有什么委屈，尽管对我说。”

苗驼子哭诉：“我娘子叫人杀了，俾士先生，你要为我做主啊。”

“小事一桩。”俾士转身吩咐狗子，“巡检老爷，这是你的职责。”

狗子拍了拍胸脯：“俾士先生，包在我身上。”

俾士见四周围观者渐渐多了起来，装模作样地挽住苗驼子的胳膊：“老人家，今天是牛将军的寿诞，我带来了原装的老汤姆金酒，请你喝个够。”

区植棠之所以能够当选“大魁堂”的首席值事，除了官府和洋人的支持外，还有两个至关重要的决定因素：一个是“侨寓”三大豪门退出竞争；一个是获得了八图大族的支持。八图大族是佛山堡的土著，祖庙和崇正社学在他们心中神圣不可侵犯，你红毛鬼子在旁边买一块宅基地就不错了，敢拆掉崇正社学盖福音堂，那不是等于挖他们的祖坟吗？

伪君子知道自己遇到了一道迈不过去的坎，苦着脸对俾士说：“俾士先生，你别听苗驼子胡说八道，就算社学底下是龙脉，那也是从大明山和西江过来的龙脉，全是反贼。”

“造反的龙脉好。”俾士不为所动，反而高兴地拍巴掌，“祖庙在佛山堡称霸多年，该让给我们福音堂啦。”

第二次鸦片战争以后，红毛鬼子在中国趾高气扬，目空一切，俨然是朝廷的主子。俾士的脾气足足比以前涨了十倍，根本听不进去任何良言相劝。区植棠万般无奈，只好端着酒去找他的江湖大佬：“贝爷，拆崇正社学等于拆咱们自己的台，你拿个主张？”

所谓江湖大佬，就是当自己兄弟拿不准主意时拍板定案，一字千钧。贝尘鹤很想表现出此类风采，可惜这件事太棘手，和红毛鬼子讲不通道理。淫贼善于开溜的本性，让他习惯性地后撤一步，拿起扇子晃了两下，潇洒道：“这事你看着办，我就不掺和了。”

区植棠心中暗骂，就你这副德性，猪鼻子上插大葱，还想在佛山堡冒充江湖大佬，比人家洪门差远啦。他暗自下定决心，朝区植松使了一个眼色，然后来到苗驼子身旁坐下，给后者倒了一碗汉汾：“苗法师，听说嫂子今天出了点儿事，谁这么大胆子？”

“我老婆是有名的‘混元金斗’，谁下黑手，谁不得好死。”苗驼子把汉汾一顿，“老朽是混元祖师，从今天开始只喝洋酒，不喝中国酒。”

“牛鬼窟”和狗子喝得迷迷糊糊，挤眉弄眼：“对呀，混元祖师就是皇上帝嘛。”

区植棠见时候差不多，从酒使手里接过一碗洋酒：“各位，这是俾士大人从英吉利国万里迢迢带来的老汤姆金酒，据说是上帝的津液，极为灵验——凡是心里不敬上帝的，拿洋大人不当朋友的，满嘴瞎话放葫芦的，这三种人千万别喝，喝下去必生祸端。”

“老朽所言句句属实，不信你们看。”苗驼子端起洋酒一饮而尽。老汤姆金酒是有名的烈性酒，苗驼子毕竟年纪大了，一碗酒灌进肚子里，“扑通”一声摔倒在地。

苗驼子不胜酒力，似乎印证了区植棠刚才说的话，俾士脸上有些挂不住。狗子见状，醉醺醺地伸出手：“天父所向披靡，谁敢不拿洋大人当朋友？我来先。”

趁着众人不注意，区植松把早已准备好的一碗洋酒，推到酒使的面前。酒使递给狗子，后者张嘴“咕嘟嘟”喝了个干净，身子一软，栽倒在地。大家嬉笑不断，嘲笑狗子的酒量，过了足足一袋烟的工夫，仍然不见他动弹。“牛鬼窟”感到有些奇怪，扶起狗子一看，登时吓得魂飞魄散，只见狗子七窍流血，早已一命呜呼。

好端端的一场寿宴，横空降临一桩血案，死者还是负责维持治安的巡检司老爷，崇正社学立刻乱作一团。且不提“大魁堂”如何处理这桩离奇的命案，却说五斗口司弓役甚众，早有人撒腿如飞，赶回居仁里向狗子老婆报信。这娘们的反应更加奇怪，一不号啕，二不服丧，从夹壁墙的暗格里取出一个匣子，抱起来直奔温家。

母大虫正在家里的纺机前发呆，见她发疯似的冲进来，骂道：“报丧呢？”

狗子老婆惊魂未定：“二奶奶在哪儿？二奶奶在哪儿？”

“病得不轻，”母大虫指着后院，“郎中正给她把脉呢。”

狗子老婆不顾礼节，一头扎进女诸葛的卧室，把里面的人齐齐吓了一跳。秦亚糟、“大漏勺”、柯定邦、区二娣等人欲出言责备，女诸葛摆了摆手：“弟妹，有事吗？”

狗子老婆跪倒在地，双手捧起那个匣子：“二奶奶，救命啊。”

诊脉的郎中是梁德荣，他接过匣子，递到女诸葛手里。温宁氏打开匣子一看，里面有几十枚铜钱，还有狗子亲笔写的一封信，信里详细介绍了区植棠使用铜钱陷害游、陈、汪三家老爷子的阴谋。女诸葛看完后着实吃了一惊，难怪狗子发财后仍然住在居仁里的旧宅，原来他一直把自己当作救命稻草。柯定邦跺脚大骂：“姓区的嫁祸于人，害得陈阿妈和游掌柜他们互相厮杀了二十年，真是蛇蝎心肠。”

狗子老婆抽泣：“二奶奶，我们当家的谁也信不过，就信得过你。他以前说过，只要听到他的死讯，不用说，一定是遭了姓区的黑手，让我找你保全性命。”

“你们当家的说得没错，阿棠为人阴险毒辣，必定会斩草除根，以绝后患。”女诸葛点了点头，本来黯淡的眼神突然亮了起来，“可惜天道昭昭，他那些鬼蜮伎俩见不得光，碰到忠义兄弟算他倒霉。”

狗子老婆哀求：“二奶奶，你要替我当家的报仇啊。”

狗子不但害过陈开，这些年还和贝尘鹤、区植棠一伙打得火热，“大漏勺”疑惑地问：“他们之间狗咬狗一嘴毛，嫂子，咱们有必要替狗子出头吗？”

女诸葛歇了口气，用微弱的声音说："各位兄弟，这桩事不管不行。如今红毛鬼子和威武窑子联手，策动八图大族造反，扶持区植棠把持'大魁堂'，妄图控制佛山堡。他们第一步是逼走红船，第二步是打垮祖庙——没有了北帝爷爷和华光爷爷，乡亲们就是一盘散沙，难逃红毛鬼子和威武窑子的魔爪，开设再多的买卖和武馆也是枉然。"

众人听得毛骨悚然，秦亚艚抱拳道："嫂子，就按你的意思办。"

女诸葛摇了摇头："你是大龙头，该你发号施令。"

秦亚艚略一思忖，果断下令："定邦和大逵带着这个匣子去广州见游新潭，告诉他，要是他想为父报仇，本堂兄弟愿助一臂之力；二娣和三娣选一批得力兄弟，即刻进驻居仁里，保护嫂子的安全；梁老爷，你功夫最高，这几天辛苦一下，在狗子家帮忙料理丧事，防备区植棠派来的刺客捣乱。"

在区植棠来看，俾士的要求虽然无礼，但可以用拖字诀对付；而狗子却像一枚随时可能爆炸的定时炸弹，已经到了必须解决的时候。这厮铤而走险，采取了一石双鸟之策，用老汤姆金酒结果了狗子的性命，一举除掉心腹大患。在这场饮宴中，喝出毛病的有七八个，丢命的只有狗子一人，正是这个结果，引起了"牛鬼窟"师徒的警惕。

按照区植棠的意思，由于天气太热，必须从速发丧，尸体在家里最多只能搁三天。第二天傍晚，霍济田来到正埠酒楼，邀请贝尘鹤参加定于次日的葬礼。那天下起了绵绵小雨，"牛鬼窟"一口予以回绝："死因都没查出来，你们发送孤魂野鬼呢？"

老汤姆金酒中所含毒剂十分罕见，省、府、县三级衙门的仵作莫衷一是，说不出到底是个什么玩意。罗琦赔着笑脸回答："牛大人，死因查出来了，狗子死于'神仙粉'。"

"牛鬼窟"害了一辈子人，从来没有听说过这个名头，瞪大眼珠："啥？"

"是这样的。"罗琦瞅了霍济田一眼，"贝爷，牛大人，老汤姆金酒不是从英吉利国运来的吗？毒药既然无人辨识，说明它最有可能来自红毛国。据'琉璃球'和常有定说，这种药唤作'神仙粉'，其实不是毒药，而是红毛教劝人入教的一种法术——男人吃了以后腿脚肿，女人吃了以后鼓肚皮，快的当下送命，慢的也超不过半年。你要是乖乖入教，每天称颂上帝美名一百遍，药性自然消解;假如平日三心二意,不拿上帝当回事,马上送命。”

“这两个老不死的话还能听?”“牛鬼窟”气不打一处来,“狗子为人八面玲珑,平时一口一句上帝,鬼话比牛某利落一百倍,咋就单单他丢了性命?”

罗琦解释道:“牛大人,我刚才不是说了吗?必须真心服膺,虔诚崇拜。狗子连门口的贞节牌坊都不让拆,他能对上帝忠心耿耿吗?”

“牛鬼窟”摊开手,对贝尘鹤说:“贝爷,你明白谁下的黑手了吧?”

华灯初上,夜幕如锦,贝尘鹤的目光穿过敞开的窗户,落到了“忠义乡”牌坊上,那座消失多年的木制敌楼忽然从他脑海里冒了出来。其实不用“牛鬼窟”提醒,贝尘鹤早就猜出了整件事情的幕后主使是区植棠。令他百思不得其解的是,狗子和区植棠好得穿一条裤子,平时并无大的过节,区植棠在“牛鬼窟”的寿筵上悍然下手,其中必定有不为人知的蹊跷。作为这伙人的带头大哥,淫贼此时能做的只有平息猜忌,不能扩大裂痕。他轻轻摇动折扇:“上帝又不是关二爷,狗子不愿信就不信,没什么大不了。大家兄弟一场,情义是必须要讲的,棺材封盖前再见最后一面,谁跟我去?”

此言一出,“牛鬼窟”不好再固执己见,拱手道:“牛某愿往。”

罗琦恭维道:“贝爷大驾光临,狗子在九泉之下也会瞑目。我们几个商量好了,封棺以后贝爷你走先,后面的送行酒我们来,我们扶棺材。”

“神仙粉”消息不胫而走,在佛山堡引起了巨大的恐慌,面对汹汹舆情,俾士不得不暂时打消拆毁崇正社学盖福音堂的念头,新上任的三位“大魁堂”值事总算逃过一劫。区植棠这两天惴惴不安,过得并不踏实——从狗子老婆尚未逃命这一点判断,狗子没有留后手;但是梁德荣坐在狗子家不走,使得刺客无法下手,又似乎说明对方有所准备。

二更鼓打过,区植棠送走贝尘鹤和“牛鬼窟”等人,回到狗子家准备吃送行酒。区植槐从门外进来,低声道:“我刚才碰到了卢鲨和卢彪兄弟。”

梁应琨卸任后,卢家兄弟也辞了“大会馆”的差事。然而百足之虫,死而不僵,他们在“大会馆”干了二十多年,铺丁头目多为其心腹,人虽然走了,影响力却还在。区植棠心里紧绷的那根神经开始颤动,问道:“他们没说进来烧一炷香?”

区植槐摇了摇头:“没有,在闸门楼底下晃悠呢。”

伪君子心头掠过一丝不祥，叮咛："你马上回家召集信得过的家丁，关门上碉楼，单留下花园旁边的小门。注意，一个铺丁都不要带，这些人靠不住。"

区植槐的脑筋始终慢半拍，疑惑地问："不吃送行酒了？"

伪君子黑着脸："你想吃谁的送行酒？"

区植槐这才意识到形势不妙，撒腿便往外跑。罗琦正欲发问，区植棠打了个哈哈，把区植松叫到身边："你送霍老爷和罗老爷他们早点回家，明天还要出殡呢。"

霍济田问："区老爷，你咋不走？"

区植棠道："弟媳妇不容易，我和她说几句体己话。"

宫鹏飞大步流星往外走，随口丢下一句难听的："最好你再给狗子兄弟添个仔。"

罗琦和霍济田累了整整两天，早想回家抱头大睡，跟随宫鹏飞离开了狗子家。一行人道完寒暄，上了轿子，窄窄的巷子纷乱嘈杂，十分混乱。便在这时，从两侧墙头冒出一排黑洞洞的枪口，死神的沉默只有短短一瞬间，枪口喷出可怕的火焰，像雨点一样，扫向这群完全没有防备的冤魂。

游新潭接到柯定邦送来的书信和铜钱，瘫在椅子上半天说不出话——他和陈见成、汪亚景兄弟相残二十余年，没想到谋害父亲的元凶竟然另有其人。游新潭越想越气，恨不得将区植棠碎尸万段，当即选调三百兵丁潜入佛山堡，又令崔金麟秘密召集昔日"荡寇营"兄弟，补充火枪和开花炮，准备与"德礼堂"联手，杀区家一个血流成河。

三阵排枪响过，游新潭、崔金麟、区二娣、区三娣各自挥兵杀入，卢鲨和卢彪劝降"大会馆"的铺丁，袭击完全呈一面倒的形势，不到一袋烟的工夫就迅速解决了战斗。游新潭逐一检查地下的尸首，宫鹏飞、罗琦、霍济田、区植松悉数毙命，唯独没有罪魁祸首区植棠。正在这时，区三娣提刀来报："区家大门紧闭，碉楼上有人放枪。"

"死到临头还想挣扎？"游新潭大怒，"来人，把开花炮架起来。"

温秉礼、卢醒尘被枪声惊醒，穿上衣服来到闸门楼，见"荡寇营"的人架起大炮，无不大惊失色："大狗一叫，玉石俱焚，手下留情，手下留情。"

游新潭双手抱拳，向街坊们行了一个礼，泪如雨下："乡亲们，这贼子害死我阿爹，嫁祸他人，挑动我们兄弟互相仇杀二十四年，二十四年啊。亚景兄弟死了，见成兄弟死了，我老婆一家也遭了难，这些深仇大恨，难道不该算在他们区家的头上吗？"

卢醒尘道："阿潭，阿棠作恶多端，我相信他手上的血债还不止这些。可是，区家上上下下上百口子，乡里乡亲的，你忍心全杀了他们？"

黄金笼跳出来嚷："善有善报，恶有恶报，区家活该断子绝孙。"

温秉礼白了他一眼："长辈在这里，哪有你说话的份？"

卢醒尘把钟水鼎拉到前面："阿鼎，你在外面走南闯北，见多识广，你说说。"

钟水鼎两只眼珠紧紧盯住半空中的辘索不放，良久之后，才开口道："咱们居仁里是有规矩的地方，'情理鞭'，'情理鞭'，有情也有理。阿潭，阿棠是罪魁祸首，你找他算账没必要搭上无辜性命，除非你怕区家人报复。"

游新潭吼道："游某诛奸除恶，行得正，坐得端，谁也不怕。"

前来助阵的洪家兄弟越来越多，张三也派来了佛山都司署的援兵，将区宅围了一个里三层外三层。秦亚艚上前劝解："阿棠是首恶，杀他一个人足矣。"

见大家众口一词，游新潭逐渐冷静下来："好吧，那就让姓区的下来受死。"

卢醒尘怕他反悔，冲着碉楼高声喊道："阿棠，不要负隅顽抗了。你再不下来，当心大狗叫唤，全家人陪你一起送葬。"

望着下面密密麻麻的各路兵马，区植槐双腿一软，跪倒在地，哀求道："阿棠哥，他们人太多，而且手里有开花炮，咱们顶不住啊。"

区植棠心头涌起阵阵悲凉，自己打了一辈子雁，临了还是让雁啄了眼珠。他飞起一脚踢中区植槐的胸口，喝道："站起来，你这个窝囊废。"

区植槐从地上爬起来，区植棠整顿衣衫，下碉楼来到房顶，朝游新潭鞠了一个躬："阿潭兄弟，过去的事情是哥哥造孽，今天把命还给你。"

卢醒尘心有不忍，问道："阿棠，你还有什么要交代的？"

伪君子拔出宝剑，双膝跪倒："卢老爷，各位乡亲，区某和鬼子打交道纯属敷衍，请你们把我的尸骨埋进祖坟，千万不要送给福音堂，我给你们老几位磕头了。”

说罢，区植棠挥剑自戕，头颅滚下，血溅镳索。

第一百九十六回　槟榔山下

一场二十四年前的旧恩怨，意外地打乱了官府和洋人控制佛山堡的如意算盘，一切恢复了从前的老样子——北帝爷爷在灵应祠安坐宝殿；梁应琨再度当选“大魁堂”首席值事；二十七铺的生产和贸易一如既往地繁盛；“枫子鬼”依旧蜷缩在角落纹丝不动；郑流利仍然不允许别人插手修补庆真楼的破洞……

除了琼花会馆上空那远去的人间绝响，一切按照记忆的影子，在努力地弥合。

红船解禁的第二个年头，邹伯奇病逝于自己的寓所。从那以后，黄广华仿佛对外面的一切失去了兴趣，把木铺的生意交给儿子黄秋涛打理，自己埋头致力于木雕，在一刀一刀的镂空和凿刻中，寻找他内心完美的艺术世界——那个世界曾经如此鲜明地敷陈在他的眼前，敷陈在荡气回肠的红船舞台上，敷陈在绝世名伶忧郁而明亮的眼睛里。然而，美神香消玉殒，尸骨焚毁成灰，撒进莽莽苍苍的西江，竟连一处供人凭吊的墓穴也没有留下。

享誉广府的木雕大师变得沉默寡言，在岁月的刀光里渐渐衰老。一晃六年过去，这一日秋风乍起，有故人来访。梁德荣坐在客厅的椅子上，目睹黄广华从里屋走出来，满头白发，禁不住心里有些黯然。黄广华让儿子黄秋涛为梁德荣斟茶，直截了当地问："谁家的事？"

六年来，黄广华闭门谢客，只是在去年腊月同治皇帝咽气的时候，才出来和黄炳、梁德荣等人小酌了几口。无事不登三宝殿，梁德荣好久没有上门，一上门就通知人家丧事，心里未免有些过意不去。他硬着头皮说："享公病故了。"

黄广华的手一抖："什么时候？"

"昨天上午。"梁德荣道，"'洪圣武馆'的张馆主今天赶回佛山堡报丧，前往京梅村吊唁的主要是武林人士。你要是身子骨不方便，我代你走一趟。"

"老天爷这是在收人啊。"黄广华摇了摇头，"老话说，白发堆满头，能活九十九，我身子骨棒着呢，你不用担心。享公是忠义为先的英雄，能见他最后一面是我的荣幸。这样吧，你先去新会，我刚刚给五桂山的古佛庙干完了一个活，顺路送过去。"

黄广华这些年渐渐歇手，请他制作金漆木雕的达官贵人和豪绅巨富数不胜数，根本就排不上号，五桂山这家为何有这么大面子？梁德荣好奇地问："古佛庙？我怎么好像在哪儿听说过这个名字？五桂山这家是谁介绍的？做的什么活？"

黄秋涛代替父亲回答："温四爷托的情，平洲'太平武馆'交的银子，订制的是神案、神龛和门檐花板。这座古佛庙去年刚刚落成，预定今年九月初九重阳节开门迎客，掏银子的是一位隐姓埋名的大善人，出手极为阔绰。"

黄广华把两个孙子黄勤和黄培打发走，无可奈何地说："温四爷干的都是些鬼事，草图上的人物土不土，洋不洋，看模样倒有点儿像混元法师。"

梁德荣道："我陪你去五桂山，绕不了多远，咱俩路上好好聊聊。"

至光绪元年(1875 年)，梁德荣年届半百，早已不是当年那个只知道挨打、不知道还手的武痴，而成为名震粤东的一代武林宗师。年纪大了未免絮叨，两个人又多日没在一起促膝谈心，所以梁德荣执意要与黄广华同行。老哥俩在黄家吃罢午饭，要了两顶轿子，斜穿小半个佛山堡，到达大基尾的琼花水涉。黄广华的徒弟叶永彝早把神案、神龛、门檐花板以及参加葬礼需要的物什装好船，在岸边恭候。黄广华问叶永彝："四爷怎么还没来？"

叶永彝指着琼花会馆："进里面烧香了。"

红船虽然离开了佛山堡，但是琼花会馆香火依然缭绕，特别是那尊田都元帅神像，现在成了武林人士供奉的圣物，时常有人来虔诚膜拜。老哥俩从腰间取出白巾，俯身蘸湿江水，然后小心翼翼地擦拭起镇亭石——在二十多年前那场罪恶之火中，琼花会馆付之一炬，只有避雨亭和镇亭石免遭劫难，仍然是人们心中的"再生石"。

"再生石"为绝世名伶的生命之源，因而在黄广华和梁德荣心中极其神圣。两个人擦拭了一遍又一遍，仿佛其中蕴藏着绵绵不绝的神奇力量。过了一会儿，梁德荣问："广华哥，我听林三上次回来说，他们打算改掉'吉庆公所'的名号。"

黄广华心里一动："要改回来吗？"

"官府不答应。"梁德荣泄气地说，"邝殿卿起了一个新名号，叫'八和会馆'。"

黄广华非常不赞成红船把田都元帅改成田、窦二师，因此这些年只在佛山堡看戏，从来不去黄沙一带凑热闹，甚至梁兰桂和黄华宝的葬礼也没有参加。现在听说梁清吉、林三和邝殿卿等人要用"八和会馆"的名号取代琼花会馆，心里不觉又动了气，正要出言讥讽。黄秋涛捧着一身红船大靠赶到琼花水涉，气喘吁吁地说："阿爸，后半夜山风烈，水气重，你把这身红船大靠带上，御御寒。"

黄广华正好拿儿子撒气，劈头盖脸道："红船大靠是上阵杀敌的，不是用来唱戏的。"

这时，琼花水涉下靠来一条篷船，从里面钻出来一位雍容华贵的老夫人，身后跟着一名十七八岁的青年。老夫人笑着说："赞先生，是你把黄掌柜的气成这样？"

来者不是别人，正是梁夫人卢浣霞。黄广华只得收起火气，掩饰道："夫人，你今天怎么有空来琼花会馆？"

"还不是为了他？"卢浣霞拽过梁尔煦，"放着圣贤书不好好念，整天不是绘丹青，就是舞刀弄棒，叫人没法省心。"

梁九图本为谦谦君子，但是次子梁禹甸和长孙梁尔煦先后弃文从武，看来卢浣霞在梁家的影响已经全面盖过了梁九图。梁德荣道："夫人，朝廷昏庸无道，卖国求荣，当官也没有多大意思，还不如让小少爷习武强身呢。”

得到武林宗师的支持，梁尔煦高兴极了：“赞先生，我阿爸也是这么说的，要不是爷爷催促得紧，他这次都不想回京城了。”

梁德荣惊讶地问：“你阿爸回来了？”

梁僧宝考取进士后，官运亨通，一直在内廷行走。受到父母性格的影响，梁僧宝对庸庸碌碌的仕途没有兴趣，也无意通过当官刮取民脂民膏，这一点，让他在三年前办了一件称得上是轰轰烈烈的大事。

同治十一年(1873 年)九月，同治皇帝载淳举行大婚典礼。按理说，皇帝成婚意味着完全成人，然而两宫皇太后却迟迟没有归政的意思。满朝文武议论纷纷，却没人敢得罪两宫皇太后，唯有时任鸿胪寺少卿的梁僧宝毅然上疏直谏，要求两宫皇太后依照祖制，从速撤帘归政。大家把这个不怕死的夸了一顿，随后上书附议，终于促成了第二年的同治亲政。

在黑暗腐朽的朝廷中，正直的性格难以生存。去年，李文田因为弹劾瑞麟、力阻重修圆明园两件事得罪了慈禧太后，南归奉母。梁僧宝本来打算和他一起辞官，不料同治皇帝一直迟迟不予批准。今年以探视父病为由回到家中，梁九图虽然赞成他归隐，却不同意他在新君即位的头一年撂挑子，以免予人口实。

卢浣霞怀着歉意说：“赞先生，僧宝昨日后半夜到的家，他不愿意惊扰地方，所以谁也没有告诉，你千万不要介意。”

梁德荣摆了摆手：“长公子当官有骨气，在下佩服。”

“不说这些有盐没醋的话了。”卢浣霞从梁尔煦手里接过拐杖，叮嘱孙子，“乖仔，给华光爷爷上完香，赶快向赞先生讨教两招，莫失良机。”

梁德荣道：“夫人，我这两下子你还不知道？”

卢浣霞伸手摸了摸一尘不染的镇亭石，叹了口气：“老身和红船缘分不到，只学会了一点儿唱戏的皮毛，功夫一窍不通，赞先生你就别客气了。”

往事不堪回首，几个人默默走进琼花会馆，来到香烟缭绕的琼花大殿。温秉智正抱着一捆香在田都元帅神像前喃喃祈祷，见卢浣霞进来，有点儿不好意思，起身施礼：“夫人，你是来给华光爷爷上香，还是给张师傅上香？”

温秉智这张嘴就是好使，总共三尊神像，华光大帝和“摊手五”全提到，唯独漏掉了卢浣霞真正想祭拜的田都元帅。卢浣霞问:"四爷挎着洋枪,这是要出门吗?"

温秉智恭敬道:"夫人明鉴,我和黄掌柜、赞先生要去一趟五桂山,那里山高林密,时有强人出没,不得不防。"

梁尔煦抢着说:"赞先生,我也想去历练一下。"

梁德荣感到奇怪,问温秉智:"五桂山有强人出没?我怎么没听说?"

卢浣霞呵斥梁尔煦:"赞先生有正事,少捣乱,赶快上香。"

"对,对,"温秉智嬉皮笑脸地说,"别管有没有强人,反正只要给二爷上香,让他老人家在天上保佑,必得平安。"

似乎是没料到梁德荣乘船同行,温秉智的精神头明显高涨了许多,一路上谈笑风生,好不快活。平底船顺流而下,速度极快,黄昏时分出了洪奇沥,抵达芙蓉山下的一座公王庙。温秉智命船靠岸,叶永彝大为不解:"四爷,不是去五桂山吗?"

"对啊,"温秉智道,"从这里到五桂山没有水路,必须换乘马车。"

香山县腹地的山区居民多为客家人,客家人的生活中处处可见神的影子,公王在客家话里就是神的意思。芙蓉山下这座小庙无名无姓,直接叫公王庙,平添一丝诡异的色彩。黄广华和梁德荣默不作声,跟随温秉智下船进入庙内。呵,别看这座小庙从外面看不起眼,里面却院子套院子,活像一个大客栈。温秉智好像对这座庙很熟,进去就喊:"阿富,阿富,快叫你师傅出来,有贵客来访。"

随着他的话音落下,从院子里窜出一位二十八九岁的青年,四方脸,大个头,壮实得如同一头水牛,一看便是练家子。他行了一个礼:"四爷,我师傅还没到。"

温秉智把脸拉下来了:"他一个堂堂的国舅爷,咋办事拖拖拉拉的?"

"国舅爷?"黄广华和梁德荣齐声惊呼。

温秉智又恢复了平时的神态:"我说的这位国舅爷就是捐建古佛庙的大财主,人家的妹子嫁给暹罗国王当正宫娘娘,不是国舅爷是什么?"

温秉智这张嘴云山雾罩,真真假假,虚虚实实,人话鬼话难以分辨。然而,梁德荣身为粤东武林名宿,打遍江湖无敌手,什么事情能瞒得过他的眼睛？他一眼就认出，这位名叫阿富的青年是平洲“太平武馆”的教头，绰号“大种富”。暹罗国的国舅爷不在暹罗享清福，没事跑到广府来教人打拳，这不是阎王爷发布告，鬼话连篇吗？他回身对黄广华说：“我看四爷和国舅爷手下人马不少，用不着你走这趟山路，咱们还是坐船去新会吧。”

“别急嘛。”温秉智拉住他的手，“行船走马三分险，何况夜里？黄掌柜的，赞先生，就在庙里歇一晚，明天早上再走不迟。”

梁德荣不禁有些好笑，广府是自己摸爬滚打几十年的家乡，从香山到新会这条水路闭着眼睛都能摸到，温秉智找的这个借口太蹩脚。他抱拳在胸：“四爷，咱们是自家人，有什么话你直接说，别遮遮掩掩的像个娘们。”

温秉智踌躇了一下，如实说道：“赞先生，不是有意瞒你，只因兹事体大，哥哥不愿给你添麻烦。实话说了吧，这位国舅爷不是别人，正是太平天国夏官副丞相赖汉英；古佛庙供奉的也不是别人，正是天王洪秀全。公王庙是国舅爷的一个藏身之地，本来约好了今天在这里见面验货，他迟迟不现身，哥哥我怕，怕……”

赖汉英是朝廷重犯，一旦落到官府手里，必定难逃一死。黄广华脑袋“嗡”的一下，急促地喊道：“阿荣，你还不去帮忙找一找？”

根据约定，赖汉英从澳门启程，走山路来与温秉智会合。因此，梁德荣、温秉智、“大种富”三人便沿着竹洲山、烟墩山、鸡头山、亨美山、泗东山一线南下。三人脚力甚健，这些山头又不高，一个多时辰后，三人翻过六七座山岭，来到槟榔山。夜雾潮湿，梁德荣嗅到一丝淡淡的血腥味，猛地收住脚步，指着山下的一个小村子道：“有情况。”

这个小村子名叫翠亨，只有七十来户人家，其中有一户的男主人名叫冯爽观，是赖汉英在太平军时的侍卫，故此，翠亨村也是赖汉英常用的一个秘密落脚点。“大种富”道：“四爷，赞先生，我去冯家探一探，你们在村东头的北极殿等我。”

梁德荣点了点头：“好，碰到钉子立刻招呼。”

三人分作两路，悄悄向翠亨村包抄过去。北极殿位于村子东北方向，是一座两进三间式的小庙，中殿供奉的主神是北帝爷爷，前殿两侧分别是金花娘娘和天后娘娘。时近夜半，秋风自山顶呼啸而至，丛林发出怒涛，令人摧肝裂胆。梁德荣让温秉智持枪留在外面警戒，自己提着单头棍摸黑闯入院内，但听后心冷风嗖嗖，有人断喝：“反贼，看掌。”

梁德荣近年来横扫广府，罕逢敌手，发现偷袭之人掌上的力道甚强，不觉技痒，左手抓稳单头棍，全身飘起，在空中打了一个盘旋，右掌以迅雷不及掩耳之势劈向敌人的天灵盖，嘴里还没忘了喊一声：“好掌法。”

以“佛山赞先生”的功夫，等闲武林中人是万难避过这一招的，哪知道偷袭者的身法极为灵便，一式沉肩坠肘避过掌风，随即挥出一招“双打奇门”，击向梁德荣的下盘。梁德荣吃了一惊，翻身落地：“请问高姓大名？”

两侧同时燃亮油灯，埋伏在北极殿的共有三名杀手，清一色的夜行衣打扮，操着直隶省的口音。当中那条大汉便是和梁德荣交战的杀手，他见梁德荣足足比自己矮一头，不觉心里起了蔑视之意，神态傲慢地回答：“爷爷是八极门下李贵忠，善扑营教头，奉恭亲王之命南下粤东捉拿红匪余孽。你是何人？胆敢夜闯北极殿，难道是红匪的同伙？”

与南武林不同，北武林的高手多为清廷效命，咸、同年间名震北武林的三大宗师几乎无一例外——绵拳（太极拳）的杨露禅在善扑营教授旗人打拳；八卦掌的董海川在肃王府当护院总管太监；李飞羽创立形意拳后，也时常到京城和恭亲王奕䜣等达官贵人交游，他那个“神拳”的称号据说便来自同治皇帝的亲口御封。

八极拳的起源众说纷纭，最早的说法是明代，戚继光在《纪效新书》中曾经提到过一种“巴子拳”，指的似乎是这种拳法。雍正年间，八极拳四代祖师吴钟只身独闯南少林，三进三出，毫发无伤，在武林中有“南京到北京，神枪数吴钟”的美誉。假如这个传说不虚，那么从吴钟开始，八极拳就和朝廷有着密切的关系，与洪门作仇由来已久。

梁德荣心里暗自起了杀机，但是他急于弄清赖汉英的下落，便忍了忍胸中的怒火，客气地抱了抱拳：“在下佛山梁德荣，江湖人称‘佛山赞先生’的便是。李教头，你口口声声捉拿会党余孽，梁某想问一句，反贼到底在哪里？”

李贵忠刚刚到粤东，还不知道“佛山赞先生”的厉害，他把手一挥，喝道：“来啊，把咱们捉拿的那个反贼带上来。”

须臾工夫，八极门的杀手从二道院的中殿拖出一条五花大绑的汉子，那汉子浑身上下血肉模糊，滴滴答答往下淌血。杀手把汉子架到油灯前，那汉子吃力地抬起头，对着李贵忠就是一口血痰："狗鞑子，靠牌头算什么本事？"

靠牌头是洪门隐语，意思是借助别人的力量。油灯之下，梁德荣瞧了个真真切切，不由得脱口惊叫："你……你不是贵仔吗？"

被八极门杀手擒获的汉子正是贵仔，他做梦也没想到能在这个小山村遇到梁德荣，眼里落下了喜悦的眼泪："梁掌柜的，你咋在这里？"

大成国覆亡以后，贵仔一家便失去了音讯，有的人说富仔和贵仔战死沙场，有的人说他们逃到了云贵。梁德荣虽然仅比贵仔年长五岁，但是在他的眼里，贵仔还是那个和羊仔一起吃虫子火锅的顽皮孩子。十数年失踪的亲人忽然重现，而且遍体鳞伤，叫梁德荣悲喜交加。他稳定了一下情绪后问："能挺得住吗？"

贵仔笑着说："跟我在秘鲁国遭的罪比起来，这算个屌？"

梁德荣吃惊不小："你去了秘鲁国？"

李贵忠发出一阵怪笑："姓梁的，你和这个反贼如此亲密，还说自己不是红匪？"

梁德荣再也控制不住愤怒，长啸一声，把单头棍横在胸前，怒目而视："李教头，久闻贵门神枪无敌，今天梁某倒要领教领教。"

行家伸伸手，便知有没有。经过刚才短暂的接敌，李贵忠明白眼前这位"佛山赞先生"武艺不俗，不敢轻敌，取过一杆点钢枪，迎风抖了三抖，喝道："承教。"

红班拳的单头棍法与众不同，既要求枪法灵动，也要求桥手的发力，融拳法、棍法与枪法为一体。梁德荣急于救人，也不客气，运全身真气于双腕，把棍头微微荡起，荡得李贵忠眼花缭乱。趁敌人分神之际，单头棍如惊蛇扑怀，倏地戳向李贵忠胸口的膻中穴。八极拳以八阵图为理念，素来讲究守八门、破八极，端的是一门攻守兼备的上乘功夫。李贵忠使出一招"青龙出水"，连削带打，算是卸了梁德荣的攻势。

闲言少叙，两位高手你来我往，战过三十回合，打了个势均力敌。李贵忠偷眼观瞧，发现对手安步当车，气定神闲，身法毫无迟滞，心里暗暗有些发慌。照这个样子打下去，最多不过二十个回合，自己气力不济，必败无疑，这可如何是好？

观战的两名杀手也瞧出了端倪，心想双拳难敌四手，猛虎架不住群狼，遂发声喊，各持刀枪冲了上去，替换下李贵忠。单头棍的妙处在于荡起来一个圈套一个圈，内功越深，圈中的杀气越凌厉。这两名杀手的武功远不及梁德荣，不到一袋烟的时间，二人分别被单头棍打得脑浆迸裂，死于非命。

温秉智跳进院子，虚张声势："赞先生，你下来歇一会儿？"

梁德荣一笑："不用。"

眼看形势对自己越来越不利，李贵忠抖擞精神，举枪再战梁德荣。二十回合杀过，兵刃在空中交击的瞬间，他忽然拔出"青萍剑"，闪电般刺向梁德荣的下腹。

这一招是李贵忠绝地反击的杀手锏，用的是八极拳"分筋错骨手"的功夫，企图出其不意取对方的性命。李贵忠千算万算，却不清楚人家红班拳的来路：红班祖师爷"摊手五"当年打遍武林无敌手，靠的不是进攻，而是以退为进——利用摊手卸掉敌人进攻的力道。红班拳看起来招式凌厉，如同疾风骤雨，其实里面无不预留着伏笔。

梁德荣早看出李贵忠心怀叵测，欲擒故纵，等待对方实施杀手的一刻。李贵忠手快，梁德荣的身法更快，拧身避过"青萍剑"的同时，从后背反手掣出一柄雪亮的顺刀，待"青萍剑"的招式用老，结结实实地插入了李贵忠的胸膛。

李贵忠撒手丢掉兵刃，身体重重地摔落于地，两只空洞洞的眼珠圆睁着，似乎不相信世上还有这么快的刀法。梁德荣用刀割去贵仔的绳索，取出随身携带的创伤药为贵仔包扎好，然后问道："你见到国舅爷了吗？"

贵仔有气无力地说："国舅爷他……他让人掠走了。"

温秉智吃了一惊："让谁掠走了？"

"圣堂山的蓝太武。"贵仔指了指自己的伤口，"那老家伙一点儿也不见衰，武功似乎比以前还厉害，'金刚伏魔杵'开山裂石，我被杵尖扫了一下，就弄了这么深一道口子。"

作为粤西绿林道硕果仅存的大佬，蓝太武年逾八旬，竟然身负如此深厚的内功，看来他已经突破了西域雪山派的瓶颈。这个大魔头来到粤东，肯定是受了贝尘鹤的蛊惑，必将掀起一场腥风血雨。正在这时，"大种富"带着一老一小来到北极殿，向梁德荣介绍："这位是冯爽观兄弟，赞先生，他知道国舅爷的下落。”

梁德荣道:“冯兄弟,到底怎么回事?”

冯爽观把那个七八岁的孩子拉到前面,面带悲痛地说:“这是憨林家的石头仔,他在槟榔山上放鹩哥,正好看到蓝太武擒拿国舅爷。”

憨林是冯爽观邻居孙达成的绰号,这孩子名叫孙文,乳名帝象,因为好勇斗狠,所以村里人都叫他石头仔。温秉智摸着他的脑袋问:“乖仔,蓝太武和国舅爷去了哪里?”

石头仔抬头回答:“京梅村。”

“京梅村?”大家都有些出乎意料。

在公王庙时,“大种富”从梁德荣和黄广华的交谈中得知了陈享去世的消息,他一脸焦虑地问:“享公家里办白事,这个大魔头把我师傅带到那儿干啥?”

梁德荣明白了,蓝太武这次功成出山,一来是重振西域雪山派在武林中的名头,二来是打算了结从前的恩怨,洗刷前耻——金秋池曾经在京梅村败给了陈享,贝尘鹤与“剔骨龙”又让龙子才狠狠地教训过一番,这笔旧账当然要算。

“丢他老母,”温秉智愤愤不平地骂道,“二爷在的时候他怎么不敢来粤东闹事?现如今武林名宿死的死,亡的亡,就剩他孤枝一节,跑出来逞什么威风?”

蓝太武没有直接押送赖汉英去广州城邀功请赏,梁德荣看到了希望,长吁一口气:“咱们去京梅村给享公吊唁,路上合计合计,如何搭救国舅爷?”

“大种富”和冯爽观一起跪倒向梁德荣磕头:“赞先生,蓝太武内功惊人,眼下只有你能对付他,千万救国舅爷一条性命。”

石头仔也跟着跪倒磕头:“梁大侠,救国舅爷一条命吧。”

梁德荣把他拉起来,故意逗他:“乖仔,你说说,为什么要救国舅爷的命?”

石头仔回答:“因为他是反清复明的大英雄。”

“哈哈。”众人被逗得齐声大笑,“石头仔,还有谁是大英雄?”

石头仔稚声稚气地说:“洪天王。”

冯爽观见梁德荣皱起了眉头,连忙在石头仔的后脑勺上拍了一下:“乖仔，反清复明的大英雄第一个要数李二爷，还有陈天义、甘先、‘豆皮春’，他们都是打鬼英雄。”

石头仔仰起头：“阿伯，你没有教我呀。”

温秉智问：“阿伯平时教你些啥？”

石头仔挥起小小的拳头：“阿伯说，杀鞑子才是男子汉。”

温秉智笑逐颜开：“赞先生，你看这伢仔多有志气。”

梁德荣双手攥着石头仔的小拳头：“乖仔，男子汉不光要杀鞑子，还要打鬼子，保护家乡父老不受鬼子的欺负，不受红毛教的蛊惑。”

温秉智仿佛被刺了一下，扭头问贵仔：“贵仔，你怎么去了秘鲁国？”

“一言难尽。”贵仔黯然道，“秀京沦陷后，平浔王英魂归天，我和哥哥失散，被迫坐船去外洋避难。去秘鲁国伊基克挖鸟粪的华工中有我们大成军兄弟，也有不少太平军将士，大伙儿在那里饱经磨难，吃够了苦头，也结成了生死兄弟。同治六年，秘鲁国和智利国不睦，我们趁机打死秘鲁国的鬼子，夺取武器，推选翁德容和陈永禄为头领，被智利国编为‘褐衣军’，坚守伊基克镇，作为智利国的内应。”

赴外洋谋生的华工中，以去秘鲁国和古巴两地的处境最为残酷，堪称九死一生。从贵仔身上的伤疤就能看出来他这些年遭了多少罪。大伙儿唏嘘一番，梁德荣问：“你既然在秘鲁国的伊基克，怎么又回来了？”

贵仔缓了一口气：“阿塔卡马沙漠位于智利国、秘鲁国和玻利维亚国三国交界，盛产硝石和鸟粪，卖到红毛国都是钱，三国之间一直争斗不休。照眼前的形势，智利国为一方，秘鲁国和玻利维亚国为一方，不用多长时间，双方必定大动干戈。陈头领不愿替鬼子白白卖命，他听说旧金山和檀香山有不少洪门堂口，便派我去这两个地方联络。”

石头仔插嘴道：“我哥子就在檀香山。”

贵仔问：“他叫啥？”

冯爽观从家里挑了一担食物，跨进庙门，替石头仔回答：“他哥子叫孙眉。”

“哦，是寿屏兄弟啊。”贵仔点了点头，“夏威夷的国舅爷陈芳是你们香山人，他帮助寿屏在毛伊岛租赁了上千亩的滩涂养牛，生意兴隆得很。”

陈芳在香山县是一个传奇人物，他是恭常都黄茅斜村人，道光二十九年赴外洋谋生，经过二十多年的奋斗，成为夏威夷首屈一指的大财主。去年，他花费重金扶持妻子的义兄卡拉卡瓦酋长当选夏威夷国王，从此影响夏威夷“香槟王朝”政策取向长达十年之久。经过他坚持不懈的非凡努力，华人在夏威夷群岛取得了和白人相等的地位，青壮年男性甚至超过了当地土著男性的人口，在中华民族饱受屈辱的十九世纪，这是绝无仅有的人间奇迹。

在陈芳的庇护下，香山人大量涌入那个美丽的群岛，许多人发了财，孙眉的舅舅杨文纳即其中之一。孙眉为人义气，力大无比，练成一身好把式，去檀香山之前就入了堂口。由于赴外洋谋生的华工多为在堂兄弟，他这个身份对日后的事业大有助益，没两年工夫，便领着一批香山县四大都的乡亲在毛伊岛站住了脚，生意做得有声有色。

石头仔得意道：“我哥子捎信让我去哩。”

温秉智问：“这么小的年纪，你阿爸舍得让你走？”

石头仔噘起了小嘴：“他不让我去，说死在鬼子国，将来就是孤魂野鬼。”

冯爽观解释道：“憨林的两个兄弟学成、观成都死在外洋，他本人相信风水，所以死活不肯让石头仔去檀香山，怕他回不来。”

贵仔吃了些东西，精神头明显好转，梁德荣继续问：“你说说，怎么找到的国舅爷？”

“旧金山和檀香山也有零星太平军，但是花旗军兄弟不少。”贵仔道，“我通过他们接上了香港岛和澳门城的关系，在澳门城找到了国舅爷。他说这两天黄掌柜的来送木雕，要我陪他一起去五桂山，不料刚走进槟榔山，就遇到蓝太武这个大魔头。看来我们在澳门城漏了风，翠亨村这个落脚点以后不能用了，爽观兄弟，你以后行事要当心。”

冯爽观跺了跺脚：“光脚不怕穿鞋的，我光棍一条，谁也不怕。”

石头仔抬起头：“阿伯，你跟着我去檀香山吧？”

冯爽观慈祥地抚摸着孩子的脸，摇了摇头：“乖仔，这里是咱们世世代代的家，我们哪里都不去，就在这儿和他们斗。”

众人把北极殿内的血迹擦洗干净，在槟榔山的树林里挖了一个土坑，埋了李贵忠三个杀手的尸首。等忙活完，天色已经见鱼肚白，冯爽观帮忙雇了一条船，梁德荣、温秉智和“大种富”抬着贵仔，告别冯爽观和石头仔，乘船返回公王庙。

到了公王庙，黄广华正等得心焦，发现贵仔跟着他们一起回来，惊喜交加。公王庙里储备有大量的中西药物，梁德荣重新给贵仔处理了一下伤口，黄广华急不可耐地问：“贵仔，你哥仔呢？”

贵仔回答：“听说他跟随刘永福的黑旗军撤入越南，我正打算去那里寻找。”

“你在这里安心养伤，找你哥仔的事我来想办法。”黄广华道，“刘永福的黑旗军经常来佛山堡采办货物，‘大漏勺’和他们有联系，好打听。”

贵仔挣扎着坐起来：“黄掌柜的，佛山堡还有多少在堂的兄弟？”

梁德荣笑了起来：“那可多了，单是‘德礼堂’就有数千人马，秦亚艚是大龙头，‘大漏勺’是二龙头，柯定邦是三龙头，鸡大逵是四龙头；区二娣和区三娣执掌‘武德堂’；劳亚绰执掌‘德润堂’；此外，还有无数上不了台面的外围堂口，有的是士绅豪强办的，有的是地痞流氓办的，人数多得数不清，供奉的都是五祖爷爷。现在开台做戏的潮流势头不减，江湖快变成了洪门一家的江湖，唯一遗憾的是，缺少一位众望所归的江湖大佬。”

贵仔当年遭到官府的追捕，被迫远赴外洋避难，没想到仅仅过了十几年，洪门堂口竟然像顽强的野火一样，在粤东这块土地上燃烧得更加猛烈。他的心情十分激动：“要是平靖王爷和平浔王爷还活着，那该多好啊。”

黄广华安慰他：“不要紧，二爷留下了根苗，小王爷今年该有十八岁了吧？有易大老倌和苏女侠的教育，小王爷一定不会错。”

李道公如今是天下洪家兄弟心中最明亮的灯光，贵仔斩钉截铁地说：“等我养好伤，哪怕是天涯海角，也要把太子爷找回来。”

李文茂临终前留下遗愿，叮嘱自己的妻儿归隐山林。如果不是恪守这条遗愿，易如真、苏三娘和李道公恐怕早就重出江湖了，还用等到今天？梁德荣叹了口气：“贵仔，这座公王庙是国舅爷的老巢，非常安全，你留在这里好好养伤。我和你广华叔要去京梅村给享公上香，顺便会一会蓝太武，把国舅爷救出来。”

黄广华惊讶地问：“国舅爷被蓝太武拿了？”

梁德荣点了点头：“这两日去京梅村祭拜的武林人士不会少，我想蓝太武是打算借这个机会显示他的功夫，抖一抖西域雪山派的威风。”

黄广华担心地问："阿荣，你行吗？"

梁德荣露出一副坚毅的神情："比内功，我可能不是他的对手；但要论血气，红船弟子还从来没有输过人。"

第一百九十七回　美洲虎皮

随着时光的流逝，人体机能逐渐衰退，能够延缓自然法则的有两类武林高手：一类是所习练的武功高妙卓绝；一类是本人天赋异禀。蓝太武是童子功出身，平生不近女色，极少介入江湖纷争，一门心思研习武学。功夫不负有心人，终于在八十岁高龄突破本门武学瓶颈，体内真气源源不竭，浑身上下仿佛有使不完的气力。

七十载武学之梦如愿以偿，童男子登高长啸，环顾穹宇，却发现江湖面貌全非，昔日称霸粤西的绿林道灰飞烟灭，盘踞山头的纷纷打起了洪门旗号。“玉面如来”心头勾起旧恨，遂发舟浮海东来，意欲荡平粤东武林，重振西域雪山派的雄风。

七年前，游新潭和“德礼堂”联手诛杀区植棠、罗琦、宫鹏飞等人，不仅夺回了“大魁堂”的控制权，而且彻底清除了贝尘鹤的党羽。淫贼一蹶不振，自从“牛鬼窟”被吓死后，手下能用的心腹就剩下“斯文脸”一个人，不得不离开佛山堡，搬进沙面租界，赖以保全性命。淫贼得知蓝太武练成奇功的消息，当即兴奋不已，蠢蠢欲动，再度与官府勾结在一起，以缉捕会党盗匪为名，继续从事敲诈勒索的勾当。

为了吸取三十多年前那次教训，贝尘鹤没有领着师伯四处乱逛，而是逢庙必拜，祈祷神灵保佑西域雪山派东山再起。敬神敬得差不多了，贝尘鹤从官府接了一单棘手的生意，便是与八极拳的杀手合作擒拿赖汉英。一击得手后，叔侄俩迫不及待地杀奔银洲湖，准备在粤东各家武林门派面前大闹陈享的葬礼，给蔡李佛拳一个下马威。

中秋的晨露冰冷刺骨，不，与其说刺痛的是骨骼，不如说是骨骼里空洞的心灵。贝尘鹤一觉醒来忘记了昨夜的美梦，心里有些不爽，从“斯文脸”手里接过一条洁白的腰巾，慢慢地擦去脸上的露珠。“斯文脸”低声说：“贝爷，要不要叫醒蓝大当家的？”

贝尘鹤来到林子里，发现蓝太武席地而坐，鼻腔里发出几乎觉察不到的呼吸，显然是一种高深的吐纳功夫。淫贼佩服师伯的同时，不禁叹息自己荒废了一生，白白在那些已经忘却姓名的女人身上搭了精力，到如今本事不见长，腰板先打了弯。

阳光渐渐炽烈，皮肤晒得暖洋洋的。过了巳时，蓝太武仍旧稳如泰山，一动不动。贝尘鹤实在忍不住，轻轻地叫：“师伯，师伯。”

过了许久，蓝太武睁开眼，愠怒道：“有事？”

见师伯一脸的不高兴，贝尘鹤把满肚子的疑问咽了下去，满脸堆笑：“师伯，这个荒岛既狭又窄，连一块平整的石头也没有，咱们换一个地方吧？”

蓝太武调息运气，把气脉催起来，在体内运行了三个小周天，方才停止练功，起身来到林子边，望着对面的崖山祠：“阿鹤，你的意思是，老朽应该到那上面练功？”

“那算什么？”贝尘鹤道，“师伯，愚侄以为，你老人家应该在兰花洲练功，姓李的已经死了这么多年，咱们还怕他个屌毛？”

蓝太武长叹一声：“阿鹤，有些事你真的不懂。”

贝尘鹤不敢顶嘴，乖巧地问：“请师伯指教。”

蓝太武回头凝视着兰花洲，怅惘道：“蓝某纵横江湖一甲子，见识过无数英雄好汉，像二爷这样的人物，真是绝无仅有，多少年也碰不到一个。一来他的武学修为登峰造极，世人拼命把真气留在体内，用以增强内功，他却说武学之道的奥妙在于将真气逐出体外，我到现在也弄不明白那是一个什么样的境界；二来其为人光明磊落，豪气干云，最难得有一颗仁心，化无情剑为有情剑，宁愿自己遭受三刀六洞之厄，也不肯削人间道义半分。和他比起来，金蟾道士阴险狡诈，弄巧炫智，哪像一点儿武林至尊的样子？”

当年“赛潘安”金秋池采得九叶碧血仙茅，威震冲虚观，那是何等的威风？没想到转瞬之间感染了麻风病，最后惨死于望兵峰，做了“镆铘剑”的药引子，一枕黄粱梦成空。经过了这么些年头，西域雪山派的门人逐渐掌握了整个事件的真相，无不对金蟾道士恨之入骨。贝尘鹤恨恨道：“堂堂‘天下第一剑客’背后使绊子，真不要脸。”

“斯文脸”小心翼翼地问：“蓝大当家，你看咱们啥时候去京梅村？”

贝尘鹤厉声训斥：“住嘴，没看到我师伯正在悟道吗？”

忽然，“玉面如来”眼皮一跳：“阿鹤，兰花洲上好像有人？”

“不会吧？”贝尘鹤不相信地说，“水师新会营的哨船每日在湖上巡察，抓住上岛烧香祭奠的人，一律以通匪论罪，谁这么大胆子？”

蓝太武问：“烧香？”

“除了洪家兄弟和武林中人，还有许多愚夫愚妇，半夜偷偷上岛祭拜。”贝尘鹤无可奈何地说，“二爷神功盖世，武林中人为求增加功力、比武获胜，祭拜他情有可原，可是这些愚夫愚妇十分奇怪，上岛的理由五花八门，有的是为了求药治病，有的是为了生一个靓仔，还有的异想天开，想找到那口黑青花石棺。”

小小的兰花洲，埋藏了多少惊人的秘密？对于蓝太武来说，黑青花石棺倒在其次，最吸引他的是“六祖心经”。如果能在兰花洲上寻找到这门神秘功法的蛛丝马迹，此次粤东之行可谓两全其美，功德圆满。想到这里，“玉面如来”道：“二爷在银洲湖底捞出残铁剑，说明他找到了海眼，咱爷俩何不去撞撞运气？”

梁九图从飞来峡金芝岩的丹砂井采到了“千多窿”，在世人眼里，海眼意味着数不清的奇珍异宝。贝尘鹤心里高兴：“孩儿们，打起爷的官旗，去兰花洲。”

“斯文脸”请示：“贝爷，姓赖的咋办？”

贝尘鹤装模作样地摆手：“二爷不待见红毛教，把姓赖的留在岛上，派人看紧了。”

银洲湖的秋日是蓝色的，它从一门之隔的南海而来，携带着兰花的芳香。树林碧绿的裙摆自湖底升起，被千万个漩涡裁剪成碎片，埋葬于崖山祠吹来的和风。二十年前，兰花洲被官军付之一炬，经过天风海雨的殷勤浇灌，废墟上又奇迹般地长出了竹林，长出了能够抵御剧毒的白墨素，难怪那么多人冒着生命危险，偷偷地上岛膜拜、祈福。

贝尘鹤建议："师伯，白墨素能祛毒，咱们挖一些带走。"

"不可。""玉面如来"拒绝，"二爷归天就是神，神鬼之物最好不要碰。"

白墨素易挖，海眼难寻。贝尘鹤挠着头："那，总不能空手而归吧？"

"玉面如来"道："传说何解元通晓'律管飞灰'奇术，用十二根律管传递小曲，唱给易大老倌听。律管既然能把小曲送到阴曹地府，必然也能送到海眼，二爷以气驭音，老朽的'狮子吼'也不是耍的，咱们去竹林看一看。"

据江湖传闻，李文茂当年曾用以气驭音的绝技代替何解元的瑶琴，用笛子传达对易兰花的哀思。贝尘鹤闻言大喜："师伯，你真的突破了'狮子吼'的瓶颈？"

"玉面如来"笑了笑："那还有假？"

"太好了。"贝尘鹤高兴地蹦了起来，"既然如此，咱们一定能找到海眼。"

"玉面如来"感叹地说："银洲湖上有先贤之气，下有南海之眼，真是一个领略武学奥秘的好地方。二爷目光独到，令人钦佩。"

贝尘鹤远没有"玉面如来"那样矜持，听说蓝太武有寻觅海眼的办法，兴冲冲赶到竹林细细察看。果不其然，在衰草中发现一排竹管，淫贼高喊："师伯，在这里。"

"玉面如来"拔出一根竹管，只见这根竹管青翠如玉，毫无皲裂，管壁周围没有一丝发黑发乌的迹象，登时惊得手一哆嗦："糟了，有人来过。"

贝尘鹤惊叫："谁？"

屈指数来，这个世界上会"律管飞灰"的人——何惠群、邹伯奇、李文茂、陈罗婵全部作了古，后世就算有人登岛，谁又懂得这门千古绝学呢？"玉面如来"百思不得其解，点燃一炷香插在地上，恭恭敬敬磕了三个头："二爷，你虽然比我年纪小得多，但贵为武林至尊，又做了古人，蓝某给你行礼应当应分。"

贝尘鹤也磕头念叨:“二爷,我们登岛没有恶意,你千万别误会。”

说来也怪,两个人刚磕完头,忽然狂风袭来,埋在地上的竹管发出一阵尖锐的鸣叫,听起来竟然好像是铜笛的声响。饶是“玉面如来”那么大的胆子,也被吓得魂飞魄散,一个箭步跳上快船,贝尘鹤等人随即仓皇离岸,直到湖中心,律管的声音才渐渐平息。

“玉面如来”擦了一把汗,呆呆地望着兰花洲,过了半天才沮丧地说:“算啦,二爷今天心情不好,咱们改日再来。”

八月二十七,陈享去世的第三天,京梅村笼罩在一片巨大的哀伤之中。白茅似雪,葵林如柱,成群结队的白鹭提前归巢,盘踞在村口那棵大榕树上,默默地迎接着四方宾客。由于蔡李佛拳门人众多,前来吊唁的宾客络绎不绝,龙子才和张炎等师兄弟商量后,决定把陈享的灵堂挪到附近的“洪圣武馆”,丧葬仪式和超度法事均在武馆举行。

梁德荣和黄广华一行赶到京梅村,已经是申时过半,龙子才听说他们两位来了,带着陈大楫、陈大威、陈典垣、陈典邦、陈燕贻等人赶到大榕树下迎接。黄广华见武馆门口摆了几十张桌子,坐满了前来吊唁的宾客,心里有些过意不去,催促道:“龙爷,赶快去招呼宾客,咱们是一家人,不必客气。”

龙子才略带感伤地说:“两位兄弟,你们别嫌哥哥我嘴上没有把门的,老兄弟们禁不住风吹雨打,见一面少一面,哥哥我舍不得啊。”

陈典垣是张炎的前任,他在最艰困的年代固守佛山堡,力保“洪圣武馆”大旗不倒,为蔡李佛拳的传播立下了汗马功劳,但也付出了惨重的代价,双眼受伤失明,被迫回到京梅村颐养天年。梁德荣从怀里掏出一包药,塞进陈典垣的手里:“阿垣哥,这服药剂清目理神,我特意为你调制的,拿回去试一试。”

陈典垣收起药包:“阿荣兄弟的药再苦,我吃起来也香甜。”

梁德荣朝四周扫视一眼,发现吊唁的宾客中没有“玉面如来”和贝尘鹤等人的身影,不免有些狐疑,低声问龙子才:“子才哥,这两天有没有不速之客?”

龙子才奇怪地看着他:“阿荣兄弟,本门现如今是粤东武林第一大门派,家师驾鹤西游四方震动,来吊唁的宾客十个里面有八个没收到帖子,都是不速之客。”

梁德荣知道他误会了，便把在翠亨村的所见所闻详细地叙述了一遍，担心地说：“‘玉面如来’武艺本来不弱，眼下又添了本事，万万不可大意。”

“哈哈，”龙子才放声大笑，“西域雪山派是本门手下败将，当年‘赛潘安’吃了一肚皮的灵丹妙药，不是照样被家师打得屁滚尿流？”

江山易改，本性难移，龙子才年逾六旬，依然是一筒子火爆脾气，说话毫不忌讳，潜意识中仍将梁德荣当小弟来看。陈大楫委婉地提醒：“大师兄，赞先生眼界高，他探来的消息绝非空穴来风。咱们应该和安伯他们商量一下，早早封棺，免得蓝太武来了捣乱。”

当年龙子才和梁德荣相识时，后者尚为一个弱不禁风的采药童子；四十年过后，人家变成了大名鼎鼎的“佛山赞先生”，俨然是与陈享并立的一代武林宗师，岂可小觑？龙子才意识到自己的态度有些生硬，爽朗地笑了笑，拱手道：“阿荣兄弟，哥哥我就是这副臭脾气，你莫要介意。外面人多眼杂，里面说话。”

黄广华在前，梁德荣在后，由蔡李佛拳兄弟陪着跨进“洪圣武馆”的大门。在抬腿进院的一瞬间，梁德荣情不自禁打量了一遍门联——这副对联据说是青草和尚亲笔所书，联首合嵌了“洪圣”二字，上联为“洪材定取文章事”，下联是“圣算还推武略通”。

青草和尚这副对联大有深意，既申明蔡李佛拳、洪拳同出少林一脉，也期许蔡李佛拳弟子为反清复明大业贡献一份力量。在梁德荣看来，这副对联亦是武学之道的感悟——习武之人必须勤奋好学，文武兼备，服膺圣贤仁义之教，方能开创武学新天地。

陈享的灵堂有两点引人注目：其一是没有按规矩画像，而是换了一张他漂泊归来时在香港岛拍摄的照片；其二是遗像背后的墙壁上挂着一张虎皮——这张虎皮非比寻常，乃是他远渡重洋去北美避难时，在旧金山郊区的山林里赤手空拳打死的一头美洲虎。

张炎、陈承昱、陈苏栋、陈谋庄等人在灵堂负责接引宾客，陈享的两个儿子陈安伯和陈官伯跪在遗像前，哭得跟泪人一样。陈官伯生于咸丰七年，襁褓中便跟着父亲颠沛流离，和父亲的感情非常深，每次谢礼都重重磕在青砖上，前额血迹斑斑。梁德荣默默地取了三炷香，等玉龙寺法藏长老、紫云洞慧然师太、酥醪观百灵道人、柯定邦、黄广华等人祭拜完毕，方才推金山，倒玉柱，跪倒在地，向陈享遗像磕头致敬。

行跪拜礼是宾客的最高礼节，而梁德荣在武林中的地位又举足轻重，这个举动完全出乎众人的意料，陈安伯和陈官伯呆呆发愣，有些不知所措。龙子才非常感动，和张炎等人把梁德荣搀扶起来，连声道："赞先生，礼重了，礼重了。"

"子才哥，小弟这个礼一点儿也不重，享公不但是开创武学的一代宗师，而且是铁骨铮铮的打鬼英雄。"梁德荣面色凝重，用手指着墙壁上那张美洲虎的虎皮，满怀敬仰地说，"什么是英雄好汉？照小弟的意思，能打鬼子国的猛虎才算英雄。"

这番大力褒扬的话出自"佛山赞先生"之口，无疑是对陈享的至高赞誉。蔡李佛拳弟子感到自豪和骄傲的同时，也觉得周身上下热血沸腾。法藏长老点点头："赞先生说得好，打鬼英雄才是真英雄。"

梁德荣拱了拱手，谦虚道："承蒙长老夸奖。"

陈大威、陈典邦、陈燕贻等人陪着法藏长老、慧然师太、百灵道人到院子里吃茶，龙子才悄悄对陈安伯和陈官伯说："据赞先生的消息，蓝太武和贝尘鹤已经到了银洲湖，他们打算大闹葬礼，给咱们和粤东武林一个下马威。"

陈官伯拔剑怒吼："他敢。"

陈安伯比弟弟沉稳得多，迅疾出手，把弟弟的剑塞回剑鞘，然后毕恭毕敬向龙子才磕了三个响头："大师兄，阿爸临终前把蔡李佛拳交给你，你拿主意吧。"

张炎代替龙子才答道："安伯，官伯，京梅村是咱们的地盘，本门弟子众多，打起来并不怕西域雪山派。不过，师傅的头七还没有过，大师兄的意思是逝者为大，葬礼不是战场，多一事不如少一事，尽早封棺，入土为安，免得惊扰了师傅的英灵。"

陈安伯迟疑了："外面那么多宾客等着祭拜，即刻封棺，合适吗？"

龙子才态度非常坚定："赞先生平时不爱说话，不开口则已，一旦张嘴，那就是一口唾沫一个钉，我信他。"

头七还不到一半日期就封棺，于礼不合，同样是对逝者的不敬。毕竟是自己的父亲，陈安伯硬着头皮问："大师兄，外面的宾客如何交代？"

龙子才道："当然是我去知会。"

陈安伯问张炎、陈承昱、陈苏栋、陈谋庄等人："各位师兄弟什么意思？"

蔡李佛拳的门人中，龙子才一向天不怕、地不怕，恨不得把天捅出一个窟窿，他今天居然要求提前封棺。众兄弟感到事态严重，齐声道："听大师兄的。"

既然大家意见一致，陈安伯也不好说什么，道了声："大师兄辛苦。"

龙子才阔步走出"洪圣武馆"，朝着院子里熙熙攘攘的人群抱拳："各位来宾，根据黄婆洞神仙的掐算，现在是封棺的吉时。天色不早了，看起来要下雨，请诸位早点登船回转，免得耽误了行程，龙某向大家赔罪了。"

以占卜为借口提前封棺，在场的宾客闻所未闻，无不吃了一惊。庆云寺的空海禅师连忙放下茶碗："贤侄，老衲大老远地来一趟不容易，让老衲见享公一面吧。"

尚未祭拜的宾客一发站了起来，嚷道："是啊，哪有这么干的？"

龙子才面无表情："对不起，吉时已到，得罪了。"

形势瞬息万变，岂容蔡李佛门人和宾客磨磨蹭蹭？说时迟，那时快，只见江面飞驶来一条快船，贝尘鹤身穿团花绣金大袍，手执铁骨画屏扇，跳下船来到龙子才跟前，潇洒地行了一个礼："听说享公仙逝，在下送给贵馆一项大礼，不知龙爷肯否笑纳？"

龙子才仔细观瞧，只见四条彪形大汉抬着一只沉甸甸的木箱子下了快船，前面引路的是"斯文脸"，却没有"玉面如来"。他心头掠过一丝不祥之兆，厉声呵斥："淫贼，本门和西域雪山派并无瓜葛，快把你的东西抬回去，送客。"

龙子才的喝声中带着三分急促，这是他发出的警讯，张炎立即挥手："封棺。"

陈承昱、陈苏栋、陈谋庄等人尚未走到师傅的棺材前，忽然晴天里打了一个霹雳，凌空传来久违了的夺命音符。

黄昏的五彩光芒中，一条黑影自屋顶冉冉而下，稳稳地落在金丝楠木棺的盖子上。来人身高八尺，须发皆白，身穿过膝对襟的青蓝布衣，打着绣金描银的裹腿，脖子上套一副明晃晃的护颈金环，腰悬镶金竹鞘剑，手持“金刚伏魔杵”，威风凛凛，杀气腾腾。

“玉面如来”突破西域雪山派的瓶颈后，“狮子吼”内功威力倍增，在场宾客功力稍微差一点儿的无不口鼻淌血，痛苦难当。龙子才、张炎、陈大楫、陈典邦、陈燕贻等人目睹蓝太武踩在师傅的寿材上，无不睚眦欲裂，各拔刀剑围了上去。“玉面如来”占据先机，未免心里沾沾自喜，凝聚全身真气于丹田，再次运起“狮子吼”，只听金丝楠木棺材“嘎吱吱”裂开了好几道缝隙，虎皮前的陈享遗像从供案上倾倒，和香炉一起摔落下来。

龙子才吓得魂飞魄散，抢先一步捞住香炉，与此同时，张炎也抱住了师傅的遗像，屋里屋外乱作一团。龙子才投鼠忌器，知道眼下不是用强的时候，不得不忍气吞声，踏步向前，双手抱拳：“蓝大当家的，有话好说。”

“玉面如来”傲慢地“哼”了一声，用脚底板敲了敲棺材盖，讥讽道：“享公，听说你的武馆广招人才，咋连一个知书达理的人也没有？”

龙子才大声道：“孝子还礼，门徒敬茶。”

陈安伯、陈官伯强忍怒气，向“玉面如来”磕了三个头，表示致谢。陈大威从执事人手里接过茶盘，上前递给蓝太武。后者用“金刚伏魔杵”往上一挑，端起茶一饮而尽：“老朽虽为山野村夫，礼仪总是晓得的，来呀，把咱爷们的礼物呈上来。”

龙子才断然拒绝：“蓝大当家的有这份心意即可，礼物就免了。”

“看来足下瞧不起我蓝某人，”蓝太武没有生气，手捋须髯，“实话告诉你，老朽已然金盆洗手，退出绿林道，专心求武修道。要是按照粤西绿林道的老规矩，买几包红粉把你们这座小庙炸塌了，还用得着跟你磨嘴皮子？”

大魔头所言非虚，龙子才暗道侥幸，只好说：“无功不受禄，请蓝大当家明示。”

“这还差不多。”“玉面如来”跳下金丝楠木棺，“我那贤侄是挂三品衔的朝廷命官，送的礼自然不是俗物，让他给你说。”

蓝太武昂首阔步迈出“洪圣武馆”，龙子才、张炎、陈大楫、陈大威、陈典邦、陈燕贻等人亦步亦趋，生怕他再返回屋内骚扰师傅的灵柩。贝尘鹤见时机已到，朝在场的宾客们打了一个躬：“各位来宾，我师伯身份尊贵，送的礼千金难买，请上眼。”

说罢，贝尘鹤把手一挥，“斯文脸”一声令下，四条大汉打开箱盖，推倒箱子，从里面拖出一个五花大绑、血迹斑斑的老者。

龙子才、张炎、柯定邦等人几乎同时惊叫出声：“国舅爷！”

赖汉英被“玉面如来”点住穴道，动弹不得，也说不出一句话，表情极为痛苦。在场宾客和蔡李佛拳门人得知眼前的老者便是朝廷悬赏捉拿的重犯，大名鼎鼎的太平天国国舅爷，无不瞠目结舌。贝尘鹤非常得意：“各位朋友，国舅爷是信红毛教的，有个红毛名号叫保罗，你们也可以把他当红毛鬼子看待。”

龙子才问：“你们到底想怎么样？”

贝尘鹤拿起扇子摇了摇，慢条斯理地说：“三十七年前，我师傅曾经造访京梅村，结果被令师尊以诈术欺哄，这笔账必须做个了断。今天当着各门各派的面，咱们比个高低，看看究竟蔡李佛拳厉害，还是西域雪山派技高一筹？要是我们输了，这位保罗先生拱手相送；要是你们输了，把墙上那张虎皮扒下来，当个见证。”

平心而论，贝尘鹤提出的比武条件并不苛刻，赖汉英是朝廷追捕多年的重犯，押解到广州必死无疑，用一张虎皮来换他十分合算。然而，对于吃够了鬼子枪炮鸟气的国人来说，这张美洲虎的虎皮具有重大象征意义，它代表着中国人民不甘屈辱、奋起抗争的精神。梁德荣头一个跳出来表示反对：“休想。”

贝尘鹤往后退了一步：“赞先生，今天没你的事，你不要搅和。”

慧然师太双掌合十，劝解：“无量寿佛，救人一命胜造七级浮屠。梁施主，贫尼以为贝施主的要求并不过分，人是活的，虎是死的，孰轻孰重，一目了然。”

“对啊，”贝尘鹤道，“把保罗先生送进衙门，他就不是保罗，而是赖汉英。”

龙子才明白，“玉面如来”的真正目的是通过折辱蔡李佛拳，一战而定粤东武林，实现西域雪山派称霸武林的梦想。比武的条件无关紧要，重要的这场仗绝对不能输。面对来势汹汹的大魔头，龙子才毫不畏惧：“保罗先生换红毛虎皮，绝配。”

“痛快。”贝尘鹤竖起大拇指，“为了表达对享公的尊重，我师伯代表本门出战，他老人家八十多了，老胳膊老腿，不会欺负你们的。”

淫贼得了便宜还卖乖，陈大威挑不出人家毛病，破口大骂：“姓贝的，有本事你自己上啊。”

贝尘鹤嘻嘻笑道：“大威兄弟，你懂得礼数吗？”

“玉面如来”亲自出马挑战，着实给蔡李佛拳门人出了一个难题。众弟子中，龙子才的年龄最大，脾气也最大，一般人不敢拂逆其意，只有武功最强的张炎例外。张炎这个人还有一项长处，那就是性格沉静，办事稳当，在蔡李佛拳的众多门人中，威望仅次于龙子才。他拦住了龙子才：“外面敌情未明，师傅尚未入土为安，大师兄，让小弟打先锋。”

比武不同沙场，一战即可见输赢、定生死，哪有什么先锋不先锋的？龙子才本有心拒绝张炎的建议，但是“敌情未明”这四个字提醒了他，遂喝道：“留神。”

在陈享的徒弟中，张炎的武学天赋最高，加上他执掌“洪圣武馆”最重要的分馆——佛山分馆，因此在后来蔡李佛拳的历史陈述中，张炎一跃压倒龙子才，成为仅次于始祖陈享的第二号人物。甚至有人根据他将佛山“洪圣武馆”更名为“鸿胜武馆”一事，把他视为蔡李佛拳的创始人之一。这种言论虽然有些荒唐，但至少从一个侧面说明，张炎武功高强，在蔡李佛拳的发展史上具有不容忽视的重要地位。

言归正传，却说张炎见那“金刚伏魔杵”极有分量，约摸足有六七十斤重，不由得暗自咋舌，该用哪一种方式克敌制胜。

举凡顶尖武林高手对决，兵器、招式、内功处处皆有计较，兵器不足招式补，招式不足内功补。张炎对蔡李佛拳的招式很有自信，但对自己的内功是否强于蓝太武没有信心，在这种情况下，选择什么样的兵器将决定这场比武的方式——选用分量轻的兵器，只能走四两拨千斤的巧路子；选用分量沉的兵器，则是针尖对麦芒，硬碰硬。

蔡李佛拳招式威猛，大开大合，尤其是其内功修炼完全承自正宗的少林功夫，素有“南拳北打”之誉，以柔克刚不是它的特点。张炎心高气傲，今天当着各门各派的面，如果选用刀剑与蓝太武游斗纠缠，很不符合他的性格。

还有一点非常重要，那便是张炎打心眼里瞧不起西域雪山派这些左道旁门，他始终觉得蓝太武一上场就用“狮子吼”内功先声夺人，很有些虚张声势，故弄玄虚，仿佛是在掩盖什么。

思来想去，张炎决定冒险一搏，于是从兵器架上取下一条蟠龙双头棍，来到“玉面如来”的对面。当年陈享曾用这条双头棍击败过“赛潘安”，众位兄弟睹物思情，齐声喝彩。法藏长老念了一句阿弥陀佛：“蓝大当家，点到为止，莫要搏命。”

蓝太武放下茶碗，提起“金刚伏魔杵”，朝四周略略颔首：“各位同道，老朽这个人你们想必有所耳闻，生来清心寡欲，在圣堂山习武修道，两耳不闻窗外事，日子过得逍遥自在。此次来粤东并非有意和蔡李佛拳为难，而是想找享公切磋几招，谁曾想他驾鹤西游，实在叫人扼腕叹息。自从二爷归天后，江湖纷争，武林无主，二十年风云动荡，后来者不倡仁义，一味尔虞我诈，强取豪夺，没有一点儿规矩，再不管非乱套不可。”

空海禅师讽刺地说：“贫僧明白了，蓝大当家的想当武林至尊？”

“有何不可？”贝尘鹤反驳道，“谁有本事谁当武林至尊，少林、武当练的是功夫，我们西域雪山派练的就不是功夫？”

张炎蔑视地看了他一眼，朝空海禅师等人深施一礼：“各位，别跟他们废话，有本事只管上阵招呼，我们蔡李佛拳绝不是吃素的。”

“玉面如来”故意叹了口气：“贤侄请先。”

西域雪山派这次来挑衅，实为蔡李佛拳问世以来前所未有的危机。张炎心里明白，这次和“玉面如来”的决战意义重大，蔡李佛拳名声事小，所有出自少林、武当两脉的粤东武林的面子才是大事。想到这里，张炎使了一招“苍龙摆尾”，抢先进攻蓝太武的当面门户。“玉面如来”有意在众人面前逞强，不躲不闪，等棍头离自己的心口不远时，猛然挥起“金刚伏魔杵”迎了上去，耳轮中但听“咣”的一声沉响，蟠龙双头棍被硬生生撞出三尺。

观战众人无不大吃一惊，张炎只感觉双掌剧痛，低头看虎口震裂，沁出一丝鲜血。龙子才急忙问：“师弟，有没有事？”

张炎淡然一笑：“大师兄，你就等着瞧吧。”

说时迟，那时快，张炎纵身一跃，施展双龙夹气棍法和“玉面如来”战在一处。他之所以迎难而上，一来是他本人武学造诣不凡，二来蔡李佛拳的确博大精深。前面我们说过，陈享对棍法极有研究，单是传下来的棍法即高达十四种之多，像什么双头缠龙棍、梅花枪棍、双头偏拐棍、大雄旗棍、左右黏打棍、抽杀八卦棍、五郎八卦棍等。张炎发现对手的内功太强，立刻改变了对敌方略，决定采取当年师傅战胜“赛潘安”的老法子，以守为攻，用蔡李佛拳变化多端的招式来消耗蓝太武的内力，打一场持久战。

贝尘鹤看出端倪，不禁把心提到了嗓子眼上，出言相激：“我说张馆主，平时你在佛山堡耀武扬威，今天你的棍子咋软绵绵的？睡娘们睡多了？”

龙子才把眼珠一瞪：“姓贝的，要看就看，不想看滚蛋。”

一朝被蛇咬，十年怕井绳。贝尘鹤在龙子才手里吃过亏，始终对他心存畏惧，见他把脸拉了下来，不得不赔笑：“龙爷，天色已暗，你赏两盏灯吧？”

陈大威实在气不过，破口骂道：“丢你老母的，我师傅头七没过你们就来捣乱，他老人家还在里面躺着呢，你要点什么灯？”

贝尘鹤讪讪地说：“招魂灯也行啊。”

“好吧，”陈大威抽出腰刀，“爷爷赏你一盏。”

龙子才摆了摆手：“点灯，省得人家说闲话。”

不多时，蔡李佛门人点起了十八盏油灯，将“洪圣武馆”内外照亮得如白昼一般。“玉面如来”和张炎大战八十回合，未分输赢，心中暗暗赞许，蔡李佛拳果然名不虚传，找他们杀马立威算是找对人了。俗话说事不过三，“赛潘安”在京梅村吃过一次大亏，你蔡李佛拳懂得效法故智，人家西域雪山派也知道吸取教训。“玉面如来”对蔡李佛拳的蘑菇战早有准备，八十回合战罢故意卖了一个破绽，待张炎的蟠龙双头棍欺近，猛然间运用内功发出一声巨吼，趁张炎分神之际，“金刚伏魔杵”斜着横刺出去，插向张炎的下腹部。

张炎但觉冷风嗖嗖，双腿点地，身如飞鸟，漂浮半空，躲过了蓝太武的杀招。但是这一招还没有结束，大魔头的这支兵器形状诡异，内藏夺命机关，便在张炎身法用老的时候，“金刚伏魔杵”的侧翼突然张开，立起一排锋利的尖刀，瞬间刺入张炎的身体。后者躲避不及，受创坠地，“玉面如来”举起“金刚伏魔杵”，欲结果张炎的性命。

恰在这时，湖面上渔火疾行，漂来一只舢板，有人吟诗曰：

漆园蝴蝶欲翩翩，一落人间今几年；
试向骷髅原上望，八荒明月正堪眠。

第一百九十八回　天机流转

湖面上来的这个声音隐隐约约，并不遒劲有力，但是比电闪雷鸣更让蓝太武震撼。就在他略微迟缓的当口，舢板上飞起一条白色的影子，在空中画出一道漂亮的弧线，须臾间落在他的面前。明灭的灯光，雕刻着一张大理石般的俊美面庞，只见来人从乌木鞘中拔出宝剑，轻轻地托住了蓝太武的“金刚伏魔杵”：“大当家的，点到为止，何必痛下杀手？”

看到这张永葆青春的脸，看到这种优美曼妙的身法，看到乌木鞘里的“八魔刃”，纵使再没见过世面的人也能猜出来者的身份。众人惊叫失声，继而精神振奋——李文茂、陈开等英雄相继归天后，武林陷入了十余年的沉寂，很难看到顶尖高手对决的风采，今天先是“玉面如来”挑衅，接着是明月道士凑趣，看来定有一场大戏上演。

明月道士很少在江湖上出头露面，梁德荣上次见他还是在象州石龙镇的江畔。十数年转眼过去，自己的武功突飞猛进，这道士的功夫不知道有没有进展。梁德荣仔细观察明月道士的一举一动，不觉暗挑大拇指赞叹，这么多年过去了，俏道士依然光彩照人，看起来也就是三十岁出头，瞧瞧人家练的这功夫。

见他脸上露出一丝莫名的笑容，黄广华十分不解，低声道："龙爷和张馆主曾经砍断过克安道士、松安道士的臂膀，这个心结恐难了断。"

梁德荣如今武功大进，跃跃欲试，正想和明月道士好好地比试一下，于是顺口说道："怕什么？兵来将挡，水来土掩。"

见他满不在乎的样子，黄广华生气地说："瞧把你能耐的。"

明月道士突然现身京梅村，"玉面如来"又惊又喜——惊的是这个老对头武艺高强，方才这一剑显露出精湛的内功；喜的是蔡李佛拳已经败阵，如果能一鼓作气拿下"逍遥门"，粤东武林人士必然心服口服。他收起"金刚伏魔杵"，开口问："道兄因何披儒衣？"

"身带江山人在书，目穷今古世争棋。"明月道士回答，"道云化育，佛曰普度，皆圣人以一当万之阳刚大义，三教本为一体，哪里来的分别？蓝大当家的不忘芥尘之恨，如此狭隘的襟怀怎能领悟武学之道？"

"玉面如来"笑着说："老朽依稀耳闻，令师祖当年和二爷在盖天顶切磋武功，令师祖说无极生太极，以无情观有情；二爷说太极返无极，以有情观无情。请问道兄，究竟令师祖说的符合武学之道，还是二爷说的符合武学之道？"

昔日盖天顶一役，李文茂用徙穴神功击败金蟾道士，荣登武林至尊宝座，这已经是近三十年前的陈年旧事。胜败分明，武学之道当然是太极返无极，以有情观无情。明月道士知道"玉面如来"有意讽刺自己，只好尴尬地说："天机不可泄露。"

"你说不可泄露就不可泄露？""玉面如来"紧追不放，"何以得证？"

天机乃是武学之道最深奥的理论之一，"洪圣武馆"外面的观战者多为武林高手，一个个翘首期盼，等待明月道士的回答。明月道士郑重地说出了两个字："洗心。"

"玉面如来"发出一阵狂笑："二爷的练功秘诀是诛心，你却来了一个洗心，'逍遥门'难道改姓李了吗？我来问你，怎么一个洗法？"

明月道士这些年真是练出了修养，一点儿也没有愠怒，照旧语气平和地回答："白沙先生曾经说过，一洗天地长，再洗日月光；又说洗竹洗荒枝，洗心洗狂驰；又说千休千处明，一了一切妙；又说得法休藏钵，传心信有灯；又说……"

求武之路各不相同，"玉面如来"依靠童子功突破武学瓶颈，凭的是七十年如一日专注的武学实践，而不是虚无缥缈的武学理论。他被明月道士说得头晕脑涨，举起“金刚伏魔杵”在空中晃了三晃：“道兄，少说这些云山雾罩的大道理，来来，把你们‘逍遥门’的看家本领使出来，让蓝某人领教一下，看你有没有长本事？”

三十四年前，“玉面如来”曾经和明月道士在罗浮山冲虚观交过一次手，被后者用天罗锦兜头网住，差一点儿身首异处。明月道士知道他仍然记恨这档子往事，不由得笑了起来：“贫道所言为近年所悟，不是耍嘴皮子。”

“玉面如来”摇了摇头：“田鸡过河，各有各撑；小鸡撒尿，各有各道。老朽不想听你大吹法螺，只想和你踏踏实实比一回。”

顶尖高手比武，一般忌讳使用暗器，所以观战众人对蓝太武刚才的做法都不满意。空海禅师借机提醒：“明月道兄，蓝大当家的兵器有古怪，你要当心。”

“多谢老禅师，”明月道士笑了起来，“大当家的喜欢用暗器，那就让他用嘛。”

“玉面如来”当年吃了天罗锦的亏，对这件道门法宝颇为忌惮，不愿重蹈覆辙，因此有意堵住明月道士的嘴，对龙子才说：“龙贤侄，你们要是觉得方才那一阵吃了亏，咱们可以重新来过，怎么样？”

龙子才一边叫人把张炎抬进“洪圣武馆”里面医治，一边怒气冲冲地说：“呸，老子才不像你们这些旁门左道言而无信，输了就是输了，红毛虎皮只管拿走。”

“有气度。”贝尘鹤夸了一句，然后向明月道士行礼，“道爷，我师伯的意思是你们这一阵是堂皇之阵，都别用暗器。”

明月道士一口应承：“好吧，贫道不用天罗锦，请大当家的划个道。”

“逍遥剑”美轮美奂，当年李文茂尚且赞不绝口，“玉面如来”自思西域雪山派的招式不如对手精妙，便把希望寄托在内力上。他抡起“金刚伏魔杵”来了一招“泰山压顶”，照准明月道士的头顶奋力砸下，这一招挂定风声，劈下去足有千钧之力。众人均以为明月道士会选择闪开，哪知道“八魔刃”迎面上挑，直击“金刚伏魔杵”。

潇潇夜雨，仿佛能听见众人的心跳，但愣是没有听见两件兵器撞击的声音。明月道士犹如白鹈鹕一样倒立在空中，头朝下，双脚朝上，“八魔刃”紧紧地贴住“金刚伏魔杵”，好像粘在上面一样。“玉面如来”刹那间流下了冷汗，这是什么功夫？

观战众人，只有梁德荣和龙子才等少数高手看出了门道，明月道士这一招意味无穷，透露出来的信息非常明确，那就是西域雪山派剑走偏锋，修炼的只是一些蛮力和霸道功夫，无法领略武学之道的真谛。

一击失手，“玉面如来”恼羞成怒，挥动“金刚伏魔杵”连施杀招，招招不离明月道士的生死大穴。见对方开始玩命，明月道士收起戏弄之心，刺出一式“擎羊探路”，抢攻“玉面如来”的破绽，大声喊道：“蓝大当家，识得此招吗？”

对方使出了“逍遥剑”，蓝太武未敢怠慢，抖擞精神，用“金刚伏魔杵”封住门户，笑呵呵地回答：“道兄，这一招是不是叫‘七杀孤行’？”

别看“玉面如来”壮实得像铁塔一样，临阵斗敌竟然还没忘了挑拨离间——火烈道士当年用“七杀孤行”刺穿了陈松年的右目，说明这一招是“春秋刀”的克星，他的话隐含着讽刺蔡李佛拳门人的意思；陈松年被贯颅之后激起血勇，发动绝地反击斩断火烈道士的双腿，这一招先胜后败，又是“逍遥门”的耻辱。

果然，龙子才吃不住激将法，厉声叱喝：“姓蓝的，老子不想用车轮战欺负你，等打完这一仗歇息足了，让你尝尝‘春秋刀’的厉害。”

“对，”柯定邦道，“陈阿妈是大义凛然的英雄，你们西域雪山派比得了吗？”

三十回合战罢，明月道士长叹一声，“玉面如来”突破了西域雪山派的内功瓶颈，功夫比当年强出了许多，不用上乘的十四式剑法看来无法取胜。想到这里，俏道士手上发力，“八魔刃”剑锋骤然一顿，剑气冲天，光芒万丈，六朵剑花分别点向“玉面如来”的膻中、乳中、乳根、期门、章门和商曲六处大穴。众人齐声惊呼，俏道士笑意盈盈，没有忘了喊一句：“蓝大当家的小心了，这一招叫‘陀螺盘身’。”

明月道士自幼受“金蟾道士”提点，又在盖天顶亲眼目睹了两代武林至尊的决战，此一番独特经历，放眼武林不作第二人想。宝剑锋从磨砺出，梅花香自苦寒来。在“逍遥门”式微的这些年里，他独自一人隐身盖天顶下的蓝溪水，渐渐吃透了本门功法的精髓，功力与师祖金蟾道士相比已经不遑多让。“天魁出宫”“天钺入堂”“天空折翅”“天相曲渎”“天同寻幽”“天梁断途”“天府筑堤”等精妙剑式一一施展，待最后一招“天机流转”刺出，只见血光从雨雾中喷涌而出，“玉面如来”的右臂被齐齐地切了下来。

西域雪山派发起的振兴之战再度功亏一篑，贝尘鹤两眼发黑，差一点儿瘫倒在地，操起铁骨画屏扇欲冲上去拼命：“牛鼻子，你好狠的心。”

凭淫贼的本事，在明月道士面前根本走不了十个回合，等于白白送命。“斯文脸”紧紧抱住他，哭着喊道：“大人，快把蓝大当家的送回去医治，晚了就没命了。”

明月道士将“八魔刃”插回乌木鞘，抱拳对众人说：“各位同道，不是贫道下手狠，而是蓝大当家的不信天机。这招‘天机流转’为本门金蟾师祖心血结晶，糅合了‘迟疾任情’和‘太乙无影’两种剑式，乃本门剑法的绝招，施展出来必须喝人血。蓝大当家的，当年大度和尚为此丢了手臂，你比他如何？”

蓝太武挣扎着站起身，用“金刚伏魔杵”挑起自己的右臂，哈哈笑道：“能和洪门大龙头享受同等待遇，那是老朽的福分，告辞。”

目送“玉面如来”雨中苍凉的背影，观战众人无不唏嘘，对之报以同情。龙子才让人把赖汉英抬进“洪圣武馆”，抱拳道：“道爷击败蓝大当家，这张红毛虎皮归你了。”

明月道士微微一笑：“无量天尊，桑木师伯已经病重归天，贫道应邀入主冲虚观，执掌‘逍遥门’，光大本门门第，论身份自然算是粤东武林的人。今天和蓝大当家的切磋武功，维护粤东武林名誉，应当应分，龙爷不必客气。哪位武林同道对这张红毛虎皮的归属有异议，可以当面赐教，贫道一定洗耳恭听。”

明月道士这句话暗含玄妙，有点要清算“逍遥门”和蔡李佛拳旧账的味道。黄广华紧张地拉住梁德荣的手：“看看，我说什么来着？”

梁德荣挣脱他的手，径直来到明月道士面前：“道爷，这张虎皮你不能拿走。”

明月道士的眉毛不经意地抖了抖：“难道本门不配吗？”

“当然不配，”梁德荣昂然道，“红毛鬼子骑在国人脖子上拉屎屙尿，作威作福，怎么没见‘逍遥门’出来主持公道？这张虎皮为享公在旧金山所取，代表蔡李佛拳兄弟的荣耀，有本事你也去花旗国打一只红毛虎，让我们大家瞧瞧。”

梁德荣义正辞严，说得大家频频点头。明月道士脸上有些挂不住了，虽然梁德荣在江湖上名声鹊起，但他不相信这个手下败将的武功能有多大进境。他冷冷地问：“看来阁下认为本门的剑法不入流了？”

龙子才生怕梁德荣吃亏，连忙劝阻：“赞先生，你远来是客，别掺和我们两家的事。”

“红毛虎皮事关粤东武林的脸面和骨气，绝非你们两家的私事。”梁德荣毫不领情，“久闻‘逍遥剑’精妙无双，完美无缺，梁某倒要领教一下。”

“玉面如来”刚刚被“逍遥剑”砍断右臂，梁德荣不知死活又要往上撞，观战的各路武林高手无不替他捏一把汗，黄广华喊道：“阿荣，你疯了吗？”

梁德荣拔出双刀，挑衅地问：“道爷，胜不了这对刀，休想拿走虎皮。”

梁德荣属于最年轻一代的宗师级人物，如果将之铲除，粤东武林还有谁敢争锋？明月道士慢慢地从乌木鞘里拔出“八魔刃”，没有动手，却在雨中吟了一首诗：

长养功劳在此时，好花还借好风吹；
朱朱白白天机妙，问著东君自不知。

梁德荣明白对方这是故技重施，借助诗歌考校自己的领悟力，探听自己内功的虚实，于是拱手问：“道爷，你是询问天机吗？”

明月道士笑着说：“赞先生，你无门无派，没有名师教训，也没有加入红船，单凭一门谁也没听说过的‘咏春拳’，竟然能在高手如林的佛山堡脱颖而出，想必有过人的领悟力。你来给大伙儿说说，到底有没有天机？”

梁德荣神情庄重地说：“‘逍遥剑’法驰名天下，既然‘天机流转’为贵派绝技，那么天机一定是有的。在下以为天机与天极有关，正因为天极有变，二爷才能练就徙穴神功，才会说武学之道在于太极返无极，以有情观无情。”

以天极诠释天机，在观战武林高手听来，不啻如石破天惊。明月道士亦吃了一惊："谁告诉你天极有变？赞先生，莫非你练过'六祖心经'？"

梁德荣之所以能够纵横江湖，固然是练习了正宗的红班拳，更重要的是受到王山公和宁洪崖二人的熏陶，领悟了少许"六祖心经"的功法。可惜的是，从王山公到宁洪崖，从梁二娣到梁兰桂和黄华宝，几位授业恩师都不允许他如实公布这两个武学源流。见明月道士猜出了部分事实，梁德荣当即予以否认："道爷，天极有变的道理谁人不知，谁人不晓。假如没有天极变迁，红毛鬼子能来咱们这儿耀武扬威吗？"

天极有变指的是人间智慧逐次东移，到了梁德荣嘴里却变成相反的方向，明月道士用手指弹了弹"八魔刃"的剑身，苦笑道："赞先生果真深藏不露，好吧，只练不说傻把式，光说不练假把式，让贫道领教一下你的刀法。"

明月道士去掉傲慢口气，显示出他对梁德荣的重视，大伙儿也对梁德荣刮目相看，开始觉得接下来这场比武恐怕比上一场更好看。梁德荣怕明月道士看出端倪，故意采用了蔡李佛拳七星梅花双刀的开门招式，彬彬有礼地说："道爷请先。"

平心而论，明月道士的武功罕逢敌手，足以跻身当时武林绝顶高手之列，什么都瞒不过他的眼睛。从梁德荣刚才这番高论来判断，梁德荣和"六祖心经"之间必然存在瓜葛，联想到上一次苏三娘在象州出手相救，让他更觉得"佛山赞先生"不可等闲视之。俏道士打定主意，挥剑使出一招"擎羊探路"，喊了句："赞先生，小心接招。"

梁德荣左手刀挥出，右手刀削向明月道士的双腿，也提醒："道爷仔细。"

观战众人暗自纳闷，两个人的表现不像搏命的对头，倒像一对多年未见的老友。

细雨如丝，在晶莹的夜幕上优雅地滑行。夜色，是梁德荣最钟爱的梦境，他的视力不为雨雾所阻挡，能够清晰地看到塘边的白茅。应该是三鼓敲过了吧。深沉惆怅的夜幕里，"八魔刃"的剑锋犹如一只含羞的花蕊，明灭忽闪，神鬼难测。你永远不知道那一颗令人震颤的蓓蕾什么时候绽放。

倘若没有宁洪崖那个半瞎子的指导，梁德荣不会变成夜战的高手；假如没有王山公那个失心疯的灌输，梁德荣不可能感受到六合之间诛心的杀气。别看只是一套普普通通的七星梅花刀法，施展起来却密不透风，雨幕被刀锋切断，如同波浪向四周翻卷。

翻卷的波浪隐含无边杀气，三十回合战罢，梁德荣放弃七星梅花刀，改用“咏春拳”的八斩刀，明月道士措手不及，被刀刃划过大腿，当场溅血。

龙子才几乎不敢相信自己的眼睛，忍不住喝彩：“赞先生，好刀法。”

明月道士虽然受伤，身法却依旧飘逸绝伦，丝毫不见迟滞。梁德荣暗暗佩服，挥刀再战三十回合，一刀挑中明月道士的左臂。观战众人大声叫好，连黄广华也长吁了一口气，同时在心里纳罕不已，梁德荣什么时候练成了这么高深的武功？

接连刺中对手两刀，梁德荣精神大振，一刀快似一刀，不再将“逍遥剑”放在心头，从而落入了明月道士欲擒故纵的圈套。又是三十回合战罢，明月道士冷笑一声，“八魔刃”忽然吐出噬人的焰火，“天魁出宫”“天钺入堂”“天空折翅”“天相曲渎”“天同寻幽”“天梁断途”“天府筑堤”等剑式汹涌而至，梁德荣情知不妙，左支右绌，拼命挣扎，最后仍然没有躲过致命的“天机流转”，被“八魔刃”一剑砍中右肩。

在剑锋触及身体的那个可怕瞬间，梁德荣像掉进了冰窟窿一样，绝望无语。现在后悔还有什么用？自己头脑发热，被胜利冲昏了头脑，竟然连明月道士故意示弱都没看出来，活该丢一条胳膊。

由于被雨雾所隔，观战众高手视野模糊，只看到明月道士使出了绝招，没有看清梁德荣是怎么倒下的。柯定邦脑袋“嗡”的一下，喃喃地说：“完了，完了。”

龙子才发现了一个异常现象：“你们看，怎么没有血光？”

经过龙子才的提醒，大伙儿也注意到这一点，“八魔刃”为当世名剑，砍下一条胳膊怎么没有溅出血？黄广华嘶声喊道：“阿荣，阿荣，你还活着吗？”

梁德荣摔倒在地上，任凭雨珠吹打，像一具离开尘世的尸体。黄广华急切的声音唤回了他的知觉，是啊，整条胳膊都被砍下来了，怎么没有感觉到撕心裂肺的疼痛？“佛山赞先生”下意识地举起右手，天哪，右臂高高举起，右手刀竟然发出凛冽的寒光。

“佛山赞先生”一个鲤鱼打挺，重新站了起来。

最吃惊、最沮丧、最惶惑的人，是明月道士。

俏道士处心积虑地拿“佛山赞先生”开刀，眼看即将大功告成，“八魔刃”已经劈中对手的肩头。然而，就在电光石火的一瞬间，不可思议的现象发生了——多年未见的“枫子鬼”突然冒了出来，紧紧地抱住“八魔刃”的剑锋，犹如抱住久别的情人。

夜雨绵绵，秋寒深深，观战的众位高手没有看到“枫子鬼”，被击倒在地的梁德荣没有看到“枫子鬼”，只有明月道士看了个真真切切。俏道士不但被惊得瞠目结舌，而且被吓得魂飞魄散——三十年前，“逍遥门”在顺德全军覆灭那一场惨烈无比的战斗中，小木头人就曾经趴在他的剑刃上，手执一柄锋利的刀仔，差一点儿要了他的命。

梁德荣不清楚发生了什么事，以为明月道士不用剑刃用剑背，有意放自己一马，面带羞惭地拱手致谢：“道爷功法精深，梁某自愧弗如。”

明月道士呆若木鸡，浑身僵硬，缓过神来之后，再看剑刃烁烁放光华，哪里还有“枫子鬼”的蛛丝马迹？他缓缓地将“八魔刃”插回剑鞘，对着潮水滚滚的银洲湖打了一个稽首：“无量天尊，王老爷既然来了，为何迟迟不肯现身？”

柯定邦失声道：“王老爷还活着？”

“岂止是他，”明月道士回答，“‘葫芦发’也照样活蹦乱跳呢。”

柯定邦问：“你咋知道？”

明月道士叹了口气：“去年易大老倌差人来取蓝溪水，押运的便是他们师徒。”

多年以来，王山公和“葫芦发”杳无音信，大家以为他们已经战死沙场。如今听明月道士一说，梁德荣禁不住发足狂奔，跑到榕树下，面朝银洲湖高呼：“师伯，阿发哥，你们快回来呀，我想你们啊。”

在粤东武林中，王山公和“葫芦发”这对师徒极富传奇色彩，一个调教飞头鬼，一个用猪尿脬练功，同为令人敬仰的神秘剑客。尤其王山公，乃李文茂所传“六祖心经”功法的唯一健在者，他如果活着，洪家兄弟还愁对付不了像“玉面如来”这样的高手吗？

观战众人群情振奋，齐齐地将目光集中在漆黑一片的湖面上。不多时，从连天波涛中钻出一条速度极快的篷船，船头挂着一盏蒙蒙亮的油灯，映射着碎如花瓣的迷离漩涡。船上端坐一位头戴斗笠、身披蓑衣的舟子，双手打桨，悠然自得地吟诗而歌：

半数虚空半属身，烟煴一气似初春；
仙家亦有调元手，屈子宁非具眼人？
莫遣尘埃封面目，试看金石贯精神；
些儿欲问天根处，亥子中间得最真。

篷船靠岸，船上的舟子摘掉斗笠，露出一张再熟悉不过的面庞。十来年没见，王山公面容依旧，只是多了些许的沧桑。梁德荣激动不已，抢步上前，跪在雨水中磕了三个响头，泣不成声："师伯一向可好？"

王山公当年力斩水龙道士，武林中的地位只在明月道士之上，不在明月道士之下。他既为"德礼堂"草创时的二龙头，也担任过大成国的八府巡按，乃是威名赫赫的洪门大佬，在日益洪门化的江湖，影响力远非明月道士可比。王山公"哼"了一声："好个鸟，两位王爷去天上当了神仙，弟兄们杀身成仁，舍生取义，剩下王某孤孤单单，国破家亡，好不凄凉。若非守护太子爷，老子早拿一根草绳上吊，蹬腿见了阎王。"

为了寻找"香美人"、苏三娘和李道公，寻找能够登高一呼的洪门大佬，这些年来，以秦亚髗、"大漏勺"、柯定邦、鸡大逵为首的"德礼堂"派出多路人马，足迹踏遍大西南的千山万水，始终未能如愿。今夜王山公从天而降，自称和李道公在一起，柯定邦跪倒在地，行大礼恭敬参拜："王老爷，你回来，弟兄们就有了主心骨。"

"不行，不行，"王山公摆手道，"太子爷武功未成，我离不开。"

王山公的功夫在明月道士之上，他抛头露面，蔡李佛拳的弟子暗自松了一口气。龙子才抱拳相邀："王老爷，请到里面避雨。"

"洪圣武馆"外面观战的人成分复杂，有些话不方便说。王山公点了点头："好，待我和明月道友寒暄两句。"

明月道士心里一紧，赔着笑说："王老爷有何指教？"

王山公指着梁德荣，气冲冲地问："这伢仔是宁二少的徒弟，王某的师侄，俗话说不看僧面看佛面，打狗还要看主人，你拿宝剑切他的臂膀，下手是不是太狠了？"

"佛山赞先生"年近半百，贵为粤东武林一代宗师，在王山公嘴里尚以伢仔相称，在场的武林中人无不掩嘴偷笑。明月道士有苦说不出："王老爷，你说话要凭良心，赞先生刺我两刀全都见血，我砍他一剑毫发无伤，不信你验一验。"

王山公审视了一眼梁德荣，果然见他不像受伤的样子，心里稍微舒坦了一些，但嘴里依旧不依不饶："道友张口闭口不是白沙先生的诗，就是拷问别人天机。难道只有你们'逍遥门'念过书？难道天下习武之人模样不如你生得靓？武学禀赋也非得比你差？"

王山公这些话有失武林前辈的风度，明显是有意找碴。明月道士惹不起王山公，只能为自己辩解："王老爷学富五车，谁敢在你面前自夸？"

"我知道你心气傲，剑法高，今天王某就和你斗一回嘴。"王山公大喝一声，"阿发，还不把老子刚悟出来的心法搬出来，让明月道爷鉴赏。"

话音刚落，从大榕树顶上丢下一块巨石，足有七八百斤的分量，"轰隆"一声在地上砸了个深坑。紧接着从树上跳下一位身穿短裤褂的虬髯大汉，周身上下铁打铜铸的肌肉，站在地上犹如天庭力士，又像金刚罗汉，正是大成国三军都总尉定国伯"葫芦发"。

这回不只是梁德荣落泪，连黄广华也控制不住自己的情绪，二人上前围住朱发，一个劲地问寒问暖。梁德荣使劲捶了他一拳，拳头好像打在石头上，关节和骨头一阵生疼，不由得大为惊奇："呀，阿发哥，你又长本事了？"

"葫芦发"不好意思地答道："猪尿脬，猪尿脬的功劳。"

黄广华十分纳闷："那玩意不是被鬼子大狗炸裂了吗？"

"缝三年，补三年，缝缝补补又三年，照样好使。""葫芦发"得意扬扬，"不瞒你们说，用这玩意盛蓝溪水，对太子爷练功大有益处，易大老倌和苏女侠都夸我哩。"

梁德荣津津有味地问："夸你什么？"

"葫芦发"看了一眼王山公，抹了一把脸上的雨珠，一本正经地说："她们夸我，夸我这个办法比我师傅的嘴巴灵。"

真是一对活宝，"葫芦发"也是五十多岁的人了，仍然喜欢拿师傅开涮，周围的人心里羡慕不已，又忍俊不禁，发出窃窃私笑。王山公脸上实在挂不住，把眼珠一瞪："少贫嘴，快把老子的心法亮出来。"

王山公秀才出身，读了半肚皮的圣贤书，平素喜欢之乎者也，钻牛角尖。自从被"枫子鬼"震断心脉后，他专注于"诛心"这个窍门，武功不退反进，一跃成为武林罕见的高手。现在他又弄了一个什么练功心法，大家无不想一睹为快，纷纷举起油灯拥了上去，只见"葫芦发"把巨石翻过来，上面被人用刀刻出了四个大字："天机自由。"

这四个大字刻得七扭八歪，毫无美感，但是每个字均有半个小拇指深浅，足见刻字者功力之强。一看到这四个字，众人皆有醍醐灌顶之感，这不就是明月道士故弄玄虚的天机吗？明月道士先是一愣，继而惊喜地问："王老爷，这是你最新练功的心法？照这么说，洗心比诛心更接近武学之道？"

王山公脸色铁青，冲着"葫芦发"叱喝："你好大的胆子，竟敢吞了老子一个字？"

"哎呀，不就是一个字吗？你急啥呀？""葫芦发"嘟嘟囔囔，拔出刀在石头上又刻了一个字。大伙儿探头一看，好嘛，这回变成了"天机不自由"。

一字之差，便是天地之别，云泥之判。明月道士瞬间变了脸色，仰面朝天，任凭雨水浇灌在那张青春不衰的脸上，喃喃道："王老爷，世间最美的剑法，难道真错了吗？"

"天机不随人心转，人心自由，天机不自由，这便是王某最近所得。"王山公叹道，"贵门剑法美妙没错，错在独善其身，罔顾天下苍生。平靖王爷不是说过吗？心乃宇宙之凋影，天地之孤舟，武学之道亦天地之道，所求不过是一点儿深埋于河底的灵光而已——天地恒常，万世一命，何处来的自由？大丈夫生于乱世，理当不为浮云迷雾所欺，顺而不惑，逆而不屈，杀身成仁，舍生取义，咬定青山不放松。此心之本义，亦君子小人之异也。"

明月道士良久无言，最后太息一声，打了一个稽首："听君一席话，胜读十年书，他日必定登门就教。"

王山公笑了起来："好说，只要你能找着老子的人影。"

天光发亮，雨势稍驻，明月道士棹船而去。空海禅师念了句佛号，对龙子才说："有王老爷坐镇，没人再来捣乱，贤侄，别急着封棺了。"

龙子才向众人行了一个礼："昨夜事发紧急，唐突各位了。"

王山公叹了一口气："蓝太武这厮好没有眼力，明明知道兰花洲上有人，还敢在银洲湖上撒野，活该被明月道士砍了一条臂膀。"

龙子才埋怨："王老爷，我师傅过头七，你哪能容忍姓蓝的来捣乱？"

"你师傅魂魄不散，硬朗着呢，不怕惊扰。"王山公为自己辩解，"蓝太武在兰花洲上规规矩矩，连一根草也没拔，老子怎好意思下狠手？"

碰到王山公这号祖宗，龙子才是豆腐掉进煤灰里，吹不得，打不得，一点儿招也没有，只好抱拳拱手："王老爷，国舅爷逃脱一难，大家正好叙叙旧。"

"国舅爷？""葫芦发"奇怪地问，"是咱们大成国的吗？我咋没听说过？"

大成国哪来的国舅爷？王山公没好气地训斥："没听说过就别见。"

"葫芦发"盘腿往石头上一坐："你以为是个人我都想见啊？"

王山公在众人的簇拥下，气呼呼地进了"洪圣武馆"。梁德荣和黄广华留在外面，梁德荣小心翼翼地劝："阿发哥，你这么大一把年纪，怎么还和师伯顶嘴？"

"圣人说，人不能外事，事不能外理。""葫芦发"振振有词，"练功夫就像唱戏，生旦净末丑，狮子老虎狗，样样都要有，各有各的练法。你师傅练眼神，叶老二练下盘，凭啥只有他说得对？我就觉得天机自由，他爱高兴不高兴。"

梁德荣想起自己走火入魔时，曾经打算给"枫子鬼"雕一根带着眼珠的阳具，脸上顿时腾起了一朵红云。黄广华饶有兴趣地问："阿发哥，你说天机为什么是自由的？"

"它本来就应该是自由的嘛。""葫芦发"道，"我陪太子爷练功的时候，经常一个人坐在山顶俯仰天地，心驰神往，想干什么就干什么，多自由啊。"

黄广华笑道："阿发哥，你那是白日做梦。"

"不对，不对。""葫芦发"连连摇头，"梦最不自由，我做的都是噩梦，老是被一群二世祖合伙痛扁，可吓人哩。"

黄广华问："阿发哥，太子爷是不是跟你们一起来了？"

"嗯。""葫芦发"点头道，"易大老倌、苏女侠和太子爷来兰花洲扫墓，我们师徒俩随行护驾。一来掌堂大爷临终前留下过遗言，不许太子爷出世；二来易大老倌和苏女侠喜欢清静，你们别上岛打扰他们。"

远处的小岛笼罩在千万条金线中，犹如海上仙山，吸引着黄广华的心。

人世间倘若还有美丽的传奇，此刻就在兰花洲上，就在银洲湖令人震颤的漩涡里。梁德荣伫立良久，终于提出了那个压在心底的疑问："阿发哥，你在榕树上观战，应该看得明明白白——刚才我吃了明月道士一剑，为什么没有受伤？"

"葫芦发"道："嘻嘻，'八魔刃'上好像趴着一个鬼东西。"

"枫子鬼"？梁德荣和黄广华心头同时一震："他睡了二十多年，不可能，不可能。"

"难道是我眼花了？""葫芦发"随即遮掩，"不过，我敢断定，只要郑流利能改口，飞头鬼必定出世；飞头鬼一旦重出江湖，那便是天机有变，乾坤扶正的好日子。"

第一百九十九回　金针自缀

时轮在记忆的雾霭里慢慢爬行，又一个二十年过去，郑流利说话结结巴巴，仍然只肯说“错了”两个字；“枫子鬼”紧闭双眼，依旧懒得动弹半分。梁德荣年近七旬，带着无比失望的心情回到古劳围，回到充斥着坡山艇的浩渺水乡，回到毛鸡、麻鹤、白露、天光雀展翅翱翔的自由天空。一代武林宗师落叶归根，子孙绕膝，却毫无颐养天年的闲适心情，没事便对“咏春拳”进行修改，去掉一些华丽的招式，让拳法变得更加注重实战，这套拳法后来被人称为“古劳咏春”或者“偏身咏春”。

“佛山赞先生”回到家乡的那一年是光绪二十年（1894 年），即甲午年。非但英、法、俄、美等老牌鬼子加强了蚕食的步伐，就连蕞尔小国的倭寇也张开了血盆大口——北洋水师全军覆灭，日军登陆辽东半岛和山东半岛，腐朽无能的清政府签署了《马关条约》，割让朝鲜、台湾以及澎湖列岛，赔款两亿三千万两白银，将中华民族推入无底的深渊。

黑暗的尽头就是光明，甲午战争的惨败，宣告清廷的统治即将走向终点。未来的社会将是贩夫走卒揭竿而起，与威武窑子、红毛鬼子做直接的对决，而曾经作为中国社会中流砥柱的士绅阶层不可避免地走向式微。白龙的啸声遥遥回荡在天际，四十年前那场大起义的影子再度投向人间，一场中国历史上三千年未有的大变革即将登场。

面对汹涌而来的历史大潮，士绅阶层发生了巨大的分裂，有识之士逐步走向了腐朽政权的对立面。光绪二十四年(1898 年)，戊戌变法失败，康有为亡命天涯，梁尔煦公然追随他这位“礼山草堂”的师兄跑到日本。如果说丛桂里梁家的子孙造反只是引起舆论轰动的话，那么沙塘坊张家的张荫桓获罪流放，则是对佛山士绅的重大打击——自从梁僧宝归隐以后，担任户部左侍郎的张荫桓一直是禅城人在京城官衔最高的官员。

在士绅豪强力量最雄厚的佛山堡，“大魁堂”控制力的减弱早就有迹可循——梁应琨去世后，“大魁堂”正式终结了侨寓三大豪门垄断权力的历史。以光绪八年(1882 年)为例，王福康担任首席值事后，一举把值事的数量增加到史无前例的二十四人，涵盖士绅、耆民、工商业各界，力图采用这种扩大型的治理结构来加强士绅阶层的控制力。然而，在红毛鬼子和洪门两大力量的夹击下，这种权宜之计只能表明士绅豪强心底的虚弱。

为了凝聚人心，挽回百姓对士绅豪强的信任，光绪二十五年(1899 年)适逢慈禧六十五寿诞，“大魁堂”以此为借口宣布对祖庙进行百年大修，除了在“北帝诞”举办北帝巡游的种种仪式，还邀请红船老倌回琼花会馆唱大戏。“大魁堂”精心选择了十位分量重的人物襄赞盛会，名单中唯一的武林人士便是已经回到古劳围的梁德荣。

前来迎接“佛山赞先生”的有三个代表，一个是刚当选为“大魁堂”值事的黄金笼，剩下两个是“大会馆”的值事。

陪同三个代表来的还有梁德荣的高足“找钱华”。梁德荣看完请帖，疑惑地问：“翻修祖庙是合镇大事，应该请广府名流，文人雅士，梁某一介武夫，何德何能？”

黄金笼这些年通过机器缫丝发了大财，咸鱼翻身，赎回了西南巷的旧宅，实现了黄开大重返居仁里的梦想。他恭维道：“赞先生，禅城现如今是武林重镇，龙蛇争霸，豪杰逞雄，刀光剑影，极不安生。只要你老人家往祖庙大门口一站，任凭他是山中猛虎，水中蛟龙，都得乖乖销声匿迹，北帝爷爷的耳朵不就清静了？”

梁德荣久历江湖，心里跟明镜似的，他这次去不是给北帝爷爷脸上贴金，而是为“大魁堂”站台助威。他摇了摇头：“金笼贤侄，不是我驳你的面子。清静一时，清静不了一世，老朽蜻蜓点水，逗留几天就走，北帝爷爷非怪罪不可。”

“找钱华”趁机说：“师傅，少爷和师兄弟们都在佛山堡，你干脆多住些日子。”

“住当然是要住的，”梁德荣怅惘道，“老朽还打算埋在那儿呢。”

梁德荣少小离家，跟随父亲采药治病，在佛山堡度过了六十多年，生命中几乎所有的记忆都留在了那一方沃土。他曾经发下誓愿，死后埋在佛山堡、石湾镇之间的土岗子上，和红船墓园的几位师傅永远守望。

“找钱华”满脸羞愧：“师傅，弟子嘴笨，惹你老人家心里难受。”

梁德荣之所以离开佛山堡，除了飞头鬼始终假寐不起、红毛教势力飞速膨胀外，另外还有两个原因：一个是“咏春拳”在佛山堡鹤立鸡群，其他的像蔡李佛拳、洪拳等门派均设有武馆，唯独“咏春拳”不设武馆，大家看中这一点，武林中人发生纠纷都喜欢找他斡旋评理，令他不胜其烦；二来各路江湖势力纷纷打起洪门的旗帜，鱼龙混杂，真假难辨，管也不是，不管也不是，叫人十分头疼。

“找钱华”劝道：“师傅，你要是不去压阵，红毛教定会出来和北帝爷爷打擂台。他们有钱有势，旗下打手众多，另有不少倭国来的浪人。”

梁德荣瞥了一眼黄金笼头上戴的礼帽，怎么看怎么别扭，顺口问：“飞鸿不是回来了吗？”

光绪十年，刘永福率领黑旗军归降清廷，和冯子材联手大败法国侵略者，被朝廷赏了一个南澳镇总兵，带着老兄弟们来到广州城东的燕塘驻扎。听说黄飞鸿的洪拳打得好，特地聘请他去黑旗军当教头兼医官。甲午战争爆发后，黄飞鸿跟随黑旗军驻守台南，败于日军之手，和刘永福离台返粤，在广州西关仁安街的“宝芝林”重操旧业。

“别提了，”黄金笼一脸苦笑，“赞先生，黄师傅在台湾打仗可能是受了刺激，回来后金盆洗手，断了和武林的交往。他在‘宝芝林’医馆门口写了副对联，上联是‘武艺功夫，难以传授’，下联是‘千金不传，求师莫问’”。

刘永福的黑旗军骨干皆为洪家兄弟，他们在台湾岛孤立无援，奋战到全军覆灭，黄飞鸿能不痛心疾首？梁德荣叹了口气："飞鸿这是心里不好受啊。"

"找钱华"力大无穷，身高直追当年的李文茂，八尺开外，将近九尺，是梁德荣徒弟中武功佼佼者。他与黄飞鸿年龄相近，两个人没少了比武切磋，论高低、分上下，据说曾经用蝴蝶掌和六点半棍击败过黄飞鸿，也不知道是真是假。"找钱华"对黄飞鸿很有看法，觉得他练了洪拳却给清军当教头，有悖情理，愤愤不平地说："他这叫回头是岸。"

梁德荣知道他对黄飞鸿不服气，白了他一眼："胡说，给威武窑子效力有待商榷，可去台湾打倭寇却是忠义千秋。有此一仗，飞鸿这辈子值了，称得上是英雄豪杰。"

"好好，他是英雄，他是英雄。"见师傅生气，"找钱华"立刻嬉皮笑脸，"师傅，就算飞鸿哥没有金盆洗手，给北帝爷爷助威这档子事也非你不可。"

梁德荣把脸一沉："为何？"

"找钱华"使出了杀手锏："师傅，郑流利郑阿伯快不行了。"

梁德荣腾地站了起来，失声道："你说什么？"

"找钱华"继续卖关子："师傅还记得'洪圣武馆'的张馆主是咋死的吗？"

六年前，张炎去顺德陈村的亲戚家喝喜酒，酩酊大醉后乘船回返，感染风寒而亡。梁德荣喃喃自语："你郑阿伯无亲无故，谁会请他喝酒？"

"还能有谁？温四爷呗。""找钱华"一拍大腿，"他俩从香山回来，船上染了风寒，年纪太大，恐怕熬不过去了。"

二十多年来，为了"葫芦发"那句话，梁德荣和黄广华天天盼着郑流利改嘴，总是从希望开始，以失望告终。倘若郑流利这次忽然闭眼蹬腿，与世长辞，岂非永远看不到天机有变的那一天？梁德荣的心被"找钱华"说动了。

黄金笼趁热打铁："赞先生，不瞒你说，我们这次也请了黄掌柜的，他老人家亲口答应给北帝爷爷雕刻一张金漆木雕大神案。"

梁德荣落叶归根，黄广华也闭门不出，把木雕铺子交给了儿孙。收山多年，为何突然转变了心思？梁德荣根本不相信："土埋脖颈了，他拿得动刀子吗？"

"找钱华"殷勤地说："师傅，你去看看不就知道了嘛。"

梁德荣背着手在屋里转了两圈："不对，不对，他患了眼疾呀，怎么干活?”

“找钱华”扑哧一声笑了起来:“师傅,亏你是武林宗师,咋净说些外行话?广华伯耍了一辈子雕刀,刀功出神入化,刻东西还用眼睛?”

梁德荣终于下定决心:“我去瞅瞅这个老鬼,看他究竟想干啥?”

“找钱华”道:“他老人家就喜欢听大戏。”

三月初二中午,梁德荣一行抵达昆都山,在五显庙焚香祭拜后,乘船顺流而下,越过正埠码头,直接从琼花水涉上岸。会馆的红船兄弟见“佛山赞先生”驾到,急忙向里通报,邝新华快步来到避雨亭,躬身施礼:“叔父,请受小侄一拜。”

梁德荣出手搀扶:“殿卿,你如今是领头雁,身份贵重,莫要行此大礼。”

十年前,也就是光绪十五年,红船人筹足资金,在原来“吉庆公所”附近购置土地,大兴土木,正式成立“八和会馆”,取代原来的“吉庆公所”为办公机构和艺人宿舍,下设“兆和堂”“福和堂”“庆和堂”“新和堂”“永和堂”“德和堂”“慎和堂”“普和堂”。邝殿卿改名为邝新华,担任首席值事,成为红船的掌舵人。

红船老少爷们委曲求全,才获得了今日之转机,说起来真是满肚子的辛酸。但是邝新华不敢向梁德荣和黄广华倒苦水,因为这两个人吹毛求疵,一直对他们把田都元帅改为田、窦二师耿耿于怀。见这位大爷驾到,他不得不打起十二万分的小心伺候,毕恭毕敬地说:“小侄有什么不对,叔父尽管教训。”

梁德荣道:“我不教训你,自然有人教训你。”

邝新华赔笑:“黄掌柜的什么时候来?”

“马上到。”梁德荣问,“你们晚头唱哪一出戏?”

邝新华非常客气:“梁叔父想听什么就点什么,晚辈愿意粉墨登场。”

作为“粤剧中兴”的元勋之一,邝新华戏路十分宽广,有不少拿得出手的首本戏,像《苏武牧羊》《太白和番》《李密陈情》《刘备过江招亲》《孙武子献十三篇》《杀子报》《卧冰求鲤》《胡迪骂罗》等等。梁德荣口气和缓下来:“殿卿,红船复兴,完成掌堂大爷遗愿,你们几个功在千秋。不过,黄掌柜的脾气你知道,平时与世无争,宽怀礼让,最是和善。这号人一旦钻了死胡同,九头牛也拉不回来，他来的时候你顺着点儿，别惹他生气。”

邝新华抱起拳头，不觉红了眼圈：“梁叔父，我知道你和黄掌柜的心思，可是官府对红船戒心太重，为了完成掌堂大爷的心愿，吴叔父命丧黄泉，晚辈不得不委曲求全。俗话说，留得青山在，不愁没柴烧，等我们攒够了力量，再和威武窑子较量不迟。”

经过二十余年的休养生息，洪门在两粤死灰复燃，实力越来越强大，海外华人更是踊跃地投身于推翻清王朝的革命洪流中。石头仔孙文在北美加入了洪门，担任洪棍元帅一职——光绪二十年在檀香山建立“兴中会”，资金和骨干均取自檀香山洪门；光绪二十一年发动第一次广州起义，之后的八次起义均以洪家兄弟为主力。这位革命伟人曾经说过，到了清末，广东人民十之八九加入洪门，可见甲寅年大起义的影响是多么地深刻。

洪门发展的势头一浪高过一浪，内中却存在着一个致命的弱点，即缺乏一位像李文茂那样的盖世英雄来领导民众。“佛山赞先生”擦拭完镇亭石，抬头仰望天空，心中不觉迷茫，“葫芦发”宣称的那个乾坤扶正的日子，何时才能来临？

不到片刻工夫，琼花水涉先后落了十几顶大轿子，琼花会馆门口立刻拥挤不堪。区三娣抢在众人面前，对梁德荣发起了牢骚：“赞先生，我们哥俩本事不济，各家武馆闹纠纷，对我们阳奉阴违，当面一套，背后一套，丢他老母的。”

“没人听你就少管闲事。”温秉智插嘴，“反正是一些挂羊头卖狗肉的江湖绺子，你还以为人家真心供奉五祖？”

区二娣讥讽道：“这年月时髦信奉皇上帝，谁还给五祖爷爷烧香？”

温秉智不以为忤：“贤侄，老朽随口说一句，你何必当真？”

见温秉智红光满面，一点儿也不像病重的模样，梁德荣大为惊奇：“四爷，你不是得了船头风吗？难道是谣传？”

“得了船头风不假，”温秉智笑呵呵地说，“可你们不要忘了，我们天主堂新开设了一家西药铺子，洋药就是比中药管用。”

梁德荣叹了口气：“听说流利哥也病了？”

温秉智一下子丢了神气，讪讪地说：“这个不开窍的狗东西，死活不肯用洋药。”

黄广华半晌没有说话，这时慢悠悠地开了口：“红毛鬼子的东西是好用，不过，红毛教却是蛇蝎心肠。四爷，郑兄弟在金陵差点儿让皇上帝砍了头壳，你忘了？”

温秉智涨红了脸：“黄掌柜的，你怎么哪壶不开提哪壶？”

羊仔拱手行礼：“赞先生，红毛教也不是一点儿用没有，我四叔过去最喜欢较真，你看现在多和气，骂他都不带生恼的。”

“呵呵，你四叔快九十了，跟谁生恼？他这是老了。”梁德荣笑了起来，“贤侄，听说你把伢仔送到了东洋？”

羊仔在官场中熬了半辈子，最后混了一个道员顶戴，去年辞官还乡，回家享清福。他明白梁德荣的意思，赶忙澄清：“赞先生，东洋没有红毛教，你大可放心。”

“万般皆下品，唯有读书高。”温秉智道，“送伢仔出洋读书，学到本事为国效力，这是正道没得说。鬼子奇技淫巧，家伙尤其好使，你们看，金笼就是靠机器缫丝发的财嘛。”

黄广华困惑地问：“手艺能学，祖宗能丢吗？”

眼看几个老头又要拌嘴，羊仔从旁打圆场：“祖宗当然不能丢，你想丢也丢不了啊。黄掌柜的，咱们赶快进去看戏，红船兄弟给你留着压箱底的宝贝呢。”

黄广华问：“什么戏？”

邝新华满脸堆笑：“你老人家点什么，我们就唱什么。”

黄广华想了想说：“算啦，还是《荆轲刺秦王》吧。”

这时，河面上闪出一条破旧的篷船，摇摇晃晃向琼花水涉驶来，船头挂着一杆歪歪扭扭的三角旗，船篷里隐隐约约传出一阵琵琶声。大伙儿举目观望，无不觉得纳罕，根据歌声判断，弹琵琶的不是瞽姬而是男人，唱的不是小曲而是一首诗：

古称有志士，读书破万卷；
如何百年内？能者无一个。

风吹过，把那面三角旗拉扯平整，露出“铁口金牙”四个大字。不用看人，单听那副破锣嗓子，就知道弹琵琶的是何方神圣。邝新华心情舒展，对黄广华说：“黄掌柜的，我们最近聘了不少开戏师爷，编了许多新折子戏，你老人家可以敞开了点。”

区二娣叹了口气：“还是读书人有神通，能写千古忠义哩。”

温秉智高喊：“何先生，快来见老朋友。”

何淡如从船篷里爬出来，揉了揉眼睛：“老子没朋友。”

温秉智气得破口大骂：“姓何的，睁开你的狗眼瞧瞧。”

“哎呀，敢情是彼得大人？”何淡如在胸前画了一个十字，又做了一个鬼脸，“不知大人有何吩咐？是不是去福音堂打洋官司？”

温秉智知道他狗嘴里吐不出象牙，“呸”了一口：“打你老母个头。”

何淡如继续调侃：“彼得大人，洋官司小的不会打，因为小的不会说鬼话。好家伙，天父天王亲爷俩厮杀起来，伏尸百万，流血千里，谁敢断他们的官司？”

等何淡如把温秉智消遣得差不多了，梁德荣才指着那面三角旗，发问：“何先生，你这面旗子好眼熟啊，是不是黄婆洞的法旗？”

区二娣和区三娣把何淡如搀扶上岸，后者双眼放光，吹嘘起来：“还是阿荣有眼力，实话告诉你，老朽这身行头价值连城，尽为无价之宝——三角旗是白无相的；篷船是王山公的；琵琶是阿幺姑娘的……”

梁德荣脑袋“嗡”的一下：“你见到我师伯了？什么时候？在什么地方？”

何淡如道：“十年前，老朽在肇庆府城打官司，夜宿梅花岗，巧遇王山公。据说阿幺姑娘生前发下誓愿，要把遗骸埋进‘六祖井’，他奉易大老倌之命去埋骨的。”

这二十年间，洪门在西南半壁不断发动起义，规模越来越大，大伙儿不清楚这里面有没有太子爷李道公的身影。梁德荣心焦地问：“易大老倌安康吗？还有苏女侠和太子爷。”

“你是想问‘葫芦发’吧？”何淡如白了他一眼，“他们是武林顶尖高手，身子骨能差到哪儿去？你咋不问老朽还能活几天？”

区二娣笑嘻嘻地说：“老神仙，你能掐会算，死不了。”

“丢你老母的，胳膊肘往外拐，哪有你说话的地方？”何淡如挥手拍了他一巴掌，“滚回你们家墙根屙尿去。”

岁月不饶人，温秉智、何淡如、黄广华三个老头均年逾八旬，嬉笑怒骂了一会儿，便有些呼哧带喘。邝新华行礼：“外面风大，请各位叔父进馆安歇。”

“对对，”温秉智道，“拜过二爷就看戏。”

何淡如瞪了他一眼：“你们信红毛教的，拜什么二爷？”

温秉智振振有词：“红毛教咋啦？红毛教照样有江湖，照样讲信义。”

“讲个鬼信义，”何淡如骂道，“红毛鬼子弱肉强食，敲骨吸髓，拜三王山还差不多。”

琼花大殿里面香烟缭绕，祭拜的人排成队，竟然和观音庙相仿。邝新华解释：“掌堂大爷如今不仅是戏神，而且是法力无边的白龙神——头些日子，梁家为梁尔煦办了一场法事，保佑他在东洋平安无事，放着北帝爷爷不拜，非要来拜掌堂大爷。”

羊仔赞道：“康有为亡命东洋，梁尔煦仗义相助，是条汉子。”

黄金笼困惑地问：“假使慈禧老佛爷不干政，是不是大清国就有救了？”

“放屁！”区二娣和区三娣同声怒骂，“狗皇帝和老妖婆一丘之貉，干不出啥好事。梁尔煦这个盲佬不识忠义，活该叫人追杀，掌堂大爷才不会保佑他呢。”

羊仔唬得脸色煞白：“此地人来人往，说话留神。”

“留啥神？”区二娣拍了拍腰里的佩刀，嗓门更大了，“这里是琼花会馆，有盖世英雄的神灵保佑，老子还怕慈禧那个老妖婆？”

温秉智皱着眉头：“不怕老妖婆，只怕白鼻哥。你在这儿大吵大嚷，万一让人报官，红船兄弟吃不了兜着走，你好意思吗？”

区二娣缩了缩脖子，吐着舌头问：“何先生，你算算，这里有没有白鼻哥？”

“老朽不是圣人，也不是佛陀和上帝，没有占卜天机的本事，也不会金针度人。”何淡如从怀里摸出一个精致的匣子，用袖子仔细擦了擦，“邝大老倌，这是老朽刚刚编写的《李元霸伏龙驹》，前后改了三遍。嗨，吃你们这碗饭真难。”

何淡如编写李元霸的戏，当然是为了纪念李文茂。黄广华双目放光："辛苦，辛苦，今天就听何先生的这出《李元霸伏龙驹》。"

温秉智取笑道："各位，小何编的戏全是一个模子刻出来的——开场是番兵入侵中华，边将鏖战；然后祸端起于红颜，文武大臣在金銮宝殿喧嚣拔剑，毫无体面；再后来是两军交战，巾帼不让须眉；狭路相逢，匹夫纵横万军……"

何淡如写的哪里是什么剧本，分明就是活生生的江湖，载满了洪家人的悲与喜。梁德荣喃喃道："编得好，编得好。"

琼花大殿巍峨耸立，烟雾缭绕，何淡如抱着剧本匣子走向后面的值事堂，一边走，一边扯开破锣嗓子唱了起来："不怕红毛鬼，最怕白鼻哥，搬是搬非，两面刀弄出这般戏本；先杀黑心妇，后杀蓝面佞，硬刀硬马，周身胆方为盖世英雄。"

"北帝诞"后，祖庙大修工程如火如荼地展开，梁德荣则全力救治郑流利。根据自己多年行医的经验，又参照何梦瑶的《医碥》，调制出了青龙济魂丸、柴胡乌鱼汤、追风火蛇丹三味药剂，来到祖庙为郑流利治病。只见郑流利躺在床上一言不发，两只眼珠盯着天棚一眨也不眨。梁德荣首先取出青龙济魂丸："流利哥，这是我专门给你调的，一日六丸，连着吃六天，保管药到病除，活蹦乱跳，身子骨比温四爷还结实。"

郑流利目光呆滞地说："错了，错了。"

梁德荣这辈子最怕郑流利说这两个字，赶忙把青龙济魂丸放下，换了一碗热气腾腾的柴胡乌鱼汤："流利哥，我知道你烦温老四和红毛教，你放心，这碗汤里绝对没有洋药。"

郑流利有气无力地说："错了，错了。"

梁德荣叹了口气，把追风火蛇丹拿出来："流利哥，何梦瑶何西池你听说过吗？人家可是金针度人的神医，治船头风是一绝，你乖乖听话，别张嘴气我。"

郑流利从牙缝里挤出那句话："错了，错了。"

从上午劝到黄昏，郑流利从头到尾始终是这两个字，梁德荣磨破了嘴皮子也没用，最后气得一拍桌子："老东西，你再较劲，我掰开嘴给你灌下去。"

郑流利这次没有说话，闭上眼，眼眶里竟然流出一行泪水。

“好，好，”梁德荣服了软，“我去叫广华哥，让他给你喂药。”

祖庙百年大修是一项绣花活儿，陶塑瓦脊、灰塑、砖雕、木雕、漆扑神像、金属铸件等建筑艺术中，以金漆木雕为重中之重，耗费甚巨。“大魁堂”财力不逮，遂号召各家豪绅巨贾和工商业会馆踊跃捐款，其中，银业行“如意堂”掏的银子最多，捐建前殿金漆木雕大神案和金漆木雕彩门，捐献的条件只有一个——必须由金盆洗手的黄广华出马，哪怕凿一斧子也行。

能够参与祖庙百年大修工程，是木雕艺人梦寐以求的理想，中标的无一不是享誉广府的名师大匠。除了“黄记”之外，“成利”店中标正殿金漆木雕神案和北帝令旗、玉玺架座；“泰隆”店中标三门前檐花衽和庆真楼的贴金木雕花檐板；三水县的“三友堂”中标三对金漆木雕大门等等。祖庙处处可见木雕艺人的身影，不是丈量尺寸，便是苦思冥想琢磨创意，好家伙，简直跟武林争霸一模一样。

梁德荣来到锦香池畔，看到池水中身穿彩衣的鲤鱼，恍惚有隔世之感——当年为了讨一个能和自己心心相印的媳妇，没少了跟花二奶来这里耽搁工夫。黄秋涛、黄勤父子正在和“如意堂”的人商量事，见梁德荣东张西望，忙过来请安：“阿叔，找我阿爸？”

梁德荣问：“他在哪儿？”

“庆真楼。”黄秋涛回答，“‘大魁堂’的人想让我阿爸再雕一对六角宫灯，老爷子死活不答应，大概嫌我招揽生意，正在生我的气。”

梁德荣道：“人家送钱他还生气，这老鬼越来越不像话了，我去教训教训他。”

黄广华面朝西方，闭着眼沐浴在夕阳的余晖里，如同老僧坐定。梁德荣上了二楼，轻轻拍了拍他的后背，关心地说：“广华哥，楼上风大，你不怕着凉吗？”

“阿荣，快来坐。”黄广华热情相邀，“看看风景，看看风景。”

梁德荣在椅子上坐下来，揶揄道：“看了好几十年，你还没看够？”

“你闭着眼睛看，闭着眼睛听。”黄广华怅惘地说，“陈大老倌说的对，要想看到一件东西的魂魄，只有打碎她。”

那个风雨交加的夺魂夜，一转眼过去了将近一甲子。多少记忆的浮云埋葬，留下来的只有那一夜的风，那一夜的雨，还有那一夜无与伦比的美。虽然陈罗婵从来没有指点过梁德荣一招半式，但是她从木楼飞身而下的优美身姿，却像刀子一样深深地刻画在梁德荣的心头，成为他每一次武学进步的灵感来源。梁德荣低声问道："广华哥，你听到了什么？"

对于行将就木的黄广华来说，前殿金漆木雕神案将是他人生最后一件作品，他决心把自己最美的艺术感受，以及对未来的期待，尽数浓缩在这件作品中，供后人顶礼膜拜。老人脸上露出幸福的微笑："阿荣，我听到了从前的风雨声，你信吗？"

期盼了几十年的云开雾散没有来临，有生之年将在失望中结束，回忆是幸福的，也是叫人心碎的。梁德荣是治病救人的郎中，不愿意看到黄广华沉溺于往事，硬着心肠说："听到从前的风雨声？那不是见了鬼吗？"

黄广华没有生气，指着远处的教堂："这里可不是天天见鬼？"

随着"大魁堂"影响的式微，红毛教大举向佛山堡侵袭，在镇子里修建了十一座天主堂和福音堂。流氓地痞纷纷加入红毛教，以教徒的身份横行乡里，骑在官府脖子上拉屎，老百姓就更遭殃了。教堂锐利的尖顶浮现在天际线，梁德荣的脑海不知不觉浮出那座木制敌楼，心里涌出阵阵酸楚："洋人不但枪炮厉害，医术也比咱们高一头。同样是得了船头风，温四爷又是看戏又是喝酒，流利哥却有出的气，没进的气，快不行了。"

红毛教是两手硬，这边用枪炮杀人；那边开医院假扮菩萨，蒙骗中国人入彀——继法国传教士开设西药铺后，英国传教士也在文昌沙创办了一所医院。黄广华沉默了一会儿，突然用坚定的口气说："流利兄弟有邪的，绝对不会走在温四爷前面。"

给郑流利看病的大夫不少，这个说今日死，那个说明天亡，结果半个月过去了，郑流利仍旧没有咽气。梁德荣也觉得奇怪："广华哥，莫非你发现了什么端倪？"

黄广华站起身："走，我领你去看看。"

梁德荣一时没明白："看什么？"

黄广华脸上发出一丝光彩："看一件你做梦也想不到的东西。"

天色完全黑了下来，梁德荣点了一盏油灯，搀着黄广华进入一间屋子。

望着被鬼子炮弹击穿的顶棚，梁德荣顿时脸红半截，这间屋子正是他曾经偷藏“枫子鬼”的地方，那只狮头耳的圈足紫铜香炉就埋在杂物堆里。他心虚地说：“广华哥，这儿啥也没有。”

黄广华反问：“啥也没有？”

梁德荣讪讪道：“只有一个死了心的木头疙瘩。”

“你啊，”黄广华叹了口气，“枉你为一代武林宗师，竟然被一个结巴骗了这么多年，打开顶棚看一看，你就知道是怎么回事了？”

糊住顶棚的泥巴已经干裂，露出道道缝隙，梁德荣拿木棍轻轻一捅，泥块稀里哗啦几乎全部掉落下来。他一个旱地拔葱，纵身跃上顶棚，不看不要紧，一看吓一跳，只见伸手不见五指的阁楼里，垂直地挺立着一丝通体赤红的金线。

刹那间，梁德荣脑海里闪过一个念头，惊叫失声：“赤龙心窍。”

“没错，”黄广华眼角湿润，“就是它毁了陈大老倌的姻缘，也害了二爷的性命。当年‘阴阳生’死的时候，咱们没找到红牙玉板，谁知道被流利兄弟藏了起来。”

梁德荣问：“广华哥，你咋找到的？”

黄广华怏怏地说：“咳，犬子面子薄，好揽差事。‘大魁堂’给他加了一个雕刻黑漆描金花板的活儿，他从楼顶的洞口爬进来，这才发现了流利兄弟的秘密。”

“阴阳生”韩通遭擒是道光二十三年的事，郑流利偷偷地藏起红牙玉板，等于把这个秘密整整隐瞒了将近一甲子。梁德荣大为光火，跳下阁楼，气咻咻地骂道：“这个死结巴，连咱们哥俩也瞒，算什么兄弟？”

“流利兄弟有他的苦衷。”黄广华摇了摇头，“俗话说匹夫无罪，怀璧其罪，他要是把这个消息散布出去，小命恐怕早就没了。”

为了让“枫子鬼”苏醒过来，梁德荣没少在这间屋子里烧香拜佛，连给“枫子鬼”雕一枚阳具的馊主意都想到了。然而，作为好朋友的郑流利不但总说怪话，而且把红牙玉板这么重要的法器藏起来，耽误了唤醒“枫子鬼”的大事，他能不生气？梁德荣余怒未消地往外走：“他还有理了？不行，我非当面问个清楚不可。”

黄广华趺趺撞撞，跟着梁德荣下了庆真楼，迎面撞上了满面泪痕的羊仔。羊仔“扑通”一声跪倒在地,哽咽道:“黄掌柜的,赞先生,我四叔他……他……他没了。”

两个老头同时惊叫:“啥时候?”

羊仔泣不成声:“下半晌。”

这时,一个小道士提着灯笼跑了过来:“两位老爷子,郑前辈快不行了。”

黄广华一把抓住梁德荣的手,颤颤巍巍地说:“阿荣,快,快把飞头鬼刨出来,还有那个红牙玉板。流利兄弟心有灵犀,金针自缀,我有话问他。”

昏黄的灯光下,郑流利抱着“枫子鬼”和红牙玉板,露出了幸福的笑容,这是回光返照的最后时刻。梁德荣擦去眼角的泪水:“流利哥,你知道温四爷会走在你前面?”

郑流利点点头:“对了,对了。”

虽然只是郑流利人生中的第二句话,却绝不亚于响彻天际的炸雷,梁德荣惊喜交加,情不自禁握紧拳头问:“这么说,红毛法术也不是一门灵,天极仍在东方?”

郑流利点点头:“对了,对了。”

黄广华凑到郑流利的面前,迫切地问:“兄弟,飞头鬼是不是要醒了?”

郑流利点点头:“对了,对了。”

黄广华神情紧张:“他,他还会飞,是吗?”

郑流利点点头:“对了,对了。”

瞬间,木雕大师老泪纵横:“他的心还在,是吗?”

郑流利拼尽最后一口气,挤出一句:“对了!”

第二百回　雕魂传心

祖庙百年大修工程中，仅次于木雕的是陶塑瓦脊，自然由石湾陶匠来承担，其中最重要的有两处陶塑——三门东西两侧的日月神像为画龙点睛之笔，交给了“黄古珍”号；三门屋顶的戏曲人物群数目庞大，交给了“文如璧”号。

“黄古珍”号的东家不是别人，正是黄炳的叔叔兼徒弟黄鉴清。五年前黄炳去世，“黄古珍”号便成为石湾陶塑“胎毛”技法的正宗传人，没有商号比“黄古珍”号更适合承担这项重任。鉴于祖庙在佛山堡无与伦比的影响力，为了巩固黄家在石湾镇的行业龙头地位，不被“文如璧”号抢走风头，黄鉴清决心烧制出一窑完美无缺的艺术杰作。为此，他特地从东莞运来瓷土，和石湾镇的岗砂、陶土按照一定比例调制成灰白胎泥，这种陶泥黏性很强，耐高温，比景德镇的瓷泥可塑性大，能够塑造出丰富生动的人物表情，以及精细入微的衣物褶皱、裙裾飘带造型。另外在陶塑工艺手法上，黄鉴清还别出心裁地在神像的面部和手部涂了一层白釉，使人物皮肤光洁亮泽，平添了一丝飘然的仙气。

佛山堡两大精神支柱之间存在着密不可分的内在关联，以真武大帝为首的群神，唯有在红船戏棚才能得到充分的刻画和具体的表现，才能走进普通百姓的心里。这次祖庙百年大修亦不例外，虽然红船把大本营迁到了广州，但是神灵世界，不管木雕、陶塑还是砖雕，一律以红船戏棚为原型。黄鉴清为日月神设计的造型正是红船大戏的基本功架——日神头戴博冠，身披绘有祥云和腾龙的长袍，左手举象征太阳的铜镜，右手撩起战袍，器宇轩昂，老而弥坚；月神身穿五彩羽衣，左手搭在腰间，右手举象征太阴的铜镜，端庄高贵，妩媚秀丽。

为了取得最完美的效果，黄鉴清烧了一窑又一窑，耗费了无数心血，终于在萧瑟的秋日达成心愿。神像出窑那一天是八月二十一，第二天正好是陶师祖庙的秋祭——相传陶瓷行祖师爷大舜八月二十二过生日。这下子可了不得，消息不胫而走，石湾陶瓷业东西行数千工匠纷纷奔走相告，说祖师爷下凡眷顾，帮助“黄古珍”号烧出了无瑕绝品。

“黄古珍”号在气势上压倒了“文如璧”号，黄鉴清拔得头筹，当然兴奋无比。八月二十二吃了一整天的庆功酒，次日便把两尊神像装上平底船，扬帆启程，赶往佛山堡交差。那一天秋风怒号，阴云密布，时不时雷声轰鸣，震耳欲聋，吓得人直起鸡皮疙瘩。奇怪的是，平底船一直驶到汾江河，天上硬是没有降下一滴雨珠。丰宁寺的志明和尚被他邀请来押运神像，宽慰黄鉴清道：“黄掌柜的，干打雷不下雨，兴许是老天爷擂鼓助威呢。”

黄鉴清对月神像最满意，这是他心目中、眼睛里最美丽的女人，烧成以后自己都有点舍不得摸。他不无炫耀地说：“应该找人评判一下，看我这尊神像烧得美不美？”

美的课题超越了陶塑艺术本身，志明和尚以为他想找红船大老倌，竖起耳朵听了会儿，摇了摇头：“今天镇子里恐怕没有红船大戏。”

“你误会了，”黄鉴清笑道，“我找的高人不在琼花会馆。”

志明和尚问：“哪位？”

“远在天边，近在眼前。”黄鉴清的目光朝两岸扫了扫，“听说‘黄记’的黄老前辈这段日子在汾江河畔遛鬼，不管刮风下雨，雷打不动。”

经历了这么多年的风风雨雨，“枫子鬼”的传说渐渐湮没在历史尘埃中，像志明和尚这种三十出头的青年知之甚少。他愣了一下：“遛鬼？”

黄鉴清笑嘻嘻地说："明师傅，枉你还是武林中人，竟然不知道飞头鬼的故事。从前遛鬼的人可多了，有王老爷和'葫芦发'，还有'佛山赞先生'呢。"

继李文茂、陈开之后，王山公、"葫芦发"师徒成为武林中的绝顶高手，志明和尚的耳朵里灌满了他们的传奇。听黄鉴清一说，不禁面红耳赤，大为羞惭："黄掌柜，照这么说，千里杀人的飞头鬼果有其事？"

"千里杀人不假，可惜是老黄历了。"黄鉴清叹了口气，"这个鬼东西自绑自杀，沉睡了好几十年，沦落成一截朽木疙瘩，彻底废了。"

丰宁寺的武僧习练少林功夫，以"德威堂"后人自居，对李文茂、邝能等武林前辈和洪门大佬敬若神明。"枫子鬼"自绑自杀，在志明和尚看来，与李文茂在龙头峰自刺三刀六洞的传说极其相似，他惋惜地说："二爷若非自刺三刀六洞，岂容红毛鬼子如此猖狂？"

仁者见仁，智者见智。志明和尚叹的是李文茂坏了至阳之体，黄鉴清却被那段生死不渝的爱情深深吸引。他审视着那尊美丽的月神像，越看越自信，越看越想找黄广华切磋，于是断然挥手："别说这些没用的，你赶快帮我找黄老前辈，人家才是见过世面的人。"

志明和尚跳上岸："咱们兵分两路——我在岸上找，你在河里寻。"

"注意，"黄鉴清叮咛，"人多的地方别去，老爷子不喜欢热闹。"

志明和尚撒腿飞奔，转瞬间没了踪影，黄鉴清刚要吩咐把船驶向琼花水涉，忽然，苍茫的云层里划过一道白色的闪电，定睛一看，原来是一只巨大的白鹈鹕。

咦？黄鉴清的脑子瞬间翻了个个儿——广府驯养白鹈鹕的人家本来就少，陈开举义后，粤东官府禁止百姓驯养鹈鹕，这些年很少看到鹈鹕的影子，这只鹈鹕从哪里来？

黄炳生前曾说过，白鹈鹕是"枫子鬼"的天敌，也是唤醒飞头鬼记忆的灵丹妙药，难道说黄广华就在附近？想到这里，他大声吆喝："明师傅，回来，回来。"

船夫笑着说："黄掌柜的，明师傅轻功好，一眨眼能跑出半里地。"

"丢他老母，该使本事的时候偷懒，不该使的时候撒欢。"黄鉴清悻悻地骂了句，指着头上的白鹈鹕，"走，跟着这只大白鸟。"

白鹈鹕在阴云中慢慢滑翔，将黄鉴清的船带过鹰嘴沙，带进了死一般寂静的小河汊。美丽的传说已成往事，动人的旋律消失无踪，河面上只有一条孤零零的麻风船，船头飘着一杆残破的麻风旗。岸边的木棉树下，坐着一位须发皆白的虚弱老人，手持拐杖闭目养神；他前面的草地上架起了一口铁锅，旁边有两三个儿童忙着抓虫子。

白鹈鹕降落在那口铁锅旁，伸出坚硬似铁的大嘴，津津有味地品尝着锅里的虫子，时不常回头啄一口挂在树上的小木头人。

呀，这就是那个传说中的"枫子鬼"？黄鉴清被眼前的一幕弄得晕晕乎乎，上岸来到老者的面前，恭敬地问："老爷子，身子骨还好吧？"

黄广华见是黄鉴清，忙站起来还了一个大礼："阿叔，别来无恙。"

"千万别这么称呼。"黄鉴清脸红了，"在下虽然辈分大，但从'云记'出的徒，在宝积寺学的画，论起来要算你老人家的师侄。"

黄广华摇头："不可，不可，你是我师兄的长辈，辈分不能乱。"

"老爷子，我烧制了一窑没有瑕疵的绝品，特地来向你请教。"黄鉴清道，"今天咱爷俩不论辈分，只切磋技艺，你看好不好？"

黄广华知道"黄古珍"号承揽了祖庙日月神像的烧制，见他满面红光，神采飞扬，明白对方大功告成，不由得心里发痒："那老朽就僭越了。"

黄鉴清命人从船舱里抬出两个箱子，打开箱子，小心翼翼地把两尊神像搬出来，指着月神像得意扬扬地问："老爷子，据说陈大老倌美貌无双，是排名第一的绝世佳人，排第二的是易大老倌，排第三的是苏女侠，且均为世间罕有的至阴之体。你老人家见过她们的面，给晚辈掌掌眼，评议评议，看我这尊月神有谁的神韵？"

作为石湾镇首屈一指的陶艺大师，黄鉴清根本没必要放葫芦，这两尊神像也的确堪称完美的艺术品。单以釉色处理而言，为了便于人们远远地仰视，日月神像以蓝、绿、褐黄三色为主色调，白、黄、浅褐黄三色为辅色调，采用了重彩、平涂、勾勒、点画等多种技巧，对单调的釉色进行合理的搭配，呈现出古朴优雅和绚丽多姿交相辉映的神奇效果。

黄鉴清的陶艺功夫那是没得说，在石湾镇响当当，然而眼界实在有限，哪里见识过什么绝世美人？黄广华觉得这尊月神像的模样一半像冯紫玉，一半像冉枝枝，和陈罗婵、易如真、冯玉娘根本搭不上界。他不好意思当头泼黄鉴清一盆凉水,委婉地提醒:“红船大戏里月神由第二花旦出演,日神由第二小武出演,是吧?”

陈罗婵和易如真同为冠绝岭南的红船名伶,什么时候演过第二花旦?艺术大师自有一颗玲珑剔透的心,黄鉴清立刻明白了黄广华的意思,命人收起神像,向黄广华深施一礼:“多谢前辈指点,在下这就回石湾,砸碎了重新烧制。”

望着黄鉴清乘船远去的背影,十岁的小黄梨放下手里的虫子,停止和白鹈鹕的嬉戏,跑过来问黄广华:“太公,黄爷爷的手艺不济吗?”

“不是黄爷爷的手艺不济,而是他见过的世面不够。”黄广华慈爱地抚摸着曾孙尖尖的后脑勺,“这尊月神像烧制的工艺无可挑剔,可惜不是绝世美人,称不上绝美。”

小乞丐“老猪赤”年方十三,瘦骨伶仃,活像一捆干柴。他在石湾镇要过饭,在一百零八口龙窑里捡过废品,因此对石湾陶瓷行的掌故极为熟悉,信手拈来。“老猪赤”奚落道:“人家‘文如璧’号弄了一条十丈花脊,号称‘花脊王’,上面雕了三出戏,三百多个人;‘黄古珍’号才烧了两尊神像,还要回炉,这次准定老猫烧须。”

三岁看大,七岁看老。小黄梨很有些曾祖父的风范,反驳道:“一百个耗子不咬猫,黄爷爷拿绝品回炉,‘文如璧’号有这个气派吗?”

“老猪赤”无言以对,垂头丧气地说:“那倒是,反正搁我是舍不得。”

黄广华问:“阿赤,那条‘花脊王’用了哪三出戏?”

“老猪赤”凑到黄广华跟前,摘掉他头上的落叶,试探地问:“听说是《姜太公封神》《甘露寺》和《舌战群儒》,你老人家的木雕选了哪一出戏?”

雕塑选用的红船题材,例由各铺自己选择,报送“大魁堂”备案。木雕行选用的戏目比陶塑行有过之而无不及,其中以花檐板和隔板取材最丰,神案、彩门、屏风次之。鉴于黄广华在木雕行业的巨大威望,中标的几家木雕铺子,像什么“成利”店、“泰隆”店、“三友堂”先后派人来征询木雕所选剧目。

黄广华为前殿神案选取了《荆轲刺秦王》和《李元霸伏龙驹》,为前殿彩门选取了《赵美容伏飞熊》和《夜战马超》。大伙儿一看这些剧目,都明白黄广华葫芦里卖的是什么药,回去以后纷纷效仿:“成利”店为正殿神案选取的是《薛刚反唐》和《竹林七贤》;“泰隆”店为三门贴金花檐板选取的是《薛刚反唐》《苏护反商》《夜战马超》《竹林七贤》等;“三友堂”为金漆木雕大门选取的是《摘星楼》《蛇盘寨》《天姬送子》等。

“我太公选的是《李元霸伏龙驹》,”小黄梨骄傲地说,“李元霸你知道吗?”

在佛山堡百姓的心目中,李文茂集楚霸王、李元霸、李存孝于一身,乃是盖世英雄的化身。经小黄梨一说,“老猪赤”脸上露出极其崇敬的表情:“老爷子,听人家说,你不仅认识陈大老倌和易大老倌,还跟平靖王爷有交情?”

黄广华饶有兴趣地看着小乞丐:“谁告诉你的?”

“老猪赤”摆出一副老江湖的架势:“道上的朋友。”

“道上的朋友?”小黄梨问,“阿赤哥,你不当陶工了?”

“陶工照样出英雄,”“老猪赤”不服气地说,“当年‘德安堂’的封阿妈就是陶工,凭着掌中刮泥刀纵横江湖,夺过红狮呢。”

小黄梨问黄广华:“太公,阿赤哥说的是真的吗?”

“没错。”黄广华点了点头,“阿赤,你知道什么是江湖?”

“老猪赤”用细胳膊抡了一个圈:“江湖,江湖,有人有水的地方就是江湖。”

小黄梨担心地问:“阿赤哥,你懂江湖规矩吗?”

“我天天在街上要饭,能不懂江湖规矩?”“老猪赤”很不高兴,“我大哥说了,混江湖第一招是讲义气,让兄弟心服口服;第二招是留一手,免得叫兄弟坑了。”

黄广华啼笑皆非:“谁是你大哥?”

“老猪赤”吭哧了一会儿,才说:“吹烟馆的‘大难银’。”

“大难银”原名容银山,是东莞县的一个破落户,家当败光后进大烟馆当差,因为好吃懒做得了这么一个绰号。黄广华沉下脸:“阿赤,叫花子行里也出英雄,陈天义、‘逃军和’都是响当当的好汉,你不要跟着那些二流子学坏。”

“老猪赤”讪讪地说:“老爷子,我不会武功,拿啥混啊?”

“不会武功更好,省得祸害百姓。”黄广华教训道,“现如今街头处处是烂蟹,从武馆学两手功夫,混一个红毛教徒的身份,做官府的帮凶,欺男霸女,无恶不作，哪有一点儿英雄好汉的味道？你捉虫子把白鹅鹏伺候好了，到时候我帮你请一个师傅，正式在石湾入行。”

“老猪赤”喜出望外，跪倒磕头：“多谢老爷子。”

不一会儿，白鹅鹏将一大锅虫子吃进嘴里，“枫子鬼”的头壳也被它啄出几个白点。那鸟儿在岸边饮水消食，然后拍拍翅膀，越过“白麻堂”的旗帜，飞离了鹰嘴沙。小黄梨拉了拉曾祖父的袖子：“太公，天快黑了，该回家吃饭了。”

“好好，”黄广华站起来，“鸟吃完了，轮到人喽。”

“老猪赤”请示道：“老爷子，今天买猪尿脬，还是找师娘拨曲子？”

为了让“枫子鬼”还魂，黄广华可谓费尽心机，除了让白鹅鹏啄头壳，他还到大基铺猪栏街买猪尿脬给飞头鬼洗澡，雇佣瞽姬给小木头人弹琵琶。“老猪赤”嘴上不说，心里却对“枫子鬼”享受的待遇垂涎三尺，认为黄广华老年发痴，智力尚且比不上篷船里的麻风病。黄广华从树上摘下“枫子鬼”，用崭新的毛巾擦干净，像宝贝一样藏进贴身的衣兜，吩咐道：“天上打雷不得清静，今天给他洗澡，阿赤，你去猪栏街买猪尿脬。”

“好嘞。”“老猪赤”响亮地回答，双腿也不迈一步。

小黄梨奇怪地问：“你咋还不去？”

黄广华猛地拍了一下额头：“咳，你瞧我这没用的脑子，又忘了给钱啦。”

趁他掏铜板的光景，“老猪赤”对小黄梨做了一个鬼脸：“嘿嘿，老爷子没糊涂，我以为他是姜太公封神，唯独漏了自个儿。”

爷仨离开小河汊，乘坐渡船到了对岸，在正埠码头分手。华灯初上，汾流大街犹如一条光芒万丈的巨龙，映亮了秋雾惨淡的夜空。大街上人头攒动，红男绿女摩肩接踵，显示出这座城市无尽的活力。小黄梨走在街上，双脚软绵绵的，好像身处璀璨的戏棚之中。他仰起小脸蛋向曾祖父告状：“太公，阿赤哥骂你哩。”

黄广华尽情地欣赏着夜景，假装糊涂：“骂我啥？”

小黄梨道：“骂你是姜太公。”

黄广华慢条斯理地说：“我本来就是你的太公嘛。”

“太公，”小黄梨想起了一个问题，“姜太公号飞熊，赵美容击败的难道是他?”

“两码事。”黄广华亲切地抚摸着小黄梨的头,“乖仔,赵美容是宋太祖的妹子,拜世外高人为师,习得一身精湛的武艺。有一年番邦意欲谋反,命使臣送来一头唤作飞熊的猛兽,挑战上国。这位燕国长公主关键时候出手,力伏飞熊,威震敌使,乃是一位响当当的女英雄。”

小黄梨恍然大悟:“啊,原来不是一回事?”

黄广华谆谆教诲:“当年苏长春曾经说过,世间艺境有三重,一为皮相,一为骨相,一为魂相。木雕行和陶塑行一样,仅仅练手艺不行,必须要练出一副剥皮去骨的火眼金睛,这样才能发现天地之影,雕刻出传魂之作。”

小黄梨敬佩地问:“太公,我能练出你那样的眼力吗?”

“能,”黄广华道,“只要你多看大戏,把红船忠义铭刻在心,用手里的雕刀一笔一划地雕刻英雄,必定能练出来。”

小黄梨发愁地说:“太公,黄爷爷虽然没有见过陈大老倌,至少还见过冯紫玉;而我一个也没见过,就算练好了手艺,咋能雕出传魂之作?”

黄广华笑出了眼泪:“乖仔,有志向就好,有志向就好。盖世英雄,绝代佳人,能够名垂青史,不是因为他们有一身好皮囊,而是因为他们留下了英雄魂,佳人韵,为后世称道。你要仔细琢磨这个道理,善用诛心之法,浮云迷雾便遮不住你的眼睛。”

小黄梨兴奋地跳了起来:“我明白了,我明白了,我从飞头鬼开始练起,啥时候能看到飞头鬼身上的魂魄,啥时候就练出来了。”

黄广华蓦然一惊——“枫子鬼”沉睡了几十年,王山公、梁德荣、郑流利和自己花费了大半辈子的心血,硬是把这截子木头疙瘩唤不醒,难道还要把这个任务传给小黄梨吗?他的心情变得极其压抑,脚步越来越迟缓,南部高大的铸铁炉,北岸红毛教堂尖尖的屋顶,犹如一排排喷火怪兽,狞笑着向自己扑来。黄广华一手握紧拐杖,一手捂住胸口的“枫子鬼”,只觉得嗓子眼发热,“哇”的一口鲜血喷出来,血染胸襟,摔倒在地。

“太公,太公,”小黄梨吓得放声大哭,“你咋啦?”

人不服老不行,黄广华毕竟是行将就木的八旬高龄,精力一天不如一天,这次吐血对他的身体损害极大。在秋风肃杀的日子里,老头子病卧高床，半个多月过去了，身子骨仍不见丝毫起色。十月初十是慈禧太后六十五大寿，也是祖庙主要修复工程预定完工的日子，其他铺子都提前交了差事，唯独“黄记”拖了后腿。

黄金笼心急如焚，买了一大堆礼物前来探视黄广华。黄秋涛亲自泡了一壶鹤山茶，满怀歉意地说：“黄值事，真是对不住。”

“不打紧，不打紧。”黄金笼有苦说不出，“老爷子的手艺无人能比，巧夺天工，合镇父老乡亲哪个不想开开眼？人家‘如意堂’说了，额外加两成的工钱，等老爷子痊愈了，劳烦他再辛苦一下，权当是给北帝爷爷一个面子。”

黄秋涛连连点头：“那是必定的。”

黄金笼低声问黄秋涛：“兄弟，你说句实话，老爷子的身子骨到底还行不行？”

黄秋涛看了他一眼：“黄值事，你有话直说。”

“呵呵。”黄金笼尴尬地笑了笑，“咱们兄弟不会见外，我照实了说，你别生气——令尊是不是有意拖延，故意给我们难堪？”

以为慈禧太后祝寿为名对祖庙进行百年大修，固然多募捐了一些银两，但是也引起了许多正直人士的非议，觉得“大魁堂”失去了从前的气节，更是贬低了北帝爷爷。黄秋涛断然予以否决：“黄值事，我阿爸当众摔倒吐血，有目共睹。再说，我们和‘如意堂’签订的完工日期是年底，不是十月初十，这是双方特别约定好的。你们要是不满意，我们可以把银子退给‘如意堂’，另请高明。”

梁德荣挎着药匣子从内宅走出来，听到黄金笼和黄秋涛的对话，气不打一处来，举起手中的拐杖指着黄金笼：“黄掌柜的年迈体衰，奄奄一息，你这个小兔崽子还敢来兴师问罪，拖延就拖延，你能怎么样？”

梁德荣的拐杖足有碗口粗细，黄金笼心惊胆战，满脸堆笑：“赞先生，你消消火，晚辈哪敢兴师问罪？我是来问候他老人家的。”

黄秋涛心焦地问：“阿叔，我阿爸的毛病到底出在哪里？”

“咳，”梁德荣指了指胸口，长叹一声，“老了，心底失血，只怕熬不过几天喽。”

与一般的郎中不同，“佛山赞先生”乃是一代武林宗师，言之凿凿，绝无虚语。黄秋涛的眼泪一下子流了出来，扑通跪倒在地：“阿叔，你要救我阿爸一命。”

梁德荣和黄广华一辈子的深情厚谊，怎么会袖手旁观？无奈黄广华年逾八旬，如同秋日凋零的落叶，便是大罗神仙也束手无策，如何施救？梁德荣怅惘道：“听说飞头鬼染了你阿爸的心血，快把那个害人精拿过来。”

“枫子鬼”沉睡数十年，已经失去了神秘，沦落为一截子无人问津的木头疙瘩。黄秋涛抽泣着把猪尿脬拎了出来，黄金笼不觉皱起了眉头，这就是那个令人谈虎色变的飞头鬼？

干瘪的猪尿脬没有一滴水，“枫子鬼”安静地躺在里面，脸上毫无表情，仍然是那副吊死鬼的模样。梁德荣拿起飞头鬼嗅了嗅，心里竟浮起一丝迷茫——血的气味若有若无，究竟来自黄广华的心，还是来自王山公的心？

不曾磨灭的血，一举跨越将近六十年的岁月，回荡在深秋的天空。梁德荣恍恍惚惚看到飞头鬼的眼皮在一眨一眨地跳动，雕刻的绳索隐现裂痕，顿时吃了一惊，急运真气于右掌，闭上眼轻轻地抚摸，刹那间，一道久违了的暖流清晰地出现了。

黄秋涛见梁德荣双目湿润，以为他束手无策，放声大哭：“阿爸，阿爸。”

黄金笼讪讪地问：“赞先生，这截子木头疙瘩百无一用，你要他干啥？”

仿佛在一瞬间，“枫子鬼”长出了眼睛、鼻子和耳朵，梁德荣恍然大悟，这个杀千刀的其实早就苏醒了，这么些年暗地里一直没缺了动静，只是故意瞒着自己和黄广华，看来就是他在京梅村替自己挡了明月道士一剑。他高高地举起“枫子鬼”，又舍不得真往桌角上磕，小心翼翼地收进胸口：“谁说他没用？我看真正百无一用的是‘大魁堂’，丢你老母，一群有眼无珠的盲佬。”

黄秋涛听出了希望：“阿叔，飞头鬼真的有用？”

“那当然，有他在，定能救你阿爸一命。”梁德荣道，“你阿爸天天想着他，念着他，他就是你阿爸的心，就是你阿爸的命。”

黄秋涛大喜：“只要能救我阿爸的命，我天天请人给他唱戏。”

半年来，黄广华拿“枫子鬼”当祖宗伺候，不仅带着他去听红船大戏，而且请来花鼓戏、采花戏、杖头木偶戏的小班到家里唱曲子。黄秋涛耳朵里灌满了各种各样的小调，像《关大王独赴单刀会》《黛玉葬花》《齐楚归汉》《霸王别姬》《梧桐雨》《补恨》《辩才识妖》、《李忠卖武》《附荐何文秀》《百里奚会妻》

《马前复水》《六郎罪子》《雪中贤》等等曲目耳熟能详，无论喃呒腔，还是苦口南音，张嘴都可以来那么几句。

“绝对不行。”梁德荣慌忙摆手，“神鬼能活人，也能杀人——你阿爸风烛残年，毕竟不是年轻力壮的小伙子，情绪激动容易出岔子。”

黄秋涛犯了难：“那可怎么办？”

梁德荣拍了拍胸口：“我把这个鬼东西带回家，慢慢叫他还魂，唱戏到我家里唱，别让你阿爸惊着了。冬至是一个坎，你们千万要注意，不许他出门，不许他干活，最重要的，不许他听戏，明白吗？”

冬至是陈罗婵的寿诞，是黄广华心目中最神圣的日子，黄秋涛当然明白，点头称是。黄金笼像听天书一样，瞪着两只眼珠子：“冬至咋啦？”

梁德荣懒得理他：“去，去，回家纺你的棉花去。”

那一年的冬至并不寒冷，毛鸡、麻鹌、天光雀、白鹭叽叽喳喳，总有白茅的羽毛时不时从天空跌落，像极了芦荻的哀愁。黄家在忧虑中度过了白昼，在平静中进入三鼓，黄秋涛紧张的神经渐渐松弛下来，按照“佛山赞先生”的说法，过了这道坎，父亲便可以安然无虞。

忽然，巷子里传出一支婉转的曲子，歌曰：

大地跃飞龙，叱咤千军动；
腾云去直上云霄万千重，
霹雳呼雷电，雄心贯长虹；
仿佛舞长戈跃马军中，
似听山间走马，大王凯歌，率众兵勇；
舞此青锋剑，此心欢笑更看君酒兴浓；
如在帐中与君欢聚，一舞颂清风。
…………

静谧之夜，曲声如雷，黄秋涛的脑袋“嗡”的一下，抓起短刀就冲了出去。只见昏黄的灯光下，一老一少两个女人出现在“黄记”门口。年长的妇女大约五十多岁，脸上抹了一层厚厚的白粉，遮住了皱纹；年少的大约十五六岁，怀里抱着琵琶，腰里拴着一根红线，原来是一个双眼失明的“琵琶仔”。

黄秋涛千算万算，没想到撞见了沿街叫卖的盲师娘，而且人家弹奏的恰恰是一曲陈罗婵最钟爱的《虞姬巡营》，这不是天意又是什么？那位年长的妇女向他道了个万福：“我这闺女从小拜师学艺，琵琶弹得极妙，掌柜的赏个脸吧。”

黄秋涛从怀里摸出一块碎银递了过去，然后关上大门，落寞地走向内宅。黄广华躺在床上圆睁着双眼，脸上挂着幸福的笑容，似乎早已醒来。看到儿子进屋，他哆嗦地喊：“刷子，刷子，快取那两把刷子。”

黄秋涛跪倒在地，央求道：“阿爸，赞先生说了，你身子骨太弱，不能下床干活。”

“你这个忤逆不孝的混账东西。”黄广华痛骂，“你爹干了一辈子木匠活儿，好不容易领悟到了魂相，你想让你爹死不瞑目吗？”

承揽了祖庙前殿多层镂空金漆木雕大神案后，为了工作方便和清静起见，黄广华把卧室旁边的厢房变成了工作室，平时屋门反锁，谁也不许踏进半步。黄秋涛泪如雨下，知道父亲这次下床，一旦操起雕刀和粉刷子，必定凶多吉少。然而，父命难违，他只好从墙壁上取下工作室的钥匙，含着泪，打开了沉重的雕花木门。

灯光自木门外投进屋内，照耀着一座美轮美奂的金漆木雕大神案，犹如一艘行驶在浪尖上的巨轮，散发出君临天下的气息。黄秋涛瞠目结舌：“阿爸，你什么时候完工的？”

小黄梨告状：“爷爷，太公每到后半夜就偷偷爬起来干，他不让我告诉你。”

黄秋涛捶胸顿足，号啕大哭：“阿爸，你这是干什么呀？”

这座金漆木雕大神案用李元霸暗喻李文茂，以“李”字军旗为核心，上下两层，一共雕刻了一百二十六个人物。这些人物雕刻得精美绝伦，无处不寄托着黄广华的深厚情感，那些被李元霸降服的番邦使节，或者被打翻在地，或者跪倒求饶，人人戴高筒帽、穿燕尾服，完全是一副红毛鬼子的打扮，和《李元霸伏龙驹》的场景大不相同。木雕大师用毕生的心血雕刻出美神授予他的完美世界，雕刻出他仰慕的盖世英雄，雕刻出一颗传世之心。在他的心目中，这件作品是民族复兴的精神源泉，为了它，就算牺牲生命也在所不惜。

长年的劳作，导致黄广华的视力严重下降，病重期间不顾危险雕刻神案，耗尽了生命中最后的力量，双目此时完全失明。然而木雕大师展示出超人的功力，拿起刷子，将神案上雕刻的人物逐次粉刷一遍，滴水不漏，有如神助。

黄秋涛、黄勤、黄培父子三人从没见过黄广华露过这手硬功，惊讶得止住悲声，凝神屏气地观察着木雕大师的每一个动作。小黄梨由衷赞道："太公真厉害。"

黄广华摸着他的小脑袋："厉害的不是我，是这两把刷子。"

小黄梨央求："太公，把刷子给我吧？"

黄广华把刷子递给小黄梨："乖仔，你要记住，这是英雄的遗物。"

这座金漆木雕神案堪称木雕大师的呕心沥血之作，代表着佛山木雕的最高艺术水平，璀璨夺目，美轮美奂。最令人称道的是它所散发的大义精神，一百二十六个人物中有许多洪门豪杰，高擎"李"字大旗，簇拥在端坐金銮殿的李文茂周围。黄秋涛劝说："阿爸，木雕完工，你心愿已了，快回床上歇息。"

"等等，再等等。"黄广华摇了摇头，"不能算完工，还缺一样东西。我知道，我知道，他不是无情的人，他一定会醒过来的。"

话音未落，忽然大地震颤，苍茫稀薄的月空中出现一串晶莹剔透的碧玉草儿。只见这串草儿矫若游龙，自九天俯冲而下，瞬间将夜空染成一片赤红。"枫子鬼"屹立屋檐，左手提着猪头面具，右手紧握刀仔，仿若一位天下无敌的剑客。

父亲等了半辈子，不就是在等"枫子鬼"复活吗？黄秋涛迅速冲出屋外，小黄梨拉着黄广华的手："太公，飞头鬼看你来了。"

"我能看到，我能看到。"黄广华问，"他是不是流眼泪了？"

赤色的月光下，"枫子鬼"发育成熟的眼眶里，果真含着一滴闪闪发光的泪珠！小黄梨惊得目瞪口呆："太公，你不是看不见吗？你咋知道他流眼泪？"

"乖仔，那不是眼泪，"黄广华喃喃道，"而是一颗不死的心。"

小黄梨紧紧拉住黄广华的手："太公，快去看看，当心他飞走了。"

黄广华摸索着，从工具箱里取出一把锤子和两柄雕刀，摇了摇头，继而又欣慰地笑道："他还舍不得走，等太公把这颗心留住。"

黄广华揭开裱糊的"金銮殿"木雕小匾，在预留的内层一丝不苟地雕刻着希望，雕刻着梦想，雕刻着薪火相传的种子。那是四个端端正正的大字——"大明江山"。

这是一年又一年灿烂如锦的红枫，这是云璈八曲回荡人间的绝响，这是相思江上渔火闪烁的光影。"枫子鬼"默默地注视着木雕大师佝偻的身躯，注视着一株生命最后的火焰，注视着那颗不死的心埋入永恒的艺术杰作。

天风海雨中，他携带着一个民族沉甸甸的灵魂，振翅飞离。

金丝破云，天际辽远如洗，黎明即将到来。

历史在遗忘和自残的轨道上疾速前行。一甲子后，即1958年，佛山祖庙被广东省列为重点文物保护单位，工作人员在维修前殿多层镂空金漆木雕大神案时，意外地发现了木雕小匾"金銮殿"下隐藏的秘密，木雕大师用生命留给后世的心方才大白于天下。

发动于两次鸦片战争期间的天地会举事，不仅是一场反抗清廷残暴统治的农民起义，而且是一曲中华文明迎击西方殖民主义的涅槃悲歌。草莽英雄抗争之烈，牺牲之巨，影响之深，流芳之远，不载于青史而埋没于神案，令人扼腕浩叹，正是：

三尺剑沉西江水，百年樯橹艰困行；
庙堂有义无人奉，江湖惆怅恨多情。
弦歌易拭千载泪，戏棚难分古与今；
斗转星移遥声里，相思江上问渔灯。

（全书完）

后 记

故乡河东是中华民族的发祥地，自古人文荟萃，英雄辈出。谚曰：山东宰相山西将——关云长、薛家将、杨家将等等莫不脍炙人口、千古称颂，因此，当在岭南工作的弟弟说那个天涯海角也有一位可歌可泣的盖世英雄，我起初的态度是半信半疑，未置可否，这是我与本书主人公李文茂第一次擦肩而过。

弟弟的性格传自父亲，温文尔雅，极少与人争锋，是一个默默的观赏者和行动者。他如此地钟爱这位亲手从历史纸堆中挖掘出来的人物，以至于其建议被我冷落后，下决心自己动笔，打算给这位传奇人物量身定做一部瑰丽的爱情小说，至2003年，这部书稿积累了十余万字，并很得意地向我展示。

"非典"之后，我离开北京到岭南寻求发展，因此有机会充分掌握和发掘李文茂的相关资料，态度随之发生了一百八十度的转变，完全认同了弟弟的判断——这样一位毕生从事于反清复明的铁血志士不是盖世英雄是什么？这样一位在国家命运坠入深渊时拔剑而起的义军领袖不是盖世英雄是什么？这样一位融武林至尊、红船大老倌、洪门之主等各种传奇角色为一身的节义豪侠不是盖世英雄是什么？然而，那时的我奔波生计，无意黄卷青灯，唯一能做的是提醒弟弟，鸦片战争开启的中华文明复兴历程迄今尚未结束，摆在今人面前的课题一如往昔，我们和一百多年前的英雄依旧生活在同一卷用血泪、犹疑、不屈浸透的竹简中。描述如此重要的时代和无畏的慷慨烈士，使用鸳鸯蝴蝶派的爱情体裁显然是以管窥豹，有违春秋大义，必须厚积薄发，不可轻易动笔，这是我与本书主人公的第二次擦肩而过。

命运女神变幻莫测，你永远不知道她何时出手毁灭你的生活，更不知道她那一袭美丽的华裳竟然来自厄运女神的馈赠——北京奥运会后的第二年，妻子不幸被检测出乳腺癌，我只得匆匆离开岭南返回北京照顾家庭，为了不致荒废时光，我临行前从弟弟手里接过了书稿。次年，这部书稿扩充至六十万字，变身为一部历史小说。

2010 年，秋风落叶的肃杀季节，严酷的打击接踵而至——妻子乳腺癌复发，远在岭南的父亲又不幸罹患肺癌，命运的挑战令人愤怒，无形中使我和被遗忘的英雄走得更近，我明白这本书属于此生必定的使命，没有第三次擦肩而过的机会。

在北京和广州南北奔波的旅途中，在每周一次去肿瘤医院的例行化疗中，书稿被彻底推倒重来，再度变身为一部体量超过二百万字的历史武侠小说。可以讲，这部书稿陪伴我度过了人生最艰难的岁月，凝聚着难以倾诉的痛苦，同时见证了亲人与癌症病魔搏斗的历程，也在不知不觉中改变了我许多观念。无论父亲还是妻子，他们在生命最后时光里所表现出来的那种普通人的坚强、忍耐和高贵，无一不令我刮目相看，至为震撼。

沉沦文明尚余涅槃之曙光，而现实条件下，癌症病人几无幸存的机会。在与命运女神的交手中，我屡屡失败，她像猫捉老鼠一般无情地粉碎了我一个接一个可怜的奢望——我是多么希望这部书稿尽快完成，以便教师出身的父亲能在有生之年得以目睹，但是父亲于 2012 年 3 月去世，未能看到这部献给他的书稿；我又是多么恐惧于书稿的完成，深恐它给妻子的病情带来不祥之兆，进度再一次拖延了下去。几经延宕，经历了前后五个春秋的风风雨雨，书稿终于在今年 7 月完成，9 月送出版社，而妻子于 10 月不治身亡。

我不得不从正在审订书稿的出版社手中抽出这篇后记，犹如从主人公手中抽出那柄沉睡湖底六百年的残剑，准备与命运女神做下一场较量。

所谓英雄，秉大义而独行，传递着一个民族内心深处的性格，敲击着一个文明绝地求生的战鼓，那掠过蓝天的影子必将溢满父老乡亲翘首以盼的眼眸，辉映斑斓的晚霞。清晨第一缕射穿命运女神重重迷雾的金箭，必为英雄无私的血，不屈的魂。

2014 年 11 月 11 日

西江英雄傳

XIJIANG
YINGXIONG
ZHUAN

第四卷【武林至尊】

徐炜 著

南方日报出版社
NANFANG DAILY PRESS
中国·广州

第一百二十一回　白血红花

道光二十五年六月，“洪胜堂”再度发起天马山之役。为了挽回比武失败的面子，大度和尚派出步青磊、冀海树、崇俭武、皇甫衮、陈亚胜、贾奉璋六大龙头，起兵四万，意欲一举踏平粤西绿林道的老巢。罗大纲在大峒寨闻讯，主动率“洪义堂”兄弟进军圣堂山，意欲牵制蓝太武，使之无力援助盖九霄。

庆远府的西北就是莽莽苍苍的云贵高原，崇山峻岭延绵不绝，许多地方人迹罕至。粤西绿林道在这里经营多年，天马山、霸陵山、金鸡山、老君峒和鳌里寨五座堡垒互为依托，形成了固若金汤的防御体系，屡屡抵住“洪胜堂”的大举进犯。盖九霄听说大度和尚在朱明洞被金蟾道士斩断右臂，变成了半个废人，心中大喜，将“西天腊飒”钟德、金鸡山大寨主“黑斑虎”戴老寅、鳌里寨大寨主“火烧天”李金堂、老君峒大寨主“赤眼雕”邬干石、都阳山蝎子岭大寨主“神楼灯”娄正伦召集在一起，决意以天马山为主战场，给对手以迎头痛击。

“洪胜堂”此次用兵看似气势汹汹，阵容浩大，其实天时、地利、人和皆处下风，败象早已露出端倪。就天时而言，自六月起天马山一带大雨滂沱，连绵不绝，道路非常泥泞，既不利于速战速决，也给“洪胜堂”大军粮草运输带来了巨大的困扰；就地利而言，庆远府是粤西绿林道的老巢，从寨主到喽啰兵多为土人，对家乡的山川形势十分熟悉，且善长山地作战，在瓢泼大雨中百丈悬崖如履平地，为“洪胜堂”所不及；就人和而言，随着“红阳劫运”年的日益临近，将士们迫切希望砍下金蟾道士的人头，选出新的洪门大龙头领导这次起义，挥师北上进军中原，而不是和盖九霄在山沟里打泥巴战。

将帅不同心，这场仗便难打。“洪胜堂”在天马山苦战两个月，死伤兄弟无算，粮草难以为继。然而大度和尚下达的是有进无退的死命令，步青磊等龙头只好硬着头皮支撑。勉强坚持到九月秋风刮起，粤西绿林道“西天腊飒”钟德、“神楼灯”娄正伦、“黑斑虎”戴老寅、“火烧天”李金堂四支援军同时杀到，完成对“洪胜堂”的合围，转守为攻。局面恶化，步青磊和冀海树心急如焚，指派贾奉璋回望兵峰，请求解决粮草问题。

“洪胜堂”在天马山久攻不下，又不甘心撤兵，在泥潭里越陷越深，引起了洪门其他堂口的担忧。“公义堂”掌印阿妈朱世雄看不下去，专程从湘南赶到粤西，上大明山面见三爷陈松与大度和尚，请求两位洪门当家人颁发龙头大令，允许李文茂挑战金蟾道士，夺回“镆铘剑”，重振天下洪家兄弟的士气。

李文茂武功卓绝，是洪门乃至武林中唯一有希望战胜金蟾道士的高手。一旦允准他挑战武林至尊，实际上就意味着彻底杜绝了大度和尚迈向洪门之主宝座的可能性。罗大纲和马元龙对这一点非常清楚，都不好意思牵头逼宫，结果把这个当“恶人”的机会甩给了朱世雄。洪门各大堂的掌印阿妈中，朱世雄投入洪门的时间最短，和大伙儿交情差不多，一碗水端得平，适合干这个角色。

朱世雄上大明山没两天，罗大纲和马元龙的信使随后跟到，面对各大堂的一致请求，大度和尚明白大势已去，不宜再从中作梗。三爷陈松征得其首肯后，第一时间传唤“凤”字营中军都督叶亚来，亲手将“盘龙剑”交给他，命他到银洲湖向李文茂传达龙头大令。

叶亚来出发之日，正值贾奉璋返回大明山求援之时。陈松叮咛叶亚来，如果金蟾道士不在罗浮山，则命李文茂把战书留在冲虚观，先来天马山助战。一切安排妥帖，三爷亲率总堂兄弟押运大批粮草，赶往前线支援步青磊。

易碎的秋菊布满山谷，这是李文茂第三次登上罗浮山，所见与前两次大不相同。头一次桃花落艳，第二次白梅沃雪，这一次却变成明菊道别。站在朱明洞的山坡上，李文茂有些不相信自己的眼睛，到底哪一个，才是罗浮山的真面目？

怀抱哀伤的"囚龙草"在哪里？歌唱眷恋的枫树林又在何方？知客的红翠鸟儿，召唤"天灯"的云璈八曲，都随着最后一片叶儿飞走。东坡亭外杂草丛生，洗药池畔芳残水冷，往日人声鼎沸的冲虚观亦败落不堪。

桑木道士倚坐在葛仙祠的门槛上打盹，一只袖子吊在半空，不时地随风飘拂。接过黄三全递来的战书，老道失神地说："我师傅不在，他逍遥去了。"

金蟾道士战胜大度和尚，武林中对其武功传得神乎其神，说他得了一套千古绝学，领悟了无极生太极的剑道，修成不败剑法。李文茂听到这些传闻，对武林至尊非常佩服——"迟疾任情""太乙无影"本是刘华东与吕子桂的戏言，金蟾道士能够化腐朽为神奇，将这两种意境纳入"逍遥剑"法，真不愧是"天下第一剑客"。他心里明白，金蟾道士所得绝学必为"六祖心经"无疑——王山公得了失心疯，宁二少眼神不济，"逃军和"成天心不在焉，这套功法泄露的源头一定在他们三人之中。

对于李文茂这种对武学大道孜孜以求的人来说，金蟾道士掌握"六祖心经"并非坏事，也许正是他期待的结果。永不停歇的跋涉者仰望苍穹，苍穹和脚下的群山同在云雾中，浑然一体叫你无法分辨。如果希望朝着高天飞翔，判断自己是否已经站在世界之巅，唯一的途径就是找到已经攀上巅峰的那个人！同样的道理，李文茂如果想验证自己的武学进境，最好的办法便是挑战"天下第一剑客"，挑战号称已经掌握了"六祖心经"奥秘的武林至尊。他曾经把这个希望寄托在自己兄弟的身上，但是王山公、宁洪崖与叶二和三个人相继掉队后，陈开没有能力独立征服"六祖心经"，这个可能性随之消失。

天道不孤，金蟾道士无意间得到这套千古绝学，为李文茂提供了一个对手。下一场武林巅峰决战将不是"逍遥剑"和"浑天剑"之间的比试，而是对"六祖心经"领悟的较量。金蟾道士将"逍遥门"和冲虚观弃之如敝屣，看来确然是领悟了剑道。李文茂对这场比武充满了热切的渴望，在罗浮山盘桓两日后，绕道大雾山和汲水门返回佛山堡。

小雪那天，李文茂召集各堂大龙头议事，命军师叶兆隆在西海大寨总理军务，陈开、陈松年、陈显良、关钜、李洪英、冯坤、赵泰来七堂镇守粤东；邝能、林洸隆、甘先、周春、卢昌五堂各自抽调两千精锐，合计一万人马赴粤西作战。葛老藤在大稠顶得知消息，令二当家戴则兴率三千铁骑，星夜兼程赶奔白沙江水寨，听从李文茂调遣。

按下“洪德堂”旗下各堂龙头备战不提，且说李文茂领着亲兵在德庆州弃舟登岸，上黑石顶老营探望师傅至善禅师。就天马山战事的话题，爷俩整整聊了三天三夜——躺在病床上的至善禅师提醒李文茂，从现在开始，他应该以洪门之主的角度考虑全局，天马山战事不是一个单纯的军事问题，所有的症结都在大度和尚身上。如何处理好与大度和尚的关系，是全体洪家兄弟的共同心结，也是考验李文茂智慧的首要课题。

李文茂心情沉重，他面对的问题非常棘手，关键是大度和尚性情乖张，对自己怀有一种天然的戒心。如果这场仗打败了，大度和尚会指责他敷衍了事；如果打胜了，甚至取了盖九霄的性命，大度和尚心里会更加难受，觉得李文茂是在用刀割自己的脸皮。

从现实的角度看，凭借“洪德堂”的强大战力，只要李文茂的军旗出现在天马山，盖九霄必然会挂起免战牌，用高垒深沟和即将到来的严寒与洪门周旋，将战事无休止地拖下去。留给李文茂的回旋余地很小——既要实现从天马山撤军的目标，还要顾全大度和尚的面子，最好的办法是两军罢战言和，这也是摆在李文茂面前唯一的选择！

如何实施这一战略目标？李文茂带着艰巨的课题下了黑石顶，抵达白沙江水寨的时候已经是冬月初九，进入了大雪。

喜欢热闹和传播谣言是人性之一，李文茂向金蟾道士下战书的消息不胫而走，武林中人奔走相告，洪家兄弟欢呼雀跃。经过他们的推波助澜，仅仅一个多月的时间，这个消息便从粤东传到了粤西和湘南，成为坊间津津乐道的话题。

道光二十五年气候反常，冬季的雨水特别大，西风怒卷，浔江水涨三尺，无边无沿的急流汹涌而下，向上游走的船只极其吃力。李文茂把中军设在雁塘堡，静候邝能等人的到来。

梁培友和“德胜堂”的将领们这下可忙坏了，“洪德堂”出征粤西，筹集粮草和收集前线情报自然是他们分内的事情。幸而浔江是粤西贸易的大通道，流经产粮区，三江六水的江湖人物做买卖少不了从浔江经过，粮草和情报皆不难征集。

这些江湖人物愿意帮忙，一方面固然需要仰仗梁培友的势力，另一方面也是出于想结识李文茂的目的——“小元霸”是洪门大龙头宝座的热门人选，他一手向武林至尊下战书，一手率军征讨粤西绿林道总瓢把子盖九霄，大有横扫武林和绿林，一统江湖之势。“红阳劫运”年起义即至，洪门下一个矛头对准的必定是官府。在风云巨变的前夕，各路江湖人物，不管是横跨黑白两道的“米饭主”，还是啸聚三江六水的绺子，谁不想瞻仰这位盖世英雄的风采？

冬月二十四，“洪德堂”出征人马陆续抵达浔江，依照李文茂的安排，卢昌和林洸隆所部驻扎白沙江水寨；甘先和戴则兴所部驻扎濛江水寨；邝能和周春所部驻扎雁塘堡。腊月初八是小寒，李文茂在雁塘堡大排筵宴，招待各路江湖豪雄。那天非常热闹，梁培友专门请了一个“过山班”唱戏，各家“米饭主”还带来不少杂耍艺人助兴。

经过这段日子的情报搜集和分析，李文茂初步拟定了一个作战方案——打算以一部人马沿浔江、黔江西上，以每日十五到二十里的行军速度向天马山进军，沿途大张旗鼓，吸引盖九霄的注意力；他自已则率一支偏师走陆路，过大明山向北奔袭霸陵山和金鸡山，端掉“西天腊飒”钟德和“黑斑虎”戴老寅的老窝。这两座山寨是粤西绿林道的重要堡垒，横亘于天马山和都阳山蝎子岭之间，一旦被攻克，钟德、娄正伦和戴老寅三支援军将同时士气崩溃，到时候不怕他盖九霄不讲和。

李文茂对这份奇袭计划十分满意，如果放在平时，他会毫不犹豫地立即加以实施。但是自从与至善禅师谈话之后，他变得慎重起来，派人给圣堂山前线送了一封书信，请罗大纲抽空来一趟雁塘堡，帮忙提提意见。

罗大纲接到书信没有耽搁，把战事交给胡有福，带着劳德择、陆海平两员头领和二十来个亲兵一路疾驰，终于在腊月初六后半晌抵达雁塘堡。

码头上大小船只往来如织，内中有一条高大的簪花楼船特别引人注目，桅杆上悬挂着一个大大的“谭”字。罗大纲迈步登岸，发现谭亚才穿着一身新郎官的行头，容光焕发，正和巢元贞等人打躬作揖。他上前拍了拍谭亚才的肩膀：“怎么着，有喜了？”

“啊呀，罗阿妈，”谭亚才翻身便拜，“想死兄弟我了。”

人逢喜事精神爽，谭亚才本来生得面如冠玉，披红挂绿后简直像是戏中人。罗大纲寒暄了两句，问道：“新娘子是哪家的？”

谭亚才得意地说：“桂林‘李半城’家的千金。”

“书香门第好，书香门第好。”罗大纲脸上浮起一丝歉意，“老哥我走得匆忙，贤弟想要点啥？回头我让人把礼物抬到府上去。”

谭亚才一躬到底：“黄金百斤，不如得季布一诺。只要罗阿妈能大驾光临，到寒舍吃上一碗酒，比送什么礼物都值钱。”

罗大纲叹了口气：“可惜罗某的老巢被人打破，粤东暂时回不去了。”

“没关系。”谭亚才忙说，“现在弟兄们都来粤西打仗，等过了年‘三朝回门’，小弟在粤西摆他一桌，给大伙儿补上这碗喜酒。”

“这个主意好，”巢元贞在一旁赞道，“不然的话，大伙儿没见着新娘子，干掏腰包，未免太吃亏了。我说兄弟，新娘子靓吗？”

罗大纲哈哈大笑：“巢兄弟，你这话没来由，冲谭兄弟这副标致的玉器架子，新娘子肯定漂亮，到时候你可别看花了眼。”

谭亚才心里乐开了花，把身后的张敬修拽过来：“罗阿妈，我给你介绍一位朋友。他是东莞张家的少爷，眼下在庆远府当县丞。”

“堂堂文烈公的子孙，”罗大纲脸上现出不悦，“为何给鞑子当奴才？”

张家玉殉国后，南明永历帝追赠他为太子太保、武英殿大学士，谥号“文烈”，后世遂尊称其为文烈公。张敬修最怕别人提这事，立刻羞得满脸通红，恨不得找个地缝钻进去。谭亚才解释：“罗阿妈，张少爷补的缺在庆远府思恩县，来回路过天马山。二爷不是正在搜集前线的战报吗？我带他来给二爷通通气。”

“这还差不多。”罗大纲摆了摆手，“进去吧。”

那年月实缺不好补，张敬修到了粤西，思恩府的空缺已经补满了，单剩庆远府的思恩县没人愿意去——这个县位于天马山之北，再迈一只脚便出粤西到了贵州，既荒凉又不安生，极有可能在赴任途中命丧荒野。

张敬修年轻气盛，好不容易有了发达的机会，岂肯放过？幸亏张家有的是钱，平时训练了一大群家丁，他这次上任精挑细选了五十名随从，其中一个就是过去在正埠酒楼端盘子的伙计张三。这伙人装备精良，刀剑之外清一色的鸟铳，外加十杆洋枪——人枪配置的花费远远超过当县丞的收入。张家父子眼光长远，算盘仔细：当官是最好的投机买卖，只要能在乱世中立下功勋，今天的投资迟早会有百倍、千倍的收益。

由于天马山激战正酣，张敬修无心在思恩县逗留。千难万险地去，千难万险地回，抓了一个小偷便借口回家过年，带领张三一伙人绕道柳州府去了桂林城，在“李半城”家结识了一群吟诗作画的名流士绅，后来跟着迎娶新娘子的谭亚才往回赶。到了梧州府，二人听说李文茂率军进抵雁塘堡，立刻把新娘子和大队人马留在城里，哥俩前来凑热闹。

谭亚才来给洪家兄弟报喜讯，张敬修却另有想法，当年白无相和冯云山算的卦，他一直没有忘记。白无相说他从军功上发达，三起三落，以水战兴，以水战败；冯云山说这个水应的是西江，他命里的对头也在西江。事实证明人家所言非虚——自己确实来到西江，当了一个捕盗的县丞，在荒凉的苗山抓小偷容易吗？当然算是军功。

去思恩县上任的来回路途中，张敬修感触良多，粤西干戈即起，乱世马上要来了。对于像他这样科举不第的人来说，唯一发达的路径即军功，他应该拍着巴掌欢迎这个时代。然而张敬修心里想的更多，根据冯云山的卦，有一条西江之龙是自己命里的克星，屡次三番地阻挠自己的成功，这个对头到底是谁呢？

听到李文茂向金蟾道士下战书和进军天马山的消息，张敬修终于明白了，这条西江之龙不是旁人，正是这位即将一统江湖的洪门大佬。想到这里，张敬修心里极其兴奋，将来能和大名鼎鼎的“小元霸”成为对手，该是一分多么巨大的荣耀！

他想见一见这个命里的克星，尽管此时此刻，人家并不知道自己是哪根葱。

除去浔江流域的大小绺子外，三江六水的“米饭主”基本上都派了代表——浔江流域的代表是藤县太平圩的唐九；府江流域的代表是苍梧下郢多贤村的罗华观；北流江与合浦水流域的代表是容县自良圩的范亚音；黔江流域的代表是武宣东乡表里满村的刘观先；柳江流域的代表是永福鸡石湾的张天平；郁江流域的代表是贵县白沙圩的韦三相。另外，冯玉娘在灵山县听到李文茂西来的消息，特地叮咛苏三代表自己前去看望。

范亚音问罗华观：“罗爷，黄爷咋没来？”

漓江流域的“米饭主”中，首屈一指的要算平乐府飞云庄的黄泰冲，八年前他在李文茂手里吃过亏，当然不敢来自讨苦吃。江湖上很少有人知道这段过节，唐九纳闷地说：“黄爷平时做人光棍，这次怎么犯了糊涂？”

罗华观隐隐约约知道点儿内幕，呵呵笑道：“看戏，看戏。”

戏台上的“过山班”是个典型的家庭班，主要演员无不沾亲带故。班主叫梁新伍，江湖人称“牌坊伍”，脑袋瓜子非常灵活，自从梁培友的“德胜堂”肃清浔江，他给自己的戏班改了个名字叫“德胜班”。这个名字改得值，从此在浔江流域生意兴隆，无人敢惹。

“过山班”侧重武打，主要看小武和武生的功夫。“牌坊伍”的大儿子梁甲官在班里担纲武生，二儿子梁乙官担纲小武；大儿媳担纲花旦，二儿媳担纲散发（青衣）；小舅子担纲丑生，他自己担纲第三小武，那真是上阵父子兵，打虎亲兄弟。

台上演的是一出《西河会妻》。

同样一出戏，到了“过山班”手里增加了许多武功功架，最有名的是“过山”——戏台上用五六把桌椅搭起一座过丈高的台子，顶端斜插一根竹竿，和地面呈四十五度夹角，表示这就是“山峰”。梁甲官扮演赵英强，脚穿四寸高的鞋子，背着老婆爬上“山顶”，不但在上面金鸡独立大段演唱，摆出雄鹰展翅的造型，而且要用肚子顶住竹竿头，凭借腹肌的力量进行三百六十度的旋转，行话叫作“滚竹”。

只有“滚竹”不算完，下“山”的时候还必须来一个惊险动作，假装不小心从“山”上失足滑落。背着老婆的梁甲官头朝下，飞快地伸出双脚夹住竹竿，表示挂住悬崖的树枝，夫妻二人死里逃生。这个惊险动作，在行话里叫“溜山”。

却说梁甲官夫妻二人在戏台上一唱三叹，台下的观众都屏住呼吸，生怕他们一个闪失摔下来。这些江湖豪客俱是练家子，知道不下十年以上的功夫，根本玩不转这些高难度的惊险动作。梁甲官夫妻的表演非常顺利，只是在最后“溜山”时出了点儿纰漏，梁甲官的媳妇从丈夫背上滑脱，顺势来了一个托塔功架，表示平安落地。

媳妇急中生智，圆了场面，但是终究不符合“溜山”的程式。梁甲官又羞又愧，来到戏台中间屈膝行礼：“各位好汉，小子学艺不精，还请见谅。”

这要是放在自家的地盘，“米饭主”们早发起了脾气。然而今天是雁塘堡，李文茂又出自红船戏棚，没人敢多说一个不字。唐九搭讪：“尊驾如何称呼？”

“小的江湖人称‘大牛甲’。”梁甲官忐忑不安地回答。

在红船中，“大牛×”是二花面的称呼，到了“过山班”却成了武生的代号。罗华观笑着扬了扬手：“梁兄弟，冲你这个名号，就没人敢挑刺。”

李文茂酷爱二花面，自己给自己起了一个红船艺名，叫“大牛茂”。

出乎李文茂的意料，所有情报中，最有价值的竟然来自“徒弟”潘其泰。

粤西的锡矿天下驰名，主要集中在庆远府的河池州、南丹土州和东兰州，恰好位于粤西绿林道的势力范围。敢在这个地方开锡矿的人，没有两把刷子肯定不行。潘其泰打小跟着叔父当独行大盗，胆子大，脑子活，经李文茂指点后武功大增，三项长处都适合干这一行。

开采锡矿有山锡和水锡两种，前者是从山上挖取，后者是从河里淘砂。庆远府的锡矿多为绿林道把持，留给潘其泰这类外来户的余地不大，基本上只能去人迹罕至的深山老林。挖了锡矿就地冶炼，锡块往外运输也是一个大问题——如果想多挣两个钱，必须寻找偏僻野径，以躲开粤西绿林道和“洪胜堂”的盘查。

几年下来，潘其泰足迹踏遍庆远府的山山水水，可以说是庆远府的活地图。这次运销锡块到浔州府，听说李文茂驻扎在雁塘堡，立即放下买卖前来军前报效。李文茂对他提供的情报非常感兴趣，急切地问：“横穿都阳山到东兰州，真有一条小路？”

“没错。”潘其泰挠着头说，“少爷，从思恩府都阳土司出发，到了都阳山的九曲水就进入敛骨峒。里面雾气弥漫，伸手不见五指，从来没人进去过。”

“既然没人进去，”李文茂看着他，“你怎么知道它是一条路？”

潘其泰尴尬道：“少爷，不瞒你说，我们在九曲水也有一座炉子。去年运锡块的两伙瑶人互相厮杀，吃败仗的那伙没地方躲，逃进了敛骨峒。当时我还以为死干净了，没想到年初在东兰州看到了一个，一打听，才知道是从峒里跑出来的。”

从思恩府到东兰州，一般是沿着都阳山的东麓走，容易被粤西绿林道的哨探发现。如果敛骨峒这条捷径确实存在，那么就可以从西麓横穿都阳山，出其不意地杀到霸陵山的侧后，大大增加奇袭的效果。想到这里，李文茂摸了摸胸前的火龙珠，情不自禁地笑了起来。

“少爷，你笑啥？”潘其泰心虚了，“那伙人真不是我杀的。”

李文茂问道：“你要何酬劳？”

潘其泰壮着胆子说：“别的不要，但求鞍前马后侍奉少爷。”

潘其泰的意思十分明显，是想借机多学两招武功。李文茂点了点头：“只要你这次能做个好向导，我就把你留下来。”

潘其泰高兴地跳了起来：“少爷尽管放心，那两座山我闭着眼都能摸到。”

“你去把‘混江龙’叫进来。”李文茂吩咐道。

潘其泰迟疑地问：“喊他干啥？”

李文茂道：“陈爷和‘西天腊飒’交情不浅，他说钟大寨主是条光明磊落的汉子。我想请他去天马山前线做说客，最好双方罢战言和，免得刀下多添几个亡魂。”

“师傅，”潘其泰挑起大拇指，“你老人家就是仁义。”

听说罗大纲赶到，李文茂非常高兴，领着邝能、林洸隆、周春、甘先、卢昌、戴则兴等人把罗大纲、谭亚才、张敬修一行宾客接进忠义堂。双方落座后，他问谭亚才：“谭兄弟，你什么时候办喜事？”

不等谭亚才说话，罗大纲先开了句玩笑：“二爷，你还没掏礼金呢。”

“你看我这个榆木脑袋。”李文茂歉意地说，“谭兄弟，本堂戎马倥偬，身边也没有啥值钱的东西。这样吧，我送你一副砚台，别嫌礼轻。”

谭亚才笑道：“二爷，你就是送我一根针，我都拿它当星星捧着。”

不一会儿，黄三全捧来个锦缎盒子，李文茂打开盒盖，里面出现一尊崭新的砚台。张敬修心里好奇，跟着罗大纲等人凑上前，不看则已，一看大惊失色。但见这尊砚台通体晶莹，浑然如墨玉一般，天青如长空，火捺似繁星，中间徜徉着美丽的浮云……

张敬修是个丹青高手，自然识得眼前这尊砚台乃是绝迹数百年的无价之宝——黑青花，他倒吸一口凉气，对眼前的这个命中克星肃然起敬。

谭亚才又惊又喜，喃喃道：“礼重了，礼重了。”

罗大纲亦是识货之人：“二爷，你这个宝贝是从哪儿弄来的？”

“从西江底下采的。”李文茂亮起砚台的底座，“百福兄弟雕功极佳，在端溪两岸名气不小，这是他刚送来的新品。不过，罗阿妈，谭兄弟，这尊砚台最值钱的既不是材料，也不是雕工，而是这三个字。”

由于对着砚台底部，罗大纲、谭亚才、张敬修三人看得清清楚楚，那上面用凝重的篆体字刻着“清复明”三个字。

罗大纲挑起大拇指：“百福兄弟好手艺。”

“罗阿妈要是喜欢，第日我让百福再雕一尊。”李文茂说。

罗大纲不好意思地笑了：“二爷高谊，罗某愧领。”

谭亚才明白这是李文茂对他的期许，遂抱拳拱手：“二爷，谭某虽然为了生计不得不跟红毛鬼子周旋，但毕竟也立了堂口。只要你老人家一声令下，小弟万死不辞。”

“这位兄弟是？”李文茂瞅了张敬修一眼。

谭亚才这次学了乖，不再提张敬修当县丞的事，而是换了一个说法：“二爷，这位是东莞张家的少爷，雅善水墨丹青，兰花绘得最好，刚从桂林访友回来。”

听说张敬修善于绘兰，李文茂对他产生了几分好感，指着邝能说：“张少爷，你和能师傅皆为忠烈之后，应该多亲近才是。”

张敬修知道邝能是邝露邝海雪的后裔，虽然先辈同为著名的抗清志士，但现在两个人的追求截然相反。他心中惭愧，忐忑不安地看了邝能一眼，正在琢磨该如何回答。梁培友风风火火地进了忠义堂：“韦三相推荐的那个降僮法师到了。”

罗大纲感到很奇怪：“二爷，请降僮法师干什么？”

李文茂笑了起来：“都是阿友哥搞的鬼，你问他。”

“到底咋回事？”罗大纲问。

梁培友双手抱拳：“罗阿妈有所不知，今天三江六水来了不少道上的朋友，威武窑子来了他是绅士，绿林道来了他是土匪，咱们来了他摇身一变，又自称洪家兄弟。反正一句话，谁厉害他们就听谁的，全是墙头草。”

罗大纲点了点头，对梁培友这番话深有同感。他来到粤西也就是半年的工夫，很快发现此地民风剽悍，比粤东有过之而无不及。这些以绿林道为代表的大小江湖势力，亦绅亦匪，只关心自家的荣华富贵，对官府和洪门均保持着虚与委蛇的姿态。

梁培友继续说：“贵县白沙圩有一个叫白血童子的降僮法师，近来名声大噪，据韦三相说法力高深，能测前生后世。为了震慑这些随风倒的墙头草，叫他们乖乖听话，我想干脆把白血童子请来，算一算，二爷能不能收拾金蟾老儿？”

罗大纲将信将疑地问：“有这样的奇人？”

谭亚才和张敬修觉得匪夷所思，且不说这个所谓的白血童子是否真的神奇，假如预测的结果对李文茂不利，这不是动摇军心吗？

梁培友似乎没有这样的顾虑，只是一味地点头：“对，这个法师名气很大。”

黄昏来临，外面戏台上的锣鼓声渐渐停歇，李文茂对梁培友说：“阿友哥，既然白血童子如此神奇，何妨请她一试？你们去外面见识，我和罗大哥有事商量。”

众人离开忠义堂，前去观看白血童子大显神通。忠义堂剩下李文茂、罗大纲两个人，罗大纲夸赞道：“二爷，我来的路上到处有人议论，说金蟾老儿吓得不敢露面，这回你可给咱洪家兄弟长了威风，露了头脸。”

“罗阿妈，金蟾道士贵为武林至尊，不可能一直不露面。”李文茂摇了摇头，“兴许他是在寻找一个合适的时机。”

作为罗浮山朱明洞武林巅峰决战的见证者，每每想起金蟾道士美妙绝伦的剑法，罗大纲便心有余悸。他委婉地提醒："二爷，那个牛鼻子功力和剑法出神入化，你务必当心。"

"二十年新仇旧恨，一朝清算。"李文茂平静地说，"哪怕拼着性命，李某也要砍下他的头壳，为我军出师祭旗。"

罗大纲问："天马山一战，你是不是心里有了谱？"

李文茂把自己的计划和盘端出，最后道："两粤官府坐山观虎斗，想看本门和绿林道杀个两败俱伤，断不能叫他们如意。我打算带一支人马穿越都阳山，奇袭霸陵山和金鸡山，逼迫盖九霄签订城下之盟。"

大峒寨虽处于瑶山之中，却位于广西省的地理心脏——东越永安即达平乐城，北出荔浦可兵临桂林城下。如今"洪义堂"势单力薄，不但直接对阵圣堂山的蓝太武，而且要时刻防备粤西官军的偷袭，罗大纲两面御敌，所承受的压力难以想象。他对李文茂提出的计划毫无异议，拍掌称快："没错，我们应该尽快从天马山一线撤军，全力对付鞑子官军。"

这次奇袭事关重大，两个人反复推敲，直到夜灯高悬。忽然，屋外狂风大作，有人沙哑着嗓子惊叫："快看，白血童子开红花了。"

李文茂听到外面喧哗，一个箭步跨了出去。只见四周黑乎乎的伸手不见五指，江水怒吼着仿佛有千军万马，悬挂在旗斗上的油灯已然被风吹灭，插在上面的玉蝉桃花旗和九瓣飞肩兰花旗"扑啦啦"声声惊魂。戏台下的空场中躺着降僮法师，从她身上飞出一朵鲜红的石榴花，像鬼火一样绽开在夜幕之上，一朵，两朵，三朵……

石榴花组成一副心字形的项链，在空中翩翩起舞，光亮若明若暗，把围观的江湖好汉吓得目瞪口呆，大气不敢出一声。李文茂从怀中取出火龙珠，朝旗斗上面一丢，踏步来到白血童子的身前，断喝一声："何方妖孽？报上名来。"

火龙珠发出嘶鸣，像飞鸟一样落在旗斗上，射出千万条金芒，耀亮了玉蝉桃花旗和九瓣飞肩兰花旗，也照彻了黑云之夜。奇异的一幕出现了——刚才还明亮如脂的石榴花，忽然间变成了一支支碧绿的青竹。

"施主差矣，"白血童子沉默了一会儿，终于开口，"有缘是冤家，无缘才是妖孽。"

李文茂对这个声音很熟悉，吃了一惊："你是金……"

未等他说完，白血童子抢过他的话头："不错，我的前生是金花娘娘。"

李文茂的耳力天下无双，尽管这个声音假扮女声，他仍然一下子听出了是金秋池。对方既然不愿意暴露身份，他也不去揭破，沉声质问："尊驾，你今生是降僮法师，好好做你的白血童子便是，为何要放出红花来吓人？"

"不是红花。"白血童子黯然，"那是前生流不尽的血和怨。"

"赛潘安"在望兵峰死得凄惨，李文茂对他颇怀一丝同情之心。不过，一想起这厮生前糟蹋了那么多的良家妇女，他的同情心一扫而光，出言讥讽："尊驾既然化鹤归去，前生恩怨已作尘土。有本事练成无情剑，却没本事斩断血和怨，真真叫人好笑。"

白血童子愣了片刻，长长地叹了口气："祸兮福所倚，福兮祸所伏，此生之白血，为彼世之红花。生死何所别？胜败岂可分？少班主，听我一句劝，这场比试还是免了吧。"

围观众人听得直咋舌，莫非这个白血童子和李文茂是旧相识？

李文茂抱拳问："你是说李某斗不过金蟾道士？"

"我已经说过。"白血童子答道，"胜即是败，生即为死。"

"尊驾所言，倒是颇有几分道理。"李文茂似有所悟，旋即哈哈大笑，"李某誓与鞑子朝廷不共戴天，沙场捐躯乃洪门大义，有何惧哉？"

林洸隆握紧手中的九节雌雄鞭，喝问："林某怎么没有听明白？"

白血童子骤然跃起，厉声道："那就听仔细了。"

江水拍岸，火龙珠瞬间发出惨烈的光芒，王二妹那张丑陋的面目异常恐怖。只见她喉咙"咕咕"扭动，声音仿佛自江底缓缓升起，唱了一首七言诗：

红花夺目连城艳，白雨西风尽落花；
未必世间人尽死，终须守分也为佳。

第一百二十二回　狩猎雁丘

根据事先拟定的计划，“洪德堂”兵分两路，甘先、卢昌、林洸隆所部走水路，敲锣打鼓开向天马山前线；李文茂率领周春、邝能和戴则兴偃旗息鼓，绕过大明山直奔都阳山，自九曲水冒险进入敛骨峒。

敛骨峒是一座极其神秘的世外天地，峒中山河林立，烟瘴弥漫。人进入峒里，不是被毒气熏死，便是死于迷路。借助火龙珠的指引，“洪德堂”将士顺利穿越敛骨峒，神不知鬼不觉地出现在霸陵山下。时逢大年三十，李文茂命邝能、戴则兴在寨前设伏，自己和“豆皮春”换了一身短打扮，领着三百兄弟趁夜色攀登后山绝壁，摸进寨子里打开寨门，并放火通知山下的邝能和戴则兴。霸陵山的主力跟随“西天腊飒”去了天马山，留守的均为老弱病残，正热热乎乎地围在一起吃年夜饭，哪能顶得住“洪德堂”的虎狼之师？双方接仗不到半个时辰，霸陵山的喽啰兵束手就擒，战火很快平息。

李文茂紧接着如法炮制，以迅雷不及掩耳之势再度攻克金鸡山，一举切断天马山通往蝎子岭的道路。附近小山寨的土匪闻讯吓得魂飞魄散，各路告急战报纷纷飞向天马山。李文茂要的就是这个效果，并不急于立刻开赴前线，而是继续派兵清理两座堡垒之间的小山头。直到过了道光二十六年

(1846年)正月二十,李文茂才正式颁发龙头大令,命周春驻守霸陵山;邝能驻守金鸡山;谢喜发的“果胜堂”收编粤西绿林道的残兵败将,承担游动警戒之责;他自己率领众兄弟押着钟德和戴老寅的家眷,浩浩荡荡向天马山进军。

霸陵山和金鸡山失陷的消息像霹雳一样震撼了粤西绿林道,盖九霄做梦也没有想到敌人会从自己的大后方突然冒出来。这一招实在太狠了,既端了钟德和戴老寅的大营,又切断了绿林道退往都阳山蝎子岭的归路——四路援军被废了三路,这仗怎么打?

战场形势陡然逆转,粤西绿林道兵无斗志,连吃几场败仗,高悬免战牌;相反地,洪门兄弟则士气大涨,日日讨敌骂阵。这一日,绿林道各大寨主正在天马山聚义厅议事,探马慌慌张张地进来报告:“启禀各位大王,山下敌军邀战,点名要钟大王和戴大王出阵,说什么两位大王的家眷来了。”

钟德和戴老寅同时起身:“大哥,我们得下去看看。”

到了这个时候,再龟缩在连营里不出战,就显得不通人情,盖九霄苦笑一声:“两位兄弟莫要心急,等哥哥安排下去,定为你们讨回妻儿老小。”

娄正伦多了一个心眼,问道:“你们可看清来将何人?”

“启禀娄大王,敌军大将通通到齐,阵前多了两面战旗,一面是玉蝉桃花旗,一面是九瓣飞肩兰花旗。”喽啰抬起头,吞吞吐吐地说,“旗下大将的模样,像是,像是……”

“火烧天”李金堂直起身子问道:“像什么?”

“打扮像十三太保,”喽啰咽了口唾沫,“看身量又像楚霸王。”

盖九霄、钟德、娄正伦、戴老寅和李金堂等人不由得一寒,那个可怕的对手终于来了!

正月里天气依旧寒冷,但是第一阵春风已经从南海深处吹来,候鸟成群结队地掠过天马山。它们惊奇地俯视着下面的原野,这块以前兔子不拉屎的荒凉之地,为何一夜间突然开起了五颜六色的鲜花?

山下战鼓雷鸣,山风吹拂着盖九霄的逆鳞黄金锁子甲。骑在“云豹铁骅骝”上,总瓢把子心里一阵比一阵发凉。但见敌军如山如海,旌旗猎猎,中军旗门开处照旧是三杆大纛:当中一杆为“洪顺堂”的厚土勾陈旗,总堂铁卫军黄旗黄衣，像菊花海一样簇拥着白扇大爷“失魂松”陈松；左侧一杆是“洪胜堂”的庚金白虎旗，步青磊、冀海树、崇俭武、皇甫衮、陈亚胜等龙头一律穿白袍骑白马，好似一片皑皑积雪；右侧一杆是“洪德堂”的烈火朱雀旗，所有将士系红巾、束红带，宛如深秋的枫树林，动人心魄。

要说今天与往日不同的地方，是烈火朱雀旗旁多了两面军旗——江湖上威名赫赫的玉蝉桃花旗和九瓣飞肩兰花旗。旗下一字排开五匹战马，左边马上坐着甘先、林洸隆；右侧马上坐着卢昌、戴则兴；当中是一匹腿长膘肥的“赤炭火龙驹”，周身上下没有一根杂毛，远远看去就像一炉风中的火焰，不时地向外喷射着星光。

“赤炭火龙驹”上矗立着一员大将，细腰乍臂，体态雄伟，身高将近九尺，跳下来比马首还要高出足足一头。此人手里提着一根碗口粗细的浑铁槊，头不戴盔，衣不披甲，只是在头上扎了一条红巾，显得从容不迫，气定神闲。

两军阵前箭矢横飞，生死只在一瞬间。粤西绿林道的寨主们久经沙场，还从来没有遇到过不穿盔甲的战将，观此情景，皆倒吸一口凉气。盖九霄扶了扶头上的紫缨嵌宝帅字盔，回头问身边的“神楼灯”娄正伦：“是他吗？”

十余年没见，昔日的天才少年成长为横扫江湖的无敌英雄。娄正伦这些年耳朵里灌满了有关李文茂的传说，他失神地点点头，没有开口。

“黑斑虎”戴老寅心里挂念自己的家眷，不等盖九霄的号令，率先拍马杀出：“那姓李的伢仔，有能耐和你家戴爷真刀真枪地干，逮人家妻小算啥本事？”

卢昌闻言大怒：“敢在我家二爷面前口出狂言，拿命来。”

二将打马盘旋斗在一处，大战六十个回合，戴老寅刀法渐渐凌乱，被卢昌回手一刀砍在大腿上，鲜血淋漓，败归本阵；“火烧天”李金堂拦住去路，甘先催马接战，五十回合后两马一错镫，甘先从肩上摘下黑漆破胡弓，拉弓如满月，射中李金堂的肩胛骨。绿林道的喽啰上前抢走李金堂，甘先也不拦阻，拨马返回本阵。

盖九霄骑在马上，心里像翻江倒海一般，阴晴不定，左右为难。他虽然没有和李文茂打过照面，但蓝太武和金秋池都对眼前这位青年畏惧三分，自己自然更不是对手；有心不战，如今钟德和戴老寅的家眷捏在人家手心，身为绿林道总瓢把子，如果不能替兄弟出头，将来怎么统率粤西绿林道？盖九霄那也是百战枭雄，不肯在两军阵前自挫锐气，他将九股烈焰托天叉往头顶一横，高声断喝：“请李二爷出来相见。”

李文茂于中军旗下一直在默默观察，见盖九霄主动邀阵，暗自点头，看来这位绿林总瓢把子敢作敢当，还算是条好汉。他双腿一夹“赤炭火龙驹”，来到盖九霄的对面：“总瓢把子仁心宅厚，李某这厢有礼。”

盖九霄在马上拱了拱手：“二爷威名远播，这次出奇兵扭转战局，真是好手段，盖某算是领教了。你我手下这些兄弟各为其主，希望尊驾不要难为他们的家眷。有话咱们两个说，有仇咱们两个报，不知二爷意下如何？”

李文茂笑着说：“总瓢把子画个道。”

“只要二爷胜了盖某手中这把叉子，悉听尊便。”盖九霄举起兵器。

盖九霄明知不可为而为之，显然目的不在胜负，而是要向绿林道证明自己的义气。李文茂不愿伤了盖九霄，加深洪门和绿林道之间的恩怨，想到这里，他暗运丹田真气，喝道：“总瓢把子，李某今天是来讲和的，你来看。”

他的声音听似柔和，实则蕴含了生生不息的内力，像春风一样吹拂着干涸的原野，清清楚楚地传进两军阵前近十万将士的耳中。盖九霄的成名绝技是“狮子吼”，当然明白对方这是以气驭音的神功，听了之后心如死灰——人家这种内力与寻常气息毫无二致，不杀不伐，真气练到这个份儿上算是到了家，勉强上阵比试只能自取其辱。

他木然地向前打望，只见“洪德堂”阵中闪出一条缝隙，涌出十几辆马车，车上坐满了钟德和戴老寅的妻儿老小、男女仆役。马车慢慢驶进绿林道的阵中，洪家兄弟并无阻拦。“西天腊飒”钟德打马上前，向李文茂施了个礼：“谢二爷恩德。”

李文茂道：“总瓢把子，钟大寨主，李某打算把金鸡山、霸陵山还给你们。”

盖九霄没想到李文茂会这么做，吃惊地问：“二爷，这到底是为啥？”

“总瓢把子，明人不说暗话。”李文茂回答，“本门即将出五岭北伐中原，与鞑子朝廷决一死战，不愿与绿林道的兄弟为难，因此才来罢战言和。”

“西天腊飒”钟德问：“二爷，朝廷甲兵百万，富有天下，你们斗得过吗？”

“大义不为云遮没。”李文茂微微一笑，“想当年五祖草创洪门，拢共不过区区几十条落寞汉子，他们可曾怕过鞑子的十万铁骑？”

“西天腊飒”钟德由衷地赞道：“二爷豪情壮志，我等自愧弗如。”

李文茂神勇无敌，粤西绿林道目前又处于下风，盖九霄巴不得休战言和，保存自家的实力。但是“洪胜堂”和粤西绿林道二十多年的恩怨可谓仇深似海，一朝化敌为友，哪有那么容易？盖九霄在马上沉吟良久：“足下义薄云天，盖某人也不愿说漂亮话诈人。二爷，罢战言和不是小事，我一个人做不了主。这样吧，盖某现在就通知各地的寨主来天马山议事。大伙儿要是不想打，蛇神爷又颁下神符，盖某无话可说，决当奉命。”

如果盖九霄一口应承，李文茂反而会心存疑虑；见他如此认真，明白他内心深处也不愿继续厮杀，便笑着答道：“没关系，多长时间李某都等得起。”

俗话说瘦死的骆驼比马大，粤西绿林道虽然支离破碎，但山头仍然遍布西省全境。比如说龙围寨的大寨主“油锤把”郝耀常，一来一去天马山就得二十多天，再加上开会议事、进水晶峒的蛇神庙请神符，至少也要一个来月才能出结果。

与粤西绿林道的吞吞吐吐相比，洪门要干脆利落得多。不到六天时间，总堂铁卫军兄弟、“洪胜堂”主力、戴则兴的骑兵尽数撤离，大营里只剩“洪德堂”的人马留守。李文茂通知盖九霄等人，说准备将霸陵山和金鸡山归还给绿林道，请他们派人接收。

自己这边尚无准信，人家先将两处大寨拱手奉还，粤西绿林道的寨主们对李文茂的慷慨非常钦佩。众人商议之后，盖九霄命“西天腊飒”钟德给洪门送去一批粮草，同时让他陪着李文茂出去狩猎散心。

这一日，钟德进洪门大营卸完粮草，在中军帐外发现黄三全和潘其泰等人换了一身鲜艳的红船戏装，他感到非常奇怪：“我说两位兄弟，这是怎么回事？”

黄三全回答：“二爷想唱戏。”

“唱戏？”钟德丈二和尚摸不着头脑。

潘其泰解释道：“钟当家的，打猎就是唱戏，二爷正在里面换戏装呢。”

“我家二爷很少穿戏装，除非真闲下来。”黄三全低声说，“这套戏装是易大老倌生前给二爷缝的。钟当家的，你的面子真大。”

“西天腊飒”钟德恍然大悟，李文茂答应和自己一起去狩猎，不披铠甲穿戏装，其实是在向绿林道传达一种罢战言和的诚意。他心里十分感动，过了一会儿，林洸隆、甘先和卢昌三人嘻嘻哈哈地进了中军帐，甘先看到钟德就问：“钟当家的，你看我这身打扮怎么样？”

“好靓。”钟德赞了句，好奇地问，“甘阿妈，你们随身还带着行头？”

甘先瞥了他一眼：“瞧你这话说的，跟着二爷闯天下，不带戏装行吗？”

根据安排，林洸隆和甘先陪着李文茂狩猎，卢昌则需向邝能、周春传达归还霸陵山、金鸡山的军令，他问钟德：“钟当家的，你们准备好了？”

钟德连连点头：“单等二爷一声令下，小的们立刻开拔。”

“戴当家的金刚子没事？”卢昌问。

钟德没反应过来：“金刚子？”

甘先忍住笑：“就是腿。”

钟德道：“不碍事，不碍事，多谢卢阿妈刀下留情，不然老戴这条腿肯定废了。”

黄三全提醒：“二爷出来了。”

李文茂健步从中军帐迈出，明媚的阳光下，钟德的眼睛顿时花了——只见李文茂头上顶着太子盔，脑后飘洒雉鸡翎；身披墨玉霸王袍，足踏万里征云靴；其余的像什么丝绦、箭衣一应俱齐，赫然如那位叱咤风云的楚霸王！

戏台上是盖世英雄，戏台下也是盖世英雄，时空翻转，真矣？幻矣？

早春二月，大地焕发出勃勃生机。同行一日后，卢昌和“黑斑虎”戴老寅率领粤西绿林道的喽啰前去接收两处山寨；“西天腊飒”钟德自告奋勇，陪同李文茂向北狩猎。这是一段充满惬意的休闲旅程，众头领搭弓射箭，各展神通，白昼在高原狩猎，夜间在河谷宿营。钟德组织了一支二百多人的运输队伍，专门负责向天马山运送猎物。

这群狩猎者中，有三个人的箭法非常出众，“洪德堂”是甘先，粤西绿林道是“西天腊飒”钟德，“洪胜堂”是陈亚胜的大儿子陈亚贵。步青磊等人撤走前，特地给陈亚胜父子留下了五百人马，让他们在天马山等消息。

猎场位于龙江河与红水河之间的辽阔高原，此处丛林覆盖，虎豹出没；山清水秀，景观别致。龙江河的雨水、烟雾和花朵美如白玉，红水河的土地、天空和树木灿若天火，驰骋在这一方世外桃源，李文茂心醉神迷。

龙江河的上游叫漳江，其源头不是别处，正是易兰花惨遭蛇毒的月亮山。

春天是雁归的季节，李文茂举世无双的耳力出现了幻觉，总是把大雁的鸣叫听成海鸥的呼唤。又过了三天，他的目力也不济用，明明红与白在前路分歧，他却看到她们在遥远的天际交相辉映。“西天腊飒”钟德策马驰来：“二爷，咱们向哪里走？”

龙江河一路朝北，红水河却缓缓西流，到底该驶向何方？

红色是李文茂的灵魂，也是他的青春记忆。无边无际的木棉花盛开在原野，追随着红水河遥遥离去，似乎在向他招手，邀请他去回溯青春之源！

若是赋予脚下这条大江一个灵魂，一个不同于黄河与长江的灵魂，我们称其为爱情之河——清冽的南盘江和北盘江是他的前生，血色的红水河是他的今生，而磅礴蹈海的西江是他的来生。河流的生命轨迹与人间并无二致：前生是痛苦的别离，今生是幸福的守望，来生是浩瀚的梦想。

南盘江和北盘江是一对青梅竹马的恋人，他们共同来源于云南曲靖市的马雄山，前者是一位婀娜多姿的少女，后者是一名饱经风霜的少年。他们的爱情故事一波三折，从马雄山分手后飘荡千里，在望谟县双江口再度相遇，从此合称红水河，永不分离。

此等合三生为一世的美梦，在人世常见吗？

李文茂勒住“赤炭火龙驹”，沉吟无语，一时难以打定主意。便在这时，陈亚贵突然大声叫了起来：“哎呀，火，火。”

众人将目光集中在李文茂的后背，发现他通体红彤彤一片，变成了一个“火人”。潘其泰第一个反应过来：“二爷，是火龙珠。”

李文茂心头一动，火龙珠无缘无故发作，必然寓有深意。他从怀里取出珠子，高高地抛过头顶，只见火龙珠没有飞向红水河，却在龙江河的上空左右盘旋。

天意如此，李文茂收起珠子，答道：“向北。”

越往北进发，天上的大雁越多，常有失群之雁踽踽独行，俯冲向下。几天后，甘先、钟德和陈亚贵对打虎猎豹失去了兴趣，打算比赛射雁。黄三全、潘其泰等人也跃跃欲试，狩猎队伍分成了好几拨，拉出数十里长的距离。

陈亚胜陪着李文茂走在最后，他羡慕地问："二爷，这就是白龙嘴里那颗珠子？"

白龙化身"镆铘剑"，火龙珠却为李文茂先一步探取。大度和尚败给金蟾道士以后，"洪胜堂"兄弟中悄悄流传一种说法，意思是"镆铘剑"之所以没有发挥出应有的威力，实是因为缺了这颗火龙珠。李文茂点点头，提出了一个问题："六爷，假如绿林道此次不同意罢战，执事大爷会不会再度起兵攻打天马山？"

陈亚胜想了一会儿，犹豫地说："可能吧。"

"你们愿意打吗？"李文茂问。

这次天马山战局之所以扭转，全仗"洪德堂"出奇兵克敌制胜，陈亚胜对李文茂佩服得五体投地。他诚恳道："二爷，咱们洪家兄弟从入会那天开始，就发誓要驱逐鞑虏，谁愿意总在穷山沟里和盖九霄过不去？然则洪家法令严明，我们胜堂兄弟须听执事大爷的军令，除非你早日战胜金蟾老儿，荣登洪家之主的宝座，否则和盖九霄这一战，恐怕躲不过去。"

李文茂明白，大度和尚同意自己代表洪门向金蟾道士挑战，实出于万般无奈。他一定会想方设法从粤西绿林道找回面子，这也是他掣肘自己唯一能拿到台面上的理由。

怎样才能处理好两大堂之间的关系？

这时，山风狂卷袭来，李文茂耳力完全恢复，隐隐约约听到一阵缥缥缈缈的琴声。琴声珠圆玉润，听来绵长深切，里面竟含着一丝淡淡的哀愁。他暗自纳闷，如此荒凉的地方怎么会有人鼓琴？而且从声音判断，鼓琴者显然身负当世罕见的惊人内力。

大雁嘶叫着向北飞翔，李文茂催动战马，紧随雁儿驰骋。伴随着清冷的琴声，有人在远方引吭高歌，那是一首元好问的《摸鱼儿·雁丘词》，曰：

问世间情为何物，直教生死相许？
天南地北双飞客，老翅几回寒暑！
欢乐趣，离别苦、就中更有痴儿女。
君应有语：渺万里层云，千山暮雪，只影向谁去！

横汾路，寂寞当年箫鼓，荒烟依旧平楚。

招魂楚些何嗟及，山鬼暗啼风雨。

天也妒，未信与，莺儿燕子俱黄土。

千秋万古，为留待骚人，狂歌痛饮，来访雁丘处。

越过道道山梁，穿过条条小溪，前面出现一座高耸的圆岗。岗上鼓琴之人头戴纶巾，身披青衣，风逸俊朗，神采奕奕。看到他那副旁若无人的神仙姿容，陈亚贵没敢唐突，在溪边拉住战马的缰绳："道爷，见没见到陈某射落的大雁？"

"是不是这个？"道士用剑鞘挑起一只死雁。

陈亚贵大喜："对，对，没错。"

那人打了个稽首："无量天尊，大雁乃有德之禽，足下何忍射之？"

陈亚贵面红耳赤，喝道："我射我的雁，你操你的琴，关你鸟事？"

道士没有生气："破空而来三支箭，哪一支是你的？"

"雁脖子上那支箭就是我的。"陈亚贵嚷道。

道士从雁脖子上拔出箭杆，丢了过去："且看仔细。"

箭身摇摇晃晃飞过水面，快到跟前的时候，陈亚贵满不在乎地伸手去接。哪知道这支箭被对方灌注了精妙的内力，便在陈亚贵的手指与箭杆接触的一刹那，箭头蓦然变了方向，不偏不倚正刺中他的右肩。陈亚贵惨叫一声，从马上摔了下来。

"西天腊飒"钟德打马疾驰而来，吃惊地望着眼前这一幕。甘先、林洸隆、黄三全、潘其泰等人随后奔至，均感到一种若有若无的杀气从岗上袭来。潘其泰从地上捡起那支箭，欢喜地捧到甘先的马前："甘阿妈，果然是你的渔叉箭，这只雁是你射中的。"

为了区分，甘先用的是渔叉箭，陈亚贵用的是兔儿箭，钟德用的是伏虎箭，这场射雁比武自然是甘先赢了。面对突如其来的强敌，甘先脸上全然没有得意之色，神情凝重地问那位拨琴的道士："道爷为何痛下杀手？莫非陈兄弟得罪于你？"

"笑渐不闻声渐悄，多情却被无情恼。"道士目透寒光，"清溪濯足，煮鹤焚琴，尔等煞风景的狂徒，不怕遭天谴吗？"

射雁固为煞风景之举，但是罪不至死，道士这句话完全是赤裸裸的挑衅。甘先、林洸隆和钟德等人怒不可遏，各拔刀枪，准备过溪厮杀。恰在这时，后面传来声声长啸，道士脸上露出一丝惊愕，握住剑鞘的手又松开了。

火龙珠脱离李文茂的胸怀，来到鼓琴道士头顶发出欢快的鸣叫。在这一刹那，甘先、钟德和林洸隆等人齐齐地发现，道士的剑鞘泛出一丝青芒。

不消说，鞘中宝剑是“镆铘剑”，鼓琴道士为武林至尊。

李文茂纵马来到小河边，与金蟾道士隔水相望。其实根本不用火龙珠和“镆铘剑”，当世两大绝顶高手将体内的第三道真气修炼到极致，单凭琴声和啸声即可判断出对方的身份。此时无声胜有声，两个人彼此打望，皆有似曾相识之感。

俗话说，文无第一，武无第二，世界虽大却容不下两位无敌高手，更何况他们分属于血海深仇的不同阵营。以“天下第一剑客”的识见和睿智，他当然知道自己在大马路上捡到的千古绝学就是“六祖心经”；这次从李文茂的啸声可判断对方亦负有奇绝内功。他明白，眼前这个年轻人才是自己真正的对手，与即将展开的这场巅峰对决相比，之前与大度和尚的比武充其量只能算是一个预演！

洪门憋足了劲要取自己的项上人头，而自己也绝不会在这场巅峰对决中手下留情。可是不知道究竟为什么，金蟾道士此刻的心中没有仇恨，只有一股相见恨晚的怅惘。这一切都要归结到“六祖心经”的修炼上。

前文书我们说过，“六祖心经”之所以称得上是千古武林绝学，在于其修炼的终点同时也是起点——第三重境界最后一道关口玄妙至微，蕴含着天地运行的大智慧，每一个修炼者跋涉至此，犹如江河融入大海。在茫茫大洋中选择哪一个方向，关系到修炼者的最后所得，也决定了他行将开启的新道路。被世人敬若神明的两大武学天才时而信心爆棚，时而彷徨迷茫，像两个不知道考试成绩的小学生，惴惴不安地希望从对方身上寻找答案。这场震古烁今的武林巅峰对决，不仅断人生死，而且将撩开一门武林绝学的真实面纱。

一只孤雁在空中悲哀地鸣叫，围绕着土岗盘旋不去，似乎是落难之雁的伴侣。火龙珠黯然回到怀中，李文茂问：“无情剑亦有情乎？”

金蟾道士掘了个土坑，把雁尸埋进去，拍净手上的尘土答道："贫道以有情观无情，其心也悔；以无情观有情，其心也悯。"

这两句话看似轻描淡写，听在李文茂的耳朵里却像雷鸣一般。传闻上次在罗浮山朱明洞决战时金蟾道士尚且自谦，现在毫不客气地如此回答，看来其功法又突飞猛进了。他不由得肃然起敬："前辈颖悟绝伦，不知何时赐教李某？"

金蟾道士一笑："急在这一时吗？"

"看来小子莽撞了。"李文茂惭愧地说。

金蟾道士盯着他的眼睛："足下尘缘浓烈，恐有伤剑道之逍遥。"

"晚辈以身许国，"李文茂摇头，"此生无福做个自在神仙。"

金蟾道士叹了口气，抚摩着腰间的"镆铘剑"："白龙出世日，盖天顶上见。"

"多谢前辈成全。"李文茂抱拳在胸。

金蟾道士背起瑶琴，大袖飘飘离开土岗，须臾不见。雁归处，传来朗朗琴声，却是一首陈白沙的《泉石》，曰：

江山几度堪还我，泉石边头合有人；
高著一双无极眼，间看宇宙万回春。

目送金蟾道士消逝在天际，余音袅袅，李文茂心中久久难以平静。他索性跳下马，渡过溪流来到土岗上的雁丘，思索着金蟾道士的一言一行。林洸隆、甘先、钟德等人均猜出了金蟾道士的身份，林洸隆问："二爷，这道人果真悟得剑道？"

"不错，"李文茂点头，"他也修炼过'六祖心经'。"

"'六祖心经'？"众人齐声惊呼。

李文茂把自己修炼"六祖心经"的前后由来讲述了一遍，最后说："金蟾道爷身上第三道真气已经修炼到与普通气息融合为一，和我的内功修为相差无几。这套绝学玄妙至微，在结尾处布设机关，指向全然相异的新天地。不同之人会有不同领悟，我和他谁走的路子对，须当场比过才能见分晓。"

周春惊愕地问："二爷，照你的意思，找不到新的方向，开不出新天地，就算第三道真气与普通气息融合为一，也不能说修炼成‘六祖心经’？”

“仁者见仁，智者见智。”李文茂道，“我意如此。”

林洸隆大为感慨：“属下一向听闻这套武学参天地之化，神鬼皆惊，没想到它最后竟然能另辟乾坤？今天算是长见识了。”

“西天腊飒”钟德不解地问：“二爷，盖天顶是天下有名的绝地，常年被浓雾遮盖，大白天伸手不见五指，他为什么约你去那儿比武？当心其中有诈。”

李文茂从腰里拔出“盘龙剑”，砍下一簇树枝覆盖雁丘，然后还剑回鞘：“不入虎穴，焉得虎子？我有火龙珠，怕他重重迷雾吗？”

见他无所畏惧，众人放下心来。甘先建议：“白龙出世日即五月初八，还有将近两个月的时间，咱们不如即刻班师，通知各堂兄弟到盖天顶观战。”

金蟾道士出面应战，这场巅峰对决势必轰动江湖和武林，到时候，去盖天顶观战的岂止洪家兄弟？“西天腊飒”钟德不愿错过这场百年难遇的高手对决：“二爷，当务之急是你我双方罢战言和，在下得回去催办此事。”

“多谢钟爷美意。”李文茂叮咛甘先、林洸隆和陈亚胜，“罢战言和乃双方之福，你们跟随钟爷回天马山，不必等我。”

林洸隆奇怪地问：“二爷，你去哪里？”

“尚有一桩未了事。”李文茂回答。

“小元霸”武功绝伦，在这次狩猎前，他觉得对金蟾道士有七成的胜算；但是自从听到金蟾道士的言论后，他的胜算跌到了五成。武林至尊为他平生仅见的强敌，盖天顶一战不仅决定他个人的生死荣辱，更关系到洪门举事能否顺利的大计，绝对马虎不得。

单以剑道而言，李文茂自忖不是金蟾道士的对手。如今之计，只能比拼内力，比拼对“六祖心经”的不同领悟——此时此刻，英雄也需要一种力量。

他脚下的这块土地，布满了易兰花当年踽踽独行的足迹，这段可歌可泣的旅程负载着人世间最伟大的母爱，那种忘我的牺牲精神是红船儿女的特质。李文茂深情地凝望远方，他要沿着易三娘的足迹驰往月亮山，啜饮大地饱满的乳汁，寻找那一片千年不败的相思树，领悟以有情破无情之枢机，绝地求生！

李文茂奔向月亮山，身旁只带了黄三全和潘其泰两人，其余的人马跟随钟德、甘先、林洸隆和陈亚胜等人返回天马山。

三月下旬，粤西绿林道各大寨主会聚天马山，商讨与洪门罢战言和的事项。

粤西绿林道如今被洪门打得七零八落，不复往日之盛况，主要兵力分布在以庆远府、圣堂山和龙围寨为中心的三大板块。其中，西部的庆远府是绿林道的老巢，兵马最多；中部的圣堂山是绿林道的中流砥柱，战力最强；东部的龙围寨是绿林道的前哨，地当贸易孔道，由于戳在官府眼皮子底下，承受的压力最大。自从梁老祖丢掉十万大山狮头峰以后，绿林道在南部仅剩下大容山等几处孤寨，完全不成气候。

所谓绿林道议事，其实主要看几位分量重的大寨主。“西天腊飒”钟德和“神楼灯”娄正伦都不愿意继续和洪门拼命；梁老祖是丧家之犬；“油锤把”郝耀常自顾不暇；唯一有能力影响决策的只剩下“玉面如来”蓝太武。盖九霄恭恭敬敬地向蓝太武施礼：“兄弟，要不要与洪门罢战言和，哥哥听你一句话。”

蓝太武拱手还礼：“师兄，你是总瓢把子，小弟岂敢僭越？”

盖九霄长叹一声：“盖某权掌绿林道二十余年，无才无德，这把交椅早该让贤。跟血海深仇的洪门议和，说心里话，我丢不起这个人。”

“那就打吧。”蓝太武不以为然。

“神楼灯”娄正伦开口：“蓝爷，咱们和洪门斗了二十多年，结果是损兵折将，地盘越来越小，我看打下去不是上策。再说洪门即将于年底起事，与朝廷作仇，他们要是起兵北伐中原，咱们不就少了一个大敌？”

“油锤把” 郝耀常拍手称快：“让他们和官军杀个你死我活，两败俱伤。”

梁老祖说：“总瓢把子，兵者诡道也，一句话顶十万兵，何乐而不为？”

“西天腊飒”钟德霍地站起身，瞪了他一眼：“各位当家的，我辈在江湖上闯荡，首先要立一个信字，罢战言和就是罢战言和，岂能以诈示人？”

“黑斑虎”戴老寅附和：“二爷无偿交还寨子，我等不能说话不算数。”

盖九霄笑了起来：“两位兄弟不要着急，二爷够义气咱们也不含糊。只要他当家，粤西绿林道一定守信用，如何？”

盖九霄这句话里偷偷地打了一个埋伏，蓝太武心领神会，挥手道：“各位，金爷惨死在‘洪胜堂’手里，应该让阿鹤说句话。”

贝尘鹤在来的路上，和“牛鬼窟”“广灵子”等人反复商榷，对此事早定了章程。此刻见“玉面如来”让他发言，起来施礼：“各位前辈，能把洪门这尊凶神恶煞请出粤西，对咱们来说未尝不是一件好事。晚辈没有别的想法，只有一个条件。”

盖九霄点点头：“贤侄顾全大局，实在难得，有话但讲无妨。”

贝尘鹤吞了口唾沫：“既然是李二爷倡导议和，那咱们绿林道去粤东做买卖，他们‘洪德堂’不兴从中作梗。最好请李二爷给他的兄弟下一道龙头大令，从前的过节一了百了，不许再提起，不许翻旧账。”

第一百二十三回　龙渊刀法

“天下第一剑客”出面允诺与李文茂比武，这场人们期盼已久的巅峰决战轰动武林，旬日之间传遍湘粤三省。鉴于这场比武对洪门意义极其重大，“公义堂”掌印阿妈朱世雄决定下阳明山好汉岭，亲自到盖天顶观战。五月初七，大队人马行至笔帽山，炮响连环，探马来报，说笔帽山的陈氏三兄弟前来迎驾。

湘南绿林道中，像笔帽山这类没有加入“公义堂”的小山头不在少数，朱世雄平日也没有精力多管。他停住战马，疑惑地问胡有禄：“当家的不是‘黑无常’吗？”

按照地理位置划分，笔帽山归九嶷山石楼寨统辖。胡有禄笑着说：“大哥，你翻的是哪一年的老皇历？‘黑无常’九年前就在江湖上神秘失踪，把寨子转给了‘白无常’。”

“‘白无常’？”朱世雄问，“那个采阳补阴的女魔头？”

胡有禄答道：“她现在功力大不如前，寨子全靠陈家三兄弟打理。陈家老二陈戊养是她养的小姘头，常年在外贩盐运烟，功夫倒是不赖。”

韭菜岭大寨主王宗献坏笑起来：“假如她功力不废，姓陈的小子早被她榨干了。”

“休要胡说。”朱世雄制止，“看，人家来了。”

陈主养、陈戊养、陈土养和“白无常”来到朱世雄的马前，跪地伏拜，行大礼：“小的参见总瓢把子，参见各位大爷。”

胡有禄挥了挥马鞭：“你们哪一位主事？”

陈戊养瞅了瞅身旁的“白无常”，见老婆低头不语，便推了推大哥陈主养。后者抬头战战兢兢地答道：“回禀胡大当家，小的主事。”

胡有禄瞥了他一眼：“我等已入洪门，今后不可再用绿林道的称呼。”

“小弟知罪。”陈主养额头淌出了冷汗。

“起来吧。”朱世雄和颜悦色，“听说六步潭来了不少人？”

陈主养答道：“回大龙头的话，这些日子，江湖上各家好汉陆续开到，挤满了村子。房子不够就搭行军帐，临全埠李家请来不少厨子，摆流水席呢。”

“请厨子干什么？”朱世雄纳闷。

胡有禄笑道：“大哥有所不知，‘全元堂’的谭少爷去年娶了‘李半城’家的千金，欠弟兄们一顿酒席，这家伙是来收份子钱的。”

“谭兄弟娶媳妇定是天姿国色，这份贺礼该掏。”朱世雄兴致勃勃地说道。

陈戊养在一旁开口：“大龙头，谭少爷的流水席摆在咱们‘六步客栈’，小的们早就给你老人家和各位大爷预留了房间。”

“大哥，六步潭住满了人，出入不方便。”胡有禄提出建议，“依我看，咱们把大队人马留在笔帽山算啦，反正这一带也安生。”

朱世雄听从“铁狻猊”的建议，只带了十来名护卫向六步潭进发。走到半途，从三王山方向风驰电掣开来一支马队，看人数足有五十余。这支马队煞是威武齐整，清一色全是身高过丈的骏马，打着粤北绿林道的大纛旗。领头的正是总瓢把子葛耀明，后面是“袖里乾坤”邓豫、倪大耳朵、石坑崆大寨主武鸿乾、盘金虎、练四虎等头领。

两位总瓢把子碰到一起，忙不迭地下马行礼，朱世雄打了个躬：“葛总瓢把子，见你一面不容易。怎么，你也来看热闹？”

“朱阿妈此言差矣，葛某绝不是来看热闹的。”说着话，葛耀明脱下外罩的战袍，露出一身红蟒大靠，“二爷若是胜了金蟾道士，葛某情愿登台献艺。”

朱世雄心里很感动，嘴上却说：“你如何断定二爷必胜？”

“二爷忠义千秋，从不把自个儿的命当回事，不怕死就是无敌。”葛耀明回答，“葛某临来的时候专门拜了山里的石头神和花木神，问树树言胜，问花花说赢。我对先生公说了，假如二爷胜不了金蟾道士，就让他把绝招使出来。”

粤北排瑶风俗奇特，除了花木神和石头神外，另有一种原始的惩神祭——如果一般的祭拜仪式不灵光，便把庙里的神仙塑像捆绑起来或者置于污水中，以示惩罚。

朱世雄听说葛耀明欲出此下策，慌忙摆手：“葛老兄，冲你这么干，二爷也不能输。”

葛耀明越是这么说，越说明他心里没底。他叹了口气：“盖天顶哪是比武的地方？金蟾老道包藏祸心，二爷不该答应他。”

朱世雄与葛耀明有同样的担忧，但是木已成舟，说这些后话有什么用？两位绿林大佬忧心忡忡地进了六步潭，“全州第一山”观音山大寨主王益元带着喽啰迎上前，屈身施礼：“‘六步客栈’已经安排妥当，那里是二爷下榻之处，请两位大爷进去歇脚。”

“赛潘安”金秋池死后，蓝太武无心经营瓦窑冲，便把这处山寨划给观音山代管。王益元长袖善舞，加上笔帽山的陈氏兄弟善于做买卖，遂联合起来游说三王山的“莫剥皮”，决意效仿梁培友在浔江的做法，把六步潭打造为一条走私贸易的黄金孔道。经过多年的努力，这条往日令人望而生畏的山径治安状况大大改善，三省商旅趋之若鹜，六步潭随之繁华起来。

朱世雄问：“王当家的，盖总瓢把子来没来？”

“这不刚打完仗吗？”王益元笑嘻嘻地说，“他老人家脸皮薄，派了钟大当家。”

粤西绿林道与洪门刚刚化干戈为玉帛，盖九霄当然舍不下脸跑来给李文茂助威。朱世雄和葛耀明对视一眼，哈哈大笑：“老盖咋跟个娘儿们似的？”

小小的六步潭人满为患，村子里搭设了不少的临时营帐，主要是洪门各堂派来的代表："洪义堂"来的是掌印阿妈罗大纲；"洪兴堂"来的是"鹤顶红"叔侄；"洪胜堂"来的是冀海树和陈亚胜；"洪德堂"来的是梁培友、周春、甘先、邝能、卢昌和林洸隆。粤西绿林道的代表是"西天腊飒"钟德和"油锤把"郝耀常，此外，南宁府"靖远镖局"的总镖头杨开山和临桂县的武进士古存恕联袂观战，这四位都是粤西武林排名前十位的高手，足以代表粤西武林。

朱世雄和葛耀明肩并肩进了"六步客栈"，立刻引起了轰动，因为粤北和湘南绿林道两大总瓢把子一起亮相极其罕见。陈戊养把他们领到罗大纲旁边坐下来，罗大纲笑道："谭兄弟今天补办喜酒，你们要不要听木偶戏班唱戏？"

"木偶戏班算什么？"朱世雄不以为然，"葛总瓢把子刚才在来的路上说了，明天二爷要是胜了金蟾道士，他情愿粉墨登场，给大伙儿唱一出大戏。"

威名赫赫的粤北绿林道总瓢把子亲自登台献唱，实属旷世奇闻，大家齐声喝彩。古存恕眉开眼笑："妙哉，妙哉，二爷和金蟾道长比武是一妙，谭兄弟和李家千金喜结连理是二妙，葛总瓢把子粉墨登场是三妙，我等大开眼界，不虚此行。"

朱世雄问谭亚才："谭兄弟，新娘子在哪儿？"

正月底，谭亚才带着新妇坐船从开平出发，返回粤西"三朝回门"。李家为桂林首富，当然大摆筵宴，招待亲朋好友和各方来宾。到了三月，终于传来金蟾道士和李文茂比武的消息，谭亚才不肯错过这次巅峰决战，便带着新妇来到盖天顶。

李文茂和金蟾道士比武，洪门、武林和绿林道的人济济一堂，这种机会实属难得，谭亚才打算趁机请大伙儿把喜酒吃了。他这一路游山玩水，还有大把的红包收，好不尽兴。李念德商号贺县分埠的掌柜仍然是李玉山，受命采办各种美食器物，聘请了几十个厨子入驻六步潭，硬是把小山村变成了美食天堂。

葛耀明打趣："不掏红包，哪能让你看新娘子？"

"惭愧。惭愧。"朱世雄恍然大悟，急忙对胡有禄说，"快快上礼。"

谭亚才打躬作揖："大龙头，折煞小弟了。"

"哈哈。"朱世雄大笑，"这份礼不是给你的，是给弟妹的。"

葛耀明扫了一眼屋子，问梁培友："梁阿妈，二爷咋还没到？"

梁培友低声说："二爷前日已经到了七星冲。"

李文茂先到月亮山探访易兰花足迹，后上七星冲看望龙华师太，桩桩件件有条不紊，分明是在了断后事。葛耀明、朱世雄、罗大纲等人心生惶惑，皆闷闷不乐。陈戊养见状，急忙向郭尹氏使了一个眼色，催促道："上酒。"

朱世雄吩咐陈戊养："二爷怕是要到了，你去迎一迎。"

"遵命。"陈戊养回道。

黄昏时分，李文茂打马行驶在前往六步潭的道路上。

五月已经不再寒风刺骨，金色的夕阳掩藏在浓云背后；天河之岸惨淡发白，重重夜幕即将包裹大地，折断这支白血中的红色花蕾。圆滚滚的盖天顶耸立在前，望去令人怅惘，让李文茂油然而生忐忑之感。这鬼地方邪气十足，自己当年上山是为了搭救意中人，不曾想却把童贞葬送在"白无常"的手里。造化弄人，莫此为甚，难道今日又要重蹈覆辙？

诚如葛耀明、朱世雄、罗大纲三人所料，李文茂在归途一一了结诸般事务，的确是做好了最坏的打算。武林至尊轻取"玄真道士"与大度和尚，二十余年纵横四海，未尝败绩，李文茂从来没有和他交过手，对他的底细浑然不知。单就金蟾道士对剑道境界的理解来说，"逍遥剑"已臻完美化境，想击败他绝非易事。两个人同时修炼"六祖心经"，眼下均在第三重境界的最后关口徘徊逡巡，均有所领悟，到底谁更胜一筹？

天河里的火烧云不断缩小，起初还是一群徜徉在草原上的牛羊，后来就变成一头毛茸茸的大棕熊，再后来萎缩为酒杯里的一点红醇。五月是花开的季节，漫山遍野的桃花像白玉之河，承接夕阳最后的眼眸，在夜幕中开辟出一条孤独的道路。李文茂勒住"赤炭火龙驹"，潘其泰从后面赶上来问："二爷，怎么停了？"

黄三全知道李文茂的心思，责备潘其泰："你少说两句。"

"前面不远是六步潭。"李文茂道，"咱们下去走一走。"

三人飞身跳下马，潘其泰过来牵"赤炭火龙驹"，突然听到火龙珠又在隐隐作响。他忍不住好奇问道："二爷，它是不是对'镆铘剑'起了念想？"

九年前白龙降世，从九嶷山到大明山的路上经过六步潭，火龙珠走的也是这条路。前尘往事历历在目，李文茂点头："不错，这珠儿是有情者。"

“可惜，那把龙剑却是个无情物。”潘其泰道。

黄三全气坏了，从后面捅了他一下：“不说话你能憋死？”

潘其泰躲闪：“别闹，我在向二爷讨教剑道呢。”

“没有无情剑，”李文茂答道，“如何斩杀鞑子这条猪龙？”

白龙降世是为了宣示天道有变，号召洪家兄弟揭竿而起，如今这把利剑落入敌手，反而给李文茂取胜增加了难度。黄三全心里惴惴不安。这时，前面亮起了一串灯球火把，“混江龙”陈宝大声问：“是二爷吗？”

“混江龙”陈宝接到李文茂，往回走没多远，陈戊养带着人赶上来。大伙儿众星捧月，把李文茂一行三个人隆重地迎进六步潭。到了“六步客栈”，李文茂一眼发现站在门口的郭尹氏，禁不住失声道：“你怎么还在这里？”

郭尹氏跪倒在地：“奴婢已然弃恶从善。”

“白无常”嫁给陈戊养，投身“混江龙”一伙行走江湖，把当年的事情和盘托出，唯独隐瞒了盗取李文茂阳精一节。“混江龙”站出来为郭尹氏做证：“二爷，不止她走正道，廖当家的徒弟一发金盆洗手。在石头脚村，她没对你说起？”

李文茂羞于提这件丢人的往事，他尴尬地教训道：“哦，弃恶从善好，那些歪门邪道无非害人害已的勾当，金当家的即前车之鉴。”

“白无常”盗取阳精后败给了“赛潘安”，“赛潘安”又被人算计，得了一身麻风病，最后在大明山惨遭开膛破肚。郭尹氏等人哪里敢再修“驭阳功”？她垂泪道：“多谢二爷指点，奴婢谨记在心，以后老老实实过日子。”

“这就对了。”李文茂恢复了从容的神色，正准备迈步进入客栈。忽然，胸口的火龙珠剧烈地震动起来，不时发出惨白的光芒。

李文茂把珠子掏出来，递给潘其泰：“拿着先。”

潘其泰把火龙珠捧在手心，迟疑地问：“二爷，你说过这珠子是有情之物，它是不是有啥事要提醒？你仔细想一想？”

李文茂突然想起了“黑无常”，这女魔头是条漏网之鱼，尚未改邪归正，难道火龙珠要提醒的竟然是她？李文茂狐疑地问：“‘黑无常’现在何处？”

郭尹氏不觉吓了一跳：“二爷，这你要问廖当家的，奴婢实在不知。”

李文茂是为了试探火龙珠，并非真正想打探“黑无常”的下落。见火龙珠依旧作响，便意兴阑珊地说：“陈爷，烦劳你给‘黑无常’带句话。铲除强梁横暴，我不与她计较；要是拿无辜百姓修炼‘驭阳功’，李某绝不饶过。”

陈宝和陈戊养当然知道“黑无常”的下落，听李文茂一说，十分心虚，慌忙遮掩：“二爷教训的是，我们会通知她。请二爷进去吃酒，歇歇劳乏。”

李文茂望了一眼客栈门口的旗杆，吩咐潘其泰：“火龙珠今天反常，可能有故人来访，你把它搁到上面，给人家照个路。”

明天是五月初八对决的正日子，按照规矩，金蟾道士应该最迟在今晚派人通知李文茂比武的具体时辰。“逍遥门”里只有明月道士常年伺奉在武林至尊左右，这个漂亮小伙当年曾在畚箕窝争夺过火龙珠，与火龙珠是旧相识，因此李文茂猜测来人非他莫属。

“六步客栈”里热闹非凡，众高手难得一聚，纷纷拔剑助兴。李文茂走进客栈，古存恕正在舞剑歌吟，那是一首屈大均的《声声慢·闻城上吹螺》，曰：

东西雁翅，两作飞楼，江间一片沉浮；
四角呜呜，螺声飒起高秋。
凄凉尉陀台上，恨边声，飞满炎洲；
风吞吐，尽秦关汉寨，处处含愁。
绝似金笳催泪，与明妃，诸曲哀怨同流；
未曙频吹，匆匆人马难留。
无边战魂惊起，逐行营，朝暮啾啾；
那管得，一军中，人尽白头。

见李文茂终于露面，群雄起身相迎，古存恕问：“二爷，我这套剑法如何？”

这首词为屈大均当年从事抗清斗争时所作，古存恕的剑法算不上十分高妙，但这首词令李文茂生出亲近之感。他脱口赞道：“古爷深谙区翁山匠意。”

得到李文茂的夸赞，古存恕高兴极了，朝杨开山炫耀：“杨总镖头，还是二爷有眼力，看出古某这套剑法具备雅意。”

杨开山久慕李文茂威名，一直苦于无缘得识，今天三省江湖英豪群贤毕至，正是交朋友的绝佳机会。他拔出腰刀："不才亦有一趟刀法。"

"西天腊飒"钟德笑嘻嘻地说："杨爷，让二爷喝口茶呗。"

杨开山的刀法名为"令公刀"，据说承自家传，江湖上很少有人会使。李文茂从师傅杨裔昌那里学过杨家枪和桓侯神枪，唯独没有学过"令公刀"。他在主位坐下后说道："杨爷，你这趟刀法是祖传的宝贝，李某今日有福得见，幸甚。"

杨开山横刀在胸："刀法即为功法，久闻二爷内功出奇，请不吝赐教。"

大家一听，暗自夸奖杨开山是个头壳灵光之人，要一路刀法，让李文茂指点内功，真是天下头一等合算的好买卖。李文茂爽朗地笑道："没问题，李某明日与当今武林至尊交手，未知能否全身而退，有何疑惑，杨爷尽管一并提出。"

朱世雄不禁皱了一下眉头："二爷这话丧气。"

李文茂拍了拍腰悬的"盘龙剑"，幽默地说："话丧气没关系，剑不丧气就行。"

葛耀明十分佩服李文茂这股大无畏的气魄，冲杨开山摆了摆手："杨爷，快把你的看家本事使出来，二爷等着瞧呢。"

南宁府"靖远镖局"是粤西第一大镖局，平素押运的多为豪门财货，杨开山耳濡目染，学了不少文绉绉的习气。他脑子飞快地转动——江湖传闻陈罗婵喜欢屈大均的浪漫，而李文茂自己喜欢陈恭尹的沉痛，便挑了一首陈恭尹的《沛中》，提刀慷慨而歌：

> 汉王生长难忘处，尺土犹书故宅名；
> 四海自飞鸿鹄羽，中宵人哭白蛇声。
> 轻沙浅草堪调马，习俗群儿敢说兵；
> 千载英雄同一辙，徐州南是凤阳城。

这首词歌罢，群情振奋。刘邦和朱元璋同出布衣，披荆斩棘定鼎中原，尤其是明太祖朱元璋兴义兵推翻元朝暴政，恢复汉家河山，诚为一代英雄魁首。洪家兄弟此次大举事，驱逐的是清廷，复兴的是明室，杨开山这首词算是挠到了大伙儿的痒处。

李文茂举起酒碗："各位兄弟，不管大家在不在堂，都是戳起来不弯腰的好汉子。鞑子朝廷这些年腐朽不堪，任由红毛鬼子祸乱中华，宗庙倾覆，生灵涂炭，令人扼腕叹息。今天下英雄尽出湘粤三省，我辈唯有吊民伐罪，才对得起这七尺昂藏。"

群雄血脉贲张，吼声如雷："愿奉二爷将令。"

李文茂和众人饮罢三碗酒，罗大纲提醒他："二爷，今天一来为你接风洗尘，二来是向谭兄弟道喜，新娘子就在门口，该让人家进来了。"

李文茂向谭亚才抱拳："谭兄弟，恕本堂僭越。"

谭亚才连忙还礼："谭某去年收了礼，今天才请二爷吃酒，好生惭愧。"

朱世雄哈哈大笑："别啰唆了，大伙儿急着见新娘子呢。"

外面木偶戏班的琵琶一响，两个丫鬟举着一顶红罗伞进了客栈，伞帷里隐身一位凤冠霞帔的新娘子。到了诸位大佬面前，丫鬟打开帷帘，新娘子款款走出，道了万福。

朱世雄嗔怪："谭少爷，新娘子咋还蒙着面纱？"

罗大纲笑了起来："朱阿妈，李家是桂林首富。李家千金说不定和葛总瓢把子一样，常常在家里关起门来唱大戏，面纱就是脸谱嘛。"

葛耀明摇了摇头："今天吃喜酒，新娘子应该蒙着盖头。"

朱世雄哈哈笑道："那岂不是还要闹洞房？"

大伙儿哄堂大笑，梁培友问："老谭，是这样吗？"

谭亚才满脸通红，解释道："贱内打小喜欢戴面纱，这是她的习惯。"

李文茂瞧出了谭亚才的尴尬，主动替他解围："好啦，咱们欣赏了杨总镖头的刀法，接下来应该切磋功法，请谭兄弟贤伉俪在旁歇息。"

谭亚才夫妇撤到一旁就座，杨开山正准备开口，忽然，客栈外有人高喊："'逍遥门'明月道士特来向二爷请安。"

明月道士阔步迈进客栈，众人为之眼前一亮：这道士长得漂亮，比新郎官谭亚才尚有过之而无不及。群雄之中有明月道士的旧相识，发现他比从前显得更加年轻和英俊，心里暗暗替李文茂捏一把汗——"逍遥门"的功夫太厉害了。

众人之中，唯有李文茂眼光独到，从明月道士俊朗的神采中读出了一丝忧郁和落寞，这丝忧郁和落寞让他显得染上了人间烟火。“逍遥门”灰飞烟灭，火烈道士身首异处，看来这个年轻人受到了磨砺。李文茂吩咐：“给道爷看座。”

明月道士落座，面对意气风发的李文茂，心中苦辣酸甜满不是滋味。当年在畚箕窝抢夺火龙珠时，二人武功可能相差无几。谁知这些年差距越拉越大，对方横扫武林和绿林道，现在将与师祖金蟾道士争夺武林至尊的宝座，干出一番惊天动地的伟业；而自己却像漏网之鱼，差一点死在容奇堡，教人情何以堪？

“贫道没有打扰各位的雅兴吧？”明月道士问。

李文茂答道：“我等正和杨总镖头切磋功法。”

明月道士问：“二爷，贫道能否有幸一听？”

李文茂欣然一笑：“道爷师出名门，大家巴不得听你教诲呢。”

明月道士是金蟾道士的掌上明珠，深得“逍遥剑”的精髓，他愿意来凑热闹，杨开山当然心里高兴，于是把刀收起来：“二爷，杨某在这把刀上打熬了几十年，所修真气始终不能越膻中穴向上一步，这是什么道理？”

“杨总镖头，禀赋不同，个人的真气归宿亦不相同。”李文茂答道，“据李某近年所悟，真气的归宿未必一定是上丹田，所以尊驾不必强求。”

此言一出，举座皆惊——真气归宿是武林中人内力修炼的终点，那里真气最充沛，也是身体最坚强所在。按照常理，真气修炼从下丹田、中丹田到上丹田循序渐进。上丹田的泥丸宫是武林高手梦寐以求的真气归宿，能力达不到是达不到，但并不妨碍大家对真气修炼的认知。另外，根据一个高手真气修炼的归宿，能够判断出他的功力高低，所以一般都会严格保守秘密。杨开山今天遇到李文茂这样的绝顶高手，希望得其指点，因此才将自家的武学功底和盘托出。

李文茂这句话前半句符合常理，后半句石破天惊。明月道士紧皱眉头——他这句话到底是什么意思？难道是故意放出来迷惑自己的烟幕弹？明月道士神色凝重地问：“武林各大门派无不推崇泥丸宫，莫非二爷另有开悟？”

李文茂笑着问："令师祖修炼'六祖心经'，难道没有对你提起过？"

"这个嘛。"明月道士看了一眼四周，吞吞吐吐。

自打上次李文茂与金蟾道士在雁丘相遇，二人修炼过"六祖心经"的消息传遍江湖。朱世雄瞧出了端倪，问李文茂："二爷，你这个领悟是来自'六祖心经'？"

"朱阿妈说得没错。"李文茂道，"虽然修炼的是同一本武林绝学，我和金蟾道爷所悟却各行其道，大相径庭。"

明月道士略一思忖："二爷，我师祖修炼'六祖心经'后确有开悟。实话对你说，他老人家的真气归宿的确在膻中穴，不在泥丸宫。"

"膻中穴？"众人立刻发出一片惊叹声，"怎么可能？"

古存恕张着大嘴："二爷，这又是何道理？"

李文茂笑而不答，明月道士显得十分得意："各位大侠，炼精化气和炼气化神之后尚有一个炼神化虚。贫道斗胆一问，请问这个虚在哪里？"

"西天腊飒"钟德抢着说："太虚。"

太虚茫茫悬于九天之上，按照一般人的理解，炼神化虚自然要打通天灵盖，经过泥丸宫达到天人合一的境界。明月道士神秘地一笑，摇了摇头："钟爷此言差矣。在本门看来，肉身为修法宝鼎，斯为太极；心乃无漏金汤，斯为无极。众所周知，上丹田，藏神之府也，炼神化虚从上丹田重新开始出发，返归中丹田完成。此既丹家完满无漏之法，亦为释氏六相圆融之理，便是白沙和阳明学术，说到底亦不过是一个心字。"

将心视为无极，则逻辑大厦巍然圆满，不掉链子，理论家可以回家洗洗睡了。明月道士不仅把丹家和佛家夸得光鲜，还拉出来儒家圣人当陪衬，在场高手听了以后无不觉得在理。朱世雄问李文茂："二爷，你修炼真气的归宿在哪里？"

大家齐把目光集中在李文茂的身上，明月道士急切地想知道答案："二爷，自古以来剑道唯一，殊途同归，难道你和我师祖不一样吗？"

"你说对了。"李文茂慢悠悠地说，"李某真气的归宿在神阙穴。"

众人脸上同时露出难以置信的表情——神阙穴在下丹田的肚脐眼，脆弱无比，堪称人体最大的漏洞和破绽。真气在那儿修炼，岂不是早就漏干净了？

“神阙穴是练气的起点。”罗大纲诙谐地说，“二爷，你咋又练回了下三路？”

“各位，炼气化神和炼神化虚听来玄妙，其实是丹家法术，与武学之道无涉。”李文茂开怀大笑，“就真气而言，化为寻常气息尚非最高境界，能斩断真气之根，将所有的真气逐出体外方为至境。李某真气归宿在神阙穴，巴不得它漏得越干净越好呢。”

根据师祖金蟾道士的教诲，神阙穴仅仅是“六祖心经”的起始法门，如何练了一大圈又成了终点？这不是瞎子点灯白费蜡吗？明月道士听得瞠目结舌，六神不定，起身告辞：“师祖他老人家邀二爷明日拂晓在天台吃茶，请备妥雨具，当心天有不测风云。”

明月道士走后，杨开山疑惑地问：“二爷，明月道士和你哪一个说得在理？”

李文茂回答：“仁者见仁，智者见智。”

“二爷，”古存恕脑子里绕不过这个弯，“照你的意思，武学大道不止一个？”

武学大道当然只有一个，武林中人因禀赋不同造诣不同，未必人人都能达到巅峰。为了不挫伤众人的锐气，李文茂委婉道：“禀赋不同，真气归宿亦不同，此为自然之理。”

葛耀明沉声说：“各位，二爷说得很清楚，膻中穴、神阙穴各有道理，谁对谁错？明日一战即见分晓。依葛某看来，金蟾道士夸夸其谈，说什么完满无漏、六相圆融，其实世界上哪有没有破绽的剑法？直是大言欺人。二爷说得最有道理，把真气诛杀干净方为至境，这叫以处处破绽胜他没有破绽。与其修修补补，莫如大开大合。”

“对啊。”“西天腊飒”钟德猛地一拍大腿，高声叫道，“什么是没有破绽？处处破绽才是没有破绽。丢他老母，差一点让那个小白脸给蒙了。”

众人皆然其言，痛痛快快地大碗喝酒、大块吃肉。朱世雄酒酣耳热，问道：“二爷，你打算用什么剑法对付‘逍遥剑’？”

内功归内功，剑法归剑法，内功有助于发挥剑法的威力，终究不能替代剑法本身。上次大度和尚在罗浮山朱明洞败给金蟾道士，说明“浑天剑”已经不是“逍遥剑”的对手，李文茂这次会用哪一种剑法对敌呢？

看到大家期待的眼神，李文茂沉吟片刻：“李某打算用自创的一套剑法。”

朱世雄忙问：“啥名头？”

“‘龙渊刀’法。”李文茂答道。

罗大纲皱起了眉头：“不是剑法吗？咋变成了刀法？”

“甭管刀法剑法，”朱世雄道，“二爷，使一趟。”

众人齐声高呼：“对，二爷，让弟兄们见识一下。”

李文茂推辞不过，从腰里拔出“盘龙剑”，来到屋子中间。

“龙渊刀”法脱胎于李文茂在大雾山时的构想，十余年来，那“三衡归一”的绝妙构思始终埋藏在他的心底，随着他的内功进展而日趋成熟。这套刀法之所以又称剑法，是因为李文茂原本打算使用刀中藏剑的“琴瑟合”。

陈罗婵当初把所有的聘礼都退了回来，唯独留下了“琴瑟合”，说明她在心里仍然对李文茂难以忘怀。李文茂默默地端详着手里的“盘龙剑”，想起藏在“龙渊刀”里的“栖凤剑”，心潮澎湃，百感交集。倏地分开剑头，以一招“水天分隔”起式，边舞边吟：

山松野草带花挑。猛抬头秣陵重到。
残军留废垒，瘦马卧空壕。
村郭萧条，城对着夕阳道。
…………
野火频烧，护墓长楸多半焦。
山羊群跑，守陵阿监几时逃。
鸽翎蝠粪满堂抛，枯枝败叶当阶罩。
谁祭扫，牧儿打碎龙碑帽。
…………
横白玉八根柱倒，堕红泥半堵墙高。
碎琉璃瓦片多，烂翡翠窗棂少，舞丹墀燕雀常朝。
直入宫门一路蒿，住几个乞儿饿殍。
…………

问秦淮旧日窗寮，破纸迎风。
坏槛当潮，目断魂消。
当年粉黛，何处笙箫？
罢灯船端阳不闹，收酒旗重九无聊。
白鸟飘飘，绿水滔滔。
嫩黄花有些蝶飞，新红叶无个人瞧。
…………

这套刀法蘸满了《桃花扇》里的灭国之伤，刀法的灵魂是“三衡归一”，以三式为单位层层递进，演化无穷。其中，核心的招数是“野火频烧”“横推八柱”和“长楸断墓”三式；继而是“水天分隔”“丹墀燕雀”和“红泥半堕”三式；紧接着的是“酒旗笙箫”“罢灯泊船”和“蝶飞叶落”三式。每招有三式，三式变九式，九式变二十七式，端的是生生不息。

李文茂歌罢，收剑还鞘，群雄齐声喝彩。他端起酒一饮而尽：“各位兄弟，明日拂晓与金蟾道长比试，李某打算今夜在盖天顶露宿。”

屋外狂风怒号，大雨瓢泼，这种天气去盖天顶？大伙儿暗暗替李文茂捏一把汗。朱世雄委婉地劝阻：“二爷，还是明天早上再去吧。”

李文茂摇了摇头：“朱阿妈，盖天顶常年大雾弥漫，白天和黑夜没有什么区别。在下走过一趟盖天顶，又有火龙珠相助，料也无妨。”

罗大纲支持他：“盖天顶号称天下绝地，气候变化多端，地形极为复杂。明日一战，有雨有雾还有风，二爷提前熟悉地形，有备无患，不失为上策。”

盖天顶雾霭笼罩，一般人根本上不去，李文茂孤军奋战，这场决战，谁也帮不上忙。梁培友担忧地问：“二爷，盖天顶是金蟾道士的老窝，他身边有一个明月道士。万一那牛鼻子爷俩合伙打你一个，你不是干吃哑巴亏？”

李文茂换了一身短打扮，披上蓑衣，又往头上扣了一顶斗笠，笑着说：“阿友哥，人家是堂堂武林至尊，怎会以多胜少？”

年底洪门举事在即，时间不等人，朱世雄、罗大纲都理解李文茂此行迫切的心情。尤其是罗大纲，每每想起金蟾道士在朱明洞剑劈大度和尚那一幕，难免不寒而栗。处处破绽胜没有破绽的道理虽然好听，实战中却是孤注一掷的绝望之举，充满了风险。两位江湖大佬明白李文茂此行极有可能丧命盖天顶，禁不住湿了眼圈："千万保重，我等在山下恭候佳音。"

"西天腊飒"钟德嚷道："二爷福大命大，保准旗开得胜。"

李文茂抄起"盘龙剑"，来到谭亚才夫妇的面前："谭兄弟，明日李某若有命下山，再来喝你的喜酒，失陪了。"

谭亚才大声说："二爷，咱们到龙头峰去喝，庆祝你老人家荣登大宝。"

这句话道出了洪家兄弟的心声，大伙儿涌上来相送。各堂兄弟齐声呐喊："二爷，一定要宰了金蟾老儿，给咱洪门雪耻。"

在众人的陪同下，李文茂健步走出客栈，飞身从旗杆上取下火龙珠，塞入怀中。便在落地的一刹那，隐隐听到后面有人低声抽泣。回头一看，却见新娘子撩开面纱，珠泪双垂。

第一百二十四回　徙穴摧敌

雨丝落在雾霭之上，像是鱼群游弋于江河，又如星辰滑过夜幕。今天夜里，盖天顶充满了温情，不再让人感到恐惧。李文茂走了一会儿，浑身湿透，索性摘下斗笠，脱掉蓑衣，近乎赤裸地穿行于密林中。这是一个世外桃源，鸟鸣虫啼，幽涧瀑布，李文茂吮吸着夜的甘露，身体三万六千个毛孔尽数张开。这种感觉他非常熟悉——此刻的盖天顶，与“六祖井”下的端石、银洲湖里的魂魄、丹霞山中的天火有什么两样？

火龙珠停止躁动，发出忧郁的光芒，耀亮了前进的道路。飞瀑如练，红岩白沙，雷公蛇时常在脚下出没，头上黑脸琵鹭追逐着虎斑鸠，发出声声嘶鸣，惊扰了金斑凤蝶的甜梦。光是鸟类的路灯，迷路的黑脸琵鹭抬起屁股飞走了，留给人类无边的影子丛林。前面是一座崎岖狭长的藤蔓王国，什么四方藤、扁担藤、羊角藤、绞树藤等应有尽有，美丽的影子下潜伏着无限的杀机——此地生长着一剑封喉的箭毒树，树汁毒性天下无双。李文茂穿过藤蔓谷，攀越湿漉漉的断崖，脚步迅捷，仿佛不是去挑战死神，而是赴一场山水之约。

自从离开畚箕窝以后，他好久没有这般轻松的感觉了。独自依偎在大自然的怀抱，浓雾将树木花草尽情遮盖，把整个世界留给耳力去驰骋——他听到不远处有一只野鸭，在山涧里嘎嘎觅食；有一只灰鹭撞及树干，跌进茂密的野芦苇丛。盖天顶的芦苇丛像曳地长裙，里面掩着无数不见天日的花骨朵，尚未绽放即无声陨落。这一方令人望而生畏的绝地，到底摧残了多少惊恐的生命？又埋藏着多少腐败的青春？

子夜时分，李文茂披荆斩棘，登上天台。

台上积年的落叶足有两尺多厚，受雨露浸淫，落叶已经变成了一条僵硬的毛毯。李文茂上去踩了踩，软中带硬，硬中有软。他来回在天台走了几趟，没有放过一个死角，直到对周围的环境了然于胸，方才做到心里踏实。

距离拂晓还有段时间，他选了一棵最高大的马尾松，跳了上去。

大地沉默，万籁俱寂，李文茂的耳力穿越雨雾，似乎听到远处花开花落的声音。他从囊中掏出那尊“食菜事魔教”女护法陶塑的碎片，在掌心一一拼接，最后竟然拼出了谭李氏撩开面纱的戚容——桂林“李半城”乃天下闻名的翰墨之家，女人长成这个样子，难道说她的生身之母是白头番？

李文茂从谭李氏想到“食菜事魔教”女护法，又从“食菜事魔教”女护法想到石像三十二穴功法。意念所至，身体三十二处大穴同时异动。

李文茂和金蟾道士同样修炼“六祖心经”，在第三重境界的最后关口踏上歧路，其中一个很重要的原因是李文茂受到了石像三十二穴功法的影响。他甚至怀疑，自己之所以没有能拨开云雾见晴天，实拜石像三十二穴功法所赐。

由于这套功法，李文茂一路顺利参悟“六祖心经”；又因为这套功法，他在“六祖心经”的最后关口迷失了方向，真是成也萧何、败也萧何。在李文茂看来，石像三十二穴功法能够影响自己修炼“六祖心经”的效果，可见它是一门比“六祖心经”更古老、更具有生命力的神奇功法。明天就是与武林至尊决一死战的日子，“小元霸”已经没有时间分辨石像三十二穴功法对自己到底是祸还是福。他收起心猿意马，努力将女人的脸庞逐出心房，暂时忘却石像三十二穴功法，双脚倒挂枝头开始练功。

当清晨第一缕阳光穿透云层，日夜瞬间转换，黑暗与光明震荡交替，绝望的世界泛出希望的种子。如同戏棚“发报鼓”骤然响起，千万条金线射进雨雾，盖天顶眨眼变成了一座金碧辉煌的殿堂。鸟儿在金色的屋顶飞翔，花儿从墙壁里探出白皙的脖颈，潮湿的落叶散发着令人心醉的气息，爬出冬眠的青蛇失去了红色的回忆。

这一切是梦吗？

李文茂没有睁开眼睛，但周围的一举一动逃不过他的耳朵。他的耳力可以刺穿雨雾，刺穿青色的长空，甚至可以识别色彩。在生死决战的最后时刻，李文茂思如泉涌，一个接一个的全新领悟如潮水滚滚袭来，让他应接不暇，幻象由此而生。

火龙珠又开始发亮，谭李氏的容貌重新浮出水面，像那尊“食菜事魔教”女护法一样直勾勾地看着自己。李文茂突然想起来，九年前，他和她在相思江上曾经偶遇——那时她在楼船里鼓琴，那时火龙珠也曾振动，那时陈罗婵也曾诘问自己。

这个神秘女人的出现是祸不是福——决战在即，李文茂却被层出不穷的开悟所吸引。他的身体像开了锅一样，若有若无的真气从神阙穴里爬出来，在三十二处大穴来回穿梭，如同石头丢进河里，水面上的浪花旋起旋灭。这些花朵美丽得销魂，仓促之间难结果实，叫人分不清是虚是实。李文茂被幻象深深地吸引，舍不得离开须臾，像一只徜徉在水面的蜻蜓，浑然不顾周遭的危险，沉溺于贪婪的采集，死活不撒手。幻象极大地损害了李文茂的耳力，降低了他捕捉危险信号的本领。

雨水从脚到头飞速流淌，迅疾地滑过肌肤，与暴起的血管产生摩擦，燃起丝丝白烟。白烟里流出来的，是真气吗？

拂晓时分，金蟾道士和明月道士到达天台，前者打着一把油纸伞，背着一架琴；后者身裹蓑衣，手提着一个篮筐，里面盛着刚刚煮好的五花茶。蓦然发现倒悬枝头的李文茂，明月道士吓了一跳：“呀，他来了。”

金蟾道士考问明月道士：“你说说，李班主为何挂在树上？”

“可能是他一种别出心裁的练功方式。”明月道士猜测。

“有道理。”金蟾道士笑着说，“既然如此，那就别打扰他。”

明月道士灵机一动：“他在树上练功，正是下手的好机会啊。”

金蟾道士摇了摇头，这个办法对付别人行，对付高度警觉的“小元霸”根本没用。当年李文茂羽翼未满时，合戴尚文和萨尔根两大高手之力尚且未能偷袭得手，更何况现在修炼了“六祖心经”？武林至尊转动眼珠，提醒明月道士：“明月，你仔细看那些白烟，说明他全身经脉都在运转，真气外溢到了一个顶点。你此时偷袭他，必遭真气反噬，偷鸡不成蚀把米，传到江湖上有失本门清誉。”

太阳雨中虽有光芒，但雨帘下白烟稀薄，搅和在浓雾里，不仔细看还真发现不了。明月道士欣喜若狂：“师祖，他体内有第三道真气，说明大功未成，咱们动手吧？”

白烟袅袅，雾气蒸腾，很难看清是真气还是普通气息。这时候，一缕阳光穿透雨雾的缝隙直射而来，将一粒粒雨珠劈为两半。武林至尊情不自禁地向后退了一步，抬头仔细观察了一会儿天空，嘴角露出微笑，仿佛自言自语：“急什么？再等等。”

李文茂已经听到金蟾道士爷孙俩的脚步声，但他正在幻象里重新勘合“六祖心经”，舍不得跳下马尾松。他的身体紧绷如弓，随时准备应付敌人的攻击，然而，雨蒙蒙，雾重重；光烁烁，影离离。时间一分一秒地过去，金蟾道士纹丝不动。

太阳雨，太阳雨，是那么的安详、那么的美丽、那么的绝情。盖天顶号称绝地，致命力量无处不在，远远超出李文茂的想象。金蟾道士没有发动进攻，并非出自风度和善意，他是在等待一个可怕的杀手，不战而屈人之兵。

雾霭经年笼罩的盖天顶，闪电后有一种阴雷，常常会在太阳雨里出现，它亦是天气放晴的信号——所谓阴雷，即无声之雷。金蟾道士观察天象，不免大喜过望，李文茂倒吊在马尾松上练功，这不是蛇仔钻竹筒，自寻死路吗？

不知道过了多少时候，雨丝缱绻，风儿阑珊，金色的雾霭仿佛被骤然撕开一个口子。闪电过后，阴雷凌空而下，不偏不倚劈中马尾松林。强大的电流瞬间穿过那棵马尾松的身躯，李文茂一头栽入潮湿的叶丛，青烟从他的后背冉冉升起。

电光石火之间事发仓促，明月道士惊骇万分，心头茫茫一片，有一种说不出的感觉。难道说威震江湖的“小元霸”就这么完了？

被阴雷击中，非死即伤，金蟾道士吩咐：“明月，去叫醒李班主。”

明月道士走到前面一看，呀，李文茂真是惨不忍睹，头发根根直立，俨然一把佛山堡出产的铁拂尘。他弯腰喊道："李班主，李班主，你没事吧？"

李文茂趴在地上纹丝不动，没有回应。

金蟾道士问："怎么啦？"

"师祖，李班主好像不行了。"明月道士惊叫起来。

"没那么容易，他可是钢筋铁骨。"金蟾道士大声笑起来，"快把李班主叫起来，待会儿云开雾散，一定要让山下的人看到他，免得人家说本门胜之不武。"

被阴雷击中前，李文茂已经偷偷地睁开了眼睛，这一看不要紧，顿时头晕目眩——只见闪电激起片片落叶，形成一个巨大的立体旋涡，雨帘穿心而过，这不正是自己多年来一直苦苦探索的"三衡归一"吗？与当年在大雾山看到的不同，由落叶组成的图景更加清晰，每一片叶子所在的位置和飞溅的方向均明确无误。

强大的电流瞬间摧毁了一切幻象，李文茂的脑海里白浪滔天，唯独没有冲洗掉这幅顽强的图景。李文茂的五脏六腑惨遭重击，好在神志依然清醒，金蟾道士和明月道士的对话他听得清清楚楚，可就是舍不得从落叶堆里爬起来。

明月道士提高了嗓门："李班主，起来吃茶。"

李文茂万般无奈，只得起身："两位道爷，我是不是遭了雷劈？"

"雷公哪敢惹你？"金蟾道士打趣，"此山为贫道修法养性之所，尊驾远来是客，贫道当尽地主之谊。明月，奉上茶来，为李班主压惊。"

李文茂抱拳道："多谢道爷美意。"

金蟾道士拍了拍琴盒："李班主，今日切磋武艺实属空前绝后，当不落俗套。你吹笛子我抚琴，咱们来个品茗清谈，给武林留下一段雅事，如何？"

李文茂说："惭愧，在下没有带笛子。"

"那还不好办？"金蟾道士指着天台下的竹林，"此地竹林如海，无人砍伐，李班主折一支便是。"

这时，雨已经停下来，李文茂扒掉前后胸粘着的树叶，从地上捡起淋湿的短褂，拧过水后套在身上。阳光逡巡，天台上三个人都没有闲着——明月道士挪走被阴雷劈断的树干，敛起纷乱的树枝；金蟾道士拔出几个树墩，用

“镆铘剑”割了一张茶几和两把凳子；李文茂则到林子里选了根合意的翠竹，用三叶锥钻了七个眼，削了一管竹笛。

二人相对而坐，明月道士在旁伺候倒茶。金蟾道士笑着说：“李班主，天台奇景为盖天顶一绝。此地山雾清明如镜，咱们看山下不清楚，他们看你我却透亮。”

李文茂明白他的意思，举起茶碗啜了一口，由衷赞道：“好茶。”

金蟾道士拨了拨琴弦：“此茶采集荷花、兰花、桃花、芍药和蔷薇所制，最要紧的是须用蓝溪水煮泡，否则难撷五花之芳，只是一个凡品。”

李文茂问：“蓝溪？”

“蓝溪乃盖天顶一山灵气所钟，功用神妙，天下无双。”金蟾道士说，“七里外有一处断崖瀑布，下到崖底，再走个把时辰就到。”

难怪金蟾道士和明月道士爷孙俩皮肤白皙，青春永驻，原来是借助蓝溪水之功。李文茂叹了口气：“在下九年前曾经访过宝山，可惜无缘得识此水。”

金蟾道士郑重地说：“李班主，宝剑赠英雄，骊珠送佳人。蓝溪有赞化之妙，对参详武学大有助益。倘若贫道死在你手，这条蓝溪水就送给你了。”

李文茂摇了摇头：“纵然晚辈能活着下山，年底即为本门举义之时，将来马革裹尸，哪还有工夫深山悟道？”

常言道，道不同，不相与谋，李文茂不假思索地予以拒绝，金蟾道士亦觉尴尬，于是换了个话题：“请问李班主，方才枝头所悟者何？”

“一路刀法。”李文茂回答，“唤作‘龙渊刀’法。”

金蟾道士猜测是李文茂用来对付“逍遥剑”的新功法，淡淡地一笑：“久闻尊驾以气驭音的功法，能不能让贫道见识一下？”

这是要探测李文茂内功的底细，以及他被阴雷重创的程度。李文茂没有介意：“在下熟悉粤三家的诗词，道爷想听哪一首？”

金蟾道士说：“梁药亭的吧。”

药亭是梁佩兰的号，粤三家中只有梁佩兰没参加过抗清斗争，早早归顺清廷参加科举考试，终其一生都在结交权贵，为功名奔波。他的诗词肉多骨少，常作无病呻吟，能拿得出手的不多。李文茂左挑右选，吹了一首梁佩兰的《踏莎行·江上闻笛》：

高峡云愁，清湘水咽；
龙吟夜半飞寒铁。
孤舟独钓四茫茫；
红衫几点落残雪。
斑竹萧骚，黄芦凄切；
江楼梦到关山月。
关山月苦照何人；
闺人泪作燕支血。

天台景致不愧盖天顶一绝，坐在上面好像坐在一个大玻璃罩子里。薄雾如同纱帘一样轻轻拂面，阳光将迷幻的色彩镶嵌其上，从山下看简直就是祥云里的瑶池。李文茂吹罢笛子，欠了欠身："贻笑大方，幸勿见罪。"

俗话说，行家伸伸手，便知有没有。武林至尊听了以后呆呆发愣，对方的笛声宛如一首柔和洒脱的天籁，使自己差点失去了戒心，忘记了正身处于一场惊心动魄的武林巅峰决战。好在李文茂内力固然出神入化，但呈现出一种紊乱交错的状态，看来刚才被阴雷伤得不轻。金蟾道士稳了稳心神："李班主，贫道最推崇白沙先生，你想听哪一首诗？"

阳光透过晶莹的薄幕，敷陈在金蟾道士俊美的面颊上，看起来如同一尊无瑕的雕塑。李文茂把笛子插进腰里，心头不禁升起了阵阵迷惘——如此天赋纵横的一代人杰，却为何自甘堕落给清廷当奴才？

两大高手表面上相敬如宾，其实寸步不让。粤三家中，屈大均和陈恭尹是抗清志士，金蟾道士偏偏点名要听梁佩兰的词；陈白沙诗作的主要内容是描写逍遥天地游，李文茂不想听金蟾道士聒噪那些当神仙的道理，特意点了一首沉痛的《崖山慈元殿吊古》：

信国诸臣近有碑，一陵濒海尚堪疑；
荒山野水无人到，落日长风送客悲。
天地几回人变鬼，风波万里母将儿；
萋萋芳草慈元下，邂逅渔樵问旧时。

武林至尊鼓完琴，有意岔开话题："听说尊驾真气的归宿在神阙穴，可有此事？"

李文茂颔首："正是。"

金蟾道士叹了口气："李班主，不是贫道灭你的锐气。白沙先生曾说过，天地我立，万化我出，而宇宙在我。儒、释、道三家同炼此心，武学大道岂容悖逆？第三道真气与体内凡常气息融为一体，已然是人体极致。切断真气之根，将真气自神阙穴彻底逐出体外，这是哪一家的道理？莫要再执迷不悟。"

同为当世两大绝顶高手，李文茂和金蟾道士有许多相同之处，也有着本质的区别。单从思想上来说，李文茂对陈白沙虽然极其尊敬，但对其心学并不盲目认同，他以为这种夸夸其谈往往流于媚俗，无益于塑造真正大无畏的人格。有明一代心学大行其道，导致社稷倾覆，生灵涂炭，明末大儒颜元有"无事袖手谈心性，临危一死报君王"的感慨，而实际上"无事袖手谈心性"者不计其数，"临危一死报君王"者寥寥无几。

老百姓手无缚鸡之力，保全身家有情可原。而像金蟾道士这样的一代人杰贪慕富贵，助纣为虐，李文茂绝不相信这样的人能领悟武学大道——苟且偷生就是苟且偷生，还吹嘘什么修炼无漏金汤？拿白沙先生的逍遥当遮羞布，实在叫人不齿！

李文茂弯腰从地上捡了几根草，束起头发："前辈此言差矣，太虚高悬于苍穹，心只是它的影子而已，焉能包罗无极万象？晚辈这些年日日诛心，并没有修炼出什么无漏金汤？所得仅为一条天地往返的舢板，出仁入义，舍此别无他物。"

"你说得轻巧。"金蟾道士出言讥讽，"若是没有心，你如何识得仁义？"

"我辈仁义自肺腑出，不从心头起。"李文茂掷地有声。

金蟾道士眼珠一转："李班主大义凛然，贫道佩服之至。我给尊驾出一个主意，可助你切断第三道真气之根，将所有的真气逐出体外。"

李文茂向他拜了一拜："愿闻道爷高见。"

"其实，这个办法并非贫道首创。"金蟾道士冷冷地说，"李班主，据说你当年曾在畚箕窝挥刀刺穴，探寻'六祖心经'的修炼法门。今日何不效法故智，刺穿三十二处大穴，切断第三道真气的存身之地？”

人体三十二处大穴皆为要害，随便刺穿一处都要命，更别提挨个扎一遍。明月道士认为师祖这个主意出得有失身份。李文茂自己却没生气，自言自语道：“刺穿三十二处大穴，不等于重新换了一副肉身？”

“李班主果然聪慧。”金蟾道士调侃了一句。

李文茂问：“道爷不需要换一副肉身吗？”

“我身完满，我心自足，天地间一切无不备于我，为何要换？”金蟾道士自矜，“倘若没有修炼出无情剑法，无情剑怎么会落入贫道之手？”

“太极返无极，有情观无情。”李文茂大笑，“肉身修炼得再好，终究难逃一灭，莫非道爷忘了那个悔字吗？”

金蟾道士把脸一沉，声调变得骤然刺耳起来：“无极生太极，无情观有情。李班主，贫道此刻心里只有一个悯字。”

天台上云烟蒸腾，空气越来越稀薄，光线黯淡，杀气从两个人身上渐渐溢出。金蟾道士举起茶碗：“李班主，时候不早了。”

李文茂站了起来：“请。”

风萧萧，雾沉沉，两大高手各自拔剑。火龙珠看到“镆铘剑”，禁不住呜咽哀鸣，红色光芒洒在衰草上，平添一分英雄对决的悲壮。

盖天顶水雾如镜，编织出锦绣天地，亦折射出两大绝世高手心头的惶惑——“天下第一剑客”失去优雅的风度，并非被对手的言论激怒，而是因为决战前夕多日不见的第三道真气再度出现。这是一个可怕的征兆，它意味着膻中穴极有可能不是“六祖心经”的终点；李文茂同样受困于此，马尾松枝头倒挂的诸多幻影中，竟然流淌着第三道真气的影子。“小元霸”一时丈二和尚摸不着头脑，到底是自己没有练成“六祖心经”？还是说这些真气仅仅是自己情绪紧张时产生的心理反应？

不管怎么说，二人为当世绝顶高手，破绽也好，优势也罢，几乎瞒不过对方的目光，他们也早就各自准备好了此战的杀手锏——金蟾道士打算用完美无缺的“逍遥剑”法取胜，李文茂则试图激发石像三十二穴功法的威力。金蟾道士劝道：“李班主年纪轻轻，贫道不忍伤了你的性命，主动弃战现在还来得及。”

来到天台才半日，李文茂发现自己已经深深地爱上了这里的一草一木。金蟾道士称雄武林二十余年，气度不凡，风姿绰约，要不是洪门举义需要拿他祭旗，说心里话，李文茂还真舍不得砍下他的头壳："晚辈今日上盖天顶，为大义而非私仇，请道爷恕罪。"

金蟾道士用剑刃向山下一指："尊驾是为了他们？"

"不错。"李文茂点了点头，"还有普天下不甘臣虏的苍生。"

金蟾道士用指肚拭去剑刃的水汽，目露寒光："一剑生得万春辉，贫道无情剑在手。敢问尊驾有几分胜算？"

"胜负难期。"李文茂淡然道，"唯有一腔英雄血而已。"

"天下第一剑客"手里的"镆铘剑"慢慢划过地面，落叶受剑气激荡，旋即逼回，钉在地面上一动不动。露过一手后，金蟾道士问："李班主，你见识过'迟疾任情'吗？"

金蟾道士与大度和尚的比武，李文茂从罗大纲嘴里听说过一二。这种武林巅峰比武最宝贵的经验来自当事人，可惜大度和尚不会透露给李文茂。金蟾道士如何活学活用刘华东的"迟疾任情"一式，李文茂尚不清楚，只好摇了摇头。

金蟾道士又问："'太乙无影'呢？"

李文茂依旧摇了摇头。

通过这两个问题，武林至尊印证了大度和尚与李文茂的隔阂，心中坦然，微微一笑，打了个稽首："无量天尊，李班主，你我飞花摘叶皆可伤人，生死一念间。若有未尽之言，请吩咐给明月，让他来办。"

"多谢成全。"李文茂躬身还了个礼，"晚辈修炼不比道爷圆满，此心既为一叶扁舟，从来处来，向去处去，没有什么未了心愿。"

金蟾道士一愣："难道你不牵挂山下那些兄弟？"

"我心似他心。"李文茂答道，"有何牵挂？"

金蟾道士顿觉羞惭——自己口口声声号称逍遥，临了尚不如这个年轻人放得下。他将"镆铘剑"向上微微提起："李班主，留神了。"

李文茂把剑交至左手，拧身踏在厚厚的落叶丛中，全身前弓后箭，深吸一口气，右掌蜷起四根手指，猛地向前推出，道了声："承让。"

这一招式不是别的，正是洪拳的基本手法“一指定中原”，普通得不能再普通。金蟾道士错愕地问：“李班主，为何用这个招式？”

别看这个招式简单，却象征着洪家兄弟反清复明、收复中原的伟大理想，也代表了李文茂此时此刻坚定的信念。他微笑着说：“此招不够吗？”

金蟾道士算无遗策，谋定后动，自恃有四大优势可以战胜对手：其一：经过改善的“逍遥剑”法完美无缺；其二：作为无情剑的“镆铘剑”锐不可当；其三：盖天顶雾霭深锁，自己的目力可贯穿云雾，占尽天时地利；其四：对手惨遭雷击，经脉紊乱。在这种情势下，李文茂竟然使用洪拳最普通的招式对敌，简直不把自己放在眼里。武林至尊彻底被激怒了，使出一招“天同寻幽”，照准李文茂的膻中穴狠狠地刺来。

两大绝世高手对阵，每一剑都能取人性命。金蟾道士一剑刺出，剑气冲天。“盘龙剑”不敌“镆铘剑”的锋锐，李文茂不得不侧身躲闪，落入下风。武林至尊连刺七剑，最后一剑刺伤李文茂的左臂。他收剑矗立，傲慢地问：“李班主，你打算继续用这套洪拳吗？”

李文茂回敬一招：“且看此刀。”

李文茂放弃洪拳招数，改用一套红班拳的八斩刀——通常八斩刀是双刀，每把刀的长度不足三尺，属于近身肉搏的袖珍刀型。李文茂拿“盘龙剑”当刀仔对敌武林至尊，仍然不给金蟾道士留面子。武林至尊气不打一处来，长啸连连：“休怪贫道无礼。”

八路刀法使尽，金蟾道士一式“天梁断途”，刺中李文茂后心。李文茂纵身跃起，后背被划开了一个大口子，高声叫道：“痛快，痛快。”

金蟾道士怒目而视：“李班主，你还要继续玩下去吗？”

李文茂出师不利，接连身受两创，鲜血淋漓，却显得丝毫不以为意。明月道士在旁边挑起大拇指，啧啧称奇——江湖传闻“小元霸”是铜浇铁铸的罗汉，果然非虚。

李文茂哈哈大笑：“道爷剑法神出鬼没，天下称尊，李某平时渴求一晤而不得。今日当面赐教，自应珍惜，哪敢轻易放弃一招半式？”

金蟾道士面色凝重，握剑的手微微抖动，他终于领略到对手的可怕之处——李文茂今天来盖天顶比武，不但要取自己的项上人头，而且想把“逍遥剑”一招一式琢磨透，真是吃肉不吐骨头渣。处于劣势的对手凭什么如此自信？难道就凭他修炼真气的归宿在神阙穴？武林至尊百思不得其解，讽刺道："李班主，你莫要打错了算盘。"

李文茂又换了一套刀法："呵呵，再来看看这个。"

"小元霸"这回使的是蔡李佛拳的七星梅花双刀，十几个回合走过，"镆铘剑"的剑刃擦过李文茂的右胁，登时血流如注。李文茂忍住疼痛，反手一剑，直奔金蟾道士的膻中穴刺来，武林至尊扭身避过，喝一声："李班主，沉不住气了吗？"

明月道士所言非虚，膻中穴确是金蟾道士的真气归宿。李文茂一剑试出对方命门，双手抱拳于胸："道爷不打诳语，果有尊者风范。"

"彼此彼此。"金蟾道士拭去剑身的血迹，"李班主，贫道这套'逍遥剑'有何破绽？"

李文茂止住流血的创口："道爷剑法已臻完美，并无破绽。"

金蟾道士诧异地问："那你不认输？"

"从来只有站着死的男儿，"李文茂挺"盘龙剑"劈头砍下，"哪有跪着降的英雄？"

武林至尊冷笑："贫道只好成全你。"

盖天顶这一场生死大战，两大绝世高手使出浑身解数，杀得是草木萧萧，鬼神皆惊。双方大战八十回合，金蟾道士终于觅得空当，一剑刺中李文茂的神阙穴。李文茂疼痛难忍，一条腿撑着身子摇摇欲坠，金蟾道士发出阵阵得意的长啸，向山下群雄表达胜利的喜悦。

明月道士喜道："师祖，你刺中了他的命门。"

金蟾道士优雅地做了个手势："快将李班主扶起来，看他有何遗言？"

明月道士正要上前，却见李文茂摇摇晃晃地站了起来："不用。"

命门被刺中竟然能站起来？金蟾道士爷孙俩瞠目结舌，无法相信自己的眼睛。明月道士愤怒地跳了起来："姓李的，你公然使诈，算什么江湖豪杰？"

李文茂忍住痛："李某如何使诈？"

"你，"明月道士结结巴巴地说，"你不是说真气归宿在神阙穴吗？"

李文茂点头："对啊。"

绝世高手生死决战，不可能轻信对方的言论。“小元霸”的命门在神阙穴，武林至尊在搏杀中已经验证无疑。他心中突然一动：“李班主，难道说，你果真斩断了真气之根？”

“明人不说暗话。”李文茂沉重地摇了摇头，“道爷，晚辈尚未找到心头那道光，纵然斩断真气之根，将真气逐出体外又有何用？”

“光？”金蟾道士喃喃自语，“心头那道光？”

依照李文茂话里的意思，他似乎并未彻底练成“六祖心经”。明月道士难以置信，迫不及待地问：“那你为何没死？”

“中剑之前，在下亦感困惑。”李文茂道，“但是现在想明白了，这要感谢刚才那阵无声之雷将李某的经脉震乱，三十二穴挪了位置。”

“小元霸”一席话说毕，金蟾道士面色煞白，绝望得像跌入了一口冰窖——三十二处大穴悉数移位，那不等于练成了金刚不坏之躯？武林至尊平生第一次从里到外冒寒气，语速也变得急促起来：“李班主，阴雷威力甚大，普通人被震乱经脉非死即伤，你非但没事，而且三十二处大穴齐齐地移了位，一定是练过什么奇异的功法吧？”

李文茂叹了口气：“道爷好眼力，晚辈确实练了一套石像三十二穴功法，原来以为它是个累赘，未料反倒成全了在下。”

“石像三十二穴功法？”金蟾道士问，“贫道怎么没听说过？”

李文茂答道：“‘食菜事魔教’绝迹多年，仙长从何而知？”

“食菜事魔教”源自波斯的琐罗亚斯德教，即中国人熟悉的祆教，或者叫拜火教。这套宗教是人类文明最古老的成熟教义，与琐罗亚斯德这位大佬相比，古今中外的圣人有一个算一个，像什么老子、孔子、释迦牟尼、柏拉图、耶稣、穆罕默德等均为小弟。李文茂修炼石像三十二穴功法十余年，不知不觉间身体穴道发生潜移默化，这便是他无法真正突破“六祖心经”最后关口的原因。今日拂晓，那阵阴雷临门一脚，无意间帮助他迁徙了三十二处大穴的位置，完成这一武林史上前所未有的伟大创举，可谓鬼使神差。

穴道迁徙，别说找不到对手的神阙穴，连三十二处大穴也失去了目标，这场万众瞩目的比武还有什么胜算？好比从胜利之巅跌落万丈深渊，金蟾道士万念俱灰，举剑怒吼：“穴道竟然能迁徙？你拿贫道当三岁的伢仔吗？看剑。”

形势急转直下，任凭“天下第一剑客”剑法再美，找不到敌人的死穴也是枉然。完成穴道迁徙后的“小元霸”犹如披上了一层不破金甲，取得了巨大的不对称优势，取胜不过是早晚的事情。待他完全吃透“逍遥剑”法，“盘龙剑”剑走龙蛇，使了一招“红泥半堕”，一剑破开万重花，挑中武林至尊的膻中穴。金蟾道士踉跄倒地，“镆铘剑”丢出好几丈远去。

明月道士扑了上去：“师祖，师祖。”

金蟾道士忍着剧痛：“扶我起来，李班主说得不错，大丈夫顶天立地，死也要坐着死。”

明月道士含着泪把武林至尊扶起来，端端正正地坐在草丛。金蟾道士那张俊美的脸庞沾染了血迹，李文茂从地上捡起“镆铘剑”，塞进他的手里：“道爷，剑在这里。”

金蟾道士神情黯然：“李班主，你如何有缘学到这门神功？”

李文茂瞥了一眼明月道士，把当年的遭遇一五一十地说了一遍：“道爷，你说这套功法会不会契合‘六祖心经’指引的方向？”

金蟾道士自负神功盖世，“逍遥剑”完美无缺，无论如何都不相信自己会败给李文茂，也不相信自己会练不成“六祖心经”。此刻听了李文茂的陈述，心中恍然开悟：“三十二处大穴尽行迁徙，此天地重开、破旧立新之兆，正是六祖他老人家的心旨所在。”

“道爷，”李文茂疑惑地问，“石像三十二穴功法湮没已久，比释门传承更为古老。天地若是重开，因何指向昔日？”

石像三十二穴功法再古老，总比不过“天盖璇玑阵”吧？而“镆铘剑”为白龙化身，直与天地相始终。金蟾道士端详着“镆铘剑”，神情凝重地说：“沧海桑田，其魂不灭，你应该问它。贫道有一句话，李班主，不知当讲不当讲？”

李文茂忙说：“道爷但讲无妨。”

金蟾道士将“镆铘剑”递到他手里：“此剑虽然通灵，在人间却为不祥之物。”

“镆铘剑”出世以来，经历过两次武林巅峰决战，匪夷所思的是，持有者皆落下风。李文茂拱了拱手：“晚辈早将生死置之度外，祥与不祥由它去。”

金蟾道士沉默片刻，睁开眼问：“李班主，你说你诛了多年的心，寻找那道光亮。贫道倒想听一听，在你的眼里，何为心？何为有情与无情？”

堂堂“天下第一剑客”临死前发出如此之问，李文茂心里很不是滋味，他想起了“赛潘安”托体白血童子占卜的那一幕，不由得感慨万千——连鬼都无法忘情，更何况是人？斟酌再三后答道：“依李某揣测，心无非一只寻光的白鸟，只有远远飞到天上去才能算作无情。否则萦绕大地，阴魂不散，终究和人一样，仍是个有情鬼。”

“好一把无情剑，好一个有情鬼。”金蟾道士仰天大笑，气绝而亡。

第一百二十五回　以剑辟蛊

五月初八白龙出世日，“小元霸”在盖天顶大战“天下第一剑客”，提着金蟾道士的头壳回到六步潭。山下群雄无不惊为天人，洪家兄弟更是激动得涕泗滂沱——二十余年压在心头的巨石终于被搬走，洪门有了领头雁，年底举事的前景绽露曙光。

众家英雄在六步潭宴饮狂欢，庆贺新一代武林至尊的加冕。三日后洒泪分别，绿林好汉和武林高手各归来处，洪家兄弟则分路向大明山进发，准备在龙头峰筹备李文茂就任洪门之主的登基大典。道光二十六年有两个五月，鉴于五月初八是白龙出世日，李文茂又在这一天击败了金蟾道士，因此洪门之主的登基大典就选在闰五月初八。

距离加冕日尚有一个月，时间绰绰有余。李文茂辞别大队人马，只带了十来名扈从到九嶷山畚箕窝重温故地，然后返回平乐府北上，追思当年易兰花的踪迹。时光荏苒，这一日午时抵达柘木渡，李文茂站在船头环视，但见青山绿水，酒旗标树，水波漓漓，群山倒映，一切似乎都没有变，只是少了一位故人。

黄三全小心翼翼地问：“二爷，上去歇个脚吧？”

“秋蛰”客栈和“老鱼头”酒家位于渡口一侧，昨日下了雨，招牌被刷洗得清亮洁净，仿佛知道有故人要来。李文茂想起九年前那段鸳鸯归程，不觉黯然神伤，摆手道：“也好，吃罢午茶就走，天黑前过相思江，不可耽搁。”

众人登岸，潘其泰在前带路，径直朝“老鱼头”酒家的旗子奔去。李文茂跟着他们上了二楼的雅间，这边点酒布菜，那边窗外传来丝弦声。潘其泰探身一看，原来是一对父女在江边卖艺，他嘻嘻一笑：“二爷，是杖头木偶班。”

这对父女衣衫褴褛，形容枯槁，当爹的手里举着杖头木偶操控表演；闺女声调嘶哑，怀里抱着一把旧琵琶，四根弦断了两根，与“逃军和”当年送给阿梅的那把倒有一比。看木偶戏的是几个泼皮无赖，在旁边起哄调笑，逼迫父女二人唱黄色小调。

黄三全请示：“二爷，要不要把他们撵走？”

穷困父女卖唱求生，泼皮无赖打不完、杀不绝，聒噪捣乱为街头随处可见的景象。李文茂摇了摇头：“不必，走的时候给他们父女留点银子。”

酒菜端上来，李文茂手握酒杯，默默地饮了一口，窗外传来盲女的唱腔：

巴豆开花白抛抛，啰；
妹当共兄做一头，啰。
白白手腿分兄枕，啰；
口来相斟舌相交，啰。

盲女嘶哑地唱到半途，突然“咔嚓”一声，琵琶仅有的两根弦又断了一根。那些泼皮趁机耍赖：“弦子断了没味，倒了爷们的胃口，不能给钱。”

黄三全一听，怒从心头起，正要下去教训教训这些狗东西。却见李文茂抽出竹笛，慢悠悠地开始伴奏。笛声悠扬舒缓，声音若即若离，流淌着一股无法抗拒的力量。围观的泼皮们面面相觑，心惊胆战，停止了喧哗；盲女精神为之一振，唱腔也流畅了许多：

头帆挂起尾正正，啰；
中帆挂起船要行，啰。
大船细船去到了，啰；

放掉俺妹无心情，啰。

李文茂凭借石像三十二穴功法击败金蟾道士，更加坚定了修炼“六祖心经”的方向，体内第三道真气的影子尽数灭绝，普通气息脱胎换骨，展现出全新的气象。笛声无远弗届，跨越柘木渡向西飘拂，惊动了一群绝望的人。

这支船队挂着临全埠李念德商号的旗帜，里面坐着李宗瀛、汪剑峰和彭昱尧等名士，他们刚从永宁州的百寿岩为黄锡祖治病归来。“杉湖十子”中，黄锡祖年龄最小，生活清贫，运气最差。去年他到苗山游历，碰到一位美丽多情的苗家少女，恩恩爱爱，海誓山盟，就此埋下了祸根——苗家少女暗中给他下了情蛊，黄锡祖逾期未能践约，情蛊发作，酷烈难当，三魂先丢了两魂，眼看不治。

黄锡祖不是不想践约，不是不想自由飞翔，不是不想趴在销魂窝里打盹。可他毕竟是个读书人，规规矩矩的读书人，有点梦想的读书人。他的梦想是著书立说、光宗耀祖，让他去苗山里做一朵爱情的火花，他做不到！

做不到便要付出代价。彭昱尧见黄锡祖被情蛊折磨得骨瘦如柴，心里十分难受，抬起头来愤然道：“那个贱货在什么地方？我找人收拾她。”

黄锡祖摇摇头：“怪不得人家。”

汪剑峰叹了一口气：“情缘孽债，不提也罢。”

彭昱尧生来其貌不扬，又黑又瘦还是个驼背，活像一只刚从海里捞出来的皮皮虾。他晃了晃头上的辫子，自嘲：“香圃，你要是长我这副模样，她能给你下情蛊？”

黄锡祖是个标准的圣人门徒，不趋炎附势，不折节弯腰，诗写得别具一格。这样一位高蹈独立的文人命运多舛：“长衢裘马多同学，陋巷箪瓢渐绝粮”——哥们儿人五人六，唯有他老兄饿得翻白眼，这日子还有什么意思？一辈子严格要求自己，仅仅冲动了一次，结果被恩恩爱爱的女人往死里整，这世界还有什么天理？

哀莫大于心死，诗人有诗人的风格。黄锡祖从怀里掏出一张纸，哆嗦着说：“自个儿的病自个儿治，你们看我这首诗写得如何？”

李宗瀛接过来一看，眼泪险些没有流出来，这首诗的题目是《辟蛊》，曰：

山巉水刻生计微，林峦蒸郁毒雾霏；
悲哉南人日以蹙，更溺蛊虿心何为？
睚眦成仇便欲杀，衽席之好还嫌猜；
生来淫贪已滋惑，久矣此蛊谁能治？
…………
或云黄金作缠臂，约指亦可祛飞灾；
男儿不佩肘后印，谁能辨此女子痴？
囊中有钱且沽酒，生人无术吾为谁？

船舱的桌子上，除了茶具就是一捆蓍草，彭昱尧十个手指头夹得满满，弓着腰为黄锡祖的病情占卜。他抑扬顿挫地解析："这是个困卦，表面看起来困迫不已，但对于君子和英雄来说却是元亨利贞。情蛊必有所解，香圃，你不用发愁。"

论及江湖习气，彭昱尧在"杉湖十子"中力压汪剑峰，独占鳌头。他三岁头上丧父，家境极为贫寒，幸得广西提督学政池生春提携，才从老家平南来到桂林城游学。后拜桐城派古文大家吕璜为师，打入桂林的文人圈子，算是有了一席之地。他的同学像朱琦、龙启瑞和王拯莫不是官运亨通，考状元的考状元，当翰林的当翰林，入军机的入军机，在京城呼风唤雨。只有他三次会试不第，没捞到一官半职，一腔怨气，添了几分野性子。

"愁个甚？"黄锡祖说，"我就要解脱了，高兴还来不及呢。"

李宗瀛凑上去："关键看爻辞。"

"爻是九二，'困于酒食，朱绂方来，利用亨祀，征凶，无咎。'"彭昱尧道，"你看看说得多准？饮食男女，困于酒食是指香圃被女人绊住了；朱绂方来、利用亨祀就是说应该虔诚敬神，沾点仙气，然后摆脱那个娘们儿。"

"哪尊神管用？"李宗瀛垂头丧气，"桂林城的庙咱们都拜完了。"

彭昱尧正要开口，忽然汪剑峰做了个手势："嘘，别说话。"

众人立刻竖起耳朵，一阵竹笛破空传来，声音虽然不大，但是音符玲珑剔透，音色清晰饱满毫无分散。彭昱尧脱口而出："彼音悦耳，此音铭心，这不就是神吗？"

李宗瀛兴奋地说："对啊，二爷夺回了无情剑，无情剑是天上的白龙化身，杀个把情蛊还不是小菜一碟？"

李文茂击败金蟾道士的消息像长了翅膀一样，早已传遍粤西，成为街头巷尾的美谈。老百姓对这位一统江湖的传奇人物奉若神明，官府却如坐针毡，紧急调动绿营，从平乐府到桂林府严密布防，生怕洪门有所异动。

粤西绿营额设兵力有限，未满三万之众，真正能和洪门抗衡的将是各地的义勇团练，而汪剑峰和李宗瀛等人正是桂林府有名的士绅班头。李文茂成为新的武林至尊后，哥几个心里又是高兴，又是忐忑不安。从好的方面讲，大伙儿和李文茂有过一面之缘，尤其是李宗瀛的妹妹嫁给了谭亚才，直接能和李文茂攀上交情；从坏的方面讲，洪家兄弟绝大多数是出自草莽的穷棒子，这些人造反，首先触动的便是地主豪绅的利益。

汪剑峰看了一眼病入膏肓的黄锡祖，对李宗瀛说："季容，一笔写不出两个李字，谭少爷又是你妹夫，二爷应该能帮这个忙吧？"

"难说。"彭昱尧摇头，"他肯沾这个晦气？"

"除了无情剑，还有什么能解情蛊？"李宗瀛苦笑，"为了香圃，咱们只有这条路。二爷愿意帮忙是香圃的运气，不愿意帮忙是香圃的命。"

船队迅疾向东飞驶，快到柘木渡时，迎面来了三条哨船，船上悬着提标新太协桂林城守营的战旗。黄金亮一身戎装，站在船头大声吆喝："师叔，李老爷。"

自从和陈戊养争夺女人失败后，黄金亮投身绿营当了个大头兵，不几年在提标新太协谋了一个千总的差事。粤西水师本来孱弱，桂林府又没有水师编制，巡河的任务便压在了桂林城守营的肩膀上，这三条哨船还是临全埠李念德商号捐的。

汪剑峰和李宗瀛钻出船舱："什么事？"

黄金亮愁眉苦脸："二爷到了柘木渡。"

汪剑峰笑了笑："我们正要找他。"

"镇子里里外外都是熟人，小侄就不去了。"黄金亮指了指自己身上穿的号服，"万一让二爷看到这个，还不一剑活劈了我？"

竹笛摄人心魂，即便是不会武艺的老百姓也明白来了一位绝世高人，赶到“老鱼头”酒家听盲女唱曲的人络绎不绝。汪亚景率领一伙捕快在岸边东张西望，廖鸣盛则挎着腰刀来回维持秩序，撵走了那几个起哄的泼皮无赖，省得他们丢人现眼。

廖家是苏桥圩的第一大族，前些年也办了个堂口叫“临义堂”，控制了相思江流域的水陆运输。这个堂口不伦不类，说是洪门吧，没有会簿和隶属关系；说是义勇团练吧，却起了个洪门的堂号：这是粤西大族浑水摸鱼、脚踏两只船的惯用伎俩。廖鸣盛在柘木渡无意中发现吹笛子的是李文茂，当下喜出望外，主动带领手下人当起了临时保镖，把“老鱼头”酒家防守得像铁桶一般。发现汪剑峰、李宗瀛、彭昱尧、黄锡祖等人上岸，汪亚景紧跑几步：“你们是来找二爷的吗，六叔？”

“他在里面？”汪剑峰问。

“在，在。”汪亚景说，“阿盛往外撵人，里面倒是清静得很。”

廖鸣盛惊奇地问：“汪老爷，你也认识二爷？”

“何止认识？”汪亚景道，“那把无情剑下凡的时候，我六叔就在场。”

汪剑峰文武双全，在桂林府鼎鼎大名，廖鸣盛也得敬人家三分。他拱了拱手：“二爷在楼上吹笛子，请各位老爷暂且在楼下吃酒。等他老人家吹完了，小的马上去通报。”

汪剑峰搀扶着黄锡祖进了酒家，进门时发现了个熟人——门口靠窗的位置坐着一位身背宝剑的老书生，不是吕子桂是谁？李宗瀛心中大喜：“吕先生，你跟二爷一起来的？”

当穷教书匠挣不了几个钱，靠一招虚拟的“太乙无影”剑法骗不了几个人。吕子桂和常有定、“琉璃球”打得火热，一来占卜打卦，二来卖药。这次李文茂征战粤西，吕子桂邀请常有定共同开发粤西市场，靠李文茂同学的身份混吃蒙喝。

这两位神仙胆子小，没敢去盖天顶，而是在平乐府到桂林府之间打探消息。听说李文茂取道桂林府南下大明山，紧赶慢赶终于到了柘木渡，茶还没喝上一口，正好汪剑峰一伙进门。吕子桂拿扇子晃了晃：“没有，二爷让我在这里等他。”

李宗瀛发现他身边还有一位鹤发童颜、手执三角旗的道士，恭敬地问：“这位是？”

“白云山黄婆洞的常道爷。”吕子桂故作神秘地介绍，“玉龙仙长的师弟。”

玉龙仙长是威震两粤的老神仙，李宗瀛一听肃然起敬，拱手道：“失敬，失敬，原来是常老神仙，李某这厢有礼了。”

吕子桂朝常有定丢了个眼色：“李老爷家是粤西首富。”

常有定在江湖上行走，练就了一身对付豪门的本领。他摆出一副高深莫测的样子，大大咧咧地说：“不必客气，咱们是有缘人。以后天上地下，东洋西洋，有事尽管开口。”

彭昱尧心里郁闷，最见不得别人口出狂言，听常有定信口开河，立刻断定对方是一个绣花枕头。他在吕子桂和常有定对面坐下来，拍了拍桌子上的药箱，嬉皮笑脸地问：“道爷，你这么大的本事？咋还卖春药？”

李宗瀛唬了一跳：“兰畹，休得无礼。”

常有定见彭昱尧出言不逊，火往上撞，正要回敬，吕子桂在桌子下面踢了他一脚，满脸带笑地回答：“各位老爷，这是红毛国的春药。”

彭昱尧拍案而起：“红毛国咋啦？”

常有定实在忍不住，反唇相讥：“你说咋啦？朝廷都惹不起鬼子，你不服气？你不是圣教门徒吗？有本事把红毛教取缔了。”

道光二十六年正月二十五，朝廷不顾民间物议，正式宣布红毛教弛禁。消息传来，粤西士绅无不沮丧，无不觉得愧对圣人和祖宗。彭昱尧被常有定一句话噎住，无言以对。李宗瀛在旁边却品出了其他味道：“吕先生，红毛鬼子会不会解情蛊？”

吕子桂瞥了一眼常有定，讪讪地回答：“李老爷，红毛鬼子跟咱们不一样，人家是男鬼给女鬼下情蛊，阴阳颠倒。解药倒是有，可惜不能用。”

常有定在一旁差点儿笑破了肚皮，吕子桂这张鸭嘴真能胡编——男的给女的下迷药，那还是情蛊吗？李宗瀛失望地问：“这位道爷不是高人吗？难道没有什么好办法？”

李家是一块大肥肉，常有定不想白白错过这个推销自己的好机会，他打了个稽首：“无量天尊，韩道爷被陈天义擒拿前，把解药和一应宝贝都寄存在黄婆洞，托贫道替他保管。李老爷不必着急，贫道这就回粤东，把解药给你取来。”

从桂林府南下广州府，一来一回至少二十多天，等常有定把解药取来，黄锡祖恐怕早就一命归西。汪剑峰叹了口气：“算啦，还是求二爷的无情剑吧。”

常有定嗤之以鼻，面露不屑：“无情剑乃白龙下凡，干的是惊天动地的大事，你拿无情剑斩情蛊，不是让二爷晦气吗？”

这个腰里别着“铁口金牙”三角令旗的江湖骗子，竟然和自己判断相同？彭昱尧不得不对常有定刮目相看，他瞅了汪剑峰、李宗瀛一眼，没有说话。

李宗瀛强打起精神：“救人一命胜造七级浮屠，怎么就晦气了？”

常有定起了个头，吕子桂必须帮着续下去，把故事编圆了。他左一眼、右一眼，打量了足足一袋烟的工夫，把黄锡祖看得直发毛：“吕先生，你这是什么意思？”

吕子桂嘻嘻一笑：“香圃，人命关天，眼下不是吃羞的时候。你给哥哥说句实话，那女人把情蛊下在了啥地方？”

黄锡祖羞红了脸：“我哪知道？”

“她偷偷下的。”吕子桂道，“最有可能就是你和那娘们儿亲热的地方。”

吕子桂越说越没正形，让他和常有定治病，黄锡祖没被情蛊折磨死，先得羞死。汪剑峰摆了摆手：“咱们既然来了，就去见见二爷吧。”

过了一会儿，楼上笛声渐逝，廖鸣盛跑下来：“各位老爷，二爷有请。”

吕子桂、常有定在前，汪剑峰、李宗瀛、彭昱尧搀着黄锡祖在后，一行人上了二楼。到雅间落座，李文茂拱手问：“吕兄因何到了柘木渡？”

吕子桂生怕他把话说漏了，急忙堵住他的嘴：“不是你让我在这儿等吗？”

一看常有定扛着药箱跟在后面，李文茂就知道吕子桂没干什么好事，当着众人的面，他不好意思揭穿：“哦，看来是我忘了。”

吕子桂顺着杆子往上爬，大呼小叫：“阿茂，我那招‘太乙无影’怎么样？用没用？肯定是用了，‘逍遥剑’没有破绽，但它有影子，你只能用这招破它。”

除非日月同销，大地之物岂能无影？无影即是无情，纵然是寻到宇宙之光的白鸟，当她翩然翱翔于太空，亦会留下斑驳的影子，为后来者留下求索的踪迹。吕子桂言虽虚妄，但“太乙无影”确实给李文茂带来诸多启发。他抱拳敷衍：“承教。”

汪剑峰奇怪地问：“吕先生，听说金蟾道士击败大度和尚那招也是‘太乙无影’，你这招剑法难道是端午节的癞蛤蟆，包治百病？”

汪剑峰平时不苟言笑，一张嘴能把人砍一个跟头。彭昱尧心里舒畅极了，笑道：“那就请吕兄用这招剑法，去掉香圃身上的情蛊。”

“情蛊？”李文茂好奇地问。

李宗瀛抓住机会央求：“二爷，香圃在苗山中了情蛊，危在旦夕。我们思来想去，觉得你手握无情剑，应该能诛灭情蛊，救他一命。”

无情剑斩情蛊？李文茂啼笑皆非：“刀剑无眼，各位不怕黄兄送命吗？”

汪剑峰、李宗瀛、彭昱尧也是病急乱投医，如何用无情剑斩情蛊？三个人心里没谱。彭昱尧摸着脑袋：“无情剑是通灵之物，照准了来一家伙，那情蛊还能不死？”

“哈哈。”李文茂爽朗地笑了起来，“看来各位是有意考较在下的剑法？”

汪剑峰一直为错过盖天顶决战而耿耿于怀，听李文茂这么一说，抱拳道：“‘逍遥剑’素为天下剑法所宗，传说美轮美奂，毫无破绽。二爷的‘龙渊刀’能破‘逍遥剑’，足证刀法入玄入微，别开乾坤。情蛊藏身于香圃体内，非二爷莫能救也。”

彭昱尧殷切地看着李文茂：“就是，二爷刀法入道称尊，又拿着天下无双的无情剑，哪有杀不死情蛊的道理？”

两个人你一言、我一语，把李文茂将在当场。常有定看不过去，一方面是为了卖药，一方面是为了奉承李文茂，挺身而出：“二爷，不可。”

“哦？”李文茂看着他，“道爷有何指教？”

常有定慷慨陈词：“万物各有承当，白龙乃天降神器，用于翻江倒海，岂可大材小用？情蛊所在之处藏污纳垢，二爷若用无情剑斩之，必沾晦气。”

汪剑峰、李宗瀛、彭昱尧一起问黄锡祖：“香圃，情蛊到底下在什么地方？”

黄锡祖身遭蛊毒，现在还要被人逼问隐私，情何以堪？老实人羞愤不过，低头猛地朝窗户方向撞去，欲求一死。众人急忙把他拉住，死说活劝，李文茂长叹一声：“各位，休要再胡乱逼问，在下知道情蛊藏在何处。”

汪、李、彭三人齐声惊问："二爷从何而知？"

一个女人为了爱下情蛊，希望男人回头殷殷探看，能将情蛊施于何处？李文茂从剑鞘里拔出"镆铘剑"："黄兄，情蛊乃是一份深情，李某以剑辟蛊，你可不要后悔。"

话音未落，李文茂挥剑凌空一点，"镆铘剑"瞬间刺中黄锡祖的膻中穴。心血未及喷射，旋即被他封住穴道，胸口仅仅留下一点若隐若现的红丝。一切只在电光石火之间。汪剑峰是功底深厚的练家子，亲眼目睹李文茂的惊天绝技，呆若木鸡。过了好半天，他方才脱口赞道："壮士弹指顷，经六十四刹那，二爷好功夫。"

"镆铘剑"确实神奇，也就是眨巴眼的工夫，黄锡祖说话渐渐有了底气，面色转好。他惭愧地抱了抱拳："承二爷教诲，黄某自当回家静思。"

年底"红阳劫运"年举事，桂林作为粤西首府少不得一场血战，届时这几位很可能便是阵前之敌。李文茂起身送客："李某即将西行，就此别过。"

吕子桂忙道："阿茂，我有话说。"

李文茂一愣："什么事？"

"嗨。"吕子桂先做长吁短叹状，"阿茂，我最近跟着'琉璃球'学了点儿红毛法术，颇有一点心得，不知道你愿意不愿意听？"

李文茂笑了笑："但讲无妨。"

吕子桂认真地说："他这个诀窍大有来历，是居仁里邵老爷子传授给他的，邵老爷子是从东海王那里学到的，东海王是从法兰西的红毛鬼子那里听说的，伦老爷子肯定知晓。'琉璃球'靠这个诀窍在大黄滘炮台捡了一条命，千真万确，不带骗你的。"

听吕子桂抬出了师傅"铁背苍龙"，李文茂不得不问："什么诀窍？"

"简单地说，就是一件事不宜重复做两回。"吕子桂煞有介事，"今年是闰五月，有两个五月初八，二爷你的好运不可能每一次都有。头一个五月初八是白龙出世日，你在盖天顶杀了金蟾道爷，放眼天下无敌手，当了武林至尊，运气算冒了尖。第二个五月初八不可能还有这么好的运气，你应该避开这一天，等消停以后再说。"

李文茂疑惑地问："你是说，我最好不要去大明山？"

"对。"吕子桂点点头,"这把剑在你手里头次开刃却杀了一个情蛊,多不吉利。"

五月初八是群雄在盖天顶定下的日子,大家正在往大明山赶,怎可随意更改？李文茂笑着摇头不止:"李某一介武夫,注定刀头舐血的命,哪一天没有危险?"

吕子桂连连跺脚:"阿茂,你咋不听劝?"

李文茂看到常有定,忽然想起一桩事,抱拳问:"道爷,你认识金先生?"

常有定以为李文茂问的是"琉璃球":"是啊,我们是老朋友。"

李文茂纠正:"不,李某问的是金秋池金道爷。"

常有定是海印庵的常客,骗来的钱多数砸在这个无底洞里,他和"赛潘安"的一面之缘即发生在海印庵。"赛潘安"死去多年,常有定不清楚李文茂问话的意思,干笑道:"我和金道爷没有交情,只是给他占过一卦。"

"'红花夺目连城艳,白雨西风尽落花;未必世间人尽死,终须守分也为佳'。"李文茂吟了一遍常有定的独头签,然后问,"是不是这四句话?"

常有定兴奋道:"二爷,你也会?"

李文茂对常有定这支独头签太熟悉了——琼花会馆在省城琼花直街复馆是它;洪家兄弟阻止弟弟冼文辉认祖归宗是它;白血童子在雁塘堡劝自己不要挑战金蟾道士也是它。李文茂仰天大笑:"哈哈,道爷这支签果然不凡,金秋池做了鬼魂亦念念不忘。一支签包打天下,一件事重复了一辈子,红毛法术又奈你何?"

吕子桂和常有定面红耳赤,无言以对。潘其泰高声喝道:"送客。"

船队离开柘木渡时,日头偏西,下起了绵绵细雨。

廖鸣盛今非昔比,从"临义堂"召来了十条大船为李文茂护航,并亲自吹号指挥,向李文茂演示水军战法。东风徐徐,微雨如丝,阳光洒进美丽的相思江水,像一只只疲倦的白鸟来回跳跃。船队犁开层层波浪,仿佛掀起了窗帘,孤峰绰约倒立的风姿一览无余。一瞬间,李文茂的心回到了九年前,回到了那个美不胜收的青涩年华。

天鹅、白鹭、喜鹊、斑鸠、野鸭、翠鸟一只只地飞了回来,满地的杀人草娇艳如花,似乎提前进入秋天。廖鸣盛收起螺号,得意地问:"二爷,你看我是不是长了本事?”

李文茂赞许:“你这几年没有白过。”

廖鸣盛双腿跪倒在地,肃然道:“小的愿随二爷效命军前。”

李文茂把他搀扶起来:“造反不是闹着玩的,你不怕全家灭门吗?”

廖鸣盛抬起头:“有无情剑在,小的还怕什么威武窑子?”

“呵呵。”李文茂笑道,“年底本门举事,必定发兵攻取桂林。你要是想清楚了,到时候尽管领军来投,本堂绝无异议。”

李文茂坐在椅子上,胸前火龙珠绽放光芒,隐然若天神一般。廖鸣盛崇敬地说:“人家都说你悟出了一套‘龙渊刀’法,比‘逍遥剑’的威力一点儿也不差。二爷,今日故地重游,何不演练一趟‘龙渊刀’法,叫小的开开眼?”

“‘逍遥剑’法美不胜收,”李文茂叹息:“本堂刀法尚未修炼纯熟。”

廖鸣盛瞪大了眼睛:“二爷,你如今天下无敌,难道还不算无情剑法?”

李文茂凝望着相思江两岸的旖旎风光,发现每一座孤峰的形状都不尽相同,都像是一招不同的剑式。忽然,他心门洞开——眼前山中有水、水中有岛、岛中有塘、塘中有树的奇景,和伶仃洋梦中那一轮火圈、盖天顶天台上的层层落叶大有异曲同工之妙。这些年,他一直苦苦思索无情剑法的堂奥,到了今天才大功告成,化腐朽为神奇。燃烧的火苗变身为水岛塘树,向他绽露鲜活的面庞,这一切,难道是三十二处大穴迁徙完成的结果?

李文茂猛地抽出“镆铘剑”,凌空飞起,模仿山峰的姿势迅疾劈过。等脚尖落到船头,不知道从什么时候起,手里多了一束长长的杀人草。

廖鸣盛拍手叫绝:“二爷,这么靓的剑法不算无情剑法,你骗谁啊?”

李文茂道:“此地山水奇绝,待我依势演剑,再与尔分说。”

船上的洪家兄弟皆屏住呼吸,李文茂模仿了三十二座山峰,在“龙渊刀”法和“逍遥剑”法的基础上创制了崭新的三十二式剑法。相思江潺潺流过,待那漫天飞舞的杀人草消逝不见,船队不知不觉抵达会仙镇。李文茂人在半空,再看山时山不见,唯有分水塘分流。他余兴未尽地收剑落地,问廖鸣盛:“前面是谁家的船?”

“还能是谁家?”廖鸣盛回答,“‘李半城’家的呗。”

会仙镇不大,买卖店铺多为李家财产,最大的一间客栈名为“临全客栈”,紧挨着江边的石码头。码头旁一条雕梁画栋的双层楼船最为醒目,上悬临全埠李念德商号的旗帜，附近围绕着七八条小船，似乎在岸边打尖。李文茂的船队开到近前，黄三全发现小船上悬挂着“全元堂”的旗帜，赶忙禀告：“二爷，是开平谭家的船。”

李文茂问：“有请谭兄弟。”

黄三全高声喊道：“二爷驾到，请谭老爷出来相见。”

不多时，珠帘轻挑，从楼船的船舱里面出来两个女子。走在前面的是丫鬟蔷儿，后面的是一位约莫六尺身高的佳人，正是谭亚才的新妇谭李氏。这女人生得是削肩束腰，云髻修眉；丹唇皓齿，延颈秀项，不逊天姿国色。李文茂头一次正面打量没有戴面纱的谭李氏，越发觉得她和“食菜事魔教”女护法有几分神似。潘其泰抱拳施礼：“敢问谭老爷在不在船上？”

谭李氏缄默不语，蔷儿替她作答：“回禀二爷，我家姑爷在桂林城。”

潘其泰继续问：“他什么时候去大明山？”

蔷儿惶惑道：“就是这两天吧。”

潘其泰转身请示：“二爷，咱们还等不等谭老爷？”

“不必。”李文茂摆了摆手。

过了会仙镇，进入相思江的另外半程。李文茂时而挺立船头，时而飞跃半空，把剩下的三十二座山峰尽收眼底，又创制了三十二式剑法。新创制的剑法精美绝伦，充满着无限的想象空间，这套剑法不像来到大地催生的飞龙，而似一只冲向苍穹翱翔的海燕，一颗寻觅光芒的心。李文茂此时此刻思如泉涌，身处天人分际的关口窥测宇宙的奥秘，有一种碎身化作千万亿的快感。火龙珠照耀当空，“镆铘剑”划开丝雨，恰在心情酣畅淋漓之际，一阵筝声自会仙镇飘来，如同一支来自地心的利箭，瞬间射中了英雄自由飞翔的翅膀。

那是一曲在心底唱了十余年的歌：

闻击柝，鼓三更，只见江枫渔火照住愁人。
几度徘徊思往事，劝娇不该好痴心。
风尘不少怜香客，罗绮还多惜玉人。
你话烟花谁不贪豪富，

做什么你偏把多情向往小生，
况且我穷途作客囊如洗，
就是掷锦缠头我都愧未能。
记得填词偶尔写个段胭脂井，
含情相伴你对着盏银灯。
你细问我曲中何故事，
我把陈后主个段风流讲过你闻。
讲到兵困景阳家国破，歌残玉树后庭春。
…………

第一百二十六回　还珠于龙

船队即将抵达苏桥圩，六十四峰堪堪阅尽，蓦闻筝声破空而来，李文茂翻身坠落，差一点儿摔倒在地。黄三全、潘其泰、廖鸣盛三人大惊失色："二爷，怎么啦？"

李文茂惊魂未定："什么声音？"

相思江水缓缓流动，柔和的风吹拂着雨帘，除了风声即为水声，还能有什么声音？黄三全犹豫地回答："二爷，没有啊。"

李文茂示意："听。"

自会仙镇至苏桥圩，十五里水路迢迢遥遥，大地山河笼罩在雨雾中，纵然有声响普通人也听不到。廖鸣盛挠了挠头："二爷，你听到了啥声音？"

李文茂竖起耳朵，努力地分辨着："有人在鼓琴？"

潘其泰恭维道："二爷耳力天下第一，说琴就是琴。"

这曲《客途秋恨》潜伏在李文茂心中多年，已然渗透到全身所有的末梢神经。在新剑法大功告成的时刻，这支令人心酸的曲子冲破时空的种种阻碍，訇然鸣响于李文茂的心房。他纵身跃入雨阵，向来时路打望，仿佛回到了十一年前的大雾山，回到了奇楠飘香、木棉落红的邓家别院。盖世英雄仰天长啸："不，那是筝声。"

廖鸣盛问："二爷，阴雨连绵的，谁在弹筝？"

李文茂落地之后，当即下令："速速回返。"

黄、潘、廖三人中，只有黄三全知道当年李文茂和陈罗婵情变的那段掌故。见李文茂气息紊乱的样子，黄三全恍然大悟——谭亚才娶的新妇正是那位生死不明的邓家千金。他心头冒出一丝凉气，跪倒在地："二爷三思。"

李文茂叱喝："本堂自有法度，休要啰唆。"

对黄三全突如其来的劝阻，潘其泰和廖鸣盛均感到诧异，齐声责备："三全，你好大的胆子，敢对二爷指手划脚？"

筝声如雨珠，真真切切地传来，每一声都是那样的熟悉。李文茂终于明白了，陈罗婵说的没有错，被自己焚烧的"玉玲珑"没有撒谎，那个名叫邓丽娘的女仔没有死。

无情剑，无情剑法，打开了天涯相隔的窗棂，恢复了埋没在历史尘埃下的记忆。李文茂呆呆地矗立船头，凝视着水天一色的烟雨世界，心里五味杂陈。如果不是依靠石像三十二穴功法完成了"六祖心经"的修炼，自己的耳力再强，也无法跨越十五里的水程捕捉筝声。当深埋于心底的爱情浮出水面，它带来的更多是痛苦！

李文茂心烦意乱，跳上一只舢板，夺过船桨，头也不回地划向会仙镇。这时，火龙珠骤然喷射出白色光芒，挣脱他的心口在半空盘旋，不时发出凄厉的哀鸣。随行的洪家兄弟哪见过这般场景，一发目瞪口呆，黄三全叩首泣血："二爷，天命不可违啊。"

舢板像一条回家的鱼，迅疾自江面消逝。潘其泰懊恼地拍了一下脑袋："坏了，二爷的马和兵器还在船上呢。"

"快送过去。"廖鸣盛喊道。

谭李氏，即邓丽娘的身世极为曲折，其生父是老浩官伍秉鉴，生母阿娜希塔为战前英国商馆巴斯商人意之皮的女儿。"白头番"的习俗严禁女人与他族男子通婚，阿娜希塔生下女儿后被意之皮送回孟买，不允许她再踏足中国一步。由于襁褓中的小阿娜希塔三分像波斯人、七分像中国人，意之皮只好把这个孩子还给伍秉鉴。为了不让伍梁氏和家人发现这个秘密，伍秉鉴将小阿娜希塔送到锦田围，委托邓家抚养，改名为邓丽娘。

邓丽娘十五岁“出花园”时，也就是向李文茂拨筝赠帕那一年，锦田围一带许多人染上了疟疾，妹妹邓秀娘不幸病逝。伍秉鉴十分挂念女儿安危，又担心新安县离广州城太近，容易露出口风，便让邓家对外谎称邓丽娘夭亡，把女儿偷偷送到桂林府，再次改名叫李丽娘，从此成为“李半城”家的女儿。老浩官在弥留之际，将李丽娘的身世交代给伍紫垣，在万松园除了他们父子，没有第三人知道这个秘密。

天涯漂泊的邓丽娘从来没有见过自己的生母，生父去世时又不能前去探望，其命运之坎坷令人唏嘘。正由于无法把握自己的命运，她对当年大雾山的隔墙之缘极其珍惜，一直拖到二十多岁才不得不出阁。命运似乎专门与她作对，前脚嫁给谭亚才，那个寻觅千百度的人，后脚便鬼使神差地出现在面前。

盖天顶下六步潭，李文茂应群雄之邀演练“龙渊刀”法，一曲《桃花扇》的辞令撩开了谭李氏沉睡的心扉，把她带回十一年前的那一夜。漂泊的人在喜极而泣的同时，又为有情人难成眷属而肝肠寸断。本以为分隔天涯，再无相见之日，哪知道今天偏偏在相思江相遇？目送李文茂的座船扬帆远去，谭李氏回到船舱，取出那架蒙尘已久的十六弦筝，忍不住泪如泉涌。相思江是如此的美丽，焉能做葬魂的荒丘？颤抖的手指滑向琴弦，一曲《客途秋恨》奏毕，谭李氏吩咐丫鬟蔷儿：“今夜我们去南山。”

会仙镇以南群峰环绕，密林遍布；山水如画，宁静清幽。李家在南山筑有别墅，谭李氏婚前最钟爱此地的风景，常到那里散心。蔷儿是她陪嫁的丫头，困惑地问：“小姐，你不是和姑爷说好了在这儿等他吗？”

“去南山。”谭李氏催促，“就咱们俩。”

蔷儿虽然不知道发生了什么事，但从谭李氏慌张的语气和神态中明白此事非同寻常，她的心提到了嗓子眼，提醒道：“小姐，车夫可是姑爷家的人。”

谭李氏匆匆收拾包裹：“管不了那么多，快走。”

蔷儿无奈，只得传下话，将大队男女仆役留在会仙镇，自己和谭李氏钻进马车，冒雨驶向黄昏的南山。夜越来越沉，道路颠簸，马车行进缓慢。山风刺骨，谭李氏不觉得寒冷，掀掉蔷儿披在她身上的薄毡。蔷儿问：“小姐，你要干什么？”

谭李氏抱着筝：“我想再拨一曲。”

筝声是一盏灯，引导着李文茂暗夜前行。潘其泰在后面拼命地挥着马鞭，生怕被“赤炭火龙驹”甩远：“二爷，等等我。”

李文茂勒住战马：“你来干什么？”

潘其泰气喘吁吁地说：“三全让我劝你回去，说不能违背天意。”

“天意？”李文茂“哼”了一声，“老天爷管得倒宽？”

潘其泰偷偷扮了个鬼脸：“我也是这个意思，二爷神功盖世，连武林至尊都杀得，还有啥不能干？不过，依照洪门法条，欺兄弟妻室者，要受三刀六洞之刑。”

“哈哈。”李文茂猛地甩了一记马鞭，“怕死还当什么洪门之主？”

午夜时分，李文茂和潘其泰登上山顶，发现林中灯火如星，四面环山的丛林里露出一座白墙隐约的别院，布局、建筑等与大雾山的邓家别墅几乎一模一样。漫山遍野的奇楠和木棉香味扑鼻，时光倒流，李文茂恍若回到了从前。

弦乐缓缓流淌，如泣如诉，仿佛默默分离的相思江水，又像海潮澎湃的大雾山。李文茂纵马驰下山坡，来到李家别院外面，将“赤炭火龙驹”拴在一棵木棉树上，飞身越过矮墙，来到烛影憧憧的轩窗前。山风拂过，淅淅沥沥的雨下个不停，洗涤着情人心中炽烈的火焰。洁白的雨花缀满天涯，配得上他们十数载的等待。

一曲终了，轩窗开启。借着烛光，李文茂发现一张熟悉而陌生的脸庞——谭李氏身穿一袭洁白的长袍，胸口挂着一串镶嵌着石榴石的泪滴形吊坠项链。那石榴石鲜艳如火，衬托在白袍和白颈间，恰是一朵白雨中的红花！

李文茂心头一震：“你到底是谁？”

女人低头从怀里取出一面白帕，颤抖地铺在窗台上：“奴家是她。”

李文茂接过那方白帕，摊开在掌心一看，正是那首《桃花扇》的结尾诗：

渔樵同话旧繁华，短梦寥寥记不差。

曾恨红笺衔燕子，偏怜素扇染桃花。
笙歌西第留何客，烟雨南朝换几家？
传得伤心临去语，每年寒食哭天涯。

直到一字一句地读完这首结尾诗，李文茂方才完全确信，眼前的女人正是那个与自己有着神秘之缘的邓家千金。英雄泪夺眶而出："我曾在你的坟前献刀，请你托梦给我，难道你没有听到我的祈祷？"

谭李氏泣不成声："十一岁来，奴家几乎夜夜有梦，可惜梦不度人。"

"痴儿。"李文茂一把将谭李氏抱在怀里，"梦不度人，你我何由得见？"

一阵安息香的飘香将李文茂自酣睡中唤醒，这股香味与易如真的体香大相径庭，似乎来自遥远的国度。他睁开眼睛，绣幔撩起处，一围十二扇的小屏风映入眼帘，每扇屏风画的俱是相思江山水。谭李氏匍匐卧床，仍旧沉浸在恬美的梦乡，金钗自发髻脱落，被子下露出一袭红罗纱裤，纤纤玉足洁白如雪。听到动静，她爬起来紧张地问："你要走吗？"

李文茂点了点头："倘若阵前不死，十年出红尘，我必来迎你。"

谭李氏疾速起身梳妆，似乎晚一秒钟李文茂都可能插翅飞离。眨眼间的工夫，她便换了一身盛装出现在李文茂的面前，但见她头戴日月冠，身披大袖纱罗衫，外罩一件水羊毛织成的白色斗篷，脸上用波斯青黛涂了一道小山眉，赫然是小阿娜希塔。

李文茂迟疑地问："你真是'食菜事魔教'的？"

谭李氏羞怯地点点头："嗯。"

"看看这个。"李文茂取出那尊"食菜事魔教"女护法陶塑的碎片，一枚一枚在白帕上拼接起来，对谭李氏说，"是不是你？"

女护法容颜碎裂，却依稀飘摇着谭李氏的影子，女人又惊又喜："你怎会有我？"

"看来果真有天意，你我的缘分前世注定。"李文茂叹道，"这尊陶塑陪我一生，还曾替我抵挡过刀兵之灾。"

谭李氏把陶塑碎片抱在怀里，不相信地问："真的是我吗？"

"石湾镇有的是好师傅。"李文茂怀着歉意，"回头我换给你一尊新的。"

“不。”女人欢喜道，“我就要它，新的不是我。”

李文茂挂好宝剑：“我要走了。”

“等等。”女人从脖颈摘下那串镶嵌着石榴石的吊坠项链，“你戴上它。”

“却是何物？”李文茂问。

谭李氏道：“我阿妈留下来的，上面有我们族人的箴言。”

李文茂接过石榴石吊坠项链，发现石榴石背面刻着一柄醒目的三叉戟，下面是一行精致的波斯文字。他问：“这是什么意思？”

谭李氏为他翻译：“我将从深不可测的河底，夺得这不易到手的灵光。”

乍一听到灵光这两个字，李文茂脑海里刹那激起千万念，石像三十二穴功法源自“食菜事魔教”，它的方向，难道就是这道灵光？

他脱口而出：“何为灵光？”

谭李氏眼底红润：“你就是我的灵光。”

李文茂和潘其泰举起火把，摸着黑返回相思江。船只离岸未久，前面红芒大作，不是晨曦提前降临，而是火龙珠前来迎主。潘其泰高兴得合不拢嘴：“二爷，这珠子硬是灵，怕咱们走岔路哩。”

火龙珠如同巨星，耀亮了相思江不为人见的河床，点燃了无数盏明灭的油灯。李文茂抚摩着那串石榴石吊坠项链，心头感慨万千。自己在美丽的相思江畔，融合“六祖心经”与石像三十二穴功法，创制出超越“逍遥剑”的全新剑法，不可谓收获不丰。然而，收获最大的还是这段萦绕心头十余年的爱情。这段情历经生死，几度颠沛，像雨丝一样脆弱，又像春草一样顽强地生长。在自己成为新一代武林至尊，即将荣登洪门之主宝座的前夕，她回归自己的心灵并非偶然——正如石像三十二穴功法校正“六祖心经”的方向一样，她就是自己的方向，就是镌刻在自己身体起点的箴言。

黄三全和廖鸣盛在码头守候，见到李文茂立刻上前禀告：“‘德烈堂’卢阿妈已率军进至象州三江口，恭迎二爷大驾。”

李文茂把火龙珠收进怀中：“起程。”

船队浩浩荡荡顺江驶下，四天后抵达象州三江口，此地为柳江与红水河的交汇处，再往下的江面即是黔江。砍下金蟾道士的头壳后，梁培友等人回到浔江做了紧急部署，决定以洪门之主的威仪次第迎接李文茂，以示隆重。

具体的迎接次序如下：卢昌率部在象州三江口；林洸隆率部在武宣大藤峡；梁培友率部在桂平江口圩；周春率部在横州乌蛮滩；甘先率部在宣化合江镇；邝能率部直抵将军山。

大明山历来由“洪胜堂”护卫，李文茂听说邝能已经开向将军山，立刻捶胸顿足：“这是谁出的馊主意？本堂杀了金蟾道士，师叔本来就不高兴；再把人马开进大明山，不是冷了胜堂兄弟的心吗？不妥，不妥。”

这个主意是梁培友、卢昌、邝能、林洸隆、甘先、周春共同议定的结果，一来是为了给李文茂即位大典壮壮声威，二来是为了给大度和尚一个颜色瞧瞧，回报他以前对“洪德堂”和李文茂的种种刁难。卢昌道：“二爷，‘德威堂’和尚多，‘德信堂’道士多，和尚、道士大典都用得上。两千人不算多，照我的意思，起码得弄四千人的仪仗。”

李文茂把脸一沉：“胡闹，你们不怕其他堂兄弟说三道四？”

卢昌道：“朱阿妈路过白沙江水寨，我们问过了，他还伸大拇指夸赞呢。”

朱世雄称王称霸惯了，这世上没有他不敢干的事。李文茂叹了口气：“我师傅那里有没有消息？他老人家是什么意思？”

李文茂诛杀金蟾道士的消息传回粤东，“洪德堂”旗下各堂兄弟抑制不住兴奋之情，都想赶到粤西看热闹。赵泰来、关钜、陈松年、陈开、陈显良、冯坤、李洪英等人上黑石顶向至善禅师报喜，老禅师派毕矜聪和夏天淳代表他参加李文茂的即位大典。这些日子众人在雁塘堡翘首期盼，单等李文茂一到，即刻开赴大明山。

“你杀了金蟾道士，给‘洪德堂’争了光，他老人家能不高兴？”卢昌兴高采烈，“大伙儿都在等你，二爷，别前怕狼后怕虎的。”

李文茂抵达雁塘堡，下船后接连颁发了三道军令，首先下令赵泰来、关钜、陈松年、陈显良、陈开、冯坤、李洪英七大龙头火速赶回粤东，以免后院失火；紧接着命令梁培友坐镇白沙江水寨，严防粤西官军异动；最后允许甘先、周春、林洸隆、卢昌四将跟随自己上大明山参加即位大典，但每人限带一百军士，不得张扬。

久已沉寂的大明山焕发出一派新颜，为了庆祝新任大龙头登基，在陈松的主持下，“洪顺堂”总堂做了精心准备。从天心关到龙头峰处处张灯结彩，总堂九营将士一律披红挂绿，那景象比过年还要热闹。闰五月初七，李文茂的车驾抵达将军山下，进入“德威堂”临时搭设的营寨休歇。“洪胜堂”四龙头崇俭武闻讯不敢怠慢，派快马急报龙头峰，陈松、罗大纲、朱世雄和马元龙得到消息，率总堂全副仪仗至天心关相迎。

远远望见玉蝉桃花旗和九瓣飞肩兰花旗，四位大佬齐齐下马，各自牵马步行，以示对候任洪门之主的尊重。“德威堂”这边金鼓齐鸣，列阵而出，李文茂走在前面，紧跑几步向三爷陈松施了一个大礼：“白扇大爷在上，请受晚辈一拜。”

“失魂松”慌忙搀扶：“不可不可，你马上就是本门至高无上的大龙头，如此施礼不是折煞老朽吗？”

李文茂说：“晚辈资历浅薄，岂敢觊觎洪门大宝？”

朱世雄、罗大纲、马元龙同声道：“二爷休要推托，你砍了金蟾老道的项上人头，夺回本门重宝‘镆铘剑’，替天下洪家兄弟扬眉吐气，不当掌堂大爷谁当？”

虽然李文茂众望所归，根据大慈和尚的遗言接掌洪门理所应当，但是各大堂掌印阿妈的表态拥戴仍是不可或缺的。见朱、罗、马三人心悦诚服，李文茂十分欣慰，转而问陈松：“听说胜堂大爷身体欠安？”

大度和尚被金蟾道士一剑斩断右臂，武功废了一大半不说，真气淆乱，重创难愈，一年多来几乎没下过望兵峰。“失魂松”黯然道：“胜堂大爷气性烈，对朱明洞一战耿耿于怀，待会儿我们把金蟾老道的头壳带过去，让他出口恶气。”

李文茂扬了扬手，邝能、黄三全和潘其泰各捧锦盒上前。邝能打开手里的锦盒，陈松和马元龙没有去盖天顶观战，因此对金蟾道士的首级最感兴趣。两个人探头一看，只见金蟾道士面貌栩栩如生，肌肤光洁如玉，血管里的血色鲜红不褪。马元龙倒吸一口凉气，叹道：“江湖传说金蟾道士人中龙凤，今日一见，果然名不虚传。”

“人家是成神成仙的高士。”朱世雄调侃道，“马阿妈，盖天顶有一汪蓝溪水，既美姿容又助功力。你要是天天用蓝溪水洗面，也能变成一个小白脸。”

黄三全、潘其泰手里的锦盒盛放着“镆铘剑”与“盘龙剑”，陈松命总堂右护法黄桂林收下“镆铘剑”，然后将“盘龙剑”退了回去。他对李文茂说：“明天是洪门之主即位大典，你既然到了就不要闲着，把九营兄弟接过去先。”

“盘龙剑”是前任洪门之主的随身佩剑，可以指挥守卫龙头峰的“龙”字营兄弟；“虎”字营兄弟是“玄真道士”丁复国的亲兵，李文茂斩杀金蟾道士，为丁二爷报仇雪恨，张华洸等将领无不感激涕零；“凤”字营是三爷陈松的亲兵，中军都督叶亚来是李文茂的师傅，这层关系自不必提。听罢三爷陈松的话，九位都督跪倒行礼：“我等愿奉二爷大令。”

从望兵峰看去，对面清晰可辨。云雾缭绕中，龙头峰像一位乳峰突出的睡美人，横卧天际若有所思，恬淡的姿态中流露出一丝神秘的慈悲。在粤西壮族传说中，大明山龙头峰为龙母安葬之地，三月三，龙拜山，附近的山民都会来此祭祖。

茫茫西江的守护神龙母，为什么会选择在大明山龙头峰归天？这里究竟是她的故乡，还是她生命中最铭心刻骨的所在？这是什么样的愁，又是什么样的怨？千里江水流不尽，万顷海波载不动，非要到这个偏僻之地隐遁？

李文茂举目四望，心头煞是萧索，这是他第二次登上望兵峰。九年前他曾经为了白龙与大度和尚在此交手，彼时的白龙六百年劫数期满，化身“镆铘剑”来到人间，成为洪门重宝，替洪家兄弟指点举事的天机。

然而，世上真有天机吗？

道光二十四年，为了克服青莲教秘密教派的痼疾，争取青莲教与洪门联手，共同发动“红阳劫运”年大起义，“摘光道士”周位抡在武昌黄鹤楼舌战群雄，与以李一源、彭超凡、陈文海为首的主流派系激辩三日，虽然道理滔滔，却终究难敌李、彭、陈等人的势力，未能取得教主大位。青莲教从此分化，周位抡和郭建文所传教派更名为金丹道，又名灯花教。其中，周位抡主要在湖南、湖北和陕西传教；郭建文即刘仪顺主要在湖北、四川和贵州传教。道光二十五年，周位抡遭青莲教同道出卖，在陕西落入官府的魔爪，不幸遇难。

洪门金科玉律原定的是一八五四年起义，决定在“红阳劫运”年提前发动起义的决策者是丁复国与大度和尚，而为他们提供理论依据的正是“摘光道士”。周位抡道法高深，能用“摘光大法”追踪白龙身影，在洪家兄弟的心中地位崇高。然而，闻道有先后，术业有专攻，能找到白龙身影，却未必可破人心藩篱。起义的理论指导者率先死于非命，让许多洪家兄弟对“红阳劫运”年起义产生了怀疑。

白龙降世，到底指示一个什么样的天机？李文茂抚摩着怀中的火龙珠，反复思量。冀海树脚步匆匆出了忠义堂，到他面前躬身施礼：“二爷大驾光临，冀某来迟，恕罪，恕罪。”

“三爷客气。”李文茂还了个礼。

陈松问：“执事大爷若是身体不便，我们就不打扰了。”

“不，不。”冀海树脸上似笑非笑，很难说出是什么表情，“二爷诛灭妖道，本堂大爷欢喜非常，他老人家正在沐浴更衣，即刻出来迎驾。”

大度和尚如此隆重地迎接李文茂，这一点倒出乎陈松意料。他笑着说：“论辈分，执事大爷是二爷的师叔，用不着这么客气，都是一家人嘛。”

不多时，大度和尚带着“赛吕布”石信出堂相迎。一年多没见，大度和尚明显见瘦，右臂的袖子空荡荡地悬于半空，脸上没有一点儿血色。想起以前发生的种种往事，李文茂心头涌起一丝愧疚之心，主动施礼：“执事大爷，近来可好？”

大度和尚看了李文茂一眼，突然纳头欲拜，慌得李文茂向后接连退了四五步：“万万不可，执事大爷，你这是干什么？”

“二爷斩杀金蟾道士，夺回‘镆铘剑’，为本门立下奇功一件。”大度和尚说，“本座从前处处与你为难，请你莫要怪罪才是。”

李文茂回道：“师叔只要肯认我这个师侄，便是李某之幸。”

大度和尚连连摇头，自责不已：“二师兄为国尽忠，节烈千秋，本座不当囿于门户陋规而将他逐出师门。贤侄放心，本座怎么把他逐出去的，怎么把他迎回来。”

老少两辈英雄和和睦睦，大伙儿悬着的心放了下来。罗大纲笑嘻嘻地对大度和尚说：“二爷好不容易来一趟，大龙头，你就让他站着说话？”

“呵呵。”大度和尚道，“里面请，里面请。”

众人进忠义堂分宾主落座，三爷陈松扫了一眼，发现步青磊、皇甫衮、陈亚胜、贾奉璋和宋良义五位龙头尽皆缺席，好奇地问：“步二爷他们去了哪里？”

“说来惭愧，本堂近来损兵折将，亟须补充，他们分头出去招兵买马。”大度和尚对李文茂说，“明日大典一事老朽已经派人知会，他们应该在回来的路上。”

“招兵买马是正事。”李文茂道，“赶得上最好，赶不及亦无妨。”

大度和尚端起茶碗，抿了一口茶：“贤侄，周道爷升天一事你可知晓？”

周位抡殉难的消息一直被官府严加封锁，朱世雄也是上个月才得知消息。大度和尚在望兵峰足不出户，耳目却不是一般的灵敏。李文茂点了点头，没有说话。

朱世雄叹一声：“周道爷道法高深，若是留在湖南，便不会遭官府的毒手。偏偏他胸怀大志，非要自己闯出一片天地，结果被自家人出卖，死得太可惜了。”

“贤侄，你对此事如何看？”大度和尚直切主题。

当年为了争夺洪门大位的继承权，丁复国与大度和尚竞相主导“红阳劫运”年举事。如今丁复国身死，起义能否如期举行？将会对大度和尚的声誉直接产生影响。李文茂明白大度和尚的意思，笑了笑：“师叔，‘红阳劫运’年举事非同小可，关涉本门气运，我想应当由各大堂掌印阿妈共同议决才是。”

大度和尚失望道：“也好。”

见他脸色难看，陈松吩咐黄桂林：“取龙剑来。”

黄桂林从锦盒里取出“镆铘剑”，恭恭敬敬地交给陈松。陈松双手捧剑，起身离座来到大度和尚面前：“二爷夺回龙剑，请执事大爷过目。”

大度和尚左手接过“镆铘剑”，双肩微微颤动，可以想见他心里是何等的翻江倒海。这把神兵是他足足花费了十年的工夫才炼成的，结果不但没有帮他如愿成为洪门之主，反而被金蟾道士砍断了右臂，差一点儿丢了性命，真是造化弄人。

陈松诙谐地补充了一句：“这把剑可是你的心肝宝贝呀。”

“镆铘剑”为洪门重宝，非洪门之主不能佩带。三爷陈松这句话醉翁之意不在酒，意在试探大度和尚对李文茂接掌洪门的态度。见众人的目光齐齐朝自己扫来，似乎都在等自己表态，大度和尚郑重道：“据先大龙头留下的法旨，谁取金蟾道士的项上人头，谁就是洪门之主。二爷做到了，天下人也看到了，还有什么疑问吗？”

“执事大爷误会。”陈松一句也不放松地逼问，“法旨人人皆知，本座想问的是，你认为二爷适合不适合接掌洪门大位？”

大度和尚笑道：“五大堂有四大堂支持二爷，难道本座愿意当那个恶人吗？”

这句话说得委婉至极，暴露的也许正是大度和尚的真实心境。陈松笑了笑：“二爷带来了金蟾道士的首级，执事大爷要不要观赏？”

“好啊。”大度和尚冷笑一声，“这牛鼻子自诩武功天下第一，断我右臂，以为本座再拿不起剑。岂料天有不测风云，本座活得好好的，他的头壳倒落了地先。”

石信从邝能手里接过锦盒，放到大度和尚面前，打开盒盖。金蟾道士面目如生，一双眼睛雪亮如星，没有半点暗淡之色。大度和尚看着看着，表情渐渐有了变化，压在心底的怒火不可遏制地燃烧起来，彬彬有礼的仪态消失殆尽，脸上的肌肉不住地颤动。

也难怪，要不是眼前这道士从中作梗，哪里轮得着一个后生仔当洪门之主？大度和尚左手从腰里拔出“扫魔霹雳剑”，点着金蟾道士的头颅骂道：“好一个阴魂不散的牛鼻子，到了这时候仍然不腐不朽，难道你想借尸还魂吗？”

“赛吕布”也抽出佩刀：“剁了这个妖孽。”

李文茂出言制止：“且慢。”

“二爷有何见教？”大度和尚余怒未消。

李文茂坐起身子：“师叔，金蟾道士临死前，晚辈曾答应归还他的首级。”

朱世雄亦觉不忍，开口说：“执事大爷，人已经死了，何必为难他？再说金蟾道士毕竟是一代武林至尊，剁烂了他的脑袋，如何向江湖同道交代？”

夜幕初上，众人离开望兵峰。三爷陈松下令“德威堂”开赴龙头峰前山关，接替“龙”字营右路都督魏振环的防务。后者率部进抵半山腰的迎客驿和演武厅，协助中军都督鲁巨川全力做好明日即位大典的防卫和仪仗事务。

龙头峰顶的藏龙洞为洪门之主的起居地，忠义堂是三位总堂大爷的办公场所，没有总堂颁布的号令，各堂兄弟严禁擅自登顶。三爷陈松把朱世雄、罗大纲、马元龙以及“洪德堂”众头领留在迎客驿，自己和两大护法陪着李文茂上了峰顶。

明天李文茂将正式接掌洪门，陈松领着他巡视了一遍忠义堂，视察了即位大典的各项筹备工作，最后由杨其楠带路进了藏龙洞。洞中一切陈设皆为大慈和尚生前遗物，原封不动，散发着一股潮湿的神秘气息。李文茂越走越感慨，没想到大慈和尚平素生活如此简朴，以山后平台为例，除了木床、蒲团、鲜花等必要的起居用品外，几乎家徒四壁。

杨其楠问："二爷，你看看还需要什么？"

"不必。"李文茂道，"这样挺好。"

杨其楠躬身离去，洞中只剩下爷孙俩，陈松慢条斯理地说："茂仔，前些日子，我把你师傅调防到了圹利山。"

藏龙洞有三条秘道，最远的一条通往北路的圹利山，那里是总堂"凤"字营的驻地。联想到陈松执意让邝能的"德威堂"接替前山关防务一事，李文茂什么都明白了："阿爷，看来你终究信不过胜堂大爷。"

"害人之心不可有，防人之心不可无。"陈松语气淡淡地说，"胜堂大爷目空一切，心胸狭小，这么多年我太了解他了。今天他表面上客客气气，其实心里对你极不服帖。大明山是他的防区，周围有三万多胜堂兄弟，老朽不得不预留一手。"

"当着众家兄弟的面，难道他敢逆天？"李文茂笑了起来。

李文茂斩杀金蟾道士，依照大慈和尚的遗命接掌洪门，神功盖世，众望所归。陈松想不出大度和尚还能出什么幺蛾子。他疲倦地说："你现在身份尊贵，不同以往，早点休歇以备明日大典。迎客驿那边嘛，我去陪他们吃两碗酒。"

望着"失魂松"的背影，李文茂心潮起伏，盘腿来至蒲团打坐。从明天起，他就要一肩担起洪门重任，统领天下洪家兄弟揭竿而起，推翻腐朽凶残的清王朝。忽然，大慈和尚、大悲和尚、至忍禅师、至慧禅师、伦廷、郭锡保、易兰花等人的面孔一个接一个浮现，犹如满天星辰撒落于夜空，又像烂漫山花镶嵌在瀑布。李文茂难以入睡，火龙珠低声沉吟——此处瀑布曾为白龙隐匿行踪之所，难怪这珠儿躁动不安。

李文茂从怀里掏出火龙珠，一把将它掷向瀑布："去，回家看看。"

火龙珠在瀑布里冉冉升起，竟似一朵白雨中的红花。

第一百二十七回　龙头绝峰

大明山以瀑布众多闻名遐迩，这些在空中飞翔的河流其实是龙的躯壳。夏日里，你若掬一捧水覆盖在脸庞，定能嗅到杜鹃花的芬芳，听到一丝悠远的叹息。重重帷幕中，发出叹息的可是化身为石的龙母？

藏龙洞为大明山一山之本，内中曾经栖息过多少龙的灵魂？四更天，李文茂在静坐修炼中进入物我两忘的空灵境界。蓦然间火龙珠从瀑布里闪现，发出凄厉的嘶鸣，后面有八九条白龙接连飞出紧追不舍。李文茂与火龙珠相依为命将近十载，见状不由得勃然大怒，从腰里拔出“盘龙剑”，纵身一剑砍去。

剑刃劈中一条白龙，好似泥牛入海，无声无息地破空而过。

这条白龙竟然是一道幻影！

李文茂一时无法判断这群白龙中哪一条龙是真，哪一条龙是假。人毕竟是血肉之躯，面对幻影和虚空如何应敌？他的身体直线坠落，不得不提气腾挪，拧身扑向伸出的崖树。恰在这时火龙珠倏忽飞至，他脚尖微微一点，借力飞升，劈头一剑砍中迎面冲来的白龙。

又是一道幻影！

不知道什么时候起，月儿悄悄钻出夜幕，静静地观赏着这场罕见的人龙大战。光洁的银辉照耀瀑布，俨然一道白色的雨帘，璀璨夺目又阴森可怖。火龙珠像萤火虫一样飞来飞去，红色的光芒孤独燃烧，叫人置身于莫名的奇幻场景。假如瀑布是黄蜡石的窟窿眼，那么白龙便是流逝的灵魂；倘若瀑布是飞翔的河流，那么白龙便是不易到手的灵光。

“食菜事魔教”的箴言没错，灵光确实藏在河底——既藏身于相思江的美丽风光，也托体于大明山的晶莹瀑布。瀑布，难道不是一条飞翔的河流吗？

李文茂勘破这一层关节，大喜过望，毫不犹豫地挥剑斩杀。话说简短，将生死置之度外的英雄连斩九龙，每一次劈中的俱为幻影；火龙珠九次救他性命，耗尽了最后的火焰，摇摇摆摆跌落悬崖。李文茂心痛如割，奋力抢救，右手的指尖堪堪触及火龙珠，却见崖树间突兀挺出一块巨石。苍白的珠儿摔在石头上，撞裂成无数碎片，像水珠一样四射飞溅。

李文茂大叫一声，睁开眼睛，原来是一场梦。

梦如梦，梦非梦，李文茂对这些场景十分熟悉，每幕场景都是他生命中的一段里程，每块碎片都是他孜孜以求梦想破解的花瓣。他默默地望着远处翻滚的云层，心里纳闷，火龙珠为何没有归来？

这时，洞里传来脚步声，来者是左护法杨其楠。

拂晓时分下起了黏稠的小雨，过了巳时尚无停歇的意思。龙头峰下响箭连连，一拨又一拨的观礼宾客被带上迎客驿。这些人不是来自武林，便是来自绿林道，更多的是那些和洪门有着千丝万缕联系的外围堂口。

郭三登和区润在顺德站稳脚跟后，自立门户，新起了一个名为“义德堂”的堂号——这个堂口既不隶属“洪义堂”，也不隶属“洪德堂”。哥俩错过了盖天顶的巅峰决战，不愿意再错过李文茂就任洪门之主的大典。他们为此早早做了准备，拉了满满一船礼物从顺德县出发，水陆兼程，终于在初八前夜赶到龙头峰。

上山的路上，区润遇到“鹤顶红”叔侄，忙叫道：“三爷，三爷。”

“鹤顶红”一看是老相识，抱拳拱手：“两位，贫道当如何称呼？”

郭三登一本正经地说：“他是大龙头，我还是二爷。”

“义德堂”成立后，郭三登自觉本事不济，坚持让区润当大龙头。区润红着脸说：“郭二哥太不像话，非要让我来当家，老弟兄们见一回问一回，真叫人难堪。”

见郭三登和区润亲密无间、你推我让的样子，“鹤顶红”颇为尴尬：“两位兄弟，你们这份情义江湖上不多见，侯某佩服。”

“义德堂”扎根顺德经营，与陈吉的“兴义堂”比邻而居，对“洪兴堂”闹家务的内情略知一二。郭三登道：“三爷，我们哥俩买卖虽然小，但是自个儿的衫子自个儿缝，没人管。日后到了顺德，假如‘大春吉’不给你的面子，我们捧你的场。”

“鹤顶红”很感动：“两位当家的，够义气。”

萧明远身故后，根据他的遗言，“失魂松”批准马元龙接任掌印阿妈。但是这个任命在“洪兴堂”内部引起了轩然大波，以白扇三爷侯贯虹和四爷秦渠安为首的一干将领愤愤不平，认为马元龙围困胥江祖庙不力，未能警觉水龙道士南下，是导致“洪兴堂”主力险些全军覆没的罪魁祸首。萧明远、袁公明、乔云彪、蔡殿武等人的死都应该记在他账上，不用军法处置他就不错了，凭什么让他当掌印阿妈？

洪门纪律严整，大龙头地位崇高，一言九鼎，能够充分发挥秘密组织的战斗力，这是它的长处；大龙头一旦离世，继任者如果没有威望，整个组织立刻就会陷入分崩离析的状态，这是它的短处。当然这也是所有大佬政治的必然宿命，洪门自不例外。

马元龙是萧明远指派的继承人，取得了陈金刚“兴胜堂”的坚定支持；侯贯虹、秦渠安等人在容奇堡一战中曾与萧明远共患难，九峰山老营的兄弟多数站在他们这一边；陈吉在两大势力之间保持平衡，态度暧昧，谁也不得罪。“洪兴堂”僵局一时难解，各行其是。拿这次赴大明山参加李文茂的即位大典来说，侯贯虹叔侄故意比马元龙晚走两天，到大明山不进龙头峰的迎客驿，却在狮子岭歇脚，摆明了给马元龙难堪。

一行人到了半山腰，迎面碰到“铁狻猊”。大家都是老朋友，有日子没见面，嘻嘻哈哈闹起来没完没了。郭三登抬头望了望天气，煞有介事地问“鹤顶红”：“侯三爷，二爷登基坐殿打天下，这是大吉大利的日子，是不是该出日头？”

“分怎么说。”“鹤顶红”思忖道，“大明山是出真天子的地方，二爷是真龙出世，龙出行哪能没有雨？”

“有道理，有道理。”郭三登赞道，“还是你老人家法术高深。”

区润小心翼翼地问“铁狻猊”：“胡爷，我听说大典从午时开始，二爷领受洪门三宝的时辰选在午时三刻？”

午时三刻阳气最足，和阴雨连绵正相矛盾。郭三登抓耳挠腮：“是啊，咱洪门往日开堂办会不都在子夜丑时吗？今儿咋变了？”

“鹤顶红”纠正道：“登基坐殿是登基坐殿，开堂办会是开堂办会，两码事。”

“铁狻猊”也笑了：“郭当家的，二爷登基坐殿光明正大，用不着偷偷摸摸。再说大明山是本门天下，难道你还怕威武窑子来撒野不成？”

康熙十三年七月二十五日子夜丑时，少林五祖在红花亭盟誓结义，正式创立洪门，这就是历史上著名的洪家大结义。从那一天开始，后来洪门开堂办会习惯于选择子夜丑时，一方面为了纪念五祖功德，另一方面是为了避开官府耳目，免得暴露行踪。

“二爷武功盖世，怕过谁？”郭三登嘿嘿一笑，“他老人家选在午时三刻登基，估摸是喜欢轰轰烈烈，老天爷净瞎捣乱。”

“铁狻猊”开起了玩笑：“如今官府允准红毛教弛禁，你那位红毛哥哥怎么样？你没跟他学两天鬼子法术？”

郭三登最怕别人提起这事，听“铁狻猊”一问，羞臊得脸红脖紫。区润忙说：“二爷大富大贵，没准儿一会儿雨就停了。胡阿妈，我们带了不少贺礼，该去哪儿录簿登记？”

“铁狻猊”收住笑声：“呵呵，光顾着和二当家打趣，差点把正事给耽误了。两位当家的是贵宾，在迎客驿休歇，快进去吧。”

“那他们呢？”郭三登指着侯贯虹问。

“铁狻猊”回答：“三爷是本堂兄弟，在演武厅歇脚。”

郭三登叹了口气：“你看看，还是把我们当外人哩。”

来参加洪门之主即位大典的外围堂口很多，给总堂出了一个不大不小的难题——你说这些人属于洪家吧，他们多为江湖豪客和大地主的私人武装，纪律散漫，没有传法的会簿；你说他们不属于洪家吧，这些堂口和洪门之间存在着千丝万缕的联系，完全模仿洪门组织形态，一口一个兄弟，叫得比真的都亲。

“铁狡猊”解释道：“两位当家的，总堂规矩严整，这次进忠义堂参加大典，五大堂下辖堂口中，只有手握‘银叶会簿’的掌印阿妈才有资格参加。”

“义德堂”没有传法会簿，即使按照五大堂下辖堂口对待，它算哪一级呢？区润拉了一把郭三登：“二哥，总堂今天忙得很，咱们就别添乱了。”

迎客驿熙熙攘攘，能有幸参加这次大典的皆为江湖上有名头的人物，两大绿林道各派代表敬献贺礼，粤北绿林道的代表是戴则兴、“袖里乾坤”邓豫、练四虎和唐火生大眼一贵；粤西绿林道的代表是“西天腊飒”钟德、梁老祖、“赤眼雕”邬干石和贝尘鹤；粤西武林的代表依旧是杨开山和古存恕两位高手；外围的堂口则数不胜数，林林总总，叫什么的都有，让人一时间分不清谁是地主士绅，谁是江湖豪客，像“镇夷营”的老介福、“百胜营”的李天彪、“全胜堂”的翁芹芳、“全义堂”的梁亚珠、“扶义堂”的罗华观、“广寿堂”的刘观先、“延陵堂”的吴凌云、“巡海营”的张钊、“公正营”的田芳等等。

老介福呈上礼单，问区润：“陈阿妈来了吗？”

“哪个陈阿妈？”区润没有反应过来。

李天彪大大咧咧地说：“就是‘大春吉’。”

区润应了声：“应该来了，要不咱们去演武厅看看？”

顺德与九江圩一水之隔，老介福和陈吉商量的是生意上的事情，却不愿介入“洪兴堂”的内部纠纷。他摆了摆手：“算啦，侯三爷他们在那边，说话不方便。”

几个人正在交头接耳，张钊和田芳走过来抱拳行礼：“哎呀，几位大财主，二爷登基坐殿的大日子，关阿妈和陈阿妈咋没来？”

当年老介福在粤西做木材生意，没短了雇用张钊和田芳沿江护送，和他们自是相熟。他笑着回礼道：“亏你们在浔江上混，连这个都不知道？”

李天彪道：“二爷把他们打发回去了，梁阿妈也没让来。”

张钊叹了口气：“太可惜了。”

“你们想见的不止他俩吧？”老介福幽默地说。

“真是什么都瞒不住你老人家，其实，我们哥俩最想见的是张帮主和黎当家的。”田芳压低声音，“钦州和廉州有入海口，从南洋运来的芙蓉膏在那里上岸，中间能省去多少运费花销？老爷，你是行家，这笔账你最清楚。”

张钊急切地道：“咱们直接从马六甲运，只要他‘红旗帮’别打劫就行。”

近年来朝廷接连签署卖国条约，凡是跟洋人有关的一律开禁，官府禁令如同虚设，鸦片贸易在粤西有一发而不可收拾之势。过去鸦片运销的海上路线掌握在洋人手里，红毛鬼子的剪子船从南洋开到伶仃洋，零售贩子再把鸦片膏沿着西江运回来，一来一去兜了好大的圈子。张钊和田芳的设想是从马六甲和新加坡购货，直接在钦州和廉州上岸，起码能省去一半的路程，何乐而不为？鸦片战争后，在马六甲和新加坡从鬼子手里收购鸦片根本不算回事，唯一的风险是躲避海盗的袭击。“巡海营”和“公正营”有一定的护航实力，小股海盗不放在眼里，最担心的仍然是“红旗帮”。

江湖上人人知道，“红旗帮”只听李文茂的号令。然而鸦片买卖是一把双刃剑，利润固然丰厚无比，流入民间则毒害太深。为洪门筹集军饷的话李文茂还可以考虑，为私家堂口发横财他才不会理你。老介福盘算来、盘算去，觉得张钊这个想法可行，他突然想起了和黎阿钿八拜结交的谭亚才，抬头朝四周看了看：“哎，怎么没见谭少爷？”

“对啊。”李天彪也很纳闷，“这个小白脸哪儿去了？”

区润说：“估计还没到。”

“那可不应该。”李天彪妒忌地说，“要不是二爷给护着，他能有今天的势力？”

“嘘。”老介福冲他使了个眼色，“这里人多嘴杂，少说两句。”

黄三全和潘其泰一前一后进了驿站大堂，区润非常奇怪：“黄兄弟，二爷在忠义堂，你怎么没有上去伴驾？”

黄三全回答：“我们不够格。”

“不应该，不应该。”郭三登摇头晃脑，“你们是二爷的贴身扈从，搁在朝廷那就是一等带刀护卫，别人不让上去，也得让你们上去。”

“上面有‘龙’字营兄弟，有左右护法，轮不到我们。”黄三全泄气地说。

郭三登做了个鬼脸：“等二爷荣登大宝，你还不弄个都督干？”

眼下李文茂已经入住藏龙洞，提前执掌总堂权柄，有没有资格上山观礼，其实只是他一道口谕的事情。“小孟尝”理解李文茂不愿破例的苦心，劝道：“二爷做得没错，这是避嫌，你们两个就在迎客驿好好歇着。”

张钊不是盏省油的灯，撺掇潘其泰：“潘爷上山观礼没问题。”

“为啥？”潘其泰问。

田芳笑道：“足下以宾客的身份上山，二爷能怪你？”

对啊，怎么忘了这茬儿？潘其泰跑到鲁巨川跟前：“潘某是‘果胜堂’的二当家，给我登记在宾客的簿子里，快点。”

鲁巨川为难地说：“二爷叮咛过，不让你们上山。”

“他不让我们以洪家兄弟的名义上山，怕坏了总堂的规矩。”潘其泰嬉皮笑脸，“可潘某身为‘果胜堂’的宾客，别人能上去，我也能上去。”

鲁巨川拗不过他，只好妥协：“潘爷，只许你一个人，千万别让鲁某为难。”

“没说的。”潘其泰兴冲冲地跟着大伙儿往外走，到了门外一瞅，立时惊呆了——刚才还不断丝的雨线踪影皆无，红彤彤的日头破云而出，照得那个鲜亮。就在他愣神的工夫，龙头峰顶三声炮响，迎客驿外有人高喊：“吉时将至，请各位来宾、各位兄弟上山观礼。”

从半山腰的迎客驿、演武厅到山顶的忠义堂，均由“龙”字营的兄弟把守。为了庆贺本门大龙头即位大典，这些百战死士清一色换了身金盔金甲金色战袍，腰挎金丝龙鳞刀，手执盘龙錾金枪，威风凛凛，庄严肃穆。

各大堂堂主和江湖来宾排成整齐的队形，沿着山道迈向龙头峰。登上山顶，迎面正对着一丛连体的五座巨石，上面刻着一个硕大的“洪”字，这便是赫赫有名的“五祖石”；之后是两座火坛，一曰“反清”，一曰“复明”，烈火熊熊，白焰烁烁；火坛后面是旗杆座，中间一座旗杆上是“洪顺堂”总堂的厚土勾陈旗，另外两座旗杆上飘扬着李文茂的军旗——玉蝉桃花旗和九瓣飞肩兰花旗。忠义堂门外临时搭设一座简易的竹棚，里面供奉着“玄真道士”丁复国等人的牌位；竹棚外挑起一根杆子，悬挂着金蟾道士的头颅。

山风虽然温煦，但是亲眼目睹曾经称雄江湖二十余载的武林至尊落得如此下场，各路江湖好汉不免暗中唏嘘。大度和尚率“洪胜堂”诸将走在前面，见金蟾道士双目光芒不散，抬起左手点指："你不是'天下第一剑客'吗？怎么也有今天？"

身旁的石信怕他失态，从后面抱住大度和尚："大哥，庆典马上就要开始啦。"

大度和尚冷笑一声，挣脱石信的双臂，迈步走进忠义堂。

忠义堂内是常见的洪门礼仪布置——正面墙壁上是一副关老爷夜读春秋的中堂；中堂前是一张三层神案，分别供奉着羊角哀、左伯桃、"及时雨"宋江和洪门五祖的神牌；神案前是一只米斗，里面盛放着七星剑、白扇、桃枝、量尺、天秤、算盘、铜镜、串珠、木鱼和剪刀等一应器物，与开堂办会时所用毫无二致；米斗前是白虎皮包裹的龙头宝座，两侧摆着两把虎皮大椅，专为总堂执事大爷和白扇大爷而设；其下是一排座椅板凳，左侧是洪门首领，右侧为江湖来宾；四周点起一百零八盏长明灯，象征着水泊梁山英雄大聚义；中间是甬道，矗立着一百零八名彪形大汉，挎刀持枪，犹如金刚相仿。

待众家英雄和宾客坐定，山口又是炮声隆隆，这次一连气鸣放了九响，震天动地。典礼官高声喝道："吉时已到，真龙出山，有请总堂大爷护驾。"

李文茂红巾束发，戴四方平定巾，套一身淡雅的青色直裰走近神案。左护法杨其楠和右护法黄桂林自动闪在两旁，大度和尚与陈松上前代替了他们的位置。各大堂堂主跟随三位总堂大爷撩衣袍，跪倒在地。

典礼官先读一篇四六句的檄文，曰：

盖闻唐虞揖让，固上古之圣人；汤武征诛，亦中天之景运。汉鼎既失于王莽，刘文叔又复中兴；徽宗虽掳于金人，宋康王依然返国。惟我大明太祖，开国于南京，传至季世怀宗，丧身于北阙。恸帝位之难留，奈天心之已去。

…………

虽然，功成身退，以身殉国何妨；有德者居之，以位让贤何恨。独思金夷僭窃，华夏腥膻；胡羯称尊，夜郎自大。父子异姓，夫妇同宗，纲常之斁沦已极；旗满加恩，汉人灭礼，华夏之厚薄何乖。钱财有灵，奴隶加以名器；文章无价，英贤辱在泥涂。屈真才而鬻爵，朝野之珠玉皆空；纵酷吏以虐民，闾阎之脂膏尽竭。

…………

今幸明王有佐，故主尚存。仰观天象，历数在躬；俯察舆情，民心易变。爰举义旗，以靖妖孽。惟望普天率土，执孺子于咸阳；戮力同心，歼商辛于牧野。

…………

典礼官念毕，李文茂、大度和尚、陈松三人向神案恭恭敬敬行三拜九叩大礼，各大堂堂主群情激愤，齐声大呼："迎明主，杀鞑子。"

典礼官喝道："请三宝。"

左护法杨其楠、右护法黄桂林和"龙"字营中军都督鲁巨川各捧锦盒来到神案前，将"玉叶会簿"、"镆铘剑"、龙头令旗三件洪门重宝取出置于案头，然后肃立两侧。

下一道程序是重申洪门的清规戒律，宣读"三十六誓"的是右护法黄桂林，监誓的是大度和尚。典礼官尊敬道："请执事大爷监誓。"

大度和尚从典礼官手里接过"玉叶会簿"，捧在手中，面无表情地说："自入洪门，一心同体，互相扶持，再无彼我之别。天为父，地为母，日为兄弟，月为姊妹，以洪为姓。虔奉天地山河五谷之灵、五方五龙之灵、五祖之灵以及无边无际所有神灵，凛遵'三十六誓'，同生共死，不离不弃。如有违背，不拘高下，一体领刀受剑。"

言罢，大度和尚将"玉叶会簿"交给黄桂林，后者高声朗读：

第一誓：自入洪门之后，你父母就是我父母，你兄弟姊妹就是我兄弟姊妹，你妻子就是我嫂子，你子侄就是我子侄。如有不遵此例，不念此情，即为背誓，三刀六洞。

第二誓：倘有父母兄弟，百年归寿，无银埋葬，有白磷飞到，求兄弟相帮，必要通知各兄弟。有多帮多，无钱出力，以完其事。如有诈作不知者，三刀六洞。

第三誓：各省外洋洪家兄弟，不论士农工商，江湖之客到来，必要支留一宿两餐。如有不思亲情，诈作不知，以外人相看者，三刀六洞。

…………

众弟兄跟着读罢“三十六誓”，典礼官又道：“请白扇大爷宣布先大龙头遗命。”

包括李文茂、大度和尚在内的众弟兄一发跪倒，陈松从典礼官手里接过龙头令旗，举起右臂沉声说：“先大龙头遗命，金蟾道士自恃武艺高强，助纣为虐，屡挫本门锐气。本门兄弟谁能取其首级者，即为洪门之主。”

众弟兄齐声高呼：“谨遵先大龙头遗命。”

典礼官从神案上捧起“镆铘剑”，双手举过头顶，一脸肃穆地说：“各位兄弟，大明山为真天子地，白龙出世，地动山摇。天佑我洪门出一代盖世英豪，夺龙剑，锄强雠，横绝武林，涤荡江湖。此大兴义师之天命，犁庭扫穴之吉兆。”

众弟兄听得热血沸腾，喊声震天动地：“真龙下世，顺天承运。”

李文茂从典礼官手里接过“镆铘剑”，穿过“龙”字营兄弟搭成的刀丛枪林，来到忠义堂外的竹棚前，对着金蟾道士的头颅虚点三剑，然后在“玄真道士”等人的牌位前焚香祭拜，算是替他们报仇雪恨。洪家兄弟齐齐出了一口淤积多年的恶气，江湖上的各路宾客则佩服李文茂不难为金蟾道士的首级，实为仁心仁德之主。

李文茂返回忠义堂，将“镆铘剑”递给典礼官，后者没有接受，整衣冠，跪倒行大礼：“真主佩龙剑，请掌堂大爷就座。”

李文茂推辞：“李某何德何能，敢受此洪家至宝？”

众弟兄的呼声排山倒海：“请掌堂大爷登基坐殿。”

经过三推三让，李文茂才收下“镆铘剑”，佩悬于腰间，在左护法杨其楠和右护法黄桂林的引领下，从容就座。杨其楠怀抱龙头令旗在左，黄桂林手捧“玉叶会簿”居右，龙头宝座上端坐新一代武林至尊，众弟兄心悦诚服，跪倒行三拜九叩大礼。

李文茂抱拳在胸：“各位兄弟请坐，且听本座一言。”

大度和尚与陈松率先在虎皮大椅上坐下，自朱世雄、罗大纲、马元龙以下其他洪家将领分别落座。待屋子里清静下来，陈松抱拳：“请掌堂大爷发布口谕。”

李文茂开口：“各位兄弟，‘红阳劫运’年在即，本门将大兴义师征讨鞑虏。此役规模之巨，实为五祖肇建洪门以来所仅有。战旗所至，流血千里，事关本门兴衰，汉家山河能否易帜光复？希望大伙儿议一议举义大计。”

大度和尚松了一口气，听李文茂话里话外的意思，并未打算改变“红阳劫运”年举事的既定战略。朱世雄、罗大纲和马元龙三人同时起身：“掌堂大爷决断，我等并无异议。”

三大堂对李文茂衷心拥戴，这是意料中的事情。陈松将目光投在大度和尚的脸上，意味深长地加了一句：“胜堂兄弟对掌堂大爷可有异议？”

大度和尚欠了欠身，对李文茂说：“说心里话，本座比朱阿妈、罗阿妈和马阿妈他们三位更愿意推举贤侄坐上这把交椅。”

“失魂松”一愣，没弄明白大度和尚这句话的意思。大典进行到最后一道程序，典礼官高喊：“行‘忠义酒’！”

洪门之主就任后，各堂兄弟须向他敬献“忠义酒”，表示绝对服从之意。洪门大龙头自此拥有无上权威，令行禁止，杀伐千里。忠义堂外金鼓大作，各大堂堂主依次向李文茂敬献“忠义酒”。大度和尚排在第一位，他举起酒碗道：“贤侄，这是老朽最后一次这样称呼你。喝罢这碗酒，你是主来我是臣，各司其职，各担其份，不得混淆。”

李文茂端起酒碗一饮而尽：“晚辈权掌洪门，心中委实惶惑，尚乞师叔尽心辅佐。”

大度和尚正色道：“掌堂大爷，这个称呼属下担待不起。”

“也好，以后就称呼你为执事大爷。”李文茂笑着说，“总堂事务繁忙，本座想请尊驾专任执事，胜堂掌印阿妈一职，你看交给哪位兄弟比较合适？”

大度和尚推辞：“属下不敢擅专。”

五大堂的掌印阿妈人选例由本堂推荐，最后报经总堂批准。大度和尚一味推托，让三爷陈松很不舒服，替他回答：“掌堂大爷，胜堂兄弟中孚众望者不是步二爷，便是冀三爷。”

李文茂问：“执事大爷，你真的打算让晚辈来定吗？”

大度和尚慌了神，李文茂贵为一言九鼎的洪门之主，当众拍板形同板上钉钉，再想变动那就不可能了。他本有意让忠心耿耿的冀海树接掌“洪胜堂”，但又怕这一破格荐举会引起陈松的警觉，便狠了狠心：“步二爷可担大任。”

“等步阿妈回来，请他去‘琼花宫’拜中堂。”李文茂笑了一笑，“执事大爷，你执掌胜堂帅印多年，娴熟兵略，年底举事望多多筹划。”

大度和尚默默无语。朱世雄向李文茂敬献“忠义酒”，接过话题说：“射人先射马，擒贼先擒王。依属下看来，我军不必与湘粤三省的威武窑子纠缠，应该径出湖广，席卷中原，以迅雷不及掩耳之势直捣京城，把鞑子朝廷撵到关外放羊。”

随后敬“忠义酒”的是罗大纲，他听了以后摇摇头，表示不赞成：“从前太祖伐元，先取山东，撤彼屏藩；移兵两河，破其藩篱，拔潼关而守之，扼其门槛，掌握天下形胜，方才进兵元都。所以他曾说过，‘悬军深入，馈饷不前，援兵四集，危道也’。”

李文茂饶有兴趣地问：“罗阿妈，依你之见？”

罗大纲胸有成竹地说：“掌堂大爷，依属下拙见，我军应当先定湘粤三省；然后出两湖沿江而下，夺取金陵这个龙兴之地，平南九省以为复兴王业之基。最后兵分三路经略中原，一路出湘楚，一路出汉中，一路出徐州和扬州，稳扎稳打，天下唾手可得。”

昔日五祖创立洪门，约定分头经营，其中，长房吴天成在浙江开创“宏化堂”，二房洪大岁在福建开创“青莲堂”，三房李色地在两粤开创“洪顺堂”，四房桃必达在云贵川开创“家后堂”，五房林永招在两湖开创“参太堂”。百余年过去，其他四房在江南、两湖、福建和云贵川一带撒下了革命的种子，拥有深厚的群众基础。洪门在这些地区登高一呼，应者云集，因此先南后北的战略符合其自身利益，也是朱元璋当年平元之略的一个翻版。

朱世雄颇不以为然：“罗阿妈，我看你来粤西以后胆子变得小了。岂不闻兵无常势，水无常形？今鞑子朝廷腐朽不堪，绿营兵卒无心卖命，在朱某看来，黄河以北那些防线不过是一层窗户纸。倘若选派一员大将和一支精兵，千里驰突，必可摧敌之胆。”

李文茂接过马元龙献的“忠义酒”：“马阿妈有何见教？”

马元龙为人沉默寡言，这一年来被“鹤顶红”和秦渠安等人折腾得更加谨小慎微。他思忖了一会儿说：“黄河以北本门没有大股的兄弟，孤军千里奔袭，伤病和粮草无法解决，有可能肉包子打狗，有去无回。纵使披荆斩棘打到京城，天下英雄各怀鬼胎，群起观望，说不得咱们播了种，人家收了果子。李闯前车之鉴不远，掌堂大爷不可不察。”

朱世雄气恼：“马阿妈，照你的意思，连那支偏师也省了？”

“明摆着是送死，”马元龙道，“谁肯去？”

朱世雄正要和他争辩，李文茂哈哈笑道：“各位阿妈不必忧虑，‘洪德堂’现有八千忠义兄弟在浔江候命。本座既得无情剑，自当为全军先锋，杀开一条血路。”

此言一出，几位龙头又羞又愧，屈身跪倒：“掌堂大爷万乘之躯，岂可亲冒锋镝？属下愿领偏师征伐中原。”

“请起。”李文茂伸手搀扶，“等各位宾客走后，咱们好好计议。”

洪家兄弟敬完“忠义酒”，纷纷退下，忠义堂外鸣炮九响，宣告大典仪式完成。各路江湖宾客睹此盛况，分批上来贺喜，第一拨是粤北绿林道的头领，戴则兴、邓豫、练四虎、唐火生大眼一贵每人捧了一碗酒，陈松笑着问：“你们这是干什么？”

按照典礼上的规矩，江湖宾客不必行酒，可是李文茂一见粤北绿林道这些兄弟，打心里往外觉得那么舒畅，他接连饮了献上来的四碗酒之后，又让人把酒碗倒满，感慨地对陈松与大度和尚说：“葛总瓢把子虽然不在堂，但心怀大义，多年来对本门倾力相助。这样吧，本座回敬四位当家的各一碗酒，聊表寸心。”

戴、邓、练、唐四人慌忙端起酒碗饮下，戴则兴道：“掌堂大爷莫要客气，我家总瓢把子临来前交代，只要你老人家一声令下，要兵有兵，要粮有粮。”

大度和尚嘴角露出一丝不易察觉的苦笑——湘粤三省三大绿林道的总瓢把子，萧明远把朱世雄引入洪门，李文茂降伏了葛耀明，唯独自己和盖九霄打成了二十年的老冤家，彼此杀红了眼。单凭这一点，如何让人心服口服？

唐火生大眼一贵的眼珠大，觉察到李文茂胸前黯淡，发问：“掌堂大爷，你的火龙珠呢？”

“哦。”李文茂低头一看，这才想起火龙珠到现在还没有回来，不由得自言自语，“它到哪儿撒野去了？”

“奇了个怪，白龙好好地待着，珠子却溜了号？”唐火生大眼一贵瞅着李文茂腰里的“镆铘剑”直纳闷，正欲细问究竟，“袖里乾坤”邓豫怕他失言，连推带搡将其拖了下去。

粤北绿林道开了一个先例，江湖各路来宾纷纷效仿，都打算好好敬李文茂一碗酒。“西天腊飒”钟德、梁老祖、邬干石和贝尘鹤代表粤西绿林道敬酒，没等钟德放下酒碗，梁老祖先急着问了一句：“掌堂大爷，贵军何时起兵北伐？”

大度和尚冷冷地说：“梁当家的想要回狮头峰吗？”

“不不。”梁老祖慌忙掩饰，“我家总瓢把子说了，贵军要是誓师北伐，我们粤西绿林道愿意奉送粮草，以壮行色。”

“西天腊飒”钟德朝大度和尚抱拳道：“胜堂大爷，你我两家虽然打了二十多年，但是钟某敬重你的本事，钦佩洪门的忠义。不管别人如何，我今天在这里撂句话，一旦贵军前线战事有麻烦，钟某愿率霸陵山人马驰援助战，和官府痛痛快快杀一阵。”

“钟爷是条汉子。”大伙儿一起夸赞。

好不容易等到贝尘鹤，他怯生生地上前：“掌堂大爷，在下敬你一碗酒。”

李文茂想起附体在白血童子身上的“赛潘安”，不愿为难贝尘鹤：“贝当家的，尔等回佛山堡以后须规规矩矩，休要再干那些偷鸡摸狗的勾当。”

“阴阳生”死后，藏匿在大容山的金银全归了贝尘鹤。他现在最想做的是去广州城和佛山堡做买卖，和气生财，告别刀头舐血的日子享清福，因此感激地说：“掌堂大爷，在下一定痛改前非，老爷是广府江湖大佬，你可以让他监督。”

老介福、区润、郭三登、谭亚才等人在后面等着敬酒，听了贝尘鹤的话，老介福急急忙忙为自己撇清：“贝当家的，你那些鬼事别找我，找鬼子去。”

贝尘鹤央求道：“老爷，此事非你不可。”

老介福拉住郭三登：“郭当家的是鬼子的亲戚，让他当保人。”

“老子早和鬼子掰了。”郭三登指着谭亚才，“谭阿妈而今是鬼子跟前的大红人。”

谭亚才把脸一沉：“谭某不跟淫贼称兄道弟。”

淫贼这两个字刺痛了李文茂的心，他强作笑颜：“谭兄弟，你几时到的？”

谭亚才抱拳在胸：“承蒙关照，谭某差一点儿没赶上。”

区润察觉有异，奇怪地问：“谭阿妈，你好像对掌堂大爷有怨气？”

“谭某哪敢有怨气？”谭亚才悲愤地说，“我还给他带来了一件大礼。”

话音未落，龙头峰下炮声隆隆，人喊马嘶，竟似有千军万马。

第一百二十八回　三刀六洞

谭李氏和李文茂在相思江私会未能掩过谭家人的耳目，谭亚才从奴仆处询得实情，登时感觉五雷轰顶。他万万没有想到，亲如兄长的李文茂怎么会做出这般禽兽不如的勾当。谭亚才咬碎钢牙，恨不得立刻剥了李文茂的皮，方解心头之恨。经过一夜的盘算，他带人押着谭李氏赶奔大明山望兵峰，与大度和尚一拍即合，决意在五月初八龙头即位大典上发难，杀李文茂一个措手不及，把他从龙头宝座上拉下来。

大明山为三合会的大本营，龙头峰的防御更是固若金汤，二十余年未闻警讯。听到山下炮响连天，洪门将领吃惊非小，江湖道的来宾更是一脸狐疑。三爷陈松瞥了一眼大度和尚，立命魏振环到山下速探速报。

谭亚才转身走到空地，大声道：“各位兄弟，谭某有冤要申。”

满堂喜气洋洋的热烈气氛，谭亚才突然来了这么一手，大家面面相觑，无不觉得这个小白脸心怀叵测。鲁巨川把脸沉下来：“谭少爷，今天是掌堂大爷登基坐殿的喜庆日子，你却鸣冤闹事，莫非存心和我们过不去？”

“在下委实有冤屈。”谭亚才跪倒在地。

鲁巨川为难地问黄桂林："黄护法，你说怎么办？"

黄桂林面无表情："乱棍打出忠义堂。"

"慢着。"大度和尚站起身，"护法大人，今天是喜庆日子不假。但掌堂大爷行侠仗义的威名世人皆知，假如我们不许人申冤，岂不是给掌堂大爷脸上抹黑？"

黄桂林不敢顶撞，婉言道："执事大爷，此事要掌堂大爷开金口才是。"

大度和尚皮笑肉不笑："请掌堂大爷拿个章程。"

李文茂一辈子把名誉看得比生命还重要，谭亚才与大度和尚你一句"淫贼"，他一句"行侠仗义"，冷嘲热讽像刀一样凌迟他的心。山下的隆隆炮声提醒他，谭亚才已经与大度和尚勾结在一起，准备对自己不利。作为大权在握的洪门之主，他完全可以命人将谭亚才乱棍逐出忠义堂，不给敌人以任何可乘之机。

但李文茂心里生起了另一个忧虑——谭亚才既然铁了心要报复自己，那么谭李氏定然被他看管起来，只怕此刻就在龙头峰下。李文茂纵横江湖这么多年，从来是扶危济困，决不愿让一介弱女子替自己承担责任。想到这里，他开口道："五祖爷爷神灵在上，忠义堂是讲理的地方，既然弟兄们有冤要申，本座焉有不准之理？"

黄桂林挥手："掌堂大爷口谕，谭少爷可以申冤。"

大度和尚松了一口气，朝谭亚才诡秘地一笑："谭兄弟，还不谢恩？"

洪门之主位高权重，李文茂神功盖世，又亲手打下偌大的江湖，在洪家兄弟的心目中享有崇高的威望，把他拉下马谈何容易？大度和尚、谭亚才事前反复推敲，认为如果想啃下这根硬骨头，必须文武两手同时硬：文的一手是利用谭李氏这件事做文章，给李文茂扣上一顶失德的帽子，证明他没有资格担任洪门大龙头；武的一手则调动周围的"洪胜堂"大军，直接对李文茂和总堂实施武力威胁。

然而这两手各有隐忧，首先，男女私通这种事可大可小，仅仅因为这么一个借口逼迫李文茂让出龙头宝座，恐怕很难服众；其次，"洪胜堂"驻扎在附近的兵力虽有三万之众，但总堂九营和"德威堂"合起来也有六千多人马。这些头等强悍之师在李文茂的统领下，将会迸发出什么样的战斗力，大度和尚心里没底。

文武两手皆无必胜的把握，那么这次赌博还有没有成功的希望？谭亚才与大度和尚均为精于算计的老江湖，二人之所以敢冒险一逞，是因为他们找到了李文茂重情义的性格弱点——在两位聪明人看来，这个弱点会像铁链一样，将这头老虎紧紧地捆住手脚。

事实证明他们的推断是正确的，李文茂没有下令将谭亚才逐出忠义堂，说明他心里对后者抱有愧疚，下不去狠手。计划顺利地走出了第一步，大度和尚发出得意的笑容，而敏感的谭亚才却品出了另外一层意思。

抬头望着那张曾经最温暖的脸，谭亚才心里苦辣酸甜，爱与恨交织在一起，理智的堤坝几乎被冲溃。不管今天大闹龙头峰成败与否，他谭亚才今后在江湖上将无法立足，唯有接受红毛鬼子的庇护，在香港岛关起门来过消停日子了。从这一点上来说，谭亚才觉得自己和李文茂没有什么两样，都是为红颜不惜失去一切的人。

但问题在于，李文茂绝非那种拈花惹草的人！

这些日子，谭亚才常常陷入迷惘——前有陈罗婵，后有易如真，无一不是倾国倾城的绝世佳人。放着如花美眷不管，李文茂这些年不是在梅花岗上练功，就是在银洲湖底习武，足见他对男女之事并无多大的兴致，这些情况别人不清楚，他谭亚才还不清楚？

然而，不可能的事情它偏偏发生了，而且偏偏发生在自己的身上。谭亚才实在无法相信这个事实——李文茂和妻子加起来也就打过两个照面，怎会如此用情？

今天，他终于看清楚，这份情到底有多深！

李文茂已经知道自己要发难，而且是联合"洪胜堂"的人马一起发难。如此凶险的关头李文茂没有出手阻止自己，说明他确实是一个重情义的人。只不过，这份情给的不是自己，而是自己的妻子。

帅哥愤怒得难以自抑，抬头道："凭什么？"

黄桂林怒喝："大胆贼子，敢在掌堂大爷面前撒野？"

"护法大人，掌堂大爷已然允准谭兄弟申冤，这是他作为大龙头应有的气度，难道你要违令不成？"大度和尚替谭亚才出头，"谭兄弟，有何冤屈，从速道来。”

谭亚才眼底布满血丝，用一种怨恨的声音说：“有人淫我家眷。”

大度和尚问黄桂林：“黄护法，此罪依法如何处置？”

黄桂林没有多想，响亮地回答：“本门第三十四誓，不得受买洪家兄弟妻妾为室，亦不得与兄弟妻妾通奸，犯有此例者，三刀六洞。”

“哦。”大度和尚顿了一下，“那个恶人是谁？请你指给掌堂大爷看。”

“就是这个衣冠禽兽。”谭亚才用手一指李文茂。

尽管谭亚才对李文茂不敬，已然初露端倪，但他这句斩钉截铁的话，仍然像一道闪电划过忠义堂，空气凝滞得仿佛马上就要爆炸。郭三登翻着一双浑浊的眼珠：“姓谭的，你是不是和红毛鬼子混得久了，中了邪？”

老介福仿佛看陌生人一样：“谭少爷，做人要讲良心，若不是掌堂大爷一路帮衬，你们谭家早让官府抄干罚净，能有今天？”

“各位兄弟，”谭亚才双手抱拳，提高嗓门为自己争辩，“恩是恩，过是过，难道因为他对我有恩，就可以淫我妻女？”

罗大纲提醒他：“谭兄弟，捉奸拿双，捉贼拿赃，这话可不能乱说。”

“罗阿妈，”谭亚才叫屈，“那贱人已经被我锁拿，侍奉她的仆役均可以做证。护法大人不妨派人取她们上山，一审便知。”

卢昌骂道：“姓谭的，就算有这么回事，也是你自家的女人不好好管教，反而往掌堂大爷身上泼脏水，真他老母的不知羞耻。”

“这狗贼胳膊肘往外拐，坏了心肠，别跟他啰唆。”甘先问黄桂林，“护法大人，恶意诽谤掌堂大爷的，按律当如何处置？”

黄桂林刚才中了大度和尚与谭亚才设计的圈套，心里又气又恨。现在听甘先一问，立刻沉着脸道：“本门第八誓，捏造兄弟有悖伦，以及谋害堂主，行刺兄弟者，三刀六洞。”

“洪德堂”众将齐声喝道：“诽谤掌堂大爷，天理难容，宰了姓谭的。”

冀海树、崇俭武、石信等人各拔刀剑：“你们想杀人灭口？”

大度和尚抬头冷冷地看着李文茂：“做大龙头的应当严于律己，宽以待人，像你这般恣意妄为、滥杀无辜，有什么资格统领天下的洪家兄弟？”

谭亚才当众发难，并和大度和尚一唱一和，脑子再不好使的人也看清了局面。各堂的洪家兄弟莫不惊心，大明山是“洪胜堂”的防区，大度和尚倘若以武力逼迫总堂就范，今天极有可能血流成河，洪门难逃自相残杀的厄运。

陈松沉默不语，罗大纲觉得十分奇怪：“白扇大爷，你怎么不说话？”

陈松用一副平静的口吻说：“掌堂大爷三宝在手，罗阿妈何必杞人忧天？”

陈松点出三宝，意在提醒李文茂不必怀妇人之仁，该快刀斩乱麻时就快刀斩乱麻。李文茂自然能听懂他这个意思，拔出“镆铘剑”，单掌托在胸口，神色肃穆：“本座身为洪门之主，自当严肃法纪，有错必究，免得让江湖道的朋友笑话。”

此话一出，众人咸以为李文茂要拿大度和尚、谭亚才等人开刀。大度和尚怒骂：“好一个先下手为强，后下手遭殃。来来，让老朽领教领教你的本事。”

石信扯着嗓子嚷道：“本堂兄弟无千无万，你杀得尽吗？”

恰在这时，魏振环神色惊慌地进来禀告：“报掌堂大爷，山下兵马确为胜堂兄弟，总数大约有三万余人。领头的是步二爷，其他几位阿妈也都在。”

陈松问：“他们没说来干什么？”

魏振环小心翼翼地回答：“步二爷说是为了押解那个女人。”

见大度和尚为了夺取龙头宝座，不惜公然兵围龙头峰，谋逆作乱，朱世雄再也压不住心头的火气，指着大度和尚骂道：“司马昭之心路人皆知，三万大军押解一个女人，这不是上坟烧草纸，糊弄鬼吗？掌堂大爷，请速擒此贼，以正军纪。”

甘先、周春、林洸隆和卢昌等人伏地叩拜：“掌堂大爷，‘洪胜堂’兵围龙头峰，犯下胁迫总堂的谋逆大罪。我等愿讨一支龙头大令，擒拿反贼。”

“且慢，”罗大纲急忙劝阻，“掌堂大爷，既然步二爷说是为了押解那个女人，我们何妨信他一回？都是洪家兄弟，一旦刀兵相见，只怕再无转圜之机。”

“罗阿妈说的是，”李文茂吩咐杨其楠，“杨护法，你持龙头令旗下山，请步二爷他们速来忠义堂议事。同时将本座的口谕传给胜堂兄弟，胆敢不遵军令者，即为乱臣贼子，本座将亲自出阵讨伐，绝不姑息。”

“遵令。”杨其楠和魏振环一起下了龙头峰。

“师叔，你说得没错，身为洪门之主确实应当严于律己，宽以待人。”李文茂看了一眼大度和尚，并没有动怒，“不过，师叔以区区三万人马就胆敢来犯龙头峰，未免太小看本座手里的无情剑了。叫他们把兵刃收起来，免得本座治罪。”

“洪胜堂”兵围龙头峰，反迹已著。只要李文茂一声令下，大度和尚、冀海树、崇俭武和石信等人立时便会人头落地，成为千夫所指的洪门叛逆。罗大纲和马元龙没想到李文茂如此宽宏大量，喜出望外，一起喊道：“执事大爷，还不向掌堂大爷谢恩？”

大度和尚悻悻地说：“人心自在公论，老朽就是不服。”

“师叔，谭兄弟这桩冤屈，本座自会给你们一个交代，少安毋躁。”李文茂从容道，“各位兄弟，洪门之法无高下，好汉做事好汉当。谭兄弟所言不妄，本座犯了错，愧对兄弟，甘领三刀六洞之刑，以正三十六誓。黄护法，刀来。”

这番话像炸雷一样将众人惊得目瞪口呆，让人们惊诧的不是李文茂偷情这件事，而是他勇于承担、不肯诿过的气概。洪门大龙头地位尊贵，谁敢以刑加之？黄桂林和三名掌管法刀的典刑官惊慌失措：“属下不敢奉命。”

李文茂问：“哪位兄弟来执此三刀六洞之刑？本座赦尔无罪。”

众人伏地跪拜：“请掌堂大爷收回成命。”

李文茂盯着大度和尚：“师叔，看来只有麻烦你了。”

大度和尚一阵心烦意乱，李文茂慨然认错，等于釜底抽薪，再拿他和谭李氏这件事做文章将味同嚼蜡。他平日恨不得在李文茂身上戳几个血窟窿，而今机会摆在眼前，大度和尚突然变得犹豫起来。不是他不想了结李文茂的性命，而是李文茂的功力神鬼皆惊，金蟾道士拿着“镆铘剑”尚且奈何不了他——这三把法刀，顶用吗？

三刀六洞如果取不了李文茂的性命，后果将不堪设想。

大度和尚淌出了冷汗，冀海树、崇俭武和石信低下头去，谁也不敢接这项差事。拿着刀子却不敢执法，真是世间罕有的一幕，江湖道的来宾无不啧啧称奇。李文茂把目光落在了谭亚才的身上：“谭兄弟，本座对不起你，这三刀六洞算作交代，动手吧。”

谭亚才与大度和尚抱着同样的想法，今天来的目的是为了取李文茂的性命，而不仅仅是讨还公道。他的功力比大度和尚差远了，大度和尚都不敢动手，他就更没把握。见谭亚才低头一言不发，李文茂叹了口气："本座犯了错，难道竟不得惩罚？"

黄桂林结结巴巴地解释说："本门百余年来，有哪位掌堂大爷受过法刀之刑？这种以下犯上的事，属下万万做不出来。"

朱世雄、罗大纲、马元龙齐把目光集中在陈松身上："白扇大爷，你倒是说句话呀。"

陈松见火候差不多了，一派轻松道："掌堂大爷有错不假，但与本门法条无关。老朽想问掌堂大爷一句话，当年'全元堂'开堂时，可授予过谭少爷会簿？"

"不曾。"李文茂回答。

陈松转过脸问翁芹芳和梁亚珠："翁老爷，梁老爷，你们两家行的什么法？"

翁芹芳的"全胜堂"、梁亚珠"全义堂"和谭亚才的"全元堂"性质相同，均属于"洪德堂"的外围堂口，均为没有会簿的私人武装。两个人明白陈松问话的用意，齐声道："回白扇大爷的话，我们行的是自家家法，不行三十六誓。"

"掌堂大爷明白了？"陈松笑了笑，"谭少爷和你虽以兄弟相称，终非我洪门中人。来到龙头峰的身份是宾客，这一点有目共睹。他在堂口里行的是谭家家法，却哭着喊着要请本堂三十六誓，岂非牛头不对马嘴？"

谭亚才的身份是整盘计划中的一个软肋，见陈松指出了这个关键问题，大度和尚不得不进行辩解："白扇大爷，你这个道理不对，我洪门欲复兴汉家河山，唯有招揽天下英雄。只要他们开堂办会，奉的是五祖爷爷，那就是咱们洪家兄弟，何分内外彼此？'全元堂'执行谭家家法不假，可你怎么知道他们后来不奉三十六誓？谭兄弟来龙头峰的身份是宾客，但宾客中难道没有洪家兄弟吗？"

"赛吕布"石信早有准备，指着潘其泰："他是掌堂大爷的扈从。"

潘其泰没想到上山看热闹竟然看出了祸端，心里懊悔不已，忙为自己申辩："潘某是'果胜堂'的二当家，当然算宾客。"

“要不是洪家兄弟，掌堂大爷能让你当扈从？”石信死咬住不放。

陈松吃了一记哑巴亏，又羞又怒：“谁把他放上山的？”

鲁巨川心里“咯噔”一下，拱手施礼：“回白扇大爷的话，是属下。”

“鲁都督，你是总堂的老兄弟了，办事为何如此糊涂？”陈松面沉似水，“你可知道为了你这么一点疏忽，掌堂大爷又要挨多少骂？”

“白扇大爷，属下犯的错自己承当，绝不给掌堂大爷惹麻烦。”鲁巨川跪倒磕头，抽出腰里的佩刀往脖子一抹，但见红光飞溅，倒在血泊之中。

鲁巨川血溅忠义堂，“龙”字营兄弟含着泪把他的尸体抬出忠义堂，众人无不嗟叹。周春实在忍不住了，指着谭亚才骂道：“狼心狗肺的东西，你靠着洪家兄弟谋取富贵，反过来挑动洪家兄弟自相残杀。今天要是不宰了你这个畜生，周某誓不为人。”

甘先、林洸隆和卢昌一发出来请命：“掌堂大爷，杀了这个狗贼。”

李文茂怅然：“无情剑怎染兄弟血？”

“掌堂大爷，他算什么洪家兄弟？”甘先愤然道，“这狗贼一上龙头峰便包藏祸心，他是为了谋害你的性命而来。”

“通人妻，戮人夫，”李文茂摇了摇头，“本座何忍为之？”

林洸隆大声说：“掌堂大爷，只怕人家不领你的情。”

“十个手指头尚且不一般齐，何况是人？”李文茂忽然话锋一转，“胜堂三万兄弟，本座不信俱为罔顾大义之辈。”

大度和尚脑子里乱成了一团麻，李文茂这句话正是他最担心的——“洪胜堂”毕竟是洪门组织，每个兄弟从入堂之日起便牢记洪门大义。他统御多年，要这些兄弟报恩没有问题，可如果要他们公然进攻龙头峰，做洪门的叛逆，只怕未必有多少人肯真心跟随。

过了一会儿，杨其楠和魏振环返回忠义堂，禀报：“掌堂大爷，步二爷、皇甫五爷和陈六爷奉谕上山，贾奉璋和宋良义二贼抗命不遵，请下令征讨。”

单凭李文茂的一纸口谕，步青磊、皇甫衮和陈亚胜三位龙头即乖乖上山，足见“洪胜堂”大军远非铁板一块。刹那间，大度和尚像一个输光本钱的赌徒，颓然倒在椅子上，完全失去了先前的跋扈和傲慢。

陈松笑眯眯地说：“此二贼不足为虑，请步二爷他们前来拜谒掌堂大爷。”

大局底定，各堂洪家兄弟齐齐松了一口气。步青磊、皇甫衮和陈亚胜进了忠义堂，跪倒向李文茂行大礼致贺：“恭喜掌堂大爷，贺喜掌堂大爷。”

陈松道：“掌堂大爷仁心宅厚，不欲兄弟相残，是故先礼后兵。三位阿妈奉召上山，保全执事大爷和胜堂兄弟的声誉，实为有情有义之举，令人钦佩。”

三人羞惭：“我辈身为洪家人，岂敢逆天行事？”

陈松问：“贾、宋二将为何抗命不遵？”

三人再度磕头：“他二人忧心本堂大爷安危，并非存心抗命，请掌堂大爷宽恕。”

“掌堂大爷已赦贵堂大爷无罪，你看他不是好好地在这儿吗？”陈松道。

见大度和尚坐在椅子上，冀海树、崇俭武和石信等人安然无恙，步青磊、皇甫衮和陈亚胜又是惭愧，又是欣慰。根据事先的部署，他们应该和贾奉璋、宋良义一样抗拒总堂大令，以此保持对总堂的威慑，逼迫李文茂退位。如今，他们三位龙头带头归顺，让大度和尚的全盘计划化为泡影，能不让大度和尚出离愤怒？

客观地说，逼宫是大度和尚一厢情愿的美梦，如果李文茂根本不吃他这一套，亲自统军上阵平叛，凭他的本事和手中的无情剑，只怕“洪胜堂”诸将难撄其锋。到那时，不但大度和尚难逃一死，连“洪胜堂”都可能被肢解重组。从这个角度看，步青磊、皇甫衮和陈亚胜的归顺起了保全“洪胜堂”的作用，算是大度和尚的救命恩人。

大度和尚心如潮水，一会儿怨恨步青磊、皇甫衮和陈亚胜的违令变节，一会儿又庆幸自己保住了性命。正当他为逼宫计划失败而郁闷时，听到李文茂唤他：“师叔。”

“掌堂大爷有何吩咐？”大度和尚问。

李文茂道：“贾、宋二将挂念你的安危，本座暂赦其罪。你速派一人下山劝说，把他们两个带上山来，否则本座将以法处置。”

李文茂接二连三地宽恕“洪胜堂”将领，看来确实不愿洪家兄弟自相残杀。罗大纲和马元龙等人体会到他的良苦用心，大为感动：“执事大爷，今天掌堂大爷登基坐殿，是天下洪家兄弟的好日子，贾七爷和宋八爷上山拜谒，这是他们的福分，切莫再误。”

步青磊、皇甫衮和陈亚胜三位龙头奉谕上山，“洪胜堂”军心涣散，靠贾奉璋和宋良义两棵独木根本支撑不起大厦。大度和尚明白大势已去，遂将崇俭武叫到跟前：“四弟，你去把那两个不知天高地厚的浑小子带上来，叫他们向掌堂大爷当面谢罪。淫妇既然押到，就让下面的弟兄们各回本寨，免得惊扰掌堂大爷的清修。”

崇俭武应声：“得令。”

谭李氏身着一袭白衣，被五花大绑推进忠义堂，脖颈间隐隐约约现出红色的鞭痕，显然是遭受拷打之故。众人情不自禁扭过脸，想瞧瞧这位迷倒了洪门之主的女人究竟什么模样。与六步潭那次相比，谭李氏除去面纱，美丽的容颜绽露无遗。大伙儿频频点头，这女人生得貌若天人，难怪李文茂拜倒在她的石榴裙下。

美丽的女人是祸水，今天龙头峰上惊心动魄的一幕，归根到底起因于谭李氏。绝大部分洪家兄弟痛定思痛，心里恨不得将谭李氏乱刃分尸，以便卸除李文茂的责任。陈松铁青着脸对黄桂林说：“黄护法，你要秉公执法，明白吗？”

黄桂林拱手道：“属下明白。”

“洪胜堂”三万大军不战瓦解，彻底浇灭了谭亚才心头的复仇之火。李文茂如今稳稳地掌控大局，指望黄桂林秉公执法，那不是开玩笑吗？谭亚才绝望至极，颤抖地对妻子说：“你如实作答，是不是他欺负的你？”

“他是奴家盼了十一年的梦，”谭李氏低声说，“怎么会欺负奴家？”

谭亚才暴跳如雷：“胡说八道，十一年前你在哪里？他又在哪里？”

“奴家在梦里，”谭李氏道，“他亦在梦里。”

女人身经拷打之痛，又遭受捆绑示众的屈辱，但她脸上开满了幸福的鲜花，全然没有把痛苦和屈辱放在心上。黄桂林从中读出了他想要的东西，高声喝问：“谭李氏，本护法只想问你一句，是不是你勾引的掌堂大爷？”

“勾引？”谭李氏愣住了。

黄桂林一字一顿地说：“假如错在掌堂大爷，依据本堂法条，他要受三刀六洞之刑；假如是你施邪术勾引掌堂大爷下水，他可免于刑罚，而你将承担罪责——以铁钉贯穿四肢，钉于竹筏之上沿江放流，胆敢施救者灭其满门。”

洪门刑罚对施邪术的女子极其残酷，众人听后莫不毛骨悚然。谭亚才道：“贱人，你纵然不管自个的脸面，难道连你们李家的名声也不顾了吗？”

大家以为，谭李氏出自“李半城”家，这样的大家闺秀养尊处优，别说施以酷刑，就是听黄桂林一说也会吓个半死。没想到谭李氏毫无惧色，坦然应承：“奴家众里寻他千百度，苦苦候了他十余载，岂止是勾引而已？”

黄桂林有些不忍：“妇人，兹事体大，你要想清楚了？”

“若是想不清楚，”谭李氏凄然一笑，“哪会有如许风波？”

黄桂林向陈松弯腰施礼：“白扇大爷，案子审完了，是这妇人的错。”

“既然如此，拉下去施刑吧。”陈松道。

黄桂林望向李文茂，见后者面无表情，两眼盯着自己一言不发。黄桂林心中发毛，站在原地一动不动，忠义堂内一片寂静，无人敢与李文茂的眼神对视。

良久之后，李文茂从龙头宝座上站起身，摘下“镆铘剑”：“李某失德，有负众家兄弟的重托，不配为洪门之主。今将三宝奉还，请各位兄弟另择贤能。”

闻听此言，众人大惊失色，以陈松、朱世雄、罗大纲、马元龙为首，各堂兄弟一发撩衣袍跪倒在地，诚惶诚恐：“掌堂大爷不可如此。”

李文茂慨然道：“堂堂洪家男儿，焉有让女人代罪的道理？此女与李某有九生之德，不思报恩反而害她性命，禽兽之为也。”

陈松老泪纵横：“掌堂大爷，你身担天下洪门重任，汉家河山复兴在望，为了一介妇人弃大业于不顾，你对得起死去的那么多英灵吗？”

罗大纲苦口婆心：“掌堂大爷，‘红阳劫运’年举事在即，弟兄们盼着你登高一呼，领着大伙儿去杀鞑子，切勿因小失大。”

“女人就是祸水，”朱世雄厉声道，“杀了她落得清静。”

马元龙也开了口：“掌堂大爷，这是老天爷给你设的一道坎，迈过去海阔天空。”

谭李氏是李文茂的一个污点，如果除掉这个女人，大度和尚将失去最后翻盘的希望。但是当他看到李文茂脸上坚毅的神情，他反而一点儿也不担忧，煞有介事地说：“掌堂大爷，眼下各堂兄弟一致拥戴你，打算除掉这个女人为你换取清白。此事对你有百利而无一害，你又何必横下心来，非要和大家作对？”

形势悄然翻转，此前的敌人是大度和尚、谭亚才，而今站在李文茂对立面的几乎是所有的洪家兄弟，其中包括他最亲密的战友。李文茂感到前所未有的孤独，他的目光落在了江湖道的宾客身上，失落地问：“你们也是这样想的吗？”

老介福对他的过去最了解，因而对半路冒出来的谭李氏恨之入骨，提醒道：“不要忘了易大老倌和陈大老倌，掌堂大爷，红船的兄弟姊妹能接纳这位谭夫人吗？”

戴则兴、邓豫、练四虎、唐火生大眼一贯心焦似火，纷纷劝说：“英雄驰骋天下，富贵财帛任由享用，一介五体不全的妇人何足道哉？”

“西天腊飒”钟德嚷道：“这娘们儿是害人精，留她不得。”

杨开山诧异地问：“掌堂大爷，你不是练成了无情剑法吗？奈何仍为情所困？”

忠义堂内所有的人同为一个意见，那便是杀谭李氏以绝后患。李文茂走到女人身旁，解下她身上捆缚的绳索，柔声道：“他们要取你的性命来换我的清白，可是有谁知道？真正清白的恰恰是你。为了洪门大义，为了弟兄们的心安，要拿你当无辜的牺牲，害我做一个无情无义的小人。你说，我能做到吗？”

“为什么不做？”女人含着泪，“难道奴家不是来救你的吗？”

“痴儿，你是我生命中的灵光，”李文茂道，“你死了，我焉有命在？”

五月的龙头峰奇寒彻骨，李文茂返回龙头宝座：“各位兄弟，李某有一个请求，三刀六洞换这女人一条性命，休要再污她清白。”

众兄弟长跪不起：“属下不敢奉命。”

“掌堂大爷，既然大伙儿衷心拥戴，你何必再三推辞？”大度和尚阴险地一笑，“洪门之主当有洪门之主的气量，别难为弟兄们。”

李文茂终于明白大度和尚早上那句话的真实含义，他轻蔑地笑了笑：“师叔，你还有哪些指教？请一并说出来。”

大度和尚道：“本门法刀不加刑于掌堂大爷，你说咋办？”

“哈哈。”李文茂朗声大笑，“师叔说得没错，本门法刀既然不肯加刑于本座，那就用无情剑来执三刀六洞之刑。”

陈松失声叫道：“掌堂大爷，你要干什么？”

无情剑摧枯拉朽，为天下第一神兵，加诸于人身那还了得？朱世雄、罗大纲、马元龙等人都吓得魂飞魄散：“掌堂大爷，有话好商量。”

“没什么好说的。”李文茂抚摩着“镆铘剑”，“五祖爷爷神灵在上，洪门军法如山，大义昭昭若日月。为了她和我的清白，三刀六洞之刑决不可免。这把剑虽然迄今未逢敌手，终究没有饮过主人的心血，今天倒是个验明正身的时候。”

陈松向黄桂林挥了挥手：“快放了那妇人。”

谭李氏挣脱了束缚，她知道李文茂一旦下定决心，纵使九头牛也拉不回来。心爱的人重逢即永别，让女人心痛如割：“早知如此，奴家又何必将你唤回？”

李文茂道：“你可曾听说，世间有谁能杀死灵光？”

寻常刀剑，三刀六洞未必能取李文茂性命，然而今天这把剑乃是白龙托身的无情剑，一介肉躯岂能抵挡？女人绝望至极，从怀里掏出那尊“食菜事魔教”女护法陶塑的碎片：“这是你的护身法宝，让她保佑你吧。”

李文茂取出那串镶嵌着石榴石的吊坠项链，将二者合起来置于左掌，然后举起右掌将之拍成粉末，抬手扬向天空：“从今以后，你我再不分离。”

“记着发下的誓言，”女人凄厉地喊，“十年后相思江见。”

“灵光在，誓言在。”李文茂深深地吸了一口气，抽出“镆铘剑”，“我在相思江畔领悟了一套美丽的剑法，权当临别之物。”

女人颤抖地问：“它，它叫什么？”

“我创制这套剑法，本来打算和‘龙渊刀’法互相配合，相得益彰，可称为‘栖凤剑’法。此剑仰而瞻之，高远无极；伏见无常，进退不同；蕴迟疾任情之妙，摹太乙无影之形，亦可名之为‘宣夜剑’。”李文茂手抚剑刃，“当然，剑托相思，也可以叫它‘相思剑’。”

李文茂曾在坟前献给谭李氏一套“龙渊刀”法，这时演练“相思剑”法说明死志已决，打算与心爱的女人做最后的告别。如果说龙是天地间穿梭的一道灵光，那么白龙托身“镆铘剑”，竟是为了来取情郎的性命？谭李氏泣不成声，李文茂将六十四式“相思剑”法一一演示，慷慨而歌：

渔樵同话旧繁华，短梦寥寥记不差。
曾恨红笺衔燕子，偏怜素扇染桃花。
笙歌西第留何客，烟雨南朝换几家？
传得伤心临去语，每年寒食哭天涯。

在场众人闻之无不怆然涕下，叩拜哀求。李文茂不为所动，手提“镆铘剑”向门外的“五祖石”拜了拜：“鲁兄弟，李某赔你一条命。”

自魏振环以下所有的“龙”字营兄弟跪倒在地，喊声如雷：“掌堂大爷要是轻生，鲁都督可就白死了。”

李文茂来到谭亚才前面：“谭兄弟，是我对不起你，你不是想要我的命吗？没问题，马上可以拿去，此生恩怨一笔了结，再无相欠。”

谭亚才瑟瑟发抖，仇敌即将死在自己的眼前，他却感觉不到任何的快乐。往昔的友情一幕幕闪现，那些温暖的回忆冷若冰霜，变成了一具恐怖的骷髅。

龙头峰顶寒风萧萧，夏日里能听到沉重的秋涛，李文茂缓缓转动手里的“镆铘剑”。他的目光掠过众人的面孔，最后落在门外竹竿挑起的金蟾道士的头颅上。刹那间，他想起了白血童子在雁塘堡的占卜、吕子桂和常有定在柘木渡的预言，心里不觉生起一丝怅惘——莫非手里这把无情剑果然是不祥之物？

忽然，忠义堂外红光大作，哀鸣声声，谭李氏回头看，却见火龙珠在半空飞舞盘旋。远远望去，恰似相思江渔舟唱晚的灯火，她头一晕，栽倒在地。

“各位兄弟，第一刀还给五祖，不能效力军前，从此愧作洪家人。”李文茂倒转“镆铘剑”刺穿腹腔，剑头伸出后背足有一尺长。

“掌堂大爷。”众兄弟肝胆俱裂，李文茂这一剑形同宣告脱离洪门。

“各位同道，在下辞别江湖，以此明志，请诸位全一个体面。”李文茂拔出剑，第二剑刺穿膻中穴，血流如注，眼珠眨也不眨，凛然如天神一般。

老介福、区润、戴则兴、钟德等人痛哭失声：“掌堂大爷，你这是何苦？”

“第三刀，不才从此绝迹武林，从今以后，莫要再提武学二字。”李文茂的第三剑没有刺向他处，而是瞄准自己的罩门神阙穴而去。

以李文茂练就的“六祖心经”和徙穴神功，世间已经没有任何人能取他性命。从这个角度来说，大度和尚计划得再周密，到头来不过黄粱一梦，蚍蜉撼树伤不了李文茂一根汗毛。如果不是为了捍卫洪门声誉和法纪，如果不是为了澄清他和谭李氏的清白，如果不是为了探寻无情剑的真相，李文茂不会以死明志。

一刀离洪门，二刀辞江湖，三刀别武林，李文茂第三剑刺穿了自己的罩门。龙头峰外无数瀑布訇然大作，火龙珠发出了召唤的嘶鸣。白龙不忍心目睹这悲惨的一幕，在剑刃刺穿神阙穴前的那一瞬间，飞离了“镆铘剑”。

李文茂拼将最后的气力从神阙穴拔出“镆铘剑”，发现剑刃的花纹泛出一绺苍白之色，不由得大失所望：“为何却是有情剑？”

第一百二十九回　青花石棺

李文茂命丧龙头峰，至善禅师在黑石顶惊闻噩耗，恸极而亡。旬日之间，“洪德堂”失去了两大巨头，而红船则失去了他们最引以为傲的英雄和“琼花四老”中硕果仅存的前辈。六月是“大散班”的日子，琼花会馆丧帜高悬，琼花水涉下面的红船悉数挂上了白幔；避雨亭香烟缭绕，来来往往的大老倌面带戚容，行色匆匆。

会所的密室里，侯爷打量着那副“反清复明”的中堂，久久沉默无语。林崇泰的目光不觉落到了他残疾的右手上，心头泛起了难言的苦涩——李文茂魂断龙头峰，大度和尚如愿以偿继任洪门大龙头，为了有效地控制“洪德堂”，他没有任命红船出身的侯爷，而是批准毕矜聪担任掌印阿妈。对于“琼花宫”的兄弟来说，人事安排倒在其次，最叫人无法容忍的是，大度和尚竟然勒令琼花会馆退返这副“反清复明”的中堂！

“他记着两年前本宫不许割指沥血的仇。”林崇泰说，“收回这副中堂，说明他心里装的不是洪门大义，而是一己之私。”

林崇泰说得没错，大度和尚几经波折才登上洪门之主的龙头宝座，满脑子想的都是如何巩固自己的权力和地位。他上台的第一步便是大幅修正李文茂的生前定策，处心积虑地削弱“洪德堂”的实力。为此，他不顾起码的江湖道义，在龙头峰当众将梁老祖斩首，重启对粤西绿林道的战端。这和尚的手段极其毒辣，命杨其楠手持龙头令旗，将甘先、周春、林洸隆和卢昌四堂人马调出浔江水寨，准备让这支生力军与粤西绿林道拼个两败俱伤。

“大花面锦”对大度和尚的为人十分鄙视：“这厮睚眦必报，当着洪家兄弟和江湖道各路来宾的面，拘押朱阿妈，刀劈金蟾道士的头颅，十足的一个小人。”

“听说他想把阿友的‘德胜堂’收编过去？”“长腿龚”愤愤不平。

侯爷此行奉命回佛山堡，任务非常艰巨，其一是取这副“反清复明”的中堂；其二是劝导易如真、冼文辉同意将李文茂葬在龙头峰；其三是安抚“洪德堂”和“琼花宫”的兄弟。等三位值事发完牢骚，他开口道：“胜堂大爷如今操持总堂权柄，年底举事一肩挑，事关反清复明的大业，这个节骨眼上咱们不能抗命不遵，免得让其他堂口的兄弟说三道四。”

“他跟盖九霄纠缠不清，”“大花面锦”讽刺，“还顾得上年底举事？”

侯爷道：“如何定策是总堂的职责，我辈唯有奉命行事。”

相对于“琼花宫”，更难安抚的是“洪德堂”将领，陈开、关钜、陈松年、赵泰来、陈显良、李洪英和冯坤七位龙头眼下聚齐在白龙里的李宅。林崇泰小心翼翼地问：“二爷，要不今天你歇一歇，明天再见他们？”

“毕三爷已经启程去龙头峰，他和步二爷就任掌印阿妈的仪式都在等这副中堂。”侯爷苦笑一声，“我倒不担心阿开他们几个，就是怕见阿真。”

经过昨夜的一场骤雨，白龙里处处泥泞，花瓣和果实陷于泥土，令人不忍践踏。巷子尽头搭着一间竹棚，上面悬挂着一个大大的“奠”字。得知侯爷到来，陈开、关钜、陈松年、赵泰来、陈显良、李洪英和冯坤七位龙头走出院子，把侯爷和三位值事迎进正厅。

侯爷先问了一句：“阿辉呢？”

“回冼家去了。”李庸熙比过去明显苍老了许多，“大少爷一走，家里就剩下二少爷一根独苗，大伙儿同意他把姓改回来。”

冼文辉不在，易如真一个人相对来说好应付。侯爷松了口气：“认祖归宗自然好，只是不知道冼老爷答应不答应？”

“不答应也得答应，总不能让李家绝后吧？”李庸熙眼圈发红，“侯爷，我们家大少爷埋在龙头峰，家里的丧事没法办，你让我咋向敬南哥交代？”

侯爷问：“这是阿真的意思，还是阿辉的意思？”

李庸熙老老实实地说：“是我自个儿的想法。”

“哦。”侯爷道，“茂仔是洪门之主，死了以后魂魄要保佑洪家兄弟上阵杀敌。把他埋在龙头峰是各堂龙头的心愿，敬南兄弟是在堂之人，自然理会得。”

他的话音刚落，红脸冯坤便瓮声瓮气地开了第一炮：“侯爷，二爷英雄一世，到头来却成了孤魂野鬼，你真的忍心？”

“此言差矣。”侯爷厉声驳斥，“百余年来，我洪家兄弟战死疆场何止千万？哪一个不是孤魂野鬼？照你的说法，干脆都回家抱臊虾得了。”

冯坤第一炮没打响，李洪英索性直切主题：“侯爷，听说那姓谭的与大度和尚联手逼死了二爷，有没有这回事？”

李文茂麾下的这些龙头勇悍难敌，大度和尚的高压政策根本吓不住他们，反而点燃了他们心中的怒火。“洪德堂”现在像一口煮到沸点的大锅，随时可能翻起滔天巨浪。侯爷心里比谁都明白，别说毕矜聪的能力难以服众，即使自己接任掌印阿妈，照样压不住阵脚。他能做的只有尽力延缓这口大锅的爆炸，于是断然澄清：“没有的事，纯粹是谣言。二爷为了救那个女人情愿以身试剑，和胜堂大爷有什么关系？”

赵泰来问：“侯爷，总堂会抽调我们七堂人马出征粤西吗？”

“只要有龙头令旗，我们就不能抗命。”侯爷坚定地说。

“杀鞑子可以。”陈松年鼻腔里“哼”了一声，“要是为了他和盖九霄的私怨，调我们去粤西当炮灰。老子认得他，手里这口板门刀认不得他。”

“你咋知道不是调你们杀鞑子？”侯爷冷笑一声，站起来对林崇泰说，“走吧，咱们去看看阿真，听她的决断。”

第二天是“观音诞”，按理说这是红船新组班的大喜日子，然而李文茂和至善禅师的相继离别人世，却给红船兄弟姊妹的心头蒙上了一层深深的阴影。“凤凰仪”班的大老倌像“高佬忠”、布文水、龙探梅、冯西涌、阳雪姑等人聚在易宅，听说三位值事陪着侯爷来探望，心里明白他来做什么，因此寒暄之后均沉默不语。

林崇泰有些挂不住脸："阿真呢？"

"在内宅。"布七娘回答。

"红船人忠义为先，总堂既然发下大令，咱们就得从命。"林崇泰道，"茂仔身为洪门大龙头，循照先例，当然应该葬在龙头峰。"

林崇泰口中所谓的先例，指的是大慈和尚。

龙探梅不软不硬地回了他一句："三爷，你这话且需斟酌。先大龙头是光棍一条，茂仔可不一样，他有家室有兄弟，难道不该问问家里人吗？"

林崇泰张口结舌："探梅，你怎么说话？"

红船姊妹更不好惹，侯爷心里苦笑，讪讪地问："阿真还好吗？"

"别提了。"龙探梅目露忧虑，"这些日子她不吃不喝，一个人躲在内宅发呆，我真怕她熬不过这一关。"

在侯爷的印象中，易如真始终生活在易兰花的影子里，是个一说话脸就红的小姑娘，性情柔弱温顺，和敢爱敢恨的陈罗婵完全是两种不同的性格。这个可怜人失去了母亲，现在又失去了丈夫，以后的日子可怎么过？

李文茂神功盖世，在红船老少爷们心中是不死的象征，他以武林至尊和洪门之主的双重身份魂断龙头峰，连侯爷自己也觉得不可思议。他唉声叹气："这是什么命啊？"

冯西涌恨恨道："阿茂就是被那个姓谭的逼死的。"

"高佬忠"补充了一句："还有那个狐狸精。"

提起谭李氏，布文水不由得叹息："这真是命中注定的冤家，当初我们以为她死了，谁知她竟然成了'李半城'家的千金？还是阿婵有眼力，我们错怪了阿婵。"

邓丽娘害了陈罗婵的爱情，毁了易如真的婚姻，送了李文茂的性命，在"凤凰仪"班的心里是不折不扣的罪魁祸首。然而往事大家一清二楚——没有邓丽娘拨筝相救，便没有后来天下无敌的李文茂，看来侯爷说得没错，一切都是那个无情的命运在拨弄。

众人暗自嗟叹，叶四和匆匆打外面进来，躬身施礼："易大老倌订的金丝楠木棺，我们已经割好了。漆活归'留条缝'，他明天带人开始上漆。"

侯爷脑子里"嗡"的一声，易如真不声不响地请人造棺，分明是铁了心要把李文茂的遗体拉回来。这时，易如真一身缟素出现在正厅："未亡人见过各位叔父。"

"观音诞"后的第三天，琼花水涉开出两条快船。易如真谢绝了所有的帮助，从"凤凰仪"班里选了三十名武艺高强的兄弟姊妹，在龙探梅、阳雪姑、冯西涌、李亚可、方亚孔等人的陪同下驶离汾江河。路经西海大寨，庞兴仔、李长甫、"雷公仔"和颜亚层率领五十余名兄弟前来助阵，这些兄弟均出自红船，因此易如真允准他们随行。

午夜时分，细雨缱绻，船队驶过肇庆府城，在城西梅花岗斋堂的角门靠岸。阳雪姑惊奇地问龙探梅："九娘，刚走了一天就歇脚？"

龙探梅关切道："阿真，你身子骨行不行？"

易如真仰起脸，没头没脑地问了一句："九娘，雪姑，你们觉得他会死吗？"

龙探梅大吃一惊："阿真，你可不要胡思乱想。"

"我一定要把他带回家。""香美人"喃喃道。

昏黄的灯光下，伍百吉和伍百福兄弟打开角门，李亚可、方亚孔、"雷公仔"和颜亚层四人抬着那口楠木棺材快速闪进院子，庞兴仔和李长甫率人在岸边警戒，龙探梅、阳雪姑搀着易如真进入斋堂的内室。伍百吉揭开红幔，一口晶莹剔透的墨玉棺材出现在众人的面前。借着缥缈的灯光，但见石棺上白云飘浮，火捺如星，赫然是绝迹多年的黑青花。

一方小小的黑青花砚台即称稀世珍宝，这口石棺用整块的黑青花端石制作，其价值又当如何估量？众人目瞪口呆。"香美人"一寸一寸地抚摩着石棺，柔软而富有弹性的端石，好似人体润滑的肌肤，令未亡人肝肠寸断。

龙探梅把易如真拉到怀里："阿真，到底是咋回事？"

"九娘，"易如真哽咽着说，"阿茂哥从前在石洞练功，用体内真气和端石蕴藏的天地灵气相互交换，这些黑青花端石有他身体的气息。每当石内天地灵气殆尽，他就把端石割下来放置在'六祖井'，日积月累，竟有数十块之多。"

黑青花端石存储着李文茂生命的气息？龙探梅难以置信，她把易如真交给阳雪姑，双手颤抖地抚摩着石棺："老天爷，你这是给我们娘几个存了念想啊!”

如果说这个世界上还有一个人不相信李文茂会死,那就是易如真。从接到李文茂噩耗的那一刻起,她便想到了丈夫藏在“六祖井”下的端石,那口楠木棺材只是个幌子,她为丈夫准备的真正居所是这口石棺。在“香美人”的心里,黑青花石棺不是棺材,而是一条飞越千里西江的舢板,她要用它将丈夫接回兰花洲,接回此岸的尘世,接回属于她的世界。

伍百福的手艺今非昔比,这口黑青花石棺通体用石卯、石榫啮合而成,一不打铜钉,二不封浆汁,可谓巧夺天工。由于石棺乃无价之宝,为了避免引起他人的觊觎,“凤凰仪”班的船队不敢在斋堂耽搁,趁着夜色匆匆驶离了梅花岗。

梁培友率“德胜堂”水师在白沙江水寨隆重相迎,易如真婉言谢绝了他护航的请求,扬帆西上,不一日进入郁江,抵达横州三十里乌蛮滩。骤闻号炮连连,前方出现了一支船队,船头高悬一杆大旗“广义堂”,旗下站立一位手提梅花亮银枪的美妇人,背插柳叶双刀,那真是人比花娇艳,花衬人飒爽,杏目含嗔,不怒自威。易如真不看则已,一望潸然泪下,原来是四年多没见的冯玉娘。

冯玉娘在苏村听闻李文茂的噩耗,心如刀绞,痛不欲生。她料定易如真绝不会把李文茂的遗体留在粤西,一面派出探子打探“凤凰仪”班的行踪,一面顶盔掼甲,披挂上阵,从苏村来到横州乌蛮滩巡弋江面。彼时,谢江殿等人已经正式建号“广义堂”,由于冯玉娘平日很少过问堂口事务,这次突然提出要求,大家均感到不同寻常。从谢江殿、苏三开始,麦二、李士昌、刘五、宁牛儿三、徐亚云、杨捞家和张嘉祥等头目悉数出动,分成三路,在三十里乌蛮滩布下铁桶阵,专候琼花旗和凤凰旗的到来。

姐妹相见,易如真再也克制不住心中悲伤,和冯玉娘抱头痛哭。冯玉娘拭去泪水:“阿茂哥为情而死,你不怪他吗?”

“我不怪他,也不怪那个女人。”易如真的回答出人意料,“若是没有她,也不会有我和阿茂哥的姻缘。”

确实如此,如果没有过去的邓丽娘,那么后来与李文茂鸾凤和鸣的人非陈罗婵莫属。陈罗婵凭借“囚龙草”和“玉玲珑”测知邓丽娘活在人间,悲痛之下寄身万松园，与世隔绝。同样的道理，李文茂如果没有夺取“镆铘剑”，又何至于自刺三刀六洞，命丧龙头峰？造化弄人于有情无情之间，冯玉娘发出感慨：“看来，这些宝贝尽是不祥之物。”

“那也未必。”易如真把她拉进船舱，打开楠木棺材，露出里面的石棺，“这便是一件能让他起死回生的宝物。”

冯玉娘听罢李文茂在端石洞修炼武功的故事，觉得匪夷所思：“阿真，你真的以为阿茂哥还活着？就凭这些黑青花的石头？”

“你不相信他活着吗，玉娘姐？”易如真激动地说，“别忘了，他当年在畚箕窝曾自刺过穴道。阿茂哥用三刀六洞了结人世尘缘，前生后世的情债还得干干净净，从今往后，他归我一人所有，你说对不对？”

望着眼前喃喃自语的“香美人”，冯玉娘不由得对她刮目相看——谁能想到，过去那个弱不禁风的小丫头片子竟然怀着一个如此执着的信念？她落寞地跳下“凤凰仪”班的快船，张嘉祥迎上来问：“嫂子，夫人同意我们护航了？”

冯玉娘摇了摇头：“她说阿茂哥已然告别江湖，不许我们帮忙。”

七月初八，李文茂离世两个月后，“凤凰仪”班迎灵的队伍抵达龙头峰。

依照洪门规矩，迎接大龙头遗孀的仪仗比照大龙头本人办理，现任大龙头须向前任大龙头的遗孀行三拜九叩的大礼。为了避免向易如真执礼的尴尬，大度和尚托病在望兵峰休养，把接待易如真的事务交给了三爷陈松。

在短短的两个月时间里，洪门经历了两任大龙头的更迭，李文茂葬礼办完后，接着是大度和尚的即位大典，然后是步青磊、毕矜聪二人升任掌印阿妈的仪式。罗大纲和马元龙一直留在龙头峰，没顾得上返回本寨。

李文茂为洪门立下不世之功，年纪轻轻命丧龙头峰，表面起因于一桩失德的情事，实际上却是为了维护洪门团结和三十六誓。各堂兄弟钦服之余，无不觉得对他有所亏欠，因此听到易如真抵达的消息，陈松亲率四大堂掌印阿妈下山相迎。

大明山夏季最美的是瀑布，此时的瀑布却息了喧腾，静静地悬挂在山间缄默不语；大明山秋季最美的是云朵，此刻它挣脱时间的羁绊，降至山巅娇艳欲滴。众英雄抬头观瞧，只见来的这支队伍打着琼花旗和凤凰旗，后面八条汉子抬着一口金丝楠木的棺椁，前面是三位麻衣丧服的美艳女子。三名女子中间的那位手持招魂幡，腰挎“嵌金剑”，身背宝胎弓。山风吹过，一阵清香扑面而来，令人心醉神迷。

洪家兄弟有的见过易如真，有的未尝谋面，但是都听说过大名鼎鼎的“香美人”。不等三爷陈松下令，罗大纲、马元龙、步青磊、毕矜聪等人甩镫离鞍，滚下坐骑，匍匐在地，行大礼参拜：“不知夫人驾到，有失远迎，属下罪该万死。”

易如真微微屈身：“未亡人服丧在身，姑恕无礼。”

陈松道：“夫人远道而来，舟车劳顿，请上山歇息。”

“师祖爷，”易如真说，“切莫如此称呼，三刀六洞，他已经不姓洪了。”

众英雄本来已经起身，听到这句话，只好重新跪倒。陈松沉痛地说：“夫人，掌堂大爷为洪门大义殒身，节烈千秋。属下未能护主，要打要罚，凭你一句话。”

四大堂掌印阿妈齐声道：“我等护主不力，请夫人责罚。”

“责罚不敢当。”易如真鼻子一酸，“他活着的时候舍家报国，图的是洪门大义；如今他死了，未亡人打算将他拉回红船安葬，望各位英雄见谅。”

几位洪门大佬面面相觑，罗大纲小心翼翼地说：“夫人，掌堂大爷神勇无敌，洪家兄弟即将和鞑子朝廷开战，都指着他神灵保佑哩。”

“阿茂哥三刀六洞辞了洪门、江湖和武林，只有红船是他的家。从今往后，什么洪门大义休要提起。”易如真蓦然提高了嗓门，“莫非尔等要违背他的遗愿？”

这话太重了，众人伏地叩首：“属下不敢。”

虽然大家希望把李文茂的遗体留在龙头峰，但是李文茂自领三刀六洞之刑，确实有辞别洪门的遗愿。易如真一句话点中要害，以陈松为首的洪门大佬不敢违逆，只得将她们一行带上龙头峰，下令掘开李文茂的棺椁。

棺椁打开，盛装入殓的李文茂面目如生，安详恬静，在场的洪家兄弟无不惊诧。易如真摸了摸丈夫的脸庞，皮肤温润如常，弹性和生人毫无二致，躯体没有任何腐败的气味。她尚且觉得不牢靠，向龙探梅递了一个眼神。龙九娘会意，假装整理李文茂身上的吉服，趁机伸手去试探他身上的三十二处大穴。龙探梅内功十分精纯，一试便感到这些穴道的气息凝而不散，心中大喜：“夫人，可以换装了。”

“香美人”一颗提到嗓子眼里的心落了下来，眼泪止不住地扑簌流下，二话不说，动手就开始解李文茂身上的吉服。陈松吓了一跳：“夫人，你这是干什么？”

易如真道：“他现在是红船人，贱妾要给他换上红船的衣裳。”

阳雪姑捧过来一身戏装，内含一件黑色钉金绣大氅、一副太子盔、两根雉鸡翎、一件英雄丝绦、一条箭衣大带、一双万里征云靴。这套戏装为当年易兰花亲手绣织。母亲用它将李文茂接下畚箕窝，而今，易如真要用它接丈夫回家。

陈松、罗大纲、马元龙、步青磊、毕矜聪等人明白，易如真坚持为李文茂换上戏装，分明是对洪门深怀怨愤，从此以后一刀两断。

龙探梅和阳雪姑帮着除去吉服，“香美人”看到丈夫身上那三处致命大穴的剑创，悲从心头起，险些晕阙倒地：“你，你，你好狠的心。”

几位洪门大佬慌忙叩拜：“夫人节哀。”

龙探梅含着眼泪，和阳雪姑二人替李文茂穿好戏装。为了遮人耳目，又取出一张脸谱面具扣在李文茂的脸上。冯西涌等人上来把李文茂的尸体挪进石棺，合上金丝楠木棺的盖子。这时候易如真缓过一口气，挣扎着站起身，向三爷陈松等人浅施一礼：“老话说入土为安，未亡人就此别过。临走之前尚有一个请求。”

“夫人但说无妨。”陈松道。

易如真说：“听说朱阿妈关押在龙头峰，能否饶他一命？”

“公义堂”麾下有数万之众，大度和尚将朱世雄押在龙头峰，杀也不是，放也不是，变成了一个烫手山芋。陈松、罗大纲、马元龙等人正无计可施，见易如真发话，如获至宝：“谨遵夫人号令，属下等立刻放人。”

李文茂因情而死，众家兄弟责怪黄三全和潘其泰未能尽忠，便把他们二人下了大狱。毕矜聪请示道：“夫人，三全和其泰要不要放？”

易如真道：“拙夫咎由自取，与他人何干？”

李文茂灵柩移出龙头峰，回归红船，众龙头恋恋不舍。罗大纲央求道：

“夫人，此一别天荒地老，让我们最后看一眼掌堂大爷吧。”

这些洪门大佬均为足智多谋之人，一旦让他们发现石棺，只怕会引起怀疑。但是罗大纲这个要求合情合理，如果回绝的话，更是此地无银三百两。易如真瞅了龙探梅一眼，龙九娘代替她回答：“各位阿妈和茂仔情深似海，夫人就此谢过。不过，亡魂不宜过多打搅，望白扇大爷和罗大哥多多见谅。”

陈松黯然神伤：“这样吧，我和四位掌印阿妈替兄弟们参拜行礼。”

这个要求无法再拒绝了，易如真道：“依师祖爷的吩咐。”

罗大纲第一个上前参拜，发现金丝楠木棺里面的石棺立刻愣住了，抬眼看了看易如真和龙探梅，心中不觉懊悔难当，后悔刚才不该提出这个馊主意。他向后退了三步，对着棺木恭恭敬敬地磕了三个响头，一言不发，起身返回。

马元龙觉得很奇怪，罗大纲不是要最后看一眼李文茂吗？怎么连面具也没揭开？他放缓脚步走到棺材前，一眼看到里面的石棺，刹那间什么都明白了。依葫芦画瓢，仿照罗大纲的样子退后三步，磕了三个响头，亦低头不语。

毕矜聪拜过后轮到步青磊，看到黑青花石棺时眼睛瞬间瞪大了一圈。陈松察觉有异，到了楠木棺材前，拉着步青磊磕了三个响头，将尴尬的场面掩饰了过去。白扇大爷抬手将“凤”字营中军都督叶亚来叫了过来，一字一顿地叮咛：“夫人归心似箭，你带人沿路护送，务必确保灵柩安然无恙。出了差池，提头来见。”

叶亚来从没见过陈松如此严厉，响亮地回答：“得令。”

易如真推辞：“师祖爷，他是红船人，不劳洪家兄弟相送。”

陈松瞥了一眼步青磊，意味深长地说：“此为本门礼节，掌堂大爷平生奉公无私，要是死了还不得安生，我等有何脸面见五祖爷爷？”

罗大纲道：“夫人，从大明山到合江镇为本门辖境，白扇大爷这是一份心。”

论辈分，陈松是李文茂的师爷，叶亚来是李文茂的师傅，这份情谊委实难却。易如真不好再说什么，领了被释放的黄三全和潘其泰，在“凤”字营兄弟的护卫下，一行人抬着金丝楠木棺下了龙头峰。此番回程大不相同，陈松心思缜密，特地选了八十匹好马和三辆马车，送给易如真他们，以便节省脚力。

有了脚力速度明显加快，黄昏时分即抵狮子岭下。崇俭武听说拉的是李文茂的灵柩，披挂整齐来到关前，在马上抱拳行礼："叶都督，可曾奉令？"

叶亚来举起手中的龙头令旗："奉白扇大爷军令，护送先大龙头的灵柩回粤东，请四爷速开关门，免得误了夫人的行程。"

崇俭武验证龙头令旗无误，只得下令打开关门，易如真一行在"凤"字营中军兄弟的护卫下风驰电掣地越关而出。过了许久，崇俭武忽然感觉不对——易如真连一天也不休息，匆匆忙忙夜行出关，其中定有蹊跷。

"洪胜堂"的老营驻扎在望兵峰，大度和尚的帅帐设在峰口不远，虽然步青磊接任了掌印阿妈，但望兵峰顶却不归他管辖。"赛吕布"石信率亲兵三步一岗、五步一哨，在峰顶周围严密布防，不经大度和尚首肯，任何人不得越雷池一步。

崇俭武快马加鞭上了峰顶，经过通报后来到帅帐，正好和步青磊打了错肩。见后者眉目紧锁匆匆离去，他问贾奉璋："七哥，二哥这是怎么啦？"

"我哪知道？"贾奉璋打了个哈哈，"三哥在里面，过一会儿你问他。"

在闰五月初八那场生死较量中，由于步青磊、皇甫衮和陈亚胜三位龙头抗命归顺，大度和尚对他们彻底失去了信任。要不是步青磊资历太深，这次"洪胜堂"掌印阿妈的位置非被冀海树抢走不可。今天易如真来索取李文茂的遗体，大度和尚表面上躲在望兵峰休养，其实龙头峰上的一举一动均未能逃过他的耳目。幸亏步青磊老老实实上山做了汇报，否则他这个掌印阿妈的交椅，恐怕坐不了几天。

宋良义满脸带笑地进了帅帐："四哥，七哥，都在呢？"

"老八，啥事这么高兴？"贾奉璋问。

"买卖来了。"宋良义压低声音，"你们知道吗？那口楠木棺材里暗藏一口石棺，全是用黑青花的端石割制而成，价值连城。"

崇俭武心头一震："此话当真？谁告诉你的？"

"四哥，这是规矩，我不能说。"宋良义拒绝。

大度和尚疑心甚重，驭下采用的是分而治之的策略，冀海树、崇俭武、贾奉璋、宋良义和石信这几个心腹各有情报来源，互相之间绝不共享和通气，以免引起大度和尚的猜忌。崇俭武老成持重，不敢再问下去，贾奉璋却“哼”了一声：“老八，你这个人就是眼窝浅，老盯着那几个臭钱。你也不动脑子想一想，人家跋山涉水，大老远从粤东跑到粤西，为什么大棺材里面套着一口小棺材？”

“他们套棺材干吗？”宋良义随口道，“我就不信，人死了还能活过来？”

一句话点醒梦中人，崇俭武跌坐在椅子上呆呆发愣，宋良义也被自己的话吓住了，张着嘴巴呼呼地喘粗气。三位龙头你看看我，我看看他，都陷入了焦虑之中。这是一个萦绕在“洪胜堂”将领心头挥之不去的阴影——李文茂神功盖世，三刀六洞能要得了他的命吗？

一旦李文茂起死回生，那么大度和尚这个洪门之主的位置势必难保，在座的哥仨肯定会跟着吃瘪。宋良义沉不住气，站起来嚷道：“不行，咱们必须马上请示大哥。”

贾奉璋拿手指点：“三爷正在里面说这事。”

崇俭武和宋良义对视一眼，闹了半天，自己的情报终究还是晚了。

白天推开窗，对面的龙头峰能看得清清楚楚。夜里，繁星点点缀满天空，山谷间充斥着潮热的水汽，大度和尚最喜欢闻这种气味。

一眨眼，大度和尚来到大明山二十多年了，像这样目不转睛地观察瀑布也有十余年。如果不是他坚定地支持白云道士，白龙纵然降临凡间，“镆铘剑”也不会出世。然而天意难测，这把龙剑并没有给大度和尚带来好运，金蟾道士砍了他一条臂膀，李文茂又夺走了龙头宝座，若非出了谭李氏这一档子事，洪门三宝绝对不可能落到他的手里。

失去权力的人最懂得权力的可贵，大度和尚才不会像李文茂那样重情重义，为了权力他可以毫无顾忌地牺牲一切。然而，一代枭雄也有迷惘的时候，他手里紧握着“镆铘剑”，出神地问冀海树：“老三，你说这把剑到底是无情剑，还是有情剑？”

李文茂最后一剑刺穿了神阙穴，当时剑刃泛出苍白之色，天下英雄有目共睹。冀海树拿不准大度和尚的心思，不敢贸然说它是有情剑，迟疑道：“属下没有看清。”

“是吗？”大度和尚淡淡地说。

“镆铘剑”是有情剑这一事实，不仅大大出乎江湖道各路来宾的意料，而且令各堂洪家兄弟非常沮丧。这意味着白龙降世的意义大打折扣，给“红阳劫运”年举事蒙上了一层阴影，因此大伙儿都对这件事闭口不谈，生恐影响军心。

对于大度和尚与冀海树等人来说，“镆铘剑”是有情剑，还会产生一个他们不愿意看到、甚至不愿意去正视的可能性——那就是李文茂死而复生的机会大大增加了。

白龙降世化为“镆铘剑”，为“洪胜堂”将领亲眼所见，冀海树对此感到十分困惑：“龙剑若非无情剑，这个世界上还有什么剑能称得上是无情剑？剑刃泛出白光抑或是黄光？皆为剑家的传言，恐怕未必当得真，大哥勿忧。”

“镆铘剑”的持有者频遭厄运，从这一点上来说，大度和尚相信它是无情剑；白龙降世是洪门决定在“红阳劫运”年大举起事的动因，为了振奋洪家兄弟的信心，打击敌人的锐气，大度和尚必须宣称它是无情剑，这是他唯一的选择。

但大度和尚比谁都明白，这一切不是真的。

这些日子，龙头峰那条瀑布不复往日的安宁，变得暴烈异常。每当夜深人静，大度和尚在藏龙洞常常被火龙珠的悲鸣惊醒，看到七八条白龙当空盘旋，萦绕不去。他弄不清楚这些白龙里面哪一条是真身，哪一条是影子。他心里清楚的是白龙已经离开了“镆铘剑”，他手里这把剑不再是传说中那把所向披靡的无情剑。

“没关系。”大度和尚对冀海树说，“有情剑也可以当无情剑使。”

见冀海树从内室里走出来，宋良义问：“大哥呢？”

“掌堂大爷身子劳乏，已经安歇了。”冀海树面无表情。

宋良义急得直跺脚：“哎呀，太可惜了，太可惜了。要是把黑青花石棺抢回来，那还不跟搬回一座金山一样？”

贾奉璋不耐烦地制止他：“老八，听三哥铺排。”

崇俭武明白，抢夺李文茂灵柩这件事太不光彩，一旦走漏风声必会引起天怒人怨；李文茂身为洪门大龙头，捣毁他的尸身相当于谋逆弑主，天下洪家兄弟人人得而诛之。大度和尚不出面是预留退身之策，分明是要他们几个当替死鬼。想到这里，崇俭武冷汗津津，恨不得抽自己两个大耳光。冀海树故意问：“老四，你咋头上冒汗了？”

“三哥，”崇俭武掩饰道，“路上骑马累的。”

想吃热的怕烫着，想吃肉怕噎着，冀海树打心里瞧不起崇俭武这种墙头草，他提高嗓门不耐烦地说：“老八所言甚当，那口黑青花石棺就是一座金山。本门年底举事正缺军饷，绝不能让它从咱爷们的眼皮底下白白溜走。”

“太好了。”宋良义拍手称快，“我马上去追。”

冀海树叫住他：“等一等。”

“三哥，还有啥吩咐？”宋良义翻着眼皮。

“此事虽然出于公益，但红船毕竟是同道中人，不宜大张旗鼓。”冀海树叮咛，“你把旗子摘了，轻骑快马赶到合江镇，等姓叶的走了以后再动手。记住，从郁江到浔江那段不属于本门的地盘，出了事跟咱们也没关系。”

宋良义大大咧咧地说：“放心吧，三哥，那条江面上的大小绺子我都熟。到时候就用他们的旗号劫船，把姓李的剁碎了，扔到江里喂鱼。”

“事不宜迟。”冀海树下令，“八弟你是第一路，四弟是第二路，七弟是第三路，速率本部人马星夜兼程，断不容姓李的灵柩出郁江。”

贾奉璋半天没说话，这时候开口问：“老九呢？”

“人家是急先锋。”冀海树阴沉地一笑，“早走了。”

第一百三十回　碧血黄沙

七月盛暑，入夜时分，广利圩的苏家戏台人满为患，热闹非凡。鸦片战争结束后，广利圩的鸦片买卖再度兴旺，与战前“铁板会”、谭家和罗家三家垄断的局面不同，现在开鸦片窑口的鱼龙混杂，各种背景的人都有。

戏台下的番摊中，仍以童家的买卖最为红火。年过三十的梅菱懿越来越有风韵，招来了一大群情愿输钱的赌客。韦亚荣一路小跑来到番摊前，俯在梅菱懿的耳朵低声说：“老爷来了亏身子的买卖，今天晚头过不来了。”

“他胡天黑地，倒让老娘伺候他祖宗。”梅菱懿唠叨了一句，“哗啦哗啦”使劲摇了摇手里的摊盅，娇滴滴地喊，“青蚨飞入，大杀三方，押注啦。”

经过多年的磨砺，梅菱懿出老千的水平已经出神入化，轻轻松松连赢了十几把。受不住的赌客便央求道：“娘子，给我们唱一曲吧。”

赢十放三，这是番摊的规矩，以免把赌客们吓走。梅菱懿懒懒地抻了抻腰肢，用她那双迷魂眼撩了撩：“你们想听什么曲子？”

“《花舫缘》。”有人嚷。

有人喊：“《玉簪记》。”

“没鸟味。”赌客嘿嘿坏笑，“来一出《卓文君私奔》。”

今晚在戏台上唱戏的不是别人，正是柳三郎所在的“千秋月”班。梅菱懿触动情思，一边摇着摊盅，一边悠悠唱道：

我这里曲未绝，
他那里心早邪，
只将那一声长叹向人说。
他情又怯，我情又劣；
咫尺间千里水云赊。
欲寄字啊，
又恐怕风急雁行斜。

曲儿唱罢，摊盅揭开，赌客们齐声欢呼，一连气扳回了三局。这时，戏台上“发报鼓”咚咚擂响，梅菱懿不觉停住摇盅，将幽怨的目光投向戏台。起兴的赌客叫：“娘子，娘子，快点摇摊盅，爷们等着赢钱呢。”

老赌客知道梅菱懿的毛病，低声教训不知深浅的同伙：“只要柳三郎开口唱戏，咱们一准赢得更多，吵吵个鸟啊？”

戏台上缥缥缈缈传来一阵曲声，那是蒋士铨的《四弦秋》。唱曲道白的不是柳三郎，而是一位千娇百媚的花旦，曰：

兔丝固无情，随风任倾倒；
以色事他人，能得几时好。
春风尔来为阿谁？
蝴蝶忽然满芳草。
妾身花退红，本是长安名妓。
芙蓉两颊，曾匀北地胭脂；
杨柳双蛾，新点南都石黛。
春蚕半老，犹恋三眠；
绿叶成荫，尚含一笑。
去年嫁于茶客吴郎，泛舟浔阳江上。

随他莽汉，不解温存；
负我芳情，只增惆怅。
…………

梅菱懿听得痴迷，忘记了使用千术，手里的摊盅开一次输一次。韦亚荣急得直嚷：“别听曲子了，老板娘，做买卖要紧。”

“丢你老母。”梅菱懿恨恨地骂了一句，把摊盅交给韦亚荣，“你来掌摊。”

韦亚荣问：“老板娘，你干啥去？”

“我去找那个负心汉。”梅菱懿头也不回地走了。

她给柳三郎当了十几年的鬼马老二，“千秋月”班上上下下的人都熟。这女人大摇大摆径直进了后台，拽住一名刀马旦：“三郎在哪儿？”

刀马旦诧异地问：“你不知道？”

“咋啦？”梅菱懿心头发慌。

“易大老倌去大明山接李班主的灵柩，大伙儿怕路上出意外，都去助拳了。”刀马旦好心地提醒，“我们班去了三十多个兄弟，刚走，你快去石码头上瞧瞧。”

“这个天杀的。”梅菱懿骂了句，提着裙摆，撒开腿向石码头奔去。

苏家的石码头泊满了大小船只，帆樯林立，舟楫声撼人心魄。梅菱懿发现那个冤家坐在一条快船的甲板上，头戴插着绒球的罗帽，手握长枪，如同老僧入定。女人心里又气又爱，跌坐在地，脱下一只绣花鞋，砸向负心汉子：“姓柳的，你不得好死。”

灯影里，柳三郎转回头，吃惊地问：“你来干啥？”

“我来剜你的心。”梅菱懿脱下另一只鞋子，像掷摊皮一样丢了过去。

易如真带着“凤凰仪”班的兄弟去大明山，红船的老少爷们放心不下，尤其是“红船八斗官”纷纷领了本班弟兄，乘船向粤西络绎不绝地进发。柳三郎白天在石码头上，亲眼看到“豆皮二”梁佩然和“崩牙旦”顾岩两路人马经过广利圩，心里像长了荒草一样，恨不得插上翅膀飞到大明山龙头峰。

“千秋月”班为当年至善禅师藏身之所，所有的兄弟姊妹都和柳三郎一个想法，那就是绝不能让李文茂的灵柩出现任何闪失。柳三郎挑选了三十多个武艺高强的兄弟，单等梁二娣从佛山堡归来，立刻扯旗扬帆，前往粤西接应易如真。

此一去有可能平安无恙，更有可能凶险万分，柳三郎没敢向梅菱懿道别，但是这个鬼马老二却眼巴巴地撵了过来。柳三郎心里热乎乎地："行啊，等我从粤西回来，别说定盘子，就是江片子也让你啃。"

在洪门暗语中，定盘子指的是心，江片子指的是肉。

"老娘现在就吃你的江片子。"梅菱懿从袖子里摸出一只摊皮，射向柳三郎的脸颊。

柳三郎没有躲闪，摊皮直接刺中他的右颊，现出血光。柳三郎用手摸了摸脸上的血，叹了口气："贼婆娘，你要谋害亲夫吗？"

梅菱懿跳上了快船，凝视着情人那张英俊的脸庞，不由得呆了，娇嗔一声："三郎，你出远门，为啥不给我打个招呼？"

柳三郎道："此一趟怕是有去无回。"

"干吗不多带点人？"梅菱懿害怕了。

柳三郎傲慢地说："我们红船的事，用不着别人插手。"

梅菱懿跟着柳三郎这么些年，从未见他的情绪起伏如此大。女人心头掠过一丝不祥，紧紧拉着情郎的手："三郎，我跟你一起去。"

"不行。"柳三郎挣脱她，"你去了是白白送命。"

"要生一起生，要死一起死。"梅菱懿道，"我可不给他们童家立贞节牌坊。"

柳三郎风流倜傥，在西江两岸有许多鬼马老二，但像梅菱懿这样愿意共生死的，倒是凤毛麟角。他从船舱里摸出一把短刀，递到梅菱懿手里，豪兴大发："既然如此，那你我便做一对生死鸳鸯。"

不多时，梁二娣和梁兰桂划着一只篷船出现在江面。"千秋月"班的快船吹起了螺号，双方打了个照面，柳三郎问："'伯爷华'走了吗？"

梁二娣抹了一把汗："没有，他们还在新会。"

"有人垫底就行。"柳三郎十分高兴，"咱们马上出发。"

梁二娣跳上船，一眼瞅见了花枝招展的梅菱懿，嚷道："你咋带了个扫把星？"

梅菱懿气得举刀就劈："我撕了你这张乌鸦嘴。"

快船拉着两条篷船逆流而上，出浔江入郁江，越过三十里乌蛮滩，江水逐渐舒缓。梅菱懿一辈子没有跑过这么远的路，枕在情郎的怀中其乐融融。柳三郎没有她的好兴致，前方的江面越是静谧，他的心越是忐忑不安。

果然，“千秋月”班的三条船刚刚驶过平朗圩，前面喊杀声直冲云霄。柳三郎在快船上登高瞭望，发现数十条船只绞杀在一起，杀了个难解难分，隐隐约约能看到“凤凰仪”“丹玉墀”和“日月星”班的旗帜。梁二娣操起大棍，急得哇哇大叫：“他们被困住了。”

柳三郎伸手捞起梅菱懿：“你快走吧。”

“天杀的，”梅菱懿脸上挂着泪珠，“我都到了这儿，还能回头吗？”

“好。”柳三郎放下女人，举起长枪，下达命令，“弟兄们，‘丹玉墀’和‘日月星’班已经冲上去了，咱们就是拼着一死，也绝不能叫贼人污了二爷的灵柩。”

“千秋月”班的兄弟一起喊：“杀。”

柳三郎、梁二娣、梁兰桂各领一条船，像利箭一样刺入敌阵。梁兰桂心急如焚，奋力杀开重围，驶近悬挂着凤凰旗的快船。龙探梅、易如真和阳雪姑等女将俱血染征袍，死死护住金丝楠木棺，挥剑拼杀，不让敌船靠近一步。正在千钧一发之际，“千秋月”班杀到，暂时解了燃眉之急。龙探梅提剑走到船首：“兰桂，你怎么来了？”

“田爷他们不放心，派我来探一探。”梁兰桂回答，“这是‘千秋月’班，后面还有‘富春喜’和‘海国安’班。”

柳三郎和梁二娣相继冲了过来，梁二娣高声道：“九娘，你们快走，我们来断后。”

龙探梅心情十分沉重，追兵铺天盖地沿着郁江袭来，人数起码有三千，前来援助的红船兄弟加起来不过二十来条船、三百多人，分明是以卵击石。冯西涌、庞兴仔带的两条船和“胜华年”“祝太平”班已经在峦城陷入重围，现在“丹玉墀”“日月星”和“千秋月”班的兄弟又将被困于平朗圩，再这么打下去，损失太惨重了。

柳三郎焦急地喊：“九娘，再不走，弟兄们可就白死了。”

龙探梅咬了咬牙，喝了声：“开船。”

“雷公仔”、方亚孔、颜亚层和黄三全等人加紧摇橹，在“千秋月”班的掩护下，载着金丝楠木棺的快船飞速脱离战阵，朝横州乌蛮滩方向驶去。

远处金鼓齐鸣，白帆如云，又杀来一彪敌军。柳三郎叹了口气，俯身揩去梅菱懿眼角幸福的泪珠："傻瓜，现在走还来得及。"

"你不走，"梅菱懿攥紧短刀的刀柄，"我也不走。"

追兵的规模远超龙探梅的想象，"赛吕布"石信、宋良义、崇俭武和贾奉璋四路人马合计六千之众，自合江镇水陆并发，疯狂地向"凤凰仪"班扑来。到了峦城镇，"洪胜堂"已经汇集了足够的船只，先头部队追上了易如真等人。恰在这时，"鬼马耀"刘耀、"高佬新"苏新率领"胜华年"与"祝太平"班的兄弟赶到，和冯西涌、庞兴仔、李亚可、李长甫、潘其泰等人合力拼杀，这才让李文茂的灵柩脱困。

红船兄弟虽然悍勇，毕竟双拳难敌四手，猛虎架不住群狼。刘耀和苏新一身好本事在船上施展不开，相继殒命；庞兴仔、李长甫等人战至最后一刻，力竭而亡；冯西涌、李亚可和潘其泰身被巨创，落入水中生死不知。

峦城一战，红船近乎全军覆没。

"赛吕布"石信和崇俭武、贾奉璋碰面，才发现宋良义立功心切，早已率本部人马追赶易如真去了。起了个大早，赶了个晚集，"赛吕布"别提多窝囊，顾不上打扫战场，挥军直扑平朗圩，心里将宋良义的老娘问候了一百遍。

宋良义在平朗圩遇到"丹玉墀""日月星"和"千秋月"班的阻击，到嘴的一块肥肉转瞬溜掉，气得他七窍生烟。眼前敌军人数虽少，无奈人人用命，舍生忘死，硬是把自己的阵型冲了个乱七八糟。听到后面"洪胜堂"大军的角号，宋良义赤膊上阵，提着一柄狼牙刀，亲自率军朝"千秋月"班的三条船掩杀过来。

敌军来如潮水，刹那间"丹玉墀"和"日月星"班的旗帜淹没不见，"豆皮二"梁佩然和"崩牙旦"顾岩看来凶多吉少。到了这个时候，柳三郎心头反倒一片释然，挺起长枪在船头喝一声："某家红船柳三郎，来将何人，通名报姓。"

宋良义打量了一下对方，嗬，这小伙子长得真叫个气派，最可怪的是船舱里竟然还掩着一个面目姣好的女人，看样子是个唱花旦的。他嘿嘿笑道："死到临头，老子也不瞒你，掌堂大爷驾下称臣，'洪胜堂'坐第八把交椅，姓宋名良义的便是。”

“果然是你们这帮狗杂碎，杀鞑子无能，对付自家兄弟却有一套。”柳三郎一个拧身飞上敌船，大枪一摆，枪头瞄准宋良义的咽喉刺去。

二人在甲板上你来我往，斗了不到三十回合，柳三郎手里长枪刺中宋良义的右腿。后者疼得哇哇咆哮：“你们还等个屌？快乱刀剁了这狗日的。”

“洪胜堂”将士一拥而上，将柳三郎团团围住。船上空间狭小，柳三郎左驰右突，奋神勇连挑对方十余将，身上挂彩无数。宋良义见他遍体鳞伤，堪堪不支，强撑着提刀上阵：“留下姓柳的，老子要亲手给他开瓢。”

对手挥刀劈下，柳三郎浑身无力，瞪着两只眼睛等死。忽然间，凌空击来一物，不偏不倚射中宋良义的眼珠，这厮“哎呀”一声，甩掉手里的狼牙刀。柳三郎看得清清楚楚，射中宋良义眼珠的是一枚光溜溜的摊皮，显然出自梅菱懿之手。英雄浑身血往上涌，操起枪一下子刺穿了宋良义的腹部，结果了此贼的性命。

周围的敌人蜂拥而上，万刃交加，血光四溅。梅菱懿目睹情郎惨死的景象，一不哭泣二不悲伤，整了整头上的云鬓，挥袖唱道：

我誓杀强仇偿血账，
贤妻不用暗悲伤；
忘身舍命雪冤仇，
你莫为私情，耽误了英雄汉。
…………

曲声没有一丝一毫的哀怨，在刀光剑影的战阵中显得十分怪异，“洪胜堂”的将士听之错愕不已。女人蓦地腾空而起，像一只美丽的蝴蝶在空中盘旋，扎入水中，香消玉殒。

红船人拼死护卫李文茂的灵柩，崇俭武、贾奉璋和石信三位龙头暗自心惊，看来这口金丝楠木棺里大有玄机，万万不能放虎归山。三将统大队船只紧追不舍，在横州城下冲破“富春喜”和“海国安”班的拦截，终于在乌蛮滩追上了“凤凰仪”班。

三十里乌蛮滩名不虚传，水流湍急，乱石嶙峋，三鬼、挂舵、马槽、疑壁、龙门和雷霹六滩凶险无比，泻声如雷。天色渐渐暗淡下来，快船一忽儿被浪头掷到半空，一忽儿被甩向岸边嵯峨的石壁，几乎无法控制速度和平衡。前有险滩，后有追兵，易如真仗剑质问："你们到底是谁？为何连亡灵都不肯放过？"

为了隐匿身份，"洪胜堂"的船只改用鼓号指挥作战，不用自己的一旗一帜。"赛吕布"石信特意在脸上蒙了白帕，高声答道："识相的留下那口石棺，饶尔等性命。"

龙探梅冷笑一声："狗贼，你怎么知道里面有石棺？"

"赛吕布"石信被噎得一句话说不出来，亲手擂起战鼓指挥船队冲杀。船队前面是几十条轻便快捷的舢板，每条舢板上均配置飞爪、挠钩，专门用于袭击大船。"凤凰仪"班的快船前后左右被这种舢板包抄，形势万分危急，易如真用剑一指金丝楠木棺："胜堂兄弟，拙夫曾经是洪门大龙头，你们抢他的尸骨，难道不怕人神共愤、天诛地灭吗？"

"洪胜堂"追兵皆为追随崇俭武、贾奉璋、宋良义和石信多年的将士，虽然对这四位龙头的命令绝对服从，但毕竟是熟稔洪门大义和三十六誓的洪家兄弟。听到易如真的话，大家不觉动作迟缓，面露犹豫之色。贾奉璋见机不对，为了防止军心动摇，一个箭步跃出船舱，晃了晃手中的龙头令旗，恶狠狠地说："既然被你们识破，爷爷就不跟尔等废话。弟兄们，龙头大令在此，谁敢后退半步，杀无赦。"

"赛吕布"石信挥舞大刀："给我上，一个活口都别留。"

战鼓再度擂响，几十条舢板像群狼一样缠住快船，飞爪、挠钩齐下，船体四面八方缀满了攀登的敌人。"凤凰仪"班的人明白到了最后关头，各自举起兵器拼死抵挡，"雷公仔"、方亚孔、颜亚层和黄三全等杀成了血人，龙探梅和易如真身遭数创。乱战之中，筋疲力尽的阳雪姑被一只飞爪击中，头朝下跌落战船。

"雪姑，雪姑。"易如真悲愤地冲过去，俯身一看，下面是滔天巨浪，刀光剑影，哪里还有女峒主的半点身影？她呆呆地回到楠木棺前，望着李文茂发愣。为了迎回丈夫的尸骨，"红船八斗官"折损过半，冯西涌、庞兴仔、李亚可、李长甫、潘其泰、梁二娣、梁兰桂、阳雪姑和梅菱懿等人重创跌落郁江，十个人里兴许活不下一个——这么多鲜活的生命换取一个心中的希望，到底值不值？

夜幕高悬，江风呼啸，伏波庙掩藏在夜色中一言不发，仿佛厌倦了人世的杀戮。看不到任何希望的“香美人”不愿受辱，举起手中的“嵌金剑”准备自刎。突然炮声隆隆，正前方出现了一支巨大的舰队；紧接着上游方向火光冲天，一排排燃烧的竹筏像火龙一样沿江漂下，撕开了冰冷的夜幕，顷刻间将“洪胜堂”的船队冲了个七零八落。

易如真谢绝“德胜堂”的护航请求，独自去大明山迎灵，让梁培友心里很不是滋味。他召集任文炳、任文彪、张贵和、巢元贞等将领在白沙江水寨议事，大家忧心难安，因此派遣快船挺进郁江，密切监视江面的一举一动。接到有人夺棺的探报，梁培友和诸将怒发冲冠，起兵三千，大小战船八十六艘，倍道兼行杀入郁江，“大头羊”张钊、“大鲤鱼”田芳、“大口昌”梁昌、“扁头三”何洪锦、“豬龙二”黄正业、“乌嘴富”梁亚富、“白鬼仔”吴亚坤和“卷嘴狗”侯志等绺子亦统兵五千随行助战。

“德胜堂”大举挺进郁江这还是第一次，且不论古劳围水手骁勇善战，单是那十几条大号坡山船上装载的巨炮，以及由扒船、橹船、桨船、艍船、巡船、快艇和急跳船组成的训练有素的舰阵，连广东水师也不敢小觑，“洪胜堂”临时拼凑起来的船队哪里是对手？这条水中蛟龙浩浩荡荡开进乌蛮滩，梁培友遥遥望见“凤凰仪”班岌岌可危，当即下令所有的炮口瞄准敌军船队猛轰，烈焰划过夜空，炮弹像暴雨一样倾覆在敌人头上。

“洪胜堂”的大船是一些民船，上面没有配置任何铁炮，水上作战毫无回手之力。刚才还气势汹汹的恶狼，在对方两千斤以上巨炮的轰炸下，完全沦落为一群待宰的羔羊。头三轮炮轰过去，崇俭武、贾奉璋和石信的座船均被击中，有的船体被轰裂为二，有的甲板上燃起了熊熊大火，指挥系统遭到了毁灭性的打击。整个船队被炸得四分五裂，江面上尸体横流，空气中弥漫着血腥气味，三十里乌蛮滩变成了屠戮场。

祸不单行，福无双至，如果说“洪胜堂”船队在正面遇到了泰山压顶，那么背后遭受的则是万箭穿心。从上游驶来的条条火龙，彻底堵死了溃军逃窜的方向。火龙阵后面是浩浩荡荡的竹筏大军，每条竹筏上面有两条赤膊大汉，一个划筏子，一个用长枪挑人。当先一条竹筏上站着一对男女，眉目面容如同画出来的相仿，叫人眼前一亮。那女子背插柳叶双刀，手提一杆梅花亮银枪，不是冯玉娘却又是谁？

冯玉娘和梁培友一样，都觉得易如真大明山之行会出麻烦。这些日子她没有回苏村，而是苦苦思索如何确保李文茂灵柩的安全。“广义堂”虽然没有“德胜堂”那么强大的火力，但旗下兄弟水性不弱，对乌蛮滩的地形再熟悉不过。冯玉娘最后接受了张嘉祥的提议，布置火龙阵对付敌人的大股船队，待敌军溃散后，再以竹筏阵进行扫荡。

在巨浪滔天的乌蛮滩，竹筏比舢板更加灵活。“广义堂”的兄弟习惯此处水势，个个像黏在筏子上一样，刀砍枪刺，丝毫不耽误工夫。反过来，“洪胜堂”将士多数不谙水战，在船上东倒西歪，连站都站不稳，还谈得上什么对敌？冯玉娘心忧易如真的安危，和张嘉祥二人身先士卒冲在前列，杀得敌军魂飞魄散，望风披靡。

“洪胜堂”船队被这两把钢刀前后夹击，瞬间溃不成军，死伤无算。阵亡人中淹死的占了五成，死于炮火的约有三成，毙命于白刃之下的不过两成。“德胜堂”和“广义堂”两军将士会师，用挠钩自水中打捞残敌，清扫战场。

易如真死里逃生，惊魂未定，命人将快船驶向北岸，在伏波庙前的石码头靠岸。梁培友率诸将上船请安，看到躺在楠木棺里的李文茂，众兄弟跪倒行三拜九叩之大礼。易如真将他们搀扶起来：“幸亏弟兄们来得及时，不然，他必在乌蛮滩做异乡之鬼。”

李文茂英雄一世，死后灵柩遭到追杀，差一点棺木捣毁，成为一个有家难归的游魂，“德胜堂”众将无不感到羞愧难当。梁培友两眼通红，愤怒地吼道：“哪个贼子如此丧尽天良？梁某人与他不共戴天。”

“广义堂”诸将押着贾奉璋和“赛吕布”石信上了船，张嘉祥向梁培友躬身施礼：“梁阿妈，是这两个贼子。”

梁培友不看则已，一看气得是三尸神暴跳、五灵豪气腾空，点手骂道：“恶贼，亏你们还在五祖爷爷面前发过誓，难道不知弑主之罪要千刀万剐吗？”

“洪胜堂”四位龙头中，宋良义死于柳三郎之手，崇俭武中炮落水不知下落，贾奉璋和石信被生擒活拿。两个人明白断无生理，一起叩头："梁阿妈，我等罪该万死，请你看在洪家兄弟的分儿上，赏我二人一个三刀六洞，好去见五祖爷爷。"

"呸。"梁培友怒喝，"尔等连掌堂大爷的灵柩都不放过，好意思自称洪家兄弟？本堂倒要看看你二人是狼心狗肺，还是蛇蝎肚肠？"

"德胜堂"和"广义堂"众头领对贾奉璋、石信等人倒行逆施的行径痛恨至极，当下取刀破开二人的胸膛和肚肠，砍下头颅向李文茂的遗体献祭。易如真问冯玉娘："玉娘姐，你们可曾发现雪姑的身子？"

江面上浮尸如草，到哪里去寻找阳雪姑的下落？冯玉娘知道易如真和阳雪姑情深，只好安慰她说："夜色太暗，等天亮了，我再让弟兄们细细搜寻。"

乌蛮滩急流咆哮，假如阳雪姑真的一命归西，这会儿工夫尸身早冲出几十里外，天亮以后到哪里去寻觅？从阳雪姑联想到其他遇难的红船兄弟姊妹，易如真悲从心头起，泪水止不住地夺眶而出。两堂将领齐声问："夫人有何教训？"

易如真以帕拭泪，痛苦万分："阿茂哥一念之误，拖累红船兄弟姊妹捐躯沙场，到如今尸骨无存，岂不是一桩罪过？"

众兄弟闻之无不惊骇，伏地行礼："夫人休出此言，掌堂大爷功高盖日月，为洪门大义杀身护法，乃亘古未有之磊落男子。些许宵小从中作祟，叛逆弑主，罪恶滔天，害死许多红船和洪家忠义兄弟，如何能怪他老人家？"

金丝楠木棺的石棺晶莹如玉，庄严神秘；躺在石棺里的李文茂气宇轩昂，比生前更多了一分沉静。张嘉祥偷偷瞥了一眼冯玉娘，对李文茂充满崇敬之情——这位洪门大龙头为红颜宁愿自刺三刀六洞，换了自己，不知能不能做到？

梁培友辞别"广义堂"众头领，派遣巢元贞领一支兵马沿江护送易如真，自率大军返回白沙江水寨。入寨之后，他命人把贾奉璋和"赛吕布"石信的头颅挂在辕门，将各位头领和各股绺子召进忠义堂。大家见他满面怒容，杀气腾腾，一副随时可能爆发的模样，皆闭上了嘴巴，等待他发号施令。

"各位兄弟。"梁培友勉强压住心头的火气，"我家二爷天纵神武，平粤北，定粤东，诛杀金蟾道士，威震三省江湖，谁个不称他威名？叵耐大度和尚那厮嫉贤妒能，伙同姓谭的在龙头峰发难，用理法逼死我家二爷。那厮掌了洪门权柄不算，竟然连二爷的灵柩也不放过，发兵意欲捣毁龙体，是可忍孰不可忍？”

“德胜堂”为李文茂呕心沥血所建，三千精锐均为从古劳围附近招募的水手，众头领从椅子上站起来，朝梁培友行大礼：“我等愿率军杀上龙头峰，和这秃驴拼命。”

梁培友摇了摇头：“不妥，本堂水上无敌，陆战非其敌手。再说这秃驴眼下手里握着洪门三宝，我辈与他开战等于以下犯上，必遭天下洪家兄弟唾骂。”

任文炳道：“大哥，你说怎么办？我们听你的。”

“梁某已经发誓，与这秃驴不共戴天。”梁培友拔出佩刀，“欲和这厮作仇，为今之计只有退出洪门，重归江湖。”

任文彪立刻响应：“大哥，二爷三刀六洞，第一刀辞的就是洪门，咱们兄弟这么干他一定不会怪罪，够义气。”

“阿和，你意下如何？”梁培友问张贵和。

张贵和叹道：“阿友哥，不是咱们要和他作仇，而是这秃驴根本就不会放过咱们。他把本堂兄弟派到天马山当炮灰，将那副反清复明的中堂从‘琼花宫’收回去，处心积虑地收编‘德胜堂’水师，无一不是想削弱‘洪德堂’的力量。咱们在乌蛮滩斩了他两个心腹，这秃驴绝不会善罢甘休，继续留在洪门，只怕死无葬身之地。”

“说得好。”梁培友拍案而起，“梁某心意已决，即日起改旗易帜，脱离洪门。龙头令旗和‘银叶会簿’一并归还黑石顶，愿走的走，愿留的留，绝不勉强。”

任文炳、任文彪、张贵和齐声道：“我等愿随阿友哥进退。”

“大鲤鱼”田芳代表各股绺子表示支持：“梁阿妈，凭你的实力，早该自立为王。”

“不然。”梁培友摆了摆手，“梁某脱离洪门，为的是与大度和尚作仇，报答我家二爷的知遇之恩，非为一己之私。此番改旗易帜，一不办会，二不树旗，梁某打算归隐江湖。船炮人马任由去留，至于三处大寨嘛。”

“德胜堂”最值钱的资产是人，但是三千古劳围兄弟忠心耿耿，不可能跟着各股绺子去混江湖；仅次于人的资产是白沙江、濛江和雁塘堡三处大寨，这三处寨子地理位置优越，防御十分坚固，只要掌握其中任何一处，即可在浔江称雄，赚他一个金山银山；最后才是各类战船和战船上装备的大铁炮。

听梁培友的口气，似乎有意打算将这三处大寨出手。各股绺子心里怦怦直跳，他们做梦也没想到这辈子还有翻身做主的机会。大家俱凝神屏气，瞪着一双眼睛，生怕漏掉梁培友嘴里的每一句话、每一个字。

梁培友心里明白，不管自己今后到哪儿，只要登高一呼，这三千兄弟都会立刻响应。有这些忠义兄弟和船炮在，如果再占据三处金不换的大寨，形同将“德胜堂”变成了梁家军。他不愿意这么做：“各位，‘德胜堂’是我家二爷的，不是我梁某人的，梁某不想据为己有，徒然招惹天下英雄耻笑。这么好的地方当然不能留给大度和尚那秃驴，在下打算把它们出售，所得金银缴还易大老倌，物归原主。”

“大头羊”张钊小心翼翼地问：“梁阿妈，你打算把它们卖给谁？”

“就是在座的各位。”梁培友平静地说，“浔江这块地盘我不想让别人染指，你们跟着我的日子不短，也算是梁某给你们一个交代。”

众绺子郑重起身行礼：“多谢梁阿妈成全。”

三处大寨的归属，将决定日后浔江的力量格局，事情非同小可。梁培友拱手：“诸位在浔江多年，梁某不想让你们为了区区一介寨子反目。这样吧，你们根据自家的财力大小，分成三股来竞标，保证大伙儿均有所得。”

“梁阿妈真是宅心仁厚。”“大口昌”梁昌称赞。

“大鲤鱼”田芳问：“梁阿妈，你舍了三处大寨，打算回古劳围吗？”

“没有为我家二爷报仇雪恨，梁某哪有脸回粤东见人？”梁培友恨恨地说，“等把弟兄们安排妥当，梁某自有归处，绝不让那秃驴逍遥自在。”

“大头羊”张钊、“大鲤鱼”田芳和“大口昌”梁昌等人齐声道：“梁阿妈，今后你要是有差遣，一句话，我等在所不辞。”

梁培友指着任文炳、任文彪、张贵和等头领说：“梁某退隐江湖，这几位兄弟还要在浔江吃饭。你们大家和和睦睦，互相帮衬，吾愿足矣。”

各股绺子喜道：“三位龙头肯领着我们干，正求之不得。”

经过几轮反复出价，“大鲤鱼”田芳、“卷嘴狗”侯志、“乌嘴富”梁亚富三人出价一百八十万两白银竞得白沙江水寨；“大口昌”梁昌、“扁头三”何洪锦、“白鬼仔”吴亚坤三人出价一百五十万两白银竞得濛江水寨；“大头羊”张钊和“赭龙二”黄正业两人出价一百万两白银竞得雁塘堡水寨，浔江未来的力量格局由此确定。

“德胜堂”兄弟退出洪门，梁培友自留三百亲兵，剩下的船炮人马分派给任氏兄弟、张贵和、巢元贞等人统领。诸般大事安排妥当，梁培友命人摘下白沙江水寨的战旗，修书一封，连同龙头令旗、“银叶会簿”、以及贾奉璋和石信的头颅送往黑石顶大寨。

秤砣虽小压千斤，“德胜堂”一朝变色，洪门失去了最重要的战略咽喉。官军从此可以畅通无阻地进出三江六水，洪家兄弟即将品尝到灾难性的苦果。

崩溃刚刚开始！

第一百三十一回　问忠谋义

乌蛮滩一战，“洪胜堂”的追兵折损过半，崇俭武侥幸逃得性命，像丧家犬一样落荒逃回望兵峰。其时各大堂阿妈已经离开了大明山，大度和尚仍旧托故在望兵峰疗伤，听说三位心腹大将折在郁江，半天一句话也没说出来。

贾奉璋和“赛吕布”石信被生擒，意味着抢夺李文茂灵柩这件事即将曝光，洪门内部必定会产生强烈反弹，极有可能出现巨大的分裂和动荡。崇俭武惊慌失措，不敢想象接下来会发生什么事情。冀海树老谋深算，劝大度和尚一不做二不休，索性发一支龙头大令给毕矜聪，命他调陈开等七大龙头火速发兵粤西，免留后患。

获悉李文茂灵柩被劫，罪魁祸首竟然是“洪胜堂”的贾奉璋和“赛吕布”石信，黑石顶老营顿时炸开了锅。侯爷、董士霆、“大牛志”、李万春、高凌霄等龙头怒不可遏，一致要求发兵大明山，向总堂讨要说法。兹事体大，毕矜聪左右为难，未敢应允，众头领愤愤然离开黑石顶老营，各回本寨。等大度和尚的龙头大令到达时，黑石顶只剩下毕矜聪一个光杆司令，万般无奈之下，他把这桩差事派给了左护法夏天淳。

泛舟东下，夏天淳一路痛心疾首。他是“洪德堂”的老人，亲身经历了“洪德堂”由衰转盛的整个过程，李文茂将毕生心血奉献给洪门，大度和尚竟然连他的尸骨都不肯放过，真是实在令人发指。邝能、林洸隆、甘先、周春、卢昌五堂精锐已经被发往前线当炮灰，现在又要调其余七堂人马至粤西，简直是斩草除根。

你大度和尚不念洪门情义，人家当然视你为寇仇，夏天淳理解梁培友的选择。然而李文茂所部为“洪德堂”中坚力量，如果这些堂口效仿“德胜堂”，那么，不但风光一时的“洪德堂”立刻土崩瓦解，而且洪门自身也将遭受重创。

八月二十三，夏天淳精神恍惚地来到西海大寨，听说易如真给李文茂造了坟茔，陈开和其他几位龙头约好了祭奠李文茂，他便匆匆赶往银洲湖。船到潮连乡，只见岛上白帆林立，江心冒出六七条船，封住了去路。

夏天淳钻出船舱，手举龙头令旗：“弟兄们，自己人。”

对面船上的人光着膀子，手握鱼叉，怒目而视：“我家陈大龙头已经退出洪门，你手里的龙头大令屁用不顶，哪儿来的，回哪儿去。”

夏天淳心里“咯噔”一下，最担心的事情果然发生了。他赔着笑脸：“在陈大龙头缴还令旗和‘银叶会簿’之前，咱们还是兄弟。在下是左护法夏天淳，和陈大龙头交情深，劳烦给通报一声，有要事相商。”

“凡从黑石顶老营来的人一律不许通行，这是陈大龙头亲口颁下的军令。”那人根本不吃他这一套，“我们的令旗和会簿都交到了西海大寨，你去‘德礼堂’收。”

陈松年颁布如此军令，明显是针对黑石顶老营的特使而来。夏天淳正无计可施，后面角号声声，从九江圩方向驰来一支船队，船上高高悬挂着“德义堂”的旗帜。夏天淳好像捞到了一根救命稻草，大声喊：“关阿妈，是我。”

船队慢慢停下来，关钜惊诧地问：“夏护法，你怎么还敢来？”

夏天淳吓了一跳：“咋啦？”

“大只钜”叹了口气：“二爷的棺椁差一点毁在乌蛮滩，死了那么多红船兄弟，毕阿妈却连个屁也不敢放，大伙儿对老营的人正有气呢。”

夏天淳试探道：“听说叶军师来了兰花洲？”

“早走了。”关钜道，“叶军师辞了差，大家准备退出洪门。过两天，我和陈天义把各堂的会簿和令旗送到黑石顶，你打道回府吧。记住，从今以后，莫要再打烈火朱雀旗，当心威武窑子派兵捉拿。”

夏天淳沉默了一会儿说：“关阿妈，我想给掌堂大爷上炷香，你看行不行？”

“这没问题。”关钜点点头，“你坐我的船吧。”

夏天淳感激地说：“多谢关阿妈美意。”

“德义堂”的船队逶迤向南驶去，只见主航道两侧哨船、舢板遍布，银洲湖上至少拉起了三条防线，石鱼岛和兰花洲一侧更是戒备森严。关钜和夏天淳从兰花洲的石码头上岸，绕过葱郁的竹林，来到兰花圃。

易如真没有把丈夫葬在石码头的竹林，而是将李文茂葬在兰花圃。所谓的坟茔其实是一间木制六角凉亭，自从下葬后，无论刮风下雨，楠木棺的棺盖从来就没有合上过。楠木棺所在位置正是当年易兰花鼓琴吐血处，周围是一丛丛可抗蚺蛇之毒的白墨素——“香美人”期待白墨素的芬芳，能唤回丈夫的魂魄。

赵泰来、陈松年、李洪英、陈显良、冯坤和陈开六位龙头早在亭子外等候，众头领看到夏天淳并不觉得奇怪，简单打了个招呼后，便按照洪门之主的礼仪焚香祭拜。夏天淳踮起脚尖探头张望，不觉倒吸一口凉气——躺在石棺里的李文茂面目安详，肌肤红润，鼻子尖的露珠闪闪发亮，哪像是一个死了三个多月的人？

江湖上近来传言纷纷，把李文茂传得神乎其神，有的说他练就刀枪不入的徒穴神功，有情剑根本要不了他的性命；有的说他用“镆铘剑”刺穴，为的是将体内最后的真气逐出体外，练成另一种闭息神功。这些传言有一个共同点——李文茂没有死。

发现躺在石棺里的李文茂与生人无异，夏天淳越发确信江湖传言非虚，待七位龙头一一祭拜完毕，他问赵泰来：“赵阿妈，请问夫人现在何处？夏某有要事相商。”

不等赵泰来开口，陈松年冷冷地问：“掌堂大爷生前发下大愿，三刀六洞辞别洪门。夫人恪守他的遗愿，不想和洪家兄弟打照面。夏护法，你找夫人有何贵干？”

赵泰来一笑："夏护法，明人不说暗话，你这次奉命来银洲湖，是不是想调我们七个堂口的兄弟去粤西当炮灰？"

赵泰来一言戳破底细，夏天淳想藏着掖着都不行了，只好照实说："各位阿妈，论和掌堂大爷的交情，不见得我就比你们浅。但情义归情义，军令是军令，胜堂大爷办事再荒唐，终究是洪门之主。龙头大令既然颁下，兄弟我就得把话传到，你们说是不是？"

"放屁，传令你尽可到西海大寨，来银洲湖做什么？"陈松年叱喝，"姓夏的，要不是念在你为人还算老实，今天老子非活劈了你不可。"

关钜忙道："陈阿妈，夏护法是自己人。"

李洪英提过来一个包裹："护法大人，我们七堂的令旗和'银叶会簿'都在这里，你拿回黑石顶向毕阿妈交差。从今往后各行各路，休谈什么洪门忠义。"

夏天淳沉痛地说："各位大龙头，年底就是'红阳劫运'大举事，你们退出洪门，拱手把粤东腹地让给官府，我洪门可还有出头之日？"

陈开冷笑一声："大度和尚嫉贤妒能，心如蛇蝎，派人追索掌堂大爷的灵柩，依照洪门律法早该碎尸万段。你和姓毕的既然口口声声洪门大义，为何不起兵讨伐此贼？"

冯坤气冲冲地走到近前："掌堂大爷砍下金蟾道士头壳，是名至实归的洪门之主，比大度和尚那厮强一百倍。你们这些胳膊肘往外拐的奸贼，只知道趋炎附势，不问是非，洪门就毁在你们手里，还好意思说什么仁义？"

陈显良拔刀在手，怒目相向："姓夏的，洪门举义是为了杀鞑子，你把本堂兄弟发到天马山是何用意？倘若说不出个所以然来，休怪陈某刀下无情。"

夏天淳被驳得哑口无言，羞愤交加，"扑通"一声跪倒在李文茂的坟前："掌堂大爷，你睁开眼睛看看吧，这就是你的忠义兄弟。"

陈松年勃然大怒："来人，把这不晓事理的家伙丢到湖里去。"

关钜拦住陈松年："且慢，没把会簿和令旗送到黑石顶前，咱们还是在堂之人。洪家兄弟岂能自相残杀？"

"快叫他滚蛋。"陈松年余怒未消，"别在这里添晦气。"

关钜朝夏天淳拱了拱手："护法大人，请回去转告毕阿妈，关某和陈天义过两天会将各堂会簿、令旗送交，其他事别再提了，快走吧。”

作为歼灭“逍遥门”主力的统帅，“大只钜”被选为送交会簿、令旗的代表；由于陈开多年以来一直承担着拱卫西海大寨的重任，他被各堂龙头推举为“大只钜”的助手——这项差事并不光彩，甚至可以说灰溜溜的，因此需要两个人共同分担。

祭拜过李文茂，各家龙头在兰花洲分手。陈开到了九江圩，谢绝关钜的邀请，命人把船开至黄湘南的书馆。下船一问，方知黄湘南在“礼山酒庐”吃酒。

陈开是“礼山酒庐”的常客，从掌柜的到酒保没人不认识。伙计温小七迎上来，指着那个挂着朱次琦诗作的雅间：“大龙头，黄先生在里面吃请。”

陈开问：“谁的请？”

温小七答道：“何淡如破了一桩案子，得了不少赏钱，他做东。”

“什么案子？”陈开饶有兴趣地问。

“骆老三不是从京城回来了吗？”温小七说，“他在越华书院当山长，前些日子纠集了一伙有头脸的老爷在‘十二石斋’吃酒，出门时不小心丢了一枚扳指。骆老三大发雷霆，把广州府和南海县的捕快都拢到佛山堡捉贼，那阵势真够吓人的。”

陈开道：“为了一截扳指，至于吗？”

“听说这枚扳指是万岁爷赏给骆老三的。”温小七来了一个大喘气，“衙门口那些不拉人屎的玩意全是废柴，足足查了个把月，连一根鸟毛也没抓着。后来，南海县的徐师爷邀何淡如帮忙破案，何先生请黄先生出主意，黄先生拉黄掌柜的出山。神仙放屁，不同凡响，黄掌柜的跟当时在场的人聊了一会儿，三下五除二就捏出了贼人的相貌，大功告成。”

黄炳的神眼过目不忘、洞察入微，在石湾镇陶瓷行里那是响当当的头一号。不过，拿这双神眼来破案捉贼，也就是黄湘南能想出这种邪招。陈开心里对黄湘南益发钦佩，嘴上却夸赞起了何淡如：“小何真会找人。”

“他那半桶水，跟王老爷比起来二打六，根本不够斤两。”温小七撇着嘴，“大龙头，你不知道，徐师爷最初登门拜访王老爷，想让飞头鬼帮忙破案，结果被王老爷骂了一顿，硬是没给骆老三的面子。”

宁二少死后，王山公十分伤心，离开佛山堡到罗浮山等地云游修行。“枫子鬼”是他的心肝宝贝，怎么可能去给官府当狗腿子？难怪徐灏当头挨了一闷棍。

陈开整理衣冠，上二楼推门进了雅间。何淡如与黄湘南、黄炳二人聊得眉飞色舞，抬头一看是陈开，忙问：“陈阿妈，你快说说，二爷到底有没有死？”

李文茂斩杀武林至尊金蟾道士，荣登洪门之主的宝座，继而三刀六洞自戕于龙头峰，在短短的一个月时间里，演绎出一幕接一幕令人叹为观止的大剧，不仅撼动官府，就连街头巷尾的老百姓也都津津乐道。两者的区别在于，官府希望这个可怕的对手彻底埋葬，而草根阶层则坚信他们心中的英雄永远不死。

“一言难尽。”陈开说，“黄先生，本堂正为此事纳闷。”

黄湘南拱了拱手：“大龙头但讲无妨。”

“黄先生，白龙降世，人所共知。”陈开疑惑地问，“好端端的一柄无情剑，为什么突然变成了有情剑？陈某刚从兰花洲回来，二爷虽然面目栩栩如生，但鼻端气息全无，一个死了三个多月的人，还能活过来吗？”

黄湘南顿了顿，叹了口气：“大龙头，你这两个问题太过高深，难倒我了。不过，二爷神功盖世，什么情况都有可能发生，去年潮连乡的陈阿妈不就是已经躺到棺材里，生生被二爷给拽回来的吗？至于无情剑，黄某听说二爷登基那天，火龙珠并不在身上，后来突然出现在龙头峰哀鸣不止，兴许这粒珠子正是无情剑变成有情剑的罪魁祸首。”

何淡如道：“那就是说二爷没死？”

“你不要老把死字挂在嘴边。”黄炳不高兴地说，“阿茂不肯让心爱的女人替罪，是一个有情有义的大丈夫，凭什么吃无情剑？”

何淡如连连摇头：“不不，小不忍则乱大谋，二爷是统领千军万马的洪门之主，堂堂的武林至尊，怎么能为了一介区区女子自乱阵脚？你仔细数数，为了抢回他的棺椁，郁江之战死了多少红船大老倌？不值得，不值得，太不值得了。”

陈开问：“黄先生，到底什么是无情？什么是有情？”

“有情无情岂可分野？”黄湘南侃侃而谈，“英雄怀济世之情，出无情而返有情;枭雄慕富贵之欲,舍有情而逐无情。英雄如白龙之孤,枭雄似蝼蚁之众。有情者得窥无情堂奥,彪炳千秋;无情者失有情之本,无异豚鼠。千载以下,莫不如此。”

黄炳一拍桌子:“先生高论。”

“然而,”黄湘南话锋一转,“人如草木,短长不齐。成仁取义,各在取舍。有本事修得盖世武功,尽可以济世救民;本事平平也不打紧,还有个富贵等着你。”

何淡如赞道:“此为经纶大义也。”

黄湘南后半段的字字句句,无不敲在陈开的心坎上,仿佛完全洞悉了他的心思。陈开抱拳继续发问:“先生,在下尚有忠义之惑。”

黄湘南客气道:“大龙头,小何与黄掌柜不是外人,有话直说。”

“陈某受二爷一手提携,授我武艺,助我开堂,恩同再造。他老人家魂断龙头峰,各堂兄弟愤然相约退堂。”陈开直截了当地说,“然而,陈某自焚香入堂的那一天起,即誓志服从洪门大义。二爷最恨半途而废,驱逐鞑虏、恢复汉家河山,是他老人家的平生大愿。陈某现在左右为难,一头是二爷的恩,一头是洪家的义,两者如何得全?”

何淡如挠着头皮:“这个不好办,你总得选一样吧?”

黄炳性情耿直,闷声道:“全忠全义,首鼠两端,求的不是忠义,是富贵。”

陈开脸上红一阵、白一阵,黄湘南望着窗外思忖了一会儿,没有正面回答,而是意味深长地提出了另外一个问题:“大龙头,假如二爷在自刺三刀六洞前,知道‘镆铘剑’是有情剑,他还会一刀离洪门、二刀辞江湖、三刀别武林,发下三大誓吗?”

陈开修炼“六祖心经”,诛心多年,自许忠义,不料当众被黄炳讥讽首鼠两端,心里羞愤难当。他闷闷不乐地出了“礼山酒庐”,来到“探花桥”边,精神变得恍惚起来。忽然,桥下随风飘扬的“德礼堂”战旗消逝不见,变成了一身污血、被锯为两半的陈子壮。从西樵山吹来的风扫过南岸的礼山,打了个旋笼罩在“探花桥”上,阴湿沉沉。陈开体内第三道真气沿着任督二脉狂肆奔腾,像无数条摆脱羁绊的飞龙,啃咬着他的心,令人剧痛难忍。他的身子在风中摇晃了摇晃,大吼一声,从桥上跌入水中。

众头领吓得魂飞魄散，慌忙把陈开捞起来。曾三摸了摸他的脉息，面带忧色：“大龙头练功走火入魔，劳心伤神，怕是要歇息一段时间。”

林科举跳了起来：“那还不赶快看郎中？”

陈开有气无力地说：“陈掌柜的有理气丹，吃两粒就好。”

众兄弟心急如焚，船队连西海大寨也没停，直接驶回佛山堡。在正埠码头登岸后，众人雇了顶轿子，抬着陈开到了筷子街。“百济堂”插着门板，叫过隔壁的梁德荣一问，才知道劳大德这两天出去采药，陈见成关门歇业，在家里抽大烟呢。

“虎头仔”问梁德荣：“你家铺子有理气丹吗？”

“理气丹？”梁德荣摇了摇头，“没听说过。”

曾三对众头领说：“眼下人心惶惶，大龙头身染重疾，你们赶快回去稳住阵脚，千万不要出乱子。等大龙头病好了，再定大计。”

众头领离开后，曾三陪同陈开到了居仁里。在陈见成家门口下轿后，曾三吩咐柯定邦和柯振邦兄弟俩：“你们把轿子放回‘四海堂’。”

柯定邦诧异地问：“不用了？”

曾三从兜里摸出三两碎银：“大龙头看完病还要叙叙旧，拜访三爷的家眷。晚头起轿子的时候，我自然会叫，你们回家吃饭吧。”

柯定邦不安地说：“曾爷，钱给多了。”

“权当是大龙头赏的。”曾三摆了摆手，扶着陈开进了陈宅。

“逃军和”被逐出洪门后，鸡英逵和“瞌睡虫”不好意思继续在“粤安社”习武，又回到居仁里打更度日。见柯定邦和柯振邦兴高采烈地从西南巷出来，鸡英逵从闸门楼上探出头：“两位哥哥，捡到了宝贝？”

柯定邦担心地喊：“我的天，你咋还敢上去？不怕黄老爷骂街？”

“老子现在有把式。”鸡英逵握紧拳头。

柯振邦向他招了招手：“下来吧，今天我们哥俩做东，请你吃猪红汤。”

柯氏兄弟穷得没裤子穿，今天破天荒头一遭请客，看来没少得赏钱。鸡英逵从闸门楼上出溜下来，努着嘴问：“大龙头为啥一瘸一拐的？”

柯定邦回答：“练功练的，走火入魔了。”

鸡英逵瞪大了眼睛：“不可能吧？”

“这年月有啥不可能？”柯振邦叹息道，“二爷那么高的本事，都被一个狐狸精迷瞎了两只眼，大龙头走火入魔算啥？”

三个穷光棍走到温秉智家门口，遇到四个闲娘们儿。郑夏氏探头探脑地问：“柯老二，刚才我瞅见曾爷护着轿子，里面坐的是大龙头吗？”

屠夫老婆脸上横肉乱颤，嘟嘟囔囔：“你说这大龙头也是，马上就要散伙了，你倒是给大伙儿一个痛快话呀。黑不提白不提的，装什么病？”

崔牛氏讥讽：“莫非你想白占那间铺面？”

“白占咋了？”冼于氏翻着白眼，“他当大哥的还不该给？”

游新潭被陈见成逼走京城前，不得不以低价把自己的股份折给了区植棠，崔金麟的地位更加稳当。崔牛氏日子过滋润，请了丫鬟婆子伺候，不再纺纱织布、下厨房，成天游手好闲贩卖闲话。郑夏氏看不过眼：“你们两家占够了便宜，都少说两句吧。”

冼于氏“哼”了一声：“蚂蚁背田螺，充什么阔佬？人家豪门里的太太小姐，哪个不是一日三织布？偏偏就你的皮儿薄？”

“嫌皮厚？”崔牛氏道，“好办，请‘牛皮寮’的开皮佬给你割一层。”

两个女人正在没完没了地斗嘴，“厚皮棍”和招亚东从砖瓦巷那边闪了出来。母大虫笑得前仰后合：“快过来吧，黄掌柜的，有人嚼你的舌头根呢。”

“厚皮棍”讪讪地问：“嫂子，四爷在家吗？”

“在被窝里鼓捣生仔呢。”母大虫没好气地说，“你有事啊？”

招亚东抱拳道：“嫂子，根据四爷的吩咐，我们把药王庙前那对蟠龙石柱收了回来，请四爷去过过目。”

母大虫气急败坏：“这个挨千刀的，他真要重操旧业？”

受温秉信被逐出洪门的影响，温家与“德礼堂”的关系明显疏远——原先挂在温秉义和温秉礼名下的买卖铺面全部收回，温秉智也从“粤安社”辞了差，平时最遭居仁里乡亲羡慕的温家兄弟，现在灰溜溜的不好意思见人。

温秉智打了个短膊从院里走出来，看到母大虫立刻把脸一沉：“放着家务活不干，你倒有闲心扯臊，还不回家去？”

崔牛氏扭动屁股：“人一走，茶就凉。走吧走吧，回家喽。”

温秉智喊住她：“崔家的，你把话说清楚。”

郑夏氏和冼于氏生怕惹祸上身，连忙抱起簸箩各回各家。崔牛氏把身子掩进门，又探出来头壳："四爷，你别生气，这话不是我说的，是宁大少公婆俩说的。"

宁二少殒命九宫旗阵，宁洪原想趁机从"德礼堂"敲一笔，被陈开一口回绝，气得他逢人便骂陈天义不够义气。温秉智虽然不信陈开绝情，但事实摆在那里，不承认也没用。温秉信从老院里闻声而出："四哥，你跟一个娘们儿争什么黑白？"

"我争个屁。"温秉智朝"厚皮棍"拱了拱手，"黄掌柜的，这事有亚东在就行，还麻烦你亲自走一趟？"

"厚皮棍"道："闲着也是闲着。"

"逍遥门"全军覆灭后，为了深耕经营顺德这一战略腹地，李文茂大力扶持梁亚珠的"全义堂"、何氏兄弟的"奋威营"、陈齐星的"大名营"等外围势力，而且拨出一块地盘，引入了区润、郭三登这支生力军。"大春吉"明白李文茂对自己的能力不放心，便痛下决心全面整顿"兴义堂"，严明军纪，收罗人才。在这种情况下，"癞头鳖"很识时务地向他递交了一封退堂的书信，表示自己打算迁居粤西浔州府。

离开佛山堡去浔州府，是金绍烈出的主意——"癞头鳖"娶了罗金氏，等于背了一桶能把自个儿炸飞到天上的红粉，就算陈开和陈吉不为难，"德礼堂"和"兴义堂"的兄弟也绝对不会放过他。与其在佛山堡提心吊胆地过日子，还不如远离是非之地，躲到粤西谋生理，免得让两位大龙头心生杀机。"癞头鳖"退出"兴义堂"，"厚皮棍"知道自己在黄家兄弟眼里失去了利用价值，干脆主动辞差，又和"癞头鳖"搭起了伙。

金绍烈的明哲保身之计还包括第二步：劝说自己的外甥女放弃有名无实的婚姻，成全陈开的心愿，保全陈开的颜面。梁培友退出洪门后，留守粤东的七大堂纷纷效仿，金绍烈判断时机成熟，向罗金氏陈述利害——以往陈开忍辱负重保留这段婚姻，是为了大局着想；现在"德礼堂"马上就要散伙了，还有什么大局可讲？

看到陈开脸上那副不置可否的神情，金绍烈明白，自己这一步走对了。

莫权光和"红裤子"夫妇打算回柳州府老家颐养天年，狗子在梧州府衙门寻了一个捕快的差事……一时间，居仁里处处弥漫着一股树倒猢狲散的气息。温秉信灌了一肚皮猫尿，摸黑回到家里，有人“咚咚咚”敲起了窗户。

“谁啊？”他不耐烦地问。

温宁氏轻声说：“是我。”

一听是二嫂，温秉信立刻清醒过来，匆匆抹了一把脸，打开屋门把女诸葛让到客厅。温宁氏用丝巾扫了扫空气中的酒气：“老五，你也对大龙头没信心？”

温秉信心里一动：“嫂子，你见到他了？”

温宁氏叹了口气：“他对别人家咋样嫂子不清楚，但对温家那是没得说，这些年就数咱们家捞的实惠多。那些铺面是堂口的财产，大龙头原来打算卖掉资助年底举事的军用，和你犯失察之罪没有关系。洪崖走了以后，大龙头送了一大笔银子，怕洪原吃喝嫖赌败干净，都存在我这里，一个大子没动。”

温秉信点了点头：“我就知道大龙头是仁义汉子。”

“老话说得好，受人滴水之恩，当涌泉相报。”温宁氏郑重地说，“现有一桩事体，大龙头信不过别人，你仔细度量，看能不能去？”

温秉信抱拳道：“嫂子，只要是大龙头差遣，兄弟赴汤蹈火，在所不辞。”

受黄湘南的点醒，陈开决心实施“两全其美”之策——为了报答李文茂的栽培之恩，他和另外六大龙头一样打算退出洪门，派人把“银叶会簿”和龙头令旗送交黑石顶；为了保留洪门资格，“银叶会簿”和龙头令旗又不能交到毕矜聪的手里。解决这个矛盾的唯一方法，便是在送“银叶会簿”和龙头令旗的人身上做手脚。

为了确保这个绝密使命不出岔子，必须选择可靠的人来执行。这样的人第一是心腹，第二必须惟命是从，不受洪门教义的束缚。思来想去，他最后选中了陈见成和温秉信，计划临时招募三百人成军，任命陈见成和温秉信为正副信使，到黑石顶走一遭。

“当前是洪水季节，”女诸葛压低声音，“你们到德庆州假装翻船，然后告诉关钜会簿和令旗都沉落江底。他上黑石顶以后，你们不要回来，到浔江去找梁培友，就说丢失会簿和令旗犯下重罪，没有脸面回家，请他帮忙找一处寄身之所。这些临时招募的人不过些是乌合之众，走散了最好，假如有人死心塌地愿意追随，你们把数目报回来，我让人送银子。”

温秉信吃了一惊：“大龙头想瞒天过海？”

女诸葛肃穆道：“此事千万不能漏一点风声，传出去大龙头无法在江湖上立足。你们起码要在粤西待个三五年，静观事态变化，见机行事，随时听候他的指令。”

温家受陈开厚恩加持，温秉信又被逐出洪门，除了觉得陈开不太光明磊落外，他并没有觉得有什么不妥，便应承道：“行。”

七日后，陈开病愈，在西海大寨忠义堂召集众将议事，李阿发、“虎头仔”、冯天善、林科举、曾三、何典、“篾片刀”、“大漏勺”、石蕴、秦亚艚等头目悉数到齐。议事前，先给陈见成和温秉信办了一个入堂仪式，让大家感到莫名其妙。

陈开发问：“王老爷入山修道，四爷兄弟呢？”

“回大龙头，四爷不在坦东村，据说出海去驯鸟了。”林科举禀告，“叶老四前些日子在梁家惹了祸事，睡觉忘了灭火烛，一把火烧了两天两夜，好悬没把‘十二石斋’给燎了，如今羞于见人，不知道藏在什么地方。”

陈开长叹一声：“叶家兄弟为本堂助力甚巨，这些年照顾不周，陈某对不起他们。倘若今天四爷在，陈某一定当面赔罪，赦免他临阵脱逃之过。”

众将齐道：“大龙头仁德。”

“各位兄弟。”陈开神色凝重起来，“蒙掌堂大爷青眼垂怜，授我武功，传我大义。今日他老人家受不白之冤，我等无力拨云见日，唯有退出洪门以谢恩德。其他各堂兄弟皆是如此，本堂自不例外，无须赘言。然而，驱逐鞑虏，反清复明，非唯洪门之义，也是普天下汉家男儿应有的气节。从这一点上来说，去黑石顶送会簿和令旗就不是什么光彩的事，陈某亦不愿陷众家兄弟于不义，故而赦免陈阿妈和三法司旧过，请他们代为此行。”

众将又向陈见成和温秉信行礼：“有劳二位兄弟。”

温秉信愿意从事这项绝密使命，是因为陈开对温家厚遇；而陈见成答应顶这个帽子，是出于形势所迫——自从骆秉章回家守孝以后，骆家猛然间抖了起来，陈见成被逐出洪门后成了光棍一条，无力对付游新潭。他明白，游新潭杀回佛山堡之日，便是自己人头落地之时，再不加入洪门或者跑路，就该没命了。

“德礼堂”诸将中，还有一个人想离开佛山堡，这就是曾三。他现在有了钱和脸面，不可能再任由骆老二和妻子不清不白。骆家势头正盛，“德礼堂”马上要散伙，留在佛山堡只有自取其辱。他向陈开禀报：“大龙头，依照你的大令，本堂新招募了一营兄弟，护送陈阿妈和三法司去黑石顶。现人马已经募齐，每人发放募银一百两。”

“好。”陈开点点头，“各位兄弟，临别之际，陈某有一句话要说。”

铲除“逍遥门”后，包括“德礼堂”在内的“洪德堂”兄弟在江湖上威名远播。如此雄师一朝解刃，令人扼腕叹息。众将心里满不是滋味：“请大龙头训令。”

陈开从虎皮大椅上站了起来，颇有些激动：“在下虽然才疏学浅，却知道自古成大事者并非只有忠义二字。诸位跟我这么些年，陈某必定会给你们一个交代。有人说陈某诛心多年没有成效，仅仅诛出来一颗富贵之心。本堂一不苟同，二不辞让，为了弟兄们的生计，本堂宁愿戴这顶帽子，叫天下人耻笑。”

在“洪德堂”旗下各堂中，“德礼堂”占据南海县和佛山堡这样的头等富庶之地，家底之丰厚令人咋舌。在座的头领每人能分数十万两不等的散伙银，摇身一变就是大财主。但是大伙儿怎么也高兴不起来，陪着陈开最后一次登凤凰岗，深秋季节天气变冷，山风萧瑟。由于叶兆隆提前解散了中军大营，四面军旗早已撤下，单单剩余一排光秃秃的旗杆。陈开、秦亚艚、金绍烈是西海大寨兴衰的历史见证人，亲眼看到它从一片强梁出没的荒凉滩涂，变成一座威震西江和北江的雄关要塞。如今人去楼空，一片狼藉，三人无言以对，唏嘘不已。

过了许久，金绍烈问：“大龙头，寨子咋办？”

铺面可以卖，银子可以分，但这座西海大寨如何处理？陈开想了一会儿说：“这座大寨是属于‘洪德堂’的，本堂仅负责看护和镇守。叶军师最有资格处理，他既然撂挑子走了，你就看着办吧，反正不要落到威武窑子的手里。”

金绍烈点点头：“明白，我一把火将它点了。”

陈开满怀歉意地说："舅爷，当初西海大寨是你的地盘。我把你带入洪家，现在又弄得你无家可归，真是过意不去。"

金绍烈慌道："大龙头，切莫折煞属下。"

陈开问："你打算去何处容身？"

"回大龙头，属下打算在浔州城开一间窑口。"金绍烈答道，"火贵兄弟和茂光兄弟都愿意入股，我想把玉环也一并带走。不孝有三，无后为大，她伺候大龙头这么些年，未能给陈家添个一男半女，实在叫人惭愧。"

"也不能完全怪她。"陈开叹了口气，"陈某即将退出洪门，从此一无所有，她跟着我只能吃苦，走了也好。"

金绍烈央求："请大龙头赐她一纸休书。"

陈开从袖筒里抽出一张十万两的银票："夫妻本是同林鸟，大难来时各自飞。陈某手里没有别的，拿着这点钱，让她好好过日子吧。"

"多谢大龙头恩赏。"金绍烈也不推辞，接过银票。

从凤凰岗往下俯瞰，西海大寨尽收眼底，望着一条船接一条船地逶迤而去，大伙儿心里非常难受。李阿发抱拳施礼："属下有一句话，不知当讲不当讲？"

陈开问："兄弟，是瓜子不够花，还是芝麻不够花？"

在洪门暗语里，瓜子指的是银元，芝麻指的是铜钱。

李阿发撩衣袍，跪倒在地："大龙头，咱们以后还要不要杀鞑子、打鬼子？"

"该杀的杀，该打的打。"陈开叹息，"可惜掌堂大爷不在了。"

众头领齐声道："大龙头，听说掌堂大爷还没死呀？"

"走。"陈开扬起手，"咱们去问北帝爷爷。"

第一百三十二回　别梦依稀

根据《南京条约》的条款，广州、福州、厦门、宁波、上海五个口岸开通贸易。至道光二十五年，福州、厦门、宁波、上海四个口岸悉数开通，唯独贸易分量最重的广州城仍然像铜墙铁壁，令洋人难越雷池一步。孟买——广州是东西方贸易的传统航道，广州也是外国商人梦寐以求想进入的城市，如今仗也打了，条约也签了，偏偏广州城就是进不去，你说红毛鬼子能不心里窝火？德庇时就任香港总督后，威逼利诱清廷解决这个遗留问题，从朝廷到广东官府都顶不住压力。道光二十五年腊月十六，总督衙门和巡抚衙门贴出告示，允准洋人进城，严禁百姓阻挠，并委派广州知府刘浔与德庇时商谈进城的具体事项。消息传出以后，从士绅到百姓非常愤怒。腊月十八，刘浔乘坐英舰返回广州城，被数千持刀的民众尾追至知府衙门，当场扯掉他的朝珠官服，纵火焚烧了知府衙门。刘浔在衙役的掩护下，狼狈不堪地翻墙逃生，耆英和黄恩彤受到极大的震慑，第二天只好派人将告示撕毁了事。

广东官府烂泥扶不上墙，一再拿自己当猴耍，德庇时恼羞成怒，索性把兵舰和铁甲轮船开进省河，驶抵广州城下，寻衅闹事。面对英国侵略者的肆意妄为，镇守虎门要塞的广东水师却连个屁也不敢放，任由敌军长驱直入，真是窝囊至极。

道光二十六年，由于“洪德堂”旗下的各大堂口自动解散，反入城斗争的力量构成发生了巨大的变化。对于领导反入城斗争的士绅阶层来说一喜一忧：喜的是避免了一场骑虎难下的尴尬困境，忧的是投身社学的下层民众失去控制，流入无序，随时可能引发更大的灾难。拿商馆广场的“全客堂”来说，叶帝福横竖不吝，领着他的人马天天折腾，不是朝英国商馆和贸易船只丢一把火，就是对各大办洋货生意的豪门下黑手，一刻也不消停。

广东官府对这个随时可能爆炸的火药桶头疼不已，黄培芳、张维屏、梁廷枏、许祥光等名流以及城南、城北各大社学的士绅均感束手无策，还是越华书院山长骆秉章头脑灵活——江湖的事情江湖办，他托人到九江圩，邀请“小孟尝”来省城协调此事，议事的地点设在商馆广场斜对面的白鹅潭，小浩官在此处建了一座名叫“粤雅堂”的藏书楼。

伍氏富甲天下，自伍秉镛开始，万松园大量收购海内珍本，像什么《宝刻类编》《四书逸笺》《帝苑》《虎矜经》等都没有被收进《四库全书》，堪称稀世孤本。这么多好东西锁在书房里有什么意思？谭莹绝意科场后，小浩官欣喜若狂，特地在白鹅潭购地建楼，邀请谭莹为总纂，决心编纂一套比《四库全书》还要完善的丛书，造福后世。

“粤雅堂”的落成，固然是为了给谭莹弄一处清闲编书之地，同时也给粤东名士提供了一个雅会的好场所。从此以后，大家到佛山堡就去“十二石斋”观石赋诗，来广州城则在“粤雅堂”吃酒赏书，端的是风雅无匹，远离尘嚣。

到了年底，朱次琦为继母守孝期限将满，打算和哥哥朱士琦再度赴京参加“春闱”，听说伍紫垣把府里珍藏的孤本都搬到了“粤雅堂”，朱次琦食指大动，心痒难耐，九月二十立冬这一天，搭乘老介福的坐船抵达了白鹅潭。

丈夫和朱次琦进了“粤雅堂”，何小鸾换乘一条轻舟，驶往万松园看望陈罗婵。小戏台锣鼓喧天，人喊马嘶，生旦净末丑角色齐全，十分热闹；相反，戏台下面空空荡荡，只有何博众一个人抱着琵琶，两眼不错地盯着戏台看戏。蓦然发觉何小鸾出现在面前，何博众立刻慌了手脚，结结巴巴地说：“夫人，你，你不上台吗？”

“嘘。”何小鸾摇了摇手帕，“听。”

陈罗婵戴如意冠，挂平金绣鱼鳞甲，系绣花马面白裙，披黄色凤帔，腰悬“琴瑟合”来到戏台中央。歌如金鼓，声声回肠：

暮霭昏昏蔽长空，大野萧瑟鸟惊恐；
欲退乌江中，似被困蛟龙，
乱战一天杳无踪。
心儿牵挂，几回怅惘，风卷砂飞天迷茫；
惊闻乌聒，似传噩兆，烽火道光眼前闪动。
…………
病马嘶，日已残，
大王苦战未回，叫人魂牵魄动；
垓下陷重围，孤军难久战，兵疲粮尽，此战未定吉凶。
细思量，红泪下，逐鹿中原，大王枉称神勇；
力拔山河，纵横驰骋万里，
摄雄风，可叹不纳忠言，不辨是非。
…………
似沧海恨无穷，兵败如山死伤惨重；
心忧虑，仰头惟愿苍天庇英雄。
…………

兴许是过了中秋的缘故，这折子《霸王别姬》多了一丝寒意，添了一阵缠绕在寒风里令人窒息的水汽。何小鸾问：“阿众，你听出了什么？”

何博众伸出大拇指：“夫人，这是天籁之音。”

所谓仁者见仁，智者见智，对于一心修炼琵琶技艺的“博众四”来说，他最敬慕的是陈罗婵的琴技和唱腔；而对于了解陈罗婵和李文茂爱情的何小鸾来说，她耳朵里听到的不是绕梁三日的唱腔，而是一瓣接一瓣碎裂的心声。

景曼卿搭护领、扎软靠，背黄绦、系红绸，头戴霸王盔，掌中一条虎头盘龙戟，扮演楚霸王神采飞扬地出场。陈罗婵启朱唇：“大王，可曾杀败垓下之敌?”

“爱姬,”楚霸王横戟马首,“贼势凶猛,四面楚歌,煞是厉害。”

陈罗婵拔剑叱喝:“俺夫君天下无敌,你是何人,为甚冒他姓名?”

这句话不是台词是心声,台上台下寂静一片。

六年前,李文茂火焚“玉玲珑”,未能劝阻陈罗婵回心转意;六年后,他的死讯像崩塌的冰川冲溃了自囚人的心堤。一生一死一轮回,李文茂在龙头峰三刀六洞了结尘缘,了结的不独是与谭李氏的孽缘,更是对陈罗婵和易如真的交代。不灭的爱情灿若赤血,陈罗婵不怨恨她的阿茂哥,不怨恨谭李氏,怨恨的是冥冥中那只拨弄命运的手。

此时此刻,她手中的剑是一把斩断心魔的神兵利刃,戏台上的景曼卿、阿梅、黎珍珠等人无不希望她能够一剑斩下去。可是,陈罗婵的目光落到台下,瞬间又将“栖风剑”插回剑鞘,惊喜地问:“小鸾,你从何方来?”

人死如灯灭,陈罗婵再重的心结也该放下了,否则整天躲在万松园与世隔绝,这样的日子何时才是个头?从邹伯奇、伍紫垣到何小鸾、卢浣霞,周围的人俱是这样的想法。然而解铃还须系铃人,能够斩断陈罗婵心魔的人只有她自己。

何小鸾起身回答:“兰花洲。”

此前,卢浣霞已经来过伍家,劝说陈罗婵去兰花洲祭奠李文茂,从此斩断心结,结束心灵自囚的生涯。陈罗婵热情道:“既然来了,咱姐妹何不唱一台戏?”

何小鸾道:“唱没问题,不过我要点戏。”

“你点哪一出?”陈罗婵问。

“《牡丹亭》。”何小鸾不假思索,“我来扮杜丽娘。”

陈罗婵愣了一下,无奈地说:“随你。”

何小鸾梳大头,戴点翠头面,披了一袭粉红色绣花氅和红色斗篷,足蹬白袜彩鞋,手掂洒金扇穿过“虎度门”,来到戏台中央,旁若无人地唱了起来:

那一答可是湖山石边,
这一答似牡丹亭畔。

围嵌雕阑芍药芽儿浅，看杨柳正垂丝；
看杨柳正垂丝，一丢丢榆荚钱，
线儿春甚金钱吊转。
…………
蓦地心萦缱，梅树边。
这般花花草草由人恋，生生死死随人愿，便凄凄楚楚无人怨；
待打并香魂一片，阴雨梅天，
守的个梅根相见。

陈罗婵自囚于万松园的芦苇丛，在小戏台以戏娱生，何曾被逐于戏台外？眼下何小鸾扮演的杜丽娘惟妙惟肖，风情万种，晾晒她于戏台下。平生头一次做观众，陈罗婵终于看到了自己的另一面，自言自语："梅根，梅根，我真的没根吗？"

"阿婵，你怎么没有根？"何小鸾道，"你的根在红船呀。"

谭亚才拷打、羞辱谭李氏，引起了桂林"李半城"家的愤怒和不满，李家把人接回去后断绝了与谭家的关系。身在河南岛的伍紫垣听说以后，心情极为复杂，没想到伍家和李家有着如此纠结的瓜葛——表面看来自己从李文茂手里夺走了陈罗婵，实际上，真正砍断李文茂和陈罗婵情丝的，竟然是同父异母的妹妹！

陈澧是个一板一眼的书呆子，研究古乐当然从填词抚琴做起——填词不是难事，他和学海堂的同人组建过越台词社，上次会试落第，在回家的船上填了一堆词排遣郁闷，汇编为《灯前细雨词》；琴瑟他可不会，只好从头拜师学艺。

"泰来兄，你看我这首曲子如何？"他弹了一曲，恭敬地问赵泰来。

赵泰来手捧一套日本学者林述斋编辑的《佚存丛书》正看得津津有味，听他问话，连头也不抬便答道："不行，不行。"

陈澧不服气地说："这把琴年头不短，碧舲兄送给我的。"

碧舲是李能定的字，赵泰来摇了摇头："古琴残破，非大功力者不能用其音，你最好到街上买一架新琴，练练手。"

徐灏劝陈澧："对啊，兰甫，练琴和练武一样，急不得。"

陈澧苦笑："我都落第五回了，有什么可急的？"

谭莹叹道："要说耐心，咱们得向骆老三学。"

正在这时，骆秉章陪着老介福兴冲冲地迈了进来，一进屋就嚷："城南、城北社学那些狗肉乡老真不济事，连个叶帝福都镇不住，终归是老大财主面子大。"

徐灏恭维道："那当然，老爷是六县武林盟主嘛。"

"全客堂"在商馆广场周围四处纵火，直接对伍家的货栈和仓库构成威胁，伍紫垣对这桩事很关心，忙问："大人，叶帝福怎么说？"

骆秉章乐呵呵地说："他说只要洋人行事不过分，他可以收敛一阵子。"

英军的铁甲轮船已经悍然开到广州城下，还有比这个更过分的吗？陈澧忧心忡忡："树欲静而风不止，红毛鬼子谋我中华非一时一日，他们的兵舰闯过虎门口，天天在商馆广场附近游弋巡逻，哪里会消停？还有那个红毛教，四处勾人入教，长此以往，圣教何存？"

"朝廷怎么如此糊涂？"朱次琦不禁发起了牢骚，"诗礼乃我中华之本，任由红毛教蛊惑人心，将来子孙后代连祖宗都不认识，和亡国灭种有什么两样？"

骆秉章出自贫寒，才能平庸，靠一股子不服输的劲打拼出来，不像谭莹、朱次琦、陈澧等人幼年便有神童之誉，想法单纯。他乐呵呵地说："各位兄台，多虑了，多虑了。诗礼之教若是如此不经折腾，还称什么圣教？人活在世上总要认自个儿祖宗，他就是想认贼作父，人家红毛鬼子也不会拿他当亲生儿子。临了国人总得回到圣教上来，给自个儿的祖宗烧香。"

骆秉章这番话虽然不无道理，但江湖气息太重，浑然像一个番摊前搏运的赌徒。朱次琦不服气地说："骆山长，照你的说法，咱们这些人读圣贤书还有啥用？干脆把城门打开，直接放红毛鬼子的火轮船进去得了。"

"不不，不是这个意思。"骆秉章笑嘻嘻地说，"刚才骆某正跟老大财主商量此事，我中华神灵遍山河，岂能任红毛神为所欲为？别说祖庙里的真武大帝，就是老大财主家的太上老君法力也不浅——当年骆某在冼家祠寒窗苦读，常得太上庙的庇佑哩。"

骆秉章身上一半书生气，一半江湖气，陈澧难辨真假："大人，你的意思是?”

骆秉章脸色陡然一变,郑重起来:“各位兄台,红毛鬼子舰炮厉害,来势汹汹,朝廷这次被打得无力招架。我等读圣贤书,谋仁义事,至关紧要的是提防红毛教的荼毒。只要咱们自家的神在,红毛鬼子纵然得逞一时,也长久不了。”

骆老三这话说得叫人毛骨悚然,谭莹抬起头:“大人,寻衅滋事的是洋人,你们说服叶帝福仅为权宜之计,顶不了多大用。”

“呵呵。”骆秉章拿起扇子,虚摇了摇,“骆某此次请老大财主出山,纯粹是帮制台大人和黄烟筒一个忙。俗话说,管得了一时管不了一世,着急的是他们。”

徐灏笑着说:“大人,你是国家栋梁,这话不该说。”

“栋梁个鸟。”骆秉章当着众名士的面,毫不掩饰地大爆粗口,“‘卖鸡爽’花了三万两白银在江南捐了个候补道台,比我的品级还高呢。”

道台是四品,右春坊右庶子是五品,骆秉章辛辛苦苦熬了十四年,到头来尚不如吴健彰一个卖鸡的小贩。谭莹责备骆秉章:“大人,朱子襄好不容易鼓起劲头上京赶考,你排出这番丧气的话,不是泼人家的凉水吗?”

“哈哈,怪我怪我,自罚一杯。”骆秉章仰脖灌了一杯酒。

徐灏关切地说:“子襄,我听邹伯奇说明年春天北方多雾气,太阳下山的时间早,不利于殿试答卷子,你要注意。”

“小事体。”骆秉章道,“哪一科没有延迟交卷?监考官必能体谅。”

朱次琦说:“日暮交卷为朝堂定制,我辈切不可因此屈节。”

在异族残暴统治下讲气节?谭莹和陈澧等人都没好意思张嘴,骆秉章打着哈哈:“官场没有啥子气节可讲,朝臣以揣摩圣意为能事,即便如此也未必能保全身家。本朝衮衮诸公信奉的是曹中堂的六字真言,那就是多磕头、少说话。子襄,你要是想保全气节,最好别当官。像玉生兄这样闭门不闻窗外事,一心只读圣贤书,落个逍遥自在。”

“谭某苟且偷生,不值得效仿。”谭莹感慨万千,“百无一用是书生,要论气节,那些刀头舐血的会党倒是条汉子。”

一句话,满座沉默。上有清廷的腐朽统治,下有红毛鬼子的步步紧逼,这些熟读圣贤书的名流均感到一种不知今夕是何年的落寞。赵泰来瞥了一眼老介福，拍案道：“可惜我家二爷命丧龙头峰，无情剑变为有情剑，否则的话……”

“泰来兄，”徐灏连忙截住他的话，“你已经退出洪门，往事莫要再提。”

骆秉章虽然熟谙粤东民情，善于使用江湖手段解决难题，但他毕竟是在籍官员，不宜公开议论洪门。他朝伍紫垣拱了拱手，转移开话题：“其实要论富贵逍遥，崇曜兄才是神仙，起绝大园林，娶当世名伶，羡煞天下人也。”

小浩官面红耳赤：“骆大人莫要取笑，伍某一介草民，一只任人宰割的肥鹅，哪能和你们这些当官的相提并论？”

徐灏拿他打趣：“崇曜，你不是捐了个三品顶戴吗？”

伍紫垣不安地望着骆秉章：“我那是捐着玩的，不像爽官大人有意称霸上海滩。”

“浩官大人无欲无求，确实和‘卖鸡爽’不一样。”骆秉章道，“不过，伍兄台能娶陈大老倌做如夫人，骆某敬仰的紧，绝无取笑之意。红船人不做达官贵人的玩物，自唱自咏，浑然不把看客的心思放在眼里，结果反而颠倒众生，打得‘外江班’节节败退。昆曲和西皮二黄风靡京城，席卷大江南北，唯独在岭南吃了瘪，真真叫人难以思量。”

骆秉章从小在佛山堡长大，成年后又在金丝行会馆执掌教鞭十二年，对本乡本土的红船大戏自不陌生。他这番话说得隐晦，大家都明白他的意思——不事谄媚、崇尚气节的“本地班”大行其道，说明岭南这块土壤已经蕴含了巨大的变革力量。

近些年红船大戏的急剧扩张，与李文茂在江湖中的巨大声望密切相关。草根阶层已经不把红船大戏当作人生美梦观赏，而是将它当作生活的指南予以执行——有的人搬演忠义；有的人买一身明代衣冠藏在家里；更有甚者，许多外围堂口在唱戏的地方招募新丁，直接把开堂办会称为开台做戏。

红船对民众影响之大，远远超出了士绅名流的想象。

老介福由衷夸赞：“红船老倌唱的是真，打的是真，老百姓还能不喜欢？”

“哈哈。”骆秉章戏谑地笑道，“是尊夫人教你的吧？”

谭莹说：“老夫人唱功了得，堪比红船大老倌。”

“人常说戏棚亦真亦幻。”老介福得意扬扬，“实际上真为心，幻为体，要是让人家感觉到了假，唱腔再好、身段再美，终究难登大雅之堂。”

众人正在议论，伍香韬上气不接下气地跑进来：“五爷，五爷，陈大老倌要出园子。”

伍紫垣双手紧紧抓住他的肩膀：“你说什么？”

伍香韬擦了一把汗：“陈大老倌说要回琼花会馆，祭拜那块‘再生石’。”

“下来了，下来了。”伍紫垣喃喃道，“这回是真的从戏棚下来了。”

九月二十二黎明时分，万松园启开水闸，一支挂满灯笼的船队离开龙溪涌，越过回澜桥向佛山堡驶去。船队大约有十来条大小不等的船只，中间三条船是天艇、地艇和画艇，完全仿制红班规格。画艇上插着两面旗帜，一面是琼花旗，一面是玉蝉桃花旗。

秋夜的潮水，仿佛是打地心涌出来的哀愁，从严冬借来残雪，做旅客彷徨的路灯。世人震慑于江河的磅礴，极尽赞美之词，可有谁同情过她满身易碎的伤创？十二年前，陈罗婵驱赶着河灯来接她的情郎，如今情逝人亡，不堪回首。

阿梅嘴里含着一张红色胭脂纸，穿着水衣、绣花腰巾、粉裤、白裙坐在铜镜前，黎珍珠正在帮她梳大头。她轻轻地摆着手：“别弄了，去看阿婵姐换了什么戏装？”

黎珍珠道：“没换，还是那身绣花马面白裙。”

陈罗婵常穿的戏装有两套，一套是元帅大氅、龙纹令旗和雉鸡翎；一套是黄色凤帔、平金绣鱼鳞甲和绣花马面白裙。前者是《薛刚反朝》里纪鸾英的装扮，六年前，她曾经用这身戏装逼退过李文茂；后者是《霸王别姬》中虞姬的衣着，六年来，她以泪洗面，睹物思人，怀念那份不朽的爱情。

听说陈罗婵穿着饰演虞姬的打扮，阿梅松了一口气，叮咛黎珍珠：“珍珠，阿婵姐这次祭拜了‘再生石’，必定去兰花洲，你留心伺候。”

“真的会给大少爷上坟？”黎珍珠忐忑地问。

“兰花洲葬着易大老倌和二爷。”阿梅反问，“你说她能不去吗？”

对于陈罗婵来说，“再生石”是生命之根，易兰花是艺术之源，李文茂是永生之恋。她要重返人间，这三个心坎必定一一拜过，缺一不可。黎珍珠到了后舱，发现陈罗婵正取出一件缂丝彩云钉金绣金龙纹大袍给何小鸾观赏，后者招呼她："珍珠，快过来帮我扶着袍子，这是陈大老倌一针一线缝起来的，手艺绝不比顾文香和劳陆氏差。"

黎珍珠帮忙把龙纹大袍铺在戏箱上，只见大袍绣织得精美绝伦，叫人爱不释手。整件龙纹大袍齐肩、圆领、右衽、大襟、大袖，带水袖且前后开裾，蟒袍下幅装饰着常见的海水、江崖和八宝立水纹，通身以纳纱绣点缀流云飞蝠和八吉祥图，还配着一件黄缎子绣龙马褂。何小鸾摸了一会儿发现不对，戏台上的蟒袍背后绣有一个方印，上面是"借衣丐食"四个字，这件袍子的后面却光溜溜什么也没有。继续往下摩挲，立时吓出她一身冷汗：袍子的前胸、后背、两肩各绣着正龙一条，下襟前后各绣着行龙两条，右侧前襟里面还藏着一条行龙，前后左右加起来一共绣有整整九条金龙，所有的龙均为五条爪子——这已经不是什么戏台上的蟒袍，而是不折不扣的龙袍。

何小鸾的手发抖了："阿婵，你绣的是真龙袍？"

陈罗婵淡淡地说："难道阿茂哥还穿假的不成？"

船队逶迤前行，行驶得极其缓慢，下午时分，方抵近鹰嘴沙。

临海庙无言地矗立在前方，阿梅走到船尾，愕然发现不知道从什么时候起，伍家船队后面黑压压地跟了一溜儿船只。她问"铁桥三"："梁大哥，这是咋回事？"

梁坤落寞地说："他们都是从前在堂的兄弟，看到陈大老倌的玉蝉桃花旗，想起过去追随二爷征战的岁月，舍不得离开。"

阿梅发愁了："这么大的动静，阿婵姐心里岂不难受？"

阳光穿过深重的秋色，在陈罗婵头顶搭设了一座五光十色的戏棚。当世名伶一动不动地站在船头，六年前离开时，佛山堡是一个狂风暴雨的泽国。汾江河不忍目睹爱情的创伤，用厚厚的雨幕将天地包裹，难道这条有情有义的河流，知道自己有朝一日必定归来？

秋天最后一首歌不是肃杀，而是充满温情的召唤。从小河汊方向飘来丛丛白云，那是一群展翅翱翔的白鹈鹕，领头的是"长烈钻"。白鹈鹕围绕着画艇来回盘旋，"长烈钻"发出苍老而欢快的鸣叫，陈罗婵禁不住眼角湿润。"逃军和"与霍威师徒各驾舢板出了小河汊，来到伍家的船队前面，问"铁桥三"："阿坤哥，你们要去哪里？"

梁坤回了个礼:“四爷,陈大老倌专程来拜‘再生石’。”

陈罗婵在万松园足不出户,一晃就是六载,眼下来到琼花会馆拜“再生石”,下一步必定去兰花洲祭奠李文茂。“逃军和”抑制住心情的激动:“叶某马上去报信。”

梁坤慌忙摆手:“不敢劳动四爷大驾。”

霍威笑嘻嘻地说:“师傅,师娘在船上,还是我去报信吧。”

“阿威报信最好。”梁坤道,“四爷,你腾出手来劝劝后面的兄弟,别跟下去了。船上是陈大老倌不是二爷,天色不早,请他们早点打道回府。”

“逃军和”叹了口气:“叶某早被逐出洪门,有什么资格劝人家?”

伍家戏船与后面的船只组成一支庞大的船队,沿着汾江河浩浩荡荡地驶向琼花水涉。佛山堡的老百姓均识得这面玉蝉桃花旗,明白红船绝代名伶重出江湖,纷纷奔走相告。等船队到达琼花水涉,以林崇泰为首,伦青山、吴连、布文水、“独脚英”、梁清吉、“跛脚安”、桂老脸等人几乎倾巢而出,在避雨亭迎接陈罗婵的归来。

陈罗婵登岸施礼:“三爷,阿锦叔和长腿叔呢?”

为了夺回李文茂的灵柩,红船人血战郁江,峦城、平朗圩、乌蛮滩三战下来死伤惨重,柳三郎、刘耀、苏新、顾岩、庞兴仔、李长甫等人阵亡;冯西涌、李亚可、梁佩然、阳雪姑等人失踪;死里逃生的只有林汉朝、傅亚华、梁二娣、梁兰桂寥寥几个。“大花面锦”和龚石林奉命赶到郁江,在峦城、平朗圩、乌蛮滩三处打捞尸体,设坛打醮。眼下刚过了七七祭祀,须等百日大祭后才能返回佛山堡。

林崇泰回答:“他们还在粤西。”

陈罗婵悲怆地说:“为了他一人,死这么多兄弟姐妹,值得吗?”

林崇泰强忍住心里的悲伤:“阿婵,红船人最重的就是一个义字。当年你易阿妈为了寻找茂仔,踏遍千里苗山,身染蛇毒无怨无悔。这个义字是红船的魂,只要魂在,咱们红船人就永远死不了。”

布文水非常了解陈罗婵,知道她越是这样说,心里对李文茂的爱越不舍,委婉道:“茂仔的身子到今天四个多月了,依然栩栩如生,好像还有一口气在。阿真和大伙儿奋不顾身,就是相信他不会死,你不妨去兰花洲看一看。”

陈罗婵来琼花会馆拜“再生石”为虚，去兰花洲看望李文茂是真。她颤抖地说：“他要是醒不过来，岂不枉送了兄弟姐妹的性命？”

林崇泰道：“阿婵，咱们不说这个，你既然来了，把金丝面具和金马鞭收回去先。再过几天是‘华光诞’，各班的兄弟都派代表回来，你正好登台唱首本戏。”

作为视戏棚为生命的绝代名伶，陈罗婵是多么希望重返舞台，在戏棚的世界里做一只尽情飞翔的小鸟。然而此生尘缘已断，花影落尽天幕，她能够做的是在爱人复活以前，归还曾经的爱和信物，为那段美丽爱情画上一个圆满的休止符。

归来是为了告别，她已经不可能回到逝去的世界，尽管这个世界是那样的美好，那样的叫人肝肠寸断。陈罗婵婉言谢绝：“三爷，七娘，各位叔父，我是一个不忠不孝之人，枉费你们这么多年的关心和栽培。这辈子欠的债下辈子还，只要红船墓园肯收留我这个亡魂，我一定来世投胎，再做红船人。”

桂老脸忍不住老泪纵横：“伢仔，你干吗非要折磨自个儿？”

陈罗婵伏地而泣：“老脸叔，不是我折磨自个儿，是我对不起红船的老少爷们。”

布文水把她拉起来，泪流满面：“阿婵，你没错，那个女人确实没有死，茂仔就是因为她才甘领三刀六洞之刑。他已经以命抵债，难道你仍然记恨不成？”

“七娘，”陈罗婵抬起脸，“我若是心中怀恨，还能来看他吗？”

听说陈罗婵要去兰花洲看望李文茂，林崇泰大喜：“阿婵，这就对了。这些日子阿真想了许多法子，茂仔硬是不肯睁眼，老少爷们都说他心中有愧，当年辜负于你，因此魂魄在生死边缘徘徊，无颜聚合。”

“跛脚安”提醒：“阿婵，那个害茂仔性命的女人也来了，阿真不许她登岛，那个狐狸精就赖在船上死活不走。你要是不去，一旦茂仔睁开眼，功劳不成了她的？”

夜半之后，下起了迷离的雨，银洲湖上大雾弥漫，伸手不见五指。来往于主航道的商船纷纷挂起了灯笼，有的还时不时吹起角号，提醒其他船只保持距离。越是靠近崖门方向，咸湿的气息便越浓烈，雄浑而低沉的潮声越撼人心魄。

“逃军和”前去兰花洲报信，陈罗婵挺立在船头，目不转睛地扫视着银洲湖，试图寻找那个抢走了自己一生幸福的女人。昏暗的灯光照近不照远，照得见她的身影，却无力驱散前方的迷雾。爱与恨、生与死的终极密码靠的是声音而非目力，陈罗婵返回舱内取出瑶琴，没有弹云璈八曲，也没有弹《平沙落雁》，而是弹了一曲《虞姬巡营》：

大地跃飞龙，叱咤千军动；
腾云去直上云霄万千重，
霹雳呼雷电，雄心贯长虹；
仿佛舞长戈跃马军中，
似听山间走马，大王凯歌，率众兵勇；
舞此青锋剑，此心欢笑更看君酒兴浓；
如在帐中与君欢聚，一舞颂清风。
…………

解元公死后，陈罗婵的琴技天下无双。绝世名伶的心中有一丝不甘，如此卓绝的琴声为何不能抵消将要破空而至的筝声？为何不能留住情郎的心？

琴声如箭如梭，如一盏灿若星辰的红宝石河灯穿透重重雨雾，将皎洁的光芒洒向湖面的点点渔火。不一会儿，浓雾里钻出几条舢板，当先一条舢板上立着陈大威，抱拳施礼：“在下蔡李佛拳陈大威，奉师伯之命恭迎陈大老倌。”

阿梅道：“这位兄弟，陈大老倌正在抚琴。”

陈大威竖起耳朵，画艇的琴声袅袅而落。远处浓雾中，隐隐约约传来一阵筝声，秋日秋雨秋风里，曲子叫人好思量：

闻击柝，鼓三更，只见江枫渔火照住愁人。
几度徘徊思往事，劝娇不该好痴心。
风尘不少怜香客，罗绮还多惜玉人。

你话烟花谁不贪豪富，
做什么你偏把多情向往小生，
况且我穷途作客囊如洗，
就是掷锦缠头我都愧未能。
记得填词偶尔写个段胭脂井，
含情相伴你对着盏银灯。
你细问我曲中何故事，
我把陈后主个段风流讲过你闻。
讲到兵困景阳家国破，歌残玉树后庭春。
…………

第一百三十三回　一世三生

雨丝缱绻，海潮沉沉，破雾驶出一条篷船。船头吊着两只蕉叶罗伞灯，宛如两朵永不枯萎的石榴花，在灯影里明灭摇曳。鼓筝之人头戴日月冠，大袖罗衫外罩了件白色斗篷，赫然是那尊陶塑上的“食菜事魔教”女护法。

刹那间，陈罗婵心如止水，什么都明白了，对情郎的怨恨一扫而光。可以说，从李文茂来到这个世界的第一天起，“食菜事魔教”女护法便占据了他的心房，保佑着他平安成长。难怪这首《客途秋恨》能助其脱离走火入魔之险境，难怪他们二人从未谋面却心心相印，难怪他宁愿领受三刀六洞之刑也要救她性命。

他救的不是别人，正是他自己的心灵！

陈罗婵从“龙渊刀”拔出“栖凤剑”，天风海雨中顾影自怜，心生怅惘——月老既然已经在李文茂的心里刻画了一道无法磨灭的影子，为何又把红线拴在自己身上？

莫非戏棚敌不过人生？

不，不是这样的。与自己相比，眼前这个女人的故事才像天方夜谭，比戏棚里的传奇有过之而无不及。绝代名伶出怅惘入迷惘，一时分不清哪一段是戏棚，哪一段是人生。到底是人生战胜了戏棚，抑或戏棚战胜了人生？

几乎在同一时刻，谭李氏也看清对面船上陈罗婵的模样，通过琴声猜出了她的身份，起身施礼："是陈大老倌吗？"

谭李氏夺走了陈罗婵与李文茂的爱情，相思江那段孽缘要了李文茂的性命。但就是这样一位令绝世名伶刻骨铭心的女人，她的姓名和身世却还是一个谜。陈罗婵迟疑地问："你是邓家的千金，如何到了李家？"

邓丽娘抑制住心头的苦楚，低声道："奴家生来颠沛，命定陆离，与我族人的命运倒有几分契合。家母为'白头番'，家父顾忌声名，自幼将奴家寄养在锦田围邓家；十五岁那年瘴气荼毒，怕遭不测，又将奴家送到桂林李家。若以一世三生论，第一生叫阿娜希塔，第二生是邓丽娘，第三生称李丽娘。"

一世分为前生、今生与后生，邓丽娘心系大雾山之缘，将李家岁月化为后世。对于陈罗婵来说，她了解这个女人的次序正好相反——昔日经过相思江的时候，在楼船里鼓琴的千金小姐是李丽娘；在西海大寨和罗浮山询问"玉玲珑"的时候，情敌的名字叫邓丽娘；当爱情美梦化为泡影，两位断肠人相见，方知晓她的本尊为阿娜希塔。

"我见过你。"陈罗婵喟然而叹。

邓丽娘一怔："什么时候？"

"九年前我与他过会仙镇，你在楼船鼓琴，惊动了火龙珠。"陈罗婵望着湖面，仿佛是在问自己，"倘若早知这段情缘，他还会死在龙头峰吗？"

陈罗婵这句话颇有自责之意，不经意间绽露出她的胸怀和对李文茂的爱，邓丽娘禁不住大为感动："'人间亦有痴如我，岂独伤心是小青？'陈大老倌，情可教人生，亦可教人死。你是活人的菩萨，我是害他的罪人。奴家在此地徘徊不去，正是为了等你来救他。"

陈罗婵问："他真的没有死吗？"

雨水掠过船篷，打湿了邓丽娘动情的面庞："魂魄一世三生，所求无非一点灵光。痴情人找到真爱，他怎么会舍得放开魂魄？杜丽娘不过一介弱女子，死后尚且肉身三年不腐，何况他还是当今的武林至尊。"

"救他的不是我。"陈罗婵叹了口气，"是阿真。"

邓丽娘羞惭地低下头："夫人不让我登岛，她说他这辈子最愧疚的是你陈大老倌，还说他耳力奇绝，可闻大希之音。你若不用琴声召唤，他怕是无颜返回人间。”

易如真冒着九死一生的危险，从虎口里把李文茂的灵柩运回兰花洲，这一壮举折服了红船的老少爷们，也让陈罗婵钦佩不已。她摇了摇头：“他愧疚的是阿真，不是我。”

邓丽娘固执地坚持：“是夫人亲口说的。”

易如真把李文茂抢回兰花洲，救活的是丈夫，一个活生生的盖世英雄；陈罗婵用大希之音召唤魂魄，救活的是幻影，一段无法正视的美丽爱情。命运之手无情拨弄，在一世三生的罗盘中轻轻地拿自己做了牺牲，梅根，梅根，自己的根到底在哪里？想着，想着，陈罗婵的眼角又淌出了泪水：“姐姐，你的曲子他最爱听，为何不用筝声将他的魂魄唤回？”

邓丽娘脸上露出一丝笑容：“阿婵妹子，他曾经对我许下了诺言，假如阵前不死，十年之后出红尘，必来相思江迎我。”

为了一份从未谋面的爱情，邓丽娘苦苦守候了十一年；现在又要为一个空洞的诺言，甘愿在相思江上做十年寂寥的渔火。刹那间，陈罗婵鼻子一酸，对她升起了无限的同情：“他死前发下三大誓，原来是为了这个诺言？”

邓丽娘神情黯然：“他在相思江创制了一套剑法，比‘逍遥剑’更动人心魄。这套剑法倾注了他毕生心血，说是给我，其实是给妹子你的。”

陈罗婵有些不相信：“何以见得？”

邓丽娘道：“这套剑法与‘龙渊刀’相得益彰，他原本起的名号是‘栖凤剑’。”

陈罗婵低头看着手里的“龙渊刀”和“栖凤剑”，失神地问：“后来叫什么？”

邓丽娘回答：“相思剑。”

两个可怜人中，李文茂留给邓丽娘的尚有一个承诺，给陈罗婵却毫无交代。正当红船名伶自艾自怜之际，忽然听到邓丽娘这席话，一时痴呆。她右手持“龙渊刀”，左手拿“栖凤剑”，来回在船头踱步，口中念念有词：“栖凤，相思？相思，栖凤？”

“琴瑟合”为冼红玉留下来的遗物，在“小元霸”心中重逾泰山。李文茂在临死前透露的这个信息，表明他心底深处对陈罗婵的深深眷恋。回想起往昔那么多美好的岁月，情郎两度被自己逐出万松园，绝世名伶情难自持，挥剑而歌：

无情无尽恰情多，情到无多得尽么？
解到多情情尽处，月中无树影无波。

这首《江中见月怀达公》描述了情到尽头的无奈，以此度之，则《牡丹亭》完全是清远道人汤显祖对爱情的渴望和升华。此时此刻，陈罗婵终于懂得了苏仁山当时的心境，明白爱情圆满之难得，明白痴情者自身就是点亮黑夜的渔火。

远处，石鱼岛和兰花洲方向角号低鸣，隐约有船只驶来，看来有人前来迎接。陈罗婵指着船上悬挂的蕉叶罗伞灯："姐姐，这盏灯是你亲手所制？"

"芳心只愿常依旧，无奈人生如朝露。"邓丽娘低低叹息，"阿婵妹子，灯儿娇嫩，旦夕摧残，只比梦长那么一点点，与灵光何异？"

秋夜的银洲湖神秘莫测，波痕犹如罗浮山飘落的枫叶，色彩与叶体分离时，那种透骨的冰冷难道不是灵光吗？陈罗婵因景生情，豁然顿悟，灵光是什么？她就是美丽的梦幻，就是燃烧的希望，就是将一生付诸实施的诺言，就是穿越时空的旋律和悲鸣。

这何止是武学之道，分明是情天恨海。

假如天地是一座大戏棚，永恒的主题不正是这道灵光？命运手中的灵光是一柄金斧，生生地把属于陈罗婵的爱情剁为三截——一截是今生，姻缘给了易如真；一截是来生，诺言给了邓丽娘；一截是前生，留给陈罗婵的，只有充满了惆怅无尽的回忆、回忆、回忆。

陈罗婵大彻大悟，不再有任何抱怨，劝道："姐姐，阿真马上就到，你大老远来了，应该上岛去看他一眼，应该用筝声唤醒他。"

"不必。"邓丽娘含着泪说，"这些天我日日拨筝，他早就听到了我的声音，他现在等待的是你的琴声，你的呼唤。他在我手里送命，阿真妹子冒死将他抢回粤东，红船折了那么多兄弟姊妹，我有何面目去见阿真妹子？"

陈罗婵问："你要去哪里？"

"回相思江。"邓丽娘回答，"十年后我在那里等他，只要这灯儿不灭。"

篷船随风而去，天色微明，雨丝渐驻，远处传来一阵筝声，歌曰：

稽首慈云大士前，莫生西土莫生天；
愿为一滴杨枝水，洒做人间并蒂莲。

恩爱已成往事，并蒂莲的梦想在人不在己。陈罗婵回到舱内，默默端坐在瑶琴旁，听完筝声后纤指微拂，和了一曲《桃花扇》，诗曰：

英雄不得过江州，魂恋春波起暮愁；
满眼青山无葬地，斜风细雨打船头。
…………

易如真在兰花洲接到叶二和送来的口信，得知陈罗婵夜访银洲湖，欢喜异常，立刻和阿幺两个撑了一条舢板前来迎接，黄三全和卢新等人随后率船护卫。这时，天光初放，万道金光敷设于湖面，阿幺听到琴声，不禁潸然泪下："没错，是阿婵姐。"

《桃花扇》是易兰花当年的首本戏，亦为李文茂与陈罗婵爱情的见证，琴声沉郁，每一声都倾吐着陈罗婵压抑已久的胸臆，同时流露出近乡情怯的犹疑。易如真理解她的心情，从腰间取出铜笛，吹了一曲《五湖游》：

去国逢青眼，还家尚黑头，东皇有主花如旧。
龙菜忘归今已久，芙蓉出水依然秀。
柳色青青在手，眉黛劳君，雅似吴山云岫。
…………
年华凭落木，生事任孤舟。
试看水鸟双双原有偶，一任取草萋萋江上愁。
想当初年少啊，待唾手定神州，须臾谈笑取封侯。
人情翻覆几时休，那其间可自由？
因此上把雄心都付与大刀头。

到了画艇近前，只见玉蝉桃花旗迎风飘展，卢新、黄三全手下的洪家兄弟见到这面旗帜莫不情绪激动。易如真道："阿婵姐，快回家吧。"

陈罗婵注视着邓丽娘远去的篷船，叹道："世间唯有情难诉，缘分自有天注定。阿茂哥的死不能怪她，阿真，你该让她上岛见阿茂哥一面。"

在阿幺的心里，只有红船姐妹才配得上李文茂，因此对邓丽娘耿耿于怀，恨恨道："要不是因为这个扫把星，大少爷不会死在龙头峰，咱们班里也不会死那么多人。"

陈罗婵忙问："西涌哥和雪姑还没找到吗？"

"西涌哥没有音讯。"易如真痛苦地说，"倒是雪姑身无大碍，居仁里的温老五从平乐府替她捎话回来，说武艺已成，她要亲手宰了那个姓黄的。"

陈罗婵吃了一惊："姓黄的武艺高强，在粤西武林是大名鼎鼎的高手，雪姑孤单单一个人前去寻仇，那不等于是送死吗？"

苏仁山被苏氏家族"出族"后，对自己那段名存实亡的婚姻心灰意冷，时常独自一人去粤西游历。阳雪姑不愿再辜负情郎，经历了乌蛮滩的劫后余生，决心向黄泰冲复仇，以便早日回到苏仁山的怀抱。阿梅和阳雪姑感情最深："师傅，你又不是不知道雪姑的脾气，她要是肯假他人之手报仇，那个姓黄的早死了十回八回。"

姐妹几个哭哭笑笑，诉说衷肠，一直说到天色完全放亮，骄阳悬挂中天。刚才还沉溺在忧郁中的银洲湖，忽然容光焕发，犹如冰山崩塌，到处都是白花花的雪浪，红彤彤的霞装。深秋的银洲湖美不胜收，一半是白色的桃花，一半是红色的枫叶。这美景宛如璀璨的戏棚，又像一个失而复得的幻梦。夜作流花昼作雾的雨息，将漫天甘霖播撒于孤苦人的心田，驱散了往昔的愁与怨，温暖了游子归来的脚步。

伍家船队在石鱼岛下碇，陈罗婵和阿梅在易如真、阿幺的陪同下登上兰花洲。舢板缓缓靠近石码头，湛碧的竹林下，首先映入眼帘的便是易兰花的坟茔。陈罗婵撩开黄色凤帔和绣花马面裙，跪倒在地，从阿幺手里接过三炷香，恭恭敬敬把香插入坟头。

"阿妈，女儿未能床前尽孝，特来谢罪。"陈罗婵蓦地从"龙渊刀"里抽出"栖凤剑"，割破右手三指，沥血于坟，放声大哭，"你老人家泉下有知，睁开眼看一看你这个不懂事的闺女，看一看这个不孝的女仔。”

陈罗婵琴技天下无双，十根手指贵重无匹，如今以剑割指，显见心痛非常。易如真心疼地掏出手帕，一面帮她包扎，一面擦着眼泪：“阿婵姐，你受了委屈出走，阿妈总觉得对你照顾不周，临走之前念念不忘，她是死不瞑目啊。”

陈罗婵的手触到埋在地里的竹管，哽咽着问：“我师傅来过？”

“嗯。”易如真点了点头，“解元公当年布下十二根律管，弹琴给阿妈听。后来玉娘姐利用这十二根律管，让阿茂哥吹笛子以气驭音，替她阿妈传话。”

陈罗婵曾经跟着师傅何惠群学过“律管飞灰”，对这门失传的绝学并不陌生。她拔出一根竹管，握在手里细细地观察，虽然里面没有了最重要的管膜，但是师傅那颗炽热的心，却似乎依旧在竹管里跳跃。用律管为亡魂传音，一张瑶琴和一支铜笛贯穿天、地、人三籁，本是爱情飞纵千里的绝技，如今却变成了两代人失意的挽歌，教人情何以堪？

情字难诉，真正勘破这层关节的人非易兰花莫属——她将毕生芳华许给红船，踏遍千山万水寻找李文茂，身遭蛇毒而至死不悔；她把所有的本事倾囊相授，手把手调教出新一代红船绝世名伶，拱手相让金丝面具和金马鞭，这份情才是真正的至情。广而推之，前有李敬南夫妇和郭锡保，后有冯西涌、庞兴仔、李亚可、李长甫和“红船八斗官”，哪位红船兄弟姊妹不是至情至性、情义如山？

想到这里，陈罗婵对自己的任性深感羞愧，红船兄弟姐妹舍己忘我的精神，远非自己与何惠群可比。十二根律管穿透阴阳两界，传递大希之音，如此惊世骇俗的绝技，难道仅仅是为了向逝去的梦中人表达衷肠吗？

瑟瑟秋风里，红船名伶怅惘不已，她多么希望把那个负心郎唤回人间，细细询问，为何他要自刺三刀六洞？

祭拜过易兰花，姐妹四人穿竹林来到兰花圃。白墨素好似丛丛刀剑，守卫着一座典雅的木制六角凉亭，楠木棺敞开盖子静静地躺在亭子里。易如真介绍：“阿婵姐，你看，这亭子的围栏雕了好多戏，都是阿茂哥喜欢的。”

陈罗婵细细望去，发现六角凉亭围栏雕刻的尽是描述英雄人物的折子戏，像什么《荆轲刺秦王》《李元霸伏龙驹》《芦花荡》《五龙困彦》《挡谅》等等，人物造型栩栩如生，线条极为优美。她问道：“谁家的手艺？”

“黄掌柜的。”易如真回答，“四和兄弟打帮手。”

当初，黄广华还是一个刚从乡下来的小木匠，呆头呆脑没见过什么世面，连十三太保李存孝和黄天霸尚且分不清楚。十二年过去，他的木雕手艺不但脱胎换骨，而且对戏中人物的灵魂皆有精确的把握，叫人刮目相看。陈罗婵眼底风云过，回眸四海空，压根没想到黄广华能有这般突飞猛进，全然得益于六年前她不经意的指点。

楠木棺材里是黑青花石棺，黑青花石棺里躺着负心的人。陈罗婵俯下身子，从白墨素旁边掬出一捧黑色的泥土，泪珠止不住扑簌而下——这捧泥土饱蘸着易三娘的血液，里面曾经浸透了蚺蛇剧毒，谁能想到却造就出抗毒的白墨素？

天机玄妙，心机更在一念之间。

“小元霸”静静地躺在石棺中，头戴太子盔，身披黑色钉金绣的大氅，束英雄丝绦，扎箭衣大带，蹬万里征云靴。陈罗婵对这套装束十分熟悉，当年她绣夫子盔，目的正是为了换掉太子盔，把李文茂从易三娘手里接过来。谁知造化弄人，半路杀出一个神秘的邓丽娘，夫子盔最终没有敌过太子盔。

来时那么多怨，如今去了何方？

陈罗婵凝视许久，长叹一声：“阿妈说得对，红船才是他真正的家。”

易如真劝道：“阿婵姐，回来吧，大伙儿都在盼你呢。”

阿幺、阿梅一起说：“对啊，回来吧。”

“香美人”的相貌活脱宛如易兰花再世，陈罗婵被刺得眼花缭乱。过去，因为易如真酷似易兰花，李文茂对她敬而远之，把爱情集中在陈罗婵的身上；现在，经过命运拨弄，易如真鬼使神差地成为李文茂的妻子。

爱，到底遵循着什么样的轨迹？

男人三妻四妾，世所常见。但是对于陈罗婵来说，自从她遁入万松园委身伍紫垣，这样的机会早已消失，她不可能再回到红船破坏易如真的幸福。绝世名伶掩饰住心底的痛，对姐妹们强作欢颜：“我进了伍府，阿妈一怒之下断绝来往，师傅走了以后她离开广州城，不知道去了哪里。我要把她找回来，以尽孝道。”

这个理由堂而皇之，大家无话可说。阿幺道：“阿婵姐，你既然来了，那就赶快用琴声把大少爷救过来吧，免得夜长梦多。”

一道崖门隔开两个世界，南侧是浪卷浪舒的无垠瀚海，北侧是沉浮荣枯的千山万水。要想从缤纷落叶中看清秋日的面目，唯有悄然远离，等待繁华落尽。陈罗婵离开喧闹的红尘已经整整六年，目光如炬，终于看清了自己的路。人间至情无仇怨，易兰花为她指引了方向——绝代名伶的一世三生，唯有献给红船才配得上她们的光彩。

戏棚是落入凡尘的灵光，她把最美丽的色彩带给惶惑的眼神，她把最动听的声音带给窒息的耳廓，她把最纯洁的火焰带给不屈的心灵。陈罗婵在万松园为自己搭建了一座戏棚，栖息她那颗漂泊无依靠的心。为了易如真的幸福，她无法回到心爱的红船，但是她希望把曾经的爱人送回红船，送回普天下至情至性的那群人中。

兴许六年来，她一直在等候着这个使命。

陈罗婵用手轻轻地摸了摸李文茂的面孔，纤纤玉指不自觉地一颤——情郎脸上的肌肉丰满结实，比记忆中更富有弹性，他是在等待自己的召唤吗？

易如真忐忑地问：“阿婵姐，你说他能活过来吗？”

当易如真率众前往大明山时，她对丈夫能够死而复生充满了信心；当易如真在乌蛮滩血染征裙、准备拔剑自刎时，她心底之火顽强不灭；唯独到了陈罗婵面前，她失去了自信。陈罗婵明白在易如真的心里，自己还是那个无所不能、可以依靠的大姐姐。一股暖流涌上心头，绝世名伶出言安慰：“阿真，你为他舍生忘死，那么多的兄弟姐妹不会白白流血，你看他像是死了四个多月的人吗？放心吧，他一定会醒过来。”

阿幺发愁地说：“魂魄迟迟不聚，叫人多担心啊。”

易如真一头扑在陈罗婵的怀里，哭泣道：“阿婵姐，他这辈子最对不起的人就是你。你若不肯原谅他，他哪有脸面回到人世？”

“别哭了，阿真。”陈罗婵紧紧抱住易如真，强忍不让泪水掉下来，“你，我，阿茂哥还有红船的老少爷们都是亲人，大伙儿能拼着命去救他，我岂能袖手旁观？”

易如真拭去泪珠，呜呜咽咽地哭个不停：“阿婵姐，这些日子我一直在等你，我知道你一定会来。那个女人是‘食菜事魔教’护法转世，阿茂哥为了她宁愿三刀六洞，我真怕她的筝声把阿茂哥唤回来，你知道吗？”

陈罗婵恍然大悟，闹了半天，易如真坚持不让邓丽娘登上兰花洲，原来是暗地里怀了这么一份心思？绝世名伶的泪水禁不住夺眶而出，把易如真抱得更紧了：“好妹子，我们一起把他唤回来，唤回来就不要再让他走，他生是红船的人，死是红船的鬼。”

易如真泪汪汪地问：“阿婵姐，你说，他还会去找那个女人吗？”

李文茂许下邓丽娘十年之约，不可能不去兑现这个诺言。望着易如真忽闪的大眼睛，陈罗婵心里有说不出的惆怅：“你救了他的性命，他这辈子就是你的，你说了算。”

“阿茂哥既然喜欢她，说明上辈子欠着她一份尘缘，妹子不拦着。”易如真道，“他愿意找谁都行，只要别去找死，平平安安地，我就喜欢。”

“香美人”一席朴实无华的真情流露，尽显善良温柔的天性，对争强好胜的陈罗婵无异于当头棒喝。至情至性是什么？便是这一种无私的亲人之爱。

恍惚之间，绝世名伶觉得台上台下何有异？一世三生，命分有定，她、易如真和邓丽娘各自像三出大戏里面的女主人公——《桃花扇》是陈罗婵的首本戏，她最钟爱的角色除了虞姬便是李香君，那份清绝千古的爱雕塑了她的人生，而哀伤的结局亦是如此的相似；“香美人”用行动证明她配得上这份姻缘，注定与李文茂比翼双飞，像《长生殿》里李隆基、杨玉环那样恩恩爱爱过幸福的日子；邓丽娘简直是《牡丹亭》里杜丽娘的翻版，她的爱情自一曲飘着筝声的梦开始，到一段十年相约的梦结束，一生注定生活在梦里。

情字难诉亦难消，陈罗婵拥有李文茂爱的前生，实质上已经形塑了其爱的选择，两颗心水乳交融，百般消磨而不去。绝世名伶追求的便是这种清冽的爱情，不愿意掺杂任何浑浊，求仁得仁，夫复何求？

“大少爷三刀六洞，辞别洪门、江湖和武林，不会再有什么刀兵之灾。”阿幺说，“你们俩想想办法，尽快把他唤醒。”

易如真问：“阿婵姐，用这十二根律管吗？”

陈罗婵把那根拔出的律管插回原处：“这门绝学极其玄妙，我虽然跟师傅学过,可惜尚未窥其堂奥;另外,我的琴术也比不过师傅,未必能穿透三籁。”

阿幺问:“少爷耳力奇绝,难道他听不到你的琴声?”

耳力再好,穿透阴阳两界却是一句笑谈,何况李文茂眼下生死未卜。人如果死了,耳力还存在吗?见陈罗婵沉默不语,易如真的心“咚咚”地跳个不停:“阿婵姐,没有别的办法了?”

“办法自然是有。”陈罗婵抬头看了看天空,“假如‘囚龙草’在就好了。”

阴阳相隔,魂魄飘散,耳力听不到心的呼唤,唯一的办法是借助跨越三界的神物,召唤李文茂魂魄归来。六年前,陈罗婵为了探寻李文茂心归何属,将“囚龙草”还给了命运。易如真抓住陈罗婵的胳膊:“阿婵姐,那草儿能来吗?”

陈罗婵道:“今夜三更,我用云璈八曲唤他回来。”

绝世名伶胸脯微微起伏,大家听出她这句话有双重含义,名为召唤“囚龙草”,实际却是招魂李文茂。世间最精妙的曲子莫过于解元公所制的云璈八曲,这八首曲子是陈罗婵献给爱情的生命之歌,能够唤来“天灯”,还怕唤不回来一介魂魄?

小雨淅淅沥沥又下了起来,雨天多雾,湿气和雾气都会影响十二根律管的效力。阿幺不高兴地骂道:“死老天爷,专门和咱们过不去。”

易如真忧心地问:“阿婵姐,下雨没事吧?”

“没关系,银洲湖和罗浮山一样为通灵之地。”陈罗婵回头望了望崖山祠方向,语气坚定地说,“当年崖山一战,二十万宋人齐投海,矢志不做亡国奴。二十万忠魂塞了海眼,迄今灵光粼粼,雨雾焉能遮盖?”

姐妹们彻底把心放进肚子里,高高兴兴地回屋取来斗篷蓑衣,并向陈罗婵献上乐器——易如真呈递铜笛,阿幺捧过琵琶,阿梅抱来瑶琴。陈罗婵建议:“三更天且早,咱们不如轮流抚曲给他听,省得他一个人孤单。”

阿幺拍手叫好:“对,给少爷唱大戏,把他的心留在红船。”

易如真道:“阿婵姐,你来先,我们都想听你的《桃花扇》。”

作为首本戏,陈罗婵能将整本的《桃花扇》倒背如流。李文茂在大明山龙头峰绝命时曾经以诗和剑,吟诵过《桃花扇》的结尾诗。陈罗婵隐隐约约猜出这首诗与邓丽娘有瓜葛，她不理解李文茂为什么要把属于自己的桃花赠给他人？

抚摩琴弦的手稍嫌沉重，想从音乐中探寻答案，得到的却是更深更浓的迷惘：

渔樵同话旧繁华，短梦寥寥记不差。
曾恨红笺衔燕子，偏怜素扇染桃花。
笙歌西第留何客，烟雨南朝换几家？
传得伤心临去语，每年寒食哭天涯。

这支断肠的悲歌无人敢唱，唯独绝世名伶有这个权力。易如真偷偷拭去泪水："今天是个喜庆的日子，我来一首《长生殿》。"

谁令醉舞拂宾筵，上界群仙待谪仙；
一曲霓裳听不尽，香风引到大罗天。
看修水殿号长生，天路悠悠接上清；
从此玉皇须破例，神仙有分不关情。

《长生殿》的作者洪昇喜欢集诗，这首结尾诗便由八位诗人的佳句集成。易如真唱罢接下来是阿幺，她唱的是《娇红记》的结尾诗：

燕子楼前月色冥，鸳鸯冢上柳树青；
百年秋景愁常在，一阵春酲梦未醒。
旧谱几经才士赋，新词只许美人听；
从今看彻三生事，莫为情多发渐星。

旁观者清，阿幺虽然是一个瞎子，但似乎比明眼人看得还要清楚。陈罗婵和易如真默默地对视一眼，不约而同地给阿梅派了一首曲子——《牡丹亭》。

杜陵寒食草青青，羯鼓声高众乐停；
更恨香魂不相遇，春肠遥断牡丹亭。
千愁万恨过花时，人去人来酒一卮；
唱尽新词欢不见，数声啼鸟上花枝。

波痕是大海的落叶，秋风逡巡在崖门内外，似乎舍不得银洲湖的歌声。四个姐妹你一首我一曲，直唱到黄昏寂寥、弦儿乏力，方才罢歌歇息。阿梅和阿幺起身点燃长明灯，从六角凉亭挂到竹林和码头，为李文茂还魂做最后的准备。

陈罗婵将“琴瑟合”递给易如真：“阿真，给你。”

易如真慌忙推托：“不不，这是阿茂哥给你的，我不能要。”

“我与他今生姻缘已断，留它干什么？”陈罗婵苦笑着说，“这把兵器是冼阿妈传给阿茂哥的，你是他明媒正娶的妻子，你不拿谁拿？”

易如真坚辞不受，反而苦苦央求：“阿婵姐，回来吧。”

“我要你答应一件事。”陈罗婵说。

易如真问：“什么？”

陈罗婵打开包袱，露出那件缂丝彩云钉金绣金龙纹大袍：“阿茂哥是一道灵光，是天上真龙转世，让他穿上这件龙袍，大摇大摆地回来。”

“香美人”低头摩挲着这件陈罗婵用六年心血绣织的龙袍，深深地被震撼了。绝世名伶依旧是那样的孤傲，那样的倔强，绝不肯向命运和红尘低头。在陈罗婵的心里，戏棚和红尘的关系完全颠倒了过来——戏棚为本，红尘为末；戏棚为枝，红尘为叶；戏棚为真，红尘为假；戏棚为体，红尘为用；戏棚为心，红尘为影。如此骄傲的女人，所爱的必是一位盖世英雄，要穿就穿真正的龙袍，而绝不会去穿什么“借衣丐食”的蟒袍。

灯光燃起，姐妹二人脱下李文茂身上的黑色钉金绣大氅、英雄丝绦、箭衣、大带，取井水为李文茂擦净全身，然后换上了缂丝彩云钉金绣金龙纹大袍。“香美人”正要把太子盔和雉鸡翎收起来，陈罗婵拦住她：“不，留下这顶盔子。”

易如真不解地问：“龙袍如何配雉鸡翎？”

陈罗婵脸上露出一丝笑意：“阿茂哥是盖世英雄，当然要与众不同。”

夜幕笼罩银洲湖，三更时分，绝世名伶抚琴而歌。“泛霞”“洗觯”“酿泉”“梦梅”“煮石”“云根”“浮海”“何处别问津”一曲接一曲飞向夜空，好似一棵棵燃烧的红枫，绽放于令人心悸的深秋。这些曲子具有叩问天籁的神奇力量，能把歌者的心愿织成一座浮桥，将深爱的人从彼岸引回此岸。

这是叫人断肠的神曲，爱人回归之日，即为自己离别之时。绝世名伶合上双目，她的心多么希望把黑夜拉得更长一点，她的手多么希望把琴弦拉得更长一些，她的泪多么希望把快乐拉得更长一些。

风在身旁呼呼地刮，夜是那样的孤独，归来的人啊，你为什么一言不发？

红泪之中，银洲湖幻化成罗浮山，青鸟红梅，枫林蜩蝉，像蝴蝶一样翩翩翻飞。在大地沉默和死寂的那个瞬间，天边出现了一丛细长柔美的玉草，紧接着雷声大作，万道霞光自湖底喷射而出，湖面上的夜幕被撕开了一条大口子。那不是霞光，而是漫天流散的血花，血花凝聚成一条九爪赤龙，追随“囚龙草”冲向兰花洲。

易如真和阿梅一起惊叫：“呀，怎么是赤龙？”

绝世名伶停止拨弦，怆然而泣：“赤龙蛰伏大地，阿茂哥劈断束缚，纵之复归九霄，难道它不该道一个谢字吗？”

第一百三十四回　洋货买卖

陈罗婵跨出万松园，红船的老少爷们儿无不欢欣鼓舞。琼花会馆在冬月初五那一天，召集各班大老倌在琼花直街举办隆重会演，替这位拥有金丝面具和金马鞭的绝世名伶庆生。会演结束后大家各归本班，梁兰桂随“凤凰仪”班进万松园赴台期，梁二娣则搭乘“富春喜”班的船返回佛山堡。船到黄竹岐村下碇，梁二娣发现梁德荣驾着一条舢板摇摇晃晃地驶来，遂站在岸上大声招呼：“阿荣，我在这儿。”

宁二少死后，梁德荣没了师傅，梁兰桂、梁二娣和黄华宝三人把他接了过来，继续传授他红班拳和六点半棍，是以有师徒之份。梁兰桂和梁二娣在平朗圩殊死搏杀，全部挂彩，其中梁二娣伤得比较重，后背、屁股、大腿中了七箭。回到佛山堡的这段日子，梁德荣从筷子街的各大药铺里给他弄了不少方子。比较来，比较去，还是梁芳长家的“破腹散”最管用，梁德荣每隔三日给他换一副药贴，把梁二娣的伤口治愈了个七八成。

梁德荣停船靠岸：“师傅，不是说好了在广场接你吗？”

黄竹岐村位于省城通向佛山堡的黄金水道，与商馆广场不过一箭之遥，翘起脚尖能看到白鹅潭“粤雅堂”的房顶。梁二娣道：“‘富春喜’班在这里出台期，今天是林大老倌的首本戏《挑滑车》，看了戏再回去。”

“林大老倌？”梁德荣吃惊地问，“他的伤好了？”

林汉朝在横州城下受伤不重，不过，伤的不是地方——脸上被刀划了一个口子。梁二娣叹了口气：“好是好了，就是破了相。”

梁德荣羡慕地说：“破了相也是大帅哥。”

梁德荣跟随宁二少习武不但没学到什么真把式，反而练坏了眼神，最近干脆连头壳也开始不好使。一套六点半棍法死活掌握不了法门，梁二娣无可奈何，脱口而出：“那倒是，反正你眼神不济，破了相也看不着。”

这句带着几许刻薄的话一出口，梁二娣立刻感到后悔，这哪像当师傅的该说的？梁德荣还没有反应过来，舢板里突然冒出一个圆咕隆咚的方头壳：“错了，错了。”

梁二娣仔细一看，原来是斜眼结巴郑流利，不觉气恼地问：“你带他来干啥？”

梁德荣胆怯地回答：“师傅，我眼神不好，请流利哥帮忙指路。”

“瞧你找的这鸟人。”梁二娣气哼哼地说，“‘葫芦发’呢？”

“师伯刚从粤北修道回来，师叔陪着他给师傅上坟。”梁德荣回答，“阿发哥和阿威哥在商馆广场接他们，说好了一道回去。”

梁二娣吩咐：“这样吧，你接他们来黄竹岐看戏。”

舢板慢慢向商馆广场漂去，忽然，一阵“突突突”的轰鸣声传来，小舢板被铁甲轮船激起的波浪晃得左右摇摆。梁德荣惊恐地问：“是‘水上飘’？”

郑流利没有说话，看来确为红毛鬼子的铁甲轮船不假，二人蜷缩在船舱一动不动，直到铁甲轮船在江心绕了三圈，耀武扬威地离去。梁德荣伸着耳朵听了听，刚准备划船，郑流利突然嚷道：“错了，错了。”

梁德荣慌忙停手，只听金鼓大作，炮声隆隆，前方出现一支威武的舰队。梁德荣虽然看不清船上的旗帜，但凭这份虚张声势的做派，他明白，必为广东水师无疑。

最近以来，广东水师的战舰频频向西进发，显然是为了对付计划在“红阳劫运”年底大举起事的洪门。梁德荣没好气地骂道：“这群欺软怕硬的烂蟹，任由红毛鬼子的‘水上飘’在眼皮子底下横冲直撞，哪像什么官军？”

郑流利道："错了，错了。"

梁德荣叹了口气："流利哥，我知道你心里清亮，不像别人说的那么傻。可你也不能老是把这两个字挂在嘴边，该吱声的时候吱声，休当闷嘴葫芦。别的不说，冲你们父子出面掩埋'阴阳生'的尸骨，就够得上仁义二字，我服气。"

郑流利低下头："错了，错了。"

梁德荣问："有人说你知道'测阴珠'的下落，对不对？"

郑流利猛地抬起头，急赤白脸地说："错了，错了。"

梁德荣盯着他的眼睛问："那个红牙玉板呢？别人都忘了，我师叔可记得。"

郑流利声音变得比蚊子还小："错了，错了。"

没办法，江山易改，本性难移，要想让郑流利不说这两个字，那真是难于上青天。然而话又说回来，这两个字代表着斜眼结巴对人世的批判，代表着他心灵最后的尊严，不让他说这两个字又让他说什么？梁德荣把船划到广场码头，嘱咐道："流利哥，你在这儿等着，我去请师伯和师叔他们。记住，别乱跑。"

郑流利点了点头，总算没有再说那句叫人头皮发麻的口头禅。

和"葫芦发"、霍威约好碰面的地方是同文街的蓝阁，梁德荣走到小溪馆，被在墙角打把式卖药的赖汉英叫住了："少掌柜的，少掌柜的。"

赖汉英卖的药，除了少数是自己炮制的以外，其余大多数购自省城和佛山堡的药铺，与梁德荣自不陌生。见他正在收摊，梁德荣好奇地问："汉英哥，咋不摆了？"

赖汉英挥了挥手："去黄竹岐看戏，林大老倌的《挑滑车》。"

梁德荣一眼瞥见了税馆门口的何壮昭和刘端湛，问道："就为了看戏？"

"我们倒腾点洋玩意儿，"赖汉英压低声音，"广场不太平，眼下都在黄竹岐接船。"

梁德荣抱拳道："汉英哥，到了黄竹岐，我请你吃酒。"

为了修炼"枫子鬼"，找回那颗迷茫的心，王山公从罗浮山开始，西樵山、鼎湖山、丹霞山等名山一一踏遍。上个月回到佛山堡，想起殒身旗阵的宁洪崖，悲伤难禁，与叶二和两人请了“喃呒会馆”的法师，在罗江畔设坛打醮，祭奠亡魂。

祭奠完毕，兄弟二人谢绝了“兴义堂”和“义德堂”的挽留，去陈村看了看刚从南洋贸易归来的杨壮达，然后沿着龟岗岛、白鹅潭、黄竹岐一线回家。这条线路过去属于“德礼堂”控制的地盘，现在拱手让人，被沿江各家地主武装切割蚕食，联想到“兴义堂”和“义德堂”的兴旺发达，两位前“德礼堂”龙头心里很不是滋味。

“阴阳生”死后，“枫子鬼”逐渐割断回忆，与王山公基本上能做到心心相印。如果说两颗心之间仍有一丝隔阂的话，那便是来自“测阴珠”。为了安抚小木头人的爱情，王山公在蓝阁定做了一架铁笼子，外面罩了一圈玻璃画，画面上清一色是金发碧眼的红毛女人。

“逃军和”狐疑地问：“这行吗？”

“有什么不行？”王山公笃定地说，“红毛女人镇飞头鬼，正好配对。”

“逃军和”啼笑皆非：“万一飞头鬼是个母的呢？”

“我再订一架木笼子。”王山公道，“让你兄弟雕上戏里的二花面，难道镇不住她？”

提起二花面，“逃军和”问：“听说二爷还活着？”

陈罗婵离开兰花洲以后，易如真便封了楠木棺材，埋入坟茔，从此谢绝任何洪家兄弟登岛祭拜。江湖中传说纷纭，由于谁都没有见到李文茂本人，对他的死活莫衷一是，王山公叹了一口气：“活着又能咋样？他不会再管咱们了。”

“逃军和”嘟囔：“大龙头也不知道在哪儿？”

陈开退出堂口后神秘莫测，有时候在古劳围，有时候在梅基村，跟谁也不打招呼。王山公鼻子里“哼”了一声：“黄纨卿和梅家少奶奶那群野娘们儿成日厮混，又自梳当了姑婆，大龙头迷上了这号女人，只怕将来晦气得很。”

黄纨卿再晦气，也比麻风丐强一万倍。“逃军和”不爱听这话：“晦气就晦气，反正他现在不当大龙头，怕啥？”

“我的话你怎么就不信呢？”王山公瞪着眼珠子，“二爷为什么三刀六洞？不就是因为一个女人吗？二少为什么死得这么惨？不就是因为一个女人吗？”

“逃军和”好奇地说：“王老爷，你咋学阿发的腔调？到底谁是师傅？”

王山公脸一红：“我才没有这号蠢货徒弟。”

两个人絮絮叨叨地来到蓝阁楼下，“葫芦发”靠着墙角呼呼地睡大觉，“逃军和”上前揪住他的耳朵：“阿发，快起来，你师傅不认你了。”

“葫芦发”打了一个愣怔，爬起来喊道：“师叔，你说啥呢？”

“逃军和”笑嘻嘻地反问：“做梦了？”

“丢他老母。”“葫芦发”骂道，“我梦见霍济田和卢挺拔两个人联手，从佛山堡撵到天字码头，把我打了个半死，浑身是血，装了满满一大尿脬。”

霍威从蓝阁里走出来：“师伯，师傅，鸟笼子快画好了。”

“是吗？进去瞅瞅。”王山公高兴地走了两步，突然想起“葫芦发”在外面，便摆起一副师道尊严的样子，“阿发，你要学点礼数，别总是满嘴脏话。”

“葫芦发”很不服气：“他们都快把我打死了，我还不能骂两句？”

霍威笑道：“阿发，谁打你了？你不是在做梦吗？”

“废话。”“葫芦发”气咻咻地说，“梦里挨揍难道就不是挨揍？”

碰到这号人谁也没办法，王山公、“逃军和”、霍威三人进了蓝阁，把“葫芦发”一个人丢在外面。他刚打算再迷瞪一会儿，从巷口冒出一大堆人，梁德荣走在最前头，后面是叶帝福和他的“全客堂”兄弟。梁德荣到了跟前问：“阿发哥，师伯和师叔在吗？”

“葫芦发”没好气地答道：“在里面，瞅红毛女人呢。”

王山公在容奇堡力斩水龙道士，跻身为名震武林的顶尖高手之一，叶帝福不敢再像上次那样造次，恭恭敬敬地说：“那我在外面候着。”

“全客堂”是商馆广场的地头蛇，叶帝福天天与人搏命，谁的面子也不卖，忽然变得这么客气，大大出乎梁德荣的意料，不禁问道：“到底什么事，叶大哥？”

叶帝福胳膊腿敷的净是金疮药，看来挂彩不少，他压低声音：“两位兄弟，最近发卖洋货的红毛鬼子学了个乖，从香港岛来的船大多跑到黄竹岐村卸货。官府怕惹麻烦，老子手里的铁棒可不怕，今天晚头我打算派人去放一把火。你问问王老爷，有没有自家兄弟订货？要是有的话天擦黑就起运，千万别过了亥时。”

“葫芦发”说：“倒卖洋货是汉奸，我师傅没这样的兄弟。”

“洪德堂”旗下七大堂口解散后，叶帝福在商馆广场承受了巨大的压力，他这才明白自己以前能过上消停日子，其实全仗“洪德堂”人马在外围撑腰。如今大树一倒，各大豪门的地主武装蠢蠢欲动，摩擦时有发生。他肯接受老介福的居中调停，也是考虑到“全客堂”势单力孤的现状——四面树敌，迟早会被人家赶出商馆广场。

叶帝福拱了拱手：“弟兄们散伙以后日子清贫，倒卖点洋货也没啥。”

梁德荣赞道：“叶大哥说的是，洋货里面也有好东西，不然，我师伯不会来买玻璃画。”

“给飞头鬼买红毛女人？”“葫芦发”恨恨地说，“奸贼。”

王山公坐在楼上，透过敞开的窗户听到“葫芦发”又在背后乱嚼舌头，勃然大怒，三步并作两步下了楼，质问道：“阿发，你骂谁？”

“葫芦发”忙改口：“我骂飞头鬼。”

“她是我的心，你骂她就是骂我。”王山公道，“阿发，你好好想一想，飞头鬼是不是你用猪尿脬救活的？既然救活了她，咱们就要让她洗心革面，变成自己的心。”

“葫芦发”最怕师傅讲道理，连连点头：“我错了，错了还不行吗？”

王山公不依不饶：“你少学那个结巴。”

梁德荣上前施礼：“师伯，我师傅请你和师叔去黄竹岐看戏。”

梁兰桂、梁二娣和黄华宝接过传授梁德荣武艺的担子，等于卸了王山公一块心病，对三个人非常感激。他高兴地问：“阿荣，最近功夫练得如何？”

梁德荣惭愧地低下头：“师伯，好像更衰了。”

王山公明白了，梁二娣找他看戏是假，讨论梁德荣的事情才是真。他哈哈大笑：“原来找我是为这事？小事体，阿荣，你知道你的毛病在哪里吗？”

梁德荣困惑地抬起头：“不知道。”

王山公指点迷津道：“阿荣，我和二少从前点拨你一些云山雾罩之理，你这三位师傅恰好相反，全是一板一眼的把式和招数，所以你一时消化不了。不是你的悟性比别人差，而是那些道理占据了你的头壳，影响了你的一举一动。这样吧，从今以后你丢掉心，丢掉影子，专心致志地跟着三位师傅练把式。等你修炼纯熟时，心自会出现，影子自会出现。”

梁德荣犹如醍醐灌顶，倒头便拜："谨遵师伯之命。"

"师傅。""葫芦发"问，"你这个办法行吗？"

王山公白了他一眼："当然行，别说习武，连他的眼神都会治好。"

"葫芦发"嬉皮笑脸道："能让我不做噩梦吗？"

"滚你老母的。"王山公飞起一脚，正好踢在"葫芦发"的屁股上。他武功惊人，这一脚即便力度不大，一般人也吃不消，哪知道"葫芦发"竟跟没事人一样拍了拍屁股。叶帝福倒吸一口凉气，"逃军和"问："阿福哥，找我兄弟有何见教？"

叶帝福客气地回礼："大家都说阿茂还活着，到底是不是真的？"

王山公道："你问这个干吗？"

"红毛鬼子祸乱粤东，汉奸满地飞，广东水师的兵舰一船接一船地开往粤西。"叶帝福发起了牢骚，"阿茂要是活着，难道就眼睁睁地看着不管？"

"我说姓叶的，你是真不懂还是假不懂？"王山公没好气地说，"我家二爷在龙头峰自刺三刀六洞，发誓退出洪门、江湖和武林，大度和尚那厮差点没把他的身子剁碎，指望他还魂回来打鬼子杀鞑子，那不是鬼话吗？"

凄风冷雨中，唯有永恒的戏棚光彩依旧。白天的正本戏未时开锣，大老倌一般酉时过半才登台。林汉朝披挂登场，饰演骁勇无敌的宋将高宠，英姿飒爽，引吭高歌：

只见那番营蝼蚁似海潮，
观不尽山头共荒郊；
又只见将士纷纷也那乱扰，
队伍中马嘶兵喧闹吵。
只听得战鼓咚咚，明盔亮甲枪刀耀，
高下下沸腾呐喊声噪；
见一派旗翻招，风尘也咆哮，
俺只待威风抖擞灭尔曹。
…………

台下声若雷鸣，齐为林汉朝精湛的武艺和唱功叫好。冯紫玉惊讶地看着舞台："不是说林大老倌在横州城下受了伤吗？怎么好像一点儿事都没有？"

冉枝枝道："你瞧他脸上那道疤。"

林汉朝在佛山堡的秋色中担任了多年的"色心"，英俊潇洒那是有了名的。冯紫玉过去连想都不敢想，现在有了这道疤，女人添了一丝爱慕的信心。她痴迷地说："你不懂，有了这道伤痕才算英雄，瞅着更招人疼。"

冉枝枝酸溜溜地说："那你怎么还不下手？"

"对付这样的铁汉子，要用文火炖鳝鱼的功夫，不能着急，且要拿捏时机。"冯紫玉轻轻地掂起袖子抿了一口茶，一副大家闺秀的温婉模样，全不似床笫间的那头母狼。

随着黄纨卿的日益觉醒，梅基村的这几位"金兰姐妹"面临着分崩离析的危险，人人在做散伙的准备。冉枝枝对黄纨卿的爱尚未散尽，狐疑地问："紫玉，你说，纨卿一个劲儿地和咱们闹生分，是不是受了那个陈天义的蛊惑？"

冯紫玉叹了口气："也许吧，她没经过人道，肯定受不住男人的勾引。"

冉枝枝骂道："臭男人有什么好？"

"男人虽臭，女人却离不了他。"冯紫玉推心置腹地说，"你要是再不回家，当心金良玉把你的家产变卖光了。"

冉枝枝对金良玉的图谋并非一无所知，但她过去一门心思扑在黄纨卿身上，腾不出空来对付金良玉。这女人是典型的千金小姐性格，挥金如土，毫不在意："紫玉，钱这玩意儿是用来吊人胃口的，我要是把他看紧了，他还能当贼吗？"

冯紫玉抿嘴笑了起来："呵呵，你就是个玩人的鬼。"

"人生在世，宁可人玩钱，不可钱玩人。"冉枝枝轻蔑地看了楼下一眼，"你看墙角那个姓张的瓦荷包，时不时地拿眼睛撩逗咱姐妹，不正是看中你我兜里的钱？"

瓦荷包指那些有两个钱便当当作响的小财主。

黄竹岐是个小村子，与邹伯奇老家泌涌相距不远，冉枝枝和冯紫玉所在的“黄记”是唯一的酒铺。这间酒铺其实是一座模仿粤西吊脚楼的建筑，老板是李阿发手下的头目黄敬仁。“礼锦堂”解散以后，黄敬仁回到家乡，用遣散费用开起了饭馆。

冉枝枝口中所言的瓦荷包指的不是别人，正是人模狗样的张亚丞。他手里握着酒杯，眼珠瞄着番摊，耳朵盯着邻桌，真是一心三用的勤快人。张亚丞早听说了梅基村这几个女人要散伙的消息，暗自把目标瞄准了冯紫玉——这女人貌美如花，娘家有的是老底子，弄到手，必然财色双收。“私鸡钱”不解地问：“兄弟一表人才，不短钱花，何必要弄一个二手货？”

张亚丞拍了一下“私鸡钱”的肩膀：“有句话哥哥别不愿意听，你的眼窝太浅。做大生意讲究的是个眼界，不像做小买卖，一文钱都要从手指缝里扣，甭管亲娘老子能坑就坑。对咱们来说，那个年月结束了。豪门为什么能起大园子？为什么能结交达官显贵？为什么江湖上的好汉都给面子？关键是一条，娶媳妇娶会唱戏的千金，要的就是这个派头。”

“私鸡钱”心悦诚服：“兄弟高见，梁家这些年之所以顺风顺水，还不就是梁九爷娶了卢家的闺女？没有卢浣霞，红船、洪门、武林和江湖道谁会给他面子？他能弄来十二块石头放在家里显摆？哥哥的眼皮子是浅，我自个儿知道。”

俗话说，到什么山上唱什么歌。张亚丞和“私鸡钱”赚了钱以后才发现，样样暴富的通道都离不开江湖势力，而粤东最大的江湖势力非洪门莫属，南海县和佛山堡最大的堂口非“德礼堂”莫属。两个人都和陈开有渊源，都因为这样或那样的原因得罪了陈开，从而错失了发财的最佳时机。张亚丞悻悻道：“‘德礼堂’散了伙，白白便宜了梁家，咱们就是上门抽自个儿嘴巴子也没用。不过好在眼下洋人得势，把鬼子伺候舒服了，照样有钱挣。”

柳暗花明又一村，“私鸡钱”眉开眼笑：“兄弟，我就服你。”

张亚丞故意皱着眉头：“红毛鬼子也是人，跟咱们一样，用的尽是江湖手段，看来这一课不补上万万不行。从前十三行公所在的时候，他们互相之间下黑刀子，好歹留着情面；如今香港岛成了他们自家的地盘，公然用明刀子厮杀——你要想买点鸦片膏，只能从查顿洋行和颠地洋行两家手里进货，其余的鬼子都被打废了。”

不管号称精英的士绅阶级承不承认，在老百姓眼里，红毛鬼子击败官军，至高无上的皇帝头顶端坐着一个洋爹，这是不争的事实。“私鸡钱”愿意捐弃前嫌，与臭名昭著的张亚丞合伙做买卖，就是因为看到了这一翻天覆地的巨变。他恭维道：“兄弟，你认的那个干爹，是查顿先生还是颠地先生？”

“当然是查顿先生。”张亚丞白了他一眼，“查顿洋行比颠地洋行大两倍，你说我能像黄家兄弟那样不开眼，认颠地当干爹吗？”

“私鸡钱”笑得合不拢嘴：“是是，难怪你能弄来便宜货。”

截止到道光二十六年，查顿洋行和颠地洋行通过各种卑劣的手段，逐渐控制了香港岛的鸦片贸易，把其他商人打得屁滚尿流。由于这两家黑心洋行只卖鸦片，香港岛的码头上堆放着大量无人问津的货物，这些货物都是那些相信“自由贸易”的欧洲商人不远万里运来的，像什么樟脑、明矾、硫黄、树脂、肥皂、玻璃器皿、通心粉、石棉瓦、啤酒以及马沙拉葡萄酒等，卖不出去怎么办？只好打折销售。

广州城和佛山堡的洋货行是面向内地的大批发商，对这些货物皆有兴趣，可惜运输路线不在他们手里。“洪德堂”解散以后，各股江湖力量和各家地主武装蜂拥而至，将香港岛来省河的黄金水道分割得七零八落。这些势力依靠各级官吏做靠山，明火执仗，为所欲为，比土匪更加凶狠，运输成本大大增加，运输风险难以控制。在这种情况下，最可靠的运输只能来自洋人的大船，张亚丞的优势登时体现了出来——人家是红毛鬼子的干儿子。

“洋胰子是好东西，抹在脸上光鲜。”张亚丞道，“咱们三两银子一箱进的货，洋货行开的价是六两一箱，运多少他们收多少；要是卸船后就地卖给那些游商，每箱再加二两没问题。”

“我的天。”“私鸡钱”惊叹，“钱这么好赚？”

张亚丞坦诚地说：“老哥，要不是小弟近日开了胸襟，这笔油水轮不到你。”

“私鸡钱”怪道：“咱们是老朋友，不便宜哥哥你便宜谁？”

可不是吗？这些年张亚丞做生意把人都得罪光了，除了“私鸡钱”同病相怜外，还真没有一个朋友。他笑了笑：“哥们儿不用多，只须你一个，其他的人花钱随便雇。别的不说了，你到码头上看一看，别让老鹰他们闲着。”

英开山为顺德桂州堡人，绰号“老鹰”，原是“卧龙会”下面的一个头目，

“卧龙会”被洪门联军击溃以后，他回到老家开了一间武馆。张亚丞这趟洋胰子买卖需要保镖，听说他掌中一条铁棍势大力沉，武艺高强，便把这份差事给了他。

“私鸡钱”灌了两杯酒，抹了抹嘴唇，下楼向岸边走去。看戏的人太多，摊档前前后后坐着站着的都是人。“私鸡钱”跌跌撞撞，好不容易觅得一个空当，两条腿打晃，正好踩在一个人的脚面上，摔了个狗啃屎。因为雇用了武馆的人保镖，“私鸡钱”觉得自己长了行市，爬起来破口大骂：“王八蛋，敢给吴爷使绊子？不想活了？”

那人劈手抓住他的衣领，抡起拳头：“你再给老子说一句？”

“骂你就骂你了。”“私鸡钱”嘴上不服软，“你能把吴爷的屌咬了？”

双方争执不下，摆食档的摊主匆忙跑来劝和。与“私鸡钱”打了个照面，两个人几乎同时尖叫起来：“我的天，咋是你？”

食档摊主不是别人，正是当年和张亚丞一起坑害陈开的“死牛肺”。

“死牛肺”把自己的“余记”更名为“德利堂”，犯了大忌，要不是李文茂正好在他的铺子里吃了一碗猪红汤，早就被洪家兄弟结果性命。这些年他一直在潮州等地摆食档为生，不敢回广州府，生怕遭了毒手。潮州、惠州、嘉应州同属上六府，虽为膏腴之地，但和佛山堡比起来仍然差着那么一大截子。前些日子，“死牛肺”听到“德礼堂”自动解散的消息，这才鼓起勇气西返，打算回佛山堡继续卖他的猪红汤。

六年没见，“死牛肺”头上见了白发，“私鸡钱”心里生起一丝同情：“哎呀，你这些年可见老多了，咋还卖猪红汤？”

“你放心，我就是卖猪红汤，也不会开在你家对门。”“死牛肺”担心地问，“陈天义还在不在佛山堡？吴大哥，你给小弟透个底。”

“呵呵，放心回来吧。”“私鸡钱”安慰他，“其一，陈天义不在佛山堡；其二，你哥哥我干了大买卖，不跟你争这碗猪红汤。”

“死牛肺”喜出望外，向他作了一个长揖：“大哥，小弟借你的福气。”

“私鸡钱”问：“兄弟，不是哥哥说你，六年时间不短，你怎么毫无长进？”

“谁说的？”“死牛肺”拽过那个和“私鸡钱”斗嘴的汉子，“这是我秦二哥，我们俩是合股人，他煮了一手上乘的潮州丸子，不信你尝尝？”

“死牛肺”过去是一个人开铺子当老板，现在与人合作摆摊档，分明是王小二过年，一年不如一年。“私鸡钱”摇了摇头：“他是你二哥，难道你还有一个大哥？”

这位秦二哥名叫秦文彪，肇庆府恩平县人，在本县君子河一带贩过私盐，被人告发后逃到潮州谋生，因此结识了“死牛肺”。正如“私鸡钱”所言，“死牛肺”还真有一位大哥，不过去年偷东西掉进井里，活活给淹死了。这么一个丢人的大哥不提也罢，“死牛肺”道：“我哪有啥大哥？你就是我大哥。来来，二哥，给大哥磕头。”

秦文彪见“私鸡钱”长袍马褂，口镶金牙，脖子上戴着怀表，一副有钱人的模样，倒也不计前嫌，上来“咚咚”磕了两个头：“大哥在上，小弟见礼。”

摔了一记狗吃屎，收了两个义兄弟，“私鸡钱”脸上乐得开了花：“两位兄弟，哥哥我现如今不比从前，干大买卖缺的就是人手，天意如此，天意如此。”

“死牛肺”问：“大哥，你慌失失地去干吗？”

“呵呵。”“私鸡钱”压低声音，“咱们是兄弟，我就不瞒你。哥哥我和张亚丞合股进了一批洋胰子，今天晚头在码头卸货，我去催一催那些保镖。”

“大哥，你真行，都雇上保镖了？”“死牛肺”非常羡慕，“你快去忙正事，猪红汤咱们就不喝了，我给哥哥准备一锅潮州丸子，回头咱哥们好好聊。”

黄昏时分，来到黄竹岐村的船只越来越多，岸边到处是带着兵刃的汉子。“私鸡钱”找了半天，才在一个角落里找到英开山，气急败坏地问：“你躲在这儿干鸟？”

“不是我想躲。”英开山诉苦，“让人家给挤过来了。”

“私鸡钱”吊起了眉毛：“你手里的铁棍是干啥吃的？”

“哎呀，我的吴老爷。”英开山说，“来的人咱们惹不起。”

“私鸡钱”仔细一瞅，可不是？岸上陆续来了百十来号人，打着“澄海营”旗子的巡船连轰带赶，在码头中央劈开一条宽阔的水道。角号响起处，一条橹船摇晃飞至，小明官潘继光在家丁的护卫下，大摇大摆地离船登岸。

佛山堡的二世祖就够浑蛋，但与寡廉鲜耻的小明官比起来，仍然是小巫见大巫。这厮原先和鬼子走得最近，后来因为打惠斯特牌捣鬼被人家察觉，挨了一顿结结实实的胖揍，还得了一个“惠斯特先生”的绰号。第一次鸦片战争期间，他弄了三百号团练组成“澄海营”，口口声声要和红毛鬼子决战；背地里却跑到“德勇堂”，花银子从陈显良手里买了一身阵亡英国军官的军服和一支短柄手枪，然后拿着这些“战利品”从奕山手里骗了一个顶戴。

这两年洋人猖獗，官府吃瘪，“打鬼绅士”潘继光绣花腰带上同时挂两块怀表，对红毛鬼子奴颜婢膝，张口基督、闭嘴上帝，和鸦片贩子们称兄道弟。“洪德堂”解散后，这家伙更像打了鸡血，领着他的“澄海营”来往于香港岛和省河之间，贩卖鸦片，倒腾洋货，充分发挥原十三行洋商身份的优势，与红毛鬼子打成一片，大发横财。

道光二十二年，潘正炜的侄子潘仕成高薪聘请美国人壬雷斯制造攻船水雷，并编成《攻船水雷图说》，得到朝廷赏识，被任命为七省战船督办。潘继光从中看到了商机，他和隆福二人私下商量好，计划制造二十具攻船水雷卖给八旗营水师，骗一点钱花。有隆福托底，小明官索性直接从香港岛采办变质的硫黄，压低成本，涉足军火行业。

酉时过半到亥时，这段时间大老倌纷纷登场，是正本戏的高潮，留在码头上的人主要是从事洋货贸易的商贩而非看客。潘继光上岸后，朝四周拱了拱手：“各位君子，咱们是一条道上的朋友，要不是叶帝福那帮浑蛋捣乱，也犯不着躲到这儿交易。道上有道上的规矩，非是潘某急着卸货，实因为潘某采办的货物非比寻常。英吉利国的鬼子火船马上就来，后面才是运输洋货的商船，咱们两不耽误，行个方便，好不好？”

“澄海营”人多势众，又用红毛鬼子的铁甲轮船押运货物，这个本事谁也比不了。各家货商敢怒不敢言，潘继光满意地吩咐家丁头目潘大庆：“准备迎接贵客。”

不多时，从佛山堡方向驶来一支船队，约有八九条船之多。下碇后，从船上涌出一群身穿八卦袍的道士，当先一人鬓若刀裁，眉如墨画，俨然一位翩翩浊世佳公子。“私鸡钱”不看则已，一看倒吸一口凉气，怎么是这魔头？

来者不是旁人，正是刚在佛山堡开了一间窑口的贝尘鹤。

自从与“洪德堂”达成谅解以后，贝尘鹤在省、佛一带大量投资，开银铺、办当铺，忙了个不亦乐乎。年底是洪门大举起事的时候，虽然“洪胜堂”的主攻方向在天马山，但贝尘鹤仍然不敢托大，从小明官手里订了三十支洋枪，准备带回大容山。

“奶头二”和“屁股包”并排走来，潘大庆恭敬地迎上前：“奶爷，一路辛苦。”

“屁股包”抬手重重地扇了潘大庆一个嘴巴，叱喝道：“丢你老母，明明是二爷，你非要喊奶爷，难道还要叫老子屁爷不成？”

潘继光慌忙打躬作揖：“二爷，包爷，下人没见过世面，多多包涵。”

“屁股包”骂骂咧咧：“狗汉奸，跟红毛鬼子混久了，连祖宗都忘啦？”

“斯文脸”乐呵呵地说：“三哥，没有汉奸，谁卖给咱们洋枪？”

这群活土匪，真是没有道理讲。潘继光压住心里的怨气，将贝尘鹤接上岸：“洋枪在鬼子火船上，一会儿就到，贝爷，你只管把心放进肚子里。”

贝尘鹤优雅地颌首：“阁下办事，贝某信得过。走，看戏去。”

潘继光点头哈腰地把贝尘鹤送进“黄记”酒铺，转身又跑回码头。“私鸡钱”困惑地问英开山：“他咋回来了？”

英开山指点着江心：“快看，那是谁家的旗？”

从商馆广场方向驶来一支船队，船头旗杆悬着一个大大的“张”字。“私鸡钱”这回对潘继光是心服口服：“东莞张家都托他买枪？小明官面子真够大。”

船队靠岸，从船上呼啦啦下来一群精壮汉子，有的穿着张家家丁的服装，有的却是粤西官军的打扮。船舱里闪出一高一矮两个人，“私鸡钱”一看，惊讶得差点把下巴掉在地上。这两位全是熟人，前面的矮个子是正埠酒楼的前伙计张三，后面的赫然是“飞天爪”。

“洪胜堂”和粤西绿林道连番大战，打了又停，停了又打，张敬修惶惶不可终日，花钱打点上差，调到了平乐府任麦岭同知。考虑到“红阳劫运”年大战在即，平乐府一带虽然没有大股洪门，但零星叛乱必不可免，张敬修派张三回粤东筹办军械，从洋人手里购买洋枪，招募退堂的洪家兄弟，用军功铺平自己升迁的道路。

潘继光打了个躬：“酒菜备齐，请两位爷登岸看戏。”

“飞天爪”受“逃军和”、陈见成的牵连被逐出“德礼堂”，无事可做，遂接受张三的邀请去粤西混一碗饭吃。听了潘继光的话，他顿住了脚步：“什么戏？”

潘继光答道："林大老倌的《挑滑车》刚演完，现在是《梧桐雨》。"

"好好。""飞天爪"松了一口气，"不是忠义戏就好。"

第一百三十五回　心路蹉跎

度铃声响栈道，似花奴羯鼓调，
如伯牙水仙操。
洗黄花润篱落，渍苍苔倒墙角，
渲湖山漱石窍，浸枯荷溢池沼，
沾残蝶粉渐消，洒流萤焰不着。
绿窗前促织叫，声相近雁影高，
催邻砧处处捣，助新凉分外早。
斟量来这一宵，雨和人紧厮熬，
伴铜壶点点敲，雨更多泪不少。
…………

气壮山河的《挑滑车》后，紧接着来了一曲愁肠百结的《梧桐雨》，跌宕起伏的旋律和着风雨笼罩大地，“黄记”酒铺的男男女女听得如痴如醉。潘继光拍案赞道：“红船大戏有这样美的调调，不输‘外江班’分毫，听起来爽呆了。”

“美?”贝尘鹤睁开眼,“何为美?”

潘继光瞥了一眼窗边那张桌子的冯紫玉和冉枝枝,一本正经地说:“美就是爽,雪夜闭门读禁书,不亦快哉? 贝爷,你说对不对?”

贝尘鹤收起铁骨画屏扇,摇了摇头:“明官大人,浅了。”

贝尘鹤身为大淫贼,品鉴女人那是一绝。潘继光抱拳:“请贝爷赐教。”

“雪夜闭门读禁书是书呆子的嗜好,不动刀枪,非我辈武林中人所为。”贝尘鹤睁着一双俏眼问,“我来问你,世上最美的剑法是哪一种剑法?”

“自然是‘逍遥剑’。”潘继光回答,“尤其是那招‘天机流转’,美呆了。”

张三撇嘴:“胡说,最厉害的是二爷那招‘红泥半堕’。”

“两码事。”贝尘鹤摇了摇头,又问,“最美的剑客是谁?”

酒铺所有的食客都把头扭了过来,冯紫玉和冉枝枝被淫贼似笑非笑的眼神吸引,竖起耳朵听对话的下文。潘继光迟疑道:“贝爷,那就是你啊。”

“少拍马屁。”贝尘鹤认真地纠正,“在下功力不济,如论最美的剑客,非武林至尊金蟾道士莫属,第二个要算他的徒孙明月道士。”

“飞天爪”冷冷地说:“美有个屁用,还不是被我家二爷一剑砍了头壳?”

“哈哈。”贝尘鹤大声笑了起来,“谭爷言之有理,然而妙处恰在于此。李二爷乃当世无双的英雄好汉,武林中人莫不顶礼膜拜,推崇备至,渴望有朝一日能像二爷那样纵横江湖,叱咤风云,可惜本事不济,如何是好?”

潘继光、张三、“斯文脸”等人齐声问:“咋办?”

“最简单的办法就是娶一个漂亮媳妇。”贝尘鹤笑眯眯地说,“拿她当金蟾道士,日日以剑摧之,在床榻上做一番惊天动地的事业,以圆大丈夫之梦。”

金蟾道士做局将“赛潘安”送入洪门之手,后者落得一个剥皮沥血的悲惨下场,贝尘鹤为了师傅拿武林至尊开涮自在情理中;但是“飞天爪”却觉得他这个比喻对李文茂不敬,正要开口反驳,忽然“嗖”的一声,窗外飞来一物,直击贝尘鹤的面门。

来袭非常突然,好在这件东西圆咕隆咚、比较笨拙,贝尘鹤反应敏捷,用手中铁骨画屏扇往外一格,探左手抓住来物。众人定睛观瞧,不是暗器,而是一架鸟笼子。

贝尘鹤倒吸一口凉气，这架鸟笼子外罩金丝绒布，大小和自己当年装假五色神鸟的那个笼子差不多，这不是大白天见了鬼吗？正当他纳闷的当口，从窗户里跃入一人，来到近前，威严地断喝："姓贝的，把笼子放下。"

看到"逃军和"，贝尘鹤似乎明白了几分，讪讪地问："四爷，这笼子里装的是什么？"

"逃军和"劈手抢过鸟笼，没好气地说："反正不是鸟。"

当着众人的面，"逃军和"一点儿也不客气，贝尘鹤心中恼怒，不敢多说一句话。武林中人皆晓"德礼堂"四大龙头武功非凡，自己这点本事哪里是人家的对手？"飞天爪"看到"逃军和"双腿一软，跪倒叩头："给四爷见礼。"

"逃军和"奇怪地问："你咋在这里？"

张三解释："四爷，我家老爷调职平乐府，招贤纳才，我师傅去混一碗饭吃。"

"逃军和"明白了："哦，原来如此。"

平乐府的麦岭控制粤西进出湘南的要道，"飞天爪"投入张敬修的麾下，免不了和旧日的洪家兄弟刀兵相见，这是他的心病所在。"飞天爪"面带羞愧："请四爷赏一碗饭吃，属下即刻退掉张家的聘金，卸了这份里外不是人的差事。"

"飞天爪"被逐出洪门，实际上是受了"逃军和"的牵连，后者哪好意思说三道四？他安慰"飞天爪"："你已经退出洪门，去哪儿吃饭不一样？"

"飞天爪"道："四爷，属下不想做一个不忠不义之人呀。"

"洪德堂"旗下堂口的兄弟多有把式，散伙以后有的做买卖，有的改投义勇团练。团练属于地主武装，很难说日后不与洪门交战。"逃军和"叹了口气："王老爷马上就到，他肚子里学问多，让他给你断一断。"

话音刚落，楼梯口"呼啦啦"涌上一群人，前面是王山公、"葫芦发"、霍威、梁德荣、郑流利，中间是何壮昭、刘端湛、洪秀全和赖汉英，后面是黄敬仁和"死牛肺"——黄敬仁手里端着一大盆炖活鱼，"死牛肺"提着一个菜盒子，里面盛的是猪红汤。

王山公瞅了一眼屋子里的人，抱拳拱手："嗬，全是故人，别来无恙。"

贝尘鹤慌忙见礼："王老爷，什么风把你老人家吹来了？"

"老子的心肝宝贝不听使唤，拼着命地朝楼上飞，闹了半天，原来是冲着你?”王山公阴阳怪气地说,“贝爷,把珠子拿出来吧。”

贝尘鹤赔着笑脸:“王老爷,‘测阴珠’给了人家韩爷,哪有再要回来的道理? 真的不在小的这儿。如有半句假话,天打五雷轰。”

蓝阁的玻璃画制作得非常讲究,黄昏时玻璃笼子才告完工。王山公到了黄竹岐村,在码头上遇到办洋货的何、刘、洪、赖四人。哥几个刚走到“死牛肺”的摊档前,玻璃笼子忽然挣脱“逃军和”的手,御风而行,射入“黄记”酒铺的窗户。

能让“枫子鬼”不听话的只有“测阴珠”,王山公以为觅到“测阴珠”的下落,高高兴兴进了“黄记”。见贝尘鹤死活不承认,“枫子鬼”也消停了下来,王山公明白“测阴珠”不在贝尘鹤的身上。他警告道:“姓贝的,二爷下令不让我们为难你,弟兄们信守诺言做到了;你要是拿了‘测阴珠’却矢口抵赖,王某一旦知晓,绝不轻饶。”

“阴阳生”被擒拿前,贝尘鹤正好借走了“测阴珠”去采花,这枚珠子就这样鬼使神差地物归原主。他知道从官府到王山公都在找这枚珠子,便把它放到大容山藏起来,只在粤西采花时才使用。淫贼装扮出一副委屈的样子:“王老爷,这枚珠子在不才身边搁久了,你的心肝宝贝可能是闻着它的味道上来的。”

“算你小子有理。”王山公瞪了贝尘鹤一眼,转身搀扶起“飞天爪”,“兄弟,有事坐下来说话,堂口已经散了,别行那么多礼节。”

“飞天爪”执意不起:“二爷、四爷,今天你们务必给小弟画出个道来。”

“逃军和”把“飞天爪”要投张敬修的事说了一遍:“王老爷,你拿个章程吧,要不然他回家都睡不着觉。”

这真是一个难题,王山公端起茶碗一饮而尽,旁边的潘继光立刻献殷勤斟满了茶。王山公故意问他:“明官大人,听说你买了个贡生身份?”

“王老爷,你饶了我吧,那个身份不值一文。”潘继光羡慕地说,“贵堂兄弟散了伙还这么讲义气,难怪能把‘逍遥门’杀得片甲不留。在下这个‘澄海营’不多要,只要有一个像谭老爷这样够意思的兄弟,潘某就心满意足了。”

小明官为人奸猾无耻,却想下面的兄弟讲义气为他卖命,真是做梦娶媳妇。王山公“哼”了一声,对“飞天爪”说:“老谭,堂口散了伙,弟兄们各奔前程，总要挣一碗饭吃。大龙头怕大伙儿心里难受，所以神龙现首不现尾，渺无踪迹，任由下面弟兄自个儿拿主意。只要你们将来不跟大龙头对阵拼命，便算够意思。”

“飞天爪”问：“要是遇到其他堂口的兄弟呢？”

“这还不简单？”“逃军和”说，“哥俩好呗。”

“葫芦发”在旁插嘴道：“替官府卖命，奸贼。”

这句话刺中了“飞天爪”的心窝，他立刻号啕大哭起来。

“给老子滚一边去。”王山公呵斥了“葫芦发”一声，安慰“飞天爪”，“二爷自刺三刀六洞，把无情剑弄成了有情剑，就是不愿互相残杀，给弟兄们留一条活路。你只要心里存着忠义，暂时委屈一下没什么大不了，别听阿发这个浑蛋的。”

“王老爷的好意，兄弟心领了。”“飞天爪”抹了一把眼泪，向王山公拜了三拜，领着张三等人踏步离去。贝尘鹤朝潘继光使了个眼色，亦随后下楼，屋子立刻清静了许多。

“老何，”王山公亲热地扯了扯何壮昭的耳朵，“来看戏？”

何壮昭推开他的手：“何某是来听戏的。”

王山公又朝洪秀全拱了拱手：“火秀兄，乙龙兄尚无消息？”

自从冯云山躲进桂平县的深山后，贵县赐谷村的王家便断了他的消息。冯家几次派人到粤西去寻，一点儿头绪也没有。洪秀全窘迫道：“谁知道？”

王山公摇了摇头：“火秀兄，你把乙龙拐带到粤西，他生不见人，死不见尸，你却毫发无损地回来吃酒，一口一个不清楚，有你这样当哥子的吗？看来你没在江湖上跌过跟头，不知道什么东西贵，什么东西贱。这年头找一个心心相印的兄弟多难啊，真是身在福中不知福，错将真心当野草。”

洪秀全嗫嚅地说：“我这不是忙吗？”

“你忙什么？”王山公问。

洪秀全犹豫了一下：“写书。”

“一个穷鬼写鸟书？”王山公仰天大笑，“你以为你是谭玉生？人家后面有小浩官大把的银子托着，你有啥？你说你有啥？”

洪秀全拍了拍腰间的剑鞘：“老子有无情剑。”

“哈哈。”王山公笑得前仰后合，鼻涕眼泪全喷了出来，“火秀兄，果然有你的。我家二爷的龙剑变成了有情剑，世上的无情剑就剩下你这一把，千万别给弄丢了。”

洪秀全急了：“我这把是真的无情剑，‘打铁罗’给的。”

洪秀全回来后，时不常地去金芝岩转一圈，背了不少石头回来贩卖。何壮昭与刘端湛互相看了一眼，怀疑“打铁罗”受了他的蛊惑，又给了他一柄利刃。

“不说了，不说了。”王山公问，“你们说实话，是不是来做洋货买卖的？”

何壮昭嘿嘿笑了起来：“你小子是个鬼灵精，什么都瞒不过你的贼眼珠。我们哥仨听说香港岛的码头上堆了不少甩卖货，就合股买了一船洋胰子。”

张亚丞一直在找机会和王山公搭讪，听到“洋胰子”这三个字立刻来了精神，他端着酒盅过来问：“何老爷，我也订了些洋胰子，你们几多钱一箱进的？”

何壮昭回答：“五十两银子。”

“这么贵？”张亚丞叫了起来，“张某可是三两一箱进的。”

张亚丞在佛山堡是有名的钱算子，除了钱六亲不认，做生意的头脑那是没得说。他在香港岛开了一间“裕盛办馆”，聘用族兄张亚霖当掌柜的，专门和洋人做买卖。刘端湛几乎不敢相信自己的耳朵：“张掌柜的，不是说洋货行六十两银子一箱收吗？”

“开玩笑。”张亚丞道，“人家收购的价格是六两银子一箱。”

何壮昭、洪秀全、刘端湛三人中，何壮昭是大股东，价格是他亲自去洋货行询问的。听了张亚丞的话，何壮昭张着嘴巴，半天才懊恼地拍了一下脑门：“丢他老母，又听错了。”

按照每箱亏损四十四两计，一船洋胰子至少赔出去四千多两银子。这笔数字对刘端湛和洪秀全来说不是小数目，几乎可以说赔掉了裤子——刘端湛靠“德礼堂”赚钱，眼下“德礼堂”已经散伙，再没有去处捞便宜；洪秀全靠卖石头挣钱，但梁九图得了十二块天下奇石，逐渐熄灭了采购石头的热情，想继续拿人家当肥猪宰是越来越不可能了。

洪秀全一年四季起早贪黑当孩子王，仅仅让老婆孩子填饱肚皮，如今这么大一笔银子丢进水里，连个响也没有，能不火冒三丈？他跳着脚地骂了起来：“这群黑心肠的奸商，明明三两一箱的胰子偏卖我们五十两，丧尽天良。等着瞧，爷爷非一把火点了他的黑心船不可——老子倒霉，谁他老母的也甭想好过。”

王山公笑道：“为了这点银子，至于吗？”

“逃军和”忐忑不安地瞅了一眼邻桌，发现冯紫玉和冉枝枝没有走，正温情脉脉地朝这边窥视。他拉了一把王山公，提醒道：“咱们到戏台那边去看看？”

何壮昭、刘端湛、洪秀全三人急赤白脸，说不成一句正经话；张亚丞与“死牛肺”拼命套近乎，无非是想让自己在陈开面前美言几句。王山公觉得无趣，打了个哈哈：“各位，在下有事要办，待会儿陪大伙儿吃酒。”

王山公和“逃军和”抽身离去，留下“葫芦发”、梁德荣、霍威三个支应差事。霍威嘴巴比较甜，给何壮昭、刘端湛和洪秀全斟满酒：“常在河边走，哪有不湿鞋？三位老爷，做买卖没有一帆风顺的，大不了从头再来。”

刘端湛嘟囔道：“我们不像你有一根好屌，天天都能从头再来。”

霍威涨红了脸：“姓刘的，你咋狗咬吕洞宾，不识好人心？”

两个人你一言我一语，火星子乱窜，眼看着就要动手。黄敬仁急忙招呼“死牛肺”等人上前劝架，死说活劝把霍威拽下二楼。“葫芦发”仰脖饮了一壶茶，用指头敲了敲桌子：“你们谁心里还有邪火？要打就痛快地打，别耽搁老子睡觉。”

“私鸡钱”佩服地伸出大拇指：“哎呀，好我的阿发兄弟，别人打翻了天，你竟然能睡得着觉？泰山崩于前而不眨眼，大将之才，大将之才。”

张亚丞巴结道：“阿发哥，你不看戏了？”

“我哪有工夫看戏？”“葫芦发”打了个哈欠，“刚才霍济田和卢挺拔那两个二世祖合伙打了爷爷一顿，我得赶快到梦里找他们，不然黑灯瞎火地，这两个浑蛋该跑了。”

“私鸡钱”啼笑皆非：“梦里的事较啥真？”

“必须较真。”张亚丞掏出一盏玻璃灯，一本正经地对“葫芦发”说，“阿发哥，这盏灯是日斯巴尼亚国的，你拿去照个亮。”

“日斯巴尼亚？”“葫芦发”问，“鬼子国的？”

“对对，没错，是鬼子国的。”张亚丞得意地卖弄起来，“梦这东西没有准谱，一尥蹶子兴许就到了鬼子国。鬼子国多如牛毛，像什么花旗国、黄旗国、单鹰国、双鹰国、红毛国、法兰西国，还有这个日斯巴尼亚。每个鬼子国都有大哥，不拜山头你肯定过不去。”

日斯巴尼亚指西班牙，黄旗国指丹麦，单鹰国指普鲁士，双鹰国指奥地利。

“葫芦发”扫兴地说：“这么麻烦？”

“他们还有一个总大哥。”张亚丞说，“名字叫，叫……”

洪秀全插嘴道：“混元法师。”

“不是苗驼子，是他儿子。”张亚丞终于想起来了，“叫耶稣。”

“也输？”“葫芦发”呸了一口，“老子要赢。”

洪秀全纠正：“人家鬼子国不叫总大哥，叫圣父。”

“对啊。”张亚丞振振有词，“耶稣是总大哥，他爹是圣父。”

“这个名头也不咋样，有胜有负，只比他儿子强一点儿。”“葫芦发”嘀咕了一句。

张亚丞道：“还是叫大哥显得亲热。”

“不对。”洪秀全坚决反对，“当哥的哪有当爹的威风？”

三个人讨论得热气腾腾，“私鸡钱”没有这份心情，他把两只眼睛瞪圆了，紧紧地盯住玻璃笼子，问梁德荣：“这就是那个鬼？”

郑流利尖着嗓子：“错了，错了。”

梁德荣夹了一筷子菜，堵住结巴的嘴，然后回答：“不是鬼，是我师伯的心。”

“心？”“私鸡钱”说，“你师伯能把心锁在笼子里？”

梁德荣叹气：“这颗心的心里还有一道影子，没洗干净。”

传说中令人闻风丧胆的“枫子鬼”落到如此田地，真是虎落平阳，不胜唏嘘。“私鸡钱”出神地问：“假使它知道自己过去的本事，还会乖乖待在这个玻璃框子里？”

“枫子鬼”一旦发作，小小的玻璃笼子当然拦不住他，刚才他顶着玻璃笼子凌空飞进“黄记”酒楼，着实吓了大伙儿一跳。梁德荣无奈地摇了摇头：“天知道。”

“你师伯把心惯坏了。”洪秀全忽然插了一嘴，“换了洪某，早三刀六洞，把那些浮光掠影诛杀殆尽，留下来的全是硬邦邦的真草。想跳出笼子回到从前？门也没有。”

“枫子鬼”曾经被大卸八块，想起当初那个惨不忍睹的样子，梁德荣不寒而栗。这块木头疙瘩虽然瞅着缺光少彩，但和人肉同样地敏感，三刀六洞焉有命在？他咬着嘴巴：“谁能下得去手？这毕竟是一条命啊。”

“你把它当根草。”洪秀全瞥了他一眼，“那就屌事没有。”

刘端湛正为赔掉一大笔银子痛心疾首，听洪秀全又开始唠叨心啊、草啊的大道理，生气地使劲推了他一把：“你的心倒是够宽的，赶快想想办法。”

洪秀全铁青着脸：“我能有啥办法？你去问老何。”

何壮昭闯下了大祸，这时候最怕刘端湛和洪秀全找自己算账，他苦着脸说：“都怪我这对不争气的耳朵，两位仁兄，咱们还是把货接下来先，少亏一点是一点。”

洪秀全拉高嗓门：“你们通通拿去，老子不要了。”

刘端湛愣住了：“洪兄，不拿钱你以后怎么过活？”

“活啥呀？心里都是草。”洪秀全叹了口气，“眼下红毛教弛禁，听说天字码头东石角立了一座礼拜堂，去年刚修好。老周认识那里的住持，是个花旗国鬼子，叫什么罗孝全？我得找他切磋切磋，以后咱们乌蝇遛马尾，一拍两散。”

洪秀全话里透着绝交的味道，何壮昭更难受了：“洪兄，怪我，怪我，你消消气。”

何壮昭这双耳朵成事不足，败事有余，洪秀全下定决心离开这个晦气鬼。他不耐烦地挥了挥手：“运洋胰子的商船马上就到，你们还不去接货？”

大伙儿侧耳一听，果然，正本戏演完，三出头的生旦戏已经开始，时辰过了亥时。张亚丞嘻嘻笑地朝梁德荣打了个躬：“少掌柜的，等在下接完货，再来伺候王老爷。”

王山公哪里肯待见他？梁德荣局促道：“不用，不用，你忙你的。”

张亚丞、“私鸡钱”快步下楼，何壮昭、刘端湛无奈，只好跟着去码头接货。梁德荣见他们走了，困惑地问赖汉英："汉英哥，我听苏先生提起过你们去丹砂井的事，洪大哥口口声声说他得了无情剑，声称心就是草，莫非他真找到了那株金芝？"

"反正我没听说。"赖汉英问洪秀全，"姐夫，这把剑是'打铁罗'给你的？"

洪秀全拔高嗓门："废话，那能有错？"

"这就蹊跷了。"梁德荣喃喃自语。

赖汉英问："蹊跷什么？"

梁德荣看了一眼洪秀全，低声说："听洪大哥这口气，浑是拿野草当仙草哩。"

在洪秀全的心里，草最初指的就是这株金芝，但是自打他从粤西回来后，嘴里念叨的草怎么听怎么是野草。仙草只一株，野草千万根，赖汉英理解洪秀全的心情，不好意思当面打击暴脾气的姐夫，郁闷地喝了一碗酒："是有点蹊跷。"

"蹊跷个屁。""葫芦发"翻身坐起，狼吞虎咽地扫了一圈酒菜，打了个嗝，"心要是干心的事，她就是仙草；心要是干肉和骨头的事，她就是野草，就是坑人的洋胰子，就是这个想红毛女人的飞头鬼。"

洪秀全一呆："此话怎讲？"

"葫芦发"在梦里把霍济田和卢挺拔两个人痛扁一顿，心里舒畅。他左手擎着酒碗，右手拿根筷子，摇头晃脑地唱了起来：

> 丞相做事太心欺，
> 呀一个跷蹊，呀一个跷蹊。
> 隐惹得旁人跷打蹊，打跷蹊，说是非；
> 呀一个跷蹊，呀一个跷蹊。
> 雪隐鹭鸶飞始见，
> 呀一个跷蹊，呀一个跷蹊。
> 柳藏鹦鹉跷打蹊，打跷蹊，语方知；
> 呀一个跷蹊，呀一个跷蹊。
> …………

洪秀全心里那点算盘竟被一个浑人揭破，沮丧不已，闷着头连饮三碗酒。赖汉英怕他面子上下不来，起身道："姐夫，我去接货，别让何老爷和刘老爷说三道四。"

梁德荣提起玻璃笼子："阿发哥，咱们去看看师伯他们吧？"

三个人前后下了楼，洪秀全举目观瞧，楼上的客人走得干干净净，连邻桌那两个俏娘们儿也不见踪影，唯独剩下一个斜眼结巴趴在桌子上打瞌睡。他重重地叹了口气，抄起酒壶斟满了三碗酒，一仰脖灌进了喉咙。

洪秀全这次把所有的本钱押了进去，实指望大赚一笔改善生活，讨一房会唱戏的小老婆享齐人之福。哪知道老天爷偏偏与他作对，一文钱没挣到不说，且将老本折了进去，看来自己真不是做买卖的料。科场失意，传教无果，生意赔了个底掉，人生的道路到底在何方？"葫芦发"好歹能以梦制梦，可自己呢？洪秀全想起过去在丹砂井做的那个怪梦，禁不住悲泪涟涟，捶胸顿足，不一会儿就喝了个迷迷糊糊。忽然间，窗外火光冲天，码头方向接连传来爆炸声。赖汉英气喘吁吁地跑了进来，一把拽起洪秀全："姐夫，快走。"

"咋啦？"洪秀全吃了一惊。

"都是你这张破嘴惹的祸。"赖汉英没好气地数落，"姓张的货船被火点了，满满一船洋胰子沉入河底。你刚才不是吹牛要放火吗？他们怀疑是你下的黑手，要来拿你。"

话音未落，张亚丞、"私鸡钱"、英开山等人一窝蜂地冲上楼，张亚丞气急败坏："好你一个姓洪的，满嘴仁义道德，背后偷偷下家伙。张某怎么得罪你了？别家的船不点，单单烧老子的货船？"

洪秀全赌咒发誓："张掌柜，我一直在这儿吃闷酒，连屁股也没抬。"

郑流利睁开迷离的双眼，不合时宜地说了句口头禅："错了，错了。"

"瞧瞧，有人做证，你还敢抵赖？"张亚丞怒气冲冲，"老鹰，给我打。"

英开山挥棍直取洪秀全，赖汉英举刀相迎，战不到二十个回合，手中刀被铁棍击飞。赖汉英反应极其敏捷，纵身窜到洪秀全面前，伸手拔出了那把无情剑。张亚丞和"私鸡钱"在一旁齐声喊："当心他的家伙，那可是把好刃口。"

英开山哈哈大笑，手中铁棍丝毫不放松："果然是好刃口。"

赖汉英定睛瞧看，差点儿没背过气去，闹了半天，洪秀全腰里佩带的是一把木剑。好汉子悲从心头起，大叫一声："姐夫，你真坑死人了。"

送别惊心动魄的丙午年，迎来腥风血雨的丁未年。走投无路的洪秀全终于收住心，从花县来到省城，进入位于东石角的礼拜堂学习红毛教。罗孝全是美国浸礼会的牧师，这一派清教主张只有成年人才能受洗，而且洗礼的时候不能蜻蜓点水，必须全身浸泡。相比其他前辈，罗孝全的运气不错，来中国没几年就赶上红毛教弛禁的好时候，率先在广州城外建起了教堂，刚招了几个瘦骨嶙峋的徒弟，立刻网罗到一位宗教天才。人生若只如初见——多年后，罗孝全犹然记得那次相逢，这样形容洪秀全："……约高五英尺四英寸或者五英寸，体格健壮，圆脸，相貌端庄，有点帅，中年，举止温文尔雅，颇有绅士风度。"

礼拜堂对面即为风景秀丽的太平沙，陈恭尹当年曾经在这里居住，书写有"太平烟浒"的牌坊；孔继勋的"岳雪楼"和许祥光的"袖海楼"等名胜皆位于此处；此外还有柳堂、濠上观鱼轩、遂初楼和得月台等文人雅会的场所。李长荣曾经写下"凤仙花发半溪红，蝴蝶翻飞四面风；池上水光笼晓树，贩花人立雨丝中"等诗篇夸赞，可惜如此美丽的风光，却插进礼拜堂这么一座哥特式建筑，怎么看怎么煞风景。尤其是尖塔下面挂的那个十字架，正对着江滨的行刑场，让洪秀全觉得心惊肉跳。

世界上会读书的人约有两类，一类是带着问题来读书；一类是从书籍里寻找问题。洪秀全属于前一类人，从粤西回来的这两年并没有闲着，写了《原道救世歌》《百正歌》和《原道醒世训》三篇雄文。与他旺盛的创作欲望相比，梁阿发的那本《劝世良言》明显不够用，他这次进礼拜堂希望读到完整的红毛教教义。这一趟真的没有白来，礼拜堂的资料很齐全，既有马礼逊、米怜翻译的《旧遗诏书》，也有郭士立修订的《救世主耶稣新遗诏书》。洪秀全畅游在海潮般的想象中，仅仅花了三个月的时间就出了徒，师傅罗孝全顿时不自在了。

罗孝全属于不会读书的人，自幼吃着上帝的食粮长大，认为一切理所应当，好比一个精神世界的二世祖，对圣经里的每个字都懒得动脑筋去琢磨。礼拜堂的工作人员有薪酬，罗孝全的两个助手黄亚爱和黄亚乾每个月领取八块银元的工资，但这个书呆子非要考验洪秀全是否虔诚地皈依基督，不肯发他一文津贴。洪秀全遭到冷遇，收拾行李，准备打道回府。

走的那天是五月二十六小暑，夜半三更，凉风习习。洪秀全把行李丢上肩膀，瞥了一眼月亮下面的十字架，正要抬腿出门，却发现罗孝全的房间里亮着灯。洪秀全心头一动，迈步走进屋内，见罗孝全盘腿坐在蒲团上，赫然像一位入定的高僧。

“师傅。”洪秀全恭敬地请安。

罗孝全注视良久，开口问：“你，真的要走？”

“洪某家里上有父母，下有妻女。”洪秀全道，“要是不回去，他们靠谁养活？”

罗孝全悲伤地说：“你不想追随真道，传播主的教义了吗？”

“当然想。”洪秀全斩钉截铁，“真道应该向所有的人教诲，包括父母妻儿和兄弟。在下这次回家，正是为了传播主的恩德。你看，我还写了一本书呢。”

丢他老母，这小子又写了一本书？罗孝全木然地接过洪秀全手中的小册子，只见封面用毛笔写着五个大字：原道觉世训。对一个虔诚敬神的传教士来说，学识倒在其次，最重要的是对神的悟性。洪秀全和罗孝全见第一面的时候，便向他滔滔不绝地讲述那个怪异的梦，令罗孝全震惊异常：在基督教的历史传说中，唯有圣徒之类的大佬才能获得异象，莫非圣灵真的照进了中华帝国，照进了这块精神王国的不毛之地？

在这三个月的学习过程中，洪秀全根本不像是一个虔诚的初学者，倒像隐士一样不断启发着罗孝全的心灵。拿罗孝全根本搞不懂的圣父、圣子和圣灵三位一体理论来说，洪秀全直截了当地告诉罗孝全，在中国人看来，圣灵就是圣母，圣父和圣母合伙生了圣子——假如圣灵不是圣母的话，圣子从哪个旮旯来？圣母等同圣灵，意味着女人的肉体里隐藏着灵光，隐藏着拯救世界的奥秘。三位一体理论中，圣母（圣灵）应该排在第一位，其次才是圣父和圣子。

别提什么抽象位格，别提什么理念世界，倘若真的要来个抽象的话，那么圣父和圣子统统是多余的，只留下圣灵就足够；反过来，如果为了方便尘世的传教，那么圣母必须是神，因为圣父和人间女子生出来的不可能是神，最多是圣人。

圣人？东方的圣人有一箩筐，你耶稣又算老几？

白种人的傲慢，让罗孝全视洪秀全的所有创见为异端，但私下里他不得不承认，这个中国人的思想比那些在猪圈里打泥巴战的神学家要高明得多。圣灵等于圣母，即便在西方世界也被越来越多的智者所领悟、所认可，歌德在《浮士德》的结尾便如此总结："一切过往者，不过是象征；永恒的女性，引导我们上升。"

罗孝全捧着这册《原道觉世训》，宛如捧着一块巨石，压得他喘不过气。他虽然看不懂这位"得意门生"的著作，但他相信这个中国人把上帝当回事，本心是虔诚的，他舍不得放洪秀全走。良久之后，罗孝全提醒道："亚爱和亚乾嫉妒你，怕你留下来没他们的饭吃。难道你看不出来，这是他们两个合伙给你下的套？况且，追随上帝需要一生，才区区三个月，你就经受不住考验了吗？"

洪秀全说："洪某已经窥破了神迹，将去四方传播教义，建立上帝的尘世之国。你不用再考验我了，师傅，徒儿不但真心向道，而且还是一个替天行道的人哩。"

中世纪后，天主教尘世之国的美梦已然破碎，基督教本身即为梦碎的产物。罗孝全来到中国传播基督教义，最大的梦想也不过是打算忽悠这些黄皮猴子放弃他们的祖先，改认金发碧眼的上帝为爹，哪敢妄想建立尘世之国？洪秀全的志向再一次突破了罗孝全想象的极限，他颤巍巍地说："上帝不需要尘世的权杖，他需要的是人人向善。"

"若论向善，敝国的孔夫子比谁都强。"洪秀全不以为然，"上帝一统江湖，要不是你们的军队挥舞着他的权杖，师傅你能在广州盖礼拜堂？笑话！"

"你们要是肯乖乖听使唤，上帝何必使拳棒？"罗孝全由于不相信自己，因此也不相信洪秀全，刻薄道，"世上向道之人无千无万，咋就单单你一个人窥破神迹？"

洪秀全愤然作答："因为老子穷困潦倒，因为老子走投无路，因为老子是个倒霉鬼。"

"不然，不然。"罗孝全摇了摇头，"太平门外遍地是食不裹腹的叫花子，人家咋不放葫芦吹牛？正因为你心中充满了可怕的谬见，所以上帝才会让你处处吃瘪、处处碰壁。你应该虔心向道，向上帝忏悔你的罪恶，如此才能获取人生的光明，才能找到一条活路。”

“只怕未必。”洪秀全冷笑一声。

罗孝全奇怪地看着他：“亲爱的朋友，你性情乖张，手无缚鸡之力，功名考不取，生意净赔本，回到家老婆都看不起你。除了上帝，你说你还有啥？”

王山公也曾质问过同样的问题，洪秀全下意识地摸向空空如也的腰间，那把木头疙瘩削的假无情剑早被英开山一棍砸断。暴眼书生绝望地吼道：“老子还有一个丢了的兄弟！”

第一百三十六回　九仙神庙

“天下第一剑客”金蟾道士病卧白沙圩河神庙，于绝境中领悟剑道真谛，冯云山曾把这段故事说给洪秀全。后者认为自己现在和金蟾道士当年的处境相差无几，同样濒临绝境，同样领悟到一个悔字秘诀，看来的确到了重返粤西的时候。

暴眼书生离开家乡，准备去远方做一番开天辟地的伟业时，那真叫个穷困潦倒——父亲年迈多病，妻女无依无靠；买卖赔了本，朋友得罪光；最可气的是罗孝全那个狗日的，明明是歪嘴和尚，反过来骂自己是异端邪教。幸运的是老天开眼，半路遇到了周道行，赠给洪秀全一百文钱做盘缠，路上可以买个饭团吃。否则人未到粤西，肚皮先塌了。

道光二十七年(1847 年)初，“红阳劫运”年洪门起义进入高潮，清军和洪门殊死搏斗，从两粤到湘南狼烟四起。粤东战事主要集中在北江与西江交汇的三水县，清军重兵围困芦苞镇，近在咫尺的“大春吉”拥兵不救，战事呈现一面倒的形势——马元龙英勇战死阵前，陈金刚等头目仅以身免，“兴胜堂”全军覆灭，“洪兴堂”再度失去了精神家园。

胥江祖庙被攻克后，官府在西江和北江大肆搜捕溃散的“洪兴堂”兄弟。

为了省钱和避免惹麻烦，洪秀全顶着炎炎烈日，一路步行朝粤西进发。两条腿当然比不过行舟，从广州城走到德庆州的梅子汛足足花了六天时间。洪秀全又饿又累，不敌两个半路打劫的小毛贼，包袱和周道行给的盘缠被抢走，只剩下随身携带的四篇雄文以及从礼拜堂顺走的一本《救世主耶稣新遗诏书》，这回是真正达到了“一无所有”的至高境界。

由梅子汛过江，东南不远处即新兴县，那里是六祖慧能的家乡。此时此刻，穷得一根毛都没有的洪秀全产生了幻觉，冥冥中感觉上帝、慧能大师、武林至尊三位大神同时附体，给自己来了一个三位一体的开示——光明就在下一步。

天亮时分，实在迈不动步子的洪秀全摸上一条客船，上去往船舱的角落里一滚，不吃不喝不说话，生怕人家要船资。同行的两个商贾像天使一样赶到，赞助路费，提供伙食，等洪秀全从梧州下船，不但一文钱没掏，兜里还凭空多了几百文大钱。

大难不死，必有后福。洪秀全精神抖擞，迈开两条腿跋山涉水，经戎圩、山寮、大安、马皮、蒙圩斜穿两条大江，于七月初十抵达贵县赐谷村，见到了众家亲戚。三年不见，洪秀全发现大伙儿对他更亲热了，人人脸上洋溢着笑容，招待他的饭菜也丰盛了许多。他抿了口茶，开口问王盛均：“你们发财了？”

王盛均摇了摇头：“不是我们发财，而是你发了财，发了大财。”

洪秀全愣了：“我就剩下这百十来个铜板，还是别人施舍的，到哪儿发财去？”

王盛乾奇怪地问：“你真不知道？”

“我知道啥？”洪秀全丈二和尚摸不着头脑。

“乙龙在桂平紫荆山开门立派，招募了三千多兄弟，成了威震浔江的江湖大佬。”王盛坤津津有味地说，“最难得的是他仁义，把尚弟会大龙头的位置给你留着，有功不居，还四处夸赞你有斩妖除魔、降龙伏虎的神通。贵县、平南、陆川和信宜这些地方都有信他的，全加起来的话，至少有一万八千人，你说这买卖大不大？”

梦想是洪秀全一路走来的精神支柱，然而一旦梦想成真，娶的媳妇比梦里靓百倍，可怜的心便承受不了如此重的幸福。多少年的辛酸灌下来，多少月的惶恐漫过来，多少日的疲惫冒上来，洪秀全第二口茶没咽下去，“咕唧”一声晕倒在酒桌上。

走狗屎运的人晕倒，你莫要急于唤醒，且让他在梦里多乐一会儿。过了片刻，洪秀全再度睁开眼睛，嘴里喃喃道：“一万八千？一万八千？”

王为正插嘴：“阿叔，是真的，前些天我刚从紫荆山回来，乙龙叔亲口对我说的。”

洪秀全最大的特质是狂想，可无论他胆子再大，也没想过仅仅不到三年时间，冯云山竟然发展出这么大的势力。一万八千人是什么概念？粤西全省的官军才两万多人，如果把这一万八千人训练为真草、耐草、坚草，那还得了？他疑惑地问：“你乙龙叔为啥不自立门户？”

王氏宗亲异口同声：“因为人家仁义。”

王为正道：“阿叔，乙龙叔说你是一条真龙。我满姑起先不信，后来李二爷在龙头峰自刺三刀六洞，送走了那条白龙，她便信了乙龙叔的话，开始对你刮目相看。”

“你满姑？”洪秀全自言自语。

王盛朝吸了一口烟，慢吞吞地说：“火秀，二妹如今是郁江和浔江两条江面上最有名的降僮法师，提起白血童子这四个字无人不知、无人不晓。说实话，乙龙能有今天的势力，咱们王家是出了大气力的。乙龙手下有个叫杨秀清的半瞎子，是桂平江口圩牛瞎子的徒弟，本事比二妹差远了。贵县、平南、陆川和信宜这些地方的信众都是二妹的功劳，她施法显一次灵，乙龙就收一茬人，你说他能不念着咱王家的好？”

从一无所有的光棍到洪福齐天的教主，原来只是眨巴眼的工夫？洪秀全眼冒火星，头壳灵思涌动，闪出了不少金光，也倾吐了许多怨气。冯云山是打着灯笼难寻的忠义兄弟，王二妹这个亲戚倒需要调教调教，争取把白血童子这个名号改了，太土，不够洋气。

想到这里，他问王为正：“你乙龙叔开的堂口到底叫啥？”

“当然是上帝会，叫尚弟会是为了招揽溃散的洪家兄弟。”王为正解释，“阿叔，你刚从粤东来，大概还不知道，洪门在天马山和盖九霄拼了个两败俱伤，叫官府抄了后路，上个月龙头峰的老巢被打破，眼下兵败如山倒，到处是落单的洪家人。”

王盛爵赞道：“火秀，你是有福之人，洪门姓什么不好非要姓洪？这不是老天爷早早给你煲下的一锅靓汤？洪家兄弟能征惯战，乙龙收了他们如虎添翼。”

今非昔比，三年前在王氏宗亲的眼里，洪秀全不过是个混饭吃的落第秀才；三年后他们心服口服，一致认同冯云山的观点——这位表弟是个大贵人。王盛乾感慨地说：“火秀，你来的真是时候，洪门、官府和绿林道杀了个两败俱伤，你这个上帝会将来就是粤西最大的势力。别说江湖绺子和‘米饭主’，官府都得给三分面子，你的好日子来了。”

各位表兄齐声道：“赶快去桂平掌权！”

一顿饭下来，洪秀全的角色转换迅速完成，开始以教主的身份考虑问题。他庄严地扫了一圈王氏宗亲，摆了摆手：“不碍事，乙龙是我的好兄弟，是一棵真草、坚草和耐草，绝对不会和我争权。我这回在粤东修炼了红毛法术，掌握了红毛秘籍，想和二妹切磋切磋，她在白沙圩的河神庙吗？”

王盛均摇了摇头：“她买卖红火，四处聘请，很少在庙里。”

鸦片战争中，红毛兵舰把官军打得屁滚尿流，红毛法术的威名早传到了粤西。王为正悄悄吐了一下舌头，不相信地问：“阿叔，你能看懂鬼子的武林秘籍？”

“废话。”洪秀全从兜里取出四篇雄文，丢在桌子上，“老子还写了四本呢。”

冲着冯云山对洪秀全推崇备至的样子，王氏宗亲没人敢小瞧这位表亲，大家如捧珍宝般传递着一睹为快。王盛乾困惑不解地问：“火秀，你懂红毛法术，二妹精通白血大法，咱们都是一家人，还有什么好切磋的？”

“就是啊。”王盛坤道，“一家人有啥好比的？”

“这是大事。”洪秀全正色道，“二妹虽然本领不低，但毕竟是降僮术，土了吧唧的，不合时宜。降僮术假使能打胜仗，早把官军打了个稀里哗啦，轮得着我出头？当今世道，不管你是白龙赤龙，还是真龙假龙，欲成就大事，必须沾点洋荤，不搞红毛法术是不行的。我上次来的时候对你们说过，红毛教的大神叫上帝，膝下有一独子名耶稣，起死回生后来到人间给红毛鬼子当总大哥，人家手下可没有什么白血童子。”

一席话，王氏宗亲汗毛都立了起来：“火秀，你想干啥？”

“不想干什么。”洪秀全笑着说，“红毛教的事都在我脑子里装着，上帝和总大哥想封谁当大佬，全凭我一个人说了算。凡事预则立，不预则废，我动身去紫荆山之前，有些事要和二妹提前通通气，免得将来不能自圆其说。”

大家明白了他的意思，王盛乾高兴地点头：“应该的，应该的，这么大一个摊子必要细细地筹划，叫什么名号无所谓，关键是把权拿到手。”

王盛均忙叮嘱儿子：“为正，你去白沙圩走一趟，叫你满姑回来。”

王为正应声而去，众人你一杯我一杯轮流敬洪秀全吃酒，喝到尽兴处，王盛朝忽然想起一件事：“火秀，你这次回粤东，弄到无情剑了吗？”

“是啊。”王盛爵醉醺醺地说，“洪门这次败得一塌糊涂，说起来，与无情剑突然变成有情剑大有关联。李二爷一死，大度和尚不能服众，人心涣散，兵无斗志。”

洪秀全把兜里剩下的几十文钱拍到桌子上：“去，买把剑来。”

王盛爵眯着眼睛：“做啥？”

“只要学会红毛法术，”洪秀全傲慢地说，“纵然一根柴火棍，那也是无情剑。”

王二妹外出施法，人不在白沙圩。洪秀全急于见到冯云山，七月十五，在王为正的陪同下离开赐谷村，打算经武宣勒马渡过黔江，穿越双髻山进入紫荆山区。

此番行程与来时大不相同，王为正带足了盘缠，挑了两筐吃喝用度。叔侄二人悠闲自在地翻过娘娘岭，抬头朝勒马渡口一看，着实吃了一惊。只见黔江战船云集，来来往往的尽是两粤水师的旗子，一副如临大敌的样子。

两个人到江边一打听，才知道这两日有从大明山败退的洪门残部强行渡江，和两粤水师发生了激烈的交战。王为正塞给把守渡口的千总几两碎银，二人顺利渡过黔江，跟着一群“过山客”朝双髻山口走去。双髻山为紫荆山西北屏障，两山之间的崎岖小径是浔州府通向柳州府的陆路商道——“过山客”们从这里经过金田平原到达大湟江口，卖掉山货和土特产，换一些诸如洋纱、火油等洋货回乡贩卖。

平时走在这条商道上的“过山客”络绎不绝，多者三四百人，少者也有几十。眼下清军封锁了黔江、郁江到浔江的江面，“过山客”明显少了许多。行至十六日黄昏，山路上只剩下叔侄二人，王为正体贴地问：“阿叔，要不咱们歇一歇？”

夏日多雨，空气沁人心脾，群山郁郁葱葱。洪秀全寻了块石头坐下来，在侄子的伺候下吃饱喝足，感觉浑身通泰。周围的草丛足有半人多高，在洪秀全眼里好似千军万马，又像一个个活色生香的美人，怎么看，怎么叫人腔子里爽气。

“瞧瞧。”他感慨地对王为正说，“这就是真草、耐草和坚草。”

跟着洪秀全这一路，王为正基本上把他的思路摸了个七七八八，他问道：“阿叔，照你的意思，如来佛、观音娘娘、玉皇大帝、太上老君、吕洞宾、关老爷都是妖魔鬼怪？”

洪秀全点点头：“那当然，你忘了六乌庙那对狗男女了吗？”

王为正从心里觉得别扭：“老祖宗都不要了？”

“跟上帝比起来，老祖宗算个屁。”洪秀全谆谆教导，“谁的武功高，老百姓就怕谁；谁的法力强，老百姓就怕谁。当今世上红毛法术威力第一，只有红毛教天下无敌——洪门不行；你满姑的白血童子也不行，必须让她改个名号。”

王为正发愁地说：“阿叔，白血童子可灵了。要是让我满姑改了法号，万一白血童子不高兴离她而去，谁帮你吓唬人？”

“这正是我打算和你满姑从长计议的事情。”洪秀全道，“法号可以暂时不改，但须对外人讲明白，就说白血童子是八仙的徒弟，八仙被上帝收服，改邪归正了。”

王为正拍着巴掌：“太好了，太好了，这样的话观音菩萨和八仙可以继续当神仙，不用当妖魔鬼怪了。阿叔，前面有一座九仙庙，原来供奉着八仙，后来加了一个观音娘娘，改名叫九仙庙，香火旺得很，咱们把这个好消息告诉他们吧？”

洪秀全俨然姜子牙附体，想封谁当神仙谁就能当神仙。他剔着牙花说：“这几头烂蟹能不能继续当神仙吃供奉，要看他们的本事灵验不灵验，不灵验的话照砸不误。”

叔侄俩刚到双髻山口，呼啦啦雷鸣电闪，大雨瓢泼而至。王为正欢天喜地："阿叔，你果然是一条真龙，八仙和观音娘娘来接你了。"

洪秀全喜不自胜，把折扇朝后脖领上一插，背着手进了九仙庙。大殿里黑黢黢的，伸手不见五指，阴森可怖，他皱眉道："为正，你不是说香火旺吗？"

王为正提着油灯走上前，纳闷地说："不对啊，平时里面亮堂着呢，难道见了鬼？"

洪秀全回手一巴掌："丢你老母，让你胡说八道。"

王为正猝不及防，仰面重重地跌了一跤，正好压在一具软软乎乎的东西上。吓得他汗毛倒竖，"噌"的一声从地上蹦了起来，杀猪似的喊："鬼，鬼。"

叫声凄厉，洪秀全吓了一跳。还没有来得及问，大殿四周燃起六七把刺目的火炬，有人高声断喝："大胆反贼，还不束手就擒，更待何时？"

明晃晃的灯光下，只见大殿里冲出二十几个绿营官兵，不由分说，拿绳子往叔侄俩的脖子和肩膀上一套，捆了个四马攒蹄。洪秀全嚷道："凭啥拿人？"

"就凭你小子满嘴的粤东口音。"一个千总模样的人狠狠地抽了他几马鞭，"这两天强渡黔江的是'洪德堂'旗下的'德威堂'，伤了老子不少伙计。"

"冤枉啊。"洪秀全道，"'德威堂'是一伙秃驴，我们俩可长着头发呢。"

千总黑着脸："你小子门儿清，看来不是什么好鸟。"

官府的人最喜欢屈打成招，洪秀全心头一沉，使出杀手锏："在下是广州城天字码头东石角礼拜堂的牧师，奉制军大人的谕令前来浔州府传教。"

"红毛教？"那千总呆了一呆，"你有文凭吗？"

洪秀全心虚地说："有广州府颁发的文凭，不过，路上叫贼人抢了。"

"嘎嘎嘎。"守备发出一阵怪笑，笑完后脸色骤变，抡起马鞭子，照准洪秀全的脑袋又是一家伙，"大胆反贼，敢在爷爷面前花言巧语，你他老母活腻了？"

王为正哭哭啼啼："大老爷，冤枉啊，我是贵县赐谷村的人。他是我阿叔，刚从广州府过来传播红毛教，千真万确，并无一句诳语。"

"传播红毛教就是汉奸。"千总踢了他一脚，"你们有理了是怎的？"

"朝廷都认输了。"洪秀全不服气地说，"你逞什么好汉？"

兵士们放下手中兵刃，取出竹筐里的食物大吃大嚼。一个兵士翻了翻，发现了里面那本《救世主耶稣新遗诏书》，惊叹道："啊呀，老爷，他们真是红毛教的，你看书皮上这个光屁股的爷们多不要脸，挂在木头架子晃荡，他到底想干啥？"

千总"哼"了一声："你懂个屁？人家这叫压制炮火。"

兵士们敬佩地问："老爷，你咋知道？"

"广东水师高廉镇标的朱大人前些日子过来。"千总得意地说，"他教我的。"

洪秀全道："事已查明，该放人了吧？"

"本来可以放你，但这本书大有蹊跷。"千总捧起书摇头晃脑，"遗诏书？一定是哪个皇帝佬留下来的，或许是前朝的皇帝佬也说不定，反正对现在的皇帝佬不利。等老子把你们带到浔州府好好审一审，假使审出谋逆大案，老子便是头功一件。"

洪秀全脑袋"嗡"的一下，尖叫起来："你们亵渎上帝，不怕遭天谴吗？"

"上帝是个什么玩意儿？"一个兵士疑惑地问。

"管他啥玩意儿。"另一个兵士道，"咱们一共逮了三个会党，刚才戳死了俩，正好拿这两个汉奸顶罪，赏银照旧一文不少。"

王为正这才发现，刚才自己压在身下的是一具死尸，死者浑身布满刀口，秃头无发，显然是"德威堂"逃散的兄弟。大殿的神像基座旁捆着一个瘦头陀，嘴里塞着破布条，鲜血顺着脖颈滴滴答答地往下淌。千总叫人掏出破布："和尚，想吃东西吗？"

瘦头陀反问："凭啥不吃？"

千总翘起大拇指："识时务者为俊杰，你叫什么？"

"大丈夫行不更名，坐不改姓。"瘦头陀昂然道，"江湖人称'和尚通'的便是。"

"好汉子。"千总叹了口气，"你砍了我们五六个伙计，以命抵命，当无怨言。我现在管你一顿饱，你替我做一件事。"

兵士们解开"和尚通"的左臂，瘦头陀狼吞虎咽吃了个饱："说吧，让爷爷干啥？"

千总拈出一张纸："爷们儿，你在上面画个押，承认这两个是你的同伙。"

"哈哈。""和尚通"不屑一顾地仰天大笑，"洪家没有这样的软骨头。"

王为正大为羞惭："和尚，你弄错了，我阿叔真的姓洪。"

"放屁。""和尚通"吆喝，"这号辱没祖宗的汉奸也配姓洪？"

千总高兴地说："姓洪好，姓洪就对了。"

洪秀全梗着脖子："老子姓洪，可不是他们洪家的人。"

"你小子背着牛头不认账。"千总笑了起来，"姓洪的不是洪家人，是谁家人？"

一名清军兵士劈手扇了洪秀全一掌，骂道："我要是你祖宗，早一头撞死了。"

从一无所有的穷光蛋到洪福齐天的教主是眨巴眼的工夫，但从洪福齐天的教主到阶下囚也是眨巴眼的工夫。洪秀全把眼一闭，双掌合十："阿门。"

屋里的清兵正拿洪秀全叔侄开涮解闷，突然，阵阵阴风吹过，外面传来哀号声，殿门随即被撞开，七八个兵士连滚带爬，目露惊恐之色："不好了，辣手的来了。"

千总慌忙抓起佩剑："敢问外面是哪路好汉？报个字号？"

骤雨之中，光影陆离，隐约可见五条身影矗立在殿外，个个头戴斗笠，身披蓑衣，白纱遮面看不清相貌。良久之后，中间那条大汉洪亮地吟诵道：

五人分开一首诗，身上洪英无人知；
此事传得众兄弟，后来相会团圆时。

千总声音颤抖："你们，你们是洪家人？"

"如假包换。"那汉子冷冷一笑，"尔等这些威武窑子的狗奴才、狗杂碎，不是要拿我兄弟邀功请赏吗？快快出来受死！"

人到了命悬一线的关口，头壳分外清亮。洪秀全一下子听出来对方的声音，这不是冯云山的拳脚师傅龙子才吗？他不是蔡李佛拳门人吗？什么时候变成了洪家兄弟？不管龙子才的真实身份如何，现在他是唯一的救命稻草，洪秀全扯开嗓子喊了起来："冤枉啊，我是花县官禄布的洪仁坤，来粤西宣讲真道，传播真道。冤枉啊，天大的冤枉。"

堂堂的上帝会教主，一到关键时候就现了原形，王为正丧气之至："阿叔，别喊了，宣讲红毛教是汉奸，落到洪门手里也没个好。"

"你懂个屁。"洪秀全恢复了神气，"老子是真命天子，谁敢不敬？"

屋外来的这几个高手系蔡李佛拳门人，领头的果然是龙子才。

"洪德堂"旗下"德威堂""德信堂""德兴堂""德武堂""德烈堂"五堂精锐被大度和尚分割使用，有的在天马山前线损失惨重，有的在大明山保卫战中消耗殆尽。"德威堂"与总堂九营铁卫军负责拱卫龙头峰，与两粤清军激战三个月，大部分兄弟在清军的优势炮火中壮烈捐躯。突围之际，邝能愤于大度和尚的倒行逆施，没有跟随总堂向西北撤退，而是强渡黔江冒险杀回粤东。黔江一线官军重重，邝能这个决策无异于自投罗网，以卵击石。但是弟兄们受够了大度和尚，宁愿战死，也不愿再受总堂龙头大令的制约。

"德威堂"本为残破之师，强渡黔江又阵亡了许多忠义兄弟，侥幸杀出重围的大股跟随邝能东进，尚有一些溃散的兄弟流落于象州、武宣、桂平之间的群山。龙子才在大湟江附近遇到邝能，受其委托搭救落单的洪家兄弟，不想在九仙庙撞到了洪秀全。

冯云山进入紫荆山筚路蓝缕，草创大业，张永绣回到浔州城后，把他的情况一五一十报告给了龙子才。龙子才既喜且忧：喜的是冯云山一身的好本事，终于有了英雄用武之地；忧的是冯云山人生地不熟，从头做起谈何容易？这两年多来，龙子才进山看望过冯云山三次，对冯云山的远大志向和坚毅精神大为折服。最令他钦佩的是冯云山有功不居，虚位以待，逢人便讲洪教主法力如何高强，使得洪秀全人在粤东，威名却响彻了紫荆山区的天空。

像冯云山这样亲创大业，又拱手无私赠人的美德，别说龙子才诧异，即使翻遍史册也找不到第二例。故此，蓦然听到洪秀全在庙里求救，龙子才结结实实吃了一惊，他用手指抹去刀头的雨水，二话不说立即杀入庙内。他领的这四条汉子皆为蔡李佛拳高手，此番厮杀如同饿虎扑入羊群，片刻间砍倒了那个千总和十来名兵丁，其余的清兵魂飞魄散，抱头鼠窜，一溜烟逃得干干净净，只恨爹妈少生了两条腿。

龙子才用剑挑开"和尚通"的绳索："某受邝阿妈所托，特来接应。"

"和尚通"是老江湖，见龙子才等人脸上蒙着白纱，显然不愿意暴露身份，便摇摇晃晃地站起来："承各位高谊，若非贫僧有伤在身，岂容这几个狗腿子猖狂？"

龙子才问明姓名，劝道："通师傅，邝阿妈他们已经走远，或许已经到了梧州府，你伤得太重，断然追不及。依在下愚见，莫不如暂且在粤西疗伤，伤好以后再回粤东不迟。"

"德威堂"自粤东出发时军威甚壮，但经过一年来的连番征战，余众不及一成。阵前舍生忘死地厮杀没有什么，最让人难受的是明知道大度和尚心怀叵测，碍于洪门军纪和龙头大令却没有丝毫反抗的余地。思及件件惨烈前事，"和尚通"泪落如雨："回粤东又能如何？这么多好兄弟都没了，有什么脸面去见掌堂大爷？"

龙子才问道："二爷不是驾鹤西归了吗？"

"休要胡说。""和尚通"脸红脖子粗，"他老人家神功盖世，死不了。"

在洪家兄弟的心目中，李文茂斩杀武林至尊金蟾道士，夺取"镆铘剑"，武功已经达到超凡入圣的至高境界，乃是一代不死战神的象征。龙子才叹了口气："好好，二爷没死，洪门还有复兴的希望。通师傅，此庙非久留之地，咱们赶快走吧。"

"和尚通"从地上捡起一把刀，指着洪秀全和王为正说："这两个是红毛教的汉奸，比威武窑子那些奴才更加可恶，断不能饶他。"

龙子才瞥了洪秀全一眼，心想这位洪教主反应机敏，刚才明明听出了自己的声音，却没有揭破自己的身份，难怪冯云山如此看重。他走到洪秀全身后，用双指暗地夹断捆在洪秀全身上的绳索，抬头对"和尚通"说："中国人再聪明也学不到人家红毛教的法术精髓，救人一命胜造七级浮屠，算了吧，饶他们一命。"

一名兄弟弯腰把"和尚通"背起来，龙子才等人迅速离开九仙庙。王为正死里逃生，手脚又酸又麻，没有丝毫气力，问："阿叔，他们为啥不杀咱们？"

"不是给你说了吗？"洪秀全道，"阿叔我上承天命，是高天上的真神。"

王为正更疑惑了："阿叔，你要是神的话，咋会让人家捆起来？"

"他能捆得住老子？"洪秀全大模大样地把断开的绳索丢在地上，弯腰抄起那位千总手里的佩剑，"这把剑倒是不赖，省了老子几十文大钱。"

王为正没有注意龙子才刚才的动作，见洪秀全轻轻松松挣脱束缚，以为他果有法力，不由得佩服地问："阿叔，你拾剑做什么？"

"这把剑不是普通的剑，它的名字叫'云中雪'——就是无情剑。"洪秀全叨咕完，望着庙里的塑像咬起了牙齿，"这九头烂蟹叫老子受难，有眼不识泰山，甚是无礼。"

言罢，洪秀全执剑疾书，在神像肚皮上题诗一首，曰：

朕在高天作天王，尔等在地为妖怪；
迷惑上帝子女心，缅然敢受人崇拜。
上帝差朕降凡间，妖魔诡计今何在？
朕统天军不容情，尔等妖魔须走快。

广东水师挺进粤西三江六水，遵循先易后难的次序，留着浔江三大水寨这几根硬骨头暂且不顾，率先荡平郁江。郁江五大家中，韦三相、黄福满、万金魁、吴凌云望风输诚，唯有谢江殿、苏三和张嘉祥一伙奋起抵抗，被清军以优势兵力和炮火击溃，近乎全军覆没——谢江殿生死不明，苏三退回灵山县苏村，张嘉祥则遁入十万大山……

邝能率领一百多名"德威堂"兄弟渡过黔江，冲破清军的重重包围，从张钊的雁塘堡水寨借了六条快船，乘着夜色驰向濛江水寨。"大口昌"梁昌、"扁头三"何洪锦、"白鬼仔"吴亚坤三位寨主热情相迎，告诉他最近大伙儿都在惦记五堂兄弟的安危，任文炳、任文彪、张贵和等人经常从北流江的水寨过来打探消息。

梁培友的基地设在浔江南岸的落翅湖，那里地处平南、藤县、容县三县交界，距离濛江水寨不到百余里地的水程。在梁昌派出向导的引领下，邝能率众顺利抵达落翅湖。劫后余生，兄弟相见抱头痛哭。寨内有善治跌打创伤的郎中，为众兄弟包扎伤口，同时，梁培友在落翅湖为"德威堂"死难将士设坛打醮，遥祭亡魂，追悼英灵。

"邝阿妈，你可能还不知道吧？"梁培友对邝能说，"'洪义堂'兄弟战事不利，胡二爷战死在阳朔城下；罗阿妈遭到威武窑子和蓝太武双重夹击，失了大峒寨。"

邝能惊问："他没事吧？"

“没鸟事，和你一样挂了彩。”梁培友长长地叹了口气，“仗打得这么难看，罗阿妈面子上估计搁不住，一直在北岸和威武窑子、绿林道周旋，不容易啊。”

龙头峰、大峒寨先后失守，“红阳劫运”年举事以失败而告终。这次起义比二十多年前那次还要惨，洪门五大主力中，“洪胜堂”“洪义堂”“洪兴堂”精锐尽失，“洪德堂”大部人马解散，唯独保留实力的是“公义堂”——朱世雄被大度和尚羁押在龙头峰两个月，差一点死于非命，自然不可能倾尽全力响应大度和尚的军令，湘南战况可想而知。

“主将无能，累死千军，只可惜那么多忠义兄弟白白葬送了性命。”邝能痛心疾首，“大度和尚将本堂兄弟分割使用，‘德兴堂’和‘德武堂’在天马山；‘德信堂’和‘德烈堂’中途调回镇守大明山北路防线，总堂撤退的时候太匆忙，互相谁也联系不上。”

大明山东、南两路清军云集，“洪顺堂”总堂向北或者向西撤退是可行之道。大明山西北为一望无际的莽莽群山，退至云贵固然可以歇一口气，却有沦为草寇之嫌，对洪家兄弟的士气打击非常大。二十多年前，洪门兵退大明山，大慈和尚耿耿于怀，尚且经常自责，何况现在撤向更加荒芜的云贵大山？

失败并不可怕，可怕的是失去心灵感召的火焰，失去重新凝聚力量的土壤。以洪门大义激励人心的三合会，一旦放弃湘粤三省这块热土，极有可能面临灰飞烟灭的命运。

大厦将倾，希望之火到底在哪里？

梁培友关切地问：“邝阿妈，你下一步如何打算？”

“还能怎么打算？”邝能愤愤不平地说，“只要大度和尚这厮执掌总堂大令一天，我辈就永无出头之日。咱们是掌堂大爷带出来的，凭啥供他驱驰？你们既然都退出了洪门，我也把龙头令旗和‘银叶会簿’拾掇拾掇，送上黑石顶拉倒。”

“送缴龙头令旗和‘银叶会簿’不用去黑石顶。”梁培友道，“交给‘大只钜’即可，他从粤东来，专门干这个差事。”

邝能愕然：“莫非黑石顶大寨被攻破了？”

“迟早的事。”梁培友闷闷不乐，“黑石顶大寨与封川江口不远，本堂先大龙头把老营扎在那里，为的是向威武窑子表达不屈之意。毕阿妈没有雄才大略，跟大度和尚走得紧，眼下众叛亲离，如何守得住黑石顶？”

邝能苦笑着说：“‘大只钜’倒是一个守信之人。”

“他也是没办法。”梁培友道，“七个堂口共推他当缴印的代表，谁知船到德庆州，陈见成他们翻了船，‘德礼堂’的旗子和会簿掉到了江里。这样一来，老关交不了差，觉得不好意思回去见弟兄们，便在浔江耽搁下来。”

邝能一愣：“陈天义自己咋不来？”

梁培友回答：“本来陈天义陪着老关一起去黑石顶，可是临走的前一天，他突然练功出了岔子，顺手把差事给了陈见成。陈见成这家伙怀有私心，总想去桂林找汪亚景麻烦，再三劝说不听，非要在府江扎营盘。”

邝能思忖了一会儿：“陈天义人小鬼大，这里面不会有什么蹊跷吧？”

“现在兵败如山倒，黑石顶且将落入敌手，他能有什么蹊跷？”梁培友摇了摇头，“咱们这些龙头中，阿茂待他最厚，授他武功，传他堂口，他敢有二心？”

李文茂之所以对陈开另眼看待，梁培友和邝能最明白其中的缘由——当初，李文茂得到“六祖心经”，兴冲冲地赶到白鹭洲与弟兄们分享，结果碰了一鼻子的灰；要不是陈开后来领着王山公、宁洪崖、“逃军和”主动修炼“六祖心经”，了结这段插曲，大伙儿到现在还觉得对不起李文茂呢。

邝能抬头问：“掌堂大爷到底是死是活？”

说李文茂死了，梁培友打心眼里不愿意承认；但要说李文茂还活着，稍微理智一点的武林中人都觉得不可能——天下无双的“镆铘剑”三刀六洞，每一剑刺中的俱为要害大穴，尤其最后一剑刺中了神阙穴，那可是李文茂的罩门！话又说回来，红船人为什么拼着那么大的牺牲，非要帮助易如真把李文茂的遗体拉回粤东？梁培友想起金丝楠木棺材里藏的那口石棺，想起李文茂栩栩如生的遗容，想起最近关于易如真禁止洪家兄弟登岛的种种传言，意味深长道：“邝阿妈若执意退出洪门，须在掌堂大爷坟前燃香祷告，让他老人家闻知才算作数。”

邝能明白了他的意思，拍案而起：“邝某明天就走。”

第一百三十七回　英烈后裔

广东水师在封川江口炮台周围布下重兵，一方面为攻打黑石顶做准备，一方面搜捕从粤西逃回粤东的洪家兄弟。有鉴于此，梁培友和邝能考虑再三，将百十来号“德威堂”兄弟分成两部分，一部分沿北流江和南流江南下，自廉州府登船走海路东归；一部分横穿云雾山，走陆路返回佛山堡。把两路兄弟打发走后，邝能在落翅湖养了几天伤，披袈裟，执锡杖，怀揣一张全州湘山寺的戒牒，搭了一条客船顺江东下。

闲话少叙，却说“和尚能”一人单杖，没有引起清军的注意，顺利通过江口炮台。船到西海大寨，只见山河破碎，野草荒芜，往日雄关变成一片废墟，好不凄惨。“和尚能”心中闷闷不乐，转乘商船南下崖门，已经是半夜光景。

虽然是夜里，周遭景物明如白昼，邝能抬头看，发现月儿圆如银盘，掐指一算，竟然到了八月十五。中秋节普天团圆，而自己却把一千多好兄弟丢到了粤西，邝能痛彻肺腑，以衣蒙面蜷缩在船舱里，昏昏然不知道如何去见故人？

好不容易挨到天亮，邝能在崖山祠下了船，租赁了一条舢板朝兰花洲方向划去。舢板没有划出去多远，就见一队官船浩浩荡荡地驶向崖山祠，与舢板擦肩而过。又划了片刻，前方冒出两条舢板，拦住去路，有人喝道："此路不通，莫要往前走了。"

邝能猜测对方是石鱼岛卢新的手下，便问："卢兄弟在不在？"

对方上下打量了邝能一番："足下是？"

邝能道："在下是'德威堂'的'和尚能'。"

"邝阿妈？"对方吃了一惊，"你还活着？"

"败军之将，活着不如死了好。"邝能叹气，"邝某打算上岛拜谒掌堂大爷英灵，当面向他老人家谢罪，这位兄弟，赶快给夫人报个信吧。"

对面的人回答："夫人不在。"

"哦？"邝能问，"谁在岛上？是三全兄弟吗？"

那人说："邝阿妈，三全哥跟着夫人回'凤凰仪'班唱戏，岛上没人。另外，夫人走的时候发下了话，烦劳各位洪家兄弟莫再上岛祭拜。"

兰花洲上摆起了空城计？邝能吩咐："你把阿新给我叫来。"

"和尚能"身为"德威堂"掌印阿妈，在洪门中的地位高出卢新一大截，而且谁都知道他和李文茂的关系。对方不敢延宕，飞船去向卢新报信，不大一会儿，螺号声声，从湖西的山脚转过一条舢板，卢新像刚从湖底爬出来似的，满身稀泥。看到邝能连连拱手："不知邝阿妈大驾光临，有失远迎，请到石鱼岛上吃茶。"

邝能单刀直入："邝某九死一生自粤西归来，难道上不得兰花洲吗？"

卢新赔着笑脸，态度异常坚决："邝阿妈，别说是你，纵使总堂白扇大爷来了，照样不许踏上兰花洲半步。这是夫人的口谕，没有办法，你得体谅兄弟的难处。"

邝能把锡杖在胸前一横，不悦道："某家要是硬闯呢？"

卢新和他的手下同时掣出兵器："那就休怪小弟无礼。"

易如真下了这样的死命令，显然是此地无银三百两，邝能试探出底细，放下锡杖："贫僧不为难你们，把你师傅叫来，邝某问问他是什么意思？"

卢新讪讪地说："我师傅不在。"

"赶快去找。"邝能咆哮起来，"他不在有你师叔，老子就不信找不到一个说理的？"

卢新被驳得无言以对，明白这次碰到了难缠的主。他硬着头皮道："我去找，不过，邝阿妈大老远地来，请到岛上吃口茶吧。”

“你们这几个小崽子满嘴没一句实话，贫僧才不会上当。”邝能指了指崖山祠，“那上面地势高，眼界宽，老子在那儿清静清静。”

卢新劝道：“邝阿妈，今天是中秋，来崖山祠进香的人多，刚才去了不少官船，你老人家何必凑这份热闹？”

邝能虽然浑身是伤，但那股傲慢劲依旧丝毫未减，他鼻子里“哼”了一声：“你小子的意思是邝某本事不济？就你们蔡李佛拳那两下子，贫僧未必搁在眼里。”

“好好。”卢新知道这和尚功夫了得，叮咛道，“邝阿妈，咱们以海螺为号，你在崖山祠好好歇养，等我找到师傅，立刻来接你。”

与卢新分手后，邝能转身回到崖山祠，在岸边缴还了租赁来的舢板，独自一人慢慢地向忠义坛走去。往常每到节日，附近三江、霞路、滘头等村的村民都会进入崖山祠清除野草，各地的香客上山供奉祭品。今天非常奇怪，大清早来了许多官船，密密麻麻地停泊在岸边，从忠义坛朝下看，官船的旗帜五花八门——有南海县和新会县衙门的；有广东水师提标新会左营和八旗营的；有广西平乐协麦岭营和宁古塔汉军正白旗的……

清廷表面上推崇礼教，其内心深处对崖山祠所体现的民族大义十分忌讳。这么多当官的结伴来崖山祠是什么意思？“和尚能”心里纳闷，由于刚才划船用力过猛，受伤的右臂酸痛肿胀，他放下锡杖，寻了块石头坐了下来，闭目养神。

阳光暖暖地搭在眼皮上，邝能刚刚合上眼，就听有人喊：“这不是能师傅吗？”

他睁开眼一看，问话的不是别人，正是“大只钜”的表哥朱次琦。朱次琦后面跟着南海县九江厅主簿和新会县的典史，瞧这副前呼后拥的架势，大概鲤鱼跳龙门考取了进士。邝能急忙站起来施礼：“朱先生，别来无恙。”

朱次琦把一应官差支到国母殿，压低声音问：“能师傅，你在粤西见到阿钜了吗？”

邝能点点头：“阿钜哥好着呢，先生尽管放心。”

道光二十七年丁未这一科中，朱次琦在考生中最负盛名，后来名扬天下的李鸿章、沈宝桢、郭嵩焘、张之万、马新贻、何璟等人当时皆为无名小卒。殿试之前，人人觉得朱次琦这回不拿状元，至少也要拿个榜眼，中探花都对不起他满肚子的学问。那次考试的场面对于朱次琦和大清王朝来说，未尝不是一个命运的缩影。

殿试当天，太阳满腹心事，早早掩了光芒。眼看太阳西下，按照规定，时间一到，考生必须停笔交卷。由于历届殿试都有拖延时间的习惯，所以，监考官吆喝之后，众位考生异口同声要求通融。监考官不说行，也不说不行，张之万第一个坐下来，李鸿章、沈宝桢、郭嵩焘、马新贻、何璟等人欢欢喜喜，坐下来继续埋头奋笔疾书，考场中只有一个人像根木头桩子似的站着没动，这便是朱次琦。

朱次琦盯着没有答完的卷子愣神，这张卷子上漂亮的毛笔字龙飞凤舞，它就是那道横亘在鲤鱼面前的龙门啊！只要写完这张卷子，荣华富贵便从天而落，四十年岁月的期盼，乡亲父老和妻子儿女的热切，等的无非是这个金饭碗。你要是嫌饭碗这两个字有失文雅，那么说它是济世情怀也好，宏图远志也罢，总而言之，它近在咫尺，伸手可掬。

骆秉章那张笑眯眯的江湖脸从卷子底下冒了出来，朱次琦从这张未答完的试卷中仅仅读出了两个字——气节。作为圣贤门徒，甘受耻辱投考做官，和洪门那些穷棒子相比已然失了节义，如果再厚着脸皮写下去，与禽兽何异？

朱次琦毅然离开座位，把卷子交到考官手里。这位考官恰好也是粤人，对朱次琦的才气素来敬重，连忙劝说：“朱先生，你这是何必？”

朱次琦什么话也没有说，默默地离开了保和殿，殿试的最后成绩是倒数第五名，勉勉强强进了三甲。后人论断，朱次琦以一张没有答完的考卷取中进士，可算天下奇迹。这张没有写完的卷子，到今天仍然珍存于世。

三甲是赐同进士出身，有点如夫人的味道，进不了翰林院，只能外放当个七品知县。道光末年朝政糜烂，花银子捐纳的候补官员太多，三甲正途出身也未必能补上实缺。朱次琦根本没想到自己将在山西太原虚掷光阴长达五六年，他怀着济世救民当清官的志向，将妻女托付给五弟朱宗琦，提前准备好回家的路费，发誓为官一任，绝不拿地方一分一毫。

这样的清官好是好，可惜满世界也没有几个，像他这样的官当不长久。朱次琦注意到邝能脸色不好，指了指崖山祠下的官船，善意地提醒他："张德圃刚从平乐府回来，据说立下不少军功，他知道你在粤西的底细，你还是赶快躲一躲吧。"

在镇压三合会起义的屠杀中，张敬修大显身手，屡立战功，先后在阳朔、荔浦和永安州等地击败罗大纲"洪义堂"的进攻，其招募的东勇也被人称为"噗噗仔"。两军阵前洋枪和抬枪虽然杀伤力大，但近身肉搏邝能岂肯把张敬修放在眼里？他轻蔑道："这里不是平乐府，容不得他姓张的撒野。"

朱次琦遇贤必拜，来崖山祠是为了激励自己做一个清官；而张敬修则怀着别样目的。

由于战功显赫，张敬修升为候补知府，他对白无相的相术佩服得五体投地。更令他心情舒畅的是李文茂自刺三刀六洞——这条命里克制自己的西江之龙如果活在世上，自己不但要经历三起三落的坎坷命运，而且还会夭寿。

然而，李文茂毕竟是新科武林至尊，武功出神入化，三刀六洞真能要了他的命吗？张敬修和绝大多数人一样心怀疑虑。他迈步走上高处，举目向南侧的兰花洲方向瞭望，但见水波浩渺无际，烟雾点缀其间，显得神秘莫测。

居巢上前问："张大人，你在看什么？"

居巢居士杰原籍番禺，幼年随父宦游粤西。其父居棣华去世后，一度陷于生活困顿，幸得广西巡抚梁章钜救济，方才得以维持生计。居巢酷爱绘画，兼习武艺，常与桂林城李家聘请来的各路画坛名家交游，并有幸进入"环碧楼"临摹古往今来的杰作。由于这个爱好，他和张敬修一见如故，欣然应邀担任张敬修的幕僚，成为自此相伴十七年的莫逆之交。

"没看什么。"张敬修掩饰道，"你到上面清清场子，富明阿大人没有说的，只是八旗营水师这群王八蛋不知深浅，别生出啥事端。"

居巢不解地问："朱子襄在上面，差役们已经清过场子，还能有什么事端？"

"居先生，你久居粤西，不问世事，对粤东情形生疏得很。"张敬修苦笑道，"此处与他处大不相同，须谨慎为妙。"

居巢应了声，率领几个亲兵急急上山。刚到山顶，就发现气氛有些不对，“小仁义”带着十几个捕快手握刀枪棍棒，隐身在草丛中如临大敌。他上前问：“胡班头，什么情况？”

“嘘。”胡山逯紧张地示意，“有反贼。”

居巢感到很奇怪：“为何不捉拿？”

“此贼是‘德威堂’的大龙头，武功不凡。”胡山逯道，“咱们最好别惹他。”

东勇在粤西和“洪义堂”斗过不少仗，居巢还没有和“洪德堂”打过照面。他从“飞天爪”嘴里得知“洪德堂”战力甚强，今日一见，有心试试“和尚能”的本事，从百宝囊中取出三枚银针，提出异议：“富明阿大人和张大人马上就到，焉能留着这个魔头？”

“小仁义”语气不软不硬：“你说咋办？”

“咱们这么多人，还怕一介反贼？”居巢从百宝囊中取出三枚银针，“瞧我的。”

未等“小仁义”吱声，居巢手一挥，三枚银针同时飞出。

居巢的功夫是跟着一位看家护院的武师学习的，由于他喜欢画画，因此武功练来练去便走了邪道——不练内功，专练暗器。居巢练银针的初始目的是为了驱逐蚊虫，利于作画，后来干脆一针把虫子钉在墙上，当成写生的标本和模特。

如此练出来的武艺缺乏力道，遇到真正的高手仅能自保。邝能大袖一甩，毫不费力地将三枚银针扫到地上，念了句法号：“无量寿佛，邝某杖下不死无名之辈，贼子，报上名来。”

居巢一击失手，“小仁义”暗中抱怨不止，只得硬着头皮钻出来：“邝阿妈，张大人和富明阿大人缅怀先贤，山上地方窄，请你老人家挪个地方。”

“放屁。”邝能勃然大怒，“张敬修这个羞先人的东西，拿着从红毛鬼子手里买来的洋枪杀我洪家兄弟，当鞑子朝廷的奴才，他还好意思上山祭奠英烈？”

“小仁义”目光敏锐，发现邝能右肩僵硬，想必有伤在身，不觉胆壮了几分，把鬼头刀往胸前一横：“邝阿妈，识时务者为俊杰，如今洪家兄弟退堂的退堂，落败的落败，老猫烧须失了威。你纵然浑身是铁，又能捻几根钉？”

像“小仁义”这样的捕头也敢叫号？“和尚能”气得哇哇暴叫，挥起锡杖搂头盖顶砸向胡山逯，嘴里骂道：“兔崽子，吃你爷爷一家伙。”

邝能虽然没有伤愈，对付这群捕快仍旧绰绰有余，锡杖抡起来像风车一样，转眼间把捕快们打得哭爹喊娘。“小仁义”武功不错，咬牙苦苦支撑。居巢抽冷子又射出几枚银针，每一针都射中邝能的穴道，无奈力道太弱，加上“和尚能”内力纯正，因此造不成有效伤害。邝能边打边讥笑居巢：“来来，再给爷爷挠个痒。”

张敬修此次东归经过梧州城，遇到从平南县祭祖归来的宁古塔正白旗参领富明阿，两个人搭伴而行，一路游山玩水到了银洲湖。富明阿久居关外，却长了一副南方人的瘦小身材，浑身硬邦邦的，一看就是内功深厚的练家子。他听到山上喧哗阵阵，杀声不断，疑惑地问：“这里都是咱们的人，粤东的贼寇莫非比粤西的更猖狂？”

张敬修一愣：“‘洪德堂’已经散伙了，哪里钻出来的茬子？”

富明阿拔出腰刀：“兴许是粤西跑来的反贼。”

张敬修惊愕地问：“富明阿将军，你要干什么？”

富明阿一身钢筋铁骨的横练功夫非同小可，少年时曾经以马甲从征喀什噶尔，参加过平定张格尔叛乱的战役，被拔擢为骁骑校。他是从死人堆里摸爬滚打出来的硬汉，一听到兵刃交击的声音就兴奋，把衣襟往腰带上一系，嘻嘻笑道：“都说会党拳脚上的功夫厉害，本将倒想领教领教，看看他们有多大的本事？”

张敬修一把没拉住，急得在后面直跺脚：“富将军，快住手。”

富明阿提刀疾速冲上山顶，换下堪堪不支的“小仁义”，攒足了十二分的气力，用刀背猛磕邝能的锡杖。若是换成平时，“和尚能”岂肯容他逞强？可惜现在右臂伤势未愈，无法以力克力，但听“咣啷啷”一声，锡杖被震出三尺高。

“和尚能”眉头紧锁：“来将何人？”

富明阿用刀把邝能的锡杖荡开，自个儿的虎口也被震得生疼，暗中吃惊非小，此贼果然功夫不弱。他抱了抱拳：“本将宁古塔汉军正白旗骁骑参领富明阿是也。”

“汉军正白旗?”邝能哈哈大笑,“原来是个包衣奴才。”

包衣是满洲八旗中的汉人奴才,而汉军八旗的地位更在包衣之下,富明阿闻言大怒,挥刀直扑“和尚能”:“大胆反贼,拿命来。”

“和尚能”虽然伤创未愈,但他修炼的是正宗少林功夫“易筋经”,内力之深厚远非富明阿可比。二人你来我往大战三十回合,未分输赢。富明阿心中焦躁,自己是征讨过喀什噶尔的猛将,竟然战不过一个受伤的洪门乱党,传出去脸面往哪儿搁?想到这里,富明阿忽然虚晃一招跳出圈外,把腰刀交给身旁的戈什哈,又从另外一位戈什哈手里接过一把剑。

邝能讥讽道:“我说包衣奴才,你想施法不成?”

富明阿没有理他,从剑鞘中抽出一把寒光凛冽的宝剑,冷冷地说:“秃驴,今天不叫你吃点苦头,你不知道马王爷有三只眼。”

“和尚能”不屑一顾:“你们这些鞑子向来是死人灯笼——报大数,能吓唬了谁?臂力还马马虎虎,至于剑法嘛,最好别拿出来丢人。”

富明阿也不反驳,使出一招“金蛇吐信”:“本将剑法如何,须品过了才知。”

二人再度战在一处,邝能陡然吃了一惊,只见富明阿这套剑法灵巧飘逸,亦正亦邪,浑不像关东剑法那样质朴厚重,隐隐约约有些中原武技的根基。邝能越打越心惊,禁不住开口问富明阿:“包衣奴才,你这套剑法是从哪儿偷来的?”

富明阿答道:“休要胡说八道,此乃本将家传的剑法。”

“你一个包衣奴才家有如此高妙的剑法?”邝能摇摇头,“鬼才信呢。”

双方接着又打了三十个回合,仍然战成平手,富明阿脑门上的汗可就下来了。他心里非常不解,自己压箱底的本事都使出来了,对手怎么还没有被放倒?

朱次琦忧心忡忡,对张敬修说:“张大人,在大忠祠动粗,不太好吧?”

“洪德堂”旗下多为善战之士,张敬修吃够了甜头,正在拼命招募旧日洪家兄弟,希图壮大自身力量,是以不愿意对“和尚能”赶尽杀绝。他不安地朝兰花洲看了一眼:“是啊,久战不下,必成祸患。富明阿将军初来乍到,哪知道'洪德堂'的厉害?"

言者无心,听者有意。张敬修本来是希望富明阿见好就收,江水不犯河水,却被"小仁义"和居巢会错了意,以为他想尽快拿下"和尚能",省得夜长梦多。居巢摸出三枚银针,瞄准邝能的面部袭去;与此同时,"小仁义"提刀重返战场,和富明阿双战邝能。

"和尚能"骁勇绝伦,无奈有伤在身,全身功力仅能施展三成。"小仁义"和居巢加入战团后,邝能立刻险象环生,接连吃了富明阿好几剑,浑身像个血人一样。朱次琦在旁边看得心惊肉跳:"能师傅,别打了。"

邝能且战且退,长啸连连:"朱先生,此地是大忠祠,邝某绝不给祖宗丢脸。"

朱次琦的先祖朱实莲和张敬修的先祖张家玉皆为抗清烈士,听"和尚能"这么一说,二人觉得愧疚难当,无言以答。富明阿非常佩服"和尚能"的顽强,手下留情,偏转剑刃刺中邝能的右腿:"和尚,快快服罪,本将饶你一条性命。"

"和尚能"身中十余创,无力倒地。好汉子用锡杖撑住身子,背靠文天祥、陆秀夫和张世杰的塑像,擦了一把流到嘴角的鲜血,轻蔑道:"忠臣义士无分别,奸佞小人百样新。老子是大明忠烈之后,岂能向尔等鞑子服罪?"

"小仁义"抬头一看,果如"和尚能"所言,大忠祠里的三座塑像宛如一个模子里刻出来的相仿。他肩膀一缩,提刀断喝:"反贼,死到临头,逞什么大舌头?"

富明阿愣住了,问张敬修:"他是忠烈之后?"

张敬修讪讪地回答:"没错,他是吾粤先贤邝露邝海雪的后人。"

"这个嘛。"富明阿手捻须髯,脸色泛红,这一剑实在砍不下去了。

书中暗表,这位汉军八旗的富明阿和朱次琦、张敬修、邝能一样,其先祖同样是一位抗清英烈,而且名头比朱实莲、张家玉和邝露都响亮,那便是大名鼎鼎的袁崇焕。崇祯皇帝以汉奸的罪名将袁崇焕凌迟处死,当时袁崇焕小妾怀有身孕,无法在中原立足,遂隶籍于旗,生下一子名袁文弼。经袁尔汉、袁贵、袁常在、袁赶,五传至袁世福,即富明阿。

袁崇焕籍贯是东莞石碣镇水南村,幼年随父在浔江北岸的平南白马圩经商,受西江水的熏陶锻炼出一身豪气。父亲袁子鹏见孺子可教,特地从广东老家请来名塾师教他念书。学成后在平南县考秀才，被人检举揭发他是“高考移民”，无奈之下，寄籍到江对面藤县新白马莲塘村宗兄袁崇熠的家里，从那以后，不论考举人还是取进士，用的都是藤县籍贯。

富明阿平生第一次南下祭祖，路线是先到平南和藤县，再回东莞，计划循着袁崇焕的生命轨迹走一圈。在他的内心深处，袁崇焕精忠报国，死而无怨，堪与文天祥、陆秀夫和张世杰等彪炳史册的英烈相媲美，因此，他非要来崖山祠凭吊一番。

当他听说眼前这个洪门反贼是邝露的后裔时，富明阿既羞且惭：羞的是袁崇焕生前矢志抗清九死不悔，而自己竟然成为汉军正白旗的参领；惭愧的是邝露担任永历朝中书舍人时，曾积极劝说永历帝为袁崇焕平反，并给袁崇焕争取来一个谥号“襄愍”——“甲胄有劳曰襄”，“佐国逢难曰愍”，用来褒扬军功赫赫却蒙冤遇害的大臣，名臣熊廷弼曾经获得过同样的谥号。

人家先祖有恩于自己先祖，恩将仇报还是人吗？

见富明阿目露难色，犹豫不决，“小仁义”主动请缨：“大人，你要是下不去手，我去砍了这个反贼的头壳。”

朱次琦责怪：“胡班头，有你啥事？”

张敬修待要阻拦，忽然变了主意，拱手对朱次琦说：“朱先生，新官上任三把火，抚台大人去年刚从云南来，逮住能师傅必定千刀万剐，倒不如在这儿了断。”

“小仁义”和张敬修一个要亲自动手，一个为杀人辩解，均醉翁之意不在酒——杀邝能只是一个由头，真正的目的，是想弄清楚那个虚虚实实的江湖传闻！

“小仁义”走到“和尚能”的面前，抱拳发问：“能师傅，明年今天是你的忌日，有什么未了心愿，快快道来。”

邝能懒洋洋地看着他：“姓胡的，也不撒泡尿瞅瞅自个儿，你算老几？”

“小仁义”举起刀：“再不说，可就来不及了。”

“和尚能”望了一眼浩淼无际的银洲湖，以及杳若飞鸟的兰花洲，仰天长叹：“五祖爷爷在上，邝某虽然退出洪门，照样是一条杀鞑子的好汉。姓胡的，动手吧。”

“小仁义”又转回头：“各位大人、老爷，小的真动手了？”

张敬修用手做了一个手势：“尽管下手，张某替他收尸。”

“好嘞。”“小仁义”往手心里吐了一口吐沫，双手攥紧刀柄，使出吃奶的气力，瞄准“和尚能”的脖子狠狠地砍去。

铁血英雄即将命赴黄泉，围观者皆面露不忍之色，朱次琦更把头扭了过去。

寒光凛冽，刀锋即将砍到邝能脖颈的那一刻，从湖水深处驶出一条舢板，传来一阵低沉的铜笛声。那声音不疾不徐，若实若虚，乃是一首陈白沙的《观物》：

一痕春水一条烟，化化生生各自然；
七尺形躯非我有，两间寒暑任推迁。

笛声传来，“小仁义”惊得魂飞魄散，全身瞬间僵硬，刀刃和邝能的脖颈只差那么一拇指的距离，再难向下移动分毫。张敬修心中苦涩，不由自主地朝湖心望去，但见船儿摇摇，微波粼粼，因为距离太远，船上之人看不清模样。

这支曲子音调平缓，仿佛娓娓道来，富明阿听得入神，注意力随着节奏来回地波动。行家伸伸手，便知有没有。崖山祠这些人中，富明阿的武功仅次于邝能，当他发现自己的精神险些失控时，不由得大吃一惊——来人以气驭音，夺人心魂，内功修为已经达到了令人无法想象的境界，翠影迷离斑驳，直可以杀人于无形。

富明阿颤抖地问：“他，他，他是谁？”

“和尚能”怆然笑道：“他是天下第一号的反贼。”

越是武功高的人，其心魂越受这支曲子束缚和控制。“小仁义”和富明阿从乐声中拼命挣脱出来，将注意力集中在湖面，认真对敌，不敢有丝毫怠慢。居巢右手捏着三根银针，全身像铁弓一样弯曲，一动不动。他的思绪被飘来的笛声深深地锁住，不是说他比富明阿和“小仁义”武功高，而因为他是一位深陷于艺术迷途的失路者。

说句心里话，居巢活了三十多年，还从来没有听到过如此有魔力的曲子。虽然知道来人武功入玄入微，这道美丽的旋律乃是一种比刀剑更锋利的武器，然而画家那颗敏感的心，却像飞蛾扑火一般流连忘返，明知是毒药，也想美美地吃上一嘴。

起死回生者，驾驶一叶扁舟穿越三界，犹如一片湿淋淋的白鸟之影，浑身散发着彼岸的风声水息。声音是艺术至境的声音，气息是艺术至境的气息，人间能得几回闻？武林至尊忽然重返红尘，活生生地出现在自己的面前，对于在艺术探索道路上苦苦挣扎的居巢来说不啻天降甘霖，当然不会放过这个千载难逢的好机会。

乐声如金线，把充溢在银洲湖上空那些看不见的水雾织成一张罗网，严严实实地将居巢包围其中。可怜的画家本能地想挣脱，想用银针刺破罗网，心里却有一个声音在喊：留住，留住这幅随时可能消失的美丽锦绣，让我看清乾坤造化的缩影。

张敬修来崖山祠的主要目的是为了验证这个人的生死，其功力平平，因此早早脱出了笛声的控制，发现居巢双目迷离，明白他中了邪，喊道："居先生，回转来。"

一语唤醒梦中人，居巢脱离乐声控制，眼前罗网顿收，山还是山，水还是水，却没有了他最渴望见到的那幕天地。画痴凄凉环顾，二话不说，抬手三根飞针射向邝能。

张敬修吓得魂飞魄散："居先生，你不要命了。"

"和尚能"此时气息奄奄，全无还手之力。居巢右手一扬，三枚银针同时射中脸部，疼得他忍不住叫了起来。

说时迟，那时快，悠扬的笛声骤然变调，好似晴天霹雳，刺得众人耳痛欲裂。居巢用手掩住双耳，但见一排水珠破空袭来，撞击着自己的额骨。瞬间眼前星光闪烁，弄不清是听觉神经引发视觉神经变形？还是视觉神经引发听觉神经受损？

不管怎么说，居巢虽然遭遇了凌厉的反击，却得到了他梦寐以求的世界——前额被猛烈撞击的那一刻，他清清楚楚地看到了一种来自天籁的绚烂色彩，悄然撞入宁静的湖面，将不竭之力注入晶圆的水珠，变成刀阵，排山倒海而来。

这是多么玄妙的武学境界，又是多么奇异的天地画卷！画家此刻宁愿变身木雕匠，用手中雕刀把这道武林高手畏之如虎的影子牢牢抓住，深深地刻进自己的心坎。

居巢的偷袭显然惹怒了来人，舢板快如闪电，眨眼间来到岸边。富明阿定睛观瞧，暗自咋舌不已，见那人身材伟岸，足有八尺开外，戴斗笠，穿蓑衣，打着赤脚，脸上罩了一副绣着三叶锥的脸谱面具，锥中镶嵌九瓣飞肩兰花额，里面悬挂一枚鲜红如血的破煞珠。

最令人称奇的是那副眼神，明亮清澈，看不到一丝杀气你却感到畏惧，看不到一瞬火焰你却感到灼热，看不到一剪忧愁你却感到寒冷。

那是一道怅然若失的天地之影！

这副脸谱面具在湘粤武林无人不知，无人不晓。“和尚能”、张敬修、“小仁义”都得到了他们想要的答案。富明阿不认识这副脸谱面具，惊愕地问：“请教足下大名。”

“在下红船‘大牛茂’是也。”那人收起铜笛，“崖山祠为先贤安灵之所，尔等因何在此聒噪？难道不怕遭天谴吗？”

张敬修讪讪地上前行礼：“二爷。”

那人看了他一眼：“你是谁？”

张敬修心慌意乱，不自觉地作答：“在下莞城张德圃。”

“和尚能”高声道：“掌堂大爷，莫要理他，这厮招募了不少本堂兄弟，拿着洋枪在平乐府对付‘洪义堂’，拿弟兄们的血染红了顶子。”

隔着一副脸谱面具，没有人能看清那人的表情，只见他从背上拔出一柄剑——这柄剑锈迹斑斑，俨然一把凹凸不平的铁鞭。山上的清兵和捕快战战兢兢，生怕他大开杀戒。然而出乎意料的是，那人轻轻地拂拭了一下剑身，反问邝能：“尊驾是谁？”

“和尚能”泪如泉涌：“掌堂大爷，是我呀。”

“岁岁与年年，几见春秋过枕前。”那人用草绳把铁剑挂在腰间，朝邝能拱了拱手，“尊驾何处来，还向何处去，往事莫要再提起。”

“和尚能”绝望至极，扑上去抱住那人的腿，号啕大哭：“掌堂大爷，甘阿妈、周阿妈他们生死未卜，那么多兄弟命丧他乡，你，你就真的忍心不管吗？”

张敬修劝道：“邝阿妈，二爷在龙头峰发下大愿，你想让他违背诺言？”

朱次琦过去搀扶邝能：“能师傅，大势已定，何必为难李班主？”

来粤祭拜的路上，富明阿耳朵里灌满了关于李文茂的传说，如今见这位盖世英雄果然恪守诺言蛰伏不出，心里庆幸不已——如果李文茂率领“洪德堂”的虎狼之师大举起事，天下焉有宁日？他拱了拱手：“君臣社稷名分天定，岂能强求？当今圣上敬天法祖，英明神武，乃万乘不易之主，这位英雄果然有见地，识时务。”

不说这句话还则罢了，那人听后摘下铁剑，出手如闪电，不容富明阿躲闪，一剑搭在他的肩头，断喝一声：“尔可知此剑的来历？”

铁剑像小山一样沉重，富明阿瞬间咬破了嘴唇：“不，不知道。”

“沧海演桑田，利剑成铁鞭。”那人怅惘地说，“这把剑埋在湖底差不多十个甲子，一腔怨气堵塞海眼，某花了几个月的工夫，才将它刨出来重见天日。”

富明阿被铁剑压弯了腰，再也支撑不住，痛苦地叫道：“好汉爷，且放手。”

“铁鞭也罢。”那人抬起铁剑，叹了口气，“尔可知它的名号？”

富明阿这回学乖了：“英雄说了便是。”

“此乃王彦章所佩铁鞭，名垂青史，”那人道，“唤作‘赤心报国鞭’。”

第一百三十八回　中庸之道

像人间蒸发了一样，上半年鹅春出嫁，下半年富仔娶媳妇，陈开都没有出席。张亚丞提着一包点心走在街头，心里忐忑不安，张耀祖病入膏肓，陈开能见他最后一面吗？

走到豆豉巷码头，“私鸡钱”忽然窜出来，像疯了似的扎进张亚丞怀里，一边撞，一边嘶声号叫：“姓张的，你赔我的钱，赔我的钱。”

“全客堂”一把火点了张亚丞贩卖洋胰子的商船，张亚丞和“私鸡钱”赔了不少。吴同顺不像张亚丞家底厚，不但赔光了所有的积蓄，而且把老婆的首饰抵了进去。夫唱妇随，他老婆吴周氏也是个一文钱摔成三瓣花的主，天天给“私鸡钱”甩脸子。

张亚丞年轻力壮，对付“私鸡钱”不在话下，使劲把对方推倒在地，骂道：“姓吴的，做生意有赚有赔，混江湖有生有死，混不起别他老母的出来羞先人。一船货烧了个干干净净，老子比你赔得多，比你心疼。”

“私鸡钱”跳着脚地回骂：“我跟着你挣过一文钱吗？”

张亚丞理了理长袍：“老子又没请你来。”

“死牛肺”上前把“私鸡钱”扶起来：“大哥，消消气，消消气。”

因为背着坏名声，从黄竹岐回到佛山堡，“死牛肺”不敢租门脸扎根经营，仅仅在豆豉巷码头试探着打打游飞。“私鸡钱”鼻涕一把泪一把：“兄弟啊，你说哥哥辛辛苦苦容易吗？这些年起早贪黑，挣了点血汗钱一把火就没了，咱们惹着谁了？”

“死牛肺”安慰他：“没惹着谁，就是吃了牵拖。”

张亚丞一听不干了：“阿让，你把话说清楚。”

经过这么些年的颠沛流离，“死牛肺”大有历练，基本能做到忍气吞声。他赔着笑脸：“张大掌柜的，小的没说你，说的是红毛鬼子。你老人家和气生财，从不坑人，‘全客堂’那些人干吗和你过不去？都是红毛鬼子惹的祸啊。”

“死牛肺”这番话软中带硬，透着三分玄机。当年坑害陈开，张亚丞也有一份，只是罪名让余家叔侄顶了去，这个底万万不能泄。想到这里，张亚丞换了一副笑脸：“阿让哥，俗话说打断骨头连着筋，咱们是一家人，还有陈天义陈大龙头。灯不拨不亮，理不挑不明，当年那点儿误会早该挑开了，多大点儿的事？”

“死牛肺”做梦都想重回佛山堡，忙问：“兄弟，你有办法？”

“我阿叔快不行了。”张亚丞叹了口气，在脸上刮了刮，“他这几天老是念叨阿开哥，毕竟亲戚一场嘛，我想阿开哥一定会给这个面子。”

“死牛肺”高兴得合不拢嘴：“对对，张掌柜的是好人，办事那天我去送礼。”

张亚丞蔑视地瞥了一眼“私鸡钱”，故意大声说：“年轻的时候谁没有点儿糊涂事？到时候我替你向阿开哥说项，允准你回镇子做买卖，自家兄弟总比外人强。”

“够义气。”“死牛肺”竖起大拇指，压低声音，“兄弟，有个事我得提醒你，金箔行的席老三不是倒灶了吗？昨天我听到他们公母俩合计，想诈你一笔钱来着。”

席老三媳妇的嫁妆多数贴给了张亚丞，等油水压榨得差不离，张亚丞立刻翻脸不认人，一脚蹬掉了那女人。现在席老三落魄，公母俩走投无路，报复张亚丞自然在情理之中。“死牛肺”这个提醒十分及时，张亚丞不敢行走，叫了一顶轿子爬进去，直奔居仁里而来。

抬轿子的是柯家兄弟，柯定邦纳闷地问："张老爷，你咋敢来？"

"老子为啥不敢来？"张亚丞没好气地说。

柯定邦口无遮拦："大伙儿说你害过大龙头。"

"胡说八道。"张亚丞恶狠狠地说，"当年坑害大龙头的主谋是余家那个娘们儿，反水的是'死牛肺'，与张某何干？别忘了，本老爷和阿开哥是打断骨头连着筋的亲戚。"

柯振邦比他哥哥嘴巴利索一些，在后面瓮声瓮气地说："张掌柜的，大龙头落难的时候你在哪儿？咋没见你来看他？"

张亚丞"哼"了一声："老爷我在古劳围，你们外人哪里知道？"

张亚丞再巧舌如簧，也改变不了这些年他不敢来居仁里的事实。柯定邦嘿嘿笑道："你们家不是有一顶豪华轿子吗？为啥屈尊来坐我们的小轿子？"

两个比乞丐不如的穷棒子，竟然大模大样地教训自己？张亚丞气不打一处来："不想抬老子你们俩就直说，没有胡屠夫，难不成吃带毛猪了？"

柯定邦把轿子往地上一顿，掀开轿帘："张老爷，别看你腰包里有的是银子，我们兄弟还真不敢抬你。这两天毕六揣了一把杀猪刀，到处嚷嚷要戳你，我们可不想沾这个晦气。"

张亚丞干尽了伤天害理的坏事，毕六亲眼目睹的就有好几桩，黑吃黑诈了他不少银子。涂常发卸任以后，陈五、毕六师徒贪慕佛山堡的繁华，留下来继续行窃。陈五因为盗窃骆秉章的扳指被锁拿入狱，张亚丞生怕毕六把他的底细张扬出去，便花了一笔银子，串通"小仁义"将毕六也扔进南海县大牢。本来议定的罪行至少关个十年八年，不知道毕六动了哪路神仙，上个月居然奇迹般地放了出来。

当贼的手黑，下刀子是家常便饭。张亚丞吓得脸色煞白，一把将轿帘拽下来："大哥，兄弟出双份轿资，快走快走，别在这儿停。"

柯氏兄弟抬起轿子，继续向居仁里飞奔。柯定邦嘴巴不肯闲着："张老爷，以前我以为好人不长命，坏人活百岁，玉皇大帝是个盲佬，偏爱你们这些溜光水滑的活贼。现在看未必，还是圣人说得对，你把人家毕六送进大牢，他必定捅你一个血窟窿，这叫善有善报，恶有恶报。"

随着腰包越来越鼓，生意越做越大，张亚丞发现自己已经深陷江湖。这个时候装孙子都有人惦记你，再玩坑人的把戏，四面树敌唯有死路一条。江湖是刀头舐血的沙场，没有势力，仅靠一张小白脸和打得满天飞的算盘珠子根本活不下去，只能任人宰割。

如果与陈开重续交情，拿洪门做靠山，多少个毕六也不在话下。

张亚丞顺着柯定邦的话茬问："柯大哥，你们家的日子好过了？"

"那当然。"柯定邦脸上喜气洋洋，"我兄弟去粤西做买卖，拿回来钱啦。"

陈见成临时招募的三百人马在德庆州翻了船，大部分人跑了回来，只有像"瞌睡虫"这样的死心眼坚定追随，没想到因祸得福发了点儿小财。张亚丞弄不懂其中的道道，好奇地问："你兄弟回来了？他在粤西做什么买卖？"

柯定邦回答："做啥买卖我不知道，反正陈掌柜的有钱，跟着花呗。"

由于害怕游新潭报复，陈见成把药铺、宅子以及窑口的股份卖了个一干二净，要说兜里确实有两个钱。不过，有钱归有钱，你不管做买卖还是办团练，总不能白养"瞌睡虫"这号混吃混喝的废物吧？张亚丞难以理解，在东南巷下了轿子，"咚咚咚"敲响了温秉礼家的门。

温李氏正和亚娟、"白皮"在院子里聊天，打开门一看是张亚丞，禁不住恼了："你这个人怎么死皮赖脸？我们当家的不在。"

张亚丞把点心递上去："上午来得匆忙，忘了顾全礼数，请婶子不要见怪。"

女人家眼皮浅，温李氏接过点心，不好意思地说："我们当家的和张老爷什么交情？比亲兄弟差不了多少，你放心，他一准去。"

张亚丞讪讪地说："婶子，阿叔想见我阿开哥，请三叔帮忙说和。"

"哎呀，那我们可管不了。"温李氏瞥了亚娟和"白皮"一眼，"说句实在话，因为我们家老五的事，大龙头大发雷霆，别说我们当家的，就连西院的二嫂都不灵光了。"

"洪德堂"解散前，陈开就剥夺了温家辅助打理生意的资格，双方关系疏远，在佛山堡是尽人皆知的事实。然而张亚丞耍了一辈子光棍，除了温秉礼这条线，实在找不到第二个可以向陈开说项的人选。他愁眉苦脸地问："那如何是好？"

"白皮"刚走了一趟粤西，先到柳州府看望莫权光夫妇，又在贵县白沙圩

“红心”家里盘桓了几日，这才意犹未尽地返回佛山堡。她这次去粤西，一来是为了探亲，二来是想加入“过山班”唱戏。红船人才济济，凭“白皮”的本事只有跑龙套的份；“过山班”则完全不同，粤西演艺人才匮乏，“白皮”又精通木偶戏，进去就是半个顶梁柱。

“白皮”去粤西另有一个现实的考虑——院子太小，富仔娶了媳妇，她再和亚娟一家人挤在一起生活不大合适。从粤西回来后，她想找陈开说一说自己的打算，可惜陈开神出鬼没，始终逮不到机会。她对张亚丞说：“我都找不到阿开哥，何况是你。”

“阿开哥能去哪儿？”张亚丞忽然灵机一动，“会不会在梅基村？”

这一年来，关于陈开和黄纨卿的绯闻传得沸沸扬扬。亚娟板起脸：“休要胡说，黄家女仔是啥身份？没听说姑婆还能嫁人的，那不是天打五雷轰吗？”

“白皮”对张亚丞说：“对啊，你去梅基村找找？”

张亚丞奉承道：“我谁也不找，就找三叔。”

温李氏无奈：“等会儿吧，我们当家的在西院，阿信回来了。”

温秉信去粤西这一年没有见瘦，反而显得富态了不少。温秉智羡慕地问：“老五，我还以为你掉到江里喂了龙王，在粤西过得不错啊。”

温秉礼瞪了他一眼：“少说这些不吉利的话，五弟回来正好，下个月是阿妈的忌日，咱们聚齐了给阿妈上坟，省得大哥挑理。”

温秉智执着地问：“老五，给四哥说说，你们在粤西做甚买卖？”

温秉信和女诸葛会了一下眼神，半真半假地说：“四哥，现在粤西的洋货买卖好做，平乐府工钱便宜，陈掌柜的就地招了三百来号人，运洋货、拉木材，什么都干。”

温秉智心动了：“要是真挣钱的话，我也想投一股。”

“你去？”温秉信问，“四嫂能答应？”

母大虫眼里不容人，经常和温秉智的小妾两个撕扯，弄得温秉智不胜其烦。这号女人眼里只认得财势，丈夫在外面一失威，回到家里准没好脸子看。温秉智早想把她休掉，无奈过不了女诸葛这一关，便有意离开佛山堡躲清净。女诸葛知道他对自己有意见，郑重道：“老四，你心里再大的冤屈，大不过规矩。阿妈临死前特意叮咛过，温家人不许休妻，嫂子既然承当了，就得按照规矩办。弟妹人再不肖，她也是你明媒正娶的媳妇，别给我阴阳怪气的。”

温秉智赔着笑：“二嫂，我没说啥呀。”

“什么是男人？有承当才叫男人。”女诸葛教训，“大家要都是遂了自个儿的心愿，有肥肉一窝蜂地抢，是骨头做鸟兽散，这个家不早败光了？”

温秉信笑道：“没错，这个家就一个四嫂。”

等温秉智乖乖认了错，女诸葛才话锋一转：“不过，弟妹的肚皮实在不争气，到今天也没给温家添丁进口。老四和那个小的想到粤西躲躲清闲，我不反对。”

温秉智大喜：“二嫂，你答应了？”

“给温家添丁进口固然重要，你自己也该出去历练。”女诸葛道，“依我看，你这次就跟着老五一起去平乐府，兄弟俩互相有个照应。”

温秉礼担忧地问：“眼下粤西烽烟四起，能行吗？”

“大明山老窝让人端了，总堂现在都不知道在哪儿。”温秉信垂头丧气，“‘洪义堂’毕竟外来是客，实力不济，架不住官军和蓝太武两面夹击，胜少败多。平乐府、梧州府、桂林府一带天天有仗打，但大多数是江湖火并、争夺地盘，没有多大响动。”

温秉礼长吁了一口气：“那就好，那就好。”

温秉信对温秉智说：“四哥，你当过宣讲生和文教头，陈掌柜的还真缺你这样的人才。明天你跟我去刘掌柜的那儿取银票，往后银钱上的来往就交给你了。”

“啊，我明白了。”温秉礼嫉妒地说，“明着是陈掌柜的买卖，其实还是大龙头的筹划。闹了半天，大龙头的秘密金库在老刘手里？”

陈开疏远温家兄弟是障眼法，他最大的秘密金库不在别处，恰恰藏在女诸葛的手里。温宁氏微微一笑，刚准备说话，忽听巷子里人声喧哗，有人喊：“打‘情理鞭’喽。”

也有人叫：“打人喽。”

温家兄弟出了院子，郑绍祖和冼长贵各端着一碗汤在门口慢慢吸溜，温秉信过去问："两位哥哥，到底是咋回事？"

金良玉摇着扇子走到近前，替郑绍祖和冼长贵回答："阿赖娘从崔家请了'情理鞭'，黄家和卢家偏偏不同意打，正在闸门楼前闹事。"

说着话的时候，崔金麟怒气冲冲地离开闸门楼，边走边嘟囔："没法办，没法办。"

温秉信拉住崔金麟："崔掌柜的，谁惹你了？"

崔金麟脸上顿时红了半截："三爷，别高抬，别高抬，兄弟我吃了'无情鸡'，早就不是啥掌柜的了，你口下留德。"

温秉信吃了一惊："还没到正月初二，吃啥'无情鸡'？"

区植棠对鸦片窑口的管理滴水不漏，陈见成走了以后，他并没有急着换掉崔金麟。直到洪门势力彻底土崩瓦解，他自认为没有了任何现实的威胁，才一脚果断地踢开崔金麟。金良玉幸灾乐祸地说："阿麟，不是我说你，在江湖上混头一桩事要选对大哥。阿棠是有名的白脸贼，他不把你大卸八块炖了煮汤吃，就算你便宜。"

"跟着你混？"崔金麟道，"你能做主？"

金良玉拍了拍胸脯，理直气壮："还别这么说，老子那间窑口使的是金家的钱，和她们冉家没有关系；到官府跑执照是阿良哥帮的忙，看的是我金某人的面子。老实跟你说，现在是她们冉家离不了我，不是老子离不开她们冉家，老子巴不得拿一纸休书走呢。"

金良玉连偷带搬，从冉家刮走了不少金银，翅膀是彻底变硬了。好在冉枝枝心宽，否则一张状子递到衙门，只怕他吃不了兜着走。温秉礼问崔金麟："阿麟，阿赖娘请鞭子，一定是阿赖不孝顺，黄家和卢家为什么不同意打？"

"好我的三哥，要是那样就好了。"崔金麟哭丧着脸，"阿赖娘不是为了打阿赖。"

温家兄弟一起问："打谁？"

"打她孙子。"崔金麟道，"她孙子是霍家的人，人家能让她打吗？"

温家兄弟恍然大悟，阿赖娘玩的这是移花接木，仍然在和霍家争夺名分，造霍家的反，难怪黄家和卢家不肯为她背书。金良玉骂道："打咱们居仁里的鞭子，管他们霍家屌事？黄开大和卢挺拔胳膊肘朝外拐，吃饱了撑的。"

温秉智嘻嘻笑着出了个馊主意："阿赖哥头壳混沌，这种事哪能红口白牙地硬干？你偷偷在外面养个偏房，生一堆仔都姓赖，看他霍家能放个屁？"

"就是。"金良玉竖起大拇指，"再有钱也富不过三代，关键是人。咱们肚皮卖给她，两腿间的家伙可没卖给她，有本事她自个儿生去。"

闸门楼下围拢了一堆人，看起来非常热闹，时常夹杂着吆喝声。温秉礼问崔金麟："卢家少爷好像和人吵嘴，跟谁啊？"

"阿赖呗，还有'葫芦发'。"崔金麟答道，"阿良哥根本劝不住。"

"葫芦发"见面就骂阿赖是奸贼，现在怎么忽然站在阿赖家一头了？世界变化真快，温秉礼的脑子一下转不过来，这时，张亚丞从他家院子里冲了出来，到了温秉礼近前，"咚咚咚"磕了三个响头，接着放声大哭："三叔，三叔，我阿叔不行了。"

张亚丞这一招真灵，一下子把大伙儿的嘴封堵严实，无法说出难听的骂人话。温秉礼将他搀扶起来："张老爷到底怎么了？"

张亚丞把张耀祖的病情说了一遍："三叔，我阿叔他想你呀。"

回想起当年在一起做买卖的场景，往事历历在目，点滴在心头。温秉礼眼眶见湿："张老爷这辈子有志难伸，老天爷屈了他。走，咱们去看你阿叔。"

张亚丞抹了一把眼泪："三叔，阿叔想见阿开哥。"

温秉信实在忍不住了："姓张的，你还好意思提大龙头？"

温秉智阴阳怪气地说："怕是你想见大龙头吧？"

张亚丞赌咒发誓："几位哥哥，当年阿开哥铺子的存货是'死牛肺'拿的，千真万确，和我一点儿关系也没有。'死牛肺'人在豆豉巷码头，不信，咱们现在就去问。"

在两位兄弟面前，温秉礼摆出做兄长的威严："陈芝麻烂谷子的旧账都别翻了，张老爷是大龙头的亲姨夫，又把大龙头带到佛山堡来，这份情谊有多深？大伙儿帮着把消息散出去，大龙头向来仁义，他要是知道张老爷不行了，一准会去探视。"

张亚丞"咚咚"磕了几个响头，含泪道："三叔，我的好三叔。"

屠夫冼长贵不耐烦了："你以后少坑几个人就得啦。"

张亚丞为自己辩解："长贵哥，兄弟承认不会做人，但我真没有坑过人。"

“放屁。”冼长贵骂道，“去年吴掌柜跟你买洋胰子，差点赔了裤子，你敢说没这事？”

张亚丞做出一副委屈的样子：“三叔，长贵哥，这事我要请你们评评理，去年那笔买卖真怪不到我。‘全客堂’一把火烧了货船，我赔的比吴掌柜的多一倍，天灾人祸，稳打稳赚的买卖出了岔子，我有什么办法？”

“私鸡钱”的坏人缘仅次于张亚丞，冼长贵这个例子举得不恰当，大伙儿不以为然。郑绍祖摇了摇头，责备道：“长贵，姓吴的话你能信？”

“敢情你们掰了？”金良玉睁大眼睛，“我说这小子咋和刘端湛混到了一处？”

刘端湛同样栽在洋胰子生意上，这两个倒霉鬼凑在一起意欲何为？张亚丞感到纳闷，向金良玉拱了拱手：“金爷，他们想干什么？”

金良玉懒洋洋地说：“陈五在白鹅潭收了一间酒坊，他们俩供应木桶。”

连陈五都放出来了？张亚丞吓得脸色煞白，额头淌出了白毛汗。

闸门楼那边剑拔弩张，阿赖带来的家丁被卢挺拔打得鼻青脸肿，若非“葫芦发”和梁德荣现身帮忙，这场戏早就演不下去了。

阿赖娘坐在地上呼天抢地：“列祖列宗，你们快睁开眼吧，我教训自个儿孙子都不行，这世道还有穷人的活路吗？老天爷啊，快劈死这些不讲理的畜生吧。”

卢挺拔近些年武功长进不少，尤其跟着莫家拳的武师加强了下盘功夫，像什么穿心腿、虎尾腿、撑鸡腿无一不精。小伙子年轻气盛，听阿赖娘骂街很不高兴，把脸一甩：“死老婆子，有理讲理，少骂人。”

“纽纹良”拱手：“少爷，阿赖娘是长辈，你客气点。”

阻止阿赖一家打“情理鞭”的主谋是黄开大，他傲慢地开口：“各位乡邻，卢少爷还嘴是不对，黄某替他赔不是。不过，阿赖入赘给霍家，他想教训儿子，尽可以到兴桂里，我们居仁里绝对不会替他背这口黑锅。”

阿赖气愤地说：“我打自己儿子，你管得着吗？”

“你儿子？”卢挺拔嘲笑，“你姓赖，他可姓霍。”

阿赖恼羞成怒，冲上去就是一拳：“姓卢的，我跟你拼了。”

凭阿赖三脚猫的本事，哪是卢挺拔的对手？卢挺拔潇洒地一扭身，脚尖微微一勾，阿赖被绊了个狗吃屎，一粒门牙登时磕飞，血流如注。“葫芦发”在旁边嚷嚷起来：“打人了，姓卢的打人了，财主欺负穷人，有把式的欺负没把式的。”

黄开大向“纽纹良”打了个躬，庄重地问：“陈值事，你行事公正，受街坊四邻推举掌管本巷的‘情理鞭’。你给句痛快话，阿赖做得对不对？”

“纽纹良”老老实实地回答：“不对。”

“那就好。”黄开大朝众人喊道，“散了，散了，别伤和气。”

阿赖娘死活不肯起来，阿赖捂着嘴，兀自喋喋不休：“丢他老母，上辈子作孽，替人家白养了一个仔，这算啥事？”

伪君子区植棠一直站在旁边看热闹，过来对阿赖说：“兄弟，红毛鬼子的铁甲轮船天天在省河游弋，将来大清国子民都给鬼子白养仔，你这点事算个鸟？”

“等等。”“葫芦发”跳了出来，“事情没完呢，都别走。”

说又说不过人家，打又打不过人家，阿赖彻底死心了：“阿发兄弟，承蒙费心关照，今天这事算了，我请你们吃酒。”

“葫芦发”昂首道：“你的事算了，老子的事还没完呢。”

“纽纹良”奇怪地问：“阿发，有你啥事？”

“葫芦发”指着卢挺拔：“这王八蛋在梦里欺负我来着。”

话音一落，围观者哄堂大笑。

“纽纹良”不由得皱了皱眉：“阿发，别捣乱。”

“葫芦发”把梁德荣拽到前面：“梦里不算是吧？好，这小子以前打过我兄弟两巴掌，让我兄弟抽他两下就算扯平。”

卢挺拔那是多好面子的人，岂肯受朱发的当众羞辱？愤愤道：“姓朱的，我看你是存心找不自在，来来来，咱们比试比试，别以为小爷怕你。”

“葫芦发”气势凌人地指手画脚：“小子，爷把丑话说在前头，你不是爷的对手，一旦胳膊腿打坏了，可别让你老子来哭。”

“放屁。”卢挺拔一记白虎拳当心打来，“吃你家小爷一拳。”

“葫芦发”练了一身铁疙瘩的腱子肉，按照他的功夫早该扬名立万，可惜上次暴打霍济田时依靠梁德荣帮忙，没有显出十分的本事。他这次拿卢挺拔下手，一来是梦中吃了亏，二来是因为卢挺拔最近在佛山堡名声蹿升，这样的出头鸟不打有点亏。

卢挺拔不知道“葫芦发”早已盯上了他，抖擞精神挥拳猛击。“葫芦发”有意逞威，不躲不闪挺起肚皮接了这一拳，只听“噗”的一声，拳头打在软囊囊的肚皮上如同稀泥一样，顺着肚皮滑溜到右肋。卢挺拔旋即打出第二拳，心里有点含糊，姓朱的有两下子啊。

莫家拳又名“六度阴阳掌”，拳行如虎跃，脚踢似龙腾，拳用来迷惑敌人，主要靠脚上功夫破敌取胜。卢挺拔这趟拳脚伸展开来，打的是虎虎生威，有章有法。“葫芦发”不时中招，观战人群中有一大堆卢家的武师，纷纷叫好喝彩。

梁德荣恐怕“葫芦发”吃亏，捏着一双拳头探头张望，引起了卢家武师的注意。有一个叫莫太亨的武师跳了出来：“姓梁的，你不是‘葫芦发’的跟屁虫吗？怎么不出战？”

梁德荣慌忙摇头：“君子动口不动手。”

大伙儿又是一阵哄堂大笑，花二奶掩嘴招了招手：“阿荣，你不是打架的料，别跟着‘葫芦发’瞎混了。来，二奶再帮你一次忙，给你说门好亲事。”

卢家武师纷纷起哄：“回去吧，搂着娘们儿睡觉去吧。”

“葫芦发”内功深厚，卢挺拔的拳脚对他并无实质性威胁，他一边和卢挺拔周旋，一边朝梁德荣喊：“阿荣，高手是打出来的，你不出拳，学那么多功夫有屁用？”

莫太亨道：“姓梁的，上次你和‘葫芦发’使用阴招，差一点把霍少爷打成残废，今天来居仁里假装君子，你以为我们还会上当啊？”

梁德荣急红了脸：“我没使阴招。”

见梁德荣死活不肯出战，卢家人猜测他没有什么真本事。一名家丁偷偷绕到他身后，飞起一脚踢在他的胯骨上，嘴上喊了句：“没使阴招，那你就堂堂正正地打一场。”

梁德荣踉踉跄跄被踢进场内，莫太亨正中下怀，一记冲掌照准梁德荣的下巴狠狠击去。莫太亨力大拳沉，这一拳如果打中了，梁德荣的下巴非被打裂不可。梁德荣打人下不去手，自保却是天然的本能，眼看莫太亨的拳头挂着风声击来，梁德荣无暇多想，头部向后一仰，使了个“浪里拾柴”堪堪避过，翻身落地，漂亮的姿势赢了个满堂彩。

梁德荣先打木人桩，后跟梁兰桂、梁二娣、黄华宝学习红班拳，底子打得非常扎实。但是深埋在他心头的依然是宁二少和王山公的武学教诲。自从王山公告诉他丢掉自己的心以后，所有笼罩在心头的乌云俱被驱散，眼神彻底恢复了——天上的每一朵云彩，江中的每一瓣浪花，街头的每一张面庞，拳法的每一个招式，都不再模糊，都变成了一道清晰的可以捕捉的影子。

莫太亨一拳赶着一拳，将梁德荣赶得四处乱窜，看似占据了上风，其实一拳也没沾到梁德荣的衣襟。梁德荣躲闪得高兴，大声吆喝：“阿发哥，你行不行？”

“葫芦发”气得骂了起来：“阿荣，练拳是为了打人，不是为了逃命，你又不是兔子，跑你老母个头啊？你师父没教过你？打中线，打中线。”

梁德荣被骂了个灰头土脸，慌不迭一掌击出，莫太亨闪身躲过，卸了攻势。梁德荣吃到甜头后一发而不可收拾，挥拳像雨点一样朝莫太亨打来。红班拳本来就快，加上梁德荣玩命，莫太亨没办法招架，一步一步退出了场内。

“我赢了，我赢了。”梁德荣高兴地嚷嚷，“阿发哥，你到底行不行？”

这哪像上阵比武，简直就是小孩子玩游戏。“葫芦发”叹了口气，决心帮助梁德荣破除心理障碍，他忍着痛硬吃了一掌，右臂像铁环一样紧紧圈住卢挺拔的脖子，厉声喊道：“快过来揍这小子，照着他的胸膛打，打他的狼心狗肺。”

梁德荣迟疑地说：“不太好吧。”

卢家家丁和武师一看主人被擒，发声喊，一起扑了上来。“葫芦发”把卢挺拔使劲往梁德荣的怀里一推：“你给我好好揍，我来对付这帮狗腿子。”

卢挺拔一头扎在梁德荣的怀里，眼前一黑，又被梁德荣卡住了脖子。情急之中，挥动双拳拼命地朝梁德荣胸口和腹部猛击，把“葫芦发”叮嘱梁德荣的办法全用到了梁德荣的身上。梁德荣被打得浑身僵硬，竟然忘记了还手，只是一味卡住卢挺拔的脖子不放。

这家伙死活就是教不会，“葫芦发”又气又急：“阿荣，快还手啊。”

可怜的梁德荣站在那儿当起了木人桩，任由卢挺拔拳打脚踢，嘴角淌出了鲜血。花二奶害怕地捂住了脸,“纽纹良”见机不对,这样下去梁德荣非被打死不可。当下顾不得身份,冲上去一把扯开卢挺拔,吼道:“少爷,你不怕出人命吗?”

混战的人群骤然散开,莫太亨喊:“老爷来了。”

卢醒尘带着卢彪急冲冲地赶来,连声问:“怎么回事?怎么回事?”

“纽纹良”道:“卢老爷,没事,少爷和阿发切磋拳脚。”

“切磋拳脚?”卢醒尘根本不信他的话,扫了一眼众家丁和武师,“既然是切磋拳脚,你们上去围殴算怎么回事?还讲不讲理了?”

卢挺拔委屈地说:“阿爸,他们也不是一个人。”

花二奶在旁边号啕起来:“阿荣,你醒醒啊。”

卢醒尘大惊,走过去俯下身子一摸,梁德荣脉搏微弱;再看他嘴角满是血,身上青一块、紫一块,显然受伤匪浅。卢醒尘勃然大怒,起来指着卢挺拔:“来人,把这个惹是生非的逆子给我捆起来,吊在辘索上打鞭子。”

“纽纹良”把“情理鞭”藏在身后:“卢老爷,这事怪不得少爷。”

“我打这个逆子的‘情理鞭’,不为今天比武的事。”卢醒尘摆了摆手,“我是为了杀掉他身上的骄气——男子汉大丈夫行当所行,止当所止。逆子到今天尚不晓做人的分寸,我这个当爹的不教训他行吗?你们别拦着。”

卢醒尘的脾气谁都知道,没有人敢再劝,卢家的家丁不得已把卢挺拔捆起来,吊在辘索上“啪啪”地打起了鞭子。卢醒尘叫人熬了一副药,热气腾腾地给梁德荣灌了下去,过了一会儿,梁德荣睁开眼睛,嘴里兀自叨咕:“君子动口不动手,君子动口不动手。”

卢醒尘赞道:“你看人家阿荣,有本事不使,这才是君子风度。”

“葫芦发”不服气地问:“卢老爷,不使干吗要练武?”

望着吊在辘索上挨打的儿子,卢醒尘语重心长地说:“武学之道合于君子之道,习武是为了行仁行义,锄强扶弱,而不是逞强好斗,更非滥杀无辜。李二爷身负绝世武功,在龙头峰宁愿自刺三刀六洞,不教弟兄们相互残杀,这才是武学之道,君子之道。”

“葫芦发”继续问:“卢老爷,我是个粗人,你直说,啥是君子之道?”

卢醒尘对梁德荣说:“阿荣,你来回答。”

梁德荣挣扎着抬起头："阿发哥，君子之道是中道，中庸之道。"

"这个我懂。""葫芦发"得意扬扬，"不就是拳打中线，打他的心吗？"

梁德荣哭笑不得："阿发哥，你说得没错。"

花二奶用手帕替他拭去汗珠，心疼地劝："阿荣，你还是快找个媳妇吧。要不然，哪一天叫人给打坏了，连个种都留不下。"

梁德荣有气无力地说："二奶，我听你的，不挑了。"

花二奶大喜："说吧，你要找个啥样的？"

梁德荣不假思索，脱口而出："二奶，你给我找一个不俊不丑、不高不矮、不白不黑、不胖不瘦、不精不傻、不灵不呆、不好不坏的媳妇。"

第一百三十九回　黄竹岐村

至道光二十七年，轰轰烈烈的反入城斗争已经持续了五个年头，“中国通”德庇时在大英帝国驻华公使兼香港总督这个位置上也干了三个年头。三年时间拿不下一个广州城，德庇时面临着被英国政府撤换的危险。趁清军全力镇压洪门起义的当口，这厮率领一千余名英军闯过虎门口，屯兵商馆广场，扬言要杀进广州城。

此前，“黄烟筒”因为触犯众怒而去职，广东巡抚一职由云南巡抚徐广缙调任。狡猾的耆英吸取了教训，二月二十一与德庇时达成密约，承诺两年后允准英国侵略者入城，一竿子把千斤重担甩给了下一任两广总督。德庇时按捺不住迫切的心情，从四月初二开始，派遣测绘兵一连三天登陆河南岛，在西起洲头咀，东至沙地一带丈量土地、插旗标界，意欲强拆这一大片烟户密集的居民区，瞅那副肆无忌惮的架势，真好像在自家菜地里一样。

报应终于来了——被丈量的这一大片土地既包括潘家祠堂和族田，也包括伍家祠，洋人在这里强行征地，等于直接挖潘家和伍家的祖坟，是可忍孰不可忍？到了这个节骨眼，潘正炜和伍紫垣等人才幡然醒悟，红毛鬼子平时跟他们称兄道弟，装得跟活菩萨一样，其实压根就没把他们当一根葱炝锅。二人一个骂鬼子狼子野心，一个骂官府软弱无能，紧急约见河南岛的士绅在双洲书院议事，准备拿起刀枪进行自卫。在他们的动员下，四月初七，河南岛四十八乡的民众约三千人开赴商馆广场，举行了声势浩大的示威游行。

洋人不顾与潘、伍两家数十年的交情，和官府勾结在一起强征土地，广府各家豪门皆生唇亡齿寒之忧。旬日间，广州城迅速集结了十万余人的团练，誓与红毛鬼子决一死战。在一份《阖省各乡士民公启》的长红布告中这样写道：

> 顷闻英逆欲迁入内地居住，自省城海岸以及河南一带，俱各绘地图，将恃势占据……凡我士民，身家性命所关，断不能容……倘一入内地居住，立即飞柬通知，齐心奔赴，使英逆一人不留，片帆不返，以伸公愤……

德庇时吃不准这十万团练中有多少洪家兄弟，不敢重蹈三元里一战的覆辙，因此不得不暂时中断丈量，静观事态发展。过了重阳节，粤西战事基本结束，德庇时松了一口气，相信洪门已经土崩瓦解，便再度露出獠牙。为了把启衅的责任嫁祸给中方，德庇时想出了一个阴损歹毒的计策：下令英军士兵可以随意登陆乡村——中外风俗不同，语言不通，全副武装的鬼子兵开进村子，必然惊扰百姓，侮辱妇女，冲突势不可免。

当时的中国是一个小农经济的社会，只要不伤及自身利益，普通老百姓对所谓的国家利益非常模糊；同样的道理，以十三行洋商为代表的豪门大族也是自扫门前雪，他们心中最大的顾忌不是红毛鬼子的入侵，而是这些穷棒子追随洪门造反。

官军本来是保卫民众利益的第一道屏障，可惜腐朽没落的清廷早已开门揖盗；洪门本来是捍卫民众利益的第二道屏障，可惜“红阳劫运”年起义宣告失败。如今，豪门大族和普通百姓一样只能自己来维护自己的利益。十月下旬秋风怒卷，南海、番禺两县的团练头目在白鹅潭的“粤雅堂”齐聚一堂，定出了划界自卫、相互扶助的抗敌方略。

早在年初，有几个英军士兵乘船沿内河水道窜进佛山堡，结果被“大会馆”的铺丁狠狠揍了一顿，扔进船舱驱逐出境。这一事件被官府当作范例四处宣扬，言下之意非常清楚——与红毛鬼子打架可以，但千万别要了人家的命。

两军对垒，冷兵器的一方本来就吃亏，现在反而要保全热兵器一方的性命，这是哪一家的道理？在离开白鹅潭的船上，“百齿鲨”恼火地对“孔鸡蛋”说：“你们干的什么事？老子死了没人问，鬼子死了要追究，难道老子的命不值钱？”

“这个不能怪我，只能怪那几个红毛鬼子太奸猾。”孔继尧争辩，“一见势头不对，立刻把火枪往地上一丢，你说我们还能把人家打死？”

梁应琨接掌“大魁堂”后，何家在佛山堡的生意如鱼得水，大发横财。饶是如此，大沥堡毕竟是与佛山堡齐名的武术之乡，在“百齿鲨”的心里，事事桩桩总想和佛山堡论长短，见高下。他扫了一眼江面，不服气道：“你们佛山堡地狭人多，自然好管。”

“德礼堂”解散以后，西起大镇乡，东至白鹅潭，大沥四堡九十六乡尽归何、麦、仇、欧阳、刘、潘等大族所控制，“百齿鲨”又被各家豪门推举为统帅。凡事利弊相生，占着这么大一块地看起来威风，管起来却也麻烦。尤其是九十六乡武风盛行，和红毛鬼子斗起来必定白刀子进、红刀子出，怎么可能没有死伤？

“陈天义现在没事干，”孔继尧诙谐地问，“要不，我替你把他请回来？”

当年“百齿鲨”吃了王山公三掌，差点儿一命归西，到今天尚心有余悸。陈开率众在容奇堡大破“逍遥门”，威震江湖，“百齿鲨”更是望尘莫及。虽然陈开退出洪门，但如此顶级的武林高手岂能为人所用？他讪讪地问孔继尧：“听说陈天义迷上了一个姑婆？”

黄纨卿已经自梳出门，这辈子不可能再与男人厮混，更不可能光明正大地结婚，陈开和她的这段恋情注定无果可结，孔继尧摸不清陈开的心理，意兴阑珊：“这小子最近神道道，连我也不爱搭理，真是不念旧情。”

两个人正在交谈，从后面追上来一条篷船，顺子站在上面大声喊：“两位老爷，等等。”

顺子做买卖挣了钱以后长了脾气，和“小旋风”拌了两回嘴，被后者开缺回家。在家也就半年不到，忽然进了广州府衙门当差，显然是抱了一条官场的粗腿。

“百齿鲨”站在船头傲慢地问：“何事？”

“何爷，”顺子打躬作揖，“小的从省城过来传达上宪训令，红毛鬼子由兵舰护航，乘坐舢板骚扰省河，马上就到这条江面，请贵营早做安排。”

“百齿鲨”没好气地说：“你没看老子要去黄竹岐吗？”

“是是，我也去。”顺子又对孔继尧说，“孔爷，有陈天义的消息了。”

孔继尧大喜过望：“他在哪儿？”

顺子回答：“张耀祖估计这两天咽气，张家正在准备后事，陈天义肯定会出席。”

“太好了。”孔继尧道，“我去桂州堡送礼，非把这小子请出山不可。”

商馆广场、河南岛的洲头咀以及白鹅潭分列江河交汇处，形成一个犄角之势。洲头咀由十三行行商和番禺县的团练守卫，不用“百齿鲨”操心，他的防卫重点在白鹅潭。黄竹岐隐身在白鹅潭侧翼，村子小，人口少，贩卖洋货的商船常在这里交易，难保红毛鬼子不登陆。靠岸泊船后，他让人从船上抬下两筐佛山大爆，顺子问：“何爷，弄它干啥？”

“沿江那么多村子，本营兵力有限，不可能处处设防。”“百齿鲨”解释，“你们佛山堡产的大爆嗓门亮、传得远，每个村子发几筐。一旦发现鬼子的行踪，就像烽火台一样挨个村子地传递警讯，省时又省力。”

顺子奉承道：“还是何爷有办法。”

一行人走进村子，发现“死牛肺”把摊档摆到了“陈记”酒坊前，柯定邦和鸡大逵正在狼吞虎咽地吃猪红汤。顺子高声问：“掌柜的在吗？”

毕六从酒坊里出来：“哎呀，是顺子兄弟，有事吗？”

“红毛鬼子扰境，此地不安生。”顺子道，“请掌柜的拾掇拾掇，赶快回佛山堡避避，千万别耽搁了。”

毕六奇怪地问：“红毛鬼子来村里干啥？一没金、二没银的。”

“百齿鲨”瞪了他一眼：“那你就等着吃枪子吧。”

顺子赔着笑脸：“何爷，小六不会说话，别跟他一般见识。”

“百齿鲨”打量了一眼酒坊：“这间铺子是谁开的？”

顺子答道："五爷，小六子的师傅。"

陈五盗窃骆秉章的御赐扳指，去年在广府轰动一时。犯了这么大的案子，这厮竟然悄无声息地出狱开起了酒坊，背后定有通天的靠山。"百齿鲨"打量着酒坊的招牌，渐渐地看出了一些端倪，自言自语道："冰桔烧、桂花烧、佛手露、竹叶青、汾酒，我说小六子，你们这个铺子咋卖的都是汉阳街的酒？"

"没有啊。"毕六装糊涂，"何爷，汾酒和竹叶青是山西的酒。"

"百齿鲨"倏地拔出雪光闪闪的腰刀，一刀向坐在摊档前的柯定邦和鸡大逵刺去。两个人吓得往后一仰，连人带竹凳滚落于地。在众人的惊诧声中，刀头稳稳地端起一杯酒，"百齿鲨"抄过酒杯品了一口，"噗"的一声吐了出来："酒店门前三尺布，人来人往图主顾，做下好酒一百缸，九十九缸似头醋。小六子，你敢卖假酒？"

毕六吓得魂飞魄散："冤枉啊，冤枉。"

顺子解释："何爷，你喝的是汉汾，汉阳街产的汾酒味道确实不够醇厚。"

"味道不一样，""百齿鲨"冷笑一声，"价钱可不少一文。"

顺子嬉皮笑脸地说："都这样，何爷包涵。"

一口汉汾试出了陈五的底细——去年刚上任的广东布政使叶名琛是汉阳人，陈五、毕六师徒之所以能出狱，顺子之所以能在广州府衙门当差，借的都是叶名琛的力。

叶名琛来到广东后表现得非常谨慎，平时除了经常到白云山黄婆洞打卦占卜外，很少听到什么关于他的负面新闻。靠圣人之学飞黄腾达，却把功劳记在神仙身上，"百齿鲨"断定这是一个满口仁义道德的伪君子，现在看来果然不假。

"百齿鲨"和顺子大步上了"黄记"二楼，手下人去喊本村的保正黄老八。顺子飞快地点了茶酒，见"百齿鲨"托着腮帮子仍在寻思，便道："何爷，该吃饭了。"

"百齿鲨"冷不防地问："顺子，你跟黄婆洞的常道爷是不是过从得紧？"

顺子插科打诨："何爷，你想找他占一卦？"

"百齿鲨"道："听说藩台大人信吕纯阳？"

"对啊。"顺子回答，"藩台大人每次去白云山，府县两级衙门的差役必须到场伺候。”

“百齿鲨”直截了当地问：“你咋抱上这条粗腿的？”

陈五、毕六师徒和顺子其实全托了涂常发的福——涂太太出身汉阳街叶氏，和叶名琛是未出五服的同宗亲戚。叶名琛在广东做了布政使，涂常发和凌德金二人决定再度合作买官，瞄准的仍然是五斗口司巡检。这个肥缺谁不惦记？在叶名琛站稳脚跟前，务必隐忍为上。

顺子打了个哈哈：“何爷，这年头你也知道，全都是爷，能发财的地方多的是，公门这碗饭不那么吃香了。广州府放缺，正好撞到我的枪口上，就这么回事。”

“百齿鲨”还待细问，黄老八牵着孙子黄二十三颤巍巍地上了二楼，向“百齿鲨”和顺子行了一个礼：“两位爷大驾光临，有何指教？”

黄老八腰里别着砍柴刀，身上粘着几片树叶和草，一看便是刚刚砍完柴。“百齿鲨”皱了一下眉头：“保正，红毛鬼子在省河两岸骚扰了不少村子，马上就要到咱们这儿来。把你的孙子看好了，别叫鬼子逮走剜心。”

“敢？”黄老八眼珠瞪得溜圆，拔出砍柴刀劈了两下，问道，“何爷，‘北安营’每年收缴村里的钱粮，鬼子来了你们不管？”

“不管我来个鸟？”“百齿鲨”不高兴地说，“九十六乡地面广，本营兵力有限，根本顾不过来。一旦鬼子来犯，你们切勿死鸡撑硬脚，赶快燃放大爆求救，免得吃亏。”

黄老八把目光移到顺子脸上：“贤侄，你们衙门也不管？”

“传制台大人军令。”顺子神气地说，“洋人远来是客，严禁百姓作仇。如有违反，抓起来定当严惩不贷。”

黄老八把砍柴刀塞进黄二十三手里：“这年月除了自个儿，谁他老母的也靠不住。”

柯定邦和鸡大逵本来是抬轿子的，却被陈五留下来看护酒坊。柯定邦不安地问：“红毛鬼子来了连砸带抢，这么多酒桶我们可赔不起。”

“谁要你们赔？”陈五随手丢给他们一吊钱，叮咛道，“这是给你们俩的赏钱，轿子我拉回佛山堡，工钱你们朝‘四海堂’要。记住，红毛鬼子进村任凭他折腾，别跟人家顶牛，官府都不敢惹，咱们吃饱了撑的？”

“死牛肺”怯生生地问：“五爷，听说你要去桂州堡？”

“我和陈天义是患难之交，他姨夫死了怎么着也得去捧个场。”陈五拍了拍他的肩膀，“你脑子比他们俩好使，帮我照应着点酒坊。只要铺子能保全，回头我给陈天义垫个话，让他大人大量捐弃前嫌，容你回佛山堡卖猪红。”

“死牛肺”深鞠一躬：“多谢五爷。”

顺子最后一个跳上船，回头对黄老八和两个甲长黄鳝、黄芪说：“还是那句老话，好汉不吃眼前亏，退一步海阔天空，鬼子要什么就给他什么，犯不着搭进性命。”

望着远去的官船，黄鳝“呸”了一口：“丢他老母，一听就是个汉奸。”

“别听他放屁。”黄芪道，“鬼子要是调戏他老娘，我就不信他狗日的能忍着？”

黄老八将手里的铜锣塞给黄鳝：“咱们村东头是林子，西头是铺子，红毛鬼子从码头这边上岸，站在敬仁家的二楼上准能瞅见。你到楼上给我盯着，鬼子一来就敲锣报警，让乡亲们好有个准备，免得到时候措手不及。”

黄芪问：“八叔，我干点啥？”

“你的把式比阿鳝强，就在‘死牛肺’的摊档前乘凉。”黄老八不放心地说，“村里头不是女人就是伢仔，腿脚不利索，鬼子来了的话你挡一挡先。”

黄芪高兴地来到摊档前一屁股坐下：“掌柜的，拿一坛桂花烧。”

“死牛肺”瞅了瞅柯定邦和鸡大逵，柯定邦道：“凭啥？陈掌柜的虽然走了，还有我们俩看门呢。白吃白喝，你以为你是红毛鬼子？”

“老子不白吃白喝。”黄芪挥了挥手，“酒喝美了，教你们一个不受欺负的法子。”

这句话打动人心，柯定邦和鸡大逵进酒坊抬出一坛桂花烧，“死牛肺”飞快地烹了一个韭菜炒猪红。端上桌子后，秦文彪迫不及待地问：“黄甲长，什么法子？”

黄芪吃了几口菜，灌了半肚子酒，撂下筷子开口：“在江湖上混，第一要有门路，第二要有本钱，第三要有脑子，第四要有运气，第五要讲义气。这五样东西，你们有哪样？”

四个人你看看我，我看看你，齐声道：“我们有义气。”

“那好。”黄芪从腰里抽出一块红布，扔到桌子上，“江湖有言，吃大佬，喝大嫂。你们要是真的讲义气，就选一个大佬跟着人家混，有福同享，有难同当。”

秦文彪抓起那块红布条，发现正面写着“顺天行道，英雄尽招”八个字，背面写着“忠义千秋，兄弟同心”八个字。他惊叫一声：“黄甲长，你入了堂口？”

黄芪点了点头，又摇了摇头：“没错，兄弟入堂口不假，但这个堂口没爹没娘，也没有传法会簿，和人家洪门不搭界，是我们自个儿立的。”

世界上的事情有时候就这么奇怪，一边是洪门轰轰烈烈的起义被镇压；一边是数以百千计的外围堂口茁壮成长。无论豪绅大族、江湖绺子，还是地痞流氓、草根民众，看中的都是洪门这个有效的组织形式，希望借用这个形式来巩固或谋取自己的利益。

李文茂死而复生这两个月，广府地区的外围堂口如雨后春笋般疯长起来，昔日的洪家兄弟成了香饽饽，被人争着抢着去传授入堂仪式。鸡大逵失望地说：“我等手无缚鸡之力，哪位瞎了眼的大佬肯收我们当小弟？”

秦文彪攥着红布条舍不得放手：“你真是个猪脑子，黄甲长的意思很清楚，谁都是两个肩膀扛一个头壳，没有大佬就选一个大佬。阿让，你来干。”

“不行，不行。”“死牛肺”连连摇头，“二哥仁义，还是你干吧。”

秦文彪唉声叹气：“新丁入堂须缴六百文钱，我连这点钱都没有，咋当大佬？”

柯定邦和鸡大逵一听，脸上露出了喜悦的色彩——陈五临走之前赏了一吊钱，如果再加二百文便能凑齐两个人入堂的费用，真是天无绝人之路。

黄芪酒足饭饱，起身道：“列位，我到江边去看一看，你们慢慢想办法。要么找一位有钱人当大佬，要么借个什么名目敛钱。办法有的是，反正活人不能叫尿给憋死。”

黄芪走后，“死牛肺”问秦文彪：“二哥，你说这法子行不行？”

“当然行。”秦文彪端起酒碗“咕嘟咕嘟”一饮而尽，胡子上粘的全是酒滴，“眼下不管有钱的没钱的一窝蜂地入堂，咱们要不立一个堂口，将来更得让人欺负死。”

“死牛肺”忐忑不安地问：“官府不追究吗？”

秦文彪道："刚才黄甲长不是说了？这些堂口没爹没娘，跟洪门不搭界。官府连红毛鬼子都管不过来，哪有闲工夫管这个？"

鸡大逵附和着说："咱们又不造反，关他官府屁事？"

"死牛肺"为难地扫了一眼大伙儿："就咱们这几个人？"

柯定邦出主意："佛山堡有的是人，叫花子有好几万呢。"

"吃屎要趁热，咱们马上去佛山堡招人入会。"秦文彪对"死牛肺"说，"吴掌柜的好像剩点积蓄，干脆就推举他为大佬；你赶快去找陈天义说和，别让他再咬着你不放。他的本事咱们哥几个可对付不了，免得以后你埋怨我们没义气。"

"死牛肺"低头不语，柯定邦说："还缺一个办仪式的师傅。"

秦文彪抬头一看，发现黄敬仁端着茶壶在"黄记"二楼的窗户里悠闲自在地饮茶，不由得叹了一口气："黄掌柜的要是肯帮忙，咱们又能省一笔钱。"

晌午的阳光绚烂如水，凉风扑面，黄芪沿着江边转了一圈，没有发现什么异常情况，便打着酒嗝走回村子。黄老八的儿媳妇黄王氏坐在榕树下纳鞋底子，六岁的黄二十三正费力地拖着一张破渔网，黄芪过去拍了一下他的屁股："别玩了。"

黄二十三指着路边一个土坑："阿叔，我想把它盖上。"

黄芪纳闷地问："盖它干吗？"

黄二十三吸了一下鼻涕："鬼子来了，让他们跌进坑里。"

"乖仔，有你的。"黄芪哈哈大笑。

黄王氏停下手里的针线活："阿芪，红毛鬼子来咱们村干啥？现在又不唱戏。"

黄芪哭笑不得："嫂子，红毛鬼子哪能看懂红船大戏？他们是来杀人放火的，你快把伢仔领回家，别让二十三惊着。"

这一天是十月二十八，即将进入冬月，这个季节在岭南是最惬意的时光。村里的榕树下三三两两地坐着不少人，男人聊闲天，女人忙手里的针线活儿。黄王氏满不在乎："少吓唬人，我在自己家里，还怕他红毛鬼子？"

"嫂子，你别不信。"黄芪从井里揽上来一桶井水，喝了个痛快，"听官府的人说，鬼子在省河已经进村了，杀人放火，无恶不作。"

“哎呀，瞧你说的那个邪乎劲。”黄王氏大惊小呼，“咱们村地下埋的是老祖宗，他红毛鬼子进村作孽，不怕夜里闹鬼？”

黄芪盘着腿坐在井台上，用井水洗了洗刀刃：“他本身就是鬼，怕啥鬼？”

黄王氏害怕起来：“他们要是鬼，你这把刀能把人家杀了？”

“是鬼是人，杀了便知。”黄芪用衣襟擦了擦刀刃。

黄二十三嚷了起来：“阿妈，我知道。”

黄王氏抬头问：“你知道啥？”

“红毛鬼子是鬼。”黄二十三拿着砍柴刀比画，“死了会变成人。”

黄王氏劈手夺过了砍柴刀：“死仔，谁给你的刀？”

黄老八扛着鱼叉走过来，沉下脸说：“我给的。”

黄王氏把砍柴刀放到凳子上，赔着笑说：“阿爸，我不知道是你给的。”

“咱穷人的仔，没那么娇生惯养。”黄老八提高了嗓门，“鬼子马上要来了，官军和‘北安营’跑得比谁都快，咱们要是再塌了架子，就等着人家挖祖坟吧。”

黄芪从怀里掏出一个飞砣：“乖仔，玩这个。”

在九十六乡，飞砣不但是随处可见的武器，而且是儿童最喜欢的玩具。黄二十三高兴地接过飞砣：“我想打鸟。”

“去林子里玩，别跑远了。”黄王氏低头又开始做针线活儿。

太阳渐渐偏西，头顶燃起了火烧云，江面上始终没有发现红毛鬼子的兵舰。黄鳝揉了揉发酸的脖子，把铜锣搁在凳子上，问黄敬仁：“敬仁哥，你见过大世面，鬼子能来吗？”

第一次鸦片战争中，“礼锦堂”曾经在广州城下抗击过英军舰队，那个假伯麦就是被他们砍掉的头壳。黄敬仁不紧不慢地说：“来肯定会来。”

黄鳝好奇地问：“你咋看出来的？”

“红毛鬼子为啥要占洲头咀？”黄敬仁捻了粒虾皮丢进嘴里，“你想想。”

黄鳝摇了摇头：“不知道。”

黄敬仁把两根筷子平放在桌子上：“鬼子的心眼比人多，看见没？商馆广场在北岸，要是在南岸再抢一块地盘，架上大炮，两头一掐，整条江面就都归他了。”

“我懂了，白鹅潭和咱们村在南岸，鬼子非来滋事不可。”黄鳝恍然大悟，继而又愤愤不平起来，“官府这帮浑蛋，鬼子一来就躲得远远的。”

黄敬仁不屑一顾：“别看那些大人老爷人模狗样的，其实不如鬼。耆英是旗人，照样糊弄皇帝佬，没有他偷偷应允，红毛鬼子能去洲头咀插旗标界？”

黄鳝目瞪口呆：“连自己人都糊弄，什么玩意儿？”

“拉屎让别人舔，这就是官场。”黄敬仁道，“你慢慢等着瞧，用不了一年半载，耆英必定调到别的地方去当官。”

骂完耆英，黄鳝又开始骂“百齿鲨”：“姓何的也不是啥好东西，白鹅潭有钱人多，他就派兵把守；咱们村没油水，这厮只肯送佛山大爆。丢他老母的，瞧不起人。”

“‘北安营’主要靠伍家发饷，姓何的敢不去拍马屁？”黄敬仁笑了笑，“行啦，自个儿祖宗自个儿供，求他们才羞先人哩。”

“敬仁哥，你们要是不散伙，那就好了。”黄鳝露出一副崇敬的神情，啧啧道，“二爷斩了武林至尊，王老爷砍了水龙道士。对了，人家遛鸟他遛鬼，王老爷本事真大。”

千里杀人的“枫子鬼”，被王山公当画眉鸟一样驯，别说江湖人士惊诧，就连普通的老百姓都觉得匪夷所思，把王山公当世外高人看待。黄敬仁诙谐地说：“王老爷练的是心，‘百齿鲨’的‘摧心掌’打别人行，在王老爷眼里不过是一根废柴。”

“二爷活过来了，”黄鳝问，“你们会不会风云再起？”

李文茂现身崖山祠，搭救“和尚能”，消息不胫而走，极大地震撼了两粤江湖。像黄敬仁这样的洪家兄弟是多么渴望他登高一呼，但是大伙儿都知道他重然诺的脾气，既然三刀六洞发下了重誓，想让他违背誓言，比登天还难。

黄敬仁刚要说话，突然，“砰”的一声枪响，打破了静谧的黄昏。

“鬼子来了。”两个人喊了一声，同时奔到窗口。

灿烂云天下，浩阔的江面船只往来如梭，码头上空空如也，并没有发现哪怕一艘红毛鬼子的兵船靠岸。这是怎么回事？黄敬仁放下茶壶，提刀在手:“到江边看看。”

黄鳝跟在黄敬仁后面冲下酒铺,一边拼命飞奔,一边“咚咚”敲响手中的铜锣:“红毛鬼子来了,抄家伙喽!”

黄老八、黄芪等人取刀的取刀,拿鱼叉的拿鱼叉,从四面八方向码头集结。秦文彪见状也把刀拔出来:“走,杀鬼子去。”

柯定邦和鸡大逵慌忙摆手:“二哥,这不行,我们俩给五爷看酒坊,要是铺子让鬼子一把火点了,一吊钱就得还人家。”

秦文彪气恼地问:“阿让,你说咋办?”

“死牛肺”催促道:“快帮我把摊收了,这可是咱们吃饭的家伙。”

哥四个七手八脚把盆盆罐罐收进酒坊,一人手里握了一把刀,扒着门缝往外看。却见大多数妇孺并不为锣声所动,该干活还干活,该玩耍还玩耍,神情十分镇定。秦文彪羞愧地把刀插进刀鞘:“阿让,咱们总这么躲着,不好看吧?”

“死牛肺”道:“没事,咱们不是这村里的,丢人也丢不到家。”

秦文彪一把推开门:“老子不跟你们一起丢人。”

“二哥,快回来。”柯定邦急得直跺脚,“枪子可没长眼睛。”

秦文彪走到码头,发现黄敬仁、黄老八、黄芪、黄鳝领着十来个后生正在察看动静,他问黄敬仁:“掌柜的,哪儿打枪?”

“真奇怪。”黄敬仁望着江面,喃喃自语,“明明听到有人打枪,咋突然就没了?难道红毛鬼子长了一双会飞的翅膀?”

黄芪道:“兴许是鬼子兵船上打的冷枪。”

“那鬼子兵船呢?”黄鳝问。

黄芪回答:“过去了呗。”

正当大家狐疑不定的时候,东头枪声大作,从林子里钻出六名荷枪实弹的鬼子兵。这些鬼子兵手里提着血淋淋的死鸟,嘻嘻哈哈,叽里咕噜,像赶小鸡似的追逐黄二十三。小家伙跑得鞋也掉了,飞砣也不知道丢到哪儿去了,大声哭喊:“阿妈,阿妈。”

黄王氏丢掉手里的针线活儿,发疯似的冲向儿子。这一跑可糟了,六个金发碧眼的红毛鬼子不由分说,按倒黄王氏,撕扯她的衣服,扒掉她脚上的鞋。其中一个鬼子兵用半生不熟的中国话嘟囔:“小脚女人,小脚女人的不是，不好。”

为了便于农业生产，粤东女子绝大多数不缠脚。但女人的脚是贞节的象征之一，岂能任由鬼子兵随意猥亵？观此情景，黄老八气得满脸发紫：“畜生，畜生。”

黄敬仁把刀一挥，黄鳝、黄芪紧紧跟随，十来个青壮年像猛虎一样冲向鬼子兵。鬼子兵慌忙放开黄王氏，举枪射击，黄敬仁、黄芪、秦文彪等人先后挂彩，黄鳝被一枪击中要害，死于非命。黄敬仁左臂受伤，一颗子弹擦着脖子飞了过去，鲜血在眼前打晃。但是他的脚步一下也没有放松，丰富的战斗经验告诉他，此时此刻快则生，慢则死；进则生，退则死。一旦失去眼前这个近身肉搏的机会，红毛鬼子必定大开杀戒，血洗黄竹岐。

黄敬仁抢到近前，凌空跃起，飞砣随手甩出，不偏不倚砸中一个鬼子兵的脸部，那厮丢了洋枪，痛苦倒地。黄敬仁随即高喊一声：“使飞砣。”

飞砣是大沥堡人的绝技，孩子们从小便会玩，使起来无不驾轻就熟。十来个飞砣同时破空而袭，像天外来物一样砸得鬼子晕头转向。阵前拼杀，胜负往往只在毫厘之间，趁着鬼子兵手忙脚乱，黄竹岐的村民冲到了跟前。黄敬仁手起刀落，接连劈死两个鬼子兵；黄芪也砍断一支洋枪，宰了一个鬼子。受他们俩的鼓舞，众乡亲一拥而上，你一刀，我一叉，把剩余的三个鬼子兵剁成肉酱。

黄鳝老婆趴到丈夫的尸体上，拼命摇晃，号啕大哭：“当家的，你醒醒，醒醒啊。你就这么走了，往后让我们孤儿寡母咋活呀？”

黄老八让人给黄王氏披上了一件长衣，又叫人把黄鳝的老婆劝回家，开始清理战场。在这场惊心动魄的肉搏战中，幸亏黄敬仁冒死突前，使用飞砣遏制住鬼子兵的火枪，否则整个村子的老老少少都将死无葬身之地。饶是如此，黄竹岐仍然付出了一死一重伤的代价，黄老八走到黄敬仁跟前，关切地问：“贤侄，胳膊的伤没事吧？”

黄敬仁忍着痛：“阿叔，赶快把鬼子的尸首埋了。”

“对对。”黄老八连连点头，“要是让官府知道了，肯定麻烦。”

红毛鬼子一下子死了六个，这么大的动静想瞒是瞒不过去的。黄敬仁对黄老八说：“这块土地埋的是咱们的先人，绝不能沾上鬼子的晦气。阿叔，依我看，把他们塞进笼子里，沉到江底喂王八算了。”

沉猪笼是针对通奸女子的一种残酷刑罚，亦用于处置有不轨行为的自梳女，这种刑罚的本意是让死者下辈子也不能投胎做人。众乡亲纷纷拍手叫好：“对，红毛鬼子跑到咱们地头上杀人放火，该永世不得翻身。”

黄敬仁扭头对秦文彪说：“好汉做事好汉当，你们哥几个赶快走，别受牵连。”

秦文彪含着泪，和“死牛肺”、柯定邦、鸡大逵把家伙什装到船上，在船头拱手问：“黄掌柜的，有话要带吗？”

“呵呵。”黄敬仁笑了笑，“你们在佛山堡要是能碰到本堂大佬，麻烦告诉他们一声，我黄某人这次杀鬼子，杀得真叫个痛快。”

第一百四十回　爱沉猪笼

第一次鸦片战争中，英军在广州城打得奕山丢盔卸甲，竖起白旗投降，满打满算才阵亡了九名士兵，而今在小小的黄竹岐一下子被砍翻了六个。消息传来，德庇时恼羞成怒，率领兵舰赶到商馆广场，下了一纸通牒给耆英，要求将参与此事的村民全部斩首，否则将血洗黄竹岐与相邻的滘表、坑滘，把三个村子夷为平地。

红毛鬼子荷枪实弹进村骚扰，为恶在先，村民自卫何罪之有？退一万步讲，即使按照双方打架斗殴来论处，依《大清律》，因互殴而致丧人命者，罪不至死。可是耆英这个卖国贼不但立刻派兵抓捕了十七名黄竹岐的村民，而且在给德庇时的信中恬不知耻地表功："本大臣因与贵国和好，特为从严惩办。为英人申冤，亦可谓不遗余国。"

官府寡廉鲜耻到如此地步，激起了民众心中的怒火，连士绅阶层也感到无法容忍。一份在省城广为散发的《阖省社学同启》这样写道：

哀哉！痛哉！中国之受辱，一至于斯也！耆英之误国残民，竟至此极也……其视我民为何国之民？自视己身为何国之臣？自有汉奸以来，未有丧良心、无廉耻若耆英之极也！

这篇文告同时警告英国侵略者，若再敢到黄竹岐一带挑衅，社学将“传齐诸路壮勇，到十三行将鬼楼鬼种尽行诛戮烧毁，以相报复。”

德庇时偷鸡不成蚀把米，真正领教到了粤东民众的厉害，和他的老伙计耆英一样，心里暗自萌生退意。他以与大法官意见不合为由，向英国政府提出辞呈。四个月后，即道光二十八年(1848年)二月二十六，德庇时乘船离开香港，提前结束了他的任期。

广东官府对黄竹岐事件的最后判决结果如下：斩立决四名；斩监候、绞监候各一名；充军流放三名；杖一百、徒三年六名。

刚从湘南归来的李阿发，得知黄敬仁被官府斩首的消息，连夜回到古劳围。和冯天善、“虎头仔”二人密议一番，决议劝说陈开，立即重建“德礼堂”。三员大将合乘一条篷船，天亮时分抵达“贞女桥”，只见桥畔绿木茵茵，白云飘飘，原来是一群白鹈鹕。

“虎头仔”道：“是四爷。”

“还有王老爷。”冯天善直起身子，奇怪地问，“他们怎么在这儿？”

三将上岸，跪倒在地，放声大哭：“二爷、四爷，敬仁兄弟死得屈啊。”

王山公把他们扶起来：“耆英这贼子认鬼作父，倒行逆施，有什么办法？不过也好，鞑子皇帝多用几个这样的败家子，就用不着我们灭他了。”

李阿发道：“二爷此言差矣，鞑子皇帝蛇蝎心肠，不用刀枪岂肯束手就擒？”

王山公一愣：“你们想干什么？”

三将齐声道：“我等打算劝大龙头开台做戏，重新插旗。”

“不可能。”“逃军和”在一旁摇头，“大龙头如今沉迷女色，拜倒在石榴裙下，整天打鱼给那个姑婆吃。连白鹈鹕都不管了，能管你们？”

王山公表示同意：“就是，他还学会了哼小曲。”

三将郑重地叩头行礼：“二爷，你老人家领着弟兄们干吧。”

“那可不行。”王山公用手摸着他的鸟笼子，“我答应苏长春去粤西，把他的相好平平安安地接回来。阳大老倌和那个姑婆不一样，二少为了她一直没娶媳妇，我帮这个忙，也是为了让二少在地下安心，你们说对不对？"

王山公的话虽然疯疯癫癫，却义正辞严，李阿发、"虎头仔"和冯天善挑不出毛病，只好又向"逃军和"磕头："四爷，你该出山了。"

"逃军和"诚惶诚恐："三位兄弟，快快请起，叶某一介罪人，何德何能敢为魁首？你们快去请大龙头，让他领着你们干。"

"虎头仔""嚓啷啷"抽出腰刀，恨恨地说："大丈夫志在天下，驱驰江湖，财帛子女有啥舍不得？待我砍了这个狐媚子先。"

"休要鲁莽。"王山公拦住他们，"你们不知道吧？大龙头拿这个姑婆当心抱，捧在手里怕摔着，含在嘴里怕化了，如胶似漆，夜夜缠绵，恩爱得紧呢。"

三个人听说过陈开对黄纨卿另眼看待，但没想到他们竟然亲密到如此地步。李阿发一时有些踌躇，为难地问"虎头仔"和冯天善："咋办？"

冯天善挠着头说："大龙头对这女人如此恩爱，恐怕不好下手。"

"还有一点，""逃军和"道，"掌堂大爷已然起死回生，前些日子，邝阿妈、卢阿妈、林阿妈相继返回粤东，纷纷劝他再树义旗，全吃了闭门羹。大龙头是个讲义气的人，没有掌堂大爷的号令，他怎么可能开台做戏？"

陈开在烧毁西海大寨前，临时招募三百人，由陈见成和温秉信统领，前往黑石顶老营送龙头令旗和"银叶会簿"。这一瞒天过海的计策骗得了别人，骗不过李阿发、"虎头仔"和冯天善三位心腹。三个人都清楚陈开是在为未来预留伏笔。果然，陈见成在德庆州翻船，关钜送缴黑石顶老营的龙头令旗和"银叶会簿"中，独独缺了"德礼堂"那一份。

大家在一起摸爬滚打这么多年，彼此的性情了解颇深，李阿发、"虎头仔"和冯天善都不相信陈开是沉湎于女色的人，他们宁愿认为这是他掩人耳目的策略。"虎头仔"把腰刀插回刀鞘："走，咱们去会会那个妖精，看她到底有多大的法力？"

"你们去也好。"王山公掏出一份请柬，"告诉大龙头一声，张家明天办白事，今天晚头哭夜守灵，问他去不去？"

黄纨卿和冉枝枝分手后，在姑子庙附近单独置了一所宅子，前面临河，后面是一座不到百米高的山包，山上林木茂密，环境十分清幽。李、胡、冯三人未敢轻易闯进黄家的院子，遂疾速上山坡，寻了个高处探头往下张望。只见这座院子依河而建，大门朝东是马路，角门朝西正对河面；院子中央搭了间凉亭，周围姹紫嫣红，养的都是些名贵花种。凉亭下一位女子正在抚琴而歌，歌声煞是好听：

相逢似有期，相别非无意，
来时啊，隔邻啼鸟呼人至；
去时啊，水面红尘咫尺迷。
这相思诉谁知？则除诉与天知。
问你个多情崔护，去何疾，来何迟？
怕墙内桃花也笑你空归。
非关是看花心醉，
非关是中酒情迷。
想着他人倚花前笑语微，
教俺梦魂儿怎去此？

那女子不但貌美如花，风姿绰约，而且琴技高超，歌喉动听。婉转的歌声中有一种叫人难以自拔的魅力，没有浓妆艳抹，没有曲意承欢，只有一泓弯弯的泉水滑落山崖，仿佛一颗透明的心在为自己歌唱。三个武夫听完意乱情迷，心惊胆战，李阿发长叹一声："难怪大龙头如此痴迷，黄家女仔果然色艺双绝，进了红船，定是一位大老倌。"

"虎头仔"不知不觉又把手伸到了刀柄上，动了杀机："掌堂大爷就毁在女人手里，这股红颜祸水留她不得，否则大龙头必将重蹈覆辙。"

"两码事。"冯天善辩解，"黄纨卿是一个姑婆，惹不着谁。"

李阿发沉声道："她扯住大龙头的心，惹了咱们。"

河面上驶来一条舢板，一条身披蓑衣的汉子撑着篙，对着歌：

野树花攒绣短篱，恰人住武陵溪；
看谁家帘箔低垂，
寂寂春深，门掩无人至。

声声杜宇，叫彻花前泪；
园亭清昼长，一觉留春睡。
寻芳载酒知谁是？
则俺莽崔生行春来到此。

“大龙头？”三人吃惊地一起喊出声来。

来者非别，正是隐匿江湖的陈开陈天义。只见他打赤膊、穿短裤，背斗笠、提鱼篓，完全是一个渔夫的模样。他径直把船撑到黄家院子的角门，拴好舢板，提着鱼篓跳上台阶，“嗒嗒嗒”敲响门环：“姐姐，开门来。”

院里的女子早停住琴，一动不动地倾听着院外的歌声。听到喊声，她并不起身开门，而是调皮地继续抚琴，以歌代答：

篆烟冷落闲庭鏁，响门环几声敲破；
又不是鸟啄风筝碎玉颗。
有谁来惊觉人呵！
几回无语心空忆，敢则那前度看花人又过？
门儿外知谁个？
则教我忙匀泪眼，佯展修娥。

陈开道：“这几日不见姐姐，你庞儿怎甚减也？如今咱们特来寻你耍子哩。”

黄纨卿满意地丢下瑶琴，一步三跳地打开角门，接过鱼篓，掩嘴笑道：“冤家，这段《桃花人面》你倒是记得熟，连道白都一字不差。”

“多承姐姐教诲。”陈开拱手道，“不过，折子戏文绉绉的煞是难记，再多一折子，我便没有这样的记性。”

黄纨卿把鱼篓里的鱼倒入木盆，一手掂起裙角，一手伸出纤纤玉指在盆中拨动：“唱戏和练功一样，台上一折戏，台下十年功，你要耐得住性子。”

陈开问：“昨夜潮涨，甘竹滩上只有白鲩，你看咱们今天怎么吃？”

“白鲩自然是吃鱼生了。”黄纨卿道，“红肌白理，薄如蝉翼，沃以老醪，和以椒芷，味道鲜美，比鲥鱼只差那么一点点。”

鲥鱼乃鱼中珍品，以顺德甘竹滩最胜，其次为九江圩的海目山。陈开吟诗道："'甘滩最好是鲥鱼，海目山前味不如，丝网肯教鳞片损，玉盘那得鲙香余？'屈翁山的诗虽好，可惜现在不当时令，明年入夏，你我可以顿顿吃鲥鱼了。"

黄纨卿叹息："还要等几多时？"

"黄花短，白花长。"陈开安慰她，"鲥鱼为曹白所变，姐姐若是等不及，春发季节，我驾船出海给你捉几尾来，听说阳江那个地方最多。"

为了自己随口一说，陈开竟然要赴外海捕捞曹白鱼。黄纨卿心里十分感动："冤家，你我乖离伦常，难容于世间，得平常之乐足矣，莫生非分之想。你去山上打些柴来，我把这几条摆尾子收拾收拾，咱们做鱼生吃。"

陈开应了声，把砍柴刀往腰间一别，健步上山而来。待他走到近前，李阿发、"虎头仔"和冯天善跳出林子，跪倒行礼："参见大龙头。"

陈开愣了一下，继而开怀大笑，搀扶三将："呵呵，我说怎么一大早喜鹊叫？闹了半天是你们三个。快快，你们嫂子在下面煲汤，咱兄弟喝个一醉方休。"

冯天善疑惑地问："大龙头，没听说你办喜事啊？"

"她是个姑婆，办啥喜事？"陈开道。

"虎头仔"忍不住大吼："大龙头，你娶一个穿底姑婆当媳妇，不怕晦气吗？"

陈开仰天大笑："陈某孑然一身，怕什么晦气？"

李阿发沉痛发问："大龙头，你可知道敬仁兄弟被官府明正典刑？"

陈开点了点头："听说了。"

李阿发以头抢地："大龙头，难道你就眼睁睁地看着弟兄们遭遇不测？"

看到他那双喷火的眼睛，陈开一惊："你什么意思？"

三将齐声道："大龙头，我们要你重出江湖，再举义旗。"

"这个万万使不得。"陈开摇头，"我等兄弟退出洪门是为了替掌堂大爷鸣不平，他老人家不发号令，我辈开台做戏，必为天下英雄耻笑。"

李阿发苦口婆心地劝："大龙头，如今官府寡廉鲜耻，畏洋如虎，省城内外随处可见痛斥耆英和朝廷的揭帖，此正人心变革之兆，千载难逢的好机会。我兄弟若不乘隙而发，大块肥肉就会落到别人嘴里，大龙头不可不察。”

“陈某并非不知此理。”陈开叹道，“然掌堂大爷在龙头峰自刺三刀六洞，发下重誓，绝对不可能走回头路，邝阿妈、卢阿妈、林阿妈在银洲湖苦苦哀求，被他一口回绝，你们大概听说了吧？”

冯天善委婉地说：“大龙头，掌堂大爷发下重誓，本堂兄弟为他鸣不平，退出洪门，这是兄弟应有之义，但不是掌堂大爷的本意。他为什么自刺三刀六洞？还不是为了洪家兄弟的团结和洪门大义？从我们入堂的第一天起，到掌堂大爷在龙头峰挥刀自戕，他老人家可从来没有说过一句让我们退出洪门的话。”

李阿发热切地说：“对啊，大龙头，这不是掌堂大爷的本意。”

陈开问他：“你从湘南和粤北回来，朱阿妈和葛总瓢把子是怎么干的？”

李阿发回答：“朱阿妈不计前嫌，‘公义堂’兄弟正在和官军交战。”

“交战归交战，只怕三十六处大寨各行其是吧？”陈开冷冷一笑，“总堂信使年初到大稠顶求援，被葛总瓢把子一通乱棍打出，可见人人心里有一杆秤。不管掌堂大爷本意如何，陈某绝不做那忘恩负义的小人，尔等休要啰唆。”

言罢，陈开怒冲冲拂袖而去。

三将面面相觑，莫可奈何，垂头丧气地下山登船。划出约莫五六里地，李阿发突然放下手里的摇橹：“不对，大龙头事事了如指掌，哪像是一个归隐林泉的人？他要是真的想过逍遥日子，早带着黄纨卿跑个鸟了，还留在梅基村挨什么骂？”

“虎头仔”嚷嚷：“我看就是让那个狐媚子弄的。”

“呵呵。”冯天善笑道，“大龙头当然想开台做戏，但他不愿意当众矢之的，除非掌堂大爷发下号令，或者其他堂口率先恢复，否则此局难解。”

“难解也要解。”李阿发胸有成竹地说，“还是王老爷说得对，关键是心——只要大龙头有心东山再起，别的都好办。明的不行可以来暗的，干吗非要用‘德礼堂’的堂号？咱们哥仨可以另立堂号招纳旧部，只要把势头鼓起来，我就不信大龙头不出山？”

“虎头仔”和冯天善击掌赞道：“就这么办。”

三员大将做出再举义旗的决定，在舢板上细细地商议了半天，直到肚子咕咕叫，这才收起兴奋的心情。西风吹来，李阿发挺立船头，望着银洲湖方向，神情落寞地叹了口气："要是掌堂大爷能够出手，那该多好啊！"

即使陈开出山，能动员的充其量是原"德礼堂"的人马，其他堂口未必跟随。如果李文茂能够登高一呼，凭他的威望，响应的不但有洪门、武林和江湖人士，甚至包括那些手无寸铁的老百姓：要知道，李文茂在他们的心目中，那就是一尊神啊。

可惜，这样的美梦虽然近在咫尺，却触不可及。

"虎头仔"忽然想起那封请柬，叫道："糟了，忘了把这个交给大龙头了。"

李阿发掉转船头："咱们回梅基村，正好找一个地方吃饭。"

舢板驶回村子，在一家临河的酒肆靠岸，伙计忙跑过来伺候："三位爷，请。"

"虎头仔"催促："有什么好吃的都端上来，再找个人帮爷送封信。"

伙计点头哈腰："请问爷你送给哪家？"

"虎头仔"道："姓黄的那个姑婆家。"

"啊？"伙计的脸像被酸水腐蚀过一样，脑袋摇得像拨浪鼓，"爷，你饶了我吧。你让小的干什么都行，唯独这个不行。"

"虎头仔"右手像铁钳子一样卡住伙计的脖子："你敢扫爷的兴？"

伙计杀猪似的叫了起来："爷，饶命；掌柜的，救命。"

其他伙计不敢上前，从后面把酒肆掌柜喊了出来。那掌柜的一见是这三位，上前赏了伙计一个大嘴巴："有眼不识泰山的东西，叫魂呢？"

李阿发一看是"白斩鸡"，讥讽地问："白管家，咋不伺候你家少奶奶了？"

"那是多少年前的老皇历？在下早不干了。""白斩鸡"笑着说，"自从我家主子迷上了唱戏和磨肚皮，我们这伙人都砸了饭碗。"

李阿发问："她们不是散伙了吗？你还不回去？"

"爷真会说笑。""白斩鸡"道，"人家喜欢十五六的靓仔。"

冯天善打断他的话头："我来问你，黄纨卿不回佛山堡，赖在梅基村干啥？"

"白斩鸡"不安地看了他们一眼："我的爷，这话我倒想问你们，她留在村子里不就是为了陈大龙头吗？黄姑娘和冉家千金闹了生分，起先住在姑子庙，陈大龙头来了以后，她便在河边置了一处宅院。佛山堡人多嘴杂，哪有本村清静？黄家离得远，我们村的保甲管不着，姑子庙也管不着，谁敢捋陈大龙头的虎须？”

“虎头仔”愤愤不平：“穿底姑婆，该沉猪笼。”

“白斩鸡”惊诧地问：“爷什么意思？”

“虎头仔”道：“老子的意思是，这等不知羞耻的淫妇根本配不上大龙头，没有资格做我们的大嫂，你们村的人应该把她塞到笼子里沉河。”

“白斩鸡”惶恐地转了转眼珠：“爷说的是真是假？”

“真的假的和你没关系。”李阿发从“虎头仔”手里接过请柬，丢到桌子上，“你派人把这封请柬送到黄宅，交给大龙头，记住，别说我们在你这里。”

“小的明白，小的明白。”“白斩鸡”点头退下。

“虎头仔”不解地问：“哥哥，咱们既然返回梅基村，何不寻机擒了那淫妇？让村子里的人依照老规矩沉猪笼，省得咱们动手。”

冯天善也说：“对啊，这样也免得大龙头恨咱们。”

“好事不周全，周全没好事。”李阿发长叹一声，“黄纨卿是大龙头的禁脔，梅基村这些狗肉乡老敢放个屁？咱们既然力劝大龙头出山，就不能瞻前顾后，连这点事也顶不起。大龙头极有可能去张家哭夜守灵，择日不如撞日，今天晚头正是一个机会。”

“虎头仔”使劲拍了一下桌子：“快刀斩乱麻，以绝后患。”

冯天善想了想：“不管怎么说，黄纨卿毕竟是大龙头心爱的女人，死前让村子里的狗肉乡老凌辱，丢的还不是本堂兄弟的脸？”

“三尺白绫，”“虎头仔”敛起怒气，“赏她一个全尸。”

李阿发见两个人都同意了自己的意见，便道：“咱们赶快吃饭，然后到山上躲起来。大龙头心思缜密，要是发现咱们没走，立时就会起疑心。”

冬季夜来急，香闺燃灯早，从山上遥遥能望见黄宅的一举一动。晚饭吃过，竟然淅淅沥沥下起了黄昏雨，陈开换了一件素色长袍，黄纨卿正要往他腰间扎麻绳，被他一把扯下：“我姨夫家什么都有，到他们家再扎，省得给你招来晦气。”

黄纨卿笑道："冤家，你今天怎么啦？"

陈开按住眼皮："心里有点不踏实，姐姐再拨一首曲子，让我清静清静。"

"你想听哪一曲？"黄纨卿问。

陈开道："还是《桃花人面》吧。"

黄纨卿坐到琴边，轻启玉腕，啭喉而歌：

禁城边，冷落晚霞菲；
野田畔，寂寞暝烟迷。
抵多少冢上狐狸？
归时路，比着来时更凄惨；
雨花脸上吹，朝云林外低。
无情会，倒惹下有情痴；
只愿得日后的相逢，也还似此时。

陈开本打算用琴声驱逐心头的愁绪，哪知道黄纨卿随手这一曲字字惊心，反而平添了更多的不安，一时犹豫不决，迈不动步子。黄纨卿心赛玲珑，立刻察觉出自己的疏忽大意，满怀歉意地说："要不，我再换一首曲子？"

"不必了。"陈开道，"姐姐把门插好，早点休歇，明天我就回来。"

黄纨卿为陈开披上蓑衣，打着油纸伞将情郎送出角门，弯腰解下系船的缆绳，目送他撑船远去，这才插门回屋，熄灯归寝。

"虎头仔"见状，拔出腰刀，一跃而起："走。"

"且慢。"李阿发喝住他，回头问冯天善，"天善哥，你觉得大龙头真走了吗？"

李阿发粗中有细，这句话绝非空穴来风，冯天善反问："有毛病吗？"

"大龙头多疑猜忌，上午我们劝他时已经露出了口风。"李阿发分析，"刚才黄家女仔的曲子多有不祥之兆，他肯定听出来了，我怀疑他根本没走。"

"虎头仔"错愕道："你是说便宜了这淫妇？"

李阿发苦笑着说："大龙头要是发现我们对他的心抱不利，必定雷霆震怒，凭他的本事咱们仨绝非对手，兴许立马就能大开杀戒。"

照李阿发的意思，陈开极有可能藏在附近，等他们三人冲进院子才现身。“虎头仔”和冯天善愁眉苦脸地问：“如何是好？”

“一动不如一静。”李阿发冷静道，“咱们藏好了，我猜他一定会上山来搜。”

果不其然，到了二更天的工夫，一条鬼魅般的人影无声无息地飘上山包，单凭那诡异莫测的轻功身法，三个人猜出非他们的龙头大哥莫属。陈开提着快刀在山包和林间搜了几趟，毫无所获，停下脚步，自言自语：“难道是我多疑了？”

幸亏三人早有准备，藏身之所极为隐秘，听到陈开的喃喃自语，个个屏住呼吸，大气也不敢出一声，生怕被陈开察觉。这时，只听陈开轻声喊：“三位兄弟，我知道你们是好心，怕我重蹈掌堂大爷的覆辙，有事好商量，出来吧。”

寒风猛烈刮过山顶，茂密的树林阴森可怖。陈开咋呼了一会儿，见没人应声，恼道：“老子现在是光棍一条，讨个女人咋啦？黄姑娘色艺双全，当你们的大嫂还不够格？姑婆比那些大户人家的千金干净。丢你老母，谁敢对黄姑娘心怀歹意，就是跟我陈天义过不去。老子认你这个兄弟，手里的刀可不认你这个兄弟。”

陈开骂骂咧咧，吼得嗓子眼发干，就是骂不出半个人影，最后终于确认李阿发等人没在山包上，这才松了一口气，下山乘船奔赴桂州堡。

又过了一个时辰，“虎头仔”终于忍不住了：“两位哥哥，大龙头走了吗？”

李阿发起来甩了甩身上的泥：“应该走了。”

“哎呀，我的老天。”“虎头仔”使劲捂住胸口，“大龙头这张嘴跟绣花似的，叽里咕噜的真会说，我差一点儿就跑出来了。”

李阿发道：“你要是出来，性命必定难保。”

冯天善犹豫：“看来大龙头对黄家女仔动了真情，杀了她，他能饶了咱们吗？”

“此等祸害断不可留。”李阿发态度坚决地说，“她把大龙头迷得神魂颠倒，将来本堂事务难免受其掣肘，这个狐狸精就是戏文里乱政的妲己。”

冯天善笑道：“至于吗？”

“你没听刚才大龙头跳着脚地赌咒发誓？”“虎头仔”目露凶光，“为了这个狐媚子，大龙头手里的刀都不认兄弟了，丢他老母。”

冯天善赶快劝解：“大龙头刚才是气话，不作数。他拢共就咱们这几个兄弟，要是把哥几个的头壳全砍了，谁替他打天下？”

“都是这个狐媚子惹的祸。”“虎头仔”把刀一横，“走，剁了她去。”

李阿发矗立在山顶，望着微光烛影的黄家宅院，又抬头看了看天空，用鼻子嗅了嗅，摇了摇头：“大龙头再有耐心，也熬不过五更天，那时动手不迟。”

“虎头仔”悻悻道：“让这娘们儿再做一个春梦吧。”

寒冷的夜好漫长，五更将尽，天色依然混沌如墨。三员大将纵身跃下山岗，翻过院墙来到黄纨卿的香闺前。“虎头仔”用手轻触，不觉吓了一跳，门竟然是虚掩着的。

难道这姑婆猜出有人来要她的命？

三人各自拔刀在手，一脚踹开房门，窜入房中。黑暗中，一道醉人的香气扑面而来，一个幽幽的声音问：“你们是他的兄弟？”

“不错。”“虎头仔”把刀一挺，“大丈夫行不更名，坐不改姓，爷爷叫胡天诚，只因你用狐媚手段蛊惑大龙头，故此来取尔性命。”

黄纨卿问：“女儿家天生妩媚，亦犯死罪吗？”

“少跟爷爷废话。”“虎头仔”叱喝，“看在这些日子你为大龙头伺寝的面子上，爷爷赏你三尺白绫，留个全尸。”

黄纨卿一笑：“勤力女，无棺材，死后无人抬；一只床板半张席，姐妹帮手丢落海。奴家既然自梳，就不指望死得体面，这位爷的好意心领了。”

“好大的口气。”“虎头仔”气急败坏，“掌灯，让爷看看你是哪路神仙？”

黄纨卿道：“奴家衣不蔽体，请三位兄弟自爱。”

进得屋来，“虎头仔”句句吃瘪，没有一句占上风，明显不是黄纨卿的对手。李阿发暗生敬意，拱手道：“黄姑娘，非是我兄弟无礼，只因红颜祸水，英雄难过美人关。我家掌堂大爷吃了女人的大亏，大龙头万万不能重蹈覆辙，否则洪家兄弟还要多死成千上万，洪门将永无出头之日，请姑娘见谅。”

黄纨卿问：“你们见过他了？”

“对。”李阿发道，“我等力劝大龙头出山，可是他拜倒在姑娘的石榴裙下，死活不肯重树义旗，顺天行道。我三人也是走投无路，才出此下策。”

黄纨卿凄怆地问：“拿女人的血，祭洪家的旗？”

李阿发“扑通”一声跪倒在地：“请姑娘成全。”

冯天善也跪了下来：“姑娘放心，我等打制一口上好的棺材，为姑娘买好门口，替姑娘好好发送。来世投胎，仍然是锦衣玉食的大户人家。”

自梳女死后灵位不能进娘家，为了不致孤魂无主，便有了“买门口”的习俗——找一个死去的男性“出嫁”，做死者名义上的妻子。这种情况下自梳女要付给“婆家”一笔钱；或者名义上嫁给一个男子，但一生不与丈夫接近，宁愿出钱替丈夫“纳妾”，自己属“正室”，死后灵牌可以放在丈夫家。

“我和你们大龙头真心相爱，耳鬓厮磨，如胶似漆，此生余愿足矣。”黄纨卿道，“我一不要买门口，二不要赏全尸，穿底姑婆合该沉猪笼，这是千年的规矩。三位兄弟，奴家只求你们一件事，让我临死之前，把这曲《桃花人面》拨完。”

三员战将战战兢兢，齐声道：“但凭姑娘心意。”

桃花春日开，鲥鱼入夏来，秋天的曲子如果惆怅，那么冬日的琴声注定断肠。一曲《桃花人面》响彻在漫漫长夜里。已经到了天明时分，为何仍不见晨光？

生还死，情未灭；
死还生，恨早枯；
看花开花谢皆尘土，
桃花不似看花日，人面还如识面初。
鸟解歌，花自舞；
人间天上，此乐何如？

生和死，暮复朝；
死和生，朝复暮。
年年此日，总是伤心处；
花花草草风前恨，死死生生月下书。
一般儿总是无常数，
再休提天荒地老，凤只鸾孤。

第一百四十一回　红毛天父

阳雪姑取了个“姣婆雪”的绰号，在平乐府一家名为“金天凤”的戏班藏身，执意凭借一己之力刺杀黄泰冲，洗刷耻辱。苏仁山劝阻无效，只得返回粤东求王山公出手相助——“枫子鬼”来无影去无踪，既可索黄泰冲的性命，又不夺阳雪姑之功，岂非两全其美？

王山公问：“姓黄的露面了？”

当年黄泰冲在飞云庄差一点儿被李文茂擒获，从此疑神疑鬼，狡兔三窟，一般人很难找到他的行踪。直到李文茂在龙头峰三刀六洞自戕，这厮才改变过去的习惯，再现江湖。道光二十八年三月初三即“北帝诞”，也是黄泰冲的五十大寿，为了隆重庆贺，他一口气订了三个“过山班”在庄里献艺助兴，阳雪姑等的就是这个机会。

苏仁山忧心忡忡：“凭雪姑的本事，只怕凶多吉少。”

王山公拍了拍他的鸟笼子：“有我这个宝贝在，保证阳大老倌平安无事。”

“枫子鬼”曾经协助王山公大战水龙道士，一个黄泰冲当然不在话下。然而苏仁山对女峒主的爱太深，生怕有丁点儿闪失，蹲下来问：“行吗？”

王山公不高兴了："莫非你还要把掌堂大爷请出来不成？"

"你以为？"苏仁山白了他一眼，"年前我在兰花洲见到了易大老倌，她说阿茂打算去湘南和粤西走一趟，问我要不要帮忙？"

王山公惊呆了："你上了兰花洲？"

"对啊，苏某又不是洪家兄弟，不犯忌讳。"苏仁山道，"我和黄掌柜一起去的，阿茂从湖底下捞出不少生锈的兵器和盔甲，有一个枪头足有两尺长，他让黄掌柜削一杆枪身；还有一套头鍪顿项、披膊和明光细网甲，锈得太厉害，打磨干净让我涂色描漆。以后阿茂上台扮二花面的话，这杆枪和这身铠甲正好合用。"

"完了，完了。"王山公跌足，"他真打算在戏棚唱一辈子戏？"

苏仁山撩开蒙在鸟笼子上的金丝绒布，目不转睛地观察着"枫子鬼"，笃定地说："阿茂这趟去湘南和粤西，走的是畚箕窝、相思江、柳江、郁江一线，最后到横州乌蛮滩吊唁死去的红船兄弟，看来是打算和过去做一个了断。"

王山公问："你没答应易大老倌？"

"那当然。"苏仁山道，"雪姑不让帮忙，要不我能找你和飞头鬼？"

王山公又问："走这一趟时间不短，谁路上伺候掌堂大爷？"

苏仁山回答："易大老倌派的是阿幺，路上教阿茂唱戏。"

阿幺眼睛虽然看不见，但是一双耳朵却非常灵敏。由她陪着李文茂去相思江，易如真的心窍果然玲珑剔透，非同凡响。王山公暗自赞叹不已，想起"枫子鬼"并非无懈可击，便对苏仁山说："为了不耽误阳大老倌复仇，我的心需要再诛一下。"

苏仁山问："怎么诛？"

王山公煞有介事地说："其一，你给她画一个关二爷的红脸蛋，教她忠义为先，关键时候莫要三心二意；其二，用我徒弟的猪尿脬给她洗个澡，除去杂念。"

正月里，街上熙熙攘攘的全是人，王山公、苏仁山从兴桂里到筷子街一路寻来，最后在石路铺的花王庙找到了"葫芦发"和梁德荣。

李阿发、"虎头仔"和冯天善逼死黄纨卿后，立刻赶回佛山堡，把何典、石蕴、秦亚牆与林科举等一班头目悉数招入"粤安社"。等陈开怒气冲冲地进了门，众头目集体下跪，央求他出山再举义旗。陈开亲手执杖，打了李阿发、“虎头仔”和冯天善每人二十军棍；复命人将黄纨卿的尸体从河里捞起来，入殓厚葬，这一页才算勉强揭过。

在红毛鬼子步步紧逼、官府丧尽天良、百姓纷纷武装自卫的新形势下，许多旧日的“洪德堂”兄弟不甘寄人篱下，成立了大大小小数不清的外围堂口。“德礼堂”占据南海县和佛山堡如此重要的战略位置，重建已然是刻不容缓的使命。为了掩人耳目，陈开火速招回了远在粤西的曾三，命他与何典二人在“粤安社”主持日常事务；李阿发、“虎头仔”、冯天善等将领分头招纳旧部，对外一律使用外围堂口的名称，不得暴露“德礼堂”重建的秘密；他自己则在石路铺花王庙前购置了一间小小的箍桶铺，专决大计。

早在一年多前解散“德礼堂”的时候，陈开便为重建工作埋下了许多伏笔，其中最重要的是建立了雄厚的资金储备。南海县和佛山堡为广府首屈一指的膏腴之地，“德礼堂”这些年积累了令人咋舌的巨大财富，这笔财富是陈开东山再起的资本。根据张耀祖的生前嘱托，他和张亚丞冰释前嫌，交付给张亚丞一批铺面和大量金银，委托后者打理新堂口的财务；“留条缝”依旧经营他的髹漆买卖，暂时没有纳入“德礼堂”的重建序列，其实他掌握的财富大于张亚丞数十倍，这是新堂口的隐蔽账房，着眼于解决堂口爆发式发展的资金短缺问题；而最神秘的财富储备攥在女诸葛的手里，这个表面上被陈开疏远的女人到底有多少钱，在整个堂口中恐怕只有陈开自己才知道。

屁股底下坐着金山银山的陈开，此刻蹲在花王庙前一声不吭地箍桶。“葫芦发”不知道他私底下的运筹帷幄，以为他死了相好的想不开，柔声劝道：“兄弟，回家吧，你嫂子在家里煲了一锅老火靓汤，吃了顺顺气。”

“葫芦发”的话让陈开想起自己还有一个家，还有两个有过肌肤之亲的女人，可是这个家能回得去吗？他眯起眼睛，苦涩地问：“哥，三婆的买卖顺当吗？”

“不是三婆，是三娘。”“葫芦发”高兴地说，“你嫂子现在本事大，挣了许多银子，不仅够咱们娘四个花，还能给你再张罗一个媳妇呢。”

提起媳妇这两个字，陈开感到一阵撕心裂肺的痛——黄纨卿的死，带走了他对女人最美好的记忆和向往，从此以后再无留恋。他摸了摸干瘪的衣兜：“哥，箍桶买卖不顶事，明天我到亚丞的铺子里借点钱，给三婆和嫂子扯几丈绸缎。”

“那个白脸奸贼？”“葫芦发”晃着脑袋，“别跟他来往，他坑害你还浅吗？”

王山公提着鸟笼子来到近前：“对，阿发说得没错。”

苏仁山弯下腰，盯着陈开狐疑地问：“大龙头，我听说最初你卖过颜料、髹过漆，什么时候学会了箍桶？”

“呵呵。”陈开起身相迎，“陈某高不成低不就，干啥也出不了彩，只好将就着箍桶混一碗饭吃，请进，屋里有茶。”

赫赫有名的“德礼堂”大龙头箍桶谋生，打死苏仁山也不信。他摇了摇头：“你们兄弟有事进屋商量，我和阿发给飞头鬼洗个澡，描个眉。”

“葫芦发”接过鸟笼子，问王山公：“师傅，你的宝贝疙瘩又想媳妇了？”

“闭上你的鸟嘴。”王山公瞪了他一眼，跟随陈开进入屋内。

“葫芦发”把“枫子鬼”塞进盛满水的猪尿脬里，煞有介事地问苏仁山：“苏先生，你是大才，我问你个事——你说这木头人是公的，还是母的？”

苏仁山自诩满腹经纶，但从来没有思考过这个问题，顿时傻了眼：“啊？”

“葫芦发”一本正经：“你分不清公母，咋给人家描眉画眼？”

苏仁山拱了拱手：“阿发，你说说看。”

“嘿嘿，那我就班门弄斧了。”“葫芦发”得意道，“飞头鬼是人的另一瓣心，对吧？这里面起码有两种情形，一种情形它和主人的心一模一样，主人是公的它也是公的，主人是母的它也是母的；一种情形它和人心互补，主人是公的它是母的，主人是母的它是公的。从前，‘阴阳生’训练它的时候无所谓，因为那家伙是个二胰子，可公可母，可母可公；但到我师傅手里就出了毛病，按我师傅喜欢它的劲头，它应该是个母的。”

梁德荣纳闷：“母的咋找媳妇？”

“你懂个屁。”“葫芦发”脸皮赛过城墙，“苏先生是顺德人，你问问他就知道，女人在一起磨肚皮的还少吗？人家是金兰结义的姑婆。”

梁德荣瞅了屋里一眼，很不服气：“姑婆就不能还俗？”

“还俗立马沉猪笼。”“葫芦发”抓起猪尿脬掷在地上。

苏仁山赶紧拾起猪尿脬：“哎呀，你师傅的心本来就不稳当，别再摔坏了。”

“只要钻进我的猪尿脬，天崩地裂都不怕。”“葫芦发”得意扬扬，“苏先生，我看你的功夫还达不到魂相境界，连公母也分不清。”

苏仁山婚姻不幸，又遭家人出族，此刻，阳雪姑在他的心里，不但是带来美好爱情的红颜知己，更是引领他奔向仙界的光辉女神。这般炽烈的生命向往，他如何舍得进入玄微寂寂的魂相境界？他苦笑道：“阿发，你说对了，我是功力不足。”

一代画坛宗师甘拜下风，“葫芦发”来了劲，吩咐梁德荣：“眼睛分不清公母没关系，心里可不能糊涂。你去汾江河水舀一桶水，咱们给飞头鬼泡一泡，别耽搁了苏先生的正事。”

二月十六是春分，杨柳青青，莺飞草长，漫山遍野都是踏青赏花采摘春菜的人。王山公和苏仁山乘坐客船向粤西进发，同行的还有决定去粤西唱戏的“白皮”——“癞头鳖”在浔州城开了窑口后，“花肉”也跟了过去，她和“红心”极力撺掇“白皮”到浔州城唱戏，这样一来姐妹仨又可以经常团聚了。

与“白皮”在梧州城分手后，王山公和苏仁山沿着府江缓缓逆水北上，半个月后顺利抵达昭平县石人岛。石人岛濒临府江，北上平乐，南下梧州，东出贺县，西达永安，是个水陆两汇的交通要道。陈见成相中了这个地方，买房子置地，建营盘募兵，树了一杆“西礼营”的旗子却做起了买卖，让人一时摸不清他到底是什么来路。

得悉王山公来到粤西，陈见成、温秉信、劳大德、温秉智众头目集体出迎，在临江的吊脚楼上大排筵宴。酒过三巡，菜过五味，陈见成起身离座，恭敬施礼：“二爷，本营四百余人俱属乌合之众，做买卖没问题，打仗可不成。听说大龙头已经回到佛山堡掌舵，你看啥时候给属下派一些有把式的兄弟？”

王山公对“德礼堂”的重建没有异议，但是对陈开皮里阳秋的做法颇有微词，觉得他不够光明磊落，诛心诛到歪路上，快要变成曹阿瞒一类的奸雄。他放下酒碗：“陈掌柜的，你在粤西做买卖，大龙头没让你干别的，要能打仗的兄弟干什么？”

“二爷有所不知。”陈见成解释，“平乐府为三省交界，贸易繁盛，是联结桂林和梧州的中枢，本门、威武窑子、绿林道、江湖绺子、‘米饭主’各种势力绞在一起，全不白给。去年‘洪义堂’四处攻城拔寨，‘公义堂’的兄弟也时不时翻过萌渚岭越境袭扰，威武窑子费了九牛二虎之力才把他们的势头压下去，现在形势仍然紧张，属下不得不防。”

劳大德说：“王老爷，我们担心的不是威武窑子，而是打便宜拳的团练。这帮家伙惯于见风使舵，从前梁阿妈威震浔江，他们天天跟在后面拍马屁；如今威武窑子抖起了威风，他们又帮助威武窑子打我们洪家兄弟。团练有本地的，还有从粤东来的，这个最讨厌。‘飞天爪’你知道吧？他眼下给张敬修当差，统带张家供养的火枪队，‘洪义堂’兄弟吃了他不少亏。洪家兄弟打洪家兄弟，算咋回事？”

“飞天爪”的事王山公当然知道，想起当初“飞天爪”哭哭啼啼赌咒发誓的样子，王山公脸上实在挂不住，拍案而起：“这厮好大的胆子。”

温秉信抬起头：“人在江湖，身不由己，谭兄弟端老张家的饭碗，不打仗行吗？要说他不念旧情也不是事实，反正他每次路过昭平都给我们送钱送粮，是不是？”

陈见成叹了口气：“本营能在石人岛立足，老谭确实帮了不少忙。”

“咱们倒没什么，他坏的是‘洪德堂’和‘德礼堂’的名声。”王山公恨恨地说，“罗阿妈要是知道这事，能不埋怨掌堂大爷和大龙头？”

陈见成、温秉信和劳大德互相看了一眼，垂头丧气：“埋怨肯定会埋怨，不过罗阿妈愤于处处举事失败，始终不肯南撤浔江半步。威武窑子和绿林道合力攻打，江湖道助纣为虐，他前些日子没打下永安城，反而深陷重围，这次只怕凶多吉少。”

王山公闻言大惊：“哪天的事？”

“也就十来天吧。”陈见成回答，“平乐协、新太协、浔州协的绿营全体出动，太平圩唐九等几位‘米饭主’也变了脸，加上圣堂山蓝太武的喽啰，罗阿妈如今四面受敌，危在旦夕。”

温秉信道：“为了捉拿罗阿妈，平乐府、浔州府、梧州府三府的捕快撒开天罗地网，听说连桂林府的公差都派过来了。”

大度和尚、陈松等人率总堂兵退云贵以后，留在粤西的洪门头领以罗大纲地位最高，因此官府倾尽全力对其进行缉拿。桂林府的捕快南下平乐府，汪亚景势必随行，陈见成要求增派有战斗力的兄弟，其心昭然若揭。陈见成和游新潭之间的恩怨把粤东闹了个翻天覆地，现在又跑到粤西和汪亚景火并，这段家务事什么时候是个头啊？

王山公敷衍：“王某此次来是帮助阳大老倌复仇，三月三她在飞云庄有一个台期，届时出其不意刺杀黄泰冲。你要是着急，不必等我，可以派人回佛山堡求援先。”

“不差这两天。”陈见成窘迫地说，“二爷，你打算亲自出手吗？”

王山公摇了摇头：“不，我让‘枫子鬼’出马。”

“枫子鬼”在与“逍遥门”的决战中大显神威，洪家兄弟对她无不敬若神明。温秉智头一次看到她的真面目，问道：“这玩意儿没鼻子没眼，到底是公的还是母的？”

加上“葫芦发”那次，苏仁山这是第二次听到同样的质疑，他的信心产生了动摇，朝王山公拱了拱手：“山公，飞头鬼是母的吗？”

“胡说八道。”王山公气急败坏，“老子是顶天立地的男子汉，她怎么可能是母的？是不是阿发那个浑蛋胡咧咧？”

苏仁山目露忧色：“要是母的，我怕她到时候下不去手。”

“哼，她可不软。”王山公悻悻地说，“二少被她戳瞎了眼，老子被她打塌了心，水龙道士的武功如何？照样被她一刀砍翻。”

劳大德建议：“王老爷，你不能把他关在笼子里，跟个大家闺秀似的。”

陈见成嘻嘻笑道：“是啊，得让人家放放风，活动活动筋骨。”

“好吧，让尔等见识一下。”王山公打开鸟笼子，郑重地对“枫子鬼”说，“宝贝，你本是纵横天地的神物，所向披靡的丈夫。世人鼠目寸光，误认黄金为尘土，错将诗礼当腐朽，显显你的本事，去把那杆大纛旗给老子砍了。”

风，从东侧的山峦中呼啸而来，在石人岛上空转了个弯，沿着美丽的江水向北吹拂。小木头人伸伸胳膊踢踢腿，略微仰头，深深地吸了一口清冽的空气。在众人期盼的眼神中，弯腰提起了刀仔，纵身飞上“西礼营”的大纛旗，一刀将旗杆劈为两段。

众人喝彩声未落，“枫子鬼”像鸟一样舒展身躯，然后猛地掉头向西方飞去。

事发突然，大家一片惊呼。王山公脸色煞白，跳起来对苏仁山说：“长春兄，这狗东西必是受了‘测阴珠’的诱惑，待我将之擒回，定当严惩不贷。”

多少年精心的呵护与培养，竟然抵不过一颗珠子的青春诱惑？王山公愤怒至极。他施展出浑身的解数，拔地飞腾，犹如离弦之箭。只用了大半天的工夫，便越过高山冲、龙寮岭、玉龙关、永安州、大黎里，进入藤县境内。

夜色深沉，经过一路狂奔飞驰，王山公又累又饿，浑身乏力。见丛林里有一所茅草屋隐约闪出灯光，过去“咚咚咚”敲响了柴门：“有人吗？”

听到敲门声，灯光旋即熄灭，有人低声问：“谁？”

问话之人嗓音又脆又细，好像是个十岁出头的少年。王山公道：“伢仔，快快开门。我是过路的客人，讨一碗水喝，有沙耕最好。”

在洪门暗语里，耕沙是吃饭的意思。少年听了非常高兴，大声说：“神仙姐姐，外面是洪家兄弟，咱们可以问问他陆大哥的消息。”

“嘘。”里面传出一个女子的声音，“当心是官府的探子。”

王山公高声报出名号：“在下是‘洪德堂’旗下‘德礼堂’的二当家，‘逍遥门’的水龙道士便死在王某剑下，擒拿淫贼路经此地，快快开门。”

过了半晌，女子才怯生生地说：“我们没见过什么淫贼。”

王山公大为不悦：“要是见过淫贼，尔等焉有命在？”

那少年开口问道：“客官，你要真是‘德礼堂’的二龙头，应该认识‘洪义堂’的罗阿妈和胡阿妈吧？”

王山公道：“他们是‘洪义堂’的当家人，洪家兄弟谁不认识？伢仔，你这个问题问得好不机警，连威武窑子的探子都打发不了。”

少年羞惭地说：“王阿妈教训的是，那么，你认识他们手下的陆海平陆大哥吗？”

王山公搜肠刮肚想了一会儿，摇了摇头：“我只听说过一个叫陆顺德的。”

“没错，就是他，他这个名字很少用。”少年兴奋地叫了起来，“神仙姐姐，外面的果然是洪家兄弟，快让他进来吧。”

屋内灯光再度点起，柴门“吱呀”一声打开，王山公大步走了进去。只见屋里有一双男女，女的大约十七八岁的模样，皮肤白皙，美艳动人，一身瑶家少女的装束；男的大约十一二岁的模样，个子不高，眉清目秀，两眼下方各有一痣，令人印象深刻。

茅屋虽然简陋，但收拾得窗明几净，浑不似寻常农户。王山公坐下来一边喝水，一边打量着眼前这两个人，越看越觉得有些不对劲——女子的目光深似冰湖，镇定自若；少年的眼神燃烧似火，光明如炬。两个人的神态全然相反，分别透出一丝与年龄不相称的成熟。王山公习练“六祖心经”有成，一眼就看出瑶家少女是个练家子，她和少年到底是什么关系？王山公把碗往桌子上一顿，决定从少年身上入手：“伢仔，你是本地人氏？”

少年恭敬作答：“王阿妈，小的姓陈名丕成，家住山那边的西岸村，平日放牛为生。这间屋子是神仙姐姐的，小的白日从此经过，探路来的。”

敢情这两个人也是刚刚相识？王山公对瑶家少女益发起了疑心：一位美丽少女孤零零地住在山里，必有蹊跷。他不动声色地问放牛娃：“此处荒无人烟，你探什么路？”

陈丕成回答：“陆海平陆大哥是本乡古制村人，前些日子他跟着罗阿妈攻打永安州，城没打下，倒让官兵杀了个七零八落。罗阿妈对本地地形不熟，命他回乡探哨，我好不容易找到一条没有官兵把守的山道，却找不到他，因此发急。”

王山公瞅了他一眼：“你小小年纪就敢私通洪门，不怕牵连父母吗？”

陈丕成脸上闪过一丝坚毅：“回王阿妈的话，小的自幼父母双亡，怕官府作甚？”

难怪放牛娃脸上毫无稚气，原来是个身世苦难的孤儿。王山公心生怜惜之情，有意提醒他身边存在的危险，说道：“伢仔，你这个神仙姐姐不是凡人。”

陈丕成睁大眼睛：“她是神仙姐姐，当然不是凡人。”

英雄难过美人关，更何况涉世未深的放牛娃。陈丕成相貌特异，苦难的身世磨炼出天不怕地不怕的胆魄，却在美少女面前失去了清醒的判断。王山公暗自叹息，刚准备开口说话，内室里环佩叮当，银铃作响，少女端着一碗猪脚粉笑盈盈地走了出来：“王老爷，山野偏僻，没有什么好招待的，将就着吃吧。”

王山公也不客气，吃饱喝足后问道：“你认识王某？”

“大名鼎鼎的‘德礼堂’二当家谁人不知？谁人不晓？”少女毫无惧色，

“足下在佛山堡力擒飞头鬼，又在容奇堡杀了水龙道爷，武林同道钦佩得紧呢。”

“你果然是武林中人。”王山公把脸一沉，“快快报上名来。”

“王老爷莫要生恼。”少女不卑不亢，“小女子想问一句，你口口声声擒拿淫贼，那淫贼到底是谁？你又为了什么来到粤西？”

王山公冷笑一声：“在下来粤西是为了协助阳大老倌刺杀黄泰冲，没想到贝尘鹤那厮从中作祟，拿‘测阴珠’诱走了王某的‘枫子鬼’。”

少女自报家门：“王老爷，阳大老倌便是我家女峒主，当年她被黄泰冲囚在飞云庄，正是小女子向李二爷报的信。昨日贝尘鹤的确路经此地，打着威武窑子的旗号，好像是奔着平南县方向而去。事不宜迟，你快把飞头鬼找回来，救我家女峒主。”

三月初三即为阳雪姑的复仇之日，今天已经是初一夜半，王山公心急如焚，匆匆告别这间山野茅屋。飞出去十来里地，王山公终于回忆起来，李文茂曾经提起过这段掌故——那个给李文茂和陈罗婵报信的刘三妹不是别人，正是修炼“驭阳功”的女魔头“黑无常”。这魔头遁迹江湖多年，如今突然现身大黎里，放牛娃落在她手里还有个好？想到这里，王山公禁不住出了一身冷汗，等他再度返回丛林，已然人去屋空。

洪秀全抵达紫荆山区正逢其时，由于洪门起义失败，许多穷苦百姓改投上帝会。暴眼书生终于找到了自己的定位，砸甘王祖庙，订十款天条，轰轰烈烈地干了起来。鉴于冯云山在紫荆山区已经培养出曾玉珍、卢六、杨秀清、萧朝贵、韦昌辉等骨干，他也通过王氏宗亲在贵县发展了“铁公鸡”石祥开、石达开、秦日昌等头领，建立起自己的人事班底。

俗话说祸兮福所倚，福兮祸所伏。洪秀全雷厉风行，指挥教众逢庙便砸，把老百姓祖祖辈辈信奉的神灵一律斥为妖孽，先后砸了甘王庙、文昌庙、盘王庙、土地庙和蒙冲雷庙，终于惹来了一场改变历史的大麻烦。蒙冲雷庙为石人村王氏所建，王氏为紫荆山区第一豪族，在江口圩的买卖铺户比石头脚村的陈家还要多。王氏家族的王作新秀才出身，手下有一支百余人的团练武装，要钱有钱，要势有势，怎肯咽下这口鸟气？

上帝会人多势众，王作新不宜硬拼，只能智取。道光二十七年冬月二十一，王氏兄弟带团丁出其不意地抓住了冯云山，不料半路上被卢六率上帝会众截回；腊月十二，王作新再度突袭高坑冲，将冯云山和卢六逮了个正着，交由大湟江司巡检王基押解至桂平县大牢。

上帝会是冯云山一把屎、一把尿拉扯大的，他被捕入狱，桂平、平南、陆川、信宜等地的会众立刻陷入群龙无首的窘境。洪秀全闻报大惊，率领一干王氏宗亲离开贵县，赶到紫荆山区商量如何营救冯云山。王作新给冯云山罗织的罪名是传播红毛教义，不从大清法律，犯了谋逆大罪，桂平县和大湟江司的差役乐得拿冯云山、卢六当摇钱树，一时半会儿放不出来。洪秀全思来想去，最后决定返回广州，找两广总督耆英讨个公道——朝廷允准传播红毛教，安在冯云山头上的罪名根本不成立。十几个省的官军都被红毛鬼子打得屁滚尿流，你一个区区桂平县衙敢拿上帝的信徒，真是吃了熊心豹子胆！

洪秀全离开粤西，大家更没了主心骨。桂平和贵县两拨骨干人物一商量，决定三月三“北帝诞”这一天，在上帝会众集中做礼拜时，邀请会中的降僮法师施法，询问上帝会的前程。当时上帝会里面有两个著名的降僮法师，一个是大名鼎鼎的白血童子王二妹，一个是牛瞎子的徒弟杨秀清。无论与上帝会的渊源，还是降僮法术的高低，杨秀清都矮了王二妹半头，所以上帝会首席降僮法师的宝座，死活轮不到他来坐。

先说第一条，冯云山来到紫荆山发展的第一批教众主要是大冲的曾氏家族，像曾玉珍、曾玉璟、曾玉瑢、曾云正、曾观澜等人，在上帝会中势力很大。大冲的曾家和平隘山东旺冲的杨家世为姻亲，论起来杨秀清要算曾氏兄弟的娘舅，属于上帝会的重要派系，但王二妹是教主洪秀全的表妹，两相比较，孰重孰轻一目了然。

第二条更不用说，白血童子法术通灵，名震浔江、郁江两岸，当年曾经在雁塘堡给李文茂占过一卦，后来果然如她所言——李文茂杀了金蟾道士，却落得一个在龙头峰自刺三刀六洞的下场，令天下英雄扼腕叹息；而杨秀清秉承牛瞎子一脉的法术，最大的本事不过是知道哪个女人屁股上有一颗痣、哪家寡妇偷了汉子之类的隐私而已，和王二妹根本没法比。

听说白血童子出面指点迷津，上帝会的教众纷纷赶来。三月三这一天凌晨，土台子底下黑压压地围拢了三千多号人，望着他们脸上焦虑的神情，王二妹觉得心里沉甸甸的。她把主持做礼拜的萧朝贵叫了过来：“你师兄呢？”

“来了，来了。”萧朝贵答应着，用手朝后面扬了扬，只见两个烧炭佬扛着一乘藤条肩舆进了会场，杨秀清躺在上面双目紧闭，状如废人。

杨秀清出身贫寒，但并非有些人说的那样是个只会烧炭的乡巴佬。除了跟牛瞎子学习降僮法术外，他还帮助曾家到江口圩做买卖、贩洋货，带领烧炭佬与人械斗更是家常便饭。两个月前他得了一种怪病：口不能言，耳不闻声，双目红肿，耳孔里流血出脓，一直在家躺着。就冲他这副德行，今天的法会也不能叫他上。

王二妹问曾玉珍：“曾老爷，杨先生叫人揍了？”

曾玉珍叹了口气：“官军打垮洪门，现在腾出手收拾三大水寨。浔江上硝烟弥漫，商道阻塞不说，还总有人打劫商旅。上次从江口圩贩货回来，路上遇到强盗，阿舅身先士卒，身上挨了七八刀，可能落下了残疾。”

杨秀清一露面，上帝会的骨干基本到齐，法事可以开始了。萧朝贵示意大伙儿安静，王二妹在台上转了三圈，盘腿坐在地上，开始念念有词：

天灵灵、地灵灵，好吃好喝奉神明；天生云、云起龙，起出转灵扶僮身。金铜鼓、银铜锣，四十九路鬼和神；千重山、万重水，遇到僮身齐闪避。哪路老鬼不长眼，七月阴雷破山腹；哪路邪神迷心窍，冰天雪地烤河床。

…………

拜请东方东路雪门开，雪山师爷降雪来；拜请西方西路雪门开，雪山师爷降雪来；拜请南方南路雪门开，雪山师爷降雪来；拜请北方北路雪门开，雪山师爷降雪来；拜请中方中路雪门开，雪山师爷降雪来；拜请五方五路雪门开，雪山师爷降雪来。

…………

急请迷魂童子和童郎，吾奉太上老君急急扶僮身，急急扶上身。

嘴巴念完了，头壳晃晕了，脸上的红肉也翻出来了。大伙儿知道白血童子已然上身，俱凝神屏气等待萧朝贵发问。萧朝贵仰头抱拳："敢问神仙，冯先生是否有救？"

王二妹斩钉截铁地说："当然有救。"

众头领大喜，萧朝贵接着问："是不是洪先生从高天请来武林高手，搭救了冯先生？"

"无量天尊。"王二妹念了句道号，"尔等小辈何其无知？俗话说天不救人人自救，冯先生自己救自己出牢笼，和红毛上帝有个屌关系？"

此言一出，几千号上帝会众无不大惊失色，萧朝贵冷汗直流，不甘心地问："神仙，你在高天居住，难道不认识天父吗？"

声音，仿佛从王二妹的嗓子眼里挤出来："东土有列祖列宗，西天有如来佛祖，老子就是没见过这个狗娘养的红毛天父。"

白血童子大骂红毛天父，彻底颠覆了上帝会的教义，会众面如土色，目露惊恐。正当萧朝贵张口结舌之际，远方驰来一匹骏马，上面端坐一位玉树临风的青年。骏马来到近前，青年滚鞍下马，含泪跪拜："师傅，你让我找得好苦。"

王二妹从地上爬起来，冷冷地说："足下认错人了吧？"

那青年泪如雨下："师傅，我是尘鹤啊。"

"绝色尘埋绝色血，孤山鹤啄孤山月。"王二妹叹息，"阿鹤，这么多年过去了，你仍勘不透生死荣枯吗？"

那青年正是贝尘鹤，他从怀中摸出那枚"测阴珠"，双手奉上："师傅，弟子听说阴阳两界道路难觅，你带上'测阴珠'，路上借点光。"

王二妹接过"测阴珠"，感慨万千："这枚珠子承日月精华，本用于寻觅心灵之光，你我师徒却拿它追逐腐肉之色，真是明珠暗投，暴殄天物。"

贝尘鹤磕头如捣蒜："师傅教训的是。"

那时节，霞光万道注入"测阴珠"，珠子像火炉一样流光溢彩，台下的上帝会众无不目瞪口呆，如坠云端。王二妹摇了摇头："阿鹤，为师魂如游丝，随时可能堕入阿鼻地狱。要这枚珠子没用，你还是拿回去吧。"

贝尘鹤推辞几番后，拭去泪水，正欲伸手去接"测阴珠"，但见寒光一闪，一柄明晃晃的刀仔从天降落,照准王二妹的手腕疾速砍来。刀来得出其不意,王二妹缩手不及,手腕被划开一条血淋淋的口子,“测阴珠”无声落地,砸在一块石头上,瞬间碎裂。

台下的上帝会众看得清清楚楚,这个从天而降的突袭者是一个半尺来长的小木头人,无眼无鼻,无口无耳,看不出脸上什么表情。正在这时,远处又飞来一个人影,高声骂道:“天杀的淫贼,赔我的心来。”

贝尘鹤一听这个声音,吓得翻身上马,一溜烟消失无踪;“测阴珠”摔成碎片,“枫子鬼”痛彻肺腑,一刀快似一刀,杀得王二妹落荒而逃。王山公飞身经过空荡荡的礼拜台,看也不看台下的上帝会众一眼,随即呼啸而去。

施法的主角在众目睽睽之下逃之夭夭,王氏宗亲沮丧至极,曾氏叔侄将目光集中在萧朝贵身上。萧朝贵虽然肯吃苦,但是肚里的墨水有限,根本应付不了这种尴尬的场面。就在他抓耳挠腮的时候,有人突然大喊:“哎呀,杨先生睁眼了。”

众人回头一看,尽皆大骇,只见杨秀清颤巍巍地站起来,那只半瞎的左眼瞪得溜圆,声音像在潭水里泡过的刃口一样,阴气森森:“朕乃天父皇上帝爷火华,白血童子辱朕声名,必遭天谴,尔等因何善恶不辨?对朕无礼?”

台下的上帝会众眼睁睁地瞅着白血童子狼狈逃窜,都以为是红毛天父显了灵,不由自主地下跪磕头:“小子有眼不识泰山,恭迎皇上帝圣驾。”

“无论高天低天,不管东方西方,都是朕的地盘。”杨秀清语重心长地说,“尔等这些陷溺千年的盲佬,不知朕的存在,本该死于瘟疫,断子绝孙。朕仁心宅厚,慈悲为怀,特遣二子秀全下凡,普度众生。尔等须洗心革面,重新做人,如有违者,‘云中雪’伺候。”

说着话,他从腰里抽出一把宝剑,凌空劈下。

第一百四十二回　锈剑荡决

为了洗白自己的身世，贝尘鹤指使“牛鬼窟”和“肉脚板”等人出面在大容山下的新圩立了一个“靖难营”，出兵帮助官府镇压洪门起义。这厮沟通粤西官府，花费重金给自己买了个游击的顶戴，手下“牛鬼窟”“肉脚板”“斯文脸”“屁股包”“奶头二”等分别买了守备、千总之类的头衔，摇身一变，从土匪变成了官军。

贝尘鹤成立“靖难营”的初衷是为了混个合法身份，并不愿实心实意地与洪门作仇，因此这次奉令围歼“洪义堂”便阳奉阴违，在群山中转圈推磨，一听到枪声立刻往后退。开战半个多月以来，他们一场仗没有捞着打，反而从永安州径直退入藤县，在三江村外扎营安寨，上山伐竹制作大批竹筏，随时准备拉着军械撤回大容山的老巢。

三月初四天刚麻麻亮，宫鹏飞慌张地跑进大帐，向“牛鬼窟”汇报：“师傅，不好了，探哨说从大同江下来一群人，不知是敌是友？”

“慌什么？”“牛鬼窟”教训了他一句，“咱们现在是官军，还能怕贼寇？”

“洪义堂”的战斗力虽然逊于“洪德堂”，但对付绿营和地主团练不在话下，否则“牛鬼窟”师徒也不会躲在三江村避其锋芒。宫鹏飞改口：“守备大人，你看咱们是坚守不出，还是出寨迎敌？”

三江村位于大同江和濛江汇合处的北岸，四周丘陵环绕，中间是一块不规则的盆地，正属于兵法上所谓的绝地。“牛鬼窟”欲保存有生力量，应该让开大路，随便找个山包一猫；但是这厮舍不得带来的盆盆罐罐，希望从水路撤出战场，因此不得不守住三江村这个枢纽。

怎么办？“牛鬼窟”灵机一动，将主力移至村子对面的南岸，夹江分设两个营盘——东岸的营盘为实，中军大帐和粮草船只都放在这里，一有风吹草动立刻撒丫子；西岸的营盘为虚，只驻扎了三十名喽啰，起警戒之用。

“牛鬼窟”在帐中来回踱了几步：“鹏飞，咱们迄今为止一仗没打，要是不战而退，盛军门非砍咱爷俩头壳不可。这样吧，你叫醒老包他们，咱们到江边去瞅瞅。”

宫鹏飞连忙把“屁股包”和“肉脚板”喊醒，三人抄起刀枪跟随“牛鬼窟”出阵。过不多时大同江畔人欢马嘶，来了两彪人马。北岸旌旗招展，盔明甲亮，头前打着麦岭营的旗帜；南岸偃旗息鼓，原来是桂林府和梧州府的捕快。

捕快们平时欺压良善，抓抓小偷还可以，让他们上战场缉拿逃散的洪家兄弟，等于把头壳别在裤腰带上，所以没几个人愿意干这种差事。罗大纲活动的地点主要在平乐府和浔州府，梧州府认了八十名马快和捕役的份额，临时任命狗子为捕头，把这项倒霉差事交给了他。狗子见汪亚景带的捕快人多，便将指挥权移交给汪亚景，自己心甘情愿听吆喝，绝不多操半份心。

麦岭营的兵马开进三江村，安营扎寨，就地歇息；捕快们到了“靖难营”的营前，宫鹏飞见狗子蜷在马上无精打采，喜出望外：“狗娘养的王八蛋，你还活着？”

一看是“牛鬼窟”师徒，狗子眼泪差点儿没掉下来，哽咽道：“牛爷，宫爷，别来无恙。”

“牛鬼窟”挥了挥马鞭，下令：“快接我兄弟过来吃酒。”

隔着一条河，麦岭营的士兵发现从“靖难营”里开出四五条船，满载粮草驶抵西岸，都羡慕地嚷嚷起来。麦岭营都司丁辅臣来到高处一看，果然如此，遂把脸一沉，对黄金亮说：“姓牛的贼性不改，盛军门让他剿匪，他偏偏躲在这儿享清福。老子在阵前杀敌搏命，他却把粮草犒劳马快捕役，真他妈不是东西。”

粤西官军这次对付“洪义堂”可谓把吃奶的劲都使了出来，几场恶仗结束后，新太协桂林城守营几乎全军覆没。黄金亮左蹦右跳，最后又回到了他所熟悉的麦岭营。他劝道：“丁大人，属下以为姓牛的不算不明白事理，他把三江村让给咱们，有吃有喝的，挺好。”

“老弟，你是真不懂还是假不懂？”丁辅臣气乐了，“三江村是个兵法绝地，‘洪义堂’的反贼假如从山里面杀下来，本营必然首当其冲。而姓牛的躲在后面，咱们打胜了，他乐得渡江来捡便宜；咱们打败了，他拖着竹筏就跑。”

“牛鬼窟”算盘打得精明，怎么着他都不会吃亏。黄金亮有些不解地问：“罗大纲困兽犹斗，这些日子打下来，能剩下几个人？”

“老弟，这个你真不懂。”丁辅臣叹了口气，“姓罗的悍勇难敌，从去年到今年，大大小小数十仗，每次都山穷水尽，每次都风云再起。咱们绿营将士死在他手里的还少吗？像这样的贼目必须小心对付，不可轻敌。”

黄金亮对罗大纲心存敬畏，他琢磨了一会儿，提出建议：“丁大人，既然如此，咱们暂且埋锅造饭，今天夜里悄悄渡江，把营盘扎到山上去。”

在粤西官军的全力追剿下，罗大纲率“洪义堂”残部向西撤退，在大峒寨以北遭遇粤西绿林道的阻击，不得不折返浔江。在起义失败的腥风血雨中，大多数江湖势力都倒向官府，或者严守中立，清军始终无法控制的仍然是浔江这条商贸大动脉。而“洪义堂”若想退往浔江，小小的三江村为必经之路，麦岭营来三江村的目的正是为了切断罗大纲的退路。

丁辅臣拍了一记巴掌：“英雄所见略同，盛军门在密令中也是这样交代的，让我们控制江对面的山头，断不容会党反贼南撤一步。北面是‘玉面如来’的地盘，姓罗的毕竟是外来客，在瑶山里成不了气候，多待一天便多一分危险。”

黄金亮问：“要是发现我们阵地南移，姓牛的明天会不会溜？”

“他跑不了。”丁辅臣狡黠地笑了笑，“今天夜里，盛军门就会亲自率军来驰援，姓牛的胆敢临阵脱逃，立刻叫他人头落地。”

难怪丁辅臣不反对把营盘扎在三江村，原来他早得到了右江镇总兵盛筠的密令，“牛鬼窟”聪明反被聪明误，这次只怕要倒大霉，黄金亮在心里暗自叹了一声。

果不其然，三更天刚过，从太平圩方向浩浩荡荡开来一支船队，火把将濛江两岸照耀得如同白昼。右江镇总兵盛筠率军登岸，“牛鬼窟”等人慌忙相迎，抬目观看，惊讶地发现随军还来了不少铁匠，正在从船上往下卸东西。

盛筠笑嘻嘻地打招呼：“罗贼在瑶山吃了蓝太武的亏，藏身不住，正向这里溃退，牛守备有先见之明，叫老朽好生佩服。”

“牛鬼窟”暗暗叫苦：“军门大人，此话当真？”

盛筠打心眼里看不起“牛鬼窟”这些土匪，但为了叫他们卖命，不得不进行敷衍：“洪门逆党过去骑在你们头上拉屎撒尿，你不想报仇？”

“牛鬼窟”赔着笑脸：“军门大人，卑职报效朝廷，虽死无憾。不过，敌军势大，本营只有区区四百号人马，恐怕抵挡不住。”

“唉，多虑了，多虑了。”盛筠连连摆手，“罗贼近日连吃败仗，损兵折将，在瑶山里惶惶不可终日，手下最多剩余不到三百反贼。你们‘靖难营’有四百人，麦岭营有三百人，桂林府和梧州府的捕快有二百五十人，太平圩的‘保良局’有三百六十人，火枪队有二百人，本军门统辖的浔州协左、右营有五百人，合计两千大军，还收拾不了一股残匪？”

“飞天爪”的火枪队属于张敬修花钱雇用的私人武装，通常与麦岭营联合作战，盛筠为了彻底消灭罗大纲残部，特地将这支生力军部署在三江村。“牛鬼窟”看到“飞天爪”，立刻想到老对头陈开，不由得打了个哆嗦，勉强挤出笑容：“谭爷，别来无恙。”

“飞天爪”没有搭理他，向盛筠拱了拱手：“军门大人，我的火枪队在何处扎营？”

盛筠指了指后面的山包：“你们和麦岭营随本军门上山。”

“牛鬼窟”抬头一看，发现山脚下灯火通明，一支兵马正快速向山上移动，惊叫道：“军门大人，快看，莫非贼兵已经到了？”

“哈哈哈。”盛筠大笑，“牛守备少安毋躁，麦岭营奉本军门将令抢占山头，断敌退路。贵营仍然把守东岸，西岸交给桂林府和梧州府的捕快，‘保良局’在你们身后策应。明日一战，六军合力，务必擒此贼渠，以绝后患。”

“牛鬼窟”脑袋“嗡”的一响——麦岭营撤至背后的小山包，拱手奉送北岸的村子，自己的营盘将被推到与“洪义堂”决战的第一线。“牛鬼窟”暗自痛骂盛筠，这个老狐狸把主力部署在两侧山上坐山观虎斗，还在自己屁股后面放了一个督战的“保良局”，分明是想要“靖难营”和“洪义堂”拼个你死我活，其心何其歹毒？

骂归骂，恨归恨，“牛鬼窟”却不敢当众多说一个字。万般无奈，他只得催促铁匠在江面上连夜打造三道铁索，又命人从山上采巨石投入江心，封锁濛江江面，防止“洪义堂”的船队顺流冲下。经过一番紧锣密鼓的布置，三江村已经变成了一口陷阱，一张密不透风的大网，等待罗大纲和他的兄弟往枪口上撞。

清军和团练在三江村埋伏了一天，等到第二天中午还没发现“洪义堂”的踪影，盛筠派出两路探马沿着大同江和濛江向上游搜寻，自己和丁辅臣、“飞天爪”、黄金亮等人下山察看。看到铁索横江，巨石断流，随口夸赞“牛鬼窟”和汪亚景：“两位忠心体国，赤诚可嘉，这一仗要是砍了姓罗的头壳，本军门给你们记头功。”

“牛鬼窟”吃亏吃多了，唯唯诺诺，一个字也不敢乱说。汪亚景立功心切，抱拳问：“军门大人，你看我们的防线还有什么纰漏？”

盛筠笑道：“好，好，你们的防线可谓固若金汤。”

“不能这么说。”丁辅臣摇了摇头，“本军志在歼灭而不是击溃洪门乱党，现如今把兵力收缩在南岸，北岸尽行放弃，岂不是给姓罗的留了一条退路？”

“牛鬼窟”估计丁辅臣没憋什么好屁，急忙接过话茬：“丁大人，北线大兵压境，既有抚标提标和义宁协，还有粤西绿林道，姓罗的转回北边只有死路一条。”

盛筠似乎听出了丁辅臣的弦外之音：“牛守备，罗贼无处遁逃，固然死路一条，但死在谁手里可大不一样。到手的一锅靓汤不能让别人端走，你说是不是？”

汪亚景不假思索：“军门大人，你说咋办？”

“我的意思嘛，”盛筠瞥了丁辅臣一眼，“锦上添花。”

汪亚景一口一个“军门大人”，浑然没把丁辅臣搁在眼里，后者恨得牙根直咬，心里话恕不得老子下毒手，要怪只能怪你小子狗眼看人低。他拱了拱手：“牛守备，汪捕头，你们看，大同江和濛江在三江村口交汇，地久天长，日积月累，形成一道半人高的沙丘。倘若我军在那里埋伏一支人马，从背后侧击，死死缠住敌军，则大功可成。”

汪亚景一听傻眼了，沙丘白如雪花，根本没有任何隐身的条件，在那里设伏等于把肉包子送到老虎嘴巴，这不是耗子戏猫，没事找事吗？盛筠高兴地直拍巴掌：“丁将军高见，如此一来姓罗的焉有命在？牛守备，汪捕头，你们各抽一百人马，渡河到北岸设伏。记住，挖沙子的时候要挖深一点，别让乱党发现。”

“牛鬼窟”恨不得一脚把汪亚景踹死，有气无力地应道：“得令。”

盛筠带着丁辅臣、“飞天爪”、黄金亮等人拨转马头，沿河向南巡视“保良局”的防御。汪亚景愁眉苦脸：“牛爷，都怪小的不知深浅，给你惹了麻烦。”

“牛鬼窟”叹道：“会党要是从濛江杀下来，我的东岸吃紧；要是从大同江杀下来，你的西岸吃重。咱们是一根绳子上的蚂蚱，谁也跑不了，听天由命吧。”

狗子怯生生地问：“汪爷，咱们俩谁去蹲沙丘？”

“你牵头扛旗吧。”汪亚景说，“南岸为决战之地，北岸仅仅负责袭扰和牵制，见机不对你就往村子里撤，避其锋芒，军门大人不能把你怎么样。”

又一个漫漫长夜过去，“洪义堂”仍然没有消息。初六凌晨，在大同江上游搜寻的探马十万火急返回三江村，向盛筠禀告罗大纲出其不意地夺了绿营的战船，正快速朝三江村杀来。盛筠心里暗自窃喜，幸亏自己早就料到了这一招棋，他命令火枪队和麦岭营各自分出一部兵力，埋伏在濛江两岸，加强汪亚景和“牛鬼窟”的防御，务必抵挡住“洪义堂”的第一波攻击。

也就过了小半个时辰，大同江上出现一支约有十二三艘船只的船队，船头高高飘扬着“洪义堂”的亢木青龙旗。初升的朝阳凛冽未散，大地寂静无声，这支船队疾速驶来，按照战斗队形分成三阵，像一把无畏的利刃穿行在山河之间。

梧州府的衙役本来就胆子小，藏身于沙丘总觉得没有安全感，发现“洪义堂”的船队迎面向他们冲来，立刻阵型大乱，有的跳起来抹头就跑，有的拿起铜锣开始敲打。宫鹏飞知道在沙丘里藏不住，索性提刀跳出，大喝一声：“准备挠钩。”

诚如盛筠所料，罗大纲这次攻打永安州未果，同时与清军、粤西绿林道两大强敌周旋，损失极其惨重，剩下人马不满五百。击溃了把守大同江上游的绿营后，罗大纲分出一部分兵力吸引粤西绿林道的追兵，自率余部顺江而下，打算以迅雷不及掩耳之势冲破清军的包围圈。罗大纲走水路的目的一个是快，一个是不得已——不少兄弟挂了彩，如果不乘船就可能掉队，落到清军和粤西绿林道手里必死无疑。

陆海平是本地人，又精于水战，因此被任命为先锋，身先士卒站在第一条船上。发现“靖难营”的喽啰从沙丘里冒出来，伸出挠钩意欲钩船。他冷笑一声，命人吹响号角，示意后面的船只继续前进，他自己则领着手下兄弟冲上沙丘。

“洪义堂”剩下的这些人均为久经战阵的精锐，虽然人数少，但个个像下山的猛虎，狗子和捕快们稍作抵抗便向村子里面撤退。宫鹏飞破口大骂：“快回来。五个对付一个，咬也把他们咬死了。”

“靖难营”的喽啰比捕快们有战斗力，很快把陆海平带的二十来个兄弟围在中央。俗话说擒贼先擒王，陆海平刀头一摆，砍翻了两个喽啰后杀向宫鹏飞。两个人将对将，刀对刀，十来个照面走过，陆海平大喝一声，挥刀劈中宫鹏飞的左肩。“屁股包”举枪奋力一刺，众喽啰蜂拥而上抢回宫鹏飞，才算救了他一命。

“洪义堂”的大队船只毫无迟滞，很快越过沙丘拐入濛江，被横亘在江心的三道铁索和巨石拦住去路。汪亚景心惊胆战，连声催促“飞天爪”：“开火，开火。”

“飞天爪”没有办法，手一挥，抬枪手同时开火，声裂长空。“洪义堂”的兄弟见江面已经遭到封锁，纷纷跳下船持刀拼杀，和埋伏的清军、团练、捕快战在一处。这场惊心动魄的血战足足打了一个时辰，“洪义堂”兄弟寡不敌众，被迫撤回北岸。

烈日如火，空中弥漫着血腥的气息，刀光如鸟翅不时闪烁，四周静得可怕。盛筠明白“洪义堂”只是暂时撤兵，接下来必将是一场鱼死网破的殊死搏斗。他叫人挥动军旗，命令埋伏在山上的各军严阵以待，做好决战的准备。

两年多来，罗大纲迭次在桂林府、平乐府发动起义，胡有福、李亚佑、黄三凤、范连德等头目尽皆死难，几乎把老本全赔了进去。目睹洪家兄弟尸横遍野、血流成河，孤胆英雄在心里深深自责，追悔不已——倘若自己当初和朱世雄一样旗帜鲜明，态度坚定，在龙头峰上全力维护李文茂的权威，挫败大度和尚的阴谋，“红阳劫运”年大起义定是另一番结果。

世上没有后悔药可卖，罗大纲屡战屡败，屡败屡战，把粤西精华之地搅了个天翻地覆，实因怀了一份愧疚和决死之心。风，缓缓地停在他手里的刀刃上，江水流得比船只还要慢，多少忠义兄弟倒在身旁，唯独他自己仍然苟且偷生。

罗大纲走出座舱，来到船头向远处瞭望——南岸附近的山包上军旗林立，看来清军在三江村张网以待，要拿自己的人头向朝廷请功。对于“洪义堂”来说，后面是重重瑶山，回头只有死路一条。他下意识地捋了捋胡须，弟兄们明白这是最后决战的信号，默默地拿起武器，随时等待他的号令。陆海平提刀上前请缨：“大龙头，末将愿打前阵。”

铁索和巨石封锁江面，“洪义堂”被迫弃船步战，那些受了伤的兄弟成为累赘，战斗力减半不说，对军心士气的影响可想而知。罗大纲虎目落泪，拔刀在手：“弟兄们，威武窑子在前面给咱们挖了口坟，明年今天，就是咱兄弟的忌日。”

众兄弟齐齐跪倒央求：“留得青山在，不愁没柴烧。请大龙头从速轻车简骑，寻一条山路杀回浔江，我等情愿断后。”

“本堂连番举事不成，徒然折损忠义兄弟，愧对五祖和历代掌堂大爷的在天之灵。”罗大纲慨叹一声，“丢弃受伤的兄弟自个儿逃命，岂非猪狗不如？尔等休要啰唆，拿起刀来，随本堂杀他一个痛痛快快。”

掌印阿妈坚决不走，众兄弟备觉凄怆，操起兵器，决意做最后一搏。战船缓缓驶向火枪队所在的东岸，准备血溅血，硬碰硬，先打掉这支最有战斗力的清军。恰在这当口，从濛江上游摇摇晃晃漂下一只篷船，笛声清奇，琵琶温存，传来一曲《关大王独赴单刀会》：

大江东去浪千叠，
引着这数十人，驾着这小舟一叶。

又不比九重龙凤阙，可正是千丈虎狼穴。
大丈夫心别，我觑这单刀会似赛村社。
…………
水涌山叠，年少周郎何处也？
不觉得灰飞烟灭，可怜黄盖转伤嗟。
破曹的樯橹一时绝，鏖兵的江水犹然热，
好教我情惨切。
这也不是江水，二十年流不尽的英雄血！

双方将士齐刷刷地朝上游望去，但见这只篷船周身上下漆成鲜艳的红色，船头挂着一柄锈迹斑斑的铁剑，船尾悬挂着琼花旗和凤凰旗。旗下侧身坐着一位双目失明的女子，怀抱琵琶悠然自得地弹拨；在她前方立着一条伟岸的汉子，脸上罩了一副绣着三叶锥的脸谱面具，锥中镶嵌九瓣飞肩兰花额，白额里悬着一枚鲜红如血的破煞珠。

那人足踏甲板，根本不用桨橹，只用身体内力便将篷船催动如飞。这还不是最可怕的，要命的是他的歌声，声音清冽如溪，潺潺流动，普通人听起来如痴如醉，武林高手听在耳朵里却好似当天一个霹雳——来人歌声摄魂夺魄，根本无法抵抗，内力之高，闻所未闻。

篷船旁若无人地驶入两军阵前，到了濛江和大同江的汇流处，那大汉歇了歌声，右手取下挂在船头的锈剑，只一剑，将那块露出江面的巨石砸为几截。盲女大约感到船速放缓，搁下琵琶开口问："少爷，发生了什么事？"

汉子回答："前有铁索横江。"

"山川河流是老天爷造的，世间人人行得，何人如此霸道？"盲女"扑哧"乐了，"难道是黑心肠的威武窑子吗？"

"阿幺妹子说的是，待俺扫此尘埃，澄清乾坤。"大汉右手挥剑劈断铁索，左手抡起铁索砸向埋伏在濛江两岸的清军、团练和捕快。

看到汉子的装扮，听到他的铜笛，再亲眼目睹他裂石断索的无上内力，三江口外的两军将士无不明了来者的身份。粤西绿营、绿林道、捕快久闻李文茂的赫赫威名，"飞天爪"的火枪队和太平圩的"保良局"中有不少昔日的洪家兄弟，目睹盖世英雄再现江湖，有的激动落泪，有的肝胆俱裂，莫不充满了敬畏之情。见那铁索当空扫来,“飞天爪”、黄金亮、“牛鬼窟”、汪亚景等人心无斗志,率先抱头鼠窜,清军全线崩溃,不战而败。

盛筠在山上惊得目瞪口呆:“他……他……他不是死了吗?”

丁辅臣擦了一把冷汗:“狗娘养的,又他妈活过来了。”

“飞天爪”、黄金亮、汪亚景和“牛鬼窟”等人领军狂奔,“保良局”的团练见势不妙,跳上船夺路而逃,清军兵力十成中去了六七成,只剩下山包上的几百名伏兵。盛筠扫了一眼,发现手下人目露惊恐,看来都被李文茂的出现吓破了胆,这场伏击是没法打了。他长叹一声:“千载难逢的好机会,又让姓罗的溜了?”

丁辅臣道:“军门大人,姓罗的一介游匪,成不了什么大事。天佑国朝,幸亏这个姓李的三刀六洞退出洪门,否则今日之事断难善了。”

对于盛筠来说,值得庆幸的是李文茂来得不早不晚,恰好是歇战的空当——假如正处于两军血战之际,目睹洪家兄弟伤亡惨重,这头猛虎很难说不大开杀戒。他吸了一口冷气,忧心忡忡地问丁辅臣:“丁老弟,功败垂成,你我该如何向上峰交代?”

张敬修以文官的身份战绩显赫,早就引起了丁辅臣的不满,他奸笑道:“军门大人,火枪队良莠不齐,收留了不少会党,此战失利,账应该记在姓谭的头上。”

盛筠点了点头:“不错,众目睽睽之下发足狂奔,不算冤枉他。”

李文茂一柄锈剑,荡开清军的天罗地网,“洪义堂”将士无不热泪盈眶,船队跟随篷船鱼贯而下。从天光到黄昏,自夜半至黎明,虽然众兄弟拼尽全身气力摇橹摆桨,最后还是没有追上李文茂的篷船。

出了濠江是浔江,以“大口昌”梁昌为首,“扁头三”何洪锦、“白鬼仔”吴亚坤等人率濠江水寨的众头目出寨相迎。罗大纲问:“梁寨主,可曾见到掌堂大爷?”

梁昌一时没有反应过来:“掌堂大爷?”

罗大纲解释:“就是二爷。”

洪门大起义失败后,浔江三大水寨便成了官府的眼中钉、肉中刺。“大口昌”已经和粤西水师交过几次手,所以他的濠江水寨高度戒备,对周围江面的情况了如指掌。他叹了口气："二爷的船逆流而上，不晓得奔着郁江，还是奔着黔江去了？"

李文茂三刀六洞辞洪门，不可能去大明山这个伤心之地，那么只剩下两种可能：一个是到乌蛮滩祭奠战死的红船兄弟，一个是去苗山深处的月亮山缅怀易兰花的踪迹。前者走郁江，后者行黔江，罗大纲一时无法判断，气恼地说："你们咋不把他拦住？"

梁昌、何洪锦、吴亚坤三人面面相觑，梁昌道："罗阿妈，我们哥仨算哪根葱？二爷平时连正眼都不瞅一下。他本事那么大，谁能拦得住？"

这次"红阳劫运"年起义，洪门万千兄弟丧命沙场，大明山龙头峰被官军夷为平地，付出的牺牲和代价远远大于二十多年前那次起义。洪门能否重新振作起来？反清复明的大业能否继续薪火相传？此时此刻，李文茂成了洪家兄弟心中唯一的希望。不管他曾经在大明山龙头峰许下了多重的誓言？不管说服他的困难有多大，罗大纲都决心把他拉回洪门。

"三位当家的。"罗大纲拱了拱手，"本堂兄弟征战多日，非伤即疲，多日不曾裹腹，能不能进贵寨休整，接济接济粮草？"

三大水寨各自为战，对抗粤西官军颇有些心有余而力不足，有"洪义堂"的死士前来襄助当然求之不得。梁昌欣然道："罗阿妈，一家人何必说两家话？快请弟兄们进寨。"

罗大纲唤过陆海平："你带人进寨，我去追掌堂大爷。"

对于濛江水寨的三位寨主来说，"洪义堂"的兄弟虽然战斗力不弱，但他们更缺的是罗大纲的威望和谋略。梁昌出言劝阻："罗阿妈，二爷这辈子最重然诺，一口唾沫一根钉。他当着天下英雄的面自刺三刀六洞，发下毒誓，怎么会自食其言？"

李文茂重返洪门，第一个障碍当然是他发下的誓言，第二个障碍则是他的身份——大度和尚是合法的洪门之主，李文茂这个前洪门大龙头回来后，该往哪儿摆？

陆海平不便明言，只好敲边鼓："大龙头，梁寨主说得在理，掌堂大爷不可能回头。"

罗大纲手捋虬髯，按剑立于船首，目睹巨浪滔天的浔江水滚滚而来，不由得气结于心，捶胸顿足。一失足成千古恨，放着盖世英雄不用，洪门挫败实属咎由自取。把李文茂请回来吧，对现任洪门之主不敬，有悖于洪家兄弟的道义；不去请李文茂，眼看着洪门沉沦湮没，对罗大纲来说实在心有不甘。正当虬髯英雄百转愁肠、徘徊不决之时，巨浪中冒出一条舢板，舢板上有人放声高歌，唱的乃是一曲《中山狼》：

乱纷纷叶满空山，惨氲氲烟迷野渡。
渺茫茫白草黄榆，静萧萧枯藤老树。
昏惨惨远岫残霞，疏刺刺寒汀暮雨。
骑着这骨棱棱瘦驽骀，走着这远迢迢屈曲路。
冷凄凄只影孤形，急穰穰千辛万苦。

风大浪急，渔船和客船无不靠岸休歇，这条舢板却悠然自得地穿行在浪头，驾船者必有一身不俗的本事。放歌之人身穿白袍，足蹬草鞋，头上戴着一顶蒲葵笠，打扮颇为惹眼。岭南乡间蒲葵笠随处可见，穿白袍的人也不少，但这两样东西合在一起就不是一般人，而是一位功名在身的士子。在岭南士林，蒲葵笠具有特殊的象征意义——当年陈白沙临终之际，传给弟子湛若水的唯一信物便是这顶斗笠，湛若水临终前又将它传给理学大师庞嵩。在某种意义上，蒲葵笠象征着江门学派的衣钵，好比那袭从佛祖传至六祖慧能的袈裟法衣。

信奉陈白沙不足为奇，奇的是这个读书人还有一身惊人的内力。梁昌失声道：“哎呀，那不是佛山堡的王老爷吗？”

王山公忽然神秘地出现在浔江，难道他和李文茂有约？罗大纲愁容顿扫，心中大喜，扯开嗓子喊道：“王老爷，王老爷，我是罗大纲。”

舢板停在浪尖上，王山公反问：“谁是王老爷？”

坏了，这家伙不会又犯病了吧？罗大纲心头一紧，赔笑道：“王老爷，别开玩笑，难道你连自己的名字都忘了吗？”

“放你娘的屁。”王山公抬起船桨，指着罗大纲叱喝，“老子叫韩通，号‘阴阳生’，是江湖上鼎鼎大名的‘粤西四友’。再敢愚弄贫道，定教你尝尝无形情蛊的厉害。”

王山公疯疯癫癫，别说洪家兄弟无人不知、无人不晓，就连湘粤三省的武林中人，也都知道佛山有一位神秘莫测的疯书生，本事大得能砍下水龙道士的头壳。见他这副样子，众人暗自摇头叹息，“大口昌”说：“王老爷，你比姓韩的名头大多了，何必屈尊纡贵？”

“枫子鬼”被“测阴珠”吸引，从昭平石人岛一路飞到桂平紫荆山，又跟在王二妹后面穷追不舍。王山公控制不住自己的腿，脑子里天人交战，明白这次非但没有帮上苏仁山的忙，反而有可能因此害了阳雪姑的性命，自责和愤怒撕咬着他的心，不知不觉就犯了病。

“我的名头大？”王山公一愣，“那我是谁？”

看来他还没有完全糊涂，罗大纲单刀直入：“你是否看到掌堂大爷？”

罗大纲这一招果然灵，王山公的思绪被引入正途：“对啊，不是他我还不回头呢。”

众人尽皆佩服，罗大纲趁热打铁：“他对你说了些什么？”

王山公喃喃地回答：“他对我说你不是韩通，你是王山公。”

罗大纲松了一口气：“没错，你是‘德礼堂’的二爷，斩杀水龙道士的大英雄，为什么非要当那个二腆子‘阴阳生’？”

王山公终于从迷离中苏醒过来，痛苦再度占据了他的心，潸然泪下，仰天长叹：“我对不起苏长春，我对不起阳大老倌，我对不起兄弟啊。”

罗大纲问：“王老爷，到底是咋回事？不妨细细道来。”

记忆的闸门逐渐打开，贝尘鹤与王二妹仓皇逃窜，“枫子鬼”随后掩杀，王山公则失魂落魄地追逐着。与愤怒的小木头人相比，王山公的追逐没有目的，更像是一种逃避。追逐和逃避的游戏在浔江两岸来回上演，直到遇见李文茂，方才结束。

撞到李文茂，王山公羞愧难当，掉转船头顺流而下。回程的路步履艰难——时间早已过了三月初三，阳雪姑极有可能身遭不测，他如何去见苏仁山？如何去见红船的老少爷们儿？王山公声音颤抖地说：“我，我，我的心坏了。”

“你的心不就是那个飞头鬼吗？”罗大纲一笑，“瞧，它在你身后呢。”

随着“测阴珠”的破碎，“枫子鬼”的初始爱情无疾而终，烟消云散，总算全心全意地回到了王山公的身上。她放弃追杀贝尘鹤与王二妹，悄悄地追随王山公回返。王山公扭头一看，火冒三丈，劈头就是一刀：“丢你老母，还有脸回来?”

王山公高超的身法,盘旋在半空飞舞的“枫子鬼”,以及在浪头上翻滚的舢板,无一不给在场众人一种奇幻的感觉。王山公接连几刀劈空,恨恨地骂道:“滚,别让我再看见你。”

罗大纲问:“王老爷,既然是你的心,为何撵它走?”

这时,王山公已经完全清醒过来,凄怆道:“罗阿妈,心这个玩意儿没有最好,有了他你根本活不了。我这些年的功夫算是白练了,辛辛苦苦地诛了半辈子的心,把自个儿的心全交出去,哪知道落花有意,流水无情,关键时刻弃我而去,要他还有什么用?”

罗大纲被他的话深深触动,指着空中盘旋的木头人说:“此言差矣,罗浮山红枫通灵,名动四海,修炼成人形没有万载,至少也有五千年,怎能说一点儿用处都没有?你没有练出情意,未必别人练不成,还是火候未到。好好待它,回家继续修炼吧。”

“此贼害我无颜见故友,从此以后,我与他尘缘了断,再无瓜葛。罗阿妈,你不是要找掌堂大爷吗?叫他给你引路便是。”王山公用刀逼退“枫子鬼”,驾舢板扬长而去。

“枫子鬼”仿佛听懂了他的话,留在空中默默盘旋,没有跟随王山公离去。众人目睹此情此景无不艳羡称奇,陆海平屈身向罗大纲行礼:“大龙头,掌堂大爷东返必经濛江水寨,你和梁阿妈在此坐镇,寻找掌堂大爷的事交给属下办。”

陆海平精通水性,熟悉浔江地理,是寻找李文茂的最佳人选。罗大纲叹了口气:“你务必盯紧了,发现掌堂大爷的行踪,立即知会本堂。”

第一百四十三回　巢云判义

三月的风含有最后一丝凉爽，陆海平冲破重重巨浪，奋力向前划船。头顶的“枫子鬼”一会儿左，一会儿右，纵然没有任何表情，也能叫人看出它心事重重。

王山公异想天开，另辟蹊径，通过小木头人体悟“六祖心经”，武功进展神速，只是他自己不清楚而已。“枫子鬼”逐渐剥离了“阴阳生”的影响，变身为一个阳刚男儿，兴许这正是他前世的真身。男子汉必定要经历爱情的洗礼，从某种意义上说，小木头人不顾一切地寻觅“测阴珠”，正是王山公修炼有成的标志。可惜，由于耽误了阳雪姑的复仇，王山公忍痛将自己的心驱逐，从而失去了领悟“六祖心经”的最佳时机。

对“枫子鬼”来说何尝不是如此？他从混沌的阴影中走出，不再是从前的她。命运喜欢一遍又一遍地磨砺尘缘，当他展露出自己的本来面目，与王山公的心复合为一时，却被修炼者斩钉截铁地抛弃，让他向何处去？

不会说话的木头人，没有表情的“枫子鬼”，纵身可以飞越万里山河，哀愁却不能被有缘者的心接受，能不惆怅百端、徘徊逡巡吗？

陆海平把舢板靠在岸边歇了一会儿，对“枫子鬼”说：“要是能领我找到掌堂大爷，就说明你真的有两下子，到时候我向王老爷求情，让你回佛山堡。”

“枫子鬼”高兴得手舞足蹈，掏出铁锤在船桨上“当当当”敲了三记。陆海平问：“你是答应我，还是催我走？”

“枫子鬼”继续敲了两记，陆海平明白了，小木头人既同意他的话，也催促他起程。他往嘴里塞了两口吃的，爬起来晃了晃臂膀，抄起船桨，划着舢板一口气过了鸡公岛、武林堡、丹竹镇和蟾蜍岭，抵达平南县城附近的燕子石时，已经是月儿弯弯、头更打响。

燕子石为一座兀立于岸边的峭壁，仿佛是被远去群山丢弃的浪子，孤独地俯瞰着滚滚东流的浔江水，与身后低矮的山岗格格不入。旁边有一条小河汊通向北侧的山岗，河汊入口处建有一家“巢云客栈”，上下两层，灯火通明。那些不愿意进平南县城的商船常在此避风，有的直接卸货，雇用马车走陆路把货物运到北部山区。

“枫子鬼”忽然提起船头的遮雨灯，离开舢板冲向“巢云客栈”。陆海平以为小木头人又要半路开溜，破口大骂：“天杀的，王老爷说得对，鬼就是靠不住。”

话音刚落，“枫子鬼”从燕子石后面冒了出来，这次手里多了一柄明晃晃的刀仔。陆海平猝不及防，只觉得脖子一凉，刀已经贴上了他的皮肤。陆海平万念俱灰，心里苦辣酸甜，格外不是味道：这些年风风雨雨，自己跟着罗大纲刀山火海都闯了过来，没想到临了却白白死在小木头人的刀下，真不知道上一辈子作的什么孽？

刀，没有刺入陆海平的脖颈，而是冰凉地拍打着他的脸颊。

陆海平慢慢地睁开双眼，发现“枫子鬼”一会儿冲向“巢云客栈”，一会儿从客栈方向折返回来，手里的刀指指点点，似乎在焦急地倾诉着什么。难道小木头人劝自己进去吃酒？陆海平随即否定了自己的判断，渐渐明白了“枫子鬼”的用意——这间客栈一定有什么古怪，而且这古怪必定与自己大有关联。

“巢云客栈”的土码头停了不少船只，后面院子骡马嘶鸣，看来生意非常兴隆。为了安全起见，陆海平把舢板藏在燕子石后，迈步来到客栈门前。掌灯时分是吃夜宵的高峰，隔着敞开的窗户能看到里面人头攒动，声音喧哗。“枫子鬼”飞上门顶的灯笼，将自己小心翼翼地隐蔽起来，陆海平一愣：“嗨，你怕个鸟？”

灯笼在风中摇晃，“枫子鬼”一动不动，陆海平皱着眉头进了客栈。里面热闹非凡，几乎没有插脚的地方，很难寻到一张空桌。柜台前面摆着一条酸枣木的椅子，一位二十来岁的盲女正抱着琵琶，唱着明珊居士招子庸的《拣心》：

世间难揾一条心，
得你一条心事我死亦要追寻；
一面试佢真心，一面防到佢嘥，
试到果实真情正好共佢酌斟。
嘥嘥吓嘥到我哋心虚，个个都防到薄幸；
就是佢真心来待我，我都要试过两三匀。
我想人客万千，真嘅都有一分；
嗰啲真情撒散，重惨过大海捞针。
况且你会揾真心人亦都会揾，
真心人客，你话够几个人分？
细想缘分各自相投，唔到你着紧；
安一吓本分，各有来由你都切勿羡人。

陆海平被盲女凄切的歌声打动，停住脚步，不觉哑然失笑——王山公把小木头人当自己的心来修炼，和那些追求比翼齐飞的痴男怨女有何不同？他正在东张西望，忽然，有人拍了一下他的肩膀：“陆爷。”

陆海平回头一看，原来是“逃军和”的兄弟叶四和，又惊又喜：“哎呀，叶兄弟，你啥时候来的粤西？”

自从在梁家失火闯了祸，叶四和不好意思给“黄记”添麻烦，主动离开佛山堡，回到老家坦东村娶妻生子，伺候老娘，偶尔出外揽活谋生理。金绍烈、“癞头鳖”和“厚皮棍”最近在桂平江口圩开了第二间窑口，装潢豪奢，里面的木工活儿全交给了他。

叶四和与王山公、“葫芦发”、黄广华、梁德荣一样，皆为“枫子鬼”再生的见证人，难怪小木头人躲在客栈外面羞于露面。陆海平坐定后，叶四和向他一一做介绍：“陆爷，这位是黄茂光黄掌柜，他和金爷、陈爷合股在浔州府开窑口，是何六爷的老朋友；这两位是黄掌柜请来护镖的，一位是黄爷，一位是杨爷，兄弟也是刚认识。”

金绍烈、“癞头鳖”和“厚皮棍”等人在浔州城合伙开窑口，从粤东贩运鸦片风险颇大。为了安全起见，金绍烈又和黄联义、“大头杨”等昔日的老伙计搭上了线，委托他们押运货物。陆海平不认识黄联义，但在罗大纲那里见过“大头杨”——后者的活动地盘在平乐府，他本人及其手下均来自潮州府揭阳县，和罗大纲是实打实的同乡。

“大头杨”是否暗地里加入了洪门，陆海平不得而知，按照规矩不能随便乱问，于是朝三人抱了抱拳：“幸会，幸会。”

“厚皮棍”听说过陆海平的名字，热情寒暄后，扯住伙计覃乃保的胳膊：“来来，这盘白切三黄鸡留下，给我陆兄弟吃。”

覃乃保为难地说：“黄掌柜，这是人家魏镖头点的。”

邻桌是七八条彪形大汉，清一色的镖师装束，镖旗斜插在窗棂上，上面绣着醒目的“靖远”二字，领头的镖师不是别人，正是粤西武林第二大高手杨开山的外甥魏文豹。黄联义知道这伙镖师的厉害，轻轻拉了拉“厚皮棍”的衣袖，示意他不要碰硬钉子。“厚皮棍”悻悻地对覃乃保说：“老子面子不够是吗？去，把你阿叔叫来。”

“巢云客栈”的东家名叫覃亚儿晚，平南大坡人氏，是覃乃保的族叔。此人出身桂平西山龙华寺，武功高强，为人豪爽，手下拢了一群兄弟，在浔江流域是有一号的人物。当年覃亚儿晚曾经拜过“德胜堂”的码头，因此对金绍烈这位前辈十分客气，见“厚皮棍”挑理，笑嘻嘻地过来赔礼：“黄掌柜的，今天来了好朋友？这顿饭算我的。今天江面风高浪急，吃了饭尽早赶路，夜里行船不太平，务必当心。”

陆海平和覃亚儿晚不曾打过交际，听他话里话外透着一丝玄机，立刻心生警惕，朝左右仔细一打量，果然发现几个面目诡异的可疑之人。他会心地朝覃亚儿晚一笑，大声道：“听说平南的莲藕不错，掌柜的，切几头来吃。”

覃亚儿晚朝柜台吆喝：“蒙贤侄，给这位客官上盘凉菜。”

“好嘞。”一位大约四十出头的汉子应了声，托着一方食盒来到近前，熟练地从盒中取出一盘切好的莲藕，“九孔塘藕福禄寿，当官发财不糊涂。”

陆海平抄起筷子夹了一口：“好吃归好吃，只是你这个姓名不妥当，明明是七孔，为啥蒙老子说九孔？”

“不可能。”中年人叫起了屈，“客官，小的名号大吉大利，全仗这个吃饭哩。”

这位相貌憨厚的中年人是本地鹏化山人氏，其父抽鸦片把家里败了个精光，便对他这个长子报以希望，给他起名叫蒙上升。蒙上升下面有三个兄弟，日子过得十分紧巴，农闲时不得不挑着担子从平南县城和大乌圩进点日用品，挑到鹏化山和相邻的紫荆山区发卖，挣几个铜钱贴补家用。货郎生涯非常锻炼人，几年下来，蒙上升练出了一双察言观色的好眼力，嘴皮子相当的利索，经世面、开眼界，不再是一个面朝黄土背朝天的泥腿子。

“巢云客栈”生意兴隆，蒙上升在这里卖凉菜，实际上是托了覃乃保的福——他们俩纠集了一伙穷兄弟开了一个名为“和合堂”的外围堂口，覃乃保出钱多当了龙头大哥，蒙上升年纪大反而屈尊二弟。不管怎么样，覃亚儿晚毕竟是浔江江面上有头有脸的人物，跟覃家叔侄混不但有钱挣，而且没人敢欺负，蒙上升觉得这笔买卖很合算。

鹏化山区最有名的江湖人物是“米饭主”胡以晃，陆海平在胡家见过蒙上升，当时他还从货郎手里给陈丕成买过一盘蕉叶裹。想起陈丕成，陆海平突然打了一个冷战，莫非“枫子鬼”把自己带进客栈的目的是为了这个小兄弟？他忙问蒙上升：“蒙老哥，你可曾看到一个目下生有双痣的放牛娃？”

陆海平认识蒙上升，蒙上升却不认识他，一时摸不清他的底细，迟疑了一下：“我们这儿放牛娃多的是，你问的放牛娃我好像没见过。”

覃乃保端着一盘菜旋风般地跑过来：“白切三黄鸡来了，黄老爷慢用。这位客官，小的就是放牛娃出身，你老人家有何差遣？”

陆海平正待追问，忽然客栈外人喊马嘶，如同波涛汹涌。“咣当”一下门被踢开，涌进来一群提刀持枪的官兵、差役和团练，走在前面的是一位身高八尺的大汉，站定之后犹如半截铁塔相仿，端的是威风凛凛、气焰逼人。这条大汉不是别人，正是覃亚儿晚的死对头——平南县武林堡“卫安团”的团总傅博文。

傅博文武功与覃亚儿晚在伯仲之间，双方实力旗鼓相当，谁也不服谁。傅博文来到覃乃保面前，阴险地笑道："贤侄是放牛娃？鬼才信呢。"

傅博文后面跟着一群捕快，当先一个为桂林府六扇门名宿"铜蒺藜"麻翠亭，紧随其后的是平南县捕头"豆皮满"和桂平大湟江巡检司巡检王基；再往后是汪亚景和黄金亮——这两位从三江口村一路狂奔逃到平南县城，听说"巢云客栈"藏匿了一位落单的洪门头目，立刻跟着"铜蒺藜"等人前来围捕，好将功赎罪。

覃乃保酷爱习武，本领不俗，面对高过自己一头的傅博文毫不畏惧，挺起胸膛："小爷不是放牛娃是什么？"

傅博文抬起左手，骤然插向覃乃保的双目；后者侧身闪过，谁知傅博文这招是虚招，右手抓住覃乃保腰间的红肚带，往外一扯，哈哈大笑："'桃之夭夭，兄弟尽招；四海同心，江湖救急'。贤侄，我看你是扯旗造反的逆党。"

与粤东一样，粤西亦存在大量的外围堂口。以随身佩戴的腰凭为例，洪家兄弟的腰凭一般绣着四句诗，最常用的如"反清复明，劫富济贫；顺天行道，英雄尽招"等；而外围堂口则五花八门，似是而非，粤东一般是"顺天行道，英雄尽招；忠义千秋，兄弟同心"；粤西一般是"桃之夭夭，兄弟尽招；四海同心，江湖救急"。加入外围堂口的绝大多数是像蒙上升这样的下层贫民，团结起来以求自保，哪有什么造反的大志？

覃亚儿晚冷笑一声："傅团总，你莫要高抬我们叔侄，乃保乳臭未干，腰里缠块红布不过是一时好奇，弄来玩玩图个热闹。现如今江面不太平，腰缠红布的遍地皆是，包括六扇门里的许多兄弟，我就不信他们都是逆党？"

别说六扇门里的捕快，就连"卫安团"里有多少腰缠红布的？傅博文自己也说不清。麻翠亭见他被驳得哑口无言，拱手对覃亚儿晚道："覃爷，今天麻某带人来，并非和你过不去，而是确实得到线报，说一名受伤的贼目进了你的客栈。"

覃亚儿晚判断他没有趁机敲诈勒索的意图，便放缓语气："覃某开客栈谋生理，向来是各人自扫门前雪，莫管他人瓦上霜，官家和洪家两不搭界。麻爷，你说有一个受了伤的会党头目进了我的客栈，会不会是信口开河？"

“哪里的话？”“铜蒺藜”扬了扬手，“梁爷，现身吧。”

话音未落，靠窗的桌子上站起来一位中年人，应声道：“覃掌柜的，受伤的这个贼目是‘洪德堂’旗下‘德兴堂’的掌印阿妈甘先甘广高，他带领残兵从贵州回来，在南宁府和横州各开了两仗，昨天在木格镇被‘平桂团’打散了，胳膊腿都受了刀伤。梁某在粤东和他是旧相识，认得他的模样，一路追踪到此，确凿无疑。”

听说官差全力追捕的洪门头目是甘先，叶四和倒吸一口凉气；再看这个中年人，更是大吃一惊，这不是广州城三大捕头之一的“黑耳梁”吗？他什么时候从伊犁回来的？又什么时候当了“铜蒺藜”的爪牙？

受藩库失银案的牵连，梁信常全家发配伊犁，在那个苦寒之地整整熬了七年。昔日赫赫有名的大捕头鬓角几乎全部染白，再也没有了昔日的锐气，回来后把家安在桂林城，替“铜蒺藜”当起了跑腿。麻翠亭满意地看了他一眼：“覃掌柜的，梁爷是江湖前辈，不会认错人。麻某今天务必拿下姓甘的，回去立个功劳，请行个方便。”

陆海平脑袋里“嗡”的一下，难怪“枫子鬼”放着李文茂不追，非要把自己拽到这间“巢云客栈”，闹了半天，他是要自己搭救甘先！甘先所率“德兴堂”精锐在粤西苦战经年，大明山被攻破后跟随“洪顺堂”撤入云贵，他现在独自逃回粤东，难道大度和尚与“失魂松”两位总堂大爷皆遭不测？陆海平眼前刹那漆黑一片，暗自下定决心，拼死也要搭救甘先性命，从他嘴里探知总堂的消息。

听外面的动静，官兵、差役和团练已经把“巢云客栈”围了个水泄不通。覃亚儿晚好汉不吃眼前亏，就坡下驴，对屋里的客人们抱拳：“各位，对不住了，官家缉拿洪家，看来非要把客栈翻个底朝天。不过，麻爷已经放话，只抓姓甘的一个。其他人哪怕是惊天大盗，也安心吃你自个儿的酒，今天这事跟你没关系，明白吗？”

汪亚景早就瞅见了陆海平，但他摸不清李文茂到底身在何处，故此不敢轻举妄动，大声地咋呼道：“没错，冤有头、债有主，今天只抓姓甘的，大家互相给个面子，都给老子乖乖坐着别动，谁动就治你的通匪之罪，全家灭门。”

“厚皮棍”高兴地拉了一把陆海平：“陆爷，没你的事。”

陆海平瞪了他一眼："住嘴。"

叶四和发愁地问陆海平："要真的是甘阿妈，那就坏了。"

"铜蒺藜"轻轻松松一句话，断了傅博文想借机收拾覃亚儿晚的念头。傅博文悻悻地把红肚带丢到地上，覃乃保从地上捡起来，拍打之后又缠在腰里。看到这条红肚带，陆海平瞬间有了主意，安慰叶四和："放心吧，我能招来救兵。"

洪门现在兵败如山倒，"洪义堂"尚且自顾不暇，到哪儿去寻找救兵？再说，"巢云客栈"里三层、外三层净是官兵、差役和团练，就算有救兵，谁有本事冲出去送信？叶四和狐疑地看着陆海平："陆爷，你不要晃点我。"

陆海平知道他不相信自己："别着急，咱们先搞清楚，是不是甘阿妈？"

这话说得在理，叶四和点了点头，继续静观其变。这时，魏文豹放下酒碗："魏某押运的是值钱的物什，怎么，麻爷也要查吗？"

杨开山虽为粤西武林第二大高手，但"靖远镖局"毕竟是多年的老字号，"铜蒺藜"不怕这样的买卖人。他冲魏文豹抬了抬手："贤侄，搜捕会匪是大事，这个道理你该明白。别说贵号的镖车，就是蚂蚁窝，也得一个个查。"

魏文豹这次押运的货物是昂贵的鸦片膏，如果落到了专门刮油的衙役嘴里，那不是肉包子打狗，一去无回？他顺手丢过去一袋银子："货物事关本号声誉，马虎不得。这袋银子拿去给弟兄们买双鞋，麻爷，你的那一份另有孝敬。"

"还真不少。"麻翠亭抓起银袋子掂量了掂量，笑着又放下，"贤侄，朝廷三令五申，除恶务尽。并非在下不给杨大侠面子，实在是担着血海干系，责任重大。这样吧，麻某亲自带人查验贵号货物，给杨大侠一个交代，怎么样？"

事到如今，魏文豹无可奈何，只好向手下镖师递了个眼神，暗示他们做好准备——官差不起歹心还则罢了；一旦动了贪念，想把这批鸦片膏据为己有，马上白刀子进、红刀子出，和"铜蒺藜"及其手下拼个你死我活。

官差和团练兵分两路，一路楼上楼下挨个房间地搜寻；一路去院子里翻箱倒柜，检查所有的车马货物。透过敞开的窗户，陆海平发现客栈外面至少有七八百名官军，既有粤西绿营的旗帜，也有广东水师的旗帜，灯火耀亮了整条江面。他探出脖子向上打量，见“枫子鬼”躲在灯笼后面纹丝不动，心想木头人就是木头人，绝对比人能沉得住气。

官差在客栈里耀武扬威，覃乃保敢怒不敢言。蒙上升讪讪地问陆海平：“陆爷，那个长四只眼睛的放牛娃，和你啥关系？”

陆海平没好气地说：“他是我兄弟。”

“你看看，你看看，我说陆爷你咋有点面熟呢。”蒙上升跺着脚，“不瞒你说，他小小年纪交了桃花运，混了一个年方二八的漂亮女仔。他们俩就住在楼上，吃饭都让送进去，一连三天关在屋里，倒腾好事呢。”

陈丕平一个才十岁出点头的孩子，和女人昏天黑地，颠鸾倒凤，这不是白鳝上沙滩，不死一身散吗？陆海平霍地站起来，厉声呵斥：“你咋不早说？”

蒙上升脸红了，喃喃道：“我不知道你是他哥子。”

陆海平二话不说，拔步跃到楼上，黄金亮领着十几个官兵正“咚咚”地敲门。见陆海平饿虎扑食般地冲上来，黄金亮往后一闪：“你想干什么？”

陆海平用手一指：“老子要里面的人。”

“陆爷，”黄金亮拱了拱手，“看在二爷的面子上，咱们井水不犯河水。里面这个人是朝廷钦犯，麻爷大动干戈就是为了他，你总不能让黄某空着手交差吧？”

陆海平问：“甘阿妈是掌堂大爷的手足，你不清楚吗？”

黄金亮不自觉地朝外面瞟了一眼：“二爷不是退出江湖了吗？”

“退出江湖就不管他兄弟的死活了？”陆海平“哼”了一声，高声喝喊，“丕成，我是你陆大哥，快快开门，我知道你在里面。”

黄金亮丈二和尚摸不着头脑，“里面不是甘广高吗？咋成了你兄弟？”

房门悄无声息地打开了，陈丕成小脸涨得通红，手足无措地走了出来。刚才还在叫嚷喧嚣的众兵丁忽然一下子全部安静下来，陈丕成的身后站着一位美艳绝伦的瑶家少女，目光一半凄寒彻骨，一半妖娆妩媚，俨然招魂仙女下凡。

黄金亮不看则已，一看惊得目瞪口呆：“大当家的，咋是你？”

瑶家少女迟疑地问：“你……你是金亮？”

十载岁月匆匆过，流不散痴男怨女的叹息，客栈院子里传出一阵“叮叮当当”的刀枪撞击声，紧接着有人狂呼：“在这里，姓甘的在这里。”

借着灯光，陆海平低头一看，发现甘先手握单刀坐在一口盛装鸦片膏的木箱上，看样子腿部受伤行动不便，周围有十来个兄弟拼死抵抗，“铜蒺藜”、傅博文、“黑耳梁”、汪亚景率领官差轮番进攻。陆海平从腰里解下绣着诗句的红肚带，进屋子提笔写了一行字，然后推开窗户丢向藏在灯笼背后的“枫子鬼”，喝了声：“快去求援。”

陈丕成忐忑不安：“陆大哥，你跟谁说话？”

陆海平扫了一眼屋里香艳的摆设，心中暗自庆幸，要不是“枫子鬼”提醒，陈丕成这次非死在这女人的石榴裙下不可。他不忍心责备：“我教你的刀法没忘吧？”

别看陈丕成年纪不大，胆气颇豪，早先曾在大黎里国安村跟随一个绰号“铜铁棍”的武师学习过棍法，后来又承陆海平点拨过刀枪。他应声道：“没忘。”

“跟我来。”陆海平带领陈丕成冲下二楼。见魏文豹正焦躁地踱步，提醒他：“官差在你的镖车里发现甘阿妈，你们必定脱不了干系，还犹豫个鸟？”

魏文豹猜测甘先一定是无处可遁，这才躲进“靖远镖局”的镖车。他心里明亮如镜，即便甘先不这么做，“铜蒺藜”这帮吃人饭不拉人屎的官差也不会放过这几车鸦片膏。魏文豹掣出腰刀，对众镖师大喝一声：“弟兄们，跟他们拼了。”

“厚皮棍”浑身哆嗦，连声问：“咋办？咋办？”

叶四和从腰里拔出刀：“你要是怕死，就在这儿待着。”

黄联义和“大头杨”对视一眼，各自亮出兵器：“他奶奶的，二爷还没死，就有人敢这么欺负他兄弟，咱们搭把手得了。”

众好汉不顾强敌环伺，跟随陆海平冲出客栈，冒着杀身之祸搭救甘先。覃乃保目睹此情此景热血沸腾，朝蒙上升喊：“二弟，跟我来。”

蒙上升没有经历过这个场面，吓得腿肚子转筋：“大哥，你不要命了？”

“丢你老母，老子没有你这样的兄弟。”覃乃保一脚踢翻货郎，跳进客栈后院。

众好汉奋力拼杀，院子里地方窄小，施展不开这么多人马，“铜蒺藜”刀头一摆，率领手下主动撤到客栈外的空地。陆海平等人护着甘先杀出客栈，这才发现四周围密密麻麻地布满了清军和团练，敌军人数远比想象的要多。甘先道："陆大哥，我走不动了，你们赶快突围，留得青山在，不愁没柴烧。"

陆海平擦了一把汗："甘阿妈休要气馁，援兵马上就到。"

叶四和惊喜地问："陆爷，真的有援兵吗？"

陆海平回答："把甘阿妈扶进客栈先。"

"且慢，"甘先一把甩掉他们搀扶的手，悲愤地喝道，"本堂今天就是死，也要站着让他们砍脖子。"

大度和尚兵退云贵，丝毫没有展现出洪门大龙头宁死不退的应有气度，导致士气低迷、军心涣散，逃亡人数与日俱增。卢昌和林洸隆护卫总堂到云南，觉得仁至义尽，率残部返回粤东；甘先和周春在都阳山附近被粤西绿林道的伏兵杀散，他和'德兴堂'兄弟冒险进入敛骨峒，走迷了路，历经九死一生，出峒后才发现进入了贵州。

回家的路无尽苍凉，到处可见被杀害的洪家兄弟的尸骨，甘先心中充满了绝望，事到如今哪里还有救兵？陆海平理解他的苦闷，下令众人列成队形，提刀叫阵："麻老贼，有本事的出来单挑，以多胜少算什么好汉？"

"哈哈，""铜蒺藜"仰天大笑，"姓陆的，天堂有路尔不走，地狱无门自来投。麻某本不打算与你为难，你偏偏要自个儿往枪口上撞，这就怪不得老朽无情。实话告诉你，今天来的不止是粤西的官差，还有广东水师的兵船，你们跑是跑不了啦。"

统领广东水师攻打浔江水寨的是顺德协副将仇登科，他骑着一匹高头肥马，拿马鞭子一指陆海平，问"铜蒺藜"："这个反贼姓甚名谁？"

"铜蒺藜"道："回大人的话，他是罗大纲手下的先锋，名陆海平，又叫陆顺德，水上功夫了得，据说能在水底待足三个时辰。"

仇登科不屑一顾："他水底本事再大，能奈我水师何？"

虽然粤东水师比粤西水师厉害不知凡几，但陆海平并不服气："鞑子，有本事来试试？"

仇登科刚要发怒，身边闪出一位面容颀长的道士，手执"魑魅剑"，飘飘洒洒来到前面念了句道号："无量天尊，待贫道领教陆爷的刀法。"

来者非别，正是粤西武林排名第十的高手"神楼灯"娄正伦。陆海平心中一寒，这个大魔头怎么和仇登科混到了一起？难道是他一直在追捕甘先？正当他苦苦思索的时候，仇登科嘎嘎地笑了起来："杀鸡焉用宰牛刀？对付这个区区无名鼠辈，不必劳动娄大当家出手。我说蓝守备和班千总，该你们向朝廷表忠心了吧？"

"同胜堂"大龙头"九曜虎"蓝廷耀面无表情地跨步出阵，这贼子见风使舵，将"洪胜堂"的六龙头陈亚胜出卖给了官府，用洪家兄弟的血换了一顶守备的帽子，真是丧尽天良。他后面跟着"友雄堂"的二当家"入地蛟"班石，期期艾艾似乎羞于见人。一见这两个叛徒，陆海平气得三尸神暴跳，五灵豪气冲天，二话不说，举刀照准蓝廷耀就砍；后面的黄联义和"大头杨"怕他吃亏，联袂抢出，"铜蒺藜"和"黑耳梁"分别迎敌；其余诸人捉对厮杀，魏文豹对阵"神楼灯"；覃亚儿晚对阵傅博文；覃乃保对阵"入地蛟"；叶老四对阵汪亚景。官军、团练那边锣鼓喧天，客栈这头呐喊助威声明显不济，二十来个回合战罢，叶老四首先败阵，被汪亚景一刀砍在腿上，踉跄倒地，捕快们冲上去捆了个结实。

闲言少叙，覃乃保、魏文豹、黄联义先后败阵被擒，只剩下陆海平、"大头杨"和覃亚儿晚兀自苦战不休。甘先在一旁看得清楚，覃亚儿晚和傅博文势均力敌，不会吃亏；"大头杨"刀法不比"黑耳梁"差，但后者的暗器一旦使用，局面立刻不同；陆海平勇悍有余，武功根本不是"九曜虎"的对手，再拼下去性命堪忧。敌强我弱，大势已去，弟兄们阵前拼命，自己怎能袖手旁观？甘先颤巍巍起身，拖着一条伤腿向前挪了几步，凄厉地喊道："各位兄弟，这辈子欠你们的，下辈子再还了。"

话音未了，甘先奋力一扑，挥刀冲向敌军阵中武功最强的"神楼灯"娄正伦。这一刀犹如飞蛾扑火，明显是自取灭亡，不愿苟且偷生。娄正伦暗自点头，这个三元里的打鬼英雄果然名不虚传，他举起"魑魅剑"："甘阿妈，得罪了。"

甘先的刀勉强伸到半空，再难向前递进一寸；而"魑魅剑"却寒光闪闪，剑芒冲天。眼看甘先即将命丧沙场，无论战阵中的陆海平、覃亚儿晚、"大头杨"，还是守在客栈门口观战的陈丕成、"厚皮棍"和蒙上升，都不忍目睹这惨烈的一幕。

就在“魑魅剑”凌空劈下的当口，燕子石上传来一声微微的叹息，像炸雷一样炸得“神楼灯”肝胆俱裂，腕力尽消，“魑魅剑”无声落地。

传说中的笛声终于响起，交战双方停止厮杀，抬头向燕子石望去。传说中的那个人像白帆一样覆盖着孤立的石壁，好像刚刚来到；又像松树一般挺立在石壁上，似乎早就在那里俯瞰着战场的一举一动。灯幕下的西江犹如白练，为他做来来往往自由的舢板，随着他的影子云卷云舒，在渔歌中熄灭了昼，吹冷了夜。

此人头戴斗笠，身披蓑衣，短褂短裤，足踏草鞋，与普通的渔夫没什么两样。有区别的是那高大巍峨的身躯，短衣遮不住的铁铸肌肉；还有腰里挂的那柄锈铁剑，脸上佩戴的三叶锥脸谱面具，三叶锥里镶嵌的九瓣飞肩兰花额图案；还有他头顶上那盏悬空的油灯，手持油灯为他照亮的“枫子鬼”，以及小木头人手里的刀仔。

三月江风温如绵，晃动的灯影里，那枚破煞珠鲜红如血，滴淌于白色兰花额里，看在清军将士眼里不啻夺命的阎罗。传说的灯光照进现实，那位曾经一统洪门、武林和江湖的盖世英雄起死回生，今天夜里，活生生地站在他们头顶。

笛声在空中飘荡，在江心徘徊，平静中隐含着一丝怒火。围困“巢云客栈”的捕快、团练和绿营兵丁心头瞬间被划出一道难以磨灭的印痕，见“小元霸”蓦然降临燕子石，无不吓得魂飞魄散，簇拥着仇登科夺路而逃。娄正伦、“铜蒺藜”、傅博文、“九曜虎”、汪亚景、“入地蛟”和“黑耳梁”等人恨不得肋插双翅，双腿却挪不动半步。他们比谁都明白，铜笛犹如一朵斩落严冬的傲雪蜡梅，一旦发作，顷刻之间就会染红浔江。

目睹这一幕，陈丕成热血喷涌到喉咙，冲上去为叶四和、覃乃保、魏文豹、黄联义等人松绑。叶四和恍然大悟，原来陆海平派去求援的信使是小木头人。陆海平伏地叩拜：“罗阿妈在濛江水寨候驾，请掌堂大爷即刻出山，带领弟兄们杀鞑子。”

李文茂放下铜笛：“谁是你们的掌堂大爷？”

此言一出，“神楼灯”顿时看到了生的希望，趴在地上磕头如捣蒜：“二爷，你老人家亲眼目睹，不是小的存心伤甘阿妈性命，是他要舍生取义。”

“掌堂大爷。”甘先仰天长叹，悲愤地说，“纵然三刀六洞，退出洪门、武林和江湖，难道世间忠义，便可以从此不问吗？”

往昔岁月辉煌似锦、灿烂如花，岂是一刀能轻轻割断？李文茂泛舟濛江，看似偶然，实为有意之举。如果他的心彻底退出洪门、武林和江湖，又何必跟着小木头人来搭救甘先？他被甘先的沉痛之语触动，心潮起伏，抬手握剑：“忠义如此剑，哪个敢不问？”

陆海平高声说：“请掌堂大爷顺天行道，宰了这帮狗日的。”

娄正伦和傅博文哀号：“二爷，我等身无血债，杀了我们，你不怕武林中人耻笑吗？”

“日后发现尔等恶贯满盈，”李文茂喝道，“必取尔等性命。”

娄、傅二人抱头鼠窜，汪亚景、“铜蒺藜”和“黑耳梁”一看有门，齐声道：“二爷，人在江湖身不由己，我等吃官家的饭，当官家的差，看在故人的分儿上，饶了我们吧。”

李文茂握剑屹立不动，三人见状慌忙逃生。“入地蛟”叩头泣血：“总堂兵败大明山，本堂兄弟断后掩护，血战累月。我大哥铁尘道人乱箭穿身，十成兄弟折了七八成，剩下的兄弟无不挂彩。属下不忍全军覆没，故此委曲求全，投身威武窑子，请掌堂大爷惩罚。”

“保全兄弟性命计，尚有情可原。”李文茂盯着“九曜虎”，“然则贪慕荣华富贵，借兄弟的头壳换顶戴，天理难容。”

同样投身官府，李文茂饶了班石，却不想放过自己，蓝廷耀绝望至极：“掌堂大爷，你在龙头峰三刀六洞发下重誓，从此不管洪门、武林和江湖的事，难道你要食言吗？”

李文茂一跃而下，阿幺取出一身红船二花面的行头，伺候他穿戴完毕。李文茂阔步来到“九曜虎”身旁：“大丈夫一言既出，驷马难追。论忠义，红船比红尘重三分、烈三分，某家为红船人，不是某不容你，而是千秋忠义不容你。”

言罢，铁剑挥下，将这个卖友求荣的叛徒打得脑浆迸裂，一命归西。

“黑无常”知道逃不过李文茂的耳力，主动走出“巢云客栈”，屈膝跪倒：“小女子未能谨守发下的誓言，虽死无怨。”

李文茂冷冷地扫了黄金亮和陈丕成一眼：“红尘中守誓之人几何？看在尔没有滥杀无辜的分儿上，且饶过一遭，下不为例。”

第一百四十四回　自绑自杀

“枫子鬼”误了阳雪姑的复仇大计，自知王山公恨之入骨，迟迟不敢返回佛山堡。直到三个月后，叶四和结束了江口圩窑口的木匠活儿，才带着他乘舟东归。

过了小暑，天气酷热难当，好在阴雨连绵，消了八成的暑气。自浔江顺流东下，船只如同在江面上飞翔，速度极快。“瞌睡虫”在梧州上船，发现小木头人躲在舱角，一副惴惴不安的样子，禁不住好奇地问“厚皮棍”：“真新鲜，飞头鬼好像有人模样了？”

“那有个鸟用？”“厚皮棍”鼻子里“哼”了一声，“阳大老倌死得那么惨，王老爷能轻饶了他？不信你瞧着，非把他剁成肉酱不可。”

“瞌睡虫”缩了缩肩膀：“好不容易修成人，剁了多可惜？”

浔江与府江相邻，金绍烈和“大只钜”、陈见成经常互通消息，很快便得知了阳雪姑孤身复仇的详细状况——为了确保万无一失，女峒主选择了一种决绝的刺杀方式：提前制作了一顶盛有红粉的头冠，帽带里藏着捻子。在黄泰冲向大老倌献茶慰问之际，点燃帽带，当场与这个糟蹋自己的仇人同归于尽，死得极为惨烈。

叶四和毕竟是亲眼目睹“枫子鬼”转变的当事人，对小木头人的感情远非“厚皮棍”和“瞌睡虫”两个没心没肺的可比。他从船舱钻出来：“谁说王老爷一定会将飞头鬼大卸八块？他现在啥都能听懂，你们最好不要胡说八道。”

“瞌睡虫”咋舌：“乖乖，他真能听懂人话？”

“几千年前就比你强。”叶老四道，“人家世世代代通灵，你行吗？”

“瞌睡虫”笑嘻嘻地说：“我梦里行。”

“厚皮棍”当了多年有钱人，举手投足与从前大不同。举例来说，同样是下雨天，“瞌睡虫”和叶老四戴斗笠、披蓑衣，他却举着一把油纸伞。他耸了耸肩，满不在乎地说：“大卸八块咋啦？飞头鬼又不是没经历过？”

如果“枫子鬼”仅仅是一块木头，自当别论；但他越来越像一个人，在某种程度上，通灵的枫树根等同于人，或者说灵性不比人差几多。既然是人，那么他就是血肉之躯，如何能一而再、再而三地起死回生？叶四和想起王山公为“枫子鬼”凝魂聚魄的种种艰辛，心里非常不是滋味，毁了小木头人等于毁了王山公自己，这般两败俱伤的局面谁愿意看到？

可是，阳雪姑确实是因为“枫子鬼”爽约而被炸得粉身碎骨，依照王山公的性格，他肯定会将小木头人大卸八块，好向悲痛欲绝的苏仁山交代，向地下的宁洪崖交代，向他自己那颗一尘不染的“心”交代。当然了，王山公并不愿意这么做，这就是他放弃追踪“枫子鬼”、独自返回佛山堡的原因。

同一颗心，不会走两条路。王山公可以选择逃避，“枫子鬼”也可以选择回归，这颗心必将在历史的烟尘中经受考验与磨砺，大卸八块看来是难以逃脱的宿命，如同李文茂在龙头峰三刀六洞发下沉重的誓言。

问题是，“枫子鬼”能像李文茂那样，再度复活吗？

黄昏时分，船只经过封川的江口炮台，原先密密麻麻的广东水师战舰不见踪影。叶四和觉得纳闷：“咋回事？”

“瞌睡虫”回答：“黑石顶大寨陷了，他们留在这儿还有个屁用？”

以毕矜聪的才干和众叛亲离的窘境，黑石顶老营被清军打破是迟早的事情。四月份，两粤清军解决了浔江三大水寨后，合兵攻打黑石顶，不费吹灰之力取得胜利。毕矜聪大概早就预料到了这一天，把龙头令旗和“金叶会簿”等洪门信物交给夏天淳，自己拼杀到最后一刻，跳入火中自尽取义，表现出了一位洪门老将应有的气节。

叶四和赞道：“毕阿妈比大度和尚强多了，至少没有弃寨逃生。”

“他是没脸去见二爷。”“厚皮棍”道，“夏天淳不好意思去粤东，听说把龙头令旗和会簿送到落翅湖，连饭都没吃就走了。”

叶四和不解地问：“二爷上红船唱戏，饶了班石，还能与他计较？”

广东水师撤围封川江口，“荡平”浔江，实际上与李文茂息息相关。

“红阳劫运”年洪门起义以失败告终，大度和尚没有杀身成仁，却一味向烟瘴之地溃败遁逃，洪家兄弟对他非常失望，再度将希望寄托在死而复生的李文茂身上。“小元霸”手中的剑纵然是一把残剑、一把锈剑，在洪家兄弟眼里亦等同于洪门三宝中的“镆铘剑”，他的一言一行都具有洪门之主应有的威仪。因此，“入地蛟”在“巢云客栈”逃脱性命一事，很快便在江湖、武林和洪门中传播开来。俗话说，歪嘴和尚胡念经，浔江三大水寨首领不借鉴“九曜虎”的可耻下场，却效仿“入地蛟”向粤西官府假投诚，双方各取所需，皆大欢喜——粤西官府得了面子，向朝廷禀报“匪患平定”，升官发财；浔江三大水寨得了里子，张钊、田芳、梁昌等人改充捕役和团练，继续实际控制浔江江面。

“不一样。”“厚皮棍”道，“班石是‘洪胜堂’的人，夏天淳跟了‘洪德堂’两任掌印阿妈，在二爷这件事上明哲保身，见风使舵，有啥脸见往日的兄弟？”

“瞌睡虫”跟随陈见成在平乐府飘了这两年，没有白混，兜里攒了一点银子，打算拿回家帮大哥柯定邦娶媳妇。他对上阵厮杀没有兴趣，并不觉得李文茂回到红船有何不妥。他贪婪地吸了一口西江湿润的空气，脸上浮现出由衷的欢喜：“两位掌柜的，六月红船散班，佛山堡处处锣鼓，想看哪个大老倌就看哪个大老倌。二爷武功盖世，扮二花面定是头牌，以后红船大戏可有得看了，咱们跟着他偷偷练练把式咋样？”

“厚皮棍”摸了摸他的后脑勺：“看不出你小子贼心挺大，还想当武林高手？”

“在江湖上混，没有把式怎么行？”“瞌睡虫”问叶四和，“四爷，二爷我不敢比，你说我这辈子，能练成王老爷那样的本事吗？”

叶四和知道王山公修炼“六祖心经”循的是“诛心”二字，像王山公那么高的学识尚且误入歧途，将要亲手毁灭自己的心，一个天天睡懒觉的更夫能练成什么功夫？他望着船舱里的“枫子鬼”，若有所思地说：“你啥时候找到自己的心，诛他而不是毁他，就能练成好把式，当一个真正的武林高手。”

六月十四，船抵佛山堡。由于正值红船散班的日子，十里八乡的乡亲都挤到佛山堡来看红船大戏，汾江河舳舻相接，行船的速度慢如蜗牛。“瞌睡虫”许久没有回家，站在船头兴奋地朝岸上张望，竭力搜寻两位哥哥的身影。

果然，船到豆豉巷码头，柯定邦和鸡大逵两个人正蹲在摊档上吃猪红汤。“瞌睡虫”跳着脚地大声喊：“大哥，我是老三。”

“哎呀。”柯定邦高兴地拉了鸡大逵一把，“我兄弟的人回来，你兄弟的钱回来了。”

“死牛肺”急忙提醒二人：“两位兄弟，有了钱，别忘了办正事。”

“洪德堂”旗下出征粤西的五大堂堂主中，甘先是最后一个回来的。随着他的回归，一股重整旗鼓的洪流浩浩荡荡地在粤东大地铺泻开来，不分昼夜，处处可闻开台做戏的香火，几乎每天都有新的堂口诞生。“死牛肺”等人筹划已久的堂口迟迟开张不了，最大的障碍便是大伙儿囊中羞涩，尤其是预定当大哥的“私鸡钱”舍不得出血。

柯定邦和鸡大逵互相瞅了一眼，澄清道：“太让，我俩有几斤几两自个儿知道，只能跟着你们屁股后面当小弟。六百文新丁钱早备妥了，绝不反悔。现在的关键是吴掌柜，他们两口子不肯出钱，咱们这个堂口就立不了。”

秦文彪瓮声瓮气地说：“吴掌柜交给我们，你们再去‘四海堂’拉点人。对了，你俩要是每人出六百文，只能当草鞋，龙头没份。”

嘴上虽然客气，但真要花六百文钱当跑腿的草鞋，柯定邦和鸡大逵打死也不干，谁不想手下有两个可供驱使的小弟？柯定邦吞吞吐吐地问：“当龙头几多钱？”

“死牛肺”推心置腹：“大龙头是吴掌柜的，这个咱就不说了。我们哥俩合计了，价格是这么定的：二哥七两，白扇三哥六两，四哥五两，五哥四两，六哥三两。你们回家好好商量商量，看看买哪个座次合适？”

照这个逻辑算，七哥二两，八哥才一两银子。鸡大逵张嘴便问：“有没有九哥？”

“滚你老母。”秦文彪破口大骂，“这是开台做戏，不是卖鱼尾巴。”

柯定邦向鸡大逵使了个眼色，赔着笑脸对秦文彪说：“别生气，大逵是说着玩的，千万莫当真。以后弟兄们在一起同生共死，哪能把钱看得比命重？这样吧，我买一个五龙头，大逵买一个六龙头，两位哥哥看行不行？”

“死牛肺”长长地叹了口气：“一文钱难倒英雄汉，不是我俩见钱眼开，关键是咱们白手起家，底子薄得很。话说回来，开台做戏是门正经营生，立了堂口，不但没人敢欺负，而且能兴旺买卖。张亚丞你们知道吧？这个小白脸投靠陈天义，如今发了大财，毕六再也不敢拿杀猪刀吓唬人家。你们说，咱能不赶快立堂口吗？”

张亚丞的事情两位轿夫最清楚，不过，人家脑子灵光，是做生意的一把好手，陈开把他收去有用；而柯定邦和鸡大逵却是两个废物点心，谁见谁嫌弃。两个人下定决心，同时对“死牛肺”拱手：“求人不如求己，这个堂口我们哥俩入定了。”

辞别“厚皮棍”与“瞌睡虫”，叶四和把“枫子鬼”藏进鸟笼子里，雇了一顶轿子来到石路铺花王庙。到了箍桶铺一看，那座三丈三的木楼矗立当街，梁德荣在上面打坐，“葫芦发”在下面打呼噜。一切仿佛从来没变，依然是从前的旧时光。

叶四和推了推浑人，担心地问：“阿发哥，你师傅在里面吗？”

“不在。”“葫芦发”揉了揉眼睛，一眼瞅见鸟笼子，跳起来上去狠狠给了一脚，“丢你老母，我早说你是个奸贼，可师傅他死活不信。”

小木头人从鸟笼子飞出来，害怕地躲在屋檐的阴影里，浑身不住地颤抖。梁德荣在上面看不过去，大声喊道：“阿发哥，你只说她是个母的，什么时候说她是奸贼？再说，人家大老远从粤西飞回来，说明已经知道错了，这就比人强。”

“葫芦发”捡起石子砸向“枫子鬼”：“你知道错了？”

石子接二连三地砸来，“枫子鬼”无处遁身，不得不飞离箍桶铺。“葫芦发”拍了拍手上的尘土，得意地说：“你看，跑了，她知道个屁？”

梁德荣愤愤不平：“阿发哥，你欺负人。”

“欺负就欺负，人我不敢欺负，木头疙瘩我还不敢欺负？”“葫芦发”道，

“阿荣，不是我说你，你就是一个书呆子，不管碰到谁都挨揍，练那么多功夫有个鸟用？你那个娶媳妇的古怪尺度没把花二奶难为死，要不是女诸葛鬼灵精，打一辈子光棍吧你。”

用中道的标准找媳妇，确实难为人，花二奶不愿意一世英名毁在梁德荣手里，无奈之下向温宁氏讨了个主意：让姑娘扮中道，唱中道——穿上戏装在灵应祠唱了一段折子戏，终于满足了梁德荣求偶的条件，解决了这个老大难。

理想尺度皆归戏棚，梁德荣满脸通红：“说飞头鬼呢，别拿我说事。”

“飞头鬼就飞头鬼。”“葫芦发”滔滔不绝地说，“我问你先，飞头鬼是谁？不就是我师傅的心吗？那你给我说说，这次是飞头鬼该认错，还是我师傅的心该认错？”

一句话，把梁德荣问得张口结舌。叶四和暗挑大拇指，“葫芦发”看似浑浑噩噩，实际上经常语出惊人，别有深意，断非等闲之辈可比。他认真地问：“阿发哥，你是说，王老爷打心眼里不认为飞头鬼犯了错，有可能原谅他？”

“算你小子头壳亮堂。”“葫芦发”笑嘻嘻道，“飞头鬼是我师傅的心肝宝贝，剁了她我师傅也活不成，他怎么忍心下手？老子用石子砸那个狗日的，其实是保全她一条性命，叫她滚得远远的。你们不要狗咬吕洞宾，不识好人心。”

这倒是一个办法，叶老四不由得有些懊悔，自己真不该搅这趟浑水，把“枫子鬼”装在鸟笼子里带回佛山堡。当然了，小木头人如果不想回来，别人也没办法做他的主，除非是打算把两颗心修炼成一颗心的王山公。欲解决心与心之间自相残杀的难题，关键在于要找到一个能够压得住王山公的人，这正是叶四和来箍桶铺的原因。

“洪德堂”旗下十二大堂口的全面复兴，犹如李文茂起死回生一样，让那些以为洪门从此灰飞烟灭的短视者目瞪口呆。在佛山堡，最后悔的人莫过于“小旋风”——因为从“德礼堂”宣布散伙的那一天起，他便单方面撕毁了每年三成分红的约定。

今天造访箍桶铺的客人是陈五，他见屋子里陈设简陋，与当年的“高间”差不多，不由得十分感慨：“大龙头，你跺一跺脚，佛山堡就得颤三颤，怎么过得如此清苦？”

陈开在蒲团上欠了欠身：“陈某一介箍桶匠，何劳五爷抬举？”

“大龙头，咱们是自家人，你瞒不过我。”陈五笑了起来，“假如真想归隐江湖，古劳围那么大的水面，难道不够你放鹈鹕？”

确实如此，陈开在箍桶铺决断大计，瞒得过老百姓，瞒不过行走江湖多年的陈五。他斟了一杯茶，递到陈五手里：“五爷，毕六兄弟还好吧？”

“托你的福，都好着呢。”陈五面色庄重起来，“大龙头，我知道你是念旧的人，但交情归交情，规矩是规矩。那件事，不知道你考虑得咋样了？”

陈开故意装糊涂：“哦，五爷问的是毕六兄弟和亚丞之间的过节吧？小事体，我已经嘱咐他不可仗势欺人，毕竟是他做错在先嘛。”

张亚丞臭名昭著，陈开不计前嫌，敢于放手用他理财，变驽马为快骑，引来江湖上一片喝彩。陈五自然明白，以陈开今日的武功和再度崛起的势力，对付一个张亚丞不足挂齿。他今天来谈的不是张亚丞和毕六的恩怨，而是另外一件大事：“大龙头，说句实话，‘小旋风’此人精明不假，但口是心非，见风使舵。要不是你老人家当年赏他一碗饭吃，五斗口巡检司的宝座能轮到他姓饶的？前年贵堂解散，他以为大龙头老猫烧须，从此失了威，不再进贡原定的三成分红。像这种见利忘义的小人，你还护着他干啥？”

道光二十八年上半年，耆英终于金蝉脱壳。

从表面上看，两粤官府平定了“红阳劫运”年起义，形势一片大好。但是耆英的心里比谁都明白，“洪德堂”在粤东依旧根深蒂固，最可怕的是李文茂没有死。倘若这位盖世英雄登高一呼，粤东大地，尤其是像广州府、肇庆府这样的精华地面即刻就会地动山摇；埋在耆英屁股底下的另一座火药桶是红毛鬼子——他和洋人签订的密约期限很短，两年时间转瞬即到，一旦谎言被戳破，红毛鬼子岂能善罢甘休？

生怕被两座火药桶炸飞的耆英溜之大吉，以协办大学士的身份回京掌管礼部，将两广总督的职位移交给了徐广缙，叶名琛顺理成章升任广东巡抚。涂常发立刻和凌德金联袂南下，决心把五斗口司的宝座抢回来。考虑到陈开已经出山，他对佛山堡的控制力远远超过“大魁堂”的梁应琨，哥俩便委托陈五做说客，情愿每年掏出两万银子以换取支持。

“小旋风”固然见钱眼开、不守信义，但凌德金当年害过自己，也不是什么好东西，陈开这些日子一直在犹豫。屋子里陷入短暂的沉默，“葫芦发”在外面不耐烦地喊道：“兄弟，叶老四问你，明天阳大老倌的百日祭奠，你到底去不去？”

涂常发和凌德金借助叶名琛的权势卷土重来，对五斗口巡检司这个位置志在必得，陈开如果不与他们合作，双方难免会发生摩擦，甚至大动干戈，过早暴露“德礼堂”的实力。陈开思虑再三，终于决定接受陈五的请托：“五爷，涂巡检既然有诚意，陈某便赏他这个面子。”

“多谢大龙头成全。”陈五大喜，补充了一句，“不是涂巡检，是凌巡检。”

陈开被弄得一头雾水：“他们俩到底谁做主？”

“当然是涂老爷，抚台大人是他的内亲嘛。”陈五诡谲地笑了笑，“可是涂老爷嫌当巡检不挣钱，这次改当门子，巡检老爷的位置换了凌德金。”

这都他妈什么事儿？陈开按捺住心头的鄙夷，拱手送客：“请转告凌老爷，他来佛山堡上任那天，陈某定送他一份厚礼。”

“多谢。”陈五站了起来，奉承道，“大龙头宰相肚里能撑船，必有一番作为，咱们是共患难的交情，别人不知道我还不知道？‘大春吉’在顺德貌似搞得风生水起，其实那些招式都是绣花枕头，中看不中用，跟大龙头你比差远了。”

马元龙战死芦苞镇后，“兴胜堂”全军覆没，“兴义堂”拥兵不救，作壁上观，一跃而成为“洪兴堂”旗下实力最强大的堂口。对于“大春吉”这种明哲保身的做法，官府和顺德豪绅当然乐得支持，纷纷施以小恩小惠，以利诱之，希望把“兴义堂”转变为像“逍遥门”那样的江湖门派，消磨其反清复明的志向。得到豪绅巨族支持的“大春吉”春风得意，在陈村设了一座“礼贤馆”，招揽四方人才——条件非常有诱惑力，其中一条专门针对读书人，那就是只要你有功名在身，不管有没有真本事，进门先封一百两银子的红包。

“大春吉”此招效法两千年前的燕昭王，一时间在广州府声名鹊起，风头远远盖过“洪德堂”旗下十二大堂主。俗话说，外行看热闹，内行看门道，老江湖都不看好“大春吉”这种哗众取宠的伎俩，道理很简单，当陈吉丢掉了最有价值的洪门大义时，他的“兴义堂”就已经失去了灵魂，堕落为寻常的江湖组织，招揽的人才和兄弟再多，不过是一群乌合之众，随时可能作鸟兽散。

陈吉和陈开一个盘踞顺德，一个坐镇南海，同样占据广府头等富庶之地，同样保存了完整的实力，竞争在所难免。然而，这两个人的路数大不相同，陈吉大张旗鼓招兵买马，有意淡化洪门色彩，逐渐沦落为豪门世族的护院家丁；而陈开隐身箍桶铺掩人耳目，坚定奉行反清复明的洪门大义，正在按照李文茂的方法训练一支精兵。不同的人生追求导致不同的结果，在有识之士看来，陈开在这场较量中早已毫无悬念地胜出。

"五爷谬赞。"陈开谦虚地说，"陈阿妈筑起黄金台，欲求千里驹，佛山堡许多士子都去陈村捧场，包括刘先生这样的老朋友。"

陈开嘴里的刘先生指刘端湛，陈五使劲摇了摇头，叹了口气："刘先生眼皮子浅，不识真英雄，有两个子就能打发，不提也罢。"

昔日，为情所困的女峒主满心话儿无处诉说，时常到鹰嘴沙的小河汊教阿梅唱戏，可以说是后者的第一个大戏师傅。六月十五，阿梅抱着琴，"逃军和"挑了一担祭品，夫妻二人乘轿来到红船墓园。墓园余香袅袅，摆满了祭品，由于六月十九红船就要开赴四乡，因此红船人趁这几天工夫祭奠死去的老少爷们，等于提前过鬼月。

上午是"凤凰仪"班祭奠，易如真为首，"高佬忠"、布文水和龙探梅等一个不少；下午是"德礼堂"祭拜，陈开、王山公、曾三、何典、秦亚艚等人为代表。等仪式举行完毕，"逃军和"才挑着担子凑到近前，曾、何、秦三人抱拳行礼："四爷。"

"不可，不可。""逃军和"慌忙摆手，面露愧色，"叶某戴罪之身，各位兄弟千万不要这么称呼。"

"德礼堂"的恢复有条不紊地进行着，但王山公与叶二和两大龙头迟迟未能就位，叫陈开头疼不已。王山公是不着边际，"逃军和"是脸皮子薄，没有一个替陈开省心。他拉着"逃军和"的手说："四弟来了正好，趁苏先生在，咱兄弟仨给阳大老倌上一炷香。"

众头目识趣地离开，坟前就剩下"葫芦发"、叶四和、梁德荣三个打下手的，陈开、王山公和"逃军和"焚香祭拜，苏仁山疲惫地问阿梅："弟妹，你带了琴来？"

阿梅取出琴，泪珠不觉泛出了眼眶："苏先生，此琴为阳大老倌生前之物，当年曾经用它教我学唱折子戏，今天物归原主，你拿去吧。”

苏仁山颤巍巍地接过这张琴，心头更加痛楚不已，正待弹一首曲子献给死去的爱人，“葫芦发”忽然蹦起来嚷道：“狗日的，你还敢回来送死？”

大伙儿抬头一看，无不讶然，只见“枫子鬼”不知道从哪里弄来一捆绳索，把自己捆得像粽子一样，吊在坟前的树梢上来回打晃。

王山公怒从心头起，拔剑喝道：“冤孽，哪里走？”

“枫子鬼”明知王山公不会留情，仍将自己五花大绑，眼巴巴地赶回来送死，这一点让陈开非常惊奇。他拉住王山公：“王老爷，飞头鬼知错改错，自绑自杀，是个仁义的性子，这说明你修炼得道，功夫有成啊。”

王山公用剑指着阳雪姑的坟头，痛心疾首：“这没良心的要真是仁义，如何断送了阳大老倌的性命？王某今天要还长春兄一个公道。”

阳雪姑惨死在飞云庄，陈开心里明白，王山公将“枫子鬼”大卸八块，既是为了还苏仁山一个公道，更是为了给已经死去的宁洪崖一个交代。他为难地看着苏仁山，后者重重地拨了一声琴弦，慢悠悠地问：“王兄，你果真要割了你的心？”

“没错。”王山公硬着头皮，“老子就是要和他同归于尽。”

王山公这句狠话说出去，在旁众人无不心惊。苏仁山苦笑一声，低头抚琴：“兄台，没有了心，你靠什么活着？”

这两个人，一个是遭受爱情重重折磨，毕生憧憬魂相境界的画坛宗师；一个是以“诛心”自励，把生命交付给“六祖心经”的武林高手。问者即开天窗，听者将入魔道，王山公脑子里天人交战，一片混沌，想起宁洪崖，脱口而出：“靠影子。”

陈开和“逃军和”修炼过“六祖心经”，梁德荣受过宁洪崖、王山公的教诲，三人闻言无不惊诧，同时又各有心得。其他人则是迷茫不解，苏仁山凄怆地一笑：“好，好，好，靠影子能活着，靠别人的心也能活着，可那是个什么滋味？什么滋味？”

眼见二人随时有可能疯癫，陈开心急如焚，大声说：“苏先生，你是大才，该好好点拨点拨王老爷，切莫引他走火入魔。”

“哈哈。”苏仁山根本不理他，反而支持王山公，“剐吧，剐吧，剐碎你的心——只要她能被你剁碎。来来，苏某为你拨一首曲子。”

王山公血灌瞳仁，表情十分可怕，看来是真疯了：“啥曲子？”

“昔有佳人吴氏，作回文诗四节，不为强虏所辱，驱马坠涧而亡。”苏仁山道，“阳大老倌魂归春时，苏某便为王兄拨一曲《咏春》吧。”

苏仁山以丹青名闻天下，很少有人听到他的琴技，大伙儿竖起耳朵，但闻琴声悠长：

莺啼岸柳弄春晴，柳弄春晴夜月明；
明月夜晴春弄柳，晴春弄柳岸啼莺。
…………

这首回文诗乃明末清初浙江永康吴绛雪所写，此女天资聪颖，琴棋书画无一不精，以国色名闻天下。康熙十三年，耿精忠部将徐尚朝攻陷处州，逼令永康城守献出吴绛雪。为免家乡遭受屠戮，吴绛雪慨然应允，中途纵马跃下山崖，成就一段节烈传奇。

琴弦声愁肠寸断，回文诗百转千回，王山公听懂了苏仁山要他放手的意思。然而，怪书生修炼“六祖心经”至今，看到的都是来来回回机变的心。不是矫枉过正，便是过犹不及，全在影子丛林里打转，没有一次像李文茂那样自刺三刀六洞，剖开心来看一个究竟。

王山公今天表面上杀的是“枫子鬼”，其实杀的是自己。这一颗心能否涅槃重生，他心里并没有准谱。唯独有谱的是一剑砍下去，不管这颗心将来是否凝魂聚魄，“枫子鬼”都不可能再回来找自己。如泣如诉的琴声中，王山公五内俱焚，挥剑将“枫子鬼”大卸八块，然后对众人叱喝：“谁敢救这孽障，休怪王某割袍断义。”

十五的月亮大如银盘，夜空飘荡着优美的歌声，即使在如此销魂的日子里，黄广华依旧把自己锁在屋子里，闭着眼睛构思木雕。

“咚咚”，有人急促地敲门：“黄掌柜的，黄掌柜的，快开门。”

黄广华听出是“葫芦发”的声音，推开门问：“什么事？”

“坏了，坏了。”“葫芦发”道，“飞头鬼让我师傅剁成了废柴，你快去救救他。”

黄广华吃了一惊，他听闻阳雪姑惨死的消息，但没想到王山公真能下这样的狠手。他奇怪地问：“阿发哥，上次飞头鬼被官府大卸八块，可是你用猪尿脬救活的。”

“我知道。”“葫芦发”擦了擦汗，“我的猪尿脬只管生津活血，接骨头生肉，凝魂聚魄要找陈大老倌，这事你得出面。”

多少年来，陈罗婵的身影如同今晚的圆月，一直是黄广华美学灵感的源头。八年前那个电闪雷鸣的风雨夜，红船名伶传授的真谛深深地镌刻于他的脑海。在木雕大师的心里，她就是无与伦比的艺术之神，只可远远地崇拜和仰慕，近前一步便是亵渎。今夜“葫芦发”撺掇他去找陈罗婵，黄广华不觉向后退了一步：“你为啥不去？”

“葫芦发”唉声叹气：“我师傅疯了，赌咒发誓，说谁要是敢救飞头鬼，他马上就和谁割袍断义。我、阿荣、叶老四都没法出面，只能劳驾你。”

黄广华又气又急：“你们怕王老爷，难道我就不怕？”

“他发誓的时候你又不在，怕个鸟？”“葫芦发”一把抓住他的胳膊，“快走吧，叶老四和阿荣还在坟头守着呢，黑咕隆咚的，我看阿荣的脸都吓白了。”

“葫芦发”的力气越来越大，两只手像铁钳子一样，抓得黄广华龇牙咧嘴，万般无奈只得跟着浑人进入红船墓园。到了阳雪姑的坟头一看，发现叶四和抱着盏油灯照亮，梁德荣失了魂一样双目发呆，“枫子鬼”被劈得七零八落，比四年前的景象更加凄惨。

黄广华拍了拍梁德荣的脑袋，担心地问：“阿荣，你咋啦？”

梁德荣今天真的丢了魂，其一，他娶的新媳妇正好也姓吴，苏仁山演奏的这首《咏春》深深地震撼了他的心；其二，便在王山公挥剑劈下时，他清清楚楚地看到，“枫子鬼”那张向来没有表情的脸上，竟然淌下了两行泪水。

这是石破天荒的异兆，须知“枫子鬼”经历“阴阳生”和王山公先后修炼，始终没有完整发育出五官和表情，而今临死之际潸然泪下，说明了什么？

梁德荣捡起飞头鬼的残骸，哽咽着：“黄掌柜的，我见飞头鬼哭了。”

“啊？”黄广华大吃一惊，劈手夺过来一看，可不是？残骸泪痕斑斑水未干。

三年多前，明月道士夜探西海大寨时，“枫子鬼”曾经掉下过一滴泪珠。

不过，“葫芦发”当时未曾亲眼目睹，还挨了王山公一顿劈头盖脸的数落，自以为遭到了明月道士的戏耍。此刻听说这个杀千刀的又掉了眼泪，他不相信地问：“别是露水吧？”

对于苦苦追寻艺术至境的黄广华来说，“枫子鬼”脸上不是露水是泪珠。确定这个奇迹十分重要，黄广华的态度发生了一百八十度的大转弯。他冒着被王山公追究的危险，将“枫子鬼”的残骸抱回“黄记”木铺，像四年前那样，亲自动手拿胶鳔粘好残骸，又使铜丝续接了“枫子鬼”的骨骼。一切就绪，用“葫芦发”的猪尿脬盛了汾江河水，把“枫子鬼”塞进去足足滋润了两个月，才复原了小木头人的躯体。

躯壳复原不是难事，最棘手的是魂魄。“阴阳生”已经死了，王山公挥剑砍碎“枫子鬼”的刹那，同时终结了他和“枫子鬼”心心相印的关系。如今的小木头人，就算陈罗婵肯用云璈八曲为之凝魂聚魄，这个魂魄又是谁的呢？

这两个月，叶四和、“葫芦发”、梁德荣三人经常偷偷来“黄记”木铺，和黄广华一起探讨这个问题，谁也说不出个所以然。最后，“葫芦发”一拍大腿：“爱他老母是谁？反正把他弄还过阳来，咱哥们就算仁至义尽。”

叶四和赞道：“对，只要他能飞了，立马撵回罗浮山。”

叶、朱、梁三人惧怕王山公，去万松园向陈罗婵求情的担子仍然落在黄广华肩上。八月二十三，黄广华搭乘一只篷船，载着黎珍珠赶往万松园。见“枫子鬼”身上一道道绳索状的铠甲纹饰，黎珍珠问道：“黄掌柜的，你救活飞头鬼，是要他唱戏吗？”

关于如何给“枫子鬼”雕刻一个崭新的躯体，众人各执一端，梁德荣认为应该把小木头人雕成猪头面具形状，里面各藏一套天极阵和北斗七星阵；叶四和觉得应该雕一颗心，从此不需要与他人心心相印；“葫芦发”说应该将“枫子鬼”雕刻成一个女人，省得他以后拿刀子和锤子出去杀人。黄广华力排众议，坚持给小木头人雕了一副索状铠甲，这样做的目的一来是为了掩饰被剑劈开的伤痕，二来是为了纪念小木头人自绑自杀的行为，三来要他做一个不忘本心的男子汉，一个顶天立地的大丈夫，彻底回归男儿身。

自绑自杀是“枫子鬼”最后的选择，黄广华由此想到了自刺三刀六洞的李文茂。他觉得“枫子鬼”身上存在一种神秘的力量，与其说“阴阳生”和王山公修炼小木头人，倒不如说是小木头人修炼他们两个的心——在心的互相残杀之前落泪，这是多么神奇的精灵。黄广华坚信凭借这一点，陈罗婵就会不假思索地为他凝魂聚魄、转换生命。

果不其然，陈罗婵听了黄广华的叙述，不禁为之动容："他真的会落泪？"

"千真万确。"黄广华避开她的眼神。

陈罗婵又问："为谁落的泪？"

"啊？"黄广华张口结舌，一时不知道如何作答。

八月二十三是令陈罗婵铭心刻骨的日子——八年前，李文茂焚烧"玉玲珑"，太平门外一把大火烧了七天七夜，烧出一条两里地长的银龙。如今"枫子鬼"二度粉身碎骨，死前的表现竟然酷似情郎在龙头峰，红船名伶微微叹息："既为一颗沦落心，叫他重生又何妨？"

第一百四十五回　鱼目混珠

二度凝魂聚魄的“枫子鬼”成为自由之身，其心回归本心，这个本心到底是什么？黄广华左思右想，难定究竟，最后决定让他的心接受红船大戏的熏陶。从八月底开始，一连气听了三个多月的戏，“枫子鬼”依旧静静地躺在木盒子里，不见任何动静。黄广华万般无奈，只好求助于猪尿脬，时间一长，“葫芦发”也失去了耐心。

腊八那天，叶四和、梁德荣来看望“枫子鬼”，一进门，正好听到“葫芦发”对黄广华发牢骚：“心不干心的事，整天就干肉的事，你救他有个屁用？”

黄广华明白“葫芦发”是怕王山公兴师问罪，好言相劝：“阿发哥，你放心，这桩事一旦漏了风，你尽管往我身上推。”

叶老四端详了一会儿“枫子鬼”，夸赞“葫芦发”：“阿发哥，你的猪尿脬真好使——飞头鬼身上全长愈合了，看不出一点伤痕。”

梁德荣附和：“他现在不动弹是因为伤心，兴许猪尿脬能除病根。”

“葫芦发”诧异地问：“我这个宝贝能治心伤？”

三个人你看看我，我看看你，一起说：“那可说不定。”

“丢他老母，你们少糊弄我。”“葫芦发”两眼烁烁放光，不吃他们这一套，

“猪尿脬要是有这么大的本事，三婆和我老婆还用拿棺材板骗钱？”

马三婆用长绿毛的棺材板骗人钱财，终于遭了报应、折了阳寿，上个月一命归西。江山代有才人出，马三娘毫不畏惧，继续使用这个老法子“打小人”。大伙儿笑着聊了一阵，梁德荣想起件事：“刚才来的路上我碰到了游掌柜，气呼呼的，说是去巡检司衙门报案？”

居仁里最近又有些不消停——游家时常遭人下黑手，单单火灾就发生了三起。游新潭心惊胆战，被迫把宅院卖给了区植棠。

这一年佛山堡新立的外围堂口林林总总，数也数不清，有不少昔日的“礼善堂”兄弟当了大龙头，少不得替陈见成出气，摸黑往游家院子里丢几把火。这种事陈开左右为难，“逃军和”偷偷劝说游新潭离开佛山堡——冤家宜解不宜结，找个清静地方做生意得了。

至道光二十八年，骆秉章三年守孝期满，被朝廷起用为湖北按察使，风头正劲。有这样的势力做靠山，游新潭岂能向一个小小的陈见成示弱？他卖宅院、散家财，成立了一支五百人的私人武装“荡寇营”，声称去粤西做生意，实际上是打算找陈见成和汪亚景算账。

“嗨。”叶老四叹了口气，“我这个姐夫是打铁的出身，天生一根筋。今天五斗口巡检司换新老爷，人家都送礼贺喜，他倒好，专门给人添堵。”

“葫芦发”一拍桌子：“凌德金这个王八蛋，竟然人五人六地当起了老爷，走，我兄弟答应送给他件礼物，咱们敲他一笔去。”

涂常发和凌德金再度联袂杀回佛山堡，为了坐稳五斗口巡检司的宝座，吸取了上一次失败的教训，首先拜陈开的码头，这一招棋算是走对了。有叶名琛这条粗腿在，“大魁堂”的梁应琨不得不卖给面子，就这样黑白通吃、水到渠成，哥俩终于赶在道光二十九年到来前，将“小旋风”扫地出门，夺回了失去的金饭碗。

由于二人在佛山堡干过八年，狐朋狗友遍地皆是，因此前来贺喜的轿子将巡检司衙门围了个水泄不通。涂常发满脸红光，乐呵呵地站在门口往怀里塞红包。古亚淬费力地挤上前，长揖到地，恭敬地问：“涂老爷，还记得小人吗？”

“不是老爷，是二爷。”涂常发回答，“二爷好听。”

放着人前风光的巡检老爷不干，涂常发屈居凌德金之下当起了司阍二爷，一般人看不懂其中的关节。古亚滓在衙门混了多年，里面的猫道、狗道看得比谁都明了，知道涂常发才是真正说了算的人，随手递上一个厚厚的红包："二爷，你老人家能屈能伸，大丈夫所为。往后小的鞍前马后效劳，请二爷多多提携，多多提携。"

涂常发乐开了花："兄弟，听说你和饶爷在外面有买卖？"

"不值一提，不值一提。"古亚滓附在涂常发的耳边低声说，"小的最近赶了个时兴，立了一个堂口，手下有七八十号兄弟，人吃马喂，钱都搭进去了。"

涂常发惊喜道："好事啊，兄弟，咱们有钱有势就是缺人，我给你一个捕头的位置。从今以后脚踏三只船，还愁没钱赚？"

古亚滓纳头便拜："二爷，你就是小的再生父母。"

涂常发拉起古亚滓，用手指戳了戳他的胸膛："兄弟，在江湖上混，可不能三心二意。"

"放心吧。"古亚滓脸一红，"二爷，这个衙门里小的只认你一个。"

涂常发起用"小旋风"的旧部，目的是为了制衡凌德金，防止后者为所欲为。他瞥了正堂方向一眼："你去瞅瞅，他们在里面嘀咕些啥？"

古亚滓走进正堂一看，发现游新潭坐在官帽椅上，凌德金离开公案，低声下气地和顺子两人在旁边伺候。游新潭怒问："凌巡检，这案子你到底能不能破？"

在佛山堡，游新潭和陈见成的矛盾世人皆知，放火的必为"礼善堂"兄弟无疑。凌德金是老油条，硬茬子一个也不愿得罪，他笑着央求："游掌柜的，请看这副对联。"

巡检司正堂大门原有一副对联，凌德金上任后，在屋内那对柱子上又挂了一副。游新潭进来时怒气冲冲，根本没有注意到，耐着性子回头看，只见上联写着"歌器一满即倾，常虑亏从盈处伏"；下联写着"谦卦六爻皆吉，须知益自损中来。"

这副对联的书法四平八稳，似曾相识。

凌德金给他捧了一杯茶："游掌柜的，你知道这副对联是谁写的？"

"有点眼熟。"游新潭回答。

凌德金道："不瞒游掌柜的，这副对联正为骆大人手书。"

"哦？"游新潭一怔，"什么意思？"

凌德金毕恭毕敬："凌某不才，揣测骆大人的意思是祸福相依。今天威风八面，须警惕明天可能潦倒；反过来，今天烧了一把火，说不定明天可能发大财。"

凌德金果然练出来了，明明是劝游新潭忍了这口气，听起来却像恭维他前程似锦。游新潭暗自思忖，自己和陈见成这些年跟坐跷跷板似的，你起来我下去，我起来你下去，杀了个难解难分，卖铺子卖宅子，到头来全便宜了伪君子区植棠。

虽然明知这件事蹊跷，但游新潭落入仇恨的陷阱难以自拔，尤其是自己目前得势，反被陈见成逼得坐卧不宁，真真岂有此理。他正要继续拿凌德金撒气，忽然院里一阵乱纷纷，"葫芦发"扛着一只破木桶排众而入，来到屋子中央把木桶一丢，双手叉腰，粗声大气地问："哪位是新来的巡检？快快报上名来。"

凌德金一看是这浑人，不敢怠慢，上前道："正是下官。"

"咦？""葫芦发"惊奇地问，"你不是那个门子吗？"

凌德金一点儿也不尴尬，大大方方地说："风水轮流转，三十年河东，三十年河西。过去下官和陈大掌柜的有些误会，你看，现在不是一笔勾销了吗？"

"葫芦发"敲了敲木桶："不错，这就是我兄弟送你的贺礼。"

大伙儿定睛瞧看，无不掩嘴失笑，这只破木桶箍得歪七扭八，到处是缝隙，盛水漏水，装米漏米，说白了就是一件废物。陈开送这个礼物分明是拿凌德金开涮，给他一个下马威。游新潭气不觉消了一大半，想看看凌德金这次如何圆场。

当年凌德金收受"牛鬼窟"师徒贿赂，一颗铁钉子差一点儿要了陈开的命，这样的过节绝非一两句话便能消解。凌德金问："朱爷，这只木桶真是陈大掌柜亲手箍的？"

"葫芦发"道："对啊，老子亲眼看见的，箍了大半个时辰呢。"

"哈哈。"凌德金仰天大笑，"各位，你们都看到了吧，陈大掌柜的送来这只木桶，勉励兄弟我两袖清风，做一个为民伸张的好官，这是多么厚重的情谊。来人，把这只清廉木桶放在公案上，让它时时提醒本官，铭记陈大掌柜的教训。”

游新潭吃惊地瞪圆了双眼，他见过脸皮厚的官吏，但从来没见过像凌德金这种脸皮赛过城墙的滚刀肉。和这号人物扯皮，最后结果一定是上香打喷嚏，弄自己一脸灰。

凌德金掏出一张银票塞进“葫芦发”的衣襟，正色道：“朱爷，这只木桶贵重如山，花多少钱也买不来。下官断断不能白要，这八百两银子拿去买碗茶喝。”

涂常发和凌德金时隔四年重返佛山堡，继续祸害百姓不说，还来了一个乾坤大挪移：涂常发改作门子，凌德金换成了巡检老爷。如此将朝廷名器当擦屁股纸，合镇士绅尢不气馁，但为了谋取利益，大伙儿不得不来给涂、凌二人送红包贺喜。

李能定从巡检司衙门出来，气得直哼哼：“斯文扫地，斯文扫地。”

王福康去年花钱买了一个郎中头衔，今天代表梁应琨来送礼，打趣地问：“年兄，你是骆大人的同窗好友，凭这层关系，还怕一个区区巡检？”

李能定主讲“汾江书院”，一向自负清高。然而清高当不得饭吃，家里亲戚朋友都在本镇做生意，哪能不和五斗口司搞关系？他苦笑了一声：“县官不如现管，再说凌老爷后面的粗腿是叶抚台，骆大人也得给面子。读书人平时目高于顶，诗教礼教的唾沫星子满天飞，到头来还不如一个啃猪尿脬的硬气，你说丢不丢人？”

“这有啥丢人的？”王福康笑嘻嘻地说，“你好好看看骆大人写的那副对联，都是明哲保身的处世之术，这年月能安安稳稳就不易，谈什么诗教？”

李能定面露忧色，朝四周看了看：“不讲诗心能行吗？如今不拘贫富均开台做戏，拿起刀枪以图自保，眼看着风暴将起，生灵涂炭……”

“嘘。”王福康挡住他，“天要下雨，娘要嫁人，这个咱们管不了。黄竹岐村的事你又不是不知道，红毛鬼子横行霸道，官府怯懦，老百姓怎么办？”

李能定垂头丧气：“算啦，我还是跟着抚台大人写诗吧。”

诗教为礼教之心，乱世中人们更需要诗教昭昭大义。可清廷统治下的汉族士子，一心登龙门升官发财，先天骨头就失了血性，凭什么去教训老百姓？叶名琛主政广东后，拿李太白当吕洞宾之类的神仙崇拜，不是炼仙丹就是开鸾坛，忙了一个不亦乐乎。诗歌到了这个白胖子手里完全变味，李能定跟着他鬼混，能炼出什么真正的诗心？

王福康问："听说抚台大人到黄婆洞请了个神仙，是哪一位？"

"常有定常神仙。"李能定回答，"吕先生举荐的。"

自从"阴阳生"死后，名震岭南的扶鸾秘术遂告失传。叶名琛贼心不死，他将自称是吕洞宾嫡传子孙的吕子桂奉为上宾，又从白云山黄婆洞请出"铁口金牙"常有定，希望他们贡献道家秘法，为自己升迁助一臂之力。

叶名琛对道法的痴迷来自家传，其父叶志诜当过翰林，乃是嘉道年间有名的金石学家和杏林名家，一辈子练的就是这玩意儿。眼下粤东洪流滚滚，外面是红毛鬼子步步紧逼，里面是百姓根本不把官府放在眼里。为了应付这个局面，进一步火中取栗，叶名琛把一切的希望寄托在道法上。为此，他将越秀山左麓的灵岩香海辟作道场，改名为"长春仙馆"，准备接父亲叶志诜来广州，和常有定、吕子桂两位神仙合力钻研道法。

灵岩香海原来是前广州将军庆保所筑别墅，里面回廊窈窕，岩石参差，冬季梅花开时香袭襟裾，颇饶登览之胜。叶名琛翻建后金碧辉煌，雄伟壮丽，一家子住在里面修法炼丹。钻营之徒络绎不绝，男女混杂其中，秽声频传。王福康打了一个哈欠："吕先生剑法天下无敌，酥醪观美酒冠绝岭南，你们在越秀山到底是练剑法，还是喝美酒？"

吕子桂的"太乙无影"吹破了天，酥醪观的和合之药比美酒更有名。李能定听出了王福康话里的讽刺，立刻羞红了脸："休要胡说。"

"我胡说？"王福康指着刚从衙门出来的霍景发、霍济田父子，"不信你问他们，霍威那小子是不是经常去'长春仙馆'？"

霍景发走到近前："两位爷好大的兴致。"

李能定脸上红一阵、白一阵："霍老爷，霍威常去越秀山？我怎么没见过？"

"怎么啦？"霍景发以为李能定讽刺霍家人趋炎附势，板着脸说："去'长春仙馆'拍马屁的人多了，个个号称神仙，其实净是骗人的张到。我们家霍威凭胯下的真本事，'琉璃球'和黄仲畲进贡红毛鬼子的春药，那才羞先人哩。”

王福康哈哈大笑：“我没说错吧。”

李能定好像被当众扒掉了裤子，冲上轿子急急而去。霍济田摸不着头脑：“阿叔，李老爷这是咋啦？好像丢了魂似的。”

“不该打听的别打听。”王福康板起了脸，“济田，听说你的武馆最近又跟人打架？还是‘葫芦发’的手下，你怎么记吃不记打？”

与等闲人开堂办会不同，豪绅大族多借助开办武馆训练打手，霍家也不例外。为了纪念前朝名臣霍韬在西樵山所建的“四峰书院”，霍氏家族给这个武馆起名为“四峰馆”，乍一听还以为是个文雅所在。霍济田抱屈道：“阿叔，这事不怪我，‘肥仔源’办了一个‘高山堂’，入堂的全是一群外乡来的穷鬼，这些家伙每天晚上提着一桶颜料四处乱涂，说什么画地盘，你说小侄能不揍他们？”

霍景发气愤地说：“他们居然画到了我们兴桂里。”

“不对吧。”王福康纠正他，“霍爷，‘葫芦发’就住在兴桂里，他可不是你们霍家人。”

霍济田争辩：“阿叔，我揍的是‘肥仔源’。”

王福康叹了口气：“霍爷，济田贤侄，我听说‘肥仔源’认了‘葫芦发’当总大哥，这件事你们别不当回事。说句实在话，‘葫芦发’的院子有人家陈天义一半，你们连‘葫芦发’都惹不起，还敢和陈天义结梁子？以前他有多威风暂且不提，就说今天，你们也看见了——凌德金头天上任，大伙儿上杆子送红包，唯独陈天义赏了他一只四面漏风的破木桶，他还得乖乖花八百两银子买下来。你们说，这个仇家结得起吗？”

陈开武功高强，麾下猛将如云，“大魁堂”和文武四衙尚且不敢惹，走下坡路的霍家更不可能鸡蛋往石头上撞。王福康走后，霍景发思忖了一会儿，对儿子说：“我算是看明白了，当官的捞一票抬起屁股就走，走马灯似的来回换，根本指望不上。你王叔提醒得对，陈天义咱们不但不能惹，而且必须用心结交。”

霍济田恨恨地骂：“都怪隆福那个老乌龟。”

早在道光二十六年，新任广州将军穆特恩希望把隆福从八旗营水师的位置上赶走，换上自己的人马，碍于耆英的面子迟迟没有动手。道光二十七年底，机会终于来了，耆英前脚去京城述职，穆特恩后脚起用亲信乌兰泰，夺了隆福的巡缉大权。失去靠山的隆福怕遭遇不测，效法当年“韩狐狸”的隐遁之计，以养病为借口跑到京城避难去了。

隆福滚蛋后，靠他庇护的一干财主叫苦不迭，像霜打了的茄子一样。霍景发这时才领悟到梁家为什么会坚挺不倒：人家脚踩三只船啊。他叹了口气：“事到如今，说别的没用。好在天无绝人之路，阿威和陈天义、‘葫芦发’有交情，你去找他帮忙。”

霍济田愁眉苦脸：“阿威哥整天在外面鬼混，我去哪儿找？”

“混账东西。”霍景发骂道，“都快过年了，他还不回来？”

霍济田把手下人撒出去找，果不其然，不一会儿，就探听到霍威在豆豉巷码头的“吴记”饭铺请宁大少吃酒。他换了新衣裳，揣了两张银票，一个随从也不带，叫了一顶“四海堂”的轿子晃晃悠悠来到豆豉巷码头。下了轿子，发现“死牛肺”的摊档空空如也，觉得纳闷，自言自语道：“咦，这么早就回家了？”

“私鸡钱”从铺子里跑出来：“霍少爷，大驾光临，有失远迎。”

霍济田问“私鸡钱”：“这两个兔崽子去哪儿了？”

“不知道。”“私鸡钱”摊开手，“好几天没出工了。”

霍济田单刀直入：“他们不是要立堂口吗？听说还打算推举你当大哥？”

“私鸡钱”的谎话被戳穿，连忙哈下腰：“没有的事，里面请，里面请。”

“吴记”饭铺里坐着三位客人，与霍威和宁大少推杯换盏的是谷雨道士，一群跟班挤在旁边几张桌子上，靠门口是包括柯定邦和鸡大逵在内的轿夫。向霍威和宁大少打过招呼，霍济田问谷雨道士：“道爷，好久不见，眼下在何处高就？”

受“阴阳生”一案的牵连，广州三界庙被官府查抄，谷雨道士逃到白云山黄婆洞，跟着常有定这个饭桶混日子。叶名琛上台后，谷雨道士咸鱼翻身，花费重金赎回三界庙，把这座庙宇改造成了一个秘密道场。常去三界庙的除了吕子桂、常有定和霍威，就是代表贝尘鹤在粤东做买卖的“屁股包”和“奶头二”，大家想想，这里面能修炼什么秘法？

霍济田是个看不透江湖的二世祖，谷雨道士不愿多费口舌，看在霍威的面子上，他客气地打了个稽首："贫道修为浅薄，四海浪迹，谈不上什么高就。"

霍威放下酒杯："济田，找我啥事？"

"这个嘛。"霍济田望着宁大少和谷雨道士，支支吾吾。

"我兄弟脸皮薄，怕丢面子哩。"霍威朝宁大少和谷雨道士笑了笑，"济田，江湖高人不显山不露水，这两位爷啥世面没见过？说吧。"

宁洪原是个与女人厮混的浪荡子，谷雨道士前些年被官府张榜通缉，他俩啥时候变成了江湖高人？霍济田半信半疑："阿威哥，没别的，就是'肥仔源'那档子事。"

霍威脸一沉："阿发是'肥仔源'的总大哥，你胆子不小啊。"

"'肥仔源'知道我和'葫芦发'有过节，所以拉虎皮做大旗。"霍济田叫屈，继而忐忑不安地问，"阿威哥，什么是总大哥？我怎么没有听说过？"

霍威瞥了他一眼："让大少给你说说，他就是总大哥。"

宁大少从前跟着罗琦鬼混，后者仅拿他当一个跟班，真正的好处并不与他分享。隆福卸任八旗副都统之职后，一干二世祖没了靠山，齐朝宁大少抛来橄榄枝，送银子的送银子，给股份的给股份，希望借助他兄弟宁洪崖的名头，与陈开搭上关系。宁大少一点也没客气，这边收银子办事，那边花银子立堂口——一共收了五个现成的外围堂口，当起了总大哥。

"按照洪门规矩，下设分堂需要传法会簿。"宁大少慢悠悠地说，"当然了，现在洪门已经被朝廷杀了个干净，市面上最近冒头的堂口都不是洪门，只是弟兄们混江湖的饭碗，所以也就没有传法会簿。没有传法会簿，就像一个人上无父母，下无伢仔，孤零零只有兄弟。他们尊奉我为总大哥，是因为我给他们钱花，这个钱，就等于传法会簿，明白吗？"

"我明白了。"霍济田恍然大悟，"这就是说，你当不了爹，只能当总大哥。"

宁洪原点点头："差不离是这个意思。"

霍威补充说："虽然没有传法会簿，上面没有总堂大爷，但是总大哥一样好使。阿发给'肥仔源'他们钱，'肥仔源'他们替阿发卖命，人家照样是兄弟。"

"肥仔源"是"葫芦发"的兄弟，"葫芦发"是陈开的兄弟，说来说去，最后又绕到了陈开的身上。霍济田冒出了冷汗:“阿威哥,这事你看如何是好?”

霍威瞅了瞅霍济田,无奈地叹了口气:“济田,你老大不小了,不要再像以前那样,动不动就想拣个软柿子捏。陈天义过去在街上要饭,宫鹏飞和狗子认为他是软柿子,结果两个人吓得到今天不敢回佛山堡;你以为阿发是软柿子,用刀砍他的猪尿脬,临了咋样?上回在阿赖家差一点儿叫人家扁死。”

想起上一回的惨痛教训,霍济田的肋骨隐隐生痛,暗自后悔不已——都说“葫芦发”靠那只猪尿脬练出了铁皮功,自己当初为啥不一刀把它戳个大窟窿?

“私鸡钱”在旁边听得津津有味,同时产生了许多疑问,他亲手给霍威、宁洪原和谷雨道士各自斟了一杯酒:“霍少爷尚需锤炼,列位多多担待。大少,有个事我想请教,当总大哥的为啥要给堂口钱花?难道办堂口还会亏本?”

外围堂口多则数百上千,少则几十号,人吃马喂,耗费颇巨,难以为继的不在少数,否则拜什么总大哥?宁洪原正要开口作答,霍威奇怪地看着“私鸡钱”:“我说吴掌柜的,你又不想开台做戏,问这个干吗?”

“私鸡钱”尴尬地笑了笑:“随便问问。”

“私鸡钱”一向胆小怕事,喜欢说风凉话,打鬼算盘。霍威打算好好给他上一课,于是双手抱拳,情绪激昂地说:“开台做戏本大丈夫所为,兄弟同心,其利断金;四海纵横,笑傲江湖。可叹二爷在龙头峰自刺三刀六洞后,一口英雄气吹散,无情剑变有情剑,到如今遍地龙蛇,鱼目混珠,竟然把开台做戏变成了勾兑买卖。吴掌柜的,说句不大恭敬的话,就算是一桩买卖,它也比别的买卖强。”

谷雨道士拊掌大笑:“霍兄弟所言甚是,这年月,还有比开台做戏更好的买卖吗?大少爷手下五个堂口,给五家窑口保镖,大伙儿算算,每天要挣多少银子?”

宁洪崖舍命杀敌,死于万刃穿身,自陈开以下,“德礼堂”兄弟对宁洪原无不客气。宁大少看出“私鸡钱”活动了心思,便想捉弄一下这个守财奴,煞有介事地说:“田鸡过河,各有各撑。发财的路子多的是,宁某靠兄弟的余荫挣钱,算不上什么本事。不过,堂口的确是一桩好买卖,哪怕什么都不干,当大哥的也赚钱。”

“私鸡钱”一听，眼睛立刻直了：“咋赚钱？”

宁洪原卖了个关子：“天机不可泄露。”

“私鸡钱”拱手作揖，哀求道：“今天这顿饭我请了，大少，务必行个方便。”

霍威朝宁洪原使了个眼色：“吴掌柜的不是外人，说说也无妨。”

宁洪原咳嗽了一声，挺直身板，正襟危坐，故作认真地对“私鸡钱”说：“吴掌柜的，虽说咱们的堂口没有传法会簿，不与官家作仇，但洪家规矩还是要讲的，否则人人不守信义，传到江湖上让人笑话，必不为其他堂口所容。”

“我懂，我懂。”“私鸡钱”连连点头，“洪门讲究忠义，当兄弟的要听大哥的话。”

宁洪原道：“你只说对了一半，当兄弟听大哥的话，当大哥的也要替兄弟周全。大哥的脸就是堂口的面子，大哥的骨头就是堂口的军旗，一句话，大哥在，堂口就在。”

霍威故意催促：“大少，简短截说，咱们还有正事办呢。”

宁洪原瞅了“私鸡钱”一眼：“开台做戏，新丁缴纳的会费由大哥掌握。且不论各位龙头的价格，普通新丁每人六百文，刨去赐回的三文‘本身钱’，每人实收五百九十七文。纠一百人挣五十多两银子，纠一千人该挣多少？你自个儿算算。”

“私鸡钱”脑袋“嗡”的一下，向来只闻吃粮当兵，没听说掏腰包听人家使唤的，这么好的买卖到哪儿寻去？纠集一百人挣五十两，纠一千人挣五百两，这笔账还用算？佛山堡文武四衙合起来也没有一千人马，如果能招募一千兄弟，他张亚丞还敢欺负自己？

吴同顺沉浸于美好的想象中难以自拔，直等到柯定邦和鸡大逵把霍威送回家、又抬着空轿子返回豆豉巷码头，他仍然坐在凳子上嘿嘿傻笑。吴周氏一看不得了，冲出来紧张道：“两位兄弟，快看看你大哥，是不是中邪啦？”

柯定邦拨了拨“私鸡钱”的眼皮：“没事，嫂子。”

“哈哈，谁说没事？”吴同顺拍案而起，“定邦，大逵，两位贤弟，快去找你们秦二哥和余三哥，命他们从速纠人，韩信将兵，越多越好。”

柯定邦和鸡大逵对视了一眼，齐声问：“大哥，你想通了。”

“想通了，想通了。”“私鸡钱”挥了挥手，“当年一条船来佛山堡，古劳围的乡亲个个发了大财，只有吴某人是王小二过年、一年不如一年，为啥？不就是因为他们跟着陈天义入了洪门吗？老子不缺胳膊不短腿，为啥不能当大哥？”

柯定邦犹疑地瞅了一眼吴周氏，提醒他：“大哥，你要想清楚，开台做戏非比寻常，一旦把人招来了，可不兴反悔。”

鸡大逵胆怯地问：“嫂子答应吗？”

“老子是一家之主，关她屁事？”“私鸡钱”把眼珠一瞪，摆出一副大哥的架势，“快去把你们两位哥哥叫来，咱们兄弟共议大事。”

见“私鸡钱”主意已定，柯定邦和鸡大逵喜出望外，抬起轿子离开豆豉巷码头。走不多时到了承龙街，发现“黄记”木铺前停着那座三丈三的木制敌楼，花匠崔金麟和三十来号“万芳堂”兄弟蹲在木楼底下，一个个显得无精打采。

“万芳堂”为崔金麟、“烂大梢”和“信石钵”等人所创堂口，因经营不善，面临被迫解散的窘境。崔金麟心灰意冷，打算跟随游新潭去粤西闯荡，以“烂大梢”为首的一干弟兄不愿意离开佛山堡，因此，需要另外拜一个有钱有势的大哥，他们看上了“葫芦发”。

柯定邦和鸡大逵停下轿子，问崔金麟：“崔爷，你在这儿干啥？”

“快走，快走，老子坐不起轿子。”崔金麟烦躁地摆了摆手。

当大哥的咋混成这样？柯定邦心中不解，又问：“见到太让了吗？”

“烂大梢”怀里抱着一根铜铁棍，抬起胡子拉碴的一张苦脸，失神地说：“朱轩稼他老母死了，请‘喃呒会馆’的道士打醮，‘死牛肺’到他家吃酒席去了。”

败落堂口拜宁洪原、“葫芦发”等人为总大哥，一方面希望能得到金钱接济，另一方面也是看中他们和陈开的关系。“葫芦发”本是喜欢逍遥的人，一年时间下来百般推辞，仍然“接管”了三家堂口，你想想上门的人有多少？

黄广华正在雕刻一个八音锣鼓柜，见“葫芦发”悄悄钻进来，脸上没有一点儿喜色，反而带着几分不自在，十分纳闷：“咋啦，凌德金没接木桶？”

“他敢?”“葫芦发”拍了拍衣兜,“八百两银票,在这儿呢。”

黄广华奇怪地问:“那你不高兴?”

“葫芦发”叹息:“银子是到手了,可惜手心还没捂热,就成了别人嘴里的菜。”

黄广华更奇怪了:“谁敢抢你?”

“还不是崔金麟那个花花肠子?”“葫芦发”悻悻地说,“‘万芳堂’办不下去,他一拍屁股溜之大吉,想让我给他擦屁股。”

黄广华忍不住笑了:“谁让你爱当那个总大哥?”

“要是收了‘万芳堂’,我手下就有四个堂口,三百来号人马。”“葫芦发”掰着手指头算了一会儿,脸上浮出得意的笑容,“黄掌柜的,收堂口和你雕木头是一样的道理,圣人说朽木不可雕也,有些堂口净是吃货,坚决不能收。崔金麟手下这两头蒜,‘信石钵’蔫坏,跟着他去粤西;‘烂大梢’心眼少,脾气直,有两下子功夫,是块材料。”

应了那句话,三日不见,刮目相看。黄广华眼看着“葫芦发”从一个脑子生锈的浑人逐渐成长为武功高手,如今又变成了一个眼明心亮的总大哥,真是感慨万千。“葫芦发”的脱胎换骨与众不同,全拜那个神奇的猪尿脬所致,照这个道理推演,还是应该让“枫子鬼”多在猪尿脬里洗几回澡。黄广华放下手中的雕刀,在水盆里洗净了手,认真地说:“阿发哥,你收了这么些堂口,大龙头知道不知道?”

“葫芦发”摇了摇头:“这些倒灶鬼都是乌合之众,我想花点银子请几个教头,好好训练训练他们,练出模样再给我兄弟说,免得叫他瞧不起。”

黄广华伸出大拇指:“阿发哥,冲这份志气,我觉得你将来准能成事。”

“少拍马屁。”“葫芦发”从怀里掏出猪尿脬,“瞧瞧,我专门从汾江河灌的水。”

两个人来到盛着“枫子鬼”的木盒子旁,黄广华小心翼翼捧起飞头鬼,把他放进鼓鼓囊囊的猪尿脬。小木头人笔直地漂浮在水中,无论“葫芦发”倒过来、倒过去,始终保持着头朝上的姿态。黄广华喊了起来:“阿发哥,你快看,他在动呢,是心在动。”

“葫芦发”惊奇道:“咦,这厮还真有心?”

“这是他的本心。”黄广华兴奋地说,“猪尿脬果然管用。”

“葫芦发”掏出那八百两银票,弹了个响亮的脆指:“可惜人不如鬼,要是‘万芳堂’这群废柴能像飞头鬼一样有心,我这个总大哥不就好干了?”

第一百四十六回　开台做戏

雕完八音锣鼓柜，已经过了小寒，黄广华停下了手里所有的活儿，准备过年。在清闲下来的这段时间里，黄广华打算好好陪一陪“枫子鬼”——带他去听戏。

腊月十五清晨，黄广华抱着木盒来到豆豉巷码头，看到码头上停泊着不少船只，其中一条挂着“刘”字旗的黑漆大船最引人注目。他站在码头上东张西望，“私鸡钱”冒出来问：“黄掌柜的，你这是要去哪里？回老家？”

黄广华回答：“不，去紫坭岛看戏。”

“咱们正好同路。”“私鸡钱”高兴地说，“‘凤凰仪’班在紫坭岛唱戏，接下来去琼花直街的琼花会馆，那地方街面窄，肯定连二爷的影子都看不到。”

李文茂以“大牛茂”的艺名登台亮相，将道光二十八年的红船戏棚推上一个前所未有的演艺高峰，尤其是“凤凰仪”班根本订不上台期，所到之处人山人海，人们争先恐后希望一睹这位盖世英雄的舞台风采。观众的成分五花八门，应有尽有——普通的戏迷沉浸于他那副摄魂夺魄的神奇歌喉；江湖和武林人士打算偷偷观摩他的身法；洪家兄弟从这位昔日大龙头身上汲取力量；像“私鸡钱”这种人则另有目的：前半夜听大戏，后半夜办堂口。

为了成立堂口，“私鸡钱”把所有的积蓄都掏了出来。“死牛肺”、秦文彪、柯定邦和鸡大逵等人这几天忙得不亦乐乎，招人的招人，买东西的买东西，还雇了一条大号的河头船。秦文彪腰里挎着崭新的佩刀过来行礼：“大哥，可以走了吧？”

“私鸡钱”道：“再等等，刘先生马上就到。”

刘端湛借助“大春吉”的势力，与杨壮达合股在大良开设窑口，着实发了一笔财。秦文彪提议：“大哥，刘先生开窑口一定需要看家护院的，这差事咱们能干。”

“私鸡钱”笑得合不拢嘴：“二弟，跟着哥哥混，买卖有的是，怕的是咱人手不够。”

根据“私鸡钱”多多益善的指示，“死牛肺”和秦文彪上街一通划拉熟人，不管抬轿子的还是掏大粪的，阉公鸡的还是磨镜片的，只要有胳膊有腿、不痴不呆尽量点齐，最后总共聚拢了一百零七人。哥五个对这个数目字非常满意，如果加上空缺的第四把交椅，那不正是水泊梁山一百单八将吗？

不一会儿，刘端湛乘着八抬大轿出现在豆豉巷码头，他下了轿子，一眼盯上了黄广华怀里的木盒子：“黄掌柜的，你这盒子真靓。”

黄广华道：“刘先生要是喜欢，过了年我给你雕一个。”

“佛山堡这么多匠人，刘某最中意你的手艺。”刘端湛喜上眉梢，“黄掌柜的，你也去紫坭岛看戏吗？”

黄广华认真地点点头：“嗯，看二爷的戏。”

“那你未必能称心如意。”刘端湛煞有介事地说，“阿茂唱戏看心情，高兴了来一段，不高兴便坐在船头练功，根本不出场。”

黄广华腼腆道：“没关系，能看到影子也行。”

“高人。”刘端湛竖起大拇指，低声问，“练家子都说阿茂的功夫出神入化，十丈之内能感到他身上的杀气。黄掌柜的，你练过把式？”

“死牛肺”安排众兄弟上船，转身走到刘端湛面前躬身施礼，恭维道：“黄掌柜的耍了十几年的刀，自然有把式。刘先生，你不是在白鹅潭等人吗？再不走该迟了。”

刘端湛掏出怀表看了看，扬手道：“启航。”

冰冷的熹微里，两条船顺流而下，扬帆疾驶，两个时辰后抵达白鹅潭。早有一只篷船在岸边静候，等里面的几个人钻出来，“私鸡钱”、秦文彪、“死牛肺”同时惊呼，原来是两年前在黄竹岐村结识的熟人。

何壮昭意气风发地走在前面，中间是脚步沉重的洪秀全和冯云山，后面跟着赖汉英。刘端湛抱拳拱手，调侃道：“火秀兄，你总算把乙龙给带回来了。”

冯云山诧异地问：“刘兄此话怎讲？”

何壮昭道：“你一头扎在粤西，我们还以为火秀把你拐卖了。”

冯云山禁不住乐了：“我一个大男人，拐卖给谁？”

刘端湛摸出一瓶香水，往胳肢窝喷了一滴：“红毛鬼子。”

冯云山苦笑：“粤西哪有红毛鬼子？”

“谁说没有？”洪秀全接过他的话茬，“不但有皇上帝，还有耶稣呢。”

“耶稣？”“私鸡钱”脱口道，“那个总大哥？”

洪秀全恨恨地说：“没错，就是这两个该死的王八蛋。”

两粤官府如出一辙，别说冯云山只是传播红毛教，就算他真的谋反，只要不把天戳一个大窟窿，官府都会大事化小，小事化了。从桂平知县贾桂、浔州知府顾元恺到广西巡抚郑祖琛等各级官吏均无心处理此案，道光二十八年九月，贾桂吃了贿赂，裁定冯云山无罪，派衙役将他解回原籍，把这个烫手山芋扔回了广州府。

冯云山入狱这段时间，上帝会发生了两件大事，一个是三月三杨秀清冒充上帝下凡，一个是九月九萧朝贵冒充耶稣落地。冯云山在花县老家见到洪秀全，哥俩执手相望，皆有一种哑巴吃黄连、有苦说不出的滋味——洪秀全凭空多了一个爹和大哥，掉到了三把手的位置；冯云山最多只能混个四把手，到处漏风的红毛教义真是害人不浅。

上帝会毕竟是两个人呕心沥血浇灌的产物，哥俩不甘坐以待毙，在家里合编了一本《太平天日》，力图牢牢占据上帝会的理论制高点。太平天国虽然是农民起义，但这场农民起义与中国历史上的任何一场农民起义都不相同，最大的特点便是思想力量超越组织力量，我们从洪秀全和冯云山夺取最高权力的这一动作就可以看得清清楚楚。

洪秀全满嘴粗口，刘端湛感到十分奇怪：“火秀兄，你这次去紫坭岛土地庙，拜访的便是皇上帝，那个耶稣是你大哥，你怎么连他们也骂？”

冯云山掩饰：“我表哥说话一贯如此，刘兄切莫见怪。”

“嗨，你们俩别弄那些没影子的事了。”刘端湛诚恳地说，“兄弟最近混得不错，挣了钱投了势力，咱们哥四个干脆一起弄吧。”

洪秀全问：“什么好买卖？”

刘端湛道：“当然是开窑口。”

洪秀全摇了摇头：“没鸟意思。”

“你没毛病吧？”刘端湛气急败坏，“开窑口是眼下最来钱的买卖，多少人打破脑袋都挤不进来，你竟然嫌馊？”

上一次合伙做洋胰子买卖，何壮昭让洪秀全赔了个精光，一直想挽回颜面。见洪秀全不肯拿正眼瞅他，何壮昭心里很不是滋味，问赖汉英：“你姐夫最近在家里干啥？”

赖汉英惭愧地回答：“写书。”

“写书？”刘端湛比何聋子还惊讶，“疯了，真是疯了。”

话不投机半句多，两大一小三条船逶迤向南进发，到了紫坭岛已是黄昏时分。洪秀全坐在船头举目四望，明晃晃的菊花草原不复存在，取而代之的是一片燃烧的梅花海洋。严酷的冬季涂抹这般艳丽的红妆，叫暴眼书生心头多了一丝温暖的怅惘。四年未见，紫坭岛似乎比从前更加繁盛，江面上船帆如羽，承接云河的丽影。即将逝去的影子是黑色的，覆盖在白帆上宛如一道道岁月的皱纹，不待人们抛弃，自己便会跃入夜幕。

“凤凰仪”班的戏棚搭在相爷府，弦歌婉转，正本戏尚未结束，观众从岸上一直延伸到江边，有的人干脆就坐在船舱里听戏。黑漆大船照直驶入码头，包府的家丁似乎认识刘端湛的旗号，主动过来接住缆绳。刘端湛走出船舱，朝四周扫了一眼，整理衣袍，矜持地问一个头目打扮的人：“来了几位大当家？”

“回刘先生的话。”家丁头目毕恭毕敬，“除了陈大当家，‘义德堂’的区大当家、‘全义堂’的梁大当家、‘奋威营’的何大当家、‘大名营’的陈大当家全到齐了。”

“大春吉”、区润、梁亚珠、何氏兄弟、陈齐星是顺德排前五位的江湖大佬，这些人很难聚在一起，“死牛肺”和秦文彪听后暗暗称奇。谁知刘端湛皱着眉头：“我问的不是他们，‘德信堂’的林阿妈来了没有？”

家丁头目小心翼翼地赔着笑脸：“来了，来了，‘德勇堂’的陈阿妈和‘德烈堂’的卢阿妈也来了，都在府里看戏。”

与顺德五大江湖势力不同，“德勇堂”“德烈堂”和“德信堂”乃是李文茂亲自调教的三支“洪德堂”精锐。尤其“德烈堂”和“德信堂”转战粤西，历经九死一生，回到番禺的余部皆百战死士，在粤东江湖闻名遐迩。

陈显良、林洸隆、卢昌三大龙头过江来到紫坭岛，当是为了拜谒李文茂。众人竖起耳朵仔细听去，但闻曲声雄浑，随风飘荡，正是“凤凰仪”班压箱底的折子戏《桃花扇》：

走江边，满腔愤恨向谁言。
频挥老泪风吹面，
孤城一片，望救目穿。
使尽残兵血战，跳出重围，
故国苦恋，谁知歌罢剩空筵。
长江一线，吴头楚尾路三千，尽归别姓。
雨翻云变，寒涛东卷，万事付空烟。
精魂显，大招声逐海天远。

何壮昭判断：“这不是阿茂唱的。”

赖汉英大为佩服：“何老爷，你的耳朵不聋了？”

“阿茂唱起来每个字叮当作响，清冽如珠，谁听不出来？”刘端湛道，“不才进相爷府陪我家主公，愿意听戏的跟上来。”

冯云山吃了一惊：“你家主公？”

刘端湛掩饰道：“哦，陈大当家，陈大当家。”

何壮昭、黄广华跟着刘端湛进了相爷府；洪秀全、冯云山、赖汉英老三位直奔鳌山后面的土地庙；秦文彪则指挥众兄弟大包小包地往下扛东西。毕竟是开堂办会，“私鸡钱”心里有些忐忑不安，拉住“死牛肺”的手：“兄弟，不会有官府的探子吧？”

“大哥多虑。”“死牛肺”不屑一顾，“有二爷罩着，你还怕衙门那帮狗腿子？别说这里是紫坭岛，即便在广州城，咱照样开台做戏。”

柯定邦说：“大哥，佛山堡有人光天化日就敢斩鸡头哩，咱们这算个屁？”

“去后山。”“私鸡钱”窘迫地扬了扬手，“搭棚子。”

举办入堂仪式是一项烦琐的工作，既然“私鸡钱”掏钱要正儿八经地办，“死牛肺”便从“万芳堂”聘了一个叫丁拐子的做顾问。和“肥仔源”一样，丁拐子是个搭棚佬，入堂仪式需要不少搭棚的活儿。“死牛肺”请他当顾问，等于花了一份钱，办了两档子事。

众人肩扛手提，在鳌山后面寻了一处僻静之地，七手八脚地忙活起来。丁拐子指挥大家搭设祭坛、“忠义堂”“乾坤圈”“洪桥”以及“木杨城”等等，忙得汗流浃背。“私鸡钱”感到非常满意，叮嘱“死牛肺”：“三弟，咱们刚开张，一文钱必须摔成八瓣花。”

搭棚之外就是排桌椅、摆香案。香案上设五祖、羊角哀、左伯桃、关夫子、“及时雨”宋江等人的神牌；香案前放置一米斗，里面七星剑、洪棍、桃枝、量尺、天秤、算盘、铜镜、串珠、木鱼、剪刀等法器一个都不能少。

另外一项准备工作是红巾——从前，洪家兄弟入堂只用一条红巾束发；为了纪念李文茂在龙头峰自刺三刀六洞，“洪德堂”十二大堂口进行重建时，多加了三条：膻中穴、神阙穴和腹腔各一条。粤东各个外围堂口纷纷效仿，略加修正，改为五条：头一条、胸一条、腰一条和双腿两条。红巾是洪家兄弟的标志，人家花了六百文钱，看得见的就是这五条红巾。“死牛肺”把鸡大逵叫过来：“六弟，你再数数，看红巾够不够？”

真是怕什么来什么，鸡大逵数了半天，神色惊慌地禀报：“三哥，不够。”

堂口能否前景光明，与开堂仪式休戚相关。“死牛肺”使出吃奶的劲操持这次会务，没想到仍然出了纰漏，气得破口大骂：“你干屌吃的？”

鸡大逵垂头丧气：“好几百条，我哪能数得过来？”

“私鸡钱”被惊动了：“两位兄弟，何事起火？”

“死牛肺”强忍住心里的怒火：“大哥，鸡拿了吗？”

斩鸡头歃血为盟，乃是入堂仪式重要环节之一，“私鸡钱”是卖鸡的出身，这次办仪式所需的公鸡便落在他身上。他笑眯眯地说：“拿了，拿了，你嫂子拿了。”

开台做戏好比出海祭神，比较忌讳不相干的女人的阴气。“死牛肺”瞪大眼珠：“她不是去相爷府看戏吗？来后山干啥？”

“私鸡钱”赔笑：“你嫂子这个人，最会过日子。”

“死牛肺”明白了，吴周氏这是一只鸡当两只用，生怕大伙儿把鸡炖了吃。他气得两片眼皮上下抖动，恨不得一脚把吴周氏踢下山。秦文彪走过来拍了拍他的肩膀，悄悄地朝他使了一个眼色，然后打起了哈哈：“三弟，大嫂是一堂之母，来了就来了，没啥晦气。”

女人家终究眼窝子浅，“私鸡钱”拿出压箱底的积蓄开台做戏，吴周氏当然心疼。她把鸡笼子往“死牛肺”脚下一丢：“兄弟，歃血为盟无非是个意思，嘴唇沾一沾就得啦，还能敞开肚皮往死里灌？鸡身子给我留着，嫂子半个月没吃肉了。”

“死牛肺”盯着她披红挂绿的打扮，猛地有了主意，回头向“私鸡钱”抱拳：“二哥说得没错，洪门常说，吃大哥、喝大嫂。大嫂为一堂之母，我们兄弟务必敬着供着。现在开台做戏缺十来条红巾，大哥，借嫂子的衣裳用一用？”

“啊？”“私鸡钱”顿时蒙了。

“大哥，快让嫂子走吧。”秦文彪劝，“再不走，只怕连肚兜也得扒下来。”

等大伙儿把一切收拾停当，已经是三更过半，听了一会儿戏，入堂仪式四更天正式开始。丁拐子首先主持“私鸡钱”、秦文彪、“死牛肺”、柯定邦、鸡大逵和十几个小头目入会，然后“私鸡钱”端坐于神牌前，秦文彪居左，“死牛肺”居右，柯定邦兼任引导先锋，鸡大逵率卫兵持刀剑肃立，这个名叫“六顺堂”的堂口初见了模样。

“焚表。”柯定邦扯着嗓子喊，“请圣。”

堂口的名字是哥儿个合计出来的，取六六大顺之意。“私鸡钱”起身掂香，率领众兄弟躬身祭拜洪门五祖，然后威严地归座。望着眼前两眼溜直的兄弟，米斗琳琅满目的法器，“私鸡钱”心潮澎湃，觉得这笔钱花得值。法器不是一般的物件，各自代表相应的含义——七星剑代表“满覆明兴”，开辟新天地；洪棍表示杀尽天下贪官污吏；桃枝象征桃园三结义；量尺用来度量会众的行为；天秤意味着正义公道；算盘当然是计算推翻清廷统治的时间；铜镜象征照破一切“顺良邪恶”；串珠和木鱼“合抱一剑，以成穹窿之形”，比喻洪门与佛门的关系；剪刀要剪断发辫，恢复汉族的发式等等。

“死牛肺”见他只顾傻笑，低声道：“大哥，开始吧。”

“私鸡钱”恋恋不舍地移开目光，清了清嗓门：“有请新丁贵人。”

新丁贵人指准备加入洪门的弟兄，他们匍匐着爬过由长刀架起的“洪门”，来到“忠义堂”的牌匾下。柯定邦道：

门前兄弟来同宗，入到洪门尽姓洪。
有忠有义桥下过，不忠不义刀下亡。

众新丁仿效桃园三结义和水泊梁山聚义的故事，在“忠义堂”牌匾下倒身结拜，从此结为共生死的兄弟。柯定邦做护卫忠义堂之状，又背了四句词：

忠义堂前过万军，将军一对两边分。
若有奸心辕门斩，忠心义气伴明君。

下面是鸡大逵的事，他拔出佩刀，喝问打头的新丁：“呔，你来此作甚？”

这位新丁提前受过丁拐子的训练，高声作答：“来投梁山。”

“投奔梁山做什么？”

“结仁结义。”

“人家劝你来，还是你自己愿意来？”

“咱家自愿。”

“有咒无咒。”

“自然有咒。”

鸡大逵一摆手：“请进。”

之后是过“乾坤圈”，它象征着洪家兄弟自此以后上天入地，四海为家，不再受父母妻子拖累。柯定邦念道：

今来把守是乾坤，洪门结拜有能人。
忠心义气为兄弟，奸心必定五雷轰。

鸡大逵继续问新丁："兄弟从何处来？"

新丁答道："自东方来。"

"谁是保人？"

"保人某某。"

"兄弟吃三分米七分沙，困苦否？"

"兄弟所食，我亦食之。"

"兄弟头硬，还是剑硬？"

"头硬。"

"乾坤圈"后面是一张长条桌，上面摆着三排茶碗，每名新丁必须喝三杯茶水，代表饮过三河水，准备过"洪桥"。"洪桥"纪念的是五祖逃脱生天的铜铁桥，鸡大逵道：

二板桥头过万军，左铜右铁不差分。
朱家没落洪家过，不过洪桥是外人。

柯定邦撩起长衫衣襟，躬身施礼："高溪之天佑洪，率新兵数千，欲加盟我军，遵桃园兄弟之约，来报香主。新兵愿意以洪为姓，请香主祷告五祖神灵，恳为接纳。"

秦文彪从椅子上站起来，问："你是何人？"

柯定邦回答："我就是高溪天佑洪。"

"休要胡说。"秦文彪笑了，"这世上哪有姓天的？"

柯定邦一本正经地说："某家以天为父，以地为母，以日为兄弟，以月为姊妹。天地以洪为治，日月为明，所以咱家自名天佑洪，取老天爷保佑洪家之意。"

秦文彪微微颔首："走了不少路吧？"

柯定邦道："三人同行，万里迢迢而来。"

"怎么就你一个人到？"

“谢哥前行，万哥后行，某家居中。”

“你既然充洪家先锋，有什么本事？”

“文学孔夫子，武学养由基，某在红花亭习得文武艺。”

“武功师承何门？”

“少林寺。”

问答完毕，秦文彪满意地归座，众兄弟过了“洪桥”，来到“木杨城”。三合会的“木杨城”具有多重含义，究其本质实为汉家天下的缩影和象征——这个天下被清廷窃取，因此入堂仪式里有攻打“木杨城”一节；一旦光复汉家天下，则光明普照，四海升平，故而入堂仪式里还有逛“木杨城”一节。鸡大逵喊了声：

闻得先生上阳台，木杨城内四边开。
扶明本是功劳在，日月星辰送我来。
吉星红旗吉星光，吉盏明灯照木杨。
木杨城内真君子，剿灭清朝一扫空。

接下来的步骤是“盖被”，即新丁散开发辫，身系红巾，换上明代衣冠，在白扇三爷的带领下诵读洪门三十六誓。有一首《盖被歌》这样写道：

五色红罗被一张，三十六誓内中藏。
结万兄弟裁剪好，洪兄盖果记心肠。

“金盆洗手”之后是“斩七”，就是斩鸡头，也有一首诗：

宝刀一出亮堂堂，不斩猪来不斩羊。
自古流传到如今，香堂以内斩凤凰。

歃血为盟完毕，大伙儿痛饮太平宴、“过火坑”，最后一道程序是到德福祠买果，由掌印阿妈赐回新丁三枚铜钱，即“本身钱”。三枚“本身钱”中有一枚“血根钱”，借以表明这名新丁与三合会之间的血缘联系。

那么，新丁缴纳的六百文钱是如何花销的？有一首《本身钱歌》详细说明：

入门看戏四九分，一百零八定乾坤。
忠义堂前七十二，二十一钱买果吞。
福德祠前三十六，除此尚欠尔三文。
老母花亭曾有话，本钱三个赐回身。

热热闹闹的仪式办完，“私鸡钱”心里始终装着一件大事，他把主管账目的“死牛肺”悄悄拽到一旁：“三弟，盈余了多少？”

“死牛肺”拉来的这些新丁，绝大多数的入会费都是他用“私鸡钱”的钱垫付的。他把双手一摊：“大哥，你看咱们办得这么排场，哪有盈余？”

“私鸡钱”脑袋“嗡”的一下：“你不会把钱全花了吧？”

“死牛肺”不慌不忙地说：“大哥，开台做戏哪个地方不花钱？搭竹棚子、座椅板凳、刀枪剑戟、鸡鸭鱼肉、茶酒法器、租船赁人，还有一个大头就是租衣服——没有明代衣冠，只能从汾流大街和瓦巷直街的铺子里租戏装。”

当了大哥，败了家当，“私鸡钱”又气又急：“你，你咋不早说？”

秦文彪、柯定邦和鸡大逵知道他又犯了毛病，过来一起劝：“大哥，别这样，你现在是有身份的人，以后弟兄们都指着你呢。”

“六顺堂”一开张就花光了积蓄，这个大龙头再当下去，还不被兄弟砸碎了骨头卖？“私鸡钱”心口一阵绞痛，眼皮翻白，昏厥过去。

“德信堂”出征粤西，“兴义堂”趁机控制了紫垠岛。林洸隆回来后大为震怒，派人捎口信给“大春吉”，勒令他年底前撤兵，否则刀枪相见。“大春吉”不敢硬碰硬抵抗，又不愿意折了面子，便趁“凤凰仪”班这次唱戏的当口，邀请各家大佬仲裁。

紫垠岛风雨飘摇，土地庙几乎无人戒备，洪秀全、冯云山、赖汉英进去转了一圈，只见大殿里的混元法师像早被土地爷取代。哥仨唏嘘感慨一番，转到鳌山上寻了一块高地，一边听红船大戏，一边观看“六顺堂”的办会仪式。

见洪秀全情绪低落，冯云山为他打气："这些乌合之众，成不了事。"

李文茂起死回生，手下十二大堂主各归其位，用不了多长时间，富足繁盛的粤东将是红巾赤旗的天下。赖汉英苦涩地说："二爷入了红船，所到之处一片红，连'私鸡钱'这号人都敢开台做戏。你想他要是登高一呼，那还了得？"

冯云山叹了口气："粤东没咱们的机会，粤西万万再丢不得。"

"那个姓萧的为何嚣张？"洪秀全睁开失神的眼睛，"敢冒充老子的大哥？"

杨秀清和萧朝贵冒充天父、天兄下凡，标志着在上帝会的权力斗争中，桂平紫荆山一系的力量彻底压倒贵县一系。时至今日，洪秀全非常后悔，以前不该逼着白血童子改法号——王二妹不管怎样终究是自家的亲戚，杨秀清、萧朝贵、曾氏家族皆由冯云山一手发展入会，和自己没有一点儿瓜葛，如何驾驭将是一个令人头疼的大问题。

冯云山也十分尴尬，杨秀清和曾氏家族沾亲带故，与萧朝贵好得合穿一条裤子。自己入狱时期他们冒充天父、天兄下凡，对上帝会的稳定功不可没；但是反过来，桂平紫荆山一系力量空前膨胀，将直接威胁洪秀全和自己的领导地位，是祸不是福啊。

冯云山明白洪秀全有些嗔怪自己的意思，不好反驳，只得低头应道："他老婆王宣娇认杨秀清为兄，三人同习降僮法术，此番冒充基督下凡，定是杨秀清教唆。"

洪秀全握紧拳头："听说这娘们儿唱过木偶戏，还会两下子？"

冯云山道："是，她练过把式，极为落拓，认杨秀清为兄后自称杨宣娇。"

洪秀全拿拳头在自己胸脯上狠狠地捶了两记——杨、萧二人冒充天父、天兄下凡，关键还是红毛教义本身的漏洞，要怪只能怪自己脸皮不够厚、胆子不够大，为什么不一开始就自称上帝托体？或者直接开拓创新，给上帝弄一个亲爹？时至今日，悔之晚矣，徒说无益，他无奈地松开拳头："乙龙，你说这事该咋办？"

寒风吹过头顶，激越的唱腔刺破长空，悬挂在夜幕中的圆月剥落重重影子。冯云山站起来长啸一声，慷慨道："表哥，前人云，盖剧场一世界，世界只一情人。二爷盖世英豪，犹能委身红船，咱们多一个天父、天兄有何惧哉？

权当他是一场戏罢了。”

洪秀全暗自苦笑，刀头舐血不比居家过日子，红毛教刻薄乖张，单单为了教义的分歧便可以互相砍杀一千年。这哪是多出一个爹和总大哥？简直是多出了两个索命的阎罗！

白天的正本戏演至二更天结束，之后是夜场戏，又名三出头：第一出为生旦戏，第二出为武打戏，第三出为丑生戏。洪秀全、冯云山、赖汉英三人来到码头，只见“凤凰仪”班的船静静地矗立于熹微中，船头迎风飘扬着三面大旗，从左到右分别是：琼花旗、凤凰旗、九瓣飞肩兰花旗。要说有所不同的话，那便是地艇的“龙牙”上方悬挂着一柄锈迹斑斑的铁剑。

围绕“凤凰仪”班的船只，洪家兄弟拉起了双层警戒线，中间是一大片空地，陈显良、林洸隆、卢昌、陈吉、区润、梁亚珠、何敬堂、陈齐星等大佬盘膝而坐，一声不吭，专注地等待李文茂现身。刘端湛将洪秀全等人接进去，在黄广华旁边坐下，叮咛洪秀全：“火秀兄，这里都是一言九鼎的大龙头，你最好少说话。”

“我和阿茂同科下场。”洪秀全很不以为然，“他是二爷，我也是二爷，凭啥怕他手下这些虾兵蟹将？”

“你啥时候成了二爷？”刘端湛奇怪地问。

冯云山推了一把洪秀全，接过话题：“我们好久没见阿茂，特地来叙旧，绝对不会给刘兄添麻烦，放心吧。”

又过了大约半个时辰，天光已经完全放亮，李文茂长发垂肩，飘然出现在船头。与平日不同的是，他的脸庞犹如漫天白雪，竟仿佛看不到一丝血色。

书中暗表，李文茂在龙头峰三刀六洞，刺穿了自己的罩门神阙穴，起死回生后虽然领略了武学大道的真谛，但是至阳之体终究遭受重创，不复有金刚不坏之躯。“小元霸”身上的伤创定期发作，以每年五月份前后最烈，冬月前后为次。这两段时间需要精心调养，而且表现的症状十分怪异——前者脸红似火，后者面白如雪。

陈显良、林洸隆、卢昌三位龙头潸然泪下，各位大佬与在场兄弟俯身跪拜。李文茂操起一支长篙，惆怅道：“某入红船，日正本，夜出头；歌前朝，咏先贤，不理江湖事久矣。尔等因何苦苦纠缠，非要逼某做一个出尔反尔的小人？”

众位大佬面面相觑，正当一筹莫展之际，洪秀全忽然冷笑连连，高声喝喊：“为一个女人自刺三刀六洞，墨守陋规不肯取而代之，拘泥小节而舍大义，岂大丈夫所为？难怪白龙下凡复离去，好好的无情剑，到你手中变成了有情剑。”

李文茂低头一看，原来是从前在广州城同场赶考的老朋友，他抱了抱拳：“火秀兄，依你的高见，何为无情剑？”

“哈哈。”洪秀全仰天大笑，“裁千万心铸一心，定四海于至尊，化腐朽为神奇，世间花草树木皆同利刃。无情剑正裁心之剑、上帝之剑耳。”

“红毛教的上帝？”李文茂眉间闪出一丝不悦，“某平生修武，但闻诛心二字，未知裁心为何物？”

言罢，李文茂将手中长篙轻轻一点，几个纵跳眨眼飞过江面，消失得无影无踪。众位大佬和洪家兄弟睹此神功，齐声喝彩，欢呼雷动。

洪秀全好不容易鼓起来的信心，旋即被“小元霸”奥妙的身法所摧残。闹了半天，武林至尊依然是武林至尊，即便刺穿了罩门，武功照样天下无敌。望着他暗淡下来的眼神，冯云山心急似焚，扭头看到黄广华怀里敞开的木盒，立刻有了主意。他上去摸了“枫子鬼”一把，毕恭毕敬地问：“黄掌柜的，这不是王兄的宝贝疙瘩吗？还没有通灵？”

“通啥啊？”望着沉睡的飞头鬼，黄广华叹了口气，“王老爷剁了他，早散伙啦。”

待众位洪门大佬离去后，冯云山指着残铁剑和“枫子鬼”，激励洪秀全：“无情剑变成了残铁剑，王山公抛弃了飞头鬼，足见诛心乃腐朽千年的没落之论。看来欲平乱世，只有靠红毛教的教义，表哥，还是你的话在理。”

“你说的不会是天理吧？”刘端湛鄙夷道，“要是有天理，红毛鬼子能横行无忌？要是有良知，王山公能发疯？老子最讨厌什么心啊灵啊的，不就是一块满身窟窿的肉疙瘩吗？凡人就是俗人，心眼就是钱眼，即便是红毛鬼子，照样割不出个屌来！”

洪秀全懒得理会他，抬头望了望地艇上悬挂的那柄锈迹斑斑的残铁剑，又摸了摸纹丝不动的“枫子鬼”，甩了甩袖子，跺了跺脚：“丢他老母的，回粤西。”

第一百四十七回　落翅会盟

道光二十九年(1849年)四月十三是陈火贵姑姑的生日,“癞头鳖”广发请帖,在江口圩的陈宅大摆筵席,订了“白皮”所在的“乐逍遥”班的台期,招待四方来宾。鉴于浔江风云动荡,金绍烈特地带了黄联义、“大头杨”等人前来压阵。

他们刚下船,“厚皮棍”就迎了上去:“金爷,有人找你。”

“找我?”金绍烈一愣,“是来祝寿的客人?”

“厚皮棍”应道:“对。”

金绍烈隐约猜出几分,急忙挥手:“快请。”

徐宾从篷船里钻了出来,抱拳道:“金爷,别来无恙。”

“小旋风”饶同卸任以后,古亚淬投靠了凌德金和涂常发;徐宾、杨庆永不甘寂寞,通过李占升和陈开重续旧交,每人各立了一个堂口。金绍烈只听说徐宾与陈开上一辈有交情,并不知道他归顺了“德礼堂”,拱手寒暄:“徐捕头,来粤西办差?”

“是。”徐宾招了招手,狗子也从船篷里钻了出来,“我来梧州府办事,听说陈掌柜给老太太办寿,就和狗子来吃喜酒,这是一点儿心意。”

给陈火贵姑姑送贺礼，却把红包交给自己？金绍烈接过红包一看，里面什么也没有，只有一张五万两的银票。瞬间，他什么都明白了——这张银票是陈开送给罗金氏母女的开销，借着给陈火贵姑姑祝寿为名，由徐宾顺道捎来，手法自然，滴水不漏。

不管怎么说，陈开与罗玉环分手三年后仍然赠送重金，说明他心里念着这份情。金绍烈感激地对徐宾说："兄弟里面请，明日到浔州城，金某另行款待。"

"一家人，何必客气？"徐宾道。

码头上轿子车马早已备好，伙计们在前带路，徐宾和狗子乘轿刚走，马永炽就到了。"厚皮棍"紧跑几步，把他迎上岸："马老爷，怎么敢劳动你大驾？"

马永炽客气道："火贵给我下帖子，那是看得起马某。"

"厚皮棍"笑嘻嘻地说："马老爷，当年要不是你罩着，我们哥仨早饿死了。火贵就算不给别人下帖子，也不敢忘了你，你老人家是江湖前辈啊。"

马永炽连连摆手："粤西不比佛山堡，老朽但求一碗饭吃，岂敢招惹江湖是非？"

"不对吧。""厚皮棍"踮起脚尖看了看江心，不解地问，"在那队官船前面引路的，不是贵号的黑船吗？船头上的人好像是庞掌柜的。"

在粤西，当铺押运货物和银子的船只一般漆成黑色。马永炽回头一看，果然是庞连旺站在黑船的船头，后面那队官船的旗帜上绣着"荡寇营"三个大字。他叹了口气："叶老二的妹夫从官家捐了个顶戴，领着几百人来粤西和陈见成报私仇。本来双方实力旗鼓相当，可是他这个'荡寇营'的名号太难听，惹恼了江湖道的朋友，大家一起拉偏架。他在平乐府连着吃了三场败仗，敌不过陈见成，这不？逃到浔州府来了。"

陈宅的寿宴十分隆重，约了"过山班"唱戏之外，还聘请了道士诵经。温秉智、鸡英逵和"瞌睡虫"三人代表陈见成来赴宴，被"花肉"安排在莫权光夫妇和钟水鼎夫妇的桌子上。居仁里的老街坊相遇，分外欢喜。正当问寒问暖的时候，狗子跟着徐宾探头探脑地走了过来，钟水鼎站了起来："狗子，你咋来了？"

居仁里的街坊在狗子眼里不是好鸟，唯独钟水鼎、鸡大逵、卢挺拔这几个除外，因为他们和自己一样，都挨过“情理鞭”的鞭打。他高兴地一手抱住钟水鼎的腰，一手搂住鸡英逵的脖子：“到我的桌上来，咱爷们吃他一个昏天黑地。”

“红心”怀里抱着一个臊虾，低声骂道：“狗就是狗，一辈子也不可能变成人。”

“瞌睡虫”知道她嘴巴尖利，便讨好地问：“妹子，这是你们家老二？”

“老三。”“红心”面无表情，好像在说别人家的事情，“老二是个带把的，过百岁那天他爹的炉子试炮，一炮给震死了。”

“瞌睡虫”立刻眼睛发直：“你们家，你们家老三高寿？”

“红心”白了他一眼：“四个月大。”

“没事，没事。”“瞌睡虫”脸色稍安，“这个坎总算是过去了。”

“红心”不高兴：“啥意思？”

“哎呀，你不记得了？”“瞌睡虫”惊讶地问，“好好想想。”

“红心”脸色煞白，刹那间全都回忆起来——八年前的闰三月十三，叶三和在“百盛押”当铺摔死区家臊虾，并因此葬送了性命。叶老三临死前和自己有露水之缘，叮咛自己周年忌日带着刀仔上坟，难道是因为自己忘了给他上坟，他才取了老二的性命？想到这里，她不觉抽泣起来：“这个天杀的，好狠的心。”

“到底怎么回事？”莫二娘问。

“瞌睡虫”唉声叹气：“嗨，叶老三死得屈，阴魂不散。”

莫二娘也有些慌了：“温四爷，你走南闯北见识广，赶快拿个主意。”

“对啊。”“花肉”也说，“你咋半天不说话？”

温秉智冷眼观瞧，早看出了一丝端倪，他慢条斯理地说：“我的嘴你们还不知道？一旦张开就没你们说的。‘红心’妹子，叶老三人不坏，他朝你下手定然事出有因。这样吧，我亲自施法超度他，你想想他喜欢听什么曲儿？让‘白皮’妹子给他唱一段。”

叶三和生前喜欢什么曲子呢？“瞌睡虫”、莫二娘、“红心”和“花肉”等人绞尽脑汁也没想起来，最后不得已选了一曲《瓦鬼还魂》，派人通知戏棚里的“白皮”，请她反串男丑，以小姨子的身份告慰叶三和的亡灵。

习风阵阵，“白皮”不大熟练的唱腔响起，给寿宴的喜庆气氛平添了一分诡谲。

时不通来运不通，执到黄金变废铜。
自少结拜十弟兄，张好古我数最穷。
大哥上街卖冰泵，
二哥卖瓜菜与及芫茜葱，
三哥走台脚去卖油炸粽，
四哥至斯文学写灯笼，
五哥在省城做巡丁，
六哥至辛苦是打铜，
七哥修整时晨钟，
八哥自小学做纸通，
九哥脱鲍牙揸住个泵泵，招牌上写着拿手捉牙虫。
我排行第十最无用，大字不识，情理不通。
将身打坐茅房中，
我商家难做做田工。

一曲唱完，大家松了一口气。莫二娘望着正在作法的温秉智，担心地问“花肉”：“温四爷的嘴皮子够利索，可他以前只在药王庙占过天气，行吗？”

“死马当作活马医。”“花肉”回答，“浔州府最厉害的法师要算白血童子，不知道为啥突然歇业不干，现在本地的法师就剩下牛瞎子了。”

去年王二妹被“枫子鬼”追杀，附体的白血童子逃之夭夭，从此失了神迹，不得不关闭了设在河神庙的道场，宣布退出江湖。“瞌睡虫”问：“咋不请牛瞎子？”

“花肉”无精打采地说：“别提了，牛瞎子也趴窝了——他的两个徒弟自立门户，改奉红毛教的大神。你们不知道，那个皇上帝可厉害了，据说能驱虎豹哩。”

“佛山堡有一百多座庙，那么多神仙难道比不过红毛鬼子？”莫权光叹了口气，“再说红毛鬼子在粤东，什么时候来的粤西？牛瞎子的这两个徒弟肯定是骗子。”

“花肉”脱口而出：“神仙不显灵，还不如骗子。”

“红心”不希望自己的孩子再出事，重重地点了点头：“嗯。”

“谁说神仙不显灵？”“瞌睡虫”反驳道，“头两个月吕洞宾下凡，大破红毛鬼子，我哥他们堂口捞了一大笔救命钱呢。”

“六顺堂”开张后，跟着刘端湛赚的钱填不饱肚子，就在马上要散伙的当口，突然接到了官府的一票生意，起死回生。

道光二十九年，耆英和德庇时签订的两年密约期满，新任英国驻华公使文翰率兵船抵达虎门口外，要求广东官府兑现承诺。番禺和南海县的社学再度联手，在甘先、周春、陈开、陈显良、卢昌、林洸隆等洪门龙头的支持下，十万民众武装起来保卫家园。徐广缙早就耳闻道光皇帝在紫禁城占卜算命，常对朝中大臣说道光二十八以后好运必至，遂决意放手一搏；而吕子桂冒充吕洞宾下凡，告诉叶名琛开战必胜。两位大吏达成一致意见，致书文翰，坚拒英人入城。文翰吃惊地发现珠江两岸壁垒高筑，这次老百姓罕见地和官府站到了一起，只好暂时收起觊觎之心，长达七年的反入城斗争终于取得了胜利。在清廷一败涂地的历史屈辱中，这场胜利犹如一盏明灯，极大地振奋了国人的精神。道光皇帝龙颜大悦，进徐广缙为子爵、叶名琛为男爵，允准世袭并奖赏一大堆物件。徐、叶二人则兑现承诺，奖励各家团练，以佛山乡勇名义备战的“六顺堂”名列其中。

“花肉”呆了呆：“吕洞宾真的显灵了？”

“老虎不发威，你以为是病猫？”“瞌睡虫”不屑一顾地说，“就像二爷一样，他虽然退出了江湖，但照样打遍天下无敌手。”

莫权光捅了捅他：“照这么说，你们家的日子该好过了？”

“那当然。”“瞌睡虫”喜气洋洋，“陈掌柜的说了，以后贩运木材的活就给我大哥，来回跑上两年，准能给我娶一个大嫂回来。”

莫二娘赞道：“这才是正事，人世走一遭，没有儿女不成全。娶个媳妇养个仔，给你们柯家留后，比信什么神仙都强。”

莫氏夫妇流落佛山堡，为了挣一口饭吃，“红裤子”任人作践，不能生养，两口子对别人家养儿育女非常羡慕。莫权光认真地说：“人生在世，两头是神仙——祖宗是，伢仔是，唯独自个儿不是。红毛教的神再厉害，生养的也是红毛鬼子，你就是穿上戏装抹上粉，也变不出一颗红毛鬼子的心。你嫂子说得不错，给祖宗留个后是正经事。”

“花肉”无论如何不能相信，像柯定邦那样的窝囊废竟然能挫败红毛鬼子？她狐疑地看着“瞌睡虫”：“我咋觉得你像是在放葫芦？”

“骗你干鸟？”“瞌睡虫”得意地说，“崔掌柜的跟着游掌柜的混，前些日子被我们打得屁滚尿流，刚从佛山堡招兵买马回来，你可以问问他。”

众人回头一看，发现崔金麟出现在门口，后面是两条彪形大汉抬着一个礼盒。莫权光站起来打招呼：“崔爷，快过来，这边是街坊。”

崔金麟走到近前，一见“瞌睡虫”脸色骤变，拔出刀劈头就砍了过去：“姓柯的，游掌柜和陈掌柜闹家务，你他老母下什么黑手？”

“瞌睡虫”一个箭步敏捷地闪开，赔着笑脸：“崔掌柜的，两军阵前各为其主，上次不小心刺了你一枪，多多担待。”

温秉智施过法，“白皮”卸了妆，两个人结伴下了戏棚走过来。温秉智一把夺下崔金麟手里的刀，不耐烦地说：“得啦，得啦，你小子上次还用刀刮了我一下呢，这笔账算不算？今天是陈掌柜姑母大人的寿宴，来的都是乡亲，久旱逢甘雨，他乡遇故知，多大的喜事！大伙儿不兴翻旧账，围拢一桌，拉拉家常，好好吃酒。”

“白皮”出落得越来越水灵，戏也唱得越来越有滋味，有点儿大老倌的模样。她往“花肉”和“红心”中间一坐，引得钟水鼎和鸡英逵二人也跑了回来，加上崔金麟，满满一大桌子座无虚席。“花肉”问：“崔大哥，红毛鬼子真的吃瘪了？”

崔金麟点了点头：“嗯，省河两岸十万义勇，大部分是在堂的兄弟。”

“看看，我没说错吧？”“瞌睡虫”喜滋滋地说完，转而劝崔金麟，“崔掌柜的，游掌柜的专门和洪家兄弟过不去，日子长不了，别跟他混了。”

崔金麟不服气地说：“你们不也是光棍一条？”

“瞌睡虫”口无遮拦，张嘴便道：“有些情况你不知道，看在街坊的面子上，今天我就实话实说：我们‘西礼营’直接隶属陈大龙头，人归他调派，军饷从张亚丞手里支。”

“荡寇营”和“西礼营”连打三仗，没有一次占到便宜，崔金麟终于明白，陈见成所部很有战斗力，和传说中的那群乌合之众天差地别。今天“瞌睡虫”一说，证实了他的判断——“西礼营”名义上是陈见成的私人武装，其实是“德礼堂”的一支偏师。

温秉智很不满意，沉下脸训斥“瞌睡虫”：“少胡说八道。”

既然“西礼营”属于陈开的一着棋子，那么必然承担着某种使命，在这种情况下，是否继续跟着游新潭卖命就成了一个问题。崔金麟抱了抱拳：“温四爷，莫要责怪兴邦兄弟，我也给你们透露一个秘密，游掌柜的这次卷土重来，是因为他找到了一个强援。”

温秉智惊问：“谁？”

“原先和金家兄弟鬼混的朱剑飞。”崔金麟回答，“他在海上围剿‘红旗帮’立了功，前日带一支水师悄悄进抵浔州城，要对付三大水寨。”

陈宅的后院戒备森严，正堂里气氛肃穆。金绍烈、“癞头鳖”、黄联义、“厚皮棍”和“大头杨”等人亲自作陪，对面是朱剑飞和游新潭。喝了三巡茶，朱剑飞笑嘻嘻地说：“列位，朱某已经调回广州府，现充抚标三水营游击。从粤东运往粤西的鸦片膏都经过我的地盘，往后咱们就是一家人，和和气气发财，今天来报个到先。”

三月份解决了洋人入城问题，四月份官府便发起了对“红旗帮”的围歼战。这次决战与往日不同，广东水师、英军舰队、鸦片贩子的武装剪子船三方合击，在东起大鹏湾、西至琼州海峡的辽阔海面上同时点燃战火。“红旗帮”奋力反击，终因实力悬殊、古老的帆船不敌铁甲战舰而落败，以黎阿钿为首的数千兄弟战死，张十五仔率残部向清廷投诚，赫赫有名的海上雄师就这样黯然退出了历史舞台。

朱剑飞在高廉镇标阳江营喝了五年的海风，又参加了对“红旗帮”的作战，理所当然地升为游击，并在三水营谋了一个肥缺。广东水师的战船悬挂“荡寇营”的旗帜，这里头准有不可告人的文章，金绍烈心头一动：“朱爷，你既然调任抚标三水营，怎么来到浔州府？总不会只为了吃一杯寿酒吧？”

“哈哈。”朱剑飞仰天大笑，竖起了大拇指，“金爷就是不凡，人虽然退出了江湖，一双眼睛却盯住江湖不放。在座都不是外人，朱某也不瞒你们，浔江三大水寨是两粤官府的眼中钉和肉中刺，以前‘红旗帮’捣乱，没工夫对付他们;如今‘红旗帮’灰飞烟灭,本军各营挟得胜余威进军浔江,叫他们尝尝洋炮的厉害。”

金绍烈大吃一惊,广东水师的战船配备洋炮,浔江三大水寨势必难敌。他问道:“去年三大水寨向官府投诚,‘大头羊’和‘大鲤鱼’不但替官府捕盗捉贼,而且进军贵县,配合官军围剿‘怡义堂’。这么卖力气,官府还不肯放过他们?”

“金爷,你别揣着明白装糊涂。”朱剑飞笑道,“‘大头羊’等人阳奉阴违,表面上接受朝廷招抚,实际上是为了保存实力。他们冒用官差之名,盘踞浔江,勒索往来货船和商旅,弄得民怨沸腾,千夫所指,可把官府坑苦了。‘怡义堂’荼毒贵县,他们去了十几条扒船,到现在一仗没打,这不是糊弄鬼吗?”

粤西大河纵横,水路比陆路交通发达,而浔江又是横贯粤西的咽喉要道。由于三大水寨牢牢控制着浔江这条大动脉,各股江湖势力依然不把官府放在眼里,而被打散的洪家兄弟因此有了喘息之机,烽火重燃。粤西水师孱弱不堪,为了局面不至于失控,徐广缙动用广东水师对付三大水寨,是唯一的可行之道。

金绍烈非常清楚三大水寨的重要性,一旦官府阴谋得逞,损失最大的还是洪门。他匆匆修书一封,让小“大头杨”向三大水寨示警。

小“大头杨”是“大头杨”的侄子,这年刚刚十五岁,精通水性,武艺高强,还有一手上乘的箭法。小家伙光着膀子驾了一叶扁舟,打桨如飞到了雁塘堡水寨,叩关求见。守寨的喽啰见是一个伢仔,便没有太当回事,懒洋洋地问:“你是谁?”

小家伙擦了擦汗,答道:“‘大头杨’。”

喽啰们听成了“大头羊”,立刻气不打一处来:“丢你老母,毛还没有褪干净,竟敢冒我家寨主的名号。”

小家伙一拍胸脯:“老子就是‘大头杨’。”

喽啰们勃然大怒,铜锣一响,寨上乱箭齐发,有一支箭紧贴着小家伙的耳根飞过。小“大头杨”破口大骂:“天杀的贼胚子,好心当作驴肝肺,活该倒霉。”

舢板继续顺江而下,过燕子石、丹竹、武林、白马,抵达濛江水寨已经是五更天，熹微中但见寨门大开，里面涌出七八条快船，似乎正要扬帆出行。小“大头杨”一眼认出了“扁头三”何洪锦，高声喊喝：“何爷慢行。”

何洪锦一愣：“贤侄所来何为？”

小“大头杨”将书信呈上：“广东水师打算偷袭你们。”

何洪锦冷笑连连：“我就说这帮王八蛋没安好心，张大当家和田大当家还不信，现在人家装备了洋枪洋炮，祸事来了吧。”

“白鬼仔”吴亚坤耸了耸肩，满不在乎地说：“兵来将挡，水来土掩，濛江水寨是咱爷们花老本置来的，凭啥拱手让给威武窑子？”

“话虽如此，但我们三大水寨不能再各行其是，必须拧成一股绳，团结对敌。”何洪锦对吴亚坤说，“你守水寨，我去落翅湖找梁阿妈。”

小“大头杨”不解地问：“去落翅湖干啥？”

何洪锦回答：“我们这三大水寨都是从梁阿妈手里买来的，要说真正的浔江霸主，非他老人家莫属。只要他发话，三江六水的各股绺子无不遵从。”

“贤侄有所不知。”吴亚坤解释，“张嘉祥死灰复燃，和苏三合伙另立‘怡义堂’，去年开始横扫左右江，兵锋一度杀入桂林府，联合了几十股洪家兄弟，里面不仅有‘洪胜堂’和‘洪义堂’的，还有湖南来的‘公义堂’，人马最多时将近万人，好不威风。今年他从横州博合圩杀到贵县，竖起‘杀官留民、劫富济贫’的大旗，威武窑子抵挡不住，要我们三大水寨出兵封锁郁江江面，断其水路。张嘉祥委托‘洪胜堂’的陈亚贵说合，请梁阿妈和关阿妈出面，在落翅湖召开英雄大会，协调洪家兄弟和各股绺子的行动，以免威武窑子从中渔利。我们梁大当家已经启程前往落翅湖，张大当家和田大当家应该也去了。”

小“大头杨”高兴地说：“太好了，你们把书信带去，省得我来回费力气。”

夏日的落翅湖波光粼粼，飞鸟不时地从云层中钻出，落在星罗棋布的小岛上。梁培友安营扎寨于落翅湖，一方面是因为此处地跨三县，可以遥控浔江、绣江两条大水；另一方面是因为这里水面浩瀚，岛屿林立，非常像他的家乡古劳围。

一转眼，梁培友在落翅湖隐居了整整三年。三年中，这位浔江之龙足不出户，坐看庭前花开花落、云卷云舒。他心里比谁都清楚，洪门五大堂中，

“洪胜堂”四分五裂，“洪义堂”元气衰竭，“洪兴堂”枝枯叶落，“公义堂”远在湖南，真正能够搅动两粤风云变色的非“洪德堂”莫属。因此，他接到夏天淳送来的龙头令旗和“金叶会簿”后，立刻请来“大只钜”，两位堂主商议后，决定以此为契机，再树“洪德堂”的烈火朱雀旗。

重建“洪德堂”有三方面的工作，其一是派人去云雾山和贺江，通知侯爷、董士霆、“大牛志”、李万春、高凌霄等龙头，为了等待李文茂回心转意，避免执行来自“洪顺堂”总堂的号令，龙头大令和“金叶会簿”暂时由梁培友代为掌管；其二是发还粤东十二堂堂主的龙头令旗和“银叶会簿”，令其继续深耕珠江三角洲；其三是决不放弃浔江这条粤西大动脉，梁培友命任文炳、任文彪、张贵和、巢元贞等头领即日起招兵买马，发展力量。

为了有效地支援“德胜堂”，控制两粤交界的咽喉，关钜从“德义堂”抽调黄定远、关士彪、何高唐等头领，在封川以北的象牙湖建设水军基地，作为策应。

横亘在重建工作面前的还有两个问题，一个是李文茂愿不愿复出；一个是大度和尚这个洪门之主到底是生是死。对梁培友和“大只钜”来说，第二个问题最要紧，它是第一个问题的前提——倘若大度和尚仍然健在，仍以洪门之主的身份发号施令，李文茂如何出山？

大度和尚率领“洪顺堂”总堂远避云贵，这么长时间没有音讯，极其不正常，外面什么样的谣言都有。最近的一个消息来自陈亚贵——这个年轻人信誓旦旦地说大度和尚、步青磊等人皆死于明月道士的剑下。为了号召会众，去年底陈亚贵竟然在武宣东乡自立为王。

眼下粤西的形势可谓乱如一团麻，新成立的外围堂口多如牛毛，有的新堂口比老堂口还有战斗力，宣传手段推陈出新，像张嘉祥便提出了“上等之人欠我钱，中等之人得觉眠；下等之人跟我去，好过租牛耕瘦田”这样深入人心的口号，发展迅猛；老堂口因为洪门无主，战斗各行其是，纪律松弛，僭越行为时有发生，陈亚贵不过是其中之一罢了。

从另外一个方面说，张嘉祥和陈亚贵等人纵横驰骋，大长了洪家兄弟的士气，这一点是应该予以充分肯定的。有鉴于此，梁培友和“大只钜”决定接受他们的请求，在落翅湖召集浔江两岸各路江湖绺子、“米饭主”、洪门堂口，统一协调步骤，重申江湖道义，避免相互厮杀和被官军各个击破，渡过即将来临的困难时期。

闰四月十五，各路英雄陆续抵达落翅湖。除了主持大会的梁培友和关钜外，洪门堂口的代表有陈亚贵、张嘉祥、李天禄、孙仁裘、任文炳、陈见成、黄春满、陆海平等；“米饭主”的代表有刘观先、唐九、范亚音、罗华观、韦三相等；浔江各路江湖绺子当然以三大水寨的头目为代表，“大头羊”张钊、“大口昌”梁昌、“大鲤鱼”田芳、“扁头三”何洪锦、“卷嘴狗”侯志等寨主悉数到齐。

席间，梁培友把小“大头杨”送来的书信公示于众，张钊愤愤不平地骂道：“威武窑子这帮狗娘养的最不讲道义，我们三大水寨出兵贵县，他们却在背后捅刀子。”

田芳拍案而起：“他不仁，我不义，咱们反了他。”

张嘉祥责备道：“威武窑子吃人不吐骨头，你们就不应该助纣为虐，和洪家兄弟为敌。”

张钊满脸堆笑：“兄弟，我们虽然把船开进贵县，但出工不出力。咱们两家一仗未接，没有中威武窑子的圈套，是不是事实？”

浔江三大水寨的头领中，“大口昌”为人耿直，对洪家兄弟接济最多；“大头羊”和“大鲤鱼”两个属于那种八面玲珑的江湖人物，有时候刻意在洪门和官府之间保持平衡。陈亚贵对此体会颇深，他语带讽刺地说：“张大当家和田大当家出兵贵县，用战船封锁郁江，把我们挡在浔江之外，是怕洪家兄弟抢你们的地盘吧？”

“哪里的话？”张钊急忙澄清，“我们几个的地盘、船炮都是梁阿妈赏赐的，和洪家兄弟不是一家、亲如一家。浔江在我们手里，就等于在洪家兄弟手里。”

田芳补充道：“陈大龙头，我们这次去贵县，名义上是对付‘怡义堂’，其实是应麦二兄弟之邀封锁郁江江面，从商户手里收过江费，用以补充军资，不信你问三爷。”

张钊的话不是完全没有道理，浔江三大水寨装备精良，船只坚硬，是一支训练有素的强大水师。放眼整个粤西，无论官府还是江湖，尚无任何一支水上力量可以取代。只要他们不是真心投诚官府，浔江的大门就会永远向洪家兄弟打开。

“田大当家说得没错，麦二兄弟在白沙圩立了堂口，这次韦某还分了一杯羹。”韦三相点了点头，转而问张嘉祥，“张二爷，在下有一事不明。”

张嘉祥是“怡义堂”的二龙头，故此大家都称呼他二爷。他潇洒地说：“三爷请讲。”

韦三相摇了摇扇子：“人家的队伍打散了以后是王小二过年，一年不如一年。可你们‘广义堂’怎么越打越多？你和苏三相一拨，谢江殿和李士昌一拨，刘五和宁牛儿三一拨，徐亚云和杨捞家一拨，麦二兄弟一拨。一个堂口变为五个堂口，不得了啊。”

韦三相这话可以正着听，也可以反着听。正面理解是夸赞“广义堂”藏龙卧虎，每个人都能独当一面；反面理解是“广义堂”没有规矩、没有凝聚力，弟兄们情分淡薄。陈见成大大咧咧地说：“那当然，‘怡义堂’屡败官军，从郁江出兵，纵横驰骋，过柳江、下漓江，绕着粤西转了一大圈，这份气度远超‘广义堂’，看来张二爷和苏三相才是绝配。”

话音未落，张嘉祥的俏脸腾的一下子红到了脖子上。

“广义堂”为何四分五裂？张嘉祥为何与苏三组建“怡义堂”？江湖传闻多多，其中流播最广的一个传闻是说张嘉祥因为仰慕冯玉娘，这才把堂口大龙头的交椅让给苏三相，自己心甘情愿居下辅佐。无论洪门还是江湖，男女私情这种事最叫人忌讳，李文茂就是一个活生生的例子——如果不是因为与谭李氏有染，他便不会为大度和尚所乘，失去洪门之主宝座不说，还当众自刺三刀六洞，从此退出洪门、武林和江湖。

其实也怪不得人家说闲话，张嘉祥和冯玉娘一个俊男，一个靓女；一个是有万夫不当之勇的好汉，一个是百万军中取上将首级的英雌，确实般配。金童玉女挤在同一个屋檐下，难免让人说三道四，产生丰富的联想。

梁培友是个落拓豪放的性情，心里不曾把男女私情当回事，为了维护李文茂的尊严，最烦人家把话题往这上面引。他瞥了陈见成一眼，威严地说：“各位当家的，各位兄弟，如今广东水师大兵压境，浔江随时可能落进威武窑子手里。梁某不才，应诸位之邀主持盟会，一是为了统一对敌方略，二是为了协调各方行动，请大伙儿畅所欲言，不必拘泥。”

众人谦让一番，罗华观首先开口：“江湖上虽然常有不讲道义的事情发生，终究比毫无道义的威武窑子强得多。一山不容二虎，威武窑子早想把浔江、府江、绣江、郁江、黔江这几条水面控制在手中，不可能允许我等独霸一方。摆在我们面前的只有两条路，要么当一个听任威武窑子拿捏、搜刮的土老财，要么联合起来干一番轰轰烈烈的大事业。”

对敌方略，首先须坚定对抗官府的决心。在座多为经历过生死考验的枭雄，罗华观这番话引起了共鸣，众人齐声喝彩。陈亚贵挥动拳头：“要干就挺直腰杆，不要朝秦暮楚。俗话说再一再二，没有再三再四，三位当家的，你们这次扯旗造反，不许再向威武窑子投诚。”

“大头羊”等三大寨主觉得脸上挂不住，共同申辩：“我们前两次是假投诚，是为了保存实力、守住浔江这条江面，手上从来没有染过洪家兄弟的血。二爷在燕子石巢云判义，饶了‘入地蛟’，杀了‘九曜虎’，他老人家金口玉言，允准这么干。”

李天禄和孙仁裘支持三大寨主的意见：“本堂兄弟虽众，无奈各行其是，容易被威武窑子各个击破。留得青山在，不愁没柴烧，万不得已时，假投诚不失为一条高明之策。倒是陈贤侄的做法值得商榷，眼下两位总堂大爷生死不知，你便自号为王，未免太出格了吧？”

大度和尚虽然不得人心，但李文茂还活在人世，洪门中比陈亚贵资格老、本事大的人物多如牛毛，哪里轮得着他称王建号？见众人把目光投向自己，陈亚贵尴尬地说：“呵呵，我这个王就是一个山大王，列位前辈莫要计较。”

关钜道：“各位兄弟，平素协同作战没有大碍，唯独这个假投诚需要斟酌——假投诚有假投诚的底线，绝不能相互残杀，拿兄弟的人头换富贵。”

众人来落翅湖主要就是为了这句话，一发变得慷慨激昂起来：“那是当然，请梁阿妈和关阿妈主盟，我等对天盟誓，如有违背誓言者，三刀六洞。”

梁培友和关钜互相看了一眼，转身闪入后堂。过不多时，出来两位扎鬼衣大带、彩裤脚绑黑白混花板咀靴、披海青、手拿桐油纸扇的“王彦章”。众家好汉齐声喝彩，梁培友迈步来到关二爷的神牌前，抱拳过颈，神情凝重地说：“来落翅湖会盟，就得守落翅湖的规矩。我家二爷既为武林至尊，也是前任洪门之主，他日觅得‘玉叶会簿’和龙头大令，我等兄弟必然力请他老人家复位，号令洪门、武林和江湖，取鞑子皇帝的项上首级。”

众家好汉齐声高呼：“愿奉二爷号令。”

“掌堂大爷隐身红船，喜欢唱的戏是《撑渡》：一敬王铁枪忠义美名天下扬，二念我兄弟波涛之中讨生理。”关钜肃然道，“我和梁阿妈为各位备下戏装，大伙儿穿戴齐整登台会盟，一拜关云长，二拜王彦章，三拜宋公明。谁敢违背誓言，教他粉身碎骨，死于万刃之下。”

王彦章出山前，曾在淤泥河以撑渡为生，自称水鬼，挑战天下第一条好汉李存孝。虽然陆地本事不及李存孝，但水中功夫却远非李存孝所及，各路好汉纵横三江六水，无不敬仰。这套水鬼戏装一昭忠义，二显水中神通，谁不愿意穿在身上？当下，各路好汉踊跃着装，会盟台上一片花花绿绿，转眼间变成了红船戏棚。

待众人穿戴停当，梁培友突然沉下脸来问：“各家兄弟，你们可知，我和关阿妈为何让你们穿上戏装来盟誓？”

众人愕然：“请梁阿妈明示。”

“威武窑子不是吃素的，对待投诚之人，必将驱使他们当马前卒，让他们与昔日袍泽杀一个恩断义绝。”梁培友举起手中的桐油纸扇，长啸一声，“既要假投诚，又不与兄弟为敌，世上哪有这么便宜的事？掌堂大爷名头贵如金山，岂能任意践踏？尔等今日盟誓，果有一颗与威武窑子不共戴天的心还则罢了，倘若违背誓言，只希望别人一诺千金，自己却做一株来回摇摆的墙头草，老子就拿今天的会盟当一台戏。”

梁培友说得难听，却是大实话——你拿官府当傻子假投诚，人家还想借你手中的刀杀你自己的兄弟呢，这中间如何拿捏确实不是一件简单的事。众人心里沉甸甸的，陈亚贵跳起来大声嚷嚷：“我说嘛，是死是活屌朝上，搞啥假投诚？”

在敌强我弱的形势下，假投诚是不得不直面的一个残酷现实，大家默默无语。根据事先的约定，梁培友唱完红脸，轮到了关钜唱白脸，后者语带诙谐地说：“还是那句老话，江湖未定心先定，盟誓仅仅是一个形式，关键是心中要有定盘针。戏棚里难道就没有忠义吗？在掌堂大爷看来，红船比红尘更值得托付呢。”

众人如释重负，绽露欢颜，躬身行礼：“多谢两位阿妈成全，我等今日盟誓后，将这身戏装妥帖收起。掌堂大爷出山之日，一定穿着它前去迎驾。”

梁培友颔首：“既如此，吾辈就唱一出忠义大戏。”

第一百四十八回　爱落无声

当年的“广义堂”一分为五，唯独“怡义堂”威名远震，其他兄弟不甘示弱，忍不住都想横枪立马，在江湖上杀出一番天地。端午节刚过，谢江殿和李士昌、李士奎兄弟便统兵三千北征柳州府，沿途打单无数，虏获甚众。常言道骄兵必败，哥仨被胜利冲昏了头脑，结果在永淳甘棠圩遭遇右江镇总兵盛筠率领的清军，被打得一败涂地，陷入重围。

彼时，张嘉祥在贵县覃塘圩和当地的团练对阵，闻此噩耗大惊失色，急忙率领八百精锐星夜驰援。别看他的人马不多，但这八百人俱为能征惯战的铁血兄弟，个个有把式在身，而且装备有从佛山堡购置的火罐、药筒，战力极强。面对盛筠统帅的大军，众兄弟毫无畏色，像一把锋利的尖刀直插敌阵。张嘉祥一刀将清军参将段炳文劈于马下，弟兄们杀的杀，砍的砍，投火罐的投火罐，清军大乱，先失一阵。

盛筠领教到张嘉祥的凶猛，下令清军深挖壕沟、高筑壁垒，悬挂免战牌闭门不战。张嘉祥这边士气高涨，无奈兵微将寡，难以冲破清军的重重包围，救出谢江殿和李氏兄弟。双方在甘棠圩隔着一条斑江对峙，各自等待援军，一晃五天过去。

这一天，盛筠正在中军大帐召集众将议事，忽有一人踏帐而入，娇声道："军门大人何必气馁？待贫道将这雏儿招抚，为朝廷添一员虎将。"

盛筠和众将抬头一看，只见来人是一位娇嫩的小道姑，看年纪也就是十七八岁，一颦一笑皆是媚，举手投足满身春，原来是"黑无常"。盛筠离座相迎："仙姑，会匪狡诈，不到山穷水尽不投诚官府。张嘉祥兵威正盛，焉能为本军所用？"

"黑无常"拿男人修炼"驭阳功"，时间一长免不了露出马脚。这女人诡计多端，索性投入盛筠的帐下，隐身军营做那戕害众生的勾当。听了盛筠的话，她莞尔一笑："军门大人只知其一，不晓其二，贫道从前在笔帽山修法，这雏儿当年不过是贫道擒获的一头肉猪。他身上有几根毛，别人不清楚，贫道难道还不清楚？"

盛筠喜出望外："此贼武功精深，勇不可当，颇能蛊惑人心，江湖上有仁义之名。仙姑若能将他招抚，此盛某之幸，亦朝廷之幸也。"

"黑无常"瞥了一眼满营众将："军门大人果真看重他？"

"那是自然。"盛筠道，"此贼去年以一支疲兵奔走千里，横穿六府，官兵不能遏制，足见其随机应变，善谋立断，实乃不可多得之将才。抚台大人谕令各军，希望将他招安，在座各位都知道，本军门绝无虚言。"

"黑无常"提出条件："既然如此，请军门大人下一道军令，今夜三更全军撤围，放了谢江殿和李氏兄弟，成全张嘉祥一个体面。"

盛筠迟疑了片刻："仙姑，谢江殿在我眼里无非是一头猪，和张嘉祥不能相比，只是此事你有几分把握？"

"黑无常"浅浅地道了个万福："请军门大人静候佳音。"

黄昏时分，"黑无常"策马飞出军营，驰骋十里地到达江边，下马进入一片密林。女魔头牵着马进入林子深处，把马拴在树上，打开包裹开始换装——还是那件绣着美丽花纹的对开襟无领短衣，还是那条红丝绒的头巾；脖子依旧悬挂着银项圈，腰里依旧系着银项链；当年那个清纯动人的刘三妹赫然重现，时光倒转，她似乎越来越年轻。

经过十二年不懈的修炼，女魔头的"驭阳功"大有进展，拔地飞行犹如燕雀，须臾间出丛林、越斑江，摸入对岸敌营。由于刚过蓬圩节没几天，"怡义堂”营中堆满了战利品，另外有一些扎好的舞龙舞狮以及龙舟等物资。

甘棠圩的蓬圩节选在五月十三关老爷的生日，每逢这一天，周围各乡的青年男女都会抬着关公像巡游，后面舞龙舞狮、载歌载舞，非常热闹，很有点儿佛山堡北帝巡游的模样。蓬圩节的主要内容是圩蓬——壮族青年男女用山歌表达爱情，寻找意中人。

前来援助张嘉祥的除了“飞天蜢”刘五、宁牛儿三等原来“广义堂”旗下的兵马，还有陈亚贵、“三兴福”等经常和张嘉祥联合作战的队伍，营盘错列，旗号杂陈。“黑无常”正琢磨如何找到张嘉祥的营帐时，忽然一阵竹笛声传来。女魔头不由得心中大喜，循声而去，发现张嘉祥坐在树墩上吹笛子，头顶的树枝悬挂一盏灯笼。灯影如金铺泻在他的青衫上，帅小伙比十二年前多了一分沉毅，多了一分宁静，成长为真正的男子汉。

张嘉祥事事模仿李文茂，李文茂擅长铜笛，他便制作了一根竹笛来吹，这首曲子也是二花面最常演唱的大戏《挡谅》。张嘉祥吹奏的旋律虽然蹩脚不畅，调门却极为高亢：

康茂才闻听心里叫，
这一语好比是扎了钢刀；
我比关公实难比，
你比奸曹不差分毫。
关云长饶曹三不死，
念在同窗我饶你这一遭；
摆开一字长蛇阵，
满怀义气放了奸枭。
众儿郎一个个是唉声叹气，
大英雄长叹一声心内焦；
悔不该辕门来发笑，
悔不该与贼把香烧。
…………

张嘉祥的帐前既没有如山的战利品，也没有里三层、外三层的防御，如此萧条，倒出乎“黑无常”的意料。他前后只有三名侍卫：一个侍卫手持长刀警戒，一个侍卫忙着刷马蹄子，最后一个侍卫看模样才十八九岁，背着弓箭在树顶探头瞭望。

骤然人喊马嘶，陈亚贵带着一队骑兵飞驰而来，远远地大声吆喝：“‘特旁三’，把你的弓箭收起来，别伤了你家大王爷爷。”

树顶的侍卫名叫黄鼎凤，贵县覃塘圩人，绰号“特旁三”，一手百步穿杨的好箭法。他冲着张嘉祥喊：“二爷，是陈大王。”

张嘉祥停止吹笛，起身施礼：“王家千岁，怎么没有休息？”

陈亚贵跳下战马：“二爷，我来的路上向一家富户打单，那厮竟然纠众抵抗，被弟兄们灭了全家。本王见他家有一个十来岁的女仔，模样生得俊俏，特地掳来送给你。你放心，陈某人一根手指都没碰过她，不信你试试便知。”

张嘉祥纵横江湖，专门朝有钱人家打单，俘获的千金小姐多如牛毛，模样俊俏的、心思乖巧的，什么样的没见过？可是他心里只有冯玉娘一个，从未正式娶媳妇过门，抓来的女人全部分给手下兄弟，赢得了一个不近女色的豪杰声誉。他笑了笑说：“王家千岁，明日与盛筠老贼决一死战，今夜当养精蓄锐，在下岂能在脂粉堆里打滚？”

作为并肩作战的老朋友，陈亚贵当然知道他对冯玉娘一往情深，叹了口气：“二爷，月亮虽然圆乎，毕竟掉不到井里，你这又是何苦？”

张嘉祥把脸一沉：“王家千岁，有事说事，没事请回。”

“哪能没事？”陈亚贵明白自己的话刺痛了张嘉祥的心，连忙改口，“二爷，前方探哨说威武窑子营帐移动，人喊马嘶，似乎有些异常，我想去江边看一看。”

张嘉祥抱拳道：“有劳王家千岁。”

江风吹拂，弦月如钩，陈亚贵离开后，不知为何，张嘉祥毫无困意，他收起竹笛，取过一支粗大的茅龙笔，在砚台上饱蘸了墨汁，运足真气，刷了一个大大的虎字。

这个虎字出自当年那尊安南国进贡的铜鼓，气势磅礴，四体浑圆，尤其是中间一竖好比擎天白玉柱、架海紫金梁，一竿子插到底，尽吐英雄胸臆。张嘉祥喜欢这个字的造型，闲暇之余单练这一个字，熟能生巧，写得力透纸背，颇有韵味。然而今天似乎有些奇怪，这笔虎字到了最后那一竖便手腕发抖，使不出气力。连着写了几个字没有成功，张嘉祥终于忍不住，把茅龙笔一丢，大吼一声：“何方高人？还不现身？”

“黑无常”明白张嘉祥已经发现了自己的行踪，暗暗佩服，用刀尖挑开门帘，轻盈一跳落入大帐，矜持地笑道：“小弟，别来无恙。”

当年张嘉祥被“黑无常”擒获时才十五岁，蓦然见女魔头现身，面目穿戴一如往昔，不禁羞愧难当，张口结舌：“怎么，怎么是你？”

“黑无常”平生经历的男人不计其数，对男人的心理了如指掌，她明白张嘉祥对自己又爱又恨，爱的是当年俏模样难以磨灭；恨的是被当成肉猪任人剥洗，遭受奇耻大辱。带着恨的爱往往更持久，更让人心神不定。女魔头旁若无人地来到书案前，调皮地说：“张家小弟，你也想成为二爷吗？”

“黑无常”武艺高强，驻颜有术，江湖上没有几个人能说清她的年龄几何。望着这个年龄比自己母亲还大的魔头，张嘉祥心旌神摇，脱口而出：“二爷人人仰慕，在下为何不能？”

“哦？”女魔头问，“你有何作为？”

“去春至今，”张嘉祥挺起胸膛，非常自豪地说，“在下率帐下八百兄弟，合纵连横，会盟各堂兄弟上万人共谋进退，横扫三江六水，打遍六府无敌手，威武窑子无不闻风丧胆。在下战时亲冒锋镝，身先士卒；退则解衣推食，同甘共苦。行侠仗义，虏获财物尽分与他人，兄弟无不感奋；杀富济贫，打单所得散给穷苦人，百姓交口称誉。坊间有那么一句话夸赞在下，前辈不知道听没听过？叫作‘强如狼，弱如羊，锄强扶弱张嘉祥’。”

“果然是大丈夫所为，令人钦佩。”“黑无常”由衷赞道，紧接着话锋一转，“可是，山外有山，人外有人，小弟，你和那个人相比仍然差之甚远。论武艺，他是当今武林至尊，你的本事最多也就是二流高手；论江湖威望，他乃一代传奇，你才崭露头角；论战绩，他曾经做出过无数惊天动地的壮举，专门啃硬骨头，而你避强就弱，赢在侥幸；论忠义兄弟，他手下成名英雄不知凡几，为了他一怒退出洪门，舍弃富贵，你的兄弟能做到吗？论洪门地位，他是前任洪门之主，你的‘怡义堂’没有会簿传承，只是一个冒牌堂口，一个江湖绺子，对不对？”

女魔头滔滔不绝一番话，说得张嘉祥面露沮丧，抬头争辩：“二爷英雄盖世，为天下所称道者，不在于杀了几个人，而在于他为心所驱，铁肩担当，化无情为有情，不肯为了龙头宝座兄弟残杀，不肯为了权势牺牲心爱的女人。”

女魔头解开头巾，露出瀑布般一帘长发，怅然道：“小弟，你说得不错，他的确是一个有情有义的男人，但下场有目共睹——洪门之主宝座落入他人手中，自刺三刀六洞，心爱的女人不知流落何方。为了救他性命，红船兄弟死伤无数，他如今退出洪门、武林和江湖，只能隐遁红船以脸谱遮面。你说说，他落下了什么？”

张嘉祥纵声大笑：“前辈有所不知，二爷兄弟在，妻子在，心爱的女人在。除了更加让人敬仰之外，他什么也没有失去，这才是大丈夫所为。在下不羡他的武功，不羡他叱咤风云的名头，只慕他男儿本色，只慕他一颗有情的心。”

张嘉祥为了反驳对方，情不自禁一吐胸臆，其实正中女魔头的下怀。“黑无常”温情脉脉地拉过他的手：“小弟，今天我来，正是为了你这一颗有情的心。”

“前辈。”张嘉祥抽回手，“啥意思？”

“黑无常”莞尔一笑：“明人不说暗话，你把到手的龙头宝座让给苏三相，冒着生命危险征战四方，博取豪杰仁义之名，不就是为了讨冯玉娘的欢心吗？不就是为了向她表明你和那个人一样，都是一个顶天立地的大丈夫吗？”

张嘉祥面红耳赤：“你，你咋知道？”

“黑无常”摇了摇手中的手帕：“小弟，你忘了姐姐是干什么吃的？姐姐我修炼这身‘驭阳功’靠的就是男人的精，男人的血。我要提醒你一句，你和那个人并不相同，他与谭李氏十年筝声一线牵，彼此心心相印；而你对冯玉娘仅仅是单相思，你把心全掏出来给人家，人家却未必愿意同样把心给你，你辛辛苦苦图什么？你身为兄弟，心里装的是大龙头的女人，处心积虑夺人所爱，实犯了洪门大忌。一旦东窗事发，洪家兄弟岂能容你？江湖道义岂能容你？天下虽大，将无你的立足之地。每虑至此，姐姐寝食难安，特来为你指引一条明路。”

张嘉祥问：“哪一条路？”

“依姐姐看来，”女魔头从容道来，“摆在你面前的只有两条路，若是她应允了你，你二人从此隐姓埋名，离开粤西漂泊天涯，成全一段红尘中的儿女佳话；若是她不肯应承，你又不能慧剑斩情丝，则大祸临矣，投诚官府方为保全之道。”

张嘉祥警惕地跳了起来：“前辈，你到底是什么人？”

女魔头惬意地端详着这只待宰的羔羊：“姐姐暂在盛筠军营隐身，我帮他除强敌，他帮我掩踪迹。眼下广东水师已经拿下雁塘堡水寨，濛江水寨和白沙江水寨指日可破，失去浔江水寨的支持，你们这些乌合之众只能在山沟里面疲于奔命，还有什么奔头和出息？盛军门爱惜你是一个人才，不愿赶尽杀绝，放谢江殿为见面礼，特地请我来劝降。”

张嘉祥倒吸一口凉气，粤西大河纵横，如果夺回水路控制权，清军扫清后顾之忧，各自为战的洪门堂口即刻将沦为小股山贼，再难上演此前纵横六府、撼动江湖的壮举。他吃惊地问女魔头：“前辈，这是真的？”

“你可派人前去打探。”“黑无常”轻松地说，“学好文武艺，货卖帝王家。当今圣上广有四海，统御万极，天下英雄俯首称臣，大家都不感到羞耻，你又何必耿耿于怀？小弟，你一身马上马下的好本事，标致的好人才，退隐江湖岂不埋没？再说你不是还有八百兄弟吗？他们追随你出生入死，图的无非是一个富贵，你忍心弃之不顾？我已经给盛军门说好了，官兵向北撤出三十里地，让你们毫发无损地回博合圩。何去何从？你自个儿想明白，姐姐不勉强。”

次日清晨，张嘉祥发现清军果然撤出甘棠圩，解了谢江殿和李氏兄弟之围。和满腹狐疑的陈亚贵、“三兴福”等人分手后，张嘉祥、谢江殿、李氏兄弟一路南下，经石塘圩、陶圩和骁骑圩顺利返回乌蛮滩。张嘉祥派出的哨探到浔江一打听，果如“黑无常”所言，广东水师在骁将崔大同的统一指挥下，用新购买的洋炮摧毁了雁塘堡水寨，“大头羊”张钊和“赭龙二”黄正业竖旗造反不满一个月，再度向官军投诚。

谢江殿破口大骂：“丢他老母，加上这次，他投诚三回了，真不嫌累。”

李士昌问张嘉祥：“小幺，你们不是在落翅湖会过盟吗？难道盟约是草纸吗？”

“落翅会盟允许向威武窑子假投诚，只要手上不沾洪家兄弟的血就行。”张嘉祥解释，“几位哥哥，‘大头羊’机谋多变，善于保存实力，咱们得向人家学。”

自从去年横扫六府官军以来，张嘉祥已经成为抗清斗争的一杆旗帜，如今他突然说起了“大头羊”等人的好话，谢江殿大感意外：“小幺，威武窑子心肠歹毒，像咱们这种出身的根本不拿你当人看。前些日子贵县的许十三举伙招安，威武窑子只给了他一个八品的外委，不但不发粮饷，而且要他拿银子捐纳报效，气得许十三第二天就反了。再说，在江湖上混要讲道义，变节的人到哪儿也没人瞧得起，你是咱兄弟的脸面，断不能走这条路。”

张嘉祥脸上火辣辣：“大哥，我啥时候说要投诚了？”

在原“广义堂”的兄弟中，张嘉祥江湖名头最响，是老百姓交口称赞的仁义英雄，他最不可能向官军投诚。但是事实胜于雄辩，清军兵力优势明显，不但主动撤围，而且放任弟兄们平安地回到乌蛮滩，其中必有蹊跷。李士昌提醒张嘉祥：“小幺，当官的心比谁都毒辣，只要接受招安，他准让咱们掉转刀口，和洪家兄弟自相残杀。这种事一辈子抬不起头，背着血债和骂名苟且偷生，生下孩子没屁眼，千万不能干。”

张嘉祥救了大伙儿的命，却挨了一顿数落。李士奎觉得过意不去，为他辩护：“哥哥，留得青山在，不愁没柴烧，小幺说得在理。咱们洪家兄弟虽然多，但是没有统一号令，各自为战难成大事。这种情况下保存实力最要紧，假投诚未尝不可。”

“唉。”李士昌叹了口气，“传言大度和尚死在明月道士剑下，可是谁也没亲眼看到。假如二爷能重新复位，号令天下英雄，洪门一统，那该多好啊！”

大度和尚与陈松在一起，江湖上只谣传他死于明月道士剑下，却没有陈松的消息，因此能够证明他生死的恐怕只有三爷陈松。谢江殿摇了摇头：“别说那么远，就算大度和尚活着，恐怕连‘洪胜堂’也不会听他的号令，关咱们屁事？小幺，当哥哥的心直口快，你不要往心里去。咱们兄弟在横州和灵山是第一大势力，眼下威武窑子和团练拧成一股绳，不可等闲视之，只有集中力量才能渡过难关。再过三天是当初‘广义堂’成立的日子，兄弟们在博合圩会齐，推举你当大龙头，重打鼓另开张，你看如何？”

张嘉祥慌忙拒绝：“大哥，万万不可，折煞小弟了。”

谢江殿跳上马，使劲抽了一记鞭子："龙头宝座，有德者居之，你客气个鸟？"

博合圩位于两粤交界，地跨五个州县，从南海抵达左右江地区的物资多在此集散。"怡义堂"选择这里为巢还有一个原因，此地向北二十里是乌蛮滩，向南二十里是苏村，对苏三和张嘉祥来说，正是不折不扣的自家地面。平时苏三坐镇博合圩，张嘉祥在乌蛮滩扎营设寨，成犄角之势，形成"怡义堂"的两大中心。

谢江殿、李氏兄弟走后，张嘉祥命人把平日打单缴获的金银和粮草，夜以继日地送往博合圩的老巢。众弟兄听说"广义堂"即将重新开张，谢江殿主动让出大龙头的位置，咸以为张嘉祥打算把"广义堂"的总舵设在博合圩，无不兴高采烈。

三天后到了约定的日期，张嘉祥换了一身儒雅的长衫，选了一匹白马，分别在伏波庙和红船碑献祭，然后带着二十轻骑赶奔博合圩。谢江殿、李士昌、刘五、麦二、徐亚云、宁牛儿三和杨捞家等兄弟早已到达，苏三见张嘉祥又送来一车金银细软，责怪道："小幺，你把家当都搬到博合圩，日子不过了？"

谢江殿粗声大气地说："往后小幺是大当家，搬过来就对了。"

张嘉祥红着脸："大哥莫要开玩笑，这是小弟孝敬各位哥哥的礼物。"

其他各股兄弟的日子都过得紧巴巴，远没有"怡义堂"滋润，这些年得到苏三和张嘉祥接济不少。宁牛儿三道："大哥，咱们不能茶壶里煮元宵，只进不出，得给小幺拿点儿东西。"

谢江殿连连点头："小幺，凡是大哥有的，要啥尽管开口。"

张嘉祥百般推辞不过，只好说："别的我不稀罕，就要那尊安南国进贡的铜鼓。我这个虎字总是写不好，还得照着它练一练。"

"啊呀，真不巧。"谢江殿为难地瞅了一眼苏三，"前两天我刚把铜鼓送给弟妹。"

苏三道："好办得很，贱内对小幺另眼看待，肯定舍得。"

张嘉祥问："三哥，怎么没见嫂子？"

苏三指了指虎头岭方向："带着几个丫鬟在那边排兵布阵呢。"

正说话间，李士奎护送谢江殿、李士昌等人的家眷赶到，霎时间院子里热闹起来。苏三吩咐苏金桐："快去喊你嫂子，就说宾客到齐，别忘了把铜鼓带回来。"

张嘉祥道："我的马快，我去接嫂子。"

苏三点点头："快去快回，大伙儿等着吃团圆饭哩。"

博合圩南行十里即为虎头岭，此地是通往苏村的咽喉要道。张嘉祥飞马来到峡口，远远听到峡谷里传出一阵响亮的铜鼓声。虽然不是战鼓的节奏，曲调依旧非常熟悉，张嘉祥勒住战马侧耳倾听："咚咚咚，咚咚咚咚咚，咚咚咚咚咚咚……"

原来是红船"发报鼓"的鼓点。

铜鼓声传自峡谷的一处高地，张嘉祥扬鞭冲了过去，只见峡谷里每隔五十余步便插着一杆三角红旗，中间涂有拳头大一轮圆靶，冯玉娘展玉臂，挽强弓，正纵马骑射。目睹她穿红衣骑白马的装扮，张嘉祥的思绪瞬间被带回了十二年前，心潮翻滚，情难自已。他翻身下马，从丫鬟手里夺过铜槌，鼓起勇气，"咚咚咚"敲了一曲《凤求凰》：

凤兮凤兮归故乡，遨游四海求其凰；
时未遇兮无所将，何悟今兮升斯堂！
有艳淑女在闺房，室迩人遐毒我肠。
何缘交颈为鸳鸯，胡颉颃兮共翱翔！
凰兮凰兮从我栖，得托孳尾永为妃。
交情通意心和谐，中夜相从知者谁？
双翼俱起翻高飞，无感我思使余悲。

正如苦练那笔虎字一样，张嘉祥平日专攻这曲《凤求凰》，这是他深埋于心底的恋歌，是他独对漫漫长夜时的精神慰藉，也是他跨越英雄追求的人生之梦。冯玉娘正待弯弓射箭，忽听鼓声骤然变得激昂清脆，如泣如诉。回头一看是张嘉祥，脸上浮出笑意，拨马过来问："听说大伙儿要推举你为大龙头？小幺，恭喜你。"

张嘉祥摇了摇头："大哥就是大哥，兄弟就是兄弟，名分岂可更易？"

冯玉娘道："你在众弟兄里面本领最高，眼界最宽。'广义堂'要是重建，大龙头这把交椅非你莫属。小幺，你就不要推辞了。"

张嘉祥反问："嫂子，假如我当了大哥，又该如何称呼你？"

冯玉娘一窘，顿时沉默无言。

两个人互相说着反话，既在试探对方，也在拷问自己的心。要说无情，一对金童女玉才貌相当，并肩厮杀整六载，怎么可能？要说有情，一个是嫂子，一个是兄弟，干柴烈火燃烧得再汹涌，也无法跨越伦理道义。张嘉祥欲将冯玉娘当女神一样终生供奉，同时又多么渴望改变嫂子这个称呼，带她笑傲江湖、远走天涯；冯玉娘私心爱慕小幺的人才，同时又希望他成为一条真正的汉子，勿致情色所误，爱惜声誉。

坠入情网的人心里矛盾，被情和礼撕为两半。炽烈的男人欲证明气概，哪怕失去生命的呼吸也想一吐胸臆；温良的女人却割断愁绪，宁愿放弃美丽的梦想也要守定名节。太阳在天空发出愤怒的火焰，大地冷眼相待不为所动，不肯随影起舞，化身为一只随生随灭的飞鸟。

大地之心同样奔腾着不息的熔岩，冯玉娘从马肚子摘下梅花亮银枪，朝山谷中一指，黑如深潭的眼眸泛起了水花："小幺，听说你长了本事，嫂子试一试你的刀法。"

丫鬟在侧，两个人诉说衷肠难免顾忌。张嘉祥明白冯玉娘的心思，只好取出关刀："小弟未敢造次，嫂子承让。"

丫鬟们使出吃奶的劲擂鼓助威，冯玉娘和张嘉祥刀枪相击，驱马杀下山坡。这场厮杀花团锦簇，煞是好看。一个是端庄无瑕美娇娘，美娇娘乃女中丈夫；一个是勇不可当英雄汉，英雄汉为痴心儿郎。一对冤家杀出十里地，大战六十回合，未分胜负。

世间假如还有一位女子把练武当女红来消磨时光的话，此人非冯玉娘莫属。万事贵在持之以恒，冯玉娘二十年如一日苦练武艺，内功和枪法均入一流高手之列。经过李文茂在兰花洲的精心指点，她的武功已然脱胎换骨，这杆大枪使起来像天女散花，曼妙绝伦。战马上的意中人浑似戏棚里的大老倌，风华绝代，光彩照人，让张嘉祥如痴如醉。

六十回合后，冯玉娘枪法突变，梅花亮银枪的枪头幻影大作，张嘉祥分不清哪一处才是真正的主攻方向。密不透风的防御破绽顿现，冯玉娘作势欲刺，枪头还没有刺过去，张嘉祥“扑通”先从马上摔了下来，冯玉娘慌忙跳下马，诧异地问：“小幺，怎么啦？”

张嘉祥没有被枪头击中，而是被自己心里的忐忑不安扫下马。他尴尬地问：“嫂子，刚才这招我咋没有见过？”

冯玉娘解释道：“我这一招是受盖天顶那场比武启发：无极生太极，以无情观有情，说到头不过是一个悯字。小弟，你以为如何？”

两个人之间的窗户纸虽然没有捅破，但是彼此的心思都明白。冯玉娘冰雪聪明，将张嘉祥带至无人处，告诉他一个悯字诀，已然委婉地表明了态度。四周山川寂寥，微风逡巡，张嘉祥心犹不甘：“嫂子，这一招应该是太极返无极，以有情观无情，内中是一个悔字。”

即便是普普通通的兄弟，只要在一起生死与共，也会结下深厚的情谊，更别提张嘉祥这样的人中龙凤。冯玉娘亲眼看着张嘉祥从一个任性的少年成长为蜚声江湖的豪杰，一颗对自己的痴心十余年来从未改变，人非草木，孰能无情？

俗话说，旁观者清。张嘉祥救出谢江殿和李氏兄弟后，一连三日络绎不绝地向博合圩押运军需物资，其他人都以为他要放弃乌蛮滩的营寨，唯有冯玉娘看出了玄机——他这不是放弃乌蛮滩，而是要放弃众兄弟和“广义堂”，改弦易辙，站到了命运的选择关口。

六年来，张嘉祥始终没有娶妻，冯玉娘知道两个人摊牌的一天终究会到来。她理解张嘉祥的痛苦感受，想劝几句，一时却不知如何说出口。过了半晌，她才叹道：“小幺，阿茂哥为了女人自刺三刀六洞，差点儿死无葬身之地，到今天仍有人在背后戳脊梁骨。圣人云，前车之鉴后事之师，你旁的不学，为何偏偏非要学他这个？”

“二爷为情而死，小弟仰慕万分。”张嘉祥悲伤地说，“玉娘姐，老天爷让我们相识，让我们别离，让我们再度相逢。难道一世三生，在你的心里，竟然没有我的方寸之地吗？”

“人活在世上，要是没有名节，与禽兽何异？”冯玉娘咬住嘴唇，“小幺，你对姐姐一往情深，这是老天爷定下的机缘。然罗敷有夫，姐姐是你三哥的人，不能做对不起他的事。只能把来生送给你，下辈子我们做夫妻，好吗？”

多少年痴心和爱慕，终于得到回应；来生的美丽幻想，徒然增加今生的痛苦。张嘉祥泪流满面，绝望至极：“不，玉娘姐，我不要来生，只要今生。”

冯玉娘问：“阿茂哥和邓丽娘情定来生，为何你不可？”

张嘉祥一把抹去泪水，大声说：“玉娘姐，二爷前生有陈大老倌，今生有易大老倌，来生有邓丽娘。他有两位大老倌冥冥中庇护，相思江上自然能寻到那盏渔火，可是我呢？我什么都没有，来生如何能寻得见你？”

别看冯玉娘的心曾经偶然被龙启瑞刮起涟漪，但是她心目中真正的倾慕对象，唯李文茂一人而已。无奈如此英雄，世间能有几人？因此她从不奢望这样的美梦。此刻张嘉祥的话搅乱了她的心扉，一直困扰她的那个问题再度浮现于眼前——前生漫漫，今生蹉跎，来生迷茫，难道说陈罗婵和易如真的存在，竟然是为了烘托一个邓丽娘？

冯玉娘不能接受这样的结论，也不愿理解相思江上那盏飘摇的渔火，然而今天的命运恰恰指向那点微薄的光芒。她低下头：“来生用这曲《凤求凰》，这尊铜鼓，必能找到我。”

这尊铜鼓是冯玉娘和苏三成婚之日劫掠来的，用它象征冯玉娘和苏三的婚姻才对，如何能寻找来生的爱情？张嘉祥心如刀绞，跪倒哀求：“白龙已去，天下再没有无情剑，兄弟我可以舍弃，富贵我可以不求，只要你我今生在一起。玉娘姐，小弟对你一片丹心，天日可表。咱们离开这里远走高飞，从此隐姓埋名过下半辈子，好不好？”

冯玉娘长长地吁了口气：“小幺，你不是要学他做一个有情有义的英雄吗？你不是要学他做一个有担当的男子汉吗？面对悖伦之情，阿茂哥拿刀子自刺三刀六洞，而你只会逃避。与他相比，你的心没有定，还是一个伢仔啊。”

张嘉祥的自尊心被深深地刺痛了，辩白道：“玉娘姐，我是一个男子汉。”

“女人需要名节，男人需要气节。”冯玉娘陡转话题，“小幺，江湖山高水长，你离开‘广义堂’我不反对，你舍弃同生共死的兄弟我也不说什么，但千万不要向威武窑子投诚。‘大头羊’不过是蝇营狗苟之辈，倘若你学他们自甘堕落，将来会后悔一辈子的。”

张嘉祥绝望地喊："玉娘姐，你要是弃我而去，我活着还有什么意思？入伙官军，倒可以两耳清净，不必听弟兄们的骂声。"

冯玉娘跳上马，最后瞅了一眼张嘉祥："小幺，假使你不愿任'广义堂'大龙头，吃罢饭从速回返，免得夜长梦多。日后两军对垒，你的刀，我的枪，莫要相遇，留一份情在。但愿到了来生，你心里不会仍然存着一个悔字。"

第一百四十九回　歧路分途

道光二十九年，三大水寨被广东水师用洋炮攻破，除了濛江水寨的“大口昌”外，雁塘堡的“大头羊”和白沙江的“大鲤鱼”两伙悉数向官府投诚，形势急转直下。

在万分危急的形势下，隐匿于幕后的大佬终于出手了——梁培友在落翅湖以代理“洪德堂”大龙头的身份连发三支军令，其一命令任文炳、任文彪、张贵和、巢元贞四路人马抽调精锐杀入浔江，帮助“大口昌”一伙稳住阵脚；其二命令在象牙湖秘密操练的“德义堂”水军火速进入西江，阻挡广东水师西进，减轻浔江流域的压力；其三命令粤东其余各堂选派船炮，开赴粤西驰援，务必确保浔江这条粤西大动脉不致沦落敌手。

粤东各堂的堂主接到龙头大令，临时组建了一支三千人的水师，委托“义德堂”大龙头区润为帅，冲过封川江口炮台的清军防线，顺利与友军会师，稳住了浔江战局。

野火烧不尽，春风吹又生，三合会起义此起彼伏，延绵不绝，令两粤十万绿营和强大的广东水师疲于应付，也让远在数千里外的道光皇帝痛下决心，抽调各省精兵入粤平叛。道光三十年是一个腥风血雨的年份，在清军的残酷镇压下，洪门粤西各堂口顽强不屈，终因没有统一的指挥而惨遭失败，洪家兄弟前赴后继，伤亡更甚往昔。

张嘉祥于道光三十年（1850年）初就抚，广西布政使劳崇光十分高兴，亲自为其易名张国梁，赏了一个八品的外委千总。叱咤风云的英雄甘做鹰犬和奴才，众兄弟唏嘘不已，尤其苏三心里非常不是滋味。在他的策划下，原“广义堂”各路人马合兵攻打灵山县城，结果被闻讯赶来增援的粤东绿营击溃，主力尽失，从此一蹶不振。

从夏天到秋天，无不是悲伤的日子——谢江殿、李士昌、李士奎等人先后阵亡，苏三也在王井峡遭到伏击，死于乱枪之下。冯玉娘敛起悲伤，召集残部在虎头岭三荡三决，手刃仇敌为夫报仇，从此以苏三娘的称号扬名四海。

“广义堂”覆灭后，粤东官军从灵山开进横州，南宁府一带成了地主团练的天下。苏三娘寡不敌众，不得不放弃经营多年的博合圩和乌蛮滩，乘船顺流直下。沿途不少被打散的其他堂口兄弟慕名而来，到达贵县白沙圩时，发展为两千多人。

白沙圩人喊马嘶，旌旗招展，似乎有大队人马在运动。但是仔细观察，能发现江面上行驶的均为民船，而且船上载满男女老少，不像军队打仗，倒像老百姓搬家。苏三娘刚在河神庙前的桥头下船，就见“聚义堂”女龙头邱二嫂骑着黄骠马，率众从镇子里飞驰而出。

邱二嫂原来是粤西绿林道的一个山大王，后来见洪门时髦，便自立“聚义堂”。这女人身高体壮，善使一柄飞天叉，臂力甚是惊人，素以剽悍著称。她对苏三娘的武艺十分佩服，催马过来问：“三妹，横州待不住了？”

苏三娘行礼：“威武窑子已经杀进南宁府，妹子打算寻一个可靠的落脚之处。”

“别往前面走了，浔州城下全是狗子，好多还是从外省调来的。”邱二嫂道，“眼下威武窑子气势正盛，哪有什么可靠的落脚之处？有的话，你替我找一个。”

为了扑灭粤西的三合会起义，朝廷从粤东、四川、贵州、云南、湖南等省调来重兵。反观各家洪门堂口仍在各自为战，焉有不败之理？苏三娘痛定思痛，对邱二嫂说："二姐，咱们不能再像以前那样自立山头混日子，必须投奔真正的洪门。"

"真正的洪门？"邱二嫂为难地说，"二爷退隐红船，'洪德堂'指不上；大度和尚与步青磊生死未卜，'洪胜堂'一盘散沙；罗大纲倒还活着，可他的'洪义堂'屡吃败仗，人马跟咱们姐俩差不多，投奔他有用吗？"

苏三娘的态度斩钉截铁："罗阿妈是孤胆英雄，在粤西洪门辈分最高，不投他投谁？威武窑子看来想把我们连根拔除，再不团结合力，只怕难逃一劫。"

"言之有理。"邱二嫂频频点头，"妹子，我听你的。"

"浔州城过不去，干脆改行陆路，过桂平到武宣东乡。"苏三娘提出一个建议，"亚贵兄弟这两年混得不错，据说手下有四千兄弟，咱们拉着他投奔罗阿妈如何？"

邱二嫂高兴地说："那当然好，只怕他又出去打单，不在东乡。"

苏三娘耐心地回答："去了就知道。"

两位名震江湖的女豪杰正在交谈，只见一群汉子驱牛赶车，拖着一位铁炮来到桥头。一个女人拎着包袱跑出人群，尖着嗓门喊："玉娘姐，玉娘姐。"

原来是"红心"，苏三娘问："妹子，你这是要去哪里？"

"嗨，都怪我们家那口子。""红心"无精打采地说，"'铁公鸡'兄弟开炉铸炮，非拉着他加入上帝会。上帝会是洪先生和冯先生合办的，不信祖宗信基督。前些日子基督，就是牛瞎子那个二徒弟萧朝贵下凡，命令各地教友一律到紫荆山团营。"

苏三娘不解地问："什么是团营？"

"红心"比画着："团营就是卖房子卖地，把家里的牲畜、财物、粮食一起带走，都带到紫荆山去过日子，这边的家不要了。"

最近两年，附近各县的客家人多数入了上帝会，据说老老少少加起来有一万多人，官府当然不肯放过这么大的势力，扯旗造反是必定的。不过，苏三娘和邱二嫂久经沙场，深知兵贵神速的道理。上帝会把会众全家老老小小集合起来，还能行军打仗吗？

苏三娘叹了口气："前面水路堵住了，你们怎么去紫荆山？"

话音刚落，有人击掌大笑："问得好，我兄弟正要借重两位女侠。"

苏三娘和邱二嫂回头一看，只见石达开、石祥开在众人的簇拥下出了河神庙；紧随其后的是石家叔侄和兄弟，像什么石凤魁、石凤苞、石龙泉、石明开、石达德、石达英、石贤隆、石福隆、石镇岗、石镇交、石镇吉等等；最后是三个上帝会的骨干分子——胡子拉碴的黄脸汉子叫秦日昌，矮墩墩的黑脸汉子叫陈承瑢，俱为北山银矿“敬义堂”的小头目；肩膀宽宽的汉子叫林凤翔，在家放过牛，也在白沙圩的铁矿当过矿工，原是本镇“恒胜堂”的小头目。

《太平天日》一书的内容跨度只有十年——起自道光十七年洪秀全的一个梦，结束于道光二十七年他老人家捣毁象州甘王祖庙。书中描写全是洪秀全和冯云山的活动，甚至连浔州城里卖豆芽、腌酸菜的张老水都提到了，偏偏对杨秀清冒充上帝和萧朝贵冒充基督下凡的两大神迹只字未提，用意不言自明。

人算不如天算，洪秀全拿着这本书回到粤西，卷土重来，高兴了还不到半年，一场特大型的瘟疫席卷紫荆山。杨秀清和萧朝贵把脑门磕出了两个大血包，仗剑施法，机缘巧合，上帝会众在这场瘟疫中确实死伤最少。广大会众对上帝和基督的能耐深信不疑，赢得了会众支持的两位降僮法师扳回一城，再度和洪秀全这把无情剑打成了平手。

时局的恶化已经不容上帝会高层钩心斗角，两派势力暂时达成了均衡——洪秀全默认杨秀清和萧朝贵当爹当哥的下凡资格，老老实实当他的二爷；杨秀清、萧朝贵、曾氏家族为首的紫荆山一系拥戴洪秀全做教主，并给贵县一系应有的地位。冯云山作为上帝会实际开拓者，与双方均保持着千丝万缕的联系，并得到像韦昌辉、胡以晃等第三势力的拥戴，在太平天国初期起到了不可替代的黏合剂作用。

至道光三十年，上帝会已经发展到两万多人的规模，能战之士约有三千，不知不觉间成为一支很有实力的反清武装。官府不可能视而不见，因此揭竿而起已然迫在眉睫。洪秀全和冯云山六月份就下达了总动员的密令，后来杨秀清不知什么原因突然病倒，萧朝贵以基督身份不断下凡发布圣旨，起义时间一拖再拖。

在上帝会领袖们的眼里，清军固然是妖，从事反清复明的三合会也同样是妖。妖和妖鹬蚌相争，渔翁得利，何乐而不为？清军即便取胜，杀敌一千，自损八百，战力大不如前；而被打散的洪家兄弟能征惯战，恰恰是上帝会最希望网罗于麾下的战士。只要劝说他们放弃信仰五祖和关老爷，头上的红巾根本不用摘，立刻就能变成皈依上帝的一棵真草。

九月上旬，萧朝贵终于下定决心，命令会众从各地向紫荆山区集中。“客胜堂”早于七月底便进驻白沙圩，重金聘请钟水鼎开炉铸炮，计划用牛车翻山越岭送往紫荆山。

别看“铁公鸡”是“客胜堂”的老大，但石家人却更愿意听他兄弟石达开的指挥。小伙子刚刚十九岁，身材高大，英俊潇洒，文武双全，好出奇谋，江湖人称“石敢当”。平日里最喜欢替人排忧解难，天生一副和蔼可亲的笑脸，极富魅力，善于笼络人心。

邱二嫂问石达开：“达开兄弟，我们两个女流之辈能干啥？”

“谁不知道两位女侠的名头？”石达开优雅地施礼，“清妖重兵驻屯浔州城，咱们只能走陆路北上，然后渡过黔江。正好一路同行，以壮声势。”

张嘉祥变节投降后，苏三娘对长着一副小白脸的人很不感冒，觉得这种人心机流动，偏爱取巧，没有定性，不值得信赖。她瞥了一眼石达开：“你怎么知道我们要渡黔江？”

石达开笑了笑说：“陈亚贵在武宣，罗大纲在平南，两位女侠不是要与他们会合吗？大敌当前，咱们两家应该同舟共济，是不是？”

苏三娘点了点头：“好吧，我姐妹就帮你把铁炮拉过双髻山。”

“客胜堂”原有一千人马，在白沙圩收编的客家流民大约三千，合起来四千余众，而苏三娘和邱二嫂的人马合计有三千余。七千人组成一支浩浩荡荡的大军，携带铁炮渡过黔江，顺利抵达双髻山西麓的武宣东乡。到了村口，从里面杀出一彪人马，战鼓擂得震天响。当中一员战将不穿盔甲穿戏装，头上戴了一顶纸糊的金冠，闪闪发亮，令人眼晕。

对面军队虽然头缠红巾，旗号却不是陈亚贵的。苏三娘和邱二嫂正在疑惑的时候，石达开催马上前，抱拳拱手：“军师，小弟把铁炮带来了。”

那人把脸一沉：“达胞，打躬作揖皆为妖礼，你咋又忘了？”

石达开跳下马，跪倒在地：“谢天兄指点。”

苏三娘皱着眉头问邱二嫂：“这个招摇汉子是谁？”

“嘻嘻。”邱二嫂扮了个鬼脸，“这就是牛瞎子的那个二徒弟，号称救世主，在上帝会里混了个军师的位置。教主老二他老大，君卑臣尊，反而听他号令，忒也古怪。”

冯云山进行制度设计，一方面参考《周礼》，一方面参照当时人们的习惯。白扇军师在三合会中居第三把交椅，洪秀全贵为一教之主自称二爷，那么军师在上帝会就是二把手，军政大权一把抓，相等于丞相和元帅的合体。这个位置本来是留给他自己的，谁知杨秀清和萧朝贵先后下凡，以上帝和基督的身份抢班夺权。人总不是神的对手，冯云山自认晦气，上帝会因此同时拥有了三位军师：杨秀清和冯云山为三星军师，萧朝贵来了个二星军师。

武宣是萧朝贵的老家，他在武宣招募了不少兄弟，这次来东乡是为了援救陈亚贵，同时征集粮草，接应石达开。听到邱二嫂的讥笑，他没有恼火，反而客气地行了一个礼：“陈大王在雒容陷入清妖重围，死伤数千兄弟，老本快赔光了。他发信向本会求救，我们赶到时已经人去楼空，恐怕凶多吉少。两位女侠，萧某虽然初出江湖，但深知合则两利的道理。眼下清妖大举来袭，贵我双方不如并肩作战，共度时艰。”

邱二嫂讥讽道：“我们也是妖，你不怕吗？”

萧朝贵尴尬地问：“两位前辈，陈大王被清妖歼灭，你们还能找谁？”

苏三娘道：“罗阿妈在平南和藤县，我们去投他。”

“哈哈。”萧朝贵得意地笑了起来，“两位前辈，罗阿妈他们前两天刚吃了败仗，现在大湟江口藏身。本会三星军师正与他谈判，讨论联合作战，你们直接去江口圩吧。”

萧朝贵说的三星军师指杨秀清。

上帝会虽然在各地发展信徒，但是力量最集中的无非桂平、平南、贵县三处。杨秀清患病不起，萧朝贵趁机下凡，发号施令，眉毛胡子一把抓，“手指甲般的小事”俱要过问，忙得两条腿长了疮也顾不上治疗——七月二十四，萧朝贵以基督的名义下旨，要求洪秀全和冯云山转移到平南山人冲胡以晃家里避难，直接将两位创始人送出权力中心；八月，严令石达开把生产的铁炮运出白沙圩，放弃贵县根据地，彻底断了贵县一系的命脉；九月，亲统大军开赴武宣东乡救援陈亚贵，大肆招募乡亲入伍……

眼看萧朝贵在上帝会的影响力与日俱增，有超过自己的危险，杨秀清心急如焚，抱着病躯强行下凡指导。天父和天兄一荣俱荣、一损俱损，互相不能拆穿，萧朝贵只好同意他代表上帝会与到达江口圩的罗大纲进行谈判。

道光三十年初，“大头羊”和“大鲤鱼”再度易帜，和往日弟兄站到一条战壕里，迭次发动声势浩大的水战，重新控制了浔江水面。下半年，广东水师派战舰越过封川江口炮台，以优势兵力击溃联军，罗大纲、关钜率“洪义堂”和“德义堂”水师先后参战支援，仍然抵挡不住广东水师的炮火，节节败退，一路退至大湟江口，方才稳住阵脚。

上帝会虽有两万之众，但是男女老少一大堆，能打仗的精壮男子不过三千。粤西各地流散的洪家兄弟不计其数，如果说服罗大纲，凭借他在洪门中的地位和声望，登高一呼，转眼便可组成一支强悍之师。另外，上帝会一直在山沟里活动，并无水上斗争的经验和实力，因此杨秀清对驻扎在大湟江口的这支水师格外垂涎——假如能把横行浔江的艇军收编过来，上帝会不就如虎添翼，三江六水任由驰骋？这份功劳断不能让萧朝贵端了去。

苏三娘又惊又喜：“罗阿妈在江口圩？”

“没错。”萧朝贵点点头，“军师在金田村搭设戏棚，请罗阿妈和各位当家的看戏，彼此合兵演阵，交谈甚欢。两位女侠要是不信，可以当面问他。”

罗大纲如果在大湟江口，便不必去平南找他，省却鞍马劳顿之苦。苏三娘和邱二嫂率部翻过双髻山，在金田村歇息了一日，快马加鞭赶往江口圩。金田村距江口圩不过三十里，两支人马抵达江口圩时，太阳刚刚爬至中天。

大湟江口旗帜林立，均为艇军的营盘。所谓艇军，原是江湖对浔江三大水寨的称呼，因为他们继承了“德胜堂”水师的衣钵——船只是坚固的坡山艇，水手多来自古劳围，铁炮则购自佛山堡。广义的艇军则包括原来的“德胜堂”兄弟和各股装备坡山艇的洪门水师。驻扎在大湟江的艇军共有八股人马，分别是“洪义堂”“德义堂”“西礼营”“大头羊”“大鲤鱼”“大口昌”“卷嘴狗”“赭龙二”所部。

经过和广东水师几次大战，艇军损失不少，八股人马中“洪义堂”还有一千多兄弟，其他各股合起来才三千出头。

苏三娘和邱二嫂到军营一打听，才知道罗大纲等人正在“癞头鳖”的窑口议事。她们驱马来到镇子里，发现窑口前布满卫兵，一副如临大敌的样子。

“厚皮棍”在门口迎来送往，正招呼客人，见苏三娘和邱二嫂纵马来到近前，登时变得口吃起来：“冯，冯女侠，你啥时候来的？”

苏三娘跳下马，把背后的柳叶双刀收起来，和颜悦色地问：“罗阿妈在里面？”

“在，在，几位当家的都在。”“厚皮棍”压低声音，“他们在内堂议事，金爷下令寻常人等不许近前。冯女侠，小的进去知会一声。”

内外戒备森严，显然有密事计议。苏三娘道：“不着急。”

“厚皮棍”领着她们进了院子，边走边喊：“阿蕉，快来看这是谁？”

“花肉”从后院走出来，喜出望外，声音猛地提高了八度：“我的天，是冯女侠！大家快出来啊。阿荻，二娘，冯女侠来了。”

如潮水一样，“呼啦啦”地从后院里涌出一群熟人，莫二娘、“白皮”、郑流利、劳大德、温家兄弟、柯家兄弟和鸡家兄弟，置身其中，简直像回到了佛山堡。

冯玉娘有些目不暇接，惊奇地问：“你们怎么都在这儿？”

莫氏夫妇最近一直住在江口圩，为的是与“花肉”“白皮”两个人热闹；“六顺堂”从香港岛采购洋纱、火油等洋货，然后运到江口圩卖给“过山客”，鸡大逵和柯定邦一年至少来个七八趟，郑流利跟着他们打打下手；游新潭借绿营兵击败“西礼营”，陈见成只好率劳大德、温秉智、温秉信、鸡英逵、“瞌睡虫”等人南下浔江，跟随关钜一路败退至此……

“这地方好。”莫二娘笑得合不拢嘴，“清静不说，还拿咱们当人看。”

这群兄弟姐妹以前不是沿街乞讨的叫花子，就是任人蹂躏的卖唱艺人，现如今都混出了个光鲜的模样，夫复何求？苏三娘心中感慨，向大家介绍了邱二嫂，劳大德和温秉智等人忙催促“厚皮棍”：“冯姑娘和邱当家的远道而来，你快进去禀报。”

众人取来座椅板凳，围着苏三娘和邱二嫂在亭子里坐下。“花肉”端过茶水，亲自给苏三娘斟了一杯，问道：“女侠，你们会和冯先生他们合兵吗？”

苏三娘看了一眼邱二嫂，反问：“阿蕉，你常年在江口圩，这个上帝会究竟如何？”

“不清楚。”“花肉”摇了摇头，“上帝会是冯先生弄的，他是个好人，有功不居，尊他表哥洪先生为教主，让洪先生当大龙头。叫人想不通的是，冯先生和洪先生都不做主，真正做主的是牛瞎子的两个徒弟，一个自称上帝，洪先生管人家叫爹；一个自称救世主，洪先生管人家叫大哥。这两个人说话稀奇古怪，没几个人能听懂。我只知道他们管谁都叫妖魔鬼怪，不信孔圣人，也不信关老爷，只信红毛鬼子。依我看，活脱就是一伙汉奸。”

俗话说，道不同不相为谋。以罗大纲为首的八股人马与上帝会合兵演练不到三天，就产生了巨大的矛盾，八位当家人在窑口内堂聚首，商议是否继续与上帝会联合作战。

“联合作战?”“大头羊”阴阳怪气地说，“说得好听，江湖上从来是大鱼吃小鱼，小鱼吃虾米。眼下威武窑子气焰熏天，他们便口口声声宣称两军平等；一旦松了口气，局势变得和缓，肯定会把咱们哥几个吞掉，连一点骨头渣子也不会剩。”

“卷嘴狗”赞成他的意见：“没错，人家两万多人，咱们八股合起来才四千多。上帝会的头目净是客家人，咱们立功再大，也没有出头之日，何必为人做嫁衣裳?”

陈见成奇怪地问：“两位当家的，当初提出联合作战，可是你们俩提出来的先，咋一转眼的工夫又变了?”

言者无心，听者有意。陈见成此话一出，除了“大口昌”外，“大头羊”“大鲤鱼”“卷嘴狗”“赭龙二”四个人俱羞红了脸，以为陈见成是在讽刺他们为了保存实力，多次玩弄降清和叛清的丑陋把戏。“赭龙二”辩解：“陈阿妈，我等虽然一再与威武窑子周旋，但心里始终向着洪家兄弟，这是有目共睹的，并没有违背落翅湖的盟约。”

陈见成“哼”了一声：“列位，我都记不清你们投诚了几次，人马分成了几伙。不过这也不打紧，男人的气节跟女人的身子一样，破一次就等于破一万次。”

陈见成是混江湖的出身，嘴片子利落刻薄不饶人，这句粗话像一记闷棍，敲得四位当家的哑口无言。“大只钜”心里痛快极了，然而这个节骨眼上不宜落井下石，只好做和事佬：“掌堂大爷神功盖世，见识超凡——他老人家当年在龙头峰自刺三刀六洞，化无情剑为有情剑，想必窥测到了天机，故而悲天悯人，在燕子石饶过‘入地蛟’。陈阿妈，四位当家的向威武窑子投诚不足百日，便掉过头追随本堂，身在曹营心在汉，莫要太计较。”

“大鲤鱼”拱手道：“多谢关阿妈，我等与威武窑子虚与委蛇，自个儿心里也不舒坦。我们哥四个行事是有分寸的，刀口从没有对准一条战壕的自己人，不像张嘉祥那个狗日的，专门与洪家作仇，听说在柳州府和庆远府杀了不少洪家兄弟。”

张嘉祥投降官军后，不好意思在郁江、浔江流域与昔日袍泽为敌，主动申请去柳州府、庆远府作战，相继剿灭了好几股“洪胜堂”人马。罗大纲愤怒地拍了一下桌子：“此贼平日口口声声号称忠义，谁知到头来为虎作伥，真是知人知面不知心。”

陈见成嘴巴又痒痒起来：“当官的又不是傻子，能容你藏奸耍滑？只要你敢投诚，就不怕你不杀昔日兄弟，早就预备着口袋，专等你往里面钻呢。”

眼看现场的气氛再度尴尬，这时，“厚皮棍”风风火火地闯了进来：“各位大佬，苏三娘和邱二嫂到了，带来不少兵马，有三千多人呢。”

三千多？江口圩的八股人马合起来也多不到哪儿去。苏三娘和邱二嫂率部到来，艇军的力量瞬时间翻了一倍。八位当家的立刻忘记了刚才的拌嘴，个个笑逐颜开。罗大纲喜道：“苏女侠武艺高强，又是掌堂大爷的妹子，咱们是不是该隆礼出迎？”

关钜和陈见成属于“洪德堂”，自然无话可说，同时抱拳：“但凭罗阿妈吩咐。”

八位当家人整顿衣冠，起身离座，列队出门迎接。罗大纲走在前面，“大只钜”和陈见成左右陪同；“大头羊”“大口昌”“大鲤鱼”“卷嘴狗”和“赭龙二”紧随其后，都想领略这位威震江湖的女英雄的风采。

到了院子一看，从亭子里迈出两位女头领，前面那个中年妇女身材高大，阔脸直鼻，腰里悬着巴掌宽的一柄顺刀，煞是威武；后面的二十多岁年纪，皮肤白皙，花容月貌，天生一副娃娃脸，看起来像十八九岁。尤其是那一双晶若星辰的黑色眸子，没有喜，没有怒，没有哀，没有愁，永远显得那么波澜不惊，永远显得只有那么一丝看不见的忧郁。

如果没有身边的那匹白龙驹，如果没有挂在马背上的那对柳叶刀，如果没有倚在树上的那条梅花亮银枪，谁能想到这位看似二八芳华的美娇娘，竟是威震江湖的女豪杰？

苏三娘上前见礼："未亡人参见罗阿妈和各位当家的。"

罗大纲慌忙还礼："苏女侠，何时到的江口圩？"

"刚到。"苏三娘忍住悲伤，"粤东官军杀入南宁府，兵锋扫及横州、贵县。贱妾和二姐孤木难支，寡不敌众，特来投奔罗阿妈。"

罗大纲等人正在商议投奔上帝会，没想到苏三娘和邱二嫂竟来投他，顿觉惭愧："罗某乃败军之将，何劳两位女侠错爱？"

苏三娘正色道："罗阿妈此言差矣，粤西遍地开台做戏，洪家不是输在人少，而是输在缺乏统一的号令。足下贵为'洪义堂'的掌印阿妈，威信既著，在洪门资历深，倘若登高一呼，严明军纪，洪家兄弟望风归顺，焉能如今日任由威武窑子宰割？"

苏三娘一席话，说得罗大纲面红耳赤，良久之后，才叹息道："粤西洪门多为昔日'洪胜堂'兄弟，总堂大爷远避云贵，生死不知。本堂为客军，来粤西后胜少败多，难以服众。要说有资格、有威望号令'洪胜堂'兄弟的人，倒是有一个。"

苏三娘和邱二嫂齐声问："谁？"

罗大纲惆怅地说："当然是先大龙头，可惜他隐居红船不愿出世。"

"阿茂哥自刺三刀六洞，发下重誓，不可能自毁诺言。"苏三娘叹了口气，"罗阿妈，尚需你出面号令三军，切勿推辞。"

大度和尚没有音信，李文茂拒不出山，洪门复兴遥遥无望。罗大纲心情无比沉重："我们正在商议一件大事，劳烦两位女侠帮忙拿个主意，里面请。"

众人回到内堂就座，邱二嫂问："罗阿妈，你们商量的是哪一件大事？"

罗大纲道："和上帝会联合作战的事情。"

邱二嫂又问："你们商量出啥结果了？"

罗大纲苦笑一声："大伙儿不赞成罗某的想法，怕上帝会吞了咱们。"

"大头羊"心有余悸："两位女侠大概还没有领教过上帝会的厉害，这些人跟着红毛鬼子学得不近人情，心狠手辣，杀人跟切西瓜一般。我们与他们合兵演练才三天，那口'云中雪'已经砍了八粒头壳，全是他们自己的兄弟，无非因为一些鸡毛蒜皮的事情，像什么抽大烟、财物没有及时上缴圣库、夫妻同房等等，太狠了。”

苏三娘奇怪地问：“‘云中雪’？”

关钜在旁解释：“那个姓洪的自吹自擂，说两仪洞的‘打铁罗’在飞来峡金芝岩炼了一口无情剑，堪比掌堂大爷的‘镆铘剑’，专门用来杀自己人。”

“大只钜”代表“洪德堂”，连他都是这种口气，可见罗大纲的意见目前处于劣势。事关各股兄弟的未来，苏三娘谨慎起来：“罗阿妈，各位当家的，我和二姐初来乍到，不清楚上帝会的作为，请你们把这几天的见闻细细道来，让我们心里有个数。”

罗大纲语重心长地说：“各位兄弟，咱们在粤西屡屡吃败仗，除了号令不统一外，还有一个最大的毛病，那就是军纪不严明。上帝会的杨大当家和萧大当家虽然初出茅庐，但是以铁腕手法治军，能把瘦骨嶙峋的懦弱百姓训练成死斗之士，这一点连本堂也自愧弗如。训练时杀几个兄弟，为的是上阵少死人，本堂并没有觉得有何不妥。至于财物上缴嘛，咱们洪家也有这样的做法，并非他们上帝会首创。”

“卷嘴狗”插话：“好好一对夫妻不让住在一起，算咋回事？”

邱二嫂不以为然：“行军打仗又不是过日子，一家子干吗要住在一起？”

“赭龙二”诉苦道：“两位女侠有所不知，上帝会规矩多，烟不让吹，酒不让喝，连摊皮都不让摸，哪是人过的日子？”

苏三娘微微一笑：“吹烟饮酒赌番摊，不做也罢。”

这三样东西是两粤百姓常有的嗜好，洪家兄弟从无禁止，罗大纲自己就抽大烟。听了苏三娘的话，他满脸羞愧：“女侠教训的是，本堂即日起戒烟。”

邱二嫂听着新鲜，问“大口昌”：“这个不让，那个不许，上帝会到底让干啥？”

“背天条，唱赞歌，夸赞红毛教的上帝和救世主。”“大口昌”愤愤不平地说，“夸红毛鬼子咱们不管，但他们骂五祖爷爷是妖怪那就不行。”

陈见成争辩：“梁爷，牛瞎子那两个徒弟很敬重罗阿妈，把话说得清楚——允许咱们洪家兄弟自成一体，不受洗礼。他骂他的，咱敬咱的，井水不犯河水。”

“井水不犯河水？”“大口昌”极为不满，“陈阿妈，你这是痴人说梦。”

“大鲤鱼”瞥了眼关钜，火上浇油：“这伙汉奸只信红毛鬼子，孔夫子、关老爷、如来佛和观音，包括祖宗在内，凡是咱们认识的神仙统统斥为妖怪。人活在世上行的是忠义，他们连关老爷都容不下，还算是人吗？”

邱二嫂大叫起来：“老娘以为他们只是借红毛鬼子的名头来壮胆，没想到玩真的？不要祖宗不讲道义，这根本不是人，就是鬼子嘛。”

苏三娘听明白了，八股人马中，除了陈见成赞同罗大纲外，其他人都持反对意见，看来与上帝会联合作战一事有点悬了。让她不解的是，罗大纲在洪门辈分高、威望重，随时随地可以拉起一支人马，为什么偏偏醉心于和上帝会合伙？

她平静地问：“罗阿妈，你到底是怎么想的？”

寒风吹过敞开的窗户，吹拂着英雄凌乱的虬髯，滑过皲裂斑驳的刀鞘。罗大纲默默地扫视着在座之人，过了一会儿，终于开口：“两位女侠，各位兄弟，上帝会有两万多人，眼下是粤西纪律最严明的一支反清人马。倘若咱们这几千人齐心协力，兴许能保持一点儿独立性，否则联合作战必定沦为空谈，被人家连锅端去。罗某投身洪门数十载，忝为‘洪义堂’堂主，按理说不该舍弃众兄弟，投身上帝会，听其驱使。然本堂自‘红阳劫运’年扯旗举义以来，大大小小数百仗，吃尽了威武窑子的苦头，死伤忠义兄弟无千无万。罗某每每思虑至此，痛心疾首，恨不得一刀了结性命，追随兄弟亡魂而去。常言道，两害相权取其轻，上帝会固然崇拜上帝，但是只要他们肯出力杀鞑子，我辈为何不能忍辱负重，与他们并肩作战？”

关钜皱了皱眉头：“罗阿妈，总堂大爷一旦有了消息，你当如何？”

大度和尚早已身败名裂，当今世上，唯一能够号令天下洪家兄弟的只有李文茂。关钜这句话的真实含义是，一旦“玉叶会簿”和龙头令旗重现人间，罗大纲是否会听从召唤？罗大纲的心被深深地刺痛了：“关阿妈何出此言？罗某即便与上帝会合作，也绝不会拜什么红毛教的上帝和救世主。此心可表日月，倘有违背，天诛地灭。”

苏三娘被罗大纲无奈的选择打动了：“罗阿妈，阿茂哥不肯出世，难道我们就任由威武窑子宰割？妹子愿率本部人马同投上帝会，上刀山、下火海，在所不辞。”

罗大纲没想到苏三娘会这样表态，泪水在眼眶里打了几个盘旋，终于夺眶而出：“多谢女侠美意。”

邱二嫂摇了摇头：“妹子，姐姐我不受委屈，不背骂名，咱们就此别过。”

罗大纲、苏三娘、陈见成执意要投上帝会，大分裂已然不可避免。邱二嫂回贵县，关钜也打算趁夜色穿越清军防线，赴落翅湖和梁培友商议，他站起来瞅了“大头羊”“大口昌”“大鲤鱼”“卷嘴狗”“赭龙二”几个人一眼：“哪位与关某同行？”

江口圩地理位置重要，夹在清军和上帝会两大势力之间，不与上帝会合作，即意味着有很大可能再度接受招安。“大口昌”不肯向官府低头，应声而起：“关阿妈，在下愿往。”

同生共死的兄弟分成三路，今后难免刀兵相见。关钜拔出刀砍去一截桌角，喝道：“大丈夫一言既出，驷马难追，各位别忘了落翅湖的盟誓。”

第一百五十回　永安彷徨

罗大纲、苏三娘两支劲旅投奔上帝会，杨秀清和萧朝贵喜出望外，破例允许罗大纲、苏三娘可以不受洗礼，所部人马信上帝还是信五祖听其自便。由于上帝会实行男女别营的制度，苏三娘受命统带女兵，原属“广义堂”的兄弟并入“洪义堂”，归罗大纲指挥。杨秀清、萧朝贵随即下令接回洪秀全和冯云山。道光三十年冬月二十二，蒙得恩，即从前的货郎蒙上升，率领鹏化山的上帝会众走捷径攻入思旺圩，击败清军李殿元部，成功将洪秀全、冯云山、胡以晃等首领接回桂平，立下首功一件。

十二月初十是洪秀全的三十八岁生日，上帝会两万多会众在金田村犀牛岭誓师，洪秀全自称“太平真主”，起义军改称“太平军”，全体将士蓄发易服，仿效洪家兄弟头裹红巾。太平军首先挥师杀出紫荆山区，占领江口圩，试图夺取浔江沿岸的繁华地区。“大头羊”“大鲤鱼”“卷嘴狗”“赭龙二”等人投降官府，以火力强大的水师封锁江面，堵住太平军的道路。太平军在江面上占不到便宜，不得已掉头奔袭武宣。咸丰元年(1851 年)二月二十一，洪秀全在东乡改称天王，宣布国号为“太平天国”。设立百官，封幼子洪天贵为王储。拜杨秀清为左辅正军师，萧朝贵为右弼又正军师，冯云山为前导副军师，韦昌辉为后护又副军师。军师以下设礼、户、吏、兵、刑、工六部尚书，共七十二员掌理国务，承宣二十四员发号施令。同时封杨秀清为中军主将，萧朝贵为前军主将，冯云山为后军主将，韦昌辉为右军主将，石达开为左军主将。

所谓一龙升天，一龙入地。洪秀全生日那天道光皇帝一命归西，太平军斗志昂扬，三里圩一战大败清军主力。继任的咸丰皇帝意识到太平军的战斗力超过了洪门会党，实为朝廷头等心腹大患，便任命首席军机大臣、文华殿大学士赛尚阿为钦差大臣，调集各省精兵入粤镇压太平军。经过半年多的血战，太平军被迫放弃桂平、武宣根据地，越过鹏化山进入藤县。根据罗大纲的提议，计划攻打永安州城，在莽莽瑶山中杀出一条血路。

萧朝贵升为右弼又正军师，在太平天国领袖中的地位已经超过冯云山，成为名符其实的第三把手。和以往一样，他的前军继续勇挑重担，逢山开路，遇水搭桥，韦昌辉、石达开跟随他走陆路直扑永安州城；洪秀全、杨秀清、冯云山等人征集民船，带着老弱病残和辎重粮草乘船至三江口，再沿着濛江向北进发。

这一日行军途中，忽接左二军帅罗大纲的飞报，说他统领的人马行军速度过快，打算在大黎里扎营五日，招兵买马，购置粮草，等待大军会合。

太平天国的领导阶层中，立国之前真正有实战经验的不过寥寥数人，这半年多作战经历始终没有超出桂平、武宣和象州。萧朝贵虽然勇猛顽强，但是一来对紫荆山和鹏化山以外的地理不熟悉，二来从没有攻克过一座城池，因此特地将韦昌辉和石达开招来商议。

“贤弟，罗军帅这是啥意思？”萧朝贵问石达开。

论作战经验，整个太平军中没人比得过罗大纲，他手下的洪家兄弟身经百战，堪称太平军的头号精锐。杨秀清为了遏制萧朝贵的影响，故意把这支生力军编在石达开的左军，交给石达开统帅。但是萧朝贵仗着天兄的光环，直接将这支虎狼之师捏在手里，充任全军先锋。石达开有苦说不出，推辞道：“天兄，你是神仙，还能不知道他的意思？”

“呵呵，神仙又不是我一个。”萧朝贵尴尬地笑了笑，惆怅地说，“自开国以来，天父嫌我肚肠嫩，亲自下凡为众兄弟指点迷津，萧某好久没有回天上了。”

与孤傲冷峻的杨秀清相比，萧朝贵善于拉拢人心，礼贤下士，人缘不错。当年石达开在六团村不肯退兵，萧朝贵厉声斥责，之后温言抚慰；韦昌辉捐了监生以后，肚子里没有几滴墨水的萧朝贵编了一首歪诗祝贺；胡以晃毁家纾难，萧朝贵亲自赠送铠甲；三月十六，陈来操办罗大纲妻子葬礼时私自贪污金银首饰，萧朝贵大为震怒，处以极刑。救世主这人比较好相处，不像杨秀清老拉着个皇上帝的驴脸，动不动拿“云中雪”吓唬人，叫人不寒而栗。韦昌辉笑着对萧朝贵说：“咱们一路上扩充兵力，罗阿妈手下兄弟战死的战死，改信真道的改信真道，现在就剩下千把人。巧妇难为无米之炊，他纵然浑身是铁，能打几根钉？”

罗大纲刚归顺时，“洪义堂”“广义堂”“西礼营”加起来有四千多人，占居太平军能战之士的半壁河山。半年打下来，这些兄弟死的死，伤的伤，去掉大半。韦昌辉说得在理，再不给罗大纲补充兵力，这支头号精锐只怕支撑不了多长时间。

在萧朝贵眼里，罗大纲统领的不单单是一支剽悍之师，更重要的是这些人南征北战，对粤西全境的地形自不陌生，太平军未来的征战离不开他们引导；另外，湘粤三省处处是洪门堂口和洪家兄弟，这些老兵均为太平军潜在的盟友，甚至是最重要的补充兵源。太平军要发展，根本离不开罗大纲这面旗帜。他为自己辩护：“本军师对罗阿妈向来敬重。”

韦昌辉叹了口气：“罗阿妈久历江湖，咱们在茶地掺沙子，人家还看不出来？”

茶地村是此次紫荆山突围前的太平军总部所在。前两个月，洪秀全扩五军为十军，每个军下设师、旅、族、两、伍，军官编制扩充了十倍。在军帅上面设立总制、监军等官衔，在总制上面加设了二十名御林侍卫。许多窝囊废和平庸之才得封高官，改名为蒙得恩的蒙上升被提拔为御林侍卫，级别上高出罗大纲一大截子；给洪秀全看病的医生李俊良被拔擢为军帅，与罗大纲平起平坐。

洪秀全和杨秀清对罗大纲故意冷落，各怀鬼胎。当年洪秀全被“德兴堂”的黎家兄弟打得鼻青脸肿，眼下又正和洪门争夺民心，能不对坚持信仰的罗大纲怀恨在心？杨秀清压倒冯云山以后，最提防的便是萧朝贵拥兵自重，打压罗大纲既是为了削弱萧朝贵的威望，也是为自己今后提拔罗大纲留有余地。

太平军失去根据地，在陌生的茫茫群山中求生存，人生地不熟，形势万分凶险。能不能打下永安州城？不仅对太平军有着举足轻重的意义，而且对萧朝贵本人的地位有着重要影响。他用断然的语气强调："既想让马儿跑，又不让马儿吃草，这绝对不行。当前第一要务是打下永安州城，稳定军心士气。咱们都没有攻城经验，地形也不熟；而罗阿妈曾经打过永安州，不少旧部流散于此，打永安州非他不可。本军师已经想好了，允许他招兵买马，不给他派讲道理的宣讲官，不强求他手下人改信真道。两位贤弟，你们看咋样？"

韦昌辉摇了摇头："归附的洪家兄弟我们可以睁一眼闭一眼，但是咱们招募的人不能让他信奉异端邪教。宣讲官必须要派，否则天王和天父都会不高兴。依小弟来看，天兄不如把温老四派回去，他们本是一家人，应该不会有意见。"

讲道理是太平天国的一种制度，与官府向百姓灌输《圣谕广训》颇有异曲同工之妙。不同的是，官府的"宣讲生"制度沦为摆设，而太平天国把这项制度实实在在地推行起来，上至军国大计，下到鸡毛蒜皮，事事讲，日日讲，不把你的脑子洗干净不算完。一位合格的宣讲官不但嘴皮子要利索，而且脸皮必须厚，最好肚皮能再有点儿墨水。太平天国这种人才奇缺，温秉智那张大嘴鹤立鸡群，一眼被萧朝贵相中，调到身边当了心腹。

"好。"萧朝贵拍案道，"就派温老四。"

解决了安抚罗大纲的问题，石达开脸上愁云未散："天兄，永安州势在必得，不过打下永安州以后，咱们该去哪里？"

萧朝贵挤眉弄眼地说："两位贤弟，咱们只管干好手头的事。天国大略，自有二兄和皇上帝操心，问多了的话人家不高兴。"

萧朝贵说的是实话，军功是他的强项，而战略问题则是洪秀全与杨秀清的禁脔，绝对不允许其他人染指。摆在太平军面前的无非两条路，一个是南下，沿着西江杀进富饶的粤东，与横行省河的红毛教友会合，同时获取饷源、枪械，待兵强马壮后再图大计；一个是北上，出粤西和湖南进入长江流域，顺江而下夺取朱明旧都金陵。前者路近，粤东又是洪秀全的老家，基督教里也有熟人，他和冯云山倾向南下；后者道路迢迢，前景难测，而杨秀清执意坚持，怕的就是到了洪秀全和冯云山的家里，没有自己的立足之地。

石达开倾向杨秀清的意见，转了转眼珠子："广东水师重兵驻屯封川江口，本军没有水师，根本过不去西江。粤东是'洪德堂'的地盘，李二爷没有死，老百姓顽冥不化，痛恨洋人，对他奉若神明，咱们去粤东能有好果子吃吗？"

北进之路一眼望不到头，存在无穷的变数和磨难，相比南下之路更看不到光亮。韦昌辉重重地叹了口气："别想那么多，把永安州打下来先说。"

八月二十二，罗大纲所部进驻大黎里。五天后，陈见成从太平圩借粮归来，向他通报了一个好消息："罗阿妈，'扁头三'的兄弟何洪基你知道吧？"

何洪基曾经跟随罗大纲攻打过永安州城，后被官府镇压，英勇就义。罗大纲点头："莫非你在太平圩碰到了'扁头三'？"

罗大纲所率洪家兄弟在太平军中独树一帜，陈见成的人马更是特立独行，粮草自备，完全不用圣库接济。他之所以追随罗大纲投身太平军，一来陈开没有明确命令他东返，二来是躲避游新潭的追杀。陈见成高兴地说："何洪基虽然死了，但他的手下还有三百来人，都在永安和水窦一带活动，可以做咱们的策应。"

水窦在湄江南岸，是永安城的南大门，拿下水窦，相当于打下了一半永安州城。罗大纲闻言大喜："太好了，兵贵神速，本军即刻启程。"

大黎里集结的兵力不过三千多人，太平军主力和后队尚在太平圩、三江口一线，罗大纲和陈见成所部不足两千，刚招募的新兵蛋子无法冲锋陷阵。陈见成担忧地说："罗阿妈，威武窑子正从四面八方驰援永安州城，咱们这点儿人够吗？"

如果拿不下永安州，太平军将失去北上的机会，被清军压向浔江一线，这对没有水师的太平军来说无疑是灭顶之灾。罗大纲霍地站起来："自古华山一条路，本堂领骑兵先行，你带着剩下的兄弟随后跟来，咱们谁也不用。"

陈见成明白了，罗大纲这是憋着一口气，要让太平军的头目看看洪家兄弟的能耐。他大为感奋："好，小弟这就去准备。"

两个人分头部署人马，陈见成回到自己的帐中，发现几案上摆了一包西山茶，便问劳大德和温秉信："谁拿来的？"

温秉信低声回答："我四哥。"

陈见成顿时警觉起来："他回来干啥？"

劳大德道："天兄把他派回来，给新招募的兄弟讲道理。"

"讲道理，讲道理，讲个屁道理。"陈见成顾不上温秉信在一旁，气急败坏地骂，"罗阿妈手下那么多人，没有几个改信红毛教，当宣讲官的更是绝无仅有。老四这个没良心的，回来一次拐走一批，先是英逵和兴邦，后是大逵和定邦，这次他打算拐谁？难道还想拐走陈掌柜和黄掌柜的？他是要把我活活气死呀。"

太平军从江口圩撤退前，将"癞头鳖"和"厚皮棍"两家裹挟而走。哥俩把女眷交给苏三娘照顾，自己跟随"大头杨"叔侄、莫权光、郑流利等人躲进"西礼营"。劳大德说："天兄特地发话，这次只给新招募的人讲道理，不劝咱们兄弟信红毛教。"

陈见成对温秉信说："五爷，我不是骂你。你四哥丢我的人，我不怪他，但把这么多乡亲拐去信红毛教，将来回佛山堡咱们咋交代？"

温秉信羞愧地说："劳爷就怕这个，所以才让郑流利盯着他。"

"啥？小郑头壳不灵光，你们竟然让他支应差事？"陈见成猛地跳了起来，"这不是肉包子打狗，一去不回吗？"

大黎里是陆海平的家乡，因此这次招募新兵的工作由他负责。由于参加拜上帝教的人绝大多数是举家从军，陆海平特地将新兵分成两拨，一拨是青壮年，一拨是老弱病残。青壮年里面又分会把式和不会把式的两类，前者大约有六七十号人，陆海平让陈丕成登记造册，准备带他们去攻打永安州城，在战场上历练一番。

陈丕成年初跑到紫荆山去找陆海平，在太平军中充任牌尾，军龄只有八个月，但在历次战斗中表现勇猛，是太平军中有名的童子军。洪秀全亲自为其改名为陈玉成，现在做了罗大纲的贴身侍卫。他念过两年私塾，神气活现地拿起笔："报上名号。"

一个二十来岁的青年答道："李以文。"

陈玉成抬起头，不好意思地说："李大哥，你还用报名？"

李以文就是后来大名鼎鼎的忠王李秀成，他母亲是陆海平的堂姐，从辈分上论，李以文是陆海平的外甥。他笑了笑："阿舅让我登记的。"

李以文全家两年前入了拜上帝教，陆海平是洪家兄弟，让他登记不仅是为了避嫌，而且不愿意让他将来受自己的牵连。陈玉成明白陆海平的苦心，便给李以文和他的堂弟李世贤等人登记了名字。李世贤有点愣头愣脑，问陈玉成："你真的给罗阿妈当侍从？"

陈玉成十分奇怪："那当然。"

"你是信真教的，"李世贤有点不相信，"他肯教你本事？"

陈玉成哈哈大笑："罗阿妈要是和你一样小肚鸡肠，还算什么英雄？"

李世贤半信半疑地说："那我们也能在他手下打仗了？"

"没问题。"陈玉成道，"他不教你，你就找陆大哥。"

李世贤摇了摇头："阿舅说了，论打仗的本事，罗阿妈比他强十倍。"

登记工作结束后，陈玉成把李家兄弟和会把式的青壮年带到宣讲台前，那边已经黑压压聚拢了六百多号兄弟。陆海平走过来大声问："乡亲们，待会儿宣讲官宣读天王圣旨，讲完道理立刻出征，你们怕不怕？"

李世贤问："阿舅，你去不去？"

陆海平拍着胸脯："我是全军先锋，当然打头阵。"

众人齐声大呼，士气高涨，引来洪家兄弟侧目观看。不大一会儿，温秉智头戴一顶纸糊的红帽子，趾高气扬地上了台子。他先朝台下的将士扫了一眼，然后用唾沫沾手，揭开一卷发黄的丝巾，阴阳顿挫地念道：

> 天王诏令：众兵将千祈遵天令，不得再逆。朕实情谕尔，眼前不贪生怕死，后来上天堂，便长生不死；尔若贪生便不生，怕死便会死。又眼前不贪安怕苦，后来上天堂，便永安无苦；尔若贪安便不安，怕苦便会苦。总之，遵天诫，享天福；逆天令，落地狱。众兵将千祈醒醒，再逆者莫怪，钦此。

罗大纲、陆海平率三百骑兵风驰电掣般地离开大黎里，趁夜色强渡古眉峡，于次日黎明突然出现在水窦守军面前。镇守水窦要隘的平乐协副将阿尔精阿大惊失色，匆忙带着手下人抢占村北三里地外的中营岭，居高临下发炮还击。罗大纲的骑兵丝毫不减缓速度，蹚着河水向对岸的敌人发起猛攻。清军从来没有见过如此英勇的战士，个个吓得魂飞魄散，丢下铁炮和阵地拼命向永安州城跑，洪家兄弟顺利攻占了水窦要隘。

当天夜里，陈见成带着其余的洪家兄弟赶到水窦，何洪基的旧部送来船只，罗大纲命人伐竹结筏，运送部队过江。次日清晨，萧朝贵、韦昌辉、石达开所部人马陆续开至，太平军在城下集结了大约三千人的攻击兵力，夺取城外晒布岭和瞭望岭高地，开始攻城。城内绿营、团练加在一起约一千多人，坚守城池，击退了太平军的轮番进攻。

第二天是闰八月初一，太平军攻城竟日，仍无进展。酉时，西南风大起，罗大纲下令收集附近市面上的所有鞭炮，混之以营中所储佛山大爆，点燃后抛向城内。霎时间炮声阵阵，烟雾弥漫，城内守军惊慌失措，罗大纲率先登城，阿尔精阿和永安州知州吴江投水自杀。洪家兄弟为太平军攻取了第一座州城，用鞭炮攻克城池，可以说创造了战争史上的奇迹。

罗大纲智取永安州，赢得万分惊险。破城不及半日，安徽副将松安所带皖兵和荔浦福勇相继杀到城下，广州八旗副都统乌兰泰统率的大队清军也于初二抵达城外十里的文圩。如果不是罗大纲当机立断，抓住稍纵即逝的战机，太平天国的历史恐怕就要重写。

攻占永安州城后，太平军本着"守险不守陴"的战法，分兵四出，扩大战果，控制了永安州城方圆百里的一块不规则区域，整修城池，构筑工事，等候天王洪秀全的到来。

闰八月七日，洪秀全、杨秀清和冯云山率后队人马进驻永安州，以旧州署为朝廷，武圣宫为左辅正军师杨秀清行辕。杨秀清一入城办公，便开始发挥他善于防御的本事，在城外构筑木垒炮台。各营之间挖深壕三道，暗穿地道，埋设地雷。暗坑的名头五花八门，像什么"渔网暗沟"和"铁打蒺藜梅花坑"等等，把永安城变成一座固若金汤的堡垒。瞅那个架势，打算一屁股坐下来，好好地过一把当朝理政的瘾头，一时半会儿不走了。

俗话说，小乱避城，大乱下乡。在永安州一带的土老财眼里，太平军只是一股流寇，为了防止被洗劫一空，这些有钱人把财物和粮食搬到了永安州城。城里的粮食堆积如山，至少有上百万斤，此外还有大量的布匹和日用品，无意间成全了太平军前所未有的大丰收。这段时间大伙儿在山里疲于奔命，累得身心疲惫，上至洪秀全和杨秀清，下到普通的太平军战士，人人都想在永安州城踏踏实实地过几天舒坦日子。

敌人四面八方合围而来，闰八月二十、九月初十、九月十二、九月十九，清军先后发动四次南北夹攻，均遭太平军迎头痛击。十月初，新募集的团练杀到，永安城外的清军达到史无前例的四万之众，遂于十月十八日发动总攻。南路清军在乌兰泰、开隆阿、经文岱、秦定三、常禄、许祥光、张敬修、罗玉衡等人的率领下猛扑水窦要隘。萧朝贵出城督战，血战竟日，击退清军的进攻后不幸身负重伤，不得不拱手将前军的指挥权移交给了杨秀清。

十月二十四，即萧朝贵负伤的第六天，根据冯云山的设计，洪秀全下诏颁行天历，废除清朝纪年；十月二十五，下诏封杨秀清为东王，称九千岁；萧朝贵为西王，称八千岁；冯云山为南王，称七千岁；韦昌辉为北王，称六千岁；石达开为翼王，称五千岁。自西王以下诸王俱受东王节制，杨秀清集军政大权为一身，太平军的军事双头制转为太平天国的政治双头制。世事无常，连救世主也躲不过，继冯云山后，萧朝贵无奈地退出了最高权力的争夺序列。

太平天国在永安州颁布了一系列的大政方针，为政权建立奠定了初步的基础，史称“永安建制”。这些制度均出自冯云山之手，经过洪秀全和杨秀清修改后颁布。以新改动的职官制度为例，在总制上增设将军、指挥、检点和丞相四级干部，常败将军秦日纲（即秦日昌）封为天官丞相，过去的“米饭主”胡以晃封为春官丞相，蒙得恩提拔为殿右二指挥，小头目林凤翔和李开芳各被授予御林侍卫、金一总制，而罗大纲依旧是一个军帅。

太平军是一支思想和组织工作并重的特殊军队，虽然加官许愿的手段有些俗套，不符合天国的精神，但是天国的骨干们仍然玩得津津有味。洪秀全和杨秀清大宴群臣，大家其乐融融，唯有罗大纲面露忧色。杨秀清笑着劝：“罗阿妈，放弃邪教，皈依真道吧。”

明明是几个黄脸汉子，非要把自己说成红毛上帝在东方养育的私生子，这不是赵高的指鹿为马吗？罗大纲躬身行礼：“罗某一心想的是杀鞑子，功名利禄如浮云耳。”

太平天国废除打躬叩首，所有臣下，对天父的私生子们一律长跪，唯有罗大纲坚持行打躬之礼。望着这个死抱着洪门礼仪不放的异教徒，洪秀全和杨秀清心里极不痛快，恨不得立刻治他一个忤逆之罪，拖出去让“云中雪”一刀咔嚓了。但自己的队伍刚开张，还需要罗大纲提着脑袋冲锋陷阵，需要他带出一大批勇敢善战的将才。洪秀全问：“罗阿妈有话说？”

罗大纲直言不讳：“万岁，九千岁，各位千岁。永安乃群山中一座孤城，难以支养大军。我军在此延宕三月之久，不进不退，犯了兵法大忌，望早定策略。”

清军南北夹击永安州城，北线布置了三万大军，南线只有一万，但南线这一万人的战斗力不比北线弱。为什么？因为南线清军的武器配置远远超过北线。南线清军主帅是广州八旗火器专家乌兰泰，手下有五百八旗鸟铳手；此外，许祥光所率团练、张敬修所募东勇、冯玉衡所募南勇以及刚到达的潮勇都来自粤东，善于使用火枪，其火力比红粉匮乏的太平军强出太多。秦日纲代替罗大纲担任水窦一线的总指挥，接着说：“启禀万岁、九千岁，我军从上个月就断了红粉，将士们打磨鹅卵石当炮弹，用酒、马血和狗粪搅在一起提炼硫黄，火力下降，再不补充只怕要耽误大事。”

北线最近也出了问题，清军拆下桂林城的三十门铁炮，翻山越岭拖到永安前线，对韦昌辉和石达开指挥的北线防御造成极大杀伤。韦昌辉道：“万岁，九千岁，从桂林运来的铁炮足有两千斤，清妖不与我军白刃交战，只是隔空打炮，天兵死伤甚重。”

中国历史上，靠着做了一个梦、写了两本书创制宗教的人不少，但是进而登基坐殿的怕只有洪秀全一例。太平军将士向来觉得教主故弄玄虚，真刀真枪还要看杨秀清、萧朝贵、冯云山三人。洪秀全正想兜售自己的南下战略，听到两线主帅的诉苦，心里登时乐开了花，觉得有必要教训一下这群没见过世面的土包子，完善自己的领袖形象。他鼻子里“哼”了一声：“朕上承天命，管领人间东西南北四方万国，区区清妖何足道哉？佛山堡出产万斤以上巨炮，火力比桂林城头这些细脖子炮强得多。倘若天军沿着西江顺流而下，抢到佛山大铁炮，再从洋教友手里买几条铁甲轮船，水陆并发，清妖焉有命在？”

太平军众将多出自贫困山区，早就听说佛山堡制造的大铁炮名闻天下，洋人的铁甲轮船把广东水师打得屁滚尿流。听完洪秀全的话，大家三呼万岁："我主英明。"

洪秀全得意扬扬："罗阿妈，为什么这次没有提拔你？因为你立的功劳最多。假如现在就给你一个丞相干，以后论功行赏，只怕朕这个万岁都不够封你的。贵我双方同舟共济，朕一碗水端得平，你有多大本事尽管使，将来得了天下，朕一定不会负了你。传闻'大头羊'和'大鲤鱼'的战船已经驶入濛江，'大只钜'、任文炳、任文彪、张贵和在浔江与清妖为敌，你赶快派人和他们联络，只要打通水路，朕必定重重有赏。"

杨秀清叫苦不迭，自己刚把罗大纲从萧朝贵手里抢出来，准备慢慢拉拢，没想到洪秀全却抢了一个先。他立刻说道："罗阿妈，万岁爷言之有理，你马上派出探子，打探南路清妖的动向，断不能让他们把佛山铁炮运来。八千岁贵体欠安，看来要将养一段时间，前军你比本王熟悉，今后须多多留心，莫要惜力才是。"

杨秀清意思很明显，打算把前军交给罗大纲来代管。一个是天王，一个是皇上帝，两大巨头竞相抛出甜枣，浑然不提当初的打压，罗大纲默默低头不语。最有资格代管前军的韦昌辉和石达开四目相对，皆无异议——永安城目前处于清军重围之中，下一步前军的任务就是在百万军中杀开一条血路，这活儿太危险，还是让给罗大纲吧。

太平军的五军主将，杨秀清坐镇中军指挥全局，打硬仗过去靠的只有萧朝贵；韦昌辉善于协调，石达开的特长是用巧，都不是那种天塌下来能用肩膀顶得住的料；冯云山是一个治理国政的文人，行军打仗本非其长。见洪秀全和杨秀清前倨后恭的样子，冯云山暗自摇头，早知今日何必当初？他突然开口："罗阿妈，你不会丢下我们不管吧？"

大难临头各自飞，冯云山这句话正是大伙儿最担心的。罗大纲不卑不亢地说："当初罗某和苏三娘投军时，万岁、九千岁和八千岁曾许诺我们来去自由。不过，请各位放心，洪家兄弟忠义为先，危难之际，焉有临阵脱逃的道理？"

"那就好。"杨秀清长出了一口气，"罗阿妈，东勇、南勇和潮勇里有不少洪家兄弟，本王颁你一支军令，想办法从他们手里买点红粉和食盐，如何？"

太平军在永安州城坐吃山空，粮食和布匹倒勉强够用，最缺的是红粉和食盐。打仗没有红粉不行，过日子没有食盐不行，天王和东王这两尊神最近吃的盐少，脖子均有些浮肿。负责护驾的蒙得恩和曾水源急得没办法，只好把盐馆的墙皮刮下来，先用水煎，后用日头晒，勉强弄了四十多斤盐。天王和东王家人的脖子暂时不肿了，可是其他王爷呢？其他娘娘嫔妃呢？其他王府的殿下和金（公主）呢？其他数不清的国伯、国叔、国舅、国兄呢？

离开天王府觥筹交错的宴会，罗大纲孤独地走在街上。秋色渐衰，山风刺骨，虬髯英雄感到前所未有的身心疲倦。上帝教的确厉害，能把一群耕地的农民调教成无畏的战士，但是这一切建立在"云中雪"砍头壳的基础上。随军征战的一年中，太平军领导层残酷的斗争几乎无时无刻不在进行，让罗大纲看得眼花缭乱，惊心动魄——开拓上帝会的先驱南王靠边站了，功勋卓著的救世主也快没烟吹了。这头喷射着血腥气息，遇人杀人、逢神杀神的权力猛兽，难道就是那柄天下披靡的无情剑吗？迷离苍茫的视野中，一位俊美少年骑着高头大马，风驰电掣般来到近前："罗阿妈，蒙指挥不在圣库。"

罗大纲愣了一下："他去了哪里？"

陈玉成回答："跟曾侍卫去了水窦，说是去弄盐。"

曾水源当过塾师，金田起义后在太平军总部负责草拟诏书，深受天王和东王器重。前两天刚被杨秀清调至东殿，专职督查军纪，握有生死大权。蒙得恩和他混在一起想干什么？罗大纲越琢磨越觉得心里不安，翻身跃上马背："走。"

一行数骑快如闪电，出永安州城，很快到了水窦前线。从水窦到莫家村，一座接一座营盘地搜寻，最后来到"西礼营"驻扎的六瓮村。刚走近大营门口，就听见里面传来一阵激烈的争吵声，甚至有刀枪碰撞的格斗声。

蒙得恩愤愤不平地骂："国兄脖子肿得像冬瓜，东王府的国伯缺盐缺得走路打晃。你们这帮狗日的可好，竟然把偷来的盐高价卖给弟兄们，还是人吗？"

陈玉成冲进大营，只见曾水源和蒙得恩领着七八十号天兵，陈见成和劳大德领着百十号"西礼营"的兄弟，双方怒目而视，像斗红了眼的公鸡。劳大德毫不客气地回击："爷爷光明正大买来的盐，高兴卖给谁就卖给谁，你有本事也去买呀。别提什么国公国母的，爷爷压根不信红毛教，不认识这帮脑满肠肥的狗汉奸。他们是死是活，跟爷爷有个屌关系？”

曾水源质问：“姓劳的，你从哪儿买的？”

“看见对面的威武窑子的营盘了吗？爷爷如走平地，像回自个儿的家。”劳大德炫耀，“许祥光的团练咋样？手下头目蔡康业是熟人；张敬修的东勇如何？‘飞天爪’和张三是兄弟；冯玉衡的南勇是南海乡亲；其他守山的潮勇，巡江的艇军，有一个算一个，谁不给爷爷面子？别说买盐吃、弄烟吹，就是两千斤的铁炮照样抬到鼻子底下来，只要爷爷想买。”

劳大德还真不是吹牛，太平军初起时，广西巡抚周天爵邀请韦东暄募集团练平叛，韦东暄战死后，蔡康业率领香山勇改投桂平梧盐法道许祥光旗下；张敬修这次东山再起，捞了个浔州知府的实缺，从老家募集了三千东勇——这些东勇有不少洪家兄弟，遇到太平军里的旧日袍泽便一哄而散，已经被迫重新招募了两回，花了不少冤枉钱；冯玉衡是南海县人，他招募的南海勇有不少是过去“洪德堂”的人马，和劳大德他们感情更深。

曾水源浑身哆嗦：“姓劳的，你们虽然自成一体，终须守天朝军纪。你们与清妖暗通款曲，穿一条裤子，军法难容，吃老子一刀。”

曾水源一刀剁下，劳大德闪避在旁，飞起一脚踹在他的屁股上，笑嘻嘻地调侃：“你是圣人的子孙，咋拜了红毛上帝？当心爷爷把你的屁股踢开花。”

蒙得恩嚷道：“姓劳的，你敢对抗皇上帝的天条？”

“丢他老母，”劳大德不屑一顾，“皇上帝是啥屌玩意儿？”

“癞头鳖”对太平军深恶痛绝，窑口的财产被充军不说，老婆罗金氏和妹子“花肉”被赶进女营，好几天见不了一面。他阴阳怪气地说：“皇上帝哪有老母？”

劳大德调侃：“没爹没娘的东西，难道他是从石头缝里蹦出来的？”

皇上帝在太平军战士的心里再神圣不过，为了他，大伙儿连祖宗都可以不要，岂能容忍劳大德和“癞头鳖”的污言秽语？曾水源脑门青筋崩裂：“反了，反了。”

眼看双方就要火并，陈玉成飞马而至：“住手，罗阿妈到。”

这句话真好使，双方将士收起刀枪，曾水源过来向罗大纲见礼：“罗阿妈，‘西礼营’私通清妖，贩卖食盐牟取暴利，扰乱军心，辱骂上帝，该当何罪？”

罗大纲微微一笑：“曾侍卫，九千岁刚刚颁给罗某一支大令，要我设法从清妖那里采购食盐和红粉，补充军用。你要是杀了‘西礼营’的兄弟，谁来帮咱们穿针引线？洪家兄弟拜的是五祖，和皇上帝不搭界，你在这里执法，恐怕多有不便。”

验过大令，曾水源和蒙得恩带人悻悻地离去。罗大纲到大帐入座，直截了当地说：“军中食盐、红粉奇缺，你们断不能再吃独食。陈阿妈，马上派人和对面的兄弟过话，有多少咱们买多少，价格可以上浮一成，用银锭现结，怎么样？”

“小事体，我是他们的座上宾，东勇和潮勇营中货是现成的。”陈见成笑了起来，“假如需要的量大，可以让‘大头羊’和‘大鲤鱼’从濛江用大船运。对了，昨天任文彪和‘卷嘴狗’从三江口来，说是有事找你哩。”

想起洪秀全和杨秀清交代的任务，罗大纲心中一动：“来得早不如来得巧，我正好也有事找他们。三更打过，你把任阿妈和侯当家的带进村子来。”

午夜时分，对面东勇寨门打开，河面上驶来一条竹筏。这边“西礼营”的兄弟沿河拉起警戒线，陈见成和劳大德将客人迎回大帐。来者一共有三位，头一个是任文彪，第二个是“卷嘴狗”，待第三个人蹒跚着从摇曳的灯影里走出来，罗大纲吃惊地瞪大了双眼，上前一把紧紧地抓住他的肩膀，虎目垂泪，不觉失声喊道：“啊呀，你还活着？”

第一百五十一回　誓言不灭

步履蹒跚的这位来客不是别人，正是“洪顺堂”总堂右护法黄桂林。四年没见，黄桂林头发白了一大半，仿佛苍老了二十岁。他的右臂空落落的，袖子随风飘曳，十分凄凉。罗大纲心情沉重地问：“黄护法，谁下的毒手？”

“还有谁？明月道士呗。”黄桂林苦笑着说，“先大龙头砍了金蟾道士的头壳，曾经答应明月道士把头壳归还‘逍遥门’。师叔接掌三宝后反悔了，当着天下群雄的面将其剁碎，以泄断臂之恨。总堂退出大明山后，明月道士不依不饶，像个阴魂一样死死地缠住我们。弟兄们护着两位总堂大爷辗转云贵，一直撤进安南国，这个小白脸尚不肯罢休，我这条右臂就是在安南国六安州被他砍下的。”

罗大纲急切地问：“两位总堂大爷还活着？”

黄桂林悲愤地说：“师叔身负七处刀创，在保胜的深山老林里藏身，缺医少药，伤口越来越恶化。他老人家不肯死在异国他乡，便离开保胜回到云南，被明月道士发现踪迹，不幸于六诏山归天，步阿妈和冀阿妈也被那个小白脸割去了头壳。”

如果大度和尚当初没有破坏李文茂的承诺，明月道士不会如此万里追踪，非要割下他的头壳为其师祖报仇雪恨。抛弃仍在浴血奋战的洪家兄弟，逃到异国他乡苟且偷生，大度和尚所作所为令人不齿，历任洪门之主从来没有这么窝囊的。但看在他临死前有所悔悟的分儿上，罗大纲最终原谅了他，命人点起长明灯为其招魂。

旧的一页翻过去了，罗大纲现在最担心的是“失魂松”的安危，他焦急地问：“白扇大爷怎么样？他没有遭到明月道士的毒手吧？”

“看在先大龙头的面子上，那个小白脸没有难为他。”黄桂林道，“白扇大爷把受伤的兄弟安置在霸陵山，请钟大当家代为照料。他和叶都督、杨护法，还有我，护送洪家三宝水陆兼程去粤东，打算敦请先大龙头出山。”

像是失散多年的孩子找到了娘，罗大纲喜极而泣，心中的委屈和彷徨一扫而光：“先大龙头若是应允出山，则大事必成，白扇大爷可曾怪罪罗某？”

黄桂林安慰他：“白扇大爷发话，‘红阳劫运’举事一败涂地，糜烂至此，罪在总堂而不在各堂兄弟。罗阿妈投身上帝会，没有改奉红毛教的上帝和救世主，足证心怀大义，是光明磊落的大丈夫，他对你毫无怨言。”

罗大纲大为感动：“有白扇大爷这句话，罗某死而无憾。”

黄桂林问：“罗阿妈，一旦先大龙头应允出山，你打算怎么办？”

罗大纲慷慨激昂：“罗某当然率军重归洪门，唯先大龙头马首是瞻。”

“好。”黄桂林道，“那就请罗阿妈派出一位代表，到琼花会馆请他老人家出山。”

是夜，罗大纲快马返回营寨，取出过去自己常用的帅旗，郑重地交给陆海平，委托他担任“洪义堂”的信使，跟随黄桂林前往佛山堡。

在“卷嘴狗”和任文彪的护送下，黄桂林、陆海平、劳大德等顺利通过濛江和浔江，穿过江口炮台，冬月十六抵达佛山堡。又过了十日，“鹤顶红”、胡有禄联袂自粤北赶来，加上此前到达的梁培友、侯爷、皇甫衮等人，洪门五大堂的代表悉数到齐。

腊月初一，“失魂松”以总堂白扇大爷的身份在琼花会馆隆重举行仪式，将那副“反清复明”的中堂归还给“琼花宫”。他把“玉叶会簿”和龙头令旗放在供案上，取刀割指，用指血描着“反清复明”那四个大字绘了一遍，然后问大伙儿：“众位兄弟，这副中堂上有本门历代大龙头的鲜血，老朽用它替代

‘镆铘剑’，位列洪门三宝，可否？”

白龙飞离，“镆铘剑”变为有情剑，大度和尚嫌它给自己带来了厄运，在逃亡的过程中将“镆铘剑”丢入深渊。这副中堂虽然没有什么神迹，但却代表着洪门大义的灵魂，在洪家兄弟心目中地位崇高。众人齐声赞道：“白扇大爷英明。”

“我洪家兄弟千千万万，并非没有英雄，岂能任由威武窑子宰割？”回想起这些年逃亡路上的艰辛，“失魂松”忍不住老泪纵横，“老朽今天将洪门至宝交还‘琼花宫’，恭请先大龙头重登大位，哪位兄弟有异议？”

“红阳劫运”举义发动五年来，洪家兄弟如一盘散沙，死伤无数，都是因为当初选错了一个带头大哥。众人痛定思痛，伏地跪拜：“掌堂大爷复位，实洪门之福。”

“好，好，好。”陈松连道三个好字，把琼花会馆三位当家人叫过来，“老朽已经替掌堂大爷割指沥血，洪门之主这把交椅他坐也得坐，不坐也得坐。掌堂大爷归隐红船，你们与他朝夕相处，说说看，有何良策让他回心转意？”

陈松不但是“洪顺堂”总堂的白扇大爷，而且和叶亚来同在红船隐身过几年，与琼花会馆渊源匪浅。当着他的面，三位红船当家人吐不出硬气话，也不敢随意搪塞，但要让李文茂把誓言吞回去，实比登天还难。三个人你看看我，我看看你，最后，林崇泰愁眉苦脸地说：“白扇大爷，掌堂大爷是你的徒孙，他什么脾气你还不知道？”

陈松勃然大怒，一掌把茶几拍了个粉碎：“混账，你们是不是在宫的人？现如今湘粤三省每天都有洪家兄弟被威武窑子残害，尔等还好意思推三阻四？老朽千里迢迢赶到佛山堡，把各堂兄弟召集起来，难道是为了听尔等诉苦？”

三人面红耳赤：“属下无能。”

姜毕竟还是老的辣，侯爷出来帮他们周全，一语双关地提醒：“白扇大爷，欲劝掌堂大爷复位，首先得过夫人这一关吧？”

“夫人？”“失魂松”眼前瞬间闪过一张美丽而略带腼腆的脸庞，这张面孔底下深藏的坚毅他在龙头峰时早已领教过。按理说，李文茂为了谭李氏三刀六洞，最对不起的当然是他的妻子易如真，但“香美人”不计前嫌，冒着生命危险把丈夫的石棺运回兰花洲，等于给了李文茂第二次生命。这个女人看似柔弱，其实和她的母亲易兰花一样具备坚强的意志，正是这个世界上最了解李文茂的人。“失魂松”听出了侯爷话里的玄机，哈哈大笑：“对啊，掌堂大爷这条命是夫人救回来的，咱们请掌堂大爷出山杀敌，为国效命，当然要经过夫人首肯。各位贤侄，‘凤凰仪’班现在何处？”

“大春吉”长袖善舞，八面玲珑，一方面维持江湖道的交情，另一方面攀附官府，结交广府名流，把自己打扮成一个求贤若渴的风雅之士。他和大良城的望族罗氏定亲，提前半年预定了“凤凰仪”班的台期，为自己迎娶新人增光添彩。“大花面锦”瞅了“鹤顶红”一眼：“在顺德杏坛赴台期，主会的是‘兴义堂’的陈阿妈。”

“洪兴堂”目前分裂为三——“鹤顶红”叔侄、秦渠安在九峰山；陈金刚率领残部在三水和四会一带发展。论实力，这两拨争夺正统地位的人马均不及“兴义堂”，“大春吉”盘踞在顺德这块肥沃的土地上财大气粗，逍遥自在，根本不把“鹤顶红”和陈金刚放在眼里。

“人无头不走，鸟无头不飞。”“失魂松”叹了口气，“等我们把掌堂大爷请回宝座，让他来给你们‘洪兴堂’断这个官司。”

“鹤顶红”尴尬地拱手：“让白扇大爷见笑了。”

第二天中午，各堂代表跟随陈松乘船南下，黄昏时分抵达杏坛逢简乡。“洪德堂”粤东十二大堂闻讯，纷纷派遣船只前来护驾。“大春吉”率“兴义堂”众将出村十里相迎，把大家接到他刚落成不久的豪奢大宅，登上观戏楼看戏。分宾主落座，陈松命人抬过贺礼，然后打趣地问：“新郎官，有没有点掌堂大爷的戏？”

“大春吉”慌忙跪倒：“属下哪有这个胆子？”

林三爷向陈松解释：“掌堂大爷登台唱戏凭一时心愿，全看主会的运气。”

“失魂松”竖起耳朵听了听，问：“唱戏的花旦是谁？”

“回白扇大爷的话。”龚石林回答，“是二和兄弟的内当家，名叫阿梅。”

戏棚里演的是《长生殿》里的《补恨》，曲声哀怨，散发出秋去冬来的气息；而阿梅银铃般的嗓音，又让人仿佛看到逝去的欢乐。

叹生前，冤和业；
才提起，声先咽。
单则为一点情根，种出那欢苗爱叶；
他怜我慕，两下无分别。
誓世世生生休抛撇，不提防惨凄凄月坠花折；
悄冥冥云收雨歇，恨茫茫只落得死断生绝。
…………

夜幕初上，“高佬忠”来到观戏楼，屈身行礼：“见过白扇大爷。”

“免礼。”陈松站起来问，“掌堂大爷在班里吗？”

“高佬忠”道：“不在。”

陈松失望地问：“他去了哪里？”

“高佬忠”摇摇头：“属下不知。”

侯爷问：“夫人在不在班里？”

“高佬忠”道：“正在画艇给华光爷爷上香。”

侯爷向陈松示意：“夫人必定知道掌堂大爷的行踪。”

陈松欣慰地点点头：“咱们这就去拜谒。”

侯爷转身对各堂的代表说：“夫人素喜清静，不宜惊扰。请各位在此观戏，由三位值事陪同白扇大爷觐见夫人即可。”

在“高佬忠”的引导下，三位值事陪同“失魂松”离了观戏楼，来到陈府的石码头。昏黄的灯光里，三条红船静静地矗立在金鳌桥边，锦鲤江畔。黎珍珠发现琼花会馆的三个当家人簇拥着一位精神矍铄的老者健步而来，吃惊地瞪大了双眼：“各位叔父，啥事？”

不等林崇泰、于锦、龚石林、“高佬忠”等人说话，“失魂松”撩衣袍，朝画艇行了一个三跪九叩的大礼：“属下陈松，特来向夫人见礼。”

过了良久，船舱灯影晃动，传出一记叹息：“你要把他从我身边带走吗？”

“属下不敢。”陈松遏制住澎湃的心情，“掌堂大爷的命是夫人抢回来的，出山与否，恭请夫人圣裁，弟兄们绝无怨言。”

易如真说：“贱妾与他命定今生，接他回来理所应当。倒是我那苦命的阿婵姐，用瑶琴将他的魂牵回人间，却成全了别人的美梦，真是叫人心酸。”

“香美人”这句话一唱三叹，大有深意，陈松摸不清她是为陈罗婵鸣不平，还是为李文茂和谭李氏的十年之约心有芥蒂。只好再次行礼参拜：“若非夫人和红船兄弟将掌堂大爷的石棺运下龙头峰，弟兄们便会犯下弑主大罪。属下谢恩迟迟，请夫人恕罪。”

画艇上沉寂了好大一会儿，易如真终于开口：“心在人在，心亡人消。贱妾与他是夫妻，此生他飞到何处，贱妾伴他到何处，此为本分，白扇大爷不必心怀愧疚。你老人家死里逃生，身负洪门复兴之任，来找一介五体不全的女人何事？”

陈松十分感动：“掌堂大爷发下重誓脱离洪门，我等束手无策，请夫人提点。”

“誓言是英雄的心。”易如真叹道，“没有这颗心，你千里迢迢找他作甚？”

作为洪门的白扇大爷，“失魂松”以智慧闻名于江湖。易如真这句话如同晴天霹雳，又像一道闪电，劈开了笼罩在他心头的惯性思维和重重迷障，令他茅塞顿开。

林崇泰低声问黎珍珠：“掌堂大爷到底去了哪里？”

黎珍珠不敢隐瞒：“少爷去了马齐乡。”

几个人离开金鳌桥，走出不远，“失魂松”突然转过身，“扑通”一声跪倒在地，恭恭敬敬又行了一个三跪九叩的大礼。三位值事忙搀扶：“白扇大爷，你这是干什么？”

陈松高声道：“夫人对洪门的恩情，天高地厚，属下没齿不忘。”

看到“失魂松”那副激动的神情，三位值事猜他一定想出了说服李文茂的办法，大伙儿感到非常高兴。林崇泰问：“白扇大爷，咱们去找掌堂大爷吗？”

漫天乌云一朝消散，陈松兴奋极了：“赶快去叫两位护法和各堂兄弟，把‘玉叶会簿’和龙头令旗带上，随本座恭请掌堂大爷出山。”

“大花面锦”和“长腿龚”领命而去，林崇泰压抑不住心头的好奇：“白扇大爷，夫人的话里透着玄机，我怎么没有听出来？”

“一会儿你就明白了。”陈松来回踱了几步，“掌堂大爷去马齐乡干什么？”

林崇泰介绍："苏长春愤世嫉俗，语多狂悖，他家里人和族人怕惹祸，上报官府将他投入狱中，上个月瘐毙监牢，一命归西。苏家人真够狠心，死了也不准他埋进祖坟，丢到了外乡的乱坟岗。掌堂大爷命陈天义派人搜寻，大概是找到了遗骨。"

阳雪姑死后，苏仁山痛不欲生、万念俱灰，时常在笔墨间流露出反清之意，吓坏了父兄和苏氏族人，以不孝罪名将他送进牢狱。苏仁山对生命毫无留恋，经常饥一顿、饱一顿，有病也不愿意请大夫看，在狱中挨了两年，与世长辞。

一代画坛巨匠如此结局，令李文茂心中酸痛，吩咐陈开等人搜寻其遗骨。苏仁山之死多半是因为阳雪姑，而导致阳雪姑惨烈而亡的是王山公和他的"枫子鬼"。陈开倍感内疚，也想借此弥补王山公的过失，因此下令"德礼堂"兄弟寻找苏仁山的下葬之处，并在苏家祖坟旁购置了一块土地，准备为苏仁山重新落葬。

杏坛位于龙山和羊牯镇间，马齐乡与逢简乡的距离更是只有一箭之遥，陈松等人乘船很快到了马齐乡。火炬流光，灯影朦胧，一哨人马正在河面上巡弋，领头的是林科举。梁培友来到船头发问："林兄弟，大龙头在不在岛上？"

船上载满了洪门大佬，林科举目瞪口呆，说话不禁有些结巴："哪，哪位大龙头？"

梁培友澄清："掌堂大爷，就是二爷。"

"陈大龙头在。"林科举回答，"掌堂大爷不在，可，可是马上就会到。"

听说"失魂松"率领各大堂代表夜访马齐乡，陈开明白了他们来的目的，率众到码头迎接。苏家祖坟在一面斜坡上，苏仁山新墓前立了一块石碑，遵照李文茂的意思，又架了一座六角凉亭。亭子的木工活儿由黄广华和叶老四完成，围栏精工细作，雕刻着苏仁山在狱中画的四幅遗作。

这座六角凉亭完全模仿兰花洲的那座凉亭，洪家兄弟十分眼熟，都明白李文茂对苏仁山的痛惜之情，希望苏仁山能像他自己一样复活。人生一世，草木一秋，有几个能像李文茂那样身负绝世武功？陈松来到凉亭，目光突然被一幅画攫取："此为何意？"

黄广华解释："这是五百戴枷罗汉和五百杀头罗汉，苏先生刚入监牢时，族人劝他签字画押，收敛性情，说只要认罪忏悔就能出狱。苏先生嗤之以鼻，随手用炭条在牢房的墙壁上作了这幅画，晚辈探望他时有些地方已经模糊，不能全部复原，真叫人惭愧。"

陈松赞叹："苏长春一介书生，手无缚鸡之力，尚且不忘故国，不屈其志，这幅五百戴枷罗汉和五百杀头罗汉图即为明证。"

五百戴枷罗汉和五百杀头罗汉两幅画人物众多，令人眼花缭乱；而相对的一幅画却孤孤单单只有两个人物，一个模样飘飘欲仙，一个面目狰狞丑陋。"鹤顶红"端详了半天，也没有琢磨出什么意思。他抬头问黄广华："黄掌柜的，这幅画也是你凭记忆摹的？"

"不。"黄广华遗憾地摇了摇头，"这幅画是苏先生归天前作的最后一幅画，那时他已经不省人事，四和兄弟送那枚碧血仙茅去救他。苏先生服用了仙草后，容光焕发，用斧子在墙角石上刻了这幅画。按理说，服食仙草后需要静养，不能用力，但是苏先生根本不听，一连气刻了三天三夜，精疲力竭，心脉俱废，吐血不止，画成人亡。"

苏仁山在狱中两年，信手拈来，或者炭条，或者木棍，随手在墙壁上涂鸦作画，谁也说不清他画了多少。这四幅画中，有三幅是黄广华凭借记忆复原的，而最后那幅画则深深地烙在叶四和的脑海里，用雕刀一笔一画地刻了出来。

未几，邝能和林洸隆率人赶到，并运来成船的打醮用具，看样子要为苏仁山招魂。侯爷向陈松拱手道："今天是苏长春移灵之日，此事为大，是不是应该暂时回避？等封了墓穴，再敦促掌堂大爷出山？"

"失魂松"颔首："好，咱们不宜喧宾夺主，就在林子里隐身吧。"

与绝大多数顺德村落一样，马齐乡也被郁郁葱葱的茂密树林覆盖，各堂兄弟跟随陈松闪进榕树林，山坡恢复了宁静。灰鹭在头顶唱着歌曲，水虫在江底说着梦话，冬日的顺德水乡荡漾着逡巡不去的温暖，也纠缠着爱与恨、血与泪的人世挣扎。

困惑之夜，低沉的角号响起，河面上出现了一支迅捷的船队。

船只靠岸，首先下来的是"逃军和"、叶四和、"葫芦发"、霍威四人，他们扛着一口崭新的金丝楠木棺材；后面是“德仁堂”掌印阿妈赵泰来，肩头搭着一张古琴；再后面是邹伯奇和黄子深——后者数次春闱不第，刚从京城铩羽归来。

最后登岸的是李文茂，为了纪念苏仁山，他特别换了一身青袍，腰里别了把檀香纸扇。梁培友、陈开、邝能、林洸隆等人忙问：“二爷，什么时候做法事？”

“不必了。”李文茂叹道，“非常之人行非常之法，苏长春才高八斗，画艺通神，其魂特立独行，萦绕不远。我和泰来兄各抚一曲，阴阳唱和，莫让他孤单即可。”

众人唯唯诺诺，将金丝楠木棺材落葬，洒酒祭过亡灵，然后大队人马撤下山坡，山上只留下十来个人。赵泰来正襟危坐，抬手抚了一曲《高山流水》，用俞伯牙和钟子期的故事缅怀昔日的同窗情谊；且以钟子期比苏仁山，哀叹巨星陨落，天才夭折。

一曲完毕，听琴之人无不垂泪。黄子深感叹：“听说长春兄把艺境划为三个境界，分什么皮相、骨相和魂相，不知道他这一辈子是否领略到魂相？”

邹伯奇问叶四和：“长春兄归天前和你在一起，难道他没有透露些什么？”

九叶碧血仙茅为起死回生的当世神草，苏仁山服用后却暴毙而亡，十分蹊跷。叶四和天生胆子小，生怕别人误会他动了手脚，惊慌地回答：“我啥也不知道。”

“逃军和”刚要跳起来，被陈开一把按住。赵泰来和颜悦色地说：“四和兄弟，大伙儿没有责怪你的意思，苏先生最后三天说了些什么，且细细道来。”

叶四和擦了擦额头上的汗：“好像，好像是说过两句。”

邹伯奇精神一振：“怎么说的？”

叶老四吞吞吐吐：“他说，他说‘我看到了，看到了’。”

“看到了？”邹伯奇、赵泰来和黄子深互相看了一眼，“九叶碧血仙茅为神物，长春兄服用以后洞察天机，窥破魂相，这副画大概就是领悟之作。”

皮相画皮，骨相画骨，魂相画的是神鬼。苏仁山用生命绘就的丹青理应惊天动地，可是这幅绝笔之作却异常简单，上面只有两个说神不神、说鬼不鬼的玩意儿，这个难道能叫魂？黄子深皱了皱眉头："四和兄弟，你再好好想一想。"

"那天是十五，天上的月亮大又圆。"叶四和道，"苏先生特别高兴，一边刻石头，一边把雕刀伸出窗外，说是要从月光里舀一勺彩粉，还说，还说……"

邹伯奇紧着问："还说什么？"

"说将来得闲的时候，"叶四和低下头，声音比蚊子还小，"给飞头鬼画一张脸。"

"逃军和"勃然大怒："你把那个害人精带进了监牢？"

"不是我带的。"叶四和争辩，"是他自己飞进去的。"

终年沉睡的"枫子鬼"飞进监牢看望苏仁山？黄广华脑子里"嗡"的一下，两只眼睛像刀子一样剜向叶老四，似乎是恼恨他不够意思，竟然一直对自己隐瞒真相。众人脸上都露出难以置信的表情，唯独邹伯奇兴致勃勃："长春兄对飞头鬼说了些什么？"

"苏先生啥也没有说，只是埋头作画；飞头鬼不会说话，站在窗棂上看他作画。"叶四和继续回忆，"一连三天，对了，最后，苏先生对飞头鬼说了一句话。"

大伙儿齐声催促："快说。"

"他说，他说。"叶四和胆怯地回答，"戏棚里，咋没声了？"

一瞬间，李文茂全明白了——在生命的最后一刻，苏仁山确实达到了艺之至境，登上了画鬼画神境界的最高峰。只不过，他不是通过眼睛，而是通过听力窥破了乾坤的奥秘。

惊世骇俗的天才不期待永生，不留恋此世的辉煌，而是把梦想的雕刀刺向宇宙，刺向一种可以带来美的伟大力量。服用九叶碧血仙茅的最后三天时间里，苏仁山已经领悟到了这种力量的真面目，这种力量的触须在他心里破土而出，变成一棵参天大树。他根本不用看，只要闭上眼睛用耳朵去听，听那遥远戏棚传来的声音——这个声音可能是李文茂的，因为苏仁山也渴望与武林至尊一样具有绝世功力，去勘破无情化有情的奇妙境界；这个声音更可能是女峒主阳雪姑的，苏仁山是多么希望能与所爱的人一样化为白鸟，离开纷扰的红尘，飞向那个没有衰败和死亡的无情世界，厮守一份永恒不灭的爱情。

李文茂默默地抽出铜笛，音随神思，在苏仁山的坟头一连奏了九首曲子。歌罢，众人尚沉浸在夺魂的音律中，从林中跃出二人，拊掌喝彩："靓曲，靓曲。"

李文茂抬头一看，发现陈松向自己走来，后面跟着叶亚来。忙把笛子插回腰间，推金山倒玉柱，行师徒大礼："师祖、师傅在上，请受晚辈一拜。"

一转眼五年过去，爷仨都经历了九死一生的磨砺，那份激动的心情就别提了。陈松扶起李文茂，手指不觉碰到那柄铁剑，故意问："茂仔，听说你在银洲湖捞了一把好剑？"

见陈松没有逼迫自己返回洪门，李文茂稍微松了一口气："回师祖的话，此剑在湖底隐藏了近十个甲子，利剑变铁鞭，已非本初之心。"

陈松不紧不慢地问："听说红船兄弟给它起了个名号，叫什么？"

李文茂脱口而出："'赤心报国鞭'。"

"失魂松"泪沾衣襟："掌堂大爷既然诛的是一颗报国的赤心，那还犹豫什么？快快接过三宝，领着弟兄们杀鞑子吧。"

李文茂被陈松抓住破绽，打了一个措手不及，不禁叫苦："龙头峰三刀六洞，你老人家当日在场，难道非要晚辈做一个不守信诺的小人吗？"

这些年，劝说李文茂出山的兄弟不计其数，都没有"失魂松"的身份够分量。大伙儿清楚关键的时候到了，不约而同地将期盼的目光集中在两位洪门大佬身上。

陈松叹了口气："掌堂大爷何必作茧自缚？"

李文茂惊诧地问："此话怎讲？"

"你明明恨不得立刻跨马出征，将威武窑子杀一个干干净净，恢复汉家河山，却为何死死地抱住那句诺言不放？"陈松心情极为沉痛，"只因为你不肯出山，天下洪门群龙无首，多少忠义兄弟血沃疆场，白白地丢了性命？"

李文茂硬着头皮道："大丈夫一言既出，驷马难追。晚辈已经退出洪门，请师祖见谅。"

"好，好，那咱爷俩便仔细地论一论。"陈松毫不气馁，突然话锋一转，"茂仔，当初你加入洪门时曾经立下过誓言，你不会忘了吧？"

李文茂张口结舌："这个……"

经过“香美人”的提醒，“失魂松”终于找到了以子之矛、攻子之盾的突破口，说起话来滔滔不绝：“每位洪家兄弟加入洪门，都曾立下反清复明的大愿。倘若前誓可泯，那么你今天再发一个誓言，即可湮灭龙头峰之誓；假如前誓不灭，请即刻出山。”

“失魂松”轻轻松松一席话，破解了李文茂出山的难题，真不愧是智多星。各堂代表和“洪德堂”众头领纷纷恳求：“掌堂大爷，出山吧。”

李文茂这些年从不怀疑的思维堤坝，在陈松的机智面前竟然形同虚设？他一时心里有些转不过弯来。陈松趁热打铁，慷慨激昂：“掌堂大爷，祖师爷当初创制‘琼花宫’，目的正是为了洪门大义；洪家兄弟藏身红船避难，正是为了习红船艺、修红船魂。戏棚无内外，忠义垂千古，你隐匿红船，不为忠义，又为何故？”

别人来劝李文茂，无不撞得一鼻子灰；反观“失魂松”出手不凡，口吐莲花，竟把李文茂诘问得理屈词穷，众人赞叹不已。李文茂一向认死理，这次被陈松当众驳倒，看来出山是板上钉钉，洪门大业终于有了指望。

李文茂在龙头峰发下三大誓，事出有因：一方面是为了搭救心爱的女人；另一方面是因为他不愿兄弟残杀，主动退出洪门大位的竞争行列。现在大度和尚虽然一命归西，但李文茂不想让别人误解自己是为了争权夺利而出山，因此对陈松的话锱铢必较，大声道：“杀鞑子的誓言晚辈没忘，尚有三载才到甲寅年。”

“只要你肯出山杀鞑子，莫说三载，便是三十载弟兄们也等得起。”陈松哈哈大笑，转身对杨其楠和黄桂林道，“留下龙头令旗和‘玉叶会簿’，咱们走。”

李文茂吃了一惊：“师祖要去哪里？”

“甲寅创世甲寅兴，三甲轮回天道通；五军神丁会齐日，杀尽鞑子救苍生。”陈松背诵了一遍那首诗，倍觉畅快淋漓，“老朽去霸陵山看望受伤的兄弟们，三年后自会来找你。”

为了杜绝李文茂反悔的念头，“失魂松”当机立断，带着叶亚来、杨其楠、黄桂林等人飞下山坡，返回粤西而去。弦月如钩，插在坟茔新土的龙头令旗随风飘荡，塞进陈开怀里的“玉叶会簿”闪烁着幽光。各堂头领跪拜行礼：

“参见掌堂大爷。”

李文茂转过身：“李某答应杀鞑子，却没有允诺执掌洪门，尔等莫要会错了意。”

众人你看看我，我看看他，“鹤顶红”开口道：“掌堂大爷，龙头令旗和‘玉叶会簿’就在眼前，难道你忍心将它们弃之荒野吗？”

“对啊。”皇甫衮粗声大气地说，“天命不可违。”

陈松这桩事办得痛快利落脆，事到如今，哪还有李文茂愿意不愿意的可能？侯爷轻轻地叹了一口气：“掌堂大爷，白扇大爷代表总堂将洪家三宝悉数送缴‘琼花宫’，这是天下洪家兄弟的心意，也是咱红船老少爷们儿的骄傲，你不要再推辞了。”

前誓不灭，后誓如新，两大誓言之间的矛盾像一只皮球，被“失魂松”巧妙地踢还给了李文茂，反倒变得似乎和洪门毫无关系，李文茂回归也得回归，不回归也得回归。众人整理衣冠再行三拜九叩大礼：“请掌堂大爷速定洪门大计。”

未返洪门却执掌洪门最高权柄，众兄弟拿李文茂当洪门之主敬重，说明他在洪家兄弟心中具有不可替代的崇高威望。李文茂再狠的心也无法继续推托下去，只好从坟头上拔出那面龙头令旗，交给陈开：“方才白扇大爷已然诵过那首金科玉律，五祖爷爷在天有灵，甲寅年七月二十五日丑时举义，各位兄弟意下如何？”

在洪家兄弟的心中，甲寅举义的符号比“红阳劫运”年举义更古老，更深入人心，因此李文茂的话音刚落，众兄弟振臂高呼：“五军神丁会齐日，杀尽鞑子救苍生。”

“甲寅举义首在粤东，届时李某亲提铁鞭，与威武窑子决一死战。”李文茂问，“各堂兄弟还有什么疑问，一发说出来便是。”

胡有禄问：“掌堂大爷，今后总堂在何处办理堂务？”

朱世雄为了支持李文茂而被大度和尚囚禁，差点死在龙头峰，因此李文茂对“公义堂”的兄弟格外另眼看待。他思忖了一下：“各位兄弟，今后兵马、粮草、联络等事项可以到‘粤安社’找陈阿妈办理；如有大事与李某商议，到琼花会馆即可。”

“鹤顶红”跨前一步：“本堂现有一桩大事，请掌堂大爷裁训。”

老字号的三大堂都有麻烦——“洪义堂”是掌印阿妈罗大纲投靠太平军的争议；“洪兴堂”和“洪胜堂”是大龙头缺位的问题。相对来说，“洪胜堂”问题相对小一些，毕竟皇甫衮是硕果仅存的大佬，而“洪兴堂”则呈现三足鼎立之势。

解决这些棘手的问题，非李文茂这样一言九鼎的大佬不可。

看到大家伙投来期盼的目光，李文茂明白这碗水必须端平，便对侯贯虹说：“三爷为堂中元老，应该提携后辈，宽怀忍让；陈阿妈富甲一方，理当接济同门，尊重前辈。可是两位不要忘了，胥江祖庙还在威武窑子手里，‘兴胜堂’损失惨重，现在的日子不好过。俗话说，兄弟齐心，其利断金，同为‘洪兴堂’的兄弟，若不互相帮衬，难免叫外人笑话。尔等三家应该立志夺回祖庭，来日谁收复了胥江祖庙，‘洪兴堂’便交给谁，众位以为意下如何？”

大家齐声叫好，“鹤顶红”与“大春吉”羞惭地低下了头，皆无异议。解决了“洪兴堂”和“洪胜堂”群龙无首的问题，轮到了“洪义堂”。陆海平惴惴不安地将帅旗呈上：“罗阿妈不得已投身太平军，请掌堂大爷降罪。”

李文茂问：“就是乙龙兄办的那个上帝会？”

“上帝会明明是一群中国人，却信奉红毛教。他们崇拜红毛上帝和基督不说，还辱骂本门五祖为妖，真是一群不要脸的汉奸。”梁培友解释，“冯乙龙的表兄洪火秀是教主，他从街上买了一把破剑自称无情剑，起了个名头叫‘云中雪’，专杀自己人。关阿妈在江口圩见识过他们骗人的手段，便与罗阿妈分道扬镳，只是可惜……”

在江湖和武林中，唯有李文茂品尝过无情剑的滋味，往事如烟，寸心自知，他不愿再提起这个字眼，于是提高嗓门：“什么？”

梁培友说：“可惜苏三娘一意孤行，跟随罗阿妈投奔了太平军。”

冯玉娘性格内向，别看她平日不爱说话，胸中最是有乾坤。李文茂颔首：“我这个妹子行事沉稳，她既然肯投奔太平军，一定有她的道理。”

李文茂这句话等于给罗大纲投奔太平军一事下了结论，陆海平磕头谢恩：“我等兄弟追随罗阿妈参加太平军，为的是杀威武窑子，并没有加入红毛教。”

梁培友冷笑一声：“上帝会眼下狼狈逃窜，还用得着你们拼命。一旦人家站稳脚跟，成了气候，那口‘云中雪’头一个招呼的就是你们。”

皇甫衮叹了口气：“人在屋檐下，焉能不低头？陆兄弟，你要提醒罗阿妈和苏三娘，千万小心，红毛教可不是耍的。”

好不容易兴起一股同盟军，没想到却是一群信奉红毛教的“汉奸”，真叫人啼笑皆非。李文茂摆了摆手，一锤定音：“他们识得红毛教，红毛教未必识得他们，各位兄弟不必介意。当前第一要务是杀鞑子，只要太平军肯与威武窑子作仇，联合作战未尝不可。陆兄弟，请你回去转告罗阿妈，甲寅年是五祖爷爷定下的天命，本门必定大举起事。这三年去留自便，他可以与太平军并肩作战，也可以返回粤东重招旧部。李某和各堂兄弟心里有一杆秤，知道他是一个心存忠义的大丈夫，需要助一臂之力的话，尽管开口。”

第一百五十二回　龙寮悲歌

为了将太平军消灭于永安城，钦差大臣赛尚阿重新起用悍将向荣总办北路军务，并于腊月二十六自阳朔赶到永安城外，亲临前线进行指挥。经过长时间的封锁围困，太平军发生了大量的减员，再加上敌人强大的军事攻势，永安城内的太平军总人数已经不到两万，其中善战之士仍保持在三千左右。“洪义堂”在北门与清军主力前后进行了五次拉锯战，成功挫败了向荣的图谋，自身也折损大半。幸亏通过陈见成从潮勇和东勇中拉过来近千号洪家兄弟，这支太平军的头号精锐才算勉强维持战斗力，形势岌岌可危。

李文茂裁定洪门三年后大举起事，等于断了太平军南下之路。没有强大的盟友，洪秀全只好支持杨秀清的主张，向北杀开一条血路，闯到哪儿算哪儿。咸丰二年(1852年)，太平军在永安州过了一个少盐没醋的正月，开始实施酝酿已久的突围计划。二月十二，罗大纲率军冒着瓢泼大雨奇袭古苏冲，一举捣毁贵州安义镇总兵王梦麟驻扎的营垒，控制了玉龙关右侧的制高点，撕开一条通道，并缴获了十来担宝贵的红粉。

首战告捷，罗大纲命人向永安城报信，同时派陆海平率军向昭平疾进，为大军突围扫清沿途障碍。洪秀全和杨秀清闻报大喜，三日后，颁布《永安破围诏》：

天王诏令：通军男将女将，千祈遵天令，欢喜踊跃，坚耐威武，放胆诛妖。任那妖魔千万算，难走天父真手段。江山六日尚造成，各信魂爷为好汉；高天差尔诛妖魔，天父天兄时顾看。男将女将尽持刀，现身着衣仅替换；同心放胆同杀妖，金宝包袱在所缓。脱尽凡情顶高天，金砖金屋光焕焕；高天享福极威风，最下最卑尽绸缎。男着龙袍女插花，各做忠臣劳马汗。

钦此。

二月十六傍晚，电闪雷鸣，大雨倾盆而下，伸手不见五指。太平军悄悄撤出永安州城和东西炮台，趁着雨夜向古苏冲挺进。全军突围序列如下：罗大纲率军在最前面；紧随其后的是韦昌辉和石达开；然后是洪秀全、杨秀清和冯云山的中军；一向冲锋在前的萧朝贵，这次落寞地躺在担架上，指挥秦日纲等人断后。

大雨麻痹了敌人，北路的向荣和南路的乌兰泰都没有察觉太平军的行动。拂晓时分，秦日纲和陈见成两部人马从水窦防线顺利撤至古苏冲，秦日纲所部在古苏冲至平冲一线警戒，陈见成的“西礼营”奉命调到龙寮岭，就地布防，保护手下已无精兵强将的萧朝贵。后营尽是一群老弱病残，沿着古苏冲、平冲、龙寮岭的崎岖山谷缓慢行军，“癞头鳖”和莫权光在龙寮岭遇到了筋疲力尽的罗金氏、莫二娘等人。

罗金氏愁眉苦脸地问：“当家的，咱们走吧，明媒正娶的公婆不让住在一起，这哪是人待的地方？陈掌柜的到底啥意思？干吗铁了心跟着太平军混？”

带着罗金氏这个扫把星，“癞头鳖”不敢回粤东，只能将罗金氏送回浔州城，交给她兄弟金绍烈。他叹了口气：“陈掌柜的打算跟太平军去桂林，借他们的势力收拾汪亚景，你们母女俩将就一下先。哎，我妹妹呢？”

山坡上三三两两蹲着、坐着的都是些上了岁数的妇人，温秉智的小妾在里面最年轻，正陪陈火贵姑姑聊天，眼神不住地四处张望，充满了失望和寂寞。罗金氏没好气地说："'红心'和'白皮'那两个骚蹄子入了女营，你妹子也去了，在山上挖壕沟呢。"

"癞头鳖"吃了一惊："'红心'背着个吃奶的臊虾，能遭这份罪？"

"就怪温老四，他那两片嘴皮子不是人的嘴皮子，鬼也能被他煽惑去推磨。"罗金氏气哼哼地骂道，"这头烂蟹天天跳大神冒充天上的神仙，连自家的小妖精也没心思理会，跟过去完全是两副模样，你说红毛教咋这么厉害呢？"

在太平军当讲道理的宣讲官，把温秉智一身的能耐发挥到极致，他本人乐在其中，萧朝贵也对他非常赏识，刚刚将其提拔为师帅，距离罗大纲的职务仅一步之遥。温秉智干得过瘾，对能够拯救世界的基督深信不疑，把老街坊统统拉过去洗脑，连"红心"这样抱着孩子的女人也不肯放过。当然，太平军的官职水分极大，依照设计，每个军满员为一万三千一百五十六人，别说一个军帅，就是五军主将也没统领过这么多人。实际上每军兵马正常为两千五百人，正好是茶地村扩军时罗大纲手下兄弟的数目。永安建制期间洪秀全大肆封赏，后期兵马锐减，像罗大纲那样能带两千多人的军帅屈指可数。温秉智这个师帅只带五十个天兵：鸡英逵是两司马，手下管二十五人；鸡大逵、柯定邦和"瞌睡虫"是伍长，手下各带五个天兵；郑流利当随从，平时负责给温秉智刷马蹄子，温秉智讲道理时兼任护法。

话说回来，温秉智这个师帅还是有点份量的，由于他经常替受伤的天兄传旨，因此，所有的太平军将士都对他客气三分。"癞头鳖"见识过他得志猖狂的模样，庆幸地说："幸亏咱们跟着陈掌柜的，没有信奉红毛教，不然的话天天听他教训，那才倒了八辈子霉。我听说温老四变了人性，六亲不认，拿着天兄的'云中雪'四处执法，背了不少人命，真是造孽啊。阿蕉她们几个不懂事，你辛苦劝着点，别让她们信红毛教。"

罗金氏白了他一眼："我哪有这本事？"

"癞头鳖"叮咛："别人无所谓，你那个宝贝闺女绝对不能受洗礼。"

罗金氏抖了抖手腕上的镯子："入就入呗，反正陈天义把她休了。"

"癞头鳖"跺着脚："她要是入了红毛教，陈天义还会给咱们银子吗？"

罗金氏愣住了："糟了，我咋忘了这个茬？"

"头发长，见识短。""癞头鳖"心烦意乱，"咱家现在一贫如洗，你那个宝贝闺女就是翻身的本钱——弄丢了，喝西北风去？”

两口子正在拌嘴，小“大头杨”扛了一杆绣着“温”字的军旗跑上山坡，双臂挥舞着大声嚷：“讲道理了，讲道理了，宣讲官讲道理了。”

贵县有一批矿工没赶上金田起义，前些日子追到了永安州。石达开留下一半，另一半发往后营听候萧朝贵调遣；萧朝贵如法炮制，已经入教的调去增援秦日纲，剩下的大约百十号人交给温秉智举办入教仪式，顺便补充他的兵力。

“厚皮棍”坐在石头上，见状很是不忿：“大头鬼，人家讲道理，干你屌事？”

小“大头杨”咧开嘴笑了：“大逵哥打摆子，让我替他吆喝。”

温秉智讲道理驾轻就熟，派头十足，一般有四人贴身伺候：一个敲锣，一个舞旗，一个执长矛，一个抱“云中雪”。他这把“云中雪”为萧朝贵御用，代表救世主执行军法，乃太平军具备神性的三把“云中雪”之一。

“厚皮棍”闲极无聊，站起身：“看热闹去。”

两个人来到一处略微平整的空地，发现地上用木板临时搭起了一座台子，上面大树成荫算是屋顶，台下挤了一堆男女，“红心”几个都在里面。罗玉环手里拿着一张“忏悔状”，脸上露出虔诚的神情，正专注地观察前面的人跪在地上接受温秉智洗礼的过程。“厚皮棍”挤到罗玉环跟前：“贤侄女，你不能入教。”

罗玉环不服气地问：“为啥不行？”

这女人如果入了拜上帝教，非但“癞头鳖”夫妇不好向陈开交代，就连陈见成也没脸回佛山去见弟兄们。事关未来生存大计，“厚皮棍”不能不出手拦截，他提醒：“贤侄女，听说陈大龙头现在代替二爷执掌总堂三宝，你总得给他留个面子吧？”

“我早和他一刀两断了。”罗玉环痴痴地盯着手里的“忏悔状”，声音颤抖，“因为他我有家难归，你们大伙有家也不能回，我有罪，我真的有罪啊。”

“厚皮棍”眼眶有些湿润，这闺女虽然心窍粗笨，但是心眼不坏，知道疼人。他拱了拱手：“贤侄女，到了桂林咱们就回浔州城，苦日子快熬到头了。”

太平军无论洗礼入教仪式，还是讲道理、讲政策，都是极其神圣的活动。

“厚皮棍”阻拦罗玉环入教，当众拱手行妖礼，指责现在过的是苦日子，是可忍孰不可忍？温秉智立即中断洗礼仪式，大踏步走下神台：“黄掌柜的，你想干啥？”

参加入教仪式的太平军皆怒目而视，“厚皮棍”不敢犯众怒，赔笑道：“四爷，贤侄女毕竟和陈大龙头做过夫妻，不看僧面看佛面，你手下留情，手下留情。”

温秉智气哼哼地说：“陈大龙头的面子我当然给，你把她拉走，别在这儿捣乱。”

罗玉环“扑通”跪倒在地：“我不走，我要洗清罪恶，脱胎换骨。”

“厚皮棍”急了，冲着“红心”等人大声嚷嚷：“你们别傻站着了，快来搭把手，把她给我拖出来。”

三姐妹其实也各领了一张“忏悔状”，准备向温秉智忏悔罪行——“红心”认为自己没有兑现对叶老三的诺言，所以孩子才被炮震死；“白皮”对过去在鹰嘴沙的妓院卖皮肉耿耿于怀；“花肉”本来没有觉得自己有问题，见两姐妹纷纷掏心掏肺地忏悔，便觉得不该把智障的丈夫丢在佛山堡，自己一个人来粤西逍遥。

当着“厚皮棍”的面，三姐妹不好意思公然入教，连拖带拽地把罗玉环架出人群。几个人来到山坡上，默默地回身观看——新入教的矿工十分虔诚，将“忏悔状”丢进火盆燃烧，接受温秉智的洗礼后吃了一杯清茶，浇灭火盆中的灰烬，正式成为拜上帝教的教徒。

温秉智清了清嗓子：“兄弟姐妹们，你们知道刚才做了啥吗？”

大家一起回答：“皈依皇上帝的真道。”

郑流利在温秉智身后抱着“云中雪”，一脸庄重：“错了，错了。”

温秉智笑容可掬：“我给大伙儿介绍一下，这位姓郑名流利，从前在佛山堡灵应祠修道，老神仙‘鸡公’开鸾坛的时候，人家就是护法。”

“厚皮棍”眼珠子霎时瞪出来了：“温老四这家伙，比我的皮还厚。”

温秉智继续侃侃而谈：“郑护法是见过世面的真人，他不是说你们错了，而是说你们领会得浅了——眼下当值艰危时期，清妖就在后面，咱们长话短说。皇上帝的真道，有没有你们照样流转乾坤；而你们信奉皇上帝，那是祖坟上面冒青烟，赚大发了。一句话，打你们向皇上帝忏悔的那一刻起，你们就换了一颗心，明白吗？”

有人怯生生地问：“温大人，我们为啥要换心？”

郑流利喝道：“错了，错了。”

“呵呵，请各位称呼温某为善人，军帅以上才可以称呼大人。”温秉智道，“你这个问题提得好，回答你之前我问一句先，各位大老远参加天军，究竟图个啥？”

一名身材高大的壮汉粗声大气地说：“我们在家里常受地主老财的欺负，每天累死累活地卖力气，连老婆孩子都养不起，不造反干鸟？”

另一个黑脸汉子举起手中的钉耙吼叫：“对，我等愿意跟着天王打天下，他老人家将来登基坐殿，我们取了富贵，回去抄了那些地主老财的家，分他们的小老婆。”

郑流利面无表情：“错了，错了。”

两条汉子不解地问：“咋又错了？”

“当然错了。”温秉智道，“世上有穷人就有富人，不可能十个指头一般齐。今天你们是受地主老财欺负的穷人，将来你们分了他们的家，他们不又变成了受人欺负的穷鬼？三十年河东三十年河西，风水轮流转是江湖的规矩，不是皇上帝的真道。”

提着脑袋造反不是为了富贵？大家有点想不通。壮汉问：“请问温善人，皇上帝的真道到底是啥模样？”

温秉智傲然道：“各位，普天万物皆为皇上帝所造，我们都是他老人家的子女，应当每日顶礼膜拜，感激皇上帝的恩德，感谢他给了我们贵灵，没有变成草木山石。皇上帝才是我们真正的父母，忘记这一点，我们就是被阎罗妖迷住双眼的畜生，走了邪路；领悟这一点，说明我们找回了藏在身上的贵灵，这就是皇上帝指引的真道。贵灵便是心，其实根本没有换，它原来就在我们身上，只是被阎罗妖用尘土埋了起来。”

“原来是这样？”众人啧啧不已，“温善人，换心有啥用？”

温秉智道：“换了心你们就是一棵真草、坚草和耐草，死了以后就能到高天上享福，就能接受到皇上帝的法力，变成百毒不侵的钢筋铁骨，清妖的刀枪就伤不了你们。”

壮汉激动地说："我明白了，皈依真道，我们就等于练成了像李二爷那样的神功。"

郑流利大喊："错了，错了。"

"哈哈。"温秉智从他手里接过"云中雪"，"你们想必听说过，李二爷在龙头峰自刺三刀六洞，气走白龙，无情剑变成了有情剑。那条白龙是飞走了，但它没有回到天上，而是落到了飞来峡的金芝岩，那把无情剑最后被我主万岁拿到了。人世间每一棵真草莫不心心相印，一模一样，你就是我，我就是你，众志成城，无坚不摧。各位兄弟姐妹，你们皈依正道后，每个人不仅是一棵真草，而且还是一把无情剑呢。"

温秉智巧舌如簧，一番话说得教徒血脉贲张，仿佛立刻变成刀枪不入，振臂高呼："万岁，万岁，万岁。"

"不行正道的人永远成不了气候。"温秉智扬扬得意，说话毫无顾忌，"二爷贵为堂堂的武林至尊，还不是阴沟里翻船？为了一介五体不全的娘们儿，竟然把到手的洪门之主宝座弄丢了，真是叫人觉得不值。嗨，谁让他和皇上帝作对来着？"

"洪德堂"高举抗击英国侵略者的大纛，李文茂麾下出过甘先、周春、陈开等有了名的打鬼英雄，上帝教不肯说他的好话自然在情理之中。"厚皮棍"在一旁越听越生气，忍不住又插嘴讽刺："四爷，你也不怕风大闪了舌头？二爷是没本事，但是他能起死回生；皇上帝既然那么厉害，为啥不把他儿子的病治好？"

萧朝贵迄今为止仍然躺在担架上，太平军将士无人不知、无人不晓。换作别人，肯定被"厚皮棍"质问得无言以对，可温秉智不一样，他这张嘴已经不是人嘴。温老四耸了耸肩，一脸轻松地说："黄掌柜的，说你不懂吧你还不服气，八千岁这是在生病吗？他老人家分明是在替天下人赎病——普度众生的佛菩萨你知道吗？跟八千岁比起来简直是小巫见大巫。"

"厚皮棍"被噎得哑口无言，正在呼哧呼哧喘粗气，中军大帐方向驰来两骑，原来是陈见成和劳大德。到了近前，陈见成勒住战马问："黄掌柜的，咋啦？"

见到援兵，"厚皮棍"腰杆硬了起来，用手一指温秉智："温老四这个狗东西，在背后嚼二爷的舌头。见风使舵，不要脸。”

陈见成把脸拉下来：“姓温的，你胆子不小啊？”

温秉智满脸堆笑：“小的哪敢嚼二爷的舌头？陈阿妈，你别听黄掌柜的乱说。我刚才对大伙儿讲，二爷习武的诀窍是诛心，正合皇上帝的真道。”

李文茂是洪家兄弟心目中的神，岂能任温秉智大放厥词？如果放在平日，陈见成定与他计较一番，但现在军情紧急，没有时间费口舌。陈见成向温秉智传达命令：“四爷，罗阿妈的前队已经到达大峒山，西王殿下即刻移营，你马上带人接防龙寮岭。后营多为老弱病残，行军速度迟缓，两侧山头的壕沟必须挖深一点儿，提防威武窑子偷袭。”

温秉智自投军以来，这还是第一次担当作战任务。他高兴地跳起来：“没问题，有皇上帝和基督两位老人家保佑，清妖绝对讨不到便宜。”

虽然和太平军并肩作战，但陈见成最听不得皇上帝和基督这两个词，不就是牛瞎子的两个徒弟吗？老子混江湖的时候，他们还不知道在哪儿吃奶呢！他冷笑一声：“四爷，行军打仗不是放葫芦，容不得闪失。八千岁刚给你补充了人马，别辜负了圣意，你自求多福吧。”

黄昏降临，“西礼营”保护萧朝贵的大帐离去，留下温秉智的人马在龙寮岭接防。山谷里到处是东倒西歪的老人和妇孺，看样子是走不动了，大概要在此地歇上一宿。鸡英逵挎着刀匆匆来见温秉智：“四爷，加上新来的这群矿工，咱们满打满算不到三百人，两边山头要是全防守的话，兵力根本不够。”

“杞人忧天。”温秉智“哼”了一声，“天官丞相在古苏冲和平冲设有防线，离咱们这儿二十里地远，清妖难道会插着翅膀飞过来？”

鸡英逵提醒：“向妖诡计多端，咱们不可不防。”

温秉智背着手来回踱步，又抬头观察了一会儿天空，忽然一拍大腿：“英逵，你把弟兄们召集起来，我给大伙儿做一台法事，显显神通。”

鸡英逵问：“做什么法事？”

“这条山谷崎岖难行，青天白日尚且容易迷路，更别提夜里。”温秉智神秘地一笑，“假使我再给它来一重迷雾，你说清妖还敢来吗？”

鸡英逵恍然大悟，温秉智这是重操旧业，要当众展示自己占卜天气的本事。他又是欢喜又是担忧：“四爷，没有药王庙前那对石柱子，你行吗？”

“放屁。”温秉智大怒，“老子现在入了真道，掌握真理，天下无敌。”

是日夜半三更，大雾果然如期而至，把龙寮岭严严实实地包围其中。守卫在两侧山崖的太平军将士对温秉智佩服得五体投地，更加相信皇上帝法力无边，由于挖了大半天的壕沟，大家疲惫不堪，相继进入甜美的梦乡。

既然扩充了兵马，鸡氏兄弟、柯氏兄弟和郑流利都升了官——鸡英逵被提拔为卒长，“瞌睡虫”、鸡大逵、柯定邦被提拔为两司马，郑流利给了一个伍长。鸡大逵有些忐忑不安：“咱们寸功未立就提拔，不太好吧？”

柯定邦兴奋地说：“这你就不懂了，皇上帝招子毒着呢，知道咱们以后准会卖命，所以给个甜枣吃先。”

鸡大逵惭愧地说：“那张‘忏悔状’他老人家一准是见着了，我浑身罪孽，曾经把老娘塞进狗洞里，这般天理难容皇上帝都不计较，嗨，让我说啥好？”

鸡英逵责备他：“哥，你没听四爷讲的道理？父母再亲也比不过皇上帝亲。没有他咱们就是草木山石，还想投胎做人？做梦吧。”

“没错，没有皇上帝，兴许你就是一条狗，那个狗洞正好归你住。”柯定邦似乎发现了一条合理的逻辑线索，继而又陷入了迷惘，“不对呀，英逵，你说皇上帝是个红毛鬼子，他咋不让咱们投胎到红毛国去？”

鸡英逵回答不出，抓耳挠腮：“放着人不当，你愿意当鬼？”

“瞌睡虫”喜欢较真，领悟力差，常常受到鸡英逵挤兑和教训。他也想不明白：“皇上帝为啥是鬼子？难道他不清楚当人比当鬼强？另外关老爷咋会是妖怪？不讲义气还算是人？”

“闭嘴，闭嘴，闭嘴。”鸡英逵气不打一处来，“我看你们是人在曹营心在汉，那张‘忏悔状’根本白写了。四爷说了，入教，入教，关键是换心，你们心里总放着关老爷，皇上帝往哪儿搁？基督往哪儿搁？还想去高天享福，下阴曹地府吧。”

鸡大逵急忙维护兄弟的威严：“换，换，谁说不换？我第一个换。”

有些问题，鸡英逵自己也想不通。他换了一副笑容：“各位兄弟亲眼看到了吧？没有药王庙的那对石柱子，四爷照样占卜天气，这就是皇上帝赐予的法力。清妖四万大军把永安州城围得水泄不通，咱们全军突围，连一枪都没放。你们说，这是不是天意？”

大伙儿不住地点头，同时感到十分奇怪，这次突围如入无人之境，没有皇上帝的保佑是万万做不到的。“瞌睡虫”撅着屁股往山下一看，黑麻麻伸手不见五指，浓雾在他的眼睫毛上并排挂了五个沉甸甸的露珠。他揉了揉眼眶，咧开嘴欣慰地笑了：“这么大的雾，和传说中的盖天顶差不离。借清妖几个胆子，他也不敢来。”

半天没说话的郑流利，此时悄悄嘟囔了一句：“错了，错了。”

小结巴一辈子似乎只会说这两个字，而且往往事后有验，叫人不得不刮目相看。今天是生死交关的要命当口，大伙儿心里祈祷，宁愿暂时不信皇上帝，也别让这张乌鸦嘴应验。真是怕什么来什么，正当大家把心提到嗓子眼的时候，突然，浓雾里传出“哇”的一声，吓得众人魂飞魄散，纷纷操起兵刃，四处张望。

过了一会儿仍不见人影，“瞌睡虫”第一个反应过来：“呀，像是臊虾的哭声？”

他一提醒，大伙儿从紧张的气氛中解脱出来，点头称是：“像，真像。”

鸡英逵觉得很没面子：“半夜三更，谁跑来吓唬人玩？”

山下传来轻微的脚步声，片刻后从迷雾中冒出一顶藤谷帽，众人长出了一口气——这是女营姐妹特有的装束，来者是自己人。“瞌睡虫”大声问：“谁？”

“是我，还有‘白皮’和‘花肉’，四爷有话带给你们。”“红心”背着两岁的伢仔从雾里钻出来，额头上缠着红巾，光着脚丫子，手持一根削尖了的毛竹当兵器。

鸡英逵问：“啥事？”

“红心”答道：“天官丞相的后队人马已经到了，老少爷们准备行军，四爷命令你们守到天亮就撤，还问有没有清妖来偷袭？”

“你们家臊虾的嗓门太大了。”鸡英逵答非所问，“不像是阿鼎哥的种。”

“红心”警惕地问：“啥意思？”

鸡英逵笑嘻嘻地说：“我听着像叶老三在叫魂。”

“红心”恼怒至极，挺起尖竹刺向鸡英逵：“姓鸡的，别以为只有皇上帝会显灵，叶老三阴魂不散，在天上看着你呢。”

鸡英逵敏捷地躲开尖竹，仍然是一脸坏笑：“叶老三只会拿臊虾撒气，老子有天父和天兄罩着，怕他个屌？有本事，你把他喊出来给我瞅瞅。”

“喊就喊。”“红心”扯开嗓子冲着重重云雾嚷起来，“叶老三，你这个没良心的，你不是要我带着刀仔给你上坟吗？老娘记着哩，还有不到一个月就是你的忌日，你好好等着。要是听到了就打个雷，劈鸡老二一家伙，让他瞧瞧你的本事。”

“红心”的女儿趴在母亲的背上哇哇大哭，鸡大逵劝解：“妹子，叶老三本事再大，能比得过皇上帝和基督？别闹了，快给伢仔喂奶吧。”

“红心”赌气地说：“叶老三不出来，我就不给她喂奶。”

“瞌睡虫”哭笑不得，正打算义正词严地教训“红心”一顿，忽然发现对面山头出现一团明亮的光芒。他一愣，脱口而出：“快看，那是啥东西？”

众人抬头一看，重重云雾中那团光芒瞬间呈放射状消逝，紧接着惊天动地一声响，山谷里升起冲天的火光。爆炸声中，一枚弹片不偏不倚，恰好击中鸡英逵的胸膛。

太平军优哉游哉脱出永安州城，自钦差大臣赛尚阿以下清军将领无不骇然，这种局面无论如何向咸丰皇帝交代不过去，于是拼了命地随后追击。乌兰泰、张敬修、许祥光部咬住了秦日纲的殿后人马；老奸巨猾的向荣则统军走小路直插龙寮岭，派遣一支精兵借着大雾的掩护摸上左侧山头，全歼昏睡的守军后先用火炮轰击，接着以泰山压顶之势冲下山谷，将正在慢吞吞行军的太平军拦腰斩为两段。

被拦截在龙寮岭的人马大约三千人，其中两千多老弱病残，尽为随军眷属。萧朝贵接到战报大惊失色，立命“西礼营”紧急回援；同时又把四十岁以下的女人召集起来，组成一支女军交给苏三娘统领，不惜一切代价打通隘口，务必救出后营的兄弟姐妹。

形势万分危急，眷属如果出了问题，对全军士气的打击可想而知。苏三娘催动飞雪无痕白龙驹，率领大脚婆们风驰电掣杀回龙寮岭。陈见成正指挥人马在隘口鏖战，“西礼营”兄弟几乎人人挂彩，从上到下像血洗的一样。见到苏三娘，陈见成气喘吁吁地说：“苏女侠，威武窑子人太多了，足足有一万多人，冲不过去。”

凌晨时分，大雾散去，霞光万道，后营的太平军将士暴露在敌人的屠刀下。龙寮岭的山谷狭长崎岖，很少见一块平整的土地，太平军根本无法组织像样的进攻。向荣和乌兰泰等人的兵力合计高达两万，是太平军后营的数倍之多，这场战役注定将成为一场血腥的屠杀。

天时、地利、人和三方面均处劣势，时间分分秒秒过去，后营如果断送在清军手里，太平军必定人人失亲、家家戴孝。皇上帝本事再大，也填不平海一般的悲怆和伤痛。苏三娘把手中梅花亮银枪向空中一举："姐妹们，隘口里是我们的亲人，是我们的父母兄弟。去不去高天享福我不知道，但是我知道死也要和他们死在一起。"

谁家没有父母儿女？谁家没有兄弟姊妹？每位妇女胸膛里瞬间迸发出无畏的力量，大家举起刀枪，血灌瞳仁："杀鞑子，杀鞑子。"

在生死咫尺相隔的时刻，女兵们忘记了皇上帝的存在，流淌在她们血管里的是真挚无比的骨肉亲情。这是一支特殊的军队，也许是人类历史上从未有过的军队，女兵们身上的装束参差不齐，唯独统一的是她们额头上缠着鲜艳的红绸子。她们中有的人脚底蹬一双芒鞋，有的人干脆光着脚丫；有的人身上背着嗷嗷待哺的伢仔；有的人手里连一根像样的兵器也没有，削尖了竹竿便匆匆参战；这是一支慷慨赴死的军队，对面的敌人是她们的几十倍之多；这又是一支令大地为之震颤的军队，她们将要从死神手里夺回亲人的生命。

苏三娘一马当先冲入敌阵，她手中这杆梅花亮银枪上下翻飞，粘着死，碰着亡，须臾间撕开一个口子。清军将士从来没有见过如此美丽勇武的女将，也从来没有见过这般将生死置之度外的女兵，纷纷败退下来，让开一条血路。

由于担心罗金氏和罗玉环母女出问题，陈见成心里火急火燎，带领"西礼营"兄弟跟随苏三娘杀入隘口。这时，冲天的火光在上空燃烧，到处是绞杀在一起的双方士兵。温秉信望见秦日纲的军旗，拍马赶至，秦日纲高兴地喊："五爷，四爷在这里。"

温秉智的军旗下只剩稀稀拉拉十来个天兵，鸡大逵把鸡英逵的尸体绑在马上，不时地低声自言自语："上高天享福，上高天享福。"

"癞头鳖"焦急地问："四爷，见我姑姑和我老婆了吗？"

温秉智一言不发，“花肉”“哇”的一声哭了起来：“死了，肯定都死了。”

“癞头鳖”和莫权光眼前一黑，前者瘫坐在地，后者拿起刀就要去找清兵拼命。陈见成让人看住莫权光，然后问“花肉”：“罗姑娘呢？”

“花肉”两眼茫然：“没见着。”

陈见成向秦日纲抱拳：“丞相大人，你带着弟兄们撤，我去找找罗姑娘。”

秦日纲吃惊地问：“陈阿妈，你这不是送死吗？”

“罗姑娘做过陈天义的夫人，我等兄弟都要尊她一句嫂子。”陈见成慨然道，“活要见人死要见尸，陈某必须给陈大龙头一个交代。”

秦日纲以前也混过洪门的小绺子，知道这是规矩，闻言羞愧：“陈阿妈，多多保重。现在已经没有多少雾了，敌众我寡，速去速回。”

一听这个“雾”字，温秉智像被针刺了一般，抬头道：“我也去。”

“花肉”抹去泪水：“那身戏装在姑姑手里，我得拿回来。”

秦日纲劝道：“各位姐妹，你们就不要给陈阿妈添乱了。”

“红心”用带子把背上的女儿捆紧，从地上捡起了一把砍刀，丢掉竹竿：“苏女侠带着姐妹们冲在前头，她们都不怕，我们怕啥？”

到了这个时候，什么话都是多余的。居仁里的乡亲聚集在温秉智的旗下，与“西礼营”的兄弟兵合一处，踏着苏三娘和女军的足迹向山谷深处冲去。秦日纲叹了口气，指挥本部人马杀向隘口，与清军争夺隘口的控制权。

战场混乱不堪，敌我双方交织在一起，不大一会儿，整齐的队形便被冲散。三姐妹最初尚能望见温秉智的军旗，后来不但看不到军旗，就连“花肉”也给弄丢了。正在绝望之际，“白皮”叫了起来：“快看，那不是苏女侠的白龙驹吗？”

“红心”爬到一块巨石上，果然见前方战旗猎猎，苏三娘率军冲来，后面是一大群被营救出来的老弱病残。她拼命地摇动臂膀：“苏女侠，见到‘花肉’了吗？”

苏三娘血染征裙，勒住战马：“快走，威武窑子马上杀到。”

这时，莫二娘突然从人群里冒了出来，指着右侧一座山头：“我见她去了那边，肩上背着戏装，就是从汾流大街订的那身。”

拥有戏装是“花肉”毕生的梦想，“癞头鳖”发迹后，特地在汾流大街“水秀堂”为妹妹定做了一套价格不菲的戏装——样式完全仿照陈罗婵扮演纪鸾英的行头。

在“花肉”的指引下，陈见成找到了陈火贵姑姑和罗金氏的丧命之所，也在尸丛中寻到了罗玉环的残身。“西礼营”战马不多，无法带走诸多尸首，众人只好将陈火贵姑姑和罗金氏就地草草掩埋，腾出一匹战马用来运罗玉环的遗体。回返的路上，“西礼营”遭遇清军的数次猛烈冲击，装载罗玉环遗体的战马受惊冲散，“花肉”、温秉智、郑流利、鸡大逵、“瞌睡虫”等人与大队失去联系，不得不爬向右侧山梁，希望从绝境中寻隙逃生。

“花肉”爬上一座山头，抬头仰望，一缕明媚的阳光直射而下。她二话不说，扒掉满身污血的衣裤，换上比生命还要珍贵的戏装。“瞌睡虫”责备：“你不要命了？”

山头高悬，从峡谷向上看一览无余，“花肉”穿着这身华丽的戏装，无疑将成为清军的一个活靶子。但是“花肉”毫不在乎，她“哼”了一声：“嫌我连累你们？老娘还不愿意和你们在一起呢。死要死得光鲜，老娘才不当一个破衣烂衫的穷死鬼。”

鸡大逵拍着手：“上高天享福，上高天享福。”

“行啦，行啦。”空前的惨败和巨大的牺牲，让“瞌睡虫”看穿了上帝会的把戏，他不耐烦地骂了起来，“哪里来的高天？哪里来的基督？要是真有皇上帝的话，你兄弟能让人家一箭射死？还他老母的刀枪不入？纯属放屁。”

鸡大逵傻笑了一会儿，开始哭泣：“我有罪，我有罪。”

“有罪的不是你，是这位温四爷。”“瞌睡虫”狠狠地瞪了温秉智一眼，“雾倒是来了，可威武窑子也来了，你到底是为谁占的卜？”

郑流利喃喃道：“错了，错了。”

“还有你这个跟屁虫。”“瞌睡虫”抬腿踢了小结巴一脚，“不会说点儿新鲜的？”

鸡大逵冲着温秉智笑嘻嘻地问：“你说我的心，贵吗？”

温秉智避开他的眼光，突然叫起来：“‘花肉’呢？”

众人扭头一看，发现“花肉”不知道什么时候离开大伙，跳上了一座更高的山头。那座山头圆乎乎地耸立于群山之巅，隐隐约约能看到一群清军正向那座山头包抄过去。“瞌睡虫”大惊失色：“那边有鞑子，快叫她回来。”

鸡大逵抓住温秉智的衣襟："你说我的心，灵吗？"

温秉智摆脱他的纠缠，与众人一起大喊："快回来，那边有清妖。"

"花肉"边走边跳，边舞边唱，吸引着清军越走越远。这个昔日的叫花子不是没有看见敌人的军旗，不是不知道即将走向死亡，但她毫无畏惧，反而视成千上万的敌军为观众，将血染的山峦当舞台。清冽的山风吹过胸膛，如同熟悉的"发报鼓"声声召唤，在这颗饱受践踏的心灵里，戏棚才是美丽的永恒。

第一百五十三回　斗鸡潭水

龙寮岭一战，太平军阵亡高达两千余人，为金田举义以来莫大的牺牲。由于后营多为老弱病残的眷属，闻此噩耗，全军哭声震天，也不管荣华富贵的小天堂在何方，一个个摩拳擦掌发誓与清军决战，为死去的亲人报仇雪恨。

为骨肉亲情所激励的太平军，比往常任何时候更像一支无坚不摧的“天兵”。洪秀全和杨秀清见军心可用，迅速在大峒山附近布置了一个绵延三十里的伏击圈，派遣一支小部队前往龙寮岭诱敌，准备以其人之道还治其人之身，聚歼清军于深谷。

俗话说骄兵必败，哀兵必胜。乌兰泰取得龙寮岭大捷，误以为太平军溃不成军，尽弃粮草辎重、大炮红粉，仅仅带了两天干粮便挥师急追；老成持重的向荣万般无奈，率五镇兵马随后跟进。老天爷这时候突然变了脸，晴朗的天空大雾弥漫，下起了暴雨——埋伏在山梁上的温秉智恍然大悟，这场大雾才是自己掐着指头占卜的决胜之雾啊！

清军主力刚进入埋伏圈，两侧山梁枪炮齐发，滚木礌石像奔腾的西江汹涌而至，满怀仇恨的太平军将士赤着脚，挥舞刀枪呐喊着冲下山梁。肉搏战是意志战，靠装备与火力混日子的清军哪里是太平军的对手？一战下来，向荣手下五位总兵死了四个：天津镇总兵长寿、凉州镇总兵长瑞、河北镇总兵董光甲、郧阳镇总兵邵鹤龄悉数阵亡；乌兰泰坠入山涧，幸亏向荣冒死冲入山谷救援，否则上万清军必然全军覆没。

大峒山一战清军阵亡五千余人，精锐尽陷，完全失去了与太平军一争长短的实力，战争态势顷刻逆转。太平军柳暗花明，前途一下子变得极其坦荡，该向何处去？摆在他们前进道路上的有两大战略目标可供选择：一个是近处的平乐城，一个是远处的粤西首府桂林城。考虑到前者有重兵把守，府江流域常有广东水师的战舰出没，杨秀清果断下令全军北上桂林城。罗大纲担任先锋官，统带“洪义堂”和“西礼营”兄弟不走昭平、平乐，改抄小道过牛角瑶山，出荔浦马岭、阳朔高田、临桂六塘，于二月二十八中午抵达桂林城下。

桂林是千年名城，周长十二里，十二座城门，城楼十座，炮防三十位，垛口达一千三百四十个，比小小的永安州城大多了。有一句民谣叫“生成桂林府，铁打长沙城”——意思是说桂林东有漓江阻隔，西南有阳江环护，北面群峰屏障，依托大自然的恩赐建立起来的城防体系固若金汤，比铁打的长沙城还要坚固。

打下桂林城当小天堂，对太平军的士气将是一个巨大的鼓舞，据此可以号召湘粤三省的英雄同时起事，北伐中原以定乾坤。但是攻打这样一座天险城池必将付出可怕的牺牲，罗大纲思来想去，命人穿上清军的服装，冒充败退的向荣前去赚城。乔装打扮的将士到了南门，大声对守城的清兵吆喝：“向军门驾到，快快开门。”

向荣不愧为名将，得知太平军掉头向北，立刻猜出他们的目标是桂林城。他只带了几十轻骑拼了命地往回赶，在会仙镇找到一名当地的向导，抄捷径提前半天进入桂林城。这时向荣从城垛子后面探出头来，哈哈大笑：“弟兄们，请回禀罗阿妈，向某已至，不劳挂牵。”

既然赚城不得，那就只有强攻。转过天来，太平军大队人马杀到，将主力扎在丽泽门、西门、南门、文昌门一线，对桂林城形成半月形包围圈。同时在东侧的象鼻山和西侧的牯牛山架设铁炮，向城内进行猛烈轰击，清军参将长明当日毙于炮火下。三月初一，匆匆赶来支援的乌兰泰在南溪山下的将军桥中了太平军的埋伏，被一炮击中双腿。

太平军旗开得胜，攻势凶猛，桂林城内只有守兵两千，兵力严重不足。幸亏这些年办了不少团练，这时正好调来救急，广西巡抚邹鸣鹤会同丁忧在家的龙启瑞，以每天三百文的伙食补助招募团练和衙役上墙防御。即便如此，邹鸣鹤仍然不踏实："翰臣，长毛气焰正烈，咱们这点儿人马远远不够，须再调团练进城。"

两年前，龙光甸去世，龙启瑞返回桂林守孝。考虑到他在桂林士子和豪门中的声望，邹鸣鹤奏请朝廷委派他总办粤西团练。龙启瑞安慰邹鸣鹤："桂林城高且阔，我们人手少，长毛的兵力也不见得够用，目前城北尚未发现大股敌踪。我马上派人去城外请求增援，单是临桂境内的团练即有三万之众，抚台大人不必惊慌。"

邹鸣鹤高兴地说："全仗翰臣调度。"

龙启瑞建议："向军门久于行伍，咱们应该多听他的意见。"

邹鸣鹤是广西巡抚，向荣是广西提督，文武大员争功邀宠是官场常见的事。邹鸣鹤不便把心里的小九九和盘托出，掩饰道："那当然，那当然。"

龙启瑞下了城墙，派人把汪亚景叫到身边："亚景，你六叔身体还好吗？"

汪亚景神情黯然："他快不行了。"

风流娇嫩如花蕊，难耐风霜和雨打。往昔热闹的桂林诗坛盛况不再，经常唱和的诗友像曾克敬、黄锡祖、彭昱尧等人已然别世；赵德湘、杨继荣等人远在他方；李宗瀛因为官府的勒索终日坐困愁城；汪剑峰则疾病缠身；唯有回乡任桂山书院山长的朱琦能助一臂之力，真是往事不堪回首。

汪剑峰以豪侠之名威震桂林府，假如他出山的话，临桂团练的士气定能高涨。龙启瑞委婉地对汪亚景说："回去代我问候你六叔，请他好生将养，莫操心战事。"

汪亚景道："长毛围城这么大的动静，六叔一定有所耳闻。就算他老人家不出山，有我们这些子侄一辈的在，照样能为国家出力。"

龙启瑞点点头："家贫思贤妻，国难见忠臣。现如今长毛大兵围了桂林城，正是你们建功立业、封妻荫子的好机会，千万不要错过。"

汪亚景躬身施礼："多谢大人栽培，小的这就回临桂召集人马。"

“速去速归。”龙启瑞叮嘱。

“洪义堂”驻扎在象鼻山，“西礼营”驻扎在将军桥北，这两天汪亚景在城墙上观察得一清二楚。天堂有路尔不走，地狱无门自来投，既然陈见成千里迢迢来寻衅，自己绝对不能轻易放过他。汪亚景从龙启瑞和邹鸣鹤处分别领了书信、谕令后，骑快马出北门，绕着桂林城转了大半圈，顺利地绕过太平军的阵地，午夜时分回到了临桂县城。

临桂团练由两部分组成：一部分是本地人，分属各家豪门，军饷自筹；另一部分来自柳江流域各县，饷银需仰仗临桂豪门接济。因此仅有官府的谕令未必好使，必须把汪剑峰这尊菩萨请出来。另外，汪剑峰训练的三百团练十分骁勇，是一支经历过阵仗的精锐武装，正好用来对付陈见成。汪亚景盘算来、盘算去，没有去敲临桂县衙的大门，而是扭头折向汪府，要求面见汪剑峰。

时光荏苒，汪剑峰已经年近六旬，当年的风流倜傥变成了隐隐约约的影子。汪亚景把龙启瑞和邹鸣鹤的书信拿出来，恭恭敬敬地递了过去：“六叔过目。”

虎老雄风在。汪剑峰人卧病榻，太平军围攻桂林城的消息早就传到了他的耳朵里。汪剑峰看完书信，若有所思：“翰臣要我好生将养？”

汪亚景小心翼翼地回答：“龙大人是这么吩咐的。”

挚友相交二十载，没有人比汪剑峰更了解龙启瑞。太平军挟大峒山得胜之威，一路所向披靡杀到桂林城下，如今的粤西首府可谓危若累卵。龙启瑞虽然名义上总办团练，可是朝廷没有给他一个大子儿，凭什么让人上前线卖命？君子之交淡如水，冲着他状元郎的名头，平日里士绅对他客气三分，但到了要命的关节，谁还吃他这一套？

名气，说厚了是名，说薄了不过是一道没有着落的气。

龙启瑞有意请汪剑峰出山，却张不开嘴。汪剑峰从墙壁上摘下青霜剑，长叹一声：“长毛认贼作父，败坏人伦，拿红毛上帝当祖宗供奉，真是无耻之尤。且不论翰臣身处危难，即便为了维护名教，老朽也断不能袖手旁观。”

汪亚景等的就是他这句话：“六叔，我去传你的号令。”

汪剑峰扶病出征，临桂各大豪绅无不感奋，一天多时间凑齐了五千人马。三月初三，临桂团练走山路开至桂林城下，趁着太平军分三路从西门、南门和文昌门攻打桂林城之际，向驻扎在将军桥的太平军发起了突然袭击。

选择将军桥为突破口，一来是因为汪亚景迫不及待地想收拾陈见成，二来是由于太平军的机动部队集中在东线的漓江斗鸡潭，将军桥的防御相对薄弱，只有不到一千人。杨秀清正在象鼻山西南麓的云峰寺指挥攻城，听说将军桥遭遇袭击，大吃一惊，立刻派人通知坐镇斗鸡潭的洪秀全，请他火速派兵增援将军桥，解攻城主力的后顾之忧。

粤西大江纵横交错，没有强大水师的太平军如同一个跛脚巨人，无法在贸易繁盛的精华地区存身，被迫翻山越岭向北转移，吃够了苦头。从阳朔到桂林的路上，太平军捕获了四十多条大号商船，把粮草辎重和老弱病残的眷属往船上一装，来回机动，省了不少力气。桂林攻城战开始后，洪秀全索性把指挥部移到水上，统领机动部队控制漓江和桃花江，监视从平乐府北上增援的清军。

接到杨秀清的请求，洪秀全环视左右："哪位兄弟走一遭将军桥？"

太平军的主要将领跟随杨秀清三面攻城，留在洪秀全身边的只有萧朝贵、冯云山、赖汉英等人。萧朝贵开口请战："臣弟愿替万岁分忧。"

萧朝贵的伤尚未痊愈，洪秀全摇了摇头："不敢劳动贵妹夫大驾。"

贵妹夫是洪秀全对萧朝贵的尊称。

萧朝贵苦笑着说："些许团练何足挂齿？臣弟应付得来。"

从前萧朝贵统领前军逢山开山、遇水搭桥，那是何等的威风？永安突围以来，他老人家一直躺在担架上，寸功未立，反而在龙寮岭蒙受奇耻大辱，早憋了一肚子的火。这次主动请缨收拾临桂团练，有点儿洗刷前耻的味道在里面。冯云山理解他的心情，表示赞成："万岁，临桂团练虽众，难敌天兄神勇，让八千岁去吧。"

洪秀全对冯云山向来言听计从，点点头："那就辛苦贵妹夫了。"

蒙得恩随即吩咐传令官："速立西王大纛旗。"

部署在斗鸡潭的机动部队约有四千，洪秀全下令分兵一半给萧朝贵，太平军在岸上迅速搭设点将台，调集运载松木炮的船只，准备出征。恰在这时，一名头目慌慌张张地来报："启禀万岁爷，从平乐府方向来了一队清妖，弃船登陆，径直向南溪山而去。”

洪秀全一愣，敌人绕开斗鸡潭直扑南溪山，说明对桂林城下的战事了如指掌，将军桥方面的压力更大了。还没等他和冯云山、萧朝贵商议，又来了一名头目：“万岁爷，从苏桥圩那边来了一队清妖，由西朝东杀向将军桥。”

洪秀全、冯云山、萧朝贵大吃一惊，敌军不约而同地扑向将军桥，这是想集中兵力在南线撕开一个口子，与城内官军里应外合，打破太平军的包围。战场形势瞬息万变，一个不起眼的将军桥突然成了决定成败的胜负手，洪秀全把手重重地往下一挥：“贵妹夫，你把剩下的兄弟全部带走，断不容清妖狡计得逞。”

“不必。”萧朝贵豪兴大发，“天父造山育海，布下天罗地网攻打桂林，走邪路的妖魔鬼怪能成什么气候？臣只须一柄‘云中雪’，便可杀他片甲不留。”

这一年多来，洪秀全的日子是芝麻开花节节高，刚刚在永安州过了一把当皇帝的瘾，而今粤西首府桂林城又将被他踩在脚下，自信心膨胀到了极点，不把自己当神都不行了。听到萧朝贵的豪言壮语，他正要顺势吹两句仙气，忽然岸上狂风怒卷，只听“咔吧”一声巨响，紧接着有人惊呼：“不好了，八千岁的杆子折了。”

大纛旗折断，不利于主帅。洪秀全紧锁双眉，强自镇定：“外面因何喧哗？”

过了一会儿，国舅赖汉英将温秉智、郑流利二人带进船舱。温秉智长跪于地，惶恐不安地看了萧朝贵一眼，对洪秀全说：“万岁，上游刮来一股怪异的阴风，平地卷起三尺浪，把装载松木炮的大船弄翻不说，还吹断了八千岁的大纛旗。”

洪秀全问冯云山：“山胞，你对桂林府不陌生，说说这是咋回事？”

冯云山脸一红，洪秀全这句话既是信任有加的咨询，也带着三分揶揄——龙舌兰的老家在桂林府，这个冯云山心爱的女人有可能就在桂林城，爱屋及乌，他能对桂林陌生吗？洪秀全这个思路还真是不差，冯云山虽然没有来过桂林，但以前从龙舌兰的嘴里了解了不少关于桂林城的掌故。他清了清嗓子，开口道：“万岁，斗鸡潭为至阴之地，桂林一城之命脉。传说嫦娥借观世音的宝瓶建造桂林城，这个宝瓶飘到斗鸡潭便失去法力，净瓶山由此而得名。八千岁乃基督转世，至阳之体，到此地未免水土不服，将军桥不去为宜。”

萧朝贵又是高兴又是不痛快——高兴的是冯云山夸赞他是至阳之体，放眼江湖，只听说武林至尊李文茂为至阳之体，除此之外并无第二人；不痛快的是冯云山阻拦他出征，白白地放过一个扬名立万的好机会。他起身反驳：“七千岁此言差矣，宇宙六合，唯有真神皇上帝和基督，哪有什么观世音和嫦娥？至阳之体斗不过至阴之体，这不是天大的笑话吗？小弟有无情剑佑护，八百天兵即可破敌，我主勿忧。”

洪秀全一听，大加赞赏：“贵妹夫真神护佑，清妖岂是敌手？”

萧朝贵是天兄，发起飙来连洪秀全都挡不住，更别提其他人。冯云山急得直跺脚：“万万不可，八千岁，愚兄有话要说。”

郑流利抬起眼皮：“错了，错了。”

温秉智吓得魂不附体，扬手抽了他两记耳光。赖汉英知道这个结巴有些怪异，也跪倒在地向萧朝贵乞求：“八千岁，南王身负奇术，洞察阴阳，且听他细说分明。”

冯云山的本事萧朝贵不是不知道，但他是天上的基督投胎，神仙还用凡人占卜？救世主气哼哼地拂袖而去，领了八百兄弟杀向将军桥，把洪秀全、冯云山和赖汉英老哥仨丢在船上。洪秀全问冯云山：“山胞，有甚古怪？”

舱内剩下的都是自己人，冯云山也不隐瞒：“传说多年以前，白龙在南溪山显过灵，因此山下有白龙泉，山里有白龙洞，南溪山又名白龙山。”

洪秀全刹那间全明白了——无情剑为白龙化身，“云中雪”不过是自己信口雌黄。萧朝贵拿着这柄假无情剑去南溪山，那不是李鬼碰到李逵，自找倒霉吗？他焦急地问：“乙龙，你快想想办法，千万不能让贵妹夫出事，他可是基督呀。”

上帝和基督是上帝会的两大神牌，基督要是死了，这场骗人的把戏如何继续演下去？冯云山当然明白轻重缓急，弯腰施礼：“臣弟愿意走一遭，保得天兄太平。”

“好好。”洪秀全连连道，“有劳山胞了。”

蒙得恩亲自出去传令，在点将台立起南王的大纛旗，点齐两千人马准备出征。哪知道江面上狂风再度怒号，“咔吧”一声又将南王的大纛旗当心劈断。蒙得恩连滚带爬回船复命，脸上吓得没有了一丝血色：“万岁爷，妖风甚为猖狂，连折两杆大纛。”

“什么？”洪秀全这次是真的坐不住了，皇上帝和基督固然是太平天国的精神支柱，但相比较而言，冯云山才是他真正的心肝宝贝。这位表弟把他从一个四处碰壁的妄想狂塑造成高高在上的天王，煮一锅好饭拱手相让，不争权不夺利，简直就是古之圣人，比满嘴獠牙的皇上帝和基督强得不是一星半点。对洪秀全来说，皇上帝和基督爷俩打包捆在一起，也比不上冯云山在他心中的分量，绝不能让这位表弟有所闪失。他关切地问：“莫不是你那位红颜知己听说你来了桂林城，却不去看她，故意请来阴风咒你？”

冯云山一手缔造上帝会，称得上是太平天国之母。为了这一倾注毕生心血的事业，他将一切个人情感和荣辱抛诸脑后——从权力上说，他甘愿屈居于杨秀清和萧朝贵之下，无怨无悔地为天国擘画全局；从亲情上讲，金田起义举事前，洪秀全把全家接到了广西，而冯家的老少都留在了花县，被官府缉拿下狱，至今生死不明，凶多吉少。

太平天国的无情剑，其实只有冯云山这一把修炼到家，看似朴实无华，却具有钢铁般的意志和威力。对于无情剑来说，心爱的人就是最大的敌人，一旦出现即为不祥之兆。冯云山迄今仍然记得当年在贵县出师不利时洪秀全对他的猜忌，苦笑着叹了口气：“万岁，小臣巴不得再见她一面——看看我的心，到底是不是修成了正果？”

洪秀全尴尬地笑了笑：“朕说一句玩笑话，贤弟莫要当真。阴风和白龙接连作祟，此事非同小可，还是换别人去吧。”

冯云山坚持自己的意见：“西王已然出征，臣弟焉有不去的道理？再说目下军威正盛，区区临桂团练何足挂齿？”

赖汉英灵机一动：“万岁，本军有一员现成的大将，能够克制阴风和白龙。”

洪秀全惊喜地问：“哪位？”

赖汉英从容道：“万岁爷，苏女侠武艺高强，胆略超群，在龙寮岭杀了个三进三出，救出了一千多兄弟姊妹，她的本事有目共睹。江湖传闻她与‘风凰仪’班的陈大老倌、易大老倌同为至阴之体，斗鸡潭的阴风肯定奈何不了她。另外，她和李二爷情如兄妹，那条白龙想必也不会与她为难。要是让她统兵救援八千岁，必定旗开得胜，马到成功。”

苏三娘的女营驻扎在斗鸡潭不远，就近拱卫天王安全。洪秀全哈哈大笑：“没错，苏女侠虽然身在洪门，但对天国忠贞不贰，辛苦她走一遭吧。”

冯云山推辞不过，只得应允：“既如此，小弟便与苏女侠联袂出征。”

苏三娘挑选五百女兵赶至斗鸡潭，把女营的大纛旗立在点将台上，这一招果然见效，阴风逡巡散去，桃花江和漓江水面复归平静。冯云山见“红心”和“白皮”各举了一面凤凰旗、玉蝉桃花旗，便奇怪地问苏三娘：“女侠，你怎么把二爷的军旗扛来了？”

苏三娘指着“红心”和“白皮”：“她们两个先后受过‘凤凰仪’班陈大老倌和阳大老倌的指点，用这两面旗说得过去。”

鸡英逵在龙寮岭死于非命，“花肉”穿着戏装视死如归，让“红心”和“白皮”姐妹两个大受刺激，很快接受温秉智的洗礼，皈依上帝会，变成了一名坚定的天军战士。由于在大峒山奋力杀敌，被破格提拔为两司马，按照太平军的军制具备了立旗的资格。这两面旗帜既是她们对往昔岁月的回忆，也是对“花肉”的深切怀念。

冯云山点点头：“有二爷的这两面旗子，白龙想必不会为难我们。”

苏三娘瞅了冯云山老半天，终于开口：“冯先生，有一句话，贱妾不知当不当问？”

这女人的眼眸比斗鸡潭的潭水还要浓，还要深，还要令人无法正视。冯云山恍恍惚惚回到了过去，仿佛看到了龙舌兰那双含着幽怨的眼睛。他心头一跳，旋即躲开苏三娘的目光，心慌意乱：“女侠但讲无妨，在下洗耳恭听。”

苏三娘问：“按照贵教的说法，这把‘云中雪’是皇上帝在梦里赐给天王的，冯先生你因何相信它是白龙转世？”

“云中雪”为上帝赐给洪秀全的无情剑，这个弥天大谎明载于《太平天日》，冯云山正是始作俑者之一。他无言以对，支支吾吾地说：“我，我……”

苏三娘霎时明白了，《太平天日》的记载都出自眼前这位七千岁的杜撰。

然而一笔写不出两个冯字，她对冯云山向来尊敬，也理解和同情他的难处，不再追问究竟，委婉地说：“斗鸡潭连起两阵阴风，恐对主将不利。依贱妾之见，冯先生不如暂且回避，救援将军桥和八千岁的事情就交给贱妾吧。”

冯云山是一个理智的人，他把皇上帝和基督这两尊红毛大神请出来，目的不过是为了推翻腐朽的清廷。冯云山不像洪秀全那样偏执和痴狂，错把梦境当现实，所以他相信斗鸡潭的两阵阴风绝非空穴来风。然而，人在江湖身不由己，作为上帝会这出戏的开戏师爷，他不能推翻自己笔下造出来的神，不能承认大纛旗折断是阴风作祟，不能承认李鬼战胜不了李逵。太平天国的南王冯云山不是在罗浮山九天观学艺的冯乙龙，他必须欺师灭祖，把六愚真人传授他的本事统统忘却，把自己完完全全地交给红毛教的皇上帝。

想到这里，冯云山坚决地摇了摇头，命人在点将台重新立起自己的大纛旗，换了一副口气对苏三娘说：“多谢女侠好意，天军将士奋勇杀敌，冯某焉能畏葸不前？生死不由命，而是由皇上帝做主，活着献身真道，死了到高天享福，诚无憾也。”

话说到这个份上，苏三娘无可奈何，只好提枪在手：“贱妾愿充殿下先锋。”

美丽而带着哀怨的桃花江清澈见底，宛如一位透明皮肤的玉人守护着桂林城，苏三娘打马江边，几乎不相信眼前就是血肉横飞的战场，心中不觉荡起惆怅的涟漪。

两匹马疾驰而来，马上之人盔歪甲斜，极其狼狈，原来是温秉智、郑流利。温秉智见到苏三娘的旗号如同见到了亲娘，翻身滚落马鞍，苦苦哀求：“苏女侠，快去救救八千岁，敌军三路合围把他包在中间，非吃大亏不可。”

苏三娘吃惊地问：“陈阿妈的‘西礼营’呢？”

温秉智哭丧着脸：“早被打散了。”

将军桥不容有失，萧朝贵更不能出事，苏三娘心急如焚，快马加鞭到了南溪山。众人登上一处高地瞭望战场，只见敌我双方上万人马搅杀在一起，金鼓齐鸣，喊杀震天。“红心”问温秉智：“八千岁在哪儿？”

温秉智四处张望，两眼茫然：“谁知道？”

观察战况是一门学问，温秉智、郑流利、“红心”和“白皮”这些人没有经验，看到万马奔腾先心惊肉跳，根本无法判断战况的进展。苏三娘完全不一样，往高处一站，须臾之间便将战场形势尽收眼底。不看则已，一看登时目瞪口呆，啧啧称奇——兵力处于绝对劣势的太平军队形齐整，纵横驰骋，显得游刃有余，这到底是怎么回事？

"白皮"在戏棚里唱戏久了，心思敏捷，眼神好使，不大一会儿便看出了门道。她用手指着东北方向，尖叫："快看那边，清妖狗咬狗，自己人打起来了。"

面对这种从来没有见过的怪事，温秉智也是丈二和尚摸不着头脑："不可能啊。"

没错，苏三娘再一次确认，东北角鏖战正急的两支人马都不是太平军和洪门的旗帜。无论如何，将军桥力保不失，萧朝贵安全无虞，苏三娘心中这两块石头总算落了地，她长长地舒了一口气，双腿催动战马："看看去。"

女营将士追随苏三娘在龙寮岭和大峒山出生入死，锻炼成为一支能打硬仗的军队，与男兵的战斗力相比无遑多让。如今敌人自相残杀，这场仗有胜无败，大家信心十足，跟着苏三娘一股风似的冲下南溪山，奔着萧朝贵的军旗杀去。过不多时，两军顺利会师，苏三娘在马上微微欠身："千岁爷，敌众我寡，此处非久留之地，赶快撤吧。"

"哈哈。"萧朝贵举起"云中雪"在空中劈了一劈，得意扬扬，"皇上帝真元出窍，妖魔鬼怪不战自乱，本王正待大显身手，凭什么撤军？"

在太平天国的四大巨头中，萧朝贵的性格具有双重性，既像洪秀全一样率性而为，一任妄想的指引，自认神灵附体、万刃不加；又像冯云山一样勤于修炼，愿意为了大局而吃苦和克制欲望。望着他兴冲冲远去的背影，苏三娘想起被风吹断的大纛旗，心情不觉沉重。无情剑本非尘世之物，人离它越近，死得越快，在龙头峰自刺三刀六洞的李文茂即为例证，难道说冯云山和萧朝贵也会重蹈覆辙？

红毛教的"云中雪"是假无情剑，兴许这两位天国事业的柱石能逃过此劫。苏三娘在心里安慰自己，喊住柯氏兄弟和鸡大逵，指着东北角发问："厮杀的敌军来自何处？"

"瞌睡虫"乐不可支："回女侠的话，游掌柜的'荡寇营'从平乐府赶来增援，本来是抄'西礼营'后路的，结果迎头撞到汪亚景的临桂团练。仇人见面分外眼红，把陈阿妈抛在一边，哥俩打起来了先，真过瘾。”

难怪敌军出现内讧，原来是游新潭和汪亚景这对活宝。苏三娘催促他们：“你们赶快去保护八千岁，他的伤还没有好，别再出差池。”

鸡大逵把胸脯擂得山响：“女侠放草，我们都是换了草的天兵天将，是皇上帝的真草、坚草和耐草，个个钢筋铁骨，刀枪不入。”

鸡大逵满嘴红毛教的术语，活脱一个鸡英逵转世，苏三娘知道他受了刺激，不放心地叮嘱柯氏兄弟：“英逵没了，你们要照顾好大逵。”

“女侠放心，我们不会让他丢了魂，还要带着他回家呢。”“瞌睡虫”应声，拉了一把鸡大逵，“大逵哥，记得咱们的得胜歌吗？”

“咋不记得？”鸡大逵把砍刀往肩膀上一扛，雄赳赳地甩开大步向前走，一边走，一边扯开嗓子唱起了《渭水访贤》：

周文王来到渭水河，
叫一声姜太公你听端详。
我好比孔孟人一个，
你好比诸葛孔明二先生。
有朝一日坐了天和下，
你坐朝来我坐廷。
…………

过去，鸡英逵和“瞌睡虫”在居仁里打更时常蹲在闸门楼上唱这首曲子，如今鸡英逵撒手人寰，“红心”越听越心酸，止不住抽泣起来，把女儿吓得哇哇大哭。苏三娘劝道：“看来这场仗费不了多少气力，你们几个在这儿歇一歇吧。”

“不。”“红心”擦去眼泪，“陈阿妈他们快走了，我们得去帮忙。”

陈见成来桂林目的是找汪亚景算账，打完这一仗，他和他的“西礼营”兄弟就会跟太平军分道扬镳，撤回佛山堡。既然是最后一仗，大伙儿都希望“西礼营”少些伤亡，免得回去后多添一群寡妇孤儿。苏三娘把梅花亮银枪向空中一举，催动坐骑，率领女营将士风驰电掣般刺入敌阵，从东杀到西，从南杀到北，最后在西南方向发现了“西礼营”的旗帜。

“西礼营”最早投入战斗，与临桂团练、“荡寇营”先后接战，大半天下来，弟兄们精疲力竭，扛着军旗在重围中四处游斗，狼狈的样子就别提了。女营将士杀到，追赶“西礼营”的清军不战而退。“白皮”高兴地勒住战马，对温秉信说：“谁说我们女兵只会巡卡守更、筑营运粮？你看清妖见到我们就吓跑了，连交手都不敢交手。”

劳大德提着刀一瘸一拐地走过来：“别放葫芦，你知道这股鞑子是谁？”

“白皮”问：“谁？”

“潘其泰。”劳大德气咻咻地回答，“这个不要脸的投靠威武窑子，混了一个千总，把二爷的脸丢尽了，丢他老母。”

当年峦城一战，潘其泰重创落水，侥幸捡了一条性命。回到老家宣化三官堡后，他和谢喜发闹了矛盾，拉了一票兄弟自立“大胜堂”。谢氏兄弟在南宁府势力很大，到处宣扬潘其泰是一个以下犯上、无情无义的小人，潘其泰在江湖上站不住脚，被迫于去年底向官府投诚。这次太平军围攻桂林，各地官军纷纷北上驰援，潘其泰招募的果勇沿着柳江乘船到苏桥圩，然后跟随大队人马抵达桂林城下，参加了将军桥的攻击战。

今天东西两路救援桂林的清军，大部分是各地临时招募的团练，里面的精锐多为昔日的洪家兄弟，打起仗来出工不出力，糊弄事的居多。苏三娘扫了一眼战场，叹了口气：“你们别骂潘其泰，他要是下狠手，凭你们这点儿人马，恐怕连根骨头也剩不下。”

“红心”回头看了看自己身后的凤凰旗和玉蝉桃花旗，恍然大悟：“我明白姓潘的为啥不战而退、掉头就跑？敢情他是羞于见到这两面旗子。”

“没错。”陈见成率领“大头杨”叔侄、“癞头鳖”和“厚皮棍”等人赶了上来，“姓潘的还算有点儿良心，有他和我们周旋，汪亚景和游新潭狗咬狗一嘴毛，根本顾不上打我们。”

虽然敌军互不统属，甚至互相殴斗，形成不了多强的战斗力，但是终究有过万人马，必须采取擒贼先擒王的战术，一举击溃人数最多的临桂团练，才能彻底瓦解敌人的攻势。苏三娘问陈见成：“陈阿妈，你知道临桂团练的帅旗在哪儿吗？”

“知道，知道。”陈见成连声回答，“我带你去。”

黄昏来临，如血残阳浸泡于桃花江底，在“西礼营”的指引下，苏三娘带着女营将士很快杀到了临桂团练的中军帐。她飞身跳下白龙驹，把梅花亮银枪交给“白皮”，从背后抽出柳叶双刀，须臾间砍倒了七八名守卫，闯进帐中。正待举刀取汪剑峰的性命，恍惚间觉得眼前这个人十分面熟，惊讶地叫了起来：“呀，怎么是你？”

昔日风流倜傥的书生剑客，而今青霜剑在手，人已经变成风中残烛。汪剑峰同时也认出了苏三娘，放下青霜剑：“冯姑娘，你可知桂林城中督办团练的是谁？”

苏三娘不知不觉放下刀：“谁？”

汪剑峰神情落寞：“你曾救过他一命的负心人。”

苏三娘击溃临桂团练，看在往日的情分上，饶了汪剑峰一命。汪剑峰不敢再战，收集溃散的临桂团练，从北门进入桂林城。龙启瑞和朱琦正在文昌门布置防御，将他迎上城墙，满怀歉意地说：“任之，把你从病榻上惊扰起来，真是不好意思。”

汪剑峰道：“大丈夫马革裹尸，死当其所。”

朱琦心有余悸：“任之，沙场乱纷纷，我真替你捏一把汗。”

汪剑峰笑了笑：“差点见了阎王，幸亏遇到了一位故人。”

朱琦惊诧地问：“长毛军中你还有故人？”

“一位姓冯的故人。”汪剑峰望着龙启瑞，“翰臣也认识。”

冯玉娘那双明亮的眼眸刹那呈现在龙启瑞的眼前，他脱口而出：“莫非是她？”

朱琦听说过笔帽山的这段掌故，惊讶地问：“她不是会匪吗？怎么入了长毛？”

昔日擦肩而过，今朝两军对垒，造化弄人何至于此？龙启瑞举目向城下张望，希望找到那个他寻找了半生的身影。众里觅她千百度，可惜了他这双倒点九马画山的招子，那道曼妙的身影始终不肯回头看他一眼。

在龙启瑞的《经德堂文集》里，有一首诗堪称千古奇词——因为这首诗歌颂的不是受到朝廷旌表的节妇烈女，而是被视为乱臣贼子的苏三娘。这首《苏三娘行》的古风到底寄托了状元郎多少情思？仁者见仁，智者见智，其文如下：

城头鼓角声琅琅，牙卒林立旌旗张。
东家西家走且僵，路人争看苏三娘。
灵山女儿好身手，十载贼中称健妇。
猩红当众受官绯，缟素为夫断仇首。
两臂曾经百战余，一枪不落千人后。
名闻官府尽招邀，驰马呼曹意气豪。
五百健儿听驱道，万千狐鼠纷藏逃。
…………

第一百五十四回　虎兕出柙

随着各路官军和团练的陆续到达，太平军的处境越来越危险，一来桂林城防坚固，属于典型的喀斯特地貌，下面不是河流就是巨石，穴地攻城丝毫不起作用；二来“大头羊”和“大鲤鱼”率领艇军沿着漓江北上，太平军旗下的大船在坡山船的炮口下犹如砧板上的鲶鱼，根本没有还手之力。如果不是看在罗大纲的面子上，太平军的辎重、粮草、金银财宝、后营眷属以及洪秀全的指挥部早被人家轰到了江底。

没有强大的水师，宛似被缚之猛虎。太平军在江河交错的南中国处处吃瘪，不能按照自己的意志设定战略目标，总是处于疲于奔命的被动态势。四月初一，历时一个月的桂林攻防战不得不结束，全军分两路撤围北上，准备取道湘江进入湖南。太平军有离开粤西之意，本地团练拍手称快；而抵达桂林城的各路清军鉴于大峒山之败，没有一支人马愿意阵前拼命。太平军像旅行一样悠闲自在地到了全州，本来没有打算攻城，谁知城内一名炮手立功心切，鬼使神差地向后营一顶黄轿发炮，不偏不倚，将冯云山打成了重伤。

斗鸡潭的阴风开始应验了。

在冯云山编造的上帝会神话谱系中，基督是皇上帝的大儿子，洪秀全排老二，他自己排名第三。这么一位神圣的人物兼上帝会的实际开拓者莫名其妙地中炮，而且伤势远远重于之前的萧朝贵，绝对不是什么好兆头，对天军士气的影响难以估量。人不冷静便容易出昏招，神也差不多少，皇上帝接下来连续铸成大错——回师攻克全州后，他下令征集民船二百余条，全军乘船沿着湘江顺流直下，打算经蓑衣渡至黄沙河进入湖南。

哀兵必胜：太平军在大峒山一战歼灭绿营精锐，从此横行粤西无阻；骄兵必败：杨秀清不但行军速度迟缓，在全州无端地盘桓了十来天；而且无视蓑衣渡的地形地貌，从而导致了一场前所未有的惨败，成就了竖子江忠源的威名，引出了湘军这头猛兽，令人扼腕。

蓑衣渡位于全州城北十里，湘江在这里急转向东，历来为兵家必争之地。候补知府江忠源是宝庆府新宁县人，麾下招募的楚勇均为子弟兵，没有人愿意把战火引向家乡。他在蓑衣渡勘察地形后发现水塘湾滩多水浅，江水拐了一个近乎九十度的大弯，船只不易通行；左岸狮子岭森林茂密，地势险要，适合打埋伏。这厮一方面命人伐树为堰，打桩堵塞河道；一方面把九节炮抬到邻近的土地堂山上，储备了足够的红粉，决定狠狠捞一把便宜。

一方狂妄自大，一方处心积虑，强弱瞬间反转，胜败就此落定。四月十八，太平军主力抵达蓑衣渡，满载将士和物资的船队在水塘湾被木堰阻挡，无法前进。与此同时，江忠源在狮子山上下令开炮，炮子如雨，铺天盖地向河面袭来。太平军队形大乱，船队挤在狭窄的河面上进不得、退不得，徒然成为敌军大炮的靶子。火焰熊熊燃烧，纷乱引起了可怕的恐慌，船只互相碰撞，撞沉的比击沉的还要多。被炸死、烧死和淹死的将士不计其数，包括许多老兵。据后来的史料记载："其时所毙贼尸，蔽江而下，衡湘之人皆见之。"

陈见成本打算带着"西礼营"的弟兄把太平军送出粤西，没想到在蓑衣渡吃了大亏，人马折了三分之二，比在龙寮岭的时候更加惨痛。他和温秉智率人把冯云山转移到泻母山上，清军炮火呼啸而至，有几发炮弹先后击中了冯云山，炸得血肉模糊。温秉智忍不住痛哭流涕："南王殿下，你不能死，不能死啊。"

鸡大逵仿佛被炮弹震晕了，手提鬼头刀躲在树下，不住地嘟囔："他是皇上帝的儿子，是真草、坚草和耐草，是神不是人，死不了。"

郑流利喃喃自语："错了，错了。"

"冯先生不行了。"陈见成气得直跺脚，"快去请万岁爷。"

从龙寮岭到大峒山，从桂林城到蓑衣渡，胜败与悲欢像坐过山车一样此起彼伏，令人目不暇接。老天爷似乎在以一种加速度向冯云山展示着某种宿命——净瓶山斗鸡潭的阴风，南溪山白龙泉的诡异，停留在脑海深处那双幽怨的眼睛，一切的一切，将他人生的脚步局限于岭南，局限在梦想和爱情激烈搏斗的那片沃土。

硝烟抹不去故乡山川那特有的甘美水息，冯云山仰望苍穹，贪婪地吸了一口空气，仿佛自言自语地问："我真的是神吗？"

"你不是神是什么？"在御林侍卫的簇拥下，洪秀全冒着枪林弹雨登上泻母山，望着弥留之际的冯云山，悲痛欲绝，"山胞，你是皇上帝的三子，朕的三弟。皇上帝他老人家在高天上看着你，想让你去小天堂享福，你知道吗？"

冯云山惨淡一笑："万岁，臣弟要去高天享福了。"

从赴广州城赶考，到策划太平天国事业，兄弟二人始终形影不离。冯云山是洪秀全人生的拐棍、保姆、发动机和忠贞不贰的护法使者，是他的半个世界。如今革命尚未成功，天却先塌了下来。洪秀全愤怒得几乎失去了理智，咬牙切齿地说："一定是那个姓龙的女妖，觉得朕把你从她手里夺走，因此怀恨在心，施展妖法谋害你的性命。"

冯云山挣扎："万岁，你是神，莫与她计较。"

冯云山如果殉难，太平天国四大巨头之间的权力平衡将被彻底打破，洪秀全感到前所未有的孤独。在生死离别的最后一刻，回首往事，洪秀全神性褪去，变回了当年的洪火秀，泪水不知不觉溢出了大眼眶："乙龙，救不了你的命，朕算什么神？你把朕带到这条路上，助朕出脱草莽，谋取富贵，如今大业未成，咋把你哥子撇下了先？"

冯云山似乎还想说点儿什么，但是已经失去了说话的气力，他慢慢地合上眼睛，眼看即将一命归西。望着他遍体鳞伤的身躯，旁边的温秉智无论如何也想不通——"琉璃球"的红毛法术不是说炮弹不会落在同一处吗？七千岁为啥这么倒霉，从全州到蓑衣渡一路上净吃炮子？

太平军在蓑衣渡苦斗三日，被迫放弃辎重、粮草和枪械，自右岸夺路奔向道州。这场战役蚀了老本，两万大军死的死，伤的伤，逃的逃，散的散，只剩几千人，可以说跌入了金田起义以来的低谷。蓑衣渡之战比龙寮岭惨痛得多——龙寮岭阵亡的是老弱病残，而蓑衣渡战死的基本上是百战精锐。此外，冯云山一死，太平天国失去了最重要的政治人才，领袖们身上笼罩的神性就此被打破，这一点对士气影响极大。

进驻道州以后，太平军高层召开紧急会议，商议下一步作战方向。意兴阑珊的洪秀全重提返回粤东的老调，得到韦昌辉与石达开等人的附和。杨秀清依旧坚持北上，但桂林不克、全州盘桓、蓑衣渡惨败，作为全军主帅的他对这三场仗均难辞其咎，威望降到了冰点。无奈之下他不得不饮鸩止渴，把求助的目光移向了萧朝贵："贵妹夫有何见教？"

同样被风吹折了大纛旗，同样挥兵攻打南溪山，冯云山被大炮打成了筛子，萧朝贵却没丢一根汗毛，让大伙儿更愿意相信他是基督转世。天父老猫烧须，便给了身体逐渐恢复的天兄可乘之机，萧朝贵昂然道："蓑衣渡一役，天军损失惨重，紫荆山不少老兄弟小灵魂升天，在全州招募的圣兵差不多快跑没了。反观清妖士气大振，欺负我们初到湘省，人生地不熟，厚集兵力试图将天军一举围歼。小弟以为眼下是天国生死存亡的关键时刻，第一要务是站稳脚跟，迅速扩充兵力。至于南下还是北上嘛，那都是后话，不提也罢。"

救世主出手不凡，左右开弓，在天王和天父脸上各抽一巴掌。杨秀清悻悻地问："看来贵妹夫心中已有定见，不妨说出来听一听？"

萧朝贵笑了笑："小弟保举一人，可破此危局。"

洪秀全精神一振："谁？"

萧朝贵用手一指罗大纲："就是他。"

因为率军攻破全州，罗大纲被提拔为土一总制，从左二军调至中一军。蓑衣渡一战，"洪义堂"损失也不小，罗大纲正在发愁，突然听到萧朝贵点名，不禁茫然。石达开年轻，脑子转得快，瞬间明白了萧朝贵的意思，立刻高声赞道："不错，此事非罗阿妈不可。"

洪秀全不解地问："两位兄弟到底想说什么？"

萧朝贵咳嗽了一声，郑重地向洪秀全和杨秀清行礼："二兄，四兄，小弟想请罗阿妈屈尊上一趟阳明山，说动朱阿妈与天军合作。"

罗大纲慌忙摇头："罗某乃洪门罪人，只怕朱阿妈不肯给这个面子。"

提起朱世雄，洪秀全立时眼睛一亮，拍案而起："贵妹夫此议甚当，朱总瓢把子是朕的老朋友，想当年我与他在广州燕子楼吃酒，何其快哉！那时朱先生刚在净慧寺开坛，讲授的题目是'公羊三世说'，朕主太平世，他主升平世。烦劳罗阿妈给朱总瓢把子捎个信，就说朕已经立了太平天国，请他立一个升平天国，以践昔日之约。"

旁边的天父脸色铁青，丢他老母，这个私生子咋哪儿都有熟人？

太平军当时所处的形势确实万分凶险，前有堵截，后有追兵，皆非善类——江忠源仗着是本地人，占着地利与人和，蓑衣渡一击得手后骄横异常，妄图堵住太平军前进的道路；向荣在大峒山被太平军打怕了，便申请将张国梁调到帐下充任先锋，自粤西尾随进入湖南，和太平军展开硬碰硬的白刃战。

清军和太平军你死我活轮番大战，流的却是洪家兄弟的血，陈见成实在受不了这个，收拾行囊准备打道回府。他来到城外营中与罗大纲告别，发现对方满面愁容，枯坐无语，不禁感到十分奇怪——罗大纲是出了名的铁汉子，泰山崩于前不眨眼，在太平军中忍辱负重，多大的委屈都能藏进肚子里，啥事把他愁成这样？

陈见成落座后，拱了拱手："大龙头，谁欺负你了？"

罗大纲强作欢颜："兄弟几时走？本堂设宴饯行。"

"马上走，留在这儿没太大的混头。"陈见成毫不客气地说，"起初我跟你一样，以为上帝会有什么了不起的红毛法术，那柄'云中雪'兴许真是横扫威武窑子的无情剑。没想到白龙压根不给他们面子，堂堂的七千岁浑身血窟窿，还没有咱爷们身板结实呢。"

陈见成语带讽刺，罗大纲没有在意，只是轻轻地摇了摇头："陈阿妈，'云中雪'虽然不是无情剑，但是上帝会军纪严明，确非本门可比。"

陈见成不服气地说："有啥了不起的？不就是禁止吹烟、吃酒、赌番摊，所有财物一律充缴圣库，别男营女营吗？大龙头，说句心里话，吹烟、吃酒、赌番摊算个啥？无非是弟兄们闲来没事玩玩嘛，何必那么认真？公婆俩硬生生分开居住，这不是违背天伦吗？等闲兵士不许违背天条，他们几个当王爷的却三妻四妾，丢他老母的。”

罗大纲沉默无语，陈见成继续发牢骚：“我算是瞧明白了，这些人明一套暗一套，摆明了是糊弄老百姓。你武艺比他们高，立功比他们多，恨不得把心掏出来给人家看，可人家才给了你一个小小的总制，连蒙货郎都不如，太欺负人了。”

过了一会儿，罗大纲开口问：“听说陈天义的武功秘诀是诛心二字？”

李文茂传授陈开、王山公、宁洪崖、“逃军和”等人“六祖心经”一事，在武林中已经不是什么秘密。陈见成点点头：“没错，是有这么一块铁匾。”

罗大纲继续问：“那么，陈天义的武功比掌堂大爷如何？”

陈见成回答：“掌堂大爷为当今武林至尊，武功天下第一，无人能比。”

“对啊。”罗大纲道，“陈天义受掌堂大爷耳提面命，尚且难以领悟诛心的奥秘，无法修成正果，其他武林中人更别提，连门在哪儿都摸不着。老百姓胆小如鼠，资质愚钝者众，欲将其训练成一支万众一心的精锐之师，只有靠裁心。”

裁心不是裁心，而是割肉砍头壳。陈见成愤愤不平地说：“杀人谁不会？像他们这样拿人命当儿戏，浑然不顾忠义和天良，老子才不愿意伺候。”

这便是罗大纲遇到的难题，也是无情剑和有情剑相互转化的玄机——洪门讲究忠义，然而屡战屡败，总吃威武窑子的亏；太平军言必称皇上帝，犯点鸡毛蒜皮的小错就砍头，却把清军杀得胆战心惊。罗大纲越想心里越乱，长叹一声：“来日甲寅年大举起事，罗某必定当面向掌堂大爷讨教，到底无情剑是何滋味？”

陈见成与罗大纲并肩作战一年多，结下了深厚的战斗友情，一旦分手别离，两个人均有些依依不舍。陈见成问：“大龙头究竟有啥烦心事？”

罗大纲脸上布满了乌云：“天王让我走一趟阳明山，劝说朱阿妈与太平军合作。本堂为上帝会效力，实为洪家千古罪人，哪有脸去见朱阿妈？”

陈见成不以为然：“掌堂大爷重掌洪门，发下号令，允各堂助你一臂之力，朱阿妈不会不给你面子吧？”

罗大纲怆然道：“朱阿妈深明大义，我不是担忧借不来兵，恰恰相反，罗某是怕辜负了前来投军的洪家兄弟。”

朱世雄在湘南的影响无与伦比，除了“公义堂”本部人马，尚有数不清的外围堂口唯他马首是瞻。一旦朱世雄公开表明态度，前来投奔太平军的洪家兄弟绝对不在少数。为了不致丧失控制权，太平军必定会对这些洪家兄弟进行洗脑，逼迫他们退出洪门、加入上帝会。陈见成终于明白了罗大纲的苦衷，把桌子一拍："大龙头，上帝会无情无义，就是一群白眼狼。何不与小弟同归粤东？弟兄们都在盼着你呢。"

珠江三角洲东岸有不少"洪义堂"的兄弟，回到粤东犹如龙归大海，不失为一条惬意畅快的出路。没想到罗大纲眼角湿润，摇了摇头，断然拒绝："陈阿妈，八年来，弟兄们追随罗某东荡西杀，血沃沙场，如今还剩几人？本堂没有脸回粤东，也没有脸回粤西，如今只有伙着太平军向北杀出一条血路，拼尽最后一丝气力，否则做鬼也不安生。"

听罗大纲话里的意思，是打算葬身沙场、埋骨他乡！陈见成心里升起一股悲壮之气，抱拳在胸："小弟愿听大龙头差遣。"

罗大纲拉着他的手，诚恳地说："百足之虫，死而不僵。清廷二百年江山根深叶茂，扳倒它绝非易事。上帝会虽然信奉红毛教，但他们是中国人，一心一意杀鞑子，这把火绝不能轻易叫它熄灭了。本堂想请陈阿妈出使阳明山好汉岭，把这里的情况一五一十地告诉朱阿妈，是否与太平军合作？由他自己定夺。"

朱世雄被大度和尚关押期间伤了右腿，这几年在好汉岭闭门不出，放任麾下三十六寨各行其是。他本是一个为大义甘愿舍身之人，如今李文茂重出江湖，发下号令允许洪家兄弟支援罗大纲，因此基本上不存在拒绝合作的可能。罗大纲真正感到歉疚的地方是洪家兄弟兴冲冲来投太平军，结果人还没上战场，先被宣讲官拉去洗脑。陈见成是陈开的心腹，而陈开目前正在"粤安社"代替李文茂行使"洪顺堂"职权，由他出使阳明山便有了代表总堂的味道，比罗大纲自己去要合适一些。

陈见成临危受命，从"西礼营"挑选了三十名兄弟，把其余的人马交给温秉信，不放心地叮嘱："圣库空虚，我不在的时候，你别和蒙货郎一般见识。"

蓑衣渡一战，太平军的盆盆罐罐丢了个一干二净。道州是贫瘠之地，富人不多，太平军打单所获甚稀，圣库里没有几件值钱的玩意儿，经常向"西礼营"借东西。温秉信嘟囔："咱们不是要和他们分手吗？干吗还借给他们财货?”

陈见成解释道:“本营不缺这仨瓜两枣,好汉岭上金山银海,朱阿妈出手豪阔,这次不但会借兵,而且兴许能给咱们不少钱粮呢。”

“那也不借。”温秉信气冲冲地说,“姓蒙的贪得无厌,上次借走你的银马鞭,说是给东王殿下玩赏,其实孝敬给了杨老头子。肉包子打狗,肯定拿不回来了。”

驰援桂林的各路清军中,张敬修所带东勇姗姗来迟,三月十六才抵达飞鸾桥。不料大营尚未扎稳,就被太平军打了一个措手不及,都司额勒合泰、守备马占魁阵亡,“飞天爪”和张三死保着张敬修杀出重围,撞入“西礼营”的伏击阵地。“西礼营”不少兄弟来自东勇,都是陈见成花钱从永安城外挖过来的,老朋友见面不忍厮杀,遂放了他们一条生路。张敬修事后委托“飞天爪”送给陈见成一条银马鞭,以示谢意。

东王杨秀清五岁丧父,九岁丧母,靠伯父杨庆善抚养成人,二人情同父子,看中这条银马鞭的正是杨庆善。一人得道,鸡犬升天,上帝会的神性在这里露出了丑陋的屁股。陈见成最瞧不起这些所谓的国亲,他冷笑一声:“银马鞭算个屌?老子上阳明山见朱阿妈,请他用金子打一条马鞭,回来羞死这帮狗日的。”

莫权光、“癞头鳖”和“厚皮棍”三人齐声说:“对,再织一张金丝面具。”

金丝面具和金马鞭为红船名伶的最高荣誉象征,曾经拥有它们的易兰花、陈罗婵与李文茂情深似海,比亲人还要亲,陈见成哪里敢唐突?他瞪了三个人一眼:“胡说八道,我看你们是不想让老子活着下阳明山。”

“厚皮棍”叹了口气:“陈掌柜的,你最好别回来。朱阿妈给你人,给你金,你回来后还走得了吗?”

果如“厚皮棍”所料,陈见成出使阳明山大获成功,补充了五百精兵不算,还运回了几十辆大车的钱粮和红粉。最重要的是朱世雄所赠的军旗和大令,有了这两样东西,罗大纲便可以在湘南畅通无阻,号召各路洪家兄弟前来投军。

朱世雄的这支大令,挽救了太平天国运动——太平军在道州、江华、永明、嘉禾、桂阳州和郴州等地招募了五万大军,这些人中有不少是身经百战的洪家兄弟。太平军从一支濒临崩溃的残兵转眼间变成了所向披靡的威武之师，且首次取得对清军的兵力优势，大大出乎对阵双方的预料。杨秀清派遣所有的宣讲官下去讲道理，把对洪家兄弟的洗脑工作当成攸关生死的头等大事来抓，军事暂时放在第二位。皇上帝挑选了三四千人，交给身体复原、跃跃欲试的基督统领，穿过安仁、攸县和醴陵，扑向长沙。

长沙城虽然没有桂林坚固，但规模却比桂林大出两倍。由于多年未逢战火，长沙城的城防工事年久失修，连个城垛子都没有。幸亏湖南巡抚骆秉章来自革命火焰最明亮的粤东，警惕性不是一般的高。还在桂林城被围困时期，他便预测到没有水师的太平军必然入湘，遂带头捐款三百两，督促各级官员自掏腰包，又从藩库借了两万白银赶修工事。骆老三这一先见之明挽救了长沙城，七月二十八，当萧朝贵的轻骑出现在长沙南门时，城门也修好了，城垛子也立起来了，虽然不够完备，但已经足以抵御太平军的进攻。

罗大纲身担扩军重任，被杨秀清留在身边，跟随萧朝贵冲锋的任务落在了林凤翔、李开芳和曾水源等人的身上。林凤翔抢占高地向城中发炮，曾水源攻南门，李开芳打天心阁，萧朝贵身穿戏装亲临前线指挥。城墙上没来得及修建炮台，天心阁只有两门小口径的铁炮，有个团练闭上眼睛胡乱放了一记，真叫个寸，一枚弹片正好从基督的胸口穿了过去。

太平天国起死回生，救世主却撒手人寰。曾水源又惊又喜，惊的是邪神显灵，救世主终究没有逃脱斗鸡潭的那阵阴风；喜的是皇上帝少了一个竞争对手，从此独霸红毛神界，自己算是跟对了大哥。他一面指挥攻城，一面派人送信给郴州的杨秀清，请求发兵支援。

八月二十二，杨秀清统领太平军主力到达长沙城外。这时，长沙清军已达三万多人，形成一个庞大的指挥系统，向荣、张国梁、江忠源等名将悉数登场。双方激战八十一日，打了个势均力敌。十月十九日夜，太平军冒雨渡河，转攻宁乡、益阳、岳州，再次扩军一倍，人马增至十万。太平军吸取此前没有水师的教训，在益阳和岳州等地征集船只数千条组成水营，全军顺江日行六百里，半个月后攻取汉阳和汉口，兵临武昌城下。腊月初四，文昌门的城墙被炸塌二十余丈，罗大纲挑选五十名童子军打头阵，陈玉成挥刀第一个抢入缺口，武昌遂告陷落。

湘粤三省民风剽悍，即使缺乏训练的团练作战也极其顽强，令太平军非常棘手。最凶悍的两个敌手中，张国梁的捷勇来自粤西，江忠源的楚勇来自湖南。如果不是罗大纲过关斩将杀开一条血路，朱世雄施加援手帮助上帝会扩军，这股革命的火焰早已被扑灭多时。而长江流域民风孱弱，自武昌至金陵再无敌手，太平军到了这里犹如虎兕出柙，勇不可当。洪秀全和杨秀清激情澎湃，豪情万丈，在武昌城论功行赏，厉兵秣马，准备水陆齐下席卷江南，打下朱明旧都南京做小天堂，建立中国历史上第一个政教合一的天国。

腊月二十六是天历的元旦，太平军举行了盛大的庆祝活动，每名天兵发四两猪肉和油盐酱醋若干，舞狮子，耍龙灯，锣鼓喧天，好不热闹。莫二娘、“红心”和“白皮”等人应邀进宫表演木偶戏，一口气唱了三天，连妆也没有卸，乘船过江，直奔汉阳街，打算在“西礼营”再过一个农历除夕。

整个武汉三镇，只有“西礼营”拒绝执行天历。陈见成、劳大德、“癞头鳖”、温秉信、莫权光、“厚皮棍”和“大头杨”穿着崭新的长袍，站在汉阳街上拱手作揖，热情迎接前来团聚的客人。温秉信没见到温秉智，问柯定邦：“我四哥呢？”

太平军从岳州杀到武昌，势头越来越大，大有改朝换代的气象。哥几个都升了官，温秉智当了军帅，“瞌睡虫”当了旅帅，柯定邦和鸡大逵当了卒长，小“大头杨”被温秉智骗去混了个两司马。“西礼营”好不容易招募来的八百兄弟，温秉智上嘴唇一碰下嘴唇，一大半改信了上帝会。温秉智如此卖命，无非是因为萧朝贵一死，自己在军中成了没娘的伢仔，唯有夹起尾巴做人，划清和洪门的界限，方有出头之日。柯定邦支吾：“万岁爷和九千岁选妃，军帅大人去帮忙，蒙指挥亲自点的名。”

温秉信气急败坏：“羞先人的东西，我看他是想当没屌货。”

鸡大逵讪讪地说：“罗阿妈不是也没来吗？”

话音刚落，远处疾驰而来一匹骏马，马上之人正是近来威名大振的少年英雄陈玉成。温秉信转怒为喜：“看看，来了，人家来了。”

柯定邦声音低得像蚊子叫：“来不了啦。”

温秉信定睛瞧看，果见只有陈玉成一人一骑，便问：“咋回事？”

鸡大逵垂头丧气地说：“这两天全军整编，罗阿妈调到了水军，‘洪义堂’的兄弟拆了个七零八落。玉成兄弟被派去后营押运粮草，不跟罗阿妈了。”

为了消除洪家兄弟的影响，太平军在武昌城大肆扩军五十万，几乎将城内的男人全部强征入伍。有了这么一支庞大的军队，杨秀清决心肃清洪门，他把各军打乱重编，提拔罗大纲为殿左一指挥，调到新组建的水营负责练兵。太平军的水营主要来自岳州、益阳的水手，平时统领水营的是“典水匠”唐正才，这个人只会修船、搭桥，没有指挥水战的经验。罗大纲到了水营之后，上有秦日纲，下有唐正才，实际上被架空了。

只因为受了罗大纲的牵累，勇冠三军的陈玉成竟然被派去运粮？大家面面相觑，算是领教了杨秀清的手段。劳大德骂道：“这群王八蛋，刚过完河就拆桥。”

陈玉成向众人打过招呼，把陈见成拉到旁边，认真地说：“陈阿妈，罗大龙头让你们赶快把军旗和大令还给‘公义堂’，一刻也不要耽误。”

“西礼营”在太平军中我行我素，自成一体，比“洪义堂”更加另类，太平军高层早就对此厌烦透顶。陈见成心里发毛，忙问：“这是罗阿妈的原话？”

陈玉成点了点头：“嗯。”

“昨晚天王和东王请我吃酒，夸陈某是天国患难之交。”陈见成面露狐疑，“大军初三出征九江，我们兄弟经湖南回粤东，从此两不搭界，他们能翻脸不认人？”

温秉信拉住陈玉成的手：“没事，没事，进来吃酒。”

陈玉成也不相信洪秀全和杨秀清这么快就翻脸无情，但罗大纲原话确实如此。他纵身跳上战马，推辞：“各位哥哥，小弟要去督运粮草，后会有期。”

送走陈玉成，大伙儿说说笑笑，进入一座富丽堂皇的大宅。穿长廊到了正堂，门口迎出一位穿金戴银挂怀表的汉子，连连拱手：“新年发财，新年发财。”

柯定邦大呼小叫：“顺子，咋是你这个狗日的？”

顺子满脸堆笑：“我来了半个月，幸亏遇上陈掌柜的，不然早见了阎王。”

柯定邦道：“你来给叶大胖子看家护院的，对不对？”

顺子竖起大拇指：“柯爷好眼力。”

去年八月，徐广缙调任湖广总督，叶名琛升为两广总督。随着太平军杀出湖南，兵锋日益逼近武汉三镇，叶名琛紧急派遣涂常发、陈五、顺子等人赶到汉阳，保护汉阳街的叶氏族人和家产。陈五和顺子找到陈见成，花费重金贿赂，说服“西礼营”入驻汉阳街，将叶家和涂家的宅院店铺守护起来，算是圆满完成了这一任务。

陈五、涂常发也从正厅里走出来，亲热地招呼：“列位乡亲，别来无恙。”

鸡大逵抓住陈五的手：“五爷，我家大哥、二哥、三哥都还好吗？”

陈五道：“你这三个哥哥头壳不清，进屋说，进屋说。”

正堂里摆了四张桌子的酒席，众人推杯换盏，酒酣耳热。鸡大逵心里存不住事，揪住陈五的袖子问：“五爷，他们到底出了啥事？”

陈五斜着眼问涂常发：“涂老爷，能说吗？”

涂常发连连拱手：“柯老爷和鸡老爷是新朝的大官人，有啥不能说？”

千穿万穿，马屁不穿。柯定邦咧着嘴笑了：“我们这儿不兴叫老爷，叫善人。”

“两位善人。”陈五道，“吕子桂你们知道吗？就是二爷那个同窗。他在谷雨老道的三界庙开道场，假借道法之名蒙骗官家眷属，贵堂被他聘去护法。不瞒你说，被骗的人里面有制台大人的小妾，这不是寿星公吊脖颈，嫌命长吗？制台大人寻了一个风高夜，派人一把火将三界庙烧了个干干净净，那个惨劲儿就别提了。”

鸡大逵紧张地问：“全烧死了？”

“没有。”顺子代替陈五回答，“你大哥、二哥、‘奶头二’和‘肉脚板’玩女人，光着腚没来得及跑。只有你三哥运气好，在外面望风，保着吕先生逃了一命。”

“德礼堂”的兄弟最恼恨“死牛肺”，听说他逃了一命，大感惋惜。柯定邦问：“吕先生剑法高超，会使‘太乙无影’，咋还用我三哥搭救？”

“那纯粹是放葫芦。”陈五笑着说，“吕先生吓得不敢回家，生怕半夜三更叫人宰了，躲进琼花会馆大门不出，二门不迈。二爷没有办法，让‘德安堂’的冯阿妈把他领回鹤山，现在和你们哥几个一样，都是在堂的洪家兄弟。”

劳大德瞥了柯氏兄弟和鸡大逵一眼，气哼哼地说：“五爷，你弄错了，人家现如今是刀枪不入的红毛圣兵，眼里只有皇上帝和基督。大哥、二哥算个屌？死了活该。”

“圣个驴蹄子。”“厚皮棍”恨恨道，“基督不照样一命呜呼了？”

“癞头鳖”阴阳怪气：“人家死了叫上高天享福，咱们死了叫下地狱受罪，不一样。”

当初亲亲热热的乡亲和兄弟，如今分成了水火不容的两拨。陈见成摆了摆手：“定邦、大逵受过洗礼，来一趟顶着多大的雷？大路朝天，各走一边，人家奔人家的富贵，咱们守咱们的仁义。乡里乡亲的，别伤了和气。”

“红心”突然插嘴：“我们不是为了富贵，是为了杀鞑子，给‘花肉’报仇。”

陈见成颇为感伤：“不管是为了富贵，还是为了给死去的兄弟姐妹报仇，在陈某这里都没有什么可说的。再有两天各奔东西，大伙儿开怀畅饮，多说点儿高兴的事。”

涂常发焦急地站起来：“陈掌柜的，你们不能撤。”

“为啥？”劳大德问。

陈五道：“陈阿妈，绿营军纪涣散天下皆知。你们要是撤了，这帮丧天良的来刮地皮那可不得了，烦劳各位兄弟辛苦几天，帮忙守住汉阳街，制台大人必有重谢。”

温秉信“哼”了一声：“你想让我们跟威武窑子拼命？”

“不敢，不敢。”涂常发打躬作揖，“涂某随身带了一枚总督衙门的关防，还有十几面广东水师的龙旗。另外，我们已经向秦军门打过招呼，他绝不会与贵营为难。”

陈见成摇了摇头：“盖房请了箍桶匠，你们拜错了庙门。秦定三从粤西到湖南一直是老子的手下败将，每次打仗都躲在后面，你们应该疏通张国梁的捷勇才是。”

张国梁募兵有一个原则——必须是在堂的洪家兄弟，前有被遣散的潮勇和东勇，后有从向荣手下挖过来的冯子材，均符合这个条件。捷勇沿袭过去洪门打单的习惯，不骚扰百姓，专朝有钱有势的豪门巨富下刀子，大户人家无不闻风丧胆。涂常发央求：“陈掌柜的，你帮了这个忙，制台大人必定感恩戴德，涂某马上回去如实禀报。”

回到广州府和佛山堡，叶名琛这层关系还真用得着。陈见成思忖了一会儿，吩咐劳大德和温秉信：“这样吧，我去阳明山归还军旗和大令，你们哥俩和弟兄们留在汉阳街。‘特旁三’是张国梁的先锋官，每阵莫不冲锋在前。

明天晚上你们出城和他商量一下，订立暗号，免得他们进城的时候发生误会。”

第一百五十五回　将心比心

咸丰三年(1853 年)正月初三,太平军放弃武汉三镇,水路并发,扬帆直下。胡以晃、林凤翔、李开芳等人统领陆师沿岸警戒,主力部队则随洪秀全、杨秀清、韦昌辉和石达开登上大船,由秦日纲、赖汉英、罗大纲、唐正才等人率水师护卫。五十万大军旌旗蔽日,樯橹遮江,以排山倒海之势席卷江南,旬月间迭克名城——正月十一取九江,正月十七拔安庆,二月初十占领朱明旧都金陵,更其名为天京。

风风光光后面也掩藏着令人咋舌的遗憾,把皇上帝至高无上的威望打回原形——太平军来也匆匆,去也匆匆,像狗熊掰玉米一样,武昌、九江和安庆等战略要地随意丢弃,依然一派流寇作风,毫无经略天下的气度。金陵乃六朝金粉之都,秦淮风月,纸醉金迷,最容易消磨斗志。杨秀清将其视之为小天堂,进城后挖壕沟,固城池,执意在此建都,令罗大纲心急如焚,冒着得罪皇上帝的风险,上奏反对,建议逐鹿中原:“欲图北,必先定河南;大驾驻河南,军乃渡河。”

考虑到杨秀清的激烈反弹,罗大纲退而求其次:“否则,先定南九省,无内顾忧,然后三路出师,一出湘楚;一出汉中,疾趋咸阳;以徐、杨席卷山左,再出山右，会猎燕都。”

这番条陈，完全是罗大纲当年在龙头峰向李文茂提出的建策，没有一丝一毫的折扣。鉴于江南为水乡泽国，他提议广设船场，采购粤西出产的铁力木，仿照坡山船式样建造炮船，确保太平军的水上优势。可惜的是，杨秀清刚愎自用，不像冯云山和萧朝贵那样听得进去意见，而且扮皇上帝扮上了瘾，浑然没把罗大纲的披肝沥胆当回事，反而讥讽罗大纲胆怯，怀疑他对太平天国的忠诚。杨秀清随即起用林凤翔和李开芳为北伐正副统帅，命令罗大纲兵取镇江，切断清廷漕运咽喉，替天京拱卫东大门，并为下一步的北伐提供粮草准备。

二月二十二，罗大纲率军攻克镇江，控制长江和大运河水面。次日，太平军继续猛攻瓜州和扬州，举兵以来始终冲锋在前的罗大纲空有一颗报效之心，却无法过江半步。闷闷不乐的虬髯英雄换了身便装，佩长剑夜登北固山，举目四顾，江水滔滔如墨。罗大纲触景生情，拔剑而歌一首辛弃疾的《南乡子・登京口北固亭怀古》：

何处望神州？
满眼风光北固楼。
千古兴亡多少事，
悠悠，不尽长江滚滚流。
年少万兜鍪，坐断东南战未休；
天下英雄谁敌手？
曹刘，生子当如孙仲谋。

宋宁宗嘉泰四年，辛弃疾调任镇江知府，坐镇抗金防线。诗人翘首北望，神州陆沉，大好河山被金人占据，不由得心生无限感慨，遂写下这首脍炙人口的千古名篇。岁月流逝，八百年弹指一挥间，时空仿佛凝滞，中原大地仍在后金的铁蹄之下。罗大纲舞罢剑，只见江面上驶来一条火龙，原来是苏三娘自江北运粮归来。

打下金陵后，太平军兵力甚为庞大，洪秀全和杨秀清均无意再让女兵冲锋陷阵，希望苏三娘刀枪入库，留在天京享福。特别是洪秀全，对统领兵权的杨秀清心怀忌惮，力劝苏三娘统领女营守卫天王府。投入太平军的洪家兄弟绝大多数被逼改信上帝教，成建制的“洪义堂”拆了个干干净净，苏三娘意兴阑珊，讨了一支军令来到镇江，不愿意留在天京。

江风萧瑟，夜灯枯寒，罗大纲下山迎接苏三娘上岸，发现她白皙如玉的额头上竟然添了一道不经意的皱纹，心头一颤，劝道：“妹子，而今兵力够用，别让姐妹们再辛苦了。”

太平军号称百万，其实能战的除了粤西老兵，只有在湘南招募的洪家兄弟，武昌、九江和安庆等地强编入伍的男丁已经逃回十之八九，金陵入伍的士兵平时连打架都不习惯，更别提上阵杀敌。苏三娘理了理被风吹散的头发，低声回答：“镇江水路关隘，不只威武窑子，红毛鬼子的兵船也会时常袭扰，新兵不济事，还是让妹子来帮你吧。”

苏三娘不愿意回天京，另有一重难以言说的顾虑：向荣正率部杀向南京，张国梁的捷勇充当先锋——和昔日的洪家兄弟拼命，超出了苏三娘做人的底线。罗大纲当然明白这一点，他同样也不愿意回天京，便道：“镇江名胜古迹甚多，北固山上有甘露寺，金山上有梁红玉的擂鼓台。明日得闲，本堂陪妹子四处看一看。”

两个失意人，一对孤独客，对方心里想什么彼此清清楚楚。苏三娘安慰他：“听说东王殿下正在筹划西征，咱们有机会再杀回去。”

依据罗大纲的建策，太平军应以重兵南下，收取天下精兵所在的湘粤三省。杨秀清忌惮洪门在湘粤三省的影响力，不肯听从罗大纲的意见。他制订的西征计划毫无匠心，仅仅是从天京往外推，取相邻的皖、赣、鄂等地扩充疆域，借以分散向荣所部对天京的压力。

卧榻之侧岂容他人鼾睡？向荣所部仅仅万数来人，张国梁的捷勇再凶悍，也架不住太平军数十万大军的雷霆一击。假如说西征是为了巩固天京腹地，为什么不先解决向荣？如果说西征是为了夺取安庆、九江、武昌等战略要地，那为什么当初毫不珍惜地将之抛弃？杨秀清用人之猜忌、将兵之随意，都让罗大纲不抱任何希望。数十万太平军之所以吃不掉向荣，还不是因为在长江流域招募的士兵没有战斗力？还不是因为对洪家兄弟百般压制？罗大纲叹道：“明年是甲寅年，掌堂大爷裁定本门举事，东王殿下绝不会放虎归山。即便他允准用我带兵，也必定不出皖、赣、鄂这些地方，粤东你我是回不去了。”

太平军已经拿下金陵，罗大纲仍然不为富贵所动，坚持不肯归化上帝教。他一旦统兵进入湘粤三省，必定与李文茂会合，重归洪门旗下，这对依靠洪家兄弟征战四方的太平军来说简直是灭顶之灾。影响太大了，杨秀清当然不会蠢到走这一步棋。

两个人登上山顶，默默地观察着江面的动静。忽然，副帅吴如孝与陆海平联袂上山，一脸喜气洋洋的样子："罗阿妈，苏女侠。"

罗大纲问："何事？"

"喜事，喜事。"吴如孝说，"刘丽川在上海立了小刀会，招募了千把号兄弟，听说罗阿妈到了镇江，特派刘杜川前来联络，船就在山下。"

罗大纲呆住了，一行泪水不知不觉流出虎目——刘丽川派人联络，说明被他遗弃在粤东的"洪义堂"兄弟还认他这个掌印阿妈，怎不叫人感动万分？

和刘丽川一样，吴如孝从前在十三行当过账房先生，只因为在浔州做买卖蚀本，走投无路加入上帝会。由于他会说鬼子话，了解红毛鬼子的情况，因此被杨秀清派来辅佐罗大纲。苏三娘纳闷地问："阿混怎么到了上海？"

吴如孝解释："'卖鸡爽'现在是苏松太道兼江海关监督，称霸上海滩。刘丽川四年前来上海替他管账，花清妖的钱训练洪家兄弟，赚了大便宜。"

江南乃天下财赋之地，镇江以南是苏州府和松江府，由于洋人在上海开埠，因此松江府比苏州府更加富足和重要。攻克镇江后，罗大纲正在盘算如何南下用兵，没料到刚想打瞌睡就有人送来枕头，刘丽川竟然在"卖鸡爽"眼皮底下偷偷练出一支人马。他大喜过望，把不愉快的心情丢到九霄云外，连声道："快请。"

不大一会儿，刘杜川上了山顶。远远看到罗大纲，心中激动，紧跑几步，纳头便拜："罗阿妈在上，请受小弟一拜。"

罗大纲搀扶起刘杜川："刘兄弟，你怎么找到这儿的？"

"回罗阿妈的话。"刘杜川恭敬作答，"太平军自武昌横扫千里，兵锋直抵江南，弟兄们欢呼雀跃，恨不得立刻举事，把威武窑子杀个干干净净。小刀会有七股势力，本堂兄弟仅为其中一股，我哥子怕成不了事，命小弟前来镇江求援，讨罗阿妈一支军令。路上威武窑子设立的哨卡甚密，幸亏巧遇琼树大哥，要不然也来不了这么快。”

罗琼树是罗大纲的族弟，跟随他从金田一路杀到镇江。由于他武艺超群，轻功过人，罗大纲命他往来于天京和镇江之间，传递军令，押运军资。

罗大纲问刘杜川：“弟兄们在粤东还好吗？”

“好着呢。”刘杜川滔滔不绝地介绍，“掌堂大爷严令‘洪德堂’旗下堂口不得越界，大力扶持‘义和堂’，六爷眼下兵强马壮，旗下有上万号兄弟呢。”

罗大纲心里涌过一丝暖流，喃喃道：“好，好。”

刘杜川问：“罗阿妈，六爷和弟兄们十分挂念你老人家。甲寅举事在即，大家伙儿都想讨你一支大令，你老人家不回粤东吗？”

虽然在太平军百般不如意，但毕竟太平天国方兴未艾，且已经在金陵建立霸业，罗大纲不愿放弃与清军厮杀的机会。他故作平静：“掌堂大爷麾下猛将如云，不缺罗某一个。天王和东王顾念本堂犬马之劳，甚为重用，同是杀鞑子，何分南北？”

刘丽川倘若能在上海举事，对江南官军当是一个沉重打击，大大减轻镇江的压力。吴如孝附和道：“杜川兄弟，你们在上海举事，少不了天军的支援。罗阿妈留在镇江统率，对贵堂必定大有助益。吴某想问，你们什么时候打算举事？”

刘杜川回答：“听凭罗阿妈发号施令。”

在敌人腹心地区起义，不是一件容易的事情，需要精心筹划，确定合适的时机。罗大纲挥了挥手：“走，咱到军营里细细商议。”

众人逶迤下山，罗大纲和苏三娘在前，吴如孝、陆海平和刘杜川在后，畅所欲言，一路上聊得眉飞色舞。到了山脚，罗大纲发现罗琼树坐在江边的石头上，便诧异地问：“你怎么不陪杜川兄弟上山？莫非东王殿下有紧急军令？”

罗琼树默默地点了点头，罗大纲会意，叫吴如孝、陆海平、刘杜川等人先上船，然后踱到一处僻静之地，扭头问罗琼树：“是何军令？”

见罗大纲身边只剩苏三娘，罗琼树放下心，拿出杨秀清的命令，双手呈给罗大纲：“九千岁圣旨，命令咱们烧山毁寺，砸碎佛像和菩萨像，一发丢到江里去。”

洪门五祖是和尚，因此，洪家兄弟对诋毁佛教十分敏感。罗大纲往日攻城略地，杨秀清从未给他下达过此类指令，如今刚攻取金陵便打破默契，摆明了是当着和尚骂秃子，有意给罗大纲一个下马威。罗大纲心中不快："他想干啥？"

"还有一件更可怕的事。"罗琼树硬着头皮，"'西礼营'在汉阳街遭了毒手，曾水源告诉我们是捷勇干的，完全是扯谎。有人在安庆的捷勇营中见到温秉信和'厚皮棍'，他们扛着'西礼营'的军旗冲锋在前，口口声声要来天京找姓曾的报仇。"

一霎时，罗大纲全明白了，曾水源是东王杨秀清的心腹，"西礼营"的劫难与杨秀清脱不了干系。孤胆英雄咬碎钢牙，跺脚怒骂："杨瞎子，你好辣的手！"

罗大纲如果此刻与杨秀清闹翻，将是一件天崩地裂的大事。苏三娘迅速冷静下来，叮嘱罗琼树："留得青山在，不愁没柴烧。佛像可以丢到江里，但寺庙绝不能烧毁。我马上回天京向天王讨要说法，你们看好了罗阿妈，莫让他踏出镇江半步。"

太平军攻克金陵的同一天，钦差大臣琦善和刚被提拔为钦差大臣的向荣在安庆会合，商定南北进剿之计。二月二十二，捷勇一马当先，到达南京城东二十里的沙子岗，七日内连夺七瓮桥、紫金山、通济门三处阵地。向荣在紫金山南麓摆下一字长蛇阵，设立江南大营，欲图封锁太平军东进之路，伺机攻取金陵。

向荣把刀子捅入太平天国的心脏，是可忍孰不可忍？三月初二，太平军出城迎战，没想到捷勇异常凶悍，张国梁、冯子材、黄鼎凤等将领身先士卒，以少胜多，连胜六阵。负责守卫天京的韦昌辉勃然大怒，亲提大兵出了朝阳门，在马上指着捷勇将士痛斥："呔，尔等不知羞耻的东西，出身洪门却为清妖效力，洪家大义何在？"

张国梁、冯子材、黄鼎凤等人闻言羞愧难当，个个低头不语。就在这时，捷勇阵中忽然冲出两匹战马，马上之人各举一面"西礼营"的军旗，原来是温秉信和"厚皮棍"。温秉信脸色涨得通红，两只眼睛喷着火焰，破口大骂："丢你老母，谁不知道羞耻？你们这些辱没祖宗的狗汉奸，要不是陈阿妈上阳明山求来军旗和大令，你们早就在道州散了伙。老话说得好，飞鸟尽、良弓藏；狡兔死、走狗烹。本营兄弟帮了这么大的忙，你们不说谢字还则罢了，竟然下黑手血洗本营，真是丧尽天良。可怜那么多仁义兄弟，单剩下我们两个孤零零地苟活于世，将来可咋向陈阿妈交代？呜呜……”

说到这里，温秉信再也说不下去，放声痛哭起来。

“西礼营”与太平军并肩作战，同生共死两年多，双方将士结下了深厚的友情，闹摩擦的只是高层领袖。“西礼营”对太平军的贡献众所周知，太平军精锐多为昔日的洪家兄弟，目睹眼前这一幕凄惨的场景，大伙儿无不唏嘘。韦昌辉惊道：“温兄弟何出此言？”

黄鼎凤愤愤不平：“姓韦的，少装腔作势，明明是你们下黑手血洗的‘西礼营’，却偏偏做贼心虚，嫁祸于人，穿我们的衣服，打我们的旗号，真不要脸。”

太平军刚刚定都，北伐和西征尚未实施，辖区有限，脚跟尚未站稳。如果“西礼营”被血洗一事坐实是太平军所为，将会大大动摇军心，此事非同小可。韦昌辉质问“厚皮棍”：“黄掌柜的，说天军血洗贵营，有何凭据？”

正月初三夜半，驻扎在汉阳街的“西礼营”遭到血洗，劳大德、“癞头鳖”、莫权光夫妇以及留守的陈五、顺子等人悉数阵亡，仅温秉信、“厚皮棍”二人死战得脱，活了一条命。“厚皮棍”哭哭啼啼：“捷勇都是过去的兄弟，排着队让我们辨认，哪有一个是害我们的贼子？”

“少说废话。”温秉信抹去泪水，“陈阿妈从阳明山带回来一条金马鞭，杨庆善那个老不死的垂涎三尺，肯定是曾水源那厮逢迎拍马，背后捅的刀子。”

韦昌辉倒吸一口凉气，杨庆善确实有一条金马鞭，时不时拿出来公然炫耀，看来“西礼营”被血洗这事大有蹊跷。

“厚皮棍”道：“好汉做事好汉当，你们不是信奉皇上帝吗？他就在天上看着哩。把曾水源那厮交出来，五马分尸点天灯，祭奠我兄弟的亡魂。”

曾水源是杨秀清的心腹，刚被提升为检点一职；杨庆善从小将杨秀清抚养成人，对东王有再造之恩。如今杨秀清军权在握，天王尚且心存畏惧，“西礼营”这桩冤案看来永远也不可能平反了。韦昌辉脸上挤出一丝笑容：“两位兄弟是天军的患难之交，切勿与清妖为伍，徒惹天下洪家兄弟耻笑。”

温秉信哇呀呀怪叫，举起手中刀：“姓韦的，我知道你是个窝囊废，看见姓杨的像老鼠见了猫。五爷不与你为难，快叫姓曾的出来。”

韦俊是韦昌辉的兄弟，也有一身不错的武艺，见哥哥被温秉信指着鼻子挖苦和痛骂，心头压不住怒火，飞马出阵：“姓温的，休要不识好歹，让某家领教你的刀法。”

温秉信跟随捷勇来南京复仇，根本没有抱着生还的念头，纵马与韦俊斗在一处。这边曾天养、“铁公鸡”出阵，那边冯子材、“特旁三”接战。曾天养和冯子材杀了个旗鼓相当，“铁公鸡”却不是“特旁三”的对手。三十回合过后，“特旁三”一刀劈中“铁公鸡”的右腿，鲜血迸流，后者吃痛不过，败回本阵。

“特旁三”得势不饶人，挥刀追赶，眼看太平军的战阵就要被他撕开一条缺口。突然城门大开，角号声声，杀出一支头缠红绡、足蹬芒鞋的女兵。当先一匹白龙驹快如闪电，转眼到了“特旁三”面前，梅花亮银枪矫若游龙，口吐蛇信，一连气刺出九枪。黄鼎凤躲闪不及，右肩结结实实挨了一记，翻身跌落战马。

苏三娘逞威沙场，太平军喊声震天，捷勇为之气馁。张国梁手握关刀，痴呆发愣，望着眼前魂牵梦萦的玉人，一时间手足无措，半句话也说不出来。他从粤西杀到湘南，又从武昌赶到金陵，带着两千多捷勇穷追不舍，挑战数十万之众的太平军，目的不是为了建功立业，而是想再见梦中人一面，今天终于如愿以偿。

冯子材拨马跳出战阵，高声疾呼：“女侠枪下留人，都是自家兄弟。”

苏三娘并不想要黄鼎凤的性命，抬枪喝道：“起来。”

黄鼎凤捂着肩膀，狼狈不堪地爬起来：“多谢女侠不杀之恩。”

“尔等亦是忠义汉子，”苏三娘问，“因何替威武窑子卖命？”

黄鼎凤道：“张大哥待兄弟们恩重如山，小的自当效命。”

陌路之人终究狭路相逢，刀枪避让始终难偿所愿。苏三娘叹了口气：“大丈夫生于世间当行大义，尔等曾入洪门，怎可忘记鞑子荼毒百姓，认贼作父？”

黄鼎凤羞愧万分：“承女侠教诲，黄某情愿弃甲归田，不再替威武窑子卖命。”

苏三娘夸赞了一句：“这才是有担当的男子汉，你即刻回到阵中，把温五爷叫过来，天王允诺为‘西礼营’的兄弟做主，请他进天王府对质。”

“遵命。”黄鼎凤捡起刀，牵着马晃晃悠悠地走了回去。

定都天京后，洪秀全入住两江总督府，并以此为基础大兴土木，准备营造一座举世无双的天王府，以示自己政教合一的真主地位。这座天王府规模极其宏大，两江总督府方圆十余里的地面挤满了工匠，到处都是堆积如山的砖瓦、木料和石材。苏三娘领着温秉信和“厚皮棍”磕磕绊绊，越走越迷糊，不由得发问：“天王到底在什么地方？”

蒙得恩大病初愈，现在天王府当值，回答：“在花厅那边看戏。”

三个人循声而闻，远远听到一阵木偶戏的铿锵调子，弹琵琶歌唱的是“白皮”，曲子是一首杨潮观的《骂财神》：

为甚缺了你，圣贤无乃；
仗着你，豪杰方才。
响当当开金口，一文得济；
笑吟吟看薄面，万事俱谐。
要担承，只去怀里将他揣；
没关节，只要缝里把他摁。
打透了天罗地网，
买通得鬼使神差。
…………

花厅四周重兵把守，戒备森严，在二楼看戏的全是太平天国的首脑人物。见苏三娘、温秉信和“厚皮棍”三人出现，洪秀全摆手示意停了木偶戏，和颜悦色地对温、黄二人说：“财神不是财神，实为祸乱乾坤的妖孽，天上地下只有一尊真神，那就是开天辟地的皇上帝。朕受他老人家差遣，来你们这个世界上布真道，除妖孽，引导众生皈依正途。两位兄弟刚才想必也听到了，朕实为一个念旧的人，虽然来到金粉风月的花花世界，喜欢听的仍是家乡的小曲。你们兄弟姓洪，朕也姓洪，岂非天意？天国是极公平、极公正之地，有朕为你们做主，多大的冤屈都不算事，朕断不能叫人家说天军忘恩负义。”

温秉信和“厚皮棍”伏地长跪：“万岁圣明，请速将曾水源明正典刑。”

杨秀清不动声色地问：“温兄弟，你如何断定是曾检点害人？”

温秉信抬起头，毫无畏惧：“东王殿下，此贼屡次三番索要金马鞭，不是他是谁，只要找到金马鞭，就能找到谋害本营兄弟的贼子。”

金马鞭在杨庆善手里，石达开亦有耳闻，他瞥了韦昌辉一眼，沉默不语。天官丞相秦日纲一心拍杨秀清的马屁，质问：“温兄弟，天下金马鞭多的是，琼花会馆就有一条，难道说贵堂的李二爷也是杀人凶手吗？”

秦日纲此言一出，韦昌辉和石达开无不心里发笑，知道他这次要吃硬钉子。苏三娘果然剑眉倒竖：“秦丞相以前也是在堂的兄弟，诋毁二爷，你难道脸上有光吗？”

太平军中有两个人不畏权势，那便是罗大纲和苏三娘。他们拒不信奉上帝教，对太平天国立下了汗马功劳，是众人心服口服的大功臣。罗大纲有一票兄弟，做事瞻前顾后；而苏三娘武艺高强，为人谦和，无欲无求，了无牵挂，像一只随时都可能飞走的鸟，天王和东王平时尚且让她三分，更别提秦日纲这样的碌碌之辈。

龙寮岭一役中，苏三娘对秦日纲有救命之恩，他哪里敢在苏三娘面前放肆？秦日纲当头挨了一棒，这才想起苏三娘和李文茂的关系，醒悟到自己的失言，连忙赔笑：“哎呀，秦某万万没有唐突二爷的意思，女侠莫要误会。”

苏三娘扭过脸，欠身向洪秀全和杨秀清施礼：“万岁，九千岁，‘西礼营’兄弟在天军危难时不离不弃，陈阿妈从阳明山请来军旗和大令，助天军起死回生，功不可没。如今他们在汉阳街遭遇不测，若不能将凶手正法，恐怕会寒了天下洪家兄弟的心。”

洪秀全道：“女侠放心，天军虽有百万，而天国辖境仅有三城。方今用人之际，朕刚刚发布求贤榜，广征天下贤才，断不会失四海人望。魂爷慧眼似灯，明察秋毫，人间一切罪恶皆难逃其法眼。有他在，这桩案子保准断得明明白白。”

在洪秀全编造的理论体系中，人不但有肉身父母，而且还有一个精神和灵魂之父，那便是皇上帝和假托皇上帝附身的杨秀清，号称魂爷或者魂父。

萧朝贵死后，太平军归于东殿一统，军法更加严酷，北殿、翼殿的国宗犯法照杀不误，天王有时候也被杨秀清当众修理。然而，魂爷终究是天上居民，来到人间未免“姑从歪例”：古代刑不上大夫，天国则是刑不入东殿——凡是杨秀清的心腹和跟班，人人沾仙气，只有他们打人的份，断无他们吃罚的理。

杨秀清也明白，东殿大搞特殊化，从天王到普通将士莫不痛恨。今天洪秀全接受苏三娘和温秉信的申诉，并把断案权力推给自己，就是要看自己的笑话。杨秀清见惯了这种场面，自恃皇上帝附体，根本没有把眼前的难题当回事，开口道：“天军横扫千里，圣库何物没有？还缺区区一根金马鞭？不错，国伯手里是有一根金马鞭，但是不是‘西礼营’的难说；曾检点辅佐东殿，可以调动千军万马，但是不是血洗‘西礼营’的元凶难说。既然温兄弟千里迢迢来到天京讨要说法，本王就还你一个公道，把他们叫来与你对质。”

“厚皮棍”脑袋“嗡”的一下：“咋对质啊？”

“哼。”杨秀清冷笑，“清妖不是排着队让你们辨认吗？本王把曾检点的人马唤来，照葫芦画瓢，排着队让你们辨认。”

曾水源是杨秀清的佐臣，他的人马就是杨秀清的人马，而太平军在南京城的数十万大军皆归杨秀清统辖，如何一一辨认？杨秀清偷梁换柱，混淆是非，显然有意隐瞒真相。温秉信仰天大笑，悲怆道：“好一个慧眼如炬的魂爷，你就是这么断案的吗？”

天王府乃天国禁地，而且正在大兴土木，杨秀清把大军调进来成何体统？洪秀全不高兴地责备：“清胞，自古正邪不同路，清妖岂能与天兵相比？”

杨秀清莞尔一笑：“万岁，臣只是和温兄弟开一个玩笑。‘西礼营’对天国卓有贡献，这桩血案必须澄清，给洪家兄弟一个交代。这样吧，臣待会儿到高天上走一遭，请魂爷开天目，把真凶指认出来，该砍头的砍头，该点天灯的点天灯，以正军法。”

皇上帝下凡，少不了见血光。大伙儿一听杨秀清要上高天请神仙，吓得缩紧脖子，没人敢再多说半个字。不大一会儿，杨秀清神灵附体，魂爷降身，咿咿呀呀，叽里呱啦。总宣诏书侯谦芳笔走龙蛇写了一大堆名字，李寿春和李寿晖兄弟率军按照名单捉拿。半个时辰后，花厅外的空地上捆绑了二百来人，喊冤声直达二楼。

洪秀全扫了一眼楼下，皱了皱眉："清胞，这些真是杀害'西礼营'兄弟的凶手？"

杨秀清傲慢地说："臣奉的是魂爷圣旨。"

洪秀全不禁气馁，有了魂爷这个万金油护体，杨秀清那张金嘴说什么是什么，比自己这个万岁的成色还要足。侯谦芳来到栏杆前，大声朝楼下吆喝："魂爷他老人家永远不会错，东王殿下打我们一班弟妹，是要我们好；枷我们一班弟妹，是要我们好；杀我们一班弟妹，也是要我们好。有他老人家罩着，你们的魂魄直上高天享福，有啥冤屈？"

话音一落，楼下喊冤的声音立时降低了八度。

为了掩盖血洗"西礼营"的真相，安抚太平军中洪家兄弟的人心，杨秀清悍然决定拿二百余粒头壳顶罪。洪秀全、韦昌辉、石达开尽皆骇然，没有一个敢公开指斥他的残暴。杨秀清得意地问温秉信："温兄弟，你还有什么话说？"

温秉信仔细一瞅，这二百多人里面没有杨庆善和曾水源，却有四哥温秉智、柯定邦、"瞌睡虫"、鸡大逵、郑流利、小"大头杨"等人，这哪是为"西礼营"兄弟平冤昭雪？简直是借机铲除洪家兄弟。温秉信跳起来嚷道："他们不是凶手，是替死鬼。"

杨秀清脸色骤变："姓温的，你敢对魂爷不敬？"

洪秀全叹了口气："温兄弟，这二百多兄弟均为天国的真草、坚草和耐草，由他们为'西礼营'兄弟抵命，你还不满意吗？"

到了这步田地，温秉信彻底豁出去了。他扒开衣裳，露出起伏的胸膛："万岁，小的来是求一个公道，一个天理，而不是冤枉好人。你们天兵是真草、坚草和耐草，难道洪家兄弟就没有心吗？都是人生父母养的，谁的心也不差。我温老五眼神不济，没有学问，但是这颗心明辨是非，分得出谁是真正的凶手？谁是叫人抓来的替死鬼？今天我把它剜出来，让你们瞧瞧它是红是白，是曲是直。"

说罢，温秉信抢过旁边御林军的佩刀，奋力刺入自己的胸膛，一命归天。事发突然，苏三娘来不及阻止，花容失色："五爷，你这是何苦？"

"厚皮棍"厉声尖叫："苏女侠，他们不是真草、坚草和耐草吗？把心剜出来，看看能不能飞到天上去？看看和我们洪家兄弟相比，到底有啥不一样？”

温秉信挥刀自戕，固然是出于对太平天国的绝望，也是为了不枉杀无辜，搭救温秉智等人的性命。“厚皮棍”号啕大哭，楼下被缚之人莫不心存感念，响起了阵阵抽泣。石达开安慰“厚皮棍”：“黄掌柜的，温兄弟是条汉子，快将他厚葬了吧。”

“不。”“厚皮棍”抹去泪水，抓住插在温秉信胸膛的佩刀，用力往外一抽，“我兄弟说把心掏出来，那就得把心掏出来。”

楼下二百多人的性命悬于一线，楼上血淋淋的心脏在刀尖抽搐，花厅里里外外弥漫着恐怖、残酷而又诡异的气氛。杨秀清的冷酷无情击溃了苏三娘的心理堤坝，她用手指着楼下的众人，颤抖地问杨秀清：“你，你还要滥杀无辜吗？”

“天命不可违，魂爷既然答应带他们上高天享福，谁敢不遵？”杨秀清翻着眼皮，“贵堂兄弟能刳心，难道天兵天将就怕死吗？”

洪秀全定了定神，明白自己无力回天，只好收起打击杨秀清的心思，婉转道：“清胞所言甚是，看在温兄弟剖心问神的分儿上，他们可以选择生死。蒙爱卿，你下去问问弟兄们，愿意上高天享福的别勉强，愿意活着为天国效命的欢迎。”

蒙得恩出了花厅，径直来到温秉智面前：“温军帅，你是想上高天，还是回老家？”

温秉智泪流满面，一句话也说不出。郑流利道：“错了，错了。”

蒙得恩摆了摆手：“你到底是想上高天，还是跟着‘厚皮棍’回家？”

郑流利嚷的声音更高了：“错了，错了。”

蒙得恩以为他怕死，故意大声说：“小结巴，上高天真的是享福哩。你看我现在三天两头病怏怏，难受起来生不如死，要不，咱俩换换？”

蒙得恩不愧是当货郎的出身。他这番话不但假装不怕死，吹捧上帝教徒，拍洪秀全和杨秀清的马屁，而且暗含着嘲讽温秉智等人无胆的味道。“瞌睡虫”心里冰凉一片，改信上帝教这么多日子，人家在心里还是没把洪家兄弟当自己人。他昂着头：“蒙指挥，你听错了，小结巴的意思是他想上高天，留着温军帅为天国效命。”

郑流利脸憋得通红：“错了，错了。”

蒙得恩讥笑“瞌睡虫”：“呵呵，我看是你想上高天吧？”

“瞌睡虫”挣扎着站起来，愤怒地说：“对，就是老子想上高天，算个屌事？你们不是说高天上有个天国吗？穷人在天国能享福吗？爷们儿倒想上去看看，你们有没有放葫芦。”

第一百五十六回　归去来兮

为了树立那个永远看不见的皇上帝的权威，杨秀清在天王府的花厅前大开杀戒，将拘押来的二百余人处死。因为温秉信和“瞌睡虫”剜心相救，温秉智、小“大头杨”、柯定邦、鸡大逵、郑流利五人侥幸逃脱性命。亲眼目睹天国扯下遮羞布，公然对自己人进行丧心病狂的屠杀，“红心”和“白皮”两个在台上心惊肉跳，幡然悔悟。

三月三“北帝诞”，大伙儿在紫金山西麓寻了一处荒地，将温秉信和“瞌睡虫”下葬。上帝教认为教徒死亡是上高天享福，乃头等喜事，只许笑不许哭，严禁招魂打醮，不许用棺木，只能用锦缎包裹尸身埋掉。两年征战，投身太平军的佛山堡乡亲折损过半——鸡英逵、“花肉”和罗金氏母女战死龙寮岭，劳大德、“癞头鳖”、莫权光夫妇丧身汉阳街，如今温秉信和“瞌睡虫”又死得如此凄惨，大伙儿感到像做了一场梦，禁不住痛哭失声。

梦想破碎，摆在人们面前的道路只有两条，一个是漂泊，一个是回家。“白皮”不忍心苏三娘孤苦伶仃，留下来与她做伴；温秉智没脸回家，和小“大头杨”投入西征军效力；“厚皮棍”、柯定邦、鸡大逵、郑流利和“红心”一家三口选择离开，他们将温秉信、“瞌睡虫”的心脏盛进两个木盒子，准备带回佛山堡安葬。

归乡之路崎岖而漫长，“厚皮棍”等人没有抄近路走江西回粤东，而是沿着太平军征战的路线回溯，兜了一个大圈子。这样走的目的很简单——汉阳街和龙寮岭埋着同伴的遗骸，如果不捡几根遗骨回家，如何面对父老乡亲？

回家的路充满了风险，湖南和湖北风声鹤唳，四处均有官府设置的哨卡。一行人历经千辛万苦，于四月下旬辗转来到阳明山。“厚皮棍”上好汉岭一打听，才知道陈见成和“大头杨”已经返回粤西，留话让他们到浔州城会齐。

从阳明山南下粤西有两条路，一条路是通衢大道，经全州至桂林，沿途绿营密布；一条路是山路，越萌渚岭入平乐，群山中强梁出没。由于随身携带装有心脏和遗骸的木盒子，“厚皮棍”等人决定选择私盐贩子最喜欢走的小路，以避开官军的盘查。

五月天光美如流水，山里的空气更是沁人肺腑，但大伙儿不敢有丝毫的懈怠：一来此地为三省绿林道的交汇处，杀人越货最是稀松平常；二来这些木盒子雕饰精美，绑在马背上十分打眼，很容易让土匪误解里面是金银财宝。

这天傍晚，众人行至梓木坪，又饿又累，遂下马在村口的小酒铺打尖。竹棚下面一溜烟儿摆了四五张桌子，坐满了客人，钟水鼎问伙计：“小二哥，弄张桌子吃酒。”

店小二为难道：“客官，现在没有空桌子。”

旁边一位读书人打扮的老者发话：“这位爷，咱们挤一挤。”

那张桌子有男有女，有老有少，像是一家人。老者把女人和孩子打发下去，给钟水鼎等人腾出位置。钟水鼎抱拳致谢：“敢问老丈，听口音，你是桂平人？”

老者反问：“你是贵县人？”

钟水鼎道：“晚辈籍贯佛山堡，在白沙圩游荡多年。”

“那算是半个乡亲。”老者望了一眼马背上用包袱半裹的木盒子，打趣地问，“贤侄是做大买卖的吧？带着这么贵重的东西，不怕半路上叫人劫了？”

老者身旁的年轻人羡慕地问："你们带的到底是啥宝贝？"

柯定邦悲从心头起："我兄弟的心。"

"心？"老者先是一愣，继而哈哈大笑，"俗话说人为财死，鸟为食亡。人生在世无非求个富贵，富贵便是人心，看来各位一准发了大财。"

道不同不相与谋，钟水鼎没有心思和老者啰唆："彼此彼此，老丈拖家带口翻山越岭，行此险地，好胆量。"

老者捋着胡须："凡走这条路的多半是为了躲避官府，敢问贤侄自何方来？"

伙计端来酒菜，钟水鼎给老者斟了一杯酒："从金陵来。"

一听说他们打金陵过来，老者脸上浮现出一丝惊喜："贤侄，洪杨在金陵立新朝，掌权的都是咱们浔州人，莫非你就是靠新朝发的财？"

钟水鼎拱了拱手："老丈在新朝有故？"

"这些乡亲在新朝无不沾亲带故，我们是去投亲访友的。"老者咧开嘴笑了，指着周围几张桌子，"贤侄不妨给老朽说说，小天堂到底有多美？"

人间天堂原是梦，醒来半世已成空。天国假如真的是天堂，那也只是洪秀全和杨秀清两个人的天堂，对于追寻梦想的普通将士来说，天国永远在高天之上。钟水鼎不忍心兜头泼老者一盆冷水，敷衍道："老丈，看景不如听景，你自己去瞧吧。"

郑流利突然开口："错了，错了。"

老者吃了一惊："这位小兄弟何意？"

"屌天国。"柯定邦把酒杯一顿，"杀人如麻，翻脸无情，还不如阎王爷的阴曹地府呢。"

"杀人？"老者疑惑地问，"不是杀妖吗？"

鸡大逵指着自己的鼻子："只要皇上帝不高兴，我是妖，你是妖，大家全是妖。"

"咱们平头百姓，到哪儿都是伺候人，何必惹当官的不高兴？"老者放心了，"老朽外甥女婿的姑丈是牛瞎子的堂兄弟，这么铁的关系，魂爷还能不赏老朽一碗饭吃？"

太平军在南京建都，粤西乡亲纷纷北上，尤其是那些曾经的上帝教徒。这位老者嘴里能蹦出魂爷二字，说明他至少听过上帝教的宣讲。"厚皮棍"

讽刺:“没问题,看在他师傅的面子上,九千岁不给你一个丞相,也得给一个将军。”

老者脸色一变,试探地问:“大伙儿往北去,各位贤侄却朝南走,莫非受了委屈?”

柯定邦面沉似水:“我等是洪家兄弟,天国没有我们的容身之地。对了,老爷子,牛瞎子是皇上帝和基督两人的师傅,他为啥不去金陵享福?”

“人家是神仙,当然有大事办。”老者表情神秘,“畚箕窝你知道吗?就是二爷练功和白龙下世的地方,自去年开始时常电闪雷鸣,山体崩塌,大块的石头往下滚。五月初八,畚箕窝要办一场向白龙献祭的法会,祈祷国泰民安。”

钟水鼎一脸不屑:“法会?我看就是一群骗钱的张到。”

“话不能这么讲。”老者摇了摇头,“赴法会的尽是江湖上赫赫有名的人物,像云麓宫的芦蓬道爷、黄婆洞的常道爷、‘粤西四友’中的‘神楼灯’和‘白无常’,此外还有龙围寨的大寨主‘油锤把’、桂林府六扇门的‘铜蒺藜’……”

芦篷道人、“油锤把”和“铜蒺藜”参与过十六年前畚箕窝的夺珠之战,他们参加这次法会动机不纯,极有可能伺机再度夺宝。钟水鼎恍然大悟,拱手道:“我说老丈咋敢携家带口过姑婆山?原来有这么多世外高人罩着。”

老者脸一红:“贤侄休说笑话,这条路委实凶险,你们务必当心。笔帽山还好说,三王山隶属粤北绿林道,谁的面子也不卖;瓦窑冲里面住着好几股杀手,无名无姓,神出鬼没;最可怕的是盖天顶,周围几十里地大雾弥漫,掉进沟里连尸首都找不着。”

柯定邦一拍桌子:“你们来得,我们便去得。”

冯云山和萧朝贵不顾斗鸡潭那阵阴风的警告,坚持率兵攻击将军桥,惹恼了藏身在南溪山的白龙,结果先后上了高天享福,这件事证明白龙尚在人间。而今它重返畚箕窝,到底是想医治心头的创伤,还是打算回到天上?

因为白龙与李文茂的种种缘分,在湘粤三省,无论江湖道,还是寻常百姓,皆视李文茂为白龙化身。如果这次白龙真的回到天上,对明年的洪门起义绝非吉兆。钟水鼎心如乱麻,不敢再往下想,愤愤地说:“他们还想龙口夺珠?真是做梦。”

老者似乎对江湖上的掌故一点儿也不陌生,呵呵笑道:“他们是没有二爷的本事，不过好端端一把无情剑，硬叫二爷给弄成了有情剑，依老朽推算，白龙这次是铁了心归天，把天下让给银龙——猪龙根基不正，迟早滚回关外放羊，新朝必定大有可为。”

鸡大逵朝地上啐了一口：“放屁，鞑子根基不正，红毛鬼子根基就正？我看你就是一个不认祖宗的老汉奸。实话告诉你，我家掌堂大爷已经下令本门明年举事，有他老人家在，便轮不到那把假无情剑欺世盗名。赤龙是他老人家放出来的，继承赤龙天下的只有白龙。你们想让白龙升天，给银龙腾位置，简直是白日做梦。”

“对，高天只有皇上帝一个人，凡是龙都算妖怪。”“厚皮棍”道，“你口无遮拦说什么这个龙那个龙，当心东王殿下拿无情剑砍你的头壳。”

老者目瞪口呆：“这是他师傅牛瞎子说的。”

“皇上帝哪来的师傅？”钟水鼎好心地劝道，“老丈，我看你最好别去享福了。”

次日黎明，双方各走各路。刚走了一天多，潮湿的大雾弥天而至，把白昼变成黑夜。“厚皮棍”心惊胆战，浑身直起鸡皮疙瘩：“那老家伙没说瞎话，雾太重了。”

钟水鼎烦躁地说：“讲真话才倒霉，他到了天国必定凶多吉少。”

“活该。”柯定邦嘟囔，“谁让他利欲熏心？”

鸡大逵闷着头：“驼背卖虾米，谁也别说谁，咱们当初还不一样？”

“红心”提醒大伙儿：“别争了，眼下要紧的是寻路。”

勉强走了个把时辰，雾气越来越重，每前进一步都提心吊胆。马是骑不成了，大伙儿只好跳下来牵着马摸索。很快到了一个三岔路口，在前面带路的“厚皮棍”停下脚步，回头发愁地问钟水鼎：“阿鼎哥，你说该走哪条路？”

“红心”建议：“随便选一条，最好别分开。”

钟水鼎明白妻子担心遇到山匪，苦笑起来：“大伙儿没带多少干粮，假使一条道走到黑，在山里转迷糊了，土匪没来，自个儿倒饿死了先。”

“对对，这么大的雾，土匪不会出来劫道。”鸡大逵说完，又补充了一句，“再说咱们是从死人堆里爬出来的，还怕几个三脚猫的土鳖？”

在他和柯定邦的怂恿下，“厚皮棍”下了决心：“好吧，咱们兵分两路，快速过山。要是遇到凶险，以牛角为号，互相救援。去年行军走得急，龙寮岭遗骨难寻，必然大费周章，路上莫要耽搁，最后到龙寮岭会合即可。”

众人齐声道：“得令。”

柯定邦、鸡大逵、郑流利三人行走一路，道路越走越窄，地形越来越高。讨厌的是迷雾尚未散去，却当头一声闷雷，下起了瓢泼大雨。马蹄子踩在碎石上不住地打滑，一不留神便会跌入万丈悬崖。到了一处稍微宽敞的所在，哥仨喘了口气，柯定邦叹道：“战马跟着咱们遭了不少罪，别让它们白白送命，放走算啦。”

鸡大逵央求：“五哥，等雨停了再走，行不行？”

柯定邦瞪了他一眼：“不行。”

三个人从马背卸下包裹，背着木盒子继续冒雨前行。大约三更天时分，哥仨爬上一座圆滚滚的山头，这时候雨停了，雾也散了，强劲的山风乘虚而入，呼啸作响，如同一条鞭子抽打着茫茫群山。鸡大逵累得半步也迈不动：“五哥，我不行了，真的走不动了。”

山风吹拂，草丛中露出一个半人高的洞口，柯定邦无奈：“好吧，就歇一会儿。”

这个石洞别有洞天，越往里走越豁亮，拐过一个弯，前面隐隐约约透出光亮。哥仨警觉地拔刀在手，冲过去一看，吓得魂飞魄散——辽阔的洞腹阴气森森，挺立着无数具干尸。尸体的眼珠散发着磷光，活像一支刚从阴曹地府开出来的鬼军。

一阵诡异的烟雾升起，三人身子骨发软，摇摇晃晃瘫倒在地，失去了意识。

柯定邦、鸡大逵、郑流利这条路稍微偏东，因此神不知鬼不觉地悄悄摸上了三王山，闯入了禁地“千尸洞”。此处是三位寨主练功的地方，岂容他人搅扰？“姚抽筋”挥手一把尸烟，将三人放倒，然后皱着眉头：“这三头肉猪摸入后山，必是小喽啰玩忽职守。”

“莫剥皮”坐在蒲团上闭目养神：“明天把他们抓起来点灯熬油。”

“姚抽筋”打开木盒子，尖叫：“快来看。”

“莫剥皮”懒洋洋地爬起来，走过去一看，亦吃了一惊：“嘿，真他妈新鲜，听说过携金带银的，没听说过拿烂骨头当宝贝的。”

“姚抽筋”是炼人丹的行家，发现这堆骨头没有新奇之处，倒是木盒子里用绸缎包裹的那两颗心活鲜生润，尚未变馊。他疑惑地问：“师兄，咋回事？”

“嗯，这算是个稀罕物。”“莫剥皮”点了点头，“等闲人死的时候不是魂飞魄散，就是胆战心惊，这样的心叫作阴心，过不了几天就发馊；英雄好汉则不同，要么怒火中烧，要么气冲霄汉，这样的心叫作阳心，三四个月元气难泄，跟活的差不离。看来这两颗心是从仁义汉子身上取出来的，而且可能还是他们自个儿动手剜的。”

“姚抽筋”瞪大了眼睛：“何以见得？”

“心跟无情剑是一个道理。”“莫剥皮”解释，“自己剜自己的心，没有英雄气概和过人的胆量根本做不到。这样的心怀有大愤慨、大悲痛，惊天地、泣鬼神，元气勃发，血肉凝滞，搁上半年也不会变馊，极为灵妙。”

“姚抽筋”拊掌大笑：“太好了，踏破铁鞋无觅处，得来全不费功夫。师兄，咱们用它和那两具‘尸王’配对，岂不凑成两具通灵的法身？”

“正合我意。”“莫剥皮”得意地说，“五月初八畚箕窝办法会，各路人马共襄盛举，老子正愁没有拿得出手的家伙。这下好了，用‘尸王’献祭白龙，让他们瞧瞧咱爷们的手段，给葛总瓢把子和粤北绿林道露个脸，争口气。”

哥俩越说越高兴，净手之后口中念念有词，祈祷了半个时辰，然后捧起鲜活如生的两颗心来到“尸王”面前，小心翼翼地塞进“尸王”的胸膛。

“尸王”金发碧眼，赫然是两个红毛鬼子。原来，自从七年前红毛教解禁后，大批传教士乘船越洋东来，从事改造中国人灵魂的“伟大事业”。太平天国运动如火如荼，清廷腐朽统治遭受重创，这些“虔诚”的信徒胃口大开，不再满足区区五个通商口岸的地盘，将魔爪伸向广大的内陆腹地。其中，有两位无名英雄冒险从粤东来到粤西，试图进入湖南，尚未来得及施展拳脚便被三王山的喽啰用箭射死，送进“千尸洞”开膛破肚，做了修炼法术的标本。

第二天，“莫剥皮”和“姚抽筋”选了三十二具干尸，点齐一小队喽啰，押着柯定邦、鸡大逵、郑流利三人赶往畚箕窝。哥俩扮成阴法师的模样，一人手里提一面阴锣，摇着铃铛走在两具“尸王”的前面。路上行人望之若鬼，远远避出三里地，无人敢偷窥一眼。

初八中午，赶尸小队抵达畚箕窝。还没走到山脚，就听前面金鼓齐鸣，喊声震天，两员战将正在捉对厮杀。这支吊死鬼一样的神秘队伍骤然现身，双方将士都吓了一跳，忘记了擂鼓助威，山下一片静寂。“莫剥皮”抬头观瞧，发现交战一方悬挂着“荡寇营”的旗子，另一方悬挂着临桂团练的旗子，正是游新潭、汪亚景这对老冤家。

“荡寇营”曾经参加过长沙保卫战，太平军撤围后，骆秉章论功行赏，为游新潭讨了一个候补游击的头衔。五月初八办法会，在范金彪的撺掇下，游新潭率部来到畚箕窝，迎头撞上了陪同“铜蒺藜”前来赴会的汪亚景。仇人见面，分外眼红，二人不顾同伴的苦苦相劝，在山下挥刀杀成一团。“荡寇营”和临桂团练在桂林城下就交过手，彼此十分熟悉，甩开膀子为各自主将助威，将战鼓敲得山响。从远处听去，还以为白龙在山上呼啸。

陈戊养在山下做和事佬，费尽口舌劝说游新潭和汪亚景休战，看到“莫剥皮”和“姚抽筋”，不由得大为惊奇：“两位当家的，哪阵风把你们吹来了？”

“莫剥皮”把铃铛拴在裤腰带上，没有回答，先问了一句：“尊夫人呢？”

这场法会的始作俑者是“油锤把”郝耀常和“神楼灯”娄正伦，为了借助“招魂鱼鼓”法器的威力，他们软硬兼施，硬是把陈戊养和“白无常”夫妇请到了畚箕窝。听“莫剥皮”话中有话，陈戊养的脸色阴沉下来，表情不自然地说：“她在山上。”

“看来法会已经开始了？”“姚抽筋”嘿嘿地笑了起来，“今日献祭白龙，盛会空前，三省江湖道的高士来了不少，我兄弟岂能缺席？”

“莫剥皮”板起脸，慷慨激昂地说：“畚箕窝是二爷从前修武之地，白龙下世之初就把火龙珠给了二爷，那颗珠子是二爷的心。这些王八蛋孝敬白龙还则罢了，要是想抢珠子，我们粤北绿林道的兄弟决不答应。”

听他口气不小，陈戊养感到好笑：“两位当家的，难道你们最近长了本事？”

“姚抽筋”拍着胸脯：“那是当然。”

“有白龙在，还用我们兄弟显本事？”“莫剥皮”眯起眼睛，“陈当家的，有些宵小妄图趁乱抢夺火龙珠，真是老鼠尾巴压秤砣，不自量力。尊夫人和他们混在一起，大大不妥，万一叫二爷知道了，只怕你们公婆担待不起。”

“莫剥皮”的话说中了陈戊养的心事，想起江口圩那一幕，他不由得悚然一惊："哥哥言之有理，小弟随你们上山，不许她节外生枝。"

哥俩笑了："兄弟醒目。"

赶尸小队离开后，游新潭和汪亚景翻身上马，咬牙切齿地又斗了起来。

白龙在畚箕窝显身，引起了武林中人的觊觎。与修炼法术的道士不同，武林中人把火龙珠视为无情剑的象征，视为修炼绝世武功的秘钥。如果抢到火龙珠，则极有可能修炼出像李文茂那样的神功，因此在某种程度上，亦象征着武林至尊的地位。

长庚正在老上司直隶总督纳尔经额麾下效力，听说五月初八献祭法会这件事，感到自己的武功尚不足以龙口夺珠，便立刻赶到钦差大臣琦善在扬州三汊河建立的江北大营，邀请师兄哈图泰一同南下九嶷山。一路风尘仆仆不提，终于在五月初八午后赶到畚箕窝，兄弟二人生恐白龙现身，施展高超身法登山。行至半山腰，发现陈戊养、"莫剥皮"和"姚抽筋"赶着一群尸首慢慢向上爬，长庚又气又乐："嗑瓜子嗑出了个臭虫，啥人都敢来畚箕窝？"

身为满人中的头一条好汉，哈图泰的武功修为毕竟不凡，他扫了一眼赶尸的队伍："三十二具尸体，莫非应着三十二穴之数？"

长庚遽然醒悟，不禁羞愧难当，畚箕窝顶那尊石像竟然藏着三十二穴功法，自己当年怎么没有看出来？他喃喃道："或许是吧。"

"莫剥皮"和"姚抽筋"虽然赶着三十二具尸体，但二人的武功却叫人不敢恭维。哈图泰冷笑一声："萤火之光，亦与日月争辉？看我的。"

说罢，哈图泰纵身跃起，脚尖在"莫剥皮"后脑勺上一点，旋即消逝得无影无踪。长庚如法炮制，也把"姚抽筋"的头壳当葫芦，轻轻地踩了一个鞋印。他的功力稍逊一筹，"姚抽筋"觉得头顶发麻，猛地抬头，看到一道身影飘忽而去，忍不住破口大骂："老子的头壳不是你们家的门槛，踩个屌？有娘生没爹养的东西。"

陈戊养大吃一惊："两位寨主，这厮好俊的身法。"

"莫剥皮"倒吸一口凉气，看来这次献祭白龙的法会，还真来了高人。

果不其然，等他们爬上山顶，只见石像和两口潭水之间黑压压的全是影子。除了明月道士和金秋池外，十六年前夺珠的那些高手都来了。像什么"衡山三老"、长庚、"油锤把"、芦蓬道人、"铜蒺藜"、范金彪等一个不少。"神楼灯”、常有定、牛瞎子以及“白无常”等人以法师的面目出现，给这次龙口夺珠罩上了一层献祭的外衣。

“白无常”见丈夫来到山顶，十分诧异：“你咋上来了？”

“我是你老公。”陈戊养吼道，“我不上来谁上来？”

“白无常”急忙解释：“这场法事主要是献祭，问白龙是去是留？大伙儿没有恶意。再说白龙是天上的神仙，除了二爷，谁有本事唐突它？”

陈戊养气消了一半，嘟囔道：“你明白就好。”

“白无常”红了半边面颊，低声说：“我来测试天意，还不是为了咱家的光景？”

白龙献祭大会从午时三刻开始，首先是芦蓬道人、居觉和尚施法诵经，然后是向白龙敬献祭品。考虑到龙为天地精灵、人类始祖，祭品不是通常的“三牲”，而是活人——从这一点上来说，这些大道高僧并不比炼人丹的“莫剥皮”文明半分。

芦蓬道人献的是一对童男，“衡山三老”献的是七位处女，均为范金彪这厮从乡下掠来的花骨朵。粤西绿林道这边出手更狠，“油锤把”和“神楼灯”从自个山寨的喽啰兵里选出三十二条壮汉，配上三十二名未过门的黄花闺女，成双成对地丢入悬崖。

不管吃了多少肉，喝了多少血，那条二十余丈的山体裂痕始终纹丝不动，静悄悄的没有一丝声响。“油锤把”沉不住气，问“神楼灯”：“难道祭品出了毛病？”

“不会吧。”“神楼灯”抓耳挠腮，“男男女女一大堆，他还想要啥？”

芦蓬道人瞥了一眼“白无常”：“白龙为至阳之体，也许不喜欢男人？”

陈戊养急了：“放屁，二爷绝非好色之人，你少拿小人之心度君子之腹。”

芦蓬道人把手一摊：“那你说，白龙为何不现身？”

大家面面相觑，莫衷一是。旁边的常有定心中窃喜，觉得露脸的机会来了，走上去，念了句道号：“无量天尊，各位大侠，贫道有话说。”

“神楼灯”扬了扬拂尘：“常道爷但说无妨。”

常有定故作神秘地咳嗽了一声：“各位大侠，天上的龙和咱们人不一样，他对男女老幼的肉鼎通通不感兴趣，他感兴趣的是……”

话刚说到一半，“铜蒺藜”急切地插嘴：“啥玩意儿？”

“他感兴趣的是心。”常有定振振有词，“刚才各位大侠所献之人皆非情愿，那不行，必须要找一个心甘情愿当祭品的人，这叫愿心；仅有愿心是不够的，此人尚须修炼多年，一心想飞上天堂，恨透了人间的世道，这叫炼心；献给龙最好的祭品叫纯心，最接近龙，和龙的想法差不多，能和龙产生共鸣。假如有纯心当祭奠，你们说白龙能不出来？”

常有定是“神楼灯”请来的；“油锤把”请的是牛瞎子。郝耀常打量了常有定一通：“瞧不出来老哥还真有两把刷子？”

常有定嘿嘿笑着不说话，他一肚皮草，哪里懂得如许奥妙之理？这些词汇全是从白无相那里贩卖过来的，今天正好派上用场。芦蓬道人很不服气，问常有定：“愿心和炼心倒是好说——以利诱之，心甘情愿送死的人不难寻觅；修炼法术以求超脱的穷鬼也有。但谁知道龙脑袋里想的是什么？纯心如何判定？”

“这有何难？”常有定镇定自若，“心要是和肉躯紧密相连，拿刀子割起来费气力，说明这颗心为肉躯役使，达不到通灵的境界，仅仅是一颗俗心罢了。假如心和肉躯形连实断，若即若离，刚把胸膛剖开，心就迫不及待地滑出来，便是纯心。”

常有定这番话如同天书，众人闻所未闻，不觉喝起彩来。

长庚不耐烦：“缓不济急，现在到哪儿去找纯心？”

“贫道只管保媒拉纤，不管生伢仔。”常有定得意地笑了起来，“讲道理是贫道的事，找纯心与我何干？老朽又不抢火龙珠。”

当着“神楼灯”的面子，长庚不便发作，生气地来回踱步。“油锤把”抱了抱拳：“各位既然敢来畚箕窝，想必身怀奇技。郝某有言在先，哪位能献上一颗纯心，把白龙请出来，不管能不能抢到火龙珠，我等必有重谢。”

在场许多人是平生第一次听到纯心这个词，当下大眼瞪小眼，束手无策。“莫剥皮”和“姚抽筋”对视一眼，心中欢喜。论武功和法术，哥俩不是在场魔头的对手，然而要论保存尸体的技术，三王山绝对当仁不让——“尸王”皮肤红润，那两颗心光滑鲜嫩，组合起来俨然就像活人一般，不是纯心又是什么？

“莫剥皮”走到“油锤把”面前：“郝大当家，你说话算数？”

“油锤把”吃惊地看着他：“那当然，莫爷，你有这本事？”

“哈哈。”“莫剥皮”放声大笑，“没有三两三，谁敢上梁山？”

“姚抽筋”把两具“尸王”赶到潭水旁，“神楼灯”将信将疑，示意常有定和牛瞎子上前鉴别。常有定推了牛瞎子一把，后者伸出两只干瘪的爪子在“尸王”体内摸索了摸索，两颗心相继滑出胸膛。他立刻大惊小呼起来：“啊呀，不得了，不得了。它不愿在腔子待着，快要飞起来了。这两颗心绝对是纯心，是真草、坚草和耐草。”

牛瞎子一高兴，顺嘴把两位徒弟的口头禅溜了出来。长庚听后勃然大怒，抽出腰刀架在他的脖子上：“妈了个逼的，没想到你竟然是造反的长毛。”

绿林道与官府为敌多年，眼下四海分崩，红毛鬼子横行海疆，太平天国定都金陵，大清朝奄奄一息，“油锤把”更不可能把长庚搁在眼里。他把脸一沉：“此地是九嶷山，不是直隶省。为朝廷尽忠没人拦你，但别在畚箕窝撒野，耽误了老子献祭白龙。”

哈图泰隐身绝壁，强援在侧，长庚的腰板和口气都硬了起来：“白龙淆乱乾坤，大逆不道，本将奉旨诛杀，尔等敢抗旨吗？”

他这话也就威胁一下“铜蒺藜”和范金彪，“神楼灯”、芦蓬道人、“白无常”和“衡山三老”等人莫不嗤之以鼻。“神楼灯”笑嘻嘻地拨开他的刀头：“老庚，你也是老江湖，咋净说些孩子气的话？真龙就在悬崖下边，你拿圣旨吓唬谁？”

人在屋檐下，焉能不低头？能上畚箕窝的人没有几个是白给的，即便哈图泰和长庚师兄弟联手，也未必能讨多少便宜。长庚无奈收起腰刀：“娄大当家，你没跟白龙打过交道，上次抢珠子也不在场，你怎能断定这两个妖道不是胡咧咧？”

“是真是假。”“神楼灯”挥了挥手，“一试便知。”

装着温秉信和“瞌睡虫”心脏的两具“尸王”被丢进悬崖，众人凝神屏气，等了一会儿仍然没见动静。长庚讥讽：“娄大当家，看来你这次请了个骗子。”

“神楼灯”挂不住脸，问常有定：“道爷，纯心的说法有谱吗？”

“绝对没错。”常有定赌咒发誓，“普通的心有生有灭，躯体腐烂，心室亦朽，都逃不脱二世衰败的宿命。只有纯心不甘沦落，一点灵光破窗飞，借用他人的肉躯败部复活，不仅可以激活肉躯，而且能与他人之心融合为一，白龙等的就是这种心。”

“油锤把”问“莫剥皮”：“莫爷，会不会是你那两个红毛鬼子出的问题？”

“莫剥皮”连连摇头：“红毛鬼子的肉躯不打紧，关键是那两颗心货真价实，绝对是仁义汉子自个剜出来的阳心。当年二爷在龙头峰自刺三刀六洞，白龙不忍心看他死，这才飞离了‘镆铘剑’。瞧好吧，白龙一准现身。”

“你们别打歪主意，火龙珠只认二爷，谁也拐不走。”“姚抽筋”朝喽啰挥手，“再扔下去一个人，给白龙喂饱肚子，长长精神头。”

喽啰们七手八脚把郑流利扛在肩头，朝悬崖边走去。这时，堵嘴的抹布掉了出来，郑流利拼命挣扎，使劲叫嚷：“错了，错了。”

牛瞎子以为在说他，立刻反驳：“没错，心就是草，草就是心。”

“姚抽筋”这一招还真管用，郑流利刚刚丢下去，就听悬崖下方传出隐隐的轰鸣，紧接着火光一闪，期待已久的白龙终于腾空而出。

沧桑如刀，人世如剑，与十六年前相比，白龙苍老了许多，动作也变得迟缓，唯一不变的是那枚火龙珠。惆怅的火苗忘情地燃烧，那永远也烧不尽的影子，总是低头徘徊，总是想捡起曾经遗落的悲伤。不肯屈服于命运的珠儿，在火焰中燃烧着回忆。尽管胸膛已经融化，但是那颗苍白的心仍旧不死，高高地举过头顶，伸向遥远的苍穹。

那是它的前生，还是它的来世？

白龙的疲态给了觊觎者信心，龙首刚刚冒出山顶，“衡山三老”、长庚、“油锤把”、芦蓬道人、“神楼灯”各执兵器，闪电般扑了过去。白龙躲闪不及，连续受创，它嘶鸣一声，奋力挣脱包围圈，摇头摆尾向高处盘旋飞去。一击不中，“衡山三老”、芦蓬道人、“油锤把”和“神楼灯”尽皆叹息，唯独长庚暗自欢喜，抬头朝绝壁望去。

这条白龙在人间蛰伏十六载，饱经风霜雨打，远不如当初下凡时那般矫健凌厉。它高高飞在半空，低头俯视。正在这个当口，从绝壁上突然闪出一人，手执一条三十六节骷髅鞭，准确地扫中白龙口里的火龙珠。白龙失了珠子，悲鸣不已，一头扎进悬崖。

哈图泰侥幸得逞，兴奋难禁，手托火龙珠飘然落地，傲慢地扫了一眼群雄：“人说湘粤三省遍地豪杰，闹了半天，原来徒有虚名。”

话音刚落，有人大喝一声：“贼子休要猖狂，留下火龙珠，饶尔狗命。”

众人回头望去，莫不目瞪口呆。只见从悬崖下面飞出一位衣袂飘飘的白衣道士，手里拎着一个人，正是方才被抛入悬崖的小结巴郑流利。这道士长得太漂亮了，面如冠玉，风姿照人，简直像雕刻出来的模子。行家伸伸手，便知有没有，哈图泰武功修为甚是了得，单从俊道士的步态和神情，立刻判断出来人绝非绣花枕头，而是平生仅见的武林绝顶高手。他收起火龙珠，警惕地问道：“阁下尊姓大名？”

“贫道‘逍遥门’下明月是也。”俊道士轻轻把郑流利放在地上，“这位道友在灵应祠敬法扫地多年，没有功劳，也有苦劳，尔等何忍取他性命？”

明月道士在六诏山之战中，连斩大度和尚、步青磊和冀海树三大高手，威震武林，重振“逍遥门”的声誉。他在畚箕窝一出现，“衡山三老”彻底断了夺珠的念想，居觉和尚施礼：“贫僧别过，这枚珠子归道友了。”

明月道士打了个稽首：“前辈慢行，请给晚辈做个见证，叫这厮心服口服。”

哈图泰听说过明月道士的名头，明白这场硬仗是非打不可，遂退后一步：“在下久闻‘逍遥门’剑法美妙无双，只是不知道中不中用？”

明月道士这些年奔走天涯，苦苦追寻大度和尚，从心智到武功都增长了一大截。他对哈图泰的嘲讽毫不介意，拔出“八魔刃”：“你一个大内的狗腿子，何德何能敢取火龙珠？湘粤三省有没有豪杰，试过这把剑便知。”

两大高手一剑一鞭，在畚箕窝展开殊死大战。闲话少说，八十回合战过，“八魔刃”犹如惊鸿一瞥，明月道士使了一式“天梁断途”，刺中了敌人的大腿。哈图泰受创跌落在地，忍痛发问：“这，这就是那招‘天机流转’吗？”

“哈哈。”明月道士仰天大笑，收剑还鞘，“‘天机流转’乃本门剑法之魂，斩的是武林绝顶高手，阁下不配。”

哈图泰恼羞成怒，掏出火龙珠恫吓：“不要过来，过来我就砸碎珠子。”

证玄大师双掌合十：“阿弥陀佛，施主一代宗师，莫要不顾体面。”

明月道士面带微笑：“我劝你把珠子放下，免得自取其祸。”

“说得好。”哈图泰狞笑，“白龙是孽障，珠子是祸根，本将留它不得。”

这厮正要拿起火龙珠朝石头上摔，只听雷声隆隆，脚下大地突然崩裂，白龙从缝隙里面昂首钻出，张嘴将他叼在口中。众人急忙后退，白龙瞬间膨胀百倍，火龙珠也变成了一轮喷射火焰的红日，顷刻间把哈图泰烧成灰烬。随着白龙冉冉升起，畚箕窝顶裂痕弥合，恢复了十六年前的旧模样。众人不由自主伏地叩拜，恭送白龙归天，有的悲伤，有的窃喜；有的吃惊，有的迷茫。劫后余生的郑流利喃喃道：“错了，错了。”

第一百五十七回　季札挂剑

得明月道士出手相救，郑流利、柯定邦、鸡大逵捡回了一条命。哥仨跟随粤西绿林道的江湖大佬们下了畚箕窝，顺利到达盖天顶下的六步潭。果如那位老者所言，盖天顶附近数十里大雾弥漫，伸手不见五指。他们在村子里遇到了悲痛不已的“红心”和“厚皮棍”，原来钟水鼎和孩子在雾中不慎跌落悬崖，八成是一命归西。他们歇息三日，在“白无常”所派喽啰兵的导引下通过迷雾，自平乐府向西横穿，直奔龙寮岭。

去岁别离征战急，今朝来时骨肉稀。盛夏的龙寮岭阴森恐怖，尘沙飞扬，随处可见被野狗刨开的土坑。几个人在龙寮岭整整搜寻了一个多月，只挖出了鸡英逵的尸骨，始终没有找到罗金氏母女和“花肉”的遗骸，最后，不得不抱憾回到浔州城。

八月初五，陈见成雇用了一条小型的河头船，和“厚皮棍”等人返回粤东。白露将至，阴雨霏霏，浔江寒风习习，吹来了阵阵未散的硝烟。

在过去一年多的时间里，浔江战局发生了巨大的变化。“大头羊”张钊、“大鲤鱼”田芳和“卷嘴狗”侯志等人首鼠两端，最后被粤西官府一一设计擒杀。为了不使浔江这条大动脉落入敌手，梁培友以“洪德堂”代理堂主的身份，任命任文炳为“德胜堂”掌印阿妈，挥师肃清浔江。任文炳不负所望，率“德胜堂”水师在榕潭、藤县、浔州、贵县四战四捷，击败粤西水师和沿江各家团练。咸丰二年六月，任文炳统水师三千、战船五百进驻粤西第一大集市戎圩，准备攻打两粤重镇梧州。两广总督徐广缙闻讯大惊，亲自驻节梧州城，调集广东水师和两粤陆师合力围剿“德胜堂”。在这场实力悬殊的战役中，洪家兄弟毫不畏惧，奋力向前，予敌以极大杀伤，自身伤亡也非常惨重，任文炳、任文彪、巢元贞、梁阿长和温锡等将领悉数阵亡，几乎撕碎了梁培友的心。

与“红阳劫运”举事不同，甲寅年起义的重心在敌人的心脏——粤东广州府。为了不影响大局，梁培友没有立即发起复仇之战，也没有向隐匿在象牙湖的“德义堂”水师请求支援，而是偃旗息鼓，休养生息，浔江暂时恢复了平静。

西江水浩浩东流，流不尽船上人的哀伤。柯定邦和鸡大逵失去了亲兄弟；“厚皮棍”失去了好朋友“癞头鳖”；“红心”失去了丈夫、女儿、好姐妹“花肉”以及师傅莫权光夫妇；心情最落寞的当属陈见成——“西礼营”全军覆没，罗金氏母女连一根骨头也没捡到，回到佛山堡如何向陈开交代？如何向“德礼堂”的兄弟交代？

无论内心何等的煎熬、何其的痛苦，美丽的故乡始终像一块强有力的磁铁，吸引着这群彷徨无依的游子。八月十四黄昏，船至昆都山，北江滚滚而下，与西江融为一条大水。陈见成举目四望，右手是废弃的西海大寨，左手是自己曾经临阵脱逃的太篮洲，不由得黯然神伤。“厚皮棍”安慰他：“陈阿妈，咱们到家了。”

“我没脸回家，没脸见大龙头。”陈见成痛苦道，“烦劳各位兄弟走一趟，向大龙头请示行止。要是他不肯见谅，陈某情愿以死谢罪。”

离家不到三年，却像睽违了一生。柯定邦、鸡大逵跟随“厚皮棍”在太平沙下船，沿着汾江河慢慢向前走，忘情地观赏两岸的夜色，贪婪地吮吸故乡的空气。在这个普天下亲人团圆的日子里，佛山堡再也不是从前那个被他们咒骂和痛恨的人间地狱，而变成了一座温情脉脉的华丽戏棚。寻找了一生的心灵天国，难道竟然在故乡？

夜幕像绸缎一样禁不住风的倾诉，月辉被高大的水杉和蒲桃撕成碎片，覆盖着光滑的鸭屎石。近乡情怯的人忐忑不安，行走于疏影朦胧的河堤，没有灰鹭向他们问候，抚慰创伤的只有远处那一声声如断如离的浅吟低唱。

柯定邦猛地停住脚步，问“厚皮棍”：“黄掌柜的，你听这是哪一座戏台？”

“厚皮棍”随口道：“不是琼花会馆，就是山陕会馆。”

柯定邦又问：“你再听听，是啥戏目？”

“瞌睡虫”惨死异乡，一颗鲜活的心被掷入悬崖，和那具红毛鬼子的躯壳共同深锁于畚箕窝的山腹，柯定邦有何面目见家里的老娘？“厚皮棍”理解他的心情，明白只有戏棚的鼓点才能搀扶他回家的脚步，但是太平沙和镇子尚有一段距离，他真的听不清楚是什么戏，只好怀着歉意说：“兄弟，恕哥哥耳背。”

三个人没有说话。柯定邦甩开大步向前走，刚迈出几步，突然脚下放空，踩到了一团软绵绵的东西，吓得他立刻蹦了起来。奇怪的是，被踩之人竟然没有发出痛苦的叫声，借着月影和水光观瞧，黑魆魆的河堤上卧着一个蓬头垢面的乞丐。“厚皮棍”蹲下身子，撩开遮在脸上的乱发，叫了起来：“老叫花，咋是你？”

躺在鸭屎石上的叫花子不是别人，正是老乞丐区建瓴。他翻了一眼“厚皮棍”，不耐烦地推开后者的手：“去去，别搅扰老子做梦。”

见到老叫花子，“厚皮棍”心里顿时涌起一股暖流，亲昵地拍了拍区建瓴的肚皮：“狗咬吕洞宾，不识好人心。睡觉也不选个地方，当心人家踩出你一肚子狗屎。”

“放屁。”区建瓴懒洋洋地举起打狗棍，在“厚皮棍”脑门上敲了一记，“听说你在新朝当了大官，放着秦淮风月不玩，跑回来干啥？”

“厚皮棍”道：“我来找陈天义，他在哪里？”

“那个没良心的东西根本不着家，老叫花子可不知道。”提起陈开，区建瓴脸上洋溢着喜悦的光彩，他看到柯定邦背后那个精致的木盒子，嬉皮笑脸地问，“柯家老大，你是不是在外面发了洋财？”

骨头丢了，心没了，木盒子里空空如也，天国之行遍体鳞伤。老叫花子一句话，问得柯定邦泪如泉涌，撕心裂肺地号啕起来。“厚皮棍”长叹一声：“爷们儿，哥几个千辛万苦才逃了一条命回来，你别哪壶不开提哪壶。”

区建瓴抽了自己一个嘴巴："王老爷的木楼在正埠码头，你们去那儿问问。"

次日即为中秋，届时举镇欢腾，大办秋色，因此八月十四这一天，大家伙儿基本上都回家吃团圆饭，等于提前过节。往昔热闹的正埠码头冷冷清清。那座三丈三的木制敌楼矗立在"忠义乡"牌坊后面，像一个无家可归的巨人，孤独地俯瞰着汾江河。"烂大梢"和几个"万芳堂"的兄弟坐在木楼底下，猪蹄子就着玉冰烧，正喝得兴高采烈。

看到"烂大梢"，柯定邦和鸡大逵情不自禁地把手摸向刀鞘，"厚皮棍"出言制止："他们又不是威武窑子，你们怕个鸟？"

三个人搭乘滨船过江，疾步走向木楼，来到"烂大梢"的跟前。"烂大梢"正往嘴里塞猪蹄子，见三人如幽灵般从天而降，吓得打了个哆嗦，继而脸上挤出一丝笑容："英雄好汉得胜回朝，谭爷在东勇混了一个都司，崔爷在'荡寇营'捞了一个守备，老三位跟着陈掌柜的混了个啥官？听说长毛出手大方，人人封侯，个个拜将，是不是真的？"

"厚皮棍"直截了当地问："'葫芦发'在哪里？"

"烂大梢"不高兴地把脸一沉："黄掌柜的，我家总大哥现在管辖三十来个堂口，手下兄弟没有五千，也有三千；总大哥的兄弟代二爷掌管洪门军令和'玉叶会簿'，威震江湖，在佛山堡跺跺脚震三颤，你敢叫他的名讳？"

三日不见，当刮目相看，"葫芦发"势力有这么大？三个人面面相觑，咋舌不已。"厚皮棍"拱手道："抱歉，我找朱爷。"

"烂大梢"重新啃起了猪蹄子："不在。"

柯定邦压不住火气，抽出腰刀："狗眼看人低的东西，老子从西江杀到金陵，又从金陵杀到九嶷山，还收拾不了你个狗日的？乖乖回黄爷的话，免得爷爷动粗。"

眼前这三个晦气鬼脸上伤痕斑斑，手里刀刃打卷，看样子确实是打过不少恶仗。"烂大梢"被柯定邦的气势吓住了，放下猪蹄子，向楼顶吆喝："少爷，有人问话。"

从木楼顶的旗子下面探出一张愁眉苦脸："哪位？"

"厚皮棍"抬头一看，原来是梁德荣。别人在家里吃团圆饭，他怎么还在练功？“厚皮棍”向上面作揖：“梁少爷，我找陈天义陈大龙头。”

这两年，梁德荣陷入了一个无法自拔的怪圈：内功修炼越深，心魔变得越重；解铃还须系铃人，心魔变得越重，他就越把破除心魔的希望寄托在练功上面。如此一来，梁德荣变得越来越孤独，在佛山乡亲的眼里，简直是个百无一用的废人。这种情况下，梁德荣重温了王山公当年的“礼遇”，大家都把他当怪人和废人看，大地已经没有他的容身之处，只能逃到三丈三的木楼上去逃避。老天爷仿佛铁了心肠，拼着命地把他向绝路上赶——梁德荣在半空中心智大开，领悟了不少王山公的诛心之说，武功又猛地窜了一大截子。

宛如一个抱着金饭碗的乞丐，梁德荣空怀一身精湛的武功，却拢不紧拳头打人，别提多窝囊了。他耷拉着脑袋：“我也不知道，这你们得问军师。”

李文茂寄身红船，游走四方，吸引官府的注意力；陈开虽然在洪门中辈分甚浅，但由于他代掌“洪顺堂”总堂龙头令旗和“玉叶会簿”，具体负责筹划甲寅年大起义，可以号令洪门五大堂，一身担着血海般干系，重要性不言而喻，行踪诡秘自然在情理之中。“厚皮棍”恭敬地问梁德荣：“敢问军师在何处？”

“有三个军师，”梁德荣道，“你要找哪一个？”

太平军中的军师执掌实际军权，相等于通军主将，三大军师如今死了俩。听说陈开也聘了三位军师，鸡大逵惊叫失声：“咋和红毛教一样啊？”

梁德荣认真地解释：“大军师是黄子深黄老爷，大龙头把他请出来襄赞总堂军务，平日坐镇‘粤安社’；二军师是叶兆隆叶先生，襄赞‘洪德堂’军务，平日坐镇琼花会馆；三军师黄湘南黄先生，襄赞‘德礼堂’军务，平日坐镇箍桶铺。”

“厚皮棍”茅塞顿开——黄子深是李文茂的同学，陈开用他显然是为了便于李文茂直接掌握总堂事务；“洪德堂”的令旗虽然在梁培友手里，但是其他十几个堂口都在粤东，仍需叶兆隆居间统筹；黄扬黄湘南是陈开多年来的策士，“德礼堂”最重要的决策均出自其手。到底该找哪一位？他心里犯了踌躇：“哪位军师知道大龙头的下落？”

“目前风声紧，大龙头的行踪是绝密军机，我带你们去问。”梁德荣从楼上溜下来，叮咛“烂大梢”等人，“别喝迷糊了，当心阿发哥回来发火。”

“烂大梢”揉了揉酒糟鼻子，满不在乎地说：“没事，总大哥在‘汾江草庐’看戏，不到天亮公鸡叫，他肯定回不来。”

“看戏？”梁德荣问，“我咋不知道？”

“烂大梢”嬉皮笑脸：“你不是在上面练功吗？”

自从“十二石斋”落成后，梁九图很少在“汾江草庐”招待客人，更别提搭戏棚。梁德荣踮起脚尖朝“汾江草庐”方向瞄了瞄，果然听到隐隐约约的锣鼓声，他问：“谁叫去的？”

“烂大梢”回答：“‘黄记’木铺的黄掌柜。”

黄广华和“葫芦发”搭伙去“汾江草庐”看戏？梁德荣越琢磨越觉得不对劲，抬头见一轮明月高悬于天，仿佛有说不尽的孤独和忧伤，这种表情是那样的熟悉，令人难忘。忽然，梁德荣哎呀大叫一声，连连跺脚：“坏了，坏了，怨我，怨我。”

“厚皮棍”惊讶地问：“少爷，咋啦？”

梁德荣一把揪住“烂大梢”：“哪个班的台期？”

“烂大梢”道：“‘凤凰仪’呀，还能有哪个班？”

“丢你老母，真能沉得住气。”梁德荣使劲一推，把“烂大梢”推倒在地，然后笃定地对“厚皮棍”说，“二爷登台唱戏，大龙头必定伺候，咱们去‘汾江草庐’。”

“厚皮棍”从柯定邦背上取下木盒子，递给梁德荣：“少爷，烦劳你挂到楼顶，借王老爷的旗子帮‘瞌睡虫’招个魂。他的心丢了，连个影子也没剩下，怪可怜的。”

两年前的冬月十五，苏仁山用三天时间完成绝笔画，最后饮恨死于顺德县牢狱，圆月正是接送其灵魂回归天国的航船。“汾江草庐”为他一手设计而成，“凤凰仪”班来这里搭棚唱戏，当然是为了纪念苏仁山，并为他和阳雪姑这对苦命鸳鸯唱一首安魂曲。

对梁德荣来说，比找人更重要的事情是看戏：指导他内功修炼的是王山公，王山公的功法承自李文茂——如来佛在谁求菩萨？自从和“枫子鬼”断绝关系后，半瓶子醋的王山公陷入了迷途，连他也靠听李文茂的戏解惑，更何况梁德荣！

能进“汾江草庐”看戏的不是梁家老友，便为本镇名流。“厚皮棍”等人到了门口，发现石码头上停着一排轿子，其中有不少“四海堂”的轿夫。这些人看到柯定邦和鸡大逵，立刻围了上去，用羡慕的口吻问：“听说两位爷在金陵讨了富贵？”

柯定邦和鸡大逵羞惭地低下了头，“厚皮棍”替他们遮掩：“胡说八道，你看他们像是大富大贵的样子吗？”

一个轿夫不相信：“‘死牛肺’天天念叨，能是放葫芦？”

“那也说不定。”另一个轿夫道，“世事无常，瞧这两位爷失魂落魄的模样，恐怕真的是只带了一根屌回来。”

鸡大逵生怕柯定邦难受，忙岔开话：“我三哥在哪儿？”

“马上就来，给我们送夜宵和猪红汤。”轿夫语带讽刺，“柯爷，鸡爷，你们这位三哥是死心眼，堂口的兄弟都跑没了，仍旧抱着堂旗不放——每天给你们嫂子送一碗猪红汤，说等你哥俩回来以后重打鼓，另开张呢。”

回来的路上，大伙儿痛定思痛，达成一致意见，从此金盆洗手，终结刀头舐血的生涯，安心在家奉养老娘。此刻，柯定邦和鸡大逵听说“死牛肺”还不死心，指望复兴“六顺堂”，禁不住眼圈发红。“厚皮棍”担心他们改变主意，厉声斥骂那个轿夫：“‘私鸡钱’和秦文彪为非作歹，作践良家妇女，死在女人肚皮上，‘六顺堂’能是啥好玩意儿？开张个屁，‘死牛肺’有本事自己干去，别连累我们兄弟。”

众轿夫哄堂大笑，有人喊：“来啦，来啦。”

瑟瑟秋风中，“死牛肺”挑着一担夜宵和猪红汤蹒跚而来。两年多没见，柯定邦和鸡大逵发现三哥满脸皱纹，头上斑斑白发，背也驼了，腰也弯了，看来果真遭了不少罪。哥俩紧跑几步迎上前，“扑通”一声跪倒在地，喊了声：“三哥”。

“死牛肺”顿住脚步，像看天外来物一样审视着柯定邦和鸡大逵。过了许久，他把肩上的担子一甩，脚脖子一软，歪倒在地，抱住两个人放声大哭：“五弟，六弟，你们还活着？”

“活着，活着。”柯定邦哽咽道，“没人欺负你吧？”

“死牛肺”回身捡起一只碗，将猪红汤泼在地上，重重地磕了三个头，然后冲着天空张开双臂，涕泗纵横："大哥，二哥，五弟和六弟回来了，你们能吃上好的了。"

三个人哭哭啼啼抱作一团，"厚皮棍"知道柯定邦和鸡大逵又把誓言吞回了肚子，长长地叹了口气，央求梁德荣："少爷，你进去瞅瞅，大龙头到底在不在？"

"汾江草庐"还是一堆乱石山的时候，梁德荣便是常客，梁府的家丁对他很熟悉，拦也没拦，直接放他进门。偌大的园子灯光稀少，秀色尽掩于夜幕下，梁九图有意让它保留一种自然的荒凉，与精致的"十二石斋"全然是两种旨趣。

梁德荣深一脚、浅一脚地向前摸索，忽然，头顶风动，"嗖"地袭来一物。梁德荣疾速跳闪一旁，还没看清楚来物为何，就听石山顶上有人窃笑："嗨，阿荣这个假正经，他不是没有功夫吗？咋能避过老子的暗器？"

有人担心地问："阿荣，没事吧？"

用石子偷袭梁德荣的是"葫芦发"，另一个人是黄广华。借着迷离破碎的月光，梁德荣爬上石山顶，奇怪地问："你们俩不是来看戏的吗？怎么在这里看月亮？"

"葫芦发"道："正本戏早完了。"

梁德荣从怀里摸出洋表一看，可不是？戌时已过，马上该轮到夜场戏了。夜场戏的第一出为生旦戏，李文茂不可能出场，他忐忑地问："二爷上场了吗？"

"当然上场了。""葫芦发"扬扬得意，"降龙架，再地道不过。"

错过了机会，梁德荣恨不得抽自己几个大嘴巴，不甘心地问："阿发哥，你看清楚二爷使的是什么功夫？"

李文茂用"大牛茂"的艺名在红船唱戏，使"凤凰仪"班的台期极为抢手，提前一年尚且预订不到。对于等闲的士绅来说，能邀请到盖世英雄登台献艺，乃是一种无上的荣耀；而对于武林中人来说，武林至尊在台上的举手投足、一招一式，莫不蕴含着武学之道，倘若领会其中一二，终生受用不尽。然而李文茂起死回生后境界更上层楼，连"葫芦发"这样的高手也很难窥测其妙，他用胳膊肘捅了一下黄广华："你看懂了吗？"

黄广华正提着猪尿脬给“枫子鬼”洗澡，手臂打了一个哆嗦，差一点儿把猪尿脬和“枫子鬼”丢在地上，生气地埋怨：“我又不会武功，能看懂啥？”

自从得知“枫子鬼”曾经看望过苏仁山之后，黄广华喜出望外，木雕大师坚信小木头人的心没有死。心若不死，生命就会大放异彩，那个飞驰千里取人项上首级的精灵，终有一日会完全复苏。然而，这些年飞头鬼当着众人的面始终假寐，这一点比真死了更让人生气。“葫芦发”心疼自己的猪尿脬，发起了牢骚：“洗，洗，洗，能洗个鸟出来？明明是杀人魔头，你非要把他改造成菩萨，这不是糊弄鬼吗？”

黄广华取出一条崭新的毛巾，将“枫子鬼”的身体擦干，小心翼翼地放进木盒子，抬起头反驳：“阿发哥，你弄反了，‘枫子鬼’本性是一尊菩萨，不料‘阴阳生’抢到先机，先把他改造成了一个魔头，我这是让他恢复本心。”

“啥意思？”“葫芦发”愣住了，“难道他不是我师傅的心？”

王山公致力于两颗心相通的初衷没有错，错在他以为能把“枫子鬼”变成自己，犯了本末倒置的毛病——这株通灵的枫树根集天地万物之精华于一身，至少活了上万年，诛心的结果只能是王山公的心变成“枫子鬼”的心，而不是相反。

黄广华没有直接回答，而是反问了一句：“你情愿他是王老爷的心？”

“鬼才愿意。”“葫芦发”气哼哼地说，“他没有教过我一天的正经本事，总是板起脸以师傅自居，动不动就训人，比叶老四还要疯癫。”

去年，叶老四花费重金改行做了狱卒。放着生意红火的木雕铺子不干，非去衙门当一个叫人瞧不起的牢卒，在顺德县传为笑话。黄广华缄默不语，他了解叶老四的真实想法——醉翁之意不在酒，叶老四是想把苏仁山刻在墙角石上的那幅绝笔画盗走。

仁者见仁，智者见智，那幅画作在黄广华和叶老四心中比什么都珍贵，但在“葫芦发”眼里却一文不值；同样的道理，屁股底下这座石山埋藏着无数珍贵的黄蜡石，随便挖出一块都能卖不少钱，可对于营造了“十二石斋”的梁九图来说，还有什么价值？

生命亦如此，不管雕刻过多少精品，黄广华从来没有满意过。他认为自己还没有领略艺术的真谛，还没有捕获白鸟的影子，还没有达到心中的圆满。十三年前那个风雨夜，美神自天而降，曾经向他透露过雕刻灵魂的秘诀，为什么自己这么笨，始终不能登堂入室？

魂相到底是什么？黄广华在心中苦苦追问。苏仁山已经离世，那幅绝笔画中兴许隐藏着他的心得；假如还有一把能解开这个奥秘的钥匙，那就是眼前这个小木头人——“枫子鬼”早不去晚不去，偏偏等苏仁山悟出魂相之时露面，说明什么？黄广华盯着盒子愣了好大一会儿，方才抬起头问梁德荣：“阿荣，你来干啥？”

梁德荣的处境远远不如黄广华，后者是为了追求完满，而他是急于跨越心障，把自己的本领如实地呈现出来。不知为何？他觉得自己很像木盒子里沉睡不醒的“枫子鬼”。听到黄广华发问，他心不在焉地回答：“‘西礼营’的陈掌柜刚从金陵回来，船停在太平沙，不敢进镇子见大龙头，派黄掌柜的、柯定邦、鸡大逵三个来探口信，我帮忙引个路。”

“葫芦发”嗤之以鼻：“你自己昏头涨脑，还有心管别人闲事？”

“我是看他们可怜。”梁德荣神情黯然，“真的，‘瞌睡虫’死得惨，剩下一颗心还被扔到了畚箕窝，柯定邦光带了一个木盒子回来。你们说说，人心到底是啥玩意儿？柯定邦和鸡大逵九死一生，赌咒发誓，结果‘死牛肺’一通鼻涕眼泪，立马变了主张。”

弄懂了心，不就弄懂了魂相？黄广华叹了口气：“‘何铁桥’何先生来了，二爷有可能破例唱夜场，咱们听他怎么说吧。”

“葫芦发”问：“柯老大从畚箕窝回来，带了啥消息？”

“没有好消息，”梁德荣摇了摇头，“只有坏消息。”

“葫芦发”和黄广华均吃了一惊：“坏消息？”

“白龙真的归天了。”梁德荣极其沮丧，“他在畚箕窝亲眼所见。”

时代的风暴涤荡着伶仃洋，红毛鬼子步步紧逼，使得官府颜面尽失；而太平军在长江流域的摧枯拉朽，则极大地鼓舞了底层民众的信心和斗志。李文茂起死回生后，“洪德堂”的烈火朱雀旗几乎染红了广府大地，而那些新成立的外围堂口更是数不胜数。面对这股蓬勃发展的滔天巨浪，士绅阶层惶惶不可终日，官府束手无策——传闻李文茂重掌洪门，乃是发起甲寅年大起义的灵魂人物，可是谁敢和武林至尊动刀子啊？

在这种令人窒息的形势下，白龙在畚箕窝归天的消息传回粤东，士绅们大喜过望，奔走相庆。众所周知，白龙是李文茂的象征，这个征兆说明天意对其不利。如果他能顺从天命，恪守退出江湖的誓言，甲寅年大起义则群龙无首，有何惧哉？

至咸丰三年，“十二石斋”已经落成了八年。在这八年中，梁九图双耳不闻窗外事，沉浸在自己营造的完美山水中，专心教孩子们读书。诗人的心最单纯，也最敏感，梁九图很早预见到时代的狂风骤雨：一方面，他不肯在官场的污泥浊水中鬼混；另一方面，他也不可能和一群粗鄙无文的泥腿子为伍，最后的选择只能是逃避和隐居。

所谓人在江湖，身不由己。梁九图家财万贯，在寸土寸金的佛山堡造山造水，想与世无争谈何容易？他坐在戏楼的正厅，左手是梁应琨、冼佐邦、李能定、王福康等士绅领袖，右手是陈开、王山公、黄子深和叶兆隆等洪门大佬，心中百感交集——过去的岁月里，大伙儿齐心合力杀红毛鬼子，抵御各方势力入侵，保得佛山堡成为一方净土，然而将来呢？

李能定看了看大座钟，问梁九图：“九爷，头一出是什么戏？”

梁九图拱手作答：“《背解红罗》。”

李能定又问：“怎么还不开始？”

“今天是易大老倌的生日，老夫人特地从九江圩赶来为她贺寿。”梁九图解释道，“她们姐妹几个好久没在一起切磋技艺，便点了这出《背解红罗》——易大老倌演苏金定，老夫人演苗怀玉，内子演……”

按照惯例，大老倌只在正本戏出场，三出头的夜场戏通常交给普通老倌担纲。没想到今天梁府的夜场戏大放异彩，易如真压轴，梁夫人卢浣霞和老夫人何小鸾粉墨登场，三姐妹同台竞技，这真是多年没有过的盛况。众人兴高采烈，无不觉得面上有光彩。王福康抢过梁九图的话头，自作聪明地说：“夫人演的一定是张皇后。”

“未必。”黄子深道，“也可能是李仙娘。”

卢浣霞客串登台，在冼佐邦看来已经违背了大家闺秀的妇道，现在大伙儿你一言我一语地猜测她饰演的角色，更让他觉得不成体统，遂冲着梁九图抱拳：“九爷明示。”

梁九图迟疑了一下：“内子反串的是李文龙。”

《背解红罗》中，李文龙是一员神勇无敌的猛将，卢浣霞怎么会反串这样一个角色？正当大伙儿感到诧异的时候，楼上环佩叮当作响，梁夫人在丫鬟的簇拥下缓步来到正厅。众人顿时眼前一亮，好一个威武的美娇娘！但见卢浣霞头戴太子盔，脑后飘洒雉鸡翎，身披箭衣，腰束丝绦，背虎壳插着四杆龙纹令旗，手里提着一柄华丽精美的宝剑。

这身装扮为戏棚里武将的标准装束，也是李文茂的惯常行头，陈开、王山公、黄子深和叶兆隆不觉肃立，梁应琨、冼佐邦、李能定和王福康也从椅子上站起来。昔日梁九图被粤北绿林道虏为人质，卢浣霞也曾经穿了一身女将的行头准备救夫。想起当年的情景，梁应琨和王福康心中油然升起一份敬意。梁九图迎上前："夫人，要开始吗？"

卢浣霞向众人浅施一礼，然后对丈夫点了点头。

梁九图吩咐梁侍武："有请何先生。"

不大一会儿，梁侍武领着何铁桥进了戏楼正厅。何铁桥后面是他的两个学生：一个是王山公家伙计李吉和的儿子李文田，这年二十岁；一个是梁九图的长子梁僧宝，十八岁。

李文田走到王山公身边，跪倒磕头："王老爷。"

李吉和的这个儿子聪颖好学，王山公慷慨相助，将他推荐给何铁桥。梁九图也很喜欢这个孩子，时常叫他到家里陪儿子读书。有这些伯乐赏识，李文田的才华得到充分的施展，前年取中秀才，入顺德县学第一，前途无量。

王山公把他拉起来："文田，咱爷们是磊落人，不要讲俗套。你爹娘这辈子不容易，好好念书，要记住咱们是苦出身，千万不要学那些二世祖。"

梁九图的脸腾的一下子红了，他对下一代的教育向来抓得紧，无奈天不遂人愿，儿子们的性格不像自己而像卢浣霞——长子梁僧宝虽然爱读书，但是极其倔强，好认死理；次子梁禹甸自幼使得一手好拳棒，后来干脆弃文从武。梁应琨也觉得脸上挂不住："王老爷，没人愿意家里出二世祖，然而文田的资质堪比解元公和邹伯奇，谁能比得过？"

何铁桥对这个弟子极为赏识，曾经誉之为"天才英绝"，他眯着眼睛，伸出手掌："文田的资质嘛，起码进士及第，不出头甲。"

冼佐邦恭维："何先生，你教的学生哪个不是当世英才？"

话音未落，孔继尧在门外高喊："二爷到。"

陈开、王山公、黄子深和叶兆隆慌忙到门口迎接，梁九图、梁应琨、冼佐邦、李能定和王福康也识趣地闪避一旁。李文茂一袭白衣，进屋后跪倒在地，向何铁桥执师徒大礼："先生想听哪一出戏？弟子愿登台献艺。"

何铁桥心疼弟子："依你，都依你。"

李文茂白龙化身，贵为武林至尊和洪门之主，别人想见一面都不容易，却甘愿破例在夜场戏为师傅粉墨登场。众人禁不住感慨，人做到何铁桥这个份上，夫复何求？李文茂站着，其他人也不敢落座，梁九图忙让台上开锣，方才消解了尴尬。

锣鼓声响起，众人纷纷归座，戏台上呈现出一个与现实迥异的光彩世界，而那些鲜活的恩怨情仇，又和台下的人世间有哪一点分别？梁应琨不愿意放过这个难得的机会，向李文茂抱拳发问："二爷，听说你要重出江湖？此话当真？"

"茂仔一口唾沫一个钉，不可能。"何铁桥摇了摇头，"而今纷纷传言，说什么白龙在畚箕窝归天而去，他怎么可能违背天意？你们看戏棚里这个李文龙，武功天下第一，辛辛苦苦征战四方，只因逆了劫数，到头来两手空空。"

这个时候，梁应琨、冼佐邦、李能定、王福康等人才恍然大悟，卢浣霞反串李文龙实为一个苦心孤诣之举，其目的正是为了规劝李文茂顺天应命，明哲保身，不要再重蹈龙头峰上的悲剧。确实，李文茂身为武林至尊，红船领袖，要风得风，要雨得雨。无论爱他的人，还是恨他的人，都不理解，他为什么拖着病残之躯，冒着灭门的危险，要为曾经害自己丢掉性命的洪门舍生忘死？

何铁桥无意间道出了众士绅的心声，大伙儿将目光集中在李文茂的身上，生怕错过他的每一个表情、每一个字。李文茂没有直接回答，而是扭过脸问梁九图："九爷是慧眼识山水的高人，你说说看，何为天意？何为劫数？"

梁九图推托："在下庸碌凡夫，平生但识得些石窟窿，那些飞走的心是不是天意？是不是劫数？梁某委实不明，这个嘛，恐怕须请教何先生。"

何铁桥直勾勾地盯着自己的得意弟子："茂仔，我想听你说。"

"人生在世，诺言即为天意，心志便是劫数。"李文茂面色庄重，"先生，此乃弟子平生修参所得，不知道对不对？"

望着李文茂坚毅的神情，何铁桥不觉精神恍惚，十九年前的那一幕涌上心头，当时李文茂也是带着这样一双眼神来问自己。他脱口而出："没错，只要君子不死，天地不能不仁；只要烈士不亡，天地不能不义。"

李文茂向何铁桥深施一礼："弟子请为先生唱一出《季札挂剑》。"

"延陵季子是仁义君子。"何铁桥颔首，"这出戏靓。"

《季札挂剑》是"崩牙旦"顾岩的首本戏，剧中讲述吴国公子季札出使晋国，路经徐国与国君言谈甚欢，结为知己。徐国国君看中了他佩带的宝剑，季札虽然有心相许，但考虑到还要出使中原上国，便没有即席馈赠。当他完成使命归来时，徐国国君已经去世，他解下宝剑打算赠给继任的国君。随从们劝说他人已经死了，当初又没有对徐国国君许下承诺，况且这把剑是镇国之宝，不应随便赠给他人。季札郑重地回答，我在心里已经许下诺言相赠，违背心里的诺言就是自欺，非君子所为。遂将宝剑挂在徐国国君墓地的树枝上，洒泪而去。

李文茂当众重申遵守誓言，让梁应琨、冼佐邦等人松了一口气；但这出《季札挂剑》又让他们的神经紧张起来：心的诺言——什么意思？

该死的心！

易如真、卢浣霞、何小鸾三人演绎的《背解红罗》美轮美奂，令人目不暇接。头出戏演完以后，鼓点变得清亮起来，大伙儿聚精会神地朝戏棚望去。在众人犹疑不定的目光里，那副已经消弭了三道真气的唱腔破空而至，听来叫人目眩神迷。秋天的原野奔驰着春季的骏马，时光仿佛回到了两千多年前的春秋，遒劲的歌声带着几分寂寥：

夕阳古道迷荒草，
墓门青冢绕蓬蒿。
浮生若梦何时了？
风尘劳碌暮还朝。
任你是富贵王侯难永保，
到底是一坯黄土恨迢迢。
平原驻马遥瞻眺，

长林木叶落萧萧。
一声野鹤归华表，
十里寒云锁断桥。
…………

第一百五十八回　二度梅开

当天夜里，陈开率领“德礼堂”众将以隆重仪式把陈见成接回佛山堡，随即调拨人马令他重振“礼善堂”，并同意资助“六顺堂”，这两桩事情所需花费均交给张亚丞处理。张亚丞因为对“死牛肺”怀着戒心，故意敷衍了事，口惠而实不至，柯定邦和鸡大逵在他家门前苦苦等了一个多月，连一个大子儿也没拿到。

陈开仿佛早就预料到了这种结果，暗中知会女诸葛温宁氏，从秘密资金里拿出一笔钱支付给柯定邦和鸡大逵。“六顺堂”再度开张后在白米街购置了一间店铺，表面上充当米商，实际上替“洪德堂”办理军粮运输事务。

粤东民谚，“甲寅年，惊破胆”。转眼到了甲寅年(咸丰四年，即1854年)，广府大地风声鹤唳，热潮涌动，呈现出冰火两重天的不同面貌——官府和士绅豪强加紧备战，严防洪门举事；草根百姓却抑制不住心头的兴奋，整天聚在一起窃窃私语，嘴里的话题不是传诵太平天国的战绩，就是摩拳擦掌，准备迎接七月二十五日的大起义。

根据李文茂事先的部署，打广州的主攻方向在城北白云山一线，因此，必须提前为攻城大军储备粮草。军师叶兆隆选择“德兴堂”“德武堂”“德礼堂”三堂结合部的石井圩为后勤基地，委托“六顺堂”从佛山堡采购大米，夜以继日地运往石井圩。

三月初二是温秉信和“瞌睡虫”的忌日，因为与“厚皮棍”等人约好去坦东村祭奠，柯定邦、鸡大逵初一交割完运粮差事，登上篷船急急忙忙向回赶。行至保厘炮台，突然有人用公鸭嗓子喊：“那不是柯家老大吗？”

岸边停泊着两条船，一条挂着“升平公所”的旗子，一条挂着“择善堂”的旗子。

三元里抗英的十三社学后来成立了“升平总社”，办事机构就设在石井圩。由于社学的经费由地方自筹，后来按照就近原则一分为二：其一为“升平公所”，办事机构设在慕德里司所在的江村圩；其二为“东平公社”，办事机构设在城东的燕塘。

广州城附近各社学名义上归广州协副将统辖，实际上保持着相当大的独立性，这一点在反入城斗争中表现得淋漓尽致。尽管叶名琛是反入城斗争胜利的最大受益者，但他对各个社学十分警惕，并不相信士绅豪强对社学的控制能力——道理很简单，社学的主体力量为在堂的贫苦百姓，倘若李文茂登高一呼，他们立刻便会将刀枪对准领导社学的士绅豪强。

士绅豪强也不是没有意识到这一点，随着甲寅年的到来，他们纷纷拿出大笔银两，在社学体系外兴办团练，以图自保。以甘先老家鸦湖乡为例，大地主冯赞禾组建了“择善堂”，操练人马之余，还协助官府捉拿太平军派回粤东的密使。

不用看，单从声音就能听出喊话的是“何聋子”。在风起云涌的日子里，何壮昭的耳朵又不好使了，眼睁睁地瞅着洪秀全称王、刘端湛发财，除了生气，就是叹气。

柯定邦上了岸，拱手施礼：“何老爷。”

何壮昭与冯赞禾并排站立，用手朝旁边一指：“你不是从金陵逃回来的吗？帮我们俩一个忙，看看这厮是不是长毛的密使？”

柯定邦定睛瞧看，惊讶地发现“择善堂”的船头绑着一条黑瘦的汉子，浑身被鞭子抽得皮开肉绽。他摸不准何壮昭葫芦里卖的是什么药，吞吞吐吐地问：“啥意思？”

“衙门张榜缉拿长毛密使。”冯赞禾道，“要是认识他，赏钱有你一份。”

柯定邦将了他们一军：“两位老爷，不瞒你们说，眼下满大街都是这种骗人的张到。或者说他在长毛国里当什么大官，或者说他手上有洪天王的御旨，目的无非哄人钱财。要说真正和长毛国的渊源，谁有你们俩关系深？”

一句话，噎得冯赞禾哑口无言——番禺鸦湖乡冯氏与花县禾落地冯氏枝出同脉，八十年前原本是一家。何壮昭没听明白，兀自追问：“他说啥？”

冯赞禾吼道：“你是姓洪的难兄难弟，他说你才是长毛的密使。”

何壮昭这回听清楚了，怏怏地叹了口气：“丢他老母，我还后悔呢。”

鸡大逵嗤之以鼻：“两位老爷最好收了这份心思，我兄弟时常打省城经过，省府县各个衙门口每天逮到的密使不下百人，官衔最小的是侯爷，封号最多的是英烈王和忠义王。番禺县一天曾经逮过三个英烈王，身上的书信均附有红毛文字，戳着鲜红鲜红的大印呢。”

何壮昭忙问冯赞禾：“逮着啥王？”

看来赏钱是讨不到了，冯赞禾没好气地说：“铁帽子王。”

何壮昭不觉神采奕奕：“凭我和洪火秀的交情，封个铁帽子王自是铁定的。”

“铁你老母。”冯赞禾愤愤地骂了一句，跳上船扬长而去。

何壮昭问柯定邦：“他说啥？”

柯定邦敷衍：“他说你糊涂。”

“可不是糊涂怎的？”何壮昭懊悔不迭，“火秀和乙龙劝了我好几回，要是何某当初肯信他们半分，现在定然是享用不尽的富贵。”

柯定邦心里话，狗屁富贵，就冲你这双聋子的耳朵，皇上帝不砍了你的头壳才怪？他客客气气地问：“何老爷，我们俩回佛山堡，你去哪儿？”

“刘端湛约我在联兴街的万芳酒楼吃酒。”何壮昭热情相邀，“同去？”

和耳朵聋的人说话太费力，柯定邦哪敢跟他一起吃酒，推辞：“何老爷，明天是我兄弟的忌日，我要回去给他烧纸，你别沾上晦气。”

何壮昭把“晦气”听成了“一起去”，高兴地搂住他的肩膀：“兄弟，这就对了嘛。你是正儿八经从金陵回来的，给哥哥好好说一说，洪火秀的富贵比陈涉如何？”

且不论天国内部残杀如何酷烈，这股摧枯拉朽的力量毕竟给神州大地带来了希望。两条船缓缓地行驶在河面上，到处可见挂着笑容的穷鬼以及忧心忡忡的老爷，与平常岁月的景象大不相同，简直可以说乾坤倒转。联兴街有一个石码头，南海县衙门在上面设立哨卡，派遣二十来名衙役检查来往船只和旅客。码头东北的空场趴着三条光屁股汉子，两个衙役正在懒洋洋地轮流打板子行刑，打得那三条汉子昏昏欲睡。

何壮昭、柯定邦、鸡大逵上了岸，走到万芳酒楼门口，伙计笑嘻嘻地挡住去路："本店客满，几位爷，对不住，对不住啦。"

万芳酒楼与琼花直街近在咫尺，被琼花会馆秘密收购，作为一个联络据点使用。从掌柜的到伙计都是洪家兄弟，伙计不让进门，说明里面有重要会议。柯定邦朝周围望去，发现徐宾亲自带人在码头警戒，立刻明白今天来了大人物。

"算啦。"他贴着何壮昭的耳朵根说，"咱们改天再聚。"

何壮昭根本不吃这一套，指着伙计的鼻子叱喝："狗眼看人低的东西，老爷我早几天就订了酒席，哪一个敢不让吃？刘端湛还是洪火秀？"

曾三在门口负责戒备，听"何聋子"口无遮拦，唬得魂不附体，一个箭步冲出来，抱拳拱手带作揖："何老爷，快里面请，怕你了还不成？"

何壮昭得意扬扬："武林至尊见老子也得客客气气，凭你们这群三脚猫也敢托大？"

柯定邦为难地对曾三说："曾爷，你看这……"

"不碍事。"曾三摆了摆手，"让他进去听，反正是个聋子。"

万芳酒楼的大厅里坐满了"洪德堂"旗下各堂的头目，像"德兴堂"的甘欣溃、"德武堂"的周亚禧、"德勇堂"的屈开、"德烈堂"的卢炳泰等等。由于押运军粮的缘故，柯定邦、鸡大逵和他们常打交道，上前低声问甘欣溃："楼上是哪位大佬？"

"白扇大爷，刚从粤西来。"甘欣溃道，"还有太平军的密使。"

一听密使这两个字，柯定邦本能地皱起了眉头："真的假的？"

周亚禧在他胸脯上擂了一拳："如假包换，兴许你还认识哩。"

柯定邦惊讶地问："谁？"

甘欣溃说："刘杜川。"

咸丰三年八月，刘丽川率众在上海起义，自任“大明国统理政教招讨大元帅”。消息传到粤东，洪家兄弟又是高兴，又是担忧——上海孤悬海滨，与金陵、镇江中间隔着大老远，如果不能得到太平军的支持，恐怕维持不了多长时间。

柯定邦知道刘杜川去过镇江，急忙问：“太平军发援兵了吗？”

“丢他老母。”甘、周二人齐声痛骂，“罗阿妈准备好了六百皮蓬小舟，正打算顺江而下前去接应，杨秀清那个瞎子却下了十二道金牌，不许罗阿妈发兵，还把他调回金陵，说什么张嘉祥那厮攻打甚急，真是一个地地道道的汉奸。”

洋人进不了广州，上海便成为最大的通商口岸，财货云集，遍地金银，洪秀全和杨秀清不愿意小刀会在此坐大，早在洪门各位大佬的预料之中。但是，太平天国领导阶层这种狭隘的做法无异于搬起石头砸自己的脚——小刀会起义一旦被镇压，上海这块对外通商的宝地就会落入朝廷手里。官府不但能得到取之不竭的饷源，而且可以直接从红毛鬼子手里购置枪炮，最终倒霉的还是太平军自己。

刘丽川指望不上近在咫尺的太平军，只好派弟弟刘杜川为特使返回岭南，请求李文茂按期举事，发兵北上，以解上海之围。刘杜川与何禄联袂来到佛山堡，从陈开嘴里得知，李文茂正月剑创复发，眼下在丹霞山修武疗伤，闭关不出。正当二人茫然无措时，陈松、“西天腊飒”钟德一行在“德胜堂”水师的护送下，经海路来到粤东。众弟兄闻报大喜，约定在联兴街万芳酒楼会齐，听白扇大爷主持大局。

万芳酒楼二楼戒备森严，柯定邦和鸡大逵送何壮昭到楼上。刘端湛陪着“大春吉”来拜见“失魂松”，听说何壮昭死活非要上来吃酒，叫苦不迭，把他拖进去，找了一个犄角旮旯安顿入座。柯定邦扒着门缝往里一看，只见屋子里黑压压一片，尽为洪门大佬，左侧是“洪德堂”将领，像什么陈开、梁培友、甘先、周春、陈显良、卢昌、林洸隆等；右侧是其他堂口的龙头和首领，像什么“大春吉”、陈金刚、何禄、刘杜川等。

正中间的椅子上坐着一位须发皆白的老者，应该是白扇大爷陈松；他左首是军师黄子深和叶兆隆，右首是一条面如重枣的虬髯大汉，应该是霸陵山大寨主“西天腊飒”钟德。柯定邦和鸡大逵从没见过这么多洪门大佬济济一堂，正看得津津有味，“大花面锦”阔步上楼，从后面拍了一下他们的肩膀：“进来吧，别在外面站着。”

陈开扭头发现了哥俩，拱手对陈松说：“白扇大爷，这两位兄弟去年刚从金陵回来，对太平军颇为熟悉，卓杰生就是他们认出来的。”

至咸丰四年，太平军摧枯拉朽的进攻呈现颓势，最大的挫败是北伐军进展不顺利，在天津附近陷入重围，有全军覆灭的危险；与此同时，江北要塞扬州失陷，镇江成了抗击江北大营的桥头堡；最令人沮丧的是天京，江南大营像不散阴魂笼罩着天国的心脏，翻遍史书都找不到一个同样的例子——你杨秀清再吹嘘上帝附体、军事奇才，手握百万雄兵，却不能拔掉张嘉祥这枚小钉子，长足了他人志气，灭尽了自家威风。

在这种情况下，杨秀清不得不正视洪门甲寅年举事，派遣卓杰生担任特使，希望李文茂准时发动起义，拿下粤东这个仅次于江南的富庶之地，割掉朝廷的第二个钱袋子。

陈松示意柯定邦和鸡大逵走到近前，问：“两位参加过太平军？”

二人跪倒在地，羞愧不已：“回白扇大爷的话，都怪我等一时糊涂。”

“呵呵，太平军虽然信红毛教，但也是杀威武窑子的好汉。”陈松笑着说，“听说那个卓杰生来头不小，官拜什么春官正丞相？”

柯定邦回答：“小弟在太平军时，他只是一个小小的旅帅。”

刘杜川抱拳：“白扇大爷，罗阿妈为太平军立下汗毛功劳，打下了半座江山，到现在才是冬官正丞相。这个卓杰生自称春官正丞相，位在罗阿妈之上，要么他这个特使是假的，要么就是太平军蚂蚁背田螺，派了个小兵冒充大头鬼，有意蔑视本门。”

众将频频点头，都觉得后一种情况比较靠谱，也符合洪秀全和杨秀清的一贯作风。叶兆隆开口道：“白扇大爷，各位兄弟，掌堂大爷早说过，天下英雄尽在湘粤三省。太平军柿子专拣软的捏，一路溜到金陵享福。本门倘若拿下湘粤三省，洪杨二人还能睡安稳觉吗？他们约请本门起义，有点像生仔姑娘醉酒佬，说不要又要——让本门起兵牵制湘粤三省的威武窑子，助他西征一臂之力；又不想让我们起兵，担心本门成功后，对他们构成威胁。”

陈松转头问刘杜川：“太平军西征不是很顺利吗？去年腊月打死了江忠

源，前些日子又夺回汉阳，为什么还需要本门帮忙？”

“回白扇大爷的话，西征军看似声势浩大，扯顺风旗，其实战果华而不实，要不然，何必将罗阿妈从镇江调走？”刘杜川不屑一顾地说，“赖汉英在南昌受挫，胡以晃在庐州被三万绿营围困，韦俊屯兵武昌城下，江西、安徽、湖北这三个省多数地方在威武窑子手里，他们只管搜刮粮草往金陵运，根本不扎实经略，哪像是一点长治久安的样子？”

黄子深这是首次在“失魂松”面前亮相，有意显示自己的本事，不紧不慢道：“西征军溯江而上，置江西、安庆、湖北三省腹地于不顾，倾全力攻打安庆、九江和武汉三镇，其战略目标是固守上游，屏蔽金陵。依不才来看，洪杨二人自作聪明，落手打三更，这个战略目标本身就大有问题。”

陈松饶有兴趣地看着他：“黄军师何出此言？”

黄子深侃侃而谈：“太平军在江南如入无人之境，在于洪杨起用罗阿妈指挥水师，而威武窑子甚少水战人才。所谓成也萧何，败也萧何，太平军打下金陵以后，自信心膨胀，不再听罗阿妈良言相劝，不思进取，继续靠民船包打天下；而威武窑子恰恰相反，张嘉祥那厮过去就在乌蛮滩打家劫舍，对水战极其精通。他和向荣力劝朝廷调广东水师赴江南大营助战，并拿出大笔银两在顺德陈村等地招募红单船，自海路北上长江直接参战。水师势均力敌，守长江则必守上游；倘若水师实力相差悬殊，从下游攻打金陵，亦不过反掌耳。”

此言非虚，广东水师已经抽调战舰北上驰援江南大营，顺德陈村的红单船上装有佛山大铁炮和红毛鬼子的洋炮，最重可达四五千斤，威力煞是惊人。去年香山协都司陈国泰招募了二十艘红单船，今年海安营游击吴全美又带走五十艘，这七十艘火力强大的战舰一旦开到，由民船组成的太平军水师必将遭受灭顶之灾。

吴全美招募的红单船去年六月启程，在海上晃荡了半年又回到粤东，据说是船身遭受台风袭击之故，今年是第二次起航。“大春吉”表白起了自己的功劳：“白扇大爷，红单船的水手里面有不少洪家兄弟，听说去镇江与罗阿妈开战，大伙儿不情愿，故意和吴全美捣乱，不是这儿少一枚铁钉，就是那儿坏了一块木板。实话实说，这半年工夫是洪家兄弟争取来的，太平军倘若不明事理，以后有的是苦头吃。”

“战机稍纵即逝。”陈金刚长叹一声，“白扇大爷，太平军当初在湖南逼着洪家兄弟改信红毛教，许多兄弟不堪凌辱逃了回来，湘勇瞅准机会趁机吸纳，实力大大增强。而今湖南遍地团练，以曾剃头编练得最强，一万七千人中，陆师十三营，水师十营，几占半壁河山。其水师虽然比不了广东水师，但比太平军强的不是一星半点，‘铁公鸡’受命西征，在岳州吃了他们一个大亏，被迫再度退出湖南，眼下正在湖北休整哩。”

“失魂松”心中嗟叹，太平军迄今为止还没遇到真正的敌手，曾国藩的湘勇和红单船一旦投入战斗，他们的舒坦日子算是到了头。他冲着众将挥了挥手：“百足之虫，死而不僵。清廷入主中原二百年，撵走他们非一日之功。太平军眼下成了气候，本门应当捐弃前嫌，能合力就合力，能联手就联手，不与他们一般见识。当然了，红毛教觊觎中华，包藏祸心，为害甚于威武窑子，本门不得不防。”

鉴于李文茂的巨大威望，“洪德堂”在粤东实力极其强大。一旦起事，除了广州城坚固难下之外，其他的地方皆不在话下。然而，广州与桂林、长沙、武昌、金陵都不相同，除了城池坚固、火力充沛、贸易繁盛外，还有一个必须要考虑的因素，那便是红毛鬼子。

作为中西贸易的标志性城市，红毛鬼子一直对广州城垂涎欲滴，其铁甲战舰经常游弋在商馆广场周围，维护其贸易通道。如此一来，洪门攻打广州将可能面临两个对手：一个是殊死抵抗的清军，一个是以香港岛为基地的英军舰队。

笼罩在洪门诸将心头的阴云，远不止船坚炮利的红毛鬼子，还有一个更让他们焦虑的要命问题——李文茂所发的誓言迄今仍然没有正式解套，起义迫在眉睫，领袖问题尚未解决，这可如何是好？梁培友忧心忡忡地说：“白扇大爷，属下来的路上碰到了崔大同那厮，他带着三千精锐自江口炮台归来，看来威武窑子已经开始动作了。”

两年前戎圩大战，“德胜堂”遭到重创，将领几乎全部阵亡，崔大同一战成名，成了粤东士绅眼里的国之长城。叶名琛把他调来防守广州，说明已经下了破釜沉舟的决心。

根据探报，除了崔大同这一路外，叶名琛和柏贵还调来不少人马加强广州防御。“失魂松”心情沉重，问陈开：“掌堂大爷为什么还不回来？”

陈开回答："他老人家旧创复发，正在闭关疗伤，尚未到出关日期。"

"军情紧急，时不我待。""失魂松"断然道，"火速派人去丹霞山，请掌堂大爷即刻出关视事，威武窑子随时可能下毒手，不能再等了。"

如果说官府对洪门尚有一丝侥幸之心的话，那么佛山堡的大户人家则不抱任何幻想。自打正月开始，冉枝枝就把家里的金银细软搬到梅基村，留下金良玉在佛山堡看家。梅少奶奶非常高兴，订了一个"富春喜"班的台期，派人邀请冯紫玉来看戏。

旧情重续，姐妹团圆，单少了一个黄纨卿，三女唏嘘不已。冉枝枝提出建议："既然紫玉妹子喜欢林大老倌，咱们干脆借着主会的便利，登台串个角，怎么样？"

"好主意，好主意，我咋没想到？"梅少奶奶连连叫好，"点一出《二度梅》，让林汉朝扮梅良玉，紫玉妹子扮陈杏元，你来一个陈春生，我嘛……"

冉枝枝踢了一下她的脚尖："你扮周玉姐那个小蹄子。"

三姐妹本是床帏百战的战将，谁知冯紫玉突然变得羞涩起来，幽幽地说："只怕，只怕人家林大老倌不肯哩。"

私伙局这几个姐妹中，别看梅少奶奶和冉枝枝咋咋呼呼，其实主意最正、心思最硬的非冯紫玉莫属。铁树开花水倒流，如今放荡不羁的千金小姐转变了性子，看来这身戏装穿起来容易脱下来难，红船大戏真是魔力无边。梅少奶奶叹了口气："我倒是有个法子。"

冯紫玉央求："好心肝，快说来听听。"

梅少奶奶摘下头上的金钗，拨了拨熏香炉里的香块，慢悠悠地说："咱们这个私伙局名声不大好听，需要找一个人来遮羞。"

冯紫玉和冉枝枝一起问："谁？"

"叶老二屋里的。"梅少奶奶咽了一口吐沫，似乎对阿梅十分妒忌，"这个麻风丐现如今不得了，成了红船有名的大老倌，林汉朝定会给她面子。昨天我在'贞女桥'见到她，腰里别着一把金光闪闪的刀仔，说是回来给叶老三上坟。"

冉枝枝不解地问："叶老三是腊月死的，她这么早回来干吗？"

"三月十三是区家朦虾的忌日，他和叶老三是一个娘生的，有人说他们俩是冤家，叶家人索性拿三月十三当叶老三的忌日，替他赎罪。”梅少奶奶解释，“今天是温老五和‘瞌睡虫’的忌日。女诸葛从佛山堡请了一船‘喃呒会馆’的道士，打算办前后四十九天的法事，连叶老三一道祭了。叶老二叫霍威那个贫嘴来帮忙，你说阿梅能不回来？”

冯紫玉感到奇怪：“温老五和‘瞌睡虫’尸骨无存，如何办法事？”

“要不人家叫女诸葛？”梅少奶奶悻悻地说，“这娘们的肠子就是比咱们多盘了两圈，她托‘黄记’木铺雕了两个木头身子，当活人发送。黄掌柜的手艺没得挑，这两个木头身子惟妙惟肖，最奇的是雕了两颗木头心，邪门极了。”

冯紫玉极为诧异：“心没了也能刻一个？”

“如今这世道，啥新鲜事没有？”梅少奶奶叹了口气，“黄掌柜的这两年心情好，我瞅他那个架势，除了男人胯下的家伙之外，其他的全能雕刻。”

冉枝枝没有心思听这些没用的：“霍威这个贫嘴既然来了，断不能轻易放他走，叫他来伺候咱姐妹，咋样？”

梅少奶奶瞥了一眼冯紫玉：“算啦，紫玉妹子走正道，咱们别再拉她下水。叶老二和霍威可以不沾，阿梅是一定要请的。”

女诸葛比冉枝枝搬家更早，在老家闹的动静更大。

咸丰三年九月，温宁氏出售了自家的宅院和铺子，带着儿子、儿媳妇、闺女、女婿一大家子回到坦东村。公婆俩回到老家，一面吃斋念佛，请来和尚道士为温秉信的亡灵超度；一面翻修宅院，捐献银两加固坦东村的碉楼和围墙，摆出一副颐养天年的架势。佛山堡人咸以为陈开起用张亚丞当账房先生，彻底抛弃了居仁里的温氏，熟不知女诸葛离开佛山堡，正是陈开为自己和“德礼堂”预先布置的一条退路——温宁氏借动土兴工和大办法事的幌子，在温家老宅挖了四口深井，埋下了数百万两之巨的金锭和银锭。

这个秘密连温秉礼也不知道，初二晌午，众人吹吹打打把温秉信和“瞌睡虫”的木身子拉到坟地，趁“喃呒会馆”道士超度的时候，他向二嫂发起了牢骚：“嫂子，大龙头是一个念旧的人，他现在势头正劲，咱们不能白白荒废了机会。”

温宁氏笑道：“你和他相识最久，交情最厚，他能亏待你？”

温秉礼讪讪地说："他不是最听你的嘛。"

"三弟，做人要知足。"女诸葛叹了口气，"大龙头对咱们温家不薄，你手里有三四个铺面就够了，还想发多大的财？他手下千军万马，全是吃饭的嘴，费钱的地方多的是，怎么可能让咱们一家独吞好处？"

温秉礼很不服气："问题是好处都落到了张亚丞的嘴里。"

温秉义劝道："老三，自古造反成事的有几家？你手无缚鸡之力，安心做买卖，不要掺和洪门的事，当心官府诛灭九族。"

温秉礼哈哈大笑："二哥，你的眼光是不如嫂子。实话对你说吧，眼下洪火秀在金陵城登基坐殿，打下了半壁河山，朝廷自顾不暇，有今日没明日，人心都散了。二爷是什么人？堂堂武林至尊，白龙下凡，凭他的本事还拿不下湘粤三省？洪门这次举事必定成功。你和嫂子放着偌大的富贵不取，跑回老家躲是非，这不是鼠目寸光吗？"

温秉义再好的涵养，也气得火冒三丈，脱下鞋，使劲朝兄弟砸了过去："丢你老母，我叫你骂人，我叫你骂人，我看你是翅膀长硬了。"

温秉仁在心里是赞成老三的，他是典型的商人思路——甭管洪门能不能成事，抓住机会先把便宜弄到手里再说，过了这个村就没有这个店。无奈，陈天义给面子的不是他，也不是他们温家三兄弟，而是温宁氏。温老大舔了舔嘴唇，面色凝重，瞪了温秉义一眼："老二，当着客人的面，莫要口无遮拦。"

温秉义气哼哼不说话，女诸葛缓颊："大哥，老三，不是我不想挣这笔钱，而是人家陈天义已经不相信咱们温家。老四把'西礼营'的人拐到太平军，入了红毛教，洪家兄弟骂他吃里扒外。不信，你问定邦和大逵兄弟。"

柯定邦和鸡大逵一听，满脸通红，羞愧不已，恨不得找个地缝钻进去。幸亏这时温秉信的法事结束，道士们又转到南面的山坡为"瞌睡虫"超度。那个山坡属于世埠头，与温家祖坟隔河相望，中间便是那条通往"贞女桥"的排溪水，风景优美。附近坦东、坦西、梅基各村的村民都喜欢花钱在这里购置坟地，为逝去的亲人寻找一处上乘的风水。

"红心"爬上山坡，嘴里念念有词："要是把我师傅埋在这儿多好。"

"厚皮棍"问："你哪个师傅？"

今天来祭奠温秉信和"瞌睡虫"的人中，不仅有"逃军和"的夫人阿梅，而且有跟随梁锡佳返回粤东的温玉珠。这两个人不同程度地教过“红心”唱戏，都可以算她的师傅，“红心”急忙澄清：“黄掌柜的，我说的是莫师傅和二娘。”

“厚皮棍”心里一动，是啊，与其把莫权光、莫二娘公婆埋在佛山堡的乱坟岗，倒不如迁到世埠头，和温秉信、“瞌睡虫”等人做个伴。鸡大逵赞同“红心”的想法：“我们鸡家祖宗八代葬在乱坟岗，所以过得永无出头之日，我把我兄弟也迁过来。”

“好。”“厚皮棍”点点头，“还有火贵兄弟和她妹子。”

莫权光夫妇和“癞头鳖”的遗骨带了回来，“花肉”怎么办？“红心”问：“咱们照葫芦画瓢，请‘黄记’再雕一个花身子，不知道要费几多钱？”

几个人正在嘀咕，霍威潇洒地从他们身后飘出来：“各位，这笔钱霍某出了。”

“厚皮棍”感激地说：“霍少爷，我们将来攒够了，一定还你。”

“张飞吃豆芽，小菜一碟。”霍威显出一副财大气粗的样子，“霍某在佛山堡撒的银子那可海了，救活的堂口没有五十，也有三十，人家请我当总大哥，我都懒得理会。”

霍威依仗从“逃军和”那儿学来的绝技，骗了无数大户人家的眷属。他挣钱容易，撒起来也慷慨，佛山堡许多濒临倒闭的外围堂口均得到过他的接济。“逃军和”最羞于提自己修炼下阴的功夫，听到霍威吹牛，把脸一沉：“还好意思放葫芦？要不是大龙头给罩着，你早就让官府的差役大卸八块，咋记吃不记打？”

三界庙一把大火，烧死了“肉脚板”“奶头二”“私鸡钱”等拔橛子的，真正偷牛的却幸免于难。在谷雨道士、吕子桂和霍威三个罪魁祸首中，最遭人嫉恨的是霍威，大户人家恨不得一刀割了他的命根子，免得他再兴风作浪。霍威扔银子救济那些破落堂口，目的其实是为了结伙自保，他奉承地说：“师傅，我这不是给你挣面子吗？”

“逃军和”气不打一处来：“我不要你这个面子。”

霍威尚未回答，从山坡下走上来三位挎着花篮的贵妇，个个打扮得花枝招展。其中一个嗲声嗲气地说：“二和兄弟，霍少爷的面子你不要，我要。”

“逃军和”扭头一看，脑袋瞬间膨胀了好几倍，脸憋得通红。来的贵妇不是别人，正是当年在床头伺候过的梅少奶奶。他结结巴巴地问：“你，你来干吗？”

“奴家来给黄姑娘上坟。”梅少奶奶双目含情，“听说尊夫人和玉珠姑娘回来了，正好我家订了‘富春喜’班的台期，请姐妹们过去赏戏。”

一碰到这娘们儿，“逃军和”便手足无措，生怕她当众说出什么荤话来。他不敢拒绝，更不敢应允，挠着头皮道：“今天日子不对，你没看见，我们正在上坟吗？”

“嘻嘻。”梅少奶奶笑靥如花，“叶二爷，叶大龙头，好我的叶兄弟，你真会说笑。红船大戏本来就是唱给神鬼听的，唱戏即为超度，不信，你问问二奶奶。”

那边温秉信的棺椁入殓，女诸葛带着阿梅和温玉珠渡过排溪水，登上这边山坡。听到梅少奶奶的话，女诸葛点了点头：“梅家奶奶言之有理，红船大戏给人听，也可以给鬼神听。大家乡里乡亲的，既然盛情相邀，我们却之不恭。”

梅少奶奶拍了一下巴掌：“宰相肚里能撑船，将军额头能跑马，还是二奶奶痛快。我这妹子是个苦命的人，冲着她生前喜欢唱戏的分儿上，咱姐妹凑个角，唱一出《二度梅》？”

黄纨卿才貌双全，无奈命运多舛，家道中落，受尽无形情蛊的折磨，和陈开的一段情没有修成正果，最后成为穿底姑婆，惨遭沉猪笼之刑。她的哀伤，她的无辜，她的惨痛，实比剜心自清的温秉信和“瞌睡虫”有过之而无不及。追究黄纨卿的死因，陈开难辞其咎，女诸葛不觉黯然神伤：“红颜薄命，我要是会唱戏，定为纨卿姑娘歌一曲。”

经过这些年岁月的磨砺，温玉珠早已不把尘世间的纷扰放在心头。三月三“北帝诞”，同时也是阳雪姑的忌日，为了纪念她和苏仁山的爱情，“凤凰仪”班在马齐乡苏仁山的坟茔旁为女峒主建了一个衣冠冢。温玉珠本来打算去祭奠阳雪姑，在她的衣冠冢前弦歌一曲，因此对梅少奶奶的提议并无异议：“我和纨卿有姑嫂之缘，应该为她唱一出。”

梅少奶奶大喜，继而问阿梅：“夫人意下如何？”

如果只是梅少奶奶、冉枝枝、冯紫玉三个，阿梅绝对不会答应；但温玉珠是她脱胎换骨的大恩人，这个面子必须得给，只好应承：“好吧，《二度梅》就《二度梅》。”

愿望达成，冯紫玉心花怒放，高兴得不知道说什么好。冉枝枝的目光被“瞌睡虫”的木身子所吸引，啧啧称赞：“黄掌柜的，你的手艺真靓。”

梅少奶奶探头一看，尖叫起来：“我的爹，咋还穿着戏装？”

棺材里的“瞌睡虫”容貌逼真，栩栩如生，身上雕着一套戏棚里的盔甲和战袍，威风凛凛仿佛古之战将。黄广华为这副木雕费了不少心血，抚摩着盔甲上的精美花纹，他自谦道：“模样易雕心难刻，能把心刻好才算本事。”

梅少奶奶朝冯紫玉扮了个鬼脸，压低声音讥讽：“咱们都找不着心在哪儿？他们两个穷促鬼，要心有个屌用？”

第一百五十九回　田都元帅

白扇大爷“失魂松”判断官府随时可能动手，为了避免甲寅年举事胎死腹中，果断下令各堂兄弟进入战备状态，并派人赴丹霞山促请李文茂提前出关，返回广州府主持大计。考虑到起义迫在眉睫，李文茂的身份问题必须解决，陈松一面在佛山堡布置开香入堂仪式，一面选派得力人选为代表，确保李文茂三月二十三日前到达佛山堡。

三月二十三又称“师傅诞”，是红船祖师爷“摊手五”的生日，琼花会馆每年都会在佛山堡举行盛大的纪念活动。借这个众所周知的日子开香入堂，以便避开官府爪牙的注意，掩饰洪家兄弟聚集佛山堡的动静。

请李文茂出关的人以叶亚来为首，梁培友、何禄、陈吉、皇甫衮等人代表各堂，一行二十余人分乘三条快船北上。丹霞山属“洪兴堂”的势力范围，“鹤顶红”得闻探报，立刻率众下了九峰山，出丹霞山十里隆重相迎，将众人接到别传寺安顿。

叶亚来问：“掌堂大爷在哪一座山峰闭关疗伤？”

“说来惭愧。”“鹤顶红”发出感慨，“掌堂大爷在丹霞山疗伤这么多日子，我等竟无缘见其一面，并不知他老人家落脚何处？”

叶亚来皱着眉头："怎么会？掌堂大爷不是独自一人来的丹霞山，他身边有黄三全和颜亚层伺候，难道这两个人也没有踪迹？"

侯陈带回答："根据探报，黄三全和颜亚层前些日子在海螺峰。"

梁培友提出建议："掌堂大爷神功莫测，他不愿意露面，咱们找也是白费力气。莫不如去海螺峰，找到三全和亚层兄弟一问便知。"

"白扇大爷有令，三月二十三之前务必请掌堂大爷回佛山堡，一刻耽误不得。"叶亚来迅速做出部署，"各位兄弟，咱们这次来的人多，分成多路应该能寻到他的踪迹。你们可以敲锣打鼓，吹号鸣笛，别怕掌堂大爷怪罪。"

众将听了以后面面相觑，这也就是叶亚来，换成别人，谁敢如此惊扰李文茂的清修？由于形势实在紧迫，众家兄弟心急如焚，当下分作十来股，撒开一张大网去寻觅，瞬时间丹霞山沸腾起来。却说叶亚来和"西天腊飒"等人在"鹤顶红"叔侄的陪伴下，来到海螺峰下的澹归和尚墓塔，黄三全和颜亚层早已被漫山遍野的锣鼓声惊动，正在左顾右盼，东张西望，忽见几位大佬飞步而至，慌忙行礼："叶都督，侯三爷。"

叶亚来没有时间说废话，直截了当，开门见山："奉白扇大爷十万火急军令，恭请掌堂大爷开关视事。三全，亚层，掌堂大爷龙体如何？"

二人老老实实作答："回叶都督的话，掌堂大爷今春伤势发作格外厉害，比去年五月那次尤为酷烈。眼下是否痊愈，我等委实不知。"

李文茂此次剑创复发从去年冬月延续至今，一直起起伏伏，毫无痊愈的迹象，江湖上传说纷纭，皆指向白龙归天。虽然明知提前出关可能对李文茂身体造成巨大的伤害，但为了甲寅年洪门举事大业，这些小节只好顾不得了。叶亚来咬了咬牙，狠了狠心："带叶某去见他。"

春季的丹霞山，烟雨蒙蒙，宛如轻纱掩住少女火热的心房，又像一条散发着余韵的青黛涂抹在伤感的眼底。这座天地熔炉从来没有显得这么温情脉脉，从来没有如此娇媚，红色的心融化在油墨一般的露水中。即便是朗朗乾坤，依旧不会枯涩。

目睹此情此景，"鹤顶红"大有恍如隔世之感，这哪里是傲世独立的丹霞山？分明是浮海而至的浮山二百一十六峰！自己在九峰山比邻而居，竟然不知丹霞山藏有如此秀色，真是枉度岁月，白白活了一世。一行人均为高手，脚力甚健，翻山越岭如踏平地，黄昏时分，终于抵达一座高耸入云的无名峰。

雨丝一遍又一遍地清洗着红色的石肌，夕阳拥抱着裸露的山顶，抚摩着孤独的松林。林子后面隐蔽着一口石洞，洞前是片空地，架设了几具石桌和石凳。这些石材赤光熠熠，表面光滑平整，看来是被人用极其罕见的掌力削制而成。

几个人登上山顶，在石桌前整理衣袍，齐刷刷跪倒在地。过了片刻，从石洞里传出一阵隐约的笛声，乃是一首陈恭尹的《答别郭幼隗》：

天涯何意返征骖，惨淡离怀酒不酣；
匝地柳条青汗上，断肠春草绿湘南。
难归故国生多恨，有约乘桴去亦堪；
沧海茫茫一回首，美人迟暮在江潭。

这首诗本是诗人道别惆怅的离情，中间夹杂流亡的沉痛，但李文茂的笛声清澈明亮，如同浑厚的秋雨漫天袭来，又像春芽刺破沉睡的大地，感受不到一丝一毫轻薄的忧伤，带给人们的只有沧桑洗不掉的颜色，厄运夺不去的力量。

世间的武林高手无不熟悉这支铜笛，从柔和的声音可以判别李文茂的武功已入化境。叶亚来抑制不住激动的心情，双手托举总堂的龙头令旗，高声道："白扇大爷已到佛山堡，定于三月二十三'师傅诞'在琼花会馆开香立堂，恭迎掌堂大爷重掌洪门。广州重兵云集，各地团练虎视眈眈，随时可能下毒手。请掌堂大爷以国家为重，早日出关。"

许久之后，洞中传来一声几乎听不见的叹息，李文茂身着白衣，自洞中迈步而出。众将抬头一看，发现他面如重枣，依稀有些"大只钜"的模样。大伙儿心头一惊，这显然不是夕阳和丹崖辉映所致，而是他的剑创仍然没有痊愈。

李文茂跪倒向叶亚来行礼："师傅在上，受徒儿一拜。"

"小元霸"此番出关重掌洪门，身担复兴汉家江山之责，指挥数十万洪家兄弟与清军、团练搏杀，殚心竭虑，亲冒锋镝，将再无如此闲暇时光，受伤的身体必定每况愈下。叶亚来心中实在不忍，哽咽道："掌堂大爷龙体可安？"

李文茂淡然一笑："区区旧创，何足挂齿？"

没有亲眼所见，不知道李文茂伤势这么严重，众将感怀涕零，再度伏地叩拜。"鹤顶红"老泪纵横："请掌堂大爷保重龙体，以安天下兄弟之心。"

李文茂拔出铁剑，在洞外赤红的石壁上笔走龙蛇，须臾间刺出拇指深的十七个大字，显示出惊人的功力：

汝前所得，到此用不着；
只恁么去，许尔再来。

十年前大潭山之会，李文茂曾向与会的洪门将领阐释过这首偈子，彼时洪门和粤西绿林道尚未罢战言和，因此"西天腊飒"没有听说过。他越琢磨这几个字，越觉得余味无穷，抱拳向李文茂发问："二爷，这是你近日所悟吗？"

"这首偈子为曹洞宗第三十四世掌门人天然大和尚所制。"李文茂回答，"澹归法师当初苦苦参悟'盖天剑'，始终不得要领，激愤之下大病一场，眼看命在旦夕，天然大和尚把这首偈子送给他。澹归法师茅塞顿开，冷汗直流，由此起死回生。"

"西天腊飒"凝视石壁，觉得李文茂剑凿这首偈子大有深意：一方面向大伙儿展示其深厚的功力，宣示自己誓志抗清的坚定信念；另一方面似乎是在暗示一种武学的体悟——同样是起死回生，陈罗婵用云璬八曲赋予了李文茂第二次生命；而天然大和尚仅仅写了十七个字，便驱逐了困扰澹归法师的病魔。

然而这首偈子言语平实，看起来并无玄机，到底是什么意思？

李文茂若有所指："各位兄弟，武学之道无非一个见识，一道灵光，一个方向，说出来并没有神奇的地方。只要勘破这层玄机，纵然处处破绽，亦可以胜他没有破绽，不必非要练成什么无漏之躯。昔日，达摩禅师面壁九年，始终悟不透释门袈裟法衣的神功，而慧能大师一朝顿悟，遂将此等智慧收归中华，不愧为一代圣贤尊者。"

武学之道合于天地之道，说起来是一层窗户纸，对于先行者却是千难万险。如果没有坚若磐石的意志，没有超凡脱俗的智慧，如何能破解武林绝学？因此，“汝前所得，到此用不着”仅仅指叩开武学之道大门那一刻的感受。这种顿悟往大了说，来自武林史上历代宗师前赴后继的求索；往小了说，非积数十年修炼而不能毕其功。山重水复疑无路，柳暗花明又一村，一旦攀登至武学巅峰，尽收天下绝学，则山河有重光之象，凤凰现涅槃之征，取得了起死回生的神奇资格，难道不是“只恁么去，许尔再来”吗？

李文茂引用天然大和尚这首偈子，其用意远比“西天腊飒”的内心感受丰富。在天地浑然一体的丹霞山，他的胸怀早已超越了个人的修武范畴，而上升为家国天下的历史视野。这次甲寅举事不同以往——红毛鬼子窜扰海疆，太平天国雄起江南，四海之内，无论揭竿起义的洪家兄弟，还是满脑子荣华富贵的地主团练，俱被雄浑壮阔的时代大潮裹挟其中。清廷的腐朽统治没落已成定局，汉家男儿的血性刚刚被唤醒，赤龙将挣脱命运的羁绊和枷锁的束缚，再度翱翔于东方的天空。功成不必在我，即便剑创未愈，照样可以上阵杀敌。

李文茂提前出关，众将达成使命，欢喜雀跃，把一颗提到嗓子眼的心放回肚皮。大伙儿辞别“洪兴堂”兄弟，星夜兼程，放舟南下，这一日过波罗坑进入盲仔峡。时当阳春三月，两岸群山遍裹彩衣，阳光照耀下，覆舟巨浪亦多了三分柔情。随行兄弟多为水中蛟龙，梁培友等人亲自执桨，驾船破浪而飞。“西天腊飒”与李文茂同乘一舟，他的心依旧沉浸在那十七个字的偈子中，央求道：“二爷，你用铜笛来一首，叫钟某有所领悟？”

见大伙儿投来热切的目光，李文茂没有拒绝，他扫了一眼周围嵯峨的山势：“盲仔峡虎啸猿啼，天下驰誉，名家诗篇数不胜数，均述其险峻奇幻，唯独袁子才有首诗颇为俏皮，旨趣诙谐，试为诸君歌之。”

不同的诗歌有不同的心境，李文茂以内力灌注铜笛，演绎不同风格的诗歌，其实也是在向众兄弟传授他的领悟和心得。“西天腊飒”欣喜若狂：“多谢二爷成全。”

李文茂取出铜笛，正待吹奏，只见右岸山林白光一闪，仿佛兵刃反射阳光。前面的梁培友久经战阵，打了一个呼哨，黄三全启禀：“掌堂大爷，岸上有风。”

“西天腊飒”奇道：“敢在二爷面前动粗的，谁这么不开眼？”

盲仔峡虽然由官府控制，却与粤北绿林道的地盘接壤。李文茂侧耳倾听，判断出山林中疾速奔驰着一拨人马，身法轻盈，踏危崖如履平地，衙门的捕快断没有如此身手，八九不离十是葛耀明帐下的好汉。他微微一笑，持笛而歌：

水裹山，山裹舟，真阳峡中浪不休；
石如人立看人游，
我若不吟被石笑，石若吟成被我偷。
世间奇景岂空设？
半使行人愁，半使诗人收。
我老无愁好吟咏，
且撤四面篷窗，掉白头。

歌罢，右侧山腰的栈道一片大乱，纤夫们纷纷逃窜。林中攀岩而下数十名口衔刀仔的彪形大汉，当众一位首领挥舞青虎旗，高声大呼：“二爷，小的是房大青虎。”

李文茂收起铜笛：“房当家的有事吗？”

房大青虎抱拳在胸：“我家总瓢把子在白马山搭设戏棚，恭请二爷指点。”

“太好了。”“西天腊飒”在旁拍手称快，“二爷，葛总瓢把子唱戏委实难得，钟某只是在六步潭听过一回，咱们去凑个热闹？”

白马山离前面的连江口镇很近，属英德流陈图辖境，并非粤北绿林道的地盘。葛耀明大老远来这里搭棚唱戏，当是打探到了自己的行踪。李文茂点头：“好。”

船自连江口镇向西，个把时辰后进入水边乡，戴则兴率领九十九崆的铁骑沿江戒备，李文茂等人弃船登陆，没多大一会儿就到了白马山。粤北绿林道的喽啰埋伏在密林中，山下是一片广阔的草地，草地尽头有一间小庙，小庙旁边搭着一座临时的戏棚。

李文茂打马来到庙前，发现葛耀明扎大靠，衣红蟒，手里攥着雉鸡翎，站在戏台上不住地翘首向这边打望。他后面的小庙破败不堪，几成残垣断壁，里面的泥塑神像黝黑斑驳，已经看不出是哪位天上的神仙。葛耀明高大的身躯，精美的戏装，华丽的戏棚，以及九十九崧铁骑威武的队形，都和这座小庙形成鲜明的对比。

见李文茂飞驰而来，葛耀明放开手中的雉鸡翎，断喝一声："呔，来者何人？"

葛耀明远离大稠顶老巢，来到白马山下搭台唱戏，如今又身穿戏装发问，拳拳之心令李文茂大为感动，勒马对答："淤泥河中一水贼也。"

葛耀明继续问："既为水中龙，因何上高山？"

李文茂长啸一声："盖因情未了，志未遂。"

俗话说，酒逢知己千杯少，话不投机半句多。葛耀明与李文茂多年未见，却无时无刻不挂念他。听说李文茂在丹霞山闭关疗伤，葛耀明立刻率部东来，一是想看看他的伤势，二是打算摸一摸他关于甲寅年举事的想法。

李文茂以铁枪王彦章自许，并重申反清旧志。两个问题答毕，那位叱咤风云的盖世英雄重新鲜活地回到葛耀明面前，并没有因为人生剧变而产生丝毫的退缩。葛耀明平生敬重的便是这种威武不能屈、富贵不能淫的大丈夫，他跃下戏台，来到李文茂面前行礼参拜："二爷来丹霞山闭关都不知会葛某一声，太不够意思了。"

依照葛耀明的性格，李文茂一旦在粤东举起义旗，他必定会杀出粤北群山，把老本拿出来和清廷拼命。李文茂笑着说："总瓢把子，造反是满门抄斩的大事，你手下兄弟不在堂，家里有父母妻儿需要供养，李某岂敢叨扰？"

"洪家兄弟难道是石头缝里蹦出来的？"葛耀明长叹一声，"听说广府遍地堂口，日日夜夜有人开台做戏，斩凤凰义结金兰，其实多一半和洪门不搭界。二爷，这些人冲着你在江湖上的威名，都有妻儿老小，你为什么不替他们周全？"

一将功成万骨枯，无论洪门举事成功与否，都将掀起一场腥风血雨的滔天巨浪。成功的话还则罢了，倘若起义失败，黑心的官府和毒辣的豪强以牙还牙，必将十倍地报复民众。到那时人头滚滚，伏尸千里，粤东将变成一片血海。李文茂不是拿兄弟性命当草芥的铁石心肠，面对葛耀明这个问题，当如何作答？

众人将目光集中在李文茂的身上。

“总瓢把子问得好。”李文茂触动了心绪，“李某年少时，只知一心一意杀鞑子，修炼天下无敌的技艺，很少虑及其他。自从在相思江铸下孽缘，龙头峰三刀六洞，方知世间并没有无情剑。每每思及沙场征伐，生灵涂炭，心中甚是不忍。”

以李文茂武林至尊的崇高地位，红船在百姓心中的巨大声望，倘若不揭竿而起，日子过得比神仙还滋润。白龙在畚箕窝归天，粤北绿林道的头目多数相信此为天兆，将对这次甲寅年举事不利。“袖里乾坤”邓豫劝阻：“二爷伤创未愈，何不安心静养？”

唐火生大眼一贵喊起来：“干脆等白龙再度下凡吧。”

李文茂迄今没有重返洪门，坚辞洪门之主宝座不就，洪家兄弟惴惴不安，不知道他心里究竟是怎么想的。听各位寨主你一句我一言地规劝，“大春吉”觉得机会来了，试探道：“五祖爷爷教训我们顺天应命，掌堂大爷，要不咱们推后举事吧？”

“哈哈。”李文茂没有理会陈吉，放声大笑，“各位兄弟，人生自古谁无死，留取丹心照汗青。要是只杀几个鞑子头目便能光复河山，李某一剑足矣；然神州陆沉已久，红毛鬼子虎视眈眈，我辈倘若再不警觉，则圣贤之道从此休矣。天下乃天下人之天下，非吾一人之天下，人心发于外而成于内，纵然手无缚鸡之力的妇孺，无情剑不可夺其志。故本门甲寅举事，不计成败利钝，为的是唤醒国人沉睡之心。”

人间之道在于心的塑造，民众之心的塑造只能靠自己，圣贤英雄者，推波助澜而已。至于那些妄称可以塑造他人心灵的所谓救世主，不过是满嘴鬼话的江湖骗子，连降僮法师的德行尚且不如。李文茂一席话，葛耀明犹如醍醐灌顶，对无情剑和有情剑的领悟更深一分。他激动地抱拳在胸：“二爷志存高远，矢志不渝，在下佩服得紧。葛某还是那句话，粤北绿林道唯二爷马首是瞻，赴汤蹈火，在所不辞。”

“西天腊飒”高声喝彩：“寸志可敌百万兵，说得好。”

“天下非无豪杰之士，非无仁义之心。”李文茂怅然道，“怎耐人人权变机智，个个明哲保身，遂致恢复成空，大义沦落。今吾以残躯锈剑兑现誓言，七月二十五血祭五祖爷爷，叫天下人知大义不可泯，威武窑子和红毛鬼子敢不惧哉？”

葛耀明朝后面摆了摆手：“把咱们给二爷的礼物抬上来。”

须臾，四名喽啰兵从戏棚里抬出一尊木雕神像，神像大约三尺高，外面盖了一层崭新的白纱。李文茂惊奇地问：“老哥，这是哪一尊神？”

葛耀明指了指戏棚一侧的破庙：“二爷，这座庙是田元帅庙，因为地处荒山野岭，没有香火供奉，日子久了，风吹雨打，变成了一堆废墟。葛某于心不忍，请来名师重塑金身，还神仙爷爷一个公道，你来看。”

说着话，他用手一掀，露出一尊紫檀木雕塑的田元帅像。

田元帅即田都元帅，就是那位善于演奏霓裳羽衣曲的雷海青。这位相公爷和老郎神并列为梨园的祖师爷，在他老家福建最受欢迎。“本地班”以华光大帝为祖师爷，从来不供奉老郎神和相公爷，葛耀明送给自己田都元帅的雕像是何用意？李文茂还没张口说话，梁培友首先明白了葛耀明的用意，拱手还礼：“多谢总瓢把子的美意。”

“相公爷乃节义烈士，正配得上二爷的身份。”葛耀明笑道，“小的们，打起鼓来，葛某为二爷唱一曲《长生殿》里的《骂贼》。”

戏棚自有妙用，梁培友和关钜在落翅湖曾经使过一回，用来为浔江各股绺子向官府假投诚解套。葛耀明这次搬出田元帅的本尊，一来推崇雷海青的节烈，二来也是为了替李文茂解决两大誓言之间的矛盾——红船演绎的是一个虚幻世界，在戏棚里加入洪门，不算违背龙头峰的誓言；红船又是一个比现实世界更加真实的世界，它将千古忠义拉回人们的心田，红船儿女为节义真情舍生忘死，谱写了一曲又一曲的热血之歌。

戏棚里的誓言，比戏棚外更加沉重。

戏台上的刀剑，比戏台下更加锐利。

葛耀明摘去雉鸡翎，换了一身大花面的戏装，变成了名符其实的“高佬藤”。他对雷海青这段唱词极为纯熟，看来这些日子曲不离口，歌曰：

虽则俺乐工卑贱，硁硁愚暗；

也不曾读书献策，登科及第，向鹓班高站。
只这血性中，胸脯内；
倒有些忠肝义胆。
今日个睹了丧亡，遭了危难，值了变惨；
不由人痛切齿，声吞恨衔。
…………

粗犷的歌声萦绕在李文茂的耳边，直到船只过了连江口镇，方才渐渐消散。洪门众将意气风发，群情振奋，这次不但促请李文茂提前出关，而且顺便找到了替他解套的法子，甲寅年举事的所有障碍全部扫除，何其快哉！得知李文茂南下的消息，北江沿岸的兄弟齐来道贺，像什么四会的戴焜元、清远的林大年、三水的陈金刚、翁芹芳等悉数到场。

三月二十三，船队驶过老鸦洲，停泊在苍凉满目的西海大寨下。叶亚来问李文茂："白扇大爷和弟兄们在琼花会馆候着，掌堂大爷，为何停下来？"

李文茂拱手作答："师傅，相公爷虽然是梨园行的祖师爷，但红船例不供奉。咱们把他老人家接回来，应该知会三位叔父一声先，问问他们的意思。"

叶亚来点点头："掌堂大爷考虑周详，这事属下来办。"

"阿友哥，你陪我师傅走一遭。"李文茂吩咐梁培友，"天黑了再走。"

一过太平沙，叶亚来立刻明白了李文茂的用意——汾江河上雪亮一片，刀光闪闪，布满了衙门口的哨船。捕快们全副武装，摆出一副如临大敌的样子。

李文茂提前出关的消息在江湖上不胫而走，广佛两地的士绅豪强大为震撼，梁应琨率先行动起来，下令紧急扩充"大会馆"武装，命孔继尧带人在汾江河日夜巡弋，严密监视琼花会馆和"粤安社"的一举一动；与此同时，冼佐邦受八图大族的一致拥戴，在鹰嘴沙组建"南顺营"，募勇练兵，应对不测。

望着岸边黑洞洞的炮口，叶亚来心头不觉生起了忧虑："先下手为强，后下手遭殃，看来威武窑子早有了准备，咱们还是迟了一步。"

"叶都督，"梁培友提示他，"你看那是什么？"

叶亚来钻出船篷一看，只见戒备森严的正埠码头上，巍峨耸立着一座木制敌楼。楼顶盘腿坐着一位彪形大汉，手里拿着一个猪尿脬，正津津有味地嘬个不停。

叶亚来惊奇地问："那不是陈天义的哥子吗？"

"正是朱兄弟。"梁培友不屑一顾，"别看威武窑子和'大魁堂'耀武扬威，不过是驴粪蛋子表面光，绣花枕头一包糠。有掌堂大爷在，佛山堡就轮不到别人撒野。"

确实如此，不提李文茂在佛山百姓心中无与伦比的威望，也不提琼花会馆和"德礼堂"的实力，单是"葫芦发"那样任总大哥的外围堂口便有数万之众。另外，"大会馆"旗下的铺丁里也有不少洪家兄弟，这场较量其实并无悬念可言。

插着琼花旗的篷船一出现，码头上立刻开了锅。孔继尧下到石阶，高声吆喝："那不是阿友兄弟吗？二爷是不是和你在一起？"

梁培友懒洋洋地问："孔爷，你弄这么多人做啥？"

"北帝爷爷坐祠堂，明日从'五全堂'起马，先是观音堂铺、鹤园铺和祖庙铺；然后巡游富文铺、汾水铺和大基铺，最后回陇西里李尚书祠下马驻跸，你说我这两条腿能闲着吗？"孔继尧滔滔不绝地说完，然后装模作样地惊叹，"不对呀，今天是红船的'师傅诞'，各班班主和大老倌都在琼花会馆，二爷咋没去？"

梁培友明白了——"五全堂"是侨寓梁氏的家庙，主子家里搞盛大活动，"孔鸡蛋"自然要尽力伺候。他讥讽道："啥意思，你想和二爷伸手？"

"得了吧。""孔鸡蛋"吐了吐舌头，"就我这点儿三脚猫的本事，跟二爷动手？那不是寿星公吊脖颈，活得不耐烦了？"

梁培友命人开船，用手指了指后面："二爷从丹霞山请了一座相公爷的金尊，眼下停在昆都山下，明天才回来呢。"

"什么？""孔鸡蛋"两只眼珠瞪得比鸡蛋还大。

王福康从后面闪了出来，作了一个长揖："恭喜孔爷。"

"孔鸡蛋"一把抓住王福康的肩膀："快给我说说，到底咋回事？"

"这不是明摆的事吗？"王福康笑嘻嘻地说，"红船一向供奉华光爷爷和张师傅，二爷把相公爷的神牌请回来，这是要变天啊。"

"孔鸡蛋"没好气地说："变天，你有什么好高兴的？"

“此变天非彼变天也。”王福康满脸喜色，掉起了书袋，“天下梨园皆以老郎神和相公爷为祖师，唯有红船与之分庭抗礼，独尊华光爷爷，何也？盖因‘摊手五’出自洪门，嫌‘外江班’风气萎靡，没有血性，将老郎神和相公爷双双罢黜。如今二爷请回相公爷，看来是被白龙归天的征兆打动，或许从此化干戈为玉帛哩。”

“孔鸡蛋”不相信地问：“照你的意思，咱们不用去省城避难了？”

“可不是吗？”王福康大概自己也觉得心里没谱，转身问“纽纹良”，“陈爷，我说的有没有道理？”

“纽纹良”面无表情：“你说有道理就有道理。”

对于身陷绝境中的人来说，即便希望渺茫，大伙儿也宁可信其有。不等王福康张嘴，“孔鸡蛋”第一个兴奋起来：“王老爷言之有理，二爷有意避开‘师傅诞’的正日子，不是回心转意是什么？再说，相公爷的诞日在六月二十四，也不在三月二十四，他干吗非要明天把神像拉回来？”

“给梁家一个面子嘛。”王福康道。

两个人互相壮胆，越说越觉得是真的，“孔鸡蛋”拍了拍“纽纹良”的肩膀：“多向二爷学着点儿，这才是真正的无情剑。”

“纽纹良”回答：“没问题，将来两军对垒，在下定放孔爷一马。”

“够意思。”“孔鸡蛋”愣了一下，冲王福康挥了挥手，“走，给三爷报喜去。”

孔继尧和王福康带人匆匆离去，正埠码头便成了清一色洪家兄弟的天下，“葫芦发”从木楼上溜下来，疑惑地问“纽纹良”：“掌堂大爷回心转意，我不会听错吧？”

“为啥不会？”“纽纹良”故意反问。

“葫芦发”摇头：“相公爷可不是吃软饭的，性子烈着呢。我听说书的讲，安禄山杀进长安城，满朝文武连个屁也不敢放，只有相公爷指着他鼻子骂，把瑶琴都摔碎了。”

谁说“葫芦发”是浑人？他一句话就抓住要害，比那些老爷们强多了。“纽纹良”暗挑大拇指，拱手叮咛道：“阿发，正埠码头人来人往，两水交汇，千万马虎不得。你和你的兄弟在这儿盯着，我去探探梁家的动静。”

“放心。”“葫芦发”提起猪尿脬，“我这个宝贝生擒过鬼，人算个鸟？”

在佛山堡，北帝坐祠堂堪称一年中最隆重的盛事，用以彰显北帝爷爷至高无上的地位。这项活动一般持续八十三天，除去正月初六公祭、二月十五谕祭和三月初三“北帝诞”，八十天时间正好对应八图八十甲的本镇土著。自从八图大族衰败、侨寓三豪门兴起以后，这一献祭的垄断格局被打破，依靠掌握“大魁堂”的便利，三家豪门可以选择良辰吉日祭拜自己的祖先。

咸丰四年三月二十四，田都元帅的神像破天荒首次迎入琼花会馆，适逢北帝銮驾巡游到丛桂里梁氏的家庙，两场活动交相辉映，盛况空前。那是一场掩饰不住惆怅的北帝巡游，大家提起艳丽的五彩鱼灯，追随巡游队伍从白昼到黑夜；那是一场尚未消尽寒意的大戏盛宴，人们戴着冷峻的脸谱面具，把自己投入锣鼓喧天的戏棚世界；那也是一场不期而至的永久别离，佛山堡人巍峨完美的精神大厦，将会失去一根重要的支柱。

是夜丑时，佛山堡三十多处戏台欢歌劲舞，人流往来如织。唯独琼花会馆谢绝观赏，“琼花宫”兄弟姊妹齐聚琼花大殿，向华光大帝、田都元帅、“摊手五”的神牌恭行大礼，然后在三位值事的带领下来到大戏台默然肃立——假如外面的佛山乡亲看到这一幕，必定会惊讶得掉了下巴，这些闻名遐迩的大老倌咋当起了观众？

李文茂破天荒穿了一身大花面的行头，一曲《长生殿》里的《骂贼》唱毕，戏台两侧点起一百零八盏长明灯，中央悬挂着密室的那幅“反清复明”中堂，下置硕大的米斗，周围摆上七星剑、白扇、桃枝、量尺、天秤、算盘、铜镜、串珠、木鱼、剪刀等洪门法器，其余如“忠义堂”“乾坤圈”“洪桥”“木杨城”等一应俱全。

在白扇大爷陈松的主持下，李文茂重新履行了入堂仪式，再次成为洪家人。三枚“本身钱”赐回，李文茂散发束巾，换了一身白色团龙袍，显得英气逼人，风采更胜往昔。把盖世英雄请回洪门，“失魂松”终于完成了心愿，禁不住老泪纵横。

岁月蹉跎，如果不是李文茂八年前在相思江结下的那段孽缘，“红阳劫运”年举事只怕早已成功，神州大地天翻地覆，又何必等到今日？众家兄弟头缠红巾，身着戏装，和“失魂松”同样激动，齐声高呼：“请掌堂大爷就位。”

“失魂松”抬手吩咐：“把龙头令旗和‘玉叶会簿’呈上来。”

李文茂欠身谢绝："白扇大爷，这两件重宝还是放在你老人家手里妥帖。"

陈松心里咯噔一下，脱口而出："掌堂大爷，你现在可是洪家兄弟，不是相公爷。"

"在下明代衣冠汉唐心。"李文茂拔出残铁剑，"白扇大爷，甲寅举事首在广府——佛山堡唾手可得，广州城坚固难下。烦请你老人家主持大局，某愿提一彪劲旅，与叶名琛那厮决一死战。等打下广州城后，再喝弟兄们的'忠义酒'不迟。"

陈松明白了他的心思，哈哈大笑："各位兄弟，掌堂大爷这把剑乃南宋遗物，在银洲湖待了十个甲子，历经沧桑，塞过海眼，直可抵'镆铘剑'。好吧，掌堂大爷既然身先士卒，老朽也不能闲着，即日起坐镇琼花直街，舍了这身老骨头。"

两位总堂大爷竞相上阵搏命，众兄弟无不感奋，伏地叩拜。红船戏装不是别的，正是明代衣冠的典型样式，亦为两百年来飘扬在节义志士心头的天地之影。弦歌悠扬，明灯闪烁，无论洪门众将，还是红船各位大老倌，霎时陷入一种交错的时空，仿佛回到了明末清初那段天崩地裂的峥嵘岁月。与现实相比，红船戏棚是如此的真实，它从岁月中撷取一朵美丽的花瓣，穿越不死的梦想，再度君临大地。

世间如果有一桩事堪称伟大，那便是凤凰涅槃，死而复生！

第一百六十回　沙陀借兵

东莞寮步镇坐落于风情万种的寒溪河畔，出产的沉香在“女儿香”中名列上乘，每年沉香贸易收入达数十万两之巨，因此，寮步镇的香市和罗浮山药市、广州花市、合浦珠市并称粤东四大市。五月十一这天是芒种，香市五大商户共同出资在寒溪河畔搭设戏棚，请“乐荣华”班演唱台期，犒劳前来采购沉香的客户。

戏棚搭设在寮步镇最大的酒楼“丰饶记”对面，方便主会的五大商户赏戏。五大商户排名第一的叫江肇民，是东莞知县江肇恩的堂兄；排名第二的叫莫其盛，为驻防绿营都司莫其亮的堂弟；排名第三的商户是“小旋风”饶同，因为得罪了陈开而被涂常发、凌德金赶下台，走投无路，只好在寮步镇藏身，这间“丰饶记”便是他的产业；排名第四的是金良玉，这厮从老婆家里偷来银子，悄悄在寮步镇做起了沉香买卖；排名最后一位的是鸦片贩子黄文汉，黄家兄弟财大气粗，投资香市纯粹是玩票。

陈平海迈步进了“丰饶记”，拿着戏单请示：“各位爷想听哪出戏？”

江肇民鼓着肥嘟嘟的腮帮子：“当然是吉利的好，我点《玉皇大登殿》。”

“呵呵。”莫其盛抢着说，“如今世道不宁，当官不是好差事，还是发财正点，我来一出《十四国临潼斗宝》，既热闹又喜兴。”

陈平海问“小旋风”：“饶爷好哪一口？”

饶同道：“饶某姥姥不疼，舅舅不爱，还挑啥？有《六国封相》就行了。”

金良玉宽慰他：“告诉饶爷一个好消息，涂常发和凌德金见势不妙，已经卸了五斗口巡检司的差使。新来的巡检姓张，后台不硬，你不活动活动？”

“见机不对便跑路，”饶同叹了一口气，“果然是九头鸟。”

金良玉知道他是个官迷，嘻嘻笑道：“来来，给饶爷点一出《天姬送子》。”

陈平海朝四周瞅了瞅：“黄老爷呢，他想点什么？”

话音刚落，黄文汉掀开帘子进了屋：“黄某今天换个口味，来一出《沙陀借兵》。”

江肇民捋着稀稀疏疏的胡子：“嗯，这出戏不赖，李狼主兴虎狼之师扶保大唐，剿灭黄巢叛匪，顺应天命，识时务者为俊杰。老朽喜欢数太保这一段，威风。”

进入五月，民间盛传叶名琛与英国驻华商务监督宝灵达成密约，借助红毛鬼子的兵舰守御广州城。大多数人对这种传言将信将疑，毕竟叶大胖子靠反入城斗争取的富贵，平时把自己打扮成一位打鬼英雄，哪能提起裤子就不认账？

莫其盛纳闷：“制台大人一身正气，咋会和鬼子滚被窝？”

“你懂个屁。”“小旋风”嗤道，“当官的就是这样，既当婊子，还要立牌坊。制台大人两榜正途出身，在家里不供孔圣人供吕洞宾，你能想得通吗？”

叶名琛善于使两面刀，他派去和宝灵密谈的特使不是别人，正是声名狼藉的黄仲畲。黄文汉对里面的底细门清，他摆了摆手：“听戏，听戏，莫谈国事。”

贤弟抬头来观瞧，
队队旌旗空中飘。
大太保亚赛过温侯貌，
二太保生来有韬略，
三太保上山擒虎豹，
四太保下海能斩蛟，

五太保力用开山斧，
六太保手持青龙偃月刀，
七太保花枪真奥妙，
八太保手持丈八茅，
九太保他霹雳双锏耍得好，
十太保双手能打火龙镖，
十一太保虽然他年纪小，
一个倒比一个高。
…………

戏棚里唱腔高亢，戏棚外喝彩连连，然而，陈平海心里像压了一块石头，苦辣酸甜说不出是什么滋味。洪门反清复明，杀富济贫，陈平海腰缠万贯，打心眼里并不赞成甲寅年举事，但红船大老倌多为在堂之人，离开洪家兄弟他去哪儿发财？事到如今，他的命运与红船、洪门紧紧地联系在一起，所谓人在江湖，身不由己，容不得他有第二条路选择。

在广大民众心目中，李文茂乃是盖世无双的英雄，广东官府绝非对手。然而如果红毛鬼子横插一杠子，起义的成败就很难说了。陈平海越琢磨心里越是不安，让黄华宝悄悄把黄文汉叫出酒楼，忐忑不安地问："黄老爷，官府真的从红毛鬼子那里借了兵？"

黄文汉压低声音："陈班主，我们兄弟发财借了洪门不少力，这事我不瞒你。宝灵答应把兵舰开到商馆广场，确保香港到广州的水上交通。你想想，水路控制在红毛鬼子手里，就算二爷把广州城围了，红毛鬼子照样源源不断地向城内供应粮草军械，这和没围有啥分别？另外有一桩秘事，你仔细听了。"

陈平海心惊肉跳："什么事？"

黄文汉警惕地朝四周看了看，附在陈平海的耳朵根上说："小浩官年初在洋人那里订了一船新式洋炮，威力巨大，昨天刚刚到港。算上交接和装卸时间，我估计他们最快今天夜里就可能往回运。你知会二爷一声，尽快截了这船枪炮，不然后患无穷。"

李文茂将田都元帅神牌迎入琼花会馆，梁应琨四处放风说李文茂退出江湖，其实都是一种战略欺骗，双方私底下的动作一刻也没有放松。从正月起，总督衙门和巡抚衙门就密令停止各地向佛山堡输送铁料，对铸炮业实行釜底抽薪，以免洪门控制佛山堡后，用八大炉户生产的铁炮轰击广州城。对于装备不如官军的洪家兄弟来说，佛山铁炮是攻城的希望所在，如今不但失去了这一利器，而且要面对威力惊人的洋枪洋炮，确实是一个不祥之兆。这船新式洋炮如果运进广州城，将来攻城之日，得有多少兄弟白白葬送性命？

陈平海不寒而栗："多谢黄老爷提醒。"

"我也是还二爷一个人情。"黄文汉怅惘地说，"假使洪门得了天下，有二爷在，你可以接着开戏班；可兄弟我呢？窑口肯定是开不成了。"

送别黄文汉，陈平海定了定神，问黄华宝："你说该咋办？"

伍家船队本身具有战斗力，新式洋炮关系到未来攻城战役的胜败，绝不容忽视。问题在于，到现在谁也摸不清伍家船队的运输路线——伍紫垣可能走伶仃洋一线，也可能明修栈道、暗度陈仓，从东西两侧经内河把洋炮运往广州。现在唯一的办法就是发动沿江各个堂口全力搜寻，务必将伍家船队拦截在半途，予以歼灭。而这么大力度地投入兵力，极有可能惊动粤东官府，打乱李文茂的起义计划，如何是好？

黄华宝理了理纷乱的思绪，瞬间拿定了主意，对陈平海说："陈班主，伶仃洋是'义和堂'的地盘，何六爷这两天正好在石龙镇议事，我把这个消息通报给他，让他立即派人打探小浩官的行踪，并向白扇大爷请示军令，你看行不行？"

伶仃洋至省河一线，分布着"义和堂""德勇堂""德烈堂"和"德信堂"四支洪门力量，距离寮步镇最近的就是石龙镇。陈平海点了点头："好，好。"

军情十万火急，黄华宝火烧火燎，连身上的戏装也没有来得及换，跳下红砂石河堤，登上一只舢板，打桨如飞，离开了香气弥漫的寮步镇。

自从土宫道士的人马覆灭后，"洪义堂"便取代"逍遥门"控制了石龙镇。何禄接到黄华宝送来的情报，大惊失色："黄大老倌，这个消息准不准？"

"不会有错。"黄华宝斩钉截铁地说，"黄家兄弟和洋人熟得很，叶大胖子央求红毛鬼子出兵接济，全靠黄仲畬在中间来回递话。"

"此事非同小可。"何禄道，"黄大老倌，本堂马上派人搜寻伍家船队的所在，不过省河一线是‘洪德堂’的地面，须掌堂大爷和白扇大爷点头允准才是。掌堂大爷随‘凤凰仪’班在省城唱戏，估计一时半会儿找不到他。白扇大爷离得近，你干脆辛苦走一趟琼花直街，请他老人家下达军令。”

五月底是“大散班”，红船各班将回到佛山堡；六月十九再出发之日，恐怕就会变成一支支革命的火炬，燃遍广府大地。黄华宝赶到琼花直街，发现会馆内人影稀疏，一问才知道大多数人按照计划撤回了佛山堡，为甲寅年举事做最后的准备。

“大花面锦”听说是伍家船队，气不打一处来：“姓伍的这头烂蟹，上次红单船那件事还没有跟他算账，现在又出来捣乱。”

这两年，沉寂多时的伍紫垣再度活跃起来，陈国泰、吴全美去年招募红单船，他不但忙前忙后地张罗，而且自掏腰包捐了五万两银子。陈松笑着说：“姓伍的其实一点儿不傻，威武窑子只是慢慢地拔毛，而本门杀富济贫，他只能拼着老本和咱们搏命。再说，他从掌堂大爷手里夺走陈大老倌，这笔账咱们不提，他能忘了吗？”

为了对抗洪门举事，伍紫垣这次真是下了血本，兴办团练，购置枪械，把河南岛和大沥四堡的战略位置牢牢控制在手中，已经成为洪门的一个心腹大患。琼花直街紧邻广州城，夹在河南岛和大沥四堡之间，随时可能面临敌人的袭击。“大花面锦”忧心忡忡，劝道：“弟兄们撤回了佛山堡，白扇大爷，你赶紧走吧，这里已经不安全了。”

“呵呵。”“失魂松”捋着花白胡须，放声大笑，“掌堂大爷孤身犯险，眼下正在广州城内唱戏。他浑然不惧，老朽一介行将就木之人，难道会贪生怕死吗？”

刘杜川、叶亚来、李占升等人同时施礼：“掌堂大爷神功盖世，威武窑子不敢动他，请白扇大爷保重贵体，尽快回佛山堡。”

大明山陷落后，“失魂松”陪伴大度和尚远走安南，躲避明月道士的追杀，这段不堪回首的岁月令他引以为耻，抱憾终身。这次甲寅年举事，老爷子不在佛山堡享清福，把自己的指挥部设在敌人的眼皮子底下，显然抱定了必死的决心。他将龙头令旗交给刘杜川：“新式洋炮关系甚大，不容小觑，你去通知‘德勇堂’‘德烈堂’‘德信堂’三堂兄弟，叫他们听从何阿妈调遣，不惜一切代价，务必将之拦截，打入水中。莫怕暴露实力，莫要畏首畏尾，哪怕提前举事，亦在所不惜。”

刘杜川领命而去，陈松问黄华宝：“你在石龙镇可曾遇到钟大寨主？”

“西天腊飒”奉命去东莞向何禄交代起义有关事项，迄今杳无音信。“大花面锦”望了黄华宝一眼，顿感不祥。粤东藏龙卧虎，不但有高人隐士，而且有许多下三滥的陷阱。拿寮步镇的“女儿香”来说，制成药剂香气迷离，放进酒里当蒙汗药不算稀奇；有人干脆把沉香迷药藏入女人的下体，武功再强的高手也防不胜防。

“失魂松”坚持等“西天腊飒”，死活不肯撤离，众人苦求无效，李占升最后道：“请白扇大爷移驾万芳酒楼，徐宾、杨庆永是官差，有他们掩护，毕竟方便一些。”

次日夜半三更，伍家船队抵达龙穴洲。

伍家这次运输新式洋炮的行程十分机密，除了少数几个伍紫垣的心腹外无人知晓。为了掩人耳目，小浩官特地将陈罗婵接出万松园，领着她到老万山群岛转了一圈，给大头洲的乡亲送去了大堆的礼物。洋炮装上船后，伍紫垣思来想去，最终决定走伶仃洋、省河一线，一来这条路是捷径，二来绕道东江和西江，麻烦一点儿也不少——东江流域河流蜿蜒，深浅不一，有的地方根本行不得大船；而西江水道途经新会、鹤山、南海、顺德和佛山堡，正是洪门力量最厚集的地段，危险比省河这条水道要大得多。

夜幕沉沉下，从南侧疾驶而来一队官船，船头飘着水师新会营的三色旗帜，径直靠近停泊在铜鼓山下的伍家船队。一名扈从提着灯笼钻出船舱，高声叫道：“新会营卫将军在此，请浩官大人出来说话。”

伍紫垣和“飞虹锏”来到甲板，低头一看，原来是水师新会营的护理参将卫佐邦。卫佐邦是东莞墩头街人，自幼习武，谙习水性，第一次鸦片战争时曾经在关天培麾下效力，素以勇武著称。伍紫垣抱了抱拳：“卫将军有何指教？”

卫佐邦问：“伍大人，你的船上是不是装了利害之物？”

这船新式洋炮伍紫垣花了大价钱，用来武装河南岛和大沥四堡的团练，并不想让官军从中分一杯羹。伍紫垣警惕地问：“此话从何说起？”

“浩官大人，事情十万火急，休要瞒我。”卫佐邦指着夜幕遮蔽的江面提醒，“本将一路北来，发现你们后面大批哨船跟踪，说明逆党早就盯上了你们。要是船上真有家伙，赶快卸到虎门大寨，方可保安全无虞。”

官府向来吃人不吐骨头，把新式洋炮交给广东水师，还能拿得回来？伍紫垣摇头：“卫将军多虑了，伍某这趟去老万山是为了陪陈大老倌散心，船上没啥值钱的玩意儿。”

“义和堂”发现伍家船队后，并不急于发动进攻，而是保持一定距离进行盯梢追踪，这说明洪门对歼灭伍家船队有了一个通盘的计划，预定伏击地点不在浩阔的伶仃洋，而在河道崎岖的省河。卫佐邦久经战阵，预感到即将来临的危险，叹了口气：“浩官大人，你和红毛鬼子交情深厚，信不过官府，总信得过他们吧？洪门虽然猖狂，却不是红毛鬼子的对手，你可以把东西放到铁甲战舰上，让他们帮个忙。无论如何，这批军械绝不能落入逆匪手里。”

凭伍紫垣和洋人的关系，做到这一点并不难，但他毕竟还有一点中国人的尊严，不愿意事事仰仗洋人鼻息。买人家的东西，还要让人家送到门口，“飞虹锏”觉得颜面无光，脸红脖子粗地吼道：“老子手里的刀不是吃素的，求什么红毛鬼子？”

正在这时，“铁桥三”上前禀报：“五爷，陈大老倌有请。”

“哦？”伍紫垣忙道，“卫将军稍候。”

伍家船队的核心不是那条满载洋炮的驳船，而是一艘标准的红船画艇。这条艇布置得非常素雅，除了满地的戏箱，便是一排接一排的书架，书籍均取自“沉香斋”的“赤雅阁”。陈映雪渺无踪迹，这些珍贵的书籍就成了陈罗婵对母亲最深的思念。

做了这么多年的夫妻，伍紫垣仍然对陈罗婵心存敬畏。他小心翼翼地撩开帘子，走到近前压低声音：“有事吗？”

“为何还不行船？”陈罗婵问。

明着是陪陈罗婵出海散心，暗地里却偷偷地运送洋炮，伍紫垣生平第一次对心爱的女人做亏心事，说话竟然结巴起来：“卫老虎有事要办，我，我这不是在和他周旋吗？”

山雨欲来风满楼，甲寅年举事那么大的动静，陈罗婵在万松园小戏台早有耳闻。洪门杀富济贫，首当其冲的对象便是像伍紫垣这样的豪富大户，她所深爱的人和深爱她的人终于要面对面地进行厮杀，爱恨情仇的巨浪又将再度卷起。逝去的爱不能重来，破碎的心无法愈合，命运永远只是轻佻地游戏人间，绝对不会轻易地改变决定。红船名伶心如止水，一双眸子，像远古的冰川一样冰冷：“姓卫的找你干什么？”

伍紫垣实在承受不了心里的重压，垂头丧气地说：“我从香港岛拉了一船洋炮，他怕落入会党手里，让我把炮卸在虎门大寨，或者鬼子火船上。”

一刹那，陈罗婵明白了，伍紫垣竭力保卫自己的家园，这一点倒是无可厚非。红船名伶沉吟了片刻：“省河比伶仃洋如何？”

伍紫垣回答：“越往北走，河道越窄，比伶仃洋窄十倍。”

红船名伶问：“‘洪德堂’比‘洪义堂’如何？”

伍紫垣回答：“‘洪德堂’的战力远非‘洪义堂’可比。”

红船名伶问：“伍府家丁比‘洪义堂’如何？”

伍紫垣老老实实地摇头：“大是不如。”

红船名伶道：“论天时，现在是夜半；论地利，陈显良、林洸隆、卢昌称雄省河，什么地方容易设伏，怎么用小船对付广东水师的战舰，相信早有对策；论人和，他们三家是洪门的主力堂口，你的人不是对手；论炮火，洋炮必须装在船头和炮台才能使用，然而教授洋炮的教头在香港岛，你还来不及训练家丁用炮的技法——四样皆处下风，你胜算几何？”

伍紫垣恍然大悟：“我这就把火炮卸下来，装到鬼子火船上。”

红船名伶疲倦道：“快回万松园，休让我再睹厮杀。”

伍紫垣惭愧地低下头：“好，好，马上走，马上走。”

不出陈罗婵所料，伍家船队刚刚驶过乌涌炮台不远，蓦然两岸金鼓齐鸣，河面上杀出上百条船只，将伍家船队困在中央。前面是三十来条舢板，舢板上清一色的彪形大汉，左手持着明晃晃的火炬，右手拉着铁链，转眼间在江面上布下了一道铁索；后面是五六十条大船，船头架着黑乎乎的铁炮，截断了伍家船队的退路。

“飞虹铜”率领八条架炮船在前开路，见到这个阵势，登时惊出了一身冷汗，明白绝不能让敌人从容布置铁索。随着伍香韬一声令下，八条架炮船同时开火，密集的炮火像雨点一样倾泻过去，瞬间打翻十来条舢板，轰断了拦在江面上的铁索。

“飞虹铜”用炮火炸开了一条血路，后面的“铁桥三”松了一口气，吹响号角，督促伍家船队加快速度，像潮水一般向缺口杀来。

接到刘杜川带来的龙头大令，林洸隆、“豆皮大”和“草上飞”三人不敢怠慢，出狮子洋拜见何禄，共同制订了歼灭伍家船队的计划。总体方略是“义和堂”负责在伶仃洋监视，“德勇堂”“德烈堂”“德信堂”在乌涌炮台以西河面设伏。具体的伏击任务由“德烈堂”和“德信堂”合作完成；“德勇堂”主力隐蔽在黄埔洲附近，一来阻击河南岛的援军，二来设置第二道防线，争取将伍家船队一举歼灭。

在正面进行拦截的是“德烈堂”，见伍家船队炮火猛烈，弟兄们纷纷落水，“草上飞”卢昌急红了眼。他甩掉外衣，光着膀子拎起关刀，率领第二批舢板南北对攻，冒着炮火冲到架炮船前。好一个“草上飞”，不光刀法了得，轻功亦是不弱，只见他空中一个鹞子翻身，挥刀跃上架炮船。伍家家丁仓促接敌，被卢昌的关刀一口气宰了十几个，剩下的魂飞魄散，纷纷跳船凫水逃生。“草上飞”也不追赶，取火把点燃架炮船，然后丢进炮膛，飞身跳入舢板，又向第二条架炮船冲来。苏润九、卢仕仔、“鱼头邦”等头目见掌印阿妈如此神勇，大受鼓舞，齐声呐喊，一窝蜂似的向缺口冲来，浑然未将隆隆炮火放在眼里。

这时，“铁桥三”率大队船只杀到，目睹洪家兄弟奋力冲杀这一幕，禁不住双手颤抖。“飞虹铜”大喝：“留得青山在，不怕没柴烧，快走。”

“铁桥三”眼角湿润：“伍兄，你咋办？”

“我来断后。”“飞虹铜”悲怆道，“你务必保得五爷平安。”

“德烈堂”的舢板像狼群一样扑过来，红巾似火，将河道照耀得如同白昼，伍香韬情知今夜必不能免，唯有一死报恩，指挥架炮船拼命守住缺口。林洸隆察觉敌人已失斗志，急令“德信堂”全速出击，铁炮喷出鲜红的火焰，将伍家船队的阵型打乱；“草上飞”迅速摆脱伍香韬的纠缠，斜刺里插向仓皇逃窜的敌阵，将之劈为两半。在这场甲寅年举事的揭幕战中，“德烈堂”和“德信堂”兄弟不畏敌人的强大炮火，展现出惊人的战斗力。

“飞虹铜”殒命沙场，“铁桥三”肝胆俱裂，率领剩下的十来条船只掩护画艇，急急如丧家之犬，直奔黄埔洲而来。省河在黄埔洲分出了河南水道，此地是河南岛的东大门，冲过黄埔洲就算回到了家。然而，离家最近的梦，兴许也最遥远。在黄埔洲埋伏的不是别人，正是“洪德堂”最善于布阵的“豆皮大”陈显良。

陈显良估计以伍家船队的强大炮火，应该不至于在乌涌防线被全歼，因此在黄埔洲进行了精心的部署。首先，他亲自率领一支“德勇堂”精锐，黄昏时分奇袭黄埔洲，消灭了守卫的十三行团练，夺取了这个至关重要的咽喉要地；其次，他把“德勇堂”仅有的三十来门铁炮悉数拉上黄埔洲，在岛上建立了一个火炮阵地，为全歼伍家船队奠定了火力基础；再次，他以黄埔洲为中心，在两侧水道上布置了三道铁索，用以拦截伍家船队；最后，他命令手下人用竹子扎了三百条竹筏，上面堆满油桶和干柴，塞满了铁索正前方的河道，每条竹筏上分派一名精通水性的兄弟，手持火把，但听一声令下，立刻点燃油桶，对伍家船队实施火攻。

第一次鸦片战争期间，果勇侯杨芳、靖逆将军奕山都用过火攻之法，可惜清军将士没有人愿意白白送命，点燃的竹筏和船只无人掌舵，顺流而下，被英军战舰轻轻避开。此番“德勇堂”大不相同，每条竹筏上均有一名视死如归的洪家兄弟，不但装备有大刀、长篙、飞爪，而且身上挂着装满了红粉的火罐，只要靠近敌船，先投掷火罐，再登船肉搏，将火攻之法与近身肉搏之法相结合，端的是犀利无比。

“豆皮大”刚布置完黄埔洲的防线，就听大黄滘炮台方向传来隐隐的战鼓声，他把正面防线交给陈锦芳指挥，率领三十条快船驶入河南水道。过不多时，前面灯火辉煌，浩浩荡荡杀来一队战船。从船头悬挂的旗帜上来看，赫然是“义德堂”“全义堂”“奋威营”“大名营”四支人马。陈显良奇怪地问：“四位当家的何故到此？”

区润在船头哈哈大笑：“奉掌堂大爷军令，去粤西给关阿妈打个替班。”

粤东起义准备工作如火如荼，粤西的形势也发生了巨变。为了策应甲寅年举事，蛰伏多时的梁培友和“大只钜”重举义旗，五月初，击败浔州府和梧州府的绿营联军，挥师东下，攻克戎圩，将梧州城团团围困。正在奋勇攻城，梁培友接到李文茂的大令，要求抽调“德义堂”回师粤东，准备参加广州围城之战。为大局着想，梁培友答应了李文茂的要求，但同时写了一封回信，要求李文茂另选一支人马，帮助自己攻打梧州城。

“义德堂”这些年在顺德养得膘肥体壮，堪称一支生力军。陈显良高兴极了：“本堂兵力单薄，就怕威武窑子和十三行团练从背后插刀子，让姓伍的逃脱生天。四位来得正好，替本堂守住侧翼，且看陈某如何用兵。”

何万选骂道：“姓伍的敢抢二爷的女人，早该宰了他。”

有“义德堂”“全义堂”“奋威营”“大名营”四支人马助阵，“豆皮大”彻底把心放进肚子里，从腰间摘下金贝刀，驱船驶入竹筏阵。区润、梁亚珠、何万选、陈齐星四位当家人也不甘示弱，各率一条快船来到阵前，跃跃欲试，都想分一杯羹。

伍家船队仿佛被眼前的阵势吓坏了，距离黄埔洲还有半里地，十来条战船同时减速。陈显良冷笑一声：“算他们识趣。”

梁亚珠狐疑地问：“他们想干啥？”

“管他干啥？”陈显良胸有成竹地说，“咱们五支人马在前面封住去路，卢阿妈、林阿妈自后掩杀，我就不信他姓伍的能逃到天上去？”

区润说：“对，咱们不仅要那船新式洋炮，还要他的贼头壳，替二爷出气。”

洪门众将信心满满，摩拳擦掌，单等陈显良发号施令。谁知就在这时，伍家船队前面的橹船和架炮船突然分列两厢，从后面缓缓驶出一条鲜艳的画艇，桅杆高高飘扬着一面旗帜，不是别的，正是洪家兄弟最熟悉的玉蝉桃花旗。

“坏了，坏了。”陈显良叫道。

作为李文茂出阵的战旗，这面玉蝉桃花旗曾经引领洪家兄弟出生入死，纵横无敌。军旗就是军魂，洪家兄弟不可能向这面他们崇敬之至的军旗发起冲锋，更何况画艇上还有一个掌堂大爷心爱的女人。梁亚珠、何万选曾经追随李文茂出征过粤北绿林道，分享过这面战旗的无上荣耀，两个人面面相觑，为难地问：“咋办？”

区润脱口而出：“勿伤了陈大老倌。”

一语点醒梦中人，“豆皮大”急忙挥动令旗，命手下兄弟停止击鼓。这时，红船名伶出现在画艇的船头，倾国倾城之貌一如往昔，所不同的是她没有穿那身标志性的鲜艳粉衣，而是换了一身白色的素服，似有不尽之惆怅，令人唏嘘叹息。

“前面是哪位兄弟？”红船名伶开口。

“豆皮大”弯腰施礼：“回陈大老倌的话，在下‘德勇堂’陈显良。”

红船名伶发问：“你们是要他的头壳吗？”

“豆皮大”硬着头皮：“听说伍家从红毛鬼子手里买了一船新式洋炮，兹事体大，我等奉将令前来查获，请陈大老倌恕罪。”

“新式洋炮确实有，在虎门口就卸到了红毛鬼子的兵舰上，不信你可以派人来搜。”红船名伶面若冰霜，“这条艇是有他一粒头壳，可惜我不能眼睁睁地看着你们把它取走。将来尔等如何在阵前搏命与我无干，今天夜里，我要把他囫囵个地带回去。”

“这个……”“豆皮大”犹豫起来。

红船名伶从剑鞘中拔出“栖凤剑”：“还不让路？”

玉蝉桃花旗是李文茂的战旗，“琴瑟合”是李文茂的佩剑，这场仗怎么打？“豆皮大”万般无奈，只好挥手下令，让弟兄们闪开一条通道，解开横江铁索，放行伍家船队。烈火燃烧着无言的江水，画艇荡起了无边的涟漪，水波里有苍凉的歌声，曰：

朝朝暮暮在山岗；
遭不幸吾的母命早丧，
撇下了安敬思来牧羊。
自那日闲游独龙岗，
偶遇道人叙衷肠；
他道我容貌非凡相，
定是那皇家治国安邦的栋梁。
闲话虽然如此讲，
命中注定何须忙？
将羊赶在南山上，
怕风怕雨，不怕虎和狼。
…………

《沙陀借兵》里的这一折，讲述的是十三太保李存孝（石鬼仔）横空出世的故事。红船名伶此时此刻演唱这折子戏，说明她的心犹在哀悼昔日的爱情，怀念梦中的英雄。洪门众将肃立岸边，目送画艇远去，心里苦辣酸甜，不是个滋味。

作为此次伏击战的总指挥，何禄负责在伶仃洋追踪伍家船队，监视广东水师的动向。发现广东水师并没有派兵护送伍家船队，何禄感到十分不解，立刻树起东莞巡船的旗号，带了三条快船通过虎门大寨，北上打探究竟。林洸隆和卢昌合力消灭了"飞虹锏"残部，陪同何禄来到黄埔洲，发现河面上毫无战火的迹象，奇怪地问："陈阿妈，咋回事？"

"一言难尽。"陈显良叹了口气，"姓伍的怕咱们打埋伏，在虎门口把那船洋炮卸到了鬼子火船上，咱们白白耽误工夫，丢他老母的。"

何禄恍然大悟，难怪广东水师没有派兵护送，原来伍紫垣半路把货卸了。这么重要的敌情变化自己竟然没有察觉，他又气又恼："你咋不把那个狗日的宰了？"

"陈大老倌在画艇上，谁敢动粗的？"陈显良反问，"六爷，咱们封锁省河，阻断来往的船只，天一亮消息就会满天飞，你有何打算？"

动用了这么大的阵仗，结果却竹篮打水一场空，不但没有截获伍家采购的新式洋炮，而且惊动了广东官府。何禄气急败坏："先下手为强，后下手遭殃，本堂明天就扯旗造反！"

（第四卷完）